中国古代文体学

附卷一

先秦至元代文体资料集成

"十二五"国家重点图书出版规划项目

国家出版基金项目

全国高等院校古籍整理研究工作委员会规划项目

上海文化发展基金资助项目

四川师范大学文理学院重点科研项目

国家出版基金项目
NATIONAL PUBLICATION FOUNDATION

中国古代文体学

曾枣庄 著

附卷一

先秦至元代文体资料集成

上海人民出版社
上海书店出版社 出版
SHANGHAI BOOKSTORE PUBLISHING HOUSE

《中国古代文体学》序

龚鹏程

读到曾枣庄先生这部大书,实在感慨万端。

本书名曰《中国古代文体学》,当然没什么问题;但此语在今日,却不免有些矛盾似的诡谲之趣。为什么？因为文体学只能是古代的,当代并无文体学。

新文学运动以来,产生过许多大变化,其中之一就是文体学被消灭了。现代文学本身看似也有文体问题,小说、散文、诗歌、戏剧四大文类不就是四种文体吗？实则不！这四类,根本缺乏文体性的区分。诗与文用的是同一种文字和体式,不歌、也无格律。勉强用分行来区别是诗或散文,仍不免有"散文诗"这类令人头疼的名词。而散文诗与非散文诗到底又有什么真正的文体区分,谁也不能讲清楚。小说与散文之间、小说与戏剧之间,情况相同,不必一一介绍。

而把这四大类不成文体之文体拿来硬扣在中国古代文学上,更是一大灾难。中国古代的文章,体兼骈散。既曰散文,则骈俪就不必谈了？而古文运动以来之古文,似乎合乎散文之义,但《古文辞类纂》所收,分明又颇多不是今之所谓散文,该如何看待？小说,古出于稗史杂录,后世亦仍以巷议街谈、市井琐言为之,与西方现代小说本是两回事,硬予扣合,编造其起伏发展之史,益见其削足适履,不能掌握这种文体的实相。戏曲,重在唱曲,不是叙事与表演的,尤与西方戏剧枘凿。因此,总体看我们这八九十年来的古典文学研究,可说都是失了脚跟,邯郸学步,对于我们自己的文体早已丧失了理解。情况如此,文学批评、文学理论研究领域之不重视文体学也就是理所当然的了。

曾先生这部大书,即是在这个大背景底下写成的。全面整理了中国古代对各种文体的讨论资料、勾勒出文体学的体系及其发展之历史。在近百年中国文学研究中实是前所未有的伟构。

是的,中国文学,若要讨论,第一步就得论文体,因此宋人才会视王安石论文"先体制而后工拙"！体制不明,工拙何谓耶？自夫子删诗书以来,即欲令雅颂各得其所;

尔后选文列篇，基本上也都是分体叙次，如《文选》、《唐文粹》、《文苑英华》、《宋文鉴》、《金文雅》、《元文类》、《明文海》等等都是如此。论文之作，如《文赋》、《文心雕龙》、《文章流别》等亦复如此。这个关注点和今人是极不相同的，但尝试理解它，却是进窥中国文学堂奥的关键。

但就算知道理解中国文学须由文体入手，今人对之也还是不易掌握的。因为目前我们讲的文体，大抵只是西方文类的概念。文体确实有近于文类之义，但它不等于文类。它不仅指语言文字格式上的体裁，还指文词与意义共同造就的风格，也指题材、主题或功能。

例如，曹丕《典论·论文》说："奏议宜雅，书论宜理，铭诔尚实"。雅、理、实指风格。奏、议、书、论、铭、诔看起来是指体裁，却也不然。因为铭和诔的功能并不一样，铭的功能很广，诔则主要用以志亡者，因此它们可能体裁相同、风格相似，但仍应区分为两种文体。而就诔来说，汉代诔都是四言有韵的，魏晋以后就近于楚辞，可见同一文体，文字体裁格式上却是不固定的，常有变化，仅就文词格式论文体当然就很不恰当了。反之，曹丕这句话讲的铭，本指碑铭。但古代勒铭于铜器，早已有铭；后世刻石为铭，也不仅用于表墓，不乏用以赞勋、述己的，所以虽同为铭，功用并不相同，只是写法相似罢了。而碑文有人用骈、有人用散，也有文散而后缀韵语以为铭的，文字格式又不一样。凡此，若不熟悉中国文体之意涵及其流变，确实亦不容易了解。

所以曾先生这本书才会综合体裁、体格、体类几个方面来论文体，希望能厘清一些观念、消解一些争议。我觉得这是他主要贡献之所在。

要能如此综合地解释文体，并不容易。曾先生这套书的一个特点，正是在他全面清理了讨论文体的文献上。在这个基础上说话，方能解纷解惑，一扫过去论文体者含糊笼统或偏执一端之病。他曾主持过《全宋文》等大型文献整理工作，清查文献，本是驾轻就熟的事，但我知道这并不简单。因大部分辑出的资料散在子部集部，不惟难找，且多未经前人钩稽讨论过；而什么材料属文体学范畴，尤其需要专业判断。曾先生是国内少数具有文学史及文学评论修养的文献学家，因此可能只有他才能够胜任这样的工作。

曾先生前些年曾为病魔所困，初以为他需要伏摄静养，不料竟然精进勇猛若此。不仅大胜小恙，甚且做了这套了不起的大书，为中国古代文体学研究打开了一个新局面。我很钦服，故掬诚敬荐，聊代序章。

壬辰小雪，于燕京旅次

目　録

《中国古代文体学》前言

曾枣庄

一 古代文体研究的必要性

中国古代十分重视文体研究,最早的文体专论是曹丕的《典论·论文》和陆机的《文赋》,最早的文体专著为挚虞的《文章流别论》,惜已失传,只留存十余条论及文体的源流及变化。刘勰的《文心雕龙》是今存最早、最系统、最全面的文论专著,全书五十篇,从《辨骚》至《书记》共二十一篇专论文体,其余各篇也间涉文体。其《序志》要求"原始以表末,释名以章义,选文以定篇,敷理以举统",①对各种文体的源流演变、体制特点、典型范式,作了总体的论述。其文体研究方法也颇有借鉴意义,或归类以探求文体之同,或辨析以区别文体之异,或考镜源流以彰显文体之变。此书标帜着中国文体学的形成。明代的《文章辨体汇选》,清代的《古今图书集成》,是中国古代文体学完成的标帜。特别是《古今图书集成》,其《文学典》除总论所收为自先秦至明代的文艺理论和文学名家列传外,其他四十八部皆专论文体,实集中国古代文体资料之大成。

但最近半个多世纪以来,我们很不重视中国古代文体的教学和研究,以致一些古典文学研究者也缺乏起码的中国古代文体常识。有人说"长短句是词的最基本的特征",于是把苏轼的"长短句"诗都说成是"东坡词",一口气就新辑出"四十首"苏词,发明了数十种从未见于万树《词律》和康熙《御定词谱》诸书的新词牌。多数词确实是"长短句",但逆定理不一定都能成立,长短句诗并非都是词。因为词是隋、唐时代的产物,兴盛于宋,而中国诗歌从产生之日起,就有长短句诗,即所谓的杂言诗。不仅《诗经》有杂言,古歌谣、楚辞、乐府、歌行也有杂言,而且更多。宋人所辑苏词只有二百七十二首(傅幹《注坡词》),或三百二十八首(曾慥《东坡先生长短句》)。经过历代

---

① （梁）刘勰《文心雕龙》卷十《序志》,文渊阁四库全书本。

辑佚,唐圭璋《全宋词》共收苏词三百六十首,但这新增的三十多首苏词并非完全可靠。苏词研究的重点不应是辑佚,而应是辨伪。今人曹树铭的《东坡词》,认为确为苏词者只有三百一十九首,与曾慥《东坡先生长短句》相近,其余都列入互见词和误入词。2002年中华书局出版的邹同庆、王宗堂的《苏轼词编年校注》认为确为苏词的只有二百八十八首,与傅幹《注坡词》相近,其余皆列于互见词、存疑词、误入词。现在有人一下子就新发现了"四十首",苏词就不是三百余首,而是四百首了。

早在1981年,郭绍虞先生就写了一篇《提倡一些文体分类学》的文章。1984年,褚斌杰先生又出版了专著《中国古代文体概论》,其《绪论》说:"研究和了解我国古代众多的文体的特点,研究它们的发生、发展,以及它们彼此相互渗透、相互影响而不断演变的历史,对于更好地阅读和理解古代文学作品,对于认识和掌握文学体裁的发展规律,以至推陈出新地为发展新文学服务,都是十分必要的。"①此后三十年,特别是最近十多年,学界对文体学的研究逐渐重视起来,发表出版了一些专论和专著,但视野较窄。一是资料视野较窄,多限于古代文论专著和诗文评中的文体资料;二是研究视野较窄,多限于对诗文体裁的研究。因此,即使在今天,仍有强调加强文体研究的必要。

二 全面占有资料是文体学研究的基础

任何研究工作都必须以广泛占有资料为基础,唐刘知幾云:"珍裘以众腋成温,广厦以群材合构,自古探穴藏山之士,怀铅握椠之客,何尝不征求异说,采摭群言,然后能成一家,传诸不朽。"更要辨别真伪:"郡国之记,谱牒之书,务欲矜其州里,夸其氏族,读之者安可不练其得失,明其真伪……故作者恶道听途说之违理,街谈巷议之损实。"②中国古代的文体分类与文体理论在经、史、子、集四部中皆有,故应仔细研究经、史、子、集中的文体分类、文体理论意见,这是文体学研究的基础。

历代论文,多认为各种文体皆源于六经。刘勰云:"故论、说、辞、序,则《易》统其首;诏、策、章、奏,则《书》发其源;赋、颂、歌、赞,则《诗》立其本;铭、诔、箴、祝,则《礼》总其端;纪、传、盟、檄,则《春秋》为根。"③任昉云:"六经素有歌、诗、诔、箴、铭之类,《尚书》帝庸作歌,《毛诗》三百篇,《左传》叔向《贻子产书》,鲁哀公《孔子诔》,孔悝

---

① 褚斌杰《中国古代文体概论》卷首,北京大学出版社1984年版。
② (唐)刘知幾《史通》卷五《采撰》,文渊阁四库全书本。
③ (梁)刘勰《文心雕龙》卷一《宗经》,文渊阁四库全书本。

《鼎铭》、《虞人箴》,此等自秦汉以来圣君贤士沿著为文章名之始,故因暇录之,凡八十四题,聊以新好事者之目云尔。"①可见任昉虽认为六经为诸多文体之源,但他撰著此书的目的却是"自秦汉以来圣君贤士沿著为文章名之始"。明陈懋仁《文章缘起》注和清方熊的补注,往往追溯到秦汉以前,六经以前,对文体溯源很有参考价值。

中国文体虽源于六经,六经中已提到不少文体名,但相比较而言,经部书中的文体理论、文体分类意见还是相对较少。

《春秋》虽被列入经部,但实际上是中国第一部编年体史书,《左传》则是《春秋》三传之一。编年体史书论及文体者较少,但也提及不少文体名。宋人陈骙云:"春秋之时,王道虽微,文风未珍,森罗词翰,备载规模。考诸左氏,摘其英华,别为八体。"他所谓"八体",指命、誓、盟、祷、谏、让、书、对等八种文体及其风格特征:"一曰命,婉而当;二曰誓,谨而严;三曰盟,约而信;四曰祷,切而悫;五曰谏,和而直;六曰让,辨而正;七曰书,达而法;八曰对,美而敏。"②

司马迁的《史记》是我国第一部纪传体史书,他所创立的本纪、表、书、世家、列传以及所附论赞、自序,本身就是文体名。

班固据刘歆《七略》撰成《汉书·艺文志》,其《诗赋略》除按赋家细分外,又把杂赋分为客主赋、行出及颂德赋、四夷及兵赋、中贤失意赋、思慕悲哀死赋、鼓琴剑戏赋、杂山陵冰雹云气雨旱赋、禽兽六畜昆虫赋、器械草木赋、大杂赋、成相杂辞、隐书等十二家。末以诗衰而赋兴总结说:"古者诸侯卿大夫交接邻国,以微言相感,当揖让之时,必称诗以喻其志,盖以别贤不肖而观盛衰焉。故孔子曰'不学诗,无以言'也。春秋之后,周道浸坏,聘问歌咏不行于列国,学诗之士逸在布衣,而贤人失志之赋作矣。大儒孙卿及楚臣屈原离谗忧国,皆作赋以风,咸有恻隐古诗之义。其后宋玉、唐勒,汉兴枚乘、司马相如,下及扬子云,竞为侈丽闳衍之词,没其风谕之义。是以扬子(雄)悔之曰:'诗人之赋丽以则,辞人之赋丽以淫,如孔氏之门人用赋也,则贾谊登堂,相如入室矣,如其不用何?'自孝武立乐府而采歌谣,于是有代、赵之讴,秦、楚之风,皆感于哀乐,缘事而发,亦可以观风俗,知薄厚云。"③郑樵《通志》属史部政书类,其卷六九《艺文略》把图书分为十二类,其中《文类》又主要按文体分为二十二细目,涉及文体有楚辞、赋、赞颂、箴铭、碑谒、制诰、表章、启事、四六、军书、案判、刀笔、俳偕、奏议、论、策、书、诗评等。其他一些目录书往往也涉及文体分类。

_____

① (梁)任昉《文章缘起》,文渊阁四库全书本。

② (宋)陈骙《文则》,有正书局文学津梁本。

③ (汉)班固《汉书·艺文志》,文渊阁四库全书本。

中国古代文体资料主要集中于子部和集部。子部的类书往往集中类编各种文体资料,颇值得注意。王应麟云:"类事之书,始于《皇览》。"①但《皇览》已失传。唐武德七年(624)欧阳询等编成《艺文类聚》一百卷,为我们提供了丰富的文体资料,如卷一〇的《符命》,卷一九的《言语》、《讴谣》、《吟》、《啸》、《笑》,卷二四的《讽谏》,卷二五的《说》、《嘲戏》,卷三三的《盟》,卷四一的《论乐》,卷四二的《乐府》,卷四三的《歌》,卷五五的《经典》、《谈讲》、《读书》、《史传》、《集序》,卷五六的《诗》、《赋》,卷五七的《七》、《联珠》,卷五八的《书》、《檄》、《移》等。其他类书,如宋高承的《事物纪原》、王应麟的《词学指南》等都提供了丰富的文体资料。

清人来裕恂的《文章典》卷三之《文体》评历代文体学著作,又把文体分为撰著、集录两大类,卷四《文论》云:"上古之文不立体,六艺而已。晚周以来,诸子各自名家,多以文鸣于世,虽不立体,而大要有撰著之体,有集录之体。汉儒好为撰著之文,故西汉文章能上追三代。至唐昌黎,尽为集录,宋士宗之,以至于今,于是撰著少而集录多。故汉代多撰著之文,唐后多集录之体。"②类书即属"集录之体"。长袖善舞,多资善贾,为学须占有资料,明王世贞为郑若庸所撰《类隽序》云:"善类书者,犹之乎善货殖者也。"此书应赵康王之约而编,其编纂原则是:"唐以前毋略,略惜其遗也;宋而后毋广,广恶其杂也。宁稗而奇,毋史而庸;宁巷而雅,毋儒而俚。"③

集部分为总集、别集、诗文评三类。总集现存逾千种,形式是多种多样的:就时间看,有通代、断代之分;就文体看,有兼收诗文,有单收诗或文,或专收某一文体之别;就编纂体例看,有以体(诗或文诸体)标目,以人(作者)系体的,也有以人(作者)标目,以体(诗或文诸体)系人的。以文体标目的总集,表现了编者对诗文体裁及其分类的看法;以作者标目的总集所附评语,往往表现了编者对诗文风格的看法。二者都属于文体学的研究范围,很值得研究古代文体的学者重视。

总集编纂始于先秦,诗文分体则起于编纂诗文总集的需要。《尚书》虽列为经,但实际上是我国最早的文章总集。孔安国《尚书序》云:"芟夷繁乱,剪截浮辞,举其宏纲,撮其机要,足以垂世立教:典、谟、训、诰、誓、命之文凡百篇。"④《尚书》的"芟夷繁乱,剪截浮辞"即萧统《文选序》所说的"略其芜秽";"举其宏纲,撮其机要",即《文选序》所说的"集其清英";⑤而"垂世立教"就是编纂《尚书》的目的。

---

① (宋)王应麟《玉海》卷五四,文渊阁四库全书本。
② (清)来裕恂《汉文典·文章典》卷四《文论》,商务印书馆1906年版。
③ (明)王世贞《弇州四部稿》卷六八,文渊阁四库全书本。
④ 《尚书注疏》卷首,文渊阁四库全书本。
⑤ (梁)萧统《文选》卷首,文渊阁四库全书本。

《诗经》虽被列入经,但实际上是我国第一部诗歌总集,分为风、雅、颂三大部分;雅又分为大雅、小雅,都有文体分类意义。风又分为十五国风,雅、颂下又分为各个小类,是按题材分的,实开以后总集以体标目、以文(诗)系体之例。

《尚书》、《诗经》既已列入经部,西汉刘向所编的《楚辞》,往往就被列为我国最早的总集,此集收入屈原、宋玉、景差、贾谊、淮南小山、东方朔、严忌、王褒、刘向、王逸等人的辞赋,实开以后总集以人标目、以文(诗)系人之例。

魏晋南北朝人所编的总集大都以体标目。晋人挚虞所编的《文章流别集》,正如《四库全书总目·总集类序》所说,"其书虽佚,其论尚散见《艺文类聚》中,盖分体编录者也"。南朝梁萧统所编《文选》是典型的分体编录的总集。历代总集多主分体,因此历代总集体例是我们研究古代文体观的重要依据。

总集收多人诗文,为辑录之体;别集收个人诗文,为撰著之体。别集的编纂比总集晚得多,今存别集,始于汉代,如《贾长沙集》、《司马相如集》、《扬子云集》等,然皆后人所编。直至六朝,始自编次:"(张)融文集数十卷行于世,自名其集为《玉海》。"① 四库馆臣说:"古人不以文章名,故秦以前书,无称屈原、宋玉工赋者。洎乎汉代,始有词人,迹其著作,率由追录。故武帝命所忠求相如遗书,魏文帝亦诏天下上孔融文章。至于六期,始自编次。唐末又刊版印行。夫自编则多所爱惜,刊版则易于流传。四部之书,别集最杂,此其故欤!"② 这里简明概括了我国别集的形成和发展过程,指出了"四部之书,别集最杂"及其原因。别集有自编者,有子孙、亲友、门生所编者,有自编、他编结合者,有原集已佚,为明、清人所重辑者。"自编则多所爱惜",言外之意是自编会收文较滥。但从现存别集看,凡自编者都比他编的好得多。如王禹偁的《小畜集》三十卷即作者自编,他在《小畜集序》中说:"咸平二年守本官知齐安郡,年四十有六,发白目昏,居常多病,大惧没世而名不称矣。因阅平生所为文,散失焚弃之外,类而策之,得三十卷。"③ 现在流行的四部丛刊本《小畜集》为影印宋刊本,编排颇得法,"集凡赋二卷,诗十一卷,文十七卷",为分体编排。苏辙的《栾城》三集皆为作者所编,也是按诗、文分体编排,各体内部再按时间先后为序,比明人所编的苏轼文集合理得多。《四库全书总目·别集类七》云:"盖集为辙所手定,与东坡诸集出自他人所哀集者不同。故自宋以来,原本相传,未有妄为附益者。"

别集的编排次第,一般都是诗、文、词分体编排。诗集部分有的分体(如古体、

① 《南史·张融传》,中华书局 1975 年版。

② 《四库全书总目》卷一四八《集部总叙》,文渊阁四库全书本。

③ (宋)王禹偁《小畜集》卷首,文渊阁四库全书本。

近体之类)编排,有的以时间先后为序,各体混合编排。词集部分一般按词牌编排,多集外单行。文集一般都按文体或内容分类编排,编得较好的,各体、各类文章再按时间先后顺序编排。一般别集都是诗前文后,如《东坡集》、《栾城集》;但也有文前诗后的,如苏洵《嘉祐集》。辞赋有置于全书之前的,如文同《丹渊集》卷一为词赋,卷二至卷二一为诗,卷二二以后为文。也有些集子大概是出于尊崇皇帝吧,把写给皇帝的各类文章置于前,如叶适的《水心文集》卷一至卷五为奏札、状表、奏议,卷六至卷八为诗;卷九以后为其他文章。可见从别集的分体和编序,也可看出作者或编者的文体分类观点。别集中有不少类似曹丕《典论·论文》、陆机《文赋》这样的论文、论诗、论词的单篇文论,不少涉及文体分类,但很分散,宜仔细搜检,加以利用。

　　同属集部的,除总集、别集外,还有诗文评著作。宋元之际赵文(生卒年不详)的《郭氏诗话序》论诗话源流,也认为诗话起源于先秦:"(孔)夫子之于诗删之而已,无所论说也。亦间有所发明,如'为此诗者其知道乎',孟子又申之曰:'故有物必有则,民之秉彝也,故好是懿德。'而诗话始此矣。《三百篇》后,建安以来,稍有诗评,唐益盛,宋又盛。诗话盛而诗愈不如古,此岂诗话之罪哉? 先王之泽远而人心之不古也。"①《四库全书总目·诗文评》序云:"文章莫盛于两汉,浑浑灏灏,文成法立,无格律之可拘。建安、黄初,体裁渐备,故论文之说出焉,《典论》,其首也。其勒为一书,传于今者,则断自刘勰、钟嵘。勰究文体之源流,而评其工拙;嵘第作者之甲乙,而溯其师承,为例各殊。至皎然《诗式》,备陈法律;孟棨《本事诗》,旁采故实;刘攽《中山诗话》、欧阳修《六一诗话》,又体兼说部;后所论著,不出此五例中矣。宋明两代,均好为议论,所撰尤繁。虽宋人务求深解,多穿凿之词;明人喜作高谈,多虚憍之论。然汰除糟粕,采撷菁英,每足以考证旧闻,触发新意。《隋志》附总集之内,《唐书》以下则并于集部之末,别立此门。岂非以其讨论瑕瑜,别裁真伪,博参广考,亦有俾于文章欤?"这段话十分全面,一论诗文评之所以产生于东汉末,是因为这时文体渐备,有可能出现论文之说。二论诗文评的五种类型,或考文体源流,或评作者等第,或论诗文法式,或叙作品背景,或体兼说部,以资闲谈。在这五类中实以"体兼说部"者为大宗,这就是宋以后特别发达的诗话、词话、文话(包括赋话、四六话)之类。其中,尤以诗话为大宗。三论其分类,《隋书·经籍志》置于总集内,《新唐书·艺文志》置于"集部之末,别立此门",以后历代相袭,虽未必尽惬人意,也只好如此。最后论其价值,可以资考证,发新意,论瑕瑜,别真伪,有益于研讨为诗为文之法。

---

① (元)赵文《青山集》卷一,文渊阁四库全书本。

宋以前的诗文评著作可说是宋代出现的诗话之源,但诗话之名是到宋代才正式出现的,这就是欧阳修的《六一诗话》。最早的词话也产生于宋代,这就是杨绘的《时贤本事曲子集》和杨湜的《古今词话》。历代诗话中往往含有文话,从南北宋之际起,出现了一种四六话,可说是专门的文话,如王铚的《四六话》、谢伋的《四六谈麈》、杨囷道的《云庄四六余话》之类。这类诗话、词话、文话多以"资闲谈"为主,但也提供了大量分散的文体资料,而严羽的《沧浪诗话》论诗体,不仅论诗歌体裁,而且论其风格,更是研究文体学不可或缺的著作。

从上可见,文体分类及文体评论资料在经、史、子、集各部皆有,尤以子部、集部为多。因此,研究中国古代文体学应扩大视野,详尽占有经、史、子、集各部,特别是子部类书和集部中的文体学资料。

三 古代文体学的研究对象:体裁·体格·体类

文体学是研究文本特征及其分类的学问。文体的"体",包括文体之体(各种文本的体裁)、体格之体(各种文本的风格)、体类之体(各种文本体裁、题材或内容的类别)三个方面。中国古代文体分类学是研究中国古代各种文本的体、格、类的形成、特征、演变及其分类的学问。体类是文体分类的基础,体裁是文体的形式和载体,体格则是文体的灵魂和精神风貌,三者密不可分,具有层次性。但目前的文体学研究,多侧重对文体体裁的研究,对文体体格(风格)和体类的研究十分薄弱。因此很有必要强调对文体体格和体类的研究。

(一)体　　裁

不同的体裁有不同的写作要求,元代刘祁说:"文章各有体,本不可相犯欺。故古文不宜蹈袭前人成语,当以奇异自强。四六宜用前人成语,复不宜生涩求异。如散文不宜用诗家语,诗句不宜用散文言,律赋不宜犯散文言,散文不犯律赋语,皆判然各异。如杂用之,非惟失体,且梗目难通。然学者暗于识,多混乱交出,且互相诋诮,不自觉知此弊,虽一二名公不免也。"[①]李东阳《匏翁家藏集序》也说:"言之成章为文,文之成声则为诗。诗与文同谓之言,亦各有体而不相乱。若典、谟、训、诰、誓、命、爻、象之谓文,风、雅、颂、赋、比、兴之为诗。变于后世,则凡序、记、书、疏、笺、铭、赞、颂之属

---

① (元)刘祁《归潜志》卷一二,文渊阁四库全书本。

皆文也;辞赋、歌什、吟谣之属皆诗也。"①这里所谓"有体",指符合不同体裁的不同要求;"失体",指不符合这些要求:皆指不同体裁所应具有的语言形式、结构形态、表述方法等。

中国诗文体裁的分类往往有多重标准:或依据题材内容,如诏为上对下,奏为下对上等。

或依据语言形式分类,包括每首句数,每句字数。中国古诗多为四句或八句,但也有一句之诗,如《汉书》"枹鼓不鸣董少年",汉童谣"千乘万骑上北邙",梁童谣"青丝白马寿阳来";有两句之诗,如荆卿《易水歌》;有三句之诗,如汉高祖的《大风歌》;而多者达数百句,如王禹偁的《谪居感事》一百六十韵。诗歌每句字数多为四言、五言、七言,但也有一至九言,其至超过九言的诗。严羽《沧浪诗话·诗体》云:"有杂言,有三五七言(自三言而终以七言,隋郑世翼有此诗:"秋风清,秋月明。落叶聚还散,寒鸦栖复惊。相思相见知何日,此日此夜难为情"),有半五六言(晋傅玄《鸿雁生塞北》之篇是也),有一字至七字(唐张南史《雪月》、《花草》等篇是也。又隋人应诏有三十字,凡三句七言,一句九言,不足为法,故不列于此也)。"词、曲句式看似比较自由,实际各句字数都有限定。

或依据语言格律分类,如李之仪《谢人寄诗并问诗中格目小纸》把诗分为近体、古体、格律、半格律,以及叹、行、歌曲,《宋文鉴》把诗歌分为古诗、律诗、绝句,即依据其是否有格律而分。

(二) 体格(风格)

体格是指诗文的风格、流派。中国古代的各种术语常常一语多义,文体学术语也一样,如《晋书》卷四五《和峤传》云:"峤少有风格,慕舅夏侯玄之为人,厚自崇重,有盛名于世唐。"这里的"风格"当然不是指诗文风格。体格本指人体的外表形态,但指诗文风格者也不少,如释皎然《诗式·辨体有一十九字》云:"逸:体格简放曰逸。""简放"、"逸"的"体格",显指诗歌风格。唐李嘉佑《访韩司空不遇》云:"图画风流似(顾)长康,文词体格效陈王(曹植)。"②"文词体格"更是不言自明,指文词风格。类似例子很多,详本书下卷《中国古代文体分类学》第十一章《文体风格的分类》。

体格是指诗文的风格、流派。文体学在国外常称为风格学。中国古代论文体

---

① (明)李东阳《怀麓堂集》卷六五,文渊阁四库全书本。

② (宋)洪迈《万首唐人绝句》卷十,文渊阁四库全书本。

也兼指体裁和风格。曹丕《典论·论文》云："奏议宜雅，书论宜理，铭诔尚实，诗赋欲丽。"这里所说的奏、议、书、论、铭、诔、诗、赋，为体裁之体；雅、理、实、丽，皆指风格。

陆机云："诗缘情而绮靡，赋体物而浏亮。碑披文以相质，诔缠绵而凄怆。铭博约而温润，箴顿挫而清壮。颂优游以彬蔚，论精微而朗畅。奏平彻以闲雅，说炜晔而谲诳。"①这里所论的诗、赋、碑、诔、铭、箴、颂、论、奏、说，皆指体裁；而绮靡、浏亮、相质、凄怆、温润、清壮、彬蔚、朗畅、闲雅、谲诳，皆指风格。

唐人令狐楚评张祜诗云："祜久在江湖，早工篇什，研几甚苦，搜象颇深。辈流所推，风格罕及。"②刘知幾云："词人属文，其体非一，譬甘辛殊味，丹素异彩。"③以甘辛、丹素喻体，显然也是指诗文风格。唐释齐己《风骚指格·诗有十体》的"高古"、"清奇"也是指诗歌风格。④唐释皎然《诗式·辨体有一十九字》云："高：风韵切畅曰高。逸：体格简放曰逸。贞：放词正直曰贞。忠：临危不变曰忠。节：持节不改曰节。志：立性不改曰志。气：风情耿耿曰气。情：缘境不尽曰情。思：气多含蓄曰思。德：词温而正曰德。诚：检束防闲曰诚。闲：情性疏野曰闲。达：心迹旷诞曰达。悲：伤甚曰悲。怨：词理凄切曰怨。意：立言曰意。力：体裁劲健曰力。静：非如松风不动，林狄未鸣，乃谓意中之静。远：非谓森森望水，杳杳看山，乃谓意中之远。"⑤这十九个字的"辨体"，也主要是辨诗的风格、风貌。

严羽《沧浪诗话·诗体》第一次把体裁与风格并列论述。首论体裁云："《风》、《雅》、《颂》既亡，一变而为《离骚》，再变而为西汉五言，三变而为歌行、杂体，四变而为沈、宋律诗。五言起于李陵、苏武，七言起于汉武《柏梁》，四言起于汉楚王傅韦孟，六言起于汉司农谷永，三言起于晋夏侯湛，九言起于高贵乡公。"其下论风格，认为不同的时代有不同的风格："以时而论，则有建安体、黄初体、正始体、太康体、元嘉体、永明体、齐梁体、南北朝体、唐初体、盛唐体、大历体、元和体、晚唐体、本朝体、元祐体、江西宗派体。"不同的名家有不同的风格："以人而论，则有苏李体、曹刘体、陶体、谢体、徐庾体、沈宋体、陈拾遗体、王杨卢骆体、张曲江体、少陵体、太白体、高达夫体、孟浩然体、岑嘉州体、王右丞体、韦苏州体、韩昌黎体、柳子厚体、韦柳体、李长吉体、李商隐体、卢仝体、白乐天体、元白体、杜牧之体、张籍王建体、贾浪仙体、孟东野体、杜荀鹤

---

① 《文选》卷一七《文赋》，文渊阁四库全书本。
② （元）辛文房《唐才子传》卷四引，文渊阁四库全书本。
③ （唐）刘知幾《史通·自叙》，文渊阁四库全书本。
④ （明）陶宗仪《说郛》卷八〇，文渊阁四库全书本。
⑤ （明）陶宗仪《说郛》卷七九上，文渊阁四库全书本。

体、东坡体、山谷体、后山体、王荆公体、邵康节体、陈简齐体、杨诚斋体。"不同的总集（或名篇）有不同的风格："又有所谓选体、柏梁体、玉台体、西昆体、香奁体、宫体。"严羽所述是大体符合实际的，基本概括了宋以前的主要诗歌风格，只有"西昆体即李商隐体"待酌。如果作为溯源，可以这样说。但严羽又说"李商隐体即西昆体"，西昆体"兼温庭筠及本朝杨（亿）、刘（筠）诸公"，这就不对了。这是沿袭北宋惠洪《冷斋夜话》卷四之误："诗到李义山，谓之文章一厄，以其用事僻涩，时称西昆体。""时"当指李义山同时或其略后，但遍查唐人著述，没有称李义山诗为西昆体者。这大概是最早把李义山诗称为西昆体的，以后袭其误者不少。

杨万里《石湖先生大资参政范公文集序》称美范成大诸体皆工而风格多样："至于公，训诰具西汉之尔雅，赋篇有杜牧之刻深，骚词得楚人之幽婉，序山水则柳子厚，传任侠则太史迁，至于大篇决流，短章敛芒，缛而不酿，缩而不窘，清新妩丽奄有鲍谢，奔逸隽伟穷追太白，求其只字之陈陈、一倡之鸣鸣而不可得也。"①这里，训诰、赋篇、骚词、序（记）、传指体裁，尔雅、刻深、幽婉、大篇决流、短章敛芒、缛而不酿、缩而不窘、清新妩丽、奔逸隽伟皆指风格。

诗有诗品。司空图《二十四诗品》所列雄浑、冲淡、纤秾、沉着、高古、典雅、洗炼、劲健、绮丽、自然、含蓄、豪放、精神、缜密、疏野、清奇、委曲、实境、悲慨、形容、超诣、飘逸、旷达、流动，这些诗品（诗的品格）也多指诗的风格，《四库全书总目·诗品》提要就直接称之为体："所列诸体毕备，不主一格。"严羽《沧浪诗话·诗辨》云："诗之品有九，曰高，曰古，曰深，曰远，曰长，曰雄浑，曰飘逸，曰悲壮，曰凄婉。"这也是论诗的风格。

文有文品，元富大用云："开府之荣名重矣，矧优其礼命，视于文品为第一。"②王士禛云："宁都魏禧叔子以古文名世，余观其《地狱论》上中下三篇殊非儒者之言。宣城吴肃公《晴岩街南集》文品似出其右，而知之者尚少。"③

词有词品，杨慎著有《词品》六卷。

曲有曲品，涵虚子《词品》实论元曲风格："马东篱如朝阳鸣凤，张小山如瑶天笙鹤，白仁甫如鹏抟九霄，李寿卿如洞天春晓，乔梦符如神鳌鼓浪，费唐臣如三峡波涛，宫大用如西风鵰鹗，王实甫如花间美人，张鸣善如彩凤刷羽，关汉卿如琼筵醉客，郑德辉如九天珠玉，白无咎如太华孤峰，以上十二人为首等。"④

---

①　（宋）杨万里《诚斋集》卷八三，文渊阁四库全书本。
②　（元）富大用《古今事文类聚》新集卷三，文渊阁四库全书本。
③　（清）王士禛《分甘余话》卷四，文渊阁四库全书本。
④　（明）陶宗仪《说郛》卷八四下。

元稹在《唐故工部员外郎杜君墓系铭》中赞扬杜甫"掩颜谢之孤高,杂徐庾之流丽,尽得古今之**体势**",①皎然《诗式》的"**体裁**劲健曰力",这里的"**体势**"、"**体裁**"也显指风格。

同一风格的诗文多了,就形成流派,如诗有江西诗派、江湖派,词有豪放派、婉约派,文有桐城派、阳湖派之类。这类诗、文、词流派也主要是按风格分派的。杨万里《江西宗派诗序》认为江西诗派并非都是江西人,而是"风味"也就是风格相似的一群诗人:"江西宗派诗者,诗江西也,人非皆江西也。人非皆江西而诗曰江西者何? 系之也。系之者何? 以味不以形也……高子勉不似二谢(谢逸、谢迈),二谢不似三洪(洪朋、洪刍、洪炎),三洪不似徐师川(俯),师川不似陈后山(师道),而况似山谷(黄庭坚)乎? 味焉而已矣。酸咸异和,山海异珍,而调腼之妙出乎一手也。似与不似,求之可也,遗之亦可也。"②

(三) 体类:次文之体,各以类分

体类的概念是萧统《文选序》首先提出的:"凡次文之体,各以汇聚。诗赋体既不一,又以类分;类分之中,各以时代相次。"也就是说,《文选》不仅是按体编排的,也是按题材内容分类编排的,各类之文又以时代先后为序。他把所选的诗文分为赋、诗、骚、七等三十八体;每体又按题材内容分若干小类,如赋又分为京都、郊祀、耕藉、畋猎、纪行、游览、宫殿、江海、物色、鸟兽、志、哀伤、论文、音乐、情等小类;诗又分为补亡、述德、劝励、献诗、公燕、祖饯、咏史、百一、游仙、招隐、反招隐、游览、咏怀、哀伤、赠答、行旅、军戎、郊庙、乐府、挽歌、杂歌、杂诗、杂拟等小类,各类之下再按时代先后分系各个作者的作品,如赋体京都类就收有班固的《两都赋》、左思的《三都赋》等。《文选》以后的总集多仿用这种体例,吴曾祺云:"自《昭明文选》而下,如《唐文粹》、《文苑英华》、《宋文鉴》、《金文雅》、《元文类》、《明文海》诸书,皆主分体,而离合之间,均不无可议。到国朝桐城姚惜抱先生(鼐)始约之为十三,曰论说,曰序跋,曰奏议,曰书说,曰赠序,曰诏令,曰传状,曰碑志,曰杂记,曰箴铭,曰颂赞,曰辞赋,曰哀祭。湘乡曾文正公(国藩)著《经史百家杂抄》,因姚氏之书而稍有变易,而大致不殊。于是论文体者莫不以此为圭臬。"③

---

① (唐)元稹《元氏长庆集》卷五六,文渊阁四库全书本。

② (宋)杨万里《诚斋集》卷七九,文渊阁四库全书本。

③ (清)吴曾祺《涵芬楼文谈·辨体第六》,商务印书馆宣统三年版。

《文心雕龙》同样"体既不一，又以类分"，全书把文体分为文与笔两大类，其下多以两种文体合为一篇的篇名，如卷四《论说》就包括了论与说两种文体："论者伦也，伦理无爽则圣意不坠"；"说者悦也，兑为口舌，故言咨悦怿。"而论与说之下又分为若干文体，论就分为议、说、传、注、赞、评、序、引八体："详观论体，条流多品。陈政则与议说合契，释经则与传注参体。辨史则与赞评齐行，铨文则与叙引共纪，故议者宜言，说者说语，传者转师。注者主解，赞者明意，评者平理，序者次事，引者胤辞。八名区分，一揆宗论。论也者弥纶群言而研精一理者也。"

中国古代的文体非常繁多，而且随着社会文化的发展越来越多。词、曲以词牌、曲牌为体。明曹学佺《诗话记》第四云："《花间集》十卷，孟蜀卫尉少卿赵崇祚选，欧阳炯序。内云李太白应制《清平乐》四首，为词体之祖，不知陈隋之《玉树后庭花》《水殿歌》词，已有之矣。"①这里的"词体"即指词牌。明人曹安谓《元诗体要》为类三十有八"，其一曰"曲体"。②此指散曲，为诗体之一，与戏曲的曲体不尽同义。王世贞所论乃戏曲之曲："曲者词之变，自金元入中国，所用北乐嘈杂凄紧，缓急之间，词不能按，乃更为新声以媚之。而诸君如贯酸斋、马东篱、王实甫、关汉卿、张可久、乔梦符、郑德辉、富大用、白仁甫辈，咸富有才情，兼喜声律，以故遂擅一代之长，所谓宋词、元曲殆不虚也。"③而词牌、曲牌，更数以千计。面对这数以千计的文体，只能分体分类编排，以便以简驭繁。

中国文体是分层次的。第一个层次分为文、诗、词、曲、小说、戏剧。第二个层次是就文、诗、词、曲、小说、戏剧之下再分，如文又可分为文与笔（韵文与无韵文），骈文与散文。第三个层次是就骈文与散文，韵文与无韵文再细分，如骈文又可再细分为诏令、公牍、表、启等。第四个层次是就诏令、公牍、表、启等再细分，如诏令又分为诏、诰、制、命令、戒敕、喻告、赦文、册文、御札、御笔；公牍又分为国书、羽檄、露布、移、判等。

某些文体称谓不同而差别甚小，但又确有差别，必须尊重这一事实。为了使这众多文体有所归属，做到纲举目张，有条不紊，只有把相近的文体归类，以大类套小类。事实上前人已经这样做了，只是划分大类小类的角度、方法不同罢了。作为总集的《尚书》是按时代先后分为《尧典》《舜典》《大禹谟》《皋陶谟》《益稷》，《夏书》分为《禹贡》《甘誓》《五子之歌》《胤征》《商书》《周书》分得更细。《诗经》分为风、雅、颂，这也证明分体分类是出于编纂总集的需要。

---

①　（明）曹学佺《蜀中广记》卷一〇四引，文渊阁四库全书本。

②　（明）曹安《谰言长语》，文渊阁四库全书本。

③　（明）王世贞《弇州四部稿》卷一五二《艺苑卮言》，文渊阁四库全书本。

　　章炳麟的《国故论衡》把我国的文体区分为有韵、无韵两大类。这种分法虽有一定用处,但也有缺点,类太大,近于未分。试想,如果把徐师曾《文体明辨》所列的一百二十七种文体(实际上还不止此数),仅分为诗与文,有韵与无韵两大类,有多大价值呢? 何况这两大类也概括不了中国古代的文体,正如严既澄所说,"无论哪一国的文学,大抵只能划为韵文和散文两大部,惟有中国的文体,在这两大部而外,却还有那自成一体的骈文,既不能算是散文,只好让它自成一部了"。①而且有些文体也很难用韵文、散文和骈文归类。中国的很多文体,特别是赋、箴、铭、颂、赞、哀辞、祭文等,都既可用韵文,也可用骈文,甚至用散文写作。各种序,一般都是散文,但也有纯以骈文为序者,如姚勉《雪坡集》卷二五《回张生去华求诗序》,究竟把他们归入哪一类呢? 姚永朴说:"文有名异而实同者,此种只当括而归之一类中,如骚、七、难、对问、设论、辞之类,皆辞赋也;表、上书、弹事,皆奏议也;笺、启、奏记、书,皆书牍也;诏、册、令、教、檄、移,皆诏令也;序及诸书论赞,皆序跋也;颂、赞、符命,同出褒扬;诔、哀、祭、吊,并归伤悼。此等昭明,皆一一分之,徒乱学者之耳目……自惜抱先生(姚鼐)《古文辞类纂》出,辨别体裁,视前人乃更精审,其分类凡十有三……举凡名异而实同与名同而实异者罔不考而论之。分合而入之际,独厘然当于人心。乾隆、嘉庆以来号称善本,良有以也……曾文正公(国藩)又选《经史百家杂钞》,其分门有三。著述门凡三类,曰著述,曰辞赋,曰序跋;诰语门凡四类,曰诏令,曰奏议,曰书牍,曰哀祭;记载门凡四类,曰传志,曰叙记,曰典志,曰杂记。"②姚鼐《古文辞类纂》和曾国藩《经史百家杂抄》把众多的文体归为十余类,大小适中,较为适用。

四　关于《中国古代文体学》全书的分工

　　《中国古代文体学》全书由上卷《中国古代文体学史》、下卷《中国古代文体分类学》以及汇集中国古代文体资料的附卷组成。

　　鉴于目前不仅普通读者,而且有些古典文学研究者都缺乏中国古代文体常识,我决定编著相互联系而又各有分工的三部书以组成《中国古代文体学》:

　　一是中国古代文体资料集成。我的研究习惯都是从资料工作做起,这既可使自己的研究建立在比较扎实的资料基础上,又能为其他研究者提供比较全面的中国古代文体资料。《中国古代文体学史》、《中国古代文体分类学》是专著,是我对中国古代

---

①　转引自《中国文学概论》,中华书局 1934 年版。

②　姚永朴《文学研究法》卷一《门类》,王水照:《历代文话》第七册,第 6862 页。

文体学纵横两方面的看法,只能有选择地运用中国古代文体资料,未必完全符合中国文体实际,也许捡了芝麻丢了西瓜。汇集整理中国古代文体资料,旨在为文体学研究者和爱好者提供尽可能完整的原始资料,专著求精,资料求全。研究中国古代文体的视野宜宽,应仔细搜集各部书中的文体资料,这是文体学研究的基础。为此,我遍查从先秦至五四前后的经、史、子、集,广泛搜集中国古代文体资料,包括文体体裁、体格(太多,只能有选择地收录)、体类的资料,编成本书的附卷。

二是《中国古代文体学史》,这是从纵的角度,论述历代文体学的形成、演变、发展过程,介绍中国古代文体学论著及其主要观点。先秦两汉是中国文体的萌芽期,这一时期不仅要看其论述(相对较少),更要看其创作实践,两者结合,确实已备诸体;汉魏六朝是中国文体学的形成期,《文选》特别是《文心雕龙》基本奠定了中国文体学的基础;唐、宋、元是中国文体学的发展期,宋人严羽的《沧浪诗话》明确提出诗体包括体裁和风格,对整个诗词文分体都很有参考价值;明清是中国文体学的集大成期,特别是明代的《文章辨体汇选》,清代的《古今图书集成》,可说是中国文体学完成的标帜。

三是《中国古代文体分类学》,这是从横的方面论述中国古代各种文本的体裁和风格的形成、演变及其文体特征,对文体分类作较为系统的论述。第一部分为总论,论文体学是研究文体分类的学问,阐述文体的不同分类法,或按题材类别,或按诗文风格,或按诗文体裁分类,以及文体学与相关学科的关系。第二部分论体裁分类,这是全书的重点,包括散文、辞赋、骈文、韵文、诗体、词体、散曲、戏剧、分类、小说等。第三部分专论风格分类,包括以时而论、以人而论、以总集(包括书名或篇名而论)和以派而论的诗词文风格分类。第四部分专论体类,主要以总集、别集的分类说明这一问题。本书也仿刘勰《文心雕龙·序志》之说,对每种文体也将释其名以彰该体之义,介绍其文体特征及写作要求,该文体的渊源及各代的新变。空论文体不足以见其文体特征,故论每种文体都将举其最早或最有表性的名篇作为范例论述。由于文体在发展过程中的嬗变,还出现了大量同名异体、同体异名的问题。如同为乐府,汉代起指乐府诗,宋代指词,元代更指曲。同体异名在词曲里尤为多见,如《念奴娇》又名《百字令》、《大江东去》、《酹江月》、《壶中天》。黄侃云:"文体多名,难可拘滞。有沿古以为号,有随宜以立称,有因旧名而质与古异,有创新号而实与古同。"《中国古代文体分类学》对类似现象都将分别论述。本书主要研究五四新文化运动以前的中国古代文体。五四以后产生了很多新兴文体,一则还未完全定型,二则本人素无研究,故只好留待他人。

附卷凡例

一、本書資料收錄的時間範圍,上起先秦,下迄五四,分爲先秦、兩漢、魏晉南北朝、隋唐五代、宋遼金、元、明、清、近代、附録十個部分。

二、本書資料收錄的圖書範圍涵蓋經、史、子、集四部,集部包括總集、別集和詩文評類。

三、本書所謂文體,包括各种文本的體裁、體格(風格、流派)、體類(從不同角度出發的文體分類)。

四、關於本書資料收錄標準的説明:

1. 關於先秦文體資料:先秦時期,很多文體還未出現,很多文體還處於萌芽期,缺乏文體意識,關於文體的直接論述極少。因此,本書先秦部分只是斟情收録言及某一文體及其功用的資料。

2. 關於資料的重復性問題:古代學者文人在論述有關文體的問題時,常常直接或間接引用前人論述。本書爲保證資料的完整性,便於讀者閱讀理解和準確把握,一般不避重複。但對個別引用量較大,而所引資料本書前已收録者則從略,並在相應位置注明"(略)"(如全篇引用《文心雕龍》某篇的情況)。

3. 關於類書資料的收録:各朝類書中所收文體資料,均是類書編纂者按一定標準對前人有關文體的研究或論述的選録性總結,並不是簡單的重複,間接體現了類書編纂者的文體觀;並且,由於類書自身的特點,類書中的文體資料往往分類清楚,資料豐富,間接體現了文體學的發展過程。因此,本書選録了從《藝文類聚》到《古今圖書集成》等部分具有代表性和影響力的類書中的文體資料。另外,類書中往往引用了部分具有源頭性、代表性的作品及相關本事,有助於加深我們對某一文體的認識,本書亦有選擇性地收録。

4. 關於音韻、音樂資料的收録:在古代,詩、詞、曲的格律及演唱與音韻、音樂有密切關係,音韻、音樂也是把握詩、詞、曲文體特徵的一個重要方面。因此本書收録了一些與詩、詞、曲格律及演唱有關的音韻、音樂資料,以便讀者加深對相關文體的認識和把握。

5. 關於詞譜、曲譜的收録:詞牌、曲牌实爲詞體、曲體。每一種詞牌、曲牌及相關規定,其實都界定了一種具體的詞體、曲體。歷代有關詞牌、曲牌的書很多,爲省篇幅,避重複,本書全文收録了《欽定詞譜》和《欽定曲譜》,他多從略。

6. 關於總集目録的收録:總集,尤其是早期總集的編排方式,往往具體體現了編者的文體分類主張,因此本書選録了部分總集(如《尚書》、《文選》、《文苑英華》、《唐文粹》等)的目録。

7. 關於論述文體風格的資料的收録:廣義的文體概念包含了風格,但論述文體風格的資料太多,因此本書只是選録了如《詩品》、《二十四詩品》等最具有代表性的作品。

8. 關於樂府古題名及其背景資料的收録:這一類資料有助於對樂府古題的了解,因此本書亦斟情收録一些。

9. 關於與戲曲有關的資料的收録:戲曲總是離不開表演的,因此本書斟情收録了部分有關戲劇角色、表演的資料。

五、本書每部分資料大體按作者時代先後或書籍成書年代先後編排。作者生卒年不詳或書籍成書年代不詳,又無其他資料相參證的,則列於每部分之末。

六、本書資料原則上以作者立目,不能或不便以作者立目的(如部分總集、集體編纂的作品、編著者不能確定的作品、佚名作品等),則以書籍名立目(如《尚書》、《詩經》、《論語》等)。類書由於其特殊性,以編者名加書名立目。

七、每一作者目(或書籍目)下爲簡介(不標"簡介"二字,以仿宋體字表示),内容包括該作者生卒年、籍貫,主要學術或文學成就,重要著述,作爲資料來源的書籍及版本出處。爲省篇幅,一般不詳述作者生平仕履。

八、本書所收資料,有篇名標題的,均以原篇名標題標目;無篇名標題的,一般不另擬篇名標題,而以"《某書》"形式標目。節録的,標注"(節録)"二字。

九、本書所收資料,除明顯錯訛徑改外,均從所引用的版本,不出校記;文字一般照用原書之字,不統一異體字、異形字。

十、所收資料,如有小字注疏或闡釋、點評的,均按原書格式編排,以单行小五号宋体字區分,不分割立目。如《周禮》之《周禮注疏》、《周禮訂義》,則將《周禮注疏》、《周禮訂義》附于《周禮》各條正文之後;梁任昉《文章緣起》之明陳懋仁註、清方熊補註,則將陳懋仁註、方熊補註附于任昉《文章緣起》各條正文之後。

十一、每條資料後面括注作爲資料出處的原書卷次或篇名或頁碼。

十二、爲保持所録資料的原始性,特改用繁體字排版。

先 秦

《尚 書》

　　《尚書》本稱《書》，因其爲上（"尚"同"上"）古之書，故名之曰《尚書》，儒家尊之爲《書經》，是我國最早的關於中國上古歷史和事跡的文獻彙編，相傳由孔子編撰而成，但有些篇章是後人補充進去的。西漢初存二十八篇，因用漢代通行的隸書抄寫，故稱《今文尚書》。另有相傳漢武帝時從孔子住宅壁中發現的《古文尚書》（現只存篇目和少量佚文）和東晉梅賾所獻的僞《古文尚書》（較《今文尚書》多十六篇）。現在通行的《十三經注疏》本《尚書》，就是《今文尚書》和僞《古文尚書》的合編本。

　　詩文分體起於編纂詩文集的需要。《尚書》是我國第一部文章（散文）總集，涉及諸多文體，如詩（關於"詩言志"，詩的教育作用，詩與樂、舞的聯繫）、歌、典（如《堯典》、《舜典》）、謨（如《大禹謨》、《皋陶謨》）、誓（如《甘誓》、《湯誓》、《秦誓》、《牧誓》、《費誓》）、誥（如《仲虺之誥》、《湯誥》、《大誥》、《康誥》、《酒誥》、《召誥》、《洛誥》、《康王之誥》）、訓（如《伊訓》）、命（如《説命》、《微子之命》、《蔡仲之命》、《顧命》、《畢命》、《冏命》）等，反映了不同文體的不同作用。故孔安國《尚書序》云："芟夷繁亂，剪截浮辭，舉其宏綱，撮其機要，足以垂世立教：典、謨、訓、誥、誓、命之文，凡百篇。"

　　本書資料據四庫全書本漢孔安國傳、唐孔穎達疏《尚書注疏》。

《尚書》（節録）

　　帝曰："夔，命女典樂，教胄子：直而溫，寬而栗，剛而無虐，簡而無傲。詩言志，歌永言，聲依韻永，律和聲，八音克諧，無相奪倫，神人以和。"夔曰："於（嗚呼），予擊石拊石，百獸率午。"（卷一《虞書·堯典》）

　　湯既黜夏，命復歸於亳，作《湯誥》。（卷七《商書·湯誥》）

　　武王崩，三監及淮夷叛，周公相成王，將黜殷，作《大誥》。（卷一二《周書·大誥》）

成王既伐管叔、蔡叔，以殷余民封康叔，作《康誥》。（卷一三《周書·康誥》）

康王既尸天子，遂誥諸侯，作《康王之誥》。（卷一八《周書·康王之誥》）

附：《尚書》目録

《虞書》：《堯典》、《舜典》、《大禹謨》、《皐陶謨》、《益稷》。

《夏書》：《禹貢》、《甘誓》、《五子之歌》、《胤征》。

《商書》：《湯誓》、《仲虺之誥》、《湯誥》、《伊訓》、《太甲上》、《太甲中》、《太甲下》、《咸有一德》、《盤庚上》、《盤庚中》、《盤庚下》、《説命上》、《説命中》、《説命下》、《高宗肜日》、《西伯戡黎》、《微子》。

《周書》：《泰誓上》、《泰誓中》、《泰誓下》、《牧誓》、《武成》、《洪範》、《旅獒》、《金縢》、《大誥》、《微子之命》、《康誥》、《酒誥》、《梓材》、《召誥》、《洛誥》、《多士》、《無逸》、《君奭》、《蔡仲之命》、《多方》、《立政》、《周官》、《君陳》、《顧命》、《康王之誥》、《畢命》、《君牙》、《冏命》、《吕刑》、《文侯之命》、《費誓》、《秦誓》。

《詩　經》

　　《詩經》是我國第一部詩歌總集，收入自西周初年至春秋中葉五百多年的詩歌三百一十一篇，其中六篇爲"笙詩"，只有標題，没有内容，實際只有三百零五篇，故取其整數，又稱《詩三百》。西漢時被尊爲儒家經典，始稱《詩經》，沿用至今。關於《詩經》的成書，有行人采詩、獻詩、孔子删詩三説。《詩經》分爲《風》、《雅》、《頌》三大部分。《風》又分爲十五《國風》，《雅》又分爲《大雅》、《小雅》。《雅》、《頌》都分爲若干什，這是按題材分的。賦、比、興是《詩經》的藝術表達手法，而風、雅、頌則有一定的文體分類意義。《詩經》的基本句式是四言，間或雜有二言至九言的各種句式，但雜言句式比例很小。至漢以後，仍有四言詩，但已不再是主流詩體，反而在辭賦、頌、贊、誄、箴、銘等韻文文體中，四言句式十分普遍。《詩經》中，常常言及詩、歌、頌等文體。

　　本書資料據中華書局1980年《十三經注疏》本《毛詩正義》。

《詩經》（節録）

夫也不良，歌以訊之。（《陳風·墓門》）

園有桃，其實之殽，心之憂矣！我歌且謡。（《魏風·園有桃》）

家父作頌,以究王訩。(《小雅·節南山》)

作此好歌,以極反側。(《小雅·何人斯》)

寺人孟子,作爲此詩,凡百君子,敬而聽之。(《小雅·伯巷》)

豈不懷歸,是用作歌,將母來諗。(《小雅·四牡》)

君子作歌,維以告哀。(《小雅·四月》)

矢詩不多,維以遂歌。(《大雅·卷阿》)

王欲玉女,是用大諫。(《大雅·民勞》)

吉甫作頌,其詩孔碩。其風肆好,以贈申伯。(《大雅·崧高》)

吉甫作頌,穆如清風。仲山甫永懷,以慰其心。(《大雅·烝民》)

《周　禮》

　　周禮是周代政治制度、文化制度、禮儀制度等的總稱。《周禮》一書則是周禮的集中反映。《周禮》又名《周官》、《周官經》,儒家經典“三禮”(《周禮》、《儀禮》、《禮記》)之一。關於它的成書及作者,衆説紛紜,但一般認爲是戰國時代的作品。古文經學家認爲周公所作,今文經學家認爲出於戰國或指爲西漢末年的劉歆所僞造。

　　《周禮注疏》四十二卷,漢鄭玄注,唐賈公彦疏。鄭玄爲東漢著名經學大師,其生平詳見《易緯》。賈公彦,永年(今屬河北)人。永徽(650—655)中,官至太學博士,撰《儀禮義疏》諸書。

　　《周禮訂義》,宋王與之撰。與之字次點,樂清(今浙江樂清)人。《周禮訂義》所採舊説凡五十一家,唐以前僅採杜子春、鄭興、鄭衆、鄭玄、崔靈恩、賈公彦等六家,其餘四十五家則皆宋人,凡文集、語録無不搜採。《周禮·春官·太祝》提出了六辭説,六辭皆爲當時的不同文體。另外,還言及策、贊、風、雅、頌、賦、誓、誥、銘、詔等文體。

　　本書資料據四庫全書本《周禮注疏》、宋王與之《周禮訂義》。

《周禮注疏》(節録)

　　教六詩:曰風,曰賦,曰比,曰興,曰雅,曰頌。

　　賦之言鋪,直鋪陳今之政教善惡。比,見今之失不敢斥言,取比類以言之。興,見今之美,嫌於媚諛,取善事以喻勸之。雅,正也,言今之正者,以爲後世法。頌之言誦也,容也,誦今之德廣以美之。鄭司農云:古而自有風、雅、頌之名,故延陵季子觀樂於魯時,孔子尚幼,未定《詩》、《書》,而因爲之歌《邶》、《鄘》、《衛》,曰:是其衛風乎! 又爲之歌《小雅》、《大雅》，又爲之歌《頌》。論語曰："吾自衞反魯，然後樂正，雅、頌各得其所。"時禮樂自諸侯出，頗有謬亂不正，孔子正之，曰比，曰興。比者，比方於物也。興者，託事於物。（以上卷二三《春官·大師》）

作六辭以通上下親疏遠近，一曰祠，二曰命，三曰誥，四曰會，五曰禱，六曰誄。

注：鄭司農云：祠，當爲辭，謂辭令也。命，《論語》所謂"爲命裨諶，草創之"。誥，謂《康誥》、《盤庚之誥》之屬也。盤庚將遷于殷，誥其世臣卿大夫，道其先祖之善功，故曰"以通上下親疏遠近"。會，謂王官之伯命事於會，胥命于蒲，主爲其命也。禱，謂禱於天地社稷宗廟，主爲其辭也。《春秋傳》曰：鐵之戰，衞大子禱曰：曾孫蒯聵敢昭告皇祖文王烈祖：康叔文祖、襄公鄭勝亂，從晉午，在難不能治亂，使蒯尌之。蒯聵不敢自佚，備持矛焉。敢告。無絶筋，無破骨，無面夷，無作三祖羞大命，不敢請佩玉，不敢愛若此之屬也。誄，謂積累生時德行，以賜之命，主爲其辭也。《春秋傳》曰："孔子卒，哀公誄之曰：閔天不淑不憖，遺一老俾屏餘一人，以在位嫛嫛。予疚。嗚呼哀哉！尼父無自律。此皆有文雅。辭，即令，難爲者也。故大祝官主作《六辭》。或曰誄，論語所謂'誄曰：禱爾於上下神祇。'"杜子春曰："誥，當爲告。書亦或爲告玄，謂一曰祠者交接之辭。"《春秋傳》曰："古者諸侯相見，號辭必稱先君以相接，此之辭也。"會，謂會同，盟誓之辭。禱，賀慶言福祚之辭。晉趙文子成室，晉大夫發焉。張老曰：美哉，輪焉！美哉，奐焉！歌於斯，哭於斯，聚國族於斯。文子曰：武也，得歌於斯，哭於斯，聚國族於斯。是全要領，以從先大夫於九京也。北面再拜稽首，君子謂之善頌善禱，是禱之詞音義。（卷二五《春官·大祝》）

凡命諸侯及孤卿大夫，則策命之。凡四方之事書，內史讀之。王制祿，則贊爲之，以方出之，賞賜亦如之。（卷二六《春官·內史》）

士師以五戒先後刑罰，毋使罪麗于民。一曰誓，用之于軍旅；二曰誥，用之于會同。（卷三四《秋官·士師》）

《周禮訂義》（節録）

凡有功者，銘書於王之大常，祭於大烝，司勳詔之。

鄭康成曰：銘之言名也，生則書於王旌，以識其人與其功也。死則於烝先王祭之，詔謂告其神以辭也。盤庚告其卿大夫曰：茲予大享于先王爾祖，其從與享之是也。今漢祭功臣於廟庭。○劉迎曰：先儒釋典庸器之序，官既以庸器爲銘功之器，何至此遽改銘爲名，而謂書其名于王旌耶？蓋考之諸經，凡言銘者，四湯之《盤銘》，衞孔悝之《鼎銘》，嘉量之銘林、鍾之銘，皆刻而鑄之於器者也。今言銘與書爲一事，則銘豈書者耶？而止曰"凡有功者銘"。銘之爲器，有鼎，有鍾，有烝彝之屬，非大常、大烝可指名之也。王氏曰：大烝，冬之大享，當是時，百物皆報焉，祭有功宜矣。○鄭鍔曰：大常之書，司常之職也；大烝之祭，大宗伯之職也。司勳知立功之人當銘，則詔之使銘；當祭，則詔之使祭。銘於大常，使與日月同其久也；祭於大烝，使與祖宗之神同享乎盛祭也。可以見其報之之厚。○王昭禹曰：必使司勳詔之，則以有大功者其貳藏于司勳故也。

（卷四九）

《禮 記》

　　《禮記》是一部戰國至秦漢年間儒家學者解釋説明經書《儀禮》的著作,是一部儒家思想的資料彙編。《禮記》的作者不止一人,寫作時間也有先有後,其中多數篇章可能是孔子的七十二名弟子及其門徒的作品,兼收有先秦的其他典籍。《禮記》的編定者是西漢禮學家戴德和他的侄子戴聖。戴德選編的八十五篇本稱《大戴禮記》,在後來的流傳過程中若斷若續,到唐代只剩下三十九篇。戴聖選編的四十九篇本稱《小戴禮記》,即我們今天見到的《禮記》。這兩種版本各有側重和特色。東漢末年,著名學者鄭玄爲《小戴禮記》作注,後來這個本子便盛行不衰,並由解説經文的著作逐漸成爲經典,到唐代被列爲“九經”之一,到宋代被列入“十三經”之一,成爲士人必讀之書。這裏節録的文字論銘的意義和作用,以及銘文“稱美而不稱惡”的特點。

　　本書資料據四庫全書本漢鄭玄注、唐陸德明音義、孔穎達疏《禮記注疏》。

《禮記》(節録)

　　魯莊公及宋人戰于乘丘,縣賁父御,卜國爲右。馬驚,敗績,公隊。佐車授綏,公曰:“末之卜也。”縣賁父曰:“他日不敗績而今敗績,是無勇也。”遂死之。圉人浴馬,有流矢在白肉。公曰:“非其罪也。”遂誄之。士之有誄,自此始也。(卷六《檀弓上》)

　　賤不誄貴,幼不誄長,禮也。唯天子稱天以誄之。諸侯相誄,非禮也。(卷一九《曾子問》)

　　寬而靜,柔而正者,宜歌頌。廣大而靜,疏達而信者,宜歌大雅。恭儉而好禮者,宜歌小雅。正直而靜,廉而謙者,宜歌風。(卷三九《樂記》)

　　夫鼎有銘,銘者自名也,自名以稱揚其先祖之美,而明著之後世者也。爲先祖者,莫不有美焉,莫不有惡焉,銘之義稱美而不稱惡,此孝子、孝孫之心也,唯賢者能之。銘者,論撰其先祖之有德善、功烈、勳勞、慶賞、聲名,列於天下,而酌之祭器,自成其名焉,以祀其先祖者也。顯揚先祖,所以崇孝也;身比焉,順也;明示後世,教也。

　　夫銘者壹稱而上下皆得焉耳矣,是故君子之觀於銘也,既美其所稱,又美其所爲。爲之者,明足以見之,仁足以與之,知足以利之,可謂賢矣;賢而勿伐,可謂恭矣。故衛孔悝之《鼎銘》曰:六月丁亥,公假于大廟。公曰:叔舅,乃祖莊叔,左右成公。成公乃命莊叔,隨難于漢陽,即宫于宗周,奔走無射。啓右獻公,獻公乃命成叔,纂乃祖服。

乃考文叔，興舊耆欲，作率慶士，躬恤衛國，其勤公家，夙夜不解。民咸曰：休哉！公曰：叔舅，予女銘，若纂乃考服。悝拜，稽首曰：對揚以辟之，勤大命，施于烝彝鼎。此衛孔悝之鼎銘也。古之君子，論撰其先祖之美，而明著之後世者也，以比其身，以重其國家如此。子孫之守宗廟社稷者，其先祖無美而稱之，是誣也；有善而弗知，不明也；知而弗傳，不仁也。此三者，君子之所恥也。（卷四九《祭統》）

《左 傳》

《左傳》原名《左氏春秋》，漢代改稱《春秋左氏傳》，簡稱《左傳》，傳爲春秋時魯國史官左丘明所撰。《左傳》記載的歷史年代較《春秋》多十餘年，起自魯隱公元年（前722），終於魯悼公十四年（前454）。它以《春秋》爲本，通過記述春秋時期的史實説明《春秋》的綱目，比較詳細地記述了春秋時代各國政治、經濟、軍事、文化等方面的事件，同時也保留了古代一些有關審美和藝術的重要資料。《左傳》還保存了當時流行的部分應用文，僅據宋人陳騤《文則》所列舉，就有命、誓、盟、禱、諫、讓、書、對等八種之多，但實際上還遠不止此，爲後世應用文的發展提供了借鑒。《左傳》襄公二十九年論述了《詩》風、大雅、小雅、頌的不同作用。

本書資料據中華書局 1980 年《十三經注疏》本《春秋左傳正義》。

《左傳》（節録）

（襄公十四）自王以下，各有父兄子弟，以補察其政。史爲書，瞽爲詩，工誦箴諫，大夫規誨，士傳言，庶人謗，商旅于市，百工獻藝。（卷三二）

（襄公十九）季武子以所得於齊之兵作林鐘而銘魯功焉。臧武仲謂季孫曰：“非禮也。夫銘，天子令德，諸侯言時計功，大夫稱伐。今稱伐，則下等也；計功，則借人也；言時，則妨民多矣。何以爲銘？”（卷三四）

（襄公二十七）鄭伯享趙孟于垂隴，子展、伯有、子西、子產、子大叔、二子石從。趙孟曰：“七子從君以寵，武也。請皆賦以卒君貺，武亦以觀七子之志。”子展賦《草蟲》，趙孟曰：“善哉，民之主也，抑武也，不足以當之。”伯有賦《鶉之賁賁》，趙孟曰：“牀第之言不踰閾，況在野乎，非使人之所得聞也。”子西賦《黍苗》之四章，趙孟曰：“寡君在武何能焉。”子產賦《隰桑》，趙孟曰：“武請受其卒章。”子大叔賦《野有蔓草》，趙孟曰：“吾子之惠也。”印段賦《蟋蟀》，趙孟曰：“善哉，保家之主也，有望矣公。”孫段賦《桑扈》，趙孟曰：“匪交匪敖，福將焉往，若保是言也，欲辭福禄得乎？”卒享。文子告叔向曰：“伯有將爲戮矣，詩以言志，志誣其上，而公怨之，以爲賓榮，其能久乎？幸而後亡。"叔向曰："然，已侈所謂不及五稔者，夫子之謂矣。"文子曰："其餘皆數世之主也，子展其後亡者也。在上不忘降，印氏其次也。樂而不荒，樂以安民，不滔以使之，後亡，不亦可乎？"（卷三十八）

（襄公二十九）吳公子札來聘……請觀于周樂。使工爲之歌《周南》、《召南》，曰：美哉！始基之矣，猶未也。然勤而不怨矣！爲之歌邶、鄘、衛，曰：美哉，淵乎！憂而不困者也。吾聞衛康叔、武公之德如是，是其衛風乎？爲之歌王，曰：美哉！思而不懼，其周之東乎？爲之歌鄭，曰：美哉！其細已甚，民弗堪也，是其先亡乎？爲之歌齊，曰：美哉，泱泱乎，大風也哉！表東海者，其大公乎！國未可量也。爲之歌豳，曰：美哉，蕩乎！樂而不淫，其周公之東乎！爲之歌秦，曰：此之謂夏聲。夫能夏則大，大之至也，其周之舊乎？爲之歌魏，曰：美哉，渢渢乎！大而婉，險而易行，以德輔此，則明主也！爲之歌唐，曰：思深哉！其有陶唐氏之遺民乎？不然，何憂之遠也。非令德之後，誰能若是？爲之歌陳，曰：國無主，其能久乎？自鄶以下，無譏焉。爲之歌小雅，曰：美哉！思而不貳，怨而不言，其周德之衰乎？猶有先王之遺民焉。爲之歌大雅，曰：廣哉，熙熙乎！曲而有直體，其文王之德乎？爲之歌頌，曰：至矣哉！直而不倨，曲而不屈，邇而不偪，遠而不攜，遷而不淫，復而不厭，哀而不愁，樂而不荒，用而不匱，廣而不宣，施而不費，取而不貪，處而不底，行而不流，五聲和，八風平，節有度，守有序，盛德之所同也。（卷三九）

《論　語》

　　《論語》是儒家學派的經典著作之一，由孔子的弟子及其再傳弟子編撰而成。孔子（前551—前479）名丘，字仲尼。春秋末期魯國陬邑（今山東曲阜東南）人。我國古代思想家、政治家、教育家，儒家學派創始人。相傳有弟子三千人，賢弟子七十二人。孔子還是一位古文獻整理家，據傳曾修《詩》、《書》，定《禮》、《樂》，序《周易》，作《春秋》。孔子的思想及學說對後世產生了極其深遠的影響。《論語》以語錄體和對話文體爲主，記錄了孔子及其弟子的言行，集中體現了孔子的政治主張、倫理思想、道德觀念及教育原則等，與《大學》、《中庸》、《孟子》並稱"四書"。通行本《論語》共二十篇，語言簡潔精煉，含義深刻，其中有許多言論至今仍被世人視爲至理名言。

　　本書資料據四庫全書本宋朱熹《論語集註》。

《論語》（節録）

子曰："《詩》三百，一言以蔽之，曰：'思無邪'。"（卷一《爲政》）

子曰："興於詩，立於禮，成於樂。"

子曰："大哉堯之爲君也，巍巍乎唯天爲大，唯堯則之。蕩蕩乎民無能名焉，巍巍乎其有成功也，煥乎其有文章。"（以上卷四《泰伯》）

子曰："吾自衛反魯，然後樂正，《雅》、《頌》各得其所。"（卷五《子罕》）

子曰："小子何莫學夫《詩》？《詩》可以興，可以觀，可以羣，可以怨。邇之事父，遠之事君。多識於鳥獸草木之名。"（卷九《陽貨》）

子曰："不學詩，無以言。"（卷一六《季氏》）

《孟　子》

孟子（前372—前289）名軻，字子輿。戰國時期鄒（今山東鄒城東南）人，思想家、政治家、教育家，儒家代表人物。《孟子》一書是孟子的言論彙編，共七篇，由孟子及其弟子共同編寫而成，主要記録孟子的言行和政治觀點，繼承並發揚了孔子的思想。孟子因此成爲僅次於孔子的儒家宗師，人稱"亞聖"，與孔子合稱"孔孟"。《孟子》思想深邃，包蘊博大，縱橫馳騁，汪洋恣意，極富雄辯色彩。南宋時朱熹將《孟子》與《論語》、《大學》、《中庸》合在一起，稱爲"四書"，與"五經"並列。直至清末，"四書"一直是科舉必考的内容。

本書資料據四庫全書本《孟子注疏》。

《孟子》（節録）

孟子曰：王者之跡熄而《詩》亡，《詩》亡然後《春秋》作。晉之《乘》，楚之《檮杌》，魯之《春秋》，一也。其事則齊桓、晉文，其文則史。孔子曰：其義則丘竊取之矣。（卷八《離婁》下）

《國　語》

《國語》是我國最早的一部國別史，共二十一卷，記録了春秋以前及春秋時代周王室和魯、齊、晉、鄭、楚、吳、越等諸侯國的歷史,内容包括各國貴族間的朝聘、宴饗、諷諫、辯説、應對以及部分歷史事件與傳説。司馬遷、班固、李昂等認爲《國語》爲左丘明所著,並把國語稱爲《春秋外傳》或《左氏外傳》。晉以後許多學者認爲《國語》非左丘明所著,但缺少確鑿的證據。《國語》按照一定順序分國編排,内容上偏重記述歷史人物的言論。《國語》中談到了詩、歌、書、箴、誦、諫、語、規等的含義和作用,有助於了解後世諸多相關文體。

本書資料據四庫全書本三國韋昭注《國語》。

《國語》(節録)

(邵公曰)天子聽政,使公卿至於列士獻詩,瞽獻典,史獻書,師箴,瞍賦,矇誦,百工諫,庶人傳語,近臣盡規,親戚補察,瞽史教誨,耆艾修之,而後王斟酌焉,是以事行而不悖。(卷一《周語上》)

夫政象樂,樂從龢,龢從平。聲以龢樂,律以平聲。金石以動之,絲竹以行之,詩以道之,歌以詠之,匏以宣之,瓦以贊之,革木以節之。物得其常曰樂極。(卷三《周語下》)

詩所以合意,歌所以詠詩也。今詩以合室,歌以詠之,度於法矣。(卷五《魯語下》)

教之詩,而爲之道廣顯德,以耀明其志。(卷一七《楚語上》)

荀　子

荀子(約前313—前238)名况,字卿。因避西漢宣帝劉詢諱("荀"與"孫"二字古音相通),故又稱孫卿。戰國末期趙國猗氏(今山西安澤)人。思想家、文學家、政治家,儒家代表人物之一,時人尊稱"荀卿"。曾三次出爲齊國稷下學宫祭酒,後爲楚蘭陵令。荀子對儒家思想有所發展,提倡性惡論,後人常將他的性惡論與孟子的性善論作比較。現存《荀子》三十二篇,大部分是荀子自己的著作,涉及哲學、邏輯、政治、道德等多方面的内容。

本書資料據四庫全書本唐楊倞註《荀子》。

勸學篇(節録)

《書》者,政事之紀也;《詩》者,中聲之所止也;《禮》者,法之大分,羣類之綱紀也。(卷一)

10

儒效篇（節録）

聖人也者，道之管也。天下之道管是矣，百王之道一是矣。故《詩》、《書》、《禮》、《樂》之歸是矣。《詩》言是，其志也；《書》言是，其事也；《禮》言是，其行也；《樂》言是，其和也；《春秋》言是，其微也。故《風》之所以爲不逐者，取是以節之也；《小雅》之所以爲《小雅》者，取是而文之也；《大雅》之所以爲《大雅》者，取是而光之也；《頌》之所以爲至者，取是而通之也。天下之道畢矣。（卷四）

屈 原

屈原（約前340—約前278）字原，名平，通常稱爲屈原。又自云名正則，字靈均。戰國末楚國丹陽（今湖北秭歸）人。楚武王熊通之子屈瑕的後代。屈原忠事楚懷王，却屢遭排擠。懷王死後，又因頃襄王聽信讒言而被流放，最終投汩羅江而死。屈原是我國最偉大的浪漫主義詩人之一，也是我國已知的最早的著名詩人。從他開始，我國才有了以文學著名於世的作家。他創立了“楚辭”（即“辭賦”）這種文體，被譽爲“衣被詞人，非一代也”（《文心雕龍·辨騷》）。屈原的作品，根據劉向、劉歆父子的校定和王逸的注本，有二十五篇，即《離騷》、《天問》、《九歌》（十一篇）、《九章》（九篇）、《遠遊》、《卜居》、《漁父》。據《史記·屈原列傳》司馬遷語，還有《招魂》一篇。有些學者認爲《大招》也是屈原作品；但也有人懷疑《遠遊》以下諸篇及《九章》中若干篇章並非出自屈原手筆。據郭沫若考證，屈原作品共流傳下來二十三篇，其中《九歌》十一篇、《九章》九篇、《離騷》、《天問》、《招魂》各一篇。漢代的賦作家無不受“楚辭”影響。漢以後“紹騷”之作歷代都有，作者往往用屈原的詩句抒發自己胸中的塊壘，甚至用屈原的遭遇自喻。此外，以屈原生平事跡爲題材的詩、歌、詞、曲、戲劇、話本等，繪畫藝術中如屈原像、《九歌圖》、《天問圖》等，也難以數計。所以魯迅稱屈原作品“逸響偉辭，卓絶一世”，“其影響於後來之文章，乃甚或在《三百篇》以上”（《漢文學史綱要》）。

本書資料據四庫全書本王逸《楚辭章句》。

九章（節録）

道思作頌，聊自救兮。

介眇志之所惑兮，竊賦詩之所明。（以上卷四《九章》）

漢

毛　萇

　　毛萇(生卒年不詳)，西漢趙(今河北邯鄲)人。《詩經》經孔子删定之後，由其學生子夏後裔世代相傳，雖經秦禁，亦未失傳。西漢初年，山東人毛亨傳《詩》予毛萇。毛萇爲使《詩經》廣爲傳播，在其家鄉村南築臺講詩，臺高丈餘，稱爲"詩經臺"。因當時書籍奇缺，全國能講授《詩經》者僅魯(申公)、齊(轅固生)、韓(韓嬰)、毛(毛萇)四家。後來，其他三家逐漸失傳，獨毛萇之學傳於後世。因此，《詩經》又稱"毛詩"。《毛詩》於《詩》三百篇均有小序，而首篇《關雎》題下的小序後，另有一段較長文字，世稱《詩大序》，又稱《毛詩序》，很像一篇講《詩經》的總序，是我國詩歌理論的第一篇專論，也是先秦至西漢儒家詩論的總結。《毛詩序》中《詩》之"六義"説，賦、比、興是藝術表達手法，而風、雅、頌則有一定的文體分類意義。有關《毛詩序》的作者問題疑議很多，究竟何人所作，目前尚無定論，可參考《四庫全書總目提要》卷十五《經部》十五《詩類》一《詩序提要》和崔述《通論詩序》。

　　本書資料據中華書局 1980 年《十三經注疏》本《毛詩正義》。

《毛詩》序(節録)

　　詩者，志之所之也，在心爲志，發言爲詩。情動於中而形於言，言之不足故嗟歎之，嗟歎之不足故永歌之，永歌之不足，不知手之舞之，足之蹈之也。

　　情發於聲，聲成文謂之音。治世之音安以樂，其政和；亂世之音怨以怒，其政乖；亡國之音哀以思，其民困。故正得失，動天地，感鬼神，莫近乎詩。先王以是經夫婦，成孝敬，厚人倫，美教化，移風俗。

　　故詩有六義焉：一曰風，二曰賦，三曰比，四曰興，五曰雅，六曰頌。上以風化下，下以風刺上，主文而譎諫，言之者無罪，聞之者足以戒，故曰風。至於王道衰，禮義廢，政教失，國異政，家殊俗，而變風、變雅作矣。國史明乎得失之跡，傷人倫之廢，哀刑政之苛，吟詠情性，以風其上，達於事變而懷其舊俗者也。故變風發乎情，止乎禮義。發乎情，民之性也；止乎禮義，先王之澤也。是以一國之事，係一人之本，謂之風；言天下之事，形四方之風，謂之雅。雅者，正也，言王政之所由廢興。政有小大，故有小雅焉，有大雅焉。頌者，美盛德之形容，以其成功告於神明者也。是謂四始，詩之至也。（卷一）

陸　賈

陸賈（生卒年不詳），楚人。漢初思想家，政治家。早年隨劉邦平定天下，劉邦即帝位後，受命出使南越，説服尉佗接受漢朝賜予的南越王印，稱臣奉漢約，被任爲太中大夫。劉邦即位之初，重武力，輕詩書，以“居馬上得天下”自矜，陸賈建議重視儒學，“行仁義，法先聖”，提出“逆取順守，文武並用”的統治方略，遂受命總結秦朝滅亡及歷史上國家成敗的經驗教訓，共著文十二篇，每奏一篇，高祖無不稱善，故名其書爲《新語》。後人稱《新語》開啟賈誼、董仲舒的思想，成爲漢代確立儒家思想的統治地位的先聲。另著有《楚漢春秋》。

本書資料據四庫全書本《新語》。

《新語》（節錄）

《詩》在心爲志，出口爲辭；矯以雅僻，砥礪純才；彫琢文邪，抑定狐疑；道塞理順，分別然否；而情得以利，而性得以治。綿綿漠漠，以道制之，察之無兆，遁之恢恢，不見其形，不睹其仁，湛然未悟，久之乃殊。論思天地，動應樞機，俯仰進退，與道缺二字，藏之於身，優游待時。故道無廢而不興，器無毀而不治。孔子曰：“有至德要道以順天下。”言德行而天下順之矣。（卷上《慎微》）

劉　安

劉安（約前179—前122），漢高祖劉邦之孫，淮南厲王劉長之子。漢文帝八年（前172），劉長被廢王位，在旅途中絕食而死。文帝十六年（前164），文帝把原來的淮南國一分爲三，封給劉安兄弟三人，劉安以長子身份襲封爲淮南王，時年十六歲。劉安才思敏捷，好讀書，善文辭，樂於鼓琴，是西漢著名的思想家、文學家。奉漢武帝之命所著《離騷傳》,是最早對屈原及其《離騷》作出高度評價的著作。曾招致賓客方術之士數千人,集體編寫了《鴻烈》(後稱爲《淮南鴻烈》或《淮南子》)。《淮南子》原爲鴻篇巨制,但流傳至今的《淮南子》僅剩下"内書"二十一篇。全書以道家思想爲主,内容包羅萬象,涉及政治、哲學、倫理、歷史、文學、經濟、物理、化學、天文、地理、農業水利、醫學養生等多個領域,是漢代道家學説最重要的一部代表作。

本書資料據四庫全書本漢高誘注《淮南鴻烈解》。

主术訓(節録)

古者天子聽朝,公卿正諫,博士誦詩,瞽箴師誦,庶人傳語,史書其過,宰徹其膳,猶以爲未足也。故堯置敢諫之鼓,舜立誹謗之木,湯有司直之人,武王立戒慎之鞀,過若毫釐,而既已備之也。夫聖人之於善也無小而不舉,其於過也無微而不改,堯、舜、禹、湯、文、武皆坦然天下而南面焉。(卷九)

氾論訓(節録)

百川異源,而皆歸於海;百家殊業,而皆務於治。王道缺而《詩》作,周室廢,禮義壞而《春秋》作。《詩》、《春秋》,學之美者也,皆衰世之造也。儒者循之,以教導於世,豈若三代之盛哉!以《詩》、《春秋》爲古之道而貴之,又有未作《詩》、《春秋》之時。夫道之缺也,不若道其全也。誦先王之詩書,不若聞得其言。聞得其言,不若得其所以言。(卷一三)

司馬相如

司馬相如(前 179—前 117)字長卿。蜀郡(今四川成都)人。少好讀書擊劍。漢景帝時爲武騎常侍。景帝不好辭賦,他稱病免官,投靠梁孝王,並與鄒陽、枚乘、莊忌等一批志趣相投的文士共事。梁孝王死,歸蜀,路過臨邛,結識商人卓王孫寡女卓文君。卓文君喜音樂,慕相如才,相如以琴心挑之,遂與相如私奔,同歸成都。家貧,後與文君返臨邛,以賣酒爲生。二人故事遂成佳話,爲後世文學藝術創作所取材。武帝時拜中郎將,奉使西南,對溝通漢與西南少數民族關係起了積極作用,寫有《論巴蜀檄》、《難蜀父老文》等。後被指控出使受賄,免官。一年後又召爲郎,轉遷孝文園令,常稱疾閒居。

汉代最重要的文學樣式是賦,司馬相如的文學成就主要表現在辭賦上,他是公認的漢賦代表作家。魯迅在《漢文學史綱要》中將司馬相如和司馬遷並列介紹,指出:"武帝時文人,賦莫若司馬相如,文莫若司馬遷。"《漢書·藝文志》著錄"司馬相如賦二十九篇",現存《子虛賦》、《上林賦》、《大人賦》、《長門賦》、《美人賦》、《哀二世賦》六篇。《隋書·經籍志》著錄《司馬相如集》一卷,已佚。明人張溥輯有《漢司馬相如集》,收入《漢魏六朝百三家集》。

本書資料據四庫全書本宋李昉等《太平御覽》。

答通巴蜀名士盛宗長問作賦(擬題)

合纂組以成文,列錦繡而爲質,一經一緯,一宮一商,此作賦之跡也。賦家之心,苞括宇宙,總覽人物,斯乃得之於内,不可得而傳也。(卷五八七引《西京雜記》)

孔安國

孔安國(生卒年不詳)字子國。西漢時期魯國(今山東曲阜)人。孔子第十一世孫。受《詩》於申公,受《尚書》於伏生。武帝時任博士,官至臨淮太守,諫大夫。武帝末,魯恭王壞孔府舊宅,於壁中得《古文尚書》、《禮記》、《論語》及《孝經》,皆蝌蚪文字,當時人不識,安國以今文讀之;又奉詔作《書傳》,定爲五十八篇,謂之《古文尚書》。又著《古文孝經傳》、《論語訓解》等。

本書資料據四庫全書本唐李善註《文選》。

《尚書》序(節錄)

古者,伏羲氏之王天下也,始畫八卦,造書契,以代結繩之政,由是文籍生焉。伏羲、神農、黃帝之書,謂之《三墳》,言大道也。少昊、顓頊、高辛、唐虞之書,謂之《五典》,言常道也。至於夏、商、周之書,雖設教不倫,雅誥奧義,其歸一揆。是故歷代寶之,以爲大訓。八卦之說,謂之《八索》,求其義也。九州之志,謂之《九丘》。丘,聚也。言九州所有,土地所生,風氣所宜,皆聚此書也。《左氏傳》曰:"楚左史倚相,能讀《三墳》、《五典》、《八索》、《九丘》。"即謂上世帝王遺書也。

先君孔子,生於周末,睹史籍之煩文,懼覽之者不一,遂乃定禮樂,明舊章,刪《詩》爲三百篇,約史記而修《春秋》,讚《易》道以黜《八索》,述方職以除《九丘》;討論《墳》、

《典》，斷自唐虞以下訖於周，芟夷煩，翦截浮辭，舉其宏綱，撮其機要，足以垂世教，典、謨、訓、誥、誓、命之文，凡百篇，所以恢弘至道，示人以軌範也。……書序，序所以爲作者之意。昭然義見，宜相附近，故引之：各冠其篇首。（卷四五）

司馬遷

　　司馬遷（前145—前90）字子長。左馮翊夏陽（今陝西韓城南）人。西漢史學家、思想家、文學家。《漢書·藝文志》著録《司馬遷賦》八篇，《隋書·經籍志》著録《司馬遷集》一卷。《史記》原名《太史公書》，是司馬遷撰寫的中國歷史上第一部紀傳體通史，被列爲二十四史之首，記載了上自傳說中的黃帝時代，下至漢武帝元狩元年（前122）共三千多年的歷史，與後來的《漢書》、《後漢書》、《三國志》合稱“前四史”。

　　紀傳體是以“本紀”和“列傳”爲主體的史書寫作體裁，爲司馬遷首創。“本紀”記述帝王生平事件，按時間順序記載重大事件，排列在全書最前面。“列傳”主要是人物傳紀，不論是《史記》，還是其他紀傳體史書，“列傳”都是全書中篇幅最多的。在“本紀”、“列傳”之外，《史記》還有“表”、“書”、“世家”。“表”採用表格的形式，按一定的順序，譜列人物和事件。“書”則專門記載典章制度，每一篇“書”，猶如一部專史。“世家”主要記載子孫世襲的王侯封國歷史。

　　《史記·屈原賈生列傳》闡述了《離騷》的含義、寫作緣起及特點。先秦文學中的騷體得名於屈原的《離騷》，是屈原在楚國民歌基礎上創造的一種抒情韻文。由於後人常以“騷”來概括《楚辭》，所以“騷體”也稱“楚辭體”。騷體在句式上以六言爲主，摻進五、七言，多以“兮”字作語助詞，大體整齊而又參差靈活，對《詩經》四言體有根本性突破；章法上不拘於古詩章法，思緒放縱，回環照應，脉絡分明；體制上有很大擴展，規模宏大，如《離騷》長達三百七十二句、二千四百六十九字，奠定了中國古代詩歌的長篇體制。

　　本書資料據四庫全書本《史記》（裴駰集解、司馬貞索隱、張守節正義）。

《十二諸侯年表》序（節録）

　　太史公曰：儒者斷其義，馳説者騁其辭，不務綜其終始；歷人取其年月，數家隆於神運，譜諜獨記世諡，其辭略，欲一觀諸要難。於是譜十二諸侯，自共和訖孔子，表見《春秋》、《國語》學者所譏盛衰大指著於篇，爲成學治古文者要删焉。（卷十四）

屈原賈生列傳（節録）

屈平疾王聽之不聰也，讒諂之蔽明也，邪曲之害公也，方正之不容也，故憂愁幽思而作《離騷》。《離騷》者，猶離憂也。夫天者，人之始也；父母者，人之本也。人窮則反本，故勞苦倦極，未嘗不呼天也；疾痛慘怛，未嘗不呼父母也。屈平正道直行，竭忠盡智以事其君，讒人間之，可謂窮矣。信而見疑，忠而被謗，能無怨乎？屈平之作《離騷》，蓋自怨生也。《國風》好色而不淫，《小雅》怨誹而不亂，若《離騷》者，可謂兼之矣。上稱帝嚳，下道齊桓，中述湯武，以刺世事，明道德之廣崇，治亂之條貫，靡不畢見。其文約，其辭微，其志潔，其行廉，其稱文小而其指極大，舉類邇而見義遠。其志潔，故其稱物芳；其行廉，故死而不容自疎。濯淖汙泥之中，蟬蛻於濁穢，以浮游塵埃之外，不獲世之滋垢，皭然泥而不滓者也。推此志也，雖與日月爭光可也……屈原既死之後，楚有宋玉、唐勒、景差之徒者，皆好辭而以賦見稱，然皆祖屈原之從容辭令，終莫敢直諫。（卷八十四）

太史公自序（節録）

罔羅天下放失舊聞，王跡所興，原始察終，見盛觀衰，論考之行事，略推三代，録秦、漢，上記軒轅，下至于兹，著十二《本紀》，既科條之矣。並時異世，年差不明，作十《表》。禮樂損益，律曆改易，兵權山川鬼神，天人之際，承敝通變，作八《書》。二十八宿環北辰，三十輻共一轂，運行無窮，輔拂股肱之臣配焉，忠信行道，以奉主上，作三十《世家》。扶義俶儻，不令已失時，立功名於天下，作七十《列傳》。凡百三十篇，五十二萬六千五百字。（卷一百三十）

劉詢（漢宣帝）

劉詢（前91—前49）即漢宣帝，漢武帝的曾孫。西漢第十位皇帝，公元前74年—前49年在位。宣帝曾流落民間，深知百姓疾苦，即位後特別重視吏治，多選用熟悉法令的人做官，大體做到了"信賞必罰"、"綜核名實"。他採用招撫流亡，假民公田，設常平倉，蠲減賦稅等措施，安定民生，恢復生產，取得顯著成效，史家稱之爲"宣帝中興"。但他又重用宦官、外戚，啟後來外戚、宦官專權之禍。在文化方面，他下詔召集諸儒講論五經異同，親臨裁決。

本書資料據四庫全書本唐顏師古注《漢書》。

論賦（擬題）

不有博奕者乎，爲之猶賢乎已！辭賦大者與古詩同義，小者辯麗可喜。辟如女工有綺縠，音樂有鄭衛，今世俗猶皆以此虞説耳目，辭賦比之，尚有仁義風諭，鳥獸草木多聞之觀，賢於倡優博奕遠矣。（卷六十四下《王褒傳》引）

揚　雄

揚雄（前53—18）字子雲。蜀郡成都（今屬四川）人。西漢著名辭賦家、哲學家、語言學家。一生官職低微，歷成、哀、平三世不徙官。揚雄早年以辭賦聞名，晚年研究哲學，對辭賦的看法也有所轉變，認爲辭賦創作欲諷反勸，作賦乃“童子雕蟲篆刻”，“壯夫不爲”；認爲“詩人之賦麗以則，辭人之賦麗以淫”（《法言·吾子》），把楚辭和漢賦區別開來。揚雄關於賦的評論，對賦的發展和後世對賦的評價頗有影響。除辭賦外，揚雄著述豐富，仿《論語》作《法言》，仿《周易》作《太玄》，另有語言學著作《方言》等。

本書資料據四庫全書本《揚子法言》、《太玄經》、明鄭樸編《揚子雲集》、明張溥《漢魏六朝百三家集》。

吾子篇（節録）

或問：吾子少而好賦？曰：然。童子彫蟲篆刻。俄而曰：壯夫不爲也。

或曰：賦可以諷乎？曰：諷則已；不已，吾恐不免於勸也。

或問：景差、唐勒、宋玉、枚乘之賦也益乎？曰：必也淫。淫則奈何？曰：詩人之賦麗以則，辭人之賦麗以淫。如孔氏之門用賦也，則賈誼升堂，相如入室矣。如其不用何？

或問銘，曰：銘哉銘哉，有意於慎也。（以上《揚子法言》卷二）

問神篇（節録）

惟聖人得言之解，得書之體，白日以照之，江河以滌之，浩浩乎其莫之禦也！面相之，辭相適，捦中心之所欲，通諸人之嚜嚜者，莫如言。彌綸天下之事，記久明遠，著古昔之㖃㖃，傳千里之忞忞者，莫如書。故言，心聲也；書，心畫也。（《揚子法言》卷四）

玄衝第七（節錄）

夫作者貴其有體而體自然也：其所循也大則其體也壯，其所循也小則其體也瘠，其所循也直則其體也渾，其所循也曲則其體也散。（《太玄經》卷七）

《揚子雲集》序（節錄）

雄以爲賦者，將以風也，必推類而言，極麗靡之辭，閎侈鉅衍，競於使人不能加也，既乃歸之於正，然覽者已過矣。往時武帝好神仙，相如上《大人賦》欲以風，帝反縹縹有凌雲之志。繇是言之，賦勸而不止，明矣。又頗似俳優淳于髡、優孟之徒，非法度所存賢人君子詩賦之正也，於是輟不復爲。（《揚子雲集》卷首）

自序傳（節錄）

先是，蜀有司馬相如，作賦甚弘麗溫雅，雄心壯之，每作賦，常擬之以爲式。又怪屈原文過相如，至不容，作《離騷》，自投江而死，悲其文，讀之未嘗不流涕也。以爲君子得時則大行，不得時則龍蛇，遇不遇命也，何必湛身哉！迺作書，往往摭《離騷》文而反之，自岷山投諸江流以弔屈原，名曰《反離騷》；又旁《離騷》作重一篇，名曰《廣騷》；又旁《惜誦》以下至《懷沙》一卷，名曰《畔牢愁》……雄以爲賦者，將以風也，必推類而言，極麗靡之辭，閎侈鉅衍，競於使人不能加也，既迺歸之於正，然覽者已過矣。往時武帝好神仙，相如上《大人賦》欲以風，帝反縹縹有凌雲之志。繇是言之，賦勸而不止，明矣。又頗似俳優淳于髡、優孟之徒，非法度所存、賢人君了詩賦之正也，於是輟不復爲。（《漢魏六朝百三家集》卷八《揚雄集》）

桓　譚

桓譚（前23—50）字君山。沛國相（今安徽濉溪西北）人。東漢哲學家、經學家、琴家。愛好音律，善鼓琴，博學多通，遍習五經，喜非毀俗儒，對後來無神論思想發展有所影響。著有《新論》二十九篇，早佚。現傳《新論・形神》一篇，收入《弘明集》內。

《新論》以清嚴可均輯本較好(見《全上古三代秦漢三國六朝文》)。另有賦、誄、書、奏凡二十六篇,今存《仙賦》、《陳時政疏》、《抑讖重賞疏》等文。

本書資料據四庫全書本《説郛》。

《新論》(節錄)

若小説家合叢淺小語,以作短書,有可觀之辭。(卷三十三上引)

王 充

王充(27—約97)。會稽上虞(今屬浙江)人。東漢思想家、教育家。自稱出身"細族孤門",父、祖曾與豪族對抗。二十歲左右受業太學,師事班彪,但博覽眾家之説,不守一家之言。一生在政治上没有施展才能的機會,以主要精力著書立説,從事教育活動,先後著有《譏俗節義》、《政務》、《養性》、《論衡》,現存《論衡》。《論衡》"釋物類同異,正時俗嫌疑",討論哲學、政治、宗教、文化等方面的問題;批判當時盛行的讖緯迷信、世俗禁忌,抨擊當時的不良文風。在文章寫作和文學批評方面,重視文章的實際作用,反對虛妄、華飾的文辭;强調文章的内容、獨創性及通俗性。全書文筆樸素暢達,不爲艱深之言,頗具批判精神。

王充極力主張"宣漢",《論衡》也是一部用政論形式"宣揚漢德"的作品,書中直接讚美漢朝功業的篇章就有《須頌篇》、《恢國篇》、《宣漢篇》、《驗符篇》、《超奇篇》、《齊世篇》等。在《須頌篇》中,王充認爲,後代知道古代帝王道德高尚,主要得助於臣子的頌揚記載;漢代名聲不揚,"咎在俗儒不實論也"。因此,他在《須頌篇》中反復論述漢代"天下太平",有待"鴻筆之臣"的頌揚。文章雖然明顯有向漢章帝獻媚邀寵之嫌,但也從這一角度出發,充分論述了"頌"體的重要性。在《對作篇》中,王充論述了"上書奏記,陳列便宜,皆欲輔政"的特點。

本書資料據四庫全書本《論衡》。

超奇篇(節錄)

通書千篇以上,萬卷以下,弘暢雅閑,審定文讀,而以教授爲人師者。通人也。抒其義旨,損益其文句,而以上書、奏記或興論立説,結連篇章者,文人鴻儒也。好學勤力,博聞强識,世間多有。著書表文,論説古今,萬不耐一。然則著書表文,博通所能用之者也。入山見木，長短無所不知；入野見草大小，無所不識。然而不能伐木以作室屋，採草以和方藥，此知草木所不能用也。夫通人覽見廣博，不能掇以論説，此爲匱生書主人，孔子所謂“誦詩三百，授之以政，不達者也”。與彼草木不能伐採，一實也。孔子得史記以作《春秋》，及其立義創意，褒貶賞誅，不復因史記者，眇思自出於胸中也。凡貴通者，貴其能用之也。即徒誦讀，讀詩諷術，雖千篇以上，鸚鵡能言之類也。衍傳書之意，出膏腴之辭，非俶儻之才不能任也。夫通覽者世間比有，著文者歷世希。然近世劉子政父子、揚子雲、桓君山，其猶文武周公並出一時也。其餘直有，往往而然，譬珠玉不可多得，以其珍。故夫能説一經者爲儒生，博覽古今者爲通人，采掇傳書，以上書、奏記者爲文人。能精思著文，連結篇章者爲鴻儒。故儒生過俗人，通人勝儒生，文人踰通人，鴻儒超文人。（卷十三）

須頌篇

古之帝王建鴻德者，須鴻筆之臣褒頌紀載，鴻德乃彰，萬世乃聞。問説《書》者“‘欽明文思’以下，誰所言也?”曰：“篇家也。”“篇家誰也?”“孔子也。”然則孔子鴻筆之人也。“自衛反魯，然後樂正，《雅》、《頌》各得其所也。”鴻筆之奮，蓋斯時也。或説《尚書》曰：“尚者，上也；上所爲，下所書也。”“下者誰也?”曰：“臣子也。”然則臣子書上所爲矣。問儒者：“禮言制，樂言作，何也?”曰：“禮者上所制，故曰制；樂者下所作，故曰作。天下太平，頌聲作。”方今天下太平矣，頌詩樂聲可以作未? 傳者不知也。故曰拘儒。衛孔悝之《鼎銘》，周臣勸行。孝宣皇帝稱潁川太守黃霸有治狀，賜金百斤，漢臣勉政。夫以人主頌稱臣子，臣子當褒君父，於義較矣。虞氏天下太平，夔歌舜德；宣王惠周，《詩》頌其行；召伯述職，周歌棠樹。是故《周頌》三十一，《殷頌》五，《魯頌》四，凡《頌》四十篇，詩人所以嘉上也。由此言之，臣子當頌，明矣。

儒者謂漢無聖帝，治化未太平。《宣漢》之篇，論漢已有聖帝，治已太平；《恢國》之篇，極論漢德非常，實然乃在百代之上。表德頌功，宣褒主上。《詩》之頌言，右臣之典也。舍其家而觀他人之室，忽其父而稱異人之翁，未爲德也。漢，今天下之家也；先帝、今上，民臣之翁也。夫曉主德而頌其美，識國奇而恢其功，孰與疑暗不能也? 孔子稱大哉堯之爲君也，唯天爲大，唯堯則之，蕩蕩乎民無能名焉。或年五十，擊壤於涂，或曰大哉堯之德也。擊壤者曰吾日出而作，日入而息，鑿井而飲，耕田而食。堯何等力，孔子乃言大哉堯之德者，乃知堯者也。涉聖世不知聖主，是則盲者不能別青黃也；知聖主不能頌，是則暗者不能言是非也。然則方今盲暗之儒，與唐擊壤之民，同一才矣。夫孔子及唐人言大哉者，知堯德，蓋堯盛也。擊壤之民，云堯何等力，是不知堯德也。

夜舉燈燭，光曜所及，可得度也。日照天下，遠近廣狹，難得量也。浮於淮濟，皆知曲折；入東海者，不曉南北。故夫廣大從橫難數，極深揭厲難測。漢德酆廣，日光海外也。知者知之，不知者不知漢盛也。漢家著書，多上及殷周。諸子並作，皆論他事，無褒頌之言，《論衡》有之。又《詩》頌國名《周頌》，與杜撫、班固所上《漢頌》，相依類也。

宣帝之時，畫圖漢列士，或不在於畫上者，子孫耻之，何則？父祖不賢，故不畫圖也。夫頌言非徒畫文也，如千世之後，讀經書不見漢美，後世怪之。故夫古之通經之臣，紀主令功，記於竹帛；頌上令德，刻於鼎銘。文人涉世，以此自勉。漢德不及六代，論者不德之故也。

地有丘洿，故有高平。或以鑼錥，平而夷之，爲平地矣。世見五帝三王爲經書，漢事不載，則謂五、三優於漢矣。或以論爲鑼錥損三、五，少豐滿漢家之下，豈徒並爲平哉！漢將爲丘，五、三轉爲洿矣。湖池非一，廣狹同也；樹竿測之，深淺可度。漢與百代，俱爲主也。實而論之，優劣可見。故不樹長竿，不知深淺之度；無《論衡》之論，不知優劣之實。漢在百代之末，上與百代料德，湖池相與比也。無鴻筆之論，不免庸庸之名。論好稱古而毀今，恐漢將在百代之下，豈徒同哉！

謚者，行之跡也。謚之美者成、宣也，惡者靈、厲也。成湯遭旱，周宣亦然。然而成湯加成，宣王言宣，無妄之災，不能虧政。臣子累謚，不失實也。由斯以論堯，堯亦美謚也。時亦有洪水，百姓不安，猶言堯者，得實考也。夫一字之謚，尚猶明主，況千言之論，萬文之頌哉！

船車載人，孰與其徒多也？素車樸船，孰與加漆采畫也？然則鴻筆之人，國之船車、采畫也。農無彊夫，穀粟不登；國無彊文，德闇不彰。漢德不休，亂在百代之間，彊筆之儒不著載也。高祖以來，著書非不講論漢。司馬長卿爲《封禪書》，文約不具。司馬子長紀黃帝以至孝武，揚子雲録宣帝以至哀、平，陳平仲紀光武，班孟堅頌孝明。漢家功德，頗可觀見。今上即命，未有褒載。《論衡》之人，爲此畢精，故有《齊世》、《宣漢》、《恢國》、《驗符》。

龍無雲雨，不能參天。鴻筆之人，國之雲雨也。載國德於傳書之上，宣昭名於萬世之後，厥高非徒參天也。城墙之土，平地之壤也，人加築蹈之力，樹立臨池。國之功德，崇於城墙；文人之筆，勁於築蹈。聖主德盛功立，莫不褒頌紀載，奚得傳馳流去無疆乎？人有高行，或譽得其實，或欲稱之不能言，或謂不善，不肯陳一。斷此三者，孰者爲賢？五、三之際，於斯爲盛。孝明之時，衆瑞並至，百官臣子，不爲少矣。唯班固之徒，稱頌國德，可謂譽得其實矣。頌文譎以奇，彰漢德於百代，使帝名如日月，孰與不能言，言之不美善哉？

秦始皇東南遊，升會稽山。李斯刻石，紀頌帝德，至瑯琊亦然。秦無道之國，刻石文世，觀讀之者，見堯、舜之美。由此言之，須頌，明矣。當今非無李斯之才也，無從升會稽歷瑯琊之階也。弦歌爲妙異之曲，坐者不曰善，弦歌之人必怠不精。何則？妙異難爲，觀者不知善也。聖國揚妙異之政，衆臣不頌，將順其美，安得所施哉？今方板之書，在竹帛無主名，所從生出，見者忽然，不卸服也。如題曰甲甲某子之方，若言已驗，嘗試人爭刻寫，以爲珍秘。上書於國，記奏於郡，譽薦士吏，稱述行能，章下記出，士吏賢妙。何則？章表其行，記明其才也。國德溢熾，莫有宣褒。使聖國大漢，有庸庸之名，咎在俗儒不實論也。

古今聖王不絶，則其符瑞亦宜累屬。符瑞之出，不同於前。或時已有，世無以知，故有講瑞。俗儒好長古而短今，言瑞則渥前而薄後，是應實而定之。漢不爲少，漢有實事，儒者不稱，古有虛美，誠心然之。信久遠之僞，忽近今之實。斯蓋三增九虛所以成也，能聖實聖所以興也。儒者稱聖過實，稽合於漢，漢不能及。非不能及，儒者之說，使難及也。實而論之，漢更難及。穀熟歲平，聖王因緣，以立功化。故《治期》之篇，爲漢激發。治有期，亂有時，能以亂爲治者優，優者有之。建初孟年無妄氣，至聖世之期也。皇帝執德，救備其災。故順鼓明雩，爲漢應變。是故災變之至，或在聖世；時旱禍湛，爲漢論災。是故《春秋》爲漢制法，《論衡》爲漢平說。從門應庭，聽堂室之言；什而失九，如升堂闚室，百不失一。《論衡》之人，在古荒流之地，其遠非徒門庭也。

日刻徑重十里，人不謂之廣者，遠也。望夜甚雨，月光不暗，人不睹曜者，隱也。聖者垂日月之明，處在中州，隱於百里，遥聞傳授，不實形耀，不實難論，得詔書到計吏至，乃聞聖政。是以襃功失丘山之積，頌德遺膏腴之美。使至臺閣之下，蹈班、賈之跡，論功德之實，不失毫釐之微。武王封比干之墓，孔子顯三累之行。大漢之德，非直比干三累也。道立國表，路出其下。望國表者，昭然知路。漢德明著，莫立邦表之言。故浩廣之德，未光於世也。

佚文篇（節録）

孔子曰：“文王既殁，文不在兹乎？”文王之文，傳在孔子；孔子爲漢制文，傳在漢也。受天之文，文人宜遵五經六藝爲文，諸子傳書爲文，造論著説爲文，上書奏記爲文，文德之操爲文。立五文在世，皆當賢也。造論著説之文，尤宜勞焉。何則？發胸中之思，論世俗之事，非徒諷古經，續故文也。論發胸臆，文成手中，非説經藝之人所能爲也。周、秦之際，諸子並作，皆論他事，不頌主上，無益於國，無補於化。造論之人，頌上恢國，國業傳在千載，主德參貳日月，非適諸子書傳所能並也。上書陳便宜，奏記薦吏士，一則爲身，二則爲人。繁文麗辭，無上書文德之操，治身完行，徇利爲私，無爲主者。夫如是，五文之中，論者之文多矣，則可尊明矣。（以上卷二十）

對作篇（節錄）

上書奏記，陳列便宜，皆欲輔政。今作書者，猶書奏記，説發胸臆，文成手中，其實一也。夫上書謂之奏，奏記轉易，其名謂之書。建初孟年，中州頗歉；潁川汝南，民流四散。聖主憂懷，詔書數至。論衡之人，奏記郡守，宜禁奢侈，以備困乏。言不納用，退題記草，名曰備乏。酒麋五穀，生起盜賊，沈湎飲酒，盜賊不絶。奏記郡守，禁民酒，退題記草，名曰禁酒。由此言之，夫作書者，上書奏記之文也。記謂之造作上書，上書奏記是作也，晉之《乘》而楚之《檮杌》、魯《春秋》，人事各不同也。《易》之《乾坤》，《春秋》之《元》，揚氏之《玄》，卜氣號不均也。由此言之，唐林之奏，谷永之章，論衡政務，同一趨也。（卷二十九）

班　固

班固（32—92）字孟堅。東漢扶風安陵（今陝西咸陽東北）人。班彪之子。史學家、辭賦家。班固在其父班彪續補《史記》之作《後傳》基礎上編寫《漢書》，至漢章帝建初（76—84）中基本完成。《漢書》又稱《前漢書》，是我國第一部紀傳體斷代史，“二十四史”之一，與《史記》、《後漢書》、《三國志》並稱“前四史”。《漢書》記述了上起漢高祖元年（前206），下至新朝王莽地皇四年（23）共二百三十年的西漢史事，包括紀十二篇、表八篇、志十篇、傳七十篇，共一百篇，後人劃分爲一百二十卷。與《史記》相比，《漢書》的體例已經發生了較大變化。《史記》是一部通史，《漢書》則是一部斷代史。《漢書》把《史記》的“本紀”省稱“紀”，“列傳”省稱“傳”，“書”改稱“志”，取消了“世家”，而將漢代勳臣世家一律編入傳。這些變化，被後來的一些史書沿襲下來。《漢書》繼司馬遷之後，規範了紀傳體史書的形式，並開創了“包舉一代”的斷代史體例，爲後世“正史”之楷模。

本書資料據四庫全書本《漢書》、《六臣注文選》、漢王逸《楚辭章句》。

《漢書·禮樂志》（節錄）

初，高祖既定天下，過沛，與故人父老相樂醉酒歡哀，作《風起》之詩，令沛中僮兒百二十人習而歌之。至孝惠時，以沛宮爲原廟，皆令歌兒習吹以相和，常以百二十人

24

爲員。文、景之間，禮官肄業而已。至武帝定郊祀之禮，祠太一於甘泉就乾位也，祭后土於汾陰澤中方丘也，乃立樂府。采詩夜誦，有趙、代、秦、楚之謳，以李延年爲協律都尉，多舉司馬相如等數十人，造爲詩賦，略論律呂，以合八音之調。作十九章之歌，以正月上辛用事甘泉圜丘，使童男女七十人俱歌。昏祠至明夜，常有神光如流星，止集于祠壇。天子自竹宮而望拜，百官侍祠者數百人，皆肅然動心焉。（卷二十二）

《漢書·藝文志》（節録）

書曰："詩言志，歌詠言。"故哀樂之心感，而歌詠之聲發。誦其言謂之詩，詠其聲謂之歌。故古有採詩之官，王者所以觀風俗，知得失，自考正也。

小説家者流，蓋出於稗官，街談巷語，道聽涂説者之所造也。孔子曰："雖小道，必有可觀者焉。致遠恐泥，是以君子弗爲也。"然亦弗滅也，閭里小知者之所及，亦使綴而不忘，如或一言可用，此亦芻蕘狂夫之議也。

傳曰："不歌而誦謂之賦，登高能賦，可以爲大夫。"言感物造耑，材知深美，可與圖事。故可以爲列大夫。古者諸侯卿大夫交接鄰國，以微言相感，當揖讓之時，必稱詩以諭其志，蓋以別賢不肖而觀盛衰焉。故孔子曰"不學詩，無以言"也。春秋之後，周道寖壞，聘問歌詠，不行於列國，學詩之士，逸在布衣，而賢人失志之賦作矣。大儒孫卿及楚臣屈原，離讒憂國，皆作賦以風，咸有惻隱古詩之義。其後宋玉、唐勒。漢興，枚乘、司馬相如，下及揚子雲，競爲侈麗閎衍之詞，没其風諭之義。是以揚子悔之曰："詩人之賦麗以則，辭人之賦麗以淫，如孔氏之門人用賦也，則賈誼登堂，相如入室矣。如其不用何？"自孝武立樂府而采歌謡，於是有代、趙之謳，秦、楚之風，皆感於哀樂，緣事而發，亦可以觀風俗，知薄厚云。（以上卷三十）

《兩都賦》序（節録）

或曰："賦者，古詩之流也。"昔成、康没而頌聲寢，王澤竭而詩不作。大漢初定，日不暇給。至於武、宣之世，乃崇禮官，考文章，内設金馬石渠之署，外興樂府協律之事，以興廢繼絶，潤色鴻業。是以衆庶説豫，福應尤盛。《白麟》、《赤雁》、《芝房》、《寶鼎》之歌，薦於郊廟；神雀、五鳳、甘露、黄龍之瑞，以爲年紀。故言語侍從之臣，若司馬相如、虞丘壽王、東方朔、枚皋、王褒、劉向之屬，朝夕論思，日月獻納。而公卿大臣御史大夫倪寬、太常孔臧、大中大夫董仲舒、宗正劉德、太子太傅蕭望之等，時時間作。或以抒下情而通諷諭，或以宣上德而盡忠孝，雍容揄揚，著於後嗣，抑亦雅、頌之亞也。

故孝成之世,論而録之,蓋奏御者千有餘篇,而後大漢之文章,炳焉與三代同風。(《六臣注文選》卷一)

《離騷》序

昔在孝武,博覽古文,淮南王安叙《離騷傳》,以《國風》好色而不淫,《小雅》怨悱而不亂,若《離騷》者,可謂兼之矣。蟬蜕濁穢之中,浮游塵埃之外,皭然泥而不滓,推此志,雖與日月爭光可也。斯論似過其真。又説:五子以失家巷,謂五子胥也。及至羿、澆、少康、二姚、有娀佚女,皆各以所識,有所增損,然猶未得其正也,故博採經書傳記本文以爲之解。且君子道窮,命矣。故潛龍不見,是而無悶。《關雎》哀周道而不傷,蘧瑗持可懷之智,寧武保如愚之性,咸以全命避害,不受世患。故《大雅》曰:"既明且哲,以保其身。斯爲貴矣。"今若屈原,露才揚已,競乎危國羣小之間,以離讒賊。然責數懷王,怨惡椒、蘭,愁神苦思,强非其人,忿懟不容,沈江而死,亦貶絜狂狷景行之士,多稱崑崙、冥昏宓妃虛無之語,皆非法度之政,經義所載,謂之兼《詩》風雅而與日月爭光,過矣。然其文弘博麗雅,爲辭賦宗。後世莫不斟酌其英華,則象其從容。自宋玉、唐勒、景差之徒,漢興,枚乘、司馬相如、劉向、揚雄騁極文辭,好而悲之,自謂不能及也。雖非明智之器,可謂妙才者也。(《楚辭章句》卷三《天問章句第三》)

王　逸

王逸(生卒年不詳)字叔師。南郡宜城(今湖北襄陽)人。東漢文學家。安帝時爲校書郎,順帝時官侍中。作賦、誄、書、論等二十一篇,又作《漢詩》百二十三篇,今多亡佚。所著《楚辭章句》是《楚辭》最早的完整注本。《楚辭》爲西漢劉向所輯,原爲十六卷,王逸增入己作《九思》一卷,改編爲十七卷。《楚辭章句》對《楚辭》各篇作文字注解,記述各篇作者經歷、創作由來,全面總結漢人對以屈原作品爲代表的楚辭的認識,充實和豐富了楚辭的意義,明確了楚辭的文體特徵,建立起完整的楚辭學體系,是歷代楚辭研究者必讀之書。

本書資料據四庫全書本《楚辭章句》。

《楚辭章句》叙

叙曰:昔者孔子叡聖明喆,天生不羣,俾定經術,乃删《詩》、《書》,正禮樂,制作《春秋》，以爲後王之法。門人三千，罔不昭達，臨終之日，則大義乖而微言絕。其後周室衰微，戰國並爭，道德陵遲，謪詐萌生。於是楊、墨、鄒、孟、孫、韓之徒，各以所知著造傳記，或以述古，或以明世。而屈原履忠被讒，憂悲愁思，獨依詩人之義，而作《離騷》，上以諷諫，下以自慰。遭時暗亂，不見省納，不勝憤懣。遂復作《九歌》以下凡二十五篇，楚人高其行義，瑋其文采，以相教傳。

至於孝武帝，恢廓道訓，使淮南王安作《離騷經章句》，則大義粲然。後世雄俊，莫不瞻仰，攄舒妙思，纘述其詞。逮至劉向，典校經書，分以爲十六卷。孝章即位，深弘道藝，而班固、賈逵復以所見改易前疑，各作《離騷經章句》。其餘十五卷，闕而不説。又以壯爲狀，義多乖異，事不要撮。今臣復以所識所知，稽之舊章，合之經傳，作十六卷章句。雖未能究其微妙，然大指之趣，略可見矣。

且人臣之義，以忠正爲高，以伏節爲賢。故有危言以存國，殺身以成仁。是以伍子胥不恨於浮江，比干不悔於剖心，然後德立而行成，榮顯而名稱。若夫懷道以迷國，佯愚而不言，顛則不能扶，危則不能安，婉娩以順上，逡巡以避患，雖保黄耇，終壽百年，蓋志士之所耻，愚夫之所賤也。今若屈原，膺忠貞之質，體清潔之性，直若砥矢，言若丹青，進不隱其謀，退不顧其命，此誠絕世之行，俊彦之英也。而班固謂之"露才揚己"，"競於羣小之中，怨恨懷王，讒刺椒蘭，苟欲求進強非其人，不見容納，忿恚自沈"，是虧其高明，而損其清潔者也。昔伯夷、叔齊讓國守志，不食周粟，遂餓而死，豈可復謂有求於世而恨怨哉！且詩人怨主刺上，曰："嗚呼小子，未知臧否，匪面命之，言提其耳！"風諫之語，於斯爲切。然仲尼論之，以爲大雅。引此比彼，屈原之詞，優游婉順，寧以其君不智之故，欲提攜其耳乎！而論者以爲"露才揚己"，"怨刺其上"，"強非其人"，殆失厥中矣。

夫《離騷》之文，依託五經以立義焉："帝高陽之苗裔"，則《詩》"厥初生民，時惟姜嫄"也；"紉秋蘭以爲佩"，則"將翱將翔，佩玉瓊琚"也；"夕攬洲之宿莽"，則《易》"潛龍勿用"也；"駟玉虬而乘鷖"，則《易》"時乘六龍以御天"也；"就重華而陳詞"，則《尚書》咎繇之謀謨也；"登崑崙而涉流沙"，則《禹貢》之敷土也。故智彌盛者其言博，才益劭者其識遠。屈原之詞，誠博遠矣。自孔丘終没以來，名儒博達之士，著造詞賦，莫不擬則其儀表，祖式其模範，取其要妙，竊其華藻。所謂金相玉質，百歲無匹，名垂罔極，永不刊滅者也。

《離騷經》章句

《離騷經》者，屈原之所作也。屈原與楚同姓，仕於懷王，爲三閭大夫。三閭之職，掌王族三姓，曰昭、屈、景。屈原序其譜屬，率其賢良，以屬國士。入則與王圖議政事，決定嫌疑；出則監察羣下，應對諸侯。謀行職修，王甚珍之。同列大夫上官、靳尚妬害其能，共讒毀之，王乃疏屈原。屈原執履忠貞而被讒衺，憂心煩亂，不知所愬，乃作《離騷經》。離，別也；騷，愁也；經，徑也。言已放逐離別，中心愁思，猶陳直徑，以風諫君也。故上述唐、虞、三后之制，下序桀、紂、羿、澆之敗，冀君覺悟，反於正道而還己也。是時，秦昭王使張儀譎詐懷王，令絕齊交；又使誘楚，請與俱會武關，遂脅與俱歸，拘留不遣，卒客死於秦。其子襄王，復用讒言，遷屈原於江南。而屈原放在山野，復作《九章》，援天引聖，以自證明，終不見省。不忍以清白久居濁世，遂赴汨淵自沈而死。《離騷》之文，依《詩》取興，引類譬諭，故善鳥香草，以配忠貞；惡禽臭物，以比讒佞；靈修美人，以媲於君；宓妃佚女，以譬賢臣；虬龍鸞鳳，以託君子；飄風雲霓，以爲小人。其詞温而雅，其義皎而朗。凡百君子，莫不慕其清高，嘉其文采，哀其不遇，而閔其志焉。（以上卷一）

《九歌》章句

《九歌》者，屈原之所作也。昔楚國南郢之邑，沅、湘之間，其俗信鬼而好祀。其祠，必作歌樂鼓舞以樂諸神。屈原放逐，竄伏其域，懷憂苦毒，愁思沸鬱。出見俗人祭祀之禮，歌舞之樂，其詞鄙陋。因爲作《九歌》之曲，上陳事神之敬，下以見己之冤結，託之以風諫。故其文意不同，章句雜錯，而廣異義焉。（卷二）

《天問》章句

《天問》者，屈原之所作也。何不言問天？天尊不可問，故曰天問也。屈原放逐，憂心愁悴，彷徨山澤，經歷陵陸，嗟號旻昊，仰天嘆息。見楚有先王之廟及公卿祠堂，圖畫天地山川神靈，琦瑋僪佹，及古賢聖怪物行事。周流罷倦，休息其下。仰見圖畫，因書其壁，呵而問之，以渫憤懣，舒瀉愁思。楚人哀惜屈原，因共論述，故其文義不次叙云爾。

叙曰：昔屈原所作，凡二十五篇，世相教傳，而莫能說《天問》，以文義不次，又多奇怪之事。自太史公口論道之，多所不逮。至於劉向、揚雄，援引傳記以解說之，亦不能詳悉。所闕者衆，多無聞焉。既有解說，乃復多連蹇其文，濛澒其說，故厥義不昭，微指不哲，自游覽者，靡不苦之，而不能照也。今則稽之舊章，合之經傳，以相發明，爲之符驗，章決句斷，事事可曉，俾後學者永無疑焉。（卷三）

《九章》章句

《九章》者，屈原之所作也。屈原放於江南之壄，思君念國，憂心罔極，故復作《九章》。章者，著明也，言己所陳忠信之道，甚著明也。卒不見納，委命自沈。楚人惜而哀之，世論其詞以相傳焉。（卷四）

《遠遊》章句

《遠遊》者，屈原之所作也。屈原履方直之行，不容於世。上爲讒佞所譖毀，下爲俗人所困極，章皇山澤，無所告訴，乃深惟元一，修執恬漠，思欲濟世，則意中憒然，文采秀發，遂叙妙思，託配仙人，與俱游戲，周歷天地，無所不到。然猶懷念楚國，思慕舊故，忠信之篤，仁義之厚也。是以君子珍重其志，而瑋其辭焉。（卷五）

《卜居》章句

《卜居》者，屈原之所作也。屈原履忠貞之性，而見嫉妬。念讒佞之臣，承君順非而蒙富貴，己執忠直而身放棄，心迷意惑，不知所爲。乃往至太卜之家，稽問神明，決之蓍龟，卜己居世何所宜行，冀聞異筴，以定嫌疑。故曰《卜居》也。（卷六）

《漁父》章句

《漁父》者，屈原之所作也。屈原放逐，在江、湘之間，憂愁嘆吟，儀容變易。而漁父避世隱身，釣魚江濱，欣然自樂。時遇屈原川澤之域，怪而問之，遂相應答。楚人思念屈原，因叙其辭以相傳焉。（卷七）

《九辯》章句

《九辯》者，楚大夫宋玉之所作也。辯者，變也，謂陳道德以變說君也。九者，陽之數，道之綱紀也。故天有九星，以正璣衡；地有九州，以成萬邦；人有九竅，以通精明。屈原懷忠貞之性，而被讒邪，傷君闇蔽國將危亡，乃援天地之數，列人形之要，而作《九歌》、《九章》之頌，以諷諫懷王。明己所言，與天地合度，可履而行也。宋玉者，屈原弟子也。閔惜其師，忠而放逐，故作《九辯》以述其志。至於漢興，劉向、王褒之徒，咸悲其文，依而作詞，故號爲《楚詞》。亦承其九以立義焉。（卷八）

《招魂》章句

《招魂》者，宋玉之所作也。招者，召也。以手曰招，以言曰召。魂者，身之精也。宋玉憐哀屈原，忠而斥棄，愁懣山澤，魂魄放佚，厥命將落。故作《招魂》，欲以復其精神，延其年壽，外陳四方之惡，内崇楚國之美，以諷諫懷王，冀其覺悟而還之也。（卷九）

《大招》章句

《大招》者，屈原之所作也。或曰景差。疑不能明也。屈原放流九年，憂思煩亂，精神越散，與形離別，恐命將終，所行不遂，故憤然大招其魂，盛稱楚國之樂，崇懷、襄之德，以比三王，能任用賢，公卿明察，能薦舉人，宜輔佐之，以興至治，因以風諫，達已之志也。（卷十）

《惜誓》章句

《惜誓》者，不知誰所作也。或曰賈誼，疑不能明也。惜者，哀也；誓者，信也，約也。言哀惜懷王，與己信約，而復背之也。古者君臣將共爲治，必以信誓相約，然後言乃從，而身以親也。蓋刺懷王有始無終也。（卷十一）

《招隱士》章句

《招隱士》者，淮南小山之所作也。昔淮南王安，博雅好古，招懷天下俊偉之士。自八公之徒，咸慕其德，而歸其仁，各竭才智，著作篇章，分造辭賦，以類相從，故或稱小山，或稱大山。其義猶《詩》有《小雅》、《大雅》也。小山之徒，閔傷屈原，又怪其文昇天乘雲，役使百神，似若仙者，雖身沈没，名德顯聞，與隱處山澤無異。故作《招隱士》之賦，以章其志也。（卷十二）

30

《七諫》章句

《七諫》者，東方朔之所作也。諫者，正也，謂陳法度以諫正君也。古者，人臣三諫不從，退而待放。屈原與楚同姓，無去之義，故加爲《七諫》，慇懃之意，忠厚之節也。或曰：七諫者，法天子有爭臣七人也。東方朔追憫屈原，故作此辭，以述其志，所以昭忠信，矯曲朝也。（卷十三）

《哀時命》章句

《哀時命》者，嚴夫子之所作也。夫子名忌，與司馬相如俱好辭賦，客遊於梁，梁孝王甚奇重之。忌哀屈原受性忠貞，不遭明君而遇暗世，斐然作辭，歎而述之，故曰《哀時命》也。（卷十四）

《九懷》章句

《九懷》者，諫議大夫王褒之所作也。懷者，思也，言屈原雖見放逐，猶思念其君，憂國傾危而不能忘也。褒讀屈原之文，嘉其溫雅，藻采敷衍，執握金玉，委之污瀆，遭世溷濁，莫之能識。追而愍之，故作《九懷》，以裨其詞。史官録第，遂列于篇。（卷十五）

《九歎》章句

《九歎》者，護左都水使者光禄大夫劉向之所作也。向以博古敏達，典校經書，辯章舊文，追念屈原忠信之節，故作《九歎》。歎者，傷也，息也。言屈原放在山澤，猶傷念君，歎息無已，所謂讀賢以輔志，騁詞以曜德者也。（卷十六）

《九思》章句

《九思》者，王逸之所作也。自屈原終没之後，忠臣介士、遊覽學者讀《離騷》、《九章》之文，莫不愴然，心爲悲感，高其節行，妙其麗雅。至劉向、王褒之徒，咸嘉其義，作賦騁辭，以讚其志。則皆列於譜録，世世相傳。逸與屈原同土共國，悼傷之情與凡有

異。竊慕向、褒之風,作頌一篇,號曰《九思》,以禆其辭。未有解說,故聊訓誼焉。(卷十七)

王延壽

王延壽(生卒年不詳)字文考,一字子山,東漢南郡宜城(今湖北襄陽宜城)人。王逸之子。年僅二十多歲,溺死於湘水。東漢天才詞賦家,在辭賦史上留下了《魯靈光殿賦》、《夢賦》和《王孫賦》三篇杰作。其《靈光殿賦》,叙述漢代建築及壁畫等,反映了當時社會生活的一個側面。與他同時的著名文學家、書法家蔡邕也寫了《靈光殿賦》,但見到王延壽的《靈光殿賦》後,大爲驚奇,自愧弗如,遂焚已稿。

本書資料據四庫全書本明梅鼎祚編《東漢文紀》。

《魯靈光殿賦》序(節錄)

詩人之興,感物而作,故奚斯頌僖,歌其路寢,而功績存乎辭,德音昭乎聲。物以賦顯,事以頌宣,匪賦匪頌,將何述焉!(卷十四)

鄭 玄

鄭玄(127—200)字康成。東漢北海高密(今屬山東)人。經學家、教育家。其學問被稱爲"鄭學",亦稱"鄭氏學"、"通學"、"綜合學派"等。他曾師事張恭祖、馬融,先後研習今文經學和古文經學,網羅衆家之說,融通今、古文經學爲一,成爲漢代最大的"通儒",兩漢儒家經學的集大成者。鄭玄站在"通學"立場上,遍注羣經,"整"而"齊"之。根據史籍記載,他曾注解過《周易》、《尚書》、《毛詩》、《周禮》、《儀禮》、《禮記》、《論語》、《孝經》、《尚書大傳》以及《中候》、《乾象曆》;著有《天文七政論》、《魯禮禘祫義》、《六藝論》、《毛詩譜》、《駁許慎五經異義》、《答臨孝存周禮難》等,凡百余萬言。范曄評價他說:"鄭玄括囊大典,網羅衆家,删裁繁誣,刊改漏失,自是學者略知所歸。"(《後漢書·鄭玄列傳》)其弟子數以千計,鄭學風靡一時。從魏晉至隋唐,鄭學流傳甚廣。清代乾嘉學派提倡"漢學",對鄭學十分重視,頗多發揮。

《毛詩譜》(又稱《詩譜》),是鄭玄爲《毛詩》作箋之後又一部專門研究《詩經》的著作,叙述詩歌產生的地理方位、歷史源流,探討各國風俗民情,具有辨彰學術、考鏡源流的學術價值,對後世《詩經》學影響很大。

本書資料據四庫全書本《毛詩注疏》（漢鄭氏箋，唐陸德明音義，孔穎達疏）、余蕭客《古經解鈎沉》。

《詩譜》序

詩之興也，諒不於上皇之世。大庭、軒轅，逮于高辛，其詩有亡，載籍亦蔑云焉。《虞書》曰："詩言志，歌永言，聲依永，律和聲。"然則詩之道，放於此乎？

有夏承之，篇章泯棄，靡有孑遺。邇及商王，不風不雅，何者？論功頌德，所以將順其美；刺過譏失，所以匡救其惡。各於其黨，則爲法者彰顯，爲戒者著明。

周自後稷播種百穀，黎民阻饑，兹時乃粒，自傳於此名也。陶唐之末中葉，公劉亦世修其業，以明民共財。至於太王、王季，克堪顧天。文、武之德，光熙前緒，以集大命於厥身，遂爲天下父母，使民有政有居。其時詩：風有《周南》、《召南》，雅有《鹿鳴》、《文王》之屬。及成王，周公致太平，制禮作樂，而有頌聲興焉，盛之至也。本之由此風雅而來，故皆錄之，謂之詩之正經。

後王稍更陵遲，懿王始受譖亨齊哀公，夷身失禮之後，邶不尊賢。自是而下，厲也，幽也，政教尤衰，周室大壞。《十月之交》、《民勞》、《板》、《蕩》，勃爾俱作，衆國紛然，刺怨相尋。五霸之末，上無天子，下無方伯，善者誰賞，惡者誰罰，紀綱絕矣。故孔子錄夷王、懿王時詩，訖於陳靈公淫亂之事，謂之變風、變雅。以爲勤民恤功，昭事上帝，則受頌聲，弘福如彼；若違而弗用，則被劫殺，大禍如此。吉凶之所由，憂娛之萌漸，昭昭在斯，足作後王之鑒，於是止矣。

夷、厲已上，歲數不明。太史《年表》，自"共和"始。歷宣、幽、平王，而得《春秋》次第，以立斯譜。欲知源流清濁之所處，則循其上下而省之；欲知風化芳臭氣澤之所及，則傍行而觀之。此詩之大綱也。舉一綱而萬目張，解一卷而衆篇明，於力則鮮，於思則寡。其諸君子，亦有樂於是與？（《毛詩注疏》卷首）

六藝論

詩，弦歌諷諭之聲也。自書契之興，朴略尚質，面稱不爲諂，目諫不爲謗，君臣之接如朋友然，在於懇誠而已。斯道稍衰，姦僞以生，上下相犯。及其制禮，尊君卑臣，君道剛嚴，臣道柔順。於是箴諫者希，情志不通，故作詩者以誦其美而譏其過。（《古經解鈎沉》卷六引）

蔡 邕

　　蔡邕(132—192)字伯喈。東漢陳留圉(今河南杞縣)人。辭賦家、散文家、書法家。官至左中郎將,世稱蔡中郎。少時師事太傅胡廣,博學多識。通經史,擅辭章,喜好數術、天文,妙通音律,善鼓琴、繪畫,精工篆隸,尤以隸書著稱。曾著詩、賦、碑、誄、銘等共一百餘篇。其辭賦以《述行賦》最爲知名,散文以碑誌爲多。《隋書·經籍志》著錄有《蔡邕集》十二卷,已佚。明代張溥輯有《蔡中郎集》,收入《漢魏六朝百三家集》。

　　蔡邕《獨斷》二卷(後人有增改)記載自漢高祖元年(前206)至漢靈帝熹平元年(172)三百七十餘年間禮、樂、輿服制度及諸帝世次,兼及前代禮、樂,並加以考論。《獨斷》中論文體的部分可算是最早的比較系統的文體論,它以上行下、下呈上進行文體分類的觀點,爲曾國藩《經史百家雜抄》所汲取。曾國藩把十一類文體進一步歸納爲三門,其記載門又分爲詔令(上告下者)、奏議(下告上者)、書牘(同輩相告者)、哀祭(人告於鬼神者)四類,或許即是受此啟發。

　　本書資料據四庫全書本《獨斷》、《漢魏六朝百三家集》。

《獨斷》(節錄)

　　其命令一曰策書,二曰制書,三曰詔書,四曰戒書……策書。策者,簡也。《禮》曰:"不滿百丈,不書於策。"其制長二尺,短者半之。其次一長一短兩編,下附篆書,起年月日,稱"皇帝曰",以命諸侯王三公。其諸侯王三公之薨於位者,亦以策書誄諡其行而賜之。如諸侯之策。三公以罪免,亦賜策,文體如上策,而隸書以一尺木兩行。唯此爲異者也。

　　制書,帝者制度之命也。其文曰"制",詔三公、赦令、贖令之屬是也。刺史太守相劾,奏申,下上遷書,文亦如之。其征爲九卿,若遷京師近宮,則言官,具言姓名;其免若得罪,無姓。凡制書有印,使符下,遠近皆璽封,尚書令印重封。唯赦令、贖令、召三公詣朝堂受制書,司徒印封,露布下州郡。

　　詔書者,詔誥也。有三品,其文曰"告某官,官如故事",是爲詔書;羣臣有所奏請,尚書令奏之,下有"制曰天子答之曰可,若下某官",亦曰詔書;羣臣有所奏請,無尚書令"奏""制"之字,則答曰"已奏如書,本官下所當至",亦曰詔。

　　戒書,戒敕刺史太守及三邊營官,被敕文曰"有詔敕某官",是爲戒敕也。世皆名此爲策書,失之遠矣。

凡羣臣上書于天子者，有四名：一曰章，二曰奏，三曰表，四曰駁議。

章者，需頭，稱"稽首上書"，謝恩，陳事，詣闕通者也。

奏者，亦需頭，其京師官但言"稽首"，下言"稽首以聞"。其中者所請，若罪法劾案，公府送御史臺，公卿校尉送謁者臺也。

表者，不需頭，上言"臣某言"，下言"臣某誠惶誠恐、稽首頓首、死罪死罪"；左方下附曰"某官臣某甲上"。文多用編兩行，文少以五行，詣尚書通者也。公卿校尉諸將不言姓，大夫以下有同姓官別者言姓，章口報聞，公卿使謁者將大夫以下至吏民，尚書左丞奏聞報可，表文報已奏如書。凡章表皆啟封，其言密事，得帛囊盛。

其有疑事，公卿百官會議，若臺閣有所正處而獨執異議者，曰駁議。駁議曰"某官某甲議以爲如是"，下言"臣愚戇議異"；其非駁議，不言"議異"，其合於上意者，文報曰"某官某甲議可"。

天子命令之別名：命、令、政。出君下臣名曰命，奉而行之名曰令，著之竹帛名曰政。（以上《獨斷》卷上）

銘　論

《春秋》之論銘也，曰："天子令德，諸侯言時計功，大夫稱伐。"昔肅慎納貢，銘之楛矢，所謂"天子令德"者也；若黃帝有巾幾之法，孔甲有《盤盂》之誡，殷湯有《甘誓》之勒，冕鼎有《丕顯》之銘。武王踐祚，咨於太師，作《席》、《几》、《楹》、《杖》之銘十有八章；周廟《金人》，鍼口以慎言，亦所以勸導人主，勖於令德者也。呂尚作周大師封於齊，其功銘於昆吾之冶，獲寶鼎於美陽；仲山甫有《補袞闕》，誠百辟之功；《周禮》司勳，凡有大功者，銘之太常，所謂"諸侯言時計功"者也。有宋大夫正考父，三命滋益恭而莫侮；衛孔悝之祖莊叔，隨難漢陽，左右獻公，衛國賴之，皆銘乎鼎。晉魏顆獲杜回於輔氏，銘功於景鐘，所謂"大夫稱伐"者也。鐘鼎禮樂之器，昭德紀功，以示子孫。物不朽者，莫不朽於金石故也。近世以來，咸銘之於碑。（《漢魏六朝百三家集》卷十八）

應　劭

應劭（生卒年不詳）字仲遠。汝南郡南頓縣（今河南項城）人。東漢學者，父名奉，桓帝時。少年時專心好學，博覽多聞。靈帝時被舉爲孝廉。中平六年（189）至興平元年（194）任泰山郡太守，後依袁紹，卒於鄴。應劭博學多識，平生著作十餘種，一百多卷，現存《漢官儀》、《風俗通義》等。其《風俗通義》存有大量泰山史料，有很高的史料價值,輯入《後漢書·祭祀志》。爲應劭所引用的馬第伯《封禪儀記》,則是最早的遊記文學作品之一。

本書資料據四庫全書本《風俗通義》。

琴(節録)

其道行和樂而作者,命其曲曰暢。暢者,言其道之美暢,猶不敢自安,不驕不溢,好禮不以暢其意也。其遇閉塞憂愁而作者,命其曲曰操。操者,言遇菑遭害,困厄窮迫,雖怨恨失意,猶守禮義,不懼不懾,樂道而不失其操者也。(卷六)

劉 熙

劉熙(生卒年不詳)字成國。北海(今山東昌樂)人。生當漢末桓、靈之世,官至南安太守。經學家,訓詁學家。著有《釋名》和《孟子注》(已佚)。《釋名》凡八卷二十篇,目的在於探討各種名稱得名的由來,體例仿照《爾雅》,以同聲相諧推論名物之意,雖"頗傷於穿鑿,然可……有資考證。"(《四庫全書總目·〈釋名〉提要》),是我國重要的訓詁著作。《釋名》卷六的《釋書契》和《釋典藝》釋及多種文體。《釋書契》所論,有的既是書寫工具,也是文體特徵;《釋典藝》論圖書分類,也涉及多種文體。

本書資料據四庫全書本《釋名》。

釋書契

筆,述也,述事而書之也。硯,研也,研墨使和濡也。墨,晦也,似物晦墨也。紙,砥也,謂平如砥石也。板,般也,般般平廣也。奏,鄒也,鄒狹小之言也。劄,櫛也,編之如櫛齒相比也。簡,間也,編之篇篇有間也。簿,言也,可以簿疏密也。笏,忽也。君有教命及所啟白,則書其上,備忽忘也。槧,板之長三尺者也。槧,漸也,言其漸漸然長也。牘,睦也,手執之以進見,所以爲恭睦也。籍,籍也,所以籍疏人名戶口也。檄,激也,下官所以激迎其上之書文也。檢,禁也,禁閉諸物使不得開露也。璽,徙也,封物使可轉徙而不可發也。印,信也,所以封物爲信驗也;亦言因也,封物相因付也。謁,詣也;詣,告也。書其姓名於上,以告所至詣者也。符,付也,書所敕命于上,付使轉行之也。節,赴也,執以赴君命也。傳,轉也,轉移所在執以爲信也。券,綣也,相約束繾綣以爲限也。莂,別也,大書中央,中破別之也。契,刻也,刻識其數也。策書教令於上，所以驅策諸下也。漢制：約敕封侯曰册。册，頤也，敕使整頤不犯之也。示，示也，過所至關津以示之也。詣，啟也，以君語官司所至詣也。書，庶也，紀庶物也；亦言著之簡紙，永不滅也。畫，掛也，以五色掛物上也。《書》稱"刺書以筆"，刺紙簡之上也。又曰：寫倒寫此文也。書姓字於奏上曰書，刺作再拜起居，字皆達其體，使書盡邊，徐引筆書之如畫者也。下官刺曰長刺，長書中央一行而下之也。又曰爵里刺書，其官爵及郡縣鄉里也。書稱題。題，諦也，審諦其名號也；亦言第，因其第次也。書文書檢曰署。署，予也，題所予者官號也。上敕下曰告。告，覺也，使覺悟知己意也。下言上曰表，思之於内，表施於外也。又曰上，示之於上也。又曰言，言其意也。約，約束之也。敕，飾也，使自警飾不敢廢慢也。謂，猶謂也，猶得敕不自安，謂謂然也。

釋典藝

《三墳》。墳，分也，論三才之分天地。人之治，其體有三也。《五典》。典，鎮也，制法所以鎮定上下，其等有五也。《八索》。索，素也，著素王之法。若孔子者，聖而不王。制此法者有八也。《九丘》。丘，區也，區別九州土氣教化所宜施者也。此皆三王以前，上古羲皇時書也，今皆亡。惟《堯典》存也。經，俓也，如俓路無所不通，可常用也。緯，圍也，反復圍繞以成經也。圖，度也，盡其品度也。纖，纖也，其義纖微也。《易》，易也，言變易也。《禮》，體也，得其事體也。儀，宜也，得事宜也。傳，傳也，以傳示後人也。記，紀也，紀識之也。《詩》，之也，志之所之也。興物而作謂之興，敷布其義謂之賦，事類相似謂之比，言王政事謂之雅，稱頌成功謂之頌。隨作者之志而別名之也。《尚書》。尚，上也，以堯爲上始，而書其時事也。《春秋》。春秋冬夏終而成歲。《春秋》書人事卒歲而究備，春秋溫涼中象政和也。故舉以爲名也。《國語》，記諸國君臣相與言語、謀議之得失也。又曰《外傳》：春秋以魯爲内，以諸國爲外，外國所傳之事也。《爾雅》。爾，昵也；昵，近也。雅，義也；義，正也。五方之言不同，皆以近正爲主也。《論語》，紀孔子與諸弟子所語之言。法，逼也，莫不欲從其志，逼正使有所限也。律，累也，累人心使不得放肆也。令，領也，理領也，使不相犯也。科，課也，課其不如法者，罪責之也。詔書。詔，昭也，人暗不見事宜則有所犯，以此示之，使昭然知所由也。論，倫也，有倫理也。稱人之美曰讚。讚，纂也，纂集其美而叙之也。叙，杼也，杼泄其實，宣見之也。銘，名也，述其功美，使可稱名也。誄，累也，累列其事而稱之也。謚，曳也。物在後爲曳，言名之於人亦然也。譜，布也，布列見其事也。統，緒也，主緒人世，類相繼如統緒也。碑，被也。此本王莽時所設也。施其轤轆，以繩被其上，以引棺也。臣子追述君父之功美，以書其上，後人因焉。故無建於道陌之頭，顯見

之處,名其文就謂之碑也。詞,嗣也,令撰善言相續嗣也。(以上卷六)

《詩　緯》

　　緯書,是相對於"經書"而言的,是漢代依託儒家經義宣揚符籙瑞應占驗的書。《詩緯》是與《詩經》相配的漢代緯書之一,也是漢代《詩經》學的重要組成部分。《詩緯》中有關《詩經》的評論,其思想觀點主要來源於《齊詩》翼奉一派,因而《詩緯》與《齊詩》在理論上有淵源關係。《詩緯》所提出的"四始"、"五際"及"六情"說,以陰陽律曆附會解釋《詩經》,其用意在於揭示周王朝興盛衰亡的歷史,並以此對當時的現實政治發生影響。《詩緯》中的詩論,如"詩者,天地之心"、"詩者,持也"、"詩含五際六情"等說,對漢、魏六朝時期的詩論有一定影響。

　　本書資料據四庫全書本明孫穀編《古微書·詩緯》。

詩含神霧(節錄)

　　詩者,天地之心,君德之祖,百福之宗,萬物之戶也。刻之玉板,藏之金府,集微揆著,上統元皇,下序四始,羅列五際。故詩者,持也。

　　頌者,王道太平,功成治定而作也。(以上卷二十三)

魏晉南北朝

楊　修

　　楊修(175—219)字德祖。弘農華陰(今陝西華陰東南)人。楊家纍世三公,爲漢代名門望族。楊修從小聰明過人,才思敏捷,好學能文,長大後才名更盛。建安年間舉爲孝廉,任郎中,後爲曹操主簿,總知內外,事皆稱善。後曹操以其前後漏泄言教、關交諸侯等罪名將其殺害。一生著作頗豐,結集成册的兩部文稿已佚,今僅存作品十餘篇。《答臨淄侯牋》表達了他對辭賦的重視。

　　本書資料據四庫全書本李善註《文選》。

答臨淄侯牋(節録)

　　今之賦頌,古詩之流,不更孔公,《風》、《雅》無別耳。脩家子雲,老不曉事,强著一書,悔其少作。若比仲山、周旦之疇,爲皆有譽邪?君侯忘聖賢之顯跡,述鄙宗之過言,竊以爲未之思也。若乃不忘經國之大美,流千載之英聲,銘功景鐘,書名竹帛,斯自雅量素所蓄也,豈與文章相妨害哉?(卷四十)

曹　丕

　　曹丕(187—226)字子桓。沛國譙(今安徽亳州)人,曹操次子。代漢自立爲帝,都洛陽,國號魏,是三國魏國的建立者。公元220—226年在位。曹丕有相當高的文學成就,其《燕歌行》是現存較早的文人七言詩,其五言和樂府清綺動人,與其父曹操、其弟曹植並稱爲"三曹"。明張溥輯《漢魏六朝百三家集》有《魏文帝集》二卷,《全三國文》收其文入卷四至卷八。

　　《典論》是曹丕的一部學術著作,原有二十二篇,《隋書‧經籍志》著録爲五卷,《宋史》以後,始不復著録,全書大概在宋代就已失傳。今存《自叙》、《論文》、《論方術》三篇。《典論‧論文》是我國文學批評史上的名作,在文體學上提出了四科八體之説,論及多種文體及各家風格的異同短長。其他文章也多論及詩文體裁及風格。

本書資料據四庫全書本梁蕭統《文選》、《漢魏六朝百三家集》。

《典論‧論文》

文人相輕,自古而然。傅毅之於班固,伯仲之間耳,而固小之,與弟超書曰:“武仲以能屬文爲蘭臺令史,下筆不能自休。”夫人善於自見,而文非一體,鮮能備善,是以各以所長,相輕所短。里語曰:“家有弊帚,享之千金。”斯不自見之患也。

今之文人,魯國孔融文舉、廣陵陳琳孔璋、山陽王粲仲宣、北海徐幹偉長、陳留阮瑀元瑜、汝南應瑒德璉、東平劉楨公幹,斯七子者,於學無所遺,於辭無所假,咸自以騁驥騄於千里,仰齊足而並馳。以此相服,亦良難矣!蓋君子審己以度人,故能免於斯累,而作《論文》。

王粲長於辭賦,徐幹時有齊氣,然粲之匹也。如粲之《初征》、《登樓》、《槐賦》、《征思》,幹之《玄猿》、《漏卮》、《圓扇》、《橘賦》,雖張、蔡不過也,然于他文未能稱是。琳、瑀之章表書記,今之雋也。應瑒和而不壯;劉楨壯而不密。孔融體氣高妙,有過人者;然不能持論,理不勝辭,至於雜以嘲戲;及其所善,揚、班儔也。

常人貴遠賤近,向聲背實,又患暗於自見,謂己爲賢。夫文本同而末異,蓋奏議宜雅,書論宜理,銘誄尚實,詩賦欲麗。此四科不同,故能之者偏也,唯通才能備其體。

文以氣爲主,氣之清濁有體,不可力强而致。譬諸音樂,曲度雖均,節奏同檢,至於引氣不齊,巧拙有素,雖在父兄,不能以移子弟。

蓋文章,經國之大業,不朽之盛事。年壽有時而盡,榮樂止乎其身,二者必至之常期,未若文章之無窮。是以古之作者,寄身於翰墨,見意於篇籍,不假良史之辭,不托飛馳之勢,而聲名自傳於後。故西伯幽而演《易》,周旦顯而制《禮》,不以隱約而弗務,不以康樂而加思。夫然,則古人賤尺璧而重寸陰,懼乎時之過已。而人多不强力,貧賤則懾於饑寒,富貴則流於逸樂,遂營目前之務,而遺千載之功。日月逝於上,體貌衰於下,忽然與萬物遷化,斯志士之大痛也!融等已逝,唯幹著論,成一家言。(《文選》卷五二)

答卞蘭教(節録)

賦者,言事類之因附也;頌者,美盛德之形容也。故作者不虛其辭,受者必當其實。蘭此賦豈吾實哉？昔吾丘壽王一陳寶鼎，何武等徒以歌頌，猶受金帛之賜。蘭事雖不諒，義足嘉也。

又與吳質書（節録）

　　觀古今文人類皆不獲細行，鮮能以名節自立。而偉長獨懷文抱質，恬淡寡欲，有箕山之志，可謂彬彬君子矣。著《中論》二十餘篇，成一家之言，辭義典雅，足傳於後，此子爲不朽矣。德璉常斐然有述作意，其才學足以著書美志不？遂良可痛息，間者歷覽諸子之文，對之拉淚。既痛逝者，行自念也。孔璋章表殊健，微爲繁富。公幹有逸氣，但未遒耳。至其五言詩之善者，妙絕時人。元瑜書記翩翩，致足樂也。仲宣獨自善於辭賦，惜其體弱，不足起其文。至於所善，古人無以遠過也。（以上《漢魏六朝百三家集》卷二四）

曹　植

　　曹植（192—232）字子建。沛國譙（今安徽亳州）人。魏武帝曹操之子，魏文帝曹丕之弟。生前曾封爲陳王，去世後謚號“思”，因此又稱陳思王。建安文學的代表人物。後人將他與曹操、曹丕合稱爲“三曹”。謝靈運更有“天下才有一石，曹子建獨佔八斗”的評價。曹植的文學成就主要在詩歌領域，其詩或表現貴族王子的優游生活，或反映“生乎亂、長乎軍”的時代感受，或抒發被壓制之下時而憤慨時而哀怨的心情，以及不甘被棄置，希冀用世立功的願望。今存曹植比較完整的詩歌有八十餘首，在詩歌藝術上有很多創新發展。特別是在五言詩的創作上貢獻尤大。漢樂府古醉多以叙事爲主，至《古詩十九首》，抒情成分才在作品中占重要地位。曹植發展了這種趨向，把抒情和叙事有機結合，使五言詩既能描寫復雜的事態變化，又能表達曲折的心理感受，大大豐富了五言詩的藝術功能。

　　本書資料據四庫全書本《曹子建集》。

與楊德祖書（節録）

　　辭賦小道，固未足以揄揚大義，彰示來世也。昔揚子雲先朝執戟之臣耳，猶稱壯夫不爲也。吾雖薄德，位爲蕃侯，猶庶幾戮力上國，流惠下民，建永世之業，流金石之功，豈徒以翰墨爲勳績，辭賦爲君子哉？若吾志未果，吾道不行，則將采庶官之實録，

辯時俗之得失，定仁義之衷，成一家之言。雖未能藏之於名山，將以傳之於同好；非要之皓首，豈今日之論乎？（卷九）

桓　範

桓範（？—249）字元則。沛郡（今安徽濉溪西北）人。有文才。建安（196—220）末入丞相府，與王象等共撰《皇覽》。延康元年（220）爲羽林左監。魏明帝時曾任中領軍、尚書、征虜將軍、東中郎將、兗州刺史等。正始（240—249）年間任大司農，爲曹爽謀劃，號稱“智囊”。司馬懿起兵討魏時，桓範勸曹爽挾魏帝到許昌，曹爽不聽。曹爽被司馬懿所殺，他亦被誅。著有《世要論》（又稱《桓範新書》）十二卷，已佚。嚴可均《全三國文》輯其遺文爲一卷。

魏文帝曹丕組織許多儒生編撰《皇覽》，《太平御覽》卷二三二載，曹丕“好文學，以著述爲務，自所勒成垂百篇，又使諸儒撰集經傳，隨類相從，凡千餘篇，號曰《皇覽》”。編輯《皇覽》的主要工作由桓範、王象、繆襲等負責。宋王應麟《玉海》云：“類事之書，始於《皇覽》。”《皇覽》開類書之體，這是它的最大貢獻，後世的各種類書，大都沿襲《皇覽》的體例格局。全書分門別類，“隨類相從”，凡是同一類的內容都編在一起，內容廣泛，收羅豐富，包括了五經羣書，共分四十餘部，約八百余萬字，供皇帝閱讀，故稱爲“皇覽”。原書隋唐後已失傳，清人孫馮翼輯出佚文一卷，僅存《塚墓記》等八十餘條，不及四千字，收入《問經堂叢書》。今存《皇覽》佚文也間涉文體。

本書資料據商務印書館版嚴可均《全上古三代秦漢三國六朝文·全三國文》、四庫全書本《太平御覽》。

贊　像

夫贊像之所作，所以昭述勳德，思詠政惠，此蓋《詩·頌》之末流矣。宜由上而興，非專下而作也。世考之導嚴可均注：“舊校云，疑有誤字。”實有勳績，惠利加於百姓，遺愛留於民庶，宜請於國，當錄於史官，載於竹帛。上章君將之德，下宣臣吏之忠。若言不足紀，事不足述，虛而爲盈，亡而爲有，此聖人之所疾，庶幾之所恥也。

銘　誄

夫渝世富貴，乘時要世，爵以賂至，官以賄成。視常侍黃門，賓客假其氣勢，以致公卿牧守，所在宰莅，無清惠之政，而有饕餮之害。爲臣無忠誠之行，而有奸欺之罪。背正向邪，附上罔下。此乃繩墨之所加，流放之所棄。而門生故吏，合集財貨，刊石紀功，稱述勳德，高邈伊、周，下陵管、晏，遠追豹、産，近逾黃、邵，勢重者稱美，財富者文麗。後人相踵，稱以爲義。外若贊善，内爲己發，上下相效，競以爲榮。其流之弊，乃至於此，欺曜當時，疑誤後世，罪莫大焉！且夫賞生以爵祿，榮死以誄諡，是人主權柄而漢世不禁！使私稱與王命爭流，臣子與君上俱用，善惡無章，得失無效，豈不誤哉！

序　作

夫著作書論者，乃欲闡弘大道，述明聖教，推演事義，盡極情類，記是貶非，以爲法式，當時可行，後世可修。且古者富貴而名賤廢滅，不可勝記，唯篇論倜儻之人，爲不朽耳。夫奮名於百代之前，而流譽於千載之後，以其覽之者益，聞之者有覺故也。豈徒轉相放效，名作書論，浮辭談説，而無損益哉？而世俗之人，不解作體，而務泛溢之言，不存有益之義，非也。故作者不尚其辭麗，而貴其存道也；不好其巧慧，而惡其傷義也。故夫小辯破道，狂簡之徒，斐然成文，皆聖人之所疾矣。（以上《全上古三代秦漢三國六朝文·全三國文》卷三十七）

《皇覽》（節録）

《塚墓記》曰：好事者謂黃帝乘龍升雲。登朝霞，上至列闕，倒影天體如車蓋，日月懸著，何可上哉？（《太平御覽》卷二）

黃帝金人器銘曰：武王問尚父（呂尚）曰：五帝之誡可得聞乎？尚父曰：黃帝之誡曰：吾之居民上也，搖搖恐多，故爲金人，三封其口曰：古之慎言。堯之居民上也，振振如臨深淵。舜之居民上也，栗栗恐夕不旦。武王曰：吾並殷民居其上也，翼翼懼不敢息。尚父曰：德盛者守之以謙，守之以恭。武王曰：欲如尚父言，吾因是爲誡，隨之身。（《太平御覽》卷五九〇）

皇甫謐

皇甫謐（215—282）幼名靜，字士安，自號玄晏先生。安定朝那（今甘肅靈臺朝那鎮）人。東漢太尉皇甫嵩的曾孫，拜鄉人席坦爲師。一生以著述爲業，在醫學、史學、文學上均負盛名。尤其在醫學上，是中醫“針灸療法”的創始人。著述甚豐，有《針灸甲乙經》、《高士傳》、《逸士傳》、《玄晏春秋》、《帝王世紀》等。

本書資料據四庫全書本唐李善註《文選》。

《三都賦》序（節錄）

玄晏先生曰：古人稱不歌而頌謂之賦。然則賦也者，所以因物造端，敷弘體理，欲人不能加也。引而申之，故文必極美；觸類而長之，故辭必盡麗。然則美麗之文，賦之作也。昔之爲文者，非苟尚辭而已，將以紐之王教，本乎勸戒也。

自夏殷以前，其文隱没，靡得而詳焉。周監二代，文質之體，百世可知。故孔子采萬國之風，正《雅》《頌》之名，集而謂之《詩》。詩人之作，雜有賦體。子夏序《詩》曰："一曰風，二曰賦。"故知賦者，古詩之流也。至於戰國，王道陵遲，風雅寢頓。於是賢人失志，詞賦作焉。是以孫卿、屈原之屬，遺文炳然，辭義可觀。存其所感，咸有古詩之意。皆因文以寄其心，託理以全其制，賦之首也。及宋玉之徒，淫文放發，言過於實。誇競之興，體失之漸，風雅之則，於是乎乖。逮漢賈誼，頗節之以禮。自時厥後，綴文之士，不率典言，並務恢張，其文博誕空類。大者罩天地之表，細者入毫纖之内。雖充車聯駟，不足以載；廣厦接榱，不容以居也。其中高者，至如相如《上林》、揚雄《甘泉》、班固《兩都》、張衡《二京》、馬融《廣成》、王生《靈光》，初極宏侈之辭，終以約簡之制，焕乎有文，蔚爾鱗集，皆近代辭賦之偉也。（卷四十五）

傅　玄

傅玄（217—278）字休奕。北地郡泥陽（今陝西耀縣東南）人。西晉初年思想家、文學家、音樂家、政治家，在文學、史學、哲學等方面都有相當的見解，對魏晉時期的政治與思想頗有影響。博學能文，曾參預撰寫《魏書》；又著《傅子》（已佚，今存輯本）數十萬言，評論諸家學説及歷史故事；長於樂府詩，今存詩六十餘首，多爲樂府詩。《隋書·經籍志》載有"晉司隸校尉《傅玄集》十五卷"，今佚。明人張溥輯有《傅玄集》一卷，收入《漢魏六朝百三家集》中。

本書資料據四庫全書本《太平御覽》、《藝文類聚》。

《七謨》序

昔枚乘作《七發》，而屬文之士若傅毅、劉廣世、崔駰、李尤、桓麟、崔琦、劉梁之徒，承其流而作之者紛焉,《七激》、《七興》、《七依》、《七款》、《七説》、《七蠋》、《七舉》之篇;於時通儒大才馬季長、張平子亦引其源而廣之。馬作《七厲》,張造《七辨》,或以恢大道而導幽滯,或以黜瑰爹而託諷詠,揚暉播烈,垂於後世者凡十有餘篇。自大魏英賢迭作,有陳王《七啟》、王氏《七釋》、楊氏《七訓》、劉氏《七華》、從父侍中《七誨》,並陵前而邈後,揚清風於儒林,亦數篇焉。世之賢明,多稱《七激》爲工,余以爲未盡善也。《七辨》似也,非張氏至思,比之《七激》,未爲劣也。《七釋》僉曰妙哉,吾無聞矣。若《七依》之卓轢一致,《七辨》之纏綿精巧,《七啟》之奔逸壯麗,《七釋》之精密閑理,亦近代之所希也。(《太平御覽》卷五九〇)

《連珠》序

所謂連珠者,興於漢章帝之世。班固、賈逵、傅毅三才子受詔作之,而蔡邕、張華之徒又廣焉。其文體辭麗而言約,不指說事情,必假喻以達其旨,而賢者微悟,合於古詩勸興之義。欲使歷歷如貫珠,易睹而可悦,故謂之連珠也。班固喻美辭壯,文章弘麗,最得其體。蔡邕似論,言質而辭碎,然旨篤矣。賈逵儒而不艷,傅毅有文而不典。(《藝文類聚》卷五十七)

成公綏

成公綏(231—273)字子安。東郡白馬(今河南滑縣東)人。魏時任博士、騎都尉等職,入晉後與賈充等參定法律。幼而聰敏,博涉經傳。性寡欲,不營資產,家貧歲饉,處之如常,不求聞達。辭賦甚麗,《文心雕龍·詮賦》將他與陸機並列。今存賦二十餘篇,多爲殘篇。《隋書·經籍志》著錄有《晉著作郎成公綏集》十卷,已佚。明代張溥輯有《成公子安集》,收入《漢魏六朝百三家集》中。

本書資料據商務印書館版嚴可均《全上古三代秦漢三國六朝文·全晉文》。

《天地賦》序

賦者,貴能分理賦物,敷演無方,天地之盛,可以致思矣。天地至神,難以一言定稱。故體而言之,則曰兩儀;假而言之,則曰乾坤;氣而言之,則曰陰陽;性而言之,則曰柔剛;色而言之,則曰玄黃;名而言之,則曰天地。歷觀古人,未之有賦。豈獨以至麗無文,難以辭贊?不然,何其闕哉?(卷五十九)

左　思

左思(約 250—305)字太沖。齊國臨淄(今山東淄博東北)人。西晉著名文學家。其貌不揚却才華出衆。晉武帝時,因其妹左棻被選入宮,舉家遷居洛陽,任秘書郎。晉惠帝時,依附權貴賈謐,爲文人集團"二十四友"的重要成員。永康元年(300),因賈謐被誅,遂退居宜春里,專心著述。後齊王司馬冏召爲記室督,不就。太安二年(303),因張方進攻洛陽而移居冀州,不久病逝。今存作品僅賦二篇,詩十四首。《三都賦》與《詠史》詩爲其代表作。其《三都賦》頗爲當時稱頌,一時"洛陽紙貴",在大賦中具有重要地位。《三都賦序》則全面闡述了作者對賦的認識。

本書資料據四庫全書本唐李善註《文選》。

《三都賦》序

蓋詩有六義焉,其二曰賦。揚雄曰:"詩人之賦麗以則。"班固曰:"賦者,古詩之流也。"先王採焉以觀土風。見"綠竹猗猗",則知衛地淇澳之産;見"在其版屋",則知秦野西戎之宅。故能居然而辨八方。然相如賦《上林》,而引"盧橘夏熟";揚雄賦《甘泉》,而陳"玉樹青葱";班固賦《西都》,而歎以"出比目";張衡賦《西京》,而述以"遊海若"。假稱珍怪,以爲潤色。若斯之類,匪啻于兹。考之果木,則生非其壤;校之神物,則出非其所。於辭則易爲藻飾,於義則虛而無徵。且夫玉巵無當,雖寶非用;侈言無驗,雖麗非經。而論者莫不詆訐其研精,作者大氐舉爲憲章,積習生常,有自來矣。

余既思摹《二京》而賦《三都》,其山川城邑,則稽之地圖;其鳥獸草木,則驗之方志;風謠歌舞,各附其俗;魁梧長者,莫非其舊。何則? 發言爲詩者,詠其所志也;升高能賦者,頌其所見也;美物者,貴依其本;讚事者,宜本其實。匪本匪實,覽者奚信! 且夫任土作貢,《虞書》所著;辯物居方,《周易》所慎。聊舉其一隅,攝其體統,歸諸詁訓焉。(卷四)

陸　機

陸機(261—303)字士衡。吳郡華亭(今上海松江西)人。西晉文學家、書法家,與其弟陸雲合稱"二陸"。少時任吳牙門將,吳亡入晉,官至平原内史,世稱陸平原。今存詩一百零四首,大多爲樂府詩和擬古詩;存賦二十七篇,名篇有《文賦》、《歎逝賦》、

《漏刻賦》等。曾仿揚雄"連珠體"作《演連珠》五十首,《文心雕龍・雜文》篇將揚雄以下衆多模仿之作稱爲"欲穿明珠,多貫魚目",獨推許陸機之作。明人張溥《漢魏六朝百三名家集》中有《陸平原集》。

陸機《文賦》是我國古代最早的一篇研究文學創作特點的文論名著,論及文學修養、文學創作、美學標準等一系列文學理論問題。在文體學方面,他首先提出文體是各種各樣的,萬物是無窮無盡的:"體有萬殊,物無一量。"故文體亦多有不同,並簡明概括了詩、賦、碑、誄、銘、箴、頌、論、奏、説等十種文體的不同特徵,比曹丕《典論・論文》具體,是文體學發展的一大進步。

本書資料據四庫全書本唐李善註《文選》。

文賦(節録)

體有萬殊,物無一量。紛紜揮霍,形難爲狀。辭程才以效伎,意司契而爲匠,在有無而僶俛,當淺深而不讓。雖離方而遯圓,期窮形而盡相。故夫誇目者尚奢,愜心者貴當,言窮者無隘,論達者唯曠。詩緣情而綺靡,賦體物而瀏亮,碑披文以相質,誄纏綿而悽愴,銘博約而温潤,箴頓挫而清壯,頌優游以彬蔚,論精微而朗暢,奏平徹以閑雅,説煒曄而譎誑。雖區分之在兹,亦禁邪而制放。要辭達而理舉,故無取乎冗長。(卷十七)

崔　豹

崔豹(生卒年不詳)字正熊,一作正能。西晉人。惠帝時官至太傅。所著《古今注》三卷,解説詮釋各類事物,分爲輿服、都邑、音樂、鳥獸、魚蟲、草木、雜注、問答釋義八類,涉及古代典章制度和習俗,以及古人對自然界的認識等,但部分解釋帶有一定隨意性。

本書資料據四庫全書本《古今注》。

音　樂

《雉朝飛》者,牧犢子所作也,齊處士,泯宣時人,年五十無妻,出薪於野,見雉雄雌相隨而飛,意動心悲,乃作《朝飛》之操,將以自傷焉。其聲中絶,魏武帝宮人有盧女者,故冠軍將軍陰叔之妹,年七歲入漢宮,學鼓琴,琴特鳴異於諸妓,善爲新聲,能傳此曲。盧女至明帝崩後放出,嫁爲尹更生之妻。

《別鶴操》，商陵牧子所作也。娶妻五年而無子，父兄將爲之改娶。妻聞之，中夜起，倚戶而悲嘯。牧子聞之，愴然而悲，乃歌曰："將乖比翼隔天端，山川悠遠路漫漫，攬衣不寢食忘餐。"後人因爲樂章焉。

《走馬引》，樗里牧恭所作也。爲父報冤，殺人而亡，藏於山谷之下。有天馬夜降，圍其室而鳴。夜覺，聞其聲，以爲吏追，乃奔而亡去。明視之，馬跡也，乃愓然大悟曰：豈吾居之處將危乎？遂荷衣糧而去，入於沂澤，援琴鼓之，爲天馬之聲，號曰《走馬引》焉。

《淮南子》，淮南小山之所作也。淮南服食求仙，遍禮方士，遂與八公相攜俱去，莫知所在。小山之徒思戀不已，乃作淮南王之曲焉。

《武溪深》，乃馬援南征之所作也。援門生爰寄生善吹笛，援作歌以和之，名曰《武溪深》。其曲曰："滔滔武溪一何深，鳥飛不度，獸不能臨，嗟哉武溪多毒淫。"

《吳趨曲》，吳人以歌其地也。

《箜篌引》，朝鮮津卒霍里子高妻麗玉所作也。子高晨起，刺船而櫂，有一白首狂夫，被髮提壺，亂流而渡。其妻隨呼，止之不及，遂墮河水死。於是援箜篌而鼓之，作《公無渡河》之歌，聲甚悽愴，曲終自投河而死。霍里子高還，以其聲語妻麗玉，玉傷之，乃引箜篌而寫其聲，聞者莫不墮淚飲泣焉。麗玉以其聲傳鄰女麗容，名曰《箜篌引》焉。

《平陵東》，翟義門人所作也。王莽殺義，義門人作歌以怨之。

《薤露蒿里》，並喪歌也，出田橫門人。橫自殺，門人傷之，爲之悲歌，言人命如薤上之露易晞滅也；亦謂人死魂魄歸乎蒿里，故有二章。一章曰："薤上朝露何易晞，露晞明朝還復滋，人死一去何時歸？"其二曰："蒿里誰家地？聚斂魂魄無賢愚。鬼伯一何相催促，人命不得少蜘蹰。"至孝武時李延年乃分爲二曲，《薤露》送王公貴人，《蒿里》送士大夫庶人，使挽柩者歌之，世呼爲挽歌。

《長歌》、《短歌》，言人生壽命，長短定分，不可妄求也。

《陌上桑》，出秦氏女子。秦氏，邯鄲人，有女名羅敷，爲邑人千乘王仁妻。王仁後爲越王家令，羅敷出採桑於陌上。趙王登臺，見而悅之，因飲酒欲奪焉。羅敷乃彈箏，作《陌上歌》以自明焉。

《杞梁妻》，杞植妻妹明月之所作也。杞植戰死，妻嘆曰："上則無父，中則無夫，下則無子，生人之苦至矣！"乃抗聲長哭，杞都城感之而頽，遂投水而死。其妹悲其姊之貞操，乃爲作歌，名曰《杞梁妻》焉。梁，植字也。

《釣竿》，伯常子妻所作也。伯常子避仇河濱爲漁父，其妻思之，每至河側，作《釣竿》之歌。後司馬相如作《釣竿》之詩，今傳爲古曲也。

《董逃歌》，後漢游童所作也。後有董卓作亂，卒以逃亡。後人習之，以爲歌章；樂府奏之，以爲炯戒也。

《短簫鐃歌》，軍樂也，黃帝使岐伯所作也，所以建武揚德，風勸戰士也。《周禮》所謂"王大捷則令凱樂，軍大獻則令凱歌"者也。漢樂有《黃門鼓吹》，天子所以宴樂羣臣。《短簫鐃歌》，鼓吹之一章耳，亦以賜有功諸侯。

《上留田》，地名也。其地人有父毋死，兄不字其孤弟者，鄉人爲其弟作悲歌以諷其兄，故曰《上留田》。

《日重光》、《月重輪》，羣臣爲漢明帝所作也。明帝爲太子，樂人作歌詩四章，以贊太子之德，其一曰《日重光》，其二曰《月重輪》，其三曰《星重輝》，其四曰《海重潤》。漢末喪亂後，其二章亡。舊説云："天子之德，光明如日，規輪如月，衆輝如星，霈潤如海。"太子皆比德焉，故云"重"爾。

《橫吹》，胡樂也。張博望入西域，傳其法於西京，唯得《摩訶》、《兜勒》二曲。李延年因胡曲，更造新聲二十八解，乘輿以爲武樂。後漢以給邊將軍。和帝時，萬人將軍得之。魏、晉以來，二十八解不復具存世，用者《黃鶴》、《隴頭》、《出關》、《入關》、《出塞》、《入塞》、《折楊柳》、《黃華子》、《赤之陽》、《望行人》等十曲。（以上卷中）

摯　虞

摯虞（？—311）字仲洽。西晉長安（今陝西西安）人。舉賢良，歷官太子舍人、聞喜令、秘書監、光祿勳、太常卿。學問通博，著有《三圖決錄注》、《文章流別集》、《文章流別志論》、《摯太常集》。

《文章流別集》四十一卷是我國最早的詩文總集。《隋書·經籍志》四云："總集者，以建安之後，辭賦轉繁，衆家之集，日以滋廣，晉代摯虞苦覽者之勞倦，於是採摘孔翠，芟剪繁蕪，自詩賦下，各爲條貫，合而編之，謂爲《流別》。是後文集總鈔，作者繼軌，屬辭之士，以爲覃奧，而取則焉。"《文章流別集》和《文章流別志》（文士的小傳）二書雖已失傳，但從嚴可均《全上古三代秦漢三國六朝文》卷七七所輯的《文章流別論》（"論"原附於《文章流別集》，後又摘出成爲文體專論）佚文可知，它論及頌、賦、詩、七、箴、銘、誄、哀辭、解嘲、碑、圖讖等諸多文體。

自漢末建安年間開始，我國古代文學進入了文學自覺的時代，對文體的研究和總結取得了遠遠超過前人的成就。《文章流別論》對文體的源流、特點、利弊都論述得有條有理，確實堪稱"我國文體論的開山之作"（褚斌傑《中國古代文體概論》第二十一頁）。

本書資料據四庫全書本明張溥《漢魏六朝百三家集》。

頌

文章者，所以宣上下之象，明人倫之叙，窮理盡性，以究萬物之宜者也。王澤流而詩作，成功臻而頌興，德勳立而銘著，嘉美終而誄集。祝史陳辭，官箴王闕。《周禮》太師掌教六詩：曰風，曰賦，曰比，曰興，曰雅，曰頌。言一國之事，繫一人之本，謂之風。言天下之事，形四方之風，謂之雅。頌者，美盛德之形容。賦者，敷陳之稱也。比者，喻類之言也。興者，有感之辭也。後世之爲詩者多矣，其稱功德者謂之頌，其餘則總謂之詩。

頌，詩之美者也。古者聖帝明王，功成治定而頌聲興。於是史録其篇，工歌其章，以奏於宗廟，告於鬼神。故頌之所美者，聖王之德也，則以爲律呂。或以頌形，或以頌聲，其細也甚，非古頌之意。昔班固爲《安豐戴侯頌》，史岑爲《出師頌》、《和熹鄧后頌》，與《魯頌》體意相類，而文辭之異，古今之變也。揚雄《趙充國頌》，頌而似雅；傅毅《顯宗頌》，文與《周頌》相似，而雜以風雅之意。若馬融《廣成》、《上林》之屬，純爲今賦之體，而謂之頌，失之遠矣。

詩

《書》云："詩言志，歌永言。"言其志謂之詩。古有採詩之官，王者以知得失。古之詩有三言、四言、五言、六言、七言、九言。古詩率以四言爲體，而時有一句二句雜在四言之間，後世演之，遂以爲篇。古詩之三言者，"振振鷺，鷺於飛"之屬是也，漢郊廟歌多用之。五言者"誰謂雀無角，何以穿我屋"之屬是也，於俳諧倡樂多用之。六言者"我姑酌彼金罍"之屬是也，樂府亦用之。七言者"交交黄鳥止于桑"之屬是也，於俳諧倡樂多用之。古詩之九言者，"泂酌彼行潦挹彼注兹"之屬是也，不入歌謠之章，故世希爲之。夫詩雖以情志爲本，而以成聲爲節。然則雅音之韻，四言爲正；其餘雖備曲折之體，而非音之正也。

七

《七發》造於枚乘，借吳、楚以爲客主。先言"出輿入輦，蹷痿之損；深宮洞房，寒暑之疾；靡曼美色，宴安之毒；厚味煖服，淫曜之害。宜聽世之君子，要言妙道，以疏神導體，蠲淹滯之累。"既設此辭以顯明去就之路，而後説以聲色逸遊之樂，其説不入，乃陳聖人辨士講論之娛，而霍然疾瘳。此因膏粱之常疾，以爲匡勸，雖有甚泰之辭，而不没其諷諭之義也。其流遂廣，其義遂變，率有辭人淫麗之尤矣。崔駰既作《七依》，而假非有先生之言曰："嗚呼，揚雄有言，童子雕蟲篆刻，俄而曰壯夫不爲也。孔子疾小言破道。斯文之族，豈不謂義不足而辨有餘者乎！賦者將以諷，吾恐其不免於勸也。"

賦

賦者，敷陳之稱，古詩之流也。古之作詩者，發乎情，止乎禮義。情之發，因辭以形之；禮義之旨，須事以明之。故有賦焉，所以假像盡辭，敷陳其志。前世爲賦者，有孫卿、屈原，尚頗有古詩之義，至宋玉則多淫浮之病矣。《楚辭》之賦，賦之善者也。故楊子稱賦莫深於《離騷》。賈誼之作，則屈原儔也。古詩之賦，以情義爲主，以事類爲佐。今之賦，以事形爲本，以義正爲助。情義爲主，則言省而文有例矣；事形爲本，則言當而辭無常矣。文之煩省，辭之險易，蓋由於此。夫假像過大，則與類相遠；逸辭過壯，則與事相違；辯言過理，則與義相失；麗靡過美，則與情相悖。此四過者，所以背大體而害政教。是以司馬遷割相如之浮説，揚雄疾"辭人之賦麗以淫"也。

箴

揚雄依《虞箴》作《十二州》、《十二官箴》而傳於世，不具九官。崔氏累世彌縫其闕，胡公又以次其首目而爲之解，署曰《百官箴》。

銘

夫古之銘至約，今之銘至繁，亦有由也。質文時異，則既論之矣，且上古之銘，銘於宗廟之碑。蔡邕爲楊公作碑，其文典正，末世之美者也。後世以來器銘之佳者，有王莽《鼎銘》、崔瑗《杌銘》、朱公叔《鼎銘》、王粲《硯銘》，咸以表顯功德，天子銘嘉量，諸侯大夫銘太常勒鍾鼎之義。所言雖殊，而令德一也。李尤爲銘，自山河都邑，至於刀筆笊契，無不有銘，而文多穢病；討論而潤色，亦可采録。

誄

詩頌箴銘之篇，皆有往古成文，可放依而作。惟誄無定制，故作者多異焉。見於典籍者，《左傳》有魯哀公爲孔子誄。

哀　辭

哀辭者，誄之流也。崔瑗、蘇順、馬融等爲之，率以施於童殤夭折、不以壽終者。建安中，文帝與臨淄侯各失稚子，命徐幹、劉楨等爲之哀辭。哀辭之體，以哀痛爲主，緣以歎息之辭。

文

若《解嘲》之弘緩優大，《應賓》之淵懿温雅，《連旨》之壯厲忼慷，《應》之綢繆契濶，鬱鬱彬彬，靡有不長焉矣。

圖纖

圖纖之屬，雖非正文之制，然以取其縱橫有義，反覆成章。

碑　銘

古有宗廟之碑。後世立碑於墓，顯之衢路，其所載者銘辭也。

又

以上散見《藝文類聚》、《北堂書鈔》、《太平御覽》諸書。此復見《廣文選》，似合二首爲一，並載之。

文章者，所以宣上下之像，明人倫之叙，窮理盡性，以究萬物之宜者也。王澤流而詩作，成功臻而頌興，德勳立而銘著，嘉美終而誄集，祝史陳辭，官箴王闕。《周禮》太師掌教六詩，曰風，曰賦，曰比，曰興，曰雅，曰頌。言一國之事，繫一人之本，謂之風；言天下之事，形四方之風，謂之雅；頌者，美盛德之形容；賦者，敷陳之稱也；比者，喻類之言也；興者，有感之辭也。後世之爲詩者多矣，其述功德者謂之頌，其餘則總謂之詩。頌，詩之美者也。古者聖帝明王功成治定而頌聲興，於是奏於宗廟，告於鬼神，故頌之所美者，聖王之德也。古之作詩者，發乎情，止乎禮義。情之發，因辭以形之；禮義之指，須事以明之。故有賦焉，所以假象盡辭，敷陳其志。古詩之賦，以情義爲主，以事類爲佐；今之賦，以事形爲本，以義正爲助。情義爲主，則言省而文有例矣；事形爲本，則言當而辭無常文之煩省。辭之險易，蓋由於此。夫假象過大，則與類相遠；逸辭過壯，則與事相違；辯言過理，則與義相失；麗靡過美，則與情相悖。此四過者，所以背大體而害政教，是以司馬遷割相如之浮説，揚雄疾辭人之富麗以淫。詩之流也，有三言、四言、五言、六言、七言、九言，古詩率以四言爲體，而時有一句二句雜在四言之間，後世演之，遂以爲篇。古詩之三言者，“振振鷺，鷺于飛”之屬是也；五言者，“誰謂雀無角，何以穿我屋”之屬是也；六言者，“我姑酌彼金罍”之屬是也；七言者，“交交黄鳥止于桑”之屬是也；九言者，“泂酌彼行潦挹彼注兹”之屬是也。夫詩雖以情志爲本，而以成聲爲節，然則雅音之韻，四言爲正；其餘雖備曲折之體，而非詩之正也。（以上卷四十二《文章流別論》）

干　寶

　　干寶（？—336）字令升，祖籍新蔡（今屬河南）。西晉亡，東晉立，南北對峙，舉家遷至靈泉鄉（今浙江海寧）。史學家、文學家。學識淵博，著述宏豐，橫跨經、史、子、集四部，堪稱通人。今存干寶著作達二十六種，近二百卷。著有《春秋左氏義外傳》，還注有《周易》、《周官》等數十篇，另有文集四卷。今存《搜神記》二十卷，爲後人所輯録；其《晉紀》已佚，有清人輯本。

　　干寶是小説家的一代宗師。他所編集的《搜神記》爲短篇小説集，記神怪靈異故事，爲魏晉志怪小説代表作，保存了許多古代民間傳説，如《干將莫邪》、《相思樹》、《董永賣身》、《李寄斬蛇》等，對後世文學藝術産生了深遠影響：唐代傳奇故事、蒲松齡《聊齋志異》、神話戲《天仙配》以及後世許多小説、戲曲，都和它有密切關係。

　　本書資料據四庫全書本《搜神記》。

《搜神記》（節録）

　　挽歌者，喪家之樂，執紼者相和之聲也。挽歌辭有《薤露》、《蒿里》二章，漢田横門人作。横自殺，門人傷之，悲歌言人如薤上露，易稀滅；亦謂人死精魂歸於蒿里，故有

二章。（卷一六）

李　充

　　李充（生卒年不詳）字弘度。江夏鐘武（今河南信陽附近）人。約公元 323 年前後在世。文學家、文論家、目録學家。少孤，善楷書。幼學刑名之學，深抑虛浮之士，嘗著《學箴》。又注《尚書》及《周易旨》六篇，著《釋莊論》上、下二篇，詩、賦、表、頌等雜文二百四十篇。當時典籍混亂，李充刪除繁重，以類相從，分爲四部，甚有條貫，秘閣以爲永制。《隋書·經籍志四》載"晉李充集二十二卷"，又"《翰林論》三卷"，皆失傳。其《翰林論》僅在《太平御覽》等類書中殘存數則。

　　《翰林論》是文體論在東晉發展的重要表現，對後世文學批評和總集編撰有重大影響，所論涉及書、議、贊、戒、奏駁、論難、議奏、盟、檄、喻、德音等不同文體，但較爲簡略，沒有摯虞所論具體。

　　本書資料據四庫全書本《太平御覽》。

翰林論（節録）

　　或問曰：何如，斯可謂之文？答曰：孔文舉之書，陸士衡之議，斯可謂成文也。（卷五百八十五）

　　容象圖而讚立，宜使辭簡而義正，孔融之讚楊公，亦其義也。（卷五百八十八）

　　誠誥施於弼違。（卷五百九十三）

　　表宜以遠大爲本，不以華藻爲先。若曹子建之表，可謂成文矣；諸葛亮之表劉主，裴公之辭侍中，羊公之讓開府，可謂德音矣。

　　駁不以華藻爲先，世以傅長虞每奏駁事，爲邦之司直矣。（以上卷五百九十四）

　　研求名理，而論難生焉。論貴於允理，不求支離。若稽康之論，成文者矣。

　　在朝辨政而議奏出，宜以遠大爲本。陸機議晉斷，亦名其美矣。（以上卷五百九十五）

　　盟檄發於師旅，相如《喻蜀父老》，可謂德音矣。（卷五百九十七）

葛　洪

　　葛洪（283—343 或 363）字稚川，自號抱朴子。晉丹陽郡句容（今屬江蘇）人。三國方士葛玄之侄孫，世稱小仙翁。葛洪爲東晉道教學者、煉丹家、醫藥學家。他曾受封爲關內侯，後隱居羅浮山煉丹。著有《神仙傳》、《抱朴子》、《肘後備急方》、《西京雜記》等。其《抱朴子》今存"內篇"二十篇，論述神仙、煉丹、符籙等事，自稱"屬道家"；"外篇"五十篇，論述"時政得失，人事臧否"，自稱"屬儒家"。"外篇"中的《鈞世》、《尚博》、《辭義》、《文行》等篇，涉及對多種文體的評論。

本書資料據四庫全書本《抱朴子》。

尚　博

抱朴子曰：正經爲道義之淵海，子書爲增深之川流。仰而比之，則景星之佐三辰也；俯而方之，則林薄之裨嵩嶽也。雖津途殊辟，而進德同歸；雖離於舉趾，而合於興化。故通人總原本以括流末，操綱領而得一致焉。古人歎息于才難，故謂百世爲隨踵，不以璞非昆山而棄耀夜之寶，不以書不出聖而廢助教之言。是以閭陌之拙詩，軍旅之鞠誓，或詞鄙喻陋，簡不盈十，猶見撰録，亞次典誥，百家之言，與善一揆。譬操水者，器雖異而救火同焉；猶針灸者，術雖殊而攻疾均焉。文章微妙，其體難識。夫易見者粗也，難識者精也。夫唯粗也，故銓衡有定焉；夫唯精也，故品藻難一焉。吾故舍易見之粗，而論難識之精，不亦可乎！

或曰："德行者本也，文章者末也。故四科之序，文不居上。然則著紙者，糟粕之餘事；可傳者，祭畢之芻狗。卑高之格，是可識矣。文之體略，可得聞乎？"

抱朴子曰：筌可以棄而魚未獲，則不得無筌；文可以廢而道未行，則不得無文。若夫翰跡韻略之宏促，屬辭比事之疏密，源流至到之修短，蘊藉汲引之深淺。其懸絶也，雖天外毫內，不足以喻其遼邈；其相傾也，雖三光熠耀，不足以方其巨細。龍淵鉛鋌，未足譬其銳鈍；鴻羽積金，未足比其輕重。清濁三差，所稟有主，朗昧不同科，強弱各殊氣，而俗士唯見能染毫畫紙者，便概之一例。斯伯牙所以永思鍾了，郢人所以格斤不運也。蓋刻削者比肩，而班狄擅絶手之稱；援琴者至衆，而夔襄專知音之難。廄馬千駟，而騏驥有逸羣之價；美人萬計，而威施有超世之容。蓋有遠過衆者也。且夫文章之與德行，猶十尺之與一丈，謂之餘事，未之前聞。夫上天之所以垂象，唐虞之所以爲稱，大人虎炳，君子豹蔚，昌旦定聖謚於一字，仲尼從周之郁，莫非文也。八卦生鷹隼之所被，六甲出靈龜之所負，文之所在，雖賤猶貴，犬羊之鞟，未得比焉。且夫本不必皆珍，末不必悉薄。譬若錦繡之因素地，珠玉之居蚌石，雲雨生於膚寸，江河始於咫尺爾。則文章雖爲德行之弟，未可呼爲餘事也。若夫馳騁於詩論之中，周旋於傳記之間，而以常情覽巨異，以褊量測無涯，以至粗求至精，以甚淺揣甚深，雖始自髫齔，訖於振素,猶不得也。世俗率神貴古昔而賤顯同時:雖有追風之駿,猶謂之不及造父之所御也;雖有連城之珍,猶謂之不及楚人之所泣也;雖有疑斷之劍,猶謂之不及歐冶之所鑄也;雖有起死之藥,猶謂之不及和鵲之所合也;雖有超羣之人,猶謂之不及竹帛之所載也;雖有益世之書,猶謂之不及前代之遺文也。是以仲尼不見重於當時,大玄見蚩薄於比肩也。俗士多云,今山不及古山之高,今海不及古海之廣,今日不及古日之熱,今月不及古月之朗,何肯許今之才士,不減古之枯骨!重所聞,輕所見,非一世之所患矣。昔之破琴剿弦者,諒有以而然乎!(《外篇》卷三)

辭　義

或曰:"乾坤方圓,非規定之功,三辰摛景,非瑩磨之力;春華粲煥,非漸染之辨;茝蕙芬馥,非容氣所假。知夫至真,貴乎天然也。義以罕覯為異,辭以不常為美,而歷觀古今屬文之家,鮮能挺逸麗於毫端,多斟酌於前言。何也?"

抱朴子曰:清音貴於雅韻克諧,著作珍乎判微析理。故八音形器異而鍾律同,黼黻文物殊而五色均。徒閑澀有主賓,妍媸有步驟。是則總章無常曲,大庖無定味。夫梓豫山積,非班匠不能成機巧;衆書無限,非英才不能收膏腴。何必尋木千里,乃構大廈;鬼神之言,乃著篇章乎!

抱朴子曰:夫才有清濁,思有修短,雖並屬文,三差萬品,或浩瀁而不淵渾,或事情而辭鈍,違物理而文工,蓋偏長之一致,非兼通之才也。暗於自料,強欲兼之,違才易務,故不免嗤也。

抱朴子曰:五味舛而並甘,衆色乖而皆麗。近人之情,愛同憎異,貴乎合己,賤於殊途。夫文章之體,尤難詳賞,苟以入耳為佳,適心為快,鮮知忘味之九成,雅頌之風流也。所謂考鹽梅之鹹酸,不知大羹之不致;明飄搖之細巧,蔽於沈深之弘邃也。其英異宏逸者,則網羅乎玄黃之表;其拘束齷齪者,則羈絏於籠罩之內。振翅有利鈍,則翔集有高卑;騁跡有遲迅,則進趨有遠近。駑銳不可膠柱調也。文貴豐贍,何必稱善如一口乎!不能拯風俗之流遁,世途之凌夷,通疑者之路,賑貧者之乏,何異春華不為肴糧之用,茝蕙不救冰寒之急。古詩刺過失,故有益而貴;今詩純虛譽,故有損而賤也。

抱朴子曰:屬筆之家,亦各有病,其深者則患乎譬煩言冗,申誠廣喻,欲棄而惜,不覺成煩也。其淺者則患乎妍而無據,證援不給,皮膚鮮澤而骨鯁迥弱也。繁華日韡曄,則並七曜以高麗;沈微淪妙,則儕玄淵之無測。人事靡細而不浹,王道無微而不懰,故能身賤而言貴,千載彌彰焉。

喻　蔽

吾子云："玉以少貴，石以多賤。"夫玄圃之下，荊華之巔，九員之澤，折方之淵，琳琅積而成山，夜光煥而灼天，顧不善也。又引庖犧氏著作不多，若夫周公既纝大《易》而加之以禮樂，仲尼作《春秋》而重之以十篇，過於庖犧，多於老氏，皆當貶也。言少則至理不備，辭寡即庶事不暢，是以必須篇累卷積而綱領舉也。義和升光以啟旦，望舒曜景以灼夜。五材並生而異用，百藥雜秀而殊功。四時會而歲功成，五色聚而錦繡麗，八音諧而簫韶美，羣言合而道藝辨。積猗頓之財而用之甚少，是何異于原憲也？懷無銓之量而著述約陋，亦何別於瑣碌也？音爲知者珍，書爲識者傳。瞽曠之調鍾，未必求解於同世；格言高文，豈患莫賞而減之哉！且夫江闚海之穢不可勝計，而不損其深也；五嶽之曲木不可訾量，而無虧其峻也。夏后之璜，雖有分毫之瑕，暉曜符彩，足相補也。數千萬言，雖有不艷之辭，事義高遠，足相掩也。故曰四瀆之濁，不方甕水之清；巨象之瘦，不同羔羊之肥矣。子又譏之"乍入乍出，或儒或墨"。夫發口爲言，著紙爲書。書者所以代言，言者所以書事。若用筆不宜雜載，是論議當常守一物。昔諸侯訪政，弟子問仁，仲尼答之，人人異辭，蓋因事托規，隨時所急。譬猶治病之方千百，而針灸之處無常，却寒以溫，除熱以冷，期於救死存身而已。豈可詣者逐一道如（人）齊楚而不改路乎？陶朱、白圭之財不一物者，豐也；雲夢、孟諸所生萬殊者，曠也。故《淮南鴻烈》始于《原道》、《俶貞》，而亦有《兵略》、《主術》。莊周之書以死生爲一，亦有畏犧慕龜，請粟救饑。若以所言不純而棄其文，是治珠瞖而剜眼，療濕痹而刖足，患鼱鼱莠而刈穀，憎枯枝而伐樹也。（以上《外篇》卷四）

顏延之

顏延之（384—456）字延年。南朝宋文學家。祖籍琅邪臨沂（今屬山東）。少孤貧，居陋室，好讀書，無所不覽。顏延之在當時的詩壇上聲望很高，和謝靈運齊名，並稱"顏謝"，是元嘉文壇一位頗有影響的作家。其詩歌題材廣泛，藝術表現力強，對改變東晉以來"理過其辭，淡乎寡味"的玄言詩風有不可磨滅的貢獻。代表作有《北使洛》、《秋胡行》、《還至梁城作》、《五君詠》等。其《秋胡行》是繼漢代《孔雀東南飛》後又一首成功的叙事長詩。《隋書》稱其有文集二十五卷，新、舊《唐書》作三十卷，已佚。明人張溥輯有《顏光祿集》，收入《漢魏六朝百三家集》。

《南史》本傳稱顏延之："閒居無事，爲《庭誥》之文以訓子弟。"《庭誥》是顏延之最優秀的散文，體現了他中庸雅正的儒家思想，表達了其注重形式美的文學主張。《庭誥》對顏氏子弟影響頗大，其五世孫顏之推作《顏氏家訓》，便借鑒了《庭誥》中的許多内容。

本書資料據四庫全書本《太平御覽》。

庭　誥

荀爽云：“詩者，古之歌章。”然則，雅、頌之樂篇全矣。以是後之詩者，率以歌爲名。及秦勒望岳，漢祀郊宫，辭著前史者，文變之高制也。雖雅聲未至，宏麗難追矣。逮李陵衆作，總雜不類；元是假托，非盡陵制。至其善寫，有足悲者。摯虞《文論》，足稱優洽。柏梁以來，繼作非一，纂所至七言而已。九言不見者，將由聲度闡誕，不協金石。至於五言流靡，則劉楨、張華；四言側密，則張衡、王粲。若夫陳思王，可謂兼之矣。（卷五百八十六引）

謝靈運

謝靈運（385—433），南朝宋陳郡陽夏（今河南太康）人，生於會稽始寧（今浙江上虞）。東晉名將謝玄的孫子，襲爵封康樂公，後世習慣稱他爲“謝康樂”。謝靈運是中國歷史上偉大的詩人，也是見諸史册的第一位大旅行家，其詩充滿道法自然的精神，貫穿着一種自然恬静的韻味，一改魏晉以來晦澀的玄言詩之風。李白、杜甫、王維、孟浩然、韋應物、柳宗元諸大家都曾取法於謝靈運。謝靈運的主要創作活動在劉宋時代，主要成就在於山水詩，由他開始，山水詩成爲中國文學史上的一個流派。謝靈運除詩歌外還有賦十餘篇，其中《山居賦》、《嶺表賦》、《江妃賦》等比較有名，景物刻劃頗具匠心，但成就遠不及詩歌。其《山居賦》提及紀、傳、論、難等多種文體，特别是提出了“文體宜兼，以成其美”的觀念，主張詩賦既相區别、又相容的文體觀，打破了文體間的絕對界限，突破了傳統儒家的“正名”、“辯體”的觀念。謝靈運還於元嘉年間奉詔撰《晉書》，《隋書·經籍志》著録三十六卷，已佚。《隋書·經籍志》又著録有《謝靈運集》十九卷，已佚。明張溥輯有《宋謝靈運集》二卷，收入《漢魏六朝百三家集》。另有明李獻吉等輯刻的《謝康樂集》。近人黄節也作有《謝康樂詩注》。

本書資料據四庫全書本《漢魏六朝百三家集》。

山居賦（節録）

楊子雲云："詩人之賦麗以則。"文體宜兼，以成其美。今所賦既非京都、宮觀、遊獵、聲色之盛，而叙山野、草木、水石、穀稼之事，才乏昔人，心放俗外。詠于文則可勉而就之，求麗，邈以遠矣……嗟夫！六藝以宣聖教，九流以判賢徒；國史以載前紀，家傳以申世模；篇章以陳美刺，論難以覈有無。（卷六十五）

沈　約

沈約（441—513）字休文。吴興武康（今浙江德清武康鎮）人。年十三遭家難，流寓孤貧，篤志好學，手不釋卷，博通羣籍。善屬文，年二十即有撰述之意。一生跨宋、齊、梁三代，仕宋、齊兩代。以助梁武帝登位，爲尚書僕射，封建昌縣侯。後官至尚書令，卒諡隱，世稱沈隱侯。沈約精通典章制度、聲韻之學，在史學、文學上均有突出貢獻。著有《晉書》一百一十卷、《宋書》一百卷、《齊紀》二十卷，今僅存《宋書》二十卷。在文學上，他創"四聲八病"之説，要求作品區別四聲，避免八病，對近體律詩的創立有重要貢獻。其詩注重聲律，浮靡雕飾，號稱永明體。

本書資料據中華書局二十四史本《宋書》、《南齊書》，四庫全書本《藝文類聚》，中國社會科學出版社1983年版王利器《文鏡秘府論校注》。

《宋書·志·禮二》（節録）

漢以後，天下送死奢靡，多作石室、石獸、碑銘等物。建安十年，魏武帝以天下雕弊，下令不得厚葬，又禁立碑。魏高貴鄉公甘露二年，大將軍參軍太原王倫卒，倫兄俊作《表德論》以述倫，遺美云："祇畏王典，不得爲銘。乃撰録行事，就刊於墓之陰云爾。"此則碑禁尚嚴也，此後復弛替。

晉武帝咸寧四年，又詔曰："此石獸碑表，既私襃美，興長虛僞，傷財害人，莫大於此。一禁斷之，其犯者雖會赦令，皆當毀壞。"至元帝大興元年，有司奏："故驃騎府主簿故恩營葬舊君顧榮，求立碑。"詔特聽立，自是後，禁又漸頹。大臣長吏，人皆私立。義熙中，尚書祠部郎中裴松之又議禁斷，於是至今。（卷十五）

《宋書·志·樂一》（節録）

民之生，莫有知其始也。含靈抱智，以生天地之間。夫喜怒哀樂之情，好得惡失之性，不學而能，不知所以然而然者也。怒則爭鬭，喜則詠哥。夫哥者，固樂之始也。詠哥不足，乃手之舞之，足之蹈之，然則舞又哥之次也。詠哥舞蹈，所以宣其喜心，喜而無節，則流淫莫反。故聖人以五聲和其性，以八音節其流，而故謂之樂，能移風易俗，平心正體焉。昔有娥氏有二女，居九成之臺。天帝使燕夜往，二女覆以玉筐，既而發視之，燕遺二卵，五色，北飛不反。二女作哥，始爲北音。禹省南土，盆山之女令其妾候禹於盆山之陽，女乃作哥，始爲南音。夏后孔甲田於東陽萯山，天大風晦冥，迷入民室。主人方乳，或曰："后来是良日也，必大吉。"或曰："不勝之子，必有殃。"后乃取以歸，曰："以爲余子，誰敢殃之？"後析橑，斧破斷其足。孔甲曰："嗚呼！有命矣。"乃作《破斧》之哥，始爲東音。周昭王南征，殞於漢中。王右辛餘靡長且多力，振王北濟，周公乃封之西翟，徙宅西河，追思故處作哥，始爲西音。此蓋四方之哥也。

黃帝、帝堯之世，王化下洽，民樂無事，故因擊壤之歡，慶雲之瑞，民因以作哥。其後《風》衰《雅》缺，而妖淫靡漫之聲起。

周衰，有秦青者，善謳，而薛談學謳於秦青，未窮青之伎而辭歸。青餞之於郊，乃撫節悲歌，聲震林木，響遏行雲。薛談遂留不去，以卒其業。又有韓娥者，東之齊，至雝門，匱糧，乃鬻歌假食。既而去，餘響繞梁，三日不絶。左右謂其人不去也。過逆旅，逆旅人辱之，韓娥因曼聲哀哭，一里老幼，悲愁垂涕相對，三日不食。遽而追之，韓娥還，復爲曼聲長哥，一里老幼，喜躍抃舞，不能自禁，忘向之悲也。乃厚賂遣之。故雝門之人善哥哭，效韓娥之遺聲。衛人王豹處淇川，善謳，河西之民皆化之。齊人綿駒居高唐，善哥，齊之右地，亦傳其業。前漢有虞公者，善哥，能令梁上塵起。若斯之類，並徒哥也。《爾雅》曰："徒哥曰謠。"

凡樂章古詞，今之存者，並漢世街陌謠謳，《江南可采蓮》、《烏生》、《十五子》、《白頭吟》之屬是也。吳哥雜曲，並出江東，晉、宋以來，稍有增廣。

《子夜哥》者，有女子名子夜，造此聲。晉孝武太元中，琅邪王軻之家有鬼哥《子夜》。殷允爲豫章時，豫章僑人庾僧度家亦有鬼哥《子夜》。殷允爲豫章，亦是太元中，則子夜是此時以前人也。《鳳將雛哥》者，舊曲也。應璩《百一詩》云："爲作《陌上桑》，反言《鳳將雛》。"然則《鳳將雛》，其來久矣，將由謳變以至於此乎？

《前溪哥》者，晉車騎將軍沈玩所制。

《阿子》及《歡聞哥》者，晉穆帝升平初，哥畢輒呼"阿子！汝聞不？"語在《五行志》。

後人演其聲，以爲二曲。《團扇哥》者，晉中書令王珉與嫂婢有情，愛好甚篤，嫂捶撻婢過苦，婢素善哥，而珉好捉白團扇，故制此哥。《督護哥》者，彭城内史徐逵之爲魯軌所殺，宋高祖使府内直督護丁旿收斂殯殮之。逵之妻，高祖長女也，呼旿至閤下，自問斂送之事，每問，輒歎息曰：“丁督護！”其聲哀切，後人因其聲，廣其曲焉。《懊憹哥》者，晉隆安初，民間謳謠之曲。語在《五行志》。宋少帝更制新哥，太祖常謂之《中朝曲》。《六變》諸曲，皆因事制哥。《長史變》者，司徒左長史王廞臨敗所制。《讀曲哥》者，民間爲彭城王義康所作也。其哥云“死皋劉領軍，誤殺劉第四”是也。凡此諸曲，始皆徒哥，既而被之弦管。又有因弦管金石，造哥以被之，魏世三調哥詞之類是也。

古者天子聽政，使公卿大夫獻詩，耆艾修之，而後王斟酌焉。秦、漢闕採詩之官，哥詠多因前代，與時事既不相應，且無以垂示後昆。漢武帝雖頗造新哥，然不以光揚祖考、崇述正德爲先，但多詠祭祀見事及其祥瑞而已。商周《雅》、《頌》之體闕焉。

《鞞舞》，未詳所起，然漢代已施於燕享矣。傅毅、張衡所賦，皆其事也。曹植《鞞舞哥序》曰：“漢靈帝《西園故事》，有李堅者，能《鞞舞》。遭亂，西随段煨。先帝聞其舊有技，召之。堅既中廢，兼古曲多謬誤，異代之文，未必相襲，故依前曲改作新哥五篇，不敢充之黄門，近以成下國之陋樂焉。”晉《鞞舞哥》亦五篇，又《鐸舞哥》一篇，《幡舞哥》一篇，《鼓舞伎》六曲，並陳於元會。今《幡舞》哥詞猶存，舞並闕。《鞞舞》，即今之《鞞扇舞》也。又云晉初有《栢槃舞》、《公莫舞》。史臣按：栢槃，今之《齊世寧》也。張衡《舞賦》云：“歷七槃而縱躧。”王粲《七釋》云：“七槃陳於廣庭。”近世文士顏延之云：“遞間關於槃扇。”鮑昭云：“七槃起長袖。”皆以七槃爲舞也。《搜神記》云：“晉太康中，天下爲《晉世寧舞》，矜手以接栢柈，反覆之。”此則漢世唯有柈舞，而晉加之以栢，反覆之也。

《公莫舞》，今之巾舞也。相傳云項莊劍舞，項伯以袖隔之，使不得害漢高祖。且語莊云：“公莫。”古人相呼曰“公”，云莫害漢王也。今之用巾，蓋像項伯衣袖之遺式。按《琴操》有《公莫渡河曲》，然則其聲所從來已久，俗云項伯，非也。

江左初，又有《拂舞》。舊云《拂舞》，吳舞。檢其哥，非吳詞也，皆陳於殿庭。揚泓《拂舞序》曰：“自到江南，見《白符舞》，或言《白鳧鳩舞》，云有此来數十年。察其詞旨，乃是吳人患孫皓虐政，思屬晉也。”又有《白紵舞》，按舞詞有巾袍之言；紵本吳地所出，宜是吳舞也。晉《俳哥》又云：“皎皎白緒，節節爲雙。”吳音呼緒爲紵，疑白紵即白緒。《鞞舞》，故二八，桓玄將即真，太樂遣衆伎，尚書殿中郎袁明子啓增滿八佾，相承不復革。宋明帝自改舞曲哥詞，並詔近臣虞龢並作。又有西、傖、羌、胡諸雜舞。随王誕在襄陽，造《襄陽樂》；南平穆王爲豫州，造《壽陽樂》；荆州刺史沈攸之又造《西烏飛哥曲》，並列於樂官。哥詞多淫哇不典正。（卷十九）

《宋書·謝靈運傳論》(節錄)

　　民稟天地之靈,含五常之德,剛柔迭用,喜慍分情。夫志動於中,則歌詠外發。六義所因,四始攸繫;升降謳謠;紛披風什。雖虞、夏以前,遺文不睹,稟氣懷靈,理無或異。然則歌詠所興,宜自生民始也。周室既衰,風流彌著。屈平、宋玉導清源於前,賈誼、相如振芳塵於後,英辭潤金石,高義薄雲天。自茲以降,情志愈廣。王褒、劉向、揚、班、崔、蔡之徒,異軌同奔,遞相師祖。雖清辭麗曲,時發乎篇,而蕪音累氣,固亦多矣。若夫平子艷發,文以情變,絕唱高蹤,久無嗣響。至於建安,曹氏基命,二祖、陳王,咸蓄盛藻,甫乃以情緯文,以文被質。自漢至魏,四百餘年,辭人才子,文體三變:相如巧為形似之言,班固長於情理之說,子建、仲宣以氣質為體,並標能擅美,獨映當時。是以一世之士,各相慕習,原其飈流所始,莫不同祖《風》、《騷》。徒以賞好異情,故意製相詭。降及元康,潘、陸特秀,律異班、賈,體變曹王,縟旨星稠,繁文綺合。綴平臺之逸響,採南皮之高韻,遺風餘烈,事極江左。有晉中興,玄風獨振,為學窮於柱下,博物止乎七篇,馳騁文辭,義單乎此。自建武暨乎義熙,歷載將百,雖綴響聯辭,波屬雲委,莫不寄言上德,託意玄珠,遒麗之辭,無聞焉爾。仲文始革孫、許之風,叔源大變太元之氣。爰逮宋氏,顏、謝騰聲。靈運之興會摽舉,延年之體裁明密,並方軌前秀,垂範後昆。若夫敷衽論心,商榷前藻,工拙之數,如有可言。夫五色相宣,八音協暢,由乎玄黃律呂,各適物宜。欲使宮羽相變,低昂互節,若前有浮聲,則後須切響。一簡之內,音韻盡殊;兩句之中,輕重悉異。妙達此旨,始可言文……自靈均以來,多歷年代,雖文體稍精,而此秘未睹。(卷六十七)

答陸厥書

　　宮商之聲有五,文字之別累萬。以累萬之繁,配五聲之約,高下低昂,非思力所舉,又非止若斯而已也。十字之文,顛倒相配;字不過十,巧歷已不能盡,何況復過於此者乎?靈均以來,未經用之於懷抱,固無從得其髣髴矣。若斯之妙,而聖人不尚,何邪?此蓋曲折聲韻之巧,無當於訓義,非聖哲立言之所急也。是以子雲譬之"雕蟲篆刻",云"壯夫不為"。

　　自古辭人,豈不知宮羽之殊,商徵之別?雖知五音之異,而其中參差變動,所昧實多。故鄙意所謂此秘未睹者也。以此而推,則知前世文士,便未悟此處。若以文章之音韻,同絃管之聲曲,則美惡妍蚩,不得頓相乖反。譬由子野操曲,安得忽有闡緩失調之聲？以《洛神》比陳思他賦，有似異手之作，故知天機啓則律呂自調，六情滯則音律頓舛也。士衡雖云炳若縟錦，寧有濯色江波，其中復有一片是衛文之服？此則陸生之言，即復不盡者矣。韻與不韻，復有精粗，輪扁不能言，老夫亦不盡辨此。（《南齊書》卷五十二）

上注制旨連珠表

竊尋連珠之作，始自子云：放《易象》論，動模經誥。班固謂之命世，桓伊以爲絶倫。連珠者，蓋謂辭句連續，互相發明，若珠之結排也。雖復金鑣互騁，玉軑並馳，妍媸優劣，參差相間，翔禽伏獸，易以心威，守株膠瑟，難與適變，水鏡芝蘭，隨其所遇，明珠燕石，貴賤相懸。（《藝文類聚》卷五十七）

答甄公論

昔神農重八卦，卦無不純，立四象，象無不象。但能作詩，無四聲之患，則同諸四象。四象既立，萬象生焉；四聲既周，羣聲類焉。經典史籍，唯有五聲，而無四聲。然則四聲之用，何傷五聲也。五聲者，宮商角徵羽，上下相應，則樂聲和矣；君臣民事物，五者相得，則國家治矣。作五言詩者，善用四聲，則諷詠而流靡；能達八體，則陸離而華潔。明各有所施，不相妨廢。昔周、孔所以不論四聲者，正以春爲陽中，德澤不偏，即平聲之象；夏草木茂盛，炎熾如火，即上聲之象；秋霜凝木落，去根離本，即去聲之象；冬天地閉藏，萬物盡收，即入聲之象：以其四時之中，合有其義，故不標出之耳。是以《中庸》云：“聖人有所不知，匹夫匹婦，猶有所知焉。”斯之謂也。（《文鏡秘府論校注·天卷·四聲論》）

江 淹

江淹（444—505）字文通。濟陽考城（今河南蘭考）人。歷宋、齊、梁三朝。曾任御史中丞，官至金紫光禄大夫。少孤貧好學，早年即以文才名世。至晚年，安於高官厚俸，不思進取，才力衰退，人謂“江郎才盡”。作詩善於模擬，且能做到面貌酷似，幾可亂真，但缺乏獨創。今存詩一百多首，其中《雜體三十首》，模擬自漢至宋的三十位作家，以求顯示各家風格，在一定程度上擺脫了當時的綺麗之風、排偶之習。擅長作賦，與鮑照齊名，《恨賦》、《別賦》爲其代表作，二者俱爲南朝抒情小賦名篇，雖感傷色彩濃重，但文辭清麗，音韻華美，令人盪氣迴腸。其文以《獄中上建平王書》較著名。所著詩文，自編爲前後二集，已佚。後人輯有《江文通集》。

本書資料據四庫全書本《江文通集》。

《雜體三十首》序

夫楚謠漢風，既非一骨；魏製晉造，固亦二體。譬猶藍朱成采，雜錯之變無窮；宮商爲音，靡曼之態不極。故蛾眉詎同貌，而俱動於魄；芳草寧共氣，而皆悅於魂，不其然歟？至於世之諸賢，各滯所迷，莫不論甘而忌辛，好丹而非素。豈所謂通方廣恕，好遠兼愛者哉？乃及公幹、仲宣之論，家有曲直；安仁、士衡之評，人立矯抗。況復殊於此者乎？又貴遠賤近，人之常情；重耳輕目，俗之恒蔽。是以邯鄲托曲於李奇，士季假論於嗣宗，此其效也。然五言之興，諒非復古。但關西鄴下，既已罕同；河外江南，頗爲異法。故玄黄經緯之辨，金碧浮沈之殊，僕以爲亦各具美兼善而已。今作三十首詩，斅其文體，雖不足品藻淵流，庶亦無乖商榷云爾。（卷四）

張　融

張融（444—497）字思光。吳郡（今江蘇蘇州）人，南朝齊文學家。善言談、工草書。言行詭怪狂放，見者驚異。其文如其人，"詭激"而"獨與衆異"（《南齊書·張融傳》）。代表作《海賦》與晉人木華《海賦》並爲名作。《隋書·經籍志》著錄《張融集》二十七卷，又有《玉海集》十卷、《大澤集》十卷、《金波集》六十卷，均佚。明人張溥輯有《張長史集》，收入《漢魏六朝百三家集》。

本書資料據中華書局二十四史本《南齊書》。

問律自序（節錄）

吾文章之體，多爲世人所驚，汝可師耳以心，不可使耳爲心師也。夫文豈有常體，但以有體爲常，政當使常有其體。丈夫當删詩書，制禮樂，何至因循寄人籬下？且中代之文，道體闕變，尺寸相資，彌縫舊物。吾之文章，體亦何異！何嘗顛温凉而錯寒暑，綜哀樂而横歌哭哉！政以屬辭多出，比事不羈，不阡不陌，非途非路耳。然其傳音振逸，鳴節竦韻，或當未極，亦已極其所矣。汝若復別得體者，吾不拘也。吾義亦如文，造次乘我，顛沛非物，吾無師無友，不文不句，頗有孤神獨逸耳。義之爲用，將使性入清波,塵洗猶沐,無得釣聲同利,舉價如高,俾是道場,險成軍路,吾昔嗜僧言,多肆法辯,此盡遊乎言笑,而汝等無幸。(卷四十一《張融傳》)

任 昉

任昉(460—508)字彥升。南朝樂安博昌(今山東博興東南)人。"竟陵八友"(任昉、王融、謝朓、沈約、陸倕、范雲、蕭琛、蕭衍)之一。歷仕宋、齊、梁三朝,梁時曾任御史中丞、秘書監、新安太守等職。擅長表、奏、書、啟等文體,文格壯麗,起草即成,不加點竄,而同期的沈約以詩著稱,時人稱"任筆沈詩"。又與沈約、王僧儒同爲三大藏書家。撰《雜傳》二百四十七卷、《地記》二百五十二卷,文章三十三卷,多佚,現存明人所輯《任彥升集》。

《文章緣起》一卷,舊本題"梁任昉"撰。但《四庫全書》提要對此書作者頗爲懷疑。全書列舉作品以說明三言詩、四言詩、五言詩、六言詩、七言詩、九言詩、賦、歌、《離騷》、詔、策文、表、讓表、上書、書、對賢良策、上疏、啟、奏記、箋、謝恩、令、奏、駁、論、議、反騷、彈文、薦、教、封事、白事、移書、銘、箴、封禪書、贊、頌、序、引、志錄、記、碑、碣、誄、誓、露布、檄、明文、樂府、對問、傳、上章、解嘲、訓、辭、旨、勸進、喻難、戒、吊文、告、傳贊、謁文、祈文、祝文、行狀、哀策、哀頌、墓誌、誄、悲文、祭文、哀辭、挽詞、七發、離合詩、連珠、篇、歌詩、遺命、圖、勢、約等詩文各體。

本書資料據四庫全書本《文章緣起》。《四庫全書·文章緣起提要》云:"明陳懋仁嘗爲之註,國朝方熊更附益之。凡編中題註字者,皆懋仁語;題補註字者,皆熊所加。"陳懋仁字無功,嘉興(今屬浙江)人。明萬曆、天啟、崇禎時在世。曾官泉州府。著有《泉南雜誌》、《續文章緣起》(見本書明代部分)等。方熊,不詳。

《文章緣起》梁任昉撰,明陳懋仁註,清方熊補註

《六經》素有歌、詩、誄、箴、銘之類。《尚書》帝庸作歌,《毛詩》三百篇。《左傳》叔向貽子產書。魯哀公孔子誄,孔悝鼎銘,虞人箴,此等自秦、漢以來,聖君賢士,沿著爲文章名之始。故因暇錄之,凡八十四題,聊以新好事者之目云爾。

三言詩:晉散騎常侍夏侯湛所作。

註:《國風》"江有汜",三言之屬也。漢元鼎四年,馬生渥窪水中,作《天馬歌》,乃三言起。

四言詩:前漢楚王傅韋孟《諫楚夷王戊詩》。

註:《詩家直說》:"四言體,起於康衢歌《滄浪》,謂起於韋孟,誤矣。"《詩紀》:"按四言詩,三百五篇在前,

而嚴云起於韋孟，蓋其叙事布詞，自爲一體，漢、魏以來，遞相師法，故云始於韋。或又引康衢以爲權輿，又烏知康衢之謠，非列子因《雅》、《頌》而爲之者邪？然明良《五子之歌》，載在《典》、《謨》，可徵也。"劉勰曰："四言正體，雅潤爲本。"李白曰："寄興深微，五言不如四言。"王世貞曰："四言須本《風》、《雅》，間及韋、曹，然勿相雜也。"

五言詩：漢騎都尉李陵與蘇武詩。

註：《國風》"誰謂雀無角"，五言之屬也。劉勰曰："《召南・行露》，始肇半章；《孺子滄浪》，亦有全曲。暇豫優歌，遠見《春秋》；邪徑童謠，近在成世。閱時取證，則五言久矣。"《詩品》："夏歌曰：'鬱陶乎予心'，《楚謠》曰：'名余曰正則'，雖詩體未全，然是五言之濫觴也。逮漢李陵，始著五言之目矣。古詩眇邈，人世難詳，推其文體，固自炎漢之製，非衰周之倡也。"

六言詩：漢大司農谷永作。

註：《國風》"我姑酌彼金罍"，六言之屬也。《文選》註："董仲舒《琴歌》二句，樂府《滿歌行》尾亦六言。"

七言詩：漢武帝柏梁殿聯句。

註：《周頌》"學有緝熙於光明"，七言之屬也。七言自《詩》、《騷》外，"柏梁"以前，有《皇娥》、《白帝子》、《擊壤》、《箕山》、《大道》、《狄水》、《獲麟》、《南山》、《采葛婦》、《成人》、《易水》諸歌，俱七言。或曰：始於《擊壤》，或曰：已肇《南山》，或曰：起自《垓下》。然"兮"、"哉"類於助語，句體非全，惟少昊時《皇娥》、《白帝》二歌，勾踐時《河梁歌》，體具世遠，非其始乎？但悉見之後人書中，似出述作之手。故自漢、魏六朝，下及唐、宋以來，迭相師法者，實祖柏梁也。

補註：漢祖《大風歌》汪洋自恣，不必《三百篇》遺音，實開漢一代氣象，實爲漢後詩開創。若武帝《瓠子》、《秋風》、《柏梁》諸作，從《湘纍》脱化，有詞人本色也。

九言詩：魏高貴鄉公所作。

註：《大雅》"泂酌彼行潦挹彼注茲"，《文章流別》謂"九言之屬"。按《泂酌》三章，章五句。《夏書・五子之歌》"凜乎若朽索之馭六馬"，九言也。

賦：楚大夫宋玉所作。

註：司馬相如曰："合綦組以成文，列錦繡而爲質。一經一緯，一宮一商，此賦之跡也。賦家之心，包括宇宙，總覽人物。斯乃得之於内，不可得而傳。"勰曰："原夫登高之旨，蓋睹物興情，情以物興，故義以明雅；物以情觀，故詞必巧麗。麗詞雅義，符采相勝，如組織之品朱紫，畫繪之著玄黄，文雖新而有質，色雖糅而有本，此立賦之大體也。"吳納云："祝氏曰：揚子雲云'詩人之賦麗以則，詞人之賦麗以淫'。夫騷人之賦與詩人之賦雖異，然猶有古詩之義，辭雖麗而義可則；詞人之賦，則辭極麗而過於淫蕩矣。蓋詩人之賦，以其吟詠性情也。騷人之賦，有古詩之義者，亦其發於情也。其情不自知而形於辭，其辭不自知而合於理。情形於辭，故麗而可觀；辭合於理，故則而可法。如或失於情，尚辭而不尚意，則無興起之妙，而於則也何存？後代賦家之俳體是也。又或失於辭，尚理而不尚辭，則無歌詠之遺，而於麗也何有？後代賦家之文是也。是以三百五篇之《詩》，二十五篇之《騷》，無非發於情者，故其辭也麗，其理也則，而有賦、比、興、風、雅、頌諸義。漢興，賦家專取《詩》中賦之一義以爲賦，又取《騷》中贍麗之辭以爲辭，若情若理，有不暇及。故其爲麗也，異乎《風》、《騷》之麗而則矣，與淫遂判矣。古今言賦，自《騷》之外，或以兩漢爲古，蓋非魏、晉已還所及。心乎古賦者，誠當祖《騷》而宗漢，去其所以淫，而取其所以則，庶不失古賦之本義。"徐禎卿曰："桓譚學賦，揚

子雲令讀賦千首，則善爲之。蓋所以廣其資，亦得以參其變也。”

補註：按《詩》有六義，其二曰賦。所謂賦者，敷陳其事而直言之也。古者諸侯卿大夫交接鄰國，揖讓之時，必稱詩以喻意，以别賢不肖，而觀盛衰。如晉公子重耳之秦，秦穆公饗之，賦《六月》；魯文公如晉，晉襄公饗公，賦“菁菁者莪”；鄭穆公與魯文公宴於棐子家，賦《鴻雁》；魯穆叔如晉，見中行獻子，賦《圻父》之類：皆以吟詠性情，各從義類。春秋之後，聘問詠歌不行於列國，學詩之士逸在布衣，賢士大夫失志之賦作矣。屈子《楚辭》是也。趙人荀况遊宦於楚，考其時在屈原之前，所作五賦工巧深刻，純用隱語，君子蓋無取焉。兩漢而下，獨賈生以命世之才，俯就騷律，非一時諸人所及。它如相如長於叙事，而或昧於情；揚雄長於説理，而或略於辭；至於班固，辭理俱失。若是者何？凡以不發乎情耳。然《上林》、《甘泉》極其鋪張，終歸於諷諫，而《風》之義未泯。《兩都》等賦極其炫曜，終折以法度，而《雅》、《頌》之義未泯。《長門》、《自悼》等賦，緣情發義，託物興詞，咸有和平從容之意，而比、興之義未泯。故君子猶取焉，以其爲古賦之流也。三國、兩晉以及六朝，再變而爲俳，唐人又再變而爲律，宋人又再變而爲文。夫俳賦尚辭而失於情，故讀之者無興起之妙趣，不可以言則矣；文賦尚理而失於辭，故讀之者無詠歌之遺音，不可以言麗矣；至於律賦，其變愈下，始於沈約四聲八病之拘，中於徐、庾隔句作對之陋，終於隋、唐、宋取士限韻之制，但以音律諧協、對偶精切爲工，而情與辭皆置弗論。

歌：荆卿作《易水歌》。

註：夏侯玄《辨樂》論伏羲因時興利，教民田漁，有《網罟之歌》。《山海經》：“帝俊作歌。歌聲永而導鬱者也。猗吁抑揚，永言謂之歌。”《史記》：“歌者上如抗，下如隊，曲如折，止如槀木，居中矩，句中鈎，纍纍乎端如貫珠。故歌之爲言也，長言之也。”

《離騷》：楚屈原所作。

註：《史記》：“離騷者，猶離憂也。屈平之作《離騷》，蓋自怨生也。《國風》好色而不淫，《小雅》怨誹而不亂，若《離騷》者，可謂兼之。”蔣之翰稱：“《離騷經》若驚瀾奮湍，鬱閉而不得流；若長鯨蒼虬，偃蹇而不得伸；若渾金璞玉，泥沙掩匿而不得用；若明星皓月，雲漢蒙而不得出。”王世貞曰：“騷辭所以總雜重復，興寄不一者，大抵忠臣怨夫，惻怛深至，不暇致詮，故亂其叙，使同聲者自尋，修郤者難摘耳。今若明白條易，便乖厥體。”

補註：按《楚辭》，《詩》之變也。《詩》無楚風，然江漢間皆爲楚地。自文王化行南國，《漢廣》、《江有汜》諸詩則於《二南》乃居《十五國風》之先。是《詩》雖無楚風，實爲風首也。《風》、《雅》既亡，乃有楚狂《鳳兮》、孺子《滄浪》之歌，發乎情，止乎禮義，與詩人六義不甚相遠，但其辭稍變詩之本體，而以“兮”字爲讀，則楚聲固已萌蘖於此矣。屈平後出，本《詩》義爲《騷》，蓋兼六義而賦之意居多。厥後宋玉繼作，並號《楚辭》。自是辭賦家悉祖此體，故宋祁云：“《離騷》爲辭賦祖，後人爲之，如至方不能加矩，至圓不能過規。”信哉，斯言也。

詔：起秦時璽文，秦始皇《傳國璽》。

註：《易》：“九五，涣汗其大號。”《穆天子傳》：“乃發憲命，詔六師之人。”詔始此，特其辭未著耳。詔，告也。《釋名》：“詔，炤也。人闇不見事，則有所犯，以此炤示，使昭然知所繇也。”按秦漢詔辭，深純爾雅，近代則尚偶儷，間用散文。真德秀曰：“當以《書》之誥、誓、命爲祖。”吕祖謙曰：“散文深純温厚爲本，四六須下語渾全，不可尚新奇華而失大體。”慎曰：“《通典》：秦得藍田白玉爲璽。曰：受天之命，既壽永昌。北齊制傳國璽，鳥篆書文曰：受天之命，皇帝壽昌。”《漢書註》衛宏曰：“秦璽題是，李斯書其文，曰：受命於天，既壽永

昌。"《十國紀年》:"晉開運末,北戎犯闕,少帝重貴,遣其子延煦獻傳國璽於遼,遼主訝其非真。"宋哲宗元符元年五月,咸陽民段義鋤地得玉璽。蔡京及講議玉璽官十三員奏曰:"皇帝壽昌者,晉璽也。受命於天者,後魏璽也。有德者昌,唐璽也。惟德元昌者,石晉璽也。則既壽永昌者,秦璽也。"可知蔡京輩小人媚上,不憚誣天矣,而況於欺人乎! 縱使真是秦璽,亦無道之物,亡國之器,豈舜之五瑞,禹之玄圭乎?

補注:按劉勰勰云:"古者王言,若軒轅、唐、虞,同稱爲命。至三代始兼誥、誓而稱之,今見於《書》者是也。秦並天下,改命曰制、令曰詔,於是詔興焉。漢初定命四品,其三曰詔,後世因之。"夫詔者,昭也,告也。古之詔辭,皆用散文,故能深厚爾雅,感動乎人。六朝而下,文尚偶儷,而詔亦用之,然非獨用於詔也。後代漸復古文,而專於四六施之詔、誥、制、敕、表、箋、簡、啟等類,則失之矣。然亦有用散文者,不可謂古法盡廢也。

策文:漢武帝《封三王策文》。

註:《周禮》:"凡命諸侯及孤卿、大夫,則策命之。"成王《顧命》曰:"御王冊命"此太史口陳於康王者。《釋名》:"策書教令於上,所以驅策諸下也。"漢制,約勑封侯曰冊。《說文》:"冊,符命也。字本作策。"《獨斷》:"策者,簡也。漢制,命令其一曰策書。當是之時,惟用木簡。"《文章明辨》云:"古者策書施之臣下,後世則郊祀、祭享、稱尊、加謚寓哀之屬,亦俱用之。今制,郊祀立後立儲、封王封妃及尊上徽號,皆用冊。而玉金銀銅之制,則有等差。"

補注:漢制命令,其一曰策書,長二尺,短者半之,其次一長一短兩編,下附篆書,以命諸侯王三公。亦以誅謚,而三公以罪免,則一木兩行,隸書而賜之,其長一尺。當是之時,惟用木簡,故其字作"策"。至於唐人逮下之制有六,其三曰冊,字始作"冊",蓋以金玉爲之。《說文》所謂"諸侯進受於王象",其孔一長一短,中有二編之形者是也。又按,古者施之臣下而已。後代文漸繁,其目凡十有一:一曰祝冊,郊祀、祭享用之;二曰玉冊,上尊號用之;三曰立冊,立帝、立后、立太子用之;四曰封冊,封諸王用之;五曰哀冊,遷梓宮及太子諸王大臣薨逝用之;六曰贈冊,贈號、贈官用之;七曰謚冊,上謚、賜謚用之;八曰贈謚,冊贈官並賜謚用之;九曰祭冊,賜大臣祭用之;十曰賜冊,報賜臣下用之;十一曰免冊,罷免大臣用之。

表:淮南王安《諫伐閩表》。

註:下言於上曰表。表,明也,標著事緒,明告乎上也。諸葛亮《出師》、李密《陳情》、韓愈《佛骨》之類皆散文,後代始尚偶儷。

補注:按《字書》:"表者,標也,明也。"古者獻言於君,皆稱上書。漢定禮儀,乃有四品,其三曰表,但用以陳情而已。後世因之,其用寖廣。於是有論諫,有請勸,有陳乞,有進獻,有推薦,有慶賀,有慰安,有辭解,有陳謝,有訟理,有彈劾:所施既殊,故其辭亦異。至論其體,則漢、晉多用散文,唐、宋多用四六,而唐、宋之體又自不同。唐人聲律時有出入,而不失乎雄渾之風;宋人聲律極其精切,而有得乎明暢之旨。蓋各有所長也。然有唐、宋人而爲古體者,有唐人而爲宋體者,此又不可不辨。宋人又有箚記,書詞於箚,以便宣奏,蓋當時面表之詞也。表文書於牘,則其詞稍繁;箚記宣於廷,則其詞務簡。

讓表:漢東平王蒼上表讓驃騎將軍。

註:《書》曰:"舜讓於德,弗嗣。"勰曰:"漢末讓表,以三爲斷。三讓公封,理周辭要。引義比事,必得其偶。"

上書:秦丞相李斯《上始皇書》。

註:戰國時君臣同書,如燕惠王《與樂毅》,毅《報燕王》之類是也。秦以後始爲表奏焉。

補注：按《字書》："書者，舒也，舒布其言而陳之簡牘也。"古人敷奏諫說之辭，見於《尚書》、《春秋內外傳》者詳矣。然皆矢口陳言，不立篇目。故《伊訓》、《無逸》等篇，隨意命名，莫協於一。然亦出自史臣之手。劉勰所謂"言筆未分"，此其時也。降及七國，未變古式。言事於王，皆稱上書。秦、漢而下，古制猶存。蕭統《文選》欲其別於臣下之書也，故自為一類，而以上書稱之。

書：漢太史令司馬遷《報任少卿書》。

註：《易·繫辭》："書不盡言，言不盡意。"勰曰："書體宜條暢以任氣，優游以懌懷，文明從容，亦心聲之獻酬也。若夫尊貴差序，則肅以節文。"

補注：按劉勰云："書記之用廣矣。"考其雜名，古今多品，是故有書、奏、記、啟、簡、狀、疏、牋、刺，而書記則其總稱也。書者，舒也，舒布其言陳之簡牘也；記者，志也，謂進己志也。啟，開也，開陳其意也；一云跪也，跪而陳之也。簡者，略也，言陳其大略也；或曰手簡，或曰小簡，或曰尺牘，皆簡略之稱也。狀之為言，陳也；疏之為言，布也。以上六者，秦、漢以來皆用於親知往來問答之間也。

對賢良策：漢太史家令晁錯。

註：王通曰："洋洋乎，晁、董、公孫之對。"古言曰："策莫盛於漢，漢策莫過於晁大夫。"晁策就事為文，文簡徑明暢，事皆鑿鑿可行，賈太傅不及也。

補注：按古者選士詢事，考言而已，未有問之以策者也。漢文中年始策賢良，其後有司亦以策試士，蓋欲觀其博古通今與夫剸劇解紛之識也。然對策存乎士子，而策問發於上人，尤必善為疑難。

上疏：漢中大夫東方朔。

註：漢文帝止輦受疏。疏者，條其事而陳之。蓋論諫之總名也。亦作去聲，杜詩"匡衡抗疏功名薄"。

啟：晉吏部郎山濤作《選啟》。

註：《說文》："啟，傳信也。"服虔《通俗文》："官信曰啟。"高宗云："啟乃心，沃朕心。"莊周："款啟，寡聞之人。"款，空也。啟，開也，如空之開，所見小也。

補註：按：書、啟、狀、疏亦以進御，獨兩漢無啟，則以避景帝諱而置之也。啟有古體、俗體。世俗施於尊者，多用儷語以為恭，則啟與狀疏大抵皆俗體為多。

奏記：漢江都董仲舒《詣公孫弘奏記》。

註：《說文》："奏，進也。"進上之義。記，疏也，謂一一分別記之也。

牋：漢護軍班固《說東平王牋》。

註：《詩註》："箋，或作牋。"表，識書也。箋記之為式，上闚乎表，下睨乎書。

補註：按劉勰云："牋者，表也，識表其情也。字亦作箋。"古者君臣同書，至東漢始用牋記，公府奏記，郡將奏牋。若班固之說廣平黃香之奏，江夏所稱郡將奏牋者也。是時太子、諸王、大臣皆得稱牋。後世專以上皇后太子。於是天子稱表，皇后、太子稱箋，而其他不得用矣。今制奏事，太子、諸王稱啟，而慶賀則皇后、太子仍並稱箋云。

謝恩：漢丞相魏相《詣公車謝恩》。

註：謝恩，亦表章之類。

令：淮南王《謝羣公令》。

註：《藝文志》："書者，古之號令於衆，其言不立，具則聽受。"秦法，皇后太子稱令。令，命也。出命申

禁，俾民從也。《周書》：“慎乃出令，令出惟行。”《風俗通》：“時所制曰令，承憲履繩，不失律令。”《釋名》：“令，領也。理領之，使不相犯也。”

補註：按劉良云：“令，即命也。”七國之時並稱曰令。秦法，皇后、太子稱令。至漢王有《赦天下令》，淮南王有《謝羣公令》，則諸侯王皆得稱令。

奏：漢枚乘《奏書諫吳王濞》。

註：《書》曰“敷奏以言”，奏書之義也。

補註：按奏疏者，羣臣論諫之總名也。奏御之文，其名不一。七國以前，皆稱上書。秦初改書曰奏。漢定禮儀則有四品：一曰章，以謝恩；二曰奏，以按劾；三曰表，以陳情；四曰議，以執異。然當時奏章或上災異，則非專以謝恩。至於奏事，亦稱上疏，則非專以按劾也。又按劾之奏，則稱彈事，尤可以徵彈劾爲奏之一端也。又置八儀密奏，陰陽皂囊封板，以防宣洩，謂之封事。而朝臣補外，天子使人受所欲言，乃有事下議者，並以書對，則漢之制，豈特四品而已哉！然自秦有天下以及漢孝惠，未聞有以書言事者。至孝文開廣言路，於是賈山言治亂之道名曰《至言》，則四品之名，亦非叔孫通之所定明矣。魏、晉以下，啓獨盛行。唐用表狀，亦稱書疏。宋人則監前制而損益之，故有劄子，有狀，有書，有表，有封事，而劄子之用居多。蓋本唐人牓子、錄子之制而更其名。上書、章、表已列前編，其篇目有八：曰奏，奏者，進也；曰疏，疏者，布也。漢時諸王官屬於其君，亦得稱疏。曰對，曰啓，曰狀。狀者，陳也。曰劄子，劄者，刺也。曰封事，曰彈事。論其文則皆以明允篤誠爲本，辨析疏通爲要，酌古御今，治繁總要，此其大體也。奏啓入規而忌侈文，彈事明憲而戒善罵，此又所當知也。今制論政事曰題，陳私情曰奏，皆謂之本。以及讓官、謝恩之類，並用散文，間爲儷語，亦同奏格。至於慶賀，雖用表辭，而首尾與奏同。唯史館進書，全用表式。然則當今進呈之目，唯表與本二者而已。

駁：漢侍中吾丘壽王《駁公孫弘〈禁民不得挾弓弩〉議》。

註：漢興，始立駁議。雜議不純，故謂之駁。李光曰：“駁不以華藻爲先。”《易·乾》：“爲駁馬。”馬色不純曰駁，與駁同。

論：漢王褒《四子講德論》。

註：荀子《禮論》、《樂論》，莊周《齊物論》、慎子《十二論》，俱在褒前。論辨然否，辭忌枝碎。彌縫莫見其隙，敵人不知所乘，斯體要也。李充曰：“論貴於允理，不求支離。”

補注：莊周蓋齊不齊之物論也。劉勰誤引今註，非是。按《字書》云：“論者，議也。”劉勰云：“論，倫也，彌綸羣言而研衆理者也。其爲體則辨正然否，窮有數，追無形，跡堅求通，鉤深取極，乃百慮之筌蹄，萬事之權衡也。至於條流，實有四品：陳政則與議說合契，釋經則與傳註參體，辨史則與贊評齊行，詮文則與序引其紀。”此論之大體也。蕭統《文選》則分爲三，設論居首，史論次之，論又次之。較諸緗說，差爲未盡。惟設論則勰所未及，而乃取《答客難》、《答賓戲》、《解嘲》三首以實之。夫文有答有解，已各自爲一體，統不明言其體，而概謂之論，豈不謬哉！

議：漢韋玄成《奏罷郡國廟議》。

註：李斯《上秦皇罷封建議》在前。《詩》“周爰諮謀”，謂遍於諮議也。《易·節象》：“君子以制數度，議德行。”《周書》：“議事以制，政乃弗違。”議貴節制，經典之體也。文以辨潔，不以繁縟；事以明覈，不以深隱。

補註：按劉勰云：“議者，宜也，周爰諮謀，以審事宜也。昔管仲稱軒轅有明臺之議，則議之來遠矣。至漢始立駁議。駁者，雜也，雜議不純故曰駁也。”蓋古者國有大事，必集羣臣而廷議之，若罷鹽鐵、擊匈奴之類是也。厥後下公卿議，乃始撰辭書之簡牘以進。而學士偶有所見，又復私議於家，又有諡議別爲一體。按《禮記》曰："先王諡以尊名節，以壹惠。"故行出於己而名生於人，使夫善者勸而惡者懼也。天子崩，則臣下制諡於南郊，明受之於天也。諸侯薨，則太子赴告於天子，明受之於君也。蓋子不得議父，臣不得議君，故受之於天、於君。若卿大夫，則有司議而諡之。故周制，太史掌小喪，賜諡；小史掌卿大夫之喪，賜諡。秦廢諡法，漢乃復之。然僅施於君侯，而公卿大夫皆不得與。唐制，太常博士掌王公以下擬諡。宋制，擬諡定於太常，覆於考功，集議於尚書省，其法漸密。故歷代以來，有帝后諡議，臣僚美惡諡議，其體有四，曰諡議、改議、駁議、答駁議。今制雖設太常博士，然不掌諡議。大臣没，其家請諡，則禮部覆奏，或與或否，惟上所命。與，則内閣擬四字以請，而欽定之，皆得美名，初無惡諡以示懲戒，而諡議廢矣。至於名臣處士法不得諡，則門生故吏相與作議而加私諡焉。其事起於東漢，至今相沿不絶，亦可見古法之不盡廢於今也，故曰私議。

《反騷》：漢揚雄作。

註：雄摭騷文而反之，投諸江流，以弔屈原，故曰"反騷"。徐禎卿曰："雄《反騷》，論者多過之。原含忠隕鬱，且復獲謗，故爲之賦《反騷》。"

彈文：晉冀州刺史王深集雜彈文。

註：彈，糾劾也，繩愆糾繆之謂。省、臺中憲之職也。

補註：漢王尊劾丞相衡等奏，翟方進劾陳咸等奏，皆字挾風霜傾邪，顧而生懼，不自覺所劾之私。

薦：後漢雲陽令朱雲《薦伏湛》。

註：薦，舉也，進也，舉其功能而進乎上也。

教：漢京兆尹王尊《出教告屬縣》。

註：天垂文象，人行事謂之教。秦法，諸侯王稱教。教，效也，言出而民效也。《白虎通》："王者設教，承衰救敝，欲民反正道也。"

補註：李周翰云："教，示於人也。"秦法，王侯稱教。而漢時大臣亦得用之，如《出教告屬縣》是也。故陳繹曾以爲出教告衆之辭。

封事：漢魏相《奏霍氏專權封事》。

註：漢官儀、諫院，凡章草皆皂囊。封事，慎機密也。

補註：又蔡邕《陳七事封事》。

白事：漢孔融主簿作《白事書》。

註：白，告語也，告明其事也。

移書：漢劉歆《移書讓太常博士論〈左氏春秋〉》。

註：總曰："劉歆之《移太常》，辭剛而義辨，文移之首也。"按，喬瑁《詐三公移書》、《傳驛州郡説董卓罪惡》，此在歆前。

補註：按公移者，諸司相移之詞也，其名不一。唐世凡下達上，其制有六，其二曰狀，百官於其長亦爲之。其五曰辭，庶人言爲辭。其六曰牒，有品已上公文皆稱牒。諸司自相質問，其義有三：一曰關，謂關通其事也；二曰刺，謂刺舉之也；三曰移，謂移其事於他司也。宋制，宰執帶三省樞密院出使者移六部用劄，六部移宰執帶三省樞密院事出使者及從官任使副移六部用申狀，六部相移用公牒。今制，上達下者曰劄會，曰劄付，曰案驗，曰帖，曰故牒；下達上者曰咨呈，曰案呈，曰呈，曰牒呈，曰申；諸司相移者曰咨，曰牒，曰關；上下通用者曰揭帖。

銘：秦始皇登會稽山刻石銘。

註：不切而妙者，有武王諸銘、《考工記·量銘》，古銘也。勰曰：“帝軒刻輿几以弼違，大禹勤筍簴而招諫；成湯盤盂，著日新之規；武王户席，題必戒之訓；周公慎言於金人，仲尼革容於欹器：則先聖鑒戒，其來久矣。”“銘兼褒讚，體貴弘潤。取事必覈以辨，擒文必簡而深。”

補註：按鄭康成曰：“銘，名也。”劉勰曰：“觀器而正名也。”故曰作器能銘，可以爲大夫矣。考諸夏、商鼎、彝、尊、卣、盤、匜之屬，莫不有銘，而文多殘缺。獨《湯盤》見於《大學》。而《大戴禮》備載武王諸銘，其後作者寖繁。凡山川宮室門井之類，皆有銘詞，蓋不但施之器物而已。然要其體，不過有二：一曰警戒，二曰祝頌。陸機曰：“銘貴博文而溫潤。”斯言得之矣。

箴：漢揚雄《九州百官箴》。

註：箴者，規戒以禦過者也。勰曰：“箴者，所以攻疾防患，喻箴石也。斯文之興盛於三代，《夏》、《商》二箴，餘句頗存。及周之辛甲《百官箴》，闕惟《虞人箴》一篇，體義備焉。”

補註：按《説文》云：“箴者，試也。”蓋醫者以鍼石刺病，故有諷刺而救其失者謂之箴。古有《夏》、《商》二箴，見於《尚書》、《大傳解》及《吕氏春秋》。然餘句雖存，而全文已缺。及周太史辛甲命百官箴王闕，而虞人一篇備載於《左傳》，於是揚雄倣而爲之，大抵用韻語以垂警戒。

《封禪書》：漢文園令司馬相如。

註：《白虎通》：“王者始受命之時，改制應天，天下太平，功成封禪，以告太平也。升封泰山者，增高也；下禪梁父之山，基廣厚也。”厥體備乎《書》中，非《雕龍》所可幾及也。

補註：相如《封禪書》文幾三千言，而前後貫串如一句。

讚：司馬相如《荆軻讚》。

註：讚屬言以明事而嗟歎，以助辭也。四字爲句，數韻成章，蓋文約而寓褒貶也。又句可短長，惟韻不可失。真德秀曰：“贊、頌體式相似，貴乎瞻麗宏肆，而有雍容俯仰、頓挫起伏之態乃佳。”

補註：按《字書》：“贊，稱美也。字本作讚。”昔漢司馬相如初讚荆軻，後人祖之，著作甚衆。唐時用以試士，則其爲世所尚久矣。其體有三：一曰雜贊，意專褒美，若諸集所載人物、文章、書畫諸贊是也；二曰哀贊，哀人之殁，而述德以贊之者是也；三曰史贊，詞兼褒貶，若《史記》、《索隱》、《東漢》、《晉書》諸贊是也。劉勰有言：“贊之爲體，促而不曠。結言於四字之句，盤桓乎數韻之辭。”其頌家之細條乎？

頌：漢王褒作《聖主得賢臣頌》。

註：《樂書》：“黄帝有《龍衮頌》。”頌，所以揚屬休功，而述美盛德者也。勰曰：“帝嚳臣咸墨爲頌。頌惟典雅，辭必清鑠，敷寫似賦，而不入華侈之區；敬慎如銘，而異乎規戒之域。抑揚以發藻，汪洋以樹義，唯纖巧曲致，與情而變，其體如斯。”

補註：按《詩》有六義，其六曰頌。頌，容也，美盛德之形容，以其成功告於神明者也。若商之《那》、周之《清廟》諸什，皆以告神，乃頌之正體也。至於《魯頌·駉閟》等篇，則用以頌僖公，而頌之體變矣。後世所作，皆變體也。其詞或用散文，或用韻語。

序：漢沛郡太守作《鄧后序》。

註：序，起《詩大序》。序，所以序作者之意，謂其言次第有序也。《史通》云：“《書》列典、謨，詩含比、興。若不先序其意，難以曲得其情。”《漢書》：“言之所起遠矣，至孔子纂焉，上斷於堯，下訖於秦，凡百篇而爲之序。”按孔安國序《尚書》，未嘗言孔子作。劉歆亦云：“識見淺陋，無所發明，非孔子作甚明。”

補註：按《爾雅》云：“序，緒也。字亦作叙。”言其善叙事理，次第有序，若絲之緒也。又謂之大序，則對小序而言也。其爲體有二：一曰議論，二曰叙事。宋真氏嘗分列於《正宗》之編，其叙事又有正、變二體。至唐柳氏有“序略”之名，其題稍變，而其文益簡矣。又有名序、字序，則列於名字説。

引：《琴操》有《箜篌引》。

註：衞女作《思歸引》、《箜篌引》，則朝鮮津卒霍里子高妻麗玉所作也。品秩先後，叙而推之，謂之引。

補註：按唐以前文章，未有名“引”者。漢班固雖作《典引》，然實爲符命之文，如雜著命題各以己意耳，非以“引”爲文之一體也。唐以後始有此體，大略如序，而稍爲短簡，蓋序之濫觴也。

志録：揚雄作。

註：志，識也。録，領也。《書》曰：“書用識哉。”謂録其過惡，以識於册。古史《世本》，編以簡册，領其名數，故曰録也。

補註：按《字書》云：“志者，記也。字亦作誌。”其名起於《漢書》十志，後人因之，大抵記事之作也。紀事者，記志之別名，野史之流也。古者史官掌記時事，而耳目所不逮。文士遇有見聞，隨手紀録，以備史官採擇，裨史籍之遺亡，故以紀事之史失而求諸野，不賴是歟？

記：揚雄作《蜀記》。

註：《禹貢》“顧命”，乃記之祖。記，所以叙事識物，非尚議論。

補註：記者，紀事之文名，昉於《學記》。厥後揚雄作《蜀記》，《文選》不列其類，劉勰不著其説，則知漢、魏以前作者尚少。盛自唐始也。文以叙事爲主，後人不知其體，顧以議論雜之，故陳師道云：“韓退之作記，記其事；今之記，乃論也。”然《燕喜亭記》已涉議論，歐、蘇以下議論寖多。又有託物以寓意者；有首之以序，而以韻語爲記者；有末係以詩歌者。

碑：漢惠帝《四皓碑》。

註：《説楛》云：“無懷氏太山刻石紀功。”此碑之始。惠帝《四皓碑》爲與臣下立碑之始。勰曰：“標予盛德，必見清風之華；昭紀鴻懿，必見峻偉之烈。此碑之制也。”《抱朴子》云：“宏邈淫艷，非碑、誄之施。”

補註：劉勰云：“碑者，埤也。上古帝皇始號封禪，樹石埤嶽，故曰碑。”周穆紀跡於弇山之石，秦始刻銘於嶧山之巔，此碑之所從始也。然考《士婚禮》：“入門當碑揖。”註云：“宮室有碑，以識日影，知蚤晚也。”《祭義》云：“牲入麗於碑。”註云：“古宗廟立碑繫牲。”是知宮廟皆有碑，以爲識影、繫牲之用。後人因於其上紀功德，則碑之所從來遠矣。後漢以來，作者漸盛。故有山川之碑，有城池之碑，有宮室之碑，有橋道之碑，有壇井之碑，有神廟之碑，有家廟之碑，有古跡之碑，有土風之碑，有災祥之碑，有功德之碑，有墓道之碑，有寺觀之碑，有託物之碑，皆因庸器漸闕而後爲之，所謂以石代金，同乎不朽者也。故碑實銘器，銘實碑文，其序則傳，其文則銘，此碑之體也。又碑之體主於叙事，其後漸以議論雜之，則非矣。按《史記》載秦刻石辭凡八篇，嶧山、泰山之罘，東觀、碣石、會稽各一篇，琅邪臺二篇。碑版，金石之祖也。湯岩夫曰：“碑者，悲也。”此又紀前人之功德而思之，安得不悲！

碣：晉潘尼作《潘黄門碣》。

註：碣，特立石也。方曰碑，圓曰碣，其文如碑。

補註：唐碣制，方趺圓首，五品以下官用之。而近世復有高廣之等，則其制益密矣。古者碑之與碣本相通用，後世乃以官階之故，而別其名。其爲文與碑相類，而有銘無銘，惟人所爲。故其題有曰碣銘，有曰碣，有曰碣頌並序。至於專言碣而却有銘，或兼言銘而却無銘，則亦猶誌銘之不可爲典要也。銘與韻，亦與誌同。

誥：漢司隸從事馮衍作。

註：成王封康叔，作《康誥》。《易》曰："后以施命誥四方。"誥，告也，訓飭戒勵之言也。《爾雅》曰："誥、誓，謹也。"古者上下有誥。《仲虺之誥》，下以誥上也；《大誥》、《洛誥》之類，上以誥下也。今誥，封贈五品以上覃恩考績之臣及大臣勳戚贈謐，咸用之。詞多溢美，殊乖誥下之體。朱子所謂"君諛其臣，此代製王言者之過也。"

補註：按《字書》云："誥者，告也。"告上曰告，發下曰誥。古者上下有誥，故下以告上，《仲虺之誥》是也；上以誥下，《大誥》、《洛誥》之類是也。考於《書》可見矣。《周禮·士師》以五戒先後刑罰，其二曰誥，用之於會同，以諭衆也。秦廢古法，正稱制誥。漢武帝元狩六年，始復作之，然亦不以命官。唐世王言亦不稱誥。至宋始以命庶官，而追贈大臣，貶謫有罪，贈封其祖父妻室，凡不宜於庭者，皆用之，故所作尤多。然考歐、蘇、曾、王諸集，通謂之制。故稱内制、外制，而誥實混雜於其中，不復識別。蓋當時王言之司謂之兩制，是制之一名，統諸詔命七者而言。若細分之，則制與誥亦自有別。故《文鑑》分類甚明，不相混雜，足以辨二體之異。惟唐無誥名，惟稱制。其詞有散文，有儷語。今制命官不用制誥，至二載考績則用誥，以褒美五品以上官，而贈封其親，及賜大臣勳階贈謐皆用之。六品以下，則用勑命，其詞皆兼二體。

誓：漢蔡邕作《艱誓》。

註：《甘誓》："六事之人，予警告汝。"《釋名》："誓，制也，以拘制之也。"

補註：勰曰："盟者，明也，祝告於神明。亦稱曰誓，謂約信之辭也。三代盛時，初無詛盟，雖有要誓，結言則退而已。周衰，人鮮忠信，於是刑牲插血，要質鬼神，而盟繁興然。俄而渝敗者多矣，以其爲文之一體也。故列之。夫盟、誓之文，必序危機，獎忠孝，共存亡，戮心力。祈幽靈以取鑒，指九天以爲正，感激以立誠，切至以敷詞。"此其所同也。然義存則克終，道廢則渝始，存乎其人焉耳。

露布：漢賈洪爲馬超伐曹操作。

註：露布者，露而不封，布諸視聽者也。按《通典》："元魏克捷，欲天下聞知，乃書帛建於漆竿上，名爲露布。"《文章明辨》云："豈露布之初，告伐告捷與檄通用，而後始專爲奏捷云。然二文世既不傳，而後人所作，皆用儷語，與表文無異，不知其體本然乎？抑源流之不同也？"真德秀云："貴奮發雄壯，少粗無害。"

檄：漢丞相祭酒陳琳作《檄曹操文》。

註：檄，二尺書。張儀從楚相飲，楚相亡璧，意儀盜之。既相秦，爲文檄楚相曰："吾從汝飲，不盗汝璧，善守汝國，吾且盗汝城。"李克曰："檄不切厲則敵心陵，言不誇壯則軍容弱。"

補註：按《釋文》云："檄，軍書也。"《說文》云："以木簡爲書，長尺二寸，用爲號召。"若以急，則插雞羽而遣之，故謂之羽檄，言如羽之疾也。古者用兵誓師而已。至周乃有文告之辭，而檄之名則始見於戰國。《史記》載張儀爲檄告楚相是也。後人代有著作，而其詞有散文，有儷體。儷語始於唐人，蓋唐人之文皆然不，專爲檄。論其大體，則劉勰所稱："植義颺詞，務在剛健。或述此休明，或叙彼苛虐。指天時，審人事，算强弱，角權勢。標蓍龜於前驗，懸盤銘於已然。插羽以示信，不可使詞緩；露板以宣衆，不可使義隱。"此其要也,可謂盡之矣。其他報答論告亦並稱檄。又州邦徵吏,亦稱爲檄,蓋取明舉之義。

明文:漢泰山太守應邵作。

註:明文者,昭然曉示也。

補註:後世有大赦之法,於是爲文以告四方,而赦文興焉。又謂之"德音",蓋以赦爲天子布德之音也。又鐵券文字。《書》云:"券,約也,契。"劉熙云:"繕也,相約束繕繕以爲限也。"史稱漢高帝定天下,大封功臣,剖符作誓,丹書鐵券,金匱石室,藏之宗廟,其誓詞曰:"使河如帶,泰山如礪,國以永寧,爰及苗裔。"後代因此遂有鐵券文。

樂府:古詩也。

註:《漢書》:"漢武帝立樂府。"按《樂書》:"高祖過沛,歌《三侯》之章,令小兒歌之。高祖崩,令沛得以四時歌儛宗廟。孝惠、文、景無所增更於樂府。"故知樂府之立,不起於武帝。武帝第作《郊祀》十九章而已。且孝惠二年已命夏侯寬爲樂府令矣。秦始皇坑焚後,亦使博士爲《仙真人》詩;及行所遊天下,令樂人歌絃之,似亦樂府《第仙真》之詩,非所以殷薦上帝而配祖考耳。世貞曰:"擬古樂府,如《郊廟》、《房中》,須極古雅,發以峭峻。《鐃歌》諸曲,勿使可解,勿遂不可解,須斟酌酒淺深質文之間。漢魏之辭,務尋古色。《相和》、《瑟曲》諸小調,係北朝者,勿使勝質;齊、梁以後,勿使勝文。近事毋俗,近情毋纖,拙不露態,巧不露痕,寧近毋遠,寧朴毋虛,有分格,有來委,有實境,一涉議論,便是鬼道。古樂府自郊廟、宴會之外,不過一事之紀、一情之觸,作而備太師之採云爾。擬者或舍調而取本意,或舍意而取本調,甚或舍意調而俱離之,姑仍舊題而創出吾見。六朝浸淫,以至四傑、青蓮俱所不免。少陵乃能即事命題,此千古卓識也。"

補註:按《史記》十九章令侍中李延年次序其聲,拜爲協律都尉。通一經之士不能獨知其辭,皆集會五經家,相與共講習讀之,乃能通知其意,多爾雅之文。

對問:宋玉《對楚王問》。

註:《詩》云:"對揚王休。"《書》曰:"好問則裕。"蓋對問者,載主客之辭,以著其意者也。

補註:按問對者,文人假託之辭。其名既殊,其實復異。故名實皆問者,屈平《天問》、江淹《邃古篇》之類是也。其他曰難,曰諭,曰答,曰應,又有不同,皆問對之類也。古者君臣朋友口相問對,其詞可考。後人倣之,設詞以見志,於是有應對之文,而反覆縱橫,可以舒憤鬱而通意慮。

傳:漢東方朔作《非有先生傳》。

註:《博物志》:"賢者著行曰傳。"傳者,轉也,紀載事跡,以轉示後來也。其式貴實書,毋泛論。

補註:按《字書》云:"傳者,傳也。"自漢司馬遷作《史記》,創爲《列傳》,而後世史家卒莫能易。或有隱德而弗彰,或有細人而可法,則皆爲之作傳。寓其意而馳騁文墨者,間以滑稽之術雜焉,皆傳體也。其品有四:一曰史傳,二曰家傳,三曰托傳,四曰假傳。

上章:孔融《上章謝大中大夫》。

註:漢定禮儀有四,其一曰章。後漢論諫慶賀,間亦稱章。《獨斷》曰:"章者,需頭稱稽首上書,謝恩陳情,詣闕通者也。"

《解嘲》:揚雄作。

註:嘲,相調也,解釋結滯,徵事以對。

補註:按《字書》:"解者,釋也。"與論、説、議、辨蓋相通焉。論議既見,説辨附此。按《字書》:"説,解也。"

述也。"解釋義理而以己意述之也。說起於說卦,漢許慎作《說文》,亦祖其名以命篇。而魏、晉以來作者少,獨曹植集中有二首,而《文選》不載。故其體闕焉。要之傅於經義,而更出己見,縱橫抑揚,以詳贍爲上,與論亦無大異。此外又有名說、字說,名雖同而所施實異。按《字書》云:"辨,判別也。其字從言或從刂。"近世魏校謂從刀,而古文不載。漢以前初無作者,至唐韓、柳乃始作焉。然其原實出於《孟》、《莊》,蓋本乎至當不易之理,而以反覆曲折之詞發之。韓文《諱辨》一篇,全不直說破盡,是設疑佯爲兩可之辭,而待人自釋。此作辨之體裁,若直直判斷,失學者更端之意矣。

訓:漢丞相主簿繁欽祠其先主訓。

註:《書》曰:"伊尹乃明言烈祖之成德,以訓於王。"訓者,導也,順理以迪之也。祠者,告祭於廟也。

辭:漢武帝《秋風辭》。

註:感觸事物,託於文章謂之辭。

旨:漢後漢崔駰作《達旨》。

註:旨,美也,令也。達,簡言取達意也。

勸進:魏尚書令荀攸《勸魏王進文》。

註:上有讓德弗嗣之真,下有欽崇勳業之實,勸而進之,斯兩無惡。若宋彭城王義康所謂:"謝述勸吾進,劉湛勸吾退,述亡湛存,所以得罪也。"

喻難:漢司馬相如《喻巴蜀》並《難蜀父老文》。

註:喻,喻告以知上意也。難,難也,以己意難之,以諷天子也。

誡:後漢杜篤作《女誡》。

註:《淮南子》有《堯誡》。誡,警也,慎也。《易》:"小懲而大誡。"《書》:"戒之用休。"《語》:"君子有三戒。"則戒者,箴規之別歟?

補註:班昭作《女誡》七篇,散文也,文法警練詳明。朱子《集註》因而效之。《緣起》載杜篤所作,豈以七言有韻耶?

弔文:賈誼《弔屈原文》。

註:《左傳·莊十一年秋》:"宋大水公使弔焉。"《周禮》曰:"弔禮,哀禍災,遭水火也。"《詩》云:"神之弔矣。"弔,至也。神之至,猶言來格也。

補註:古者弔生曰唁,弔死曰弔。或驕貴而殞身,或狷忿而乖道,或有志而無時,或美才而兼累,後人追而慰之,並名曰弔文。濫觴於唐,故有《弔戰場》、《弔鑄鐘》之作。大抵彷彿《楚騷》,而切要惻愴,似稍不同。否則,華過韻緩,化而爲賦,其能逃乎奪倫之譏哉?

告:魏阮瑀爲文帝作《舒告》。

註:告,啓也,報也,命也。又覺也,使覺悟知己意也。

補註:又告,饗神之辭。周禮,設太祝之職,掌六祝之辭。考其大旨,實有六焉:一曰告,二曰修,三曰祈,四曰報,五曰辟,六曰謁,用以饗天地、山川、社稷、宗廟、五祀、羣神。漢昭烈《祭告天地神祇文》。

傳贊:漢劉歆作《列女傳贊》。

註:傳,著事。贊,叙美也。

謁文:後漢別駕司馬張超《謁孔子文》。

註：謁，白也，訪也，請見也。

祈文：後漢傅毅作《高闕祈文》。

註：祈求重肅，修辭貴端。

祝文：董仲舒《祝日蝕文》。

註：伊祈始蠟以祭八神，其辭曰：“土反其宅，水歸其壑，昆蟲毋作，草木歸其宅。”此祝辭之祖。古者祝享，史有冊祝，載所以祝之之意。冊祝，祝版之類也。詩云：“祝祭於祊，祀事孔明。”言甚備也。

行狀：漢丞相倉曹傅胡幹作《楊元伯行狀》。

註：狀者，貌也，類也。貌本類實，備史官之采。或乞銘志於作者之辭也。

補註：先賢表謚並有行狀，蓋具死者世係、名字、爵里、行治、壽年之詳，或牒考功太常使議謚，或牒史館請編録，或上作者乞墓誌碑表之類皆用之。而其文多出於門生、故吏、親舊之手，以謂非此輩不能知也。其逸事狀，但録其逸者。其所已載，不必詳焉。

哀策：漢樂安相李尤作《和帝哀策》。

註：簡其功德而哀之。《釋名》：“哀，愛也，愛而思念之也。”

哀頌：漢會稽東郡尉張紘作《陶侯哀頌》。

註：《説文》：“閔也。”閔痛之形於聲也，頌揚厥德思以美之也。

墓誌：晉東陽太守殷仲文作《從弟墓誌》。

註：漢崔瑗作《張衡墓誌銘》。洪适云：“所傳墓誌，皆漢人大隸，此云始於晉日，蓋丘中之刻，當其時未露見也。”周必大云：“銘墓三代已有之。”薛考功《鐘鼎款識》十六卷載：“唐開元四年，偃師畔者得比干墓銅盤篆文云：‘右林左泉，後岡前道，萬世之靈，兹焉是寶。’”然則銘墓三代時已有之矣。晉隱士趙逸曰：“生時中庸人耳，及死也，碑文墓誌，必窮天地之大德，盡生民之能事。爲君，共堯舜連衡；爲臣，與伊皋等跡。牧民之臣，浮虎慕其清塵；執法之吏，埋輪謝其梗直。所謂生爲盜跖，死爲夷齊，妄言傷正，華辭損實。”又按，楚子囊議恭王謚曰：“先其善不從其過。”《白虎通》以爲人臣之義莫不欲褒大其君之德，掩惡揚善，義固如是。然使後世有稽無徵，何以爲戒？文宜少鑒於逸言。湯顯祖云：“墓銘須夜爲之。”其有感於逸言深矣。

補註：按誌者，記也，銘者，名也。古之人有德善功烈可名於世，歿則後人爲之鑄器以銘，而俾傳於無窮。若《蔡中郎集》所載《朱公叔鼎銘》是也。至漢杜子夏始勒文埋墓側，遂有墓誌。後人因之，蓋於葬時述其人世係、名字、爵里、行治、壽年、卒葬月日與其子孫之大略，勒石加蓋，埋於壙前三尺之地，以爲異時陵谷變遷之防。而謂之誌銘，其用意深遠，而於古意無害也。迨夫末流，乃有假手文士，以謂可以信今傳後，而潤飾太過者，亦往往有之。則其文雖同，而意斯異矣。至論其題，則有曰墓誌銘，有誌有銘者是也；曰墓誌銘並序，有誌有銘，而又先有序者是也。然云誌銘，而或有誌無銘，或有銘無誌者，則別體也。曰墓誌，則有誌而無銘；曰墓銘，則有銘而無誌。然亦有單去誌而却有銘，單去銘而却有誌者。有題云誌而却是銘，題云銘而却是誌者，皆別體也。其未葬而權厝者曰權厝誌，曰誌某；殯後葬而再誌者曰續誌，曰後誌；歿於他所而歸葬者曰歸祔誌；葬於他所而後遷者曰遷祔志；刻於蓋者曰蓋石文；刻於磚者曰墓磚誌，曰墓磚；銘書於木版者曰墳版文，曰墓版文。又有葬誌，曰誌文，曰墳記，曰壙誌，曰壙銘，曰椁銘，曰埋銘。其在釋氏，則有曰塔銘，曰塔記。凡二十題，或有誌無銘，或有銘無誌，皆誌銘之别題也。其爲文則有正、變二體。正體惟叙事實，變體則因叙事而加議論焉。又有純用“也”字爲節段者，有虚作誌文而銘内始叙事者，亦變體也。

若夫銘之爲體,則有三言、四言、七言、雜言,散文有中用"兮"字者,有末用"兮"字者,有末用"也"字者。其用韻有一句用韻者,有兩句用韻者,有三句用韻者,有前用韻而末無韻者,有前無韻而末用韻者,有篇中既用韻而章内又各自用韻者,有隔句用韻者,有韻在語辭上者,有一字隔句重用自爲韻者,有全不用韻者。其更韻,有兩句一更者,有四句一更者,有數句一更者,有全篇不更者,皆雜見於作者之林也。

　　誄:漢武帝《公孫弘誄》。

　　註:《周禮》:"大祝作六辭",其六曰誄。《檀弓》:"魯莊公誄縣賁父。"士之有誄始此。《禮記》:"賤不誄貴,幼不誄長,禮也。唯天子稱天以誄之,諸侯相誄,非禮也。"緦曰:"尼父卒,哀公作誄,勸其懃遺之切,'嗚呼'之歎,雖非叡作,古式存焉。至柳妻之誄惠子,則辭哀而韻長矣。""誄之爲體,蓋選言録行,傳體而頌文,榮始而哀終。論其人,曖乎若可覿;道其哀也,悽然如可傷。"摯虞曰:"唯誄無定制,故作者多異焉。"

　　悲文:蔡邕作《悲温舒文》。

　　註:傷痛之文也。有聲無淚曰悲。

　　祭文:後漢車騎郎杜篤作《祭延鍾文》。

　　註:禮祭以誠,止於告饗。《書》曰:"黷於祭祀,時謂弗欽。"言所以交鬼神之道,□有過也。《檀弓》:"唯祭祀之禮主人自盡焉耳。"豈知神之所饗,亦以主人有齋敬之心也?

　　補註:按祭文,奠親友之辭也。古之祭祀止於告饗,中世以還,兼讚言行,以寓哀痛之意,蓋祝文之變也。其辭有散文,有韻語,有儷語。而韻語之中又有散文、四言、六言、雜言、騷體、儷體之不同。善乎劉緦之説曰:"祭奠之楷,宜恭且哀。若夫辭華而靡實,情鬱而不宣,非工於此者也。"

　　哀辭:漢班固《梁氏哀辭》。

　　註:摯虞曰:"哀詞者,誄之流也。"緦曰:"情主於痛傷,辭窮乎愛惜。幼未成德,故譽止於察惠;弱不勝務,故悼加乎膚色。隱心而結文則事愜,觀文而屬心則體奢。奢體爲辭,則雖麗不哀,必使情往會悲,文來引泣,乃爲貴乎。"

　　挽詞:魏光禄勳繆襲作。

　　註:挽詞者,悼往哀苦之意也。《古今註》:"《薤露》、《蒿里》,並喪歌也,田横自殺,門人傷之,爲之悲歌,言人命如薤上之露,易晞滅也。亦謂人死魂魄歸乎蒿里。至孝武時,李延年分爲二曲:《薤露》王公貴人,《蒿里》送大夫庶人。使挽柩者歌之,世呼爲挽歌。"按《虞殯》、《紼謳》,已見《左》、《莊》,非始於横之門人。

　　《七發》:漢枚乘作。

　　註:七,對問之别名,爲《楚騷》《七諫》之流,後遂以"七"爲文之一體。緦曰:"七竅所發,發乎嗜欲,始邪末正,所以戒膏粱子也。"

　　補註:古人戒册用九與七,屈子《九章》、《九歌》、《孟子》、《莊子》七篇命名。按七者,文章之一體也。詞雖八首,而問對凡七,故謂之七。則七者,問對之别名。而《楚詞》、《七諫》之流也。蓋自枚乘而撰《七發》,而傅毅《七激》、張衡《七辨》、崔駰《七依》、崔瑗《七蘇》、馬融《七廣》、曹植《七啓》、王粲《七釋》、張協《七命》、陸機《七徵》、桓麟《七説》、左思《七諷》,相繼有作。

　　離合詩:孔融作四言《離合詩》。

　　註:字可折合而成文,故曰離合。

　　連珠:揚雄作。

註：《北史·李先傳》：“魏帝召先讀韓子《連珠》二十二篇。”韓子，韓非子，書中有連語，先列其目，而後著其解，謂之連珠。據此，則連珠已兆韓非。其體辭麗而言約，不指說事情，必假喻以達其旨，合於古詩勸興之義。歷歷如貫珠，易睹而可悦，故謂之連珠。

篇：漢司馬相如作《凡將篇》。

註：篇者，積句成章，出情布事，明而遍也。

歌詩：漢枚乘作《麗人歌詩》。

註：《書》曰：“詩言志，歌永言。”馬融曰：“歌所以長言詩之意也。”

遺命：晉散騎常侍江統作。

註：漢酈炎作《遺令》，臨殁顧命，所以託後事也。

圖：漢河間相張衡作《玄圖》。

註：《易·繫辭》：“河出圖，聖人則之。”《釋名》：“圖，度也，盡其品度也。”

補註：揚雄《太玄》十一篇，首衝錯測、攡、瑩數文，捝圖告，《漢書·藝文志》兵形勢圖十八卷，《陰陽圖》十卷，《技巧》三卷。

勢：漢濟北相崔瑗作《草書勢》。

註：蔡邕作《篆勢》云：“揚波振擊，龍躍鳥震，延頸脅翼，勢欲凌雲。”又云：“若行若飛，岐岐翾翾。遠而望之，若鴻鵠羣遊，絡驛遷延；迫而視之，湍際不可得見，指揮不可勝原。”

約：漢王褒作《僮約》。

註：約，約束之也，如沛公入關，以法三章約父老之約。

補註：按《字書》：“約，束也。”言語要結，戒令檢束皆是也。《鄉約》之類亦當倣。褒爲之，庶不失古意。

劉　勰

劉勰（約465—約532）字彦和，祖籍莒縣（今屬山東），後居京口（今江蘇鎮江）。早孤，篤志好學，博通經論。曾官縣令、步兵校尉、官中通事舍人，頗有清名。後棄官爲僧，改名慧地，不久卒。所作《文心雕龍》，未爲時所稱，而沈約十分看重，以爲深得文理。爲文長於佛理，京師寺塔及名僧碑誌，必請勰爲文。

《文心雕龍》全書五十篇，由總論、文體論、創作論、批評論四部份組成。總論含《原道》、《征聖》、《宗經》、《正緯》和《辨騷》五篇，論文之樞紐，即關鍵問題，主張“原道心以敷章”。《辨騷》論楚辭，既是總論的一部份，又和《明詩》以下二十篇共同構成文體論，分別論述騷、詩、樂府、頌、史、傳、諸子、論、説等各種文體的特徵。從《神思》到《總術》等十九篇爲創作論，主張“思接千載”，“神與物遊”，每個作家應“各師成心，其異如面”，“情以物遷，辭以情發”。《知音》專論文學批評，但其他不少篇如《時序》、《物色》、《才略》、《程器》也涉及文學批評，或論文才，或論文品，反對“貴古賤今”、“崇己抑人"等不良文風,主張文學批評應"無私於輕重,不偏於愛憎"。

　　《文心雕龍》從《辨騷》至《書記》,共二十一篇,專論文體。其中不少篇章是論述兩種相近的文體,共論及三十四種文體。其《序志》要求"原始以表末,釋名以章義,選文以定篇,敷理以舉統",對各種文體的淵源流變、體制特點、典型範式作了總體的論述。其文體研究方法也頗有借鑒意義,或歸類以探求文體之同,或辨析以區別文體之異,或考鏡源流以彰顯文體之變。此書標志着中國文體學的完成。

　　劉勰的文體分類實有三級。劉師培《中國古代文學史》第五課《宋齊梁陳文學概論·文筆之區別》云:"即《(文心)雕龍》篇次言之,由第六迄第十五,以《明詩》、《樂府》、《詮賦》、《頌贊》、《祝盟》、《銘箴》、《誄碑》、《哀悼》、《雜文》、《諧隱》諸篇相次,是均有韻之文也。由第十六迄於第二十五,以《史傳》、《諸子》、《論説》、《詔策》、《檄移》、《封禪》、《章表》、《奏啟》、《議對》、《書記》諸篇相次,是均無韻之筆也。豈非《雕龍》隱區文筆二體之驗乎?"《文心雕龍》確實把它所論文體"隱區"爲文與筆,有韻與無韻兩大類,這是他的第一級分體;第五至第二十五篇標出文體名的是他的第二級分體;在其所標文體下,往往還論及一些相關的文體,如樂府下就論及"斬伎鼓吹,漢世鐃挽,雖其戎喪殊事,而並總入樂府。"這可算是他的第三級分體。

　　今存《文心雕龍》最早的版本爲唐寫本殘卷,最早的刻本爲元至正本。明弘治以後,刻本、校本、注本存世者甚多。叢書本有廣漢魏叢書、兩京叢書、四庫全書、四部叢刊、叢書集成初編本。清代黃叔琳注、紀昀評《文心雕龍輯注》,1957 年中華書局用四部備要本據《輯注》原刻本排校紙型重印。1958 年人民文學出版社出版有范文瀾《文心雕龍注》,中華書局 1962 年出版有劉永濟《文心雕龍校釋》,1980 年上海古籍出版社出版有王利器《文心雕龍校證》。

　　本書資料據四庫全書本《文心雕龍》。

宗經第三(節錄)

　　故論、説、辭、序,則《易》統其首;詔、策、章、奏,則《書》發其源;賦、頌、歌、贊,則《詩》立其本;銘、誄、箴、祝,則《禮》總其端;紀、傳、盟、檄,則《春秋》爲根。

辨騷第五

　　自《風》、《雅》寢聲,莫或抽緒,奇文鬱起,其《離騷》哉! 固已軒翥詩人之後,奮飛辭家之前,豈去聖之未遠,而楚人之多才乎! 昔漢武愛《騷》,而淮南作《傳》,以爲:

"《國風》好色而不淫,《小雅》怨誹而不亂,若《離騷》者,可謂兼之。"蟬蛻穢濁之中,浮游塵埃之外,爵然涅而不緇,雖與日月爭光可也。班固以爲露才揚己,忿懟沉江;羿澆二姚,與左氏不合;昆侖懸圃,非《經》義所載。然其文辭麗雅,爲詞賦之宗,雖非明哲,可謂妙才。王逸以爲詩人提耳,屈原婉順。《離騷》之文,依《經》立義;駟虯乘鷖,則時乘六龍;昆侖流沙,則《禹貢》敷土。名儒辭賦,莫不擬其儀錶,所謂金相玉質,百世無匹者也。及漢宣嗟歎,以爲"皆合經術"。揚雄諷味,亦言"體同詩雅"。四家舉以方經,而孟堅謂不合傳,褒貶任聲,抑揚過實,可謂鑒而弗精,玩而未核者也。

將核其論,必征言焉。故其陳堯舜之耿介,稱禹湯之祗敬,典誥之體也;譏桀紂之猖披,傷羿澆之顛隕,規諷之旨也;虯龍以喻君子,雲霓以譬讒邪,比興之義也;每一顧而掩涕,歎君門之九重,忠怨之辭也;觀茲四事,同於《風》、《雅》者也。至於托雲龍,說迂怪,豐隆求宓妃,鳩鳥媒娀女,詭異之辭也;康回傾地,夷羿畢日,木夫九首,土伯三目,譎怪之談也;依彭咸之遺則,從子胥以自適,狷狹之志也;士女雜坐,亂而不分,指以爲樂,娛酒不廢,沉湎日夜,舉以爲歡,荒淫之意也;摘此四事,異乎經典者也。

故論其典誥則如彼,語其誇誕則如此。固知《楚辭》者,體憲於三代,而風雜於戰國,乃《雅》、《頌》之博徒,而詞賦之英傑也。觀其骨鯁所樹,肌膚所附,雖取熔《經》旨,亦自鑄偉辭。故《騷經》、《九章》,朗麗以哀志;《九歌》、《九辯》,綺靡以傷情;《遠遊》、《天問》,瑰詭而慧巧;《招魂》、《大招》,耀豔而采深華;《卜居》標放言之致,《漁父》寄獨往之才。故能氣往轢古,辭來切今,驚采絕豔,難與並能矣。

自《九懷》以下,遽躡其跡,而屈宋逸步,莫之能追。故其叙情怨,則鬱伊而易感;述離居,則愴怏而難懷;論山水,則循聲而得貌;言節侯,則披文而見時。是以枚賈追風以入麗,馬揚沿波而得奇,其衣被詞人,非一代也。故才高者菀其鴻裁,中巧者獵其豔辭,吟諷者銜其山川,童蒙者拾其香草。若能憑軾以倚《雅》、《頌》,懸轡以馭楚篇,酌奇而不失其貞,玩華而不墜其實,則顧盼可以驅辭力,唾可以窮文致,亦不復乞靈於長卿,假寵於了淵矣。

贊曰:不有屈原,豈見離騷。驚才風逸,壯志煙高。

山川無極,情理實勞,金相玉式,豔溢錙毫。(以上卷一)

明詩第六

大舜云:"詩言志,歌永言。"聖謨所析,義已明矣。是以"在心爲志,發言爲詩",舒文載實,其在茲乎! 詩者,持也,持人情性;三百之蔽,義歸"無邪",持之爲訓,有符焉爾。

人稟七情，應物斯感，感物吟志，莫非自然。昔葛天樂辭，《玄鳥》在曲；黃帝《雲門》，理不空弦。至堯有《大唐》之歌，舜造《南風》之詩，觀其二文，辭達而已。及大禹成功，九序惟歌；太康敗德，五子咸怨：順美匡惡，其來久矣。自商暨周，《雅》、《頌》圓備，四始彪炳，六義環深。子夏監絢素之章，子貢悟琢磨之句，故商賜二子，可與言詩。自王澤殄竭，風人輟采，春秋觀志，諷誦舊章，酬酢以爲賓榮，吐納而成身文。逮楚國諷怨，則《離騷》爲刺。秦皇滅典，亦造《仙詩》。

漢初四言，韋孟首唱，匡諫之義，繼軌周人。孝武愛文，柏梁列韻；嚴馬之徒，屬辭無方。至成帝品録，三百餘篇，朝章國采，亦云周備。而辭人遺翰，莫見五言，所以李陵、班婕妤見疑于後代也。按《召南·行露》，始肇半章；孺子《滄浪》，亦有全曲；《暇豫》優歌，遠見春秋；《邪徑》童謠，近在成世：閱時取證，則五言久矣。又古詩佳麗，或稱枚叔，其《孤竹》一篇，則傅毅之詞。比采而推，兩漢之作乎。觀其結體散文，直而不野，婉轉附物，怊悵切情，實五言之冠冕也。至於張衡《怨篇》，清典可味；《仙詩》、《緩歌》，雅有新聲。

暨建安之初，五言騰踊，文帝陳思，縱轡以騁節；王徐應劉，望路而爭驅；並憐風月，狎池苑，述恩榮，叙酣宴，慷慨以任氣，磊落以使才；造懷指事，不求纖密之巧，驅辭逐貌，唯取昭晰之能：此其所同也。及正始明道，詩雜仙心；何晏之徒，率多浮淺。唯嵇志清峻，阮旨遥深，故能標焉。若乃應璩《百一》，獨立不懼，辭譎義貞，亦魏之遺直也。

晉世羣才，稍入輕綺。張潘左陸，比肩詩衢，采縟於正始，力柔于建安。或析文以爲妙，或流靡以自妍，此其大略也。江左篇制，溺乎玄風，嗤笑徇務之志，崇盛忘機之談，袁孫已下，雖各有雕采，而辭趣一揆，莫與爭雄，所以景純《仙篇》，挺拔而爲雋矣。宋初文詠，體有因革。莊老告退，而山水方滋；儷采百字之偶，爭價一句之奇，情必極貌以寫物，辭必窮力而追新，此近世之所競也。

故鋪觀列代，而情變之數可監；撮舉同異，而綱領之要可明矣。若夫四言正體，則雅潤爲本；五言流調，則清麗居宗，華實異用，惟才所安。故平子得其雅，叔夜含其潤，茂先凝其清，景陽振其麗，兼善則子建、仲宣，偏美則太冲、公幹。然詩有恒裁，思無定位，隨性適分，鮮能通圓。若妙識所難，其易也將至；忽以爲易，其難也方來。至於三六雜言，則出自篇什；離合之發，則萌於圖讖；回文所興，則道原爲始；聯句共韻，則柏梁餘制：巨細或殊，情理同致，總歸詩囿，故不繁云。

贊曰：民生而志，詠歌所含。興發皇世，風流《二南》。

神理共契，政序相參。英華彌縟，萬代永耽。

樂府第七

樂府者，聲依永，律和聲也。鈞天九奏，既其上帝；葛天八闋，爰及皇時。自《咸》、《英》以降，亦無得而論矣。至於塗山歌於候人，始爲南音；有娀謠乎飛燕，始爲北聲；夏甲歎於東陽，東音以發；殷整思於西河，西音以興：音聲推移，亦不一概矣。匹夫庶婦，謳吟土風，詩官采言，樂胥被律，志感絲篁，氣變金石；是以師曠覘風于盛衰，季札鑒微於興廢，精之至也。

夫樂本心術，故響浹肌髓，先王慎焉，務塞淫濫。敷訓胄子，必歌九德，故能情感七始，化動八風。自雅聲浸微，溺音騰沸，秦燔《樂經》，漢初紹復，制氏紀其鏗鏘，叔孫定其容典，於是《武德》興乎高祖，《四時》廣于孝文，雖摹《韶》、《夏》，而頗襲秦舊，中和之響，闃其不還。暨武帝崇禮，始立樂府，總趙代之音，撮齊楚之氣，延年以曼聲協律，朱馬以騷體製歌。《桂華》雜曲，麗而不經，《赤雁》羣篇，靡而非典，河間薦雅而罕御，故汲黯致譏於《天馬》也。至宣帝雅頌，詩效《鹿鳴》；邇及元成，稍廣淫樂，正音乖俗，其難也如此。暨後漢郊廟，惟雜雅章，辭雖典文，而律非夔曠。

至於魏之三祖，氣爽才麗，宰割辭調，音靡節平。觀其北上衆引，《秋風》列篇，或述酣宴，或傷羈戍，志不出於淫蕩，辭不離於哀思。雖三調之正聲，實《韶》、《夏》之鄭曲也。逮于晉世，則傅玄曉音，創定雅歌，以詠祖宗；張華新篇，亦充庭萬。然杜夔調律，音奏舒雅，荀勖改懸，聲節哀急，故阮咸譏其離聲，後人驗其銅尺。和樂之精妙，固表裏而相資矣。

故知詩爲樂心，聲爲樂體；樂體在聲，瞽師務調其器；樂心在詩，君子宜正其文。“好樂無荒”，晉風所以稱遠；“伊其相謔”，鄭國所以云亡。故知季札觀樂，不直聽聲而已。

若夫豔歌婉變，怨志訣絕，淫辭在曲，正響焉生？然俗聽飛馳，職競新異，雅詠溫恭，必欠伸魚睨；奇辭切至，則拊髀雀躍，詩聲俱鄭，自此階矣！凡樂辭曰詩，詩聲曰歌，聲來被辭，辭繁難節。故陳思稱“左延年閑于增損古辭，多者則宜減之”，明貴約也。觀高祖之詠《大風》，孝武之歎《來遲》，歌童被聲，莫敢不協。子建士衡，咸有佳篇，並無詔伶人，故事謝絲管，俗稱乖調，蓋未思也。

至於軒岐鼓吹，漢世鐃挽，雖戎喪殊事，而並總入樂府，繆朱所改，亦有可算焉。昔子政品文，詩與歌別，故略具樂篇，以標區界。

贊曰：八音摛文，樹辭爲體。謳吟坰野，金石雲陛。

《韶》響難追，鄭聲易啟。豈惟觀樂，於焉識禮。

詮賦第八

《詩》有六義，其二曰賦。賦者，鋪也，鋪采摛文，體物寫志也。昔邵公稱："公卿獻詩，師箴瞍賦。"傳云："登高能賦，可爲大夫。"詩序則同義，傳說則異體。總其歸途，實相枝幹。故劉向明"不歌而頌"，班固稱"古詩之流也"。

至如鄭莊之賦《大隧》，士蔿之賦《狐裘》，結言短韻，詞自己作，雖合賦體，明而未融。及靈均唱《騷》，始廣聲貌。然則賦也者，受命於詩人，而拓宇于《楚辭》也。於是荀況《禮》、《智》，宋玉《風》、《釣》，爰錫名號，與詩畫境，六義附庸，蔚成大國。遂述客主以首引，極聲貌以窮文。斯蓋別詩之原始，命賦之厥初也。

秦世不文，頗有雜賦。漢初詞人，順流而作。陸賈扣其端，賈誼振其緒，枚馬播其風，王揚騁其勢，皋朔已下，品物畢圖。繁積于宣時，校閱于成世，進御之賦，千有餘首，討其源流，信興楚而盛漢矣。

夫京殿苑獵，述行序志，並體國經野，義尚光大。既履端於倡序，亦歸餘於總亂。序以建言，首引情本，亂以理篇，寫送文勢。按《那》之卒章，閔馬稱亂，故知殷人輯頌，楚人理賦，斯並鴻裁之寰域，雅文之樞轄也。至於草區禽族，庶品雜類，則觸興致情，因變取會，擬諸形容，則言務纖密；象其物宜，則理貴側附；斯又小制之區畛，奇巧之機要也。

觀夫荀結隱語，事數自環，宋發誇談，實始淫麗。枚乘《菟園》，舉要以會新；相如《上林》，繁類以成豔；賈誼《鵬鳥》，致辨於情理；子淵《洞簫》，窮變於聲貌；孟堅《兩都》，明絢以雅贍；張衡《二京》，迅發以宏富；子雲《甘泉》，構深瑋之風；延壽《靈光》，含飛動之勢：凡此十家，並辭賦之英傑也。及仲宣靡密，發篇必遒；偉長博通，時逢壯采；太冲安仁，策勳於鴻規；士衡子安，底績於流制；景純綺巧，縟理有餘；彥伯梗概，情韻不匱：亦魏、晉之賦首也。

原夫登高之旨，蓋睹物興情。情以物興，故義必明雅；物以情觀，故詞必巧麗。麗詞雅義，符采相勝，如組織之品朱紫，畫繪之著玄黃。文雖新而有質，色雖糅而有本，此立賦之大體也。然逐末之儔，蔑棄其本，雖讀千賦，愈惑體要。遂使繁華損枝，膏腴害骨，無貴風軌，莫益勸戒，此揚子所以追悔於雕蟲，貽誚於霧縠者也。

贊曰：賦自詩出，分歧異派。寫物圖貌，蔚似雕畫。

　　抑滯必揚，言曠無隘。風歸麗則，辭翦荑稗。

頌贊第九

四始之至，頌居其極。頌者，容也，所以美盛德而述形容也。昔帝嚳之世，咸墨爲頌，以歌《九韶》。自商以下，文理允備。夫化偃一國謂之風，風正四方謂之雅，容告神明謂之頌。風雅序人，事兼變正；頌主告神，義必純美。魯國以公旦次編，商人以前王追録，斯乃宗廟之正歌，非宴饗之常詠也。《時邁》一篇，周公所制；哲人之頌，規式存焉。夫民各有心，勿壅惟口。晉興之稱原田，魯民之刺裘鞸，直言不詠，短辭以諷，丘明子順，並謂爲誦，斯則野誦之變體，浸被乎人事矣。及三閭《橘頌》，情采芬芳，比類寓意，乃覃及細物矣。

至於秦政刻文，爰頌其德。漢之惠景，亦有述容。沿世並作，相繼於時矣。若夫子雲之表充國，孟堅之序戴侯，武仲之美顯宗，史岑之述熹后，或擬《清廟》，或範《駉》、《那》，雖淺深不同，詳略各異，其褒德顯容，典章一也。至於班傅之《北征》、《西征》，變爲序引，豈不褒過而謬體哉！馬融之《廣成》、《上林》，雅而似賦，何弄文而失質乎！又崔瑗《文學》，蔡邕《樊渠》，並致美於序，而簡約乎篇。摯虞品藻，頗爲精核。至云雜以風雅，而不變旨趣，徒張虛論，有似黃白之僞説矣。及魏晉雜頌，鮮有出轍。陳思所綴，以《皇子》爲標；陸機積篇，惟《功臣》最顯。其褒貶雜居，固末代之訛體也。

原夫頌惟典懿，辭必清鑠，敷寫似賦，而不入華侈之區；敬慎如銘，而異乎規戒之域；揄揚以發藻，汪洋以樹義，雖纖巧曲致，與情而變，其大體所底，如斯而已。

贊者，明也，助也。昔虞舜之祀，樂正重贊，蓋唱發之辭也。及益贊于禹，伊陟贊于巫咸，並揚言以明事，嗟歎以助辭也。故漢置鴻臚，以唱言爲贊，即古之遺語也。至相如屬筆，始贊荊軻。及遷《史》固《書》，托贊褒貶，約文以總録，頌體以論辭；又紀傳後評，亦同其名。而仲治《流別》，謬稱爲述，失之遠矣。及景純注《雅》，動植必贊，義兼美惡，亦猶頌之變耳。

然本其爲義，事在獎歎，所以古來篇體，促而不廣，必結言於四字之句，盤桓乎數韻之詞。約舉以盡情，昭灼以送文，此其體也。發源雖遠，而致用蓋寡，大抵所歸，其頌家之細條乎！

贊曰：容體底頌，勳業垂贊。鏤影摛聲，文理有爛。

年積愈遠，音徽如旦。降及品物，炫辭作玩。

祝盟第十

天地定位，祀遍羣神。六宗既禋，三望咸秩，甘雨和風，是生黍稷，兆民所仰，美報興焉！犧盛惟馨，本於明德，祝史陳信，資乎文辭。

昔伊耆始蠟，以祭八神。其辭云："土反其宅，水歸其壑，昆蟲毋作，草木歸其澤。"則上皇祝文，爰在茲矣！舜之祠田云："荷此長耜，耕彼南畝，四海俱有。"利民之志，頗形於言矣。至於商履，聖敬日躋，玄牡告天，以萬方罪己，即郊禋之詞也；素車禱旱，以六事責躬，則雩禜之文也。及周之大祝，掌六祝之辭。是以"庶物咸生"，陳於天地之郊；"旁作穆穆"，唱於迎日之拜；"夙興夜處"，言於祔廟之祝；"多福無疆"，布於少牢之饋；宜社類禡，莫不有文：所以寅虔於神祇，嚴恭於宗廟也。

自春秋以下，黷祀諂祭，祝幣史辭，靡神不至。至於張老成室，致美於歌哭之禱。蒯聵臨戰，獲佑於筋骨之請：雖造次顛沛，必于祝矣。若夫《楚辭·招魂》，可謂祝辭之組麗者也。漢之羣祀，肅其百禮，既總碩儒之義，亦參方士之術。所以秘祝移過，異于成湯之心，侲子驅疫，同乎越巫之祝：禮失之漸也。

至如黃帝有祝邪之文，東方朔有罵鬼之書，於是後之譴咒，務於善罵。唯陳思《誥咎》，裁以正義矣。

若乃禮之祭祝，事止告饗；而中代祭文，兼贊言行。祭而兼贊，蓋引伸而作也。又漢代山陵，哀策流文；周喪盛姬，內史執策。然則策本書贈，因哀而爲文也。是以義同於誄，而文實告神，誄首而哀末，頌體而祝儀，太祝所讀，固周之祝文者也。凡羣言發華，而降神務實，修辭立誠，在於無愧。祈禱之式，必誠以敬；祭奠之楷，宜恭且哀：此其大較也。班固之祀涿山，祈禱之誠敬也；潘岳之祭庾婦，祭奠之恭哀也：舉匯而求，昭然可鑒矣。

盟者，明也。駍毛白馬，珠盤玉敦，陳辭乎方明之下，祝告於神明者也。在昔三王，詛盟不及，時有要誓，結言而退。周衰屢盟，以及要劫，始之以曹沫，終之以毛遂。及秦昭盟夷，設黃龍之詛；漢祖建侯，定山河之誓。然義存則克終，道廢則渝始，崇替在人，咒何預焉？若夫臧洪歃辭，氣截雲蜺；劉琨鐵誓，精貫霏霜；而無補於漢晉，反爲仇讎。故知信不由衷，盟無益也。

夫盟之大體，必序危機，獎忠孝，共存亡，戮心力，祈幽靈以取鑒，指九天以爲正，感激以立誠，切至以敷辭，此其所同也。然非辭之難，處辭爲難。後之君子，宜存殷鑒。忠信可矣，無恃神焉。

贊曰：毖祀欽明，祝史惟談。立誠在肅，修辭必甘。

　　季代彌飾，絢言朱藍，神之來格，所貴無慚。（以上卷二）

銘箴第十一

　　昔帝軒刻輿几以弼違，大禹勒筍簴而招諫。成湯盤盂，著日新之規；武王戶席，題必誠之訓。周公慎言于金人，仲尼革容於欹器，則先聖鑒戒，其來久矣。故銘者，名也，觀器必也正名，審用貴乎慎德。蓋臧武仲之論銘也，曰：“天子令德，諸侯計功，大夫稱伐。”夏鑄九牧之金鼎，周勒肅慎之楛矢，令德之事也；呂望銘功於昆吾，仲山鏤績於庸器，計功之義也；魏顆紀勳于景鐘，孔悝表勤於衛鼎，稱伐之類也。若乃飛廉有石棺之錫，靈公有蒿里之謚，銘發幽石，吁可怪矣！趙靈勒跡於番吾，秦昭刻博於華山，誇誕示後，吁可笑也！詳觀眾例，銘義見矣。

　　至於始皇勒岳，政暴而文澤，亦有疏通之美焉。若班固《燕然》之勒，張昶《華陰》之碣，序亦盛矣。蔡邕銘思，獨冠古今。橋公之鉞，吐納典謨；朱穆之鼎，全成碑文，溺所長也。至如敬通雜器，準矱武銘，而事非其物，繁略違中。崔駰品物，贊多戒少，李尤積篇，義儉辭碎。蓍龜神物，而居博奕之中；衡斛嘉量，而在臼杵之末。曾名品之未暇，何事理之能閑哉！魏文九寶，器利辭鈍。唯張載《劍閣》，其才清采。迅足駸駸，後發前至，勒銘岷漢，得其宜矣。

　　箴者，針也，所以攻疾防患，喻針石也。斯文之興，盛於三代。夏商二箴，餘句頗存。周之辛甲，百官箴闕，唯《虞箴》一篇，體義備焉。迄至春秋，微而未絕。故魏絳諷君於后羿，楚子訓民於在勤。戰代以來，棄德務功，銘辭代興，箴文委絕。至揚雄稽古，始範《虞箴》，作《卿尹》、《州牧》二十五篇。及崔胡補綴，總稱《百官》。指事配位，鍼鑒可征，信所謂追清風于前古，攀辛甲於後代者也。至於潘勗《符節》，要而失淺；溫嶠《侍臣》，博而患繁；王濟《國子》，文多而事寡；潘尼《乘輿》，義正而體蕪：凡斯繼作，鮮有克衷。至於王朗《雜箴》，乃置巾履，得其戒慎，而失其所施；觀其約文舉要，憲章武銘，而水火井灶，繁辭不已，志有偏也。

　　夫箴誦於官，銘題於器，名目雖異，而警戒實同。箴全禦過，故文資確切；銘兼褒贊，故體貴弘潤。其取事也必核以辨，其摛文也必簡而深，此其大要也。然矢言之道蓋闕，庸器之制久淪，所以箴銘寡用，罕施後代，惟秉文君子，宜酌其遠大焉。

　　贊曰：銘實器表，箴惟德軌。有佩於言，無鑒於水。

　　秉茲貞厲，警乎立履。義典則弘，文約爲美。

誄碑第十二

　　周世盛德，有銘誄之文。大夫之材，臨喪能誄。誄者，累也，累其德行，旌之不朽也。夏商已前，其詞靡聞。周雖有誄，未被於士。又賤不誄貴，幼不誄長，其在萬乘，則稱天以誄之。讀誄定謚，其節文大矣。自魯莊戰乘丘，始及於士；逮尼父之卒，哀公作誄，觀其憖遺之辭，嗚呼之歎，雖非睿作，古式存焉。至柳妻之誄惠子，則辭哀而韻長矣。

　　暨乎漢世，承流而作。揚雄之誄元后，文實煩穢，沙麓撮其要，而摯疑成篇，安有累德述尊，而闕略四句乎！杜篤之誄，有譽前代；吳誄雖工，而他篇頗疏，豈以見稱光武，而改盼千金哉！傅毅所制，文體倫序；孝山、崔瑗，辨絜相參。觀其序事如傳，辭靡律調，固誄之才也。潘岳構意，專師孝山，巧於序悲，易入新切，所以隔代相望，能徽厥聲者也。至如崔駰誄趙，劉陶誄黃，並得憲章，工在簡要。陳思叨名，而體實繁緩。文皇誄末，百言自陳，其乖甚矣！

　　若夫殷臣詠湯，追褒玄鳥之祚；周史歌文，上闡后稷之烈；誄述祖宗，蓋詩人之則也。至於序述哀情，則觸類而長。傅毅之誄北海，云"白日幽光，氛霧杳冥"。始序致感，遂為後式，影而效者，彌取於工矣。

　　詳夫誄之為制，蓋選言錄行，傳體而頌文，榮始而哀終。論其人也，曖乎若可觀，道其哀也，悽焉如可傷：此其旨也。

　　碑者，埤也。上古帝王，紀號封禪，樹石埤岳，故曰碑也。周穆紀跡於弇山之石，亦古碑之意也。又宗廟有碑，樹之兩楹，事止麗牲，未勒勳績。而庸器漸缺，故後代用碑，以石代金，同乎不朽，自廟徂墳，猶封墓也。

　　自後漢以來，碑碣雲起。才鋒所斷，莫高蔡邕。觀楊賜之碑，骨鯁訓典；陳郭二文，詞無擇言；周胡眾碑，莫非精允。其叙事也該而要，其綴采也雅而澤；清詞轉而不窮，巧義出而卓立；察其為才，自然至矣。孔融所創，有慕伯喈；張陳兩文，辨給足采，亦其亞也。及孫綽為文，志在於碑；溫王郗庾，辭多枝雜；《桓彝》一篇，最為辨裁矣。

　　夫屬碑之體，資乎史才，其序則傳，其文則銘。標序盛德，必見清風之華；昭紀鴻懿，必見峻偉之烈：此碑之制也。夫碑實銘器，銘實碑文，因器立名，事先於誄。是以勒石贊勳者，入銘之域；樹碑述亡者，同誄之區焉。

　　贊曰：寫實追虛，碑誄以立。銘德纂行，文采允集。

　　　　觀風似面，聽辭如泣。石墨鐫華，頹影豈戢。

哀悼第十三

賦憲之謚，短折曰哀。哀者，依也。悲實依心，故曰哀也。以辭遣哀，蓋下流之悼，故不在黃發，必施夭昏。昔三良殉秦，百夫莫贖，事均夭枉，《黃鳥》賦哀，抑亦詩人之哀辭乎？

曁漢武封禪，而霍嬗暴亡，帝傷而作詩，亦哀辭之類矣。降及後漢，汝陽主亡，崔瑗哀辭，始變前式。然履突鬼門，怪而不辭；駕龍乘雲，仙而不哀；又卒章五言，頗似歌謠，亦彷彿乎漢武也。至於蘇順、張升，並述哀文，雖發其情華，而未極其心實。建安哀辭，惟偉長差善，《行女》一篇，時有惻怛。及潘岳繼作，實鍾其美。觀其慮瞻辭變，情洞悲苦，敘事如傳，結言摹詩，促節四言，鮮有緩句；故能義直而文婉，體舊而趣新，《金鹿》、《澤蘭》，莫之或繼也。

原夫哀辭大體，情主於痛傷，而辭窮乎愛惜。幼未成德，故譽止于察惠；弱不勝務，悼加乎膚色。隱心而結文則事愜，觀文而屬心則體奢。奢體爲辭，則雖麗不哀；必使情往會悲，文來引泣，乃其貴耳。

吊者，至也。詩云"神之吊矣"，言神至也。君子令終定謚，事極理哀，故賓之慰主，以至到爲言也。壓溺乖道，所以不吊矣。又宋水鄭火，行人奉辭，國災民亡，故同吊也。及晉築虒臺，齊襲燕城，史趙蘇秦，翻賀爲吊，虐民構敵，亦亡之道。凡斯之例，吊之所設也。或驕貴以殞身，或狷忿以乖道，或有志而無時，或美才而兼累，追而慰之，並名爲吊。

自賈誼浮湘，發憤吊屈。體同而事核，辭清而理哀，蓋首出之作也。及相如之吊二世，全爲賦體；桓譚以爲其言惻愴，讀者歎息。及卒章要切，斷而能悲也。揚雄吊屈，思積功寡，意深反騷，故辭韻沈膇。班彪、蔡邕，並敏於致詰。然影附賈氏，難爲並驅耳。胡阮之吊夷齊，褒而無間，仲宣所制，譏呵實工。然則胡阮嘉其清，王子傷其隘，各其志也。禰衡之吊平子，縟麗而輕清；陸機之吊魏武，序巧而文繁。降斯以下，未有可稱者矣。

夫吊雖古義，而華辭末造；華過韻緩，則化而爲賦。固宜正義以繩理，昭德而塞違，剖析褒貶，哀而有正，則無奪倫矣！

贊曰：辭之所哀，在彼弱弄。苗而不秀，自古斯慟。

雖有通才，迷方失控。千載可傷，寓言以送。

雜文第十四

智術之子，博雅之人，藻溢於辭，辭盈乎氣。苑囿文情，故日新殊致。宋玉含才，頗亦負俗，始造對問，以申其志，放懷寥廓，氣實使文。及枚乘摛豔，首制《七發》，腴辭雲構，誇麗風駭。蓋七竅所發，發乎嗜欲，始邪末正，所以戒膏粱之子也。揚雄覃思文閣，業深綜述，碎文瑣語，肇爲《連珠》，其辭雖小而明潤矣。凡此三者，文章之枝派，暇豫之末造也。

自《對問》以後，東方朔效而廣之，名爲《客難》，托古慰志，疏而有辨。揚雄《解嘲》，雜以諧讔，回環自釋，頗亦爲工。班固《賓戲》，含懿采之華；崔駰《達旨》，吐典言之裁；張衡《應間》，密而兼雅；崔寔《答譏》，整而微質；蔡邕《釋誨》，體奧而文炳；景純《客傲》，情見而采蔚；雖迭相祖述，然屬篇之高者也。至於陳思《客問》，辭高而理疏；庾敳《客咨》，意榮而文悴。斯類甚衆，無所取才矣。原夫茲文之設，乃發憤以表志。身挫憑乎道勝，時屯寄於情泰，莫不淵岳其心，麟鳳其采，此立體之大要也。

自《七發》以下，作者繼踵，觀枚氏首唱，信獨拔而偉麗矣。及傅毅《七激》，會清要之工；崔駰《七依》，入博雅之巧；張衡《七辨》，結采綿靡；崔瑗《七厲》，植義純正；陳思《七啟》，取美於宏壯；仲宣《七釋》，致辨於事理。自桓麟《七說》以下，左思《七諷》以上，枝附影從，十有餘家。或文麗而義暌，或理粹而辭駁。觀其大抵所歸，莫不高談宮館，壯語畋獵。窮瑰奇之服饌，極蠱媚之聲色。甘意搖骨髓，豔詞洞魂識，雖始之以淫侈，而終之以居正。然諷一勸百，勢不自反。子雲所謂"猶騁鄭衛之聲，曲終而奏雅"者也。唯《七厲》叙賢，歸以儒道，雖文非拔羣，而意實卓爾矣。

自《連珠》以下，擬者間出。杜篤、賈逵之曹，劉珍、潘勖之輩，欲穿明珠，多貫魚目。可謂壽陵匍匐，非復邯鄲之步；里醜捧心，不關西施之顰矣。唯士衡運思，理新文敏，而裁章置句，廣於舊篇，豈慕朱仲四寸之璫乎！夫文小易周，思閑可贍。足使義明而詞淨，事圓而音澤，磊磊自轉，可稱珠耳。

詳夫漢來雜文，名號多品。或典誥誓問，或覽略篇章，或曲操弄引，或吟諷謠詠。總括其名，並歸雜文之區；甄別其義，各入討論之域。類聚有貫，故不曲述也。

贊曰：偉矣前修，學堅才飽。負文餘力，飛靡弄巧。

枝辭攢映，慧若參昂。慕顰之心，於焉只攪。

諧隱第十五

芮良夫之詩云："自有肺腸，俾民卒狂。"夫心險如山，口壅若川，怨怒之情不一，歡謔之言無方。昔華元棄甲，城者發睅目之謳；臧紇喪師，國人造侏儒之歌；並嗤戲形貌，內怨爲俳也。又蠶蟹鄙諺，狸首淫哇，苟可箴戒，載於禮典，故知諧辭隱言，亦無棄矣。

諧之言皆也，辭淺會俗，皆悦笑也。昔齊威酣樂，而淳于説甘酒；楚襄宴集，而宋玉賦好色。意在微諷，有足觀者。及優旃之諷漆城，優孟之諫葬馬，並謫辭飾説，抑止昏暴。是以子長編史，列傳滑稽，以其辭雖傾回，意歸義正也。但本體不雅，其流易弊。於是東方、枚皋，餔糟啜醨，無所匡正，而祇嫚媟弄，故其自稱"爲賦，乃亦俳也，見視如倡"，亦有悔矣。至魏文因俳説以著笑書，薛綜憑宴會而發嘲調，雖抃推席，而無益時用矣。然而懿文之士，未免枉轡；潘岳醜婦之屬，束皙賣餅之類，尤而效之，蓋以百數。魏晉滑稽，盛相驅扇，遂乃應瑒之鼻，方於盜削卵；張華之形，比乎握春杵。曾是莠言，有虧德音，豈非溺者之妄笑，胥靡之狂歌歟？

讔者，隱也。遁辭以隱意，譎譬以指事也。昔還社求拯于楚師，喻眢井而稱麥麹；叔儀乞糧於魯人，歌佩玉而呼庚癸；伍舉刺荆王以大鳥，齊客譏薛公以海魚；莊姬託辭於龍尾，臧文謬書于羊裘。隱語之用，被於紀傳。大者興治濟身，其次弼違曉惑。蓋意生於權譎，而事出於機急，與夫諧辭，可相表裏者也。漢世《隱書》，十有八篇，歆、固編文，録之賦末。

昔楚莊、齊威，性好隱語。至東方曼倩，尤巧辭述。但謬辭詆戲，無益規補。自魏代以來，頗非俳優，而君子嘲隱，化爲謎語。謎也者，回互其辭，使昏迷也。或體目文字，或圖像品物，纖巧以弄思，淺察以衒辭，義欲婉而正，辭欲隱而顯。荀卿《蠶賦》，已兆其體。至魏文、陳思，約而密之。高貴鄉公，博舉品物，雖有小巧，用乖遠大。觀夫古之爲隱，理周要務，豈爲童稚之戲謔，搏髀而抃笑哉！然文辭之有諧隱，譬九流之有小説，蓋稗官所采，以廣視聽。若效而不已，則髡朔之入室，旃孟之石交乎？

贊曰：古之嘲隱，振危釋憊。雖有絲麻，無棄菅蒯。

會義適時，頗益諷誡。空戲滑稽，德音大壞。（以上卷三）

史傳第十六

開闢草昧，歲紀綿邈，居今識古，其載籍乎？軒轅之世，史有蒼頡，主文之職，其來久矣。《曲禮》曰："史載筆。"史者，使也。執筆左右，使之記也。古者左史記事者，右史記言者。言經則《尚書》，事經則《春秋》也。唐虞流於典謨，商夏被於誥誓。洎周命維新，姬公定法，紬三正以班歷，貫四時以聯事。諸侯建邦，各有國史，彰善癉惡，樹之風聲。自平王微弱，政不及雅，憲章散紊，彝倫攸斁。

昔者夫子閔王道之缺，傷斯文之墜，靜居以歎鳳，臨衢而泣麟，於是就太師以正《雅》、《頌》，因魯史以修《春秋》。舉得失以表黜陟，征存亡以標勸戒。褒見一字，貴逾軒冕；貶在片言，誅深斧鉞。然睿旨幽隱，經文婉約，丘明同時，實得微言。乃原始要終,創爲傳體。傳者,轉也;轉受經旨,以授於後,實聖文之羽翮,記籍之冠冕也。

及至縱橫之世,史職猶存。秦並七王,而戰國有策。蓋錄而弗叙,故即簡而爲名也。漢滅嬴項,武功積年。陸賈稽古,作《楚漢春秋》。爰及太史談,世惟執簡,子長繼志,甄序帝勣。比堯稱典,則位雜中賢;法孔題經,則文非元聖。故取式《呂覽》,通號曰紀。紀綱之號,亦宏稱也。故《本紀》以述皇王,《列傳》以總侯伯,《八書》以鋪政體,《十表》以譜年爵,雖殊古式,而得事序焉。爾其實錄無隱之旨,博雅弘辯之才,愛奇反經之尤,條例蹖㸁落之失,叔皮論之詳矣。

及班固述漢,因循前業,觀司馬遷之辭,思實過半。其《十志》該富,贊序弘麗,儒雅彬彬,信有遺味。至於宗經矩聖之典,端緒豐贍之功,遺親攘美之罪,征賄鬻筆之愆,公理辨之究矣。觀夫左氏綴事,附經間出,于文爲約,而氏族難明。及史遷各傳,人始區分,詳而易覽,述者宗焉。及孝惠委機,呂后攝政,班史立紀,違經失實,何則?庖犧以來,未聞女帝者也。漢運所值,難爲後法。牝雞無晨,武王首誓;婦無與國,齊桓著盟;宣后亂秦,呂氏危漢:豈唯政事難假,亦名號宜慎矣。張衡司史,而惑同遷固,元平二后,欲爲立紀,謬亦甚矣。尋子弘雖僞,要當孝惠之嗣;孺子誠微,實繼平帝之體;二子可紀,何有於二后哉?

至於《後漢》紀傳,發源《東觀》。袁張所制,偏駁不倫;薛謝之作,疏謬少信。若司馬彪之詳實,華嶠之準當,則其冠也。及魏代三雄,記傳互出。《陽秋》、《魏略》之屬,《江表》、《吳錄》之類。或激抗難征,或疏闊寡要。唯陳壽《三志》,文質辨洽,荀張比之於遷固,非妄譽也。

至於晉代之書,係乎著作。陸機肇始而未備,王韶續末而不終;干寶述《紀》,以審正得序;孫盛《陽秋》,以約舉爲能。按《春秋經傳》,舉例發凡;自《史》、《漢》以下,莫有準的。至鄧粲《晉紀》,始立條例。又擺落漢魏,憲章殷周,雖湘川曲學,亦有心典謨。及安國立例,乃鄧氏之規焉。

原夫載籍之作也,必貫乎百氏,被之千載,表徵盛衰,殷鑒興廢;使一代之制,共日月而長存,王霸之跡,並天地而久大。是以在漢之初,史職爲盛。郡國文計,先集太史之府,欲其詳悉於體國也。必閲石室,啟金匱,抽裂帛,檢殘竹,欲其博練于稽古也。是立義選言,宜依經以樹則;勸戒與奪,必附聖以居宗。然後詮評昭整,苛濫不作矣。

然紀傳爲式,編年綴事,文非泛論,按實而書。歲遠則同異難密,事積則起訖易疏,斯固總會之爲難也。或有同歸一事,而數人分功,兩記則失於復重,偏舉則病於不周,此又銓配之未易也。故張衡摘史班之舛濫,傅玄譏《後漢》之尤煩,皆此類也。

若夫追述遠代,代遠多僞。公羊高云"傳聞異辭",荀況稱"錄遠略近",蓋文疑則闕，貴信史也。然俗皆愛奇，莫顧實理。傳聞而欲偉其事，録遠而欲詳其跡。於是棄同即異，穿鑿傍説，舊史所無，我書則傳。此訛濫之本源，而述遠之巨蠹也。至於記編同時，時同多詭，雖定、哀微辭，而世情利害。勳榮之家，雖庸夫而盡飾；迍敗之士，雖令德而嗤埋，吹霜煦露，寒暑筆端，此又同時之枉，可爲歎息者也！故述遠則誣矯如彼，記近則回邪如此，析理居正，唯素心乎！

若乃尊賢隱諱，固尼父之聖旨，蓋纖瑕不能玷瑾瑜也；奸慝懲戒，實良史之直筆，農夫見莠，其必鋤也：若斯之科，亦萬代一準焉。至於尋繁領雜之術，務信棄奇之要，明白頭訖之序，品酌事例之條，曉其大綱，則衆理可貫。然史之爲任，乃彌綸一代，負海内之責，而贏是非之尤。秉筆荷擔，莫此之勞。遷、固通矣，而歷詆後世。若任情失正，文其殆哉！

贊曰：史肇軒黃，體備周孔。世歷斯編，善惡偕總。

騰褒裁貶，萬古魂動。辭宗邱明，直歸南董。

諸子第十七

諸子者，入道見志之書。太上立德，其次立言。百姓之羣居，苦紛雜而莫顯；君子之處世，疾名德之不章。唯英才特達，則炳曜垂文，騰其姓氏，懸諸日月焉。昔風后、力牧、伊尹，咸其流也。篇述者，蓋上古遺語，而戰代所記者也。至鬻熊知道，而文王諮詢，余文遺事，録爲《鬻子》。子目肇始，莫先於茲。及伯陽識禮，而仲尼訪問，爰序道德，以冠百氏。然則鬻惟文友，李實孔師，聖賢並世，而經子異流矣。

逮及七國力政，俊乂蜂起。孟軻膺儒以磬折，莊周述道以翱翔。墨翟執儉確之教，尹文課名實之符；野老治國於地利，騶子養政于天文；申商刀鋸以制理，鬼谷脣吻以策勳；尸佼兼總於雜術，青史曲綴於街談。承流而枝附者，不可勝算，並飛辯以馳術，饜禄而餘榮矣。

暨于暴秦烈火，勢炎昆岡，而煙燎之毒，不及諸子。逮漢成留思，子政讎校，於是《七略》芬菲，九流鱗萃。殺青所編，百有八十餘家矣。迄至魏晉，作者間出，讕言兼存，璅語必録，類聚而求，亦充箱照軫矣。

然繁辭雖積，而本體易總，述道言治，枝條五經。其純粹者入矩，踳駁者出規。《禮記·月令》，取乎吕氏之紀；三年問喪，寫乎《荀子》之書：此純粹之類也。若乃湯之問棘，云蚊睫有雷霆之聲；惠施對梁王，云蝸角有伏尸之戰；《列子》有移山跨海之談，《淮南》有傾天折地之説，此踳駁之類也。是以世疾諸子，混洞虚誕。按《歸藏》之經，大明迂怪，乃稱羿斃十日，嫦娥奔月。殷《易》如茲，況諸子乎！

至如商韓，六虱五蠹，棄孝廢仁，轘藥之禍，非虛至也。公孫之白馬、孤犢，辭巧理拙，魏牟比之鴞鳥，非妄貶也。昔東平求諸子、《史記》，而漢朝不與。蓋以《史記》多兵謀，而諸子雜詭術也。然洽聞之士，宜撮綱要，覽華而食實，棄邪而采正，極睇參差，亦學家之壯觀也。

研夫孟荀所述，理懿而辭雅；管、晏屬篇，事核而言練；列禦寇之書，氣偉而采奇；鄒子之說，心奢而辭壯；墨翟、隨巢，意顯而語質；尸佼、尉繚，術通而文鈍；鶡冠綿綿，亟發深言；鬼谷眇眇，每環奧義；情辨以澤，文子擅其能；辭約而精，尹文得其要；慎到析密理之巧，韓非著博喻之富；呂氏鑒遠而體周，淮南泛采而文麗：斯則得百氏之華采，而辭氣之大略也。

若夫陸賈《新語》，賈誼《新書》，揚雄《法言》，劉向《說苑》，王符《潛夫》，崔寔《政論》，仲長《昌言》，杜夷《幽求》，或叙經典，或明政術，雖標論名，歸乎諸子。何者？博明萬事爲子，適辨一理爲論，彼皆蔓延雜說，故入諸子之流。

夫自六國以前，去聖未遠，故能越世高談，自開户牖。兩漢以後，體勢浸弱，雖明乎坦途，而類多依采，此遠近之漸變也。嗟夫！身與時舛，志共道申，標心於萬古之上，而送懷於千載之下，金石靡矣，聲其銷乎！

贊曰：丈夫處世，懷寶挺秀。辨雕萬物，智周宇宙。

立德何隱，含道必授。條流殊述，若有區囿。

論説第十八

聖哲彝訓曰經，述經叙理曰論。論者，倫也；倫理無爽，則聖意不墜。昔仲尼微言，門人追記，故抑其經目，稱爲《論語》。蓋羣論立名，始於茲矣。自《論語》以前，經無“論”字。《六韜》二論，後人追題乎！

詳觀論體，條流多品：陳政則與議説合契，釋經則與傳注參體，辨史則與贊評齊行，銓文則與叙引共紀。故議者宜言，説者説語，傳者轉師，注者主解，贊者明意，評者平理，序者次事，引者胤辭：八名區分，一揆宗論。論也者，彌綸羣言，而研精一理者也。

是以莊周《齊物》，以論爲名；不韋《春秋》，六論昭列。至石渠論藝，白虎講聚，述聖通經，論家之正體也。及班彪《王命》，嚴尤《三將》，敷述昭情，善入史體。魏之初霸，術兼名法。傅嘏、王粲，校練名理。迄至正始，務欲守文；何晏之徒，始盛玄論。於是聘周當路，與尼父爭途矣。詳觀蘭石之《才性》，仲宣之《去伐》，叔夜之《辨聲》，太初之《本無》，輔嗣之《兩例》，平叔之二論，並師心獨見，鋒穎精密，蓋論之英也。至如李康《運命》，同《論衡》而過之；陸機《辨亡》，效《過秦》而不及，然亦其美矣。

次及宋岱、郭象，銳思於機神之區；夷甫、裴頠，交辨於有無之域；並獨步當時，流聲後代。然滯有者，全係於形用；貴無者，專守於寂寥。徒銳偏解，莫詣正理；動極神源，其般若之絕境乎？逮江左羣談，惟玄是務；雖有日新，而多抽前緒矣。至如張衡《譏世》，頗似俳說；孔融《孝廉》，但談嘲戲；曹植《辨道》，體同書抄。言不持正，論如其已。

原夫論之爲體，所以辨正然否。窮於有數，究於無形，鑽堅求通，鉤深取極；乃百慮之筌蹄，萬事之權衡也。故其義貴圓通，辭忌枝碎，必使心與理合，彌縫莫見其隙；辭共心密，敵人不知所乘：斯其要也。是以論如析薪，貴能破理。斤利者，越理而橫斷；辭辨者，反義而取通；覽文雖巧，而檢跡知妄。唯君子能通天下之志，安可以曲論哉？

若夫注釋爲詞，解散論體，雜文雖異，總會是同。若秦延君之注《堯典》，十餘萬字；朱普之解《尚書》，三十萬言，所以通人惡煩，羞學章句。若毛公之訓《詩》，安國之傳《書》，鄭君之釋《禮》，王弼之解《易》，要約明暢，可爲式矣。

說者，悅也；兌爲口舌，故言資悅懌；過悅必僞，故舜驚讒說。說之善者：伊尹以論味隆殷，太公以辨釣興周，及燭武行而紓鄭，端木出而存魯：亦其美也。

暨戰國爭雄，辨士雲湧；從橫參謀，長短角勢；轉丸騁其巧辭，飛鉗伏其精術。一人之辨，重於九鼎之寶；三寸之舌，強於百萬之師。六印磊落以佩，五都隱賑而封。至漢定秦楚，辨士弭節。酈君既斃於齊鑊，蒯子幾入乎漢鼎；雖復陸賈籍甚，張釋傅會，杜欽文辨，樓護脣舌，頡頏萬乘之階，抵噓公卿之席，並順風以托勢，莫能逆波而溯洄矣。

夫說貴撫會，弛張相隨，不專緩頰，亦在刀筆。范雎之言疑事，李斯之止逐客，並順情入機，動言中務，雖批逆鱗，而功成計合，此上書之善說也。至於鄒陽之說吳梁，喻巧而理至，故雖危而無咎矣；敬通之說鮑鄧，事緩而文繁，所以歷騁而罕遇也。

凡說之樞要，必使時利而義貞，進有契于成務，退無阻於榮身。自非諂敵，則唯忠與信。披肝膽以獻主，飛文敏以濟辭，此說之本也。而陸氏直稱"說煒曄以譎誑"，何哉？

贊曰：理形於言，叙理成論。詞深人天，致遠方寸。

　　　陰陽莫忒，鬼神靡遁。說爾飛鉗，呼吸沮勸。

詔策第十九

皇帝御宇，其言也神，淵嘿黼扆，而響盈四表，唯詔策乎！昔軒轅唐虞，同稱爲

“命”。命之爲義，制性之本也。其在三代，事兼誥誓。誓以訓戎，誥以敷政，命喻自天，故授官錫胤。《易》之《姤》象：“后以施命誥四方。”誥命動民，若天下之有風矣。降及七國，並稱曰命。命者，使也。秦並天下，改命曰制。漢初定儀則，則命有四品：一曰策書，二曰制書，三曰詔書，四曰戒敕。敕戒州部，詔誥百官，制施赦命，策封王侯。策者，簡也。制者，裁也。詔者，告也。敕者，正也。

　　《詩》云“畏此簡書”，《易》稱“君子以制數度”，《禮》稱“明神之詔”，《書》稱“敕天之命”，並本經典以立名目。遠詔近命，習秦制也。《記》稱“絲綸”，所以應接羣后。虞重納言，周貴喉舌，故兩漢詔誥，職在尚書。王言之大，動入史策，其出如綍，不反若汗。是以淮南有英才，武帝使相如視草；隴右多文士，光武加意於書辭：豈直取美當時，亦敬慎來葉矣。

　　觀文景以前，詔體浮雜，武帝崇儒，選言弘奧。策封三王，文同訓典；勸戒淵雅，垂範後代。及制詔嚴助，即云“厭承明廬”，蓋寵才之恩也。孝宣璽書，責博於陳遂，亦故舊之厚也。逮光武撥亂，留意斯文，而造次喜怒，時或偏濫。詔賜鄧禹，稱司徒爲堯；敕責侯霸，稱黃鉞一下。若斯之類，實乖憲章。暨明章崇學，雅詔間出。和安政弛，禮閣鮮才，每爲詔敕，假手外請。建安之末，文理代興，潘勗九錫，典雅逸羣。衛覬禪誥，符命炳耀，弗可加已。自魏晉誥策，職在中書。劉放張華，並管斯任，施令發號，洋洋盈耳。魏文帝下詔，辭義多偉。至於作威作福，其萬慮之一蔽乎！晉氏中興，唯明帝崇才，以溫嶠文清，故引入中書。自斯以後，體憲風流矣。

　　夫王言崇秘，大觀在上，所以百辟其刑，萬邦作孚。故授官選賢，則義炳重離之輝；優文封策，則氣含風雨之潤；敕戒恒誥，則筆吐星漢之華；治戎變伐，則聲有洊雷之威；眚災肆赦，則文有春露之滋；明罰敕法，則辭有秋霜之烈：此詔策之大略也。

　　戒敕爲文，實詔之切者，周穆命郊父受敕憲，此其事也。魏武稱作敕戒，當指事而語，勿得依違，曉治要矣。及晉武敕戒，備告百官；敕都督以兵要，戒州牧以董司，警郡守以恤隱，勒牙門以禦衛，有訓典焉。

　　戒者，慎也，禹稱“戒之用休”。君父至尊，在三罔極。漢高祖之《敕太子》，東方朔之《戒子》，亦顧命之作也。及馬援以下，各貽家戒。班姬《女戒》，足稱母師矣。

　　教者，效也，出言而民效也。契敷五教，故王侯稱教。昔鄭弘之守南陽，條教爲後所述，乃事緒明也；孔融之守北海，文教麗而罕施，乃治體乖也。若諸葛孔明之詳約，庾稚恭之明斷，並理得而辭中，教之善也。

　　自教以下，則又有命。《詩》云“有命自天”，明命爲重也；《周禮》曰“師氏詔王”，明詔爲輕也。今詔重而命輕者，古今之變也。

贊曰：皇王施令，寅嚴宗誥。我有絲言，兆民伊好。

　　　輝音峻舉，鴻風遠蹈。騰義飛辭，渙其大號。

檄移第二十

　　震雷始於曜電，出師先乎威聲。故觀電而懼雷壯，聽聲而懼兵威。兵先乎聲，其來已久。昔有虞始戒于國，夏后初誓于軍，殷誓軍門之外，周將交刃而誓之。故知帝世戒兵，三王誓師，宣訓我衆，未及敵人也。至周穆西征，祭公謀父稱“古有威讓之令，令有文告之辭”，即檄之本源也。及春秋，征伐自諸侯出，懼敵弗服，故兵出須名。振此威風，暴彼昏亂，劉獻公之所謂“告之以文辭，董之以武師”者也。齊桓征楚，詰苞茅之缺；晉厲伐秦，責箕郜之焚。管仲、呂相，奉辭先路，詳其意義，即今之檄文。暨乎戰國，始稱爲檄。檄者，皦也。宣露於外，皦然明白也。張儀《檄楚》，書以尺二，明白之文，或稱露布。露布者，蓋露板不封，播諸視聽也。

　　夫兵以定亂，莫敢自專，天子親戎，則稱“恭行天罰”；諸侯御師，則云“肅將王誅”。故分閫推轂，奉辭伐罪，非唯致果爲毅，亦且厲辭爲武。使聲如冲風所擊，氣似攙槍所掃，奮其武怒，總其罪人，征其惡稔之時，顯其貫盈之數，搖奸宄之膽，訂信慎之心，使百尺之冲，摧折於咫書；萬雉之城，顛墜於一檄者也。觀隗囂之檄亡新，布其三逆，文不雕飾，而辭切事明，隴右文士，得檄之體矣！陳琳之檄豫州，壯有骨鯁；雖奸閹攜養，章實太甚，發丘摸金，誣過其虐，然抗辭書釁，皦然露骨，敢矣攖曹公之鋒，幸哉免袁黨之戮也。鍾會檄蜀，征驗甚明；桓溫檄胡，觀釁尤切，並壯筆也。

　　凡檄之大體，或述此休明，或叙彼苛虐。指天時，審人事，算强弱，角權勢，標蓍龜於前驗，懸鞶鑒於已然，雖本國信，實參兵詐。譎詭以馳旨，煒曄以騰説。凡此衆條，莫之或違者也。故其植義揚辭，務在剛健。插羽以示迅，不可使辭緩；露板以宣衆，不可使義隱。必事昭而理辨，氣盛而辭斷，此其要也。若曲趣密巧，無所取才矣。又州郡征吏，亦稱爲檄，固明舉之義也。

　　移者，易也，移風易俗，令往而民隨者也。相如之《難蜀老》，文曉而喻博，有移檄之骨焉。及劉歆之《移太常》，辭剛而義辨，文移之首也；陸機之《移百官》，言約而事顯，武移之要者也。故檄移爲用，事兼文武；其在金革，則逆黨用檄，順命資移；所以洗濯民心，堅同符契，意用小異，而體義大同，與檄參伍，故不重論也。

　　贊曰：三驅弛網，九伐先話。鞶鑒吉凶，蓍龜成敗。

　　　摧壓鯨鯢，抵落蜂蠆。移實易俗，草偃風邁。（以上卷四）

封禪第二十一

　　夫正位北辰，向明南面，所以運天樞，毓黎獻者，何嘗不經道緯德，以勒皇跡者哉？《綠圖》曰：“潬潬噅噅，棼棼雉雉，萬物盡化。”言至德所被也。《丹書》曰：“義勝欲則從，欲勝義則凶。”戒慎之至也。則戒慎以崇其德，至德以凝其化，七十有二君，所以封禪矣。

　　昔黃帝神靈，克膺鴻瑞，勒功喬岳，鑄鼎荊山。大舜巡岳，顯乎《虞典》。成康封禪，聞之《樂緯》。及齊桓之霸，爰窺王跡，夷吾譎諫，拒以怪物。固知玉牒金鏤，專在帝皇也。然則西鶼東鰈，南茅北黍，空談非征，勳德而已。是以史遷八書，明述封禪者，固禋祀之殊禮，銘號之秘祝，祀天之壯觀矣。

　　秦皇銘岱，文自李斯，法家辭氣，體乏弘潤；然疏而能壯，亦彼時之絶采也。鋪觀兩漢隆盛，孝武禪號於肅然，光武巡封于梁父，誦德銘勳，乃鴻筆耳。觀相如《封禪》，蔚爲唱首。爾其表權輿，序皇王，炳玄符，鏡鴻業；驅前古於當今之下，騰休明於列聖之上，歌之以禎瑞，贊之以介丘，絶筆茲文，固維新之作也。及光武勒碑，則文自張純。首胤典謨，末同祝辭，引鈎讖，叙離亂，計武功，述文德；事核理舉，華不足而實有餘矣！凡此二家，並岱宗實跡也。

　　及揚雄《劇秦》，班固《典引》，事非鐫石，而體因紀禪。觀《劇秦》爲文，影寫長卿，詭言遁辭，故兼包神怪；然骨制靡密，辭貫圓通，自稱極思，無遺力矣。《典引》所叙，雅有懿采，歷鑒前作，能執厥中，其致義會文，斐然餘巧。故稱“《封禪》靡而不典，《劇秦》典而不實”，豈非追觀易爲明，循勢易爲力歟？至於邯鄲《受命》，攀響前聲，風末力寡，輯韻成頌，雖文理順序，而不能奮飛。陳思《魏德》，假論客主，問答迂緩，且已千言，勞深績寡，飆焰缺焉。

　　茲文爲用，蓋一代之典章也。構位之始，宜明大體，樹骨於訓典之區，選言于宏富之路；使意古而不晦于深，文今而不墜於淺；義吐光芒，辭成廉鍔，則爲偉矣。雖復道極數殫，終然相襲，而日新其采者，必超前轍焉。

　　贊曰：封勒帝績，對越天休。逖聽高岳，聲英克彪。

　　樹石九旻，泥金八幽。鴻律蟠采，如龍如虯。

章表第二十二

　　夫設官分職，高卑聯事。天子垂珠以聽，諸侯鳴玉以朝。敷奏以言，明試以功。故堯咨四岳，舜命八元，固辭再讓之請，俞往欽哉之授，並陳辭帝庭，匪假書翰。然則敷奏以言，則章表之義也；明試以功，即授爵之典也。至太甲既立，伊尹書誡，思庸歸亳，又作書以贊。文翰獻替，事斯見矣。周監二代，文理彌盛。再拜稽首，對揚休命，承文受册，敢當丕顯。雖言筆未分，而陳謝可見。降及七國，未變古式，言事于王，皆稱上書。

秦初定制，改書曰奏。漢定禮儀，則有四品：一曰章，二曰奏，三曰表，四曰議。章以謝恩，奏以按劾，表以陳請，議以執異。章者，明也。《詩》云"爲章於天"，謂文明也。其在文物，赤白曰章。表者，標也。《禮》有《表記》，謂德見於儀。其在器式，揆景曰表。章表之目，蓋取諸此也。按《七略》、《藝文》，謠詠必錄；章表奏議，經國之樞機，然闕而不纂者，乃各有故事，布在職司也。

前漢表謝，遺篇寡存。及後漢察舉，必試章奏。左雄表議，臺閣爲式；胡廣章奏，天下第一：並當時之傑筆也。觀伯始謁陵之章，足見其典文之美焉。昔晉文受册，三辭從命，是以漢末讓表，以三爲斷。曹公稱"爲表不必三讓"，又"勿得浮華"。所以魏初表章，指事造實，求其靡麗，則未足美矣。至如文舉之《薦禰衡》，氣揚采飛；孔明之辭後主，志盡文暢；雖華實異旨，並表之英也。琳、瑀章表，有譽當時；孔璋稱健，則其標也。陳思之表，獨冠羣才。觀其體贍而律調，辭清而志顯，應物制巧，隨變生趣，執轡有餘，故能緩急應節矣。逮晉初筆劄，則張華爲俊。其三讓公封，理周辭要，引義比事，必得其偶，世珍《鷦鷯》，莫顧章表。及羊公之辭開府，有譽於前談；庾公之《讓中書》，信美於往載。序志聯類，有文雅焉。劉琨《勸進》，張駿《自序》，文致耿介，並陳事之美表也。

原夫章表之爲用也，所以對揚王庭，昭明心曲。既其身文，且亦國華。章以造闕，風矩應明；表以致策，骨采宜耀：循名課實，以文爲本者也。是以章式炳賁，志在典謨；使要而非略，明而不淺。表體多包，情僞屢遷。必雅義以扇其風，清文以馳其麗。然懇惻者辭爲心使，浮侈者情爲文屈，必使繁約得正，華實相勝，唇吻不滯，則中律矣。子貢云"心以制之，言以結之"，蓋一辭意也。荀卿以爲"觀人美辭，麗于黼黻文章"，亦可以喻於斯乎？

贊曰：敷表降闕，獻替黼扆。言必貞明，義則弘偉。

蕭恭節文，條理首尾。君子秉文，辭令有斐。

奏啓第二十三

昔唐虞之臣，敷奏以言；秦漢之輔，上書稱奏。陳政事，獻典儀，上急變，劾愆謬，總謂之奏。奏者，進也。言敷於下，情進於上也。

秦始立奏，而法家少文。觀王綰之奏勳德，辭質而義近；李斯之奏驪山，事略而意誣；政無膏潤，形於篇章矣。自漢以來，奏事或稱“上疏”，儒雅繼踵，殊采可觀。若夫賈誼之務農，晁錯之兵事，匡衡之定郊，王吉之勸禮，温舒之緩獄，谷永之諫仙，理既切至，辭亦通暢，可謂識大體矣。後漢羣賢，嘉言罔伏，楊秉耿介於災異，陳蕃慎憿於尺一，骨鯁得焉。張衡指摘於史職，蔡邕銓列於朝儀，博雅明焉。魏代名臣，文理迭興。若高堂天文，黄觀教學，王朗節省，甄毅考課，亦盡節而知治矣。晉氏多難，災屯流移。劉頌殷勤於時務，温嶠懇惻於費役，並體國之忠規矣。

　　夫奏之爲筆，固以明允篤誠爲本，辨析疏通爲首。强志足以成務，博見足以窮理，酌古禦今，治繁總要，此其體也。若乃按劾之奏，所以明憲清國。昔周之太僕，繩愆糾謬；秦之御史，職主文法；漢置中丞，總司按劾；故位在鷙擊，砥礪其氣，必使筆端振風，簡上凝霜者也。觀孔光之奏董賢，則實其奸回；路粹之奏孔融，則誣其釁惡。名儒之與險士，固殊心焉。若夫傅咸勁直，而按辭堅深；劉隗切正，而劾文闊略：各其志也。後之彈事，迭相斟酌，惟新日用，而舊準弗差。然函人欲全，矢人欲傷，術在糾惡，勢必深峭。《詩》刺讒人，投畀豺虎；《禮》疾無禮，方之鸚猩。墨翟非儒，目以羊彘；孟軻譏墨，比諸禽獸。《詩》、《禮》、儒墨，既其如兹，奏劾嚴文，孰云能免。是以世人爲文，競於詆訶，吹毛取瑕，次骨爲戾，復似善罵，多失折衷。若能辟禮門以懸規，標義路以植矩，然後逾垣者折肱，捷徑者滅趾，何必躁言醜句，詬病爲切哉！是以立範運衡，宜明體要。必使理有典刑，辭有風軌，總法家之式，秉儒家之文，不畏强禦，氣流墨中，無縱詭隨，聲動簡外，乃稱絶席之雄，直方之舉耳。

　　啟者，開也。高宗云“啟乃心，沃朕心”，取其義也。孝景諱啟，故兩漢無稱。至魏國箋記，始云啟聞。奏事之末，或云“謹啟”。自晉來盛啟，用兼表奏。陳政言事，既奏之異條；讓爵謝恩，亦表之別幹。必斂飭入規，促其音節，辨要輕清，文而不侈，亦啟之大略也。

　　又表奏確切，號爲讜言。讜者，正偏也。王道有偏，乖乎蕩蕩，矯正其偏，故曰讜言也。孝成稱班伯之讜言，言貴直也。自漢置八能，密奏陰陽；皂囊封板，故曰封事。晁錯受書，還上便宜。後代便宜，多附封事，慎機密也。夫王臣匪躬，必吐謇諤，事舉人存，故無待泛説也。

　　贊曰：皂飾司直，肅清風禁。筆鋭干將，墨含淳酖。

　　　雖有次骨，無或膚浸。獻政陳宜，事必勝任。

議對第二十四

“周爰咨謀”，是謂爲議。議之言宜，審事宜也。《易》之《節卦》：“君子以制度數，議德行。"《周書》曰："議事以制，政乃弗迷。"議貴節制，經典之體也。

昔管仲稱軒轅有明臺之議，則其來遠矣。洪水之難，堯咨四岳，宅揆之舉，舜疇五人；三代所興，詢及芻蕘。春秋釋宋，魯僖預議。及趙靈胡服，而季父爭論；商鞅變法，而甘龍交辯：雖憲章無算，而同異足觀。迄至有漢，始立駁議。駁者，雜也，雜議不純，故曰駁也。自兩漢文明，楷式昭備，藹藹多士，發言盈庭；若賈誼之遍代諸生，可謂捷於議也。至如吾丘之駁挾弓，安國之辯匈奴，賈捐之之陳於珠崖，劉歆之辨於祖宗：雖質文不同，得事要矣。若乃張敏之斷輕侮，郭躬之議擅誅；程曉之駁校事，司馬芝之議貨錢；何曾蠲出女之科，秦秀定賈充之諡：事實允當，可謂達議體矣。漢世善駁，則應劭爲首；晉代能議，則傅咸爲宗。然仲瑗博古，而銓貫有叙；長虞識治，而屬辭枝繁。及陸機斷議，亦有鋒穎，而腴辭弗剪，頗累文骨。亦各有美，風格存焉。

夫動先擬議，明用稽疑，所以敬慎羣務，弛張治術。故其大體所資，必樞紐經典，採故實於前代，觀通變於當今。理不謬搖其枝，字不妄舒其藻。又郊祀必洞於禮，戎事必練於兵，佃穀先曉於農，斷訟務精於律。然後標以顯義，約以正辭，文以辨潔爲能，不以繁縟爲巧；事以明核爲美，不以環隱爲奇：此綱領之大要也。若不達政體，而舞筆弄文，支離構辭，穿鑿會巧，空騁其華，固爲事實所擯，設得其理，亦爲游辭所埋矣。昔秦女嫁晉，從文衣之媵，晉人貴媵而賤女；楚珠鬻鄭，爲熏桂之櫝，鄭人買櫝而還珠。若文浮於理，末勝其本，則秦女楚珠，復在於茲矣。

又對策者，應詔而陳政也；射策者，探事而獻說也。言中理準，譬射侯中的；二名雖殊，即議之別體也。古者造士，選事考言。漢文中年，始舉賢良，晁錯對策，蔚爲舉首。及孝武益明，旁求俊乂，對策者以第一登庸，射策者以甲科入仕，斯固選賢要術也。觀晁氏之對，驗古明今，辭裁以辨，事通而贍，超升高第，信有征矣。仲舒之對，祖述《春秋》，本陰陽之化，究列代之變，煩而不恩者，事理明也。公孫之對，簡而未博，然總要以約文，事切而情舉，所以太常居下，而天子擢上也。杜欽之對，略而指事，辭以治宣，不爲文作。及後漢魯丕，辭氣質素，以儒雅中策，獨入高第。凡此五家，並前代之明範也。魏晉以來，稍務文麗，以文紀實，所失已多。及其來選，又稱疾不會，雖欲求文，弗可得也。是以漢飲博士，而雄集乎堂；晉策秀才，而靡興於前，無他怪也，選失之異耳。

夫駁議偏辨，各執異見；對策揄揚，大明治道。使事深於政術，理密於時務，酌三五以熔世，而非迂緩之高談；馭權變以拯俗，而非刻薄之偏論；風恢恢而能遠，流洋洋而不溢，王庭之美對也。難矣哉，士之爲才也！或練治而寡文，或工文而疏治。對策所選，實屬通才，志足文遠，不其鮮歟！

贊曰：議惟疇政，名實相課。斷理必剛，摛辭無懦。

對策王庭，同時酌和。治體高秉，雅謨遠播。

書記第二十五

大舜云："書用識哉！"所以記時事也。蓋聖賢言辭，總爲之書，書之爲體，主言者也。揚雄曰："言，心聲也；書，心畫也。聲畫形，君子小人見矣。"故書者，舒也。舒布其言，陳之簡牘，取象於夬，貴在明決而已。三代政暇，文翰頗疏。春秋聘繁，書介彌盛。繞朝贈士會以策，子家與趙宣以書，巫臣之遺子反，子產之諫范宣，詳觀四書，辭若對面。又子叔敬叔進吊書于滕君，固知行人挈辭，多被翰墨矣。及七國獻書，詭麗輻輳；漢來筆劄，辭氣紛紜。觀史遷之《報任安》，東方之《謁公孫》，楊惲之《酬會宗》，子雲之《答劉歆》，志氣槃桓，各含殊采；並杼軸乎尺素，抑揚乎寸心。逮後漢書記，則崔瑗尤善。魏之元瑜，號稱翩翩；文舉屬章，半簡必錄；休璉好事，留意詞翰，抑其次也。嵇康《絕交》，實志高而文偉矣；趙至叙離，乃少年之激切也。至如陳遵占辭，百封各意；禰衡代書，親疏得宜：斯又尺牘之偏才也。

詳總書體，本在盡言，言以散鬱陶，托風采，故宜條暢以任氣，優柔以懌懷；文明從容，亦心聲之獻酬也。若夫尊貴差序，則肅以節文。戰國以前，君臣同書，秦漢立儀，始有表奏；王公國內，亦稱奏書，張敞奏書於膠后，其義美矣。迄至後漢，稍有名品，公府奏記，而郡將奉箋。記之言志，進己志也。箋者，表也，表識其情也。崔寔奏記於公府，則崇讓之德音矣；黃香奏箋于江夏，亦肅恭之遺式矣。公幹箋記，麗而規益，子桓弗論，故世所共遺。若略名取實，則有美於爲詩矣。劉廙謝恩，喻切以至；陸機自理，情周而巧，箋之爲美者也。原箋記之爲式，既上窺乎表，亦下睨乎書，使敬而不懾，簡而無傲，清美以惠其才，彪蔚以文其響，蓋箋記之分也。

夫書記廣大，衣被事體，筆劄雜名，古今多品。是以總領黎庶，則有譜籍簿錄；醫歷星筮，則有方術占式；申憲述兵，則有律令法制；朝市征信，則有符契券疏；百官詢事，則有關刺解牒；萬民達志，則有狀列辭諺：並述理於心，著言於翰，雖藝文之末品，而政事之先務也。

故謂譜者，普也。注序世統，事資周普，鄭氏譜《詩》，蓋取乎此。籍者，借也。歲借民力，條之於版，春秋司籍，即其事也。簿者，圃也。草木區別，文書類聚，張湯、李廣，爲吏所簿，別情僞也。錄者，領也。古史《世本》，編以簡策，領其名數，故曰錄也。方者，隅也。醫藥攻病，各有所主，專精一隅，故藥術稱方。術者，路也。算歷極數，見路乃明，《九章》積微，故以爲術，《淮南》、《萬畢》，皆其類也。占者，覘也。星辰飛伏，伺候乃見，登觀書雲，故曰占也。式者，則也。陰陽盈虛，五行消息，變雖不常，而稽之有則也。律者，中也。黃鐘調起，五音以正，法律馭民，八刑克平，以律爲名，取中正也。令者，命也。出命申禁，有若自天，管仲下令如流水，使民從也。法者，象也。兵謀無方，而奇正有象，故曰法也。制者，裁也。上行於下，如匠之制器也。符者，孚也。徵召防偽，事資中孚。三代玉瑞，漢世金竹，末代從省，易以書翰矣。契者，結也。上古純質，結繩執契，今羌胡征數，負販記緍，其遺風歟！券者，束也。明白約束，以備情偽，字形半分，故周稱判書。古有鐵券，以堅信誓；王褒髯奴，則券之諧也。疏者，布也。布置物類，撮題近意，故小券短書，號爲疏也。關者，閉也。出入由門，關閉當審；庶務在政，通塞應詳。韓非云："孫亶回，聖相也，而關於州部。"蓋謂此也。刺者，達也。詩人諷刺，周禮三刺，事叙相達，若針之通結矣。解者，釋也。解釋結滯，征事以對也。牒者，葉也。短簡編牒，如葉在枝，温舒截蒲，即其事也。議政未定，故短牒咨謀。牒之尤密，謂之爲簽。簽者，纖密者也。狀者，貌也。體貌本原，取其事實，先賢表諡，並有行狀，狀之大者也。列者，陳也。陳列事情，昭然可見也。辭者，舌端之文，通己於人。子産有辭，諸侯所賴，不可已也。諺者，直語也。喪言亦不及文，故吊亦稱諺。廛路淺言；有實無華。鄒穆公云"囊漏儲中"，皆其類也。《牧誓》曰："古人有言，牝雞無晨。"《大雅》云"人亦有言"、"惟憂用老"，並上古遺諺，《詩》《書》所引者也。至於陳琳諫辭，稱"掩目捕雀"，潘岳哀辭，稱"掌珠"、"伉儷"，並引俗説而爲文辭者也。夫文辭鄙俚，莫過於諺，而聖賢《詩》《書》，採以爲談，況逾於此，豈可忽哉！

　　觀此衆條，並書記所總：或事本相通，而文意各異，或全任質素，或雜用文綺，隨事立體，貴乎精要；意少一字則義闕，句長一言則辭妨，並有司之實務，而浮藻之所忽也。然才冠鴻筆，多疏尺牘，譬九方堙之識駿足，而不知毛色牝牡也。言既身文，信亦邦瑞，翰林之士，思理實焉。

　　贊曰：文藻條流，托在筆劄。既馳金相，亦運木訥。

　　萬古聲薦，千里應拔。庶務紛綸，因書乃察。（以上卷五）

體性第二十七

　　夫情動而言形，理發而文見，蓋沿隱以至顯，因内而符外者也。然才有庸俊，氣有剛柔，學有淺深，習有雅鄭，並情性所鑠，陶染所凝，是以筆區雲譎，文苑波詭者矣。故辭理庸俊，莫能翻其才；風趣剛柔，寧或改其氣；事義淺深，未聞乖其學；體式雅鄭，鮮有反其習：各師成心，其異如面。若總其歸途，則數窮八體：一曰典雅，二曰遠奧，三曰精約，四曰顯附，五曰繁縟，六曰壯麗，七曰新奇，八曰輕靡。典雅者，熔式經誥，方軌儒門者也；遠奧者，馥采曲文，經理玄宗者也；精約者，核字省句，剖析毫釐者也；顯附者，辭直義暢，切理厭心者也；繁縟者，博喻釀采，煒燁枝派者也；壯麗者，高論宏裁，卓爍異采者也；新奇者，擯古競今，危側趣詭者也；輕靡者，浮文弱植，縹緲附俗者也。故雅與奇反，奧與顯殊，繁與約舛，壯與輕乖，文辭根葉，苑囿其中矣。

若夫八體屢遷，功以學成，才力居中，肇自血氣；氣以實志，志以定言，吐納英華，莫非情性。是以賈生俊發，故文潔而體清；長卿傲誕，故理侈而辭溢；子雲沈寂，故志隱而味深；子政簡易，故趣昭而事博；孟堅雅懿，故裁密而思靡；平子淹通，故慮周而藻密；仲宣躁銳，故穎出而才果；公幹氣褊，故言壯而情駭；嗣宗俶儻，故響逸而調遠；叔夜俊俠，故興高而采烈；安仁輕敏，故鋒發而韻流；士衡矜重，故情繁而辭隱。觸類以推，表裏必符，豈非自然之恒資，才氣之大略哉！

夫才由天資，學慎始習，斫梓染絲，功在初化，器成采定，難可翻移。故童子雕琢，必先雅制，沿根討葉，思轉自圓。八體雖殊，會通合數，得其環中，則輻輳相成。故宜摹體以定習，因性以練才，文之司南，用此道也。

贊曰：才性異區，文體繁詭。辭為肌膚，志實骨髓。

雅麗黼黻，淫巧朱紫。習亦凝真，功沿漸靡。

通變第二十九（節錄）

夫設文之體有常，變文之數無方，何以明其然耶？凡詩、賦、書、記，名理相因，此有常之體也；文辭氣力，通變則久，此無方之數也。名理有常，體必資於故實；通變無方，數必酌於新聲：故能騁無窮之路，飲不竭之源。然綆短者銜渴，足疲者輟塗，非文理之數盡，乃通變之術疏耳。故論文之方，譬諸草木，根榦麗土而同性，臭味晞陽而異品矣。

定勢第三十

夫情致異區，文變殊術，莫不因情立體，即體成勢也。勢者，乘利而為制也，如機發矢直，澗曲文回，自然之趣也。圓者規體，其勢也自轉；方者矩形，其勢也自安：文章體勢，如斯而已。是以模經為式者，自入典雅之懿；效《騷》命篇者，必歸豔逸之華；綜意淺切者，類乏醞藉；斷辭辨約者，率乖繁縟：譬激水不漪，槁木無陰，自然之勢也。

是以繪事圖色，文辭盡情，色糅而犬馬殊形，情交而雅俗異勢，鎔範所擬，各有司匠，雖無嚴郛，難得踰越。然淵乎文者，並總羣勢：奇正雖反，必兼解以俱通；剛柔雖殊，必隨時而適用。若愛典而惡華，則兼通之理偏，似夏人爭弓矢，執一不可以獨射也；若雅鄭而共篇，則總一之勢離，是楚人鬻矛譽盾，兩難得而俱售也。是以括囊雜體，功在銓別，宮商朱紫，隨勢各配。章、表、奏、議，則準的乎典雅；賦、頌、歌、詩，則羽儀乎清麗；符、檄、書、移，則楷式於明斷；史、論、序、注，則師範於核要；箴、銘、碑、誄，則體製於宏深；連珠、七、解，則從事於巧豔：此循體而成勢，隨變而立功者也。雖復契會相參，節文互雜，譬五色之錦，各以本采爲地矣。

桓譚稱文家各有所慕，或好浮華而不知實覈，或美衆多而不見要約。陳思亦云：世之作者，或好煩文博採，深沉其旨者；或好離言辨白，分毫析釐者：所習不同，所務各異。言勢殊也。劉楨云：文之體指實强弱，使其辭已盡而勢有餘，天下一人耳，不可得也。公幹所談：頗亦兼氣。然文之任勢，勢有剛柔，不必壯言慷慨，乃稱勢也。又陸雲自稱往日論文，先辭而後情，尚勢而不取悦澤，及張公論文，則欲宗其言。夫情固先辭，勢實須澤，可謂先迷後能從善矣。

自近代辭人，率好詭巧，原其爲體，訛勢所變，厭黷舊式，故穿鑿取新，察其訛意，似難而實無他術也，反正而已。故文反正爲乏，辭反正爲奇。效奇之法，必顛倒文句，上字而抑下，中辭而出外，回互不常，則新色耳。夫通衢夷坦，而多行捷徑者，趨近故也；正文明白，而常務反言者，適俗故也。然密會者以意新得巧，苟異者以失體成怪。舊練之才，則執正以馭奇；新學之鋭，則逐奇而失正；勢流不反，則文體遂弊。秉茲情術，可無思耶！

贊曰：形生勢成，始末相承。湍迴似規，矢激如澠。

因利騁節，情采自凝。枉轡學步，力止襄陵。（以上卷六）

聲律第三十三

夫音律所始，本於人聲者也。聲含宮商。肇自血氣，先王因之。以制樂歌。故知器寫人聲，聲非學器者也。故言語者文章，神明樞機，吐納律呂，唇吻而已。古之教歌，先揆以法，使疾呼中宮，徐呼中徵。大商徵響高，宮羽聲下；抗喉矯舌之差，攢唇激齒之異，廉肉相準，皎然可分。今操琴不調，必知改張，摘文乖張，而不識所調。響在彼絃，乃得克諧，聲萌我心，更失和律，其故何哉？良由内聽難爲聰也。故外聽之易，絃以手定，内聽之難，聲與心紛，可以數求，難以辭逐。凡聲有飛沉，響有雙疊，雙聲隔字而每舛，疊韻雜句而必睽；沉則響發而斷，飛則聲颺不還，並轆轤交往，逆鱗相比；迂其際會，則往蹇來連，其爲疾病，亦文家之吃也。夫吃文爲患，生於好詭，逐新趣異，故喉唇糾紛；將欲解結，務在剛斷。左礙而尋右，末滯而討前，則聲轉於吻，玲玲如振玉；辭靡於耳，纍纍如貫珠矣。是以聲畫妍蚩，寄在吟詠，吟詠滋味，流於字句；字句氣力，窮於和韻。異音相從謂之和，同聲相應謂之韻。韻氣一定，故餘聲易遣；和體抑揚，故遺響難契。屬筆易巧,選和至難,綴文難精,而作韻甚易。雖纖意曲變,非可縷言,然振其大綱,不出茲論。

若夫宮商大和,譬諸吹籥;翻迴取均,頗似調瑟。瑟資移柱,故有時而乖貳;籥含定管,故無往而不壹。陳思、潘岳,吹籥之調也;陸機、左思,瑟柱之和也。概舉而推,可以類見。

又詩人綜韻,率多清切,《楚辭》辭楚,故訛韻實繁。及張華論韻,謂士衡多楚,《文賦》亦稱知楚不易,可謂銜靈均之聲餘,失黃鐘之正響也。凡切韻之動,勢若轉圓,訛音之作,甚於枘方,免乎枘方,則無大過矣,練才洞鑒,剖字鑽響,疎識闊略,隨音所遇,若長風之過籟,南郭之吹竽耳。古之佩玉,左宮右徵,以節其步。聲不失序,音以律文,其可忘哉!

贊曰:摽清務遠,比音則近。吹律胸臆,調鐘唇吻。

聲得鹽梅,響滑榆槿。割棄支離,宮商難隱。

章句第三十四(節錄)

至於詩頌,大體以四言為正,惟《祈父》、《肇禋》以二言為句。尋二言肇於黃世,《竹彈》之謠是也;三言興於虞時,《元首》之詩是也;四言廣於夏年,《洛汭》之歌是也;五言見於周代,《行露》之章是也。六言、七言,雜出《詩》、《騷》。而體之篇,成於兩漢:情數運周,隨時代用矣。

若乃改韻從調,所以節文辭氣:賈誼、枚乘,兩韻輒易;劉歆、桓譚,百句不遷,亦各有其志也。昔魏武論賦,嫌於積韻,而善於資代。陸雲亦稱四言轉句,以四句為佳。觀彼制韻,志同枚、賈;然兩韻輒易,則聲韻微躁;百句不遷,則唇吻告勞;妙才激揚,雖觸思利貞,曷若折之中和,庶保無咎。

又詩人以"兮"字入於句,限《楚辭》用之,字出句外。尋"兮"字承句,乃語助餘聲,舜詠《南風》,用之久矣;而魏武弗好,豈不以無益文義耶?至於"夫"、"惟"、"蓋"、"故"者,發端之首唱;"之"、"而"、"於"、"以"者,乃劄句之舊體;"乎"、"哉"、"矣"、"也",亦送末之常科。據事似閑,在用實切。巧者迴運,彌縫文體,將令數句之外,得一字之助矣。外字難謬,況章句歟?(以上卷七)

總術第四十四(節錄)

今之常言,有文有筆,以為無韻者筆也,有韻者文也。夫文以足言,理兼詩書,別目兩名，自近代耳。顏延年以爲"筆之爲體，言之文也；經典則言而非筆，傳記則筆而非言。"請奪彼矛，還攻其楯矣。何者？易之文言，豈非言文？若筆不言文，不得云經典非筆矣。將以立論，未見其論立也。予以爲發口爲言，屬筆曰翰，常道曰經，述經曰傳。經傳之體，出言入筆，筆爲言使，可强可弱。分經以典奧爲不刊，非以言筆爲優劣也。昔陸氏《文賦》，號爲曲盡，然汎論纖悉，而實體未該；故知九變之貫匪窮，知言之選難備矣。（卷九）

鍾　嶸

　　鍾嶸（約468—518）字仲偉。潁川長社（今河南長葛東北）人。好學有思理，齊永明（483—493）中爲國子生，明《周易》，爲祭酒王儉所賞識，舉本州秀才。後爲南康王蕭子良侍郎，改撫軍行參軍，出爲安國令。永元末，除司徒行參軍。遷中軍臨川王行參軍。衡陽王蕭元簡出守會稽，引爲寧朔記室，專掌文翰。又爲西中郎晉安王蕭綱的記室，卒於官，年五十一。

　　《詩品》或名爲《詩評》，共三卷，評自漢魏至齊梁五言詩的優劣，是對當時五言詩的總結，書中多次用"詩體"、"文體"、"體"、"其體"等語。鍾嶸所謂"詩體"，是指詩的風格流派。他不僅提出了較爲系統的詩歌理論，而且提供了一種新的論詩形式："詩話之源本於鍾嶸《詩品》"（章學成《文史通義·詩話》）。

　　本書資料據中華書局1981年《歷代詩話》本《詩品》。

《詩　品》

　　氣之動物，物之感人，故搖蕩性情，形諸歌詠。照燭三才，暉麗萬有，靈祇待之以致饗，幽微藉之以昭告。動天地，感鬼神，莫近於詩。昔《南風》之詞，《卿雲》之頌，厥義夐矣。夏歌曰"鬱陶乎予心"，楚謠曰"名余曰正則"，雖詩體未全，然是五言之濫觴也。逮漢李陵，始著五言之目矣。古詩眇邈，人世難詳，推其文體，固是炎漢之製，非衰周之倡也。自王、楊、枚、馬之徒，詞賦競爽，而吟詠靡聞。從李都尉迄班婕妤，將百年間，有婦人焉，一人而已。詩人之風，頓以缺喪。東京二百載中，惟有班固《詠史》，質木無文。降及建安，曹公父子，篤好斯文；平原兄弟，鬱爲文棟；劉楨、王粲，爲其羽翼。次有攀龍托鳳，自致於屬車者，蓋將百計。彬彬之盛，大備於時矣。爾後陵遲衰微，迄於有晉。太康中，三張、二陸、兩潘、一左，勃爾復興，踵武前王，風流未沫，亦文章之中興也。永嘉時，貴黃、老，稍尚虛談，於時篇什，理過其辭，淡乎寡味。爰及江表，微波尚傳，孫綽、許詢、桓、庾諸公詩，皆平典似《道德論》，建安風力盡矣。先是郭景純用雋上之才，變創其體；劉越石仗清剛之氣，贊成厥美。然彼衆我寡，未能動俗。逮義熙中，謝益壽斐然繼作。元嘉中，有謝靈運，才高詞盛，富艷難蹤，固已含跨劉、郭，陵轢潘、左。故知陳思爲建安之傑，公幹、仲宣爲輔；陸機爲太康之英，安仁、景陽爲輔；謝客爲元嘉之雄，顏延年爲輔：斯皆五言之冠冕，文詞之命世也。

夫四言文約意廣，取效《風》、《騷》，便可多得，每苦文繁而意少，故世罕習焉。五言居文詞之要，是衆作之有滋味者也，故云會於流俗。豈不以指事造形，窮情寫物，最爲詳切者邪！故詩有三義焉：一曰興，二曰比，三曰賦。文已盡而義有餘，興也；因物喻志，比也；直書其事，寓言寫物，賦也。宏斯三義，酌而用之，幹之以風力，潤之以丹彩，使味之者無極，聞之者動心，是詩之至也。若專用比、興，患在意深，意深則詞躓。若但用賦體，患在意浮，意浮則文散，體成流移，文無止泊，有蕪漫之累矣。

若乃春風春鳥，秋月秋蟬，夏雲暑雨，冬月祁寒，斯四候之感諸詩者也。嘉會寄詩以親，離羣託詩以怨。至於楚臣去境，漢妾辭宮，或骨橫朔野，或魂逐飛蓬；或負戈外戍，殺氣雄邊；塞客衣單，孀閨淚盡；又士有解佩出朝，一去忘返；女有揚娥入寵，再盼傾國。凡斯種種，感蕩心靈，非陳詩何以展其義，非長歌何以騁其情？故曰："詩可以羣，可以怨。"使窮賤易安，幽居靡悶，莫尚於詩矣。故詞人作者，罔不愛好。今之士俗，斯風熾矣。纔能勝衣，甫就小學，必甘心而馳騖焉。於是庸音雜體，人各爲容。至使膏腴子弟，恥文不逮，終朝點綴，分夜呻吟。獨觀謂爲警策，衆睹終淪平鈍。次有輕薄之徒，笑曹、劉爲古拙，謂鮑照羲皇上人，謝朓今古獨步。而師鮑照終不及"日中市朝滿"，學謝朓劣得"黃鳥度金枝"。徒自棄於高明，無涉於文流矣。觀王公搢紳之士，每博論之餘，何嘗不以詩爲口實。隨其嗜慾，商榷不同，淄、澠並汎，朱紫相奪，喧議競起，準的無依。近彭城劉士章，俊賞之士，疾其淆亂，欲爲當世詩品，口陳標榜。其文未遂，感而作焉。昔九品論人，《七略》裁士，校以賓實，誠多未值。至若詩之爲技，較爾可知，以類推之，殆均博奕。方今皇帝，資生知之上才，體沉鬱之幽思，文麗日月，賞究天人，昔在貴游，已爲稱首。況八紘既奄，風靡雲蒸，抱玉者聯肩，握珠者踵武。以瞰漢、魏而不顧，吞晉、宋於胸中。諒非農歌轅議，敢致流別。嶸之今録，庶周旋於閭里，均之於談笑爾。

一品之中，略以世代爲先後，不以優劣爲詮次。又其人既往，其文克定。今所寓言，不録存者。夫屬詞比事，乃爲通談。若乃經國文符，應資博古，撰德駁奏，宜窮往烈。至乎吟詠情性，亦何貴於用事？"思君如流水"，既是即目。"高臺多悲風"，亦唯所見。"清晨登隴首"，羌無故實。"明月照積雪"，詎出經史。觀古今勝語，多非補假，皆由直尋。顏延、謝莊，尤爲繁密，於時化之。故大明、泰始中，文章殆同書抄。近任昉、王元長等，辭不貴奇，競須新事，爾來作者，寖以成俗。遂乃句無虛語，語無虛字，拘攣補衲，蠹文已甚。但自然英旨，罕值其人。詞既失高，則宜加事義。雖謝天才，且表學問，亦一理乎！陸機《文賦》，通而無貶；李充《翰林》，疏而不切；王微《鴻寶》，密而無裁；顏延論文，精而難曉；摯虞《文志》，詳而博贍，頗曰知言：觀斯數家，皆就談文體，而不顯優劣。至於謝客集詩，逢詩輒取；張隲文士，逢文即書：諸英志錄，並義在文，曾無品第。嶸今所錄，止乎五言。雖然，網羅今古，詞文殆集。輒欲辨彰清濁，掎摭病利，凡百二十人。預此宗流者，便稱才子。至斯三品升降，差非定制，方申變裁，請寄知者爾。

昔曹、劉殆文章之聖，陸、謝爲體二之才，銳精研思，千百年中而不聞宮、商之辨，四聲之論。或謂前達偶然不見，豈其然乎？嘗試言之，古者詩頌，皆被之金竹，故非調五音，無以諧會。若"置酒高堂上"、"明月照高樓"，爲韻之首。故三祖之詞，文或不工，而韻入歌唱。此重音韻之義也，與世之言宮、商異矣。今既不備管絃，亦何取於聲律耶？齊有王元長者，嘗謂余云："宮、商與二儀俱生，自古詞人不知之。唯顏憲子乃云：'律呂音調'，而其實大謬。唯見范曄、謝莊頗識之耳。常欲進《知音論》，未就。"王元長創其首，謝朓、沈約揚其波。三賢或貴公子孫，幼有文辨，於是士流景慕，務爲精密，襞積細微，專相凌架。故使文多拘忌，傷其真美。余謂文製本須諷讀，不可蹇礙，但令清濁通流，口吻調利，斯爲足矣。至平上去入，則余病未能，蜂腰、鶴膝，閭里已具。陳思贈弟，仲宣《七哀》，公幹思友，阮籍《詠懷》，子卿"雙鳧"，叔夜"雙鸞"，茂先寒夕，平叔衣單，安仁倦暑，景陽苦雨，靈運《鄴中》，士衡《擬古》，越石感亂，景純詠仙，王微風月，謝客山泉，叔源離宴，鮑照戍邊，太冲《詠史》，顏延入洛，陶公詠貧之製，惠連擣衣之作，斯皆五言之警策者也。所謂篇章之珠澤，文彩之鄧林。（以上卷首）

古　詩

其體源出於《國風》。陸機所擬十四首，文溫以麗，意悲而遠，驚心動魄，可謂幾乎一字千金！其外"去者日已疏"四十五首，雖多哀怨，頗爲總雜，舊疑是建安中曹王所製。"客從遠方來"、"橘柚垂華實"，亦爲驚絕矣！人代冥滅，而清音獨遠，悲夫！

漢都尉李陵

其源出於《楚辭》。文多悽愴，怨者之流。陵，名家子，有殊才，生命不諧，聲頹身喪。使陵不遭辛苦，其文亦何能至此！

漢婕妤班姬

其源出於李陵。《團扇》短章，辭旨清捷，怨深文綺，得匹婦之致。侏儒一節，可以知其工矣!

魏陳思王植

其源出於《國風》。骨氣奇高，詞彩華茂，情兼雅怨，體被文質，粲溢今古，卓爾不群。嗟乎! 陳思之於文章也，譬人倫之有周、孔，鱗羽之有龍鳳，音樂之有琴笙，女工之有黼黻。俾爾懷鉛吮墨者，抱篇章而景慕，映餘暉以自燭。故孔氏之門如用詩，則公幹升堂，思王入室，景陽、潘、陸，自可坐於廊廡之間矣。

魏文學劉楨

其源出於《古詩》。仗氣愛奇，動多振絕。真骨凌霜，高風跨俗。但氣過其文，雕潤恨少。然自陳思已下，楨稱獨步。

魏侍中王粲

其源出於李陵。發愀愴之詞，文秀而質羸。在曹、劉間，別構一體。方陳思不足，比魏文有餘。

晉步兵阮籍

其源出於《小雅》。無雕虫之功。而《詠懷》之作，可以陶性靈，發幽思。言在耳目之內，情寄八荒之表。洋洋乎會於《風》、《雅》，使人忘其鄙近，自致遠大，頗多感慨之詞。厥旨淵放，歸趣難求。顏延年註解，能言其志。

晉平原相陸機

其源出於陳思。才高辭瞻，舉體華美。氣少於公幹，文劣於仲宣。尚規矩，不貴綺錯，有傷直致之奇。然其咀嚼英華，厭飫膏澤，文章之淵泉也。張公歎其大才，信矣!

晉黃門郎潘岳

其源出於仲宣。翰林歎其翩翩然如翔禽之有羽毛，衣服之有綃縠，猶淺於陸機。謝混云:"潘詩爛若舒錦，無處不佳，陸文如披沙簡金，往往見寶。"嵘謂益壽輕華，故以潘爲勝;翰林篤論，故歎陸爲深。余嘗言陸才如海，潘才如江。

晉黃門郎張協

其源出於王粲。文體華淨，少病累。又巧構形似之言，雄於潘岳，靡於太冲。風流調達，實曠代之高手。詞彩蔥蒨，音韻鏗鏘，使人味之亹亹不倦。

晉記室左思

其源出於公幹。文典以怨，頗爲精切，得諷諭之致。雖野於陸機，而深於潘岳。謝康樂常言：“左太冲詩，潘安仁詩，古今難比。”

宋臨川太守謝靈運

其源出於陳思，雜有景陽之體。故尚巧似，而逸蕩過之，頗以繁蕪爲累。嶸謂若人興多才高，寓目輒書，内無乏思，外無遺物，其繁富宜哉！然名章迥句，處處間起；麗典新聲，絡繹奔會。譬猶青松之拔灌木，白玉之映塵沙，未足貶其高潔也，初，錢塘杜明師夜夢東南有人來入其館，是夕，即靈運生於會稽。旬日，而謝玄亡。其家以子孫難得，送靈運於杜治養之。十五方還都，故名“客兒”。治，音稚。奉道之家靖室也。（以上卷一）

漢上計秦嘉　嘉妻徐淑

夫妻事既可傷，文亦悽怨。爲五言者，不過數家，而婦人居二。徐淑叙別之作，亞於《團扇》矣。

魏文帝

其源出於李陵，頗有仲宣之體。則所記百許篇，率皆鄙直如偶語，惟“西北有浮雲”十餘首，殊美瞻可玩，始見其工矣。不然，何以銓衡羣彦，對揚厥弟者耶？

晉中散嵇康

頗似魏文。過爲峻切，訐直露才，傷淵雅之致。然託喻清遠，良有鑒裁，亦未失其高流矣。

晉司空張華

其源出於王粲。其體華艷，興託不奇，巧用文字，務爲妍冶。雖名高曩代，而疏亮之士，猶恨其兒女情多，風雲氣少。謝康樂云：“張公雖復千篇，猶一體耳。”今置之中品疑弱，處之下科恨少，在季孟之間矣。

魏尚書何晏　晉馮翊守孫楚　晉著作王讚　晉司徒掾張翰　晉中書令潘尼

平叔鴻雁之篇，風規見矣，子荆零雨之外，正長朔風之後，雖有累札，良亦無聞。

季鷹黃華之唱，正叔綠繁之章，雖不具美，而文彩高麗，並得虯龍片甲，鳳凰一毛。事同駁聖，宜居中品。

魏侍中應璩

祖襲魏文。善爲古語，指事殷勤，雅意深篤，得詩人激刺之旨。至於"濟濟今日所"，華靡可諷味焉。

晉清河守陸雲　晉侍中石崇　晉襄城太守曹攄　晉朗陵公何劭

清河之方平原，殆如陳思之匹白馬。于其哲昆，故稱二陸。季倫、顏遠，並有英篇。篤而論之，朗陵爲最。

晉太尉劉琨　晉中郎盧諶

其源出於王粲。善爲悽戾之詞，自有清拔之氣。琨既體良才，又罹厄運，故善叙喪亂，多感恨之詞。中郎仰之，微不逮者矣。

晉弘農太守郭璞

憲章潘岳，文體相輝，彪炳可玩。始變永嘉平淡之體，故稱中興第一。翰林以爲詩首。但《遊仙》之作，辭多慷慨，乖遠玄宗。其云："奈何虎豹姿。"又云："戢翼棲榛梗。"乃是坎壈詠懷，非列仙之趣也。

晉吏部郎袁宏

彥伯《詠史》，雖文體未遒，而鮮明緊健，去凡俗遠矣。

晉處士郭泰機　晉常侍顧愷之　宋謝世基　宋參軍顧邁　宋參軍戴凱

泰機寒女之製，孤怨宜恨。長康能以二韻答四首之美。世基橫海，顧邁鴻飛。戴凱人實貧贏，而才章富健。觀此五子，文雖不多，氣調警拔，吾許其進，則鮑昭、江淹未足逮止。越居中品，僉曰宜哉。

宋徵士陶潛

其源出於應璩，又協左思風力。文體省淨，殆無長語。篤意真古，辭興婉愜。每觀其文，想其人德。世歎其質直。至如"歡言酌春酒"、"日暮天無雲"，風華清靡，豈直爲田家語耶？古今隱逸詩人之宗也。

宋光禄大夫顏延之

其源出於陸機。尚巧似。體裁綺密，情喻淵深，動無虛散，一句一字，皆致意焉。又喜用古事，彌見拘束，雖乖秀逸，是經綸文雅才。雅才減若人，則蹈於困躓矣。湯惠休曰："謝詩如芙蓉出水，顏如錯彩鏤金。"顏終身病之。

宋豫章太守謝瞻　宋僕射謝混　宋太尉袁淑
宋徵君王微　宋征虜將軍王僧達

其源出於張華。才力苦弱，故務其清淺，殊得風流媚趣。課其實錄，則豫章僕射，宜分庭抗禮。徵君、太尉，可託乘後車。征虜卓卓，殆欲度驊騮前。

宋法曹參軍謝惠連

小謝才思富捷，恨其蘭玉夙凋，故長轡未騁。《秋懷》、《擣衣》之作，雖復靈運銳思，亦何以加焉。又工爲綺麗歌謠，風人第一。《謝氏家錄》云："康樂每對惠連，輒得佳語。後在永嘉西堂，思詩竟日不就，寤寐間忽見惠連，即成'池塘生春草'。故常云：'此語有神助，非吾語也。'"

宋參軍鮑照

其源出於二張，善製形狀寫物之詞，得景陽之諔詭，含茂先之靡嫚。骨節强於謝混，驅邁疾於顏延。總四家而擅美，跨兩代而孤出。嗟其才秀人微，故取湮當代。然貴尚巧似，不避危仄，頗傷清雅之調。故言險俗者，多以附照。

齊吏部謝朓

其源出於謝混，微傷細密，頗在不倫。一章之中，自有玉石，然奇章秀句，往往警遒，足使叔源失步，明遠變色。善自發詩端，而末篇多躓，此意銳而才弱也。至爲後進士子之所嗟慕，朓極與余論詩，感激頓挫過其文。

齊光禄江淹

文通詩體總雜，善於摹擬，筋力於王微，成就於謝朓。初，淹罷宣城郡，遂宿冶亭，夢一美大夫，自稱郭璞，謂淹曰："吾有筆在卿處多年矣，可以見還。"淹探懷中，得五色筆以授之。爾後爲詩，不復成語，故世傳江淹才盡。

梁衛將軍范雲　梁中書郎丘遲

范詩清便宛轉，如流風迴雪。丘詩點綴映媚，似落花依草。故當淺於江淹，而秀於任昉。

梁太常任昉

彥昇少年爲詩不工，故世稱沈詩任筆，昉深恨之。晚節愛好既篤，文亦遒變，若銓事理，拓體淵雅，得國士之風，故擢居中品。但昉既博物，動輒用事，所以詩不得奇。少年士子，效其如此，弊矣。

梁左光祿沈約

觀休文衆製，五言最優。詳其文體，察其餘論，固知憲章鮑明遠也。所以不閑於經綸，而長於清怨。永明相王愛文，王元長等皆宗附之。約于時謝朓未遒，江淹才盡，范雲名級故微，故約稱獨步。雖文不至其工麗，亦一時之選也。見重閭里，誦詠成音。嶸謂約所著既多，今剪除淫雜，收其精要，允爲中品之第矣。故當詞密於范，意淺於江也。（以上卷二）

漢令史班固　漢孝廉酈炎　漢上計趙壹

孟堅才流，而老於掌故，觀其《詠史》，有感歎之詞。文勝託詠靈芝，懷寄不淺。元叔散憤蘭蕙，指斥囊錢。苦言切句，良亦勤矣。斯人也，而有斯困，悲夫！

魏武帝　魏明帝

曹公古直，甚有悲凉之句。叡不如丕，亦稱三祖。

魏白馬王彪　魏文學徐幹

白馬與陳思答贈，偉長與公幹往復，雖曰“以莛扣鐘”，亦能閑雅矣。

魏倉曹屬阮瑀　晉頓丘太守歐陽建　晉文學應璩
晉中書令嵇含　晉河南太守阮侃　晉侍中嵇紹　晉黃門棗據

元瑜、堅石七君詩，並平典，不失古體。大檢似，而二嵇微優矣。

晉中書張載　晉司隸傅玄　晉太僕傅咸　晉侍中繆襲　晉散騎常侍夏侯湛

孟陽詩，乃遠慚厥弟，而近超兩傅。長虞父子，繁富可嘉。孝冲雖曰後進，見重安仁。熙伯《挽歌》，唯以造哀爾。

晉驃騎王濟　晉征南將軍杜預　晉廷尉孫綽　晉徵士許詢

永嘉以來，清虛在俗。王武子輩詩，貴道家之言。爰泊江表，玄風尚備。真長、仲祖、桓、庾諸公猶相襲。世稱孫、許，彌善恬淡之詞。

晉徵士戴逵　晉東陽太守殷仲文

安道詩雖嫩弱，有清上之句，裁長補短，袁彥伯之亞乎？逵子顒，亦有一時之譽。晉、宋之際，殆無詩乎！義熙中，以謝益壽、殷仲文爲華綺之冠，殷不競矣。

宋尚書令傅亮

季友文，余常忽而不察。今沈特進撰詩，載其數首，亦復平矣。

宋記室何長瑜　羊曜璠　宋詹事范曄

才難，信矣！以康樂與羊、何比，而□令辭，殆不足奇。乃不稱其才，亦爲鮮舉矣。

宋孝武帝　宋南平王鑠　宋建平王宏

孝武詩，彫文織綵，過爲精密，爲二藩希慕，見稱輕巧矣。

宋光禄謝莊

希逸詩，氣候清雅，不逮於范、袁。然興屬閑長，良無鄙促也。

宋御史蘇寶生　宋中書令史陵修之　宋典祠令任曇緒　宋越騎戴興

蘇、陵、任、戴，並著篇章，亦爲搢紳之所嗟咏。人非文才是愈，甚可嘉焉。

宋監典事區惠恭

惠恭本胡人，爲顏師伯幹。顏爲詩筆，輒偷定之。後造《獨樂賦》，語侵給主，被斥。及大將軍修北第，差充作長。時謝惠連兼記室參軍，惠恭時往共安陵嘲調。末作《雙枕詩》以示謝。謝曰："君誠能，恐人未重，且可以爲謝法曹造。"遺大將軍，見之賞歎，以錦二端賜謝。謝辭曰："此詩，公作長所製，請以錦賜之。"

齊惠休上人　齊道猷上人　齊釋寶月

惠休淫靡，情過其才。世遂忐之鮑照，恐商、周矣。羊曜璠云："是顏公忌照之文，故立休、鮑之論。"庚、白二胡,亦有清句。《行路難》是東陽柴廓所造。實月嘗憩其家,會廓亡,因竊而有之。廓子齎手本出都,欲訟此事,乃厚賂止之。

齊高帝　齊征北將軍張永　齊太尉王文憲

齊高帝詩,詞藻意深,無所云少。張景雲雖謝文體,頗有古意。至如王師文憲,既經國圖遠,或忽是雕蟲。

齊黄門謝超宗　齊潯陽太守丘靈鞠　齊給事中郎劉祥
齊司徒長史檀超　齊正員郎鍾憲　齊諸暨令顏則　齊秀才顧則心

檀、謝七君,並祖襲顏延,欣欣不倦,得士大夫之雅致乎! 余從祖正員常云:"大明泰始中,鮑休美文,殊已動俗,唯此諸人,傅顏、陸體。用固執不移,顏諸暨最荷家聲。"

齊參軍毛伯成　齊朝請吳邁遠　齊朝請許謠之

伯成文不全佳,亦多惆悵。吳善於風人答贈。許長於短句詠物。湯休謂遠云:"吾詩可爲汝詩父。"以訪謝光禄,云:"不然爾,湯可爲庶兄。"

齊鮑令暉　齊韓蘭英

令暉歌詩,往往斷絶清巧,擬古尤勝,唯百願淫矣。照嘗答孝武云:"臣妹才自亞於左芬,臣才不及太冲爾。"蘭英綺密,甚有名篇。又善談笑,齊武謂韓云:"借使二媛生於上葉,則玉階之賦,紈素之辭,未詎多也。"

齊司徒長史張融　齊詹事孔稚珪

思光紆緩誕放,縱有乖文體,然亦捷疾豐饒,差不局促。德璋生於封谿,而文爲彫飾,青於藍矣。

齊寧朔將軍王融　齊中庶子劉繪

元長、士章,並有盛才。詞美英淨,至於五言之作,幾乎尺有所短。譬應變將略,非武侯所長,未足以貶卧龍。

齊僕射江祐

祐詩猗猗清潤,弟祀明靡可懷。

齊記室王巾　齊綏遠太守卞彬　齊端溪令卞録

王巾二卞詩，並愛奇嶄絶。慕袁彦伯之風。雖不弘綽，而文體剿淨，去平美遠矣。

齊諸暨令袁嘏

嘏詩平平耳，多自謂能。常語徐太尉云："我詩有生氣，須人捉著。不爾，便飛去。"

齊雍州刺史張欣泰　梁中書郎范縝

欣泰、子真，並希古勝文，鄙薄俗製，賞心流亮，不失雅宗。

梁秀才陸厥

觀厥文緯，具識丈夫之情狀。自製未優，非言之失也。

梁常侍虞羲　梁建陽令江洪

子陽詩奇句清拔，謝脁嘗嗟頌之。洪雖無多，亦能自迴出。

梁步兵鮑行卿　梁晉陵令孫察

行卿少年，甚擅風謡之美。察最幽微，而感賞至到爾。（以上卷三）

裴子野

　　裴子野（469—530）字幾原。南朝梁河東聞喜（今屬山西）人。裴松之曾孫，裴駰孫。南朝著名史學家、文學家。好學善文，仕齊、梁。晚年信奉佛教。文章典雅，爲世所稱。著述甚豐，有《宋略》、《集注喪服》、《續裴氏家傳》、《衆僧傳》、《百官九品》、《附益謚法》、《裴子野文集》等，均佚。清人嚴可均輯佚裴子野文，見《全上古三代秦漢三國六朝文》；逯欽立輯佚其詩，見《先秦漢魏晉南北朝詩》。

　　南北朝時期文壇追求華麗駢儷，多繁縟堆砌之病。唯裴子野多法古，不尚麗靡之詞。其《雕蟲論》，反對"擯落六藝"、"非止乎禮"的文風，對當時的頹廢文風進行了批評；同時，也討論了詩歌文體和語言形式方面的問題。

　　本書資料據四庫全書本《文苑英華》。

雕蟲論（節録）

　　宋明帝博好文章，才思朗捷，常讀書奏，號稱七行俱下。每有禎祥及幸燕集，輒陳詩展義，且以命朝臣。其戎士武夫則托請不暇，困於課限，或買以應詔焉。於是天下向風，人自藻飾，雕蟲之藝盛于時矣。

　　梁鴻臚卿裴子野論曰：古者四始六藝，總而爲詩，既形四方之風，且彰君子之志。勸美懲惡，王化本焉。後之作者，思存枝葉，繁華蘊藻，用以自通。若悱惻芳芬，楚騷爲之祖；靡漫容與，相如扣其音。由是隨聲逐影之儔，棄指歸而無執。賦詩歌頌，百帙五車，蔡應等之俳優，揚雄悔爲童子。聖人不作，雅鄭誰分？其五言爲家，則蘇、李自出；曹劉偉其風力，潘、陸固其枝葉。爰及江左，稱彼顔、謝。箴繡鞶帨，無取廟堂。宋初迄于元壽，多爲經史，大明之代，實好斯文。高才逸韻，頗謝前哲。波流相尚，滋有篤焉。自是閭閻少年，貴游總角，罔不擯落六藝。吟詠情性，學者以博依爲急務，謂章句爲專魯，淫文破典，斐爾爲功。無被於管弦，非止乎禮義。深心主卉木，遠致極風雲。其興浮，其志弱，巧而不要，隱而不深。討其宗途，亦有宋之風也。若季子聆音，則非興國；鯉也趨室，必有不敢。荀卿有言，亂代之征，文章匿而采，斯豈近之乎？（卷七四二）

陸　厥

　　陸厥（472—498）字韓卿。吳郡（今江蘇蘇州）人。齊永明九年（491），詔百官舉士，同郡司徒左西曹掾顧暠之表薦厥，舉秀才。爲少傅主簿，遷後軍行參軍。永元初，父閑被誅，厥弟絳抱頸求代死。並被殺，厥坐繫，尋遇赦，悲痛而卒。《隋書》謂厥有集八卷。《唐書》作十卷，久佚，今僅存文一篇，詩數首，收入《全上古三代秦漢三國六朝文》、《先秦漢魏晉南北朝詩》中。

　　本書資料據四庫全書本《文章辨體彙選》。

與沈約論四聲書

　　范詹事自序性別宮商，識清濁，特能適輕重，濟艱難，古今文人多不全了，斯處縱有會此者，不必從根本中來。沈尚書亦云自靈均以來，此秘未睹，或闇與理合，匪由思至。張、蔡、曹、王曾無先覺，潘、陸、顔、謝去之彌遠。大旨欲使宮羽相變，低昂舛節，若前有浮聲，則後須切響。一簡之内，音韻盡殊；兩句之中，輕重悉異。辭既美矣，理又善焉。但觀歷代衆賢，似不都闇此處，而云此秘未覩，近於誣乎。案：范云不從根本中來，尚書云匪由思至，斯可謂揣情謬於元黄，摘句差其音律也。范又云時有會此者，尚書云或闇與理合，則美詠清謳有辭章調韻者，雖有差謬，亦有會合。推此以往，可得而言。夫思有合離，前哲同所不免；文有開塞，即事不得無之。子建所以好人譏彈，士衡所以遺恨終篇。既曰遺恨，非盡美之作，理可詆訶。君子執其詆訶便謂合理爲闇，豈如指其合理而寄詆訶爲遺恨邪？自魏文屬論，深以清濁爲言；劉楨奏書，大明體勢之致。齟齬妥帖之談，操末續顛之説，興元黄於律吕，比五色之相宣，苟此秘未睹，茲論爲何所指邪？故愚謂前英已早識宫徵，但未屈曲指的。若今論所申，至於掩瑕藏疾，合少謬多，則臨淄所云人之著述不能無病者也。非知之而不改，謂不改則不知，斯曹、陸又稱竭情多悔，不可力强者。今許以有病有悔爲言，則必自知無悔無病之地。引其不了不合爲闇，何獨誣其一合一了之明乎？意者亦質文時異，古今好殊，將急在情物而緩於章句，情物文之所急，美惡猶且相半；章句意之所緩，故合少而謬多。義兼於斯，必非不知明矣。《長門》、《上林》殆非一家之賦，《洛神》、《池雁》便成二體之作。孟堅精正，《詠史》無虧於東主；平子恢富，《羽獵》不累於憑虚；王粲《初征》，他文未能稱是；楊修敏捷，《暑賦》彌日不獻。率意寡尤，則事促乎一日；翳翳愈伏，而理賒於七步。一人之思，遲速天懸；一家之文，工拙壤隔。何獨宫商律吕必責其如一邪？論者乃可言未窮其致，不得言曾無先覺也。（卷二百十四）

劉孝綽

劉孝綽（481—539）字孝綽，名冉，小字阿士。南朝梁彭城（今江蘇徐州）人。能文善草隸，號"神童"。年十四，代父起草詔誥。初爲著作佐郎，後官秘書丞。遷廷尉卿，被免，後復爲秘書監。明人張溥《漢魏六朝百三家集》輯有《梁劉孝綽集》。

本書資料據四庫全書本《漢魏六朝百三家集》。

《昭明太子集》序（節錄）

竊以屬文之體，鮮能周備。長卿徒善，既累爲遲；少孺雖疾，俳優而已；子淵淫靡，若女工之蠹；子雲侈靡，異詩人之則；孔璋詞賦，曹祖勸其修今；伯喈笑贈，摯虞知其頗古。孟堅之頌，尚有似贊之譏；士衡之碑，猶聞類賦之貶。深乎文者兼而善之，能使典而不野，遠而不放，麗而不淫，約而不儉，獨擅衆美，斯文在斯。（卷九十六）

蕭子顯

　　蕭子顯(約489—約537)字景陽。南朝梁南蘭陵(今江蘇常州)人。南朝齊高帝之孫。齊時封寧都縣侯,梁天監初降爲子。梁朝史學家,文學家,好學工文。撰有《後漢書》、《晉史草》、《齊書》、《普通北伐記》、《貴儉傳》、《南齊書》等歷史著作,除《南齊書》外,均佚。

　　《南齊書》五十九卷,記述南朝蕭齊王朝自齊高帝建元元年(479)至齊和帝中興二年(502)共二十三年的史事,是現存關於南齊最早的紀傳體斷代史。永明體是流行於南朝時期的一種新興詩體,因其最早形成於齊永明年間,故名。關於永明體的産生,沈約等的四聲説,《南齊書·陸厥傳》作了較明確的記載。

　　本書資料據中華書局二十四史本《南齊書》。

《南齊書·陸厥傳》(節録)

　　永明末,盛爲文章。吴興沈約、陳郡謝朓、琅邪王融,以氣類相推轂。汝南周顒,善識聲韻。約等文皆用宮商,以平上去入爲四聲,以此制韻,不可增減,世呼爲"永明體"。沈約《宋書謝靈運傳後》又論其事,厥與約書曰:范詹事自序:"性别宮商,識清濁,特能適輕重,濟艱難。古今文人多不全了斯處,縱有會此者,不必從根本中來。"沈尚書亦云"自靈均以來,此秘未睹",或"暗與理合,匪由思至。張、蔡、曹、王曾無先覺,潘、陸、顔、謝去之彌遠"。大旨鈞使"宮商相變,低昂舛節。若前有浮聲,則後須切響。一簡之内,音韻盡殊;兩句之中,輕重悉異。"辭既美矣,理又善焉。但觀歷代衆賢,似不都暗此處,而云"此秘未睹",近於誣乎?

　　案范云"不從根本中來",尚書云"匪由思至",斯可謂揣情謬于玄黄,摘句差其音律也。范又云"時有會此者",尚書云"或暗與理合",則美韻清謳,有辭章調韻者,雖有差謬,亦有會合。推此以往,可得而言。夫思有合離,前哲同所不免;文有開塞,即事不得無之。子建所以好人譏彈,士衡所以遺恨終篇,既曰遺恨,非盡美之作,理可詆訶。君子執其詆訶,便謂合理爲暗,豈如指其合理而寄詆訶爲遺恨邪?

　　自魏文屬論,深以清濁爲言;劉楨奏書,大明體勢之致。齟齬妥帖之談,操末續顚之説,興玄黄於律吕,比五色之相宣,苟此秘未睹,兹論爲何所指邪? 故愚謂前英已早識宮徵,但未屈曲指的,若今論所申。至於掩瑕藏疾,合少謬多,則臨淄所云"人之著述,不能無病"者也。非知之而不改,謂不改則不知,斯曹、陸又稱"竭情多悔,不可力强"者也。今許以有病有悔爲言，則必自知無悔無病之地。引其不了不合爲暗，何獨誣其一合一了之明乎？意者亦質文時異，今古好殊，將急在情物，而緩於章句。情物，文之所急，美惡猶且相半；章句，意之所緩，故合少而謬多。義兼於斯，必非不知明矣。

《長門》、《上林》，殆非一家之賦；《洛神》、《池雁》，便成二體之作。孟堅精正，《詠史》無虧於東主；平子恢富，《羽獵》不累於憑虛。王粲《初征》，他文未能稱是；楊修敏捷，《暑賦》彌日不獻。率意寡尤，則事促乎一日；翳翳愈伏，而理賒於七步。一人之思，遲速天懸；一家之文，工拙壤隔。何獨宮商律呂必責其如一邪？論者乃可言未窮其致，不得言曾無先覺也。約答曰（略。見本書沈約《答陸厥書》）

永元元年，始安王遙光反，厥父閑被誅，厥坐繫尚方。尋有赦令，厥恨父不及，感慟而卒，年二十八。文集行於世。會稽虞炎，永明中以文學與沈約俱爲文惠太子所遇，意眄殊常。官至驃騎將軍。

《南齊書·文學傳論》

史臣曰：文章者，蓋情性之風標，神明之律呂也。蘊思含毫，遊心內運，放言落紙，氣韻天成，莫不稟以生靈，遷乎愛嗜，機見殊門，賞悟紛雜。若子桓之品藻人才，仲治之區判文體，陸機辨於《文賦》，李充論於《翰林》，張眂擿句褒貶，顏延圖寫情興，各任懷抱，共爲權衡。

屬文之道，事出神思，感召無象，變化不窮。俱五聲之音響，而出言異句；等萬物之情狀，而下筆殊形。吟詠規範，本之雅什；流分條散，各以言區。若陳思《代馬》羣章，王粲《飛鸞》諸製，四言之美，前超後絕。少卿離辭，五言才骨，難與爭鶩。桂林湘水，平子之華篇；飛舘玉池，魏文之麗篆。七言之作，非此誰先？卿、雲巨麗，升堂冠冕；張、左恢廓，登高不繼。賦貴披陳，未或加矣。顯宗之述傅毅，簡文之摘彥伯。分言製句，多得頌體。裴頠內侍，元規鳳池，子章以來，章表之選。孫綽之碑，嗣伯喈之後；謝莊之誄，起安仁之塵；顏延《楊瓚》，自比《馬督》，以多稱貴，歸莊爲允。王褒《僮約》，束皙《發蒙》，滑稽之流，亦可奇瑋。五言之製，獨秀衆品。

習玩爲理，事久則瀆，在乎文章，彌患凡舊，若無新變，不能代雄。建安一體，《典論》短長互出；潘、陸齊名，機、岳之文永異。江左風味，盛道家之言，郭璞舉其靈變，許詢極其名理。仲文玄氣，猶不盡除；謝混情新，得名未盛。顏、謝並起，乃各擅奇；休、鮑後出，咸亦標世。朱藍共妍，不相祖述。

今之文章，作者雖衆，總而爲論，略有三體：一則啓心閑繹，托辭華曠，雖存巧綺，終致迂回，宜登公宴，本非準的。而疎慢闡緩，膏肓之病，典正可採，酷不入情。此體之源，出靈運而成也。次則緝事比類，非對不發，博物可嘉，職成拘制。或全借古語，用申今情，崎嶇牽引，直爲偶說。唯睹事例，頓失精采。此則傅咸五經，應璩指事，雖不全似，可以類從。次則發唱驚挺，操調險急，雕藻淫豔，傾炫心魂。亦猶五色之有紅紫，八音之有鄭、衛。斯鮑照之遺烈也。

三體之外，請試妄談：若夫委自天機，參之史傳，應思悱來，勿先構聚。言尚易了，文憎過意，吐石含金，滋潤婉切。雜以風謠，輕脣利吻，不雅不俗，獨申胸懷。輪扁斲輪，言之未盡，文人談士，罕或兼工。非唯識有不周，道實相妨，談家所習，理勝其辭，就此求文，終然翳奪。故兼之者鮮矣。

贊曰：學亞生知，多識前仁。文成筆下，芬藻麗春。（以上卷五十二）

邢　邵

邢邵（496—約560）字子才。“邵”又作“劭”。河間鄚（今河北任丘）人。北魏、北齊名士。官至中書監，攝國子祭酒，授特進。出身於士族，少有才思，十歲能文，廣讀經史，五行俱下，博聞強記，一覽無遺。每一文初出，京師爲之紙貴，傳遍遠近。其文詞宏遠典麗，獨步當時，與溫子升並稱“溫邢”。現存的文章多爲應用文字，辭藻華麗，講究對仗，《北史》和《顏氏家訓》都說他愛慕和仿效南朝梁沈約的文風。邢邵還是北朝著名的無神論思想家，反對“神不滅論”，鮮明地提出了“神之在人，猶光之在燭；燭盡則光窮，人死則神滅”（《北史》卷五十五《杜弼傳》）的無神論觀點，在當時是頗具膽識的。有詩集三十卷，已佚。

本書資料據四庫全書本《藝文類聚》。

廣平王碑文（節录）

方見建安之體，復聞正始之音。（卷四五）

蕭　統

蕭統（501—531）字德施，小字維摩。蘭陵（今江蘇常州西北）人。南朝梁武帝長子，天監元年（502）立爲太子，未即位而卒，謚昭明，世稱昭明太子。蕭統信佛能文，原有集，久佚，後人輯有《昭明太子集》。又曾招聚文學之士，編成《文選》六十卷，選先秦至梁的詩文辭賦，不選經、子之文，史部也只選論贊。

　　蕭統編選《文選》的目的是"略其蕪穢，集其菁英"，以使讀者收到事半功倍之效；選文標準是"以能文爲本"，專收"綜輯辭采"，"錯比文華，事出於沉思，義歸乎翰藻"，也就是堪稱文學作品者。根據這一標準，他不收經書，不收子書，史書只收贊論之有文采者，可見他已初步明確了文學作品與非文學作品的區別。《文選》爲分體分類編排，各類之文又以時代先後爲序。所選的詩文分爲賦、詩、騷、七、詔、冊、令、教、文、表、上書、啟、彈事、箋、奏記、書、檄、對問、設論、辭、序、頌、贊、符命、史論、史述贊、論、連珠、箴、銘、誄、哀、碑文、墓誌、行狀、吊文、祭文等類；所選多大家之作，時代愈近入選愈多；其中，楚辭、漢賦和六朝駢文佔有相當比重，詩歌則多選對偶嚴謹的顏延之、謝靈運等人的作品，陶淵明等人平易自然之作則入選較少。作品劃分的類別，反映了漢魏以來文學發展、文體增多的歷史現象。每體又按題材內容分爲若干小類，如賦又分爲京都、郊祀、耕借、畋獵、紀行、遊覽、宮殿、江海、物色、鳥獸、志、哀傷、論文、音樂、情等小類；詩又分爲補亡、述德、勸勵、獻詩、公燕、祖餞、詠史、百一、遊仙、招隱、反招隱、遊覽、詠懷、哀傷、贈答、行旅、軍戎、郊廟、樂府、挽歌、雜歌、雜詩、雜擬等小類。各類下再分繫各個作者的作品，如賦體京都類就收有班固的《兩都賦》、左思的《三都賦》等。

　　對《文選》的研究和注釋，代不乏人，以至成爲專門的學問，即所謂選學。較著名者有唐人李善的《文選注》。開元六年（718）呂祚把呂延濟、劉良、張銑、呂向、李周翰等五臣所注《文選》進表呈上，故又有五臣注《文選》本。自南宋以來，李善注多與五臣注合刻，名曰六臣注，而李善注單行本罕傳。現存完整的《文選》有南宋淳熙八年（1181）尤袤刊本，明汲古閣刊本，清嘉慶間胡克家重刻本，以後的刻本多以胡本爲據。1977 年中華書局曾把胡刻本斷句影印出版。

　　本書資料據四庫全書本《文選》。

《文選》序（節录）

　　嘗試論之曰：《詩序》云："詩有六義焉，一曰風，二曰賦，三曰比，四曰興，五曰雅，六曰頌。"至於今之作者，異乎古昔，古詩之體，今則全取賦名。荀、宋表之於前，賈、馬繼之於末。自茲以降，源流實繁。述邑居則有"靈虛"、"亡是"之作，戒畋遊則有《長楊》、《羽獵》之制。若其紀一事，詠一物，風雲草木之興，魚蟲禽獸之流，推而廣之，不可勝載矣。

　　又楚人屈原，含忠履潔，君匪從流，臣進逆耳，深思遠慮，遂放湘南。耿介之意既傷，壹鬱之懷靡愬；臨淵有懷沙之志，吟澤有憔悴之容。騷人之文，自茲而作。

　　詩者，蓋志之所之也，情動於中而形於言：《關雎》、《麟趾》，正始之道著；桑間濮上，亡國之音表；故風雅之道，粲然可觀。自炎漢中葉，厥塗漸異：退傅有"在鄒"之作，降將著"河梁"之篇；四言、五言，區以別矣。又少則三字，多則九言，各體互興，分鑣並驅。頌者，所以遊揚德業，襃讚成功；吉甫有"穆若"之談，季子有"至矣"之歎。舒布爲詩，既言如彼；總成爲頌，又亦若此。次則：箴興於補闕，戒出於弼匡，論則析理精微，銘則序事清潤，美終則誄發，圖像則讚興。又詔誥教令之流，表奏牋記之列，書誓符檄之品，弔祭悲哀之作，答客指事之制，三言八字之文，篇辭引序，碑碣誌狀，衆制鋒起，源流間出。譬陶匏異器，並爲入耳之娛；黼黻不同，俱爲悅目之翫。作者之致，蓋云備矣……凡次文之體，各以彙聚。詩賦體既不一，又以類分；類分之中，各以時代相次。

（卷首）

<h2 style="text-align:center">《文選》卷目</h2>

卷十九　賦癸

卷二十　詩甲

卷二十一　詩乙

卷二十二　詩乙

卷二十三　詩丙

卷二十四　詩丙

卷二十五　詩丁

卷二十六　詩丁

卷二十七　詩戊

卷二十八　詩戊

卷二十九　詩己

卷三十　詩己

卷三十续　詩庚

卷三十一　詩庚

卷三十二　騷上

卷三十三　騷下

卷三十四　七上

卷三十五　七下

卷三十六　令

卷三十七　表上

卷三十八　表下

卷三十九　上書

卷四十　彈事、箋、奏記

卷四十一　書上

卷四十二　書中

卷四十三　書下

卷四十四　檄

卷四十五　對問、設論、辭、序上

卷四十六　序下

卷四十七　頌、贊

卷四十八　符命

卷四十九　史論上

（編者按：此目録爲本書編者據四庫全書本《文選注》編）

蕭　綱

蕭綱（503—551）字世纘。蘭陵（今江蘇常州西北）人。梁武帝第三子，即南朝梁簡文帝。公元549—551年在位。文學家，宫體詩的主要倡導者。蕭綱自中大通三年（531），被立爲皇太子居東宫十九年，以皇室之尊，接賞文士，形成以其爲中心的東宫文學集團的“宫體”詩風，不僅引起當時文壇仿效，對後世影響亦頗深遠，在文學史上具有繼承永明詩人，提倡新變詩風，開創潮流的重要作用。蕭綱的文學主張，在當時具有代表意義。他既反對質直懦鈍，又反對浮疏闡緩（《與湘東王書》），正面提出“立身先須謹重，文章且須放蕩”（《誡當陽公大心書》），和蕭繹主張的“情靈摇盪”互爲呼應。《南史·梁簡文帝紀》記其有文集一百卷，其他著作六百餘卷。存世的作品，經明代張溥輯爲《梁簡文集》，收入《漢魏六朝百三家集》。

本書資料據四庫全書本《梁書》。

與湘東王繹書（節録）

比見京師文體，懦鈍殊常，競學浮疏，爭爲闡緩。玄冬脩夜，思所不得，既殊比興，正背《風》、《騷》。若夫六典三禮，所施則有地；吉凶嘉賓，用之則有所。未聞吟詠情性，反擬《内則》之篇；操筆寫志，更摹《酒誥》之作。遲遲春日，翻學《歸藏》；湛湛江水，遂同《大傳》。吾既拙於爲文，不敢輕有掎摭，但以當世之作，歷方古之才人，遠則楊、馬、曹、王，近則潘、陸、顔、謝，而觀其遣辭用心，了不相似。若以今文爲是，則古文爲非；若昔賢可稱，則今體宜弃；俱爲盍各，則未之敢許。又時有效謝康樂、裴鴻臚文者，亦頗有惑焉，何者？謝客吐言天拔，出於自然，時有不拘，是其糟粕；裴氏乃是良史之才，了無篇什之美。是爲學謝則不屆其精華，但得其冗長；師裴則蔑絶其所長，惟得其所短。謝故巧不可階，裴亦質不宜幕。故胸馳臆斷之侶，好名忘實之類，方分肉于仁獸，逞却克于邯鄲，入鮑忘臭，效尤致禍。決羽謝生，豈三千之可及；伏膺裴氏，懼兩唐之不傳。故玉徽金銑，反爲拙目所嗤；《巴人下里》，更合郢中之聽。《陽春》高而不和，妙聲絶而不尋；竟不精討錙銖，覼量文質，有異《巧心》，終愧妍手。是以握瑜懷玉之士，瞻鄭邦而知退；章甫翠履之人，望閩鄉而歎息。詩既若此，筆又如之，徒以煙墨不言，受其驅染；紙札無情，任其搖襞。甚矣哉！文之橫流，一至於此。（卷四十九《庾肩吾傳》）

魏　收

魏收（506—572）字伯起。北齊鉅鹿下曲陽（今河北晉州西）人。歷仕北魏、東魏、北齊三朝。史學家、文學家，與溫子昇、邢劭齊名，世稱“三才”。奉命著《魏書》，爲“二十四史”之一。《魏書》爲紀傳體史書，記載了公元四世紀末至六世紀中葉北朝魏的歷史，共一百二十四卷，其中本紀十二卷，列傳九十二卷，志二十卷。這部史書因不敢得罪權貴，多曲筆，而被稱爲“穢史”，但仍有一定歷史價值，並保存了不少北魏文學作品，其傳記中也有表現人物思想性格的精彩片段，具有較強的文學色彩。《北齊書》本傳載魏收集七十卷，《隋書·經籍志》著錄爲六十八卷，但大都散佚。明人張溥輯《魏特進集》一卷，收入《漢魏六朝百三家集》。

本書資料據四庫全書本《魏書》。

《魏書·樂志》（節錄）

初，侍中崔光、臨淮王彧並爲郊廟歌詞而迄不施用，樂人傳習舊曲，加以訛失，了無章句。後太樂令崔九龍言於太常卿祖瑩曰：“聲有七聲，調有七調，以今七調合之七律，起於黃鐘，終於中呂。今古雜曲，隨調舉之，將五百曲。恐諸曲名，後致亡失，今輒條記，存之於樂府。”瑩依而上之。九龍所錄，或雅或鄭，至於淫俗、四夷雜歌，但記其聲折而已，不能知其本意。又名多謬舛，莫識所由，隨其淫正而取之。樂署今見傳習，其中復有所遺，至於古雅，尤多亡矣。

　　初,高祖討淮、漢,世宗定壽春,收其聲役。江左所傳中原舊曲,《明君》、《聖主》、《公莫》、《白鳩》之屬,及江南吳歌、荆楚四聲,總謂《清商》。至於殿庭饗宴兼奏之。其圜丘、方澤、上辛、地祇、五郊、四時拜廟、三元、冬至、社稷、馬射、籍田,樂人之數,各有差等焉。(卷一百九《志第十四·樂五》)

徐　陵

　　徐陵(507—583)字孝穆。東海郯(今山東郯城)人。徐摛之子。南朝梁陳間的詩人,文學家。八歲能文,十二歲通《莊子》、《老子》。梁武帝蕭衍時期,任東宮學士,與庾信齊名,並稱“徐庾”。入陳後歷任尚書左僕射、中書監等職。他博涉史籍,詩文皆以輕靡綺豔見稱。著有《徐孝穆集》六卷,編《玉臺新詠》十卷。《玉臺新詠》是繼《詩經》之後我國第二部詩歌總集,今人章培恒以爲此書乃張麗華撰録,見《文學評論》2004年第2期《〈玉臺新詠〉爲張麗華所撰録考》。《四庫全書·玉臺新詠》提要引《大唐新語》云:“梁簡文爲太子,好作艷詩,境内化之。晚年欲改作,追之不及,乃令徐陵撰《玉臺集》以大其體。據此則是書作於梁時。”全書十卷,共七百六十九篇。前八卷爲自漢至梁的五言詩,第九卷爲歌行,第十卷爲五言二韻詩。故從此書可瞭解當時的五言詩體及歌行體。其《玉臺新詠序》以主要篇幅描寫“麗人”的“佳麗”與“才情”,文字華豔,被稱爲玉臺體。《四庫全書總目》卷一八六《玉臺新詠》提要云:“(此書)雖皆取綺羅脂粉之辭,而去古未遠,猶有講於温柔敦厚之遺,未可概以淫豔斥之。”

　　本書資料據四庫全書本《玉臺新詠》。

《玉臺新詠》序(節録)

　　夫凌雲概日,由余之所未窺;萬户千門,張衡之所曾賦。周王璧臺之上,漢帝金屋之中,玉樹以珊瑚作枝,珠簾以瑇瑁爲押,其中有麗人焉。其人五陵豪族,充選掖庭;四姓良家,馳名永巷。亦有穎川新市,河間觀津,本號嬌娥,曾名巧笑。楚王宮裏,無不推其細腰;衛國佳人,俱言訝其纖手。説詩敦禮,豈東鄰之自媒;婉約風流,異西施之被教。弟兄協律,生小學歌;少長河陽,由來能舞。琵琶新曲,無待石崇,箜篌雜引,非關曹植。傳鼓瑟於楊家,得吹簫於秦女。至若寵聞長樂,陳后知而不平;畫出天仙,閼氏覽而遥妬。至如東鄰巧笑,來侍寢於更衣;西子微顰,得横陳於甲帳。陪遊馺娑,騁纖腰於結風;長樂鴛鴦,奏新聲於度曲。妝鳴蟬之薄鬢,照墮馬之垂鬟。反插金鈿,橫抽寶樹。南都石黛，最發雙蛾；北地燕支，偏開兩靨。亦有嶺上仙童，分丸魏帝；腰中寶鳳，授歷軒轅。金星將婺女爭華，麝月與嫦娥競爽。驚鸞冶袖，時飄韓掾之香；飛燕長裾，宜結陳王之佩。雖非圖畫，入甘泉而不分；言異神仙，戲陽臺而無別。真可謂傾國傾城，無對無雙者也。加以天情開朗，逸思雕華。妙解文章，尤工詩賦。瑠璃硯匣，終日隨身；翡翠筆床，無時離手。清文滿篋，非惟芍藥之花；新製連篇，寧止蒲萄之樹？九日登高，時有緣情之作；萬年公主，非無累德之辭。其佳麗也如彼，其才情也如此。既而椒宮宛轉，柘觀陰岑；絳鶴晨嚴，銅蠡畫靜。三星未夕，不事懷衾；五日猶賒，誰能理曲。優游少托，寂寞多閑。厭長樂之疏鐘，勞中宮之緩箭。纖腰無力，怯南陽之擣衣；生長深宮，笑扶風之織錦。雖復投壺玉女，爲歡盡於百嬌；爭博齊姬，心賞窮於六箸。無怡神於眼景，惟屬意於新詩。庶得代彼皋蘇，蠲茲愁疾。但往世名篇，當今巧製，分諸麟閣，散在鴻都。不藉篇章，無由披覽。於是然脂暝寫，弄筆晨書。選錄豔歌，凡爲十卷。曾無參於雅頌，亦靡濫於風人。涇渭之間，若斯而已。於是麗以金箱，裝之寶軸。三臺妙跡，龍伸蠖屈之書；五色華箋，河北膠東之紙。高樓紅粉，仍定魚魯之文；辟惡生香，聊防羽陵之蠹。靈飛六甲，高擅玉函；鴻烈仙方，長推丹枕。至如青牛帳裏，余曲既終；朱鳥窗前，新妝已竟。方當開茲縹帙，散此條繩，永對玩於書幃，長循環於纖手。豈如鄧學《春秋》，儒者之功難習，竇專黃老，金丹之術不成。固勝西蜀豪家，托情窮於魯殿；東儲甲觀，流詠止於洞簫。變彼諸姬，聊同棄日。猗歟彤管，無或譏焉。

蕭 繹

蕭繹(508—554)字世誠，小字七符，自號金樓子。南朝梁皇帝，即梁元帝。公元553—554 年在位。梁武帝蕭衍第七子，梁簡文帝蕭綱之弟。蕭繹盲一目，少聰穎，好讀書，工書善畫，尤長於五言詩。著述甚富，凡二十種，四百餘卷，今僅存《金樓子》。明人張溥輯有《梁元帝集》一卷，收入《漢魏六朝百三名家集》。

今本《金樓子》乃從《永樂大典》中輯出，包括興王、箴戒、后妃、終制、戒子、聚書、二南五霸(佚)、説蕃、立言、著書、捷對、志怪、雜記、自序十四篇，所載六朝資料頗多：如《后妃篇》記阮修容事，遠較《梁書》本傳爲詳；《聚書》、《著書》兩篇，提供梁代文化史資料頗豐；《終制篇》所云"金蠶無吐絲之實，瓦雞乏司晨之用"，與今天考古發掘墓葬中的金蠶瓦雞可相印證。

本書資料據四庫全書本《金樓子》、《漢魏六朝百三家集》。

《金樓子·立言》（節録）

古人之學者有二，今人之學者有四。夫子門徒，轉相師受，通聖人之經者，謂之儒。屈原、宋玉、枚乘、長卿之徒，止於辭賦，則謂之文。今之儒，博窮子史，但能識其事，不能通其理者，謂之學。至如不便爲詩如閻纂，善爲章奏如伯松，若此之流，汎謂之筆。吟詠風謡，流連哀思者，謂之文。而學者率多不便屬辭，守其章句，遲於通變，質於心用。學者不能定禮樂之是非，辯經教之宗旨，徒能揚搉前言，抵掌多識，然而挹源知流，亦足可貴。筆退則非謂成篇，進則不云取義，神其巧惠，筆端而已。至如文者，維須綺縠紛披，宮徵靡曼，唇吻遒會，情靈搖蕩。而古之文筆，今之文筆，其源又異。至如象、繫、風、雅、名、墨、農、刑，虎炳豹鬱，彬彬君子。卜談四始，劉言《七略》，源流已詳，今亦置而弗辨。潘安仁清綺若是，而評者止稱情切，故知爲文之難也。曹子建、陸士衡皆文士也，觀其辭致側密，事語更明，意匠有序，遣言無失，雖不以儒者命家，此亦悉通其義也。（《金樓子》卷四）

《内典碑銘集林》序（節録）

夫世代亟改，論文之理非一。時事推移，屬詞之體或異。但繁則傷弱，率則恨省；存華則失體，從實則無味。或引事雖博，其意猶同；或新意雖奇，無所倚約。或首尾倫帖，事似牽課；或（關）復博涉，體製不工。能使艷而不華，質而不野；博而不繁，省而不率；文而有質，約而能潤。事隨意轉，理逐言深。所謂菁華，無以間也。（《漢魏六朝百三家集》卷八十四）

顏之推

顏之推（531—約590）字介。琅邪臨沂（今屬山東）人。北齊教育家、文學家。先仕梁，後仕北齊、北周，卒於隋。一生著述甚豐，文集經長子思魯校訂，後多散佚，唯《顏氏家訓》與部分詩賦傳於後世。《顏氏家訓》共二十篇，是顏之推爲了用儒家思想教訓子孫而寫出的一部系統完整的家庭教育教科書，也是他一生關於士大夫立身治家、處事爲學的經驗總結，在家庭教育史上有重要影響。後世稱此書爲“家教規範”。其《文章篇》認爲文體備於五經，詩文諸體起於《周易》、《尚書》、《詩經》、《周禮》、《春秋》。

本書資料據四庫全書本《顏氏家訓》。

文章篇（節録）

　　夫文章者，原出五經：詔、命、策、檄，生於《書》者也；序、述、論、議，生於《易》者也；歌、詠、賦、頌，生於《詩》者也；祭、祀、哀、誄，生於《禮》者也；書、奏、箴、銘，生於《春秋》者也。朝廷憲章，軍旅誓誥，敷顯仁義，發明功德，牧民建國，施用多途。至於陶冶性靈，從容諷諫，入其滋味，亦樂事也，行有餘力，則可習之。

　　然而自古文人多陷輕薄……每嘗思之，原其所積：文章之體，摽舉興會，發引性靈，使人矜伐，故忽於持操，果於進取。

　　自古執筆爲文者，何可勝言。然至於宏麗精華，不過數十篇耳。但使不失體裁，辭意可觀，遂稱才士；要須動俗，蓋世亦俟河之清乎！

　　或問揚雄曰："吾子少而好賦？"雄曰："然。童子彫蟲篆刻，壯夫不爲也。"余竊非之曰："虞舜歌《南風》之詩，周公作《鴟鴞》之詠，吉甫、史克《雅》、《頌》之美者，未聞皆在幼年累德也。孔子曰：'不學詩，無以言。''自衛返魯，樂正，《雅》、《頌》各得其所。'大明孝道，引《詩》證之。揚雄安敢忽之也？若論'詩人之賦麗以則，辭人之賦麗以淫'，但知變之而已，又未知雄自爲壯夫何如也？著《劇秦美新》，妄投於閣，周章怖慴，不達天命，童子之爲耳。桓譚以勝老子、葛洪以方仲尼，使人歎息。此人直以曉算術，解陰陽，故著《太玄經》，爲數子所惑耳；其遺言餘行，孫卿、屈原之不及，安敢望大聖之清塵？且《太玄》今竟何用乎？不啻覆醬瓿而已。"

　　文章當以理致爲心腎，氣調爲筋骨，事義爲皮膚，華麗爲冠冕。今世相承，趨末棄本，率多浮艷。辭與理競，辭勝而理伏；事與才爭，事繁而才損。放逸者流宕而忘歸，穿鑿者補綴而不足。時俗如此，安能獨違？但務去泰去甚耳。必有盛才重譽，改革體裁者，實吾所希。

　　古人之文，宏材逸氣，體度風格，去今實遠。但緝綴疎樸，未爲密緻耳。今世音律諧靡，章句偶對，諱避精詳，賢於往昔多矣。宜以古之製裁爲本，今之辭調爲末，並須兩存，不可偏棄也。

　　挽歌辭者，或云古者《虞殯》之歌，或云出自田橫之客，皆爲生者悼往苦哀之意。陸平原多爲死人自歎之言，詩格既無此例，又乖製作本意。

　　凡詩人之作，刺箴美頌，各有源流，未嘗混雜，善惡同篇也。陸機爲《齊謳篇》，前叙山川物産風教之盛，後章忽鄙山川之情，疎失厥體。（以上卷上）

省事篇（節録）

　　上書陳事，起自戰國，逮於兩漢，風流彌廣。原其體度，攻人主之長短，諫諍之徒也；訐羣臣之得失，訟訴之類也；陳國家之利害，對策之伍也；帶私情之與奪，遊説之儔也。總此四塗，賈誠以求位，鬻言以干禄，或無絲毫之益，而有不省之困。幸而感悟人主，爲時所納，初獲不貲之賞，終陷不測之誅，則嚴助、朱買臣、吾丘壽王、主父偃之類甚衆，良史所書，蓋取其狂狷一介，論政得失耳，非士君子守法度者所爲也。今世所睹，懷瑾瑜而握蘭桂者，悉恥爲之。守門詣闕，獻書言計，率多空薄，高自矜夸，無經略之大體，咸糠粃之微事。十條之中，一不足採；縱合時務，已漏先覺。非謂不知，但患知而不行耳。或被發姦，私面相酬證，事途迥冗，翻懼僽尤。人主外護聲教，脱加含養。此乃僥倖之徒，不足與比肩也。

雜藝篇（節録）

　　江南諺云：尺牘書疏，千里面目也。（以上卷下）

隋唐五代

李 諤

李諤(生卒年不詳)字士恢。趙郡(今河北趙縣)人。好學解屬文。仕齊爲中書舍人,有口辯,每接對陳使。周武帝平齊,拜天官都上士,見高祖有奇表,深自結納。及高祖爲丞相,甚見親待,訪以得失。於時兵革屢動,國用虛耗,諤上《重穀論》以諷焉。高祖深納之。及受禪,歷比部、考功二曹侍郎,賜爵南和伯。李諤性公方,明達世務,爲時論所推。其《論文體書》是一篇著名的文論,首先説明文章的社會作用:古代聖王宣揚四書五經,是爲了正俗調風;文章家寫詩爲文,是爲了勉勵民衆。從魏開始,形成了浮誇的風氣,齊梁更盛,只求詞藻華美,不管內容大義,"競一韻之奇,爭一字之巧。連篇累牘,不出月露之形;積案盈箱,唯是風雲之狀"。人們都以此爲高,朝廷也以這樣的標準來選用人才,而反對明白如話、質樸自然的文章。李諤指出浮華文風的危害,是拿無用做有用,必將擾亂政治。所以,他主張"屏黜輕浮,遏止華僞"。隋文帝採納了李諤的建議,將他的奏章頒布天下。但是積重難返,就連李諤本人也難以擺脱駢儷浮華文風的影響,因此收效不大。但他改革文風的主張對後來唐代文學有一定影響。唐太宗時的魏徵、武太后時的薛登、肅宗時的楊綰等,都有類似的思想和議論。

本書資料據四庫全書本《文苑英華》。

上隋高祖革文華書

臣聞古先哲王之化民也,必變其視聽,防其嗜慾,塞其邪放之心,導以淳和之路。五教六行爲訓民之本,《詩》、《書》、《禮》、《易》爲道義之門。故能家復孝慈,人知禮讓。正俗訓風,莫大於此。其有上書獻賦,制誄鐫銘,皆以襃德序賢,明勳證理。苟非懲勸,義不徒然。

降及後代,風教漸薄。魏之三祖更向文詞,忽君人之大道,好雕蟲之小藝。下民從上,有同影響,爭騁文華,遂成風俗,江左齊、梁其弊彌甚,貴賤賢愚唯務吟詠。遂復遺理存異,尋虛逐微,競一韻之奇,爭一字之巧。連篇累牘不出月露之形,積案盈箱唯是風雲之狀。世俗以此相高,朝廷據茲取士。禄利之路既開,愛尚之情愈篤。於是閭里童昏,貴游總丱,未窺六甲,先製五言。至如羲皇舜禹之典,伊傅周孔之説,不復關心,何曾入耳。以傲誕爲清虛,以緣情爲勳業。指儒素爲古拙,用詞賦爲君子。故文筆日繁,其政日亂,良由棄大聖之軌,模構無用以爲用也。捐本逐末,流遍天壤。遞相師祖,久而逾扇。

及皇隋受命,聖道聿興,屏黜輕浮,遏止華僞,自非懷經抱質,志道依仁,不得引預縉紳,參厠纓冕。開皇四年普詔天下,公私文翰並宜實録。其年九月,泗州刺史司馬幼之文表華豔,付所司治罪。自是公卿大臣咸知正路,莫不鑽仰墳素,棄絶華綺。擇先王之令典,行大道於茲世。如聞外州遠縣,仍踵弊風,選吏舉人,未遵典則。宗族稱孝,鄉里歸仁,學必典謨,交不苟合,則擯落私門,不加收齒。其學不稽古,逐俗隨時,作輕薄之篇章,結朋黨而求譽,則選充吏職,舉送天朝。蓋由縣令刺史,未行風教,猶狹私情,不存公道。臣既忝憲司,職當糾察。若聞風即劾,恐挂網者多。請勒諸司普加搜訪,有如此者,具狀送臺。(卷六百七十九)

姚思廉

姚思廉(557—637)字簡之,一説名簡,字思廉。吳興(今浙江湖州)人。唐初史學家,"十八學士"之一。父姚察,在梁朝以文才著稱;陳時任吏部尚書;入隋後隋文帝楊堅命他繼續修撰早已着手的梁、陳二史。大業二年(606)姚察死,囑思廉繼續完成這兩部史書。貞觀三年(629),姚思廉奉詔撰梁、陳二史。他參考諸家著述,於貞觀十年撰成《梁書》,包含本紀六卷、列傳五十卷,無表、志,主要記述南朝蕭齊末年的政治和蕭梁王朝(502—557)五十餘年的史事。書中有二十六卷梁朝前期人物列傳的卷末論贊稱"陳吏部尚書姚察曰",可知這些部分是姚察原稿。姚思廉受唐太宗詔撰《梁書》時,已年過七旬。太宗命秘書監魏徵主持梁、陳、齊、周、隋五史的修撰,並參預撰寫論贊,所以卷六《敬帝紀》後總論梁朝一代興亡的論贊署名"史臣鄭國公魏徵"。

本書資料據四庫全書本《梁書》。

《梁書·庾肩吾列傳》(節録)

齊永明中,文士王融、謝朓、沈約文章,始用四聲,以爲新變。至是轉拘聲韻,彌尚麗靡,復踰於往時。時太子《與湘東王書》論之曰:"……比見京師文體,儒鈍殊常,競學浮疎,爭爲闒緩……但以當世之作,歷方古之才人,遠則揚、馬、曹、王,近則潘、陸、顏、謝,而觀其遣辭用心,了不相似。若以今文爲是,則古文爲非;若昔賢可稱,則今體宜棄。"(卷四十九)

歐陽詢《藝文類聚》

歐陽詢(557—641)字信本。唐衡州(今湖南衡陽)人,祖籍潭州臨湘(今湖南長沙)。楷書四大家(歐陽詢、顏真卿、柳公權、趙孟頫)之一。其楷書法度嚴謹,筆力險峻,人稱唐人楷書第一。

中國古代文體資料主要集中於子部和集部,子部的類書往往集中類編各種資料(包括文體資料),值得關注。王應麟《玉海》卷五四《魏皇覽》云:"類事之書,始於《皇覽》。"但《皇覽》已失傳。唐武德七年(624)歐陽詢等編成《藝文類聚》一百卷。《藝文類聚》由唐高祖李淵下令編修,歐陽詢主編,參與其事的還有裴矩、陳樹達等十餘人。《藝文類聚》凡分四十六部,列子目七百二十七,全書約百餘萬言,引用的古籍達一千四百餘種,其中有百分之九十以上的引文出自今已失傳之書。《藝文類聚》爲我們提供了豐富的文體資料,不僅收錄有關於各種文體的闡釋,還引用了部分具有源頭性、代表性的作品及相關本事,有助於加深我們對某一文體的認識。

本書資料據四庫全書本《藝文類聚》。

《藝文類聚》序(節錄)

夫九流百氏爲說不同,延閣石渠架藏繁積,周流極源頗難尋究,披條索實日用弘多。卒欲摘其菁華,採其旨要,事同游海,義等觀天。皇帝命代膺期,撫茲寶運,移澆風於季俗,反淳化於區中,戡亂靖人,無思不服,偃武修文,興開庠序,欲使家富隋珠,人懷荊玉,以爲前輩綴集各抒其意。《流別》、《文選》專取其文;《皇覽》、《徧畧》直書其事。文義既殊,尋檢難一。爰詔撰其事且文,棄其浮雜,刪其冗長,金箱玉印,比類相從,號曰《藝文類聚》,凡一百卷。其有事出於文者便,不破之爲事。故事居其前,列文於後,俾夫覽者易爲功,作者資其用,可以折衷今古,憲章墳典云爾。(卷首)

謳　謠

《爾雅》曰:徒歌謂之謠。

《毛詩》曰：心之憂矣，我歌且謠。

《左傳》曰：宋城、華元爲植，巡功，城者謳曰：睅其目，皤其腹。棄甲而復，于思于思，棄甲復来。

《家語》曰：孔子相魯，齊人歸女樂。魯君淫荒，孔子遂行。師乙送孔子曰：吾欲歌，可乎？歌曰：彼婦人之口，可以出走；彼婦人之謁，可以死敗。優哉游哉，聊以卒歲！

《列子》曰：堯微服遊康衢，童兒謠曰：立我蒸民，莫匪爾極。不識不知，順帝之則。

《韓子》曰：齊桓公飲酒醉，遺其冠，恥之。管仲曰：公胡不雪之以政？公曰：善。因發倉賜貧窮，三日而民歌之曰：公胡不復遺其冠乎？

《吕氏春秋》曰：魏襄王使史起爲鄴令，引漳水灌田，民大得利，相與歌曰：鄴有賢令兮爲史公，決漳水兮灌鄴旁，終古舄鹵兮生稻粱。

《史記》曰：曹參爲漢相國，百姓歌之曰：蕭何爲法，顜若畫一；曹参代之，守而勿失。載其清静，民以寧一。又曰：衛子夫爲皇后，弟青貴震天下，天下歌之曰：生男無喜，生女無怒，獨不見衛子夫霸天下？

《漢書》曰：趙中大夫白公奏，穿渠引涇水，民得其饒，歌之曰：田於何所，池陽谷口。鄭國在前，白渠起後。舉鍤如雲，決渠爲雨。涇水一石，其泥數斗。又曰：馮立爲西河上郡，在職公廉，與野王相代，治行相似而多恩，吏民乃歌曰：大馮君，小馮君，兄弟繼踵相因循。聰明賢智惠吏民。政如魯衛德化均，周公康叔猶二君。

《東觀漢記》曰：張堪爲漁陽太守，開田八千餘頃，勸民耕種，以致殷富。百姓歌曰：桑無附枝，麥秀兩歧。張君爲政，樂不可支。又曰：廉范字叔度，爲蜀郡太守。舊制，禁民夜作，以防火。范乃毀削先令，但嚴儲水而已。百姓歌之曰：廉叔度，来何暮！不禁火，民安作。昔無一襦，今有五袴。

《新序》曰：延陵季子，以劍帶徐君墓樹。徐人歌之曰：延陵季子兮不忘舊故；脱千金之劍兮帶丘墓。

謝承《後漢書》曰：岑熙遷魏郡太守，人歌之曰：我有枳棘，岑君伐之；我有蟊賊，岑君遏之。狗犬不驚，足下生氂。含哺鼓腹，焉知凶災。我喜我生，獨丁斯時。美哉岑君，於戲在兹。又曰：皇甫嵩請冀州一年田租以贍飢民，百姓歌曰：天下亂兮市爲墟，母不保子兮妻失夫，賴得皇甫兮復安居！又曰：劉騊駼除樅陽長，以病免，吏民思而歌之曰：恓然不樂，思我劉君。何時復来，安此下民？又曰：郭賀字喬卿，爲荆州刺史，到官有殊政，百姓歌曰：厥德仁明郭喬卿，忠正朝廷上下平。

《續漢書》曰：張霸爲會稽郡，越賊歸附。童謠曰：棄我戟，捐我矛，盜賊盡，吏皆休。又曰：李爕拜京兆，詔發西園錢，君上封事，遂止不發。吏民愛敬，乃謠曰：我府

136

君,道教舉。恩如春,威如虎。剛不吐,弱不茹。愛如母,訓如父。

《吳志》曰:周瑜少精意於音樂,三爵之後,其有闕誤,瑜必知之,知之必顧。時人謠曰:曲有誤,周郎顧。

《吳錄》曰:王譚字世容,爲成武令,民服德化,宿惡奔迸。父老歌曰:王世容,治無雙;省徭役,盜賊空。

王隱《晉書》曰:王祥爲本州別駕,時人歌曰:海内之康,實賴王祥;邦國不空,別駕之功。又曰:裴秀年十歲餘,時人謠曰:後進領袖有裴秀。又曰:諸葛恢字道明,荀闓字道明,蔡謨字道明,有名譽,號曰中興三明。時人歌之曰:京師三明各有名,蔡氏儒雅荀葛清。

《續安帝紀》曰:司馬休之兄尚,爲桓玄所敗,休之奔淮泗,頗得彼之人心,從者爲之歌曰:可憐司馬公,作性甚温良。憶昔水邊戲,使我不能忘。

《會稽典錄》曰:徐弘字聖通,爲汝陰令,誅鋤姦桀,道不拾遺。民歌之曰:徐聖通,爲汝陰,平刑罰,姦宄空。

《文士傳》曰:束晳,太康中大旱,晳乃令邑人躬自請雨,三日水三尺。百姓爲之歌曰:束先生,通神明。請天三日甘雨零,我黍以育,我稷以生。何以酬之,報束長生。

《殷氏世傳》曰:殷褒爲滎陽令,廣築學館,會集朋徒,民知禮讓,乃歌曰:滎陽令,有異政。修立學校人易性,令我子弟恥訟爭。

車頻《秦書》曰:苻堅時,關隴百姓豐樂,民歌之曰:長安大街,兩邊種槐;下走朱輪,上有鸞栖。

《趙書》曰:劉曜討陳安於隴城,安死,健兒謠曰:隴上壯士有陳安,體幹雖小腹中寬,愛養將士同心肝。又曰:汲桑,六月盛暑,重裘累茵,使人扇,患不清涼,斬扇者。時軍中爲之謠曰:士爲將軍何可羞,六月重茵被豹裘,不識寒暑斬他頭。

《襄陽耆舊記》曰:山季倫每臨習池,未曾不大醉而還,恒曰:我高陽池中也。襄陽城中小兒歌之曰:山公何所去,往至高陽池。日夕倒載歸,酩酊無所知。時時能騎馬,倒着白接䍦。舉鞭向葛强,何如并州兒。

《世說》曰:郗超、王珣並以俊才爲桓大司馬所眷,珣爲主簿,超爲記室參軍。超爲人多鬚,珣形狀短小,時人爲之歌曰:髯參軍,短主簿,能令公喜,能令公怒。

晉夏侯湛《長夜謠》曰:日暮兮初晴,天灼灼兮遐清。披雲兮歸山,垂景兮照庭。列宿兮皎皎,星稀兮月明。亭檐隅以逍遙兮,盼大虛以仰觀;望閶闔之昭晰兮,麗紫微之暉焕。

晉湛方生《懷歸謠》曰:辭衡門兮至歡,懷生離兮苦辛。豈羈旅兮一慨,亦代謝兮感人。四運兮道盡,化新兮歲故。氣慘慘兮疑晨,風悽悽兮薄暮。雨雪兮交紛,重雲兮四布。天地兮一色,六合兮同素。山木兮摧披,津壑兮凝洰。感羁旅兮苦心,懷桑梓兮增慕。胡馬兮戀北,越鳥兮依陽。彼禽獸兮尚然,況君子兮去故鄉?望歸塗兮漫漫,盼江流兮洋洋。思涉路兮莫由,欲越津兮無梁。

陳沈炯《獨酌謠》曰:獨酌謠,獨酌獨長謠。智者不我顧,愚夫余未要。不愚復不智,誰當余見招。所以成獨酌,一酌傾一瓢。生涯本漫漫,神理暫超超。一酌矜許史,再酌傲松喬。頻煩四五酌,不覺凌丹霄。倏忽厭五鼎,俄然賤九韶。彭殤無異葬,夷跖可同朝。龍蠖非不屈,鵬鷃但逍遙。寄語號呶侶,無乃大塵囂。

吟

《説文》曰:吟,歎也。

《釋名》曰:吟,嚴也。其聲本出於憂愁,故聲嚴肅,使聽之悽歎也。

《毛詩序》曰:吟詠情性,以風其上。

《鹽鐵論》曰:曾子傍山而吟,山鳥下翔。

《東觀漢記》曰:梁鴻常閉户吟詠書記。

《魏志》曰:管輅隨軍西行,過毋丘儉墓下,倚松樹哀吟,精神不樂。人間其故,輅曰:林木雖茂,無形可久;碑誄雖美,無後可守。

《陳武別傳》曰:陳武字國本,休屠胡人,常騎驢牧羊,諸家牧竪十數人。或有知歌謠者,武遂學《太山梁父吟》、《幽州馬客吟》及《行路難》之屬。

《文士傳》曰:李康清廉有志節,不能和俗,爲鄉里豪右所共害。故宦塗不進,作《遊山九吟》。

《蜀志》:諸葛亮《梁父吟》曰:步出齊城門,遥望蕩陰里。里中有三墳,纍纍正相似。問是誰家冢,田疆古冶子。力能排南山,又能絶地紀。一朝被讒言,二桃殺三士。誰能爲此謀,國相齊晏子。

晉潘尼《逸民吟》曰:我顧傲,世自遺。舒志六合,由巢是追。沐浴洪池,奮迅羽衣,陟彼名山,採此芝薇。朝雲靉靆,行露未晞。遊魚羣戲,翔鳥雙飛。逍遥博觀,日晏忘歸。嗟哉世士,從我者誰?(以上卷十九人部三)

史　傳

《釋名》曰:傳,傳也,以傳示後人。

《博物志》曰:賢者著行曰傳。

《漢書》曰：古之王者，世有史官，君舉必書，所以慎言行，昭法戒也。左史記言，右史記事。事爲《春秋》，言爲《尚書》。

集　序

孔安國《尚書序》曰：序者，所以序作者之意。（以上卷五十五雜文部一）

詩

《毛詩序》曰：詩者，志之所之也。在心爲志，發言爲詩。

《春秋説題辭》曰：在事爲詩，未發爲謀。

《漢書》曰：誦其言謂之詩。

《文章流別論》曰：書云："詩言志，歌永言。"言其志謂之詩。古有採詩之官，王者以知得失。

《史記》曰：古詩三千餘篇，孔子删取三百五篇，皆弦歌，以合《韶武》之音。

《左傳》曰：昔周穆王欲肆其心，周行天下，將必有車轍馬跡。祭公謀父作《祈招》以止王心。其詩曰：祈招之愔愔，式昭德音。思我王度，式如玉，式如金。

《論語》曰：小子何莫學夫詩！詩可以興，可以觀，可以羣，可以怨。邇之事父，遠之事君，多識於鳥獸草木之名。

《詩含神霧》曰：詩者，天地之心，君德之祖，百福之宗，萬物之户也。

《穆天子傳》曰：至于黄竹，天子乃休。日中大寒，北風雨雪。天子作詩《我徂黄竹》三章以哀民。

《漢武帝集》曰：奉車子集暴病，一日死。上甚悼之，乃自爲歌詩。

《列子》曰：堯微服遊於康衢，聞兒童謡曰：立我蒸民，莫匪爾極。不識不知，順帝之則。堯問曰：孰教爾爲此言？兒童曰：我聞之大夫。問大夫，大夫曰：古詩。

《漢書》曰：匡衡字稚珪，好學，家貧，傭作以供資用。尤精詩，力過絶人。諸儒爲之語曰：無説詩，匡鼎來應劭曰：鼎，方也。張晏曰：匡衡少時字鼎；匡説詩，解人頤。又曰：益州刺史王襄，欲宣風化于衆，庶聞王褒有俊才，使褒作《中和樂職宣布詩》，選好事者習而歌之。時氾鄉侯何武爲童子，選在歌中久之。武等學《長安》，歌大學下，轉而上聞。宣帝召武等觀之，皆賜帛，謂曰：此盛德之事，吾何足以當之！又曰：古者諸侯卿大夫，交接鄰國，以微言相感，當揖讓之時，必稱詩以喻其志。蓋以别賢不肖，而觀盛衰。故孔子曰：不學詩，無以言也。

《趙書》曰：徐光字季武，頓丘人。年十四五爲將軍王陽秣馬，光但書馬柳屋柱爲詩，不親馬事。

《世説》曰：夏侯湛作《周詩》成，以示潘岳，曰：此文非徒温雅，乃别見孝悌之性。潘因此遂作《家風詩》。又曰：郭景純詩云：林無靜樹，川無停流。《阮遥集》云：泓峥蕭瑟，實不可言。每讀此，輒覺神超形越。

漢孝武帝元封三年，作柏梁臺。詔羣臣二千石，有能爲七言者，乃得上坐。皇帝曰：日月星辰和四時。梁王曰：驂駕駟馬從梁來。大司馬曰：郡國士馬羽林才。丞相曰：總領天下誠難治。大將軍曰：和撫四夷不易哉。御史大夫曰：刀筆之吏臣執之。太常曰：撞鐘擊鼓聲中詩。宗正曰：宗室廣大日益滋。衛尉曰：周衛交戟禁不時。光禄勳曰：總領從官柏梁臺。廷尉曰：平理清讞决嫌疑。太僕曰：循飾輿馬待駕來。大鴻臚曰：郡國吏功差次之。少府曰：乘輿御馬主治之。大司農曰：陳粟萬碩揚以箕。執金吾曰：徼道宫下隨討治。左馮翊曰：三輔盜賊天下危。右扶風曰：盜阻南山爲民災。京兆尹曰：外家公主不可治。詹事曰：椒房率更領其材。典屬國曰：蠻夷朝賀常會期。大匠曰：柱枅薄櫨相枝持。太官令曰：枇杷橘栗桃李梅。上林令曰：走狗逐兔張罘罳。郭舍人曰：齧妃女脣甘如飴。東方朔曰：迫窘詰屈幾窮哉。

宋孝武帝《華林都亭曲水聯句效柏梁體》曰：九宫盛事予旒纊宋孝武帝，三輔務根誠難亮楊州刺史、江夏王臣義恭。策拙粉鄉慚恩望南兗州刺史、竟陵王臣誕，折衝莫效興民謗領軍將軍臣元景。侍禁衛儲恩踰量太子右率臣暢，臣謬叨寵九流曠吏部尚書臣莊。喉脣廢職方思讓侍中臣偃，明筆直繩天威諒御史中丞臣顔師伯。

梁武帝《清暑殿聯句柏梁體》曰：居中負扆寄縹絿梁帝，言慚輻湊政無術新安太守任昉。至德無垠愧違弼侍中徐勉，燮贊京河豈微物丹陽丞劉汛。竊侍兩宫慚樞密黄門侍郎柳憕，清通簡要臣豈汨吏部郎中謝覽。出入帷扆濫榮秩侍中張卷，復道龍樓歌株實太子中庶子王峻。空班獨坐慚羊質御史中丞陸杲，嗣以書記臣敢匹右軍主簿陸倕。謬參和鼎講畫一司徒主簿劉洽，鼎味參和臣多匱司徒左西屬江萱。

後漢孔融《離合郡姓名詩》曰：漁父屈節，水潛匿方離魚字。與時進止，出行施張離日字，魚日合成魯。吕公磯釣，闔口渭旁離口字。九域有聖，無土不王離或字得，口、或，合成國。好是正直，女回予匡離子字。海外有截，隼逝鷹揚當離乙字，恐古文與今文不同，合成孔也。六翮將奮，羽儀未彰離羽字。龍蛇之蟄，俾也可忘離虫字，合成融。玟璇隱曜，美玉韜光去玉成文，不須合。無名無譽，放言深藏離與字。按轡安行，誰謂路長離才字，合成舉。

梁元帝《離合詩》曰：沈寥雲物淨，水木備春光。寵定方無遠，合浦不離航寵字。

梁蕭巡《離合詩贈尚書令何敬容》曰：伎能本無取，支葉復單貧。柯條謬承日，木石豈知晨。狗馬誠難盡，犬羊非易馴。效嚬既不似，學步孰能真。實由紊朝典，是曰斁彝倫。俗化於兹鄙，人途自此分何敬容字。

陳沈烱《離合詩贈江藻》曰：開門枕芳野，井上發紅桃。林中藤蔦秀，林末風雲高。堂室何寥廓，志士隱蓬蒿。故知人外賞，文酒易陶陶。朋友足諧晤，又此盛《詩》、《騷》。朗月同攜手，良景共含毫。欒巴有妙術，言是神仙曹。百年肆偃仰，一理詎相勞閑居有樂。

晉潘岳《離合詩》曰：佃漁始化，人民穴處。意守醇樸，音應律吕。桑梓被源，卉木在野。錫鸞未設，金石拂舉。害咎蠲消，吉德流普。谿谷可安，奚作棟宇。嫣然以意，焉懼外侮。熙神委命，已求多祜。歎彼季末，口出擇語。誰能墨誠，言喪厥所。壨誣之諺，龍潛巖阻。尠義崇亂，少長失叙思揚容姬難堪。

宋何長瑜《離合詩》曰：宜然悅今會，且怨明晨別。肴蔌不能甘，有難不可雪冈字。

宋孝武《離合詩》曰：霏雲起兮汎濫，雨靄昏而不消。意氣悄以無樂，音塵寂而莫交。守邊境以臨敵，寸心厲於戎昭。閣盈圖記門滿，賓僚仲秋始戒。中園初凋池育，秋蓮冰滅寒漂。旨歸塗以易感，日月逝而難要。分中心而誰寄，人懷念而必謡悲客他方字。

宋謝惠連《離合詩》曰：放棹遵遥塗，方與情人别。嘯歌亦何言，蕭爾凌霜節各字。又曰：夫人皆薄離，二友獨懷古。思篤子衿詩，山川何足苦念字。又《夜集作離合詩》曰：四坐宴嘉賓，一客自遠臻。九言何所戒，十善故宜遵此字。

宋謝靈運作《離合詩》曰：古人怨信次，十日眇未央。加我懷繾綣，口詠情亦傷。劇哉歸遊客，處子勿相忘别字。

宋賀道慶《離合詩》曰：促席宴閒夜，足歡不覺疲。詠歌無餘願，永言終在斯信字。

齊石道慧《離合詩》曰：好仇華良夜，子歡我亦欣。昊穹出明月，一坐感良晨娛字。

齊王融《離合詩》曰：冰容慚遠鑒，水質謝明暉。是照相思夕，早望行人歸火字。又《迴文詩》曰：枝分柳塞北，葉暗榆關東。垂條逐絮轉，落蕊散花叢。池蓮照曉月，幔錦拂朝風。低吹雜綸羽，薄粉艷粧紅。離情隔遠道，歎結深閨中。又《後園作迴文詩》曰：斜峯繞徑曲，聳石帶山連。花餘拂戲鳥，樹密隱鳴蟬。

梁簡文帝《和湘東王後園迴文詩》曰：枝雲間石峯，脉水侵山岸。池清戲鵠聚，樹秋飛葉散。

梁劭陵王蕭綸《迴文詩》曰：燭華臨靜夜，香氣入重帷。曲度聞歌遠，繁絃覺舞遲。

周庾信《和迴文詩》曰：旱蓮生竭鑷，嫩菊養秋隣。滿池留浴鳥，分橋上戲人。

梁定襄侯《和迴文詩》曰：危臺出岫迴，曲磴上橋斜。池蓮隱弱荑，徑篠落藤花。

宋鮑照《建除詩》曰：建旗出燉煌，西討屬國羌。除去徒與騎，戰車羅萬箱。滿山又填谷，投鞍合營牆。平原亘千里，旌鼓轉相望。定舍後未休，候騎前敕裝。執戈無暫頓，彎弧不解張。破滅西零國，生虜郅支王。危亂悉平蕩，萬里置關梁。成軍入玉門，士女獻壺漿。收功在一時，歷世荷餘光。開壤襲朱紱，左右佩金章。閉帷草太玄，茲事殆愚狂。

梁宣帝《建除詩》曰：建國惟神業，十世本靈長。除苛逾漢祖，徯后類殷湯。滿盈既虧度，否運理還康。平階今復睹，德星行見祥。定寇資雄略，靜亂屬賢良。執訊窮郢魯，弔伐遍徐揚。破敵勳庸盛，佩紫且懷黃。危苗既已竄，妖沴亦云亡。成功勒雲社，治定禮要荒。收戟歸農器，牧馬恣蒭場。開山接梯路，架海擬山梁。閉慾同彭老，延壽等東皇。

梁范雲《建除詩》曰：建國負東海，衣冠成營丘。除道梁淄水，結駟登之罘。滿座咸嘉友，蘋藻絕時羞。平望極聊攝，直視盡姑尤。定交無恒所，同志互相求。執手歡高宴，舉白窮獻酬。破琴豈重賞，臨豪寧再儔。危生一朝露，螻蟻將見謀。成功退不處，爲名自此收。收名棄車馬，單步反蝸牛。開渠納秋水，相土播春疇。閉門謝世人，何欲復何求。

陳沈炯《建除詩》曰：建章連鳳闕，藹藹入雲煙。除庭發槐柳，冠劍似神仙。滿衢飛玉軑，夾道躍金鞭。平明塵霧合，薄暮風雲騫。定交大學裏，射策雲臺邊。執事一朝謬，朝市忽崩遷。破家徒殉國，力弱不扶顛。危機空履虎，擊惡豈如鸇。成師鑿門去，敗績裹尸旋。收魂不入斗，抱景問穹玄。開顏何所說，空憶平生前。閉門窮巷裏，靜掃詠歸田。又《六甲詩》曰：甲拆開衆果，萬物具敷榮。乙飛上危幕，雀乳出空城。丁翼陳詩罷，公綏作賦成。戊巢花已秀，滿塘草自生。巳乃忘懷客，榮樂尚關情。庚庚聞鳥囀，蕭蕭望鳧征。辛酸多惆悵，寂寞少逢迎。壬蒸懷太古，覆妙佇無名。癸巳空施位，詎以召幽貞。又《十二屬詩》曰：鼠跡生塵案，牛羊暮下來。虎嘯坐空谷，兔月向窗開。龍隰遠青翠，虵柳近徘徊。馬蘭方遠摘，羊負始春栽。猴栗羞芳果，雞跖引清杯。狗其懷物外，猪蠡窅悠哉。又《六府詩》曰：水廣南山暗，杖策出蓬門。火炬村前發，林煙樹下昏。金花散黃蘂，蕙草雜芳蓀。木蘭露漸落，山芝風屢翻。土膏行已冒，抱甕憶中園。穀城定若近，當終黃石言。

陳孔魚《和六府詩》曰：金門朱軌躅，吾子盛簪裾。木舌無時用，萍流復在余。水鄉訪松石，蘭澤侶樵漁。火洲方可至，地肺即爲居。土牛自知止，貞心達毀譽。穀稼有時陳，乘植望白榆。又《古兩頭纖纖詩》曰：兩頭纖纖月初生，半白半黑眼中精。腷腷膊膊雞初鳴，磊磊落落向曙星。

齊王融《代兩頭纖纖詩》曰：兩頭纖纖綺上文，半白半黑燕翔羣。腷腷膊膊鳥迷曛，磊磊落落玉石分。

又《稾砧詩》曰：稾砧今何在，山上復有山。何當大刀頭，破鏡飛上天。又《代稾砧詩》曰：花蔕今何在，不是林下生。何當垂兩髻，團扇雲間明。又曰：鏡臺今何在，寸身正相隨。何當碎聯玉，雲上璧已虧。又《古五雜組詩》曰：五雜組，岡頭草。往復還，車馬道。不獲已，人將老。又《代五雜組詩》曰：五雜組，慶雲發。往復還，經天月。不獲已，生胡越。

梁范雲《擬古五雜組詩》曰：五雜組，會塗山。往復還，兩崤關。不得已，媚與鰥。

宋王微《四氣詩》曰：蘅若首春華，梧楸當夏翳。鳴笙起秋風，置酒飛冬雪。

齊王融《四色詩》曰：赤如城霞起，青如松霧澈。黑如幽都雲，白如瑤池雪。

梁范雲《四色詩》曰：折柳青門外，握蘭翠疏中。綠蘋驕春日，碧渚澹時風。又曰：差池朱燕去，繽翻赤雁歸。瀺灂丹魚聚，聯翩白鳥飛。又曰：素鱗颺北渚，白水杜南宛。獻環潤玉塞，歸珠照瓊轅。又曰：烏林葉將實，墨池水就乾。玄豹藏暮雨，黑豹凌夜寒。又曰：丹如桓公廟，青如夕郎門。黑如南巖礴，白如東山猿。

宋鮑照《謎字詩》曰：二形一體，四支八頭。四八一八，飛泉仰流井字。頭如刀，尾如鉤。中央橫廣，四角六抽。右面負兩刃，左邊雙屬牛龜字。乾之一九，隻立無偶。坤之二六，宛然雙宿土字。

宋謝莊《自潯陽至都集道里名爲詩》曰：山經亙旋覽，水牒勒敷尋。稽樹誠淹留，煙臺信迢臨。翔州凝寒氣，秋浦結清陰。眇眇高湖曠，遙遙南陵深。青溪如委黛，黃沙似舒金。觀道雷池側，訪德茅堂陰。魯顯闕微跡，秦良滅芳音。訊遠博望崖，探賦梁山岑。崇館非陳宇，茂苑豈舊林。

宋鮑照《數名詩》曰：一身仕關西，家族滿山東。二年從車駕，齋祭甘泉宮。三朝國慶畢，休沐還舊邦。四牡曜長路，輕蓋若飛鴻。五侯相餞送，高會集新豐。六樂陳廣坐，組帳揚春風。七盤起長袖，庭下列歌鐘。八珍盈彫俎，綺肴紛錯重。九族咸瞻遲，賓友仰徽容。十載學無就，善宦一朝通。

齊虞羲《數名詩》曰：一去濠水陽，連翩遠爲客。二毛颯已垂，家貧所無擇。三徑日荒疏，遙人心不懌。四豪不降意，何事黃金百。五日來歸者，朱輪竟長陌，六郡輕薄兒，追隨窮日夕。七發動音容，賓從紛弈弈。八表服英嚴，聲光滿墳籍。九流意何以，守玄遂成白。十載職不移，來歸落松柏。

梁范雲《數名詩》曰：一鼓有餘氣，趫勇正紛紜。二廣無遺略，雄虎自爲羣。三河尚擾攘，楯櫓起橫楯。四巡駐青蹕，瘞玉曠亭云。五十又舒旆，旗幟日繽紛。六郡良家子，慕義輕從軍。七獲美前載，克俊嘉昔聞。八音佇繁律，將以安司勳。九命既斯復，金璧固宜分。十難康有道，延首望卿雲。

齊王融《奉和竟陵王郡縣名詩》曰：追芳承荔浦，揖道訊虛丘。升裾臨廣牧，從望盡平洲。曾山陵翠坂，方渠縎清流。陽臺翻早茂，陰館懷名秋。歲晏東光弭，景仄西華收。端溪慚昔彥，測水謝前修。往食曲阜盛，今屬平臺遊。燕棠缺初雅，鄭袞息遺謳。久傾信都美，乃結茂陵儔。河間殊可詠，南海果難遊。

梁范雲《奉和齊竟陵王郡縣名詩》曰：撫戈金城外，解珮玉門中。白馬騰遠雪，蒼松壯寒風。臨涇方辯渭，安夷始和戎。取禾廣田北，驅獸飛狐東。新城多雉堞，故市絕商工。海西舟楫斷，雲南煙霧通。磬節疇盛德，宣力昭武功。還飲漁陽水，豈轉杜陵蓬。

梁沈約《奉和竟陵王郡縣名詩》曰：西都富軒冕，南宮溢才彥。高闕連朱雄，方渠漸游殿。廣川肆河濟，長岑繞崤沔。曲梁濟危渚，平皋騁悠眄。青淵皎澄澈，曾山鬱蔥蒨。陽泉灌春藻，陰丘聚寒霰。西華不可留，東光促奔箭。望都遊子懷，臨戎征馬倦。既豫平臺集，復齒南皮宴。一窺長安城，羞言杜陵掾。

梁元帝《縣名詩》曰：長陵新市北，鄭衛好容儀。先過上蘭苑，還牽高柳枝。薄粧宜入鏡，舒花堪照池。蒲洲涵水色，椒壁雜風吹。此時方夜飲，平臺傳羽卮。

梁范雲《州名詩》曰：司春命初鐸，青耦肆中樊。逸豫誠何事，稻粱復宜敦。徐步遵廣隰，冀以寫憂源。楊柳垂場圃，荊棘生庭門。交情久所見，益友能執存。

梁簡文帝《卦名詩》曰：櫛比園花滿，徑復水流新。離禽時入袖，旅穀乍依蘋。豐壺要上客，鵠鼎命嘉賓。車由泰夏闥，馬散咸陽塵。蓮舟雖未濟，分密己同人。又《藥名詩》曰：朝風動春草，落日照橫塘。重臺蕩子妾，黃昏獨自傷。燭映合歡被，帷飄蘇合香。石墨聊書賦，鉛華試作粧。徒令惜萱草，蔓延滿空房。

梁元帝《藥名詩》曰：戍客恒山下，常思衣錦歸。況看春草歇，還見雁南飛。蠟燭凝花影，重臺閉綺扉。風吹竹葉袖，網綴流黃機。詎信金城裡，繁露曉霑衣。

梁庾肩吾《奉和藥名詩》曰：英王牧荊楚，聽訟出池臺。督郵稱螝去，亭長說烏來。行塘朱鷺響，當道赤帷開。馬鞭聊寫賦，竹葉暫傾杯。

梁沈約《奉和齊竟陵王藥名詩》曰：丹草秀朱翹，重臺架危岊。木蘭露易飲，射干枝可結。陽隰採辛夷，寒山望積雪。玉泉亟周流，雲華乍明滅。合歡葉暮捲，爵林聲夜切。垂景迫連桑，思仙暮雲埒。荊實剖丹瓶，龍芻汗奔血。照握乃夜光，盈車非玉屑。細柳空葳蕤，水萍終萎絕。黃符若可挹，長生永昭晢。

梁元帝《姓名詩》曰：征人習水戰，辛苦配戈船。夜城隨偃月，朝軍逐避年。龍吟澈水度，虹光入夜圓。濤來如陣起，星上似烽燃。經時事南越，還復討朝鮮。

梁沈約《和陸慧曉百姓名詩》曰：建都望淮海，樹闕表衡稽。井幹風雲出，柏梁星漢齊。皇王臨萬宇，惠化覃黔黎。吉士服仁義，宿昔秉華圭。庸賢起幽谷，欽言非象犀。端委康國步，偃息召邦攜。舉政方分策，易紀綮金泥。伊余沐嘉幸，由是別遠畦。曾微涓露答，光景遂云西。方隨鍊丹子，薄暮矯行迷。

梁元帝《相名詩》曰:仙人賣玉杖,乘鹿去山林。浮杯度池曲,摩鏡往河陰。井內書銅板,竈裏化黃金。妻搖五明扇,妾弄一絃琴。暫遊忽千里,中天那可尋。

又《鳥名詩》曰:方舟去鳲鵲,鶺引欲相要。晨鳧移去舸,飛燕動歸橈。雞人憐夜刻,鳳女念吹簫。雀釵照輕幌,翠的繞纖腰。復聞朱鷺曲,鉦管雜迴潮。

又《獸名詩》曰:豹韜求秘術,虎略選良臣。水涉黃牛浦,山過白馬津。摧鋒上狐塞,畫像入麒麟。果下新花落,桃枝芳樹春。王孫及公子,熊席復橫陳。

又《歌曲名詩》曰:啼烏怨別偶,曙烏憶離家。石闕題書字,金鐙飄落花。東方曉星度,西山晚日斜。穀衫迴廣袖,團扇掩輕紗。暫借青驄馬,來送黃牛車。

又《龜兆名詩》曰:土膏春氣生,倡女協春情。魚遊連北水,鶺作遼東鳴。折梅還插鬢,盪杜更移聲。銀燭含朱火,金鑪對寶笙。百枝凝夕熖,却月隱高城。

又《針穴名詩》曰:金推五百里,日晚唱歸來。車轉承光殿,步上通天台。釵臨曲池影,扇拂玉堂梅。先取中庭入,罷逐步廊迴。下闕那早閉,人迎已復開。

又《將軍名詩》曰:虎旅皆成陣,龍騎盡能蹄。馬鞭俱破虜,決勝往長楡。細柳浮輕岎,大樹繞栖烏。樓船寫退鵾,檣烏狎飛鳧。度河還自許,偏與功名俱。

又《宮殿名詩》曰:杯間花欲然,竹徑露初圓。鬬雞東道上,走馬北場邊。合歡依暝巷,蒲萄向日鮮。旗亭覓張放,香車迎董賢。定隔天淵水,相思夜不眠。

又《屋名詩》曰:梁園氣色和,斗酒共相過。玉柱調新曲,畫扇掩餘歌。深潭映菱菜,絕壁挂輕蘿。木蓮恨花晚,薔薇嫌刺多。合情戲芳節,徐步待金波。

又《車名詩》曰:長堰帶江轉,連甍映日分。佳人坐椒屋,接膝對蘭薰。繞砌縈流水,邊梁圖畫雲。錦色懸殊衆,衣香遙出羣。日暮輕帷下,黃金妾贈君。

又《船名詩》曰:天際浮雲飛,三翼自相追。池模白鵠舞,檜知青雀歸。華淵通轉塹,伏檻跨相磯。松潤流星影,桂牖斜月暉。思君此無極,高樓淚染衣。

又《樹名詩》曰:桃李競追隨,輕衫露弱枝。杏梁始東照,柘火未西馳。香因玉釧動,佩逐金衣移。柳葉生眉上,珠璫搖鬢垂。逢君桂枝馬,車下覓新知。

又《草名詩》曰:胡王迎娉主,塗經蒯北遊。金錢買含笑,銀釭影梳頭。初控游龍馬,仍移卷柏舟。中江蘺思切,蓬鬢不堪秋。況度菖蒲海,落月似懸鈎。

陳沈烱《八音詩》曰:金屋貯阿嬌,樓閣起迢迢。石頭足年少,大道跨河橋。絲桐無緩節,羅綺自飄飄。竹煙生薄晚,花色亂春朝。匏瓜詎無匹,神女嫁蘇韶。土地多妍冶,鄉里足塵囂。革年未相識,聲論動風飆。木桃堪底用,寄以答瓊瑤。又《和蔡黃門口字詠絕句》曰:囂囂宮閣路,靈靈谷口閭。誰知名器品,語哩各崎嶇。

賦（節録）

《毛詩序》曰：詩有六義，其二曰賦。

《釋名》曰：賦，敷也，敷布其義謂之賦也。

《漢書》曰：不歌而誦謂之賦。登高能賦，可以爲大夫。言感物造端，材智深美，可以與圖政事，故可以爲列國大夫也。春秋之後，周道浸懷，聘問歌詠，不行於列國，而賢人失志之賦作矣。孫卿及楚臣屈原，離讒憂國，皆作賦以風諭，咸有惻隱古訓之義。其後宋玉、唐勒。漢興，枚乘、司馬相如，下及揚子雲，競爲侈麗閎廣之語，設其諷諭之義。是以揚子稱之曰：詩人之賦麗以則，辭人之賦麗以淫。如孔氏之門用賦也，則賈誼登堂，相如入室矣。又曰：上令王褒與張子僑等並待詔，數從遊獵。所幸宮館，輒爲歌頌，第其高下，以差賜帛。議者多以爲淫靡不急。上曰：不有博奕者乎？爲之猶賢乎已！辭，大者與古詩同義，小者辨麗可嘉。譬如女工有綺縠，音樂有鄭衛，今世俗猶皆以此娛悦耳目。辭賦有仁義風諭，鳥獸草木多聞之觀，賢於倡優博奕遠矣！又曰：枚皋上書北闕，自陳枚乘之子。上得大喜，召入見，待詔。皋因賦殿中，詔使賦平樂館，善之，拜爲郎。皋不通經術，談笑類俳倡，爲賦頌好嫚戲，以故得媟瀆貴幸，比東方朔、郭舍人等。武帝春秋三十九，乃得皇太子，羣臣喜，故皋與東方朔作《皇太子生賦》。皋爲文疾，受詔輒成。司馬相如善爲文而遲，故所作少。

《漢書》曰：成帝趙昭儀方大幸，每上往甘泉宫，常從。在屬車間豹尾中，故揚雄盛言車騎之衆，參麗之駕，非所以感動天地，迎釐三辰。又言屏玉女，却宓妃，以懲齋戒之事。賦成，奏之。天子異焉。先是時，蜀有司馬相如，作賦甚弘麗温雅，雄心壯之，每作賦，常擬以爲式。

《東觀漢記曰：班固字孟堅，九歲能作賦頌。固數入讀書禁中，每行巡狩，輒獻賦頌。

桓子《新論》曰：余少時見揚子雲麗文高論，不量年少，猥欲逮及。常作小賦，用精思大，劇而立，感動發病。子雲亦言：成帝上甘泉，詔使作賦，爲之卒暴，倦卧，夢其五臟出地。及覺大少氣，病一歲。余素好文，見子雲工爲賦，欲從之學。子雲曰：能讀千賦，則善爲之矣。

《禰衡別傳》曰：黃祖大會賓客，人有獻鸚鵡者，射舉卮酒于衡曰：願先生賦之，以娛嘉賓。衡攬筆而作，文不加點，辭彩甚麗。

《魏略》曰：卞蘭獻賦，贊述太子德美。太子報曰：作者不虛其辭，受者必當其實。蘭此者，豈吾實哉！昔吾丘壽王陳寶何武等，徒以歌頌，猶金帛之賜。蘭事雖不諒，義

146

足嘉也。今賜牛一頭。又曰：邯鄲淳作《投壺賦》千餘言，奏之，文帝以爲工，賜帛十疋。

《魏志》曰：陳思王曹植字子建，善屬文。太祖嘗視其文，謂植曰：汝倩人耶。植曰：言出爲論，下筆成章，顧當面試，奈何倩人？時鄴都銅爵臺新成，太祖悉將諸子登臺，使各爲賦。植援筆立成，太祖甚異之。

王隱《晉書》曰：張華字茂先，阮籍見華《鷦鷯賦》，以爲王佐之才。中書郎成公綏，亦推華文義勝己。

《文士傳》曰：何楨字元幹。青龍元年，天子特詔曰：揚州別駕何楨，有文章才識。使作《許都賦》，成，封上，不得令人見。楨遂造賦封上。又曰：潘尼曾與同僚飲，主人有瑠璃椀，客使賦之，尼於坐立成。

《世説》曰：孫興公作《天台賦》成，以示范榮期，云：卿試擲置地，要作金石聲。范曰：恐子之金石，非宮商中聲。然每至佳句，皆輒云：應是我輩語。（以上卷五十六雜文部二）

七

傅玄《七謨序》曰：昔枚乘作《七發》，而屬文之士若傅毅、劉廣世、崔駰、李尤、桓驎、崔琦、劉梁之徒，承其流而作之者紛焉。《七激》、《七興》、《七依》、《七疑》、《七説》、《七蠲》、《七舉》之篇，通儒大才馬季長、張平子亦引其源而廣之。馬作《七厲》，張造《七辯》，非張氏至思，比之《七激》，未爲劣也。《七釋》僉曰：妙焉！吾無間矣。若《七激》、《七依》之卓轢一技，《七辯》之纏綿精巧，《七啓》之奔逸壯麗，《七釋》之精密閑理，亦近代之所希也。

摯虞《文章流別論》曰：《七發》造於枚乘。借吳、楚以爲客主。先言“出輿入輦。蹙痿之損；深宮洞房，寒暑之疾，靡漫美色，宴安之毒；厚味暖服，淫曜之害。宜聽世之君子，要言妙道，以疏神導體，蠲淹滯之累。”既設此辭以顯明去就之路，而後説以聲色逸游之樂，其説不入，乃陳聖人辯士講論之娱，而霍然疾瘳。此因膏粱之常疾，以爲匡勸，雖有甚泰之辭，而不没其諷諭之義也。其流遂廣，其義遂變，率有辭人淫麗之尤矣。

崔駰既作《七依》，而假非有先生之言曰：嗚呼！揚雄有言：童子雕蟲篆刻。俄而曰：壯夫不爲也！孔子疾小言破道，斯文之族，豈不謂義不足而辯有餘者乎？賦者，將以諷，吾恐其不免於勸也。

傅子集古今“七”篇而論品之，署曰《七林》。

連　珠

傅玄《叙連珠》曰：所謂連珠者，興於漢章帝之世。班固、賈逵、傅毅三子，受詔作之，而蔡邕、張華之徒又廣焉。其文體辭麗而言約，不指説事情，必假喻以達其旨，而令賢者微悟，合於古詩勸興之義。欲使歷歷如貫珠，易睹而可悦，故謂之連珠也。班固喻美辭壯，文章弘麗，最得其體。蔡邕似論，言質而辭碎，然旨篤矣。賈逵儒而不艷，傅毅有文而不典。（以上卷五十七雜文部三）

書

《廣雅》曰：書記曰書。

《漢書》曰：蘇武使匈奴，被留，昭帝即位，求武等。匈奴言武已死，後漢使至匈奴，教使者謂單于，言天子射上林中，雁足有繫帛書，言武等在某澤中。單于顧左右而驚謝。

又曰：陳遵爲河南太守，既至官，遣從史，乃召善書吏十人於前，治私書，謝京師故人。遵憑几口授書吏，且省官事，數百封親疏各有意。又曰：谷永字子雲，便於筆札，故時人云：谷子雲之筆札，樓君卿之唇舌。

《吳録》曰：王宏爲冀州刺史，不發私書，不交豪族，號曰王獨坐。

《典略》曰：太祖嘗使阮瑀作書與韓遂，於馬上具草，書成，呈之。大祖覽筆欲有所定，而竟不能增損。

稽康《與山濤書》曰：素不便書，不喜作書，而人間多事，堆案盈几。不相酬答，則犯教傷義；欲自勉强，則不能久堪。

《蜀志》曰：王平字子均，生長戎旅，手不能書，所識不過十字，而占授作書皆有意。使人讀《史》、《漢》諸書聽之，通知其義，往往論説，不失其旨。

《魯國先賢傳》曰：孔翊爲洛陽令，置器水於前庭，得私書皆投其中，一無所發。彈治貴戚，無所迴避。

《張華別傳》曰：大駕西征鍾會，至長安，華兼中書侍郎，從行，掌軍事中書疏散表檄，文帝善之。

《語林》曰：殷洪喬作豫章郡，臨去，人寄百餘函書。既至石頭，悉擲水中，因咒之曰：沉者自沉，浮者自浮，殷洪喬不能作達書郵。

沈約《宋書》曰：劉穆之、朱齡石，並便尺牘，嘗於高祖坐，與齡石共答書，自旦至日中，穆之得百函，齡石得八十函，而穆之應對無廢。

檄

《説文》曰：檄，二尺書也，從木敫聲。

《釋名》曰：檄，激也，下官所以激迎其上之書文也。

《漢書》曰：申屠嘉爲丞相，鄧通居上旁，怠慢。嘉爲檄召通曰：不來且斬。通恐，入言於上。上曰：速往，吾令召汝。通至丞相府，免冠徒跣頓首謝。嘉坐自如，弗爲禮。

《東觀漢記》曰：光武帝數召諸將，置酒賞賜，坐席之間，以要其死力。當此之時，賊檄日以百數，憂不可勝。上猶以餘閒講經藝。又曰：隗囂，故宰府掾吏，善爲文書，每上書移檄，士大夫莫不諷誦。又曰：廬江毛義，少時家貧，以孝行稱。南陽張奉慕其義，往候之，坐定而府檄適至，以義守令。義奉檄而入，喜動顏色。

《典略》曰：張儀，魏人，常從楚相飲。楚相亡璧，意儀盜之，掠笞數百。既相秦，爲檄告楚相曰：吾從汝飲，不盜汝璧。善守汝國，我且盜汝城！又曰：陳琳作諸書及檄，草成，呈太祖。太祖先苦頭風，是日疾發，臥讀琳所製，翕然而起，曰：此愈我病。數加厚賜。

《魏志》曰：孫放善爲書檄，三祖詔命招喻，多放所爲。

李克《起居戒》曰：軍書羽檄，非儒者之事。且家奉道法，言不及殺，語不虛誕，而檄不切厲則敵心陵，言不誇壯則軍容弱。請姑舍之，以擬能者。

《續晉陽秋》曰：何無忌母，劉牢之姊也。無忌與高祖謀，夜於屏風裏製檄文。母潛登屏風上窺，既知其謀，大喜曰：汝能如此，吾讎恥雪矣。

移

范曄《後漢書》曰：韓馥見民情歸袁紹，忌方得衆，恐將圖己，常遣從事守紹門，不聽發兵。喬瑁乃詐三公移書，傳檄州郡，說董卓罪惡，企望義兵，以釋國難。馥於是方聽紹舉兵。

王隱《晉書》曰：毛寶據邾城陷，寶屍沉江不出。戴詳移告河伯諸神，使出寶屍，十餘日乃出。

《典略》曰：衛襄字叔遼，修行至孝，州郡嘉之。時有白波賊衆數萬人，官兵誅討不能平，而言使襄要我，願解散。於是襄爲書移，即平定。（以上卷五十八雜文部四）

虞世南《北堂書鈔》

虞世南(558—638)字伯施。餘姚(今浙江慈溪)人。官至銀青光禄大夫、弘文館學士,諡文懿。事跡具《唐書》本傳。唐初文學家、書法家,與歐陽詢、褚遂良、薛稷並稱"唐初四大書家"。少時與兄虞世基從學於顧野王,有文名,善書,師沙門智永,妙得其體,與歐陽詢齊名,世稱"歐虞"。著有書法理論著作《筆髓論》《書旨述》。編有《北堂書鈔》一百六十卷、《羣書理要》五十卷、《兔園集》十卷等,另有詩文集十卷行於世,今存《虞秘監集》四卷。

《四庫全書·北堂書鈔提要》云:"《北堂書鈔》一百六十卷,唐虞世南撰。世南……北堂者,秘書省之後堂。此書蓋世南在隋爲秘書郎時所作也。"可知此書實作於隋。全書分爲帝王、后妃、政術、刑法、封爵、設官、禮儀、藝文、樂、武功、衣冠、儀飾、服飾、舟、車、酒食、天、歲時、地十九部,八百五十二卷。其卷一〇二至一〇四(《藝文部》)輯有多種文體資料:包括詩、賦、頌、箴、七、連珠、碑、誄、哀辭、弔文、詔、章、表、書、記、符、檄、敕等。

本書資料據四庫全書本《北堂書鈔》,括弧中爲原書注文,其中注明"補"字者,爲明人陳禹謨補注。

詩

一言蔽之,六德之本《周禮》:大師掌教六詩,曰風,曰賦,曰比,曰興,曰雅,曰頌。以六德爲之本。鄭注云:所教詩,必有智仁聖義、中和之道,然後可教以樂歌,天地之心,君德之祖《詩含神霧》云:詩者,天地之心,君德之祖,百福之宗,萬物之户。詩有六義《詩序》云:詩有六義,一曰風,二曰賦,三曰比,四曰興,五曰雅,六曰頌,是謂四始《詩序》云:是謂四始,詩之至也。鄭箋云:始者,王道興衰之所由。又孔疏云:四始者,風也,小雅也,大雅也,頌也。此四者,人君行之則爲興,廢之則爲衰也。續補。移風俗《詩序》云:先王以是經夫婦,成孝敬,厚人倫,美教化,移風俗。補:案孔疏云:此言用詩之事,移風俗者。王者爲政,當移風易俗。又孔子曰:移風易俗,莫善於樂。此皆用詩爲之,故云先王,以是言先王用詩之道爲此五事也。附,合《韶武》《史記》云:古者詩三千餘篇,孔子去其重,取其可施於禮義者,剛爲三百篇,皆弦歌,以合韶武雅頌之音,發言爲詩《詩序》,見前,在事爲詩《春秋說題辭》,見前,詩者志之所之《詩序》,見前,詩者古之歌章荀勖云:詩者,古之歌章。詩言志摯虞《文章流別論》云:詩言志,歌詠言。古有採詩之言,王者以知得失。古詩之四言者,"振鷺於飛"是也,《漢郊廟歌》多用之;五言者,"誰謂雀無角,何以穿我屋"是也,樂府亦用之;七言者,"交交黃鳥止于桑"是也,於俳諧倡樂世用之;《古詩》之九言者，"洞酌彼行潦挹彼注兹"是也。不入歌谣之章，故世希为之。夫诗虽以情志为本，而以成声。然则雅音之韵，四言为言；其余虽络曲折之体，而非音之正也。补，**诗缘情**陆机《文赋》云：诗缘情而绮靡，赋体物而浏亮。碑披文以相质，诔缠绵而凄怆，铭博约而温润，箴顿挫而清壮，颂优游以彬蔚，论精微而朗畅，奏平徹以闲雅，说炜煜而谲诳。补。**称诗谕志**《汉书·艺文志》云：古者诸侯卿大夫交接隣国，以微言相感。当揖让之时，必称诗以谕其志，盖以别贤不肖，而观盛衰焉，**作诗风谏**《汉书·韦贤传》云：其先韦孟，家本彭城，为楚元王傅。傅子夷王及孙王戊，戊荒淫不遵道，孟作诗讽谏，後遂去位，徙家於邹。补，**《祈招》之诗**《左传》云：昔周穆王欲肆其心，周行天下，将必有车辙马跡。祭公谋父作《祈招》，以止王心，**《宣布》之诗**《汉书》云：益州刺史王襄，欲宣风化於衆，庶闻王襄有俊才，请与相见，使襄作《中和》、《乐职》、《宣布》诗，选好事者，令依《鹿鸣》之声习而歌之。案：师古曰：《中和》者，言政治和平也。《乐职》者，言百官各得其职也。宣布者，风化普洽，无所不被也。补。**弹琴歌《南风》**《礼记》云：舜弹五弦之琴，以歌《南风》之诗，**雨雪歌《黄竹》**《穆天子传》曰：天子筮猎苹泽，其卦遇讼，天子乃休。日中大寒，北风雨雪有凍人，天子作诗三章以哀民曰：我徂黄竹，口员阕寒。帝收九行，嗟我公侯。百辟塚卿，皇我万民，旦夕忽忘。补，**能为七言乃得上坐**《汉武别传》：元鼎二年春，起柏梁臺，诏羣臣二千石以上，有能为七言诗者，乃得上坐。

赋

敷布其义《释名》云：赋，敷也，敷布其义谓之赋也，**古诗之流**挚虞《文章流别论》云：赋者，敷陈之称，古诗之流也。前世为赋者，有孙卿、屈原，尚颇有古诗之义。至宋玉，则多淫浮之病矣。《楚词》之赋，赋之善者也。故扬子称赋莫深於《离骚》。贾谊之作，则屈原俦也。补。**以情义为主，以事类为佐**又云：古之作诗者，发乎情，止乎礼义。情之发，因辞以形之；礼义之指，须事以明之。故有赋焉，所以假像尽辞，敷陈其志。古诗之赋，以情义为主，以事类为佐；今之赋，以事形为本，以义正为助。情义为主，则言省而文有例矣；事形为本，则言当而辞无常矣。文之烦省，辞之险易，盖由於此。夫假像过大，则与类相远；逸辞过北，则与事相违；辩言过理，则与义相失；丽靡过美，则与情相悖。此四过者，所以背大体而害政教，是以司马迁割相如之浮说，扬雄疾"辞人之赋丽以淫"，诗之流也。补；**以事形为本，以义正为助**见上；**包括宇宙，总览人物**《十六国春秋》曰：客有问司马相如以作赋者，相如曰：合纂组以成文，列锦绣而为质，一经一纬，一宫一商，此作赋之跡也。赋家之心，包括宇宙，总览人物，斯乃得之於内，不可得而传也。补；**大者古诗同义，小者辩丽可喜**《汉书·王襃传》云：上令襃与张子侨等并待诏，襃等数从遊猎，所幸宫馆，辄为歌颂，第其高下，以差赐帛，议者多以为淫靡不急。上曰：不有博奕者乎，为之犹贤乎已！辞赋，大者与古诗同义，小者辩丽可喜。辟如女工有绮縠，音乐有郑卫，今世俗犹皆以此娱说耳目。辞赋比之，尚有仁义风谕，鸟兽草木多闻之观，贤於倡优博奕远矣！补，**可以为大夫**《汉书·艺文志》云：不歌而诵谓之赋。登高能赋，下笔成章，可以为大夫。言感物造端，材知深美，可与图事，故可以为列大夫也。**能读千赋则善为之矣**桓谭《新论》云：余少时爱扬子云丽文高论，不量年少，猥欲追及。尝作小赋，用精思大劇，而立感動發病。子雲亦言：成帝上甘泉，詔使作賦，爲之卒暴倦臥，夢其五臟出地，以手收之。覺，大小氣，病一歲。余素好文，見子雲善爲賦，欲從之學。子雲曰：能讀千首賦，則善爲之矣。補。**上每有感，輒使皐賦之**《漢書》云：枚皐爲賦，善於東方朔也。上每有所感，輒使賦之。爲文疾，受詔輒成，故所賦者多；司馬相如善爲文而遲，故所作少，而善於皐。皐賦辭中自言爲賦不如相如，又言爲賦迺俳，見視如倡，自悔類倡也。故其賦有詆娸東方朔，又自詆娸其文飢骸，曲隨其事，皆得其意，頗詼笑，不甚閑靡。補，**鳥獸異物命相如賦之**《漢武故事》云：漢武好詞賦，每所行幸及鳥獸異物，輒命司馬相如等賦之，上亦自作詩賦數百篇。賦成，初不留意。相如造文遲，彌時而後成，每歎其工妙，謂相如曰：以吾之速，易子之遲，可乎？相如曰：於臣則可，未知陛下何如耳？上大笑而不責。補，**每上甘泉，詔子雲作賦**桓譚《新論》，見上；**登陽雲臺，令大夫造賦**宋玉《小言賦》云：楚襄王既登陽雲之臺，令諸大夫景差、唐勒、宋玉等並造《大言賦》。賦畢，而宋玉受賞。王曰：能爲《小言賦》者，賞雲夢之田。玉賦畢，遂賜雲夢之田；**銅爵臺成，命諸子爲賦**《魏志》云：銅雀臺成，太祖命諸子登臺，使各爲賦。陳思王植，援筆立成。**尚書給筆劄**《漢書•司馬相如傳》云：蜀人楊得意爲狗監，侍上，上讀《子虛賦》而善之，曰：朕獨不得與此人同時哉！得意曰：臣邑人司馬相如自言爲此賦。上驚，乃召問相如，相如曰：有是。然此乃諸侯之事，未足觀，請爲天子游獵上林之賦。上令尚書給筆劄。補。案：師古曰：狗監，主天子田獵犬也。附，**門庭著紙筆**臧榮《緒晉書》云：左思侈傳覽《史記》作《三都賦》，遂構思十年，門庭藩溷，皆著紙筆。賦成，張華見而咨嗟。都邑豪貴，競相傳寫。**各賦一物，然後乃坐**《文士傳》云：張儼、張純、朱異俱童少，往見朱據。據聞三人才名，欲試之，告曰：其爲吾各賦一物，然後乃坐。儼賦犬，純賦蓆，異賦弩。三人各隨其目所見而賦之，皆成而後坐。據大歡悅。補。**染翰操紙，慨然而賦**潘岳《秋興賦序》云：染翰操紙，慨然而賦。於時秋也，故以《秋興》名篇，構思十稔《晉書》，左思，見前，**不出戶牖**王隱《晉書》云：左思父雍起小吏，以能擢爲殿中侍御史。思少學鍾繇書及鼓琴皆不成，雍謂友人曰：思所曉解，不及我少時也。思乃發憤，造《齊都賦》，一年不出戶牖。**因思大道**謝承《後漢書》云：桓譚年七十，憙非毀俗諸儒，出爲六安郡丞，感而作賦，因思大道，遂發病卒。案：譚時年七十餘，初著書言當世行事二十九篇，號曰《新論》，上書獻之，世祖善焉。《琴道》一篇未成，蕭宗使班固續成之。所著賦誄書奏凡二十六篇。補，**爲賦立成**《文士傳》云：劉禎在曹植坐，廚人進瓜，植命爲賦，禎賦立成，**於坐立成**又云：潘尼曾與同僚飲，主人有瑠璃椀，客使賦之，尼於坐立成，**受詔輒成**《漢書》：枚皐見上。案《文心雕龍》：人之禀才，遲速異分；文之制體，大小殊功。相如含筆而腐毫，楊雄輟翰而驚夢，桓譚疾感於苦思，王充氣竭於思慮，張衡研京以十年，左思練都以一紀，雖有巨文，亦思之緩也。淮南崇朝而注騷，枚皐應詔而成賦，子建援牘如口誦，仲宣舉筆以宿搆，阮瑀據案而制書，禰衡當食而草奏，雖有短篇，亦思之速也。補。又《西京雜記》云：枚皐文章敏疾，長卿製作淹遲，皆盡一時之譽。而長卿首尾温麗，枚皐時有累句，故知疾行無善跡矣。揚子雲曰：軍旅之際，戎馬之間，飛書馳檄，用枚皐；廊廟之下，朝廷之中，高文典册，用相如。附**援筆立成**《魏志》，曹植，見前。**文無加點**禰衡爲《鸚鵡賦》，攬筆不停，綴文無加點。**甘泉書壁**桓子《新論》云：予少時爲奉車郎，孝成帝幸甘泉宫，欲畫壁爲之賦，以頌美二仙之行。余承命，爲作《仙賦》，以書甘泉之壁。**臨渦題鞭**魏文帝《臨渦賦序》云：余從上乘馬過渦水，徜徉高樹之下，駐馬書鞭，爲《臨渦賦》。**賦成，奏之，天子異焉**《漢書》：成帝趙昭儀美，方大幸，每至往甘泉宫，嘗從在屬車間豹尾中，故揚雄盛言車騎之衆，參麗之駕，非所以感動天地，迎釐三辰。又言屏玉女，却宓妃，以懲齋戒之事。賦成，奏之，天子異焉。補。**少而好賦**揚子《法言》：或問餘曰：子少而好賦，有諸？曰：然。童子雕蟲篆刻，壯夫不爲。詩人之賦麗以則，辭人之賦麗以淫。若孔子之門而用賦，則賈誼升堂，相如入室。補。**九歲能賦**《東觀漢記》云：班固九歲能作賦頌，每隨巡狩，輒獻賦頌。**大言受賞，小言賜田**宋玉《小言賦》，見上**文木贈馬**《西京雜記》云：魯恭王得文木一枚，伐以爲器，意甚玩之。中山王遂爲賦，魯恭王大悦，贈駿馬二匹，**投壺賜帛**《魏略》云：邯鄲淳作《投壺賦》千餘言，奏之，文帝以爲工，賜帛千疋。**賈誼升堂，相如入室**揚子《法言》，見上。**試以擲地作金石聲**《世説》云：孫興公作《天台賦》成，以示范榮期云：卿試擲地，要作金石聲。范曰：恐子之金石，非宫商中聲。然每至佳句，輒云：應是我輩語。補。

頌

　　頌者，美盛德之形容《詩序》云：頌者，美盛德之形容，以其成功告於神明者也。**太平而作**《詩含神霧》云：頌者，王道太平，功成治定而作也，**治定而興**《文章流別論》云：頌，詩之美者也。古者聖帝明王，功成治定而頌聲興。於是史録其篇，工歌其章，以奏於宗廟，告於神明。**直而不倨，曲而不屈**《左傳》云：吴季札觀風，爲之歌《頌》，曰：直而不倨，曲而不屈，邇而不偪，遠而不攜，遷而不淫，復而不厭，哀而不愁，樂而不荒，用而不匱，廣而不宣，施而不費，取而不貪，處而不底，行而不流。**穆如清風**《詩·烝民》篇云：吉甫作誦，穆如清風；仲山甫詠懷，以慰其心。補，**文比珠玉**《論衡》，見前《歎賞》篇，**頌其武功**《東觀漢記》云：馬防征西羌，上喜防功，令史官作頌，頌其武功。**思感舊德**范曄《後漢書》云：靈帝思感舊德，乃圖畫胡廣及太尉黄瓊於省内，詔議郎蔡邕爲其頌。**圖畫頌之**《漢書》云：趙充國以功德與霍光等列畫未央宫。成帝時西羌常有警，上思將帥之臣，追美充國，乃詔黄門郎揚雄即充國圖畫而頌之。**刊石頌之**《後漢書·法真傳》：友人郭玉稱之曰：法真名可得聞，身難得而見。逃名而名我隨，避名而名我追，可謂百世之師者矣。乃共刊石頌之，號曰玄德先生。**刊葉著文**曹植《柳頌序》云：予以間暇，駕言出遊，過友人楊德祖之家，視其屋宇寥廓，庭中有一柳樹，聊戲刊其樹葉，故著斯文，表之遺翰，遂因辭勢以譏當今之士。補。**爲《龍馬頌》，其文甚麗**《魯國先賢傳》云：黄伯仁，不知何許人，嘗爲《龍馬頌》，其文甚麗。**上《西巡頌》，辭甚典美**《後漢書》云：元和中，肅宗始脩古禮，巡狩方嶽。崔駰上《西巡頌》以稱漢德，辭甚典美。**爲頌賜帛**《漢書》云：上命王褒等並待詔，從游獵，所幸宫館，輒爲歌頌，第其上下，以差賜帛。**上頌賜金**《魏略》云：黄初三年，黄龍見鄴西漳水中，王象上頌，賜黄金十斤。

箴

　　《虞箴》《左傳》：魏絳對晉侯云：昔周辛甲之爲太史也，命百官，官箴王闕。於虞人之箴曰：芒芒禹跡,畫爲九州。經啟九道,民有寢廟,獸有茂草,各有攸處,德用不擾。在帝夷羿,冒於原獸,忘其國恤,而思其麀牡。武不可重,用不恢於夏家。獸臣司原,敢告僕夫。虞箴如是,可不懲乎?于時晉侯好田,故魏絳及之。補。《夏箴》《夏箴》云:天有四殃,水旱饑荒。非務積聚,何以儲糧。《外戚箴》《後漢書·崔琦傳》云:河南尹梁冀聞琦才,請與交。冀行多不軌,琦數引古今成敗以戒之,冀不能受,乃作《外戚箴》。《百官箴》《左傳》,見上。 **防微測隱,文麗旨深**潘岳《新婚箴》。 **崔氏累世彌縫,胡公次其首目**摯虞《文章流別論》云:揚雄依《虞箴》作《十二洲》、《十二官箴》而傳於世,不具九官,崔氏累世彌縫其闕。胡公又以次其首目而爲之解,署曰:《百官箴》。

連　珠

　　歷歷如貫珠傅玄《叙連珠》曰:所謂連珠者,興於漢章帝之世,班固、賈逵、傅毅三子受詔作之,而蔡邕、張華之徒又廣焉。其文體辭麗而言約,不指説事情,必假喻以達其旨,而賢者微悟,合于古詩勸興之義。欲使歷歷如貫珠,易睹而可悦,故謂之連珠也。補, **興於章帝之世,必假喻以達旨,辭麗而言約,易睹而可悦已**上並傅玄《叙連珠》,見上。 **揚雄《連珠》**臣聞明君取士,貴拔衆之所遺;忠臣薦善,不廢格之所排。是以岩穴無隱,而側陋章顯也。續補。 **班固《連珠》**臣聞公輸愛其斧,故能妙其巧;明主貴其士,故能成其治。臣聞良匠肆其材,而成大廈;明主器其士,而建功業。臣聞聽決價而資玉者,無楚和之名;因近習而取士者,無霸王之功。故璵璠之爲寶,非駔儈之術也;伊吕之爲佐,非左右之舊也。臣聞鸞鳳養六翮以凌雲,帝王乘英雄以濟民。臣聞馬伏櫪而不用,則駑與良而爲羣;士齊僚而不職,則賢與愚而不分。續補。 **魏文帝《連珠》**蓋聞琴瑟高張,則哀彈發;節士抗行,則榮名至。是以申胥流音於南極,蘇武揚聲於朔裔。蓋聞四節異氣以成歲,君子殊道以成名。故微子奔走而顯,比干剖心而榮。蓋聞駑蹇服御,良樂咨嗟;鉛刀剖截,歐冶歎息。故少師幸而季梁懼,宰嚭任而伍員憂。續補。 **王粲《做連珠》**臣聞明主舉士不待習近,聖君用人不拘毀譽。故吕尚一見而爲師,陳平烏集而爲輔。臣聞紀功忘過,明君之道也;不念舊惡,賢人之業也。是以齊用管仲,而霸功立;秦任孟明,而晉恥雪。臣聞振鷺雛材,非六翮無以翔四海;帝王雖賢,非良臣無以濟天下。臣聞觀於明鏡,則疵瑕不滯於軀;聽於直言,則過行不累乎身。續補。 **陸機《連珠》**臣聞世之所遺,未爲非寶;主之所珍,不必適治。是以俊乂之藪,希蒙翹車之招;金碧之嵓,必辱鳳舉之使。臣聞靈輝朝覯,稱物納照;時風夕灑,程形賦音。是以至道之行,萬類取足於世;大化既洽,百姓無匱於心。臣聞鑽燧吐火以續暘穀之晷,揮翮生風而繼飛廉之功。是以物有微而毗著,事有瑣而助洪。臣聞絶節高唱,非凡耳所悲;肆義芳訊,非庸聽所善。是以南荆有寡和之歌,東野有不釋之辯。臣聞飛轡西頓,則離朱與矇瞍收察;懸景東秀,則夜光與砆碔匿耀。是以才換世則俱困,功偶時而並勍。臣聞虐暑薰天,不減堅冰之寒;涸陰凝地,無累陵火之熱。是以吞縱之强,不能反蹈海之志;漂鹵之威,不能降西山之節。臣聞足於性者,天損不能入;貞於期者,時累不能淫。是以迅風陵雨,不謬晨禽之察;勁陰殺節,不凋寒木之心。續補。

碑

刻石立祠《魏志·賈逵傳》云：逵死，豫州吏民追思之，爲刻石立祠。青龍中，帝東征，乘輦入逵祠，詔曰：昨過豫州，見賈逵像，念之愴然。刊石立碑《後漢書·陳寔傳》云：寔卒於家，何進遣使弔祭，海內赴者三萬餘人，制衰麻者以百數。共刊石立碑，謚爲文範先生。補。樹碑頌德《東觀漢記》云：竇章女年十二能屬文，以才貌選掖庭，有寵，與梁皇后並爲貴人，早卒。帝追思之，詔史官樹碑頌德，帝自爲之辭。臣子述功《釋名》云：碑，被也。此本王莽時所設也。施其轆轤，以繩被其上，以引棺也。臣子追述君父之功美，以書其上，後人因焉。乃建於道陌之頭顯見之處名其文，就謂之碑也。補。銘紀功德《齊道記》云：琅邪城，始皇東游至此，立碑銘紀秦功德，云是李斯所刻。述德紀功李充《起居戒》云：古之爲碑者，蓋以述德紀功，歸於實録也。述詠功德袁興《萬年書》云：夫碑銘，將以述詠功德，流美千載。披文相質陸機《文賦》，見詩前篇。絶妙好辭《世説》云：魏武嘗過曹娥碑下，楊修從。碑背上見題作"黄絹幼婦外孫鑿臼"八字，魏武謂修解不。修曰：解。黄絹，色絲也，於字爲絶；幼婦，少女也，於字爲妙；外孫，女子也，於字爲好；鑿臼，受辛也，於字爲辭。所謂"絶妙好辭"也。建碑於門《虞氏家記》云：虞譚值亂逆之世，義守封疆，澤洽黎庶，故民沈尹等共建碑於門。立碑於墓《文章流別論》云：古有宗廟之碑，後世立碑於墓，顯之衢路，其所載者銘辭也。置碑江上王《晉書》：陶侃薨，帝爲置石碑，立廟像於武昌西江上。又案：《晉書》：陶侃薨，遺令葬國南一十里，故吏刊石碑畫像于武昌西。補，立碑峴山《晉書》：杜預好爲後世名，常言高岸爲谷，深谷爲陵，刻石爲二碑，紀其勳績。一沉萬山之下，一立峴山之上，曰：焉知此後不爲陵谷乎？補。案：《南部新書》云：時人多使沉碑峴首，唐賢往往有之。據《晉書》，"沉碑峴首"誤也，當爲"沉碑方山"。方山，按：《晉書》作"萬山"，必有一誤，並存之以俟知者。附。民共立碑《陳留耆舊傳》云：王業爲荊州府，有德政，卒於湘江。有二白虎共衛其墓，民共立碑，號曰湘江白虎墓。參佐立碑《荊州圖記》云：羊叔子與鄒潤甫嘗登峴山，羊泣曰：有宇宙便有此山，由來賢達登此望，如我與卿者多矣，皆湮滅無聞，念此使人悲傷。潤甫曰：公德冠四海，道嗣前哲。令問令望，當與此山俱傳。若潤甫輩，乃當如公語耳。後參佐爲立碑在其望處，百姓每行望碑，莫不悲感。杜預名爲墮淚碑。補。翠碑表墳曹毗《郗公墓詩》云：青松比勁節，翠碑表高墳。玉顏無餘映，薰風有遺薰。石碑生金王《晉書·石瑞紀》云：永嘉初，陳國項縣賈逵石碑中生金人，盜取盡復生，此江東之瑞。補。曹仁記水溢盛弘之《荊州記》云：魯城南有曹仁記漢水溢碑，後杜元凱因其伐吳事，書于碑上。補。杜預書伐吳《荊州記》，見上。湖水加上《徐州記》云：徐州，取徐山爲名。春秋時爲宋邑，有秦始皇碑，水至加上三尺石，長丈八尺，厚三尺八寸。沉萬山下《晉書》，杜預。見上。蔡邕自書册《後漢書》云：蔡邕奏求正定六經文字，靈帝許之。邕乃自書册於碑，使工鎸刻，立於太學門外。鍾公題年月《述征記》云：華岳三廟前立碑，段煨所刻，其文弘農張昶所造，仍自書之。鍾公題年月二十餘字。立碑思賢《豫章記》云：孫子墓在南郡。永安中，太守夏侯嵩於墓邊立思賢碑。望碑墮淚《荊州圖記》，見上。西戎涕泣《晉諸公贊》云：司馬駿鎮西戎，既葬，西戎之人每見碑，無不涕泣。**百姓悲感**《荆州圖記》，見上。**有道無媿**《後漢郭泰傳》云：太卒，四方之士千餘人皆來會葬，同志者乃共刻石立碑，蔡邕爲文。既而謂盧植曰：吾爲碑銘多矣，皆有慚德。惟郭有道，無愧色耳。補。**文蕭不虛**《會稽典錄》云：虞歆字文蕭，歷郡守，節操高厲。魏曹植爲東阿王，東阿先有三十碑銘，多非實。植皆毀除之，以歆碑不虛，獨全焉。**刻石既精書，亦甚工**《述征記》云：曹真祠堂在北邙山，刊石既精，書亦甚工。**文既綺藻，器亦絕妙**《晉中興書》云：戴逵總總角時，以鷄卵汁漬白瓦屑作爲鄭玄碑，又爲文而自刻之。文既綺藻，器亦絕妙，時人莫不驚歎。**讀碑改字**《魏志》：鄧艾至潁川，讀陳實碑文，言文爲世範，行爲士則。艾遂自改名爲範，字士則。後族有與同者，故改焉。**刊其碑陰**《荆州記》云：冠軍縣有張唐墓，七世孝廉刻其碑，背曰：白楸之棺，易朽之裳，銅鐵不入，瓦器不藏。嗟爾後人，幸勿見傷。

誄

誄《說苑》云：柳下惠死，人將誄之，妻曰：將述夫子之德，二三子不若妾之知。爲誄曰：夫子之不伐，夫子之不竭，謚宜爲惠。弟子聞而從之。**述行**《東觀記》：平原王葬，鄧太后悲傷，命史官述其行跡，爲作傳誄，藏於王府。**喪紀能誄**《詩》傳。**累事稱之**曾子《問篇》云：賤不誄貴，幼不誄長，禮也。唯天子稱天以誄之，諸侯相誄，非禮也。鄭注云：誄之爲言，累也，累舉其生平實行爲誄，而定其謚以稱之也。附。**哀公誄孔丘**《檀弓篇》：魯哀公誄孔丘曰：天不遺者老，莫相子位焉。嗚呼哀哉，尼父！案：宣聖之誄，數處文有不同。《左傳·哀公十六年》：夏四月己丑，孔丘卒。公誄之曰：昊天不弔，不憗遺一老，俾屏余一人在位，煢煢余在疚。嗚呼哀哉！尼父無自律。而《史記·孔子世家》與《左傳》所載全同。班氏《前漢·五行志》則云：孔丘卒，哀公誄之曰：昊天不弔，不憗遺一老，俾屏余一人。又與《史記》異。補。**世祖誄吳**《漢東觀記》云：杜篤與美陽令交遊，數從請託，不諧，頗相恨。令怒收篤，送京師。會大司馬吳漢薨，世祖詔諸儒誄之，篤于獄中爲誄辭最高，帝美之，賜帛免刑。**公遂誄之**《檀弓》：魯莊公及宋人戰于乘邱，縣賁父御卜國，爲右馬驚，敗績，公隊，佐車授綏公曰：末之卜也。縣賁父曰：他日不敗績，而今敗績，是無勇也。遂死之。圉人浴馬，有流矢在肉，公曰：非其罪也。遂誄之。士之有誄，自此始也。案注：縣音玄，賁音奔。縣、卜，皆氏也。補。**上自爲誄**《漢武故事》云：公孫弘薨，上聞而悲，乃改殯之，上自爲誄。**貴賤操筆四十餘人**《晉書·郄超傳》云：超所交友，皆一時美秀，雖寒門後進，亦拔而友之。及死之日，貴賤操筆而爲誄者四十餘人，其爲衆所宗貴如此。**章章殊興，句句感切**曹植《答明帝詔》云：奉詔所作故平原公主誄，文義相扶，章章殊興，句句感切。**古今莫比，一時所推**王隱《晉書》云：潘岳善屬文，哀誄之妙，古今莫比，一時所推。

哀辭

誄之流摯虞《文章流別論》云：哀辭者，誄之流也。崔瑗、蘇順、馬融等爲之，率以施於童殤夭折，不以壽終者。建安中，文帝與臨淄侯各失稚子，命徐幹、劉禎等爲之哀辭。哀辭之體，以哀痛爲主，緣以歎心之辭。補，哀爲主，施於童夭，緣以歎心並見上。馬上三十步班固《馬仲都哀辭》曰：車騎將軍順文侯馬仲都，明帝舅也，從車駕于洛水浮橋，馬驚入水，溺死。帝顧謂侍御曰：班固於馬上三十步，遂爲哀辭。續補。見之乃閣筆《南史》曰：劉孝綽三妹，一適東海徐悱。悱爲晉安郡，卒，喪還建業，妻爲祭文，詞甚悽愴。悱父勉欲爲哀辭，見之乃閣筆。續補。

弔　文

瞻首陽，弔伯夷阮瑀《弔伯夷文》云：余以王事到洛，瞻首陽山，敬弔伯夷，求仁見歎，仲尼芳名，没而不朽。由西鄂，弔平子禰衡《弔張衡文》云：余今反國，命駕言歸。路由西鄂，道弔平子。寄之山崗糜元《弔夷齊文》云：側聞先生，餓于首陽。敢不敬弔，寄之山崗。寄之渌水《晉書》云：庾闡出補零陵太守，入湘川弔賈誼，其辭曰：悠悠太素，存亡一指。道來斯通，世往斯圮。吾哀其生，未見其死。敢不敬弔，寄之渌水。案：庾闡《弔賈誼文序》云：中興二十三載，余參守衡南，鼓栧三江，路次巴陵。望君山而過洞庭，涉湘川而觀汨水。臨賈生投書之川，慨以永懷矣。及造長沙，觀其遺像，喟然有感，乃弔之云。補。投江流以弔屈原《漢書》云：揚雄作書，往往摭《離騷》文而反之，自岷山投諸江流，以弔屈原，名曰《反離騷》。託白水而騰文蔡邕《弔屈原文》。度湘水，爲賦以弔屈原《漢書》云：賈誼爲長沙王太傅，及度湘水，爲賦以弔屈原。搦紙申辭以弔始皇傅威《弔始皇賦》文。禰衡停馬《禰衡别傳》云：南陽寇，柏松嘗寄寓劉景升，景升當暫小出，屬守長胡政令給視之。柏松父子宿與政不佳，景升不在，胡政因而殺之。景升還，慚悼無已，即治殺胡政，爲作二牲以祭。正平爲作板書弔之，駐馬，援筆倚柱而作焉。補。文度揮翰王文度《弔龔勝文》云：宿慕遺芳，遐仰徽烈。登封遠慨，有傷高節。揮翰欲弔，靈其名察。託仁封而永念陸機《弔蔡伯喈文》云：慨矣永歎，敬弔于君。託仁封而永念，考遺烈於舊文。雖緬邈而追傷王文度《弔范增文》云：余以升平五年正月庚申，自下邳北征，乃想項籍之往轍，惟楚漢之滎陽；瞻鴻門而增慨，憶曩昔而興歎；登亞父之故隴，景忠諒之流芳；感前烈而長思，雖緬邈而追傷。悼繐帳之冥漠，怨西陵之茫茫陸機《弔魏武文》云：悼繐帳之冥漠，怨西陵之茫茫。登雀臺而羣悲，佇美目其何望。既睎古以遺累，信禮簡而薄葬。彼裘紱于何有，貽塵謗于後王。補。遐哉邈矣，長游幽冥王《晉書》：安慮仲元使蜀，弔孔明曰：適子之墓，冥漠無聲。廟堂猶在，松柏冬青。遐哉邈矣，長游幽冥。滅皎皎之玉質，絶琅琅之金聲李充《弔嵇中散文》曰：嗟乎先生！逢時命之不丁，翼後彫於歲寒。遭繁霜而夏零，滅皎皎之玉質，絶琅琅之金聲。精爽遐登，形骸幽匿束皙《弔蕭孟恩文》曰：精爽遐登，形骸幽匿。有邪無邪，莫之能測。敬薦萍饋，魂兮來食。孟恩孟恩，豈猶我識。續補。翼挂密網，命絶霜刃李顒《弔平升父文》。實碎白刃，蘭焚原火卞敬宗《弔二陸文》云：實碎白刃，蘭焚原火，豈不惜哉。（以上卷一百二《藝文部》）

詔

渙汗大號《易·渙卦》云："九五，渙汗其大號。"王肅註云：王者出令，不可復返。喻如身中汗出，不可反也。案：《漢書》：劉向《上封事》云：易曰："渙汗其大號。"言號令如汗，汗出而不反者也。今出善令，未能踰時而反，是反汗也。補。　**其出如綸**《禮記·緇衣》篇云：王言如絲，其出如綸。鄭注云：言言出彌大也。綸，今有秩嗇夫所佩也。　**黃紙手詔**《魏略》曰：明帝寢疾，欲以燕王宇爲大將軍。劉放、孫資曰：陛下忘先帝詔敕，藩王不得輔政。且燕王擁兵南面不聽，臣等入此，即豎刁、趙高也。帝曰：曹爽可代不？放、資因贊之。又白：宜詔司馬宣王，使相參帝。從之。即以黃紙授放作詔，放即上牀，執帝手作之，遂齎而出。補。　**青紙詔書**《晉書·楚隱王瑋傳》云：帝以瑋矯制害亮、瓘父子，遂斬之。瑋臨死，出其懷中青紙詔，流涕以示監刑尚書劉頌曰：受詔而行，謂爲社稷。今更爲罪，託體先帝。受枉如此，幸見申列。頌亦歔欷，不能仰視。補。　**尺一詔書**《魏書·夏侯玄傳》云：初，中領軍高陽許允與豐玄親善。先是有詐，作尺一詔書，以玄爲大將軍，允爲太尉，共錄尚書事。補。　**五條詔書**案：《晉書》：武帝太元四年，班五條詔書於郡國，一曰正身，二曰勤百姓，三曰撫孤寡，四曰敦本息華，五曰去人事。　**與庾公函封**《語林》云：明帝函封詔與庾公信，誤致與王公。王公開詔，末云：勿使冶城公知道。王公乃進表答曰：伏讀明詔，似不在臣。臣開臣閟，無有見者。明帝甚愧，數月不出見王公。　**與王導敬**《晉中興書》云：初，顯宗幼冲，見王導恒拜。又帝與導手詔，則曰"敬白"；中書作詔，則曰"敬問"。於是以爲永制。　**見詔歎曰"聖主"**《東觀漢記·第五倫傳》云：倫每見光武詔書，常歎息曰：此聖主也。　**奉詔驚喜踊躍**曹植表云：即日奉手詔，驚喜踴躍。　**青筒詔敕**《晉八王故事》云：張方逼上出謁宗廟，上以青筒詔勅中書曰：朕體中不佳，不堪出也。　**朱鈞施行**《漢舊儀》云：詔書以朱鈞施行。　**闇不見事，以此示之**《釋名》云：詔，照也。人闇不見事，則有所犯。以此照示，使昭然知所由也。　**使自驚飾，不敢廢慢**《釋名》云：敕，飾也，使自驚飾，不敢廢慢也。

章

子雲筆有餘力《論衡》云：谷子雲、唐子高章奏百上，筆有餘力。　**孔璋微爲煩富**魏文帝《與吳質書》，見前論文篇。　**公車受章，無避反支**《潛夫論》云：明帝問：今旦何得無上書者？左右對曰：反支。故帝曰：民既廢農，遠來詣闕，而復使避反支，是則又奪其日而宛之也。乃敕公車受章，無避反支。補。　**懷刀截章，州受其短**《吳志》：太史慈爲郡奏曹史。會郡與州有隙，曲直未分，以先聞者爲善。時州章已去，郡守恐後之，選慈以行。慈晨夜取道，到洛陽，詣公車門，見州吏，始欲求通。慈問曰：君欲通章耶？吏曰：然。問：章安在？曰：車上。慈曰：章題署得無誤耶？取來視之。吏殊不知其爲郡使也，因爲取章。慈已先懷刀，便截敗之，因與吏共亡去。後有司以格章之故，不復見理。州受其短，由是知名，而爲州家所疾，恐受其禍，乃避之遼東。續補。　**置章御坐**後漢周舉爲平邱令，上書言當世得失，辭甚切正。尚書郭虔、應賀等見之歎息，共上疏稱舉忠直，欲帝置章御坐，以爲規誡，續補。　**對揚王庭**《文心雕龍》曰：原夫表章之爲用，所以對揚王庭，昭明心曲。續補。

表

思之於內，表施於外《釋名》云：下言上曰表，思之於內，表施於外也。又曰：上，示之於上也。又曰：言，言其意也。補。**孔璋殊健**魏文帝《與吳質書》，見前。**阮瑀之俊**《典論》云：陳琳、阮瑀之章表書記，今之俊也。**樂假潘筆，潘取樂旨**《典論》云：樂廣累遷侍中、河南尹。廣善清言，而不長於筆，將讓尹，請潘岳爲表，岳曰：當得君意。廣乃作二百句語，述己之志。岳因取次比，便成名筆。時人咸云：若樂不假潘之筆，潘不取樂之旨，無以成斯美也。**再呈不可意，五字乃悦服**《世語》曰：司馬景王命中書令虞松作表，再呈，輒不可意，命松更定。經時，松思竭不能改，心存之，形於顏色。鍾會察其有憂，問松，松以實告。會取視，爲定五字，松悦服，以呈景王。王曰：不當爾耶，誰所定也？松曰：鍾會。向亦欲啟之，會公見問，不敢饕其能。王曰：如此可大用，可令來。會問松王所能，松曰：博學明識，無所不貫。會乃絶賓客，精思十日，平旦入見，至二鼓乃出。出後，王獨拊手歎息曰：此真王佐材也。補。**操筆便成**後魏《董紹傳》云：孝武崩，周文與百官共推文帝，上表勸進。令呂思禮、薛澄上表，前後再奏。帝尚執謙冲，不許。周文曰：爲文能動至尊，惟董公耳。乃命紹爲第三表，紹操筆便成。表奏，文帝乃允。續補。**口占上表**《高堂隆集》：隆寢疾篤，口占上疏曰：紂懸白旗，桀放鳴條。天子之尊，湯武有之。豈伊異人，皆明王之胄也。臣觀黃初之際，天兆其戒。異類之鳥，育長燕巢，口爪胸赤。此魏室之大異也。宜防鷹揚之臣於蕭墻之內，可選諸王，使君國典兵，星羅棋跱，鎮撫皇畿，翼亮帝室。昔周之東遷，晉、鄭是依；諸呂之亂，實賴朱虚。斯蓋前代之明鑒也。補。案：習鑿齒曰：高堂隆可謂忠臣矣。君侈，每思諫其惡；將死，不忘憂社稷。正辭動於昏主，明戒驗於身後；睿諤足以勵物，德音没而彌彰。可不謂忠且智乎！附。

書　記

應瑒善書記《文章敘録》曰：應瑒博學，好屬文，善爲書記。又《吳質別傳》云：質有才學，善爲書記。**葛龔善文記**《後漢書·葛龔傳》云：和帝時，龔以善文記知名，著文賦碑誄書記凡二十篇。補。**谷永便筆札**《漢書》云：谷永字子雲，便於筆札，故世人云：谷子雲之筆札，婁君卿之脣舌也。**穆之便尺牘**沈約《宋書》云：劉穆之與朱齡石並便尺牘，常於高祖坐與齡石答書，自旦至中，穆之得百函，齡石得八十函，而穆之應對無廢。案：穆之內總朝政，外供軍旅，決斷如流，事無擁滯。賓客輻輳，求訴百端，內外諸稟，盈堦滿室。目覽辭訟，手答牋書，耳行聽受，口並酬應，不相參涉，皆悉瞻舉。又：數客睽賓言談賞笑，引日亘時，未嘗倦苦。裁有閒暇，自手寫書，尋覽篇章，校定墳籍。性耆豪，食必方丈，旦輒爲十人饌。穆之既好賓客，未嘗獨餐，每至食時，客止十人，以此爲常。補。**陳遵馮几口占**《漢書》：陳遵字孟公，性善書，與人尺牘，主皆藏去以爲榮，請求不敢逆，所到衣冠懷之，惟恐在後。時列侯與遵有同姓字者，每至人門，曰“陳孟公。”坐中莫不震動。既至而非，因號其人曰“陳驚坐”云。王莽素奇遵材，在位多稱譽者，繇是起爲河南太守。既至官，當遣從史西召善書吏十人於前，治私書，謝京師故人。遵馮几口占，書吏且省官事，書數百封，親疏各有意，河南大驚。補。　**王平口授作書**《蜀志》云：王平生長戎旅，手不能書，所識不過十字，而口授作書，皆有意理。使人讀《史》、《漢》諸記傳，聽之備知其大義，往往論說，不失其指。補。　**含欣而秉筆，大笑而吐辭**陳思王《與丁敬書》。　**寫情於萬里，精思於一隅**傅咸《紙賦》云：若乃六親乖分，離羣索居；鱗鴻附便，援筆飛書；寫情於萬里，精思於一隅。　**簡書如雨**《王傑集・阮瑀誅》云：既登宰輔，充我秘府；允司文章，爰及軍旅。庶績惟殷，簡書如雨，强力敏成，事至則擧。　**紙落如雲**潘岳《楊荆州誅》云：多才豐藝，强記洽聞。艸隸兼善，尺牘必珍。足不輟行，手不釋文。翰動若飛，紙落如雲。補。　**粲然耀眼**陸景書云：獲答虎蔚，德音孔昭。披紙尋句，粲然耀眼。　**過百萬之衆**《抱朴子》云：昔魯連以書下聊城，是分毫之力，過百萬之衆也。　**勝十萬之衆**《晉書》云：荀勖與裴秀、羊祜共管機密，時將發使聘吳，並遣當時文士，作書與孫皓。帝用勗所作，皓既報命和親。帝謂勗曰：君前作書，使吳思順，勝十萬之衆也。補。　**翕然愈疾**《典略》云：陳琳作諸書及檄，草成，呈太祖。太祖先患頭風，是日疾發，而卧讀琳所作，翕然而起曰：此愈我疾矣。數加厚賜。　**賢於十部從事**《晉書》云：劉弘爲荆州鎮沔漢，每有興發，手相書喻，丁寧欵密，所以人皆感悦。有事，人爭赴之，咸曰：得劉公一紙書，賢於十部從事。　**射城，燕將自殺**魯連子云：燕將攻下聊城，聊城人或讒之燕，燕將懼誅，因保守聊城，不敢歸。齊田單攻聊城歲餘，士卒多死，而聊城不下。魯連乃爲書約之，矢以射城中，遺燕將。燕將見魯連書，泣三日，猶預不能自決：欲歸燕，已有隙，恐誅；欲降齊，所殺虜于齊甚衆，恐已降而復見辱。喟然歎曰：與人刃，我寧自刃。乃自殺。聊城亂，單遂屠聊城。補。　**誤書，燕國大治**《韓子》云：郢人有遺燕相國書者，夜書，火不明，因謂持燭者曰"擧燭"云，而過書擧燭。擧燭，非書意也。燕相受書而説之，曰：擧燭者，尚明也，尚明也者，擧賢而任之。燕相白王，大説，國以治。治則治矣，非書意也。今世學者，多似此類。補。　**蘇武雁足係書**《漢書》云：蘇武使匈奴，被留。昭帝即位數年，匈奴與漢和親，漢求武等，匈奴詭言武死。後漢使復至匈奴，常惠請其守者與俱，得夜見漢使，具自陳道，教使者謂單于，言天子射上林中，得雁，足有係帛書，言武等在某澤中。使者大喜，如惠語以讓單于，單于視左右而驚，謝漢使曰：武等實在。於是遺還漢。　**阮瑀馬上具草**《典略》云：太祖常使阮瑀作書與韓遂，時太祖適近出，瑀隨從，因于馬上具草。　**孔翊書皆投水**《魯國先賢傳》云：孔翊爲洛陽令，置器水于前庭，得私書皆投其中，一無所發。　**洪喬書擲於水**《語林》云：殷洪喬作豫章郡，臨去，人寄百餘函書。既至石頭，悉擲水中，因呪之曰：沉者自沉，浮者自浮，殷洪喬不能作致書郵。補。　**與書皆不發**《先賢行狀》云：杜安年十歲，名稱鄉黨。十五入學，號神童，貴盛。慕安高行，多有與書，皆不發，以慮後患，常鑿壁安書。後諸與書者，果有大罪。

符

刻玉符《史記・呂不韋傳》云：華陽夫人承太子閒，從容言子楚質於趙者絶賢，來往者皆稱譽之。乃因涕泣曰：妾幸得充後宫，不幸無子，願得子楚立以爲適嗣，以託妾身。安國君許之，乃與夫人刻玉符，約以爲適嗣。　**銅虎符**《漢書》云：文帝二年九月初，與郡守爲銅虎符、竹使符。　**黄帝合符**《史記》云：黄帝合符金山。案：索隱曰：合諸侯符契圭瑞而朝之於金山，猶禹會諸侯于塗山然也。補。《括地志》：金山，在嬀州懷戎縣北山上，有舜廟。附。　**漢帝奪符**《漢書》云：楚圍成皋，漢王獨與滕公共車，出成皋玉門，北渡河，馳宿。脩武自稱使者，晨馳入張耳、韓信壁，奪其印符，麾召諸將，往擊齊、趙。**舜合已符**《呂氏春秋》云：客有問季子曰：奚以知舜之能也？季子曰：堯固已治天下矣，舜言治天下而合已之符，是以知其能也。**勝敵之符**《六韜》云：主與將有陰符，凡八等。有大勝克敵之符，長一尺；破軍擒將之符，長九寸；降城得邑之符，長八寸；却敵報遠之符，長七寸；警衆堅守之符，長六寸；請糧益兵之符，長五寸；敗軍亡將之符，長四寸；失利亡士之符，長三寸。補。**得邑之符**見上。**王母之符**《帝王世紀》云：昔蚩尤無道，黃帝討之於涿鹿之野。西王母遣道人以符授之黃帝，乃立請祈之壇，親自受符。視之，乃昔者夢中所見也。即于是日擒蚩尤**玄女出行**《河圖記》云：玄女出行，信符黃帝授之，以刺蚩尤。**投河送流**《抱朴子》云：葛仙翁為册書符投江中，順流而下。次投一符，逆流而上。次又投一符，不上不下，停住中流。二符皆為就之。**擲屋風靜**《搜神記》云：吳猛有道術，嘗守潯陽。參軍周家有狂風暴起，猛即書符擲屋上，須臾風靜。**青符壓鬼**《列仙傳》云：漢武帝時，殿下有怪，常見朱衣披髮，相隨持燭而走。帝謂劉憑曰：卿可除此不？憑曰：可。乃以青符擲之，見數鬼傾地。帝驚曰：以相試耳，乃解之。**介象知其謬誤**《神仙傳》曰：介象見市中門户有道家符，悉能讀之，知其謬誤。**應詹佩以周旋**王隱《晉書》云：應詹少多患，淳于知乃為符，使佩之。其文云：惟兹寶籙，降自旻蒼。佩以周旋，萬壽無疆。

檄

魁囂為檄，莫不諷誦《東觀漢記》云：魁囂，故宰府檄掾史，善為文書。每上檄，士大夫莫不諷誦。**應詹作檄，見者慷慨**《晉書》云：應詹遷南平太守，王澄為荆州，假詹督南平、天門、武陵三郡軍事。及洛陽傾覆，詹攘袂流涕，勸澄赴援。澄使詹為檄，詹下筆便成，辭義壯烈，見者慷慨。補。**陳琳愈太祖病**《典略》，陳琳，見前。**易雄列王敦罪**《晉書》云：長沙易雄既距王敦，將謀起兵，以赴朝廷。雄為作檄，遠近列敦罪惡，宣募縣境。數日之中，有衆千人負粮荷戈而從之。丞既固守，而湘中殘荒之後，城池不完，兵資又闕。敦遣魏乂、李恒攻之。雄勉厲所統，扞禦累旬，士卒死傷者相枕。力屈城陷，為乂所虜，意氣慷慨，神無懼色。送到武昌，敦遣人以檄示雄而數之。雄曰：此實有之。惜雄位微力弱，不能救國之難。王室如燬，雄安用生為！今日即戮，得作忠鬼，乃所願也。敦憚其辭正，釋之，衆人皆賀，雄嘆曰：昨夜夢乘車挂肉其傍，夫肉必有筋，筋者，斤也。車傍有斤，吾其戮乎！尋而敦遣殺之。**賊檄百數**《東觀漢記》云：光武數召諸將，置酒賞賜，坐席之間，以要其死力。當此之時，賊檄日以百數，憂不可勝，上猶以餘間講經藝。**羽檄三至**《魏志》云：袁紹以董昭領魏郡太守，時郡界大亂，賊以萬數，遣使往來，交易市買，昭厚待之，因用為間，乘虛掩討，輒大克破。二日之中，羽檄三至。案：昭初領鉅鹿時，郡右姓孫伉等數十人專為謀主，驚動吏民。昭至郡，偽作紹檄，告郡云：得賊羅侯安平、張吉辭，當攻鉅鹿。賊故孝廉孫伉等為應，檄致收行軍法，惡止其身，妻子勿坐。昭案檄告令，皆即斬之。一郡惶恐，乃以次安慰，遂皆平集。事訖白紹，紹稱善。補。**為本初作檄**《獻帝春秋》云：太祖平鄴，謂陳琳曰：君昔為本初作檄書，但罪孤而已，何乃以及父祖乎？琳謝曰：矢在弦上，不得不發也。**高祖制檄**《續晉陽秋》云：何無忌母，劉牢之姊也。無忌與高祖謀，夜於屏風裏制檄文。母潛登屏風上窺，既知其謀，大喜曰：汝能如此，吾雪恥雪矣。**毛義奉檄動顏**《東觀記》云：廬江毛義，性恭儉謙約，少時家貧,以孝行稱。南陽張奉慕其名,往候之。坐有頃,府檄到,當以義爲守令。義奉檄持入,白母,喜動顏色。趙曄奉檄心恥謝承《後漢書》云:趙曄少嘗爲縣吏奉檄送督郵,曄心恥于厮役,遂棄車馬去。到犍爲資中,詣杜撫,受韓詩,究竟其術。案:資中,縣名。杜撫,字叔和,犍爲武陽人也。少有高才,受業於薛漢,定《韓詩》章句。附。移書太常《漢書》云:劉歆欲建立《左氏春秋》及《毛詩》、《儀禮》、《古文尚書》,皆列於學官。哀帝令歆與五經博士講論其義,諸博士或不肯置對。歆因移書太常博士,責讓之。移書州郡《後漢書》云:韓馥見民情歸袁紹,忌其得衆,恐將圖己,常遣從事守紹門,不聽發兵。橋瑁乃詐作三公移書,傳驛州郡,説董卓罪惡,天子危逼,企望義兵以釋國難。馥於是方聽紹舉兵。(以上卷一百三《藝文部》)

策

大事書策杜預《春秋序》云:大事書之於策,小事簡牘而已。先王策府《穆天子傳》,見前"藏書"篇。魯史策書杜預《春秋序》云:仲尼因魯史策書成文,考其真僞而志其典禮,上以遵周公之遺制,下以明將来之法。補。諸侯之策《左傳》云:甯惠子將死,召悼子曰:吾得罪於君,名在諸侯之策。曰:孫林父、甯殖出其君,君入則掩之。若能掩之,則吾子也;若不能,猶有鬼神。吾有餒而已,不来食矣。悼子許諾,補。金策張衡《西京賦》:昔者大帝悦秦繆公而覲之饗,以鈞天廣樂,帝有醉焉。乃爲金策,錫用此土,而剪諸鶉首。案:注云:大帝,天也。觀,見也。剪,盡也。言天悦繆公而見之饗,以鈞天之樂。帝醉,乃以金策賜繆公雍州之地,而盡鶉首之分。鶉首,秦分也。補。玉策《唐書》:貞觀中,房玄齡議封禪儀,用玉策四枚,各長一尺三寸,廣一寸五分,厚五分。每策五簡,俱以金編。續補。

簡

金簡刻而書之《神仙傳》云:陰長生裂黃表寫丹經一通,封以文石之函;置嵩山一通。黃櫨之簡,漆書之,封以青玉之函;置太華山一通,黃金之簡,刻而書之,封以白銀之函;置蜀綏山一封,縑書,合爲十篇,付弟子使世世當有所傳。補案:長生嘗聞馬鳴生得度世之妙道,乃尋求之,遂得相見,便執奴僕之役,親運履之勞。鳴生不教其度世之法,但日夕別與之高談,論當世之事,治農田之業,以此十餘年,長生不懈。同時共事鳴生者十二人皆悉歸去,惟長生執禮彌肅。鳴生告之曰:子真能得道矣。乃將入青城山中,煑黃土爲金以示之,立壇西,而乃以《太清神丹經》授之。鳴生別去,長生乃歸。合之,丹成,服半劑不盡,而即昇天。附。玉簡編以黃金《瀨鄉記》云:《老子母碑》曰:老子把持仙録,玉簡金字,編以白銀,紀善綴惡。青簡編以縹絲劉向《別録》云:《孫子》書以殺青簡編,以縹絲繩。青簡寫書張璠《漢記》云:吳祐父恢爲南海太守,欲殺青簡以寫經書。祐年十二,諫曰:海濱舊多珍怪,上爲國家所疑,下爲權戚所望。此書若成,則載之兼兩。昔馬援以薏苡興謗,王陽以衣囊徼名,嫌疑之間,誠先賢所慎也。恢乃止,撫其首曰:吳氏世不乏季子矣。補案注云:殺青者,以火炙簡令汗,取其青,易書復不蠹也。兼兩者,車有兩輪,故稱兩也。季子,札也。附。柳簡寫經《楚國先賢傳》云:孫敬以柳簡寫經本,晨夜習誦。青竹去書虫郭璞云:青竹爲簡，以去書蟲。**新竹善朽蠹**劉向《別錄》云：殺青者，直治竹作簡書之耳。新竹有汁，善朽蠹。凡作簡者，皆於火上炙乾之。**畏此簡書**《詩》云：豈不懷歸，畏此簡書。**豈汙簡札**《後漢書》云：范滂爲太尉，奏刺史二千石權豪之黨二十餘人。尚書責滂所劾猥多，疑有私故，滂對曰：臣之所舉，非叨穢姦暴，深爲民害，豈以汙簡札哉。**竹策簡文**《文士傳》云：晉太康中，有人于嵩高山下得竹簡一枚，上有兩行科斗書，中外傳以相示，莫有知者。司空張華以問束皙，皙曰：此漢明帝顯節陵中簡文也。檢驗果然，時人服其博。**簡紙經傳**《後漢書》云：元帝令賈逵自選《公羊》嚴、顏諸生高才者二十人，教以左氏，與簡紙經傳各一通。案注：嚴彭祖、顏安樂俱受《公羊春秋》，故《公羊》有嚴、顏之學。補。**折竹爲簡**王子年《拾遺記》云：張儀、蘇秦二人同志好學，迭剪髮而鬻之，以相養。或傭力寫書，非聖人之言不讀。遇見《墳典》，行途無所題記，以墨書掌及股裏，夜還而寫之，折竹爲簡。二人每假食於路，剝樹皮，編以爲書帙，以盛天下良書。續補。

牘牒附

尺一牘《史記·匈奴傳》云：文帝遺單于書牘，以尺一寸，辭曰：皇帝敬問匈奴大單于無恙，所遺物及言語云云。中行説令單于遺漢書，以尺二寸牘及印封皆令廣大長，倨傲其辭曰：天地所生，日月所置。匈奴大單于敬問漢皇帝無恙，所遺物言語亦云云。補。**三千牘**《史記》云：東方朔初入長安，至公車上書，凡用三千奏牘。公車令兩人共持舉其書，僅然能勝之。人主從上方讀之止，輒乙其處，讀之二月乃盡。補。**周舍執牘**《韓詩外傳》云：趙簡子有臣周舍，立於門下三日三夜。簡子問其故，對曰：臣爲君諤諤之臣，秉筆操牘，從君之後，伺君過而書之。補。**獄吏書牘**《史記·周勃傳》云：有人上書告勃欲反，下廷尉治之。勃以千金與獄吏，吏乃書牘背，示之曰：以公主爲證。公主者，孝文帝女也，勃太子勝之尚之。故獄吏教引爲證。補。**與人尺牘**，主皆藏去《漢書》，陳遵，見前"書記篇"。**受牒而退**《左傳》：趙簡子令諸侯之大夫輸王粟，宋樂大心曰：我不輸粟。我於周爲客，若之何？使客晉士伯曰：自踐土以來，宋何役之不會，而何盟之不同？曰同恤王室，子焉得辟之？子奉君命以會大事，而宋背盟，無乃不可乎？右師不敢對。受牒而退。案注：右師，樂大心也。補。**截蒲爲牒**《漢書》云：路溫舒取澤中蒲，截以爲牒，編用寫書。

札

谷永便筆札《漢書》云：谷永字子雲，便筆札。故時人云：谷子雲之筆札，婁君卿之脣舌。**曹褒抱筆札**後漢曹褒，見前"筆篇"。**給札爲《上林賦》**《漢書》，司馬相如，見前"賦篇"。**遺札言封禪事**《漢書》云：司馬相如死，家無遺書，問其妻，對曰：相如未嘗有書也，時時著書，人又取去。相如未死時，爲一卷書，曰：有使來求書，奏之。其遺札書，言封禪事。補。**左慈化札**《抱朴子》云：魏武帝以左慈爲妖妄，欲殺之，使軍人收之，慈故欲見而不去，乃置之獄。獄中有七慈，形狀如一，不知何者爲真，以白武帝，帝命盡殺之。須臾，七慈盡化爲札，慈徑出，走赴羊羣。**張憚取札**《晉陽秋》云：梁國張憚字義元，爲郡吏，人值太守圍棋，投札於地，憚曰：知府君患風，取以支户。太守輟棋，令坐。

刺

王朗修刺《後漢書·邊讓傳》云：大將軍何進聞讓才名欲辟，命之恐不致，詭以軍事徵召。既到署，令史進以禮見之。讓善占射，能辭對，時賓客滿堂，莫不羨其風。府掾孔融、王朗並修刺，候焉。議郎蔡邕深敬之。補。　禰衡懷刺《禰衡別傳》云：衡少有才辯，而氣尚剛傲，好矯時慢物。興平中，避難荊州。建安初，遊許下。始達潁川，乃陰懷一刺，既而無所之適，至於刺字漫滅。是時，許都新建，賢士大夫四方來集，或問衡曰：盍從陳長文、司馬伯遠乎？對曰：吾焉從屠沽兒耶？又問：荀文若、趙稚長云何？衡曰：文若可借而弔喪，稚長可使監廚請客。惟善魯國孔融及弘農楊修，常稱曰：大兒孔文舉，小兒楊德祖，餘子碌碌，莫足數也。補。　載刺盈車《郭泰別傳》云：泰名顯，士爭歸之，載刺常盈車。　積刺盈案《長沙耆舊傳》云：夏侯叔仁治臨湘，丁母憂，居喪過禮，同郡徐元休弱冠知名，聞而弔焉。旬日，積刺盈案。

券契

崑崙鐵券《河圖括地象》云：崑崙山出鐵券。　折券棄責《漢書》曰：高祖微時，好酒及色，常從王媼、武負貰酒。時飲醉臥，武負、王媼見其上，常有怪。高祖每酤，留飲酒，讎數倍，及見怪。歲竟，此兩家常折券棄責。案：如淳曰：讎，亦售也。師古曰：以簡牘為契券，既不徵索，故折毀之，棄其所負。補。　銅券盟誓《晉書·應詹傳》云：天門武陵谿蠻並反，詹討降之。時政令不一，諸蠻怨望，並謀背叛。詹召蠻酋，破銅券與盟。由是懷詹，數郡無虞。　鐵券世襲《三國典略》曰：梁任世為豪俗，仕於江左，志在立功，來歸太祖。太祖嘉其遠來，待以優禮，後除並州刺吏，封樂安公，賜以鐵券，聽世傳襲。補。　匈奴作鐵券《三輔故事》云：婁敬為高車使者，持節至匈奴，與其分地界，作丹書鐵券曰：自海以南，冠蓋之士處焉；自海以北，剛強之士處焉。　氐羌破鐵券《晉中興書》云：愍帝在關中，與氐羌破鐵券，誓不相侵。　因燒其券《戰國策》云：馮諼約車治裝，載券契而行，辭曰：責畢，收以何市而反？孟嘗君曰：視吾家所寡有者。驅而之薛，使吏召諸民，當償者悉來合券，券遍合，起矯命以責賜諸民，因燒其券，民稱萬歲。補。　誘券焚之沈約《宋書·顗之傳》云：顗之家門雍睦，為州鄉所重。五子：約、緝、綽、鎮，綖。綽私財甚豐，鄉里士庶多負其責。顗之每禁之不能止。友後為吳郡，誘綽取出諸文券一大厨，顗之悉焚燒，宣語遠近，負三郎責皆不須還，凡券書悉燒之矣。補。　焚削書券《東觀漢記》云：樊重年八十餘，終其所假貸人間數百萬，遣令焚削書券，聞者皆慚，爭往償之，諸子竟不肯受。補。　燔燒券書沈約《宋書·王弘傳》云：弘父珣頗好積聚財物，布在民間。珣薨，弘悉燔燒券書，一不收責，餘舊業悉以委付諸弟。補。（以上卷一百四《藝文部》）

孔穎達

孔穎達(574—648)字沖達，一作仲遠或仲達。冀州衡水（今河北衡水西北）人。

孔安之子,孔子三十二代孫。穎達八歲就學,日誦千言,熟讀經傳,善於詞章。隋大業初選爲"明經",授河內郡博士。唐初,爲文學館學士,後擢授國子博士,與杜如晦、房玄齡等並稱"十八學士"。貞觀初年封曲阜縣男爵,後除國子司業,加散騎常侍,拜國子祭酒。唐初,與魏徵受命撰寫《隋書》,爲太子李治撰《孝經章句》。爲統一經義以利科舉取士,奉詔與顏師古、王琰、司馬才章等撰寫"五經義訓",定名爲《五經正義》,共計一百八十二卷。五經即《詩》(《詩經》)、《書》(《尚書》、《書經》)、《禮》(《禮記》)、《易》(《周易》)、《春秋》。《五經正義》爲經學義疏的結集,在學術上統一南北經學,在思想上認定《周易》講求效用,《書》追求"誠慎言行",《詩》"論功頌德之歌,止僻防邪之訓",《禮》既尊自然之道,又體人情之欲,《春秋》教霸王"祀則必盡其敬,戎則不加無罪"等,強調勵精圖治的人文精神,既是國家的統治思想,也爲漢學向宋學過渡提供了文獻和思想條件,在中國經學史上有劃時代的意義。

本書資料據四庫全書本(漢鄭氏箋,唐陸德明音義,孔穎達疏)《毛詩注疏》(即《毛詩正義》)。

《毛詩正義》序(節録)

夫《詩》者,論功頌德之歌,止僻防邪之訓,雖無爲而自發,乃有益於生靈。六情靜於中,百物盪於外,情緣物動,物感情遷。若政遇醇和,則歡娛被於朝野;時當慘黷,亦怨刺形於詠歌。作之者所以暢懷舒憤,聞之者足以塞違從正。發諸情性,諧於律呂,故曰:"感天地,動鬼神,莫近於《詩》。"此乃《詩》之爲用,其利大矣。若夫哀樂之起,冥於自然;喜怒之端,非由人事。故燕雀表啁噍之感,鸞鳳有歌舞之容。然則《詩》理之先,同夫開闢;《詩》跡所用,隨運而移。上皇道質,故諷諭之情寡;中古政繁,亦謳歌之理切。成康没而頌聲寢,陳靈興而變風息。先君宣父,釐正遺文;緝其精華,褫其煩重;上從周始,下暨魯僖;四百年間,六詩備矣。卜商闡其業,雅頌與金石同和;秦正燎其書,簡牘與煙塵共盡。(卷首)

詩者,人志意之所之適也。雖有所適,猶未發口,蘊藏在心,謂之爲志。發見於言,乃名爲詩。言作詩者,所以舒心志慎懣,而卒成於歌詠。故《虞書》謂之"詩言志"也。包管萬慮,其名曰心;感物而動,乃呼爲志。志之所適,外物感焉。言悦豫之志則和樂興而頌聲作,憂愁之志則哀傷起而怨刺生。《藝文志》云:"哀樂之情感,歌詠之聲發。"此之謂也。(卷一)

房玄齡

房玄齡(579—648)字玄齡，一説名玄齡，字喬。齊州臨淄(今山東淄博臨淄區北)人。唐朝開國宰相。博覽經史，工書善文。"十八學士"之一。先後監修完成《高祖實錄》、《太宗實錄》；參與制定典章制度，奠定了中國現存最早、最完整的刑事法典《唐律疏議》，對後世影響極大；監修國史，主編二十四史之一的《晉書》。《晉書》一百三十卷，包括帝紀十卷、志二十卷、列傳七十卷、載記三十卷，記載了從司馬懿開始到晉恭帝元熙二年爲止，包括西晉和東晉的歷史，並用"載記"的形式兼述了十六國割據政權的興亡。《晉書》編者共二十一人，其中監修三人爲房玄齡、褚遂良、許敬宗；天文、律曆、五行等三志的作者爲李淳風；擬訂修史體例爲敬播；其他十六人爲令狐德棻、來濟、陸元仕、劉子翼、盧承基、李義府、薛元超、上官儀、崔行功、辛丘馭、劉胤之、楊仁卿、李延壽、張文恭、李安期和李懷儼。

本書資料據中華書局二十四史本《晉書》。

《晉書·禮志中》(節録)

《漢魏故事》：大喪及大臣之喪，執紼者輓歌。新禮以爲輓歌出於漢武帝《役人之勞》，歌聲哀切，遂以爲送終之禮。雖音曲摧愴，非經典所制，違禮設銜枚之義，方在號慕，不宜以歌爲名。除不輓歌。摯虞以爲，輓歌因倡和而爲摧愴之聲，銜枚所以全哀，此亦以感衆，雖非經典所載，是歷代故事。《詩》稱君子作歌，惟以告哀。以歌爲名，亦無所嫌。宜定新禮如舊，詔從之。(以上卷二〇)

《晉書·樂志》(節録)

漢時有《短簫鐃歌》之樂，其曲有《朱鷺》、《思悲翁》、《艾如張》、《上之回》、《雍離》、《戰城南》、《巫山高》、《上陵》、《將進酒》、《君馬黃》、《芳樹》、《有所思》、《雉子班》、《聖人出》、《上邪》、《臨高臺》、《遠如期》、《石留》、《務成》、《玄雲》、《黃爵行》、《釣竿》等曲，列於鼓吹，多序戰陣之事。

及魏受命，改其十二曲，使繆襲爲詞，述以功德代漢。改《朱鷺》爲《楚之平》，言魏也。改《思悲翁》爲《戰滎陽》，言曹公也。改《艾如張》爲《獲吕布》，言曹公東圍臨淮，擒吕布也。改《上之回》爲《克官渡》，言曹公與袁紹戰，破之於官渡也。改《雍離》爲

《舊邦》，言曹公勝袁紹於官渡，還譙收藏死亡士卒也。改《戰城南》爲《定武功》，言曹公初破鄴，武功之定始乎此也。改《巫山高》爲《屠柳城》，言曹公越北塞，歷白檀，破三郡烏桓于柳城也。改《上陵》爲《平南荆》，言曹公平荆州也。改《將進酒》爲《平關中》，言曹公征馬超，定關中也。改《有所思》爲《應帝期》，言文帝以聖德受命，應運期也。改《芳樹》爲《邕熙》，言魏氏臨其國，君臣邕穆，庶績咸熙也。改《上邪》爲《太和》，言明帝繼體承統，太和改元，德澤流布也。其餘並同舊名。

及武帝受禪，乃令傅玄制爲二十二篇，亦述以功德代魏。改《朱鷺》爲《靈之祥》，言宣帝之佐魏，猶虞舜之事堯，既有石瑞之徵，又能用武以誅孟達之逆命也。改《思悲翁》爲《宣受命》，言宣帝禦諸葛亮，養威重，運神兵，亮震怖而死也。改《艾如張》爲《征遼東》，言宣帝陵大海之表，討滅公孫氏而梟其首也。改《上之回》爲《宣輔政》，言宣帝聖道深遠，撥亂反正，網羅文武之才，以定二儀之序也。改《雍離》爲《時運多難》，言宣帝致討吳方，有征無戰也。改《戰城南》爲《景龍飛》，言景帝克明威教，賞順夷逆，隆無疆，崇洪基也。改《巫山高》爲《平玉衡》，言景帝一萬國之殊風，齊四海之乖心，禮賢養士，而纂洪業也。改《上陵》爲《文皇統百揆》，言文帝始統百揆，用人有序，以敷太平之化也。改《將進酒》爲《因時運》，言因時運變，聖謀潛施，解長蛇之交，離羣桀之黨，以武濟文，以邁其德也。改《有所思》爲《惟庸蜀》，言文帝既平萬乘之蜀，封建萬國，復五等之爵也。改《芳樹》爲《天序》，言聖皇應歷受禪，弘濟大化，用人各盡其才也。改《上邪》爲《大晉承運期》，言聖皇應籙受圖，化象神明也。改《君馬黃》爲《金靈運》，言聖皇踐阼，致敬宗廟，而孝道行於天下也。改《雉子班》爲《於穆我皇》，言聖皇受禪，德合神明也。改《聖人出》爲《仲春振旅》，言大晉申文武之教，畋獵以時也。改《臨高臺》爲《夏苗田》，言大晉畋狩順時，爲苗除害也。改《遠如期》爲《仲秋獮田》，言大晉雖有文德，不廢武事，順時以殺伐也。改《石留》爲《順天道》，言仲冬大閱，用武修文，大晉之德配天也。改《務成》爲《唐堯》，言聖皇陟帝位，德化光四表也。《玄雲》依舊名，言聖皇用人，各盡其材也。改《黃爵行》爲《伯益》，言赤烏銜書，有周以興，今聖皇受命，神雀來也。《釣竿》依舊名，言聖皇德配堯舜，又有呂望之佐，濟大功，致太平也。其辭並列之於後云。

鞞舞，未詳所起，然漢代已施于燕享矣。傅毅、張衡所賦，皆其事也。舊曲有五篇，一、《關東有賢女》，二、《章和二年中》，三、《樂久長》，四、《四方皇》，五、《殿前生桂樹》，其辭並亡。曹植《鞞舞詩序》云："故漢靈帝西園鼓吹有李堅者，能鞞舞，遭世荒亂，堅播越關西，隨將軍段煨。先帝聞其舊伎，下書召堅。堅年逾七十，中間廢而不爲，又古曲甚多謬誤，異代之文，未必相襲，故依前曲作新歌五篇。"及泰始中，又製其辭焉。其舞故常二八，桓玄將僭位，尚書殿中郎袁明子啟增滿八佾。泰始中歌辭今列之後云。

拂舞，出自江左。舊云吳舞，檢其歌，非吳辭也。亦陳於殿庭。楊泓序云："自到江南見《白符舞》，或言《白鳧鳩舞》，云有此來數十年矣。察其辭旨，乃是吳人患孫皓虐政，思屬晉也。"今列之於後云。

鼓角橫吹曲。鼓，案《周禮》"以靁鼓鼓軍事"。角，說者云，蚩尤氏帥魑魅與黃帝戰于涿鹿，帝乃始命吹角爲龍鳴以禦之。其後魏武北征烏丸，越沙漠而軍士思歸，於是減爲中鳴，而尤更悲矣。

胡角者，本以應胡笳之聲，後漸用之橫吹，有雙角，即胡樂也。張博望入西域，傳其法於西京，惟得《摩訶兜勒》一曲。李延年因胡曲更造新聲二十八解，乘輿以爲武樂。後漢以給邊將，和帝時，萬人將軍得用之。魏晉以來，二十八解不復具存，用者有《黃鵠》、《隴頭》、《出關》、《入關》、《出塞》、《入塞》、《折楊柳》、《黃覃子》、《赤之楊》、《望行人》十曲。

案魏晉之世，有孫氏善弘舊曲，宋識善擊節唱和，陳左善清歌，列和善吹笛，郝索善彈筝，朱生善琵琶，尤發新聲。故傅玄著書曰："人若欽所聞而忽所見，不亦惑乎？設此六人生於上世，越今古而無儷，何但夔牙同契哉！"案此說，則自茲以後，皆孫朱等之遺則也。

相和，漢舊歌也，絲竹更相和，執節者歌。本一部，魏明帝分爲二，更遞夜宿。本十七曲，朱生、宋職、列和等復合之爲十三曲。

但歌，四曲，出自漢世。無弦節，作伎最先唱，一人唱，三人和。魏武帝尤好之。時有宋容華者，清澈好聲，善唱此曲，當時之特妙。自晉以來不復傳，遂絕。

凡樂章古辭，今之存者，並漢世街陌謠謳，《江南可採蓮》、《烏生十五子》、《白頭吟》之屬也。

吳歌雜曲並出江南，東晉以來，稍有增廣。

《子夜歌》者，女子名子夜，造此聲。孝武太元中，琅邪王軻之家有鬼歌《子夜》，則子夜是此時以前人也。

《鳳將雛歌》者，舊曲也。應璩《百一詩》云"言是《鳳將雛》"，然則其來久矣。《前溪歌》者，車騎將軍沈充所制。

《阿子》及《歡聞歌》者，穆帝升平初，歌畢輒呼"阿子，汝聞不？"語在《五行志》。後人衍其聲，以爲此二曲。

《團扇歌》者，中書令王珉與嫂婢有情，愛好甚篤，嫂捶撻婢過苦，婢素善歌，而珉好捉白團扇，故制此歌。

《懊憹歌》者，隆安初俗聞訛謠之曲，語在《五行志》。

168

《長史變》者，司徒左長史王廞臨敗所制。

凡此諸曲，始皆徒歌，既而被之管弦。又有因絲竹金石，造歌以被之，魏世三調歌辭之類是也。

《杯柈舞》，案太康中天下爲《晉世寧舞》，務手以接杯柈反覆之。此則漢世惟有柈舞，而晉加之以杯，反覆之也。

《公莫舞》，今之《巾舞》也。相傳云項莊劍舞，項伯以袖隔之，使不得害漢高祖，且語項莊云"公莫"！古人相呼曰公，言公莫害漢王也。今之用巾蓋像項伯衣袖之遺式。然案《琴操》有《公莫渡河曲》，然則其聲所從來已久，俗云項伯，非也。

《白紵舞》，案舞辭有巾袍之言。紵本吳地所出，宜是吳舞也。晉《俳歌》又云："皎皎白緒，節節爲雙。"吳音呼緒爲紵，疑白紵即白緒也。

《鐸舞歌》一篇，《幡舞歌》一篇，《鼓舞伎》六曲，並陳於元會。（卷二十三）

魏 澹

魏澹（580—645）字彥深。鉅鹿下曲陽（今河北晉州西）人，齊中書舍人，歷周納言中士，入隋爲著作郎，有集二十卷。其《魏史義例》之二論史書繁簡，認爲《史記》失於繁。

本書資料據四庫全書本《隋文紀》卷五。

魏史義例（二）

司馬遷創立紀傳以來，述者非一人。無善惡皆爲立論，計在身行迹具在正書，事既無奇，不足懲勸，再述乍同，銘頌重叙，唯覺繁文。案丘明亞聖之才，發揚聖旨，言君子曰者，無非甚泰，其問尋常，直書而已。今所撰史，竊有慕焉，可爲勸戒者論其得失，其無損益者所不論也。

魏 徵

魏徵（580—643），字玄成。鉅鹿（今河北邢臺）人。唐初重臣，傑出的政治家、思想家，以性格剛直、才識超卓、敢於犯顏直諫著稱，是被譽爲"千秋金鑒"的諫臣。著有《隋書》序論，《梁書》、《陳書》、《齊書》之總論，另有《次禮記》二十卷，與虞世南、褚遂良等合編的《羣書治要》五十卷。其言論多見《貞觀政要》。

　　唐武德四年(621)，令狐德棻提出修梁、陳、北齊、北周、隋五朝史，朝廷命史臣編修，數年仍未成書。貞觀三年(629)，重修五朝史，由魏徵"總知其務"，並主編《隋書》。《隋書》共八十五卷，其中帝紀五卷，列傳五十卷，志三十卷，由多人共同編撰，歷時三十五年完成。

　　本書資料據中華書局二十四史本《隋書》。

《隋書·禮儀志四》（節録）

　　後魏每攻戰尅捷，欲天下知聞，迺書帛，建於竿上，名爲露布，其後相因施行。開皇中，迺詔太常卿牛弘、太子庶子裴政撰宣露布禮。及九年平陳，元帥晉王以驛上露布兵部奏請依新禮宣行，承詔集百官四方客使等，並赴廣陽門外，服朝衣，各依其列。内史令稱有詔，在位者皆拜。宣訖，拜；蹈舞者三，又拜。郡縣亦同。（卷八）

《隋書·音樂志》（節録）

　　鼓吹，宋、齊並用漢曲，又充庭用十六曲。高祖乃去四曲，留其十二，合四時也。更制新歌，以述功德。其第一，漢曲《朱鷺》改爲《木紀謝》，言齊謝梁升也。第二，漢曲《思悲翁》改爲《賢首山》，言武帝破魏軍于司部，肇王跡也。第三，漢曲《艾如張》改爲《桐柏山》，言武帝牧司，王業彌章也。第四，漢曲《上之回》改爲《道亡》，言東昏喪道，義師起樊鄧也。第五，漢曲《擁離》改爲《忱威》，言破加湖元勳也。第六，漢曲《戰城南》改爲《漢東流》，言義師克魯山城也。第七，漢曲《巫山高》改爲《鶴樓峻》，言平郢城，兵威無敵也。第八，漢曲《上陵》改爲《昏主恣淫慝》，言東昏政亂，武帝起義，平九江、姑熟，大破朱雀，伐罪吊人也。第九，漢曲《將進酒》改爲《石首局》，言義師平京城，仍廢昏，定大事也。第十，漢曲《有所思》改爲《期運集》，言武帝應籙受禪，德盛化遠也。十一，漢曲《芳樹》改爲《於穆》，言大梁闡運，君臣和樂，休祚方遠也。十二，漢曲《上邪》改爲《惟大梁》，言梁德廣運，仁化洽也。

　　天監七年，將有事太廟。詔曰"《禮》云'齋日不樂'，今親奉始出宫，振作鼓吹。外可詳議。"八座丞郎參議，請與駕始出，鼓吹從而不作，還宫如常儀。帝從之，遂以定制。

　　初武帝之在雍鎮，有童謡云："襄陽白銅蹄，反縛揚州兒。"識者言，白銅蹄謂馬也；白，金色也。及義師之興，實以鐵騎，揚州之士，皆面縛，果如謡言。故即位之後，更造新聲，帝自爲之詞三曲，又令沈約爲三曲，以被弦管。帝既篤敬佛法，又制《善哉》、《大樂》、《大歡》、《天道》、《仙道》、《神王》、《龍王》、《滅過惡》、《除愛水》、《斷苦輪》等十篇，名爲正樂，皆述佛法。又有法樂童子伎、童子倚歌梵唄，設無遮大會則爲之。（卷十三）

鼓吹二十曲，皆改古名，以叙功德。第一，漢《朱鷺》改名《水德謝》，言魏謝齊興也。第二，漢《思悲翁》改名《出山東》，言神武帝戰廣阿，創大業，破爾朱兆也。第三，漢《艾如張》改名《戰韓陵》，言神武滅四胡，定京洛，遠近賓服也。第四，漢《上之回》改名《珍關隴》，言神武遣侯莫陳悦誅賀拔岳，定關、隴，平河外，漠北款，秦中附也。第五，漢《擁離》改名《滅山胡》，言神武屠劉蠡升，高車懷殊俗，蠕蠕來向化也。第六，漢《戰城南》改名《立武定》，言神武立魏主，天下既安，而能遷於鄴也。第七，漢《巫山高》改名《戰芒山》，言神武斬周十萬之衆，其軍將脱身走免也。第八，漢《上陵》改名《擒蕭明》，言梁遣兄子貞陽侯來寇彭、宋，文襄帝遣太尉、清河王岳，一戰擒珍，俘馘萬計也。第九，漢《將進酒》改名《破侯景》，言文襄遣清河王岳摧珍侯景，克復河南也。第十，漢《君馬黄》改名《定汝潁》，言文襄遣清河王岳，擒周大將軍王思政于長葛，汝、潁悉平也。第十一，漢《芳樹》改名《克淮南》。言文襄遣清河王岳，南翦梁國，獲其司徒陸法和，克壽春、合肥、鐘離、淮陰，盡取江北之地也。第十二，漢《有所思》改名《嗣丕基》，言文宣帝統績大業也。第十三，漢《稚子班》改名《聖道洽》，言文宣克隆堂構，無思不服也。第十四，漢《聖人出》改名《受魏禪》，言文宣應天順人也。第十五，漢《上邪》改名《平瀚海》，言蠕蠕盡部落入寇武州之塞，而文宣命將出征，平珍北荒，滅其國也。第十六，漢《臨高臺》改名《服江南》，言文宣道洽無外，梁主蕭繹來附化也。第十七，漢《遠如期》改名《刑罰中》，言孝昭帝舉直措枉，獄訟無怨也。第十八，漢《石留行》改名《遠夷至》，言時主化沾海外，西夷諸國，遣使朝貢也。第十九，漢《務成》改名《嘉瑞臻》，言時主應期，河清龍見，符瑞總至也。第二十，漢《玄雲》改名《成禮樂》，言時主功成化洽，制禮作樂也。古又有《黄雀》、《釣竿》二曲，略而不用，並議定其名，被於鼓吹。

明帝武成二年，正月朔旦，會羣臣於紫極殿，始用百戲。武帝保定元年，詔罷之。及宣帝即位，而廣召雜伎，增修百戲。魚龍漫衍之伎，常陳殿前，累口繼夜，不知休息。好令城市少年有容貌者，婦人服而歌舞相隨，引入後庭，與宫人觀聽。戲樂過度，遊幸無節焉。

武帝以梁鼓吹熊羆十二案，每元正大會，列於懸間，與正樂合奏。宣帝時，革前代鼓吹，制爲十五曲。第一，改漢《朱鷺》爲《玄精季》，言魏道陵遲，太祖肇開王業也。第二，改漢《思悲翁》爲《征隴西》，言太祖起兵，誅侯莫陳悦，掃清隴右也。第三，改漢《艾如張》爲《迎魏帝》，言武帝西幸，太祖奉迎，宅關中也。第四，改漢《上之回》爲《平寶泰》，言太祖擁兵討泰，悉擒斬也。第五，改漢《擁離》爲《復恒農》，言太祖攻復陝城，關東震肅也。第六，改漢《戰城南》爲《克沙苑》，言太祖俘斬齊十萬衆于沙苑，神武脱身至河，單舟走免也。第七，改漢《巫山高》爲《戰河陰》，言太祖破神武於河上，斬其將高敖曹、莫多婁貸文也。第八，改漢《上陵》爲《平漢東》，言太祖命將平隨郡安陸，俘馘萬計也。第九，改漢《將進酒》爲《取巴蜀》，言太祖遣軍平定蜀地也。第十，改漢《有所思》爲《拔江陵》，言太祖命將擒蕭繹，平南土也。第十一，改漢《芳樹》爲《受魏禪》，言閔帝受終於魏，君臨萬國也。第十二，改漢《上邪》爲《宣重光》，言明帝入承大統，載隆皇道也。第十三，改漢《君馬黃》爲哲皇出，言高祖以聖德繼天，天下向風也。第十四，改漢《稚子班》爲《平東夏》，言高祖親率六師破齊，擒齊主於青州，一舉而定山東也。第十五，改古《聖人出》爲《擒明徹》，言陳將吳明徹侵軼徐部，高祖遣將盡俘其衆也。（以上卷十四）

《隋書·經籍志》（節録）

小説者，街談巷語之説也。《傳》載輿人之誦，《詩》美詢于芻蕘。古者聖人在上，史爲書，瞽爲詩，工誦箴諫，大夫規誨，士傳言而庶人謗。孟春，徇木鐸以求歌謠，巡省觀人詩，以知風俗。過則正之，失則改之，道聽塗説，靡不畢紀。《周官》誦訓"掌道方志以詔觀事，道方慝以詔辟忌，以知地俗"；而職方氏"掌道四方之政事，與其上下之志，誦四方之傳道而觀衣物"是也，孔子曰："雖小道，必有可觀者焉，致遠恐泥。"（卷三十四）

文者，所以明言也。古者登高能賦，山川能祭，師旅能誓，喪紀能誄，作器能銘，則可以爲大夫。言其因物騁辭，情靈無擁者也。唐歌、虞詠，商頌、周雅，叙事緣物，紛綸相襲。自斯已降，其道彌繁。世有澆淳，時移治亂；文體遷變，邪正或殊。宋玉、屈原，激清風於南楚；嚴、鄒、枚、馬，陳盛藻於西京。平子豔發於東都，王粲獨步於漳滏。爰逮晉氏，見稱潘、陸，並黼藻相輝，宮商間起。清辭潤乎金石，精義薄乎雲天。永嘉已後，玄風既扇，辭多平淡，文寡風力。降及江東，不勝其弊。宋、齊之世，下逮梁初，靈運高致之奇，延年錯綜之美，謝玄暉之藻麗，沈休文之富溢，煇焕斌蔚，辭義可觀。梁簡文之在東宮，亦好篇什，清辭巧製，止乎衽席之間；彫琢蔓藻，思極閨闈之內。後生好事，遞相放習，朝野紛紛，號爲宮體。流宕不已，訖于喪亡。陳氏因之，未能全變其中原則，兵亂積年，文章道盡。後魏文帝，頗效屬辭，未能變俗，例皆淳古。齊宅漳濱，辭人間起，高言累句，紛紜絡繹，清辭雅致，是所未聞。後周草創，干戈不戢，君臣戮力，專事經營，風流文雅，我則未暇。其後南平漢沔，東定河朔，訖於有隋，四海一統，采荆南之杞梓，收會稽之箭竹，辭人才士，總萃京師。

楚辭者，屈原之所作也。自周室衰亂，詩人寢息，諂佞之道興，諷刺之辭廢。楚有賢臣屈原，被讒放逐，乃著《離騷》八篇，言己離別愁思，申抒其心，自明無罪，因以諷諫冀君覺悟，卒不省察，遂赴汨羅死焉。弟子宋玉痛惜其師，傷而和之。其後賈誼、東方朔、劉向、揚雄嘉其文彩，擬之而作。蓋以原楚人也，謂之楚辭。然其氣質高麗，雅致清遠，後之文人咸不能逮。（以上卷三十五）

《隋書·文學傳序》（節錄）

自漢、魏以來，迄乎晉、宋，其體屢變，前哲論之詳矣。暨永明、天監之際，太和、天保之間，洛陽、江左，文雅尤盛，于時作者，濟陽江淹、吳郡沈約、樂安任昉、濟陰溫子昇、河間邢子才、鉅鹿魏伯起等，並學窮書圃，思極人文。縟綵鬱於雲霞，逸響振於金石，英華秀發，波瀾浩蕩，筆有餘力，詞無竭源。方諸張、蔡、曹、王，亦各一時之選也。聞其風者，聲馳景慕。

然彼此好尚，互有異同：江左宮商發越，貴於清綺；河朔詞義貞剛，重乎氣質。氣質則理勝其詞，清綺則文過其意。理深者便於時用，文華者宜於詠歌。此其南北詞人得失之大較也。若能掇彼清音，簡茲累句，各去所短，合其兩長，則文質斌斌，盡善盡美矣。

梁自大同之後，雅道淪缺，漸乖典則，爭馳新巧。簡文、湘東，啟其淫放；徐陵、庾信，分路揚鑣。其意淺而繁，其文匿而彩，詞尚輕險，情多哀思。格以延陵之聽，蓋亦亡國之音乎！周氏吞併梁、荊，此風扇於關右，狂簡斐然成俗，流宕忘反，無所取裁。高祖初統萬機，每念斷雕為樸，發號施令，咸去浮華。然時俗詞藻，猶多淫麗，故憲臺執法，屢飛霜簡。煬帝初習藝文，有非輕側之論，暨乎即位，一變其風。其《與越公書》、《建東都詔》、《冬至受朝詩》及《擬飲馬長城窟》，並存雅體，歸於典制。雖意在驕淫，而詞無浮蕩，故當時綴文之士，遂得依而取正焉。所謂能言者未必能行，蓋亦君子不以人廢言也。（以上卷七十六）

令狐德棻

令狐德棻（583—666）。宜州華原（今陝西耀縣）人。唐初著名史學家。博涉文史，早知名。唐高祖入關時，任大丞相府記室，後遷禮部侍郎、國子監祭酒，弘文館、崇賢館學士。唐初，經隋末戰亂之後，經籍圖書散亡，他奏請購求天下圖書，設專人補錄，被唐高祖李淵採納，終使"群書略備"。又建議修撰梁、陳、齊、周、隋五代史書，認為"如文史不存，何以鑒古今"，得高祖贊許。令狐德棻除獨立主編《周書》以外，還參與編撰《藝文類聚》、《五代史志》、《大唐儀禮》、《氏族志》、《太宗實錄》、《高宗實錄》等十餘種史書，歷高祖、太宗、高宗三朝達四十餘年。以金紫光禄大夫致仕。卒後，謐憲。令狐德棻一生從事史學著述，凡國家有所修撰，無不參與。唐代在我國史學發展史上是一個成就輝煌的時代，二十四史中就有八部成書於唐代，占總數的三分之一，其中大部分令狐德棻都參與了策劃和編撰。他又是唐代最早提倡修史，重視收集圖書的人，不愧是一位有遠見卓識的史學家，對史學貢獻巨大。

本書資料據四庫全書本《周書》。

《周書·王褒庾信傳論》（節錄）

原夫文章之作，本乎情性，覃思則變化無方，形言則條流遂廣。雖詩賦與奏議異軫，銘誄與書論殊塗，而撮其指要，舉其大抵，莫若以氣爲主，以文傳意。考其殿最，定其區域，摭六經百氏之英華，探屈、宋、卿、雲之秘奧，其調也尚遠，其旨也在深，其理也貴當，其辭也欲巧。然後瑩金璧，播芝蘭，文質因其宜，繁約適其變。權衡輕重，斟酌古今，和而能壯，麗而能典，焕乎若五色之成章，紛乎猶八音之繁會。夫然，則魏文所謂通才足以備體矣，士衡所謂難能足以逮意矣。（卷四十一）

王　通

王通（584—617）字仲淹。絳州龍門（今山西稷山西）人。隋末唐初教育家、哲學家、思想家，聲望頗高。隋時，居河、汾間，聚徒講學。死後，其徒私謐爲"文中子"。曾用九年時間著成《續六經》（亦稱《王氏六經》），包括《續詩》、《續書》、《禮論》、《樂經》、《易贊》、《元經》等，共八十卷，已佚。現存《中說》（又名《文中子》）十卷，書體、文風全擬《論語》。《中說》是王通死後，其弟子姚義、薛收等爲紀念他，仿孔子門徒作《論語》而編（又稱《文中子中說》、《文中子》等），用問答形式記錄保存了王通講學的主要内容，以及他與弟子等的對話，分爲王道、天地、事君、周公、問易、禮樂、述史、魏相、立命、關朗等十篇，是後人研究王通思想以及隋唐之際思想發展的重要資料。《中說》間亦涉及文體的體裁及體格（風格），如不滿齊梁四聲八病之説（卷二《天地篇》），歷評南朝諸人的人品和詩文風格（卷三《事君篇》），論及制、詔、志、策、命、訓、對、贊、議、誡、諫等多種文體體裁（卷四《周公篇》、卷五《問易篇》）。

本書資料據四庫全書本宋阮逸注《中説》。

《中説》（節録）

李百藥見子而論詩，子不答。伯藥退，謂薛收曰：吾上陳應、劉，下述沈、謝，分四聲八病，剛柔清濁，各有端序，音若塤箎。而夫子不應，我其未達歟？薛收曰：吾嘗聞夫子之論詩矣，上明三綱，下達五常，於是征存亡，辯得失，故小人歌之以貢其俗，君子賦之以見其志，聖人采之以觀其變。今子營營馳騁乎末流，是夫子之所痛也，不答則有由矣。（卷二《天地篇》）

子謂文士之行可見：謝靈運小人哉，其文傲，君子則謹。沈休文小人哉，其文冶，君子則典。鮑昭、江淹，古之狷者也，其文急以怨。吳筠、孔珪，古之狂者也，其文怪以怒。謝莊、王融，古之纖人也，其文碎。徐陵、庾信，古之誇人也，其文誕。或問孝綽兄弟，子曰：鄙人也，其文淫。或問湘東王兄弟，子曰：貪人也，其文繁。謝脁，淺人也，其文捷。江總，詭人也，其文虛。皆古之不利人也。子謂顏延之、王儉、任昉有君子之心焉，其文約以則……子曰：達人哉，山濤也，多可而少怪。或曰：王戎賢乎？子曰：戎而賢，天下無不賢矣。子曰：陳思王（曹植）可謂達理者也，以天下讓，時人莫之知也。子曰：君子哉，思王也，其文深以典。房玄齡問史，子曰：古之史也辯道，今之史也耀文。問文，子曰：古之文也約以達，今之文也繁以塞。薛收問《續詩》，子曰：有四名焉，有五志焉。何謂四名？一曰化，天子所以風天下也；二曰政，蕃臣所以移其俗也；三曰頌，以成功告於神明也；四曰歎，以陳誨立誠於家也。凡此四者，或美焉，或勉焉，或傷焉，或惡焉，或誡焉，是謂五志。子謂叔恬曰：汝爲春秋元經乎？春秋元經于王道，是輕重之權衡，曲直之繩墨也，失則無所取衷矣。子謂續詩之有化，其猶先王之有雅乎。續詩之有政，其猶列國之有風乎。子曰：郡縣之政其異列國之風乎？列國之風深以固，其人篤。曰：我君不卒求我也，其上下相安乎？（卷三《事君篇》）

賈瓊問《續書》之義。子曰：天子之義列乎範者有四，曰制制，命也，秦改命爲制，漢因之，曰詔詔，令也，秦改令爲詔，漢因之，曰志志謂帝王有志於治道，而未形乎制詔者也，曰策求直言而策慮之。大臣之義載于業者有七，曰命爵命，曰訓師訓，曰對奏對，曰讚襃讚，曰議評議，曰誡監誡，曰諫箴諫。（卷四《周公篇》）

程元問叔恬曰：《續書》之有志有詔，何謂也？叔恬以告文中子，子曰：志以成道，言以宣志。詔，其見王者之志乎！其恤人也周，其致用也悉，一言而天下應，一令而不可易，非仁智博達則天明命，其孰能詔天下乎？

文中子曰：議，其盡天下之心乎。昔黃帝有合宮之聽，堯有衢室之問，舜有總章之訪，皆議之謂也。大哉乎，並天下之謀，兼天下之智，而理得矣。我何爲哉？恭已南面而已。

　　叔恬曰："敢問策何謂也?"子曰："其言也典,其致也博,憫而不私,勞而不倦,其惟策乎!"子曰："《續書》之有命邃矣。其有君臣經略,當其地乎? 其有成敗于其間,天下懸之,不得已而臨之乎? 進退消息,不失其幾乎? 道甚大,物不廢,高逝獨往,中權契化,自作天命乎?"文中子曰："事者,其取諸仁義而有謀乎! 雖天子必有師,然亦何常師之有,唯道所存,以天下之身受天下之訓,得天下之道,成天下之務,民不知其由也,其惟明主乎!"文中子曰："廣仁益智,莫善於問;乘事演道,莫善於對。非明君孰能廣問,非達臣孰能專對乎? 其因宜取類,無不經乎? 洋洋乎晁、董、公孫之對。"文中子曰："有美不揚,天下何觀? 君子之於君,贊其美而匡其失也。所以進善不暇,天下有不安哉!"(以上卷五《問易篇》)

　　薛收曰:讚,其非古乎《續書》有讚? 子曰:唐虞之際,斯爲盛,大禹、皋陶所以順天休命也益贊于禹。又皋陶曰:贊贊襄哉。文中子曰:議,天子所以兼采而博聽也《續書》有議,唯至公之主爲能擇焉公朝共議,擇善而從。文中子曰:誠,其至矣乎《續書》有誠,古之明王敬慎所未見,悚懼所未聞,刻於盤盂《盤銘》云:德日新。荀子曰:君者盤也,水者民也,盤圓則水圓。君者盂也,盂方則水方,勒於几杖《杖銘》云:扶危定傾,皆戒也,居有常念,動無過事,其誠之功乎常念日新扶危之誠自無過。薛收曰:諫,其見忠臣之心乎《續書》有諫? 其志危直。其言危志直,若周昌云:口不能言,心知不可是也。言危,若樊噲云:陛下獨不見趙高之事乎是也。子曰:必也,直而不迫,危而不詆,其知命者之所爲乎不迫,若賈誼曰:今之進言者皆云天下治,臣獨以爲未是也。知命,爲知其君可諫則諫,進退不違天命也。狡乎逆上,吾不與也狡謂志不直也,言不危也,非忠順故曰逆。賈瓊曰:虐哉,漢武未嘗從諫也。子曰:孝武其生知之乎? 雖不從,未嘗不悅而容之子言漢武大體生知,不由人諫而理也。若初即位,崇太學,立明堂,黜百家,策賢良,雄才大略,此皆天縱也。如汲黯之訐,方朔之滑稽,雖未聽,亦能容之矣。(卷六《禮樂篇》)

　　薛收問曰:今之民,胡無詩? 子曰:詩者,民之情性也,情性能亡乎? 非民無詩,職詩者之罪也。(卷十《關朗篇》)

王　績

　　王績(約590—644)字無功,自號東皋子,絳州龍門(今屬山西)人。其兄王通是隋末大儒。隋唐之際,王績三仕三隱,一生鬱鬱不得志。事跡見《新唐書·隱逸傳》。王績是五言律詩的奠基人之一,對扭轉齊梁餘風,開創唐詩新貌有重要貢獻,在中國詩歌史上具有重要地位。今存《東皋子集》三卷。

　　本書資料據四庫全書本《東皋子集》。

遊北山賦並序（節録）

詩者，志之所之；賦者，詩之流也。（卷上）

李延壽

　　李延壽（生卒年不詳）字遐齡。相州（今河南安陽）人。唐史學家。其政治與學術活動基本上是在唐太宗初年至唐高宗初年這三十年間進行的。在政治上没有什麼作爲，一生修史：參加修撰《隋書》、《五代史志》、《晉書》；獨撰《太宗政典》三十卷；又繼承其父遺志，獨立修成《南史》、《北史》，後來均被列入“二十四史”之中。《新唐書》對《南史》和《北史》評價甚高。

　　本書資料據中華書局二十四史本《北史》、《南史》。

《北史·文苑傳》（節録）

　　夫人有六情，稟五常之秀；情感六氣，順四時之序。蓋文之所起，情發於中。而自漢、魏以來，迄乎晉、宋，其體屢變。前哲論之詳矣。暨永明、天監之際，太和、天保之間，洛陽、江左，文雅尤盛，彼此好尚，雅有異同。江左宫商發越，貴於清綺；河朔詞義貞剛，重乎氣質。氣質則理勝其詞，清綺則文過其意。理深者便於時用，文華者宜於詠歌。此其南北詞人得失之大較也。若能掇彼清音，簡兹累句，各去所短，合其兩長，則文質彬彬，盡美盡善矣。（卷八十三）

《南史·陸厥傳》（節録）

　　厥字韓卿，少有風概，好屬文，齊永明九年詔百官舉士，同郡司徒左西曹掾顧暠之表薦厥。州舉秀才，時盛爲文章，吴興沈約、陳郡謝朓、琅邪王融，以氣類相推轂。汝南周顒善識聲韻，約等文皆用宫商，將平上去入四聲以此制韻，有平頭上尾、蜂腰鶴膝。五字之中音韻悉異，兩句之内角徵不同，不可增減，世呼爲永明體。（卷四十八）

武則天

　　武則天(624—705)，並州文水(今山西文水東)人。唐高宗李治皇后，後爲則天皇帝，是中國歷史上惟一一位正統的女皇帝。655年高宗立武氏爲皇后，684年則天廢中宗爲廬陵王，立睿宗李旦，繼續臨朝稱制。690年稱帝，定都洛陽，並號其爲“神都”。國號周，史稱“武周”或“南周”。武則天在位時實行了很多改革措施，並開創殿試制度，招録天下賢士。她也是一位詩人，晚年崇信佛教。關於武則天有很多傳説，對其歷史功過也評説不一。

　　本書資料據四庫全書本《文苑英華》。

蘇氏織錦迴文記

　　前秦苻堅時，秦州刺史扶風竇滔妻蘇氏，陳留令武功蘇道質第三女也，名蕙，字若蘭，識知精明，儀容秀麗，謙默自守，不求顯揚。行年十六歸於竇氏，滔甚敬之。然蘇氏性近於急，頗傷妬嫉也。滔字連波，右將軍子真之孫，郎之第二子也，風神偉秀，該通經史，允文允武，時論高之，苻堅委以心膂之任，備歷顯職，皆有政聞。遷秦州刺史，以忤旨謫戍燉煌。會堅赴晉襄陽，慮有危逼，藉滔才略，乃拜安南將軍，留鎮襄陽焉。初，滔有寵姬趙陽臺，歌舞之妙無出其右。滔置之別所，蘇氏知之，求而獲焉。苦加捶辱，滔深以爲憾。陽臺又專伺蘇氏之短，讒毀交至，滔益忿蘇氏焉。蘇氏時年二十一，及滔將鎮襄陽，邀蘇氏之同往。蘇氏忿之，不與偕行，滔遂携陽臺之任，斷蘇氏音問。蘇氏悔恨自傷，因織錦迴文，五采相宣，瑩心耀目，其錦縱廣八寸，題詩二百餘首，計八百餘言，縱橫反覆，皆成章句，其文點畫無缺。才情之妙，超古邁今，名曰《璇璣圖》。然讀者不能盡通，蘇氏笑而謂人曰：“徘徊宛轉，自成文章，非我佳人，莫之能解。”遂令蒼頭賷至襄陽焉。滔省覽錦字，感其妙絶，因送陽臺之關中，而具車徒盛禮邀迎蘇氏歸於漢南，恩好愈重。蘇氏著文詞五千餘言，屬隋季喪亂，文字散落，追求不獲，而錦字迴文盛見傳寫，是近代閨怨之宗旨，屬文之士，咸龜鑑焉。朕聽政之暇，留心墳典散帙之次，偶見斯圖，因述若蘭之材，復美連波之悔過，遂製此記，聊示將來也。如意元年五月一日，大周天册金輪皇帝御製。（卷八百三十四）

盧照鄰

盧照鄰(約635—約689)字昇之,自號幽憂子。唐幽州范陽(今河北涿州)人。與王勃、楊炯、駱賓王以文詞齊名,世稱"王楊盧駱",號爲"初唐四傑"。一生命運多舛,但才華橫溢,文采飛揚。工詩,尤長於七言歌行,對推動七古發展有貢獻。今存《盧昇之集》和明人張燮輯注的《幽憂子集》,均爲七卷。《全唐詩》存其詩二卷。

本書資料據四庫全書本《盧昇之集》。

《五悲》序

自古爲文者多以九、七爲題目,乃有《九歌》、《九辨》、《九章》、《七發》、《七啓》,其流不一。余以爲天有五星,地有五嶽,人有五常,禮有五禮,樂有五聲,五者亦在天地之數。今造《五悲》以申萬物之情,傳之好事耳。(卷四)

《南陽公集》序(節錄)

自獲麟絕筆一千三四百年,游、夏之門,時有荀卿、孟子;屈、宋之後,直至賈誼、相如;兩班叙事,得邱明之風骨;二陸裁詩,含公幹之奇偉。鄴中新體,共許音韻天成;江左諸人,咸好瓌姿艷發。精博爽利,顏延之急病於江、鮑之間;疎散風流,謝宣城緩步於向、劉之上。北方重濁,獨盧黃門往往高飛;南國輕清,惟庾中丞時時不墜。

嗟乎,古今之士,遞相毀譽,至有操我戈矛,啓其墨守。《三都》既麗,徵夏熟於《上林》;《九辨》已高,責春歌於下里。踦駁之論,紛然遂多。近日劉勰《文心》、鍾嶸《詩評》,異議蜂起,高談不息。人慚西氏,空論拾翠之容;質謝南金,徒辨荆蓬之妙。拔十得五,雖曰肩隨;聞一知二,猶爲臆說。俞曰:"未可",人稱"屢中"。化魯成魚,曷云其遠。非夫妙諧鐘律,體會風騷,筆有餘研,思無停趣,作甄作鏡,聽歌曲而知亡;爲龍爲光,觀禮容而識大。齊魯一變之道,唐虞百代之文,懸日月於胸懷,挫風雲於毫翰。含今古之制,扣宮徵之音,細則出入無間,粗則彌綸區宇。逶迤綽約,如玉女之千嬌;突兀崢嶸,似靈龜之孤樸。乘槎上漢,誰問坳堂之淺深;荷戟入秦,寧議長安之遠近。是非未定,曹子建皓首爲期;離合俱傷,陸平叔終身流恨。超然若此,適可操刀。自兹已降,徒勞舉斧。八病爰超,沈隱侯永作拘囚;四聲未分,梁武帝長爲聾俗。後生莫曉,更恨文律煩苛;知音者希,常恐詞林交喪。雅頌不作,則後死者焉得而聞乎？

《樂府雜詩》序（節録）

聞夫歌以永言，庭堅有歌虞之曲；頌以紀德，奚斯有頌魯之篇。四始六義，存亡播矣；八音九闋，哀樂生焉。是以叔譽聞詩，驗同盟之成敗；延陵聽樂，知列國之典彝。王澤竭而頌聲寢，伯功衰而詩道缺。秦皇滅學，星琯千年；漢武崇文，市朝八變。通儒作相，徵博士于諸侯；中使驅車，訪遺編于四海。發詔東觀，縫掖成陰；獻書南宮，丹鉛踵武。王風國詠，共驪翰而升沉；里頌途歌，隨質文而沿革。少卿長別，起高唱於河梁；平子多愁，寄遙情於隴坂。南浦勳關山之役，作者悲離；東京興黨錮之誅，詞人哀怨。其後鼓吹樂府，新聲起于鄴中；山水風雲，逸韻生於江左。言古興者，多以西漢爲宗；議今文者，或用東朝爲美。落梅芳樹，共體千篇；隴水巫山，殊名一意。亦猶負日于珍狐之下，沈螢于燭龍之前。辛勤逐影，更似悲狂；罕見鑿空，曾未先覺。潘、陸、顏、謝，蹈迷津而不歸；任、沈、江、劉，來亂轍而彌遠。其有發揮新題，孤飛百代之前；開鑿古人，獨步九流之上。自我作古，粵在兹乎？（以上卷六）

駱賓王

駱賓王（約640—約684）字觀光。唐婺州義烏（今屬浙江）人。七歲能詩，有“神童”之稱。與王勃、楊炯、盧照鄰合稱“初唐四傑”。拜奉禮郎，爲東臺詳正學士。因事被謫，從軍西域，久戍邊疆。後入蜀，居姚州道大總管李義軍幕，文檄多出其手。在蜀時，與盧照鄰往還唱酬。後調任武功、長安主簿，入朝爲侍御史，武則天當政，得罪入獄。後遇赦，出任臨海縣丞，世稱駱臨海。徐（李）敬業起兵反對武則天，駱賓王爲草《代李敬業傳檄天下文》。敬業兵敗被殺，駱賓王下落不明。著有《駱賓王集》，新、舊《唐書》皆有傳。其《和學士閨情詩啟》爲袁慶所作《閨情詩並序》而作，歷述唐以前詩體風格的演變史。

本書資料據四庫全書本《駱丞集》。

和學士閨情詩啟

某啟：學士袁慶奉宣教旨，垂示《閨情詩並序》。跪發珠韜，伏膺玉札，類秦西之鏡，照徹心靈；同指南之車，導引迷誤。某切惟詩之興作，兆基邃古。唐歌虞詠，始載典謨；商頌周雅，方陳金石。其後言志緣情，二京斯甚。含毫瀝思，魏晉彌繁。布在縑簡，差可商略。李都尉駕鴛之詞，纏綿巧妙；班婕好霜雪之句，發越清迥。平子《桂林》，理在文外；伯喈《翠鳥》，意盡行間。河朔詞人，王、劉爲稱首；洛陽才子，潘、左爲先覺。若乃子建之牢籠羣彦，士衡之籍甚當時，並文苑之羽儀，詩人之龜鏡。爰逮江左，謳謠不輟，非有神骨仙材，專事玄風道意。顏、謝特梃，戕賊典麗。自兹以降，聲律稍精。其間沿改，莫能正本。天縱明春，卓爾不羣，聽新聲，鄙師涓之作；聞古樂，笑文侯之睡。以封魯之才，追自衛之跡。宏兹雅奏，抑彼淫哇。澄五際之源，救四始之弊。固可以用之邦國，厚此人倫。俯屈高調，聊同下里。思入態巧，文隨手變。侯調慚其曼聲，延年愧其新曲。走以不敏，謬蒙提及。謹申奉和，輕以上呈。未近詠歌，伏深悚恧。謹啟。（卷三）

楊　炯

　　楊炯（650—約693），弘農華陰（今屬陝西）人。初唐四傑之一。年僅十歲被舉爲神童。上元三年（676）應制舉及第，授校書郎。後又任崇文館學士，遷詹事司直。武后垂拱元年（685），降爲梓州司法參軍。天授元年（690），任教於洛陽宮中習藝館。如意元年（692）改任盈川縣令，吏治以嚴酷著稱，卒於任所。後人因此稱他爲"楊盈川"。楊炯與王勃，盧照鄰共同反對宮體詩風，主張有"骨氣"的"剛健"文風。他的詩也如"四傑"其他詩人一樣，在內容和藝術風格上以突破齊梁"宮體"詩風爲特色，在詩歌的發展史上起到了承前啟後的作用。《舊唐書》本傳謂其有文集三十卷，《郡齋讀書志》著錄《盈川集》二十卷，今均不傳。明萬曆中童佩搜輯彙編有《盈川集》十卷，附錄一卷。崇禎間張燮重輯爲十三卷。

　　本書資料據四庫全書本《盈川集》。

《王勃集》序（節錄）

　　大矣哉，文之時義也！有天文焉，察時以觀其變；有人文焉，立言以重其範。歷年兹久，遞爲文質，應運以發其明，因人以通其粹。仲尼既没，游、夏光洙泗之風；屈平自沉，唐、宋弘汨羅之跡。文儒於焉異術，詞賦所以殊源。

　　逮秦氏燔書，斯文天喪；漢皇改運，此道不還。賈、馬蔚興，已虧於雅頌；曹、王傑起，更失於風騷。儜倪大猷，未忝前載。

　　洎乎潘、陸奮發，孫、許相因，繼之以顏、謝，申之以江、鮑，梁、魏羣材，周、隋衆制，或苟求蟲篆，未盡力於丘墳；或獨狗波瀾，不尋源於禮樂。會時沿革，循古抑揚，多守律以自全，罕非常而制物。

其有飛馳倏忽，倜儻紛綸，鼓動包四海之名，變化成一家之體。蹈前賢之未識，探先聖之不言。經籍爲心，得王、何於逸契；風雲入思，叶張、左於神交。故能使六合殊材，並推心於意匠；八方好事，咸受氣於文樞。出軌躅而驤首，馳光芒而動俗。非君之博物，孰能致於此乎！

嘗以龍朔初載，文場變體，爭構纖微，競爲雕刻。糅之金玉龍鳳，亂之朱紫青黃，影帶以徇其功，假對以稱其美，骨氣都盡，剛健不聞。思革其弊，用光志業。薛令公朝右文宗，託末契而推一變；盧照隣人間才傑，覽青規而輟九攻。知音與之矣，知己從之矣。於是鼓舞其心，發洩其用，八紘馳騁於思緒，萬代出没於豪（毫）端，契將往而必融，防未來而先制。動搖文律，宮商有奔命之勞；沃蕩詞源，河海無息肩之地。以兹偉鑒，取其雄伯，壯而不虛，剛而能潤，雕而不碎，按而彌堅，大則用之以時，小則施之有序，徒縱橫以取勢，非鼓怒以爲資。長風一振，衆萌自偃。遂使繁綜淺術，無藩籬之固；粉繪小才，失金湯之險。積年綺碎，一朝清廓，翰苑豁如，詞林增峻，反諸宏博，君之力焉。（卷三）

徐　堅

徐堅（659—729）字元固。湖州（今屬浙江）人。多識典故，前後修撰《格式》、《氏族》及國史等，凡七入書府。與徐彦伯、劉知幾、張説同修《三教珠英》。著有文集三十卷。開元十六年（728），徐堅等奉旨編纂《初學記》三十卷，分二十三部，三百一十三目，"在唐人類書中，博不及《藝文類聚》，而精則勝之"（《四庫提要》）。《大唐新語》卷九載："玄宗謂張説曰：'兒子等欲學綴文，須檢事及看文體。《御覽》之輩，部帙既大，尋討稍難。卿與諸學士撰集要事並要文，以類相從，務取省便，令兒子等易見成就也。'"可見此書是玄宗爲諸子學文"檢事及看文體"之便而編。其體例是先叙事，次事對，末以藝文結。集叙事、事對和藝文於一體，是《初學記》的最大特色。

本書資料據四庫全書本《初學記》。

《歌》第四（節録）

《尚書》曰：詩言志，歌永言。蔡邕《月令章句》曰：歌者，樂之聲也。《毛詩序》曰：情動於中而形於言，言之不足故嗟歎之，嗟歎之不足故詠歌之，詠歌之不足，不知手之舞之，足之蹈之。《山海經》曰：帝俊八子，是始爲歌。《爾雅》曰：聲比於琴瑟曰歌，徒歌曰謠，亦謂之咢。《韓詩章句》曰：有章曲曰歌，無章曲曰謠。梁元帝《纂要》曰：齊歌曰謳，吳歌曰歈，楚歌曰豔，淫歌曰哇。又有清歌、高歌、安歌、緩歌、長歌、浩歌、雅歌、酣歌、怨歌、勞歌，振旅而歌曰凱歌，堂上奏樂而歌曰登歌，亦曰升歌。古之善歌者有咸黑、秦青、薛談、韓娥、王豹、綿駒、瓠梁、魯人虞公、李延年。古歌曲有陽陵、白露、朝日、魚麗、白水、白雲、江南、陽春、淮南、駕辨、淥水、陽阿、采菱、下里、巴人、八闋、唐歌、南風、卿雲、晨露，漢歌曲有大風、芝房、白麟、朱雁、交門、天馬、房中、盛唐、樅陽、瓠子、玄雲、步雲，古樂府有燕歌行、豔歌行、長歌行、朝歌行、怨歌行、前緩聲歌行、棹歌行、鞠歌行、放歌行、短歌行、蔡歌行、陳歌行。又《古今樂録》：晉末已後歌曲有淫豫歌、楊叛兒歌、扶風歌、百年歌、白日歌、九曲歌、采葛婦歌、桃葉歌、同聲歌、碧玉歌、四時歌、子夜歌、上聲歌、白紵歌、襄陽白銅鞮歌、前溪歌、歡聞歌、丁督護歌、團扇歌、懊惱歌。（卷十五）

講論第四（節錄）

《廣雅》曰：講，讀也；論，道也。《説文》曰：講，和解也；論，議也。又鄭玄云：論，倫也。賈逵曰：論，釋也。皆解説、談議、訓詁之謂也。《論語》曰：德之不脩，學之不講，聞義不能徙，不善不能改，是吾憂也。《漢書》曰：夏侯勝每講，常謂諸生曰：學經不明，不如歸耕。又曰：孔光居公輔位前後十七年，時會門下諸生，講問疑難，舉大義。其弟子多成就，爲博士。班伯爲中常侍。上方嚮學，鄭寬中與張禹朝夕入説《尚書》、《論語》於金華殿中，詔伯受焉。既通大義。又講異同於許商。《東觀漢記》曰：建初四年詔諸王諸儒會白虎觀，講五經同異，則其事也。

文章第五（節錄）

文章者，孔子曰：煥乎其有文章。子貢曰：夫子之文章，可得而聞也。蓋詩言志，歌永言。不歌而誦謂之賦。古者登高能賦，山川能祭，師旅能誓，喪紀能誄，作器能銘，則可以爲大夫矣。三代之後，篇什稍多。又：訓誥宣於邦國，移檄陳於師旅，箋奏以申情理，箴誡用弼違邪，讚頌美於形容，碑銘彰於勳德，謚册褒其言行，哀弔悼其淪亡，章表通於下情，牋疏陳於宗敬，論議平其理，駁難考其差：此其略也。（以上卷二十一）

陳子昂

　　陳子昂(約 659—700,一作 661—702)字伯玉。唐梓州射洪(今屬四川)人。進士及第,歷麟臺正字,官至右拾遺。後辭官回家。被誣入獄,憂憤而死。著有《陳子昂集》。新舊《唐書》皆有傳。其《修竹篇序》提倡風雅比興,漢魏風骨;其《上薛令文章啟》也反對"淫麗名陷俳優"。其詩雄渾清雄,深沉質樸。其代表作爲《感遇》詩三十八首,抨擊時弊,抒寫情懷;其《登幽州臺歌》"前不見古人,後不見來者。念天地之悠悠,獨愴然而涕下",尤爲蒼凉悲壯。無論詩論及詩作,在唐代詩歌史上都有深遠影響,爲歷代所肯定。

　　本書資料據四庫全書本《陳拾遺集》。

與東方左史虬修竹篇並書(節録)

　　文章道弊五百年矣,漢魏風骨,晉宋莫傳。然而文獻有可徵者,僕嘗暇時,觀齊梁間詩,彩麗競繁而興寄都絶,每以永嘆。思古人常恐逶迤頹靡,風雅不作,以耿耿也。一昨於解三處見明公《詠孤桐篇》,骨氣端翔,音情頓挫,光英朗練,有金石聲。遂用洗心飭視,發揮幽鬱。不圖正始之音,復睹於兹,可使建安作者相視而笑。解君云張茂先、何敬祖、東方生與其比肩,僕亦以爲知言也。故感歎雅製,作《脩竹詩》一篇,當有知音以傳示之。(卷一)

劉知幾

　　劉知幾(661—721)字子玄。彭城(今江蘇徐州)人。唐高宗永隆進士,武則天時歷任著作佐郎、左史等職,玄宗時官至左散騎常侍。劉知幾是唐代著名史學家,所著《史通》是一部史論專著,論及史書各體。此書雖爲論史,但有些部分的内容與文體論密切相關,如卷二的《二體》(編年、紀傳)、《本紀》、《世家》、《列傳》,卷三的《表曆》、《書志》,卷四的《論贊》、《序例》,卷九的《序傳》之類。黄庭堅《與王立之帖》(《山谷外集》卷一一)云:"劉勰《文心雕龍》,劉子玄《史通》,此兩書曾讀否? 所論雖未極高,然譏彈古人,大中文病,不可不知也。"

　　本書資料據四庫全書本《史通》。

六家第一

自古帝王編述文籍，《外篇》言之備矣。古往今來，質文遞變，諸史之作，不恒厥體。推而爲論，其流有六：一曰《尚書》家，二曰《春秋》家，三曰《左傳》家，四曰《國語》家，五曰《史記》家，六曰《漢書》家。今略陳其義，列之於後。

《尚書》家者，其先出於太古。《易》曰："河出《圖》，洛出《書》，聖人則之。"故知《書》之所起遠矣。至孔子觀書於周室，得虞、夏、商、周四代之典，乃删其善者，定爲《尚書》百篇。孔安國曰："以其上古之書，謂之《尚書》。"《尚書璇璣鈐》曰："尚者，上也。上天垂文以布節度，如天行也。"王肅曰："上所言下，爲史所書，故曰《尚書》也。"惟此三說，其義不同。蓋《書》之所主，本於號令，所以宣王道之正義，發話言於臣下，故其所載，皆典、謨、訓、誥、誓、命之文。至如《堯》、《舜》二典直序人事，《禹貢》一篇惟言地理，《洪範》總述灾祥，《顧命》都陳喪禮，兹亦爲例不純者也。又有《周書》者，與《尚書》相類，即孔氏刊約百篇之外，凡爲七十二章。上自文、武，下終靈、景，甚有明允篤誠，典雅高義；時亦有淺末恒說，滓穢相參，殆似後之好事者所增益也。至若《職方》之言，與《周官》無異；《時訓》之說，比《月令》多同。斯百王之正書，五經之別錄者也。自宗周既殞，《書》體遂廢，迄乎漢、魏，無能繼者。至晉廣陵相魯國孔衍，以爲國史所以表言行，昭法式，至於人理常事，不足備列。乃删漢、魏諸史，取其美詞典言，足爲龜鏡者，定以篇第，纂成一家。由是有《漢尚書》、《後漢尚書》、《漢魏尚書》，凡爲二十六卷。至隋秘書監太原王邵，又錄開皇、仁壽時事，編而次之，以類相從，各爲其目，勒成《隋書》八十卷。尋其義例，皆準《尚書》。原夫《尚書》之所記也，若君臣相對，詞旨可稱，則一時之言，累篇咸載。如言無足紀，語無可述，若此故事，雖脱略，而觀者不以爲非。爰逮中葉，文籍大備，必剪截今文，模擬古法，事非改轍，理涉守株。故元舒所撰《漢》、《魏》等篇，不行於代也。若乃帝王無紀，公卿缺傳，則年月失序，爵里難詳，斯並昔之所忽，而今之所要。如君懋《隋書》，雖欲祖述商、周，憲章虞、夏，觀其體製，乃似《孔氏家語》、臨川《世說》，可謂畫虎不成，反類犬也。故其書受嗤當代，良有以焉。

《春秋》家者，其先出於三代。按《汲冢璅語》記太丁時事，目爲《夏殷春秋》。孔子曰："疏通知遠，《書》之教也。""屬辭比事，《春秋》之教也。"知《春秋》始作，與《尚書》同時。《璅語》又有《晉春秋》，記獻公十七年事。《國語》云：晉羊舌肸習於《春秋》，悼公使傳其太子。《左傳》昭二年，晉韓宣子來聘，見《魯春秋》曰："周禮盡在魯矣。"斯則《春秋》之目，事非一家。至於隱没無聞者，不可勝載。又按《竹書紀年》，其所記事皆與《魯春秋》同。孟子曰："晉謂之《乘》，楚謂之《檮杌》，而魯謂之《春秋》，其實一也。"

然則《乘》與《紀年》、《檮杌》，其皆《春秋》之別名者乎！故《墨子》曰："吾見百國《春秋》。"蓋皆指此也。逮仲尼之修《春秋》也，乃觀周禮之舊法，遵魯史之遺文；據行事，仍人道；就敗以明罰，因興以立功；假日月而定歷數，藉朝聘而正禮樂，微婉其説，隱晦其文，爲不刊之言，著將來之法，故能彌歷千載，而其書獨行。又按儒者之説《春秋》也，以事繫日，以日繫月，言春以包夏，舉秋以兼冬，年有四時，故錯舉以爲所記之名也。苟如是，則晏子、虞卿、吕氏、陸賈其書篇第，本無年月，而亦謂之《春秋》，蓋有異於此者也。至太史公著《史記》，始以天子爲本紀，考其宗旨，如昔《春秋》。自是爲國史者，皆用斯法。然時移世異，體式不同。其所書之事也，皆言罕褒諱，事無黜陟，故馬遷所謂整齊故事耳，安得比於《春秋》哉！

《左傳》家者，其先出於左邱明。孔子既著《春秋》，而邱明授經作傳。蓋傳者，轉也，轉受經旨，以授後人。或曰傳者，傳也，所以傳示來世。案孔安國注《尚書》，亦謂之傳，斯則傳者，亦訓釋之義乎？觀《左傳》之釋經也，言見經文而事詳傳内，或傳無而經有，或經闕而傳存。其言簡而要，其事詳而博，信聖人之羽翮，而述者之冠冕也。逮孔子云没，經傳不作。于時文籍，唯有《戰國策》及《太史公書》而已。至晉著作郎魯國樂資，乃追採二史，撰爲《春秋後傳》。其書始以周貞王，續前傳魯哀公後，至王赧入秦，又以秦文王之繼周，終於二世之滅，合成三十卷。當漢代史書，以遷、固爲主，而紀傳互出，表志相重，於文爲煩，頗難周覽。至孝獻帝，始命荀悦撮其書爲編年體，依附《左傳》著《漢紀》三十篇。自是每代國史，皆有斯作，起自後漢，至於高齊。如張璠、孫盛、干寶、徐賈、裴子野、吳均、何之元、王邵等，其所著書，或謂之"春秋"，或謂之"紀"，或謂之"略"，或謂之"典"，或謂之"志"，雖名各異，大抵皆依《左傳》以爲的準焉。

《國語》家者，其先亦出於左邱明。既爲《春秋内傳》，又稽其逸文，纂其別説，分周、魯、齊、晉、鄭、楚、吳、越八國事，起自周穆王，終於魯悼公，列爲《春秋外傳國語》，合爲二十一篇。其文以方《内傳》，或重出而小異。然自古名儒賈逵、王肅、虞翻、韋耀之徒，並申以注釋，治其章句，此亦六經之流，三傳之亞也。

暨縱横互起，力戰爭雄，秦兼天下，而著《戰國策》。其篇有東西二周、秦、齊、燕、楚、三晉、宋、衞、中山，合十二國，分爲三十三卷。夫謂之策者，蓋録而不序，故即簡以爲名。或云：漢代劉向以戰國游士爲策謀，因謂之《戰國策》。至孔衍又以《戰國策》所書，未爲盡善。乃引太史公所記，參其異同，删彼二家，聚爲一録，號爲《春秋後語》。除二周及宋、衞、中山，其所留者，七國而已。始自秦孝公，終於楚、漢之際，比於《春秋》，亦盡二百四十餘年行事。始衍撰《春秋時國語》，復撰《春秋後語》，勒成二書，各爲十卷。今行於世者，惟《後語》存焉。按其書序云："雖左氏莫能加。"世人皆尤其不

186

量力，不度德。尋衍之此義，自比於邱明者，當謂《國語》，非《春秋傳》也。必方以類聚，豈多嗤乎！當漢氏失馭，英雄角力，司馬彪又録其行事，因爲《九州春秋》，州爲一篇，合爲九卷。尋其體統，亦近代之《國語》也。自魏都許、洛，二方鼎峙；晉宅江、淮，四海幅裂。其君雖號同王者，而地實諸侯。所在史官，記其國事，爲紀傳者則規模班、馬，創編年者則議擬苟、袁。爲是《史》、《漢》之體大行，而《國語》之風替矣。

《史記》家者，其先出於司馬遷。自五經間行，百家競列，事跡錯糅，前後乖舛。至遷乃鳩集國史，採訪家乘，上起黄帝，下窮漢武，紀傳以統君臣，書表以譜年爵，合百三十卷。因魯史舊名，目之曰《史記》。自是漢世史官所續，皆以《史記》爲名。迄乎東京著書，猶稱《漢紀》。至梁武帝，又敕其羣臣，上自太初，下終齊室，撰成《通史》六百二十卷。其書自秦以上，皆以《史記》爲本，而别採他説，以廣異聞；至兩漢已還，則全録當時紀傳，而上下通達，臭味相依；又吳、蜀二主皆入世家，五胡及拓拔氏列於《夷狄傳》。大抵其體皆如《史記》，其所爲異者，唯無表而已。其後元魏濟陰王暉業，又著《科録》二百七十卷，其斷限亦起自上古，而終於宋年。其編次多依做《通史》，而取其行事尤相似者，共爲一科，故以《科録》爲號。皇家顯慶中，符璽郎隴西李延壽抄撮近代諸史，南起自宋，終於陳；北始自魏，卒於隋，合一百八十篇，號曰《南北史》。其君臣流例，紀傳羣分，皆以類從，各附於本國。凡此諸作，皆《史記》之流也。尋《史記》疆宇遼闊，年月遐長，而分以紀傳，散以書表。每論家國一政，而胡、越相懸；叙君臣一時，而參、商是隔。此爲其體之失者也。兼其所載，多聚舊記，時插雜言，故使覽之者事罕異聞，而語饒重出。此撰録之煩者也。況《通史》以降，蕪累尤深，遂使學者寧習本書，而怠窺新録。且撰次無幾，而殘缺遂多，可謂勞而無功，述者所宜深誡也。

《漢書》家者，其先出於班固。馬遷撰《史記》，終於今上。自太初已下，闕而不録。班彪因之，演成《後記》，以續前篇。至子固，乃斷自高祖，盡於王莽，爲十二紀，十志，八表，七十列傳，勒成一史，目爲《漢書》。昔虞、夏之典，商、周之誥，孔氏所撰，皆謂之"書"。夫以"書"爲名，亦稽古之偉稱。尋其創造，皆準子長，但不爲"世家"，改"書"爲"志"而已。自東漢已後，作者相仍，皆襲其名號，無所變革。唯《東觀》曰"記"，《三國》曰"志"。然稱謂雖别，而體製皆同。歷觀自古，史之所載也，《尚書》紀周事，終秦繆；《春秋》述魯文，止哀公；《紀年》下逮於魏亡，《史記》唯論於漢始。如《漢書》者，究西都之首末，窮劉氏之廢興，包舉一代，撰成一書。言皆精練，事甚該密，故學者尋討，易爲其功。自爾迄今，無改斯道。

於是考兹六家，商榷千載，蓋史之流品，亦窮之於此矣。而朴散淳銷，時移世異，《尚書》等四家，其體久廢，所可祖述者，唯《左氏》及《漢書》二家而已。（卷一）

二體第二

三五之代，書有《典》《墳》。悠哉邈矣，不可得而詳。自唐虞已下迄于周，是爲《古文尚書》。然世猶淳質，文從簡略，求諸備體，固已闕如。既而邱明傳《春秋》，子長著《史記》，載筆之體，於斯備矣。後來繼作，相與因循。假有改張，變其名目。區域有限，孰能踰此？蓋荀悦、張璠，邱明之黨也；班固、華嶠，子長之流也。唯二家各相矜尚，必辨其利害，可得而言之。

夫《春秋》者，係日月而爲次，列時歲以相續。中國外夷，同年共世，莫不備載。其事形於目前，理盡一言，語無重出，此其所以爲長也。至於賢士貞女、高才雋德，事當沖要者，必盱衡而備言；跡在沈冥者，不枉道而詳説。如絳縣之老、杞梁之妻，或以酬晉卿而獲記，或以對齊君而見録。其有賢如柳惠，仁若顏回，終不得彰其名氏顯其言行，故論其細也，則纖芥無遺；語其粗也，則邱山是棄。此其所以爲短也。

《史記》者，紀以包舉大端，傳以委曲細事，表以譜列年爵，志以總括遺漏，逮于天文地理、國典朝章，顯隱必該，洪纖靡失。此其所以爲長也。若乃同爲一事，分在數篇，斷續相離，前後屢出，於《高紀》則云“語在項傳”，於《項傳》則云事具《高紀》。又編次同類，不求年月。後生而擢居首秩，先輩而抑歸末章。遂使漢之賈誼將楚屈原同列，魯之曹沫與燕荆軻並編。此其所以爲短也。

考兹勝負，互有得失。而晉世干寶著書，乃盛譽邱明而深抑子長。其義云：能以三十卷之約，括囊二百四十年之事，靡有遺也。尋其此説，可謂勁挺之詞乎！按春秋時事，入于左氏所書者，蓋三分得其一耳。邱明自知其略也，故爲《國語》以廣之。然《國語》之外尚多亡逸，安得言其括囊靡遺者哉！向使邱明世爲史官，皆仿《左傳》也。至於前漢之嚴君平、鄭子真，後漢之郭林宗、黃叔度，晁錯、董生之對策，劉向、谷永之上書，斯並德冠人倫，名馳海内，識洞幽顯，言窮軍國。或以身隱位卑，不預朝政；或以文煩事博，難爲次序，皆略而不書，斯則可也。必情有所愛，不加刊削，則漢氏之志傳百卷，並列於十二紀中，將恐碎瑣多蕪，闃單失力者矣。故班固知其若此，設紀、傳以區分，使其歷然可觀，綱紀有別。荀悦厭其迂闊，又依左氏成書剪截班史，篇纔三十，歷代褒之，有踰本傳。然則班、荀二體角力爭先，欲廢其一固亦難矣。後來作者，不出二途。故《晉史》有王虞而副以干紀，《宋書》有徐沈而分爲裴略，各有其美，並行於世。異夫令升之言，唯守一家而已。

載言第三

　　古者，言爲《尚書》，事爲《春秋》，左右二史，分尸其職。蓋桓、文作霸，糾合同盟，春秋之時，事之大者也，而《尚書》闕紀。秦師敗績，繆公誠誓，《尚書》之中，言之大者也，而《春秋》靡錄。此則言、事有別，斷可知矣。逮左氏爲書，不遵古法，言之與事，同在傳中。然而言事相兼，煩省合理，故使讀者尋繹不倦，覽諷忘疲。至於《史》、《漢》則不然，凡所包舉，務存恢博，文辭之記，繁富爲多。是以賈誼、晁錯、董仲舒、東方朔等傳，唯止錄言，罕逢載事。夫方述一事，得其綱紀，而隔以大篇，分其次序，遂令披閱之者，有所懵然。後史相承，不改其轍，交錯紛擾，古今是同。按：遷、固列君臣於紀傳，統遺逸於表志，雖篇名甚廣，而言獨無錄。愚謂凡爲史者，宜於表志之外，更立一書。若人主之制册誥令，羣臣之章表移檄，收之紀傳，悉入書部，題爲"制册"、"章表書"，以類區別。他皆倣此，亦猶志之有"禮樂志"、"刑法志"。又詩人之什，自成一家。故風、雅、比、興，非《三傳》所取。自六義不作，文章生焉。若韋孟諷諫之詩，揚雄出師之頌，馬卿之書封禪，賈誼之論過秦，諸如此文，皆施紀傳。竊謂宜從古詩例，斷入書中。亦猶《舜典》列《元首之歌》，《夏書》包《五子之詠》者也。夫能使史體如是，庶幾《春秋》、《尚書》之道備矣。昔干寶議撰晉史，以爲宜準左邱明，其臣下委曲，仍爲譜注。于時議者，莫不宗之。故前史之所未安，後史之所宜革。是用敢同有識，爰立茲篇，庶世之作者，睹其利害。如謂不然，請俟來哲。

本紀第四

　　昔《汲塚竹書》是曰紀年，《吕氏春秋》肇立紀號。蓋紀者，綱紀，庶品網羅萬物，考篇目之大者，其莫過於此乎！及司馬遷之著《史記》也，又列天子行事以《本紀》名篇，後世因之，守而勿失，譬夫行夏時之正朔，服孔門之教義者，雖地遷陵谷，時變質文，而此道常行，終莫之能易也。然遷之以天子爲《本紀》，諸侯爲《世家》，斯誠讜矣。但區域既定，而疆理不分，遂令後之學者罕詳其義。按姬自后稷至於西伯，嬴自伯翳至於莊王，爵乃諸侯而名隸。本紀若以西伯、莊王以上別作《周秦世家》，持殷紂以對武王，拔秦始以承周赧，使帝王傳授昭然有別，豈不善乎！必以西伯以前其事簡約，別加一目，不足成篇，則伯翳之至莊王，其書先成一卷，而不共世家等列，輒與本紀同編，此尤可怪也。項羽僭盜而死，未得成君。求之于古，則齊無知衛州，吁之類也。安得諱其名字，呼之曰王者乎？《春秋》吳、楚僭擬，書如列國。假使羽竊帝名，正可抑同羣盜，況其名曰西楚，號止霸王者乎！霸王者，即當時諸侯。諸侯而稱《本紀》，求名責實，再三乖繆。蓋紀之爲體，猶《春秋》之經，繫日月以成歲時，書君上以顯國統。曹武雖曰人臣，實同王者，以未登帝位，國不建元，陳志權假漢年，編作《魏紀》，亦猶兩《漢書》首列秦莽之正朔也。後來作者，宜準於斯。而陸機《晉書》列紀三祖，直序其事，竟不編年。年既不編，何紀之有？夫位終北面，一概人臣。儻追加大號，止入傳限，是以弘嗣《吳史》不紀孫和，緬求故實，非無往例。逮伯起之次《魏書》，乃編景、穆於本紀，以庶國虛謚，間廁武昭，欲使百世之中，若爲魚貫。又紀者，既以編年爲主，唯叙天子一人。有大事可書者，則見之於年月。其書事委曲，付之列傳，此其義也。如近代述者魏著作、李安平之徒，其撰魏、齊二史，於諸帝篇，或雜載臣下，或兼言他事，巨細畢書，洪纖備録，全爲傳體，有異紀文。迷而不悟，無乃太甚。世之讀者幸爲詳焉！

世家第五

自有王者，便置諸侯，列以五等，疏爲萬國。當周之東遷，王室大壞，於是禮樂征伐自諸侯出。迄乎秦世，分爲七雄。司馬遷之記諸國也，其編次之體與本紀不殊。蓋欲抑彼諸侯，異乎天子。故假以地稱，名爲世家。按世家之爲義也，豈不以開國承家，世代相續？至如陳勝起自羣盜，稱王六月而死，子孫不嗣，社稷靡聞，無世可傳，無家可宅，而以世家爲稱，豈當然乎！夫《史》之篇目，皆遷所創。豈以自我作故，而名實無準。且諸侯大夫，家國本別。三晉之與田氏，自未爲君。而前齒列陪臣，屈身藩後。而前後一統，俱歸世家，使君臣相雜，升降失序，何以責季孫之八佾舞庭，管氏之三歸反坫？又列號東帝，抗衡西秦，地方千里，高視六國。而没其本號，唯以田完制名。求之人情，孰謂其可？當漢氏之有天下也，其諸侯與古不同。夫古者，諸侯皆即位建元，專制一國。綿綿瓜瓞，卜世長久。至於漢代則不然。其宗子稱王者，皆受制京邑，自同州郡異姓封侯者，必從官天朝，不臨方域。或傳國唯止一身，或襲爵纔經數世。雖名班胙土，而禮異人君，必編爲《世家》，實同《列傳》。而馬遷强加别録，以類相從，雖得畫一之宜，詎識隨時之義？蓋班《漢》知其若是，釐革前非。至如蕭、曹茅土之封，荊、楚葭莩之屬，並一概稱傳，無復世家，事勢當然，非矯枉也。自兹已降，年將四百。及魏有中夏而揚、益不賓，終亦受屈中朝，見稱僞主。爲史者必題之以紀，則上通帝王；膀之以傳，則下同臣妾。梁主勅撰通史，定爲《吳蜀世家》，持彼僭君，比諸列國。去太去甚，其得折中之規乎！次有子顯《齊書》，北編魏虜；牛弘《周史》，南記蕭詧。考其傳體，宜曰《世家》。但今古著書，通無此稱。用使馬遷之册，湮没不行；班固之名，相傳靡易者矣。

列傳第六

夫紀傳之興，肇于《史》、《漢》。蓋紀者，編年也；傳者，列事也。編年者，歷帝王之歲月，猶《春秋》之經；列事者，錄人臣之行狀，猶《春秋》之傳。《春秋》則傳以解經，《史》、《漢》則傳以釋紀。尋茲例草創，始自子長，而朴略猶存，區分未盡。如項王立傳，而以《本紀》爲名。非唯羽之僭盜，不可同于天子；且推其序事，皆作傳言。求謂之紀，不可得也。或曰：遷紀五帝，夏、殷亦皆列事而已，子曾不之怪，何獨尤於《項紀》哉？對曰：不然。夫五帝之與夏、殷也，正朔相承，子孫遞及，雖無年可著，紀亦何傷！如項羽者，事起秦餘，身終漢始。殊夏氏之後羿，似黃帝之蚩尤。譬諸閏位，容可列紀；方之駢胟，難以成編。且夏、殷之紀不引他事，夷齊諫周，實當紂日，而析爲列傳，不入殷篇。《項紀》則上下同載，君臣交雜，紀名傳體，所以成嗤夫紀傳之不同，猶詩賦之有別。而後來繼作，亦多所未詳。按范曄《漢書》紀后妃六宮，其實傳也，而謂之爲紀。陳壽《國志》載孫、劉二帝，其實紀也，而呼之曰傳。考數家之所作，其未達紀傳之情乎？苟上智猶且若斯，則中庸故可知矣。又傳之爲體，大抵相同；而述者多方，有時而異耳。如二人行事，首尾相隨，則有一傳兼書，包括令盡。若陳餘、張耳合體成篇，陳勝、吳廣相參並錄是也。亦有事跡雖寡，名行可崇，寄在他篇，爲其標冠。若商山四皓事，列王陽之首；廬江毛義名，在劉平之上是也。自茲已後，史氏相承。述作雖多，斯道都廢。其同於古者，惟有附出而已。尋附出之爲義，攀列傳以垂名，若紀季之入齊，顓臾之事魯，皆附庸自托，得廁於朋流。然世之求名者，咸以附出爲小。蓋以其因人成事，不足稱多故也。竊以書之竹素，豈限詳略？但問其事竟如何耳。借如邵平紀信，泪授陳容，或運一異謀，樹一奇節，並能傳之不朽。人到於今稱之，豈假編名作傳，然後播其遺烈也？嗟乎！自班、馬以來，獲書於國史者多矣。其間則有生無令問，死無異跡，用使遊談者靡征其事，講習者罕記其名，而虛傳班、史，妄占篇目。若斯人者，可勝紀哉！古人以没而不朽爲難，蓋爲此也。（以上卷二）

表曆第七

蓋譜之建名，起於周氏。表之所作，因譜象形。故桓君山有云：太史公《三代世表》，旁行斜正，並效《周譜》。此其證歟！夫以表爲文，用述時事，施彼譜歷，容或可取。載諸史傳，未見其宜。何則？《易》以六爻窮變化，經以一字成褒貶，傳包五始，詩含六義。故知文尚簡要，語惡煩蕪。何必欹曲重遝，方稱周備？觀馬遷《史記》則不然。夫天子有本紀，諸侯有世家，公卿已下有列傳。至於祖孫昭穆，年月職官，各在其篇，具有其説。用相考核，居然可知。而重列之以表，成其煩費，豈非謬乎？且表次在篇第，編諸卷軸，得之不爲益，失之不爲損。用使讀者莫不先看《本紀》，越至《世家》。表在乎其間，緘而不視。語其無用，可勝道哉！既而班、東二史各相祖述，迷而不悟，無異逐狂，必曲爲銓擇，强加引進，則列國《年表》或可存焉。何者？當春秋戰國之時，天下無主，羣雄錯峙，各自年世。若申之於表，以統其時，則諸國分年，一時盡見。如兩漢御歷，四海成家，公卿既爲臣子，王侯纔比郡縣，何用表其年數，以别于天子者哉？又有甚於斯者，異哉班氏之人表也，區别九品，網羅千載。論世則異時，語姓則他族，自可方以類聚，物以羣分，使善惡相從，先後爲次，何藉而爲表乎？且其書上自庖犧，下窮嬴氏，不言漢事而編入《漢書》，鳩居鵲巢，燕施松上，附生疣贅，不知剪截，何斷而爲限乎？至法盛書載中興，改表爲注，名目雖巧，蕪累亦多。當晉氏播遷，南據揚、越；魏宗勃起，北雄燕、代。其間諸僞十有六家，不附正朔，自相君長。崔鴻著表，頗有甄明。比于《史》、《漢》羣篇，其要爲切者矣。若諸子小説，編年雜記，如韋昭《洞紀》、陶弘景《帝王歷》，皆因表而作，用成其書。既非國史之流，故存而不述。

書志第八（節録）

夫刑法禮樂、風土山川，求諸文籍，出於《三禮》。及班、馬著史，别裁書志。考其所記，多效《禮經》。且紀傳之外，有所不盡；只事片文，於斯備録。語其通博，信作者之淵海也。

原夫司馬遷曰書，班固曰志，東觀曰記，華嶠曰典，張勃曰録，何法盛曰説，名目雖異，體統不殊。亦猶楚謂之《檮杌》，晉謂之《乘》，魯謂之《春秋》，其義一也。於其編次，則有前曰《平準》，後云《食貨》；古號《河渠》，今稱《溝洫》。析郊祀爲宗廟，分禮樂爲威儀；懸象出於天文，郡國生於地理。如斯變革，不可勝計。或名非而物是，或小異而大同。但作者愛奇，耻於仍舊，必尋源討本，其歸一揆也。

若乃《五行》、《藝文》，班補子長之闕；《百官》、《輿服》，謝拾孟堅之遺。王隱後來，加以《瑞異》；魏收晚進，宏以《釋老》。斯則自我作故，出乎胸臆。求諸歷代，不過一二者焉。

大抵志之爲篇，其流十五六家而已。其間則有妄入編次，虛張部帙。而積習已久，不悟其非。亦有事應可書，宜别標篇題。而古來作者曾未覺察，今略陳其義列於下。已上《書志》序

夫兩曜百星，麗於玄象，非如九州萬國，廢置無恒。故海田可變，而景緯無易。古

之天猶今之天也,今之天即古之天也,必欲刊之國史,施於何代不可也? 但《史記》包括所及,區域綿長,故《書》有《天官》,讀者竟忘其誤,榷而爲論,未見其宜。班固因循,復以《天文》作志,志無漢事而隸入《漢書》,尋篇考限,睹其乖越者矣。降及有晉,迄于隋氏,或地止一隅,或年纔二世,而彼蒼列志,其篇倍多,流宕忘歸,不知紀極。方於《漢史》,又孟堅之罪人也。切以國史所書,宜述當時之事。必爲志而論天象也,但載其時彗孛氛祲,薄食晦明,裨竈、梓慎之所占,京房、李郃之所候。至如熒惑退舍,宋公延齡,中台告坼,晉相速禍,星集潁川而賢人聚,月犯少微而處士亡,如斯之類,志之可也。若乃體分濛澒,色著青蒼,丹曦素魄之躔次,黃道紫宮之分野,既不預於人事,輒編之於策書,故曰"刊之國史,施於何代不可也"。其間惟有袁山松、沈約、蕭子顯、魏收等數家,頗覺其非,不遵舊例。凡所記錄,多合事宜。寸有所長,賢於班、馬遠矣。

已上《天文志》

伏羲已降,文籍始備。逮於戰國,其書五車,傳之無窮,是曰不朽。夫古之所制,我有何力? 而班《漢》定其流別,編爲《藝文志》。論其妄載,事等上篇,謂《天文志》。《續漢》已還,祖述不暇。夫前志已錄,而後志仍書,篇目如舊,頻煩互出,何異以水濟水,誰能飲之者乎? 且《漢書》之志天文、藝文也,蓋欲廣列篇名,示存書體而已。文字既少,披閱易周,故雖乖節文,而未甚穢累。既而後來繼述,其流日廣。天文則星占、月會、渾圖、周髀之流,藝文則四部、《七錄》、《中經》、秘閣之輩,莫不各踰三篋,自成一家。史臣所書,宜其輒簡。而近世有著《隋書》者,乃廣包衆作,勒成二志,騁其繁富,百倍前修。非唯循覆車而重軌,亦復加闊眉以半額者矣。但自史之立志,非復一門,其理有不安,多從沿革。唯《藝文》一體,古今是同,詳求厥義,未見其可。愚謂凡撰志者,宜除此篇。必不能去,當變其體。近者宋孝王《關東風俗傳》亦有《墳籍志》,其所錄皆鄴下文儒之士,譬校之司。所列書名,唯取當時撰者。習茲楷則,庶免譏嫌。語曰:"雖有絲麻,無棄菅蒯。"於宋王得之矣。

已上《藝文志》

夫災祥之作,以表吉凶。此理昭昭,不易誣也。然則麒麟鬪而日月食,鯨鯢死而彗星出,河變應於千年,山崩由於朽壤。又語曰:"太歲在丑,乞漿得酒;太歲在巳,販妻鬻子。"則知吉凶遞代,如盈縮循環,此乃關諸天道,不復繫乎人事。且周王決疑,龜焦著折,宋皇誓衆,竿懷幡亡,梟止梁師之營,鵬集賈生之舍。斯皆妖災著象,而福祿來鍾,愚智不能知,晦明莫之測也。然而古之國史,聞異則書,未必皆審其休咎,詳其美惡也。故諸侯相赴,有異不爲災,見於《春秋》,其事非一。洎漢興,儒者乃考《洪範》以釋陰陽。其事也如江璧傳於鄭谷,遠徵始皇;臥柳植於上林,近符宣帝。門樞白髮,元后之祥;柱樹黃雀,新都之讖。舉夫一二,良有可稱。至於蜚蜮螽蠡,震食崩坼,隕雨霜雹,大水無冰,其所證明,實皆迂闊。故當春秋之世,其在於魯也,如有旱雩舜侯,螟螣傷苗之屬，是時或秦人歸襚，或毛伯錫命，或滕、邾入朝，或晉、楚來聘。皆持此恒事，應彼咎徵，旻穹垂謫，厥罰安在？探賾索隱，其可略諸。且史之記載，難以周悉。近者宋氏，年唯五紀，地止江、淮，書滿百篇，號爲繁富。作者猶廣之以《拾遺》，加之以《語録》。況彼《春秋》之所記也，二百四十年行事，夷夏之國盡書，而《經傳集解》卷纔三十，則知其言所略，蓋亦多矣。而漢代儒者，羅災眚於二百年外，討符會於三十卷中，安知事有不應於人，應人而失其事？何得苟有變而必知其兆者哉！若乃採前文而改易其説，謂王札子之作亂，在彼成年；夏徵舒之構逆，當夫昭代；楚莊作霸，荆國始僭稱王；高宗諒陰，亳都實生桑穀。晉悼臨國，六卿專政，以君事臣；魯僖末年，三桓世官，殺嫡立庶。斯皆不憑章句，直取胸懷，或以前爲後，以虚爲實。移的就箭，曲取相諧；掩耳盜鍾，自云無覺。詎知後生可畏，來者難誣者邪！又品藻羣流，題目庶類，謂莒爲大國，菽爲强草，鶖著素色，負蠜匪中國之蟲，鸜鵒爲夷狄之鳥。如斯詭妄，不可殫論。而班固就加纂次，曾靡銓擇，因以五行編而爲志，不亦惑乎？且每有叙一災，推一怪，董、京之説，前後相反；向、歆之解，父子不同。遂乃雙載其文，兩存厥理。言無準的，事益煩費，豈所謂撮其機要，收彼菁華者乎！自漢中興已還，迄于宋、齊，其間司馬彪、臧榮緒、沈約、蕭子顯相承載筆，竟志五行。雖未能盡善，而大較多實。何者？如彪之徒，皆自以名慚漢儒，才劣班史，凡所辨論，務守常途。既動遵繩墨，故理絶河漢。兼以古書從略，求徵應者難該；近史尚繁，考祥符者易洽。此昔人所以言有乖越，後進所以事不精審也。然則天道遼遠，神竈焉知？日食不常，文伯所對。至如梓慎之占星象，趙達之明風角，單颺識魏祚於黄龍，董養徵晉亂於蒼鳥，斯皆肇彰先覺，取驗將來，言必有中，語無虚發。苟誌諸竹帛，其誰曰不然？若乃前事已往，後來追證，課彼虚説，成此有詞，多見其老生常談，徒煩翰墨者矣。子曰："蓋有不知而作之者，我無是也。"又曰："君子於其所不知，蓋闕如也。"又曰："知之爲知之，不知爲不知，是知也。"嗚呼！世之作者，其鑒之哉！談何容易，駟不及舌，無爲强著一言，受嗤千載也。
已上《五行志》

　　或以爲天文、藝文，雖非《漢書》所宜取，而有廣聞見，難爲删削也。對曰：苟事非其限，而越理來書，自可觸類而長，于何不録？又有要於此者，今可得而言焉。夫圓首方足，含靈受氣，吉凶形於相貌，貴賤彰於骨法，生人之所欲知也。四支六府，痾瘵所纏，苟詳其孔穴，則砭灼無悮，此養生之尤急。且身名並列，親疏自明，豈可近昧形骸，而遠求辰象！既天文有志，何不爲《人形志》乎？茫茫九州，言語各異，大漢輶軒之使，譯導而通，足以驗風俗之不同，示皇威之廣被。且事當炎運，尤相關涉，《爾雅》釋物，非無往例。既藝文有志，何不爲《方言志》乎？但班固綴孫卿之詞，以序《刑法》；探孟軻之語，用裁《食貨》。《五行》出劉向《洪範》，《藝文》取劉歆《七略》，因人成事，其目遂多。至若許負《相經》、揚雄《方言》，並當時所重，見傳流俗。若加以二志，幸有其書，何獨捨諸？深所未曉。歷觀衆史，諸志列名，或前略而後詳，或古無而今有。雖遞補所闕，各自以爲工，推而論之，皆未得其最。蓋可以爲志者，其道有三焉：一曰《都邑志》，二曰《氏族志》，三曰《方物志》。何者？京邑翼翼，四方是則。千門萬户，兆庶仰其威神；虎踞龍蟠，帝王表其尊極。兼復土階卑室，好約者所以安人；阿房、未央，窮奢者由其敗國。此則其惡可以誡世，其善可以勸後者也。且宫闕制度，朝廷軌儀，前王所爲，後王取則。故齊府肇建，誦魏都以立宫；代國初遷，寫吳京而樹闕。故知經始之義，卜揆之功，經百王而不易，無一日而可廢也。至如兩漢之都咸、洛，晉、宋之宅金陵，魏徙伊、瀍，齊居漳、滏，隋氏二世，分置兩都，此並規模宏遠，名號非一。凡爲國史者，宜各撰《都邑志》，列於《輿服》之上。金石、草木、縞紵、絲枲之流，鳥獸、蟲魚、齒革、羽毛之類，或百蠻攸稅，或萬國是供，《夏書》則編於《禹貢》，《周書》則託於《王會》。亦有圖形九牧之鼎，列狀四荒之經。觀之者擅其博聞，學之者騁其多識。自漢氏拓境，無國不賓，則有卭竹傳節，筇醬流味，大宛輸其善馬，條支致其巨雀。爰及魏、晉，迄于周、隋，咸亦遐邇來王，任土作貢。異物歸於計吏，奇名顯於職方。凡爲國史者，宜各撰《方物志》，列於《食貨》之首。帝王苗裔，公侯子孫，餘慶所鍾，百世無絶。能言吾祖，郯子見師於孔公；不識其先，籍談取誚於姬后。故周撰《世本》，式辨諸宗；楚置三閭，實掌王族。逮乎晚葉，譜學尤煩。用之於官，可以品藻士庶；施之於國，可以甄別華夷。自劉、曹受命，雍、豫爲宅，世冑相承，子孫蕃衍。及永嘉東渡，流寓揚、越；代氏南遷，革夷從夏。於是中朝江右，南北混淆，華壤邊民，虜漢相雜。隋有天下，文軌大同；江外山東，人物殷湊。其間高門素族，非復一家；郡正州都，世掌其任。凡爲國史者，宜各撰《氏族志》，列於《百官》之下。蓋自都邑已降，氏族而往，實爲志者所宜先，而諸史竟無其録。如休文《宋籍》，廣以《符瑞》；伯起《魏篇》，加之《釋老》。徒以不急爲務，曾何足云？惟此數條，粗加商略，得失利害，從可知矣。庶夫後來作者，擇其善而行之。已上《雜志》

　　或問曰：子以都邑、氏族、方物宜各纘次，以志名篇。夫史之有志，多憑舊說，苟世無其録，則闕而不編，此都邑之流所以不果列志也。對曰：按帝王建國，本無恒所；作者記事，亦在相時。遠則漢有《三輔典》，近則隋有《東都記》。於南則有宋《南徐州記》、《晉宫闕名》，於北則有《洛陽伽藍記》、《鄴都故事》。蓋都邑之事，盡在是矣。譜牒之作，盛於中古。漢有趙岐《三輔決録》，晉有摯虞《姓族記》。江左有兩王《百家譜》，中原有《方思殿格》，蓋氏族之事，盡在是矣。自沈瑩著《臨海水土》，周處撰《陽羨土風》，厥類衆夥，諒非一族。是以《地理》爲書，陸澄集而難盡；《水經》加注，酈元編而不窮。蓋方物之事，盡在是矣。凡此諸書，代不乏作，必聚而爲志，奚患無文？譬夫涉

海求魚，登山採木，至於鱗介脩短，柯條巨細，蓋在擇之而已。苟爲漁人、匠者，何慮山海之貧罄哉？（以上卷三）

論贊第九

《春秋左氏傳》每有發論，假君子以稱之。二傳云公羊子、穀梁子，史記云太史公。既而班固曰讚，荀悦曰論，東觀曰序，謝承曰詮，陳壽曰評，王隱曰議，何法盛曰述，揚雄曰撰，劉昞曰奏，袁宏、裴子野自顯姓名，皇甫謐、葛洪列其所號。史官所撰，通稱史臣。其名萬殊，其義一揆。必取便於時，則總歸論焉。

夫論者，所以辯疑惑釋凝滯。若愚智共了，固無俟商搉。邱明“君子曰”者，其義實在於斯。司馬遷始限以篇終各書一論，必理有非要，則强生其文。史論之煩，實萌於此。夫擬《春秋》以成史，持論尤宜闊略。其有本無疑事，輒設論以裁之。此皆私徇筆端，苟衒文彩，嘉辭美句，寄諸簡册。豈知史書之大體，載削之指歸者哉！必尋其得失，考其異同。子長淡泊無味，承祚懦緩不切，賢才間出，隔世同科。孟堅辭惟温雅，理多愜當。其尤美者，有《典》《誥》之風，翩翩弈弈，良可詠也。仲豫義理雖長，失在繁富。自茲以降，流宕忘返。大抵皆華多於實，理少於文。鼓其雄辭，誇其儷事，必擇其善者，則干寶、范曄、裴子野是其最也，沈約、臧榮緒、蕭子顯抑其次也。孫安國都無足採，習鑿齒時有可觀。若袁彥伯之務飾玄言，謝靈運之虛張高論。玉卮無當，曾何足云！王邵志在簡直，言兼鄙野。苟得其理，遂忘其文。觀過知仁，斯之謂矣。大唐修《晉書》，作者皆當代詞人。遠棄史、班，近宗徐、庾。夫以飾彼輕薄之句，而編爲史籍之文，無異加粉黛於壯夫，服綺紈於高士者矣。史之有論也，蓋欲事無重出，省文可知。如太史公曰：“觀張良，貌如美婦人耳。”“項羽重瞳，豈舜苗裔？”此則別加他語，以補書中所謂事無重出者也。又如班固贊曰：萬石君之爲父浣衣，君子非之。楊王孫祖葬，賢于秦始皇遠矣。此則片言如約，而諸義甚備，所謂省文可知也。及後來讚語之作，多錄紀傳之言。其有所異，唯加文飾而已。至於甚者，則天子操行具諸紀末，繼以“論曰”。接武前修，紀論不殊，徒爲再列。馬遷序傳後，歷寫諸篇，各叙其意。既而班固變爲詩體，號之曰述。范曄改彼述名，呼之以贊。尋述贊爲例，篇有一章。事多者則約之以使少，理小者則張之以令大。名實多爽，詳略不同。且欲觀人之善惡，史之褒貶，蓋無假於此也。然固之總述，合在一篇，使其條貫有序，歷然可閱。蔚宗後書，實同班氏。乃各附本事，書於卷末。篇目相離，斷絕失次。而後生作者不悟其非。如蕭、李《南北史》，大唐新修《晉史》，皆依范書誤本，篇終有贊。夫每卷立論，其煩已多。而嗣論以贊，爲黷彌甚。亦有文士制碑序，終而續以“銘曰”；釋氏演法義，盡而宣以

"偈言"。苟撰史若斯，難與議夫簡要者矣。至若與奪乖宜，是非失中，如班固之深排，賈誼、范曄之虛美，魏矅、陳壽謂諸葛不逮管、蕭，魏收稱爾朱可方伊、霍。或言傷其實，或擬非其倫。必備加擊難，則五車難盡。故略陳梗概，一言以蔽之。

序例第十

孔安國有云："序者，所以序作者之意也。"竊以《書》列《典》、《謨》，《詩》含比、興，若不先序其意，難以曲得其情。故每篇有序，敷暢厥義。降逮《史》、《漢》，以記事爲宗。至於表志雜傳，亦時復立序，文兼史體，狀若子書，然可與《誥》、《誓》相參，風、雅齊列矣。逮華嶠《後漢》多同班氏，如劉平江革等傳，其序先言孝道，次述毛義養親。此則《前漢·王貢傳》體，其篇以四皓爲始也。嶠言辭簡質，叙致溫雅。味其宗旨，亦孟堅之亞歟！爰洎范曄，始革其流，遺棄史才，矜衒文彩。後來所作，他皆若斯。於是遷、固之道忽諸，微婉之風替矣。若乃《后妃》、《列女》、《文苑》、《儒林》，凡此之流，范氏莫不列序。夫前史所有，而我書獨無，世之作者，以爲恥愧。故上自晉、宋，下及陳、隋，每書必序，課成其數。蓋爲史之道，以古傳今。古既有之，今何爲者？濫觴肇跡，容或可觀。累屋重架，無乃太甚？譬夫方朔始爲《客難》，續以《賓戲》、《解嘲》；枚乘首唱《七發》，加以《七章》、《七辨》。音辭雖異，旨趣皆同。此乃讀者所厭，聞老生之恒說也。

夫史之有例，猶國之有法。國之無法，則上下靡定；史之無例，則是非莫準。昔夫子修經，始發凡例；左氏立傳，顯其區域。科條一辨，彪炳可觀。降及戰國，迄乎有晉，年逾五百，史不乏才。雖其體屢變，而斯文終絕。唯令升先覺，遠述邱明，重立凡例，勒成《晉紀》。鄧、孫已下，遂躡其蹤。史例中興，于斯爲盛。若沈、宋之志序，蕭、齊之序録，雖皆以序爲名，其實例也。必定其臧否，征其善惡，干寶、范曄理切而多功，鄧粲、道鸞詞煩而寡要，子顯雖文傷蹇躓，而義甚優長。斯一二家皆序例之美者。大事不師古，匪説攸聞，苟模楷曩賢，理非可諱。而魏收作例，全取蔚宗。貪天之功以爲己力，異夫范依叔駿，班習子長，攘袂公行，不陷穿窬之罪也。蓋凡例既立，當與紀傳相符。按唐朝《晉書》例云：凡天子廟號，惟書於卷末。依撿孝武崩後，竟不言廟曰烈宗。又按百藥《齊書》例云：人有本字行者，今並書其名。依撿如高慎、斛律光之徒，多所仍舊，謂之仲密、明月。此並非言之難，行之難也。及晉、齊史例皆云：坤道卑柔，中宮不可爲紀。今編同列傳，以戒牝雞之晨。切惟録皇后者既爲傳體，自不可加以紀名。二史之以后爲傳，雖云允愜，而解釋非理。成其偶中，所謂畫蛇而加足，反失杯中之酒也。至於題目失據，褒貶多違，斯並散在諸篇，此可得而略矣。（以上卷四）

載文第十六（節録）

夫觀乎人文，以化成天下；觀乎國風，以察興亡。是知文之爲用，遠矣大矣！若乃宣偛善政，其美載於周詩；懷襄不道，其惡存於楚賦。讀者不以吉甫、奚斯爲諂，屈平、宋玉爲謗者，何也？蓋不虛美，不隱惡故也。是則文之將史，其流一焉。固可以方駕南董，俱稱良直者矣。爰洎中葉，文體大變。樹理者多以詭妄爲本，飾辭者務以淫麗爲宗；譬以女工之有綺縠，音樂之有鄭衛。蓋語曰：“不作無益害有益。”至如史氏所書固當以正爲主，是以虞帝思理，夏后失邦，《尚書》載其“元首”、“禽荒”之歌。鄭莊至孝，晉獻不明，《春秋》録其“大隧”、“狐裘”之什。其理讜而切，其文簡而要，足以懲惡勸善、觀風察俗者矣。若馬卿之《子虛》、《上林》，揚雄之《甘泉》、《羽獵》，班固《兩都》，馬融《廣成》，喻過其體，詞没其義，繁華而失實，流宕而忘返，無裨獎勸，有長奸詐，而前後《史》、《漢》皆書諸列傳，不其謬乎？

補註第十七

昔《詩》、《書》既成，而毛、孔立傳。傳之時義，以訓詁爲主。亦猶《春秋》之傳配經而行也。降及中古。始名傳曰注。蓋傳者轉也，轉授於無窮；注者流也，流通而靡絶。惟此二名，其歸一揆。如韓、戴、服、鄭鑽仰六經，裴、李、應、晉訓解三史。開導後學，發明先義。古今傳授。是曰儒宗。既而史傳小書、人物雜記，若趙岐之《三輔決録》，陳壽之《季漢輔臣》，周處之《陽羨土風》，常璩之《華陽》士女，文言美辭，列於章句，委曲叙事，存於細書。此之注釋，異夫儒士者矣。次有好事之子，思廣異聞，而才短力微，不能自達，庶憑驥尾，千里絶羣，遂乃掇衆史之異詞，補前書之所闕。若裴松之《三國志》，陸澄、劉昭《兩漢書》，劉彤《晉紀》，劉孝標《世説》之類是也。亦有躬爲史臣，手自刊削，雖志存該博，而才闕倫叙，除煩則意有所恡，畢載則言有所妨，遂乃定彼榛楛，列爲子注。若蕭大圜《淮海亂離志》，楊衒之《洛陽伽藍記》，宋孝王《關東風俗傳》，王邵《齊志》之類是也。推其得失，求其利害。少期集注《國志》，以廣承祚所遺，而喜聚異同，不加刊定，恣其擊難，坐長煩蕪。觀其書成表獻，自比蜜蜂兼採，但甘苦不分，難以味同萍實者矣。陸澄所注班史，多引司馬遷之書。若乃此缺一言，彼增半句，皆採摘成注，標爲異説，有昏耳目，難爲披覽。竊惟范曄之删《後漢》也，簡而且周，疏而不漏，蓋云備矣。而劉昭採其所捐，以爲補註，言盡非要，事皆不急，譬夫人有吐棄之核，棄藥之滓，而愚者乃重加捃拾，潔以登薦，持此爲工，多見其無識也。孝標善於攻謬，博而且精，固以察及泉魚，辨窮河豕。嗟乎，以峻之才識，足堪遠大，而不能探賾彪、嶠，網羅班、馬，方復留情於委巷小説，鋭思於流俗短書，可謂勞而無功，費而無當者矣。自兹以降，其失逾甚。若蕭、楊（羊）之瑣雜，王、宋之鄙碎，言殊揀金，事比雞肋，異體同病，焉可勝言？大抵撰史加注者，或因人成事，或自我作故，記録無限，規檢不存，難以成一家之格言，千載之楷則。凡諸作者，可不詳之？至若鄭玄、王肅述五經而各異，何休、馬融論三傳而競爽。欲加商摧，其流實煩。斯則義涉儒家，言非史氏，今並不書於此焉。（以上卷五）

言語第二十（節録）

尋夫戰國已前，其言皆可諷詠，非但筆削所致，良用體質素美。何以覈諸？至如"鸜賣"、"鸜鴿"，童豎之謡也。"山木"、"轉車"，時俗之諺也。"旛腹棄甲"，城者之謳也。"原田是謀"，輿人之誦也。斯皆芻詞鄙句，猶能温潤若此，況乎束帶立朝之士，加以多聞博古之説者哉！則知時人出言，史官入記，雖有討論潤色，終不失其梗概者也。

叙事第二十二（節録）

夫叙事之體，其流甚多，非復片言所能覼縷，今輒區分類聚，定爲三篇，列之于下：夫國史之美者，以叙事爲工；而叙事之工者，以簡要爲主。簡之時義大矣哉！

歷觀自古，作者權輿。《尚書》發蹤，所載務於寡事；《春秋》變體，其言貴於省文。斯蓋澆淳殊致，前後異跡。然則文約而事豐，此述作之尤美者也。

始自兩漢，迄乎三國，國史之文，日傷煩富。逮晉已降，流宕逾遠。必尋其冗句，摘其煩詞，一行之間，必謬增數字；尺紙之内，恒虛費數行。夫聚蚊成雷，羣輕折軸，況於章句不節，言詞莫限，載之兼兩，曷足道哉！

蓋叙事之體，其別有四：有直紀其才行者，有唯書其事跡者，有因言語而可知者，有假讚論而自見者。至如古文《尚書》，稱帝堯之德，標以"允恭克讓"。《春秋左傳》，言子太叔之狀，目以"美秀而文"。所稱如此，更無他説。所謂直紀其才行者。又如《左氏》載申生爲驪姬所譖，自縊而亡。《班史》稱紀信爲項籍所圍，代君而死。此則不言其節操，而忠孝自彰，所謂唯書其事跡者。又如《尚書》稱武王之罪紂也，其《誓》曰："焚炙忠良，刳剔孕婦。"《左傳》記隨會之論楚也，其詞曰："蓽簵藍縷，以啓山林。"此則才行事跡，莫不闕如，而言有關涉，事便顯露，所謂因言語而可知者。又如《史記·衛青傳》後，太史公曰：蘇建嘗責大將軍不薦賢待士。《漢書·孝文紀》末，其讚曰："吳王詐病不朝,賜以杖几。”此則紀之與傳,並所不書,而史臣發言,別出其事,所謂假讚論而自見者。然則才行、事跡、言語、讚論,凡此四者,皆不相須,若兼而畢書,則其費尤廣。但自古經史,通多此類,能獲免者,蓋十無一二。

故知史之爲務,必藉於文。自五經已降,三史而往,以文敘事,可得言焉。而今之所作,有異於是。其立言也,或虛加練飾,輕事彫彩;或體兼賦頌,詞類俳優。文非文,史非史。譬夫烏孫造室,雜以漢儀,而刻鵠不成,反類於鶩者也。(以上卷六)

序傳第三十二

蓋作者自叙其流,出於中古乎! 按屈原《離騷經》,其首章上陳氏族,下列祖考。先述厥生,次顯名字,自叙發跡,實基於此。降及司馬相如,始以自叙爲傳。然其所叙者,但記自少及長,立身行事而已。逮于祖先所出,則蔑爾無聞。至馬遷又征三閭之故事,仿文園之近作,模楷二家,勒成一卷。於是揚雄遵其舊轍,班固酌其餘波。自叙之篇,實煩於代,雖屬辭有異,而茲體無易。尋馬遷《史記》,上自軒轅,下窮漢武;疆宇修闊,道路綿長。故其自叙,始於氏出重黎,終於身爲太史。雖上下馳騁,終不越《史記》之年。班固《漢書》,止叙西京二百年事耳。其自叙也,則遠征令尹起楚文王之世,近録賓戲當漢明帝之朝。苞括所及,踰於本書遠矣。而後來叙傳,非止一家,競學孟堅,從風而靡。施於家牒,猶或可通;列於國史,每見其失者矣。然自叙之爲義也,苟能隱己之短,稱其所長,斯言不謬,即爲實録。而相如自序及記其客游臨邛,竊妻卓氏,以《春秋》所諱持爲美談。雖事或非虛,而理無可取。載之於傳,不其愧乎! 又王充《論衡》之自紀也,述其父祖不肖,爲州閭所鄙而已。答以嚚頑舜神,鯀惡禹聖。夫自叙而言家世,固當以揚名顯親爲主。苟無其人,闕之可也。至若盛矜於己而厚辱其先,此何異證父攘羊,學子名母,必責以名教,實三千之罪人也。夫自媒自衒,士女之醜行。然則人莫我知,君子所恥。按孔氏《論語》有云:“十室之邑,必有忠信,不如丘之好學也。”又曰:“吾日三省吾身:爲人謀而不忠乎? 與朋友交而不信乎?”又曰:“文王既没,文不在兹乎?”又曰:“昔者,吾友嘗從事於斯矣。”則聖達立言也,時亦揚露己才。或託諷以見其情,或選辭以顯其跡,終不盱衡自伐,攘袂公言。且命諸門人各言爾志,由也不讓,見嗤無禮。歷觀揚雄已降,其自叙也,始以誇尚爲宗。至魏文帝、傅玄、陶梅、葛洪之徒,則又踰於此者矣。何則? 身兼片善,行有微能,皆剖析具言,一二必載,豈所謂憲章前聖,謙以自牧者歟! 又近古人倫喜稱閥閱。其蓽門寒族,百代無聞。而騂角挺生,一朝暴貴,無不追述本係,妄承先哲。至若儀父、振鐸並爲曹氏之初,淳維、李陵俱稱拓拔之始。河南馬祖,遷、彪之説不同;吳興沈先,約、炯之言有異。

斯皆不因真律，無假寧楹，直據經史，自成矛盾。則知楊姓之寓西蜀，班門之雄朔野，或胄纂伯僑，或家傳熊繹，恐自我作古，失之彌遠者矣。蓋諂祭，非鬼神所不。歆敬他親，人斯悖德。凡爲叙傳，宜詳此理。不知則闕，亦何傷乎！（卷九）

雜述第三十四

　　昔在三墳五典，《春秋》、《檮杌》，即上代帝王之書，中古諸侯之記，行諸歷代，以爲格言。其餘外傳，則神農嘗藥，厥有《本草》；夏禹敷土，實著《山經》；世本辨姓，著自周室；《家語》載言，傳諸孔氏。是知偏記、小說，自成一家，而能與正史參行，其所從來尚矣。爰及近古，斯道漸煩，史氏流別，殊途並騖，權而爲論，其流有十焉：一曰偏記，二曰小録，三曰逸事，四曰瑣言，五曰郡書，六曰家史，七曰別傳，八曰雜記，九曰地理書，十曰都邑簿。

　　夫皇王受命，有始有卒，作者著述，詳略難均，有權記當時，不終一代，若陸賈《楚漢春秋》、樂資《山陽公載記》、王韶《晉安陸紀》、姚最《後略》，此之謂偏記者也。普天率土，人物弘多，求其行事，罕能周悉，則有獨舉所知，編爲短部，若戴逵《竹林名士》、王粲《漢末英雄》、蕭世誠《懷舊志》、盧子行《知己傳》，此之謂小録者也。國史之任，記事記言，視聽不該，必有遺逸，於是好奇之士，補其所亡，若和嶠《汲冢紀年》、葛洪《西京雜記》、顧協《璅語》、謝綽《拾遺》，此之謂逸事者也。街談巷議，時有可觀，小說爲言，猶賢於己，故好事君子，無所棄諸，若劉義慶《世說》、裴榮期《語林》、孔思尚《語録》、陽松玠《談藪》，此之謂瑣言者也。汝潁奇士，江漢英靈，人物所生，載光郡國，故鄉人學者，編而記之，若周稱《陳留耆舊》、周裴《汝南先賢》、陳壽《益部耆舊》、虞預《會稽典録》，此之謂郡書者也。高門華冑，奕世載德，才子承家，思顯父母，由是紀其先烈，貽厥後來，若揚雄《家牒》、殷敬《世傳》、孫氏《譜記》、陸宗《係歷》，此之謂家史者也。賢士貞女，類聚區分，雖百行殊途，而同歸於善，則有取其所好，各爲之録，若劉向《列女》、梁鴻《逸民》、趙採《忠臣》、徐廣《孝子》，此之謂別傳者也。陰陽爲炭，造化爲工，流形賦象，于何不育，求其怪物，有廣異聞，若祖台《志怪》、干寶《搜神》、劉義慶《幽明》、劉敬叔《異苑》，此之謂雜記者也。九州土宇，萬國山川，物產殊宜，風化異俗，如各志其本國，足以明此一方，若盛弘之《荊州記》、常璩《華陽國志》、辛氏《三秦》、羅含《湘中》，此之謂地理書者也。帝王桑梓，列聖遺塵，經始之制，不常厥所，苟能書其軌，則可以龜鏡將來，若潘岳《關中》、陸機《洛陽》、《三輔黃圖》、《建康宮殿》，此之謂都邑簿者也。大抵偏記、小録之書，皆記即日當時之事，求諸國史，最爲實録；然皆言多鄙朴，事罕圓備，終不能成其不刊，永播來葉，徒爲後生作者削稿之資焉。逸事皆前史所遺，後人所記，求諸異說，爲益實多；及妄者爲之，則苟載傳聞，而無銓擇，由是真僞不別，是非相亂，如郭子橫之《洞冥》、王子年之《拾遺》，全摭虛辭，用驚愚俗，此其爲弊之甚者也。瑣言者，多載當時辨對，流俗嘲謔，俾夫樞機者藉爲舌端，談話者將爲口實；乃蔽者爲之，則有詆訐相戲，施諸祖宗，褻狎鄙言，出自牀第，莫不昇之紀録，用爲雅言，固以無益風規，有傷名教者矣。郡書者，矜其鄉賢，美其邦族，施於本國，頗得流行，置於他方，罕聞愛異；其有如常璩之詳審，劉炳之該博，而能傳諸不朽，見美來裔者，蓋無幾焉。家史者，事惟三族，言止一門，正可行於家室，難以播於邦國，且箕裘不墮，則其録雖存，苟薪搆已亡，則斯文亦喪者矣。別傳者，不出胸臆，非由機杼，徒以博採前史，聚而成書，其有足以新言加之別説者，蓋不過十一而已；如寡聞末學之流，則深所嘉尚；至於探幽索隱之士，則無所取材。雜記者，若論神仙之道，則服食鍊氣，可以益壽延年；語魑魅之途，則福善禍淫，可以懲惡勸善，斯則可矣；及繆者爲之，則苟談怪異，務述妖邪，求諸弘益，其義無取。地理書者，若《朱贛》所採，浹於九州，闞駰所書，彌於四國，斯則言皆雅正，事無偏黨者矣；其有異於此者，則人自以爲樂土，家自以爲名都，競美所居，談過其實，又城池舊跡，山水得名，皆傳諸委巷，用爲故實，鄙哉！都邑簿者，如宮闕陵廟，街廛郭邑，辨其規模，明其制度，斯則可矣；及愚者爲之，則煩而且濫，博而無限，故論榱棟則尺寸皆書，記草木則根株必數，務求詳審，持此爲能，遂使學者觀之，瞀亂而難紀也。

　　於是考茲十品，徵彼百家，則史之雜名，其流盡於此矣。至於其間得失紛糅，善惡相兼，既難爲觀縷，故粗陳梗概，且同自鄶，無足譏焉。

自叙第三十六（節録）

　　詞人屬文，其體非一。譬甘辛殊味，丹素異彩，後來祖述，識昧圓通，家有詆訶，人相掎摭。故劉勰《文心》生焉。若《史通》之爲書也，蓋傷當時載筆之士其道不純，思欲辨其指歸，殫其體統，夫其書雖以史爲主，而餘波所及，上窮王道，下掞人倫，總括萬殊，包呑千有，自《法言》已降，迄于《文心》而往，以納諸胸中，曾不蔕芥者矣。（以上卷十）

外篇·疑古第三（節録）

　　蓋古之史氏區分有二焉，一曰記言。二曰記事。而古人所學以言爲首，至若虞、夏之典，商、周之誥，仲虺、周任之言，史佚、臧文之説，凡有遊談專對，獻策上書者，莫不引爲端緒，歸其的準。其於事也則不然，至若少昊之以鳥名官，陶唐之以御龍拜職，夏氏之中衰也，其盜有后羿，寒浞齊邦之始建也，其君有蒲姑、伯陵，斯並開國承家，異聞奇事，而後世學者罕傳其説。唯夫博物君子或粗知其一隅，此則記事之史不行，而記言之書見重斷可知矣。及左氏之爲傳也，雖義釋本經而語雜他事，遂使兩漢儒者嫉之若仇，故二傳大行，擅名後世。又孔門之著述也，論《語專》述言辭，《家語》兼陳事業，而自古學徒相授，唯稱論語而已。由斯而談，並古人輕事重言之明效也。（卷十三）

吳 兢

吳兢（670—749），汴州浚儀（今河南開封）人。唐史學家。方直寡諧，少屬志於學，貫通經史。兢修史敢於直書，叙事簡核，號稱良史。著述頗多，今存者有《貞觀政要》、《唐闕史》、《開元升平源》。曾撰《古樂府詞》十卷，已失傳。《舊唐書》卷一〇二、《新唐書》卷一三二有傳。今本吳兢《樂府古題要解》二卷，以解釋漢魏樂府及擬樂府題爲主要內容，明其源流，考其本事，多遵“緣事而發”之説。因他本爲史家，故能以史家的求實態度來考證樂府源流，較爲謹慎，爲研究樂府這一重要詩體留下了十分重要的史料。

本書資料據中華書局 1983 年丁福保《歷代詩話續編》本《樂府古題要解》。

《樂府古題要解》卷上

序

樂府之興，肇於漢魏。歷代文士，篇詠實繁。或不睹於本章，便斷題取義。贈夫利涉，則述《公無度河》；慶彼載誕，乃引《烏生八九子》；賦雉斑者，但美繡頸錦臆；歌天馬者，唯叙驕馳亂蹋。類皆若兹，不可勝載。遞相祖習，積用爲常，欲令後生，何以取正？余頃因涉閱傳記，用諸家文集，每有所得，輒疏記之。歲月積深，以成卷軸，向編次之，目爲《古題要解》云爾。

江南曲

右《江南曲》古詞云：“江南可採蓮，蓮葉何田田。”又云：“魚戲蓮葉東，魚戲蓮葉西，魚戲蓮葉南，魚戲蓮葉北。”蓋美其芳晨麗景，嬉遊得時。若梁簡文“桂楫晚應旋”，唯歌游戲也。又有《采菱曲》等，疑皆出於此。

度關山

右《關山》古詞，曹魏樂奏武帝所賦“天地間，人爲貴”，言人君當自勤勞，省方黜陟，省刑薄賦也。若梁戴暠云“昔聽《隴頭吟》，平居已流涕”，但叙征人行役之思焉。

長歌行

右古詞：“青青園中葵，朝露待日晞。”言榮華不久，當努力爲樂，無至老大乃傷悲也。曹魏改奏文帝所賦“西山一何高”，言仙道洪濛不可識，如王喬赤松，皆空言虛辭，迂怪難信，當觀聖道而已。若晉陸士衡“逝矣經天日”，復言人運短促，當乘閑長歌，不與古文合。

薤露歌亦曰《薤露行》　蒿里傳亦曰《蒿里什》　亦曰《泰山吟行》

右喪歌。舊曲本出於田橫門人，歌以葬橫。一章言人命奄忽如葬上之露，易晞滅也。詞云：“葬上露，何易晞。露晞明朝已復落，人死一去何時歸！”二章言人死精魄歸於蒿里。詞云：“蒿里誰家地，聚斂魂魄無賢愚。鬼伯一何相催促，今乃不得少踟躕。”至漢武帝時，李延年分爲二曲，《薤露》送王公貴人，《蒿里》送士大夫庶人，挽柩者歌之，亦呼爲《挽柩歌》。《左氏春秋》：“齊將與吳戰於艾陵，公孫夏使其徒歌《虞殯》。”杜預注云：“送葬歌也。”即喪歌不自田橫始矣。復有《泰山吟行》，亦言人死精魄歸於泰山，《葬露》、《蒿里》之類也。

雞　鳴

右古詞：“雞鳴高樹顛，狗吠深宮中。”初言天下方太平，蕩子何所之。次言黃金爲門，白玉爲堂，置酒作倡樂爲樂，兄弟三人近侍，榮耀道路，其文與《相逢狹路間行》同。終言桃傷而李仆，諭兄弟當相爲表里。若梁劉孝威《雞鳴篇》，但詠雞而已。

對酒行

右闕古詞。曹魏樂奏武帝所賦“對酒歌太平”。其旨言王者德澤廣被，政理人和，萬物咸遂。若梁範云“對酒心自足”，則言但當爲樂，勿殉名自欺也。

烏生八九子

右古詞：“烏生八九子，端坐秦氏桂樹間。”言烏母生子，本在南山岩石間，而來爲秦氏彈丸所殺；白鹿在苑中，人得以脯；黃鵠摩天，鯉魚在深淵，人可得而烹煮之。則壽命各有定分，死生何歎前後也。若梁劉孝威“城上烏，一年生九雛”，但詠烏而已，不言本事。

平陵東

右古詞："平陵東，松柏桐，不知何人劫義公。"此漢翟義門人所作也。義，丞相方進之少子，字文中，爲東郡太守。以王莽篡漢，起兵誅之，不克而見害。門人作歌以怨之。

陌上桑

右古詞："日出東南隅，照我秦氏樓。"舊說邯鄲女子秦姓名羅敷，爲邑人千乘王仁妻。仁後爲趙五家令。羅敷出采桑陌上，趙王登臺見而悦之，置酒欲奪焉。羅敷善彈筝，作《陌上桑》以自明，不從。案其歌詞，稱羅敷采桑陌上，爲使君所邀，羅敷盛誇其夫爲侍中郎以拒之，與舊說不同。若晉陸士衡"扶桑升朝暉"等，但歌佳人好會，與古調始同而末異。

短歌行

右魏武帝"對酒當歌，人生幾何"，晉陸士衡"置酒高堂，悲歌臨觴"，皆言當及時爲樂。又舊說《長歌》、《短歌》，大率言人壽命長短分定，不可妄求也。

燕歌行

右晉樂奏魏文帝"秋風蕭瑟天氣凉"、"別日何易會日難"二篇，言時序遷換而行役不歸，佳人怨曠無所訴也。

秋胡行

右舊說：魯有秋胡子，納妻五日而宦於陳，五年乃歸。未至家，於路傍見婦人采桑，美，悦之。下車謂曰："力田不如逢豐年，力耕不如見公卿。吾今有金，願以與夫人。"婦曰："婦人當采桑力作，以養舅姑，不願人之金。"秋胡歸至家，奉金遺母。母使人呼婦，婦至，乃向采桑者婦也。婦惡其行，因東走投河而死。後人哀而賦焉。

苦寒行

右晉樂奏魏武帝"北上太行山"，備言冰雪溪谷之苦。或謂《北上行》，蓋因魏武帝作此詞，今人效之。

董桃行

右古詞："吾欲上謁從高山，山頭危險大難言。"言五嶽之上，皆以黃金爲宮闕，而多靈獸仙草，可以求長生不死之術，令天神擁護人君以壽考也。舊説《董桃行》，後漢遊童所作，終有董卓作亂，卒以逃亡。後人習之爲歌章，樂府奏之，以爲炯戒焉。陸士衡"和風習習薄林"，宋謝靈運"春虹散綵銀河"，但言節物芳華，可及時行樂，無使徂齡坐徙而已。晉傅休奕著《歷九秋篇》十二章，具叙夫婦別離之思，亦題云《擬董桃行》，未詳也。

塘上行

右前志云晉樂奏魏武帝"蒲生我池中"，而諸集録皆言其詞魏文帝甄后所作，歎以讒訴見棄，猶幸得新好不遺故惡焉。

善哉行

右古詞："來日大難，口燥脣乾。"言人命不可保，當樂見親友，且求長生術，與王喬、八公遊焉。又魏文帝詞云："有美一人，婉如清揚。"言其妍麗，知音識曲，善爲樂方，令人忘憂。此篇諸集所出，不入《樂志》。

東門行

右古詞云："出東門，不顧歸。"言士有貧不安其居者，拔劍將去，妻子牽衣留之，願共餔糜，不求富貴，且曰："今時清，不可爲非也！"若鮑照"傷禽惡弦驚"，但傷離別而已。

西門行

右古詞云："出西門，步念之。"始言醇酒肥牛，及時爲樂；次言"人生不滿百，常懷千載憂。晝短苦夜長，何不秉燭遊"；末言無貪財惜費，爲後世所嗤。諸家樂府詩又有《順東西門行》，爲三七言，亦傷時顧陰，有類於此也。

煌煌京洛行

右晉樂奏魏文帝"夭夭桃園，無子空長"，言虛美者多敗。又有"韓信鳥盡弓藏；子房保身全名；蘇秦傾側賣主；陳軫忠而有謀，楚懷不納；吳起智小謀大；郭生古之雅人，燕昭臣之"及"仲連高士，不受千金"等語。若宋鮑照"鳳樓二十重"，梁戴暠"欲知佳麗地"，始則盛誇帝京之美，而末言君恩歇薄，有怨曠沉淪之歎也。

豔歌何嘗行 亦曰《飛鶴行》

右古詞："飛來雙白鶴，乃從西北來。"言雌病，雄不能負之而去，"五里一反顧，六里一徘徊"，雖遇新相知，終傷生別離也。又云"何嘗快，獨無憂"，不復爲後人所擬也。

步出夏門行亦曰《隴西行》

右古詞云："天上何所有，歷歷種白榆。"此篇出諸集，不入《樂志》。始言婦有容色，能應門承賓，次言善於主饋，終言送迎皆合於禮。若梁簡文"隴西四戰地"，但言辛苦征戰，佳人怨思而已。

野田黄雀行

右晉樂奏魏曹植"置酒高殿上"，始言豐膳樂飲，盛賓主之獻酬；中言歡樂極而悲，嗟盛時不再；終歸於知命而不復憂焉。

滿歌行

右古詞："爲樂未幾時，遭世險巇。"其始言逢此百罹，零丁荼毒，古人遜位躬耕，遂我取願；次言窮達天命，智者不憂，莊周遺名，名垂千載；終言命如鑿石見火，當自娛以頤養，保此百年也。

棹歌行

右晉樂奏魏明帝辭云"王者布大化"，備言平吳之勳。若陸士衡"遲遲春欲暮"，又如梁簡文帝"妾信在湘川"，但言乘舟鼓棹而已。

雁門太守行

右古詞云："漢孝和帝時，洛陽令王君。"當時廣漢郪人王渙，字稚子，父順，安定太守。渙少好俠，尚氣力，數通輕剽少年。晚改節博學，通於法律。舉茂才，除温令，政化大行。人畜牧於野，輒云以付稚子，終無失盜。遷兖州刺史，一年，除拜侍御史。轉洛陽令，獄訟止息，發擿奸伏如神。元興初病卒。老少咨嗟，莫酬以千數。及喪西歸，至弘農，人多設祭於路。吏問其故，言我平常持租詣洛陽，有司鈔截，恒亡其半，自王君在事，不復見侵枉，故來報耳。人思其德，立祠在安陽亭。有食酒肉，輒往弦歌而祭之。後鄧太后下詔褒美，拜其子石爲郎。帝事黄、老之道，悉毀諸祠廟，惟渙及卓茂廟存焉。按其歌詞歷述渙本末，與本傳合，而題云《雁門大守行》，所未詳也。若梁簡文帝"輕霜中夜下"，備言邊城征戰之思。及皇甫規雁門之問，蓋依題焉。

白頭吟

右古詞："皚如山上雪，皎若雲間月。"又云："願得一心人，白頭不相離。"始言良人

有兩意，故來與之相決絕；次言別于溝水之上，叙其本情；終言男兒當重意氣，何用于
錢刀也。一說司馬相如將聘茂陵人女爲妾，文君作《白頭吟》以自絕，相如乃止。若宋
鮑照"直如朱絲繩"，陳張正見"平生懷直道"，唐虞世南"葉如幽徑蘭"，皆自傷清直芬
馥，而遭鑠金點玉之謗，君恩似薄，與古文近焉。

　　以上樂府《相和歌》。案相和而歌，並漢世街陌謳謠之詞，絲竹更相和，執節者歌
之。本一部，魏明帝分爲二部，更遞夜宿。本十七曲，後爲十三曲，今所載之外，復有
《氣出唱》、《精列》、《東光引》等三篇。自《短歌行》以下，晉荀勗采擇舊詞施用，以代
漢、魏，故其數廣焉。

殿前生桂樹

　　古樂府《鞞舞歌》。按《鞞舞歌》，漢代燕享用之，不詳所起。其歌又有《關東有賢
女》、章帝所造《章和二年中》、《樂久長》、《四方皇》共五篇，其詞皆亡。近史亡，《鞞舞》
本漢《巴渝舞》。高祖自蜀漢伐楚，其人勇而善鬭，好爲歌舞，帝觀之曰："武王伐紂之
歌。"使工習之，號曰《巴渝》。渝，美也。或云其地有渝水，因以取名，未詳也。

白鳩篇

　　右其詞首章曰："翩翩白鳩，載飛載鳴。懷我君德，來集君庭。"按晉楊泓《舞序》
云："自到江南，見有《白符舞》，或言《白鳧鳩舞》，察其詞旨，乃吳人患孫皓虐政，思從
晉也。"《齊史》載其本歌云："平平白符，思我君惠，集我金堂。"言晉爲金德，"符"與
"鳩"皆"合"也。則上"翩翩白鳩"之詞，蓋後晉人改也。

碣石篇

　　右晉樂奏魏武帝詞。首章言東臨碣石，見滄海之廣，日月出入其中。二章言農功
畢而商賈往來。三章言鄉土不同，人性各異。四章言"老驥伏櫪，志在千里，烈士暮
年，壯心不已"也。

淮南王篇

　　右古詞："淮南王，自言尊。"淮南小山所作也。舊說漢淮南王安服食求仙，遍禮方
士，遂與八公相攜俱去，莫知所適。小山之徒，思戀不已，乃作《淮南王歌》。其詞實言
安仙去。

以上樂府《拂舞歌》。按《拂舞》，前史云出自江右。復有《濟濟》、《獨禄》等共五篇。今讀其詞，除《白鳩》一篇，餘並非吴歌，未知所起。

折紵歌

右古詞盛稱舞者之美，宜及芳時爲樂。其譽白紵曰："質如輕雲色如銀，制以爲袍餘作巾，袍以光軀巾拂塵。"

以上樂府曰《白紵歌》。按舊史稱白紵吴地所出，《白紵舞》本吴舞也。梁武帝令沈約改其詞爲四時之歌，若"蘭葉參差桃半紅"即其春歌也。周處《風土記》云："吴黄龍中，童謡云：'行白者君，追汝句驪馬。'後孫權征公孫淵，海浮乘舶。舶，白也。時和歌猶云行白紵。"蓋出於此。

上之回

右漢武帝元封初因至雍，遂通回中道，後數出遊幸焉。其歌稱帝"游石關，望諸國，月支臣，匈奴服"，皆美當時事也。

戰城南

右其詞大略言"戰城南，死郭北"，野死不得葬，爲烏鳥所食，願爲忠臣，朝出攻戰而暮不得歸也。

巫山高

右其詞大略言江淮水深，無梁可度，臨水遠望，思歸而已。若齊王融"想像巫山高"、梁范云"巫山高不極"，雜以陽臺神女之事，無復遠望思歸之意也。

君馬黄

右初言"君馬黄，臣馬蒼，二馬同逐臣馬良"，終言美人歸以南，歸以北，駕車馳馬，令我心傷。

芳　樹

右古詞，中有云："妒人之子愁殺人，君有他心，樂不可禁。"若齊王融"相思早春日"，謝朓"早玩華池陰"，但言時暮衆芳歇絶而已。

有所思

右其辭大略言"有所思，乃在大海南，何用問遺君？雙珠毒瑁簪。聞君有他心，燒之當風揚其灰。從今已往，勿復相思，而與君絶"也。若齊王融"如何有所思"、梁劉繪"別離安可再"，但言離思而已。

雉子斑

右古詞，中有云："雉子高飛止，黄鵠飛之以千里。雄來飛，從雌視。"若梁簡文帝"妒場時向隴"，但詠雉而已。

臨高臺

右古詞，大略言"臨高臺，下有清水清且寒。江有香草目以蘭，黄鵠高飛離哉翻。開弓射鵠，令吾主壽萬年"。若齊謝朓"千里常思歸"，但言歸望傷情而已。一作古詞言"臨高臺，下見清水中有黄鵠飛翻，關弓射之，令我主萬年"。

釣　竿

右舊説有伯常子避仇河濱爲漁者，其妻思之而爲《釣竿歌》。每至河側輒歌之。後司馬相如作《釣竿》詩，遂傳以爲樂曲。若劉孝威"釣舟畫彩鷁"，但稱繢釣嬉遊而已。

以上樂府《鐃歌》。案：漢明帝定樂有四品，最末曰《短簫鐃歌》，軍中鼓吹之曲。舊説黄帝所造，以建武揚德。《周禮》所謂"王大捷則愷樂，軍大獻則愷歌"是也。自《上之回》皆漢曲。又有《朱鷺》、《思悲翁》、《艾如張》、《擁離》、《戰城南》、《巫山高》、《上陵》、《將進酒》、《君馬黄》、《芳樹》、《有所思》、《雉子斑》、《聖人出》、《上邪》、《臨高臺》、《遠如期》、《石留》等十八曲，字多紕繆不可曉。《釣竿》一篇，晉代亦稱爲漢止於十八，恐非是也。鐃如鈴而有舌，執柄而鳴之，周禮以止鼓也。

《黄鶴吟》一曰《黄鵠》。

《隴頭吟》一曰《隴頭水》。

《出關》

《入關》

《出塞》

《入塞》一本闕上四曲。

《折黃柳》

《黃覃子》

《赤之揚》一本闕上二曲。

《望行人》魏、晉已來,惟傳十曲。

《關山月》

《洛陽道》

《長安道》

《梅花落》

《紫騮馬》

《＃驄(左馬)馬》

《雨雪》

《劉生》合一十八曲。一本多《豪俠行》、《古劍行》、《洛陽公子行》三題,誤。

劉　生

右劉生不知何代人,觀齊、梁已來所爲《劉生》詞者,皆稱其任俠豪放,周遊五陵三秦之地。或云抱劍專征爲符節官,所未詳也。

以上樂府橫吹曲,有鼓角。《周禮》:"以鼖鼓鼓軍事用角。"舊說云,蚩尤氏帥魍魅與黃帝戰于涿鹿之野,帝始命吹角爲龍鳴以禦之。其後魏武北征烏丸,越涉沙漠,軍士聞之,悲而思歸。於是減爲中鳴,尤更悲矣。又有胡角者,本以應胡笳之聲,後漸用之,有雙角,即胡樂也。漢博望侯張騫入西域,傳其法,唯得《摩訶兜勒》一曲。李延年因胡曲更造新聲二十八解,乘輿以爲武樂。東漢以給邊將。又有《出關》、《入關》、《出塞》、《入塞》、《黃覃子》《赤之揚》、《黃鵠吟》、《隴頭吟》、《折楊柳》、《望行人》等十曲,皆無其詞。若《關山月》已下八曲,後代所加也。

王昭君

右舊史王嬙字昭君,漢元帝時,匈奴入朝,詔以嬙配之,號胡閼氏。一說漢元帝後宮既多,不得常見,乃使畫工圖其形,案圖召幸。宮人皆賂畫工,多者十萬,少者亦不減五萬。昭君自恃容貌,獨不肯與。工人乃醜圖之,遂不得見。及後匈奴入朝,選美人配之,昭君之圖當行。及入辭,光彩射人,悚動左右。天子方重失信外國,悔恨不及,窮案其事,畫工有杜陵毛延壽,爲人形,醜好老少,必得其真。安陵陳敞,新豐劉白、龔寬,並工狗馬,人形不逮延壽。下杜陽望、樊青,尤善布彩色。皆同日棄市,籍其資財。漢人憐昭君遠嫁，爲作歌詩。始武帝以江都王建女細君爲公主，嫁烏孫王昆莫，令琵琶馬上作樂，以慰其道路之思。其送明君亦然。晉文王諱"昭"，故晉人改爲"明君"。石崇有妓曰緑珠，善歌舞。以此曲教之，而自製《王明君歌》，其文悲雅，"我本漢家子"是也。《琴操》載：昭君，齊國王穰女。端正閑麗，未嘗窺看門户。穰以其有異於人，求之者皆不與。年十七，獻之元帝。元帝以地遠不之幸，以備後宮。積五六年。帝每游後宮，昭君常恐不出。後單于遣使朝賀，帝宴之，盡召後宮，昭君乃盛飾而至。帝問："欲以一女賜單于，誰能行者？"昭君乃越席請往。時單于使在旁，帝驚恨不及。昭君至匈奴，單于大悦，以爲漢與我厚，縱酒作樂。遣使者報漢，送白璧一雙，駿馬十疋，胡地珠寶之類。昭君恨帝始不見遇，乃作怨思之歌。單于死，子世達立。昭君謂之曰："爲胡者妻母，爲秦者更娶。"世達曰："欲作胡禮。"昭君乃吞藥而死。

子　夜

右舊史云晉有女子曰子夜所作，聲至哀。晉武帝太元中，琅邪王軻家有鬼歌之。後人依四時行樂之詞，謂之《子夜四時歌》，吳聲也。

前溪歌

右晉車騎將軍沈玩所造舞曲也。

烏夜啼

右宋臨川王義慶造也。宋元嘉中，徙彭城王義康於豫章郡。義慶時爲江州，相見而哭。文帝聞而怪之，徵還宅。義慶大懼，妓妾聞烏夜啼，叩齋閣云："明日應有赦。"及旦，改南兗州刺史，因作此歌。故其和云："籠窗窗不開，夜夜望郎來。"亦有《烏棲曲》，不知與此同否。

石城樂

右宋臧質所作也。石城在竟陵。質爲竟陵守，於城上眺矚，見羣少年歌謠通暢，因而爲之詞云："生長石城下，開窗對城樓。城中美少年，出入相依投。"

莫　愁

右出於《石城樂》。石城有女子名莫愁，善歌謠，故《石城樂》和中復有莫愁聲。其辭曰："莫愁在何處？莫愁石城西。艇子打兩槳，催送莫愁來。"古歌亦有莫愁，洛陽女，與此不同。

襄　陽

右宋隨王誕始爲襄陽郡，元嘉末仍爲雍州刺史。夜聞諸女歌謠，因爲之詞曰：“朝發襄陽城，暮至大隄宿。大陽諸女兒，花艷驚郎目。”若裴子野《宋略》稱：“晉安侯劉道彥爲雍州，有惠化，百姓歌之，謂之《襄陽樂》。”蓋非此也。

以上樂府清商曲也。按蔡邕云：“清商曲，其詞不足采著。”其曲名有《出郭西門》、《陸地行車》、《夾鍾》、《朱堂寢》、《奉法》等五曲，非止《王昭君》等。一説清商曲，南朝舊樂也。永嘉之亂，中朝舊曲散落江右，無復宋、梁新聲。元魏孝文帝纂漢，收其所復南音，謂之清商樂，即此等是也。隋平陳，因置酒清商署，若《巴渝》、《白紵》等曲皆在焉。

《樂府古題要解》卷下

日重光　月重輪

右爲漢明帝樂人所作也。明帝爲太子時，樂人作歌詩四章，以贊太子之德。一曰《日重光》，二曰《月重輪》，三曰《星重輝》，四曰《海重潤》。漢末喪亂，後二章亡。舊説云，天子之德，光明如日，規輪如月，光耀如星，霑潤如海。太子比德，故云重焉。

上留田行《古今注》云“上苗田”，此云“上留”，蓋傳説之誤。未知孰是。

右舊説上留田，地名，此地人有父母死，不字其孤弟者。鄰人爲弟作悲歌，以諷其兄，因以地名爲曲。蓋漢代人也。

相逢狹路間行亦曰《長安有狹斜行》

右古詞：“相逢狹路間，道隘不容車。”其説已具《雞鳴篇》。

豔歌行

右古詞：“翩翩堂前燕，冬藏夏來見。”言燕尚冬藏夏來，兄弟乃流宕在他縣，主人婦爲綻衣服，其夫見而疑之。

怨歌行一曰《怨詩行》

右古詞：“爲君既不易，爲臣良獨難。”言周公推心輔政，二叔流言，致有雷雨拔木之變。梁簡文帝"十五頗有餘"，自言姝豔，而以讒見毀。又曰："持此傾城貌，翻爲不肖軀。"與古文意同辭異。班婕妤《紈扇詩》亦云《怨歌行》，不知與此同否。

飲馬長城窟行

右古詞："青青河邊草，綿綿思遠道。"傷良人流宕不歸。或雲蔡邕之詞。若陳琳"水寒傷馬骨"，則言秦人苦長城之役也。

君子行

右古詞云："君子防未然，不處嫌疑間。"言君子雖瓜田不納履，李下不正冠，以遠嫌疑也。

君子有所思行

右陸機"命賀登北山"、鮑照"西山登雀臺"、沈約"晨策終南首"，其旨言雕室麗色，不足爲久歡，晏安酖毒，滿盈所宜敬忌，與《君子行》異也。

朝歌行

右古詞三七言。言雖甚奇寶器，不遇知己，終不見重，願逢知己以托意焉。

豫章行

右陸機"泛舟清川渚"、謝靈運"出宿告密親"，皆傷離別。言壽短景馳，容華不久。傅玄《苦相篇》"苦相身爲女"，言盡力於人，終以華洛見棄，亦題曰《豫章行》。

門有車馬客行

右曹植等皆言問訊其客，或得故舊鄉里，或駕自京師，備叙市朝遷謝，親戚彫喪之意也。

猛虎行

右陸士衡"渴不飲盜泉水"，言從遠役猶耿介，不以艱險改節也。

齊謳行

右舊說齊人以歌其地。陸士衡"營丘負海曲"，述齊地之美。

吴趨行

右舊説吴人以歌其地。陸士衡"楚妃且勿歎"是也。

會吟行

右謝靈運"六引緩清唱"，其致與《吴趨行》同也。

從軍行

右皆述軍旅苦辛之詞也。

出自薊北門行

右其詞與《從軍行》同，而兼言燕、薊風物及突騎悍勇之狀，與《吴趨行》同也。

結客少年場行

右言輕生重義，慷慨以立功名也。

東武吟行 或無"行"字

右鮑照"主人且勿喧"、沈約"天德深且曠"，傷時移世異，芳華但謝而已。

苦熱行

右備言流金鑠石火山炎海之艱難也。亦有《苦寒行》，在前相和曲。

放歌行

右鮑照"蓼蟲避葵菫"之類，言朝廷方盛，君上愛才，何爲臨路相將而去也。

西長安行

右傅休奕："所思兮何方？乃在西長安。"其下因叙别離之思。

怨歌行

右傅休奕："昭昭朝時日，皎皎最明月。"蓋傷十五入君門，一别終華髮，望不及偕老，猶望死而同枕之義。

昇天行

右曹植"日月何肯留"、鮑照"家世宅關輔"。曹植又有《飛龍》、《仙人》、《上仙錄》與《神遊》、《五遊》、《遠遊》、《龍欲昇天》等七篇。如陸士衡《緩聲歌》，皆傷人世不永，俗情險艱，當求神仙翱翔六合之外。其詞蓋出楚歌《遠遊篇》也。

鳳將雛

右舊說漢世樂曲名也。若晉應璩《百一詩》云"言是《鳳將雛》"，非魏、晉曲明矣。

楚妃歎

右陸士衡《吳趨行》云："楚妃且勿歎。"明非近題也。非關晉曲明矣。

白馬篇

右曹植"白馬飾金羈"、鮑照"白馬騂角弓"、沈約"白馬紫金鞍"，皆言邊塞征戰之狀。

空城雀

右鮑照："雀乳四鷇，空城之隅。"言輕飛近集，免傷網羅而已。

半度溪

右言戰而半涉溪水見迫，所言皆嶺南地。又有《武溪深》，亦此類也。

起夜來

右其詞意常念疇昔，思君之來也。

獨不見

右皆言思而不得見也。

夜夜曲

右皆言獨處自傷之意也。

攜手曲

右言攜手行樂，恐芳時不留，君恩將歇也。

陽春曲

右傷時也。

關山月

右皆言傷離別也。

博陵王宮俠曲

右見《陳琳集》云云。

新城長樂宮行

右備言彫飾刻鏤之美也。

大垂手

右言舞而垂其手。亦有《小垂手》及《獨垂手》也。

行路難

右備言世路艱難及離別悲傷之意，多以"君不見"爲首。

蜀道難

右備方銅梁、玉壘之險。又有《蜀國篇》，與此頗同。

秦王卷衣曲

右言咸陽春景及宮闕之美，秦王卷衣以贈所歡也。

輕薄篇

右言乘肥衣輕，馳逐經過爲樂。與《少年行》同意。

妾薄命篇

右曹植"日月既逝西藏"，蓋恨宴私之歡不久。如梁簡文"名都多麗質"，傷良人不返，王嬙遠聘，盧姬嫁遲。嬙即王昭君也。

苦哉行

右魏文帝:"上山采薇,日暮苦饑。"傷役艱辛也。

悲哉行

右陸士衡"遊客芳春林,春芳傷客心"、謝惠連"矚人感淑節,緣感欲回沉",皆感時傷別而已。

以上樂府雜題。案自《相逢狹路間行》已下,皆不知所起。自《君子有所思行》已下,又無本詞。仲尼稱不知則闕之,以俟知者。今但據後人所擬,采其意而注之。如曹植《鴛鴦》、《種葛》、《胡君》、《箜篌》、《蒲生》、《吾生作安樂》、《少年行》、《東海》、《人生》、《歡坐玉殿》、《閶闔》、《日與月》、《日月既逝》、《日月》、《隻翼》、《太極》、《白馬》、《名都》、《磐石》、《驅車東嶽》、《姤歌》、《結客》、《大南寺》,擬《氣出唱》爲《惟乾》,《對酒行》爲《於穆》,《精列行》爲《兩儀》,《陌上桑》爲《望雲》,《有所思》爲《嗟佳人》,《善哉行》爲《日苦短》,《短長歌》爲《鰕䱇》,出爲《尺蠖》,《出東門》爲《惟漢》,《苦寒行》爲《吁嗟》,《飲馬長城窟》爲《扶桑嗟生》,《豫章行》爲《窮達》,《薤露行》爲《天地》,《秋胡行》爲《在昔》,《妾薄命》爲《日月》,《齊吟行》爲《美女》,《泰山梁父吟》爲《八方》等篇。雖《□禹行》以上,亦多是擬古所作,後人不復繼作,故並不錄。若傅休奕《有女秋蘭》、《車遥遥》、《燕美人》,謝靈運《却東西門行》、《前有樽酒行》、《陳歌》、《越謠》等行《前後聲》、《代後移歌》等歌,諸家集後有《城上麻》、《攜手雍臺》、《送歸》、《夾樹》、《度易水》、《胡無人行桐柏山華陰山》、《老年行》,近吳均輩多擬此等,並自爲樂府,皆不見古詞,亦並闕之,以俟知者。

思歸分 一曰《離拘操》

右舊說衛有賢女,邵王聞其美,請聘之,未至而王薨。太子曰:"吾聞齊桓公得衛女而霸,今衛女賢者,欲留之。"大夫曰:"不可。若賢女必不我聽,若聽必不賢,則不足取也。"太子遂留之,果不聽。拘於深宮,思歸不得,援琴而歌,曲終,縊而死。晉石崇亦有《思歸引》,但歸河陽取居。若劉孝威"胡地憑良馬",備言思歸之狀而已。

雉朝飛

右舊說齊宣王時,處士犢沐子所作也。年七十無妻,出采薪於野,見雉雄雌相隨而飛,意動心悲,乃仰天而歎曰:"聖王在上,恩及草木鳥獸,而我獨不獲!"因援琴而歌

218

以自傷。其聲中絶。魏武帝宫人有盧女者，故將軍陰淑之妹。七歲入漢宫，學鼓琴，特異於餘妓，善爲新聲，能傳此曲。至魏明帝崩，出降爲尹更生妻。若梁簡文帝"晨光照麥畿"，但詠雉而已。

走馬引

右樗里牧恭所造也。爲父報讎，殺人而藏匿山谷之中。有天馬夜降，鳴於其室。奔逃入沂澤中，援琴而彈之，爲天馬之聲，因以爲引焉。

別鶴操

右舊説商陵牧子所作也。娶妻五年無子，父兄將爲之改娶，妻聞之，中夜起，倚户而悲嘯。牧子聞之，愴然而悲，乃援琴而歌曰："將乖比翼兮隔天端，山川悠遠兮路漫漫，攬衣不寐兮食忘餐。"後人因傳以爲曲焉。

水仙操

右舊説伯牙學鼓琴於成連先生，三年而成。至於精神寂寞，情志專一，尚未能也。成連云："吾師子春在海中，能移人情。"乃與伯牙延望，無人。至蓬萊山，留伯牙曰："吾將迎吾師。"刺船而去，旬時不返，但聞海上水汩汲澎湃之聲。山林窅冥，羣鳥悲號，愴然歎曰："先生將移我情。"乃援琴而歌之。曲終，成連刺船而還。伯牙遂爲天下妙手。

公無渡河 本《箜篌引》

右舊説朝鮮津卒霍里子高妻麗玉所作也。子高晨起刺船，有一白首狂夫，被髮攜壺，亂流而渡，其妻隨呼止之，不及，遂溺死。於是其妻援箜篌而鼓之，作歌曰："公無渡河，公竟渡河，公墮而死當奈何！"聲甚悽愴。曲終，亦投河而死。子高還，以其聲語麗玉。麗玉傷之，乃引箜篌寫其聲。聞者莫不墮淚飲泣。麗玉以其聲傳鄰女麗容，名曰《箜篌引》。舊史稱漢武帝滅南越，祠太乙后土，令樂人侯暉依琴造坎言，坎坎節應也。侯，工人之姓。後語訛"坎"爲"空"也。

以上樂府琴曲。案：上諸語説多出《琴操》等書，《琴操》紀事好與本傳相違，今兩存者，以廣異聞也。

長門怨

右爲漢武帝陳皇后作也。后，長公主嫖女，字阿嬌。及衛子夫得幸，后退居長門宫,愁悶悲思。聞司馬相如工文章,奉黃金百斤,令靈解愁之辭。相如作《長門賦》,帝見而傷之,復得親幸者數年。後人因其賦爲《長門怨》焉。

婕妤怨

右爲漢成帝班婕妤作也。婕妤,徐令彪之姑,况之女,美而能文。初爲帝所寵愛,後幸趙飛燕姊娣,冠于後宫,婕妤自知恩薄,懼得罪,求供養皇太后于長信宫,因爲賦及《紈扇詩》以自傷。後人傷之,爲《婕妤怨》及擬其詩。

銅雀臺一曰銅雀妓

右舊説魏武帝遺命令其諸子曰:"吾婕妤妓人,皆著銅雀臺中。于臺上施八尺繐帳,朝晡上酒脯粻之屬,每月朝十五,輒向帳前作妓樂。汝等時時登銅雀臺望吾西陵墓田。"後人悲其意而爲之詠也。鑄銅雀置於臺上,因名爲銅雀臺。

四愁　七哀

右《四愁》,漢張衡所作,傷時之文也。其皆以所思之處方朝廷,美之爲君子,珍玩爲義,岩險雪霜爲讒諂。其流本出於《楚辭》、《離騷》。《七哀》起於漢末。如曹植《明月照高樓》、王仲宣"南登霸陵岸",皆《七哀》之一也。

同聲歌行

右漢張衡所作也。婦人自言幸得充闈房,願勉供婦職,不離君子。思爲筦簟,在下以蔽匡床;思爲衾幬,在上以衛霜露。繾綣枕席,没齒不忘焉。蓋以喻當時士君子事君之心焉。

定情篇

右漢繁欽所作也。言婦人不能以禮從人,而自相説媚,乃解衣服玩好致之,用叙綢繆之志。若臂環致拳拳,指環致殷勤,耳珠致區區,香囊致扣扣,跳脱致契闊,佩玉結恩情,自以爲志而期於山隅、山陽、山西、山北,終而不答,乃自傷悔焉。

合歡詩

右晉楊方所作也。婦人言虎嘯風起,龍躍雲浮,磁石引針,陽燧致火,皆以同聲相應,同氣相求,我情與君,亦猶形影宫商之不離也。常願食共並根穗,飲共連理杯,衣共雙絲絹,寢共無縫裯,坐必接膝,行必攜手,如鳥同心,如魚比目,利斷金石,密逾膠漆焉。

招隱　反招隱

右《招隱》本《楚詞》，漢淮南王安小山所作也。言山中不可以久留。後人改以爲五言。若晉左思"杖策招隱士"等數篇，最爲首出。晉王康居反其致，謂之《反招隱》。舊説《淮南》書有《小山》，亦有《大山》，政有大小，猶詩之有《大雅》、《小雅》焉。

砧槁今何在

右古詞。"砧槁今何在"，槁砧，跌也，問夫何處也；"山上復有山"，重"山"爲"出"字，言夫不在也；"何當大刀頭"，刀頭有環，問夫何時當還也；"破鏡飛上天"，言月半當還也。

連　句

右起漢武帝柏梁宴作。人爲一句，連以成文，本七言詩。詩有七言，始於此也。

愛妾換馬

右其詞有淮南王，作者不知是劉安否。

自君之出矣

右出漢徐幹《室思詩》。其第三章云："自君之出矣，明鏡暗不治。思君如流水，無有窮已時。"

離合詩

右起漢孔融，合其字以成文也。

盤中詩

右盤屈書之。傅休奕云："山樹高鳥悲。"末云"當從中央周四角"是也。

回文詩

右回復讀之，皆歌而成文也。

百年詩

右起"總角"至"百年"，歷述其幼小丁壯耆耄之狀。十歲爲一首。陸士衡至百二十時也。

步虛詞

右道觀所唱，備言衆仙縹緲輕舉之美。

道里名詩

右“道”謂漢孝文帝稱“北走邯鄲道”，“里”謂高祖中陽里之類，集以爲詩也。

星　名

右據《天文志》所載也。

郡縣名

右據《地理志》所載也。

卦　名

右據《周易》所載也。

藥　名

右據《本草》所載。

姓　名

右據古人之知名者。

相　名

右據相書所載，若“山庭”“月角”是也。

宮殿名

右若《三輔黄圖》等所載。

草樹鳥獸名

右見於記録者，皆可用也。

222

歌曲名

右據樂府所載。

針穴名

右據醫家《明堂》所載。

將軍名

右據職官所載。

車　名

右據《周禮》、《漢官儀》所載。

船　名

右若《左氏傳》吳餘艎之類也。

無　名

右言本無名氏，若"無是公""烏有先生"。

寺　名

右若白馬、青龍之類也。

數

右從一至十也。

八　音

右金、石、絲、竹、匏、土、革、木。

六　甲

右十二辰是也。

十二屬

右十二辰所配，若子鼠、丑牛之類。

六　府

右水、火、金、木、土、榖。

漢武帝時乃立樂府,以李延年爲協律都尉,舉司馬相如等數十人,造爲詩賦,略論律呂,以合八音之調,蓋樂府之所肇也。自漢迄唐,作者焱起雲合,從未有匯成一編者。惟唐史臣吳兢纂采漢、魏以來古樂府詞,分爲十卷,惜乎不傳。傳者僅《古題要解》二卷,于傳記及諸文集中,采其命名緣起,令後人知所祖習。又有《樂府解題》,不著撰人名氏,與吳兢所撰差異。今人混爲一書,謬矣。但太原郭氏諸叙中輒引《樂府題解》,不及《古題要解》,不知何故。余家藏是書凡三本,一得之虞山楊氏,一得之錫山顧氏。二氏素稱藏書家,不意施朱傅墨,較訂數遍,其間脱簡訛字,尚多於几上凝塵。既得元版,頗善,但《會吟行》俱誤作《吳吟行》。按"會"謂會稽,謝靈運詩"咸共聆《會吟》",故云"其致與《吳趨行》同"也。如《采薇操》亦曰《晨遊高舉》,《琴曲》注中引吳兢云云。兹集中不載,豈逸文尚多耶? 海隅毛晉識。

吳兢,汴州人。少勵志,貫知經史,方直寡諧。比魏元忠薦其才堪論撰,詔直史館,修國史。私撰《唐書》、《唐春秋》,叙事簡核,人以董狐目之。其捃摭樂府故實,與正史互有異同,真堪與《國史補》並垂不朽云。晉又識。

高　適

高適(約700—765)字達夫、仲武。渤海蓨縣(今河北景縣)人,居於宋中(今河南商丘一帶)。少孤貧,愛交遊,有遊俠之風,並以建功立業自期。早年曾遊歷長安,後到過薊門、盧龍一帶,尋求進身之路,都沒有成功。在此前後,曾在宋中居住,與李白、杜甫結交。天寶八年(749),經睢陽太守張九皋推薦,應舉中第,授封丘尉。十一年因不忍"鞭撻黎庶",不甘"拜迎官長"而辭官,又一次到長安。次年入隴右、河西節度使哥舒翰幕,爲掌書記。安史之亂後,曾任淮南節度使、彭州刺史、蜀州刺史、劍南節度使等職,封渤海縣侯。世稱"高常侍"。有《高常侍集》等傳世。卒,贈禮部尚書,謚忠。高適爲唐代著名的邊塞詩人,與岑參並稱"高岑"。其詩筆力雄健,氣勢奔放,直抒胸臆,不尚雕飾,以七言歌行最富特色,大多寫邊塞生活,洋溢着盛唐時期所特有的奮發進取、蓬勃向上的時代精神。其詩文論及文體者很少,僅論及回文詩。

本書資料據四庫全書本《高常侍集》。

224

爲東平薛太守進王氏瑞詩表（節録）

臣某言：符瑞之興，實由王化；詩歌之作，本自國風。伏見范陽盧某母瑯琊王氏，性合希夷，體於靜默；精微道本，馳騖元關。旁通天地之心，預紀休徵之盛。去景龍二載，撰《天寶迴文詩》，凡八百一十二字，循環有數，若寒暑之遞遷；應變無窮，謂陰陽之莫測。（卷十）

李　白

李白（701—762）字太白。祖籍隴西成紀（今甘肅静寧西南）。一説生於西域碎葉（今吉爾吉斯斯坦北部托克馬克附近），一説生於四川。李白少有逸才，志氣宏放，飄然有超世之心。初隱岷山，唐天寶初至長安見賀知章，知章稱白爲"謫仙人"，言於明皇，常侍帝側，自知不爲親近所容，懇求還山。帝賜金放還。乃浪跡江湖，終日沉飲。永王李璘都督江陵，辟爲僚佐。璘謀亂，兵敗，白坐長流夜郎，會赦得還。族人陽冰爲當塗令，白往依之。代宗立，以左拾遺召，而白已卒。文宗時，詔以李白歌詩、裴旻劍舞、張旭草書爲三絶。

李白生活在唐代極盛時期，具有"濟蒼生"、"安黎元"的進步理想，畢生爲實現這一理想而奮闘。他的大量詩篇，既反映了那個時代的繁榮氣象，也揭露和批判了統治集團的荒淫和腐敗，表現出蔑視權貴、反抗傳統束縛、追求自由和理想的積極精神。在藝術上，他的詩想象新奇，構思奇特，感情强烈，意境奇偉瑰麗，語言清新明快，氣勢雄渾瑰麗，風格豪邁瀟灑，形成豪放、超邁的藝術風格，達到了我國古代積極浪漫主義詩歌藝術的高峰。李白是盛唐浪漫主義詩歌的代表人物，集詩人、神仙家、縱横家、遊俠、劍客爲一身的偉大天才。

今存李白集，詩約千首，各體文六十餘篇。清人王琦《李太白全集》是注釋李白詩的集大成之作。今人有瞿蜕園、朱金城《李白集校注》，安旗等《李白全集編年注釋》，詹瑛《李白全集校注匯釋集評》等。

本書資料據四庫全書本《李太白文集》。

大獵賦並序（節録）

白以爲賦者，古詩之流，辭欲壯麗，義歸博遠，不然，何以光贊盛美，感天動神！而相如、子雲競誇辭賦，歷代以爲文雄，莫敢詆訐……王者以四海爲家，萬姓爲子，則天下之山林禽獸，豈與衆庶異之？而臣以爲不能以大道匡君，示物周博，平文論苑之小竊，爲微臣之不取也。（卷二十四）

崔令欽

崔令欽（生卒年不詳），博陵（今河北安平）人。開元年間曾任京城防務長官，下屬多爲教坊中人，故得知教坊中事。安史之亂後，寄居江南，完成《教坊記》一卷，内容多係作者開元中爲左金吾（掌東城戒備防務）時，教坊中下屬官吏爲其所述的教坊故實，具有較高的史料價值；所載三百余首曲名，是研究盛唐音樂、詩歌的重要資料。

本書資料據中國戲劇出版社 1959 年《中國古典戲曲論著集成》本《教坊記》。

《教坊記》（節録）

《大面》，出北齊蘭陵王長恭，性膽勇而貌若婦人，自嫌不足以威敵，乃刻木爲假面，臨陣著之，因爲此戲。亦入歌曲。

《踏謡娘》，北齊有人姓蘇，鮑鼻，實不仕，而自號爲郎中。嗜飲酗酒，每醉輒毆其妻，妻銜悲，訴於鄰里。時人弄之。丈夫著婦人衣，徐步入場。行歌，每一疊，旁人齊聲和之云：“踏謡和來，踏謡娘苦和來！”以其且步且歌，故謂之“踏謡”。以其稱冤，故言苦，及其夫至，則作毆鬥之狀，以爲笑樂。今則婦人爲之，遂不呼郎中，但云“阿叔子”。調弄又加典庫，全失舊旨。或呼爲“談容娘”，又非。

《烏夜啼》，彭城王義康，衡陽王義季弟，帝囚之潯陽。後宥之，使未達，衡王家人扣二王所囚院，曰：“昨夜烏夜啼，官當有赦。”少頃使至，故有此曲。亦入《琴操》。

《安公子》，隋大業末，煬帝幸揚州。樂人王令言以年老不去，其子從焉。其子在家彈琵琶，令言驚問：“此曲何名？”其子曰：“内裏新翻曲子，名《安公子》。”令言流涕悲愴，謂其子曰：“爾不須扈從，大駕必不回。”子問其故，令言曰：“此曲宮聲，往而不返。宮爲君，吾是以知之。”

《春鶯囀》，高宗曉聲律。晨坐聞鶯聲，命樂工白明達寫之，遂有此曲。

殷璠

殷璠（生卒年不詳），丹陽（今屬江苏）人。進士出身，曾出仕，後辭官歸隱，詳情無可考。曾編《河嶽英靈集》三卷,選録唐開元二年至天寶十二年(714—753)期間常建、李白、王維、高適、岑參、孟浩然、王昌齡等二十四人詩二百三十四首(今本實存二百二十八首),每人各有評語。殷璠在此書《序》和《集論》中,批评齊梁以來"理則不足,言常有餘,都無興象,但貴清綺"的形式主義詩風,力主内容形式並重,聲律風骨兼備。他選録的標準是:"既閑新聲,復曉古體。文質半取,風騷兩挾。言氣骨則建安爲傳,論宮商則太康不逮。"對詩人評論,亦多有精闢見解,從而使《河嶽英靈集》成爲唐人選唐詩中較優秀的選本,對後世詩歌選本頗有影響。

本書資料據四部叢刊本《河嶽英靈集》。

《河嶽英靈集》原序

夫文有神來、氣來、情來,有雅體、野體、鄙體、俗體。編紀者能審鑒諸體,委詳所來,方可定其優劣,論其取捨。至如曹、劉詩多直,語少切對,或五字並側,或十字俱平,而逸駕終存。然挈瓶膚受之流,責古人不辯宮商徵羽,詞句質素,耻相師範。於是攻異端,妄穿鑿,理則不足,言常有餘,都無興象,但貴輕豔。雖滿篋笥,將何用之? 自蕭氏以還,尤增矯飾。武德初,微波尚在。貞觀末,標格漸高。景雲中,頗通遠調。開元十五年後,聲律風骨始備矣。實由主上惡華好朴,去僞從真,使海内詞場翕然尊古,南《風》周《雅》,稱闡今日。璠不揆,竊嘗好事,願删略羣才,贊聖朝之美。爰因退跡,得遂宿心。粵若王維、王昌齡、儲光羲等二十四人,皆河嶽英靈也,此集便以《河嶽英靈》爲號。詩二百三十四首,分爲上中下卷,起甲寅,終癸巳,論次於叙品藻,各冠篇額。如名不副實,才不合道,縱權壓梁、竇,終無取焉。唐丹陽進士殷璠。(卷首)

《河嶽英靈集》(節録)

常建十四首

高才無貴士,誠哉! 是言曩劉楨死於文學,左思終於記室,鮑昭卒於參軍,今常建亦淪於一尉,悲夫! 建詩似初發通莊,却尋野徑百里之外,方歸大道,所以其旨遠,其興僻,佳句輒來,唯論意表。至如"松際露微月,清光猶爲君";又"山光悦鳥性,潭影空人心",此例十數句並可稱警策。然一篇盡善者,"戰餘落日黄,軍敗鼓聲死,今與山鬼鄰,殘兵哭遼水",屬思既苦,詞亦警絶,潘岳雖云能叙悲怨,未見如此章。

李白十三首

白性嗜酒志不拘檢，常林棲十數載，故其爲文章率皆縱逸，至如《蜀道難》等篇，可謂奇之又奇，然自騷人以還，鮮有此體調也。

王維十五首

維詩詞秀調雅，意新理愜，在泉成珠，著壁成繪，一句一字，皆出常境。至如"落日山水好，漾舟信歸風"，又"澗芳襲人衣，山月映石壁"，"天寒遠山淨，日莫長河急"，"日莫沙漠陲，戰聲煙塵裏"，詎肯慚于古人也？

劉眘虛十一首

眘虛詩情幽興遠，思苦語奇，忽有所得，便驚衆聽。頃東南高唱者數人，然聲律宛態，無出其右，唯氣骨不逮諸公。自永明已還，可傑立江表。至如"松色空照水，經聲時有人"，又"滄溟千萬里，日夜一孤舟"，又"歸夢如春水，悠悠繞故鄉"，又"駐馬渡江處，望鄉待歸舟"，又"道由白雲盡，春與清溪長"，"時有落花至，遠隨流水香"，"開門向溪路，深柳讀書堂。幽映每白日，清暉照衣裳"，並方外之言也。惜其不永天年，隕碎國寶。

張謂六首

謂《代北州老翁答》及《湖中對酒行》，並在物情之外，但衆人未曾説耳。亦何必歷遏遠探古跡，然後始爲冥搜。

王季友六首

季友詩愛奇務險，遠出常情之外。然而白首短褐，良可悲夫。至如《觀于舍人西亭壁畫山水》詩"野人宿在山家少，朝見此山謂山曉。半壁仍棲嶺上雲，開簾放出湖中鳥"，甚有新意。

陶翰十一首

歷代詞人詩筆雙美者鮮矣，今陶生實謂兼之，既多興象，復備風骨，三百年以前。方可論其體裁也。

李頎十四首

頎詩發調既新，修辭亦秀。雜歌咸善，玄理最長。至如《送暨道士》云："大道本無我，青春長與君。"又《聽彈胡笳聲》云："幽音變調忽飄灑，長風吹林雨墮瓦。迸泉颯颯飛木末，野鹿呦呦走堂下。"足可獻歌，震蕩心神，惜其偉才只到黃綬，故論其數家，往往高於眾作。

高適十三首

常侍性拓落不拘小節，恥預常科，隱跡博徒，才名自遠。然適詩多胸臆語，兼有氣骨，故朝野通賞其文。至如《燕歌行》等篇甚有奇句，且餘所最深愛者："未知肝膽向誰是，令人却憶平原君。"（以上卷上）

岑參七首

參詩語奇體峻，意亦造奇，至如"長風吹白茅，野火燒枯桑"，可謂逸才。又"山風吹空林，颯颯如有人"，宜稱幽致也。

崔顥十一首

年少爲詩名陷輕薄，晚節忽變常體，風骨凛然，一窺塞垣，說盡戎旅。至如"殺人遼水上，走馬漁陽歸"，"錯落金鎖甲，蒙茸貂鼠衣"，又"春風吹淺草，獵騎何翩翩"，"插羽兩相顧，鳴弓上新弦"，可與鮑昭並驅也。

薛據十首

據爲人骨鯁有氣魄，其文亦爾。自傷不早達，因著《古興》詩云："投珠恐見疑，抱玉但垂泣。道在君不舉，功成欵何及"，怨憤頗深至。如"寒風吹長林，白日原上沒"，又"孟冬時短暑，日盡西南天"，可謂曠代之佳句。

綦毋潛六首

拾遺詩舉體清秀，蕭蕭跨俗，桑門之役，於己獨能。至如"松覆山殿冷"，不可多得。又如"鐘聲和白雲"，歷代未有。借使若人加氣質，減雕飾，則高視三百年外也。

孟浩然六首

余嘗謂禰衡不遇，趙壹無祿，其過在人也。及觀襄陽孟浩然磬折謙退，才名日高，天下籍甚，竟淪落明代，終於布衣，悲夫！浩然詩文彩芊茸，經緯綿密，半遵雅調，全削凡體、至如"眾山遙對酒，孤嶼共題詩"，無論興象，兼復故實。又"氣蒸雲夢澤，波撼岳陽城"，亦爲高唱。

崔國輔十三首

國輔詩婉孌清楚，深宜諷味。樂府數章，古人不及也。

儲光羲十二首

儲公詩格高調，逸趣遠情，深削盡常言，挾風雅之跡。浩然之氣，述《華清宮》詩云："山開鴻蒙色，天轉招搖星"，又《游茅山》詩云："小門入松柏，天路涵虛空"，此例數百句，已略見荆揚集，不復廣引。璠嘗睹公《正論》十五卷，《九經外義疏》二十卷，言博理當，實可謂經國之大才。

王昌齡十六首

元嘉以還四百年內，曹、劉、陸、謝，風骨頓盡。頃有太原王昌齡，魯國儲光羲，頗從厥跡。且兩賢氣同體別，而王稍聲峻，至如"明堂坐天子，月朔朝諸侯"，"清樂動千門，皇風被九州"，"慶雲從東來，泱漭抱日流"，又"雲起太華山，雲山相明滅，東峰始含景，了了見松雪"，又"櫧栮無冬春，柯葉連峰稠。陰壁下蒼黑，煙含清江樓"，"疊沙積爲岡，崩剝雨露幽。石脈盡橫亘，潛潭何時流"，又"京門望西嶽，百里見郊樹。飛雨祠上來，靄然關中暮"，又"奸雄乃得志，遂使羣心搖。赤風蕩中原，烈火無遺巢。一人計不用，萬里空蕭條"，又"百泉勢相蕩，巨石皆却立。昏爲蛟龍窟，時見雲雨入"，又"去時三十萬，獨自還長安。不信沙場苦，君看刀箭瘢"，又"蘆荻寒蒼江，石頭岠齒飲"，又"長亭酒未醒，千里風動地"，"天仗森森練雪凝，身騎駿馬自臂鷹"，斯並驚耳駭目。今略舉其數十句，則中興高作可知矣。余嘗睹王公《長平伏冤》，《又吊枳道賦》，仁有餘也。奈何晚節，不矜細行，謗議沸騰，垂歷遐荒，使知音者歎息。

賀蘭進明七首

員外好古博達，經籍滿腹，其所著述一百餘篇，頗究天人之際，又有古詩八十首，大體符於阮公。又《行路難》五首，並多新興。（以上卷中）

崔曙六首

曙詩多嘆詞要妙，情意悲涼，送別登樓，俱堪淚下。

王灣八首

灣詞翰早著，爲天下所稱最者不過一二。遊吳中作《江南意》詩云："海日生殘夜，江春入舊年"，詩人已來少有此句。張燕公手題政事堂，每示能文，令爲楷式。又《擣衣篇》云："月華照杵空隨妾，風響傳砧不到君"，所有衆製，咸類若斯，非張、蔡之未曾見也，覺顔、謝之彌遠乎。

祖詠六首

詠詩剪刻省淨，用思尤苦，氣雖不高，調頗凌俗。至如"霽日園林好，清明煙火新"，亦可稱爲才子也。

盧象七首

象雅而平，素有大體，得國士之風。曩在校書，名充秘閣，其靈越山最秀，新安江甚清，盡東南之數郡。

李嶷五首

嶷詩鮮潔有規矩，其《少年行》三首，詞雖不多，翩翩然俠氣在目也。

閻防五首

防爲人好古博雅，其警策語多真素。至如"荒庭何所有，老樹半空腹"，又"熊踞庭中樹，龍蒸棟裏雲"，皎然可信也。（以上卷下）

顔真卿

顔真卿（708—784）字清臣，祖籍琅邪孝悌里（今山東臨沂）。開元年間甲科進士，曾四次被任命爲監察御史，遷殿中侍御史。因受權臣楊國忠排斥，被貶黜到平原太守。人稱顔平原。天寶十四年（755）安禄山反，他聯絡從兄顔杲卿起兵抵抗。肅宗時授憲部尚書，遷御史大夫。代宗時官至吏部尚書，太子太師，封魯郡公，人稱"顔魯公"。德宗興元元年（784），李希烈叛亂，奸相盧杞派其前往勸諭，實借李希烈之手將其殺害。德宗親頒詔文，稱其"才優匡國，忠至滅身……器質天資，公忠傑出。出入四朝，堅貞一志"（《舊唐書》卷一二八《顔真卿傳》）。顔真卿是唐代著名書法家，他創立的"顔體"楷書與趙孟頫、柳公權、歐陽詢並稱"楷書四大家"。能詩文，著有《吳興集》、《盧州集》、《臨川集》，今存《顔魯公集》卷十六。其《孫逖文公集序》論文質。

本書資料據四庫全書本《顔魯公集》。

尚書刑部侍郎贈尚書右僕射孫逖文公集序

古之爲文者所以導達心志，發揮性靈，本乎詠歌，終乎雅頌同。帝庸作而君臣動色，王澤竭而風化不行。政之興衰，實繫于此。然而文勝質則繡其鞶帨同，而血流漂杵；質勝文則野於禮樂，而木訥不華。歷代相因，莫能適中。故詩人之賦麗以則，詞人之賦麗以淫，此其效也。漢魏已還，雅道微缺；梁陳斯降，宮體聿興。既馳騁於末流，遂受嗤於後學。是以沈隱侯之論謝康樂也，乃云靈均已來，此未及睹；盧黃門之序陳拾遺也，乃云道喪五百歲而得陳君。若激昂頹波，雖無害於過正；榷其中論，不亦傷於厚誣？何則？雅鄭在人，理亂由俗。桑閒濮上，胡爲乎綿古之時；正始皇風，奚獨乎凡今之代。蓋不然矣，其或斌斌彪炳，郁郁相宜，膺期運以挺生，奄寰瀛而首出者，其惟僕射孫公乎！

公諱逖，河南鞏人。其先自樂安武水寓於涉而從焉。父嘉之以詞學登科，官至宋州司馬。公風裁徵明，天才傑出，學窮百氏，不好非聖之書；文統三變，特深稽古之道。故逸氣上躋而高情四達，羌索隱乎混元之始，表獨立於常均之外，不其盛歟！年數歲即好屬文，十五時，相國齊公崔日用試士《火爐賦》，公雅思遒麗，援翰立成，齊公駭之，約以忘年之契，爾後遂有大名。故其試言也，年未弱冠，而三擅甲科。吏部侍郎王丘試《竹簾賦》，降階約拜，以殊禮待之。相國燕公張說覽其策而心醉。其序事也，則《伯樂川記》及諸碑誌，皆卓立千古，傳於域中。其爲詩也，必有逸韻佳對冠絕當時，布在人口。其詞言也，則宰相張九齡欲掎摭疵瑕，沈吟久之，不能易一字。公之除庶子也，苑咸草詔曰“西掖掌綸，朝推無對”，議者以爲知言。凡斯夥多，庸可悉數？故燕國深賞公才，俾與張九齡、許景先、韋述同遊門庭，命子均垍施伯仲之禮。江夏李邕，自陳州入計，繕寫其集，齎以詣公，託知已之分。其爲先達所重也如此。公文雅有清鑒，典考功時精覈進士，雖權要不能逼所獎擢者二十七人。數年間宏詞判等入甲者一十六人，授校書者九人。其餘咸著名當世，已而多至顯官。明年典舉亦如之，故言第者必稱孫公而已夫。然信可謂人文之宗師，國風之哲匠者矣。公凡所著詩歌賦序策問贊碑誌表疏制誥等，不可勝紀。遭二朝之亂，多有散落。

子宿、絳、成等夙奉過庭之訓，咸以文章知名，同時臺省乃編次公文集爲二十卷，列之于左，庶乎好事者傳寫諷誦，以垂乎無窮，亦何必藏名山而納石室也？真卿昔觀光乎天府，實荷公之獎擢，見命爲序，豈究端倪？時則永泰元年仲秋之月，至若世係閥閱，蓋存諸別傳，此不復云。（卷十二）

杜 甫

　　杜甫（712—770）字子美，自號少陵野老，又號杜陵野老、杜陵布衣，世稱杜少陵、杜工部。祖籍湖北襄陽（今湖北襄樊），生於鞏縣（今河南鞏義）。其遠祖爲晉代功名顯赫的杜預。曾祖父杜依藝曾任鞏縣令。祖父杜審言是初唐著名詩人，官至膳部員外郎。父親杜閑曾任奉天令。青年時期，杜甫曾遊歷過今江蘇、浙江、河北、山東一帶，並兩次會見李白，結下深厚的友誼。杜甫一生坎坷，是我國偉大的現實主義詩人，與李白並稱“李杜”。杜甫生活在唐朝由盛轉衰的時期，憂國憂民，人格高尚，其詩多涉筆社會動盪、政治黑暗、人民疾苦，被譽爲“詩史”，後人尊稱他爲“詩聖”。杜詩以古體、律詩見長，風格多樣，以“沉鬱頓挫”爲其主要風格。他善於運用古典詩歌的許多體製，並加以創造性的發展。其樂府詩，促成了中唐時期新樂府運動的發展。其五七古長篇，亦詩亦史，展開鋪叙，而又着力於全篇的迴旋往復，標志着我國詩歌藝術的高度成就。其五七律詩表現出顯著的創造性，積累了關於聲律、對仗、煉字、煉句等完整的藝術經驗，使律詩這一體裁達到完全成熟。一生寫詩一千四百多首，其中很多都是傳頌千古的名篇。有《杜工部集》傳世。

　　本書資料據四庫全書本仇兆鰲《杜詩詳註》。

戲爲六絶句（節錄）

　　楊王盧駱當時體，輕薄爲文哂未休。爾曹身與名俱滅，不廢江河萬古流。

　　未及前賢更勿疑，遞相祖述復先誰。別裁僞體親風雅，轉益多師是汝師。（卷十一）

李 華

　　李華（715—766）字遐叔。趙州贊皇（今屬河北）人。開元二十三年（735）進士。李華爲唐代著名散文家、詩人，與蕭穎士齊名，世稱“蕭李”。並與蕭穎士、顏真卿等共倡古文，開韓柳古文運動先河。其傳世名篇有《吊古戰場文》，亦有詩名。後人輯有《李遐叔文集》四卷。

　　本書資料據四庫全書本《李遐叔文集》。

揚州功曹蕭頴士文集序（節錄）

　　君謂六經之後，有屈原、宋玉，文甚雄壯，而不能經。厥後有賈誼，文詞最正，近於理體。枚乘、司馬相如亦瓌麗才士，然而不近風雅。揚雄用意頗深，班彪識理，張衡宏曠，曹植豐贍，王粲超逸，嵇康標舉，此外皆金相玉質，所尚或殊，不能備舉。左思詩賦有雅頌遺風，干寶著論近王化根源，此後復絕無聞焉。近日陳拾遺子昂，文體最正。（卷一）

元　結

　　元結（719—772）字次山，號漫郎、聱叟、猗玗子。河南（今河南洛陽）人。天寶進士。歷任道州刺史，容州都督充本管經略守捉使，政績頗豐。原有集，已佚，明人輯有《元次山文集》。詩分風、雅、頌，其《二風詩論》把風分爲理、亂二風，主張詩歌要“極帝王理亂之道，係古人規諷之流”。他在《系樂府十二首序》中提出系樂府的概念，闡明系樂府“上感於上，下化於下”的特點。從元結的“系樂府”到李紳的“新題樂府”，再到元稹、白居易的“新樂府”，發展脈絡十分清楚，其精神實質則是與新樂府完全一致的。其《劉侍御月夜宴會詩序》要求詩文必須“變時俗之淫靡，爲後生之規範”。他曾編選《篋中集》，其自序反對“近世作者，更相沿襲，拘限聲病，喜尚形似”。其詩有强烈的現實針對性，觸及天寶中期日益尖銳的社會矛盾，揭示了人民的饑寒交迫和皇家的征斂無度。他幾乎不寫近體詩，主要是五言古風，質樸淳厚，筆力遒勁。但因過分否定聲律詞采，詩作有時不免過於質直。其文亦多涉及時政，風格古樸，不同流俗，短小精悍，筆鋒犀利，繪形圖像，逼真生動，發人深省，可視爲韓柳古文革新的先驅。

　　本書資料據四庫全書本《次山集》。

二風詩論（節錄）

　　客有問元子曰：“子著《二風詩》，何也？”曰：“吾欲極帝王理亂之道，係古人規諷之流。”曰：“如何也？”夫至理之道，先之以仁明，故頌帝堯爲仁帝；安之以慈順，故頌帝舜爲慈帝；成之以勞儉，故頌夏禹爲勞王；修之以敬慎，故頌殷宗爲正王；守之以清一，故頌周成爲理王。此理風也。夫至亂之道，先之以逸惑，故閔太康爲荒王；壞之以奇縱，故閔夏桀爲亂王；覆之以淫暴，故閔殷紂爲虐王；危之以用亂，故閔周幽爲惑王；亡之

累於積，故閔周衰爲傷王。此亂風也。（卷一）

《系樂府十二首》並序

天寶辛未中，元子將前世嘗可稱歎者爲詩十二篇，爲引其義以名之，總命曰"係樂府"。古人歌詠，不盡其情聲者，化金石以盡之，其歡怨甚耶？戲，盡歡怨之聲者，可以上感於上，下化於下，故元子係之。（卷三）

《篋中集》序

元結作《篋中集》，或問曰："公所集之詩何以訂之？"對曰：風雅不興幾及千歲，溺於時者，世無人哉？嗚呼，有名位不顯，年壽不將，獨無知音不見稱顯，死而已矣，誰云無之？近世作者更相沿襲，拘限聲病，喜尚形似，且以流易爲辭，不知喪於雅正。然哉，彼則指詠時物，會諧絲竹，與歌兒舞女，生汗惑之聲於私室可矣。若令方直之士，大雅君子，聽而誦之，則未見其可。吳興沈子還獨挺於流俗之中，强攘於已溺之後，窮老不惑，五十餘年。凡所爲文，皆與時異。故朋友後生，稍見師效，能似類者有五六人。於戲，自沈公及二三子，皆以正直而無禄位，皆以忠信而久貧賤，皆以仁讓而至喪亡。異於是者，顯榮當世，誰爲辯士，吾欲問之。天下兵興於今六歲，人皆務武，斯焉誰嗣？已長逝者遺文散失，方阻絶者不見近作，盡篋中所有，總編次之命曰《篋中集》。且欲傳之親故，冀其不忘。於今凡七人，詩二十二首。時乾元三年也。

劉侍御月夜讌會序（節録）

於戲，文章道喪蓋久矣！時之作者，煩雜過多，歌兒舞女且相喜愛，係之風雅，誰道是耶？諸公嘗欲變時俗之淫靡，爲後生之規範，今夕豈不能道達情性，成一時之美乎？（以上卷七）

釋皎然

皎然（約720—約800）俗性謝，字清晝。一説名晝，人稱晝上人。謝靈運十世孫。湖州卞山（今浙江長興）人。中唐著名詩僧。好讀書，除誦習佛典外，兼攻經史子集，尤喜爲詩。其詩詞語清麗，韻味幽遠，古近體俱佳，在唐諸僧之上。著有《杼山集》（又名《皎然》、《晝上人集》)、《詩議》、《詩式》。《杼山集》是詩集,其《四言講古文聯句》是他和潘述、裴濟、湯衡四人的聯句,是他們以四言詩形式共撰的一篇詩歌簡史,表現了他們對從先秦到唐以前的詩歌體裁和詩歌風格的看法。《詩式》是一部"備陳法律(即詩法)"的專著,其前爲總論,後爲詩體的分類論述,分等品評漢代至中唐的"名篇麗句",全面討論了"明勢"、"作用"、"用事"、"取境"、"重意"、"品藻"、"辨體"、"通變"等問題。唐代論詩之作不少,但以此書最有創見,對後世影響也最大。所論多涉詩歌風格,故所收較多。如《文章宗旨》實論謝靈運詩,"不顧詞彩而風流自然"、"舒卷萬狀"、"格高"、"氣正"、"體貞"、"貌古"、"詞深"、"才婉"、"德宏"、"調逸"、"聲諧",皆指謝詩風格。《詩議》與《詩式》同出皎然之手,相通之處甚多,兩者區別在於《詩議》偏於評論格律,《詩式》偏於提示品式。

本書資料據四庫全書本《杼山集》、中華書局 1981 年版清何文焕《歷代詩話·詩式》、江蘇古籍出版社 2002 年張伯偉編校《全唐五代詩格彙考·詩議》。

四言講古文聯句　潘述、裴濟、釋晝、湯衡

帝出于震,文明始敷(述)。山岳降氣,龜龍負圖(濟)。
爰有書契,乃立典謨(晝)。先知孔聖,飛步大衢(衡)。
漢承秦弊,尊儒尚學(述)。百氏六經,九流七略(濟)。
屈宋接武,班馬繼作(晝)。或頌燕然,或贊麟閣(衡)。
降及三祖,始變二雅(述)。仲宣閒和,公幹蕭灑(濟)。
士衡、安仁,不史不野(晝)。左、張精奧,稽、阮高寡(衡)。
暨于江表,其文鬱興(衡)。綺麗爭發,繁蕪則懲(述)。
詞曄春華,思清冬冰(述)。景純跌宕,遊仙獨步(衡)。
青雲其情,白璧其句(衡)。靈運山水,實多奇趣(述)。
遠派孤峰,龍騰鳳翥(述)。陶令田園,匠意真直(晝)。
春柳寒松,不凋不飾(晝)。江淹雜體,方見才力(衡)。
擬之信工,似而不通(衡)。鮑昭從軍,主意危苦(述)。
氣勝其詞,雅愧于古(述)。隱侯似病,創制規矩(晝)。
時見琳琅,惜哉榛楛(晝)。謝朓秀發,詞理翩翩(衡)。
孤標爽邁,深造精研(衡)。惠休翰林,別白離堅(述)。
有會必愜,無慚曩賢(述)。吳均頗勁,失於典裁(晝)。
竟乏波瀾,徒工邊塞(晝)。彼柳吳興,高視時輩(衡)。

汀洲長篇，風流寡對（衡）。何遜清切，所得必新（述）。
緣情既密，象物又真（述）。江總徵正，未越常倫（晝）。
時合夙興，或無淄磷（晝）。二杜繁俗，三劉瑣碎（衡）。
陳、徐之流，陰、張之輩（衡）。伊數公者，閫域之外（述）。
吁此以還，有固自鄶（述）。（《杼山集》卷十）

《詩式》（節録）

明四聲

樂章有宮商五音之説，不聞四聲。近自周顒、劉繪流出，宮商暢于詩體，輕重低昂之節，韻合情高，此未損文格。沈休文酷裁八病，碎用四聲，故風雅殆盡。後之才子，天機不高，爲沈生敝法所媚，慒然隨流，溺而不返。

詩有四不

氣高而不怒，怒則失於風流；力勁而不露，露則傷於斤斧；情多而不暗，暗則蹶於拙鈍；才贍而不疏，疏則損於筋脈。

詩有四深

氣象氤氲，由深於體勢；意度盤礴，由深於作用；用律不滯，由深於聲對；用事不直，由深於義類。

詩有二要

要力全而不苦澀，要氣足而不怒張。

詩有二廢

雖欲廢巧尚直，而思致不得真；雖欲廢詞尚意，而典麗不得遺。

詩有四離

雖期道情而離深僻，雖用經史而離書生，雖尚高逸而離迂遠，雖欲飛動而離輕浮。

詩有六迷

以虚誕而爲高古，以緩漫而爲冲澹，以錯用意而爲獨善，以詭怪而爲新奇，以爛熟而爲穩約，以氣少力弱而爲容易。

詩有六至

至險而不僻，至奇而不差，至麗而自然，至苦而無跡，至近而意遠，至放而不迂。

詩有七德德，一作得

一識理，二高古，三典麗，四風流，五精神，六質幹，七體裁。

李少卿並古詩十九首

西漢之初，王澤未竭，詩教在焉。昔仲尼所刪《詩》三百篇，初傳卜商，後之學者，以師道相高，故有齊、魯四家之目。其五言，周時已見濫觴，及乎成篇，則始于李陵、蘇武二子。天與其性，發言自高，未有作用。《十九首》辭精義炳，婉而成章，始見作用之功，蓋前漢之文體，又如“冉冉孤生竹”、“青青河畔草”，傅毅、蔡邕所作。以此而論，前漢明矣。

文章宗旨

康樂公早歲能文，性穎神徹，及通内典，心地更精。故所作詩，發皆造極，得非空王之道助耶？夫文章天下之公器，安敢私焉？曩者嘗與諸公論康樂爲文，直於情性，尚於作用，不顧詞彩而風流自然。彼清景當中，天地秋色，詩之量也；慶（一作卿）雲從風，舒卷萬狀，詩之變也。不然，何以得其格高，其氣正，其體貞，其貌古，其詞深，其才婉，其德宏，其調逸，其聲諧哉？至如《述祖德》一章，《擬鄴中八首》、《經廬陵王墓》、《臨池上樓》，識度高明，蓋詩中之日月也，安可攀援哉？惠休所評謝詩如芙蓉出水，斯言頗近矣。故能上躡《風》、《騷》，下超魏晉。建安製作，其椎輪乎。

辨體有一十九字

夫詩人之思，初發取境偏高，則一首舉體便高；取境偏逸，則一首舉體便逸。才性等字亦然，故各歸功一字。偏高、偏逸之例，直于詩體、篇目、風貌不妨。一字之下，風律外彰，體德内蘊，如車之有轂，衆輻歸焉。其一十九字，括文章德體，風味盡矣，如《易》之有象辭焉。今但注於前卷中，後卷不復備舉。其比興等六義，本乎情思，亦蘊乎十九字中，無復別出矣：

高：風韻切暢曰高。逸：體格閑放曰逸。貞：放詞正直曰貞。忠：臨危不變曰忠。節：持節不改曰節。志：立志不改曰志。氣：風情耿耿曰氣。情：緣情不盡曰情。思：

238

氣多含蓄曰思。德：詞温而正曰德。誠：檢束防閑曰誠。閑：情性疏野曰閑。達：心跡曠誕曰達。悲：傷甚曰悲。怨：詞理凄切曰怨。意：立言曰意。力：體裁勁健曰力。靜：非如松風不動，林狄未鳴，乃謂意中之靜。遠：非謂森森望水，杳杳看山，乃謂意中之遠。（以上《詩式》）

《詩議》（節録）

一、詩有三四五六七言之別

夫詩有三、四、五、六、七言之別，今可略而叙之。三言始《虞典·元首之歌》；四言本國風，流于夏世，傳至韋孟，其文始具；六言散在《離騷》，七言萌於漢代五言之作，《召南》、《行露》已有濫觴。漢武帝時，屢見全什，非本李少卿也。少卿意悲詞切，若偶中奇響，十九首之流也。建安三祖七子，五言始成，終傷用氣，正始何晏、嵇、阮之儔，漸浮侈矣。晉世尤爲綺靡，宋初文格與晉相去更憔悴矣。論人則康樂公秉獨善之姿，振頹靡之俗，沈建昌評，則靈均以來，一人而已。此後諸子，時有片言只句，縱敵于古人，而體不足齒。律家之流，拘而多忌，失于自然，吾嘗所病也。必不得已，則削其俗巧，與其一體。一體者，

不明詩體對，未階大道。若國風雅頌之中，非一手作，或有暗同。

二、論境象

夫境象非一，虛實難明。有可睹而不可取，景也；可聞而不可見，風也；雖係乎我形，而妙用無體，心也；義貫衆象，而無定質，色也。凡此等可以偶虛，亦可以偶實。

三、詩對有六格

的名對，詩曰："日月光天德，山河壯帝居"；雙擬對，詩曰："可聞不可見，能重復能輕"；隔句對，詩曰："始見西南樓，纖纖如玉鈎。末映東北墀，娟娟似娥眉"；聯綿對，詩曰："望日日已晚，懷人人未歸"；互成對，詩曰："歲時傷道路，親友在東南"；類對體，詩曰："離堂思琴瑟，別路繞山川"；又宋員外詩□，以早潮偶故人，非類爲類是也。

四、詩有八種對

一曰鄰近，二曰交絡，三曰當句，四曰含境，五曰背體，六曰偏對，七曰假對，八曰雙虛實對。

五、詩有二俗

一曰鄙俚俗，二曰古今相傳俗。詩曰："小婦無可作，挾琴上高堂。"此俗類也。

六、評　論

或曰：今人所以不及古者，病於麗詞。予曰不然。先正詩人，時有麗詞，"雲從龍，風從虎"，非麗耶？"昔我往矣，楊柳依依。今我來思，雨雪霏霏"，非麗耶？但古人後於語，先於意。或曰：詩不要苦思，苦思則喪于天真，此甚不然。固當繹慮於險中，採奇於象外，狀飛動之句，寫真奧之思。夫希世之珍，必出驪龍之頷，況通幽名變之文哉！古人云：其體惟子建、仲宣偏善，則太冲、公幹得其雅，叔夜含其潤，茂先凝其清，景陽振其麗，鮮能兼通，況當齊、梁之後，正聲淒微，人不逮古，振頹波者，或有賢於今論矣！（以上《詩議》）

獨孤及

獨孤及(725—777)字至之。唐洛陽（今屬河南）人。獨孤及與蕭穎士齊名，是唐代古文運動的發軔者之一，對後來的韓愈、柳宗元等人有深遠影響。爲文寬暢博厚，長於議論，意在立法誡世、褒賢貶惡，不徒以詞采取勝，有古風格。韓愈以其爲法，並曾從其徒遊。其詩以五言古體見長。其《唐故左補闕安定皇甫公集序》、《李公（華）中集序》對律詩的形成和發展作了簡明論述。《新唐書》著録有獨孤及《毘陵集》二十卷，乃其弟子梁蕭所編，權德輿作序。

本書資料據四庫全書本《毘陵集》。

唐故左補闕安定皇甫公集序（節録）

五言詩之源生於《國風》，廣於《離騷》，著於李、蘇，盛於曹、劉，其所自遠矣。當漢、魏之間，雖已朴散爲器，作者猶質有餘而文不足。以今揆昔，則有朱弦疎越、太羹遺味之歎。歷千餘歲，至沈詹事、宋考功始財成六律，彰施五色，使言之而中倫，歌之而成聲，緣情綺靡之功至是乃備。雖去雅浸遠，其麗有過於古者，亦猶路鼗出於土鼓，篆籀生於鳥跡也。沈、宋既歿，而崔司勳顥、王右丞維復崛起於開元、天寶之間，得其門而入者當代不過數人，補闕其一人也。

檢校尚書吏部員外郎趙郡李公中集序（節錄）

志非言不形，言非文不彰，是三者相爲用，亦猶涉川者假舟檝而後濟。自典謨缺，雅頌寢，王道陵夷，文教下衰。故作者往往先文字，後比興，其風流蕩而不返。乃至有飾其詞而遺其意者，則潤色愈工，其實愈喪。及其大懷也，儷偶章句，使枝對葉，比以八病，四聲爲梏，拳拳守之如奉法令，聞皋陶、史克之作，則呷然笑之。天下雷同，風馳雲趨，文不足言，言不足志，亦猶木蘭爲舟，翠羽爲檝，玩之於陸而無涉川之用。痛乎流俗之惑人也久矣。帝唐以文德敷乂於下，民被王風，俗稍丕變，至天后時陳子昂以雅易鄭，學者浸而饗方。天寶中公與蘭陵蕭茂挺、長樂賈幼幾勃焉，復起用三代文章，律度當世。公之作本乎王道，大抵以五經爲泉源，抒情性以託諷，然後有歌詠，美教化，獻箴諫，然後有賦頌，懸權衡以辯天下。公是非，然後有論議。至若記叙編錄，銘鼎刻石之作，必採其行事以正褒貶，夫子之旨不書，故刑政之根本，忠孝之大倫，皆見於詞。然後中古之風復形於今。於時文士馳騖，飆扇波委，二十年間，學者稍厭折楊黄華而窺咸池之音者什五六，識者謂之文章中興，公實啓之。公名華，字遐叔，趙郡人。（以上卷十三）

樓 穎

樓穎，天寶中進士。作《國秀集序》。《全唐詩》存其詩五首。

本書資料據四庫全書本唐芮挺章編《國秀集》。

《國秀集》原序

昔陸平原之論文曰，詩緣情而綺靡，是彩色相宣，煙霞交映，風流婉麗之謂也。仲尼定禮樂，正雅頌，采古詩三千餘什，得三百五篇，皆舞而蹈之，絃而歌之，亦取其順澤者也。近秘書監陳公、國子司業蘇公嘗從容謂芮侯曰："風雅之後數千載間，詞人才子，禮樂大壞，諷者溺於所聲，志者乖其所務，以聲折爲宏壯，勢奔爲清逸，此蒿視者之目，聒聽者之耳，可爲長太息也。運屬皇家，否終復泰，優游闕里，唯聞子夏之言；惆悵河梁，獨見少卿之作。及源流浸廣，風雲極致，雖發詞遣句，未協風騷；而披林擷秀，揭厲良多。自開元以來，維天寶三載讜謫蕪穢，登納菁英，可被管絃者都爲一集。"芮侯即探書禹穴，求珠赤水，取太冲之清詞，無嫌近渭；得興公之佳句，寧止擲金？道苟可得,不棄於斯養;事非適理,何貴於膏粱? 其有巖壑孤貞,市朝大隱,神珠匿耀,剖巨蚌而寧周;寶劍韜精,望斗牛而未獲。目之縑素,有愧遺才,尚欲巡采風謠,旁求側陋。而陳公已化爲異物,堆案颯然,無與樂成,遂因絕筆。今略編次見在者凡九十人,詩二百二十首爲之小集,成一家之言。(卷首)

封 演

封演(生卒年不詳)。唐渤海蓚縣(今河北景縣)人。天寶十五年(756)進士。代宗時任邢州刺史。德宗時官至朝散大夫、檢校尚書吏部郎中,兼御史中丞。所作筆記《封氏聞見記》,記載各種典章制度、風俗習慣、古跡傳說及當時士大夫軼事,考辨翔實,頗具史料價值,是研究唐代社會、文學的重要資料。其中也有不少關於文體的論述。《新唐書·藝文志》著錄封演《古今年號錄》一卷、《續錢譜》一卷,皆佚。

本書資料據四庫全書本《封氏聞見記》。

聲 韻

周顒好爲體語,因此切字皆有紐,紐有平、上、去、入之異。永明中,沈約文詞精拔,盛解音律,遂撰《四聲譜》、《文章八病》,有平頭、上尾、蜂腰、鶴膝,以爲自靈均以來,此秘未睹。時王融、劉繪、范雲之徒皆稱才子,慕而扇之,由是遠近文學,轉相祖述,而聲韻之道大行。以古之爲詩,取其宣道情致,激揚政化,但含徵韻商,意非切急,故能包含元氣,骨體大全,《詩》、《騷》以降是也。自聲病之興,動有拘制,文章之體格壞矣。隋朝陸法言與顏、魏諸公,定南北音,撰爲《切韻》,凡一萬二千一百五十八字,以爲文楷式,而先、仙、删、山之類,分爲別韻。屬文之士,共苦其苛細。國初,許敬宗等詳議,以其韻窄,奏合而用之,法言所謂"欲廣文路,自可清濁皆通"者也。爾後有孫愐之徒,更以"字書中閑字釀於切韻,殊不知爲文之匪要,是陸之略也"。天寶末,平原太守顏真卿撰《韻海鏡源》二百卷,未畢,屬蕃寇憑陵,拔身濟河,遺失五十餘卷。廣德中,爲湖州刺史,重加補葺,更于正經之外,加入子、史、釋、道諸書,撰成三百六十卷。其書于陸法言《切韻》外,增出一萬四千七百六十一字,先起《説文》爲篆字;次作今文隸字,仍具別體爲證;然後注以諸家字書,解釋既畢,徵九經兩字以上,取其句末字編入本韻。爰及諸書,皆做此。自有聲韻以來,其撰述該備,未有如顏公此書也。大曆二年,入爲刑部尚書。詣銀臺門進上之。奉勅宣付秘閣,賜絹五百疋。(卷二)

露　布

露布，捷書之別名也。諸軍破賊，則以帛書建諸竿上，兵部謂之露布。蓋自漢以來有其名，所以名露布者，謂不封檢而宣佈，欲四方速知。亦謂之露版。魏武奏事云"有警急，輒露版插羽"是也。宋時沈璞爲盱眙太守，與臧質固拒魏軍。軍退，質謂璞，城主使自上露版。後魏韓顯宗大破齊軍，不作露布，高宗怪而問之，答曰："頃聞諸將獲賊二三驢馬，皆爲露布，臣每哂之。近雖仰憑威靈，缺六字脱復高曳長縑，虛張功捷，尤而效之，其罪彌大。所以斂毫卷帛，解上而已。"然則露版，古今通名也。隋文帝時，詔太常卿牛宏撰《宣露布儀》。開皇九年，平陳，元帥晉王以驛上露布。兵部請依新禮，集百官及四方客使於朝堂。內史令稱有詔，在位者皆拜。宣露布訖，舞蹈者三。又並郡縣皆同。自後因循，至今不改。近代諸露布，大抵皆張皇國威，廣談帝德，動逾數千字，其能體要不煩者鮮云。（卷四）

壁　記

朝廷百司諸廳，皆有壁記，叙官秩創置及遷授始末。原其作意，蓋欲著前政履歷，而發將來健羨焉。故爲記之體，貴其説事詳雅，不爲苟飾。而近時作記，多措浮辭，褒美人材，抑揚閥閱，殊失記事之本意。韋氏《兩京記》云："郎官盛寫壁記，以記當廳前後遷除出入，寖以成俗。"然則壁記之由，當是國朝以來始自臺省，遂流郡邑耳。（卷五）

石　誌

古葬無石誌，近代貴賤用之。齊太子穆妃將葬，立石誌。王儉曰："石誌不出《禮經》，起元嘉中顏延之爲王琳石誌。素族無名策，故以紀行述耳，遂相祖習。儲妃之重，禮絕常例，既有哀榮，不煩石銘。"儉所著《喪禮》云："施石誌于壙裏，禮無此制。魏侍中繆襲改葬父母，制墓下題版文。原此旨，將以千載之後，陵谷遷變，欲後人有所聞知。其人若無殊才異德者，但紀姓名、歷官、祖父、姻媾而已。若有德業，則爲銘文。"按儉此説，石誌，宋、齊以來有之矣。齊時有發古冢，得銘云："青州世子東海女郎。"河東賈昊以爲司馬越女，嫁爲苟晞子婦，檢之果然。東都殖業坊十字街有王戎墓，隋代釀家穿旁作窨，得銘曰："晉司徒尚書令安豐侯王君銘。"有數百字。然古人葬者亦有石誌，但不如今代貴賤通爲之耳。

碑　碣

墓前碑碣，未詳所起。按儀廟中有碑，所以繫牲，並視日景。《禮記》：“公室視豐碑，三家視桓楹。”天子諸侯葬時下棺之柱，其上有孔，以貫綍索，懸棺而下，取其安審，事畢因閉壙中。臣子或書君父勳伐於碑上，後又立之于隧口，故謂之神道，言神靈之道也。古碑上往往有孔，是貫綍索之像。前漢碑甚少，後漢蔡邕、崔瑗之徒多爲人立碑。魏、晉之後，其流寖盛。碣亦碑之類也。《周禮》：“凡金玉錫石，楬而璽之。”注云：“楬，如今題署物。”《漢書》云：“瘞寺前，楬著其姓名。”注：“名楬，椓杙也。”椓杙于瘞處，而書死者之姓名，楬音揭。然則物有標榜皆謂之楬。郭景純《江賦》云“峩嵋爲泉陽之楬，玉壘作東別之標”是也。其字本從木，後人以石爲墓碣，因變爲碣。《説文》云：“碣，特立石也。”據此，則从木从石，兩體皆通。隋氏制，五品以上立碑，螭首龜趺，趺上不得過四尺，載在喪葬。今近代碑稍衆，有力之家多輦金帛以祈作者，雖人子罔極之心，順情虛飾，遂成風俗。蔡邕云：“吾爲人作碑多矣，惟郭有道無愧辭。”隋文帝子齊王攸薨，僚佐請立碑。帝曰：“欲求名，一卷史書足矣。若不能，徒爲後人作鎮石耳。”誠哉是言也。（以上卷六）

杜　佑

杜佑(735—812)字君卿。唐京兆萬年(今陝西西安附近)人。他出身世族，從小喜讀史書，歷仕濟南郡參軍，工部郎中，充江淮青苗使等職，官至同中書門下平章事。爲官六十年，歷玄、肅、代、德、順、憲六朝。他所生活的年代正是唐代由盛轉衰的時期，針對時弊，他提出了省開支、裁冗員、輕徭薄役等主張。在文化思想上，他希望總結歷代典章制度的歷史變革，耗三十六年心血，博覽古今典籍和歷代名賢論議，撰成二百卷巨著《通典》，開創了典章制度專史的先河。《通典》論及不少文體，特別是卷一四六《散樂》所論百戲，是中國較爲稀缺的戲曲史的寶貴資料。

本書資料據四庫全書本《通典》。

樂

夫音生於人心，心慘則音哀，心舒則音和。然人心復因音之哀和亦感而舒慘，則韓娥曼聲哀哭，一里愁悲，曼聲長歌，衆皆喜忭，斯之謂矣。是故哀樂喜怒敬愛六者，隨物感動。播於形氣。叶律吕,諧五聲,舞也者。詠歌不足,故手舞之,足蹈之。動其容,象其事,而謂之爲樂。樂也者,聖人之所樂,可以善人心焉。所以古者天子諸侯卿大夫無故不徹樂,士無故不去琴瑟,以平其心,以暢其志,則和氣不散,邪氣不干,此古先哲后立樂之方也。周衰政失,鄭衛是興,秦漢以還,古樂淪缺,代之所存《韶武》而已。下不聞振鐸,上不達謳謠,俱更其名,示不相襲。知音復寡,罕能制作,而況古雅莫尚,胡樂薦臻,其聲怨思,其狀促遽。方之鄭衛,又何遠乎?爰自永嘉,戎羯迭亂,事有先兆,其在於兹。聖唐貞觀初作《破陳樂舞》,有發揚蹈厲之容,歌有粗和嘽發之音,表興王之盛烈,何讓周之文武,豈近古相習所能關思哉?而人間胡戎之樂,久習未革,古者因樂以著教,其感人深,移風俗,將欲閑其邪,正其頹,唯樂而已矣。(卷一百四十一)

十二律(節録)

先王通於倫理,以候氣之管,爲樂聲之均,吹建子之律,以子爲黄鍾,丑爲大吕,寅爲太蔟,卯爲夾鍾,辰爲姑洗,巳爲中吕,午爲蕤賓,未爲林鍾,申爲夷則,酉爲南吕,戌爲無射,亥爲應鍾。陽管有六,爲律者謂黄鍾、太蔟、姑洗、蕤賓、夷則、無射,此六者爲陽月之管,謂之律。律者法也,言陽氣始生,各有其法,又律者帥也,所以帥導陽氣,使之通達。陰管有六,爲吕者謂大吕、應鍾、南吕、林鍾、中吕、夾鍾,此六者陰月之管,謂之爲吕。變陰陽之聲,故爲十二調,調各文之以五聲,播之以八音,乃成爲樂,故有十二懸之樂焉。《周禮·春官》太師掌六律六同以合陰陽之聲,陽聲黄鍾、太蔟、姑洗、蕤賓、夷則、無射,陰聲大吕,應鍾,南吕,函鍾,小吕,夾鍾,皆文以五聲,宫商角徵羽。凡爲樂器以十有二律爲之數度,以十有二聲爲之齊量,凡和樂亦如之。(卷一百四十三)

歌(節録)

《釋名》曰:人聲曰歌。歌者柯也,所歌之言是其質也。以聲吟詠有上下,如草木之有柯葉。《説文》曰:詠歌也,從言,永聲也。《爾雅》曰:徒歌謂謠,齊歌也。〇《虞書》曰:九功惟序,九序惟歌,勸之以九歌,俾勿懷。又帝庸作歌,曰勑天之命,惟時惟幾,乃歌曰:股肱喜哉,元首起哉,百工熙哉。皋陶乃賡載歌曰:元首明哉,股肱良哉,庶事康哉。又歌曰:元首叢脞哉,股肱惰哉,萬事墮哉。《帝王世紀》曰:舜恭已無爲,歌《南風》之詩,《詩》曰:南風之時兮,可以阜吾民之財兮。南風之薰兮,可以解吾民之慍兮。〇禹省南土,涂山之女令其妾候禹於涂山之陽,女乃作歌,始爲南音。夏太康失道,畋遊十旬弗反,其弟五人待於洛汭,述大禹之戒,作《五子之歌》。〇《周禮·春官》太師祭祀，帥瞽登歌，小師掌教絃歌，樂師帥學士而歌。徹樂，記師乙曰：夫歌者直已而陳德也，寬而靜，柔而正者宜歌頌；廣大而靜，疏達而信者宜歌大雅；恭儉而好禮者，宜歌小雅；正直而靜，廉而謙者宜歌風；肆直而慈愛者宜歌商，温良而能斷者宜歌齊。故商者五帝之遺聲也。商人識之。故謂之商。齊者三代之遺聲也。齊人識之，故謂之齊。又曰：歌者上如抗，下如墜，曲如折，止如稾木，倨中矩，句中鉤，纍纍乎端如貫珠，故歌之爲言也，長言之也，説之，故言之，言之不足故長言之，長言之不足故嗟歎之，嗟歎之不足故不知手之舞，足之蹈之也。○周衰，有秦青者善謳，而薛談學謳於青，未窮青之伎而辭歸。青餞之於郊，乃撫節悲歌，聲振林木，響遏行雲，遂留不去。以卒其業。○又有韓娥東之齊，至雍門匱糧，乃鬻歌假食。既而去，餘響繞梁，三日不絕，左右謂其人不去也。又過逆旅人，逆旅人辱之，韓娥因曼聲哀哭，一里老幼悲愁，垂涕相對，三日不食，遽而追之。韓娥還，復爲曼聲長歌，衆皆喜躍抃舞，不能自禁，非向之悲也。乃厚賂遺之，故雍門之善歌哭，即韓娥之遺聲也。○衞人王豹處淇川，善謳。河西之人皆化。齊人綿駒居高唐，善歌，齊之右地亦傳其業。○漢有虞公善歌，能令梁上塵起。武帝時李延年善歌，爲協律都尉。○但歌四曲，自漢代無絃節，伎最先一人唱，三人和，魏帝尤好之。時有宋容華者，清徹好聲，善唱此曲，當時稱妙。自晉以來，不復傳，遂絕。○齊有朱顧仙善聲讀曲，齊武朱子尚又善歌，二人遂俱蒙厚賚。○梁有吳安泰善歌，後爲樂令，精解聲律，初改四曲，《別江南》、《上雲樂》。内人王金珠善歌吳聲四曲，又製《江南歌》，當時妙絕。今斯宣達，選樂府少年好手進内習學。吳弟安泰之子又善歌，次有韓法秀又能妙歌吳聲讀曲等，古今獨絕。○大唐貞觀中有尚書侯貴和妾名麗音，特善唱《行天》，清暢舒雅，含嚼姿態有喉牙吐納之異，後改號方等女，亦傳其母伎。方等卒，後有郝三寶亦善歌《行天》，有人引三寶歌之，諸女隔簾聽之，發聲便笑。三寶初不知，怒曰：亦堪女郎，終身傚傚，何忽嗤笑。女曰：上客所爲殊有乖越，請一聽之。始發一聲，三寶便拜伏曰：真方等聲也，誠遠所不及也。

雜歌曲（節録）

《白雪》，周曲也，平調清調瑟調皆周《房中》之遺聲也。漢代謂之三調，大唐顯慶二年上以琴中雅樂，古人歌之，近代以來此聲頓絕，令所司臨習舊曲。至三年十月，太常寺奏，按張《華博物志》云：《白雪》是天帝使素女鼓五絃琴曲名，以其調高，人和遂寡，自宋玉以來，迄今千祀，未有能歌《白雪》者。臣今準敕依琴中舊曲定其宮商，然後教習並合於歌，輒以御製《雪詩》爲《白雪》歌辭。又樂府奏正曲之後，皆有送聲，君唱臣和，事彰前史。輒取侍中許敬宗等奏和《雪詩》十六首，以爲送聲，各十六節。上善之,仍付太常編於樂府。〇《明君》,漢曲也,漢宣帝時匈奴單于入朝,詔以待詔王嬙配之,即昭君也。及將去入辭,光彩射人,悚動左右,天子悔焉。漢人憐其遠嫁,爲作此歌。晉石崇妓綠珠善舞,以此曲教之,而製新歌,曰:"我本漢家子,將適單于庭。昔爲匣中玉,今爲糞土英。"晉文王諱昭,故晉人謂之明君。〇《相和》,漢舊曲歌也。絲竹更相和,執節者歌,本一部,魏明帝分爲二,更遞夜宿,爲十七曲。朱生、宋識、列和等復合之爲十三曲。〇《吳歌雜曲》並出江東,晉宋已來稍有增廣,凡此諸曲始皆徒歌,既而被之絃管,又有因絃管金石,造歌以被之。魏世《三調歌辭》之類是也。〇《鳳將雛》,漢代舊歌曲也。應璩《百一詩》云:"爲作陌上桑,反言鳳將雛。"然則《鳳將雛》其來久矣,特由聲曲訛變,以至於此矣。〇《碧玉歌》者,宋汝南王妾名寵好,故作歌之。〇《懊憹歌》,石崇綠珠所作"絲布澀難縫"一曲而已。及東晉隆安初,人間訛謠之曲云:"春草可攬結,女兒可攬擷。"齊高帝謂之《中朝歌》。〇《子夜歌》者,有女子曰子夜,歌造此聲。晉孝武帝太元中,瑯琊王軻家有鬼歌子夜殷允,爲章郡僑人,庾僧虔家亦有鬼歌子夜殷允爲章郡,亦是太元中,則子夜此時以前人也。〇《長史變》者,晉司徒左長史王廞臨敗所製。〇《阿子歌》、《歡聞歌》者,晉穆帝升平初童子輩或歌於道,歌畢輒呼"阿子汝聞否",又呼"歡聞否",以爲送聲。後人演其聲以爲此二曲。宋齊時用莎乙子之語,稍訛異也。〇《桃葉歌》者,是晉王子敬妾名,緣於篤愛,所以作歌。〇《前溪歌》者,晉車騎將軍沈充所製也。〇《團扇歌》者,晉中書令王珉與嫂婢有情好甚篤,嫂鞭撻過苦,婢素善歌,而珉好持白團扇,故云"團扇復團扇,持許自遮面。憔悴無復理,羞與郎相見。"〇《督護歌》者,彭城內史徐逵之爲魯軌所殺,宋高祖使內直督護丁旿收殯殮之。逵之妻,帝長女也,呼旿至閣下,自問殮送之事。每問輒嘆息曰丁督護,其聲哀切,後人因其聲廣其曲焉。歌是宋武帝所製,云:"督護初征時,儂亦惡聞許。願作石尤風,四面斷行旅。"〇《讀曲歌》者,宋人爲彭城王義康所製也。其歌云:"死罪劉領軍,誤殺劉第四。"〇《烏夜啼》,宋臨川王義慶所作也。元嘉十七年,從彭城王義康於章郡,義慶時爲江州。至鎮相見而哭,爲文帝所怪,徵還。義慶大懼,伎妾聞《烏夜啼》聲,叩齋閣云:"明日應有赦。"其年更爲兗州刺史,因作此歌,故其和云:"籠窗窗不開,烏夜啼夜夜,憶郎來。"今所傳歌,似非義慶本旨。辭曰:"歌舞諸少年,娉婷無種跡。昌蒲花可憐,聞名不相識。"〇《石城樂》,宋臧質所作也。石城名在竟陵,質嘗爲竟陵郡,於城上眺矚,見羣少歌謠通暢,因作此曲云:"生長石城下,開門對城樓。城中諸少年,出入見儂投。"〇《莫愁樂》者,出於石城,女子名莫愁,善歌謠,且石城中有《忘愁聲》,故歌云:"莫愁在何處,莫愁石城西。艇子打兩槳,催送莫愁來。"〇《襄陽樂》者,劉道彥爲襄陽太守有善政,百姓樂業,人户豐贍,蠻夷順服,悉緣沔而居,由此有《襄陽樂》歌也。隨(隋)王誕作《襄陽樂》,始爲襄陽郡。元嘉末仍爲雍州刺史,夜聞羣女歌謠，因而作之，所以歌和中有襄陽來夜樂之語也。其歌云：“朝發襄陽城，暮至大堤曲。堤上諸女兒，花艷驚郎目。”○《壽陽樂》者，南平穆王爲荆河州作也。○《西烏夜飛》者，荆州刺史沈攸之所作也。攸之舉兵發荆州來，未敗之前，思歸京師，所以歌云：“日落西山還去來。”○《三洲歌》者，諸商客數由巴陵三江口往還，因共作此歌。又因《三洲曲》而作《採桑》。○《估客樂》者。齊武帝之所製也。布衣時常游樊、鄧，登阼已後，追憶往事而作歌：“昔經樊鄧後，假楫梅根渚。感昔追往事，意滿情不叙。”使太樂令劉瑤教習，百日無成。或啟釋寶月善音律，帝使寶月奏之，便就勑歌者常重爲感憶之聲。梁改其名爲《商旅行》。○《楊叛兒》，本童謠也。齊隆昌時，女巫之子曰楊旻，隨母入内。及長爲太后所寵愛，童謠云：“楊婆兒，共戲來所歡。”語訛遂成《楊叛兒歌》云：“暫出白門前，楊柳可藏烏。歡作沈水香，儂作博山鑪。”○《襄陽蹋銅蹄》者，梁武西下所作也。沈約又作其和。○《上聲歌》者，此因上聲促柱得名，或用一調，或用無調名，如古歌辭所謂哀思之音，不合中和。梁武因之改辭無邪句。○《常林歡》者，蓋宋梁間曲。宋代荆雍爲南方重鎮，皆王子爲之牧。江左辭詠莫不稱之，以爲樂土。故宋隨王誕作襄陽之歌，齊武帝追憶樊鄧，梁簡文樂府歌云：“分手桃林岸，送別峴山頭。若欲寄音信，漢水向東流。”又曰：“宜城投酒今行熟，停鞍繫馬暫棲宿。”桃林在漢水上，宜城在荆山北，荆州有長林縣，江南謂情人爲歡，常長聲相近，蓋樂人誤長爲常。○《玉樹後庭花》“堂堂黃鸝留，金釵兩臂垂”，並陳後主所造，恒與宮女學士及朝臣相唱和爲詩。太樂令何胥採其尤輕艷者以爲此曲。○《驍壺》者，蓋是《投壺樂》也。隋煬帝所造，以投壺有躍矢爲驍壺是也。○《汎龍舟》，煬帝幸江都宮所作。又令太樂令白明達造《新聲期》、《萬歲樂》、《藏鈎樂》、《七夕樂》、《相逢樂》、《舞席同心髻》、《玉女行》、《觴神仙》、《留客擲磚》、《縛命鬭鷄子》、《鬭百草》、《還舊宮樂》，掩抑摧藏。哀音斷絕。

雜舞曲（節録）

《公莫舞》，即巾舞也。相傳云項莊舞劍，項伯以袖隔之，使不得害高帝，且語莊云，公莫，古人相呼曰公莫害漢王也。後之用巾蓋像，項伯衣袖之遺式。按《琴操》又有《公無渡河曲》，然則其聲從來已久，俗云項伯，非也。○《巴渝舞》者，漢高帝自蜀漢將定三秦，閬中范因率賨人以從，帝爲前鋒，號板楯，蠻勇而善鬭。及定三秦，封因爲閬中侯，復賨人七姓。其俗喜舞，高帝樂其猛銳，觀其舞，後使樂人習之，閬中有渝水，因以爲名，故曰《巴渝舞》。舞曲有《矛渝》、《安臺》、《弩渝》、《行辭》，本歌曲有四篇，其辭既古，莫能曉其句度。魏初使王粲改創其調，晉及江左皆製其辭。○《槃舞》，漢曲，至晉加之以杯，謂之《世寧舞》也。張衡《舞賦》云“歷七槃而縱躡”，王粲釋云，七槃陳於廣庭，顔延之云遞間開於榮扇，鮑昭云七槃起長袖，皆以七槃爲舞也。干寶云，晉武帝太康中，天下爲晉代寧舞，矜手以接槃，反覆之。至宋改爲《宋世寧》，至齊改爲《齊代昌舞》，今謂之《槃舞》，隸清部樂中。○《鞞舞》，未詳所起，然漢已施於燕享矣。傅毅、張衡所賦，皆其事也。魏曹植《鞞舞歌》序曰，漢靈帝西園鼓吹有李堅者，能鞞舞，遭亂，西隨段煨，先帝聞其舊伎，召之。堅既中廢，兼古曲多謬誤，異代之文未必相襲，故依前曲改作新歌五篇，不敢充之黃門，僅以成下國之陋樂焉。○《明之君》，漢代鞞曲也，梁武帝時改其曲詞以歌君德也。○《鐸舞》，漢曲也，晉《鞞舞歌》亦五篇，及《鐸舞歌》一篇，《幡舞》一篇，《鼓舞妓》六曲，並陳於元會。《鞞舞》故二八，桓玄將即真，太樂遣衆伎，尚書殿中郎袁明子啟增滿八佾，相承不復革。宋明帝自改舞曲歌詞，猶存舞，並闕其《鞞舞》。梁謂之《鞞扇舞》也。《幡舞》、《扇舞》今並亡。○《白鳩》，吳朝《拂舞曲》也。揚泓《拂舞》序云，自到江南，見樂府舞曲，或云《白鳬鳩》云有此來數十年。察其詞旨，乃是吳人患孫皓虐政，思屬晉也，隋牛弘請以鞞鐸巾拂舞，陳之殿廷帝從之，而去其所持巾拂等。○《白紵舞》，按舞辭有巾袍之言，沈約云紵本吳地所出，疑是吳舞也。晉《俳歌》云：「皎皎白緒，節節爲雙。」吳音呼緒爲紵，疑即白緒也。梁武帝又令沈約改其辭。乃有《四時白紵》之歌，約集所載是也。今中原有《白紵曲》，辭旨與此全殊。○前代樂飲，酒酣必起自舞，詩云屢舞仙仙是也。宴樂必舞。但不宜屢耳。前代譏在屢舞，不譏舞也。漢武帝樂飲，長沙定王舞是也。魏、晉已來尤重以舞相屬，謝安以屬桓嗣是也。近代以來此風絶矣。宋孝武帝大明中，以《鞞拂》、《雜舞》合之鐘石，施於廟庭，《鶴舞》、《馬舞》，竹書《穆天子傳》亦有之，宋鮑昭又有《舞鶴賦》，此舞或時而有，非樂府所統，今翔麟鳳苑，厩有踝馬，俯仰騰躍，皆合曲節。朝會用樂則兼奏之。（以上卷一百四十五）

清　樂

　　清樂者，其始即清商三調是也。並漢氏以來舊典樂器形制，並歌章古調，與魏三祖所作者，皆備於史籍。屬晉朝遷播，夷羯竊據，其音分散，苻永固平張氏於涼州得之，宋武平關中，因而入南，不復存於内地。及隋平陳後獲之，文帝聽之，善其節奏，曰此華夏正聲也。昔因永嘉流於江外，我受天明命，今復會同，雖賞逐時遷，而古致猶在，可以此爲本，微更損益，去其哀怨者，而補之以新定吕律，更造樂器，因置清商署，總謂之清樂。先遭梁陳亡亂，而所存蓋尠。隋室以來。日益淪缺。○大唐武太后之時。猶六十三曲，今其辭存者有《白雪》、《公莫》、《巴渝》、《明君》、《明之君》、《鐸舞》、《白鳩》、《白紵》、《子夜》、《吳聲四時歌》、《前溪》、《阿子歌》、《團扇歌》、《懊儂》、《長史變》、《督護歌》、《讀曲歌》、《烏夜啼》、《石城》、《莫愁》、《襄陽》、《西烏夜飛》、《估客》、《楊叛》、《雅歌》、《驍壺》、《常林歡》、《三洲採桑》、《春江花月夜》、《玉樹後庭花》、《堂堂》、《泛龍舟》等共三十二曲。《明之君》、《雅歌》各二首,《四時歌》四首,合三十七曲。又七曲有聲無辭。《上林》、《鳳曲》、《平調》、《清調》、《瑟調》、《平折》、《命嘯》等,通前爲四十四曲存焉。當江南之時,《巾舞》、《白紵》、《巴渝》等衣服各異。梁以前舞人並十二人,梁武省之,减用八人而已。令二人平巾幘緋褶,舞四人,碧輕紗衣,裙襦大袖,畫雲鳳之狀,漆鬟髻飾以金銅雜花,狀如雀釵錦履,舞容閑婉,曲有姿態。沈約《宋書》志江左諸曲哇淫,至今其聲調猶然,觀其政已亂,其俗已淫,既怨且思矣。而從容雅緩,猶有古士君子之遺風。他樂則莫與爲比,樂用鐘一,架磬一,架琴一,三絃琴一,瑟一,秦琵琶一,臥箜篌一,築一,箏一,節鼓一,笙二,笛二,簫二,篪二,葉一,歌二。自長安以後,朝廷不重古曲,工伎轉缺,能合於管絃者唯《明君》、《楊叛》、《驍壺》、《春歌》、《秋歌》、《白雪》、《堂堂》、《春江花夜月》等,共八曲。舊樂章多或數百言,時《明君》尚能四十言,今所傳二十六言。就中訛失與吳音轉遠,以爲宜取吳人使之傳習。開元中有歌工李郎子,郎子北人,聲調已失云,學於俞才,生江都人也。自郎子亡後,清樂之歌闕焉。又闕清樂,唯《雅歌》一曲辭典而音雅,閱舊記,其辭信典。自周、隋以來,管絃雜曲將數百曲,多用西涼樂鼓,舞曲多用龜茲樂,其曲度皆時俗所知也。唯彈琴家猶傳楚漢舊聲。及清調、琴調,蔡邕五弄調,謂之九弄,雅聲獨存,非朝廷郊廟所用,故不載。昔唐虞訖三代,舞用國子,欲其早習於道也。樂用瞽師,謂其專一也。漢、魏以來皆以國之賤隸爲之,唯雅舞尚選用良家子。國家每歲閲司農户,容儀端正者歸太樂,與前代樂户總名音聲人,歷代滋多,至有萬數。

坐立部伎

《安樂》,後周武平齊所作也。行列方正象城郭,周代謂之《城舞》。舞者八十人,刻木爲面,狗喙獸耳,以金飾之,垂緣爲髮,畫襖皮帽,舞蹈姿制,猶作羌胡狀。○《太平樂》,亦謂之《五方師子舞》。師子摯獸,出於西南夷,天竺師子等國。綴毛爲衣,象其俛仰馴狎之容。二人持繩拂,爲習弄之狀。五師子各依其方色,百四十人歌《太平樂》,舞抃以從之。服飾皆作崑崙象。○《破陣樂》,大唐所造也。太宗爲秦王時,征伐四方,人間歌謠有《秦王破陣樂》之曲。及即位,貞觀七年製《破陣樂舞圖》,左圓右方,先偏後伍,魚麗鵝鸛,箕張翼舒,交錯屈伸,首尾迴互以,象戰陳之形,令起居郎呂才依圖教樂工百二十人,被甲執戟而習之。凡爲三變,每變爲四陣,有往來疾徐擊刺之象,以應歌節。數日而就,發揚蹈厲,聲韻慷慨。和云《秦王破陣樂》,饗宴奏之。太宗謂侍臣曰：“朕昔在藩邸，屢有征伐，人間遂有此歌，豈意今日登於雅樂。然其發揚蹈厲，雖異文容，功業由之，致有今日，所以被於樂章，亦不忘於本也。”右僕射封德彝進曰：“陛下以聖武戡難立極安人，功成化定，陳樂象德，實弘濟之盛烈，爲將來之壯觀，文容習儀，豈得爲比？”太宗曰：“朕雖以武功定天下，終當以文德綏海內。文武之道，各隨其時。公謂文容不如蹈厲。斯爲過矣。”○《慶善樂》，亦大唐造也。太宗生於武功慶善宮，及既貴，宴宮中，賦詩被以管絃，舞童十六人，皆進德冠紫，大袖裙襦漆髻皮履，舞蹈安徐，以象文教洽而天下安樂也。正至饗宴及國有大慶。奏於庭。○《大定樂》，高宗所造，出自《破陣樂》。舞者百四十人，被五綵文，甲持槊，歌云八紘同軌樂以象，平遼東而邊隅大定也。○《上元樂》，高宗所造，舞八十人，衣畫雲水，備五色，以象元氣，故曰《上元》。○《聖壽樂》，高宗武后所作也。舞者百四十人，金銅冠，五色畫衣，舞之行列必成字，十六變而畢，有“聖超千古，道泰百王。皇帝萬歲，寶祚彌昌。”○《光聖樂》，高宗所造也。舞者八十人，鳥冠，五綵畫衣，兼以上元聖壽之容，以歌王業所興。自安樂以後，皆雷大鼓，雜以龜茲樂，聲振百里，並立奏之。其《大定樂》加《金鉦唯慶善樂》，獨用西涼樂，最爲閑雅。其舊《破陣》、《上元》、《慶善》三舞，皆易其衣冠，合之鐘磬，以饗郊廟。自武太后革命，此禮遂廢。○《讌樂》，武德初未暇改作，每讌享因隋舊制，奏九部樂。至貞觀十六年十一月，宴百寮，奏十部。先是代高昌收其樂，付太常。至是增爲十部伎。其後分爲立坐二部。貞觀中，景雲見，河水清，協律郎張文收採古朱雁、天馬之義、製《景雲》、《河清歌》，名曰《讌樂》。奏之管絃。爲諸樂之首。景雲舞，八人，花錦袍，五色綾袴，綠雲冠，烏皮靴。慶善舞，四人，紫綾大袖絲布袴，假髻。破陣樂舞，四人，緋綾袍，錦衿褾，緋綾袴。承天樂舞，四人，紫袍，進德冠並金銅帶。樂用玉磬一架，大方響一架，笛箏一，築一，臥箜篌一，大箜篌一，小箜篌一，大琵琶一，小琵琶一，大五絃琵琶一，小五絃琵琶一，吹葉一，大笙一，小笙一，大篳篥一，小篳篥一，大簫一，小簫一，正銅鈸一，和銅鈸一，長笛一，尺八一，短笛一，楷鼓一，連鼓一，鞉鼓二，桴鼓二，歌二。按此樂唯景雲舞近存，餘並亡。○《長壽樂》，武太后長壽年所造也。舞十二人。畫衣冠也。○《天授樂》，武太后天授年所造也。舞四人，畫衣，五綵鳳冠。○《鳥歌萬歲樂》，武太后所造也。時宮中養鳥能人言，又常稱萬歲，爲樂以象之。舞三人，緋大袖，並畫鸜鵒冠，作鳥象。今嶺南有鳥似鸜鵒，養之久則能言，名吉了。○《龍池樂》，玄宗龍潛之時，宅於崇慶坊。宅南，坊人所居，變爲池。瞻氣者亦異焉，故中宗末年汎舟池內，玄宗正位，以宅爲宮，池水逾大，瀰漫數里，爲此樂以歌其祥也。舞有七十二人，冠飾以芙蓉。○《小破陣樂》，玄宗所作也。生於立部伎《破陣樂舞》，四人，金甲冑，自《長壽樂》以下，皆用龜茲樂。舞人皆著靴，唯《龍池樂》備用雅樂笙磬，舞人躡履。

散樂隋以前謂之百戲

　　散樂非部伍之聲，俳優歌舞雜奏。○後漢天子臨軒設樂，舍利獸從西方來，戲於殿前，激水化成比目魚。跳躍嗽水，作霧翳日，而化成黃龍，長八丈，出水游戲，輝耀日光。以兩大繩繫兩柱，相去數丈，二倡女對舞，行於繩上，切肩而不傾。如是雜變，總名百戲。○江左猶有高絙、紫鹿、跂行、鱉食、齊王、捲衣、笮鼠、夏育、扛鼎、巨象、行乳、神龜、抃戲、背負、靈岳、桂樹、白雪、畫地、成川之伎。○晉成帝咸康七年，散騎侍郎顧臻表曰：末代之樂，設禮外之觀，逆行連倒，四海朝覲，言觀帝庭而足以蹈天，頭以履地，反天地之順，傷彝倫之大。乃命太常悉罷之，其後復高絙、紫鹿，又有天台山伎。○齊武帝嘗遣主書董仲民按孫興公賦，造莓苔石橋。道士捫翠屏之狀，尋省焉。○梁又設跳鈴、劍擲、倒獼猴、幢青、紫鹿、緣高、絙變、黃龍、弄龜等伎，陳氏因之。○後魏道武帝天興六年冬，詔太樂總章鼓吹，增修雜戲，造五兵、角觝、麒麟、鳳凰、仙人、長蚰、白象、白武及諸畏獸、魚龍、辟邪、鹿馬、仙人車、高絙、百尺、長趫幢、跳丸，以備百戲，大饗設之於殿前。明元帝初，又增修之，撰合大曲，更為鐘鼓之節。○北齊神武平中山，有魚龍爛漫、俳優侏儒、山車巨象、拔井種瓜、殺馬剝驢等奇怪異端，百有餘物，名為百戲。○後周武帝保定初，詔罷元會殿庭百戲。宣帝即位，鄭譯奏徵齊散樂並會京師為之。蓋秦角觝之流也，而廣召雜伎，增修百戲，魚龍漫衍之伎，常陳於殿前，累日繼夜，不知休息。○隋文帝開皇初，周齊百戲並放遣之。煬帝大業二年，突厥染干來朝，帝欲誇之，總追四方散樂，大集東都，於華林苑積翠池側，帝令宮女觀之。有舍利、繩柱等，如漢故事。又為夏育、扛鼎、取車輪、石臼、大盆器等，各於掌上而跳弄之。並二人戴竿其上舞，忽然騰透而換易，千變萬化，曠古莫儔，染干大駭之。自是皆於太常教習，每歲正月萬國來朝，留至十五日，於端門外建國門內綿絙八里，列為戲場，百官赴棚夾路，從昏達曙，以縱觀之，至晦而罷。伎人皆衣錦繡繒綵，其歌者多為婦人服，鳴環佩，飾以花髦者殆三萬人，初課京兆、河南製此服，而兩京繒錦為之中虛。六年諸夷大獻方物，突厥啟人以下，皆國主親來朝賀，乃於天津街盛陳百戲，自海內凡有伎藝無不總萃，崇侈器翫，盛飾衣服，皆用珠翠金銀錦罽絺繡，其營費鉅億萬。關西以安德王雄總之，東都以齊王暕總之，金石匏革之聲，聞數十里外。彈絃擫管以上，萬八千人，大列炬火，光燭天地，百戲之盛，振古無比，自是每年為常焉。○大抵散樂雜戲多幻術，皆出西域。始於善幻人。至中國漢安帝時，天竺獻伎，能自斷手足，刳剔腸胃，自是歷代有之。大唐高宗惡其驚人，勅西域關津不令入中國。睿宗時婆羅門獻樂舞人，倒行而以足舞，極銛刀鋒，倒植於地，低目就刃，以歷臉中。又於背下吹篳篥其腹上，曲終而亦無傷。又伏伸其手，兩人躡之，旋身繞手，百轉無已。漢代有橦木伎，又有盤舞。晉代加之以杯，謂之杯盤舞。梁有長橋伎、跳鈴伎、躑倒伎、跳劍伎，今並存。又有舞輪伎，蓋今之戲車輪者，透三峽伎，蓋今之透飛梯之類也。高絙伎，蓋今之戲繩者也。梁有獼猴幢伎，今有緣竿伎，又有獼猴緣竿伎，未審何者爲是。又有弄椀珠伎，歌舞戲有大面撥頭踏搖娘、窟儡子等戲，玄宗以其非正聲，置教坊於禁中以處之。婆羅門樂用篳篥二齊鼓一，散樂用橫笛一，拍板一，腰鼓三，其餘雜戲變態多端，皆不足稱也。○《大面》出於北齊，蘭陵王長恭才武而貌美，常著假面以對敵，嘗擊周師金墉城下，勇冠三軍，齊人壯之，爲此舞以效其指麾擊刺之容，謂之《蘭陵王入陣曲》。○《撥頭》出西域胡人，爲猛獸所噬其子，求獸殺之，爲此舞以象也。○《踏搖娘》生於隋末，河內有人醜貌而好酒，常自號郎中。醉歸，必毆其妻。其妻美色善歌，乃歌爲怨苦之詞，河朔演其曲而被之管絃，因寫其妻之容，妻悲訴，每搖其身，故號《踏搖》云。近代優人頗改其制度，非舊旨也。○窟儡子亦曰魁儡子，作偶人以戲，善歌舞。本喪樂也，漢末始用之於嘉會，北齊後主高緯尤所好。高麗之國亦有之，今閭市盛行焉。若尋常享會，先一日具坐立部樂，名上太常，太常封上，請所奏御賜。注而下及會先奏坐部伎，次奏立部伎，次奏蹀馬，次奏散樂。

前代雜樂

鼓吹者，蓋短簫鐃歌，蔡邕曰軍樂也。黃帝岐伯所作，以揚德建武，勸士諷敵也。《周官》曰師有功則凱樂，《左傳》晉文公勝楚，振旅凱而入。《司馬法》曰得意則凱歌雍門，周說孟嘗君鼓吹於不測之泉，說者云鼓自一物，吹自竽籟之屬，非簫鼓合奏，別爲一樂之名也。然則短簫鐃歌，此時未名鼓吹矣。應劭《漢鹵簿圖》唯有騎執茄茄，即笳，不云鼓吹。而漢代有黃門鼓吹，漢享宴食舉樂十三曲，與魏代鼓吹、長簫、短簫，《伎録》並云絲竹合作，執節者歌。又《建初録》云，《務成》、《黃爵》、《元雲》、《遠期》，皆騎吹曲，非鼓吹曲，此則列於殿庭者爲鼓吹，今之從行鼓吹爲騎吹二曲異也。又孫權觀魏武軍，作鼓吹而還，應是此鼓吹。魏晉代給鼓吹甚輕，牙門督將五校悉有鼓吹。晉、江左初，臨川大守謝擒每寢，夢聞鼓吹，有人爲占之曰，君不得生鼓吹，當得死鼓吹。擒擊杜弢，戰歿，追贈長水校尉，葬給鼓吹焉。謝尚爲江夏太守，詣安西將軍庾翼於武昌諮事。翼以鼓吹賞尚，射破便以其副鼓吹給之。齊梁至陳則甚重矣，各製曲辭以頌功德焉，至隋亡。○《西凉樂》者，起苻氏之末，呂光沮渠蒙遜等據有凉州，變龜兹聲爲之號，爲秦漢伎。後魏太武既平河西得之，謂之《西凉樂》。至魏周之際，遂謂之國伎。魏代至隋咸重之，其曲項琵琶豎箜篌之徒，並出自西域，非華夏舊器，揚澤新聲,神白馬之類,生於胡歌,非漢魏遺曲,故其樂聲調志與書史不同,其歌曲有《永世樂》,解曲有《萬代豐》,曲有《于闐佛曲》。工人平上幘。緋褶。白舞一人,方舞四人。白舞今闕,方舞四人,假髻,玉支釵,紫絲布褶,白大口袴,五綵接袖,烏皮靴。其樂器用鐘一架,磬一架,彈箏一,搊箏一,臥箜篌一,竪箜篌一,琵琶一,五絃琵琶一,笙一,簫一,大篳篥一,小篳篥一,長笛一,橫笛一,腰鼓一,齊鼓一,擔鼓一,貝一,銅鈸二。○《禮畢》者本自晉太尉庾亮家,亮卒,其伎追思亮,因假爲其面,執翳以舞,象其容,取謚以號之,謂《文康樂》。每奏九部樂終則陳之。故以《禮畢》爲名。其曲有《散華樂》等。隋平陳得之,八九部,樂器有笙、笛、簫、篪、鈴、槃、鞞、腰鼓等。七鐘三懸爲一部,工人二十二人,今亡。(以上卷一百四十六)

梁　肅

　　梁肅(753—793)字敬之,一字寬中。唐安定(今甘肅涇川)人,世居陸渾(今河南嵩縣東北)。幼逢安史之亂。建中元年(780)至京師,登文辭清麗科,授太子校書郎。復受薦爲右拾遺,以母老病辭。貞元五年(789),召爲監察御史,轉右補闕、翰林學士、皇太子諸王侍讀、史館修撰。梁肅師事獨孤及,也是古文運動先驅作家之一。其古文尚古樸,爲韓愈、柳宗元、李翱所師法。貞元八年,梁肅協助陸贄主試,擢韓愈,歐陽詹等登第。其所作序多論文章風格之演變。《新唐書·藝文志》著錄《梁肅集》二十卷,已佚。《全唐文》存其文六卷。

　　本書資料據四庫全書本《唐文粹》。

唐左補闕李翰前集序(節錄)

　　文之作,上所以發揚道德,正性命之紀;次所以裁成典禮,厚人倫之義;又所以昭顯義類,立天下之中。三代之後,其流派別。炎漢制度以霸王道雜之,故其文亦二;賈生、馬遷、劉向、班固其文博厚,出於王風者也;枚叔、相如、揚雄、張衡其文雄富,出於霸涂者也。其後作者,理勝則文薄,文勝則理消。理消則言愈繁,斯亂矣;文薄則意愈巧,斯弱矣。故文本於道,失道則博之以氣,氣不足則飾之以辭,蓋道能兼氣,氣能兼辭,辭不當則文斯敗矣。

　　唐有天下幾二百載,而文章三變。初則廣漢陳子昂以風雅革浮侈,次則燕國張公說以宏茂廣波瀾,天寶以還則李員外、蕭功曹、賈常侍、獨孤常州,比肩而作,故其道益熾。

若乃辭源辯博，馳騖古今之際，高步天地之間，則有左補闕李君君名翰，趙郡贊皇人也。天姿朗秀，率性聰達，博涉經籍，其文尤工。故其作，叙治亂則明白坦蕩，衍餘條暢，端如貫珠之可觀也。陳道義則游泳性情，探微豁冥，涣乎春冰之將泮也。廣勸戒則得失相維，吉凶相追，焯乎元龜之在前也。頌功美則温直顯融，協於大中，穆如清風之中人也。議者又謂君之才若崇山出雲，神禹導河，觸石而彌六合，隨山而注巨壑，蓋無物足以道其氣而閲其行者也。世所謂文章之雄，捨君其誰歟？（卷九十二）

《毗陵集》後序（節録）

文之興廢，視世之治亂；文之高下，視才之厚薄。帝唐接前代澆醨之後，承文章顛墜之運，王風下扇，作者迭起，不及百年，文體反正。洎公爲之，則又操道德爲根本，總禮樂爲冠帶。以《易》之精義，《詩》之雅訓，《春秋》之褒貶，屬之於詞，故其文寬而簡，直而婉，辨而不華，博厚而高明，論人無虛美，比事爲實録，天下凜然，復睹兩漢之遺風。（卷九十三）

于　頔

于頔（？—818）字允元。唐河南（今河南洛陽）人。歷官華陰尉攝監察御史，侍御史，出爲湖州刺史，有政聲，與詩僧皎然等唱酬。改蘇州刺史、陝虢觀察使。移鎮山南東道，官到同中書門下平章事，終太子賓客。王彦威《贈太保於頔謚議》稱其“剛毅特立，博游文藝，蘊開物成務之志，爲縱橫倜儻之才”。善待士人，以市聲名，《舊唐書》卷一五六有傳。其《杼山集序》（宋李昉等《文苑英華》卷七一二題作《晝上人文集序》），論歷代詩歌體裁及風格的演變，特別推崇謝靈運的五言詩，堪稱中唐以前的詩歌簡史。

本書資料據四庫全書本《杼山集》。

皎然《杼山集》序

詩自風雅道息二百餘年而騷人作，其旨愁思，其文婉麗，亡楚之變風歟！至西漢李陵、蘇武，始全爲五言詩體，源於風，流於騷，故多憂傷離遠之情。梁昭明所撰《文選》録《古詩十九首》，亡其名氏。觀其辭蓋東漢之世，亦蘇、李之流也。洎建安中，王仲宣、曹子建鼓其風，晉世陸士衡、潘安仁揚其波，王、曹以氣勝，潘、陸以文尚。氣勝者魏祖，興武功於二京已覆；文尚者晉武，亡帝圖於劉淵肇亂。觀其人文興亡之跡，人焉廋哉，人焉廋哉！宋高祖平桓玄，定江表，文帝繼業，五十年間，江左寧謐。魏晉文章鬱然復興。康樂侯謝靈運獨步江南，俯視潘、陸，其文炳而麗，其氣逸而暢，驅風雷於江山，變晴昏於洲渚，煙雲以之慘淡，景氣爲其澄霽。信江表之文英，五言之麗則者也。迨於齊世宣城守謝玄暉亦得其辭調，涵於氣格，不侔康樂矣。梁、陳已降，雖作者不絕，而五言之道不勝其情矣。有唐吳興開士釋皎然字清晝，即康樂之十世孫，得詩人之奧旨，傳乃祖之菁華，江南詞人莫不楷範。極於緣情綺靡，故辭多芳澤；師古興制，故律尚清壯。其或發明玄理，則深契真如，又不可得而思議也。貞元歲，余分刺吳興之明年，集賢殿御書院有命，徵其文集。余遂採而編之，得詩筆五百四十六首分，爲十卷，納於延閣書府。上人以余嘗著詩述論前代之詩，遂託余以集序。辭不獲已，略志其變。上人之植性清和，稟質端懿，中秘空寂，外開方便，妙言說於文字，了心境於定惠，又釋門之慈航智炬也。余游方之内者，何足以扣玄關。謝氏世爲詩人，豈佛書所爲習氣云爾？于頔撰。（卷首）

劉　肅

　　劉肅（生卒年不詳），約唐憲宗元和中爲江都主簿。或云爲登仕郎，守江州潯陽縣主簿。其餘事跡不詳。嘗取唐初迄大曆末之軼文舊事，撰爲筆記小說《大唐新語》（又名《唐新語》、《大唐世說新語》、《唐世說新語》、《世說》、《大唐新話》等），凡分三十門，記載唐代歷史人物言行軼事，起自唐初，迄於大曆，多取材於《朝野僉載》、《隋唐嘉話》等書，仿《世說新語》體例，内容多有關政治和道德教化，也記載了不少有關詩文的材料。尤其是“文章”門，錄存初唐及開元初人所作詩歌多首，並叙其本事，間載時人評論，爲後來編集和研究唐詩者所取材。

　　本書資料據四庫全書本《唐新語》。

《唐新語》（節録）

　　太宗謂侍臣曰：“朕偶作艷詩。”虞世南便諫曰：“聖作雖工，體製非雅。上之所好，下必隨之。此文一行，恐致風靡。而今而後，請不奉詔。”太宗曰：“卿懇誠若此，朕用嘉之。羣臣皆若世南，天下何憂不理？”乃賜絹五十疋。先是，梁簡文帝爲太子，好作艷詩，境内化之，浸以成俗，謂之宫體。晚年改作，追之不及，乃令徐陵撰《玉臺集》，以大其體。永興之諫，頗因故事。（卷三）

太宗謂監修國史房玄齡曰："比見前、後《漢史》，載揚雄《甘泉》、《羽獵》，司馬相如《子虛》、《上林》，班固《兩都賦》，此既文體浮華，無益勸戒，何暇書之史策？今有上書論事，詞理可裨於政理者，朕或從或不從，皆須備載。"

（劉）子玄著《史通》二十篇，備陳史册之體。

玄宗謂張説曰："兒子等欲學綴文，須檢事及看文體。《御覽》之輩，部帙既大，尋討稍難。卿與諸學士撰集要事並要文，以類相從，務取省便，令兒子等易見成就也。"説與徐堅、韋述等編此進上，詔以《初學記》爲名。（以上卷九）

白居易

白居易（772—846）字樂天。唐詩人。因晚年長期居住於洛陽香山，又號香山居士。官至太子少傅。謚號"文"，故又稱白傅、白文公。祖籍山西太原，後遷下邽（今陝西渭南東北）。白居易與元稹齊名，世稱"元白"。晚年與"詩豪"劉禹錫友善，並稱"劉白"。白居易主張"文章合爲時而著，歌詩合爲事而作"，寫下不少感歎時世、反映民間疾苦的詩篇，對後世頗有影響。"新樂府"一名，是白居易相對於漢樂府而提出的，以自創的新的樂府題目詠寫時事，故名"新樂府"。新樂府詩具有自創新題、詠寫時事、體現漢樂府現實主義精神的特點。白居易一生作詩甚多，提倡詩歌發揮美刺諷喻作用，以諷喻詩最爲有名，語言通俗易懂，老嫗能解；叙事詩則以《琵琶行》、《長恨歌》、《賣炭翁》等著名。其詞以風格明麗見長，爲後世詞人所推崇。

本書資料據四庫全書本《白香山詩集》、《白氏長慶集》。

讀張籍古樂府

張君何爲者？業文三十春。猶工樂府詩，舉代少其倫。爲詩意如何？六義互鋪陳。風雅比興外，未嘗著空文。讀君《學仙》詩，可諷放佚君。讀君《董公》詩，可誨貪暴臣。讀君《商女》詩，可感悍婦仁。讀君勤齊詩，可勸薄夫敦。上可裨教化，舒之濟萬民。下可理情性，卷之善一身。始從青衿歲，迨此白髮新。日夜秉筆吟，心苦力亦勤。時無採詩官，委棄如泥塵。恐君百歲後，滅没人不聞。願藏中秘書，百代不湮淪。願播內樂府，時得聞至尊。言者志之苗，行者文之根。所以讀君詩，亦知君爲人。如何欲五十，官小身賤貧。病眼街西住，無人行到門。（《白香山詩集》卷一）

《新樂府》序（節録）

　　篇無定句，句無定字，繫於意不繫於文。首句標其目，卒章顯其志，《詩三百》之義也。其辭質而徑，欲見之者易諭也；其言直而切，欲聞之者深誡也；其事覈而實，使採之者傳信也；其體順而肆，可以播於樂章歌曲也。總而言之，爲君、爲臣、爲民、爲物、爲事而作，不爲文而作也。（《白香山詩集》卷三）

寄唐生（節録）

　　賈誼哭時事，阮籍哭路岐。唐生今亦哭，異代同其悲。唐生者何人？五十寒且饑。不悲口無食，不悲身無衣。所悲忠與義，悲甚則哭之。太尉擊賊日，尚書叱盜時（顏尚書叱李希烈）。大夫死凶寇，諫議謫蠻夷。每見如此事，聲發涕輒隨。往往聞其風，俗士猶或非。憐君頭半白，其志竟不衰。我亦君之徒，鬱鬱何所爲，不能發聲哭，轉作樂府詩。篇篇無空文，句句必盡規，功高虞人箴，痛甚騷人辭。非求宮律高，不務文字奇，惟歌生民病，願得天子知。未得天子知，甘受時人嗤，藥良氣味苦，琴淡音聲稀。不懼權豪怒，亦任親朋譏，人竟無奈何，呼作狂男兒。每逢羣盜息，或遇雲霧披，但自高聲歌，庶幾天聽卑。歌哭雖異名，所感則同歸，寄君三十章，與君爲哭詞。（《白氏長慶集》卷一）

餘思未盡加爲六韻重寄微之（節録）

　　制從長慶辭高古，微之長慶初知制誥，文格高古，始變俗體，繼者效之也。詩到元和體變新。衆稱元、白爲千字律詩，或號元和格。（《白氏長慶集》卷二十三）

賦賦以"賦者古詩之流"爲韻

　　賦者，古詩之流也。始草創於荀、宋，漸恢張於賈、馬。冰生乎水，初變本於《典》、《墳》；青出於藍，復增華於《風》、《雅》。而後諧四聲，祛八病，信斯文之美者。我國家恐文道寖衰，頌聲凌遲，乃舉多士，命有司酌遺風於三代，明變雅於一時。全取其名，則號之爲賦；雜用其體，亦不出乎《詩》。四始盡在，六義無遺。是謂藝文之儆策，述作之元龜。觀夫義類錯綜，詞采舒布，文諧宮律，言中章句，華而不艷，美而有度。雅音瀏亮，必先體物以成章；逸思飆飆，不獨登高而能賦。其工者，究筆精，窮指趣，何慚《兩京》於班固；其妙者，抽秘思，騁妍詞，豈謝《三都》於左思。掩黃絹之麗藻，吐白鳳之奇姿；振金聲於寰海，增紙價於京師。則《長揚》、《羽獵》之徒，胡爲比也；《景福》、《靈光》之作，未足多之。所謂立意爲先，能文爲主，炳如繢素，鏗若鐘鼓。郁郁哉溢目之黼黻，洋洋乎盈耳之《韶》、《護》。信可以凌轢風騷，超軼今古者也。今吾君網羅六藝，淘汰九流，微才無忽，片善是求。況賦者，《雅》之列，《頌》之儔，可以潤鴻業，可以發揮皇猷。客有自謂握靈蚘之珠者，豈可棄之而不收！（《白氏長慶集》卷三十八）

與元九書（節錄）

夫文尚矣，三才各有文。天之文，三光首之；地之文，五材首之；人之文，六經首之。就六經言，《詩》又首之，何者？聖人感人心而天下和平。感人心者，莫先乎情，莫始乎言，莫切乎聲，莫深乎義。詩者，根情，苗言，華聲，實義。上自賢聖，下至愚騃，微及豚魚，幽及鬼神，羣分而氣同，形異而情一，未有聲入而不應，情交而不感者。聖人知其然，因其言，經之以六義；緣其聲，緯之以五音。音有韻，義有類，韻協則言順，言順則聲易入；類舉則情見，情見則感易交。於是乎孕大含深，貫微洞密，上下通而一氣泰，憂樂合而百志熙。五帝三皇所以直道而行，垂拱而理者，揭此以爲大柄，決此以爲大寶也。

故聞“元首明，股肱良”之歌，則知虞道昌矣；聞《五子》、《洛汭》之歌，則知夏政荒矣。言者無罪，聞者作戒，言者、聞者莫不兩盡其心焉。洎周衰秦興，採詩官廢，上不以詩補察時政，下不以歌洩導人情。乃至於諂成之風動，救失之道缺。于時六義始刓矣。國風變爲騷辭，五言始於蘇、李；蘇、李、騷人，皆不遇者，各繫其志，發而爲文。故河梁之句，止於傷別；澤畔之吟，歸於怨思。彷徨抑鬱，不暇及他耳。然去《詩》未遠，梗概尚存。故興離別，則引雙鳧一雁爲喻；諷君子小人，則引香艸惡鳥爲比。雖義類不具，猶得風人之什二三焉。于時六義始缺矣。晉、宋已還，得者蓋寡。以康樂之奧博，多溺於山水；以淵明之高古，偏放於田園。江、鮑之流，又狹於此。如梁鴻《五噫》之例者，百無一二焉。于時六義寖微矣，陵夷矣。至於梁、陳間，率不過嘲風雪、弄花艸而已。噫！風雪花艸之物，《三百篇》中豈捨之乎？顧所用何如耳。設如“北風其涼”，假風以刺威虐也；“雨雪霏霏”，以愍征役也；“常棣之華”，感華以諷兄弟也；“采采芣苢”，美艸以樂有子也。皆興發於此而義歸於彼，反是者，可乎哉！然則“餘霞散成綺，澄江淨如練”、“離花先委露，別葉乍辭風”之什，麗則麗矣，吾不知其所諷焉。故僕所謂嘲風雪、弄花艸而已。于時六義盡去矣。

　　唐興二百年,其間詩人,不可勝數。所可舉者,陳子昂有《感遇》詩二十首,鮑魴有《感興》詩十五首。又詩之豪者,世稱李、杜。李之作,才已奇矣,人不逮矣,索其風雅比興,十無一焉。杜詩最多,可傳者千餘篇,至於貫穿今古,覼縷格律,盡工盡善,又過於李。然撮其《新安吏》、《石濠吏》、《潼關吏》、《塞蘆子》、《留花門》之章,"朱門酒肉臭,路有凍死骨"之句,亦不過三四十首。杜尚如此,況不逮杜者乎? 僕嘗痛詩道崩壞,忽忽憤發,或食輟哺,夜輟寢,不量才力,欲扶起之。……

　　僕數月來,檢討囊篋中,得新舊詩,各以類分,分爲卷首。自拾遺來,凡所適所感,關於美刺興比者,又自武德訖元和,因事立題,題爲《新樂府》者,共一百五十首,謂之諷諭詩。又或退公獨處,或移病閒居,知足保和,吟翫情性者一百首,謂之閒適詩。又有事物牽於外,情理動於內,隨感遇而形於歎詠者一百首,謂之感傷詩。又有五言、七言、長句、絕句,自一百韻至兩韻者四百餘首,謂之雜律詩。凡爲十五卷,約八百首。異時相見,當盡致於執事。(《白氏長慶集》卷四十五)

議文章　碑碣詞賦

　　問:國家化天下以文明,獎多士以文學,二百餘載,文章煥焉。然則述作之間,久而生弊,書事者罕聞於直筆,褒美者多睹其虛辭。今欲去僞抑淫,芟蕪剗穢,黜華於枝葉,反實於根源,引而救之,其道安在?

　　臣謹按:《易》曰:"觀乎人文,以化成天下。"《記》曰:"文王以文治。"則文之用大矣哉! 自三代以還,斯文不振,故天以將喪之弊,授我國家。國家以文德應天,以文教牧人,以文行選賢,以文學取士,二百餘年,煥乎文章。故士無賢不肖,率注意於文矣。然臣聞大成不能無小弊,有美不能無小疵。是以凡今秉筆之徒,率爾而言者有矣,斐然成章者有矣。故歌詠詩賦、碑碣讚誄之製,往往有虛美者矣,有媿辭者矣。若行於時,則誣善惡而惑當代;若傳於後,則混真僞而疑將來。臣伏思之,大非先王文理化成之教也。且古之爲文者,上以紐王教,繫國風;下以存炯戒,通諷諭。故懲勸善惡之柄,執於文士褒貶之際焉;補察得失之端,操於詩人美刺之間焉。今褒貶之文無覈實,則懲勸之道缺矣;美刺之詩不稽政,則補察之義廢矣。雖雕章縷句,將焉用之? 臣又聞稂莠秕稗生於穀,反害穀者也;淫辭麗藻生於文,反傷文者也。故農者芸稂莠,簸秕稗,所以養穀也;王者删淫辭,削麗藻,所以養文也。伏惟陛下詔主文之司,諭養文之旨,俾辭賦合炯戒諷諭者,雖質雖野,採而獎之;碑誄有虛美媿辭者,雖華雖麗,禁而絕之。若然,則爲文者必當尚質抑淫,著誠去僞,小疵小弊,蕩然無遺矣。則何慮乎皇家之文章不與三代同風者歟?(《白氏長慶集》卷六十五)

李　翱

李翱(772—836)字習之。唐隴西成紀(今甘肅秦安)人。一説趙郡人。唐代哲學家、文學家。貞元進士,官至山南東道節度使。謚文,世稱李文公。哲學上受佛教影響頗深,所著《復性書》,糅合儒、佛兩家思想。曾從韓愈學古文,是古文運動的積極參加者。所著《來南録》,爲傳世頗早的日記體文章,文風平易。另有《李文公集》等。

本書資料據四庫全書本《李文公集》、《唐文粹》。

答朱載言書一本作梁載言(節録)

義深則意遠,意遠則理辯,理辯則氣直,氣直則辭盛,辭盛則文工。如山有恒、華、嵩、衡焉,其同者高也,其草木之榮,不必均也。如瀆有淮、濟、河、江焉,其同者出源到海也,其曲直淺深、色黄白,不必均也。如百品之雜焉,其同者飽於腹也,其味鹹酸苦辛,不必均也。此因學而知者也,此創意之大歸也。

天下之語文章,有六説焉:其尚異者,則曰文章辭句,奇險而已;其好理者,則曰文章叙意,苟通而已;其溺於時者,則曰文章必當對;其病於時者,則曰文章不當對;其愛難者,則曰文章宜深不當易;其愛易者,則曰文章宜通不當難。此皆情有所偏,滯而不流,未識文章之所主也。義不深不至於理,言不信不在於教勸,而詞句怪麗者有之矣,《劇秦美新》、王褒《僮約》是也;其理往往有是者,而詞章不能工者有之矣,劉氏《人物表》、王氏《中説》、俗傳《太公家教》是也。古之人能極於工而已,不知其詞之對與否、易與難也。《詩》曰:“憂心悄悄,愠於羣小。”此非對也。又曰:“遘閔既多,受侮不少。”此非不對也。《書》曰:“朕讒説殄行,震驚朕師。”《詩》曰:“菀彼柔桑,其下侯旬,捋采其劉,瘼此下人。”此非易也。《書》曰:“允恭克讓,光被四表,格於上下。”《詩》曰:“十畝之間兮,桑者閑閑兮,行與子旋兮。”此非難也。學者不知其方,而稱説云云,如前所陳者,非吾之敢聞也。《六經》之後,百家之言興,老聃、列禦寇、莊周、鶡冠、田穰苴、孫武、屈原、宋玉、孟子、吳起、商鞅、墨翟、鬼谷子、荀況、韓非、李斯、賈誼、枚乘、司馬遷、相如、劉向、揚雄,皆足以自成一家之文,學者之所師歸也。故義雖深,理雖當,詞不工者不成文,宜不能傳也。文理義三者兼併,乃能獨立於一時,而不泯滅於後代,能必傳也。仲尼曰:“言之無文,行之不遠。”子貢曰:“文猶質也,質猶文也,虎豹之鞟猶犬羊之鞟。”此之謂也。(《李文公集》卷六)

百官行狀奏（節録）

夫勸善懲惡，正言直筆，紀聖朝功德，述忠臣賢士事業，載奸臣佞人醜行，以傳無窮者，史官之任也。伏以陛下即位十五年矣……自古中興之君，莫有及者。而自元和以來，未著實録：盛德大功，史氏未紀；忠臣賢士名德甚有可爲法者，逆臣賊人醜行亦有可爲誡者，史氏皆闕而未書。臣實懼焉，故不自量，輒欲勉强而修之。凡人之事跡，非大善大惡，則衆人無由知之。故舊例皆訪問於人，又取行狀、諡議以爲一據。今之作行狀者，非其門生，即其故吏，莫不虛加仁義禮智，妄言忠肅惠和，或言盛德大業遠而愈光，或云直道正言歿而不朽，曾不直叙其事，故善惡混然不可明。至如許敬宗、李義府、李林甫，國朝之奸臣也，使其門生故吏作行狀，既不指其事實，虛稱道忠信以加之，則可以移之於房玄齡、魏徵、裴炎、徐有功矣。此不惟其處心不實，苟欲虛美於所受恩之地而已。蓋亦爲文者，又非游、夏、遷、雄之列，務於華而忘其實，溺於辭而棄其理。故爲文則失六經之古風，記事則非史遷之實録，不如此，則詞句鄙陋，不能自成其文矣。由是事失其本，文害於理，而行狀不足以取信。若使指事書實，不飾虛言，則必有人知其真偽。不然者，縱使門生故吏爲之，亦不可以謬作德善之事而加之矣。臣今請作行狀者，不要虛説仁義禮智、忠肅惠和、盛德大業、正言直道，蕉穢簡册，不可取信，但指事説實，直載其詞，則善惡功跡，皆據事足以自見矣。假令傳魏徵，但記其諫爭之詞，足以爲正直矣；如傳段秀實，但記其倒用司農寺印以追逆兵，又以象笏擊朱泚，自足以爲忠烈矣。今之爲行狀者，都不指其事，率以虛詞稱之，故無魏徵之諫爭而加之以正直，無秀實之義勇而加之以忠烈者皆是也。其何足以爲據？若考功視行狀之不依此者，不得受；依此者，乃下太常並牒史館，太常定諡牒送史館，則行狀之言縱未可一一皆信，與其虛加妄言，都無事實者，猶山澤高下之不同也。史氏記録須得本末，苟憑往例，皆是空言，則使史館何所爲據？伏乞下臣此奏，使考功守行善惡之詞，雖故吏門生，亦不能虛作而加之矣。（《李文公集》卷十）

答開元寺僧書（節録）

夫銘，古多有焉。湯之《盤銘》，其辭云云；衛孔悝之《鼎銘》，其辭云云；秦始皇帝之《嶧山銘》，其辭云云。於盤則曰盤銘，於鼎則曰鼎銘，於山則曰山銘。盤之辭可遷之於鼎，鼎之辭可移之於山，山之辭可書之於碑，惟時之所紀爾。及蔡邕《黃鉞銘》，以紀功於黃鉞之上爾。或盤或鼎，或嶧山或黃鉞，其意與言皆同，非如《高唐》、《上林》

《長楊》爲之作賦云爾。近代之文士則不然，爲銘爲碑，大抵詠其形容，有異於古人之所爲。其作鐘銘，則必詠其形容，與其音聲，與其財用之多少，鎔鑄之勤勞爾，非爲勒功德、垂誡勸於器也。推此類而極觀之，其不知君子之文也亦甚矣。（《唐文粹》卷八十五）

劉禹錫

劉禹錫（772—842）字夢得。唐詩人。本爲匈奴族後裔，北魏孝文帝時改漢姓，占籍洛陽（今河南洛陽）。安史亂起，舉家避居嘉興（今浙江嘉興）。德宗貞元年間進士，又中博學宏詞科，任監察御史。順宗時，任用王叔文改革政治，劉禹錫是其政治集團中的核心人物，史稱“二王劉柳（宗元）”。改革失敗後，被貶官外地，二十多年後才被召回京。劉禹錫是政治改革家，是具有樸素唯物主義思想的思想家。其詩歌創作氣勢雄豪（有“詩豪”之稱），風調清峻；又善於吸收民歌營養，其學習民歌寫成的《竹枝詞》等詩具有新鮮活潑、健康明朗的特色，簡樸生動，情致纏綿，獨具一格，對後世影響頗大。晚年所作，風格漸趨含蓄，諷刺而不露痕跡。劉禹錫還是古文運動的積極參加者，以論說文成就最大；其雜文與其詩歌一樣，辭藻瑰麗，題旨隱微。著有《劉賓客文集》。

本書資料據四庫全書本《劉賓客文集》。

董氏武陵集紀（節錄）

片言可以明百意，坐馳可以役萬景，工於詩者能之；風雅體變而興同，古今調殊而理冥，達於詩者能之。（卷十九）

《竹枝詞》引

四方之歌，異音而同樂。歲正月，余來建平，里中兒聯歌竹枝，吹短笛擊鼓以赴節，歌者揚袂睢舞，以曲多爲賢。聆其音，中黃鍾之羽，卒章激訐如吳聲。雖倫儜不可分，而含思宛轉，有淇濮之豔。昔屈原居沅湘間，其民迎神，詞多鄙陋，乃爲作《九歌》，到于今荆楚鼓舞之。故余亦作《竹枝詞》九篇，俾善歌者颺之，附于末。後之聆巴歈，知變風之自焉。（卷二十七）

獨孤鬱

獨孤鬱(776—815)字古風。唐河南(今河南洛陽)人。父獨孤及。貞元十四年(798)登進士第。文學有父風,爲舍人權德輿所稱,以女妻之。貞元末,爲監察御史。元和初,應制舉才識兼茂、明於體用,策入第四等,拜左拾遺。四年(809),轉右補闕,改招撫宣慰使。五年,兼史館修撰。尋召充翰林學士,遷起居郎。後遷考功員外郎,充史館修撰、判館事,預修《德宗實錄》。七年,以本官復知制誥。八年,轉駕部郎中。其年十月,復召爲翰林學士。九年,以疾辭內職。

本書資料據四庫全書本《唐文粹》。

辯　文

或曰:文所以指陳是非,有以多爲貴也。其要在乎彩飾其字,而慎其所爲體也。又曰:文章乃一藝耳。是皆不知上流之文,而文之所由作也。夫天之文位乎上,地之文位乎下,人之文位乎中,不可得而增損者,自然之文也。故伏羲作八卦以象天地,窮極終始,萬化無有差忒。故《易》與天地準,此聖人之文至也。但合其德而三才之道盡。後聖有作,不能使之爲五或七而九,洄曲折者,是其文之至也。文字既生,治亂既形,仲尼作《春秋》以繩萬世,而褒貶在一字,是亦文之至者乎!然則《易》卦之一畫,《春秋》之一字,豈所謂崇飾之道而尚多之意邪?夫文者,考言之具也,可以革,則不足以畢天地矣。故聖人當使將來無得以筆削。果可以包舉其義,雖一畫一字,其可已矣。病不能然,而曰必以彩飾之能,援引之富爲作文之秘急,是何言之末歟?夫天豈有意於文彩邪?而日月星辰不可踰;地豈有意於文彩邪?而山川丘陵不可如;八卦、《春秋》豈有意於文彩邪?而極與天地侔。其何故?得以不可越,自然也。夫自然者,不得不然之謂也。不得不然,又何體之慎邪?夫天地、八卦、《春秋》,惟止於此者也,吾得定其所云;其不至於此者,惟吾何學焉?吾安能以天下之心也?是則其心卓然絕於俗者,其文不求而至也。無得子爲教,苟於聖達之門無所入,則雖劬勞憔悴於黼黻,其何數哉!是故在心曰志,宣於口曰言,垂於書曰文,其實一也。若聖與賢,則其書文皆教化之至言也。徒見其纖靡而無根者,多給曰文與藝,嗚呼!(卷四十六)

264

柳宗元

　　柳宗元(773—819)字子厚，祖籍河東(今山西永濟)人，世稱"柳河東"。唐代文學家、散文家、哲學家、思想家。貞元九年(793)進士。參加王叔文政治改革，曾任禮部員外郎。改革失敗後，貶江州司馬。歷十年，改柳州刺史，故又稱"柳柳州"。與韓愈共同宣導古文革新，並稱"韓柳"；與劉禹錫並稱"劉柳"；與王維、孟浩然、韋應物並稱"王孟韋柳"；唐宋八大家之一。柳宗元詩文作品今存六百餘篇，其文論説性强，筆鋒犀利，諷刺辛辣；遊記寫景狀物，多所寄託，成就大於其詩。哲學著作有《天説》、《天對》、《封建論》等。其作品由劉禹錫保存下來，並編成《柳河東集》。《舊唐書》卷一六〇、《新唐書》卷一六八有傳。其《楊評事文集後序》把古今著述分爲詩、文二體，認爲作者難兼其美。

　　本書資料據四庫全書本《柳河東集》。

碑陰(節録)

　　凡葬大浮圖無竁穴，其於用碑不宜，然昔之公室禮得用碑以葬，其後子孫因而不去，遂銘德行，用圖久於世。及秦刻山石，號其功德，亦謂之碑，而其用遂行，然則雖浮圖亦宜也。凡葬大浮圖，其徒廣則能爲碑，晉宋尚法，故爲碑者多法。梁尚禪，故碑多禪法。不周施禪不大行而律存焉，故近世碑多律。凡葬大浮圖，未嘗有比丘尼主碑事。今惟無染實來，涕洟以求，其志益堅，又能言其師他德尤備，故書之碑陰。(卷七)

楊評事文集後序(節録)

　　作於聖，故曰經；述于才，故曰文。文有二道，辭令褒貶，本乎著述者也；導揚諷諭，本乎比興者也。著述者流，蓋出於《書》之謨、訓，《易》之象、係，《春秋》之筆削，其要在於高壯廣厚，詞正而理備，謂宜藏於簡册者也。比興者流，蓋出於虞、夏之詠歌，殷周之風雅，其要在於麗則清越，言暢而意美，謂宜流於謠誦也。兹二者，考其旨義，乖離不合，故秉筆之士，恒偏勝獨得，而罕有兼者焉。厥有能而專美，命之曰藝成。雖古文雅之盛世，不能並肩而生。唐興以來，稱是選而不作者，梓潼陳拾遺，其後燕文貞以著述之餘攻比興而莫能極，張曲江以比興之餘窮著述而不克備，其餘各探一隅，相與背馳於道者，其去彌遠。文之難兼，斯亦甚矣。

《西漢文類》序（節録）

殷周之前其文簡而野，魏晉以降則濫而靡，得其中者漢氏，漢氏之東則既衰矣。當文帝時始得賈生，明儒術，武帝尤好焉。而公孫弘、董仲舒、司馬遷、相如之徒作，風雅益盛，敷施天下，自天子至公卿、大夫、士庶，人咸通焉。於是宣於詔策，達於奏議，諷於辭賦，傳於歌謡。由高帝迄於哀平王莽之誅，四方之文章蓋爛然矣。史臣班孟堅修其書，拔其尤者，充於簡册，則二百三十年，列辟之達道，名臣之大範，賢能之志業，黔黎之風美列焉。若乃合其英精，離其變通，論次其叙位，必俟學古者興行之。唐興用文理，貞元間文章特盛，本之三代，浹於漢氏，與文相準。於是有能者取孟堅書，類其文，次其先後，爲四十卷。（以上卷二一）

皇甫湜

皇甫湜（約777—約835）字持正。唐睦州新安（今浙江建德淳安）人。元和元年（806）進士。皇甫湜是中唐古文運動中的重要作家，與李翱並稱爲“韓門高足”，甚得韓愈賞識。爲人狷狂耿直，恃才傲物；爲文直言讜論，崇怪尚奇，於當時文壇頗負盛名，被譽爲“文章巨公”，且文如其人。其“尚奇”的文學主張及創作實踐，不僅在當時文壇名噪一時，而且影響並傳承後世。其詩傳世者僅三首。原有集，已散佚，宋人輯有《皇甫持正文集》。

本書資料據四庫全書本《皇甫持正集》。

諭業（節録）

文不百代，不可以語變；體無常軌，言無常宗，物無常用，景無常取，在嬋其理，覈其微，賦物而窮其致，歌詠者極情性之本，載述者遵良直之旨。觸類而長，不失其要，此大略也。夫此文流，其來尚矣。自六經子史至於近代之作。無不備詳。當朝之作，則燕公悉已評之。自燕公以降，試爲子論之：燕公之文，如梗木柟枝，締構大厦，上棟下宇，孕育氣象，可以變陰陽，閲寒暑，坐天子而朝羣後。許公之文，如應鐘鼖鼓，笙簧鐏磬，崇牙樹羽，考以宮縣，可以奉神明，享宗廟。李北海之文，如赤羽白甲，延亘平野，如雲如風，有貙有虎，闐然鼓之，吁可畏也。賈常侍之文，如高冠華簪，曳裾鳴玉，立於廊廟，非法不言，可以望爲羽儀，資以道義。李員外之文，則如金輿玉輦，雕龍綵

266

鳳，外雖丹青可掬，內亦體骨不凡。獨孤尚書之文，如危峯絕壁，穿倚霄漢，長松怪石，傾倒谿壑；然而略無和暢，雅德者避之。楊崿州之文，如長橋新構，鐵騎夜渡，雄震威厲，動心駭目；然而鼓作多容，君子所慎。權文公之文，如朱門大第，而氣勢橫敞，廊廡廩廄，戶牖悉同；然而不能有新規勝概，令人竦觀。韓吏部之文，如長江千里一道，衝飈激浪，瀚流不滯；然而施於灌激，或爽於用。李襄陽之文，如燕市夜鴻，華亭曉鶴，嘹唳亦足驚聽；然而才力偕鮮，悠然高遠。故友沈諫議之文，則隼擊鷹揚，滅沒空碧，崇蘭繁榮，曜英揚蕤，雖迅舉秀擢，而能沛艾絕景。其他握珠璣奮組繡者，不可一二而紀矣。若數公者，或傳符於帝宰，或受命於神工，或鳳翥詞林，或虎踞文苑，或抗轡荀、孟，攘袂班、揚，皆一時之豪彥，筆硯之麟鳳，今皆游泳其波瀾，偃息其林藪。（卷一）

編年紀傳論

論曰：古史編年至漢史司馬遷始更其制而爲紀傳，相承至今，無以移之，歷代論者以遷爲率。私意蕩古法，紀傳煩漫，不如編年。湜以爲合聖人之經者，以心不以跡；得良史之體者，在適不在同。編年、紀傳繫于時之所宜，才之所長者耳，何常之有！夫是非與聖人同辨，善惡得天下之中，不虛美，不隱惡，則爲紀、爲傳、爲編年，是皆良史矣。若論不足以析皇極，辭不足以杜無窮，雖爲紀傳、編年，斯皆皋人。且編年之作，豈非以事繫日，以日繫月，以月繫時，以時繫年者哉！司馬氏作紀，以項羽承秦，以呂后接之，亦以歷年不可中廢，年不可闕，故書也。觀其作傳之意，將以包該事跡，參貫話言，纖悉百代之務，成就一家之說，必新制度而馳才力焉。又編年記事束于次第，牽于混並，必舉其大綱而簡于序事，是以多闕載，多逸文，乃別爲著録以備書之語言，而盡事之本末。故《春秋》之作，則有《尚書》；《左傳》之外，又爲《國語》。可復省左史于右，合外傳于內哉！故合之則繁，離之則異，削之則闕，子長病其然也。於是革舊典，開新程，爲紀、爲傳、爲表、爲志，首尾具敘述，表裏相發明，庶爲得中，將以垂不朽。自漢至今，代已更八，年几歷千。其間賢人摩肩，史臣繼踵，權今古之得失，論述作之利病，各耀聞見，競誇才能，改其規模，殊其體統，傳以相授，奉而遵行，而編年之史遂廢，蓋有以也。唯荀氏爲《漢紀》，裴氏爲《宋略》，強欲復古，皆爲編年。然其善語嘉言，細事詳說，所遺多矣。如覽正史，方能備明，則其密漏得失，章章于是矣。今之作者，苟能遵紀傳之體製，同《春秋》之是非，文敵遷、固，直如南、董，亦無上矣。儻捨源而事流，棄意而徵跡，雖服仲尼之服，手絕麟之筆，等古人之章句，署王正之月日，謂之好古則可矣，顧其書何如哉！（卷二）

答李生第二書（節録）

湜白：生之書辭甚多，志氣甚横流，論説文章，不可謂無意。若僕愚且困，乃生詞競于此，固非宜。雖然，惡言無從，不可不卒，勿怪。夫謂之奇，則非正矣，然亦無傷于正也。謂之奇，即非常矣。非常者，謂不如常者；謂不如常，乃出常也。無傷於正，而出于常，雖尚之亦可也。此統論奇之體耳，未以文言之失也。

夫文者非他，言之華者也，其用在通理而已，固不務奇，然亦無傷于奇也。使文奇而理正，是尤難也。生意便其易者乎？夫言亦可以通理矣，而以文爲貴者非他，文則遠，無文即不遠也。以非常之文通至正之理，是所以不朽也。生何嫉之深耶？夫繪事後素，既謂之文，豈苟簡而已哉？聖人之文，其難及也，作《春秋》，游、夏之徒不能措一辭。吾何敢擬議之哉？秦、漢已來至今，文學之盛，莫如屈原、宋玉、李斯、司馬遷、相如、揚雄之徒，其文皆奇，其傳皆遠。生書文亦善矣，比之數子，似猶未勝，何必心之高乎？傳曰：“言之不出，耻躬之不逮也。”生自視何如耳？《書》之文不奇，《易》之文可謂奇矣，豈礙理傷聖乎？如“龍戰于野，其血玄黄”，“見豕負涂，載鬼一車”，“突如其來如，焚如，死如，棄如”，此何等語也！

生輕宋玉而稱仲尼、班、馬、相如爲文學。按司馬遷傳屈原曰：“雖與日月爭光可矣。”生當見之乎？若相如之徒，即祖習不暇者也。豈生稱誤耶？將識分有所至極耶？將彼之所立卓爾，非强爲所庶幾，遂讐嫉之耶？其何傷於日月乎！生笑“紫貝闕兮珠宫”，此與詩之“金玉其相”何異？天下人有金玉爲之質者乎？“被薜荔兮帶女蘿”，此與“贈之以芍藥”何異？文章不當如此説也。豈謂怒三四而喜四三，識出之白而性入之黑乎？生云虎豹之文非奇。夫長本非長，短形之則長矣；虎豹之形於犬羊，故不得不奇也。他皆傲此。（卷四）

元　稹

元稹（779—831）字微之。唐洛陽（今屬河南）人。與白居易唱和甚多，世稱“元白”。元稹早期剛直敢諫，不憚權貴，文學觀點亦與白居易一致：强調詩歌的政治諷諭作用，推崇杜甫“即事名篇，無復倚傍”的創作經驗；他最先注意到李紳的《新題樂府》，並起而和之，爲中唐新樂府運動的積極宣導者之一。其詩辭淺意哀，仿佛孤鳳悲吟，極爲扣人心扉，動人肺腑。後期依附宦官，爲時論所不齒，詩作亦多寫身邊瑣事，缺乏社會内容。另有傳奇《鶯鶯傳》，寫張生與崔鶯鶯的戀愛故事，《西厢記》即取材於此。

原有《元氏长庆集》一百卷,宋时已阙,今本仅六十卷、补遗六卷。《全唐诗》录存其诗二十八卷,八百三十馀首;《全唐文》录存其文九卷。

本书资料据四库全书本《元氏长庆集》。

《乐府古题》序

《诗》讫于周,《离骚》讫于楚。是後诗之流为二十四名:赋、颂、铭、赞、文、诔、箴、诗、行、咏、吟、题、怨、歎、章、篇、操、引、谣、讴、歌、曲、词、调,皆诗人六义之馀,而作者之旨。由操而下八名,皆起於郊祭军宾吉凶苦乐之际。在音声者,因声以度词,审调以节唱,句度短长之数,声韵平上之差,莫不由之準度。而又别其在琴瑟者为操引,採民氓者为讴谣,备曲度者总得谓之歌曲词调。斯皆由乐以定词,非选调以配乐也。由诗而下九名,皆属事而作,虽题号不同,而悉谓之为诗可也。後之审乐者,往往採取其词,度为歌曲。盖选词以配乐,非由乐以定词也。而纂撰者由诗而下十七名,尽编为乐录乐府等题。除《铙吹》、《横吹》、《郊祀》、《清商》等词在《乐志》者,其馀《木兰》、《仲卿》、《四愁》、《七哀》之辈,亦未必尽播於管絃明矣。後之文人,达乐者少,不复如是配别,但遇兴纪题,往往兼以句读短长为歌,诗之异。

刘补阙之《乐府》,肇於汉、魏。按仲尼学《文王操》,伯牙作《流波》、《水仙》等操,齐牧犊作《雉朝飞》,卫女作《思归引》,则不於汉、魏而後始,亦以明矣。况自风雅至於乐流,莫非讽兴当时之事,以贻後代之人,沿袭古题,唱和重复。於文或有短长,於义咸为赘賸,尚不如寓意古题,刺美见事,犹有诗人引古以讽之义焉。曹、刘、沈、鲍之徒,时得如此,亦复稀少。近代唯诗人杜甫《悲陈陶》、《哀江头》、《兵车》、《丽人》等,凡所歌行,率皆即事名篇,无复倚傍。予少时与友人乐天、李公垂辈谓是为当,遂不复拟赋古题。

昨梁州见进士刘猛、李馀,各赋《古乐府诗》数十首。其中一二十章,咸有新意,予因选而和之。其有虽用古题全无古义者,若《出门行》不言离别,《将进酒》特书列女之类是也。其或颇同古义,全创新词者,则《田家》止述军输、《捉捕词》先蝼蚁之类是也。刘、李二子,方将极意於斯文,因为粗明古今歌诗同异之旨焉。(卷二十三)

叙诗寄乐天书(节录)

僕因撰成卷轴,其中有旨意可观,而词近古往者为古讽;意亦可观,而流在乐府者为乐讽;词虽近古,而止於吟写性情者为古体;词实乐流,而止於模象物色者为新题乐府;聲勢沿順,屬對穩切者爲律詩,仍以七言、五言爲兩體;其中有稍存寄興、與諷爲流者爲律諷。不幸少有伉儷之悲,撫存感往,成數十詩,取潘子《悼亡》爲題。又有以干教化者。近世婦人,暈淡眉目,縮約頭鬢,衣服修廣之度,及匹配色澤,尤劇怪艷,因爲豔詩百餘首,詞有今古,又兩體。自十六時至是,元和七年,已有詩八百餘首,色類相從,共成十體,凡二十卷。(卷三〇)

制誥有序(節錄)

制誥本於《書》。《書》之誥、命、訓、誓,皆一時之約束也。自非訓導職業,則必指言美惡,以明誅賞之意焉。是以讀《説命》則知輔相之不易,讀《允征》則知廢怠之可誅。秦、漢已來,未之或改。近世以科試取士文章,司言者苟務刓飾,不根事實。升之者美溢於詞,而不知所以美之之謂;黜之者罪溢於紙,而不知所以罪之之來。而又拘以屬對,蹈以圓方,類之於賦判者流。先王之約束,蓋掃地矣。元和十五年,余始以祠部郎中知制誥。初約束不暇,及後累月,輒以古道干丞相。丞相信然之。又明年召入禁林,專掌内命。上好文,一日從容議及此,上曰:"通事舍人不知書便,其宜宣贊之外無不可。"自是司言之臣皆得追用古道,不從中覆。然而余所宣行者。文不能自足其意,率皆淺近,無以變例。追而序之,蓋所以表明天子之復古,而張後來者之趣尚耳。(卷四十)

《白氏長慶集》序(節錄)

予始與樂天同校秘書之名,多以詩章相贈答。會予譴掾江陵,樂天猶在翰林,寄予百韻律詩及雜體,前後數十章。是後各佐江、通,復相酬寄,巴、蜀、江、楚間洎長安中少年遞相倣傚,競作新詞,自謂爲元和詩,而樂天《秦中吟》、《賀雨》、《諷諭》等篇,時人罕能知者……大凡人之文各有所長,樂天之長可以爲多矣。夫以諷諭之詩長於激,閒適之詩長於遣,感傷之詩長於切,五字律詩百言而上長於贍,五字七字百言而下長於情,賦贊箴戒之類長於當,碑記叙事制誥長於實,啟表奏狀長於直,書檄詞策剖判長於盡。總而言之,不亦多乎哉!(卷五十一)

唐故工部員外郎杜君墓係銘(節錄)

始堯舜時,君臣以賡歌相和。是後詩人繼作,歷夏、殷、周千餘年,仲尼緝拾選揀,其干預教化之尤者三百,其餘無聞焉。騷人作而怨憤之態繁,然猶去風、雅日近,尚相比擬。秦、漢以還,採詩之官既廢,天下妖謠民謳歌頌諷賦曲度嬉戲之詞,亦隨時間作。逮至漢武賦《柏梁》,而七言之體具。蘇子卿、李少卿之徒,尤工爲五言。雖句讀文律各異,雅鄭之音亦雜,而詞意簡遠,指事言情,自非有爲而爲,則文不妄作。建安之後,天下文士遭罹兵戰,曹氏父子鞍馬間爲文,往往橫槊賦詩,故其抑揚冤哀悲離之作,尤極於古。晉世風概稍存。宋、齊之間,教失根本,士以簡慢歌習舒徐相尚,文章以風容色澤放曠精清爲高,蓋吟寫性靈、流連光景之文也,意義格力無取焉。陵遲至於梁、陳,淫艷刻飾、佻巧小碎之詞劇,又宋、齊之所不取也。

唐興,官學大振,歷世之文,能者互出。而又沈、宋之流,研練精切,穩順聲勢,謂之爲律詩。由是而後,文變之體極焉。然而莫不好古者遺近,務華者去實。效齊、梁則不逮於魏、晉,工樂府則力屈於五言,律切則骨格不存,閒暇則纖穠莫備。至於子美,蓋所謂上薄風、騷,下該沈、宋,古傍蘇、李,氣奪曹、劉,掩顏、謝之孤高,雜徐、庾之流麗,盡得古今之體勢,而兼昔人之所獨專矣。使仲尼考鍛其旨要,尚不知貴其多乎哉?苟以爲能所不能,無可不可,則詩人以來,未有如子美者!(卷五十六)

上令狐相公詩啓(節錄)

積自御史府謫官,於今十餘年矣,閒誕無事,遂用力於詩章,日益月滋,有詩向千餘首。其間感物寓意,可備矇瞽之諷達者有之,詞直氣粗,罪戾是懼,固不敢陳露於人。唯杯酒光景間,屢爲小碎篇章,以自吟暢。然以爲律體卑痺,格力不揚,苟無姿態,則陷流俗。常欲得思深語近,韻律調新,屬對無差而風情自遠,然而病未能也。江湘間多有新進小生,不知天下文有宗主,妄相倣傚而又從而失之,遂至於支離襦淺之詞,皆自謂爲元和詩體。某又與同門生白居易友善,居易雅能爲詩,就中愛驅駕文字,窮極聲韻,或爲千言,或爲五百言律詩以相投寄。小生自審不能有以過之,往往戲排舊韻,別創新詞,名爲次韻相酬,蓋欲以難相挑耳。江湖間爲詩者復相放傚,力或不足,則至於顛倒語言,重復首尾,韻同意等,不異前篇,亦自謂爲元和詩體。(《補遺》卷二)

賈 島

賈島(779—843)字浪(閬)仙。唐幽州范陽(今北京)人。早年貧寒,落髮爲僧,法名無本。曾居房山石峪口石村,遺有賈島庵。十九歲雲遊,識孟郊、韓愈等。還俗後屢舉進士不第。唐文宗時任長江主簿,故被稱爲"賈長江"。其詩精於雕琢,喜寫荒凉、枯寂之境，多凄苦情味，自謂"兩句三年得，一吟雙淚流"。賈島詩在晚唐形成流派，影響頗大。唐代張爲《詩人主客圖》列其爲"清奇雅正"升堂七人之一。有《長江集》十卷，《詩格》一卷。

《二南密旨》一卷，舊題賈島著。《直齋書録解題》著録於集部文史類，《四庫全書》收於集部詩文評類。《四庫全書總目提要》稱："《二南密旨》一卷，舊本題唐賈島撰，凡十五門，恐亦依託。"甚是。

本書資料據學海類編本《二南密旨》。

論變大小雅

大小雅變者，謂君不君，臣不臣，上行酷政，下進阿諛，詩人則變雅而諷刺之。言變者，即爲景象移動比之。如《詩》云："綠衣黃裳。"此乃變小雅之體也。

論南北二宗例古今正體

宗者，總也。言宗則始南北二宗也。南宗一句含理，北宗二句顯意。南宗例，如《毛詩》云："林有樸樕，野有死鹿。"即今人爲對，字字的確，上下各司其意。如鮑照《白頭吟》"申黜褒女進，班去趙姬昇。"如錢起詩："竹憐新雨後，山愛夕陽時。"此皆宗南宗本也。北宗例，如《毛詩》云："我心匪石，不可轉也。"此體今人宗爲十字句，對或不對。如左太冲詩："吾希段干木，偃息藩魏君。"如盧綸詩："誰知樵子徑，得到葛洪家。"此皆宗北宗之體也。詩人須宗於宗，或一聊合於宗，即終篇之意皆然。

論裁體升降

詩體若人之有身，人生世間，稟一元相而成體，中間或風姿峭拔，蓋人倫之難，體以象顯。顏延年詩："庭昏見野陰，山明望松雪。"鮑明遠詩："騰沙鬱黃霧，飛浪揚白鷗。"此以象見體也。

李　肇

李肇（生卒年不詳），約唐憲宗元和中前後在世。累官尚書左司郎中，遷左補闕，入翰林爲學士。元和中，坐薦柏者，自中書舍人左遷將作監。著有《翰林志》一卷，《國史補》三卷,並傳於世。

本書資料據四庫全書本《翰林志》。

《翰林志》(節録)

凡王言之制有七:一曰册書:立后建嫡,封樹藩屏,寵命尊賢,臨軒備禮則用之;二曰制書:行大典,賞罰,授大官爵,釐革舊政,赦宥降虜則用之。三曰慰勞制書:褒贊賢能,勸勉遣勞則用之。四曰發白敕:增减官員,廢置州縣,徵兵發馬,除免官爵,授六品以下官,處流以上罪並用之。五曰敕旨:爲百司承旨,而爲程式奏事請施行者。六曰論事敕書:慰諭公卿,誡約臣下則用之。七曰敕牒:隨事承旨,不易舊典則用之。

凡赦書、德音、立后、建儲、大誅討、免三公宰相、命將,曰制,並用白麻紙,不用印。

凡賜與、徵召、宣索、處分,曰詔,用白藤紙。

凡太清宫道觀薦告詞文,用青藤紙朱字,謂之青詞。

李德裕

李德裕(787—849)字文饒。唐趙郡(今河北趙縣)人。幼有壯志,苦心力學,尤精《漢書》、《左氏春秋》。穆宗即位之初,禁中書詔典册,多出其手。歷任翰林學士、浙西觀察使、西川節度使、兵部尚書、左僕射,並在文宗大和七年(833)和武宗開成五年(840)兩度爲相。主政期間,重視邊防,力主削弱藩鎮,鞏固中央集權,使晚唐内憂外患的局面得到暫時的緩和,曾被李商隱譽爲“萬古之良相”。長期與李宗閔及牛僧孺爲首的朋黨鬭爭,後人稱爲“牛李黨爭”,延續四十年。大中二年(848)再貶崖州司户,次年正月抵達。四年正月卒於貶所,後封太尉,贈衛國公。李德裕在崖州期間,著書立説,獎善嫉惡,備受海南百姓敬仰。著有《會昌一品集》、《左岸書城》、《次柳氏舊聞》等。今人傅璇琮、周建國整理的《李德裕文集校箋》是迄今參校他本最廣、集珍本之長最多的一部李德裕文集。

本書資料據四庫全書本《文苑英華》。

文章論(節録)

近世詔命,唯蘇廷碩叙事之外,自爲文章,才實有餘,用之不竭。沈休文獨以音韻爲切,重輕爲難,語雖甚工,旨則未遠。夫荆璧不能無瑕,隋珠不能無纇,文旨高妙,豈以音韻爲病哉！此可以言規矩之內，未可以言文章外意也。較其師友，則魏文與王、陳、應、劉討論之矣。江南唯於五言爲妙，故休文長於音韻，而謂"靈均已來，此秘未睹"，不亦誣人甚矣！古人辭高者，蓋以言妙而適情，不取於音韻。曹植《七哀詩》有徊、泥、諧、依四韻，王粲詩有攀、原、安三韻，班固《漢書》贊及當時詞賦多用協韻，猗、欸、元、勳、包、漢、舉、信是也。包，《文粹》作左。意盡而止，成篇不拘於隻耦。《文選》詩有五韻、七韻、十一韻、十三韻、二十一韻。考今之文字，四韻、六韻以至一百韻類皆雙韻，無有隻韻者。故篇無足曲，詞寡累句。譬諸音樂，古辭如金石琴瑟，高於至音；今文如絲竹鞞鼓，迫於促節。則知音律之爲弊也，甚矣！

世有非文章者曰：辭不出於《風》、《雅》，思不越於《離騷》，模寫古人，何足貴也？余曰：譬諸日月，雖終古常見，而見而光景常新，此所以爲靈物也。余常爲《文箴》，今載於此，曰：

文之爲物，自然靈氣。恍惚而來，不思而至。杼柚得之，澹而無味。琢刻藻繪，珍不足貴。如彼璞玉，磨礱成器。奢者爲之，錯以金翠。美質既雕，良寶斯棄。

此爲文之大旨也。（《文苑英華》卷七百四十二）

顧　陶

顧陶（生卒年不詳），唐會昌四年（844）進士。大中時官校書郎。編纂《唐詩類選》二十卷，是晚唐時期一部規模極大的唐人選唐詩選本，也是歷史上第一部尊杜選本。顧陶在《唐詩類選序》中談到了全書的收錄範圍與編撰體例："始自有唐，迄於近末，凡一千二百三十二首，分爲二十卷，命曰《唐詩類選》。篇題屬興，類之爲伍，而條貫不以名位畢崇、年代遠近爲意。騷雅綺麗，區別有觀。"可惜此書已佚，僅存殘卷，影印在《四部叢刊》三編中。宋李昉等《文苑英華》卷七百十四收其《唐詩類選序》、《唐詩類選後序》，前序是一篇詩歌體裁、體格的演變簡史。

本書資料據四庫全書本《文苑英華》。

《唐詩類選》序

在昔樂官采詩而陳於國者以察風俗之邪正，以審王化之興廢，得芻蕘而上達，萌治亂而先覺，詩之義也大矣遠矣。肇自宗周，降及漢魏，莫不政治以諷諭繫國家之盛衰，作之者有犯而無諱，聞之者傷懼而鑒誡，寧同嘲戲風月，取歡流俗而已哉？晉宋詩人不失雅頌正，直言無避，頗遵漢魏之風。逮齊、梁、陳、隋，德祚淺薄，無能激切於事，皆以浮艷相誇，風雅大變，不隨流者無幾。所謂亡國之音哀以思，王澤竭而詩不作。吳公子聽五音知國之興廢，非虛謬也。國朝以來人多反古，德澤廣被，詩之作者繼出，則有杜、李挺生於時，羣才莫得而間。其亞則昌齡、伯玉、雲卿、千運、應物、益、適、建、況、鵠、當、光義、郊、愈、藉、合十數子（李白、杜甫、王昌齡、陳伯玉、孟雲卿、沈千運、韋應物、李益、高適、常建、顧況、于鵠、暢當、儲光義、孟郊、韓愈、張藉、姚合），挺然頹波間，得蘇、李、劉、謝之風骨，多爲清德之所諷覽，乃能抑退浮僞流艷之辭，宜矣。爰有律體，祖尚清巧，以切語對爲工，以絕聲病爲能，則有沈、宋、燕公、九齡、嚴、劉、錢、孟、司空曙、李端、二皇甫之流，實繄其數（沈佺期、宋之問、張說、張九齡、嚴維、劉長卿、錢起、孟浩然、司空曙、李端、皇甫曾、皇甫冉），皆妙於新韻，播名當時，亦可謂守章句之範，不失其正者矣。然物無全工，而欲篇詠盈千，盡爲絕唱，其可得乎？雖前賢纂錄不少，殊途同歸，《英靈》、《間氣》、《正聲》、《南薰》之類，朗照之下，罕有孑遺。而取捨之時，能無少誤？未有遊諸門而，英菁畢萃，然卷而玷纇，全無詩家之流，語多及此，豈識者寡，擇者多，實以體詞不一，憎愛有殊。苟非通而鑒之，焉可盡其善者？由是諸集悉閱，且無情勢相託，以雅直尤異，成章而已。或聲流樂府，或句在人口，雖靡所紀錄，而闕切時病者，此乃究其姓家，無所失之。或風韻標特，讖興深遠，雖已在他集，而汩没於未至者，亦復掇而取焉。或詞多鄭衛，或音涉巴歈，苟不虧六義之要，安能間之也？既歷稔盈篋，搜奇略罄，終恨見之不遍，無慮選之不公。始自有唐迄於近殁，凡一千二百三十二首，分爲二十卷，命曰《唐詩類選》。篇題屬興，類之爲伍，而條貫不以名位崇卑年代遠近爲意，騷雅綺麗，區別有觀，寧辭披揀之勞，貴及文明之代。時大中丙子之歲也。

《唐詩類選》後序（節錄）

若元相國稹、白尚書居易，擅名一時，天下稱爲元白，學者翕翕，號元和詩。（以上卷七百十四）

陸龜蒙

陸龜蒙（？—約881）字魯望，別號天隨子、江湖散人、甫里先生。唐長洲（今屬江蘇）人。農學家、文學家。與皮日休爲友，世稱“皮陸”。所著《耒耜經》是我國最早的一部農具專著，記述江南地區農具種類、結構和耕作技術，也是首次談論江南水田農業生產的作品。作爲文學家，其成就主要在詩歌和小品文方面。其詩工七言絕句，多寫閒適隱居，以寫景詠物居多，清雋秀逸，對社會現實亦有所揭露。其散文成就頗高，尤其是小品文，多用比喻、寓言，借古諷今。著有《笠澤叢書》四卷，與皮日休唱和的《松陵集》十卷，宋葉茵合二書所載及遺篇爲《甫里集》二十卷。

本書資料據四庫全書本《笠澤叢書》。

《笠澤叢書》自序（節錄）

叢書者，叢脞之書也。叢脞猶細碎也，細而不遺大，可知其所容矣。自乾符六年春卧病於笠澤之濱，……體中不堪羸耗，時亦隱几强坐，内壹鬱則外揚，爲聲音，歌詩賦頌銘記傳序，往往雜發，不類不次，混而載之，得稱爲叢書。自當去諉憂之一物，非敢露世家耳目。故凡所諱，中略無避焉。笠澤，松江之名。（卷一）

復友生論文書（節錄）

又一篇云："某文也，某辭也。"文既與辭異，是文優而辭劣耳。何《易》之《繫辭》曰："齊大小者，存乎卦；辯吉凶者，存乎辭。"故卦有大小，辭有險易。又曰："觀其彖辭，則思過半矣。"《易》之辭非文耶？《書》載帝庸作歌，皋陶賡載歌，又歌《五子之歌》，皆辭也。《書》之辭非文耶？屬辭比事，《春秋》教也。《春秋》之辭非文耶？《禮》有朝聘之辭，娶夫人之辭，《樂》有登歌薦之辭，《禮》、《樂》之辭非文耶？《法言》曰："楊、墨塞路，孟子辭而闢之，廓如也。"孟軻之辭非文耶？《太玄》之辭也，沉以窮乎下，浮以際乎上。揚雄之辭非文耶？是知文者，辭之總；辭者，文之用。天之將喪斯文也，天之未喪斯文也，不當稱辭。吉人之辭寡，躁人之辭多，不當稱文。文辭一也，但所適有宜耳，何異塗云云哉！

又曰："聲病之辭，非文也"。夫聲成文謂之音，五音克諧，然後中律度。故《舜典》曰："詩言志。歌永言。聲依永。律和聲。"聲之不和病也，去其病則和，和則動天地、感鬼神，反不得謂之文乎！猶繪事組繡，中有精妍耳。大凡解人之說，不敢避墉垣膚爪，而自矜於堂奧心府也。要在引學者當知之事以明之而已矣。（卷二）

野廟碑（節錄）

碑者，悲也。古者懸而窆用木，後人書之以表其功德，因留之不忍去，碑之名由是而得。自秦、漢以降，生而有功德政事者亦碑之，而又易之以石，失其稱矣。（卷四）

皮日休

皮日休(約834—約883)字逸少,後改字襲美。居鹿門山,自號鹿門子,又號間氣布衣、醉吟先生。唐襄陽(今屬湖北)人。詩文與陸龜蒙齊名,人稱"皮陸"。其詩或繼承白居易新樂府傳統,反映民間疾苦,平易近人;或學韓愈逞奇鬬險,即沈德潛所謂皮陸"另開僻澀一體"(《唐詩別裁》);其所謂"吳體"和回文等作,則大都缺乏現實內容。其文章多有所爲而作,其小品文"正是一塌糊塗的泥塘裏的光彩和鋒鋩"(魯迅《小品文的危機》)。所著《皮子文藪》十卷爲其早期著作,其後期著作《皮氏鹿門家鈔》九十卷、《胥臺集》七卷等均已失傳。另有與陸龜蒙唱和的《松陵集》十卷。

本書資料據四庫全書本《文藪》、《全唐文》、《松陵集》。

九諷係述(節錄)

在昔屈平既放,作《離騷經》,正詭俗而爲《九歌》,辨窮愁而爲《九章》。是後詞人,攄而爲之,皆所以嗜其麗詞,撢其逸藻者也。至若宋玉之《九辨》,王褒之《九懷》,劉向之《九歎》,王逸之《九思》,其爲清愁素豔,幽扶古秀,皆得芝蘭之芬芳,鸞鳳之毛羽也。然自屈原以降,繼而作者,皆相去數百祀,足知其文難述,其詞罕繼者矣。(《文藪》卷二)

十原係述

原者,何也? 原其所自始也,窮大聖之始性,根古人之終義,其在《十原》乎! 嗚呼,誰能窮理盡性,通出洞微,爲吾補《三墳》之逸篇,修《五典》之墮策,重爲聖人之一經者哉? 否則,吾于文尚有歉然者乎!(《文藪》卷三)

《正樂府十篇》序

樂府,蓋古聖王採天下之詩,欲以知國之利病,民之休戚者也。得之者,命司樂氏人之於塤箎,和之以管籥。詩之美也,聞之足以觀乎功;詩之刺也,聞之足以戒乎政。故《周禮》太師之職,掌教六詩,小師之職,掌諷誦詩。由是觀之,樂府之道大矣。今之所謂樂府者,唯以魏、晉之侈麗,陳、梁之浮艷,謂之樂府詩,真不然矣。故嘗有可悲可懼者,時宣於詠歌,總十篇,故命曰《正樂府詩》。(《文藪》卷十)

論白居易薦徐凝屈張祜（節錄）

元白之心，本乎立教，乃寓意於樂府雍容宛轉之詞，謂之諷諭，謂之閑適。既持是取大名，時士翕然從之，師其詞，失其旨，凡言之浮靡艷麗者，謂之“元白體”。二子規規攘臂解辨，而習俗既深，牢不可破，非二子之心也。（《全唐文》卷七百九十七）

《松陵集》原序（節錄）

《詩》有六義，其一曰比。比者，定物之情狀也，則必謂之才。才之備者，於聖爲六藝，在賢爲聲詩。噫！春秋之後，頌聲亡寝。降及漢氏，詩道若作。然《二雅》之風，委而不興矣。在《詩》有三言、四言、五言、六言、七言、九言之作，三言者，曰“振振鷺，鷺于飛”是也；五言者，曰“誰謂雀無角，何以穿我屋”是也；六言者，曰“我姑酌彼金罍”是也；七言者，曰“交交黃鳥止于桑”是也；九言者，曰“泂酌彼行潦挹彼注兹”是也。蓋古詩率以四言爲本，而漢氏方以五言、七言爲之也，其句亦出於《毛詩》。五言者，李陵曰“攜手上河梁”是也；七言者，漢武曰“日月星辰和四時”是也。爾後盛於建安。建安以降，江左君臣得以浮艷之，然詩之六義微矣。逮及吾唐開元之世，易其體爲律焉，始切於儷偶，拘於聲勢。然《詩》云：“見憫既多，受侮不少。”其對也工矣。《堯典》曰：“聲依永，律和聲。”其爲律也甚矣。由漢及唐，詩之道盡矣。吾又不知千祀之後，詩之道止於斯而已耶！後有變而作者，余不得以知之。（《松陵集》卷首）

《雜體詩》序

案：《舜典》帝曰：“夔命汝典樂，教胄子。”詩言志，歌永言在焉。《周禮》：“太師之職，掌教六詩。”諷賦既興，風雅互作，雜體遂生焉。後係之於樂府，蓋典樂之職也。在漢代李延年爲協律，造新聲，雅道雖缺，樂府乃盛。《鐃歌》、《鼓吹》、《拂舞》、《予俞》，因斯而興。詞之體不得不因時而易也，古樂書論之甚詳。今不能備載，載其他見者。案：《漢武集》元封三年作《柏梁臺》，詔羣臣二千石有能爲七言詩者乃得上坐。帝曰：“日月星辰和四時”，梁王曰：“驂駕駟馬從梁来”，由是聯句興焉。孔融詩云：“漁父屈節，水潛匿方。”作郡姓名字離合也，由是離合興焉。晉傅咸有《回文》、《反复》詩二首，云“反覆其文者，以示憂心展轉也”，“悠悠遠邁獨煢煢”是也。由是反覆興焉。晉温嶠《回文虛言詩》云：“寧神泊，損有崇亡”，由是回文興焉。梁

278

武帝云"後牖有朽柳"，沈約云"偏眠船舷邊"，繇是叠韻興焉。詩云"蟏蛸在東"，又曰"鴛鴦在梁"，由是雙聲興焉。詩云"維南有箕，不可以簸揚；維北有斗，不可以挹酒漿"，近乎戲也。古詩或爲之，蓋風俗之言也。古有採詩官，命之曰風人，"圍棋燒敗襖，着子故依然"，由是風人之作興焉。《梁書》云："昭明善賦短韻，吳均善壓強韻。"今亦效而爲之，存于編中。陸生與予各有是，爲凡八十六首。至如四聲詩、三字、離合、全篇雙聲叠韻之作，悉陸生所爲，又足見其多能也。案：齊竟陵王《郡縣詩》曰："追芳承荔浦，揖道信雲丘。"縣名由是興焉。案梁元《藥名詩》曰："戍客恒山下，當思衣錦歸。"藥名由是興焉。陸與予亦有是作，至如鮑昭之建除，沈炯之六甲、十二屬，梁簡文之卦名，陸惠曉之百姓，梁元帝之鳥名、龜兆，蔡黃門之口字古、兩頭纖纖、稿砧、五雜組已降，非不能也，皆鄙而不爲。噫，由古至律，由律至雜，詩盡乎此也。近代作雜體，唯劉賓客集中有回文、離合、雙聲叠韻，如聯句則莫若今孟東野與韓文公之多，他集罕見，足知爲之之難也。陸與予竊慕其爲人，遂合已作爲雜體一卷，囑予序雜體之始云。（《松陵集》卷一〇）

司空圖

司空圖(837—908)字表聖。唐河中虞鄉(今山西永濟)人。咸通十年(869)進士。官禮部郎中、中書舍人。後隱居中條山王官谷，自號知非子、耐辱居士。司空圖是晚唐最著名的文學批評家，宣導詩應有"味外之旨"、"象外之象"、"景外之景"，提出"思與境偕"，並在《與王駕論詩書》中對唐詩的發展作了最早的總結歸納。其爲總結唐詩而創作的《二十四詩品》，既是一部探討詩歌創作特別是詩歌風格的文學批評著作，在詩歌創作、評論與欣賞等方面有極大貢獻，是中國文學批評史上的經典之作，對後代嚴羽、王士禛等人的詩論頗有影響；又是一組美麗的寫景四言詩，用種種形象來比擬、烘托不同的詩格風格，頗得神貌，在詩歌批評中建立了一種特殊的體裁。另有《司空表聖文集》。存詞二十三首。

本書資料據四庫全書本《説郛》、《司空表聖文集》。

《二十四詩品》

雄　渾

大用外腓，真體內充。返虛入渾，積健爲雄。具備萬物，橫絕太空。荒荒油雲，寥寥長風。超以象外，得其環中。持之匪強，來之無窮。

冲　淡

素處以默，妙機其微。飲之太和，獨鶴與飛。猶之惠風，荏苒在衣。閱音修篁，美曰載歸。遇之匪深，即之愈稀。脱有形似，握手已違。

纖　穠

采采流水，蓬蓬遠春。窈窕深谷，時見美人。碧桃滿樹，風日水濱。柳陰路曲，流鶯比隣。乘之愈往，識之愈真。如將不盡，與古爲新。

沉　著

緑林野屋，落日氣清。脱巾獨步，時聞鳥聲。鴻雁不來，之子遠行。所思不遠，若爲平生。海風碧雲，夜渚月明。如有佳語，大河前横。

高　古

畸人乘真，手把芙蓉。汎彼浩劫，窅然空縱。月出東斗，好風相從。太華夜碧，人聞清鐘。虚佇神素，脱然畦封。黄唐在獨，落落玄宗。

典　雅

玉壺買春，賞雨茆屋。坐中佳士，左右修竹。白雲初晴，幽鳥相逐。眠琴緑陰，上有飛瀑。落花無言，人淡如菊。書之歲華，其曰可讀。

洗　煉

如鑛出金，如鉛出銀。超心鍊冶。絶愛淄磷。空潭瀉春，古鏡照神。體素儲潔，乘月返真。載瞻星氣，載歌幽人。流水今日，明月前身。

勁　健

行神如空，行氣如虹。巫峽千尋，走雲連風。飲真茹强，蓄素守中。喻彼行健，是謂存雄。天地與立，神化攸同。期之以實，御之以終。

綺　麗

神存富貴，始輕黄金。濃盡必枯，淡者屢深。霧餘水畔，紅杏在林。月明華屋，畫橋碧陰。金罇酒滿，伴客彈琴。取之自足，良殫美襟。

自　然

俯拾即是，不取諸隣。俱道適往，着手成春。如逢花開，如瞻歲新。真與不奪，强得易貧。幽人空山，過雨采蘋。薄言情悟，悠悠天鈞。

含　蓄

不着一字，盡得風流。語不涉己，若不堪憂。是有真宰，與之沉浮。如渌滿酒，花時返秋。悠悠空塵，忽忽海漚。淺深聚散，萬取一收。

豪　放

觀花匪禁，吞吐大荒。由道返氣，處得以狂。天風浪浪，海山蒼蒼。真力彌滿，萬象在旁。前招三辰，後引鳳凰。曉策六鰲，濯足扶桑。

精　神

欲返不盡，相期與來。明漪絶底，奇花初胎。青春鸚鵡，楊柳樓臺。碧山人來，清酒滿杯。生氣遠出，不著死灰。妙造自然，伊誰與裁。

縝　密

是有真跡，如不可知。意象欲出，造化已奇。水流花間，清露未晞。要路愈遠，幽行爲遲。語不欲犯，思不欲癡。猶春於緑，明月雪時。

疎　野

惟性所宅，真取弗覊。控物自富，與率爲期。築室松下，脱帽看詩。但知旦暮，不辨何時。倘然適意，豈必有爲。若其天放，如是得之。

清　奇

娟娟羣松，下有漪流。晴雪滿竹，隔溪漁舟。可人如玉，步屧尋幽。載瞻載止，空碧悠悠。神出古異，淡不可收。如月之曙，如氣之秋。

委　曲

登彼太行，翠繞羊腸。杳靄流玉，悠悠花香。力之於時，聲之於羌。似往已迴，如幽匪藏，水理漩洑，鵬風翺翔。道不自器，與之圓方。

實　境

取語甚直，計思匪深。忽逢幽人，如見道心。清澗之曲，碧松之陰。一客荷樵，一客聽琴。情性所至，妙不自尋。遇之自天，泠然希音。

悲　慨

大風捲水，林木爲摧。適苦欲死，招憩不來。百歲如流，富貴冷灰。大道日喪，若爲雄才。壯士拂劍，浩然彌哀。蕭蕭落葉，漏雨蒼苔。

形　容

絕佇靈素，少迴清眞。如覓水影，如寫陽春。風雲變態，花草精神。海之波瀾，山之嶙峋。俱似大道，妙契同塵。離形得似，庶幾斯人。

超　詣

匪神之靈，匪幾之微。如將白雲，清風與歸。遠引莫至，臨之已非。少有道氣，終與俗違。亂山喬木，碧苔芳暉。誦之思之，其聲愈稀。

飄　逸

落落欲往，矯矯不羣。緱山之鶴，華頂之雲。高人惠中，令色絪緼。御風蓬葉，汎彼無垠。如不可執，如將有聞。識者期之，欲得愈分。

曠　達

生者百歲，相去幾何。歡樂苦短，憂愁實多。何如尊酒，日往烟蘿。花覆茆簷，疎雨相過。倒酒既盡，杖藜行歌。孰不有古，南山峨峨。

流　動

若納水輨，如轉丸珠。夫豈可道，假體如愚。荒荒坤軸，悠悠天機。載要其端，載聞其符。超超神明，返返冥無。來往千載，是之謂乎。（以上《説郛》卷七十九下）

與王駕評詩

足下末伎之工，雖蒙譽於哲賢，亦未自足，謂必俟推於其類，而後神躍而色揚。今之贅藝者反是，若即醫而靳其病也，唯恐彼之善察，藥之我攻耳。以是率人以謾，莫能自振，痛哉！且工之尤者莫若伎於文章，其能不死於詩者比他伎尤寡，豈可容易輕較量哉？國初上好文章，雅風特盛。沈、宋始興之後，傑出於江寧，宏思於李、杜，極矣，右丞、蘇州趣味澄復，若清沇之貫達。大曆十數公，抑又其次，元、白力勍而氣孱，乃都市豪估耳。劉公夢得、楊公巨源亦各有勝會。浪仙而下，劉德仁輩時得佳致，亦足滌煩。厥後所聞，徒褊淺耳。河汾蟠鬱之氣，宜繼有人。今王生者寓居其間，浸漬益久，五言所得，長於思與境偕，乃詩家之所尚者。則前謂必推其類，豈止神躍色揚哉？經亂索居，得其所錄，尚累百篇，其勤亦至矣。吾適又自編《一鳴集》，且云撐霆裂月，劫作者之肝脾，亦當吾言之無怍也。道之不疑。（《司空表聖文集》卷一）

與李生論詩書

文之難，而詩之難尤難。古今之喻多矣，而愚以爲辨於味而後可以言詩也。江嶺之南，凡是資於適口者，若醯非不酸也，止於酸而已；若醝非不鹹也，止於鹹而已。華之人以充饑而遽輟者，知其鹹酸之外，醇美有所乏耳，彼江嶺之人習之而不辨也，宜哉！詩貫六義，則諷諭抑揚，渟蓄溫雅，皆在其間矣。然直致所得，以格自奇，前輩編集亦不專工於此，矧其下者耶？王右丞、韋蘇州澄澹精緻，格在其中，豈妨於遒舉哉？賈浪仙誠有警句，視其全篇，意思殊餒，大抵附於寒澀，方可致才，亦爲體之不備也，矧其下者哉？噫，近而不浮，遠而不盡，然後可以言韻外之致耳。

愚幼常自負既久，而愈覺缺然，然亦有深造自得者。如《早春》則有"草嫩侵沙短，冰輕著雨銷"；又"人家寒食月，花影午時天"上句"隔谷見雞犬，山苗接楚田"；又"雨微吟足思，花落夢無聊"；得於山中則有"坡暖冬生筍，松凉夏健人"；又"川明虹照雨，樹密鳥衝人"；得於江南則有"戍鼓和潮暗，船燈照島幽"；又"曲塘春盡雨，方響夜深船"；又"夜短猿悲減，風和鵲喜靈"；得於塞下則有"馬色經寒慘，鵰聲帶晚饑"；得於喪亂則有"驊騮思故第，鸚鵡失佳人"；又"鯨鯢人海涸，魑魅棘林幽"；得於道宮則有"棋聲花院閉，幡影石幢高"；得於夏景則有"地凉清鶴夢，林靜肅僧儀"；得於佛寺則有"松日明金象，苔龕響木魚"；又"解吟僧亦俗，愛舞鶴終卑"；得於郊園則有"遠陂春早滲，猶有水禽飛"；得於樂府則有"晚粧留拜月，春睡更生香"；得於寂寥則有"孤螢出荒池，落葉穿破屋"；得於愜適則有"客來當意愜，花發遇歌成"。雖庶幾不濱於淺涸，亦未廢作者之譏訶也。又七言云"逃難人多分隙地，放生鹿大出寒林"；又"得劍乍如添健僕，亡書久似憶良朋"；又"孤嶼池痕春漲滿，小欄花韻午晴初"；又"五更惆悵迴孤枕，猶自殘燈照落花"；又"殷勤元日日，歆午又明年"，皆不拘於一概也。蓋絕句之作本於詣極，此外千變萬狀,不知所以神而自神,豈容易哉? 今足下之詩,時輩固有難色,倘復以全美爲工,即知味外之旨矣,勉旃!

題《柳柳州集》後

金之精粗,考其聲皆可辨也,豈清於磬而渾於鐘哉? 然則作者爲文爲詩,才格亦可見,豈有善於此而不善於彼耶? 愚觀文人之爲詩,詩人之爲文,始皆繫其所尚。既專則搜研愈至,故能炫其工於不朽,亦猶力巨而鬬者,所持之器各異而皆能濟勝,以爲勍敵也。愚嘗覽韓吏部歌詩數百首,其驅駕氣勢,若掀雷抉電,撑拄於天地之間,物狀奇怪,不得不鼓舞而狗其呼吸也。其次皇甫祠部文集,所作亦爲遒逸,非無意於深密,蓋或未遑耳。今於華下方得柳詩,味其探搜之致亦深遠矣。俾其窮而克壽,抗精極思,則固非瑣瑣者輕可擬議其優劣。又嘗觀杜子美《祭太尉房公文》、李太白《佛寺碑贊》,宏拔清厲,乃其歌詩也。又張曲江五言沉鬱,亦其文筆也,豈相傷哉? 噫,後之學者褊淺,片詞隻句,未能自辨,已側目相詆訾矣,痛哉! 因題《柳柳州集》之末,庶裨後之評詮者,無惑偏説以蓋其全工。(以上《司空表聖文集》卷二)

疑經後述(節録)

愚爲詩爲文一也,所務得諸己而已,未嘗摭拾前賢之謬誤。然爲儒證道,又不可皆無也。

與極浦書

戴容州云:詩家之景如藍田日暖,良玉生煙,可望而不可置於眉睫之前也。象外之象,景外之景,豈容易可談哉? 然題紀之作,目擊可圖,體勢自別,不可廢也。愚近有《虞鄉縣樓》及《陌梯》二篇,誠非平生所得意,然"官路好禽聲,軒車駐晚程",即虞鄉入境可見也。又"南樓山最秀,北路邑偏清",假令作者復生,亦當以著題見許。其《陌梯》之作大抵亦然,浦公試爲我一過縣城,少留寺閣,足知其不作也,豈徒雪月之間哉? 佇歸山後,"看花滿眼淚,迴首漢公卿","人意共春風"上二句楊庶子,可不以此而評之也。鄭雜事不罪章指,亦望呈達,知非子狂筆。(以上《司空表聖文集》卷三)

韓　偓

　　韓偓(842—約923)字致堯,一作致光,小字冬郎,自號玉山樵人。唐京兆萬年(今陝西西安東南)人。龍紀元年(889)進士,官至翰林學士、中書舍人。黃巢攻入長安,隨昭宗奔鳳翔,授兵部侍郎、翰林學士承旨。後以不附朱全忠被貶,南依閩王王審之,卒。其感時詩幾乎以編年史的方式再現了唐王朝由衰而亡的圖景,喜用近體尤其是七律的形式寫時事,紀事與述懷相結合,沉鬱頓挫;用典工切,善於將感慨蒼凉的意境寓於清麗芊綿的詞章,悲而能婉,柔中帶剛,但藝術上缺乏杜甫沉雄闊大的筆力和李商隱精深微妙的構思,不免流於平淺纖弱。其寫景抒情詩則構思新巧,筆觸細膩。其《香奩集》中詩,人稱"香奩體",多寫男女之情,風格纖巧,香豔華麗,歷代褒貶不一。

　　本書資料據四庫全書本《御定全唐詩録》。

《香奩集》自序

　　余溺章句信有年矣,誠知非丈夫所爲,不能忘情,天所賦也。自庚辰辛巳之際,迄辛丑庚子之間,所著歌詩不啻千首,其間以綺麗得意者,亦數百篇。往往在士大夫之口,或樂工配入聲律,粉牆椒壁,斜行小字,竊咏者不可勝計。大盜入關,緗帙都墜,遷徙不常厥居,求生草莽之中,豈復以吟諷爲意? 或天涯逢舊,識或避地遇故人,醉咏之暇,時及拙唱。自爾鳩輯,復得百篇,不忍棄捐,隨時編録。邅思宮體,未敢稱庚信攻文;却諪玉臺,何必倩徐陵作序。粗得捧心之態,幸無折齒之慚。柳巷青樓,未嘗糠粃;金閨繡户,始預風流。咀五色之靈芝,香生九竅;咽三危之瑞露,春動七情。如有責其不經,亦望以功掩過。翰林學士承旨行尚書户部侍郎知制誥韓偓序。(卷九十三)

段安節

　　段安節(生卒年不詳),唐齊州臨淄(今山東淄博)人。唐代著名的音樂理論家。係文宗朝宰相段文昌之孫,《酉陽雜俎》作者段成式之子。善樂律,能自度曲。因見《教坊記》所載未盡周詳,遂於乾寧元年(894)編著《樂府雜録》一卷。此書實爲關於唐代禮樂制度、音樂、舞蹈、百戲的專門資料。書中所記雅樂部、雲韶樂、清樂部、鼓吹部、驅儺、熊羆部、鼓架部、龜兹部等制度與兩《唐書》音樂、禮樂志有異,可考知有唐一代音樂體製的變化;同時記載了唐玄宗以後樂部、歌舞、雜戲、樂器、樂曲及樂律宮調,兼及一些演奏者的姓名和逸事,是研究唐代樂舞的重要資料。後世以書中記琵琶一節抽出單行,題爲《琵琶録》。在"唐時樂制,絕無傳者"的情況下,該書多被《唐書》、《文獻通考》《樂府詩集》等所採納。

本書資料據中國戲劇出版社 1959 年《中國古典戲曲論著集成》本《樂府雜録》。

歌

歌者,樂之聲也。故絲不如竹,竹不如肉,迴居諸樂之上。

安公子

隋煬帝遊江都時,有樂工笛中吹之。其父老廢,於卧内聞之,問曰:"何得此曲?"子對曰:"宮中新翻也。"父乃謂其子曰:"宮爲君,商爲臣,此曲宮聲往而不返,大駕東巡,必不回矣。汝可託疾勿去也。"精鑒如此。

黄驄疊急曲子

太宗定中原時所乘戰馬也。後征遼,馬斃,上歎惜,乃命樂工撰此曲。

離別難

天后朝,有士人陷冤獄,籍没家族。其妻配入掖庭,本初善吹觱篥,乃撰此曲以寄哀情。始名《大郎神》,蓋取良人行第也。既畏人知,遂三易其名,亦名《悲切子》,終號《怨迴鶻》。

夜半樂

明皇自潞州入平内難,正夜半,斬長樂門關,領兵入宮剪逆人,後撰此曲。

雨霖鈴

《雨霖鈴》者,因唐明皇駕回至駱谷,聞雨淋鑾鈴,因令張野狐撰爲曲名。

還京樂

明皇自西蜀返,樂人張野狐所制。

康老子

康老子者,本長安富家子,酷好聲樂,落魄不事生計,常與國樂游處。一旦家産蕩盡,因詣西廓,遇一老嫗,持舊錦褥貨鬻,乃以半千獲之。尋有波斯見大驚,謂康曰:"何處得此至寶?此是冰蠶絲所織,若暑月陳於座,可致一室清凉。"即酬價千萬。康得之,還與國樂追歡,不經年復盡,尋卒。後樂人嗟惜之,遂製此曲。亦名《得至寶》。

得寶子

《得寶歌》,一曰《得寶子》,又曰《得鞊子》。明皇初納太真妃,喜謂後宫曰:"朕得楊氏,如得至寶也。"遂制曲,名《得寶子》。

文叙子

長慶中,俗講僧文叙善吟經,其聲宛暢,感動里人。樂工黄米飯狀其念四聲"觀世音菩薩",乃撰此曲。

望江南

始自朱崖李太尉鎮浙日,爲亡妓謝秋娘所撰。本名《謝秋娘》,後改此名,亦曰《夢江南》。

楊柳枝

白傅閒居洛邑時作。後入教坊。

新傾杯樂

宣宗喜吹蘆管，自製此曲，内有數拍不均，上初捻管，令俳兒辛骨骷拍，不中，上瞋目瞠視之，骨骷憂懼，一夕而殂。

道調子

懿皇命樂工敬納吹觱篥，初弄道調，上謂“是曲誤拍之”，敬納乃隨拍撰成曲子。

傀儡子

自昔傳云：“起於漢祖，在平城，爲冒頓所圍，其城一面即冒頓妻閼氏，兵强於三面。壘中絶食，陳平訪知閼氏妬忌，即造木偶人，運機關，舞於陴間。閼氏望見，謂是生人，慮下其城，冒頓必納妓女，遂退軍。史家但云陳平以秘計免，蓋鄙其策下爾。”後樂家翻爲戲。其引歌舞有郭郎者，髮正秃，善優笑，閭里呼爲“郭郎”，凡戲場必在俳兒之首也。

吳　融

吳融（？—903）字子華。唐越州山陰（今浙江紹興）人。昭宗龍紀元年（889）登進士第。曾隨宰相韋昭度出討西川，任掌書記，累遷侍御史。一度去官，流落荆南，後召爲左補闕，拜翰林學士，中書舍人。天復元年（901）朝賀時，受命於御前起草詔書十餘篇，頃刻而就，深得昭宗激賞，進户部侍郎。同年冬，昭宗奔鳳翔，吳融扈從不及，客居閿鄉。不久，召還爲翰林學士承旨。卒於官。吳融工詩能文，與詩人貫休、尚顔、韓偓、方干等交往唱和，並曾爲貫休《禪月集》作序。吳融的詩歌基本上屬於晚唐温庭筠、李商隱一派，多流連光景、豔情酬答之作，很少觸及社會主題，前人評爲“靡麗有餘，而雅重不足”（《唐才子傳》）。著有《唐英歌詩》三卷。

本書資料據四庫全書本《文苑英華》。

《禪月集》序（節録）

夫詩之作者，善善則詠頌之，惡惡則風刺之。苟不能本此二者，韻雖甚切，猶土木偶，不生於氣血，何所尚哉？自風雅之道息，爲五言七言詩者，皆率拘以句度屬對焉。既有所拘，則演情叙事不盡矣。且歌與詩，其道一也，然詩之所拘悉無之，足得放意取非常語，語非常意，意又盡，則爲善矣。（卷七百十四）

徐　寅

徐寅（860—929）一作徐夤，字昭夢。唐興化軍莆田（今屬福建）人。乾寧元年（894）進士及第官秘書省正字。後依閩王王審知，辟爲掌書記。後唐莊宗即位，以寅曾指斥先帝，欲殺之。王審知不敢復用，遂歸隱於壽溪。徐寅工詩賦。文集有《徐正字詩賦》二卷，收賦八首，詩三百六十八首。其《雅道機要》多承齊己、賈島之説，如"明門户差別"二十門，蓋出《風騷旨格》四十門之半；"明聯句深淺"二十種句，大體同於《風騷旨格》二十式；他如"明勢含升降"所列八勢及"明體裁變通"所列十體，亦與《風騷旨格》十勢、十體相仿佛。疑本書前半係選録自《風騷旨格》，而後半部却有所發明，所論亦廣。

本書資料據格致叢書本《雅道機要》。

明體裁變通

體者，詩之象，如人之體象，須使形神豐備，不露風骨，斯爲妙手矣。

高古體。詩曰："千般貴盛無過達，一片心閑不奈何。"

清奇體。詩曰："未曾將一字，容易謁諸侯。"

遠近體。詩曰："已知前事往，更結後人看。"

雙分體。詩曰："船中江上景，晚泊曉行時。"

背分體。詩曰："山河終決勝，楚漢且橫行。"

無虚體。詩曰："山寺樓臺月，江城鼓角風。"

覆妝體。詩曰："疊巘供秋望，無雲到夕陽。"

開闔體。詩曰："捲簾黄葉落，鎖印子規啼。"

是時體。詩曰："須知項籍劍，不及魯陽戈。"

貞潔體。詩曰："大雪路亦出，深山水也齋。"

釋齊己

釋齊己（約 864—約 943）俗名胡得生。唐潭州益陽（今屬湖南）人。晚年自號衡岳沙門。唐末著名詩僧，與貫休、皎然、尚顏等齊名。詩風古雅，格調清和，氣尚孤潔，詞韻清潤，平淡而意遠，冷峭而旨深。著有《白蓮集》十卷（其學生西文所編）、詩論《風騷旨格》一卷，傳於後世。《風騷旨格》分"六詩"、"六義"、"詩有十體"、"詩有十勢"、"詩有二十式"、"詩有四十門"、"詩有六斷"、"詩有三格"等八部分，均無解釋，僅舉詩二或四句爲例。除"六詩"、"六義"爲舊說外，其餘皆屬首倡。齊己以"用意"爲上格，"用事"爲下格，頗重立意。此書流行甚廣，對其後"詩格"之作影響頗大。《全唐詩》收錄齊己詩八百餘首，數量僅次於白居易、杜甫、李白、元稹。

本書資料據四庫全書本《說郛》。

《风骚旨格》（節錄）

六　詩

一曰大雅。一氣不言含有象，萬靈何處謝無私。

二曰小雅。天流皓月色，池散荿荷香。

三曰正風。都來消帝力，全不用兵防。

四曰變風。當道冷雲和不得，滿郊芳草即成空。

五曰變大雅。蟬離楚樹鳴猶少，葉到嵩山落更多。

六曰變小雅。寒禽黏古樹，積雪占蒼苔。

詩有六義

一曰風。高齊日月方爲道，動合乾坤始是心。

二曰賦。風和日煖方開眼，雨潤煙濃不舉頭。

三曰比。丹頂西施頰，霜毛四皓鬚。

四曰興。水諳彭澤濶，山憶武陵深。

五曰雅。捲簾當白晝，移榻對青山。又：遠道擎空鉢，深山踏落花。

六曰頌。君恩到銅柱，蠻欵入交州。

詩有十體

一曰高古。千般自在無過達，一片心閑不奈高。

二曰清奇。未曾將一字，容易謁諸矦。

三曰遠近。已知前古事，更給後人看。

四曰雙分。船中江上景，晚泊早行時。

五曰背非。山河終決勝，楚漢且橫行。

六曰虛無。山寺鐘樓月，江城鼓角風。

七曰是非。須知項籍劍，不及魯陽戈。

八曰清潔。大雪路亦宿，深山水也齋。

九曰覆粧。叠巘供秋望，無雲到夕陽。

十曰闍門。卷簾黃葉落，鎖印子規啼。（以上卷八十）

陸希聲

　　陸希聲（生卒年不詳）字鴻磬，自號君陽遯叟（一稱君陽道人）。吳郡（今江蘇蘇州）人。唐昭宗（888—904）時召爲給事中，歷同中書門下平章事，以太子太師罷。卒贈尚書左僕射，諡曰文。博學善屬文，精通《易經》、《春秋》、《老子》，論著甚多，《新唐書·藝文志》列其所編著書有《春秋通例》三卷、《道德真經傳》四卷等。其所著《道德真經傳》是研究陸氏道家思想的主要資料。有《頤山詩》一卷，今存二十二首。

　　本書資料據四庫全書本《唐文粹》。

唐太子校書李觀文集序（節錄）

　　貞元中，天子以文化天下，天下翕然興于文。文之尤高者李元賓觀，韓退之愈。始元賓舉進士，其文稱居退之之右。及元賓死，退之之文日益高，今之言文章，元賓反出退之下。論者以元賓早世，其文未極。退之窮老不休，故能卒擅其名。予以爲不然，要之所得不同，不可以相上下者。文以理爲本，而辭、質在所尚。元賓尚於辭，故辭勝其理；退之尚於質，故理勝其辭。退之雖窮老不休，終不能爲元賓之辭。假使元賓後退之之死，亦不能及退之之質，此所以不相見也。夫文興於唐、虞，而隆於周、漢，自明帝後，文體寖弱，以至於魏、晉、宋、齊、梁、隋，嫣然華媚，無復筋骨。唐興，猶襲隋故態，至天后朝，陳伯玉始復古制，當世高之，雖博雅典實，猶未能全去諧靡。至退之乃大革流弊，落落有老成之風；而元賓則不古不今，卓然自作一體，激揚發越，若絲竹中有金石聲，每篇得意處，如健馬在御，蹀蹀不能止。其所長如此，得不謂之雄文哉？（卷九十三）

劉昫

　　劉昫（897—947）字耀遠。涿州歸義（今河北雄縣）人。五代史學家，後晉政治家。

後唐莊宗時任太常博士、翰林學士。後晉高祖時，官至司空、同平章事。後晉出帝開運二年(945)受命監修國史，負責編纂《舊唐書》。《舊唐書》是現存最早的系統記錄唐代歷史的一部史籍，原名《唐書》，宋代歐陽修、宋祁等編寫的《新唐書》問世後，才改稱《舊唐書》。《舊唐書》共二百卷，包括本紀二十卷，志三十卷，列傳一百五十卷。

本書資料據中華書局二十四史本《舊唐書》。

《舊唐書·音樂志》(節録)

宋、梁之間，南朝文物，號爲最盛；人謡國俗，亦世有新聲。後魏孝文、宣武，用師淮、漢，收其所獲南音，謂之《清商樂》。隋平陳，因置清商署，總謂之《清樂》。遭梁、陳亡亂，所存蓋鮮。隋室已來，日益淪缺。武太后之時，猶有六十三曲，今其辭存者，惟有《白雪》、《公莫舞》、《巴渝》、《明君》、《鳳將雛》、《明之君》、《鐸舞》、《白鳩》、《白紵》、《子夜》、《吳聲四時歌》、《前溪》、《阿子》及《歡聞》、《團扇》、《懊憹》、《長史變》、《丁督護》、《讀曲》、《烏夜啼》、《石城》、《莫愁》、《襄陽》、《棲烏夜飛》、《估客》、《楊伴》、《雅歌》、《驍壺》、《常林歡》、《三洲》、《采桑》、《春江花月夜》、《玉樹後庭花》、《堂堂》、《泛龍舟》等三十二曲，《明之君》、《雅歌》各二首，《四時歌》四首，合三十七首。又七曲有聲無辭：《上林》、《鳳雛》、《平調》、《清調》、《瑟調》、《平折》、《命嘯》，通前爲四十四曲存焉。

《白雪》，周曲也。《平調》、《清調》、《瑟調》，皆周房中曲之遺聲也。漢世謂之三調。《公莫舞》，晉宋謂之巾舞。其説云："漢高祖與項籍會於鴻門，項莊劍舞，將殺高祖。項伯亦舞，以袖隔之，且云公莫害沛公也。漢人德之，故舞用巾，以象項伯衣袖之遺式也。"《巴渝》，漢高帝所作也。帝自蜀漢伐楚，以版盾蠻爲前鋒，其人勇而善鬭，好爲歌舞，高帝觀之曰："武王伐紂歌也。"使工習之，號曰《巴渝》。渝，美也。亦云巴有渝水，故名之。魏晉改其名，梁復號《巴渝》，隋文廢之。《明君》，漢元帝時，匈奴單于入朝，詔王嬙配之，即昭君也。及將去，入辭。光彩射人，聳動左右，天子悔焉。漢人憐其遠嫁，爲作此歌。晉石崇妓緑珠善舞，以此曲教之，而自製新歌曰："我本漢家子，將適單于庭，昔爲匣中玉，今爲糞土英。"晉文王諱昭，故晉人謂之《明君》。此中朝舊曲，今爲吳聲，蓋吳人傳受訛變使然。《鳳將雛》，漢世舊歌曲也。《明之君》，本漢世《韎舞曲》也。梁武時，改其辭以歌君德。《鐸舞》，漢曲也。《白鳩》，吳朝《拂舞曲》也。楊泓《拂舞序》曰："自到江南，見《白符舞》，或言《白鳧鳩》，云有此來數十年。察其辭旨，乃是吳人患孫皓虐政，思屬晉也。"隋牛弘請以韎、鐸、巾、拂等舞陳之殿庭。帝從之，而去其所持巾拂等。《白紵》，沈約云：本吳地所出，疑是吳舞也。梁帝又令約改其辞。其《四時白紵》之歌，約集所載是也。今中原有《白紵曲》，辭旨與此全殊。《子夜》，晉曲也。晉有女子夜造此聲，聲過哀苦，晉日常有鬼歌之。《前溪》，晉車騎將軍沈琉所制。《阿子》及《歡聞》，晉穆帝升平初。歌畢，輒呼"阿子汝聞否"，後人演其聲以爲此曲。《團扇》，晉中書令王珉與嫂婢有情，愛好甚篤。嫂捶撻婢過苦，婢素善歌，而珉好捉白團扇，故云："團扇復團扇，持許自遮面。憔悴無復理，羞與郎相見。"《懊儂》，晉隆安初民間訛謠之曲。歌云："春草可攬結，女兒可攬擷。"齊太祖常謂之《中朝歌》。《長史變》，晉司徒左長史王廞臨敗所制。《督護》，晉、宋間曲也。彭城内史徐達之爲魯軌所殺。徐，宋高祖長婿也。使府内直督護丁旿殯斂之。其妻呼旿至閣下，自問斂達之事，每問輒歎息曰："丁督護！"其聲哀切，後人因其聲廣其曲焉。今歌是宋孝武帝所制，云："督護上征去，儂亦惡聞許。願作石尤風，四面斷行旅。"《讀曲》，宋人爲彭城王義康所制也，有死罪之辭。《烏夜啼》，宋臨川王義慶所作也。元嘉十七年，徙彭城王義康于豫章。義慶時爲江州，至鎮，相見而哭，爲帝所怪，征還宅，大懼。妓妾夜聞烏啼聲，扣齋閤云："明日應有赦。"其年更爲南兖州刺史，作此歌。故其和云："籠窗窗不開，烏夜啼，夜夜望郎來。"今所傳歌似非義慶本旨。辭曰："歌舞諸少年，娉婷無種跡。菖蒲花可憐，聞名不相識。"《石城》，宋臧質所作也。石城在竟陵。質嘗爲竟陵郡，於城上眺矚，見羣少年歌謠通暢，因作此曲。歌云："生長石城下，開門對城樓。城中美年少，出入見依投。"《莫愁樂》，出於《石城樂》。石城有女子名莫愁，善歌謠。《石城樂》和中復有"莫愁"聲，故歌云："莫愁在何處？莫愁石城西。艇子打兩槳，催送莫愁來。"《襄陽樂》，宋隋王誕之所作也。誕始爲襄陽郡，元嘉二十六年，仍爲雍州，夜聞諸女歌謠，因作之。故歌和云"襄陽來夜樂。"其歌曰："朝發襄陽來，暮至大堤宿。大堤諸女兒，花艷驚郎目。"裴子野《宋略》稱："晉安侯劉道彦爲雍州刺史，有惠化，百姓歌之，號《襄陽樂》。"其辭旨非也。《棲烏夜飛》，沈攸之元徽五年所作也。攸之未敗之前，思歸京師，故歌和云："日落西山還去來！"《估客樂》，齊武帝之制也。布衣時常游樊、鄧，追憶往事而作。歌曰："昔經樊、鄧役，阻潮梅根渚。感憶追往事，意滿情不叙。"使太樂令劉瑤教習，百日無成。或啟釋寶月善音律，帝使寶月奏之，便就。敕歌者常重爲感憶之聲。梁改其名爲《商旅行》。《楊伴》，本童謠歌也。齊隆昌時，女巫之子曰楊旻，旻隨母入内，及長，爲後所寵。童謠云："楊婆兒，共戲來。"而歌語訛，遂成楊伴兒。歌云："暫出白門前，楊柳可藏烏。歡作沉水香，儂作博山爐。"《驍壺》，疑是投壺樂也。投壺者謂壺中躍矢爲驍壺，今謂之驍壺者是也。《常林歡》，疑是宋、梁間曲。宋、梁世，荆、雍爲南方重鎮，皆皇子爲之牧，江左辭詠，莫不稱之，以爲樂土，故隨王作《襄陽》之歌，齊武帝追憶樊、鄧。梁簡文樂府歌云："分手桃林岸，送別峴山頭。若欲寄音信，漢水向東流。"又曰："宜城投酒今行熟，停鞍係馬暫棲宿。"桃林在漢水上，宜城在荆州北。荆州有長林縣。江南謂情人爲歡。“常”、“長”聲相近，蓋樂人誤謂“長”爲“常”。《三洲》，商人歌也。商人數行巴陵三江之間，因作此歌。《采桑》，因《三洲曲》而生此聲也。《春江花月夜》、《玉樹後庭花》、《堂堂》，並陳後主所作。叔寶常與宮中女學士及朝臣相和爲詩，太樂令何胥又善於文詠，采其尤豔麗者以爲此曲。《泛龍舟》，隋煬帝江都宮作。餘五曲，不知誰所作也。其辭類皆淺俗，而綿世不易。惜其古曲，是以備論之。其他集錄所不見，亦闕而不載。

當江南之時，《巾舞》、《白紵》、《巴渝》等衣服各異。梁以前舞人並二八，梁舞省之，咸用八人而已。令工人平巾幘，緋袴褶。舞四人，碧輕紗衣，裙襦大袖，畫雲鳳之狀。漆鬟髻，飾以金銅雜花，狀如雀釵；錦履。舞容閑婉，曲有姿態。沈約《宋書》志江左諸曲哇淫，至今其聲調猶然。觀其政已亂，其俗已淫，既怨且思矣。而從容雅緩，猶有古士君子之遺風。

自長安已後，朝廷不重古曲，工伎轉缺，能合於管弦者，唯《明君》、《楊伴》、《驍壺》、《春歌》、《秋歌》、《白雪》、《堂堂》、《春江花月》等八曲。舊樂章多或數百言。武太后時，《明君》尚能四十言，今所傳二十六言，就之訛失，與吳音轉遠。劉貺以爲宜取吳人使之傳習。以問歌工李郎子，李郎子北人，聲調已失，云學于俞才生。才生，江都人也。今郎子逃，《清樂》之歌闕焉。又聞《清樂》唯《雅歌》一曲，辭典而音雅，閱舊記，其辭信典。漢有《盤舞》，今隸《散樂》部中。又有《幡舞》、《扇舞》，並亡。自周、隋已來，管弦雜曲將數百曲，多用西涼樂，鼓舞曲多用龜茲樂，其曲度皆時俗所知也。惟彈琴家猶傳楚漢舊聲。及《清調》、《瑟調》，蔡邕雜弄，非朝廷郊廟所用，故不載。（以上卷二十九《音樂二》）

《舊唐書·百官制》（節錄）

凡王言之制有七，一曰册書，二曰制書。三曰慰勞制書，四曰發勅，五曰勅旨，六曰論事勅書，七曰勅牒。皆宣署申覆而施行之。（卷四十三）

《舊唐書·經籍志·上》（節錄）

夫龜文成象，肇八卦於庖犧；鳥跡分形，創六書於蒼頡。聖作明述，同源異流。《墳》、《典》起之於前，《詩》、《書》繼之於後。先王陳跡，後王準繩。《易》曰“人文以化成天下”，《禮》曰“君子如欲化民成俗，其必由學乎”。學者非他，方策之謂也。琢玉成器，觀古知今，歷代哲王，莫不崇尚。自仲尼没而微言絕，七十子喪而大義乖。嬴氏坑焚以愚黔首，漢興學校復創石渠。雄、向校讐於前，馬、鄭討論於後。兩京載籍，繇是粲然。及漢末遷都，焚溺過半。爰自魏晉，迄于周隋，而好事之君、慕古之士，亦未嘗不以圖籍爲意也。然河北、江南未能混一，偏方購輯，卷帙未弘。而荀勗、李充、王儉、任昉、祖暅皆達學多聞，歷世整比，羣分類聚。遞相祖述，或爲七録，或爲四部，言其部類，多有所遺。及隋氏建邦，寰區一統，煬皇好學，喜聚逸書，而隋世簡編最爲博洽。及大業之季，喪失者多。貞觀中，令狐德棻、魏徵相次爲秘書監，上言經籍亡逸，請行購募，並奏引學士校定，羣書大備。開元三年，左散騎常侍褚无量、馬懷素侍宴，言及經籍，玄宗曰：“内庫皆是太宗、高宗先代舊書，常令宫人主掌，所有殘缺未遑補緝，篇卷錯亂，難於檢閱。卿試爲朕整比之。”至七年詔公卿士庶之家，所有異書，官借繕寫。及四部書成，上令百官入乾元殿東廊觀之，無不駭其廣。九年十一月殷踐猷、王愜、韋述、余欽、毋煚、劉彦真、王灣、劉仲等重修成《羣書四部録》二百卷，右散騎常侍元行冲奏上之……今録開元盛時四部諸書以表藝文之盛。四部者甲乙丙丁之次也，甲部爲經，其類十二。一曰易，以紀陰陽變化；二曰書，以紀帝王遺範；三曰詩，以紀興衰誦嘆；四曰禮，以紀文物體製；五曰樂，以紀聲容律度；六曰春秋，以紀行事褒貶；七曰孝經，以紀天經地義；八曰論語，以紀先聖微言；九曰圖緯，以紀六經讖候；十曰經解，以紀六經讖候；十一曰詁訓，以紀六經讖候；十二曰小學，以紀字體聲韻。乙部爲史，其類十有三：一曰正史，以紀紀傳表志；二曰古史，以紀編年繫事；三曰雜史，以紀異體雜紀；四曰霸史，以紀偽朝國史；五曰起居注，以紀人君言動；六曰舊事，以紀朝廷政令；七曰職官，以紀班序品秩；八曰儀注，以紀吉凶行事；九曰刑法，以紀律令格式；十曰雜傳，以紀先聖人物；十一曰地理，以紀山川郡國；十二曰譜係，以紀世族繼序；十三曰略録，以紀史策條目。丙部爲子，其類一十有四：一曰儒家，以紀仁義教化；二曰道家，以紀清淨無爲；三曰法家，以紀刑法典制；四曰名家，以紀循名責實，五曰墨家，以紀强本節用；六曰縱橫家，以紀辯説詭詐；七曰雜家，以紀兼叙衆説；八曰農家，以紀播植種藝；九曰小説家，以紀劬辭輿誦；十曰兵法，以紀權謀制度；十一曰天文，以紀星辰象緯；十二曰歷數，以紀推步氣朔；十三曰五行，以紀卜筮占候；十四曰醫方，以紀藥餌針灸。丁部爲集，其類有三：一曰楚詞，以紀騷人怨刺；二曰別集，以紀詞賦雜論；三曰總集，以紀文章事類。（卷四十六）

《舊唐書·元稹白居易傳》（節録）

（元稹）與太原白居易友善，工爲詩，善狀詠風態物色。當時言詩者，稱元、白焉。自衣冠士子，至閭閻下俚，悉傳諷之，號爲“元和體”。

贊曰:文章新體,建安、永明。沈、謝既往,元、白挺生。但留金石,長有莖英。不習孫吳,焉知用兵。(以上卷一百六十六)

《舊唐書·楊炯傳》(節錄)

開元中,(張)説爲集賢大學士十餘年,常與學士徐堅論近代文士,悲其凋喪。堅曰:"李趙公、崔文公之筆術擅價一時。其間孰優?"説曰:"李嶠、崔融、薛稷、宋之問之文如良金美玉,無施不可。富嘉謨之文如孤峰絶岸,壁立萬仞,濃雲鬱興,震雷俱發,誠可畏也,若施於廊廟則駭矣。閻朝隱之文如麗服靚粧,燕歌趙舞,觀者忘疲,若類之風雅則罪人矣。"問後進詞人之優劣,説曰:"韓休之文如大羹□酒,雅有典則,而薄於滋味。許景先之文如豐肌膩理,雖穠華可愛,而微少風骨。張九齡之文如輕縑素練。實濟時用。而微窘邊幅。王翰之文如瓊杯玉斝,雖爛然可珍,而多有玷缺。"堅以爲然。(卷一百九十上)

張　洎

張洎(933—996)字師黯,一字偕仁。唐滁州全椒(今屬安徽)人。性險詖鄙吝,好攻人短。南唐進士,深得後主李煜信任。歸宋,累官至給事中,參知政事,與寇準同列。文采清麗,博覽道、釋書。其《項斯詩集序》、《張司業詩集序》多論唐詩風格演變,力主"字清意遠,不涉舊體"。著有文集五十卷,已佚。

本書資料據四庫全書本《全唐文》、光緒刊本清陸心源《唐文拾遺》。

《張司業詩集》序(節錄)

張司業諱籍字文昌,蘇州吳人也。貞元十五年丞相渤海公卞下及第,歷官太祝、秘書郎、國子博士、水部員外郎、國子司業。公爲古風最善,自李、杜之後,風雅道喪,繼其美者,唯公一人。故白太傅讀公集曰:"張公何爲者,業文三十春。尤工樂府詞同,舉代少其倫。"又姚秘監嘗贈公詩云:"妙絶《江南曲》,凄凉怨女詩。古風無手敵,新語是人知。"其爲當時文士推服也如此。元和中,公及元丞相、白樂天、孟東野歌詞,天下宗匠,謂之"元和體"。又長於今體律詩。貞元以前,作者間出,大抵相互祖尚,拘於常態,迨公一變,而章句之妙,冠於流品矣。(《全唐文》卷八七二)

《項斯詩集》序

項斯字子遷,江東人也。會昌四年左僕射王起下進士及第。始命潤州丹徒縣尉,卒於任所。吳中張水部爲律格詩,尤工於匠物,字清意遠,不涉舊體,天下莫能窺其奧。唯朱慶餘一人親授其旨,沿流而下,則有任蕃、陳標、章孝標、倪勝、司空圖等,咸及門焉。寶應、開成之際,君聲價籍盛,時特爲水部之所知賞。故其詩格頗與水部相類,詞清妙而句美麗奇絶,蓋得於意表,迨非常情所及,故鄭少師薰云:“項斯逢水部,誰道不關情。”又楊祭酒敬之云:“幾度見君詩總好,及觀標格過於詩。平生不解藏人善,到處逢人説項斯。”自僖、昭已還,雅道陵缺,君之遺句,絶無知者。慮年祀浸久,没而不傳,故聊序所云,著於卷首。(《唐文拾遺》卷四七)

牛希濟

牛希濟(生卒年不詳),唐末隴西(今屬甘肅)人。公元 913 年前後在世,牛嶠侄。早年即有文名,遇喪亂,流寓蜀地,依牛嶠。前蜀王建時任起居郎。後主王衍時,累官翰林學士、御史中丞。後唐同光三年(925),隨蜀主降於後唐,據《十國春秋》載:唐明宗命蜀舊臣賦蜀亡詩,衆人皆諷蜀後主僭號,荒淫失國,“獨希濟詩意但述數盡,不謗君親。明宗得詩歎曰:‘如希濟才思敏捷,不傷兩國,迴存忠孝者,罕矣。’即拜雍州節度副使。”著有《理源》二卷。《十國春秋》有傳。《花間集》收録其詞十一首,王國維據《花間集》及《全唐詩》等輯爲《牛中丞詞》,凡十四首,内容與牛嶠相近,但嶠喜藻麗,希濟則崇尚自然。

本書資料據四庫全書本《文苑英華》。

文章論(節録)

今國朝文士之作,有詩、賦、策、論、箴、判、贊、頌、碑、銘、書、序、文、檄、表記,此十有六者,文章之區别也。制作不同,師模各異,然忘於教化之道,以妖艷爲勝,夫子之文,不可得而見矣。古人之道,殆以中絶。賴韓吏部獨正之於千載之中(疑作下),使聖人之旨復新。今古之體,分而爲四:崇仁義而敦教化者,經體之制也;假彼問對,立意自出者,子體之制也;屬詞比事,存於褒貶者,史體之制也;又有釋訓字義,幽遠文意,觀之者久而方達,乃訓詁雅頌之遺風,即皇甫持正、樊宗師爲之,謂之難文。今有司程式之下，詩賦判章而已。唯聲病忌諱爲切，比事之中過於諧謔，學古之疑作文者深以爲慚。晦其道者揚袂而行，又屈、宋之罪人也。

表章論

人君尊嚴，臣下之言不可達於九重；表章之用，下情可以上達，得不重乎！歷觀往代策文奏議及國朝元和以前名臣表疏，詞尚簡要，質勝於文，直指是非，坦然明白，致時君易爲省覽。夫聰明睿哲之主，非能一一奧學深文，研窮古訓。且理國理家理身之道，唯忠孝仁義而已。苟不踰是，所措自合於典謨，所行自諧於堯舜，豈在乎屬文比事！況人君以表疏爲急者，竊以爲稀。況覽之茫然，又不親近儒臣，必使傍詢左右。小人之寵，用是爲幸。儻或改易文意，以是爲非，逆鱗發怒，略不爲難。故禮曰：臣事君不授其所不及。蓋不可援引深僻，使夫不喻。且一郡一邑之政，訟者之辭蔓引數幅，尚或棄之，況萬乘之主，萬機之大焉！有三復之理？國史以馬周建議不可以加一字，不可以減一字，得其簡要。又杜甫嘗雪房琯表朝廷，以爲庾辭。儻端明易曉，必庶幾免於深僻之弊夫！僻事新對，用以相誇，非切於理道者，明儒尚且杼思移時，豈守文之主可以速達？竊願復師於古，但實於理，何以幽僻文煩爲能也？（以上卷七百四十二）

李　綽

李綽（生卒年不詳）字肩孟。唐趙州（今河北趙縣）人。廣明中曾避亂於鄭州中牟縣。龍紀元年（889）官太常博士，約於乾寧初任膳部郎中，乾寧四年（897）爲禮部郎中。唐亡不仕，避亂南方。著有《秦中歲時記》一卷，已佚；《尚書故實》一卷，今存。

本書資料據四庫全書本《尚書故實》。

《尚書故實》（節錄）

古碑皆有圓空，蓋碑者，悲本也。墟墓間物，每一墓有四焉。初葬，穿繩於空以下棺，乃古懸窆之禮。《禮》曰：公室視豐碑，三家視桓楹。人因就紀其德，由是遂有碑表。數十年前，有樹德政碑，亦設圓空，不知根本，甚失。後有悟之者，遂改焉。

馬　縞

馬縞(？—936)，唐末以明經及第，又舉拔萃科。後梁時爲太常修撰，累歷尚書郎，參知禮院事，遷太常少卿。所著《中華古今注》三卷，以考證名物制度爲主，體例與崔豹《古今注》大致相同，但二書部分内容重復。

本書資料據四庫全書本《中華古今注》。

雉朝飛

犢牧子所作也。齊處士，愍宣王時人，年五十，無妻。出薪於野，見雉雌雄相隨，意動心悲，乃作《雉朝飛》曲，以自傷焉，其聲中絶。魏武帝宫人有靈女者，故冠軍陰井之姊，年七歲入漢宫學鼓琴，琴特鳴，異於餘妓，善爲新聲，能傳此曲。靈女至明帝崩後，出嫁爲尹更生妻。

別鶴操

商陵牧子所作也。娶妻五年無子，父兄將爲改娶，妻聞之，終夜倚户而悲嘯。牧子聞之，愴然而悲，乃歌曰：“將乖比翼隔天端，山川悠遠路漫漫，攬衣不寢食忘餐。”後人因爲樂章。

走馬引

樗里牧恭所作也。爲父報讎，殺人而亡，藏於山谷之下。有天馬夜降，圍其室而鳴。夜覺，聞其走聲，以爲吏追，乃奔而亡。明朝視之，乃天馬跡也。遂惕然而悟曰：“豈吾所處之將危矣？”遂荷衣糧而去，入于沂澤，援琴而鼓之，爲天馬聲，故曰《走馬引》。

淮南王歌

淮南小山所作也。王服食求僊，遍禮方士，遂與八公相攜俱去，莫知所在。小山之徒思戀不已，作《淮南王歌》焉。

武溪歌

馬援南征所作也。援門生爰寄生善吹笛，援作歌以和之，名曰《武溪深》。其曲曰："滔滔武溪一何深，鳥飛不渡獸不能臨，嗟哉武溪多毒淫。"

吳趨曲

吳人以歌其地。

箜篌引

朝鮮津卒霍里子高妻麗玉所作也。子高晨起，刺船而櫂，有一白首狂夫，披髮提壺，亂河流而渡。其妻隨而止不及，遂墮河水死。於是援箜篌鼓之，作《公無渡河》，聲音悽愴。曲終，自投河而死。霍里子高還，以其聲授妻麗玉。麗玉傷之，乃引箜篌而寫其聲，聞者莫不墜淚飲泣焉。麗玉以其曲傳鄰女麗容，名曰《箜篌引》。

悲　歌

平陵東翟義門人之所作也。王莽殺義，門人作此歌以怨也。

薤露蒿里歌

並喪歌也，出田橫門人。橫自殺，門人傷之，爲悲歌。言人命如薤上之露，易晞滅也。亦謂人死，魂精歸于蒿里，故有二章。其一章曰："薤上朝露何易晞，露晞明朝更復滋，人死一去何時歸？"其二章曰："蒿里誰家地，聚斂精魄無賢愚。鬼伯一何相催促，人命不得少踟躕。"至孝武帝時，李延年乃分二章，爲二曲，《薤露》送公卿貴人，《蒿里歌》送士夫庶人，使挽柩者歌之，世亦呼挽歌。

長歌短歌

言人壽命長短，不可妄求。

陌上桑歌

出秦氏女子。秦氏，邯鄲人，有女名羅敷，爲邑人千乘王仁妻。王仁後爲趙王家令，羅敷出採桑於陌上，趙王登臺見而悦之，因飲酒欲奪之。羅敷行彈箏，乃作《陌上桑》歌，以自明焉。

杞梁妻歌

杞植妻妹朝月之所作也。杞植戰死，妻曰："上無考，中無夫，下無子，人之苦至矣。"乃抗聲長哭，長城感之，穨。遂投水而死。其妹悲其姊之貞操，乃爲作歌，名曰《杞梁妻賢》。杞梁，植字也。

董逃歌

後漢遊童所作也。後有董卓作亂，卒以逃亡。後人習之，以爲歌章。樂府奏之，以爲規戒。

短簫鐃歌

軍樂也，黃帝岐伯所作，以建武揚德，風動戰士也。《周禮》所謂王大獻，則令凱樂歌也。漢樂有黃門鼓吹，天子所以宴樂羣臣。《短簫鐃歌》，鼓吹之一章耳，亦以賜有功諸侯也。

上 雷

地名也。其地人，有父母殁，兄弟不字孤弟，有鄰人爲其弟作悲歌，以諷其兄，故曰《上雷田》曲也。

日重光月重輪

羣臣爲漢明帝所作也。明帝爲太子，樂人以歌詩四首，以贊太子之德。其一曰

《日重光》,其二曰《月重輪》,其三曰《星重耀》,其四曰《海重潤》。漢末喪亂,後二章亡。舊說云"天子之德,光明如日,規輪如月,衆耀如星,霑潤如海"。光明皆比太子德賢,故曰重爾。

横　吹

胡樂也。張博望入西域,傳其法西京,唯得《摩訶》、《兜勒》二曲。李延年因胡曲更造新聲二十八解,乘輿以爲武樂。後漢以給邊將。和帝時,萬人將軍用之。魏晉已來,二十八解不復具存。世用者,《黃鵠》、《隴頭》、《出關》、《入關》、《出塞》、《入塞》、《折楊柳》、《黃華子》、《赤之陽》、《望行人》一十四曲。後漢蔡邕益琴爲九弦。

釣竿歌

伯常子妻所作也。伯常子避仇河濱,爲漁父,其妻思之,每至河,則作《釣竿之歌》。後司馬相如作《釣竿歌》詩,今傳爲古曲。(以上卷下)

李　涪

李涪(生卒年不詳)的生平事跡,史書記載極略。所著《刊誤》二卷,原書五十篇,今存四十九篇。全書係考證性著作。陸游《渭南集》有該書跋語,云:"王行瑜作亂,宗正卿李涪盛陳其忠必悔過,及行瑜傳首京師,涪亦放死嶺南。"該書上卷多引典故、舊制,以正唐末之失;又引古制,批評唐代制度的謬誤,這些內容可用以訂正禮文。下卷間及雜事,如論陸法言《切韻》之誤,以及駁李商隱孔子師老聃、老聃師竺乾之說,正賈耽《七曜曆》之謬,頗多博識,可供參考。

本書資料據四庫全書本《刊誤》。

切　韻

自周隨已降,師資道廢,既號傳授,遂憑精音。《切韻》始於後魏校書令李啓撰《聲韻》十卷,夏侯詠撰《四聲韻略》十二卷。撰集非一,不可具載。至陸法言採諸家纂述而爲已有。原其著述之初,士人尚多專業,經史精練,罕有不述之文,故《切韻》未爲時人之所急。後代學問日淺,尢少專經,或舍四聲,則秉筆多礙。自爾已後,乃爲切要之具。然吳音乖舛，不亦甚乎？上聲爲去，去聲爲上，又有字同一聲分爲兩韻。且國家誠未得術，又於聲律求人，一何乖澗！然有司以一詩一賦而定否臧，言匪本音，韻非中律，於此考覈以定去留，以是法言之爲行於當代。法言平聲以東農非韻，以東崇爲切；上聲以董勇非韻，以董動爲切；去聲以送種非韻，以送衆爲切；入聲以屋燭非韻，以屋宿爲切。又“恨怨”之“恨”則在去聲，“佷戾”之“佷”則在上聲；又“言辯”之“辯”則在上聲，“冠弁”之“弁”則在去聲；又“舅甥”之“舅”則在上聲，“故舊”之“舊”則在去聲；又“皓白”之“皓”則在上聲，“號令”之“號”則在去聲；又以“恐”字、“若”字俱去聲。今士君子於上聲呼“恨”，去聲呼“恐”，得不爲有知之所笑乎？又舊書曰“嘉謨嘉猷”，法言曰“嘉予嘉猷”；《詩》曰“載沈載浮”，法言曰“載沉載浮伏予反”。夫吳民之言如病瘖風而噤，每啓其口，則語淶喎吶；隨聲下筆，竟不自悟。凡中華音切，莫過東都。蓋居天地之中，稟氣特正。予嘗以其音證之，必大哂而異焉。且《國風·杕杜》篇云：“有杕之杜，其葉湑湑。獨行踽踽，豈無他人？不如我同姓。”又《雅·大東》篇曰：“周道如砥，其直如矢。君子所履，小人所視。”此則不切聲律，足爲驗矣。何須東、冬、中、終妄別聲律？《詩》頌以聲韻流靡，貴其易熟人口，能遵古韻，足以詠歌。如法言之非疑其怪矣。予今別白去、上各歸本音，詳較重輕，以符古義。理盡於此，豈無知音？其間乖舛既多，載述難盡，申之後序，尚愧周詳。（卷下）

王　叡

　　王叡（生卒年不詳）或作王睿，自號炙轂子。蜀中新繁縣（今四川成都）人。活動於唐宣宗至僖宗之時。《炙轂子詩格》成書於大中十年（856）後，首論章句所起，述三、四、五、六、七、八、九言詩之起源，頗類《筆劄華梁》及《文筆式》“句例”之説；繼論詩之體裁，先標名目，後舉詩例。《中興館閣書目》謂此書“敘詩體式所始，評其述作之要”，大致可概括其内容。

　　本書資料據鳳凰出版社 2002 年版張伯偉《全唐五代詩格彙考》之《炙轂子詩格》。

論章句所起

　　三言起《毛詩》云：“摽有梅。”“殷其靁。”四言起《毛詩》云：“關關雎鳩。”“呦呦鹿鳴。”五言起《毛詩》云：“誰謂雀無角。”六言起《毛詩》云：“俟我於堂乎而。”七言起《毛詩》云：“尚之以瓊華乎而。”八言起《毛詩》云：“不知我者謂我何求。”九言起於韋孟詩，又始於李白云：“古來唯見白骨黃沙田。”

三韻體

李益《塞下曲》：“漢家今上郡，秦塞古長城。有日雲常慘，無風沙自驚。當今聖天子，不戰四夷平。”

連珠體

《柏梁殿》：“玉纓翠佩垂輕羅，香汗微漬朱顏酡。爲君起唱白紵歌，清聲裊雲思繁多。”

側聲體

常建《吊王將軍墓》：“嘗聞關西將，可奪單于壘。今與山鬼鄰，殘兵哭遼水。”

六言體

詩云：“白雲千里萬里，明月前溪後溪。君向長沙謫宦，江潭春草萋萋。”

三五七言體

李白詩：“秋風清，秋月明。落葉聚還散，寒鳥棲復驚。相思相見知何日，此時此夜難爲情。”

一篇血脉條貫體

李太尉詩云：“遠謫南荒一病身，停舟暫吊汨羅人。”此詩首一句發語，次一句承上吊屈原。“都緣靳尚圖專國，豈是懷王厭直臣。”此二句爲領下語，用爲吊汨羅之言。“萬里碧潭秋景靜，四時愁色野花新。”此腹內二句，取江畔景象。“不勞漁父重相問，自有招魂拭淚巾。”此二句爲斷章，雖外取之，不失此章之旨。

玄律體

詩云："八月九月蘆花飛。"上四字全用側聲。"南溪老翁垂釣歸。"上四字全用平聲。"秋山入簷翠滴滴",律全用平。"野艇倚檻雲依依",律全用側。

背律體

《詠柳詩》："日落水流西復東,春光不盡柳何窮。巫娥廟裏低含雨,宋玉宅前斜帶風。"此後第五句第二字合用側聲帶起,却用平聲,是背律也。"不將榆莢共爭翠,深感杏花相映紅。"此是大才,不拘常格之體。

訐調體

李郢詩："青蛇上竹一種色,黃蝶隔溪無限情。"此"種"字合用平而用側,是訐調也。

雙關體

李端公詩："却到城中事事傷,惠休歸寂賈生亡。誰人收得章句篋。""句"字亦合用平,今用側字,亦是訐調。"獨我重經苔蘚房。一命未沾爲逐客,萬緣初盡別空王。"此一句哭賈生,一句哭僧,是雙關也。

模寫景象含蓄體

詩云："一點孤燈人夢覺,萬重寒葉雨聲多。"此二句模寫燈雨之景象,含蓄悽慘之情。

兩句一意體

詩云："如何百年内,不見一人閑。"此二句雖屬對,而十字血脉相連。

句病體

詩云：“沙摧金井竭，樹老玉堦平。”上句五字一體，血脉相連。若“樹”與“玉堦”是二物，各體血脉不相連。

句内疊韻體

詩云：“風吹榆莢葉，雨打木瓜花。”此詩“莢葉”、“瓜花”末句疊韻。

成伯璵

成伯璵（生卒年不詳），唐人，爵里無考。撰《毛詩指説》一卷，《四庫全書提要》謂此書：“凡四篇。一曰《興述》，明先王陳《詩》觀風之旨，孔子删《詩》正雅之由。二曰《解説》，先釋《詩》義，而《風》、《雅》、《頌》次之，《周南》又次之，詁傳、序又次之，篇章又次之，后妃又次之，終之以《鵲巢》、《騶虞》。大略即舉《周南》一篇，罍括論列，引申以及其餘。三曰《傳受》，備詳齊、魯、毛、韓四家授受世次及後儒訓釋源流。四曰《文體》，凡《三百篇》中句法之長短，篇章之多寡，措辭之異同，用字之體例，皆臚舉而詳之，頗似劉氏《文心雕龍》之體。蓋説經之餘論也。”

本書資料據四庫全書本《毛詩指説》。

興述第一（節録）

詩樂相通，可以觀政矣。

詩者，樂章也。不起鴻荒之代，始自女媧笙簧。神農造瑟，未有音曲，亦無文詞。然嬰兒有善則鳳自舞，其來尚矣。夫大樂與天地同和，後代聖人，從而明之耳。上皇道質，人無所感，雖形謳歌，未寄文字。俗薄政煩，歌謳理切，六代之樂同功異用。前者超忽，莫得而傳。虞舜之書，始陳詩詠，五弦之琴，以歌南風，其文詳也。自殷周洎於魯僖，六詩該備。而運鍾治亂，時有夷險；感物而動，人之常情。昇平則聞雅頌之音，喪亂惟陳怨刺之作。

306

解説第二（節録）

《詩含神霧》云："詩者，持也。"在於敦厚之教，自持其心；諷刺之道，可以扶持邦家者也。鄭玄云："詩者，承也。"政善則下民承而讚詠之，政惡則諷刺之。梁簡文云："詩者，思也，辭也。"發慮在心謂之思，言見其懷抱者也。在辭爲詩，在樂爲歌，其本一也。故云"好作歌以訊之"是也。詩人先繫其辭，然後播之樂曲。大康之亂，《五子之歌》，文近於詩，載於夏典。殷湯之盛，而有頌聲，文武克成王業，周公能致太平。四始六義，焕然昭著。幽厲板蕩則變雅著。自兹以往，美刺相雜矣。

諸侯之詩謂之國風。

王者之詩謂之雅。王政之事，大小不同。歌小事用小雅，歌大事用大雅。

風、賦、比、興、雅、頌，謂之六義。賦、比、興是詩人制作之情，風、雅、頌是詩人所歌之用。諸侯禀王政，風化一國，謂之爲風。王者制法於天下，謂之爲雅。頌者，容也。賦者，敷也，指事而陳布之也。然物類相從，善惡殊態，以惡類惡，名之爲比；"墙有茨"，比方是子者也。以美擬美，謂之爲興，欸詠盡韻，善之深也。聽關雎聲和，知后妃能諧和衆妾；在河洲之澗遠，喻門壼之幽深；駕鴦于飛，陳萬化得所，此之類也。

詁者，古也，謂古人之言與今有異。古謂之厥，今謂之其；古謂之權輿，今謂之始是也。

訓者，謂別有意義，與《爾雅》一篇略同。肅，肅敬也；雍，雍和也；戚施，面柔也；籧篨，口柔也；無念，念也；之子，是子也。此謂之訓也。

傳者，注之別名也。傳承師説，謂之爲傳；出自己意，即爲注。注起孔安國，傳有鄭康成。又或不名傳注，而別謂之義，皆以解經也。何晏、杜元凱名爲集解，蔡邕注《月令》謂之章句，范寧注《穀梁》謂之解，何休注《公羊》爲學，鄭玄謂之箋。亦無義例，述作之體，不欲相因耳。

序者，緒也，如繭絲之有緒，申其述作之意也。

篇章之名久矣。篇，言編也。古者無紙籍，書於簡，亦謂之編。簡策重大則分之，雅頌章數，亦謂之什，大略蓋以十章爲一別耳。詩是歌辭，皆有曲音，故章字音下加十，亦是其義。軍法：十人爲什。因言成句亦謂之言，"思無邪"三字之句，故謂"一言以蔽之"。續有後語以繼之，如途巷之有委曲，乃謂之句，故《學記》云"離經絶句"是也。頌中無十篇，亦謂之什者，後人因加之。

文體第四

《虞書》曰："工以納言，時而颺之。"此君臣相戒，歌詩之漸也。詩發於言，言繫乎辭，裁成曲度，謂之文章，引而伸之，以成歌詠。歌有折衷，音有清濁，音律相諧，即樂之用也。

發一字未足舒懷，至於二音，殆成句矣，頌中有"肇禋"二字是也。三言成句："夜未央"、"綏萬邦"、"思無邪"，《振鷺》終篇是也。四言成句，其類滋多。五言成句者："誰謂雀無角"是也。六言成句者："昔者先王受命，有如召公之臣。"七言成句："如彼築室于道謀"，"不敢傚我友自逸"，"我生之初尚無造"是也。八言成句："十月蟋蟀入我牀下"是也。不至九字十言者，聲長氣緩，難合雅章。

文篇之大小，依章之多少，或一章爲五篇，《烈祖》、《玄鳥》是也。或二章爲一篇，《騶虞》、《渭陽》是也。多不過《正月》之詩，又《桑柔》十六章是也。句之內，少者《芣苢》，止於二句耳。多者《載芟》之詩三十一句，《閟宮》三十八句，不過於是也。或重章共述一事，《采蘋》是也。或一事而有數章，《甘棠》之詩是也。又首章同而末異者，《東山》之詩是也。首章異而末同者，《漢廣》之詩是也。

及乎辭餘語助者，《詩》、《書》同有之"已焉哉"、"謂之何哉"，慨之深也。"俟我於庭乎而，充耳以青乎而"，加"乎而"二字爲助者，悔之深也。"其樂只且"，美之深也。"母也天只，不諒人只"，"椒聊且，遠條且"，"且"與"只"皆助語也。用"矣"字爲助者："出自口矣"、"顏之厚矣"。用"之"字者，"左右流之"、"寤寐求之"是也。用"也"字者："何其處也，必有以也"、"允矣君子，展也大成"。用"其"字者，"夜如何其"，"其"亦助語也。用"止"字者："女心傷止"、"征夫遑止"。用"者"字者，"有翩者雛"、"有芃者狐"，又曰"知我者謂我心憂"是也。又以語助連正韻者："其虛其邪？既亟只且"，又曰"是究是圖，亶其然乎？"逸詩曰："唐棣之華，偏其反而"、"神之格思，不可度思"，"思"、"而"皆助語也。用"兮"字者，多處一句之下，少處一句之中，"美目盼兮"、"儀既成兮"，又曰"緇衣之宜兮"、"敝予又改爲兮"是也。"日居月諸"，亦助語也。

詩韻乖者，隔室聽音同於遠響，不甚切也。詩人之才有短長，言之直者，取辭達而已矣。事之長者，歌之難盡，不思章句之繁，此皆詩之體。洎乎六國，喪亂弘多，哀傷深寄於騷文，怨刺不關於上國。前代尚質，大約辭皆平淡，意極淳樸。後來英彥，各擅文章，致遠直尚於輕浮，鈎深曲歸於美麗。蓋餘勇可買，逸氣難收。分鑣猶昧於漢初，雜體發揮於魏始，於是有辭有詠，爲引爲行。悲憤成謠，長吟效古，寓言感興，即事陳情，今古不同，未知其極，斯則變中之變也。雖無美刺之目，並屬詩家之流，故備論之耳。

宋遼金

李昉《太平御覽》

李昉(925—996)字明遠。深州饒陽(今河北饒陽)人。五代後漢乾祐中(948)舉進士,仕漢、周,官至屯田郎中、翰林學士。入宋,官至參知政事,拜平章事,加中書侍郎。《宋史》卷二六五有傳。其詩文學白居易,淺近易曉,所編《二李(李昉、李至)唱和集》,是他詩學白體的集中表現。其在文化史、文學史上的主要貢獻,是主持編纂《太平御覽》、《文苑英華》、《太平廣記》,對宋以前的中國文化與文學進行了全面系統的總結。

宋人所編類書很多,明黃正色《刻太平御覽序》(四庫全書本《太平御覽》卷首)云:"宋太宗皇帝太平興國二年三月,詔翰林學士李昉等編集《太平御覽》,定爲千卷,自墳典丘索、六經子史、稗官叢說、前言往行,並錄兼收,以天文、地理、人事、卉木、昆蟲飛走、動植,類聚羣分,綱條目貫,具載靡遺。使玩索者屬目了心,如指諸掌,譬猶驅雲霧而仰日月,誠古今曠典也。"《太平御覽》卷五八五至六〇六爲《文部》,輯錄了歷代有關文的重要論述,有關詩文各種文體的資料,是《古今圖書集成》以前收集文體資料最全的類書;不僅收錄有關於各種文體的闡釋,還收錄了部分有代表性的作品及有關文體的本身資料,有助於加深我們對某一文體的認識。本書部分加以選錄,除卷五九一、五九二的《御製》外,所輯文體資料包括詩、賦、頌、贊、箴、碑、銘、銘志、七、辭、連珠、詔、策、誥、教、誡、章表、奏、劾奏、駁奏、論、議、牋、啟、書記、誄、吊文、哀辭、哀策、檄、移、露布、符、券契、鐵券、過所等。

李昉等還編有《文苑英華》,凡一千卷,廣收魏、晉至晚唐、五代詩文,選錄作家近二千二百人,作品近兩萬篇,按文體編排,分爲三十八體:賦(卷1至卷150)、詩(卷151至330)、歌行(卷331至350)、雜文(卷351至379)、中書制誥(卷380至419)、翰林制詔(卷420至472)、策問(卷473至476)、策(卷477至502)、判(卷503至552)、表(卷553至626)、牋(卷627)、狀(卷628至644)、檄(卷645至646)、露布(卷647至648)、彈文(卷649)、移文(卷650)、啟(卷651至卷

666)、書（卷 667 至卷 693）、疏（卷 694 至卷 698）、序（卷 699 至卷 738）、論（卷 739 至卷 760）、議（卷 761 至卷 770）、連珠、喻對（卷 771）、頌（卷 772 至 779）、贊（卷 780 至卷 784）、銘（卷 785 至卷 790）、箴（卷 791）、傳（卷 792 至卷 796）、記（卷 797 至卷 834）、諡、哀册文（卷 835 至卷 839）、謚議（卷 840 至卷 841）、誄（卷 842 至卷 843）、碑（卷 844 至卷 939）、志（卷 935 至卷 969）、墓誌（卷 970）、行狀（卷 971 至卷 977）、祭文（卷 978 至卷 1000）。三十八體之下還有分類，多數是按題材分類，也有進一步按文體細分的。如賦又分爲三十九類，判又分爲七十三類，表分爲四十九類，基本上是按題材内容分的。而翰林制誥下則按文體進一步細分爲：赦書、德音、册文、制書、詔敕、批答、蕃書、鐵券文、青詞、欸文；雜文下的進一步分類既涉及文體如問答、騷、雜説、辯論、箴誡、諫刺、記述、諷諭、論事、紀事，又涉及題材如明道、贈送、征伐、識行。其他各體的進一步細分也有這種分類標準不統一的情況。《四庫全書·文苑英華》提要："初，梁昭明太子撰《文選》三十卷，迄於梁初。此書所録，則起於梁末，蓋即以上續《文選》。其分類編輯體例亦略相同，而門目更爲繁碎。則後來文體日增，非舊目所能括也。"

　　本書資料據四庫全書本《太平御覽》。

叙　文

　　《易·賁卦象》曰：觀乎天文，以察時變；觀乎人文，以化成天下。

　　《春秋·襄二十五年》傳曰：鄭子產獻捷于晉（獻入陳之功），士莊伯不能詰。仲尼曰：志有之，言以足志，文以足言。不言，誰知其志？言之無文，行之不遠。

　　《論語》曰：孔子曰：周監於二代，郁郁乎文哉，吾從周！

　　又曰：子貢曰：夫子之文章，可得而聞也；夫子之言性與天道，不可得而聞也。

　　又曰：大哉，堯之爲君也！巍巍乎，唯天爲大，唯堯則之。蕩蕩乎，民無能名焉。巍巍乎其有成功，焕乎其有文章。

　　揚子《法言》曰：或曰：良玉不雕，美言不文，何謂也？曰：玉不雕，璵璠不作器；言不文，典謨不作經。

　　桓寬《鹽鐵論》曰：内無其質而外學其文，若畫脂鏤冰，費日損功。

　　王充《論衡》曰：學問習熟，則能推類興文。文由外而滋，未必實才，與文相副也。

　　魏文帝《典論》曰：夫文本同而末異，蓋奏議宜雅，書論宜理，銘誄尚實，詩賦欲麗。文以氣爲主，氣之清濁有體，不可力强而致。古之作者寄身於翰墨，見意於篇籍，不假良史之辭，不託飛馳之勢，而聲名自傳於後。故西伯幽而演《易》，周旦顯而制《禮》，不以隱約而弗務，不以康樂而加思。夫然則古人賤尺璧而重寸陰，懼乎時之過已。而人多不强力，貧賤則懾於飢寒，富貴則流於樂逸，遂營目前之務，而遺千載之功，日月逝於上，體貌衰於下，忽然與萬物遷化，斯志士之大痛也。

晉摯虞《文章流別論》曰：文章者，所以宣上下之象，明人倫之叙，窮理盡性以究萬物之宜者也。王澤流而詩作，成功臻而頌興，勳德立而銘著，嘉美終而誄集。祝史陳辭，官箴王闕。《周禮》太師掌教六詩：曰風，曰賦，曰比，曰興，曰雅，曰頌。言一國之事，繫一人之本，謂之風。言天下之事，形四方之風，謂之雅。頌者，美盛德之形容。賦者，敷陳之稱也。比者，喻類之言也。興者，有感之辭也。后世之爲詩者多矣，頌功德者謂之頌，其餘則總謂之詩。頌，詩之美者也。古者聖帝明王，功成治定而頌聲興。於是奏於宗廟，告於鬼神。故頌之所美者，聖王之德也。古之作詩也，發於情，止乎禮義。情之發，因辭以形之；禮義之指，須事以明之。故有賦焉，所以假象盡辭，敷陳其志。古詩之賦，以情義爲主，以事類爲佐。今之賦，以事形爲本，以義正爲助。情義爲主，則言省而文有例矣；事形爲本，則言富而辭無常矣。文之煩省，辭之險易，蓋由於此。夫假象過大，則與類相遠；逸辭過莊，則與事相違；辯言過理，則與義相失；麗靡過美，則與情相悖。此四過者，所以背大體而害政教，所以司馬遷割相如之浮説，揚雄疾辭人之富麗以淫也。

沈約《宋書》論曰：民稟天地之靈，含五常之德。剛柔迭用，喜愠分情。然則歌詠所興，宜自生民始也。周室既衰，風流彌著。屈平、宋玉導清源於前，賈誼、相如振芳塵於後，英辭潤金石，高義薄雲天，自兹以降，情志逾廣。王褒、劉向、楊、班、崔、蔡之徒，異軌同奔，遞相師祖。雖清辭麗曲，時發於篇；而蕪音累氣，固亦多矣。若夫平子豔發，文以情變，絕唱高蹤，久無嗣響。至於建安，曹氏基命，二祖、陳王，咸蓄盛藻，自漢至魏四百餘年，辭人才子，文體三變。相如巧爲形似之言，二班長於情理之説，子建、仲宣以氣質爲體，原其颺流所始，莫不同祖風騷。降及元康，潘、陸特秀律意，班、賈體變曹、王，縟采星稠，繁文綺合，綴平臺之逸響，採南皮之高韻。遺風餘烈，事極江右。爰逮宋氏，顔、謝騰聲，靈運之興會標舉，延年之體裁明密，並方軌前秀，垂範後昆。

李充《翰林論》曰：或問曰：何如，斯可謂之文？答曰：孔文舉之書，陸士衡之議，斯可謂成文也。

陸景《典語》曰：所謂文者，非徒執卷於儒生之門，攄筆於翰墨之采，乃貴其造化之淵，禮樂之盛也。

《文心雕龍》曰：人文之元，肇自太極，幽贊神明，《易》象惟先。庖羲畫其始，仲尼翼其終。而乾坤兩位，獨制《文言》。言之文也，天地之心哉！若乃《河圖》孕乎八卦，《洛書》韞乎九疇，玉版金鏤之寶，丹文緑牒之華，誰其尸之，亦神理而已。自鳥跡代繩，文字始炳，炎皞遺事，紀在《三墳》，而年世渺邈，聲采靡追。唐虞文章，則煥乎始盛。元首載歌，既發吟詠之志；《益稷》陳謨，亦垂敷奏之風。夏后氏興，業峻鴻績，九序詠歌，勳德彌縟。逮及西周，文勝其質，《雅》、《頌》所被，英華日新。文王憂患，繇辭炳燿，符采復隱，精義堅深。重以公旦多才，振其徽烈，剬詩緝頌，斧藻羣言。至若夫子繼聖，獨秀前哲，鎔鈞《六經》，必金聲而玉振；雕琢性情，組織辭令，木鐸啟而千里應，席珍流而萬世響，寫天地之輝光，曉生民之耳目矣。故爰自風姓，暨於孔氏，玄聖創典，素王述訓，莫不原道心以敷章，研神理以設教，著象乎河洛，問數乎蓍龜，觀天文以極變，察人文以成化，然後能經緯區宇，彌綸彝憲，發揮事業，彪炳辭義。故知道聖以垂文，聖因文以明道，旁通而無滯，日用而不匱。《易》曰：鼓天下之動者存乎辭。辭之所以能鼓天下者，迺道之文也。

又曰：方其搦翰，氣倍辭前，暨乎篇成，半折心始。何則？意翻空而易奇，言徵實而難巧也。是以臨篇綴翰，必有二患：理鬱者苦貧，辭溺者傷亂。然則博見爲饋貧之糧，貫一爲拯亂之藥，博而能一，亦有助乎心力矣。

又曰：翬翟備色，而翔翥百步，肌豐而力沉也；鷹隼無采，而翰飛戾天，骨勁而氣猛也。文章才力，有似於此。若風骨乏采，則鷙集翰林；采乏風骨，則雉竄文囿。若藻燿而高翔，固文筆之鳴鳳也。

又曰：括囊雜體，功在銓別，宮商朱紫，隨勢各配。章表奏議，則準的乎典雅；賦頌歌詩，則羽儀乎清麗；符檄書記，則楷式於明斷；史論序注，則軌範於覈要；箴銘碑誄，則體製於弘深；連珠七辭，則崇事於巧豔。此循體而成勢，隨變而立功者也。雖復契會相參，節文互雜，譬五色之錦，各以本采爲地矣。

又曰：夫薑桂因地，辛在本性；文章由學，能在天才。故才自內發，學以外成。有學飽而才餒，有才富而學貧。學貧者，迍邅於事義；才餒者，劬勞於辭情：此內外之分也。是以屬意立文，心與筆謀，才爲盟主，學爲輔佐，主佐合德，文采必霸，才學褊狹，雖美少功。才量學文，宜正體製；必以情志爲神明，事義爲骨髓，辭采爲肌膚，宮商爲聲氣；然後品藻玄黃，摛振金玉，獻可替否，以裁厥中：斯綴思之恒數也。夫文變無方，意見浮雜，約則義孤，博則辭叛，率故多尤，需爲事賊。且才分不同，思緒各異，或製首以通尾，或尺接以寸附，然通製者蓋寡，接附者甚眾。若統緒失宗，辭義必亂，義脉不流，則偏枯文體。夫能懸識湊理，然後節文自會，如膠之粘木，石之合玉矣。是以四牡異力，而六轡如琴；馭文之法，有似於此。昔張湯擬奏而再却，虞松草表而屢譴，並事理之不明，而辭旨之失調也。及倪寬更草，鍾會易字，而漢武歎奇，曹景稱善者，乃理得而事明，心敏而辭當也。

宋范曄《獄中與諸生姪書》以自序其略曰：吾少懶學問，年三十許始有向耳。自爾以來，轉爲心化，至於所通處，皆自得之胸懷。常謂情志所托，故當以意爲主，以文傳意。以意爲主，則旨必見；以文傳意，則其辭不流；然後能抽其芬芳，振其金石耳。

《金樓子》曰：王仲任言：夫說一經者，爲儒生也；博古今者，爲通人也；上書奏事者，爲文人也；能精思著文連篇章，爲鴻儒也，若劉子政、揚子雲之列是也。蓋儒生轉通人，通人爲文人，文人轉爲鴻儒也。

又曰：古之學者有二，今之學者四焉。夫子門徒，轉相師授，通聖人經者，謂之儒。屈原、宋玉、枚乘、長卿之徒，止之爲辭賦，則爲文。今之儒。博窮子史。但能識其事，不能通其理者，謂之學。至於不便爲詩，閏纂善爲章奏如柏松，若此之流謂之筆。詠吟風謠，流連哀思者，謂之文。唯須綺縠紛披，宮徵靡曼，脣吻適會，情靈搖蕩。潘安仁清綺若是，而評者止稱情切，故知爲文之難也。曹子建、陸士衡皆文士，觀其辭致側密，事語更明，雖不以儒者命家，此亦悉通其義也。若夫今之俗也，縉紳稚齒，閭巷小生，苟取成章，貴在悅目。龍首豕足，隨時之宜；牛頭馬髀，強相附會。夫挹酌道德，憲章前言者，君子所以行之也。原憲云：無財謂之貧，學道不行謂之病。末俗學徒，頗或異此。或假茲以爲伎術，或狎之以爲戲笑，未聞強學自立，和樂慎禮者也。

《齊書》曰：陸厥字韓卿，少有風概，好屬文。時盛爲文章，吳興沈約、陳郡謝朓、琅邪王融，以氣類相推轂。汝南周顒，善識聲韻，約等文皆用宮商，將平上去入四聲，以此制韻平，有平頭、犯尾、蜂腰、鶴膝。五字之中。音韻悉協；兩句之內，角徵異同，不可增減，世爲永明體。厥與約書曰：范詹事自序性別宮商，識清濁，特能適輕重，濟艱難。古今文人多不全了斯處，縱有會此者，不必從根本中來。沈尚書亦云：自靈均已來，此秘未睹，或闇與理合，匪由思至。張、秦、曹、王曾無先覺；潘、陸、顏、謝去之彌遠。大旨欲宮商相變，低昂舛節，若前有浮聲，則後須切響。一簡之內，音韻盡殊；兩句之中，輕重悉異。辭既美矣，理又善焉。但觀歷代衆賢，似不都闇此處，而云此秘未睹，近於誣乎？案范云不從根本中來，尚書云匪由思至，斯則揣情謬於玄黃，摛句著其音律也。范又云時有會此者，尚書云或闇與理合。夫思有合離，前哲固所不免；文有開塞，即事不得無之。子建所以欲人譏彈，士衡所以遺恨終篇。自魏文屬論，深以清濁爲言；劉楨奏書，大明體勢之致。齟齬妥帖之談，操末續顚之說，興玄黃於律呂，比五色之相宣，苟此秘未睹，茲論爲何所指耶？至於掩瑕藏疾，合少謬多，則臨淄所云人之著述，不能無病者也。《長林》、《上門》，殆非一家之賦；《洛神》、《池雁》，便成二體之作。王粲《初征》，他文未能稱是；楊修敏捷，《暑賦》彌日不獻。率意寡尤，則事促乎一日；翳翳愈伏，而理賒於七步。一人之思，遲速天懸；一家之文，工拙壤隔；何獨宮商律呂，必責其如一耶？

《梁書》曰：徐摛字士秀，東海郯人也，員外散騎常侍超之子。文好新變，不拘舊體。梁武謂周舍曰：爲我求一人，文學俱長，兼有德行者。欲令與晉安遊處，捨曰：臣外弟徐摛，形質陋小，若不勝衣，而堪此選。梁武曰：必有神仙之才，亦不簡其貌也。乃以摛爲侍讀，王爲太子，轉家令。文體既別，春坊盡學之，謂之宮體。宮體之號，自斯而起。

《典略》：齊主嘗問於魏收曰：卿才何如徐陵？收對曰：臣大國之才，典以雅；徐陵亡國之才，麗以艷。

《後周書》曰：庾信父肩吾爲梁太子中庶子，掌管記，東海徐摛爲左衛，率摛子陵及信並爲抄撰。學士父子，在東宮出入，禁闈恩禮，莫與比陵。既有盛才，文並絶艷，故世號爲徐庾體焉。

《論語》曰：君子以文會友，以友輔仁。（以上卷五百八十五文部一）

詩

《文心雕龍》曰：詩者，持也，持人情性；三百之蔽，義歸“無邪”，持之爲訓，有符焉爾。人稟七情，應物斯感，感物吟志，莫非自然。堯有《大唐》之歌，虞造《南風》之詩，觀其二文，詞達而已。及大禹成功，九叙惟歌；少康敗德，五子咸諷；順美匡惡，其來久矣。自商暨周，《雅》、《頌》圓備，四始彪炳，六義環深。子夏鑒絢素之章，子貢悟琢磨之句，故商、賜二子，可以言詩。自王澤彌竭，風人輟采，春秋觀志，諷誦舊章，酬酢以爲賓榮，吐納而成身文。逮楚國諷怨，則《離騷》爲刺。秦王滅典，亦造《仙詩》。漢初四言，韋孟首唱，匡諫之義，繼軌周人。孝武愛文，柏梁列韻；嚴、馬之徒，屬詞無方。至成帝品録，三百餘篇，朝章國采，亦云周備。而詞人遺翰，莫見五言，所以李陵、班婕好見疑於後代。按《召南·行露》，始肇半章；孺子《滄浪》，亦有全曲。《暇豫》優歌，遠見春秋；《邪徑》童謠，近在成世：閱時取徵，則五言久矣。又古詩佳麗，或稱枚叔，其《孤竹》一篇，則傅毅之詞。比采而推，固兩漢之作乎。觀其結體散文，直而不野，宛轉附物，惆悵切情，實五言之冠冕也。至於張衡《怨篇》，清典可味；《仙詩》、《緩歌》，雅有新聲。暨建安之初，五言騰踊，文帝、陳思，縱轡以騁節；王、徐、應、劉，望路而爭驅；並憐風月，狎池苑，述恩榮，序酣宴，慷慨以任氣，磊落以使才；造懷指事，不求纖密之巧，驅詞逐貌，唯取昭晰之能：此其所同也。及正始明道，詩雜鮮新；何晏之徒，率多浮淺。唯嵇志清峻，阮旨遥深。若乃應璩《百一》，獨立不懼，詞譎義貞，魏之遺直也。晉世羣才，稍入輕綺。張左潘陸，比肩詩衢，采縟於正始，力柔於建安。或析文以爲妙，或流靡以自妍，此其大略也。江左篇製，溺於玄風，嗤笑徇務之志，崇盛忘機之談，袁、孫以下，雖各有雕采，而詞趣一揆，莫與爭雄，所以景純《仙篇》，挺拔而爲隽也。宋初文詠，體有因革。莊、老告退，而山水方滋；儷采百字之偶，爭價一句之奇，情必極貌以寫物，辭必窮力而追新，此近代之所競也。故鋪觀列代，而情變之數可鑒；撮舉同異，而綱領之要可明矣。若夫四言正體，則雅潤爲本；五言流調，則清麗居宗；華實異用，惟才所安。故平子得其雅，叔夜含其潤，茂先凝其清，景陽振其麗，若兼善則子建、仲宣，偏美則太冲、公幹。然詩有恒裁，思無定位，隨性適分，鮮能圓通。若妙識所難，其易也將至；忽以爲易，其難也方來矣。至三六言，則出自篇什；離合之發，則萌於圖讖。迴文所興，則道原爲始；聯句共韻，則柏梁餘製；巨細或殊，情理同致，總歸詩囿，故不繁云。

《列子》曰：堯微服遊於康衢，聞兒童謠曰：立我烝民，莫匪爾極。不識不知，順帝之則。堯問曰：孰教爾爲此言？童兒曰：我聞之大夫。問大夫，大夫曰：古詩也。

《文章流別論》曰：詩言志，歌詠言。古者采詩之官，王者以知得失。古詩之四言者，“振鷺于飛”是也，漢郊廟歌多用之。五言者，“誰謂雀無角，何以穿我屋”是也，樂府亦用之。六言者，“我姑酌彼金罍”是也，樂府亦用之。七言者，“交交黃鳥止于桑”是也，世於俳諧倡樂用之。古詩之九言者，“洞酌彼行潦挹彼注茲”是也，不入歌謠之章，故世希爲之。夫詩雖以情志爲本，而以聲成爲節。

顔延之《庭誥》曰：荀爽云：詩者，古之歌章，然則《雅》、《頌》之樂篇全矣，以是後之詩者，率以歌爲名。及《春勒》、《望岳》、漢《祀郊宮辭》，著前史者，文變之高制也。雖《雅》聲未至，宏麗難追矣。逮李陵衆作，總雜不類，元是假托，非盡陵制。至其善寫有足悲者，摯虞《文論》足稱優洽。柏梁以來，繼作非一。纂所至七言而已，九言不見者，將由聲度闡誕，不協金石。至於五言流靡，則劉楨、張華；四言側密，則張衡、王粲；若夫陳思王，可謂兼之矣。

鍾嶸《詩評》曰：古詩李陵、班婕妤、曹植、劉楨、王粲、阮籍、陸機、潘岳、張協、左思、謝靈運等十二人詩皆上品。曹植詩，其原出於《國風》。其骨氣高奇，辭采華茂，情兼怨雅，體備文質，粲溢今古，卓爾不羣。嗟乎！陳思之於文章也，譬人倫之有周、孔，鱗羽之有龍鳳，音樂之有笙竽，女工之有黼黻。若孔門用詩，則公幹升堂，思王入室。景陽、潘、陸，自可坐於廊廡之間。劉楨文源出古詩，仗氣愛奇，動多振絶，真骨凌霜，高風跨俗。但氣過其文，雕潤恨少。然自陳思已往，楨稱獨步。張協(字景陽)詩，其原出於王粲，文章華淨，實少病累，又巧搆形似之言，雄於潘岳，靡於太冲，風流調遠，實曠代之高手，其辭采葱蒨，音韻鏗鏘，使人味之，亹亹不倦。阮籍詩，其原出於《小雅》，雖無彫斲之巧，而《詠懷》之作，可以陶性靈，發幽致。言在耳目之內，情寄八荒之表。洋洋乎會於《風》、《雅》者矣。陶潛詩，其原出於應璩，又協左思風力。文體省淨，殆無長語，篤意真古，辭興婉愜，至於“歡言酌春酒”，“日暮天無雲”，風華清靡，豈直田家語邪？古今隱逸詩之宗也。

《漢書》曰：王褒字子淵，蜀人也。宣帝時脩武帝故事，講論六藝，劉向、張子僑等待詔金馬，聞褒有俊才，使褒作《中和樂職》（如淳曰：言王政中和，在官者樂其職）宣布詩（藝林曰：宣帝詩歌之名）》，選好事者依《鹿鳴》之聲習而歌之。

《魏書》曰：李康字蕭遠，性介立，不和俗，爲鄉里所嫉，故官不進。嘗作《遊九疑詩》，明帝異其文，問左右：斯人安在？吾欲擢之。因起爲隰陽長卒。

《晉書·載記》曰：李壽奢侈，殺人以立威。其臣龔壯作詩七篇，託言應璩以諷壽。壽報曰：省詩知意，若今人所作，賢哲之話言也；古人所作，死鬼之常辭耳。

又桓玄既篡，却引用孟昶，問其人於劉邁，邁曰：臣在京口，不聞昶有異能，但父子紛紛更相贈詩爾。玄笑之而止。

《宋書》曰：顏延之與陳郡謝靈運俱以詞彩齊名，而遲速懸絕。文帝嘗勅各擬樂府《池上篇》，延之受詔便成，靈運久之乃就。延之嘗問鮑昭已與靈運優劣，昭曰：謝五言如初發芙蓉，自然可愛；君詩若鋪錦列繡，彫繪滿眼。鍾嶸《詩評》云：靈運詩，其原出於陳思，雜有景陽之體。嶸謂若人興多才博，寓日輒書，内無文思，外無遺物，其繁且富宜哉。然名章秀句處處間起，妙曲新聲，絡繹奔會，類青松拔木，白玉映沙，未足以貶高才也。

又：謝惠連方明之子也，十歲能屬文。族兄靈運嘉賞之云：每有篇章對惠連，輒得佳語。嘗於永嘉西堂思詩，竟日不就，忽夢惠連，則得“池塘生春草”，大以爲工。常云：此語有神助，非余語也。

《趙錄》曰：徐光字季武，年十四五爲將軍秣馬。光但日書柳、杜爲詩頌，不親馬事。

《梁書》曰：丘遲字希範，辭采麗逸。時有鍾嶸《詩評》云：范雲婉轉清便，如流風迴雪；遲詩點綴映媚，似落花依草。雖淺於江淹，而秀於任昉。其見稱如此。

《三國典略》曰：周文州氏酋反制，郿州刺史高琳討平之。軍還，帝宴羣公卿士，命賦詩言志。琳詩云：寄言竇車騎，爲謝霍將軍。何以報天子，沙漠靜妖氛。帝大悅曰：獯狁陸梁，未時款塞。卿言有驗，國之福也。

又：齊蕭愨字仁祖，爲太子洗馬，嘗於秋夜賦詩，其兩句云：“芙蓉露下落，楊柳月中疏。”曰：蕭仁祖之斯文，可謂雕章間出。昔潘、陸齊軌，不襲建安之風；顏、謝同聲，遂革太初之氣。自漢逮晉，情賞猶自不諧；河北、江南，意製本應相詭。顏黃門云：吾愛其蕭散，宛然在目。而盧思道之徒，雅所不愜。箕畢殊好，理固宜然。

又：王晞爲常山王。司馬晞澹泊寡慾，不以世務爲累，時謂之物外司馬。嘗遊晉祠，賦詩曰：日落應歸去，魚鳥見留連。時常山王遣使召晞，晞不時至。明日，丞相西閣祭酒盧思道問晞：昨被召以來，頗得無以魚鳥致怪乎？晞笑曰：昨晚陶然，頗以酒漿

316

被責。卿輩亦是留連之一物，豈直魚鳥而已！

又：辛德源嘗於邢邵座賦詩，其十字曰：寒威漸離風，春色方依樹。衆咸稱善。後王昕逢之，謂曰：今日可謂寒威離風，春色依樹。

《隋書》曰：楊素嘗以五言詩七百字贈潘州刺史薛道衡，詞氣宏拔，風韻秀出，亦爲一時之作。未幾而卒，道衡嘆曰：人之將死，其言也善，豈若是乎！

《唐書·文苑傳》曰：元萬頃乾封中從英國公李勣征高麗，爲遼東道管記。時別帥馮本以水軍援，裨將郭待封船破失期，待封欲作書與勣，恐高麗知其救兵不至，乘危迫之，乃令萬頃作離合詩贈勣。勣不達其意，大怒曰：軍機急切，何用詩爲！必斬之。萬頃解釋之，乃止。

又：錢起能五言詩，初從鄉薦，家寄江湖，嘗於客舍月夜獨吟，遽聞吟於庭曰：曲終人不見，江上數峯青。起愕然，攝衣視之，無所見矣，以爲鬼怪而志之。及起就試之年，李暐所試《湘靈鼓瑟》詩題中有"青"字，起即以鬼謠十字爲落句，暐深嘉之，稱爲絕倡。是歲登第。

又：元稹聰警絕人，年少有才名，與太原白居易爲友。稹爲詩善狀詠當時風態物色，當時言詩者稱元白焉。自衣冠士子至閭閻下俚，悉傳諷之，號爲元和體。穆宗在東宮有妃嬪左右，嘗念及稹篇詠者，宮中呼爲元才子。至是極承恩遇，嘗爲《長慶宮詞》數十百篇，閭里競爲傳唱。

又：劉禹錫晚年與少傅白居易友善。居易詩筆文章，時無有其右者，嘗與錫倡和往來，因合其詩而序之曰：彭城劉夢得，詩豪者也。其鋒森然，少敢當者。予不量力，往往犯之。夫合應者聲同，交爭者力敵，一往一復，欲罷不能。一二年來，日尋筆硯，同和贈答不覺滋多，太和春已前紙墨所存者，凡一百三十八首。其餘乘興扶醉，率然作者，不在此數。嘗戲微之云：僕與足下二十年來爲文友詩敵，幸也，亦不幸也。吟詠情性，播揚名聲，其適遺形，其樂忘老，幸也；然江南士女諸才子者，多云元白，以子之故，使僕不得獨步於吳越間，此亦不幸也。今垂老復遇夢得，非重不幸耶！夢得文之神妙，莫先於詩。若妙與神，則吾豈敢，如夢得"雪裏高山頭白早，海中仙果子生遲"，"沉舟側畔千帆過。病樹前頭萬木春"之句之類，真神妙矣！在在處處，應有靈物護持，豈止兩家子弟秘藏而已！

《世說》曰：夏侯湛作《周詩》成，示潘岳曰：此文非徒溫雅，乃見孝弟之性。潘因此遂作《家風詩》。

又：孫秀收石崇、潘岳，先送石棄市，潘後至。石謂潘曰：安仁卿，亦復爾耶？潘曰：可謂白首同所歸。乃成其詩讖。

又：孫子荆除婦服，作詩以示，王武子曰：未知文生於情，情生於文。覽之悽然，增仇儷之重。

《文士傳》曰：張秉自知短命，乃作《千年歌》詩以自傷。

《顏氏家訓》曰：王籍《入若耶溪》詩云：蟬噪林逾靜，鳥鳴山更幽。江南以爲文章斷絶，物無異議。簡文吟咏，不能忘之。

《金樓子》云：有何贈智者，常於任昉座賦詩，而其詩言不類。任云：卿詩可謂高厚。其人大怒曰：遂以我詩爲苟號。

《國朝傳記》曰：薛道衡聘陳，爲《人日》詩云：入春纔七日，離家已二年。南人嗤之曰：是底言語？誰謂此虜解作詩？及云：人歸落雁後，思發在花前。乃喜曰：名下固無虛士。

《國朝雅記》曰：沈佺期以工詩著名，燕公張説嘗謂之曰：沈三無詩，直須還他第一。

《國史補》曰：德宗以二月一日爲中和節宴，百僚賦詩，羣臣奉和。詔寫本賜戴叔倫於容州，天下榮之。

又：杜祐在淮南，進崔叔清詩百篇，上曰：此惡詩，焉用進？時人謂之勑準惡詩。

陸機《文賦》曰：詩緣情而綺靡。（以上卷五百八十六文部二）

賦

《詩序》曰：詩有六義焉，一曰風，二曰賦。

《釋名》曰：賦，敷也，布其義謂之賦也。

《漢書》曰：不歌而誦謂之賦，登高能賦，可以爲大夫。言感物造端，材智深美，可以與圖政事，故可以列爲大夫也。春秋之後，周道寢壞，聘問歌詠，不行於列國。學詠之士，逸在布衣，賢人失志之賦作矣。孫卿及楚臣屈原，離讒憂國，皆作賦以風諭，咸有惻隱古詩之義也。其後宋玉、唐勒，漢興，枚乘、司馬相如，下及揚雄，競爲侈麗閎廣之語，没其風諭之義。是以揚子稱之曰：詩人之賦麗以則，辭人之賦麗以淫。如孔氏之門用賦也，則賈誼登堂，相如入室矣。

又：上令王褒與張子僑等並待詔，數從遊獵，所幸宮館，輒歌頌，第其高下，以差賜帛，議者多謂淫靡不急。上曰：不有博弈者乎？爲之猶賢乎已！辭賦大者與古詩同義，小者辨麗可喜，如女工有綺縠，音樂有鄭、衛。今世俗猶皆以娛説耳目，辭賦比之，尚有仁義諷諭鳥獸草木多聞之觀，賢於倡優博弈遠矣。

又：武帝安車徵枚乘孽子臯。母爲小妻，以乘之東歸也。臯母不肯隨乘，乘怒，留臯與母居。年十七，上書自陳枚乘之子。上得之大喜，召入，詔使賦《平樂館》，善之，拜爲郎。皋不通經術，談笑類俳倡，爲賦頌好嫚戲，以故得媟黷貴幸，比東方朔、郭舍人等。武帝春秋三十九，乃得皇太子。羣臣喜，故皋與東方朔作《皇太子生賦》。皋爲文疾，受詔輒成，故所賦者多。司馬相如善爲文而遲，故所作少。

又：上讀司馬相如《子虛賦》，善之，乃召相如。相如曰：此乃諸侯之事，未足觀，請爲天子遊獵之賦。上令尚書給筆札，相如以子虛虛言也，爲楚稱；烏有先生者，烏有此事也，爲齊難；亡是公者，亡是人也。欲明天子之義，故虛藉此三人爲辭，以推天子諸侯之苑囿，其卒歸於節儉，因以諷諫天子。天子大説。時上好神仙，相如又奏《大人賦》。天子悦，飄飄有凌雲氣，游天地之間意。

又：趙昭儀方大幸，每上幸甘泉，常從，在屬車間豹尾中。故揚雄盛言車騎之衆，參麗之駕，非所以感動天地，逆釐三神。又言屏玉女，却宓妃，以微戒齋肅之事。賦成，奏之。天子異焉。先是，蜀有司馬相如，時作賦甚宏麗温雅，雄心壯之，每作賦，常擬以爲式。

《後漢書》曰：王延壽字文考，少游魯國，作《靈光殿賦》。後蔡邕亦造此賦，未成，及見延壽所爲，甚奇之，遂輟翰。

又：李充字伯仁，少以文章顯名。賈逵薦充，召詣東觀，受詔作賦，拜蘭臺令史。

《魏志》曰：陳思王植，太祖常視其文曰：汝倩人耳。植跪曰：出言爲論，下筆成篇，固當面試。時鄴銅雀臺新成，太祖悉將諸子登，使各賦。植賦援筆立成，太祖甚異之。

《吳書》曰：張紘作《栭榴枕賦》，陳琳在河北，見之，以示人曰：此吾鄉里張子綱所作也。後紘見琳《武庫賦》、《應機論》、《與琳書》，歎美之，琳答曰：自僕在河北，與足下隔，此間率少於文章，易爲雄伯。故僕受此過美之談，非其實也。今景興在此，足下、子布在彼，所謂小巫見大巫，神氣盡矣。

《魏略》曰：卞蘭獻賦，贊述太子德美。太子報曰：作者不虛其辭，受者必當其實。蘭此賦，豈吾實哉！昔吾丘壽王一陳寶鼎，何武等徒以歌頌，猶受金帛之賜。蘭事雖不諒義，足嘉也，今賜牛一頭。

又：邯鄲淳作《投壺賦》，奏之，文帝以爲工，賜絹十疋。

《晉書》曰：孫綽絶重張衡、左思賦云：《三都》、《二京》，六經之鼓吹也。嘗作《天台山賦》，辭致甚工。初成，以示友人范榮期云：卿試擲地，當作金石聲也。榮期曰：恐此金石，非中宫商。然每至佳句輒云：應是我輩語。

又：桓温欲經畫中國，以河南粗平，將移都洛陽。朝廷畏温，不敢爲異，而此土蕭條，人情危懼。孫綽上疏言不可，温見綽表，不悦曰：致意興公，何不尋君《遂初賦》而知人家國事耶！

又：顧愷字長康，晉陵無錫人也。博學有才氣，嘗爲《箏賦》成，謂人曰：吾賦之比稽琴，不賞者必當以後出相遺。深識者亦當以高奇見貴。

《宋書》曰：謝莊字希逸，仕爲太子中庶子。時南平王鑠獻赤鸚鵡，帝詔羣臣爲賦。太子左衛率袁淑文冠當時，作賦畢，示莊。及見莊賦，歎曰：江東無我，卿當獨秀；我若無卿，亦一時之傑。遂隱其賦。

《梁書》：生張率爲《待詔賦》，奏之，甚見稱賞。手勅答曰：相如工而不敏，枚皋速而不工。卿可謂兼二子於金馬矣。

又：沈衆字仲興，好學有文詞，仕梁爲太子舍人。時武帝制千字詩，衆因註解，與陳、謝、景同時召見於文德殿。帝命作賦，賦成，奏之。手勅答曰：卿文體翩翩，可謂無忝爾祖。

《北齊書》曰：劉晝舉秀才入京，考策不第，乃恨不學屬文。方復緝綴辭藻，言甚古拙，制一首賦，以“六合”爲名，自謂絕倫，吟諷不輟，乃歎曰：儒者勞而少工，見於斯矣。我讀儒書二十餘年，而答策不第，始學作文，便得如是！曾以此賦呈魏收，收謂人曰：賦名“六合”，其愚已甚；及見其賦，又愚於名。

《唐書》曰：獲嘉主簿劉知幾著《思慎賦》以刺時，鳳閣侍郎蘇味道、李嶠見文，相顧而歎曰：陸機《豪士》之所不及也。當今防身要道，盡在此矣。

又《文苑傳》：李華字遐叔，善屬文，與蘭陵蕭穎士善。華著《含元殿賦》，穎士見而賞之曰：《景福》之上，《靈光》之下。

《後唐書》曰：李琪少孤貧，苦學，尤精於文賦。昭宗時李谿父子以文學知名於時，琪年十八九，袖賦一軸謁谿。谿覽賦驚異，倒履迎門，因出琪《啞鍾》、《捧日》等賦指示，謂琪曰：予常患近年文士辭賦，皆數句之後未見其賦題。吾子入句見題，偶屬典麗，吁！可畏也。琪由是益知名。

摯虞《文章流別論》曰：賦者，敷陳之稱，古詩之流也。前世爲賦者，有孫卿、屈原，尚頗有古詩之義。至宋玉，則多淫浮之病矣。楚詞之賦，賦之善者也。故揚子稱賦莫深於《離騷》，賈誼之作，則屈原儔也。

《文心雕龍》曰：《詩》有六義，其二曰賦。賦者，鋪也，鋪采摛文，體物寫志也。昔邵公稱：“公卿獻詩，師箴瞍賦。”傳云：“登高能賦，可謂大夫。”詩序則同義，傳說則異體。總其歸塗，實相枝幹。故劉向明“不歌而頌”，班固稱“古詩之流”。至如鄭莊之賦《大隧》，士蒍之賦《狐裘》，結言短韻，詞自已作，雖合賦體，明而未融。及靈均唱《騷》，始廣聲貌。然則賦也者，受命於詩人，而拓宇於《楚詞》者也。於是荀況《禮》、《智》，宋玉《風》、《韻》，爰錫名號，與詩畫境，六藝附庸，蔚成大國。述客主以自引，極聲貌以窮文。斯蓋別詩之源始，命賦之厥初也。秦世不文，頗有雜賦。漢初辭人，順流而作。陸賈扣其端，賈誼振其緒，枚馬同其風，王揚騁其勢，皋朔以下，品物畢圖。

繁積於宣時，校閱於成世，進御之賦，千有餘首，詩之源流，信興楚而盛漢矣。若夫京殿苑獵，述行叙志，並體國經野，義尚光大。既履端於唱序，亦歸餘於總亂。序以建言，首引情本；亂以理篇，寫送文勢。觀夫荀結引語，事數自環，宋發巧談，實始淫麗。枚乘《兔園》，舉要以會新；相如《上林》，繁類以成艷；賈誼《鵩鳥》，致辨於情理；子淵《洞簫》，窮變於聲貌；孟堅《兩都》，明絢以瞻雅；張衡《二京》，迅拔以宏富；子雲《甘泉》，構深偉之風；延壽《靈光》，含飛動之勢：凡此十家，並辭賦之英傑也。及仲宣靡密，發端必遒；偉長通博，時逢壯采；太冲安仁，策勳於鴻規；士衡子安，底績於流製；景純綺巧，縟理有餘；彦伯梗概，情韻不匱：亦魏晉之賦首也。原夫登高之旨，蓋睹物興情。情以物興，故義必明雅；物以情睹，故辭必巧麗。麗辭雅義，符采相勝，如組織之品朱紫，畫繪之差玄黃。文雖新而有質，色雖雜而有儀，此立賦之大體也。然逐末之儔，蔑棄其本，雖讀千首，逾惑體要。遂使繁華折枝，膏腴害骨，無貴風軌，莫益勸戒，此揚子所以追悔於雕蟲，貽誚於霧縠者也。

宋玉《大言賦序》曰：楚襄王既登陽雲之臺，命諸大夫景差、唐勒、宋玉等並造《大言賦》，賦畢，而玉受賞。又有能爲《小言賦》者，賞雲夢之田。賦畢，遂賜玉田。

揚子《法言》曰：或問曰：吾子少而好賦？曰：然。童子雕蟲篆刻，壯夫不爲。詩人之賦麗以則，辭人之賦麗以淫。若孔氏之門而用賦，則賈誼升堂，相如入室。

崔鴻《十六國春秋・南涼錄》曰：禿髮傉檀子歸，年始十三，命爲《高昌殿賦》，援筆立成，影不移漏。傉檀覽而善之，擬之於曹子建。

又《前秦錄》曰：符堅宴羣臣於逍遙園，將軍講武，文官賦詩。有洛陽年少者，長不滿四尺，而聰博善屬文，因朱彤上《逍遙戲馬賦》一篇，堅覽而奇之，曰：此文綺藻清麗，長卿儔也。

《西京雜記》曰：長安有慶虬，亦善爲賦。常爲《清思賦》，時人不貴。虬乃託以相如作，遂大重於世焉。

又：相如將獻賦，而未知所爲，夢一黃衣翁，謂之曰：子可爲《大人賦》，言神仙之事以獻之。上賜錦四匹。

又：司馬長卿賦，時人皆稱典而麗，雖詩人之作不能加也。揚子雲曰：長卿賦不從人間來，神化所至耳。子雲學相如而不逮，是故雅服焉。

又：司馬相如爲《上林》、《子虛》賦，意思蕭散，不復與外相關控，引天地，錯綜古今，忽然而睡，忽然而興，幾百日。後成，其友人盛宗長通，牂牁名士，嘗問以作賦，相如答云：合纂組以成文，列錦繡而爲質。一經一緯，一宮一商，此作賦之跡也。賦家之心，苞括宇宙，總總覽人物。斯乃得之於內，不可得而傳也。乃作《合組歌》、《列錦賦》而退，終身不復敢言作賦之心矣。

《博物志》曰：王延壽，逸之子也。魯作靈光殿，初成，逸語其子曰：汝寫狀歸，吾欲爲賦。文考遂以韻寫簡，其父曰：此即好賦，吾固不及矣。

《三國典略》曰：齊魏收以溫子昇、邢邵不作賦，乃云：會題作賦，始成大才。唯以章表自許，此同兒戲。

《文士傳》曰：何楨字元翰，青龍元年，天子特詔曰：楊州別駕何楨有文章才識，使作《許都賦》。成，封上，不得令人見。楨遂造賦，上甚異之。

又：棘嵩見陸雲作《逸民賦》，嵩以爲丈夫出身，不爲孝子，則爲忠臣，必欲建功立策，爲國宰輔。遂作《官人賦》，以反雲之賦。

桓子《新論》曰：予少時見揚子雲麗文高論，不量年少，猥欲迫及。業作小賦，用思大劇，而立感動發病。子雲亦言：成帝幸甘泉，詔使作賦，爲之卒，暴倦卧夢其五臟出地，以手收之。覺，太少氣，病一歲。余少好文，見子雲工爲賦頌，欲從學。子雲曰：能讀千賦，則善之矣。

魏文《典論》曰：今之文人，魯國孔融、廣陵陳琳、山陽王粲、北海徐幹、陳留阮瑀、汝南應瑒、東平劉楨，此七子者，於學無所遺，於辭無所假，如粲之《初征》、《登樓》、《槐賦》，幹之《玄猨》、《漏巵》、《圓扇》、《枕賦》，雖張、蔡不過也。陳琳、阮瑀之章表書記，今之雋也。應瑒和而不壯，劉楨壯而不密，孔融氣體高妙，有過人者。

魏文《臨渦賦序》曰：余從上拜墳，乘馬過水，相徉高樹之下，駐馬書鞭，爲《臨渦賦》。

《世說》曰：左思字太冲，齊國臨淄人也。作《三都賦》，十年乃成。門庭户席，皆置筆硯，遇得一句，即便疏之。賦成，時人大有譏訾，思意甚不愜。後示張華，華曰：此《二京》可三，然君文未重於世，宜以示高明之士。思乃請序皇甫謐，謐見之嗟嘆，遂爲作序。於是先相訾者，莫不斂衽贊述焉。陸機入洛，欲爲此賦，聞思作之，拊掌而笑，與弟雲書：此間有傖父，欲作《三都賦》，須其成，當以覆酒甕耳。及思賦出，機絕歎服，以爲不能加也。

又：袁宏作《東征賦》，列稱過江諸名德，而獨不載桓彝。溫甚恨之，嘗以問宏，宏曰：尊君稱位，非下官敢專，既未遑啟，故不敢顯之。溫曰：君欲爲何詞？宏即答云：風鑒散朗，或搜或引；身雖可亡，道不可隕。溫乃喜。又不道陶侃，侃子胡奴抽刃曲室問袁君，賦云：何忽略？袁宿急答曰："大道尊公，何言無？"因曰："精金百鍊，在割能斷。功以治民，職思靖亂。長沙之勳，爲史所讚。"胡奴乃止。

《金樓子》云：劉體元好學有文才，爲《水仙賦》，時人以爲不減《洛神賦》；擬古詩，時人謂陸士衡之流也。余謂《水仙》不及《洛神》，擬古勝乎士衡矣。

《閩川名士傳》曰：貞元中，杜黃裳知貢舉，試《珠還合浦賦》。進士林藻賦成，憑几假寐，夢人謂之曰：君賦甚佳，但恨未叙珠來去之意爾。藻悟，乃足四句。其年擢第，謝曰，黄裳謂曰：唯林生叙珠來去之意，若有神助。（以上卷五百八十七文部三）

頌　讚　箴

頌

《詩序》曰：頌者，美盛德之形容，以其成功告於神明也。

又曰：蒸民、吉甫，美宣王也。其詩曰："吉甫作頌，穆如清風。"陸機《文賦》曰："頌則優游以彬蔚。"

《文章流別論》曰：頌，詩之美者也。古者聖帝明王。功成治定而頌聲興。於是史錄其篇，工歌其章，以奏於宗廟，告於神明。故頌之所美，則以爲名，或以頌形，或以頌聲，其後已非古頌之意。昔班固爲《安豐戴侯頌》，史岑爲《出師頌》、《和憙鄧后頌》，與《魯頌》體意相類，而文辭之異，古今之變也。揚雄《趙充國頌》，頌而似雅；傅毅《顯宗頌》，文與《周頌》相似，而雜以風雅之意。若馬融《廣成》、《上林》之屬，純爲文賦之體，而謂之頌，失之遠矣。

《文心雕龍》曰：四始之至，頌居其極。頌者，容也，所以美盛德而述形容也。昔帝嚳之世，咸墨爲頌，以歌《九招》。自商頌以下，文理克備。夫化偃一國謂之風，風正四方謂之雅，容告神明謂之頌。風雅序人，故事兼變正；頌主告神，故義必純美。魯以公旦次編，商以前王追録，斯乃宗廟之正歌，非饗燕之恒詠也。《時邁》一篇，周公所製；哲人之頌，規式存焉。夫三閭《橘頌》，情采芬芳，比類屬興，覃及細物矣。至於秦政刻文，爰頌其德。漢之惠景，亦有述容。沿世並作，相繼於時矣。若夫子雲之表充國，孟堅之頌戴侯，武仲之美顯宗，史岑之述憙后，或擬《清廟》，或範《駉》、《那》，雖深淺不同，詳略有異，其褒德顯容，典章一也。原夫頌惟典懿，詞必清鑠，敷寫似賦，而不入華侈之區；敬慎如銘，而異於規戒之域；揄揚以發，藻汪洋以樹儀，雖纖巧委曲，與情而變，其大體含宏，如斯而已。

《漢書》曰：宣帝徵王褒爲《聖主得賢臣頌》，褒對曰：夫荷旃被毳者，難與道純綿之麗密；羹藜含糗者，不足與論太牢之滋味。今臣僻在西蜀，生於窮巷之中，長於蓬茨之下，無有遊觀廣覽之知，不足以塞厚望，應明旨，敢不略陳愚而抒情素。

又曰：成帝時，西羌嘗有警，上思將帥之臣，追美充國，乃召黄門郎揚雄，即充國圖畫而頌之。

《後漢書》曰：帝召賈逵，因勑蘭臺給筆札，使作《神雀頌》。

范曄《後漢書》曰：肅宗治修古禮，巡狩方岳，崔駰上《西巡頌》，稱漢德帝雅好文章，自見駟頌後，嘗嗟嘆之，問侍中竇憲曰：寧知崔駟乎？對曰：班固數爲臣説之，然未見。帝曰：公愛班固而忽駟，此葉公之好龍也。可試見之。駟由此候憲，憲迎門，笑謂駟曰：亭伯，吾受詔交公，何得薄我哉！遂揖入以爲上客。

又曰：傅毅與班固、賈逵共典校書，毅追美孝明帝功德最盛，而廟頌未立，乃依《清廟》作《顯宗頌》十篇奏之。

又曰：平望侯劉毅以和熹鄧太后有德教，請令史官著《長樂宮聖德頌》，以敷宣景耀，勒勳金石，縣之日月，攄之罔極，以崇陛下烝烝之孝。帝從之。

《魏志》曰：黃初三年，黃龍見鄴西漳水中。王褒上頌，賜黃金十斤。

《晉春秋》曰：懷帝陷於平陽，劉聰加帝開府儀同三司。會稽郡公引帝入讌，謂帝曰：卿爲豫章王時，朕與王武子俱造卿。武子稱朕於卿，卿言聞名久矣。卿以所作樂府示朕，曰：劉君聞君善詞賦，試爲看也。朕與武子俱爲《盛德頌》，卿稱善者久之。又引朕射於黃堂，朕得十二籌，卿與武子俱得九籌。卿又贈朕柘弓銀硯，卿頗憶否？帝曰：安敢忘之！恨爾日不得早識龍顏。聰曰：卿家骨肉，何相殘之甚耶？帝曰：此殆非人事，皇天意也。大漢將興，應乾受歷，故爲陛下自相驅耳。且臣家若能奉武皇帝之業，九族敦睦，陛下何由得之？聰甚有喜色。

《晉書》曰：劉臻妻陳氏聰敏能屬文，嘗正旦獻《椒花頌》，其詞曰：旋穹周迴，三朝肇建；青陽散暉，澄景載煥。

又曰：劉伶字伯倫，沛國人也。志氣曠放，以宇宙爲狹，著《酒德頌》，爲建威參軍，以壽終。

崔鴻《春秋前燕録》曰：慕容雋觀兵近郊，見甘棠於道周，從者不識。雋曰：唏，此《詩》所謂“甘棠於道”。甘者，味之主也；木者，春之行也。五德屬仁，五行主土。春以施生，味以養物。色又赤者，言將有赫赫之慶於中土。吾謂國家之盛，此其徵者也。《傳》曰：“升高能賦，可以爲大夫。”羣司亦各書其志，吾得覽焉。於是内外臣僚並上《甘棠頌》

《南史》曰：梁大同中嘗驟雨，殿前往往有雜色寶珠。梁武觀之，甚有喜色。虞寄因上《瑞雨頌》。帝謂其兄荔曰：此頌典裁清拔，卿之士龍也。將加擢用，寄聞之嘆曰：美盛德之形容，以申擊壤之情耳！吾豈買名求仕乎？

《後周書》曰：顔之儀幼穎悟，三歲能讀《孝經》。及長，博涉書書，好爲詞賦。嘗獻《神州頌》，詞致雅贍。梁元帝手勅報曰：枚乘二葉，俱得遊梁；應貞兩世，並稱文學。我求才子，鯁慰良深。江陵平，之儀隨例遷長安，世宗以爲麟趾學士。

《隋書》曰：北齊中書侍郎杜臺卿上《世祖武成皇帝頌》，齊主以爲未能盡善，令和士開以頌示李德林，宣旨云：臺卿此文，未當朕意。以卿有大才，須叙盛德，即宜速作，急進本也。德林乃上頌十六章並序，武成覽頌，善之，賜名馬一疋。

鄭玄《別傳》曰：民有嘉瓜者，異本同實，縣侯欲表附，文辭鄙略，君爲改作，又著頌二篇，侯相高其才。

王充《論衡》曰：古之帝王建鴻德者，須鴻筆之臣，襃頌紀德也。

又曰：永平中，神雀羣集。孝明詔上《神雀頌》。百官上頌，文比瓦石。惟班固、賈逵、傅毅、楊終、侯諷五頌，文比金玉。

崔駰《四巡頌表》曰：臣聞陽氣發而鶬鶊鳴，秋風厲而蟋蟀吟，氣之動也。唐虞之世，樵夫牧豎擊轅中韶，感於和也。臣不知手足之動音聲，敢獻頌云。

《零陵先賢傳》曰：周不疑字文直，曹公時有白雀瑞儒林，並已作頌。不疑見操，授紙筆，立令復作，操奇之。

讚

《釋名》曰：稱人之美曰讚。讚，纂也，纂集其美而叙之也。

《文心雕龍》曰：讚者，明也，助也。昔虞舜之祀，樂正重讚，蓋唱發之詞也。及益讚于禹，伊陟讚于巫咸，並颺言以明事，嗟嘆以助詞者也。故漢置鴻臚，以唱拜爲讚，即古之遺語也。至如相如屬筆，始讚荆軻。及遷《史》、固《書》，託讚襃貶，約文以總録，頌體而論詞；又記傳後評，亦同其名。而仲治《流別》，謬稱爲述，失之遠矣。及景純注《雅》，動植必讚，讚兼美惡，亦猶頌之有變耳。然本其爲義，事生奬嘆，所以古來篇體，促而不廣，必結言於四字之句，盤桓於數韻之詞。約舉以盡情，昭灼以送文，此其體也。發言雖遠，而致用蓋寡，大抵所歸，其頌家之細條也。

李充《翰林論》曰：容象圖而讚立，宜使辭簡而義正。孔融之讚，楊公亦其義也。

《晉書》曰：嵇含，紹之孫也。弘農王粹以貴公子尚主，館宇甚盛，圖莊周於室，廣集朝士，使含爲讚。含援筆爲之，文不加點，其略曰：“嗟乎先生高跡，何局生處巖岫之居，死寄雕楹之屋。寄非其所，没有餘辱。”粹有愧色。

又曰：衞恒字巨山，爲黄門郎，善草隸。太康元年，汲縣人盗發魏襄王冢，得策書十餘萬言。其一卷論楚事者最爲工妙，恒悦之，故竭思以贊其美。

《世説》曰：羊孚作《雪讚》曰：資清以化，乘氣以霏，遇象能鮮，即潔成輝。桓伊遂以書扇。

箴

《文心雕龍》曰：箴，所以攻疾除患，喻鍼石也。

又曰：斯文之興，盛於三代。夏商二箴，餘句頗存。及周之辛甲，百官箴闕，惟《虞箴》一篇，體義備焉。迄至春秋，微而未絕。故魏絳諷君於后羿，楚子訓民於在勤。戰伐以來，棄德務功，銘辭代興，箴文委絕。至揚雄稽古，始範《虞箴》，《卿尹》、《州牧》二十篇。及崔胡補綴，總稱《百官》。指事配位，鑒盤有徵，可謂追清風於前古，攀辛甲於後代者也。至於潘勖《符節》，要而失淺；溫嶠《侍臣》，博而患繁；王濟《國子》，引多事寡；潘尼《乘輿》，義正體蕪：凡斯繼作，鮮有克終。至於王朗《雜箴》，乃實巾履，得其戒慎，而失其所施；觀其約文舉要，憲章戒銘，而水火井竈，繁辭不已，志有偏也。夫箴誦於官，銘題於器，名目雖異，而警戒實同。箴全禦過，故文資确切；銘兼褒讚，故理貴宏潤。此其要也。然矢言之道蓋闕，庸器之制久淪，所以箴銘實用，罕施後代，惟秉文君子，宜酌其遠大矣。

陸士衡《文賦》曰：箴頓挫而清壯。

《周書》曰：《夏箴》曰：小人無兼年之食，遇天饑，妻子非其妻子也；大夫無兼年之食，遇天饑，臣妾非其臣妾也；卿大夫無兼年之食，遇天饑，臣妾輿馬非其有也；國無兼年之食，遇天饑，百姓非其有也。

《左傳·襄四》曰：昔周辛甲之爲太史，命百官，官箴王闕辛甲，周武王太史也。闕，過也。百官各以箴進，箴王過也。於《虞人之箴》曰虞人，掌田獵者：芒芒禹跡，畫爲九州芒芒，遠貌。畫，分也。經啟九道九道，九州之道也。啟，開也，民有寢廟，獸有茂草，各有攸處，德用不擾人神各有歸，故德不亂也。在帝夷羿，冒於原獸冒，貪，忘其國恤，而思其麀牝言但念獵。武不可重重，尤數也，用不恢於夏家羿以好武，雖有夏家，而不能恢大也。獸臣司原，敢告僕夫獸臣，虞人也。告僕夫，不敢斥尊也。

范曄《後漢書》曰：崔琦字子瑋，梁冀聞其才，請與交。冀行多不軌，琦數引古今成敗以誡之，冀不能受，作《外戚箴》。《晉書》曰：張華懼后族之盛，作《女史箴》以爲諷。賈后雖凶妬，而知敬重華。

又曰：文帝子齊王攸，武帝時爲太子太傅，獻箴於太子，其略曰："毋曰父子之間，昔有江充；毋曰至親靡二，或客潘崇。諛言亂真，讚潤離親。驪姬之讒，晉侯疑申。固親以道，勿固以恩；修身以敬，勿託以尊。"世以爲工。

《後周書》曰：齊王憲友劉休徵獻《王箴》一首，憲美之。休徵後又以此箴上高祖，高祖方剪削諸弟，甚悅其文。

《唐書》曰：元和中，吏部郎中柳公綽獻《太醫箴》曰："寒暑滿天地之間，浹肌膚於外；玩好溢耳目之前，誘心知於内。清潔爲陛，奔射猶敗。氣行無間，隙不在大。睿聖之姿，清明絕俗。心正無邪，志高寡欲。謂天高矣，氣蒙晦之；謂地厚矣，橫流潰之。聖德超邁，萬方賴之。飲食所以資身也，過則生患；衣服所以稱德也，侈則生慢。惟過與侈，心必隨之。氣與心流，疾亦伺之。"上深嘉嘆，降中使勞問。

又曰：敬宗遊幸無度，李德裕獻《丹扆箴》六首。《宵衣箴》曰："先王聽政，昧爽以俟。雞鳴既盈，日出而視。伯禹大聖，寸陰爲貴；光武至仁，友賢不忌。無俾姜后，獨去簪珥；彤管記言，克念前志。"又有《正服》、《罷獻》、《納誨》、《辨邪》、《防微》等箴，文多不載，上甚嘉之。

胡廣《百官箴叙》曰：箴諫之興，所由尚矣。聖君求之於下，忠臣納之於上，故《虞書》曰："予違汝弼，汝無面從。退有後言。"墨子著書稱《夏箴》之辭。

崔漢《叙箴》曰：昔楊子雲讀《春秋傳·虞人箴》而善之，於是作爲《九州》及《二十五箴》，規匡救言，君德之所宜。斯乃體國之宗也。（以上卷五百八十八文部四）

碑

《釋名》曰：碑，被也。此本葬時所設也，施其鹿盧，以繩被其上，引以下棺。追述君父之功美，以書其上，後人因爲焉。故建於道陌之頭，名其文，謂之碑也。

《文心雕龍》曰：碑者，埤也。上古帝王，紀號封禪，樹石埤岳，故曰碑也。周穆紀跡于弇山之石，亦古碑之意也。又宗廟有碑，樹之兩楹，事止麗牲，未勒勳績。而庸器漸闕，故後代用碑，以石代金，同乎不朽，自廟徂墳，猶封墓也。自後漢以來，碑碣雲起。才鋒所斷者，莫高蔡邕。楊賜之碑，骨鯁訓典；陳、郭二文，句無擇言；周乎衆碑，莫非精允。其叙事也核而要，其綴采也雅而澤；清辭轉而不窮，巧義出而卓立；察其爲才，自然至矣。孔融所創，有慕伯喈；張、陳兩文，辨給足采，亦其亞也。及孫綽爲文，志在於碑；溫王郗庾，詞多支離；《桓彝》一篇，最爲辯才矣。此碑之所致也。屬碑之體，資乎史才，其序則傳，其文則銘。標序盛德，必見清風之華；昭紀鴻懿，必見俊偉之烈：此碑之制也。夫碑實銘器，銘實碑文，因器立名，事光於誄。是以勒器讚勳者，入銘之域；樹碑述己者，同誄之區焉。

《禮記·喪大記》曰：君葬用輴，四綍二碑，御棺用羽。葆大夫葬用輴，二綍二碑，御棺用茅。士葬用國車，二綍無碑。凡封用綍，去碑負引。

又《祭義》曰：祭之日，君牽牲，既入廟門，麗于碑麗，猶繫也。

《東觀漢記》曰：竇章女，順帝初入掖庭爲貴人，早卒。帝追思之，詔史官樹碑頌德，帝自爲之辭。

范曄《後漢書》曰：郭林宗卒，同志者乃共刻石立碑，蔡邕爲其文。既而謂盧植曰：吾爲碑多矣，皆有慚德，惟郭有道碑無愧色耳。

又《蔡邕傳》曰：邕以經籍去聖已久，文字多謬，俗儒穿鑿，疑誤後學。乃與五官中郎將堂谿典、光禄大夫楊賜、諫議大夫馬日磾、議郎張馴、韓説、太史令單颺等奏求正定六經文字，靈帝許之。邕乃自書冊於碑，使工鐫刻，立於太學門外。於是後儒晚學，咸取正焉。及碑始立，其觀視及摹寫者，車乘日千餘兩，填塞街陌。

《魏志》曰：王粲與人共行，讀道邊碑，人問曰：卿能闇誦乎？曰：能。因使背而誦之，不失一字。

又曰：鄧艾字士載，年十二隨母至潁川，讀陳實碑文，言文爲世範，行爲士則。艾遂更名範，字士則。後宗族有與同者，故改焉。

《晉書·隱逸傳》：戴逵字安道，譙國人也。少博學，好談論，善屬文，能鼓琴，工書畫。其餘巧藝，靡不畢綜。總角時，以雞卵汁溲白瓦屑作《鄭玄碑》，又爲文而自鐫之。詞麗器妙，時人莫不驚歎。

又曰：郭璞爲庾冰筮，曰：墓碑生金，庾氏大忌。後冰子爲廣州刺史，碑生金，爲桓溫所滅。

又曰：杜預好爲後世名，常言高岸爲谷，深谷爲陵，刻石爲二碑，記其勳績。一沉萬山之下，一立峴山之上，曰：焉知此後不爲陵谷乎？

又曰：孫綽少以文才稱，於時文士，綽爲其冠。溫王郗庾諸公之薨，必須綽爲碑文，然後刊石焉。

又曰：扶風武王駿嘗都督雍梁，病，薨，追贈大司馬加侍中，假黃鉞。西土聞其薨也，泣者盈路，百姓爲之樹碑。長老見碑，無不下拜，其遺愛如此。

又曰：唐彬爲幽州，百姓追慕彬功德，生爲之立碑作頌。彬初受學於東海闔德，門徒甚多，獨目彬有廊廟才。及彬官成，而德已卒，乃爲立碑。

王隱《晉書》曰：《石瑞記》曰：永嘉初，陳國項縣賈逵石碑中生金，人盜取，盡復生。此江東之瑞。

《齊書》曰：竟陵王薨，范雲是故吏，上表請爲立碑文云：人蓄油素，家懷鉛筆，瞻彼景山，徒然望慕油素，絹也。筆，所以理書也。

《三國典略》曰：宗懍少聰明，好讀書，語輒引古事，鄉人呼爲小兒學士。梁主使製《龍川廟碑》，一夜便就，詰朝，呈上，梁主美之。

又曰：陸雲，吳郡吳人，曾製《太伯廟碑》。吳興太守張纘罷郡經途，讀其文，嘆美之曰：今之蔡伯喈也。至都，言於高祖。高祖召兼尚書議郎，頃之即真。

《後魏書》曰：衛操，桓帝以爲輔相，任以國事。劉石之亂，勸桓帝匡助晉氏，東瀛公司馬騰聞而善之，表加右軍，封定襄侯。桓帝崩，後立碑於大邗城南，以頌功德云：魏軒轅之苗裔，桓穆二帝，馳名域外，九譯宗焉。有德無祿，大命不延。背棄華殿，雲中名都。遠近齊軌，奔赴梓廬。時晉光熙元年秋也。皇興初，雍州別駕雁門段榮於大邗掘得此碑。

328

又曰：爾朱榮字天寶，美容貌，幼而明決，長好射獵。葛榮之叛也，榮列圍爲大獵，有雙兔起於馬前。榮乃彎弓而誓曰：中之則擒葛榮。應弦而殪，三軍咸悅。破賊之後，即命立碑於其所，號曰《雙兔碑》。

《唐書》曰：賈敦實，宛句人也。貞觀中爲饒陽令，時制除大功已止，不得聯職。敦實兄敦頤，先爲洛州刺史，甚有惠政，百姓共樹碑於大市通衢。及敦實去職，復刻石頌其政德，立於兄之碑側，故時人呼爲《常棣之碑》焉。

又曰：貞觀中，議封禪，又議立碑勒石紀號，垂裕後昆。美盛德之形容，闡後王之休烈，其義遠矣。

又曰：高祖御製《慈恩寺碑》文及自書，鐫刻既畢，甲戌，上御安福門樓觀。僧玄裝等迎碑向寺，皆造幢蓋，飾諸寺以金寶，窮極瓌麗。太常及京城音樂，車數百輛，僧尼執幡，兩行導從，士女觀者，填塞街衢。自魏晉已來，崇事釋教，未有如此之盛者也。

又曰：《文苑傳》曰：李邕尤長碑頌，雖貶職在外，中朝衣冠及天下寺觀，多齎持金帛，往求其文。前後所製，凡數百首。受納饋遺，亦至鉅萬。時議以爲自古鬻文獲財，未有如邕者。有文集七十卷。其《韓公行狀》、《洪州放生池碑》、《批韋巨源謚議》，文士推重之。後恩例贈秘書監。

又曰：長平中，源寂使新羅國，見其國人傳寫諷念馮定所爲《黑水碑》、《畫鶴記》。韋休符之使西蕃也，見其國人定《商山記》以代屏障。其文名馳於戎夷如此。

又曰：裴度平淮西，詔韓愈撰《平淮西碑》，其辭多序裴度。時先入蔡州，擒吳元濟，李愬功第一，愬不平之。愬妻出入禁中，因訴碑辭不實。詔令磨愈文。憲宗命翰林學士段文昌重撰文勒石。

又曰：蕭俛在相位時，穆宗詔撰《故成德軍節度使王士真神道碑》，對曰：臣器褊狹，王承宗先朝阻命，事無可觀。如臣秉筆，不能溢美。又撰進之後，例行饋遺。臣若公然阻絕，則違陛下撫納之宜；俛勉受之，則非微臣平生之志。臣不願爲之秉筆。帝嘉而從之。

又曰：李絳，憲宗時，中官吐突承璀自藩邸承恩寵，既爲神策軍護軍中尉，嘗欲於安國佛寺建立聖德碑，大興工作，絳即上言：陛下布維新之政，剗積習之弊，四海延頸，日望德音。今忽立聖德碑以示天下，不廣大易，稱大人者與天地合德，與日月合明。垂拱勵精，求理執契，豈可以文字而盡聖德，又安可以碑表而贊皇猷？若可叙述，是有分限，乃反虧損盛德，豈謂敷揚至道哉！故自堯舜禹湯文武，並無建碑之事。至秦始皇荒逸之君，煩酷之政，乃有梁嶧山之碑。揚誅伐之，功紀巡幸之跡，適足爲百世所笑，萬代所譏，至今稱爲失道亡國之主，豈可擬議於此？陛下嗣高祖、太宗之業，舉貞觀、開元之政，思理不遑食，從諫如順流，固可與堯舜禹湯文武方駕而行，安追秦皇暴虐不經之事，而自損聖德？近者閭巨源請立《記聖德碑》，陛下詳盡事宜，皆不允許。今忽令立此，與前事頗乖。況此碑既在安國寺，即不得叙載遊觀崇飾之事。述遊觀且乖治理，叙崇飾又非政經，固非哲王所宜行也。上納之。

《後唐史記》曰：魏帥楊師厚於黎陽山採巨石，將紀德政，制度甚大，以銕爲車，方任負載。驅牛四百，不由道路。所經之處，或壞人廬舍，或發人丘墓，百姓瞻望曰：碑來石才至而卒。魏人以爲應悲來之兆。

《禰衡別傳》曰：黃祖之子射作章陵太守，與衡有所之，見蔡伯喈所作石碑。正平一過視而歎其好。後日，各歸章陵，自恨不令吏寫之。正平曰：吾雖一過，皆識。然其中央第四行中石書磨滅兩字，不分明，當是某字，恐不諦耳。因援筆書之，初無所遺，唯兩字不著耳。章陵雖知其才明敏，猶嫌有所脫失。故遣往寫之，還以校。正平所書尺寸皆得，初無脫誤，所疑兩字，如正平所遺字也。於是章陵敬服。

《世説》曰：魏武嘗過曹娥碑下，楊修讀碑，背上題“黃絹幼婦外孫虀臼”。魏武謂修曰：卿解不？答云：解。魏武曰：卿未可言也，待我思之。行三十里，乃曰：吾已得之。問修所解，修曰：黃絹，色絲也，於字爲絶；幼婦，少女也，於字爲妙；外孫，女子也，於字爲好；虀臼，受辛也，於字爲辭。所謂“絶妙好辭”。魏武亦與修同，乃歎曰：我才不如卿，乃較三十里。王肅奉詔爲瑞表曰：太和六年，上將幸許昌，過繁昌，詔問受禪碑生黃金白玉應瑞否？肅奏以始改之元年，嘉瑞見于踐祚之壇，宜矣。

《晉令》曰：諸葬者，皆不得立祠堂石碑、石表、石獸。

《語林》曰：孫興公作永嘉郡，郡人甚輕之。桓公後遣傳教令作敬夫人碑，郡人云：定有才，不爾，桓公那得令作碑，於此重之。

《荊州圖記》曰：羊叔子與鄒潤甫嘗登峴山，泣曰：有宇宙便有此山，由來賢達登此望，如我與卿者多矣，皆湮滅無聞。念此，使人悲傷。潤甫曰：公德冠四海，道嗣前哲，令聞令望當與此山俱傳。若潤甫輩，乃當如公語耳。後參佐，爲立碑故望處。百姓每行，望碑莫不悲感杜預，名爲墮淚碑。

盛弘之《荊州記》曰：冠軍縣有張唐墓，七世孝廉刻其碑背曰：白楸之棺，易朽之衣，銅鐵不入，瓦器不藏。嗟夫後人，幸勿見傷。及胡石之亂，舊墓皆夷毀，而此墓儼然。至元嘉六年，民饑始發。説者云：初開，金銀銅錫之器，朱裝雕刻之飾，爛然畢備。

《齊道記》曰：瑯琊城，始皇東遊至此立碑銘，紀秦功德云。是李斯刻。

《西征記》曰：國子堂前有列碑，南北行三十五枚，刻之表裏。《春秋經》《尚書》二部，大篆、隸、科斗三種字，碑長八尺，今有十八枚存，餘皆崩。太學堂前石碑四十枚，亦表裏隸書。《尚書》、《周易》、《公羊傳》、《禮記》四部，本石塸相連，多崩敗。又太學讚碑一所，漢建武中立，時草創未備。永建六年詔下三府繕治，有魏文《典論》立碑，今四存二敗。

《述征記》曰：下相城西北，漢太尉陳球墓，有三碑。近墓一碑，記弟子盧植、鄭玄、管寧、華歆等六十人其一碑陳登碑文，正蔡邕所作。

酈善長《水經注》曰：昔大禹導河，積石疏決梁山，所謂龍門矣。孟津河口廣十八步，嚴際鐫勒遺功尚存，岸上並有廟祠，祠前有石碑三所，碑字磨滅不可識也。一碑是"太和中立"。

《述征記》曰：崆峒山有堯碑、禹碣，皆籀文焉伏滔述帝功德銘曰：堯碑禹碣，歷古不昧也。

虞喜《志林》曰：贛榆有始皇碑，潮水至則加其上三丈，去則見三尺，行有十三字。

《異苑》曰：吳郡岑淵碑在江東湖西，太元中村人見龜載從田中出，還其元處，藻萍猶着腹下。

《金樓子》曰：銘頌所稱，興公而已。夫披文相質，博約溫潤，吾聞斯語，未見其人。班固碩學，尚云贊頌相似；陸機鈎深，猶傳碑賦如一。

《國朝傳記》曰：魏文貞之薨也，太宗親製碑文，並爲書石。後爲人所間，詔令踣之。及征高麗不如意，深悔是行，乃歎曰：若魏徵在，不使我有此舉也。既渡遼水，令馳驛祀以少牢，復立碑焉。

又曰：率更令歐陽詢行見古碑，索靖所書"駐馬"，觀之良久而去。數百步復還，下馬停立，疲則布毯坐觀，因宿其傍，三日而去。

李綽《尚書故實》曰：東晉謝太傅墓碑樹貞石，初無文字，蓋重難製述之意。

《國史補》曰：韋貫之爲尚書右丞，長安中求爲碑誌若市賈然。大官卒，造其門如市，至有喧競搆致，不由喪家。是時裴均之子圖不朽，投貫之縑帛萬疋。貫之舉手曰：寧餓，不苟取。（以上卷五百八十九文部五）

銘　銘誌附　七辭　連珠

銘

《釋名》曰：銘者，述其功美，可稱名也。

《禮記·祭統》曰：銘者，論撰其先祖之有德善、功烈、勳勞、慶賞、聲名，烈于天下，而酌之祭器，自成其名焉，以祀其先祖者也。顯揚先祖，所以崇孝也。身比焉，順也；明示後世，教也。夫銘者，一稱而上下皆得焉耳矣。故君子之觀於銘也，既美其所稱，又美其所爲。爲之者，明足以見之，仁足以興之，智足以利之，可爲賢矣。賢而勿伐，可謂恭矣。故衛孔悝之《鼎銘》曰：六月丁亥，公假于太廟。公曰：叔舅，乃祖莊叔，左右成公。成公乃命莊叔，隨難于漢陽，即宮于宗周，奔走無射。啓佑獻公，乃命成叔，纂乃祖服；乃考文叔，興舊嗜欲，作率慶士，躬恤衛國。其勤公家，夙夜不解。民咸曰：休哉。公曰：叔舅，予汝銘。若纂乃考服。悝拜稽首曰：對揚以辟之，勤大命，施于烝彝鼎。此衛孔悝之鼎銘也。古之君子，論撰其先祖之美，而明著之後世者也，以比其身，以重其國家如此。子孫之守宗廟社稷者，其先祖無美而稱之，是誣也；有善而弗知，不明也；知而弗傳，不仁也。此三者，君子之所恥也。

《周禮・夏官上・司勳職》曰：司勳掌六卿賞地之法，以等其功賞地，賞田也，在遠郊之內屬六鄉焉。等，猶差也，以功大小爲差。王功曰勳成王業，若周公者也，國功曰功保全國家，若伊尹也，民功曰庸施法於民，若后稷也，事功曰勞以勞定國，若大禹也，治功曰力制法成治，若咎繇也，戰功曰多克敵出奇，若韓信、陳平者也。司馬法曰：上多前虜也。凡有功者，銘於王之太常，祭於大烝，司勳詔之銘之言名也，生則書於王旌，以識其人與其功也；死則於烝先王祭之，詔謂告其神以辭也。盤庚告其卿大夫曰：兹予大享，於先王爾祖，其從與饗之是也。

《周禮・冬官・考工記》曰：嗣銘曰：時文思索，允臻其極銘，刻之也。時，是也。允，信也。臻，至也。極，中也。言是文德之君，思求可以爲民立法者，而作此量信，至於道之中。嘉量既成，以觀四國以觀示四方，使放象之。永啓厥後，兹器維則永，長也。厥，其也。兹，此也。又長啓其子孫，使法則此器，長用之。

王隱《晉書》曰：張載字孟陽，隨父在蜀作《劍閣銘》。刺史張敏表之，命刻石於劍閣。

崔鴻《十六國春秋後趙録》曰：勒徙洛陽晷影於襄國，銘佐命功臣三十九人于上，置于建德前殿。

劉璠《梁典》曰：天監六年，帝以舊國漏刻乖舛，乃敕員外郎祖暅治之。漏成，命太子舍人陸倕爲文，其序曰：乃詔臣爲銘。按倕集曰：銘一字，至尊所改也。

《唐書》：太宗幸河北，觀砥柱，因勒銘於其上，以陳盛德。

《穆天子傳》曰：天子觀春山之上，乃爲銘，跡於縣圃之上，以詔後世謂勒石銘功德。

《大戴禮》曰：武王踐祚三日，召士大夫而問焉，曰：惡有藏之約，行之萬世，可以爲子孫常者乎？師尚父曰：在《丹書》。王欲聞之，則齋矣。三日，王端冕，師尚父亦端冕，奉書而入，則負屏而立。王下堂，南面而立。尚父曰：先王之道不北面，王行，西折而南，東面而立，師尚父西面，道書之言曰：敬勝怠者吉，怠勝敬者滅，義勝欲者從，欲勝義者凶。以仁得之，以仁守之，其量百世。以不仁得之，以仁守之，其量十世。以不仁得之，以不仁守之，必及其世。王聞書，惕若恐懼。退而爲誡，書于席之四端，爲銘焉。

太公《金匱》曰：武王曰：吾受師尚父之言，因書銘隨身自誡。其《冠銘》曰：寵以著首，將身不正，遺爲德咎。書《履》曰：行必慮正，無懷僥倖。書《劍》曰：常以服兵，而行道德，行則病，廢則覆。書《鏡》曰：以鏡自照，則知吉凶。書《車》曰：自致者急，載人者緩。取欲無度，自致而反。

《皇覽》記陰謀黃帝《金人器銘》曰：武王問尚父曰：五帝之誡，可得聞乎？尚父曰：黃帝之誡曰：吾之居民上也，搖搖恐多，故爲金人，三封其口曰：古之慎言。堯之居民上也，振振如臨深淵。舜之居民上也，慄慄恐夕不旦。武王曰：吾並殷，民居其上也，翼翼懼不敢息。尚父曰：德盛者，守之以謙，守之以恭。武王曰：欲如尚父言，吾因是爲誡，隨之身。

《孔子家語》曰：孔子觀周，遂入太祖、后稷之廟。廟當右階之前有金人焉，三緘其口，而銘其背曰："古之慎言人也。誡之哉！無多言，無多事，多言多敗，多事多害。安樂必誡，無行所悔。勿謂何傷，其禍將長；勿謂何害，其禍將大；勿謂不聞，神將伺人。焰焰弗滅，炎炎若何？涓涓不壅，終爲江河。綿綿不絕，或成網羅綿綿，微細若不絕，則有成網羅者也。豪末不札如豪之末，言微也。札，拔也，將尋斧柯。誠能慎之，福之根也。曰是何傷，禍之門也！强梁者不得其死，好勝者必遇其敵。盜憎主人，民怨其上。君子知天下之不可上也，故下之；知衆人之不可先也，故後之。溫恭慎德，使人慕之也；執雌持下，人莫踰之。人皆趨彼，我獨守此；人皆惑之，我獨不處。內藏乃智，不示人技。我雖尊高，人弗我害。唯能如此也，江海雖左，長於百川，以其卑也。天道無親，當與善人。誡之哉！誡之哉！"孔子既讀斯文也，顧謂弟子曰：小子志之，此言實而中，情而信。詩云：戰戰兢兢戰戰，恐也。兢兢，戒也，如臨深淵恐墜，如履薄冰恐陷。行身如此，豈曰過患哉！《孫卿子》、《說苑》文載也

《孔子家語》曰：孔子觀於魯桓公之廟，有欹器焉欹，傾也。孔子問於守廟者曰："此何器？"曰："此爲宥坐之器。虛則欹，中則正，滿則覆。明君以爲至誡，故常置於側也。"子路進曰："敢問持滿有道乎？"子曰："聰明睿智，守之以愚；功被天下，守之以讓；勇力振世，守之以怯；富有四海，守之以謙。"後之君子，感誡之至，追而作銘。

《左傳·昭七年》：正考父佐戴武、宣皆宋君也，三命滋益恭三命上卿。故其《鼎銘》曰：一命而傴，再命而僂，三命而俯。循墻而走，亦莫余敢侮。

蔡邕《銘論》曰：《春秋》之論銘也，曰：天子令德，諸侯言時計功，大夫稱伐。昔肅慎納貢，銘之楛矢，所謂天子令德者也。若黃帝有《巾几》之法，孔甲有《盤盂》之誡，殷湯有《甘誓》之勒鼃鈿咸反，鼎有丕顯之銘，武王踐祚，咨于太師，作席、几、楹、杖之銘十有八章；周廟金人，緘口以慎，亦所以勸戒人主，勗于令德者也。吕尚作周太師，封于齊，其功銘于昆吾之野，獲寶鼎于美陽。仲山甫有《補袞闕》，誡百辟之功。《周禮·司

勳》：凡有大功者，銘之太常。所謂諸侯言時計功者也。有宋大夫正考父，三命滋益恭而莫侮；衛孔悝之祖莊叔，隨難漢陽，左右獻公，衛國賴之，皆銘乎鼎。晉魏顆獲杜，回于輔氏，銘功于景鐘，所謂大夫稱伐者也。鐘鼎，禮樂之器，昭德紀功，以示子孫。物不朽者，莫不朽於金石故也。近世以來，咸銘之于碑。

揚子《法言》曰：或問銘，曰：銘哉，銘哉，有意於慎也。

《文心雕龍》曰：昔軒帝刻輿几以弼違，大禹勒筍簾以招諫。成湯盤盂，著日新之規；武王戶席，題必誡之訓。周公慎言於金人，仲尼革容於欹器，列聖鑒誡，其來久矣。故銘者，名也，觀器必也正名，審用貴乎慎德。蓋臧武仲之論銘也，曰："天子令德，諸侯計功，大夫稱伐。"夏鑄九牧之金，周勒蕭慎之楛，令德之事也；呂望銘功於昆吾，仲山鏤績於庸器，計功之義也；魏顆紀勳於景鐘，孔悝表勤於衛鼎，稱伐之類也。若乃飛廉有石椁之錫，靈公有蒿里之謚，銘發幽石，噫可怪也！趙靈勒跡於番吾，秦昭刻博於華山，誇誕示後，吁可笑也！詳觀衆例，銘義見矣。至於始皇勒岳，政暴而文澤，亦有疏通之美焉。若乃班固《燕然》之勒，張昶《華陰》之碣，序亦盛矣。蔡邕銘思，獨冠古今。橋公之鉞，則吐納典謨；朱穆之鼎，全成碑文，溺所長也。至如敬通雜器，準矱戒銘，而事非其物，繁略違中。崔駰品物，讚多誡少，李尤積篇，義儉辭碎。蓍龜神物，而居博奕之下；衡斛嘉量，而在杵臼之末。曾名品之未暇，何事理之能閑哉！魏文九寶，器利辭鈍。惟張載《劍閣》，其才清采，迅足駸駸，後發前至，銘勒岷漢，得其宜矣。

《文章流別論》曰：夫古之銘至約，今之銘至繁，亦有由也。質文時異，則既論之矣，且上古之銘，銘於宗廟之碑。蔡邕爲楊公作碑，其文典正，末世之美者也。後世以來器銘之嘉者，有王莽《鼎銘》、崔瑗《機銘》、朱公叔《鼎銘》、王粲《研銘》，咸以表顯功德，天子銘嘉量，諸侯大夫銘太常，勒鐘鼎之義。所言雖殊，而令德一也。李尤爲銘，自山河都邑，至於刀筆笨契，無不有銘，而文多穢病；討論潤色，亦可采録。

《三輔決録》曰：何敞字文高，爲汝南太守。帝南巡過郡，郡有刻鏤屏風，帝命侍中黃香銘之，曰：古典務農，彫鏤傷民。忠在竭節，義在修身。事見《黃香集》。

銘志附

《西京雜記》：杜子夏葬長安北四里，臨終作文曰：魏郡杜鄴，立志忠欵；犬馬未陳，奄先朝露。骨肉歸於后土，魂氣無所不之，何必故丘？然後即化封於長安北郭，此爲晏息。及死，乃命刻銘埋於墓側。墓前種松柏五株，至今茂盛。

《西京雜記》：滕公駕至東都門，馬鳴，跪不肯前，以足跑地。久之，而滕公懼，使卒掘其跑之地，深二尺，得石椁。滕公以燭照之，有銘。乃以水洗之，寫其文字，古異，左右莫能知。問叔孫通，通曰：科斗書也。以今文寫之曰：佳城鬱鬱，三千年見白日。吁嗟！滕公居此室！滕公曰：嗟乎天也！吾死其葬此乎？於是終葬此焉。

《博物志》曰：魯闉里蔡伯公死，求葬庭中。有二人行，頃還，葬二人，復出掘土，得石槨。有銘曰：四體不勤，孰爲作生？不遭遇長，附記賴二人發吾宅，闉里祠之。

又曰：衞靈公葬，得石槨，銘云：不逢箕子，公奪我里。

七 辭

傅玄《七謨序》曰：昔枚乘作《七發》，而屬文之士若傅毅、劉廣、崔駰、李尤、桓麟、崔琦、劉梁、桓彬之徒，承其流而作之者，紛焉《七激》、《七依》、《七說》、《七蠲》、《七舉》、《七興》之篇。於是通儒大才馬季長、張平子亦引其源而廣之，馬作《七厲》，張造《七辨》。或以恢大道而導幽滯，或以黜瑰侈而託諷詠。揚暉播烈，垂於後世者，凡十有餘篇。自大魏英賢迭作，有陳王《七啓》，王氏《七釋》，楊氏《七訓》，劉氏《七華》，從父侍中《七誨》，並陵前而邈後，揚清風於儒林，亦數篇焉。世之賢明，多稱《七激》爲工，余以爲未盡善也，《七辨》似也。非張氏至思，比之《七激》，未爲劣也。《七釋》僉曰妙哉，吾無間矣。若《七依》之卓轢一致，《七辨》之纏綿精巧，《七啓》之奔逸壯麗，《七釋》之精密閑理，亦近代之所希也。

摰虞《文章流別論》曰：《七發》造於枚乘，借吳、楚以爲客主。先言"出輿入輦，蹷痿之損；深宮洞房，寒暑之疾；靡漫美色，晏安之毒；厚味暖服，淫曜之害。宜聽世之君子，要言妙道，以疏神導引，蠲淹滯之累。"既說此辭以顯明去就之路，而後說以聲色逸遊之樂，其說不入，乃陳聖人辨士講論之娛，而霍然疾瘳。此因膏粱之常疾，以爲匡勸，雖有甚泰之辭，而不没其諷諭之義也。其流遂廣，其義遂變，率有辭人淫麗之尤矣。崔駰既作《七依》，而假非有先生之言："嗚呼揚雄，有言童子雕蟲篆刻，俄而曰壯夫不爲也。孔子疾小言破道。斯文之族，豈不謂義不足而辨有餘者乎！賦者將以諷，吾恐其不免於勸也。"傅子集古文七篇品之，署曰《七林》。

《文心雕龍》曰：枚乘摛艶，首製《七發》，腴辭雲構，夸麗風駭。蓋七竅所發，發乎嗜欲，始邪末正，所以戒膏粱之子也。自《七發》以下，作者繼踵，觀枚氏首唱，信獨拔而偉麗矣。傅毅《七激》會清要之工；崔駰《七依》，入博雅之巧；張衡《七辨》，結彩綿靡；崔瑗《七厲》，植義純正；陳思《七啓》，取美于宏壯；仲宣《七釋》，致辨於事理。觀其大抵所歸，莫不高談宮館，壯語田獵。窮瓖奇之服饌，極蠱媚之聲色。甘意搖骨髓，艶詞動魂識，雖始之以淫侈，終之以居正。然諷一勸百，勢不自反。子雲所謂"先騁鄭衞，曲終而奏雅樂"者也。惟《七厲》叙賢，歸以儒道，雖文非拔羣，而意實卓爾矣。

連珠

傅玄《叙連珠》者，興於漢章帝之世。班固、賈逵、傅毅三才子受詔作之，而蔡邕、張華之徒又廣焉。其文體辭麗而言約，不指說事情，必假喻以達其指。而賢者微悟，合於古詩諷興之義。欲使歷歷如貫珠，易睹而可悦，故謂之連珠也。班固喻美辭壯，文章弘麗，最得其體。蔡邕言質辭碎，然其旨篤矣。賈逵儒而不艷，傅毅文而不典。

《文心雕龍》曰：揚雄肇爲《連珠》，其辭雖小而明潤矣。此文章之支流，暇豫之末造也。自此以後，擬者間出。杜篤、賈逵之曹，劉珍、潘勗之輩，欲穿明珠，多貫魚目。可謂壽陵匍匐，非復邯鄲之步；里醜捧心，不關西子之矉矣。惟士衡運思，理新文敏，而裁章置句，廣於舊章，豈慕朱仲四寸之璫乎！夫文小易周，思閑可贍。足使義明而辭淨，事圓而音澤，磊磊自轉，可稱珠耳。

《宋書》：劉祥著《連珠》十二首，以寄其懷。其譏議云：希世之寶，違時必賤；偉俗之器，無聖則淪。是以明王黜於楚岫，章甫窮於越人，有以《祥連珠》啓上，上令御史中丞任遐奏其過惡，付之廷尉。上別遣勅祥曰：我當原卿性命，令卿萬里潛。卿若能改革，當令卿得還。乃徙廣州，不意終日縱酒，少時卒。

《三國典略》曰：梁簡文爲侯景所幽，作《連珠》曰：吾聞言可覆也。人能育物，是以欲輕其禮，有德必昌；兵踐於義，無思不服。

又曰：吾聞道行則五福俱湊，運閉則六極所鍾。是以麟出而悲，豈唯孔子；途窮則慟，寧止嗣宗？（以上卷五百九十文部六）

詔　策　誥　教　誡

詔

《釋名》曰：詔，照也，人闇不見事則有所犯，以此照示，使昭然知所由也。

蔡邕《獨斷》曰：制誥。制者，王者之言必爲法制也。誥，猶告也，告教也。三代無其文，秦漢有也。

《文心雕龍》曰：皇帝御宇，其言也神。淵嘿負扆，而響盈四表，其唯詔策乎！昔軒轅唐虞，同稱爲"命"。命之爲義，制性之本也。其在三代，事兼誥誓。誓以誠戎，誥以敷政。降及七國，並稱曰令。令者，使也。秦並天下，改命曰制。漢初定儀，則有四品：一曰策書，二曰制書，三曰詔書，四曰戒勅。勅戒州邦，詔告百官。制施赦命，策封王侯。策者，簡也。制者，裁也。詔者，告也。勅者，正也。觀文景以前，詔體浮雜，武帝崇儒，選言宏奧。策封三王，文同訓典；勸戒淵雅，垂範後代。及光武撥亂，留意斯文，而造次喜怒，時或偏濫。暨明帝崇學，惟詔間出。和安政弛，禮閣鮮才，每爲詔敕，假手外請。建安之末，文理代興，潘勗九錫，典雅逸羣。衛覬禪詔，符采炳燿，不可加也。自魏晉誥策，職在中書。劉放、張華，互管斯任，施命發號，洋洋盈耳。魏文以下，詞義多偉。至於作威作福，其萬慮之一蔽乎！晉氏中興，唯明帝崇才，以溫嶠文清，故引入中書。自斯以後，體憲風流矣。夫王言崇秘，大觀在上，所以百辟其刑，萬邦作孚。故授官選賢，則義炳重離之輝；優文封策，則氣含雲雨之潤；敕誡恒誥，則筆吐星漢之華；啓戎燮伐，則聲有洊雷之威；眚灾肆赦，則文有春露之滋；明罰敕法，則詞有秋霜之烈：此詔策之大略也。

《漢制度》曰：帝之下書有四，一曰策書，二曰制書，三曰詔書，四曰誡敕。策書者，編簡也，其制書二尺，短者半之，篆書起年月，稱皇帝以命諸王三公。以罪免亦賜策，而以隸書，用尺一木兩行，惟此爲異也。制書者，制度之命，其文曰制詔，三公皆璽封。尚書令郎重封露布州郡者，詔書也。其文曰：告某官云，如故事。誡敕者，謂敕某官。他皆類此。

《漢書》曰：誡勅，刺史、太守及三邊營官，被敕文曰：有詔，敕某官。是爲誡勅，世皆名此爲策書，失之甚也。

又曰：《淮南王安傳》曰：武帝方好藝文，以安屬於諸父，辨博善爲文辭，甚尊重之。爲報書及賜師古曰：書，賜書也，常召司馬相如等視草，乃遣。

《東觀漢記》曰：第五倫每見光武詔書，常歎曰：此聖主也，當何由一得見，快矣！等輩笑之曰：汝三皇時人也。說將尚不下，安能動萬乘主耶？倫曰：不遇知己，道不同故耳。

范曄《後漢書》曰：隗囂賓賓客掾吏多文學士，每所上事，當世才士大夫皆諷誦之。故帝有所答，尤加意焉。

《魏志》曰：明帝疾，欲以燕王宇爲大將軍。帝引見劉放、孫資入臥內，問之，放、資對曰：燕王實自知不堪大任。帝曰：曹爽可代宇不？放、資因贊成之。又深陳宜速召太尉司馬宣王以綱維皇室。帝納其言，即以黃紙授放作詔。放、資既出，帝意復變，詔止宣王。

又曰：蔣濟上《萬機論》，帝善之，入爲散騎常侍。時有詔，詔征南將軍夏侯尚曰：卿腹心重將，特當任使，恩施足紀，惠愛可思，作威作福，殺人活人。尚以示濟，濟既至，帝問曰：卿所聞見天下風教何如？濟對曰：未有他善，但見亡國之語耳。帝忿然作色而問其故，濟具以答，因曰：作威作福，書之明戒，天子無戲，古人所慎，唯陛下察之。於是帝意解，追取前詔。

王隱《晉書》曰：武帝泰始四年，班五條詔書于郡國：一曰正身，二曰勤民，三曰撫孤寡,四曰敦本息華,五曰去妨民事。

又曰:楚王瑋既誅汝南王亮,尋又詔云:瑋矯詔行斬刑,臨死出其懷中青紙以示監刑,尚書劉頌流涕而言:此詔書也。受此而行,謂爲社稷,今更爲罪。託體先帝,受枉如此,幸見申列。

又《楊駿傳》曰:武帝疾病,未有顧命,佐命功臣皆已没矣,朝臣惶惑,計無所從。而駿盡斥羣公親侍左右,因輒改易公卿,樹其心腹。會帝小間,見所用者,乃正色謂駿曰:何得便爾?乃詔中書以汝南王亮與駿夾輔王室。駿恐失權寵,從中書借詔觀之,得便藏匿。中書監華廙恐懼,自往索之,終不肯與。信宿之間,上疾遂篤。

又曰:齊王冏入宮,稱詔廢賈后。后曰:詔當從我出,此何詔也?

《晉中興書》曰:初,顯宗幼,冲見王導恒拜。又帝與導手詔則曰敬白,中書作詔則曰敬問,於是以爲永制。

又曰:桓玄左右稱玄爲桓詔,桓胤諫曰:詔者,施於辭令,不以爲稱謂也。漢魏之主皆無此言,願陛下稽古帝則,令萬世可法。玄曰:此事已行,必其宜革,可待事平也。

《後周書》曰:冀雋善隸書,特工模寫。魏太昌初,爲賀拔岳墨曹參軍。及岳被害,太祖引爲記室。時侯莫陳悦阻兵隴右,太宗志在平之。乃令雋僞爲魏帝敕書與費也頭,令將兵助太祖討悦。雋依舊敕模寫,及代舍人、主書等署,與真無異。太祖大説。費也頭已曾得魏帝敕書,及見此敕,不以爲疑,遂遣步騎一千,受太祖節度。

《隋書》曰:侍中宣詔慰勞州郡國使,詔牘長一尺三寸,廣一尺,雌黄塗飾,上寫詔書三。計會日,侍中依儀勞郡國計吏,問刺史太守安不及穀價麥苗善惡,人間疾苦。又班五條詔書於諸州郡國使人,寫以詔牘一枚,長二尺五寸,廣一尺三寸,亦以雌黄塗飾,上寫詔書。正會日,依議宣示使人。使人歸以告刺史二千石。一曰政在正身,在愛人,去殘賊,擇良吏,正決獄,平徭賦。二曰人生在勤,勤則不匱,其勸率田桑,無或煩擾。三曰六極之人務加寬養,必使生有以自救,没有以自給。四曰長吏浮華,奉客以求小譽,逐末捨本,政之所疾,宜謹察之。五曰人事意氣,干亂奉公,内外溷淆,綱維不設,所宜糾劾。

又曰:陳依梁制用官式,吏部與參掌人共署奏,勅或可或不可。不用者,更銓量奏請。若勅可,則隨才補用,以黄紙録名,八座通署,奏可,即出付典名。而典以名帖鶴頭板,整威儀,送往得官之家。其有特發詔授官者,即宣付詔誥局,作詔章草奏聞。勅可,黄紙寫出門下。門下答詔,請付外施行。

又曰:周武平齊,得李德林,嘗謂羣臣云:我嘗日唯聞李德林名,及其與齊朝作詔書移檄,我正謂其是天上人,豈意今日得其驅使,復爲我作文書,極爲大異。神武公紏豆陵毅答曰:臣聞明王聖主,得麒麟鳳凰爲瑞,是聖德所感,非力能致之。瑞物雖來,不堪使用，如李德林來受驅策，亦陛下聖德感致，有大才用，無所不堪，勝於麒麟鳳凰遠矣。武帝大笑曰：誠如公言。

《唐文苑傳》曰：徐安貞，開元中爲中書舍人、集賢學士。每上屬文作手詔，多令安貞視草。

《風俗通》曰：光武中興以來，五曹詔書題鄉亭壁，歲補正，多有闕謬。永建中，兗州刺史過翔箋撰，卷別改者板上，一勞而久逸。

崔元始《政論》曰：俚語曰：州郡記如霹靂，得詔書但掛壁。永平中，詔禁吏卒不得繫馬宮外樹，爲傷害其枝葉。又詔令：雒陽幘工作幘皆二尺五寸圍，人頭各有大小，不可同度。此詔不可不從也。

蔡質《漢儀》曰：延熹中，京師遊俠有盜發順帝陵者，賣御物於市。市長追捕不得，周景以尺一詔召司隸校尉佐雄偕詣臺，與三日期，擒賊。

曹植《說灌均上事令》曰：孤前令寫灌均所上孤章，三臺九府所奏事及詔書一通，置之座隅。孤欲朝夕諷詠，以自警誡。

《語林》曰：明帝函封詔與庾公亮，誤致於王公。王公開詔，末云：勿使冶城公知導。既視表，答曰：伏讀明詔，似不在臣。臣開臣閉，無有見者。明帝甚愧，數月不能見王公。石虎《鄴中記》曰：石虎詔書，以五色紙著鳳雛口中。

策

《隋書》曰：諸王、三公、儀同、尚書令、五等開國、太妃、公主拜冊，軸長二尺，以白練衣之，用竹簡十二枚，六枚與軸等，六枚長尺二寸，文出集書皆篆字。哀冊、贈冊亦同。

《唐書》曰：劉迺字永夷，爲司門員外。崔祐甫秉政，素與迺友善。會加郭子儀尚父，以冊禮久廢，至是復行之，祐甫令兩省官撰冊文，未稱旨，召迺至閣，草之立就，詞義典雅。祐甫歎賞久之。

《後唐書》曰：同光三年，太常奏吳越王錢鏐冊禮。按：禮文用竹冊，上優其禮，敕以玉爲之者。以玉冊，帝王受命之重，數不可假之，非禮之宜也。

殷洪《小說》曰：魏國初建，潘勗字元茂，爲策命文。自漢武以來，未有此制。勗乃依倣商周憲章、唐虞辭義，溫雅與誥同風，于時朝士，皆莫能措一字。勗亡，後王仲宣擅名於當時。時人見此策，或疑是仲宣所爲，論者紛紛。及晉王爲太傅，臘日大會賓客，勗子蒲時亦在焉。宣王謂之曰：尊君作《封魏君策》，高妙，信不可及，吾曾聞仲宣亦以爲不如。朝廷之士乃知勗作也。

誥

《尚書·商書》曰：湯既黜夏命，復歸于亳，作《湯誥》。

又：《周書》曰：武王崩，三監及淮夷叛。周公相成王，將黜殷，作《大誥》。

又曰：成王既伐管叔、蔡叔，以殷餘民封康叔，作《康誥》。

又曰：康王既尸天子尸，主也，上天子作號，遂誥諸侯，作《康王誥》。

李充《翰林論》曰：誠誥施於弼違。

《後周書》曰：蘇綽字令綽。晉之季，文章競爲浮華，遂成風俗。太祖欲革其蔽，因魏帝祭廟，羣臣畢至，乃命綽爲《大誥》，奏行之。其詞曰：中興十有一年仲夏，庶邦百辟，咸會於王庭。柱國泰洎羣公列將，罔不來朝。時乃大稽百憲，敷于庶邦，用綏我王度。詞不多載。自是之後，文筆皆依此體。

《三國典略》曰：周太廟大饗羣臣，史官柳虬執簡書告于廟曰：廢帝文皇帝之嗣子年七歲，文皇帝託於安定公曰：是子也，才由公；不才，亦由公，勉之。公既受兹重寄，居元輔之任，又納女爲皇后，遂不能訓誨有成，致令廢黜，負文皇帝付囑之意。此咎非安定公而誰？太祖乃令太常作《誥》，喻公卿曰：嗚呼！我羣后暨衆士，維文皇帝以襁褓之嗣託於予，訓之誨之，庶厥有成。而予罔能，弗變厥心，庸暨乎廢，墜我文皇帝之意。嗚呼！兹咎予其焉避？予實知之，矧爾衆人心哉！惟予之顏，豈惟今厚！將恐後世，以予爲口實。

《唐書》曰：孫逖掌誥八年，制敕所出，爲時流歎服。議者以爲自開元以來，蘇頲、齊澣、蘇晉、賈曾、韓休、許景先及逖爲王言之最，逖尤苦思，文理精練。

《晉史》曰：高祖令制誥之辭，不得虛飾冗長，必須陳其實行，以正王言。

教

《尚書·舜典》曰：契汝作司徒，敬敷五教在寬。

《春秋》元命苞曰：天垂文象，人行其事，謂之教。教，傚也，言上爲而下傚也。

《文心雕龍》曰：教者，傚也，言出而民傚也，故王侯稱教。昔鄭弘之守南陽，條教爲後所述，乃事緒明也；孔融之守北海，文教麗而罕於理，乃治體乖也。若諸葛孔明之詳約，庾稚恭之明斷，並理得而詞中，教之善也。

誡

《漢書》曰：京兆尹王尊出教令。

《文心雕龍》曰：戒敕爲文，實詔之切者，魏武稱作敕戒，當指事而語，勿得依違，曉治要矣。及晉武敕戒，備告百官；敕都督以兵要，戒州牧以董司，警郡守以恤隱，勒牙門以禦衛，有訓典焉。戒者，慎也，禹稱"戒之用休"。君父至尊，在三罔極。漢高之《敕太子》，東方朔之《戒子》，亦顧命之作也。及馬援以下，各貽家戒。班姬《女戒》，足稱母師矣。

《東方朔傳》曰：朔戒其子以上容應劭曰：容身避害也，首陽爲拙，柱下爲工，飽食安步，以仕易農，依隱玩世，詭時不逢。

《後漢書》曰：馬援兄子嚴敦並喜譏議，而通輕俠客。援在交趾，還書戒之曰：聞人過失，如聞父母之名耳，可得聞，口不可得言也。好論人長短，妄是非，正法寧死不願子孫有此行也。龍伯高敦厚，周慎謙約節儉，吾愛之重之，願汝曹效之。杜李良豪傑好義，憂人之憂，樂人之樂，父喪致客，數郡畢至。吾愛之重之，不願汝曹效也。效伯高不得，猶爲謹飭之士，所謂刻鵠不成，尚類鶩者也；效季良不得，陷爲天下輕薄，子所謂畫虎不成，反類狗者也。裴松之以援此誠爲切至之論，不刊之訓也。

杜恕《家事戒》曰：張子臺，視之似鄙樸人，然其心中不知天地間何者爲惡，毅然如與陰陽合德。作人如此，富貴不期而至，禍患何由而生！

陶淵明《遺戒》曰：夫天地賦命，有生必有終。自古聖智，誰能獨免？汝輩既稚小，不同生，當知四海皆爲兄弟之義。鮑叔、管仲分財無猜；歸生、伍舉，班荊道舊，遂能以敗爲成。因喪立功，他人尚爾，況同父之人哉！潁川韓元長，漢末名士，身處卿佐，八十而終。兄弟同居，至於沒齒。濟北氾稚春，晉時操行人也，七世同居，家人無怨色。詩云：高山仰止，景行行止。汝慎哉！

顏延年《庭誥》曰：喜怒者，有性所不能無常，起於褊量，而止於弘識。然喜過則不重，怒過則不威，能以恬淡爲體，寬愉爲器，美矣。大喜蕩心，微抑則定；甚怒煩性，稍忍即歇。故動無墮容，止無失度，則爲善也。欲求子孝，必先爲慈；將責弟悌，務念爲友。雖孝不待慈，而慈能植孝；悌非期友，而友亦立悌。夫和之不備，或應以不和；猶信之不足，必應以不信。倘知恩意相生，情理相出，可使家有參柴，人皆си損。枚叔有言：欲人勿聞，莫若勿謂。禦寒莫若重裘，止謗莫若自脩。《論語》云：內省不疚，何憂何懼！（以上卷五百九十三文部九）

章表　奏　劾奏　駁奏

章　表

《釋名》曰：下言章，上言表。思之於內，施之於外也。

李充《翰林論》曰：表宜以遠大爲本，不以華藻爲先。若曹子建之表，可謂成文矣。

諸葛亮之表劉主，裴公之辭侍中，羊公之讓開府，可謂德音矣。

《文心雕龍》曰：堯咨四岳，舜命八元，並陳詞帝庭，匪假書翰。然則敷奏以言，即章表之義也。至太甲既立，伊尹書誡，思庸歸亳，又作書以纘。文翰獻替，事斯見矣。降及七國，未變古式，言事於主，皆稱上書。秦初定制，改書曰奏。漢定禮儀，則有四品：一曰章，二曰奏，三曰表，四曰議。章以謝恩，奏以按劾，表以陳情，議以執異。章者，明也。詩曰“爲章於天”，謂文明也。其在文物，赤白曰章。表者，標也。《禮》有《表記》，謂德見于儀。其在器式，揆景曰表。表章之目，蓋取諸此也。案《七略》、《藝文》，謠詠必錄；章表奏議，經國樞機，然闕而不纂者，乃各有故事，而在職司也。前漢表謝，遺篇寡存。及後漢察舉，必試章奏。左雄奏議，臺閣爲式；胡廣章表，天下第一：並當時之傑筆也。觀伯始謁陵之章，足見其典文之美焉。昔晉文受策，三辭從命，是以漢末讓表，以三爲斷。曹公稱“爲表不必三讓”，又“勿得浮華”。所以魏初章表，指事造實，求其靡麗，則未足美矣。至文舉之《薦禰衡》，氣揚采飛；孔明之辭後主，志盡文暢；雖華實異旨，並表之英也。琳瑀章表，有譽當時；孔璋稱健，則其標也。陳思之表，獨冠羣才。觀其體贍而律調，詞清而志顯，應物制巧，隨變生趣，執轡有餘，故能緩急應節。迨晉初筆札，則張華爲雋。其三讓公封，理周辭要，引義比事，必得其偶。及羊公之辭開府，有譽於前談；庾公之《讓中書》，信美於往載。序志聯類，有文雅焉。劉琨《勸進》，張駿《自叙》，文致耿介，並陳事之美表也。原夫章表之爲用，所以對揚王庭，昭明心曲。既其身文，亦且國華。章以進闕，風矩宜明；表以致禁，骨采宜耀：循名課實，以文爲本者也。是以章式炳賁，志在典謨；使要而非略，明而不淺。表體多包，情僞屢遷。必雅意以扇其風，清文以馳其麗。然懇惻者詞爲心使，浮侈者情爲文屈，必使繁約得正，華實相勝，脣吻不滯，則中律矣。子貢云“心以制之，言以結之”，蓋一辭意也。

《東觀漢記》曰：馬援征潯陽山賊，上書除其竹林，譬如嬰兒頭多蟣虱而剔之。書奏，上大悅，出示尚書。盡數日，敕黃門取頭虱章持入。

張蟠《漢記》曰：周舉上書言得失，尚書郭度見之歎息，上疏願退位避舉，常置其章於座。

《吳志》曰：東萊人太史慈字子義，爲郡奏曹史。會郡與州有隙，先聞者爲善。時州章已去，郡守選慈以行，至洛，詣公車見州吏，始欲通章。慈曰：章題署得無誤耶？取來視之，乃以刀截敗其章，因其亡去。還通郡章，州遂受短，由是知名。

《晉書》曰：樂廣善清言而不長於筆，將讓尹，請潘岳爲表，岳曰：當得君意。廣乃作二百句語述己志，岳因取次比之，便成名筆。時人咸云：廣不假岳之筆，岳不取廣之旨，無以成斯美也。

《北史》曰：《董紹傳》：孝武崩，周文與百官推奉文帝，上表勸進，令呂思禮、薛憕作表，前後再奏。帝尚執謙沖，不許。周文曰：爲文能動至尊，唯董公耳。乃命紹爲第三表，操筆便成。表奏，周文曰：開進人意，亦當如此也。

又曰：胡方回爲鎮北司馬，爲鎮修表，有所稱慶。世祖覽而歎美，問誰所作，既知方回，召爲中書博士，賜爵臨涇子。

又曰：邢卲善屬文，每一文初出，京師爲之紙貴，讀誦俄遍遠近。於時袁翻與范陽祖塋位望通顯，文筆之美，見稱先達。以邵藻思華贍，深共嫉之。每洛中貴人拜職，多憑邵爲謝章表。嘗有一貴職初授官，大事賓食，翻與卲俱在坐。翻意主人託其爲讓表，遂命卲作之，翻甚不悦。每告人曰：邢家兒常作客，章表自買黄紙寫而送之。邵恐爲翻所害，乃辭以疾。

《北齊書》曰：盧詢祖有術學，文章華美，爲後生之俊。舉秀才至鄴，趙郡李祖勳嘗晏諸文士，齊文宣使小黄門敕祖勳曰：蠕蠕既破，何無賀表？使者佇立待之，諸賓客爲表。詢祖俄頃便成，其詞有云："十萬横行樊將軍，請而受屈；五千深入李都尉，去以不歸。"時重其工。

《三國典》略曰：周武帝下令：上書者並爲表，於皇太子以下稱啓。

《後周書》曰：柳慶領記室，時北雍州獻白鹿，羣臣欲草表陳賀。尚書蘇綽謂慶曰：近代已來，文章華靡，逮於江左，彌復輕薄，洛陽後進祖述不已。相公柄民宰物，職典文秀，宜製此表，以革前蔽。慶操筆立成，辭義兼美。綽讀而笑曰：枳橘猶自可移，況才子也。

《隋書》曰：魏楊遵彦命李德林製《讓尚書令表》，援筆立成，不加竄點，因大相賞異，以示吏部郎中陸卬。卬云：已大見其文筆，浩浩如河之東注。比來所見後生制作，乃涓澮之流耳。卬仍命其子乂與德林周旋，戒之曰：汝每事宜師此人，以爲模範。

《唐書》曰：令狐楚爲太原掌記，鄭儋在鎮暴卒，不及指撝後事，軍中諠譁，將欲有變。中夜忽數十騎，持刃迫楚至軍門，諸將逼之，令草遺表。楚在白刃之中，搦筆立成，讀示三軍，無不感泣，由是聲名益重。

《典論》曰：陳琳、阮瑀之章表、書記，今之俊也。

魏文帝《與吳質書》曰：孔璋章表殊健，微爲繁富。

《世説》曰：司馬景王令中書令虞松作表，再呈，輒不可意。令松更定，松意竭不能改，心存之，形於顏色。鍾會察其憂，問松，松以實答。會取，爲定五字，松悦服，以示景王。景王曰：不當爾耶，誰所定也？曰：鍾會。向亦欲啓之，會公見問，不敢饗其能。王曰：如此可大用，可令來。會平旦入見，至二鼓乃出。出後，王獨拊手歎息曰：此真王佐才也！

奏

陸士衡《文賦》曰：奏平徹以閑雅。

《漢書》雜字曰：秦初之制，改書爲奏。

又曰：羣臣奏事，皆爲兩通，一詣后，二詣帝。凡羣臣之書通於天子者四品，一曰章，二曰奏，三曰表，四曰駁議。

《文心雕龍》曰：昔唐虞之臣，敷奏以言；秦漢之輔，上書稱奏。陳政事，獻典儀，上急變，劾愆謬，總謂之奏。奏者，進也。文敷於下，情進於上也。秦始立奏，而法家少文。觀王綰之奏勳德，辭質而義近；李斯之奏驪山，事略而意逕：故無膏潤，形於篇章矣。自漢以來，奏事或稱“上疏”，儒雅繼踵，采殊可觀。若夫賈誼之務農，晁錯之兵事，匡衡之定郊，王吉之觀禮，溫舒之緩獄，谷永之諫仙，理既切至，辭亦通辨，可謂識大體矣。後漢羣臣，嘉言罔伏，楊秉耿介於災異，陳蕃憤懣於尺一，骨鯁得焉。張衡指摘於史職，蔡邕銓列於朝儀，博雅明焉。魏代名臣，文理迭興。若高堂天文，王觀教學，王朗節省，甄毅考課，亦盡節而知治矣。晉氏多難，灾屯流移。劉頌殷勤於時務，溫嶠懇切於費役，並體國之忠規矣。夫奏之爲筆，固以明允篤誠爲本，辨析疎通爲首。強志足以成務，博見足以窮理，酌古御今，治繁總要，此其體也。

《典略》曰：王粲才既高辨，鍾繇、王朗等雖名爲魏相，至於朝廷奏議，皆閣筆不敢措手。

《唐書》曰：文宗嘗謂侍臣曰：近日諸候章奏，語大浮華，有乖典實，宜罰掌書記，以戒其流。李石曰：古人因事爲文，今人以文害事，懲蔽抑末，實在於斯。

《論衡》曰：谷子虞、唐子高章奏白事，筆有餘力。

劾 奏

《文心雕龍》曰：按劾之奏，所以明憲清國。昔周之太僕，繩愆糾謬；秦有御史，職主文法；漢置中丞，總司按劾；故位在鷙擊，砥礪其氣，必使筆端振風，簡上凝霜者也。觀孔光之奏董賢，則實其姦回；路粹之奏孔融，則誣其釁惡。名儒之與險士，固殊心焉。若夫傅咸勁直，而按辭堅深；劉隗切正，而劾文闊略：各其志也。後之弹事，迭相斟酌，惟新日用，而舊準不差。然函人欲全，矢人欲傷，術在糾惡，勢必深峭。《詩》刺讒人，投畀豺虎；《禮》疾無禮，方之鸚猩。墨翟非儒，目以豕彘；孟軻譏墨，比諸禽獸。《詩》、《禮》、儒、墨，既其如兹，奏劾嚴文，孰云能免。是以近世爲文，競於詆訶，吹毛取瑕，刺骨爲戾，復似善罵，多失折衷。若能闕禮門以懸規，標義路以植矩，然後踰墻者折肱，捷徑者滅跡，何必躁言醜句，詬病爲切哉！是以立範運衡，宜明體要。必使理有典刑，辭有風軌，總法家之式，秉儒家之文，不畏强禦，氣流墨中，無縱詭隨，聲動簡外，乃稱絶席之雄，直方之舉耳。

《晉書》曰：何曾嘉平中爲司隸校尉，撫軍校事尹模憑寵作威，奸利盈積，滿朝畏憚，莫敢言者。曾奏劾之，朝廷稱焉。

又曰：敬王恬字元愉，少拜散騎侍郎，累遷散騎常侍、黄門郎、御史中丞。值海西廢，簡文帝登祚，未解嚴，大司馬桓温屯中堂吹警角。恬奏劾温大不敬，請科罪。温視奏欺曰：此兒乃敢彈我也！

又曰：劉毅以孝廉辟司隸都官從事，京邑肅然。毅將彈河南尹，司隸不許，曰：攫獸之犬，鼷鼠蹄其背。毅曰：既能攫獸，又能殺鼠，何損於犬？投傳而去。

《南史》曰：徐陵爲御史中丞時，安成王頊爲司空，以帝弟之尊，權傾朝野，直兵鮑叔叡假王威權，抑塞辭訟，大臣莫敢言。陵乃奏彈之。文帝見陵服章嚴肅，若不可犯，爲斂容正坐。陵進讀奏狀，時安成王殿上侍立，仰視文帝，流汗沾背。陵遣殿中御史引王下殿，自是朝廷肅然。

《隋書》曰：郎茂爲尚書左丞時，工部尚書宇文愷、左翊衞大將軍于仲文競河東銀窟。茂奏劾之曰：臣聞貴賤殊禮，仕農異業，所以人知局分，家識廉恥。宇文愷位望已隆，禄賜優厚，拔葵去織，寂爾無聞，求利下交，曾無愧色。于仲文大將近臣，趨侍楷庭，朝夕問道。虞芮之風，抑而不慕；分銖之利，知而必爭。何以貽範庶寮，示民軌物？若不糾繩，將虧政教。愷與仲文竟坐得罪。

《唐書》曰：顯慶中，中書侍郎李義府恃寵用事，聞婦人淳于氏有美色，坐事繫大理，乃託大理寺丞畢正義枉法出之，將納爲妾。或有密言其狀者，上令給事中劉仁軌、侍御史張倫鞠義府。義府恐洩其謀，遂令正義自縊於獄中。上知，而特原義府之罪。侍御史王義方對仗叱義府，令下，義府顧望不肯退，義方三叱。上既無言，義府始趨出。義方乃讀彈文曰："義府請託公行，交遊羣小。貪冶容之美，原有罪之淳于；恐漏洩其謀，殞無辜之正義。雖挾山超海之力，望此猶輕；迴天轉日之威，方斯更劣。此而可恕，孰不可容？金風戒節，玉露啓途。霜簡與秋典共清，忠臣將鷹鸇並擊。請除君側，少答鴻私；碎首王階，庶明臣節。伏請付法推斷，以申典憲。"上以義府有定策之功，特釋而不問。義方以毀辱大臣，貶爲萊州司户參軍。初，義方謂其母曰："奸臣當路，懷禄而曠官不忠；老母在堂，赴難以危身不孝。進退惶惑，所以未能決也。"母曰："吾聞王陵母自殺以成子之義，汝若死事盡忠，立名千載，吾死不恨也。"及義方將赴萊州，義府謂之曰："王學士得御史，是義府所舉。今日之事，豈無媿乎？"對曰："義方爲公不爲私。昔孔子爲魯司寇七日，誅少正卯於兩觀之下；今義方任御史旬有六日，不能除奸臣於雙闕之前，實以爲愧。"

駁　奏

李充《翰林論》曰：駁，不以華藻爲先。世以傅長虞每奏駁事，爲邦之司直矣。

《晉書》曰：《稽紹傳》曰：陳準薨，太常奏謚，紹駁曰：謚號所以垂之不朽，大行受大名，細行受細名。文武顯於功德，靈厲表其闇蔽。自頃禮官協情，謚不依本。準謚爲過，宜謚曰繆。事下太常，時雖不從，朝廷憚焉。

《唐書》曰：許孟容遷給事中，論駁無所憚。貞元末，方鎮俎歿，其主留務判官雖不代位，亦例皆超擢，寖以爲常。十八年，浙東觀察使裴肅卒，以攝副使齊總爲衢州刺史。孟容以總無出人才，一旦超爲郡守，非舊制也，封還詔書。時久絶論駁，及孟容舉職，班行爲之惴恐。德宗聞，開悟，召對慰勉，遂寢其事。

又曰：李藩爲給事中，制敕有不可，遂於黄敕後駁之。吏曰：宜別連白紙。藩曰：別以白紙，是文狀，豈曰批敕也！（以上卷五百九十四文部十）

論　議　牋　啓　書　記

論

李充《翰林論》曰：研求名理而論難生焉。論貴於允理，不求支離，若稽康之論，成文者矣。

《文心雕龍》曰：論者，倫也；倫理無爽，則聖意不墜。昔仲尼微言，門人追記，故仰其經目，稱爲《論語》。蓋羣論立名，始於茲矣。論者，彌綸羣言，而研精一理也。是以莊周《齊物》，以論爲名；不韋《春秋》，六論昭列。至如石渠論藝，白虎通講聚，述聖言通經，論家之正體也。及班彪《王命》，嚴尤《三將》，敷述昭情，善入史體。魏之初霸，術兼名法。傅嘏、王粲，校練名理。迄至正始，務欲守文；而何晏之徒，始盛玄論。於是聘周當路，與尼父爭塗矣。詳觀蘭石之《才性》，仲宣之《去伐》，叔夜之《辨聲》，太初之《本玄》，輔嗣之《兩例》，平叔之二論，並師心獨見，鋒穎精密，蓋論之英也。至如李康《運命》，同《論衡》而過之；陸機《辨亡》，效《過秦》而不及，然亦美矣。原夫論之爲體，所以辨正然否，窮有數，追究無形，鑽堅求通，鈎深取極，乃百慮之筌蹄，萬事之權衡也。故其義貴圓通，詞忌枝碎，必使心與理合，彌縫莫見其隙；詞共心密，敵人不知所乘；斯其要也。是以論譬折薪，貴能破理。斤利者，越理而横斷；詞辨者，反義而取通；覽文雖巧，而檢跡如妄。惟君子能通天下之志，安可以曲論哉？

《漢書》曰：班彪遭王莽亂，避地隴右。時隗囂據隴右，囂問彪曰：往者周亡，戰國並爭，天下分裂，意者縱横之事，復起於今乎？將承運迭興，在一人也。願先生論之。

彪既感囂言，又愍狂狡之不息，乃著《王命論》以救時難。

《後漢書》曰：王符耿介，不同於俗。因而憤患著書，以議於世。不欲彰名，號曰《潛夫論》。

又曰：仲長統字公理，每論古今世俗行事，恒發憤歎息。因著論，名曰《昌言》。

《晉書‧裴頠傳》曰：頠深患時俗放蕩，不尊儒術。何晏、阮籍，素有重名於世。口談浮虛，不遵禮法；尸祿耽寵，仕不事事。至王衍之徒，聲譽大盛，位高勢重，不以物務自嬰，遂相傚效，風教陵遲。乃著《崇有》之論，以釋其蔽。

又《范喬傳》曰：光禄大夫李銓，嘗論揚雄才學優於劉向。喬以爲向定一代之書，正羣籍之篇，使雄當之，故非所長。遂著《揚劉優劣論》。

又曰：董養字仲道，陳留浚儀人也。太始初，到洛下，不干榮禄。及楊后廢，養因遊太學，升堂歎曰：建斯堂也，將何爲乎？每見國家赦書，謀反大逆皆赦。至於殺祖父母、父父不赦者，以爲王法所不容也。奈何公卿處議，文飾禮典，以至此乎？夫人之理既滅，大亂作矣。因著《無化論》以非之。

又曰：魯襃字元道。元康之後，綱紀大懷。襃傷時貪鄙，乃隱姓名，著《錢神論》，其略曰：市井便易，不患耗折，親之如兄，字曰孔方。失之則貧弱，得之則富強。無翼而飛，無足而走。解嚴毅之顏，開難發之口。錢多者處前，錢少者居後。京邑衣冠疲勞，講肄厭聞清談，對之睡寐。見我家兄，莫不驚視。又成公綏亦著《錢神論》。

《梁書》曰：范縝字子真，南陽武陰人也。齊景陵王子良盛招賓客，縝豫焉。子良性好釋教，而縝不信，因著《神威論》以明之。子良集僧難之而不能屈，王筠難縝曰：嗚呼！范子曾不知其先祖神靈所在？縝答曰：嗚呼！王子知其先祖神靈所在，而不能殺身以從之。

又曰：劉峻見任昉諸子西華等兄弟，流離不能自振，平生舊交，莫有收恤。西華冬月著葛巾，帔練裙，路逢峻，峻泫然矜之。因廣朱公叔《絕交論》。到溉見其書，抵几於地，終身恨之。

《後周書》：柳虯：時人論文體者有今古之異，虯以時有古今，非文有古今，乃爲《文質論》。

《隋書》曰：開皇之末，國家殷盛，朝野皆以遼東爲意。劉炫以爲遼東不可伐，作《撫邊論》以諷焉，當時莫有悟者。及大業之季，三征不克，炫言方驗。

《典論》曰：余觀賈誼《過秦論》，發周秦之得失，通古今之制義，洽以三代之風，潤以聖人之化，斯可謂作者矣。

《抱朴子》曰：洪造《穹天論》云：天形穹隆，如笠冒地。若謂天北方遠者，是北方星宜細於三方矣。

《語録》曰：宋岱爲青州刺史，著《無鬼論》甚精，莫能屈。後有書生詣岱，談論次及《無鬼論》，書生乃拂衣而去，曰：君絶我輩血食二十餘年，以君有青牛髯奴，所以未得相困。今奴已死，可得相制矣。言終而去，明日岱亡。

議

《説文》曰：議，語也。又曰：論，難也。

《周易·節卦》曰：君子以制度數，議德行。

《文心雕龍》曰："周爰咨謀"，是謂爲議。議之言宜，審事宜也。《易》之《節卦》："君子以制度數，議德行。"《周書》曰："議事以制，政乃弗迷。"議貴節制，經典之體也。昔管仲稱軒轅有明臺之議，則其來遠矣。洪水之難，堯咨四岳，宅揆之舉，舜疇五臣；三代所興，詢及芻蕘。春秋釋宋，魯桓務議。及趙靈胡服，而季父爭論；商鞅變法，而甘龍交辨：雖憲章無算，而同異足觀。迄至有漢，始立駮議。駮者，雜也，雜議不純，故曰駮也。自兩漢文明，楷式昭備，藹藹多士，發言盈庭；若賈誼之遍代諸生，可謂捷於議也。至如主父之駁挾弓，安國之辨匈奴，賈捐之陳於朱崖，劉歆之辨於祖宗：雖質文不同，得事要矣。若乃張敏之斷輕侮，郭躬之議擅誅；程曉之駁校事，司馬芝之議貨錢；何曾蠲出女之科，秦秀定賈充之諡：事實允當，可謂達議體矣。漢世善駁，則應劭爲首；晉代能議，則傅咸爲宗。然仲瑗博古，而銓貫有叙；長虞識治，而屬辭枝繁。及陸機斷議，亦有鋒穎，而腴辭不剪，頗累文骨。亦各有美，風格存焉。夫動先擬議，明用稽疑，所以敬慎羣務，弛張治術。故其大體所資，必樞紐經典，采事實於前代，觀變通於當今。理不謬摇其枝，字不妄舒其藻。郊祀必洞於理，戎事宜練於兵。田穀先曉於農，斷訟務精於律。然後標以顯議，約以正辭，文以辨潔爲能，不以繁縟爲巧；事以明覈爲美，不以深隱爲奇：此綱領之大要也。若不達政體，而舞筆弄文，支離構辭，穿鑿會巧，空騁其華，固爲事實所擯，設得其理，亦爲浮辭所埋矣。昔秦女嫁晉，從文衣之媵，晉人貴媵而賤女；楚珠鬻鄭，鄭爲薰桂之櫝，鄭人買櫝而還珠。若文浮於理，末勝其本，則秦女楚珠，復在於兹矣。

李充《翰林論》曰：在朝辨政而議奏出，宜以遠大爲本。陸機議《晉斷》，亦名其美矣。

《三國典略》曰：王粲才既高辨，鍾繇、王朗等雖名爲魏卿相，於朝廷奏議，皆閣筆不敢措手。

又曰：齊主命立三恪，朝士議之。太子少傅魏收爲議，衆皆同之。吏部侍郎崔瞻以父與收有隙，乃別立議。收讀瞻議畢，笑而不答。瞻曰：瞻議若是，須贊所長；瞻議若非，須告所短。何容讀國士議文，直如此冷笑！收慚而竟無言。

348

又曰：齊魏收嘗在議曹，與諸博士引據《漢書》論宗廟事。博士笑之，收便忿取《韋玄成傳》抵之而起。博士夜共披尋，遲明來謝，曰：不謂玄成如此學也。

《南史》曰：馬樞。梁天監初詔通儒定五禮，有司舉樞修嘉禮，除尚書祠部郎。時創定禮樂，樞所建議，多見施行。兼中書通事舍人，每吉凶禮，當時名儒明山賓、賀瑒等疑不能斷者，皆取決焉。

《唐書》曰：天寶中，崔昌上封事，推五行之運，以國家合承周漢，其周隋不合爲二王後，請廢。詔下，尚書省使公卿議，昌獨見之明，羣議不屈。會集賢院學士衛包抗表陳議論之。夜四星聚於尾宿，天意昭然，上心遂定，求殷周漢後爲三恪，廢漢韓介等公，以昌爲左贊善大夫。

又曰：張平叔判度支。平叔欲以征利，中上意，以希大任。請加鹽榷，貴售州郡，時宰不能奪。因下其議，韋處厚奏議發十難以詰之。上然，後深知害人，乃止平叔，繇是始疏。

蔡邕《獨斷》曰：有疑事，公卿百官會議。若臺閣有正處，而獨執異意者曰駁議，曰"某官某甲議以爲如是"，言"下臣愚戇"。議異其非駁議，不得言議異。

《金樓子》曰：余後爲江州副，君賜報曰：京師有論云：論議當如湘東王，士官當如此王充。充時始爲僕射領選也。

牋《説文》作箋

《説文》曰：牋，表識書也。

《文心雕龍》曰：牋者，表也，識表其情也。崔寔奏記於公府，則崇讓之德音矣；黃香奏牋於江夏，亦肅恭之遺式矣。公幹牋記，文麗而規益；子桓弗論，故世所共遺。若略名取實，則有美於爲詩矣。劉廙謝恩，喻切以至；陸機自叙，情周而巧：牋之善者也。原牋記之爲式，既上規乎表，亦下睨乎書，使敬而不懾，簡而無傲，清美以惠其才，彪蔚以文其響：蓋牋記之分也。

《晉書》曰：劉卞字叔龍，東平須昌人也。本兵家子，質直少言，爲縣小吏。功曹夜醉如廁，使卞執燭，不從，功曹銜之，以它事補亭子。有祖秀才者，於亭中作與刺史牋，久不成。卞教之數言，卓犖有大致。秀才謂縣令曰：卞公府掾之精者，云何以爲亭子令？即召爲門下吏。

《異苑》曰：河內荀儒字君林，乘冰省舅氏，陷河而死，兄倫字君文，求尸積日不得，設祭水側。又投牋與河伯，經一宿，岸側水開，尸手執牋浮出。倫牋謝之。

《博物志》曰：鄭玄注《毛詩》曰：牋不解此意。或云毛公嘗爲北海，玄是此郡人，故以爲敬耳。

《世説》曰：郗司空在北府，桓宣武惡其居兵權。郗於事機素暗，遣牋詣桓。方欲共獎王室，修復園陵。世子嘉賓出行道上，聞信至，急遣取牋，視之，竟寸寸毀裂。便回車，還依帳中臥，更作牋，自陳老病，不復堪人間，欲乞閒地自養。宣武大喜，即發詔，轉爲都督五郡，守會稽。

啓

《説文》曰：啓，傳信也。

服虔《通俗文》曰：官信曰啟。

張璠《漢記》曰：董卓呼三臺尚書以下自詣卓啓事，然後得行。

《文心雕龍》曰：啓者，開也。高宗云“啓乃心，沃朕心”，蓋其義也。孝景諱啟，故兩漢無稱。至魏國牋記，始云啟聞。奏事之末，或云“謹啟”。自晉來盛啟，用兼表奏。陳政言事，既奏之異條；讓爵謝恩，亦表之別幹。必斂散入規，促其音節，辨要輕清，文而不侈，亦啟之大略也。

書 記

《文心雕龍》曰：大舜云：“書用識哉！”所以記時事也。蓋聖賢言辭，總爲之書。書之爲體，主言者也。揚雄曰：“言，心聲也；書，心畫也。聲畫形，君子小人見矣。”故書者，舒也。舒布其言，陳之簡牘，取象乎夬，貴在明決而已。三代政暇，文翰頗疏。春秋聘繁，書介彌盛。繞朝贈士會以策，子家與趙宣以書，巫臣之遺子反，子產之諫范宣，詳觀四書，辭若對面。又子服敬叔進弔書於滕君，固知行人挈辭，多被翰墨。及七國獻書，詭麗輻湊；漢來筆札，辭旨紛紜。觀史遷之《報任安》，東方之《難公孫》，楊惲之《酬會宗》，子雲之《答劉歆》，志氣盤桓，各含殊采；並杼軸乎尺素，抑揚乎寸心。逮後漢書記，則崔瑗尤善。魏之元愉，號稱翩翩；文舉屬章，半簡必錄；休璉好事，留意辭翰，抑其次也。嵇康《絶交》，實志高而文偉矣；趙至叙離，迺少年之激切也。至如陳遵占辭，百封各意；禰衡代書，親疏得宜。斯皆尺牘之偏才也。詳總書體，本在盡言，所以散鬱陶，託風采，固宜條暢以任氣，優游以懌懷；文明從容，亦心聲之獻酬也。若夫尊貴差序，則肅以節文。自戰國以前，君臣同書，秦漢立儀，始有表奏。王公國內，亦稱奏書。張敞奏書於膠后，其義美矣。迄至後漢，稍有名品，公府奏記，而郡將奏牋也。

《漢書》曰：蘇武與常惠使匈奴被留，昭帝即位，數使使至匈奴。常惠請其守者與俱，得夜見漢使，具自陳道，教使者謂單于言，天子射上林，得雁足，有係帛書，言武等在某澤中。使者大喜如惠語。單于視左右而驚，謝漢使曰：武等實在于是，遣還漢。

又曰：陳遵容貌奇偉，備涉傳記，贍於文辭。性善書，與人尺牘，皆以爲榮。爲河内太守，既至官，遣吏西上，召善書吏十人於前，治私書謝京師故人。遵憑几口占，且省官事書數百封，親疎各有意。

又曰：谷永字子雲，便於筆札，故時人云：谷子雲之筆札，樓君卿之唇舌。

《後漢書》曰：鄧奉反於南陽，趙憙素與奉善，數遺書，切責之。而譖者因言憙與奉合謀，帝以爲疑。及奉敗，帝得憙書，乃驚曰：趙憙真長者也！即召憙引見，賜鞍馬，待詔公車。

又曰：竇章字伯向，好學有文，與馬融、崔瑗同好，更相推薦。融與竇書曰：孟陵奴來賜書，見手跡，歡喜何量，見於面也。書雖兩紙，紙八行，行七字。

《吳錄》曰：王宏爲冀州刺史，不發私書，不畏豪族，號曰“王獨坐”。

《蜀志》曰：先主辟馬良爲掾，後遣使吳。良請亮曰：今銜國命，協穆二家，幸爲良介於孫將軍。亮曰：君試自爲文。良即爲草曰：寡君遣掾馬良通聘繼好，以紹昆吾豕韋之勳。其人吉士，荆楚之令，鮮於造次之華，而有克終之美。願降心存納，以慰將命。權敬待之。

又曰：王平字子均，生長戎旅，手不能書，所識不過十字，而口授作書皆有法度。使人讀《史》、《漢》諸傳，聽之略知其義，往往論説不失其指。

《晉書》曰：荀勗與裴秀、羊祜共官機密，時將發使聘吳，並遣當時文士作書與孫皓帝，用勗所作。皓既報命和親，帝謂勗曰：君前作書使吳思順，勝十萬之衆也。

又曰：簡文輔政，引高崧爲撫軍司馬。桓溫擅率衆北伐，簡文患之。崧曰：宜致書喻以禍福，自當迴斾。便於坐爲書，草曰：寇讐宜平，時會宜接，此實爲國遠圖，經略大算。能弘斯會，非足下而誰？

又曰：王恭將起兵討讙，王尚之以謀告殷仲堪、桓玄等，俱從之，推恭爲盟主，剋期同赴京師。時内外間阻，津邏嚴急。仲堪之信因庾楷達之，以斜絹爲書，内箭簳中，合鏑漆之。楷送於恭，恭發書，絹文角戾，不復可識，謂楷爲詐。

《晉陽春秋》曰：劉弘爲荆州刺史，每有興發，手書守相，丁寧欵密，故莫不感悦，顛倒爭赴，咸曰：得公一紙書，賢於十部從事也。

沈約《宋書》曰：劉穆之、朱齡石並便尺牘，嘗於高祖坐與齡石共答書，自旦至日中，穆之得百函，齡石得八十函，而穆之應對無廢。

又曰：徐湛之善於尺牘，音詞流暢。

《南齊書》曰：周顒字彥倫，善尺牘。沈攸之送絶交書，太祖口授，令顒裁答。

《齊春秋》曰：吳都張融字思光，臨終及葬，徵士何點使汝南周英爲書與融，謝瀹見歎曰：此書雖漂宕不倫，亦有破的。

《後周書》曰：梁臺性果敢，有志操，不過識千餘字，口占書啟，辭意可觀。

又曰：柳慶，時父僧習爲潁州郡，地接都畿，民多豪右。將選官，皆依倚貴勢，競來請託，選用未定。僧習謂子曰：權貴請託，吾並不用。其使欲還，皆須有答。汝等各以意爲吾作書也。慶乃具書草云：下官受委大邦，選吏之日，有能者進，不肖者退。此乃朝廷恒典。僧習讀書歎曰：此兒有意氣，丈夫當如是。即依慶所草以報。

《後唐書》曰：李襲吉掌太祖書記，襲吉博學多通，猶諳悉國朝近事。爲文精義練實，動拘典故，無所放縱。羽檄軍書，辭理尤健。自太祖上源之難，與朱温不叶。乾寧末，劉仁恭負恩，其間論列是非，交相騁答者數百篇，警策之句播在人口，文士稱之。大復中，太祖與朱温修好，遣張特致書，初叙相失之由，至“毒手尊拳”之句，温怡然大笑，謂軍吏敬翔曰：李公斗絶一隅，削弱如此。襲吉一函，抵二十萬兵勢。所謂彼有人，何可當也！如此之智算，得襲吉之筆，如虎傅翼矣。翔赧然而退。

《魯連子》曰：燕伐齊，取七十餘城，唯莒與即墨不下。齊田單以即墨破燕軍騎劫，復齊城，唯聊城不下，燕將守城數月。魯仲連乃爲書，著之於矢，以射城中，遺燕將書。燕將得書，泣三日，乃自殺。

《韓子》曰：鄭人有遺燕相國書者，夜火不明，因謂持燭者曰“舉燭”，而誤於書中云“舉燭”，非書意也。燕相國受書而悦之，曰：舉燭，高明者，舉賢而任之，因以之治也。

皇甫謐《高士傳》曰：光武徵嚴光至司徒，侯霸遣使西曹屬侯子道奉書，光不起，於床上箕踞，發書讀訖，問子道曰：君房素癡，今爲三公，寧小差否？子道曰：位已鼎足，不癡也。公曰：遣卿來，何言？子道曰：公聞先生至，區區欲即詣，迫於典司，是以不獲。願因日暮，自屈語言。光曰：卿言不痴，是非癡語也。天子徵我三，乃來。人主尚不見，當見人臣乎？子道求報，光曰：我手不能書。乃口授之曰：君房足下，位至鼎司，甚善。懷仁輔義，天下悦；阿庚順旨，腰領。絶無他言。使者嫌少，可更足。光曰：買菜乎？求益也！

《魯國先賢傳》曰：孔翊爲洛陽令，置水器於庭前，得私書皆投其中，一無所發。彈治貴戚，無所迴避。

《典略》曰：太祖嘗使阮瑀作書與韓遂，於馬上具草，書成，呈之。太祖攬筆，欲有所定，而竟不能增損。

《語林》曰：殷洪喬作豫章郡，臨去，郡人因寄百餘函書，至石頭悉擲水中，因呪之曰：沉者自沉，浮者自浮，殷洪喬不能作達書郵。

魏文帝《與吳質書》曰：元瑜書記翩翩，致足樂也。

《魏文帝集》曰：上平定漢中，旅父都尉還書與余，盛稱彼土地形勢。觀其詞，知陳琳所爲。

李充《起居注》曰：牋頭書疏亦不足觀。或他事私密，不欲令人見之，縱能不宣，誰與明之？若有泄露，則傷之者至矣。

稽康《與山濤書》曰：素不便書，又不喜作書，而人間多事，堆案盈几。不相酬答，則犯教傷義；欲自勉強，則不能久。

延篤《答張奐》曰：離別三年，夢想言念，何日有違！伯英來惠之書，盈四紙，讀之反復，喜不可言。

張奐《與陰氏書》曰：篤念既密，文章粲爛。奉讀周旋。紙蔽墨渝，愈不離於手。

《金樓子》曰：劉睦能作文，《春秋》旨義，終始論及。賦頌數十。又善史書，當世以爲楷則。及寢病，帝驛馬令其作草書尺牘十首。

古詩曰：客從遠方來，遺我一書札。置之懷袖中，三歲字不滅。

又曰：客從遠方來，遺我雙鯉魚。呼童烹鯉魚，中有尺素書。長跪讀素書，書中意何如。上言加飡飯，下言長相思。（以上卷五百九十五文部十一）

誄　弔文　哀辭　哀策

誄

《釋名》曰：誄，累也，累列其事而稱之也。

《説文》曰：誄，諡也。

《周禮·春官》曰：太史掌建邦之六典，大喪執法，以莅勸防鄭司農云：勸防，引六紼，遣之日讀誄累其行而讀之，爲之諡也，喪事考焉爲有得失，小喪賜諡。

《禮記·檀弓》曰：魯哀公誄孔丘曰：天不憖遺一老，莫相予位焉。嗚呼哀哉！尼父！

又《曾子問》曰：賤不誄貴，幼不誄長，禮也。唯天子稱天以誄之，諸侯相誄，非禮也。

《檀弓上》曰：魯莊公及宋人戰于乘丘，縣賁父御，卜國爲右，馬驚，敗績，公墜佐車。授綏公曰：末之卜也。縣賁父曰：它日不敗績，而今敗績，是無勇也。遂死之。圉人浴馬，有流矢在白肉，公曰：非其罪也。遂誄之。士之有誄，自此始也。

《傳》曰：誄者，累其行跡而爲之諡也。

《漢書》曰：景帝中元二年春三月，令諸侯王薨，列侯初封及之國大鴻臚，奏諡誄策應劭曰：諸侯王皆屬大鴻臚，故薨，奏其行，亦賜與諡及哀策誄文也。列侯薨及諸侯太傅初除之官，大行奏諡誄策師古曰：大鴻臚本名典客，大行令即典客之屬官也，後改曰大行令。如淳曰：三公薨，以策書誄其行。

《東觀漢記》曰:杜篤字季雅,客居美陽,與美陽令遊,數從請託不諧,頗相恨,令奴收篤送京師。會大司馬吳漢薨,世祖詔諸儒誄之,篤於獄中爲誄辭最高,世祖美之,賜帛免死。

《魏志》:明帝詔曹植曰:吾既薄才,至於賦誄,特不閑。從兒陵上還,哀懷未散,作兒誄,爲田家公語耳。答曰:奉詔並見聖思。所作故平原公主誄,文義相扶,章章殊興,句句感切,哀動聖明,痛貫天地。楚王臣彪等聞臣爲讀,莫不揮涕。

《晉中興書》曰:郄超死之日,貴賤操筆爲誄者四十餘人,其爲物所宗如此。

《齊書》曰:謝超宗有名譽,善屬文,爲新安王子鸞國常侍。王母殷淑儀卒,超宗作誄,奏。帝大嗟賞,謂莊曰:超宗,殊有鳳毛!

《文章流別論》曰:詩頌箴銘之篇,皆有往古成文,可放依而作。惟誄無定制,故作者多異焉。見於典籍者,《左傳》有魯哀公爲孔子誄。

《文心雕龍》曰:周世盛德,有銘誄之文。大夫之才,臨喪能誄。誄者,累其德行,旌之不朽也。夏商之前,其詳靡聞。周雖有誄,未被於士。又賤不誄貴,幼不誄長,其在萬乘,則稱天以誄之。讀誄定諡,其節文大矣。自魯莊戰乘丘,始及於士;逮尼父之卒,哀公作誄,觀其憖遺之辭,嗚呼之嘆,雖非睿作,古式存焉。至柳妻之誄惠子,則辭哀而韻長矣。暨乎漢世,承流而作。揚雄之誄元后,文實煩穢;沙麓撮其要,而摯疑成篇,安有誄德述尊,而淌略四句乎!杜篤之誄,有譽前代;吳誄雖工,而結篇頗疏,豈以見稱光武,而顧盼千金哉!傅毅所製,文體倫序;孝山崔瑗,辨絜相參。觀序如傳,辭靡律調,固誄之才也。潘岳搆意,專師孝山,巧於叙悲,易入新麗,所以隔代相望,能徵厥聲者也。至如崔駰誄趙,劉陶誄黃,並得憲章,貴在簡要。陳思叨名,而體實繁緩。文皇誄末,旨言自陳,其乖甚矣!若夫殷臣誄湯,追褒玄鳥之祚;周史歌文,上闡后稷之烈;誄述祖宗,蓋詩人之則也。至於序述哀情,觸類而長。傅毅之誄北海,云“白日幽光,霧霧杳冥”。始序致感,遂爲後式,景而效者,彌取於巧矣。詳夫誄之爲制,蓋選言以錄行,傳體而頌文,榮始而哀終。論其人也,曖乎若可覿;道其哀也,悽焉如可傷:此其旨也。

又曰:陳思之文,群才之俊也。而武帝誄云:尊靈永蟄;明帝頌曰:聖體浮輕。輕浮有似於蝴蝶,永蟄頗擬於昆蟲,施之尊極,不其蚩乎?

《南史》曰:宋謝莊作《宣貴妃誄》,首贊堯門,方之漢鈎弋也。及廢帝即位,下莊于獄,曰:卿作此誄,時知有東宮否?

《列女傳》曰:柳下惠死,門下將誄之。妻曰:將述夫子德耶?二三子不若余知,乃爲誄曰:夫子之信,誠與人無害兮,嗚呼哀哉!神魂泄兮。夫子之諡,宜爲惠兮。門人從之。

354

《世説》曰：長孫樂作《王長史誄》云：余與夫子交非勢利，心猶澄水，同此玄味。王孝伯見云：才士不遜亡祖，何至與此人周旋？又曰：謝太傅問主簿陸退、張憑：何以作母誄，而不作父誄？退答云：故當是。丈夫之德表於事行，婦人之美，非誄不顯。

弔 文

《文心雕龍》曰：弔者，至也。詩云"神之弔矣"，言神至也。君子令終定謚，事極理哀，故賓之慰主，亦以至到爲言也。壓溺乖道，所以不弔矣。又宋水鄭火，行人奉辭，國災人亡，故同弔也。及晉築虒臺，齊襲燕城，史趙蘇秦，翻賀爲弔，害民搆怨，亦亡之道。凡斯之例，弔之所設也。或驕貴以殞身，或狷忿以乖道，或有志而無時，或美才而兼累，追而慰之，並名爲弔。自賈誼浮湘，發憤弔屈。體周而事覈，辭清而理哀，蓋首出之作也。又相如之弔二世，全爲賦體；桓譚以爲其言惻愴，讀者嘆息。及卒章要切，斷而能悲也。揚雄弔屈，思積功寡，意深文略，故辭韻沉膇。班彪、蔡邕，並敏於致語。然影附賈氏，難爲並驅耳。胡阮之弔夷齊，褒而無文；仲宣所製，譏呵實工。然則胡阮嘉其清，王子傷其隘，各其志也。彌衡之弔平子，縟麗而輕清；陸機之弔魏武，詞巧而文繁。降斯已下，未有可稱者矣。夫弔雖古義，而華詞未造，華過韻緩，則化而爲賦。固宜正義以繩理，昭德而塞違，割析褒貶，哀而有正，則無奪倫矣。

《左傳·莊十一年》曰：秋，宋大水，公使弔焉，曰：天作淫雨，害於粢盛。若之何不弔？對曰：孤實不敬。天降之災，又以爲君憂，拜命之辱。臧文仲曰：宋其興乎！禹湯罪己，其興也勃焉；桀紂罪人，其亡也忽焉。且列國有凶，稱孤，禮也。言懼而名禮，其庶乎！

《史記》曰：相如從上至長楊，還，過宜春宮，奏賦，以哀二世行失也。其辭曰：東馳土山兮，北碣石瀨；彌節容與兮，歷弔二世。持身不謹兮，亡國失勢；信讒不寤兮，宗廟滅絶。墳墓蕪穢而不脩兮，魂無歸而不食。

《漢書》曰：揚雄怪屈原文過相如，至不容，作《離騷》，自投江而死，悲其文，未嘗不流涕。以爲君子遇不遇命也，何必沉身哉？迺作書，往往摭《離騷》文而反之，自岷山投諸江流，以弔屈原，名曰《反騷》。

彌衡《別傳》曰：南陽寇松柏託劉景昇，景昇嘗待遇。景昇當暫小出，屬守長胡政令給視之。松柏父子宿與政不佳，景昇不在，松柏子在後，羅入盜，跡胡政無狀，便爾殺之。景昇還，慚悼無已，即治殺胡政，爲作三牲醊焉，正平爲作板書弔之。時當行在馬上，即駐馬授筆，倚柱而作之。彌衡弔張衡，其辭曰：南岳有精，君誕其姿；清和有理，君達其機。故能下筆繡辭，揚手文飛。昔伊尹值湯，呂尚遇旦，嗟矣君生，而獨值漢。蒼蠅爭飛，鳳凰已散。元龜可羈，河龍可絆。石堅而朽，星華而滅。惟道興隆，悠永靡絶。君音永浮,河水有竭。君聲永流,且光没發。余生雖後,身亦存遊。士貴知己,君其勿憂。

糜元《弔比干》曰:余既詰紂之後,又感比干亢辭進諫,不顧其身,而受剖屠之戮,殺身之後。紂不悔痾,失身快凶,君之心而無益於世。故復責而弔之。

糜元《弔夷齊》曰:少承洪烈(闕)於王,側聞先生餓於首陽。敢不敬弔,寄之山崗。嗚呼哀哉!夫五德更運,天秩靡常。如有絶代之主,必有受命之王。故堯終於虞舜,禹殄於成湯。且夏后氏之末祀,殷氏之所亡。若周武爲有失,則帝乙亦有傷。子不棄殷而餓死,我獨背周而深藏。所在誰路,而子經之?首陽誰山,而子匿之?彼薇誰菜,而子食之?行周之道,藏周之林,讀周之書,彈周之琴,飲周之水,食周之芹,而謗周之主,謂周之淫,是誦聖之文,聽聖之音,居聖之世,而異聖之心。

束晳《弔蕭孟恩文》曰:東海蕭惠孟恩者,父昔爲御史,與晳先君同僚。孟恩及晳旦夕同游,分義早著。孟恩夫婦皆亡門無血,胤時有伯母從兄之憂,未獲自往,致文一篇,以弔其魂,並修薄奠。其文曰:舊友人陽平束晳,謹請同業生李察奉脯脩一束,麥糒一器,以致詞於處士蕭生之墓曰:嗚呼哀哉!精爽遐登,形骸幽匿。有耶?亡耶?莫之能測。敬薦薄饋,魂兮来食。孟恩孟恩,豈猶我識!

束晳《弔衛巨山》曰:元康元年,楚王瑋矯詔舉兵,害太保衛公及公四子三孫。公世子黄門郎巨山與晳有交好,時自本郡來赴其喪,作弔文一篇,以告其柩曰:同志舊友,陽平束晳。頃聞飛虎肆暴,竊矯皇制。禍集於子,宗嗣幾越。自異方來赴來別,遥望子弟,銘旌叢立;既闃子庭,其殯盈十。徘徊感慟,載拜載泣。斂袂升階,子不我揖;引袂授袪,子不我執。哀哉魂兮,於焉栖集。

李充《弔嵇中散》曰:先生挺邈世之風,負高明之質。神蕭蕭以宏遠,志落落以遐逸。忘尊榮於華堂,括卑靜於蓬室。寧漆園之逍遥,安柱下之得一。寄欣孤松,取樂竹林;尚想榮莊,聊與抽簪。味孫觴之濁醪,鳴七絃之清琴;慕義人之玄旨,詠千載之徽音。凌晨風而長嘯,託歸流而詠吟。乃自足於丘壑,孰有愠乎陸沉?馬樂原而跂足,龜悦塗而曳尾。疇廟堂而足榮,豈和鈴之足視?久先生之所期,羌玄達於遐旨。尚遺大以出生,何殉小而入死!嗟乎先生,逢時命之不丁,冀後凋於歲寒;遭繁霜於夏零,滅皎皎之玉質。絶琅琅之金聲,援明珠以彈雀;捐所重而爲輕,諒鄙心之不爽,非大雅之所營。

袁宏友、李氏《弔嵇中散》曰:宣尼有言曰:惟仁者能好人,能惡人。自非賢智之流,不可以褒貶明德,擬議英哲矣。故彼嵇中散之爲人,可謂命世之傑矣。觀其德行奇偉,風韻劭邈,有似明月之映幽夜,清風之過松林也。若夫吕安者,嵇子之良友也;鍾會者,天下之惡人也。良友不可以不明,明之而理全;惡人不可以不拒,拒之而道顯。夜光匪與魚目比映，三秀難與朝華爭榮。故布鼓自嫌於雷門，礫石有忌於琳琅矣。嗟乎，道之喪也，雖智周萬物，不能違顛沛之難。故存其心者，不以一青累懷；撿乎跡者，必以纖芥爲事。慨達人之獲譏，悼高範之莫全。凌清風以三嘆，撫絲桐而悵焉。聞先覺之高唱，理極滯其必宣；候千載之大聖，期五百之明賢。聊寄憤於斯章，思慷慨而泫然。

哀　辭

《文章流別論》曰：哀辭者，誄之流也。崔瑗、蘇順、馬融等爲之，率以施於童殤夭折，不以壽終者。建安中。文帝臨淄侯各失稚子，命徐幹、劉楨等爲之哀辭。哀辭之體，以哀痛爲主，緣以嘆心之辭。

《文心雕龍》曰：哀者，依也。悲實依心，故曰哀也。以辭遣哀，蓋下淚之悼，故不在黃髮，必施夭昏。昔三良殉秦，百夫莫贖，事均夭橫。《黃鳥》賦哀，抑亦詩人之哀辭乎？漢武封禪，而霍嬗暴亡，帝傷而作詩，亦哀辭之類也。降及後漢，汝陽王亡，崔瑗哀辭，始變前式。然履突鬼門，怪而不辭；駕龍乘雲，偃而不哀；又卒章五言，頗似歌謠，亦髣髴乎漢武也。至於蘇順、張升，並述哀文，雖發其情華，而未極心實。建安哀辭，唯偉長差善，《行女》一篇，時有側怛。及潘岳繼作，實踵其美。觀其慮善詞變，情洞悲苦，叙事如傳，結言摹詩，促節四言，鮮有緩句；故能義直而文婉，體舊而趣新，《金鹿》、《澤蘭》，莫之或繼也。原夫哀辭，大體情主於痛傷，而辭窮乎愛惜。幼未成德，故譽止於察惠；弱不勝務，故悼加乎膚色。隱心而結文則事愜，觀文而屬心則體奢。奢體爲辭，則雖麗不哀；必使情往會悲，文來引泣，乃其貴耳。

班固《馬仲都哀辭》曰：車騎將軍順文侯馬仲都，明帝舅也。從車駕於洛水浮橋，馬驚入水，溺死。帝顧謂侍御曰：班固爲馬上三十步哀辭。

《南史》曰：劉孝綽三妹，一適東海徐悱，文尤清壯，所謂劉三娘者也。悱爲晉安郡，卒，喪還，建業妻爲祭文，詞甚悽愴。悱父勉欲爲哀辭，見之乃閣筆。

《三國典略》曰：齊文宣崩，楊愔選其挽歌，令樂署歌之。其魏收四首，陽休之、祖珽、劉逖各二首，盧思道獨出八首，於是晉陽人謂思道八挽盧郎。中書郎李愔戲謂逖曰：盧八問訊劉二。逖每銜之。至是愔上《感恩賦》，自陳文宣之世，遭遇讒譖。逖爲帝奏其文誹謗先帝，齊主怒，令鞭之。逖喜曰：高擡兩下，執鞭一百，何如喚劉二時。

哀　策

《文章流別論》曰：今所爲哀策者，古誄之義。

《世說》曰：王東亭夢人以大筆與之，如椽子大，覺曰：當有大手筆事。少日，烈宗崩,哀謚策議皆王所作。

《國朝傳記》曰:褚遂良爲太宗哀策文,自朝還,馬誤入人家而不覺也。

又曰:崔融司業作《武后哀文》,因發疾而卒,時人以三二百年來無此文。(以上卷五百九十六文部十二)

檄 移 露布

檄

《説文》曰:檄,二尺書也,從木敫聲。

《釋名》曰:檄,激也,下官所以激迎其上之書文也。

李充《翰林論》曰:盟檄發於師旅,相如《喻蜀父老》可謂德音矣。

又《起居戒》曰:軍書文檄,非儒者之事。且家奉道法,言不及殺,語不虛誕。而檄不切厲,則敵心陵;言不誇壯,則軍容弱。請姑舍之,以待能者。

《文心雕龍》曰:昔有虞氏始戒於國,夏后初誓於軍,殷誓軍門之外,周將交刃而誓之。故知帝世戒兵,三王誓師,宣訓我衆,未及敵人也。至周穆西征,祭公謀父稱“古有威讓之令,有文誥之詞”,即檄之本源也。及春秋,征伐自諸侯出,懼敵不服,故兵出須名。振此威風,暴彼昏亂,劉獻公所謂“告之以文詞,董之以師武”者也。齊桓征楚,詰菁茅之闕;晉厲伐秦,責箕郜之焚。管仲、呂相,奉詞先路,詳其意義,即今之檄文。暨乎戰國,始稱爲檄。檄者,皦也。宣布於外,皎然明白也。張儀《檄楚》,書以尺二,明白之文,或稱露布。夫兵以定亂,莫敢自專,天子親戎,則稱“恭行天罰”;諸侯禦師,則云“肅將王誅”。故分閫推轂,奉詞伐罪,非唯致果爲毅,亦且勵詞爲武。使聲如衝風所擊,氣似欃槍所掃,奮其武怒,總其罪人,乘其惡稔之時,顯其貫盈之數,搖姦宄之膽,訂信慎之心,使百尺之衝,摧折於咫書;萬雉之城,顛墜於一檄者也。觀隗囂之檄亡新,布其三逆,文不雕飾,而詞切事明,隴右文士,得檄之體也。陳琳之檄,壯有骨鯁;雖姦閹携養,章密太甚,發丘摸金,誣過其虐,然抗詞書釁,皦然暴露。鍾會檄蜀,徵驗甚明;桓溫檄胡,觀釁尤切,並壯筆也。凡檄之大體,或述此休明,或叙彼苛虐。指天時,審人事,算强弱,角權勢,摽蓍龜於前驗,懸鞶鑑於已然,雖本國信,實參兵詐。譎譎以馳旨,煒曄以騰説,凡此衆條,莫之或違者也,故其植義颺詞,務在剛健。插羽以示迅,不可使詞緩;露板以宣衆,不可使義隱。必事昭而理辨,氣盛而詞斷,此其要也。若曲趣密巧,無所取才矣。

《史記》曰:張儀,魏人,嘗從楚相飲。相亡璧,意儀盜之,掠笞數百。後儀既相秦,爲檄告楚相曰:吾從汝飲,不盜汝璧。善守汝國,我且盜汝城!

《漢書》曰：申屠嘉爲丞相，鄧通在上旁怠慢嘉，奏事因言曰：陛下幸愛羣臣則富貴之，至於朝廷之禮，不可以不肅。上曰：君勿言，吾思之。罷朝。嘉爲檄召通曰：不來，且斬。通恐，言於上。上曰：速往，吾令召汝。通至丞相府，免冠徒跣，頓首謝嘉，嘉不爲禮，責曰：朝廷者，高帝朝廷也。通，小臣，戲殿上，大不敬，當斬。敕吏令決行斬之。通頓首，血出不解。文帝度嘉已困通，持節召通，而謝嘉曰：此吾弄臣，君釋之。

《東觀漢記》曰：光武數召諸將，置酒賞賜坐席之間，以要其死力。當此之時，賊檄日以百數，憂不可勝，上猶以餘閒講經藝。

又曰：廬江毛義，性恭儉謙約，家貧，以孝行稱。南陽張奉聞其名，往候之。坐有頃，府檄適至，以義守安陽，令義捧檄持入白母，喜動顏色。

《後漢書》曰：耿恭爲戊巳校尉，移檄烏孫，示漢威德。大昆彌已下皆喜，遣使獻名馬。

又曰：隗囂，故宰府掾吏，善爲文書。每上移檄，士大夫莫不諷誦。

《魏書》曰：陳琳作檄，草成，呈太祖。太祖先苦頭風，是日疾發，臥讀琳所作，翕然而起曰：此愈我疾。初，太祖平鄴，謂陳琳曰：君昔爲本初作檄書，但罪孤而已，何乃上及父祖乎？琳謝曰：矢在弦上，不得不發。太祖愛其才，不咎。

又曰：劉放善爲書檄，太祖詔命，有所招喻，多放之所爲。

《張華別傳》曰：駕西征鍾會，次長安，華兼中書侍郎從行，掌軍中書疏表檄，文帝善之。

《晉書》曰：易雄，長沙人也，爲春陵令。刺史譙王承既拒王敦，將謀起兵，以赴朝廷。雄承符馳檄遠近，列王敦罪惡。城陷，爲其所虜，意氣慷慨，神色無忤。送到武昌，敦遣人持檄示雄，而數之。曰："此實有之，惜雄位微力弱，不能救國之難。王室如燬，安用生爲？今日即戮，得作忠鬼，乃所願也。"敦憚其辭正，釋之。衆人皆賀，雄笑曰："昨夜夢乘車，掛肉其傍。夫肉必有筋，筋者，斤也。車傍有斤，吾其戮乎！"尋而敦遣殺之。當時見者，無不傷惋。

又曰：張軌爲涼州刺史，時晉昌張越，涼州大族，纖言張氏霸涼，自以才力應之。越初爲梁州刺史，而志在涼州，遂托病歸河西，陰謀代軌。乃遣兄鎮及曹祛、麴佩移檄廢軌，軌遣主簿奉表詣闕，將歸老宜陽。長史王融、參軍孟暢蹋折鎮檄，排閣入諫，軌默然從之。

又曰：元帝遣揚威將軍甘卓、建威將軍郭逸攻周馥於壽春，安豐太守孫惠率衆應之，使謝摛爲檄。摛，馥之故將也。馥見檄流涕曰：必謝摛之辭。摛聞之，遂毀草，旬日馥衆潰。

《續晉陽秋》曰：何無忌母，劉牢之女弟也。無忌與高祖謀，夜於屏風裏製檄文，母潛於屏風上窺，既知其謀，大喜，謂曰：汝能如此，吾復恥雪矣。

《嵇氏世家》曰：含，字君道，爲中書郎，書檄雲集，含不起草。

《北齊書》曰：高祖西討，命中外府司馬李義深、知相府城局李士略共作檄文，二人皆辭，請以孫搴自代。高祖引搴入帳，自爲吹火催促之，搴援筆立成，其文甚美。高祖大悦，即署相府主簿，專典文筆。

《梁書》曰：元帝擒宋子仙及丁和，送之江陵，並下於獄。子仙檄湘東曰：既瞎且尩，爾勇伊何？即書記沈炯之文也。有司焚燬，湘東弗知，僧辨購炯獲之，酹錢十萬。炯既不敢謁見，惟諂事於僧辨。自此軍書，咸出於炯。

又曰：王偉，洛陽人也。學通《周易》，嘗在揭陽賦詩曰："平明聽戰鼓，薄暮叙存亡。楚漢方龍闘，秦關陣未央。"既至江陵，繫之於獄，以詩贈湘東嬖人曰："趙壹能爲賦，鄒陽解獻書。何惜西江水，不救轍中魚？"又上五十韻詩，以希不死。湘東愛其詞翰，猶欲未誅。左右嫉之，乃曰：偉前檄文，言湘東不順。湘東取視其檄云："項羽重瞳，尚有烏江之敗；湘東二目，寧爲赤縣所歸？"湘東大怒，釘其舌於柱，剜其臍，抽其腸，出乃斬之。

《陳書》曰：趙知禮涉獵文史，善書翰。武帝之討元景仲也，或薦之，引爲記室。知禮爲文贍速，每召製書，下筆便就，率皆稱旨。

又曰：顧野王博識治聞，侯景之寇，率鄉黨隨郡守舉兵赴援，文檄皆以委之，口占便就，未嘗起草。

《國朝傳記》曰：元萬頃初爲李勣記室，勣征遼東，令作檄書云：不知守鴨緑之險。莫離支報曰：謹聞命矣。遂移兵固守，官軍不得入。萬頃坐流嶺南。

《唐書》曰：李巨川爲華州掌書記，時李茂貞犯京師，天子駐蹕於華。韓建以一州之力，供億萬乘，恐其不濟，遣巨川傳檄天下，請助轉餉，同匡王室，完葺京城。四方書檄酬報輻輳。巨川灑翰陳叙，文理俱愜，昭宗深重之。時巨川之名，聞於天下。

移

《文心雕龍》曰：移者，易也，移風易俗，令往而民隨者也。相如之《難蜀老》，文曉而喻博，有移檄之骨焉。及劉歆之《移太常》，詞剛而義辨，文移之首也。陸機之《移百官》，言簡而事顯，武移之要者也。故檄移爲用，事兼文武；其在金革，則逆黨用檄，順命資移；所以洗濯民心，堅同符契，意用小異，而體義大同。

《漢書》曰：劉歆字子駿，成帝時與父向俱領校書，講六藝傳記。後王莽篡位，爲京兆尹。哀帝時與五經博士講論諸儒，博士不肯置對，歆因移書太常博士。

《後漢書》曰：韓馥見民情歸袁紹，忌其得衆，恐將圖己，嘗遣從事守紹門，不聽發兵。喬瑁乃詐爲三公移書，傳檄州郡，説董卓罪惡，企望義兵以釋國難。馥於是方聽紹舉兵。

《齊書》曰：孔稚珪字德璋，會稽人也。周彦倫隱於北山，後應詔出爲鹽官令，欲過北山，乃假山靈之意，移文於北山。

《三國典略》曰：衛襄字叔遼，河東人，脩行至孝，州郡嘉之。時有白波賊衆數萬人，官兵誅伐不能平，賊曰：使叔遼要我，願散於是。襄爲移書，即平定。

王隱《晉書》曰：毛寶據邾城，城陷，寶尸沉江不出。戴洋移告河伯，寶尸立出。

《梁書·裴子野傳》曰：普通七年，大舉北侵。敕子野爲移魏文，受詔立成。武帝以其事體大，召尚書僕射徐勉、太子詹事周舍、鴻臚卿劉之遴、中書侍郎朱异，集壽光殿以觀之，時並歎服。武帝目子野曰：其形雖弱，其文甚壯。敕爲書喻魏相元乂，其夜受旨，子野謂可待旦方奏，未之爲也。及五鼓，敕催令速上。子野徐起，操筆撰之，昧爽便就。既奏，武帝深嘉焉。自是凡諸符檄，皆令具草。子野爲文典而雅，不尚靡麗，其制作多法古，與今文體異。當時或有詆訶者，及既見，翕然重之。或問其爲文速者，子野答言曰：人皆成於手，我獨成於心。

露　布

《文心雕龍》曰：露布者，蓋露板不封，布諸視聽也。

《後漢書》曰：鮑永爲司隶校尉，子昱復拜焉。後詔昱詣尚書，使封胡降檄。光武遣小黃門問，昱有所怪，不對，曰：臣聞故事，通官文書不著姓。又當司徒露布，怪使司隶下書而著姓也。帝報曰：吾故令天下知忠臣之子復爲司隶也。

《後魏書》曰：邢巒從征漢北，巒後至，高祖曰：至此以來，雖未擒滅，城隍已崩，想在不遠。所以緩攻者，正待中書爲露布耳。

又曰：高祖每嘆曰：上馬能擊賊，下馬作露布，惟傅脩期耳。

又曰：高祖車駕南伐，以韓顯宗統大軍，破蕭鸞軍，斬其將高法援等。顯宗至新野，高祖曰：卿破賊斬帥，殊益軍勢。朕方攻堅城，何爲不作露布也？顯宗曰：臣頃聞鎮南將軍王肅獲賊二三，驢馬數疋，皆爲露布，臣在東觀私每哂之。近雖仰憑威靈，得摧醜虜，斬擒不多，脱復高曳長縑，虛張功捷，尤而效之，其罪彌甚。所以斂毫卷帛，解上而已。

又曰：彭城王勰從征齊軍，帝令勰爲露布。勰曰：露布者，布於四海，露之羣臣。以臣小才，豈足大用？帝曰：汝亦才達，但可爲之。及就，猶類帝文，人咸謂御筆。帝曰：非兄即弟，誰能辦之？勰對曰：子夏被嗤於先聖，臣又荷責於來今。

《後周書》曰：宇文神舉，幽州人。盧昌期、祖英伯等聚衆據范陽反，詔神舉率兵討之。齊黃門侍郎盧思道亦在反中，賊平，見獲解衣，將伏法誅。神舉素欽其才名，乃釋而禮之，即令草露布。其待士禮賢如此。

又曰：周人吕思禮好學有文才，雖務兼軍國，而手不釋卷。晝理政事，夜則讀書，令蒼頭執燭，燭燼，夜有數升沙苑之捷，命爲露布，食頃便成。周文歎其工而且速。

《北齊書》曰：杜弼從高祖破西魏於邙山，命爲露布。弼即書絹，曾不起草。

《世說》曰：桓武北征，袁虎時從，被責免官。會須露布文，唤袁倚馬前，令作。手不輟輟，俄頃得七紙，殊可觀。王東亭亦在側，絕歎其才。

《國史補》曰：李晟破朱泚，德宗覽收城露布之文云：臣已肅清宮禁，祇謁寢園，鍾虡不移，廟貌如故。上感泣失聲，左右六宮皆嗚咽。論者以國朝捷書露布，無如此者。于公異之詞也。公異後爲陸贄所忌，誣以家行不至，賜《孝經》一卷，坎壈而終。（以上卷五百九十七文部十三）

符　契券　鐵券　過所　零丁

符

《說文》曰：符，信也。漢制以竹長六寸，分而相合。

《釋名》曰：符，付也，書所制命於上，付傳行之。

《文心雕龍》曰：符者，孚也，徵召防僞，事資中孚。三代玉瑞，漢世金竹，末代從省，代以書翰矣。

《史記》曰：秦昭王破趙長平，又進圍邯鄲。魏昭王之子無忌號信陵君，其姊爲趙惠文王弟平原君夫人。平原君數遺公子書，請救於魏。魏王使將軍晉鄙，將十萬衆救趙，實持兩端以觀望。平原君使者相屬，謂公子曰：今邯鄲旦暮降秦，魏救不至，獨不憐公子姊耶？公子患之，過候嬴問計。嬴屏人語曰：嬴聞晉鄙兵符，長在王卧內，而如姬最幸，力能竊之。嬴聞如姬父爲人所殺，公子使客斬其仇頭，進敬如姬，如姬欲爲公子死，無所辭。公子誠一開口，以請姬，姬必許諾。公子從其計。如姬果盗晉鄙兵符與公子，遂矯魏王令，奪晉鄙兵，進擊秦，秦軍遂解。

又曰：吕不韋說華陽夫人，請立子楚，夫人然之。承太子間，從容言子楚質於趙者絕賢往，來者皆稱譽之，乃涕泣曰：妾幸得充後宮，不幸無子，願得子楚立以爲嫡嗣，以託妾身。安國君許之。乃與夫人刻玉符，約以爲嫡嗣。

《漢書》曰：文帝二年九月初，與郡守相爲銅虎、竹使符應劭曰：銅虎符，第一至第五，國家當發兵，遣使者詣合符，符合，乃應之。竹使，以箭五枚，長五寸，鐫刻篆書，第一至第五。張晏曰：符以代古之圭璋，從簡易。

又曰：終軍從濟南，當詣博士步入關，關吏予軍繻張晏曰：繻音須。繻符書紙，裂而分之。臣瓚以爲漢出入關用傳，猶今之過所，軍棄繻而去。後爲使建節出關，關吏識之，曰：此使者乃前棄繻生也。

《後漢書》曰：初，禁網尚簡，但以璽書發兵，未有虎符之信。杜詩上疏曰：臣聞兵者，國之凶器，聖人所慎。舊制發兵以虎符，其餘徵調，竹使而已。符策合會，取爲合信，所以明著國命，歛持威重也。間者發兵，但用璽書，或以詔令，如有奸人詐僞，無由知覺。愚以爲軍旅尚興，賊虜未殄，徵兵郡國，宜有重慎，可立虎符以絶奸端。昔魏之公子，威傾隣國，猶假兵符以解趙圍。若無如姬之仇，則其功不顯。事有煩而不可省，費而不得已，蓋謂此也。書奏，從之。

《東觀漢記》曰：延熹五年，長沙賊起，攻没蒼梧，取銅虎符。太守甘定、刺史侯輔各奔出城。

又曰：郭丹字少卿，初之長安，買符以入函谷關，嘆曰：丹不乘使者車，終不出關。後果如本心。

又曰：赤眉欲立宗室，以木札書符曰：上將軍。與兩空札置筒中，大集會，三老從事令劉盆子等三人居中央，一人奉符，以年次探之。盆子最幼，探得將軍。三老等即皆稱臣。

《隋書》曰：高祖頒青龍符於東方總管刺史，西方以騶虞，南方以朱雀，北方以玄武。又頒木魚符於總管刺史，雌一雄一。又頒木魚符於外官五品以上。

又曰：煬帝謂樊子蓋曰：朕遣越王留守東都，示以皇枝盤石，社稷大事，終以委公。特宜持重戈甲五百人而後出，此亦勇夫重閉之義也。無賴不軌者便請鋤之，凡可以施行，無勞形跡。今爲公別造玉麟符，以代銅獸。

《列女傳》曰：楚昭貞姜者，齊侯之女，楚昭王之夫人也昭王，平王子昭王軫也。昭王出遊，留夫人漸臺之上而去漸臺，水上之臺。王聞江水大至，遣使者迎夫人，忘持符，夫人曰：妾聞召宫人以符，今使者不持符，妾不敢從行。使者於是反，取符，及還，則大水至臺下，夫人流而死。王曰：嗟乎！夫人守義而死，不爲苟處。約持信以成其貞，乃號曰"貞姜"。

契券（節錄）

《釋名》曰：券，綣也，相約束綣綣以爲限也。大書中央，中破別之也。契，刻也，刻識其數也。

《世說》曰：券，契也。別之書，以刀刻其旁也，故曰契也。

《漢書》曰：高祖微時，好酒及色。從王媼、武負貰酒，時飲醉臥。武負、王媼見其上有怪，高祖每酤留飲，酒讎數倍，大見怪。歲竟，兩家常折券棄責以簡牘爲契券，既不徵索，故折毀之，棄其所負也。

《楚漢春秋》曰：高祖初封侯者，皆書券曰：使黃河如帶，泰山如礪。漢有宗廟，無絕世也。

《東觀漢記》曰：樊重字君雲，南陽人，家素富。外孫何氏兄弟爭財，重恥之，以田二頃解其忿，縣中稱美，推爲三老。年八十餘終，其所假貸人間數百萬，遺令焚削文契。債家聞之，皆慚，爭往償之，諸子竟不肯受。

《晉書》曰：諸侯官司徒吏應給職使者，每歲先計偕文書上道五十日，宣敕使，使各手書。書定，見破券。諸送迎者所受別郡，校數寫朱券，爲簿集上。

《宋書》曰：顧綽，覬之子也，私財甚豐。鄉里士庶多負債，覬之禁不能止。及覬之爲吳郡太守，出文券一大廚，悉令焚之，宣言遠近皆不須還，綽懊嘆彌日。

《唐書》曰：太宗時東謝渠帥來朝。東謝者，南蠻之別種也，在黔安之東，地方千里，其俗無文書，刻木爲約。

又曰：羅讓爲福建觀察使兼御史中丞，甚著仁惠。有以女奴遺讓者，讓問其所因，女奴曰：本某家人，兄姊九人，皆爲官所賣。其留者，唯老母耳。讓慘然焚其券書，以女奴歸其母。

《夢書》曰：券契爲有信，夢得券契，有信士也。

《文心雕龍》曰：契者，結也。上古純質，結繩執契。今羌胡徵數負販記繒，其遺風也。

又曰：券者，束也，明白約束，以備情僞。字形半分，故周稱判書。古有鐵券，以堅信誓。王褒《髯奴》，則券之楷也。

《戰國策》曰：孟嘗君使馮驩收債於薛，曰：債畢，市吾家所寡者。馮驩召民畢集，以債賜民，因燒其券。還，見孟嘗君曰：君家所寡者，義也。臣竊矯命，舍債以賜民。此爲君市義也。

《魏子》曰：仲尼無券於天下而德著，古今善惡明也。

王褒《僮約》（略）。

石崇《奴券》（略）。

《邵氏家傳》曰：邵仲金好賑施，年八十一，臨卒，取其貸錢物書券，自於目前焚之，曰：吾不能以德教子孫，不欲復以賄利累之。及貸者還錢，子孫不受，曰：不能光顯先人，豈可傷其義乎！

鐵 券

《東觀漢記》曰：桓帝延熹八年，妖賊蓋登稱大皇帝，有璧二十，珪五，鐵券十一。後伏誅。

《晉中興書》曰：初，帝在關中，與氐羌破鐵券，約不役使。

又曰：應詹都督天門等郡，天門武陵溪蠻並反，詹誅其魁帥，餘皆當降。自元康以來，政令不一，谿蠻並反。詹召蠻酋，破鐵券與盟，由是懷化，數郡無虞。其後天下大亂，唯詹保全一境。

《三國典略》曰：梁任果降周。果字靜蠻，南安人也。世爲方隅豪族，仕於江右，志在立功。太祖嘉其遠來，待以優禮，後除始州刺史，封樂安公，賜以鐵券，聽世傳襲。

又曰：侯景圍臺城，陳昕說范桃棒令率所領二千人襲殺，王偉、宋子仙帶甲歸降，桃棒許之。後昕夜入宮城，密啓梁主，梁主大悦，使命納之，並鐫銀券賜桃俸曰：事定日，當封汝爲河南王。即有景衆，並給金帛女樂以報元功。而太子恐其詭詐，猶預不決。

《隋書》曰：李穆累以軍功進爵爲伯，從太祖擊齊師於芒山，太祖臨陣墜馬，穆突圍而進，以馬策擊而詈之，授以從騎。潰圍，俱出。賊見其輕侮，謂太祖非貴人，遂緩之，以故得免。既而與穆相對泣顧，謂左右曰：成我事者，其此人乎！即令撫慰關中，所至剋定，擢授武衛將軍，賜以鐵券，恕其十死。

又曰：越王侗立以段達爲納言，右翊衛大將軍攝禮部尚書王世充亦納言，左馮翊大將軍攝吏部尚書元文都，内史令左驍衛大將軍盧楚亦，内史令皇甫無逸，兵部尚書右武衛大將軍郭文懿，内史侍郎趙長文，黄門侍郎委以機務，爲金書鐵券藏之宮掖，於時洛陽稱段達等爲七貴。

《唐書》曰：李懷光既解奉天之圍，不獲朝見，因大怒。德宗遣中使喻旨，加太尉，賜鐵券。懷光怒甚，投券於地曰：人臣反則賜鐵券，今賜懷光，是使反也。

過 所

《釋名》曰：過所，至關津以示之。或曰傳，轉也，移轉所在，執以爲信也。

《史記》曰：寧成爲右内史，外戚多毀成之短，抵罪髡鉗。是時九卿死罪即死，少被刑，而成極刑，自以不復收，於是解脱，詐刻傳出關，歸家。

《漢書》曰：文帝十三年，詔除關無用傳。張晏注曰：傳，信也，若今過所。李奇曰：傳，棨也。顔師古曰：或用棨，或用繒帛。棨者刻木，爲合符。

《魏略》曰：倉慈爲燉煌太守，胡欲詣國家，爲討過所。廷尉決事曰：廷尉上廣平趙禮詣雒治病，博士弟子張策門人李臧賚過所。詣洛，還債禮，冒名度津平。裴諒議禮，一歲半刑，策半歲刑。

《晉令》曰：諸度關及乘船筏上下經津者，皆有所寫一通付關吏。

零　丁

《齊諧記》曰：國步山有廟，甚靈。呂思與少婦投宿，失婦，思逐覓。見大城廳事一人紗帽馮几，左右競來擊之。思以刀斫，計當殺百餘人，餘者便乃大走，向人盡成死狸。看向廳乃是古冢大冢，上穿下甚明。見一羣女子在冢裏，見其婦如失性人，因抱出冢口。又入抱取在先女子有數十，中有通身已生毛者，有毛脚面成狸者。須臾天曉，將婦還亭，亭吏問之，具如此答：前後有失兒女者零丁，有數十吏便斂此零丁，至冢口迎此羣女，隨冢遠近而報之，各迎取於此。後一二年，廟無復靈。

戴良字文讓，失父，《零丁》曰：敬白諸君行路者，敢告重罪，自爲積惡，致天災困我。今月七日失阿爹，念此酷毒，良可痛傷。當以重幣贈用相賣，請爲諸君説事狀：我父軀體與衆異，脊背傴僂，卷如戴；唇吻參差不相值，此其庶體，何能備。請復重陳其面目：鴟頭鵠頸獨狗髆，眼淚鼻涕相追逐，吻中含納無齒牙，食不能嚼，左右蹉，頗似西域脊駱駝。請復重陳其形骸：爲人雖長，甚細材，面目芒蒼如死灰，眼眶白陷如米羹杯。（以上卷五百九十八文部十四）

史傳上（節録）

《文心雕龍》曰：史者，使也，執筆左右，使之記也。古者左史記言，右史書事。言經《尚書》，事經《春秋》也。

《説文》曰：史，記事者也。

《釋名》曰：傳，傳也，以傳示後人也。

《博物志》曰：賢者著述曰傳。

《禮記》曰：五帝憲養氣體而不乞言，有善則記之，爲惇史。

《詩序》曰：國史，明乎得失之跡。

《韓詩外傳》曰：周舍對趙簡子曰：臣操牘秉筆從君之后，司君過而書之。

《周禮》曰：外史掌四方之志。鄭玄注曰：志，記也，謂若魯之《春秋》、晉之《乘》、楚之《檮杌》。（以上卷六百三文部十九）

366

簡 策 牘 札 牒 板 刺 函

簡

《説文》曰：簡，牒也。

《釋名》曰：簡，間也。編之篇，篇有間也。

《爾雅》曰：簡，謂之畢郭璞曰：今簡札也。

《毛詩·鹿鳴》曰：豈不懷歸，畏此簡書。

張璠《漢記》曰：吳祐父恢爲南海太守，欲殺青簡以寫書。祐年十一，諫曰：海濱多珍玩，此書若成，載必盈兩。昔馬援以薏苡興謗，王陽以衣囊徼名。嫌疑之間，先賢所慎。恢大喜。

范煜《後漢書》曰：大司徒鄧禹西征，定河東。張宗詣禹自歸，禹聞宗多權謀，乃表爲將軍。禹軍到枸邑，赤眉大衆且至。禹以枸邑不足守，欲引師退就堅城。衆人多畏賊追，憚爲後拒，禹，書諸將名於竹簡，署其前後，亂著笥中，令各探之。宗獨不肯探，曰：死生有命，宗肯辭難就逸乎？禹歎息，謂曰：禹聞一卒畢力，百人不當；萬夫致死，可以橫行。宗今擁兵數千以承天威，何遽其必敗乎！

《魏略》曰：宣王討王陵，陵面縛迎遥，謂太傅曰：卿直以折簡召我，我當不至耶？而引軍來乎？太傅曰：以卿非肯逐折簡者也。

《瀨鄉記》曰：《老子母碑》曰：老子把持仙録，玉簡金字，編以白銀，紀善懲惡。

《楚國先賢傳》曰：孫敬編楊柳簡以爲經本，晨夜誦習。劉向《別傳》曰：孫子書以殺青簡編，以縹絲繩。

《異苑》曰：有人嵩山下得竹簡一枚，上有兩行科斗之書，中外傳示，莫能知。張華以問束皙，皙曰：此明帝顯節陵中策文也。驗校果然。

《風俗通》曰：劉向《別録》：殺青者，宜治竹作簡書之耳。新竹有汁，善朽蠹。凡作簡者，皆於火上炙乾之。陳楚間謂之汗汗者，去其汁也。

《吳越》曰：殺，亦治也。劉向事孝成皇帝典校書籍二十餘年，皆先書竹，改易刊定，可繕寫者以上素也。由是言之，殺青者，竹簡爲明矣。

《神仙傳》曰：陰長生裂黃素寫《丹經》一通，封以文石之函，著《嵩高山》一通。黃櫨之簡，漆書之，封以青玉之函。著《華山》一通，黃金之簡，刻而書之，封以白銀之函，着蜀綏山。

策

《廣雅》曰：策，謂之簡。

《釋名》曰：策書教令，於上所以驅策諸下也。漢制，約勅封侯曰册。册，賾也，勅使齪賾，不犯之也。

《史記》曰：百名以上，則書於策。

《春秋序》曰：大事書之於策，小事簡牘而已。

《後漢書》曰：何敞父比干字少卿，爲汝陰縣獄吏，決曹掾，平活數千人。後爲丹陽都尉，獄無冤囚。征和三年三月辛亥，天大陰，雨，比干在家。日中夢車騎滿門，覺而語妻，語未竟，而門有老嫗求寄避雨。雨甚，而衣不霑。雨止，送出門，語比干曰：公有陰德，天賜君以策，以廣公之子孫。因出懷中符策，狀如簡，長九寸，凡九百九十枚，以授比干，曰：子孫佩印綬者，如此數。比干年五十八，有六男，又生三子。本始元年，自汝陰徙平陵，代爲名族。

《吳曆》曰：孫皓時，吳郡民掘地得物，似銀，長一尺三寸，刻畫有年月字，因改年爲天策。

《唐書》曰：貞觀中，房玄齡議封禪儀，玉策四枚，各長一尺三寸，廣一寸五分，厚五分。每策五簡，俱以金編，其一奠太祖，一奠地祇，一奠高祖。

《穆天子傳》曰：癸巳至於羣玉之山，阿平無險言邊無險阻也，四徹中繩言皆平直，先王謂之策府言往古帝王以爲藏書策之府。

《家語》曰：哀公問政於孔子，孔子曰："文武之政，布在方策。"

牘

《説文》曰：牘，謂書板也。

《釋名》曰：牘，睦也。身執之以進，見所以爲恭睦也。

《史記》曰：文帝遺單于尺一寸牘，單于以尺二寸牘答。

又曰：東方朔初入長安，至公車上書，凡用三千奏牘。公車令兩人共持舉其書，僅然能勝之。人主從上方讀之止，輒乙其處，讀之二月乃盡。詔拜以爲郎。

《東觀漢記》曰：時天下墾田多不實，詔檢覆覈，百姓嗟怨。諸郡遣使，帝見陳留吏牘上有書，視之云：潁川弘農可問，河南南陽不可問。上得之，怒。時東海公年十二，在幄後言曰：吏受郡勅，欲以墾田相方耳。帝曰：即如此，何故言河南南陽不可問？對曰：河南，帝城，多近臣；南陽，帝鄉，多近親。田宅踰制，不可爲準。帝令虎賁詰問吏，吏首服。遣謁者揣實，具知奸狀。

368

《夢書》曰：牘札爲薦舉，夢得牘札，欲薦舉也。

《韓詩》曰：趙簡子太子名伯魯，小子名無恤。簡子自爲二牘，親自表之書曰："節用聽，聰敬賢。勿慢使，能勿賤。"與二子，使恒誦之。居三年，簡子坐青臺之上，問二子書何在。伯魯忘其表，令誦不能得。無恤出其書於左袂，令誦習焉。乃黜伯魯而嘉無恤。

《韓詩外傳》曰：趙簡子有臣周舍，立於門下三日三夜。簡子問其故，對曰：臣爲君諤諤之臣，秉筆操牘，從君之後，伺君過而書之。

札

劉熙《釋名》曰：札，櫛也，編之如櫛，齒相比也。

《晉令》曰：郡國諸户口黄籍，皆用一尺二寸札，已在官役者載名。

《漢書》曰：司馬長卿未死時爲一卷書，曰：有使來求，奏之。其遺札書，言封禪事。

又曰：谷永字子雲，便於筆札，故時人云：子云之筆札，婁君卿之脣舌。

《後漢書》曰：樊崇等西攻更始百萬之衆而無稱號，欲立帝。求軍中景王後者，得七十餘人，唯盆子與茂及前西安侯爲最。崇等議曰：聞古天子將兵，稱上將軍。乃書札爲符曰上將軍。又以兩空札置笥中札，簡也。笥，篋也，遂於鄭北設壇場，祠城陽景王。諸三老從事皆大會陛下，列盆子三人居中立，以年次探札。盆子最幼，後得符。諸將乃皆稱臣。

《續漢書》曰：賈逵字景伯。時有神雀入宮，帝勑蘭臺給筆札，使逵作《神雀頌》。

晉張華有文雅之才，晉儀禮薲革制度，勑有司給筆札，多有損益。

《晉陽秋》曰：梁國張輝字義元，爲郡吏入值，太守圍棋，投札於地。輝曰：知府君患風，取以支吾。太守輟棋令坐。

《漢武故事》曰：上崩，後有一人騎馬，馬異於常馬，持一尺札，賜將作大匠丞文曰：汝績克咸，賜汝金十斤。因忽不見札，變爲金，稱之重十斤。

《抱朴子》曰：魏武帝以左慈爲妖妄，欲殺之，使人收之。慈故欲見而不去，欲拷之，而獄中有七慈，形狀如一，不知何者爲真。以白武帝，帝使人盡將殺之。須臾，左慈盡化爲札，而一慈徑出，走赴羣羊。

詩云：有客從南來，貽我一書札。上叙長相思，下言久離別。

牒

《説文》曰：牒，札也。

《文心雕龍》曰：牒者，葉也，如葉在枝也。短簡爲牒，議事未定，故短簡諮謀。牒之尤密，謂之籤。

《左傳》昭二十五年：趙簡子令諸侯大夫輸王粟，宋樂大心曰：我不輸粟，我於王爲客二王後爲賓客晉士伯曰：自踐土以來，宋何役不會，而何盟不同？曰：同恤王室，子焉得避之？右師不敢對，受牒而退右師，樂大心也。

《漢書》曰：路溫舒字長君，鉅鹿東野人，父爲里監門，使溫舒牧羊，取澤中蒲，截爲牒編，用寫書。

板

《釋名》曰：板，般也。般，般平廣也。

《春秋演孔圖》曰：孔子曰：丘作《春秋》，天授《演孔圖》，中有大玉，刻一版曰：璇璣。一低一昂，是七朝期，驗敗毀滅之徵也。

《蜀志》曰：譙周勸劉禪降，後元熙二年夏，巴郡文立從洛還，過見周，周語次，因書板示立曰：典午忽兮，月酉没兮。典午者，謂司馬也；月酉，八月也。至八月，而司馬昭果崩。

王隱《晉書》曰：惠帝時謠曰：二月盡，三月初，桑生裴雪柳葉舒，荆筆楊板行詔書。宮中大司馬作幾軀，而楊駿荆王反。

《幽明錄》曰：王大度鎮廣陵，忽見二驪持鵠頭板來，召之。王大驚，問驪：我作何官？云：當作平北將軍，徐、兗二州刺史。王曰：吾已作此官，何故復召耶？鬼云：此又聞耳。且今所作，是天上官也。王大懼，亦尋見迎官玄衣人及鵠衣小吏甚多，王尋疾薨。

《桂陽先賢畫》讚曰：胡滕爲南陽從事，遇大駕南巡，求索總猥。滕表曰：天子無外，乘輿所幸，便爲京師。臣請荆州刺史比司隸，臣比都官從事。帝奇其才，悉許。大將軍西曹椽亡，司馬召滕，因作《都官鵠頭板》，召百官敬服。

《相板經》曰：板有芒角，形勢上狹下廣，右薄左厚，光采流澤，文色調達，木理通直，皆爲吉板。是凶板，細理輕虋，其人性簡達周正，其人寬博。板有橫節爲病。在面内喪，在背外喪。板有蝎穿及節對，其過人。凶板中字皆令筆跡調利，有形勢。字欲當右行空中，不用對，對則多牽制人，上官多憎之。官字欲今右官字小，新官大，有波勢，墨色分明。板形平通，無絕陽刀跡，是元吉。官字無形勢，點染不分明，皆免官，或不到官。官小他字，墨散入材理中，必入獄死。板色欲類其姓角家。板色青爲吉，赤不宜子，白不利官，屬黑不利父母，黃不利妻財。凡齎板來者，其人姓名善爲喜祥，不善則否也。相板時，要以手持板之，若手近板後，則板前低而落，此則左遷板，有病累，皆可治改。治之用庚申寅日。庚，更也；申，伸也；寅，引也，言更引吉祥也。

刺

《釋名》曰：畫姓字於奏上曰畫，刺作再拜起居，字皆達其體，使書盡邊，徐引筆書之如畫者也。下官刺，長書中央一行。而下也又有爵里刺書，其官爵及郡縣鄉里也。

《典略》曰：王符字節信，安定人，感激著書，名曰《潛夫論》。故度遼將軍皇甫規去官歸安定鄉，人有以貨得雁門太守者，亦去官歸，書刺謁規，規臥不迎。使人呼入，既坐，問：食雁美乎？又以其刺刮脾。有頃，聞王節信在外，規乃驚起，衣不及帶，倒履而出，援其手而還，與同坐。大設賓主禮，日暮別去。人或歎曰：何有二千石之賤，不如諸生之貴，乃如此耶！

《魏名臣奏》曰：黃門侍郎荀攸奏曰：今吏初除，有三通爵里刺條疏行狀。

《夏侯榮傳》曰：榮字幼權，淵第五子，幼聰明，經日輒識。文帝聞而請焉，賓客百餘人。一奏刺悉書其鄉里姓名，世所謂爵里刺。示之，一過而使之遍誦，不謬一人。帝奇之。

《長沙耆舊傳》曰：夏侯叔仁，氏族單微，丁母憂，居喪過禮。同郡徐元休弱冠知名，聞而弔焉。旬日之中，積刺盈案。

《吳錄》曰：孟宗爲豫章太守，謂倉掾曰：君昔負太守一刺，寧識之否？掾曰：不識。宗曰：吾昔家貧，親老爲官賃運，以刺詣君，感見發遣，何乃久屈耶？

《雜事》曰：高彪字義方，吳郡人。志尚甚高，遊太學，博覽經史，善屬文。嘗詣大儒馬融，辭不見。彪覆刺背書曰：伏聞高問，爲日久矣。冀一見龍光，叙腹心之願，以啓其蔽，不圖辭之以疾。昔周公父文王，兄武王，九命作相，以尹華夏，猶握沐吐飧，以接白屋之士，天下歸德，歷載邈矣。今君不能相見，宜哉！融省大愧，遣人辭謝，追請，徑去不肯返。

《郭林宗別傳》曰：林宗名益，顯士爭歸之，載刺常盈車。

《禰衡別傳》曰：衡初遊許下，乃懷一刺，既到而無所用之，至於刺字漫滅。

《幽明錄》曰：一士人姓王，坐齋中，有一人通刺詣之，題刺云：舒甄仲既去。疑非人。尋刺曰：是子舍西土瓦中人。令掘，果於瓦器中得一銅人，長尺餘。

函

《吳志》曰：張溫字惠恕，使蜀，謂先主曰：謹奉所賚函書，封。

《晉安帝紀》曰：朱齡石伐蜀，太尉與齡石書，署函曰：至白帝乃發。書曰：衆悉從外，外取成都。滅熹於中水，出廣漢。使羸弱乘高艦十餘，由內水向黃虎。

《傅子》曰：太祖徵劉煜，授以腹心之任。每有疑事，輒以函令問，煜乃一夜數十

至。（以上卷六百六文部二十二）

柳　開

　　柳開（947—1000）字仲塗，自號東郊野夫，又號補亡先生。宋大名（今屬河北）人。以爲著文當以韓、柳爲宗尚，遂改名肩愈，字紹先。又仰慕唐王通經術，自以爲能開聖賢之途，乃更今名與字。著《野史》、《東郊野夫傳》、《補亡先生傳》，以表其志向。當時有范杲亦喜好古學，愛柳開文章，誦於朝野，爲之延譽，世人並稱“柳范”，開寶六年（973）登進士第。尚氣自任，不拘小節。宋初文章繼五代之習，崇尚偶儷，自柳開始爲古文，其改變宋初文風之功，實不可没。然開亦能言而不能行，其文則大多“詞澀言苦”，令人難以卒讀。不善詞賦，詩作甚少，其文集僅存詩五首。著有文集十五卷。

　　本書資料據四庫全書本《河東集》。

應責（節録）

　　或責曰：“子處今之世，好古文與古人之道，其不思乎？苟思之，則子胡能食乎粟，衣乎帛，安於衆哉？衆人所鄙賤之，子獨貴尚之，孰從子之化也？忽焉將見子窮餓而死矣。”柳子應之曰：“……子責我以好古文，子之言何謂爲古文？古文者，非在辭澀言苦，使人難讀誦之，在於古其理，高其意，隨言短長，應變作制，同古人之行事，是謂古文也。子不能味吾書，取吾意，今而視之，今而誦之，不以古道觀吾心，不以古道觀吾志，吾文無過矣。吾若從世之文也，安可垂教於民哉？亦自愧於心矣。欲行古人之道，反類今人之文，譬乎遊於海者乘之以驥，可乎哉？苟不可，則吾從於古文。吾以此道化於民，若鳴金石於宫中，衆豈曰絲竹之音也，則以金石而聽之矣。食乎粟，衣乎帛，何不能安於衆哉？苟不從於吾，非吾不幸也，是衆人之不幸也。吾豈以衆人之不幸，易我之幸乎？縱吾窮餓而死，死即死矣，吾之道豈能窮餓而死之哉？吾之道，孔子、孟軻、揚雄、韓愈之道；吾之文，孔子、孟軻、揚雄、韓愈之文也。子不思其言，而妄責於我。責於我也即可矣，責于吾之文、吾之道也，即子爲我罪人乎！”（卷一）

上王學士第四書（節録）

　　君子之文，簡而深，淳而精。若欲用其經史百家之言，則雜也……始於心而爲若虛，終於文而成乃實，習乎古者也；始於心而爲若實，終於文而成乃虛，習乎今者也。

習古所以行今，求虛所以用實，能者知之矣。不能者反是，猶乎假彼之物，執爲己有，可乎？重之以華飾爲偶者，于德何良哉！曰：世如不好于習古，子又何爲言古乎？曰：世非不好也，未有其能者也。人好其所能也，不好其所不能也。世之習於今，有能者尚皆好之矣；設有能於古者，有不好者哉？曰：若是能之，其倫於經乎？曰：不可倫於經，倫則亂也。下而輔之，張其道也。曰：之文何謂也？有志于古，未達矣。某不度鄙陋，近獻舊文五通，書以喻其道也，序以列其志也，疏以刺其事也，箴以約其行也，論以陳其義也。言疏而理簡，氣質而體卑，用於時，不足爲有道之資；納於人，不足爲君子之觀。（卷五）

王禹偁

　　王禹偁（954—1001）字元之。濟州鉅野（今山東巨野）人。世爲農家子，九歲能文，畢士安見而器重之。宋太宗太平興國八年（983）進士。喜獎掖後學，後進有詞藝者，爲之延譽稱揚，當時名士多出其門下，儼然爲一代文學宗師。又以直躬行道爲己任，爲文著書多涉規諷，切中時政弊病，開慶曆新政之端。又爲北宋詩文革新運動之先驅，以變革文風爲己任。所著詩文全變唐末五代雕繪纖弱之習，亦不爲柳開等宋初作家之奇僻艱澀。其駢儷文用典精切，辭藻宏麗，爲一時大手筆。其文章主要以記事散文見長，多傳世名篇。詩歌五言學杜甫，七言學白居易。撰著極富，現存文集有《小畜集》三十卷，又有《小畜外集》二十卷，存卷七至十三。

　　本書資料據四庫全書本《小畜集》。

答張扶書（節錄）

　　夫文，傳道而明心也，古聖人不得已而爲之也。且人能一乎心，至乎道，修身則無咎，事君則有立。及其無位也，懼乎心之所有不得明乎外，道之所畜不得傳乎後，於是乎有言焉。又懼乎言之易泯也，於是乎有文焉。信哉，不得已而爲之也。既得已而爲之，又欲乎句之難道邪，又欲乎義之難曉邪？必不然矣。請以六經明之。《詩》三百篇，皆儷其句，諧其音，可以播管絃，薦宗廟，子之所熟也。《書》者，上古之書，二帝三王之世之文也，言古文者無出於此，則曰："惠迪吉，從逆凶。"又曰："德日新，萬邦惟懷；志自滿，九族乃離。"在《禮·儒行》者，夫子之文也，則曰"衣冠中，動作慎，大讓如慢，小讓如偽"云云者。在《樂》則曰："鼓無當於五聲，五聲不得不和；水無當於五色，五色不得不彰。"在《春秋》則全以屬辭比事爲教，不可備引焉。在《易》曰："乾道成男，坤道成女，日月運行，一寒一暑。"夫豈句之難道邪？夫豈義之難曉邪？今爲文而捨六經，又何法焉？若弟取其《書》之所謂"吊由靈"，《易》之所謂"朋合簪"者，模其語而謂之古，亦文之弊也。近世爲古文之主者，韓吏部而已。吾觀吏部之文，未始句之難道也，未始義之難曉也。其間稱樊宗師之文"必出於己，不襲蹈前人一言一句"；又稱薛逢爲文"以不同俗爲主"。然樊、薛之文不行於世，吏部之文與六籍共盡。此蓋吏部誨人不倦，進二子以勸學者。故吏部曰："吾不師今，不師古，不師難，不師易，不師多，不師少，惟師是爾。"

答張知白書（節録）

夫賦之作，本乎《詩》者也。自兩漢以來，文士若相如、揚雄、班固輩皆爲之，蓋六義之一也。洎隋、唐，始以詩賦取進士，而賦之名變而爲律，則與古戾矣。然拘攣聲病以難後學，至使鴻藻碩儒有不能下筆者，雖丈夫不爲，亦仕進之羽翼，不可無也。銘之義本乎鐘鼎，孔悝之家廟詳矣。歌又雜詩之倫也，故《書》曰："詩言志，歌咏言。"又《詩序》云："嗟嘆之不足，則咏歌之。"此其始也。吁哉！後人流蕩忘反，蓋其得也，薦宗廟，播管弦；其失也，語淫奔，事詭怪而已。（以上卷十八）

孫　何

孫何（961—1004）字漢公。北宋蔡州汝陽（今河南汝南）人。淳化三年（992）狀元及第，官至判太常禮院，知制誥。孫何爲文宗韓、柳，氣勢温和而言辭壯健，與丁謂齊名，時人稱爲"孫丁"。嘗作《兩晉名臣贊》、《宋詩》二十篇、《春秋意》、《尊儒教議》，聞於時。《通志·藝文略八》著録《孫何集》二十二卷、《西垣集》四十卷，《宋史·藝文志》七又著録《駁史通》十餘篇，均佚。

本書資料據四庫全書本《宋文鑑》、《寓簡》、《歷代名賢確論》。

文　箴

堯制舜度，縣今亘古。周作孔述，炳星煥日。是曰六經，爲世權衡，萬象森羅，五常混並。游、夏之徒，得粗喪精，空傳其道，無所發明。後賢誰嗣？惟軻洎卿。仁門義奧，我有典刑。聖人觀之，猶足化成。嬴侯劉帝，屈指西京。仲舒、賈誼，名實絶異。相如、子長，才智非常。較其工拙，互有否臧。揚雄歆焉，刷翼孤翔。可師數子，擅父之場。東漢而下，寂無雄霸。亹亹建安，格力猶完。當途之後，文失其官。家攘往跡，戶掠陳言。陵夷怠惰，至于江左。輕淺淫麗，迭相唱和。聖心經體，盡墜于地。千詞一語，萬指一意。縫煙綴雲，圖山畫水。駢枝儷葉，顛首倒尾。治亂不分，興亡不紀。齊頓梁絕，陳傾隋圮。奕奕李唐，木鐸再揚。文之紀綱，斷而更張。鉅手魁筆，磊落相望。凌轢百代，直趨三王。續典紹薈，韓領其徒。還雅歸頌，杜統其衆。土德既衰，文復喧卑。制誥之俗，儕于四六。風什之訛，隣于謳歌。懷經囊史，孰遏頹波？出入五代，兵戈不稱。天佑斯文，起我大君。蒲帛詔聘，鴻碩紛綸。邪返而正，漓澄而淳。凡百儒林，宜師帝心。語思其工，意思其深，勿聽淫哇，喪其雅音。勿視彩飾，亡其正色。力樹古風，坐臻皇極。無俾唐文，獨稱往昔。賤臣司箴，敢告執策。（《宋文鑑》卷七十二）

碑解（節録）

碑非文章之名也，蓋後人假以載其銘耳。銘之不能盡者，復前之以序。而編録者通謂之文，斯失矣。陸機曰"碑披文而相質"，則本末無據焉。銘之所始，蓋始于論撰祖考，稱述器用，因其鐫刻，而垂乎鑑誡也。銘之於嘉量者曰"量銘"，斯可也；謂其文爲"量"，不可也。銘之于景鐘曰"鐘銘"，斯可矣；謂其文爲"鐘"，不可也。銘之於廟鼎者曰"鼎銘"，斯可矣；謂其文爲"鼎"，不可也。古者盤盂几杖皆有銘，就而稱之曰"盤銘"、"盂銘"、"几銘"、"杖銘"，則庶幾乎正；若指其文曰"盤"、曰"盂"、曰"几"、曰"杖"，則三尺童子皆將笑之。今人之爲碑，亦猶是矣。天下皆踵乎失，故衆不知其非也。蔡邕有《黃鉞銘》，不謂其文爲"黃鉞"也。崔瑗有《座右銘》，不謂其文爲"座右"也。《檀弓》曰："公室視豐碑，三家視桓楹。"釋者曰："豐碑，斲大木爲之。桓楹者，形如大楹耳。四植謂之桓。"《喪大記》曰："君葬，四綍二碑。大夫葬，二綍二碑。"又曰："凡封用綍去碑。"釋者曰："碑，桓楹也；樹之於壙之前後，以紼繞之，間之轆轤，輓棺而下之。用綍去碑者，縱下之時也。"《祭義》曰："祭之日，君牽牲，既入廟門，麗於碑。"釋者曰："麗，繫也。謂牽牲入廟，繫著中庭碑也。或曰以紖貫碑中也。"《聘禮》曰："賓自碑内聽命。"又曰："東面北上碑南。"釋者曰："宮必有碑，所以識日景，引陰陽也。"考是四說，則古之所謂碑者，乃葬祭饗聘之際，所植一大木耳。而其字從石者，將取其堅且久乎。然未聞勒銘於上者也。今喪葬令具螭首龜趺，洎丈尺品秩之制，又易之以石者，後儒所增耳。堯、舜、夏、商、周之盛，六經所載，皆無刻石之事。《管子》稱無懷氏封泰山，刻石紀功者，出自寓言，不足傳信。又世稱周宣王蒐于岐陽，命從臣刻石，今謂之石鼓，或曰獵碣。洎延陵墓表，俚俗目爲夫子十字碑者，其事皆不經見，吾無取焉。司馬遷著《始皇本紀》者，其登嶧山，上會稽甚詳，止言刻石頌德，或曰立石紀頌，亦無勒碑之說。今或謂之《嶧山碑》者，乃野人之言耳。漢班固有《泗水亭長碑文》，蔡邕有《郭有道》、《陳太丘碑文》，其文皆有序冠篇，末則亂之以銘，未嘗斥碑之材而爲文章之名也。彼士衡未知何從而得之？由魏而下，迄乎李唐，立碑者不可勝數，大抵皆約班、蔡而爲者也，雖失聖人述作之意，然猶髣乎古。迨李翱爲《高愍女碑》，羅隱爲《三叔碑》、《梅先生碑》，則所謂序與銘皆混而不分，集列其目，亦不復曰文。考其實，又未嘗勒之于石。是直以繞緋麗牲之具而名其文，戾孰甚焉！復古之事，不當如此。貽誤千載，職機之由。今之人爲文，揄揚前哲，謂之“贊”可也；警策官守，謂之“箴”可也；鍼砭史闕，謂之“論”可也；辯析政事，謂之“議”可也；裸獻宗廟，謂之“頌”可也；陶冶性情，謂之“歌詩”可也。何必區區於不經之題，而專以“碑”爲也？設若依違時尚，不欲全咈乎譊譊者，則如班、蔡之作，存序與銘，通謂之文，亦其次也。夫子曰：“必也正名乎。”又曰：“名不正，則言不順。”君子之于名，不可斯須而不正也。況歷代之誤，終身之惑，可不革乎？何始寓家於潁，以涉道猶淺，嘗適野見苟、陳古碑數四，皆穴其上，若貫索之爲者。走而問，故起居郎張公觀公曰：“此無足異也。蓋漢實去聖未遠，猶有古豐碑之象耳，後之碑則不然矣。”五載前接柳先生仲涂，仲涂又具道前事，適與何合，且大噱昔人之好爲碑者。久欲發揮其說，以詒同志，自念資望至淺，未必能見信於人。又近世多以是作相高，而誇爲大言，苟從而明之，則謗將叢起，故蓄之而不發。以生力古嗜學，偶泥於衆好，其兄又于何爲進士同年，故爲生一二而辯之。噫！古今之疑，文章之失，尚有大於此者甚衆，吾徒樂因循而憚改作，多謂其事之固然。生第勉而思之，則所得不獨在於碑矣。（《宋文鑒》卷一二五）

論詩賦取士

唐有天下，科試愈盛。自武德、貞觀之後，至貞元、元和已還，名儒鉅賢，比比而出。有宗經立言如丘明、馬遷者，有傳道行教如孟軻、揚雄者，有馳騁管、晏，上下班、范者，有凌轢顏、謝，詆訶徐、庾者。如陸宣公、裴晉公，皆負王佐之器，而猶以舉子事業，飛騰聲稱。韓退之、柳子厚、皇甫持正，皆好古者也，尚剋意雕琢，曲盡其妙。持文衡者豈不知詩賦不如策問之近古也？蓋策問之目，不過禮樂刑政，兵戎賦輿，歲時災祥，吏治得失，可以備擬，可以曼衍，故汙漫而難校，澳澁而少工，詞多陳熟，理無適莫。惟詩賦之制，非學優才高不能當也。破巨題期於百中，壓強韻示有餘地。驅駕典故，混然無跡；引用經籍，若己有之。詠輕近之物，則託興雅重，命詞峻整；述樸素之事，則立言遒麗，析理明白。其或氣餤飛動，而語無孟浪；藻繪交錯，而體不卑弱。頌國政則金石之奏間發，歌物瑞則雲日之華相照。觀其命句，可以見學植之深淺；即其構思，可以覘器業之大小，窮體物之妙，極緣情之旨，識《春秋》之富豔，洞詩人之麗則。能從事於斯者，始可以言賦家流也。（《寓簡》卷五）

評唐賢論議

夫治世之具，莫先乎文；文之要，莫先乎理。文必理而方工者，惟論議爲最。然繇斯而談，則駕説立言者，不得不以爲己任也。唐虞已往，治道尚簡；三代之際，見於六經，此不書也。兩漢間鴻儒間出，猶爲黃老、刑名、權霸所雜。魏晉已降，文體卑賤，固不足論。若乃羽姬翼孔，卓爾大得，根仁柢義，動爲世法者，獨唐賢爲最。所著論議，杰然尤異者，若牛相僧孺《從道善惡無餘》，皇甫湜《紀傳編年》、《夷惠清和》，獨孤常州及《吳季札》，權文公德輿《兩漢辨士》等論，高僕射郢《魯用天子禮樂》，韓吏部愈《范蠡與大夫種書》，呂衡州溫《功臣恕死》，白宮傅居易《晉恭世子》等議，或意出千古，或理鎮羣疑，或重定褒貶之誤，或再正名教之失。無之足以惑後人，有之足以張吾道。（《歷代名賢確論》卷九八）

丁　謂

丁謂（966—1037）字謂之，後更字公言。北宋蘇州長洲（今屬江蘇）人。少時與孫何友善，游場屋時同袖文謁王禹偁，王大奇之，以爲韓、柳後二百年始有此文，世人稱之“孫丁”。淳化進士，官至宰相。丁謂爲人機敏有智謀，博聞強記，工詩文，言辭婉約，用典貼切。王禹偁以爲“其詩效杜子美，深入其間；其文數章，皆意不常而語不俗，若雜於韓、柳集中，使能文之士讀之，不之辨也”（《送丁謂序》）。曾參預西崑派詩人唱酬，風格與西崑派頗不同。亦能詞，清麗生動。著有《丁謂集》八卷、《虎丘錄》五十卷、《刀筆集》二卷、《青衿集》三卷、《知命集》一卷（《宋史·藝文志》七）。今僅存《丁晉公談錄》一卷，有百川學海本。

本書資料據四庫全書本《宋文鑑》。

《大蒐賦》序

司馬相如、揚雄以賦名漢朝，後之學者多規範焉，欲其克肖，以至等句讀，襲徵引，言語陳熟，無有己出。觀《子虛》、《長楊》之作，皆遠取傍索，靈奇瑰怪之物，以壯大其體勢。撮其辭彩，筆力恢然，飛動今古，而出入天地者無幾。然皆人君敗度之事，又於典正頗遠。今國家大蒐，行曠古之禮，辭人文士不宜無歌詠，故作《大蒐賦》。其事實本之于《周官》，歷代沿革制度參用之，以取其麗則。奇言逸辭，皆得之於心，相如、子雲之語，無一似近者。彼以好樂而諷之，此以勤禮而頌之，宜乎與二子不類。（卷一）

姚　鉉

　　姚鉉（968—1020）字寶文。北宋廬州合肥（今安徽合肥）人。太平興國八年（983）登進士甲科。鉉雋爽尚氣，文辭敏麗，工書法。著有《姚鉉文集》二十卷（《郡齋讀書志》卷一九），已佚。姚鉉彙粹唐人詩文編成《唐文粹》一百卷，於姚鉉亡歿後由其子上獻朝廷，在宋代頗具影響。《唐文粹》乃爲糾正當時正在流行的西崑體之風而作。姚鉉自稱編《唐文粹》“以嗣於《文選》”，但其宗旨實與《文選》不同：《文選》是“以能文爲本”，專收“綜輯辭彩”，“錯比文華”，“事出於沉思，義歸乎翰藻”，也就是具有思想性和藝術性，堪稱文學作品者；而《唐文粹》却“以古雅爲命，不以雕篆爲工，故侈言蔓辭，率皆不取”，因此它不收駢文和近體詩。文體分類方面，《唐文粹》對《文選》也有所增損，變三十八體爲二十三體。他因强調“以古雅爲命”，故特別突出古賦、古今樂章、古調歌篇、古文，而不收駢體四六與近體詩。如果說《文選》體現了駢文家的文體觀，那麼《唐文粹》則體現了古文家的文體觀，與《文選》駢體文派的文體觀已分道揚鑣，對後世產生了深遠的影響。

　　本書《唐文粹序》據四部叢刊影印上海涵芬樓明嘉靖刊本，《唐文粹目録》據四庫全書本《唐文粹》。

《唐文粹》序

　　五代衰微之弊，極於晉、漢，而漸革于周氏。我宋勃興，始以道德仁義根乎政，次以《詩》、《書》、《禮》、《樂》源乎化。三聖繼作，曄然文明。霸一變，至於王；王一變，至於帝。風教逮下，將五十年。熙熙蒸黎，久忘干戈戰伐之事；佃佃儒雅，盡識聲明文物之容。《堯典》曰“文思安安。”《大雅》云：“濟濟多士。”盛德大業，英聲茂實，並届於一代，得非崇文重學之明效歟？況今歷代墳籍，略無亡逸。內則有龍圖閣，中則有秘書監、崇文院之列三館，國子監之印羣書，雖唐、漢之盛，無以加此。故天下之人，始知文有江而學有海，識於人而際於天。撰述纂録，悉有依據。

由是大中祥符紀號之四禩，皇帝祀汾陰后土之月，吳興姚鉉集《文粹》成。《文粹》謂何？纂唐賢文章之英粹者也。《詩》之作，有《雅》、《頌》之雍容焉；《書》之興，有《典》、《誥》之憲度焉。禮備樂舉，則威儀之可觀，鏗鏘之可聽也。大《易》定天下之業，而兆乎爻象；《春秋》爲一王之法，而繫於褒貶。若是者，得非文之純粹而已乎！是故志其學者，必探其道；探其道者，必詣其極。然後隱而晦之，則金渾玉璞，君子之道也；發而明之，則龍飛虎變，大人之文也。自微言絕響，聖道委地，屈平、宋玉之辭，不陷於怨懟，則溺於諂惑。漢興，賈誼始以佐王之道、經世之文，而求用於文帝。絳、灌忌才，卒罷讒謫。其後公孫弘、董仲舒、晁錯咸以文進，或用或升，或黜或誅。至若嚴助、徐樂、吾丘壽王、司馬長卿輩，皆才之雄者也，終不得大用，但侍從優游而已。如劉向、司馬遷、楊子雲，東京二班、崔、蔡之徒，皆命世之才，垂後代之法，張大德業，浩然無際。至於魏、晉，文風下衰。宋、齊以降，益以澆薄。然其間鼓曹、劉之氣俠，聳潘、陸之風格；舒顏、謝之清麗，藹何、劉之婉雅。雖風興或鈌，而篇翰可觀。至梁昭明太子統，始自楚《騷》，終於本朝，盡索歷代才士之文，築臺而選之，得三十卷，號曰《文選》，亦一家之奇書也。厥後徐、庾之輩，淫靡相繼。下逮隋季，咸無取焉。

有唐三百年，用文治天下。陳子昂起於庸蜀，始振《風》、《雅》。繇是沈、宋嗣興，李、杜杰出。六義四始，一變至道。泊張燕公以輔相之才，專撰述之任，雄辭逸氣，聳動羣聽；蘇許公繼以宏麗，丕變習俗。而後蕭、李以二《雅》之辭本述作，常、楊以三《盤》之體演絲綸。鬱鬱之文，於是乎在。惟韓吏部超卓羣流，獨高遂古，以二帝、三王爲根本，以六經四教爲宗師，憑陵轢轢，首唱古文，遏橫流於昏墊，闢正道於夷坦。於是柳子厚、李元賓、李翺、皇甫湜又從而和之，則我先聖孔子之道，炳然懸諸日月。故論者以退之之文，可繼楊、孟，斯得之矣。至於賈常侍至、李補闕翰、元容州結、獨孤常州及、呂衡州溫、梁補闕蕭、權文公德輿、劉賓客禹錫、白尚書居易、元江夏積，皆文之雄杰者歟！世謂貞元、元和之間，辭人咳唾，皆成珠玉，豈誣也哉！

今世傳唐代之類集者，詩則有《唐詩類選》、《英靈》、《間氣》、《極玄》、《又玄》等集，賦則有《甲賦》、《賦選》、《桂香》等集，率多聲律，鮮及古道。蓋資新進後生干名求試者之急用爾。豈唐賢之文，跡兩漢，肩三代，而反無類次，以嗣于《文選》乎？

鉉不揆昧懵，遍閱羣集，耽玩研究，掇菁擷華，十年於茲，始就厥志。得古賦、樂章、歌詩、贊、頌、碑、銘、文、論、箴、議、表、奏、傳、錄、書、序，凡爲一百卷，命之曰《文粹》，以類相從，各分首第門目。止以古雅爲命，不以雕篆爲工。故侈言蔓辭，率皆不取。觀夫羣賢之作也，氣包元化，理貫六籍。雖復造物者，固亦不能測研幾而窺沈慮。故英辭一發，復出千古。琅琅之玉聲，粲粲之珠光，不待汎天風、澈海波而盡在耳目。於戲！李唐一代之文，其至乎！（卷首）

《唐文粹》目録

薛　田

　　薛田(生卒年不詳)字希稷。北宋河中河東(今山西永濟西南)人。少師事种放,與魏野相友善。進士及第,纍官監察御史、殿中侍御史、益州路轉運使、度支副使等。乾興元年(1022),出使契丹,還,擢龍圖閣待制、知天雄軍。擢知開封府,以樞密直學士知益州,累遷左司郎中。後知審刑院,遷右諫議大夫、知延州。以疾徙知同州,又徙知永興軍,辭不行,卒。有詩二百零二篇,後由其子編爲《河汾集》,司馬光爲作序,今不存。

　　本書資料據四庫全書本《東觀集》。

380

《東觀集》原序（節録）

“文勝質則史，質勝文則野。”夫詩之作，不與文偕，大率情根於意，言發乎情，默而化之，流爲章句。且綺靡者不以煙火爲尚，風雅者不以金石爲多，但務其陳古刺今、去邪守正而已；非所謂者，雖懷質文之宏辨，負博勝之逸才，固未能臻極於淵域矣。（卷首）

楊　億

楊億（974—1020）字大年。北宋建州浦城（今屬福建）人。幼穎悟，七歲能屬文。博覽强記，長於典章制度。淳化中賜進士及第，直集賢院。官至翰林學士、户部侍郎，兼史館修撰。善詩，宗尚李商隱，深沉含蓄，典雅華美，在宋初詩壇有很高聲望。其後錢惟演、劉筠等起而仿效，遞相唱和，時有“楊劉”之稱，由是西崑詩風盛行，一掃晚唐、五代“蕪鄙之氣”，宋初詩風爲之一變。其詩主要以館閣唱和、頌聖應制之作居多，也有少量借古諷今之作。藝術上主要師法李商隱，但有失偏頗，其流弊表現爲雕章琢句，文辭豔麗，崇尚對偶，用典繁縟。預修《太宗實録》，全書八十卷，獨草五十六卷；與王欽若同總領《册府元龜》編纂事。著述甚豐，多佚。現存《楊文公談苑》一卷、《武夷新集》二十卷。編有《西崑酬唱集》二卷。

本書資料據四部叢刊影明本《西崑酬唱集》。

《西崑酬唱集》序

余景德中忝佐脩書之任，得接羣公之游，時今紫微錢君希聖、秘閣劉君子儀、並負懿文，尤精雅道，雕章麗句，膾炙人口。予得以游其墙藩而咨其模楷。二君成人之美，不我遐棄，博約誘掖，寘之同聲，因以歷覽遺編，研味前作，挹其芳潤，發於希慕，更迭唱和，互相切劘。而予以固陋之姿，參誦繼之末，入蘭游霧，雖獲益以居多，觀海學山，嘆知量而中止。既恨其不至，又犯乎不韙，雖榮於託驥，亦愧乎續貂，間然於兹顔厚何已。凡五、七言律詩二百四十七章，其屬而和者又十有五人，析爲二卷，取玉山策府之名，命之曰《西崑酬唱集》云爾。（卷首）

孙 冲

孙冲（生卒年不詳）字升伯。北宋趙州平棘（今河北趙縣）人。舉明經，歷古田青陽尉、鹽山麗水主簿。後登進士甲科，授將作監丞，歷通判晉、絳、保州，知棣州，徙知襄州，以侍御史爲京西轉運。權知滑州，罷知河陽，歷湖北、河東轉運使。入判登聞鼓院，以目疾改兵部郎中、直史館、知河中府，徙潞州。復爲河東轉運使，復知潞州，徙同州，遷給事中。嘗四次塞河決，著《河書》以獻。另有《五代紀》七十七卷。

本書資料據光緒二十七年刻本《山右石刻叢編》。

與晉守何亮書（節録）

夫文章，由秦、漢已往，殆不復古矣。齊、梁、陳、隋，尤無所取焉。唐之所尚，句讀聲韻必須一體，章表、制詔、書檄、誥令，凡於動作繫乎文詞者，必以偶對聲韻，所以文不逮理，而作者徒相踵也。在唐獨韓愈奮不逐時俗，分甘窮達，而至死不渝。故其□於孔子之□，如荀、孟者無慚色焉。由韓愈氏之道，當時之人隨而變者衆矣，獨樊宗師益苦其詞，使人莫能解曉。

重刊《絳守居園池記》序（節録）

長慶中，樊宗師爲絳州刺史，嘗作《絳守居園池記》，其詞句甚隱僻，不明白。□在京師得此文，頗與同人商榷，卒不能果然詳其意旨句讀。樊宗師又爲皇唐名士，不知當時負此文走人門下，有誰與詳解而知之也？宗師與韓退之親，且相推善，觀退之之文大不如此。退之文集中有《答陳商書》，其意甚病商之所爲文，不與世相上下，故喻以齊王好竽，商負瑟而干之。又不知退之終使宗師之文如是。唐室承齊、梁、陳、隋餘弊，其文章最微弱，又變其體，使有聲韻偶對。唐享年尤遠，繇是鼓而成風。其間忽有韓愈，獨與張籍、皇甫湜、李翱輩更迭文體，高出秦、漢，亦大爲當時衆口排擯，謂之無用之文。韓愈死，其道彌光。

後來有學韓愈氏爲文者，往往失其旨，則汩没爲人所鄙笑，今則尤甚。嘗有人以文投陳堯佐，陳得之，竟月不能讀，即召之，俾篇篇口説，然後識其句讀。陳以書謝且戲曰："子之道，半在文，半在身。"以爲其人在則其文行，蓋謂既成文而須口説之也，是知身死則文隨而没矣，于學古也何有哉！……嗚戲！文者道之車輿也，欲道之不泯，在文之中正。秦世以前，淳而不漓；炎漢之間，煥而不雜。□魏與晉，稍稍侵害。自茲而下，颰而折脊。隋唐以來，擘爲二途，既不相近，頗甚攻毀。夫聖人文章，若八卦、象、繇、爻、象之體，雖不膚淺，然聖人之文，終能傳解。孔子《繫辭》，則皎然流暢。其《詩》《書》《禮》《樂》之文，披之皆可見意。是聖人于文章，本在達意垂法而已，不必須奇怪而難入也。由經書外，子、史、百家之言，固可通導。獨揚雄《太玄》，準《易》而爲之，當時之人或不肯一覽。故文章在乎正而不雜，但如兩漢風骨，則仲尼、周公復出，固無所嫌也。（以上卷一一）

釋智圓

釋智圓（976—1022）俗姓徐，字無外，號中庸子，又號潛夫。北宋錢塘（今浙江杭州）人。八歲，受戒於杭州龍興寺。二十一歲，從奉先寺清源法師學天台教觀，孜孜研討經論，撰著講訓，爲天台宗山外派義學名僧。大中祥符末，居西湖孤山瑪瑙禪院，世稱孤山法師，與隱士林逋相往還。智圓除佛學典籍外，喜讀儒家經典，學古文以通其道，吟詩以賦其情性。其論文重道輕文，以爲古文非澀其文句，難其句讀而已，當宗古道以立言，推崇韓愈“高文七百篇，炳若日月懸。力扶姬孔道，手持文章權”（《讀韓文詩》）；稱讚白居易詩“下視十九章，上踵三百篇。句句歸勸誡，首首成規箴”（《讀白樂天集》）。自著詩文也富有文采。平生著述甚富，有《閒居編》五十一卷。

本書資料據趙氏小山堂宋刊本《閒居編》。

雪劉禹錫

俗傳《陋室銘》，謂劉禹錫所作，謬矣，蓋闒茸輩狂簡斐然，竊禹錫之盛名以誑無識者，俾傳行耳。夫銘之作，不稱揚先祖之美，則指事以戒過也；出此二塗，不謂之銘矣。稱揚先祖之美者，《宋鼎銘》是也；指事戒過者，周廟《金人銘》是也。俗傳《陋室銘》，進非稱先祖之美，退非指事以戒過，而奢誇矜伐，以仙龍自比，復曰“唯吾德馨”。且顔子願無伐善，聖師不敢稱仁，禹錫巨儒，心知聖道，豈有如是狂悖之辭乎！陸機云：“銘博約而溫潤。”斯銘也，旨非博約，言無溫潤，豈禹錫之作邪！昧者往往刻於琬琰，懸之屋壁，吾恐後進童蒙慕劉之名，口誦心記，以爲楷式，豈不誤邪？故作此文，以雪禹錫恥，且救後進之誤。使死而有知，則禹錫必感吾之惠也。（卷二六）

聯句照湖詩序(節錄)

古之爲詩，辭句無所覊束，意既盡矣，辭亦終焉，故無邪之理明，麗則之文著。洎齊、梁而下，限以偶對聲律。逮于李唐，拘忌彌甚。故辭有餘而理不足，理可觀而辭無取，兼美之難，不其然乎。有以見古之詩也易，今之詩也難。(卷二九)

夏　竦

夏竦(985—1051)字子喬。北宋江州德安(今屬江西)人。景德四年(1007)舉試賢良方正科。官至參知政事、樞密使。卒贈太師、中書令，賜謚文正，改謚文莊。爲人急於進取，喜用權術，世人目爲奸邪。然明敏好學，才智過人，爲郡有治績，善治軍旅，在文學上亦多有建樹。論文以氣骨爲主，強調文章有經邦治國之用，應根於道，益於世，具有頌刺之義、規諷之旨。他既不滿浮淺鄙俚的五代文弊，又不滿當時西崑體“近俳優，如繡屏”的詩風，但也強調文辭藻飾，認爲“無文不遠，君子所以尚辭”(《將帥部議論篇序》)。其詩絕大部分爲奉和應制之作，典雅富贍，但缺乏社會意義。詞作存世極少，劉克莊稱其《宮詞》“不減《香奩》、《花間》之作”(《後村詩話》前集卷二)。長於四六駢文，富麗典則，其表章制誥典策被譽爲“四六集大成者”(《四六話》卷上)。其進策、奏議，反映社會弊端及其政治主張，有較高社會價值。他的書信，尤其是青年時代求舉制策之書啟，辭筆委婉曲折。著有《夏竦集》一百卷、《策論》十三卷，原本已佚，四庫館臣自《永樂大典》輯錄出《文莊集》三十六卷，另有《古文四聲韻》等著述。

本書資料據四庫全書本《文莊集》、北京圖書館出版社 2005 年版《新刊國朝二百家名賢文粹》。

厚文德奏

伏以文乃國章，國實文體。觀盛衰，鑒興亡，察奢儉，考愛惡，莫近乎文。唐虞之典，辭大意明；益禹之謨，氣直體壯。太康失邦，五子之歌悲且怒；太甲不明，伊尹之書戒而諒。周德盛而《關雎》樂，王道衰而《黍離》怨。秦風舊而《車鄰》大，唐德遺而《蟋蟀》儉。說辭僞而戰國亂，仙詩邪而秦室壞。漢德寬大，文比三代，義本六經；而旁引災異，豈雜霸之道見於文乎？哀平之衰，讖緯亂典。遷洛之後，其弊風流，但著述之文，氣尚清壯。魏晉以降，文采勝質；江左之風，虛澹爲工。裴子野、劉勰之譏，諒不誣矣。李唐氏作，緝熙禮樂，多士盈庭，辭有雅氣；迨其叔世，旋亦輕靡。五代亂離，諸侯僭竊，辭體巽懦，幾於墜地。國家駿命攸隆，王道馴致，材爲世生，文德宏壯，四代而下，無或比崇。而近歲學徒，相尚浮淺。不思經史之大義，但習雕蟲之小技。深心盡草木，遠志極風雲。華者近於俳優，質者幾於鄙俚。尚聲律而忽規箴，重儷偶而忘訓義。況陛下睿謀如天，聖政淳素，若何逢掖之生，乃循流蕩之弊？伏願朝廷進用醇儒，激勵浮俗。考試之制，推先策問。非五經不得以對，非常道不得以言。但以義理爲尚，不以聲韻爲限，則學無濫進，人知向方，不數年間，文必大變，跨東周鬱鬱之美，抑西漢煥乎之盛。惟帝念之，其道非遠。（《文莊集》卷一五）

李德裕非進士論（節録）

李唐御統，覲厥制度。立進士之科，正名也；行辭賦之選，從時也。而天下之士誦詩書，秉刀筆，乘仁義之道而進；朝廷闢場屋，詔宗伯，以方圓曲直而取。名材大儒，比比而有。然詩賦之制非古也。古者《國風》、《雅》之謂詩，不歌而頌之謂賦。暨三季移統，七雄黷武，大道既隱，正音去矣。故少卿五字以叙別，鄒、孟四言以述祖，陸、謝勵鋒于晉、宋，任、范治策于齊、梁，詩之體失矣，頌刺之義微焉。若孫卿暢幽惻之意，屈、宋起迂誕之説，相如閎衍以前導，揚雄淫麗而後殿，賦之體隳矣，規諷之旨衰焉。唐興文流，愈甚前失。執彫飾爲規矩，正麗偶爲繩墨，詩則協聲而合律，賦則限韻而拘字，燦然清才而不復質矣。譬諸柏梁、永明體，猶若秦漢之于唐虞也。（《文莊集》卷二〇）

與柳宜論文書（節録）

某嘗聞之于師曰：文章盛於三代，先聖刊爲六經。《春秋》之外，則《戰國策》、《國語》，迨于《史》、《漢》。《詩》、《書》之後，則《荀》、《孟》導仁義之流，《離騷》振章句之秀。兩漢去聖猶近，故文壯而氣雅；魏、晉世態滋弊，故詞奇而理駁。由齊、宋而降，格調輕靡。李唐龍興，世有良士。雖體不諧古，而氣梗文潤。其後國政陵遲，文亦旋弱。五代之亂，幾不墜地。然則文體沿革，各存大略。記言載事必簡而不誣，修辭措意必典而無雜。沿諸子則削楊墨之跡，談正經則貶緯候之説。刻碑碣則紀事而述功，銘盤盂則因器以垂戒。賦舒而婉，發語宜壯；詩清而遠，振采當峻。論議則酌中庸以折理，序傳則約史策而記述。美辭施于頌贊，明文布於奏詔。誥命重而體宏，歌咏言近而音遠。當標義以爲轍，設道以爲轡，使忠信驅於其前，規戒揭於其後，然則可以謂之文矣。（《新刊國朝二百家名賢文粹》卷一〇二）

范仲淹

　　范仲淹(989—1052)字希文。北宋吴縣(今江蘇蘇州)人。少有大節,慨然有志於天下,貫通經術,明達政體。大中祥符進士,累官至參知政事,曾力主改革,以保守派反對未果。其論文主張以經世致用爲本,當抑末揚本,對五代以來文風不滿,盛讚尹洙"力爲古文"之舉,歐陽修改變文風之功。其著述亦力行其主張。其政論雜文趨向古文,講求實效,旨意深切;其餘文章鋪陳叙事,駢儷工整。其詩歌關心民生疾苦,有所爲而作。善爲詞,擺脱宋初詞專一描寫閨情的束縛,直接抒發自己的感慨。著述甚豐,現存《范文正公奏議》二卷、《范文正公文集》二十卷、《范文正公詩餘》一卷等。

　　宋元出現了一些專收某一文體的總集,與文體學的關係更爲密切。范仲淹曾編辭賦總集《賦林衡鑒》,全書已佚,但序文尚存。范仲淹把所收賦分爲叙事、頌德、紀功、贊序、緣情、明道、祖述、論理、詠物、述詠、引類、指事、析微、體物、假像、旁喻、叙體、總數、雙關、變態二十門,門各有序,集中表現了他的賦體分類觀念。所收多爲唐人律賦,"古不足者,以今人之作附焉"。由此不難看出唐宋律賦題材的廣泛,而宋人律賦多爲議政之作。

　　本書資料據四庫全書本《范文正集》、《范文正別集》。

與歐静書

　　七月十二日,高平范某,謹復書于伯起足下:近滕從事子京編李唐制誥之文,成三十卷,各于文首序其所以,而善惡昭焉。足下命爲《唐典》,以僕觀之,似所未安。典之名,其道甚大。夫子删《書》,斷自唐、虞已下,今之存者五十九篇,惟堯、舜二篇爲《典》,謂二帝之道,可爲百代常行之則。其次夏、商之書,則有訓、誥、誓、命之文,皆隨事名篇,無復爲典。以其或非帝道,則未足爲百代常行之典。乃知聖人筆削之際,優劣存焉,如《詩》有國風、雅、頌之别也。李唐之世三百年,治亂相半,如貞觀、開元有霸王之略,每下詔命,多有警策;失之者蓋亦有矣,如則天、中宗昏亂之朝,誅害宗室,戮辱忠良,制書之下,欺天蔽民,人到於今冤之。儻亦以典爲名,躋于唐、虞之列,不亦助欺天之醜乎?是聖狂不分,治亂一致,百代之下,堯、舜何足尚,桀、紂何足愧也?僕不忍天下君子將切齒于子京,乃請以《統制》之名易之。而足下大爲不可,貽書見尤。僕謂制者,天子命令之文,無他優劣,庶幾不損大義爾。足下謂册、制之類有七,何特以制名焉?七者之名,有則有矣,然近代以來,暨于今朝,王言之司,謂之兩制,是制之一名，統諸詔命。又有待制、承制之官，皆承奉王言之義也。又今詔、誥、宣敕、聖旨之類，違者皆得違制之坐，亦足見制之一名，而統諸命令也。故以《統制》爲名，以明備載其文，不復優劣，觀其文者，使自求之，而治亂之源在矣。足下又謂呂不韋輩著《春秋》，賈誼之徒著書，文中子著六經，而無譏其僭者。非也，蓋《春秋》以時記事而爲名也，優劣不在乎"春秋"二字，而有凡例、變例之文。《書》者載言之名，而優劣不在乎"書"之一字，而有典、謨、誓、命之殊。《詩》者言志之名，而優劣不在乎"詩"之一字，而有國風、雅、頌之議。諸儒擬《春秋》、《詩》、《書》之名，蓋不在乎優劣之地也，未有亂典、謨、訓、誥、國風、雅、頌之名者。足下若以唐之制書，咸可爲典，則唐人之詩，咸可爲頌乎？足下又謂唐有《六典》，杜佑著《通典》，以此二書爲證。亦未也。《六典》者，唐之官局，可爲令式，尊之爲典者，亦唐人一時自高爾。又《通典》之書，叙六代沿革禮樂制度，復折中而論其可者，以爲典要，尚庶幾乎！矧二書之作，非經聖人筆削，又何足仰爲大範哉！足下博識之士，當於六經之中，專師聖人之意。後之諸儒，異端百起，不足繁以自取。或足下必以《統制》爲非，則請別爲其目。"典"之爲名，孰敢聞命？某再拜。

與周驟推官書

六月十五日，同年弟范某，再拜奉書于周兄：去年秋，滕子京集李唐制書，得一千首，歐伯起請目之曰《唐典》，僕始未閱其本，而酌以重輕，請避堯舜二《典》，曰《有唐統制》。伯起以書見讓，謂典爲是，謂制爲非，僕亦辨而言焉。而伯起不釋，今復貽書云："中有册文十五，或因其舊名，可曰《有唐册制》。"僕前書云："必以《統制》爲非，則請別爲之目。以典爲名，孰敢聞命？"伯起謂典、謨、訓、誥，其來遠矣，夫子因其舊史，優劣不存焉。僕謂舊史之文，亦不苟作。聖人筆削經史，皆因其舊，可者從而明之，其不可者從而正之，未嘗無登降之意。是故言《易》則因先王之卦，從而讚之，有"聖人"，有"后"，有"君子"之辭焉。刊《詩》則因前人之作，從而次之，有國風、雅、頌之倫焉。修《春秋》則因舊史之文，從而明之，有褒貶之例焉。《書》亦史也，從而序之，豈獨因其舊篇，無優劣之意？僕謂典、謨、訓、誥之文，或因其舊而次之，亦聖人之優劣也。伯起謂夏有政典，周有六典。僕謂政典者，果夏書耶？虞書耶？夏或有之，何不列之於《書》，或見刪于聖人，此又不足稱矣。周之六典者，《周禮》云："天官掌建邦之六典"，乃周之法度，書於典册，非記言之例也。夫子刪《書》之際，六典不預焉。伯起又謂有漢典、魏典、晉典、梁典，僕謂此四典者，必文人苟作，或佚之於前，或失之於後，非其正史，君子不取也。自堯、舜而後，歷代之史，無以典爲名者，何哉？蓋尊避堯舜爲萬世之師，使後之明王有所稽仰,豈丘明、班、馬之流咸不到伯起之心邪? 伯起又謂元結有《皇謨》,柳宗元有《平淮夷雅》。元、柳,唐人也,而深于文,不曰典而曰謨,不曰頌而曰雅,二君誠不佞歟! 伯起非唐人也,反爲佞乎? 以其册制,特謂之典,豈有優劣之心乎! 如有優劣之心,則不當以錯綜治亂之文,躋於三代之上,炳堯、舜之光明;如無優劣之心,唐三百年册制之文,一旦易其名,則何以哉! 進退無所據。而序引滋繁,枝葉之云,不復詳釋。豈莠言亂正,學非而博者乎? 將固有所激而極其理要乎? 周兄積學于書,得道於心,覽聖人之旨,如日星之昭昭。願質其疑,使來者不敢竊亂於斯文,甚善甚善! 不宜。某再拜。(以上《范文正集》卷九)

《賦林衡鑑》序

人之心也,發而爲聲;聲之出也,形而爲言。聲成文而音宜,言成文而詩作。聖人稽四始之正,筆而爲經;考五聲之和,鼓以爲樂。是故言依聲而成象,詩依樂以宣心。感于人神,穆乎風俗,昭昭六義,賦實在焉。及乎大醇即醨,旁流斯激;風雅條散,故態屢遷;律吕脉分,新聲間作。而士衡名之"體物",聊舉於一端;子雲語以"雕蟲",蓋尊其六籍。降及近世,尤尚斯文。

律體之興,盛于唐室;貽於代者,雅有存焉。可歌可謠,以條以貫;或祖述王道,或褒贊國風;或研究物情,或規戒人事;焕然可警,鏘乎在聞。

國家取士之科,緣於此道。九等斯辨,寸長必收。其如好高者鄙而弗攻,幾有肴而不食;務近者攻而弗至,若以莛而撞鐘。作者幾希,有司大患。雖炎炎其火,玉石可分;而滔滔者流,涇渭難見。曷嘗求備,且務廣收。故進者豈盡其才,而退者愈惑於命。臨川者,鮮克結網;入林者,謂可無虞。士斯不勤,文何以至? 撰述者,既昧於向趣;題品者,復異其好尚。繩墨不進,曲直終非。

仲淹少游文場,嘗稟詞律,惜其未獲,竊以成名。近因餘間,載加研玩,頗見規格,敢告友朋。其於句讀聲病,有今禮部之式焉。別析二十門,以分其體勢。叙昔人之事者,謂之叙事;頌聖人之德者,謂之頌德;書聖賢之勳者,謂之紀功;陳邦國之體者,謂之贊序;緣古人之意者,謂之緣情;明虚無之理者,謂之明道;發揮源流者,謂之祖述;商榷指義者,謂之論理;指其物而詠者,謂之詠物;述其理而詠者,謂之述詠;類可以廣者,謂之引類;事非有隱者,謂之指事;究精微者,謂之析微;取比象者,謂之體物;强名之體者,謂之假像;兼舉其義者,謂之旁喻;叙其事而體者,謂之叙體;總其數而述者,謂之總數;兼明二物者,謂之雙關;詞有不屬者,謂之變態。區而辯之,律體大備。然古今之作,莫能盡見,復當旅次,無所檢索。聊取其可舉者,類之於門。門各有序,盡詳其指。古不足者，以今人之作者附焉。略百餘首，以示一隅。使自求之，思過半矣。雖不能貽人之巧，亦庶幾辯惑之端。命之曰《賦林衡鑑》，謂可權人之輕重，辨己之妍媸也。

所舉之賦，多在唐人，豈貴耳而賤目哉？庶乎文人之作，由有唐而復兩漢，由兩漢而復三代。斯文也，既格乎《雅》、《頌》之致；斯樂也，亦達乎《韶》、《夏》之和。臣子之心，豈徒然耳！

若國家千載特見，取人易方，登孝廉，舉方正，聘以伊尹之道，策以仲舒之文，求制禮作樂之才，尚經天緯地之業，於斯述也，委而不論，亦吾道之志歟！時天聖五年正月日，高平范仲淹序。（《范文正別集》卷四）

尹師魯河南集序（節錄）

予觀堯典舜歌而下，文章之作，醇醨迭變，代無窮乎！惟抑末揚本，去鄭復雅，左右聖人之道者難之。近則唐貞元、元和之間，韓退之主盟于文，而古道最盛。懿、僖以降，寖及五代，其體薄弱。皇朝柳仲塗起而麾之，髦俊率從焉。仲塗門人能師經探道，有文於天下者多矣。洎楊大年以應用之才，獨步當世，學者刻辭鏤意，有希髣髴，未暇及古也。其間甚者，專事藻飾，破碎大雅，反謂古道不適於用，廢而弗學者久之。洛陽尹師魯少有高識，不逐時輩，從穆伯長游，力爲古文，而師魯深於《春秋》，故其文謹嚴，辭約而理精，章奏疏議，大見風采，士林方聳慕焉。遽得歐陽永叔從而大振之，由是天下之文一變，而其深有功於道歟！（《范文正別集》卷六）

孫　復

孫復（992—1057）字明復。北宋晉州平陽（今山西臨汾）人。四舉進士不中，遂退居泰山，著書立説，學者稱泰山先生，石介、孔道輔等皆師事之。學專《春秋》，不惑於傳注，不爲曲説以亂經，宋人以新意解《春秋》，乃自孫復始。爲文宗尚古文，“根柢經術，謹嚴峭潔，卓然爲儒者之言，與歐、蘇、曾、王千變萬化，務極文章之能事者又別爲一格”（《四庫全書總目》卷一五二）。著有《春秋尊王發微》十二卷，今存。又有文集名《睢陽子集》十卷，原集已佚，清初泰安趙國麟搜輯遺文編爲《孫明復小集》一卷。乾隆間李文藻借出抄録，收入《四庫全書》，後又遞有增補，編爲正文三卷、附録一卷、考異一卷。

本書資料據四庫全書本《孫明復小集》。

答張洞書（節録）

　　夫文者道之用也，道者教之本也。故文之作也，必得之於心而成之於言。得之於心者，明諸内者也；成之於言者，見諸外者也。明諸内者，故可以適其用；見諸外者，故可以張其教。是故《詩》、《書》、《禮》、《樂》、《大易》、《春秋》之文也，總而謂之經者，以其終於孔子之手，尊而異之爾。斯聖人之文也，後人力薄不克以嗣，但當左右名教，夾輔聖人而已。或則列聖人之微旨，或則擿諸子之異端，或則發千古之未瘳，或則正一時之所失，或則陳仁政之大經，或則斥功利之末術，或則揚聖人之聲烈，或則寫下民之憤歎，或則陳大人之去就，或則述國家之安危，必皆臨事摭實，有感而作，爲論、爲議，爲書、疏、歌、詩、贊、頌、箴、辭、銘、説之類，雖其目甚多，同歸於道，皆謂之文也。若肆意搆虚，無狀而作，非文也，乃無用之瞽言爾。徒污簡册，何所貴哉！

宋　祁

　　宋祁（998—1061）字子京。北宋安州安陸（今屬湖北）人，後徙開封雍丘（今河南杞縣）。天聖二年（1024）與兄宋庠同舉進士，當時稱“二宋”。累遷同知禮儀院、尚書工部員外郎，知制誥。又改龍圖學士、史館修撰。拜翰林學士承旨。卒謚景文。在詩歌創作上，宋祁向來被看作爲西崑派餘緒，不少詩篇有明顯的西崑派濃豔、艱澀的痕跡。但就其現存的全部詩作來看，在内容和形式上都有自己獨特的風格。其詞僅存七篇，其中《玉樓春》最爲知名，廣爲傳誦，尤其是“紅杏枝頭春意鬧”一句，極其生動地描繪出春意盎然的境界，因此獲得了“紅杏尚書”的雅號。其散文以精博、典雅、善議論著稱，多有感而發，文字洗煉，置之於北宋大家中毫不遜色。著作甚豐，與歐陽修合修《唐書》十餘年，爲列傳一百五十卷；修《籍田記》、《集韻》、《大樂圖》二卷。現存著述除《新唐書》外，還有《西州猥稿》三卷、《宋景文集》六十二卷（補遺二卷、附録一卷）、《宋景文筆記》三卷、《宋景文雜説》一卷等。

　　本書資料據四庫全書本《宋景文筆記》、《宋景文集》、《寶真齋法書贊》。

《宋景文筆記》（節録）

　　碑者，施於墓則下棺，施於廟則繫牲，古人因刻文其上。今佛寺揭大石鏤文，士大夫皆題曰碑銘，何耶？吾所未曉。

夫文章必自名一家,然後可以傳不朽。若體規畫圓,準方作矩,終爲人之臣僕,古人譏屋下作屋,信然。陸機曰:“謝朝華于已披,啟夕秀于未振。”韓愈曰:“惟陳言之務去。”此乃爲文之要。五經皆不同體。孔子没後,百家奮興,類不相沿,是前人皆得此旨。

文有屬對平側用事者,供公家一時宣讀施行,以便快然久之,不可施於史傳。余修《唐書》,未嘗得唐人一詔一令可載於傳者。唯捨對偶之文,近高古,乃可著於篇。大抵史近古,對偶宜今,以對偶之文入史策,如粉黛飾壯士,笙匏佐鼙鼓,非所施云。(以上卷上)

宣獻宋公嘗謂左丘明工言人事,莊周工言天道,二子之上,無有文矣,雖聖人復興,蔑以加云。予謂老子《道德篇》爲玄言之祖,屈、宋《離騷》爲辭賦之祖,司馬遷《史記》爲紀傳之祖。後人爲之,如至方不能加矩,至圓不能過規矣。(卷中)

回人獻賦編啟(節録)

竊惟善賦之作,本出古詩之流。參大夫之九能,判史家之五種。有唐取士,甲令垂文。揭爲試藝之程,用角陳篇之妙。昌辰沿制,作者寖工。(《宋景文集》卷五五)

言誌帖(節録)

凡言“誌”者是藏隧,“記”者是立之墓前,故誌備而記略。(《寶真齋法書贊》卷一〇)

孫　甫

孫甫(998—1057)字之翰。北宋許州陽翟(今河南禹州)人。少好學,日誦數千言,仰慕孫何爲古文。天聖五年(1027),得同學究出身,爲汝陽主簿。八年再舉進士及第。孫甫博學强記,尤詳練唐代史實,著有《唐史記》七十五卷,言治亂得失,議論宏贍,後人謂其“有才術,有學術”,“筆力在范祖禹之上”(《澗泉日記》卷中、《丹鉛餘録》卷五)。又著有文集七卷,今已佚。其著述現存《唐史論斷》三卷。

本書資料據粵雅堂叢書本《唐史論斷》。

《唐史論斷》序

古之史,《尚書》、《春秋》是也,二經體不同而意同。《尚書》記治世之事,作教之書也。故百篇皆由聖人立，不以惡事名，雖桀紂之惡，亦用湯武之事而見，不特書也。但聖賢順時通變，言與事各有所宜，爲史者從而記之。有經聖人所定典謨、訓誥、誓命之文，體雖不一，皆足以作教於世也。《春秋》記亂世之事，立法之書也。聖人出於季世，睹時之亂，居下而不能治，故主大中之法，裁判天下善惡，而明之以王制。是聖人於衰亂之時，起至治之法，非謹其文，則不能正時事而垂大典矣。此《尚書》、《春秋》之體所以不同也。然《尚書》記治世之事，使聖賢之所爲，傳之不朽，爲君者、爲臣者見爲善之效，安得不説而行之？此勸之之道也。其聞因見惡事致敗亂之端，此又所以爲戒也。《春秋》記亂世之事，以褒貶代王者之賞罰，時之爲惡者衆，率辯其心跡而貶之，使惡名不朽，爲君者、爲臣者見爲惡之效，安得不懼而防之？此戒之之道也。其聞有善事者，明其心跡而褒之，使光輝於世，此又所以爲勸也。是《尚書》、《春秋》記治亂雖異，其於勸戒，則大意同也。

後之爲史者，欲明治亂之本，謹戒勸之道，不師《尚書》、《春秋》之意，何以爲法？至司馬遷脩《史記》，破編年體，創爲紀傳，蓋務便於記事也。記事便則所取博，故奇異細碎之事皆載焉。雖貫穿羣書，才力雄俊，於治亂之本、勸戒之道，則亂雜而不明矣。然有識者短之，謂紀傳所記一事分爲數處，前後屢出，比於編年則文繁。此類固所失不細，殊不知又有失之大者。夫史之紀事，莫大乎治亂。君令於上，臣行於下；臣謀於前，君納於後。事臧則成，否則敗，成則治之本，敗則亂之由。此當謹記之。某年君臣有謀議，將相有功勳，紀多不書，必俟其臣歿而備載於傳，是人臣得專有其謀議功勳也。《尚書》雖不謹編年之法，君臣之事，年代有序。羲和之業，固載於《堯典》；稷、契、皋、夔之功，固載於《舜典》。三代君臣之事，亦猶是焉。遷以人臣謀議功勳，與其家行細事雜載於傳中，其體便乎？復有過差邪惡之事，以君危亂，不於當年書之以爲深戒，豈非失之大者？

或曰：“《春秋》雖編年，經目其事，傳載本末。遷立紀傳，亦約是體。故劉餗《史例》曰：‘傳所以釋紀，猶《春秋》之傳焉。’此可見遷書之不失也。”答曰：《春秋》，聖人立法之書也，立法故目其事而斷之，明治亂之本。所目之事，或一句，或數句，國之典制罔不明，人之善惡罔不辨。左氏，史官也，見聖人之經所目之事，遂從而傳之，雖不能深釋聖人之法，記事次序，一用編年之體，非外《春秋》經目獨爲記也。遷之爲紀也，周而上多載經典之事，固無所發明。至秦、漢紀，並直書其事，何嘗有法？紀無法，傳何釋焉？此乃餗附遷而爲之辭也。

或曰：“史之體必尚編年，紀傳不可爲乎？”答曰：爲史者習尚紀傳久矣，歷代以爲大典，必論之以復古則泥矣。有能編列君臣之事，善惡得實，不尚僻怪，不務繁碎，明治亂之本，謹勸戒之道，雖爲紀傳亦可矣。必論其至，則不若編年體正而文

392

简也。

甫尝有志於史,窃慕古史體法,欲爲之。因讀唐之諸書,見太宗功德法制與三代聖王並,後帝英明不逮,又或不能守其法,仍有荒縱狠忌庸懦之君,故治少而亂多。然有天下三百年,則貞觀功德之遠也。《唐書》繁冗遺略,多失體,諸事或大而不具,或小而悉記,或一事別出而意不相照。怪異猥俗,無所不有。治亂之跡,散於紀傳中,雜而不顯。此固不足以彰明貞觀功德法制之本,一代興衰之由也。觀高祖至文宗《實錄》,敘事詳備,差勝於他書,其閒文理明白者尤勝焉。至治亂之本亦未之明,記事務廣也,勸戒之道亦未之著,褒貶不精也。爲史之體亦未之具,不爲編年之體,君臣之事,多離而書之也。又要切之事或有遺略,君臣善惡之細、四方事務之繁,或備書之。此於爲史之道,亦甚失矣。遂據《實錄》與書,兼采諸家著録,參驗不差、足以傳信者,修爲《唐史記》。舊史之文繁者删之,失去就者改之,意不足而有它證者補之,事之不要者去之,要而遺者增之,是非不明者正之。用編年之體,所以次序君臣之事。所書之法,雖宗二經文意,其體略與《實錄》相類者,以唐之一代有治有亂,不可全法《尚書》、《春秋》之體,又不敢僭作經之名也。

或曰:“子之修是書,不尚紀傳之體可矣,不爲書、志,則郊廟、禮樂、律曆、災祥之事,官職、刑法、食貨、州郡之制,得無遺乎?”答曰:郊廟而下,固國之巨典急務,但記其大要,以明法度政教之體。其備儀細文,則有司之事,各有書存,爲史者難乎具載也。自康定元年修是書,至皇祐四年草具,遂作序述其意,更俟删潤其文。後以官守少暇,未能備具。逮嘉祐元年,成七十五卷。是年冬卧病久,慮神思日耗,不克成就,且就其編帙,粗成一家,況才力不盛,敘事不無略,然於勸戒之義謹之矣。勸戒之切而意遠者,著論以明焉,欲人君覽之,人臣觀之,備知致治之因,召亂之自,邪正之效,焕然若繪畫於目前。善者從之,不善者戒之,治道可以常興,而亂本可以預弭也。論九十二首,觀者無忽,不止唐之安危,常爲世鑑矣。(卷首)

余 靖

余靖(1000—1064)本名希古,字安道,號武溪。謚“襄”,後人尊稱爲忠襄公。北宋韶州曲江(今廣東韶關)人。天聖二年(1024)進士。與歐陽修、王素、蔡襄同知諫院,爲北宋“四名諫”之一。官至工部尚書,贈刑部尚書。自少博學强記,至於歷代史記、雜家小説、陰陽律曆、老子之書,無所不通。爲文棄華取實,長於應變,詩亦簡煉有法度。今存《契丹官儀》一卷、《武溪集》二十卷。

本書資料據四庫全書本《武溪集》。

《孙工部詩集》序（節録）

詩之源其遠矣哉！唐、虞之際，君臣相得，明良賡載，書于帝《典》。及周之興也，姜嫄、后稷配天之基，公劉、亶父艱難之業，任、姒思齊之化，文、武太平之功，莫不發爲聲詩，薦于郊廟，被于弦歌，協于鍾石者矣。周、召没而王跡衰，幽、厲作而風、雅變。然亦褒善刺過，與政相通，蓋所以接神明，察風俗，道和暢，洩憤怒，不獨諷詠而已。迨夫五言之興，時更漢、魏，而作者衆矣。大抵哀樂之所感，情性之所發，雖丹素相攻，華實異好，其有樂高古，縱步驟，局聲病，拘偶儷，爲體不同，同歸比興。前哲論之詳矣。（卷三）

姚疇論

古者天子之立史官也，不獨紀歲月遠近，辨朝會同異而已矣。蓋以王者居億兆之上，喜似陽春，怒如雷霆，予奪生殺，無不從也，故立史以謹其言動。動則左史書之，言則右史書之，以示後嗣，欲其畏後世之名而不敢過舉者也。竊見兩漢而下，有唐制度最爲詳備。而史官廢置，未臻大中，敢試論之。唐之修史，其術有二：武德故事，小省之官更直近陛，執筆對仗，隨而撰録，書之方册，謂之“起居注”；姚疇建議秉鈞之臣訏謨便殿，嘉猷善經，退必編次，送之史館，謂之“時政記”。於是《周官》六史之職不復甄叙矣，累朝著作之局不復刊修矣。疇議既行，而起居之官立於外朝，仗退之後，跡便疏遠，雖延英數刻之對，聖人有泣辜解網之言，應機成務之謀，不可得而聞也。若非宰臣撰述，則軍國政要，何由知之？繇是而言，有不可者三焉。古者帝王不得見當代之史，何則？史之爲書，不隱惡，不虚美，謂之實録。史而可見，則其臣不敢以實書。書而不實，爲已誣矣；實而不諱，爲已戮矣。不得見史者，以此也。宰臣監修，是使自司其過者也，其不可者一也。昔者成王尚幼，與唐叔戲翦桐葉而與之曰：“以是封汝。”明日，太史上輿地圖請封唐叔，自是成王終身無戲言。夫是則史官常在左右也。今史臣隨仗出入，則是用史臣於頃刻之間耳，戲言過行，尚奚史之畏哉？其不可者二也。古者大臣不掌注記，故董狐得以直筆於晉，南史氏得以執簡於齊。設有史官，外朝既罷，則目不見帝王之容，耳不聞帝王之言，近臣奏對，執邪執正，執諛執諍，咸莫之辨也。用他人注記爲己之筆削，夫是則史官失職，莫甚如此，其不可者三也。語曰：“使廉士守藏，不如局鑰之固也；使義士分財，不如投鈞之平也。”何則？有情之與無情也。夫以廣淵之謀，居翊亮之位，緝熙庶績，裁成萬機，而復代史臣撰述，固亦勞矣。向使房、杜、姚、宋擊轂軌而自序策略，人猶疑之，脱不幸而有元載、盧杞當其任，則安所取信哉？太宗文皇帝貞觀中所論政體,皆可冠冕古今,粉澤王度,著在方册,昭昭然者,史臣得侍於內朝故也。姚璹雖知注記之詳,未知先王立史之意,一失其源而莫之敢議,惜哉!(卷四)

張 俞

張俞(1000—1064)一作愈,字少愚,號白雲居士。北宋益州郫(今四川郫縣)人。屢舉進士不中,又舉茂材異等不中。寶元初,西戎犯邊,上書陳攻取十策。文彥博治蜀,爲置青城山白雲溪杜光庭故居以處之。朝廷屢召不就,徜徉山水之間,遠游沅湘、浙江、羅浮,買石載鶴以歸。杜門著書,卒。有詩文行於世,晁公武謂其“爲文有西漢風”(《郡齋讀書志》卷一九)。著有《白雲集》三十卷,今已佚。

本書資料據四庫全書本《成都文類》。

答吳職方書

俞頓首:二三月至導江,遂入山,復歸治弊廬,加以人事,久不啟訊。辱四月二十七日書,良釋思仰之勞。相示府公謂俞所作《講堂頌》爲叙己之德,於書衙立石,禮未便安,俾別爲記。聞之惶恐。俞遊天下二十餘年,知識士人甚衆,然未嘗以文字求卿大夫之知。去年十二月,何侍郎語僕曰:“府公興學,大作講堂,願爲之記。”及行,又云:“記成,願示其文。”今年二月醇翁見語,亦如何侯。自李伯永、趙先之及諸士大夫,累累相問《講堂記》如何。因念國家大興學校,三十年來凡作孔子廟記、州學記者遍天下,殆千百數,爛漫甚矣,古未嘗有也。且蜀郡之學最古,又世傳其文翁講堂久壞,今府公復作之,高明宏壯,上可坐五百人,非列郡之可擬。苟欲作記,則土木尚未足稱也。且記之名又不足鋪揚講堂之義,唯歌頌可以傳於無窮。文既成,投於府公,辱書云:“求記若銘爾,今以頌爲既,顧何德以堪之?奚可輕示於人?”

僕竊思之,以文辭淺陋邪,不示於人,實惠之大者也;苟以府學不可爲頌邪,則古人作之者多矣。自漢至唐,文章大手皆采風人之旨,以爲賦頌,凡宮室苑囿,鳥獸草木,君臣圖像及歌樂之器,意有所美,莫不頌之,不獨主於天子乃名爲頌。晉趙文子室成,張老賀焉曰:“歌於斯,哭於斯,聚國族於斯。”君子曰“善頌”。漢鄭昌上書頌蓋寬饒,顏師古曰:“頌,謂稱美之。”班固、皇甫謐皆曰:“古人稱不歌而頌謂之賦。”王延壽曰:“物以賦顯,事以頌宣。匪賦匪頌,將何述焉?”馬融《長笛賦》序曰:“追慕王子淵、枚乘、劉伯康、傅武仲等《簫》、《琴》、《笙頌》,作《長笛頌》。”嵇康《琴賦》序亦曰:“自八音之器,歌舞之象,歷代才士,並爲之賦頌。”又若揚雄有《趙充國畫頌》,史岑有《鄧出師頌》，蔡邕有《胡廣、黄瓊畫頌》，楊戲有《季漢輔臣頌》，夏侯湛有《東方朔畫頌》，陸機有《漢高祖功臣頌》，袁宏有《三國名臣頌》，劉伶有《酒德頌》，馬稜爲廣漢太守，吏民刻石頌之，蔡邕美桓彬而頌之，崔寔爲父立碑頌之，至若袁隗之頌崔寔，劉操之頌姜肱，李膺、陳實之頌韓韶，郭正之頌法真，趙岐之頌季札。若此之類，史傳甚衆，略舉數者，以明體要。又沈約之徒，文章冠天下，其所博見，通達古今，皆爲頌述以美王侯。至唐，文章最高者莫如燕、許、蕭、李、梁肅、韓愈、劉禹錫輩，未有不歌頌稱賢人之德，美草木之異者。僕故取其體而述講堂頌焉，則頌之義豈有嫌哉？且郡府之有學校，學校之有講堂，乃刺史爲國家行教化，論道義之所，又非刺史之所自有也，其於義可頌乎，不可頌乎？與夫頌一賢人，美一草木，其旨如何？且自漢已來，千數百年，通大賢、文人、史官，未有以頌不可施於人，美於物，而有非之者。俞竊惟府公謙恭畏讓，以頌名爲嫌，應以鄭康成、孔穎達解《魯頌》之義也，故未敢以書自陳。今足下見教，果以府公之言謂體未便安，而云重撰一記，鄙人豈敢復欲妄作以取戾乎？況夫《講堂頌》者，始稱國朝文章之盛，次述府公興勸之由，遂明學者講勸之義，終美宣佈之職，振天聲於無窮，庶乎詞義有可采者也。至於鄭康成、孔穎達云：“《魯頌》詠僖公功德，纔如變《風》之美者。頌者，美詩之名，非王者不陳。魯詩以其得用天子之禮，故借天子美詩之名，改稱作頌，非《周頌》之流也。孔子以其同有頌名，故取備三頌。”又曰：“成王以周公有太平之勳，命魯郊祭天，如天子之禮，故孔子録其詩之頌，同於王者之後。”又曰：“頌者，美盛德之形容。今魯侯有盛德成功，雖不可上比聖王，足得臣子追慕，借其嘉稱，以美其人，故稱頌。”凡孔、鄭之説，支離牴牾如此。昔鄭伯以璧假許田，《春秋》非之。晉侯請隧，襄王弗許。于奚請曲縣繁纓以朝，仲尼曰：“唯名與器不可以假人。”武子作鐘而銘功，臧武仲謂之非禮。季氏舞八佾於庭，孔子曰：“是可忍也，孰不可忍也！”子路欲使門人爲臣，孔子以爲欺天。孔、鄭既謂魯不當作頌，而曰借天子美詩之名而稱頌，是名器可以假人也。孔子曾無一言示貶，反同二頌爲經，孰謂孔子不如林放乎？噫！頌而可僭，則僭莫大焉，亂莫甚焉，非聖人删《詩》、作《春秋》之意也。且孔、鄭解經，時多謬妄，此之妄作，何其甚哉！傳曰：“夫子没而微言絶，七十子喪而大義乖。”蓋章句之徒，守文拘學，各信一家之説，曲生異義，古之作者，固無取焉，僕亦取焉。足下以爲如何？忽因起予，遂答來諭，非逞辯而好勝，亦欲釋千載之惑，用資撫掌解頤，且假一言介於府公，可乎？如曰未安，願復惠教。（卷二一）

梅堯臣

　　梅堯臣(1002—1060)字聖俞。北宋宣州宣城（今屬安徽）人。宣城古名宛陵，故又稱宛陵先生。早以詩名，而屢試不第。天聖末，以叔父梅詢蔭補河南主簿。錢惟演留守西京，器重之，引與酬唱；又與歐陽修、尹洙等人爲詩友。歷知州縣。皇祐三年（1051），召試學士院，賜同進士出身，改太常博士。四年，監永濟倉。至和三年（1056），以趙概、歐陽修等薦，補國子監直講。奏進所撰《唐載記》二十六卷，詔命預修《唐書》。嘉祐二年（1057），歐陽修知貢舉，梅堯臣爲參詳官，是科蘇軾兄弟及第。梅堯臣生當宋代文風交替之際，早年曾受西崑詩派影響，後又積極參與歐陽修所倡導的詩文革新，在宋代詩壇具有很高的地位。他在詩歌理論和創作實踐方面均有建樹，對後代影響較大。其詩歌理論見於《梅氏詩評》、《續金針詩格》和一些詩歌中。在創作實踐上，他一反西崑體詩風，以質樸平淡的語句抒懷言志，反映社會現實，以風格平淡、意境含蓄爲藝術特徵，這是他與西崑派標榜的"雕章麗句"風格截然不同之處。亦能文，風格與其詩相類。著有《宛陵集》。今人朱東潤著有《梅堯臣集編年校注》。

本書資料據四庫全書本《宛陵集》、格致叢書本《續金針詩格》。

答裴送序意

我欲之許子有贈，謂我爲學勿所偏。誠知子心苦愛我，欲我文字無不全。居常見我足吟詠，乃以述作爲不然。始曰子知今則否，固亦未能無諭焉。我於詩言豈徒爾，因事激風成小篇。辭雖淺陋頗虬苦，未到二雅未忍捐。安取唐季二三子，區區物象磨窮年。苦苦著書豈無意，貧希祿廩塵俗牽。書辭辨説多碌碌，吾敢虛語同後先。唯當稍稍緝銘誌，願以直法書諸賢。恐子未諭我此意，把筆慨歎臨長川。（《宛陵集》卷二十五）

寄滁州歐陽永叔

昔讀韋公集，固多滁州詞。爛熳寫風土，下上窮幽奇。君今得此郡，名與前人馳。君才比江海，浩浩觀無涯。下筆猶高帆，十幅美滿吹。一舉一千里，只在頃刻時。尋常行舟艫，傍岸撐牽疲。有才苟如此，但恨不勇爲。仲尼著《春秋》，貶骨常苦笞。後世各有史，善惡亦不遺。君能切體類，鏡照媸與施。直辭鬼膽懼，微文姦魄悲。不書兒女書，不作風月詩。唯存先王法，好醜無使疑。安求一時譽，當期千載知。此外有甘脆，可以奉親慈。山蔬採筍蕨，野膳獵麏麚。鱸膾古來美，梟禽今且推。夏果亦瑣細，一一舊頗窺。圓尖剥水實，青紅摘林枝。又足供宴樂，聊與子所宜。慎勿思北來，

我言非狂癡。洗慮當以淨，洗垢當以脂。此語同飲食，遠寄入君脾。（《宛陵集》卷二十六）

《林和靖先生詩集》序

天聖中聞寧海西湖之上有林君，嶄嶄有聲，若高峰瀑泉望之可愛，即之逾清。挹之甘潔而不厭也。是時予因適會稽還。訪於雪中。其談道孔、孟也，其語近世之文韓、李也。其順物玩情爲之詩則平淡邃美，讀之令人忘百事也。其辭主乎靜正，不主乎刺譏，然後知趣尚博遠，寄適於詩爾。（《宛陵集》卷六十）

詩有三體

一曰頌。詩曰：“明堂坐天子，月朔朝諸侯。”此頌太平也。二曰雅。詩曰：“才分天地色，便禁虎狼心。”此正君臣也。三曰風。詩曰：“宮中誰第一，飛燕在朝陽。”風聖人不用正人也。（《續金針詩格》）

田　況

田況（1005—1063）字元鈞。北宋開封（今屬河南）人。天聖八年（1030）進士。又舉賢良方正策爲第一，官至翰林學士，遷尚書禮部侍郎。爲《皇祐會計録》上之。爲樞密副使，又以檢校太傅充樞密使。以太子少傅致仕。卒謚宣簡。況少卓犖有大志，寬厚明敏，有文武才。治蜀尚和易，法去苛細，獎進儒術，禁戢奸暴，以德化人，人不忍欺。好讀書，書未嘗去手。其爲文章，得紙筆立成，而閎博辨麗稱天下。嘗著《好名》、《朋黨》二論，有奏議三十卷，又有《金巖集》二卷，已佚。今存《儒林公議》一卷，《四庫全書總目》卷一四〇稱其“明悉掌故，皆足備讀史之參稽，其持論亦皆平允”。

本書資料據四庫全書本《儒林公議》。

《儒林公議》（節録）

楊億在兩禁，變文章之體。劉筠、錢惟演輩皆從而斆之，時號楊、劉。三公以新詩更相屬和，極一時之麗。億乃編而叙之，題曰《西崑酬唱集》。當時佻薄者謂之“西崑體”。其他賦頌章奏，雖頗傷於彫摘，然五代以來燕鄙之氣，由兹盡矣。

　　慶曆三年，既放春榜，時議以爲取士浮薄寖久，士行不察，學無根原，宜新制約以救其弊。執政與言事者意頗符同，乃勑兩制及御史臺詳定貢舉條制。翰林學士宋祁等上言：伏以取士之方，必求其實；用人之術，當盡其材。今教不本於學校，士不察於鄉里，則不能覈名實；有司束以聲病，學者專於記誦，則不足盡人材。此獻議者所共以爲言也。臣等參考衆説，擇其便於今者，莫若使士皆土著，而教之於學校，然後州縣察其履行，則學者脩飾矣。故謂立學合保薦送之法。夫上之所好，下之所趨也。今先策論，則文辭者留心於治亂矣；簡其程式，則閎博者得以馳騁矣；問以大義，則執經者不專於記誦矣。其詩賦之未能自肆者，雜用今體；經術之未能亟通者，當依舊科，則中材之人皆可勉及矣。此所謂盡人之材也。故惟先試策論，次簡詩賦，考式問諸科文義之法，此數者其大要也。其州郡彌封謄錄進士諸科經帖之類，皆細碎而無益者，一切罷之。凡爲法者，皆申之以賞罰而勸焉。如此，則養士有素，取材不遺。苟可施行，望賜裁擇其要，令天下州郡並立學校，至秋試投狀，必由入學聽習，方許取應進士。並先試策，問以經史時務，次試詩賦，以舊制詞賦聲病偶切拘檢太甚，今依自來所試賦格外，特許依傚唐人賦體。諸科舊制：對墨義外有能明於經旨、願對大義者，直取聖賢意義解釋，或以諸書引証，不須具注疏。尋降勑旨："夫儒者，通天地人之理，而兼古今治亂之源，可謂博矣。然學者不得騁其説，而有司務先聲病以牽制之，則吾豪隽奇偉之士何以奮焉？士有純明朴茂之美，而無興學養成之法，其飭身勵節者，使與不肖之人雜而並進，則夫懿德敏行之賢何以見焉？此取士之甚弊，而學者自以爲患。議者屢以爲言，朕慎於改更，比令詳酌，仍詔宰府加之參定。皆以謂本學校以教之，然後可求其行實。先策論則辯理者得盡其説，簡程式則閎博者可見其材。至於經術之家稍增新制，兼行舊式，以勉中人，其煩法細文一皆罷去，明其賞罰，俾各勸焉。如此則待士之意周，取人之道廣。夫遇人以薄者，不可責其厚。今朕建學興善，以尊士大夫之行，而更制革弊，以盡學者之才，其於教育之方勤亦至矣。有司其務嚴訓導、精舉察，以稱朕意。學者其思進德脩業，而無失其時。凡所科條，可爲永式。"詔既下，人爭務學，風俗一變。未幾，首議者多出外官，所見不同，競興讒詆，以謂俗儒是古非今，不足爲法。遂追止前詔，學者亦廢焉。

《王氏談録》（節錄）

　　《四庫全書總目提要》云："臣等謹案：《王氏談録》一卷，不著撰人名氏。《説郛》載之，題曰王洙撰。《書録解題》則以爲翰林學士南京王洙之子録其父所言。今觀此書凡九十九則，而稱先公及公者七十餘則，則非洙所著明甚。"並認爲是"嘉祐以前人"所録。

本書資料據四庫全書本《王氏談録》。

七言詩

公言：古七言詩自漢末，蓋出於史篇之體。

起居注

公言：《穆天子傳》，左右史之書。起居注，始於漢世，乃有遺法也。故今《崇文書目》以《穆傳》首"記注之列"。

釋契嵩

釋契嵩（1007—1072）字仲靈，自號潛子，俗姓李。北宋藤州鐔津（今廣西藤縣）人。七歲出家，十三歲得度削髮，十四歲受具足戒，十九歲遊歷江湘、衡廬，受教於筠州洞山聰禪師。慶曆中至錢塘，居靈隱寺。著有《鐔津文集》、《禪宗定祖圖》、《傳法正宗記》。事跡見陳舜俞《都官集》卷八《鐔津明教大師行業記》。契嵩於書無所不讀，既通佛典，又精研儒籍，其文多論證佛與儒道相合。時歐陽修等繼韓愈之後排佛尊儒，嵩《非韓》三十篇指斥韓愈"議論拘且淺"，"譏沮佛教聖人太酷"。《四庫全書總目》卷一五二稱其"深通內典，銳然以文章自任，嘗作《原教》、《孝論》十餘篇明儒釋之一貫，以與當時排佛者抗。又作《非韓》三十篇以力詆韓愈。又作《論原》四十篇以陰申其援儒入墨之旨，其說大抵偏駁不可信，而其筆力雄偉，辨論蜂起，實能自成一家之言，蓋亦彼教中之健于文者也。"

本書資料據四庫全書本《鐔津集》。

九　流

儒家者流其道尚備，老氏者流其道尚簡，陰陽家者流其道尚時，墨家者流其道尚節，法家者流其道尚嚴，名家者流其道尚察，縱橫家者流其道尚變，雜家者流其道尚通，農家者流其道尚足。然皆有所短長也，苟拂短而會長，亦足以資治道也。班固本其所出尊儒也，司馬遷會其所歸尊始也。尊始者其心弘也，尊儒者其心專也。固嘗非馬氏以其先黃老爲甚繆，是亦固不見其尊儒之至者也。若黃帝之道其在《易》矣，《易》

也者萬物之本，六藝之原也，其先之不亦宜乎？豈班氏之智亦有所不及乎？伯夷之所長者清，而所短者隘；柳下惠之所長者和，而所短者不恭。孟子尊二子之所長，則曰聖人百世之師也，伯夷、柳下惠是也。遷之心抑亦與孟氏合矣，故君子善之。

品　論

唐史以房、杜方蕭、曹，然房、杜文雅有餘，蕭、曹王佐不足。德則房、杜至之矣，觀房則半才，視杜則純道，君子曰杜益賢也。姚崇、宋璟其不逮丙、魏乎。姚、宋道不勝才，而魏則厭兵，丙則知相。燕公文過始興而公正不及。大將軍光不若狄梁公之終無私也。袁安之寬厚則婁相近之，正與仁則異施。房琯、顏真卿方之李固、陳蕃，其世道雖異而守忠持正一也。汾陽王省武而尚信，仁人也；段太尉忠勇相顧，義人也。晉公終始不伐，仁人也。荀子之言近辯也，盡善而未盡美，當性惡禪讓，過其言也。揚子之言，能言也，自謂窮理而盡性，洎其遇亂而投閣，則與乎子路、曾子之所處死異矣哉！太史公言雖博而道有歸，班氏則未至也，宜乎世所謂固不如遷之良史也。賈傅抗王制而正漢法，美夫，宜無有加者焉。三表五餌之術，班固論其疏矣，誠疏也。董膠西之對策美哉！得正而合極，所謂王者之佐，非爲過也。《繁露》之言則有可取也，有可舍也。相如之文麗，義寡而詞繁，詞人之文也。王充之言立異也，桓寬之言趣公也。韓吏部之文，文之杰也，其爲《原鬼》、《讀墨》何爲也？柳子厚之文，文之豪也，剔其繁則至矣，《貞符》詩尤至也。李習之之文，平考其復命之說，宜有所疑也。陳子昂之文不若李華，華之文不若梁蕭，蕭之文君子或有所取也。李元賓之文，詞人之文也；皇甫湜之文，文詞之間者也。郭泰、黃憲之爲人也，賢人也，訥言而敏行，顏子之徒歟。徐穉之爲人，哲人也，識時變而慎動靜焉。袁奉高之遁世也，不忘孝，不傷和，中庸之士也。論曰：引其器，所以稽其範之工拙；辨其人，所以示其道之至否。然範工資世之所用，道至正世之所師。所師得，則聖賢之事隆，而異端之說息也。是故君子區之別之，是之非之，俟有所補也，豈徒爾哉！《記》曰："文理密察，足以有別也。"孟子曰："是非之心，智之端也。"斯亦辨道之謂也。（以上卷七）

文説（節錄）

人文資言文發揮，而言文藉人文爲其根本。仁義禮智信，人文也；章句文字，言文也。文章得本，則其所出自正，猶孟子曰"取之左右逢其原"。歐陽氏之文，大率在仁信禮義之本也。諸子當慕永叔之根本可也，胡屑屑徒模擬詞章體勢而已矣？周末列

國嬴秦時，孰不工文？而聖人之道廢，人文不足觀也，蓋其文不敦本乃爾。（卷八）

書《李翰林集》後

余讀《李翰林集》，見其樂府詩百餘篇，其意尊國家，正人倫，卓然有周詩之風，非徒吟詠情性、咄嘔苟自適而已。白當唐有天下第五世時，天子意甚聲色，庶政稍解，奸邪輩得入，竊弄大柄。會禄山賊兵犯闕，而明皇幸蜀，白閔天子失守，輕棄宗廟，故作《遠別離》以刺之。至於作《蜀道難》以刺諸侯之强橫；作《梁甫吟》，傷懷忠而不見用；作《天馬歌》，哀棄賢才而不録其功；作《行路難》，惡讒而不得盡其臣節；作《猛虎行》，憤胡虜亂夏而思安王室；作《陽春歌》以誡淫樂不節；作《烏棲曲》以刺好色不好德；作《戰城南》以刺窮兵不休。如此者不可悉説。及放去，猶作《秋浦吟》（一名《東甫吟》）。冀悟人主。意不果望，終棄於江湖間，遂紆餘輕世，劇飲大醉，寓意於道士法，故其遊覽、贈送諸詩雜以神仙之説。夫性之所作，志之所之，小人則以言，君子則以詩。由言、詩以求其志，則君子、小人可以盡之。若白之詩也如是，而其性之與志豈小賢哉！脱當時始終其人，盡其才而用之，使立功業，安知其果不能也？邇世説李白清才逸氣，但謫仙人耳，此豈必然耶？觀其詩，體勢才思如山聳海振，巍巍浩浩，不可窮極，苟當時得預聖人之删，可參二《雅》，宜與《國風》傳之於無窮，而《離騷》、《子虛》不足相比。（卷一六）

歐陽修

歐陽修（1007—1072）字永叔，號醉翁，晚年又自號六一居士。北宋吉州廬陵（今江西吉安）人。天聖八年（1030）第進士，任西京留守推官。官至翰林學士、樞密副使、參知政事，卒謚文忠。歐陽修是北宋詩文革新的領袖，其文學成就首推散文，爲唐宋八大家之一，對後世影響最爲深遠。其詩歌成就不如散文，但也有轉變一代詩風之功。擅長作詞，其詞基本上沿襲《花間集》風格，有南宋羅泌編的《六一詞》三卷。詩話是宋代產生的新的文學樣式。宋以前的詩文評著作可説是宋代詩話之源，但詩話之名則是從歐陽修的《六一詩話》起才開始出現的。這是一種用筆記體寫成的兼具理論性和資料性的著述，比起嚴格的詩論，它的內容更爲廣泛，形式更爲靈活，往往以輕鬆恢諧的筆記形式，記録重要嚴肅的詩歌理論。他還撰有《歸田録》、《筆説》、《試筆》等筆記，不拘一格，生動活潑，富有情趣。其中，《歸田録》記述朝廷遺事、職官制度、社會風習和士大夫的趣事軼聞，介紹寫作經驗，頗有價值。除文學方面的成就外，歐陽修在經學、史學、金石學方面均有顯著成就。與宋祁合修《新唐書》,並獨撰《新五代史》。又喜收集金石文字,編爲《集古錄》。著述甚豐,現存文集有《歐陽文忠公集》一百五十三卷。文集重要選本有南宋乾道年間陳亮編《歐陽文忠公文粹》二十卷、明郭雲鵬編《遺粹》十卷。

本書資料據四庫全書本《文忠集》、《歸田錄》、中華書局"二十四史"本《新唐書》、中華書局 1981 年版清何文焕《歷代詩話·六一詩話》、四庫全書本《集古錄》。

《蘇氏文集》序(節錄)

子美之齒少於予,而予學古文反在其後。天聖之間,予舉進士於有司,見時學者務以言語聲偶摘裂,號爲時文,以相誇尚。而子美獨與其兄才翁及穆參軍伯長,作爲古歌詩雜文,時人頗共非笑之,而子美不顧也。其後天子患時文之弊,下詔書諷勉學者以近古,由是其風漸息,而學者稍趨於古焉。獨子美爲於舉世不爲之時,其始終自守,不牽世俗趨捨,可謂特立之士也。(《文忠集》卷四十一)

與荊南樂秀才書(節錄)

僕少孤貧,貪禄仕以養親,不暇就師窮經,以學聖人之遺業。而涉獵書史,姑隨世俗作所謂時文者,皆穿蠹經傳,移此儷彼,以爲浮薄,惟恐不悅于時人,非有卓然自立之言如古人者。然有司過採,屢以先多士。及得罪已來,自以前所爲不足以稱有司之舉而當長者之知,始大改其爲,庶幾有立。然言出而罪至,學成而身辱,爲彼則獲譽,爲此則受禍,此明效也。夫時文雖曰浮巧,然其爲功,亦不易也。僕天姿不好而彊爲之,故比時人之爲者尤不工,然已足以取禄仕而竊名譽者,順時故也。先輩少年志盛,方欲取榮譽於世,則莫若順時。天聖中,天子下詔書,敕學者去浮華,其後風俗大變。今時之士大夫所爲,彬彬有兩漢之風矣。先輩往學之,非徒足以順時取譽而已,如其至之,是直齊肩於兩漢之士也。若僕者,其前所爲既不足學,其後所爲慎不可學,是以徘徊不敢留其所爲者,爲此也。在《易》之《困》曰:"有言不信。"謂夫人方困時,其言不爲人所信也。今可謂困矣,安足爲足下所取信哉?(《文忠集》卷四十七)

與陳員外書(節錄)

古之書具,惟有鉛刀、竹木。而削劏爲刺,止於達名姓;寓書於簡,止於舒心意、爲問好。惟官府吏曹，凡公之事，上而下者則曰符、曰檄；問訊列對，下而上者則曰狀；位等相以往來，曰移、曰牒。非公之事，長吏或自以意曉其下以戒以飭者，則曰教；下吏以私自達於其屬長，而有所候問請謝者，則曰牋、記、書、啓。故非有狀牒之儀，施於非公之事，相參如今所行者，其原蓋出唐世大臣，或貴且尊，或有權於時，縉紳湊其門以傅。嚮者謂舊禮不足爲重，務稍增之。然始於刺謁，有參候起居，因謂之狀。及五代，始復以候問請謝加狀牒之儀，如公之事，然止施於官之尊貴及吏之長者。其偽繆所從來既遠，世不根古，以爲當然。居今之世，無不知此，而莫以易者，蓋常俗所爲積習以牢，而不得以更之也。然士或同師友，締交遊，以道誼相期者，尚有手書勤勤之意，猶爲近古。噫，候問請謝，非公之事，有狀牒之儀以施於尊貴長吏，猶曰非古之宜用，況又用之於肩從齒序、跪拜起居如兄弟者乎！（《文忠集》卷六十八）

書梅聖俞稿後（節錄）

古者登歌清廟，太師掌之，而諸侯之國亦各有詩，以道其風土性情。至於投壺、饗射，必使工歌，以達其意，而爲賓樂。蓋詩者，樂之苗裔與！漢之蘇、李，魏之曹、劉，得其正始。宋、齊而下，得其浮淫流佚。唐之時，子昂、李、杜、沈、宋、王維之徒，或得其淳古淡泊之聲，或得其舒和高暢之節；而孟郊、賈島之徒，又得其悲愁鬱堙之氣。由是而下，得者時有，而不純焉，今聖俞亦得之。然其體長於本人情、狀風物，英華雅正，變態百出，哆兮其似春，凄兮其似秋。使人讀之，可以喜，可以悲，陶暢酣適，不知手足之將鼓舞也，斯固得深者耶？其感人之至，所謂與樂同其苗裔者邪？余嘗問詩於聖俞，其聲律之高下，文語之疵病，可以指而告余也；至其心之得者，不可以言而告也。余亦將以心得意會，而未能至之者也。（《文忠集》卷七十三）

書尹師魯墓誌

誌言天下之人識與不識，皆知師魯文學、議論、材能。則文學之長，議論之高，材能之美，不言可知。又恐太略，故條析其事，再述於後。述其文，則曰簡而有法。此一句，在孔子六經惟《春秋》可當之，其他經非孔子自作文章，故雖有法而不簡也。修於師魯之文不薄矣，而世之無識者，不考文之輕重，但責言之多少，云師魯文章不合祇著一句道了。既述其文，則又述其學曰通知古今。此語若必求其可當者，惟孔、孟也。既述其學，則又述其論議，云是是非非，務盡其道理，不苟止而妄隨。亦非孟子不可當此語。既述其論議，則又述其材能，備言師魯歷貶，自兵興便在陝西，尤深知西事，未及施爲而元昊臣，師魯得罪。使天下之人盡知師魯材能。此三者，皆君子之極美，然在師魯猶爲末事。其大節乃篤於仁義，窮達禍福，不媿古人。其事不可遍舉，故舉其要者一兩事以取信。如上書論范公而自請同貶，臨死而語不及私，則平生忠義可知也，其臨窮達禍福不媿古人又可知也。既已具言其文、其學、其論議、其材能、其忠義，遂又言其爲仇人挾情論告以貶死，又言其死後妻子困窮之狀。欲使後世知有如此人，以如此事廢死，至於妻子如此困窮，所以深痛死者，而切責當世君子致斯人之及此也。《春秋》之義，痛之益至則其辭益深，“子般卒”是也。詩人之意，責之愈切則其言愈緩，“君子偕老”是也。不必號天叫屈，然後爲師魯稱冤也。故於其銘文，但云“藏之深，固之密，石可朽，銘不滅”，意謂舉世無可告語，但深藏牢埋此銘，使其不朽，則後世必有知師魯者。其語愈緩，其意愈切，詩人之義也。而世之無識者，乃云銘文不合不講德，不辯師魯以非罪。蓋爲前言其窮達禍福無愧古人，則必不犯法，況是仇人所告，故不必區區曲辯也。今止直言所坐，自然知非罪矣，添之無害，故勉徇議者添之。若作古文自師魯始，則前有穆修、鄭條輩，及有大宋先達甚多，不敢斷自師魯始也。偶儷之文苟合於理，未必爲非，故不是此而非彼也。若謂近年古文自師魯始，則范公祭文已言之矣，可以互見，不必重出也。皇甫湜《韓文公墓誌》、李翱《行狀》不必同，亦互見之也。誌云師魯喜論兵。論兵儒者末事，言喜無害。喜非嬉戲之戲，喜者，好也，君子固有所好矣。孔子言回也好學，豈是薄顔回乎？後生小子，未經師友，苟恣所見，豈足聽哉！修見韓退之與孟郊聯句，便似孟郊詩；與樊宗師作誌，便以樊文。慕其如此，故師魯之誌用意特深而語簡，蓋爲師魯文簡而意深。又思平生作文，惟師魯一見，展卷疾讀，五行俱下，便曉人深處。因謂死者有知，必受此文，所以慰吾亡友爾，豈恤小子輩哉！（《文忠集》卷七十三）

蘇氏四六

往時作四六者，多用古人語及廣引故事以衒博學，而不思述事不暢。近時文章變體，如蘇氏父子以四六述叙，委曲精盡，不減古人。自學者變格爲文，迨今三十年，始得斯人。不惟遲久而後獲，實恐此後未有能繼者爾。自古異人間出，前後參差不相待。余老矣，乃及見之，豈不爲幸哉！（《文忠集》卷一百三十）

《歸田録》（節録）

唐人奏事，非表非狀者謂之牓子，亦謂之録子，今謂之劄子。凡羣臣百司，上殿奏事，兩制以上，非時有所奏陳，皆用劄子。中書、樞密院事有不降宣敕者，亦用劄子。與兩府自相往來，亦然。若百司申中書，皆用狀。惟學士院用咨報，其實如劄子，亦不書名，但當直學士一人押字而已，謂之咨報。此唐學士舊規也。唐世學士院故事，近時隳廢殆盡，惟此一事在爾。

仁宗初立，今上爲皇子，令中書召學士草詔。學士王珪當直，召至中書諭之。王曰："此大事也，必須面奉聖旨。"明日面稟得旨乃草詔，羣公皆以王爲真得學士體也。（以上卷下）

《六一詩話》（節錄）

仁宗朝，有數達官，以詩知名。常慕"白樂天體"，故其語多得於容易。嘗有一聯云："有禄肥妻子，無恩及吏民。"有戲之者云："昨日通衢遇一輜軿車，載極重，而羸牛甚苦，豈非足下'肥妻子'乎？"聞者傳以爲笑。

蓋自楊、劉唱和，《西崑集》行，後進學者爭效之，風雅一變，謂之"西崑體"。由是唐賢諸詩集幾廢而不行。

聖俞、子美齊名於一時，而二家詩體特異。子美筆力豪雋，以超邁橫絶爲奇；聖俞覃思精微，以深遠閑淡爲意。各極其長，雖善論者不能優劣也。

楊大年與錢、劉數公唱和，自《西崑集》出，時人爭效之，詩體一變。

王建《霓裳詞》云："弟子部中留一色，聽風聽水作《霓裳》。"《霓裳曲》，今教坊尚能作其聲，其舞則廢而不傳矣。人間又有《望瀛洲獻仙音》二曲，云此其遺聲也。《霓裳曲》，前世傳記論説頗詳，不知"聽風聽水"爲何事也？白樂天有《霓裳歌》甚詳，亦無"風水"之説，第記之，或有遺亡者爾。

《新唐書·百官志》（節錄）

尚書省。尚書令一人，正二品，掌典領百官。其屬有六尚書：一曰吏部，二曰户部，三曰禮部，四曰兵部，五曰刑部，六曰工部，庶務皆會決焉。（六尚書：兵部、吏部爲前行，刑部、户部爲中行，工部、禮部爲後行；行總四司，以本行爲頭司，余爲子司）凡上之逮下，其制有六：一曰制，二曰敕，三曰册，天子用之；四曰令，皇太子用之；五曰教，親王、公主用之；六曰符，省下於州，州下於縣，縣下於鄉。下之達上，其制有六：一曰表，二曰狀，三曰牋，四曰啓，五曰辭，六曰牒。諸司相質，其制有三：一曰關，二曰刺，三曰移。凡授内外百司之事，皆印其發日爲程，一曰受，二曰報。諸州計奏達京師，以事大小多少爲之節。

凡符、移、關、牒，必遣於都省乃下。天下大事不決者，皆上尚書省。凡制敕計奏之數、省符宣告之節，以歲終爲斷。（卷四十六）

門下省。侍中二人，正二。掌出納帝命，相禮儀。凡國家之務，與中書令參總，而顓判省事。下之通上，其制有六：一曰奏鈔，以支度國用、授六品以下官、斷流以下罪及除免官用之；二曰奏彈；三曰露布；四曰議；五曰表；六曰狀。

凡王言之制有七：一曰册書，立皇后、皇太子，封諸王，臨軒册命則用之；二曰制書，大賞罰、赦宥慮囚、大除授則用之；三曰慰勞制書，褒勉贊勞則用之；四曰發敕，廢置州縣、增減官吏、發兵、除免官爵、授六品以上官則用之；五曰敕旨，百官奏請施行則用之；六曰論事敕書，戒約臣下則用之；七曰敕牒，隨事承制，不易於舊則用之。皆宣署申覆，然後行焉。大祭祀，則相禮；親征纂嚴，則戒飭百官；臨軒册命，則讀册；若命于朝，則宣授而已。册太子，則授璽綬。凡制詔文章獻納，以授記事之官。（以上卷四七）

《新唐書·鄭綮傳》（節録）

綮字蘊武，大順後，王政微，綮每以詩謡托諷。中人有誦之天子前者，昭宗意其有所蘊未盡，因有司上班簿，遂署其側曰："可禮部侍郎、同中書門下平章事。"綮本善詩，其語多俳諧，故使落調，世共號鄭五歇後體。至是，省史走其家上謁，綮笑曰："諸君誤矣。人皆不識字，宰相亦不及我。"史言不妄，俄聞制詔下，歎曰："萬一然，笑殺天下人。"既視事，宗戚詣慶，搔首曰："歇後鄭五作宰相，事可知矣。"（卷一八三）

《新唐書·杜甫傳贊》（節録）

唐興，詩人承陳、隋風流，浮靡相矜。至宋之問、沈佺期等研揣聲音，浮切不差，而號律詩，競相襲沿。逮開元間，稍裁以雅正。然恃華者質反，好麗者壯違，人得一概，皆自名所長。至甫渾涵汪茫，千彙萬狀，兼古今而有之。（卷二百一）

《新唐書·宋之問傳》（節録）

魏建安後迄江左，詩律屢變，至沈約、庾信，以音韻相婉附，屬對精密。及之問、沈佺期，又加靡麗，回忌聲病，約句準篇，如錦繡成文，學者宗之，號爲沈宋。語曰："蘇、李居前，沈、宋比肩。"謂蘇武、李陵也。（卷二百二）

唐元稹《修桐柏宫碑》

右唐元稹撰文並書其題云《修桐柏宫碑》，又其文以四言爲韻語，既牽聲韻，有述事不能詳者，則自爲注以解之。爲文自注，非作者之法。且碑者，石柱爾。古者刻石爲碑，謂之碑銘、碑文之類可也。後世伐石刻文，既非因柱石，不宜謂之碑文。然習俗相傳，理猶可考。今特題云《修桐柏宫碑》者，甚無謂也。此在文章誠爲小瑕病，前人時有忽略，然而後之學者，不可不知。自漢以來，墓碑多題云"某人之碑"者，此乃無害。蓋目此石爲某人之墓柱，非謂自題其文目也。今稹云《修桐柏宫碑》，則於理何稽也！（《集古録》卷八）

吴　縝

吴縝（生卒年不詳）字廷珍。宋成都（今屬四川）人。治平中登進士第。嘗以朝散郎知蜀州，後歷典數郡，皆有惠政。平生力學，博通古今，著有《新唐書糾謬》二十卷、《五代史纂誤》三卷。事跡見所撰《新唐書糾謬自序》、《摛文堂集》卷四、《蘆川歸來集》卷九、《宋代蜀文輯存作者考》卷六。吴縝當生在張方平之後，爲便檢閱，特置《新唐書》後。《新唐書糾謬序》論官修書之失頗值得今人引以爲戒，而論義例、爲史之要等尤關史體。

本書資料據四庫全書本《新唐書糾謬》。

《新唐書糾謬》序

史才之難尚矣，游夏，聖門之高弟，而不能贊《春秋》一辭。自秦漢迄今千數百歲，若司馬遷、班固、陳壽、范蔚宗者，方其著書之時，豈不欲曲盡其善而傳之無窮。然終亦未免後人之詆斥。至唐獨稱劉知幾能於修史之外毅然奮筆，自爲一書，貫穿古今，議評前載，觀其以史自命之意，殆以爲古今絶倫。及取其嘗所論著而考其謬戾，則亦無異於前人。由是言之，史才之難豈不信哉？必也編次事實，詳略取舍，褒貶文采，莫不適當稽諸前人而不謬，傳之後世而無疑，粲然如日星之明，符節之合，使後學觀之而莫敢輕議，然後可以號信史。反是則篇帙愈多，而議謫愈衆，奈天下後世何！

我宋之興，一祖五宗，重熙累洽，尊儒敬道，儲思藝文，日以崇廣學校，修纂文史爲事，故名臣綴緝不絶於時。前朝舊史如《唐書》泊《五代實録》皆已修爲新書，頒於天下。其間惟《唐書》自頒行迨今幾三十載，學者傳習，與遷、固諸史均焉。繽以愚昧，從公之隙，竊嘗尋閱新書，間有未通，則必反覆參究。或舛駁脫謬則筆而記之，歲時稍久，事目益衆，深怪此書牴牾穿穴亦已太甚。揆之前史，皆未有如是者。推本厥咎，蓋修書之初其失有八：一曰責任不專，二曰課程不立，三曰初無義例，四曰終無審覆，五曰多採小說而不精擇，六曰務因舊文而不推考，七曰刊修者不知刊修之要而各徇私好，八曰校勘者不舉校勘之職而惟務苟容。

何謂責任不專？夫古之修史多出一家，故司馬遷、班固、姚思廉、李延壽之徒，皆父子論譔數十年方成，故通知始末，而事實貫穿不牴牾也。惟後漢東觀羣儒纂述無統，而前史譏之。況夫唐之爲國幾三百年，其記事亦已衆矣，其爲功亦已大矣。斯可謂一朝之大典。舉以委人而不專其責，則宜其功之不立也。今唐史本一書也，而紀、志表則歐陽公主之，傳則宋公主之，所主既異而不務通知其事，故紀有失而傳不知，傳有誤而紀不見，豈非責任不專之故歟？

何謂課程不立？夫修一朝之史，其事匪輕，若不限以歲月，責其課程，則未見其可。嘗聞修《唐書》自建局至印行罷局幾二十年，修書官初無定員，皆兼涖它務，或出領外官。其書既無期會，得以安衍自肆，苟度歲月，如是者將十五年，而書猶未有緒。暨朝廷訝其淹久，屢加督促，往往遣使就官所取之，於是乃倉猝牽課，以書來上。然則是書之不能完整，又何足怪，豈非課程不立之故歟？

何謂初無義例？夫史之義例猶網之有綱，而匠之繩墨也。故唐修《晉書》而敬播、令狐德棻之徒先爲定例。蓋義例既定則一史之內凡秉筆者皆遵用之，其取捨詳略，褒貶是非，必使後人皆有考焉。今之新書則不然，取彼例以較此例則不同，取前傳以比後傳則不合，詳略不一，去取未明。一史之內爲體各殊，豈非初無義例之故歟？

何謂終無審覆？方新書來上之初，若朝廷付之有司，委官覆定，使詰難糾駁，審定刊修，然後下朝臣博議可與未可。施用如此，則初脩者必不敢滅裂，審覆者亦不敢依違，庶乎得爲完書，可以傳久。今其書頒行已久，而疎謬舛駁於今始見，豈非終無審覆之故歟？

何謂多採小說而不精擇？蓋唐人小說類多虛誕，而修書之初但期博取，故其所載或全篇乖牾，豈非多採小說而不精擇之故歟？

何謂務因舊文而不推考？夫唐之史臣書事任情者多矣，安可悉依徇而書？今之新書乃殊不參較，但循舊而已。故其失與唐之史臣無異，豈非務因舊文而不推考之故歟？

何謂刊修者不知刊修之要而各徇私好？夫爲史之要有三：一曰事實，二曰褒貶，三曰文采。有是事而如是書，斯謂事實；因事實而寓懲勸，斯謂褒貶；事實褒貶既得矣，必資文采以行之，夫然後成史。至於事得其實矣，而襃貶、文采則闕焉，雖未能成書，猶不失爲史之意。若乃事實未明而徒以襃貶、文采爲事，則是既不成書，而又失爲史之意矣。新書之病正在於此，其始也不考其虛實有無，不校其彼此同異，修紀、志者則專以襃貶筆削自任，修傳者則獨以文辭華采爲先，不相通知，各從所好，其終也遂合爲一書而上之。故今之新書其間或舉以相校，則往往不啻白黑方圓之不同，是蓋不考事實，不相通知之所致也，斯豈非刊修者不知其要而各徇私好之故歟？

何謂校勘者不舉校勘之職而惟務苟容？方新書之來上也，朝廷付裴煜、陳薦、文同、吳申、錢藻，使之校勘。夫以三百年一朝之史，而又修之幾二十年，將以垂示萬世，則朝廷之意豈徒然哉？若校勘者止於執卷唱讀，案文讐對，則是二三胥吏足辦其事，何假文館之士乎？然則朝廷委屬之意重矣，受其書而校勘者安可不思？必也討論擊難，刊削繕完，使成一家之書，乃稱校勘之職。而五人者曾不聞有所建明，但循故襲常，惟務暗嘿。致其間訛文謬事歷歷具存，自是之後遂頒之天下矣，豈非校勘者不舉其職而惟務苟容之故歟？

職是八失。故新書不能全美，以稱朝廷纂修之意。愚每感憤歎息，以爲必再加刊修，乃可貽後。況方從宦巴峽，僻陋寡聞，無他異書可以考證，止以本史自相質正，已見其然。意謂若廣以它書校之，則其穿穴破碎又當不止此而已也。

所記事條，叢雜無次，艱於檢閱。方解秩還朝，舟中無事，因取其相類者略加整比，離爲二十門，列之如左，名曰《新唐書糾謬》，謂摘舉其謬誤而已，膚淺之見，烏足貽之同志，姑投之巾笥以便尋繹而備遺忘云。咸林吳縝序。（卷首）

張方平

張方平（1007—1091）字安道，晚年號樂全居士。北宋應天宋城（今河南商丘南）人。少穎悟，景祐元年（1034）舉茂材異等，後又中賢良方正。西夏叛，上《平戎十策》。歷知諫院、知制誥，進翰林學士，拜御史中丞、三司使。出知杭、益等州府，十易藩鎮。英宗召拜翰林學士承旨。神宗即位，除參知政事，卒，特贈司空，謚文定。深識三蘇父子，蘇軾兄弟終身敬事之。方平博覽羣書，文思敏捷，下筆數千言立就，蘇軾爲作文集序，以孔融、諸葛亮比之。工於制誥，辭語典雅精巧。奏疏議論，分析事理，辨明原委，亦切中利弊。詩歌清新流麗。著有《玉堂集》二十卷，今已不存。現存《樂全先生文集》四十卷、附錄一卷。

本書資料據四庫全書本《樂全集》。

史記五帝本紀論（節録）

周道廢，秦撥去古文，焚滅《詩》、《書》，故明堂石室、金匱玉版，圖籍散亂。太史公綴緝天下放失舊聞，録秦漢，上記軒轅，下至太初，成一家之言，事跡條貫，信該詳而周悉矣，然而爲史之法，繫在本紀。紀者，統也，言王者大一統，正天下，正朔所禀，法令所由出者也。而遷爲紀，始諸黄帝，愚有惑焉。……遷既網羅周博，斷爲定典，接先聖之絶緒，過學者之末流，書以該名數，表以正時厤，世家以顯宗本，列傳以著成敗，然其大本，紀爲之主。而一紀之初，所失者二，考三皇之跡而犧、農不録，觀五帝之事而少昊不載，愚竊惑之。如曰有微旨焉，蓋未之知也。

三代本紀論（節録）

噫！遷既破編年爲紀傳，緝補舊聞，馳騁百家，上下數千年，條貫明白，可謂勤且精矣。而於帝王之序，國統大體，反爲差戾，違背六經，帝桀、紂而王文、武，可謂正名乎哉？且本紀者，政教之源，傳志所出，今遷紀五帝而失相承之序，叙三王而乖正名之體，莫大此者，故論以明之。

《詩》變正論

夫子删《詩》，分四始之義，列十五國之《風》，而惟二《南》爲正始之道，王化之基，厥旨安在？曰：昔周道之興，始諸帷閨。初，古公亶父"爰及姜女，聿來胥宇"；其後太任"媚周姜"，太姒"嗣徽音"；文王"刑於寡妻，以御於家邦"；武王十亂臣，有婦人焉。故在《國風》，本諸后妃夫人之事，而以《關雎》、《鵲巢》爲之首，乃周所以成王業之跡也。故季子聽歌《周南》、《召南》，曰："始基之矣。"及乎風化洽，德教純，終以《騶虞》、《麟趾》信厚之應。《易》曰"正家而天下定"，是其義也。後幽、厲敗德，内惑外亂，豔妻煽處，並后上僭，於是乎夫婦不經，人倫不正，而風俗壞矣。《關雎》之亂，可勝弊哉！曰：請問諸國之無正《風》，何也？曰：周自懿、夷失道，上無天子，下無方伯，國異政，家殊俗。政之和者其民樂，政之乖者其民怨。一日之内，諸侯之國而美刺之情不一，得失之跡殊致，故變《風》作矣。若夫王道方盛，治致太平，易禮樂者有討，革制度者有誅，政出一人，遠近一體，王澤流而頌聲作，則是治定之功歸乎天子，列國安得有正《風》哉！然則周、召非列國耶？曰：當武王克商，巡守陳詩，觀四方之風，以二公德化最厚,録爲《風》之正始者,蓋本諸文王焉。曰:周公之盛德,若幽者何衰而變焉? 曰:公以流言東征,念先公先王基業之艱難,始於稼穡之勤而成天下,志在濟大其功業,故《七月》之詩者四始之義,總諸《風》而參二《雅》,猶有疑心存焉,非天動威以彰聖德,成王其終不悟,則其詩遂變矣。曰:《風》者一國之政,《雅》言天下之事,王國之有變《雅》則宜,又從變《風》者何? 曰:雅者,正也,蓋言王道以正九州。周既卑弱,不能保先王之舊俗,僅如微國,尚安能正九州也? 故有幽、厲之《雅》而平王之《風》焉。變《風》止乎禮義,猶有先王之澤也,故曰"《小雅》盡廢,則四夷交侵,中國微矣"。孟子曰:"王者之跡熄而《詩》亡。"及陳靈公之亂,君子知其不可訓也,而變《風》之聲亦絶矣。是故以后妃夫人之德爲之始,而採詩者止於陳之亂,誠人倫始終之大要乎! 謹論。(以上卷一七)

貢院請誡勵天下舉人文章

臣聞文章之變,蓋與政通,風俗所形,斯爲教本,國體攸繫,理道存焉。況今官才,專取辭藝。士惟性資之敏而學問以充之,故道義積乎中而英華發於外;以文取士,所以叩諸外而質其中之蘊者也。言而不度,則何觀焉? 伏以禮部條例,定自先朝,考較升黜,悉有程式。自景祐元年有以變體而擢高第者,後進傳效,因是以習。爾來文格日失其舊,各出新意,相勝爲奇。至太學之建,直講石介課諸生,試所業,因其所好尚,而遂成風。以怪誕詆訕爲高,以流蕩猥煩爲贍,逾越規矩,或誤後學。朝廷惡其然也,故下詔書丁寧誡勵,而學者樂於放逸,罕能自還。今貢院考試諸進士,太學新體,間復有之。其賦至八百字已上,而每句有十六、十八字者;論有一千二百字以上;策有置所問而妄肆胸臆,條陳他事者。以爲不合格,則辭理粗通;如是而取之,則上違詔書之意,輕亂舊章,重虧雅俗,驅扇浮薄,忽上所令,豈國家取賢斂材以備治具之意耶? 其舉人程試,有擅習新體而尤誕漫不合程試者,已準格考落外,竊慮遠人未盡詳之,伏乞朝廷申明前詔,更於貢院前牓示,使天下之士知循常道。臣典司憲度,復預文衡,敢此敷聞,伏候進止。(卷二〇)

韓　琦

韓琦(1008—1075)字稚圭。北宋相州安陽(今屬河南)人。天聖五年(1027),擢進士甲科,名列第二。琦早負盛名,曆相三朝,立二帝,安社稷,與富弼齊名,世稱"富韓"。生平不以文辭名世,而爲文"詞氣典重,敷陳剴切,有垂紳正笏之風"(《四庫全書總目》卷一五二)。文集中如論減省冗費、西夏請和、青苗諸疏,皆立論凛然,切中時弊。南宋吕祖謙編《宋文鑒》,收錄其文十篇。詩歌大多不事雕琢,直抒胸臆,表現出對民生疾苦的關切。亦能詞。著有《安陽集類》五十卷、《二府忠議》五卷、《諫垣存稿》三卷、《陝西奏議》五十卷、《河北奏議》三十卷、《雜集奏議》三十卷、《千慮集》三卷、《古今參用家祭儀》一卷、《安陽舊文》十卷,另有家集六十卷。現存《安陽集》五十卷。

本書資料據四庫全書本《安陽集》。

故觀文殿學士太子少師致仕贈太子太師歐陽公墓誌銘(節録)

嘉祐初,權知貢舉時,舉者務爲險怪之語,號太學體。公一切黜去,取其平澹造理者即預奏名。初雖怨讟紛紜,而文格終以復故者,公之力也。(卷五十)

蘇　洵

蘇洵(1009—1066)字明允,號老泉。後人又將蘇洵與其子蘇軾、蘇轍合稱爲"三蘇",稱洵爲老蘇。北宋眉州眉山(今屬四川)人。少年時不喜學問,而喜游歷名山大川。二十七歲始發憤讀書,應進士及茂材異等試,皆不中,遂焚前所爲文數百篇,絶意功名,而自托於學術,著《幾策》、《權書》、《衡論》數十篇,系統提出涉及政治、經濟、軍事等各個領域的革新主張,被譽爲"王佐才"。嘉祐元年(1056),送二子入京應試,以文章謁歐陽修。公卿士大夫爭傳之,父子三人名動京師,蘇氏文章遂擅天下。五年,被任爲試秘書省校書郎,除霸州文安縣主簿,同修《太常因革禮》。蘇洵論文,與歐陽修宣導的古文革新主張相吻合,主張文章應有爲而作,反對時文,指責那些好奇務深、虛浮不實、淺狹可笑的文章;提倡平易自然流暢的文風,認爲作文應如風水相遇,自然成文,這才是"天下之至文"。其散文以氣勢勝,具有荀子和戰國縱橫家的雄辯之風,觀點明確,論據有力,析理深透,語言犀利,酣暢恣肆,波瀾起伏,結構謹嚴,妙喻連篇,旁徵博引,呈現出雄奇高古的風格,在當時就頗具影響,對改變當時不良文風起了巨大的促進作用。在文體論上,他論及多種文章體裁和風格,以簡煉而又精確的文筆歸納了《詩經》、《離騷》、孟子、孫武、吳起、晁錯、司馬遷、班固、韓愈、李翱、陸贄、歐陽修以及自己的文章風格。他完全是就文論文,很少有宋人論文的道學氣。其《仲兄字文甫説》本來是闡明仲兄蘇渙由字公羣改字文甫的理由,但却表現了文貴自然的文藝思想,即風水相遭,自然成文,乃天下之至文的理論。

本書資料據1993年上海古籍出版社本《嘉祐集箋注》。

史論上（節録）

史之一紀、一世家、一傳，其間美惡得失固不可以一二數。則其論贊數十百言之中，安能事爲之褒貶，使天下之人動有所法，如《春秋》哉？（卷九）

上田樞密書（節録）

詩人之優柔，騷人之精深，孟、韓之温淳，（司馬）遷、（班）固之雄剛，孫（武）、吳（起）之簡切，投之所向，無不如意。常以爲董生得聖人之經，其失也流而爲迂；晁錯得聖人之權，其失也流而爲詐。有二子之才而不流者，其惟賈生（誼）乎？惜乎今之世，愚未見其人也。（卷一一）

上歐陽内翰第一書（節録）

執事之文章，天下之人莫不知之，然竊以爲洵之知之特深，愈於天下之人。何者？孟子之文，語約而意盡，不爲矵刻斬絶之言，而其鋒不可犯。韓子之文，如長江大河，渾浩流轉，魚黿蛟龍，萬怪惶惑，而抑遏蔽掩，不使自露，而人自見其淵然之光，蒼然之色，亦自畏避，不敢迫視。執事之文，紆餘委備，往復百折，而條達疏暢，無所間斷，氣盡語極，急言極論，而容與間易，無艱難勞苦之態。此三者皆斷然自爲一家之文也。惟李翱之文，其味黯然而長，其光油然而幽，俯仰揖讓，有執事之態。陸贄之文，遣言措意，切近的當，有執事之實。而執事之才又自有過人者。蓋執事之文，非孟子、韓子之文，而歐陽子之文也。（卷一二）

與楊節推書

洵白。節推足下：往者見託以先丈之埋銘，示之以程生之行狀。洵於子之先君，耳目未嘗相接，未嘗輒交談笑之歡。夫古之人所爲誌夫其人者，知其平生，而閔其不幸以死，悲其後世之無聞，此銘之所爲作也。然而不幸而不知其爲人，而有人爲告之以其可銘之實，則亦不得不銘。此則銘亦可以信行狀而作者也。今余不幸而不獲知子之先君，所恃以作銘者，正在其行狀耳。而狀又不可信，嗟夫難哉！然余傷夫人子之惜其先君無聞於後，以請於我；我既已許之，而又拒之，則無以卹乎其心。是以不敢遂已，而卒銘其墓。凡子之所欲使子之先君不朽者，兹亦足以不負子矣，謹錄以進如左。然又恐子不信行狀之不可用也，故又具列於後。凡行狀之所云，皆虛浮不實之事，是以不備論。論其可指之跡。行狀曰：“公有子美琳，公之死由哭美琳而慟以卒。”夫子夏哭子，止於喪明，而曾子譏之；而況以殺其身，此何可言哉？余不愛夫吾言，恐其傷子先君之風。行狀曰：“公戒諸子無如鄉人，父母在而出分。”夫子之鄉人，誰非子之宗與子之舅甥者，而余何忍言之？而況不至於皆然，則余又何敢言之？此銘之所以不取於行狀者有以也，子其無以爲怪。洵白。（卷一三）

仲兄字文甫説（節録）

兄嘗見夫水之與風乎？油然而行，淵然而留，渟洄汪洋，滿而上浮者，是水也，而風實起之。蓬蓬然而發乎太空，不終日而行乎四方，蕩乎其無形，飄乎其遠來，既往而不知其跡之所存者，是風也，而水實形之。今乎風水之相遭乎大澤之陂也，紆餘委蛇，蜿蜒淪漣，安而相推，怒而相凌，舒而如雲，蹙而如鱗，疾而如馳，徐而如綿，揖讓旋辟，相顧而不前，其繁如縠，其亂如霧，紛紜鬱擾，百里若一，汩乎順流，至乎滄海之濱，滂礴洶湓，號怒相軋，交橫綢繆，放乎空虛，掉乎無垠，橫流逆折，贏旋傾側，宛轉膠戾，回者如輪，縈者如帶，直者如燧，奔者如焰，跳者如鷺，躍者如鯉，殊狀異態，而風水之極觀備矣。故曰“風行水上渙”，此亦天下之至文也。然而此二物者豈有求乎文哉？無意乎相求，不期而相遭，而文生焉。是其爲文也，非水之文也，非風之文也，二物者非能爲文，而不能不爲文也，物之相使而文出乎其間也。故曰此天下之至文也。今夫玉非不溫然美矣，而不得以爲文；刻鏤組繡，非不文矣，而不可與論乎自然。故夫天下之無營而文生之者，惟水與風而已。（卷一五）

龔鼎臣

龔鼎臣（1010—1086）字輔之。北宋鄆州須城（今山東東平）人。景祐元年（1034）進士及第，歷仕仁宗、英宗、神宗三朝。哲宗元祐元年（1086），以正議大夫致仕。著述甚富，有《東原集》五十卷、《諫草》三卷、《周易補注》六卷、《中説注》十卷、《編年》一卷、《官制圖》一卷。現存《東原録》一卷。

本書資料據四庫全書本《東原録》。

《東原録》（節録）

世俗稱詩曰佳什，或曰見贈見寄之什。有以一篇爲什者，似以什爲詩之別名，殊失其旨。据《詩》大小《雅》、《周頌》，凡於其始則曰某詩之什，至其中則曰某詩之什若干篇以上也。《周禮》宫正會其什伍，先儒以五人爲五，二五爲什。惟《魯頌》亦曰《駉》之什，至其終以數不足，故曰《駉》四篇。然則詩一篇以上稱什可也。

四六文字雖變古體，其有至當者，亦不減於古。如梁李崧論詩《答徐巡官》其略曰：詩者，或逸樂而興，或悲哀而作，内經夫婦，外正君臣。雖孤憤必申，雖輿言必達，懲惡勸善之理於是乎明，感新懷舊之情於是乎見，乃知作者豈徒然哉！是以讀《騶虞》之章，知岐周之盛德；誦“芍藥”之句，識鄭、衛之淫聲。如《巡官送賓》云“蟾桂三春捷，雞林一國榮”，則知皇澤之被於遠人，素風之漸於殊俗。又若《貽友》云“詩至道長樂，生來貧却閒”，則知尺璧輕於寸陰，千金賤於一字。如崧所述，豈必以古律爲别哉！

賦亦文章，雖號巧麗，苟適其理，則與傳注何異？

劉仲芳上曹瑋《水調歌頭》第三句云：“六郡酒泉。”蘇子美亦有此曲，則云：“魚龍隱處。”尹師魯和之，亦云：“吴王去後。”其平仄與蘇同，而音與劉異。嘗問曉音者，乃曰以平仄言之，其文稍異，然不脱律皆可用也，律説本詞之指法。余聞之師悟。治易者各將所見，苟不離道之方，則不可論是非，餘經皆然。

邵　雍

邵雍（1011—1077）字堯夫，又稱安樂先生、百源先生、伊川翁，謚康節，後世稱邵康節。北宋理學家，與張載、周敦頤、程顥、程頤同稱“北宋五子”。祖籍范陽（今河北涿州）。早年隨父移居共城（今河南輝縣市），多次被薦舉，皆辭疾不赴而講學於家。著有《皇極經世書》、《伊川擊壤集》、《觀物内外篇》、《漁樵問對》等。邵雍理學詩派鼻祖，其詩具有突出的散文化、議論化、口語化傾向，被嚴羽《滄浪詩話》稱爲“邵康節體”。魏了翁《邵氏擊壤集序》説：“邵子平生之書，其心術之精微在《皇極經世》，其宣寄情意在《擊壤集》。”《四庫全書總目》卷一五三《擊壤集》提要云：“北宋鄙唐人之不知道，於是以論理爲本，以修詞爲末，而詩格於是乎大變，此集其尤者也。”王丹墀《偶成六絶句》云：“才子文章諷諭工，那堪哀怨逐秋鴻。直從《擊壤》尋流派，盛世何曾有變風。”洪亮吉《道中無事偶作論詩截句二十首》云：“美人香草都删却，長短皆摩《擊壤》篇。”總之，邵雍在哀怨秋鴻、美人香草的才子詩之外，形成了一種“以論理爲本”的理學家詩。主張作詩不必苦吟，隨口成章，其詩作頗能在平暢中見義理。邵康節體的詩歌理論，集中表現在他的《伊川擊壤集序》中。

本書資料據四庫全書本《擊壤集》。

《伊川擊壤集》序

《擊壤集》，伊川翁自樂之詩也。非唯自樂，又能樂時，與萬物之自得也。伊川翁曰：子夏謂"詩者志之所之也，在心爲志，發言爲詩。情動於中而形於言，聲成其文而謂之音。"是知懷其時則謂之志，感其物則謂之情，發其志則謂之言，揚其情則謂之聲，言成章則謂之詩，聲成文則謂之音。然後聞其詩，聽其音，則人之志情可知之矣。

且情有七，其要在二。二謂身也、時也，謂身則一身之休戚也，謂時則一時之否泰也。一身之休戚則不過貧富貴賤而已，一時之否泰則在夫興廢治亂者焉。是以仲尼刪詩，十去其九；諸侯千有餘國，風取十五；西周十有二王，雅取其六。蓋垂訓之道善，惡明著者存焉耳。

近世詩人窮感則職於怨憝，榮達則專於淫泆。身之休感發於喜怒，時之否泰出於愛惡，殊不以天下大義而爲言者，故其詩大率溺於情好也。噫，情之溺人也甚於水。古者謂水能載舟，亦能覆舟，是覆載在水也，不在人也。載則爲利，覆則爲害，是利害在人也，不在水也。不知覆載能使人有利害耶？利害能使水有覆載耶？二者之間必有處焉。就如人能蹈水，非水能蹈人也。然而有稱善蹈者，未始不爲水之所害也。若外利而蹈水，則水之情亦由人之情也。若內利而蹈水，則敗懷之患立至於前，又何必分乎？人焉水焉，其傷性害命一也。性者道之形體也，性傷則道亦從之矣；心者性之郛廓也，心傷則性亦從之矣；身者心之區宇也，身傷則心亦從之矣；物者身之舟車也，物傷則身亦從之矣。是知以道觀性，以性觀心，以心觀身，以身觀物，治則治矣，然猶未離乎害者也。不若以道觀道，以性觀性，以心觀心，以身觀身，以物觀物，則雖欲相傷，其可得乎？若然，則以家觀家，以國觀國，以天下觀天下，亦從而可知之矣。

予自壯歲業於儒術，謂人世之樂何嘗有萬之一二，而謂名教之樂固有萬萬焉，況觀物之樂復有萬萬者焉。雖死生榮辱轉戰於前，曾未入於胸中，則何異四時風花雪月一過乎眼也？誠爲能以物觀物，而兩不傷者焉，蓋其間情累都忘去爾。所未忘者獨有詩在焉。然而雖曰未忘，其實亦若忘之矣。何者？謂其所作異乎人之所作也。所作不限聲律，不沿愛惡，不立固必，不希名譽，如鑑之應形，如鐘之應聲，其或經道之餘，因閒觀時，因靜照物，因時起志，因物寓言，因志發詠，因言成詩，因詠成聲，因詩成音，是故哀而未嘗傷，樂而未嘗淫，雖曰吟詠情性，曾何累於性情哉？鐘鼓樂也，玉帛禮也,與其嗜鐘鼓玉帛,則斯言也不能無陋矣。必欲廢鐘鼓玉帛,則其如禮樂何！人謂風雅之道行於古而不行於今,殆非通論,牽於一身而爲言者也。吁,獨不念天下爲善者少而害善者多；造危者衆而持危者寡,志士在畎畝則以畎畝言,故其詩名之曰《伊川擊壤集》。時有宋治平丙午中秋日也。(卷首)

司馬光

司馬光(1019—1086)字君實,號迂夫,晚年號迂叟。北宋陝州夏縣(今屬山西)涑水鄉人,世稱涑水先生。寶元元年(1038)登進士甲科。仁宗朝官至天章閣待制、知諫院。英宗朝進龍圖閣直學士,判吏部流內銓。神宗即位,擢爲翰林學士,除御史中丞,權知審官院。因不滿王安石行新政,出知永興軍,判西京御史臺,退居洛陽,專修《資治通鑒》凡十五年。哲宗立,太皇太后高氏臨朝,召爲門下侍郎,拜尚書左僕射兼門下侍郎。卒,贈太師、溫國公,謚文正。著有文集八十卷,《資治通鑒》二百九十四卷,《涑水紀聞》十卷,以及《續詩話》等。事見蘇軾《司馬文正公光行狀》(《東坡集》卷三六),《宋史》卷三三六有傳。

本書資料據中華書局 1981 年版清何文焕《歷代詩話·續詩話》、四庫全書本《傳家集》。

《續詩話》(節錄)

古人爲詩,貴於意在言外,使人思而得之,故言之者無罪,聞之者足以戒也。近世詩人,惟杜子美最得詩人之體,如“國破山河在,城春草木深。感時花濺淚,恨別鳥驚心”,“山河在”,明無餘物矣；“草木深”,明無人矣；花鳥平時可娛之物,見之而泣,聞之而悲,則時可知矣。他皆類此,不可遍舉。

歐陽公云九僧詩集已亡。元豐元年秋余遊萬安山玉泉寺,於進士閔交如捨得之。所謂九詩僧者,劍南茜晝、金華保暹、南越文兆、天台行肇、沃州簡長、貴城惟鳳、淮南惠崇、江南宇昭、峨眉懷古也。直昭文館陳充集而序之。

魏野處士,陝人,字仲先。少時未知名,嘗題河上寺柱云:“數聲離岸櫓,幾點別州山。”時有幕僚本江南文士也,見之大驚,邀與相見,贈詩曰:“怪得名稱野,元來性不羣。借冠來謁我,倒屣起迎君。”仍爲延譽,由是人始重之,其詩效白樂天體。

陳亞郎中性滑稽,嘗爲藥名詩百首,其美者有“風雨前湖夜,軒昉半夏凉”,不失詩家之體。

答孔司户文仲書（節録）

然則古之所謂文者，乃詩書禮樂之文，升降進退之容，絃歌雅頌之聲，非今之所謂文也。今之所謂文者，古之辭也。孔子曰："辭，達而已矣。"明其足以通意，斯止矣。無事於華藻宏辯也。必也以華藻宏辯爲賢，則屈、宋、唐、景、莊、列、楊、墨、蘇、張、范、蔡皆不在七十子之後也。顔子不違如愚，仲弓仁而不佞，夫豈尚辭哉！（《傳家集》卷六十）

答孫長官察書

十一月二十七日，涑水司馬光再拜復書崇信賢令孫君足下。蒙貺書，兼示以尊伯父行狀、墓誌及所著《唐史記》，令光爲之碑，以紀述遺烈。以尊伯父之清節令望，加之光自幼稚至於成人，得接侍周旋，今日獲寓名豐碑之末，附以不朽，何榮如之？雖文字鄙拙，亦不敢辭。顧有必不敢承命者，惟足下察之。光纍日亦不自揆，妄爲人作碑銘，既而自咎，曰："凡刊琢金石，自非聲名足以服天下，文章足以傳後世，雖强顔爲之，後人必隨而棄之，烏能流永久乎？"彼孝子孝孫，欲論撰其祖考之美，垂之無窮。而愚陋如光者，亦敢膺受以爲己任，是羞污人之祖考，而没其德善功烈也，罪孰大焉？遂止不爲。自是至今六七年，所辭拒者且數十家，如張龍圖文裕、張侍郎子思、錢舍人君倚、樂卿損之、宋監子才。或師，或友，或僚寀，或故舊，不可悉數，京洛之間盡知之。儻獨爲尊伯父爲之，彼數十家者必曰：是人也，蓋擇賢不肖而爲之也。爲人子孫者，有人薄其祖考，宜如何讎疾之哉！以光麽麽，使當此數十家之讎疾，將何以堪之？所以必不可承命者，此也。雖然，竊有愚意，敢試陳之，唯足下采擇焉。今世之人，既使人爲銘，納諸壙中，又使它人爲銘，植之隧外。壙中者，謂之誌；隧外者，謂之碑。其志蓋以爲陵谷有變，而祖考之名猶庶幾其不泯也。然彼一人之身爾，其辭雖殊，其爵里勳德無以異也，而必使二人爲之，何哉？愚竊以爲惑矣。今尊伯父既有歐陽公爲之墓誌，如歐陽公可謂聲名足以服天下，文章足以傳後世矣，它人誰能加之？愚意區區，欲願足下止刻歐陽公之銘，植於隧外以爲碑，則尊伯父之名，自可光輝於無窮，又足以正世俗之惑，爲後來之法，不亦美乎？未審足下以爲何如。光再拜。

答張尉來書（節錄）

光以居世百事無一長，於文尤所不閑。然竊見屈平始爲《騷》，自賈誼以來，東方朔、嚴忌、王子淵、劉子政之徒踵而爲之，皆蹈襲模倣，若重景疊響，訖無挺特自立於其外者。獨柳子厚耻其然，乃變古體、造新意，依事以叙懷，假物以寓興，高揚橫騖，不可覊束。若《咸》、《韶》、《濩》、《武》之不同音，而爲閔美倐呂，其實鈞也。自是寂寥無聞。今於足下復見之，苟非英才間出，能如此乎？（以上《傳家集》卷六十一）

曾　鞏

曾鞏（1019—1083）字子固，世稱南豐先生。北宋建昌軍南豐（今屬江西）人。嘉祐二年（1057）進士，爲太平州司法參軍。官至中書舍人。曾鞏是北宋古文運動的積極追隨者和支持者，唐宋八大家之一，在文學創作上幾乎全部接受了歐陽修的主張。現存散文上千篇，以議論見長，立論警策，説理曲折盡意，文辭和緩紆徐，自有一種從容不迫的氣勢，與歐陽修風格相似。亦長於詩，詩風與文風相近，古樸典雅，清新自然。文集有《元豐類稿》五十卷、《續元豐類稿》四十卷、《外集》十卷。宋南渡後，原集已有佚亡。開禧時，趙汝礪、陳東重刊本僅有《元豐類稿》五十卷、《續稿》四十卷。現存曾鞏文集有宋刊《曾南豐先生文粹》十卷，金刻本《南豐曾子固先生集》三十四卷，元大德八年刊《元豐類稿》五十卷，及源於大德本之明正統十二年刊本、嘉靖二十三年刊本、隆慶五年刊本等。清康熙五十六年顧崧齡刊《元豐類稿》，除正集以外，又補集外文二卷、續附一卷，是保存曾鞏文章最全的版本。中華書局1984年出版陳杏珍、晁繼周標點本《曾鞏集》。

本書資料據四庫全書本《元豐類稿》。

寄歐陽舍人書（節錄）

夫銘誌之著於世，義近於史，而亦有與史異者。蓋史之於善惡無所不書，而銘者，蓋古之人有功德材行志義之美者，懼後世之不知，則必銘而見之。或納於廟，或存於墓，一也。苟其人之惡，則於銘乎何有？此其所以與史異也。其辭之作，所以使死者無有所憾，生者得致其嚴。而善人喜於見傳，則勇於自立；惡人無有所紀，則以愧而懼。至於通材達識，義烈節士，嘉言善狀，皆見於篇，則足爲後法。警勸之道，非近乎史，其將安近？及世之衰，爲人之子孫者，一欲襃揚其親而不本乎理。故雖惡人，皆務勒銘以誇後世。立言者既莫之拒而不爲，又以其子孫之所請也，書其惡焉，則人情之所不得，於是乎銘始不實。後之作銘者，常觀其人。苟託之非人，則書之非公與是，則不足以行世而傳後。故千百年來，公卿大夫至於里巷之士，莫不有銘，而傳者蓋少。其故非他，託之非人，書之非公與是故也。然則孰爲其人而能盡公與是歟？非畜道德而能文章者無以爲也，蓋有道德者之於惡人，則不受而銘之，於衆人則能辨焉。而人之行，有情善而跡非，有意奸而外淑，有善惡相懸而不可以實指，有實大於名，有名侈於實。猶之用人，非畜道德者惡能辨之不惑，議之不徇？不惑不徇，則公且是矣。而其辭之不工，則世猶不傳。於是又在其文章兼勝焉。故曰非畜道德而能文章者無以爲也，豈非然哉？然畜道德而能文章者，雖或並世而有，亦或數十年或一二百年而有之。其傳之難如此，其遇之難又如此。（卷十六）

劉　敞

劉敞（1019—1068）字原父，號公是先生。北宋臨江軍新喻（今江西新餘）人。慶曆六年（1046）進士。學問淵博，通六經百氏、古今傳記、天文地理、卜醫數術、浮圖老莊之説，尤長於《春秋》學。爲文敏捷，嘗一日草追封皇子、公主九人制詔，一揮數千言，文辭典雅，各得其體。其爲文不泥古，往往有獨特之見，議論宏博而氣平文緩，風格近於韓、歐。詩歌也不乏佳作。著有《春秋傳》十五卷、《春秋權衡》十七卷、《春秋説例》二卷、《春秋文權》二卷、《春秋意林》五卷、《弟子記》五卷、《七經小傳》五卷（劉攽《劉公行狀》），另有《公是先生集》七十五卷（劉攽《公是先生集序》）。文集至明代時已佚，四庫館臣自《永樂大典》輯出詩文，重編爲《公是集》五十四卷。

本書資料據傅增湘校本《公是集》。

雜律賦自序（節録）

當世貴進士，而進士尚詞賦，不爲詞賦，是不爲進士也；不爲進士，是不合當世也。（卷首）

蘇　頌

蘇頌（1020—1101）字子容。北宋泉州同安（今福建廈門）人，後徙丹陽（今屬江

蘇）。蘇紳子。慶曆二年（1042）進士。官至翰林學士承旨、尚書左丞、右僕射兼中書
侍郎。以太子少師致仕。卒贈司空、魏國公。事見曾肇《贈司空蘇公墓誌銘》（《曲阜
集》卷三）、《宋史》卷三四〇本傳。嘗校訂《神農本草》等醫書多種，主持研製水運儀象
臺，著《新儀象法要》，英國著名科技史學者李約瑟的《中國科學技術史》稱其爲"中國
古代和中世紀最偉大的博物學家和科學家"。又編《華戎魯衛信録》二百卷，其《華戎
魯衛信録總序》論述國與國間往來詳情，介紹該書目録，涉及國書、公移等公牘文體。
蘇頌在文學上也很有成就，著有《蘇魏公文集》七十二卷。文學主張與歐陽修等人相
同，反對唐末五代靡弱文風，對王禹偁詩文極爲推崇。其文章大多爲制詔、奏議之類
的應用文字，往往諳貫故實，雅馴得體。一些記叙文章也情意真切，較有文采。其詩
多唱酬應制之作，也有一些詩記録了他的仕宦生涯。

　　本書資料據四庫全書本《蘇魏公文集》。

《華戎魯衛信録》總序

　　元豐四年八月，奉詔編類北界國信文字。臣竊伏惟念國家奄宅四海，方制萬區，
九夷百蠻，罔不率俾。瞻兹北陲早已面内。章聖皇帝因其喪師請和，許通信好，歲時
問遺，寖以修講，陛下欽若成憲，羈縻要荒，乃命儒臣討論故事，將欲垂於方册，副在有
司。其所以慮遠防微、紆意及此者，皆以偃兵息民故也。顧臣愚陋，不足以奉承明詔。
黽勉期月，初見綱領。詮次類例，皆稟聖謨。前詔斷自通好以來，以迄於今，將明作書
之由，故以《叙事》冠於篇首。

　　厥初講和，始於繼忠書奏，遼主乞盟之請，賜以俞旨，由是行成，故次之以《書詔》。
既許其通好，乃有載書以著信，故次之以《誓書》。昔之和戎，則有金絮綵繒之賂，我朝
歲致銀絹以資其費，故次之以《歲幣》。恩意既通，又有好貨以將之，故次之以《國信》。
信好不可單往，必有言詞以文之，故次之以《國書》。異國之情，非行人莫達，故次之以
《奉使》。奉使之別，則有接送館伴，所經城邑、郵亭、次舍，山川有險易，道途有回遠，
若非形於纘事，則方向莫得而辨也，故作《驛程地圖》。前後遣使，名氏非一，職秩不
同。南北羣臣交相禮接，年月次序散而不齊，既爲信書，不可無紀。故作《名銜年表》。
夫如是而使事盡矣。通好肇於戎人，我從而聽之。凡問遺之事，皆列《北使》、《北信》，
北書於前，朝廷所遣乃報禮也，故載之於後，所以著其所從來也。凡使者之至，在道則
有郵館宣勞之儀，入朝則見見辭宴賜之式，禮意疏數，並有節文，故次之以《儀式》，又
次之以《賜予》。彼待王人亦有常矩，無敢違越。故以《持禮》、《過界》及《北界分物》係
於後。使者宜通賓主之歡，而贄見之禮不可闕也，故次之以《交馳》。問勞往返，詔宣

書劄，體範存焉，故次之以《詔録》，又次之以《書儀》。信幣則有齎操之勤，導從則有輿隸之衆，霑齎所及，無不均遍，故次之以《例物》。使者至都，上恩顧恤，靡所不至。或貿易貨財，或須索供饋，或丐求珍異，許予多矣，故次之以《市易》，而《供須求丐》附焉。南北將命，往還約束，細大之務，動循前比，故次之以《條例》。凡此皆常使也，誕辰歲節，致禮而已。至若事干大體，則有專使導之，故次之以《泛使》。疆場之虞，帥守當任其責，則接境司州，得以公牒往復，故次之以《文移》。事非司州所能予奪，至待命官及疆吏對議者，代州移徙、巡鋪界壕是也，故次之以《河東地界》。疆界既辨，則邊圉不可不謹，故次之以《邊防》。其別則有州郡壁壘之繕完，砦鋪塘濼之限斷。載於輿地，所以示守備之嚴也。凡爲此書，本於通好遼人，則彼之種族自出，不可不知。遼本契丹也，故次之以《契丹世係》。遼與中國言語不通，飲食不同，便習弓馬，射獵爲生，難以常禮拘也。朝廷所以能固結而柔服之，蓋知其愛好之實也，故次之以《國俗》。耶律氏修好中華有年數矣，爵號官稱，往往竊效。故次之以《官屬》，而《宗戚》、《俸禄》，三者相須，並見於後。朔漠之俗，恃險與馬，由古然矣。故次之以《關口》、《道路》，又次之以《蕃軍馬》。遼之爲國，幅員不過三千餘里，而並建都府，兼致州縣。軺車所過，宜詳其處，故次之以《州縣》。彼荒服也，並有奚渤故土，外接大荒之境。其可見者宜兼著之，所以示天聲之逮遠也。故終於《蕃夷雜録》，而《經制》、《方界》、《論議》、《奏疏》附焉。

臣竊觀前世制禦朔漠之道，載籍所記，不過厚利和親以約結之，用武克伐以驅除之。或卑辭遜禮以誘其衷，或入朝質子以制其命。漢、唐之事，若可信也。然約結一解，則陵暴隨之。彼豈不得其術耶？蓋恃一時之安而不圖經久之利故也。淵謀碩畫，無代無之，至於我朝，乃得上策。年歷七紀而保塞無患，歲來信幣而致禮益恭。行旅交通，邊城晏閉，黎民土著，至老死而不知兵革。自書契以來，戢兵保定，未有如今日之全勝者也。聖上方恢天下之度，以威懷遠人，猶慮有司慢令取侮，遂案圖籍，揭爲令典，使之循守，無得而踰。後雖有忿鷙悍黠之敵，欲啟事端，繩以章條，彼當自屈。若然，舉遼朔之衆，唯上之令，則是書之作，可謂規模宏遠，而德施無窮矣。然以今日承平之勢，當彼百年既往之運，狃我函煦，侈心漸萌。侈極而微，形兆茲見。槁街質館，行可致其俘入矣。今姑撮其大概，副聖宸經遠之慮，總二百卷。卷有楦釀，則釐爲上中下。謹條事目，具於左方。次年編類成書，先具目録進呈。六年六月五日蒙降宸筆，賜名《華戎魯衛信録》。

《吕舍人文集》序（節録）

縉叔（吕夏卿）少通經術，長而刻志史學。仕宦三紀，始卒史官。故其立言創意，

深微婉約，不戾經傳之旨。詩則主於諷諭，文則善於叙事，讚頌本於導揚美實，書奏謹
於推明治理。大抵獨得胸襟，自成機杼。辭雖精奥而不取奇僻，理雖切著而不事抑
揚。嘉祐上書，謂天下之亂常生完然無事時，救失在於及時。宿衛雜出民間，而侍護
禁掖宜取編户，仿古虎士衛士之制。坐食營壘之兵，本非土著，難以應敵，不若漸更，
復府衛以重根本。其愛君憂國之慮遠矣。論史書，謂陸羽、秦係避僭藩辟命，終躬不
仕，宜列《隱逸》。閻立本、王璵由藝術躐取高位，宜附《方技》。其表善抑奸之意切矣。
《文宗紀》及《宗室》、《宰相》、《孝友》、《藩鎮》、《外夷》、《逆臣》諸傳十九贊序，明識獨
見，勸懲之意深矣。劉知幾有云："文之與史，其流一焉。"觀縉叔所叙，汪洋閎衍，體製
不一，然博學多聞，拾遺補藝，發幽隱，甄是否，使讀之者知善惡之所歸，其三長之最
歟。凡卷第古、律詩十二，雜文、議論、贊、記八，表、書、啟、序三，祭文、碑誌、行狀七，
制誥十，總五十卷。紹聖元年二月十五日。（以上卷六六）

與胡恢推官論《南唐史》書

　　某伏蒙寵示新著《南唐史》，玩讀累日，深服才致之敏，雖未獲遍覽全帙，然用數篇
可以見作者之新意也。觀其發凡起例，所記該洽，固非小見淺聞之所能造詣。竊於其
間有一二事可疑者，敢輒條問，不知足下以爲如何也。

　　仲尼曰："必也正名。"是古人凡有所爲，必當先正其名，況在史志之作，爲後世信
書，豈不先務其名之正乎！今足下題三主事跡，曰《南唐書》某主載記者，得非以李氏
割據江表，列於僭閏，非有天下者，故以"載記"代"紀"之名乎？夫所謂"紀"者，蓋摘其
事之綱要，而繫於歲月，而屬於時君，乃《春秋》編年之例也。史遷始變編年爲本紀。
秦莊襄王而上與項羽未嘗有天下，而著於本紀。班固而下，其書或稱"帝紀"，言"帝"，
所以異於諸侯也，故非有天下者，不得而列焉。而范曄又有《皇后紀》，以繼"帝紀"之
末。以是質之，言"紀"者不足以別正閏也。或者謂陳壽《三國志》吴、蜀不稱"紀"而著
於"傳"，是又非可爲法者也。壽以魏承漢統爲正，故稱"紀"；吴、蜀各據一方，故在諸
侯之列，而言"傳"。愚以謂既以魏爲正統，則諸侯宜奉天子之正朔，其書當皆言《魏
志》、《吴主》、《蜀主傳》，安得言《三國志》，而於《吴》、《蜀主傳》各稱其紀年乎？若曰
吴、蜀不稟魏正，各擅制度，則其書自稱"紀"，無害史例也。或者又謂仲尼作《春秋》，
不稱曰《周史》，而曰《魯史》；不稱天王之元年，而稱魯公之元年，則吴、蜀傳不繫於《魏
史》，而自稱其年紀，於義無異。予曰：仲尼所作者魯史爾，故稱其國君之元，猶書曰
"王正月"，言王者之正，諸侯所當稟奉而行。稱魯公之元者，是別其一國之書也。又
若隋已受周禪，最後代陳，並其國地，唐姚撰《陳書》亦稱"紀"。李延壽作《南、北史》，

二國之君有閏有正，亦各稱"紀"，而古人未有非之者。

所謂"載記"者，別載列國之事兼其國君臣而言，有正史則可用爲例，故《東觀記》著公孫述等事跡，謂之"載記"。而《晉書》又有《十六國載記》，蓋用其法也。足下必以南唐爲閏位，自當著《五代書》後，列云李某《載記》可矣。今曰《南唐書載記》，似非所安也。又有國家設官分職，因革不同。五帝之前有雲紀、鳥紀之類，商、周而後名稱益廣，《尚書》之周官，《周禮》之三百六十官，《左氏》記郯子之言，述之詳矣。班固始作《百官公卿表》，歷代各有職官志，皆所以見異代更改沿襲之源流，來者安得易而同之乎？今足下書有兼納言、視秩、三司之類，且李氏稱僭，不聞有是官，是非足下以兼侍中與儀同三司爲近俗，而易以此語乎？是不然也。若官稱之可易，則仲尼序《書》，當一概以唐、虞之官目之矣。而《旅獒》曰"太保作《旅獒》"，《蔡仲之命》曰"周公位塚宰"，《君牙》曰"君牙爲大司徒"，《冏命》曰"伯冏爲太僕正"者，盡取當時之官名以記其行事也。左丘明作《傳》，列國之官稱亦未有更之者，如楚之令尹，宋之司城，晉之三軍大夫，如此之比，非可悉數，足以爲後世約史之法也。

又詔令者，古左史所記王者之言，發而爲號令。其美惡繫時之治亂，使後世有所觀法焉。今足下所載李氏詔令，皆非當時之言，並出於足下藻潤之辭。美則美矣，其可爲史法乎？夫載言之美莫過《尚書》，虞、夏之際，其辭約而典；商、周之後，其辭華而悉。必若王言之可改，則仲尼刪《書》，當使誥誓之文與典謨一體。其所以存而不易者，欲見異代文章之盛也。故揚子得以稱之曰："虞、夏之書渾渾爾，《商書》灝灝爾，《周書》噩噩爾。"自漢而下，左右史爲一職，載述者兼言與事而書之。而太史公、班固諸史，所記制詔文體，類皆不同，盡當時之言也。蓋下筆擇其善者，則備載之；其不足存者，則略其意而書之。若以李氏草創，典章不備，文獻不足，則其命令之文，亦可記其大指而已，不必釐改其辭也。

某學無師法，未嘗爲史，但參之以經訓，驗之以前書，所見如是，非敢以爲得也。蒙足不下相外，乃敢發其所疑者，亦幾乎因事述意，求益於識者耳。可採可擯，毋惜開諭。（卷六八）

張　載

張載（1020—1077）字子厚。北宋理學家。先世大梁（今河南開封）人，徙鳳翔郿縣（今陝西眉縣）橫渠鎮，故世人又稱爲橫渠先生。嘉祐二年（1057）進士。宋寧宗嘉定中，賜諡明公。淳祐元年（1241）封郿伯，從祀孔子廟。張載爲關學學派宗師，其學以《易》爲宗，以《中庸》爲體，以孔、孟爲法，極力闡發儒學傳統，後來朱熹將其列爲理學創始人之一。其文章重義理，不重文辭；其詩道學氣較重，但也有一些小詩，清新活潑，富有生活氣息。其文集已佚，明萬曆中沈自彰始輯其遺文編爲《張子全書》十五卷。

本書資料據四庫全書本《張子全書》。

《張子全書》（節録）

雅者，正也。直己而行，正也。故訊疾蹈厲者，太公之事耶？《詩》亦有雅，亦正言而直歌之，無隱諷譎諫之巧也。（卷三）

聖人文章無定體，《詩》、《書》、《易》、《禮》、《春秋》，只隨義理如此而言。李翱有言，觀《詩》則不知有《書》，觀《書》則不知有《詩》，亦近之。（卷四）

王安石

王安石（1021—1086）字介甫，號半山。北宋政治家、文學家、思想家。撫州臨川（今屬江西）人。少年時隨父親王益轉徙於州縣。慶曆二年（1042）進士，簽書淮南節度判官公事。官至翰林學士、參知政事、同中書門下平章事、尚書左僕射、門下侍郎，封荆國公。王安石在神宗支持下進行變法改革，是中國歷史上著名的政治改革家。他在文學上也有巨大的成就，是北宋詩文革新運動的積極參與者。他論及詩文體裁者很少，但論及詩文風格者很多。著述甚富，學術著述有《新經周禮義》、《王氏日録》、《字説》、《老子注》、《洪範傳》、《論語解》，與子雱合著《詩經新義》，編有《唐百家詩選》，多已亡佚。今存文集《臨川集》。事跡見《名臣碑傳琬琰集》下卷一四《王荆公安石傳》、《宋史》卷三二七本傳。

本書資料據四庫全書本《臨川文集》。

上仁宗皇帝言事書（節録）

方今州縣雖有學，取牆壁具而已，非有教導之官、長育人才之事也。唯太學有教導之官，而亦未嘗嚴其選。朝廷禮樂刑政之事，未嘗在於學。學者亦漠然自以禮樂刑政爲有司之事，而非己所當知也。學者之所教，講説章句而已。講説章句，固非古者教人之道也。近歲乃始教之以課試之文章。夫課試之文章，非博誦强學、窮日之力則不能。及其能工也，大則不足以用天下國家，小則不足以爲天下國家之用。故雖白首

426

於庠序，窮日之力以帥上之教，及使之從政，則茫然不知其方者，皆是也。蓋今之教者，非特不能成人之才而已，又從而困苦毀壞之，使不得成才者，何也？夫人之才，成於專而毀於雜。故先王之處民才，處工於官府，處農於畎畝，處商賈於肆，而處士於庠序，使各專其業而不見異物，懼異物之足以害其業也。所謂士者，又非特使之不得見異物而已，一示之以先王之道，而百家諸子之異說，皆屏之而莫敢習者焉。今士之所宜學者，天下國家之用也。今悉使置之不教，而教之以課試之文章，使其耗精疲神，窮日之力以從事於此。及其任之以官也，則又悉使置之，而責之以天下國家之事。夫古之人，以朝夕專其業於天下國家之事，而猶才有能有不能。今乃移其精神，奪其日力，以朝夕從事於無補之學；及其任之以事，然後卒然責之以爲天下國家之用，宜其才之足以有爲者少矣。臣故曰：非特不能成人之才，又從而困苦毀壞之，使不得成才也。（卷三十九）

乞改科條制劄子（節錄）

伏以古之取士，皆本於學校，故道德一於上，而習俗成於下，其人材皆足以有爲於世。自先王之澤竭，教養之法無所本，士雖有美材而無學校師友以成就之，議者之所患也。今欲追復古制以革其弊，則患於無漸。宜先除去聲病對偶之文，使學者得以專意經義，以俟朝廷興建學校，然後講求三代所以教育選舉之法，施於天下，庶幾可復古矣。所對明經科欲行廢罷，並諸科元額內解明經人數添解進士，乃更俟一次科場，不許新應諸科人投下文字，漸令改習進士。仍於京東、陝西、河東、河北、京西五路先置學官，使之教導。於南省所添進士奏名，仍具別作一項，止取上件京東等五路應舉人並府監諸路曾應諸科改應進士人數。所貴合格者多，可以誘進諸科嚮習進士科業。如允所奏，乞降敕命施行。（卷四十二）

孔子世家議

太史公敘帝王則曰“本紀”，公侯傳國則曰“世家”，公卿特起則曰“列傳”，此其例也。其列孔子爲世家，奚其進退無所據耶？孔子旅人也，棲棲衰季之世，無尺土之柄，此列之以傳宜矣，曷爲世家哉？豈以仲尼躬將聖之資，其教化之盛，烏奕萬世，故爲之世家以抗之？又非極摯之論也。夫仲尼之才，帝王可也，何特公侯哉？仲尼之道，世天下可也，何特世其家哉？處之世家，仲尼之道不從而大；置之列傳，仲尼之道不從而小。而遷也自亂其例，所謂多所抵牾者也。（卷七十一）

答姚闢書

姚君足下：別足下三年於兹，一旦犯大寒，絕不測之江，親屈來門，出所爲文書，與謁併入，若見貴者然。始驚以疑，卒觀文書，詞盛氣豪，於理悖焉者希，間而論衆經，有所開發，私獨喜故舊之不予遺而朋友之足望也。今冠衣而名進士者，用萬千計，蹈道者有焉，蹈利者有焉。蹈利者則否，蹈道者則未免離章絕句，解名釋數，邃然自以聖人之術單此者有焉。夫聖人之術，修其身，治天下國家，在於安危治亂，不在章句名數焉而已。而曰聖人之術單此，妄也。雖然，離章絕句，解名釋數，邃然自以聖人之術單此者，皆守經而不苟世者也。守經而不苟世，其於道也幾，其去蹈利者則緬然矣。觀足下固已幾於道，姑汲汲乎其可急，於章句名數乎徐徐之，則古之蹈道者，將無以出足下上。足下以爲何如？

上邵學士書（節録）

仲詳足下：數日前辱示樂安公詩石本及足下所撰《復鑑湖記》，啟封緩讀，心目開滌。詞簡而精，義深而明，不候按圖而盡越絕之形勝，不候入國而熟賢牧之愛民，非夫誠發乎文，文貫乎道，仁思義色，表裏相濟者，其孰能至於此哉！因環列書室，且欣且慶，非有厚也，公義之然也。某嘗患近世之文，辭弗顧於理，理弗顧於事，以襞積故實爲有學，以雕繪語句爲精新，譬之擷奇花之英，積而玩之，雖光華馨采，鮮縟可愛，求其根柢濟用，則蔑如也。某幸觀樂安、足下之所著，譬由笙磬之音，圭璋之器，有節奏焉，有法度焉，雖庸耳必知雅正之可貴、温潤之可寶也。仲尼曰"有德必有言"，"德不孤，必有鄰"，其斯之謂乎！（以上卷七十五）

上人書（節録）

嘗謂文者，禮教治政云爾。其書諸策而傳之人，大體歸然而已。而曰"言之不文，行之不遠"云者，徒謂辭之不可以已也，非聖人作文之本意也。自孔子之死久，韓子作，望聖人於百千年中，卓然也。獨子厚名與韓並。子厚非韓比也，然其文卒配韓以傳，亦豪傑可畏者也。韓子嘗語人以文矣，曰云云，子厚亦曰云云。疑二子者，徒語人以其辭耳，作文之本意，不如是其已也。孟子曰："君子欲其自得之也。自得之，則居之安；居之安，則資之深；資之深，則取諸左右逢其原。"孟子之云爾，非直施於文而已，然亦可托以爲作文之本意。且所謂文者，務爲有補於世而已矣。所謂辭者，猶器之有刻鏤繪畫也。誠使巧且華，不必適用；誠使適用，亦不必巧且華。要之以適用爲本，以刻鏤繪畫爲之容而已。不適用，非所以爲器也。不爲之容，其亦若是乎否也？然容亦未可已也，勿先之，其可也。（卷七十七）

吴處厚

　　吴處厚（生卒年不詳）字伯固。北宋邵武（今屬福建）人。皇祐五年（1053）進士及第，授汀州司理參軍。嘉祐中，爲諸暨主簿。熙寧中，任定武管勾機宣文字。元豐四年（1081），擢將作監丞。王珪薦爲大理寺丞。元祐四年（1089），知漢陽軍，箋疏蔡確《車蓋亭》詩奏上，蔡確貶，釀成著名的車蓋亭詩案。擢知衛州。未幾卒。處厚喜讀書，能詩文，其詩頗有唐人韻致。今僅存《青箱雜記》十卷，爲北宋中後期重要筆記之一，多記宋及五代朝野雜事、詩話及掌故。書中所引魏野、李淑、王禹偁、王安國等人詩詞，大多數在其他書中沒有被提到過；卷九詳記燕肅作蓮花漏之法，是研究科技史的寶貴資料。

　　本書資料據四庫全書本《青箱雜記》。

《青箱雜記》（節錄）

　　小説載盧樵貌陋，嘗以文章謁韋宙，韋氏子弟多肆輕侮。宙語之曰：“盧雖人物不揚，然觀其文章有首尾，異日必貴。”後竟如其言。本朝夏英公亦嘗以文章謁盛文肅，文肅曰：“子文章有舘閣氣，異日必顯。”後亦如其言。然余嘗究之，文章雖皆出於心術，而實有兩等：有山林草野之文，有朝廷臺閣之文。山林草野之文，則其氣枯槁憔悴，乃道不得行，著書立言者之所尚也。朝廷臺閣之文，則其氣溫潤豐縟，乃得位於時，演綸視草者之所尚也。故本朝楊大年、宋宣獻、宋莒公、胡武平所撰制詔，皆婉美淳厚，過於前世燕、許、韋、楊遠甚，而其爲人，亦各類其文章。王安國常語余曰：“文章格調，須是官樣。”豈安國言官樣，亦謂有舘閣氣耶？又今世樂藝，亦有兩般格調：若朝廟供應，則忌粗野唶；至於村歌社舞，則又喜焉。兹亦與文章相類。晏元獻公雖起田里，而文章富貴，出於天然。嘗覽李慶孫《富貴曲》云：“軸裝曲譜金書字，樹記花名玉篆牌。”公曰：“此乃乞兒相，未嘗諳富貴者。故余每吟咏富貴，不言金玉錦綉，而唯説其氣象，若‘樓臺側畔楊花過，簾幕中間燕子飛’，‘梨花院落溶溶月，柳絮池塘淡淡風’之類是也。”故公自以此句語人曰：“窮兒家有這景致也無？”（卷五）

鄭　獬

郑獬(1022—1072)字毅夫。北宋安州安陸(今湖北安陸北)人。皇祐五年(1053)應進士試,考官劉敞謂其文頗似唐皇甫湜,擢爲第一。通判陳州,官至翰林學士,《宋史》卷三二一有傳。獬氣節豪邁,宗尚韓、柳古文,所著文章有豪氣,峭整無長語,議論精確,濟於世用。其詩歌有一些反映社會現實,表現出對民生疾苦的關切,而含諷喻之旨。著有《鄖溪集》五十卷。南宋淳熙間,秦焴嘗刻其文集於安陸郡齋,明代亡佚。清乾隆間四庫館臣自《永樂大典》、《宋文鑒》、《兩宋名賢小集》中輯出其詩文,編爲《鄖溪集》三十卷。

本書資料據四庫全書本《鄖溪集》。

謝知制誥啟(節錄)

竊以古之詔令,主於文章,明如星斗之光,動若風霆之震。於周則召公、呂侯之制作,繼有訓言;於商則仲虺、傅說之謀謨,發爲雅誥。辭將事稱,名與實偕。故讀《湯誓》則赫然見神武之奇勳,讀《洛誥》則斂然識太平之偉跡。溢於目而不惑,貫於耳而不疑,鼓舞四方,斡旋萬類。以至贏老扶杖而往聽,蓋思美化之將成;悍卒揮涕而竦聞,即知大盜之易破。宜得名世之杰,用掌代天之言。片辭足以參造化之機,折簡足以奔敵人之命。不容幸位,以竊勢榮。(卷一三)

劉舍人(敞)書(節錄)

韓退之門下用文章雄立於一世者,獨李翱、皇甫湜、張籍耳。然翱之文尚質而少工,湜之文務實而不肆,張籍歌行乃勝於詩,至於他文不少見,計亦在歌詩下。使之質而工,奇而肆,則退之作也。

《文瑩師詩集》序(節錄)

瑩師之詩,得其佳句則必回復而長吟,窈若么絃,瞥若孤翻,遂與夫溪山之靈氣相扶搖乎雲霞縹緲之間,而亦不知履危石而涉寒淵之爲行役之勞也。浮屠師之善於詩,自唐以來其遺篇之傳於世者班班可見。縛於其法,不能閎肆而演漾,故多幽獨衰病枯槁之辭。予嘗評其詩如平山遠水，而無豪放飛動之意。若瑩師則不然，語雄氣逸，而致思深處往往似杜紫微，絕不類浮屠師之所爲者。少之時，蘇子美嘗稱之，欲挽致於歐陽永叔以發其名，而瑩辭不肯往，遂南遊湖湘間。今已老矣，其詩比舊愈遒愈健，窮之而不頓，使子美而在，則其欺服之又何如也！瑩字道溫，錢塘人，嘗居西湖之菩提寺，今退老於荆州之金鑾。荆州無佳山水，又鮮有知之者，安得攜之以歸吳，俾日吟哦於湖山之間，豈不遂其所樂哉！（以上卷一四）

讀史（節錄）

自三代迄於秦漢，世係年月不齊，故司馬遷錯綜今古，以爲十表。班固因之，純用漢世，亦爲八篇。然其《古今人表》，吾不知其所作也。善惡謬戾，不足以傳信，又無與於漢事，固苟欲就其爲八篇，然則削之可也。（卷一八）

劉　攽

劉攽（1023—1089）字貢父，號公非。北宋史學家。新喻（今江西新餘）人。劉敞弟。與兄同登嘉祐六年（1061）進士第，仕州縣二十年。生性諧謔，博聞強記，通六經典籍，尤長於史學，司馬光聘其同修《資治通鑒》，專任秦、漢史的修撰。文章詞藝典雅，擅長運用故實，朱熹稱讚其文章。其詩大多氣勢恢弘，波瀾壯闊，對當時社會現實有所反映。詠史詩借古喻今，頗有佳篇。著述甚豐，著有《五代春秋》、《內傳國語》、《經史新義》、《東漢刊誤》、《詩語錄》、《芍藥譜》、《漢官儀》，凡百卷，又有《彭城集》六十卷。文集於明代佚亡，四庫館臣自《永樂大典》中輯出其詩文，編爲四十卷。又有《中山詩話》三卷，今存一卷。《中山詩話》主要記載當時文壇的一些掌故、趣聞、軼事，在文學理論上，推重“質厚宏壯”、“含蓄深遠”的詩歌，反對爲追求平淡而陷入“質多文少”的誤區，主張作詩應該除去鄙俗。

本書資料據中華書局 1981 年《歷代詩話》本《中山詩話》、四庫全書本《彭城集》。

《中山詩話》（節錄）

祥符、天禧中，楊大年、錢文僖、晏元獻、劉子儀以文章立朝，爲詩皆宗尚李義山，號“西崑體”，後進多竊義山語句。賜宴，優人有爲義山者，衣服敗敝，告人曰：“我爲諸館職撏撦至此。”聞者懽笑。

唐詩賡和,有次韻,先後無易。有依韻,同在一韻。有用韻,用彼韻不必次。吏部和皇甫《陸渾山火》是也,今人多不曉。劉長卿《餘干旅舍》云:"搖落暮天迥,丹楓霜葉稀。孤城向水閉,獨鳥背人飛。渡口月初上,鄰家漁未歸。鄉心正欲絕,何處搗征衣。"張籍《宿江上館》云:"楚驛南渡口,夜深來客稀。月明見潮上,江靜覺鷗飛。旅宿今已遠,此行殊未歸。離家久無信,又聽搗砧衣。"兩詩偶似次韻,皆奇作也。

自唐以來,試進士詩,號省題。近年能詩者亦時有佳句。蜀人楊諤《宣室受釐落》句云:"願前明主席,一問洛陽人。"滕甫《西旅來王》云:"寒日邊聲斷,春風塞草長。傳聞漢都護,歸奉萬年觴。"諤有詩名,《題驪山》詩云"行人問宮殿,耕者得珠璣",最為警策。

雕蟲小技壯夫不為賦

古人之賦,詞約而旨暢;今人之賦,理弱而文壯。原屈、宋而瀰漫,下卿、雲而流宕。豈所謂言勝則道微,華盛而實喪者哉!觀夫緯白經綠,叩商命宮,以富豔而為主,以瀏亮而為工。家自以為游"二南"之域,人自以為得三代之風。差之毫釐,譬無異於畫虎;得其糟粕,殆有甚於雕蟲。亦猶樂府之有鄭衛,女工之有緇綺,悅目順意,蕩心駭耳。里人詠歎其繁聲,婦女咨嗟其絕技,亦何足薦之宗廟,獻之君子哉?若乃託興禽鳥,致情芻蕘,上則恢張乎宮室,下則吟詠其笙簫。且《子虛》、《大人》之文,無益於諷諫;《靈光》、《景福》之作,不出乎斲雕。故白玉不毀,珪璋安取?六義不散,體物何有?夫殘樸為器者,匠氏之罪;判詩為賦者,詞人之咎,亦奚足以計得失、辯能否也?是以子雲以無益而自悔,枚皋以類得而祇諆,故曰:"童子之功,壯夫不為。"且使孔氏用賦,仲尼刪《詩》,則賈誼升堂而不讓,相如入室而不辭,然無益於王道,終見譴於聖師。豈非君子務其廣大,世人競乎微小。故為學者衆,好真者少,非龍變乎詩書之林,曷蟬蛻乎塵埃之表?必若明敦厚之術,閑淫麗之涂,言必合乎雅頌,道必通乎典謨,亦可謂登高能賦,宜為天子大夫。(《彭城集》卷二)

章 衡

章衡(1025—1099)字子平。北宋浦城(今屬福建)人。嘉祐二年(1057)進士第一,通判湖州。進集賢院,改鹽鐵判官,同修起居注。出知汝州、潁州。熙寧初,還判太常寺。出知鄭州。後出知澶州,徙成德軍。元豐四年(1081),坐事免官。元祐中,歷知秀、襄、河陽、曹、蘇、揚、廬、宣、潁諸州府。章衡有史才,嘗患學者不知古今,編撰

432

歷代帝系曰《編年通載》，奏獻之，神宗一覽而稱善，以爲可冠冕諸史。

本書資料據四部叢刊三編本《編年通載》。

進《編年通載》表（節録）

臣衡言：臣聞，今之所以知古，後之所以知今，其君臣之係，治亂之跡，紀曆之元，必憑諸史，以傳天下。兹事體大，自昔才難。臣衡誠惶誠懼，頓首頓首。竊以堯、舜二《典》，夏、商、周之《訓》、《誓》、《誥》、《命》，《春秋》之二百四十二年行事，皆出聖人手筆，渾深奧密，莫敢倫擬。兩漢以來，司馬遷因秦火之餘，輯殘脱之經及戰國百家之説，又率己意，易編年而爲紀傳、世家、表、書，上下數千載，最爲雄贍。采摭精粗，不能無失。（卷首）

龐元英

龐元英（生卒年不詳）字懋賢。北宋單州成武（今屬山東）人，龐籍次子。至和二年（1055），賜進士出身，爲光禄寺丞。元豐初，爲羣牧判官、都官郎中。五年，任朝請大夫、主客郎中。後爲中散大夫、鴻臚少卿。元祐三年（1088），知晉州。初行元豐官制時，朝章典制聞見頗多，乃著《文昌雜録》，爲研究宋代典章制度的重要資料。著有文集三十卷，已佚。現存《文昌雜録》六卷、《補遺》一卷。

本書資料據四庫全書本《文昌雜録》。

《文昌雜録》（節録）

禮部王員外説：昔有一舉子，恩澤牓授三班借職，作歇後詩，詩云："官資得箇三班借，請給全勝録事參。從此罷稱鄉貢進，這回走馬東西南。"唐宰相鄭棨好作歇後句，此詩亦甚工也。（卷四）

孔平仲

孔平仲（生卒年不詳）字義甫，一作毅父。北宋臨江新喻（今江西新餘）人。治平二年（1065）進士。長於史學，工文辭，與其二兄文仲、武仲並稱於時，號"清江三孔"。現存詩古體、近體兼備，其古體詩風格平易，近於白居易新樂府；其近體詩古淡秀雅，氣勢紆舒，但少錘煉，故無精警之句。著有《續世説》、《釋裨》及《珩璜新論》（一題《孔氏雜説》）、《良史事證》、《詩戲》等，今存《珩璜新論》一卷、《續世説》十二卷、《談苑》五卷，其餘均佚。又著有文集，原卷數不詳，南宋慶元時將孔氏三人之詩文合刻爲《清江三孔集》四十卷，其中孔平仲之作二十一卷。現存《清江三孔集》有四十卷本，存明刊本、四庫全書本、豫章叢書本；又有三十卷本，存清御兒呂氏講習堂影寫元刊本，鮑廷博校跋清抄本。

　　本書資料據四庫全書本《珩璜新論》。

《珩璜新論》（節録）

　　漢時射策、對策，其事不同。《蕭望之傳》注云：“射策者，謂爲難問疑義，書之於策。量其大小，署爲甲乙之科，列而置之，不使彰顯。有欲射者，隨其所取，得而釋之，以知優劣。射之言投射也。對策者，顯問以政事經義，令各對之，以觀其文詞，定高下也。晉良吏潘京爲州所辟，謁見，問策，探得‘不孝’字。刺史戲曰：辟士爲不孝耶？答曰：今爲忠臣，不得爲孝子。亦射策遺法耳。”（上）

沈　括

　　沈括（1031—1095）字存中。北宋錢塘（今浙江杭州）人。沈周子。嘉祐八年（1063）進士，官至翰林學士，權三司使。博學多才，是我國歷史上最卓越的科學家之一。現存詩文大多條暢通達。所著《夢溪筆談》爲筆記體著作，因寫於潤州（今江蘇鎮江）夢溪園而得名，收録了他一生的所見所聞。全書二十六卷，分十七個門類，共六百餘條，内容涉及天文、數學、地理、地質、物理、生物、醫學、藥學、軍事、文學、史學、考古、音樂等，是中國科學技術史上的重要文獻，被英國著名學者李約瑟譽爲“中國科技史上的座標”，是百科全書式的著作。著有《長興集》。

　　本書資料據四庫全書本《夢溪筆談》。

《夢溪筆談》（節録）

　　五音宫、商、角爲從聲，徵、羽爲變聲。從謂律從律，吕從吕；變謂以律從吕，以吕從律。故從聲以配君臣民，尊卑有定，不可相踰；變聲以爲事物，則或遇於君，聲無嫌。六律爲君聲，則商、角皆以律應，徵、羽以吕應。六吕爲君聲，則商、角皆以吕應，徵、羽

434

以律應。加變徵，則從變之聲已瀆矣。隋柱國鄭譯始條具之，均轉展相生，爲八十四調，清濁混淆，紛亂無統，競爲新聲。自後又有犯聲、側聲、正殺、寄殺、偏字、傍字、雙字、半字之法，從變之聲無復條理矣。外國之聲，前世自別，爲四夷樂。自唐天寶十三載，始詔法曲與胡部合奏，自此樂奏全失古法，以先王之樂爲雅樂，前世新聲爲清樂，合胡部者爲宴樂，古詩皆詠之，然後以聲依詠以成曲，謂之協律。其志安和則以安和之聲詠之，其志怨思則以怨思之聲詠之。故治世之音安以樂，則詩與志，聲與曲莫不安且樂。亂世之音怨以怒，則詩與志，聲與曲莫不怨以怒。此所以審音而知政也。詩之外又有和聲，則所謂曲也。古樂府皆有聲有詞，連屬書之如曰"賀賀賀何何何"之類，皆和聲也。今管絃之中纏聲亦其遺法也。唐人乃以詞填入曲中，不復用和聲。此格雖云自王涯始，然正元、元和之間爲之者已多，亦有在涯之前者。又小曲有"咸陽沽酒寶釵空"之句，云是李白所製，然《李白集》中有《清平樂》詞四首，獨欠是詩。而《花間集》所載"咸陽沽酒寶釵空"乃云是張泌所爲，莫知孰是也。今聲詞相從，唯里巷間歌謠及《陽關》、《搗練》之類稍類舊俗，然唐人填曲多詠其曲名，所以哀樂與聲尚相諧會。今人則不復知其聲矣，哀聲而歌樂詞，樂聲而歌怨詞，故語雖切而不能感動人情，由聲與意不相諧故也。

　　《盧氏雜記》："韓皋謂嵇康琴曲有《廣陵散》者，以王淩、毌丘儉輩皆自廣陵敗散，言魏散亡自廣陵始，故名其曲曰《廣陵散》。"以予考之，"散"自是曲名，如操、弄、摻、淡、序、引之類。故潘岳《笙賦》："輟張女之哀彈，流廣陵之名散。"又應璩《與劉孔才書》云："聽廣陵之清散。"知"散"爲曲名明矣。或者康借此名以諫諷時事，"散"取曲名，"廣陵"乃其所命，相附爲義耳。（以上卷五）

　　韓退之集中《羅池神碑銘》有"春與猿吟兮秋與鶴飛"，今驗石刻，乃"春與猿吟兮秋鶴與飛"。古人多用此格，如《楚詞》："吉日兮辰良"，又"蕙肴蒸兮蘭籍，奠桂酒兮椒漿"。蓋欲相錯成文，則語勢矯健耳。杜子美詩："紅豆啄餘鸚鵡粒，碧梧棲老鳳凰枝。"此亦語反而意全。韓退之《雪詩》："舞鏡鸞窺沼，行天馬度橋。"亦效此體，然稍牽強，不若前人之語渾成也。

　　音韻之學，自沈約爲四聲，及天竺梵學入中國，其術漸密。觀古人諧聲，有不可解者。如玖字、有字多與李字協用，慶字、正字多與章字、平字協用。如《詩》"或羣或友，以燕天子"；"彼留之子，貽我佩玖"；"投我以木李，報之以瓊玖"；"終三十里，十千維耦"；"自今以始，歲其有，君子有穀，貽孫子"；"陟降左右，令聞不已"；"膳夫左右，無不能止"；"魚麗於罶，鰋鯉，君子有酒，旨且有"。如此極多。又如："孝孫有慶，萬壽無疆"；"黍稷稻粱，農夫之慶"；"唯其有章矣，是以有慶矣"；"則篤其慶，載錫之光"；"我田既臧，農夫之慶"；"萬舞洋洋，孝孫有慶"。《易》曰："西南得朋，乃與類行；東北喪朋，乃終有慶。”“積善之家，必有餘慶；積不善之家，必有餘殃。”班固《東都賦》：“彰皇德兮侔周成，永延長兮膺天慶。”如此亦多。今《廣韻》中慶一音卿。然如《詩》之“未見君子，憂心忡忡；既見君子，庶幾有臧”。“誰秉國成，率勞百姓；我王不寧，覆怨其正”。亦是忡、正與寧、平協用，不止慶而已。恐別有理也。

往歲士人，多尚對偶爲文，穆修、張景輩始爲平文。當時謂之古文。穆、張嘗同造朝，待旦于東華門外，方論文次，適見有奔馬踐死一犬。二人各記其事以較工拙。修曰：“馬逸，有黃犬遇蹄而斃。”張景曰：“有犬死奔馬之下。”時文體新變，二人之語皆拙澀，當時已謂之工，傳之至今。

古人詩有“風定花猶落”之句，以謂無人能對。王荊公以對“鳥鳴山更幽”。“鳥鳴山更幽”本宋王籍詩，元對“蟬噪林逾靜，鳥鳴山更幽”，上下句只是一意。“風定花猶落，鳥鳴山更幽”則上句乃靜中有動，下句動中有靜。荊公始爲集句詩，多者至百韻，皆集合前人之句語意對偶，往往親切過於本詩。後人稍稍有傚而爲之者。（以上卷十四）

切韻之學，本出于西域。漢人訓字，止曰“讀如某字”，未用反切。然古語已有二聲合爲一字者，如“不可”爲“叵”，“何不”爲“盍”，“如是”爲“爾”，“而已”爲“耳”，“之乎”爲“諸”之類，似西域二合之音，蓋切字之原也。如“輭”字，文從“而”、“犬”，亦切音也。殆與聲俱生，莫知從來。今切韻之法，先類其字，各歸其母，脣音、舌音各八，牙音、喉音各四，齒音十，半齒半舌音二，凡三十六，分爲五音，天下之聲總於是矣。每聲復有四等，謂清、次清、濁、平也，如顚、天、田、年、邦、駹、龐、厐之類是也。皆得之自然，非人爲之。如幫字橫調之爲五音，幫、當、剛、臧、央是也。幫，宮之清。當，商之清。剛，角之清。臧，徵之清。央，羽之清。縱調之爲四等，幫、滂、傍、茫是也。幫，宮之清。滂，宮之次清。傍，宮之濁。茫，宮之不清不濁。就本音本等調之爲四聲，幫、牓、謗、博是也。幫，宮清之平。牓，宮清之上。謗，宮清之去。博，宮清之入。四等之聲，多有聲無字者，如封、峰、逢，止有三字；邕、胸，止有兩字；辣、火、欲、以，皆止有一字。五音亦然：滂、湯、康、蒼，止有四字。四聲，則有無聲，亦有無字者。如“蕭”字、“肴”字，全韻皆無入聲。此皆聲之類也。所謂切韻者，上字爲切，下字爲韻。切須歸本母，韻須歸本等。切歸本母，謂之音和，如“德紅”爲“東”之類，“德”與“東”同一母也。字有重、中重、輕、中輕、本等聲，盡汜入別等，謂之類隔。雖隔等須以其類，謂脣與脣類，齒與齒類，如“武延”爲“綿”、“符兵”爲“平”之類是也。韻歸本等，如“冬”與“東”字母皆屬“端”字，“冬”乃“端”字中第一等聲，故都宗切，“宗”字第一等韻也。以其歸“精”字，故“精”徵音第一等聲；“東”字乃“端”字中第三等聲，故德紅切。紅字第三等韻也，以其歸“匣”字，故“匣”羽音第三等聲。又有互用借聲，類例頗多。大都自沈約爲四聲,音韻愈密。然梵學則有華、竺之異,南渡之後,又雜以吳音,故音韻庬駁,師法多門。至於所分五音,法亦不一。如樂家所用,則隨律命之,本無定音,常以濁者爲宫,稍清爲商,最清爲角,清濁不常爲徵、羽。切韻家則定以唇、齒、牙、舌、喉爲宫、商、角、徵、羽。其間又有半徵、半商者,如"来"、"日"二字是也,皆不論清濁。五行家則以韻類清濁參配,今五姓是也。梵學則喉、牙、齒、舌、唇之外,又有折、攝二聲。折聲自臍輪起至唇上發,如"拎"字浮金反之類是也。攝聲鼻音,如"㰤"字鼻中發之類是也。字母則有四十二,曰阿、多、波、者、那、囉、拖、婆、茶、沙、嚩、哆、也、瑟吒二合、迦、娑、麽、伽、他、杜、鎖、呼、拖前一拖輕呼,此一拖重呼、奢、佉、义二合、娑多二合、壤、曷擇多二合、婆上聲、車、娑麽二合、縒、伽上聲、娑頗二合、娑迦二合、也娑二合、室者二合、佗、陀。爲法不同,各有理致。雖先正所不言,然不害有此理。歷世寖久,學者日深,自當造微耳。

古人文章,自應律度,未以音韻爲主。自沈約增崇韻學,其論文則曰:"欲使宫羽相變,低昂殊節,若前有浮聲,則後須切響。一簡之内,音韻盡殊;兩句之中,輕重悉異;妙達此旨,始可言文。"自後浮巧之語,體製漸多,如傍犯、蹉對、假對、雙聲、疊韻之類。詩又有正格、偏格,類例極多。故有三十四格、十九圖、四聲八病之類。今略舉數事,如徐陵云:"陪遊馺娑,騁織腰於結風;長樂駑駕,奏新聲於度曲。"又云:"厭長樂之疎鍾,勞中宫之緩箭。"雖兩"長樂",意義不同,不爲重復。此類爲傍犯。如《九歌》:"蕙殽蒸兮蘭籍,奠桂酒兮椒漿",當曰"蒸蕙殽"對"奠桂酒",今倒用之,謂之蹉對。如"自朱耶之狼狽,致赤子之流離",不唯"赤"對"朱"、"耶"對"子",兼"狼狽"、"流離",乃獸名對鳥名。又如"廚人具雞黍,稚子摘楊梅",以"雞"對"楊",如此之類,皆爲假對。如"幾家村草裏,吹唱隔江聞","幾家村草"與"吹唱隔江"皆雙聲。如"月影侵簪冷,江光逼履清","侵簪"、"逼履"皆疊韻。詩第二字側入,謂之正格,如"鳳歷軒轅紀,龍飛四十春"之類。第二字平入,謂之偏格,如"四更山吐月,殘夜水明樓"之類。唐名賢輩詩多用正格,如杜甫律詩,用偏格者十無一二。(以上卷十五)

蘇 軾

蘇軾(1036—1101)字子瞻,一字和仲,號東坡居士。北宋文學家。眉州眉山(今屬四川)人。蘇洵子,蘇轍兄。嘉祐進士,纍官杭州通判、中書舍人、翰林學士兼侍讀、禮部尚書等職。蘇軾的思想頗復雜,雖深受佛老思想影響,但其主流仍然是儒家思想,畢生具有儒家輔君治國、經世致用的政治理想。其詩境界開闊,天地萬物,幾乎無所不包,而又氣勢磅礴,感情奔放,想像豐富,奇趣橫生,具有李白浪漫主義風格。喜以文爲詩，以議論爲詩，筆力雄健，縱橫馳騁，議論英發，見解獨到，耐人尋味。擅長詞，是宋代豪放詞的開派人物，並擴大了婉約詞的題材，提高了婉約詞的格調。蘇軾的散文今存四千餘篇，往往信筆書意，自然圓暢，揮灑自如，有意而言，意盡言止，毫無斧鑿之痕；思路開闊，文如泉湧，千變萬化，姿態橫生，没有固定的格式；氣勢磅礴，雄健奔放，縱橫恣肆，一瀉千里；狀景摹物，無不畢肖；觀察縝密，文筆細膩。蘇軾的許多詩文、筆記、書信、序跋中，包含豐富深刻的文藝思想，構成了完整的文藝思想體系。蘇軾是一個具有多方面才能的藝術家，書法名列宋代四大書法家"蘇、黃、米、蔡"之首；繪畫與文同齊名，爲湖州畫派代表。他的學術著作有《蘇氏易傳》、《書傳》、《論語説》等。著述甚多，詩文合集有《蘇東坡集》，文集有《蘇軾文集》，詩集有《蘇軾詩集》，詞集有《東坡樂府》，歷代反復刊刻，版本頗爲復雜。

本書資料據中華書局本《蘇軾詩集》、《蘇軾文集》，四庫全書本《仇池筆記》。

監試呈諸試官（節録）

緬懷嘉祐初，文格變已甚。千金碎全璧，百衲收寸錦。調和椒桂釅，咀嚼沙礫磣。廣眉成半額，學步歸踔釀。維時老宗伯，氣壓羣兒凜。蛟龍不世出，魚鮪初驚膇。至音久乃信，知味猶食棋。至今天下士，微管幾左衽。謂當千載後，石室祠高朕。爾來又一變，此學初誰諗？權衡破舊法，劗鬖笑凡飪。高言追衛、樂，篆刻鄙曹、沈。先生周、孔出，弟子淵、騫寢。却顧老鈍軀，頑朴謝鐫鋄。諸君況才猛，容我懶且噤。聊欲廢書眠，秋濤春午枕。（《蘇軾詩集》卷八）

《五禽言》叙

梅聖俞嘗作《四禽言》，余謫黄州，寓居定惠院，繞舍皆茂林脩竹，荒池蒲葦。春夏之交，鳴鳥百族，土人多以其聲之似者名之。遂用聖俞體作《五禽言》。（《蘇軾詩集》卷二十）

潮州韓文公廟碑（節録）

匹夫而爲百世師，一言而爲天下法，是皆有以參天地之化，關盛衰之運。其生也有自來，其逝也有所爲。故申、吕自嶽降，而傅説爲列星，古今所傳，不可誣也。孟子曰："我善養吾浩然之氣。"是氣也，寓於尋常之中，而塞乎天地之間。卒然遇之，則王公失其貴，晉、楚失其富，良、平失其智，賁、育失其勇，儀、秦失其辯。是孰使之然哉？其必有不依形而立，不恃力而行，不待生而存，不隨死而亡者矣。故在天爲星辰，在地爲河嶽，幽則爲鬼神，而明則復爲人。此理之常，無足怪者。

自東漢以來，道喪文弊，異端並起。歷唐貞觀、開元之盛，輔以房、杜、姚、宋而不能救。獨韓文公起布衣，談笑而麾之，天下靡然從公，復歸於正，蓋三百年於此矣。文起八代之衰，而道濟天下之溺，忠犯人主之怒，而勇奪三軍之帥，此豈非參天地，關盛衰，浩然而獨存者乎？

蓋嘗論天人之辨，以謂人無所不至，惟天不容僞：智可以欺王公，不可以欺豚魚；力可以得天下，不可以得匹夫匹婦之心。故公之精誠，能開衡山之，而不能回憲宗之惑；能馴鱷魚之暴，而不能弭皇甫鎛、李逢吉之謗；能信於南海之民，廟食百世，而不能使其身　日安於朝廷之上。蓋公之所能者天也，其所不能者人也。始潮人未知學，公命進士趙德爲之師，自是潮之士皆篤于文行，延及齊民，至於今，號稱易治。信乎孔子之言："君子學道則愛人，小人學道則易使也。"（《蘇軾文集》卷十七）

謝歐陽内翰書（節録）

右軾啟：竊以天下之事，難於改爲。自昔五代之餘，文教衰落，風俗靡靡。聖上慨然太息，思有以澄其源，疏其流，明詔天下，曉諭厥旨。於是招來雄俊魁偉、敦厚樸直之士，罷去浮巧輕媚叢錯彩繡之文，將以追兩漢之餘，而漸復三代之故。士大夫不深明天子之心，用意過當，求深者或至於迂，務奇者怪僻而不可讀。餘風未殄，新弊復作，大者鏤之金石以傳久遠；小者轉相摹寫，號稱古文。紛紛肆行，莫之或禁。蓋唐之古文，自韓愈始。其後學韓而不至者爲皇甫湜，學皇甫湜而不至者爲孫樵。自樵以降，無足觀矣。

答謝民師書（節録）

所示書教及詩賦雜文，觀之熟矣。大略如行雲流水，初無定質，但常行於所當行，常止於所不可不止，文理自然，姿態橫生。孔子曰："言之不文，行之不遠。"又曰："辭達而已矣。"夫言止於達意，即疑若不文，是大不然。求物之妙如係風捕影，能使是物了然於心者，蓋千萬人而不一遇也；而況能使了然於口與手者乎！是之謂辭達。辭至於能達，則文不可勝用矣。揚雄好爲艱深之辭，以文淺易之説；若正言之，則人人知之矣。此正所謂雕蟲篆刻者，其《太玄》、《法言》皆是類也；而獨悔于賦，何哉？終身雕篆，而獨變其音節，便謂之"經"，可乎？屈原作《離騷經》，蓋《風》、《雅》之再變者，雖與日月爭光可也；可以其似賦，而謂之雕蟲乎？使賈誼見孔子，升堂有餘矣，而乃以賦鄙之，至與司馬相如同科。雄之陋如此比者甚衆，可與知者道，難與俗人言也，因論文偶及之耳。歐陽文忠公言："文章如精金美玉，市有定價，非人所能以口舌定貴賤也。"紛紛多言，豈能有益於左右。愧悚不已。

答張文潛書（節録）

惠示文編，三復感歎，甚矣，君之似子由也。子由之文實勝僕，而世俗不知，乃以爲不如。其爲人深不願人知之，其文如其爲人，故汪洋澹泊，有一唱三歎之聲。而其秀猛之氣，終不可没。

答劉沔都曹書（節録）

梁蕭統集《文選》，世以爲工。以軾觀之，拙于文而陋于識，莫統若也。宋玉賦《高唐》、《神女》，其初略陳所夢之因，如子虛、亡是公等皆賦矣，而統謂之叙。此與兒童之見何異？李陵、蘇武贈別長安，而詩有"江漢"之語，及陵與武書，詞句儇淺，正齊梁間小兒所擬作，決非西漢文，而統不悟，劉子玄獨知之。范曄作《蔡琰傳》，載其二詩亦非是。董卓已死，琰乃流落，方卓之亂，伯喈尚無恙也，而其詩乃云以卓亂故流入于胡，此豈真琰語哉？其筆勢乃效建安七子者，非東漢詩也。（以上《蘇軾文集》卷四十九）

與鮮于子駿（節録）

近作小詞，雖無柳七郎風味，亦自是一家。呵呵，數日前獵於郊外，所獲頗多。作得一闋，令東州壯士抵掌頓足而歌之，吹笛擊鼓以爲節，頗壯觀也。（《蘇軾文集》卷七十九）

與蔡景繁

頒示新詞，此古人長短句詩也。得之驚喜，試勉繼之，晚即面呈。

答陳季常（節録）

又惠新詞，句句警拔，詩人之雄，非小詞也。但豪放太過，恐造物者不容人如此快活。（以上《蘇軾文集》卷八十）

與子安兄四首（節録）

墓表又於行狀外尋訪得好事，皆參驗的實。石上除字外，幸不用花草及欄界之類，才著欄界，便不古，花草尤俗狀也。唐以前碑文皆無。告照管模刻仔細爲佳。不罪！不罪！（《蘇軾文集》卷八十三）

《文選》去取失當

舟中讀《文選》，恨其編次無法，去取失當。齊、梁文章衰陋，而蕭統尤爲卑弱。《文選引》斯可見矣。如李陵、蘇武五言皆僞，而不能辨。今觀《淵明集》，可喜者甚多，而獨取數首，以知其餘人忽遺者多矣。淵明作《閒情賦》，所謂“《國風》好色而不淫”，正使不及《周南》，與屈、宋所陳何異？而統大譏之。此乃小兒彊作解事者。

五臣注文選（節録）

五臣既陋甚，至於蕭統亦其流爾。宋玉《高唐》、《神女賦》，自“王曰唯唯”以前皆賦也，而統謂之序，大可笑也。相如賦首有子虛、烏有、亡是三人論難，豈亦序耶？其餘謬陋不一，亦聊舉其一爾。

劉子玄辨《文選》

劉子玄辨《文选》所載李陵《與蘇武書》，非西漢文，蓋齊、梁間文士擬作者也。吾因悟陵與蘇武贈答五言，亦後人所擬。今日讀《列女傳》蔡琰二詩，其詞明白感慨，頗類世所傳《木蘭花》詩，東京無此格也。建安七子猶含養圭角，不盡發見，況伯喈女乎？又琰之流離爲在父没之後，董卓既誅，伯喈乃遇禍。今此詩乃云：“爲董卓所驅擄入胡。”尤知其非真也。蓋擬作者疏略，而范曄荒淺，遂載之本傳。可以一笑也。（以上

《蘇軾文集》卷九十二）

書鮮于子駿楚詞後

　　鮮于子駿作楚詞《九誦》以示軾。軾讀之，茫然而思，喟然而歎，曰：嗟乎，此聲之不作也久矣，雖欲作之，而聽者誰乎？譬之於樂，變亂之極，而至於今，凡世俗之所用，皆夷聲夷器也，求所謂鄭、衛者，且不可得，而況於雅音乎？學者方欲陳六代之物，弦匏《三百五篇》，犁然如戛釜甑、撞舊盎，未有不坐睡竊笑者也。好之而欲學者無其師，知之而欲傳者無其徒，可不悲哉？今子駿獨行吟坐思，寤寐於千載之上，追古屈原、宋玉，及其人於冥寞，續微學之將墜，可謂至矣！而覽者不知其貴，蓋亦無足怪者。彼必嘗從事於此，而後知其難且工。其不學者，以爲苟然而已。元豐元年四月九日趙郡蘇軾書。

自評文

　　吾文如萬斛泉源，不擇地而出。平地滔滔汩汩，雖一日千里無難；及其與山石曲折，隨物賦形，而不可知也。所可知者，常行於所當行，常止於不可不止，如是而已矣。其他，雖吾亦不能知也。（以上《蘇軾文集》卷九十三）

陽關三疊

　　舊傳《陽關三疊》，今歌者每句再疊而已。若通一首，又是四疊，皆非是。每句三唱以應三疊，則叢然無復節奏。有文勛者，得古本《陽關》，每句皆再唱，而第一句不疊，乃知唐本《三疊》如此。樂天詩云："相逢且莫推辭醉，聽唱《陽關》第四聲，勸君更盡一杯酒。"以此驗之，若一句再疊，則此句爲第五聲，今爲第四，則一句不疊審矣。

如夢詞

　　泗州雍熙塔下，余戲作《如夢令》兩闋云："水垢何曾相受，細看兩俱無有。寄語揩背人，盡日勞君揮肘。輕手，輕手，居士本來無垢。"又云："自淨方能洗彼，我自汗流呀氣。寄語澡浴人，且共肉身游戲。但洗，但洗，本爲人間一切。"唐莊宗製名《憶先婆》，嫌其不雅馴，改爲《如夢》。莊宗詞云："如夢，如夢，和淚出門相送。"取以爲名云。（以上《仇池筆記》卷上）

王得臣

　　王得臣（1036—1116）字彦輔，自號鳳臺子。宋安州安陸（今屬湖北）人。從學於鄭獬、胡瑗，與程頤爲友。嘉祐四年（1059）進士。得臣學問賅博，長於考證，《四庫全書總目》卷一二〇對其《麈史》評價甚高，謂"凡朝廷掌故、耆舊遺聞，耳目所及，咸登編錄，其間參稽經典，辨別異同，次資參考"。平生著述甚豐，有《江夏辨疑》一卷、《麈史》三卷、《鳳臺子和杜詩》三卷、《江夏古今紀詠集》五卷。今僅存《麈史》三卷。

　　本書資料據四庫全書本《麈史》。

《麈史》（節録）

　　傳曰："政有小大，故有《小雅》焉，有《大雅》焉。"是則二《雅》見王政之序也。幽王之時，《小雅》盡廢，則四夷交侵，中國微矣。當是時也，女謁内盛，讒邪外興，政教不行，先王之澤幾息。故予觀《賓之初筵》、《匏葉》作，則《鹿鳴》廢矣。《頍弁》、《角弓》作，則《常（棠）棣》廢矣。《谷風》作，則《伐木》廢矣。《桑扈》作，則《天保》廢矣。《漸漸之石》、《何草不黃》作，則《采薇》、《出車》、《杕杜》廢矣。《無將大車》作，則《南有嘉魚》廢矣。《隰桑》作，則《南山有臺》廢矣。《鴛鴦》作，則《由庚》廢矣。《采菽》作，則《湛露》廢矣。《黍苗》作，則《蓼蕭》廢矣。《瞻彼洛矣》作，則《彤弓》廢矣。《菁之華》作，則《六月》、《采芑》廢矣。《大田》作，則《鴻雁》廢矣。《蓼莪》、《北山》作，則《南陔》廢矣。《楚茨》作，則《華黍》廢矣。若厲王，則尤變其大者。故予觀民《勞作》作，則《公劉》、《靈臺》廢矣。《桑柔》作，則《行葦》廢矣。《瞻卬》作，則《綿》、《文王有聲》廢矣。《召旻》作，則《棫樸》、《卷阿》廢矣。孟子曰："王者之跡熄而詩亡。"予於幽、厲見之，文、武先王之遺烈，蓋掃地矣。

　　梁鍾嶸作《詩評》，摛摭本根，總核華實，收昭明之所遺，可謂至矣。其序云："夏歌曰：'鬱陶乎予心。'楚詞曰：'名余曰正則。'雖詩體未全，然略是五言之濫觴。"予以爲不然。《虞書》載《賡歌》之詞曰："元首叢脞哉。"至周詩《三百篇》，其五字甚多，不可悉舉。如《行露》曰："誰謂雀無角，何以穿我屋？誰謂女無家，何以速我獄？"《小旻》曰："匪先民是程，匪大猶是經。維邇言是爭。"至於《四月》之篇，其下三章率皆五字。又《十畝之間》則全篇五字耳。然則始於虞，衍於周，逮漢專爲全體矣。

　　權文公多用州縣日辰之類爲詩，近見人亦爲藥名詩者，如訶子、縮紗等語，不惟直致，兼是假借，太不工耳。里人史思遠善詩，用藥名則析而用之，如《夜坐》句曰："坐來夜半天河轉，挑盡寒燈心自知。”此乃魯望離合格也。

　　世言七言詩肇於柏梁，而盛于建安。考之，豈獨柏梁哉？《鄘風》曰：“送我乎淇之上矣。”《王風》曰：“知我者謂我心憂。”《鄭風》曰：“還予授子之粲兮。”《齊風》曰：“遭我乎猲之間兮。”又曰：“尚之以瓊華乎而。”《魏風》曰：“胡取禾三百廛兮。”《豳風》曰：“二之日鑿冰冲冲，三之日納于凌陰。”《小雅》曰：“以宴樂嘉賓之心。”又曰：“如彼築室于道謀。”《大雅》曰：“維昔之富不如時，維今之疚不如兹。昔也日闢國百里，今也日蹙國百里。”《頌》曰：“學有緝熙于光明。”又曰：“予其懲而毖後患”，“儀式刑文王之典”。又曰：“自今以始歲其有，君子有穀詒孫子。”楚狂《接輿歌》曰：“今之從政者殆而。”項籍歌曰：“力拔山兮氣蓋世，時不利兮騅不逝。”漢高歌曰：“大風起兮雲飛揚。”皆七字之濫觴也。然則柏梁之作，亦有所祖襲矣。唐劉存乃以“交交黄鳥止于棘”七言之始，蓋合兩句以言，誤也。

　　梁任昉集秦、漢以來文章名之始，目曰《文章緣起》，自詩、賦、《離騷》至於藝，約八十五題，可謂博矣。既載相如《喻蜀》，不錄揚雄《劇美》；錄《解嘲》，而不收韓非《説難》；取劉向《列女傳》，而遺陳壽《三國志》。評至韓、柳、元結、孫樵，又作原，如《原道》、《原性》之類；又作讀，如《讀儀禮》、《讀鶡冠》之類；又作書，如《書段太尉逸事》；訟，如《訟風伯》；訂，如《訂樂》等篇。嗚呼，文之體可謂極矣！今略疏之，續彦昇之志也。

　　任昉以三言詩起晉夏侯湛，唐劉存以爲始於“鷺于飛，醉言歸”。任以頌起漢之王褒，劉以始于周公《時邁》。任以檄起漢陳琳《檄曹操》，劉以始於張儀《檄楚》。任以碑起于漢惠帝作《四皓碑》，劉以《管子》謂無懷氏封太山刻石紀功爲碑。任以銘起于始皇《登會稽山》，劉以蔡邕《銘論》皇帝有金几之銘其始也。若此者尚十餘條。或討其事名之因，或具成篇而論。雖有不同，然不害其多聞之益。

　　王勃《滕王閣序》，世以爲精絕，曰：“落霞與孤鶩齊飛，秋水共長天一色。”予以爲唐初綴文，尚襲南朝徐庾體，故駱賓王亦有如此等句。（以上卷二）

蘇　轍

　　蘇轍（1039—1112）字子由，一字同叔。宋代文學家。宋眉州眉山（今屬四川）人。蘇洵子，蘇軾弟。自幼深靜好學，博覽羣書，抱負宏遠，以治國安邦爲己任。嘉祐二年（1057），與兄軾同榜進士及第，一時名動京師。嘉祐六年，兄弟二人同舉制科，在御試制科策中極言朝政得失，雖入以四等，但從此流落二十餘年。但哲宗朝被召還朝，歷任右司諫、起居郎、中書舍人、户部侍郎、翰林學士、吏部尚書、御史中丞、尚書右丞、大中大夫守門下侍郎。蘇轍是宋代著名文學家，與其父蘇洵、兄蘇軾合稱“三蘇”，唐宋八大家之一，在北宋文壇具有很大影響，後世文人對他更是推崇有加。蘇轍論文以復古爲革新，反對窮妍極態、浮巧侈麗的時文，主張"文律還應似兩京"（《送家安國赴成都教授三絶》），這一主張正是後來"文必秦漢"之先聲。他主張養氣以爲文，既重視孟子的"養吾浩然之氣"，加强主觀道德修養；更强調閲歷對養氣爲文的決定作用，主張像司馬遷那樣游歷天下，開闊心胸和眼界。蘇轍的文學成就主要在散文創作，擅長議論文，或議史，或論政，或闡釋儒道，或評説時事，以探討治亂得失爲主，較少權術機變之説，大多立意允當，結構平穩，邏輯嚴密，説理透徹，行文紆徐百折，語言樸實簡古，有汪洋淡泊之態，一唱三歎之致，極富説服力和感染力。其記叙文較少，但也有出色之作。亦擅長作文賦，以《黄樓賦》和《墨竹賦》爲代表。其詩亦類其文，不事馳騁，筆意老練，於平穩中時見渾凝，自然樸實，閑淡高雅，與蘇軾詩之嬉笑怒罵頗爲不同。一生著述豐富，特別是在其兩次貶官和晚年謫居期間，更加致力於著述。他於元祐六年（1091）編定《欒城集》五十卷，崇寧五年（1106）編定《後集》二十四卷，政和初又編《欒城第三集》十卷，後合稱爲《欒城集》八十四卷。又著有《應詔集》十二卷。學術著作有《詩集傳》十九卷、《春秋傳》十二卷、《論語拾遺》一卷、《孟子解》一卷、《古史》六十卷、《老子解》四卷，均存於世。又在元符二年（1099）謫居循州時撰筆記《龍川略志》六卷、《龍川別志》四卷。

本書資料據四庫全書本《欒城後集》。

子瞻《和陶淵明詩集》引（節録）

東坡先生謫居儋耳……是時轍亦遷海康，書來告曰："古之詩人，有擬古之作矣，未有追和古人者也。追和古人，則始於東坡。吾於詩人無所甚好，獨好淵明之詩。淵明作詩不多，然其詩質而實綺，癯而實腴，自曹、劉、鮑、謝、李、杜諸人皆莫及也。吾前後和其詩凡百數十篇，至其得意，自謂不甚愧淵明。今將集而並録之，以遺後之君子。"（卷二十一）

郭茂倩

郭茂倩（1041—1099）字德粲。北宋鄆州須城（今山東東平）人。元豐間，爲河南府法曹參軍。編有《樂府詩集》一百卷，把樂府詩分爲郊廟歌辭、燕射歌辭、鼓吹曲辭、橫吹曲辭、相和歌辭、清商曲辭、舞曲歌辭、琴曲歌辭、雜曲歌辭、近代曲詞、雜歌謠辭和新樂府辭等十二大類。十二大類中又分若干小類，如《橫吹曲辭》又分漢橫吹曲、梁鼓角横吹曲等類；相和歌辭又分爲相和六引、相和曲、吟歎曲、平調曲、清調曲、瑟調曲、楚調曲和大曲等類；清商曲辭又分爲吴聲歌與西曲歌等類。在這些不同的樂曲中，郊廟歌辭和燕射歌辭屬於朝廷所用的樂章，思想内容和藝術技巧都較少可取成分。鼓吹曲辭和舞曲歌辭中也有一部分作品藝術價值較差。但總的來説，《樂府詩集》所收詩歌，多數是優秀的民歌和文人用樂府舊題所作的詩歌。在現存的詩歌總集中，《樂府詩集》是完成較早、收集歷代各種樂府詩最爲完備的一部重要總籍，爲學者所重。《四庫全書·樂府詩集提要》評此書云："是集總括歷代樂府，上起陶唐，下迄五代……其解題徵引浩博，援據精審，宋以來考樂府者，無能出其範圍。每題以古辭居前，擬作居後，使同一曲調而諸格畢備，不相沿襲，可以藥剽竊形似之失。其古辭多前列本辭，後列入樂所改，得以考知孰爲側，孰爲趨，孰爲艷，孰爲增字減字。其聲辭合寫不可訓詁者，亦皆題下註明。尤可以藥摹擬聲牙之弊，誠樂府中第一善本。"

本書資料據中華書局 1979 年版《樂府詩集》。

郊廟歌辭

《樂記》曰："王者功成作樂，治定制禮。是以五帝殊時，不相沿樂；三王異世，不相襲禮。"明其有損益也。然自黄帝已後，至於三代，千有餘年，而其禮樂之備，可以考而知者，唯周而已。《周頌·昊天有成命》，郊祀天地之樂歌也；《清廟》，祀太廟之樂歌也；《我將》，祀明堂之樂歌也；《載芟》、《良耜》，藉田社稷之樂歌也。然則祭樂之有歌，其來尚矣。兩漢已後，世有製作。其所以用於郊廟朝廷，以接人神之歡者，其金石之響，歌舞之容，亦各因其功業治亂之所起，而本其風俗之所由。武帝時，詔司馬相如等造《郊祀歌》詩十九章，五郊互奏之。又作《安世歌》詩十七章，薦之宗廟。至明帝乃分樂爲四品：一曰《大予樂》，典郊廟上陵之樂。郊樂者，《易》所謂"先王以作樂崇德，殷薦上帝"。宗廟樂者，《虞書》所謂"琴瑟以詠，祖考來格"。《詩》云"肅雍和鳴，先祖是聽"也。二曰雅頌樂，典六宗社稷之樂。社稷樂者，《詩》所謂"琴瑟擊鼓，以禦田祖"。《禮記》曰"樂施於金石，越於音聲，用乎宗廟社稷，事乎山川鬼神"是也。永平三年，東平王蒼造光武廟登歌一章，稱述功德，而郊祀同用漢歌。魏歌辭不見，疑亦用漢辭也。武帝始命杜夔創定雅樂。時有鄧靜、尹商，善訓雅歌。歌詩(師)尹胡能習宗廟郊祀之曲，舞師馮肅、服養，曉知先代諸舞，夔總領之。魏復先代古樂，自夔始也。晉武受命，百度草創。泰始二年，詔郊廟明堂禮樂權用魏儀，遵周室肇稱殷禮之義，但使傅玄改其樂章而已。永嘉之亂，舊典不存。賀循爲太常，始有登歌之樂。明帝太寧末，又詔阮孚增益之。至孝武太元之世，郊祀遂不設樂。宋文帝元嘉中，南郊始設登歌，廟舞猶闕。乃詔顔延之造天地郊登歌三篇,大抵依倣晉曲,是則宋初又仍晉也。南齊、梁、陳,初皆沿襲,後更創制,以爲一代之典。元魏、宇文繼有朔漠,宣武已後,雅好胡曲,郊廟之樂,徒有其名。隋文平陳,始獲江左舊樂。乃調五音爲五夏、二舞、登歌、房中等十四調,賓祭用之。唐高祖受禪,未遑改造,樂府尚用前世舊文。武德九年,乃命祖孝孫修定雅樂,而梁、陳盡吳、楚之音,周、齊雜胡戎之伎。於是斟酌南北,考以古音,作爲唐樂,貞觀二年奏之。按郊祀明堂,自漢以來,有夕牲、迎神、登歌等曲。宋、齊以後,又加祼地、迎牲、飲福酒,唐則夕牲、祼地不用樂,公卿攝事,又去飲福之樂。安、史作亂,咸、鎬爲墟,五代相承,享國不永,製作之事,蓋所未暇。朝廷宗廟典章文物,但按故常以爲程式云。(卷一)

燕射歌辭

《周禮·大宗伯》之職曰:"以飲食之禮親宗族兄弟,以賓射之禮親故舊朋友,以饗燕之禮親四方之賓客。"《大行人》:"掌大賓之禮、大客之儀以親諸侯,以九儀辨諸侯之命,等諸臣之爵,以同邦國之禮而待其賓客。上公饗禮九獻,食禮九舉;侯伯饗禮七獻,食禮七舉;子男饗禮五獻,食禮五舉。諸侯之卿各下其君二等,大夫、士皆如之。"凡正饗,食則在廟,燕則在寢,所以仁賓客也。《儀·燕禮》曰:"工歌《鹿鳴》、《四牡》、《皇皇者華》。笙入,奏《南陔》、《白華》、《華黍》。乃間歌《魚麗》,笙《由庚》;歌《南有嘉魚》,笙《崇丘》;歌《南山有臺》,笙《由儀》。遂歌鄉樂:《周南》、《關雎》、《葛覃》、《卷耳》;《召南》、《鵲巢》、《采蘩》、《采蘋》。"此燕饗之有樂也。《大司樂》曰:"大射,王出入奏《王夏》,及射令奏《騶虞》,詔諸侯以弓矢舞。"《樂師》:"燕射,帥射夫以弓矢舞。"《大師》:"大射,帥瞽而歌射節。"此大射之有樂也。《王制》曰:"天子食,舉以樂。"《大司樂》:"王大食,三宥,皆令奏鐘鼓。"漢鮑業曰:"古者天子食飲,必順四時五味,故有食舉之樂,所以順天地、養神明、求福應也。"此食舉之有樂也。《隋書·樂志》曰:"漢明帝時,樂有四品。其二曰雅頌樂,辟雍饗射之所用。則《孝經》所謂'移風易俗,莫善於樂'。《禮記》曰:'揖讓而治天下者,禮樂之謂也。'三曰黃門鼓吹,天子宴羣臣之所用。則《詩》所謂'坎坎鼓我,蹲蹲舞我'者也。"漢有殿中御飯食舉七曲,太樂食舉十三曲,魏有雅樂四曲,皆取周詩《鹿鳴》。晉荀勗以《鹿鳴》燕嘉賓,無取於朝。乃除《鹿鳴》舊歌,更作行禮詩四篇,先陳三朝朝宗之義。又爲王公上壽酒、食舉樂歌詩十二篇。司律陳頏以爲三元肇發,羣后奉璧,趨步拜起,莫非行禮,豈容別設一樂,謂之行禮。荀讖《鹿鳴》之失,似悟昔繆,還制四篇,復襲前軌,亦未爲得也。終宋、齊已來,相承用之。梁、陳三朝,樂有四十九等,其曲有《相和》五引及《俊雅》等七曲。後魏道武初,正月上日饗羣臣,備列宮懸正樂,奏燕、趙、秦、吳之音,五方殊俗之曲,四時饗會亦用之。隋煬帝初,詔秘書省學士定殿前樂工歌十四曲,終大業之世,每舉用焉。其後又因高祖七部樂,乃定以爲九部。唐武德初,讌享承隋舊制,用九部樂。貞觀中,張文收造讌樂,於是分爲十部。後更分讌樂爲立坐二部。天寶已後,讌樂西涼、龜兹部著録者二百餘曲,而清樂天竺諸部不在焉。(卷十三)

鼓吹曲辭

鼓吹曲,一曰短簫鐃歌,劉瓛定軍禮云:"鼓吹未知其始也,漢班壹雄朔野而有之矣。鳴笳以和簫聲,非八音也。騷人曰'鳴箎吹竽'是也。"蔡邕《禮樂志》曰:"漢樂四品,其四曰短簫鐃歌,軍樂也。黃帝岐伯所作,以建威揚德、風敵勸士也。"《周禮·大司樂》曰:"王師大獻,則令奏愷樂。"《大司馬》曰:"師有功,則愷樂獻於社。"鄭康成云:"兵樂曰愷,獻功之樂也。"《春秋》曰:"晉文公敗楚於城濮。"《左傳》曰:"振旅愷以入。"《司馬法》曰:"得意則愷樂、愷歌以示喜也。"《宋書·樂志》曰:"雍門周説孟嘗君:'鼓吹於不測之淵,'説者云:'鼓自一物,吹自竽籟之屬,非簫鼓合奏,別爲一樂之名也,'然則短簫鐃歌,此時未名鼓吹矣。應劭《漢鹵簿圖》,唯有騎執笳,箛即笳,不云鼓吹。而漢世有黃門鼓吹。漢享宴食舉樂十三曲,與魏世鼓吹長簫同。長簫短簫,《伎籙》並云:'絲竹合作,執節者歌。'又《建初録》云:'《務成》、《黃爵》、《玄雲》、《遠期》,皆騎吹曲,非鼓吹曲。'此則列於殿庭者名鼓吹,今之從行鼓吹爲騎吹,二曲異也。又孫權觀魏武軍,作鼓吹而還,此應是今之鼓吹。魏、晉世,又假諸將帥及牙門曲蓋鼓吹,斯則其時方謂之鼓吹矣。"按《西京雜記》:"漢大駕祠甘泉、汾陰,備千乘萬騎,有黃門前後部鼓吹。"則不獨列於殿庭者名鼓吹也。漢《遠如期曲》辭,有"雅樂陳"及"增壽萬年"等語,馬上奏樂之意,則《遠期》又非騎吹曲也。《晉中興書》曰:"漢武帝時,南越加置交趾,九真、日南、合浦、南海、鬱林、蒼梧七郡,皆假鼓吹。"《東觀漢記》曰:"建初中,班超拜長史,假鼓吹麾幢。"則短簫鐃歌,漢時已名鼓吹,不自魏、晉始也。崔豹《古今註》曰:"漢樂有黃門鼓吹,天子所以宴樂羣臣也。短簫鐃歌,鼓吹之一章爾,亦以賜有功諸侯。"然則黃門鼓吹、短簫鐃歌與橫吹曲,得通名鼓吹,但所用異爾。漢有《朱鷺》等二十二曲,列於鼓吹,謂之《鐃歌》。及魏受命,使繆襲改其十二曲,而《君馬黃》、《雉子班》、《聖人出》、《臨高臺》、《遠如期》、《石留》、《務成》、《玄雲》、《黃爵》、《釣竿》十曲,並仍舊名。是時吳亦使韋昭改製十二曲,其十曲亦因之。而魏、吳歌辭,存者唯十二曲,餘皆不傳。晉武帝受禪,命傅玄製二十二曲,而《玄雲》、《釣竿》之名不改舊漢。宋、齊並用漢曲。又充庭十六曲,梁高祖乃去其四,留其十二,更制新歌,合四時也。北齊二十曲，皆改古名。其《黃爵》、《釣竿》，略而不用。後周宣帝革前代鼓吹，制爲十五曲，並述功德受命以相代，大抵多言戰陣之事。隋制列鼓吹爲四部，唐則又增爲五部，部各有曲。唯《羽葆》諸曲，備叙功業，如前代之制。初，魏、晉之世，給鼓吹甚輕，牙門督將五校悉有鼓吹。齊、宋已後，則甚重矣。齊武帝時，壽昌殿南閣置《白鷺》鼓吹二曲，以爲宴樂。陳後主常遣宮女習北方簫鼓，謂之《代北》，酒酣則奏之。此又施于燕私矣。按《古今樂錄》，有梁、陳時宮懸圖，四隅各有鼓吹樓而無建鼓。鼓吹樓者，昔簫史吹簫於秦，秦人爲之築鳳臺。故鼓吹陸則樓車，水則樓船，其在庭則以簨虡爲樓也。梁又有鼓吹熊羆十二案，其樂器有龍頭大棡鼓、中鼓、獨揭小鼓，亦隨品秩給賜焉。周武帝每元正大會，以梁案架列於懸間，與正樂合奏。隋又於案下設熊羆貙豹，騰倚承之，以象百獸之舞。唐因之。（卷十六）

橫吹曲辭

橫吹曲，其始亦謂之鼓吹，馬上奏之，蓋軍中之樂也。北狄諸國，皆馬上作樂，故自漢已來，北狄樂總歸鼓吹署。其後分爲二部，有簫笳者爲鼓吹，用之朝會、道路，亦以給賜。漢武帝時，南越七郡，皆給鼓吹是也。有鼓角者爲橫吹，用之軍中，馬上所奏者是也。《晉書·樂志》曰：橫吹有鼓角，又有胡角。按《周禮》云“以鼖鼓鼓軍事”。舊說云，蚩尤氏帥魑魅，與黃帝戰於涿鹿，帝乃始命吹角爲龍鳴以禦之。其後魏武北征烏丸，越沙漠而軍士思歸，於是減爲半鳴，尤更悲矣。橫吹有雙角，即胡樂也。漢博望侯張騫入西域，傳其法於西京，唯得《摩訶兜勒》一曲。李延年因胡曲更造新聲二十八解，乘輿以爲武樂，後漢以給邊將，和帝時萬人將軍得用之。魏、晉以來，二十八解不復具，存而世所用者有《黃鵠》等十曲。其辭後亡。又有《關山月》等八曲，後世之所加也。後魏之世，有《簸邏迴歌》，其曲多可汗之辭，皆燕魏之際鮮卑歌，歌辭虜音，不可曉解，蓋大角曲也。又《古今樂錄》有《梁鼓角橫吹曲》，多叙慕容垂及姚泓時戰陣之事，其曲有《企喻》等歌三十六曲，樂府胡吹舊曲又有《隔谷》等歌三十曲，總六十六曲，未詳時用何篇也。自隋已後，始以橫吹用之鹵簿，與鼓吹列爲四部，總謂之鼓吹，並以供大駕及皇太子、王公等。一曰棡鼓部，其樂器有棡鼓、金鉦、大鼓、小鼓、長鳴角、次鳴角、大角七種。棡鼓金鉦一曲，夜警用之。大鼓十五曲，小鼓九曲，大角七曲，其辭並本之鮮卑。二曰鐃鼓部，其樂器有歌、鼓、簫、笳四種，凡十二曲。三曰大橫吹部，其樂器有角、節鼓、笛、簫、篳篥、笳、桃皮篳篥七種，凡二十九曲。四曰小橫吹部，其樂器有角、笛、簫、篳篥、笳、桃皮篳篥六種，凡十二曲，夜警亦用之。唐制，太常鼓吹，令掌鼓吹施用調習之節，以備鹵簿之儀，而分五部。一曰鼓吹部，其樂器如隋棡鼓部而無大角。棡鼓一曲十叠，大鼓十五曲，严用三曲，警用十二曲，金鉦無曲以爲鼓節。小鼓九曲，上馬用一曲，嚴警用八曲。長鳴一曲三聲，上馬、嚴警用之。中鳴一曲三聲，用與長鳴同。二曰羽葆部，其樂器如隋鐃鼓部而加錞於，凡十八曲。三曰鐃吹部，其樂器與隋鐃鼓部同，凡七曲。四曰大橫吹部，其樂器與隋同，凡二十四曲。黃鍾角八曲，中吕宫二曲，中吕徵一曲，中吕商三曲，中吕羽四曲，中吕角四曲，無射二曲。五曰小橫吹部，其樂器與隋同。其曲不見，疑同用大橫吹曲也。凡大駕行幸，則夜警晨嚴。大駕夜驚十二曲，中警七曲，晨嚴三通。皇太子夜警九曲，公卿已下夜警七曲，晨嚴並三通。夜警衆一曲，轉次而振也。（卷二十一）

相和歌辭

《宋書·樂志》曰："相和，漢舊曲也，絲竹更相和，執節者歌。本一部，魏明帝分爲二，更遞夜宿。本十七曲，朱生、宋識、列和等復合之爲十三曲。"其後晉荀勖又採舊辭施用於世，謂之清商三調歌詩，即沈約所謂"因弦管金石造歌以被之"者也。《唐書·樂志》曰："平調、清調、瑟調，皆周房中曲之遺聲，漢世謂之三調。又有楚調、側調。楚調者，漢房中樂也。高帝樂楚聲，故房中樂皆楚聲也。側調者，生於楚調，與前三調總謂之相和調。"《晉書·樂志》曰："凡樂章古辭之存者，並漢世街陌謳謠，《江南可採蓮》、《烏生十五子》、《白頭吟》之屬。"其後漸被於弦管，即相和諸曲是也。魏晉之世，相承用之。永嘉之亂，五都淪覆，中朝舊音，散落江左。後魏孝文宣武，用師淮漢，收其所獲南音，謂之清商樂，相和諸曲，亦皆在焉。所謂清商正聲，相和五調伎也。凡諸調歌辭，並以一章爲一解。《今樂録》曰："偬歌以一句爲一解，中國以一章爲一解。"王僧虔啓云："古曰章，今曰解，解有多少。當時先詩而後聲，詩敘事，聲成文，必使志盡於詩，音盡于曲。是有作詩有豐約，制解有多少，猶詩《君子陽陽》兩解，《南山有臺》五解之類也。"又諸調曲皆有辭、有聲，而大曲又有豔、有趨、有亂。辭者其歌詩也，聲者若羊吾夷伊那何之類也，豔在曲之前，趨與亂在曲之後，亦猶吳聲西曲前有和，後有送也。又大曲十五曲，沈約並列於瑟調。今依張永《元嘉正聲技録》分於諸調，又别叙大曲於其後。唯《滿歌行》一曲諸調不載，故附見於大曲之下。其曲調先後，亦準《技録》爲次云。（卷二十六）

清商曲辭

清商樂，一曰清樂。清樂者，九代之遺聲。其始即相和三調是也，並漢、魏已來舊曲。其辭皆古調及魏三祖所作。自晉朝播遷，其音分散，苻堅滅涼得之，傳於前後二秦。及宋武定關中，因而入南，不復存於内地。自時已後，南朝文物號爲最盛。民謡國俗，亦世有新聲。故王僧□論三調歌曰：“今之清商，實由銅雀。魏氏三祖，風流可懷。京洛相高，江左彌重。而情變聽改，稍復零落。十數年間，亡者將半。所以追餘操而長懷，撫遺器而太息者矣。”後魏孝文討淮漢，宣武定壽春，收其聲伎，得江左所傳中原舊曲，《明君》、《聖主》、《公莫》、《白鳩》之屬，及江南吳歌、荆楚西聲，總謂之清商樂。至於殿庭饗宴，則兼奏之。遭梁、陳亡亂，存者蓋寡。及隋平陳得之，文帝善其節奏，曰：“此華夏正聲也。”乃微更損益，去其哀怨，考而補之，以新定律呂，更造樂器。因於太常置清商署以管之，謂之“清樂”。開皇初，始置七部樂，清商伎其一也。大業中，煬帝乃定清樂、西涼等爲九部。而清樂歌曲有《楊伴》，舞曲有《明君》、《並契》。樂器有鐘、磬、琴、瑟、擊琴、琵琶、箜篌、築、箏、節鼓、笙、笛、簫、篪、塤等十五種，爲一部。唐又增吹葉而無塤。隋室喪亂，日益淪缺。唐貞觀中，用十部樂，清樂亦在焉。至武后時，猶有六十三曲。其後歌辭在者，有《白雪》、《公莫》、《巴渝》、《明君》、《鳳將雛》、《明之君》、《鐸舞》、《白鳩》、《白紵》、《子夜吳聲四時歌》、《前溪》、《阿子及歡聞》、《團扇》、《懊憹》、《長史變》、《丁督護》、《讀曲》、《烏夜啼》、《石城》、《莫愁》、《襄陽》、《西烏夜飛》、《估客》、《楊伴》、《雅歌驍壺》、《常林歡》、《三洲》、《採桑》、《春江花月夜》、《玉樹後庭花》、《堂堂》、《泛龍舟》等三十二曲，《明之君》、《雅歌》各二首，《四時歌》四首，合三十七首。又七曲有聲無辭，《上柱》、《鳳雛》、《平調》、《清調》、《瑟調》、《平折》、《命嘯》，通前爲四十四曲存焉。長安已後，朝廷不重古曲，工伎寖缺，能合於管弦者唯《明君》、《楊伴》、《驍壺》、《春歌》、《秋歌》、《白雪》、《堂堂》、《春江花月夜》等八曲。自是樂章訛失，與吳音轉遠。開元中，劉貺以爲宜取吳人，使之傳習，以問歌工李郎子。郎子北人，學於江都人俞才生。時聲調已失，唯雅歌曲辭，辭典而音雅。後郎子亡去，清樂之歌遂闕。自周、隋已來，管弦雅曲將數百曲，多用西涼樂。歌舞曲多用龜茲樂。唯琴工猶傳楚、漢舊聲及清調。蔡邕五弄，楚調四弄，謂之九弄。雅聲獨存，非朝廷郊廟所用，故不載。《樂府解題》曰：“蔡邕云：‘清商曲，又有《出郭西門》、《陸地行車》、《夾鍾》、《朱堂寢》、《奉法》等五曲，其詞不足采著。’”（卷四十四）

讀曲歌八十九首（節録）

《宋書·樂志》曰：“《讀曲歌》者，民間爲彭城王義康所作也。其歌云：‘死罪劉領軍，誤殺劉第四’是也。”《古今樂録》曰：“《讀曲歌》者，元嘉十七年袁后崩，百官不敢作聲歌。或因酒讌，止竊聲讀曲細吟而已，以此爲名。”按義康被徙亦是十七年，南齊時，朱碩仙善歌吳聲讀曲,武帝出遊鍾山,幸何美人墓。碩仙歌曰:"一憶所歡時,緣山破芬荏。山神感儂意,盤石銳鋒動。"帝神色不悅,曰:"小人不遜,弄我。"時朱子尚亦善歌,復爲一曲云:"暖暖日欲冥,觀騎立蜘蟵。太陽猶尚可,且願停須臾。"於是俱蒙厚賚。(卷四十六)

舞曲歌辭

《通典》曰:"樂之在耳者曰聲,在目者曰容。聲應乎耳,可以聽知;容藏於心,難以貌觀。故聖人假干戚羽旄以表其容,發揚蹈厲以見其意,聲容選和而後大樂備矣。《詩序》曰:'詠歌之不足,不知手之舞之,足之蹈之。'然樂心內發,感物而動,不覺手之自運,歡之至也。此舞之所由起也。"舞亦謂之萬。《禮記外傳》曰:"武王以萬人同滅商,故謂舞爲萬。"《商頌》曰:"萬舞有奕。"則殷已謂之萬矣。《魯頌》曰:"萬舞洋洋。"衛詩曰:"公庭萬舞。"然則萬亦舞之名也。《春秋》魯隱公五年:"考仲子之宫,將萬焉。因問羽數於衆仲,衆仲對曰:'天子用八,諸侯六,大夫四,士二。舞所以節八音而行八風,故自八而下,於是初獻六羽,始用六佾也。'"杜預以爲六六三十六人,而沈約非之,曰:"八音克諧,然後成樂,故必以八人爲列。自天子至士,降殺以兩,兩者減其二列爾。預以爲一列又減二人,至士止餘四人,豈復成樂。服虔謂天子八八,諸侯六八,大夫四八,士二八,於義爲允也。"周有六舞:一曰帗舞,二曰羽舞,三曰皇舞,四曰旄舞,五曰干舞,六曰人舞。帗舞者,析五綵繒,若漢靈星舞子所持是也,羽舞者,析羽也。皇舞者,雜五綵羽,如鳳凰色,持之以舞也。旄舞者,犛牛之尾也。干舞者,兵舞持盾而舞也。人舞者,無所執,以手袖爲威儀也。《周官·舞師》:"掌教兵舞,帥而舞山川之祭祀。教帗舞,帥而舞社稷之祭祀。教羽舞,帥而舞四方之祭祀。教皇舞,帥而舞旱暵之事。"樂師亦掌教國子小舞。自漢以後,樂舞寖盛,故有雅舞,有雜舞。雅舞用之郊廟、朝饗,雜舞用之宴會。晉傅玄又有十餘小曲,名爲舞曲。故《南齊書》載其辭云:"獲罪於天,北徙朔方。墳墓誰掃,超若流光。"疑非宴樂之辭,未詳其所用也。前世樂飲酒酣,必自起舞。詩云"屢舞僊僊"是也。故知宴樂必舞,但不宜屢爾。譏在屢舞,不譏舞也。漢武帝樂飲,長沙定王起舞是也。自是已後,尤重以舞相屬,所屬者代起舞,猶世飲酒以杯相屬也。灌夫起舞以屬田蚡,晉謝安舞以屬桓嗣是也。近世以來,此風絶矣。(卷五十二)

散　樂

《周禮》曰:旄人教舞散樂。鄭康成云:散樂,野人爲樂之善者,若今《黃門倡》,即

《漢書》所謂黃門名倡丙彊、景武之屬是也。漢有《黃門鼓吹》，天子所以宴羣臣。然則雅樂之外，又有宴私之樂焉。《唐書樂志》曰：“散樂者非部伍之聲，俳優歌舞雜奏。”秦、漢已來又有雜伎，其變非一，名爲百戲，亦總謂之散樂，自是歷代相承有之。（卷五十六）

琴曲歌辭

越裳操琴者，先王所以修身、理性、禁邪、防淫者也。是故君子無故不去其身。《唐書·樂志》曰：“琴，禁也。夏至之音，陰氣初動，禁物之淫心也。”《世本》曰：“琴，神農所造。”《廣雅》曰：“伏羲造琴，長七尺二寸，而有五弦。”揚雄《琴清英》曰：“舜彈五弦之琴而天下化。”《琴操》曰：“琴長三尺六寸六分，象三百六十日。廣六寸，象六合也。文上曰池。池，水也，言其平。下曰濱。濱，賓也，言其服也。前廣後狹，尊卑象也。上圓下方，法天地也。五弦，象五行也。文王、武王加二弦以合君臣之恩。”《古今樂錄》曰：“今稱二弦爲文武弦是也。”應劭《風俗通》曰：“七弦，法七星也。”《三禮圖》曰：“琴第一弦爲宮，次弦爲商，次爲角，次爲羽，次爲徵徵，次爲少宮，次爲少商。”桓譚《新論》曰：“今琴四尺五寸，法四時五行也。”崔豹《古今注》曰：“蔡邕益琴爲九弦，二弦大，次三弦小，次四弦尤小。”梁元帝《纂要》曰：“古琴名有清角，黃帝之琴也。鳴鹿、循況、濫協、號鍾、自鳴、空中，皆齊桓公琴也。繞梁，楚莊王琴也。綠綺，司馬相如琴也，焦尾，蔡邕琴也。鳳凰，趙飛燕琴也。自伏羲製作之後，有瓠巴、師文、師襄、成連、伯牙、方子春、鍾子期，皆善鼓琴。而其曲有暢、有操、有引、有弄。”《琴論》曰：“和樂而作，命之曰暢，言達則兼濟天下而美暢其道也。憂愁而作，命之曰操，言窮則獨善其身而不失其操也。引者，進德修業，申達之名也。弄者，情性和暢，寬泰之名也。其後西漢時有慶安世者，爲成帝侍郎，善爲《雙鳳離鸞之曲》，齊人劉道彊能作《單鳧寡鶴之弄》，趙飛燕亦善爲《歸風送遠之操》，皆妙絕當時，見稱後世。若夫心意感發，聲調諧應，大弦寬和而温，小弦清廉而不亂，攫之深，醳之愉，斯爲盡善矣。古琴曲有五曲、九引、十二操。五曲：一曰《鹿鳴》，二曰《伐檀》，三曰《騶虞》，四曰《鵲巢》，五曰《白駒》。九引：一曰《烈女引》，二曰《伯妃引》，三曰《貞女引》，四曰《思歸引》，五曰《霹靂引》，六曰《走馬引》，七曰《箜篌引》，八曰《琴引》，九曰《楚引》。十二操：一曰《將歸操》，二曰《猗蘭操》，三曰《龜山操》，四曰《越裳操》，五曰《拘幽操》，六曰《岐山操》，七曰《履霜操》，八曰《朝飛操》，九曰《別鶴操》，十曰《殘形操》，十一曰《水仙操》，十二曰《襄陵操》。自是已後，作者相繼，而其義與其所起，略可考而知，故不復備論。”《樂府解題》曰：“琴操紀事，好與本傳相違，存之者，以廣異聞也。”（卷五十七）

雜曲歌辭

《宋書·樂志》曰："古者天子聽政，使公卿大夫獻詩，耆艾修之，而後王斟酌焉。然後被於聲，於是有採詩之官。周室下衰，官失其職。漢、魏之世，歌詠雜興，而詩之流乃有八名：曰行，曰引，曰歌，曰謠，曰吟，曰詠，曰怨，曰歎，皆詩人六義之餘也。至其協聲律，播金石，而總謂之曲。若夫均奏之高下，音節之緩急，文辭之多少，則繫乎作者才思之淺深，與其風俗之薄厚。當是時，如司馬相如、曹植之徒，所爲文章，深厚爾雅，猶有古之遺風焉。自晉遷江左，下逮隋、唐，德澤寖微，風化不競，去聖逾遠，繁音日滋。艷曲興於南朝，胡音生於北俗。哀淫靡曼之辭，迭作並起，流而忘反，以至凌夷。原其所由，蓋不能制雅樂以相變，大抵多溺於鄭、衛，由是新聲熾而雅音廢矣。昔晉平公說新聲，而師曠知公室之將卑。李延年善爲新聲變曲，而聞者莫不感動。其後元帝自度曲，被聲歌，而漢業遂衰。曹妙達等改易新聲，而隋文不能救。嗚呼，新聲之感人如此，是以爲世所貴。雖沿情之作，或出一時，而聲辭淺迫，少復近古。故蕭齊之將亡也，有《伴侶》；高齊之將亡也，有《無愁》；陳之將亡也，有《玉樹後庭花》；隋之將亡也，有《泛龍舟》。所謂煩手淫聲，爭新怨衰，此又新聲之弊也。雜曲者，歷代有之，或心志之所存，或情思之所感，或宴游懽樂之所發，或憂愁憤怨之所興，或叙離別悲傷之懷，或言征戰行役之苦，或緣於佛老，或出自夷虜。兼收備載，故總謂之雜曲。自秦、漢已來，數千百歲，文人才士，作者非一。干戈之後，喪亂之餘，亡失既多，聲辭不具，故有名存義亡，不見所起，而有古辭可考者，則若《傷歌行》、《生別離》、《長相思》、《棄下何纂纂》之類是也。復有不見古辭，而後人繼有擬述，可以概見其義者，則若《出自薊北門》、《結客少年場》、《秦王卷衣》、《半渡溪》、《空城雀》、《齊謳》、《吳趨》、《會吟》、《悲哉》之類是也。又如漢阮瑀之《駕出北郭門》，曹植之《惟漢》、《苦思》、《欲游南山》、《事君》、《車已駕》、《桂之樹》等行，《磐石》、《驅車》、《浮萍》、《種葛》、《吁嗟》、《鰕䱇》等篇，傅玄之《雲中白子高》、《前有一樽酒》、《鴻雁生塞北行》、《昔君》、《飛塵》、《車遙遙篇》，陸機之《置酒》，謝惠連之《晨風》，鮑照之《鴻雁》，如此之類，其名甚多，或因意命題，或學古叙事，其辭具在，故不復備論。（卷六十一）

近代曲詞

《荀子》曰："久則論略，近則論詳。"言世近而易知也。兩漢聲詩著於史者，唯《郊祀》、《安世》之歌而已。班固以巡狩福應之事，不序郊廟，故餘皆弗論。由是漢之雜曲，所見者少，而《相和》、《鐃歌》，或至不可曉解。非無傳也，久故也。魏、晉已後，訖於梁、陳，雖略可考，猶不若隋、唐之爲詳。非獨傳者加多也，近故也。近代曲者，亦雜曲也，以其出於隋、唐之世，故曰近代曲也。自隋開皇初，文帝置七部樂：一曰西涼伎，二曰清商伎，三曰高麗伎，四曰天竺伎，五曰安國伎，六曰龜茲伎，七曰文康伎。至大業中，煬帝乃立清樂、西涼、龜茲、天竺、康國、疎勒、安國、高麗、禮畢，以爲九部，樂器工衣於是大備。唐武德初，因隋舊制，用九部樂。太宗增高昌樂，又造讌樂，而去禮畢曲。其著令者十部：一曰讌樂，二曰清商，三曰西涼，四曰天竺，五曰高麗，六曰龜茲，七曰安國，八曰疎勒，九曰高昌，十曰康國，而總謂之燕樂。聲辭繁雜，不可勝紀。凡燕樂諸曲，始於武德、貞觀，盛於開元、天寶。其著錄者十四調二百二十二曲。又有梨園，別教院法歌樂十一曲，云韶樂二十曲。肅、代以降，亦有因造。僖、昭之亂，典章亡缺，其所存者，概可見矣。（卷七十九）

雜歌謠辭

言者，心之聲也；歌者，聲之文也。情動於中而形於言，言之不足故嗟歎之，嗟歎之不足故永歌之。歌之爲言也，長言之也。夫欲上如抗，下如墜，曲如折，止如槁木，倨中矩，句中鈎，纍纍乎端如貫珠，此歌之善也。《宋書·樂志》曰：“黄帝、帝堯之世，王化下洽，民樂無事，故因擊壤之歡，慶雲之瑞，民因以作歌。其後風衰雅缺，而妖淫靡曼之聲起。周衰，有秦青者，善謳，而薛談學謳於秦青，未窮青之伎而辭歸。青餞之於郊，乃撫節悲歌，聲震林木，響遏行雲。薛談遂留不去，以卒其業。又有韓娥者，東之齊，至雍門，匱糧，乃鬻歌假食。既去而餘響繞梁，三日不絶。左右謂其人不去也。過逆旅，逆旅人辱之，韓娥因曼聲哀哭。一里老幼悲愁垂涕相對，三日不食。遽追之，韓娥還，復爲曼聲長歌；一里老幼喜躍忭舞，不能自禁，忘向之悲也。乃厚賂遣之。故雍門之人善歌哭，效韓娥之遺聲。衛人王豹處淇川，善謳，河西之民皆化之。齊人緜駒居高唐，善歌，齊之右地亦傳其業。前漢有魯人虞公者，善歌，能令梁上塵起。若斯之類，並徒歌也。《爾雅》曰：“徒歌謂之謠。’”《廣雅》曰：“聲比於琴瑟曰歌。”《韓詩章句》曰：“有章曲曰歌，無章曲曰謠。”梁元章《纂要》曰：“齊歌曰謳，吳歌曰歈，楚歌曰豔，浮歌曰咂，振旅而歌曰凱歌，堂上奏樂而歌曰登歌，亦曰升歌。”故歌曲有《陽陵》、《白露》、《朝日》、《魚麗》、《白水》、《白雪》、《江南》、《陽春》、《淮南》、《駕辯》、《渌水》、《陽阿》、《采菱》、《下里巴人》，又有長歌、短歌、雅歌、緩歌、浩歌、放歌、怨歌、勞歌等行。漢世有相和歌，本出於街陌謳謠。而吳歌雜曲，始亦徒歌，復有但歌四曲，亦出自漢世，無弦節作伎，最先一人唱，三人和，魏武帝尤好之。時有宋容華者，清徹好聲，善唱此曲,當時特妙。自晉已後不復傳,遂絕。凡歌有因地而作者,《京兆》、《邯鄲歌》之類是也;有因人而作者,《孺子》、《才人歌》之類是也;有傷時而作者,微子《麥秀歌》之類是也;有寓意而作者,張衡《同聲歌》之類是也。寧戚以困而歌,項籍以窮而歌,屈原以愁而歌,卞和以怨而歌,雖所遇不同,至於發乎其情則一也。歷世以來,歌謳雜出。今並採錄,且以謠纖繫其末云。(卷八十三)

新樂府辭

樂府之名,起於漢、魏。自孝惠帝時,夏侯寬爲樂府令,始以名官。至武帝,乃立樂府,采詩夜誦,有趙、代、秦、楚之謳。則採歌謠,被聲樂,其來蓋亦遠矣。凡樂府歌辭,有因聲而作歌者,若魏之三調歌詩,因弦管金石,造歌以被之是也。有因歌而造聲者,若清商、吳聲諸曲,始皆徒歌,既而被之弦管是也。有有聲有辭者,若郊廟、相和、鐃歌、橫吹等曲是也。有有辭無聲者,若後人之所述作,未必盡被於金石是也。新樂府者,皆唐世之新歌也。以其辭實樂府,而未常被於聲,故曰新樂府也。元微之病後人沿襲古題,唱和重復,謂不如寓意古題,刺美見事,猶有詩人引古以諷之義。近代唯杜甫《悲陳陶》、《哀江頭》、《兵車》、《麗人》等歌行,率皆即事名篇,無復倚旁。乃與白樂天、李公垂輩,謂是爲當,遂不復更擬古題。因劉猛、李餘賦樂府詩,咸有新意,乃作《出門》等行十餘篇。其有雖用古題,全無古義,則《出門行》不言離別,《將進酒》特書列女。其或頗同古義,全創新詞,則《田家》止述軍輸,《捉捕》請先螻蟻。如此之類,皆名樂府。由是觀之,自風雅之作,以至於今,莫非諷興當時之事,以貽後世之審音者。儻採歌謠以被聲樂,則新樂府其庶幾焉。(卷九十)

黄　裳

黄裳(1043—1129)字冕仲,號演山,又號紫玄翁。諡忠文。宋南劍州(今福建南平)人。元豐五年(1082)進士第一。以文章鳴於世。其詩頗有宋詩好議論的特色,而議論却不甚深刻。黄裳的著述,其自編爲集的有《言意文集》、《演山居士新詞》、《書意集》、《長樂詩集》,均不存。又有《演山集》四十卷,以所居之山名集,收其未及第前之詩文。南宋乾道間其子黄玠增補其仕宦後之作,編爲六十卷,今存明影宋抄本、《四庫全書》本。後人自黄裳文集中抄出其詞單行,現存《演山先生詞》二卷,有清鈔本。

本書資料據四庫全書本《演山集》。

456

《演山居士新詞》序（節録）

（演山居士）因言風、雅、頌，詩之體；賦、比、興，詩之用。古之詩人，志趣之所向，情理之所感，含思則有賦，觸類則有比，對景則有興，以言乎德則有風，以言乎政則有雅，以言乎功則有頌。採詩之官，收之於樂府，薦之於郊廟，其誠可以動天地，感鬼神；其理可以經夫婦，移風俗。有天下者，得之以正乎下，而下或以爲嘉；有一國者，得之以化乎下，而下或以爲美。以其主文而譎諫，故言之者無罪，聞之者足以誡。然則古之歌詞，固有本哉？六序以風爲首，終於雅、頌，而賦比興存乎其中，亦有義乎？以其志趣之所向，情理之所感，有諸中以爲德，見於外以爲風，然後賦比興本乎此，以成其體，以給其用。六者聖人特統以義而爲之名，苟非義之所在，聖人之所删焉。（卷二十）

《章安詩集》序（節録）

昔覽古今詩集至數十家，各言其志，與其才思風韻不同，故其體甚衆，高下長短，不可一概而論也。章句之作，有自優游平易中來，天理自感，若無意於爲詩者，此體最高，誰輒可許？如相貴人，久而益愛之，清奇怪秀，無所不有；又如大塊噫氣，以發衆竅，俄會於太虚，然後有天籟，未常容力焉。是豈一律之所能制，有心者之所能爲者邪？有道者之詩也。其餘或出於清苦，或見於平淡，或莊而麗，或細而巧，或健而豪放，或俊而飄逸。其間或能明白，或熟言盡而意有餘，偶有古今人未嘗道者，蓋於羣體中，又其次也。（卷二十一）

書《子虚詩集》後

或言陶潛之詩古淡有味，必能不爲諸家之體，然後可及，非至論也。人固有識高而才短者，其勢易爲古淡；才高而識短者，其勢易爲豪華。夫能用其所長，處其所易，已足以爲智者。有才識兼至，而學爲古今體者，趣古淡則爲陶潛，趣飄逸則爲李白、杜牧，何可以爲常哉？夫詩之爲道，要在吟詠情性，發於自然，乃得至樂。有意於是體，牽合而後爲之，不亦有傷於性乎？非詩之至也。余觀子虚之詩，往往走筆立就，華淡無常，將名其體，終疑而置之，斯亦善鳴其情性者歟！（卷三五）

黄庭堅

　　黄庭堅(1045—1105)字魯直，號山谷道人，晚年又號涪翁。宋文學家、書法家。洪州分寧(今江西修水)人。治平四年(1067)進士及第。黄庭堅的文學創作受蘇軾影響最大，與張耒、晁補之、秦觀同爲"蘇門四學士"。黄庭堅主張文章詩歌應當有其社會作用，但又不贊同蘇軾那些嬉笑怒罵、敢於譏刺社會的文章。因此在詩歌創作上特别追求藝術技巧的探尋，矢志獨辟門徑。他宣導詩學杜甫、文學韓愈，強調詩人應當博學，認爲"老杜作詩，退之作文，無一字無來處，蓋後人讀書少，故謂韓、杜自作此語耳"，同時又提倡融匯古人成句入詩，"雖取古人之陳言入於翰墨，如靈丹一粒，點鐵成金"(《答洪駒父書》)。他認爲"詩意無窮，而人之才有限。以有限之才追無窮之意，雖淵明、少陵不得工也"，因此他提出"不易其意而造其語，謂之換骨法"，"窺入其意而形容之，謂之奪胎法"(《冷齋夜話》卷一)。這一"脱胎換骨"法後來即成爲江西詩派的創作綱領。黄庭堅在藝術上取逕杜、韓，力避滑熟，而以生澀爲特色，講求點鐵成金之法，擅長運用典故，這是他詩歌藝術風格的一大特色。他的大量詩歌歷來爲人所盛讚，具有很大的影響，後人尊奉其爲江西詩派"一祖三宗"之一，直至清代仍有不少學習繼承其創作手法的詩人。黄庭堅的散文在當時也爲人所重。在宋代即有人將黄庭堅詞與秦觀並稱，有"秦七黄九"之譽(《後山詩話》)，但是黄詞的成就實不如秦。他早年的部分作品接近柳永，多寫豔情，甚至流於猥褻；一些詞雜用怪字俚語，字面生澀。然其多數詞仍以清新灑脱見長，時有豪邁氣象。黄庭堅書法兼擅行、草，遒勁清瘦，縱橫奇倔，而又不失軌度，爲北宋書法四大家之一。黄庭堅的文集在宋代幾經編纂刊印，文集重要箋注本有南宋任淵《黄太史精華録》八卷，含詩賦銘贊六卷、雜文二卷。詩集重要箋注本有任淵《山谷内集詩注》二十卷、史容《外集詩注》十七卷、史季温《别集詩注》二卷。黄庭堅的詞在宋代時已有《山谷詞》一卷流行，别稱《豫章黄先生詞》或《山谷琴趣外編》。

　　本書資料據四庫全書本《山谷集》。

野艇恰受兩三人

　　改作"航"，殊無理。此特吳體，不必盡律。白公《同韓侍郎游鄭家池》詩云："野艇容三人。"正用此語。(《山谷别集》卷四)

書聖庚家藏楚詞

章子厚嘗爲余言，《楚詞》蓋有所祖述。余初不謂然，子厚遂言曰：“《九歌》蓋取諸《國風》，《九章》蓋取諸二《雅》，《離騷經》蓋取諸《頌》。”余聞斯言也，歸而考之，信然。顧嘗欷息斯人妙解文章之味，此其於翰墨之林，千載人也。但頗以世故廢學耳，惜哉！

題蘇子由《黃樓賦》草

銘欲頓挫崛奇，賦欲宏麗。故子瞻作諸物銘，光怪百出；子由作賦，紆徐而盡變。二公已老，而秦少游、張文潛、晁無咎、陳無己方駕於翰墨之場，亦望而可畏者也。（以上《山谷別集》卷十）

吕南公

吕南公（1047—1086）字次儒，號灌園。北宋建昌南城（今屬江西）人。出身貧苦，於書無所不讀。治平末出游，熙寧初試於禮部，屢試不第。退而築室灌園，不以進取爲意，益務著書，借史筆褒貶善惡，以“袞斧”名所居齋舍。元祐初，立十科取士，曾肇等舉薦，欲命以官，未及除授而卒，年四十。南公力學不倦，苦節自守，潛心爲文。現存詩歌以議論見長，其文章議論縱橫，文辭雄深，風格勁健。其《與汪秘校論文書》歷論文章的源流盛衰，上起周秦，下迄唐宋，是很重要的宋代文論名篇。其詩文在生前未曾結集，殁後由其子吕郁編爲《灌園先生集》三十卷，已佚；至清初僅存抄本《吕次儒集》一卷；後來四庫館臣從《永樂大典》中輯出詩文，編爲二十卷。

本書資料據四庫全書本《灌園集》。

與汪秘校論文書（節錄）

蓋所謂文者，所以序乎言者也。民之生，非病啞吃皆有言，而賢者獨能成存於序，此文之所以稱。古之人以爲道在己而言及人，言而非其序，則不足以致道治人，是故不敢廢文。堯舜以來，其文可得而見。然其辭致抑揚上下，與時而變，不襲一體。

蓋言以道爲主，而文以言爲主。當其所值時事不同，則其心氣所到亦各成其言，以見於所序，要皆不違乎道而已。商之書，其文未嘗似虞夏，而周之書，其文亦不似商書，此其大概。若條件而觀之，則謨不類典，《五子之歌》不類《禹貢》，《盤庚》不類《説命》，《微子》又不類《伊訓》，至於《泰誓》、《洪範》、《大誥》、《周官》、《吕刑》之文，皆不相類也。

蓋古人之於文，知由道以充其氣，充氣然後資之言，以了其心，則其序文之體自然盡善，而不在準倣。自周之晚，六經始集，七十子之徒雖不以誦經爲功，然其尊仰孔子盛於前世。及孟子、荀卿相望而出，益復尊孔子而小衆家。故秦火既冷，而漢代諸生爲辭，不敢自信其心，而曰我歌頌帝王盛德，與夫論述世故，皆出入六經，峻有師法，不可疵纇。此西漢文所以見高於世，而東京以下學士不易其説也。

雖然，亦其説如此。劉向之文未嘗似仲舒，而相如之文未嘗似馬遷，揚雄之文亦不倣孟子也。張衡、左思等輩於道如從管間窺豹，故其所作文賦緊持揚、馬襟袖而不敢縱其握。自是文章世衰一世，幾於童子之臨模矣。

繇揚雄至元和千百年，而後韓、柳作。韓、柳之文未嘗相似也，而前此中間寂寞無足稱，豈其固無人？其患起於不知由道以充氣，而置我心以視倣他人，故雖勞猶不能傑然自立。去元和至吾宋又數百年，而有歐、王之盛，宗其學者文辭往往奇特，然至今者又已少貶。蓋文之爲道，由東京以下始與經家分兩歧，其弊起於氣不足以序言之，人恥無所述，因乃瑣屑解詁，過自封殖，且高其言以欺耀後生，曰：文者虚辭，非吾所取，吾當釋經以明道而已。疲軟人喜論銷兵，是故相師而成黨。嗟乎，從之者亦不思矣。

夫揚、馬以前文章，何嘗失道之旨哉？今之學士抑又鼓倡爭言韓、柳，未及知道，不足以與明，不如康成、王肅諸人稍近議論。噫，又過矣。夫所爲知道者，果將何爲？必將善於行事而有益於世也。不識康成、王肅之行事有以大過人乎？如以爲行事因時，難相比責，則所以去取重輕者，無乃謂學經貫穿衆説，難於立意成篇乎？是又非吾所信。

且天下孰有能飲千鍾而不能三爵者？彼解詁章句，三爵之才而已。陸澄非不能説經，而當時有書廚之譏，此足以見爲文難於解詁。夫使韓、柳爲澄之解，而有不能乎？彼韓、柳者，蓋知古人之學不如此，是以略其不足爲者，精於其可爲者耳。

説者又云：吾不論説經爲文之難易，但經術明則道可行，吾故趣於此。此亦不然。夫康成、王肅之時，大亂數百年而後止，此時學者豈不知宗本王、鄭經術耶？道何以不行也？孔孟以前學者未嘗解經，而言治者每稱三代。且先王所謂明道者，豈解詁章句之謂乎？後人欲追治古經，而按此以進焉，吾不知其與捕風者何異矣。

天下治亂有常勢也，儒者之才不務見於事功，以助爲國者之福，而希世沽名，苟爲家説以亂古書，自稱高妙，此何所補？陸淳豈不明《春秋》，希聲豈不明《易》，祝欽明豈不明三《禮》？然此徒於當時治亂爲有補乎否也？而後生方倚此論功，不自信其心，以思自古文學道德之變，而更紛紛輕視文人。且文章豈足爲儒者之功？即能之，固不必

恃。然解詁，人輕之亦錯矣，是飲千鍾者不自以爲能酒，而三爵者反笑千鍾之醉也。（卷一一）

李之儀

李之儀(1048—約1128)字端叔，號姑溪居士。宋滄州無棣(今屬山東)人。元豐進士。元祐初，爲樞密院編修官，與蘇軾、蘇轍交游。元祐八年(1093)從蘇軾辟，主管定州安撫司機宜文字。工詩善文，文風深受蘇軾影響，詩名雖不及黄庭堅、陳師道，然而却"軒豁磊落"(《四庫全書總目》卷一五五)，平淡流暢，而無"用意太過"之弊。其各體詩均有可誦之作，略與蘇軾風格相近。擅長作詞，又工於文章，尤長於尺牘。著有《姑溪居士文集》五十卷、《後集》二十卷，爲詩文詞合集。詞和題跋，後人曾從集中抽出單行，所收亦皆見集中。

本書資料據四庫全書本《姑溪居士前集》。

謝人寄詩並問詩中格目小紙（節録）

《國風》、《雅》、《頌》分爲四詩，言一國之事，言天下之事，形容盛德，以告於神明；又以政之大小而分二《雅》，此較然已見者。凡所謂古與近體，格與半格，及曰嘆、曰行、曰歌、曰曲、曰謠之類，皆出於作者一時之所寓，比方四詩而强名之耳。方其意有所可，浩然發於句之長短，聲之高下，則爲歌。欲有所達，而意未能見，必遵而引之，以致其所欲達，則爲行。事有所感，形於嗟嘆之不足，則爲嘆。千岐萬轍，非詰屈折旋則不可盡，則爲曲。未知其實，而遽欲驟見，始彷彿傳聞之得，而會於必至，則爲謠。篇者，舉其全也。章者，次第陳之，至見而相明也。近體見于唐初，賦平聲爲韻，而平側協其律，亦曰律詩。由有近體，遂分往體，就以賦側聲爲韻，從而別之，亦曰古詩。格如律，半格鋪叙抑揚，間作儷句，如老杜《古柏行》者。此管中之見，妄以爲同異，恐古人自有佳處。既無所傳，亦不可概知，姑以其妄意者區處爲獻。不惜委曲見教，幸甚幸甚。（卷十六）

跋吳師道小詞

長短句於遣詞中最爲難工，自有一種風格，稍不如格，便覺齟齬。唐人但以詩句，而下用和聲抑揚以就之，若今之歌《陽關》是也。至唐末，遂因其詩之長短句，而以意填之,始一變以成音律。大抵以《花間集》中所載爲宗,然多小閡。至柳耆卿始鋪叙展衍,備足無餘,形容盛明,千載如逢當日,較之《花間》所集,韻終不勝。由是知其爲難能也。張子野獨矯拂而振起之,雖刻意追逐,要是才不足而情有餘。良可佳者,晏元憲、歐陽文忠、宋景文,則以其餘力游戲,而風流閒雅,超出意表,又非其類也。嚼味研究,字字皆有據,而其妙見于卒章,語盡而意不盡,意盡而情不盡,豈平平可得彷彿哉!師道殫思精詣,專以《花間》所集爲準,其自得處,未易咫尺可論。苟輔之以晏、歐陽、宋,而取捨於張、柳,其進也,將不可得而禦矣。(卷四十)

潘　淳

潘淳(生卒年不詳)字子真。宋新建(今屬江西)人。潘興嗣孫。少穎悟,好學不倦,淹貫經史百家之言。師事黄庭堅,工於詩,李之儀嘗稱其詩"文章明鏡現諸相,句律蟄户驚春雷"(《合流遇潘子真出斯文相示因置酒子真黄九門人》)。曾鞏知洪州,乞錄潘興嗣後,補授建昌縣尉。崇寧間,陳瓘奏劾蔡京,言者視潘淳爲陳瓘之黨,坐奪官,歸,自稱谷口小隱。著有《潘子真詩集》、《詩話補遺》,今已佚。郭紹虞《宋詩話輯佚》輯錄《潘子真詩話》三十七則。潘子真論詩宗黄庭堅,講求語意清新,氣韻深穩,重視句律。

本書資料據郭紹虞《宋詩話輯佚》本《潘子真詩話》。

雙聲疊韻詩

皮日休云:"梁武帝詩'後牖有朽柳',沈約詩'偏眠船舷邊',疊韻興焉。《詩》曰'蟋蟀在東',又曰'鴛鴦在梁',雙聲興焉。"王元謨問謝莊:"何者爲雙聲?何者爲疊韻?"答曰:"互護爲雙聲,磝碻爲疊韻。"當時伏其捷。丁晉公在朱崖作《州郡名配古人姓名》等詩及《雙聲疊韻》,甚有源委。《雙聲》:"九曲流清泚,重輪抱祥光";《疊韻》:"紫蠟茱萸結,紅綃荳蔻房。"林和靖有"草泥行郭索,雲木叫鈎輈",而山谷《效徐庾慢體》云:"翡翠釵梁碧,石榴裙褶紅",皆疊韻雙聲也。語尤工。(《叢話》前二)

案:潘氏以祥光爲雙聲,誤。

劉　弇

劉弇(1048—1102)字偉明。宋吉州安福(今屬江西)人。元豐二年(1079)進士。

早年曠達不羈，博極羣書，爲文祖述韓、柳，規摹歐陽修。《四庫全書總目》卷一五五謂"其文不名一格，大都氣體宏整，詞致敷腴"。其《南郊大禮賦》鋪張揚厲，有漢賦氣概，深受宋神宗賞識。其詩歌氣格稍弱，但亦"峭拔不俗，異於庸音之足曲"。集中多古體詩，意象闊大，波瀾起伏；近體詩描寫田園生活，饒有情趣。亦能詞。原有文集二十五卷，初刻於浦城，南宋紹興時羅良弼別求版本，增補詩文，編爲《龍雲集》三十二卷，刊刻傳世，其後遂爲定本。

本書資料據四庫全書本《龍雲集》。

進元符南郊大禮賦表（節錄）

詞人文士之作，雖取經不純，去道時遠，至於變化飛動，神開筆端，得不因人，自我作古，新一代耳目，起太平極功，有如此曹，殆不多得。屈、宋已還，賈生、相如、向、褒、雄、固，最號高手，能使往漢光華至今，數子力也。自時厥後，苟作之徒，弊毫殫楮，或文不足以起意，或趣不足以會真。而其時君至有持一時赫赫盛烈，甘心低回，委之斯人之手，磨滅就盡，豈不痛哉！（卷一）

上曾子固先生書（節錄）

文章之難也，從古則然，雖有博者，莫能該也，則處此有一道焉，變是已。自樸散以來，誰非從事乎文者？其間重見沓出，雖列屋兼兩，猶不能既其實。然其大約有四：曰經，曰史，曰詩，曰騷，而諸子蓋不預也，則亦不離乎變而已。經之作也，使讀《詩》者如無《書》，讀《書》者如無《易》；其讀《禮》、《春秋》也亦然。豈唯句讀而已，其取名布義也亦然。《禹貢》載禹治水，北徂東漸，計往返無慮數萬里，足所投者幾所，身所嘗者幾事，而首尾纔千餘言焉。及丘明之傳經也，件爲編年，而侈幾數百倍焉。遷之爲紀、傳、世家、書、表，則又倍焉。其後有班、范、《晉陽秋》、《魏略》之類，則又倍焉，不害其爲史也。詩之約也，一言而已，曰"肇"、"祀"；已而三言，曰"盧重鋂"；已而至於五言，曰"贈之以芍藥"；甚者如"誰知烏之雌雄"，乃有六言。而由漢閱唐，又有七言焉，不害其爲詩也。《離騷》之文，則固異乎《招魂》矣；《招魂》之文，則固異乎《大招》矣。於流而爲揚、馬之麗賦，則亦無適而不異經也、史也、詩也、騷也，其每變乃如此。昔之人徜徉不根，宜莫如莊周，至其卒收之也，乃有《天下篇》焉。賈生之書，如《陳政事》一篇，其劫束世故，僅如卑卑之申、韓；及讀《懷沙》、《悲鵬》，至欲拔堯、孔之外楗，而直將以此世，與夫未始有極者游也。夫是之謂善變，此殆韓愈所謂"惟陳言之務去"，陸機所謂"怵他人之我先者"歟？二漢而下，獨唐元和、長慶間文章號有前代氣骨。何則？知變而然也。如李翱、皇甫湜輩尚恨有所未盡，下是則蟲讙鳥聒，過耳已泯，蓋無以議爲也。韓子之文如六龍解駢，放足千里。而逸氣彌勁，真物外之絶驪也。柳子厚之文如蒲牢叩鯨鐘，驕壺躍俊矢，壯偉捷發，初不留賞，而喜爲愀愴淒淚之辭，殆騷人之裔比乎！李翱之文如鼎出汾陰，鼓遷岐陽，鬱有古氣，而所乏者韻味。皇甫湜之文如層崖束湍，翔霆破柱，當之者駭矣，而略無韶潤。吕温之文如蘭榱桂橑，質非不美，正恐不爲杞梓家所録。劉禹錫之文如剔柯棘林，還相影發，而獨欠茂密。權德輿之文如靜女莊士，能自檢儆，無媒介則躓矣。若閣下之文則廓乎其能周，燁乎其能明，歛乎其若有所待，眇乎其似不可攬而取也。挑之以果而不失於銳，駕之以逸而不至於放，聳之以嚴而不傷於介，振之以冷汰而不過乎絜。和平淡泊而非直，紆餘委靡也；慁惻怨悱而非直，騷條感發也。蓋自六經已還，諸史百氏，下至山經地志，浮屠老子之書與夫翰林子墨之文章，在閣下貫穿略盡矣。至於長哦短篇，尺簡寸札，音期灑落，率有妙趣。藻豐而證，博意滋出而義愈暢，真博大者之言也。（卷一五）

策問第三賦

問：筆端膚寸，與經史出没，與鬼神敵奧，與造物者爭巧，其賦乎！古者登高能賦，始可以爲大夫，而《詩》之六義，賦居一焉。子虚、烏有、亡是之類，始雖誕謾不根，晚乃歸之諷諫，則君子之于相如，固嘗有取也。其後《長揚》、《羽獵》之出於揚雄，《兩都》起于孟堅，《二京》見於張衡，《三都》發于左思，於是賦始盛行矣。其詞詭激，故讀之者可喜；比綴聲偶，故味之者不厭；多識於鳥獸草木之名，故博物者時有取於其間。彼有以《三都》、《二京》爲五經之鼓吹，與夫漢世之疑吐白鳳，晉人之自謂當作金聲，良非虚語也。自隋以來，進士決科，莫非用賦。而李唐之盛時，將相大臣往往由此塗出，孰謂一日罷去，而不遺憾於墨客邪？此前日二三柄臣所以扳復於反手之頃。然聲病不講幾二十載於兹矣，舊習者已彫鑠於頽年，晚進者或恍駭於新律，之二者均患也，非俱適也。諸君方將灑落寸管，掇拾膴仕，正自不當以篆刻爲緩，習賦之道，宜必有逕焉而不迂者，幸以見告。（卷二七）

秦　觀

秦觀（1049—1100）字少游，一字太虚，號邗溝居士、淮海居士。宋揚州高郵（今屬江蘇）人。自幼性豪儁，喜讀兵書，文辭慷慨。後以《黄樓賦》贄見蘇軾，軾大加稱賞，以爲有屈、宋之才,並向王安石舉薦。元豐間,曾兩次應進士試,皆不第。終在元豐八年(1085)進士及第。秦觀爲"蘇門四學士"之一,最受蘇軾器重,詩、詞、文的創作都有很大成就。秦觀論文强調社會功用,反對雕琢無用之文,對杜甫詩歌尤爲推崇。其散文長於議論,文麗而思深;其政論文結構嚴密,説理透徹,筆鋒犀利,富有感染力和説服力。秦觀的詩也獨具特色,精緻鮮妍,秀麗有餘,而氣魄較弱,金代詩人元好問譏笑其爲"女郎詩"(《論詩絶句》)。但秦觀的詩風也並非單一不變。北宋中葉以後,詩壇往往"以文字爲詩,以議論爲詩,以才學爲詩"(《滄浪詩話・詩辨》),相比之下,秦觀的詩感情深沉,意境幽深,形象鮮明,完全没有同時代人詩的那種通病。秦觀的主要文學成就在詞的創作上,被陳師道譽爲"當代詞手"(《後山詩話》),被後世視爲正宗婉約詞派的第一流詞人,善於把男女戀情同自己的不幸遭遇融合起來,借助幽冷的意境,以含蓄的手法抒發感傷的情緒。秦觀自編有《淮海逆旅集》、《淮海閒居集》。南宋乾道間刻《淮海居士文集》四十九卷,含前集四十卷、後集六卷、長短句三卷,後遂成爲定本。秦觀詞除收入文集外,自宋代即有單刻本《淮海詞集》一卷傳世。

本書資料據四庫全書本《淮海集》。

論議下

臣聞世之議貢舉者,大率有三焉:務華藻者,以窮經爲迂闊;尚義理者,以綴文爲輕浮;好爲高世之論者,則又以經術、文辭皆言而已矣,未嘗以爲德行,德行者道也。是三者,各有所見,而不能相通。臣請原其本末而備論之,則貢舉之議決矣。

古者諸侯卿大夫交接鄰國,以微言相感動,當周旋進退之時,必稱詩以喻其志,蓋以別賢不肖而觀盛衰焉。其後聘問不行於列國,學詩之士逸於布衣,於是賢人失志之賦興,屈原《離騷》之詞作矣。此文詞之習所由起也。及其衰也,彫篆相誇,組繪相侈,苟以謾世取寵,而不適於用。故孝武好神仙,相如作《大人賦》以風其上,乃飄飄然有凌雲之志,此文辭之弊也。

昔孔子患《易》道之不明,乃作《彖》、《象》、《繫辭》、《文言》、《説》、《序》、《雜卦》十篇,以發天人之奥。而左氏亦以《春秋》之法,弟子傳失其真,於是論本事,作《傳》以記善惡之實。此經術之學所由起也。及其衰也,幼童而守一藝,白首而後能言,故漢儒之陋,有曰秦近君,能記説"堯典"二字,至十餘萬言,但説"若稽古",猶三萬言也,此經術之弊也。

古者民有恭敏任恤者,則閭胥書之;孝悌睦婣有學者,則族師書之;有德行道藝者,則黨正書之。而又考之於州長,興之於鄉老大夫,而論之於司徒、樂正、司馬,所謂秀選進造之士者是也，然後官而爵祿之。此德行之選所由起也。及其衰也，鄉舉里選之法亡，郡國孝廉之科設，而山林遺逸之聘興，於是矯言偽行之人，弊車羸馬，竄伏巖穴，以幸上之爵祿。故東漢之士，有廬墓而生子，唐室之季，或號嵩少爲仕途捷徑，此德行之弊也。

是三者，莫不有弊，而晚節末路，文辭特甚焉。蓋學屈、宋而不至者，爲賈、馬、班、揚；學賈、馬、班、揚而不至者，爲鄴中七子；學鄴中七子而不至者，爲謝靈運、沈休文。休文之撰四聲譜也，自謂靈均以來，此秘未睹。武帝雅不好焉，而隋唐因之，遂以設科取士，謂之聲律。於是敦樸根柢之學，或以不合而罷去；靡曼剽奪之伎，或以中程而見收。自非豪傑、不待文王而興者，往往溺於其間，此楊綰、李德裕之徒所爲切齒者也。熙寧中，朝廷深鑑其失，始詔有司削去詩賦，而易以經義，使學者得以盡心於六藝之文，其意信美矣。然士或苟於所習，不能博物洽聞，以稱朝廷之意，至於歷世治亂興衰之跡，例以爲祭終之芻狗，雨後之土龍，而莫之省焉。此何異斥桑間濮上之曲，而奏以舉動勸力之歌？雖華質不同，其非正音一也。傳曰：“梁麗可以衝城，而不可以窒穴，言殊器也。驊騮騏驥一日而馳千里，捕鼠則不如狸狌，言殊技也。鴟鵂夜撮蚤，察毫末，晝出瞋目而不見丘山，言殊性也。”今欲去經術而復詩賦，則近乎棄本而趨末；並爲一科，則幾於取人而求備。爲今計者，莫若以文詞、經術、德行各自爲科，以籠天下之士，則性各盡其方，技各盡其能，器各致其用，而英俊豪傑庶乎其無遺矣。（卷十四）

韓愈論

臣聞先王之時，一道德，同風俗，士大夫無意於爲文。故六藝之文事詞相稱，始終本末如出一人之手。後世道術爲天下裂，士大夫始有意於爲文。故自周衰以來，作者班班相望而起，奮其私知，各自名家，然總而論之，未有如韓愈者也。

何則？夫所謂文者，有論理之文，有論事之文，有敘事之文，有託詞之文，有成體之文。探道德之理，述性命之精，發天人之奧，明死生之變，此論理之文，如列禦寇、莊周之所作是也；別白黑陰陽，要其歸宿，決其嫌疑，此論事之文，如蘇秦、張儀之所作是也；考同異，次舊聞，不虛美，不隱惡，人以爲實錄，此敘事之文，如司馬遷、班固之作是也；原本山川，極命草木，比物屬事，駭耳目，變心意，此託詞之文，如屈原、宋玉之作是也；鉤列、莊之微，挾蘇、張之辯，摭班、馬之實，獵屈、宋之英，本之以《詩》、《書》，折之以孔氏，此成體之文，韓愈之所作是也。

然則列、莊、蘇、張、班、馬、屈、宋之流，其學術才氣皆出於愈之文，猶杜子美之於詩。實積衆家之長，適當其時而已。昔蘇武、李陵之詩長於高妙，曹植、劉公幹之詩長於豪逸，陶潛、阮籍之詩長於沖澹，謝靈運、鮑昭之詩長於峻潔，徐陵、庾信之詩長於藻麗。於是杜子美者，窮高妙之格，極豪逸之氣，包沖澹之趣，兼峻潔之姿，備藻麗之態，而諸家之作所不及焉。然不集諸家之長，杜氏亦不能獨至於斯也，豈非適當其時故耶？

孟子曰："伯夷聖之清者也，伊尹聖之任者也，柳下惠聖之和者也，孔子聖之時者也。孔子之謂集大成。"嗚呼，杜氏、韓氏亦集詩文之大成者歟。（卷二十二）

李公麟

李公麟（1049—1106）字伯時，號龍眠居士。北宋舒州（今安徽安慶）人。熙寧三年（1070）進士，歷南康、長垣縣尉，爲泗州録事參軍。陸佃薦爲中書門下後省删定官、御史檢法。元豐二年（1079），爲禮部試考校官。元符三年（1100），以疾致仕。公麟好古博學，工詩，擅長繪畫，尤精人物、山水畫，所作《龍眠山莊圖》，爲世所寶。著有《石器圖》一卷，已佚。

本書資料據四庫全書本《回文類聚》。

《璿璣圖》再叙

回文詩圖，古無悉通者。予因究璿璣之義，如日星之左右行天，故布爲經緯，由中旋外，以旁循四旁。於其交會，皆契韻句，巡環反覆，窈窕縱橫，各能妙暢。又原五采相宣之説，分色以開其篇章。其在經緯者始於璣，蘇詩始四字。其在節會者，右旋而出，隨其所至，各成章什。外經則始於"仁真"，至於"音深"，中經自"欽深"至於"身愍"，内經自"詩情"至於"終始"，皆循方回文者也。四角之方，如仁真欽心，四韻成章而回文者也。至其經緯之圖者，隨色自分，則外之四角，窈窕成文，而文皆六言也。四旁者相對成文，而文皆六言也。及交手成文，而文皆四言也。在中之四角者，一例橫讀而四言；在中之四旁者，隨向橫讀而五言。惟璿璣平氏四字不入章句。觀其宛轉反覆，皆才思精深融徹，如契自然。蓋騷人才子所難，豈必女工之尤哉？《詩》編《載馳》，史美班扇，才女專靜，用志不分，雖皆擅名，此爲精贍者也。聊隨分篇，掇其一隅，以爲三隅之反。代久傳訛，頗有誤字，亦輒澄改一二，其他闕謬，不欲以意定之。雖未能盡達玄思，抑庶幾不爲滯塞云。李公麟題。（卷一）

黄　集

黄集(生卒年不詳)，字长孺。宋越州会稽(今浙江绍兴)人，徽宗朝在世。

本书资料据四库全书本《回文類聚》。

《璿璣圖》叙

蘇蕙《織錦回文詩》，所傳舊矣。故少常沈公復傳其畫，繇是若蘭之才益著。然其詩回旋書之，讀者惟曉外繞七言，至其中方則漫弗可考矣。若沈公之傳，亦謂辭句脱略，讀不成文，殊不知此詩織成，本五色相宜，因以別三、四、五、六、七言之異。後人流傳，不復施采，故迷其句讀，非辭句之脱略也。政和初，予在洛陽，於居士王晉玉許得唐程士南效此詩並申誠之釋，而後曉然。是詩也，初不舛脱，蓋沈公未嘗見此本耳。然申誠所釋，但依士南之設色。其七言數火，其色反黄；四言數金，其色反绿，於五行爲弗協，意蘇氏詩圖之色爲不爾。今因冠詩于畫，遂別而正之。三、四、五、六、七言之詩，各隨其行而爲之色。觀者見其色，則詩之言數可知已。至于士南之文，既有釋者，則傳采自從其舊，而因書于卷末云。國初錢鎮州惟治嘗有《寶子垂綬連環》之詩，亦錦文之遺範，而世罕傳。故聊附左，以資書隽言鯖之餘味焉。七年九月二十七日，會稽黄集長孺父書於山陽襄華堂。其所載采色，與五色讀法同，故不再録。

蔡　絛

蔡絛(生卒年不詳)字約之，自號百衲居士，別號無爲子。宋興化軍仙游(今屬福建)人。蔡京季子。年二十，入館閣爲侍從。政和中，官至徽猷閣待制。宣和元年(1119)，坐不受道録事勒停，後復官，拜禮部尚書兼侍講。五年，以私自撰著詩話，爲言者論列，再勒停。六年，其父蔡京復相，起爲龍圖閣學士兼侍讀，諸政事悉決於絛，竊弄權柄，恣爲奸利。靖康元年(1126)，與其父同被遠竄，流放至白州。紹興中，死於貶所。蔡絛雖盗權怙勢，但博學能文，撰著《鐵圍山叢談》，上自乾德，下及建炎、紹興間事，無不詳備，富有文采，被譽爲説部佳本；又著《西清詩話》(一名《金玉詩話》)，多載元祐諸人詩詞，論詩主蘇軾、黄庭堅之説；又著有《國史後補》、《北征紀實》，已佚。

本书资料据四库全书本《説郛》、中华书局本1993年版《鐵圍山叢談》。

用藥名

藥名詩世云起自陳亞，非也。東漢已有“離合體”，至唐始著“藥名”之號，如張籍《答鄱陽客》“江皋歲暮相逢地，黄葉霜前半夏枝。子夜吟詩向松桂，心中萬事喜君知”是也。

集　句

集句自國初有之，未盛也。至石曼卿，人物開敏，以文爲戲，然後大著。嘗見手書《下第偶成》：“一生不得文章力，欲上青雲未有因。聖主不勞千里召，姮娥何惜一枝春。鳳凰詔下雖沾命，豹虎叢中也立身。啼得血流無用處，着朱騎馬定何人？”又云：“年去年來來去忙，爲他人作嫁衣裳仰。仰天大笑出門去，獨對東風舞一場。”至元豐間，王文公益工於此。人言此起自公，非也。

重　韻

少陵《飲中八仙歌》用韻，船字、眠字、天字各用前字凡三，於古未有其體。予常質之叔父，文正曰：“此歌分八篇，人人各異，雖製重韻無害，亦周詩分章意也。”握牘吮墨者，可不知乎？（以上《説郛》卷八十一引《西清詩話》）

鐵圍山叢談（節録）

樂曲凡有謂之均，謂之韻。均也者，宫、徵、商、羽、角、合、變徵爲之，此七均也。變徵或云殆始于周，如戰國時，燕太子丹遣荆軻於易水之上，作變徵之音，是周已有之矣。韻也者，凡調各有韻，猶詩律有平仄之屬，此韻也。律吕、陰陽旋相爲宫，則凡八十有四，是爲八十四調。然自魏晉後至隋唐，已失徵、角二調之均韻矣。孟軻氏亦言“爲我作君臣相悦之樂”，蓋徵招、角招是也。疑春秋時徵、角已亡，使不亡，何特言創作之哉？唐開元時有《若望瀛法曲》者傳於今，實黄鐘之宫。夫黄鐘之宫調，是爲黄鐘宫之均韻。可爾奏之，乃么用中吕，視黄鐘則爲徵。既無徵調之正，乃獨於黄鐘宫調間用中吕管，方得見徵音之意而已。及政和間作燕樂，求徵、角調二均韻亦不可得，有獨以黄鐘宫調均韻中爲曲，而但以林鐘律卒之。是黄鐘視林鐘爲徵，雖號徵調，然自是黄鐘宮之均韻，非獨有黄鐘以林鐘爲徵之均韻也。此猶多方以求之，稍近於理，自餘凡謂之徵、角調，是又在二者外，甚繆悠矣。然二調之均韻，幾千載竟不能得徵、角其終云。（卷二）

李　復

　　李復（1052—?）字履中，學者稱潏水先生。宋長安（今陝西西安）人。神宗元豐二年（1079）進士。李復嘗從張載游，與張舜民、李昭玘爲文字友，於書無所不讀，工詩文。著有《潏水集》四十卷，南宋時錢象祖刻於上饒郡齋，元代時危素又有摹印本。原集已佚，清四庫館臣自《永樂大典》中輯錄爲十六卷。

　　本書資料據四庫全書本《潏水集》。

議樂奏

　　臣聞治定制禮，功成作樂，此王者甚盛之舉。天下熙洽，人心悅豫，發爲和聲，因其人聲之和而播之八音，又形容其成功之象也。三王不相沿樂，豈苟爲異哉？治世成功各不同也。《記》曰：“大樂與天地同和。”樂豈易知乎？

　　三代之樂亡已久矣。唐貞觀中命祖孝孫、張文收考定雅正，粗而未備，後累經喪亂，其器與書今皆不傳。載籍所言，雖皆以黄鍾爲本，上生下生，隔八相生，及其律管徑寸短長，但糟粕耳。有能遺其舊説，脱然識其聲、別其音者，未之聞也。

　　夫黄鍾，律之始也，半之清聲也，倍之緩聲也，三分其一而損益之，此相生之聲也。十二變而復黄鍾之總，乃旋相爲宮之法也。萬物動皆有聲，若造樂精微之妙，凡聞其聲，則知是何音，合何律，是爲正音，是爲變音，是爲清，是爲濁，如此方爲知音，可以議樂矣。

　　近者陛下有詔選官定樂，又博求前代之器。夫前代之器，各一時之用，若得漢唐之器，乃漢唐之樂也，若得魏晉之器，乃魏晉之樂也，但欲求爲多見則可矣，遽欲用爲今日本朝之樂，恐未然也。晉之荀勖取牛鐸爲黄鍾，出於獨見，果合於古乎？樂之作欲動天地、感鬼神，自漢以還，未之聞也。朝廷昔嘗定樂矣，陛下以爲未盡美善，亦不能形容祖宗之功業；而又本朝運膺火德，獨徵音未明，此固當重爲考定也。今聞衆議，又只依往昔糟粕而制器，此安足以副陛下所降之詔意？夫知音者聞之於耳，得之於心，自不能傳之言，遇其應於心方可默契。徵音火，南方之音也，火性炎上，音當象之，乃欲就其下而抑之，恐非也。臣願詔天下廣求天性自能知音者，敦遣令赴議樂所，多方以試之，是誠不謬，共爲講論，庶幾其可矣。若徒以舊説尺寸長短廣狹重輕而製器，此工匠皆能爲之矣，何足以爲樂乎？臣愚見如此，惟陛下擇之。

論取士奏

臣恭睹神宗皇帝憫士弊於俗學之久，慨然作新，造之以經術，發明聖人之遺言，使講求義理之所歸，庶知乎修身行己，上以事君，内以事親，涖官接物，弗畔於道。而今之學者，曾不思此，平日惟是編類義題，傳集海語，又大小經題目有數，公試私課，久已重疊，印行傳寫，其義甚多，無不誦念，公然剽竊以應有司之試。終身之學止於如此，甚者至於所專之經句讀不知，音切不識。或誤中選入仕，平生所學皆無用，非惟鄉閭無一善可稱，雖有甚不齒者亦更不問。朝廷建學立師，設館給食，而偷惰苟且若是，安能副上教養之意哉？欲責其移孝資忠、臨民應務之效，必不能也。古者鄉舉里選，非但取其浮文，必皆考其素行。臣欲乞立法，取士以博學行義爲先，試言爲次，抑亦絕其干託奔競之私，察其器識材術之異，庶幾所養可取，所取可用，聖朝有得士之實。取進止。（以上卷一）

回周沚法曹書

承諭《滕王閣記》，此不足稱也。唐初文章沿江左餘風，氣格卑弱，殊無古意。庾信作《馬射賦》云："落霞與芝蓋齊飛，楊柳共春旗一色。"後人愛而效之。武德二年，巢刺王建舍利塔於懷州，作記云："白雲與嶺松張蓋，明月共巖桂分叢。"如此者甚多，當時好尚，勃狃於習俗，故一時稱之。凡爲文須是理勝，若庾肩吾與其子信、徐摛與其子陵，皆有辭筆，江左末盛稱之。此皆不足法，舊史言爲文之罪人，故唐之後來，無人作此等語。

回謝教授書

承問樂，昔戰國時所謂古樂，已非儘是先王之樂。自周衰，樂工分散，適秦、漢、齊、楚，古樂安得全在筈篌？有小説謂師延作始於桑間濮上，人傳之，師涓嘗爲晉文公鼓之，後鄭、衛分其地，故以鄭、衛之音爲淫聲。又《風俗通》曰：漢武帝禮泰山、太一、后土，令樂人侯調依琴作坎，侯言其音坎坎應節，侯者以其姓也，故亦曰坎侯笛。《風俗通》曰：武帝時丘中所作也，笛，滌也，滌除邪穢也，長尺有四寸，七孔。後有羌笛，馬融賦之笛者，古之籥也，後世損益而異也。今之長簫乃洞簫也，非簫韶之簫也。《霓裳》開元時曲，劉禹錫詩云："三鄉陌上望仙山，歸作霓裳羽衣曲。"又唐人詩曰："聽松聽水作霓裳。"又小説，明皇與術士葉靜能遊月宮，歸作霓裳舞，此某幼小聞其説如此。（以上卷三）

答張尉書（節録）

人之爲文與詩最見精神，若品格已定，辭氣卑凡，不能更有損益，此甚不佳也。猶肆筵犒設，大排二十四味，件件皆有，而無可下筯去處。若雖未成就，其中自有佳語，是猶雛鶴襤褓，戛然一鳴，知其爲雲霄外物。又意有數十言不能盡，只用故事三兩字可總而盡之，此又貴乎博聞也。若塵言常能盡去，而立意造語務求高古清新，此又非尋常所到也。兹豈一端而已哉。嘗曰：讀其言知其人，幸無求小成也。

答耀州諸進士書（二）

某辱問科舉程文之體，今之印行爲有司考之在高等者，其文乃程文之體也。雖然，此豈有定體。先須講求義理的當，中心煥然，乃可作文。義理若非，雖洪筆麗藻，亦非矣。又爲文須去塵言，用事實，貴整齊，意分明，此其大略也。諸君於此想盡善矣，勉應佳問。某再啓。（以上卷四）

與侯謨秀才（三）

承問子美與退之詩及雜文。子美長於詩，雜文似其詩；退之好爲文，詩似其文。退之詩非詩人之詩，乃文人之詩也。詩豈一端而已哉？子美波瀾浩蕩，處處可到，詞氣高古，渾然不見斤鑿，此不待言而衆所知也。（卷五）

陳師道

陳師道(1053—1102)字履常，一字無己，號後山居士。北宋彭城（今江蘇徐州）人。安貧樂道，學有根柢，是北宋綽有成就的文學家。其詩歌以杜甫詩爲標榜，江西詩派詩人將他列爲"三宗"之一。他受黃庭堅影響，做詩要"無一字無來歷"，常常以學識爲詩，講究格律，往往追求學習杜詩形式，字鍛句琢，韻高格嚴。陳師道自謂能作詞，但實際

472

上他並不擅長作詞，佳作不多。其詞風格柔媚清麗，與其詩歌風格大不相同。著有《後山集》二十卷，含詩六卷、文十四卷，政和年間由其門人魏衍編纂成集。南宋紹興時又有人增補其詩文及其他著作，另編爲《後山集》十四卷、《外集》六卷、《談叢》六卷、《理究》一卷、《詩話》一卷、《長短句》二卷，共三十卷，謝克家爲作序。現兩種版本均存。

本書資料據中華書局 1981 年版清何文煥《歷代詩話·後山詩話》。

《後山詩話》(節錄)

黃魯直云："杜之詩法出審言，句法出庾信，但過之爾。杜之詩法，韓之文法也。詩文各有體，韓以文爲詩，杜以詩爲文，故不工爾。"

王荆公暮年喜爲集句，唐人號爲四體，黃魯直謂正堪一笑爾。馬温公爲定武從事，同幕私幸營妓，而公諱之。嘗會僧廬，公往迫之，使妓踰墻而去。度不可隱，乃具道。公戲之曰："年去年來來去忙，蹔偷閑卧老僧牀。驚回一覺游仙夢，又逐流鶯過短墻。"又杭之舉子中老榜第，其子以緋裹之，客賀之曰："應是窮通自有時，人生七十古來稀。如今始覺爲儒貴，不着荷衣便着緋。"壽之豎者，老婆少婦，或嘲之曰："倛他門户傍他墻，年去年來來去忙。採得百花成蜜後，爲他人作嫁衣裳。"真可笑也。

退之作記，記其事爾，今之記乃論也。少游謂《醉翁亭記》亦用賦體。

退之以文爲詩，子瞻以詩爲詞，如教坊雷大使之舞，雖極天下之工，要非本色。今代詞手唯秦七、黃九爾，唐諸人不迨也。

國初士大夫例能四六，然用散語與故事爾。楊文公刀筆豪贍，體亦多變，而不脱唐末與五代之氣。又喜用古語，以切對爲工，乃進士賦體爾。歐陽少師始以文體爲對屬，又善叙事，不用故事陳言而文益高，次退之云。

范文正公爲《岳陽樓記》，用對語説時景，世以爲奇。尹師魯讀之曰："傳奇體爾。"傳奇，唐裴鉶所著小説也。

子厚謂屈氏《楚詞》，如《離騷》乃效《頌》，其次效《雅》，最後效《風》。

晁補之

晁補之(1053—1110)字無咎。北宋濟州鉅野(今山東巨野)人。晁端友子。元豐進士，累官著作佐郎等。晁補之爲"蘇門四學士"之一，才氣飄逸，文學燦然，尤精於《楚詞》。晁補之在詩、文、詞諸方面均有所建樹，詩以古體爲多，以樂府詩見長，七律次之；善學韓愈、歐陽修，骨力遒勁，辭格俊逸，但有的詩失於散緩，散文化傾向較顯著。今存詞一百六十餘首,風格與東坡詞相近,但缺乏蘇詞的曠達超妙。其散文成就高於詩,風格温潤典縟,流暢俊邁。吳曾認爲四學士中,"秦、晁長於議論"(《能改齋漫録》卷十一)。著有《雞肋集》七十卷,於元祐間由晁補之自編成集,南宋初又刊於建陽。其詞在宋代已有單刻本《晁無咎詞》一卷行世,明代又編爲《琴趣外編》六卷。

本書資料據四庫全書本《雞肋集》。

跋第五永箴

高彪校書東觀,數奏賦頌奇文,因事諷諫,靈帝異之。時京兆第五永爲督軍御史,使督幽州。百官大會,祖餞於長樂觀。議郎蔡邕等皆賦詩,彪乃獨作箴,邕等甚美其文,以爲莫尚也。然予謂箴亦詩,若賦之流爾。昔賈誼《鵩賦》,句皆如詩四言,而但中加"兮"字屬之。至誼傳,乃皆去"兮"字,則與詩、箴何異? 彪與崔琦二箴,亦四言之敷暢者,名箴而實賦也。(卷三三)

《離騷》新序上(節録)

先王之盛時,四詩各得其所。王道衰而變風、變雅作,猶曰達於事變而懷其舊俗。舊俗之亡,惟其事變也。故詩人傷今而思古,情見乎辭,猶詩之《風》、《雅》而既變矣。《孟子》曰:"王者之跡熄而詩亡。"然則變風、變雅之時,王跡未熄,詩雖變而未亡。詩亡而後《離騷》之辭作,非徒區區之楚事不足道,而去王跡逾遠矣。一人之作,奚取於此也? 蓋詩之所嗟歎,極傷於人倫之廢,哀刑政之苛。而人倫之廢,刑政之苛,孰甚於屈原時邪? 國無人,原以忠放,欲返,幸君之一悟,俗之一改也。一篇之中三致志焉,與夫三宿而後出畫,於心猶以爲速者何異哉? 世衰,天下皆不知止乎禮義,故君視臣如犬馬,則臣視君如國人,而原一人焉,被讒且死而不忍去,其辭止乎禮義可知,則是《詩》雖亡至原而不亡矣。使後之爲人臣不得於君而熱中者,猶不懈乎! 愛君如此,是原有力於《詩》亡之後也,此《離騷》所以取於君子也。《離騷》,遭憂也。"終窶且貧,莫知我艱",《北門》之志也;"何辜於天,我罪伊何",《小弁》之情也;以附益六經之教,於《詩》最近。故太史公曰:"國風好色而不淫,小雅怨誹而不亂,若《離騷》者,可謂兼之矣。"其義然也。又班固叙遷之言曰:"《大雅》言王公大人德逮黎庶,《小雅》譏小民之得失,其流及上,所言雖殊,其合德一也。司馬相如雖多虛辭濫說,然要其歸引之於節儉,此亦《詩》之風諫何異! 揚雄以謂猶騁鄭、衛之音,曲終而奏雅,不已戲乎!"固善推本,知之賦與詩同出,與遷意類也。然則相如始爲漢賦,與雄皆祖原之步驟,而獨雄以

474

其靡麗悔之，至其不失雅亦不能廢也。自《風》、《雅》變而爲《離騷》，至《離騷》變而爲賦，譬江有沱，乾肉爲脯，謂義不出於此，時異然也。傳曰："賦者，古詩之流也。"故《懷沙》言賦，《橘頌》言頌，《九歌》言歌，《天問》言問，皆詩也，《離騷》備之矣。蓋詩之流，至楚而爲《離騷》，至漢而爲賦，其後賦復變而爲詩，又變而爲雜言、長謠、問對、銘、贊、操、引，苟類出於楚人之辭而小變者，雖百世可知。故參取之曰《楚辭》十六卷，舊録也；曰《續楚辭》二十卷，曰《變離騷》二十卷，新録也。使夫緣其辭者存其義，棄其流者反其源，謂原有力於詩亡之後，豈虛也哉？

《續楚辭》序

《詩》亡而《春秋》作，其事則齊桓、晉文，其書王也，以其無王也；存王制，以懼夫亂臣賊子之無誅者也。以迄周亡，至戰國，時無《詩》、無《春秋》矣，而孟子之教又未興。足跡接乎諸侯之境者，諫不行，言不聽，則怒，悻悻然去。君又極之於其所往。君臣之道微，寇敵方興。而原一人焉，以不獲乎上而不怨，猶睠顧楚國，繫心懷王不忘，而望其改也。夫豈曰"是何足與言仁義也"云耳！則原之敬王，何異孟子？其終不我還也，於是乎自沉。與夫去君事君、朝楚而暮秦、行若犬彘者比，謂原"雖與日月爭光可也"，豈過乎哉！然則不獨詩至原，於《春秋》之微，亂臣賊子之無誅者，原力猶能愧之。而揚雄以謂何必沉江。原惟可以無死，行過乎恭。使原不得則龍蛇，雖歸潔其身，而《離騷》亦不大耀則世。是所以賢原者，亦由其忠死，故其言至於今不廢也。而後世奈何獨竊取其辭以自名，不自知其志不類而無愧？

而《續楚辭》、《變離騷》，亦奈何徒以其辭之似而取之？曰：《詩》非皆聖賢作也，捨周公、尹吉甫、仲山甫諸大夫、君子，則羈臣、寡婦、寺人、賤者，桑濮淫奔之辭，顧亦與猗那清廟金石之奏俱采而並傳，何足疑哉？且世所以疑於此者，不以夫後之愧原者衆哉？而荀卿、賈誼、劉向、揚雄、韓愈，又非愧原者也。以迄於本朝，名世君子尚多有之，姑以其辭類出於此，故參取焉。然則亦有其行不足於原而取之者，猶三百篇之雜而不可廢。漢息夫躬爲姦利以憂死，著《絶命辭》，辭甚高。使躬之不肖不傳，而獨其《絶命辭》傳，則譬猶從母言之爲賢母，言固無罪也。柳宗元、劉禹錫皆善屬文，而朋邪得廢，韓愈薄之。王文公曰："吾觀八司馬，皆天下之奇才也。一爲叔文所誘，遂陷於不義，至今欲爲君子者羞道而喜攻之。然八人者既困矣，往往能自彊，名卒不廢。而所謂欲爲君子者，其終能毋與世俯仰以自別於小人者少，復何議於彼哉！"王公世大儒，其學自韓愈已下不論，雖要不成人之惡，至奇宗元輩而恕，知其愛人憂國，志念深矣。而士之一切干禄，陽自好而陰從利，徼一時之願，無禍而老者，皆是也，於王之言，可遂不戒而視八司馬不反怍乎？禹錫不暇議，宗元之才蓋韓愈比，愈薄而惜之，稱其論議出入經史百子，踔厲風發，而謂其少年勇於爲人，不自貴重，使在台省時已能持身如其斥時，亦自不斥。愈於宗元懇懇如此，豈亦知夫才難，與王之意無異也。抑息夫躬類江充禍國，宗元、禹錫誠邪，不至於爲躬。躬之辭録，則凡不至於爲躬而辭録者，皆録躬之意也。漢蕩秦，唐掃隋，然頗因其法制、文物。爲國猶爾，以治易亂，不可以皆廢也，況言語趣操異世之習哉？以狐父之人爲盗，因以食爲盗而嘔之，昔人以謂此失名實者也。是乃《續楚辭》、《變離騷》所以無疑於取此雜者也。

《變離騷》序上

補之既集《續楚辭》二十卷，又集《變離騷》二十卷，或曰：果異乎？抑屈原之作曰《離騷》，餘皆曰《楚辭》矣，今《楚辭》又變，而乃始曰《變離騷》，何哉？又揚雄爲《反離騷》，反與變果異乎？曰：《反離騷》非反也，合也。蓋原死，知原惟雄，雄怪原文過相如，至不容而死，悲其文，未嘗不流涕也。以謂君子得時則大行，不得則龍蛇，遇不遇，命也，何必湛身哉！乃作書，往往摭其文而反之。雖然，非反其純潔不改此度也，反其不足以死而死也，則是《離騷》之義，待《反離騷》而益明。何者？原惟不爲箕子而從比干，故君子悼諸，不然，與日月爭光矣。雄又旁《離騷》作《廣騷》，旁《惜誦》而下作《畔牢愁》。雄誠與原異，既反之，何爲復旁之？

又《變離騷》以其類而異，故不可以言“反”，而謂之“變”。若荀卿，非蹈原者，以其後原，皆楚臣遭讒，爲賦以風，故取其七篇，列之卷首，類《離騷》而少變也。又嘗試自原而上，捨三百篇，求諸《書》、《禮》、《春秋》他經，如《五子之歌》、“貍首之斑然”、“蠱則續而蟹有筐”、“佩玉蕊兮吾無所係之”、“祈招之愔愔”、“鳳兮鳳兮”，他如此者甚多，咸古詩風刺所起，戰國時皆散矣。至原而復興，則列國之風雅始盡合而爲《離騷》。是以由漢而下，賦皆祖屈原。然宋玉親原弟子，《高唐》既靡，不足於風。《大言》、《小言》，義無所宿。至《登徒子》，靡甚矣，特以其楚人作，故繫荀卿七篇之後。《瓠子之歌》有憂民意，故在相如、揚雄上，而《子虚》、《上林》、《甘泉》、《羽獵》之作，賦之閎衍，於是乎極。然皆不若其《大人》、《反離騷》之高妙，猶終歸之於正義，過《高唐》。但論其世，故繫《高唐》後。至於京都山海、宮殿鳥獸、笙簫衆器、指事名物之作，不專於古詩惻隱規誨，故不録。《李夫人賦》、《長門賦》，皆非義理之正，然辭渾麗，不可棄。曹植賦最多，要無一篇逮漢者，賦卑弱自植始。録其《洛神賦》、《九愁》、《九詠》等，並録王粲《登樓賦》，以見魏之文如此。陸機、陸雲有盛名，顧不足於植、粲，摘其義差近者存之。《思遊》有意乎《幽通》而下，恨其流益遠矣，然晉人喜清談，而摯虞此作，庶幾有爲，而言致足嘉者也。鮑照長於雜興，故其《蕪城》作，獨出宋世，又以劉濞事諷劉頊，有心哉於此者！江淹用寡而文麗，又梁文益卑弱，然猶蒙虎之皮，尚區區楚人步趨也。唐李白詩文最號不襲前人，而《鳴皋》一篇，首尾楚辭也。末云"雞聚羣以爭食，鳳孤飛而無鄰"，"嫫母衣錦，西施負薪"，辭不彫而指類。唐人知楚辭者少，誤以爲詩云。王維生韓、柳前，纔數十言，雖淺鮮，未足與言義，然低昂宛轉，頗有楚人之態矣。元結振奇，自成一家，要曰羣言之異味，亦可貴也。顧況文不多，約而可觀。《問大鈞》理勝，《招北客》詞勝。《阿房宮》云"亦使後人而復哀後人"，皆唐賦之不可廢者也。皮日休《九諷》專效《離騷》，其《反招魂》靳靳如影守形，然非也，竟離去，畫者謹毛而失貌。嗚呼！《離騷》自此散矣，故不錄。以迄本朝，名世之作多已載《續楚辭》中。今所錄賦及文、操，或宏傑，自出新意，乍合乍離，亦足以知古文之屢變，至末而復起云。或大意述此，或一言似之，要不必同，同出於變，故皆以附《變離騷》。若謂之"變楚辭"乎，則《楚辭》已非《離騷》，《楚辭》又變，則無《離騷》矣，後無以復知此始於屈平矣。惡夫愈遠而迷其源，若服盡，然爲之係其姓於祖，故正名以存之。

《變離騷》序下（節錄）

《詩》亡《春秋》又微，而百家蠭起，七國時楊、墨、申、韓、淳于髡、騶衍、騶奭之徒，各以其說亂天下，於時大儒孟、荀，實羽翼六經於其將殘。而二儒相去百有餘年，中間獨屈原履正著書，不流邪說。蓋嘗謂原有力於《詩》亡、《春秋》之微，故因集《續楚辭》、《變離騷》，而獨推原與孟子先後，以貴重原於禮義欲絕之時。又《變離騷》起荀子《佹詩》、《成相篇》，故並以其時考之，知原雖不純乎孟、荀，於其中間非異端也……又《孟子》載《孺子歌》曰："滄浪之水清兮，可以濯我纓；滄浪之水濁兮，可以濯我足。"孔子曰："清斯濯纓，濁斯濯足，自取之也。"而原辭曰："漁父莞爾而笑，鼓枻而去，乃歌曰：'滄浪之水清兮，可以濯吾纓；滄浪之水濁兮，可以濯吾足。'遂去，不復與言。"則原此歌蓋沿《孟子》事也。《漁父篇》曰："新沐者必彈冠，新浴者必振衣，安能以身之察察，受物之汶汶者乎？"而《荀子·不苟篇》曰："故新浴者振其衣，新沐者彈其冠，其誰能以己之僬僬，受人之掝掝者哉？"則卿此書，蓋因原辭也。凡言語文章之相祖述，多其當時口所傳誦，從古而然。此皆古詩、《楚辭》之流也。其習而傳者，雖至於今可知也。（以上卷三六）

張　耒

張耒（1054—1114）字文潛，號柯山，人稱宛丘先生。北宋楚州淮陰（今屬江蘇）

人。熙寧六年(1073)進士。累官至太常少卿,知潁、汝二州等。幼穎悟能文,游學陳州,蘇轍時爲陳州學官,器重之,遂得從蘇軾游。張耒是北宋中晚期重要文學家,"蘇門四學士"之一。在文體風格論上,他反對奇簡,提倡平易;反對曲晦,提倡詞達;反對雕琢文辭,力主順應天理之自然,直抒胸臆。其詩文正是其創作理論的具體體現,長短利弊皆本於此。其文風近似蘇轍,擅長辭賦;議論文立意警辟,文筆高奇。其詩歌創作成就卓著,取材廣泛,在很多詩篇中反映了當時下層百姓的生活,無論題材還是表現風格,都與唐代新樂府詩極爲相近,以平易、流麗、明快見長,很少使用硬語僻典。詞作不多,詞風柔情深婉,與秦觀詞相近。張耒的文集,在南宋時即有多種刻本傳世。今存主要有四種版本:《宛丘先生文集》七十六卷、《柯山集》五十卷、拾遺十二卷、《張右史文集》六十五卷、《張文潛文集》十三卷。另撰有《明道雜誌》一卷。

　　本書資料據四庫全書本《説郛》、1994 年中華書局本《張耒集》。

《明道雜志》(節録)

　　七言、五言、四言、三言,雖論詩者謂各有所起,然《三百篇》中皆有之矣,但除四言,不全章如此耳。韻雖起沈休文,而自有《三百篇》則有之矣。但休文四聲,其律度尤精密耳。余嘗讀沈休文集中有九言詩,休文雖作者,至牽於鋪言足數,亦不能工,僅成語耳。(《説郛》卷四十三下引)

《倚聲製曲三首》序

　　予自童時即好作文字。每于他文雖不能工,然猶能措詞。至於倚聲製曲,力欲爲之不能出一語。傳稱裨諶謀於國則否,謀於野則獲。杜南陽以謂性質之蔽。夫詩,曲類也,善爲詩不能製曲。(《張耒集》卷三)

韓愈論

　　韓退之以爲文人則有餘,以爲知道則不足。何則?文章自東漢以來氣象則已卑矣,分爲三國,又列爲南北,天下大亂,士氣不振。而又雜以南蠻輕澆靡嫚之風,亂以西北悍魯鄙悖之氣,至於唐而大壞矣。雖人才衆多如貞觀,風俗平治如開元,而惟文章之荒未有能振其弊者。愈當貞元中,獨却而揮之,上窺典、墳,中包遷、固,下逮騷、雅,沛然有餘,浩乎無窮。是愈之才有見於聖賢之文而後如此,其在夫子之門,將追

□、夏而及之，而比之於漢以來齷齪之文人則不可。（《張耒集》卷四十一）

送秦觀從蘇杭州爲學序

秦子善文章而工於詩，其言清麗刻深，三反九復，一章乃成，大抵悲愁悽婉、鬱塞無聊者之言也。其於物也，秋蛩寒螿、鵜鴂猿狖之號鳴也，霜竹之風、冰谷之水、楚囚之絃、越艫之呻吟也。嘻！秦子內有事親之喜，外有朋友之樂，冬裘而夏絺，甘食而清飲，其中寧有介然者而顧爲是耶？世之文章多出於窮人，故後之爲文者，喜爲窮人之詞，秦子無憂而爲憂者之詞，殆出此耶？吾請爲子言之。

古之所謂儒者，不主于學文，而文章之工，亦不可謂其能窮苦而深刻也。發大議，定大策，開人之所難惑，內足以正君，外可以訓民，使于四方，鄰國寢謀，言於軍旅，敵人聽命，則古者臧文仲、叔向、子產、晏嬰、令尹子文之徒，實以是爲文。後世取法焉，其于文也，雲蒸雨降雷霆之震也，有生於天地之間者實賴之，是故繫萬物之休戚於其舌端之語默。嗟夫！天地發生，雷雨時行，子獨不聞之，而從草根之蟲，危枝之翼，鳴呼以相求，子亦窮矣。夫古之所謂儒者，所用之國無敵，若臧文仲、叔向、子產、晏嬰、令尹子文，其望孔子亦遠矣，而其功烈亦足以振顯一時，故猶能以儒者之效名一世。夫不足以治國，而能知今古，考妖祥，紀事實，多聞而博通，則古太史氏之職，而初不以是爲儒者也。楚左史倚相能讀《三墳》、《五典》、《八索》、《九丘》，而楚之治不責倚相。由是言之，古之論史與儒異事。而司馬談爲太史，號通古今，善文詞，猶曰："文史星曆，近乎卜祝之間，主上以倡優畜之。"其尊禮不如公孫丞相、汲黯，此則漢之初猶有古之遺俗在也。嗚呼！儒之名實不正久矣。自漢以來，聖賢之學廢，而孔子之徒皆以其師之書自重於世，聚徒而授之，若是者，當時皆以儒之名歸之。而司馬談序九流，儒者纔當其一，彼未嘗見其真，而信當時之所指，故從而論其失。而班固以爲出古司徒之官，嗚呼，何其陋也！儒者之治天下，九流之列皆其用也，顧與淺術末數各致其一曲者同哉！吾意今儒者之所學，古太史之流，而非世之所急也。子享其全，無食其餘；據其源，無挹其流。子方從眉山公，其以予言質之而歸告予也。

賀方回樂府序

文章之於人，有滿心而發，肆口而成，不待思慮而工，不待雕琢而麗者，皆天理之自然而情性之道也。世之言雄暴虓武者，莫如劉季、項籍。此兩人者，豈有兒女之情哉？至過故鄉而感慨，別美人而涕泣，情發於言，流爲歌詞，含思淒婉，聞者動心焉。

此兩人者，豈其費心而得之哉？直寄其意耳。予友賀方回，博學業文，而樂府之詞高絶一世，攜一編示予，大抵倚聲而爲之詞，皆可歌也。或者譏方回好學能文而惟是爲工，何哉？予應之曰：“是所謂滿心而發，肆口而成，雖欲已焉，而不得者。”若其粉澤之工，則其才之所至，亦不自知也。夫其盛麗如游金、張之堂，而妖冶如攬嬙、施之袪，幽潔如屈、宋，悲壯如蘇、李，覽者自知之，蓋有不可勝言者矣。（以上《張耒集》卷四八）

答汪信民書（節録）

古之文章雖製作之體不一端，大抵不過記事辨理而已。記事而可以垂世，辨理而足以開物，皆詞達者也。雖然有道，詞生於理，理根于心，苟邪氣不入於心，僻學不接于耳目，中和正大之氣溢於中，發於文字言語，未有不明白條暢。盍觀於語者乎？直者文簡事核而理明，雖使婦女童子聽之而諭；曲者枝詞遊説，文繁而事晦，讀之三反而不見其情。此無待而然也。抑聞之：古之文章，雖製作之體不一端，大抵不過記事、辨理而已。記事而可以垂世，辨理而足以開物，皆詞達者也。（《張耒集》卷五五）

陳　瓘

陳瓘（1057—1124）字瑩中，號了翁，又號了齋、了堂。宋南劍州沙縣（今屬福建）人。元豐二年（1079）進士甲科及第。靖康初，追贈諫議大夫，謚忠肅。爲人剛直，疏論蔡京、蔡卞之罪不遺餘力，屢遭貶謫，極爲士林所推尊。李綱稱其文“辯論毅然而不屈”，贊其“辭意之高潔，筆力之遒健”（《了翁祭陳奉議文跋尾》）；張元幹也稱其奏議文章“先見之明筆於欲萌，逆料其弊甚於中的”，“百世之下，凛然英氣，義形於色，如砥柱之屹頽波，如泰華之插穹昊，如萬折必東之水，如百煉不變之金”（《題跋了堂先生文集》）。所存詩詞不多，詩無甚特色，詞風真切明快，多表現自我瀟脱超然的人生態度。著述頗豐，有《陳瓘集》四十卷、《責沈》一卷、《諫垣集》三卷、《四明尊堯集》五卷、《了齋親筆》一卷、《尊堯餘言》一卷。現存《了齋易説》一卷、《四明尊堯集》。清人趙萬里輯有《了齋詞》一卷。

本書資料據四庫全書本《宋文選》。

文辨（節録）

客復怒而言曰：“議論既一，風俗既同，時文之體，既可師矣。又欲譊譊以勝，其以我爲非耶？人其以爾爲非耶？"予復笑而答曰："君子之文，歸於是而已矣，豈有時不時哉！五經之文，久而愈新；百家之辭，是者長存。講之不精，其理乃昧。論乎其文，則古猶今也。惟魏、晉、隋、唐之間，道德滅裂之後，其理益開，其文益彰，於是有曹、劉、沈、謝之詞，刻鏤以爲工，王、楊、盧、駱之體，纖豔以爲巧。一時之工，一時之巧，謂之時文，不亦宜乎？若夫《國語》、《左氏》、史遷、班固之倫，雖或説理而有疵，孰不論文而可貴？秦漢而下，所歷者幾年，而經幾時矣，亦可以謂之時文乎？況今日之所謂文者，發明道德之意，劈析性命之學。所以潤色鴻猷，揚厲偉績，追三代於顧盼之中，而運四海於指掌之上，畢在於斯文而已，豈若魏、晉、隋、唐之所謂文者，特變一時之體而已哉？是以真是真非既立於朝廷之上，妄譽妄毀不行於閭巷之間。議所已定，則確乎豈支山之立；法所已行，則浩乎如巨川之流。匹夫之毀譽，夫何足以增損其已成之勢哉！客乃欲窒吾之心而相期於時文之內，變吾之守而見置於流俗之中，飛辨騁辭，咆哮奮迅，自以爲得上之意也，豈不欺哉？且夫天地之大無所不容，萬物之內無所不有，是以四凶在廷，而不足以貶唐虞之治。客不知此，而以謂知其爲文者人人是矣，非愚則諛，非子而誰斯可？不足以堪秋蟬之翼，而欲舉烏獲之任，不足以見泰山之狀，而欲鬭離婁之明，譬猶虎背而馳，逐影而走，驚悸掉蕩，死而不休。然則腐草之餘，果何補於日月；涓滴之溜，果何益乎滄溟也哉？子以爲時文，自不時者矣。"客不悦而退。（卷三十二）

李 廌

李廌（1059—1109）字方叔，號濟南先生。宋華州（今陝西華縣）人，故又自號太華逸民。李廌爲"蘇門六君子"之一，詩詞文俱工。其文章條暢曲折，以氣勢勝，其《答趙士舞德茂宣義論宏詞書》提出文章須具德、志、氣、韻"四要"，是宋代文論的重要篇章。其詩歌多以山水、行旅、寄贈、題畫爲内容，"詞氣卓越，意趣不凡"（蘇軾《答李方叔書》）。詞作不多，然亦工致。著有《濟南集》。其《師友談記》一卷，記録蘇軾、范祖禹、秦觀、黃庭堅等人治學論文之説，爲宋代文論之重要論著。

本書資料據四庫全書本《濟南集》、四庫全書本《師友談記》。

答趙士舞德茂宣義論宏詞書（節録）

凡文章之不可無者有四：一曰體，二曰志，三曰氣，四曰韻。述之以事，本之以道，考其理之所在，辨其義之所宜，卑高巨細，包括並載而無所遺，左右上下，各若有職而不亂者,體也。體立於此,折衷其是非,去取其可否,不徇於流俗,不謬於聖人,抑揚損益以稱其事,彌縫貫穿以足其言,行吾學問之力,從吾製作之用者,志也。充其體於立意之始,從其志於造語之際,生之於心,應之於言,心在和平則溫厚爾雅,心在安敬則矜莊威重,大焉可使如雷霆之奮,鼓舞萬物,小焉可使如脉絡之行,出入無間者,氣也。如金石之有聲,而玉之聲清越,如草木之有華,而蘭之臭芬薌;如鷄鶩之間而有鶴,清而不羣;犬羊之間而有麟,仁而不猛。如登培塿之丘,以觀崇山峻嶺之秀色;涉潢汙之澤,以觀寒溪澄潭之清流;如朱絃之有餘音,太羹之有遺味者,韻也。

文章之無體,譬之無耳目口鼻不能成人。文章之無志,譬之雖有耳目口鼻,而不知視聽臭味之所能,若土木偶人,形質皆具,而無所用之。文章之無氣,雖知視聽臭味,而血氣不充於內,手足不衞於外,若奄奄病人,支離顇頜,生意消削。文章之無韻,譬之壯夫,其軀幹枵然,骨強氣盛,而神色昏瞀,言動凡濁,則庸俗鄙人而已。有體,有志,有氣,有韻,夫是謂之成全。

四者成全,然於其間各因天姿才品以見其情狀。故其言迂疎矯厲,不切事情,此山林之文也;其人不必居藪澤,其間不必論巖谷也,其氣與韻則然也。其言鄙俚猥近,不離塵垢,此市井之文也;其人不必坐廛肆,其間不必論財利也,其氣與韻則然也。其言豐容安豫,不儉不陋,此朝廷卿士之文也;其人不必列官守,其間不必論職業也,其氣與韻則然也。其言寬仁忠厚,有任重容天下之風,此廟堂公輔之文也;其人不必位台鼎,其間不必論相業也,其氣與韻則然也。

正直之人其文敬以則,邪諛之人其言夸以浮,功名之人其言激以毅,苟且之人其言懦而愚,捭闔從衡之人其言辯以私,刻忮殘忍之人其言深以盡。則士欲以文章顯名後世者,不可不慎其所言之文,不可不慎乎所養之德也如此。王通論鮑照、江淹等之文,各見其性行之所長,可謂知言矣。古者登高能賦,山川能祭,師旅能誓,喪紀能誄,作器能銘,然後可以爲大夫。故訓、典、書、詔、敕、令、文、賦、詩、騷、箴、誡、贊、頌、樂章、玉牒、露布、羽檄、疏、議、表、牋、碑、銘、謚、誄,各緣事類以別其目,各尚體要以稱其實。如彼玉工,珪、璋、璧、琮、珮、玦、珌、璙追琢之工,皆有制度。其方圓曲直,則各中其用也。如彼梓人,棟、梁、桓、楹、榱、桷、窐、梲樸斲之工,皆有繩墨大小長短,則各中其用也。若乃或混淪而無辨,或散漫而無紀,或錯雜而無序,或晦暗而不顯,雖曰謂之文,亦不足觀也已。(《濟南集》卷八)

《師友談記》(節録)

廌謂少遊曰:比見東坡言少游文章如美玉無瑕,又琢磨之功殆未有出其右者。少游曰：某少時用意作文，講貫已成，誠如所諭。點檢不破，不畏磨難。然自以平弱爲愧。邢和叔嘗曰：子之文銖兩不差，非秤上秤來，乃等子上等來也。廙曰：人之文章闊達者失之太疎，謹嚴者失之太弱。少游之文詞雖華而氣古，事備而意高，如鍾鼎然，其體質規模，質重而簡易；其刻畫篆文，則後之鑄師莫能彷彿。宜乎東坡稱之爲天下奇作也，非過言矣。

秦少游論賦至悉，曲盡其妙，蓋少時用心於賦甚勤，而尃常記前人所作一二篇，至今不忘也。

少游言：凡小賦如人之元首，而破題二句乃其眉，惟貴氣貌有以動人，故先擇事之至精至當者先用之，使觀之便知妙用；然後第二韻探原題意之所從來，須便用議論；第三韻方立議論，明其旨趣；第四韻結斷其說，以明題意思全備；第五韻或引事，或反說；第七韻反說，或要終立義；第八韻卒章，尤要好意思爾。

少游言：賦中工夫不厭子細，先尋事以押官韻，及先作諸隔句，凡押官韻須是穩熟瀏亮，使人讀之不覺牽強，如和人詩不似和詩也。

少游云：賦中用事唯要處置，才見題便類聚事實，看緊慢分布在八韻中。如事多者便須精擇，其可用者用之，可以不用者棄之。不必惑於多。愛留之，徒爲累耳。如事少者須於合用先占下，別處要用者不可那掇。

少游言：賦中用事如天然全其對屬，親確者固爲上，如長短不等，對屬不的者，須別自用其語而裁剪之，不可全務古語而有疵病也。譬如以金爲器，一則無縫而甚陋；一則有縫而甚佳，然則與其無縫而陋，不若有縫而佳也。有縫而佳且猶貴之，無縫而佳則可知矣。

少游言賦中用事，直須主客分明，當取一君二民之義。借如六字句中兩字最緊，即須用四字爲客；兩字爲主，其爲客者必須協順，賓從成就其主，使於句中煥然明白，不可使主客紛然也。

少游言：賦中作用與雜文不同，雜文則事詞在人，主氣變化。若作賦則惟貴鍊句之功，闢難闢巧闢新，借如一事，他人用之不過如此，吾之所用則雖與衆同，其語之巧迥與衆別，然後爲工也。

少游言：賦家句脉自與雜文不同，雜文語句或長或短，一在於人。至於賦則一言一字必要聲律，凡所言語須當用意屈折，斲磨須令協於調格，然後用之。不協律，義理雖是，無益也。

少游言：凡賦句全藉牽合而成，其初兩事甚不相侔，以言貫穿之，便可爲吾所用，此鍊句之工也。

少游言：今賦乃江左文章彫敝之餘風，非漢賦之比也。國朝前輩多循唐格，文冗事逕。獨宋范、滕、鄭數公，得名於世。至於嘉祐之末，治平之間，賦格始備。廢二十餘年而復用當時之風，未易得也已。

少游言：賦之説雖工巧如此，要之是何等文字。廌曰：觀少游之説，作賦正如填歌曲爾。少游曰：誠然，夫作曲雖文章卓越，而不協於律，其聲不和。作賦何用好文章，只以智巧釘餖爲偶儷而已。若論爲文，非可同日語也。朝廷用此格以取人，而士欲合其格，不可奈何爾。

魏　泰

魏泰（生卒年不詳）字道輔，自號臨漢隱居。宋襄陽（今屬湖北）人。曾布妻弟。與吕惠卿、王安石、徐禧、黄庭堅等有交往。博覽羣書，善屬文，喜談朝野間事。又喜論詩，主優柔感諷，以豪縱怒張爲戒，對當世詩人多有不滿。亦能詩，所作詩格律峻峭，有六朝詩人風韻。著有《臨漢隱居集》二十卷，又有《襄陽題詠》二卷，今已佚。現存《東軒筆録》十五卷、《臨漢隱居詩話》一卷。

本書資料據四庫全書本《東軒筆録》、中華書局 1981 年《歷代詩話》本《臨漢隱居詩話》。

《東軒筆録》（節録）

沈括存中、吕惠卿吉甫、王存正仲、季常公擇，治平中同在館下談詩。存中曰："韓退之詩，乃押韻之文耳。雖健美富贍，而終不近古。"吉甫曰："詩正當如是，我謂詩人以來，未有如退之也。"正仲是存中，公擇是吉甫，四人者交相詰難，久而不決。公擇忽正色而謂正仲曰："君子羣而不黨，君何黨存中也？"正仲勃然曰："我所見如是爾，顧豈黨耶？以我偶同存中遂謂之黨，然則君非吉甫之黨乎？"一坐皆大笑。余每評詩，亦多與存中合。（卷一二）

《臨漢隱居詩話》（節録）

唐人詠馬嵬之事者多矣，世所稱者劉禹錫曰："官軍誅佞倖，天子捨妖姬。羣吏伏門屏，貴人牽帝衣。低回轉美目，清日自無輝。"白居易曰："六軍不發將奈何，宛轉蛾眉馬前死。"此乃歌詠禄山能使官軍皆叛，逼迫明皇，明皇不得已而誅楊妃也。噫，豈特不曉文章體裁，而造語拙惷，殆已失臣下事君之禮也。老杜則不然，其《北征》詩曰：

"維昔艱難初,事與前世別。不聞夏殷衰,中自誅褒妲。"方見明皇鑑夏殷之敗,畏天悔過,賜妃子死官,軍何預焉?

楊億、劉筠作詩務積故實,而語意輕淺,一時慕之,號西崑體,識者病之、孟郊詩寒澀窮僻,琢削不暇,真苦吟而成,觀其句法格力可見矣。其自謂"夜吟曉不休,苦吟神鬼愁,如何不自閒,乃與身爲讐。"而退之薦其詩云"榮華肖天秀,捷疾愈響報",何也?

韋應物古詩勝律詩,李德裕、武元衡律詩勝古詩,五字句又勝七字。張籍、王建詩格極相似李益,古律詩相稱,然皆非應物之比也。

黃庭堅喜作詩得名,好用南朝人語,專求古人未使之事。又一二奇字綴葺而成詩,自以爲工,其實所見之僻也。故句雖新奇而氣乏渾厚,吾嘗作詩題其篇後,略云:"端求古人遺,琢抉手不停。方其拾璣羽,往往失鵬鯨。"蓋謂是也。

白居易亦善作長韻叙事,但格制不高,局於淺切。又不能更風操,雖百篇之意只如一篇,故使人讀而多厭也。

蘇舜欽以詩得名,學書亦飄逸。然其詩以奔放豪健爲主,梅堯臣亦善詩,雖乏高致而平淡有工句,世謂之蘇梅,其實與蘇相反也。舜欽嘗自欺曰:"平生作詩被人比梅堯臣,寫字比周越,良可笑也。"

趙令畤

趙令畤(1061—1134)初字景貺,蘇軾爲之改字德麟,自號聊復翁。宋太祖次子燕王德昭玄孫。哲宗元祐時簽書潁州公事。與秦觀、朱服、李之儀等人因接近蘇軾,遭致新黨排斥,入坐元祐黨籍,被廢十年。紹興初,襲封安定郡王。卒贈開府儀同三司。其詞雖與蘇軾多唱和,但氣格殊異,淒婉柔麗,極近秦觀。值得注意的是他以十二首《商調蝶戀花》鼓子詞詠張生、崔鶯鶯故事,韻、散相間,有說有唱,夾叙夾議,是研究宋、金說唱文學與戲劇文學的重要資料。其筆記《侯鯖錄》八卷,多記文壇掌故,品評詩詞多有新見。著《聊復集》,今不傳,有趙萬里輯本《聊復集》詞一卷。

本書資料據四庫全書本《侯鯖錄》。

《侯鯖錄》(節錄)

《刊誤》云:"古無文刺,唯書竹簡以代結繩,謂之簡册也。魏禰衡處士致名於紙,是紙上題名投刺公侯,自後相承。刺謁者,見通名紙爲公狀也。至今士子之家存焉。"(卷一)

　　古人作律詩,有當句對者,兩句更不須對,如陸龜蒙詩云:"但說潄流並枕石,不辭蟬腹與龜腸"是也。

　　露布,人多用之,亦不知其始。《春秋》佐助期曰:"武露布,文露沈。"宋均云:"甘露見其國。布,散者。人上武文采者,則甘露沈重。《初學記》(以上卷三)

　　荆公云:"古之歌者,皆先有詞後有聲,故曰:'詩言志,歌永言。聲依永,律和聲。'如今先撰腔子,後填詞,却是永依聲也。"(卷七)

蔡居厚

　　蔡居厚(? —1125)字寬夫。宋臨安(今浙江杭州)人。蔡延禧子。紹聖元年(1094)中進士第。歷太常博士、吏部員外郎。大觀初,爲右正言,上疏盛讚神宗變法,遷起居郎、右諫議大夫,力論東南兵政之弊,改户部侍郎、知秦州,因事罷職。政和中,歷知滄州、應天府等。早有詩名,著有《蔡寬夫詩話》(或作《詩史》)二卷,其論詩有關學問,勝義時出。原本已佚,郭紹虞《宋詩話輯佚》輯得二十五則。又著有《蔡居厚集》十二卷,今不存。

　　本書資料據郭紹虞《宋詩話輯佚》本《蔡寬夫詩話》。

協　聲

　　秦、漢以前,字書未備,既多假借,而音無反切,平側皆通用。(如"慶雲、卿雲,皋陶、咎繇"之類,大率如此。《詩》:"瞻彼日月,悠悠我思;道之云遠,曷云能來!""燕燕于飛,下上其音;之子于歸,遠送于南。"思與來,音與南,皆以爲協聲。魏晉間此體猶在:劉越石"握中有白璧,本自荆山璆。惟彼太公望,共此渭濱叟。"潘安仁"位同單父邑,愧無子賤歌。豈敢陋微官,但恐忝所荷"是也。)自齊、梁後,既拘以四聲,又限以音韻,故大率以偶儷聲響爲工,文氣安得不卑弱乎?惟陶淵明、韓退之(時時)擺脱(世俗)拘忌(故棲字與乖字,陽字與清字),皆取其傍韻用,蓋筆力自足以勝之也。《叢話》前一、《竹莊》四、《野客叢書》六(《野客叢談》三)、《歷代》三

　　案:吳景旭《歷代詩話》四十九引此則作《西清詩話》。

五言起源

　　五言起於蘇武、李陵,自唐以來,有此說。雖韓退之亦云然。蘇、李詩世不多見,

惟《文選》中七篇耳。世以蘇武詩云："寒冬十二月，晨起踐凝霜。俯觀江漢流，仰視浮雲翔"，以爲不當有江漢之言，或疑其僞。予嘗考之此詩，若答李陵則稱江漢決非是。然題本不云答陵，而詩中且言結髮爲夫婦之類，自非在虜中所作，則安知武未嘗至江漢邪？但注者淺陋，直指爲使匈奴時，故人多惑之，其實無據也。《古詩十九首》，或云枚乘作，而昭明不言，李善復以其有"驅車上東門"與"游戲宛與洛"之句，爲辭兼東都。然徐陵《玉臺》分"西北有浮雲"以下九篇爲乘作，兩語皆不在其中；而"凜凜歲雲暮，冉冉孤生竹"等，別列爲古詩。則此十九首，蓋非一人之辭，陵或得其實。且乘死在蘇、李先，若爾則五言未必始二人也。《叢話》前一

樂府辭

齊、梁以來，文士喜爲樂府辭，然沿襲之久，往往失其命題本意。《烏將八九子》但詠烏，《雉朝飛》但詠雉，《雞鳴高樹巔》但詠雞，大抵類此，而甚有並其題失之者。如《相府蓮》訛爲《想夫憐》，《楊婆兒》訛爲《楊叛兒》之類是也。蓋辭人例用事，語言不復詳研考，雖李白亦不免此。惟老杜《兵車行》、《悲青阪》、《無家別》等數篇，皆因事自出己意，立題略不更蹈前人陳跡，真豪傑也。《叢話》前一、《竹莊》六、《歷代》二十四

案：劉鳳誥《杜工部詩話》引此作蔡絛語。

雙聲迭韻與蜂腰鶴膝

聲韻之興，自謝莊、沈約以來，其變日多。四聲中又別其清濁以爲雙聲，一韻者以爲迭韻，蓋以輕重爲清濁爾，所謂"前有浮聲，則彼有切響"是也。王融《雙聲詩》云："園蘅眩紅藹，湖荇曄黃華。回鶴橫淮翰，遠越合雲霞"，以此求之可見。自唐以來，雙聲不復用，而迭韻間有。杜子美"卑枝底結子，接葉暗巢鶯"，白樂天"戶大嫌甜酒，才高笑小詩"之類，皆因其語意所到，輒就成之，要不以是爲工也。陸龜蒙輩遂以皆用一音，引"後牖有朽柳，梁王長康強"爲始於梁武帝，不知復何所據。所謂蜂腰、鶴膝者，蓋又出於雙聲之變，若五字首尾皆濁音而中一字清，即爲蜂腰；首尾皆清音而中一字濁，即爲鶴膝，尤可笑也。《叢話》前二、《歷代》四

案：周春《杜詩雙聲迭韻譜》："案唐人多守此法，而初、盛尤嚴。乃云自唐以來，雙聲不復用，殆爲癡人說夢也。僅舉少陵'卑枝'、'接葉'迭韻一聯，則疏甚矣。"

律詩體格

文章變態固亡窮盡,然高下工拙亦各繫其人才。子美以"盤渦鷺浴底心性,獨樹花發自分明"爲吳體,以"家家養烏鬼,頓頓食黃魚"爲俳諧體,以"江上誰家桃樹枝? 春寒細雨出疏籬"爲新句,雖若爲戲,然不害其格力。李義山"但覺游蜂饒舞蝶,豈知孤鳳憶雛鸞",謂之當句有對,固已少貶矣。而唐末有章碣者,乃以八句詩平側各有一韻,如"東南路盡吳江伴,正是窮愁暮雨天。鷗鷺不嫌斜雨岸,波濤欺得送風船。偶逢島寺停帆看,深羨魚翁下釣眠。今古若論英達算,鴟夷高興固無邊",自號變體,此尤可怪者也。《叢話》前十四、《玉屑》二

胡歸仁集句詩

荆公晚多喜取前人詩句爲集句詩,世皆言此體自公始。予家有至和中成都人胡歸仁詩,已有此作,自號安定八體。(其間如"一第知何日? 無端意不移。欲爲青桂主,誰與白雲期? 傍架齊書帙,翻瓢作酒卮。文明絡有托,休把運行推",又"白沙溪繞白雲堆,但有何人把酒杯? 專慕聖賢知志氣,可憐談突出塵埃。碧山終日思無盡,清世難羣好自猜。風滿老松門畫掩,可憐高尚仰天才"之類,亦自精密,但所取多唐末五代人詩,無復佳語耳)不知公嘗見與否也。《叢話》前三十五、《永樂大典》百二十二引《考古質疑》

方　勺

方勺(1066—?)字仁聲。宋婺州金華(今屬浙江)人,一説嚴瀨 (今浙江桐廬)人。元豐六年(1083)入太學。元祐五年(1090),應試不第,遂無仕進意,後寓居烏程泊宅村,爲唐張志和浮家泛宅之所,故自號泊宅翁。長於詩文,風格雄深雅建,追古作者。著有《泊宅編》,輯録元祐至政和間朝野軼聞,撫拾時事甚多,對考證當時事頗有裨益。另有《雲茅漫録》十卷,今已佚。

本書資料據四庫全書本《泊宅編》。

《泊宅編》(節録)

聯句或云起於柏梁,非也。《式微》詩曰:"胡爲乎中? 露蓋泥中。"中、露,衛之二

邑名。劉向以爲此詩二人所作,則一在泥中,一在中露,其理或然,則此聯句所起也。（卷中）

慕容彦逢

慕容彦逢（1067—1117）字叔遇。宋宜興（今屬江蘇）人。登元祐三年（1088）進士第,累官國子監主簿、太學博士、監察御史、起居舍人、中書舍人等。後官至通奉大夫、刑部尚書。卒謚文友。彦逢受知徽宗,列禁近者十餘年,一時典册,多出其手。所著文集二十卷、外制二十卷、内制十卷、奏議五卷、講解五卷,今存《摛文堂集》十五卷。

本書資料據四庫全書本《摛文堂集》。

論文書（節録）

古人之文,渾然天成,罔有凝滯,猶渾金璞玉,不見有追琢之跡。後世不然,務華者以侈靡爲麗,務巧者以雕刻爲工,務怪者以險僻爲高,務豪者以馳騁爲壯,各揣所好,互相標目。其不淪於俗者,蓋無幾也。故斯文陵夷,無復古人之盛。孔子之門人,顏回亞聖,而文章不少見。孟子著書七篇,穿貫古昔,上下數千百年,而曰"距楊墨,放淫辭,予豈好辨哉? 予不得已也。"故古之人可以無言,則文與之俱熄;有感於物而言,則文與之從事焉。緣督而言,因言而文,此古君子所以異於後世也。某以爲文之要如此,是邪非邪,下執事幸教之。（卷一三）

王直方

王直方（1069—1109）字立之,號歸叟。宋汴京（今河南開封）人。王械子。娶宗室女,以假承奉郎監懷州酒税,易冀州羅官,僅數月,投劾歸侍,不復出仕。居汴京十五年,晚年卒於中風。直方喜與文人游,蘇軾、黄庭堅、陳師道等常聚會於其家。能詩,吕本中把他列入江西詩派中。喜論詩,著有《歸叟詩話》六卷,記述當時文士評述詩文之論,爲宋代文學批評的重要著作,然其間亦有出於己意,抑揚失實之處,但此書已佚。郭紹虞《宋詩話輯佚》共輯録其詩話三百零六則。另著有《歸叟集》一卷,今已佚。

本書資料據郭紹虞《宋詩話輯佚》本《王直方詩話》。

論集句詩

荆公始爲集句,多至數十韻,往往對偶親切。蓋以其誦古人詩多,或坐中率然而成,始可爲貴。其後多有(人)效之者,但取數部詩集諸家之善耳。故東坡《次韻孔毅夫集句見贈》云:"羨君戲集他人詩,指呼市人如使兒。天邊鴻鵠不易得,便令作對隨家雞。退之驚笑子美泣,問君久假何時歸?世間好事世人共,明月自滿千家墀。"《總龜》前八、《叢話》前三十五、《永樂大典》八百二十二引《考古質疑》引

樂天詩不合律

白樂天云:"羌管吹楊柳,燕姬酌葡萄。"謂太原出葡萄酒也。然此乃律詩,用平聲讀,則大不律,用側聲讀則近俗耳。《總龜》前二十七

饒次守十七字詩

吳賀迪吉者,撫州人,一日載酒來余家,並召劉夷季、洪龜父、饒次守輩,酒酣頗紛紛。龜父先歸,作一絕題于余書室曰:"再爲城南遊,百花已狂飛。更堪逢惡客,騎馬風中歸。"次守既醒,作十七字和云:"當時爲舉首,滿意望龍飛。而今已報罷,且歸。"蓋龜父是年自洪州首薦,自今上初即位,無廷試也。《總龜》前三十九

東坡效山谷體

東坡《送楊孟容詩》云:"我家峨眉陰,與子同一邦。相望六十里,共飲玻璃江。江山不違人,遍滿千家窗。但苦窗中人,寸心不自降。子歸治小國,洪鐘噎微撞。我留侍玉堂,弱步欹豐扛。後生多高才,名與黃童雙。不肯入州府,故人餘老龐。殷懃與問訊,愛惜霜眉龐。何以待我歸?寒醅發春缸。"蓋效山谷體作也。山谷云:"子瞻詩句妙一世,乃云效庭堅體,退之戲效孟郊、樊宗師之比,以文滑稽耳。恐後生不解,故次韻道之曰:'我詩如曹鄶,淺陋不成邦。公如大國楚,吞五湖三江。赤壁風月笛,玉臺雲霧窗。句法提一律,堅城受我降。枯松倒澗壑,波濤所舂撞。萬牛挽不前,公乃獨力扛。諸人方嗤點,渠非晁張雙。但懷相識察,床下拜老龐。小兒未可知,客或許敦龐。誠堪婿阿巽,買紅纏酒缸。'"歐陽文忠亦嘗效聖俞體作一篇,有云:"嘉子治新

園,乃在太行谷。"題劉羲叟家園也。《叢話》前四十二

聲律末流

張文潛云:"以聲律作詩,其末流也,而唐至今謹守之。獨魯直一掃古今,直出胸臆,破棄聲律,作五七言,如金石未作,鐘聲和鳴,渾然天成,有言外意。近來作詩者頗有此體,然自吾魯直始也。"《鑒衡》一引《詩文發源》

李　頎

李頎(生卒年不詳)字粹老。宋人。少舉進士,得官棄去,游歷湖、湘。晚年樂江南山水,隱於臨安大滌洞天。工詩善畫,與蘇軾友善,畫春山軸並題詩以贈軾。著有《古今詩話録》七十卷,已佚。郭紹虞《宋詩話輯佚》搜輯其詩話四百餘則。

本書資料據郭紹虞《宋詩話輯佚》本《古今詩話》。

李白論詩

李太白才逸氣豪,與陳拾遺齊名。其論詩云:"梁、陳已來,豔薄殊極,沈休文又尚聲律,將復古道,非我而誰?"故陳、李二集,律詩全少。嘗言:"興寄深微,五言不如四言,七言又其靡也。況使束於聲調俳優哉!"故戲杜子美曰:"飯顆山頭逢杜甫,頭戴笠子日卓午。借問別來太瘦生,總爲從前作詩苦。"《總龜》前六、《樂趣》一

案:此則出《本事詩》。

御選句圖(節録)

劉綜學士出鎮並門,兩制館閣,皆以詩餞其行,因進呈章聖,深究詩雅。時方競尚西崑體,堁裂雕篆,親以御筆,選其平淡者得八聯。《總龜》前四十一、《樂趣》十三

案:此則出釋文瑩《玉壺清話》一。

優人嘲西崑體

楊大年、錢文僖、晏元獻、劉子儀(以文章立朝),爲詩皆宗李義山,號西崑體。後

進效之，多竊取義山語。嘗御賜百官宴，優人有裝爲義山者，衣服敗裂，告人曰：“（吾）爲諸館職掇撦至此。”聞者大噱。然大年《（詠）漢武詩》云：“力通青海求龍種，死諱文成食馬肝。待詔先生齒編貝，忍令乞米向長安。”義山不能過（也）。《總龜》前十一、《叢話》前二十二、《玉屑》十七、《詩林》二、《歷代》五十五、《宋紀》六

案：此則出《中山詩話》。

集　句

集古自國初有之，未盛也，至石曼卿人物開敏，以文爲戲，然後大著，至元豐間王文公益工於此，人言自公起，非也。（《鑒衡》一）

案：此則出《西清詩話》。《仕學規範》三十九引作《古今總類詩話》。

歐陽修論蘇梅

歐公云：聖俞、子美，齊名一時，而二家詩體特異。子美筆力豪雋，以超邁橫絶爲奇；聖俞覃思精微，以深遠間淡爲意。各極其長，雖善論者不能優劣也。予嘗于《水谷夜行詩》略道其一二，云：“子美氣尤雄，萬竅號一噫。有時肆顛狂，醉墨灑澇沛。譬如千里馬，已發不可殺。盈前盡珠璣，一一難揀汰。梅翁事清切，石齒漱寒瀨。作詩三十年，視我猶後輩。文詞愈精新，心意雖老大。有如妖韶女，老自有餘態。近詩尤古硬，咀嚼苦難嘬。又如食橄欖，真味久猶在。蘇豪以氣轢，舉世徒驚駭。梅窮獨我知，古貨今難賣。”語雖非工，謂粗得其仿佛，然不能優劣之也。《鑒衡》一

案：此則出《六一詩話》。《仕學規範》三十七引此作《古今總類詩話》。

山谷詩

《名賢詩話》云：黃魯直自黔南歸，詩變前體。且云：“須要唐律中作活計，乃可言詩。以少陵淵蓄雲萃，變態百出，雖數十百韻，格律益嚴。蓋操制詩家法度如此。”予觀魯直，如《吳（餘干廖明略）白露亭燕集詩》：“江靜明光燭，山空響管弦。風生學士座，雲繞令君筵。百粵餘生聚，三吳喜接連。庖霜刀落鱠，執玉酒明船。葉縣飛來舄，壺公謫處天。談多時屢謔，舞短更成妍。而我孤登覽，觀詩未究宣。老夫看鏡罷，衰白敢爭先？”直可拍肩挽袂矣。《鑒衡》一

案：《竹莊詩話》十引此作《西清詩話》，《仕學規範》三十七引此作《古今總類詩

話》,是則《古今詩話》録《西清詩話》語,而稱爲《名賢詩話》耳。

次韻詩

唐人賡和詩,有次韻,依其次用韻,同在一韻中耳。有用韻,用彼之韻,亦必次之。韓吏部《和皇甫湜陸渾山火》是也。劉長卿《餘干旅舍》云:"搖落暮天迥,丹楓霜葉稀。孤城向水閉,獨鳥背人飛。渡口月初上,鄰家漁未歸。鄉心正欲絶,何處搗征衣!"張籍《宿江上館》云:"楚驛南渡日,夜深來客稀。月明見潮上,江靜覺鷗飛。旅宿今已遠,此行殊未歸。離家久無信,又聽搗寒衣。"兩詩偶似次韻,皆奇作也。《樂趣》一

案:《總龜》前六有此節,不注出處,但其前爲《古今詩話》。《樂趣》所據當即此。

句　始

三字句,若"鼓咽咽,醉言歸"之類。四字句,若"關關雎鳩,在河之洲"之類。五字句,若"誰謂雀無角,何以穿我屋"之類。七字句,若"交交黄鳥止於棘"之類。其句法,皆起於《三百五篇》也。《歷代詩話》二甲集二

案:王構《修辭鑒衡》一引此則作《古今總類詩話》。考《鑒衡》所引有稱《古今詩話》者,有稱《古今總類詩話》者,似非一書。

趙鼎臣

趙鼎臣(1070—1123)字承之,少時種竹於居所之南,自號竹隱畸士,又號葦溪翁。宋衛城(今河南淇縣)人。元祐進士。累官知鄧州、太府卿等。鼎臣與王安石、蘇軾等人交好,多相唱和,故詩文俱有門徑。劉克莊謂其詩"才氣飄逸,記問精博,警句巧對,殆天造地設"(《四庫全書總目》卷一五五引),推重甚高。《四庫全書總目》卷一五五稱其文章"刻意研練,古雅可觀,亦非儉陋者所能望其項背"。能詞,但成就不高。著有《竹隱畸士集》一百二十卷,後由其孫趙綱立刊於復州,僅四十卷而止,宋刊本傳至明末而亡,清四庫館臣自《永樂大典》輯出其詩文,編爲二十卷。

本書資料據四庫全書本《竹隱畸士集》、北京圖書館出版社 2004 年版《永樂大典》。

《鄴都賦》序（節錄）

　　仲尼有言：“質勝文則野，文勝質則史。”揚子雲亦曰：“事勝辭則伉，辭勝事則賦。”蓋賦者，古詩之流也。其感物造端，主文而辨事，因事以陳辭，則近於史。故子夏叙詩而繫以國史，不其然乎！雖然，文不害辭，則辭不害志，以意逆志，其要歸止於禮義者，詩人之賦也。兩漢而下，詞人之賦始爲麗淫，競相祖述，至左太冲則譏之，以謂盧橘非上林所植，海若非西京所出，辭不稱事，指爲詬病。然觀其論魏也，舉禪代則以謂虞、舜比蹤，述風化則以謂羲、熊踵武，非堯譽桀，誕謾滋甚。夫辨物或失其方，記事之小疵；擬人不以其倫，立言之大蔽。昔有獨夫既殄，天下同歸於周；明王不作，海内莫强於秦。然猶伯夷抗登山之志，仲連懷蹈海之義，相與耻而非之，况乎助衛君之奸國，褒吳楚之僭號？以古揆今，壹何相去之邈也。方且笑昔人之未工，忘己事之已拙，欲使覽者信之，過矣。（《竹隱畸士集》卷一）

定州州學私試策問（節錄）

　　問：國必有史，史必有書。三代之際，而史爲世官；兩漢以來，而史爲家學。至於近世，家學亡矣，是非不出於一人，論議率資於衆口。蓋趨以備官記事而已，則後之不及古，豈不諒哉？《書》與《春秋》，皆史也。至馬遷始合之，而後人莫能易。馬遷而後有班固，班固而後有陳壽、范曄，此最彰明較著者也。踵而爲者，蓋日益多，雖或善或否，要知各盡其心焉耳矣。昔人以才、學與識，謂之三長。今諸家之書，其文具存，所謂才、學者誰歟？而所謂識者又何也？能兼衆長而備有之，則信善矣；亡乃或得其一而遺其二歟？固譏遷於前，而曄掎固於後，魏收致誚於魏澹，韓愈見刊於路隋，史之説何紛如也？昌黎伯至以仲尼之窮，丘明之盲，遷、固、壽、曄、王隱、崔浩之徒刑僇困辱，以爲史氏之蔽，自戒以不爲。烏虖，其然乎？其不然乎？若夫荀悦之合紀傳，張輔之論班馬，知幾“不可”之談，李翶“虛美”之説，亦史學所宜講也，願並與諸君辯之。（《竹隱畸士集》卷一二）

雜著（節錄）

　　傳所以釋經也，傳失而後有箋。箋者所以助傳而正其失也。又有失焉，而於是乎有疏。然則疏者固宜糾剔二説之失，舉而歸諸大中也。觀穎達之書，每每列爲二説。

494

毛謂此焉，則從而失之。鄭謂彼焉，又從而失之。使後學之士，如窺江海汪洋氾濫，叢雜分播，靡所不有。然至於驚瀾怒濤，東西四流，徒震悸心目，瞀然亡所適從，無一人能了然者。則疏者果何用耶？此穎達之大罪也。夫皇甫謐，腐儒也，其言博而多妄。然其釋湯所都之地，明辯晰晰，大正宿儒之謬。穎達以鄭說之不同也，既著之於前，而復破之於後，是則“正義”之名果安在哉？此余所甚病也。然觀其言，每略於毛而詳於鄭，則穎達者真助鄭者與？（《永樂大典》卷一四五四五）

范　温

　　范温（生卒年不詳）字元實，號潛齋。宋華陽（今四川成都）人。范祖禹子、秦觀婿。政和初曾出仕。曾從黃庭堅學詩。著有《潛溪詩眼》（亦簡稱《詩眼》）一卷，當時曾爲各家所稱引，宋以後散佚。今傳《說郛》本僅三則，今人郭紹虞《宋詩話輯佚》輯錄有二十九則。范溫論詩講求句法、來處、布置，主江西詩派創作法，議論時有過人之處。

　　本書資料據郭紹虞《宋詩話輯佚》本《潛溪詩眼》。

詩宗建安

　　建安詩辯而不華，質而不俚，風調高雅，格力遒壯。其言直致而少對偶，指事情而綺麗，得風雅騷人之氣骨，最爲近古者也。一變而爲晉、宋，再變而爲齊、梁。唐諸詩人，高者學陶、謝，下者學徐、庾。惟老杜、李太白、韓退之早年皆學建安，晚乃各自變成一家耳。如老杜《崆峒》、《小麥熟》、《人生不相見》、《新安》、《石壕》、《潼關吏》、《新婚》、《垂老》、《無家別》、《夏日》、《夏夜歎》，皆全體作建安語。今所存集第一、第二卷中頗多。韓退之《孤臣昔放逐》、《暮行河堤上》、《重雲》、《贈李觀》、《江漢》、《答孟郊》、《歸彭城醉贈張秘書》、《送靈師惠師》，並亦皆此體，但頗自加新奇。李太白亦多建安句法，而罕全篇，多雜以鮑明遠體。東坡稱蔡琰詩筆勢似建安諸子。前輩皆留意於此，近來學者遂不講爾。《叢話》前一、《竹莊》二

杜詩體製

　　山谷常言少時曾誦薛能詩云：“青春背我堂堂去，白髮欺人故故生。”孫莘老問云：“此何人詩？”對曰：“老杜。”莘老云：“杜詩不如此。”後山谷語傳師云：“庭堅因莘老之

言，遂曉老杜詩高雅大體。"傅師云："若薛能詩，正俗所謂欺世耳。"《叢話》前十四、《總龜》後三十六、《玉屑》十四

唐　庚

　　唐庚（1071—1121）字子西，人稱魯國先生。宋眉州丹棱（今屬四川）唐河鄉人。紹聖進士。歷官承議郎等。唐庚與蘇軾是小同鄉，貶所又同爲惠州，兼之文采風流，當時有"小東坡"之稱。但唐庚爲詩，重推敲錘煉，近於苦吟，與蘇軾的放筆快意不同。其文長於議論，頗爲時人所稱。有《唐子西集》、《唐子西文録》。《唐子西文録》爲其論詩文之語録，同時人强行父記述。

　　本書資料據四庫全書本《説郛》、《唐先生文集》。

《文録》（節録）

　　古樂府命題皆有主意，後之人用樂府爲題者，直當代其人而措辭，如《公無渡河》，須作妻止其夫之辭，太白輩或失之，惟退之《琴操》得體。

　　《琴操》非古詩，非騷詞，惟韓退之爲得體。退之《琴操》，柳子厚不能作；子厚《皇雅》，退之亦不能作。（以上《説郛》卷七十九）

上蔡司空書（節録）

　　邇來士大夫崇尚經術，以義理相高，而忽略文章，不以爲意。夫崇尚經術是矣。文章於道，有離有合，不可一概忽也。唐世韓退之、柳子厚，近世歐陽永叔、尹師魯、王深父輩，皆有文在人間，其詞何嘗不合於經？其旨何嘗不入於道？行之於世豈得無補，而可以忽略，都不加意乎？竊觀閣下輔政，既以經術取士，又使習律、習射，而醫、算、書、畫悉皆置博士。此其用意，豈獨遺文章乎？而自頃以來，此道幾廢。場屋之間，人自爲體，立意造語，無有法度。宜詔有司，以古文取士爲法。所謂古文，雖不用偶儷，而散語之中，暗有聲調。其步驟馳騁之，皆有節奏。非但如今日苟然而已。今士大夫間，亦有知此道者。而時所不尚，皆相率遁去，不能自見於世。宜稍稍收聚而進用之，使學者知所趨向，不過數年，文體自變。（《唐先生文集》卷一五）

釋惠洪

釋惠洪（1071—1128）原名德洪，字覺範，俗姓彭，或云俗姓喻。宋筠州（今屬江西）人。惠洪爲當時著名詩僧，與蘇軾、黃庭堅、謝逸等往還。在創作上，力主自然而有文采，對蘇軾、黃庭堅傾倒備至。江西詩風籠罩文壇時，惠洪能獨樹一幟。其詩雄健俊偉，辭意灑落，氣韻秀拔，無宋代詩僧常見之蔬筍氣，爲諸家所稱道。又善作小詞，情思婉約，似秦少游。除文學成就以外，惠洪還擅長畫梅竹。著述甚富，詩文集有《筠溪集》十卷、《甘露集》九卷、《物外集》、《石門文字禪》三十卷。今僅存詩文集《石門文字禪》三十卷。又著有《冷齋夜話》十卷，雖爲筆記，但内容多論詩或記載詩之本事，尤其以記載蘇軾、黃庭堅詩之逸事爲多，成語“滿城風雨”、“脱胎换骨”、“大笑噴飯”、“癡人説夢”等典故均出於此書；《天廚禁臠》三卷，以唐、宋各家之篇、句爲式，標論詩格，是宋代論詩之重要著述；又有筆記《林間録》十四卷，今存二卷、《後集》一卷。

本書資料據四庫全書本《石門文字禪》、《冷齋夜話》，1958 年中華書局本《天廚禁臠》。

題權巽中詩

世稱唐文物特盛，雖山林之士，輒能以詩自鳴。以余觀之，如雙井茶，品格雖妙，然終令人咽酸冷耳。巽中下筆，豪特之氣凌跨前輩，有坡、谷之淵源。予見之，未視名字，輒能辯。大率句法如徐季海之字，字外出骨，骨中藏肤，讀者當置軸紬繹，想見瘦行清坐時也。使巽中聞此語，當以予爲知言。（《石門文字禪》卷二十六）

跋東坡池録（節録）

歐陽文忠公以文章宗一世，讀其書，其病在理不通。以理不通，故心多不能平。以是後世之卓絶穎脱而出者，皆目笑之。東坡蓋五祖戒禪師之後身，以其理通，故其文涣然如水之質，漫衍浩蕩，則其波亦自然而成文，蓋非語言文字也，皆理故也。自非從般若中來，其何以臻此？其文自孟軻、左丘明、太史公而來，一人而已。

跋徐洪李三士詩

陳瑩中嘗問予南州近時人物之冠，予以師川、駒父、商老爲言。瑩中首肯之。駒父戲效孟浩然作語，如王、謝家子弟，風神步趨，不能優劣。商老和之，如劉安王見上帝，大言不遜，豪氣未除。獨師川有句在暮山煙雨裏，西洲落照中，未暇寫也。

跋李成德宮詞

唐人工詩者多喜爲宮詞，"天階夜月涼於水，臥看牽牛織女星"；"玉容不及寒鴉色，猶帶朝陽日影來"，世稱絶唱。以予觀之，此特記恩遇疏絶之意於凝遠不言之中，非能摸寫太平，藻節萬物。讀成德所作一百篇，知前人之未工也。其收拾道山絳闕之春色，刻畫玉樓金屋之情狀，使海山瀕海之人讀之，如近至尊。非其才當世，何以治此？（以上《石門文字禪》卷二十七）

《冷齋夜話》（節録）

山谷集句貴拙速不貴巧遲

集句詩，山谷謂之百家衣體。其法貴拙速而不貴巧遲，如前輩曰"晴湖勝鏡碧，衰柳似金黃"。又曰"事治閑景象，摩挲白髭鬚"，又曰"古瓦磨爲硯，閑砧坐當牀"，人以爲巧，然皆疲費精力，積日月而後成，不足貴也。

棋隱語

舒王在鍾山，有道士求謁，因與棋，輒作數語曰："彼亦不敢先，此亦不敢先。惟其不敢先，是以無所爭。惟其無所爭，故能入於不死不生。"舒王笑曰："此特棋隱語也。"（以上卷三）

西崑體

詩到李義山，謂之文章一厄，以其用事僻澀，時稱西崑體。然荆公晚年亦或喜之，而字字有根蔕。（卷四）

《天廚禁臠》（節録）

專門句法隨人去取

秦少游曰："蘇武、李陵之詩長於高妙；曹植、劉公幹之詩長於豪逸；陶潛、阮籍之詩長於冲澹；謝靈運、鮑照之詩長於峻潔；徐陵、庾信之詩長於藻麗。而杜子美者，窮

498

高妙之格，極豪逸之氣，包冲淡之趣，兼峻潔之姿，備藻麗之態，而諸家之作，不能及焉。"予以謂子美豈可人人求之，亦必兼諸家之所長。故唐人工詩者多專門，以是皆名世。專門句法，隨人所去取，然學者不可不知。凡諸格法，畢録於此。

近體三種頷聯法

《寒食對月》："無家對寒食，有淚如金波。斫却月中桂，清光應更多。仳離放紅蕊，想像嚬青蛾。牛女漫愁思，秋期猶渡河。"此杜子美詩也。其法頷聯雖不拘對偶，疑非聲律，然破題引韻已的對矣，謂之偷春格。言如梅花偷春色而先開也。山谷嘗用此法，作茶詞曰："烹茶留客駐雕鞍，有人愁遠山；別郎容易見郎難，月斜窗外山。自郎去後憶前歡，畫屏金博山；一杯春露莫留殘，與郎扶玉山。"蓋下押四山字，上鞍、難、歡、殘皆有韻，如是乃知其工也。《下第》："下第唯空囊，如何住帝鄉。杏園啼百舌，誰醉在花傍。淚落故山遠，病來春草長。知音逢豈易，孤棹負三湘。"此賈島詩也。頷聯亦無對偶，然是十字叙一事而意貫，上二句及景聯方對偶分明，謂之蜂腰格，言若已斷而復續也。《吊僧》："幾思聞靜話，夜雨對禪床，未得重相見，秋燈照影堂。孤雲終負約，薄宦轉堪傷。夢繞長松塔，遥焚一炷香。"此鄭谷詩也，頷聯與破題便作隔句對，若施之於賦，則曰："幾思共話，對夜雨之禪床；未得重逢，照秋燈之影室"也。

四種琢句法

近體詩以聲律爲標準，每錙銖而較之，蓋其法嚴甚。然妙意欲達，而爲詞語所礙，則奈何？曰，有假借之法。《月中桂》："根非生下土，葉不墜秋風。"《贈隱者》："五峰寒不下，萬木幾經秋。"《月中桂》省題詩也。二詩皆以秋對下，蓋夏字之同聲也。《山行》："因尋樵子徑，偶到葛洪家。"《遊山寺》："殘春紅藥在，終日子規啼。"此以子對紅，又以紅對子，皆假其色也。《宿柏岩》："聞聽一夜雨，更對柏岩僧。"《移居》："住山今十載，明日又遷居。"此以一夜對柏岩，又以十對遷，假千百之數耳。《宿西林寺》："聽雨寒更盡，開門落葉深。"《登樓晚望》："微陽下喬木，遠燒入秋山。"此詩唐僧無可詩也。退之所稱島可，島謂賈島也。此句法最有奇趣，然譬之嚼蟹螯，不能多得。一夜蕭蕭，謂必雨也，及曉乃葉落也，其境絶可知。方遠望謂斜陽，自喬木而下，乃是遠燒入山，其遠可知矣。

江左体

《題省中院壁》："掖垣竹埤梧十尋，洞門對雪常陰陰。落花遊絲白日靜，鳴鳩乳燕青春深。腐儒衰晚謬通籍，退食遲回違寸心。袞職曾無一字補，許身愧比雙南金。"《卜居》："浣花流水水西頭，主人爲卜林塘幽。已知出郭少塵事，更有澄江銷客愁。無數蜻蜓齊上下，一雙鸂鶒時沉浮。東行萬里堪乘興，須向山陰上小舟。"《巴嶺答杜二見憶》："臥向巴山落月時，兩鄉千里夢相思。可但步兵偏愛酒，也知光祿最能詩。江頭赤葉楓愁客，籬外黃花菊對誰。跂馬望君非一度，冷猿秋雁不勝悲。"前二詩子美作，後一詩嚴武作，皆於引韻便失粘。既失粘，則若不拘聲律。然其對偶時精到，謂之"骨含蘇李體"。魯直作《落星寺詩》，乃是法之，曰："星宮遊空何時落，落地便化爲寶坊。詩人晝吟山入座，醉客夜愕江撼床。蜜房各自開户牖，蟻穴或夢封侯王。不知青雲梯幾級，更挂瘦藤游上方。"

含蓄法

《登岷山》："荒山秋日午，獨上意悠悠。如何望鄉處，西北是融州。"《渡桑乾》："客舍並州已十霜，歸心日夜憶咸陽。無端更渡桑乾水，却望並州是故鄉。"《山驛有作》："策杖馳山驛，逢人問梓州。長江那可到，行客替生愁。"此三詩，前一柳子作，後二賈島作。子厚客洛陽，融州蓋嶺外也。幽燕並關河，東望咸陽爲西南。長江在梓州之西。前輩多誦此詩。少游嘗自題《桑乾》詩於扇上。此所謂含蓄法。

用事法

《雙竹》："饑殘夷、叔丰姿瘦，泣盡娥、英粉淚乾。"《荼䕷花》："露濕何郎試湯餅，日烘荀令炷爐香。"《雙竹》，僧惠津詩。《荼䕷》，山谷作也。以伯夷、叔齊、娥、英二女比其清膡有淚爲絶好。荼䕷花美，以二女子比之，又不如以二美丈夫比之爲工也。然淵才又以謂不如"雨過温泉浴妃子，露濃湯餅試何郎"，亦兼用美丈夫也。

就句對法

《贈僧》："往往語復默，微微雨灑松。"又："水邊林下何時去，薄宦虛名欺得人。"前詩賈島作，後司空曙所作。"往往"不可對"微微"，"去"字不可對"人"字，乃是詩一句以作對，以語對默，以雨對松，以水邊對林下，以薄宦對虛名也。

十字對句法

《梅》："前村深雪裏，昨夜一枝開。"《別所知》："相看臨遠水，獨自上孤舟。"前對齊己作，後對鄭谷作。皆十字叙一事，而對偶分明。

十字句法

"如何青草裏，亦有白頭翁。"又："夜來乘好月，信步上西樓。"前對李太白詩，後對司空曙詩。已言十字對矣，此又言十字句，何以異哉？曰："青草裏"不可對"白頭翁"，"夜來"不可對"信步"。以其是一意完全渾成，故謂之十字句。其法但可於頷聯用之，如於頸聯用，則當曰"可憐蒼耳子，解伴白頭翁"爲工也。

十四字對句法

"自攜瓶去沽村酒，却著衫來作主人。"又："却從城裏攜琴去，許到山中寄藥來。"前對王操詩，後對賈島詩，皆翛然有出塵之姿，無險阻之態。以十四字叙一事，如人信手斫木，方圓一一中規矩，其法亦宜頷聯用之也。

詩有四種勢

寒松病枝，芙蓉出水，轉石千仞，賢鄙同嘯。《己公茅齋》："江蓮搖白羽，天棘蔓青絲。"《山寺》："麝香眠石竹，鸚鵡啄金桃。"《九日》："竹葉於人既無分，菊花從此不須開。"《關山道中》："野店初嘗竹葉酒，江雲欲落豆秸灰。"前三對子美詩，後一對東坡詩。麝香，小鹿子也。石竹，野花之微弱叢薄，薄而纖短者。其事隱而相溢，故注其詩者曰："麝香，鹿也。""天棘，柳也。"青絲，比柳也。竹葉，酒名也。江蓮、白羽、黄菊，皆稱體物之名，世所共識。而對以異名，則是句法之病。雖是病，然施之於寒松格則不害爲好。豆秸灰，比雪也。所謂寒松病枝，唐畫公名之。《山居》："風定花猶落，鳥鳴山更幽。"《雨過》："凉生初過雨，靜極忽歸僧。"《游康王觀》："棋聲深院靜，幡影石壇高。"前對舒王集句，次僧保暹作，後司空曙所作。讀之自然令人愛悦，不假人言然後爲貴也。此謂芙蓉出水，晉謝靈運名之。《華清宮》："雷霆施號令，星斗煥文章。"《懷古》："經來白馬寺，僧到赤烏年。"前杜牧之詩，後靈徹詩。言天子之事，以號令比雷霆，必當以文章比星斗，其勢不如此，不能止其詞也。東漢西國僧以白馬負經至洛陽，而吳赤烏年中康僧會始領僧二十餘員至建業，此所謂轉石千仞，譬如以石自千仞岡上而下，不至地不止。此歐陽公名之。《宮怨》："昔爲芙蓉花，今作斷腸草，以色事他人，能得幾時好？"《春日曲江》："朝回日日典春衣，每日江頭盡醉歸。酒債尋常行處有，人生七十古來稀。穿花蛺蝶深深見，點水蜻蜓款款飛，傳語春光共流轉，暫時相賞莫相違。"《與子由別和其詩》："別期漸近不堪聞，風雨蕭蕭正斷魂。猶勝相逢不相識，形容變盡語音存。"《龍山雨中》："山行三日雨沾衣，幕阜峰前對落暉。野水自添田水滿，晴鳩却喚雨鳩歸。靈源大士人天眼，雙塔老師諸佛機。白髮蒼顏重到此，問君還是昔人非。"《宮怨》，李太白作；《春日》，杜子美作；《別子由》，東坡作；《龍山雨中》，山谷作。斷腸草，其花美好，亦名芙蓉。尋常，七尺爲尋，八尺爲常。形容變盡，但譏其聲音存耳。見東漢黨錮韓馥傳，言兄弟也。鳩見雨即逐其婦，晴則呼其婦，以喻君怒其臣即逐之，怒息即詔其歸爾。此謂賢鄙同嘯，謂其賢愚讀之，皆意解而愛敬之也。以賢者知其用事所從出，而愚者不知，不知猶爲好也。此秦少游名之。

詩分三種趣

奇趣、天趣、勝趣。《田家》："高原耕種罷，牽犢負薪歸。深夜一爐火，渾家身上衣。"江淹《效淵明體》："日暮巾柴車，路暗光已夕。歸人望煙火，稚子候簷隙。"此二詩脫去翰墨痕跡，讀之令人想見其處，此謂之奇趣也。《宮詞》："白髮宮娥不解悲，滿頭猶自插花枝。曾緣玉貌君王寵，準擬人看似舊時。"《大林寺》："人間四月芬菲盡，山寺桃花始盛開。長恨春歸無覓處，不知轉入此中來。"此二詩，前乃牡牧之作，後白樂天作。其詞語如水流花開，不假功力，此謂之天趣。天趣者，自然之趣耳。《東林寺作》："昔爲東掖垣中客，今作西方社裏人。手把楊枝臨水坐，閑思往事似前身。"《長安道中》："鏡中白髮悲來慣，衣上塵痕拂轉難。惆悵江湖釣魚手，却遮西日望長安。"前詩白樂天作，後詩杜牧之作。吐詞氣宛在事物之外，殆所謂勝趣也。

錯綜句法

《秋興》："紅稻啄殘鸚鵡粒，碧梧棲老鳳凰枝。"又："緑成白雪桑重緑，割盡黃雲稻正青。"又："林下聽經秋苑鹿，江邊掃葉夕陽僧。"前子美作，次舒王作，次鄭谷作，然是三種錯綜以事，不錯綜則不成文章，若平直叙之，則曰"鸚鵡啄殘紅稻粒，鳳凰棲老碧梧枝。"而以紅稻於上，以鳳凰於下者，錯綜之也。言緑成則知白雪爲絲，言割盡則知黃雲爲麥也。秦少游得其意，時發奇語，其作《睡足軒》則曰："長年憂患百端慵，開斥僧坊頗有功。地撤蔽虧僧界靜，人除荒穢玉奩空。青天併入揮毫裏，白鳥時來隱几中。最是人間佳絶處，夢殘風鐵響丁東。"

絶弦句法

《寄遠》："燕鴻去後湖天暖，欲寄知音問水居。七歲弄竿今八十，錦鱗吞釣不吞書。"《送道士》："歲暮抱琴何處去？洛陽三十六峰西。生平不識先生面，不得一聽烏夜啼。"前詩僧謙作，後詩賈島作。其詩語似斷絶而意存，如弦絶而意終在。

影略句法

《落葉》："返蟻難尋穴，歸禽易見窠。滿廊僧不厭，一個俗嫌多。"《柳》："半煙半雨江橋畔，映杏映桃山路中。會得離人無恨意，千絲萬絮惹春風。"前詩劉義作，後詩鄭谷作。賦落葉而未嘗及凋零飄墜之意，題柳而未嘗及嫋嫋弄日垂風之意，然自然知是

落葉，知是柳也。（以上卷上）

比物句法

《書事》："輕陰閣小雨，深院晝慵開。坐看蒼苔色，欲上人衣來。"又："若耶溪上踏莓苔，興盡張帆載酒回。汀草岸花渾不見，青山無數逐人來。"前詩王維作，後詩舒王作，兩詩皆含其不盡之意，子由謂之不帶聲色。

造語法

如沙如草，皆衆人所用，山間林下，寂寞之濱，所與之遊處者，牛羊鷗鳥耳。而舒王造而爲語，曰："坐分黃犢草，臥占白鷗沙。"其筆力高妙，殆若天成。凡貧賤，則語言不爲人所敬信；歲寒不變，則無如松竹。山谷則造而爲語曰："語言少味無阿堵，冰雪相看有此君。"其語便健。

賦題法

"若不得流水，還應過別山"者，題野燒也。"嚴霜百草白，深院一株青"者，題小松也。前人以爲工，但是題其意爾，非能狀其體態也。如子美題雨，則曰："紫崖奔處黑，白鳥去邊明。"樂天賦琵琶，則曰："銀瓶忽破水漿迸，鐵騎突出刀槍鳴。"又曰："四弦一聲如裂帛。"此皆能曲盡萬物之情狀。若雨，若聲音，其不可把玩如石火電光，非人之才力能攬取之。然此但得其情狀，非能寫其不傳之妙哉。如山谷題蘆雁圖則妙絕，曰："惠崇煙雨歸雁，坐我瀟湘洞庭。欲喚扁舟歸去，傍人道是丹青。"

奪胎句法

"河分岡勢斷，春入燒痕青。"僧惠崇詩也。然"河分岡勢"不可對"春入燒痕"，東坡用之，爲奪胎法曰："稍聞決決流冰谷，盡放青青沒燒痕。"以水缺對燒痕，可謂盡妙矣。"一別二十年，人堪幾回別"者，顧況詩也。而舒王亦用此法，曰："一日君家把酒杯，六年波浪與塵埃。不知烏石岡邊路，到老相尋得幾回。"

換骨句法

《春日》："有情芍藥含春淚，無力薔薇臥曉枝。"又："白蟻撥醅官酒熟，紫綿揉色海棠開。"前少游詩，後山谷詩。夫言花與酒者，自古至今不可勝數，然皆一律，若兩傑則以妙意取其骨而換之。

遺音句法

《扇》：“玉斧修成寶月團，月邊仍有女乘鸞。青冥風露非人世，鬢亂釵橫特地寒。”《宿東林寺》：“溪聲便是廣長舌，山色豈非清淨身。夜來八萬四千偈，他日如何舉似人。”前舒王作，後東坡作。此所謂讀之令人一唱而三歎，譬如朱弦疏越有遺音者也。秦少游欲效之，作一首曰：“獼猴鏡裏三身現，龍女珠中萬象開。爭似此堂人散後，水光清泛月華來。”終若不及也。

善詩者道意不道名

東坡曰：“善畫者畫意不畫形，善詩者道意不道名。”故其詩曰：“論畫以形似，見與兒童鄰。賦詩必此詩，定非知詩人。”借如賦山中之境，居人清曠，不過稱山之深，稱住山之久，稱其閒逸，稱其寂然，稱其高遠。能道其意者，不直言其深，而意中見其深也，如文靚詩曰：“松陰行不盡，疏雨下無時。世事幾興廢，山中人未知。”又不直言其住山之久，而意中見其久，如賈島詩曰：“頭髮梳千下，休糧帶病容。養雛成大鶴，種子作高松。白石通宵煮，寒泉盡日春。不曾離隱處，那得世人逢。”又不直言其閒逸，而意中見其閒逸，如王維詩曰：“中歲頗好道，晚家南山陲。興來每獨往，勝事心自知。行到水窮處，坐看雲起時。偶然值林叟，談嘯無還期。”又不直言其寂默，而意中見其寂默，如畫公詩曰：“月色靜中見，泉聲幽處聞。影孤長不出，行道在深雲。”又不直言其高遠，而意中見其高遠，如王維詩曰：“山中多法侶，禪誦自成羣。城郭遙相望，唯應見白雲。”

詩貴遣詞頓挫

詩家尤貴遣詞頓挫。舒王常擊節賞歎東坡《日出東門》詩，其略曰：“百年寓華屋，千載歸丘山。何事羊公子，不肯過西川。”此遣詞頓挫也。

山間野外意在譏刺風俗

杜子美詩言山間野外，意在譏刺風俗。如《三絕句》詩曰：“楸樹馨香倚釣磯，斬新花蕊未應飛。”言後進暴貴可榮觀也。“不如醉裏風吹盡，可忍醒時雨打稀。”言其恩重才薄，眼見其零落，不若未受恩眷之時。雨比天恩，以雨多故致花易壞也。“門外鸕鷀久不來，沙頭忽見眼相猜。”言貪利小人，畏君子之譏其短也。“自今已後知人意，一日須來一百回。”言君子以蒙養正，瑜瑾匿瑕，山藪藏疾，不發其惡，而小人未革面，詭謀不能怖耻也。“無數春筍滿林生，柴門密掩斷人行。會須上番看成竹，客至從嗔不出迎。”言唯守道爲歲寒也。

詩當味有餘情不盡

律詩拘於聲律，古詩拘於句語，以是詞不能達。夫謂之行者，達其詞而已，如古文而有韻者耳。自唐陳子昂，一變江左之體，而歌行暴于世，作者皆能守其法，不失爲文之旨，唯杜子美、李長吉，今專指二人之詞以爲證。夫謂之歌者，哀而不怨之詞，有豐功盛德則歌之，詭異希奇之事則歌之，其詞與古詩無以異，但無鋪叙之語，奔驟之氣。其遣語也，舒徐而不迫，峻持而愈工，吟諷之而味有餘，追繹之而情不盡。叙端發詞，許爲雄誇跌盪之語；及其終也，許置諷刺傷悼之意。此大凡如此爾。

不爲聲律語句所拘

行者詞之遣無所留礙，如雲行水流，曲折溶曳，而不爲聲律語句所拘。但於古詩句法中得增辭語耳。如李賀《將進酒》、《致酒行》、《南山田中行》，杜甫《麗人行》、《貧交行》、《兵車行》。（以上卷中）

古詩押韻法

古詩以意爲主，以氣爲客，故意欲完，氣欲長，唯意之往而氣追隨之。故於韻無所拘，但行於其所當行，止於其不可不止。蓋得韻寬則波瀾泛入傍韻，乍還乍離，出入回合，殆不可拘以常格，如韓退之《此日足可惜》之類是也。得韻窄則不復傍出，而因難見巧，愈險愈奇，如韓退之《病中贈張十八》之類是也。歐陽文忠公曰："予嘗與聖俞論此，以謂譬如善馭良馬者，通衢廣陌，縱橫馳逐，惟意所之，至於水曲蟻封，疾徐中節，而不蹉跌，乃天下之至工也。"聖俞戲曰："前史言退之爲人木強，若寬韻可自足，而輒傍出；窄韻難獨用而反不出，豈非其拗强而然歟？"坐客皆大笑之也。

頓挫掩抑法

"野雁見人時，未舉意先改。君從何處見，得此無人態。無乃枯木形，人禽兩自在。"此東坡賦蘆雁詩也。欲叙雁閒暇之態，故筆力頓挫如此。又詩曰："我生本强鄙，少以氣自擠。孤舟到江湖，引手攬象犀。爾來輒自恬，留氣下暖臍。"亦頓挫也。夫言頓挫者，乃是覆却使文彩粲然，非如常格，詩但排比句語而成，熟讀之殊無氣味。（以上卷下）

廖　剛

廖剛（1071—1143）字用中，號高峰先生。宋南劍州順昌（今屬福建）人。嘗從陳瓘、楊時學。崇寧五年(1106)進士。爲文通於事務,其文集中多奏劄表啓,指陳時弊,頗有見地。詩詞也清新淡雅,著有《高峰先生文集》十七卷,今存怡古齋抄本;又有十二卷本,今存清康熙間閩南林佶家藏舊鈔本、《四庫全書》本。其《答陳幾叟書》論宋代制誥之失,較爲切當。

本書資料據四庫全書本《高峰文集》。

答陳幾叟簡

前書承報示《春夢》,且有相勉意,良好笑,翰林學士豈可旋學做耶?假令萬一真有誤命,則有力辭而已。然平日不願爲詞臣,如荒蕪拙澀,殊不可爲,此公所知者。亦復有鄙見,與世不合,雖公亦未必知。近世詞命,君褒其臣,不啻如諛佞者之頌德。未有鄉黨之行,尺寸之功,而除書累千百言,至有批答多於辭表者。僕常不以爲然。又有甚不近人情者,除命方新,比德伊、周猶若有餘;俄而貶黜,則曾閭巷小人之不若;他日召還,或又復爲伊、周。此皆詞命不齊其始之過也。自古除書,無如《微子之命》褒稱爲多。彼自是作賓于王家,故特異,然亦未比後世之一二。如舜命九官,非不重也,豈在多詞?矧當艱難倉遽之時,乃猶崇飾虚文不已,獨不可少變從簡嚴乎?如欲如今日之詞臣,使僕能文,亦所不敢,况不必能也。常欲建明此一事,顧未有便。偶公記夢,聊亦閒論,當一夕劇談耳。(卷九)

葛勝仲

葛勝仲(1072—1144)字魯卿。宋常州江陰(今屬江蘇)人,徙居丹陽(今屬江蘇)。紹聖四年(1097)進士。歷官吏部員外郎、知湖州等。勝仲熟知掌故,盡讀佛藏,所作文字多闡明佛理。其策問及論多篇,所涉內容廣泛,往往切於時用,不爲空談。詩歌清麗有章法,登臨宴賞,援筆立成。亦長於詞,風格接近二晏而不及其工致。其詩文最早由葛立方編爲《文康葛公丹陽集》八十卷,原集已佚,清四庫館臣自《永樂大典》輯爲《丹陽集》二十四卷。另著有《考古通論》,考證諸史異同,今佚。

本書資料據四庫全書本《丹陽集》。

賀燕樂表(節録)

名與功偕,肇建盛王之樂;政由俗革,遹新治世之音。閱視燕朝,頒傳寰宇。既備乃奏，永觀厥成。竊以原樂之初，聲相應故生變；語形而上，道可載而與俱。厥惟聖明，乃議述作。禹取聲而爲度，夒制律以和聲。雖諸鈞已格於三神，而燕樂尚循於五季。爰稽中正，盡革哇淫。增徵角之招，而七律始全；陳土石之器，而八音初備。有始翕從純之美，無細抑大陵之傷。蓋和聲既滌於姦聲，則今樂遂同於古樂。（卷一）

上白祭酒書（節録）

某聞江左辭格，變永明體。抉微倡始，實自隱侯。辯平頭上尾之差，示切響浮聲之奧，慷慨著論，以謂靈均以来，此秘未睹。故後来人士爭宗仰之，或擊節賞帶坻之句，或援筆擬回文之銘，于時有文章冠冕，述作楷模之諺，凜凜乎儒流盟主矣。宜其自高待遇，特慎許可，然而鑒獎後輩，惟恐一士名譽不由己立也。（卷三）

謝試宏詞及三經義入等啓

享敝帚以千金，誠乖自見；取鉛刀於一割，大竦衆聞。感藏情塗，媿溢眉宇。竊以唐室詳於取士，詞科尤盛得人。陸贄以建議而濟興元之功，李絳以忠謨而輔元和之治，杜遵素削權於諸鎮，裴中立服叛於兩河，巍峨勳庸，輝映簡牘。乃若夢得謏毗於顯仕，宗元附麗於要臣，科選雖優，操行何取？先帝懋廉能之衆，詔書復詞藻之科，文治蜎興，卿材輩出。大明繼照，衆畯鼎來，推擇至公，勸獎尤厚。自非文列班、揚之伯仲，六籍探奇，學通游、夏之淵源，三冬擅富，服匪識單於之器，實沈窮大夏之神，則何以上副旁求，元膺妙簡？（卷四）

《陳去非詩集》序（節録）

宣和中，徽宗皇帝見其(陳與義)所賦《墨梅》詩善，亟命召對，有見晚之嗟，遂登册府，擢掌符璽。向進用矣，會兵興搶攘，避地湘、廣，汎洞庭，上九疑、羅浮。雖流離困厄，而能以山川秀傑之氣益昌其詩，故晚年賦詠尤工。搢紳士庶爭傳誦，而旗亭傳舍，摘句題寫殆遍，號稱"新體"。（卷八）

黄伯思

黄伯思(1079—1118)字長睿，別字霄賓，自號雲林子。宋邵武(今屬福建)人。元符三年(1100)中進士高等,歷官校書郎、秘書郎等。所學汪洋浩博,雅好古文奇字。洛下公卿家藏彝器款識,皆能道其本末。各體書藝均妙絶,又得縱觀册府藏書,盡悉典章文物。擅長屬文,文辭雅健,格高而思深;詩歌俊逸清新,追古作者。著有文集五十卷、《東觀餘論》二卷、《法帖勘誤》二卷,文集今已佚。

本書資料據四庫全書本《東觀餘論》。

跋《何水曹集》後(節録)

陰鏗風格流麗,與孝穆、子山相長雄,乃沈、宋近體之椎輪也。

跋《織錦回文圖》後(節録)

蘇蕙織錦回文詩,所傳舊矣。故少常沈公復傳其畫,縣是若蘭之才益著。然其詩迴旋書之,讀者惟曉外繞七言,至其中方則漫弗可考矣。若沈公之博,亦謂辭句脱略,讀不成文。殊不知此詩織成本五色相宣,因以别三、四、五、七言之異。後人流傳不復施采,故迷其句讀,非辭句之脱略也……國初錢鎮州惟治嘗有《寶子垂綏連環》之詩,亦錦文之遺範,而世罕傳,故聊附卷左,以資書雋言鯖之餘味焉。

校定《楚詞》序(節録)

《漢書·朱買臣傳》云:"嚴助薦買臣,召見,説《春秋》,言楚詞,帝甚悦之。"《王褒傳》云:"宣帝修武帝故事,徵能爲楚詞者九江被公等。"楚詞雖肇于楚,而其目蓋始於漢世。然屈、宋之文,與後世依放者,通有此目。而陳説之以爲惟屈原所著則謂之《離騷》,後人效而繼之則曰楚詞,非也。自漢以還,文師詞宗慕其軌躅,摛華競秀,而識其體要者亦寡。蓋屈、宋諸《騷》皆書楚語、作楚聲、紀楚地、名楚物,故可謂之楚詞。若些、只、羌、誶、謇、紛、侘傺者,楚語也;頓挫悲壯,或韻或否者,楚聲也;沅、湘、江、澧、脩門、夏首者,楚地也;蘭、茞、荃、葯、蕙、若、蘋、薠者,楚物也。他皆率若此,故以楚名之。自漢以還,去古未遠,猶有先賢風概。而近世文士,但賦其體韻,其語言雜燕粤,事兼夷夏,而亦謂之楚詞,失其指矣。

跋玉笥山清虛館碑後(節録)

景喬文詞雖六朝駢儷體,故自清靡可喜,要不失爲佳文。(以上卷下)

王安中

王安中（1076—1134）字履道，號初寮。宋中山曲陽（今屬河北）人。元符三年（1100）進士。歷官御史中丞、翰林學士等。以文詞擅名，少年時代嘗從蘇軾學，故其詩文有英特之氣，其前期詩多爲應制唱酬之作，缺少新意，但詞藻華麗；後因遷謫嶺南，閱歷時勢變故，意隨境變，詩風亦近於蘇軾晚年之作。其文章豐潤華贍，尤長於詔誥、四六之體，以用典貼切、對仗工穩著稱。擅長作詞，王灼謂其"善作一種俊語，其失在輕浮"（《碧雞漫志》卷二）。著有《初寮集》四十卷、《後集》十卷、《内外制》二十六卷，已佚，清四庫館臣自《永樂大典》中輯爲《初寮集》八卷。其詞在宋代即有單刻本《初寮詞》一卷行世，今存明毛晉汲古閣刊本、明抄本、四庫全書本。

本書資料據四庫全書本《餘師錄》。

鄆城杜澤之詩集序（節録）

詩於文章雖止一端，而律度至嚴，資取至廣。寫景狀物之作無窮，盡天地造化。四時，月星雨雪，江河濤波，草木華實，風土之宜，鳥獸羽毛，鳴聲之辨，耳聞而目及者，皆吾詩之所取。登高望遠，感慨欣戚，别離酬贈，興寄輾轉。發於人情而達於世故，哀思而不傷，和樂而不流，要必合於理義之歸。掎摭故實，追詠當時之事，則又欲意到辭達，不類後世所作，而觀者至於太息流涕，若身親見之。詩之工，其難如此，故天下之書，雖山經地志、花譜藥録、小説細碎，當無所不讀。古今之詩，雖嚴棲谷隱，漏篇缺句，衆體瓌怪，當無所不講。前輩長老以此用心至苦，終身不以爲易，諰諰然常若有所思，惟恐見聞之不富，句法之不逮古人也。蓋專於詩者每如是。李太白、杜子美它文不多見於世，韓退之、柳子厚、劉夢得文冠百代，其詩皆天下之奇作，而言詩者終不以先李、杜，則李、杜於詩專故也。論人者以全，論詩者以專，全者不千一，而專者吾何疾焉。（卷三）

葉夢得

葉夢得（1077—1148）字少藴。其家有石林園，故又號石林居士。宋蘇州吴縣（今江蘇蘇州）人。紹聖四年（1097）進士。徽宗朝官至翰林學士。南宋高宗時，歷官至觀文殿學士移知福州，兼福州路安撫使。葉夢得爲晁氏外甥，又嘗從晁補之、張耒諸人學,在詩文創作與評論方面均有較大成就。他論詩多主王安石,但顯然也受到蘇、黃影響。擅長作詞,早年詞風婉麗,有五代溫、李之風;晚年風格變化,落其花而存其實,能於簡淡中時出雄傑,風格近於蘇軾。著述甚富,有《石林總集》一百卷,已佚。又有《石林居士建康集》八卷、《石林奏議》十五卷。其詞在宋代時已有單刻本《石林詞》一卷流傳。又著有《石林詩話》一卷(或作三卷)、筆記《石林燕語》十卷、《巖下放言》一卷、《避暑錄話》二卷,均存有多種版本。

本書資料據中華書局 1981 年版清何文煥《歷代詩話·石林詩話》,四庫全書本《石林燕語》、《巖下放言》、《避暑錄話》。

《石林詩話》(節錄)

歐陽文忠公詩始矯崑體,專以氣格爲主。故其言多平易疎暢,律詩意所到處,雖語有不倫,亦不復問。而學之者往往遂失於快直,傾困倒廪,無復餘地。然公詩好處,豈專在此? 如《崇徽公主手痕詩》“玉顏自昔爲身累,食肉何人與國謀”,此自是兩段大議論,而抑揚曲折,發見於七字之中,婉麗雄勝,字字不失相對,雖崑體之工者,亦未易比。言意所會,要當如是,乃爲至到。

王荆公詩有“老景春可惜,無花可留得。莫嫌柳渾青,終恨李太白”之句,以古人姓名藏句中,蓋以文爲戲。或者謂前無此體,自公始見之。余讀《權德輿集》,其一篇云:“藩宣秉戎寄,衡石崇位勢。年紀信不留,弛張良自媿。樵蘇則爲惬,瓜李斯可畏。不顧榮官尊,每陳農畝利。家林類嚴巘,負郭躬斂積。志滿寵生嫌,養蒙恬勝智。疎鍾皓月曉,晚景丹霞異。澗谷永不諼,山川景梁冀。無累頗符生,學展禽尚志。從此直不疑,支離疎世事。”則德輿已嘗爲此體,乃知古人文章之變,殆無遺蘊。德輿在唐不以詩名,然詞亦雅暢,此篇雖主意在立別體,然亦自不失爲佳制也。

詩禁體物語,此學詩者類能言之也。歐陽文忠公守汝陰,嘗與客賦雪於聚星堂,舉此令,往往皆閣筆不能下。然此亦定法,若能者則出入縱橫,何可拘礙? 鄭谷“亂飄僧舍茶煙溼,密酒歌樓酒力微”,非不去體物語,而氣格如此其卑。蘇子瞻“凍合玉樓寒起栗,光搖銀海眩生花”,超然飛動,何害其言玉樓銀海? 韓退之兩篇力欲去此弊,雖冥搜奇謞,亦不免有縞帶、銀杯之句。杜子美“暗度南樓月,寒生北渚雲”,初不避雲、月字。若“隨風且開葉,帶雨不成花”,則退之兩篇,殆無以過之也。(以上卷上)

古詩有離合體,近人多不解。此體始於孔北海,余讀《文類》,得北海四言一篇云:“漁父屈節,水潛匿方。與時進止,出寺弛張。呂公饑釣,闔口渭旁。九域有聖,無土不王。好是正直,女回于匡。海外有截,隼逝鷹揚。六翮不奮,羽儀未彰。龍蛇之蟄,

510

俾也可忘。玫琁隱耀，美玉韜光。無名無譽，放言深藏。按轡安行，誰謂路長。"此篇離合"魯國孔融文舉"六字。徐而考之，詩二十四句，每四句離合一字。如首章云"漁父屈節，水潛匿方。與時進止，出寺弛張"，第一句漁字，第二句水字，漁犯水字而去水，則存者爲魚字。第三句有時字，第四句有寺字，時犯寺字而去寺，則存者爲日字。離魚與日而合之，則爲魯字。下四章類此，殆古人好奇之過，欲以文字示其巧也。

嘗怪兩漢間所作騷文，未嘗有新語，直是句句規模屈、宋，但換字不同耳。

近世僧學詩者極多，皆無超然自得之氣，往往反拾掇模效士大夫所殘棄，又自作一種僧體，格律尤凡俗，世謂之酸餡氣。子瞻有《贈惠通》詩云："語帶煙霞從古少，氣含蔬筍到公無。"嘗語人曰："頗解蔬筍語否？爲無酸餡氣也。"聞者無不皆笑。"（以上卷中）

晉魏間詩，尚未知聲律對偶，然陸雲相謔之辭，所謂"日下荀鳴鶴，雲間陸士龍"者，乃指爲的對，至"四海習鑿齒，彌天釋道安"之類不一。乃知此體出於自然，不待沈約而後能也。（卷下）

《石林燕語》（節錄）

舊大朝會等慶賀及春秋謝賜衣，請上聽政之類，宰相率百官奉表，皆禮部郎官之職，唐人謂之南宮舍人。元豐官制行，謂之知名表郎官。禮部別有印，曰知名表印，以其從上官一人掌之。大觀後，朝廷慶賀事多，非常例，郎官不能得其意。蔡魯公乃命中書舍人雜爲之，既又不欲有所去取，於是參取首尾，或摘其一兩聯，次比成之，故辭多不倫，當時謂之集句表。禮部所撰，惟春秋兩謝賜衣表而已。

唐制，降勅有所更改，以紙貼之，謂之貼黃。蓋勅書用黃紙，則貼者亦黃紙也。今奏狀劄子皆白紙，有意所未盡，揭其要處以黃紙別書於後，乃謂之貼黃，蓋失之矣。其表章略舉事目與日月道裏見於前及封皮者又謂之引黃。（以上卷三）

學士院舊制：自侍郎以上辭免、除授、賜詔，皆留其章中書，而尚書省略具事，因降劄子下院，使爲詔而已。自執政而上至於節度使相，用批答。批答之制，更不由中書，直禁中封所上章付院。今降批表院中，即更用紙連其章，後書辭，併其章賜之。此其異也。辭既與章相連，後書省表之，字必長作表，字傍一撇，通其章階位上過，謂之抹階，若使不復用舊銜之意。相習已久，莫知始何時。（卷六）

《巖下放言》（節錄）

古書多奇險，或謂當時文體云爾。《列子》字古而辭平，《老子》字辭平，偶儷闈，皆略同秦、漢工於文者，而視古則稍異，乃知奇險未必皆其體，亦各自其爲之者。至孟子、莊周雄辯閎衍，如決江河，如蒸雲霧，殆不可以文論，蓋自其爲道出之。《商書·伊訓》、《説命》等作非不平，而《盤庚》特異，周詩雅頌非不平，而《鴟鴞》、《雲漢》二篇殆不容讀，豈非係其人乎？使西漢之文不傳，後世但見《太玄》，謂西漢皆然，亦未嘗不可矣。文章自東漢後頓衰，至齊、梁而掃地，豈惟其文之衰，觀一時人物立身謀國，未有一時然出羣者也，何以獨能施之于文！至唐終始三百年，僅能成一韓退之。使退之如王、楊、盧、駱之徒，亦不能爲矣。（卷上）

《避暑録話》（節録）

枚乘始作《七發》，其後遂有《七啓》、《七擄》等，後世始集之爲《七林》。文章至此，安得不衰乎？（卷上）

劉一止

劉一止（1078—1160）字行簡，號苕溪。宋湖州歸安（今浙江湖州）人。宣和三年（1121）進士及第。高宗時歷官科書省校丞、監察御史等。博學能文，韓元吉稱其文章"推本經術，出入韓、柳，不效世俗纖巧刻琢，雖演迤宏博而關鍵嚴備"（《南澗甲乙稿》卷二二）。擅長制誥，文句麗而不俳。詩歌"寓意高遠，自成一家"，呂本中、陳與義、葉夢得皆極稱賞之（《四庫全書總目》卷一五六）。工於詞，嘗賦《喜遷鶯》詞，描繪破曉早行情景，字字真切，宛在目前，時人因稱其爲"劉曉行"（《直齋書録解題》卷二一）。著有《苕溪集》五十五卷。

本書資料據四庫全書本《苕溪集》。

平江試院問策

問：文者貫道之器，道有升降，故文有變革。虞夏商周之文均於言道，而體則三變，曰渾渾也，灝灝也，噩噩也。典謨訓誥誓命存焉，可得而知其辨與。自漢至魏，辭人才子，文體三變，曰善爲形似之言也，長於情理之説也，以氣質爲體也。詩賦紀傳書檄論贊存焉，可得而知其辨與。終唐之世，文之變亦有三：飾句繪章，則王、楊爲之伯；崇雅黜浮，則燕、許擅其宗；嘐嘺道真，涵泳聖涯，則韓愈倡之，柳宗元等和之。今其文具在，可考而知。不識所謂文之變者，其必因時而變歟？因人而變歟？

抑時與人相待也？且所工又有所拙，所長必有所短，其在一時，孰得孰失，孰强孰易，孰同孰異？《書》曰："辭尚體要。"《語》曰："辭達而已矣。"虞夏商周之文雖不同，皆不害爲辭達與體要歟，漢魏及唐又何如哉？顧必有能臻是者，赫然與詩書表裏焉，不誣也。諸賢致力於斯文久矣，試摭其實，爲有司論之，無以漢魏而下爲區區不足道也。（卷九）

程　俱

程俱（1078—1144）字致道，號北山。宋衢州開化（今屬浙江）人。志趣高遠，爲人剛介自信而不附於衆。葉夢得稱其文"精確深遠，議論皆本仁義，而經緯錯綜之際，則左丘明、班孟堅之用意"（《北山小集序》）。其奏疏往往抗論政事，糾正朝廷得失，頗著風節。又長於議論，在現存文集中有《老子》、《莊子》、《列子》論及《房太尉傳論》多篇。也擅長作詩，取則韋應物、柳宗元，體現出幽微古淡的詩風。著有《北山集》。

本書資料據四庫全書本《北山集》。

擬策進士（節録）

詞賦之學，前世有之。國朝行之，爰自王氏。專門指爲雕蟲之技，請於朝而罷其科。今者有司春詔，既復用此矣，而取人之制尚與經義參行。夫科目既殊，師承各異。喜經義者必謂詞賦爲破碎，尚詞賦者必謂經義爲迂闊。二者不能無異也，然概以至論則果孰優？而得人之效後日亦有輕重否？（卷八）

答梅秀才（節録）

或者謂經以傳道，史以傳事，此大不然。使天下俗學晚生知經而不知史者，必此言也。夫經曷嘗無事？史曷嘗非道？道與事散於經史之間，治亂安危，存亡成敗，明聖仁惠昏童暴虐之君，忠良俊乂奸邪險曲之士，靡不具道，學者不可不知也。崇觀舍法之弊，肉食鄙人倡爲膚淺之說，學校之士從而聽之，自本經、《語》、《孟子》外，盡指爲駁雜不純之書，漫不加意。間有論議漢唐間人物者，則朋友笑之，師儒黜之，曰："是安得粗拙之語？"故一時氣格意象，熟爛委靡。及化爲紳笏貴人，則進無保國捍難之功，退無仗節死義之行。此無他，無古以鑑今爾。（卷九）

《烏有編》序

長短句,亦詩也。詩有節奏,昔人或長短其句而歌之。被酒不平,謳吟慷慨,亦足以發胸中之微隱,余每有是焉。然賦事詠物,時有涉綺靡而蹈荒怠者,豈誠然歟!蓋悲思歡樂,人於音聲,則以情致爲主,不得不極其辭如真是也。毛居士逢場作戲,烏有是哉!輒自號其集曰《烏有編》。(卷一三)

十月十三日上殿(節錄)

臣竊以謂制誥者,人主所以號令天下而鼓動羣物之具也,其可不慎其言哉!臣觀前古訓誥之文,其都俞戒飭吁咈之詞未嘗過其實也,唯其稱而已矣。昔者有臣如皋陶者,而舜稱其功,止曰"汝作士,明於五刑,以弼五教,期於予治,四方風動,惟乃之休"而已;有臣如周公者,而成王稱之,止曰"惟公德明光於上下,勤施于四方"而已;其稱畢公曰"惟公懋德,克勤小物,弼亮四世,正色率下,罔不祗師言"而已;其餘則皆相與儆戒訓飭之言也。後世儷辭纍句,稱頌功德,如啓事之爲者,恐非臣下所當得於君上者也。至如西漢去古未遠,故當時詔令號爲溫厚,其詞皆節緩而思深,於進退黜陟之間,不爲溢言以沒其實。夫號令之出,而使加膝墜淵之語日聞於天下,非所謂大哉王言者已。臣愚不肖,蒙陛下簡拔,以當絲綸之任,誠願竭駑,少傚古人之體,以當今之宜,以著陛下德意於訓詞,而無使爲天下後世之所嗤議,亦報效之萬一也。取進止。(卷三九)

韓　駒

韓駒(1080—1135)字子蒼。宋陵陽仙井監(今四川井研)人。學者稱陵陽先生。早年從蘇軾學。政和中,以獻賦召試舍人院,賜進士出身。歷任著作郎、中書舍人、知江州等職。工詩文,磨礪精細,自成一家,爲時人所稱誦,呂本中將其列入江西詩派。長於詞,但現存詞作不多,王灼稱"其詞佳處如其詩"(《碧雞漫志》卷二)。今存四卷本《陵陽集》。

本書資料據四庫全書本《歷代名臣奏議》。

論文不可廢疏(節錄)

臣爲進士,顧所謂時文者,其體格曾漢、唐之不如,則陛下它日所望以賡歌陳謨者

514

誰乎？意者獎勵激勸之道有所未盡，而後生小儒承陋儒之説，以爲無事於此，是以日靡靡也。陛下廣庠序之教，置師儒之官，進士之高選者，不惜好爵以尊顯之，不可謂不獎勸，而士未有深於文者，雖臣亦疑之。進士之高選者，或幸得之，而未必深於文也。至體格卑弱者，又曾不屏黜，此固宜其不勉者矣。謂宜稍變其體，間求四方之能文者，不問疏賤而尊顯之，則不十年，必有能賡歌陳謨者出焉，使夫堯、舜之主而有皋陶、大禹之臣，以繼今日之盛。且陛下它日功成治定，亦當得此等紀太山之封，鏤白玉之牒，與詩書並傳而不愧，宜不爲無益。故臣欲破陋儒之論，而先言治天下者文之不可廢也如此。

論時文之弊疏（節錄）

　　臣請遂論時文之弊。昔者神宗皇帝既罷詞賦，始立經義之科，意以謂詞賦非古也，而六經之作皆本於聖人，學者如通其大義，則其文章亦將漸復於三代。今之學者既以講究道德，發揮章句，六經之旨亦略明矣，獨其文章未能復古。後生小儒皆爲偶儷之詞，漫汗之文，纂錯以爲工，繁雜以爲美。昔李翱言六經之文不拘於儷也。《詩》曰：“憂心悄悄，慍於羣小。”則不偶儷矣；其曰：“遘閔既多，受侮不少。”則偶儷矣。惟晉、宋之間，始拘於偶儷。故劉子元以謂可一言而足者必衍以爲二言，可三句而成者必增以爲四句。然而偶儷之作，近世尤甚，是以至於纂錯繁雜，而漫汗不可考。嗚呼！臣不知始變斯文之體者誰歟！甚乎不仁者也。臣總角時從鄉先生問爲文大義。鄉先生曰：“童子記之，大略如爲賦而無聲韻耳。”已而臣遊場屋，視同列者果皆如此，因退而歎曰：此豈神宗皇帝罷詞賦之意耶？譬猶女工不欲作錦而壞其機，退而相與刺繡。夫錦之與繡則固不同矣，然其爲纂錯繁雜則一也。陛下萬機之暇，亦嘗取今進士之文觀之乎？其偶儷漫汗，三代有之乎？六經有之乎？陛下聖學淵奧，博稽上古，此固無逃於聖鑑矣。夫文之偶儷始於東漢，而詞之漫汗盛於東晉，至其纂錯繁雜，則又前世所未有。以臣竊惟神宗皇帝罷詞賦，立經義，陛下崇學校，以三代之風期天下之士，而士止爲漢晉之文以待天子之選，甚可羞也。恭惟陛下奎文宸章超軼堯禹，學者雖無以測知其萬一，然而昭回之光，固萬物之所仰睹也。又近歲黜異端之後，士非三代之書不讀，誠可謂知本矣。其朝夕之所誦，捨六經則孟軻、揚雄、莊周、列禦寇之書而已，六經何可及也？然《詩》之道志，《書》之述事，尚當取爲法焉，至於孟軻之醇，揚雄之深，莊周之變，列禦寇之不華，皆曩之工文者所採取也。今徒剽其語而不能學其文，是獨何歟？往者初立經義時，士以王安石爲師，至今有司頒其書於天下數十百卷，可取視也，亦豈獨偶儷漫汗之體哉！則是學者不能上陶風化以復渾灝之氣，而次亦未能希王安石立言之萬一也。豈不陋哉！士方狃於素習，見有不偶儷漫汗者，則衆指爲異端，而有司亦不敢取。必若所云，則是六經、孟軻及王安石亦皆爲異端乎？此亦積習之大弊也。願下明詔，使爲文者上窮六經之體以爲質，中取孟軻、諸子之作以爲支，下如王安石《義解》之類以爲義，至於漢晉之弊，則使痛刮而深鉏之，然後游於璧池之上，不負吾聖天子教育矣。

請慎擇司文以風動天下疏（節録）

前日陛下制詔多士，詞尚體要，使復三代之盛，甚大惠也。臣時聞之，踴躍太息，謂將立見渾灝之氣。詔書懇切，然無士君子之深於文者倡其風，士因陋就寡，不能遠希作者，徒爲淺易之文，以應有司之選，煩言碎詞，刊落不盡，違明詔，失聖意，臣甚爲諸儒不取也。陛下即聽臣言，詔革文弊，則當慎擇有司而嚴其法。臣嘗計今天下郡國之士，不翅數十萬人，既以講解義理、發明經傳爲其所難矣，豈無軼羣超俗之才，足以輔弱扶微，而庶幾於三代之文者乎？特以有司非是不取也，不敢自騁於繩墨之外。凡臣之所患者，獨恐有司升黜之際，未盡別白，則士專以守殘，其弊未可以猝除也。國家初乘五季之亂，文章蓋掃地矣。以太宗、真宗歷年之久，聲明文物之盛，然僅能革五季之風而已。及仁宗時，益務復古，是時綴文之士不爲不衆，而士亦未甚勸也。其後歐陽修執文柄，以度量多士，凡僻裂輕豔者揭其名而辱之，惟重厚典直者取焉，由是風俗一變。熙寧之初，僻裂輕豔之文既不復作，而雕蟲篆刻之技猶在也，士君子亦皆知其弊，而不能自還，以上之所取者惟是而已。會王安石白罷詞賦，神考從之。而安石布其書於天下，使以《新義》從事，士乃始去雕蟲篆刻之技。向令仁宗、神考雖有復古立經之意，而無良有司以升黜繼之，臣知其有所必不能矣。夫上言所好惡而以升黜繼之，雖欲變天下之至難可也。仁宗之復古風，神考之立經義，比於陛下之欲詞尚體要，可謂難矣，士猶勉力以副科舉，而順上之好惡，何則？利之所在，固衆之所趨也。今荆、廣、閩、蜀之間，去京師數千里，學者無所取師，而都下鬻書者歲取進士高選之文，集爲版本，傳播四方，謂之義格。後生小儒何識之有，徒見爲是文者，例得高選，則皆搖唇燥吻，焚油繼日誦讀，以爲師法，此豈可不澄其源而欲清其流乎！故其要莫若慎有司之選。陛下欲民之不散，則必擇導民之官；欲農之不惰，則必擇勸農之吏；欲士之深於文，則亦擇司文者而已。必得如修及安石者，足以風動天下，而又諭以升黜之旨，仍大臣自太學博士及郡國教授每歲謹察其升黜之當否，以爲賞罰，士雖未能遽復三代之風，然少須假之，不一二年，必有可觀者。

516

請立文章模楷疏

臣聞士爲科舉之文，其工拙若無所繫於國家，而臣諄諄爲陛下言之者，不獨以格氣卑弱負陛下教育之意，且陛下立政造事，皆將復三代之盛。臣愚以謂典謨訓誥，所以播之四方，傳之萬世，亦當盡如六經而後爲稱。士生於此時，不能自振拔於頹波之中，使至治之世文事缺然，此賤臣所深惜也。夫文章雖小技，而古人未有不苦心勤力，而後僅能工者，甚非可以一旦把筆而學爲也。如是，則陛下亦無怪乎學者之不能文也。彼志於祿而已，故自爲兒童，而父兄教之以義格，比十餘歲則已誦數百篇，稍長而能執筆，則皆不治它技，惟以模擬爲工。已而試於有司，則固足以得祿矣，及其入官之後，年日加長，而志不加專，偶儷漫汗之文已熟於其手，而古文奇字或未始識也。夫文之體固不一矣，而今之爲文者則一之。何則？其素所積畜者然也。然陛下它日使掌西掖之誥，視北門之草，與夫紬石室金匱之書者，例皆取此。今不教之於初學之時，而欲責之於入官之後，臣以爲難矣。及失職不稱，然後擯斥之，此又非學者之罪也。士方未仕，固不可使雜治它技，以妨其業。誠如臣言，使爲科舉之文，已略做依三代之體，則它日遣言立意，自當不愧於古人。且臣非敢厚誣天下之進士也，陛下何不試於清閒之燕，取義格而觀之？觀其遣言立意，它日有能爲陛下編年記事，如劉向、班固者乎？有能爲陛下陳謨奏議，如馬周、賈誼者乎？有能歌功頌德，如柳宗元、韓愈者乎？有能發誥施命，如權德輿、白居易者乎？臣有以知其不能爲也。此六七公尚不可及，況其上者乎？今之學者則以爲此等皆不足爲也，曰通經而已。甚乎其不思也！臣不敢借古人以爲喻，今之所尊師者莫如王安石文集數十百卷，其間箴、銘、歌、詩、賦、頌、表、奏之類無不皆善，經術特其文章之一端爾。世有醜女見鄰婦之美而學之，其眉目、膚髮、手足、鼻口舉無所似也，獨以一節之似，而曰我盡得其美，則未有不爲人之所甌棄者矣。此則士學安石之比也。往者哲宗皇帝患其若此，始立宏詞之科，陛下前又置詞學兼茂科，欲以此等求天下之士，其意既美矣，第恐所得不廣，不足以儲他日之用，故臣竊效愚策，以爲莫若教之於初學之時，又皆取六經、孟軻之體以爲模楷，則自當不陷於邪說。前所謂宜間求四方之能文者，不問疏賤而尊顯之，尚慮有司之選，有幸不幸，則士亦未勸也。臣聞累聖敦獎詞學，當時羣臣號能文者，無不旋被褒擢，臣猷畎書生，所記者纔二三事爾。太宗嘗夜讀李度詩，朝而問丞相曰："度今何在？"丞相言："度坐法居絳州。"有詔乘傳入直史館。夫度小官，謫於外州，而一詩之善，已蒙記識矣，則學者何得不勸焉？今四海之大，豈無如度者？陛下留意微臣之言，詳延俊彥，以助聖化，不勝幸甚！

請仍用策論以定升黜疏

臣聞方今貢舉之法有三：曰義、論、策。大要以義爲主，臣既科條之矣。策、論亦足以考士之所學，而非今日之所先也。故臣特言其略，而陛下試觀焉。臣聞真宗皇帝時制詔取士，兼收策、論。嘗謂丞相旦曰："時才政事，盡在二者。"臣竊惟神宗皇帝所以罷黜詞賦，而獨不廢策、論者，以爲取士之道，義以觀其經術，論以察其智識，策以辨其謀略，則天下之士盡在吾彀中矣。是時太學諸生，有策居第一者，其文辭亦未有以大過人也，然神宗皇帝尚取而觀，是以學者咸勸，經義之外，策、論亦彬彬可取焉。近日學子乃以是爲餘事，不過亦以偶儷漫汗之文，篡錯繁雜以充試卷而已。此尤失作文之體矣。而有司曰"是餘事也"，亦不以定升黜。又其所問，率皆無益之事，類非所以取時才而詢政事也。夫學者之未仕，其於時才政事，是豈能知而有以助萬一邪？然既以設科，則不得不盡其實，此真宗之所以兼收，而神考之所以獨不廢也。今之學子皆不觀史書，則策、論之不工，爲無足怪。臣觀歷代史記，其間車旗服器、禮樂制度與夫守文之君、當途之士相與謀是非而斷利害者，皆今之所宜知也。《書》云："事不師古，以克永世，匪說攸聞。"太宗皇帝讀《書》至《說命》，未嘗不太息也。神考之聖訓曰："漢之武、宣，唐之太宗，則吾無間然矣，自餘治世盛王，則吾取二三策而已。"夫豈以史記爲不足觀邪？臣嘗與市人讀詔書于路，竊見陛下戒伶官則引同光之政，諭宗室則稱劉向之美，蓋學爲王者久矣。漢丞相言："謹按詔書律令下者，文章爾雅，訓詞深厚，小吏淺聞，不能究宣。"因重掌故之選，自是公卿士史彬彬多文學之士矣。夫西漢之詔書無足道也，然猶恐淺聞者不能究宣。今聖天子誥命如此，而承學之臣率不知史書，此臣之所甚未諭也。陛下側席求賢，用之惟恐不及，士之去爲公卿蓋無日矣。今日之論則他日之陳謨，而爲陛下講治道者也；今日之策則他日之奏疏，而爲陛下議時政者也。宋興以來，名臣幾百人矣，其陳謨奏疏，班然可睹矣，此豈致身廟堂之上而後學爲者？自爲布衣，其學素明也。陛下試讀今日之策、論，以預卜其陳謨奏疏，則他日之文物，恐未得如前日之盛，臣是以爲陛下極言之。臣嘗見一進士工爲文詞，至爲策、論，則亦漫汗偶儷，無足觀者。臣偶問之："汝何苦而爲此？"則曰："不然，有司不我取也。"夫神考與陛下教育之意，當使天下洗濯磨礱，日夜奮發，務增其所未高，而極其所未至，以待國家之用。今以有司之故，而使豪傑之士破厓岸、去圭角，以自貶損，則中人以下，何可望其進邪？蓋古之教人者，思所以增益之，而今之教人，思所以摧抑之，甚非聖主意也。顧陛下詔有司及考試時策、論所問，皆可以察智識而辨謀略者，其文非得體，則明教告之，而取經義之外，亦頗以定其升黜，庶使學者少通前代之典，無令空言不適於

用。又時因得豪傑之士，凡此皆所以爲異日名臣之資，此神考與陛下教育之本意也。（以上卷一一五）

王　銍

王銍（生卒年不詳）字性之。宋潁州汝陰（今安徽阜陽）人。王昭素之後。自稱汝陰遺老，人稱雪溪先生。高宗紹興初累官右承事郎、守太府丞、迪功郎，權樞密院編修官等。後寓居剡中，以吟詠自娛。擅長屬文，詩格近溫、李。喜論文章，著有《四六話》，序署宣和四年（1122）作，是最早的四六話論著。其内容以評論宋代表啓文爲主，間及唐。其論四六技法，頗有見地，指出了唐、宋四六的區别。著述甚富，有《神宗兵制》、《七朝國史》、《哲宗皇帝元祐八年補錄》、《太玄經義解》、《國老談苑》等，均已佚。今存《四六話》、《雪溪集》五卷、《默記》一卷、《補侍兒小名錄》一卷。

本書資料據四庫全書本《四六話》。

《四六話》序（節錄）

賦之興遠矣，唐天寶十二載始詔舉人策問外，試詩賦各一首，自此八韻律賦始盛。其後作者如陸宣公、裴晉公、吕、溫、李、程，猶未能極工。逮至晚唐薛逢、宋言及吴融出於塌屋，然後曲盡其妙。然但山川草木、雪風花月，或以古之故實爲景題賦，於人物情態爲無餘地。若夫禮樂刑政、典章文物之體，略未備也。國朝名輩，猶雜五代衰陋之氣，似未能革。至二宋兄弟始以雄才奥學，一變山川草木、人情物態，歸於禮樂刑政、典章文物，發爲朝廷氣象，其規模閎達深遠矣。繼以滕、鄭、吴處厚、劉輝，工緻纖悉備具，發露天地之藏，造化殆無餘巧。其隱括聲律，至此可謂詩賦之集大成者。亦緜仁宗之世，太平閒暇，天下安靜之久，故文章與時高下。蓋自唐天寶遠訖於天聖，盛於景祐、皇祐，溢於嘉祐、治平之間，師友淵源，講貫磨礪，口傳心授，至是始克大成就者，蓋四百年於斯矣，豈易得哉！豈一人一日之力哉！豈徒此也。凡學道學文淵源，從來皆然也。世所謂箋、題、表、啓，號爲四六者，皆詩賦之苗裔也。故詩賦盛則刀筆盛，而其衰亦然。（卷首）

《四六話》（節錄）

先公言本朝自楊、劉，四六彌盛，然尚有五代衰陋氣。至英公表章，始盡洗去。四六之深厚廣大，無古無今皆可施用者，英公一人而已，所謂四六集大成者。至王歧公、元厚之四六，皆出於英公。王荆公雖高妙，亦出英公，但化之以義理而已。

　　文章有彼此相資之事，有彼此相須之對，有彼此相須而曾不及當時事，此所以助發意思也，唐人方有此格，謂之互換格。然語猶拙，至後人襲用講論而意益妙，如楊汝士《陪裴晉公東雒夜宴詩》曰："昔日蘭亭無艷質，此時金谷有高人。"止於此而已，至永叔和杜祁公詩曰："元劉事業時無取，姚宋篇章世不知。二美惟公所兼有，後生何者欲攀追。"其後蘇明允《代人賀永叔作樞密啓》曰："在漢之賈誼談論俊美，止於諸侯相，而陳平之屬實爲三公；唐之韓愈詞氣磊落，終於京兆尹，而裴度之倫實在相府。然陳平、裴度未免謂之不文，而韓愈、賈生亦嘗悲於不遇。蓋人之於世美惡必自有倫，而天之於人賦予亦莫能備。"此又何啻出藍更青，研朱益丹也？後至荆公《賀韓魏公罷相啓》，略云："國無危疑，人以靜一。周勃、霍光之於漢能定策，而終以致疑；姚崇、宋璟之於唐，善致理而未嘗遭變。紀在舊史，號爲元功，固未有獨運廟堂，再安社稷，弼亮三世，敉寧四方，崛然在諸公之先，焕乎如今日之懿。若夫進退之當於義，出入之適其時，以彼相方，又爲特美。"此又妙矣。（以上卷上）

　　四六有伐山語，有伐材語。伐材語者如已成之柱，桷略繩削而已；伐山語者則搜山開荒，自我取之。伐材謂熟事也，伐山謂生事也。生事必對熟事，熟事必對生事。若兩聯皆生事，則傷於奧澀；若兩聯皆熟事則無工，蓋生事必用熟事對出也。如夏英公《辭奉使表》略云："頃歲先人，没於行陣；春初母氏，始棄孤遺。義不戴天，難下單於之拜；哀深陟岵，忍聞禁休之音。"不拜單于用鄭衆事，而公羊謂夷樂曰禁休，此生事對熟事格也。（卷上）

　　曾丞相子宣三直玉堂，作牋表有氣，而備朝廷體。其《賀章子厚復資政啓》曰："浩若江海，風波莫之動摇；屹如棟梁，蚍蜉無以傾撓。"其自南遷歸丹陽聞之，大觀元會作表以賀，略云："九賓在列，鏘劍佩而肅鴛鷺；五輅在庭，明旂常而載日月。"蓋雖老而文字不衰，亦久在朝居文字職，習性然也。

　　四六貴出新意，然用景太多，而氣格低弱，則類俳矣。唯用景而不失朝廷氣象，語劇豪壯而不怒張，得從容中和之道，然後爲工。王岐公作《慈聖皇後山陵使掩壙慰表》云："雁飛銀漢，雖閟景於千齡；龍繞青山，終儲祥於百世。"滕元發《乞致仕表》云："雲霄鴻去，免罹矰繳之施；野渡舟横，無復風波之懼。"吕太尉《謝賜神宗御集表》云："鳳生而五色，悵丹穴之已遥；龍藏乎九淵，驚驪珠之忽得。"凡此之類，皆以氣勝與語勝也。子瞻與吉甫同在館中，吉甫既爲介甫腹心進用，而子瞻外補，遂爲仇讎矣。元祐初子由作右司諫，論吉甫之罪，莫非蠹國殘民，至比之吕布。自資政殿大學士貶節度副使，安置建州。而子瞻作中書舍人。行謫詞。又劇口詆之。號爲元兇。吉甫既至建州，謝表末曰："龍鱗鳳翼，固絶望於攀援；蟲臂鼠肝，一冥心於造化。"以子瞻兄弟與我所爭者蟲臂鼠肝而已，子瞻見此表於邸報，笑曰：“福建子難容終會作文字。”

四六格句須覩者相稱乃有工，方爲造微。蓋上四字以喚下六字也，此四六格也。前輩作《謫樞密使張遜誥》云：“互置朋黨，交攻是非。貝錦之詞遂彰於姜菲，挈瓶之智已極於滿盈。”丁晉公南遷，作《南嶽齋疏文》云：“補仲山之袞，曲盡於巧心；和傅說之羹，難調於衆口。”至曾子宣《謝宰相表》曰：“方傷錦敗材之初，奚堪於補袞；況覆餗折足之際，何取於和羹？”此又妙矣。“傷錦敗材”四字，《後漢傳》全語也。

表啟中最以長句中四字爲難，以其語少而意多，因舊爲新，涵不盡無窮意故也。前人之語能稱此格者，如劉原父《謝館職啟》“整齊百家”，“是正六藝”；元厚之謝表云“塡篪萬民”，“金玉百度”；彭器資《上章子厚啟》“報國丹心”，“憂時白髮”；舒通道《謝復官表》“九幽路曉”，“萬蟄户開”，蓋可傳載諷味者尤難也。（以上卷下）

王　讜

王讜（生卒年不詳）字正甫。宋長安（今陝西西安）人。約爲崇寧、大觀（1102—1110）間人，宰相呂大防之婿。曾入蘇軾門下。他仿《世説新語》體例，著《唐語林》八卷。全書選録唐代至宋初五十種筆記、雜史，分門記述，共五十二門。内容多爲唐代歷史、政治、文學等遺聞軼事，可與新、舊《唐書》互相參証。書中所引用史書，後多散佚，有保存史料之功。

本書資料據四庫全書本《唐語林》。

《唐語林》（節録）

韓文公與孟東野友善。韓公文至高，孟長於五言，時號“孟詩韓筆”。元和中，後進師匠韓公，文體大變。

李訓講《周易》，頗叶上意。時方盛夏，遂取犀如意賜訓，上曰：“與卿爲譚柄。”讀高郢《無聲樂賦》、白居易《求玄珠賦》，謂之“玄祖”。水部員外郎賈嵩説云：“文宗好五言詩，品格與肅、代、憲宗同，而古調尤清峻。”嘗欲置詩學士七十二員，學士中有薦人姓名者，宰相楊嗣復曰：“今之能詩，無若賓客分司劉禹錫。”上無言。李玨奏曰：“當令起置詩學士，名稍不嘉。況詩人多窮薄之士，昧於識理。今翰林學士皆有文詞，陛下得以覽古今作者，可怡悦其間。有疑，顧問學士可也。陛下昔者命王起、許康佐爲侍講，天下謂陛下好古宗儒，仁揚朴厚。臣聞憲宗爲詩，格合前。當時輕薄之徒，擒章會句，聲牙牙崛奇，譏諷時事，爾後鼓扇名聲，謂之‘元和體’，實非聖意好尚如此。今陛下更置詩學士,臣深慮輕薄小人,競爲嘲詠之詞,屬意於雲山草木,亦不謂之‘問成體’乎？玷黷皇化,實非小事。”

元和已後,文筆學奇於韓愈,學澁於樊中師,歌行則學流蕩於張籍,詩章則學矯激於孟郊,學淺切於白居易,學淫靡於元稹,俱名“元和體”。大抵天寶之風尚黨,大曆之風尚浮,貞元之風尚蕩,元和之風尚怪也。(以上卷二)

周紫芝

周紫芝(1082—?)字少隱,自號竹坡居士。宋宣城(今屬安徽)人。紹興十二年(1142)進士。曾獻詩爲秦檜祝壽,頗爲後人所譏。歷官樞密院編修等。曾與張耒、李之儀、呂本中等人游,受蘇門作家影響,在詩文評論及創作上均有較大成就。他論詩推崇梅堯臣、蘇軾,主張作詩講究法度,先嚴格律然後及句法。在其《竹坡詩話》中,稱賞陶潛之詩平淡,而製作之妙即寓於平淡之中,反對詩文過爲追求奇險,主張造語蘊藉,意境幽深清遠。他稱贊黃庭堅妙於點化前人語,主張要令事在語中而人不知。但其論詩也有草率之處,往往爲後人詬病。其詩在南宋初詩歌中較爲獨特。他早年生活於社會下層,又親眼目睹靖康戰亂,因此其部分詩篇反映了民間疾苦以及對國家興亡的關切之情,不過更多的詩還是描寫隱居閒適生活以及與友人唱和,這些詩既無江西詩派生硬之弊,又無江湖詩派末流酸澀之習,清新偉麗,自成一家。其詞早年學晏幾道,清麗婉曲,直至晚年才刊除穠麗,凝煉求工,自爲一格。他的散文也較同時代人更富文采,雜記文大都情景交融,婉轉多姿。著有《太倉稊米集》七十卷(取黃庭堅“文章直是太倉一稊米耳”之語名集)、《竹坡詩話》一卷。

本書資料據中華書局1981年版清何文焕《歷代詩話·竹坡詩話》、四庫全書本《太倉稊米集》。

《竹坡詩話》(節錄)

集句近世往往有之,唯王荆公得此三昧。前人所傳,如“雨荒深院菊,風約半池萍”之句,非不切律,但苦無思耳。

余讀秦少游擬古人體所作七詩,因記頃年在辟雍,有同舍郎澤州貢士劉剛爲余言,其鄉里有一老儒,能效諸家體作詩者,語皆酷似。效老杜體云“落日黃牛峽,秋風白帝城”,尤爲奇絶。他皆類此。惜乎今不復記其姓名矣。

古今詩人,多喜效淵明體者,如《和陶詩》非不多,但使淵明愧其雄麗耳。韋蘇州云："霜露悴百草，而菊獨妍花。物性有如此，寒暑其奈何。掇英泛濁醪，日入會田家。盡醉茅簷下，一生豈在多。"非唯語似，而意亦太似。蓋意到而語隨之也。

策問第十四

問：西漢以來，取士之法雖或不同，大抵皆以言詞取人，不若周公專意行實也。至隋唐，但用詞賦，而聲律之學自是益嚴，且賦之作以擅名一時，然其拘於聲病對偶猶未甚也。沈約始作《四聲譜》，嘗曰："在昔詞人累千載而不悟，余獨得於胸襟，窮其妙旨，自謂入神之作。"宋武嘗問周舍："何謂四聲？"而捨對以"天子聖哲"，則四聲亦略見於此也。當時又有平頭上尾、蜂腰鶴膝之語，世號永明體。大抵欲宮羽相諧，低昂適節。若前有浮聲，則後須切響。故一簡之內音韻盡殊，兩句之中輕重悉異。其學雖不純于古，然亦自有妙處。方今世革經義浮虛之弊，稍復詩賦以取士，則學者於聲律尤當用心。敢問《四聲譜》可得聞其詳乎？願並與其言而論之。（《太倉稊米集》卷四八）

《古今諸家樂府》序

世之言樂府者，知其起于漢魏，盛于晉宋，成于唐，而不知其源實肇于虞舜之時。舜命夔典樂，教胄子，而曰："詩言志，歌永言，聲依永，律和聲。"及《益稷篇》叙舜與皋陶賡歌之詞，而曰："股肱喜哉，元首起哉；百工熙哉，元首明哉；股肱良哉，庶事康哉。"則歌詩之作，自是而興。至孔子删《詩》定《書》，取三百六篇，當時燕饗祭祀下管登歌一皆用之，樂府蓋起于此。而議者以謂自漢高祖作《大風歌》，使沛中小兒和而歌之，乃有樂府，是不然。《雉朝飛》者，齊宣王時牧犢子之所作也；《薤露歌》者，田橫死，而門人作此歌以葬橫也；《秋胡行》者，秋胡子之妻死，後人哀而作焉。秋胡子，魯人也。《杞梁妻》者，杞植妻妹朝日之所作也。杞植戰死，而其妻哭之哀，植亦齊人也。凡此之類不一，皆見于春秋戰國之時，則其來遠矣。魏、晉、宋歷唐，而其作益多。後人之作，其不與古樂府題意相協者十八九，此蓋不可得而考者，余不復論。獨恨其歷世既久，事失本真，至其弊也，則變爲淫言，流爲褻語，大抵以艷麗之詞更相祖述，至使父子兄弟不可同席而聞，無復有補于世教。陳後主時，東海徐陵序《玉臺新詠》十卷，謂之艷歌詞。肆帷幄之言，瀆君臣之分，此謂害教之大者。至於古人規箴訓誨之意，傷今思古之作，與夫感創時物，紀述節義，使後人歌詠其言而有悲愁感慨之意，則爲之掃地矣。然而歌詞之麗，如梁簡文、陳叔寶輩，皆以風流婉媚之言而文，以閨房脂澤之氣婉而深，情而有味，亦大有可人意者。至唐而諸君子出，乃益可喜。余嘗評諸家之作，以謂李太白最高而微短于韻，王建善諷而未能脱俗，孟東野近古而思淺，李長吉語奇而入怪，唯張文昌兼諸家之善，妙絶古今。近出張右史酷嗜其作，亦頗逼真。余嘗見其《輸麥行》，自題其尾云："此篇效張文昌而語差繁。"則知其效籍之意蓋甚篤，而樂府亦自是爲之反魂矣。因集古今之作，如古樂府所載及諸公文集中有之，及《文選》、《玉臺》、《唐文粹》類悉編次成書，爲三十卷，謂之《古今諸家樂府》。至於事之本源，時之廢興有不同者，吳兢言之詳矣，此不復考焉。

《姑溪三昧》序（節錄）

簡牘者，文章翰墨之餘，世人往往以爲不切于事，未嘗經意，此亦士大夫一病。彼殆不知詞采風流形于筆札，便是文章一家事，爾等豈或有意哉！（以上《太倉稊米集》卷五十一）

朱勝非

朱勝非（1082—1144）字藏一。宋蔡州（今河南汝南）人。崇寧二年（1103）上舍及第。累官至右僕射兼御營使。嘗輯百家小説、傳記，編著爲《紺珠集》十三卷（《郡齋讀書志》卷一三，後人考訂爲僞託）。又著有《秀水閒居録》三卷，今本爲一卷，記所見聞南宋初政事。

本書資料據四庫全書本《紺珠集》。

澀　體

唐徐彦伯爲文多變易求，新以鳳閣爲鷗閣，以龍門爲虬户，以金谷爲銑溪，以玉山爲瓊岳，以芻狗爲卉犬，以竹馬爲篠驂，以月兔爲魄兔，以風牛爲颮犢。後進效之，謂之澀體。（卷三）

詩三字至八字皆自毛詩

劉存、馮鑑《劉馮事始》

三字若"鼓淵淵，醉言歸"之類，四字若"關關雎鳩，在河之洲"之類，五字若"誰謂

524

雀無角，何以穿我屋"之類，六字若"俟我於庭乎而，充耳以青乎而"之類，七字若"交交黃鳥止于棘"之類，八字若《節南山》云"我不敢傚我友自逸"之類。

轆轤體

唱和聯句之起，其來久矣。自舜作歌，臯陶《賡載》及《柏梁聯句》，至唐始盛。元稹作《春深》題二十篇，並用家、花、車、斜四字爲韻。劉、白和之亦同。令狐楚所和詩多次韻，始於此。凡聯句兩句或四句，亦一對用之，或只一句出、一句對者，謂之轆轤體耳。黃鑑《談苑》（以上卷十一）

李　綱

李綱（1083—1140）字伯紀，號梁溪居士。宋邵武（今屬福建）人。政和進士。南宋名臣，官至尚書右僕射，兼中書侍郎。諡忠定。李綱於國家危難之際，能以社稷生民爲意，人品經濟，彪炳史册，故其奏疏表章與政治軍事論著皆天下大計，頗能深中事機，氣概凜然。其賦如《梅花賦》、《濁醪有妙理賦》、《折檻旌直臣賦》等篇，往往次前人韻，而又借題發揮，膾炙人口。其詩多集中表現了他的仕宦生涯與情感世界，風格大致可以分爲兩類：一類冲澹高遠；一類感時托興，使人有慷慨涕淒之意。擅長作詞，風格慷慨豪放，深微渾雄。著有《梁谿集》。

本書資料據四庫全書本《梁谿集》。

《擬騷》序

昔屈原放逐，作《離騷經》，正潔耿介，情見乎辭。然而託物喻意，未免有譎怪怨懟之言，故識者謂"體慢於三代，而風雅於戰國，乃雅頌之博徒，而詞賦之英傑"，不其然歟！予既以愚觸罪，久寓謫所，因效其體，攄思屬文，以達區區之志。取其正潔耿介之義，去其譎怪怨懟之言，庶幾不詭於聖人，目之曰《擬騷》。

梅花賦並序（節録）

皮日休稱宋廣平之爲人，疑其鐵心石腸，及觀所著《梅花賦》，清腴富艷，得南朝徐、庾體。然廣平之賦，今闕不傳。（以上卷二）

《湖海集》序

詩以風刺爲主，故曰上以風化下，下以風刺上，主文而譎諫，言之者無罪，闻之者足以戒。三百六篇，變風變雅居其太半，皆有箴規、戒誨、美刺、傷憫、哀思之言，而其言則多出於當時仁人不遇，忠臣不得志，賢士大夫欲誘掖其君，與夫傷讒思古，吟詠情性，止乎禮義，有先王之澤。故曰詩可以羣，可以怨，《小弁》之怨，乃所以篤親親之恩；《鴟鴞》之貽，乃所以明君臣之義；《谷風》之刺，乃所以隆夫婦朋友之情。使遭變遇閔而泊然無心於其間，則父子、君臣、朋友、夫婦之道，或幾乎熄矣。王者跡熄而《詩》亡，《詩》亡而後《離騷》作，《九歌》、《九章》之屬，引模擬義，雖近乎悱，然愛君之誠篤，而嫉惡之志深，君子許其忠焉。漢唐間以詩鳴者多矣，獨杜子美得詩人比興之旨，雖困躓流離而不忘君，故其辭章慨然，有志士仁人之大節，非止模寫物象，風容色澤而已。余舊喜賦詩，自靖康謫官，以避謗輟不復作。及建炎改元之秋，丐罷機政，其冬謫居武昌。明年移澧浦，又明年遷海外。自江湖涉嶺海，皆騷人放逐之鄉，與魑魅荒絶，非人所居之地。鬱悒亡聊，則復賴詩句攄憂娛悲，以自陶寫。每登臨山川，嘯詠風月，未嘗不作詩，而蓼不恤緯之誠，間亦形於篇什，遂成卷軸。今蒙恩北歸，裒葺所作，目爲《湖海集》，將以示諸季，使知往反萬里，四年間所得，蓋如此云。庚戌清明日，梁溪病叟序。（卷一七）

誡諭學者辭尚體要詔

朕自臨御以來，建學校，聯師儒，一道德，以教養天下之學者。屢降詔書，崇雅黜浮。庶幾文章之盛，深醇典正，炳然與三代同風，而自兩漢以來，爲不足議也。朕之待士至矣！比覽貢士程文，猥釀不醇，氣格卑弱。刻意以爲高者，浮誕恢詭，而不協於中；騁辭以爲辯者，支離蔓衍，而不根於理。文之不振，未有甚於此者，朕甚羞之。豈子大夫平日所以講習之者未至歟，抑偷取臨時、務應有司之求而怵於得失歟？夫文以意爲主，以氣爲輔，以辭彩爲之衛翼。本之固者，其發爲英華必茂；源之深者，其流爲波瀾必遠。子大夫其思所以廓養意氣、涵養本源者，博極古今，根柢仁義。六經之書，諸子百家之説，必深究而明辨之，則見於文辭者體要兼備，宜有可觀者。朕有好爵，與爾靡之，可不勉歟！故兹詔諭，想宜知悉。（卷三六）

張　綱

張綱(1083—1166)字彥正,晚號華陽老人。宋潤州丹陽（今屬江蘇）人。政和進士,特除太學正。遷太學博士。官至參知正事。張綱立朝有守,嘗書“以直行己,以正立朝,以靜退高天下”爲座右銘。文思敏贍,周必大稱其文“實而不野,華而不浮”,“論思獻納,皆達於理而切於事”,詩歌格律有唐人風（《張彥正文集後序》）。《四庫全書總目》亦謂其“詩文典雅麗則,講筵所進故事,因事納忠,亦皆劀切”（卷一五六）。其詩寫景吟懷,時有佳句,情真意切,清新曉暢。其詩文在南宋乾道時由其子張堅編爲《華陽集》四十卷,後由其孫張釜刊行傳世。

本書資料據四庫全書本《華陽集》。

經筵詩講義（節錄）

故《詩》有六義焉:一曰風,二曰賦,三曰比,四曰興,五曰雅,六曰頌。

臣聞聲詩之作,本乎民情之自然,其所歷非一時,所述非一事,所出非一人,故衆體並列,咸有攸當。方其作之也,志各有爲,故賦、比、興之旨分焉。及其序之也,事各有本,故風、雅、頌之名別焉。詩人之言,顧豈一端而已! 或美或刺,或規或諷。苟可以直言而無害,則鋪陳其事而賦之。若其避諱佞之嫌,畏指斥之過,必將引類以寓意,則取象於物而比之。至於耳聞目見,有以動盪其心志而不能自己,則又感發於所寓之時,而謂之興。此賦、比、興之辨也。若夫採於國史,播在樂章,其述諸侯之事而止於一國,則列而爲“風”;言天子之政而及於天下,則列而爲“雅”;形容盛德之美,成功以告於神明,則列而爲“頌”。此風、雅、頌之辨也。然而論《詩》之旨,莫先於風。風之所言,賦也,比也,興也,互見而兼備焉。故一曰風,而繼之以二曰賦,三曰比,四曰興;積風而爲雅,積雅而爲頌,故五曰雅,六曰頌。《周官·大師》教六詩,考其先後,亦同乎六義之序。

上以風化下,下以風刺上,主文而譎諫,言之者無罪,聞之者足以戒,故曰“風”。至於王道衰,禮義廢,政教失,國異政,家殊俗,而“變風”、“變雅”作矣。

臣聞詩之爲風,政教之本也。上以是而化其下,無非躬行之德;下以是而諷其上,無非愛君之誠。是二者皆有巽人之道,而不見於形跡,故曰上以風化下,下以風刺上。夫《禮》有五諫,而莫善於諷。聖人樂於文過,必使瞽爲詩,工誦箴。然則詩之爲諫,諷諫之謂也。主於文則叙其情,而不至於訐;名以譎則陳其事,而不斥以正。夫如是,則無拂心逆指之辭,言之者安所加其罪? 得將順救正之道,聞之者豈不知所戒? 故曰:

主文而譎諫，言之者無罪，聞之者足以戒。夫天之有風，披拂於萬物之上，而其功密庸；詩之濕柔篤厚，而所以感動於人者似之。故序《詩》者言詩之功用必繼之，以故曰"風"。至於王道衰，禮義廢，政教失，國異政，家殊俗，則文、武、成、康之澤微矣，天下之人不復見先王之治，乃發其憂思感傷之心，而"變風"、"變雅"於是乎作。辭雖已變，而所以述作之意，依違諷諫，於治道猶有補焉，此叙《詩》者所以取之而不棄也。

國史明乎得失之跡，傷人倫之廢，哀刑政之苛，吟詠情性，以風其上。達於事變，而懷其舊俗者也。

臣竊謂此言"變詩"之所由作也。孔子曰："文勝質則史。"先儒以謂苟能製作文章，亦可謂之史。然則國史，國人之文勝者是也。惟其文勝，故多識前言往行，而明乎得失之跡。故感於平世而政用和，故感於衰世而諷刺之意不能自已。今夫人倫廢，則五品不遜。自一家而推之，國者失其序矣，刑政苛則百姓不親。自一國而推之，天下者失其理矣。倫失其序，刑政失其理，此詩人所以動其哀傷之情也。然百姓之不親，未若五品之不遜，故傷之爲義，有甚於哀。詩人遭時如此，而概以古今得失之跡，則吟詠性情，以風其上，不亦宜乎。所以風其上者，則以達於事變而懷其舊俗故也。且唐之風舊矣，其後變而爲晉；邶、鄘之國舊矣，其後變而爲衛。詩人當晉、衛之世，發於吟詠，雖述一時之事，而憂思感傷猶不忘其本，故晉詩十二篇，而特謂之唐；衛詩三十九篇，而兼存邶、鄘之國，以此見詩人懷舊之心，發於辭氣，必有以感動於人，所以能使序詩者跡其本意，而不敢没其實。然達事變，懷舊俗，舉是二國之詩考於其他，可以類見矣。故"變風"發乎情，止乎禮義。發乎情，民之情也；止乎禮義，先王之澤也。臣竊謂此言"變詩"之旨也。夫詩之爲變，則以事有不得平者咈乎吾心，故作爲箴規怨刺之言，以發其憤懣不洩之氣。夫如是，則宜有怒而溢惡、矯而過正者。然以詩辭考之，雖觸物寓意，所指不同，而要其終極，一歸於禮義而已。蓋人生而靜，乃天之性；感物而動，斯謂情。情雖出於性，其動於中也，物實有以感之。既感於物矣，非先王之澤薰陶漸漬，不忘於心，則吟詠以風，其能止於禮義乎？今自邶、鄘而下百有餘篇，刺奢，刺儉，刺貪，刺虐，如此之類，皆"變風"也。然雖其間或出於婦人女子小夫賤隸之所爲，是乃一時有激而云然，其比興述作優游而不迫，返覆顛倒而不亂，孜孜焉若將救其時弊而反之於正者，得非禮義之教使之然歟！由是觀之，"變風"之詩，雖不純乎文、武之序，亦足見先王之澤垂數百年猶未泯也。

是以一國之事，繫一人之本，謂之"風"；言天下之事，形四方之風，謂之"雅"。雅者，正也，言王政之所由廢興也。政有小大，故有《小雅》焉，有《大雅》焉。"頌"者，美盛德之形容，以其成功，告於神明者也。是謂四始，詩之至也。

臣以謂此申言風、雅、頌之休也。風，猶天之風也，動於上，而其下化之，如《關雎》

之化行而公子信厚，《鵲巢》之功致而在位正直，齊君好田而成馳逐之風，魏君儉嗇而變機巧之俗，若此之類，無非本於國君之躬行，故曰："一國之事，繫一人之本，謂之'風'。"雅者，正也，猶言王之政也。王畿雖止於千里，而其政之所及，則侯甸男衛，自東南西北，皆其所經略，非如諸侯止於一國而已。是以雅之所言，皆天下之大，而四方之風於是乎觀焉。故曰："言天下之事，形四方之風，謂之'雅'。"其言王政之所由廢興，則以雅有正、變故也。文、武興而民好善，王政之所由興，正雅是也；幽、厲興而民好暴，王政之所由廢，變雅是也。若夫小大之辨，則隨其所主之意而已。如《小雅》言飲食、賓客、賞勞羣臣之類，皆事之小者；而《大雅》言受命尊祖，致太平、成福祿之類，皆事之大者。然則政有小大，分爲二雅宜矣。風也，雅也，國治之始也。及其告成功，則有頌焉。《周頌》、《商頌》，殆四十篇，皆所以言祭祀，猶今之樂章爾。事實而義明，言簡而意足，以是而告於神明，可謂無愧辭矣。若乃《魯頌》，非爲祭祝設，特以頌僖公之美而已，德薄辭侈，視商、周之作不能無少貶。雖然，前乎商、周，獨虞舜之載賡，五子之述戒，他詩未有聞也。孔子自衞反魯，然後刪詩，斷自周，始《國風》、《雅》、《頌》方序而傳焉，謂之四始，有以見後世之作詩者皆權輿於此，而莫之或先也。非獨莫之或先，而其述作之美，亦無以復加矣。故曰："是謂四始，詩之至也。"（卷二十四）

朱淑真

　　朱淑真（約 1078—約 1138）號幽棲居士。宋錢塘（今浙江杭州）人。幼聰慧，喜讀書，文章幽豔，擅長丹青，通曉音律。因父母主婚，嫁與一俗吏，以情趣不合，返回娘家居住，遂終生孤寂而終。朱淑真是宋代爲數不多的女詩人，文學成就略遜於李清照，是宋代唯一能追步李清照的女詩人。據說她一生創作的詩詞很多，死後被父母"一火焚之，今所傳者百不一存"（魏仲恭《斷腸詩集序》）。有《斷腸詩集》、《斷腸詞集》傳世。本書所引《璿璣圖記》，僅見於《池北偶談》，真僞尚無定論，錄以備考。

　　本書資料據四庫全書本《池北偶談》。

《璿璣圖》記

　　若蘭名蕙，姓蘇氏，陳留令道質季女也。年十六，歸扶風竇滔。滔字連波，仕苻秦爲安南將軍，以若蘭才色之美，甚敬愛之。滔有寵姬趙陽臺，善歌舞，若蘭苦加捶楚，由是陽臺積恨，讒毀交至，滔大恚憤。時詔滔留鎮襄陽，若蘭不願偕行，竟挈陽臺之任。若蘭悔恨自傷，因織錦字爲回文，五彩相宣，瑩心眩目，名曰《璿璣圖》，亘古以來

所未有也。乃命使齎至襄陽，感其妙絕，遂送陽臺之關中，具輿從迎若蘭于漢南，恩好
踰初。其著文字五千餘首，世久湮沒，獨是圖猶存。唐則天常序圖首，今已魯魚莫辨
矣。初，家君宦遊浙西，好拾清玩，凡可人意者，雖重購不惜也。一日家君宴郡倅衙，
偶於壁間見是圖，償其值，得歸遺予。於是坐臥觀究，因悟璿璣之理，試以經緯求之，
文果流暢。蓋璿璣者，天盤也；經緯者，星辰所行之道也；中留一眼者，天心也。極星
不動，蓋運轉不離一度之中，所謂居其所而斡旋之。處中一方，太微垣也，乃疊字四言
詩。其二方，紫微垣也，乃四言回文。二方之外四正，乃五言回文。四維乃四言回文。
三方之外四正，乃交首四言詩，其文則不回也。四維乃三言回文。三方之經以至外四
經，皆七言回文詩，可周流而讀者也。紹定三年春二月望後三日，錢唐幽棲居士朱氏
淑真書。（卷一五）

李清照

　　李清照(1084—約1155)，號易安居士。宋濟南章丘(今屬山東)人。李格非之
女。自幼有文才。工詩能文，更擅長作詞。《萍洲可談》云："本朝婦女之有文者，李易
安爲首稱……詩之典贍，無愧於古之作者。詞尤婉麗，往往出人意表，近未見其比。"
現存詩不多，却幾乎篇篇均爲佳作。文章筆力勁健。其文學成就主要在詞論及創作
上。她所作的《詞論》，歷評北宋詞人，多中肯綮，力主詞"別是一家"，要求詞須保持其
音樂特性，表達了她對詞創作的真知灼見，在詞學批評史上頗具影響。她的詞作隨時
代和個人命運的變化，而呈現出前、後期兩種不同的風格。南渡前所作詞，多寫自然
風光和離愁別恨，真實地反映了她少女時代的生活與思想情感。北宋滅亡後，她身經
家國破亡之痛，其詞主要抒發傷時懷舊的悼亡之情，風格也變得低沉凄凉。其詞語言
清新平易而內蘊豐富，形成了獨特的"易安體"，在詞史上別樹一幟，對後世產生巨大
影響。著有《易安居士集》七卷、《易安詞》六卷，均已失傳。現存詩文詞集皆爲後人所
輯。趙萬里《輯校宋金元詞》收其詞六十首。今人整理本有人民文學出版社1979年
出版的王仲聞《李清照集校注》。

　　本書資料據四庫全書本《漁隱叢話》。

論　詞

　　樂府聲詩並著，最盛于唐。開元、天寶間，有李八郎者，能歌，擅天下。時新及第
進士，開宴曲江。榜中一名士，先召李，使易服隱姓名，衣冠故敝，精神慘怛，與同之宴

所。曰："表弟，願與坐末。"衆皆不顧。既酒行樂作，歌者進，時曹元謙、念奴爲冠。歌罷，衆皆咨嗟稱賞。名士忽指李曰："請表弟歌。"衆皆哂，或有怒者。及轉喉發聲，歌一曲，衆皆泣下。羅拜，曰："此李八郎也。"

自後鄭、衛之聲日熾，流靡之變日繁。已有《菩薩蠻》、《春光好》、《莎雞子》、《更漏子》、《浣溪沙》、《夢江南》、《漁父》等詞，不可遍舉。

五代干戈，四海瓜分豆剖，斯文道熄。獨江南李氏君臣尚文雅，故有"小樓吹徹玉笙寒"、"吹縐一池春水"之辭，語雖奇甚，所謂亡國之音哀以思也。

逮至本朝，禮樂文武大備，又涵養百餘年，始有柳屯田永者，變舊聲作新聲，出《樂章集》，大得聲稱於世，雖協音律，而詞語塵下。又有張子野、宋子京兄弟，沈唐、元絳、晁次膺輩繼出，雖時時有妙語，而破碎何足名家！至晏元獻、歐陽永叔、蘇子瞻，學際天人，作爲小歌詞，直如酌蠡水于大海，然皆句讀不葺之詩爾，又往往不協音律者。何耶？蓋詩文分平仄，而歌詞分五音，又分五聲，又分六律，又分清濁輕重。且如近世所謂《聲聲慢》、《雨中花》、《喜遷鶯》，既押平聲韻，又押入聲韻。《玉樓春》本押平聲韻，又押上去聲，又押入聲。本押仄聲韻，如押上聲則協，如押入聲則不可歌矣。王介甫、曾子固，文章似西漢，若作一小歌詞，則人必絶倒，不可讀也。

乃知別是一家，知之者少。後晏叔原、賀方回、秦少游、黃魯直出，始能知之。又晏苦無鋪叙，賀苦少典重。秦即專主情致而少故實，譬如貧家美女，非不妍麗，而終乏富貴。黃即尚故實而多疵病，如良玉有瑕，價自減半矣。（後集卷三十三）

吕本中

吕本中（1084—1145）原名大中，字居仁，世稱東萊先生。宋壽州（今安徽壽縣）人。吕公著曾孫。紹興六年（1136），召賜進士出身，歷官中書舍人、權直學士院。因忤秦檜罷官。吕本中爲江西詩派著名詩人，其詩頗受黃庭堅、陳師道影響；又學李白、蘇軾，繼承並發展了江西詩派的風格，詩風明暢靈活。其詞以婉麗見長，也有悲慨時事、渴望收復中原故土的詞作，感情濃鬱，語意深沉。所作《江西詩社宗派圖》列陳師道以下二十五人，以黃庭堅爲詩派之祖，對北宋詩歌創作作了總結與概括，提出"活法"之説，試圖以變化活脱打破南宋初凝固僵化之風。著有詩文集《東萊集》二十卷、《外集》二卷、《紫微詩話》一卷、《東萊吕紫微雜説》一卷、《師友雜誌》一卷、《童蒙訓》三卷，今均存。後人輯有《紫微詞》。其《童蒙詩訓》，不知卷數。明《菉竹堂書目》卷四、《文淵閣書目》卷十均予著録，原爲《童蒙訓》之一部分。《童蒙訓》係吕所著家塾訓課之本，言理學折衷二程，論詩文取法蘇、黃，後因朱學盛行，時多詆毀東坡之論,《童蒙訓》之論詩文語因而遭到刪削,失而不存。後乃有人專録是書被刪除部分,輯以爲《童蒙詩訓》。

本書資料據郭紹虞《宋詩話輯佚》本《童蒙詩訓》,四庫全書本《漁隱叢話》、《雲麓漫鈔》。

文字體式二則

學文須熟看韓、柳、歐、蘇,先見文字體式,然後更考古人用意下句處。

學詩須熟看老杜、蘇、黃,亦先見體式,然後遍考他詩,自然工夫度越過人。《耆舊續聞》二、《仕學規範》三十九(以上《童蒙詩訓》)

與曾吉甫論詩第一帖

寵論作詩次第,此道不講久矣,如本中何足以知之。或勵精潛思,不便下筆,或遇事因感,時時舉揚,工夫一也。古之作者,正如是耳。惟不可鑿空彊作,出於牽彊,如小兒就學,俯就課程耳。《楚詞》、杜、黃,固法度所在,然不若遍考精取,悉爲吾用,則姿態橫出,不窘一律矣。如東坡、太白詩,雖規摹廣大,學者難依,然讀之使人敢道,澡雪滯思,無窮苦艱難之狀,亦一助也。要之,此事須令有所悟入,則自然越度諸子。悟入之理,正在工夫勤惰間耳。如張長史見公孫大娘舞劍,頓悟筆法。如張者,專意此事,未嘗少忘胸中,故能遇事有得,遂造神妙;使它人觀舞劍,有何干涉。非獨作文學書而然也。和章固佳,然本中猶竊以爲少新意也。近世次韻之妙,無出蘇、黃,雖失古人唱酬之本意,然用韻之工,使事之精,有不可及者。

與曾吉甫論詩第二帖

詩卷熟讀,深慰寂寞。蒙問加勤,尤見樂善之切,不獨爲詩賀也。其間大概皆好,然以本中觀之,治擇工夫已勝,而波瀾尚未闊,欲波瀾之闊去,須於規摹令大,涵養吾氣而後可。規摹既大,波瀾自闊,少加治擇,功已倍於古矣。試取東坡黃州已後詩,如《種松》、《醫眼》之類,及杜子美歌行及長韻近體詩看,便可見。若未如此,而事治擇,恐易就而難遠也。退之云:"氣,水也,言,浮物也,水大則物之浮者大小畢浮,氣之與言猶是也,氣盛則言之長短與聲之高下皆宜。"如此,則知所以爲文矣。曹子建《七哀》詩之類,宏大深遠,非復作詩者所能及,此蓋未始有意於言語之間也。近世江西之學

者，雖左規右矩，不遺餘力，而往往不知出此，故百尺竿頭，不能更進一步，亦失山谷之旨也。（以上《漁隱叢話》前集卷四九）

《江西詩社宗派圖》序

古文衰於漢末，先秦古書存者，爲學士大夫剽竊之資。五言之妙，與《三百篇》、《離騷》爭烈可也。自李、杜之出，後莫能及。韓、柳、孟郊、張籍諸人，自出機杼，別成一家。元和之末，無足論者，衰至唐末極矣。然樂府、長短句，有一唱三歎之音。至國朝文物大備，穆伯長、尹師魯始爲古文，成於歐陽氏。歌詩至於豫章，始大出而力振之，後學者同作並和，盡發千古之秘，亡餘蘊矣。録其名字曰江西宗派，其原流皆出豫章也。宗派之祖曰山谷，其次陳師道無已、潘大臨邠老、謝逸無逸、洪朋龜父、洪芻駒父、饒節德操、乃如壁也。祖可正平、徐俯師川、林修子仁、洪炎玉父、汪革信民、李錞希聲、韓駒子蒼、李彭商老、晁冲之叔用、江端本子之、楊符信祖、謝邁幼槃、夏倪均父、林敏功、潘大觀、王直方立之、善權巽中、高荷子勉，凡二十五人。（《雲麓漫鈔》卷一四）

朱　弁

朱弁（1085—1144）字少章，自號觀如居士。宋徽州婺源（今屬江西）人。建炎初，以通問副使赴金，言和戰利害甚悉，爲金所拘留，被拘十七年始得歸。爲文仰慕陸贄，援據精博，曲盡事理；詩歌學李商隱，詞氣雍容，無險怪奇澀之弊。朱弁在詩歌評論上也有建樹，撰《風月堂詩話》，推崇蘇軾、黄庭堅，反對"句無虛辭，必假故實，語無空字，必究所從"的詩風，提倡"用崑體功夫而造老杜渾成之地"。著有《聘游集》四十二卷、《書解》十卷、《曲洧舊聞》十卷、《續骫骳説》一卷、《雜書》一卷、《風月堂詩話》三卷、《新鄭舊詩》一卷、《南歸詩文》一卷。今存《曲洧舊聞》十卷，爲其拘囚於北方時所作，多記述北宋遺事，寄寓了懷念故君與家國之思；《風月堂詩話》三卷。

本書資料據四庫全書本《風月堂詩話》、《曲洧舊聞》。

《風月堂詩話》（節録）

魏曹植詩出於《國風》，晉阮籍詩出於《小雅》，其餘遞相祖襲，雖各有師承，而去《風》、《雅》猶未遠也。自魏、晉至宋，雅奧清麗，尤盛於江左；齊、梁已下，不足道矣。

唐初，尚矜徐、庾風氣，逮陳子昂始變。若老杜，則凜然欲方駕屈、宋，而能允蹈之者。其餘以詩名家尚多，有江左體製。至五季則掃地無可言者，唐人尚不能及，況晉、宋乎？ 晉、宋尚不能及，況《風》、《雅》乎？

詩之句法，自三言至七言，《三百篇》中皆有之矣。三言如“麟之趾”、“夜未央”、“從夏南”、“思無邪”之類是也。五言如“誰謂鼠無牙”、“胡爲乎株林”、“或燕燕居息，或盡瘁事國”之類是也。七言如“維昔之富不如時，維今之疚不如兹”、“學有緝熙于光明”之類是也。而世之論五言則指蘇、李，論七言則指《柏梁》爲始，是不求其源也。然世多作七言、五言，而三言、四言類施於銘、頌之中。雖間有用七言者，獨於韓吏部、蘇端明集見之。前輩云：按《柏梁》之體，句句用韻，其數以奇，韓、蘇亦皆如此。然歐公作《孫明復墓誌》，乃與此說不同，又未知何如也？ 豈歐公特變前人法度，欲自我作古乎？ 當更討論之耳。

韓退之云：“餘事作詩人。”未可以爲篤論也。東坡以詞曲爲詩之苗裔，其言良是。然今之長短句比之古樂府歌詞，雖云同出於詩，而祖風已掃地矣。晁無咎晚年，因評小晏並黃魯、直秦少游詞曲，嘗曰：“吾欲托興於此，時作一首以自遣，政使流行，亦復何害。譬如雞子中元無骨頭也。”（以上卷上）

李義山擬老杜詩云：“歲月行如此，江湖坐渺然。”直是老杜語也。其他句“蒼梧應露下，白閣自雲深”、“天意憐幽草，人間重晚情”之類，置杜集中亦無愧矣，然未似老杜沉涵汪洋，筆力有餘也。義山亦自覺，故別立門户成一家。後人挹其餘波，號西崑體，句律太嚴，無自然態度。黃魯直深悟此理，乃獨用崑體工夫，而造老杜渾成之地，今之詩人少有及者。此禪家所謂更高一著也。（卷下）

《曲洧舊聞》（節録）

《醉翁亭記》初成，天下莫不傳誦，家至户到，當時爲之紙貴。宋子京得其本，讀之數過，曰：“只目爲《醉翁亭賦》，有何不可？”（卷三）

王觀國

王觀國（生卒年不詳），宋長沙（今屬湖南）人。政和進士。簽書川陝節度判官。紹興初，知汀州寧化縣。累升祠部郎中，知邵州，於任内被劾罷。著有《學林》十卷，凡三百餘則，内容以考辨字體、字音、字義爲主，博引《十三經》、《史記》、《漢書》、《後漢書》、《晉書》、《唐書》之文，並廣采《説文》、《玉篇》、《廣韻》、《經典釋文》等注疏箋釋之説，對文字的字體、字音、字義進行考辨，資料詳備，辨析精賅，引據詳洽，可謂卓然特出之著。

本書資料據四庫全書本《學林》。

度　曲

《前漢·元帝紀》贊曰："元帝多材藝，善史書。鼓琴瑟，吹洞簫，自度曲，被歌聲。"應劭注曰："自隱度作新曲。"臣瓚注曰："度曲，謂歌終更授其次。"顏師古注曰："度音大洛反。"觀國案：瓚所謂自度曲者，能製其音調也。被歌聲者，以所製之音調播之歌聲，而皆合其節奏也。臣瓚以謂歌終更授其次者，誤矣，蓋歌終更授其次者，歌曲也。後之文士多援臣瓚之説，以度曲爲歌曲。故張平子西京賦曰："度曲未終，雲起雪飛。"則以度曲爲歌曲矣。杜子美《陪李梓州泛江》詩曰："翠眉縈度曲，雲鬢儼分行。"亦用爲歌曲矣。徐陵曰："奏新聲於度曲。"《唐書》，段安節善樂律，能自度曲，此乃元帝自度曲之本意也。（卷三）

霓裳羽衣曲

李肇《國史補》曰："客有以案樂圖示王維，維曰：'此《霓裳》第三疊第一聲也。'客引工按曲，乃信。"今《新唐書·王維傳》亦載此事，蓋用《國史補》語也。觀國竊謂圖畫奏樂者皆但能舉一聲，豈知其爲《霓裳》第三疊第一聲也。沈存中亦嘗辨之，蓋《國史補》雖唐人小説，然其記事多不實，修《唐史》者一概取而分綴入諸列傳，曾不核其是否，故舛誤類如此也。鄭愚《津陽門詩注》云："葉法善引上入月宮，聞仙樂，及上歸，但記其半，遂於笛中寫之。會西涼府都督楊欽述進《婆羅門曲》，與其聲調相符，遂以月中所聞爲散序，用欽述所進爲其腔，而名《霓裳羽衣曲》。"《唐書·禮樂志》曰："明皇時河西節度使楊欽忠獻《霓裳羽衣曲》十二遍，凡曲終必遽，唯《霓裳羽衣曲》將畢引聲益緩。"觀國案：鄭愚詩注，頗怪誕不可信，當以《唐志》所記爲是。《摭言》曰："唐末試進士，以《霓裳羽衣曲》爲詩題。明年，又以爲賦題。"觀國案：明皇以聲色而敗度，後之文士，咸指《霓裳羽衣曲》爲亡國之音，故唐人詩曰："《霓裳》一曲千峯上，舞破中原始下來。"亦如陳主之《玉樹後庭花》也。固不可以爲詩題賦題而訓多士，夫唐之祖宗典，故其美且善者多矣，奚獨《霓裳》之取耶？（卷五）

詩重韻

杜子美《飲中八仙歌》曰“知章騎馬似乘船”，又曰“天子呼來不上船”；《歌》曰“眼花落井水底眠”，又曰“長安市上酒家眠”；《歌》曰“汝陽三斗始朝天”，又曰“舉觴白眼望青天”；《歌》曰“皎如玉樹臨風前”，又曰“蘇晉長齋繡佛前”，又曰：“脱帽露頂王公前”，此歌三十二句，而押二船字，二眠字，二天字，三前字。近時論詩者曰：“此歌自是八段，不嫌於重韻也。”觀國案：子美此詩，以《飲中八仙歌》五字爲題，則是一歌。此歌首尾於船字韻中押，未嘗移別韻，則非分爲八段。蓋子美古律詩重用韻者亦多，況於歌乎？如《園人送瓜》詩曰：“沉浮亂冰玉，愛惜如芝草。”又曰：“園人非故侯，種此何草草。”一篇押二草字也。《上後園山脚》詩曰：“蓐收困用事，玄冥蔚强梁。”又曰：“登高欲有往，蕩析川無梁。”一篇押二梁字也。《北征》詩曰：“維時遭艱虞，朝野少暇日。”又曰：“老夫情懷惡，嘔泄卧數日。”一篇押二日字也。《夔府詠懷》詩曰：“雖云隔禮數，不敢墜周旋。”又曰：“淡交隨聚散，澤國繞回旋。”一篇押二旋字也。《贈李八秘書》詩曰：“事殊迎代邸，喜異賞朱虚。”又曰：“風烟巫峽遠，臺榭楚宮虚。”一篇押二虚字也。《贈李邕》詩曰：“放逐早聯翩，低垂困炎厲。”又曰：“哀贈終蕭條，恩波延揭厲。”一篇押二厲字也。《贈汝陽王》詩曰：“自多親棣萼，誰敢問山陵。”又曰：“鴻寶寧全秘，丹梯庶可陵。”一篇押二陵字也。《喜薛璩岑參遷官》詩曰：“栖遑分半菽，浩蕩逐流萍。”又曰：“仰思調玉燭，誰定握青萍。”一篇押二萍字也。《寄賈岳州嚴巴州兩閣老》詩曰：“討胡愁李廣，奉使待張騫。”又曰：“如公盡雄雋，志在必騰騫。”一篇押二騫字也。子美詩如此類甚多。雖然，子美詩非創意爲此者，蓋有所本也。案《文選》載《古詩》曰：“晨風懷苦心，蟋蟀傷局促。”又曰：“音響一何悲，弦急知柱促。”一篇押二促字。曹子建《美女篇》曰：“明珠交玉體，珊瑚間木難。”又曰：“佳人慕高義，求賢良獨難。”一篇押二難字。謝靈運《述祖德》詩曰：“段生蕃魏國，展季救魯人。”又曰：“惠物辭所賞，厲志故絶人。”一篇押二人字。又《南園》詩曰：“樵隱俱在山，由來事不同。”又曰：“賞心不可忘，妙善冀皆同。”一篇押二同字。又《初去郡》詩曰：“或可優貪競，豈足稱達生。”又曰：“畢娶類尚子，薄遊似邴生。”一篇押二生字。陸士衡《擬古》詩曰：“此思亦何思，思君徹與音。”又曰：“驚飇褰衣信，歸雲難寄音。”一篇押二音字。又《豫章行》：“汎舟清川渚，遥望高山陰。”又曰：“寄世將幾何，日昃無停陰。”一篇押二陰字。阮嗣宗《詠懷》詩曰：“如何當路子，磬折忘所歸。”又曰：“黄鵠遊四海，中路將安歸。”一篇押二歸字。江淹《雜體》詩曰：“韓公淪賣藥，梅生隱市門。”又曰：“太平多歡娱，飛蓋東都門。”一篇押二門字。王仲宣《從軍》詩曰：“連舫踰萬艘，帶甲千萬人。”又曰：“我有素餐責，誠愧伐檀人。"一篇押二人字。古人詩自有此體格,杜子美亦傚古人之作耳。韓退之《贈張籍》詩,一篇二更字,二陽字。又《岳陽樓別竇司直》詩,押二何字;又《李花》詩,押二花字。又《雙鳥》詩,押二州字,二頭字,二秋字,二休字。又《和盧郎中送盤谷子》詩,押二行字。又《示爽》詩,押二愁字。又《乂魚詩》,押二鎖字。《寄孟郊》詩,押二奧字。《此日足可惜》詩,押二光字。白樂天《渭村退居》詩,押二房字。《夢游春》詩,押二復字。元微之詩,押二夷字。《出守杭州路次藍溪》詩,押二水字。《游悟真寺》詩,押二桨字。其餘詩人,如此疊用韻者甚多,不可具舉,意到即押耳,奚獨於《飲中八仙歌》而致怪耶?蘇子瞻《送江公著》詩曰:"忽憶釣臺歸洗耳。"又曰:"亦念人生行樂耳。"子瞻自注曰:"二耳義不同,故得重用。"蓋子瞻自不必注。

雙聲疊韻

《南史·謝莊傳》曰:"王元謨問莊,何者爲雙聲,何者爲疊韻。答曰:炫獲爲雙聲,磝碻爲疊韻。"觀國案:古人以四聲爲切韻,紐以雙聲疊韻,必以五音爲定。蓋謂東方喉聲爲木音,西方舌聲爲金音,南方齒聲爲火音,北方唇聲爲水音,中央牙聲爲土音也。雙聲者,同音而不同韻也;疊韻者,同音而又同韻也。炫獲同爲唇音,而二字不同韻,故謂之雙聲。磝碻同爲牙音,而二字又同韻,故謂之疊韻。若髣髴、熠燿、騏驎、慷慨、咿喔、霢霂,皆雙聲也。若侏儒、瞳矓、崆峒、龍從、螳螂、滴瀝,皆疊韻也。《廣韻》曰:"章灼、良略是雙聲,灼略、章良是疊韻。"又曰:"廳剔、靈歷是雙聲,剔歷、廳靈是疊韻。"舉此例,則諸音皆視此而紐之可以定矣。沈存中論詩之用字曰:"'幾家村草裏,吹唱隔江聞。''幾家村草'對'吹唱隔江',皆雙聲也。"觀國案:村字是唇音,草字是齒音,吹字是唇音,唱字是齒音,此非同音字,不可謂之雙聲也。存中又曰:"'月影侵簪冷,江光逼履清。'侵簪、逼履,皆疊韻也。"觀國案:侵字是唇音,簪字是齒音,逼字是唇音,履字是舌音,既非同音字,而逼、履二字又不同韻,不可謂之疊韻也。觀國案:李羣玉詩曰:"方穿詰曲崎嶇路,又聽鞠䩄格磔聲。"詰曲、崎嶇,乃雙聲也;鞠䩄、格磔,乃疊韻也。

四聲譜

《南史·陸厥傳》曰:"齊永明時盛爲文章,沈約、謝朓、王融以氣類相推轂,周顒善識聲韻。約等文皆用宫商,將平上去入四聲,以此制韻,有平頭、上尾、蠭腰、鶴膝。五字之中,音韻悉異,兩句之內,角徵不同,不可增減。世呼爲'永明體'"《庾肩吾傳》曰:"齊永明中,王融、謝朓、沈約文章始用四聲,以爲新變,至是轉拘聲韻,彌爲麗靡,復踰往時。"《沈約傳》曰："約撰《四聲》,以爲'在昔詞人,累千載而不悟,而獨得胸襟,窮其妙旨。'自謂入神之作。梁武帝雅不好焉,嘗問周捨曰:'何謂四聲?'捨曰:'"天子聖哲"是也'。"觀國案:四聲切韻,始自齊、梁,雖云麗靡,而江左文章,拘於聲調,氣格卑弱,間有作者,大抵類俳。《南史》曰:"沈約論四聲,妙有詮別,而諸賦亦往往與聲韻乖。"然則約自謂窮其妙旨,而反致矛盾,何耶? 陸法言論聲韻曰:"吳、楚則時傷輕淺,燕、趙則多傷重濁,秦、隴則去聲爲入,梁、益則平聲似去。"或參宮參羽,或半徵半商。以此觀之,則理致頗深,實難遽曉。隋、唐以來,始有律詩,網格婉和,殆如樂律,愈於江左遠矣。而其餘文格,尚襲江左之風,雕鷲碟裂,殊乏純古之風。韓愈學古文以救文敝,而不能丕變,故唐末、五代之際,文氣彌弱也。雖總古今之字,不逃乎音切,固有即音切而知其字之義者,之乎切爲諸,而已切爲耳,如是切爲爾,何不切爲盍,不可切爲叵,此即音切而知其字之義也。下至閭閻鄙語,亦有以音切爲呼者,突鸞爲團,屈陸爲曲,鵑嵩爲渾,鵑盧爲壺,忒臉爲太,咳洛爲殼,凡此類,非有師學授習之也,其天成自然,莫知所以然者。沈約所謂入神,殆此類耶?

大刀(節錄)

古樂府所載如《稿砧》詩者數篇,其取譬皆淺俚,故撰詩者不顯姓名,後人但以古詩稱之。江右又謂之風人詩,有"圍棋燒敗襖,看子故依然"之句。圍棋者,看子也;燒敗襖者,故依然也。鮑明遠諸集中亦有二篇,謂之吳體。蓋自雅頌不作,迄於魏晉南北朝以來,浮靡愈甚,始有爲此態者,悉取閭閻鄙媟之語,比類而爲之。詩道淪喪至於如此,誠可嘆也。(以上卷八)

鄭剛中

　　鄭剛中(1088—1154)字亨仲,一字漢章,號北山,又號觀如。宋婺州金華(今屬浙江)人。紹興進士。累官監察御史,殿中侍御史。爲政幹練有方略,後遭貶斥而亡,人多惋惜。所作詩文亦爲人稱賞,方回謂其"文峭古,詩峭健,責居封州詩尤佳"(方回《讀鄭北山集跋》)。其現存文章多奏疏,清人嚴正評價極高:"披卷朗吟,其經濟緒餘,溢於詞表,凜凜見浩然正氣。"(《康熙刻北山文集序》)其詩歌清麗雋健,無宋人粗獷之習。著有《周易窺餘》十五卷、《西征道里記》一卷,有四庫全書本;又有《經史專音》《左氏九六編》,均已佚。《北山集》三十卷,共分三集,蓋初、中二集手自編定,後集由其子鄭良嗣編定。

　　本書資料據四庫全書本《北山集》。

538

讀坡詩

公詩如春風，著物便新好。春風常自然，初不費雕巧。又如荆山玉，不問多與少。傳流落人間，皆作希世寶。吾獨恨造物，生我殊不早。不得拜堂下，朝夕事洒埽。追邀難及清，清淚出幽抱。

讀《蘇子美文集》

嗟乎，吾不及識蘇子美，誦讀遺文淚如洗。公文意氣何所似，猛虎負山蛟得水。或如秋風入松竹，或如春温煦桃李。文章乃爾人可知，何事亨衢半途止。定應豪氣壓凡夫，不學持圓媚脣齒。孤芳獨寄叢林中，安得飆風不狂起？一盃失舉強名之，包裹鋒芒扼而死。天乎天乎庸可問，如子美者，使作滄浪之釣民爾。（以上卷二）

擬策進士（節録）

問：詞賦之學，前世有之，國朝行之。爰自王氏專門指爲雕蟲之技，請於朝而罷其科。今者司春詔既復用此矣，而取人之制尚與經義參行。夫科目既殊，師承各異，喜經義者必謂詞賦爲破碎，尚詞賦者必謂經義爲迂闊，二者不能無異也。然概以至論則果孰優？而得人之效後日亦有輕重否？諸君考古驗今，併言其略。（卷八）

李彌遜

李彌遜（1089—1153）字似之，號筠溪居士。宋蘇州吳縣（今屬江蘇）人。大觀進士。累官起居郎。學問純正，持論堅正。晚年以詩自娛，筆力宏偉，趣深理到，追軼風騷，意寄高遠。亦長於詞，但多祝壽應酬之作，格調不高。著有《筠溪集》二十四卷，其孫李玨於南宋嘉定間編定成集。又有詞集《筠溪樂府》一卷單獨刊行。

本書資料據四庫全書本《筠溪集》。

舍人林公時肆集句後序（節録）

章句之士，溺於所長，以自窘束，不肯棄繩度，壞藩維，放乎大肆，求夫忘其所能，寓於不得已，合衆巧，收天地萬物之奇以爲功，未有也。介翁深於詩，不自立户牖，其欣於所遇，悲於所感，賦事體物，酬餞贅贈，一取它人語而檃括之。章成，千態萬狀，貫穿妥帖，不見罅隙，皆足以發難顯之情。至其奔放曲折，莫可排障，浩浩汩汩，行於地中，是豈章句士所能爲哉？

自風雅之變，建安諸子、南朝鮑庾謝輩，至唐以詩鳴者，何止數百人，獨杜子美上薄風騷，盡得古今體勢。其他旁門異派，如沈、宋、韓、柳、賀、白，韋應物、劉禹錫、李商隱、杜牧、張籍、盧仝、韓偓、温庭筠之流，其精深雄健，閒淡放逸，綺麗軟美變怪，人自爲家。而元輕白俗，郊寒島瘦，後世或以爲譏。乃欲奴僕命之，拔其尤，揉而置之關紐間，使出一口，如捋狼，如探虎，如阛市人，噫，可以爲難矣！

集句，唐人號爲四體，國朝石曼卿始以爲名。至元豐臨川王文公，進乎技矣。東坡好爲高世説，雅不與臨川相能，故有鴻鵠、家雞之比。自是靡然不復相尚。其後學詩者流，聞於膏馥之餘，爬羅牽挽，僅相比屬，則揣意語近似而命之題，雖形模具存，真木偶人，惛惛無復生氣。

觀介翁之作，失喜自賀，不意復見前輩。向使坐荃蘅蘭蕊之室，享笙竽琴瑟之奏，登魴鯉牛心熊掌而膾炙之，不足喻其美且樂也。介翁敏博而文，讀書過眼輒誦，自著及訓解卷百有奇。煨燼之餘，唯此槀存。其所用詩，上下數百年，凡二百八十家。且曰："惜哉，使我不得置東坡，山谷語於其間也！"其受才廓達雄鷙，大而難用，立朝不避怨嫉，宦不遂，抱其藴以死。樂天嘗歎陳子昂、杜甫各死於一拾遺，詩人之蹇，古以爲恨。（卷二二）

吴　可

吴可（生卒年不詳）字思道，號藏海居士。宋金陵（今江蘇南京）人，一説甌寧（今福建建甌）人。大觀進士。其詩古體質樸，律詩謹嚴，七絶尤勝，自然含蓄，意境新警。他生當南北宋之交，歷經流離轉徙，其詩較真實地反映了北宋末年的民族危機和社會動亂，表達出他對當時政治的看法。其論詩主張，主要見於《藏海詩話》和《詩人玉屑》所録的《學詩》，頗能切中北宋詩壇某些流弊；他喜用參禪之説，提出詩貴頓悟和不蹈襲前人窠臼的論點。著有《藏海詩集》，已佚，清四庫館臣自《永樂大典》輯出，編爲《藏海居士集》二卷。

本書資料據中華書局 1983 年丁福保輯《歷代詩話續編》本《藏海詩話》。

《藏海詩話》(節録)

五言詩不如四言詩，四言詩古，如七言又其次者，不古耳。

白樂天詩云："紫藤花下怯黄昏。"荆公作《苑中》絶句，其卒章云"海棠花下怯黄昏"，乃是用樂天語，而易"紫藤"爲"海棠"，便覺風韻超然。"人行秋色裏，家在夕陽邊。"有唐人體。韓子蒼云："未若'村落田園靜，人家竹樹幽'，不用工夫，自然有佳處。"蓋此一聯，頗近孟浩然體製。

學詩當以杜爲體，以蘇、黄爲用，拂拭之則自然波峻，讀之鏗鏘。蓋杜之妙處藏於内，蘇、黄之妙發於外，用工夫體學杜之妙處恐難到。用功多而效少。

看詩且以數家爲率，以杜爲正經，餘爲兼經也。如小杜、韋蘇州、王維、太白、退之、子厚、坡、谷、四學士之類也。如貫穿出入諸家之詩，與諸體俱化，便自成一家，而諸體俱備。若只守一家，則無變態，雖千百首，皆只一體也。

七言律詩極難做，蓋易得俗，是以山谷别爲一體。

馮時行

馮時行(？—1163)字當可，號縉雲。宋璧山(今屬四川)人。宣和六年(1124)進士。高宗時知萬州，以反對和議而被貶斥。朱熹稱其文集"論議偉然"，並以不得一見爲恨(朱熹《跋張敬夫與馮公帖》)。其詩表現出對國事時局的關注隱憂，忠義之氣，隱然可見。也能詞，有北宋婉約詞遺韻。著有《縉雲集》四十三卷，原集久已散佚，明嘉靖間李璧訪求得殘本，重編爲四卷，今存四庫全書本、清趙氏小山堂抄本。近人周泳先輯有《縉雲樂府》。

本書資料據宛委别藏本《資治通鑑釋文》。

《資治通鑑釋文》序(節録)

太史公作《史記》，於《尚書》、《春秋》、《左氏》、《國語》之外，别出新意，立本紀、世家、列傳，後之作史者皆宗之，莫敢有異。獨近世司馬温公作《通鑑》，不用太史公法律，總叙韓、趙、魏而下至於五季，以事繫年月之次，治亂興亡之跡，並包華夏，粲然可考，雖無諸史可也。又自黄帝下屬五季，貫穿成書，皆出司馬氏一家之手，此又不可得而知者。(卷首)

許　顗

許顗（生卒年不詳）字彦周。宋襄邑（今河南睢縣）人。年十七曾在金陵與李端叔游，重和中在洪州，宣和中游嵩山，後又與釋惠洪在長沙談詩説藝，頗多唱和。曾爲儒林郎、永州軍事判官。善詩畫，喜戲謔，通禪理。建炎二年（1128）作《許彦周詩話》一卷，一百三十七條，不僅在詩話内容上較前人有所擴大，而且提出撰寫詩話應有嚴肅認真的態度。其論詩宗元祐之學，故所述蘇、黄緒論爲多。其品第諸家，頗爲有識。在宋人詩話之中，足稱善本。

本書資料據中華書局 1981 年版清何文焕《歷代詩話・彦周詩話》。

《彦周詩話》（節録）

詩話者，辨句法，備古今，紀盛德，録異事，正訛誤也。若含譏諷，著過惡，詔紕繆，皆所不取。

聯句之盛，退之、東野、李正封也。《城南聯句》云：“紅皺曬簷瓦，黄團掛門衡。”是説乾棗與瓜蔞，讀之猶想見西北村落間氣象。《征蜀聯句》云：“刑神詫髬髵，陰焰颮犀劕。”盡彫刻之功，而語仍壯。

樂府記大言小言詩，録昭明辭，而不書始於宋玉，何也？豈誤邪？有説邪？

錢希白内翰作擬唐詩百篇，備諸家之體，自序曰：“今之所擬不獨其詞，至於題目，豈欲抛離本集？或有事跡，斯亦見之本傳。”故其擬張籍《上裴晉公詩》曰：“午橋莊上千竿竹，緑野堂中白日春。富貴極來惟欺老，功名高後轉輕身。嚴更未報皇城裏，勝賞時游洛水濱。昨日庭趨三節度，淮西曾是執戈人。”擬古當如此相似方可傳。

江少虞

江少虞（生卒年不祥）字虞仲。宋常山（今屬浙江）人。約高宗紹興初前後在世。政和進士。調天台學官，爲建州、饒州、吉州太守，俱有治績。著有《宋朝事實類苑》六十三卷，《四庫全書總目提要》稱該書“徵采極爲浩博”，“有裨於史者，良非虛語”。《宋朝事實類苑》成書於紹興十五年（1145），記録了北宋太祖至神宗朝一百二十多年間的史實，分“祖宗聖訓”、“君臣知遇”等二十四門。其中以詩文爲内容的有“詩歌賦詠”、“文章四六”二門。其他各門涉及詩文的地方也不少。引用諸家記録約五十種，其中半數以上已失傳或殘缺。失傳的書中屬於詩話的，即有《名賢詩話》和《三山居士詩話》兩種。殘缺的書中，有的與詩文關係密切，如記載楊億平生見聞的《楊文公談苑》和張師正的《倦遊雜録》二書，《說郛》和《類説》都曾選輯。此書引用《楊文公談苑》達一百幾十條，引用《倦遊雜録》亦近百條，比《説郛》和《類説》所輯爲多。所引之書，現雖有傳本，但江氏所據者或爲原本，或爲接近原本的版本，而又全録原文，不加增損，往往可以訂補今傳本的訛脱。

本書資料據上海古籍出版社 1981 年版《宋朝事實類苑》。

凱　歌

邊兵每得勝回，則連隊抗聲凱歌，乃古之遺音也。凱歌詞甚多，皆市井鄙俚之語。予在鄜延時，製數十曲，令士卒歌之，今粗記得數篇。其一："先取山西十二州，別分子將打衙頭。回看秦塞低如馬，漸見黃河直北流。"其二："天威卷地過黃河，萬里羌人盡漢歌。莫堰橫山倒流水，從交西去作恩波。"其三："馬尾胡琴隨漢車，曲聲猶自怨單于。彎弓莫射雲中雁，歸雁如今不寄書。"其四："旗隊渾如錦繡堆，銀裝背嵬打回回。先教淨掃安西路，待向河源飲馬來。"其五："靈武西涼不用圍，蕃家總待納王師。城中半是關西種，猶有當時軋吃兒。"

霓裳羽衣曲

《霓裳羽衣曲》。劉禹錫詩云："三鄉陌上望仙山，歸作《霓裳羽衣曲》。"又王建詩云："聽風聽水作《霓裳》。"白樂天詩注云："開元中，西涼府節度使楊敬述造。"鄭嵎《津陽門詩注》云："葉法善嘗引上入月宮，聞仙樂。及上歸，但記其半，遂於笛中寫之。會西涼府都督楊敬述進《婆羅門曲》，與其聲調相符，遂以月中所聞爲散序，用敬述所進爲其腔，而名《霓裳羽衣曲》。"諸説各不同。今蒲中逍遥樓楣上，有唐人橫書，類梵字，相傳是《霓裳譜》，字訓不通，莫知是非。或謂今燕部有《獻仙音曲》，乃其遺聲。然《霓裳》本謂之道調法曲，今《獻仙音》乃小石調耳，未知孰是。並《筆談》。

二

歐陽公《歸田録》論王建《霓裳詞》："弟子部中留一色，聽風聽水作《霓裳》。"以不曉聽風聽水爲恨。余嘗觀唐人《西域記》云："龜兹國王與臣庶知樂者，於大山間聽風水之聲,均節成音,後番入中國,如伊州、涼州、甘州,皆自龜茲至也。"此説近之,但不及《霓裳》耳。鄭嵎《津陽門詩注》:"葉法善引明皇入月宮,聞樂歸,以笛寫其半。會西涼府楊敬遠進《婆羅門曲》,聲調脗同。按之便韻,乃合二者製《霓裳羽衣》。"則知《霓裳》亦來自西域云。出《西清詩話》

抛毬曲

海州士人李慎言,嘗夢至一處水殿中,觀宮女戲毬,山陽蔡繩爲之傳,叙其事甚詳。有《抛毬曲》十餘闋,詞皆清麗,今獨記兩闋:"侍燕黄昏曉未休,玉墀夜色月如流。朝來自覺承恩最,笑倩旁人認繡毬。""堪恨誰家幾帝王,舞茵操盡繡鴛鴦。如今重到抛毬處,不是金爐舊日香。"

歌　舞

古人飲酒,皆以舞相属,獻壽尊者,亦往往歌舞,長沙王小舉袖云:"國小不足回旋。"至唐太宗,亦自起舞属羣臣。古人淳質,舞以達歡欣,不必合度臻好,故人人可爲之,不羞不及也。張燕公詩云:"醉後歡更好,全勝未醉時。動容皆是舞,出語總成詩。"又云:"要須回舞袖,拂盡五松山。醉後涼風起,吹人舞袖回。"今時舞者,曲折益盡奇妙,非有師授,皆不可觀,故士大夫不復起舞矣。或有善舞者,又以其似樂工,輒恥爲之。古人之歌,亦復如此,節奏簡淡,故《三百篇》可以吟詠,緣時未有新繁聲,自是可喜。自新變聲作,日益繁靡,欲今人強置繁聲,以《三百篇》爲歡,何可得也?隋以前南北朝舊曲猶頗似古,如《公莫舞》、《丁督護》之類,豈不簡淡?自唐以來,此等曲解,又復不入聽矣。人但知思聞古韶、夏之類,直恐見之,未能忘味也。胡瑗善琴,教人作《采蘋》、《鹿鳴》等曲,稍蔓延其聲,傍近鄭、衛,雖可聽,非古法也。近世樂府,爲繁聲不已,又加重叠,謂之纏聲,促數尤甚,固不從容一唱三歎矣。太學諸生承胡先生之教,許鼓琴吹簫,及以方響代編磬,然所奏唯《鹿鳴》、《采蘋》數章而已。諸生因緣爲鄭、衛聲,聞者疑之,或以相問,有戲之者曰:"此無他,直纏聲《鹿鳴》、《采蘋》。"《劉贡父詩话》(以上卷十九)

審　聲

五音:宮、商、角爲從聲,徵、羽爲變聲。從謂律從律,吕從吕。變謂以律從吕,以吕從律。故從聲以配君臣民，尊卑有定，不可相踰。變聲以爲事物，則或遇於君聲無嫌。六律爲君聲，則商、角皆以律應，徵、羽以吕應。六吕爲君聲，則商、角皆以吕應，徵、羽以律應。加變徵，則從變之聲已瀆矣。隋柱國鄭譯始條具之均，展轉相生，爲八十四調，清濁混淆，紛亂無統，競爲新聲。自後，又有犯聲、側聲、正殺、寄殺、偏字、傍字、雙字、半字之法，從變之聲，無復調理矣。外國之聲，前世自别爲四夷樂，自唐天寶十三載，始詔法曲與北部合奏，自此樂奏全失古法。以先王之樂爲雅樂，前世新聲爲清樂，合胡部者爲宴樂。古詩皆詠之，然後以聲依詠之成曲，謂之協律。其志安和，則以安和之聲詠之；其志怨思，則以怨思之聲詠之。故治世之音安以樂，則詩與志，聲與曲，莫不安且樂。亂世之音怨以怒，則詩與志，聲與曲，莫不怨且怒。此所以審音而知政也。詩之外，又有和聲，則所謂曲也。古樂府皆有聲有詞，連属書之，如曰"賀賀賀"、"何何何"之類，皆和聲也。今管絃之中纏聲小其遺法也。唐人乃以詞填入曲中，不復用和聲，此格雖云自王涯始，然貞元、元和之間，爲之者已多，亦有在涯之前者。又小曲有"咸陽沽酒寶釵空"之句，云是李白所製，然《李白集》中有《清平樂》詞三首，獨無是詩，而《花間集》所載"咸陽沽酒寶釵空"，乃云是張泌所爲，莫知孰是也。今聲詞相從，惟里巷間歌謡及《陽關》、《搗練》之類，稍類舊俗。然唐人填曲，多詠其曲名，所以哀樂與聲尚相諧會。今人則不復知有聲矣，哀聲而歌樂詞，樂聲而歌怨詞，故語雖切而不能感動人情，由聲與意不相諧故也。（卷二十）

制詞異名

學士之職，所草文辭，名目浸廣。拜免公、王、將、相、妃、主曰制，賜恩宥曰赦，書曰德音，處分事曰勅，榜文號令曰御劄，賜五品官以上曰詔，六品以下曰勅書，批勅羣臣表奏曰批答，賜外國曰蕃書，道醮曰青詞，釋門曰齋文，教坊宴會曰白語，土木興建曰上梁文，宣勞錫賜曰口宣。此外，更有祝文、祭文、諸王布政榜號、簿隊名贊、佛文疏語，復有别受詔旨作銘、碑、墓誌、樂章、奏議之属。此外，章、表、歌、頌應制之作。舊説，唐朝宫中，常於學士取《眠兒歌》，僞蜀學士作桃符文，孟昶學士辛寅遜題桃符云："新季納餘慶，佳節號长春"是也。

白 麻

翰林規制，自妃、后、皇太子、親王、公主、宰相、樞密、節度使並降制，用白麻紙書，每行四字，不用印。進入後，降付正衙宣讀，其麻即付中書門下。當日本院官告院取

素綾紙，待詔寫官告，只用麻詞。官告所署，中書三司官宣奉行，並依告身體式，常用閣長一人銜位。《談苑》

咨　報

唐人奏事，非表非狀者，謂之榜子，今謂之録子。凡羣臣百司上殿奏事，兩制以上非時有所奏陳，皆用劄子。中書樞密院事，有不降宣勅者，亦用劄子，與兩府自相往來亦然。若百司申中書，皆用狀，惟學士院用咨報，其實如劄子，亦不出名，但當直學士一人押字而已，謂之咨報，今俗謂草書書名爲押字也。此唐學士舊規也。唐世學士院故事，近時隳廢殆盡，惟此一事在爾。

制書不可稱德音

本朝之制，凡需有大赦、曲赦、德音三種，自分等差。宗袞言，德音非可名制書，乃臣下奉行制書之名。天子自謂德音，非也。余按唐《常袞集》，赦令一門，總謂之德音，蓋得之矣。《退朝録》（以上卷二九）

唱和聯句

唱和聯句之起，其源遠矣。自舜作歌，皋陶颺言賡載，及柏梁聯句，顏延年有《和謝監玄暉》，謝監有《和伏武昌登孫權故城》等篇。梁《何遜集》中多聯句，至唐朝文士唱和聯句固多。元稹作《春深題》二十篇，並用家、花、車、斜四字爲韻，白居易、劉禹錫和之，亦同此四字。令狐楚所和詩，多次韻，起於此。凡聯句，或兩句、四句，亦有對一句、出一句者，謂之轆轤體。見《楊文公談苑》

評梅、蘇二家詩

聖俞、子美齊名於一時，而二家詩體特異。子美筆力豪俊，以超邁橫絶爲奇。聖俞覃思精微，以深遠閒淡爲意。各極其長，雖善論者不能優劣也。余嘗於《水谷夜行詩》略道其一二云："子美氣方雄，萬竅號一噫。有時肆顚狂，醉墨灑滂霈。譬如千里馬，已發不可殺。盈牋盡珠璣，一一難揀汰。梅翁事清切，石齒漱寒瀨。作詩三十年，視我猶後輩。文辭愈精新，心意雖老大。有如妖嬈女，老自有餘態。近

546

詩尤苦硬，咀嚼且難嗢。又如食橄欖，真味久愈在。蘇豪以氣轢，舉世侵驚駭。梅窮獨我知，古貨今難賣。"語雖非工，謂粗得其仿佛，然不能優劣之也。（以上卷三十七）

沈存中論文

《韓退之集》中《羅池神碑銘》，有"春與猿吟兮秋與鶴飛"，今驗石刻，乃"春與猿吟兮秋鶴與飛"。古人多用此格，如《楚詞》"吉日兮時良"，又"蕙肴蒸兮蘭藉，奠桂酒兮椒漿"，蓋欲相錯成文，則語勢矯健耳。如杜子美詩"紅飯啄餘鸚鵡粒，碧梧棲老鳳凰枝"，此亦語反而意完。韓退之《雪詩》："舞鏡鸞窺沼，行天馬度橋"，亦效此體，然稍牽強矣，不若前人之語渾成也。

古人文章，自應律度，未以音韻爲主。自沈約增崇韻學，其論文則曰："欲使宮羽相變，低昂殊節，若前有浮聲，則後須切響。一簡之內，音韻盡殊；兩句之中，輕重悉異。妙達此旨，始可言文。"自後浮巧之語，體製漸多，如旁犯、蹉對、假對、雙聲、叠韻之類。詩又有正格、偏格，類例極多，故有三十四格、十九圖、四聲八病之類。今略舉數事，如徐陵云："陪游馺娑，騁纖腰於結風。長樂鴛鴦，奏新聲於度曲。"又云："厭長樂之疎鐘，勞中宮之緩箭。"雖兩"長樂"，意義不同，不爲重復，此類爲旁犯。如《九歌》："蕙肴蒸兮蘭藉，奠桂酒兮椒漿"，當以"蒸蕙肴"對"奠桂酒"，今倒用之，謂之蹉對。如"自朱耶之狼狽，致赤子之流離"，不唯赤對朱、耶對子，兼狼狽、流離乃獸名對鳥名。又如"□人具雞黍，稚子摘楊梅"，以雞對楊，如此之類，皆爲假對。如"幾家村草裏，吹唱隔江聞"，幾家村草對吹唱隔江，皆雙聲。如"月影侵簪冷，江聲逼履清"，侵簪、逼履皆叠韻。詩第二字側入，謂之正格，如"鳳曆軒轅紀，龍飛四十春"之類。第二字平入，謂之偏格，如"四更山吐月，殘夜水明樓"之類。唐名賢輩詩多用正格，如杜甫律詩用偏格者十無一二。

集　句

集句自國初有，未盛也。至石曼卿，人物開敏，以文爲戲，然後大著。嘗見手書《下第偶成》："一生不得文章力，欲上青雲未有因。聖主不勞千里召，姮娥何惜一枝春。鳳凰詔下雖沾命，豹虎叢中也立身。啼得血流無用處，著朱騎馬是何人。"見《西清詩話》（以上卷三十九）

音　韻

切韻之學，本出於西域。漢人訓字，止曰“讀如某字”，未用反切。然古語已有二聲合爲一字者，如不可爲叵、何不爲盍、如是爲爾、而已爲耳、之乎爲諸之類，以西域二合之音，蓋切字之源也。如輭字，文從而大，亦切音也，殆與聲俱生，莫知從來。今切韻之法，先類其字，各歸其母，唇音、舌音各八，牙音、喉音各四，舌音十，半齒半舌音二，凡三十六，分爲五音，天下之聲，總於是矣。每聲復有四等，謂清、次清、濁、平也，如顛天田年、邦胮龐厖之類是也。皆得之自然，非人爲之，如幫字横調之爲五音，幫當剛臧央是也。縱調之爲四等，幫滂傍茫是也。就本音本等調之爲四聲，幫牓傍博是也。四等之聲，多有聲無字者，如封峰逢止有三字，邕胸止有兩字，竦火欲以皆止有一字。五音亦然，滂湯康蒼止有四字。四聲則有無聲，亦有無字者，如蕭字肴字，全韻皆無入聲，此皆聲之類也。所謂切韻者，上字爲切，下字爲韻。切須歸本母，韻須歸本等。切歸本母謂之音和，如德紅爲東之類，德與東同一母也。字有重、中重、輕、中輕、本等聲，盡汎入别等，謂之類隔。雖隔等須以其類，謂唇與唇類，齒與齒類，如武延爲綿、符兵爲平之類是也。韻歸本等，如冬與東，字母皆屬端字，冬乃端字中第一等聲，故都宗切，宗字第一等韻也。以其歸精字，故精徵音第一等聲。東字乃端字中第三等聲，故德紅切，紅字第三等韻也。以其歸匣字，故匣羽音第三等聲。又有于用借聲，類例頗多，大都自沈約爲四聲，音韻愈密。然梵學則有華竺之異。南渡之後，又雜以吴音，故音韻厖駁，師法多門。至於所分五音，法亦不一，如樂家所用，則隨律命之，本無定音，常以濁者爲宫，稍清爲商，最清爲角，清濁不常爲徵羽。切韻家則定以唇齒牙舌喉爲宫商角徵羽，其間又有半徵半商者，如來日二字是也，皆不論清濁。五行家則以韻類清濁□配，今五姓是也。梵學則喉牙齒舌唇之外，又有折攝二聲，折聲自臍輪起，至唇上發，如鈐字浮金反之類是也。攝聲鼻音，如歆字，鼻中發之是也。字母則有四十二，曰阿多波者那囉拖婆荼沙嚩哆也瑟吒二合迦娑麽伽他杜鎖呼拖前一拖輕呼，此一拖重呼。奢佉叉二合娑多二合壤曷攞多三合婆上聲車娑麽三合縒伽上聲吒拏娑頗二合娑伽二合也娑二合室者二合佗陀，爲法不同，各有理致，雖先王所不言，然不害有此理。歷世浸久，學者日深，自當造微耳。（卷四十二）

张元幹

張元幹（1091—1161）字仲宗，號蘆川居士，又號真隱山人。宋福州永福（今福建永泰)人。早年問道於陳瓘,曾向徐俯學作詩,政和二年(1112)曾見蘇轍於潁川,與洪芻、洪炎、蘇庠、呂本中等結爲詩友,以文章學問馳名於政、宣年間。張元幹博覽羣書,尤喜好杜甫詩、韓愈文,後又與江西詩派中人來往,故其詩歌創作受江西詩派影響。他推崇黃庭堅"點化金丹手段",注重"活法"。其詩"文詞雅健,氣格豪邁,有唐人風"(蔡戡《蘆川歸來詞序》)。其文學成就以詞著稱,在北宋滅亡前即已有詞名。其早年詞的内容多爲流連光景、離別相思之作,風格清麗嫵媚;北宋滅亡後,詞風一變,内容多以感慨國家興亡、抒發壯志難酬的憤懣爲主,風格激越高昂,豪邁奔放,充滿勃鬱不平之氣,上承蘇軾豪放風格,下開張孝祥、辛棄疾、陸游等愛國詞先河。此外,他還有一些詞清麗婉約,富於詩情畫意,呈現出多樣化的藝術風格。著有《蘆川歸來集》十五卷,其孫張欽臣於南宋嘉定間刊刻流傳,原集久佚,清四庫館臣自《永樂大典》重輯編定爲十卷、附錄一卷。上海古籍出版社1978年出版有標點本《蘆川歸來集》,惜漏收疏文、青詞等。其詞在宋代時已有單刻本《蘆川詞》一卷行世。

本書資料據四庫全書本《蘆川歸來集》。

《亦樂居士文集》序(節録)

文章名世,自有淵源,殆與天地元氣同流,可以斡旋造化,關鍵顧在人所鍾稟及師授爲如何。譬猶一身,五官百骸,各隨形模,萬態不同,至於上下左右,則難以倒置。必也精神發揮,乃中儀矩,不然,土木偶爾。前輩嘗云:詩句當法子美,其他述作無出退之。韓、杜門庭,風行水上,自然成文,俱名活法,金聲玉振,正如吾夫子集大成,蓋確論也。國初,儒宗楊、劉數公,沿襲五代衰陋,號西崑體,未能超詣。廬陵歐陽文忠公初得退之詩文於漢東弊篋故書中,愛其言辨意深。已而官於洛,乃與尹師魯講習,文風丕變,寖近古矣。未幾,文安先生蘇明允起於西蜀,父子兄弟俱文忠公門下士。東坡之門,又得山谷,櫽栝詩律,於是少陵句法大振。如張文潛、晁無咎、秦少游、陳無己之流,相望輩出,世不乏才。是豈無淵源而然耶?

跋蘇詔君《贈王道士詩》後(節録)

文章蓋自造化窟中來,元氣融結胸次,古今謂之活法。所以血脉貫穿,首尾俱應,如常山蛇勢;又如風行水上,自然成文;又如優人作戲,出場要須留笑,退思有味。非獨爲文,凡涉世建立,同一關鍵。吾友養直平生得禪家自在三昧,片言隻字,無一點塵埃。宇宙山川,雲煙草木,千變萬態,盡在筆端,何曾氣索?

跋蘇詔君《楚語》後（節録）

風雅之變，始有《離騷》，與《詩》六義相表裏，比興雖多，然卒皆正而不淫，哀而不怨，宜乎古今推屈、宋爲盟主。後之數子，如《九懷》、《九歎》、《七發》、《七啓》之類，著意摹倣，未免重復，姑置工拙如何，大概開卷使人易倦。良由軌轍一律，竊竊然追逐前賢，步武間心殫力疲，不能跳脱翰墨畦逕，良可恨爾。觀吾養直所作，攄發己意，肆而不拘，凡所形容，不蘄合於屈、宋，政自超詣，殆不可企及。（以上卷九）

張九成

張九成（1092—1159）字子韶，號無垢居士，又號橫浦居士。宋杭州錢塘（今屬浙江）人。游京師，從楊時學。紹興二年（1132）爲進士第一，授鎮東軍簽判。與提刑强宗臣意見不合，投檄歸居，從其學者甚衆。趙鼎薦於朝，召爲著作佐郎、遷著作郎。除宗正少卿，權禮部侍郎兼侍講，兼權刑部侍郎。因論和議忤秦檜，謫知邵州。御史復言其矯僞欺俗，謗訕朝政，落職，謫居南安軍。秦檜死，起知溫州。寶慶初，特贈太師，封崇國公，諡文忠。張九成爲南宋時理學大儒，精研義理之學，於諸經均有訓釋。又與僧徒交往，於禪學頗有造詣，故文章議論多入禪理，但文字明白曉暢，毫不晦澀。其詩有宋詩好發議論的特點，也有一些詩寫景抒懷，清新淡雅。著述甚豐，有《尚書説》、《論語説》、《孟子説》，大多已殘佚。又有《橫浦先生文集》二十卷、《心傳録》三卷、《日新》一卷。

本書資料據四庫全書本《橫浦集》。

客觀余《孝經傳》感而有作

古人文瑩理，後人工作文。文工理愈暗，紙札何紛紛。君看六藝學，天葩吐奇芬。詩書分體製，禮樂造乾坤。千岐更萬轍，要以一理存。如何臻至理，當從踐履論。跋涉經險阻，衝冒恤寒温。孝弟作選鋒，道德嚴中軍。仰觀精俯察，萬象入見聞。不勞施斧鑿，筆下生烟雲。高以君堯舜，下以覺斯民。君如不我鄙，時來對爐熏。（卷一）

堯典論（節録）

堯典之名，乃舜時史官所立也。舜大聖人也，其史官豈司馬遷、班固流哉？余味此名乃知當時史官識慮之高遠也。何以言之？孔安國曰：少昊、顓頊、高辛、唐、虞之書謂之五典，言常道也。是典之爲義，特載帝堯常事而已。今觀其所載，皆後世人主勉彊勞苦，終未能彷彿其萬一者，而曰常道，則其意所責於後世人主者其亦不淺也。（卷六）

嚴有翼

嚴有翼（生卒年不詳），宋建安（今福建建寧）人。徽宗宣和六年（1124）進士。紹興（1131—1162）間嘗爲泉、荆二郡教官。著有《藝苑雌黄》，原書久佚。《説郛》有節編本，僅八條。《苕溪漁隱叢話》後集、《詩話總龜》後集、《草堂詩話》、《竹莊詩話》、《詩人玉屑》、《詩林廣記》、《修辭鑒衡》皆有録存。今人郭紹虞、羅根澤均曾輯其佚文，郭得八十四條，羅得八十一條。《直齋書録解題》著録於子部雜家類，作二十卷，凡四百條；《宋史·藝文志》著録於集部文史類，《四庫全書總目提要》著録於集部詩文評類存目，作十卷。約成書於紹興年間。明人摭拾《苕溪漁隱叢話》所引，並附益《韻語陽秋》，成十卷，以僞託舊本，實不足據。

本書資料據中華書局 1980 年郭紹虞《宋詩話輯佚》本《藝苑雌黄》。

度曲之度有兩讀音

世人言度曲者，多作徒故切，謂歌曲也。張平子《兩京賦》云：“度曲未終，雲起雪飛。”子美《陪李梓州泛江詩》：“翠眉縈度曲，雲鬢儼分行。”皆作徒故切讀。考之《前漢·元帝紀贊》云：“帝多材藝，善史書，鼓琴，吹洞簫，自度曲被歌聲。”應劭《注》：“自隱度作新曲，因持新曲以爲歌詩聲也。”顏《注》：“度，音大各切。”則與張平子、杜詩所言度曲異矣。而臣瓚《注》則曰：“度曲謂歌終更授其次。”則又誤以度曲爲歌曲。夫度曲雖有兩音，若讀《元帝紀》，止可作大各切。《唐書》：“段安節善樂律，能自度曲。”其意正與《元帝紀》相合。（《叢話》後五）

重用韻

古人用韻，如《文選·古詩》、杜子美、韓退之，重復押韻者甚多。《文選·古詩》押二捉字，曹子建《美女篇》押二難字，謝靈運《述祖德詩》押二人字，《南圖詩》押二同字，《初去郡詩》押二生字，沈休文《鐘山應教詩》押二足字，任彦升《哭范僕射詩》押三情字、兩生字，陸士衡《赴洛詩》押二心字，《猛虎行》押二陰字，《擬古詩》押二音字，《豫章行》押二陰字，阮嗣宗《詠懷詩》押二歸字，王正長《雜詩》押二心字，張景陽《雜詩》押二生字，江淹《雜體詩》押二門字，王仲宣《從軍詩》押二人字，杜子美、韓退之，蓋亦效古人之作。子美《飲中八仙歌》押二船字、二眼字、二天字、三前字，《園人送瓜詩》押二草字，《上後園山腳》押二梁字，《北征》押二日字，《夔州詠懷》押二旋字，《贈李秘書》押二虛字，《贈李邕》押二厲字，《贈汝陽王》押二陵字，《喜岑薛遷官》押二萍字。退之《贈張籍詩》押二更字、二狂字、二鳴字、二光字，《岳陽樓別竇司直》押二向字，《李花》押二花字，《只鳥》押二州字、二頭字、二秋字、二休字，《和盧郎中送盤谷子》押二行字。（《草堂詩話》卷下）

朱　翌

　　朱翌（1097—1167）字新仲，號灊山居士、省事老人。宋舒州懷寧（今安徽潛山）人，卜居四明鄞縣（今屬浙江）。政和進士。官秘書少監、中書舍人。秦檜惡其不附己，謫居韶州十九年。其古體詩跌宕縱橫，近體偉麗剛健，近於蘇軾。詞作不多，但興象清麗。著有《猗覺寮雜記》（一名《朱新仲雜誌》）二卷。《四庫全書總目提要》謂該書"上卷皆詩話，止於考證典據，而不評文字之工拙；下卷雜論文章，兼及史事"。又評曰：其書雖有牽強穿鑿之處，"然其引據精鑿者，不可殫數。在宋人說部中不失爲《容齋隨筆》之亞。"又有《灊山集》四十四卷，周必大爲作序，已佚，清四庫館臣據《永樂大典》輯爲三卷。《彊村叢書》輯有《潛山詩餘》一卷。

　　本書資料據四庫全書本《猗覺寮雜記》。

《猗覺寮雜記》（節錄）

　　古無長短句，但歌詩耳，今《毛詩》是也。唐此風猶在，明皇時李太白進《木芍藥·清平調》，亦是七言四句詩。臨幸蜀，登樓聽歌李嶠詞"山川滿目淚沾衣"，亦止是一絕句詩。今不復有歌詩者，淫聲日盛，閭巷猥褻之談，肆言於內集公燕之上。士大夫不以爲非，可怪也。（卷上）

　　彈曲始於唐懿宗時，《曹確傳》云："優人李可及能新聲、自度曲，號爲拍彈。"優伶打顐，亦起於唐。李栖筠爲御史大夫，故事曲江賜宴，教坊倡顐雜侍，栖筠以任風憲不往，臺遂以爲法。顐，力困切，弄言也。（卷下）

552

胡 寅

胡寅(1098—1156)字明仲,學者稱致堂先生。宋建寧崇安(今福建武夷山市)人。宣和三年(1121)進士。累官起居郎、中書舍人等。秦檜當國,乞致仕,歸衡州。因譏訕朝政,檜將其安置新州。檜死,復官。卒,謚文忠。胡寅是南宋著名理學家,湖湘學派的重要代表人物,與其父胡安國、弟胡宏、胡寧、胡憲合稱"五胡"。其學説秉承河南程氏,但獨具風格,爲宋明理學發展史中重要的一派。爲文根著理義,詩長於議論,有宋詩重義理的特色。著有《讀史管見》三十卷、《斐然集》三十卷、《論語詳説》(已佚)。

本書資料據四庫全書本《斐然集》。

輪對劄子二

臣聞孔子定《書》,載帝王典誥誓命之篇,垂法萬世,其要在於教戒箴警,初無溢美溢惡之辭。所謂大哉王言,言之必可行也。臣竊見比年以來,書命所宣,多出詞臣好惡之私意。遇其所好,則譽莊蹻爲夷齊;遇其所惡,則毀晉棘爲燕石。極意誇大,有同箋啟,快心摧辱,無異詆罵,使人主命德討罪之言,未免於玩人喪德之失,是豈代言爲命之法哉!夫文者,空言也。言而當則爲實用,善者帖焉,惡者懼焉,其有益於治,不在賞罰之後矣,而非空言也,曾謂是可忽乎?臣愚伏望陛下申諭外制之臣,以飾情相悦,含怒相訾爲戒。褒嘉貶絀,務合至公,詞貴簡嚴,體歸典重。庶幾古昔誥命之意,以成一代贊書之美。取進止。(卷一〇)

《洙泗文集》序

《洙泗集》者,龍谿陳君元忠以後世文體之目,求諸《論語》,得其義類,分明而編之,以爲文章之祖也。丐予爲之序,予嘉其述,乃序之曰:

文生於言,言本於不得已。或一言而盡道,或數千百言而盡事,猶取象於十三卦,備物致用,爲天下利,一器不作,則生人之用息,乃聖賢之文言也。言非有意于文,本深則末茂,形大則聲閎故也。周衰,道喪而文浮,孔子蓋甚不取,嘗曰:"孝弟謹信,汎愛而親仁,行有餘力,則以學文。"又曰:"文,吾不若人也;躬行君子,則吾未之有得。"學士大夫千百成羣,行彼六者,誰有餘力?行之未有餘力,是夫人未可以學文矣。汲汲學文而不躬行,文而幸工,其不異于丹青朽木、俳優博笑也幾希,況未必能工乎?

游、夏以文學名，表其所長也。然《禮運》偃也所爲，《樂記》商也所爲，華實彬彬，亞於經訓，後之作者有能及邪？從周之文，從其監於二代忠質之致也。文不在茲者，經天緯地，化在天下，非呪筆書簡，祈人見知之作也。《離騷》妙才，太史公稱其與日月爭光，尚不敢望風雅之階席。況一變爲聲律，衆體之詩又變而爲雕蟲篆刻之賦，槩以仲尼删削之意，其弗畔而獲存者，吾知其百無一二矣。是則無之不爲損，有之非惟無益，或反有所害，乃無用之空言也。夫竭其知思，索其技巧，蘄于立言而歸於無用，果何爲哉！然自隋唐已來，末流每下，擇才論士，皆按以爲能否升沉之決，而欲夫人通經知道，守節秉義，有君子之行，不亦左乎？

陳君蓋疾夫末流忘本，得已而不已者，可見好古篤實之趣矣。聖門問答教詔，本言也而成文。雖文也，特一時之言耳，豐而不餘，約而不失，其法備於《論語》。能熟環而體識之，必不敢易於爲文。深之又深，知其有無窮之事業在焉，必不復以文爲志。道果明，德果立，未有不能言者。孟子曰：仁義禮智根於心，其生色也，睟然見於面，盎于背，施於四體，四體不言而喻。此《洙泗集》之本原也。

《向薌林酒邊集》後序（節錄）

詞曲者，古樂府之末造也。古樂府者，詩之旁行也。詩出於《離騷》、《楚詞》，而《離騷》者，變風、變雅之意怨而迫、哀而傷者也；其發乎情則同，而止乎禮義則異。名之曰曲，以其曲盡人情耳。方之曲藝，猶不逮焉；其去《曲禮》則益遠矣。然文章豪放之士，鮮不寄意於此者，隨亦自掃其跡，曰謔浪游戲而已也。唐人爲之最工。柳耆卿後出，掩衆製而盡其妙，好之者以爲不可復加。及眉山蘇氏，一洗綺羅香澤之態，擺脱綢繆宛轉之度，使人登高望遠，舉首高歌，而逸懷浩氣超然乎塵垢之外。於是《花間》爲皂隸，而柳氏爲輿臺矣。（以上卷十九）

零陵郡學策問一六論何謂文

問：文之爲用大矣，堯、舜、禹、文王之聖，咸以文稱，曰文思，曰文命。說者曰"經天緯地之謂文"，其用之大乃如此。仲尼曰："文王既没，文不在茲乎？"蓋以斯文爲己任矣。自孟子而後，左氏、荀卿、太史公、司馬相如、揚雄、劉向、班固之流各擅文章之譽，後世莫得班焉。如唐韓愈、柳宗元，皆竭力希慕，僅成一家。夫此八九子者，其建立與古所謂文同耶，異耶？如其同，則經天緯地之效安在？如不謂之文，則末世執筆綴言之士皆師法於八九子者，自謂文之至矣，而未嘗知堯、舜、禹、湯、文王、仲尼之大業。有潛心於堯、舜、禹、湯、文王、仲尼之大業，則笑之曰："是古學耳，安得爲文？"誇多鬭靡，至於支青配白，駢四儷六，極筆煙霞，流連光景，舉世好之，有司亦以是取士，爲日久矣。其得失是非，願從二三子聞之，且觀所志。（卷二九）

李　衡

李衡（1100—1178）字彦平，自號樂庵。宋江都（今江蘇揚州）人。紹興二年（1132）進士。累官樞密院檢詳、侍御史等。喜讀書，家中聚書逾萬卷，道學精明，達理悟性。以禪悟之法論作詩，對南宋時呂本中所宣導的作詩"活法"頗存疑議。著有《樂庵語録》、《和寒山拾得詩》，已佚。其弟子龔昱輯有《樂庵語録》五卷。

本書資料據四庫全書本《樂庵語録》。

《樂庵語録》（節録）

散文自有聲律，如《盤谷序》、《醉翁亭記》皆可歌。韓退之《送權秀才序》云："其文辭宮商相宣，金石諧和。"即此可知矣。（卷一）

有學者贄文求見，因問作詩活法，遂贈之詩曰：學詩如參禪，初不在言句。傴僂巧承蜩，梓慶工削鐻。借問孰師承，妙處應自悟。向來大江西，洪徐暨韓呂。山谷擅其宗，諸子爲之輔。短句與長篇，一一皆奇語。卓爾自名家，無愧城南杜。君詩亦可人，羞作女工蠱。正臨百尺竿，到此方進步。我性文字空，志在學農圃。老矣甘摧頹，肯復事雕組？少讀《三百篇》，每自歉無補。一念絶邪思，得處忘我所。學詩如參禪，無舍亦無取。立雪謾齊要，斷臂徒自苦。君欲問活法，活法無覓處。（卷三）

謝　伋

謝伋（生卒年不詳）字景思，自號藥寮居士。宋上蔡（今屬河南）人。謝克家子。能詩文。葉適論其文"俊筆湧出，排迮老蒼，而不能受俗學薰染"，"撥棄組繡，考擊金石，洗削纖巧，完補大樸"（《謝景思集序》）。現存詩多爲悠游賦閑之作，清新流暢。喜論文章作法，著有《四六談麈》一卷。此書作於紹興十一年（1141），所論以北宋四六文爲主，兼及南宋初年的四六文。《四庫全書總目》謂："所摘名句，雖與他書互見者多，然實自具別裁，不同勦襲。"又謂："其論四六，多以命意遣詞分別工拙，視王銍《四六話》所見較深。”但其書多摘而不評，評語比《四六話》少得多。所論四六，可稱者也僅僅貴剪裁和反對用全文長句，也較《四六話》單薄，實不足與《四六話》媲美。又著有《藥寮叢稿》二十卷，今已佚。

本書資料據四庫全書本《四六談麈》。

《四六談麈》序（節錄）

三代兩漢以前，訓誥、誓命、詔策、書疏，無駢麗粘綴，温潤爾雅。先唐以還，四六始盛，大約取便於宣讀。本朝自歐陽文忠、王舒國叙事之外，作爲文章，製作渾成，一洗西崑礫裂煩碎之體。厥後學之者，益以衆多。況朝廷以此取士，名爲博學宏詞，而内外兩制用之。四六之藝，誠曰大矣。下至往來牋記啓狀，皆有定式，故謂之應用，四方一律，可不習而知？

《四六談麈》（節錄）

四六施於制誥表奏文檄，本以便於宣讀，多以四字六字爲句。宣和間，多用全文長句爲對，習尚之久，至今未能全變。前輩無此體也。此起於咸平王相翰苑之作，人多做之。四六之工在於剪裁，何必以全句對全句爲工？

四六經語對經語，史語對史語，詩語對詩語，方妥帖。太祖郊祀，陶穀作文不以“籩豆有楚”對“黍稷非馨”，而曰“豆籩陳有楚之儀，黍稷奉惟馨之薦”，近世王初寮在翰苑作《寶籙宮青詞》云：“上天之載無聲，下民之虐匪降”，時人許其裁剪。

唐李義山別爲四六集，本朝歐陽公亦別爲集，夏英公、元章簡，書肆亦有小集。

祭文，唐人多用四六，韓退之亦然。

沈作喆

沈作喆（生卒年不詳）字明遠，號寓山。宋歸安（今浙江湖州）人。丞相沈該之侄。紹興五年（1135）進士，爲江西轉運司屬官。其學出於蘇軾。工四六文，嘗爲岳飛撰謝表而忤秦檜，又作《哀扇工》詩，洪州守魏良臣捃摭以劾之，奪三官。著有《己意》、《寓林集》，已佚；又著有《寓簡》十卷。

本書資料據四庫全書本《寓簡》。

《寓簡》(節錄)

詩之作也,其寓意深遠。後之人莫能知其意之所在也,因詩序而知之耳。然則序其有切於詩矣。予謂病夫詩者,亦序之力也。蓋詩本以微言諫諷,託興於山川草木,而勸諫於君臣、父子、夫婦、朋友之間,其旨甚幽,其詞甚婉,而其譏刺甚切。使善人君子聞之,固足以戒;使夫暴虐無道者聞之,不得執以爲罪也。是故言之而勿畏,今爲之序者,曉然使人之知其爲某事而作也,又知其切中於其所忌也,故後世以詩而得罪者相屬,是則序之過也夫。石林曰:"詩序蓋當時誦者得於師傳。"(卷一)

本朝以詞賦取士,雖曰彫蟲篆刻,而賦有極工者,往往寓意深遠,遣詞超詣,其得人亦多矣。自廢詩賦以後,無復有高妙之作。昔中書舍人孫何漢公著論曰:"唐有天下,科試愈盛,自武德、貞觀之後,至貞元、元和已還,名儒鉅賢比比而出。有宗經立言如丘明、馬遷者,有傳道行教如孟軻、揚雄者,有馳騁管、晏,上下班、范者,有凌轢顏、謝,詆訶徐、庾者。如陸宣公、裴晉公,皆負王佐之器,而猶以舉子事業飛騰聲稱;韓退之、柳子厚、皇甫持正,皆好古者也,尚剋意彫琢,曲盡其妙。持文衡者,豈不知詩賦不如策問之近古也?蓋策問之目,不過禮樂刑政、兵戎賦輿、歲時災祥、吏治得失,可以備擬,可以蔓衍,故汗漫而難校,澳澀而少工,詞多陳熟,理無適莫。惟詩賦之制,非學優才高不能當也。破巨題期於百中,壓強韻示有餘地,驅駕典故混然無跡,引用經籍若已有之;詠輕近之物則託意雅重、命詞峻整,述朴素之事則立言遒麗、析理明白。其或氣焰飛動而語無孟浪,藻繪交錯而體不卑弱;頌國政則金石之奏間發,歌物瑞則雲日之華相照。觀其命句,可以見學植之深淺;即其搆思,可以見器業之小大。窮體物之妙,極緣情之旨;識《春秋》之富艷,洞詩人之麗則。能從事於斯者,始可以言賦家流也。"其論作賦之工如此,非過也。

近世爲四六,多失文體,且類俳,而時有可觀。劉斯立爲其父丞相歸葬謝啓云:"晚歲離騷魂竟招于異域,平生精爽夢猶託於故人。"汪伯言罷相,呂元直當國,汪自辯殺陳少陽事,呂令熊彥詩報啓云:"方一男子之上書,衆知無罪;而諸大夫曰可殺,公獨何心。"方北人踰淮而南,有銜命出境者,執政爲報書云:"念寇至君孰與守,敢幸偷安;而兵交使在其間,幾能釋怨。"如此類可喜者,不可概舉,但全篇體格或不稱是耳。(以上卷五)

孟元老

孟元老(生卒年不詳),號幽蘭居士。北宋末南宋初人。少從其先人宦游南北。

崇寧間，寓居開封。靖康之亂，避地江左。晚年，追憶汴京盛事，著《東京夢華錄》二卷，自序題紹興十七年(1147)。《東京夢華錄》所記大多是宋徽宗崇寧到宣和(1102—1125)年間北宋都城東京開封的情況，內容包括京城的外城、內城及河道橋梁，皇官內外官署衙門的分佈及位置，城內的街巷坊市、店鋪酒樓，朝廷朝會、郊祭大典，民風習俗、時令節日，當時的飲食起居、歌舞百戲等等，與同時代的畫家張擇端所作的《清明上河圖》一樣，描繪了這一歷史時期居住在東京的上至王公貴族、下及庶民百姓的日常生活情景，是研究北宋都市社會生活、經濟文化的一部極其重要的歷史文獻。

本書資料據四庫全書本《東京夢華錄》。

駕登寶津樓諸軍呈百戲

駕登寶津樓，諸軍百戲呈於樓下。先列鼓子十數輩，一人搖雙鼓子，近前進致語，多唱"青春三月驀山溪"也。唱訖，鼓笛舉。一紅巾者弄大旗，次獅豹入場。坐作進退，奮迅舉止畢。次一紅巾者，手執兩白旗子，跳躍旋風而舞，謂之撲旗子。及上竿打筋斗之類訖，樂部舉動琴家弄令。有花粧輕健軍士百餘，前列旗幟，各執雉尾蠻牌木刀，初成行列拜舞，互變開門奪橋等陣。然後列成偃月陣，樂部復動蠻牌令，數內兩人，出陣對舞，如擊刺之狀。一人作奮擊之勢，一人作僵仆出場，凡五七對，或以鎗對牌劍對牌之類，忽作一聲如霹靂，謂之爆仗，則蠻牌者引退。烟火大起，有假面披髮，口吐狼牙烟火，如鬼神狀者上場，着青帖金花短後之衣，帖金皂袴，跣足攜大銅鑼，隨身步舞而進退，謂之抱鑼。繞場數遭，或就地放烟火之類。又一聲爆仗，樂部動拜新月慢曲，有面塗青碌，戴面具金睛，飾以豹皮錦繡看帶之類，謂之硬鬼。或執刀斧，或執杵棒之類，作腳步蘸立，爲驅捉視聽之狀。又爆仗一聲，有假面長髯展裹綠袍靴簡如鍾馗像者，傍一人以小鑼相招和舞步，謂之舞判。繼有二三瘦瘠，以粉塗身，金睛白面如髑髏狀，繫錦繡圍肚看帶，手執軟仗，各作魁諧，趨蹌舉止若排戲，謂之啞雜劇。又爆仗響，有烟火就湧出，人面不相睹。烟中有七人，皆披髮文身，着青紗短後之衣，錦繡圍肚看帶。內一人金花小帽，執白旗，餘皆頭巾，執真刀，互相格鬥擊刺，作破面剖心之勢，謂之七聖刀。忽有爆仗響，又後烟火出，散處以青幕圍繞，列數十輩，皆假面異服，如祠廟中神鬼塑像，謂之歇帳。又爆仗響卷退次，有一擊小銅鑼，引百餘人，或巾裹，或雙髻，各着雜色半臂，圍肚看帶，以黃白粉塗其面，謂之抹蹌。各執木棹刀一口，成行列。擊鑼者指呼各拜舞起居畢，喝喊變陣子數次，成一字陣，兩兩出陣格鬥，作奪刀擊刺之態百端訖。一人棄刀在地，就地擲身，背著地有聲，謂之扳落。如是數十對訖。復有一裝田舍兒者入場，念誦言語訖，有一裝村婦者入場，與村夫相值，各持棒杖，互相擊觸，如相歐態。其村夫者以杖背村婦出場畢，後部樂作，諸軍繳隊雜劇一段。繼而露臺弟子雜劇一段。是時弟子蕭住兒、丁都賽、薛子大、薛子小、楊總惜、崔上壽之輩，後來者不足數，合曲舞旋訖，諸班直常入祇候子弟所呈馬騎。先一人空手出馬，謂之引馬；次一人磨旗出馬，謂之開道。旗次有馬上抱紅繡之毬，擊以紅錦索擲下於地上，數騎追逐射之，左曰仰手射，右曰合手射，謂之拖繡毬。又以柳枝插於地，數騎以剗子箭，或弓或弩射之，謂之蜡柳枝。又有以十餘小旗，遍裝輪上而背之出馬，謂之旋風旗。又有執旗挺立鞍上，謂之立馬；或以身下馬，以手攀鞍而復上，謂之騗馬；或用手握定鐙袴，以身從後鞦來往，謂之跳馬；忽以身離鞍，屈右腳掛馬騌，左腳在鐙，左手把騌，謂之獻鞍，又曰棄鬃。背坐或以兩手握鐙袴，以肩著鞍橋，雙腳直上，謂之倒立。忽擲腳著地，倒拖順馬而走，復跳上馬，謂之拖馬。或留左腳著鐙，右腳出鐙離鞍，橫身在鞍一邊，左手捉鞍，右手把鬃，存身直一腳順馬而走，謂之飛仙膊馬。又存身拳曲在鞍一邊，謂之鐙裏藏身。或右臂挾鞍，足著地順馬而走，謂之赶馬。或出一鐙墜身著鞦，以手向下綽地，謂之綽塵。或放令馬先走，以身追及握馬尾而上，謂之豹子馬。或橫身鞍上，或輪弄利刃，或重物大刀雙刀百端訖。有黃衣老兵，謂之黃院子。數輩執小繡龍旗前導宮監馬騎百餘，謂之妙法院女童，皆妙齡翹楚，結束如男子，短頂頭巾，各着雜色錦繡，撚金絲番段窄袍，紅綠吊敦束帶，莫非玉羈金勒，寶鞢花韀，艷色耀日。香風襲人，馳驟至樓前，團轉數遭，輕簾鼓聲，馬上亦有呈驍藝者。中貴人許畋押隊招呼成列，鼓聲，一齊擲身下馬。一手執弓箭，攬轡子就地，如男子儀，拜舞山呼訖。復聽鼓聲，騗馬而上，大抵禁庭如男子裝者，便隨男子禮起居，復馳驟團旋。分合陣子訖，分兩陣，兩兩出陣，左右使馬，直背射弓，使番鎗或草棒交馬野戰。呈驍騎訖，引退。又作樂，先設綵結小毬門於殿前，有花裝男子百餘人，皆裹角子向後拳曲花幞頭，半着紅，半着青錦襖子，義襴束帶絲鞋，各跨雕鞍花□驢子，分爲兩隊，各有朋頭一名，各執綵畫毬杖，謂之小打。一朋頭用杖擊弄毬子，如綴毬子方墜地。兩朋爭占，供與朋頭。左朋擊毬子過門入孟爲勝，右朋向前爭占，不令入孟，互相追逐，得籌謝恩而退。續有黃院子引出宮監百餘，亦如小打者，但加之珠翠裝飾，玉帶紅靴，各跨小馬，謂之大打，人人乘騎精熟，馳驟如神，雅態輕盈，妖姿綽約，人間但見其圖畫矣。呈訖。（卷七）

邵　博

邵博（？—1158）字公濟。宋河南（今河南洛陽）人。邵伯溫之子。紹興八年（1138），以趙鼎舉薦召對，賜同進士出身。九年，除校書郎兼實錄院檢討官，出知泉州。二十二年，知眉州，爲程敦厚所告訐，坐降三官。二十八年，降左朝散郎，卒於犍爲縣。工詩文，超然高逸，贍縟峻整。著有《西山集》，已佚；又著有《聞見後録》三十卷，爲繼其父《聞見録》之作。《四庫全書總目提要》謂："是編蓋續其父書，故曰《後録》。其中論復孟後諸條，亦有與前録重出者。然伯温所記，多朝廷大政，可裨史傳。是書兼及經義、史論、詩話，又參以神怪俳諧，較前録頗爲瑣雜。"

本書資料據四庫全書本《聞見後録》。

《聞見後録》（節録）

楚詞文章，屈原一人耳。宋玉親見之，尚不得其髣髴，況其下者？唯退之《羅池詞》可方駕以出。東坡謂鮮于子駿之作追古屈原，友之過矣。如晁元咎所集《續離騷》，皆非是。

本朝四六，以劉筠、楊大年爲體，必謹四字六字律令，故曰四六。然其弊類俳語可鄙。歐陽公深嫉之曰："今世人所謂四六者，非修所好。少爲進士時不免作，自及第遂棄不作，在西京佐三相幕府，于職當作，亦不爲作也。"如公之四六云："造謗于下者，初若含沙之射影，但期陰以中人；宣言于廷者，遂肆鳴梟之惡音，孰不聞而掩耳。"俳語爲之一變。至蘇東坡于四六，如曰："禹治兗州之野，十有三載乃同；漢築宣防之宮，三十餘年而定。方其決也，本吏失其防，而非天意；及其復也，蓋天助有德，而非人功。"其力挽天河以滌之，偶儷甚惡之氣一除，而四六之法則亡矣。（以上卷十六）

慶曆中，翰林侍讀學士淑守鄭州，題周少主陵云："弄耞牽車挽鼓催，不知門外倒戈回。荒墳斷隴才三尺，剛道房陵半仗來。"時上命淑作《陳文惠公堯佐墓銘》，淑書"堯佐好爲小詩，間有奇句"，及有"尫愞弗咸"等語。陳氏子弟請易去，淑以文先奏御，不可易。陳氏子弟恨之，刻淑《周陵詩》于石，指"倒戈"爲謗。上亦以藝祖應天順人，非逼伐而取之，落淑學士。淑上章辨《尚書》之義，蓋紂之前徒，自倒戈攻紂，非武王倒戈也。上知淑深於經術，待之如初。宋内翰祁曰："白公云'户大嫌甜酒，才高笑小詩'。其獻臣之謂乎？"獻臣，淑之字也。爲文尤古奧，有樊宗師體。（卷十七）

杜子美《飲中八僊歌》"知章騎馬似乘船"，又"天子呼來不上船"，用兩"船"字韻；"汝陽三斗始朝天"，又"舉頭白眼望青天"，用兩"天"字韻；"蘇晉長齋繡佛前"，又"皎如玉樹臨風前"，又"脱帽露頂王公前"，用三"前"字韻；"眼花落井水底眠"，又"長安市上酒家眠"，用兩"眠"字韻。《牽牛織女詩》"蛛絲小人態，曲綴瓜果中"；又"防身動如律，竭力機杼中"，用二"中"字韻；李太白《高陽歌》云"鸕鷀杓，鸚鵡杯，百年三萬六千日，一日須傾三百杯"，用兩"杯"字韻。《廬山謡》云"影落前湖青黛光，金闕前開二峰長"；又"翠影紅霞映朝日，鳥飛不到吳江長"，用兩"長"字韻。韓退之《李花詩》"水盤夏薦碧實脆，斥去不御慚其花"；又"誰堆平地萬堆雪，剪刻作此連天花"，用兩"花"字韻。《雙鳥詩》"兩鳥各閉口，萬象銜口頭"；又"百舌舊饒聲，從此常低頭"，用兩"頭"字韻。《示爽詩》"冬夜豈不長，達旦燈燭然"；又"此來南北近，里閭故依然"，用兩"然"字韻。《猛虎行》"猛虎死不辭，但慚前所爲"；又"親故且不保，人誰信汝爲"，用兩"爲"字韻。子美、太白、退之，于詩無遺恨矣，當自有體邪？（卷十八）

張邦基

《四庫全書·墨莊漫録》提要："《墨莊漫録》十卷，宋張邦基撰。邦基字子賢，高郵人，仕履未詳，自稱宣和癸卯在吳中見朱勔所采太湖黿山石，又稱紹興十八年見趙不棄除侍郎，則南北宋間人也。"《墨莊漫録》多記唐、宋以來文人逸聞趣事，亦有詩文品評，保存佚詩佚文，頗具史料價值。

本書資料據四庫全書本《墨莊漫録》。

《墨莊漫録》（節録）

優詞樂語，前輩以爲文章餘事，然鮮能得體。

凡樂語不必典雅，惟語時近俳乃妙。

樂語中有俳諧之言一兩聯，則伶人於進趨誦詠之間尤覺可觀。（以上卷七）

胡　銓

胡銓（1102—1180）字邦衡，號澹庵。宋廬陵（今江西吉安）人。建炎二年（1128）進士。胡銓爲人慷慨激越，敢言人之所不敢言，詩文亦如其爲人，耿介有氣，楊萬里謂："其議論閎以挺，其序記古以馴，其代言典而嚴，其書事約而悉"；嶺海之後，詩作益昌，益加恢奇（《胡忠簡先生文集序》），無不表現出耿耿正氣。其詞抒發剛正不屈的情懷，充滿樂觀與自信，無淪落悲傷之感，詞筆清婉，而不傷於剛直。其詩文在身後由其子胡澥編爲《澹庵文集》一百卷，原集久已散佚，清乾隆時其裔孫重輯爲《澹庵集》三十二卷；又有四庫本《澹庵集》，收詩文六卷。胡銓詞有單刻本《澹庵長短句》一卷行世。清人還將其詞與李光、李綱、趙鼎詞合刻爲《南宋四名臣詞集》。

本書資料據道光十三年重刊本《胡澹庵先生文集》。

檄 辨

公武姪記渠陽倅兄兼美遺事，云“得憲檄”。按許氏《說文》，檄者以木爲書，長尺二寸，用徵召，有急則加以鳥羽插之示速疾。故高帝云：“吾以羽檄召天下兵，未有不至者。”顏師古引《說文》爲解。《光武紀》云：“王郎移檄。”《魏武奏事》云：“今邊有警，輒露檄插羽。”皆本於此，鮑明遠云：“羽檄起邊行，烽火入咸陽。”老杜云：“警急烽常報，傳聲檄屢飛。”皆用漢高事。王原叔注止引鮑詩，《杜甫補遺》甚博，亦只引《光武紀》及《魏武奏事》，而不引高帝語，何也？觀此，則檄乃兵家事，非憲司所當用。唐史所說檄，亦只兵家事。近世多云沿檄，蓋承毛義之誤。今云憲檄乃宜春牛訟，恐不當用檄也。（卷三）

《葛聖功文集》序（節録）

大抵兩漢文章若司馬子長、揚子雲、劉子政、班孟堅、張衡之徒，率自《離騷》、《楚詞》出。靈均所著則曰《離騷》，後之依放而作者則曰《楚詞》，而《離騷》爲至。韓退之評屈原有“首軻雄”之目，柳宗元亦云“參之《離騷》，以致其幽”，誠爲篤論，然未盡底蘊，何則？

《離騷》之蘊十有九，奇、古、辨、怨、閑、澹、潔、雅、雄、深、枯、淡、豐、腴、勁、正、忠、直、清。“指九天以爲正兮”，奇也；“帝高陽之苗裔兮”，古也；“就重華而敶詞”，辯也；“國無人莫我知兮”，怨也；“聊逍遙以相羊”，閑也；“和調度以自娛”，澹也；“朝濯髮乎洧盤”，潔也；“奏九歌而舞韶”，雅也；“飲予馬於咸池”，雄也；“何所獨無芳草兮”，深也；“登閬州而傑馬”，枯也；“結幽蘭以延竚”，淡也；“思九州之博大兮”，豐也；“兩美其必合兮”，腴也；“雖體解吾猶未變兮”，勁也；“彼堯舜之耿介兮”，正也；“阽予身而危死節兮”，忠也；“何桀紂之昌披兮”，直也；“朝飲木蘭之墜露兮”，清也。

《楚詞》清蘊十有二：險、怪、艱、窘、隱、約、褊、急、巧、譎、豪、放。“乘日月兮上征”，險也；“棄雞骸於箱篋”，怪也；“犯顏色而觸諫兮”，艱也；“執棠谿以刜蓬兮”，窘也；“筐澤寫以豹鞹”，隱也；“願假簧以紓憂”，約也；“破荊和以繼築”，褊也；“執契契而委棟”，急也，“仳催倚於彌樞”，巧也；“同駑贏與桀驅”，譎也；“來撚枝於中州”，豪也；“律魁放乎山間”，放也。

此《離騷》、《楚詞》之辨也，要皆本乎幽憂而作，故曰“參之《離騷》，以致其幽憂”，其不然乎？（卷一五）

鄭　樵

　　鄭樵(1104—1162)字漁仲,號溪西遺民。宋興化軍莆田(今屬福建)人。不事科舉,居夾漈山,謝絶人事,刻苦力學三十年,故學者又稱夾漈先生。游歷名山大川,搜奇訪古,遇藏書家,必讀盡乃去。好著書,自負不下劉向、揚雄。學問廣博,考證勤敏,是著名的語言文字學、歷史學家,對後世有較大影響。其詩文也别具特色。著述繁富。著有《爾雅注》、《通志》、《夾漈遺稿》等。書目文獻出版社 1992 年出版有吳懷祺校補《鄭樵集》。

　　本書資料據四庫全書本《通志》、《夾漈遺稿》。

《通志》總序

　　百川異趣,必會於海,然後九州無浸淫之患;萬國殊途,必通諸夏,然後八荒無壅滯之憂。會通之義大矣哉!自書契以來,立言者雖多,惟仲尼以天縱之聖,故總《詩》、《書》、《禮》、《樂》而會于一手,然後能同天下之文;貫二帝三王而通爲一家,然後能極古今之變。是以其道光明,百世之上、百世之下不能及。仲尼既没,百家諸子興焉,各效《論語》,以空言著書。至於歷代實跡,無所紀繫。追漢建元、元封之後,司馬氏父子出焉。司馬氏世司典籍,工於制作,故能上稽仲尼之意,會《詩》、《書》、《左傳》、《國語》、《世本》、《戰國策》、《楚漢春秋》之言,通黄帝、堯、舜至于秦、漢之世,勒成一書,分爲五體:本紀紀年,世家傳代,表以正歷,書以類事,傳以著人。使百代而下,史官不能易其法,學者不能舍其書。六經之後,惟有此作,故謂周公五百歲而有孔子,孔子五百歲而在斯乎!是其所以自待者已不淺。然大著述者,必深於博雅,而盡見天下之書,然後無遺恨。當遷之時,挾書之律初除,得書之路未廣,亘三千年之史籍,而跼蹐於七八種書,所可爲遷恨者,博不足也。凡著書者,雖採前人之書,必自成一家言。左氏,楚人也,所見多矣,而其書盡楚人之辭;公羊,齊人也,所聞多矣,而其書皆齊人之語。今遷書全用舊文,間以俚語,良由採摭未備,筆削不遑,故曰:“予不敢墮先人之言。”乃述故事,整齊其傳,非所謂作也。劉知幾亦譏其多聚舊記,時插雜言,所可爲遷恨者,雅不足也。大抵開基之人不免草創,全屬繼志之士爲之彌縫。晉之《乘》,楚之《檮杌》,魯之《春秋》,其實一也。《乘》、《檮杌》無善後之人,故其書不行。《春秋》得仲尼挽之於前,左氏推之於後,故其書與日月並傳。不然,則一卷事目,安能行於世!自《春秋》之後,惟《史記》擅制作之規模。不幸班固非其人,遂失會通之旨。司馬氏之門户，自此衰矣！班固者，浮華之士也，全無學術，專事剽竊。肅宗問以制禮作樂之事，固對以在京諸儒必能知之。儻臣鄰皆如此，則顧問何取焉？及諸儒各有所陳，固惟竊叔孫通十二篇之儀以塞白而已。儻臣鄰皆如此，則奏議何取焉？肅宗知其淺陋，故語竇憲曰："公愛班固而忽崔駰，此葉公之好龍也。"固於當時，已有定價，如此人材，將何著述？《史記》一書，功在十表，猶衣裳之有冠冕，木水之有本原。班固不通，旁行邪上，以古今人物彊立差等，且謂漢紹堯運，自當繼堯，非遷作《史記》廁於秦項，此則無稽之談也。由其斷漢爲書，是致周、秦不相因，古今成間隔。自高祖至武帝，凡六世之前，盡竊遷書，不以爲慚。自昭帝至平帝，凡六世，資於賈逵、劉歆，復不以爲恥。況又有曹大家終篇，則固之自爲書也幾希。往往出固之胸中者，《古今人表》耳，他人無此謬也。後世衆手修書，道傍築室，掠人之文，竊鍾掩耳，皆固之作俑也。固之事業如此，後來史家，奔走班固之不暇，何能測其淺深？遷之於固，如龍之於猪，奈何諸史棄遷而用固？劉知幾之徒，尊班而抑馬。且善學司馬遷者，莫如班彪。彪續遷書，自孝武至於後漢，欲令後人之續己，如己之續遷，既無衍文，又無絶緒，世世相承，如出一手，善乎其繼志也。其書不可得而見，所可見者，元、成二帝贊耳，皆於本紀之外，別記所聞，可謂深入太史公之閫奥矣。凡左氏之有"君子曰"者，皆經之新意；《史記》之有"太史公曰"者，皆史之外事。不爲褒貶也。間有及褒貶者，褚先生之徒雜之耳。且紀傳之中，既載善惡，足爲鑒戒，何必於紀傳之後，更加褒貶？此乃諸生決科之文，安可施於著述？殆非遷、彪之意，況謂爲贊，豈有貶辭？後之史家，或謂之論，或謂之序，或謂之銓，或謂之評，皆效班固。臣不得不劇論固也。司馬談有其書，而司馬遷能成其父志；班彪有其業，而班固不能讀父之書。固爲彪之子，既不能保其身，又不能傳其業，又不能教其子，爲人如此，安在乎言爲天下法？范曄、陳壽之徒繼踵，率皆輕薄無行，以速罪辜，安在乎筆削而爲信史也！孔子曰："殷因於夏，禮所損益可知也；周因於殷，禮所損益可知也。"此言相因也。自班固以斷代爲史，無復相因之義，雖有仲尼之聖，亦莫知其損益會通之道，自此失矣。語其同也，則紀而復紀，一帝而有數紀；傳而復傳，一人而有數傳。天文者，千古不易之象，而世世作《天文志》；洪範五行者，一家之書，而世世序《五行傳》。如此之類，豈勝繁文！語其異也，則前王不列於後王，後事不接於前事，郡縣各爲區域而昧遷革之源，禮樂自爲更張遂成殊俗之政，如此之類，豈勝斷綆！曹魏指吳蜀爲寇，北朝指東晉爲僭，南謂北爲索虜，北謂南爲島夷。《齊史》稱梁軍爲義軍，謀人之國，可以爲義乎？《隋書》稱唐兵爲義兵，伐人之君，可以爲義乎？房元齡董史册，故房彦謙擅美名；虞世南預修書，故虞荔、虞寄有嘉傳。甚者桀犬吠堯，吠非其主。《晉史》黨晉而不有魏，凡忠於魏者，目爲叛臣，王淩、諸葛誕、母邱儉之徒，抱屈黄壤。《齊史》黨齊而不有宋，凡忠於宋者，目爲逆黨，袁粲、劉秉、沈攸之之徒，含寃九原。噫！天日在上，安可如斯？似此之類，歷世有之，傷風敗義，莫大乎此。遷法既失，固弊日深，自東都至江左，無一人能覺其非。惟梁武帝爲此慨然，乃命吳均作通史，上自太初，下終齊室，書未成而均卒。隋楊素又奏令陸從典續《史記》訖于隋，書未成而免官。豈天之靳，斯文而不傳與？抑非其人而不祐之與？自唐之後，又莫覺其非。凡秉史筆者，皆準《春秋》，專事褒貶。夫《春秋》以約文見義，若無傳釋，則善惡難明。史册以詳文該事，善惡已彰，無待美刺。讀蕭、曹之行事，豈不知其忠良？見莽、卓之所爲，豈不知其凶逆？夫史者，國之大典也。而當職之人，不知留意於憲章，徒相尚於言語，正猶當家之婦，不事饔飱，專鼓唇舌，縱然得勝，豈能肥家？此臣之所深恥也。江淹有言：修史之難，無出於志。誠以志者，憲章之所繫，非老於典故者不能爲也。不比紀傳，紀則以年包事，傳則以事繫人，儒學之士，皆能爲之，惟有志難。其次莫如表，所以范煜、陳壽之徒，能爲紀傳而不敢作表志。志之大原，起於《爾雅》，司馬遷曰書，班固曰志，蔡邕曰意，華嶠曰典，張勃曰録，何法盛曰説。餘史並承班固，謂之志，皆詳於浮言，略於事實，不足以盡《爾雅》之義。臣今總天下之大學術而條其綱目，名之曰略，凡二十略，百代之憲章，學者之能事，盡於此矣。其五略，漢、唐諸儒所得而聞；其十五略，漢、唐諸儒所不得而聞也。

樂以詩爲本，詩以聲爲用。風土之音曰風，朝廷之音曰雅，宗廟之音曰頌。仲尼編詩爲正樂也，以風雅頌之歌爲燕享祭祀之樂，工歌《鹿鳴》之三，笙吹《南陔》之三，歌間《魚麗》之三，笙間《崇邱》之三，此大合樂之道也。古者絲竹有譜無辭，所以《六笙》但存其名。序詩之人不知此理，謂之有其義而亡其辭，良由漢立齊、魯、韓、毛四家博士，各以義言詩，遂使聲歌之道日微。至後漢之末，《詩三百》僅能傳《鹿鳴》、《騶虞》、《伐檀》、《文王》四篇之聲而已。太和末，又失其三；至于晉室，《鹿鳴》一篇又無傳。自《鹿鳴》不傳，後世不復聞詩。然詩者人心之樂也，不以世之興衰而存亡。繼風雅之作者，樂府也。史家不明仲尼之意，棄樂府不收，乃取工伎之作，以爲志。臣舊作《係聲樂府》以集漢、魏之辭，正爲此也。今取篇目以爲次，曰“樂府正聲”者，所以明風雅；曰“祀享正聲”者，所以明頌。又以琴操明絲竹，以遺聲準逸詩。語曰：“《韶》盡美矣，又盡善也。《武》盡美矣，未盡善也。”此仲尼所以正舞也。《韶》即文舞，《武》即武舞。古樂甚希，而文、武二舞猶傳於後世，良由有節而無辭，不爲義説家所惑，故得全仲尼之意。五聲八音十二律者，樂之制也，故作《樂略》。

學術之苟且，由源流之不分；書籍之散亡，由編次之無紀。《易》雖一書，而有十六種學，有傳學，有注學，有章句學，有圖學，有數學，有讖緯學，安得總言易類乎？《詩》雖一書，而有十二種學，有詁訓學，有傳學，有注學，有圖學，有譜學，有名物學，安得總言詩類乎？道家則有道書，有道經，有科儀，有符籙，有吐納内丹，有爐火外丹，凡二十五種，皆道家，而渾爲一家可乎？醫方則有脉經，有灸經，有本草，有方書，有炮炙，有病源，有婦人，有小兒，凡二十六種，皆醫家，而渾爲一家可乎？故作《藝文略》。

册府之藏，不患無書；校讎之司，未聞其法。欲三館無素餐之人，四庫無蠹魚之簡，千章萬卷，日見流通，故作《校讎略》。

河出圖，天地有自然之象，圖譜之學由此而興；洛出書，天地有自然之文，書籍之學由此而出。圖成經，書成緯，一經一緯，錯綜而成文。古之學者，左圖右書，不可偏廢。劉氏作《七略》，收書不收圖。班固即其書爲《藝文志》，自此而還，圖譜日亡，書籍日冗，所以困後學而隳良材者，皆由於此，何哉？即圖而求易，即書而求難。舍易從難，成功者少。臣乃立爲二記：一曰記有，記今之所有者，不可不聚；二曰記無，記今之所無者，不可不求。故作《圖譜略》。

方册者，古人之言語；歘識者，古人之面貌。方册所載，經數千萬傳；歘識所勒，猶存其舊。蓋金石之功，寒暑不變，以茲稽古，庶不失真。今藝文有志而金石無紀，臣於是採三皇五帝之泉幣，三王之鼎彝，秦人石鼓，漢、魏豐碑，上自蒼頡石室之文，下逮唐人之書，各列其人而名其地，故作《金石略》。

《洪範》、《五行傳》者，巫瞽之學也。歷代史官皆本之以作《五行志》，天地之間災祥萬種，人間禍福冥不可知，若之何一蟲之妖，一物之戾，皆繩之以五行，又若之何晉屬公一視之遠，周單公一言之徐，而能關於五行之沴乎？晉申生一衣之偏，鄭子臧一冠之異，而能關於五行之沴乎？董仲舒以陰陽之學倡爲此說，本於《春秋》牽合附會，歷世史官自愚其心目，俛首以受，籠罩而欺天下，臣故削去五行而作《災祥略》。

語言之理，易推名物之狀，難識農圃之人，識田野之物而不達詩書之旨，儒生達詩書之旨而不識田野之物。五方之名本殊，萬物之形不一，必廣覽動植，洞見幽潛，通鳥獸之情狀，察草木之精神，然後參之載籍，明其品彙，故作《昆蟲草木略》。

凡十五略，出臣胸臆，不涉漢唐諸儒議論。《禮略》所以叙五禮，《職官略》所以秩百官，《選舉略》言掄材之方，《刑法略》言用刑之術，《食貨略》言財貨之源流。凡茲五略，雖本前人之典，亦非諸史之文也。

古者，記事之史謂之志。《書·大傳》曰："天子有問無以對，責之疑；有志而不志，責之丞。"是以宋、鄭之史，皆謂之志。太史公更志爲記，今謂之志，本其舊也。桓君山曰："太史公三代世表，旁行邪上，並效周譜。"古者，紀年別繫之書謂之譜。太史公改而爲表，今復表爲譜，率從舊也。然西周經幽王之亂，紀載無傳。故《春秋》編年以東周爲始。自皇甫謐爲《帝王世紀》及《年歷》，上極三皇，譙周、陶弘景之徒皆有其書，學者疑之，而以太史公編年爲正，故其年始於共和。然共和之名，已不可據，況其年乎？仲尼著書，斷自唐虞，而紀年始於魯隱，以西周之年無所考也。今之所譜，自春秋之前稱世，謂之世譜；春秋之後稱年，謂之年譜。太史公紀年以六甲，後之紀年者以六十甲，或不用六十甲，而用歲陽歲陰之名。今之所譜，即太史公法，既簡且明，循環無滯。《禮》言：“臨文不諱。”謂私諱不可施之於公也。若廟諱，則無所不避。自漢至唐，史官皆避諱，惟《新唐書》無所避。臣今所修，準舊史例，間有不得而避者，如謚法之類，改易本字，則其義不行，故亦準唐舊。夫學術超詣，本乎心識，如人入海，一入一深。臣之二十略，皆臣自有所得，不用舊史之文。紀傳者，編年紀事之實跡，自有成規，不爲智而增，不爲愚而減，故於紀傳，即其舊文從而損益。若紀有制詔之辭，傳有書疏之章，入之正書，則據實事；實之別錄，則見類例。《唐書》、《五代史》皆本朝大臣所修，微臣所不敢議。故紀傳訖隋，若禮樂政刑，務存因革，故引而至唐云：“嗚呼！酒醴之末，自然澆漓；學術之末，自然淺近；九流設教，至末皆弊。”然他教之弊，微有典刑，惟儒家一家，去本太遠，此理何由？班固有言：“自武帝立五經博士，開弟子員，設科射策，勸以官祿，訖于元始，百有餘年。傳業者寖盛，枝葉繁滋，一經說至百餘萬言，大師衆至千餘人，蓋祿利之路然也。”且百年之間，其患至此；千載之後，弊將若何？況祿利之路，必由科目；科目之設，必由乎文辭。三百篇之《詩》，盡在聲歌。自置《詩》博士以來，學者不聞一篇之詩。六十四卦之《易》，該於象數。自置《易》博士以來，學者不見一卦之《易》。皇頡制字，盡由六書。漢立小學，凡文字之家，不明一字之宗。伶倫制律，盡本七音。江左置聲韻，凡音律之家，不達一音之旨。經既苟且，史又荒唐如此，流離何時返本？道之汙隆存乎時，時之通塞存乎數。儒學之弊，至此而極，寒極則暑至，否極則泰來，此自然之道也。臣蒲柳之質，無復餘齡葵藿之心，惟期盛世。謹序。（《通志》卷首）

年譜序（節錄）

爲天下者不可以無書，爲書者不可以無圖譜。圖載象，譜載係。爲圖所以周知遠近，爲譜所以洞察古今。故古者記年謂之譜。桓君山曰：太史公三代世表，旁行邪上，並效周譜，則知成周紀年之籍，謂之譜也。太史公改譜爲表，何法盛改表爲注，皆遠於義，不若遵周典也……紀者襲編年之遺風，傳者記一身之行事。修史之家莫易於紀傳，莫難於表志。（《通志》卷二十一）

七音序

天地之大，其用在坎離；人之爲靈，其用在耳目。人與禽獸，視聽一也。聖人制律，所以導耳之聰；制字，所以擴目之明。耳目根於心，聰明發於外，上智下愚，自此分矣。雖曰皇頡制字，伶倫制律，歷代相承，未聞其書。漢人課籀隸，始爲字書，以通文字之學；江左競風騷，始爲韻書，以通聲音之學。然漢儒識文字而不識子母，則失制字之旨；江左之儒識四聲而不識七音，則失立韻之源。獨體爲文，合體爲字。漢儒知以說文解字，而不知文有子母。生字爲母，從母爲子。子母不分，所以失制字之旨。四聲爲經，七音爲緯。江左之儒知縱有平、上、去、入爲四聲，而不知衡有宮、商、角、徵、羽、半徵、半商爲七音。縱成經，衡成緯。經緯不交，所以失立韻之源。七音之韻，起自西域，流入諸夏。梵僧欲以其教傳之天下，故爲此書。雖重百譯之遠，一字不通之處，而音義可傳。華僧從而定之，以三十六爲之母，重輕清濁，不失其倫。天地萬物之音，備於此矣。雖鶴唳風聲，雞鳴狗吠，雷霆驚天，蚊虻過耳，皆可譯也。況於人言乎！所以日月照處，甘傳梵書者爲有七音之圖，以通百譯之義也。今宣尼之書，自中國而東則朝鮮，西則涼夏，南則交阯，北則朔易，皆吾故封也。故封之外，其書不通，何瞿曇之書能入諸夏，而宣尼之書不能至跋提河？聲音之道有障閡耳，此後學之罪也。舟車可通，則文義可及。今舟車所通，而文義所不及者，何哉？臣今取七音，編而爲志，庶使學者盡傳其學，然後能周宣宣尼之書以及人面之域，所謂用夏變夷，當自此始。臣謹按：開皇二年，詔求知音之士，參定音樂。時有柱國沛公鄭譯，獨得其義，而爲議曰：考尋樂府鍾石律呂，皆有宮、商、角、徵、羽、變宮、變徵之名。七聲之內，三聲乖應，每加詢訪，終莫能通。先是，周武帝之時，有龜茲人曰蘇祇婆，從突厥皇后入國，善胡琵琶，聽其所奏，一均之中，間有七聲。問之，則曰父在西域，號爲知音，世相傳習。調有七種，以其七調校之七聲，冥若合符。一曰娑陁力，華言平聲，即宮聲也；二曰雞識，華言長聲，即南呂聲也；三曰沙識，華言質直聲，即角聲也；四曰沙侯加濫，華言應聲，即變徵聲也；五曰沙臘，華言應和聲，即徵聲也；六曰般贍，華言五聲，即羽聲也；七曰俟利箑，華言斛牛聲，即變宮也。譯因習而彈之，始得七聲之正。然其就此七調，又有五旦之名。旦作七調，以華譯之旦即均也。譯遂因琵琶，更立七均，合成十二應、十二律。律有七音，音立一調，故成七調。十二律合八十四調，旋轉相交，盡皆和合。仍以其聲考校太樂鍾律，乖戾不可勝數。譯爲是著書二十餘篇，太子洗馬蘇夔駁之以五音，所從來久矣。不言有變宮、變徵七調之作，實所未聞。譯又引古以爲據：周有七音之律，漢有七始之志。時何妥以舊學，牛弘以巨儒不能精通，同加沮抑，遂使隋人之耳不聞七調之音。臣又按：唐楊收與安涗論琴五絃之外，復益二絃，因言七聲之義。西京諸儒惑圜鍾函鍾之說，故其郊廟樂惟用黃鍾一均。章帝時，太常丞鮑業始旋十二宮。夫旋宮以七聲爲均，均，言韻也。古無韻字，猶言一韻聲也。宮、商、角、徵、羽爲五聲，加少宮、少徵爲七聲，始得相旋爲宮之意。琴者，樂之宗也；韻者，聲之本也。皆主於七,名之曰韻者,蓋取均聲也。臣初得《七音韻鑑》,一唱而三歎。胡僧有此妙義,而儒者未之聞及乎?研究制字,考證諧聲,然後知皇頡、史籀之書已具七音之作,先儒不得其傳耳。今作《諧聲圖》,所以明古人制字通七音之妙;又述《內外轉圖》,所以明胡僧立韻得經緯之全。釋氏以參禪爲大悟,通音爲小悟,雖七音一呼而聚四聲,不召自來,此其粗淺者耳。至於紐躡杳冥,盤旋寥廓,非心樂洞融天籟、通乎造化者不能造其閫。字書主於母,必母權子而行,然後能別形中之聲;韻書主於子,必子權母而行,然後能別聲中之形。所以臣更作字書,以母爲主;亦更作韻書,以子爲主。今茲《內外轉圖》,用以別音聲,而非所以主子母也。(《通志》卷三十六)

樂府總序

古之達禮三,一曰燕,二曰享,三曰祀,所謂吉、凶、軍、賓、嘉,皆主此三者以成禮。古之達樂三,一曰風,二曰雅,三曰頌,所謂金石、絲竹、匏土、革木,皆主此三者以成樂。禮樂相須以爲用,禮非樂不行,樂非禮不舉。自后夔以來,樂以詩爲本,詩以聲爲用,八音六律爲之羽翼耳。仲尼編詩,爲燕享祀之時用以歌,而非用以說義也。古之詩,今之辭曲也。若不能歌之,但能誦其文而說其義,可乎?不幸腐儒之說,起齊、魯、韓、毛四家,各爲序訓,而以說相高。漢朝又立之學官,以義理相授,遂使聲歌之音湮沒無聞。然當漢之初,去三代未遠,雖經主學者不識詩,而太樂氏以聲歌肄業,往往仲尼《三百篇》,瞽史之徒例能歌也。奈義理之說既勝,則聲歌之學日微。東漢之末,禮樂蕭條,雖東觀、石渠議論紛紜,無補於事。曹孟德平劉表,得漢雅樂郎杜夔。夔老矣,久不肄習,所得於《三百篇》者,惟《鹿鳴》、《騶虞》、《伐檀》、《文王》四篇而已,餘聲不傳。太和末,又失其三。左延年所得,惟《鹿鳴》一篇。每正旦大會,太尉奉璧,羣臣行禮,東廂雅樂常作者是也。古者歌《鹿鳴》必歌《四牡》、《皇皇者華》,三詩同節,故曰:“工歌《鹿鳴》之三。”而用《南陔》、《白華》、《華黍》三笙以贊之,然後首尾相承,節奏有屬。今得一詩而如此用,可乎?應知古詩之聲爲可貴也。至晉室,《鹿鳴》一篇又無傳矣。自《鹿鳴》一篇絕,後世不復聞詩矣。然詩者,人心之樂也,不以世之汙隆而存亡。豈三代之時,人有是心,心有是樂;三代之後,人無是心,心無是樂乎?繼三代之作者,樂府也。樂府之作,宛同風、雅,但其聲散佚,無所紀繫,所以不得嗣續風雅而爲流通也。按:《三百篇》在成周之時,亦無所紀繫,有季札之賢而不別《國風》所在,有仲尼之聖而不知《雅》、《頌》之分。仲尼爲此患,故自衛返也,問於太師氏,然後取而正焉;列《十五國風》,以明風土之音不同;分大、小《二雅》,以明朝廷之音有間;陳周、魯、商《三頌》之音,所以侑祭也;定《南陔》、《白華》、《華黍》、《崇丘》、《由庚》、《由儀》六笙之音,所以叶歌也。得詩而得聲者三百篇,則繫於《風》、《雅》、《頌》;得詩而不得聲者,則置之,謂之逸詩,如《河水》、《祈招》之類,無所繫也。今樂府之行於世者,章句雖存,聲樂無用。崔豹之徒以義説名,吳兢之徒以事解目,蓋聲失則義起,其與齊、魯、韓、毛之言詩無以異也。樂府之道或幾乎息矣!臣今取而繫之,千載之下,庶無絶紐:一曰短簫鐃歌二十二曲,二曰鞞舞歌五曲,三曰拂舞歌五曲,四曰鼓角横吹十五曲,五曰簻角十曲,六曰相和歌三十曲,七曰吟歎四曲,八曰四弦一曲,九曰平調七曲,十曰瑟調三十八曲,十一曰楚調十曲,十二曰大曲十五曲,十三曰白紵歌五曲,十四曰清商八十四曲,凡二百五十一曲,繫之正聲,即風、雅之聲也。一曰郊祀十九章,二曰東都五詩,三曰梁十二雅,四曰唐十二和,凡四十八曲,繫之正聲,即頌聲也。一曰漢三侯之詩一章,二曰漢房中之樂十七章,三曰隋房内二曲,四曰梁十曲,五曰陳四曲,六曰北齊二曲,七曰唐五十五曲,凡九十一曲,繫之别聲,而非正樂之用也。正聲之餘,則有琴,琴五十七曲;别聲之餘,則有舞,舞二十三曲。古者絲竹與歌相和,故有譜無辭,所以六詩在《三百篇》中,但存名耳。漢儒不知,謂爲六亡詩也。琴之九操、十二引,以音相授,並不著辭。琴之有辭,自梁始。舞與歌相應,歌主聲,舞主形,自六代之舞至于漢、魏,並不著辭也。舞之有辭,自晉始。今之所繫,以詩繫於聲,以聲繫於樂,舉三達樂行三達禮,庶不失乎古之道也。古調二十四曲,征戍十五曲,遊俠二十一曲,行樂十八曲,佳麗四十七曲,别離十八曲,怨思二十五曲,歌舞二十一曲,絲竹十一曲,觴酌七曲,宮苑十九曲,都邑三十四曲,道路六曲,時景二十五曲,人生四曲,人物十曲,神仙二十二曲,梵竺四曲,蕃音四曲,山水二十四曲,草木二十一曲,車馬六曲,魚龍六曲,鳥獸二十一曲,雜體六曲,總四百十九曲,不得其聲則以義類相屬,分爲二十五門,曰遺聲。遺聲者,逸詩之流也,庶幾來者復得其聲,則不失其所繫矣。然三代既没,漢、魏嗣興,禮樂之來,陵夷有漸,始則風、雅不分,次則雅、頌無别,次則頌亡,次則禮亡。按:《上之回》、《聖人出》,君子之作也,雅也;《艾如張》、《雉子班》,野人之作也,風也。合而爲鼓吹曲。《燕歌行》,其音本幽、薊,則列國之風也;《煌煌京洛行》,其音本京華,則都人之雅也。合而爲相和歌。風者,鄉人之用;雅者,朝廷之用。合而用之,是爲風、雅不分。然享,大禮也;燕,私禮也。享則上兼用下樂,燕則下得用上樂,是則風、雅之音雖異,而享燕之用則通。及明帝定四品,一曰大予樂,郊廟上陵用之;二曰雅頌樂,辟雍享射用之;三曰黄門鼓吹樂,天子宴羣臣用之;四曰短簫鐃歌樂,軍中用之。古者雅用於人,頌用於神。武帝之立樂府采詩,雖不辨風、雅,至于郊祀房中之章,未嘗用於人事,以明神人不可以同事也。今辟雍享射,雅、頌無分。應用頌者,而改用大予;應用雅者,而改用黄門。不知黄門、大予,於古爲何樂乎?風、雅通歌,猶可以通也;雅、頌通歌,不可以通也。曹魏準《鹿鳴》作於《赫篇》,以祀武帝;準《騶虞》作《魏魏篇》，以祀文帝；準《文王》作《洋洋篇》，以祀明帝。且清廟祀文王，執競祀武王，莫非頌聲。今魏家三廟，純用風、雅，此頌之所以亡也。頌亡，則樂亡矣。是時樂雖亡，禮猶存。宗廟之禮不用之，天明有尊親也；鬼神之禮不用之，人知有幽明也。梁武帝作十二雅，郊廟明堂三朝之禮，展轉用之，天地之事、宗廟之事、君臣之事同其事矣。樂之失也，自漢武始；其亡也，自魏始。禮之失也，自漢明始；其亡也，自梁始。禮樂淪亡之所由，不可不知也。

正聲序論

　　古之詩曰歌行，後之詩曰古、近二體。歌行主聲，二體主文。詩爲聲也，不爲文也。浩歌長嘯，古人之深趣。今人既不尚嘯，而又失其歌詩之旨，所以無樂事也。凡律其辭則謂之詩，聲其詩則謂之歌，作詩未有不歌者也。詩者，樂章也，或形之歌詠，或散之律呂，各隨所主而命。主於人之聲者，則有行，有曲。散歌謂之行，入樂謂之曲。主於絲竹之音者，則有引，有操，有吟，有弄，各有調以主之，攝其音謂之調，總其調亦謂之曲。凡歌行雖主人聲，其中調者皆可以被之絲竹。凡引、操、吟、弄雖主絲竹，其有辭者皆可以形之歌詠。蓋主於人者有聲必有辭，主於絲竹者取音而已，不必有辭。其有辭者通可歌也。近世論歌行者，求名以義，彊生分別，正猶漢儒不識風、雅、頌之聲，而以義論詩也。且古有《長歌行》、《短歌行》者，謂其聲歌之長短耳。崔豹、吳兢，大儒也，皆謂人壽命之短長，當其時已有此說，今之人何獨不然？嗚呼！詩在於聲，不在於義，猶今都邑有新聲，巷陌競歌之，豈爲其辭義之美哉！直爲其聲新耳。禮失則求諸野，正爲此也。孔子曰："吾自衛反魯，然後樂正，《雅》、《頌》各得其所。"亦謂《雅》、《頌》之聲有別，然後可以正樂。又曰："《關雎》樂而不淫，哀而不傷。"亦謂《關雎》之聲和平，聞之者能令人感發，而不失其度。若誦其文，習其理，能有哀樂之事乎？二體之作，失其詩矣。縱者謂之古，拘者謂之律，一言一句，窮極物情，工則工矣，將如樂何？樂府在漢初雖有其官，然采詩入樂，自漢武始。武帝定郊祀，迺立樂府，采詩夜誦，則有趙、代、秦、楚之謳，莫不以聲爲主。是時去三代未遠，猶有《雅》、《頌》之遺風。及後人泥於名義，是以失其傳。故吳兢譏其不睹本章，便斷題取義。贈利涉則述《公無渡河》，慶載誕乃引《烏生八九子》，賦《雉子班》者但美繡頸錦臆，歌《天馬》者惟叙驕馳亂蹢。其間有如劉猛、李餘輩，賦《出門行》不言離別；《將進酒》乃叙烈女事，用古題不用古義，知此意者蓋鮮矣。然使得其聲，則義之同異又不足道也。自永嘉之亂，禮樂日微日替。暨隋平陳，得其一二，則樂府之清商也。文帝聽而善之曰："此華夏正聲也。"乃置清商府，博采舊章，以爲樂之所本在此。自隋之後，復無正聲。

至唐，能合于管弦者，《明君》、《楊叛兒》、《驍壺》、《春歌》、《秋歌》、《白雪》、《堂堂》、《春江花月夜》八曲而已，不幾於亡乎！臣謹考摭古今，編繫節奏，庶正聲不墜於地矣。

漢短簫鐃歌二十二曲

亦曰鼓吹曲。按漢、晉謂之《短簫鐃歌》，南北朝謂之《鼓吹曲》。觀李白作《鼓吹入朝曲》，亦曰《鐃歌》。列騎次，颯沓引公卿，則知唐時猶有遺音，但大樂氏失職耳。

《朱鷺》鷺，惟白色。漢有朱鷺之祥，因而爲詩。梁元帝《放生碑》云：“元龜夜夢，終見取於宋王；朱鷺晨飛，尚張羅於漢后。”謂此也。魏曰《楚之平》，言魏平陵也。吳曰《炎精缺》，言漢衰而孫堅扶王室也。晉曰《靈之祥》，言宣帝佐魏而石瑞之祥也。梁曰《木紀謝》，言謝梁升也。北齊曰《水德謝》，言魏謝齊興也。後周曰《元精季》，言魏道陵遲，太祖肇開王業也。

《思悲翁》魏曰《戰滎陽》，言曹公也。吳曰《漢之季》，言孫堅閔漢也；晉曰《宣受命》，言宣帝禦諸葛也；梁曰《賢首山》，言武帝破魏軍於司州，肇王跡也；北齊曰《出山東》，言神武戰廣阿，破爾朱兆也；後周曰《征隴西》，言太祖誅侯莫、陳悅，埽清隴右也。

《艾如張》温子昇辭云：“誰在閑門外，羅家諸少年。張機蓬艾側，結網槿籬邊。若能飛自勉，豈爲繒所纏。黃雀儻爲戒，朱絲猶可延。”此艾如張之事也。觀李賀詩有“艾葉綠花誰翦刻，中藏禍機不可測”，似翦艾葉爲蔽張之具也。魏曰《獲呂布》，言曹公圍臨淮，禽呂布也；吳曰《據武師》，言孫權征伐也；晉曰《征遼東》，言宣帝討滅公孫氏也；梁曰《桐柏山》，言武帝牧司州，興王業也；北齊曰《戰韓陵》，言神武平四方，定京洛也；後周曰《迎魏帝》，言武帝西幸，太祖奉迎，宅關中也。

《上之回》漢武帝元封初，因至雍，遂通回中道，後數遊幸焉。其歌稱帝遊石關，望諸國，月支臣，匈奴服，蓋誇時事也。魏曰《克官渡》，言曹公破袁紹於官渡也；吳曰《烏林》，言周瑜破魏武於烏林也；晉曰《宣輔政》，言宣帝之業也；梁曰《道亡》，言東昏昬失道，義師起樊鄧也；北齊曰《珍關隴》，言神武遣侯莫、陳悅誅賀拔岳，定關隴也；後周曰《平寶泰》，言太祖討平寶泰也。

《擁離》魏曰《舊邦》，言曹公勝袁紹於官渡，還譙，收死亡士卒也。吳曰《秋風》，言悅以使民，民忘其死也；晉曰《時運多難》，言宣帝討吳，方有征而無戰也；梁曰《抗威》，言被加湖元勳也；北齊曰《滅山蠕》，言神武屠蠡，升高車而蠕蠕向化也；後周曰《復弘農》，言太祖收復陝城，關東震懼也。古辭云：“擁離趾中可築室，何用茸之蕙用蘭。”擁離，趾中。

《戰城南》古辭，言“戰城南，死郭北，野死不葬烏可食”。此言野死不得葬，爲烏鳥所食，願爲忠臣義士，朝出戰而暮不得歸。後來作者，皆體此意。魏曰《定武功》，言曹公初破鄴也；吳曰《克皖城》，言孫權勝魏武於此城也；晉曰《景龍飛》，言景帝也；梁曰《漢東流》，言克魯山城也；北齊曰《立武定》，言神武立魏主，遷都於鄴而定天下也；後周曰《克沙苑》，言太祖俘齊軍十萬於沙苑，神武脱身遁也。

《巫山高》古辭，“巫山，高以大；淮水深，難以逝。”大略言江淮深，無梁以渡，臨水遠望，思歸而已。後之作者，皆涉陽臺雲雨之説，非舊意也。魏曰《屠柳城》，言曹公破三郡烏丸於柳城也；吳曰《關背德》，言關羽背吳，爲孫權所擒也；晉曰《平王衡》，言景帝調萬國也；梁曰《鶴樓峻》，言平郢城也；北齊曰《戰芒山》，言神武克周帥也；後周曰《戰河陰》，言太祖破神武於河上，斬其三將也。

《上陵》漢章帝元和三年，帝自作詩四篇：一曰《思齊姚皇》，二曰《六麒麟》，三曰《竭肅雝》，四曰《陟祀》，與《鹿鳴》、《承元氣》二曲爲宗廟食舉，又以《重來》、《上陵》二曲合八曲爲上陵食舉。據此所言，則《上陵》自是八曲之一名，或作於章帝之前，亦不可知，蓋因上陵而爲之也。魏曰《平南荆》，言曹公平荆州也；吳曰《通荆州》，言吳與蜀通好也；晉曰《文皇統百揆》，言文帝也；梁曰《昏主恣淫匿》，言東昏政亂，武帝起義，伐罪弔民也；北齊曰《禽蕭明》，言梁遣明來寇，爲清河王岳所禽也；後周曰《平漢東》，言太祖命將平隨郡安陸也。

《將進酒》魏曰《平關中》，言曹公征馬超定關中也；吳曰《章洪德》，言孫權之德也；晉曰《因時運》，言時運之變，聖策潛施也；梁曰《石首篇》，言平京城，廢東昏也；北齊曰《破侯景》，言清河王岳破侯景，復河南也；後周曰《取巴蜀》，言太祖遣軍平定蜀地也。

《有所思》亦曰《嗟佳人》漢太樂食舉十三曲，第七曰《有所思》，漢人亦以此樂侑食。魏曰《應帝期》，言文帝以聖德受命，應期運也；吳曰《順曆數》，言孫權建大號也；晉曰《惟庸蜀》，言文帝平蜀，封建復五等之爵也；梁曰《期運集》，言武帝受禪也；北齊曰《嗣丕基》，言文宣帝也；後周曰《拔江陵》，言太祖命將禽蕭繹，平南土也。

《芳樹》魏曰《邕熙》，言君臣邕穆，庶績咸熙也；吳曰《承天命》，言踐位也；晉曰《天序》，言用人盡其才也；梁曰《於穆》，言君臣和樂也；北齊曰《克淮南》，言文宣遣清河王岳禽梁司徒陸法和，克壽春，盡取江北之地也；後周曰《受魏禪》，言閔帝受魏禪作周也。

《上邪》魏曰《太和》，言明帝繼統，得太和平而改元也；吳曰《元化》，言以道化天下也；晉曰《大晉承運期》，言應籙受圖也；梁曰《惟大梁》，言梁德廣運也；北齊曰《平瀚海》，言文宣命將滅蠕蠕國也；後周曰《宣重光》，言明帝入承大統也。

《君馬黃》晉曰《金靈運》，言晉乘金運也；北齊曰《定汝潁》，言文襄遣清河王岳，禽周將王思政於長葛，汝、潁悉平也；後周曰《哲皇出》，言高祖之聖德也。按古辭云："君馬黃，臣馬蒼，二馬同逐臣馬良。"終言美人歸以南，以北，駕車馳馬，令我心傷，但取第一句以命題，其主意不在馬也。李賀之作，其得古道乎？如張正見、蔡知君之流，只言馬而已。按謝燮云："或聽鐃歌曲，惟吟《君馬黃》。"古人知音別曲，見於賦詠者如此。後世只於言語上計較，此道無聞。

《雉子班》晉曰《於穆我皇》，言武帝也；北齊曰《聖道洽》，言文宣之德，無思不服也；後周曰《平東夏》，言高祖禽齊主於青州，一舉定山東也。按：吳兢所引古辭云："雉子高飛止，黃鵠高飛已千里，雄來飛，從雌視。"以爲始作之辭。然樂府之題，亦如古詩題，所謂《關雎》、《葛覃》之類，只取篇中一二字以命詩，初無義也。後人即物即事而賦，故於題有義。據此古詞，無"雉子班"之語，往往《雉子班》之作，復在此古辭之前，吳兢未之見也。如吳均《可憐雉子班》，又後人所作也。

《聖人出》晉曰《仲春振旅》，言大晉蒐田以時也；北齊曰《受魏禪》，言文宣受禪，應天順人也；後周曰《禽明徹》，言高祖遣將克陳，將吳明徹而俘之也。

《臨高臺》古辭云："臨高臺，臺下清水清且寒，江有香草雜以蘭。黃鵠高飛離或翻，開弓射鵠，令我生萬年。"晉曰《夏苗田》，言大晉蒐田，爲苗除害也；北齊曰《服江南》，言梁主蕭繹來附化也。

《遠如期》亦曰《遠期》漢太樂食舉十三曲，一曰《鹿鳴》，二曰《重來》，三曰《初造》，四曰《俠安》，五曰《來歸》，六曰《遠期》，七曰《有所思》，八曰《明星》，九曰《清凉》，十曰《涉大海》，十一曰《大置》，十二曰《承元氣》，十三曰《海淡淡》。魏時以《遠期》、《承元氣》、《海淡淡》三曲多不通利，故省之。及晉荀勖、傅元之流，並爲歌辭。晉曰《仲秋獮田》，言蒐狩以時，雖有文德，不廢武事也；北齊曰《刑罰中》，言孝昭舉直措枉，獄訟無怨也。

《石留》晉曰《順天道》，言仲冬大閲，用武修文也；北齊曰《遠夷至》，言至海外西夷諸國，遣使朝貢也。

《務成》晉曰《唐堯》，言聖皇陟位，化被四表也；北齊曰《嘉瑞臻》，言聖主應期，河清龍見，符瑞總至也。

《元雲》北齊曰《成禮樂》，言功成化洽，制禮作樂也。

《黃爵行》晉曰《伯益》，言赤烏銜書，有周以興，今聖皇受命神雀來也。

《釣竿篇》伯常子避仇河濱爲漁父，其妻思之，而爲《釣竿歌》，每至河側，輒歌之。後司馬相如作《釣竿》詩，遂傳以爲樂曲。

《漢鞞舞歌》五曲

《關中一作東有賢女》魏曰《明明魏皇帝》，晉曰《洪業篇》。

《章和二年中》漢章帝所造，魏曰《太和有聖帝》，晉曰《天命篇》。

《樂久長》魏曰《魏歷長》，晉曰《景皇篇》。

《四方皇》魏曰《天生烝民》，晉曰《大晉篇》。

《殿前生桂樹》魏曰《爲君既不易》，晉曰《明君篇》。

右鞞舞之歌五曲，未詳所始，漢代燕享則用之。傅毅、張衡所賦，皆其事也。《章和二年中》，則章帝所作，舊辭並亡。曹植《鞞舞詩序》云："故西園鼓吹李堅者，能鞞舞，遭世亂，越關西，隨將軍段煨。先帝聞其舊妓，下書召堅。堅年踰七十，中間廢而不爲。又古曲甚多謬誤，異代之文，未必相襲，故依前曲作新歌五篇。晉泰始中，又製其辭焉。"按：鞞舞本漢巴渝舞，高祖自蜀漢伐楚，其人勇而善鬬，好爲歌舞，帝觀之曰："武王伐紂之歌，使工習之，號曰巴渝舞。"其舞曲四篇，一曰《矛渝》，二曰《安弩渝》，三曰《安臺》，四曰《行辭》。其辭既古，莫能曉句讀。魏使王粲制其辭，粲問巴渝帥，而得歌之本意，故改爲《矛渝新福》、《弩渝新福》、《安臺新福》、《行辭新福》四歌，以述魏德。其舞故常六佾，桓元將僭位，尚書殿中郎袁明子啓增滿八佾，梁復號《巴渝》。隋文帝以非正典，罷之。

《拂舞歌》五曲，魏武帝分《碣石》爲四曲，共八曲

《白鳩篇》亦曰《白鳧舞》，以其歌且舞也。亦入清商曲。

《濟濟篇》

《獨禄篇》李白作《獨鹿》。

《碣石篇》晉樂，奏魏武帝，分爲四篇：一曰《觀滄海》，二曰《冬十月》，三曰《上不同》，四曰《龜雖壽》。

《淮南王篇》舊説淮南王安求仙，禮方士，遂與八公相攜而去，莫知所在。其家臣小山之徒思戀不已，乃作是歌，言安仙去也。此則恢誕家爲此説耳，不然，亦是後人附會也。

按晉楊泓《舞序》云："自到江南，見《白符舞》。符，即鳧也。《白鳧舞》即《白鳩舞》也。《白鳧》之辭出於吳，其本歌云：平平白鳧，思我君惠，集我金堂。謂晉爲金德，吳人患孫皓虐政，而思從晉也。然《碣石章》又出於魏武，則知《拂舞》五篇並晉人採集三國之前所作，惟《白鳧》不用吳舊歌，而更作之，命以《白鳩》焉。"

鼓角横吹十五曲

《黄鵠一作鶴吟》《隴頭吟》亦曰《隴頭水》《望行人》《折楊柳》《關山月》《洛陽道》《長安道》《豪俠行》亦曰俠客行。《梅花落》胡笛曲。《紫騮馬》《驄馬》復有《驄馬驅》，非横吹曲。《雨雪》《劉生》不知何代人。觀齊、梁以來所爲《劉生》之辭，皆稱其任俠，周遊三秦間。或云抱劍專征，爲符節郎。《古劍行》《洛陽公子行》

右，鼓角横吹曲。按《周禮》以"藼鼓鼓軍"事，舊云"用角"。其説謂蚩尤氏帥魑魅與黄帝戰于涿鹿之野，帝命吹角爲龍吟以禦之。其後魏武帝北征烏桓，越涉沙漠，軍士聞之悲思，於是減爲中鳴，尤更悲矣。按此有十五曲，後之角工所傳者，只得《梅花》耳。今太常所試樂工第三等五十曲，抽試十五曲，及鳴角人習到《大梅花》、《小梅花》可汗曲，是梅花又有大、小之别也。然角之制始於邊，中國所用鼓角，蓋習邊角而爲也。黄帝之説多是謬悠。況鼓角與邊角聲類既同，故其曲亦相參用。而《梅花》之辭本於胡笛，今人謂角鳴爲邊聲，初由邊徵所傳也。《關山月》、《洛陽道》、《長安道》、《豪俠行》、《梅花落》、《紫騮馬》、《驄馬》八曲，後代所加也。

邊角十曲

《黄鵠吟》《隴角頭吟》亦曰《隴頭水》《出關》《入關》《出塞》《入塞》《折楊柳》《黄覃子》《赤子楊》《望行人》

右，邊角者，本以應胡笛之聲，後漸用之，故横吹有《雙角》，即邊樂也。漢博望侯張騫入西域傳其法，惟得《摩訶》、《兜勒》二曲，是爲邊曲之本。摩訶、兜勒皆邊語也。

協律校尉李延年因邊曲更新聲二十八解，其法乘輿以爲武樂。後漢以給邊將，魏、晉以來二十八解不復具存，但用十曲而已。《鼓角》之本出於《邊角》。

相和歌三十曲

《江南曲》梁簡文辭云："陽春路，時使佳人度。枝中水上青併歸，長楊樹，拂地桃花飛。清風吹人光照衣，景將夕，擲黄金，留上客。"古辭，古之詩即今之曲也。由梁武之後皆能音律，故創激越之辭，發靡麗之音，世所好尚，至今曲與詩分爲二矣。簡文辭美則美矣，其如失古意何！

《度關山》亦曰《度關曲》古辭。曹魏樂奏。

《長歌行》古辭。按：長、短歌行皆言其歌聲發越，自有短長。魏武《燕歌行》曰"短歌微吟不能長"，傅元《艷歌行》曰"咄來長歌續短歌"是也。崔豹《古今注》言長歌乃續命之長。吴兢亦如是説。謬哉！

《薤露歌》亦曰《薤露行》，亦曰《天地喪歌》，亦曰《挽柩歌》田横門人作辭云："薤上朝露何易晞，薤露明朝更復落。人死一去何時歸？蒿里誰家地？聚斂魂魄無賢愚。鬼伯一何相催促，今乃不得少踟躕。"按《左傳》："齊將與吴戰于艾陵，公孫夏使其徒歌。"虞殯注云："送葬歌也。"是古有喪歌矣。使挽柩者歌之，故爲喪歌，亦謂挽柩歌。此二章之作，乃田横門人歌以葬横也，但悲其亡耳，亦無怨言，足見古人之用心，任所遇而已，未嘗尤人焉。本一詩也而有二章，至漢武時李延年分爲二曲，《薤露》送王公貴人，《蒿里》送士大夫、庶人。當其時，聲亦自有别，所以爲二曲。後人通謂之挽歌者，以其聲無異也，故不復存其名。《薤露》亦謂之《泰山吟行》者，言人死則精爽，歸于泰山。

《蒿里傳》亦曰《蒿里行》，亦曰《泰山吟行》喪歌，亦曰挽柩歌。

《鷄鳴》亦曰《鷄鳴高樹顛》蓋本古辭，所謂"鷄鳴高樹顛，狗吠深巷中"也。

《對酒行》古辭。曹魏樂奏。

《烏生八九子》古辭"烏生八九子，端坐秦氏桂樹間"，言烏母生子，本在南山巖石間，而來爲秦氏所彈；白鹿在苑中，人得以爲脯；黄鵠摩天，鯉魚在深淵，人可得而炙之，皆由有所欲也。此言爲隱者戒耳。今劉孝威之詩，但言烏而已。

《平陵東》古辭云"平陵東，松柏桐，不知何人劫義公"，取第一句以命篇。此則漢翟義門人所作也。義爲東郡太守，起兵誅王莽，不克而死，門人作是歌以哀之。

《陌上桑》亦曰《艷歌羅敷行》，亦曰《日出東南隅行》，亦曰《日出行》，亦曰《採桑曲》，曹魏改曰《望雲曲》按古辭《陌上桑》有二，此則爲羅敷也。羅敷者，邯鄲秦氏女也，嫁千乘王仁。仁後爲趙王家令，羅敷採桑於陌上，趙王登臺，見而悦之，置酒欲奪焉。羅敷善彈箏，作《陌上桑》以自明不從。其辭稱羅敷採桑陌上，爲使君所邀，羅敷甚誇其夫爲侍中郎以拒之。或言與舊説不同，然侍中郎，漢官也，恐仁初爲趙王家令，後爲漢侍中郎也。呼趙王爲使君者，郎君之稱，本於漢，恐言使君者猶今言使長也。其辭有"日出東南隅，照我秦氏樓"之句，故亦曰《日出東南隅行》，亦曰《日出行》。别有《秋胡行》，其事與此不同，以其亦名《陌上桑》，致後人差互其説。如王筠《陌上桑》云："秋胡始停馬，羅敷未滿箱。"蓋合爲一事也。

《短歌行》亦曰《鰕䱇》晉樂奏。

《燕歌行》晉樂奏。燕，北地也。是歌始於魏文帝，其辭云："秋風蕭瑟天氣涼，草木搖落露爲霜，羣燕辭歸雁南翔。念君客游思斷腸，慊慊思歸戀故鄉，何爲淹留寄他方？賤妾煢煢守空房，憂來思君不敢忘，不覺淚下沾衣裳。援琴鳴絃發清商，短歌微吟不能長，明月皎皎照我牀。星漢西流夜未央，牽牛織女遙相望，爾獨何辜限河梁！"

《秋胡行》亦曰《陌上桑》，亦曰《採桑》，亦曰《在昔》魯有秋胡子，納妻五日而官於陳，五年乃歸。未至家，於路傍見婦人採桑，色美，說之，下車曰："力田不如逢豐年，力耕不如見公卿。吾有金，願以與汝。"婦人曰："婦人當採桑力作以養舅姑，不願人之金。"秋胡歸，奉金以遺母，母使呼婦，婦至，乃向採桑者。婦惡其行，因東投河而死，後人哀之而作《秋胡行》，故亦曰《陌上桑》，亦曰《採桑》。後人多與《羅敷行》無別。

《苦寒行》亦曰《吁嗟》晉樂奏。古辭云："北上太行山，艱哉何巍巍。羊腸坂詰屈，車輪爲之摧。樹木何蕭瑟，北風聲正悲。熊羆對我蹲，虎豹夾道啼。溪谷少人民，雪落何霏霏。延頸長嘆息，遠行多所懷。我心何怫鬱，思欲一東歸。水深橋梁絕，中路正徘徊。迷惑失故路，薄暮無宿栖。行行日已遠，人馬同時饑。擔囊行取薪，斧冰持作糜。悲彼東山詩，悠悠使我哀。"

《董逃行》古辭云："吾欲上謁從高山，山頭危險道路難。"言五嶽之上，皆以黃金爲宮闕，多靈獸仙草。以人君多欲壽考，求長生不死之藥，故令天神擁護。疑此辭作於漢武之時，蓋武帝有求仙之興。董逃者，古仙人也，後漢游童競歌之，有"董卓之亂，卒以逃亡"，此則謠讖之言，因其所尚之歌，故有是事實，非起於後漢也。梁簡文詠行幸甘泉云："董逃拜金紫，賢妻侍禁中。"又云："不羨神仙侶，排煙遠駕鴻。"所言仙事也。然陸機、謝靈運之作，皆言節物易徂，可及時行樂。晉傅休奕《九秋》十二篇，有《擬董逃行》，但言夫婦離別，各隨其意。

《塘上行》亦曰《塘上辛苦行》晉樂奏。或云甄后所作，或云魏文帝作。按古歌曰："蒲生我池中，綠葉何離離。"然觀陸機二篇之作，皆言婦人見棄於君之情也。舊云甄后被讒見棄而作，必是也。

《善哉行》亦曰《日苦短》古辭云："來日大難口燥唇，乾言人命不可保。"當樂見親友，求長生術，與王喬八公游也。

《東門行》晉樂奏。古辭云："出東門，不顧歸。"言士有貧，不安其居，拔劍將去，妻子牽衣留之願共，餔糜斯足，不求富貴也。

《西門行》古辭。

《煌煌京洛行》晉樂奏。

《豔歌何嘗行》亦曰《飛鵠行》古辭云："飛來雙白鶴，乃從西北來。"言雌病，雄不能負之而去："五里一返顧，六里一徘徊，雖遇新相知，終傷生別離。"

《步出夏東門行》亦曰《隴西行》古辭。

《野田黃雀行》晉樂奏。

《滿歌行》大曲，古辭。

《櫂歌行》晉樂奏。魏明帝將用舟師平吳，故作是歌，以明王化所及。後之作者，多言方舟鼓櫂之興耳。

《雁門太守行》按：古辭是後漢孝和時洛陽令王渙也。渙嘗爲安定太守，有安邊恤民之功，百姓歌之。然此則雁門太守，若非其事偶相合，則是作詩者誤以安定爲雁門。

《白頭吟》《西京雜記》："司馬相如將聘茂陵人女爲妾，文君作《白頭吟》以自絶。相如乃止。"後人作《白頭吟》，皆是以直道被讒，見疎於君。故古辭云："凄凄重凄凄，嫁娶不須啼。願得一心人，頭白不相離。"

《氣出唱》亦曰《惟乾》。

《精列》古辭。

《東光》

右，漢舊歌也。曰相和歌者，並漢世街陌謳謠之辭，絲竹更相和，令執節者歌之。按《詩·南陔》之三笙以和《鹿鳴》之三雅，《由庚》之三笙以和《魚麗》之三雅者，相和歌之道也。本一部，魏明帝分爲二部，更遞夜宿，始十七曲。魏、晉之世，朱生善琵琶、宋識善擊節、列和善吹笛等復爲十三曲，自《短歌行》以下，晉荀勖採撰舊詩施用，以代漢、魏，故其數廣焉。

相和歌吟嘆四曲

《大雅吟》《王昭君》《楚妃嘆》《王子喬》

右，張永《元嘉技録》四曲也。古有八曲，曰《小雅吟》、《蜀琴頭》、《楚王吟》、《東武吟》，四曲闕。

相和歌四絃一曲

蜀國四絃

右，張永《元嘉技録》有四絃一曲，蜀國四絃是也，居相和之末三調之首。古有四曲，其《張女四絃》、《李延年四絃》、《嚴卯四絃》三曲闕。《蜀國四絃》節家舊有六解，宋歌有五解，今亦闕。

相和歌平調七曲

《長歌行》《短歌行》亦曰《鰕䱇》《猛虎行》《君子行》《燕歌行》《從軍行》《鞠歌行》

右，宋王僧虔大明三年《宴樂技録》平調，有七曲也。

相和歌清調六曲三婦豔詩一曲附

《苦寒行》《豫章行》《董逃行》《相逢狹路間行》，亦曰《長安有狹斜行》，亦曰《相逢行》《塘上行》《秋胡行》《三婦豔詩》，亦曰《大婦織綺羅，中婦織流黃》

右，王僧虔《技録》清調六曲也。其《三婦豔詩》，《技録》不載。張氏云："非管絃音聲所寄，似是命笛理絃之餘。"

相和歌瑟調三十八曲

《善哉行》亦曰《日苦短》《步出夏門行》亦曰《隴西行》《折楊柳》《西門行》《東門行》《東西門行》《却東西門行》《順東西門行》《飲馬長城窟行》亦曰《飲馬行》《上留田行》《新城安樂宮行》《婦病行》《孤子生行》亦曰《孤兒行》，亦曰《放歌行》《大牆上蒿行》《野田黃雀行》《釣竿行》《臨高臺行》《長安城西行》《武舍之中行》《雁門太守行》《豔歌何嘗行》亦曰《飛鵠行》《豔歌福鍾行》《豔歌雙鴻行》《煌煌京洛行》《帝王所居行》《門有車馬客行》《牆上難爲趨行》《日重光行》《月重輪行》《蜀道難》《櫂歌行》《有所思行》《蒲坂行》《採梨橘行》《白楊行》《胡無人行》《青龍行》《公無渡河行》，亦曰《箜篌行》

右，王僧虔《技録》。

相和歌楚調十曲

《白頭吟行》《泰山吟行》《梁甫吟行》《東武吟》亦曰《東武琵琶吟行》《怨詩行》亦曰《怨歌行》，亦曰《明月照高樓》《長門怨》亦曰《阿嬌怨》《班婕妤》亦曰《婕妤怨》《娥眉怨》《玉階怨》《雜怨》

右，王僧虔《技録》五曲，自《長門怨》以下五曲續附。

白紵歌一曲古辭梁武改爲子夜吳聲四時歌四曲共五曲

《白紵歌》《白紵歌》有《白紵舞》，《白鳧歌》有《白鳧舞》，並吳人之歌舞也。吳地出紵，又江鄉水國自多鳧鷖，故興其所見以寓意焉。始則田野之作，後乃大樂氏用焉。其音入清商調，故清商七曲有《子夜》者，即《白紵》也。在吳歌爲《白紵》，在雅歌爲《子夜》。梁武令沈約更制其辭焉。古爲云白紵，白質如輕雲色，似銀制，以爲袍，餘作巾袍，以光軀巾拂塵。

右，《白紵》與《子夜》，一曲也。在吳爲《白紵》，在晉爲《子夜》，故梁武本《白紵》而爲《子夜四時歌》。後之爲此歌者，曰《白紵》則一曲，曰《子夜》則四曲。今取《白紵》於《白紵》，取《四時歌》於《子夜》，其實一也。

清商曲七曲附五十曲並夷樂四十一曲，除内七曲同，實計八十四曲

《子夜》亦曰《子夜吳聲四時歌》，亦曰《子夜吳歌》晉有女子名子夜，作是歌，其聲甚哀。晉孝武太元中，琅邪王軻家有鬼歌之，《子夜》之音同於《白紵》，皆清商調也。故梁武本《白紵》而爲《子夜吳聲四時歌》。明此，《子夜》亦有晉聲者，其實不離清商。

《前溪》晉車騎將軍沈玩所作，舞曲也。

《烏夜啼》宋臨川王義慶所作。宋元嘉中，徙彭城王義康於豫章郡，義慶時爲江州，相見而哭。文帝聞而怪之，召還宅。義慶大懼，妓妾聞烏夜啼，叩齋閣云：“明日應有赦。”及旦，改南兗州刺史，因作此歌。故其辭云：“籠窻窻不開，烏夜啼，夜夜望郎來。”蓋詠其妾也。

《石城樂》宋臧質所作也。石城在景陵，質爲景陵太守，於城上見羣少年歌詠之樂，因爲此辭。其辭曰：“生長石城下，開門對城樓。城中美少年，出入相依投。”

《莫愁樂》出於石城之作。石城有女子，名莫愁，善歌謠，故石城之外復有莫愁。古又有莫愁，洛陽女，非此。古辭云：“莫愁在何處，莫愁石城西。艇子打兩槳，催送莫愁來。”來音釐。

《襄陽樂》宋隋王誕始爲襄陽郡，元嘉末仍聞諸女歌謠，因爲之辭焉。宋劉道彦爲雍州，有惠化，百姓歌之，謂之《襄陽樂》，非此也。古辭云：“朝發襄陽城，暮至大堤宿。大堤諸女兒，花豔驚郎目。”

《王昭君》亦曰《王嬙》，亦曰《王明君》名嬙，字昭君，避晉文諱改曰明君。漢元帝時，匈奴盛請婚於漢，帝以后宮良家子昭君配焉。元帝之時，后宮掖庭員數多，帝不及遍識，令毛延壽畫圖。延壽取金於后宫，而昭君不與，故醜其姿。及昭君既出宫，帝爲愕然，殺延壽。其時公主嫁烏孫，爲馬上彈琵琶，作樂以慰其道路之思，其事多見載籍。其辭云：“吾家嫁我兮天一方，遠託異國兮烏孫王。穹廬爲室兮旃爲牆。”旃，帳也。按《漢書》：“烏孫使使獻馬，願得尚公主，乃遣江都王建女爲公主，以妻烏孫焉。”此則是也。若以爲延壽畫圖之説，則委巷之談，流入風騷人口中，故供其賦詠，至今不絶。

右，按清商曲亦謂之清樂，出於清商三調，所謂平調、清調、瑟調是也。三調者，乃周《房中樂》之遺聲，漢、魏相繼，至晉不絶。永嘉之亂，中朝舊曲散落江右，而清商舊樂猶傳江左，所謂梁、宋新聲是也。元魏孝文纂漢，收其所獲南音，謂之清商樂，即此等是也。隋平陳，因置清商府，傳採舊曲，若《巴渝》、《白紵》等曲皆在焉。自此漸廣，雖經喪亂，至唐武后時猶存六十三曲，其傳者有焉。

《白雪》楚曲也。或云周曲。唐顯慶三年十月，太常寺奏。按張華《博物志》云：“《白雪》是黄帝使素女鼓五十絃瑟曲名，以其調高，人和遂寡，自宋玉以來，迄今千祀，未有能歌《白雪》者。臣今準敕依琴中舊曲定其宫商，然後教習，並合於歌，輒以御製《雪詩》爲《白雪》歌辭。又樂府奏正曲之後，皆有送聲，君唱臣和，事彰前史。輒取侍中許敬宗等奏和《雪詩》十六首以爲送聲，各十六節。上善之，乃付太常編於樂府。”

《公莫舞》即巾舞也，蓋取高祖鴻門會飲，項伯以袖隔之，使不得害高帝，且語莊云“公莫”，古人相呼爲“公莫害漢王”也。亦謂之《公莫曲》。後之舞者用巾，蓋像項伯衣袖之遺式也。本即舞，後人因爲辭焉。

《巴渝》本舞名，即鞞舞也。漢高自蜀漢將定三秦，閬中范因率賨人以從，爲前鋒，號板楯，蠻勇而善鬭。及定三秦，封因爲閬中侯，復賨人七姓。其俗喜舞，高帝使樂人習之。閬中有渝水，因以爲名，故曰《巴渝舞》。舞曲四篇，其辭既古，莫能曉其句讀。魏使王粲改創其調，晉及江左皆制其辭。

《明君》《明之君》漢鞞舞曲。梁武改其曲辭，以歌君德。

《鐸舞》漢曲。

《白鳩》吳拂舞曲。

《白紵》吳舞。

《子夜》晉曲。

《吳聲四時歌》梁曲。

《前溪》晉曲。

《阿子歌》亦曰《歡聞歌》晉穆帝升平初，童子輩或歌於道，歌畢，輒呼“阿子，汝聞否？”又呼“歡聞否？”以爲送聲。後人演其聲爲二曲。宋、齊間，用莎乙子之語，稍訛異也。

《團扇郎》晉中書令王珉好執白團扇，其侍人謝芳歌之。或云珉與嫂婢謝芳有情，嫂鞭撻過苦，婢善歌而作此曲。其辭云：“團扇復團扇，持許自遮面。憔悴無復理，羞與郎相見。”

《懊憹》憹亦作惱，石崇侍人緑珠所作《絲布澀難縫》一曲而已。東晉隆安初，民間訛謠之曲云“春草可攬結，女兒可攬擷”。齊高帝謂之《中朝歌》。

《長史變》晉司徒左長史王廞臨敗所作。

《丁督護》亦曰《丁都護》，亦曰《督護歌》。宋武帝女夫徐逵之爲彭城内史，爲魯軌所殺，武帝使内直督護丁旿收殯之。逵之妻呼旿至閣下，自問殯送之事，每問輒歎息曰“丁督護”，其聲甚哀。後人因其聲，廣其曲焉。其辭二首，一曰：“督護上征去，儂亦惡聞許。願作石尤風，四面斷行旅。黄河流無極，洛陽數千里。轗軻戎旅間，何由見歡子？”

《讀曲》宋人爲彭城王義康作，其歌曰：“死罪劉領軍，誤殺劉四弟。”《古今樂録》曰：“元嘉十七年，袁后崩，百官不敢聲歌。或因酒燕，只竊聲讀曲細吟而已。”

《烏夜啼》宋臨川王義慶作。

《估客樂》齊武帝所作也。武帝爲布衣時，常游樊、鄧。踐阼已後，追憶往事而作是歌，使太樂令劉瑶教習，百日無成。或啟釋寶月善音律，帝使寶月奏之便就，敕歌者重爲感憶之聲。梁改爲《商旅行》，其辭二首，一曰：“昔經樊鄧後，假楫梅根渚。感昔追往事，意滿情不叙。”二曰：“有信數寄書，無信長相憶。莫作䍤落井，一去無消息。”

《石城樂》宋臧質作。

《莫愁》出於石城。

《襄陽》亦曰《襄陽樂》，宋隋王誕作。

《烏夜飛》亦曰《棲烏夜飛》，宋荆州刺史沈攸之所作也。攸之舉兵發荆州，未敗之前思歸京師，所以歌之曰："白日落西山，還去來。"

《楊叛兒》亦曰《西曲楊叛兒》本童謠也。齊隆昌時女巫之子曰楊旻，隨母入内。及長，爲太后所寵愛。童謠云："楊婆兒，共戲來。"語訛，轉婆爲叛也。

《雅歌》未詳所起。

《驍壺》投壺樂也。隋煬帝所造，以投壺有躍矢爲驍壺。今謂之驍壺，是。

《常林歡》常林即長林也，今之荆門長林縣是也。樂人誤以長爲常，此則梁、宋間曲也。宋代以荆、雍爲南方重鎮，皆王子爲之牧，江左辭詠，莫不稱之，以爲樂土。故宋隋王誕作《襄陽樂》，齊武追憶樊、鄧作《估客樂》是也。梁簡文辭云："分手桃林岸，遂別峴山頭。若欲寄音信，漢水向東流。"

《三洲》商人之歌也。商客數由巴陵三江口往還，因共作此歌。

《採桑度》《三洲曲》所出也，與《羅敷秋胡行》所謂採桑者異矣。

《玉樹後庭花》《玉樹後庭花》與《堂堂黄鸝》、《留金釵》、《兩臂垂》凡四曲，皆陳後主所作，常與宫女學士及朝臣相唱和爲詩，太樂令何胥採其尤輕豔者，以爲此曲。

《堂堂》陳後主所作者，唐高宗朝常歌之。

《泛龍舟》隋煬帝幸江都宫所作。又令太樂令白明達造新聲，創《萬歲樂》、《藏鈎樂》、《七夕相逢樂》、《舞席同心髻》、《玉女行》、《觴神仙》、《留客》、《擲磚》、《續命》、《鬥鷄子》、《鬥百草》、《還舊宫》、《長樂花》、《十二時》等曲，掩抑摧藏，哀音斷絶。

《春江花月夜》隋煬帝所作也，凡二首，一曰："暮江平不動，春花滿正開。流波將月去，潮水帶星來。"二曰："夜露含花氣，春潭漾月暉。漢水逢游女，湘川值兩妃。"

右，三十三曲，《明之君》、《雅歌》各二首；《四時歌》四首，凡三十八曲。又有四曲，《上林》、《鳳雛》、《平折》、《命嘯》，其聲與辭皆訛失。又有三曲，曰平調、清調、瑟調，有聲無辭。又蔡邕云："清商曲，其詩不足採，有《出郭西門》、《陸地行》、《車俠鐘》、《朱堂寢》、《奉法》五曲。"往往在漢時所謂清商者，但尚其音爾，晉、宋間始尚辭。觀吳兢所纂七曲，皆晉、宋間曲也。故知梁、宋新聲，有自來矣。因隋文帝篤好清樂，以爲華夏正聲，故特盛於隋焉。大業中，煬帝乃定清樂、西涼、龜兹、天竺、康國、疏勒、安國、高麗、禮畢以爲九部。

琴操五十七曲九引　十二操　三十六雜曲

《思歸引》亦曰《離拘操》，舊說衛賢女之所作也。邵王聞其賢而聘之，未至而王死。太子留之，不聽，拘於深宫，思歸不得，援琴而歌，曲終乃縊。初但有聲，至晉石崇始作辭，但述其思歸河陽所居而已。劉孝威《胡地憑良馬》，亦只言思歸之狀。

《走馬引》樗里牧恭所造也。爲父報仇殺人，而藏山谷中。有天馬夜降，鳴于其室，聞而驚，以爲吏追己,奔逃入川澤中,援琴而彈之,作天馬之聲,命之曰《走馬引》。又張敞爲京兆尹,無威儀,時罷朝會,走馬章臺街,時人鄙笑之,有"殿君馬者路傍兒"之語,故張率詩曰:"吾畏路傍兒。"

《霹靂引》亦曰《吟白虎》,亦曰《舞元鶴》楚商梁所作。商梁出游九皋之澤,遇風雷霹靂,懼而歸,作此引。又晉平公召師曠,援琴而鼓,清徵一奏,有元鶴二八來集,再奏而列,三奏延頸而鳴,舒翼而舞。所謂《舞元鶴》者,蓋本於此。往往其音不殊,故合爲一。不然,則本《舞元鶴》之聲而爲《霹靂引》。

《烈女引》亦曰操,楚樊姬作也。

《伯妃引》魯伯妃作。

《琴引》秦時屠高門作。

《楚引》亦曰《龍邱引》楚龍邱子高引。

《貞女引》魯女所作。

《箜篌引》亦曰《公無渡河》,亦曰《箜篌謠》。朝鮮津卒霍里子高妻麗玉所作。子高晨起刺船,見一白首狂夫,被髮攜壺,亂流而渡。其妻隨呼止之,不及,遂援箜篌而鼓之,歌曰:"公無渡河,公終渡河。公墮而死,當奈公何?"聲音悽愴。曲終,亦投河而死。子高還,以其聲語麗玉,玉傷之,乃引箜篌寫其聲,聞者莫不墮淚。麗玉以其聲傳鄰女麗容,名曰《箜篌引》。舊史稱漢武帝滅南粵,祠太一后土,令樂人侯暉依琴造坎侯。坎者,聲也;侯者,工人姓也。後語訛"坎"爲"空"。然以臣所見,今大樂有箜篌器,何得如此説?

右九引。

《將歸操》世言孔子作。孔子之趙,聞殺竇鳴。竇,賢者也。孔子知必不用已,故將歸,其辭曰:"翱翔于衛,復我舊居。從吾所好,其樂只且。"

《猗蘭操》亦曰《幽蘭操》。世言孔子作。孔子傷不逢時,以蘭薺麥自喻,且云:"我雖不用,於我何傷?"言霜雪之時,薺麥乃茂,蘭者取其芬香也。今此操只言猗蘭,蓋省辭也。

《龜山操》世言孔子作。季桓子受齊女樂,孔子欲諫不得,退而望魯之龜山,而作此曲,言位尊非其人,嗟予莫之依也。或言季氏若龜山之蔽魯。

《越裳操》世言周公作。越裳國獻白雉,周公作是歌。

《拘幽操》世言文王拘於羑里而作。

《岐山操》世言周公爲太王作,述古幽公之續,患時豔武也。或云周人爲文王所作。

《履霜操》世言尹吉甫子伯奇無罪,爲後母所譖見逐,自傷而作也。追帝舜之事,明怨其身之不爲父母憐也,言人之不得於父母者,當益親也。

《雉朝飛操》世言齊宣王時處士犢牧子作也。年七十無妻,採薪於野,見雉雌雄雙飛,乃仰天而歎曰:"聖王在上,恩及草木鳥獸,而我不獲。"因援琴而歌,其聲中絶。魏武帝有宮人盧女者,陰叔之妹,七歲入漢宮,學鼓琴,琴特鳴異,爲新聲,能傳此曲。至魏明帝崩,出降爲尹更生妻,故得此聲不絶。按揚雄《琴清英》曰:"《雉朝飛操》者,衛女傅母之所作也。衛女嫁於齊太子,中道聞太子死,問傅母,曰:'且往,當喪。'喪畢,不肯歸,終之以死。傅母悔之,取女所自操琴於冢上鼓之,忽二雉俱出墓中,傅母撫雉曰:"女果爲雉耶?"言未畢,俱飛而起,不見所往。傅母悲痛,援琴作操曰《雉朝飛》。"據雄所記,大概與《思歸操》之言相類,恐是訛易。

《别鹤操》商陵牧子娶妻五年无子，父兄为之改娶。其妻闻之，中夜起，倚户悲歌。牧子感之，为作此曲。或云其时亦有覆鹤悲鸣，故因以命操。

《残形操》世言曾子梦一狸，不见其首，以为不祥，而作此曲。

《水仙操》世言伯牙所作。伯牙学鼓琴於成连先生，三年而成。至於精神寂寞，情之专一，尚未能也。成连云："吾师子春在海中，能移人情。"乃与伯牙延望无人，至蓬莱山，留伯牙曰："吾将迎吾师。"刺船而去，旬时不返，但闻海上水汩没瀄澌之声，山林窅冥，羣鸟悲号，怆然歎曰："先生将移我情。"乃援琴而歌之。曲终，成连刺船而还，伯牙遂妙绝天下。

《懐陵操》世言伯牙所作。

右十二操，韩愈取十操，以为文王、周公、孔子、曾子、伯奇、犊牧子所作，则圣贤之事也，故取之；《水仙》、《懐陵》二操，皆伯牙所作，则工技之为也，故削之。呜呼，寻声徇迹，不识其所由者如此！九流之学皆有义，所述者，无非圣贤之事，然而君子不取焉者，为多诬言，饰事以实其意。所贵乎儒者，为能通今古，审是非，胸中了然，异端邪説无得而惑也。退之平日所以自待为如何？所以作十操以貽训後世者为如何？臣有以知其为邪説异端所襲，愚师瞽史所移也。《琴操》所言者，何尝有是事？琴之始也，有声无辞，但善音之人，欲写其幽懐隐思，而无所憑依，故取古之人悲忧不遇之事，而以命操。或有其人而无其事，或有其事又非其人，或得古人之影响，又从而滋蔓之。君子之所取者，但取其声而已，取其声之义，而非取其事之义。君子之於世多不遇，小人之於世多得志。故君子之於琴瑟，取其声而写所寓焉，岂尚於事辞哉？若以事辞为尚，则自有六经圣人所説之言，而何取於工伎所志之事哉！琴工之为是説者，亦不敢鑿空以厚诬於人，但借古人姓名，而引其所寓耳。何独琴哉，百家九流，皆有如此。惟儒家开大道，纪实事，为天下後世所取正也。盖百家九流之书皆载理，无所繫着，则取古之圣贤之名，而以己意纳之於其事之域。且以卜筮家论之，最与此相近也。如以文王拘羑里而得"明夷"，文王拘羑里或有之，何尝有"明夷"乎？又何尝有箕子遇害之事乎？孔子问伯牛而得"益"，孔子问伯牛实有之，何尝有"益"乎？又何尝有过其祖之语？《琴操》之所纪者，皆此类也。又如稗官之流，其理只在唇舌间，而其事亦有记载。虞舜之父，杞梁之妻，於经传所言者，数十言耳，彼则演成萬千言。东方朔三山之求，诸葛亮九曲之势，於史籍无其事，彼则肆为出入。《操》之所纪者，又此类也。顾彼亦岂欲为此诬罔之事乎？正为彼之意向如此，不得不如此，不説无以畅其胸中也。又如兔园之学，其来已久。其所言者，无非周、孔之事，而不得为正学，不为学者所取信者，以意卑浅而言陋俗也。今观琴曲之言，正兔园之流也，但其遗声流雅，不与他乐并肩，故君子所尚焉。或曰：退之之意，不为其事而作也，为时事而作也。曰如此所言，则白乐天之讽諭是矣。若惩古事以为言，则《隋堤柳》可以戒亡国；若指今事以为言，则《井底引銀瓶》可以止淫奔，何必取異端邪説、街談巷語以寓其意乎？同是誕言，同是飾説，伯牙何誅焉？臣今論此，非好攻古人也，正欲憑此開學者見識之門，使是非不雜揉其間，故所得則精，所見則明。無古無今，無愚無智，無是無非，無彼無己，無異無同。概之以正道，燦燦乎如太陽正照，妖氛邪氣不可干也。

河間雜弄二十一章

《蔡氏五弄》《雙鳳》《雜鸞》《歸鳳》《送遠》《幽蘭》《白雪》太常丞吕才以唐高宗《雪詩》爲《白雪歌》，被之以琴。《長清》《短清》《長側》《短側》《清調》《大遊》《小遊》《明君》《胡笳》《白魚歎》《廣陵散》嵇康死後，此曲遂絶。往往後人本舊名而別出新聲也。《楚妃歎》《風入松》《烏夜啼》《楚明光》《石上流泉》《臨汝侯子安之》《流漸洄》《雙燕離》《陽春弄》《悦人弄》《連珠弄》《中揮清》《暢志清》《蟹行清》《看客清》《便僻清》《婉轉清》

右，三十六雜曲。

遺聲序論

遺聲者，逸詩之流也。今以義類相從，分二十五正門，二十附門，總四百十八曲，無非雅言幽思，當採其目，以俟可考。今採其詩，以入係聲樂府。

古調二十四曲

《古辭十九曲》無名氏。《擬行行重行行》陸機。《古意》李白。（闕）《淫思古意》顏峻。《古樂府》權德輿。

征戍十五曲將帥　城塞　校獵

《戎行曲》《遠征人》《南征曲》《老將行》《將軍行》《霍將軍行》《司馬將軍歌》《長城》《築城》《古築城曲》《塞上曲》《塞下曲》《古塞曲》《邊思》《校獵曲》

遊俠二十一

《遊俠篇》《俠客行》《博陵王宮俠曲》《臨江王節士歌》《少年子》《少年行》《刺少年》

《邯鄲少年行》《長安少年行》《羽林郎》《輕薄篇》《劍客》《結客》《結客少年場》曹植詩云："結客少年場，報怨洛北芒。"故取一句。《沐浴子》《結襪子》《結援子》《壯士吟》《公子行》《燉煌子》《扶風豪士歌》

行樂十八曲

《遊子移》

《遊子吟》

《嘉遊》亦曰《喜春遊》

《王孫遊》

《棗下何纂纂》

《攜手曲》

《樂未央》

《永明樂》

《今樂歌》

《吾生作宴樂》

《今日樂相樂》

《苦樂相倚曲》唐元稹作。言人情不常，恩寵反覆，專引班姬、趙飛燕事爲言。

《合歡詩》晉楊方所作，婦人也。其詩言："我情與君，猶形影不相離。願食共並根，穗飲共連理。杯衣同雙絲，絹寢共無縫。褥坐必接膝，行必攜手，如鳥同心，如魚比目。利斷金石，密逾膠漆焉。"

《定情篇》漢繁欽所作，言婦人不能自相悅媚，乃解衣服玩好致之，用叙綢繆之志，若"臂環致拳拳"，"指環致勤勤"，"耳珠致區區"，"香囊致扣扣"，"跳脱致契濶"，"佩玉結恩情"，自以爲至矣。而期於山隅、山陽、山西、山北，終而不答，乃自傷悔。

《還臺樂》

《河曲遊》

《行幸甘泉宮》

《宮中行樂》

佳麗四十七曲女功　才慧　貞節

《美女篇》亦曰《齊瑟行》，亦曰《齊吟》

《美人》

《織女辭》

《錦石擣流黄》

《丹陽孟珠歌》

《錢塘蘇小小歌》

《孫綽情人碧玉歌》

《中山王孺子妾歌》孺子者，幼小之稱。《漢書》曰：“詔賜中山王噲及孺子妾並未央才人歌詩四篇。”

《吳王夫差女紫玉歌》

《董嬌饒》

《烏孫公主》漢武帝以江都王女細君爲公主，嫁烏孫昆彌。至其國，別治宮室，歲時一再會，公主悲怨而作是詩。

《情人桃葉歌》亦曰《千金意》桃葉者，王獻之妾，名緣於篤愛，所以作歌。或云是童謠：“桃葉復桃葉，桃葉連桃根。相憐兩樂事，獨使我殷勤。”又曰：“桃葉復桃葉，渡江不用楫。但道無所苦，我自楫迎汝。”

《李夫人》漢武帝喪李夫人，令寫真甘泉殿。又令方士合靈藥曰反魂香，以降夫人之魂，髣髴其狀。背燈隔帳，不得語。

《楚妃吟》

《楚妃歎》

《楚明妃曲》

《杜秋娘》金陵女年十五爲李錡妾，錡叛滅，籍之入宮，有寵於景陵。穆宗立，命爲皇子傅母。皇子封章王，鄭注事被罪放，還故鄉，其辭云：“勸君莫惜金縷衣，勸君須惜少年時。花開堪折直須折，莫待無花空折枝。”

《女秋蘭》

《木蘭辭》木蘭，女子也。其父被調從征，木蘭代父往防邊，獲功而歸。與人同伴十三年，而人不知其爲女子，故其詩之卒章有“雄兔脚撲朔，雌兔眼迷離。兩兔傍地走，焉能知我是雄雌”之句。

《昭君歎》

《劉勳妻》

《焦仲卿妻》

《杞梁妻歌》杞殖妻之妹朝日所作也。殖戰死，妻泣曰：“上則無父，中則無夫，下則無子。人生之苦至矣！”乃放聲長號，杞城爲之頽，遂投水死。其妹悲之，爲作是歌。梁乃殖字。

《湘夫人》亦曰《湘君》，亦曰《湘妃》堯二女，長曰娥皇，次曰女英，爲舜二妃。舜南巡，二妃追隨不及，没於湘渚，今有其祠。

《未央才人歌》

《邯鄲才人嫁爲廝卒婦》

《愛妾換馬》

《胡姬年十五》

《黃門倡》

《舞媚娘》"舞"亦作"武"，唐則天朝常歌此曲。

《五媚娘》

《妾薄命》亦曰《惟日月》

《妾安所居》

《皚如山上雪》

《燕美人》

《映水曲》

《蠶絲歌》

《貞女》

《孀婦吟》

《麗人行》

《上陽白髮人》唐天寶五載已後，楊貴妃專寵，後宮人無復進幸矣。六宮有美色者，輒置別所，上陽是其一也，貞元中尚存焉。

《繚綾》

《時世粧》

《王家少婦》

《委舊命》

《秦女卷衣》

《靜女辭》

別離十九曲迎客

《生別離》《離歌》《長別離》《河梁別》《春別曲》《自君之出矣》《送歸曲》《思歸篇》《送遠曲》《母別子》《寄衣曲》《迎客曲》《送客曲》《遠別離》《久別離》《古離別》《怨別》《離怨》一作《雜怨》。《井底引銀瓶》

怨思二十五曲

《傷歌行》《怨辭》《青樓怨》《春女怨》《秋閨怨》《閨怨》《寒夜怨》《征婦怨》《綵書怨》

588

《鳳樓怨》《緑墀怨》《四愁》《七哀》《長相思》《憂且吟》《獨處愁》《思公子》《思君去時行》《洛陽夫七思詩》《湘妃怨》《娼樓怨》《西宮秋怨》《西宮春怨》《遺所思》《獨不見》

歌舞二十一曲技能

《浩歌行》《緩歌行》《前緩聲歌》《會吟行》《同聲歌》《勞歌》《悲歌行》

《上聲歌》此因上聲促柱得名,或用一調,或用無調名,如古歌辭所謂"哀思之音,不合中和"。梁武因之改辭,無復雅句。

《大垂手》舞而垂手也,《小垂手》、《獨搖手》亦然。其辭云:"垂手忽迢迢。飛燕掌中嬌。羅衫恣風引,輕薄任情搖。詎似長沙地,促舞不回腰。"

《小垂手》其辭云:"舞女出西秦,蹋節舞陽春。且復小垂手,廣袖拂紅塵。折腰膺兩笛,頓足轉雙巾。娥眉與慢臉,見此空愁人。"

《鈞天曲》

《豔歌行》古辭。有"翩翩堂前燕,冬藏夏來見",言兄弟流宕他之。或言魏武始作。

《童謠》《入朝曲》《清歌發》

《獨舞調嘯辭》急聲也,至今猶存。

《正古樂》

《三臺辭》舞辭也,今猶存。

《齊謳行》

《吳趨曲》齊謳者,齊人之歌;吳趨者,吳人之舞。故陸機所引"牛山",陸厥所言"稷下",皆齊也。閶門乃吳門,《閶闔所行》亦名《破楚門》。千載而下欲爲齊謳者,必本齊音;欲爲吳趨者,必本吳調。

絲竹十一曲

《挾琴歌》《相如琴》《薄暮動弦歌乐》《鼓瑟有所思》《趙瑟》《秦箏》《龍笛曲》《短簫》《鳳笙》

《華原磬》唐天寶中,始廢泗濱磬,用華原石代之。詢諸磬人,則曰:故老云:"泗濱磬石調之不能和,得華原石考之,乃和。"由是不改。

《五弦彈》

觴酌七曲

《羽觴飛上苑》《前有一樽酒》《城南偶燕》《當置酒》《當壚》《獨酌謠》《山人勸酒》

宮苑十九曲樓臺　門闕

《魏宮辭》《玉華宮》《長信宮》《連昌宮》《楚宮行》《雍臺》《凌雲臺》《新成長樂宮》《登樓曲》《青樓曲》《建興苑》《芳林篇》《上林》《閶闔篇》《駕言出北闕》《坐玉堂》《內殿賦新詩》《西園遊上才》《春宮曲》

都邑三十四曲

《名都篇》亦曰《齊瑟行》

《京兆歌》

《左馮翊歌》京兆京師也。馮翊在左，扶風在右，謂之三輔。京兆，今永興；馮翊，今同州；扶風，今鳳翔。

《扶風歌》

《荊州樂》

《燉煌樂》涼州之地也。

《青陽樂》今青州。

《潯陽樂》今江州。

《壽陽樂》南平穆王爲荆河州作也。

《涼州樂》今屬西夏。

按：今之樂有《伊州》、《涼州》、《甘州》、《渭州》之類，皆西地也。又按：隋煬帝所定九部夷樂，西涼、龜茲、天竺、康居之類，皆西夷也。觀《詩》之《雅》、《頌》亦自西周始。凡是清歌妙舞，未有不從西出者。八音之音以金爲主，五方之樂惟西是承。雖曰人爲，亦莫非禀五行之精氣而然。

《邯鄲歌》今趙州。

《長平行》秦白起所坑趙降兵處。

《故絳行》晉雖遷新田，以舊地爲故絳。

《西長安行》

《臨碣石》平州之地，臨北海，禹所導河從此入海，故曰《碣石》，《送反潮》。

《白銅鞮歌》亦曰《襄陽蹋銅鞮》。

《南郡歌》今南陽也。

《荆州歌》今荆南府。

《陳歌》

《吳歌》

《鄴都引》

《蔡歌行》

《越城曲》

《越謠》

《孟門行》

《燕支行》

《汾陰行》

《新昌里》

《洛陽陌》

《大堤曲》

《出自薊北門行》

《江南行》

《江南思》

《長干行》

道路六曲

《陰山道》《太行路》《行路難》《變行路難》《沙路曲》《沙隄行》

時景二十五曲

《陽春歌》楚曲。《青陽歌》《春日行》《秋風辭》帝幸河東祠后土，顧視帝京，欣然中流，與羣臣宴，上賦《秋風》。《北風行》《苦熱行》《秋歌》《朝歌》《晨風歌》《朝來曲》《夜夜曲》《夜坐吟》《遥夜吟》《春旦有所思》《元雲》《朝雲》《雷歌》《驚雷歌》《雪歌》《胥臺露》《白日歌》《明月篇》《明月子》《日出行》《日與月》

人生四曲

《百年歌》陸機作，十年爲一章，共十章，言句泛濫，無可采。《人生》《老年行》《老詩》

人物九曲

《大禹》《成連》《湘東王》《祖龍行》《百里奚》《項王》亦曰《蓋世》。《楚王曲》《安定侯曲》《李延年歌》

神仙二十二曲隱逸　漁父

《步虛辭》

《神仙篇》

《外仙篇》

《升仙歌》

《升天行》

《仙人篇》

《遊仙篇》

《仙人覽六著篇》

《海漫漫》

《桃源行》

《上雲樂》亦曰《洛濱曲》

《武林深行》一曰《武溪深行》

《招隱》本楚辭,漢淮南王安小山所作,言山中不可久留。或言即安所作也。後人改爲五言。若晉左思《杖策》、《招隱》數篇是也。晉王康琚又作《反招隱》。舊說《淮南書》有小山,亦有大山,亦猶《詩》有《小雅》有《大雅》。

《反招隱》

《四皓》

《蕭史曲》

《方諸曲》

《王喬歌》

《元丹邱歌》

《紫翳翁歌》序云:"紫翳翁過角里先生,舉酒相屬,醉而歌。"

《漁父》

《歸去來引》

梵竺四曲

《舍利弗》《法壽樂》《阿郰瓌》《摩多樓子》

蕃音四曲

《于闐採花》《高句麗》《紀遼東》隋煬帝爲遼東之役而作是詩。《出蕃曲》

山水二十四曲登臨　泛渡

《桐柏山》山在唐州桐柏縣淮水發源之處。

《華陰山》在華州西嶽。

《巴東三峽歌》

《淫豫歌》亦曰《灩豫歌》其辭云："淫豫大如服,瞿唐不可觸。金沙浮轉多,桂浦忌經過。"此舟人商客刺水行舟之歌,亦非簡文所作也。蜀江有瞿唐之患,桂江有桂浦之難,故過瞿唐者則準灩豫,涉桂浦者則準金沙。又有"灩豫如馬,瞿唐莫下;灩豫如象,瞿唐莫上"之語,是單言瞿唐也。

《河上之水歌》

《曲池之水歌》

《東海》

《小臨海歌》

《江上曲》

《江皋曲》

《方塘含白水歌》

《日暮望涇水》

《曲江登山曲》

《巫山》

《中流曲》

《濟黃河》

《渡易水曲》

《桂楫泛河中》

《登名山行》

《昆明春水滿》此唐貞元中作也。自唐後不都長安，昆明池遂爲民田矣。

《半路溪》

《泛水曲》

《幽澗泉》

草木二十一曲採種　花菓

《赤白桃李花》亦曰《桃李》唐高祖時歌。

《秋蘭篇》

《芙蓉花》

《採蓮曲》

《採菱曲》

《採菊》

《茱萸篇》

《蒲生歌》

《城上麻》

《夾樹》

《夾樹有綠竹》

《綠竹》

《樹中草》

《冉冉孤生竹》取《古詩》第一句作題。按何偃作此詩，所言者婚姻之事。

《楊花曲》

《桃花曲》

《隋堤柳》

《種葛》

《江籬生幽渚》

《浮萍篇》

《桑條》太史迦葉志忠上《桑條歌》十二篇，言韋后當受命。

車馬六曲

《車遥遥篇》《高軒過》《白馬篇》亦曰《齊瑟行》。《驅車》《天馬歌》《八駿圖》

龍魚六曲蟲豸

《尺蠖》《應龍篇》《飛龍篇》《飛龍引》《枯魚》《捕蝗》

鳥獸二十一曲

《白虎行》《烏栖曲》《東飛伯勞歌》《擬東飛伯勞》《雙燕》《燕燕于飛》《澤雉》《滄海雀》《空城雀》《雀乳空井中》《鬭鷄》《晨鷄高樹鳴》《鴛鴦》《鳴雁行》《鴻雁生北塞行》《黃鸝飛上苑》《飛來雙白鶴》《雙翼》《隻翼》《鳳凰曲》《秦吉了》

雜體六曲

《雜曲》《五雜組曲》《寓言》《雜體》《稿砧》亦曰《稿砧今何在》。《兩頭纖纖》

祀饗正聲序論

　　仲尼所以爲樂者，在詩而已。漢儒不知聲歌之所在，而以義理求詩，別撰樂詩以合樂，殊不知樂以詩爲本，詩以雅頌爲正。仲尼識雅頌之旨，然後取《三百篇》以正樂。樂爲聲也，不爲義也。漢儒謂雅樂之聲，世在太樂，樂工能紀其鏗鏘鼓舞，而不能言其義。以臣所見，正不然。有聲斯有義，與其達義不達聲，無寧達聲不達義。若爲樂工者，不識鏗鏘鼓舞，但能言其義，可乎？譚河安能止渴，畫餅豈可充饑？無用之言，聖人所不取。或曰：郊祀，大事也，神事也；燕饗，常事也，人事也。舊樂章莫不先郊祀，而後燕饗。今所采樂府，反以郊祀爲後，何也？曰：積風而雅，積雅而頌，猶積小而大，積卑而高也。所積之序如此，史家編次，失古意矣，安得不爲之釐正乎？

漢武帝郊祀之歌十九章

《練時日一》

《帝臨二》

《青陽三》

《朱明四》

《西顥五》

《元冥六》

《惟泰元七》建始初，丞相匡衡奏罷鸞輅龍鱗，更定惟泰元。

《天地八》匡衡奏罷黻繡周張，更定天地。

《日出入九》

《天馬十》元狩三年，渥洼水生馬作。太初四年，伐大宛，得宛馬作。

《天門十一》

《景星十二》元鼎五年，得鼎汾陰作。

《齊房十三》元狩二年，芝生甘泉齊房作。

《皇后十四》

《華煜煜十五》

《五神十六》

《朝隴首十七》元狩元年，行幸雍，獲白麟作。

《象載瑜》太始三年，行幸東海，獲赤雁作。

《赤蛟十九》

班固東都五詩

《明堂》《辟雍》《靈臺》《寶鼎》《白雉》

臣謹按：古詩風、雅皆無序，惟頌有序者。以風雅者，所采之詩也，不得其始；兼所用之時，隨其事宜，亦無定着，或於一篇之中，但取一二句以見意而已，不必序也。頌者，係乎所作，而獨用之。廟樂不可用於郊天，柴望不可用於講武，所以蔡邕《獨斷》惟載頌序，以爲祀典，而風、雅本無序也。自齊、魯、韓、毛四家之説起，各爲風、雅之序，度其初意，只欲放頌詩之序而爲之，其實不知風、雅無用於序，有序適足以惑頌聲也。今觀漢武十九章《郊祀歌》，即詩可見者則無序，非憑詩可見者，必言所作之始，可謂得古頌詩之意矣。風、雅之詩皆不得其始，其間有得於《甘棠》之美召伯、《常棣》之思周公，豈無一二以用之？不繫於其始，不必序也。樂府之詩，亦皆不得其始，其間有得於採桑之女子，渡河之狂夫，豈無一二亦以用之？不繫於其始，不必序焉。觀頌詩與郊祀之詩，皆言所作之始；風、雅詩與樂府所採之詩，不言其始之作，則可以知漢人之跡近於三代，故詩章相襲，自然相應如此。後之人則遠矣。按郊祀十九章，皆因一時之盛事爲可歌也，而作是詩，各有其名，然後隨其所用，故其詩可采。魏、晉則不然，但即事而歌，如夕牲之時則有夕牲歌，降神之時則有降神歌，既無偉績之可陳，又無題命之

596

可紀，故其詩不可得而採。如随廟立舞，酌獻登歌，各逐時代而匪流通，亦不可得而援也。惟梁武帝本周九夏之名以作《十二雅》，庶可備編采之後。

梁武帝雅歌十二曲

《俊雅》取《禮記·司徒》論選士之秀者而升之學曰俊士也。衆官出入，奏《俊雅》。二郊、太廟、明堂，三朝同用。

《皇雅》取《詩》"皇矣上帝，臨下有赫"也。皇帝出入，奏《皇雅》。二郊、太廟同用。

《允雅》取《詩》"君子萬年，永錫祚允"也。皇太子出入奏之，三朝用焉。

《寅雅》取《尚書·周官》"貳公弘化，寅亮天地"。王公出入奏《寅雅》，三朝用焉。

《介雅》取《詩》"君子萬年，介爾景福"也。上壽酒奏《介雅》，三朝用焉。

《需雅》取《易》"雲上於天，需君子以飲食宴樂"也。食舉奏《需雅》，三朝用焉。

《雍雅》取《禮記》"大享客出以雍徹"也。徹饌奏《雍雅》，三朝用焉。

《滌雅》取《禮記》"帝牛必在滌三月"也。牲出入奏《滌雅》，北郊、明堂、太廟同用。

《牷雅》取《春秋左傳》"牲牷肥腯"也。薦毛血奏《牷雅》，北郊、明堂、太廟同用。

《誠雅》取《尚書》"至誠感神"也。南北郊、明堂、太廟並同用《誠雅》，降神及迎送奏之。

《獻雅》取《禮記·祭統》"尸飲五，君洗玉爵獻卿"，今之飲福酒，亦古獻爵之義也。皇帝飲酒奏《獻雅》，北郊、明堂、太廟同用。

《禋雅》取《周禮·大宗伯》"以禋祀祀，昊天上帝"也。北郊、明堂、太廟之禮、埋燎俱奏《禋雅》。

有宗廟之樂，有天地之樂，有君臣之樂。尊親異制，不可以不分；幽明異位，不可以無別。按：漢叔孫通始定廟樂，有降神、納俎、登歌、薦裸等曲。武帝始定郊祀之樂，有十九章之歌。明帝始定黄門鼓吹之樂，天子所以宴羣臣也。嗚呼！風、雅、頌三者不同聲，天地、宗廟、君臣三者不同禮，自漢之失，合雅而風，合頌而雅，其樂已失，而其禮猶存。至梁武十二曲成，則郊廟、明堂、三朝之禮展轉用之，天地、宗廟、君臣之事同其事矣。此禮之所以亡也。雖曰本周九夏而爲十二雅，然九夏自是樂奏，亦如九淵、九莖可以播之絲竹，有譜無辭，而非雅、頌之流也。

祀饗別聲序論

正聲者，常祀饗之樂也；別聲者，非常祀饗之樂也。出於一時之事，爲可歌也，故備於正聲之後。

漢三侯之章

《大風歌》亦曰《風起之詩》

右：高祖既定天下，過沛，與故人父老飲，極懽哀之情而作是詩，令沛中童兒百二十人習而歌之。至孝惠時，以沛宮爲原廟，令歌兒習吹以相和，得以四時歌舞於廟，常以百二十人爲之。文、景之間，禮官亦肄業。

漢房中祠樂十七章

《房中樂》本周樂，秦改曰《壽人》，漢惠改曰《安世樂》。

右：《房中樂》者，婦人禱祠於房中也，故宮中用之。漢房中祠樂，乃高祖唐山夫人所作也。高祖好楚聲，故《房中樂》楚聲也。孝惠二年，使樂府令夏侯寬備其簫管，更名曰《安世樂》。

隋房内曲二首

《地厚》《天高》

右：高祖龍潛時頗好音樂，常倚琵琶作歌二首，名曰《地厚》、《天高》，託言夫婦之義，因即取之爲皇后《房内曲》，命婦人並登歌，上壽並用之。

梁武帝述佛法十曲

《善哉》《大樂》《大歡》《天道》《仙道》《神王》《龍王》《滅過惡》《除愛水》《斷苦轉》

陳後主四曲

《黄鸝留》《玉樹後庭花》《金釵兩臂垂》或言隋煬帝作。《堂堂》

北齊後主二曲

《無愁》《伴侶》

唐七朝五十五曲舞曲、夷樂並不在此

《傾杯曲》長孫無忌作。

《樂社樂曲》魏徵作。

《英雄樂曲》虞世南作。

《黄驄疊曲》太宗破竇建德也，乘馬名黄驄驃。及征高麗，死於道，頗哀之，命樂工製《黄驄疊曲》。

右四曲，太宗因内宴詔無忌等作之，皆宫調也。

《景雲河清歌》亦名《燕歌》。高宗即位，景雲見，河水清，張文收采古義爲此歌焉。

《慶善樂》

《破陣樂》

《承天樂》

《一戎大定樂》將伐高麗，宴洛陽城門，觀屯營教舞，按親征用武之勢。

《八紘同軌樂》象高麗平，天下大定。

《夷美賓曲》遼東平，李勣作是曲以獻。

右七曲，高宗朝所作也。

立部伎八曲

太常選坐部伎無性識者退入立部伎，又選立部伎無性識者退入雅樂部，則雅聲可知。

一《安舞》，二《太平樂》《安舞》、《太平》並周、隋遺音，三《破陣樂》，四《慶善樂》，五《大定樂》，六《上元樂》，七《聖壽樂》，八《光聖樂》。

坐部伎六曲

一《燕樂》

二《長壽樂》

三《天授樂》武后天授年作。

四《鳥歌萬歲樂》武后時，有鳥能人言“萬歲”。

五《龍池樂》明皇爲平王時賜第隆慶坊，坊之南地忽變爲池，中宗泛以厭其祥。明皇即位，乃作《龍池樂》。

六《小破陣樂》

《夜半樂》明皇自潞州還京師舉兵，夜半誅韋后，故作《夜半樂》、《還京樂》。

《還京樂》

《文成曲》明皇作。

《霓裳羽衣曲》河西節度使楊敬忠獻。一説羅公遠與明皇遊月宫，見仙女數百，皆素練霓衣舞，問其曲，曰："霓裳羽衣。"帝默記其音調而還，故作是曲。

《元真道曲》道士司馬承禎奉詔作。

《大羅天曲》茅山道士李會元作。

《紫清上聖道曲》工部侍郎賀知章作。

《景雲》

《九真》

《紫極》

《小長壽》

《承天樂》

《順天樂》六曲並太清宫成，太常卿韋紹作。

《君臣相遇樂曲》商調，韋紹作。

《荔枝香》明皇幸驪山，楊貴妃生日，命小部張樂長生殿，因奏新曲，未有名。會南方進荔枝，故名《荔枝香》。

《梨園法曲》法曲本隋樂，其音清而近雅。煬帝厭其聲淡。明皇愛之，選坐伎三百，教於梨園。宫女數百，亦爲梨園弟子。

《涼州》

《伊州》

《甘州》天寶樂曲，皆以邊地名之。又詔道調法曲與胡部新聲合作。

《千秋節》明皇生日。

右三十四曲，並明皇朝所作也。

《寶應長寧樂》代宗由廣平王復二京，梨園供奉官劉日進作，以獻十八曲宫調。

《廣平太一樂》大曆元年作。

右二曲，代宗朝所作也。

《定難曲》河東節度馬燧獻。

《中和樂》德宗生日自作。

《繼天誕聖樂》德宗生日，昭義節度王虔休所獻，以宫爲調。

《孫武順聖樂》山南節度于頔所獻。

右四曲，德宗朝所作也。

《雲韶法曲》

《霓裳羽衣舞曲》

右二曲，文宗詔太常卿馮定，采開元雅樂作也。臣下功高者，賜之樂。又改《法曲》爲《仙韶曲》。

《萬斯年曲》

右一曲武宗朝李德裕命樂工作，萬斯年以獻。

《播皇猷曲》

右一曲，宣宗每宴羣臣，備百戲，帝自製新曲，故有《播皇猷》之作。

文武舞序論

古有六舞，後世所用者，韶、武二舞而已。後世之舞，亦随代皆有制作，每室各有形容。然究其所常用及其制作之宜，不離是文、武二舞也。臣疑三代之前，雖有六舞之名，往往其事所用者，亦無非是文、武二舞。故孔子謂"《韶》盡美矣，又盡善也；《武》盡美矣，未盡善也。"不及其他，誠以舞者，聲音之形容也。形容之所感發，惟二端而已。自古制治不同而治，具亦不離文、武之事也。然《雲門》、《大咸》、《大韶》、《大夏》、《大濩》、《大武》凡六舞之名，《南陔》、《白華》、《華黍》、《崇丘》、《由庚》、《由儀》凡六笙之名，當時皆無辭，故簡籍不傳，惟師工以譜奏相授耳。古之樂，惟歌詩則有辭，笙舞皆無辭，故《大武》之舞秦始皇改曰《五行》之舞，《大韶》之舞漢高帝改曰《文始》之舞。魏文帝復《文始》曰大韶舞，五行舞曰大武舞，並有譜無辭。雖東平王蒼有《武德舞》之歌，未必用之。大抵漢、魏之世，舞詩無聞。至晉武帝泰始九年，荀勖曾典樂，更文舞曰正德，武舞曰大豫，使郭夏、宋識爲其舞節，而張華爲之樂章。自此以來，舞始有辭。舞而有辭，失古道矣。

文武舞二十曲

晉文舞曰正德舞，武舞曰大豫舞。

宋文舞曰前舞，武舞曰後舞。

梁武舞曰大壯舞，文舞曰大觀舞。

隋文舞、武舞。

唐文舞曰治康舞，武舞曰凱安舞。

唐三大舞

《七德舞》本名《秦王破陣樂》，太宗爲秦王破劉武周，軍中相與作《秦王破陣樂》。及即位，宴會必奏之。乃制舞圖，左圓右方，先偏後伍，交錯屈伸，以象魚麗鵝鸛。後令魏徵、褚亮、虞世南、李伯藥更制歌辭，名曰《七德舞》。元日、冬至、朝會、慶賀，與《九功舞》同奏。後又改爲《神功破陣樂》。

《九功舞》本名《功成慶善樂》。太宗生於慶善宮，貞觀六年幸之，宴從臣，賞賜閭里，同漢沛宛。帝歡甚，賦詩，起居郎呂才被之管弦，名曰《功成慶善樂》，號《九功舞》，進蹈安徐，以象文德。麟德三年，詔郊廟、享宴奏文舞，用《功成慶善樂》，武舞用《神功破陣樂》。

《上元舞》高宗所作也，大祠享皆用之。

右三大舞，唐之盛樂也。然後世所行者，亦惟二舞而已。《神功破陣樂》有武事之象，《功成慶善樂》有文事之象，五代因之。晉用《九功舞》，改曰《觀象舞》；用《七德舞》，改曰《講功舞》。周用《觀象》，改爲《崇德舞》；用《講功》，改爲《象成舞》。按：唐人降神用文舞，送神用武舞。其餘即奏十二和之樂，每室酌獻一曲，則別立舞名，至今不替焉。然每室之舞，蓋本於梁。自梁以來，紛然出於私意，莫得而紀。（以上《通志》卷四十九）

文類第十二（節録）

楚辭、歷代別集、總集、詩總集、賦、贊頌、箴銘、碑碣、制誥、表章、啟事、四六、軍書、案判、刀筆、俳諧、奏議、論、策、書、文史、詩評。（《通志》卷六十九）

校讎略·編次之訛（節録）

《隋志》所類無不當理，然亦有錯收者。《謚法》三部已見經解類矣，而汝南君《謚議》又見儀注，何也？後人更不考其錯誤，而復因之，按《唐志·經解類》已有《謚法》，復於《儀注類》出。

古今編書所不能分者五：一曰傳記，二曰雜家，三曰小説，四曰雜史，五曰故事。凡此五類之書，足相紊亂，又如文史與詩話亦能相濫。（《通志》卷七十一）

上宰相書（節録）

其三爲修書自是一家，作文自是一家。修書之人必能文，能文之人未必能修書,若之何後世皆以文人修書!天文之賦萬物也,皆不同形,故人心之不同猶人面。凡賦物不同形,然後爲造化之妙;修書不同體,然後爲自得之工。仲尼取虞、夏、商、周、秦、晉之書爲一書,每書之篇語言既殊,體製亦異;及乎《春秋》,則又異於《書》矣。襲《書》、《春秋》之作者,司馬遷也,又與二書不同體。以其自成一家言,始爲自得之書。後之史家,初無所得,自同于馬遷。馬遷之書,遷之面也,假遷之面而爲己之面,可乎?使遷不作,則班、范以來,皆無作矣。按馬遷之法,得處在《表》,用處在《紀》、《傳》。以其至要者,條而爲綱;以其滋蔓者,薈而爲目。後之史家既自不通司馬遷作《表》之意,是未知遷書之所在也。且天下之理,不可以不會;古今之道,不可以不通。會通之義大矣哉!仲尼之爲書也,凡典、謨、訓、誥、誓、命之書,散在天下,仲尼會其書而爲一。舉而推之,上通於堯、舜,旁通于秦、魯,使天下無逸書,世代無絕緒,然後爲成書。史家據一代之史,不能通前代之史;本一書而修,不能會天下之書而修,故後代與前代之事,不相因依。又諸家之書散落人間,靡所底定,安得爲成書乎?

樵前年所獻之書,以爲水不會於海則爲濫水,途不通於夏則爲窮途,論會通之義,以爲宋中興之後,不可無修書之文,修書之本不可不據仲尼、司馬遷會通之法。萬一使樵有所際會,得援國朝陳烈、徐積與近日胡瑗以一命官本州學教授,庶沾寸祿,乃克修濟。或以布衣入直,得援唐蔣乂、李雍例,與集賢小職,亦可以較讎,亦可以博極羣書,稍有變化之階,不負甄陶之力。噫!自昔聖賢,猶不奈命,樵獨何者,敢有怨尤!然窮通之事由天不由人,著述之功由人不由天。以窮達而廢著述,可乎?此樵之志,所以益堅益勵者也。去年到家,今日料理文字,明年修書。若無病不死,筆劄不乏,遠則五年,近則三載,可以成書。其書上自羲皇,下逮五代,集天下之書爲一書。惟虛言之書,不在所用。雖曰繼馬遷之作,凡例殊途,經緯異制,自有成法,不蹈前修。觀《春秋地名》,則樵之《地理志》異乎諸史之《地理》;觀《羣書會記》,則知樵之《藝文志》異乎諸史之《藝文》;觀樵《分野記》、《大象略》之類,則《天文志》可知;觀樵《謚法》、《運祀議》、《鄉飲禮》、《係聲樂府》之類,則《禮樂志》可知;觀樵之《象類書》、《論梵書》之類,則知樵所作字書非許慎之徒所得而聞;觀樵之《分音》、《類韻》、《字始連環》之類,則知樵所作韻書,非沈約之徒所得而聞;觀《本草成書》、《爾雅註》、《詩名物志》之類,則知樵所識鳥獸草木之名,于陸璣、郭璞之徒有一日之長;觀《圖書志》、《集古係時録》、《校讎備論》,則知樵校讎之集,于劉向、虞世南之徒有一日之長。以此觀之,則知樵之修書,斷不用諸史舊例。明驗在前,小人豈敢厚誣君子!(《夾漈遺稿》卷三)

《六經奧論》(舊本題鄭樵撰)

《四庫全書》提要云："《六經奧論》六卷，舊本題宋鄭樵撰。朱彝尊《曝書亭集》有是書跋曰：'成化中盱江危邦輔藏本黎溫序而行之，云是鄭漁仲所著。荆川唐氏輯《稗編》從之。今觀其書議論與《通志》略不合，樵嘗上書自述其著作，臚列名目甚悉。而是書曾未之及，非樵所著審矣。後崑山徐氏刻《九經解》，仍題樵名。今檢書中論詩皆主毛、鄭，已與所著《詩辨妄》相反。又《天文辨》一條引及樵說，稱夾漈先生，足證不出樵手。又《論詩》一條引晦菴《說詩》，考宋史樵本傳，卒於紹興三十二年，朱子《詩傳》之成在淳熙四年，而晦菴之號則始於淳熙二年，皆與樵不相及。《論書》一條併引《朱子語録》，且稱朱子之謚，則爲宋末人所作，具有明驗，不知顧湄校《九經解》時，何未一檢也。第相傳既久，所論亦頗有可采，故仍録存之。綴諸宋人之末，而樵之名則從刪焉。"本書則附於鄭樵之後。

本書資料據四庫全書本《六經奧論》。

國風辨歌詩則各從其國之聲(節録)

詩者，聲詩也，出於情性。古者《三百篇》之詩皆可歌，歌則各從其國之聲。

風有正變辨

《風》有正、變，仲尼未嘗言，而他經不載焉，獨出於《詩序》。若以美者爲正，刺者爲變，則《邶》、《鄘》、《衛》之詩，謂之變風可也。《緇衣》之美武公，《駟鐵》、《小戎》之美襄公，亦可謂之變乎？必不得已從先儒正、變之說，則當如穀梁之書所謂變之正也。穀梁之《春秋》，書築王姬之館於外，書春秋盟於首戴，皆曰變之正也。蓋言事雖變常，而終合乎正也。《河廣》之詩曰："誰謂河廣，一葦杭之。"其欲往之心，如是其銳也，然有舍之而不往者。《大車》之詩曰："穀則異室，死則同穴。"其男女之情，如是其至也，然有畏之而不敢者。《氓》之詩曰："以爾車來，以我賄遷。"其淫泆之行，如是其醜也，然有反之而自悔者，此所謂變之正也。《序》謂變風"出乎情性，止乎禮義"，此言得之。然《詩》之必存變風，何也？見夫王澤雖衰，人猶能以禮義自防也；見中人之性，能以禮義自閑，雖有時而不善，終蹈乎善也；見其用心之謬，行己之乖，倘返而爲善，則聖人亦録之而不棄也。先儒所謂風之正變，如是而已；雅之正變，如是而已。

雅非有正變辨有小大無正變

二《雅》之作，皆紀朝廷之事，無有區別。而所謂大、小者，序者曰："政有大小，故謂之《大雅》、《小雅》。"然則《小雅》以《蓼蕭》爲澤及四海，以《湛露》爲燕諸侯，以《六月》、《采芑》爲北伐南征，皆謂政之小者。如此，不知《常武》之征伐何以大於《六月》、《卷阿》之求賢？何以大於《鹿鳴》乎？或者又曰："《小雅》猶言其詩典正，未至渾厚大醇者也。"此言猶未是。蓋《小雅》、《大雅》者，特隨其音而寫之律耳。律有小吕、大吕，則歌《大雅》、《小雅》，宜其有別也。《春秋·襄公二十九年》吳季札觀周樂，歌《大雅》、《小雅》，是《雅》有小、大，已見於夫子未删之前，無可疑者。然無所謂正、變者，正、變之言不出於夫子，而出於《序》，未可信也。《小雅·節南山》之刺，《大雅·民勞》之刺，謂之變雅可也；《鴻雁》、《庭燎》之美宣王也，《崧高》、《烝民》之美宣王，亦可謂之變乎？蓋《詩》之次第，皆以後先爲序。文、武、成、康，其詩最在前，故二《雅》首之；厲王繼成王之後，宣王繼厲王之後，幽王繼宣王之後，故二《雅》皆順其序，《國風》亦然，則無有正、變之説，斷斷乎不可易也。《詩》之風、雅、頌亦然。《詩》之六義，未嘗有先後之別。

風雅頌辨風雅頌兼備六義

風、雅、頌，詩之體也；賦、興、比，詩之言也。六義之序：一曰風，二曰雅，三曰頌。其後先次第，聖人初無加損也。三者之體，正如今人作詩，有律、有吕、有歌行是也。風出於土風，大概小夫、賤隸、婦人、女子之言，其意雖遠，其言淺近重復，故謂之風。雅出於朝廷士大夫，其言純厚典則，其體抑揚頓挫，非復小夫、賤隸、婦人、女子能道者，故曰雅。頌者，初無諷誦，惟以鋪張勳德而已，其辭嚴，其聲有節，不敢瑣語褻言，以示有所尊，故曰頌。唐之《平淮夷頌》，漢之《聖主得賢臣頌》效其體也。然所謂風、雅、頌者，不必自《關雎》以下方謂之《風》，不必自《鹿鳴》以下方謂之《小雅》，不必自《文王》以下方謂之《大雅》，不必自《清廟》以下方謂之《頌》。程氏曰："詩之六體，隨篇求之。有兼備者，有偏得其三者。"風之爲言，有諷諭之意，《三百篇》之中如"文王曰咨，咨女殷商"之類，皆可謂之風。雅者，正言其事。《三百篇》之中，如"憂心悄悄，愠于羣小。覯閔既多，受侮不少"之類，皆可謂之雅。頌者，稱美之辭，如"于嗟麟兮，于嗟乎騶虞"之類，皆可謂之頌。故不必泥風、雅、頌之名，以求其義也，亦猶賦詩而備比、興之義焉。

頌辨頌者上下通用以美其君之功德

陳休齊云:"頌者,序其事,美其形容以告於神明。是其詩專用於郊廟,蓋鬼神之事,戰國以下失之矣。管仲有《國頌》,屈原有《橘頌》,秦人刻石頌功德,漢有《聖主得賢臣頌》,唐有《磨崖中興頌》,以鬼神之事加之生人,其弊如此。"余謂此説不然。蓋頌者,美其君之功德而已,何以告神明乎?既以《敬之》爲戒成王、《小毖》爲求助與?夫《振鷺》、《臣工》、《閔予小子》,皆非告神明而作也。不惟天子用之諸侯,而臣子祝頌其君者,亦得用。故僖公亦有頌。後世揚雄之頌充國,陸機之頌漢功臣,韓愈之頌伯夷,鄭頌子産之不毀鄉校,蓋有是焉。《禮記》載:"美哉輪焉,美哉奐焉!"君子稱其善頌善禱。亦猶是也。憑《詩》之言,而疑後世作頌之過,非的論也。

讀詩法(節録)

詩三百篇,皆可歌可誦,可舞可弦。太師世傳其業,以教國子。自成童至既冠,皆往習焉。誦之則習其文,歌之則識其聲,舞之則見其容,弦之則寓其意。春秋以下,列國君臣朝聘,燕享賦詩見志,微寓規諷,鮮有不能答者,以詩之學素明也。後之弦歌與舞者皆廢,直誦其文而已,且不能言其義,故論者多失詩之意。夫文章之體有二:有史傳之文,有歌詠之文。史傳之文,以實録爲主,秋毫之善,不私假人;歌詠之文,揚其善而隱其惡,大其美而張其功。後世欲求歌詠之文太過直,以史視之則非矣。(以上卷三)

晁公武

晁公武(1105—1180)字子止,號昭德先生。宋鉅野(今山東巨野)人。晁冲之子。學有源流,讀書廣博,又歷事多,故爲文"能言當時理亂興喪之由,而明乎得失之跡;道往事,誦遺風,而又能達之乎文辭以傳"(《文獻通考》卷二三八引劉光祖序)。詩亦清麗豪健。建有"郡齋"藏書處,並編撰出我國現存最早的提要目録著作《郡齋讀書志》,著録其所實際收藏的圖書一千四百餘部,基本上包括了南宋以前我國古代的各類主要圖書。全書按經、史、子、集四部分類,部下設類,每類之內,各書大致以時間先後排列;每書下有提要,少則十餘字,多則數百字,學術上極有價值。其提要大體可分四類:一是介紹作者,二是評論圖書價值,三是記録校本異同,四是判別圖書真偽。

606

本書資料據四庫全書本《郡齋讀書志》。

《元稹長慶集》六十卷（節録）

稹爲文長於詩，與白居易齊名，號元和體，往往播樂府。穆宗在東官，妃嬪近習誦之，宮中呼"元才子"。及知制誥，變詔書體，務純厚明切，盛傳一時。

李商隱《樊南甲集》二十卷、《乙集》二十卷，又《文集》八卷（節録）

詩五卷，清新纖艷，故舊史稱其與温庭筠、段成式齊名，時號"三十六體"云。（以上卷四中）

陳亞之集一卷（節録）

藥詩者，始於唐人張籍，有"江皋歲暮相逢地，黃葉霜前半下枝"之詩。人謂起於亞之，實不然也。（卷四下）

葛立方

葛立方(？—1164)字常之，號歸愚居士。宋常州江陰（今屬江蘇）人。葛勝仲子。紹興八年(1138)進士。他"博極羣書，以文章名一世"（沈洵《韻語陽秋序》）。其詩多抒發對時事的感慨，自然平易。現存詞四十首，以寫景詠物和贈答之作居多，較少傷時感亂的内容。著有《歸愚集》、《韻語陽秋》等。《韻語陽秋》二十卷，《遂初堂書目》、《直齋書録解題》著録於集部文史類，《四庫全書》收於集部詩文評類。《四庫全書總目提要》譽其爲宋人詩話之善本。是書内容廣泛，主要評論漢、魏以來至宋代詩人的作品，同時也涉及風俗地理、書畫歌舞、花鳥魚蟲等。其詩論旨在求風雅之正，以事理爲要，而不甚論語句之工拙，格律之高下。

本書資料據中華書局 1981 年版清何文焕《歷代詩話·韻語陽秋》。

《韻語陽秋》（節録）

近時論詩者皆謂偶對不切則失之粗，太切則失之俗，如江西詩社所作，慮失之俗也,則往往不甚對,是亦一偏之見爾。老杜《江陵詩》云:"地利西通蜀,天文北照秦。"《秦州詩》云:"水落魚龍夜,山空鳥鼠秋。""叢篁低地碧,高柳半天青。"《豎子至》云:"柤梨且綴碧,梅杏半傳黃。"如此之類,可謂對偶太切矣,又何俗乎? 如"雜蕋紅相對,他時錦不如","磨滅餘篇翰,平生一釣舟"之類,雖對不求太切,而未嘗失格律也。學詩者當審此。(卷一)

應制詩非他詩比,自是一家句法,大抵不出於典實富艷爾。夏英公《和上元觀燈詩》云:"魚龍曼衍六街呈,金鎖通宵啓玉京。冉冉遊塵生輦道,遲遲春箭入歌聲。寶坊月皎龍燈淡,紫舘風微鶴鋑平。宴罷南端天欲曉,回瞻河漢尚盈盈。"王岐公詩云:"雪消華月滿仙臺,萬燭當樓寶扇開。雙鳳雲中扶輦下,六鼇海上駕山來。鎬京春酒霑周燕,汾水秋風陋漢材。一曲昇平人共樂,君王又進紫霞杯。"二公雖不同時,而二詩如出一人之手,蓋格律當如是也。丁晉公《賞花釣魚詩》云:"鶯鶯鳳輦穿花去,魚畏龍顏上釣遲。"胡文公云:"春暖仙蕓初霢靡,日斜芝蓋尚徘徊。"鄭毅夫云:"水光翠繞九重殿,花氣濃薰萬壽杯。"皆典實富艷有餘。若作清癯平淡之語,終不近爾。

咸平、景德中,錢惟演、劉筠首變詩格,而楊文公與王鼎、王綽,號江東三虎,詩格與錢、劉亦絕相類,謂之西崑體。大率效李義山之為豐富藻麗,不作枯瘠語。故楊文公在至道中得義山詩百餘篇,至於愛慕而不能釋手。公嘗論義山詩,以謂"包蘊密致,演繹平暢,味無窮而炙愈出,鑽彌堅而酌不竭,使學者少窺其一班,若滌腸而洗骨。"是知文公之詩,有得於義山者為多矣。又嘗以錢惟演詩二十七聯,如"雪意未成雲著地,秋聲不斷雁連天"之類,劉筠詩四十八聯,如"溪篆未破冰生硯,爐酒新燒雪滿天"之類,皆表而出之,紀之于《談苑》。且曰:"二公之詩,學者爭慕,得其格者,蔚為佳詠,可謂知所宗矣。"文公鑽仰義山於前,涵泳錢、劉於後,則其體製相同,無足怪者。小說載優人有以義山為戲者,義山服藍縷之衣而出。或問曰:"先輩之衣何在?"曰:"為舘中諸學士摺扯去矣。"人以為笑。(以上卷二)

東坡嘗效山谷體作江字韻詩,山谷謂坡收斂光芒。

省題詩自成一家,非他詩比也。首韻拘於見題,則易於牽合,中聯縛於法律,則易於駢對,非若遊戲於煙雲月露之形,可以縱然在我者也。王昌齡、錢起、孟浩然、李商隱輩皆有詩名,至於作省題,則疏矣。王昌齡《四時調玉燭詩》云:"祥光長赫矣,佳號得溫其。"錢起《巨魚縱大壑詩》云:"方快吞舟意,尤殊在藻嬉。"孟浩然《騏驥長鳴詩》云:"逐逐懷良馭,蕭蕭顧樂鳴。"李商隱《桃李無言詩》云:"夭桃花正發,穠李葉方繁。"此等句與兒童無異,以此知省題詩自成一家也。

詩體如八音歌、建除體之類,古人賦詠多矣。(以上卷三)

觀《楚國先賢傳》,言汝南應璩作《百一詩》,譏切時事,遍以示在事者,皆怪愕以為應焚棄之。及觀《文選》所載璩《百一篇》，略不及時事，何耶？又觀郭茂倩雜體詩，載《百一詩》五篇，皆璩所作，首篇言馬子侯解音律，而以《陌上桑》爲《鳳將雛》。二篇傷翳桑二老，無以葬妻子，而已無宣孟之德，可以賙其急。三篇言老人自知桑榆之景，闘酒自勞，不肯爲子孫積財。末篇即《文選》所載是也。第四篇似有風諫，所謂"苟欲娛耳目，快心樂腹腸。我躬不悦懼，安能慮死亡"，此豈非所謂應焚棄之詩乎？方是時，曹爽事多違法，而璩爲爽長史，切諫其失如此。所謂《百一》者，庶幾百分有一補於爽也。而爽卒不悟，以及於禍。或謂以百言爲一篇者，以字數而言也。或謂百者數之終，一者數之始，士有百行，終始如一者，以士行而言也。然皆穿鑿之説，何足論哉！後何遜亦有《擬百一體》，所謂"靈輒困桑下，于陵拾李螬"。其詩一百十字，恐出於或者之説。然璩詩每篇字數各不同，第不過一百字爾。

　　皮日休《雜體詩序》曰："《詩》云：'蟋蟀在堂。'又曰：'鴛鴦在梁。'雙聲起於此也。"陸龜蒙《詩序》曰："疊韻起自梁武帝云：'後牖有朽柳。'當時侍從之臣皆唱和。劉孝綽云：'梁王長康強。'沈休文云：'載載每礙碌。'"自後用此體作爲小詩者多矣。如王融所謂"園衡炫紅蘤，湖行煜黃華"，溫庭筠所謂"棲息銷心象，簷楹溢艷陽"，皆倣雙聲而爲之者也。陸龜蒙所謂"瓊英輕明生，竹石滴瀝碧"，皮日休所謂"康莊傷荒涼，土虞部伍苦"，皆倣疊韻而爲之者也。南北朝人士多喜作雙聲疊韻，如謝莊、羊戎、魏收、崔巖輩，戲謔談諧之語，往往載在史册，可得而考焉。

　　《七哀詩》起曹子建，其次則王仲宣、張孟陽也。釋詩者謂病而哀，義而哀，感而哀，悲而哀，耳目聞見而哀，口歎而哀，鼻酸而哀，謂一事而七者具也。子建之《七哀》，在於獨棲之思婦；仲宣之《七哀》，哀在於棄子之婦人；張孟陽之《七哀》，哀在於已毀之園寝。唐雍陶亦有《七哀》詩，所謂"君若無定雲，妾作不動山。雲行出山易，山逐雲去難。"是皆以一哀而七者具也。老杜之《八哀》，則所哀者八人也。王思禮、李光弼之武功，蘇源明、李邕之文翰，汝陽鄭虔之多能，張九齡、嚴武之政事，皆不復見矣。蓋當時盜賊未息，歎舊懷賢而作者也。司馬溫公亦有《五哀詩》，謂楚屈原、趙李牧、漢晁錯、馬援、齊斛律光皆負才竭忠，卒困於讒而不能自脱，蓋有激而云爾。（以上卷四）

　　《鳳將雛曲》，吳兢《樂府題要》云："漢世樂曲名也。"而郭茂倩《樂府詩集》中無此詞。獨《通典》載應璩《百一詩》云："爲作《陌上桑》，反言《鳳將雛》。"張正見《置酒高殿上》云："琴挑鳳將雛。"當是用相如《鼓琴挑》云"鳳兮歸故鄉，四海求其凰"之義，則此曲其來久矣。按《晉書·樂志》，吳聲十曲：一曰子夜，二曰上柱，三曰鳳將雛。此三曲自漢至梁有歌，今不傳矣。故東坡《寄劉孝叔詩》云："平生學問止流俗，衆裏笙竽誰比數。忽令獨奏《鳳將雛》，倉卒欲吹那得譜。"言古有名而今無譜也。（卷十五）

王 灼

　　王灼(1105—約1175)字晦叔，號頤堂。宋遂寧(今屬四川)人。乾道間任夔州、四川總領所幕職，四川宣撫司幹辦公事。灼博學多聞，嫻於音律。紹興十五年(1145)冬，居成都碧雞坊妙勝院，常與友人飲宴聽歌，歸家則錄所聞見，並考歷代習俗，追思平時論説，撰成《碧雞漫志》。此書探究詞曲源流名義，記述宋代詞人故實，品評宋人詞作，對蘇軾、賀鑄、周邦彥之作大加稱賞，對北宋單調纖弱詞風頗爲不滿，是宋代重要的詞論專著。亦能詞，多爲贈別、唱酬之作，詞風豔麗明快。另著有《頤堂先生文集》五十九卷、長短句一卷、祭文一卷、《糖霜譜》。今存《頤堂先生文集》五卷、《碧雞漫志》五卷、《頤堂詞》一卷。

　　本書資料據知不足齋五卷本《碧雞漫志》。

歌曲所起

　　或問歌曲所起。曰：天地始著，而人生焉。人莫不有心，此歌曲所以起也。《舜典》曰："詩言志，歌永言，聲依永，律和聲。"《詩序》曰："在心爲志，發言爲詩。情動於中，而形於言。言之不足，故嗟嘆之；嗟嘆之不足，故永歌之；永歌之不足，不知手之舞之，足之蹈之。"《樂記》曰："詩言其志，歌詠其聲，舞動其容，三者本於心，然後樂器從之。"故有心則有詩，有詩則有歌，有歌則有聲律，有聲律則有樂歌，永言即詩也，非於詩外求歌也。今先定音節，乃製詞從之，倒置矣。而士大夫又分詩與樂府作兩科。古詩或名曰樂府，謂詩之可歌也。故樂府中有歌，有謠，有吟，有引，有行，有曲。今人于古樂府，特指爲詩之流，而以詞就音，始名樂府，非古也。舜命夔教胄子，詩歌聲律，率有次第。又語禹曰："予欲聞六律、五聲、八音，在治忽，以出納五言。"其君臣賡歌《九功》、《南風》、《卿雲》之歌，必聲律隨具。古者采詩，命太師爲樂章，祭祀、宴射、鄉飲皆用之。故曰：正得失，動天地，感鬼神，莫近於詩。先王以是經夫婦，成孝敬，厚人倫，美教化，移風俗。詩至於動天地，感鬼神，移風俗，何也？正謂播諸樂歌，有此效耳。然中世亦有因筦絃金石，造歌以被之，若漢文帝使慎夫人鼓瑟，自倚瑟而歌，漢、魏作三調歌辭，終非古法。

歌詞之變

　　古人初不定聲律，因所感發爲歌，而聲律從之，唐、虞襌代以來是也，餘波至西漢末始絶。西漢時，今之所謂古樂府者漸興，晉、魏爲盛。隋氏取漢以來樂器歌章古調，併入清樂，餘波至李唐始絶。唐中葉，雖有古樂府，而播在聲律，則尠矣。士大夫作者，不過以詩一體自名耳。蓋隋以來，今之所謂曲子者漸興，至唐稍盛。今則繁聲淫奏，殆不可數。古歌變爲古樂府，古樂府變爲今曲子，其本一也。後世風俗益不及古，故相懸耳。而世之士大夫，亦多不知歌詞之變。

<h3 style="text-align:center">古音古辭亡缺</h3>

或問，元次山補伏羲至商十代樂歌，皮襲美補九夏歌，是否？曰：名與義存，二子補之無害。或有其名而無其義，有其義而名不可強訓，吾未保二子之全得也。次山曰："嗚呼，樂聲自太古始，百世之後，盡亡古音。樂歌自太古始，百世之後，遂亡古辭。"次山知之晚也。孔子之時，三皇五帝樂歌已不及見，在齊聞《韶》，至三月不知肉味。戰國秦火，古器與音辭亡缺無遺。

<h3 style="text-align:center">自漢至唐所存之曲</h3>

漢時雅鄭參用，而鄭爲多。魏平荆州，獲漢雅樂，古曲音調存者四，曰《鹿鳴》、《騶虞》、《伐檀》、《文王》。而李延年之徒，以新聲被寵，復改易音辭，止存《鹿鳴》一曲。晉初亦除之。又漢代短簫鐃歌樂曲，三國時存者，有《朱鷺》、《艾如張》、《上之回》、《戰城南》、《巫山高》、《將進酒》之類，凡二十二曲。魏、吳稱號，始各改其十二曲。晉興，又盡改之。獨《元雲》、《釣卒》二曲，名存而已。漢代鼙舞。三國能存者，有《殿前生桂樹》五曲，其辭則亡。漢代胡角《摩訶兜勒》一曲，張騫得自西域，李延年因之，更造新聲二十八解，魏、晉時亦亡。晉以來，新曲頗衆，隋初盡歸清樂。至唐武后時，舊曲存者，如《白雪》、《公莫舞》、《巴渝》、《白苧》、《子夜》、《團扇》、《懊儂》、《石城》、《莫愁》、《揚叛兒》、《烏夜啼》、《玉樹後庭花》等，止六十三曲。唐中葉，聲辭存者，又止三十七，有聲無詞者七，今不復見。唐歌曲比前世益多，聲行於今、辭見於今者，皆十二三四，世代差近爾。大抵先世樂府，有其名者尚多。其義存者十之三，其始辭存者十不得一，若其音則無傳，勢使然也。

<h3 style="text-align:center">晉以來歌曲</h3>

石崇以《明君曲》教其妾緑珠，曰："我本漢家子，將適單于庭。昔爲匣中玉，今爲

糞土英。"綠珠亦自作《懊憹歌》曰："絲布濕難縫。"元伊侍孝武飲讌，撫絃而歌《怨詩》曰："爲君既不易，爲臣良獨難。忠信事不顯，乃有見疑患。周旦佐文武，金縢功不刊。推心輔王政，二叔乃流言。"熊甫見王敦委任錢鳳，將有異圖，進説不納，因告歸。臨與敦別，歌曰："祖風颷起蓋山陵，氛霧蔽日玉石焚。往事既去有長嘆，念別惆悵會復難。"陳安死隴上，歌之曰："隴上壯士有陳安，軀幹雖小腹中寬，愛養將士同心肝。□騘文馬鐵鍜鞍，七尺大刀奮如湍，丈八蛇矛左右盤，十盪十決無當前。戰始三交失蛇矛，棄我□騘竄巖幽，爲我外援而懸頭。西流之水東流河，一去不還復奈何。"劉曜聞而悲傷，命樂府歌之。晉以來歌曲見於史者，蓋如是耳。

<h2 style="text-align:center">唐絶句定爲歌曲</h2>

唐時古意亦未全喪，《竹枝》、《浪淘沙》、《抛毬樂》、《楊柳枝》，乃詩中絶句，而定爲歌曲。故李太白《清平調》詞三章皆絶句。元、白諸詩，亦爲知音者協律作歌。白樂天守杭，元微之贈云："休遣玲瓏唱我詩，我詩多是別君辭。"自注云："樂人高玲瓏能歌，歌予數十詩。"樂天亦《醉戲諸妓》云："席上爭飛使君酒，歌中多唱舍人詩。"又《聞歌妓唱前郡守嚴郎中詩》云："已留舊政布中和，又付新詩與艷歌。"元微之《見人詠韓舍人新律詩戲贈》云："輕新便妓唱，凝妙入僧禪。"沈亞之送人序云："故友李賀，善撰南北朝樂府古辭，其所賦尤多怨鬱悽艷之句。誠以蓋古排今，使爲詞者莫能偶矣。惜乎其終亦不備聲歌絃唱。"然唐史稱：李賀樂府數十篇，雲韶諸工皆合之絃管。又稱：李益詩名與賀相埒，每一篇成，樂工爭以賂求取之，被聲歌供奉天子。又稱：元微之詩，往往播樂府。舊史亦稱：武元衡工五言詩，好事者傳之，往往被於管絃。又舊説：開元中，詩人王昌齡、高適、王之涣詣旗亭飲。梨園伶官亦招妓聚燕，三人私約曰："我輩擅詩名。未定甲乙。試觀諸伶謳詩，分優劣。"一伶唱昌齡二絶句云："寒雨連江夜入吳，平明送客楚帆孤。洛陽親友如相問，一片冰心在玉壺。""奉帚平明金殿開，强將團扇共徘徊。玉顔不及寒鴉色，猶帶昭陽日影來。"一伶唱適絶句云："開篋淚沾臆，見君前日書。夜台何寂寞，猶是子雲居。"之涣曰："佳妓所唱，如非我詩，終身不敢與子爭衡。不然，子等列拜床下。"須臾妓唱："黃河遠上白雲間，一片孤城萬仞山。羌笛何須怨楊柳，春風不度玉門關。"之涣揶揄二子曰："田舍奴，我豈妄哉！"以此知李唐伶妓，取當時名士詩句入歌曲，蓋常俗也。蜀王衍召嘉王宗壽飲宣華苑，命宮人李玉簫歌衍所撰宮詞云："輝輝赫赫浮五雲，宣華池上月華春。月華如水映宮殿，有酒不醉真癡人。"五代猶有此風，今亡矣。近世有取陶淵明《歸去來》、李太白《把酒問月》、李長吉《將進酒》、大蘇公赤壁前後賦協入聲律，此暗合其美耳。

612

元微之分詩與樂府作兩科

元微之序《樂府古題》云："操、引、謠、謳、歌、曲、詞、調八名,起於郊祭、軍賓、吉凶、苦樂之際。在音聲者,因聲以度詞,審調以節唱,句度長短之數,聲韻平上之差,莫不由之準度。而又別其在琴瑟者爲操、引,采民甿者爲謳、謠,備曲度者總謂之歌、曲、詞、調。斯皆由樂以定詞,非選詞以配樂也。詩、行、詠、吟、題、怨、歎、章、篇九名,皆屬事而作,雖題號不同,而悉謂之爲詩可也。後之審樂者,往往采取其詞度爲歌曲,蓋選詞以配樂,非由樂以定詞也。"微之分詩與樂府作兩科,固不知事始。又不知後世俗變。凡十七名皆詩也,詩即可歌,可被之管弦也。元以八名者近樂府,故謂由樂以定詞;九名者本諸詩,故謂選詞以配樂。今樂府古題具在,當時或由樂定詞,或選詞配樂,初無常法。習俗之變,安能齊一。

論雅鄭所分

或問雅鄭所分,曰:中正則雅,多哇則鄭。至論也。何謂中正? 凡陰陽之氣,有中有正,故音樂有正聲,有中聲。二十四氣歲一周天,而統以十二律。中正之聲,正聲得正氣,中聲得中氣,則可用。中正用,則平氣應,故曰:中正以平之。若乃得正氣而用中律,得中氣而用正律,律有短長,氣有盛衰,太過不及之弊起矣。自揚子雲之後,惟魏漢津曉此。東坡曰:"樂之所以不能致氣召和如古者,不得中聲故也。樂不得中聲者,氣不當律也。"東坡知有中聲,蓋見孔子及伶州鳩之言,恨未知正聲耳。近梓潼雍嗣侯者,作正笙訣琴數,還相爲宮,解律呂逆順相生圖。大概謂知音在識律,審律在習數。故師曠之聰,不以六律不能正五音,諸譜以律通不過者,率皆淫哇之聲。嗣侯自言得律呂真數,著說甚詳,而不及中正。

歌曲拍節乃自然之度數

或曰,古人因事作歌,抒寫一時之意,意盡則止,故歌無定句。因其喜怒哀樂,聲則不同,故句無定聲。今音節皆有轄束,而一字一拍,不敢輕增損,何與古相庚歟? 予曰,皆是也。今人固不及古,而本之性情,稽之度數,古今所尚,各因其所重。昔堯民亦擊壤歌,先儒爲搏拊之説,亦曰所以節樂。樂之有拍,非唐虞則始,實自然之度數也。故明皇使黃幡綽寫拍板譜,幡綽畫一耳於紙以進曰:"拍從耳出。"牛僧孺亦謂拍爲樂句。嘉祐間,汴都三歲小兒,在母懷飲乳,聞曲皆撚手指作拍,應之不差。雖然,古今所尚,治體風俗,各因其所重,不獨歌樂也。古人豈無度數?今人豈無性情?用之各有輕重,但今不及古耳。今所行曲拍,使古人復生,恐未能易。(以上卷一)

各家詞短長

王荆公長短句不多,合繩墨處,自雍容奇特。晏元獻公、歐陽文忠公,風流緼藉,一時莫及,而温潤秀潔,亦無其比。東坡先生以文章餘事作詩,溢而作詞曲,高處出神入天,平處尚臨鏡笑春,不顧儕輩。或曰,長短句中詩也。爲此論者,乃是遭柳永野狐涎之毒。詩與樂府同出,豈當分異?若從柳氏家法,正自不得不分異耳。晁無咎、黄魯直皆學東坡,韻制得七八。黄晚年閑放於狹邪,故有少疏蕩處。後來學東坡者,葉少藴、蒲大受亦得六七,其才力比晁、黄差劣。蘇在庭、石耆翁入東坡之門矣,短氣跼步,不能進也。趙德麟、李方叔皆東坡客,其氣味殊不近,趙婉而李俊,各有所長,晚年皆荒醉汝潁京洛間,時時出滑稽語。賀方回、周美成、晏叔原、僧仲殊各盡其才力,自成一家。賀、周語意精新,用心甚苦。毛澤民、黄載萬次之。叔原如金陵王謝子弟,秀氣勝韻,得之天然,將不可學。仲殊次之,殊之贍,晏反不逮也。張子野、秦少游俊逸精妙。少游屢困京洛,故疏蕩之風不除。陳無己所作數十首,號曰《語業》,妙處如其詩,但用意太深,有時僻澀。陳去非、徐師川、蘇養直、吕居仁、韓子蒼、朱希真、陳子高、洪覺範,佳處亦各如其詩。王輔道、履道善作一種俊語,其失在輕浮。輔道誇捷敏,故或有不縝密。李漢老富麗而韻平平。舒信道、李元膺,思致妍密,要是波瀾小。謝無逸字字求工,不敢輒下一語,如刻削通草人,都無筋骨,要是力不足。然則獨無逸乎?曰,類多有之,此最著者爾。宗室中,明發、伯山久從汝洛名士游,下筆有逸韻,雖未能一一盡奇,比國賢、聖褒則過之。王逐客才豪,其新麗處與輕狂處,皆足驚人。沈公述、李景元、孔方平、處度叔侄、晁次膺、万俟雅言,皆有佳句,就中雅言又絶出。然六人者,源流從柳氏來,病於無韻。雅言初自集分兩體,曰雅詞,曰側豔,目之曰《勝萱麗藻》。後召試入官,以側豔體無賴太甚,削去之。再編成集,分五體,曰應制、曰風月脂粉、曰雪月風花、曰脂粉才情、曰雜類,周美成目之曰《大聲》。次膺亦間作側豔。田不伐才思與雅言抗行,不聞有側豔。田中行極能寫人意中事,雜以鄙俚,曲盡要妙,當在万俟雅言之右,然莊語輒不佳。嘗執一扇,書句其上云:“玉蝴蝶戀花心動。”語人曰:“此聯三曲名也,有能對者,吾下拜。”北里狹邪間横行者也。宗室温之次之。長短句中,作滑稽無賴語,起於至和。嘉祐之前,猶未盛也。熙、豐、元祐間,兖州張山人以詼諧獨步京師,時出一兩解。澤州孔三傳者,首創諸宫調古傳,士大夫皆能誦之。元祐間，王齊叟彥齡，政和間，曹組元寵皆能文，每出長短句，膾炙人口。彥齡以滑稽語河朔。組潦倒無成，作《紅窗迥》及雜曲數百解，聞者絕倒，滑稽無賴之魁也。黈緣遭遇，官至防禦使。同時有張袞臣者，組之流，亦供奉禁中，號曲子張觀察。其後祖述者益衆，嫚戲污賤，古所未有。組之子知閤門事勳，字公顯，亦能文。嘗以家集刻板，欲蓋父之惡。近有旨下揚州，毀其板云。

樂章集淺近卑俗（節錄）

柳耆卿《樂章集》，世多愛賞，其實該洽，序事閒暇，有首有尾，亦間出佳語，又能擇聲律諧美者用之。惟是淺近卑俗，自成一體，不知書者尤好之。

東坡指出向上一路

長短句雖至本朝盛，而前人自立，與真情衰矣。東坡先生非心醉於音律者，偶爾作歌，指出向上一路，新天下耳目，弄筆者始知自振。今少年妄謂東坡移詩律作長短句，十有八九不學柳耆卿，則學曹元寵，雖可笑，亦毋用笑也。

大晟樂府得人

崇寧間，建大晟樂府，周美成作提舉官，而制撰官又有七。万俟詠雅言，元祐詩賦科老手也。三舍法行，不復進取，放意歌酒，自稱大梁詞隱。每出一章，信宿喧傳都下。政和初，召試補官，置大晟樂府制撰之職。新廣八十四調，患譜弗傳，雅言請以盛德大業及祥瑞事跡制詞實譜。有旨依月用律，月進一曲，自此新譜稍傳。時田爲不伐亦供職大樂，衆謂樂府得人云。（以上卷二）

霓裳羽衣曲

《霓裳羽衣曲》，說者多異。予斷之曰：西凉創作，明皇潤色，又爲易美名。其他飾以神怪者，皆不足信也。唐史云：河西節度使楊敬述獻，凡十二遍。白樂天《和元微之霓裳羽衣曲歌》云："由來能事各有主。楊氏創聲君造譜。"自注云："開元中，西凉節度使楊敬述造。"鄭愚《津陽門詩》注亦稱西凉府都督楊敬述進。予又考唐史《突厥傳》，開元間，凉州都督楊敬述爲噉煌谷所敗，白衣檢校凉州事。樂天、鄭愚之說是也。劉夢得詩云："開元天子萬事足。惟惜當年光景促。三鄉陌上望仙山,歸作《霓裳羽衣曲》。仙心從此在瑤池,三清八景相追隨。天上忽乘白雲去,世間空有《秋風》詞。"李肱《霓裳羽衣曲》詩云："開元太平時,萬國賀豐歲。梨園進舊曲,玉座流新制。鳳管迭參差,霞裳競搖曳。"元微之《法曲》詩云："明皇度曲多新態,宛轉浸淫易沈著。赤白桃李取花名,《霓裳羽衣》號天樂。"劉詩謂明皇望女几山,持志求仙,故退作此曲。當時詩今無傳,疑是西凉獻曲之後,明皇三鄉眺望,發興求仙,因以名曲。"忽乘白雲去,空有《秋風》詞",譏其無成也。李詩謂明皇厭梨園舊曲,故有此新制。元詩謂明皇作此曲多新態,霓裳羽衣非人間服,故號天樂。然元指爲法曲,而樂天亦云:"法曲法曲歌《霓裳》,政和世理音洋洋。開元之人樂且康。"又知其爲法曲一類也。夫西凉既獻此曲,而三人者又謂明皇製作,予以是知爲西凉創作,明皇潤色者也。杜佑《理道要訣》云:"天寶十三載七月改諸樂名,中使輔璆琳宣進旨,令于太常寺刊石,内黄鍾商《婆羅門曲》改爲《霓裳羽衣曲》。"《津陽門詩》注:"葉法善引明皇入月宫,聞樂歸,笛寫其半,會西凉都督楊敬述進《婆羅門》,聲調吻合,遂以月中所聞爲散序,敬述所進爲其腔,制《霓裳羽衣》。"月宫事荒誕,惟西凉進《婆羅門曲》,明皇潤色,又爲易美名,最明白無疑。《異人録》云:"開元六年,上皇與申天師中秋夜同遊月中,見一大宫府,榜曰:廣寒清虚之府。兵衛守門,不得入。天師引上皇躍超煙霧中,下視玉城,仙人、道士乘雲駕鶴往來其間,素娥十餘人,舞笑於廣庭大樹下,樂音嘈雜清麗。上皇歸,編律成音,制《霓裳羽衣曲》。"《逸史》與:"羅公遠中秋侍明皇宫中玩月,以拄杖向空擲之,化爲銀橋,與帝升橋,寒氣侵人,遂至月宫。女仙數百,素練霓衣,舞於廣庭。上問曲名,曰:《霓裳羽衣》。上記其音,歸作《霓裳羽衣曲》。"《鹿革事類》與:"八月望夜,葉法善與明皇遊月宫,聆月中天樂,問曲名,曰:《紫雲回》。默記其聲,歸傳之,名曰《霓裳羽衣》。"此三家者,皆志明皇遊月宫,其一申天師同游,初不得曲名。其一羅公遠同遊,得今曲名。其一葉法善同遊,得《紫雲回》曲名,歸易之。雖大同小異,要皆荒誕無可稽據。杜牧之《華清宫》詩:"月聞仙曲調,霓作舞衣裳。"詩家搜奇入句,非決然信之也。又有甚者,《開元傳信記》云:"帝夢游月宫,聞樂聲,記其曲名《紫雲回》。"《楊妃外傳》云:"上夢仙子十餘輩,各執樂器,御雲而下。一人曰,此曲神仙《紫雲回》,今授陛下。"《明皇雜録》及《仙傳拾遺》云:"明皇用葉法善術,上元夜自上陽宫往西凉州觀燈,以鐵如意質酒而還,遣使取之,不誣。"《幽怪録》云:"開元正月望夜,帝欲與葉天師觀廣陵,俄虹橋起殿前,師奏請行,但無回顧。帝步上,高力士、樂官數十從,頃之,到廣陵。士女仰望,曰:仙人現。師請令樂官奏《霓裳羽衣》一曲,乃回。後廣陵奏:上元夜仙人乘雲西來,臨孝感寺,奏《霓裳羽衣曲》而去。上大悦。"唐人喜言開元、天寶事,而荒誕相凌奪如此,將使誰信之?予以是知其他飾以神怪者,皆不足信也。王建詩云:"弟子歌中留一色，聽風聽水作《霓裳》。"歐陽永叔《詩話》以不曉聽風聽水爲恨。蔡絛《詩話》云：出唐人《西域記》。龜茲國王與臣庶知樂者，於大山間聽風水聲，均節成音。後翻入中國，如《伊州》、《甘州》、《凉州》，皆自龜茲致。此說近之，但不及《霓裳》。予謂《凉州》定從西凉來，若《伊》與《甘》，自龜茲致，而龜茲聽風水造諸曲，皆未可知。王建全章，餘亦未見。但"弟子歌中留一色"，恐是指梨園弟子，則何豫於龜茲？置之勿論可也。按唐史及唐人諸集、諸家小説，楊太真進見之日，奏此曲導之。妃亦善此舞，帝嘗以趙飛燕身輕，成帝爲置七寶避風臺事戲妃，曰："爾則任吹多少。"妃曰："《霓裳》一曲，足掩前古。"而宫妓佩七寶瓔珞舞此曲，曲終珠翠可掃。故詩人云："貴妃宛轉侍君側，體弱不勝珠翠繁。冬雪飄飃錦袍暖，春風蕩漾霓裳翻。"又云："朱閣沈沈夜未央，碧雲仙曲舞《霓裳》。一聲玉笛向空盡，月滿驪山宫漏長。"又云："《霓裳》一曲千峰上，舞破中原始下來。"又云："漁陽鼙鼓動地來，驚破《霓裳羽衣曲》。"又云："世人莫重《霓裳曲》，曾致干戈是此中。"又云："雲雨馬嵬分散後，驪宫無復聽《霓裳》。"又云："《霓裳》滿天月，粉骨幾春風。"帝爲太上皇，就養南宫，遷於西宫，梨園弟子玉琯發音，聞此曲一聲，則天顏不怡，左右歔欷。其後憲宗時，每大宴，間作此舞。文宗時，詔太常卿馮定，采開元雅樂，制《雲韶雅樂》及《霓裳羽衣曲》。是時四方大都邑及士大夫家，已多按習，而文宗乃令馮定制舞曲者，疑曲存而舞節非舊，故就加整頓焉。李後主作《昭惠后誄》云："《霓裳羽衣曲》，綿兹喪亂，世罕聞者。獲其舊譜，殘缺頗甚。暇日與后詳定，去彼淫繁，定其缺墜。"蓋唐末始不全。《蜀檮杌》稱："三月上巳，王衍宴怡神亭，衍自執板唱《霓裳羽衣》、《後庭花》、《思越人》曲。"決非開元全章。《洞微志》稱："五代時，齊州章丘北村任六郎，愛讀道書，好湯餅，得犯天麥毒疾，多唱異曲。八月望夜，待月私第，六郎執板大噪一曲。有水鳥野雀數百，集其舍屋傾聽。自道曰：'此即昔人《霓裳羽衣》者。'衆請于何得，笑而不答。"既得之邪疾，使此聲果傳，亦未足信。按明皇改《婆羅門》爲《霓裳羽衣》，屬黄鍾商。云時號越調。即今之越調是也。白樂天《嵩陽觀夜奏霓裳》詩云："開元遺曲自淒涼，況近秋天調是商。"又知其爲黄鍾商無疑。歐陽永叔云："人間有《瀛府》、《獻仙音》二曲，此其遺聲。"《瀛府》屬黄鍾宫，《獻仙音》屬小石調，了不相干。永叔知《霓裳羽衣》爲法曲，而《瀛府》、《獻仙音》爲法曲中遺聲，今合兩個宫調作《霓裳羽衣》一曲遺聲，亦太疏矣。《筆談》云："蒲中逍遥樓楣上，有唐人横書，類梵字，相傳是《霓裳譜》，字訓不通，莫知是非。或謂今燕部有《獻仙音》曲，乃其遺聲。然《霓裳》本謂之道調曲，《獻仙音》乃小石調爾。"又《嘉祐雜誌》云："同州樂工翻河中黄幡綽《霓裳譜》，鈞容樂工程士守以爲非是，別依法曲造成。教坊伶人花日新見之，題其後云："法曲雖精，莫近《望瀛》。"予謂《筆談》知《獻仙音曲》非是，乃指爲道調法曲，則無所著見。獨《理道要訣》所載，係當時朝旨，可信不誣。《雜誌》謂同州樂工翻河中黃幡綽譜，雖不載何宮調，安知非逍遥樓楣上橫書耶？今並程士守譜皆不傳。樂天《和元微之霓裳羽衣曲歌》云："磬簫筝笛遞相攙，擊擪彈吹聲邐迤。"注云："凡法曲之初，眾樂不濟，惟金石絲竹次第發聲，《霓裳》序初亦復如此。"又云："散序六奏未動衣。陽臺宿雲慵不飛。中序擘騞初八拍。秋竹吹裂春冰坼。"注云："散序六遍無拍，故不舞，中序始有拍，亦名拍序。"又云："繁音急節十二遍，跳珠撼玉何鏗錚。翔鸞舞了却收翅，唳鶴曲終長引聲。"注云："《霓裳》十二遍而曲終，凡曲將終，皆聲拍促速，惟《霓裳》之末，長引一聲。"《筆談》云："《霓裳曲》凡十二疊，前六疊無拍，至第七疊方謂之疊遍，自此始有拍而舞。"《筆談》，沈存中撰。沈指《霓裳羽衣》爲道調法曲，則是未嘗見舊譜。今所云豈亦得之樂天乎？世有般涉調《拂霓裳曲》，因石曼卿取作傳踏，述開元、天寶舊事。曼卿云：本是月宮之音，翻作人間之曲。近夔帥曾端伯增損其辭，爲勾遣隊口號，亦云開寶遺音。蓋二公不知此曲自屬黃鍾商，而《拂霓裳》則般涉調也。宣和初，普府守山東人王平，詞學華贍，自言得夷則商《霓裳羽衣譜》，取陳鴻、白樂天《長恨歌傳》，並樂天《寄元微之霓裳羽衣曲歌》，又雜取唐人小詩長句，及明皇、太真事，終以微之《連昌宮詞》，補綴成曲，刻板流傳。曲十一段，起第四遍、第五遍、第六遍、正攧、入破、虛催、袞、實催、袞、歇拍、殺袞，音律節奏，與白氏歌注大異。則知唐曲今世決不復見，亦可恨也。又唐史稱：客有以按樂圖示王維者，無題識。維徐曰："此《霓裳》第三疊最初拍也。"客未然，引工按曲，乃信。予嘗笑之，《霓裳》第一至第六疊無拍者，皆散序故也。類音家所行大品，安得有拍？樂圖必作舞女，而霓裳散序六疊以無拍故不舞。又畫師于樂器上，或吹或彈，止能畫一個字，諸曲皆有此一字，豈獨《霓裳》？唐孔緯拜官教坊，優伶求利市，緯呼使前，索其笛，指竅問曰："何者是《浣溪沙》孔籠子？"諸伶大笑。此與畫圖上定曲名何異？

凉州曲

《凉州曲》，唐史及傳載稱：天寶樂曲皆以邊地爲名，若《凉州》、《伊州》、《甘州》之類，曲遍聲繁，名入破。又詔道調法曲與胡部新聲合作。明年，安祿山反，凉、伊、甘皆陷。《吐蕃史》及《開元傳信記》亦云：西凉州獻此曲。寧王憲曰："音始于宮，散于商，成於角徵羽。斯曲也，宮離而不屬，商亂而加暴，君卑逼下，臣僭犯上，臣恐一日有播遷之禍。"及安史之亂，世頗思憲審音。而《楊妃外傳》乃謂上皇居南內，夜與妃侍者紅桃歌妃所制《凉州詞》，上因廣其曲，今流傳者益加。《明皇雜錄》亦云："上初自巴蜀回，夜來乘月登樓，命妃侍者紅桃歌《凉州》，即妃所制。上親御玉笛爲《倚樓曲》，曲罷，無不感泣。因廣其曲，傳於人間。"予謂皆非也。《凉州》在天寶時已盛行，上皇巴

618

蜀回，居南内，乃肅宗時，那得始廣此曲？或曰：因妃所制詞而廣其曲者，亦詞也，則流傳者益加，豈亦詞乎？舊史及諸家小説謂妃善舞，邃曉音律，不稱善制詞。今妃《外傳》及《明皇雜録》所云，誇誕無實，獨帝御玉笛爲《倚樓曲》，因廣之，流傳人間，似可信，但非《涼州》耳。唐史又云：其聲本宮調，今《涼州》見於世者凡七宮曲，曰黃鍾宮、道調宮、無射宮、中吕宮、南吕宮、仙吕宮、高宮，不知西涼所獻何宮也。然七曲中，知其三是唐曲，黃鍾、道調、高宮者是也。《脞説》云："《西涼州》本在正宮，貞元初，康昆侖翻入琵琶玉宸宮調，初進在玉宸殿，故以命名，合衆樂即黃鍾也。"予謂黃鍾即俗呼正宮，昆侖豈能舍正宮外，別制黃鍾《涼州》乎？因玉宸殿奏琵琶，就易美名，此樂工誇大之常態，而《脞説》便謂翻入琵琶玉宸宮調。《新史》雖取其説，止云康昆侖寓其聲於琵琶，奏於玉宸殿，因號玉宸宮調，合諸樂則用黃鍾宮，得之矣。張祐詩云："春風南内百花時。道調《涼州》急遍吹。揭手便拈金碗舞，上皇驚笑悖挐兒。"又《幽閒鼓吹》云："元載子伯和勢傾中外，福州觀察使奇樂妓數十人，使者半歲不得通。窺伺門下，有琵琶康昆侖出入，乃厚遺求通，伯和一試，盡付昆侖。段和尚者，自製道調《涼州》，昆侖求譜，不許，以樂之半爲贈，乃傳。"據張祐詩，上皇時已有此曲，而《幽閒鼓吹》爲段師自製，未知孰是。白樂天《秋夜聽高調涼州》詩云："樓上金風聲漸緊，月中銀字韻初調。促張弦柱吹高管，一曲《涼州》入沈寥。"大吕宮，俗呼高宮，其商爲高大石，其羽爲高般涉，所謂高調，乃高宮也。《史》及《脞説》又云"涼州有大遍、小遍"，非也。凡大曲有散序、靸、排遍、攧、正攧、入破、虛催、實催、袞遍、歇指、殺袞，始成一曲，此謂大遍。而《涼州》排遍，予曾見一本有二十四段。後世就大曲制詞者，類從簡省，而管弦家又不肯從首至尾聲吹彈，甚者學不能盡，元微之詩云："逡巡大遍《梁州》徹。"又云："《梁州》大遍最豪嘈。"及《脞説》謂有大遍小遍，其誤識此乎？

伊　州

《伊州》見於世者凡七商曲：大石調、高大石調、雙調、小石調、歇指調、林鍾商、越調，第不知天寶所制七商中何調耳。王建《宮詞》云："側商調裏唱《伊州》。"林鍾商，今夷則商也，管色譜以凡字殺，若側商即借尺字殺。

甘　州

《甘州》，世不見，今仙吕調有曲破，有八聲慢，有令，而中吕調有《象甘州八聲》，他宮調不見也。凡大曲就本宮調制引、序、慢、近、令，蓋度曲者常態。若《象甘州八聲》，即是用其法于中吕調，此例甚廣。僞蜀毛文錫有《甘州遍》，顧敻、李珣有《倒排甘州》，顧敻又有《甘州子》，皆不著宮調。

胡渭州

《胡渭州》，《明皇雜録》云："開元中，樂工李龜年弟兄三人，皆有才學盛名。彭年善舞，鶴年、龜年能歌，制《渭州曲》，特承顧遇。於東都大起第宅，僭侈之制逾於公侯。"唐史《吐蕃傳》亦云："奏《涼州》、《胡渭》、《録要》雜曲。"今小石調《胡渭州》是也。然世所行《伊州》、《胡渭州》、《六么》，皆非大遍全曲。

六　么

《六么》，一名《緑腰》，一名《樂世》，一名《録要》。元微之《琵琶歌》云："緑腰散序多攏撚。"又云："管兒還爲彈《緑腰》，《緑腰》依舊聲迢迢。"又云："遶巡彈得《六么》徹。霜刀破竹無殘節。"沈亞之《歌者葉記》云："合韻奏《緑腰》。"又志盧金蘭墓云："爲《緑腰》、《玉樹》之舞。"唐史《吐蕃傳》云："奏《涼州》、《胡渭》、《緑要》雜曲。"段安節《琵琶録》云："《緑腰》，本《録要》也，樂工進曲，上令録其要者。"白樂天《楊柳枝詞》云："《六么》《水調》家家唱，《白雪》《梅花》處處吹。"又《聽歌六絶句》内，《樂世》一篇云："管急弦繁拍漸稠，《緑腰》宛轉曲終頭。誠知樂世聲聲樂，老病人聽未免愁。"注云："《樂世》一名《六么》。"王建《宮詞》云："琵琶先抹《六么》頭。"故知唐人以"腰"作"么"者，惟樂天與王建耳。或云：此曲拍無過六字者，故曰《六么》。至樂天又獨謂之《樂世》，他書不見也。《青箱雜記》云："曲有《録要》者，録《霓裳羽衣曲》之要拍。"《霓裳羽衣曲》乃宮調，與此曲了不相關。士大夫論議，嘗患講之未詳，卒然而發，事與理交違，幸有證之者，不過如聚訟耳。若無人攻擊，後世隨以憒憒，或遺禍於天下，樂曲不足道也。《琵琶録》又云："貞元中，康昆侖琵琶第一手，兩市樓抵鬭聲樂，昆侖登東采樓，彈新翻羽調《緑腰》，必謂無敵。曲罷，西市樓上出一女郎，抱樂器云：'我亦彈此曲。兼移在楓香調中。'下撥聲如雷，絶妙入神。昆侖拜請爲師。女郎更衣出，乃僧善本，俗姓段。"今《六么》行於世者四，曰黃鍾羽，即俗呼般涉調。曰夾鍾羽，即俗呼中吕調。曰林鍾羽，即俗呼高平調。曰夷則羽，即俗呼仙吕調。皆羽調也。昆侖所謂新翻，今四曲中一類乎？或他羽調乎？是未可知也。段師所謂楓香調，無所著見。今四曲中一類乎？或他調乎？亦未可知也。歐陽永叔云："貪看《六么》花十八。"此曲内一疊名花十八，前後十八拍，又四花拍，共二十二拍。樂家者流所謂花拍，蓋非其正也，曲節抑

揚可喜，舞亦隨之。而舞築球《六么》，至花十八益奇。（以上卷三）

蘭陵王

《蘭陵王》，《北齊史》及《隋唐嘉話》稱：齊文襄之子長恭封蘭陵王，與周師戰，嘗著假面對敵，擊周師金塘城下，勇冠三軍。武士共歌謠之，曰《蘭陵王入軍曲》。今越調《蘭陵王》，凡三段二十四拍，或曰遺聲也。此曲聲犯正宮，管色用大凡字、大一字、勾字，故亦名大犯。又有大石調《蘭陵王慢》，殊非舊曲。周齊之際，未有前後十六拍慢曲子耳。

虞美人

《虞美人》，《脞説》稱起于項籍"虞兮"之歌。予謂後世以此命名可也，曲起於當時，非也。曾子宣夫人魏氏作《虞美人草行》，有云："三軍散盡旌旗倒，玉帳佳人坐中老。香魂夜逐劍光飛，青血化爲原上草。芳菲寂寞寄寒枝，舊曲聞來似斂眉。"又云："當時遺事久成空，慷慨尊前爲誰舞。"亦有就曲志其事者，世以爲工，其詞云："帳前草草軍情變，月下旌旗亂。褫衣推枕愴離情。遠風吹下楚歌聲。正三更。　　撫雛欲上重相顧，豔態花無主，手中蓮鍔凜秋霜。九泉歸去是仙鄉。恨茫茫。"黃載萬追和之，壓倒前輩矣。其詞云："世間離恨何時了。不爲英雄少。楚歌聲起伯圖休。一似□□□□水東流。　　葛荒葵老燕城暮，玉貌知何處。至今荒草解婆娑，只有當年魂魄未消磨。"按《益州草木記》："雅州名山縣出虞美人草，如雞冠花。葉兩兩相對，爲唱《虞美人》曲，應拍而舞，他曲則否。"《賈氏談録》："褒斜山谷中有虞美人草，狀如雞冠，大葉相對。或唱《虞美人》，則兩葉如人拊掌之狀，頗中節拍。"《酉陽雜俎》云："舞草出雅州，獨莖三葉，葉如決明，一葉在莖端，兩葉居莖之半相對。人或近之歌，及抵掌謳曲，葉動如舞。"《益部方物圖贊》改虞作娛，云："今世所傳《虞美人》曲，下音俚調，非楚虞姬作，意其草纖柔，爲歌氣所動，故其莖至小者，或若動搖，美人以爲娛耳。"《筆談》云："高郵桑景舒性知音，舊聞虞美人草，遇人唱《虞美人》曲，枝葉皆動，他曲不然。試之，如所傳，詳其曲，皆吳音也。他日取琴，試用吳音制一曲，對草鼓之，枝葉亦動，乃目曰《虞美人操》。其聲調與舊曲始末不相近，而草輒應之者，律法同管也。今盛行江湖間，人亦莫知其如何爲吳音。"《東齋記事》云："虞美人草，唱他曲亦動，傳者過矣。"予考六家説，各有異同。《方物圖贊》最穿鑿，無所稽據。舊曲固非虞姬作，若便謂下音俚調，嘻，其甚矣！亦聞蜀中數處有此草，予皆未之見，恐種族異，則所感歌亦異。然舊曲三,其一屬中吕調,其一中吕宮,近世轉入黄鍾宮。此草應拍而舞,應舊曲乎? 新曲乎? 桑氏吴音,合舊曲乎? 新曲乎? 恨無可問者。又不知吴草與蜀産有無同類也。

安公子

《安公子》,《通典》及《樂府雜録》稱:煬帝將幸江都,樂工王令言者,妙達音律。其子彈胡琵琶作《安公子》曲,令言驚問:"那得此?"對曰:"宮中新翻。"令言流涕曰:"慎毋從行。宮,君也。宮聲往而不返,大駕不復回矣。"據《理道要訣》,唐時《安公子》在太簇角,今已不得。其見於世者,中吕調有近,般涉調有令,然尾聲皆無所歸宿,亦異矣。

《水調歌》與《河傳》

《水調歌》,《理道要記》所載唐樂曲,南吕商時號水調。予數見唐人説水調,各有不同。予因疑水調非曲名,乃俗呼音調之異名,今決矣。按《隋唐嘉話》:煬帝鑿汴河,自製《水調歌》,即是水調中制歌也。世以今曲《水調歌》爲煬帝自製,今曲乃中吕調,而唐所謂南吕商,則今俗呼中管林鍾商也。《脞説》云:"水調《河傳》,煬帝將幸江都時所所制,聲韻悲切,帝喜之。樂工王令言謂其弟子曰:不返矣。《水調》、《河傳》,但有去聲。"此説與《安公子》事相類,蓋水調中《河傳》也。《明皇雜録》云:"禄山犯順,議欲遷幸。帝置酒樓上,命作樂,有進《水調歌》者,曰:'山川滿目淚沾衣,富貴榮華能幾時。不見只今汾水上,惟有年年秋雁飛。'上問誰爲此曲,曰李嶠。上曰真才子。不終飲而罷。"此水調中一句七字曲也。白樂天《聽水調詩》云:"五言一遍最殷勤。調少情多似有因。不會當時翻曲意,此聲腸斷爲何人。"《脞説》亦云:"《水調》第五遍,五言調,聲最愁苦。"此《水調》中一句五字曲,又有多遍,似是大曲也。樂天詩又云:"時唱一聲新《水調》,謾人道是采菱歌。"此《水調》中新腔也。《南唐近事》云:"元宗留心内寵,宴私擊鞠無虚日。嘗命樂工楊花飛奏《水調》詞進酒,花飛惟唱'南朝天子好風流'一句,如是數四,上悟,覆栖賜金帛。"此又一句七字。然既曰命奏《水調》詞,則是令楊花飛水調中撰詞也。《外史檮杌》云:"王衍泛舟巡閬中,舟子皆衣錦繡,自製水調《銀漢曲》。"此水調中制《銀漢曲》也。今世所唱中吕調《水調歌》,乃是以俗呼音調異名者名曲,雖首尾亦各有五言兩句,決非樂天所聞之曲。《河傳》,唐詞存者二,其一屬南吕宮,凡前段平韻,後仄韻。其一乃今《怨王》孫曲,屬無射宮。以此知煬帝所製《河傳》,不傳已久。然歐陽永叔所集詞内,《河傳》附越調,亦《怨王孫》曲。今世《河傳》,乃仙吕調,皆令也。

萬歲樂

《萬歲樂》,唐史云:"明皇分樂爲二部,堂下立奏,謂之立部伎。堂上坐奏,謂之坐部伎。坐部伎六曲,而《鳥歌萬歲樂》居其四。鳥歌者,武后作也。有鳥能人言萬歲,因以制樂。"《通典》云:"《鳥歌萬歲樂》,武太后所造。時宮中養鳥,能人言,嘗稱萬歲,爲樂以象之。舞三人,衣緋大袖,並畫鸜鵒冠,作鳥象。"又云:"今嶺南有鳥,似鸜鵒,能言,名吉了音料。"異哉,武后也。其爲昭儀,至篡奪,殺一后一妃,而殺王侯將相中外士大夫不可勝計,凶忍之極。又殺諸武,僅有免者。又最甚,則親生四子,殺其二,廢徙其一,獨睿宗危得脱。視他人性命如糞草,至聞鳥歌萬歲,乃欲集慶厥躬,改年號永昌。又因二齒生,改號長壽,又號延載,又號天册萬歲,又號萬歲通天,又號長安。自昔紀號祈祝,未有如后之甚者。在衆人則欲速死,在一身則欲長久,世無是理也。按《理道要訣》,唐時太簇商樂曲有《萬歲樂》。或曰:即《鳥歌萬歲樂》也。又舊唐史:元和八年十月,汴州劉宏撰《聖朝萬歲樂譜》三百首以進。今黃鍾宮亦有《萬歲樂》,不知起前曲或後曲。

夜半樂

《夜半樂》,唐史云:"民間以明皇自潞州還京師,夜半舉兵,誅韋皇后,制《夜半樂》、《還京樂》二曲。"《樂府雜録》云:"明皇自潞州入平内難,半夜斬長樂門關,領兵入宮。後撰《夜半樂》曲。"今黃鍾宮有《三台夜半樂》,中吕調有慢、有近拍、有序,不知何者爲正。

何滿子

《何滿子》,白樂天詩云:"世傳滿子是人名,臨就刑時曲始成。一曲四詞歌八疊,從頭便是斷腸聲。"自注云:"開元中,滄州歌者姓名,臨刑進此曲以贖死,上竟不免。"元微之《何滿子歌》云:"何滿能歌聲宛轉。天寶年中世稱罕。嬰刑係在囹圄間,下調哀音歌憤懣。梨園弟子奏元宗,一唱承恩囎綢緩。便將何滿爲曲名,御府親題樂府纂。"甚矣!帝王不可妄有嗜好也。明皇喜音律,而罪人遂欲進曲贖死。然元、白平生交友,聞見率同,獨紀此事少異。《盧氏雜説》云:"甘露事後,文宗便殿觀牡丹,誦舒元輿《牡丹賦》,歎息泣下,命樂適情。宮人沈翹翹舞《何滿子》,詞云:'浮雲蔽白日。'上曰:'汝知書耶?'乃賜金臂環。"又薛逢《何滿子詞》云:"擊馬宮槐老,持杯店菊黃。故交今不見,流恨滿川光。"五字四句。樂天所謂一曲四詞,庶幾是也。歌八疊,疑有和聲,如《漁父》、《小秦王》之類。今詞屬雙調,兩段各六句,内五句各六字,一句七字。五代時尹鶚、李珣亦同此。其他諸公所作,往往只一段,而六句各六字,皆無復有五字者。字句既異,即知非舊曲。《樂府雜録》云:"靈武刺史李靈曜置酒,坐客姓駱,唱《何滿子》,皆稱妙絶。白秀才者曰:'家有聲妓,歌此曲音調不同。'召至令歌,發聲清越,殆非常音。駱遽問曰:'莫是宮中胡二子否?'妓熟視曰:'君豈梨園駱供奉邪?'相對泣下。皆明皇時人也。"張祜作《孟才人歎》云:"偶因歌態詠嬌嚬,傳唱宮中十二春。却爲一聲何滿子,下泉須吊孟才人。"其序稱:"武宗疾篤,孟才人以歌笙獲寵者,密侍左右。上目之曰:'吾當不諱,爾何爲哉?'指笙囊泣曰:'請以此就縊。'上憫然。復曰:'妾嘗藝歌,願對上歌一曲,以洩憤。'許之,乃歌一聲《何滿子》,氣亟,立殂。上令醫候之,曰:'脉尚温而腸已絶。'上崩,將徙柩,舉之愈重。議者曰:'非俟才人乎?'命其櫬至,乃舉。"僞蜀孫光憲《何滿子》一章云:"冠劍不隨君去,江河還共恩深。"似爲孟才人發。祜又有《宮詞》云:"故國三千里,深宮二十年。一聲《何滿子》,雙淚落君前。"其詳不可得而聞也。

凌波神

《凌波神》,《開元天寶遺事》云:"帝在東都,夢一女子,高髻廣裳,拜而言曰:'妾凌波池中龍女,久護宮苑,陛下知音,乞賜一曲。'帝爲作《凌波曲》,奏之池上,神出波音。"《楊妃外傳》云:"上夢豔女,梳交心髻,大袖寬衣,曰:'妾是陛下凌波池中龍女,衛宮護駕實有功。陛下洞曉鈞天之音,乞賜一曲。'夢中爲鼓胡琴,作《凌波曲》。後于凌波池奏新曲,池中波濤涌起,有神女出池心,乃夢中所見女子,因立廟池上,歲祀之。"《明皇雜録》云:"女伶謝阿蠻善舞《凌波曲》,出入宮中及諸姨宅,妃子待之甚厚,賜以金粟妝臂環。"按《理道要訣》天寶諸樂曲名,有《凌波神》二曲,其一在林鍾宮,云:時號道調宮。然今之林鍾宮即時號南吕宮,而道調宮即古之仲宮也。其一在南吕商,云:時號《水調》。今南吕商則俗呼中管林鍾商也。皆不傳。予問諸樂工,云:舊見《凌波曲》譜,不記何宮調也。世傳用之歌吹,能招來鬼神,因是久廢。豈以龍女見形之故,相承爲能招來鬼神乎?

荔枝香

《荔枝香》,唐史《禮樂志》云:"帝幸驪山,楊貴妃生日,命小部張樂長生殿,奏新曲,未有名。會南方進荔枝,因名曰荔枝香。"《脞説》云:"太真妃好食荔枝,每歲忠州置急遞上進,五日至都。天寶四年夏,荔枝滋甚,比開籠時,香滿一室。供奉李龜年撰此曲進之,宣賜甚厚。"《楊妃外傳》云:"明皇在驪山,命小部音聲于長生殿奏新曲,未有名,會南海進荔枝,因名《荔枝香》。"三説雖小異,要是明皇時曲。然史及《楊妃外傳》皆謂帝在驪山,故杜牧之《華清》絶句云:"長安回望繡成堆,山頂千門次第開。一騎紅塵妃子笑,無人知道荔枝來。"《遯齋閑覽》非之,曰:"明皇每歲十月幸驪山,至春乃還,未嘗用六月。詞意雖美,而失事實。"予觀小杜《華清》長篇,又有"塵埃羯鼓索,片段荔枝筐"之語。其後歐陽永叔詞亦云:"一從魂散馬嵬間,只有紅塵無驛使,滿眼驪山。"唐史既出永叔,宜此詞亦爾也。今歇指、大石兩調皆有近拍,不知何者爲本曲。

阿濫堆

《阿濫堆》,《中朝故事》云:"驪山多飛禽,名阿濫堆。明皇御玉笛,采其聲,翻爲曲子名。左右皆傳唱之,播於遠近。人競以笛效吹,故張祜詩云:'紅樹蕭蕭閣半開。玉皇曾幸此宮來。至今風俗驪山下,村笛猶吹阿濫堆。'"賀方回《朝天子》曲云:"待月上、潮平波灩灩。塞管孤吹新阿濫。"即謂《阿濫堆》。江湖間尚有此聲,予未之聞也。嘗以問老樂工,云屬夾鍾商。按《理道要訣》天寶諸樂名,堆作塠,屬黃鍾羽。夾鍾商俗呼雙調,而黃鍾羽則俗呼般涉調。然《理道要訣》稱:黃鍾羽,時號黃鍾商調。皆不可曉也。（以上卷四）

念奴嬌

《念奴嬌》,元微之《連昌宮詞》云:"初過寒食一百六,店舍無煙宮樹綠。夜半月高弦索鳴,賀老琵琶定場屋。力士傳呼覓念奴,念奴潛伴諸郎宿。須臾覓得又連催,特敕街中許然燭。春嬌滿眼淚紅綃,掠削雲鬟旋裝束。飛上九天歌一聲,二十五郎吹管逐。"自注云:"念奴,天寶中名倡,善歌。每歲樓下酺宴,萬衆喧溢。嚴安之、韋黃裳輩辟易不能禁,衆樂爲之罷奏。明皇遣高力士大呼樓上曰:'欲遣念奴唱歌,邠二十五郎吹小管逐。看人能聽否。'皆悄然奉詔。然明皇不欲奪狹游之盛,未嘗置在宮禁。歲幸溫湯,時巡東洛,有司潛遣從行而已。"《開元天寶遺事》云:"念奴有色,善歌,宮伎中第一。帝嘗曰:'此女眼色媚人。'又云:'念奴每執板當席,聲出朝霞之上。'"今大石調《念奴嬌》,世以爲天寶間所制曲,予固疑之。然唐中葉漸有今體慢曲子,而近世有填《連昌詞》入此曲者,後復轉此曲入道調宮,又轉入高宮大石調。

雨淋鈴

《雨淋鈴》，《明皇雜録》及《楊妃外傳》云："帝幸蜀，初入斜谷，霖雨彌句。棧道中聞鈴聲，帝方悼念貴妃，采其聲爲《雨淋鈴》曲以寄恨。時梨園弟子，惟張野狐一人，善篳篥，因吹之，遂傳於世。"予考史及諸家説，明皇自陳倉入散關，出河池，初不由斜谷路。今劍州梓桐縣地名上亭，有古今詩刻記明皇聞鈴之地，庶幾是也。羅隱詩云："細雨霏微宿上亭，雨中因感雨淋鈴。貴爲天子猶魂斷，窮著荷衣好涕零。劍水多端何處去，巴猿無賴不堪聽。少年辛苦今飄蕩，空愧先生教聚螢。"世傳明皇宿上亭，雨中聞牛鐸聲，悵然而起。問黃幡綽："鈴作何語?"曰："謂陛下特郎當。"特郎當，俗稱不整治也。明皇一笑，遂作此曲。《楊妃外傳》又載上皇還京後，復幸華清，從官嬪御多非舊人。於望京樓下，命張野狐奏《雨淋鈴》曲，上四顧淒然。自是聖懷耿耿，但吟"刻木牽絲作老翁，雞皮鶴發與真同。須臾弄罷寂無事，還似人生一世中。"杜牧之詩云："零葉翻紅萬樹霜，玉蓮開蕊暖泉香。行雲不下朝元閣，一曲《淋鈴》淚數行。"張祜詩云："《雨淋鈴》夜却歸秦，猶是張徽一曲新。長説上皇和淚教，月明南内更無人。"張徽即張野狐也。或謂祜詩言上皇出蜀時曲，與《明皇雜録》、《楊妃外傳》不同。祜意明皇入蜀時作此曲，至雨淋鈴夜却又歸秦，猶是張野狐向來新曲，非異説也。元微之《琵琶歌》云："淚垂捍撥朱弦濕，冰泉嗚咽流鶯澀。因兹彈作《雨淋鈴》，風雨蕭條鬼神泣。"今雙調《雨淋鈴慢》，頗極哀怨，真本曲遺聲。

清平樂

《清平樂》，《松窗録》云："開元中，禁中初種木芍藥，得四本，紅、紫、淺紅、通白繁開。上乘照夜白，太真妃以步輦從。李龜年手捧檀板，押衆樂前，將欲歌之。上曰：'焉用舊詞爲。'命龜年宣翰林學士李白立進《清平調》詞三章。白承詔賦詞，龜年以進，上命梨園弟子約格調，撫絲竹，促龜年歌。太真妃笑領歌意甚厚。"張君房《脞説》指此爲《清平樂》曲。按明皇宣白進清平調詞，乃是令白於清平調中制詞。蓋古樂取聲律高下合爲三，曰清調、平調、側調，此之謂三調。明皇止令就擇上兩調，偶不樂側調故也。況白詞七字絕句，與今曲不類。而《尊前集》亦載此三絕句，止目曰《清平詞》。然唐人不深考，妄指此三絕句耳。此曲在越調，唐至今盛行。今世又有黃鍾宮、黃鍾商兩音者，歐陽炯稱，白有應制《清平樂》四首，往往是也。

春光好

《春光好》,《羯鼓録》云:"明皇尤愛羯鼓玉笛,云八音之領袖。時春雨始晴,景色明麗,帝曰:'對此豈可不與他判斷。'命取羯鼓,臨軒縱擊,曲名《春光好》。回顧柳杏,皆已微坼。上曰:'此一事不唤我作天工,可乎?'"今夾鍾宫《春光好》,唐以來多有此曲。或曰:夾鍾宫屬二月之律,明皇依月用律,故能判斷如神。予曰:二月柳杏坼久矣,此必正月用二月律催之也。《春光好》,近世或易名《愁倚闌》。

菩薩蠻

《菩薩蠻》,《南部新書》及《杜陽雜編》云:"大中初,女蠻國入貢,危髻金冠,纓絡被體,號菩薩蠻隊,遂制此曲。當時倡優李可及作菩薩蠻隊舞,文士亦往往聲其詞。"大中乃宣宗紀號也。《北夢瑣言》云:"宣宗愛唱《菩薩蠻》詞,令狐相國假温飛卿新撰密進之,戒以勿泄,而遽言於人,由是疏之。"温詞十四首,載《花間集》,今曲是也。李可及所制蓋止此,則其舞隊,不過如近世《傳踏》之類耳。

望江南

《望江南》,《樂府雜録》云:李衛公爲亡妓謝秋娘撰《望江南》,亦名《夢江南》。白樂天作《憶江南》三首,第一"江南好",第二、第三"江南憶"。自注云:"此曲亦名《謝秋娘》,每首五句。"予考此曲,自唐至今,皆南吕宫,字句亦同。止是今曲兩段,蓋近世曲子無單遍者。然衛公爲謝秋娘作此曲,已出兩名。樂天又名以《憶江南》,又名以《謝秋娘》。近世又取樂天首句名以《江南好》。予嘗歎世間有改易錯亂誤人者是也。

文溆子

《文溆子》,《盧氏雜説》云:"文宗善吹小管,僧文溆爲入内大德,得罪流之。弟子收拾院中籍入傢俱,猶作師講聲,上采其聲制曲,曰《文溆子》。"予考《資治通鑒》:敬宗寶曆二年六月己卯幸興福寺,觀沙門文溆俗講。敬、文相繼,年祀極近,豈有二文溆哉?至所謂俗講,則不可曉。意此僧以俗談侮聖言,誘聚羣小,至使人主臨觀,爲一笑之樂,死尚晚也。今黄鍾宫、大石調、林鍾商、歇指調皆有十拍令,未知孰是。而溆字或誤作序並緒。

鹽角兒

《鹽角兒》，《嘉祐雜誌》云：“梅聖俞説，始教坊家人市鹽，於紙角中得一曲譜，翻之，遂以名。”今雙調《鹽角兒令》是也。歐陽永叔嘗制詞。

喝馱子

《喝馱子》，《洞微志》云：“屯田員外郎馮敢，景德三年爲開封府界檢澇户田，宿史胡店。日落，忽見三婦人過店前，入西畔古佛堂。敢料其鬼也，攜僕王侃詣之。延坐飲酒，稱二十六舅母者，請王侃歌送酒，三女側聽。十四姨者曰：‘何名也？’侃對曰：‘《喝馱子》。’十四姨曰：‘非也。’”此曲單州營妓教頭葛大姐所撰新聲。梁祖作四鎮時，駐兵魚臺，值十月二十一生日，大姐獻之。梁祖令李振填詞，付後騎唱之，以押馬隊，因謂之《葛大姐》。及戰，得勝回，始流傳河北。軍中竟唱，俗以押馬隊，故訛曰《喝馱子》。莊皇入洛，亦愛此曲，謂左右曰：“此亦古曲，葛氏但更五七聲耳。”李珣《瓊瑶集》有《鳳臺》一曲，注云：“俗謂之《喝馱子》。”不載何宫調。今世道調宫有慢，句讀與古不類耳。

後庭花

《後庭花》，《南史》云：“陳後主每引賓客，對張貴妃等游宴，使諸貴人及女學士與狎客共賦新詩相贈答。采其尤麗者爲曲調，其曲有《玉樹後庭花》。”《通典》云：“《玉樹後庭花》、《堂堂》、《黄鸝留》、《金釵兩臂垂》，並陳後主造，恒與宫女學士及朝臣相唱和爲詩。太樂令何胥采其尤輕豔者爲此曲。”予因知後主詩，胥以配聲律，遂取一句爲曲名。故前輩詩云：“《玉樹》歌翻王氣終，景陽鐘動曉樓空。”又云：“《後庭花》一曲，幽怨不堪聽。”又云：“萬户千門成野草，只緣一曲《後庭花》。”又云：“采箋曾襞欺江總，綺閣塵銷《玉樹》空。”又云：“商女不知亡國恨，隔江猶唱後庭花。”又云：“玉樹歌闌海雲黑，花庭忽作青蕪國。”又云：“《後庭》餘唱落船窗。”又云：“《後庭》新聲欺樵牧。”又云：“不知即入宫前井，猶自聽吹《玉樹花》。”吴蜀雞冠花有一種小者，高不過五六尺，或紅，或淺紅，或白，或淺白，世目曰後庭花。又按《國史纂異》，雲陽縣多漢離宫故地，有樹似槐而葉細，土人謂之玉樹。揚雄《甘泉賦》“玉樹青葱”，左思以爲假稱珍怪者，實非也，似之而已。予謂雲陽既有玉樹，即《甘泉賦》中，未必假稱。陳後主《玉樹後庭花》，或

628

者疑是兩曲,謂詩家或稱《玉樹》,或稱《後庭花》,少有連稱者。僞蜀時,孫光憲、毛熙震、李珣有《後庭花》曲,皆賦後主故事,不著宮調,兩段各四句,似令也。今曲在,兩段各六句,亦令也。

西河長命女

《西河長命女》,崔元範自越州幕府拜侍御史,李訥尚書餞於鑒湖,命盛小叢歌,坐客各賦詩送之。有云:“爲公唱作《西河調》,日暮偏傷去住人。”《理道要訣》:“《長命女西河》,在林鍾羽,時號平調。”今俗呼高平調也。《脞説》云:“張紅紅者,大曆初,隨父歌匄食。過將軍韋青所居,青納爲姬,自傳其藝,穎悟絕倫。有樂工取古《西河長命女》加減節奏,頗有新聲。未進間,先歌於青。青令紅紅潛聽,以小豆數合記其拍,給云:‘女弟子久歌此,非新曲也。’隔屏奏之,一聲不失。樂工大驚,請與相見,歎伏不已。兼云:‘有一聲不穩,今已正矣。’尋達上聽,召入宜春院,寵澤隆異,宮中號記曲小娘子,尋爲才人。”按此曲起開元以前,大曆間,樂工加減節奏,紅紅又正一聲而已。《花間集》和凝有《長命女》曲,僞蜀李珣《瓊瑤集》亦有之,句讀各異。然皆今曲子,不知孰爲古制林鍾羽並大曆加減者。近世有《長命女令》,前七拍,後九拍,屬仙吕調,宮調、句讀並非舊曲。又別出大石調《西河》,慢聲犯正平,極奇古。蓋《西河長命女》,本林鍾羽,而近世所分二曲,在仙吕、正平兩調,亦羽調也。

楊柳枝

《楊柳枝》,《鑒戒録》云:“《柳枝歌》,亡隋之曲也。”前輩詩云:“萬里長江一旦開,岸邊楊柳幾千栽。錦帆未落干戈起,惆悵龍舟更不回。”又云:“樂苑隋堤事已空,萬條猶舞舊春風。”皆指汴渠事。而張祜《折楊柳枝》兩絕句,其一云:“莫折宮前楊柳枝,元宗曾向笛中吹。傷心日暮煙霞起,無限春愁生翠眉。”則知隋有此曲,傳至開元。《樂府雜録》云:白傳作《楊柳枝》。予考樂天晚年與劉夢得唱和此曲詞,白云:“古歌舊曲君休聽,聽取新翻《楊柳枝》。”又作《楊柳枝二十韻》云:“樂童翻怨調,才子與妍詞。”注云:“洛下新聲也。”劉夢得亦云:“請君莫奏前朝曲,聽唱新翻楊柳枝。”蓋後來始變新聲。而所謂樂天作《楊柳枝》者,稱其別創詞也。今黃鍾商有《楊柳枝》曲,仍是七字四句詩,與劉、白及五代諸子所制並同,但每句下各增三字一句,此乃唐時和聲,如《竹枝》、《漁父》,今皆有和聲也。舊詞多側字起頭,平字起頭者,十之一二。今詞盡皆側字起頭,第三句亦復側字起,聲度差穩耳。

麥秀兩岐

《麥秀兩岐》,《文酒清話》云:"唐封舜臣性輕佻,德宗時使湖南,道經金州,守張樂燕之。執杯索《麥秀兩岐》曲,樂工不能。封謂樂工曰:'汝山民亦合聞大朝音律。'守爲杖樂工。復行酒,封又索此曲。樂工前乞侍郎舉一遍,封爲唱徹,衆已盡記,於是終席動此曲。封既行,守密寫曲譜,言封燕席事,郵筒中送與潭州牧。封至潭,牧亦張樂燕之。倡優作襤褸數婦人,抱男女筐筥,歌《麥秀兩岐》之曲,叙其拾麥勤苦之由。封面如死灰,歸過金州,不復言矣。"今世所傳《麥秀兩岐》,今在黃鍾宮。唐《尊前集》載和凝一曲,與今曲不類。(以上卷五)

陳巖肖

陳巖肖(生卒年不詳)字子象。宋金華(今屬浙江)人。靖康中,曾游京師天清寺。汴京失陷,其父亦遭難。紹興八年(1138)試博學宏詞科,賜同進士出身。二十五年,由秀州教授擢諸王宮大小學教授,兼權考功郎官,爲禮部員外郎。乾道元年(1165),除秘書少監。二年,權工部侍郎。官至兵部侍郎。喜論詩,著有《庚溪詩話》二卷,歷述唐、宋詩家,重歐、蘇及黃庭堅,而對江西詩派末流頗爲不滿。

本書資料據四庫全書本《庚溪詩話》。

《庚溪詩話》(節錄)

本朝詩人與唐世相亢,其所得各不同,而俱自有妙處,不必相蹈襲也。至山谷之詩清新奇峭,頗造前人未嘗道處,自爲一家,此其妙也。至古體詩,不拘聲律,間有歇後語,亦清新奇峭之極也。然近時學其詩者,或未得其妙處,每有所作,必使聲韻拗捩,詞語齟齬,曰江西格也。此何爲哉?呂居仁作《江西詩社宗派圖》,以山谷爲祖,宜其規行矩步,必踵其跡。今觀東萊詩,多渾厚平夷,時出雄偉,不見斧鑿痕。社中如謝無逸之徒亦然,正如魯國男子善學柳下惠者。(卷下)

邊惇德

邊惇德(生卒年不詳)字公辯。宋崑山(今屬江蘇)人。紹興十五年(1145)進士。

以詩文名一時，屢與范成大唱酬。年逾六旬致仕。著有《脂韋子》五十卷，已佚。《事類賦》三十卷，宋吳淑撰，並自注。

本書資料據四庫全書本《事類賦》。

《事類賦》原序（節録）

切觀四聲之作，起於齊、梁而盛於隋、唐，今遂以爲取士之階。其協辭比事，法度纖密，足以抑天下豪傑之氣。至於源流派別，凡有補於對偶聲韻者，豈可靳而不傳？（卷首）

陳長方

陳長方（1108—1148）字齊之，學者稱唯室先生。宋長樂（今屬福建）人。少時與其弟少方齊名，時號"二陳"。十八歲時撰《伊洛答問》，力贊二程之道。紹興八年（1138）進士，調太平州蕪湖尉，爲江陰軍學教授，未行。長方刻意學問，博涉經史，其現存詩文多詠史、論史之作，雖有宋儒"論人喜核而務深"之失，而往往論理確切、論事持重。其詩多感時有得之作，論議肯切。著有《唯室集》十四卷、《春秋私記》三十二篇、《尚書講義》五卷、《兩漢論》十卷、《步里談録》二卷、《辨道論》一卷。原集均已佚，今僅存《唯室集》四卷、《步里客談》二卷，爲清四庫館臣自《永樂大典》輯出重編本。

本書資料據四庫全書本《唯室集》、《步里客談》。

節《通鑑》序

國之有史，其來尚矣，所以善善惡惡，爲萬世法戒，其不足爲法戒者未嘗書也。故魯僖公修泮宮，仲尼作《春秋》不載，而見之於《詩》，筆削謹嚴蓋可見矣。至左氏、太史公、范蔚宗之流，雖刻畫文字，光采溢人耳目，而書事之法駸駸流蕩，已乖於前人焉。狐突登僕，彭生敢見，與夫石言于魏榆，左氏之書也；滑稽立傳，而漆城乳媼之論著，太史公之書也；方伎立傳，而黿爲府君之説傳，范蔚宗之書也。諸如此類，今不暇毛縷，披剥其言，直論大概，以爲書之傳後果何爲乎，將有補於世教耶？將開迪於來代耶？是亦徒費荆潭之竹，而漫秃南山之兔也。下及晉、宋，以至陳、隋，恢詭十倍於三書，而一草一木之異畢載，穢詞褻語，殆不可使父子兄弟同業共習之。爲史至於是，與古人書事之意一何異哉！故相司馬公受命於朝，聚歷代史爲《資治通鑑》，删繁去長，一洗千餘年之弊詞，將以備乙夜之覽也。事之存而無所損者不可盡削，故亦不得不詳。余家世業儒，貧不能致此書，念之久矣。方將縮衣節食以求之，不幸亂離，官本存否莫能知也，因假於交遊，手自抄錄。凡事之繫興衰、干教化、大得大失，皆不敢遺；其間資聞見、助談柄者，或不能盡錄。非敢有所銓擇也，直以筆力之不逮爾。然自三十年來，士於史籍中，記一字之隱僻，摭一語之新奇，藏胸中以爲事業，言於衆以爲伎能者多矣，至於上可資治道，下可修一身者，彼直如視秦人肥瘠然，雖唱之於名世之士，余不暇學也。嗚呼！天有四時，發生肅殺不能並行於春夏；地有四岳，東西南北不能俱見於一方。天地尚爾，況人力乎？則余之取其大而遺其細也，來者亦未易加誚焉。（《唯室集》卷二）

《步里客談》（節錄）

柳子厚《先友記》，酒用《孔子七十弟子傳》體。若《真符》及《雅》，則以盤誥詩人之文爲祖矣。

《東坡志林》云：“嘗欲做《盤谷序》作一文字，竟不能成。態度如風雲變滅，水波成文，直因勢而然，必欲執一時之跡以明定體，乃欲繫風捕影也。”（以上卷下）

陳　善

陳善（約 1109—1172）字敬甫，一字子兼，號秋塘，又號潮溪先生。宋羅源（今屬福建）人。紹興間，爲太學生，力詆和議。及秦檜死，始登紹興三十年（1160）進士第。著有《雪蓬夜話》三卷，已佚。又有《捫虱新話》十五卷，乃作者辭世後，由其學生陳益整理其手稿而成。全書分經、史、子、讀書、文章、文才、詩、詩文、聖賢、佛氏、人才、見識、人倫、死生等類，內容豐富，文筆暢達。《四庫全書總目》謂“其書考論經史詩文，兼及雜事，別類分門，頗爲冗瑣，持論尤多踳駁”，稱其顛倒是非，而無顧忌。

本書資料據上海書店 1990 年版《捫虱新話》。

文章以氣韻爲主

文章以氣韻爲主，氣韻不足，雖有詞藻，要非佳作也。乍讀淵明詩，頗似枯淡，久久有味。東坡晚年酷好之，謂李、杜不及也。此無他，韻勝而已。韓退之詩，世謂押韻之文爾，然自有一種風韻。如《庭楸》詩“朝日出其東，我嘗坐西偏。夕日在其西，我常坐東邊。當晝日在上，我坐中央焉。”不知者便謂語無功夫，蓋是未窺見古人妙處爾。

且如老杜云："黄四娘家花滿蹊，千朵萬朵壓枝低。"此又可嫌其太易乎？論者謂子美"無數蜻蜓齊上下，一雙鸂鶒對浮沉。"便有"關關雎鳩，在河之洲"氣象。予亦謂淵明"藹藹遠人村，依依墟里煙。犬吠深巷中，雞鳴桑樹顛"，當與《豳風·七月》相表裏，此殆難與俗人言也。予每見人愛誦"影搖千尺龍蛇動，聲撼半天風雨寒"之句，以爲工，此如見富家子弟，非無福相，但未免俗耳。若比之"霜皮溜雨四十圍，黛色參天二千尺"，便覺氣韻不侔也。達此理者，始可論文。

詩之雅頌即今之琴操

《詩》三百篇，孔子皆被之弦歌，古人賦詩見志，蓋不獨誦其章句，必有聲韻之文，但今不傳爾。琴中有《鵲巢操》、《騶虞操》、《伐檀》、《白駒》等操，皆今詩文，則知當時作詩皆以歌也。又，琴古人有謂之"雅琴"、"頌琴"者，蓋古之爲琴，皆以歌乎詩，古之雅、頌即今之琴操爾。雅、頌之聲固自不同，鄭康成乃曰《豳風》兼雅、頌。夫歌風焉得與雅、頌兼乎？舜《南風歌》、楚《白雪辭》，本合歌舞；漢帝《大風歌》、項羽《垓下歌》，亦入琴曲。今琴家遂有《大風起》、《力拔山》之操，蓋以始語名之爾。然則今世不復知此。予讀《文中子》，見其與楊素、蘇瓊、李德林語，歸而援琴鼓蕩之什，乃知其聲至隋末猶存。

韓以文爲詩，杜以詩爲文

韓以文爲詩，杜以詩爲文，世傳以爲戲。然文中要自有詩，詩中要自有文，亦相生法也。文中有詩，則句語精確；詩中有文，則詞調流暢。謝玄暉曰："好詩圓美流轉如彈丸。"此所謂詩中有文也。唐子西曰："古人雖不用偶儷，而散句之中暗有聲調，步驟馳騁，亦有節奏。"此所謂文中有詩也。前代作者皆知此法，吾謂無出韓、杜。觀子美到夔州以後詩，簡易純熟，無斧鑿痕，信是如彈丸矣。退之《畫記》，鋪排收放，字字不虛，但不肯入韻耳。或者謂其殆似甲乙帳，非也。以此知杜詩、韓文，闕一不可。世之議者遂謂子美無韻語殆不堪讀，而以退之之詩但爲押韻之文者，是果足以爲韓、杜病乎？文中有詩，詩中有文，知者領予此語。

歐陽公喜梅聖俞蘇子美詩

韓退之與孟東野爲詩友，近歐陽公復得梅聖俞，謂可比肩韓孟。故公詩云"猶喜共量天下士，亦勝東野亦勝韓"也，蓋嘗目聖俞爲詩老云。公亦最重蘇子美，稱爲"蘇梅"。子美喜爲健句，而梅詩乃務爲清切閑淡之語。公有《水谷夜行》詩，各述其體。然子美嘗曰："吾不幸寫字，人以比周越；作詩，人以比堯臣。"此又可笑。

文　體

以文體爲詩，自退之始；以文體爲四六，自歐公始。（以上上集卷一）

詩評乃花譜

予嘗與林邦翰論詩及四雨字句，邦翰云："'梨花一枝春帶雨'句雖佳，不免有脂粉氣，不似'朱簾暮卷西山雨'，多少豪傑。"予因謂樂天句似茉莉花，王勃句似含笑花，李長吉"桃花亂落如紅雨"似簷葡花。而王荆公以爲總不似"院落深沉杏花雨"，乃似闍提花。邦翰撫掌曰："吾子此論不獨詩評，乃花譜也。"

帝王文章富貴氣象

帝王文章自有一般富貴氣象。國初江南遣徐鉉來朝，鉉欲以辯勝，至誦後主月詩云云。太祖皇帝但笑曰："此寒士語爾，吾不爲也。吾微時，夜至華陰道中逢月出，有句云：'未離海底千山暗，才到中天萬國明。'"鉉聞不覺駭然驚服。太祖雖無意爲文，然出語雄傑如此。予觀李氏據江南全盛時，宮中詩曰："簾日已高三丈透，金爐次第添香獸，紅錦地衣隨步皺。佳人舞點金釵溜，酒惡時將花蕊嗅，別殿時聞簫鼓奏。"議者謂與"時挑野菜和根煮，旋斫生柴帶葉燒"者異矣。然此儘是尋常説富貴語，非萬乘天子體。予蓋聞太祖一日與朝臣議論不合，歎曰："安得桑維翰者與之謀事乎？"左右曰："縱維翰在，陛下亦不能用之。"蓋維翰愛錢，太祖曰："窮措大眼孔小，賜與十萬貫，則塞破屋子矣。"以此言之，不知彼所謂"金爐"、"香獸"、"紅錦"、"地衣"當費得幾萬貫？此語得無是措大家眼孔乎？（以上上集卷二）

詩人多寓意於酒婦人

荆公編李、杜、韓、歐四家詩，而以歐公居太白之上，曰："李白詩語迅快，無疏脱處，然其識汙下，十句九句言婦人、酒爾。"予謂詩者，妙思逸想所寓而已。太白之神

634

氣,當游戲萬物之表,其於詩特寓意焉耳,豈以婦人、酒能敗其志乎? 不然,則淵明篇篇有酒,謝安石每遊山必攜妓,亦可謂其識不高耶? 歐公文字寄興高遠,多喜爲風月閒適之語,蓋是效太白爲之,故東坡作歐公集序亦云:"詩賦似李白。"此未可以優劣論也。黃魯直初作豔歌小詞,道人法秀謂其以筆墨誨淫,於我法中當墮泥犁之獄。魯直自是不復作。以魯直之言能誨淫,則可;以爲其識汙下,則不可。(上集卷三)

文章忌俗與太清

予嘗與僧惠空論今之詩僧,如病可、瘦權輩要皆能詩,然嘗病其太清。予因誦東坡《陸道士墓誌》,坡嘗語陸云:"予神清而骨寒,其清足以仙,其寒亦足以死。"此語雖似相法,其實與文字同一關捩。蓋文字固不可犯俗,而亦不可太清,如人太清則近寒,要非富貴氣象,此固文字所忌也。觀二僧詩,正所謂"其清足以仙,其寒亦足以死"者也。空云:"吾往在豫章,蓋從李商老遊。一日亦論至可師處,商老曰:'可詩句和是廬山景物,試拈却廬山,不知當道何等語?'亦以爲有太清之病。"予笑謂空曰:"商老此語,無乃暗合孫吳耶?"

詠　梅

客有誦陳去非墨梅詩於予者,且曰:"信古人未曾到此。"予摘其一曰:"'粲粲江南萬玉妃,別來幾度見春歸。相逢京洛渾依舊,只是緇塵染素衣。'世以簡齋詩爲新體,豈此類乎?"客曰:"然。"予曰:"此東坡句法也。坡梅花絕句云:'月地雲階漫一樽,玉兒終不負東昏。臨春結綺荒荆棘,誰信幽香是返魂。'簡齋亦善奪胎耳。簡齋又有臘梅詩曰:'奕奕金仙面,排行立曉晴。殷勤夜來雪,少住作殊纓。'亦此法也。"(以上上集卷四)

詩有格高有韻勝

予每論詩,以陶淵明、韓、杜諸公皆爲韻勝。一日見林倅於徑山,夜話及此。林倅曰:"詩有格有韻,故自不同。如淵明詩是其格高,謝靈運'池塘春草'之句乃其韻勝也。格高似梅花,韻勝似海棠花。"予時聽之,囅然若有所悟。自此讀詩頓進,便覺兩眼如月,盡見古人旨趣。然恐前輩或有所未聞。

杜詩高妙

老杜詩當是詩中六經，他人詩乃諸子之流也。杜詩有高妙語，如云："王侯與螻蟻，同盡隨丘墟。願聞第一義，回向心地初。"可謂深入理窟，晉宋以來詩人無此句也。"心地初"，乃《莊子》所謂"遊心於淡，合氣於漠"之義。（以上下集卷一）

歐陽公不能變詩格

歐陽公詩猶有國初唐人風氣，公能變國朝文格，而不能變詩格。及荆公、蘇、黄輩出，然後詩格遂極于高古。

杜詩意度閒雅不減淵明

陶淵明詩："采菊東籬下，悠然見南山。"采菊之際，無意於山，而景與意會，此淵明得意處也。而老杜亦曰："夜闌接軟語，落月如金盆。"予愛其意度閒雅不減淵明，而語句雄鍵過之。每詠此二詩便覺當時清景盡在目前，而二公寫之筆端殆若天成，茲爲可貴。（以上下集卷三）

擬淵明作詩

山谷嘗謂：白樂天、柳子厚俱效陶淵明作詩，而惟柳子厚詩爲近。然以予觀之，子厚語近而氣不近，樂天氣近而語不近，子厚氣悽愴，樂天語散緩，雖各得其一，要於淵明詩未能盡似也。東坡亦嘗和陶詩百餘篇，自謂不甚愧淵明，然坡詩語亦微傷巧，不若陶詩體合自然也。要知淵明詩，須觀江文通《雜體詩》中擬淵明作者，方是逼真。

作詩狂怪似豁達李老

東坡嘗言：作詩狂怪，至盧全、馬異極矣。若更求奇，便作杜默。默之歌詩，坡以爲山東學究飲村酒，食瘴死牛肉，醉飽後所發者也，尚足言詩乎？予聞慶曆中，京師有民自號豁達李老者，每好吟詠而詞多鄙俚。故予亦嘗戲謂：作詩平易至白樂天、杜荀鶴極矣，若更淺近，又是豁達李老。

文章關紐

文章要須于題外立意，不可以尋常格律而自窘束。東坡嘗有詩曰："論畫以形似，見與兒童鄰。作詩必此詩，定非知詩人。"此便是文章關紐也。予亦嘗有和人詩云："鮫綃巧織在深泉，不與人間機杼聯。要知妙在筆墨外，第一莫爲醒者傳。"竊自以爲得坡公遺意，但不知句法古人多少？（以上下集卷四）

胡　仔

胡仔（1110—1170）字元任。宋徽州績溪（今屬安徽）人。胡舜陟次子。能詩詞，往往多隱逸之趣。以父蔭補官。紹興十三年（1143），其父遭秦檜陷害，遂隱居浙江湖州之苕溪，日以漁釣自適，自號苕溪漁隱，著《（苕溪）漁隱叢話》前集六十卷。紹興三十二年，復任福建轉運司幹辦公事。三年任滿，歸隱苕溪，續成《（苕溪）漁隱叢話》後集四十卷，合前集共一百卷。《（苕溪）漁隱叢話》可視爲一部簡明而形象的北宋詩歌發展史，它重視大家，尤其是北宋四大家，推尊蘇、黃等元祐詩人；重視創作的時代氛圍，以及前代作家如杜甫等對宋詩的巨大影響；它在詩史觀上"宗唐祧宋"，既肯定宋詩的歷史地位，又對其創作得失有清醒的認識和正確的判斷。它突破前人以"品"分類的體例，以大家、名家爲綱編纂，既能真實地反映詩歌發展的實際情況，也能給詩人以準確的歷史定位；其別裁真僞的考辨和論評，對後代詩話影響深遠。

本書資料據四庫全書本《漁隱叢話》。

《苕溪漁隱叢話》（節錄）

《後山詩話》云："子厚謂屈氏《楚詞》，如《離騷》乃效《頌》，其次效《雅》，最後效《風》。"

《蔡寬夫詩話》云："秦、漢以前，字書未備，既多假借，而音無反切，平側皆通用。如慶雲卿雲、皋陶咎繇之類，大率如此。《詩》'瞻彼日月，悠悠我思，道之云遠，曷云能來'，'燕燕于飛，下上其音，之子于歸，遠送于南'，'思'與'來'、'音'與'南'，皆以爲協聲。魏、晉間此體猶在，劉越石'握中有白璧，本自荊山璆，惟彼太公望，昔在渭濱叟'，潘安仁'位同單父邑，愧無子賤歌，豈敢陋微官，但恐忝所荷'是也。自齊、梁後，既拘以四聲，又限以音韻，故大率以偶儷聲響爲工，文氣安得不卑弱乎？惟陶淵明、韓退之,時時擺脫世俗拘忌,故棲字與乖字、陽字與清字,皆取其傍韻用,蓋筆力自足以勝之也。"

《蔡寬夫詩話》云:"五言起於蘇武、李陵,自唐以來有此説。雖韓退之亦云然。蘇、李詩世不多見,惟《文選》中七篇耳。世以蘇武詩云:'寒冬十二月,晨起踐凝霜。俯觀江漢流,仰視浮雲翔。'以爲不當有江漢之言,或疑其僞。予嘗考之,此詩若答李陵,則稱江漢決非是。然題本不云'答陵',而詩中且言'結髮爲夫婦'之類,自非在塞外所作,則安知武未嘗至江漢邪?但注者淺陋,直指爲使匈奴時,故人多惑之,其實無據也。《古詩十九首》或云枚乘作,而昭明不言,李善復以其有'驅車上東門'與'游戲宛與洛'之句爲辭兼東都。然徐陵《玉臺》分'西北有浮雲'以下九篇爲乘作,兩語皆不在其中;而'凛凛歲云暮'、'冉冉孤生竹'等别列爲古詩,則此十九首,蓋非一人之辭。陵或得其實,且乘死在蘇、李先,若爾,則五言未必始二人也。"

《詩眼》云:"建安詩辯而不華,質而不俚,風調高雅,格力遒壯,其言直致而少對偶,指事情而綺麗,得風雅騷人之氣骨,最爲近古者也。一變而爲晉、宋,再變而爲齊、梁。唐諸詩人,高者學陶、謝,下者學徐、庾,惟老杜、李太白、韓退之早年皆學建安,晚乃各自變成一家耳。如老杜'峥嵘小麥熟'、'人生不相見'、《新安》、《石壕》、《潼關吏》、《新昏(婚)》、《垂老》、《無家别》、《夏日》、《夏夜嘆》,皆全體作建安語。今所存集,第一第二卷中頗多。韓退之'孤臣昔放逐'、《暮行河堤上》、《重雲贈李觀》、《江漢答孟郊》、《歸彭城》、《醉贈張秘書》、《送靈師》、《惠師》,並亦皆此體,但頗自加新奇。李太白亦多建安句法,而罕全篇,多雜以鮑明遠體。東坡稱蔡琰詩,筆勢似建安諸子。前輩皆留意於此,近來學者遂不講爾。"

《石林詩話》云:"晉、魏間詩,尚未拘聲律對偶,陸雲相謔之辭,所謂'日下荀鳴鶴,雲間陸士龍'者,乃正爲的對。至於'四海習鑿齒,彌天釋道安'之類不一,乃知此體出於自然,不待沈約而後能也。舊嘗不解'四海''彌天'爲何等語,因讀梁惠皎《高僧傳》載習鑿齒與安書云:'夫不終朝而雨六合者,彌天之雲也,弘淵源而敷八極者,四海之流也。'故摘其語以爲戲爾。晉初學佛者從其師姓,如支遁本姓關,從支謙學,故爲支遁。道安以學佛者皆本釋迦爲佛師,因請以釋命氏,遂爲定制。則釋道安亦其姓也。"

《蔡寬夫詩話》云:"齊、梁以來,文士喜爲樂府辭,然沿襲之久,往往失其命題本意,《烏將八九子》但詠烏,《雉朝飛》但詠雉,《雞鳴高樹巔》但詠雞,大抵類此。而甚有併其題失之者,如《相府蓮》訛爲《想夫憐》,《揚婆兒》訛爲《楊叛兒》之類是也。蓋辭人例用事,語言不復詳研之,雖李白亦不免此。惟老杜《兵車行》、《悲青阪》、《無家别》等數篇,皆因事自出己意立題,略不更蹈前人陳跡,真豪傑也。"

《石林詩話》云:"'池塘生春草,園林變夏禽',世多不解此語爲工,蓋欲以奇求之爾。此語之工，正在無所意，猝然與景相遇，所以成章不假繩削，故非常情之所能到。詩家妙處，當須以此爲根本，而思苦言艱者，往往不悟。鍾嶸《詩品》論之最詳，其略曰：'思君如流水，既是即目；高臺多悲風，亦惟所見；清晨登隴首，羌無故實；明月照積雪，非出經史。古今勝語，多非假借，皆由真尋，顏延之、謝莊尤爲繁密，於時化之。故大明、泰始中，文章殆同書鈔。近任昉、王元長等，辭不貴奇，競須新事，邇來作者，寖以成俗。遂乃句無虛語，語無虛字，牽聯補衲，蠹文已甚，自然英特，罕遇其人。'余每愛此言簡切，明白易曉，但觀者未嘗留意耳。自唐以後，既變以律體，固不能無拘窘，然苟大手筆，亦自不妨削鐻於神志之間，斲輪於甘苦之外也。"（以上《前集》卷一）

《潘子真詩話》云："皮日休云：'梁武帝詩，後牖有朽柳，沈約詩，偏眠舡舷邊，疊韻興焉。《詩》曰：蟋蟀在東，又曰：鴛鴦在梁，雙聲興焉。'王玄謨問謝莊：'何者爲雙聲？何者爲疊韻？'答曰：'互護爲雙聲，碻磝爲疊韻。'當時伏其捷。丁晉公在朱崖，作州郡名配古人姓名等詩及雙聲疊韻，甚有源委。雙聲：'九曲流灕沘，重輪抱祥光。'疊韻：'紫蠟茱萸結，紅綃豆蔻房。'林和靖有'草泥行郭索，雲木叫鈎輈'，而山谷《效徐庾慢體》云：'翡翠釵梁碧，石榴裙褶紅'，皆疊韻雙聲也，語尤工。"

《蔡寬夫詩話》云："聲韻之興，自謝莊、沈約以來，其變日多。四聲中又別其清濁，以爲雙聲，一韻者以爲疊韻。蓋以輕重爲清濁爾，所謂'前有浮聲則後有切響'是也。王融《雙聲詩》云：'園蘅眩紅蘤，湖荇曄黃華，迴鶴橫淮翰，遠越合雲霞。'以此求之可見。自唐以來，雙聲不復用，而疊韻間有。杜子美'卑枝低結子，接葉暗巢鶯'，白樂天'戶大嫌甜酒，才高笑小詩'之類，皆因其語意所到，輒就成之，要不以是爲工也。陸龜蒙輩遂以皆用一音，引'後牖有朽柳，梁王長康强'爲始於梁武帝，不知復何所據。所謂蜂腰鶴膝者，蓋又出於雙聲之變。若五字首尾皆濁音，而中一字清，即爲蜂腰；首尾皆清音，而中一字濁，即爲鶴膝。尤可笑也。"

《學林新編》云："《南史·謝莊傳》曰：'王元謨問莊何者爲雙聲，何者爲疊韻，答曰：互護爲雙聲，碻磝爲疊韻。'某案：古人以四聲爲切韻，紐以雙聲疊韻，必以五音爲定，蓋謂東方喉聲爲木音，西方舌聲爲金音，南方齒聲爲火音，北方脣聲爲水音，中央牙聲爲土音也。雙聲者，同音而不同韻也。疊韻者，同音而又同韻也。互護同爲脣音，而二字不同韻，故謂之雙聲。碻磝同爲牙音，而二字又同韻，故謂之疊韻。若彷彿、熠燿、騏驥、慷慨、呻喔、霖霖，皆雙聲也。若侏儒、童蒙、崆峒、龍鍬、螳螂、滴瀝，皆疊韻也。《廣韻》曰：'章灼、良略是雙聲，灼略、章良是疊韻。'又曰：'廳剔、靈歷是雙聲，剔歷、廳靈是疊韻。'舉此例，則諸音皆是，此而紐之，可以定矣。沈存中論詩之用字曰：'幾家村草裏，吹笛隔江聞。幾家、村草、吹笛、隔江，皆雙聲也。'某案：村字是脣音，草字是齒音，吹字是脣音，笛字是齒音，此非同音字，不可謂之雙聲也。存中又曰：

‘月影侵簪冷，江光逼履清。侵簪、逼履，皆疊韻也。’某案：侵字是唇音，簪字是齒音，逼字是唇音，履字是舌音，既非同音字，而逼履二字又不同韻，不謂之疊韻也。某案李羣玉詩曰：‘方穿詰曲崎嶇路，又聽鉤輈格磔聲。’詰曲、崎嶇，乃雙聲也；鉤輈、格磔，乃疊韻也。”（以上《前集》卷二）

《石林詩話》云：“魏、晉間人詩，大抵專工一體，如侍宴、從軍之類，故後來相與祖習者，亦但因所長而取之耳。謝靈運《擬鄴中七子》與江淹《雜擬》是也。梁鍾嶸作《詩品》，皆云：‘某人詩出於某人。’亦以此爲然。論陶淵明乃以爲出應璩，此語不知其所據。應璩詩不多見，惟《文選》載其《百一詩》一篇，所謂‘下流不可處，君子慎厥初’者，與陶詩了不相類。五臣注引《文章錄》云：‘曹爽多違法度，璩作詩以刺在位，若百分有補於一者。’淵明正以脱略世故，超然物外爲適，顧區區在位者，何足概其心哉？且此老何嘗有意欲以詩自名，而追取一人而模倣之？此乃當時文士與進取而爭長者所爲，何期此老之淺，蓋嶸之陋也。江淹《擬湯惠休詩》：‘日暮碧雲合，佳人殊未來。’今以爲佳句，然謝靈運‘圓景早已滿，佳人猶未適’，謝玄暉‘春草秋更綠，公子未西歸’，即是此意。嘗怪兩漢間所作騷文，初未嘗有新語，直是句句規模屈、宋，但換字不同耳。至晉、宋以後，詩人之辭，其弊亦然。若是，雖工亦何足道！蓋當時祖習，共以爲然，故未有譏之者耳。”（以上《前集》卷三）

東坡云：“古之詩人有擬古之作矣，未有追和古人者也。追和古人，則始於東坡。吾於詩人無所甚好，獨好淵明之詩。（略）”

《蔡寬夫詩話》云：“淵明詩，唐人絕無知其奥者，惟韋蘇州、白樂天嘗有效其體之作，而樂天去之亦自遠甚。太和後，風格頓衰，不特不知淵明而已。然薛能、鄭谷乃皆自言師淵明，能詩云：‘李白終無敵，陶公固不刊。’谷詩云：‘愛日滿堦看古集，只應陶集是吾師。’”（以上《前集》卷四）

《西清詩話》云：“詩之聲律成於唐，然亦多原六朝旨。（略）”

苕溪漁隱曰：律詩之作，用字平仄，世固有定體，衆共守之。然不若時用變體，如兵之出奇，變化無窮，以驚世駭目。如老杜詩云：“竹裏行廚洗玉盤，花邊立馬簇金鞍。非關使者徵求急，自識將軍禮數寬。百年地闢柴門迥，五月江深草閣寒。看弄漁舟移白日，老農何有罄交歡。”此七言律詩之變體也。韋蘇州云：“南望青山滿禁闈，曉陪駕鑾正差池，共愛朝來何處雪，蓬萊宮裏拂松枝。”老杜云：“山瓶乳酒下青雲，氣味濃香幸見分，鳴鞭走送憐漁父，洗盞開嘗對馬軍。”此絕句律詩之變體也。東坡嘗用此變體作詩云：“華髮蕭蕭老遂良，一身萍挂海中央。無錢種菜爲家業，有病安心是藥方。才疎正類孔文舉，癡絕還同顧長康。萬里歸來空泣血，七年供奉殿西廊。”“總角黎家三小童，口吹葱葉送迎翁。莫作天涯萬里意，溪邊自有舞雩風。半醒半醉問諸黎，竹刺藤梢步步迷。但尋牛矢覓歸路，家在牛欄西復西。"又有七言律詩，至第三句便失粘，落平側，亦別是一體。唐人用此甚多，但今人少用耳。如老杜云："搖落深知宋玉悲，風流儒雅亦吾師。悵望千秋一灑淚，蕭條異代不同時。江山故宅空文藻，雲雨荒臺豈夢思。最是楚宮俱泯滅，舟人指點到今疑。"嚴武云："漫向江頭把釣竿，懶眠沙草愛風湍。莫倚善題《鸚鵡賦》，何須不著鵕鸃冠。腹中書籍幽時曬，肘後醫方靜處看。興發會能馳駿馬，終須重到使君灘。"韋應物云："夾水蒼山路向東，東南山豁大河通。寒樹依微遠天外，夕陽明滅亂流中。孤村幾歲臨伊岸，一雁初晴下朔風。爲報洛橋遊宦侶，扁舟不繫與心同。"此三詩起頭用側聲，故第三句亦用側聲。老杜云："暮春三月巫峽長，皛皛行雲浮日光。雷聲忽送千山雨，花氣渾如百和香。黃鶯過水翻回去，燕子銜泥濕不妨。飛閣卷簾圖畫裏，虛無只少對瀟湘。"韋應物云："與君十五侍皇闈，曉拂爐煙上玉墀。花開漢苑經過處，雪下驪山沐浴時。近臣零落今猶在，仙駕飄飄不可期。此日相逢非舊日，一杯成喜亦成悲。"此二詩起頭用平聲，故第三句亦用平聲。凡此皆律詩之變體，學者不可不知。

《詩眼》云："古人律詩，亦是一片文章，語或似無倫次，而意若貫珠。（略）"（以上《前集》卷七）

《後山詩話》云："杜之詩法，韓之文法也。詩文各有體，韓以文爲詩，杜以詩爲文，故不工耳。"

苕溪漁隱曰："律詩有扇對格，第一與第三句對，第二與第四對，如少陵《哭台州鄭司户蘇少監詩》云：'得罪台州去，時危弃碩儒，移官蓬閣後，穀貴歿潛夫。'東坡《和鬱孤臺》詩云：'邂逅陪車馬，尋芳謝朓洲，淒涼望鄉國，得句仲宣樓。'又唐人絕句亦用此格，如'去年花下留連飲，暖日夭桃鶯亂啼。今日江邊容易別，淡烟衰草馬頻嘶'之類是也。"（以上《前集》卷九）

《蔡寬夫詩話》云："文章變態，固亡窮盡；然高下工拙，亦各繫其人才。子美以'盤渦鷺浴底心性，獨樹花發自分明'爲吳體，以'家家養烏鬼，頓頓食黃魚'爲俳諧體，以'江上誰家桃樹枝，春寒細雨出疎籬'爲新句，雖若爲戲，然不害其格力。李義山'但覺游蜂饒舞蝶，豈知孤鳳憶雛鸞'，謂之當句有對，固已少貶矣。而唐末有章碣者，乃以八句詩平側各有一韻，如'東南路盡吳江伴，正是窮愁暮雨天。鷗鷺不嫌斜雨岸，波濤欺得送風船。偶逢島寺停帆看，深羨魚翁下釣眠。今古若論英達算，鴟夷高興固無邊。'自號變體，此尤可怪者也。"（《前集》卷十四）

《後山詩話》云："退之《上尊號表》曰：'析木天街，星宿清潤，北岳醫閭，神鬼受職。'曾子固《賀赦表》曰：'鈎陳太微，星緯咸若，崑崙渤澥，濤波不驚。'世莫能輕重之也，後當有知之者。國初士大夫，例能四六，然用散語與故事耳。楊文公筆力豪贍，體亦多變,而不脱唐末與五代之氣;又喜用古語,以切對爲工,乃進士賦體耳。歐陽少師,始以文體爲對屬,又善叙事,不用故事陳言,而文益高古,次退之云。王特進暮年表奏亦工,但傷巧耳。"

《唐子西語録》云:"古樂府命題皆有主意,後之人用樂府爲題者,直當代其人而措辭,如《公無渡河》,須作妻止其夫之辭,太白輩或失之,惟退之《琴操》得體。《琴操》,柳子厚不能作;子厚《皇雅》,退之亦不能作也。"(以上《前集》卷十八)

《蔡寬夫詩話》云:"樂天《聽歌詩》云:'長愛《夫憐》第二句,請君重唱夕陽關。'注謂:'王右丞辭秦川一半夕陽關,此句尤佳。'今《摩詰集》載此詩,所謂'漢主離宫接露臺'者是也。然題乃是《和太常韋主簿温陽寓目》,不知何以指爲《想夫怜》之辭。大抵唐人歌曲,本不隨聲爲長短句,多是五言或七言詩,歌者取其辭與和聲相疊成音耳。予家有《古凉州》、《伊州》辭,與今遍數悉同,而皆絶句詩也。豈非當時人之辭爲一時所稱者,皆爲歌人竊取而播之曲調乎?"(《前集》卷二十一)

《蔡寬夫詩話》云:"國初沿襲五代之餘,士大夫皆宗白樂天詩,故王黄州主盟一時。祥符、天禧之間,楊文公、劉中山、錢思公專喜李義山,故崑體之作,翕然一變。(略)"

《隱居詩話》云:"楊億、劉筠作詩務故實,而語意輕淺,一時慕之,號西崑體,識者病之。歐公云:'大年詩有"峭帆横度官橋柳,疊鼓驚飛海岸鷗",此何害爲佳句。'余見劉子儀詩句有'雨勢宫城闊,秋聲禁樹多',亦不可誣也。"

《古今詩話》云:"楊大年、錢文僖、晏元獻、劉子儀,爲詩皆宗義山,號西崑體。後進效之,多竊取義山詩句。嘗内宴,優人有爲義山者,衣服敗裂,告人曰:'吾爲諸舘職挦撦至此。'聞者大噱。然大年《詠漢武》詩云:'力通青海求龍種,死諱文成食馬肝,待詔先生齒編貝,忍令乞米向長安。'義山不能過也。"

《石林詩話》云:"歐公詩,始矯崑體,專以氣格爲主,故其詩多平易疎暢,律詩意所到處,雖語有不倫,亦不復問。而學之者往往遂失於快直,傾困倒廩,無復餘地。然公詩好處,豈專在此? 如《崇徽公主手痕》詩:'玉顔自昔爲身累,肉食何人與國謀。'此是兩段大議論,而抑揚曲折,發見於七字之中,婉麗雄勝,字字不失相對,雖崑體之工者,亦未易比。言所會處,當如是乃爲至到。"

《蔡寬夫詩話》云:"王荆公晚年亦喜稱義山詩,以爲唐人知學老杜,而得其藩籬,惟義山一人而已。每誦其'雪嶺未歸天外使,松州猶駐殿前軍','永憶江湖歸白髮,欲回天地入扁舟',與'池光不受月,暮氣欲沈山','江海三年客,乾坤百戰場'之類,雖老杜亡以過也。義山詩合處,信有過人,若其用事深僻,語工而意不及,自是其短,世人反以爲奇而效之,故崑體之弊,適重其失,義山本不至是云。"

《冷齋夜話》云:"詩到義山,謂之文章一厄,以其用事僻澀,時稱西崑體。然荆公晚年亦或喜之，而字字有根蒂，如‘試問火城將策探，何如雲屋聽窗知’，‘未愛京師傳谷口，但知鄉里勝壺頭’，其用事琢句，前輩無相犯者。”

《隱居詩話》云：“歐陽文忠公《詩話》稱謝伯景之句，如‘園林換葉梅初熟’，不若‘庭草無人隨意綠’也；‘池館無人燕學飛’，不若‘空梁落燕泥’也。蓋伯景句意凡近，似所謂西崑體，而王冑、薛道衡峻潔可喜也。”

唐王建《宮詞》，舊跋云：“王建，太和中爲陝州司馬，與韓愈、張籍同時，而籍相友善，工爲樂府歌行，思遠格幽，初爲渭南尉，與宦者王守澄有宗人之分，因過飲以相譏戲，守澄深憾曰：‘吾弟所作《宮詞》，禁掖深邃，何以知之？’將奏劾建，因以詩解之曰：‘先朝行坐鎮相隨，今上春宮見長時。脫下御衣偏得着，進來龍馬每教騎。嘗承密旨還家少，獨奏邊情出殿遲。不是當家頻向說，九重爭遣外人知。’事遂寢。《宮詞》凡百絕，天下傳播，倣此體者，雖有數家，而建爲之祖耳。”（以上《前集》卷二十二）

東坡云：“舊傳《陽關三疊》，然今世歌者，每句再疊而已，若通一首言之是四疊，皆非是。或每句三唱，以應三疊之説，則叢然無復節奏。余在密州，有文勛長官，以事至密，自云得古本《陽關》，其聲宛轉凄斷，不類，乃知唐本三疊蓋如此。及在黃州，偶讀樂天《對酒詩》云：‘相逢且莫推辭醉，聽唱《陽關》第四聲。’注云：‘第四聲，勸君更盡一杯酒。’以此驗之，若一句再疊，則此句爲第五聲，今爲第四聲，則一句不疊審矣。”

山谷云：“古樂府有‘巴東三峽巫峽長，猿鳴三聲淚霑裳’。但以抑怨之音和爲數疊，惜其聲不傳。余自荊州上峽入黔州，備嘗山川險阻，因作前二疊，傳與巴娘，令以竹枝歌之，前一疊可和，云：‘鬼門關外莫言遠，五十三驛是皇州。’後一疊可和云：‘鬼門關外莫惆悵，四海一家皆弟兄。’或各用四句入《陽關》、《小秦王》，亦可歌之。”（以上《前集》卷二十四）

《西清詩話》云：“藥名詩起自陳亞，非也，東漢已有離合體，至唐始著《藥名》之號，如張籍《答鄱陽客詩》云‘江皋歲暮相逢地，黃葉霜前半夏枝。子夜吟詩向松桂，心中萬事豈君知’是也。”

苕溪漁隱曰：禽言詩當如藥名詩，用其名字隱入詩句中，造語穩貼，無異尋常詩，乃爲造微入妙。如《藥名詩》云：“四海無遠志，一溪甘遂心。”遠志、甘遂，二藥名也。《禽言詩》云：“喚起窗全曙，催歸日未西。”喚起、催歸，二禽名也。梅聖俞《禽言詩》如“泥滑滑，苦竹岡”之句，皆善造語者也。（以上《前集》卷二十七）

《後山詩話》云：“文正爲《岳陽樓記》，用對語説時景，世以爲奇。尹師魯讀之，曰：‘傳奇體耳。’《傳奇》，唐裴硎所著小説也。”（《前集》卷二十八）

《緗素雜記》云：“鄭谷與僧齊己、黃損等共定今體詩格云：‘凡詩用韻有數格：一曰葫蘆，一曰轆轤，一曰進退。葫蘆韻者，先二後四；轆轤韻者，雙出雙入；進退韻者，一進一退。失此則繆矣。’余按《倦游雜録》載唐介爲臺官，廷疏宰相之失，仁廟怒，謫英州別駕。朝中士大夫以詩送行者頗衆，獨李師中待制一篇爲人傳誦，詩曰：‘孤忠自許衆不與，獨立敢言人所難。去國一身輕似葉，高名千古重於山。並游英俊顏何厚，未死奸諛骨已寒。天爲吾君扶社稷，肯教夫子不生還。’此正所謂進退韻格也。按《韻略》難字第二十五，山字第二十七，寒字又在二十五，而還字又在二十七，一進一退，誠合體格，豈率爾而爲之哉？近閲《冷齋夜話》載當時唐、李對答語言，乃以此詩爲落韻詩。蓋渠伊不見鄭谷所定詩格有進退之説，而妄爲云云也。”

《西清詩話》云：“晏元獻守汝陰，梅聖俞往見之，將行，公置酒潁河上，因言古人章句中全用平聲，製字穩帖，如‘枯桑知天風’是也，恨未見側字。聖俞既引舟，遂作五側體寄公云：‘月出斷岸口，影照別蚵背。且獨與婦飲，頗勝俗客對。月漸上我席，暝色亦稍退。豈必在秉燭，此景已可愛。’”（《前集》卷三十一）

東坡云：“詩人有寫物之功，‘桑之未落，其葉沃若’，他木不可以當此。林逋《梅花詩》‘疏影橫斜水清淺，暗香浮動月黄昏’，決非桃李詩。皮日休《白蓮詩》‘無情有恨何人見，月冷風清欲墮時’，決非紅蓮詩。此乃寫物之功。若石曼卿《紅梅詩》‘認桃無緑葉，辨杏有青枝’，此最陋語，蓋村學中體也。”（《前集》卷三十二）

《西清詩話》云：“王文公見東坡《醉白堂記》，云：‘此乃是韓、白優劣論。’東坡聞之，曰：‘不若介甫《虔州學記》，乃學校策耳。’二公相誚或如此，然勝處未嘗不相傾慕。（略）”

《遯齋閒覽》云：“荆公集句詩，雖累數十韻，皆傾刻而就，詞意相屬，如出諸己，他人極力效之，終不及也。如《老人行》云：‘翻手爲雲覆手雨，當面論心背面笑。’前句老杜《貧交行》，後句老杜《莫相疑行》，合兩句爲一聯，而對偶親切如此。又《送吳顯道》云：‘欲往城南望城北，此心炯炯君應識。’《胡笳十八拍》云：‘欲往城南望城北，三步回頭五步坐。’此皆集老杜句也。按杜詩《哀江頭》云：‘黄昏胡騎塵滿城，欲往城南忘南北。’荆公兩用，皆以‘忘南北’爲‘望城北’，始疑杜詩誤，其後數善本皆作‘忘南北’，或云：‘荆公故易此兩字，以合己一篇之意。’然荆公平生集句詩，未嘗改古人字，觀者更宜詳考。”苕溪漁隱曰：“余聞洪慶善云：‘老杜“欲往城南忘南北”之句，《楚詞》云“中心瞀亂兮迷惑”，王逸注云：“思念煩惑忘南北也。”’子美蓋用此語也。”

《王直方詩話》云：“荆公始爲集句，多者至數十韻，往往對偶親於本詩，蓋以誦古今人詩多，或坐中率然而成，始可以爲貴也。其後多有效之者。孔毅甫嘗集句贈東坡，東坡戲次韻云：‘羨君戲集他人詩，指呼市人如使兒。天邊鴻鵠不易得，便令作對隨家雞。退之驚笑子美泣，問君久假何時歸。世間好句世人共，明月自滿千家墀。’”

《西清詩話》云：“集句自國初有之，未盛也，至石曼卿人物開敏，以文爲戲，然後大著。嘗見手書《下第偶成》詩云：'一生不得文章力，欲上青雲未有因。聖主不勞千里召，姮娥何惜一枝春。鳳凰詔下雖霑命，豺虎叢中也立身。啼得血流無用處，着朱騎馬是何人？'又云：'年去年來來去忙，爲他人作嫁衣裳，仰天大笑出門去，獨對春風舞一塲。'至元豐間，王荆公益工於此。人言起自荆公，非也。"

《後山詩話》云："荆公莫年喜爲集句，唐人號爲四體，黃魯直謂正堪一笑爾。司馬溫公爲武定從事，同幕私幸營妓，而於公諱之；常會僧廬，公往迫之，使妓踰垣而去，度不可隱，乃具道。公戲之曰：'年去年來來去忙，暫偷閒臥老僧房，驚回一覺游仙夢，又逐流鶯過短墙。'杭之舉子老中牓第，其子以緋讓之，客賀之曰：'應是窮通自有時，人生七十古来稀，如今始覺爲儒貴，不着荷衣便着緋。'壽之醫者，老娶少婦，或嘲之曰：'偎他門户傍他牆，年去年來來去忙，採得百花成蜜後，爲他人作嫁衣裳。'真可笑也。"

《蔡寬夫詩話》云："荆公晚多喜取前人詩句爲集句詩，世皆言此體自公始。予家有至和中成都人胡歸仁詩，已有此作，自號安定八體。其間如'一第知何日，無端意不移。欲爲青桂主，誰與白雲期？傍架齊書帙，翻瓢作酒卮。文明終有託，休把運行推。'又：'白沙溪繞白雲堆，但有何人把酒杯。專慕聖賢知志氣，可憐談笑出塵埃。碧山終日思無盡，清世難羣好自猜。風滿老松門畫掩，可憐高尚仰天才'之類，亦自精密，但所取多唐末五代人詩，無復佳語耳。不知公嘗見與否也？"（《前集》卷三十五）

《石林詩話》云："荆公詩有'老景春可惜，無花可留得，莫嫌柳渾青，終恨李太白'之句，以古人姓名藏句中，蓋以文爲戲。或者謂前無此體，自公始見之。余讀權德輿集，其一篇云：'藩宣秉戎寄，衡石崇勢位。言紀信不留，弛張良自愧。樵蘇則爲愜，瓜李斯可畏。不顧榮官尊，每陳農畝利。家林類巖巇，負郭躬斂積。忌滿寵生嫌，養蒙恬勝利。疎鍾皓月曉，晚景丹霞異。澗谷永不變，山梁冀無累。論自王符肇，學得展禽志。從此直不疑，支離疎世事。'則權德輿已嘗爲此體。乃知古今文章之變，殆無遺蘊。德輿在唐，不以詩名，然詞亦雅暢，此篇雖主意在別立體，然不失爲佳製也。"

《後山詩話》云："荆公詩：'力去陳言夸末俗，可憐無補費精神。'而公平生文體數變，莫年詩益工，用意益苦，故言不可不謹也。"（《前集》卷三十六）

《緗素雜記》云："世俗相傳，古詩不必拘於用韻。余謂不然，如杜少陵《早發射洪縣南途中作及字韻詩》，皆用緝字一韻，未嘗用外韻也。及觀東坡《與陳季常》汁字韻，一篇詩而用六韻，殊與老杜異。其他側韻詩多如此，以其名重當世，無敢訾議。至荆公則無是弊矣，其《得子固書因寄以及字韻詩》，其一篇中押數韻，亦止用緝字一韻，他皆類此，正與老杜合。"苕溪漁隱曰："黃朝英之言非也。老杜側韻詩，何嘗不用外韻，如《戲呈元二十一曹長》末字韻，一篇詩而用五韻；《南池》谷字韻，一篇詩而用四韻；《客堂》蜀字韻，一篇詩而用三韻。此特舉其二三耳，其他如此者甚衆。今若以一篇詩偶不用外韻,遂爲定格,則老杜何以謂之能兼衆體也? 黃既不細考老杜諸詩,又且輕議東坡,尤爲可笑。六一居士云:'韓退之工於用韻,其得韻寬,則波瀾橫溢,泛入傍韻,乍還乍離,出入回合,殆不可拘以常格,如《此日足可惜》之類是也。得韻窄,則不復傍出,而因難以見巧,愈險愈奇,如《病中贈張十八》之類是也。譬夫善馭良馬者,通衢廣陌,縱橫馳逐,惟意所之;至於水曲蟻封,疾徐中節,而不蹉跌,乃天下之至工也。'且退之於用韻猶能如此,孰謂老杜反不能之,是又非黃所能知也。"(《前集》卷三十八)

東坡云:"余嘗浴泗洲雍熙塔下,戲作《如夢》兩闋,云:'水垢何曾相受? 細看兩俱無有。寄語揩背人:盡日勞君揮肘。輕手,輕手,居士本來無垢。'又云:'自淨方能洗彼,我自汗流呀氣。寄語澡浴人:且共肉身游戲。但洗,但洗,俯爲世間一切。'曲名本唐莊宗製,一名《憶仙姿》,嫌其不雅,改云《如夢》。莊宗作此詞,卒章云:'如夢,如夢,和淚出門相送。'取以爲之名。"(《前集》卷四十一)

《王直方詩話》云:"東坡嘗以所作小詞示无咎、文潛,曰:'何如少游?'二人皆對云:'少游詩似小詞,先生小詞似詩。'(略)"

《遯齋閒覽》云:"蘇子瞻嘗自言平生有三不如人,謂著棋、飲酒、唱曲也。然三者亦何用如人。子瞻之詞雖工,而多不入腔,正以不能唱曲耳。"(以上《前集》卷四十二)

《禁臠》云:"魯直換字對句法,如'只今滿坐且尊酒,後夜此堂空月明','清談落筆一萬字,白眼舉觴三百杯','田中誰問不納履,坐上適來何處蠅','鞦韆門巷火新改,桑柘田園春向分','忽乘舟去值花雨,寄得書來應麥秋'。其法於當下平字處以仄字易之,欲其氣挺然不羣,前此未有人作此體,獨魯直變之。"苕溪漁隱曰:"此體本出於老杜,如'寵光蕙葉與多碧,點注桃花舒小紅','一雙白魚不受釣,三寸黃柑猶自青','外江三峽且相接,斗酒新詩終日疎','負鹽出井此溪女,打鼓發船何郡郎','沙上草閣柳新暗,城邊野池蓮欲紅'。似此體甚多,聊舉此數聯,非獨魯直變之也。余嘗效此體作一聯云:'天連風色共高運,秋與物華俱老成,'今俗謂之拗句者是也。"

張文潛云:"以聲律作詩,其末流也,而唐至今詩人謹守之。獨魯直一掃古今,出胸臆,破棄聲律,作五七言,如金石未作,鐘磬聲和,渾然有律呂外意。近來作詩者,頗有此體,然自吾魯直始也。"苕溪漁隱曰:"古詩不拘聲律,自唐至今詩人皆然,初不待破棄聲律。詩破棄聲律,老杜自有此體,如《絕句漫興》、《黃河》、《江畔獨步尋花》、《夔州歌》、《春水生》,皆不拘聲律,渾然成章,新奇可愛,故魯直效之作《病起荊州江亭即事》、《謁李材叟兄弟》、《謝答聞善絕句》之類是也。老杜七言如《題省中院壁》、《望岳》、《江雨有懷鄭典設》、《晝夢》、《愁强戲爲吳體》、《十二月一日三首》。魯直七言如《寄上叔父夷仲》、《次韻李任道晚飲鎖江亭》、《兼簡履中南玉》、《寥致平送綠荔支》、《贈鄭郊》之類是也。此聊舉其二三,覽者當自知之。文潛不細考老杜詩,便謂此體自

646

吾魯直始，非也。魯直詩本得法於杜少陵，其用老杜此體何疑？老杜自我作古，其詩體不一，在人所喜，取而用之，如東坡《在嶺外游博羅香積寺》、《同正輔遊白水山》、《聞正輔將至以詩迎之》，皆古詩，而終篇對屬精切，語意貫穿，此亦是老杜體，如《岳麓山道林二寺行》、《追酬故高蜀州人日見寄》、《入衡州奉贈李八丈判官》、《晚登瀼上堂》之類，概可見矣。"

《王直方詩話》云："山谷謂洪龜父云：'甥最愛老舅詩中何語？'龜父舉'蜂房各自開戶牖，蟻穴或夢封侯王'，'黃流不解浣明月，碧樹爲我生凉秋'，以爲深類工部。山谷云：'得之矣。'腸字韻《茶詩》，山谷自和云：'曲几團蒲聽煮湯，煎成車聲繞羊腸。'東坡見之云：'黃九怎得不窮。'張文潛嘗謂余曰：'黃九似桃李春風一杯酒，江湖夜雨十年燈，真是奇語。'"苕溪漁隱曰："汪彥章有'千里江山漁笛晚，十年燈火客氈寒'之句，效山谷體也。余亦嘗效此體作一聯云：'釣艇江湖千里夢，客氈風雪十年寒。'"（以上《前集》卷四十七）

《後山詩話》云："退之以文爲詩，子瞻以詩爲詞，如教坊雷大使之舞，雖極天下之工，要非本色。今代詞手，惟秦七、黃九耳，唐諸人不迨也。"（《前集》卷四十九）

《雪浪齋日記》云："晏叔原工小詞，如'舞低楊柳樓心月，歌盡桃花扇底風'，不愧六朝宮掖體。（略）"（前集卷五十九）

回文詩。《漫叟詩話》云："回紋兩讀必遍，獨此五詩不然，其一曰：'紅窗小泣低聲怨，永日眷寒斗帳空。中酒落花飛絮亂，曉鶯啼破夢匆匆。'其二曰：'同誰更倚閒窗繡，落日紅扉小院深。東復西流分水嶺，恨兼愁續斷弦琴。'其三曰：'寒信風飄霜葉黃，冷燈殘月照空牀。看君寄憶回紋錦，字字縈愁寫斷腸。'其四曰：'前堂畫燭殘凝淚，半夜清香舊惹衾。煙鎖竹枝寒宿鳥，水沉天色霽橫參。'其五曰：'娥翠斂時聞燕語，泪珠彈處見鴻歸。多情妾似風花亂，薄倖郎如露草晞。'"（《前集》卷六十）

《藝苑雌黃》云："世人言度曲者，多作徒故切，謂歌曲也。張平子《兩京賦》云：'度曲未終，雲起雪飛。'子美《陪李梓州泛江詩》：'翠眉縈度曲，雲鬢儼分行。'皆作徒故切讀。考之《前漢·元帝紀贊》云：'帝多材藝，善史書、鼓琴、吹洞簫，自度曲被歌聲。'應劭注：'自隱度作新曲，因持新曲以爲歌詩聲也。'顏注：'度，音大各切。'則與張平子杜詩所言度曲異矣。而臣瓚注則曰：'度曲，謂歌終更授其次。'則又誤以度曲爲歌曲。夫度曲雖有兩音，若讀《元帝紀》，止可作大各切。《唐書》：'段安節善樂律，能自度曲。'其意正與《元帝紀》相合。"

《藝苑雌黃》云："東坡嘗言：'曾子固文章妙天下，而有韻者輒不工。杜子美長於歌詩，而無韻者幾不可讀。'比觀《西清詩話》，乃不然此説，云：'杜少陵文自古奧，如九天之雲下垂，四海之水皆立，忽翳日而翻萬象，却浮空而留六龍，萬舞凌亂，又似乎春風壯而江海波,其語磊落驚人。或言無韻者不可讀,是大不然。'予謂此數語,乃出杜陵三賦,謂之無韻,可乎?竊意東坡所謂無韻者,蓋若《課伐木詩序》之類是也。"苕溪漁隱曰:"少游嘗有此語,《藝苑》以爲東坡,誤矣。"(以上《後集》卷五)

元積云:"余讀詩至杜子美,而知古人之才,有所總萃焉。始唐、虞時,君臣以賡歌相和,是後詩人繼作,歷夏、商、周千餘年,仲尼緝拾選練,取其干預教化之尤者三百篇,其餘無聞焉。騷之作而怨憤之態繁,然猶去風雅日近,尚相比擬。秦、漢已還,采詩之官既廢,天下俗謠民謳、歌頌諷賦、曲度嬉戲之詞,亦隨時間作。至漢武帝賦《柏梁詩》,而七言之體具。蘇子卿、李少卿之徒,尤工爲五言。雖句讀文律,各異雅鄭之音,而詞意闡遠,指事言情,自非有爲而爲,則文不妄作。建安之後,天下之士遭罹兵戰,曹氏父子鞍馬間爲文,往往橫槊賦詩,故其遒文壯節,抑揚怨哀,悲離之作,尤極于古。晉世風概稍存,宋、齊之間,教失根本,士以簡慢矯飾相尚,文章以風容色澤放曠精清爲高:蓋吟寫性靈,流連光景之文也,意義格力無取焉。陵遲至梁、陳,淫艷刻飾,佻巧小碎之極,又宋、齊之所不取。唐興,官學大振,歷世之文,能者互出。而又沈、宋之流,研練精切,穩順聲勢,謂之爲律。由是而後,文體之變極焉。而又好古者遺近,務華者去實,效齊、梁則不逮于魏、晉,工樂府則力屈于五言,律切則骨格不存,閒暇則纖穠莫備。至于子美所謂上薄風雅,下該沈、宋,言奪蘇、李,氣吞曹、劉,掩顏、謝之孤高,雜徐、庾之流麗,盡得古人之體勢,而兼昔人之所獨專。如使仲尼考鍛其旨要,尚不知貴其多乎哉?苟以其能所不能,無可無不可,則詩人以來,未有如子美者。是時,山東人李白亦以奇文取稱,時人謂之李杜。余觀其壯浪縱恣,擺去拘束,模寫物象,及樂府歌詩,誠亦差肩于子美矣。至若鋪陳終始,排比聲韻,大或千言,次猶數百,詞氣豪邁,而風調清深,屬對律切,而脫棄凡近:則李尚不能歷其藩翰,況堂奧乎?"

苕溪漁隱曰:"宋子京作《唐史·杜甫贊》,秦少游作《進論》,皆本元積之説,意同而詞異耳。子京贊云:'唐興,詩人承隋、陳風流,浮靡相矜,至宋之問、沈佺期等研揣聲音,浮切不差,而號律詩,競相沿襲。逮開元間,稍裁以雅正,然恃華者質反,好麗者壯違,人得一概,皆自名所長。至甫渾涵汪茫,千彙萬狀,兼古今而有之。他人不足,甫乃厭餘,殘膏賸馥,沾丐後人多矣。故元積謂詩人以來未有子美者。甫又善陳時事,律切精深,至千言不少衰,世號詩史。昌黎韓愈于文章少許可,至歌詩獨推曰:'李杜文章在,光焰萬丈長(高)。'誠可信云。少游《進論》云:'杜子美之於詩,實積衆家之長,適當其時而已。昔蘇武、李陵之詩長于高妙,曹植、劉公幹之詩長於豪逸,淘潛、阮籍之詩長於冲澹,謝靈運、鮑照之詩長於峻潔,徐陵、庾信之詩長於藻麗。於是杜子美者窮高妙之格,極豪逸之氣,包冲澹之趣,兼峻潔之姿,備藻麗之態,而諸家之作所不及焉。然不集諸家之長,杜氏亦不能獨至於斯也,豈非適當其時故邪?'"

苕溪漁隱曰:"《豫章先生傳》,載在《豫章外集》後,不知何人所作,初無姓名。其傳贊叙詩之源流,頗有條理。《贊》云:'自李、杜殁而詩律衰,唐末以及五季,雖有興比自名者,然格下氣弱,無以議爲也。宋興,楊文公始以文章涖盟。然至于詩,專以李義山爲宗,以漁獵掇拾爲博,以儷花鬭葉爲工,號稱西崑體。嫣然華靡,而氣骨不存。嘉祐以來,歐陽公稱太白爲絶唱,王文公稱少陵爲高作,詩格大變。高風之所扇,作者間出,班班可述矣。'"(以上《後集》卷八)

皮日休云:"明皇世,章句之風,大得建安體,論者推李翰林、杜工部爲尤。(略)"(《後集》卷九)

苕溪漁隱曰:"《雪浪齋日記》云:'退之聯句,古無此法,自退之斬新開闢則非也。'"(《後集》卷十)

山谷云:"或傳王荆公稱《竹樓記》勝歐陽公《醉翁亭記》,或曰,此非荆公之言也。庭堅以爲荆公出此言,未失也。荆公評文章,先體製而後論文之工拙,蓋嘗觀蘇子瞻《醉白堂記》,戲曰:'文詞雖極工,然不是《醉白堂記》,乃是韓、白優劣論耳。'以此考之,優《竹樓記》而劣《醉翁亭記》,是荆公之言不疑也。"(《後集》卷十九)

苕溪漁隱曰:"鄭谷等共定今體詩格,一進一退韻,如李師中《送唐介》七言八句詩是也。子蒼于五言八句近體詩,亦用此格,其詩云:'盜賊尤如此,蒼生困未蘇。今年起安石,不用笑包胥。子去朝行在,人應問老夫。髭鬚衰白盡,瘦地日攜鉏。'蓋蘇、夫在十虞字韻,胥、鉏在九魚字韻。"(《後集》卷三十四)

苕溪漁隱曰:"唐初歌辭,多是五言詩,或七言詩,初無長短句。自中葉以後,至五代,漸變成長短句。及本朝則盡爲此體。今所存止《瑞鷓鴣》、《小秦王》二闋,是七言八句詩,並七言絶句詩而已。《瑞鷓鴣》猶依字易歌,若《小秦王》必須雜以虛聲,乃可歌耳。其詞云:'碧山影裏小紅旗,儂是江南踏浪兒,拍手欲嘲山簡醉,齊聲爭唱浪婆詞。西興渡口帆初落,漁捕山頭日未欹,儂送潮回歌底曲,樽前還唱使君詩。'此《瑞鷓鴣》也。'濟南春好雪初晴,行到龍山馬足輕,使君莫忘雪溪女,時作陽關腸斷聲。'此《小秦王》也。皆東坡所作。"

苕溪漁隱曰:"東坡言:'《如夢令》曲名,本唐莊宗製,一名《憶仙姿》,嫌其不雅,改云《如夢》。莊宗作此詞,卒章云:如夢,如夢,和淚出門相送。取以爲之名。'《古今詞話》云:'後唐莊宗修內苑,掘得斷碑,中有字三十二曰:宴桃源深洞,一曲舞鸞歌鳳。長記欲別時,殘月落花烟重。如夢如夢,和淚出門相送。莊宗使樂工入律歌之,名曰《古記》。'但《詞話》所記多是臆說,初無所據,故不可信,當以坡言爲正。"(《後集》卷三十九)

黄　徹

　　黄徹(? —1159)字常明,號太甲,晚號鞏溪居士。宋莆田(今屬福建)人。宣和六年(1124)進士。黄徹棄官寓居興化莆田碧溪的五年間,寫成《碧溪詩話》十卷。乾道四年(1168)九月,陳俊卿在拜相前夕爲之作序,其時黄徹早已去世。陳俊卿在《序》中云:"公少負才,取名第,宰劇邑,藉甚有能聲。一旦當路軒不得,棄官而歸,優游里閈,其中浩然,未嘗戚戚於外物,而其用志不衰如此。"《碧溪詩話》論詩主張作詩以"輔名教"、"存風雅"爲準繩;以風教爲本,不尚雕琢。

　　本書資料據中華書局 1983 年丁福保輯《歷代詩話續編》本《碧溪詩話》。

《碧溪詩話》(節録)

　　諸史列傳,首尾一律。惟左氏傳《春秋》則不然,千變萬狀,有一人而稱目至數次異者,族氏、名字、爵邑、號謚,皆密佈其中而寓諸褒貶,此史家祖也。(卷一)

　　子建稱孔北海文章多雜以嘲戲,子美亦戲效俳諧體,退之亦有"寄詩雜詠俳",不獨文舉爲然。自東方生而下,禰處士、張長史、顏延年輩,往往多滑稽語,大體才力豪邁有餘,而用之不盡,自然如此。韓詩"濁醪沸入口,口角如銜箝","試將詩義授,如以肉貫串","初食不下喉,近亦能稍稍",皆謔語也。坡集類此不可勝數,《寄蘄簟與蒲傳正》云:"東坡病叟長羈旅,凍卧饑吟似饑鼠。倚賴東風洗破衾,一夜雪寒披故絮。"《黄州》云:"自慚無補絲毫事,尚費官家壓酒囊。"《將之湖州》云:"吳兒膾縷薄欲飛,未去先説饞涎垂。"又"尋花不論命,愛雪長忍凍。天公非不憐,聽飽即喧哄。"《食筍》云:"紛然生喜怒,似被狙公賣。"《種茶》云:"饑寒未知免,已作太飽計。""平生五千卷,一字不救饑。""饑來憑空案,一字不可煮。"皆斡旋其章而弄之,信恢刃有餘,與血指汗顏者異矣。(卷一○)

張　戒

　　張戒(生卒年不詳)字定夫,或作定復。宋正平(今山西新絳)人。宣和六年(1124)進士。所著《歲寒堂詩話》,爲宋代重要論詩之作。上卷以探討詩歌理論爲主,兼論歷代詩人詩作;下卷爲杜詩篇評。張戒論詩以言志爲本,强調含蓄藴藉,所謂"其詞婉,其意微,不迫不露",推崇李白、杜甫、韓愈的詩風,批評白居易詩"情意失於太詳,景物失於太露,遂成淺近,略無餘藴"。他還反對蘇軾、黄庭堅在詩中濫用典故,以議論爲詩，以爲"蘇、黄用事押韻之工至矣，究其實，乃詩人中一害"。其立論雖有失於偏頗之處，但對於糾正當時詩歌創作的弊端仍具有針砭作用。後人對此書評價甚高。

本書資料據中華書局 1983 年丁福保輯《歷代詩話續編》本《歲寒堂詩話》。

《歲寒堂詩話》（節錄）

建安陶、阮以前詩，專以言志；潘、陸以後詩，專以詠物；兼而有之者，李、杜也。言志乃詩人之本意，詠物特詩人之餘事。

詩者，志之所之也。情動於中而形於言，豈專意於詠物哉？

論詩文當以文體爲先，警策爲後。若但取其警策而已，則"楓落吳江冷"，豈足以定優劣？孟浩然"微雲淡河漢，疎雨滴梧桐"之句，東野集中未必有也。然使浩然當退之大敵，如《城南聯句》，亦必困矣。子瞻云："浩然詩如内庫法酒，却是上尊之規模，但欠酒才爾。"此論盡之。（以上卷上）

吳　聿

吳聿（生卒年不詳）字子書，楚（今湖北一帶）人。南宋初人。生平事跡不詳。善論詩，著有《觀林詩話》一卷，推崇蘇、黄，以出人意外而又不失自然之詩爲高，《四庫全書總目》卷一九五謂此書"足資考證，在宋人詩話之中，亦可謂之佳本"。

本書資料據中華書局 1983 年丁福保輯《歷代詩話續編》本《觀林詩話》。

《觀林詩話》（節錄）

漢武《柏梁臺》，羣臣皆聯七言，或述其職，或謙叙不能，至左馮翊曰："三輔盜賊天下尤。"右扶風曰："盜阻南山爲民災。"京兆尹曰："外家公主不可治。"則又有規警之風。及宋孝武《華林都亭》，梁元帝《清言殿》，皆效此體。雖無規儆之風，亦無佞諛之辭，獨叙叨冒愧慚而已。近世應制，爭獻諛辭，褒日月而諛天地，唯恐不至。古者賡載相戒之風，於是掃地矣。

王十朋

王十朋（1112—1171）字龜齡，號梅溪。宋溫州樂清（今屬浙江）人。少穎悟，强記誦，爲文頃刻數千言。紹興二十七年（1157）進士第一。爲人剛直，勤敏力學，博究經史，旁通傳記百家，故其爲文專尚理致，不爲浮虛靡麗之詞。其論事奏疏，往往切中事機，意之所至，展發傾盡，無所規避，尤爲條暢明白，朱熹亦謂其"奏議氣象大"（《朱子語類》卷一三九）。其《會稽三賦》記述會稽歷史演變、風物民俗，鋪張揚厲，詞語豐贍，旨趣明暢，規模宏大，爲南宋大賦之傑作。其詩亦渾厚直質，懇惻暢達，直抒胸臆，慷慨激烈。一些游歷、寫景詩也清新流暢，寄寓深遠。現存詞皆爲詠物之作，語言清麗，富有情致。著有《梅溪集》、《後集》、《奏議》，共五十四卷。

本書資料據四庫全書本《梅溪集》。

問策（節録）

問：秉史筆者衆矣，司馬遷爲之宗，自班、范而下，雖人自爲家，其大概則沿襲《史記》之舊。夫既述前代之法以成書，不必變其名例可也。今考諸史，乃或不然，非特班固有變於史遷，後之作者亦互有損益異同矣。曰《紀》、曰《表》、曰《書》、曰《世家》、曰《列傳》者，司馬氏之書也。班固因之獨易《書》爲《志》，而損其《世家》。范曄之史猶固也，而損其《表》。陳壽之史猶曄也，又損其《志》。至《晉書》，則有《紀》、有《志》、有《傳》，而益其一曰《載記》。《南》、《北》獨《紀》、《傳》，而《隋》加《志》焉。《唐》、《紀》、《表》、《志》、《傳》與班史同；《五代》有《紀》、《傳》，有《世家》，有《附録》，有《考》。夫記事之義一也，而立例之名不同，何耶？ 子長每一卷之末，稱太史公以斷善惡，孟堅易之以贊，蔚宗又益之以論而贊以四言，陳壽又易之以評，《晉書》或稱制，或稱史臣，又贊以章句，與范史同。《南》、《北》曰論，隋稱史臣，《唐書》仍班史之體曰贊，《五代》贊如唐而没其名。夫斷善惡之義一也，而名所以斷者又各不同，何耶？ 遷書曰《史記》，兩漢、晉、隋、唐則曰《書》，三國則曰《志》，南北、五代則曰《史》。夫歷代皆史也，其所以名書者又何不同耶？ 創之於前者是，則變之於後者非，同之於後者非，則異之於前者是，抑創之、變之、同之、異之，亦各有其義耶？ 至於自史遷以迄五季，歷數之則十有七，略舉之則有三，又其可以不知耶？ 諸君皆飽於史學者也，姑以其淺者告我。（前集卷一三）

雜　說

唐宋之文可法者四：法古於韓，法奇於柳，法純粹於歐陽，法汗漫於東坡。餘文可以博觀，而無事乎取法也。（前集卷一九）

陈知柔

陈知柔(？—1184)字体仁,号休斋。宋永春(今属福建)人。绍兴十二年(1142)进士。工诗。著有《诗声谱》二卷、《休斋诗话》五卷,均已佚。郭绍虞《宋诗话辑佚》辑录得诗话九则。另著有《易本旨》十六卷、《易大传》二卷、《易图》一卷、《春秋义例》十二卷、《论语后传》十卷、《梅青集》、诗赋杂著等。

本书资料据北京图书馆古籍珍本丛刊本《清源文献》。

《归去来词》评

《诗》变而为《骚》,《骚》变而为辞,皆可歌也,辞则兼《诗》、《骚》之声,而尤简邃焉者。汉武帝作《秋风辞》,一章三易韵,其节短,其声哀,此辞之权舆乎？陶渊明罢彭泽令,赋《归去来》而自命曰辞,迨今人歌之,顿挫抑扬,自协声韵。盖其辞高甚,晋宋而下,欲追踵之不能。然《秋风辞》尽蹈袭《楚辞》,未甚敷畅;《归去来》则自出机杼,所谓无首无尾、无终无始,前非歌而后非辞,欲断而复续,将作而遽止,谓洞庭钧天而不澹,谓霓裳羽衣而不绮,此其所以超乎先秦之世而与之同轨也。(卷七)

林光朝

林光朝(1114—1178)字谦之,号艾轩。宋兴化军莆田(今属福建)人。再试礼部不第,遂潜心学问,通六经,贯百氏,四方从学者达数百人。隆兴元年(1163),年五十始及第。光朝为南宋初著名理学家,林亦之、陈藻皆为其弟子,朱熹也与之切磋学术,学问渊深,为时人所重,称为"南夫子"。陈宓谓其不以文辞为重,而为文"森严奥美,精深简古","他人数百言不能道者,直数语雍容有馀"(十卷本《艾轩集序》)。刘克庄称其诗不轻作,深湛锻炼,"以约敌繁,密胜疏,精掩粗"(《竹溪诗序》),与理学家有韵之语录迥异。有《艾轩集》。

本书资料据四库全书本《艾轩集》。

策问二十首(节录)

问:《三百篇》之诗,而系之以《国风》、《雅》、《颂》,犹天之有二十八舍,地之有五岳四瀆也。季札聘於魯，請觀周樂，魯人爲之歌《風》，歌《大雅》、《小雅》，歌《頌》。當是時，夫子尚幼，是《國風》、《雅》、《頌》，季札已能辨之，不待刪削而後定也。吾夫子自衛反魯，其有功於《雅》、《頌》者，不過去其淫哇訛復害於詩者爾。六籍不幸而至於章句殘缺，學者不能通其說，則必歸之於秦火。《詩》與《易》遭秦火而不滅者，《易》以卜筮，《詩》以野人閭巷之所傳故也。惜哉！漢之初聲詩猶有存者，一時用事之人，非販繒之徒則刀筆之吏，曾不聞以樂律爲意者，其有一二可書之事，是亦出於偶然者。逮夫武、宣之世，乃命禮官考制度，開藏書之府，設協律之官。先代之微聲，古人之遺器，中債而起，幾絕而續。是以《芝房》、《寶鼎》、《白麟》之歌，凡十有九章，薦之於郊丘；及所作《安世歌》凡十有七章，用之於宗廟。魏、晉、宋、齊、梁、陳、周、隋沿革損益，雖或不同，然源流所出，如《國風》、《雅》、《頌》，可以支分而派別也。如晉有夕牲及迎送神饗神之歌，齊有雩祭籍田之歌，隋有蠟祭先農、朝日夕月之歌，或爲十二雅，或爲十二和，或爲十二成，或爲十二順，此歷代用之於天神、人鬼、地祇而不可雜也。其外又有《鐃歌》，有《橫吹曲》，今所存者，《鐃歌》二十二曲，而其四曲無傳；《橫吹》舊有二十八章，自魏晉以來，已不復存。如《朱鷺》，如《戰城南》，張籍、李白嘗有是作，此《鐃歌》詞也；如《入關》，如《出塞》，張祜、杜甫嘗有是作，此《橫吹》曲也。其外又有相和三調，皆周人房中所作之樂也。如《長歌》，如《燕歌》，此平調也；如《苦寒》，如《秋胡》，此清調也；如《公無渡河》，如《飲馬長城窟》，此瑟調也。三調之變，又有所謂清商樂者，如《巴渝》、《明君》、《白鳩》、《白紵》之屬是也。隋有七部，唐有十部，而獨以清商爲中土正聲也。仰惟主上纂累聖之洪圖，修百王之逸典，功成治定，樂律畢陳，今太常所用，求之於歷代，其損益可知也。周人有燕樂、縵樂，三百篇之《詩》，其亦用之於燕樂、縵樂者乎？然而《九德》之歌，《九夏》之奏，《貍首》之節，與夫《風》、《雅》，皆曉然見之於經，而求之《三百篇》之中則無有也。如《九德》、《九夏》，則《雅》、《頌》之流也；《貍首》，則《風》也；之《雅》、《頌》，猶《魯頌》也。然一國之事，不容有所謂雅者。周公之所載，仲尼獨闕而不取者，又何耶？如《黃雀》四曲，此漢《鐃歌》也，有其義而亡其辭，後世作者或雜之於三調，無乃三調之於鼓吹，清商之於三調，同出一本者乎？如元結所作《五莖》、《六英》，皮日休所作《王夏》、《肆夏》，此可以用之於郊廟燕射也。王維有《平戎辭》，陸龜蒙有《雙吹管》，皮日休有《農父謠》，元稹、白居易有《馴犀法曲》，若此數者，其在樂府當何所隸也？願併聞其說。（卷三）

策問一十八首（節録）

陳詩以觀民風，納賈以知好惡，此先王厚風俗之意也。文體之變，其風俗之所係邪？是故讀虞、夏之書則有渾渾之氣，《商書》灝灝，《周書》噩噩，內外相形，虛實相應，不可以僞爲也。戰國尚縱橫，其文也巧而善辨；西漢尚經術，其文也質而有理；晉尚清談，唐尚辭章，而文亦隨之。學者之所知也。三代以還，淳澆樸散，其間有可人意者，數代而止耳。齊、梁、魏、隋五代之間，事以俗變，氣卑弱而不伸，文浮張而少實，君子無取焉。信哉，文章之係於風俗也……聖賢之文，雖體製不同，大體與《六經》相爲表裏。（卷四）

與查少卿元章（節録）

《離騷》去《風》、《雅》爲甚近，一篇三致意，此正爲古詩體，非如太史公所謂也。

與宋提舉去葉（節録）

十五《國風》，如《周南》之國，《召南》之國，蓋自周、召以南之國，如《江漢》、《汝墳》。小國何數，其風土所有之詩，並見之《二南》。則詩之萌芽，楚人爲得之，又一變而爲《離騷》耳。（以上卷六）

吳　沆

吳沆（1116—1172）字德遠，號無莫居士、環溪居士，私謚文通先生。宋撫州崇仁（今屬江西）人。吳沆學通五經，尤長《易》、《禮》，旁通於百家，而遊藝於文學。著有《環溪大全集》八卷。又著有《易發微》、《論語發微》、《老子解》，均已佚。今存《環溪詩話》一卷，是後人輯其論詩言論而編成。此書與一般以雜記文壇上的舊聞軼事爲主的詩話不同，內容基本上都是吳沆有關詩歌創作的心得和認識，還收錄了吳沆本人的詩作。吳沆論詩尊杜甫、李白、韓愈爲“一祖二宗”，尤其推崇杜甫，稱“古今之美備在杜詩”；主張詩歌重視詩法，以爲“善詩之道無他，譬之善馭而已”，因此不應拘泥於章法、句法、對仗、煉字。

本書資料據四庫全書本《環溪詩話》。

《環溪詩話》（節録）

淵明得之清而失之淡，太白得之豪而失之放，盧仝得之狂而失之怪，樂天得之和而失之易。

　　或人問環溪百韻詩是何故做，環溪云：百韻詩只是八句，大抵十餘韻當一句，但是氣象稍宏，波瀾稍濶。首句要如鯨鯢跋浪，一擊之間，便有千里之勢；落句要如萬鈞强弩，貫金透石，一發飲羽，無復動搖之意。萬有一分可搖，即不得爲斷句矣。嘗記予在岳陽時，欲作四十韻詩詠岳陽風物，而首與尾同，賓與主類，無復統一，稿屢成而輒毀。既讀杜詩，未半年間，會丞相張公過臨川，急欲求見，則一夕而成百韻。前此所困，而後此不復知其困矣。百韻初投，張公再謁，即顧環溪云：“夜來三復百韻，筆力有餘，可謂善賞人也。”不旋踵而百韻之名，播於五邑矣……此詩大概讀而不厭者，爲一氣貫之。其間無甚歇滅而已。

　　仲兄又問：“山谷拗體如何？”環溪云：“在杜詩中‘城尖徑窄旌旆愁，獨立縹緲之飛樓。峽拆雲埋龍虎臥，江清日抱黿鼉遊’，是拗體；如‘二月饒睡昏昏然，不獨夜短晝分眠。桃花氣暖眼自醉，春渚日落夢相牽’，是拗體；如‘夜半歸來衝虎過，山黑家中已眠臥。旁見北斗向江低，仰看明星當空大’，是拗體；又如‘白摧朽骨龍虎死，黑入太陰雷雨垂’、‘客子入門月皎皎，誰家搗練風淒淒’、‘負鹽出井此溪女，打鼓發船何處郎’、‘運糧繩橋壯士喜，斬木火井窮猿呼’等，皆拗體也。蓋其詩似律而差拗，於拗之中又有律焉。此體惟山谷能之，故有‘黄流不解浣明月，碧樹爲我生凉秋’、‘石屏堆疊翡翠玉，蓮蕩宛轉芙蓉城’、‘紙窗驚吹玉蹀躞，竹砌碎撼金琅璫’、‘蜂房各自開户牖，蟻穴或夢封侯王’等語，皆有可觀。然詩才拗，則健而多奇；入律，則弱而難工。”

韓元吉

　　韓元吉（1118—1187）字無咎，號南澗。宋開封雍丘（今河南杞縣）人，後徙信州上饒（今屬江西）。韓維玄孫。平生交遊甚廣，與陸游、朱熹、辛棄疾、陳亮等當代名流和愛國志士相善，多有詩詞唱和，頗有時望。其文獻、政事、文學爲一代冠冕。他不喜“纖豔”之詩和雜以“鄙俚”的歌詞，曾將自己所作歌詞“未免於俗者取而焚之”（《焦尾集序》）；自編詞集一卷，題爲《焦尾集》。現存詞八十首，流露出“神州陸沉之慨”（黄蓼園《蓼園詩話》），也常有英雄遲暮、功業無成的感歎。其詞風格雄渾、豪放，與辛棄疾很接近。亦有婉麗之作。長於詩文，“詩體文格，均有歐、蘇之遺，不在南宋諸人下”（《四庫全書總目》卷一六〇）。四庫館臣自《永樂大典》輯出其詩文詞，重編爲《南澗甲乙稿》。

　　本書資料據四庫全書本《南澗甲乙稿》。

《張安國詩集》序（節録）

詩之作，得於志之所寓，而形於言者也。周詩既亡，屈平始爲《離騷》。荀卿、宋玉又爲之賦，其實詩之餘也。至其託物引喻，憤惋激烈，有《風》、《雅》所未備，比、興所未及，而皆出於楚人之詞。

《九奏》序（節録）

《九奏》者，繼《九歌》而作也。昔楚大夫屈原既放沅、湘之間，作《九歌》，以文其祀神之曲，而寫其宛結，以風諫其君，有《變風》、《小雅》之遺意，漢人王褒、劉向之徒爭效之，然而詞意褊迫，弗逮遠甚。宋興，鮮于諫大夫始作《九誦》。靖康之難，二宫在郊，九品官胡珵亦作《九章》，以述都人怨憤之音。由是國朝騷詞，遂與古相上下。而《九奏》者，吾友龐謙孺祐父之文也。祐父家單父，其先正穎公有勳在廟社。年方壯，仕方爲海陵尉，非有放逐之悲，抑冤之情欲訴而不得也。嘗游江湘，睹舟人祠事，有感於衷，一奮筆而爲之，由是古今之作殆將襝焉。信哉，祐父之奇於才也！祐父之自序，大抵傷其貧且賤而技能之微，上既不能達於君相，下亦不見憐於朋友。雖進退不可，而終無怨尤之意，此聖人之有取者也。故其言幽深而不窮，頓挫而不怒，簡而辯，曲而明。其旨初若散漫而不知其有統，其事初若譎詭而不知其有道。首以歲君，終以送瘟，間以舜陵湘妃之事，而祐父之意遠矣。其一篇之中，則又指意各自不同，非深於騷者舉而喻之，亦莫能曉也。祐甫平生好爲古文，凡前世文章之大者，必取而爲之，不拔其萃不已也。予辱與祐父交，蓋嘗見其削《封禪書》禎符而爲《受命書》，刺《七發》、《晉問》而爲《楚對》，奪《遠遊》、《大人賦》而爲《羽人賦》，而今又見其轢《九歌》而爲是《九奏》也。其筆力自視直出屈、宋右，不問漢唐也。（以上卷一四）

《古文苑》記

世傳孫巨源於佛寺經龕中得唐人所藏古文章一編，莫知誰氏録也，皆史傳所不載，《文選》所未取，而間見於諸集及樂府，好事者因以《古文苑》目之，今次爲九卷，可類觀。然石鼓之詩，退之則以爲孔子未見，不知所删者定何詩，且何自知其爲宣王也。左氏載椒舉之言，蒐於岐陽，則成王爾。秦世諸刻，子長不盡著，抑亦有去取耶？漢初未有五言，而歌與樂章先有七言，蘇、李之作，果出於二子乎？以此篇數首推之，意後代詩人命題以賦者。若韋孟尚四言,至酈炎乃五言也。夫文章遠矣,唐虞之盛,賡歌始聞,魏、晉以還,製作逾靡,學者思欲近古,於是其有考焉。惟訛舛謬缺者多,不敢是正而補之,蓋傳疑也。淳熙六年六月,潁川韓元吉記。(卷一五)

《三國志》論(節録)

史之法以記事爲先,然其大略不可以無《春秋》之遺意也。司馬遷作《河渠書》述禹貢,作《貨殖傳》述子貢、范蠡,班固因之。夫遷之書,五帝以來之史也。固之書,漢之史也。禹與子貢、范蠡,何以見於漢哉?則亦不得乎記事之體矣。自遷、固作《吕后本紀》,而爲唐史者則亦作《武后本紀》。夫吕后以女子而擅漢者也,其國與主猶在也。武廢其國與主而稱周矣,何以得紀于唐乎?是大失乎《春秋》之意者也。陳壽之志三國,其記事亦略矣,欲取《春秋》之意則未也。壽之書以三國云者是矣,以三國云者,示天下莫適有統也。魏則紀之,吳、蜀則傳之,是有統也。魏之君曰帝曰崩,吳之君曰某曰薨,蜀之君曰主曰殂,此何謂耶?夫既已有統矣,而又私於蜀,是將以存漢也,存漢則不可列於傳也。且蜀者,當時之稱也,昭烈之名國亦曰漢爾。今不以漢與之者,畏其逼魏也,然其名不可没也。其所以名國者,則漢不存矣,無已,則曰蜀漢乎?孫氏之有江東,其何名哉?諸侯割據者也。雖然,魏已代漢矣,紀之可也,吾將加蜀以漢,加其主以帝王,而並紀之。以其與蜀者與吳,易其名與薨而存於傳,庶乎後世知所去取矣。(卷一七)

曾敏行

曾敏行(1118—1175)字達臣,早年自號浮雲居士,中年號獨醒道人,晚年又號歸愚老人。宋吉水(今屬江西)人。酷嗜經史,善持論,年二十遇疾,不能事科舉,遂博覽羣書,以撰著爲事。工書畫,又取經籍典章,下至稗官雜史、前言往行、里談巷議,考訂研核,撰《獨醒雜誌》十卷。又取古醫方湯劑之已嘗試者,撰爲《應驗方》三卷。

本書資料據四庫全書本《獨醒雜誌》。

《獨醒雜誌》(節録)

少陵古詩有歌、行、吟、歎之異名,每與能詩者求其別,訖未嘗犁然當於心也。嘗觀宋之《樂志》,以爲詩之流有八:曰行,曰引,曰歌,曰謠,曰吟,曰詠,曰怨,曰歎。少

陵其必有所祖述矣！世豈無能別之者，恨余之未遇也。（卷十）

周麟之

　　周麟之（1118—1164）字茂振。宋海陵（今江蘇泰州）人。紹興十五年（1145）進士，調常州武進縣尉。十八年，復中博學宏詞科。擅長駢麗文章，又久在館閣掌誥命，故其集中以内外制詞、表啟爲多，《四庫全書總目》卷一五九謂其“文章嫺雅，亦猶有北宋館閣之餘風，非南渡諸家日趨新巧者比，未可以專工儷偶輕也”，即指此類文章而言。集中詩歌有出使金國所著《中原民謡》、《破虜凱歌》二十四首，表現出南宋士人感慨中原淪陷、渴望恢復的意願，四庫館臣却譏其諛頌失實，詞句鄙俚，未免失於苛求。其餘詩章則往往爲應制、酬唱之什，成就不大。著有《海陵集》二十三卷。

　　本書資料據四庫全書本《海陵集》。

論變文格

　　臣聞文章經國之大業，體尚不一，從古而然。故論世者以是識風俗之盛衰，觀人者以此別材智之遠近，猶所謂見禮聞樂而知德政，不可不察也。西漢二百年，名儒鴻生蜂起間作，雍容揄揚，著録於後，則炳然與三代同風。唐有天下，文亦三變。至於美才輩出，嚌嚌道奧，反刓劚偶，薰釀涵浸，然天下化之，粹然一出於正，何其盛哉！我國家恢儒右文，列聖一揆，取士之制，不過曰經義、詩賦。然或偏廢而獨舉，或兩存而並行，或兼用而通試。三者所向雖異，及夫得人，則奏賦擅場者無不精其能，談經析理者靡不臻於奥。累朝名臣悉由此出，致治之美固已遠邁前世。仰惟皇帝陛下躬天縱之資，恢復古道，優入聖域，猶且博覽經史，左右藝文，孜孜不倦。至其躬御翰墨，發爲宸章，雲漢昭回，光被萬物，古帝王莫能跂及。裁詩樂以侑祼祀，則十三篇極《風》、《雅》之妙；記損齋以明鑑戒，則數百言皆道德之辭。若此之類，殆不可殫舉。士生斯時，親得聖王爲之師，此千載一逢也。臣伏見昨降明詔，用經義兼詩賦，合二者之長以作成多士，永爲定制，可謂善矣。今肄業之士服勤有年，秋試不遠，臣愚欲望聖慈申飭儒臣，慎勸士類，戒志尚之不一，革文體之未純，毋好高以異論相矜，毋因陋以陳言自蔽，毋泥迂僻之習而失其正，毋縱浮靡之説而溺於誇。坯冶一陶，聖風雲靡。將見四方俊茂試於有司者，無不丕應徯志，咸知以體要爲宗。文弊既除，而文格益勝。用之以一代，羽翼六經，實斯文之幸。取進止。（卷三）

史堯弼

　　史堯弼(1119—?)字唐英,世稱蓮峰先生。宋眉州(今四川眉山)人。紹興二年(1132),爲眉州解試第二,時年方十四。赴科舉試不第,十一年遵從親命,束書東遊。至潭州,以古樂府、《洪範》等詩文贄見張浚,張浚稱賞其詩文類東坡,命其子張栻與游。十九年返蜀。二十七年,與弟史堯夫同科登第。三十一年,金兵渡淮至長江,張浚復起,堯弼謂浚用兵必敗績,已而果然,人以爲知言。大約卒於紹興末、乾道初,年僅四十餘歲。堯弼天才早慧,《四庫全書總目》卷一六一稱其詩文有蘇軾遺風,詩縱橫排宕,擺脱恒蹊;其論策諸篇,明白曉暢,瀾翻不窮,亦有不可羈勒之氣,雖享壽不永,亦不失爲才士。其現存文章以策問、論説爲多,確實具有《四庫總目》所言特點。所著詩文於其殁後編次爲《蓮峰集》三十卷,清四庫館臣自《永樂大典》輯出詩文,重編爲十卷。

　　本書資料據四庫全書本《蓮峰集》。

私試策問

　　楚屈原述《離騷》,爲《九歌》、《九章》,赴河而死。其徒宋玉和之,又爲《九辨》。自是文人才士依倣焉。又如枚乘作《七發》,傅毅作《七激》,張衡作《七辨》,崔駰作《七依》,曹植作《七啟》,張華作《七命》。唐興,作者尤多。或者以此曹區區之文,冀其有致身之階,果其然耶? 請折衷爲之説。

　　夫待人以必能者,不能則喪氣;倚事之必集者,不集則挫心。士之懷奇抱策,出而佐時,必期得君以展盡其底蘊,而上赴功名之會矣。豈意中遭撓敗,而功名不克就,此固喪氣挫心,而憂憤怨刺之言所以發舒於外,而不顧死亡之禍也。昔楚屈原爲三閭大夫,因罹讒毀,流放江湖,乃述《離騷》,爲《九歌》、《九章》,援天引聖而卒不見省,遂赴河而死,其亦蹈此者歟! 若屈原者可謂淺中浮外,而不知大體者也。蓋爲臣之道莫善於全節,而次之以全身。苟道不足以正君,智不足以弭亂,諫不行,言不聽,則繼之以死,故甘斧鑕,安鼎鑊而不悔者,冀以區區之身一悟主上而納之於善,如龍逢以之死夏,比干以之死商也。脱或不幸,忠謀而君不從,正諫而主不信,以獨見之明而知禍亂之不救,殺身之無益,則超然遠去,雖高爵重禄亦不足以係其心而介其意,姑全其身以没於世,如微子以之去商,百里奚以之去虞也。若屈原者,其亦知此乎? 奈何不知出此,而乃蔽於待人以必能,倚事之必集,而卒於不遇,遂喪氣挫心以發其怨憤之言,而爲《離騷》之文,以葬於江魚之腹。嗚呼,使屈原而稍知全其身以没於世,則必不忍爲此。及夫其身既没,其宋玉從而和之,又作《九辯》,自是文人才士依倣爲文,如枚乘作《七發》,張衡作《七辯》,崔駰作《七依》,曹植作《七啟》,張華作《七命》,以至唐興,作者尤多,皆願附於《離騷》之間,遂謂之《楚辭》,是皆不能自用其才,而乃甘爲憂憤怨刺之言以譏諷於時。不然賈誼何以少年屬文於郡中,自負爲王者之佐,而亦不能自用其才,一以不遇,過湘爲賦以弔屈原,其卒以自傷哭泣至於夭絶,其亦屈原之徒有以激之歟! 吁,之爲國家者,其於忠義之士,名節之流,當在屈己禮遇,虛心優容,使引鑑皆明目,臨池無洗耳。若然,則變故之世,顛沛之時,尚冀其有回天之力,復國之勳,況興平之際,治安之朝,何其不能成功乎!(卷四)

吴　曾

吴曾(生卒年不詳)字虎臣。宋撫州崇仁(今屬江西)人。平生博學,能詩文。紹興三十二年(1162)編筆記文集《能改齋漫録》,記載史事異聞,辯證詩文典故,解析名物制度,資料豐富,援引廣博,保存了若干有關唐、宋兩代文學史的資料,一直爲後世學者所重視。余嘉錫在《四庫提要辯證》中説是書"幾與洪邁《容齋隨筆》相埒"。《能改齋漫録》爲雜録考證性筆記,其中十六、十七兩卷論詞,計六十九則,《詞話叢編》輯爲《能改齋詞話》,然他卷亦時有論詞者。吴曾還以治病濟世爲懷,博采古醫方藥,臨床驗證,繼而推闡其制方之意,辯析明暢後予以録存。另有《君臣論》、《負暄策》、《毛詩辨疑》、《左傳發揮》、《得閒文集》、《待試詞學千一策》等近二百卷,已佚。

本書資料據四庫全書本《能改齋漫録》。

廋　詞

《太平廣記》引《嘉話録》載:"權德輿言無不聞,又善廋詞。嘗逢李二十六於馬上,廋詞問答,聞者莫知其所説焉。或曰:'廋詞何也?'曰:'隱語耳。《語》不曰,人焉廋哉,人焉廋哉,此之謂也。'"已上皆《嘉話》所載。予按,《春秋傳》曰:"范文子莫退於朝。武子曰:'何莫也?'對曰:'有秦客廋詞於朝,大夫莫之能對也,吾知三焉。'""楚申叔時問還無社曰:'有麥麴乎? 有山鞠藭乎?'蓋二物可以禦濕,欲使無社逃難於井中。然則"廋"一字雖本於《論語》,然大意當以《春秋傳》爲證。東坡《和王定國詩》云:"巧語屢曾遭薏苡,廋詞聊復託芎藭。"

樂府名《大郎神》

本朝樂府有《二郎神》,非也。按唐《樂府雜録》曰:"《離別難》。武后朝,有一士人,陷寃獄,籍其家。妻配入掖庭,善吹觱篥,乃撰此曲以寄情焉。初名《大郎神》,蓋良人行第也。既畏人知,遂三易其名,曰《悲切子》,又曰《怨回鶻》。"乃以"大"爲"二",傳寫之誤。

歌辭曰曲

自昔歌辭,或謂之曲,未見其始。《琴書》曰:"蔡邕嘉平初入青溪,訪鬼谷先生所居。山有五曲,一曲製一弄:山之東曲,常有仙人遊,故作《遊春》;曲南有澗,冬夏常渌,故作《渌水》;中曲即鬼谷先生舊所居也,深邃岑寂,故作《幽居》;北曲高巖,猿鳥所集,感物愁坐,故作《坐愁》;西曲灌木吟秋,故作《秋思》。三年曲成,出示馬融,甚異之。"然漢蘇武詩云:"幸有絃歌曲,可以喻中懷。"則音韻稱曲,其來久矣。又按,《韓詩章句》:"有章曲曰歌,無章曲曰謠。"

鄭、宋修《韻略》

《互注禮部韻略·叙》云:"自慶曆間張希文始以圈子標記,禮部因之,頗以爲便。元祐復詩賦,嘗加校正,尋又罷去云。"然予嘗考之,《禮部韻略》凡三經修矣。景祐初,鄭文肅戩天休爲太常博士,考校御試進士,與宋景文建議:"禮部所行《韻略》及《廣韻》,繁簡失當,訓詁不正,有司考士,多以聲病被黜。"三韻是正音訓,書成,學者以爲便。然則景祐初,鄭、宋已修《韻略》,不始張希文也。

試辭學兼茂科格制

大觀四年四月,禮部奏擬立到歲試辭學兼茂科試格:"制依見行體式、章表依見行體式、露布如唐人破藩賊露布之類。已上用四六,頌如韓愈《元和聖德詩》、柳宗元《平淮夷雅》之類、箴銘如揚雄箴《九州》,又如柳宗元《塗山銘》、張孟陽《劍閣銘》之類、誡諭如近體誡諭風俗或百官之類、序記依古體,亦許用四六。臨時取四題,分作兩場。内二篇以歷代史傳故事借擬爲題,餘以本朝故事或時事。並限二百字以上,箴銘限一百字以上。"奉聖旨依。(以上卷一)

行　狀

自唐以來，未爲墓誌銘，必先爲行狀，蓋南朝以來已有之。按，梁江淹爲宋建太妃周氏行狀，任昉、沈約、裴子野皆有行狀。

口　號

郭思《詩話》以口號之始，引杜甫《歡喜口號絶句十二首》云："觀其辭語，殆似今通俗凱歌，軍人所道之辭。"余按，梁簡文帝已有《和衛尉新渝侯巡城口號》，不始於杜甫也。詩云："帝京風雨中，層闕煙霞浮。玉署清餘熱，金城含暮秋。水光凌御殿，槐影帶重樓。"然杜甫已前，張説亦有《十五夜御前口號踏歌辭》二首，其一云："華萼樓前雨露新，長安城裏太平人。龍銜火樹千燈艷，雞踏蓮花萬歲春。"其二云："帝宮三五戲春臺，行雨流風莫妬來。西域燈輪千影合，東華金闕萬重開。"

墓路稱神道

葬者，墓路稱神道，自漢已然矣。《襄陽耆舊傳》云："習郁爲侍中，時從光武幸黎丘。與帝通夢，見蘇山神，光武嘉之，拜大鴻臚。録其前後功，封襄陽侯。使立蘇嶺祠，刻二石鹿挾神道，百姓謂之鹿門廟。或呼蘇嶺山爲鹿門山。"然歐公《集古》跋尾云："右漢楊震碑，首題云：'故太尉楊公神道碑銘。'"乃知立碑墓路而稱以神道，始漢無疑。

御　筆

天子親劄謂之御筆，始於北史元魏彭城武宣王勰傳云：帝令勰爲露布，辭曰："臣聞露布者布於四海，露之耳目。以臣小才，豈足大用？"帝曰："汝亦爲才達，但可爲之。"及就，尤類帝文，有人見者，咸謂御筆。

書簡用多幅

唐盧光啓策名後，揚歷臺省，受知於租庸張濬。濬出征並、汾，盧每致書疏，凡一事別爲一幅，朝士至今斅之。蓋重叠別紙，自光啓始也。見《北夢瑣言》。乃知今人書簡務爲多幅，其來久矣。

試賦八字韻脚

賦家者流，由漢、晉歷隋、唐之初，專以取士，止命以題，初無定韻。至開元二年，王邱員外知貢舉，試《旗賦》，始有八字韻脚，所謂“風日雲浮，軍國清肅。”見偽蜀馮鑑所記《文體指要》。

歌曲以闋爲稱

歌曲以闋爲稱，按《吕氏春秋》：“昔葛天氏之樂，三人操牛尾，捉足以歌八闋。”

表文末云屏營

今世表文末云：“屏營之至。”“屏營”二字見《國語》，申胥曰：“昔楚靈王獨行屏營。”東漢劉陶上議曰：“屏營彷徨，不能監寐。”而任昉與《梁高祖牋》亦云：“不勝荷戴屏營之至。”（以上卷二）

藥名詩不始於唐

蔡絛《西清詩話》謂：“藥名詩，世以起於陳亞，非也。東漢已有離合體，至唐始著藥名之號。如張籍《答鄱陽客詩》：‘江皋歲暮相逢地，黄葉霜前半下枝。子夜吟詩問松桂，心中萬事喜君知。’”以余觀之，恐或不然。且藥名之號，自梁以來已有之。簡文帝《藥名詩》云：“朝風動春草，落日照横塘。重臺蕩子妾，黄昏獨自傷。燭映合歡被，帷飄蘇合香。石墨聊書賦，鉛華試作粧。徒令惜萱草，蔓延滿空房。”梁元帝《藥名詩》云：“戍客恒山下，常思衣錦歸。況看春草歇，還見雁南飛。蠟燭凝花影，重臺閉綺扉。風吹竹葉袖，網綴流黄機。詎信金城里，繁露曉霑衣。”如庾肩吾、沈約，亦各有一首。乃知藥名詩不始於唐。

前溪歌

“十五嫁王昌，盈盈入華堂。自憐年最少，復倚壻爲郎。舞愛前溪緑，歌憐子夜長。閒來鬭百草，度日不成妝。"唐崔顥《王家少婦詩》、《子夜歌》，則樂府所謂"古有女，名子夜，造其歌"者也。至於《前溪舞》，讀陳朝劉彤《侯司空宅詠妓》詩乃得之。劉彤詩云："山邊歌落日，池上舞前溪。"崔意屬此。又《古今樂錄》謂"晉車騎將軍沈玩作《前溪歌》"，而非舞也。

曲名《舞山香》

東坡記徐州通判李淘有子，年十七八，素不善作詩。忽詠落花云："流水難窮目，斜陽易斷腸。誰同研光帽，一曲《舞山香》。"人驚問之，若有物憑者。謝中舍問其研光帽事，自云："西王母宴羣仙，有舞者戴研光帽，帽上簪花。《舞山香》一曲，未終，花皆落去。"予讀唐《羯鼓錄》，見"汝陽王璡，明皇愛之，每隨遊幸。璡嘗戴研紗帽子打曲，上自摘紅槿花一朵，置於帽上。遂奏《舞山香》一曲，花不墜落。上大笑。"事與前極相類。

曲名《荔枝香》

《唐書·禮樂志》："帝幸驪山。楊貴妃生日，命小部張樂長生殿。因奏新曲，未有名。會南方進荔枝，因名曰《荔枝香》。"樂史所作《楊妃外傳》亦云："新曲未有名，會南海進荔枝。"故杜子美《病橘詩》云："憶昔南海使，奔騰獻荔枝。百馬死山谷，到今耆舊悲。"又《解悶詩》云："先帝貴妃今寂寞，荔枝還復入長安。炎方每續朱櫻獻，玉座應悲白露團。"按，《唐志》以荔枝貢自南方，《外傳》以荔枝貢自南海，杜詩亦以爲南海及炎方，則明皇時進荔枝自嶺表明矣。東坡詩乃以"永元荔枝來交州，天寶歲貢取之涪"，張君房《脞說》亦以爲忠州，何耶？當有辨其非是者。（以上卷三）

楊文公論千字文之失

楊文公億以《千字文》"勅散騎常侍員外郎周興嗣次韻""勅"字，乃"梁"字傳寫之誤。當時命令，尚未稱勅。至唐顯慶中，始云"不經鳳閣鸞臺，不得稱勅"。勅之名，始定於此。余按，勅字從束，書欲切；從支，普卜切；敕，音赤。說者曰："誠也，固也，勞也，理也，書也，急也。"故《古文尚書》："敕天之命，惟時惟幾"；"敕我五典五惇哉"。太史公論："堯舜以君臣相敕，惟是幾安。"皆用此敕字。而後世遂以"敕"代之，其失本於唐明皇詔以隸楷易《尚書》古文。學者不識古文，自是始。故宋景文公亦以爲"敕"

之義與"悇"同，洛代切。後世轉"救"以爲"敕"，非是。故予以爲流俗之失如此。蔡邕《漢制度》："天子下書有四，其四曰誡敕。"故《南史·周興嗣列傳》亦云："敕興嗣與陸倕各製寺碑。"則敕出天子，亦云舊矣。而楊文公乃以《千字文》"敕周興嗣次韻""敕"字，乃"梁"字傳寫之誤。當時命令，尚未稱敕。至唐顯慶中，始云："不經鳳閣鸞臺，不得稱敕。"敕之名，始定於此。且興嗣本傳已云："敕興嗣與陸倕各製寺碑。"則何獨疑於《千字文》之"敕"乎？此文公一失也。唐劉禕之秉政，得罪武后，而后遣使俾其自裁。禕之自以秉政而未見敕，故禕之自云："不經鳳閣鸞臺，何謂之敕？"無"不得稱"三字，此文公二失也。高宗《上元詔》曰："詔敕比用白紙，多爲蟲蠹，自今後皆用黃紙。"然則書敕用黃紙，上元時已有定旨。兼是漢天子四書之一，敕之名不定於顯慶時，又明矣。此文公三失也。故予以爲先儒之誤者，如此。昔者，孔子祭太山七十二家，字皆不同。故亥二首六身，韓子八厶爲公，子夏辨三豕渡河。因知聖賢未始不留意於此，學者其可忽諸？予又按，魏文侯敕倉唐，以雞鳴時至。（卷四）

胡笳十八拍

王觀國《學林新編》曰："秦甫思《紀異錄》云：'琴譜《胡笳曲》者，本昭君見北人卷蘆葉而吹之，昭君感之，爲製曲，凡十八拍。'觀國以爲董祀妻蔡琰文姬爲胡騎所獲，歸作詩二章。今世所傳《胡笳曲十八拍》，亦用文姬詩中語，蓋非文姬所撰，乃後人所撰，以詠文姬也。《紀異》謂昭君製曲，則誤矣。王荊公作《集句胡笳曲十八拍》，首言'中郎有女能傳業'者，亦詠蔡文姬也。王昭君未嘗有《胡笳曲》傳於世。"以上皆王説。予按，《琴集》曰："《大胡笳十八拍》、《小胡笳十九拍》，並蔡琰作。"及案蔡翼《琴曲》，有大、小《胡笳十八拍》。沈遼集，世名流家聲。小《胡笳》又有契聲一拍，共十九拍，謂之祝家聲。祝氏不詳何代人。李良輔《廣陵止息譜序》曰："契者，明會合之至理，殷勤之餘也。"李肇《國史補》曰："唐有董庭蘭，善沈聲，蓋大小《胡笳》云。"以此校之，觀國謂非文姬所撰，亦非矣。予又按，謝希逸《琴論》曰："平調，明君三十六拍。胡笳，明君二十八拍。清調，明君十三拍。間絃，明君十九拍。蜀調，明君十二拍。吳調，明君十四拍。杜瓊，明君二十一拍。凡有七曲。"然則明君亦有《胡笳》，但拍數不同耳。庾信詩云："方調琴上曲，變入胡笳聲。"觀國謂昭君不能製曲，又非也。（卷五）

韓退之、杜子美詩用韻

孔經父《雜説》謂："退之詩好押韻累句以示工，而不知疊用韻之病也。《雙鳥》詩兩頭字、兩秋字,《孟郊》詩兩魚字,《李花》詩兩花字,《示爽》詩兩千字。"殊不知古之作者,初不問此。杜子美《八仙歌》兩船字、兩天字、兩眠字、三前字,《狄明府》詩兩詆字,此豈可以常法待之哉?

古文自柳開始

本朝承五季之陋,文尚儷偶,自柳開首变其風。始天水趙生,老儒也,持韓愈文數十篇授開,開歎曰:"唐有斯文哉!"因謂文章宜以韓爲宗,遂名肩愈,字紹元,亦有意於子厚耳。故張景謂:"韓道大行,自開始也。"開未第時,採世之逸事,居魏郭之東,著《野史》,自號東郊野夫,作《東郊野夫傳》。年踰二十,慕王通《續經》,以經籍有亡其辭者,輒補之,自號補亡先生,作《補亡先生傳》。遂改舊名與字,謂聞古聖賢之道於時也,必欲開之爲塗,故字仲塗。太祖開寶六年登科,時年二十七。嘗謂張景曰:"吾於《書》止愛《堯》、《舜典》、《禹貢》、《洪範》,斯四篇,非孔子不能著之,餘則立言者可跂及矣。《詩》之《大雅》、《頌》,《易》之《爻》、《象》,其深焉,餘不爲深也。"蓋開之謹於許可者如此。前輩以本朝古文始於穆伯長,非也。

歌行吟謠

《西清詩話》謂:"蔡元長嘗謂之曰:'汝知歌、行、吟、謠之別乎? 近人昧此,作歌而爲行,製謠而爲曲者多矣。且雖有名章秀句,若不得體,如人眉目娟好,而顛倒位置,可乎?'余退讀少陵諸作,默有所契,惟心語口,未嘗爲人道也。"予按:《宋書·樂志》曰:"詩之流乃有八名,曰行,曰引,曰歌,曰謠,曰吟,曰詠,曰怨,曰歎,皆詩人六義之餘也。"然則歌、行、吟、謠,其別豈自子美耶?(以上卷十)

黃魯直詞謂之著腔詩

晁無咎評本朝樂章,不具諸集,今載于此云:"世言柳耆卿曲俗,非也。如《八聲甘州》云:'漸霜風凄緊,關河冷落,殘照當樓。'此真唐人語,不減高處矣。歐陽永叔《浣溪沙》云:'堤上遊人逐畫船,拍堤春水四垂天,綠楊樓外出秋千。'要皆妙絶。然只一出字,自是後人道不到處。蘇東坡詞,人謂多不諧音律,然居士辭橫放傑出,自是曲子中縛不住者。黃魯直間作小辭,固高妙,然不是當行家語,是著腔子唱好詩。晏元獻不蹈襲人語,而風調閒雅,如'舞低楊柳樓心月,歌薄桃花扇底風',知此人不住三家村也。張子野與耆卿齊名，而時以子野不及耆卿，然子野韻高，是耆卿所乏處。近世以來作者皆不及秦少游，如‘斜陽外，寒鴉萬點，流水繞孤村’，雖不識字人，亦知是天生好言語。”（卷十六）

李　石

李石（？—1181）字知幾，號方舟子。宋資州磐石（今四川資中縣）人。少嘗從蘇符遊。紹興二十一年（1151）進士乙科。好學能屬文，以閎肆見長，雖間失之險僻，而大致自爲古雅。其詩縱橫跌宕，其詞則多賦佳人、贈別之作，輕倩悦人。著有《方舟集》五十卷、《後集》二十卷，原集已佚，清四庫館臣自《永樂大典》輯出，編爲二十四卷。

本書資料據四庫全書本《方舟集》。

何南仲分類杜詩叙

雅道不復作，至於子美、太白，天下無異議，退之晚尤知敬而仰之。唐人多工巧，退之以爲餘事，其有取於李、杜者，雅道之在故也。近世楊大年尚西崑體，主李義山句法，往往摘子美之短而陋之，曰村夫子語，人亦莫或信。何者？子美詩固多變，其變者必有説，善説詩者固不患其變而患其不合於理。理苟在焉，雖其變無害也。《詩》記十五國之風，而吾夫子取其不齊者而齊之，上而王公大夫，下而庸散僕隸，上而性命道德，下而淫佚流蕩，此豈可一説盡之哉？吾友南仲取子美之詩句分爲十體，體以類聚，庶幾得子美之變者也。南仲曷嘗以是爲子美詩之盡，然説詩者可以類起矣。僕不敢求其盡，試援此以從南仲。（卷一〇）

衛　博

衛博（生卒年不詳），歷城（今山東濟南）人。早年曾參戎幕。紹興三十二年（1162）爲左朝奉郎。乾道四年（1168），爲樞密院編修官，旋致仕。工爲文，尤長於四六文，文集中現存表啟、序記、書信多爲代人之作，“工穩流麗，有汪藻、孫覿之餘風，非應酬率率者可比”（《四庫全書總目》卷一五九）。其詩也意象鮮明，清新條暢。著有《定庵類稿》，原集已佚，清四庫館臣自《永樂大典》輯出，重編爲四卷。

本書資料據四庫全書本《定庵類稿》。

《穽錦編》序

選舉之法壞，而上之人始以文章取士。士非以此無所求官，故文章日益工而道日益散。陵夷至於後世，好惡蠭起，科目紛更。士既累於得失而眩於所守，益輕棄其學以逢時好，場屋之文與平昔之學遂爲兩塗，略不相似矣。余自幼雖習進士舉，然性不喜讀時文。今年下第東歸，過其同舍生。生曰："子亦知夫子之所以不售者乎？'不習時文，齒豁目昏'，此太學之諺言，不爾，雖至老不可得也。"余蓋聞退之言，嘗自讀其所試，不啻俳優者之詞，顔忸怩而心不寧者數月，蓋自退之已不免矣，吁，可歎哉！今余以家貧親老求舉進士，亦必至於得而已。苟必志於得而求之以不可必之道，是豈人之情也哉？於是盡取世之所謂時文，書其善者而伏讀之。凡時文之學，類以善漁獵戕賊、竄竊摹擬、取青媲白、肥肉厚皮爲上，真柳子厚所謂以文錦覆陷穽者。然而世之觀者眩焉，余不幸知之，而自投於陷穽之内，乃名其編曰《穽錦》。非以名斯文也，將以識其所學，而亦其心之一日不忘乎堙穽徹錦，載鞭策、鳴和鸞，以安行乎康衢大道，庶幾得遂此志云爾。以其甲爲賦，乙爲論，丙爲策，而序見於此焉。紹興乙丑十二月望日書。（卷四）

施德操

施德操（生卒年不詳）字彦執。宋鹽官（今浙江海寧）人。約宋高宗紹興初前後在世。與同里楊璿皆力行好學，遠近向慕。又與張九成友善。學者稱爲持正先生。以病廢，不能婚仕，坎坷以終。其學問宗洛學，主孟子而拒楊、墨。著有《孟子發題》一卷、《北窗炙輠録》二卷。

本書資料據四庫全書本《北窗炙輠録》。

《北窗炙輠録》（節録）

天經曰：異時嘗在旅邸中，見壁間詩一句云"一生不識君王面"，輒續其下云"静對菱花拭淚痕"。他日見其詩，使人羞死，乃王建《宫詞》也。其詩曰："學畫蛾眉便出羣，當時人道便承恩。一生不識君王面，花落黄昏空掩門。"唐人格律自别，至宫體詩，尤後人不可及也。

余所謂歌、行、引，本一曲爾。一曲中有此三節：凡欲始發聲謂之引。引者，謂之導引也。既引矣，其聲稍放焉，故謂之行。行者，其聲行也。既行矣，于是聲音遂縱，所謂歌也。今之播藝者，始以一小鼓引之，《詩》所謂"應田懸鼓"是也。既以小鼓引之，于是人聲與鼓聲參焉。此所謂行可也。既參之矣，然後鼓聲大合，此在人聲之中，若所謂歌也。歌、行、引，播藝之中可見之，惟一曲備三節。故引自引，行自行，歌自歌，其音節有緩急，而文義有終始，故不同也。正如今大曲有入破、滾煞之類。今詩家既分之，各自成曲，故謂之樂府，無復異製矣。今選中有樂府數十萬篇，或謂之行，或謂之引，或謂之謠，或謂之吟，或謂之曲，名雖不同，格律則一。今人強分其體製者，皆不知歌、行、引之說，又未嘗廣見古今樂府，故亦便生穿鑿耳。（以上卷上）

　　六義之說，《新義》以風、雅、頌即《詩》之自始。伊川謂一詩中自有六義，或有不能全具者。六義之說，則風、雅、頌安得與賦、比、興同處于六義之列乎？蓋一詩之中，自具六義。然非深知詩者不能識之。夫賦、比、興者，詩也；風、雅、頌者，所以爲詩者也。有賦、比、興而無風、雅、頌，則詩者非詩矣。取之於人，則四體者，賦、比、興也；精神血脉者，風、雅、頌也。有人之四體，使無精神血脉以妙於其間，則塊然棄物而已矣。夫惟善其事者，使精神血脉煥然於制作間，於是有風、雅、頌焉。風者何？詩之含蓄者也。雅者何？詩之合於俗者也。頌者何？詩之善形容者也。此三者，非妙於文辭者，莫能之。《三百篇》皆製作之極致，而聖人之所刪定者也。故三物皆具於詩中，而風尤妙。蓋風有含蓄意，此詩之微者也，詩之妙用盡於此。故曰"言之者無罪，聞之者足以戒"，非詩之尤妙者乎？此所以居六義之首也。歐陽公論今之詩曰："寫難狀之景，如在目前；含不盡之意，寄之言外。"知寫難狀之景如在目前，此近于六義之頌也；含不盡之意寄之言外，此近于六義之風也。

　　叔祖善歌《詩》。每在學，至休沐日，輒置酒三行，率諸生歌《詩》于堂上。閑居獨處，杖策步履，未嘗不歌《詩》。信乎，深于《詩》者也！《傳》曰："興于《詩》。"興者，感發人善意之謂也。六經皆義理，何謂《詩》獨能感發人善意？而今之讀《詩》者，能感發人善意乎？蓋古之所謂詩，非今之所謂詩。古之所謂詩者，詩之神也；今之所謂詩者，詩之形也。何也？詩者，聲音之道也。古者，有詩必有聲，詩譬若今之樂府然，未有有其詩而無其聲者也。《三百篇》皆有歌聲，所以振蕩血脉，流通精神，其功用盡在歌詩中。今則亡矣，所存者章句耳，則是詩之所謂神者已去，獨其形在爾。顧欲感動人善心，不亦難乎？然聲之學猶可髣髴。今觀《詩》非他經比，其文辭范藻，情致宛轉，所謂神者，固寓焉。玩味反復，千載之上；餘音遺韻，猶若在爾。以此發之聲音，宜自有抑揚之理。余叔祖善歌詩，其旨當不出此。龜山教人學詩，又謂先歌咏之；歌咏之餘，自當有會意處。不然，分析章句，推考蟲魚，強以意求之，未有

能得詩者也。（以上卷下）

高承《事物紀原》（節録）

　　高承（生卒年不詳）所著《事物紀原》，是一部小型類書，分門別類，内容豐富：舉凡政治、經濟、軍事、典章制度、文化藝術、醫學、風俗、服飾、器用、宗教、天文、地理以及草蟲鳥獸等，無不涉及，無不溯其源流。全書十卷，紀事一千七百餘條。《四庫全書總目》提要云：“考趙希弁《讀書附志》云：‘承，開封人。自博奕嬉戲之微，蟲魚飛走之類，無不考其所自來。雙溪項彬爲之序。’陳振孫《書録解題》亦云：‘《中興書目》作十卷，高承撰。元豐中人，凡二百十七事。今此書多十卷，且數百事，當是後人廣之云云。’今檢此本所載，凡一千七百六十五事，較振孫所見更倍之，而仍作十卷。又無項彬原序，與陳、趙兩家之言俱不合。蓋後來又已有所增併，非復宋本之舊矣。其書向惟抄帙，明正統間南昌貢生簡敬始以付梓印行，無幾而板毁於火，故世間頗爲難得。然敬所作序乃云：‘作者佚其姓氏，亦考之殊未審也。書中凡分五十五部，名目頗爲冗碎，其所考論事始亦間有未確。”其文體紀原的内容，所紀有詩、五言、七言、聯句、唱和、次韻、賦、論、策、議、贊、頌、箴、連珠等詩文體裁。

　　本書資料據四庫全書本《事物紀原》。

記　注

　　漢武有《禁中起居》，後漢明德馬皇后自撰《顯宗起居注》，蓋《周禮》左右史之事耳。謂之起居注，則自前漢始也。唐《藝文志》亦有《獻帝起居注》，自兹歷代咸有也。

時政紀

　　《唐會要》曰：“永徽以後，左右史惟得對仗下，後謀議皆不聞。姚璹請仗下所言軍國政要，宰相二人撰録，號《時政紀》。”又李吉甫對憲宗問時政紀曰：“是宰相記天子事，以授史官之實録也。古左史記言，今起居郎是；右史記動，今起居舍人是。永徽中宰相姚璹慮造膝之言或不下聞，因請隨奏對而記。”是則其事起自唐高宗時姚璹之請也。（以上卷一）

勅

三代而上，王言有典、謨、訓、誥、誓、命，凡六等，其總謂之書。漢初定儀則四品，其四曰戒勅，今勅是也。自此帝王命令始稱勅。至唐顯慶中始云"不經鳳閣鸞臺不得稱勅。"勅之名遂定于此。

黄　勅

唐高宗上元三年，以制勅施行既爲永式，用白紙多爲蟲蛀，自今已後尚書省頒下諸州諸縣並用黄紙。勅用黄紙，自高宗始也。

制

劉勰《文心雕龍》曰："古者有命無制。"《周禮·太祝》"作六辭以通上下，其二曰命"是也。《蘇氏演義》曰："制也，主也；禁也，斷也。"言君上用人，或制斷而行之，或禁制而止之。

詔

《文心雕龍》曰："有熊、唐虞，同稱曰命。其在三王，事兼誥誓。"詔，誥也，教也，所以告教百姓。三代無文，起于秦、漢。《史記》：秦始皇二十六年，李斯議命爲制，令爲詔。

鳳　詔

後趙石季龍置戲馬觀，觀上安詔書，用五色紙銜于木鳳口而頒之。今大禮御樓肆赦亦用。其事自石季龍始也。

誥

《尚書》："湯黜夏，作《誥》。"漢初，太上皇稱之。今太后亦稱之。又所以命官授職

672

皆爲誥,以成湯爲之始。《蘇氏演義》曰:“誥,告也,言布告王者之令,使四方聞之。今言告身者,謂己身受其告令也。”

册　命

漢儀四品,一曰策書。策,簡也。今册命即是。蓋始于漢。《書·顧命》曰:“丁卯命作册書。”則漢緣周事也。

宣　麻

《唐書·百官志》曰:“開元二十六年,改翰林供奉爲學士,專掌内命。凡拜免將相、號令征伐,皆用白麻。”則宣麻之始,自明皇世也。

宣　頭

《筆談》曰:“宣頭所起,按唐故事:中書舍人職掌誥詔,皆寫四本,一爲底,一爲宣。謂出行耳,未以名書也。晚唐樞密使自禁中受旨出,付中書,即謂之宣。中書承受,録之于籍,謂之宣底。梁置崇政院,專行密命。後唐復樞密使,以郭崇韜、安重誨爲之,始分領政事,不關中書,直行下者謂之宣,如中書之敕也。”是則宣頭之始,出于晚唐而定于後唐也。

教

漢制:王侯及郡守長吏于所部,其指令皆稱教,取“敬敷五教”之義。今猶皇后稱教旨,疑始于漢王侯長吏之稱教也。

表

堯咨四嶽,舜命九官,並陳詞不假書翰,則敷奏以言,章表之義也。漢乃有章、表、奏、駁四等,則表蓋漢制也。《蘇氏演義》曰:“表者,白也,言以情旨表白于外也。”按衣外爲表,《論語》“必表而出之”,以披露于意。《雜事》曰:“漢定禮儀,則有四品。”

上　書

"太甲既立不明，伊尹作書以戒"，此上書之始也。七國時，臣子言事于其君，皆曰上書。秦改曰奏。今亦有上書之事，又通于臣下者也。

轉　對

《唐書·薛珏傳》："珏爲京兆尹司農，供三宮，蓄茹不足，請市。時韋彤爲萬年令，珏使禁賣。德宗怒，奪彤俸。帝疑下情不達，詔延英坐，日許百司長官二員言闕失，謂之巡對。"《唐會要》曰："貞元中，詔每御延英，令諸司長官二人奏本司事，常參官每已二人引見，訪以政事，謂之巡對。"宋朝因之，曰轉對。

移

《文心雕龍》曰："始于劉歆《移太常》。"孔稚圭因有《北山移文》。今有移牒之名，宜始此也。

檄

又曰："始于周穆王令祭公謀父爲威讓之辭以責狄人也。"《戰國策》謂始于張儀檄楚，誤矣。《蘇氏演義》曰："顔師古注《急就章》云：'檄，激也，以辭旨慷慨發動之意。'"又曰："邀，檄也。"

關

《唐會要》曰："唐制，諸司相質問，三曰關，開通其事也。"蓋始于唐，宋朝神宗行官制，用唐事。

露　布

《隋書》志曰："後魏每征戰尅捷，欲天下聞知，乃書帛建于漆竿之上，名爲露布。"

露布自此始也，其後相因施行。《通典》亦云爾。按：後漢桓帝時地數震，李雲乃露布上書，移副三府，注謂"不封之"。晉代桓温北伐，須露布文，唤袁宏。宏倚馬濡染不輟筆，俄得七紙，則露布晉已有矣。

祝　文

自伊耆氏始爲八蜡則有之，其文曰"土反其宅，水歸其壑，昆蟲毋作，草木歸其澤"是也。《禮記》云。

誄

周制：大夫已上有謚，士則有誄。是誄起于周也。《禮·檀弓》："魯莊公及宋戰，縣賁父死之，公誄之。"士之有誄，自此始也。按《周禮》："六辭以通上下親疏遠近，六曰誄。"《注》謂積累生時德行，以賜之命是也。

啓

張璠《漢記》曰："董卓呼三臺尚書以下自詣啓事，然後得行。"此則啓事得名之始也。魏國《牋記》始云："啓末云謹啓，晉、宋以来與表俱用，今止臣下以相往来也。"

簡

《詩·出車》曰："畏此簡書。"簡書者，治行煞青，作簡以書爾。今人直用紙，名曰簡，以通慶吊問候之禮，取簡書之義，尺牘類也。《錦帶前書》曰："書版曰牘，書竹曰簡。"

書

舜曰："書用識哉！"《春秋》："子家吊宣孟以書。"《漢》曰"入牘，陳遵所善"是也。故今曰書尺。名雖見于有虞，而實始于春秋。

門　狀

《事始》又曰：“漢初未有紙，書名于刺，削木竹爲之。”後代稍用名紙。唐武帝時，李德裕貴盛，百官以舊刺禮輕，至是留具銜，候起居之狀。至今貴賤通用，謂之門狀。稍貴禮隔者如公狀，體爲大狀。

名　紙

《釋名》曰：“書名字于奏上曰刺。”後漢禰衡初遊許下，懷一刺，既無所之適，至于刺字漫滅，蓋今名紙之制也。則名紙之始，起于漢刺也。

樂

《山海經》曰：“祝融生長琴，是處搖山，始作《樂風》。”《注》云：“創《樂風》曲也。”《通典》曰：“伏羲樂名《扶來》，亦曰《立本》；神農樂名《扶持》，亦曰《下謀》。”隋《樂記》曰：“伏羲有《網罟》之歌，伊耆有《葦籥》之音。葛天《八闋》，神農《五絃》，其來尚矣。”《吕氏春秋》曰：“葛天氏之樂，三人操牛尾，捉足歌《八闋》。”則非長琴始爲樂也。《世本》曰：“伏犧造琴瑟。”是始爲樂。至黄帝命伶倫考八音，調和八風，爲《雲門》之樂，則其事于是乎備。

樂　府

《通典》曰：“漢武立樂府。”蓋始置之也。樂府之名，當起于此。

三　臺

《三十拍》，曲名也。劉公《嘉話録》曰：“三臺送酒，蓋因北齊文宣毁銅雀臺，別築二箇臺，宮人拍手呼上臺，因以送酒。”李氏《資暇》曰：“昔鄴中有三臺，石季龍遊宴之所。樂工造此曲，促飲也。”又一説：蔡邕自御史累遷尚書，三日之間歷三臺。樂府以邕曉音律，製此曲以悦之。未知孰是？

676

小　词

《筆談》曰："古詩皆詠之，然後以聲依之。詠以成曲，謂之協律。詩外有和聲，所謂曲也。唐人乃以詞填入曲中，不復用和聲。此格雖云自王涯始，然貞元、元和之間，爲之者已多，有在涯前者。又小曲，有"咸陽沽酒寶釵空"之句，李白作。《花間集》乃云張泌所爲，莫知孰是？"楊繪《本事曲子》云："近世謂小詞起于溫飛卿，然王建、白居易前于飛卿久矣。王建有《宮中三臺》、《宮中調笑》，樂天有《謝秋娘》，咸在本集，與今小詞同。"《花間集序》則云："起自李太白。《謝秋娘》一云《望江南》。"又曰："近傳一闋云李白製，即今《菩薩鬘》，其詞非白不能及。"此信其自白始也。劉斧《青瑣集·隋海記》中有《望江南》調，即煬帝世已有其事也。

鼓　吹

唐《樂志》曰："黃帝使岐伯作鼓吹，以揚德建武。"蔡邕《禮志》亦云。然《唐紹傳》曰："紹謂鼓吹本軍容。黃帝戰涿鹿，以爲警衛也。"

凱　歌

蔡邕《禮志》曰："黃帝使岐伯作軍樂《凱歌》。"今迴軍有樂，即其遺意也。

歌

《山海經》曰："夏后開上三嬪乎天，得《九歌》、《九辯》以下焉。"又曰："帝俊有子八人，是始歌舞。"夏侯玄《辯樂論》曰："伏犧有《網罟》之歌，《呂氏春秋》有葛天氏歌《八闋》，一曰載人，二玄鳥，三逐草木，四奮五穀，五天帝，六達帝功，七依地德，八物禽獸之極，則歌以太昊爲始。"蓋太昊之後十三代有葛天氏故也。（以上卷二）

詞　賦

《唐書·薛登傳》："登天授中上疏曰：'漢世求士，必先其行。魏取放達，晉先門閥。陳、梁薦士，特尚詞賦。"詞賦取人，始于梁、陳也。唐天寶十三載，始試詩賦，蓋用梁、陳之意云。科舉之以詞賦，此其初也。國家自神宗專以經術取士，詞賦遂罷。

雜　文

唐貞觀八年，劉思玄始令貢士試雜文，今論是也。《摭言》云："調露二年。"見上條。（以上卷三）

御　製

《家語》："舜作《南風》之詩。"此則御製之始也。

史

《呂氏春秋》曰："蒼頡造史。"《帝王世紀》曰："黃帝時造史，蒼頡始作文字。"史官之作，蓋自此始。記其言行，策而藏之，則史之原起於黃帝。

實　録

三代之王，有左右史，記其言動。漢武有《禁中起居》，明帝有《起居注》，而無名《實録》者。唐《藝文志》所載《實録》自周興，嗣梁皇帝《實録》爲始，則其事自茲以爲始也。

詩

《樂書》曰："伏羲之樂曰《立基》，神農之樂曰《下謀》。"夫樂必有章，樂章之謂。詩始於太昊之世。

五　言

李翰《蒙求》曰："李陵初，詩始變其體，作五言格也。"其始亦本於《詩》"祇祇彼有屋"、"蓺蓺方有穀"之類。《六帖》曰："谷永始作六言。"亦《詩》"公尸來燕來寧"之類也。

七　言

劉義慶《世説》曰："王子猷詣謝公云：'詩何七言?'子猷曰：'"昂昂若千里之駒，泛泛若水中之鳧"。此語出《離騷》。'"《東方朔傳》曰："漢武在柏梁臺上，使羣臣作七言。"七言之作，始起於此也。

律　格

《本事詩》載李白歌詩云："梁、陳以來，艷藻斯極。沈休文又尚以聲律。"唐《宋之問傳》曰："建安江左，詩律屢變。至沈約、庾信，以音律相婉附，屬對精密。及之問、沈佺期，又回忌聲病，約句準篇。"則律格之始，原於約、信，而成於沈、宋也。

聯　句

自漢武爲《柏梁詩》，使羣臣作七言，始有聯句體。梁《何遜集》多有其格。唐文士爲之者亦衆。凡聯一句或二句，亦有對一句、出一句者。《五子之歌》有其一、其二之文，則又聯句之體也。其事見于《夏書·五子之歌》。始於漢武《柏梁》之作，而成於何遜也。

唱　和

帝舜與皋陶乃賡載歌，則唱和之初也，亦本於《詩》之《蘀兮》"倡，予和女"之義。其事新見於齊、梁時，顏延年、謝玄暉始之也。

次　韻

顏延年、謝元暉作詩相倡和，皆不次韻。至唐元稹作《春深》二十首，並用家、花、車、斜四字爲韻。白居易、劉禹錫和之，亦用其韻。及令狐楚和詩，多次其韻。宋朝真宗時，楊內翰億謂次韻於此也，見《談苑》。

赋

《詩序》"六義"，次二曰賦，當謂直陳其事爾。《左傳》言"鄭莊公入，而賦大隧之中"。於後荀卿、宋玉之徒，演爲別體，因謂之賦。故昔人謂賦者，古詩之流，以荀、宋爲始。《漢書》曰："不歌而頌曰賦。"《釋名》曰："敷布其義曰賦。"

論

《文心雕龍》："昔仲尼微言，門人追記，目爲《論語》。蓋羣論立名，始於兹矣。"莊周之書有"嘗試論之"，荀卿有《正論》，賈誼有《過秦論》。論以荀、賈爲始。

策

《事始》云："起自漢武帝策。"董仲舒始以其文曰"興自朕躬"故也。按《前漢書》有晁錯《賢良策》，蓋文帝策之曰"興自朕躬"，則策始於漢文帝之策晁錯也。

議

《管子》曰："軒轅有明堂之議。"此蓋疑爲議之始也。

讚

《文心雕龍》："昔虞舜重贊。及益贊于禹，伊陟贊于巫咸，並揚言以明事，嗟嘆以助辭。故漢置鴻臚，唱拜爲贊，如相如之贊荆軻，班固之褒貶以讚。"皆取"益贊于禹"之義。要之，自司馬相如贊荆軻始。

頌

《詩序》"六義"，其六曰頌。蓋頌者，美盛德之形容，以其成功告於神明者也。《詩》有《商》、《周》、《魯》三頌。《文心雕龍》"昔帝嚳之世，咸黑爲頌，以歌九韶"，則頌起於帝嚳也。

箴

《文心雕龍》曰："軒轅輿几,以弼不逮。"即爲箴。又曰："斯文之興,盛於三代。夏商二箴,餘句尚存。及周辛甲,百官箴闕。虞人之箴,體義備焉。"

連 珠

傅玄曰："連珠興於漢章帝,班固、賈逵、傅毅皆受詔作之。體則假喻達旨,賢者微悟,欲使歷歷如貫珠,易睹而可悅,故曰連珠。"梁沈約云："連珠之作,始自揚子雲。"歐陽詢作《藝文類(聚)》中亦有"揚雄連珠",則爲斯文之興,不自漢章明矣。(以上卷四)

銘 旌

《禮記》曰："銘,明旌也。"以死者不可以別,故以其旗識之。後漢趙咨《遺書》曰:"古之葬者,至商有加。周官制兼二代,表以旌名之儀。"則喪禮之有銘旌,周制也。《喪服小記》曰:"書銘自商始置,非周禮也。周官司常大喪共銘旌,因商事爾。士喪爲銘,各以其物書名于末,曰某氏,某之棺置于宇西階之上。商以前皆書姓,男名女字,無書國者。后亦不書氏。至魏以爲天下之號,無所復別,臣子故稱之以自別也。"

挽 歌

譙周《法訓》曰:"挽歌起自田横。"《通典》曰:"漢高帝時,齊王田橫自殺,故吏不敢哭泣,但隨柩叙哀。後代相承,以爲挽歌。"按:漢初,橫死,門人爲《薤露》、《蒿里》之歌。蓋從者以寄哀耳。武帝時李延年分爲二,《薤露》送王公貴人,《蒿里》送大夫庶士。蓋二歌之起,始自横也。摯虞《新禮議》曰:"挽歌出于漢武帝役人《勞苦歌》,聲哀切,遂以送終,非古制者。誤矣。"《左傳·哀公十一年》:"會吳伐齊,將戰。公孫夏命其徒歌《虞殯》。"杜預注云:"送葬歌曲,哀死也。"孔穎達疏曰:"虞殯,謂啓殯將虞之歌,今謂之挽歌。"《莊子》曰:"紼謳于所生,必于斥苦。"司馬彪注曰:"紼引柩索,謳挽歌,斥疏緩,苦急促言,引紼謳者爲用人力。以挽柩者所歌,故曰挽歌。"馮鑑謂起于虞殯也,然則其周人之制乎?

碑碣

《管子》曰："無懷氏封泰山，刻石紀功。秦、漢以來，始謂刻石曰碑。蓋因喪禮豐碑之制也。"刻石當以無懷爲始，而名爲自秦、漢也。陸龜蒙《野廟碑》曰："碑，悲也。古者懸而窆用木，書之以表其功德，因留之不忍去。碑之名由是而得。自秦、漢以降，生有功德政事者，亦碑之。而又易之以石，失其稱矣。"此又德政有碑之起也。陸法言《廣韻》曰："碑碣，李斯造。"疑始于嶧山之刻爾。《釋名》曰："本葬時所設。臣子追述君父之功，以載其上也。"

神道碑

古之葬有豐碑以窆。秦、漢以來，死有功業，生有德政者，皆碑之。稍改用石，因總謂之碑。晉、宋之世，始又有神道碑。天子及諸侯皆有之，其刻文止曰某帝或某官神道之碑。今世尚有《宋文帝神道碑》墨本也。其初由立之于葬兆之東南。地理家言以東南爲神道，故以名碑爾。按後漢中山簡王薨，詔大爲修塚塋，開神道。注云："墓前開道，建石柱以爲標，謂之神道。"是則神道之名，在漢已有之也。晉、宋之後，易以碑刻云。

墓誌

《炙轂子》曰："齊王儉云：石誌不出禮經，起宋元嘉中。"顏延之爲王球作墓誌，以其無名誄，故以紀行事爾，遂相祖習。然魏侍中繆襲改葬父母，制墓下埋文，將以陵谷遷變，欲使人有所聞知，但記姓名歷官、祖父婚媾而已。有德業則爲銘文。又隋代釀家于王戎墓得銘云：晉司徒安豐元公王君之銘。有數百字，則魏、晉已有其事，不起于宋也。馮鑑《續事始》云："按《西京雜記》：前漢杜子春臨終作文，命刻石埋于墓前。則墓誌因此始也。"承謂昔吳季札之喪，孔子銘其墓曰：嗚呼！有吳延陵季子之墓。《莊子》：衛靈公葬沙丘，掘得石槨，銘曰：不馮其子。靈公奪而埋之。唐開元時，人有耕地得比干墓誌，刻其文以銅盤曰：右林左泉，後崗前道。方世之寧，茲焉是保。漢滕公夏侯嬰得定葬石，銘曰：佳城鬱鬱，三千年見白日。吁嗟！滕公居此室。則墓之有誌，其來遠矣。

角 觚

今相撲也。《漢武故事》曰："角觚，昔六國時所造。"《史記》："秦二世在甘泉宮，作樂角觚。"注云："戰國時增講武以爲戲樂，相誇角其材力，以相觚鬭，兩兩相當也。漢武帝好之。"白居易《六帖》曰："角觚之戲，漢武始作，相當角力也。"誤矣。

俳 優

《列女傳》曰："夏桀既棄禮義，求倡優、侏儒而爲奇偉之戲。"則優戲已見于夏后之末世。晉獻公時，有優施魯定公會齊侯于夾谷，齊宮中之樂有俳優戲于前此。蓋優戲之始也。

傀 儡

世傳傀儡起于漢高祖平城之圍，用陳平計，刻木爲美人，立之城上，以詐冒頓閼氏。後人因此爲傀儡。按《前漢》高紀七年注："應劭曰：平使畫工圖美女，遣遺閼氏，而无刻木事。"今按：《列子》記周穆王時，巧人有偃師者，爲木人能歌舞，王與盛姬觀之。舞既終，木人瞬目以手招王左右，王怒，欲殺偃師。偃師懼，懷之，皆丹墨膠漆之所爲也。此疑傀儡之始矣。秦、漢有魚龍曼衍之戲，其事亦粗見唐李商隱《宮詞》曰："不須看盡魚龍戲，終遣君王怒偃師。"是以《通典》曰："窟儡子，亦曰魁儡，作偶人以戲，善歌舞。"審此，知其偃師之遺事也。一云本喪樂，漢末始飾之嘉會。不知何以爲喪樂？《風俗通》曰："漢靈帝時，京師賓昏嘉會皆作魁儡。梁散樂亦有之。北齊後主高緯尤所好也。"《顏氏家訓》云："古有禿人姓郭，好諧謔，今傀儡郭郎子是也。"

百 戲

《漢元帝纂要》曰："百戲起于秦、漢，曼衍之戲，後乃有高絙吞刀、履火、尋橦等也。"一云"都盧尋橦"。都盧，山名，其人善緣竿百戲。

舞　輪

《通典》曰："梁有舞輪伎。"今之舞車輪者，則是此戲自梁世始有之也。

水　戲

《典略》曰："魏明帝使博士馬鈞作水轉百戲，巨獸魚龍曼延，弄馬列騎，備如漢西京故事。今世皆傳其法。"蓋其始自馬鈞也。

影　戲

故老相承，言影戲之原出于漢武帝李夫人之亡，齊人少翁言能致其魂。上念夫人無已，迺使致之。少翁夜爲方帷，張燈燭。帝坐它帳，自帷中望見之，仿彿夫人像也。蓋不得就視之。由是世間有影戲。歷代無所見，宋朝仁宗時市人有能談三國事者，或採其說，加緣飾作影人，始爲魏、吳、蜀三分戰爭之像。

杵　歌

《春秋左氏傳》曰："襄公十七年十一月，宋皇國父爲平公築臺，妨農功。子罕請俟農畢，公弗許。築者謳曰：'澤門之晳，實興我役。邑中之黔，實慰我心。'"杜預注曰："周十一月，今九月。澤門，宋城門，宋國父白晳居近澤門，子罕黑色而居邑中。今版築役夫歌以應杵者，此蓋其始也。其歌往往叙苦樂之意者，由此爾。"《呂氏春秋》云："翟煎對魏惠王曰：舉大木者，前唱輿樗，後亦應之。"此舉重勸力之歌。今人舉重出力者，一人倡則爲號頭，衆皆和之曰打號，此蓋其始也。七國之時已云然矣。輿樗，《淮南子·道應訓》作"邪許"。（以上卷九）

令

《説命》曰："王言惟作命，不言臣下罔攸禀令。"是則王者之言，下守之而爲令也。今令之文，持所守之事，宜以此爲始。杜周曰："前王所定著爲律，後王所定疏爲令。"《六帖》云："蕭何攎摭法令宜於今者，乃著令。"《唐紀》曰："太宗貞觀中，房玄齡删定

《法令》三十卷，一千五百條。"

銘

蔡邕曰："黃帝有金几之銘。"王子年《拾遺記》曰："黃帝以神金鑄器，皆有銘題。凡所造建，皆記其年時。"此銘之起也。

華　表

《古今註》曰："程雅問堯設誹謗之木，何也？"曰："今之華表，以木交柱，頭狀如華，形似褐楔之狀，交衢悉施焉。或謂之表木。蓋始於堯設之也。"後立於塚墓之前，以記其識也。

書　函

吳張溫使蜀，謂先主曰："謹奉所賫函書。"書之有函不前見，疑自漢有也。

童　謠

《列子》曰："堯微服遊康衢，聞童謠曰：'立我烝民，莫匪爾極。'"則童謠之起，自堯時已然也。（以上卷十）

謝　諤

謝諤（1121—1194）字昌國，嘗名其齋曰艮齋，故人稱艮齋先生。宋臨江軍新喻（今江西新餘）人。紹興進士。纍官監察御史、侍御史、右諫議大夫兼侍講、權工部尚書等。工詩文，楊萬里舉其《南曹院記》等，以爲似歐陽修、曾鞏。詩清新流暢，著述甚多，有《艮齋集》四十卷、《柏臺》五卷、《諫垣奏議》五卷、《自嬉集》、《楚塞從稿》、《雲根叢稿》、《樵林機鑒》、《南坡學林》、《天上詩稿》、《江行雜著》、《景符堂文稿》等，均已佚。

本書資料攄四庫全書本《盧溪文集》。

《盧溪文集》序（節録）

李、杜詩多於文，韓、柳文多於詩，世之不知者便謂多者爲所長，少者爲所短，此殆拘牽之論而非機之士。夫賢哲之於世，學以爲主，用之則行，其發而爲言，有所謂不得已者，其將激於中而發於外者乎？即是而爲詩，即是而爲文，文即無韻之詩，詩即有韻之文，所以三百篇之美刺即十二公之褒貶，蓋本一致如此，則李、杜可名長於文，韓、柳可名長於詩，又奚可以一偏觀耶？（卷首）

汤　衡

汤衡（生卒年不詳）字平甫。臨安（今浙江杭州）人。紹興二十一年（1151）進士。乾道三年知貴池縣，六年任湖北安撫司幹辦公事。

本書資料據四庫全書本《于湖詞》。

《于湖詞》序

昔東坡見少游《上巳遊金明池》詩有“簾幙千家錦繡垂”之句，曰：“學士又入小石調矣。”世人不察，便謂其詩似詞，不知坡之此言，蓋有深意。夫鏤玉雕瓊，裁花剪葉，唐末詞人非不美也，然粉澤之工，反累正氣。東坡慮其不幸而溺乎彼，故援而止之，惟恐不及。其後元祐諸公，嬉弄樂府，寓以詩人句法，無一毫浮靡之氣，實自東坡發之也。于湖紫薇張公之詞，同一關鍵。始，公以妙年射策魁天下，不數歲入直中書，帝將大用之，未幾出守四郡，多在三湖七澤間，何哉？衡謂茲地自屈、賈題品以來，唐人所作，不過《柳枝》、《竹枝詞》而已，豈天以物色分留我公，要與“大江東去”之詞相爲雄長，故建牙之地，不於此而於彼也歟！建安劉溫父，博雅好事，於公文章翰墨，尤所愛重，片言隻字，莫不珍藏，既裒次爲法帖，又別集樂府一編，屬予序之，以冠於首。衡嘗獲從公遊，見公平昔爲詞，未嘗著稿，筆酣興健，頃刻即成。初若不經意，反復究觀，未有一字無來處，如《歌頭・凱歌》、《登無盡藏》、《岳陽樓》諸曲，所謂駿發屬，寓以詩人句法者也。自仇池仙去，能繼其軌者，非公其誰與哉！覽者擊節，當以予爲知言。乾道辛卯六月望日，陳郡湯衡撰。（卷首）

686

程大昌

　　程大昌(1123—1195)字泰之。宋徽州休寧(今屬安徽)人。紹興進士。孝宗時，歷官著作侍郎、浙東提點刑獄、中書舍人、權吏部尚書等。謚文簡。賦性聰穎，一生篤學。學術視野開闊，涉獵領域較廣，在地理學、歷史學、經學、詩詞語言學方面均有造詣，尤精地理之學。任浙東提點時，因奏請朝廷減稅被貶爲江西轉運副使，任内修復清江縣破坑、桐塘二堰，造福百姓，並廣泛搜集資料，對《禹貢》山川作全面論證，撰寫《禹貢論》及《禹貢山川地理圖》，成爲傳世名著。著述豐富，有《毛詩辯證》、《演繁露》、《考古篇》、《北邊備對》、《尚書譜》、《雍録》、《易原》、《詩論》等。又有《程文簡集》二十卷，已佚。《演繁露》全書共十六卷，後有《續演繁露》六卷，又稱爲《程氏演繁録》，全書以格物致知爲宗旨，記載了三代至宋朝雜事近五百項。李約瑟《中國科學技術史》曾多次引用《演繁露》中的内容。

　　本書資料據四庫全書本《演繁露》。

注疏箋傳

　　後世之名注疏者，先列本文於上，而著其所見於下。其曰注者，言本文如水之源，而其派流之所分注，如下文所言也。至其曰疏者，則舉注而條列之，其倫理得以疏通也。若夫古之傳書者則不然矣。於本文隱奥之義，則立說以發明之，雖不正指本語，而本語意度自昭也。《爾雅》之於《詩》，《孟子》七篇、《子思》、《中庸》之於《論語》，實注疏也，而未嘗合爲一書。於是引出己名，以名其著。《列》、《莊》、《亢》、《尹》之於《五千言》，亦猶是也。漢興，文帝時有申公《詩》，武帝時有孔安國《尚書》，有淮南王《離騷傳》，則正爲之說，以解釋本文矣，而亦未名爲注也。左氏之傳《春秋》也，附經立文，其體真注疏矣，然先時亦未嘗合二爲一也。至劉歆大好其書，乃始各附所傳於正經之下，故班固傳之曰：初，《左氏》多古字古言，學者傳訓詁而已。及歆治《左氏》，引傳文以解經，然後轉相發明也。則凡今附注於本文之下者，殆自歆始也。歆之移書，亦嘗舉時論而隨折之矣，曰：謂左氏爲不傳《春秋》，豈不哀哉！案此，則知班固所書，其得實矣。《周易》十翼者，《文言》亦其一也。今惟乾、坤兩卦附著《文言》於下，而它卦之有文言者，則聚著《繫辭》，不附本卦也。凡爲此者，實王弼也。此蓋古則之在而可證者也。鄭康成之釋《詩》也，別爲注文，附毛公之下，而自名其語曰箋。崔豹《古今注》曰：毛公嘗爲康成鄉州太守，故康成不敢與之齒躡，而以箋爲言。箋，猶牋也，與牋記之牋同也。此説迂也。古無紙，專用簡牘。簡則以竹爲之，牘則以木爲之。康成每條自出己説，別以片竹書之而列《毛傳》之傍，故特名鄭氏箋者，明此，箋之語己實言之也。（卷五）

長短句

魏、晉、唐《郊廟歌》率多四字爲句，唐曲在者如《柳枝》、《竹枝》、《欵乃》，句皆七字，不知當時歌唱用何爲調也。張華表曰：漢氏所用文句，長短不齊，則今人以歌曲爲長短句者，本張華所陳也。《通典·樂門》（卷六）

謎

古無謎字，若其意制，即伍舉、東方朔謂之爲隱者是也。隱者，藏匿事情，不使暴露也。至《鮑照集》則有《井謎》矣。《玉篇》亦收“謎”字，釋云：“隱也。”即後世之謎也。鮑之《井謎》曰：“一八五八，飛泉仰流。”飛泉仰流也者，垂綆取水而上之，故曰仰流也。一八者，井字八角也；五八者，析井字而四之，則其字爲十者四也。四十即五八也。凡謎皆倣此。（卷七）

凉州、梁州

樂府所傳大曲，惟《凉州》最先出。《會要》曰：自晉播遷，内地古樂遂分散不存。苻堅滅凉，始得漢、魏清商之樂，傳于前後二秦。及宋武定關中，收之入于江南。隋平陳，獲之。隋文曰：此華夏正聲也。乃置清商署，總謂之清樂。至煬帝乃立清樂、西凉等九部。武后朝，猶有六十三曲，如《公莫》、《巴渝》、《明君》、《子夜》等皆是也。後遂訛爲《梁州》。（卷七）

羽檄

魏武奏事曰：有急，以雞羽插木檄，謂之羽檄。《説文》曰：“檄，以木簡爲書，長尺二寸。”《光武紀》注。（卷十）

神道碑

裴子野葬湘東王，爲墓誌銘，陳于藏内。邵陵王又立墓誌，埋于羡道。道列誌，自此始。（卷十）

箋

表，識書也。《鄭箋》、《毛詩》、崔豹釋說甚多。至謂毛公嘗爲鄭康成郡守，故不同它書，直注釋之。其云箋者，猶上箋之義，尊之。其說雖無害義，而迂曲不徑。如許氏所說，則直以簡隨本文，表識其義，猶曰鄭氏簡之云耳。史以冊書，祝曰冊祝。後人以聯簡著古書，曰某人編，其義一也。（卷十）

六 么

段安節《琵琶録》云：貞元中，康崑崙善琵琶，彈一曲新翻羽調《緑腰》。注云："緑腰，即録要也。本自樂工進曲，上令録出要者，乃以爲名，誤言緑腰也。"據此，即"録要"已訛爲"緑腰"。而《白樂天集》有《聽緑腰詩》，注云："即《六么》也。"今世亦有《六么》，然其曲已自有高平、仙吕兩調，又不與羽調相協。抑不知是唐世遺聲否耶？（卷十二）

笛曲梅花

段安節《樂府雜録》：笛羌，樂也。古曲有《落梅花》。吳兢《樂府要解》：胡角者，本以應胡箛之聲，後漸用之，有《雙橫吹》，即胡樂也。兢所列古橫吹曲，有名《梅花落》者。又許雲封《説笛》亦有《落梅》、《折柳》二曲。今其辭亡，不可考矣。然詞人賦梅用笛事，率起此。（卷十二）

墓石誌

《西京雜記》：杜子夏葬長安，臨終作文曰云云。及死，命刊石埋於墓側，則墓之有志，不起南朝王儉。然《西京雜記》所紀制度，多班固書所無，又其文氣嫵媚，不能古勁，疑即葛洪爲之。（卷十二）

簡　策

　　古者大事書之於策，小事簡牘而已。策者，編綴衆簡而成者也文，滿百乃書之，不然則否，故曰小事簡牘而已。蔡邕《獨斷》云：禮日不滿百文不書於策。其制長二尺，短者半之；其次一長一短，兩編下附用篆書，此漢策拜丞相之制也。至策免則以尺一木兩行而隸書，與策拜異矣。傅獻簡云：今批答五六字即滿紙，其體起於宋武帝，縱筆大書，甚有理也。

明妃琵琶

　　《琵琶》所作，爲烏孫公主所出塞也。文人或通《明妃》用之。姚令威辨以爲誤是矣。然《玉臺新詠》載石崇《明妃詞序》曰：“公主嫁烏孫，令琵琶馬上作樂，以慰其道路之思。”其送明妃亦必爾也。其造新曲，多哀聲，故書之於紙，則崇之《明妃詩》，嘗以寫諸琵琶矣。郭茂倩著爲樂書，遂載崇此詞，入之楚調中。楚調之器凡七，琵琶，其一也。則謂《明妃》爲《琵琶辭》，亦無不可。

欸　乃

　　柳子厚詩：“漁翁夜傍西巖宿，曉汲清湘燃楚竹。江空日出不見人，欸乃一聲山水綠。”欸音奧，乃音靄。世固共傳《欸乃》爲歌，不知何調何辭也。《元次山集》有《欸乃歌》五章，章四句，正絕句詩耳。其序曰：“大曆丁未中，漫史以軍事詣都。使還州，逢春水，舟行不進，作《欸乃》五曲，舟子唱之，蓋取適於道路耳。”其中一章曰：“千里楓林煙雨深，無朝無暮有猿吟。停橈靜聽曲中意，好是雲山《韶濩》音。”蓋全是詩，如《竹枝》、《柳枝》之類。其謂《欸乃》者，殆舟人於歌聲之外別出一聲，以互相其所歌也耶。今徽、嚴間舟行猶聞其如此，顧其詩非昔詩耳。而《欸乃》之聲可想也。《柳枝》、《竹枝》尚有存者，其語度與絕句無異，但於句末隨加《竹枝》或《柳枝》等語，遂即其語以名其歌。《欸乃》殆其例耶？（以上卷十三）

六州歌頭

　　《六州歌頭》本鼓吹曲也，近世好事者倚其聲爲弔古詞，如“秦亡草昧，劉、項起吞併"者是也。音調悲壯，又以古興亡事實之，閒其歌使人悵慨，良不與豔辭同科，誠可喜也。本朝鼓吹止有四曲，《十二時》、《導引》、《降仙臺》並《六州》爲曲。每大禮宿齋或行幸，遇夜每更三奏，名爲警場。真宗至自幸亳，親饗太廟，登歌始作，聞奏嚴，遂詔自今行禮罷乃奏。政和七年詔《六州》改名《崇明祀》，然天下仍謂之《六州》，其稱謂已熟也。今前輩集中大祀大恤皆有此詞。（卷十六）

三句一韻

元結《浯溪頌》，每三句一更韻，此秦皇《會稽頌德》之體也。其體少有用者，元好古，特法之，其辭亦瑰傑相稱也。（《續集》卷四）

信

晉人書問凡言信，至或遣信者，皆指信爲使人也。今人以信爲書，誤矣。《文十七年》："鄭子家使執訊而與之書，以告趙宣子。"杜預曰："執，訊問之官，爲書與宣子也。"則訊之與書，明爲二事，晉人之言有本矣。兵交使在其間，故《詩》亦曰"執訊獲醜"也。（《續集》卷五）

洪　邁

洪邁（1123—1202）字景盧，號容齋。諡文敏。宋饒州鄱陽（今屬江西）人。紹興十五年（1145）進士。纍官中書舍人、翰林學士等。洪皓第三子。洪邁出生於一個士大夫家庭，其父洪皓、兄洪适均爲著名學者、官員，洪适官至宰相。洪邁學識淵博，著述極多，其文學成就主要在於筆記、小説的創作。著有文集《野處類稿》、志怪筆記小説《夷堅志》、筆記《容齋隨筆》，編纂《萬首唐人絕句》等等，都是傳世名作。其《容齋隨筆》乃全書總名，分爲《隨筆》、《續筆》、《三筆》、《四筆》、《五筆》，是一部廣泛涉獵歷史、文學、哲學、藝術等方面的隨筆集，歷來爲人們所推崇。《四庫全書總目提要》稱"南宋説部當以此爲首"。其中經史諸子百家、醫術星算之屬，皆鈎纂不遺，辨證考核，頗爲精當。作者尤熟於宋代掌故，所載宋代史實，皆極精審。書中考證漢、唐以來歷史名實，政治經濟制度，亦頗精確。書中還記叙了杜甫、李白、柳宗元、蘇東坡等人的軼事，對歷史人物和事件也間加評論，頗有見解。後人曾將其中有關論詩和論四六騈文的資料輯録爲《容齋詩話》十六卷、《容齋四六叢談》一卷。

　　本書資料據四庫全書本《容齋隨筆》、《稗編》、《宋史》、《餘師録》，中華書局 1957
年影印本《宋會要輯稿》。

敕勒歌

　　魯直《題陽關圖詩》云："想得陽關更西路，北風低草見牛羊。"又集中有《書韋深道
諸帖》云："斛律明月，武人也，不以文章顯，其主以重兵困敕勒川，召明月作歌以排悶。
倉卒之間，語奇壯如此，蓋率意道事實耳。"予按古樂府有《敕勒歌》，以爲齊高歡攻周
玉壁而敗，恚憤疾發，使斛律金唱《敕勒》，歡自和之。其歌本鮮卑語，詞曰："敕勒川，
陰山下，天似穹廬，籠罩四野。天蒼蒼，野茫茫，風吹草低見牛羊。"魯直所題及詩中所
用，蓋此也。但誤以斛律金爲明月，明月名光，金之子也。歡敗於玉壁，亦非困於敕
勒川。

司字作入聲

　　白樂天詩，好以"司"字作入聲讀，如云："四十著緋軍司馬，男兒官職未蹉跎"，"一
爲州司馬，三見歲重陽"是也。又以"相"字作入聲，如云"爲問長安月，誰教不相離"是
也。相字之下自注云："思必切。"以"十"字作平聲讀，如云"在郡六百日，入山十二
回"，"綠浪東西南北路，紅欄三百九十橋"是也。以"琶"字作入聲讀，如云"四弦不似
琵琶聲，亂寫真珠細撼鈴"，"忽聞水上琵琶聲"是也。武元衡亦有句云："唯有白須張
司馬，不言名利尚相從。"（以上《容齋隨筆》卷一）

詩　什

　　《詩》二《雅》及《頌》前三卷題曰："某詩之什。"陸德明釋云："歌詩之作，非止一人，
篇數既多，故以十篇編爲一卷，名之爲什。"今人以詩爲篇什，或稱譽他人所作爲佳什，
非也。（《容齋隨筆》卷五）

七發（節録）

　　枚乘作《七發》，創意造端，麗旨腴詞，上薄騷些，蓋文章領袖，故爲可喜。其後繼
之者，如傅毅《七激》，張衡《七辯》，崔駰《七依》，馬融《七廣》，曹植《七啟》，王粲《七

釋》，張協《七命》之類，規做太切，了無新意。傅玄又集之以爲《七林》，使人讀未終篇，往往棄諸幾格。柳子厚《晉問》，乃用其體，而超然別立，新機杼，激越清壯，漢晉之間諸文士之弊，於是一洗矣。（《容齋隨筆》卷七）

唐書判（節録）

唐銓選擇人之法有四，一曰身，謂體貌豐；二曰言，言辭辨正；三曰書，楷法遒美；四曰判，文理優長。凡試判登科謂之入等，甚拙者謂之藍縷，選未滿而試文三篇謂之宏辭，試判三條謂之拔萃。中者即授官。既以書爲藝，故唐人無不工楷法。以判爲貴，故無不習熟。而判語必駢儷，今所傳《龍筋鳳髓判》及白樂天《甲乙判》是也。自朝廷至縣邑，莫不皆然，非讀書善文不可也。（《容齋隨筆》卷一〇）

和詩當和意

古人酬和詩，必答其來意，非若今人爲次韻所局也。觀《文選》所編何劭、張華、盧諶、劉琨、二陸、三謝諸人贈答，可知已。唐人尤多，不可具載。姑取杜集數篇，略紀于此。高適寄杜公云：“媿爾東西南北人。”杜則云：“東西南北更堪論。”高又有詩云：“草《玄》今已畢，此外更何言？”杜則云：“草《玄》吾豈敢，賦或似相如。”嚴武寄杜云：“興發會能馳駿馬，終須重到使君灘。”杜則云：“枉沐旌麾出城府，草茅無逕欲教鋤。”杜公寄嚴詩云：“何路出巴山，重巖細菊班。遙知簇鞍馬，回首白雲間。”嚴答云：“卧向巴山落月時”，“籬外黃花菊對誰，跋馬望君非一度。”杜送韋迢云：“洞庭無過雁，書疏莫相忘。”迢云：“相憶無南雁，何時有報章。”杜又云：“雖無南去雁，看取北來魚。”郭受寄杜云：“春興不知凡幾首？”杜答云：“藥裹關心詩總廢。”皆鐘磬在簨，扣之則應，往來反復，於是乎有餘味矣。（《容齋隨筆》卷一六）

詩文當句對

唐人詩文，或於一句中自成對偶，謂之當句對。蓋起於《楚辭》“蕙烝蘭藉”、“桂酒椒漿”、“桂櫂蘭枻”、“斲冰積雪”。自齊、梁以來，江文通、庾子山諸人亦如此。如王勃《宴滕王閣序》一篇皆然。謂若“襟三江帶五湖”，“控蠻荊引甌越”，“龍光牛斗”，“徐孺陳蕃”，“騰蛟起鳳”，“紫電青霜”，“鶴汀鳧渚”，“桂殿蘭宮”，“鍾鳴鼎食之家”，“青雀黃龍之軸”，“落霞孤鶩”，“秋水長天”，“天高地迥”，“興盡悲來”，“宇宙盈虛”，“邱墟已矣”之辭是也。于公異《破朱泚露布》亦然，如“堯、舜、禹、湯之德”，“統元立極之君”，“臥鼓偃旗”，“養威蓄鋭”，“夾川陸而左旋右抽”，“抵邱陵而浸淫布濩”，“聲塞宇宙”，“氣雄鉦鼓”，“貙兕作威”，“風雲動色”，“乘其蹈藉”，“取彼鯨鯢”，“自卯及酉”，“來拒復攻”，“山傾河泄”，“霆鬬雷馳”，“自北徂南”，“輿尸折首”，“左武右文”，“銷鋒鑄鏑”之辭是也。杜詩“小院回廊春寂寂”，“浴凫飛鷺晚悠悠”，“清江錦石傷心麗”，“嫩蘂濃花滿目斑”，“書籤藥裹封蛛網”，“野店山橋送馬蹄”，“戎馬不如歸馬逸”，“千家今有百家存”，“犬羊曾爛漫”，“宮闕尚蕭條”，“蛟龍引子過”，“荷芰逐花低”，“干戈況復塵隨眼”，“鬢髮還應雪滿頭”，“百萬傳深入”，“寰區望匪他”，“象牀玉手”，“萬草千花”，“落絮遊絲”，“隨風照日”，“青袍白馬”，“金谷銅駝”，“竹寒沙碧”，“菱刺藤梢”，“長年三老”，“捩柂開頭”，“門巷荆棘底”，“君臣豺虎邊”，“養拙干戈”，“全生麋鹿”，“捨舟策馬”，拖玉腰金，高江急峽，翠木蒼藤，古廟杉松，歲時伏臘，三分割據，萬古雲霄，伯仲之閒，“指揮若定”，“桃蹊李徑”，“梔子紅椒”，“庾信羅含”，“春來秋去”，“楓林橘樹”，“復道重樓”之類，不可勝舉。李義山一詩，其題曰《當句有對》云：“密邇平陽接上蘭，秦樓駕瓦漢宮盤。池光不定花光亂，日氣初涵露氣干。但覺游蜂饒舞蝶，豈知孤鳳憶離鸞。三星自轉三山遠，紫府程遥碧落寬。”其他詩句中，如“青女素娥”，對“月中霜裏”；“黃葉風雨”，對“青樓管絃”；“骨肉書題”，對“蕙蘭蹊徑”；“花鬚柳眼”，對“紫蝶黃蜂”；“重吟細把”，對“已落猶開”；“急鼓疎鐘”，對“休燈滅燭”；“江魚朔雁”，對“秦樹嵩雲”；“萬戶千門”，對“風朝露夜”。如是者甚多。（《容齋續筆》卷三）

作詩先賦韻

南朝人作詩多先賦韻，如梁武帝華光殿宴飲連句，沈約賦韻，曹景宗不得韻，啓求之，乃得競、病兩字之類是也。予家有《陳後主文集》十卷，載王師獻捷，賀樂文思，預席羣僚，各賦一字，仍成韻，上得盛、病、柄、令、橫、映、复、併、鏡、慶十字，宴宣猷堂，得连、格、白、赫、易、夕、擲、斥、坼、啞十字，幸舍人省，得日、謐、一、瑟、畢、訖、橘、質、帙、實十字。如此者凡數十篇。今人無此格也。（《容齋續筆》卷五）

昔昔鹽

薛道衡以“空梁落燕泥”之句，爲隋煬帝所嫉。考其詩名《昔昔鹽》，凡十韻：“垂柳覆金堤，蘼蕪葉復齊。水溢芙蓉沼，花飛桃李蹊。采桑秦氏女，織錦竇家妻。關山別蕩子，風月守空閨。常斂千金笑，長垂雙玉啼。盤龍隨鏡隱，彩鳳逐帷低。飛魂同夜鵠,倦寢憶晨雞。暗牖懸蛛網,空梁落燕泥。前年過代北,今歲往遼西。一去無消息,那能惜馬蹄。"唐趙睱廣之爲二十章,其《燕泥》一章云:"春至今朝燕,花時伴獨啼。飛斜珠箔隔,語近畫梁低。帷卷閒窺户,牀空暗落泥。誰能長對此,雙去復雙栖。"《樂苑》以爲羽調曲。《玄怪録》載"遽篠三娘工唱《阿鵲鹽》",又有《突厥鹽》、《黄帝鹽》、《白鴿鹽》、《神雀鹽》、《疎勒鹽》、《滿座鹽》、《歸國鹽》。唐詩"媚賴吳娘唱是鹽","更奏新聲《刮骨鹽》"。然則歌詩謂之"鹽"者,如吟、曲、引之類云。今南嶽廟獻神樂曲,有《黄帝鹽》,而俗傳以爲"皇帝炎",《長沙志》從而書之,蓋不考也。韋縠編《唐才調詩》,以趙詩爲劉長卿,而題爲《别宥子怨》,誤矣。(《容齋續筆》卷七)

試賦用韻

唐以賦取士,而韻數多寡、平側次叙元無定格。故有三韻者,《花蕚樓賦》以題爲韻是也。有四韻者,《冀莢賦》以"呈瑞聖朝",《舞馬賦》以"奏之天廷",《丹甑賦》以"國有豐年",《泰階六符賦》以"元亨利正"爲韻是也。有五韻者,《金莖賦》以"日華川上動"爲韻是也。有六韻者,《止水》、《魍魎》、《人鏡》、《三統指歸》、《信及豚魚》、《洪鐘待撞》、《君子聽音》、《東郊朝日》、《蜡日祈天》、《宗樂德》、《訓胄子》諸篇是也。有七韻者,《日再中》、《射己之鵠》、《觀紫極舞》、《五聲聽政》諸篇是也。八韻有二平六側者,《六瑞賦》以"儉故能廣,被褐懷玉",《日五色賦》以"日麗九華,聖符土德",《徑寸珠賦》以"澤浸四荒,非寶遠物"爲韻是也。有三平五側者,《宣耀門觀試舉人》以"君聖臣肅,謹擇多士",《懸法象魏》以"正月之吉,懸法象魏",《玄酒》以"薦天明德,有古遺味",《五色土》以"王子畢封,依以建社",《通天臺》以"洪臺獨出,浮景在下",《幽蘭》以"遠芳襲人,悠久不絶",《日月合璧》以"兩曜相合,候之不差",《金柅》以"直而能一,斯可制動"爲韻是也。有五平三側者,《金用礪》以"商高宗命傅説之官"爲韻是也。有六平二側者,《旗賦》以"風日雲舒,軍容清肅"爲韻是也。自大和以後,始以八韻爲常。唐莊宗時嘗覆試進士,翰林學士承旨盧質,以《后從諫則聖》爲賦題,以"堯、舜、禹、湯傾心求過"爲韻。舊例,賦韻四平四側,質所出韻乃五平三側,大爲識者所誚,豈非是時已有定格乎?國朝太平興國三年九月,始詔自今廣文館及諸州府、禮部試進士律賦,並以平側次用韻,其後又有不依次者,至今循之。(《容齋續筆》卷十三)

四六名對

四六駢儷,於文章家爲至淺,然上自朝廷命令、詔册,下而縉紳之閒牋書、祝疏,無

所不用。則屬辭比事，固宜警策精切，使人讀之激卬，諷味不厭，乃爲得體。（《容齋三筆》卷八）

詞學科目

熙寧罷詩賦，元祐復之，至紹聖又罷，於是學者不復習爲應用之文。紹聖二年，始立宏詞科，除詔、誥、制、勅不試外，其章表、露布、檄書、頌、箴、銘、序、記、誡諭凡九種，以四題作兩塲引試，唯進士得預，而專用國朝及時事爲題，每取不得過五人。大觀四年，改立詞學兼茂科，增試制詔，内二篇以歷代史故事，每歲一試，所取不得過三人。紹興三年，工部侍郎李擢又乞取兩科裁訂，別立一科，遂增爲十二體：曰制、曰誥、曰詔、曰表、曰露布、曰檄、曰箴、曰銘、曰記、曰贊、曰頌、曰序。凡三塲，試六篇，每塲一古一今，而許卿大夫之任子亦就試，爲博學宏詞科，所取不得過五人。任子中選者，賜進士第。雖用唐時科目，而所試文則非也。自乙卯至于紹熙癸丑，二十牓，或三人，或二人，或一人，並之三十三人。而紹熙庚戌闕不取。（《容齋三筆》卷十）

碑誌不書名（節録）

碑誌之作，本孝子慈孫欲以稱揚其父祖之功德，播之當時而垂之後世，當直存其名字，無所避隱。然東漢諸銘載其先代多隻書官，如淳于長《夏承碑》云：“東萊府君之孫，太尉掾之中子，右中郎將之弟。”《李翊碑》云：“牂柯太守曾孫，謁者孫，從事君元子”之類是也。自唐及本朝名人文集所志，往往只稱君諱某、字某。至於記序之文亦然，王荆公爲多，殆與求文求名之旨爲不相契。（《容齋三筆》卷十一）

六言詩難工

唐張繼詩，今人所傳者唯《楓橋夜泊》一篇，荆公《詩選》亦但別有兩首，樂府有《塞孤》一篇。而《皇甫冉集》中，載其所寄六言曰：“京口情人別久，揚州估客來疎。潮至潯陽回去，相思無處通書。”冉酬之，而序言：“懿孫，予之舊好，祇役武昌，有六言詩見憶，今以七言裁答，蓋拙於事者繁而費。”冉之意，以六言爲難工，故衍六爲七，然自有三章曰：“江上年年春早，津頭日日人行，借問山陰遠近，猶聞薄暮鐘聲。”“水流絶澗終日，草長深山暮雲，犬吠雞鳴幾處，條桑種杏何人？”“門外水流何處，天邊樹繞誰家。山絶東西多少，朝朝幾度雲遮。”皆清絶可畫，非拙而不能也。予編唐人絶句，得七言

696

七千五百首，五言二千五百首，合爲萬首，而六言不滿四十，信乎其難也。（《容齋三筆》卷十五）

唐世辟寮佐有詞（節録）

唐世節度、觀察諸使，辟置寮佐以至州郡差掾屬，牒語皆用四六，大略如告詞。李商隱《樊南甲乙集》、顧雲《編稿》、羅隱《湘南雜稿》皆有之。

樂府詩引喻

自齊、梁以來，詩人作樂府《子夜》、《四時》歌之類，每以前句比興引喻，而後句實言以證之。至唐張祐、李商隱、温庭筠、陸龜蒙亦多此體，或四句皆然。今略書十數聯于策。其四句者如："高山種芙蓉，復經黄檗塢，未得一蓮時，流離嬰辛苦。""窗外山魈立，知渠脚不多，二更機底下，摸著是誰梭。""淮上能無雨，回頭總是情。蒲帆渾未織，爭得一歡成。"其兩句者如："風吹荷葉動，無夜不搖蓮。""空織無經緯，求匹理自難。""圍棋燒敗襖，著子故依然。""理絲入殘機，何悟不成匹。""擁門不安橫，無復相關意。""黄檗向春生，苦心日月長。""明燈照空局，悠然未有期。""玉作彈棋局，中心最不平。""剪刀橫眼底，方覺淚難裁。""中劈庭前棗，教郎見赤心。""千尋葶藶枝，爭奈長長苦。""愁見蜘蛛織，尋思直到明。""雙燈俱暗盡，奈許兩無由。""三更書石闕，憶子夜啼悲。""芙蓉腹裏菱，憐汝從心起。""朝看暮牛跡，知是宿啼痕。""梳頭入黄泉，分作兩死計。""石闕生口中，銜悲不能語。""桑蠶不作繭，晝夜長懸絲。"皆是也。龜蒙又有《風人詩》四首云："十萬全師出，遥知正憶君，一心如瑞麥，長作兩岐分。""破檗供朝爨，須知是苦辛，曉天窺落宿，誰識獨醒人。""旦日思雙屨，明時願早諧，丹青傳四瀆，難寫是秋懷。""聞道新更幟，多應發舊期，征衣無伴搗，獨處自然悲。"皮日休和其三章云："刻石書離恨，因成別後悲，莫言春蕈薄，猶有萬重思。""鏤出容刀飾，親逢巧笑難，目中騷客珮，爭奈即闌干。""江上秋聲起，從來浪得名，逆風猶挂席，苦不會凡情。"劉采春所唱云："不是厨中串，爭知炙裏心，并邊銀釧落，展轉恨還深。""籜蠟爲紅燭，情知不自由，細絲斜結網，爭奈眼相鈎。"尤爲明白。七言亦閒有之，如"東邊日出西邊雨，道是無情又有情。""玲瓏骰子安紅豆，入骨相思知也無。""合歡桃核真堪恨，裏許元來别有人。"是也。近世鄙詞如《一落索》數闋，蓋效此格，語意亦新工，恨太俗耳，然非才士不能爲。世傳東坡一絶句云："蓮子擘開須見薏，楸枰著盡更無棋，破衫却有重縫處，一飯何曾忘却匙。"蓋是文與意並見一句中，又非前比也。集中不載。（以上《容齋三筆》卷

十六）

會合聯句

《韻略》上聲二腫字險窄。予向作《汪莊敏銘》詩八十句，唯蕭敏中讀之，曰："押盡一韻。"今考之，猶有十字越用一董內韻。其詞曰："維天生材，萬彙傾竦。侯王將相，曾是有種？公家江東，世繹耕壟。桃黍之涘，是播是茲。孰丰厥培，藝此圭珙。公驪未奮，逸駕思駷。沈酣《春秋》，蹈迪周孔。徑策名第，稍辭渫瀆。橫經湘沅，士敬如捧。蓬萊方丈，佩飾有琫。應龍天飛，薈蔚雲㴋。千官在序，摩厲從臾。吾惟片言，借箸泉湧。正冠霜臺，過者卞悚。顏顏殿阤，聲氣不動。顯仁東樬，巫史呼洶。昌言一下，恩浹千冢。獯粥孔熾，邊戒毛氄。媵嬰當位，左掣右壅。公云當今，沸渭混澒。天威震耀，誰不憤踊。遂遷中司，西柄是董。出關啓斾，籌檄倥傯。業業荊襄，將懦曰拱。投袂電赴，如尊乃勇。鄧唐蔡陳，馳捷係踵。佛狸歸魗，民恃不恐。璽書賜朝，百揆參總。亞勳贊冊，國勢尊崶。督軍載西，寄責冞重。方規許洛，事援秦隴。符離罔功，奇畫膠拲。鈞樞建使，宰席尤寵。還臨西州，夾道歡擁。有衒未罋，病瘠且尰。曾不愁遣，使我心懵。湘湖高邱，草木蔚蓊。維水容裔，維山巃嵸。矢其銘詩，詞費以冗。奈何乎公，萬襁毋聳。"若韓、孟、籍、微《會合聯句》三十四韻，除□蛹二字《韻略》不收外，餘皆不出二腫中，雄奇激越，如大川洪河，不見涯涘，非瑣瑣潢汙行潦之水所可同語也。其詩曰："離別言無期，會合意冞重。病添兒女戀，老喪丈夫勇。劍心知未死，詩思猶孤聳。愁去劇箭飛，讙來若泉涌。析言多新貫，攄抱無昔壅。念難須勤追，悔易勿輕踵。吟巴山犖嶨，說楚波堆壠。馬辭虎豹怒，舟出蛟黿恐。狂鯨時孤軒，幽狖雜百種。瘴衣常腥膩，蠻器多疎冗。剝苔吊斑林，角飯餌沉塚。忽爾銜遠命，歸馭舞新寵。鬼窟脫幽妖，天居覿清拱。京遊步方振，謫夢意猶恟。《詩》、《書》誇舊知，酒食接新奉。嘉言寫清越，痟病失脁䐉。夏陰偶高庇，宵魂接虛擁。雪弦寂寂聽，茗盌纖纖捧。馳輝燭浮螢，幽響泄澌菶。詩老獨何心，江疾有餘尰。我家本澶穀，有地介皁壟。休跡憶沉冥，羧冠慚闌瀜。升朝高轡逸，振物羣聽悚。徒言濯幽泌，誰與薙荒茸。朝紳鬱青綠，馬飾曜珪珙。國讐未銷鑠，我志蕩卭隴。君才誠倜儻，時論方洶溶。格言多彪蔚，縣解無梏拲。張生得淵源，寒色拔山塚。堅如撞羣金，眇若抽獨蛹。伊余何所擬？跛鼈詎能踊。塊然墮岳石，飄爾冐巢氄。龍斾垂天衢，雲韶凝禁甬。君胡眠安然，朝皷聲洶洶。"其間或有纇句。然眾手立成，理如是也。（《容齋四筆》卷四）

698

王勃文章（節録）

王勃等四子之文，皆精切有本原。其用駢儷作記、序、碑碣，蓋一時體格如此，而後來頗議之。（《容齋四筆》卷五）

黄文江賦

晚唐士人作律賦，多以古事爲題，寓悲傷之旨，如吳融、徐寅諸人是也。黄滔字文江，亦以此擅名，有《明皇回駕經馬嵬坡》隔句云：“日慘風悲，到玉顏之死處；花愁露泣，認朱臉之啼痕。”“褒雲萬疊，斷腸新出於啼猿；秦樹千層，比翼不如於飛鳥。”“羽衛參差，擁翠華而不發；天顏愴恨，覺紅袖以難留。”“神仙表態，忽零落以無歸；雨露成波，已沾濡而不及。”“六馬歸秦，却經過於此地；九泉隔越，幾悽惻於平生。”《景陽井》云：“理昧納隍，處窮泉而詎得；誠乖馭朽，攀素綆以胡顏。”“青銅有恨，也從零落於秋風；碧浪無情，寧解流傳於夜壑。”“荒凉四面，花朝而不見朱顏；滴瀝千尋，雨夜而空啼碧溜。”“莫可追尋，玉樹之歌聲邈矣；最堪惆悵，金瓶之咽處依然。”《館娃宫》云：“花顏縹緲，欺樹裏之春風；銀熘熒煌，却城頭之曉色。”“恨留山鳥，啼百草之春紅；愁寄隴雲，鑮四天之暮碧。”“遺堵塵空，幾踐羣遊之鹿；滄洲月在，寧銷怒觸之濤？”《陳皇后因賦復寵》云：“已爲無雨之期，空懸夢寐；終自凌雲之製，能致煙霄。”《秋色》云：“空三楚之暮天，樓中歷歷；滿六朝之故地，草際悠悠。”《白日上昇》云：“較美古今，列子之乘風固劣；論功晝夜，姮娥之奔月非優。”凡此數十聯，皆研確有情致，若夫格律之卑，則自當時體如此耳。（《容齋四筆》卷七）

穆護歌

郭茂倩編次樂府詩《穆護歌》一篇，引《歷代歌辭》曰：“曲犯角。”其語曰：“玉管朝朝弄，清歌日日新。折花當驛路，寄與隴頭人。”黄魯直題《牧護歌》後云：“予嘗問人此歌，皆莫能説牧護之義。昔在巴、夔閲六年，問諸道人，亦莫能説。他日，船宿雲安野次，會其人祭神罷而飲福，坐客更起舞，而歌《木瓠》。其詞有云：‘聽説商人木瓠，四海五湖曾去。’中有數十句，皆叙賈人之樂。末云：‘一言爲報諸人，倒盡百瓶歸去。’繼有數人起舞，皆陳述己事，而始末略同。問其所以爲木瓠，蓋瓠曲木狀如瓠，擊之以爲歌舞之節耳。乃悟穆護蓋木瓠也。”據此説，則茂倩所序，爲不知本原云。且四句律詩，

如何便差排爲犯角曲，殊無意義。（《容齋四筆》卷八）

露布（節錄）

用兵獲勝，則上其功狀於朝，謂之露布。今博學宏詞科以爲一題，雖自魏、晉以來有之，然竟不知所出，唯劉勰《文心雕龍》云：“露布者，蓋露板不封，布諸觀聽也。”唐莊宗爲晉王時，擒滅劉守光，命掌書記王緘草露布，緘不知故事，書之於布，遣人曳之，爲議者所笑。然亦有所從來，魏高祖南伐，長史韓顯宗與齊戍將力戰，斬其裨將。高祖曰：“卿何爲不作露布？”對曰：“頃聞將軍王肅獲賊二三人，驢馬數匹，皆爲露布，私每哂之。近雖得摧醜虜，擒斬不多，脱復高曳長縑，虛張功捷，尤而效之，其罪彌甚。臣所以斂毫卷帛，解上而已。”以是而言，則用絹高懸久矣。（《容齋四筆》卷一〇）

經解之名

晉、唐至今，諸儒訓釋六經，否則自立佳名，蓋各以百數，其書曰傳、曰解、曰章句而已。若戰國迨漢，則其名簡雅。一曰故，故者，通其指義也。《書》有《夏侯解故》，《詩》有《魯故》、《后氏故》、《韓故》也。《毛詩故訓傳》，顔師古謂流俗改故訓傳爲詁，字失真耳。小學有杜林《蒼頡故》。二曰微，謂釋其微指。如《春秋》有《左氏微》、《鐸氏微》、《張氏微》、《虞卿微》。三曰通，如洼丹《易通論》名爲《洼君通》，班固《白虎通》、應劭《風俗通》、唐劉知幾《史通》、韓滉《春秋通》。凡此諸書，唯《白虎通》、《風俗通》僅有耳。又如鄭康成作《毛詩箋》，申明傳義，他書無用此字者。《論語》之學，但曰《齊論》、《魯論》、《張侯論》，後來皆不然也。（《容齋五筆》卷六）

東坡不隨人後（節錄）

自屈原詞賦假漁父、日者問答之後，後之作者，悉相模仿。司馬相如《子虛》、《上林》賦以子虛、烏有先生、亡是公，揚子雲《長楊賦》以翰林主人、子墨客卿，班孟堅《兩都賦》以西都賓、東都主人，張平子《二京賦》以憑虛公、安處先生，左太冲《三都賦》以西蜀公子、東吳王孫、魏國先生，皆改名換字，蹈襲一律，無復超然新意稍出於法度規矩者。（《容齋五筆》卷七）

《禮部韻略》非理

《禮部韻略》所分字，有絶不近人情者，如東之與冬，清之與青，至於隔韻不通用。而爲四聲切韻之學者，必强立説，然終爲非是。如撰字至列於上去三韻中，仍義訓不一。頃紹興二十年，省闈舉子兼經出《易簡天下之理得賦》，予爲參詳官，有點檢試卷官蜀士杜華云："簡字韻甚窄，若撰字必在所用，然惟撰述之撰乃可爾，若'雜物撰德'，'體天地之撰'，'異乎三子者之撰'，'欠伸，撰杖屨'之類，皆不可用。"予以白知舉，請揭榜示衆。何通遠諫議，初亦難之，予曰："倘舉場皆落韻，如何出手？"乃自書一榜。榜才出，八廂邏卒，以爲逐舉未嘗有此例，即録以報主者。士人滿簾前上請，予爲逐一剖析，然後退。又靜之與靚，其義一也，而以靜爲上聲，靚爲去聲。案《漢書》賈誼《鵩賦》"澹乎若深淵之靚"，顔師古注"靚與靜同"。《史記》正作靜。揚雄《甘泉賦》"暗暗靚深"，注云"靚即靜字耳"。今析入兩音，殊爲非理。予名雲竹莊之堂曰"賞靜"，取杜詩"賞靜憐雲竹"之句也。守僧居之，頻年三易，有道人指曰："靜字左傍乃爭字，以故不定疊。"於是撤去元扁，而改爲"靚"云。（《容齋五筆》卷八）

論韻書

隋陸法言爲《切韻》五卷，後有郭知玄等九人增加。唐孫愐有《唐韻》。今之《廣韻》，本朝景德、祥符重修。今人以三書爲一，或謂《廣韻》爲《唐韻》，非也。鶴山魏氏云："唐韻於二十八删、二十九山之後繼以三十先、三十一僊，今平聲分上下，以一先、二僊爲下平之首，不知先字蓋自真字而来。"愚考徐景安《樂書》，凡宫爲上平，商爲下平，角爲入，徵爲上，羽爲去，則唐時平聲已分上下矣。米元章云："五章之音，出於五行自然之理，沈隱侯只知回聲，求其宫聲不得，乃分平聲爲二。"然後魏江式曰："晉吕靜倣李登聲類之法，作《韻集》五卷，宫、商、角、徵、羽各爲一篇。"則韻分爲五，始於吕靜，非自沈約始也。約《答陸厥》曰："宫商之聲有五，文字之別累萬。以累萬之繁，配五聲之約，高下低昂，非思力所能學。"沈存中云："梵學入中國，其術漸密。"（《稗編》卷三十六）

洪邁言

貢舉令賦限三百六十字，論限五百字，今經義論策一道有至三千言，賦一篇幾六

百言，寸晷之下，唯務貪多，累牘連篇，何由精妙？宜俾各遵體，格以返渾淳。（《宋史》卷一百五十六《選舉二》引）

楚東酬倡序

次韻作詩，于古無有。春秋時，列國以百數，聘問相銜於道，拜賜告成，賁言葳事，周旋交際，蓋未嘗不賦詩，然所取正在《三百篇》中，初非抒意作也。蘇、李河梁之別，建安之七子，潘、陸、顏、何、陶、沈、二謝，洞庭瀟湘之闋，池草澄江之句，曲水斜川之集，聯翩迭出，重酬累贈。雙聲迭韻，浮音切響，法度森嚴，圓轉流麗，獨未聞以韻爲工者。高蜀州、嚴鄭公、韋近、郭受，來往杜少陵間，有唱必報，率不過和意而已。韓詩三百七十一，唯陸渾《山火》一篇曰次韻，而與孟東野變化上下者乃四之。十聯句中，使其以工韻爲勝，吾知其神施鬼設，百出而百不窮，磊瑰春容，靡紫青而撥膠葛也。自夢得、樂天、微之諸人，茲體稍出，極於東坡、山谷，以一吟一詠，轉相簡答，未嘗不次韻。妍詞秘思，因險見奇，搜羅捷出，爭先得之爲快。灟灟乎舟一葉而杭灧澦也，炭炭乎其索驪龍之睡也，盎盎乎朝華之舞春也，琅琅乎朱弦之三歎也，翼乎鵾鷃之夏秋空也，淵乎其色傾國也。詩至是極矣！（《餘師錄》卷四引）

乞糾舉子程文之弊奏

竊見近年舉子程文，流弊日甚，固嘗深軫宸慮。以臣僚建請，下之禮闈，蓋將訓齊士類，革去舊習。然漸漬以久，未能遽然化成。仰惟祖宗事實，載在國史，稽諸法令，不許私自傳習。而舉子左掠右取，不過采諸傳記雜說，以爲場屋之備。牽彊引用，類多訛舛，不擇重輕，雖非所當言，亦無忌避。其所自稱者，又悉變"愚"爲"吾"，或於述時事繼以"吾嘗聞之"、"吾以謂"等語。其間得占前列，皆塵睿覽，臣子之誼，尤非所宜。至其程文，則或失之支離，或墮於怪僻。考之令式，賦限三百六十字，論限五百字。今經義策論，一道有至三千言；賦散句之長者至十五六字，一篇計五六百言。寸晷之下，唯務貪多，累牘連篇，無由精好。所謂怪僻者，如曰"定見"、曰"力量"、曰"料想"、曰"分量"、曰"自某中來"、曰"定嚮"、曰"意見"、曰"形見"、曰"氣象"、曰"體統"、曰"錮心"及"心心有主，喙喙爭鳴"、"一蹴可到，手可致"之類，皆異端鄙俗文辭。止緣迂儒曲學，偶以中選，故遞相蹈襲，恬不知悟。臣等雖擇其甚者斥去不收，而滿場多然，拘於取人定數，不可勝黜。間有文理優長，真在高選者，亦未免有此疵病。乞以此章下國子監並諸州學官，揭示士人，使之自今以往一洗前弊，專讀經書史子。三場之文,各遵體格,其妄論祖宗與夫支離怪僻者,嚴加黜落。庶幾士氣一新,皆務實學。文理既正,傳示四方,足以爲將來矜式,上副明時長育成就之意。(《宋會要輯稿》選舉五之一〇引)

吳 儆

吳儆(1125—1183)原名吳偶,字恭父。避秀邸諱改今名,字益恭,號竹洲先生。宋休寧(今屬安徽)人。紹興進士。與兄俯講學授徒,合稱"江東二吳"。朱熹、張栻、呂祖謙等皆與之友善,張栻稱他"忠義果斷,緩急可仗。"工詩文。詞作不多,學蘇軾,較爲平實簡淡。著有《竹洲文集》二十卷。

本書資料據四庫全書本《竹洲集》。

答汪仁仲求撰墓誌書

古今士大夫之家所立碑誌,必先有行狀,然後求當世名士叙而書之,埋之墓中,謂之墓誌,爲陵谷遷變設也。既葬,復以誌銘之語,掇其大略,揭之墓道,三品以上謂之碑,餘碣若表。故必有行狀而後有墓誌,有墓誌而後有墓表。近世鄉中俚俗之禮,既無墓誌,又非墓表,只有大石一片,掩在槨口,便就石上鐫刻姓係事跡,或謂之墓記,或謂之墓表,或謂之墓碑。其名稱制度皆舛午不經,取笑識者。竊謂送終人子大事,誌表又送終之大事,若不合於禮,不若不爲。若欲必合於禮,周仲濟仲皆儒者,豈不知此? 慎之重之,勿輕以誘人也。

答吳益深書(節錄)

某嘗聞之,文之本源與其體製,猶天造地設,不可易也。(以上卷九)

陸 游

陸游(1125—1210)字務觀,號放翁。宋越州山陰(今浙江紹興)人。陸佃孫、陸宰子。陸游是宋代著名愛國主義詩人,他生活的時代正是江西詩派盛行之時,經歷了一個從學習江西詩派到擺脫江西詩派影響的創作歷程。陸游的文學創作以詩歌成就最大,被譽爲南宋"中興四大家"之一,今存詩九千三百餘首。他的詩歌創作經歷了三次較大變化。在入蜀以前，他宗杜甫，受江西詩派影響較大，雖窮極工巧，而仍歸雅正。入蜀以後，尤其是在漢中抗金前綫時期，其詩更加閎肆，自出機杼，盡其才而後止。這一時期的詩作，奠定了他在詩歌史上自成一家的地位。晚年閒居山陰，詩風漸造平淡，早年求工見好之意亦盡消除。陸游詩歌最突出的特點是充滿愛國憂民的激情，收復中原是他一生反復詠吟的主題。陸游的詩各體兼備，古體、近體、五言、七言，俱各擅長。陸游的詩歌由於數量巨大，因此在藝術上也有不足之處，有時用筆率意，疏於錘煉，故顯得句式重復，凝煉不足。陸游也擅長詞，詞風近似蘇軾的清曠超邁、辛棄疾的沉鬱蒼涼。他也有一些詞纖麗似秦觀。其《上辛給事書》、《澹齋居士詩序》等，則闡述了他對文學的獨到見解。著述甚豐，著有詩集《劍南詩稿》二十卷、《續稿》六十七卷。文集有《渭南文集》五十卷，最初刻於南宋嘉定時，今存五十卷、五十二卷本兩種版本。今人整理本有中華書局 1976 年出版的詩、文合集《陸游集》簡體字排印本，上海古籍出版社 1985 年出版的錢仲聯《劍南詩稿校注》。其詞集在宋代已有單刻本《放翁詞》一卷行世。另外他還著有《老學庵筆記》十卷、《入蜀記》四卷、《家世舊聞》二卷。

本書資料據四庫全書本《渭南文集》、《老學庵筆記》。

上辛給事書（節録）

君子之有文也，如日月之明，金石之聲，江海之濤瀾，虎豹之炳蔚，必有是實，乃有是文。夫心之所養，發而爲言，言之所發，比而成文，人之邪正，至觀其文則盡矣決矣，不可復隱矣。爝火不能爲日月之明，瓦金不能爲金石之聲，潢汙不能爲江海之濤瀾，犬羊不能爲虎豹之炳蔚，而或謂庸人能以浮眩世，烏有此理也哉？使誠有之，則所可眩者亦庸人耳。

某聞前輩以文知人，非必鉅篇大筆，苦心致力之詞也，殘章斷稿，憤譏戲笑，所以娛憂而舒悲者，皆足知之。甚至於郵傳之題詠，親戚之書牘，軍旅官府，倉猝之間，符檄書判，類皆可以洞見其人之心術才能，與夫平生窮達壽夭，前知逆決，毫芒不失。如對棋枰而指白黑，如觀人面而見其目衡鼻縱，不得思慮搜索而後得也，何其妙哉！故善觀晁錯者，不必待東市之誅然後知其刻深之殺身；善觀平津侯者，不必待淮南之謀然後知其阿諛之易與。方發策決科時，其平生事業已可望而知之矣。賢者之所養，動天地，開金石，其胸中之妙充實洋溢，而後發見於外，氣全力餘，中正閎博，是豈可容一毫之僞於其間哉？

704

答邢司戶書（節録）

科舉之文，固亦尊王而賤霸，推明六藝而誦説古今，雖小出入，要其歸亦何負於道哉？若言之而弗踐，區區於口耳而不自得於心，則非獨科舉之文爲無益也。近時頗有不利塲屋者，退而組織古語，剽裂奇字，大書深刻，以眩世俗。考其實更出科舉下遠甚，讀之使人面熱，足下謂此等果可言文章乎？尚不可欺僕輩，安能欺足下哉？故自科舉取士以來，如唐韓氏、柳氏，吾宋歐氏、王氏、蘇氏，以文章擅天下者，莫非科舉之士也。此無他，徒以在塲屋時苦心耗力，凡陳言淺説之可病者已知厭棄，如都市之玉工，珉玉雜治，積日既久，望而識之矣。一旦取荆山之璞以爲黄琮蒼璧，萬乘之寶珉其可復欺邪？凡今不利塲屋而名古之文者，往往多未嘗識珉者也，又安知玉哉？

答陸伯政上舍書

古聲不作久矣，所謂詩者遂成小技。詩者果可謂之小技乎？學不通天人，行不能無愧於俯仰，果可以言詩乎？僕紹興末在朝路，偶與同舍二三君至太一宫，聞中有高士齋，皆名山高逸之士，欣然訪之，則皆扃户出矣。徘徊老流水之間久之，一髫童負琴引鶴而來，風致甚高，吾輩相與言曰，不得見高士，得見此童亦足矣。及揖而問之，則曰今日董御藥生日，高士皆相率往獻香矣。吾輩遂一笑而去。今世之以詩自許者，大抵多太一高士之流也，不見笑於人幾希矣。而望其有陶淵明、杜子美之餘風、果可得乎？（以上《渭南文集》卷十三）

《長短句》序

雅正之樂微，乃有鄭、衛之音。鄭、衛雖變，然琴瑟笙磬猶在也。及變而爲燕之築，秦之缶，胡部之琵琶，箜篌，則又鄭、衛之變矣。《風》、《雅》、《頌》之後，爲騷、爲賦、爲曲、爲引、爲行、爲謡、爲歌。千餘年後，乃有倚聲製辭，起於唐之季世。則其變愈薄，可勝歎哉！予少時汩於世俗，頗有所爲，晚而悔之。然漁歌菱唱，猶不能止。今絶筆已數年，念舊作終不可掩，因書其首以識吾過。淳熙己酉炊熟日，放翁自序。（《渭南文集》卷十四）

《傅給事外制集》序（節録）

國家自崇寧來，大臣專權，政事號令不合天下心，卒以致亂。然積治已久，文風不衰，故人材彬彬，進士高第及以文辭進於朝者，亦多稱得人。祖宗之澤猶在，黨籍諸家爲時論所貶者，其文又自爲一體，精深雅健，追還唐元和之盛。及高皇帝中興，雖披荆棘，立朝廷，中朝人物，悉會於行在。雖中原未平，而詔令有承平風。

《陳長翁文集》序

漢之文章猶有六經餘味，及建武中興，禮樂法度粲然如西京時，惟文章頓衰。自班孟堅已不能望太史公之淳深，崔、蔡晚出，遂墜卑弱，識者累欷而已。我宋更靖康凩變之後，高皇帝受命中興，雖囏難顛沛，文章獨不少衰。得志者司詔令，垂金石，流落不偶者娯憂紓憤，發爲詩騷，視中原盛時，皆略可無媿，可謂盛矣。久而寖微，或以纖巧摘裂爲文，或以卑陋俚俗爲詩，後生或爲之變而不自知。方是時能居今行古，卓然傑立於頹波之外，如吾長翁者，豈易得哉？其子師文來乞予爲《長翁集序》，乃寓吾歎以慰其子。且以慰長翁於地下云。長翁，高郵陳氏，諱造字唐卿，嘉定二年三月丁巳渭南伯陸某務觀序。（以上《渭南文集》卷十五）

跋吕成尗《和東坡尖叉韻雪詩》（節録）

古詩有倡有和，有雜擬、追和之類，而無和韻者。唐始有之，而不盡同。有用韻者，謂同用此韻耳；後乃有依韻者，謂如首倡之韻，然不以次也；最後始有次韻，則一皆如其韻之次。自元、白至皮、陸，此體乃成，天下靡然從之。

跋《花間集》（節録）

唐自大中後，詩家日趨淺薄，其間傑出者亦不復有前輩閎妙渾厚之作，久而自厭。然梏於俗，尚不能拔出。會有倚聲作詞者，本欲酒間易曉，頗擺落故態，適與六朝跌宕，意氣差近，此集所載是也。故歷唐季、五代，詩愈卑而倚聲者輒簡古可愛。蓋天寶以後詩人常恨文不迨，大中以後詩衰而倚聲作，使諸人以其所長格力施於所短，則後世孰得而議？筆墨馳騁則一，能此不能彼，未易以理推也。（以上《渭南文集》卷三十）

跋《西崑酬唱集》

祥符中,嘗下詔禁文體浮豔,議者謂是時館中作《宣曲》詩。宣曲見《東方朔傳》。其詩盛傳都下,而劉楊方幸,或謂頗指宮掖。又二妃皆蜀人,詩中有"取酒臨邛遠"之句。賴天子愛才士,皆置而不問,獨下詔諷切而已。不然,亦殆哉!(《渭南文集》卷三十一)

老學庵筆記(節錄)

南朝詞人謂文爲筆,故《沈約傳》云:"謝玄暉善爲詩,任彥昇工於筆,約兼而有之。"又《庾肩吾傳》梁簡文與湘東王書論文章之弊曰:"詩既若此,筆又如之。"又曰:"謝朓、沈約之詩,任昉、陸倕之筆。"《任昉傳》又有"沈詩任筆"之語。老杜《寄賈至、嚴武詩》云:"賈筆論孤憤,嚴詩賦幾篇。"杜牧之亦云:"杜詩韓筆愁來讀,似倩麻姑癢處抓。"亦襲南朝語爾。往時諸晁謂詩爲詩筆,亦非也。(卷九)

周必大

周必大(1126—1204)字子充,一字洪道,號省齋居士,晚號平園老叟。謚文忠。宋廬陵(今江西吉安)人。紹興進士。博學,嘗校正《文苑英華》及《六一居士集》。工文章。陸游《文忠集序》稱其"落筆立論,傾動一座";徐誼《平園續稿序》稱其"連篇累牘,姿態橫出,千匯萬狀,不主故常";《履齋示兒編》卷八稱其表啟"字字破的,篇篇出奇"。四庫館臣稱:"必大以文章受知孝宗,其制命溫雅,文體昌博,爲南渡後臺閣之冠。考據亦極精審,歸然負一代重名。著作之富,自楊萬里、陸游以外,未有能及之者。"(《四庫全書·文忠集提要》)其詩喜次韻,喜用典,詩格淡雅。亦能詞,丁丙謂其"筆意華貴,迥殊豔褻之體"(《善本書室藏書志》卷四)。平生著述十餘種,開禧間由其子周綸仿《六一集》體例彙刻成《周文忠公大全集》二百卷、附錄五卷、年譜一卷。

本書資料據四庫全書本《文忠集》、道光二十八年刊本《玉堂類稿》。

王元勃洋右史集序(節錄)

東牟王公之文,吾能言之。以六經爲美材,以子史爲英華,旁取騷人墨客之辭潤澤之，猶以爲未也挾之，以剛大之氣行之乎忠信之塗，仕可屈身不可屈，食可餒道不可餒。如是者積有年，浩浩乎胸中，滔滔乎筆端矣。賦大禮則麗而法，傳死節則瞻而勁，銘記則高古粹美，奏議則切直忠厚，至於感今惜昔，登高望遠，憂思愉佚，摹寫戲笑，一皆寓之於詩，大篇短章，充溢箱篋。(《文忠集》卷二十)

跋王獻之保母墓碑

銘墓，三代已有之。薛尚功《鐘鼎款識》第十六卷載唐開元四年偃師耕者得比干墓銅槃，篆文云：“右林左泉，後岡前道。萬世之寧，茲焉是寶。”蓋古者範銅精巧，鏤以爲器，生死皆用。自漢錢幣益重，銅禁日嚴，工不宿業，於是陶土堅緻，與鐵石等。予得光武時梓潼扈君墓，先叙所歷之官，末云“千秋之宅”，模脱隸書而非鐫也。又有章帝時范君、謝君銘，以四字爲句。厥後銅雀之瓦遂可作硯，字亦隱起。以此知東漢誌墓初猶用，久方刻石。紹興中，予親見常州宜興邑中劚出靈帝時太尉許塚，有碑漫滅，惟前百餘字可讀，大略云云：夫人會稽山陰人，姓劉氏，太尉之婦也。任昉在梁撰《文章緣起》，乃謂誌墓始晉殷仲文。洪丞相适跋云：“世傳東漢墓碑皆大隸，疑昉時尚未露見。”其說良是。惜乎洪公不見漢也。由今論之，自銅易，自斲石，愈久愈簡便矣。嘉泰癸亥，故友四明沈煥叔晦之子省曾出示越上新拓《王獻之保母墓碑》，因詳記於後。十二月壬寅。(《文忠集》卷五十一)

高端叔《變離騷》序

《詩·國風》及秦不及楚，已而屈原《離騷》出焉，衍風、雅於《詩》亡之後，發乎情，主乎忠直，殆先王之遺澤也，謂之文章之祖，宜矣。厥後宋玉之《九辯》，王褒之《九懷》，劉向之《九歎》，王逸之《九思》，曹植之《九愁》、《九咏》，陸雲之《九愍》，皆《九章》、《九歌》之苗裔。自揚雄至劉勰，則或反或廣，或爲之辯，祖述摹倣，不可勝數。迄今本朝晁太史補之始重編《楚辭》十六卷，《續楚辭》二十卷，又上起荀卿，下逮王令，集《變離騷》二十卷，每篇之首各述其意，本根枝葉備于是矣。今高君元之復著《變離騷》九篇，其友南康周令大受刻而傳之，屬予一言。予觀晁氏所謂變者，言歷代每有所作，其則逾遠，如唐詩三變之變也。君蓋泝流求其源，由終復於初，如齊、魯一變之變也。二者文同而旨殊。君之上下序議論尤平正，既不溢美，亦不失實，愍奇志等，既續其詞，復循其義，非深於斯道能如是乎？(《文忠集》卷五十三)

708

《仲並文集》序（節錄）

夫文體衆矣。吟咏情性，莫重於詩；仕途應用，莫急牋啓。詩也者，造意深則辭或齟齬，次韻多則句或牽帥……其四六叙事雖閎肆，而關鍵宼密；對屬雖切，而非駢儷所能拘。最後《蘄州謝上表》，以古文就今體，自成一家，凡爲國撫民、據舊圖新之意，無愧前哲。（《文忠集》卷五十四）

《宋朝文鑒》序（節錄）

天啓藝祖，生知文武，取五代破碎之天下而混一之，崇雅黜浮，汲汲乎以垂世立教爲事。列聖相承。治出於一。援毫者知尊周、孔，游談者羞稱楊、墨，是以二百年間，英豪踵武。其大者固已羽翼六經，藻飾治具；而小者猶足以吟詠情性，自名一家。蓋建隆、雍熙之間其文偉，咸平、景德之際其文博，天聖、明道之辭古，熙寧、元祐之辭達。雖體製互興，源流間出，而氣全理正，其歸則同。嗟乎，此非唐之文也，非漢之文也，實我宋之文也，不其盛哉！皇帝陛下天縱將聖，如夫子焕乎文章，如帝堯萬幾餘暇，猶玩意於衆作，謂篇帙繁夥，難於徧覽，思擇有補治道者表而出之，乃詔著作郎吕祖謙發三舘四庫之所藏，裒緝紳故家之所録，斷自中興以前，彙次纂上。古賦、詩、騷則欲主文而譎諫，典、策、詔、誥則欲温厚而有體，奏、疏、表、章取其諒直而忠愛者，箴、銘、贊、頌取其精愨而詳明者。以至碑、記、論、序、書、啟、雜著，大率事辭稱者爲先，事勝辭則次之；文質備者爲先，質勝文則次之。復謂律賦、經義，國家取士之源，亦加采掇，略存一代之制，定爲一百五十卷。（《玉堂類稿》卷十）

楊萬里

楊萬里（1124—1206）字廷秀，號誠齋。謚文節。宋吉州吉水（今屬江西）人。紹興進士。纍官國子博士、太常博士、廣東提點刑獄、吏部員外郎等。一生力主抗金，以詩著名，與尤袤、范成大、陸游合稱南宋“中興四大詩人”。今存詩四千二百餘首，多抒發愛國情思之作，思想性和藝術性都相當高；也寫過一些反映百姓生活的詩，從不同角度表現出對農民艱難生活的同情。其詩初學江西詩派，重在字句韻律；五十歲以後詩風轉變，由師法前人到師法自然，形成獨具特色的誠齋體，講究所謂“活法”，善於捕捉稍縱即逝的情趣，語言幽默詼諧、平易淺近。所著《誠齋詩話》一卷，不專論詩，也有一些文論。其賦以《浯溪賦》、《海賦》爲有名，以意新文奇見許於周必大、岳珂、劉壎等人。其詞今存僅十五首，風格清新，富於情趣，類其詩。又精於《易》學，有《誠齋易傳》二十卷，以史證《易》，爲經學家非議。另有《誠齋集》一百三十三卷、《楊文節公詩集》四十二卷。

本書資料據四庫全書本《誠齋集》、《誠齋詩話》，豫章叢書本《誠齋策問》。

昔謝胡侍郎作先人墓銘啓（節録）

昌黎獨擅碑版之任，未免劉叉之譏；至東坡不作銘誌之辭，乃爲陳慥之傳。豈要人有賣文之生活，而匹士無點璧之埃塵，並韓之文而去，其貪踐蘇之戒，而兼其妙，是惟具美。（《誠齋集》卷五十）

答盧誼伯書（節録）

新作兩軸，盥病手，摩老眼，疾展快讀，所謂如行山陰道中，山川映發，使人應接不暇也。諸牋如《謝蔡卿薦書》者最佳，慘淡之味，剖劂之功，大抵神駿祖蘇氏，蕭散宗後山，非今所謂四六者也。至於古文，如《送蔡漕序》，其初論遠近等詞數行布置似韓，至中間數語，圜折反復，氣骨殊似半山老人也。雖咏之未幽，咀之未永，育之未就，然譬之學良庖者，一旦使之爲周人之蚳醢，魯人之藏韰，晉人之腊蹯，未必盡似也。而其風味小異，嘗者知其非族庖之所能，市脯之所有也。甚賀甚賀。

惟詩似未甚進，蓋體未宏放，句未鍛鍊，字未汰擇，借使一兩聯可觀，要之未可摘誦，令人洞心駭目也。如成敗蕭何等語，此不應收用，詩固有以俗爲雅，然亦須曾經前輩取鎔乃可因承爾。如李之耐可，杜之遮莫，唐人之裏許、若箇之類是也。昔唐人《寒食詩》有不敢用“錫”字，《重九詩》有不敢作“糕”字，半山老人不敢作《鄭花詩》，以俗爲雅，彼固未肯引里母田婦而坐之平王之子，衛侯之妻之列也。何也？彼固有所甚靳而不輕也。知下問文字之意甚誠且迫，故盡言無忌。足下能不督過否？不督過矣，能不芥蔕否？不芥蔕矣，能樂從否？

答徐廣書（節録）

文者文也，在《易》爲賁，在《禮》爲繢，譬之爲器，工師得木必解之以爲朴，削之以爲質，丹臒之以爲章，三物者具，斯曰器矣。有賤工焉，利其器之速就也，不削不丹不臆不解焉而已矣，號於市曰器莫吾之速也。速則速矣，於用奚施焉？時世之文將無類此，抑又有甚者。作文如作宫室，其式有四，曰門曰廡曰堂曰寢，缺其一，紊其二，崇庳之不倫，廣狹之不類，非宫室之式也。今則不然，作室之政不自梓人出，而雜然聽之於衆工。室則隘而廡有餘，門則納千駟而寢不可以置一席，室成而君子棄焉，庶民哂焉。

今其言曰文焉用式，在我而已，是廢宫室之式而求宫室之美也。抑又有甚者，作文如治兵，擇械不如擇卒，擇卒不如擇將爾。械鍛矣，授之羸卒，則如無械矣。卒精矣，授之妄校尉，則如無卒矣。千人之軍，其裨將二，其大將一。萬人之軍，其裨將十，其大將一。善用兵者以一令十，以十令萬，是故萬人一人也。雖然，猶有陳焉。今則不然，亂次以濟陣乎，驅市人而戰之，卒乎十羊九牧，將乎以此當筆陣之勍敵，不敗奚歸焉？藉第令一勝，所謂適有天幸耳。抑又甚者，西子之與惡人耳，目容貌均也，而西子與惡人異者，夫固有以異也。顧凱之曰傳神寫照，正在阿堵中；又曰頰上加三毛殊勝。得凱之論畫之意者，可與論文矣。今則不然，遠而望之，巍然九尺之幹；近而視之，神氣索如也，惡人而已乎。抑又有甚者，昔三老董公説高帝曰，仁不以勇，義不以力，惟文亦然。由前之説亦未離乎勇力邦域之中也，盍見董公而問之，問而得之，則送君者皆自崖而返矣。若夫前輩所謂古文者，某亦嘗耳剽而手追矣。顧足下方業科目者，固將有以合乎今之律度也。合乎今未必違乎古，合乎古未必不售於今，使足下合乎古而不售於今，足下何獲焉？分土炭無愛也，其他日之俟。（以上《誠齋集》卷六十六）

答萬安趙宰（節録）

《七發》自枚乘之後，惟張景陽之《七命》足以摩其壘而與之周旋，其餘作者皆自鄶以下者也。惟河東柳子負固賣勇，自倚其異書奇字，盤盤囷囷乎滿腹填膺，小決之於永、柳之諸記，答杜韋之諸書，而大注之於《弔屈》、《乞巧》之騷詞。然猶婪落文圃，而無厭懋遷、枚、張之號名，竊其七而增其一，以爲吾武陵虓祁冀北之間，雲詭電譎，風砰波湧奇怪，端欲拉枚、張而出其上。此文人之狡獪，姦黠之渠魁者歟。自本朝諸公，而枚乘此體無復嗣響，非不爲也，絶唱所在，不可爲也。

答建康府大軍庫監門徐達書（節録）

詩甚清新，第賦、興二體自已出者不加多，而賡和一體不加少，何也？大氐詩之作也，興上也，賦次也，賡和不得已也。我初無意於作是詩，而是物是事適然觸乎我，我之意亦適然感乎是物是事，觸先焉，感隨焉，而是詩出焉，我何與哉，天也，斯之謂興。

或屬意一花，或分題一草，指某物課一詠，立某題徵一篇，是已非天矣，然猶專乎我也，斯之謂賦。至於賡和，則孰觸之，孰感之，孰題之哉？人而已矣。出乎天猶懼戕乎天，專乎我猶懼强乎我，今牽乎人而已矣，尚冀其有一銖之天，一黍之我乎？蓋我未嘗覿是物，而逆追彼之覿，我不欲用是韻，而抑從彼之用，雖李、杜能之乎？而李、杜不爲也。是故李、杜之集無牽率之句，而元、白有和韻之作。詩至和韻而詩始大壞矣，故韓子蒼以和韻爲詩之大戒也。（以上《誠齋集》卷六十七）

袁機仲《通鑑本末》序（節錄）

予每讀《通鑑》之書，見其事之肇於斯，則惜其事之不竟於斯，蓋事以年隔，年以事析，遭其初莫繹其終，攬其終莫志其初，如山之崒，如海之茫，蓋編年繫日，其體然也，今讀子袁子此書，如生乎其時，親見乎其事，使人喜，使人悲，使人鼓舞未既而繼之以嘆且泣也。嗟乎，由周秦以來曰諸侯，曰大盜，曰女主，曰外戚，曰宦官，曰權臣，曰外裔，曰藩鎮，亦不一矣，而其源不一哉。蓋安史之亂則林甫之爲也。藩鎮之禍則令孜之爲也。其源不一哉？得其病之之源，則得其醫之之方矣，此書是也。有國者不可無此書，前有姦而不察，後有邪而不悟。學者不可以無此書，進有行而無徵，退有蓄而無宗，此書也，其入《通鑑》之户歟。雖然覿人之病，戚人之病，理人之病，得人之病，至於身之病不懵焉，不諱焉，不醫之距焉，不醫而繆其醫焉，古亦稀矣，彼闇而此昭宜也。切於人，紓於身，可哀也。夫子袁子名樞字機仲，其爲人也正物以己，正枉以直，有不可其意，憤怒見於色辭，蓋折而不靡，躓而不悔者。孔子曰剛毅木訥近仁子，袁子有焉。

雙桂老人詩集後序（節錄）

讀雙桂老人馮子長詩，其情麗奔絕處已優入江西宗派，至於慘澹深長則浸淫乎唐人矣。近世此道之盛者莫盛於江西，然知有江西者不知有唐人。或者左唐人以右江西，是不惟不知唐人，亦不可謂知江西者。雖然。不知唐人，猶知江西，江西之道亦復莫之知焉，是可歎也。斯道也，下之不足以決科，上之不足以速化，而詩人顧曰“不廢江湖萬古流”，其莫之知也則宜，又何歎乎！

《黄御史集》序（節錄）

詩至唐而盛，至晚唐而工，蓋當時以此設科而取士，士皆爭竭其心思而爲之，故其

712

工後無及焉。時之所尚而患無其才者非也，詩非文比也，必詩人爲之，如攻玉者必得玉工焉，使攻金之工代之琢則窳矣。而或者挾其深博之學，雄儁之文，於是鸒括其偉辭以爲詩，五七其句讀而平上其音節，夫豈非詩哉？至於晚唐之詩則癯而誹之曰，鍛鍊之工不如流出之自然也，誰敢違之乎？

陳晞顏和簡齋詩集序

古之詩倡必有賡，意焉而已矣，韻焉而已矣。非古也，自唐人元、白始也，然猶加少也。至吾宋蘇、黃倡一而十賡焉，然猶加少也。至於舉古人之全書而盡賡焉，如東坡之和陶是也，然猶加多也。蓋淵明之詩纔百餘篇爾。至有舉前人數百篇之詩而盡賡焉，如吾友敦復先生陳晞顏之於簡齋者，不既富矣乎？昔韓子蒼《答士友書》謂詩不可賡也，作詩則可矣。故蘇、黃賡韻之體不可學也，豈不以作焉者安，賡焉者勉故歟？不惟勉也，而又困焉。意流而韻止，韻所有意所無也，夫焉得而不困？今晞顏是詩賡乎人者也，而非賡乎人者也，寬乎其不逼也，暢乎其不塞也，然則子蒼之所艱，晞顏之所易。豈惟易子蒼之所艱，又將增和陶之所少也。大抵夷則遜，險則競，此文人之奇也，亦文人之病也，而詩人此病爲尤焉。惟其病之尤，故其奇之尤。蓋疾行於大逵，窮高於千仞之山，九繁之蹊，二者孰奇孰不奇也？然奇則奇矣，而詩人至於犯風雪，忘飢餓，竭一生之心思以與古人爭險以出奇，則亦可憐矣。然則險愈競，詩愈奇，詩愈奇，病癒痼矣。今是詩也，韻聽乎簡齋，而詞出乎晞顏，詞出乎晞顏而韻若未始聽乎簡齋者，不以其爭險故歟？使晞顏不與簡齋競於險以奪其奇，此其心必有所鬱於中而不快，而其詞必有所淳於蘊而不決也。然晞顏與簡齋爭言語之險以出其奇則韙矣，抑猶在癡黠之間乎？朂於詩而紓於仕，銳於追前輩而鈍於取世資，晞顏之點也衹其爲癡也，晞顏之癡也衹其爲賢也。晞顏此詩既成集矣，請序於滄菴先生胡公，而復誘某書其後。年月日，楊萬里序。

江西宗派詩序

江西宗派詩者，詩江西也，人非皆江西也。人非皆江西而詩曰江西者何？繫之也。繫之者何？以味不以形也。

東坡云"江瑤柱似荔子"，又云"杜詩似太史公書"，不惟當時聞者嘸然，陽應曰"諾"而已，今猶嘸然也。非嘸然者之罪也，舍風味而論形似，故應嘸然也，形焉而已矣。高子勉不似二謝，二謝不似三洪，三洪不似徐師川，師川不似陳後山，而況似山谷乎？味焉而已矣。酸鹹異和，山海異珍，而調膓之妙出乎一手也。似與不似，求之可也，遺之亦可也。

大抵公侯之家有閥閱，豈惟公侯哉，詩家亦然。褰人子崛起委巷，一旦紆以銀黃，纓以端委，視之，言公侯也，貌公侯也。公侯則公侯乎爾，遇王謝子弟，公侯乎？江西之詩，世俗之作，知味者當能別之矣。

昔者詩人之詩，其來遙遙也。然唐云李、杜，宋言蘇、黃，將四家之外舉無其人乎？門固有伐，業固有承也。雖然，四家者流，一其形二其味、二其味一其法者也。盍嘗觀夫列禦寇，楚靈均之所以行天下者乎？行地以輿，行波以舟，古也，而子列子獨禦風而行，十有五日而後反，彼其於舟車且烏乎待哉！然則舟車可廢乎？靈均則不然，飲蘭之露，餐菊之英，去食乎哉！芙蓉其裳，寶璐其佩，去飾乎哉！乘吾桂舟，駕吾玉車，去器乎哉！然朝閶風，夕不周，出入乎宇宙之間忽然耳，蓋有待乎舟車而未始有待乎舟車者也。今夫四家者流，蘇似李，黃似杜。蘇、李之詩，子列子之禦風也；杜、黃之詩，靈均之乘桂舟駕玉車也。無待者，神於詩者歟？有待而未嘗有待者，聖於詩者歟？嗟乎！離神與聖，蘇李、蘇李乎爾，杜黃、杜黃乎爾；合神與聖，蘇、李不杜、黃，杜、黃不蘇、李乎？然則詩可以易而言之哉！

秘閣修撰給事程公以一世儒先，厭直而帥江西，以政新民，以學賦政，如春而肅，如秋而燠，蓋二年如一日也。迨暇則把酒賦詩，以黼黻乎翼軫，而金玉乎落霞秋水。嘗試登滕王閣，望西山，俯章江，問雙井今無恙乎。因喟曰：「《江西宗派圖》，呂居仁所譜，而豫章自出也。而是派之鼻祖云仍，其詩往往放逸，非闕歟？」於是以謝幼槃之孫源所刻石本，自山谷外凡二十有五家，彙而刻之於學宮，將以興發西山章江之秀，激揚江西人物之美，鼓動騷人國風之盛。移書諗予曰：「子江西人也非乎？序斯文者不在子，其將焉在？」予三辭不獲，則以所聞書之篇首云。淳熙甲辰十月三日，廬陵楊萬里序。（以上《誠齋集》卷七十九）

誠齋《江湖集》序

予少作有詩千餘篇，至紹興壬午七月皆焚之，大概江西體也。今所存曰《江湖集》者，蓋學後山及半山及唐人者也。予嘗舉似舊詩數聯于友人尤延之，如「露窠蛛邺緯，風語燕懷春」，如「立岸風大壯，還舟燈小明」，如「疏星煜煜沙貫日，綠雲擾擾水無苔」，如「坐忘日月三杯酒，臥護江湖一釣船」，延之慨然曰：「焚之可惜。」予亦無甚悔也。然焚之者無甚悔，存之者亦未至於無悔。延之曰：「詩何必一體哉！此集存之亦奚悔焉？」舊所存者五百八十首，大兒長孺再得一百五十八首，於是並錄而序之云。同郡之士永新張德器婁求之不置，因以寄之。淳熙戊申九月晦日，誠齋野客楊萬里序。

西溪先生和陶詩序（節録）

悠然獨酌，取几上文書一編觀之，乃予亡友西溪先生和陶詩也，讀至《九日閒居》，淵明云：“塵爵恥虚罍，寒花徒自榮。”東坡和云：“鮮鮮霜菊艷，溜溜糟牀聲。”西溪和云：“境静人亦寂，觴至壺自傾。”則又喟然曰：四者難並之歎，今古如一丘之貉也。兒踶而請曰：“東坡、西溪之和陶孰似？”余曰：“小兒何用强知許事。淵明之詩，春之蘭，秋之菊，松上之風，澗下之水也；東坡以烹龍庖鳳之手，而飲木蘭之墜露，餐秋菊之落英者也；西溪操破琴鼓斷絃，以寫松風澗水者也。似與不似，余不得而知也。”（以上《誠齋集》卷八十一）

石湖先生大資參政范公文集序（節録）

甚矣，文之難也！長於臺閣之體者，或短於山林之味；諧於時世之嗜者，或離於古雅之風。牋奏與記序異曲，五七與百千不同調，非文之難，兼之者難也。至於公，訓誥具西漢之爾雅，賦篇有杜牧之之刻深，騷詞得楚人之幽婉，序山水則柳子厚，傳任俠則太史遷，至於大篇決流，短章歛芒，縟而不釀，縮而不窘，清新嫵麗奄有鮑謝，奔逸雋偉窮追太白，求其隻字之陳陳，一唱之嗚嗚而不可得也。（《誠齋集》卷八十三）

《誠齋詩話》（節録）

“問余何事栖碧山，笑而不答心自閒。桃花流水杳然去，别有天地非人間。”“相隨遥遥訪赤城，三十六曲水回縈。一溪初入千花明，萬壑度盡松風聲。”此李太白詩體也。“麒麟圖畫鴻雁行，紫極出入黄金印。”又：“白摧朽骨龍虎死，黑入太陰雷雨垂。”又：“指揮能事回天地，訓練强兵動鬼神。”又：“路經灧澦雙蓬鬢，天入滄浪一釣舟。”此杜子美詩體也。“明月易低人易散，歸人呼酒更愁看。”又：“當其下筆風雨快，筆所未到氣已吞。”又：“醉中不覺度千山，夜聞梅香失醉眠。”又《李白畫像》：“西望太極橫峩岷，眼高四海空無人。大兒汾陽中令君，小兒天台坐忘身。平生不識高將軍，手浣吾足乃敢嗔。”此東坡詩體也。“風光錯綜天經緯，草木文章帝機杼。”又：“澗松無心古鬖鬚，天球不琢中粹温。”又：“兒呼不蘇驢溲脚，猶恐醒來有新作。”此山谷體也。山谷詩去杜、蘇遠矣。

本朝制誥表啓用四六,自熙豐至今,此文愈盛。有一聯用兩處古人全語,而雅馴妥帖如已出者。介甫《賀册后妃表》:"關雎之求淑女,無險陂私謁之心;雞鳴之思賢妃,有警戒相成之道。"紹興間,劉美中除工部侍郎兼直學士院,吉水丞龔尹字正子以啓賀之:"技巧工拙精其能,自元成之間鮮能及;號令文章焕可述,雖詩書所稱何以加。"尹又《上湯丞相啓》云:"生民以來,未有盛於夫子;天下之士,豈復賢於周公。"後二語用韓退之《上宰相書》。中書舍人張安國知撫州,自撫移蘇,《謝上表》云:"雖自西徂東,周爰執事;然以小易大,是誠何心。"增"雖"、"然"二字,而兩州東西大小,乃甚的切。王履道《賀唐秘校及第啓》云:"得知千歲,上賴古書;作史一行,便廢此事。"前二語用淵明詩"得知千載外,正賴古人書",蔫去兩字。後二句用嵇康書"一行作史,此事便廢",而皆倒易二字。東坡《答士人啓》云:"愧無琴瑟旨酒,以樂我嘉賓;所喜直諒多聞,真古之益友。"此雖增損五六字而特圓美。至翟公巽《行麻制》云:"古我先王,惟圖任舊人共政;咸有一德,克左右厥辟宅師",則前二語熟而後二語突兀矣。四六有一聯而用四處古人語者。張欽夫《答一教官啓》云:"識其大者,豈誦説云乎哉!何以告之?曰仁義而已矣。"四人語乃如一人語。王履道《行余深少宰制》云:"仰惟前代,守文爲難,相我受民,非賢不乂。"其意亦貫。

或問:"何謂雙聲叠韻?"曰:"行穿詰曲嶔嶇路,又聽鉤輈格磔聲。"上句叠韻,下句雙聲也。"何謂蜂腰鶴膝?"曰:"詞源倒流三峽水,筆陣獨埽千人軍。""無邊落木蕭蕭下,不盡長江滾滾來。"前一聯蜂腰,後一聯鶴膝也。

問太平歌頌

太平有形容不若無形容,太平有歌頌不若無歌頌。昔者《典》、《謨》之書無豐年,而麟經有豐年;鄒、魯無文士,而錦城多文士;夫子宰中都無治聲,而卓魯有治聲。豈列國兄于堯舜,洙泗弟于巴蜀,而二子賢於將聖耶?大抵質極美則無華,實不足則有名。不有所短,誰稱其長?不有所拙,誰稱其工?以豐年稱者,豐年之衰也;以文士稱者,文士之衰也;以治聲顯者,治道之衰也。嗚呼!太平可形容,其太平之衰乎;天下而有歌頌,其歌頌之衰乎!

陶唐氏、有虞氏其君何君,其相何相,其功德何功德,窮天下之筆舌,寫萬一之形容,金石絲竹之宜也,歌頌在何許乎?以成功則無名,以帝力則不知,雖謠康衢、歌明良,然其辭不過出於兒童之戲語,與夫臣下之賡唱而已;其事不過"不識不知",與夫"庶事康哉"而已。堯之爲堯,舜之爲舜,卒不可及也。其辭朴而野,古而真,初無後之文人才子筆挾風雨、辭泣鬼神之手也,烏有分寸佞舌哉!故唐虞爲唐虞,自夏迄周,名稱日盛，聲譽益著。文王有二《南》，而歌頌始拱把矣；成王有《雅》、《頌》，而歌頌始尋丈矣。然其作之者誰乎？周公乎，召公乎，抑閎散、畢公乎？不過聲乎林謠野詠之口，而播乎瞽矇之樂乎。其言簡，其事信，多不逾百言，寡不過十數語，而其大概又不出乎述閨門之雍睦，郊廟之莊肅而已。《關雎》、《鵲巢》無他語也，《清廟》、《既醉》無他詞也，取而讀之，氣象何如哉！然仰觀唐虞之質已少間矣，故三代爲三代。

粵自唐虞蓬蒿，三代邱墟，天下無學校，而魯人有學校，是以有《泮水》之頌；天下無賢君臣，而魯有賢君臣，是以有《有駜》之頌。至於復一宮宇，修一馬政，此細事也，魯人則又頌；克淮夷，服荊舒，荒徐宅，僖公未始有是事也，而魯人則又頌。誇奢豔侈，動千百言。青黃腐株，丹艧糞牆，非不足詆俗目也，如質何！孔筆不鑱，非予之也，傷之也。嗚呼，歌頌於是乎病矣！

漢唐之後，新音益淫，古風不歸。若王褒聖賢之頌，若元結湘崖之碑，若韓愈之聖德詩，柳宗元之淮夷頌，彼其𣬈穎涸硯、鑴肝剔肺非不勤也，珩珮其聲、黼黻其態非不麗也。頌其君則勳華兩出，頌其相則契夒復生，頌聖德則天寬地容，頌治效則海澄河清，頌文物則緟典星爛，頌威武則雷轟電掣。鏗鈞焜燿，讀之使人目動膽懼，齒蜜口膽，真若可以培塿二帝，而拳石三王也。然究其所歸，類皆言有浮於實，質有愧于文，識者觀之，博一笑耳。嗚呼，歌頌於是病甚矣！

夫高厚不可繪，而細微易以描；溟渤不可探，而沼沚易以測。知此，則知有歌頌者，孰若無歌頌之爲神？椒漿桂酒之味出，而大羹之風絕；錦帆鳳楫之舟起，而刳木之制亡。知此，則知歌頌出於文人才子者，孰若出於匹夫匹婦之爲得？古今之醇醨，治道之玉石，明眼者當自知之，今日之盛，其何得而歌頌耶？一氣默運，太虛無爲，天下皆知吾君之聖，而不知所以聖。手扶日月，足履星漢，天下皆知吾相之賢，而不知所以賢。狉犴綠草，俎豆春風，弓矢積武庫之塵，老稚鋤桑麻之影，天下皆知太平之冠古，而不知所以太平。執事下詢，尚以歌頌未作爲問，嗚呼，不言之化，無聲之詩，正在今日也。雖使十韓愈、五曼卿，芝房寶鼎之筆，黃鳥碧雉之辨，愚知其不能獻巧於今日矣。

昔齊景公問于子貢曰："仲尼之賢奚若？"對曰："今謂天高，愚智皆知；其高幾何，皆曰不知也。仲尼之賢，賜不知也。"趙簡子問于子貢曰："孔子何如？"對曰："賜譬渴者飲江河，知足而已。孔子猶江河也，賜奚足以知之？"吾君吾相之治，即得位之夫子也，天下安得知之哉！知之且不能，安能歌頌而形容之哉！雖然，太陽之照雖不求葵藿之傾，而葵藿自傾；和氣之至雖不求倉鶊之鳴，而倉鶊自鳴。今日之治雖不可得而歌頌，然臣子報上之心不能自已。玉堂鴻筆，鸞臺宿學，必欲收拾宇宙之和氣，發露古人之所未有，亦《天保》歸美之義也，然孰若忘言以報上哉！（《誠齋策問》卷上）

周　辉

　　周辉(1127—?)字昭禮，宋人。《四庫全書總目》稱其爲周邦彦子。《叢書集成初編》或疑爲周邦之子。自幼隨父行役各地，晚年定居杭州清波門之南，往來湖山間，把酒賦詩，自得其樂，終生未仕。所著《清波雜誌》，是宋代較爲重要的筆記，多記宋代典章制度，名流、文人逸事，保存了不少宋人佚詩佚文，可補史傳之闕，證他書之誤。另著有《梅史》三十卷、《北轅錄》一卷，已佚。

　　本書資料據四庫全書本《清波雜誌》。

《清波雜誌》(節錄)

　　紹興辛酉，輝隨侍之鄱陽。至南康揚瀾左蠡，失舟，老幼僅以身免。小泊沙際，俟易舟。信步至山椒一寺，軒名重湖，梁間一木牌，老僧指似："是乃蘇内翰留題。"登榻觀之，即"八月渡重湖，蕭條萬象疏。秋風片帆急，暮靄一山孤。許國心猶在，康時術已虛。岷峨千萬里，投老得歸無"詩也。漫漶，尚可讀。僧云以所處深險，人跡不到，故留至今。然律詩而用兩韻，叩於能詩者，曰："詩格不一，如李誠之《送唐子方》亦兩押'山、''難'字韻，政不必拘也。"而坡《岐亭詩》凡二十六句，而押六韻，或云無此格。韓退之有《雜詩》一篇，二十六句，押六韻。(卷二)

　　昭慈聖獻上賓，庭臣進輓歌辭，莫不紀垂箔事。一詩云"飲馬驅驕敵，飛龍紀建炎。艱危三改歲，倉卒兩垂簾"云云，乃中書舍人林遹詞也，一時傳誦。挽詩自古皆五言，至嘉祐末方有七言者。(卷三)

　　司馬遷文章所以奇者，能以少爲多、以多爲少，唯唐陸宣公得遷文體。蘇子容謂公云。

　　爲文之體，意不貴異而貴新，事不貴僻而貴當，語不貴古而貴淳，事不貴怪而貴奇。宋元獻公序云。(以上卷五)

員興宗

　　員興宗(? —1170)字顯道，號九華子。宋陵州(今四川仁壽)人。紹興進士。纍官校書郎、國史編修、著作佐郎、兼實錄院檢討官等。後以抗疏言事去職，主管台州崇道觀。興宗以政事文章見稱於時，李心傳謂其文"高古簡嚴，惟陳言之務去，極其所就，必欲至杜、韓而後止”(《九華集序》)。《四庫全書總目》卷一六〇亦謂其學問淹雅，“文力追韓、柳，不無錘煉過甚之弊，然骨力峭勁，要無南渡以後冗長蕪蔓之習”，其奏議“大抵毅然抗論，指陳時弊，多引繩批根之言”。其詩歌清新平易，兼備衆體，如《賀雨》、《歌兩淮》、《永嘉水》諸篇，隨事而作，表現出對民生疾苦的關切之情。著有《九華集》五十卷，原集已佚，清四庫館臣自《永樂大典》輯出詩文，重編爲二十五卷。

本書資料據四庫全書本《九華集》。

策問二道（節録）

問：史有十類，曰偏記，曰小録，曰逸事，曰瑣言，曰羣書，曰家史，曰別傳，曰雜記，曰紀書，曰都邑簿。如山陽公之《記》、蒯氏之《雋永》、姚公《略》、陸賈《新語》，此偏記者也。蕭氏《懷舊志》、盧子《知己傳》、戴逵《竹林》之書、漢末《英雄》之記，此小録者也。顧協之《瑣語》、謝綽之《拾遺》、和嶠之《紀年》、葛洪之《雜記》，此所以竄夫逸事而勿敢逸者也。《世説》，説晉臣之世也。林，衆也，謂之《語林》，記衆語也；藪，聚也，謂之《談藪》，此瑣言之可尚而不敢遺者也。其次爲羣書，不徒目也。紀益部曰《益部耆舊》，紀汝南曰《汝南先賢》，紀會稽曰《會稽》，非故私之也，亦不忘本也。其次爲家史，譜其家者也，揚雄之《家牒》、商恭之《世傳》、孫氏之《譜紀》、陸家之《係曆》，非竊是名也，所以重祖也。若夫別傳、雜記之類，以次皆有法式，自時作之，更唱迭和，不可謂無統主者也。（卷八）

陳　騤

陳騤(1128—1203)字叔進。謚文簡。宋台州臨海(今屬浙江)人。紹興進士。累官至同知樞密院事，兼參知政事。陳時政得失，頗能切中時弊。喜獎掖後進，能破格用人。葉適稱其“文詞古雅，不名一體。間出新意奇句，讀輒驚人”(《觀文殿學士知樞密院事陳公文集序》)。熟悉前代掌故和當時規章法令。辭官後，獨居一室，孜孜不倦，整理舊著。著有《中興館閣録》十卷、《中興館閣書目》七十卷、《文則》二卷。所著《文則》專論文章體式，《四庫全書總目》卷一九五謂其“大旨皆準經以立制，其不使人根據訓典，熔精理以立言，而徒較量於文字之增減，未免逐末而遺本”，是我國歷史上第一部修辭學專著，標誌着古代修辭學的建立。

本書資料據四庫全書本《文則》。

《文則》(節録)

六經之道,既曰同歸;六經之文,容無異體。故《易》文似《詩》,《詩》文似《書》,《書》文似《禮》。《中孚》九二曰:"鳴鶴在陰,其子和之;我有好爵,吾與爾靡之。"使入《詩·雅》,孰別《爻辭》?《抑》二章曰:"其在于今,興迷亂于政,顛覆厥德,荒湛於酒,汝雖湛樂,從弗念厥紹,罔敷求先王,克共明刑。"使入《書·誥》,孰別《雅》語?《顧命》曰:"牖間南嚮,敷重篾席,黼純,華玉仍几;西序東嚮,敷重底席,綴純,文貝仍几;東序西嚮,敷重豐席,畫純,雕玉仍几;西夾南嚮,敷重筍席,玄紛純,漆仍几。"使入《春官·司几筵》,孰別《命》語?

夫樂奏而不和,樂不可聞;文作而不協,文不可誦。文協尚矣,是以古人之文,發於自然,其協也亦自然。後世之文,出於有意,其協也亦有意。《書》曰:"任賢勿貳,去邪勿疑,疑謀勿成,百志惟熙。"《易》曰:"乾剛坤柔,比樂師憂,臨觀之義,或與或求。"《禮記》曰:"元酒在室,醴醆在户,粢醍在堂,澄酒在下;陳其犧牲,備其鼎俎,列其琴瑟,管磬鐘鼓;脩其祝嘏,以降上神,與其先祖,以正君臣,以篤父子,以睦兄弟,以齊上下,夫婦有所,是謂承天之祜。"若此等語,自然協也。《書》曰:"無偏無黨,王道蕩蕩;無黨無偏,王道平平。"《詩》曰:"不明爾德,時無背無側;爾德不明,以無陪無卿。"二者皆倒上句,又協之一體。揚雄《法言》曰:"堯舜之道皇兮,夏殷周之道將兮,而以延其光兮。"讀之雖協,而《典》、《誥》之氣索然矣。

大抵文士題命篇章,悉有所本。自孔子爲《書》作序,孔子《書序》,總爲一篇,孔安國各分繫之篇目。文遂有序;自孔子爲《易》説卦,文遂有説;柳宗元《天説》之類。自有《曾子問》、《哀公問》之類,文遂有問;屈原《天問》之類。自有《考工記》、《學記》之類,文遂有記;自有《經解》、《王言解》之類,《王言解》見《家語》。文遂有解;韓愈《進學解》之類。自有《辯政》、《辯物》之類,二辯見《家語》。文遂有辯;宋玉《九辯》之類。自有《樂論》、《禮論》之類,二論見《荀子》。文遂有論;賈誼《過秦論》之類。自有《大傳》、《間傳》之類,二傳見《禮記》。文遂有傳。(以上卷上)

春秋之時,王道雖微,文風未殄。森羅辭翰,備括規摹。考諸《左氏》,摘其英華,別爲八體,各繫本文:一曰命婉而當,《尚書》有命八篇。二曰誓謹而嚴,《尚書》有誓八篇。三曰盟約而信,四曰禱切而愨,《尚書·武成》有武王伐紂禱辭,自"惟有道曾孫發"至"無作神羞",是其文也。五曰諫和而直,六曰讓辨而正,七曰書達而法,八曰對美而敏。作者觀之,庶知古人之大全也。

命: 周靈王命齊靈公。如周襄王命晉重耳,其體亦可法。王曰:"昔伯舅太公,右我先王,股肱周室，師保萬民，世胙太師，以表東海，王室之不懷，繄伯舅是賴。今予命女環，茲率舅氏之典，纂乃祖考，無忝乃舊。敬之哉，無廢朕命！"

誓：趙簡子誓伐鄭，誓曰："范氏中行氏，反易天明，斬艾百姓，欲擅晋國，而滅其君，寡君恃鄭而保焉。今鄭爲不道，棄君助臣。二三子順天明，從君命，經德義，除詬恥，在此行也。克敵者，上大夫受縣，下大夫受郡，士田十萬，庶人工商遂，人臣隸圉免。志父無罪，君實圖之。若其有罪，絞縊以戮，桐棺三寸，不設屬辟，素車樸馬，無入于兆，下卿之罰也。"

盟：亳城之盟。如《孟子》載葵丘盟辭，觀《三傳》則詳略異同，今所不取。載書曰："凡我同盟，毋薀年，毋壅利，毋保姦，毋留慝，救災患，恤禍亂，同好惡，獎王室。或間茲命，司慎司盟，名山名川，羣神羣祀，先王先公，七姓十二國之祖，明神殛之，俾失其民，隊命亡氏，踣其國家。"

禱：衛蒯瞶禱于鐵。荀偃禱河，其體亦法此。禱曰："曾孫蒯瞶，敢昭告皇祖文王，烈祖康叔，文祖襄公：鄭勝亂從，晋午在難，不能治亂，使鞅討之。蒯瞶不敢自佚，備持矛焉。敢告無絕筋，無折骨，無面傷，以集大事，無作三祖羞。大命不敢請，佩玉不敢愛。"

諫：臧哀伯諫魯威公納鼎。諫文多矣，今取此爲體。諫曰："君人者，將昭德塞違，以臨照百官，猶懼或失之，故昭令德以示子孫。是以清廟茅屋，大路越席，大羹不致，粢食不鑿，昭其儉也；袞冕黻珽，帶裳幅舄，衡紞紘綖，昭其度也；藻率鞞鞛，鞶厲游纓，昭其數也；火龍黼黻，昭其文也；五色比象，昭其物也；鍚鸞和鈴，昭其聲也；三辰旂旗，昭其明也。夫德儉而有度，登降有數，文物以紀之，聲明以發之，以臨照百官，百官於是乎戒懼，而不敢易紀律。今滅德立違，而寘其賂器於太廟，以明示百官，百官象之，其又何誅焉？國家之敗，由官邪也，官之失德，寵賂章也。郜鼎在廟，章孰甚焉？武王克商，遷九鼎于雒邑，義士猶或非之。而況將昭違亂之賂器於太廟，其若之何！"

讓：責也。周詹威伯責晋率陰戎伐潁。辭曰："我自夏以后稷，魏、駘、芮、岐、畢，吾西土也。及武王克商，蒲、姑、商、奄，吾東土也。巴、濮、楚、鄧，吾南土也。肅、慎、燕、亳，吾北土也。吾何邇封之有？文、武、成、康之建母弟，以蕃屏周，亦其廢隊是爲，豈如弁髦，而因以敝之。先王居檮杌于四裔，以禦魑魅，故允姓之姦，居于瓜州。伯父惠公歸自秦，而誘以來，使偪我諸姬，入我郊甸，戎焉取之？戎有中國，誰之咎也？后稷封殖天下，今戎制之，不亦難乎？伯父圖之。我在伯父，猶衣服之有冠冕，水木之有本源，民人之有謀主也；伯父若裂冠毀冕，拔本塞源，專棄謀主，雖戎狄其何有余一人。"

書：晋叔向詒鄭子産鑄刑書書。子産與范宣子書，其體與法可。書曰："始吾有虞於子，今則已矣。昔先王議事以制，不爲刑辟，懼民之有爭心也，猶不可禁禦。是故閑之以義，糾之以政，行之以禮，守之以信，奉之以仁，制爲禄位，以勸其從，嚴斷刑罰，以威其淫。懼其末也，故誨之以忠，聳之以行，教之以務，使之以和，臨之以敬，涖之以彊，斷之以剛。猶求聖哲之上，明察之官，忠信之長，慈惠之師。民於是乎可任使也，而不生禍亂。民知有辟，則不忌於上，並有爭心，以徵於書，而徼幸以成之，弗可爲矣。夏有亂政，而作《禹刑》；商有亂政，而作《湯刑》；周有亂政，而作《九刑》：三辟之興，皆叔世也。今吾子相鄭國，作封洫，立謗政，制參辟，鑄刑書，將以靖民，不亦難乎？《詩》曰：'儀式刑文王之德，日靖四方。'又曰：'儀刑文王，萬邦作孚。'如是，何辟之有？民知爭端矣，將棄禮而徵於書，錐刀之末，將盡爭之，亂獄滋豐，賄賂並行，終子之世，鄭其敗乎！肸聞之，國將亡，必多制。其此之謂乎？"

對：鄭子產對晉人問陳罪。對文多矣，今取此爲體。對曰："昔虞閼父爲周陶正，以服事我先王。我先王賴其利器用也，與其神明之後也，庸以元女大姬配胡公，而封諸陳，以備三恪。則我周之自出，至于今是賴。桓公之亂，蔡人欲立其出，我先君莊公奉五父而立之，蔡人殺之，我又與蔡人奉戴厲公，至於莊宣皆我之自立。夏氏之亂，成公播蕩，又我之自入。君所知也。今陳忘周之大德，蔑我大惠，棄我姻親，介恃楚衆，以憑陵我敝邑，不可億逞，我是以有往年之告。未獲成命，則有我東門之役。當陳隧者，井堙木刊。敝邑大懼不競，而耻大姬，天誘其衷，啓敝邑心，陳知其罪，授首于我，用敢獻功"云云。

盤庚之戒，"無伏"攸箴；宣王之詩，"庭燎"因箴：箴之爲名，見於經矣。在昔周武，辛甲爲史，爰命百官，各箴王闕，故虞人之箴，魏絳獨有取焉。今採其文，以備箴體。

益贊于禹，贊起遠矣。後世史官，紀傳有贊，以擬詩體，非古法也。今采《書》文，以備贊體。

銘文之作，初無定體，量人《量銘》，乃類《詩·雅》。孔悝《鼎銘》，無異《書·命》；成湯《盤銘》，考父《鼎銘》，體又別矣。四體俱采，古法備焉。

《賡載之歌》，既焕虞謨；《五子之歌》，又昭夏訓。作者蔚起，各自爲體。孔子消搖，接輿佯狂，歌詞玉振，鮮其儷哉。特取二歌，餘在所略。

歌之流也，又別爲三：一曰謠，二曰謳，齊歌曰謳，獨歌曰謠。三曰誦。周謠《鸛鷞》，晉謠《龍鵤》；城者築者，所謳不同；國人輿人，其誦亦異。雖皆芻詞，猶可觀法，備見《左氏》，采其尤乎。

祭有祝嘏，死有誄謚，周公之制備矣。祝嘏尚欽，誄謚宜實。考諸禮籍，有士虞祭祝辭、貞惠文子謚辭，實作者之儀表也。今取之。

唐虞三代，君臣之間，告戒答問之言，雍容温潤，自然成文。降及春秋，名卿才大夫，尤重詞命，婉麗華藻，咸有古義。秦、漢而来，上之詔命，皆出親製。是故第五倫見光

722

武韶書，歎曰："此聖王也，一見決矣。"自後不然，凡有王言，悉責成臣下，而臣下又自有章表。是以束帶立朝之士，相尚博洽，肆其筆端，徒盈篇牘，甚至於駢儷其文，俳諧其語，所謂代言，與夫奏上之體，俱失之矣。（以上卷下）

項安世

項安世（1129—1208）字平甫，一作平父，號平庵，又號江陵病叟。宋括蒼（今浙江麗水）人，徙居江陵（今屬湖北）。七歲能賦詩。曾與朱熹相與講理義之學。淳熙進士。累遷校書郎，上疏請寧宗省養兵及官掖之費，以厚民生、壯國力。慶元黨禁起，上書請留朱熹，被劾爲"僞黨"罷廢。開禧北伐，起知鄂州，旋除湖廣總領、權京湖宣撫使。後因事免官。其詩有聲當世，多與孫應時、姜夔等人唱和。其文存世不多，以奏議見長。好《易》，主程頤之説，兼雜象數。著有《周易玩辭》、《項氏家説》、《平庵悔稿》。

本書資料據四庫全書本《項氏家説》。

詩　賦

嘗讀漢人之賦，鋪張閎麗，唐至於本朝，未有及者。蓋自唐以後，文士之才力，盡用於詩。如李、杜之歌行，元、白之唱和，序事叢蔚，寫物雄麗，小者十餘韻，大者百餘韻，皆用賦體作詩，此亦漢人之所未有也。予嘗謂賈誼之《過秦》，陸機之《辯亡》，皆賦體也。大抵屈、宋以前，以賦爲文。莊周、荀卿子二書，體義聲律，下句用字，無非賦者。自屈、宋以後爲賦，而二漢特盛，遂不可加。唐至於宋朝，復變爲詩，皆賦之變體也。（卷八）

李　洪

李洪（1129—？）字子大，一字可大，號芸庵。宋揚州（今屬江蘇）人，寓居海鹽，又寓湖州。紹興二十五年（1155），監鹽官縣税。乾道初，入朝爲官。曾知藤州、温州。與弟漳、泳、溎、潚合著《李氏花萼集》五卷，又有《芸庵類稿》二十卷，均佚。清四庫館臣據《永樂大典》輯爲六卷本《芸庵類稿》。其詩神思清超，時露警秀，七言律詩尤爲工穩。詞僅存十一首，大抵詠物及期歸之作，偶有佳句。

本書資料據四庫全書本《芸庵類稿》。

《槐林集》序（節録）

　　詩於文章爲一體，必欲律嚴而意遠，模寫物狀，吟詠情性，象外之象，境外之境，昔人謂如藍田日暖，良玉生煙，可望而不可置於眉睫之前，其難如是！前輩用心之專，終身不以爲易。繇建安至六朝，莫盛於唐，三百年間，作者衆多，傳於今尚百家，而言詩者必以李、杜爲宗，豈非專于所長乃能名家耶？皇朝之初，時尚崑體，自歐陽公、王文公起，而一變怪澀爲清圓。蘇、黄繼鳴，四方風化，句法乃復於古。（卷六）

朱　熹

　　朱熹（1130—1200）字元晦，一字仲晦，號晦庵、晦翁、雲谷老人。宋徽州婺源（今屬江西）人，生於南劍州尤溪（今屬福建），徙居建陽崇安（今福建武夷山市），晚年徙居考亭，學者稱考亭先生。紹興十八年（1148）進士。嘉定二年（1209），追諡文。紹定三年（1230），封徽國公。淳祐元年（1241），從祀孔廟。元惠宗至正二十二年，改封齊國公。

　　朱熹是南宋著名的理學家和教育家，閩學派的代表人物，世稱朱子，是孔子、孟子以後影響最大的儒學大師，又是宋朝理學的集大成者。他繼承了北宋時期程顥、程頤的理學，融通佛、道，構建了龐大的哲學體系，歷宋、元、明、清，長期被奉爲正統思想，影響波及朝鮮、日本，成爲中國封建社會後期影響最大的思想家。朱熹學識淵博，對經學、史學、文學、樂律、文獻整理、校讎、訓詁、音韻乃至自然科學都有研究，貢獻巨大。其詞作語言秀正，風格俊朗，無濃豔或堆砌典故之病，不少作品的用語都經過斟酌推敲，比較講究，但稍覺意境理性有餘，感性不足。善作詩，《春日》和《觀書有感》是他最膾炙人口的作品。亦善書法，名重一時。著述甚豐，影響較大者，有《四書章句集注》、《詩集傳》、《資治通鑑綱目》、《名臣言行録》、《楚辭集註》、《昌黎先生集考異》等。後人所輯《朱子語類》一百四十卷，以口語化文體評經論道，涉及面很廣，爲研究古代哲學、文學、語言學等提供了重要資料。朱熹文集在生前即已刊行，現存最早的爲淳熙末年所刊《晦庵先生文集》前集二十一卷、後集十八卷（現存於臺灣故宮博物院），又有寧宗時刻本《晦庵先生文集》一百卷，咸淳元年建安書院刻《晦庵先生朱文公文集》一百卷、續集十一卷、別集十卷，《四部叢刊》影印明嘉靖十一年刻本。此外有明正德十六年刻《晦庵先生朱子詩集》十三卷、清康熙間洪力行編《朱子可聞詩集》五卷、明唐順之選輯《朱文公全集》十五卷、吳訥選《晦庵文抄》六卷等。另有《晦庵詞》一卷，收入

724

《宋元名家詞》。

本書資料據四庫全書本《晦庵集》、《朱子語類》、《詩經集傳》。

酒市二首(其二)

麗藻摘雲錦,新章寫陟釐。詩傳國風體,興發酒家旗。見説難中聖,遙知但啜醨。盤殄雜鮭菜,那有蟹螯持。(《晦庵集》卷三)

答陳體仁

蒙別紙開示説《詩》之意尤詳,因得以窺一二大者。不敢自外,敢以求於左右。來教謂《詩》本爲樂而作,故今學者必以聲求之,則知其不苟作矣。此論善矣。然愚意有不能無疑者。蓋以《虞書》考之,則《詩》之作本爲言志而已。方其詩也,未有歌也;及其歌也,未有樂也。以聲依永,以律和聲,則樂乃爲《詩》而作,非《詩》爲樂而作也。三代之時,禮樂用於朝廷而下達於閭巷,學者諷誦其言以求其志,詠其聲,執其器,舞蹈其節以涵養其心,則聲樂之所助於《詩》者爲多。然猶曰“興於《詩》,成於樂”,其求之固有序矣。是以凡聖賢之言《詩》,主於聲者少而發其義者多。仲尼所謂“思無邪”,孟子所謂“以意逆志”者,誠以《詩》之所以作本乎其志之所存,然後《詩》可得而言也。得其志而不得其聲者有矣,未有不得其志而能通其聲者也。就使得之,止其鍾鼓之鏗鏘而已,豈聖人“樂云樂云”之意哉?況今去孔、孟之時千有餘年,古樂散亡,無復可考,而欲以聲求《詩》,則未知古樂之遺聲今皆以推而得之乎?三百五篇皆可協之音律而被之絃歌已乎?誠既得之,則所助於《詩》多矣,然恐未得爲《詩》之本也。況未必可得,則今之所講,得無有畫餅之譏乎?故愚意竊以爲《詩》出乎志者也,樂出乎《詩》者也。然則志者《詩》之本,而樂者其末也。末雖亡,不害本之存,患學者不能平心和氣,從容諷詠以求之情性之中耳。有得乎此,然後可得而言,顧所得之淺深如何耳。有舜之文德,則聲爲律而身爲度,《簫韶》、《二南》之聲不患其不作。此雖未易言,然其理蓋不誣也。不審以爲如何?《二南》分王者諸侯之風,《大序》之説恐未爲過。其曰聖賢淺深之辨,則説者之鑿也。程夫子謂《二南》猶《易》之《乾》、《坤》,而龜山楊氏以爲一體而相成,其説當矣。試考之如何?《召南》“夫人”恐是當時諸侯夫人被文王太姒之化者,《二南》之“應”,似亦不可專以爲樂聲之應爲言。蓋必有理存乎其間,豈有無事之理、無理之事哉?惟即其理而求之,理得則事在其中矣。(《晦庵集》卷三十七)

答楊宋卿（節録）

熹聞：詩者，志之所之，在心爲志，發言爲詩。然則詩者，豈復有工拙哉？亦視其志之所向者高下如何耳。是以古之君子，德足以求其志，必出於高明純一之地，其於詩固不學而能之。至於格律之精粗，用韻、屬對、比事、遣辭之善否，今以魏、晉以前諸賢之作考之，蓋未有用意於其間者，而況於古詩之流乎？近世作者，乃始留情於此，故詩有工拙之論，而葩藻之詞勝，言志之功隱矣。（《晦庵集》卷三十九）

答陳膚仲（節録）

科舉文字固不可廢，然近年翻弄得鬼怪百出，都無誠實正當意思，一味穿穴，旁支曲徑，以爲新奇。最是永嘉浮僞纖巧，不美尤甚，而後生輩多宗師之，此是今日莫大之弊。向來知舉輩蓋知惡之而不能識其病之所在，顧反抉摘一字一句以爲瑕疵，使人嗤笑。今欲革之，莫若取三十年前渾厚純正、明白俊偉之文誦以爲法，此亦正人心、作士氣之一事也。（《晦庵集》卷四十九）

答鞏仲至第四書（節録）

古今之詩，凡有三變，蓋自書傳所記，虞、夏以來，下及魏、晉，自爲一等。自晉、宋間顏、謝以後，下及唐初，自爲一等。自沈、宋以後，定著律詩，下及今日，又爲一等。然自唐初以前，其爲詩者固有高下，而法猶未變。至律詩出，而後詩之與法，始皆大變，以至今日，益巧益密，而無復古人之風矣。（《晦庵集》卷六十四）

《詩集傳》序（節録）

曰：然則《國風》、《雅》、《頌》之體，其不同若是，何也？
曰：吾聞之，凡詩之所謂風者，多出於里巷歌謠之作。所謂男女相與詠歌，各言其情者也。惟《周南》、《召南》，親被文王之化以成德，而人皆有以得其性情之正，故其發於言者，樂而不過於淫，哀而不及於傷，是以二篇獨爲風詩之正經。自《邶》而下，則其國之治亂不同，人之賢否亦異，其所感而發者，有邪正是非之不齊，而所謂先王之風者，於此焉變矣。若夫雅、頌之篇，則皆成周之世，朝廷郊廟樂歌之詞，其語和而莊，其義寬而密；其作者往往聖人之徒，固所以爲萬世法程而不可易者也。至於雅之變者，亦皆一時賢人君子，閔時病俗之所爲；而聖人取之。其忠厚惻怛之心，陳善閉邪之意，猶非後世能言之士所能及也。此《詩》之爲經，所以人事浹於下，天道備於上，而無一理之不具也。

《楚辭集註》序（節録）

蓋自屈原賦《離騷》，而南國宗之，名章繼作，通號《楚辭》，大抵皆祖原意，而《離騷》深遠矣……原之爲書，其辭旨雖或流於跌宕怪神怨懟激發而不可以爲訓，然皆生於繾綣惻怛，不能自已之至意，雖其不知學於北方，以求周公、仲尼之道，而獨馳騁於變風、變雅之末流，以故醇儒莊士，或羞稱之。然使世之放臣、屏子、怨妻、去婦、抆淚謳唫於下，而所天者幸而聽之，則於彼此之間，天性民彝之善，豈不足以交有所發，而增夫三綱五典之重。此予之所以每有味於其言，而不敢直以詞人之賦視之也。（以上《晦庵集》卷七十六）

跋《通鑑紀事本末》

古史之體可見者，《書》、《春秋》而已。《春秋》編年通紀，以見事之先後，《書》則每事別記，以具事之首尾。意者當時史官既以編年紀事，至於事之大者，則又采合而別記之。若二典所記，上下百有餘年，而《武成》、《金縢》諸篇，其所紀載或更數月，或歷數年，其間豈無異事？蓋必已具於編年之史而今不復見矣。故左氏於《春秋》既依經以作傳，復爲《國語》二十餘篇，國別事殊，或越數十年而遂其事，蓋亦近《書》體以相錯綜云爾。然自漢以來，爲史者一用太史公紀傳之法，此意固不復講。至司馬温公受詔纂述《資治通鑑》，然後千三百六十二年之事編年繫日，如指諸掌。雖託始於三晉之侯，而追本其原，起於智伯，上係《左氏》之卒章，實相受授。偉哉書乎！自漢以來，未始有也。然一事之首尾或散出於數十百年之間，不相綴屬，讀者病之。今建安袁君機仲乃以暇日作爲此書，以便學者。其部居門目、始終離合之間，又皆曲有微意，於以錯綜温公之書，其亦《國語》之流矣。或乃病其於古無初而區別之外無發明者，顧第弗深考耳。機仲以摹本見寄，熹始得而讀之，爲之撫卷太息，因記其後如此，以曉觀者。淳熙二年秋七月甲寅，新安朱熹書于雲穀之晦庵云。（《晦庵集》卷八一）

跋《余巖起集》（節録）

熹少時猶頗及見前輩而聞其餘論，睹其立心處己，則以剛介質直爲賢；當官立事，則以强毅果斷爲得。至其爲文，則又務爲明白磊落，指切事情，而無含胡霑卷、睢盱側媚之態，使讀之者不過一再，即曉然知其爲論某事、出某策而彼此無疑也。近年以來，風俗一變，上自朝廷搢紳，下及閭巷韋布，相與傳習一種議論，制行立言，專以醖藉襲藏、圓熟軟美爲尚，使與之居者窮年而莫測其中之所懷，聽其言者終日而不知其意之所鄉。回視四五十年之前風聲氣俗，蓋不啻寒暑晝夜之相反，是孰使之然哉？（《晦庵集》卷八十三）

跋病翁先生詩

“月高夜鳴箏，聲從綺窗來。隨風更迢遞，縈雲暫徘徊。餘音若可玩，繁弦互相催。不見理箏人，遙知心所懷。寧悲舊寵棄，豈念新期乖？含情鬱不發，寄曲宣餘哀。一彈飛霜零，再撫流光頹。每恨聽者稀，銀甲生浮埃。幽幽孤鳳吟，衆鳥聲難諧。盛年嗟不偶，況乃容華衰。道同符片諾，志異勞事媒。栖栖牆東客，亦抱凌雲才。”此病翁先生少時所作《聞箏詩》也，規模意態，全是學《文選》樂府諸篇，不雜近世俗體，故其氣韻高古而音節華暢，一時輩流少能及之。逮其晚歲，筆力老健，出入衆作，自成一家，則已稍變此體矣。然余嘗以爲天下萬事皆有一定之法，學之者須循序而漸進。如學詩則且當以此等爲法，庶幾不失古人本分體製。向後若能成就變化，固未易量，然變亦大是難事，果然變而不失其正，則縱橫妙用，何所不可？不幸一失其正，却似反不若守古本舊法以終其身之爲穩也。李、杜、韓、柳初亦皆學《選》詩者，然杜、韓變多而柳、李變少。變不可學而不變可學，故自其變者而學之，不若自其不變者而學之，乃魯男子學柳下惠之意也。嗚呼！學者其毋惑於不煩繩削之説，而輕爲放肆以自欺也哉！己未五月二十二日。（《晦庵集》卷八十四）

《朱子語類》（節録）

《大序》言“一國之事，係一人之本，謂之《風》”。所以析衞爲《邶》、《墉》、《衞》。曰：詩，古之樂也。亦如今之歌曲，音各不同。衞有衞音，墉有墉音，邶有邶音。故詩有墉音者係之《墉》，有邶音者係之《邶》。若《大雅》、《小雅》，則亦如今之商調、宮調。

作歌曲者，亦按其腔調而作耳。《大雅》、《小雅》，亦古作樂之體格，按《大雅》體格作《大雅》，按《小雅》體格作《小雅》。非是做成詩後旋相度其辭，目爲《大雅》、《小雅》也。大抵《國風》是民庶所作，《雅》是朝廷之詩，《頌》是宗廟之詩。又云：“《小序》，漢儒所作。”有可信處絕少。《大序》好處多，然亦有不滿人意處。

所謂六義者，《風》、《雅》、《頌》乃是樂章之腔調，如言仲呂調、大石調、越調之類。至比、興、賦又別，直指其名，直叙其事者，賦也；本要言其事，而虛用兩句釣起，因而接續去者，興也；引物爲況者，比也。立此六義非特使人知其聲音之所當，又欲使歌者知作詩之法度也。（卷八十《詩一·綱領》）

有治世之文，有衰世之文，有亂世之文。六經，治世之文也。如《國語》委靡繁絮，真衰世之文耳。是時語言議論如此，宜乎周之不能振起也。至於亂世之文，則戰國是也，然有英偉氣，非衰世《國語》之文之比也。楚漢間文字真是奇偉，豈易及也？

漢初賈誼之文質實，晁錯説利害處好，答制策便亂道。董仲舒之文緩弱，其《答賢良策》不答所問切處至無緊要處，又累數百言。東漢文章尤更不如，漸漸趨于對偶，如楊震輩皆尚纖緯。張平子非之，然平子之意又却理會風角、鳥占，何愈于纖緯？陵夷至于三國、兩晉，則文氣日卑矣。古人作文作詩，多是模倣前人而作之，蓋學之既久，自然純熟。如相如《封禪書》模倣極多，柳子厚見其如此，却作《貞符》以反之，然其文體亦不免乎蹈襲也。

問：呂舍人言古文衰自谷永。曰：何止谷永！鄒陽《獄中書》已自皆作對子了。

問：韓、柳二家，文體孰正？曰：柳文亦自高古，但不甚醇。（以上卷一百三十九《論文上》）

古詩須看西晉以前，如樂府諸作皆佳。杜甫夔州以前詩佳，夔州以後自出規模，不可學。蘇、黃只是今人詩，蘇才豪，然一滾説盡，無餘意。黃費安排。

《選》中劉琨詩高，東晉詩已不逮前人，齊、梁益浮薄。鮑明遠才健，其詩乃《選》之變體。李太白專學之。

淵明詩平淡出於自然，後人學他平淡，便相去遠矣。

齊梁間之詩，讀之使人四肢皆懶慢，不收拾。

唐明皇資稟英邁，只看他做詩出來，是什麼氣魄。今《唐百家詩》首載明皇一篇《早渡蒲津關》，多少飄逸氣概，便有帝王底氣餘。越州有石刻唐朝臣送賀知章詩，亦只有明皇一首好，有曰“豈不惜賢達，其如高尚心”。

李太白詩不專是豪放，亦有雍容和緩底，如首篇“大雅久不作”，多少和緩。陶淵明詩，人皆説是平淡，據某看，他自豪放，但豪放得來不覺耳。其露出本相者，是《詠荆軻》一篇，平淡底人如何説得這樣言語出來？

古樂府只是詩中間却添許多泛聲，後来人怕失了那泛聲，逐一聲添箇實字，遂成長短句，今曲子便是。（以上卷一百四十《論文下·詩》）

《國風》序（節錄）

國者諸侯所封之域，而風者民俗歌謠之詩也。謂之風者，以其被上之化以有言，而其言又足以感人，如物因風之動以有聲，而其聲又足以動物也。是以諸侯采之以貢於天子，天子受之而列於樂官，於以考其俗尚之美惡，而知其政治之得失焉。舊説二南爲正風，所以用之閨門、鄉黨、邦國而化天下也；十三國爲變風，則亦領在樂官，以時存肄，備觀省而垂監戒耳。合之凡十五國云。（《詩經集傳》卷一）

趙彦衛

趙彦衛（生卒年不詳）字景安。宋浚儀（今河南開封）人。魏王廷美七世孫。約宋寧宗慶元初前後在世。以學識見稱於世，被人視爲"外吏而内儒，學而有用者"（《擁爐閒話序》）。孝宗隆興元年（1163）進士。紹熙間，宰烏程縣，有治名。又通判徽州，官新安郡守。著有筆記《雲麓漫鈔》。《雲麓漫鈔》初名《擁爐閒話》，其内容"記宋時雜事者十之三，考證名物者十之七"（《四庫全書總目》）。其中不少資料，如記建寧府松溪縣銀礦及礦工生活（卷二），浙東河流及船工生活（卷九），出使全國的路綫里程（卷八）及送迎金使的經費數字（卷六）等，頗有史料價值。此外考訂天文、地理、名物制度，則往往賅博；搜采方言俗諺，載述詩詞遺文，亦頗多參考價值。又如吕大防《長安圖》，原書已佚，此存其概；章援與東坡書，向來不爲人注意，韓愈、歐陽修個別佚文，吕本中《江西詩社宗派圖》等亦賴以保存。但其考證亦間有紕漏。

本書資料據四庫全書本《雲麓漫鈔》。

《雲麓漫鈔》（節錄）

上言之爲制，下承之爲詔，故漢有"待詔金馬門"、"待詔公車"。唐武后名曌音照，遂改"待詔"爲"待制"，迄今不改。（卷一）

古尺牘之制，某頓首或再拜或啓，唐人始更爲狀，末云："謹奉狀謝，不宣，謹狀。"或云："謹上狀，不宣，謹狀，月日，某官姓名，狀上某官。"《北夢瑣言》云："唐盧光啓受知於租庸使張濬，濬出征並汾，盧爲致書疏，凡一事，別爲一幅。後不聞他人爲之。唐末以來，禮書慶賀爲啓，一幅前不具銜，又一幅通時暄，一幅不審邇辰，頌祝加餐，此二幅每幅六行，共三幅。宣政間，則啓前具銜，爲一幅，又以上二幅六行者同爲公啓，別疊七幅爲一封。秦忠獻當國，有投以劄子者，其制，前去‘頓首’、‘再拜’，而後加‘右謹具，申呈月日，具官姓名’，劄子多至十餘幅，平交則去‘申’字。慶元三年，嚴疊楮之禁，祇用三幅云。”後又祇許用一幅，殊爲簡便。

國初公狀之制，前具官別行，叙事後云：“牒件狀如前，謹狀。”宣和以後，始用今制，前具官別行，稍低；叙事訖，復別作一行，稍高，云：“右謹具申聞，謹狀。”（以上卷四）

司馬遷易編年爲紀傳，成一家之書，自後史官莫不踵之。

優人雜劇，必裝官人，號爲“參軍色”。按《西京雜記》：京兆有古生嘗學縱橫，揣摩弄矢、搖丸、捔捕之術，爲都掾史四十餘年，善訕謔二千石，隨以諧謔，皆握其權要而得其歡心。趙廣漢爲京兆，下車而黜之，終於家。至今排戲皆稱古掾曹。又《樂府雜録》：漢館陶令石耽有贓犯，和帝惜其才，免罪。每宴，令衣白衫，命優伶戲弄辱之，經年乃放。後爲參軍。本朝景德三年，張景以交通曹人趙諫，斥爲房州參軍。景爲《屋壁記》曰：“近到州，知參軍無員數，無職守，悉以曠官敗事、違戾改教者爲之。凡朔望饗宴，使預焉，人一見必指曰參軍也。倡優爲戲，亦假爲之，以資玩戲。”今人多裝狀元、進士，失之遠矣。（以上卷五）

本朝之文，循五代之舊，多駢儷之詞。楊文公始爲西崑體，穆伯長、六一先生以古文倡，學者宗之。王荊公爲《新經説文》，推明義理之學，兼莊、老之説。洎至崇觀黜史學，中興悉有禁，專以孔、孟爲師。淳熙中，尚蘇氏，文多宏放。紹熙尚程氏，曰洛學。（卷八）

《晉書》有《載記》，其名蓋始於班孟堅《東漢史》。顯宗時，有人上書告固私作國史，召詣秘書部，除蘭臺令史，與前睢陽令陳宗、長陵令尹敏、司隸從事孟異，共成《世祖本紀》。遷爲郎，典校秘書。固又撰功臣、平林、新市、公孫述事，作《列傳》、《載記》二十八篇奏之，帝乃復使終成前所著書。（卷十）

吕居仁作《江西詩社宗派圖》，其略云：“古文衰於漢末，先秦古書存者，爲學士大夫剽切之資；五言之妙，與《三百篇》、《離騷》爭烈可也。自李、杜之出，後莫能及。韓、柳、孟郊、張籍諸人，自出機杼，別成一家。元和之末，無足論者，衰至唐末極矣。然樂府長短句，有一唱三歎之音。國朝文物大備，穆伯長、尹師魯始爲爲古文，成於歐陽氏。歌詩至於豫章始大出而力振之，後學者同作並和，盡發千古之秘，亡餘蘊矣。”録其名字，曰江西宗派，其源流皆出豫章也。宗派之祖曰山谷，其次陳師道無巳、潘大臨邠老、謝逸無逸、洪朋龜父、洪芻駒父、饒節德操，乃如璧也、祖可正平、徐俯師川、林修己仁、洪炎玉父、汪革信民、李錞希聲、韓駒子蒼、李彭商老、晁説之叔用、江端本子之、楊符信祖、謝薖幼槃、夏倪均父、林敏功、潘大觀、王直方立之、善權□中、高荷子勉，凡二十五人，居仁其一也。

議者以謂陳無己爲詩高古,使其不死,未必甘爲宗派。若徐師川,則固嘗不平曰:"吾乃居行間乎?"韓子蒼云:"我自學古人。"均父又以在下爲恥。不知居仁當時果以優劣銓次,而姑記姓名? 而紛紛如此,以是知執太史之筆者,戞戞乎難哉! 又不知諸公之詩,其後人品藻,與居仁所見又如何也。

古人文字,但取其聲音之協,初無切韻之説。鄭康成云:"其始書之也,倉卒無其字,或以音協,比方假借爲之,趣於近之而已。受之者非一邦之人,人因其鄉,同聲異字,同字異言,轉生議論。"楊收論音律,李善注《嘯賦》,皆有曰:"均者,韻也。"漢、晉言均同。孫炎始爲反切語。魏、晉以降,南北分列,人尚詞章,清濁重輕,錙分銖別,用而愈切,不勝異意。劉臻與陸法言論四聲音韻,而取諸家之書,定爲《唐韻》五卷,詳究古人切韻之始,至簡易而切當,使其字的有所歸,而不可以疑似轉。蓋一字有四聲,或只有三聲者,以側聲紐平聲,以平聲紐側聲,故有雙聲、疊韻之別。如章字,有章、掌、障、灼四聲,以側聲灼字紐平聲,則灼爲章;又以平聲紐側聲,則章兩爲掌,章亮爲障,章略爲灼。蓋良略是雙聲,章良是叠韻。以此推之,他皆做此,豈不簡易而切當哉! 自唐人清濁之分,乃有三十六字母以歸之,益繁碎而難曉。如一東、二冬,各分清濁,行、更、生與兵、明、平,歸作一韻,若此甚多。且四方之音不同,國、墨、北、惑字,北人呼作穀、木、卜、斛,南人則小轉爲唇音。北人近於俗,南人近於雅。若以四聲切之,則北人之字可切,而南人於四聲中,俱無是字矣。(以上卷十四)

陳　造

陳造(1133—1203)字唐卿。宋高郵(今屬江蘇)人。自號江湖長翁。淳熙進士。以詞賦聞名藝苑,人稱"淮南夫子"。范成大見其詩文謂"使遇歐、蘇,盛名當不在少游下"。尤袤、羅點得其騷詞、雜著,愛之手不釋卷。鄭興裔薦其"問學閎深,藝文優贍"。著有《江湖長翁文集》,陸游爲其文集序,稱能居今篤古,一洗纖巧摘裂爲文、卑陋俚俗爲詩之病。明李之藻序亦稱其"學贍而筆勁","詩則宋詩,文則涉漢軼唐"。《四庫全書總目》卷一六一謂其"文則恢奇排奡,要亦陳亮、劉過之流。其他劄子諸篇,多剴切敷陳,當於事理。記序各體,錘字煉詞,稍傷真氣,而皆謹嚴有法,不失規程"。

本書資料據四庫全書本《江湖長翁集》。

《張使君詩詞集》序

"文章自有體",豫章翁語學者法也。不見春華衆木乎,紅白色香,洪纖穠淡,具足娟好,翁屬思運筆類是。文而文,詩而詩,詞而詞,體不同而皆工,可法也,要自有體之言求之。檇李張侯爲高郵,予父子從之遊,辱顧甚厚,予亦知侯之深。侯郡政稱最,而文名稱是。盡得到郡所作詩凡七十七,皆雋發而嚴密;詞二十六,皆清麗而圓淑。集而讀之,老泉所謂投之如意者歟!文章有體,造豫章之奧者歟!然其措辭命意,非歸君相之美,則奉親庭之歡;非魯僖之閔農,則淵明、樂天之自適。無益名理之言,一不形焉,是尤可貴。將博其傳,以鋟木請,再不可,而後爲私淑計,序而藏之家。(卷二十三)

文以變爲法(節録)

作文之法備于六經,學者矻矻他求,何哉?經於句法字律,《春秋》嚴矣,一字之變,褒貶各有在。如《詩》之每章互變,而後體備而法嚴,法嚴而後意足。(卷二十九)

題六君子古文後(節録)

古文衰于東京,至唐韓、柳則盛,未幾復衰。至本朝,歐公復盛。起衰爲盛,非學力深至不能。予是焉學久,未有愜於心,乃取六君子文類而讀之,如昌黎之粹而古,柳州之辨而古,六一之渾厚而古,河南之簡切而古,南豐之密而古,後山之奇而古,是皆可仰可師。

題《國語》(節録)

左丘明《傳》紀諸國事既備矣,復爲《國語》,二書之事大同小異者多,或疑之。蓋《傳》在先秦古書,六經之亞也,紀史以釋經文,婉而麗。《國語》要是《傳》體,而其文壯,其辭奇,畢萃于此,學者表表讀之乃可。(以上卷三一)

薛季宣

薛季宣(1134—1173)字士龍,號艮齋,學者稱常州先生。宋永嘉(今浙江溫州)人。南宋哲學家,永嘉學派創始人,是永嘉學派發展到與伊洛(程顥、程頤)之學對立的事功之學的奠基人,在理學史上起"導流"的作用。師事袁溉,溉曾以程頤爲師。季宣盡得袁溉之學,又博覽羣書,凡六經、百家、諸史、天官、地理、兵、農、樂、律,無所不通；潛心探究各項制度淵源，施之實用。《四庫全書總目》稱其學問淹雅，持論明晰，考古詳核，立說精確，卓然自成一家，工七言，極踔屬縱橫。著有《書古文訓》、《詩性情說》、《大學説》、《春秋經解》、《春秋指要》等，已佚。今存《浪語集》。

本書資料據四庫全書本《浪語集》。

策問二十道（節錄）

漢、唐文體三變，而班、馬、韓、柳爲之宗。二班工情理之言，愈倡六經之學，其揆一也。然漢之體製，日趣卑弱，唐文騣騣近古。柳文章與時高下，將班、韓諸公，其才自有優劣邪？帝堯、孔子之文章於《書》、《論語》備矣，漢、唐文士未嘗不以是爲宗，師屢有變，更舉不相似意者，古今異世，堯、孔之文不同後世之作歟？（卷二十八）

劉清之

劉清之（1134—1190）字子澄，學者稱靜春先生。宋臨江（今江西樟樹西南）人。紹興二十七年（1157）進士。纍官太常寺主簿等。爲朱熹高弟，有志於理學，又與呂祖謙、張栻交游。著有《曾子内外雜篇》、《墨莊總錄》、《祭儀》、《時令書》、《續説苑》、《衡州圖經》、《農書》、文集等，已佚，僅《戒子通錄》八卷傳世。胡銓稱其“文追古作，亹亹焉韓、柳之域矣”（《答劉子澄主簿書》）。

本書資料據四部叢刊初編本《河南穆公集》。

《河南穆先生文集》跋（節錄）

世不知古文，己獨爲之，是儒之特立者也，吾見三人矣。董生當秦滅學之後，明孔氏之術，道曾子之言，其文甚近古也。雖同時若嚴助、枚臯謂應義理，子長、相如博辨無極，亦自爲其文而已，未始識董生之用心。由東京以後，歷魏、晉、五代而文益衰。至唐昌黎公始知尊孔氏，貴王賤霸，大變而古，李翱、皇甫湜從而和之，然其後亦無傳焉。唐衰，更五季，其弊又甚。至我朝，乃或推孫、丁、楊、劉爲文詞之雄，是時穆參軍伯長獨不以爲然，實始爲古文，在尹師魯、蘇子美、歐陽之先。自爾以來，學者益以光大，非止求夫文之近於古而已。蓋異端既闢，則必以聖人爲師；不專注疏，則必以經旨爲歸。學均爲己，一變至道，溯其承傳，有端緒云。鋟鍥闠書，售與有力焉。愚嘗評穆參軍之復古，以爲不在董生、昌黎公之下。（卷末）

師　璿

師璿(生卒年不詳)，宋人。乾道中爲左宣教郎、充嘉州州學教授。

本書資料據四庫全書本《嵩山集》。

《嵩山集》原序(節録)

　　文章之在天下，其用至不一，而其體亦各不同。蓋施於朝廷者爲制誥，爲章表；施於仕塗者爲書疏，爲牋啓；被之金石則爲記，爲銘；協於音韻則爲詩，爲賦，爲楚人之詞。以至立言則爲著書，紀事則爲史筆，或嚴或肆，或質或華，短長之殊度，廣狹之異制，奇耦之不齊，千彙萬狀，不可窮極。觀陸士衡《文賦》之所列，自詩賦而至於奏論。韓退之《進學解》之所叙，自姚姒而至於子雲、相如，一名一體，莫不皆有律令。吁，文之變若是其多乎！昔之文人，其才力聲名固自有大小，然求其兼是數者而能之或寡矣。故詩如杜少陵，而無韻者遂以無傳；文如曾南豐，而有韻者殆亦不復著也。惟東坡先生稱歐陽子，以爲論大道似韓愈，論事似陸贄，記事似司馬遷，詩賦似李白。嗚呼，此其爲大儒也歟！(卷首)

舒　璘

　　舒璘(1136—1199)字元質，一字元賓，號廣平。宋奉化(今屬浙江)人。早游上庠，從張栻、陸九淵游，又從朱熹、吕祖謙學，與沈焕、袁燮、楊簡並稱“四明四先生”。乾道八年(1172)進士。累官宜州通判等。其文議論質實，不事詭誕，不爲高談，嘉定初革文弊，選其文冠編首。著有《詩禮講解》、《廣平類稿》，已佚。清雍正間其裔孫玢輯爲《廣平先生舒文靖公類稿》四卷，今存雍正刻本、同治刻本、《四明叢書》本，《四庫全書》收録《舒文靖集》二卷。

　　本書資料據四庫全書本《舒文靖集》。

謝解啓(節録)

　　竊以詩人作而《風》、《雅》之體興，漢儒起而《離騷》之格變。假物情而寫志，援古義以方今，再興於梁、宋之間，大備於隋、唐之世。平側必諧於聲律，重輕不失於錙銖。

雖則對白抽黄，亦必本仁祖義。（卷下）

吕祖謙

　　吕祖謙（1137—1181）字伯恭。宋婺州（今浙江金華）人。謚曰成。隆興進士。復中博學宏詞科，纍官著作郎兼國史院編修官。家有中原文獻之傳，長從林之奇、汪應辰、胡憲、張栻、朱熹遊，其學益精，與朱熹、張栻齊名，時稱“東南三賢”。爲學主張“明理躬行”，反對空談性理，開浙東學派先聲，學者稱東萊先生。文學上力求融合道學與辭章之學。所作詩文豪邁駿發，無語録體之習。議論閎肆雄辯，筆鋒犀利，叙事之文條理井然，語言清麗。存詩不多，頗有情致。一生著述甚富，編《古文關鍵》，圈點評注，對古文的體格、源流、命意、結構、句法、字法，多有闡釋。另著有《周易本義》、《東萊書説》、《左氏傳説》、《春秋集解》、《東萊左氏博議》、《歷代制度詳説》、《周儀外傳》等十多種，並與朱熹合撰《近思録》。其詩文集通稱《東萊吕太史文集》。

　　吕祖謙奉命編纂《皇朝文鑒》一百五十卷，收北宋詩文作者二百餘人，作品二千一百餘篇。選文兼重功用與文采，不因人廢言，即使當時被視作大奸的吕惠卿之作亦能入選。亦分體類文，共五十三體，承襲《唐文粹》古文家的文體觀而更爲通脱，不因政見不同而不收其文，不因提倡古文而否認“律賦經義”，對古賦、律賦、古體詩與近體詩都並列編排，表現出古文派與駢文派合流的趨勢。對一些新興文體如上梁文、題跋、樂語能單列一體，表現了他對新興文體的重視。另外，《皇朝文鑒》卷二十九首次爲雜體詩設專卷並選録作品，共選入雜體詩十九種。

　　本書資料據四部叢刊影印上海涵芬樓借古里瞿氏鐵琴銅劍樓藏宋刊《皇朝文鑒》，四庫全書本《古文關鍵》、《東萊別集》。

《皇朝文鑑》總目

　　賦：一卷，二卷，三卷，四卷，五卷，六卷，七卷，八卷，九卷，十卷。律賦：十一卷。四言古詩、樂府歌行：十二卷，十三卷，十四卷。五言古詩：十五卷，十六卷，十七卷，十八卷，十九卷，二十卷。七言古詩：二十一卷。五言律詩：二十二卷，二十三卷。七言律詩：二十四卷，二十五卷。五言絕句：二十六卷。七言絕句：二十七卷，二十八卷。雜體：二十九卷。騷：三十卷。詔：三十一卷。敕赦文册：三十二卷。御劄批答：三十三卷。制：三十四卷，三十五卷，三十六卷。誥：三十七卷，三十八卷，三十九卷，四十卷。奏疏：四十一卷，四十二卷，四十三卷，四十四卷，四十五卷，四十六卷，四十七卷，四十八卷，四十九卷，五十卷，五十一卷，五十二卷，五十三卷，五十四卷，五十五卷，五十六卷，五十七卷，五十八卷，五十九卷，六十卷，六十一卷，六十二卷。表：六十三卷，六十四卷，六十五卷，六十六卷，六十七卷，六十八卷，六十九卷，七十卷，七十一卷。牋、箴：七十二卷。銘：七十三卷。頌：七十四卷。贊：七十五卷。碑文、記：七十六卷，七十七卷，七十八卷，七十九卷，八十卷，八十一卷，八十二卷，八十三卷，八十四卷。序：八十五卷，八十六卷，八十七卷，八十八卷，八十九卷，九十卷，九十一卷，九十二卷。論：九十三卷，九十四卷，九十五卷，九十六卷，九十七卷，九十八卷，九十九卷，一百卷。論義：一百一卷。策：一百二卷，一百三卷，一百四卷。議：一百五卷，一百六卷。説：一百七卷。説戒：一百八卷。制策：一百九卷，一百一十卷。制策、説書、經義：百一十一卷。書：百十二卷，百十三卷，百十四卷，百十五卷，百十六卷，百十七卷，百十八卷，百十九卷，百二十卷。啟：百廿一卷，百廿二卷，百廿三卷。策問：百廿四卷。雜著：百廿五卷，百廿六卷，百廿七卷。對問、移文、連珠：百廿八卷。琴操、上梁文、書判：百廿九卷。題跋：百卅卷，百卅一卷。樂語：百卅二卷。祭丈、謚議：百卅三卷，百卅四卷，百卅五卷。行狀：百卅六卷，百卅七卷，百卅八卷。墓誌：百卅九卷，百四十卷，百四十一卷，百四二卷，百四三卷，百四四卷。墓表、神道碑：百四五卷。神道碑銘：百四六卷，百四七卷。神道碑：百四八卷。傳：百四九卷。傳、露布：百五十卷。

《皇朝文鑑》卷二十九

詩雜體（本書編者按：作品略）

星名：

　　《二十八宿歌贈无咎》　黄庭堅

人名：

　　《和蕭十六》　孔平仲

郡名

　　《郡名詩呈吕元鈞》　孔平仲

藥名

　　《登湖州銷暑樓》　陳亞

　　《荆州即事五首》　黄庭堅

建除

　　《重贈徐天隱》　黄庭堅

八音

　　《八音歌答黃魯直》　晁補之

四聲

　　《還鄉展省道中作四聲詩寄豫章僚友》　孔平仲

藏頭

　　《寄賈宣州》　孔平仲

　　《呈章子平》　孔平仲

藥名離合四時

　　《春》　孔平仲

　　《夏》

　　《秋》

　　《冬》

回紋

　　《泊雁》　王安石

一字至十字

　　《詠竹》　文同

兩頭纖纖

　　《兩頭纖纖二首》　張舜民

五雜組

　　《五雜組四首》　孔平仲

了語不了語

　　《了語》　孔平仲

　　《不了語》　孔平仲

難易言

　　《難易言二首》　蘇舜欽

聯句

　　《劍聯句》　范仲淹　歐陽修　滕宗諒

　　《風琴聯句》　謝濤希深　梅堯臣聖俞

　　《悲二子聯句》　蘇舜元才翁　蘇舜欽子美　二子謂穆脩、凌孟陽。

　　《地動聯句》　蘇舜元、舜欽。叔才,舜元舊字也。

集句

　　《送吳顯道》　王安石

《戲贈湛源》　王安石

《與北山道人》　王安石

《示蔡天啓》　王安石

《烝然來思》　王安石

《集杜詩句寄孫元忠》　孔平仲

《古文關鍵·總論》（節錄）

學文須熟看韓、柳、歐、蘇，先見文字體式，然後遍考古人用意下句處……第一看大概主張，第二看文勢規模，第三看綱目關鍵：如何是主意，首尾相應；如何是一篇鋪叙次第，如何是抑揚開合處。第四看警策句法：如何是一篇警策，如何是下句下字有力處，如何是起頭、換頭佳處，如何是繳結有力處，如何是融化屈折，剪截有力，如何是實體貼題目處。（卷首）

與朱侍講元晦（節錄）

獨所論永嘉文體一節，乃往年爲學官時病痛，數年來深知其繳繞狹細，深害心術，故每與士子語，未嘗不以平正樸實爲先。去夏與李仁甫議文體，政是要救此弊，恐傳聞或不詳耳。前此拜答時匆匆，偶不及之，非敢忽忘也。（《東萊別集》卷八）

答潘叔度書（節錄）

銘誌既有題額，更不当复写某官墓誌，便当从头直开誌文，而名衔則列於銘後，乃为得体。銘当低於誌，一行四句，每句空数字，撰書、題額名衔又当低於銘。

近禮部建請更變文體，大抵皆前輩之論。若果行此，則奇傑宿學皆得舒展。但世士溺於所習，故不能行，殊可惜也。（《东莱別集》卷一〇）

樓　鑰

樓鑰（1137—1213）字大防，自號攻媿。宋明州鄞縣（今浙江寧波）人。隆興進士。纍官起居郎兼中書舍人、翰林學士、吏部尚書兼翰林侍講、參知政事等。以辭藝稱，胡銓稱讚其爲“翰林長才”。樓鑰立朝直言敢諫，論奏以援據該洽、義理條達著稱。博通羣書，識古文奇字，精通音律，爲學多究實用，博綜古今，多可傳信。作文以意爲主，不事雕鎪，自然工致。其制詔詞氣雄渾、筆力雅健，真德秀認爲可媲美北宋大家，周必大以爲遠追兩漢。早年所作《北行日錄》，記使金見聞，多中原淪陷之感。其詩"密於考證"而弱於氣格（《石洲詩話》卷四），王士禛稱其詩可與范成大相伯仲。其著述今存《書樂正誤》、《宋汪文定公行實》、《范文正公年譜》等。有《攻媿集》一百二十卷。

本書資料據四庫全書本《攻媿集》。

《北海先生文集》序（節録）

夫唐文三變，宋之文亦幾變矣。止論駢儷之體，亦復屢變。作者爭名，恐無以大相過，則又絶爲長句，全引古語以爲奇倔，反累正氣。況本以文從字順使於宣讀，而一聯或至數十言，識者不以爲善也。惟公與汪龍溪追述古作，謹四六之體，至於今行之。（卷五十一）

答綦君更生論文書（節録）

唐三百年，文章三變而後定，以其歸於平也。而柳子厚之稱韓文公乃曰"文益奇"，文公亦自謂"怪怪奇奇"，二公豈不知此？蓋在流俗中以爲奇，而其實則文之正體也。宋景文公知之矣，謂其粹然一出於正。至其所自爲文，往往奇澀難讀。豈平者難爲工，奇者易以動，文人氣習終未免耶？典謨訓誥無一語之奇，無一字之異，何其渾然天成如此？文人欲高一世，或挾戰國策士之氣，以作新之，誠可以傾駭觀聽，要必有太過處。嗚呼！如伊川先生之《易傳》，范太史之《唐鑑》，心平氣和，理正詞直，然後爲文之正體，可以追配古作。而遽讀之者未必深喜。波平水靜，過者以爲無奇，必見高崖懸瀑而後快。韓文公之文非無奇處，正如長江數千里，奇險時一間見，皆有觸而後發。使所在而然，則爲物之害多矣。故古文之感人，如清廟之瑟，若孟郊、賈島之詩，窮而益工者，悲憂憔悴之言，雖能感切，不近於哀以思者乎？（卷六十六）

張表臣

張表臣（生卒年不詳）字正民。宋單父（今山東單縣）人。約北宋末前後在世。官右承議郎，通判常州軍州事。紹興中，終於司農丞。嘗從陳師道、晁補之游，作詩有江西詩派風格。撰有《珊瑚鈎詩話》三卷，書名取杜甫"文采珊瑚鈎"句，有自炫文采之義。又好舉己作，務表所長，並録與名流相贈之詩，以爲炫耀。書中多記雜聞、瑣事，不盡論詩之言。其論詩大抵法元祐之學，並與惠洪相近，謂詩當"以意爲主"，兼重煉句、煉字、氣韻、格力；又稱詩"以含蓄天成爲上，破碎雕鏤爲下"，"以平夷恬淡爲上，怪險蹶趨爲下"。此外，於各種詩體及其變化亦有所闡釋。

本書資料據四庫全書本《珊瑚鈎詩話》。

《珊瑚鈎詩話》（節録）

篇章以含蓄天成爲上，破碎雕鏤爲下。如楊大年西崑體，非不佳也，而弄斤操斧太甚，所謂七日而混沌死也。以平夷恬淡爲上，怪險蹶趨爲下，如李長吉錦囊句，非不奇也，而牛鬼蛇神太甚，所謂"施諸廊廟則駭矣"。

歐公《醉翁亭記》，步驟類《阿房賦》。

前人作詩未始和韻，自唐白樂天與元微之爲二浙觀察，往來置郵筒倡和，始依韻，而多至千言，少或百數十言，篇章甚富。（以上卷一）

古今詩體不一，太師之職，掌教六詩，風、賦、比、興、雅、頌備焉。三代而下，雜體互出。漢、唐以來，鐃歌、鼓吹，拂舞予俞，因斯而興。晉、宋以降，又有回文反復，寓憂思展轉之情；雙聲疊韻，狀連駢嬉戲之態。郡縣、樂石名、六甲、八卦之屬，不勝其變。古有采詩官，命曰"風人"，以見風俗喜怒好惡。皮日休云："疎杉低通橋，冷鷺立亂浪。"此雙聲也。陸龜蒙嘗曰："膚愉吳都姝，眷戀便殿宴。"此疊韻也。劉禹錫曰："東邊日出西邊雨，道是無晴却有晴。"杜詩曰："俱飛蛺蝶元相逐，並蔕芙蓉本自雙。"又曰："滿目飛明鏡，歸心折大刀。"此皆風言。又戲作俳優體二首，純用方語云："異俗吁可怪，斯人難並居。家家養烏鬼，頓頓食黃魚。舊識難爲態，新知已暗疎。治生且耕鑿，只有不關渠。""西歷青羌阪，南留白帝城。於菟侵客恨，粔籹作人情。瓦卜傳神語，畬田費火耕。是非何處定？高枕笑浮生。"予嘗有語云："碧藕連根絲不斷，紅蕖著子意何多。"亦風人類也。又《婺州山中詩》云："作咻捉篅卸，呼田欸乃儂。山塘莫車水，梅雨正分龍。"亦方語也。

予近作《示客》云：刺美風化，緩而不迫謂之風；采摭事物，摛華布體謂之賦；推明政治，莊語得失謂之雅；形容盛德，揚厲休功謂之頌；幽憂憤悱，寓之比興謂之騷；感觸事物，託於文章謂之辭；程事較功，考實定名謂之銘；援古刺今，箴戒得失謂之箴；猗遷抑揚，永言謂之歌；非鼓非鐘，徒歌謂之謠；步驟騁騁，斐然成章謂之行；品秩先後，叙而推之謂之引；聲音雜比，高下短長謂之曲；吁嗟慨歎，悲憂深思謂之吟；吟詠情性，總合而言志謂之詩；蘇、李而上，高簡古澹謂之古；沈、宋而下，法律精切謂之律：此詩之語衆體也。

帝王之言，出法度以制人者謂之制；絲綸之語，若日月之垂照者謂之詔；制與詔同，詔亦制也；道其常而作彝憲者謂之典，陳其謀而成嘉猷者謂之謨；順其理而迪之者謂之訓；屬其人而告之者謂之誥；即師衆而申之者謂之誓；因官使而命之者謂之命；出於上者謂之教；行於下者謂之令；時而戒者勅也；言而喻之者宣也；謚而揚之者贊也；登而崇之者册也；言其倫而析之者論也；度其宜而揆之者議也；別嫌疑而明之者辨也；正是非而著之者說也；記者，記其事也；紀者，紀其實也；纂者，纘而述焉者也；策者，條而封焉者也；傳者，傳而信之也；序者，緒而陳之也；碑者，披列事功而載之金石也；碣者，揭示操行而立之墓隧也；誄者，累其素履而質之鬼神也；誌者，識其行藏而謹其終始也；檄者，激發人心，而喻之禍福也；移者，自近移遠，使之周知也；表者，布臣子之心，致君父之前也；牋者，修儲後之問，伸宮閫之儀也；簡者，質言之而略也；啓者，文言之而詳也；狀者，言之於公上也；牒者，用之於官府也；捷書不緘，插羽而傳之者，露布也；尺牘無封，指事而陳之者，劄子也；青黄黼黻，經緯以相成者，總謂之文也：此文之異名也。客有問古今體製之不一者，勞於應答，著之篇以示焉。（以上卷三）

徐　度

徐度（生卒年不詳）字仲立，一字敦立。宋應天穀熟（今河南商丘東南）人。特賜進士出身。官至吏部侍郎。刻意爲學，長於典故，周必大稱其“詞章爲學者之宗，德業繫國人之望”（《賀徐漕度除江東啓》）。著有《國紀》、《却掃編》等，今存《却掃編》三卷。

本書資料據四庫全書本《却掃編》。

《却掃編》（節録）

唐之政令，雖出於中書門下，然宰相治事之地，別號曰“政事堂”，猶今之都堂也。故號令四方，其所下書曰“堂帖”。國初猶因此制。趙韓王在中書，權任頗專，故當時以爲堂帖勢力重於勅命，尋有詔禁止。其後，中書指揮事，凡不降勅者曰“劄子”，猶“堂帖”也。至道中，馮侍中拯以左正言與太常博士彭惟節並通判廣州，拯位本在惟節之上。及覃恩遷員外郎，時寇萊公爲參知政事，知印，以拯爲虞部，惟節爲屯田。其後廣州又奏，仍使馮公繫銜惟節之上，中書降“劄子”處分，升惟節於上，仍特免勘罪。至是，拯封中書“劄子”奏呈，且論除授不當，並訴免勘之事。太宗大怒曰：“拯既無過，非理遭降資免勘，雖萬里之外爭肯不披訴也！且前代中書有‘堂帖’指揮公事，乃是權臣假此名以威福天下,太祖已令削去,因何却置'劄子'？'劄子'與'堂帖'乃大同小異耳。"張洎對曰:"'劄子'是中書行遣小事文字,猶京百司有符牒關刺與此相似,別無公式文字可指揮常事。"帝曰:"自今但干近上公事,須降勅處分;其合用劄子,亦當奏裁,方可行遣。"至元豐官制行,始復詔尚書省已被旨事許用"劄子",自後相承不廢,至今用之。體既簡易,降給不難。每除一官,逮其受命,至有降四、五"劄子"者。蓋初畫旨而未給告,先以劄子命之,謂之"信劄";既辭免而不允或允,又降一劄;又或不候受告而俾先次供職,又降一劄;既命其人又必俾其官司知之,則又降一劄,謂之"照劄"。皆宰執親押,欲朝廷之務簡,難矣。然予觀近代公卿文集中凡辭免上章止云"準東上閤門告報",則是猶未有"信劄"也。今諸路帥司指揮所部亦用"劄子",其體與朝廷略同,然下之言上,其非狀者亦曰"劄子",名同而實異,不知其義何也。

國朝之制,凡降勅處分,事皆有詞,其體與詔書相類,知制誥行,皆用四六文字。元豐官制行,罷之。(以上卷上)

王　炎

王炎(1137—1218)字晦叔,一字晦仲。宋婺源(今屬江西)人。所居有雙溪,築亭寄興,以白樂天自比,號雙溪。年十五學爲文,乾道五年(1169)進士。歷官至軍器監、中奉大夫,賜金紫,封婺源縣男。不畏豪强,有"爲天子臣,正天子法"之語,人多傳誦。生平與朱熹交厚,往還之作頗多;又與張栻講論,故其學爲後人所重。著述甚富,有《讀易筆記》、《尚書小傳》、《禮記解》、《論語解》、《孝聖解》、《老子解》、《春秋衍義》、《象數稽疑》、《禹貢辨》等,總題爲《雙溪類稿》,早已失傳,僅存詩文二十七卷,題爲《雙溪類稿》,或稱《雙溪集》。另有《雙溪詩餘》一卷。所作詩文博雅精深,議論醇正,引據典確。其詩尤爲世人稱許,而清人則謂其"多庸調"(《宋詩鈔·雙溪詩鈔序》)、"力庸格窘"(《石洲詩話》卷四)。其論詞貴"婉轉嫵媚",鄙薄"豪壯語"(《雙溪詩餘自序》),所作"質實妍雅"(《善本書室藏書志》卷四〇),"雖不甚工,亦一家眷屬"(王國維《跋雙溪詩餘》)。

本書資料據四庫全書本《雙溪類稿》。

長短句序(節錄)

古詩自風雅以降,漢、魏間乃有樂府,而曲居其一。今之長短句,蓋樂府曲之苗裔也。古律詩至晚唐衰矣,而長短句尤爲清脆,如么絃孤韻,使人屬耳不厭也。予於詩文本不能工,而長短句不工尤甚。蓋長短句宜歌而不宜誦,非朱唇皓齒,無以發其要妙之聲……今之爲長短句者，字字言閨閤事，故語陋而意卑。或者又爲豪壯語以矯之，夫古律詩且不以豪壯爲貴，長短句命名曰曲，取其曲盡人情，惟婉轉嫵媚爲善，豪壯語何貴焉？不溺於情欲，不蕩而無法，可以言曲矣。（卷十）

東山集句詩序（節録）

風雅遠矣，自柏梁賡詠以來，詩體不一，最後始有集句。曩時荆國王文公喜爲之，有《胡笳十八拍》最高妙。或謂蘇東坡靳公集句，索公詠几間硯，公第道"巧匠琢山骨"，不復更能措辭。予聞文章天下公器，非人口舌所能翕張，公有"積李縞夜，崇桃炫畫"之句，東坡謂自楚詞後無人能道此語，豈應以不能卒然集句窮公？公亦不應一句之外更無他語，或者之説陋矣。（卷二十四）

陳傅良

陳傅良（1137—1203）字君舉，號止齋。宋溫州瑞安（今屬浙江）人。乾道間，登進士甲科。官至集英殿修撰，進寶謨閣待制。爲人英邁不羣，强學篤志，其爲文出人意表，自成一家，人爭傳誦，從遊者常數百人。以永嘉鄭伯熊、薛季宣爲師，及入太學，又與張栻、吕祖謙相友善。陳傅良爲永嘉學派巨擘，其學以通知成敗、諳練掌故爲長，自三代秦漢以下，精研經史，貫穿百氏，一事一物，必稽於實。其文簡潔平和而曲折有法，多切於實用，而密栗堅峭，自然高雅，雄偉而不放，精深而不晦，馳騁而不迫，錯綜而備務，體究人情，無南宋末流冗沓腐濫之氣。尤以論著名，後人嘗取其論三十九篇，編爲《止齋論祖》，方逢辰一一批點，影響極大。其詩風格蒼勁，得少陵一體，但成就遠不如文。著述甚富，有《讀書譜》二卷、《春秋後傳》十二卷、《左氏章指》三十卷、《周禮進説》三卷、《進讀藝祖皇帝實録》一卷、《詩訓義》、《歷代兵制》、《皇朝大事記》、《皇朝百官公卿拜罷譜》、《皇朝財賦兵防秩官志稿》等，今大多已亡佚。又著有《止齋集》五十二卷，今存。

本書資料據四庫全書本《止齋集》。

答薛子長

衰惰無復貪書之念。昨偶將熙豐後來《長編》過眼數卷，便昏澀異常。每對插架，慨歎而已。此事當盡付左右諸人。來諭方閲南北史，二史儘佳，然一代沿革，附見表志者，往往不收，未免遺恨。則諸史要不可廢。自荀、袁二紀以來，下逮司馬《通鑑》，大率欲祖《左氏》。蓋《左氏》本依經爲傳，縱横上下，旁行溢出，無非解剥經誼，而非自爲書。今乃合太史公紀、世、書、傳，繫之編年，則其間事辭輵輵，勢必至得此遺彼。由此觀之，類不如正史之悉也。然區區所冀，深探書外之意。來書所謂實事本末，往往在此。且如西都之末，士大夫知有所擇，遂成東都之業。及其季年，雖豪傑之士，散爲吴魏之役，拳拳於漢，獨南陽數人。當時必有實以致之，而豈可以書盡哉！何當併合共講。一二新詩見寄，疾讀降歎，建安以來，酒今見此作也。（卷三六）

徐得之《左氏國紀》序

自荀悦、袁宏以兩漢事編年爲書，謂之“左氏體”，蓋不知左氏於是始矣。昔夫子作《春秋》，博極天下之史矣。諸不在撥亂世反之正之科，則不録也。左氏獨有見於經，故采史記次第之，某國事若干，某事書，某事不書，以發明聖人筆削之旨云爾，非直編年爲一書也。古者，事、言各有史，凡朝廷號令與其君臣相告語爲一書，今《書》是已；被之弦歌謂之樂章，爲一書，今《詩》是已；有可藏焉，而官府都鄙邦國習行之，爲一書，今《儀禮》若《周官》之六典是已；自天子至大夫士，氏族傳序爲一書，若所謂帝繫書是已。而他星卜醫祝皆各爲書。至編年，則必叙事如《春秋》，三代而上，僅可見者《周譜》，他往往見野史，《竹書》、《穆天子傳》之類。自夫子始以編年作經，其筆削嚴矣。左氏亦始合事言與諸書之體，依經以作傳，附著年月下；苟不可以發明筆削之指，則亦不録也。蓋其辭足以傳遠，而無與於經誼，則別爲《國語》。至夫子所見書，左氏有不盡見，又闕不敢爲傳。唯謹如此。後作者顧以爲一家史體，而讀左氏者，浸失其意。見謂不釋經，是書之存亡，幾無損益於《春秋》，故曰袁、荀二子爲之也。由是言之，徐子所爲《左氏國紀》，曷可少哉？余讀《國紀》，周平、桓之際，王室嘗有事於四方，其大若置曲沃伯爲侯，詩人美焉，而經不著。師行非一役，亦與《王風》刺詩合，而特書伐鄭一事；王子頽之禍，視帶爲甚，襄書而惠不書也。學者誠得《國紀》伏而讀之，因其類居而稽之經，某國事若干，某事書，某事不書，較然明矣。於是致疑，疑而思，思則有得矣。徐子殆有功於左氏者也！余苦不多見書，然嘗見唐閎《左氏史》與《國紀》略同，而無所論斷，今《國紀》有所論斷矣。余故不復贊而道其有功於左氏者，爲之序。（卷四〇）

尹　覺

尹覺，字先之，南宋初人。趙師俠門人。餘不詳。

本書資料據四庫全書本《坦菴詞》。

《坦菴詞》序

詞,古詩流也。吟詠情性,莫工於詞。臨淄、六一,當代文伯,其樂府猶有憐景泥情之偏,豈情之所鍾,不能自已於言耶?坦菴先生,金閨之彦,性天夷曠,吐而爲文,如泉出不擇地。連收兩科,如俯拾芥,詞章迺其餘事。人見其摸寫風景,體狀物態,俱極精巧,初不知得之之易,以至得趣忘憂,樂天知命,茲又情性之自然也。因爲編次,俾鋟諸木,觀者當自識其胸次云。門人尹覺先之叙。(卷首)

楊冠卿

楊冠卿(1138—?)楊一作揚,字夢錫。宋江陵(今屬湖北)人。曾舉進士,知廣州,以事罷職,僑寓臨安。與范成大、陸游、張孝祥、姜夔等皆有交遊。才華清隽,以詩文有聲當時,集杜詩更負盛名,四六文尤流麗渾雅。今存《客亭類稿》,有宋刊殘本,四庫館臣據《永樂大典》補爲十四卷,附書啟一卷,收入《四庫全書》。

本書資料據四庫全書本《客亭類稿》。

《羣公樂府》序(節錄)

樂府之作盛於唐,自温庭筠而下,或者置而不論。天朝文物,上轢漢周,而其大者固已勒之金石,與五三六經並傳於無終窮。若夫騷人墨客以篇什之餘寓聲於長短句,因以被管絃而諧宮徵,形容乎太平盛觀,則又莫知其幾。名章俊語,前無古人。盛麗如遊金、張之堂,妖冶如攬嬙、施之祛,幽潔如屈、宋,悲壯如蘇、李,蓋不但一方回而已也。(卷七)

陸九淵

陸九淵(1139—1193)字子靜,號存齋,又號象山翁,學者稱象山先生。宋金溪(今屬江西)人。幼聰穎不凡,與兄九齡講論理學,號"二陸"。乾道八年(1172)進士,考官呂祖謙激賞其文。陸九淵以理學著名,與朱熹並稱,二人曾於鵝湖會講,論議不合,遂成二派。其文以理趣取勝,語圓意活,博辯滔滔;存詩二十餘首,多道學

746

語。著有《象山集》。

本書資料據上海涵芬樓影印明嘉靖刻本《象山集》。

與程帥書

伏蒙寵貺《江西詩派》一部二十家，異時所欲尋繹而不能致者，一旦充室盈几，應接不暇，名章傑句，焜燿心目，執事之賜偉哉！詩亦尚矣，原於賡歌，委於風、雅。風、雅之變，壅而溢焉者也。湘纍之《騷》，又其流也。《子虛》、《長楊》之賦作，而《騷》幾亡矣。黃初而降，日以漸薄。唯彭澤一源，來自天稷，與衆殊趣，而淡泊平夷，玩嗜者少。隋、唐之間，否亦極矣。杜陵之出，愛君悼時，追躡《騷》、雅，而才力宏厚，偉然足以鎮浮靡，詩家爲之中興。自此以來，作者相望，至豫章而益大肆其力，包含欲無外，搜抉欲無秘，體製通古今，思致極幽眇，貫穿馳騁，工力精到。一時如陳、徐、韓、吕、三洪、二謝之流，翕然宗之，由是江西遂以詩社名天下。雖未極古之源委，而其植立不凡，斯亦宇宙之奇詭也。開闢以來，能自表見於世若此者，如優曇花，時一現耳。曾無幾時，而篇帙寖就散逸，殘編斷簡往往下同會計之籍，放棄於鼠壤醬瓿，豈不悲哉？網羅搜訪，出隋珠和璧於草莽泥滓之中而登諸篋櫝，干霄照乘，神明煥然，執事之功，何可勝贊！是諸君子亦當相與舞於斗牛之間，揖箕翼以爲主人壽。某亦江西人也，敢不重拜光寵。（卷七）

黃氏墓誌銘（節録）

淳熙庚子三月八日，梁君世昌以書抵予，言繼室黃氏將葬，以李君蟠狀來乞銘。余未嘗銘墓，抑銘墓非古。惟《孔悝鼎銘》見《戴記》，則衛侯策書曰："予汝銘。"墓之有銘，柳子厚謂"始於公室用碑以葬，其後子孫因銘德行"。如此，則非公侯不得有是。然郭林宗不過嘗給事縣廷，其葬也，刻石立碑，蔡邕爲之銘，是則東漢時銘墓已無限制。今人力能辦者必銘其墓，余滋不悦。（卷二八）

吴仁傑

吴仁傑（生卒年不詳）字斗南，一字南英，自號蠹隱。宋洛陽（今屬河南）人，寓居昆山（今屬江蘇）。淳熙進士，以詩文名顯一時。著述頗豐，今存《易圖説》、《離騷草木疏》、《兩漢刊誤補遺》、《陶靖節先生淵明年譜》。

本書資料據四庫全書本《離騷草木疏》。

《離騷草木疏》後序（節録）

夫子不云乎："詩可以興，可以觀，可以羣，可以怨。邇之事父，遠之事君，多識於鳥獸草木之名。"班固譏三閭怨恨懷王，是未知《離騷》之近於詩，而詩之可以怨也。（卷末）

曾　丰

曾丰（1142—1224）字幼度，號樽齋。宋撫州樂安（今屬江西）人。與曾鞏同宗。乾道五年（1169）進士。官至朝散大夫、德慶太守。生性耿直，不畏權貴，曾拒絶當朝太師韓侂胄的招納。勤於政事，主張"無爲"而治，决不擾民。罷職回鄉後，在故里開辦西山書院，致力於教學和研究，門生甚衆。生平博覽羣書，以文章名噪一時。著有《緣督集》四十卷，其碑、銘、記、頌、序、賦自成一家。其《三朝内禪頌》，被朝中大臣稱爲"考證千古，若合符節，可薦清廟"。元代虞集序稱其文氣剛而義嚴，辭直而理性，有得於《易》之奇、《詩》之葩。其詩學楊萬里，不乏新奇。《四庫全書總目》認爲："丰仕績不顯，頗以著述自負……根柢深邃……皆有物之言，非虛談心性者比。"

本書資料據四庫全書本《緣督集》。

贈豫章來子儀言詩（節録）

詩源始自葛天氏"三人投足歌牛尾"，萬象包羅八曲間。《國風》、《雅》、《頌》其流爾。八曲不幸世不傳，傳世僅餘《三百篇》。（卷三）

《知稼翁詞》序（節録）

樂始有聲，次有音，最後有調，《商那》、周《清廟》等頌、漢郊祀等歌是也。（卷十七）

高元之《變騷》後序

余聞《詩》生於聲，聲生於氣，天地與氣爲聚散，則詩與天地爲始終，蓋其理然也。孔子所取者《雅》、《頌》、《風》而已，不及於《騷》，時則《騷》未作也。而《雅》不及於上古,何耶?上古之詩,言大道者多,未純乎雅也。《雅》變爲《風》,《風》變爲《騷》,極矣!下此則樂而淫,哀而傷,怨誹而亂,去《雅》遠而難反,不足以爲常道矣。故《詩》之原止於《雅》,其流止於《騷》。慶元己未臘,余得高元之《變騷》於周君可,初疑《騷》不可復變,變則徇流。繙而繹之,意所欲者,變《騷》爲《風》,變《風》爲《雅》,蓋還原之道。雖名"變"也,其諸異乎人之變之歟?齊變至魯,魯變至道,孔子志也。《騷》變至《風》,《風》變至《雅》,元之志也。充所志而之,患不變,變必至,顧元之無孔子力,人未以必然待之爾。《書》之《典》流爲《誓》,《詩》之《雅》流爲《騷》,是或一道也。繆公悔過近道,而孔子收《秦誓》入於《書》;屈原愛君與悔過等,使孔子生於戰國之末,余知收《騷》入於《詩》必矣。彼曰删後更無《詩》,爲徇《騷》之流者設可也。元之學未同乎大通,而果於立論如此,或者以《典》推《雅》,以《誓》推《騷》,逆知孔子意然歟!後世有孔子出,《騷》得附於《詩》以爲經,則元之所變得附於《騷》,以爲傳。用疏所見其卷末寄之往,使藏以俟焉。二月五日廬陵曾幼度序。

《白石叢稿》序(節録)

詩生於聲,聲生於氣,氣渾而夷,雅聲出焉,"牛尾"之歌是也。氣薰而洽,頌聲出焉,"卿雲"之歌是也。氣肅而沉,風聲出焉,"麥秀"之歌是也。古詩有雅、頌、風,而雅、頌、風之名未立,其體未成也。一經孔子删焉,朝廷之詩謂之"雅",郊廟之詩謂之"頌",鄉黨之詩謂之"風",名於是始立。雅、頌多用賦,風多用比、興,體於是始成。三代時,四夷類能詩,鄉飲、蠟祭之類,視其君之教化,參以國之風俗,節文而歌之,以相勞苦,以相酬酢,删餘釐爲十五國風,此鄉黨之詩也。君前後三澠邑,於古爲子男之國。所至隨土視氣,隨氣視聲,隨聲視律,其勢止及爲鄉黨之詩,故其體多風,其用多比興。(以上卷十八)

高元之

高元之(1142—1197)字端叔。宋鄞縣(今浙江寧波)人。安貧力學,博通經史,尤精於《春秋》。客游括蒼,從何偶學詩律,作詩數萬,十不存一,陸游以"詩人"稱之。乾道四年(1168),薦於鄉。淳熙改元,又爲第一,五舉不第。藏書數千卷,手自點勘。嘗結廬於萬竹之間,學者稱萬竹先生。著有《易論》、《詩説》、《論語傳》、《後漢曆志解》各一卷,《揚子發揮》三卷;又有詩三千首,雜著五百篇,號《茶甘甲乙稿》,今不傳。嘗作《變騷》九篇,周必大、曾豐盛讚其學廣辭暢。

本書資料據光緒三十年刻本《奉化縣志》。

《變離騷九篇》自序

《變離騷》者，汴京高元之之所賦也。《風雅》之後，《離騷》爲百世詞宗，何爲而以"變"云乎哉？探端於千載之前，而沿流於千載以後，然則非變而求異於《騷》，將以極其志之所歸，引之達之於理義之衷，以障隄頹波之不及也。

昔周道中微，《小雅》盡廢，宣王興滯補弊，明文武之功業，而《大雅》復興。褒氏之禍，平王東遷，《黍離》降爲《國風》，王德夷於邦君，天下無復有《雅》。然列國之《風》達於事變而懷其舊俗，故《風》、《雅》變而止乎禮義。逮株林澤陂之後，變風又亡。

陵夷至於戰國，文武之澤既斬，三代禮樂壞，君臣上下之義瀆亂舛逆，邪說姦言之禍糜爛天下。屈原當斯世，正道直行，竭忠盡智，可謂特操之士。而懷、襄之君昵比羣小，讒佞傾覆之言滔湮心耳，原信而見疑，忠而被謗。《離騷》之作獨能崇同姓之恩，篤君臣之義。憤悱出於思治，不以汙世而二其心也；愁痛發於愛上，不以汙君而韜其賢也。故《離騷》源流於六義，具體而微，興遠而情逾親，意切而辭不迫。既申之以《九章》，又重之以《九歌》、《遠遊》、《天問》、《大招》，而猶不能自已也，其忠厚之心亦至矣。

班固乃謂其露才揚己，苟欲求進，甚矣，其不知原也！是不察其專爲君而無他，迷不知寵之門之意也。顔之推至謂文人常陷輕薄，是惑於固之說，而不體其一篇之中三致其志之義也。《遠遊》極黄老之高致，而揚雄乃謂棄由、聃之所珍；《大招》所陳深規楚俗之敗，而劉勰反以娛酒不廢，謂原志於荒淫。豈《騷》之果難知哉！王逸於《騷》，好之篤矣，如謂"朝覽洲之宿莽"，則《易》之"潛龍勿用"；"登崑崙、涉流沙"，則《禹貢》之敷土；"就重華而陳詞"，則皋陶之謀謨：又皆非原之本意。故揚之者或過其實，抑之者多損其真。然自宋玉、賈誼而下，如東方朔、嚴忌、淮南小山、王褒、劉向之徒，皆悲原意，各有纂著，大抵紬繹緒言，相與嗟詠而已。若夫原之微言匿旨，不能有所建明。

嗚呼，忠臣義士殺身成仁，亦云至矣，然猶追琢其辭，申重其意，垂光來葉，待天下後世之心至不薄也。而劉勰猥曰："枚、賈追風以入麗，馬、揚沿波而得奇"，"顧盼可以驅辭力，咳唾可以窮文致"。徒欲酌其芳玩華，豔溢錙毫。至於扶掖名教，激揚忠蹇之大端，顧鮮及之。如此，則原之本意又將復亡矣。（卷三四）

陳　亮

陳亮（1143—1194）字同甫，原名汝能，人稱龍川先生。宋婺州永康（今屬浙江）

人。紹熙四年(1193)策進士，光宗親擢爲第一，授建康軍節度判官廳公事，未到任而卒。其文上關國計，下繫生民，反對偏安江左，力主收復中原，充滿愛國豪情。存詩不多，而能直抒胸臆，慷慨激昂。其詞充滿憂國憤世之情，詞風頗似辛棄疾。編有《歐陽文粹》、《蘇門六君子文粹》，均有傳本。著有《龍川文集》四十卷、《龍川詞》(原本已佚，現存一卷、補一卷)。

本書資料據四庫全書本《龍川集》。

傳註(節録)

《六經》作而天人之際其始終可考矣。此聖人之志也，而王仲淹實知之。九師三傳，齊、韓、毛、鄭、大戴、小戴與夫伏生、孔安國之徒，其於六經之文，窮年累歲，不遺餘力矣；師友相傳，考訂是非，不任胸臆矣；而聖人作經之大旨，則非數子之所能知也。天下而未有豪傑特起之士，則世之言經者豈能出數子之外哉？出數子之外者，任胸臆而侮聖言者也。彼其説之有源流也，歷盛衰之變也，合前後之智也，於聖人之大者猶有遺也。納天下之學者於規矩之內，吾未見其捨注疏而遽能使其心術之有所止也。當漢、唐之盛時，學者皆重厚質實，而不爲浮躁僥淺之行，彼其源流有自來矣。祖宗之初，不以文字卑陋爲當變，而以人心無所底止爲可憂，故天下之士惟知誦先儒之説以爲據依，而不自知其文之陋也，是以重厚質實之風往往或過於漢唐盛時。其後景祐、慶曆之間，歐陽公首變五代卑陋之文，奮然有獨抱遺經以究終始之意，終不敢捨先儒之説，而猶惓惓於正義，蓋其源流未遠也。嘉祐以後，文日盛而此風少衰矣。極而至於熙、豐之尚同，猶未若今日之放意肆志以侮玩聖言也。聖人作經之大旨，非豪傑特立之士不能知，而纖悉曲折之際，則註疏亦詳矣，何所見而忽略其源流而不論乎！無怪乎人心之日偷，而風俗之日薄也！然考之三朝，未嘗立法也，而天下之學者知以註疏爲重，則人心之向背顧上之人如何耳。夫取果於未熟，與取之於既熟，相去旬日之間，而其味遠矣。將以厚天下學者之心術，而先啟其紛紛，則又執事之所當慮也。可與樂成，難與慮始，此豈忠厚者之論乎，盍亦思所以先之。

變文法

古人重變法，而變文猶非變法所當先也。天下之士，豈不欲自爲文哉！舉天下之文而皆指其不然，則人各有心，未必以吾言爲然也。然不然之言交發並至，而論者始紛紛矣。紛紛之論既興，則一人之力決不能以勝衆多之口。此古人所以重變法，而尤重於變文也。

　　然則文之弊終不可變乎？均是變也，審所先後而已矣。夫文弊之極，自古豈有踰於五代之際哉？卑陋萎弱，其可厭甚矣。藝祖一興，而恢廓磊落，不事文墨，以振起天下之士氣；而科舉之文，一切聽其所自爲，有司以一時尺度律而取之，未嘗變其格也。其後柳仲塗以當世大儒，從事古學，卒不能麾天下以從己。及楊大年、劉子儀因其格而加以瑰奇精巧，則天下靡然從之，謂之崑體。穆脩、張景專以古文相高，而不爲駢儷之語，則亦不過與蘇子美兄弟唱和於寂寞之濱而已。故天聖間，朝廷蓋知厭之，而天下之士亦終未能從也。

　　其後歐陽公與尹師魯之徒，古學既盛，祖宗之涵養天下，至是蓋七八十年矣。故慶曆間，天子慨然下詔書，風厲學者以近古，天下之士亦翕然丕變以稱上意。於是胡翼之、孫復、石介以經術來居太學，而李泰伯、梅堯臣輩又以文墨議論游泳於其中，而士始得師矣。當是時，學校未有課試之法也，士之來者，至接屋以居而不倦，太學之盛蓋極於此矣。乘士氣方奮之際，雖取三代兩漢之文，立爲科舉取士之格，奚患其不從，此則變文之時也。

　　藝祖固已逆知其如此矣。然當時諸公，變其體而不變其格，出入乎文史而不本之以經術。學校課士之法又往往失之太略，此王文公所以得乘間而行其說於熙寧也。經術造士之意非不美，而新學、《字說》何爲者哉！學校課試之法非不善，而月書、季考何爲者哉！當是時，士之通於經術者，神宗作成之功，而非盡出於法也。及司馬溫公起相元祐，盡復祖宗之故，而不能參以熙寧經術造士之意、取其學校課試之大略，徒取快於一時而已。則夫士之工於詞章者，皆祖宗涵養之餘，而非必盡出於法也。紹聖、元符以後，號爲紹述熙、豐，亦非復其舊矣，士皆膚淺於經而爛熟於文，其間可勝道哉！

　　中興以來，參以詩賦經術，以涵養天下之士氣，又立太學以聲動四方之觀聽，故士之有文章者、德行者、深於經理者、明於古今者，莫不各得以自奮，蓋亦可謂盛矣。然心志既舒則易以縱弛，議論無擇則易以浮淺，凡其弊有如明問所云者，固其勢之所必至也。議者思所以變之，其意非不美矣；而其事則藝祖之所難，而嘉祐之所未及也。夫三年課試之文，四方場屋之所繫，此豈可以一朝而變乎。然學校之士，於經則敢爲異說而不疑，於文則肆爲浮論而不顧其源，漸不可長。此則長貳之責，而主文衡者當示以好惡，而不在法也。

　　昔慶曆有胡翼之學法，熙寧有王文公學法，元祐有程正叔學法。今當請諸朝廷，參取而用之，不專於月書、季考，以作成太學之士，以爲四方之表儀，則祖宗之舊可以漸復，豈必遽變其文格以驚動之哉！古人重變法，而尤重於變文，則必有深意矣。不識執事以爲如何？

制　舉

設科以取士，而制舉所以待非常之才也。夫決科之士滿天下，豈必皆常才，而非常之士亦或在其中矣，獨制舉得以擅其名者。豈古之賢君，其待天下之士如是其薄哉？彼其以一身臨王公士民之上，其於天下之故，常懼其有闕也，自公卿等而下之，以至於郡縣之小官，科目之一士，莫不各得以其言自通。然猶懼其有懷之不盡也，故設爲制舉以詔山林朴直之士，使之極言當世之故，而期之以非常之才。彼其受是名也，宜可以自異於等夷，則亦將盡吐其蘊，凡天下之所不敢言者，一切爲吾君言之，以報其非常之知焉。然後人主可以盡聞其所不聞，恐懼修省，以無負天下之望。則古之賢君爲是設科以待非常之才者，其求言之意可謂切矣，豈徒爲是區別而已哉！

五季之際，天下乏才甚矣。藝祖一興，而設制科以待來者，至使草澤得以自舉，而不中第者，猶命之以官。以藝祖之規模恢廓，固非飾法度以事美觀，誠得夫古者設制科之本意，而求言之心不勝其汲汲也。雖當時才智之士，其所見不能有補於聖明，歷太宗、真宗而涵養天下之日既久，及天聖間，仁宗再復制科，而富韓公首應焉。其後異人輩出，仁宗既用以自輔，而其餘者猶爲三代子孫之用。及熙寧之初，孔文仲、呂陶猶能極論新法，以伸天下敢言之氣。雖制科卒以此罷，藝祖之規模宏廓，其所庇賴後人多矣，而仁宗實當其盛時也。元祐既復之，而紹聖以後又罷之。及上皇中興，首設制舉以行藝祖之志，而士病於記問，莫有應者。肆我主上，切於求言，而略於記問，士始奮然以應上之求。其於國家之大略，當世之大計，人之所不敢言而上之，虛佇以待者，固將無所不聞矣。而執事方以董仲舒、劉蕡所對之緩急，而論者皆有遺憾發於問目，豈將酌其中以警夫非常之士邪！

夫言之難也久矣，要之，以其君爲心，則其言之緩急無不當於時也。漢武帝，英明願治之主也，負其雄才大略，欲挈還三代之盛，而漢家制度之變亦其時矣。仲舒以爲漢雜伯道以維持未安之天下，天下既安而教化猶未純也，勸帝以更化，而更革之際豈可任意而爲之哉？天人相與之際甚可畏，故緩其言，使武帝舒徐容與，因天下所同欲而更其所當先者，豈敢以一毫奮厲之氣而激武帝之雄心哉？仲舒之言雖緩而實切於時者，以武帝爲心也，夫豈計其合不合哉，異時固已甘心於膠西矣。唐文宗，恭儉少決之主也，乘主威不振之後，欲有所爲而輒復畏縮，而北司之患至是蓋亦極矣。蕡以爲肅宗、代宗、德宗失柄於北司，元和之痛，臣子不可一朝安也，勸帝聲其罪而討之，而斷決之際，豈可以陰謀而自陷於不直哉。社稷之大計非小故，故蕡急其言，使文宗奮厲果敢，因天下所同欲而易致如反手，豈敢徐步拯溺以待文宗之自悟哉？蕡之言雖急而實審於時者，以文宗爲心也，夫豈計其第不第哉！彼其見黜固宜矣，而恨文宗之不一見也。論者病仲舒之不切，而咎賈之疏直，是殆未知其心耳。夫當世之務亦多矣，必其以君爲心，然後其言之緩急當於時。言之緩急當於時，而後不負於國家非常之求哉。（以上卷一一）

書作論法意與理勝

大凡論不必作好語言，意與理勝，則文字自然超衆。故大手之文，不爲詭異之體，而自然宏富；不爲險怪之辭，而自典麗。奇寓於純粹之中，巧藏於和易之内。不善學文者，不求高於理與意，而務求於文彩辭句之間，則亦陋矣。故杜牧之云："意全勝者，辭愈朴而文愈高；意不勝者，辭愈華而文愈鄙"。昔黄山谷云："好作奇語，自是文章一病"。但當以理爲主，理得而辭順，文章自然出羣拔萃。（卷一六）

《桑澤卿詩集》序

予平生不能詩，亦莫能識其淺深高下。然嘗聞韓退之之論文曰："紆餘爲妍，卓犖爲傑。"黄魯直論長短句，以爲"抑揚頓挫，能動搖人心"。合是二者，於詩其庶幾乎。至於立意精穩，造語平熟，始不刺人眼目；自餘皆不足以言詩也。桑澤卿爲詩百篇，無一句一字刺人眼，可謂用功於斯術者矣。劉牢之大小百戰，方爲名將；何無忌從容坐談，而靈寶以爲酷似其舅，一戰而勝，亦略似之，然終非真也。澤卿試問之渭陽李靖之兵法，既盡乎骨肉之間，有留行則人將議其慘矣。（卷二十三）

書《歐陽文粹》後（節録）

右《歐陽文忠公文粹》一百三十篇。公之文根乎仁義而達之政理，蓋所以翼《六經》而載之萬世者也。雖片言半簡，猶宜存而弗削。顧猶有所去取於其間，毋乃誦公之文而不知其旨，敢於犯是不韙而不疑也？

初，天聖、明道之間，太祖、太宗、真宗以深仁厚澤涵養天下蓋七十年，百姓能自衣食以樂生送死，而戴白之老安坐以嬉，童兒幼稚什佰爲羣，相與鼓舞於里巷之間。仁宗恭己無爲於其上，太母制政房闥，而執政大臣實得以參可否，晏然無以異於漢文、景之平時。民生及識五代之亂離者，蓋於是與世相忘久矣。而學士大夫其文猶襲五代之卑陋。中經一二大儒起而麾之，而學者未知所向，是以斯文獨有愧於古。天子慨然下詔書，以古道飭天下之學者，而公之文遂爲一代師法。未幾而科舉禄利之文非兩漢不道，於是本朝之盛極矣。公於是時，獨以先王之法度未盡施於今，以爲大闕。其策學者之辭，慇懃切至，問以古今繁簡淺深之宜，與夫周禮之可行與不可行。

而一時習見百年之治，若無所事乎此者，使公之志弗克遂伸，而荆國王文公得乘其間而執之。神宗皇帝方鋭意於三代之治，荆公以霸者功利之説，飾以三代之文，正百官，定職業，修民兵，制國用，興學校以養天下之才。是皆神宗皇帝聖慮之所及者，嘗試行之，尋察其有管晏之所不道，改作之意蓋見於末命，而天下已紛然趨於功利而不可禁。學者又習於當時之所謂經義者，剥裂牽綴，氣日以卑。公之文雖在，而天下不復道矣。此子瞻之所爲深悲而屢歎也。

元祐間，始以末命從事，學者復知誦公之文。未及十年，浸復荆公之舊。迄於宣、政之末，而五季之文靡然遂行於世。然其間可勝道哉！

二聖相承又四十餘年，天下之治大略舉矣，而科舉之文猶未還嘉祐之盛。蓋非獨學者不能上承聖意，而科制已非祖宗之舊，而況上論三代！始以公之文，學者雖私誦習之，而未以爲急也。故予姑掇其通於時文者，以與朋友共之。由是而不止，則不獨盡究公之文，而三代兩漢之書蓋將自求之而不可禦矣。先王之法度猶將望之，而況於文乎！則其犯是不蹔，得罪於世之君子而不辭也。雖然，公之文雍容典雅，紆餘寬平，反覆以達其意，無復毫髮之遺；而其味常深長於言意之外，使人讀之，藹然足以得祖宗致治之盛。其關世教，豈不大哉！（以上卷二十三）

袁　文

袁文（1143—1209）字質甫，自號逸叟。宋四明鄞（今浙江寧波）人。好讀書，汲汲覃思，學業日富，而不務進取，有園數畝，悠游成趣。取歷代史籍、文集、小説、雜編，著《甕牖閑評》一書，專以考訂辨正爲事，於音韻文字之學尤精審。

本書資料據四庫全書本《甕牖閑評》。

《甕牖閑評》（節録）

黄太史《謝送宣城筆》詩云："宣城變樣蹲雞距，諸葛名家捋鼠鬚。一束喜從公處得，千金求買市中無。漫投墨客摹科斗，勝與朱門飽蠹魚。愧我初非草《玄》手，不將閒寫吏文書。"世多病此詩既押十虞韻，魚、虞不通押，殆落韻也。殊不知此乃古人詩格，昔鄭都官與僧齊己、鄭損輩共定今體詩格云："凡詩用韻有數格，一曰葫蘆，一曰轆轤，一曰進退。葫蘆韻者先二後四，轆轤韻者雙出雙入，進退韻者一進一退，失此則謬矣。今此詩前二韻押十虞字，後二韻押九魚字，乃雙出雙入，得非所謂轆轤韻乎？非太史之誤也。"（卷五）

葉　適

　　葉適（1150—1223）字正則，號水心居士。卒諡忠定。宋溫州永嘉（今屬浙江）人。淳熙進士。歷仕孝宗、光宗、寧宗三朝，纍官知蘄州、權吏部侍郎、知建康府兼沿江制置使、寶文閣待制兼江淮制置使等。力主抗金，反對和議。葉適在哲學上是永嘉學派的代表，反對空談性理，提倡"事功之學"，觀點與朱熹、陸九淵對立。在文學創作上，繼承韓愈"務去陳言"、"詞必己出"的傳統，從觀點到文字均力求新穎脫俗，提倡獨創精神，主張"片辭半簡必獨出肺腑，不規仿衆作"（《歸愚翁文集序》）。其文雄贍，才氣奔逸，尤以碑版之作簡質厚重而著名當世。他不滿江西詩派奇拗生硬和"資書以爲詩"的詩風，而傾向於晚唐，尤其尊崇姚合、賈島的流利清淡。與"永嘉四靈"徐照、徐璣、趙師秀、翁卷等人友善，曾刊印他們的詩集，並極力推崇。其詩"用工苦而造境生"，"豔出於冷，故不膩，淡生於煉，故不枯"（《宋詩鈔·水心詩鈔》）。所作不限於五律，多五七言古，題材廣於"四靈"。著《水心先生文集》二十八卷、《拾遺》一卷、《別集》十六卷。其《習學記言》是一部帶有批判性的學術著作，全書包括論經十四卷、論諸子七卷、論史二十五卷、論文鑒四卷，是葉適對經、史、子書的評論和研究心得的記述，標誌着宋學中以葉適爲集大成者的永嘉學派與程、朱理學及陸氏"心學"的鼎足而立。

　　本書資料據四庫全書本《水心集》、《習學記言》。

法度總論三（節錄）

　　科舉亦有數害，取人以藝，既薄於古，今並與藝而失之，爲一害；古者化天下之人而爲士，使之知義，今者化天下之人而爲士，盡以入官，爲一害；解額一定，多者冒濫，少者陸沉奔走射利，喪其初心，於今之法又自壞之，爲一害；一預鄉貢，老不成名，以官錫之，既不擇賢，又不信藝，徒曰恩澤，官曹充滿，人才敗壞，又爲一害。夫京師之學有考察之法，而以利誘，天下州縣之學無考察之法，則聚食而已，而學校之法爲害；制舉所以求卓越方聞之士，而責之於記誦，取之以課試，所言不行，所習不用，而制科之法爲害；博學宏詞，昔以罷詞賦而進人於應用之文耳，美官要職遂爲快捷方式，一居是選，莫可退解，而宏詞之法爲害。

科　舉

何謂"今並與藝而失之爲一害"？蓋昔之所謂俊乂者，其程試之文往往稱於世俗，而其人亦或有立於世。今之所以取之者，非所以取之，其在高選，輒爲天下之所鄙笑。而鄉曲之賤人，父兄之庸子弟，俯首誦習謂之"黃策子"者，家以此教，國以此選，命服之所賁者，乃人之所輕。且夫世之所重者，豈必知重其人哉？亦或其藝文之可稱者耳。此固不足以卜其內。今其可稱者又莫之獲，而人之所輕者乃反得之。然則上之求士而用之，公卿大臣由此塗出，豈有始於爲人之所輕而終也乃足以爲國家之所重者乎！

何謂"化天下之人爲士盡以入官爲一害"？使天下有羨於爲士而無羨於入官，此至治之世，而《兔罝》之詩所以作也。蓋羨於爲士則知義，知義則不待爵而貴，不待祿而富，窮人情之所欲慕者而不足以動其所守之勇。今也舉天下之人總角而學之，力足以勉强於三日課試之文，則囂囂乎青紫之望盈其前，父兄以此督責，朋友以此勸勵。然則盡有此心，而廉隅之所砥礪，義命之所服安者，果何在乎？朝廷得斯人者而用之，將何所賴以興起天下之人才哉？

何謂"解額一定爲一害"？百人解一，承平之時酌中之法也。其時閩、浙之士少以應書，而爲解之額狹矣。今江、淮之間，或至以僅能識字成文者充數；而閩、浙之士，其茂異穎發者，乃困於額少而不以與選，奔走四方，或求門客，或冒親戚，或趁羅納。夫士之爲學，其精至於性命之際，而其用在於進退出處之間，然後朝廷資其才力以任天下之重。今也以利誘之於前而以法限之於後，假冒干請，無所不爲，然則以其有是士之可取也而取之，此其義理之當然者耳，則解額之狹於彼者，何不通之使與寬者均乎？

何謂"一預鄉貢以官錫之爲一害"？古人之取士也，取之四五而後定其終身。而本朝之法不然，其鄉貢也，一取之而已；一取而不復棄其人，三十年之後，憐其無成而亦命之官。蓋昔藝祖之初，憫天下士有更五代困於場屋而猶不得自遂者，因以爲之賜。今也士人充塞，偶然一得，何足爲言，則安用此而遂爲常法乎！

夫士者，人才之本源，立國之命係焉。四患不除，而朝廷於人才之本源，戕賊斲喪，不復長育，則宜其不足於用也。去四患，得四利，所謂養之於始，自拱把而至於桐梓，古人之言不可忽也。

制　科

用科舉之常法，不足以得天下之才，其偶然得之者，幸也。自明道、景祐以來，能言之士有是論矣。雖然，原其本以至於末，亦未見有偶然得之者。要以爲壞天下之才而使之至於舉無可用，此科舉之弊法也。至於制科者，朝廷待之尤重，選之尤難，使科舉不足以得才，則制科者亦庶幾乎得之矣。雖然，科舉所以不得才者，謂其以有常之法而律不常之人，則制舉之庶乎得之者必其無法焉；而制舉之法反密於科舉。今夫求天下豪傑特起之士，所以恢聖業而共治功。彼區區之題目記誦明數暗數制度者，胡爲而責之？而又於一篇之策，天文、地理、人事之紀，問之略徧，以爲其說足以酬吾之問，則亦可謂之奇才矣。當制舉之盛時，置學立師，以法相授，浮言虛論，披抉不窮，號爲制舉習氣。故科舉既不足以得之，而制舉又或失之。然則朝廷之求爲一事也，必先立爲一法。若夫制科之法，是本無意於得才，而徒立法以困天下之泛然能記誦者耳。此固所謂豪傑特起者輕視而不屑就也。又有甚於此者。蓋昔以三題試進士，而爲制舉者，以答策爲至難；彼其能之，則猶有以取之。自熙寧以策試進士，其說蔓延，而五尺之童子，無不習言利害以應故事，則制舉之策不足以爲能。故哲宗以爲今進士之策有過此者，而制科由此再廢矣。是以八九十年，其薦而不得試者，其試而不見取者。其幸而取者，其人才凡下，往往不逮於科舉之俊士。然且三年一下詔而追復，不俟科舉之歲，皆得舉之，將何所爲乎？設之以至密之法，與之以至美之名，使其得與此者，爲急官爵計耳。且天下識治知言之人，不應如是之多，則三歲以策試進士，使肆言而無所用，是誠失之矣。今又使制舉者自以其所謂五十篇之文，泛指古今，敷陳利害，其言煩雜，見者厭視，聞者厭聽。且士之猥多，無甚於今世，挾無以大相過之實而冒不可加之名，則朝廷所以汲汲然而求之者，乃爲譏笑之具。今宜暫息天下之多言，進士無親策，制舉無記誦，無論著，稍稍忘其故步，一日天子慨然自舉之，三代之英才未可驟得，亦不至如近世之冗長無取，非惟無益而反有害也。

宏　詞

　　法或生於相激，宏詞之廢久矣。紹聖初，既盡罷詞賦，而患天下應用之文由此遂絕，始立博學宏詞科。其後又爲詞學兼茂，其爲法尤不切事實。何者？朝廷詔誥典册之文，當使簡直宏大，敷暢義理，以風曉天下，典、謨、訓、誥諸書是也。孔子錄爲經常之詞以教後世，而百王不能易，可謂重矣。至兩漢制詔，詞意短陋，不復彷彿其萬一。蓋當時之人，所貴者武功，所重者經術，而文詞者，雖其士人謙然自相矜尚，而朝廷忽略之，大要去刀筆吏之所能無幾也。然其深厚溫雅，猶稱雄於後世，而自漢以來，莫有能及者。若乃四六、對偶、銘、檄、讚、頌，循沿漢末以及宋、齊，此真兩漢刀筆吏能之而不作者，而今世謂之奇文絕技，以此取天下士而用之於朝廷，何哉？自詞科之興，其最

758

貴者四六之文，然其文最爲陋而無用。士大夫以對偶親切用事精的相誇，至有以一聯之工而遂擅終身之官爵者。此風熾而不可遏，七八十年矣；前後居卿相顯人，祖父子孫相望於要地者，率詞科之人也。其人未嘗知義也，其學未嘗知方也，其才未嘗中器也，操紙援筆以爲比偶之詞，又未嘗取成於心而本其源流於古人也，是何所取，而以卿相顯人待之，相承而不能革哉？且又有甚悖戾者。自熙寧之以經術造士也，固患天下習爲詞賦之浮華而不適於實用；凡王安石之於神宗，往反極論，至於盡擯斥一時之文人，其意曉然矣。紹聖、崇寧，號爲追述熙寧，既禁其求仕者不爲詞賦，而反以美官誘其已仕者使爲宏詞，是始以經義開迪之而終以文詞蔽淫之也，士何所折衷？故既以爲宏詞，則其人已自絕於道德性命之本統，而以爲天下之所能者盡於區區之曲藝；則其患又不特舉朝廷之高爵厚祿輕以與之而已也，反使人才陷入於不肖而不可救。且昔以罷詞賦而置詞科，今詞賦、經義並行久矣，而詞科迄未嘗有所更易，是何創法於始而不能考其終，使不自爲背馳也？蓋進士、制科，其法猶有可議而損益之者，至宏詞則直罷之而已矣。（以上《《水心集》》卷三）

徐道暉墓誌銘（節録）

蓋魏、晉名家，多發興高遠之言，少驗物切近之實。及沈約、謝朓永明體出，士爭效之，初猶甚艱，或僅得一偶句，便已名世矣。夫束字十餘，五色彰施，而律吕相命，豈易工哉！故善爲是者，取成於心，寄妍於物，融會一法，涵受萬象，豨苓、桔梗，時而爲藥，無不按節赴之，君尊臣卑，賓順主穆，如丸投區，矢破的，此唐人之精也。然厭之者，謂其纖碎而害道，淫肆而亂雅，至於廷設九奏，廣袖大幅，而反以浮響疑宮商，布縷繆組繡，則失其所以爲詩矣。然則發今人未悟之機，回百年已廢之學，使後復言唐詩自君始，不亦詞人墨卿之一快也。（《水心集》卷十六）

詩（節録）

《離騷》，詩之變也；賦，詩之流也。異體雜出，與時轉移，又下而爲俳優里巷之詞，然皆詩之類也。寬閑平易之時，必習而爲怨懟無聊之言；莊誠恭敬之意，必變而爲悔笑戲狎之情。此詩之失也。夫古之爲詩也，求以治之；後之爲詩也，求以亂之。然則豈惟以見周之詳，又以知後世之不能爲周之極盛而不可及也。（《水心別集》卷五）

史记（節録）

述作其難事乎！孔子之時，前世之圖籍具在，諸侯史官世遵其職，其記載之際博矣，仲尼無不盡觀而備考之。故《書》起唐、虞，《詩》止於周，《春秋》著於衰周之後，史體雜出而其義各有屬，堯、舜以來，變故悉矣。其在於上世者，遠而難明，故放棄而不録，録其可明，又止於如此，然則可謂簡矣。使仲尼之意猶有所未盡而必見於他書，則法當益詳；惟其以爲不待他書，而古今之世變已盡見於此矣。然則法簡而義周，後世可不深思其故哉！夫堯、舜相繼二百餘年，而《書》之所紀者十一篇，今其在者二篇而已。堯、舜之大法垂於無窮者，既已盡見於二篇之中，然則果不欲其詳也。且以世求年，以年求時，以時求月，其間事之當否，人之賢不肖，政之遷革，是何所不有，安得而盡録之？夫其隨世而化，則不著見於後世何傷！蓋其治亂興衰，聖賢更迭，與夫桀、紂之大惡，不可使之不傳；而纖細煩瑣，徒以殫天下之竹帛而玩習後世之口耳者，聖人固宜其有所不録也。噫！太史遷不能知聖人之意，而紛然記之爲奇以誇天下者，何耶？遷出秦人之後，諸侯之史皆已燔滅而不可見，然猶傅會羣書，采次異聞，如此其多。使遷如聖人盡見上世之書籍，衒其博而不能窮，將如之何耶？戰國之人，尚詐無義，賊天地君臣之大經，苟以奉一時之欲；而楚、漢之興，其事跡又皆已淺近苟且而不足信。使聖人處此，固絕而不書，雖書之且不使盡見。何者？天下之事，惟其有一人述之，是以不可磨滅。若夫豪商、大賈、姦人、刺客之流，優笑之賤，日者之微，莫不奮筆墨之巧以示其能，使後世之士溺於見聞而不能化，蕩於末流而不能反，又況殘民害政之術盡出於其中哉！嗟夫！其意深矣，遠矣。此述作之所以爲難，非聖人不得盡其義者也。戰國之時，著書甚衆，更秦皆不復行。苟使《六經》之學得不泯絕於世，則諸子異説亦可以已矣。自遷發其端，而劉向始盡求而叙之，異端之學遂以大肆於後，與聖人之道相亂。嗚呼！天下之人所以紛紛焉至今不能成德就義而求至於聖賢者，豈非遷之罪耶！讀其詞之辨麗奇偉，而縱橫談説，慷慨節俠，攘臂於征伐之間者，皆蠱壞豪傑之大半矣。夫至言大道不足以辨麗奇偉，而辨麗奇偉必出於小道異端，然則遷之得失，盡見於此矣。（《水心別集》卷六）

《習學記言》（節録）

建安體如王粲《從軍詩》，奚用也！

（魏文帝）馬上賦詩，極陳觀兵之盛，其終曰："量宜運權略，六軍何悦康。豈如《東山詩》,悠悠多哀傷。"彼以周公爲怯耶？大抵六子、二曹爲建安黄初體,自此不得復見前世之風雅,而後人以爲高風絶塵,所未喻也。(以上卷二十七)

謝靈運撰《征郊》、《居賦》,雖體裁下而音韻高,視漢人規模前作者,反當勝也。沈約論詞賦之變,謂："玄黄律吕,各識物宜。欲使宫羽相變,低昂互節,若前有浮聲,則後須切響;一簡之内,音韻盡殊;兩句之中,輕重頓異。妙達此旨,始可言文。"余觀詩人之音節,未有不順者,至《騷》始逆之。《騷》體既流,詩人之順遂不可復。自約以後,其聲愈浮,其節愈急,百千年間,天下靡然,窮巧極妙而無當於義理之豪芒;其能高者,不過以氣力振暴之,暫稱雄傑。而約方言"靈均以來,此秘未睹",蓋可歎也。(卷三十一)

《庾肩吾傳》載梁簡文時,文士庾肩吾、徐摛、陸罩、劉遵、劉孝綽、孝威及肩吾子信、摛子陵、張長公、傅弘、鮑至等,及謝朓、沈約新變之文,"至是轉拘聲調,彌尚麗靡"。又簡文《與湘東王書》言:"比見京師文體,儒鈍殊常,競學浮疎,爭爲闡緩";至謂:"未聞吟詠情性,反擬《内則》之篇;操筆寫志,更摹《酒誥》之作;遲遲春日,翻學《歸藏》;湛湛江水,遂同《大傳》";又言:"近世謝朓、沈約之詩,任昉、陸倕之筆,實文章之冠冕,述作之楷模。"文詞之盛衰,在上所好惡。魏武父子既成建安之體,而昭明兄弟功力不減,觀其所主如此,士人安得不風靡！況信與陵皆擅一時盛名,此所以流變至今,如百川到海,無復歸源之日。後出隨時移改,或詞致小異,自謂復然皆脱沈、謝本子不得,蓋亦未嘗深考故也。如上世歌詩,其可取法固多矣,奚必沈、謝乎？

鍾嶸《詩評》謂"鬱陶乎余心"、"名余曰正則"爲"五言之濫觴",備論衆作以及時流,蓋天監初也。(以上卷三十三)

賦雖詩人以來有之,而司馬相如始爲廣體,撼動一世。司馬遷至爲備録其文,駭所無也。揚雄喜而效焉,晚則悔之矣。然自班固以後不惟文浸不及,而義味亦俱盡。然後世猶繼作不已,其虚誇妄説,蓋可鄙厭。故韓愈、歐、王、蘇氏皆絶不爲。今所謂《皇畿》、《汴都》、《感山》、《南都》之類,非於其文有所取直,以一代之制,一方之事不可不知而已。《皇畿》以事實勝,而《汴都》惟盛稱熙、豐興作,遂特被賞識。昔梁孝王、漢武、宣每有所爲,輒令臣下述賦,戲弄文墨,直俳優之雄。而歷代文士相與沿襲不恥,是可歎也。

漢以經義造士,唐以詞賦取人。方其假物喻理,聲諧字協,巧者趨之,經義之樸閣筆而不能措。王安石深惡之,以爲市井小人皆可以得之也。然及其廢賦而用經,流弊至今,斷題折字,破碎大道,反甚於賦。故今日之經義,即昔日之賦;而今日之賦,皆遲鈍拙澀,不能爲經義者然後爲之。蓋不以德而以言,無往而能獲也。諸律賦皆場屋之伎,於理道材品非有所關,惟王曾、范仲淹有以自見,故當時相傳,有"得我之小者散而爲草木,得我之大者聚而爲山川","如雲區别妍媸,願爲軒鑑;儻使削平禍亂，請就干將"之句。而歐、蘇二賦非舉場所作，蓋欲知昔時格律寬假，人各以意爲之，不拘礙也。

按呂氏有《家塾讀詩記》、《麗澤集詩》行於世，本朝詩與今篇目不同無幾，乃其素所詮次云爾。孟子言："王者之跡熄而《詩》亡，《詩》亡然後《春秋》作。"《春秋》作不作，不繫《詩》存亡，此論非是。然孔子時人已不能作詩，其後別爲逐臣憂憤之詞，其體變懷。蓋王道行而後王跡著，王政廢而後王跡熄，詩之廢興，非小故也。自是詩絶不繼數百年。漢中世文字興，人稍爲歌詩，既失舊制，始以意爲五七言，與古詩指趣音節異，而出於人心者實同。然後世儒者，以古詩爲王道之盛，而漢、魏以来乃文人浮靡之作也，棄而不論，諱而不講，至或禁使勿習：上既不能涵濡道德，發舒心術之所存，與古詩庶幾；下復不能抑揚文義，鋪寫物象之所有，爲近詩繩準，塊然樸拙。而謂聖賢之教如是而止，此學者之大患也。呂氏自古樂府至本朝詩人，存其性情之正、哀樂之中者，上接古詩，差不甚異，可與學者共由，而從之尚少，故略爲明其大概如此。

張衡《四愁》，雖在蘇、李後，得古人意則過之。建安至晉高遠，宋、齊麗密，梁、陳稍放靡，大抵辭意終未盡。唐變爲近體，雖白居易、元稹以多爲能，觀其論叙，亦未失詩意。而韓愈盡廢之，至有"亂雜蟬噪"之譏，此語未經昔人評量，或以爲是，而叫呼怒罵之態，濫溢不可禦。所以後世詩去古益遠，雖如愈所謂"亂雜蟬"，噪者尚不能到，況欲求風雅之萬一乎！

四言自韋孟、司馬遷、相如、班固、束晳、陶潛、韓愈、柳宗元、尹洙、梅堯臣、歐陽脩、王安石、蘇軾，工拙略可見。余嘗怪五言而上，往往世人極其材之所至，而四言雖文詞巨伯輒不能工，何也？按古詩作者無不以一物立義，物之所在道則在焉。物有止，道無止也，非知道者不能該物，非知物者不能至道。道雖廣大，理備事足，而終歸之於物，不使散流，此聖賢經世之業，非習爲文詞者所能知也。詩既亡，孔子與弟子講習其義，能明之而已，不敢言。雖如游、夏、子思、孟子之流，皆不敢言作詩也。後世操筆研思，存其體可也。而韓愈便自謂古人復生，未肯多讓，或者不知量乎？

蘇氏半字韻詩酬和最工，爲一時所慕，次韻自此盛於天下，失詩本意最多。夫以六義爲詩，猶不足言詩，況以韻爲詩乎！言"今年一綫在，那復堪把玩，欲起强持酒，故交雲雨散"，無乃與川上之逝異觀？比於博塞爲歡娛粗勝耳。

五七言律詩。按詩自曹、劉至二謝，日趨於工，然猶未以聯屬校巧拙。靈運自誇"池塘生春草"，而無偶句亦不計也。及沈約、謝朓競爲浮聲竊響，自言靈均所未睹。其後浸有聲病之拘，前高後下，左律右吕，勾緻麗密，哀思宛轉，極於唐人，而古詩廢矣。杜甫强作近體，以功力氣勢掩奪衆作，然當時爲律詩者不服，甚或絶口不道。至本朝初年，律詩大懷。王安石、黃庭堅欲兼用二體，擅其所長，然終不能庶幾唐人。蘇

762

氏但謂七言之偉麗者，則失之尤甚，蓋不考源流所自來，姑因其已成者貌似求之耳。（以上卷四十七）

　　按孔安國稱典、謨、訓、誥、誓、命之文，典、謨且置，訓、誥、誓、命，三代至今通用。三代時，人主至公侯卿大夫皆得爲之，其文則必皆知道德之實而後著見於行事，乃出治之本，經國之要也。周衰五六百年，命令不復行於天下，雖齊晉迭霸，文告亦不能施於諸侯。至秦擅事，貴人盡軍吏，而丞史賤官執文墨之權，於是所言非所用，所用非所言，而人主制詔、朝廷命令爲空文矣。《兩漢紀》只摘舉一二，後世祖述以爲不可及，其視《書》所稱，何啻涇渭之異流，朱紫之殊色也。蓋人主及公卿大夫不知道德，而丞史賤官徒耀文詞，虛實各行，體統分裂，乃爲治之大害。不知者但以古今不同爲解，是可歎矣。然余嘗考次自秦、漢至唐及本朝景祐以前詞人，雖工拙特殊，而質實近情之意終猶未失。惟歐陽修欲驅詔令復古，始變舊體；王安石思出修上，未嘗直指正言，但取經史見語錯重組綴，有如自然，謂之典雅，而欲以此求合於三代之文，何其謬也。自是後進相率效之。（卷四十八）

費　袞

　　費袞（生卒年不詳）字補之。宋無錫（今屬江蘇）人。國子監免解進士。幼承家訓，博學工文。《宋史》無傳，生平不詳。所著筆記《梁溪漫志》十卷，記述宋代政事典章，考證史傳，評論詩文，間及傳聞瑣事，第四卷則全記蘇軾事，是宋代筆記中史料價值較高的一種。

　　本書資料據四庫全書本《梁溪漫志》。

元城了翁表章

　　今時士大夫論四六，多喜其用事精當，下字工巧，以爲膾炙人口。此固四六所尚，前輩表章固不廢此，然其剛正之氣形見於筆墨間，讀之使人聳然，人主爲之改容，姦邪爲之破膽。元符末，劉元城自貶所起帥鄆，當過闕，公謝表云："志惟許國，如萬折之而必東；忠以事君，雖三已之而無慍。"坐是，遂不得入見。大觀間，陳了翁在通州，編修政典局取《尊堯集》，了翁以表繳進，其語有云："愚公老矣，益堅平險之心；精衛眇然，未捨填波之願。"後竟再坐貶。此二表，於用事、下字，亦皆精切，而氣節凛凛如嚴霜烈日，與退之所謂"登泰山之封，鏤白玉之牒"者似不侔矣。（卷三）

東坡文效唐體

東坡之文,浩如河漢濤瀾奔放,豈區區束縛於隄防者而作!《徐君猷祭文》及《徐州鹿鳴燕詩序》,全用四六,效唐人體而益工,蓋以文爲戲耶。(卷四)

温公論碑誌

温公論碑誌,謂古人有大勳德,勒銘鐘鼎,藏之宗廟,其葬則有豐碑以下棺耳。秦、漢以來,始命文士襃贊功德,刻之於石,亦謂之碑。降及南朝,復有銘誌,埋之墓中。使其人果大賢耶,則名聞昭顯,衆所稱頌,豈待碑誌始爲人知? 若其不賢也,雖以巧言麗辭,强加采飾,徒取譏笑,其誰肯信? 碑猶立於墓道,人得見之;誌乃藏於壙中,自非開發,莫之睹也。蓋公剛方正直,深嫉諛墓而云然。予嘗思之,藏誌於壙,恐古人自有深意。韓魏公四代祖葬於趙州,五代祖葬於博野,子孫避地,歷祀綿遠,遂忘所在。魏公既貴,始物色得之,而疑信相半,乃命儀公祭而開壙,各得銘志,然後韓氏翕然取信,重加封植而嚴奉之。蓋墓道之碑易致移徙,使當時不納誌壙中,則終無自而知矣。故予恐古人作事必有深意,藉誌以諛墓則固不可,若止書其姓名、官職、鄉里,係以卒葬歲月而納諸壙,觀韓公之事,恐亦未可廢也。(卷六)

桑世昌

桑世昌(生卒年不詳)字澤卿,自號莫庵。宋高郵(今屬江蘇)人。陸游之甥。廣交當世名流,從高似孫游三十年。著有《莫庵文集》三十卷。博雅工詩,於翰墨一道,極喜王羲之《蘭亭序》,庋藏數百本。現存所編《蘭亭考》十二卷,以博雅見稱。又著《回文類聚》四卷。《回文類聚》收録自魏、晉至宋的回文詩共四卷,但後人認爲近於文字游戲,有價值的作品不多,難能而不可貴。但後來朱孝賢編《回文類聚補遺》,朱向賢編《回文類聚續編》,足見回文詩之盛。

本書資料據四庫全書本《回文類聚》。

《回文類聚》原序

《詩苑》云:"回文始於竇滔妻,反覆皆可成章。舊爲二體,今合爲一。止兩韻者謂之回文,而舉一字皆成讀者,謂之反覆。"又上官儀曰:"凡詩對有八,其七曰回文對:'情親因得意,得意逐情親'是也。"自爾或四言,或六言,或唐律,或短語,既極其工,且流而爲樂章。蓋情詞交通,妙均造化,此文之所以爲無窮也。淮海桑世昌。(卷首)

《璇璣圖》考異

《璇璣圖》,士夫家所藏類不同。有前序而無凡例者,十常八九,故艱於句讀,且復差舛。予嘗參考訂證,幾數十處,其文頗備,但有合兩存者。如"自成文章"與"自爲語言","滋極"而作"恣極","舊邦"而作"舊鄉","昭景"而爲"照景"者,皆在可取。又松陵《雜體詩序》云:"晉傅咸有《反覆回文詩》。反覆其文者,以示憂心展轉也。'悠悠遠邁,我獨煢煢'是也。由是反覆興焉。溫嶠有《回文虛言》詩云:'寧神靜泊,損有崇亡。'由是回文興焉。今世皆推本蘇氏而不及二子,蓋蘇亦亦晉人。"《詩苑》所謂"舊有二體,則恐別有所自合而爲一,則當始於蘇也。"嘗按晉《列女傳》云:"滔,苻堅時爲秦州刺史,被徙流沙,蘇氏思之,織錦《回文》以贈。滔宛轉循環讀之,詞甚悽惋。"則又與武后所序不協。蓋歷時寖久,疑信相傳,無足多怪。近於友人王守正處,見一本兼着人物,乃治平中太常少卿沈立將漕河朔,於東都陳安期家所得古本。唐文宣所製,畫筆絕精,命工模拓,廣爲橫軸,且云詞句脫略,讀不成文,僅見梗概。其後有東坡及孔毅甫、秦太虛跋語。坡則三詩,元豐二年七月十二日書;孔則五詩,四年九月十七日題;秦則一詩,元祐戊辰正月十四日。汝南蠹魚閣所記皆今所刊者,但五詩,以補子瞻之遺。平時多見《淮海集》中,初不以爲出于毅甫也。而少游跋乃云蘇、孔二公所載八絶,雖極新奇,然與圖上詩體不類遠甚,疑是唐人擬作。往歲過關山雙木驛,壁間有題云:悲風鳴葉愁宵凉云云,亦稱蘇氏《織錦圖詩》,未知其果然否? 此跋本集無,由是推之,則太虛一絶非其所擬,五詩乃得於孔氏秋愁二字,又小不同。曾不百年,而矛盾如此,因具載云。(卷一)

晚眺七言絕,此首神智體。 東坡蘇軾

長亭短景無人畫,老大橫拖瘦竹筇。回首斷雲斜日暮,曲江倒蘸側山峯。(卷三)

吴兔然

吴兔然(生卒年不詳)字景仲,宋寧宗朝人。

本書資料據明王寵父子合抄本《聖宋名賢四六叢珠》。

《聖宋名賢四六叢珠》序（節録）

駢儷盛於江左，沿於隋唐，逮於西崑。其閒學者病之，易以古文，然施之著述則古文可尚，求諸適用非駢儷不可也。大而絲綸之所藻繪，小而緘縢之所絡繹，莫不以四六爲用，食之醢醬，豈可一日無哉！昔之人蓋有百函之迅，五吏之分，七人泚筆，輦史脱腕者，是其敏也。亦有十部之賢，五雲之號，尺牘藏去，雙魚跪讀者，是其用也。又有一璪六尺之句，兩端三穴之聯，與夫鍾虡廟貌，子孫輔車之語，是其膾炙後人也。今之作者，欲其如昔人之敏、之用與夫膾炙於人者誰與！（卷首）

王　楙

王楙（1151—1213）字勉夫，號野客。宋長州（今江蘇蘇州）人。少孤，力學。疏食布衣，絶意仕進，題所居曰分定齋，隱居讀書著述，時人稱之爲“講書君”。晚年得拘攣之疾，仍手不釋卷。所著惟《野客叢書》三十卷傳世，主要考證典籍異同，記述文人逸事。

本書資料據中華書局 1987 年版《野客叢書》。

藥名詩

《西清詩話》云：“藥名詩起自陳亞，非也。東漢已有離合體，至唐始著藥名之號，如張籍《答鄱陽客詩》云‘江皋歲暮相逢地，黃葉霜前半夏枝。子夜吟詩向松桂，心中萬事豈君知’是也。”僕謂此説亦未深考，不知此體已著於六朝，非起於唐也。當時如王融、梁簡文、元帝、庾肩吾、沈約、竟陵王皆有，至唐而是體盛行，如盧受采、權、張、皮、陸之徒多有之。吳曾《漫録》謂藥名詩，庾肩吾、沈約亦各有一者，非始於唐。所見亦未廣也。本朝如錢穆父、黃山谷之輩，亦多此作。

鳥名詩

葉天經謂退之“喚起窗全曙，催歸日未西”，喚起、催歸，二鳥名，鳥名詩起此。僕考之，其體亦自六朝。觀梁元帝嘗有是作，退之非祖此乎？當時爲雜體詩至不一也，梁元帝所作爲多，不但鳥名也，如獸名、歌曲名、龜兆名、鍼穴名、將軍名、宮殿名、屋名、車名、船名、樹名、草名，率皆有作。鳥名詩如云"晨梟移去牖，飛燕動歸橑"；獸名詩如云"水涉黃牛浦，山過白馬津"；歌曲名詩如云"啼烏怨別鶴，曙鳥憶還家"；龜兆詩如云"土膏春氣生，倡女協春情"。此類甚多。

古人名詩

《石林詩話》曰："荆公詩：'莫嫌柳渾青，終恨李太白。'以古人姓名藏句中，或謂前無此體，自公始見。余讀《權德輿集》，見其一篇，知德輿有此體。"僕謂此體其源流亦出於六朝，至唐而著，不但德輿也，如皮日休、陸龜蒙等皆有此作。（以上卷十七）

黄　榦

黄榦（1152—1221）字直卿，號勉齋。宋閩縣（今福建福州）人。早年受業朱熹，朱熹稱其志堅思苦，以女妻之。後隨朱熹返閩，教授諸生。熹編《禮書》，獨以《喪》、《祭》二編屬榦。熹病危，出所著書授榦，謂吾道之托在此。所至多善政，弟子日盛，巴蜀、江、湖之士多從之學。其詩清新淡雅，文多質直，不事雕飾，雖筆力未爲挺拔，而氣體醇實，不失爲儒者之言。著有《書説》十卷、《六經講義》三十卷、《禮語意原》一卷，均已佚。今存《勉齋集》四十卷。

本書資料據四庫全書本《勉齋集》。

朝奉大夫文華閣侍制贈寶謨閣直學士通議大夫諡文朱先生行狀（書後）

行狀之作，非得已也，懼先生之道不明，而後世傳者之訛也。追思平日之聞見，參以叙述莫誄之文，定爲草稿，以諗同志，反覆詰難。一言之善，不敢不從，然亦有參之鄙意而不敢盡從者，不可以無辨也。有謂言貴含蓄，不可太露，文貴簡古，不可太繁者。夫工於爲文者固能使之隱而顯、簡而明，是非愚陋所能及也。顧恐名曰含蓄，而未免於晦昧，名曰簡古，而未免於艱澀，反不若詳書其事之爲明白也。又有謂年月不必盡記，辭受不必盡書者。先生之用舍去就，實關世道之隆替、後學之楷式。年月必記，所以著世變；辭受必書，所以明世教。狀先生之行，又豈可以常人比、常體論哉！又有謂告上之語失之太直，記人之過失之太訐者。責難陳善，事君之大義，人主能容於前，而臣子反欲隱於後，先生敢陳於當世，而學者反欲諱於將來乎？人之有過，或具之獄案，或見之章奏，天下後世所共知，而欲没之，可乎？又有謂奏疏之文紀述太繁，申請之事細微必録，似非行狀之體者。古人得君行道，有事實可紀，則奏疏可以不述；先生進不得用於世，其所可見者特其言論之間，乃其規模之素，則言與行豈有異耶？事雖微細，處得其道，則人受其利，一失其道，則人受其害。先生理明義精，故雖細故，區處條畫，無不當於人心者，則鉅與細亦豈有異耶？其可辨者如此，則其尤淺陋者不必辨也。至於流俗之論，則又以爲前輩不必深抑，異學不必力排，稱述之辭似失之過者。孔門諸賢至謂孔子賢於堯舜，豈以抑堯舜爲嫌乎？孟子闢楊墨而比之禽獸，衛道豈可以不嚴乎？夫子嘗曰"莫我知也夫"，又曰"知德者鮮矣"，甚矣，聖賢之難知也！知不知不足爲先生損益，然使聖賢之道不明，異端之説滋熾，是則愚之所懼，而不容於不辨也。故嘗太息而爲之言曰：是未易以口舌爭，百年論定，然後知愚言之爲可信。遂書其語，以俟後之君子。榦謹書。（卷三十六）

林正大

　　林正大（生卒年不詳）字敬之，號隨菴。宋永嘉（今浙江温州）人。開禧中爲嚴州學官。著有《風雅遺音》四卷，皆取前人詩文，隱括其意，制爲雜曲。

　　本書資料據清刻本《風雅遺音》。

《風雅遺音》序

　　古者燕饗則歌詩章，今之歌曲於賓主酬獻之際，蓋其遺意。乃若花朝月夕，賀筵祖帳，捧觴稱壽，對景紓情，莫不有歌，隨寓而發。然風雅寥邈，鄭衛紛綸，所謂聲存而操變者，尤愈於聲操俱亡矣，則懷似人之見，得無有感於昔人之思乎！

　　世嘗以陶靖節之《歸去來》、杜工部之《醉時歌》、李謫仙之《將進酒》、蘇長公之《赤壁賦》、歐陽公之《醉翁記》類凡十數，被之聲歌，按合宮羽，尊俎之間，一洗淫哇之習，使人心開神怡，信可樂也。而酒酣耳熱，往往歌與聽者交倦，故前輩爲之隱括，稍入腔律，如《歸去來》之爲《哨遍》，《聽穎師琴》爲《水調歌》，《醉翁記》爲《瑞鶴仙》。掠其語意，易繁而簡，便於謳，不惟可以燕寓懽情，亦足以想像昔賢之高致。予酷愛之，每輒效顰而忘其醜也。狻暇日閲古詩文，擷其華粹，律以樂府，時得一二，裒而録之，冠以本文，目曰《風雅遺音》。是作也，婉而成章，樂而不淫，視世俗之樂固有閒矣。豈無子雲者出，與余同好，當一唱三歎而有遺味焉？嘉泰壬戌日南至，隨庵林正大敬之書。（卷首）

張　鎡

張鎡(1153—1211)字功甫,一字時可,號約齋居士。宋成紀(今甘肅天水)人,徙居臨安(今浙江杭州)。工字畫。詩風源自晚唐,與姜夔並稱;亦工詞,清逸疏朗,受南渡詞風影響。今存《玉照堂梅品》、《桂隱百課》、《四並集》、《仕學規範》。著有文集《南湖集》二十五卷,原書已佚,清四庫館臣自《永樂大典》輯出十卷。《仕學規範》分爲爲學、行己、涖官、陰德、作文、作詩六類,統載宋名臣事狀,並徵引原文,各著出典。

本書資料據四庫全書本《仕學規範》、《梅溪詞》。

作文(節錄)

(歐陽公)又云:作文之體,初欲奔馳,久當收節,使簡重嚴正,或時肆放以自舒,勿爲一體則盡善矣。並出《廬陵文集》(《仕學規範》卷三十二)

作詩(節錄)

篇章以含蓄天成爲上,破碎雕鏤爲下,如楊大年西崐體,非不佳也,而弄斤操斧太甚,所謂七日而混沌死也。出《珊瑚鈎詩話》(《仕學規範》卷三十六)

詩者,始於舜皋之《賡歌》,三代列國,《風》、《雅》繼作,今之《三百五篇》是也。其句法自三字至八字,皆起於此。三字句若"鼓咽咽,醉言歸"之類,四字句若"關關雎鳩,在河之洲"之類,五字句若"誰謂鼠無角,何以穿我屋"之類,七字句若"交交黃鳥止於棘"之類,八字句若《十月之交》曰"我不敢效我友自逸"之類。漢、魏以降,述作相望;梁、陳以來,格致寖多;自唐迄於國朝,而體製大備矣。

蔡絛言:少陵《飲中八仙歌》用韻,船字、眠字、天字各再,前字凡三,於古未見其體。予嘗質之叔父文正,曰:此歌分八篇,人人各異製,雖重韻無害,亦周詩分章意也。學者可不知乎?

六一居士云:國朝楊大年與錢惟演、劉筠數公唱和,自《西崐集》出,時人爭效之,詩體一變。而後生晚輩患其多用故事,至於語僻難曉,殊不知自是學者之弊。如大年《新蟬》詩云:"風來玉宇烏先覺,露下金莖鶴未知。"雖用故事,何害爲佳句也?又如"峭帆橫渡官橋柳,疊鼓驚飛海岸鷗",其不用故事,又豈不佳乎?蓋其雄文博學,筆力有餘,故無施不可,非如當世號詩人者,區區於風雪草木之類爲許洞所困者也。

東坡居士云:古詩押韻惟入聲可通用,須本音或引韻則不拘四聲,普用隣韻無妨。至於作律詩七言首句,須要引韻,苟或不然,即須得一聯對句也。大凡詩章若對偶多,即爲實而成體。

《筆談》云:古人文章,自應律度,未以音韻爲主。自沈約崇韻學,論文則欲宮羽相變,低昂殊節。若前有浮聲,則後須切響;一簡之内,音韻盡殊;兩句之中,輕重各異。妙達此旨,始可言文。自後浮巧之語,體製漸多,如傍對、蹉對、雙聲、疊韻之類,詩又有正格、偏格、三十四格、十九圖、四聲八病之類,如徐陵云:“陪游馭娑,騁纖腰於結風;長樂鴛鴦,奏新聲於度曲。”又云:“厭長樂之疎鍾,勞中宮之緩箭。”雖兩“長樂”,意義不同,不爲重復。此類爲旁犯。如《九歌》“蕙殽蒸兮蘭籍,奠桂酒兮椒漿”,當曰“蒸蕙殽”對“奠桂酒”,今倒用之,謂之跋對。如“自朱耶之狼狽,致赤子之流離”,不惟“赤”對“朱”,“耶”對“子”,兼“狼狽”、“流離”乃獸名對鳥名。又如“厨人具雞黍,稚子摘楊梅”,“當時物議朱雲小,後代聲名白日長”,以“雞”對“楊”,以“朱雲”對“白日”,如此之類,又爲假對。如“幾家村草裏,吹唱隔江聞”,“幾家村草”、“吹唱隔江”皆雙聲。如“月影侵簪冷,江光逼屐清”,“侵簪”、“逼屐”皆疊韻。詩第二字側入,謂之正格,如“鳳歷軒轅紀,龍飛四十春”。第二字平入,謂之偏格,如“四更山吐月,殘夜水明樓”之類。唐名賢多正格,如杜甫律詩,用偏格者十無一二。

以聲律作詩,其末流也。自唐至今詩人謹守之。獨黄魯直一掃古今,弃律作五七言,如金石未作,鐘磬和聲,渾然有律呂外意。近來作詩者,頗有此體,然自吾魯直始也。

《續金針格》云:詩以聲律爲竅,物象爲骨,意格爲髓。

歐陽文忠公云:聖俞、子美齊名於一時,而二家詩體特異。子美筆力豪隽,以超邁横絶爲奇;聖俞覃思精微,以深遠閑淡爲意。各極其長,雖善論者不能優劣也。

《名賢詩話》言:黄魯直自黔南歸,詩變前體。且云:“要須唐律中作活計,乃可言詩。如少陵淵蓄雲萃,變態百出,雖數十百韻,格律益嚴,蓋操制詩家法度如此。”(以上《仕學規範》卷三十七)

集句自國初有之,未盛也。至石曼卿人物開敏,以文爲戲,然後大著。至元豐間,王文公益工於此。人言起自公,非也。

學詩須熟看老杜、蘇、黄,先見體式,然後遍考他作,自然工夫度越他人。(《仕學規範》卷三十九)

770

《梅溪詞》序（節録）

《關雎》而下三百篇，當時之歌詞也，聖師删以爲經。後世播詩章於樂府，被之金石管絃，屈、宋、班、馬繇是乎出。而自變體以來，司花傍輦之嘲，沈香亭北之詠，至與人主相友善，則世之文人才士，游戲筆墨於長短句間，有能瓌奇警邁，清新閒婉，不流於施蕩汙淫者，未易以小伎言也。（《梅溪詞》卷首）

敖陶孫

　　敖陶孫（1154—1227）字器之，號臞翁、臞庵。宋福清（今屬福建）人。淳熙七年（1180）鄉薦第一，省試下第，客居昆山。寶慶元年（1225），因“梧桐秋雨何王府，楊柳春風彼相橋”之詩，被構陷於江湖詩禍之中，奉祠歸鄉。三年卒，年七十四。敖陶孫記覽廣博，爲文有氣骨，而尤以詩知名。其詩多古體，雄渾深厚。又作《詩評》，以形象的比喻評論前人，辭意雅確，各得其當，歷來備受稱道。著有《臞翁詩集》二卷。

　　本書資料據兩宋名賢小集本《臞翁詩集》。

詩評（節録）

　　因暇日與弟姪輩評古今諸名人詩：

　　魏武帝如幽燕老將，氣韻沉雄。曹子建如三河少年，風流自賞。鮑明遠如飢鷹獨出，奇矯無前。謝康樂如東海揚帆，風日流麗。陶彭澤如絳雲在霄，舒卷自如。王右丞如秋水芙蕖，倚風自笑。韋蘇州如園客獨繭，暗合音徽。孟浩然如洞庭始波，木葉微脱。杜牧之如銅丸走阪，駿馬注坡。白樂天如山東父老課農桑，言言皆實。元微之如李龜年說天寶遺事，貌悴而神不傷。劉夢得如鏤冰雕瓊，流光自照。李太白如劉安雞犬，遺響白雲，覈其歸存，恍無定處。韓退之如囊沙背水，惟韓信獨能。李長吉如武帝食露槃，無補多慾。孟東野如埋泉斷劍，臥壑寒松。張籍如優工行鄉飲，醻獻秩如，時有詼氣。柳子厚如高秋獨眺，霽晚孤吹。李義山如百寶流蘇，千絲鐵網，綺密瓌妍，要非適用。本朝蘇東坡如屈注天潢，倒連滄海，變眩百怪，終歸雄渾。歐公如四瑚八璉，止可施之宗廟。荆公如鄧艾縋兵入蜀，要以嶮絶爲功。山谷如陶弘景祇詔入宮，析理談玄，而松風之夢故在。梅聖俞如關河放溜，瞬息無聲。秦少游如時女步春，終傷婉弱。後山如九皋獨唳，深林孤芳，冲寂自妍，不求識賞。韓子蒼如梨園按樂，排比

得倫。吕居仁如散聖安禪,自能奇逸。其他作者未易殫陳,獨唐杜工部如周公制作,後世莫能擬議。(卷首)

姜　夔

姜夔(約 1155—約 1221)字堯章,號白石道人。宋饒州鄱陽(今江西鄱陽)人。終生不仕。早年從學於蕭德藻,後又與范成大、楊萬里、尤袤、辛棄疾等游。淳熙十三年(1186)南游長沙,浮湘江,登衡山,赴吴興,居苕溪白石洞天附近,自號白石道人。中年以後,長居臨安,來往江、浙、贛、皖。慶元間,上《大樂議》、《聖宋鐃歌鼓吹曲》,後卒於臨安。姜夔在詞、詩、文、詩歌理論等方面都卓有成就,而以詞最為突出,多寫羈旅之愁、身世之感與惜別相思之情,清勁騷雅,氣格超妙。他又精通樂律,集中十七首自製曲,自注工尺旁譜,是研究宋代詞樂的珍貴材料。著有《白石道人詩集》、《白石道人歌曲》、《玉瑟考古圖》、《續書譜》等。《宋史翼》有傳。其《白石道人詩説》一卷,篇幅很短,不涉紀事、考證,也不標舉詩作詩句,全爲談理説法,極具理論價值。

本書資料據四庫全書本《白石道人詩集》、中華書局 1983 年清何文焕《歷代詩話》本《白石道人詩説》。

《白石道人詩集》自序

詩本無體,《三百篇》皆天籟自鳴。下逮黄初迄於今,人異韞,故所出亦異。或者弗省,遂艷其各有體也。近過梁谿,見尤延之先生,問余詩自誰氏。余對以異時泛閲衆作,已而病其駁如也。三薰三沐師黄太史氏。居數年,一語噤不敢吐,始大悟學即病,顧不若無所學之爲得,雖黄詩亦偃然高閣矣。先生因爲余言:"近世人士喜宗江西,温潤有如范致能者乎? 痛快有如楊廷秀者乎? 高古如蕭東夫,俊逸如陸務觀,是皆自出機軸,寧有可觀者,又奚以江西爲?"余曰:"誠齋之説政爾。昔聞其歷數作者,亦無出諸公右,特不肯自屈一指耳。雖然,諸公之作,殆方圓曲直之不相似,則其所許可,亦可知矣。余識千巖於瀟湘之上,東來識誠齋、石湖,嘗試論兹事,而諸公咸謂其與我合也,豈見其合者而遺其不合者耶? 抑不合乃可以爲合耶? 抑亦欲俎豆余於作者之間,而姑謂其合耶? 不然,何其合者衆也?"余又自嘗曰:"余之詩,余之詩耳。窮居而野處,用是陶寫寂寞則可,必欲其步武作者,以釣能詩聲,不惟不可,亦不敢。"(《白石道人詩集》卷首)

《白石道人詩説》（節録）

大凡詩自有氣象、體面、血脉、韻度。氣象欲其渾厚，其失也俗；體面欲其宏大，其失也狂；血脉欲其貫穿，其失也露；韻度欲其飄逸，其失也輕。

守法度曰詩，載始末曰引，體如行書曰行，放情曰歌，兼之曰歌行，悲如蛩螿曰吟，通乎俚俗曰謡，委曲盡情曰曲。

詩有出於《風》者，出於《雅》者，出於《頌》者。屈、宋之文，《風》出也；韓、柳之詩，《雅》出也；杜子美獨能兼之。

陶淵明天資既高，趣詣又遠，故其詩散而莊、澹而腴，斷不容作邯鄲步也。

文以文而工，不以文而妙，然舍文無妙，勝處要自悟。

意出於格，先得格也；格出於意，先得意也。吟詠情性，如印印泥，止乎禮義，貴涵養也。

沈著痛快，天也。自然學到，其爲天一也。

意格欲高，句法欲響，只求工於句、字，亦末矣。故始於意格，成於句、字。句意欲深、欲遠，句調欲清、欲古、欲和，是爲作者。

詩有四種高妙：一曰理高妙，二曰意高妙，三曰想高妙，四曰自然高妙。礙而實通，曰理高妙；出自意外，曰意高妙；寫出幽微，如清潭見底，曰想高妙；非奇非怪，剥落文采，知其妙而不知其所以妙，曰自然高妙。

一家之語，自有一家之風味。如樂之二十四調，各有韻聲，乃是歸宿處。模仿者語雖似之，韻亦無矣。

蔡夢弼

蔡夢弼（生卒年不詳）字傅卿。宋建安（今福建建甌）人。約宋寧宗嘉泰（1201—1204）前後在世。編撰有《草堂詩箋》五十卷，影響頗大。俞成《校正〈草堂詩箋〉跋》稱其"生平高尚，不求聞達，潛心大學，識見超拔，嘗注韓退之、柳子厚之文，了無留隱。至於少陵之詩，尤極精妙"。據作者自云，此書成於嘉泰四年（1204），《草堂詩話》即附刻其中。《草堂詩話》二卷又稱《杜工部詩話》，是宋人所輯專論杜甫的詩話中流布較廣的一種，凡二百餘條，皆採自宋人詩話、語録、文集、説部，而所取以《韻語陽秋》爲多。

本書資料據四庫全書本《草堂詩話》。

《草堂詩話》（節錄）

　　苕溪胡元任《叢話》曰："律詩之作，用字平側，世固有定體，衆共守之。然不若時用變體，如兵之出奇，變化無窮，以驚世駭目。如老杜詩云：'竹裏行厨洗玉盤，花邊立馬簇金鞍。非關使者徵求急，自識將軍禮數寬。百年地僻柴門迥，五月江深草閣寒。看弄漁舟移白日，老農何有罄交歡。'此乃七言律詩之變體也。又云：'山瓶乳酒下青雲，氣味濃香幸見分。鳴鞭走送憐漁父，洗盞開嘗對馬軍。'此乃絶句律詩之變體也。又有七言律詩，至第三句便失粘，落平側，亦別是一體。唐人用此甚多，但今人少用耳。如有云：'搖落深知宋玉悲，風流儒雅亦吾師。悵望千秋一灑淚，蕭條異代不同時。江山故宅空文藻，雲雨荒臺豈夢思。最是楚宮俱泯滅，舟人指點到今疑。'又有云：'謾向江頭把釣竿，懶眠沙草愛風湍。莫倚善題《鸚鵡賦》，何須不著鸊鶈冠。腹中詩籍幽時曝，肘後醫方靜處看。興發會能騎駿馬，終須重到使君灘。'此二詩起頭用側聲，故第三句亦用側聲。又有云：'暮春三月巫峽長，晶晶行雲浮日光。雷聲忽送千山雨，花氣渾如百和香。黃鸝過水翻迴去，燕子啣泥濕不妨。飛閣卷簾圖畫裏，虛無只少對瀟湘。'此詩起頭用平聲，故第三句亦用平聲。凡此皆律詩之變體，學詩者不可不知也。"

　　洪内翰《容齋隨筆》云："古人酬和詩，必答其來意，非若今人爲次韻所局也。觀《文選》所編何劭、張華、盧諶、劉琨、二陸、三謝諸人贈答可知已。唐人尤多，不可具載，姑取杜集數篇，略紀於此。高適寄杜公云：'媿爾東西南北人。'杜則云：'東西南北更堪論。'高又有詩云：'草《玄》今已畢，此外更何言？'杜則云：'草《玄》吾豈敢，賦或似相如。'嚴武寄杜云：'興發會能馳駿馬，終須重到使君灘。'杜則云：'枉沐旌麾出城府，草茅無徑欲教鋤。'杜公寄嚴詩云：'何路出巴山'，'重巖細菊班。遙知簇鞍馬，回首白雲間。'嚴答云：'臥向巴山落月時'，'籬外黃花菊對誰。跛馬望君非一度，冷猿秋雁不勝悲。'杜送韋迢云：'洞庭無過雁，書疏莫相忘。'迢云：'相憶無南雁，何時有報章。'又云：'雖無南去雁，看取北來魚。'郭受寄杜云：'春興不知凡幾首。'杜答云：'藥裏關心詩總廢。'皆如鐘磬在簴，扣之則應，往來反復，於是乎有餘味矣。"（以上卷上）

　　建安嚴有翼《藝苑雌黃》曰："古人用韻，如《文選》古詩、杜子美、韓退之，重復押韻者甚多。《文選》古詩押二'捉'字，曹子建《美女篇》押二'難'字，謝靈運《述祖德》詩押二'人'字，《南圖》詩押二'同'字，《初去郡》詩押二'生'字，沈休文《鍾山應教》詩押二'足'字，任彥昇《哭范僕射》詩押三'情'字、兩'生'字，陸士衡《赴洛》詩押二'心'字，《猛虎行》押二'陰'字，《擬古》詩押二'音'字，《豫章行》押二'陰'字，阮嗣宗《詠懷》詩

774

押二‘歸’字，王正長《雜詩》押二‘心’字，張景陽《雜詩》押二‘生’字，江淹《雜體》詩押二‘門’字，王仲宣《從軍》詩押二‘人’字。杜子美、韓退之蓋亦倣古人之作。子美《飲中八仙歌》押二‘船’字、二‘眠’字、二‘天’字、三‘前’字，《園人送瓜》詩押二‘草’字，《上後園山脚》押二‘梁’字，《北征》押二‘日’字，《夔州詠懷》押二‘旋’字，《贈李秘書》押二‘虛’字，《贈李邕》押二‘厲’字，《贈汝陽王》押二‘陵’字，《喜岑薛遷官》押二‘萍’字。退之《贈張籍》詩押二‘更’字、二‘狂’字、二‘鳴’字、二‘光’字，《岳陽樓別竇司直》押二‘向’字，《李花》押二‘花’字，《雙鳥》押二‘州’字、二‘頭’字、二‘秋’字、二‘休’字，《和盧郎中送盤谷子》押二‘行’字，《示爽》押二‘然’字，《义魚》押二‘銷’字，《寄孟郊》押二‘奧’字。其餘詩人用韻如此者亦多，意到即押爾。如子美《彭衙行》則用數韻：艱、山、顏、還、攀、間、關，在二十八山字韻；聞、雲，在二十文字韻；殣、魂、門、昆，在二十三魂字韻；餐、寒、干、歡、肝，在二十五寒字韻；椽、煙、前，在一先字韻；嗔，在十七真字韻。此則古詩用韻不拘，雖今人亦有之，非但唐人用韻如此也。”按《唐韻》已有獨用、同用之分，非本朝始有《韻略》獨用、通用之限也。

葛常之《韻語陽秋》曰：“《七哀詩》起於曹子建，其次則王仲宣、張孟陽也。釋詩者謂病而哀，義而哀，感而哀，悲而哀，耳目聞見而哀，口歎而哀，鼻酸而哀，謂一事而七者具也。子建之《七哀》，在於獨棲而思婦。仲宣之哀，在於棄子之婦人。張孟陽之哀，在於已毀之園寢。是皆一哀而七者具也。老杜之《八哀》，則所哀者八人也。王思禮、李光弼之武功，蘇源明、李邕之文翰，汝陽鄭虔之多能，張九齡、嚴武之政事，皆不復見矣。蓋當時盜賊未息，歎舊懷賢而作者也。”（以上卷下）

樓　昉

樓昉（生卒年不詳）字暘叔，號迂齋。宋鄞縣（今浙江寧波）人。少從呂祖謙學，有文名。紹熙四年（1193）進士，教授金華，以知興化軍卒。其文汪洋浩博，長於論議，尤善章表，開鄞士善論策之風。所纂《中興小傳》、《宋十朝綱目》已佚。今存《東漢詔令》十一卷，《説郛》卷四九引其《過庭錄》。《崇古文訣》三十卷。劉克莊《迂齋標注古文序》云：“迂齋標注者一百六十有八篇，千變萬態，不主一體，有簡質者，有葩麗者，有高虛者，有切實者，有峻厲者，有微婉者。夫大匠誨規矩而不誨巧，老將傳兵法而不傳妙，自昔學者病焉。至迂齋則逐章逐句，原其意脈，發其秘藏，與天下後世共之。惟其學之博、心之平，故所采掇尊先秦而不陋漢、唐，尚歐、曾而並取伊洛（指二程）。”“逐章逐句，原其意脈，發其秘藏”也正是好教人讀文作文之法，爲士子應試而作。

本書資料據四庫全書本《崇古文訣》。

《崇古文訣》（節録）

揚雄《解嘲》：此又是一様文字體格，其實陰寓譏時之意而陽詠歎之，《進學解》、《送窮文》皆出於此。

司馬相如《喻巴蜀檄》：一篇之文全是爲武帝文過飾非，最害人主心術。然文字委曲回護，出脱得不覺，又不怯，全然道使者有司不是也。要教百姓當一半不是最善，爲辭深得告諭之體。（以上卷三）

班固《兩都賦序》：讀《兩都賦序》，則知詞賦之作亦可以觀世變，非一切鋪張誇大之謂也。（卷五）

劉歆《讓太常博士書》：辨難攻擊之體，峻潔有力。（卷七）

韓愈《爭臣論》：此篇是箴規攻擊體，是反難文字之格，當以《范司諫書》相兼看。（卷八）

韓愈《殿中少監馬君墓銘》：叙事有法辭極簡嚴而意味深長，結尾絶佳，感慨傷悼之情見於言外。三世皆有舊，故其言如此。退之所作墓誌最多，篇篇各有體製，未嘗相襲。

韓愈《送李願歸盤谷序》：一節是形容得意人，一節是形容閒居人，一節是形容奔走伺候人，却結在人“賢不肖何如也”一句上。終篇全舉李願説話，自説只數語，其實非李願言，此又別是一格式。

韓愈《唐故河中府法曹張君墓碣》：前面二百餘字丁寧反覆，委蛇曲折，讀之使人感動。以其人無事業可紀載，故其體如此。退之前後銘墓多矣，而面子箇箇不同，此類可見。（以上卷九）

韓愈《送石洪處士序》：看前面大夫從事四轉反覆，又看後面四轉祝辭，有無限曲折變態。愈轉愈佳。中間一聯用三句譬喻，意聯屬而語不重疊，後山作《參廖序》用此格。（卷十一）

柳宗元《與韓愈論史官書》：掊擊辯難之體。沈著痛快，可以想見其人。（卷十）

王禹偁《待漏院記》：句句見待漏意，是時五代氣習未除，未免稍俳同。然詞嚴氣正，可以想見其人，亦自得體。（卷十六）

歐陽修《有美堂記》：將他州外郡宛轉假借比並形容，而錢塘之之美自見，此別是一格。（卷十九）

蘇軾《上神宗皇帝書》：一篇之文幾萬餘言，精采處都在閒語上，有憂深思遠之意，有柔行異人之態，當深切著明則深切著明，當委曲含蓄則委曲含蓄，真得告君之體，廷

對當做此。(卷二十三)

蘇軾《代張方平諫用兵書》:說利害深切,得老臣諫君之體。

蘇軾《除呂公著守司空制》:此篇識體而加以俊邁,四六文字難得有血脉,以舊宰相平章軍國,此是求舊元老大臣,人望所歸此,是用衆。故以求舊用衆爲主張。公著是夷簡之子,解相印而仍舊平章,故中間至末後叙述如此。(以上卷二十五)

鄧潤甫《呂公著制》:縝密温潤,有制誥體。元祐詞臣,東坡之外便當還他。清望之深,全在結尾數語。(卷三十二)

章如愚《羣書考索》

章如愚(生卒年不詳)字俊卿。宋婺州金華(今屬浙江)人。自幼穎悟,負才尚氣。寧宗慶元進士。初授國子博士,改知貴州。開禧初,被召,疏陳時政。忤韓侂胄,罷歸。乃結山堂數十間以講道義,遠邇之士咸尊師之。及卒,門人稱爲山堂先生。著有《羣書考索》,尚有文集百十卷行於世,今皆已散佚。《羣書考索》全稱《山堂先生羣書考索》,又名《山堂考索》,分前集六十六卷,後集六十五卷,續集五十六卷,別集二十五卷,共二百十二卷,是南宋諸多類書中頗爲出色的一部。其搜采繁復,考據精闢,指引辨證,博洽詳實,歷來爲人所重。此書最具特色者乃能折衷羣言,發抒己見,突破歷來公私各家編纂類書時不加論斷的傳統,是類書史上的一次創新,對後世影響甚大。

本書資料據四庫全書本《羣書考索》。

六經門·詩類(節録)

毛詩始末。《詩序》云:在心爲志,發言爲詩。故詩有六義焉,一曰風,二曰賦,三曰比,四曰興,五曰雅,六曰頌。一國之事,係一人之本,謂之風;言天下之事,形四方之風,謂之雅。雅者,正也,言王政之所由廢興也。政有大小,故有小雅焉,有大雅焉。頌者,美盛德之形容,以其成功告於神明者也。是謂四始。詩之至也。出《詩序》

古詩三千餘篇,至孔子去其重,取可施於禮義,上採契稷,中述商周之盛,至幽厲之缺。始於衽席,故曰《關雎》之亂,以爲《風》始;《鹿鳴》爲《小雅》始;《文王》爲《大雅》始;《清廟》爲《頌》始。三百五篇,孔子皆弦歌之,以求合韶武雅頌之音,禮樂自此可得而述,以備王道,成六義。出《史記·孔子世家》

六義:風,《大序》曰:風,風也,教也。風以動之,教以化之。程氏曰:風者,風以動之。上之化下,下之風上,凡所刺美,皆是也。賦,鄭氏《周禮注》曰:賦之言鋪也,直鋪陳善惡。程氏曰：賦者，謂鋪陳其事，如齊侯之子、衛侯之妻是也。比，鄭司農《周禮注》曰：比者，比方於物。程氏曰：以物相比，"狼跋其胡，載疐其尾，公孫碩膚，赤舄几几"是也。興，孔氏曰：興者，起也。程氏曰：因物以起興。"關關雎鳩"，"瞻彼淇澳"是也。雅，《大序》曰：雅者，正也。程氏曰：雅者，正言其事。"天生烝民，有物有則，民之秉彝，好是懿德"是也。頌，《大序》曰：頌者，美盛德之形容，以其成功告於神明者也。程氏曰：頌，美之言也。如"于嗟麟兮，有斐君子，終不可諼兮"是也。

四始：《大序》：上以風化下，下以風刺上，主文而譎諫，言之者無罪，聞之者足以戒，故曰風。至于王道衰，禮義廢，政教失，國異政，家殊俗，而變風變雅作矣。國史明乎得失之跡，傷人倫之廢，哀刑政之苛，吟詠性情，以風其上，達於事變而懷其舊俗者也。故變風發乎情，止乎禮義。發乎情，民之性也；止乎禮義，先王之澤也。是以一國之事，繫一人之本，謂之風；言天下之事，形四方之風，謂之雅。雅者，正也。言王政之所由廢興也。政有小大，故有小雅焉，有大雅焉。頌者，美盛德之形容，以其成功告於神明者也。

鄭氏《詩譜序》：文、武時，《詩》有《周南》、《召南》，《雅》有《鹿鳴》、《文王》之屬。及成王、周公致太平，制禮作樂，而有頌聲興焉，盛之至也。本之由此，風雅而來，故皆錄之，謂之詩之正經。孔子錄懿王、夷王時詩，迄於陳靈公淫亂之事，謂之變風、變雅。

孔氏曰：王道衰，諸侯有變風；王道盛，諸侯無正風。王道明盛，政出一人，諸侯不得有風。王道既衰，政出諸侯，故各從其國，有美刺之別也。正經述大政爲大雅，述小政爲小雅，有大雅、小雅之聲。王政既衰，變雅兼作。取大雅之音，歌其政事之變者，謂之變大雅；取小雅之音，歌其政事之變者，謂之變小雅。故變雅之美刺，皆由音體有小大，不復由政事之小大也。頌者，美盛德之形容，以其成功告於神明者也，惟《周頌》爾。《商頌》雖是祭祀之歌，祭其先王之廟，述其功德，非以成功告神。《魯頌》，頌僖公功德，纔如變風之美者耳，又與《商頌》異也。

《史記·孔子世家》曰：《關雎》之亂，以爲《風》始；《鹿鳴》爲《小雅》始；《文王》爲《大雅》始；《清廟》爲頌始。

李氏曰：是四始以下，皆《詩》之至也。

章句音韻。孔氏曰：風雅之篇，無一章者。頌者，述成功以告神，故一章而已。《魯頌》不一章者，《魯頌》美僖公之事，非告神之歌也。《商頌·長發》、《殷武》重章者，或詩人之意，所作不同。詩之大體，必須依韻，其有乖者，古人之韻不協爾。之、兮、矣、也之類，本取以爲辭，雖在句，不以爲義。故處末者，皆字上爲韻。"左右流之"、"寤寐求之"、"其實七兮"、"迨其吉兮"之類是也。亦有即將助句之字以當聲韻者，"是究是圖，亶其然乎"，"其虛其邪，既亟只且"之類是也。（以上《羣書考索》卷三）

文章門·評文類（節錄）

　　文章者，孔子曰：焕乎其有文章。子貢曰：夫子之文章，可得而聞也。蓋詩言志，歌永言。不歌而誦謂之賦。古者登高能賦，山川能祭，師旅能誓，喪紀能誄，作器能銘，則可以爲大夫矣。三代之後，篇什稍多。又訓誥宣于邦國，移檄陳于師旅，箋奏以申情理，箴誡用弼違邪，讚誦美於形容，碑銘彰於勳德，謚册褒其言行，哀弔悼其淪亡，章表通於下情，牋疏陳於宗敬，論議平其理駁。難考其差，此其略也。（《羣書考索》卷二十一）

經籍門·詩（節錄）

　　詩六義一曰風，二曰賦，三曰比，四曰興，五曰雅，六曰頌。風、雅、頌者，聲樂部分之名也。風則十五國風，雅則大小雅，頌則三頌也。賦、比、興則所製作，風、雅、頌之體也。賦者，直陳其事，如《葛覃》、《卷耳》之類是也。比者，以彼狀此，如《螽斯》、《綠衣》之類是也。興者，託物興詞，如《關雎》、《兔罝》之類是也。蓋衆作雖多，而其聲音之節，製作之體，不外乎此。故太師之教國子必使之，以是六者，三經而三緯之，則凡詩之節奏指歸，皆將不待講説，而直可吟詠以得之矣。六者之序，以其篇次，風固爲先，而風則有賦比興矣。故三者次之，而雅、頌又次之。蓋亦以是三者爲之也。然比、興之中，《螽斯》專於比，而《綠衣》兼於興，《兔罝》專於興，而《關雎》兼於比。此其例中又自有不同者，學者亦不可以不知也。文公《集注》

　　詩樂詩出乎志，樂出乎詩。志者，詩之本，而樂其末也。不當以聲求詩。詩之作，本爲言志而已。方其詩也，未有歌也；及其歌也，未有樂也。以聲依永，以律和聲，則樂乃爲詩而作，非詩爲樂而作也。三代之時，禮樂用於朝廷，而下達於閭巷。學者諷詠其言以求其志，詠其聲，執其器，舞蹈其節，以涵養其心，則聲之所助於詩者爲多。然猶曰“興於詩，成於樂”，其求之固有序矣。是以凡聖賢之言詩，主於聲者少，而發其義者多，仲尼所謂“思無邪”，孟子所謂“以意逆志”者，誠以詩之所以作，本乎其志之所存，然後詩可得而言也。得其志而不得其聲者，有矣；未有不得其志，而能通其聲者也。就使得之，止其鐘鼓之鏗鏘而已。豈聖人樂云樂云之意哉！況今去孔、孟之時千有餘年，古樂散亡，無復可考，而欲以聲求詩，則未知五樂之遺聲，今皆可推而得之乎？《三百五篇》皆可協之音律而被之弦歌已乎？誠既得之，則所助於詩多矣。然恐未得爲詩之本也，況未必可得，則今之所講，得無有畫餅之饑乎？故愚意竊以爲詩出乎志者也，樂出乎詩者也。然則志者，詩之本；而樂者，其末也。末雖亡，不害本之存，患學者不能平心和氣，從容諷詠，以求之情性之中耳。有得乎此，然後可得而言，顧所得之淺深如何耳。有舜之文德，則聲爲律而身爲度，《簫韶》、《二南》之聲不患其不作。此雖未易言，然其理蓋不誣也。《文公文集》(《羣書考索續集》卷六)

經籍門·雜論（節録）

風、雅、頌之體不同。陳曰：夫子删詩，風雅頌各得其所，何嘗以風必爲諸侯之詩？彼序詩者，妄以風辨尊卑，見王《黍離》在《國風》，則不得不謂之"降王室"，而諸侯烏有王室之尊，聖人輒降之乎？嗚呼！自《詩序》作，《詩》雖存而亡久矣。王室尚可降爲諸侯，則天下豈復有理，聖人豈復有教乎？謂《詩》之傳於世，吾不信也。曾不知聖人謂之風，謂之雅，謂之頌者，此直古人作詩之體，何嘗有天子諸侯之辨耶？今人作詩，有律，有古，有歌，有行，體製不同而名亦異。古詩亦然，謂之風者，出於風俗之語，大概小夫賤隸婦人女子之言淺近易見也；謂之雅者，則其非淺近易見，其辭典麗純厚故也；謂之頌者，則直讚其上之功德爾。三者體裁不同，是以其名異也。今觀《風》之詩，大率三章、四章；一章之中，大率四句；辭俱重復相類，既曰"參差荇菜，左右采之，窈窕淑女，琴瑟友之"，又曰"參差荇菜，左右芼之，窈窕淑女，鐘鼓樂之"；既曰"葛之覃兮，施于中谷，維葉萋萋"，又曰"葛之覃兮，施于中谷，維葉莫莫"。《樛木》三章，四十有八字，惟八字不同。甚者《殷其雷》，三章七十二字，惟六字不同已焉哉！"天實爲之，謂之何哉"，《北門》三章俱言之；"期我乎桑中，要我乎上宫，送我乎淇之上矣"，《桑中》三章皆言之。凡風之體，皆言重辭復，淺易如此。若夫雅則不然，其言典，則非復小夫賤隸婦人女子能道之，蓋士君子爲之也。然雅有小、大，《小雅》之詩固已典正，非風之體，然語間有重復，雅則雅矣，猶其小者爾。曰小雅者，猶言其詩典正，未至於渾厚大醇也。至於大雅，則渾厚大醇矣。其篇有十六章，章有十二句者，比之小雅，愈以典則，非深於道者不能言也。風與大雅、小雅皆道人君政之得失，有美有刺有諷，頌則無有；頌惟以鋪張勳德爾。學者試以風、雅之詩與頌之詩詳觀之，然後知聖人辨小大之意；以風、雅之詩與頌之詩詳觀之，然後知四者之體各不同矣。夫子曰："吾自衛反魯，然後樂正，雅、頌各得其所。"當聖人未反魯之時，雖古詩之多，風、雅、頌皆混殽無別；待聖人而後，各得其所者，可無思乎？彼序詩者，妄人爾！不知此理，乃以言一國之事謂之風，言天下之事謂之雅；政有小大，故有小雅，有大雅；頌則以其成功告於神明。其言皆惑。既以風爲諸侯，又以《周南》爲王者之風、后妃之德，何耶？借謂文王在當時猶爲諸侯，故得謂之風，而豳詩乃成王之時周公之事，亦列於風，豈當時亦未爲王乎？故謂《黍離》降而豳詩亦降矣。觀此，言風之謬可知。既以《小雅·蓼蕭》爲澤及四海，以《湛露》爲燕諸侯，《六月》、《采芑》以爲北伐南征，王者之政，孰有大於此？又以小雅爲政之小，何耶？吾不知《常武》之征伐，何以大於《六月》、《卷阿》之求賢？何以大於《鹿鳴》？觀此，言雅之謬可知。頌者，謂其稱君之功德則是矣，何必告神明乎？豈不告神明，則不得爲頌也哉？既以《敬之》爲戒成王，《小毖》爲求助，與夫《振鷺》、《臣工》、《閔予小子》皆非告神明而作也。觀此，言頌之旨又不通矣。今田夫里婦皆能卿士之歌，此即古風之遺體也。唐人作《淮夷雅》，漢人作《聖主得賢臣頌》之類，此即古之雅、頌遺體也，何用他説乎。唐仲友文。（《羣書考索續集》卷七）

諸史門·史記（節錄）

《龜策》不當謂之傳。尋子長之列傳也，其所編者，惟人而已矣。至於龜策異物不類肖形而輒與黔首同科，俱謂之傳，不其怪乎？且《龜策》所記，全爲志體。向若與八書齊列而定以書名，庶幾物得其朋，同聲相應者矣！《史通》

分紀傳、世家、書、表，皆有深意。本紀者，天下之統也；世家者，一國之紀也；列傳者，一人之事也；書者，制度沿革之大端；表者，興亡理亂之大略也。必謂紀者帝王行事之稱，則秦之未並天下，何以爲紀？謂世家者諸侯族係之稱，則蕭、曹之徒何以爲世家？謂列傳者非王侯之稱，則韓、彭、英、盧之建國，何以降之傳？故夫紀之述王者，世家之述諸侯，傳之述卿大夫，固其大法也，而書法之權度，不可以此拘也。本紀謂之帝紀，此自班書始耳。子長特以其事之係於天下，則謂之紀，故秦可紀也，項氏可紀也，雖吕氏，亦可紀也。始皇已並六國，則事異於前，不可以商、周之例拘也。其贊羽曰：“號爲伯王，政由己出。”是時漢未得天下，雖紀項羽，可也。其贊《高后紀》曰：“孝惠、高后之時。制政不出房門。”則君道不立，雖削孝惠可也。削去世家，此亦自班書始耳。子長特以其事之有大於列傳，則係之世家，故夫子以聖，陳涉以首事，何、參、良、平以勳賢，皆得係焉。夫子在周，則臣道也；躋之本紀，則有嫌於名分；在後世則師道也，儕之列傳，則幾無異於諸子。故特別之，其義精矣。陳涉事雖微淺，而子長之自序曰：“夏、商失其道而湯、武作，周失其道而春秋作，秦失其道而陳涉發難。”則其所係者大，雖世家可也。蕭、曹、良、平與功臣位俱通侯，而勳烈冠於羣后，皆漢家社稷之臣，則其所係者大，雖世家可也。至於列傳之中，貫穿錯綜尤有深意。管、晏同伯者之佐，老、韓同異端之學，則合之而爲一。莊周學於老氏，申不害同於韓氏，則附之於其下。孟、荀與淳于之徒俱在齊國，雖同列於傳，獨以孟、荀冠之篇首，其尊之也至矣。賈誼附於屈原，鄒陽附於魯仲連，太伯首於世家，伯夷首於列傳。吳與淮南，不使與荆、燕俱列；信布之徒，不使與蕭、曹同功。至若《酷吏》、《佞幸》、《日者》、《龜策》、《滑稽》、《貨殖》、《游俠》之傳，皆爲當世發也。

如本紀、世家之中，凡天下有大事，必特紀之。若是歲齊桓始伯，是歲孔子相魯之類，皆錯見於諸國之中，此紀大事之法也。紀列國之世家，以封國之先後爲次，先姬姓而後異姓，先舊國而後僭竊之國。敘傳之中，抑揚感慨，每致意於聖賢之後，此記列國之法也。不寧惟是，三代世表，所以觀百世之本支也。諸侯年表，斷自共和，所以觀世變之升降也；秦、楚月表，上尊義帝而漢居其中，所以明大義也；將相年表，上係大事之記，所以明職分也。《平準》一書，所以著征利之害；《封禪》一書，所以著求仙之詐也。後世史氏之紀傳表志，其規模制度，有髣髴於是者哉！並林省元《執善議論》

《史記》體之失，撰錄之煩。尋《史記》疆宇遼闊，年月遐長，而分以紀傳，散以書表。每論家國一致而秦越相遠，敘君臣一時而參商是隔者，爲其體之失者也。兼其所載，多聚舊記，時插雜言謂採《國語》、《世本》、《戰國策》，故使覽之者言罕異聞，而語饒重出，此撰錄之煩者也。《史通》(《羣書考索續集》卷十三)

諸史門·諸史(節錄)

正史：《史記》始於談而備於遷，爲之訓釋者，前後十四家裴駰、徐廣、劉伯莊、王元感等也，卒無以易遷之爲也。《西漢書》權輿於彪，而成就於固，爲之訓釋者，前後三十家服虔、應劭、晉灼孟康、韋昭、顏師古等也，卒無以易固之爲也。《後漢書》自謝承迄于范曄，作者八人，而後曄之書始行謝承、薛瑩、司馬彪、劉義慶、華嶠、謝沈、袁山松、范曄。《晉書》自虞預迄於唐太宗，作者八人，而後名爲御撰者始定虞預、朱鳳、謝靈運、臧榮緒、于寶、蕭子雲、何法盛、太宗。作《宋書》者四人，徐安、孫廉、沈約、王智深是也。作《齊書》者三人，蕭子顯、劉陟、吳兢是也。謝吳、姚察、姚思廉、吳兢俱作《梁書》，顧野王、傅綷、姚思廉、吳兢俱作《陳書》，王劭等《隋書》在唐而屢變王劭、張大素、令狐德棻皆作《隋書》，孔穎達作《隋志》云：“是長孫無忌奉勅撰。無忌，長官也。吳兢亦作《隋史》二卷，吳兢等《唐史》至五代、本朝而再更晉劉照等修，本朝歐陽公、宋公重修，以至《三國》、《五代史》王沈作《魏書》，陳壽作《三國志》，韋昭作《吳書》，薛居正作《五代史》，歐陽公删脩，《後魏》、《北齊》、《後周》之書，《南史》、《北史》、《小史》、《統史》之別梁武帝作《通史》，李延壽作《南》、《北史》，高氏作《小史》，姚康復作《統史》，魏收、魏澹、張大素、斐安時並作《北魏書》，李德林、張大素、李百藥並作《北齊書》，令狐德棻、吳兢並作《後周書》，悉非一人爲之。何遷、固之書，後世不能易；自遷、固而下，歷代之史，何作者紛紛不一也？蓋西都之治，遷、固得之，見知聞知者爲甚詳，其與後世之史，臆測於數百年之下者不同也。西都之文大略近古，故遷、固之史，事實文核，其與後世雕飾駢儷，文工而實不至者，又不同也。遷、固父子家學相傳，用法專一，發凡起例，動有法度，其與後世之史，出於衆口而筆於衆手者，又不同也。有是三不同，遷、固之書，安得不永傳不朽，而後世人之史，安得不屢更而無定耶？

編年隋志謂之古史，唐謂之編年：《春秋》、古史皆編年也，易編年而爲紀傳，自遷、固始。遷、固之後，《紀年》出於汲冢，《漢紀》作於荀悦。故張潘、袁宏作《後漢紀》，習鑿齒作《漢晉春秋》，干寶、陸機之《晉紀》，裴子野之《宋略》，吳兢、韋述《唐春秋》，近世司馬公《通鑑》，皆編年也。驗之《唐志》，作者無慮四十餘家。後世觀者，多嗜紀傳而厭讀編年。編年之書，自《春秋》及左氏、《通鑑》之外，如荀悦《漢紀》之類，至有耳不聞目不睹者，何也？意者紀傳之體，隨其人之終始，事之綱目，即於一紀一傳見之，故觀者易知也。編年之法，具一代之本末，而其人之始終，事之表裏，則間見雜出於其間，故觀者難於遽見。又紀傳多載奇怪不經之語，而編年則不可以泛紀也。愛奇厭常，舍難就易，文人才子之習云耳。必有史才者，欲知去取予奪之大法，則編年之書目熟而心究之矣。

偽史：偽史者，借偽之事也。隋、唐《志》有常璩《華陽國志》，有漢之書常璩撰《蜀漢偽官故事》也，二石暨燕、秦、凉、趙事，幾二十家，隋謂之借史，唐謂之偽史。按：《史通·因習篇》曰："阮氏《七録》，以劉石《符姚》等書爲偽史。及隋氏海内爲家，而撰隋《經籍志》者，還依阮録，與此不同。蓋隋書内自有數本也。"

雜史隋、唐志同：雜史者，《隋志》云："不與《春秋》、《史記》、《漢書》相似，率爾而作，非史之正也。劉向《戰國策》、陸賈《楚漢春秋》、子貢《越絕書》、後漢趙曄《吳越春秋》、司馬彪《九州春秋》之類是也。《漢志》以《戰國策》等入《春秋》經類，其時經籍史部未多，故不得不附于此耳。《唐志》如《貞觀政要》、《明皇政録》亦謂之雜史者，此等書言其政之大略耳，善惡是非未必盡見也。"

起居注隋唐同：《隋志》云："起居注者，君舉必書，記録人君言行動止之事也。漢武帝有《禁中起居注》，後漢明德皇后撰《明帝起居注》。然則漢時起居注似在宮中，爲女史之職，然皆零亂不可復知。今之存者，有漢獻帝及晉代已來起居注，皆近侍之臣所録。晉時又得《汲冢書》，有《穆天子傳》，體製與今起居注正同以上並隋志云。"故隋、唐《志》所載，自《穆天子傳》而下，漢、晉、宋、齊、梁、隋、唐皆有起居注，其唐姚璹脩《時政記》，亦其類也。

實録《隋志》無，《唐志》有：《隋志》如《梁太清録》，周興嗣、謝昊梁《皇帝實録》之類，並入雜史類。《唐志》則別立實録，故唐家十八君皆有實録韓愈亦修《順宗實録》。意者起居注者，日記之史也；實録，則集日記而爲一朝之史也韓愈、沈傳師、宇文籍撰《順宗實録》，李吉甫監修，事不歸一，故退之托之人禍天刑之説云耳。

故事：《隋志》曰：“百司庶府，各藏其事。太史之職，又總而掌之。”漢定《律令》、《章程》、《儀法》，晉初《甲令》，已九百餘卷。武帝命賈充引羣儒删采其要，增律十篇，其餘不足經遠者爲法，施行制度者爲令，品式章程者爲故事。各還其官府縉紳之士，撰而録之，遂成篇卷，故謂之《舊事》等書是也。

詔令：晉《雜詔》、宋《幹詔集》、溫彦博《古今詔集》，唐《德音録》、《明皇制詔録》等書，見官志。隋無此門。

職官隋、唐《志》同：《隋志》云：“古之仕者名書于所臣之策，各有分職，以相統治。周官冢宰掌建邦之六典，而御史數凡從政者。然則冢宰總六卿之属以治其政，御史掌其在位名數先後之次焉。今《漢書·百官表》列衆職之事，記在位之次，蓋亦古之制也。漢末，王隆、應劭等以《日官表》不具，乃作《漢官解詁》、《漢官儀》等書，是後相因，正史表志無復百僚在官之名矣。縉紳之徒，或取官曹名品之書撰而録之，别行于世。宋、齊以後，其書益繁。故删其見存可觀者，編爲職官。”

因《隋志》之言而觀《唐志》職官類，有《開元六典》，注云：開元十年，陸堅被詔修《六典》。玄宗手寫六條，曰理典，教典，禮典，政典，刑典，事典。張説知院集賢院，委徐堅，經歲無規制，乃命毋煚、余欽、韋述等參撰。始以令式象《周禮》六官爲制。蕭嵩、張九齡、李林甫相代知院，二十六年成自開元十年止此，實十六年。夫漢、周設是官，故有是制；有是制，故著是書。以成制而爲成書，何難之有哉！王隆有《漢官解詁》，應劭作《漢官儀注》，徐勉《梁朝選簿》、沈約《梁朝新定官品》，皆述一代之官，而爲一代之書也。雖一人爲之，亦足矣。至於唐之建官，本非周官之制。元宗一旦手書六典，令文臣修撰，宜乎徐堅等經歲無規制也。韋述等始以令式象《周禮》六官爲制，蕭嵩、張九齡、李林甫相繼知集賢，閱一十六年而書始成。是知《唐志》與《周志》異，《六典》特象周爲制耳。如《唐制》與周同而不必倣象，則修書者旦夕可就，何必更易數十人，綿延十六年而後成哉？王方慶《尚書考功簿》、裴行儉《選譜》有《唐循咨格簿》太寶中定、沈既濟《選舉志》，此則有唐官制也。至於《六典》，則非唐制而象周制者也更以唐官制實證與周不同處。

儀注：儀注者，君臣父子、六親九族、上下親疏之别，養生送死、弔恤賀慶及進歲儀之數也。即唐虞之三禮，周官之五禮也。三禮五禮，既入禮經類，自漢而下，所謂儀注書儀、二禮五禮及天子《駕鹵簿》、《衣服志》等書，乃附史家儀注類者，豈後之禮儀不足以配古歟？

刑法：漢建《武律令》。故事：漢名臣奏，廷尉決事。陳壽《漢名臣奏事》，賈充、杜預《刑法律》，本宋、齊、梁、陳、隋、唐皆有律書。夫諸史既有《刑法志》，而《藝文志》史家復有刑法類者，《刑法志》言律令更革與用刑重輕之意也；《藝文志》所載，皆刑法書名而已。

唐律令格式始於隋，見《隋志》：武德中，詔裴寂等撰定律令，流罪三皆加千里，居作三歲至三歲半者悉爲一歲，餘無改焉。貞觀中，又詔房玄齡等撰定律令格式，降大辟爲流者九十二，流爲徒者七十一，以爲律；定令千五百餘條，以爲令。又删武德以來敕三千餘條爲七百條，以爲格。又取尚書省列曹以諸寺監十六之計帳以爲式。又太宗以笞、杖、徒、流、死爲五刑，去斷趾法，爲加役流三千里，居作二年。又詔罪人無得鞭背，皆在未定律令格式之前。既定律令格式，則縱死囚寬黨仁宏之死。唐之法汰重爲輕，亦已甚矣。由隋人之法，盜一瓜者至死。盛夏六月，猶且行刑。至唐屢加減汰，方可耳貞觀所定行令格，一有留司格者，以尚書省諸曹爲目；其常務留本司者，爲留司格也。永徽所定律令格式，有散頒天下格者，天下所共也；有留本司格者，以曹司常務爲行格也。

唐律疏：《唐志》有《律疏》三十卷，注云：“長孫無忌、李勣、于志寧、唐臨、段志玄等七人奉詔撰。”高宗永徽四年，上《刑法志》。高宗初即位，詔律學之士撰《律疏》。又詔長孫無忌等增格敕，其曹司常務曰留司格，頒之天下，曰散頒格。是知《刑法志》散頒、留司格在撰《律疏》之後，而《藝文志》散頒、留司格在《律疏》之前。《藝文》以所上年月爲定也。又《刑志》以《律疏》爲律學之士所撰，此云是無忌等撰，其實律學之士爲之，無忌等總攝其事，故題以長官之名耳。

諸史門・國史（節録）

國朝之史：聖宋之史，國初始有《内庭日歷》，樞密院抄録送付史館，然不過對見辭謝而已，而帝王言動莫得而書。扈蒙始乞委參政抄録言動，並付史館。至太宗朝張泌，始請置起居院，復左右史之職，以記録爲《起居注》，與《時政記》逐月終送史館，以備修《日歷》。自是以來，國史常以宰相監修，學士修撰。又以兩府之臣撰《時政記》，選三館之士當升擢者，乃命修《起居注》。如此，不爲不重矣。然修撰之官，非據諸司供報不敢書所聞見，而撰述成，又必録本進呈。歐陽修《建論》仁宗朝史館有欲書而不得書者，有欲書而不敢書者，因請史得以據所聞見而書之，更不敢進呈其本。李昉、扈蒙同修《太祖實録》，錢若水、楊億同修《太宗實録》，李維、晏殊、孫奭同修《真宗實録》。富弼總類三朝，編爲《三朝典故》，范祖禹編《仁宗訓典》，進讀《三朝寶訓》。

《神宗實録》：至高宗始定。紹聖初，蔡卞、曾布等以久不得進用，欲乞改元祐諸臣所爲，盡復王安石政事，故指范祖禹、趙彦若等所修之《神宗實録》爲誣誣先烈，因請用王安石《日録》改修。其言皆出一時私意，變亂是非，於是元祐史官皆得罪。迨夫徽宗初，陳瓘、陳次升相繼論列，雖常降詔删修，然卒爲卞京所蔽，不克是正。在紹興間，我高宗皇帝灼見邪正之實，乃命范沖等重修，天下之議始定。

　　記注：漢有起居注，唐亦有起居注。宋朝淳化置之禁中，漢制也。而元豐之二史分注，則唐之制也。先唐有《時政記》，後唐亦有《時政記》。宋朝開寶委之宰臣，先唐制也。興國之二府分注，則後唐之制也。帝王之言動必書，臣下之是非必錄，其記述之職乎？雖然，有異唐者二：史所注止於後殿，舊制也。而宋仁祖許前、後殿皆立，則凡有言行，皆得與聞之矣。樞密所記止於內庭，舊制也。而宋真宗俾宰樞別撰，則凡有言行，皆得並書之矣。雖然，又有大異於此者。古者天子不觀史，天子觀史，自唐始。宋朝《起居注》，撰集《時政記》，亦進御，其沿唐之制乎？而宋仁祖不使之進，而孝宗又不使之進，則凡所記無諱辭，而所注皆直筆矣。嘉祐以前《時政》惟書辭見，雖《起居注》亦然，其略而不得書若此。歐陽一言，仁祖亟從，有以也。紹興間，柄臣當國，《起居注》廢而不修者十五年耳。記時政，又可知已，其畏而不敢書若此。胡銓一言，孝宗聽之，意蓋有激也。夫史不進本，則無曲筆；史得悉書，則無遺事。斯不亦盡善盡美矣乎！

　　修撰：史之目不一，而其凡有二：曰紀載之史，曰纂修之史。時政有記，起居有注，其紀載之史乎？纂修之史，名目滋多：實錄云者，左氏體也；正史云者，司馬體也；紀其大事則有玉牒，書其盛美則有聖政，總其樞轄則有會要。其曰日歷，合紀注而編次之也；其曰寶訓，於實錄正史之外而撰定之也。其爲書也詳，其爲職也重。任是責者，豈容以易爲哉！世嘗謂天子觀史，則史不敢書；宰臣監史，則史不得書。唐之制然也。宋朝之制亦然。吁，有是哉！宋朝天子雖亦觀史，然一物之名必令其書，則凡所書皆直筆也，又況不使進本？其仁宗嘗行之矣。宋朝宰臣雖號監修，然一字之易聽史官自執，則凡所書者，非私意也，又況不立監修？宋神宗又嘗行之矣。唐以觀史而私，宋朝以觀史而公；唐以監史而紊，宋朝以監史而定。故凡執唐以議論宋朝者，皆未之考也。是故王元之直書，吾取之；扈蒙之多遜，吾無取之；司馬公之記事，吾取之；荊公之日錄，吾無取焉。吾有公非，《碧雲騢》之妄相抵毀，吾不問也；有公是，《伊川雜錄》之妄相推美，吾不信也。昔太祖嘗謂內臣曰："爾謂帝王可容易行事耶？偶有誤失，史官必書之。昔人謂史官之權與天、與君之權均矣，信矣哉！"

　　玉牒：登封告成，必用玉檢；法令明奧，號爲玉條。天下之至堅而不可磨者，玉也。史以玉牒名，其殆鋪張對天之閎休，揚厲無前之偉績乎？玉牒名書，自唐開成始。上自帝係，下及祥瑞，凡大制作、大除拜，咸書之。《春秋》之法，大事則書之策，或者其遺意歟？聖明迭興，璇源流衍，設局於祥符之六年，謹會粹也；建殿於祥符之八年，重秘藏也。景祐之制，參《會要》而修纂之，慮遺失也；元豐之制，合《日歷》而節錄之，重記注也。瑤編金軸，藻飾愈崇，寶鑰縹囊，緘護愈密，祖宗之隆重若此，亦恐尊聖德、隆世係在是故爾。中興以來，尤加崇重。宰臣提舉，曩未有也，而今有之；從臣兼修，曩未有也，而今有之。曩宗正所掌凡數書，今三書合而一，獨玉牒不之合，以玉牒異於三書也。曩玉牒成書，聖德居一，今所修聖德名爲中興聖統，以中興異於昔時也。曩諸司供報動至稽時，今也加之督促，廢職舉矣。曩成書來上動十年，今也不拘久近，怠心去矣。

實録：史以實録稱，古無是也，而稱之自漢始；史以實録名，漢無是也，而名之自唐始。祖漢、唐之舊號，成宋朝之一經。蘭臺、石室，有直筆而無隱情；寶軸、牙籤，有全書而無逸典，可不謂之盛德事乎！然嘗怪太祖、太宗之舊録，事多遺闕，其失也略；神宗、哲宗之舊録，事多竄易，其失也誣。嘗考其故事，實未見於津涯翰墨，或多於漏略。而張伯所修僅止一卷，迨李沆重修而始備，獻贊雖著於話言，親決不聞於策府。而錢若水所修止用九月。迨王旦增修而猶闕，此其失之略可知矣。自安石《日録》附入正史，神宗本意鬱而不明。迨考異之書著而去取始定，自京、卞諸人妄出私意，宣仁盛德抑而不宣。迨辨誣之書作而汙衊始潔，此其失之誣可知矣。若夫真宗之百五十卷，修之者孫奭也；仁宗之二百卷，典之者韓公琦也；英宗之三十卷，領之者曾公亮也；徽宗之六十卷、高宗之二百二十卷，則紹興嘉泰之臣實定之也。紀述之詳，議論之當，無復有前二者之弊矣。迨孝宗之在位，凡二十有六載，豐功偉德，宏模懿範，皎皎乎其不可誣也。嘉定天子，克紹前烈，乃命儒臣討論而潤色之。今之遷、固其才，賈、董其筆者，誠有人矣。然採摭舊聞，網羅遺逸，惡可書也！或慮子孫之釁隙而不敢書，善可書也；或疑子孫之虛飾而不敢書，若此，則雖備猶未備也。若乃提舉以宰臣，修撰以侍從，檢討校勘以本省官，或置院，或寓史館，斯特其制然爾。

會要：《日歷》始於唐，《時政記》始於唐，《玉牒》、《實録》亦始於唐。史之有《會要》，其亦自唐始乎？有《唐會要》，蘇冕創之，崔鉉續之，至于宋朝王溥而後成之。嗟夫！此一代之典耳。人更三手，世歷數代，而其書始就緒。甚矣，《會要》之難成也！宋朝之《會要》，慶曆三年以上，王洙修之；熙、豐間，王珪續之。亦既續之矣，而洙之所修，又取而增損焉。熙寧十年以後，蔡攸修之。乾道間，汪大猷繼之。亦既繼之矣，而攸之所修，且盡從而删定焉。蓋嘗考之，洙之紀載也多遺事，其修撰也多羨文。遺事可增也，羨文可逸也，此珪所以必加之增損也。攸之修定，止於三門；其所改易，本於時好。止於三門，非成書也；本於時好，非正論也。此大猷所以必加之删定也。熙、豐之增損，乾道之删定，於是得其當矣。若夫始於帝係，終於蕃夷，類而總之，彼離而此合。王洙《會要》總類十五，帝係三卷，禮三十六卷，樂四卷，輿服四卷，學校四卷，運曆、瑞異各一卷，職官三十三卷，選舉七卷，食貨十六卷，刑法八卷，兵九卷，方域八卷，蕃夷三卷。王珪《會要》凡二十二類，如《后妃》，王洙入在帝係中，王洙自爲一類別而分之，前略而後詳。王珪《會要》總二十一類，八百五十五門，此又其精者也。紹興天子嘗曰："《會要》,祖宗故事之總轄,不可闕也。舊書分門極有法,似不須改大哉!"王言是以定史筆之權度也。成則一定,歷世由之。《中興會要》成於乾道九年,《孝宗會要》成於淳熙七年。嘉定天子因而續之,提綱屬之大臣,振範資之時宰,成書來上,軌範具存,紫宸進讀,縉紳拱聽。嗚呼,盛矣!

日歷:莫詳於建炎、紹興之所錄。時政有記,起居有注,合記注而兼修之,其惟日歷乎!記注之歷,外廷之言行書焉,內庭之機密書焉,然後舉而委之史館,以日係月,以月係時,以時係年,此日歷之所由作也。或隸秘書省,或不隸秘書省,而所隸無定屬。或秘書預修,或秘書不預纂修,而所預無定員。有以修撰專修者,有不以修撰修者,又有以修撰與判館、直館分修者,而所修亦無定職。監修以宰臣,重其事也。論撰以從官,謹其職也。檢討闕官則置之編類,員少則增之,詳其任也。此特其制之粗也。而紀述之嚴,揄揚之盛,猶有可論者。向也史官不記言動,自張泌一言而忠邪書矣;向也史官惟憑供報,自歐陽一言而後書所聞見,不止於供報也。有大於此者,太宗日歷一字不易,而真宗已與王旦議之矣。繼自今已往史臣,其敢妄書乎?神宗日歷,一涉私筆而誤,高宗已命范冲修之。繼自今以往史臣,其敢繆論乎?至若信傳信,疑傳疑,筆則筆,削則削,若建炎、紹興之所錄者,又古今之所無也。

寶訓:寶訓云者,於國史之外採摭故典而作之也。根荄於唐之吳兢,建明於宋朝之王曾。李淑、王舉正之纂修,其因曾之言歟?林希、曾鞏之續修,其倣曾之意歟?淑可責也,而舉正為足重也;希不足貴也,而鞏為不可及也。若夫蔡京之所陳乞,則異是矣。舉正之所修,以真宗正史既成而後修之也;鞏之所修,亦兩朝正史既成而後修之也。然神宗之史未成而先修《寶訓》,京何見哉?舉正所修,首以政體,德居其三,尚政也;曾鞏所修,首以孝德,政居十二,尚德也。京於正史,猶加之誣,何有於寶訓哉!中興以來,洗瑕滌穢,雲霧一開,日月照矣,而堯言布天下,繼此又有光也。歲在甲子,特加纂集。嘉泰始年,修《高宗寶訓》,歲在丁丑,特命進讀。嘉定十一年進讀《高宗寶訓》,猗歟盛哉!三墳五典,三代之書,皆寶訓也,而《堯典》又有首稱者歟?誦堯之言行,堯之行亦堯而已矣。

正史:且正史之修,始於景德之初年。景德四年,詔修宋太祖及太宗正史。當是時也,史館文書,先時編次;二府紀錄,及時供報。一禮制之文未備,未害也,而必求之,則凡典故之疏漏者畢錄矣。一州郡之名未當,未害也,而必易之,則凡典故之沿革者悉著矣。人務為甄官,鐘鼓樓為陋室細事也,而今直書,則凡有大於此者,無飾辭矣。自時厥後,真宗國史成於王曾,一美政之有疑,不敢書也;五朝國史成於曾鞏,一事跡之未究,不敢書也。一語之褒,春風和氣;一字之貶,秋霜烈日。公論之在史筆,昭昭乎其不可揜也。熙寧、元豐,正邪迭勝。元祐、紹聖,編輯各殊。甚者補天洗日之功，曖昧而不宣者數十年，然尊堯有集，辨誣有書，公議之在天下也，不可磨也。不獨此也，紹興權臣所書聖語，多出己意，未幾而刪去之矣。開禧之初，權臣妄貪天功，貿亂國典，未幾而更定之矣。人心之公議如此哉！（以上《羣書考索續集》卷十六）

文章門・諸家之文（節錄）

文體，參之《穀》、《梁》，以屬其氣；參之《孟》、《荀》，以暢其文；參之《莊》、《老》，以肆其端；參之《國語》，以博其趣；參之《離騷》，以致其幽；參之太史公，以著其潔。南豐

前輩文章，各有所短。蘇明允不能詩，歐陽永叔不能賦，曾子固短於韻語，黃魯直短於散語，蘇子章詞如詩，秦少游詩如詞。後山

文體、文指、文趣：韓、歐得其體而尺度傳，周、程悟其指而戶庭闢，乾淳二三君子會其趣而流派演。其餘如《上林》一賦，喜動九重；《長楊》一賦，見推當代。

宋朝文變：藝祖之興，恢闊磊落，不事文墨，以振起天下之士氣，而科舉之文一切聽其所自爲。有司以一時尺度，律而取之，未嘗變其格也。其後柳仲塗以當世大儒，從事古學，卒不能麾天下以從己。及楊大年、劉子儀，因其格而加以瑰奇精巧，而天下靡然從之，謂之崑體。穆脩、張景，專以古文相高，而不爲騈儷之語，則亦不過與蘇子美兄弟唱於寂寞之濱而已。故天聖間，朝廷蓋知厭之，而天下之士亦終未能從也。其後歐陽公與尹師魯之徒，古學既盛，皆祖宗之，涵養天下，至是蓋七八十年矣。故慶曆間，天子慨然下詔書，風厲學者以近古，天下之士乃翕然丕變，以稱上意。於是胡翼之孫明復、石介，以經術來居太學，而李泰伯、梅堯臣輩，又以文墨議論游泳於其中，而士始得師矣。當是時，學校未有科試之法也。士之來者，至接屋以居而不倦，太學之盛，蓋極於此矣！乘士氣方奮之時，雖取三代兩漢之文，立爲科舉取士之格，奚患其不從？此則變文之時也。而仁祖固已逆知其如此矣。然當時諸公，變其文而不變其格，出入乎文史而不求之以經術，學校課士之法又往往失之太略，此王荆公所以得乘間而行其說於熙寧也。經術造士之意非不美，而新學、字說何爲者哉？學校課試之法非不善，而月書季考何爲者哉？當是時，士之通於經術者，神宗作成之功，盡出於法也。及司馬溫公起相元祐，盡復其祖宗之故，而不能參以熙寧造士之意，取其學校課試之大略，徒取快於一時而已。則夫士之工於詞章者，皆是祖宗涵養之餘，而非必盡出於法也。紹聖、元符以後，號爲紹述熙、豐，亦非復其舊矣。士皆膚淺於經而習熟於文，其間可勝嘆哉！中興以來，參以經術詩賦，以涵養天下之士氣。又立學以聳動四方之觀聽，故士之有文章、有德行者，深於經理者，明於古今者，莫不各得以自奮，蓋亦可謂盛矣！蓋心術既紆，則易以縱弛；議論無擇，則易以浮淺陳同父文。

文章各有所長：人之爲文，各有其所長。諷諭之詩長於激，閒適之詩長於遣，感傷之詩長於切，五字律詩百言而上長於贍，五百字言而下長於清，賦贊箴戒之類長於當，碑紀叙事制詔長於實，啓奏表狀長於真，書檄詞策剖判長於盡。總而言之，不亦多乎！

近世文章之變：自文教下衰，儷偶章句，使枝對策。比以八病四聲爲梏拳，守之如奉法。聞皋陶、史克之作，則呷然笑之。天下雷同，風驅雲趨，文不足言，言不足志，亦猶木蘭爲舟，翠羽爲楫，玩之於陸，而無涉川之用。三年間，學者稍厭。折楊黄花，而窺咸韶之音什。五六識者，謂之文章中興。

文章門·楚辭（節録）

楚詞類於詩騷人之詞，亦變風、變雅、變頌之流。按：《周禮》太師掌六詩以教國子，曰風，曰賦，曰比，曰興，曰雅，曰頌，而《毛詩大序》謂之六義。蓋古今聲詩條理，無出此者。風則閭巷風土、男女情思之詞；雅則朝會燕享、公卿大夫之作；頌則鬼神宗廟、祭祀歌舞之樂。其所以分者，皆以其篇章節奏之異而別之也。賦則直陳其事，比則取物爲比，興則託物興詞。其所以分者，又以其屬辭命意之不同而別之也。誦詩者先辨乎此，則《三百篇》者，若網在綱，有條而不紊矣。不特《詩》也，楚人之詞亦以是而求之，則其寓情草木，託意男女，以極遊觀之適者，變風之流也。其叙事陳情，感今懷古，以不忘乎君臣之義者，變雅之類也。至於語冥婚而越禮，攄怨憤而失中，則又風雅之再變矣。其語祀神歌舞之盛，則幾乎頌，而其變也又有盛焉。其爲賦，則如《騷》經首章之云也，比則香草惡物之類也，興則託物興詞，初不取義，如《九歌》“沅芷”、“澧蘭”以興思公子而未敢言之屬也。然《詩》之興多而比賦少，騷則興少而比賦多。要必辨此，而後詞義可尋，讀者不可以不察也。

文章門·詩賦（節録）

漢唐叙詩賦漢志叙詩賦爲五種，以屈原、唐勒、嚴忌、賈誼、枚乘、相如、劉向、王褒等賦二十家爲一種，以陸賈、枚皋、嚴助、朱買臣、司馬遷、蕭望之、揚雄等賦三十一家爲一種，以孫卿及秦時雜賦等二十五家爲一種，以主客賦、隱書等十二家爲雜賦一種，並詩共爲五種。《漢志》賦類幾八十家，分爲四種。東漢、魏、晉以來，《二京》、《三都》，作者間出。有唐二百年，《藝文》文集類所載唐人著述之賦，無所謂四種者。意者漢賦之爲式，大概先之以問答，次之以敷叙，終之以諷諫。累數十家而觀之，辭雖異而意則同，故其爲式拘而有所窮也。觀東坡《赤壁賦》之體，則異於是矣。《漢志》詩類止二十餘家，唐人詩集則十倍於漢，詩無定式，隨意諷詠可也自東漢及隋，賦集尚多。《隋志》可見也。唐、宋諸公文集亦有賦，但其志與漢異耳。又《漢志》不載李陵詩，豈以降匈奴故耶。

《隋志》論文體：《隋志》文集類論文賦之體，深美乎屈、宋、鄒、嚴、枚、馬、潘、陸、沈、謝之作沈休文、謝玄暉、靈運，又謂永嘉晉以後，玄風既扇，辭多平淡，文寡風力，降及江東，不勝其弊。《隋志》所言得之矣。要之，《隋志》乃唐長孫無忌等所作也。唐初之文，猶尚駢儷，故厭平淡而喜雕鏤也宮體自梁簡文始。（以上《羣書考索續集》卷十七）

經籍門·詩（節録）

風、雅、頌、之義：風、雅、頌者，聲樂部分之名也。風則十五國風，雅則大小雅，頌則三頌也。賦、比、興，則所以製作風雅頌之體也。賦者，直陳其事，如《葛覃》、《卷耳》之類是也。比者，以彼狀此，如《螽斯》、《綠衣》之類是也。興者，託物興詞，如《關雎》、《兔罝》之類是也。蓋衆作雖多，而其聲音之節、製作之體，不外乎此。《詩傳》

風、雅正變之分：先儒舊説《二南》二十五篇爲正風，《鹿鳴》至《菁莪》二十二篇爲正小雅，《文王》至《卷阿》十八篇爲正大雅，皆文、武、成王時詩，周公所定樂歌之詞。邶十三國爲變風，《六月》至《何草不黃》五十八篇爲變小雅，《民勞》至《召旻》十三篇爲變大雅，皆康、昭以後所作。同前

詩者，古之樂詩，古之樂也，亦如今之歌曲，音名不同。衛有衛音，鄘有鄘音，邶有邶音。故詩有鄘音者係之鄘，邶音者係之邶。若大雅、小雅，則亦如今之商調、宮調。作歌曲者，亦按其腔調而作爾。大雅、小雅，亦古之作樂之體格。按大雅體格作大雅，按小雅體格作小雅，非是做成詩後，旋相度其辭，自爲大雅、小雅也。大率國風是民庶所作，雅是朝廷之詩，頌是宗廟之詩。《文公語録》

雅有小、大、正、變之分：問：二雅所以分？答曰：小雅是所係者小，大雅是所係者大。“呦呦鹿鳴”，其義小；“文王在上，於昭于天”，其義大。問變雅。曰：亦只是變用他腔調爾。同前

六義之體不同：所謂風、雅、頌，乃是樂章之腔調也，如言仲吕調、大吕調、越調之類是也。至比、興、賦，又別。如直指其名，直叙其事者，賦也；如本要言其事，而虛用兩句釣起，因而接續者，興也；引物爲況者，比也。立此六義，非特使人知其聲音之所當，又欲使歌者知作詩之法度也。同前

詩之爲興不一：如興體不一，或借眼前事說起，或別將一物說起，大抵只是將三四句引起，如唐詩尚有此等詩體，如“青青河畔草”、“青青水中蒲”皆是。別借此說興起，其辭非必有感有見於此物也。有將物之無興起自家之所有，將物之有興起自家之所

無。前輩都理會,這个不分明,如何説得詩本指。同前

樂爲詩而作:蓋以《虞書》考之,則詩之作,本爲言志而已。方其詩也,未有歌也;及其歌也,未有樂也。以聲依永,以律和聲,則樂乃爲詩而作,非詩爲樂而作也。三代之時,禮樂用於朝廷而下達於閭巷,學者諷誦其言以求其志,詠其聲,執其器,舞蹈其節,以涵養其心,則聲樂之所助於詩者爲多。同前(以上《羣書考索別集》卷六)

詩不始於周:先儒謂《詩》三百篇,其始終皆在於周。嘗試論之:自有天地、有萬物,而詩之理已寓。雷之動,風之偃,萬物之鼓舞,皆有詩之理而未著也。嬰孩之嬉笑,童子之謳吟,皆有詩之情而未動也。桴以蕢,鼓以土,籥以葦,皆有詩之用而未文也。《康衢》、《順則》之謡,《元首》、《股肱》之歌,皆詩也。故《虞詩》曰:"詩言志,歌永言。"當是時,詩之義已終矣。至於太康逸豫而五子述,大禹之戒以作歌,傷今而思古,變風、變雅之體已備矣。《商頌》十有二篇,而詩之爲詩者已極其至。然則烏在其始於周?孔子曰:"周監於二代,郁郁乎文哉!"前輩謂天下未嘗一日不趨於文,至周而後大備。此説盡之。黄山谷文(《羣書考索別集》卷七)

俞　成

俞成(生卒年不詳)字元德。宋東陽(今屬浙江)人。俞成跋《儒學警悟》署"嘉泰辛酉(1201)",則俞成至少此時仍然在世。他專力文事,年四十後,不應科舉,優游以終。著有《螢雪叢説》二卷。《四庫全書總目提要》稱:"其書多言揣摩科舉之學,而諄諄於假對之法,以爲工巧,論皆迂鄙。"

本書資料據四庫全書本《説郛》。

聲律對偶假借用字

"天子居丹扆,廷臣獻六箴",此省題詩也。"白髮不愁身外事,六么且聽醉中詞",此律詩也。二公之所以對者,見之於詩,無非借數而已。《周以宗强賦》"故蒼籙之興起,始諸姬而阜康",《東門種瓜詩》"青門無外事,尺地足生涯",二公之所以對者,見於賦詩,無非借數與器而已。詩史以"皇眷"對"紫宸",曲詞以"清風"對"紅雨",或以"青州從事"對"烏有先生",或以"披綿黄雀"對"通印子魚","因朱耶之板蕩,致赤子之流離","談笑有鴻儒,來往無白丁",是皆老於文學,而見於駢四儷六之間者,自然假借,使得好不知膾炙幾千萬口也。嘗記陳季陸應行先生舉似作賦之法,用"高皇"對"小白"。(卷十五上《螢雪叢説》卷下)

孫 奕

孫奕(生卒年不詳)字季昭，號履齋。宋吉州廬陵(今屬江西)人。其歷官無可考。著有《履齋示兒編》二十三卷，前有開禧元年(1205)自序，稱"考評經傳，漁獵訓詁，非敢以汙當代英明之眼，姑以示之子孫"，故名曰《示兒編》。其書雜引衆説，往往曼衍；又徵據既繁，時有筆誤。然其中字音、字訓，辨別異同，可資考證者居多，故自宋以來，流傳不絶。

本書資料據四庫全書本《履齋示兒編》。

誥毖誥教

文王之於臣民，處之各盡其道。其戒飲酒也，於庶邦則曰誥毖，於小子則曰誥教。庶邦指士大夫而言，故以毖戒之，毖之爲辭嚴；小子指民而言，故以教戒之，教之爲辭寬。嚴以責士大夫，寬以責民，各當其用者也。(卷二)

詩章句對耦

章句始於詩，對耦亦始於詩。故三言若"深則厲"之類，四言若"關關雎鳩"之類，五言若"於嗟乎騶虞"，六言若"狂童之狂也且"，七言若"遭我乎猇之間兮"，八言若"十月蟋蟀入我牀下"。是以後世由三言至七言，皆自此始。如"覯閔既多，受侮不少"，"誨爾諄諄，聽我藐藐"，"發彼小豝，殪此大兕"，"豈不爾受，既其女遷"，"念子懆懆，視我邁邁"之句，無一字非的對，則世之駢四儷六，抽黃對白者，得非又發端於是與？(卷三)

史體因革

自編年變爲紀，爲書，爲表，爲世家，爲列傳也，司馬遷躋項羽於紀，與帝王並，則失史體。遷、固列呂后於紀，不没其實，則合《春秋》法。《史記》始制八書，《前漢》改爲十志，《東觀漢書》曰記，華嶠《後漢》曰典，張勃曰録(《吳録》)。何法盛曰説(《晉中興書》)。《五代史》曰考，《司天考》。其實一也。如遷曰《平準》，固曰《食貨》；《前》曰《地理》，《後》曰《郡國》；書曰《河渠》，志曰《溝洫》；書曰《封禪》，志曰《郊祀》。班易《天官》爲《天文》，范易《禮樂》爲《禮儀》。律與歷、禮與樂、兵與刑，或分或合。《百官》、《輿服》固所無,曄增之;《五行》、《藝文》,馬所闕,班補之。隋獨著《經籍》,唐特出《選舉》,沿革紛如也。自太史公效周譜以爲表(桓譚説),何法盛改表爲注,以至諸侯稍卑,當別於天子,故稱世家。然陳勝、吳廣起自羣盜,遷不應特舉而列之。唯《三國》以吳、蜀儕之列國爲當。傳之爲體,大抵記公卿之行事,遷始傳《循吏》,晉曰《良吏》,《三國》則闕。曄始傳《文苑》,隋曰《文學》,唐曰《文藝》。後漢爲《獨行》,唐爲《卓行》,五代《一行》焉。後漢爲《方術》,魏爲《方伎》,晉《藝術》焉。自晉至唐,改東都《逸民》爲《隱逸》。自唐以來,改南、北《孝義》爲《孝友》。《列女》不見於西漢,《義兒》獨見於五代。遷、固皆作《佞幸》,南、北曰《恩幸》。魏、晉俱作《后妃》,五季曰《家人》,稱號雖異,體製不殊也。(卷七)

楊困道

楊困道(生卒年不詳)字深仲,號雲莊。南宋人。生平事跡不詳。所著《雲莊四六餘話》,今存《宛委別藏》本。此書内容主要在於輯錄宋人筆記中有關宋四六的論述,如《玉壺清話》、《容齋隨筆》、《能改齋漫録》、《文章叢説》之類,均廣搜博采,自論亦不少,力主四六文應以剪裁爲工,不同文體的四六文應有不同的風格和不同的寫作要求,持論頗爲精審。參《四庫未收書提要》。

本書資料據宋刻本《雲莊四六餘話》。

《雲莊四六餘話》(節録)

本朝四六,以劉筠、楊大年爲體,必謹四字、六字律令,故曰四六。然其敝類俳,歐陽公深嫉之曰:"今世人所謂四六者,非脩所好。少爲進士時不免作。自及第,遂棄不作。在西京佐三相幕,於職當作,亦不爲作也。"如公之四六云:"造謗於下者,初若含沙之射影,但期陰以中人;宣言於廷者,遂肆鳴梟之惡音,孰不聞而掩耳。"俳語爲之一變。至蘇東坡于四六曰:"禹治兗州之野,十有三載乃同;漢築宣防之宫,三十餘年而定。方其決也,本吏失其防而非天意;及其復也,蓋天助有德而非人功。"其力挽天河以滌之,偶儷甚惡之氣一除,而四六之法則亡矣。

程 珌

程珌(1164—1242)字懷古。宋休寧(今屬安徽)人。以先世居洺州(今河北永年東南），因自號洺水遺民。紹熙進士，趙汝愚見其文，稱“天下奇才也”。立朝以經濟自任，所論備邊、蠲稅諸疏，皆關國計民瘼，論説劌切，利病井然。於書無所不讀，爲文自成機杼，遣詞雅健精深，根本義理，而於詩詞皆不甚擅長。有《洺水先生集》六十卷、《内制類稿》十卷、《外制類稿》二十卷，已佚。明嘉靖間程元矞搜刻爲二十六卷，今存，有明崇禎刊本、四庫全書本。《洺水詞》一卷，原附集中，毛晉摘出別行，有汲古閣刊本、《四庫全書》本。

本書資料據四庫全書本《洺水集》。

問歷代文章

問：人文之盛，宣賁國章，譬諸五色祥雲，與天爲瑞，故考世歷，論治體，每於一代之文得之。若昔封禪之君，厥有文字，褒表盛觀。崆峒誦堯，衡山紀禹，皇乎唐乎，莫可載已。六籍遺文，不登聖人之筆者，珉雕雕、玉章章，間出於史傳間，令人動目。獨恨遺逸三事，悉出天漢，而閒編脱簡，漫離其真。于時諸儒固已閔惜，今之所傳顧皆舊書邪？有如石鼓之歌，千代傑作，夫子西行，果不到秦，彼岐陽之蒐，乃成王爾。今所傳七篇，自《車》、《既攻》，訖於《天求》，又是固張生所持者耶？漢初最爲近古，李陵一書，氣幹頗高，類非近體，而或者以爲齊、梁之士所擬，果何見而云然耶？當是時，歌與樂章已有七言，至五言特未也，而蘇武之作，人以爲僞。今所傳李詩，自“有鳥西南飛”而下凡七篇，蘇詩自“童童孤生竹”而下凡二篇，與蕭統所編絶不相似。然則以何爲是耶？世有《梁父吟》一篇，五言也，爲三士而作，彼諸葛孔明抱膝而吟者是邪？人言柏梁體者七言也，有似乎聯句，彼漢武皇與一時廷臣登臺而更倡者是邪？宋玉《諷》、《釣》二賦，靡而能諫，買誼之賦早雲，董仲舒之對郊祀、對雨雹，帥有深致，迺不見於二史，何邪？班固載揚雄之作備矣，至雄《自叙》，以爲平生爲文，不解五經之訓，惟得於輶軒之使，奏籍之書於君平、翁孺爾，如《成都四堝銘》、《龍骨詩》三章，乃雄少年立聲名者，而皆不録，何邪？至於《州箴》，如所謂“世雖安平，無敢逸豫”，與其《官箴》所謂“内不可以不省，外不可以不清”，其詞藻典麗，意存規正，真足以警一時而詔萬世者，方之古作，孰可比肩乎？唐韓文公古之人也，其文古之文也，而或者猶病李漢，不知其不當録者爲何篇邪？柳子厚欲興西漢文章，因吳武陵來，爲出書數十篇，不知所出者爲何書邪？李衛公謀議援古，文章爾雅，而卒不大明於世。陶淵明平生灑落，自出天機，《閒情》一賦，人以比《國風》，而蕭統復律以揚雄諷一之義，何所取據耶？夫文以氣爲主，以意爲輔，以詞爲衛，彼所謂籠天地於形内，挫萬物於筆端，特其凡爾。近時文弊，具見廷申之奏，則科舉之習殆將一洗。諸君汪洋學海，搴翔翰林，暇日評古，借筋

於前，數子必有取焉，毋薄有司，以爲不足語古。（卷五）

《李文昌表箋集》序

文以氣爲主，學充之，辭緣之。至梁昭明以體爲的，而後其論大備。蓋真宰散淋漓清灝之氣，人得之則能吐英奇，陶物象而爲文，然則有體也。不以體焉，夫人可能也；體以爲的，則駕車不得後，駷龍不敢先矣。怡軒先生生亡他嗜，獨與書爲神交，根本六經，貫穿百氏，牛醫馬經，亡所不窺。發而爲文，則汪洋浸漬，聯綿縹緲，若太虛霏霏而不結，明河滄滄而流光。乃若見之章奏，則又明白整嚴，純正懇惻，與他文輒不類，蓋章奏之體當然也。公自言少日過庭，聞其先正少師之言，謂表疏輸誠君父，務在平正，無爲艱深。噫，淵源所漸深長哉！其季合淝帥大東雅好其文，萃擷弗遺，迺以公歷官歲月次其表疏，繫以答詔，鋟梓百篇，以昭伯氏逢辰之盛，以示後學告君之體。然公之伯仲與季俱以文鳴，諸儒號爲文章家，異時當偕傳不朽者。俾淺學牽聯其間，何邪？避不獲命，則引而列之右簡，使學者有考焉。（卷八）

回李寔公書（節録）

某念古道之不可復，不止一事，至若一書問之細，所謂"伏以"、"右謹"者，不知自何時作此等語，"再拜百拜"，公與爲欺。故區區平時於所善者及可與語古者，未嘗輒用。文獻之傳如左右，心期之高如左右，決不以爲簡，故願以是請焉。自是賜教，亦幸略之。

回葉賢良真書（節録）

獨不見宇宙之間，和風膏雨，乃可以造化萬物乎？至若登名文章之録，亦非淺事。體忌卑，語忌俗，前輩論之悉矣，今謾録一二。自周之衰，道喪文弊，莊周、屈原之書，始假徐無鬼、漁父問答以爲辭。自後祖述益衆，體格日陋，司馬相如則曰烏有先生、亡是公，揚子雲則以爲翰林主人、子墨客卿，班孟堅則以爲西都賓、東都主人，張子平則以爲憑虛公子、安處先生，左太冲則以爲西蜀公子、東吳王孫、魏國先生。改目易名，猶然一律。又若《七發》始於枚乘，至曹子建則有《七啟》，張景陽則有《七命》，屋下架屋，那復有高標逸韻邪？正使錦繡開機，天章的皪，而其大者體氣卑弱，規模狹陋，已不足觀矣，而況其塵言土辭，鄙俗之氣不除者邪！近代坡仙直言吁嗟先生，誰使汝坐

堂上，回視前代諸子，殊覺厭厭無氣矣。（以上卷一四）

戴 栩

戴栩（1180—？）字文子，一作立子。宋永嘉（今浙江溫州）人。嘉定元年（1208）進士。戴栩爲葉適門人，守其師傳，故研煉生新，其《論聖學》、《論邊備》等劄子，敷陳剴切，尚存典型。又與永嘉"四靈"爲里人，故詩風相近，但與"四靈"專主清瘦不同，命詞琢句，多以刻鏤爲工。如《題方干墓》，點化方干警句入詩，有如己出。著有《五經説》、《諸子辨論》、《浣川集》十八卷，已佚。清四庫館臣自《永樂大典》中輯爲《浣川集》十卷，有四庫全書本，敬鄉樓叢書本復增補遺一卷。

本書資料據四庫全書本《浣川集》。

婁南伯墓誌銘（節錄）

文之體不相沿，其究一爾。且吟咏以情性，論著以理義，古人未有越此者，世所同知。而或不能自通於古人，以其情性否而理義闇也。（卷十）

陳振孫

陳振孫（？—約1261）初名陳瑗，字伯玉，所居號直齋。宋安吉（今屬浙江）人，一作吳興（今浙江湖州）人。博通今古，號稱醇儒，有聲當世。著有《白居易年譜》、《直齋書錄解題》。其《直齋書錄解題》著錄詩文詞集，多有簡要評語，除具目錄學價值外，在文學評論方面也有重要價值。原本五十六卷，今存輯本二十二卷。

本書資料據四庫全書本《直齋書錄解題》。

《直齋書錄解題》（節錄）

著書立言，述舊易，作古難。六藝之後有四人焉，撫實而有文采者左氏也，憑虛而有理致者莊子也，屈原變國風、雅、頌而爲《離騷》，及子長易編年而爲紀傳，皆前未有其比，後可以爲法。非豪傑特起之士，其孰能之？（卷四）

古者賜姓別之，黃帝之子得姓者十四人是也。後世賜姓合之，漢高帝命婁敬、項伯爲劉氏是也。惟其別之也，則離析。故古者論姓氏，推其本同，惟其合之也則亂。

故後世論姓氏識其本異，自五胡亂華，百宗蕩析，夷夏之裔與夫冠冕興臺之子孫，混爲一區，不可遽知，此周齊以來譜牒之學所以貴於世也歟。（卷八）

《傳奇六卷》，唐裴鉶撰，高駢從事也。尹師魯初見范文正《岳陽樓記》，曰：“《傳奇》體爾。”然文體隨時，要之理勝爲貴，文正豈可與《傳奇》同日語哉！蓋一時戲笑之談耳。（卷十一）

四六偶儷之文，起於齊、梁，歷隋、唐之世，表章詔誥多用之。然令狐楚、李商隱之流號爲能者，殊不工也。本朝楊、劉諸名公猶未變唐體，至歐、蘇始以博學富文，爲大篇長句，叙事達意，無艱難牽强之態。而王荆公尤深厚爾雅，儷語之工，昔所未有。紹聖後置詞科，習者益衆，格律精嚴，一字不苟措。若浮溪，尤其集大成者也。

《玉山翰林詞草》五卷，尚書玉山汪應辰聖錫撰。紹興五年進士首選，本名洋，御筆改賜。天材甚高，而不喜爲文，謂不宜敝精神於無用。然每作輒過人，以天官兼翰苑近二年同，所撰制詔，溫雅典實，得王言體，朱晦翁（熹）稱爲近世第一。（以上卷十八）

真德秀

真德秀（1178—1235）字景元，後更爲希元，號西山。宋浦城（今屬福建）人。慶元五年（1199）進士。開禧元年（1205），復中博學宏詞科。南宋著名的政論家、理學家、朱子學者，被稱爲“小朱子”，深受敬重。爲官清廉正直，愛國勤政，政績顯著，以學術、政事、文章享盛名，與魏了翁並稱“真魏”。其學力崇朱熹，號稱一時大儒。其文亦以義理爲主，務爲實用。其詩多道學味，氣格較弱。詞僅存《蝶戀花》一首。著述甚多，有《西山甲集》、《對越集》、《翰林詞草》、《江東救荒錄》、《清源雜誌》、《星沙雜誌》等。今存《三禮考》、《四書集編》、《政經》、《西山政訓》、《大學衍義》、《讀書記》、《心經》、《教子齋規》、《諭俗文》、《西山題跋》、《衛生歌》等，及所輯《昌黎文式》、《文章正宗》、《文章正宗續集》。清康熙中家祠刻爲《真西山全集》。《西山先生真文忠公文集》五十五卷，今存元刻本、四部叢刊影印明正德刻本、四庫全書本。《西山文集》中文多與宋劉燨《雲莊集》中文重復，不知孰是。

真德秀編《文章正宗》二十卷，錄《左傳》以下至唐末之作，分爲辭命、議論、叙事、詩歌四類；續集二十卷，收北宋之文，缺詩歌、辭命二門，似爲未成之本。他完全以理學家的眼光選輯此書，此書的特殊貢獻就是把所收文章分爲辭命、議論、叙事、詩賦四大類。辭命指制詔之類的王言；議論指發明義理、敷析治道、褒貶人物之論，所用極廣；叙事指或記一代、或記一事、或記一人的記叙文；詩賦則分爲先秦、兩漢的古體，魏、晉南北朝的駢體，以及隋唐律詩、律賦三個階段，末附箴、銘、讚、頌於詩之後。此前選集的文體分類往往越分越細，此書已開始作逆向綜合，把越來越多的文體並爲四大類。吳訥《文章辨體凡例》稱此書"義例精密"，"古今文辭固無出此四類之外者"，可見這一逆向歸類的成功。

本書資料據四庫全書本《西山文集》、《文章正宗》。

《清源文集》序

郡有志何始乎？昉於古也。郡有集何始乎？昉近世也。有志矣而又有集焉，何也？志以紀其事，集以載其言，志存其大綱，集著其纖悉也。志猶經也，集猶緯也，可以相有而不可以相無也。《清源郡志》成於嘉泰之初元，山川封域，人物風俗，登載蓋略備矣。至若名卿鉅儒之論述，騷人詞伯之賦詠，散見於國史、於家集與夫碑碣所志、楹壁所題，可以驗賢才之衆多，風物之盛麗，而志不能具者尚多有之。

新安程公來鎮之明年，謂郡從事武陽李君方子曰："此邦號文章之藪，而有志無集，非闕歟？子其爲我輯之。"李君既承命，則退而網羅收拾，得詩賦雜文凡七百餘篇，合爲四十卷，而公括田稟士之本末與郡人所編《島夷志》，則別爲之帙以附焉。

其纂輯之例，則或以理，或以事，或以詞調，而以理若事者居什之七，大抵主於關教化、存典法，否則詞雖工弗録焉。集成而某至，竊以謂爲此邦之吏者不可無此書，蓋凡昔者明哲之官、忠信之長，教條風績之可尚者，皆其高抬貴手也，有一事焉之弗逮，其能自安乎！爲此邦之士者不可無此書，蓋凡前修故老德行學術之可師者，皆其榘度也，有一節焉之不相似，其可不自勵乎！若夫咀含其英華，漱濯其芳潤，抑末爾。

《詠古詩》序

《達齋詠古詩》若干篇，余友龔君德莊所作也。古今詩人，吟諷吊古多矣，斷煙平蕪，凄風澹月，荒寒蕭瑟之狀，讀者往往慨然以悲。工則工矣，而於世道未有補也。惟杜牧之、王介甫，高才遠韻，超邁絶出，其賦息嬀、留侯等作，足以訂千古是非。今吾德莊所賦，遇得意處不減二公，至若以詩人比興之體，發聖賢理義之秘，則雖前世以詩自雄者猶有慚色也。

蓋德莊少而學詩，微詞奧旨，既以洞貫，而又博參於諸老先生之書，沉酣反覆，不極不止。其涵泳久故蘊積豐，權度公故美刺審，有本固如是也。雖然，德莊於此豈直區區較計已陳之得失哉？憫時憂世之志亡以自發，則一寓之於詩。善善極其褒，冀來者之知慕也；惡惡致其嚴，冀聞者之知戒也。名雖詠古，實以諷今，此孤臣畎畝之心，人見其優游而和平,不知其殷憂憤歎而至於啜泣也。

古者《雅》、《頌》陳於閒燕,二《南》用之房中,所以閑邪僻而養中正也。衛武公作《抑》戒以自警,卒爲時賢君;以楚靈王之無道,一聞"祈招愔愔"之語,懍焉爲之弗寧,詩之感人也如此。於後斯義浸亡,凡日接其君之耳者,樂府之新聲、梨園之法曲而已,其不蕩心而溺志者幾希矣。

今德莊之作,倘幸爲太師氏所采,陳之王前,歌工樂史,朝吟夕諷,其所啟悟感發顧豈少哉! 夫《春秋》推見至隱,善觀人者察其所安。德莊之詩於前史所取,或貶而絀之,至悠悠之談所共實議者,或乃明其不然,是豈苟異者耶? 少正之誅,匡章之辨,衆惡之察,鄉原之譏,有不得與俗同者,聖賢原情之公心,《春秋》誅意之大法也。世之憸夫鄙人,奸媒閃睒,自謂足以誑當世,惑方來,而不知高明閎達之士洞見肝膈,筆誅字撻,曾亡遁情。死者有知,將恨其不及生而改也,存而可改者,獨奈何其自棄哉? 嗚呼,斯言悲矣,其孰識余之衷情也夫! 君名字德莊,達齋其自號云。(以上《西山文集》卷二七)

《日湖文集》序(節錄)

《日湖集》者,故觀文殿學士長樂鄭公所爲文也。昔河汾王氏嘗謂文士之行可見,因枚數而評之,曰:"謝靈運小人哉,其文傲;沈休文小人哉,其文冶;君子哉思王,其文深以典。"至於狷也、狂也、誇也、詭也,皆以一言蔽其爲人。

夫文者技之末爾,而以定君子小人之分,何耶? 抑嘗思之,雲和之器不生茨棘之林,儀鳳之音不出烏鳶之口。自昔有意於文者,孰不欲媲典謨,儷風雅,以希後世之傳哉? 卒之未有得其彷彿者,蓋聖人之文元氣也,聚爲日星之光耀,發爲風塵之奇變,皆自然而然,非用力可至也。

自是以降,則視其資之薄厚與所蓄之淺深,不得而遁焉。故祥順之人其言婉,峭直之人其言勁,嫚肆者亡莊語,輕躁者無確詞,此氣之所發者然也。家刑名者不能析孟氏之仁義,祖權譎者不能暢子思之中庸,沉涵六藝,咀其菁華,則其形著亦不可掩,此學之所本者然也。是故致飾語言不若養其氣,求工筆劄不若勵於學,氣完而學粹,則雖崇德廣業亦自此進,況其外之文乎? 此人之所可用力而至也。持偏駁之資,乏真積之力,而區區以一舌儗江河,寧有是哉?

公天資寬洪而養以靜厚,平居怡然自適,未嘗見忿懥之容,於書亡所不觀,而尤喜聞理義之說,故其文章不事刻畫而夥腴豐衍,實似其爲人。自少好爲歌詩,晚釋政途,優游里社,凡岩谷卉木之觀,題詠殆遍。真率之集,倡酬遞發,忘衰服之貴而浹布韋之

800

歡，又非樂易君子弗能也。然則觀公之文者，其可不推所本哉！（《西山文集》卷二八）

《文章正宗》目録

卷一：辭命一，辭命二；卷二：辭命三；卷三：辭命四；卷四：議論一，議論二；卷五：議論三，議論四；卷六：議論五；卷七：議論六之一；卷八：議論六之二；卷九：議論六之三；卷十：議論六之四；卷十一：議論七；卷十二：議論八；卷十三：議論九；卷十四：議論十；卷十五：議論十一；卷十六：敘事一；卷十七：敘事二；卷十八：敘事三；卷十九：敘事四；卷二十：敘事五；卷二十一上：敘事六；卷二十一下：敘事七；卷二十二上：詩歌；卷二十二下：詩上；卷二十三：詩中；卷二十四：詩下。

《文章正宗》綱目

正宗云者，以後世文辭之多變，欲學者識其源流之正也。自昔集録文章者衆矣，若杜預、摯虞諸家，往往堙没弗傳。今行於世者，惟梁昭明《文選》、姚鉉《文粹》而已。繇今眡之二書所録，果皆得源流之正乎？夫士之於學，所以窮理而致用也。文雖學之一事，要亦不外乎此。故今所輯，以明義理、切世用爲主。其體本乎古，其指近乎經者，然後取焉。否則，辭雖工亦不録。其目凡四：曰辭命，曰議論，曰敘事，曰詩賦。今凡二十餘卷云。紹定執除之歲正月甲申，學易齋書。

辭　命

按《周官》，太祝"作六辭以通上下親疏遠近，曰辭，曰命，曰誥，曰會，曰禱，曰誄"，内史"凡命諸侯及孤卿大夫則策命之"，御史"掌贊書"。質諸先儒注釋之説，則辭命以下皆王言也。太祝以下掌爲之辭，則所謂代言者也。以《書》考之，其可見者有三：一曰誥，以之播告四方。《湯誥》、《盤庚》、《大誥》、《多士》、《多方》、《康王之誥》是也。二曰誓，以之行師誓衆。《甘誓》、《泰誓》、《牧誓》、《費誓》、《秦誓》是也。三曰命，以之封國命官。《微子》、《蔡仲》、《君陳》、《畢命》、《君牙》、《冏命》、《吕刑》、《文侯之命》是也。他皆無傳焉。意者王言之重，惟此三者。故聖人録之，以示訓乎？漢世有制，有詔，有册，有璽書，其名雖殊，要皆王言也。文章之施於朝廷，布之天下者，莫此爲重。故今以爲編之首。《書》之諸篇，聖人筆之爲經，不當與後世文辭同録。獨取《春秋》内外傳所載周天子諭告諸侯之辭，列國往來應對之辭，下至兩漢詔册而止。蓋魏、晉以降，文辭猥下，無復深純温厚之指。至偶儷之作興，而去古益遠矣。學者欲知王言之體，當以《書》之誥、誓、命爲祖，而參之以此編，則所謂正宗者，庶乎其可識矣。

議　論

　　按議論之文，初無定體。都俞吁咈，發於君臣會聚之間；語言問答，見於師友切磋之際。與凡秉筆而書，締思而作者，皆是也。大抵以六經、《語》、《孟》爲祖，而《書》之《大禹》、《皋陶》、《益稷》、《仲虺之誥》、《伊訓》、《太甲》、《咸有一德》、《説命》、《高宗肜日》、《旅獒》、《召誥》、《無逸》、《立政》，則正告君之體，學者所當取法。然聖賢大訓，不當與後之作者同録。今獨取《春秋》内外傳所載諫爭論説之辭，先漢以後，諸臣所上書疏封事之屬，以爲議論之首。他所纂述，或發明義理，或剖析治道，或褒貶人物，以次而列焉。書記往來，雖不關大體，而其文卓然爲世膾炙者，亦綴其末。學者之議論，一以聖賢爲準的；則反正之評，詭道之辯，不得而惑。其文辭之法度，又必本之此編，則華實相副，彬彬乎可觀矣。

叙　事

　　按叙事起於古史官，其體有二：有紀一代之始終者，《書》之《堯典》、《舜典》，與《春秋》之經是也。後世本紀似之。有紀一事之始終者，《禹貢》、《武成》、《金縢》、《顧命》是也。後世志、記之屬似之。又有紀一人之始終者，則先秦蓋未之有，而昉於漢司馬氏。後之碑誌、事狀之屬似之。今於《書》之諸篇，與《史》之紀傳，皆不復録，獨取《左氏》、《史》、《漢》叙事之尤可喜者，與後世記序、傳誌之典則簡嚴者，以爲作文之式。若夫有志於史筆者，自當深求《春秋》大義，而參之以遷、固諸書，非此所能該也。

詩　賦

　　按古者有詩，自虞《賡歌》、夏《五子之歌》始，而備於孔子所定三百五篇。若《楚辭》，則又《詩》之變而賦之祖也。朱文公嘗言：“古今之詩，凡有三變。蓋自《書》、《傳》所記，虞夏以來，下及漢、魏自爲一等。自晉、宋間顔、謝以後，下及唐初，自爲一等。自沈、宋以後，定著律詩，下及今日，又爲一等。然自唐初以前，其爲詩者，固有高下，而法猶未變。至律詩出，而後詩之古法，始皆大變矣。故嘗欲抄取經、史諸書所載韻語,下及《文選》古詩以盡乎郭景純、陶淵明之作,自爲一編,而附於《三百篇》、《楚詞》之後,以爲詩之根本準則。又於其下二等之中,擇其近於古者,各爲一編,以爲之羽翼輿衛。其不合者,則悉去之,不使其接於胸次。要使方寸之中,無一字世俗語言意思,則其爲詩,不期於高遠而自高遠矣。"今惟虞、夏二歌與《三百五篇》不錄外,自餘皆以文公之言爲準,而拔其尤者列之此編。律詩雖工,亦不得與。若箴、銘、頌、贊、郊廟樂歌、琴操,皆詩之屬,間亦採摘一二,以附其間。至於辭賦,則有文公《集注》、《楚詞後語》,今亦不錄。或曰:此編以明義理爲主,後世之詩,其有之乎? 曰《三百五篇》之詩,其正言義理者蓋無幾,而諷詠之間,悠然得其性情之正,即所謂義理也。後世之作,雖未可同日而語,然其間興寄高遠,讀之使人忘寵辱,去係吝,翛然有自得之趣。而於君親臣子大義,亦時有發焉。其爲性情心術之助,反有過於他文者。蓋不必顯言性命,而後爲關於義理也。讀者以是求之,斯得之矣。(以上《文章正宗》卷首)

魏了翁

魏了翁(1178—1237)字華父,號鶴山。宋邛州蒲江(今屬四川)人。自幼穎悟,日誦千餘言,過目不忘,鄉里稱爲神童。年十五,著《韓愈論》,抑揚頓挫,有作者風。慶元五年(1199)進士。了翁在當時號稱"真儒",以學術、文章、政事得享盛名,與真德秀並稱"真魏"。立朝直言敢諫,無所忌避。出任地方官,常親詣學官,親爲講撰,爲士論所服。其學篤志純,根柢深厚,造詣精粹。其詩文淳正有法,紆徐宕折,出於自然。此時理學盛行,士子志道忘藝,以爲性外無學。了翁無理學家空疏迂腐之病,而有歐、蘇豪贍雅健之文。其詩根柢六經,刊落浮華,不染江湖遊士叫囂狂誕之風。有詞三卷,多壽詞,不作艷語。著述甚多,合編爲《重校鶴山先生大全文集》。

本書資料據四庫全書本《鶴山集》。

答夔路趙運判(節錄)

古者廟有碑,以麗牲;墓有碑,以下棺,未有爲碑刻文其上者。故《儀禮》自士以上廟皆有碑在庭,所謂"每曲揖","當碑揖",亦以爲庭中進趨之節。漢以後因廟有碑,而識歲月,墓碑始亦不過略書歲月爵里子孫,久乃諛墓,稱功頌德。若不假"牲石"爲詞,則學中之立石以刻文也,何居? 蓋立石以識興造始末,而謂之碑,自是後世相承,失碑本意,似不必改"牲石"字。若猶未免有疑,則去一"牲"字。或已指定字數,則石下增

一"焉"字以足之。（卷三六）

程氏《東坡詩譜》序（節録）

賡歌答賦，其源尚矣。下逮顔、謝，各有和章見於集。雖聲韻不必皆同，然更唱迭和，具有次第。逮唐人始工於用韻，韓退之和皇甫持正《陸渾山火》，張籍和劉長卿《餘干旅舍》，劉、白和元微之《春深》題二十篇，蓋同出一韻。少陵之有無此例誠不得而知，然其集中有酬李都督、寇侍御、韋韶州等篇，既謂之酬，豈得無唱？（卷五一）

古郫徐君詩史字韻序

詩以吟詠情性爲主，不以聲韻爲工。以聲韻爲工，此晉、宋以來之陋也。迨其後復有次韻，有用韻，有賦韻，有探韻，則又以遲速較工拙，以險易定能否，以抉摘前志爲該洽，以破碎大體爲新奇，轉失詩人之旨。重以纂類之書充廚牣幾，而爲士者乏體習持養之功，滋欲速好徑之病，流風靡靡，未之能改也。今古郫徐君乃取杜少陵詩史，分韻摘句，爲《學韻》四十卷，其於唱酬似不爲無助矣。然余猶願徐君之玩心於六經如其所以篤意於詩史，則沈潛乎義理，奮發乎文章，蓋不但如目今所見而已也。君介余同官王季安請叙所以作，敢以是復之。（卷五二）

蔡文懿公《百官公卿年表》序

古者王朝五史，凡典法策書之事掌焉。若諸侯之有史，僅見於封康叔、封伯禽，而他國無所改。自晉有乘、秦有記、魯有史，皆私史也，或者其周之東乎？

史之綱要以編年爲本，而汾王以上諸侯有世而無年。至於共和，則國各紀元。逮其甚也，不禀正朔，而年曆益紊。仲尼因魯史而修《春秋》，繩以五始之文，不得已也。粵戰國而後，則侯國之史藏在周室者又蕩於秦火。司馬子長網羅放失，創爲紀、傳、世家，自成一家之言。念無所總壹，以寓其經世之意也，則年表作焉。劉杏識之，謂得法於周譜。崔鴻後亦倣其義例，著爲《十六國春秋》。乃自東漢魏晉七代以來，史之表俄闕，惟我聖朝歐陽公脩爲唐、五代立表。司馬公光復取宋興以來百官公卿爲之表，斷自建隆，訖于治平。近世李公燾因文正公之舊而增修之，訖于靖康。二書亦云備矣，而永嘉蔡公又自治平以訖紹熙，不相襲沿，自爲一表，不惟近接文正公之編，亦以遠述太史公之意。其子範出是書，屬叙所以作。

　　予嘗妄謂子長之表厥義弘遠而世鮮知之，以劉知幾之博通，猶曰表以譜列年爵，則餘人可知。近世惟吕成公獨識此意，其説蓋曰：《三代世表》以祖宗爲經，子孫爲緯，以見五帝三代皆出於黄帝也；《十二諸侯表》以下詳列諸侯，以世爲經，以國爲緯，以見親疏之相輔也；至於《高祖功臣侯表》以下，以國爲經，以年爲緯，則即異姓同姓始封之多寡、後嗣之興絶，而勳戚之薄厚又可概見。姑以惠、景間侯者言之，大小凡九十餘，距建元、太初而後，曾幾何時，而始封之裔率已國除。而以宰相封者一，以邊功封者七十，則勳舊至是寧復有存，而窮兵黷武之事著，分封子弟之議起矣。《百官公卿表》取古策書遺法，大事主於上，而公卿百官之進退附焉，一時君臣之職分，不加一辭而得失自見。嗚呼，如成公所言，則子長之表也，豈徒以記譜諜、書官名而已哉！身幽道否，有鬱弗袪，託諸空言不若見諸行事，以明理亂得失之實，此子長忠愛之心而人不及知也。班孟堅亦子長之亞也，其分同異姓二表，已不識漢初并用親賢與子長陰寓美刺之意。《同姓侯王》廢年經國緯之制，《王子侯》以下廢國經年緯之制，徒識譜繫，無關世變。《百官表》則僅以識沿革拜罷，而大事咸無所考。惟《外戚恩澤侯表》稍有微意，至《古今人表》則又多舛繆。甚矣，載筆之難也！

　　今蔡公首摘大事以附年歷，即熙、豐、祐、聖、崇、觀、政、宣之事以爲經，而上意之好惡、人才之消長，皆可坐見，與僅書拜罷而不著理亂者蓋有不侔。此非深得古策書之意，疇能及此！惜其中興以後大事未及記也。昔人謂作史者必有才學識三長，才學固不易，而有識爲尤難，用敢以舊聞於先儒者識諸篇首。公名幼學，字行之，以明經爲南省進士第一，官終於禮部尚書，諡文懿。《表》凡二十卷，《質疑》十卷。

《攻媿樓宣獻公文集》序（節録）

　　今之文，古所謂辭也。古者即辭以知心，故即其或慚、或枝、或游、或屈，而知其疑叛，知其誣善與失守也；即其或詖、或淫、或邪、或遁，而知其蔽陷，知其離且窮也。蓋辭根於氣，氣命於志，志立於學。氣之薄厚，志之小大，學之粹駁，則辭之險易正邪從之，如聲音之通政，如蓍蔡之受命，積中而形外，斷斷乎不可掩也。（以上卷五六）

跋《類省試策卷》後（節録）

　　嘉祐間尚西崑體，而歐文忠公典舉，首取古文。紹聖以後尚王氏説，而陳忠肅公主別試，多取史學。主司之不徇時好固難其人，而舉人亦有以是應之者，然則乖逢得

失，豈必皆工於舉業者。（卷六三）

謝采伯

謝采伯（1179—1251）字元若。臨海（今屬浙江）人。宰相謝深甫之子。嘉泰二年（1202）進士。歷知嚴州、徽州、湖州、廣德軍及大理寺丞、大理寺正、保康軍承宣使等，以節度使終。卒贈魏國公，諡文靖。著有《密齋筆記》五卷、《續記》一卷，佚。清四庫館臣自《永樂大典》輯出，凡五萬餘言，雜論經史，援引史傳，持論多中理。

本書資料據四庫全書本《密齋筆記》。

《密齋筆記》（節録）

或曰：西漢之末，王褒文類俳。今觀鄒、枚文，已近此體。大率古賦之流，如荀子諸賦，豈非先秦古書？但自王褒以後至晉、唐，文多類俳，皆源流古賦，亦如今時有一項古文，又有一項四六。

唐之文風大振於貞元、元和之時，韓、柳倡其端，劉、白繼其軌。當時學者涵泳，攬其英華，洗濯磨淬，輝光日新。苟有作者，皆足以拔於流俗，自成一家之語。（以上卷三）

四六本只是便宣讀，要使如散文而有屬對乃善。歐、蘇只是一篇古文，至汪龍溪而少變。鄭侍郎望之云：四六使重不如使輕，使實不如使虛。樟溪老人李龜年爲其姪壻上巳致語云：三月三日，水邊豈無麗人；一詠一觴，蘭亭自有故事。崇山峻嶺，脩竹茂林，羣賢畢集；良辰美景，賞心樂事，四者難並。（卷四）

趙與籌

趙與籌（1179—1260）字德淵，號節齋。太祖十世孫。寓處州青田（今屬浙江），一云居湖州（今屬浙江）。嘉定十三年（1220）進士。主管官告院，遷將作監主簿，知嘉興府。爲兩浙路轉運判官，知慶元府，遷浙西提點刑獄，知臨安府。權兵部侍郎，遷戶部侍郎，戶部尚書，提舉浙西常平，再知臨安府，又知紹興府、平江府、建康府、鎮江府等。時號吏師，多與江湖詩人結交唱酬，其詩刻劃纖細，多帶江湖詩派特色。

本書資料據四部叢刊本《通鑑紀事本末》。

《通鑑紀事本末》序（節録）

《通鑑》一書於治道最切實，諸史之精華，百代之龜鏡，古未有也。神宗皇帝深所愛重，錫《資治》之嘉名，且命經筵進讀。歷朝寶之，永以爲訓。

近世建安袁公復作《紀事本末》，區别條流，各從其類，豈求加於《通鑑》之外哉？蓋《通鑑》以編年爲宗，《本末》以比事爲體。編年則雖一事而歲月遼隔，比事則雖累載而脉絡貫聯。故讀《通鑑》者如登高山，泛巨海，未易遽睹其津厓；得《本末》而閲之，則根幹枝葉，繩繩相生，不待反覆它卷，而瞭然在目中矣。故《本末》者，《通鑑》之户牖也。袁公之爲是書，其殆司馬文正之疏附先後也歟！（卷首）

陳耆卿

陳耆卿（1180—1236）字壽老，號篔窗。宋臨海（今屬浙江）人。八歲學屬文，十二歲入鄉校。嘉定七年（1214）進士。陳耆卿師事葉適，遠參洙泗，近探伊洛，涉獵多而培植厚，故其文縱横馳驟，一歸於法度，奇而不怪，巧而不浮，爲世所宗。其集自序稱文不强作，詩詠性情，涵泳乎義理之學，不暇於詞章之學。而尤以文章知名，葉適稱其文"馳驟羣言，特立新意。險不流怪，巧不入浮"（《題陳壽老文集後》）。吳子良稱其文"探周、程之旨趣，貫歐、曾之脉絡"，與吕祖謙、葉適一脉相承，因此"統緒正而氣脉厚"，"巋然爲世宗"（《篔窗續集序》）；尤稱賞其四六，以爲"理趣深而光焰長，以文人之華藻，立儒者之典刑，合歐、蘇、王爲一家者也"（《荆溪林下偶談》卷二）。所存詩詞不多，詩風淡雅，詞皆詠物之作。著有《論孟紀蒙》，已佚。編有《嘉定赤城志》四十卷，今存。又有《篔窗集》初集三十卷、續集三十八卷。原集已佚，清四庫館臣自《永樂大典》中輯出詩文，編爲《篔窗集》十卷。

本書資料據四庫全書本《篔窗集》。

送應太丞赴闕序（節録）

觀唐人送李正字皆以詩、以序者，獨韓退之。序，意厚也，然觀退之諸序，有祝體，有規體，今將爲規乎，尚何規？蓋亦不以規而以祝乎！（卷三）

上樓內翰書（節錄）

月日，具位耆卿再拜獻書國史侍讀內翰執事：某竊以文於天地間，爲物最鉅。放之則橫八極，斥四海，充塞乎宇宙之外；齎之則入秋毫，卷一握，撝閫乎塵埃之內；抗之則翻沆瀣，披鴻濛，引星辰而上也；抑之則洞山嶽，達河漢，決土壤而下也。其清也，則澄波月明，寒松露滴，孤鶴唳空，驚鴻叫夕，乙乙冥冥，韻《韶武》而雜《咸英》也。其壯也，則崩濤裂山，獰飆摺石，雷車響空，鐵騎臨敵，震震慄慄，絕甬道而赴趙壁也。其慘然而思也，則荒域悲風，空山暮景，遠客懷歸，孤嫠弔影，戚戚悽悽，歌楚些而賦湘纍也。其薰然而和也，則春來東郊，氣回寒谷，發秀山川，敷榮草木，欣欣懌懌，登春臺而歌壽域也。窅窅乎其深，而彰彰乎其明也。愔愔乎其古，而蕭蕭乎其澤也。倏幽而忽彰，驟鉅而遽細，恍乎其不可名也。遠能見之近，晦能揭之著，泛乎其不可形也，是非文之體歟？

論文之至，六經爲至。經者，道之所寓也，故經以載道，文以飾經。文近則經弗傳，經弗傳而道即不存也。《書》之質，《詩》之變，《易》之動，《禮》之宜，《樂》之和，《春秋》之嚴，蓋與天地均閩闔，與日月爭光明。優優乎大哉！必如是而後爲天下之至文也已。子思氏得之而中庸，孟軻氏得之而醇，屈原得之而幽，莊周得之而博，降是則有太史公之潔，賈生之明，相如之富，揚雄之雅，班固之典，韓愈之閎深，柳宗元之健，元結之約，李白之逸，杜甫之工。門庭軌轍，不能一概。（卷五）

吳　泳

吳泳（1180—？）字叔永，號鶴林。宋潼川府中江（今屬四川）人。少孤，與弟昌裔共學。嘉定元年（1208）進士。吳泳生當南宋後期，國勢日蹙，而能正色直言，無所回避，慷慨敷陳，頗中肯綮，充滿憂國憂時之情。執掌內外制多年，理宗稱其制詞最爲得體。其他文章亦明辨駿發，頗有蘇軾遺風。論詩力主以《詩經》爲標本，認爲其備衆體（文集卷三六《東臯唱和集後序》），反對"從晚唐諸人做起生活"（文集卷三二《答劉藏道書》），所論顯然是爲當時江湖、永嘉詩派而發。論詞主張詩詞各有體，批評魏了翁以《易》、《玄》之妙譜入歌曲，非詞人之體。著有《鶴林集》，已佚，清四庫館臣自《永樂大典》中輯爲四十卷，但頗有漏輯者。

本書資料據四庫全書本《鶴林集》。

沈宏甫《齊瑟録》序

昔嘗聞善言詩者謂從神來氣來，何言之易也？孟子平旦養氣，湛如止水而直而不倨，僅得二《雅》之正言；屈原中夜存神，周遊八極而傷而不怨，止知《國風》之變體。詩豈可以易言哉！《風》、《雅》聲息，禮義澤亡。兩漢四百年，獨園客十九首詩近古，唐山夫人所製樂十七章類《頌》。瑟之澹而音之希乃如此！宏甫獨抱朱弦，號鳴千百載之下，七歌誹而章，八哀悲而則，三古風大而婉。其《詠瑟師》有云："宇宙浩浩誰詩鳴，遺響闃寂如《英》、《莖》。更無高談細論者，唐末婀娜江西清。"則亦可謂放於古而豪於詩矣。宏甫則自知之，而叙者乃謂"祖之以黃、陳"，則殆未深知宏甫者。夫三百五篇，詩之祖也。《離騷》十六章，詩之宗也。《文選》所載，自《補亡》而下，詩旁支別派也。今捨上世譜牒不論，而認幼子童孫爲之祖，幾何不墮於倒學哉？宏甫已矣，厥子中行亦蚤有能詩聲，乃袖出《齊瑟》一編，求余出語爲序，曰："手澤爾。"某何敢辭？因與辨正其本，且語之云："春風詠歸，千載同賞。吾孔門自有樂處，無若爾父之落落於齊門也。"（卷三六）

《東皋唱和集》後序

歌曲，古也，曰"歌永言"；律詩，古也，曰"律和聲"；賡和，亦古也，曰"颺言"，曰"乃賡載歌"，曰"又歌"。皆虞詩也。至周則衆體備矣。"振振鷺，鷺于飛"，此三言體也。"誰謂鼠無牙，誰謂雀無角"，此五言體也。"五月斯螽動股，六月莎雞振羽"，此六言體也。"交交黃鳥止于桑，營營青蠅止於棘"，此七言體也。既曰"蠮螉在東"，又曰"鴛鴦在梁"，則疊韻起矣。既曰"莫赤匪狐，莫黑匪烏"，又曰"鳶飛戾天，魚躍於淵"，則儷偶興矣。至若周公爲詩以遺成王，吉甫作誦以贈申伯，即衍建安投贈之體；召康公、穆公之戒，凡伯、芮伯之刺，即開貞元諷諭之章。蓋三百五篇中，無一物之不體，無一理之不貫，無一字、一句、一格之不由此出。先儒多以五言出於漢，雜律起于唐，今東皋子亦謂其唱酬之集祖於坡門，是猶未之深考也。予好讀詩者，於三百五篇尤所深好，蓋以其得性之正，情之真也。獨怪退之序韋侯、盛山二詩，達官應而和者，皆集闕下；子厚序《婁秀才花間唱和集》，得與於編辭者，皆太平不遇人。豈辭章亦爲人而爲窮達耶？東皋子笑曰："試爲我識之。"（以上卷三六）

度郎中鄉會詩跋

牽儷偶以爲律，剽聲病以爲工，詩之下也。今起部郎合陽度周卿以鄉會冠縉之盛，賦詩紀事，有曰“選入周官未厭多”，真可謂一篇警策矣。而客有訪余者，則曰：“‘多’字不與‘家’叶葉，且非進退體，豈其誤耶？”

余曰：“古人有之。”客曰：“古詩有之，而律則亡也。”余曰：“子豈不嘗讀白樂天《春去》之詩乎？‘一從澤畔爲遷客，兩度江頭見暮春。白髮更添今日鬢，青衫不改去年身。百川未有回流水，一老終無却少人。四十六時三月盡，送春爭得不殷勤。’‘勤’與‘春’二韻也。又豈不觀邵堯夫《首尾吟》耶？‘堯夫非是愛吟詩，爲見帝王俱有時。日月星辰堯則了，江河淮濟禹平之。皇王帝伯經褒貶，雪月風花入品題。豈謂古人無缺典，堯夫非是愛吟詩。’‘題’與‘詩’異音也。間有‘天’字韻押‘言’字，‘饒’字韻押‘豪’字，‘陳’字韻押‘論’字，如此類例，弗可枚舉。雖文公老先生《密庵分韻》、《鄉社次韻》，亦多取旁韻通押。皆律詩也，而子獨何以謂之亡哉？夫‘嫖姚校尉師古訓’，‘姚’字本從去聲，而老杜《後出塞曲》則押入四‘宵’。‘雌霓連蜷’，沈約用‘霓’字，元從入韻，而蜀公《試學士院》則押入十二‘齊’。若以詩格論之，則子美爲背律，景仁爲失韻，而學者至今不以爲誤，厥有由也。‘文章合爲時而著，歌詩合爲事而作。’善觀詩者，但觀其旨趣之深厚，詞脉之和暢，有補於風俗教化而關於君臣上下、朋友長幼之倫，斯亦可以爲詩矣。正律背律之分，本韻旁韻之別，無庸多較也。雖然，是又不可不考也。‘魚麗於罶，鱨鯊，君子有酒，旨且多。’此《小雅》詩也。‘豐屋蔀家好，富貴憂患多。’此樂府詞也。‘流聲馥秋蘭，辭藻豔春華。徒美天姿茂，豈謂人爵多？’此又《選》體也。古人押‘多’字，率通九‘麻’。陶淵明《擬古》、阮嗣宗《詠懷》、謝叔源《游西池》亦然。蓋古自有通韻，而舉於禮部者少能知之。儻更以古音押今韻，則世豈不驚怪而譁笑矣哉？矯今人之所怪，酌古人之所通，時復以三百五篇、樂府、騷、《選》之曾經採用者引入於律體之間，此又非子之所知也。”

客退，遂以答客之語書其後。（卷三八）

章　樵

章樵（生卒年不詳）字升道，號峒麓。宋臨安昌化（今浙江臨安西）人。嘉定元年（1208）進士。學宗伊洛。著有《章氏家訓》七卷、《補注春秋繁露》十八卷，已佚。《古文苑注》二十一卷。《宋詩拾遺》錄其詩二首。《古文苑》乃古詩文總集，編者不詳，相傳爲唐人舊藏本。北宋孫洙得於佛寺經龕中。所録詩文，均爲史傳與《文選》所不載。淳熙六年(1179)韓元吉加以整理，分爲九卷；紹定五年(1232)，章樵又加增訂，並爲作注，分爲二十一卷，録周代至南朝齊代詩文二百六十餘篇，分爲文、賦、歌曲、詩、敕、啓、對、頌、贊、箴、雜文、記、碑、誄等體類。雖編録未精，但唐以前散佚之文，或賴此書流傳。

本書資料據四庫全書本章樵註《古文苑》。

《古文苑》序（節録）

《古文苑》者，唐人所編，史傳所不載、《文選》所不録之文也。歌、詩、賦、頌、書狀、勑、啓、銘、記、雜文爲體二十有一，爲篇二百六十有四，附入者七，始於周宣石鼓文，終於齊永明之倡和，上下一千三百年間，世道之升降，風俗之醇漓，政治之得失，人才之高下，於此而概見之，可謂萃衆作之英華，擅文人之巨偉也。（卷首）

唐士耻

唐士耻（生卒年不詳）字子修。宋金華（今屬浙江）人。仲友次子。以蔭入仕，寧宗嘉定至理宗淳祐間，歷官吉州、臨江、建昌、萬安等州軍掾屬。今存《靈巖集》八卷，乃清四庫館臣從《永樂大典》輯出。

本書資料據四庫全書本《靈巖集》。

《梁文選》序（節録）

《文選》者，昭明太子統所集也。維統心明才通，好古不倦，凡百纖册，既輯既釋，載念辭華之作，由屈騷而下，浩若煙海，雜然並陳，遴擇之功弗加，則黑白甘苦混爾一區，孰取孰舍，雖皓首窮年，曷克殫究，後學來者，何所秝式？是用極耳目之廣，徇權衡之公，拔其尤殊，成一編之書，凡三十卷，詔諸不朽，不可無述也。二氣絪縕，太和保合，靈而人，秀而文，經綸乎事業，發揮乎天人，崇庫間陳，醇駁互見，未易一概言也。續學種文之士，儻將淹今古而觀之，則必有去取焉，有褒貶焉。有明而無厚也，有決而非同也，海納川涵，蓋所未暇，而採摘孔翠，拔擢犀象，吾亦於其善者而已矣。由屈平以來，更秦越漢，分裂之邦，離合之統，上下數百載，代不乏人，發於情性，見之事緒，揭爲世用，形諸筆舌者不知其幾也。若大若小，或淺或深，博古摯虞，不過爲之流別而已，他未暇也。帝子之英，精懋墳典，博望名苑，聚書幾三萬卷，一時俊乂之流網羅無遺。朝廬夕講,孜孜不忘,聚古作而耕獵焉。討論之力既加,薈萃之功益著,月異而歲不同,以成章告。曰賦,曰詩,曰騷,曰七,吟詠情性之作四焉;曰詔册,曰令,曰教,曰文,上之訓下四焉;曰表,曰上書,曰啓,曰彈事,曰牋,曰奏記,下之事上六焉;曰書,曰移,曰檄,曰對問,曰設論,敵以下一往一來者四焉;曰辭以陳意,曰序以述事,曰頌,曰贊,曰符命以稱美,曰史論,曰史述,曰贊以評議古昔,曰論以析理精微,曰連珠以駢儷對偶,曰箴,曰銘以自儆,曰誄,曰哀,曰碑文,曰墓誌,曰行狀,曰弔文,曰祭文以厚終。始於班孟堅《兩都賦》,終於王僧達《祭顔光禄文》,凡三十有七種,而賦詩之體不與焉。由梁而上,異篇名什往往而在,統之志勤矣。

《太平廣記》序（節録）

臣仰惟太宗皇帝嗣興創之運,混文軌之宇,治協登成,業戀稽古,爰詔儒紳,采獲昔人稗官之篇,條分臚析,爛然有第,凡五百卷,藏之秘館,製作之道宏矣。學尚乎博,聞貴乎該,不讀《山海經》,畢鸞何以辨? 不熟《爾雅》,幾爲《勸學》誤。一陋一洽,得失較若,書可無作乎? 自典藝粲然,《易》之幽、《書》之明、《詩》之雍、《春秋》之肅,學之道訖已歷年牒,猶曰治亂之别、成敗之殊,釋是括九流、下騷問,尚遠而不即,廢而不攻,況百家之細乎? 致遠恐泥,明戒凛凛,維日不足,我則未暇。儒者類以末爲諱,以不正爲譏,博極羣書,旁通百工之學,卒蔽大人之賦,已事前轍,可不鑒哉! 曰是一曲之説,非達觀之見也⋯⋯《御覽》一編,千門萬户,包總細微,咸曰周叙;《英華》踵作,囊括後先,流别井然,若延萬士,峨冠切論,皆前所未見。猶嗛聖心,蓋曰洪造無垠,變動惚恍,殊異之象時出間見,使無以昭明之,則駭溢元元,將有禹鼎未鑄之患。彼夠荛一言,日表晏温,不以爲鄙而慢之也,況宇宙之宏,編帙之繁,耳目所不接,忽而陋之,不幾以常而廢變,守一而忘百乎? 五石之隕,恒星之如雨,格諸降莘言晉之故,左氏不爲誣矣。故自虞初以降,千端億緒,或是或否,若信若詭,有不暇論也。若大宛之馬,驪黄牝牡,雜然具存,不爲汗血之豢也。若大秦之珍,瑟琉琥渠,珊然並舉,不惟尺璧之取也。大矣夫! 有六經爲之正,有《廣記》爲之變,括洪荒而無外,秉仁義而不惑,吾道之終乎極千古之醇。（以上卷三）

陳　埴

陳埴(生卒年不詳)字器之。宋溫州永嘉(今屬浙江)人。寧宗嘉定七年(1214)進士。從朱熹於武夷。嘉定間主明道書院講席,四方學者從游數百人,稱潛室先生。著有《木鐘集》。

本書資料據四庫全書本《木鍾集》。

詩之比興賦

大率興詩,如《關雎》之詩是。蓋二句托物,二句言事,辭實相對立而意不比,是之謂興。比詩不言事,只取物之親切者詠之,如《螽斯》之詩是。賦詩或直言事,或感物意,非比、興者是,如《卷耳》之詩,晦翁所解者也。然比詩亦有言物而復言事者,又不可以例觀也。大約賦詩有兼比者,興詩亦有兼比者,如《麟趾》之詩,前二句是興,後一句"于嗟麟兮"之類乃是比。他可類推。若是後去,詩有十二句,上下成一章者,只看起初辭意以別三體。《詩傳》之例,凡說興而比者,謂上文是興體,下文是比體。若"南有喬木"之類,是他一章中自分比、興,非謂比中含興,興中含比。若興中含比者,乃興而有比義,如《關雎》、《鵲巢》之類,雖則含比,只可斷以興。比中含興者,乃比而不實,如《白華》之類半比半興,悉斷之比。則前後有此例者更觀玩。《凱風》前兩章皆以"凱風自南"起詞,《詩傳》以首章爲比,而又以次章爲興。不知一物六義,詩中曾有此體否? 三虛一實非興体,兩語虛起,兩句實應。此興體也。比類多說物,不見說事。上兩句意未盡發,下兩句正所謂一倡三嘆,一人獨唱而三人備和之。如《麟之趾》之類。《生民》詩"履帝武敏歆",或以爲帝嚳之行,或以爲蹈巨人之跡。巨人跡據詩辭直是有如此,天地間事有非耳目所常見聞者甚多,不可信耳目而小天地。《關雎》王化之基,遷史乃謂周道衰,詩人本之衽席而《關雎》作。《鹿鳴》,《小雅》之盛,遷史亦謂仁義陵遲。《鹿鳴》,刺焉,何謂也? 四始之詩,不應以亂世之作冠於《風》、《雅》之首。今但玩其詩,刺體邪? 美體邪? 古今說者皆說詩之辭不足凴據,惟有詩文可據。從甲說則詩文爲近,從乙說則詩文爲遠。從甲可也,此說詩之法,亦斷按之法。(卷六)

杜　範

杜範(1182—1262)字儀甫,改字成之,號立齋。宋黃巖(今屬浙江)人。嘉定元年(1208)進士。有公輔才,正色立朝,議論鯁切,奏疏多悱惻懇到,深中時弊。以餘事作詩文,多淵茂條達,氣體豐潔。著有古律詩歌詞五卷,雜文六卷,奏稿十卷,外制三卷,進故事五卷,經筵講義三卷。明嘉靖間,黃綰刻爲《杜清獻公集》十九卷(日本靜嘉堂文庫藏),有四庫全書本、清同治九年吳縣孫氏刻本。

本書資料據四庫全書本《清獻集》。

辛丑知貢舉竣事與同知貢舉錢侍郎曹侍郎上殿劄子

臣等誤蒙陛下推擇，俾典春闈，蒐舉多士。於開試之日，又蒙陛下頒降御劄，昭示意向，有曰："經學欲其深醇，詞章欲其典則。言惟合理，策必濟時。毋以穿鑿綴緝爲能，毋以浮薄險怪爲尚。"大哉王言，真甄別人才之龜鑑也！

臣等欽承明訓，夙夜考閱，思得篤誠有學之士，以無負陛下器使。然士習積久，文氣日卑，相師成風，競趨險薄。擇其彼善於此者，以備奏名，大懼弗能悉稱上旨。蓋文弊至今極矣，不敢不爲陛下言之。

先朝舉子之文，去今甚遠者，朴古渾厚，今難以遽復。乾、淳之間，詞人輩出，見之方冊者，質而不野，麗而不浮，簡而不率，奇而不怪，士子所當傚效。數十年來，體格浸失，愈變愈差，越至於今，其弊益甚。六經義不據經旨，肆爲鑿説。其破語牽合字面之對偶，弗顧題意之有無。終篇往往掇拾陳言，綴緝短句，體致卑陋，習以爲工。至有結語巧傍時事，圖貢諛言，如吾身親見。此策語也，用之於論，已失其體，今乃於經義言之。詞賦句法冗長，駢儷失體，題外添意，體貼不工。至有第七韻不問是何題目，皆用時事，有如策語，今又於第六韻見之。或原題起句便説時事，甚者終篇竟以時事命意。此皆習爲諛言者也。論則語不治擇，文無斡旋，粗率成篇，殊乏體製。策則謄寫套類，虛駕冗辭，裝飾偶句，絶類俳語。至有效歌頌體四字協韻，用以結尾，甚有用之成篇者。此何等程度之文！兼三場多是雷同一律，衒惑有司，尤爲場屋之弊，去取之間，祇見才難。若不示以正體，轉移陋習，安得復還典雅之舊？

欲望聖慈備臣等此章下國子監，委監學官精選經、賦、論、策各數十篇，付書肆板行，以爲四方學者矜式。申諭中外學官及考試官，精加考較。其前項文弊有陳述未盡者，併令本監點對，逐一開具，揭示諸生，使毋循舊習。如有仍前不改，並從黜落。庶幾士類向風，文體復舊，仰副陛下崇雅黜浮之意，斯文幸甚。取進止。（卷一一）

包　恢

包恢（1182—1268）字宏父，一字道夫，號宏齋。宋建昌南城（今屬江西）人。嘉定進士。嘗見朱熹於武夷，後尊崇陸九淵之學。恢歷仕所至，政聲赫然。父輩皆從朱熹、陸九淵學，少聞義理之學，學力深厚，爲文皆據義理，下筆輒汪洋放肆，娓娓不窮。所作大都疏通暢達，沛然有餘；奏劄諸篇，剴切詳明。雖自稱"素不能詩"（《答傅當可論詩》），却頗善論詩，在當時大力提倡陶潛詩風，强調詩貴自然。著有《敝帚集》，已佚。清四庫館臣自《永樂大典》中輯爲《敝帚稿略》八卷。

本書資料據四庫全書本《敝帚稿略》。

論五言所始

五言之體，説者類以爲始於漢之蘇、李，曾不思詩原於虞夏之歌。"鬱陶乎予心"、"顔厚有忸怩"，五言已權輿於《五子歌》矣。厥後《三百篇》中，諸體畢備，而五言尤彰彰可見。因漫摘出，以與學詩者評之，亦庶幾知《選》詩之猶有古風者，由此其選也。然歌詩出於虞、夏、商、周，又不知其體格之始於誰乎？後世略不能自詠情性，自運意旨，以發越天機之妙，鼓舞天籟之鳴。動必規規焉，拘泥前人之體格，以倣倣而爲之。一有不合，即從而非之。固哉！其爲詩也，真所謂"惟古於詞必己出，降而不能乃剽賊。後皆指前公相襲，從漢迄今用一律。寥寥久哉莫覺屬"者，況又未嘗深究源委者乎？因併及之，不知工於詩者以爲何如也？

一句類所起：維以不永懷。維以不永傷。在南山之陽。在南山之側。在南山之下。無使尨也吠。于嗟乎騶虞。胡爲乎泥中。俟我於城隅。匪女之爲美。遠父母兄弟。不如我所之。不與我戍申。不與我戍甫。不與我戍許。河上乎翱翔。河上乎逍遙。贈之以芍藥。甘與子同夢。無庶予子憎。蓺麻如之何。析薪如之何。取妻如之何。殊異乎公路。殊異乎公行。殊異乎公族。不敢以告人。如此良人何。如此邂逅何。如此粲者何。不如子之衣。胡然我念之。宛在水中央。宛在水中坻。宛在水中沚。胡爲乎株林。樂子之無知。樂子之無家。樂子之無室。一之日于貉。二之日其同。上入執宮功。其始播百穀。四之日其蚤。鬻子之閔斯。其舊如之何。兄弟鬩于牆。如南山之壽。鶴鳴于九皋。予王之爪牙。予王之爪士。毋金玉爾音。誰謂爾無羊。誰謂爾無牛。不宜空我師。蹙蹙靡所騁。念國之爲虐。我獨不敢休。正大夫離居。哀哉不能言。得罪于天子。誰從作爾室。無淪胥以敗。無忝爾所生。爾居徒幾何。不可以簸揚。我從事獨賢。益之以霢霂。無害我田穉。伊寡婦之利。殷天子之邦。至于已斯亡。老馬反爲駒。毋教猱升木。君子有徽猷。侯文王孫子。於緝熙敬止。殷之未喪師。有虞殷自天。使不挾四方。太姒嗣徽音。以御于家邦。肆戎疾不殄。肆成人有德。古之人無斁。誕先登于岸。以對于天下。四方以無侮。四方以無拂。武王豈不仕。履帝武敏歆。誕寘之平林。誕寘之寒冰。誕后稷之穡。即有邰家室。誕我祀如何。授几有緝御。序賓以不侮。君子有孝子。洞酌彼行潦。曾莫惠我師。斂怨以爲德。時無背無側。以無背無卿。匪上帝不時。雖無老成人。枝葉未有害。在夏后之世。四方其訓之。興迷亂于政。女雖湛樂從。罔敷求先王。肆皇天弗尚。無淪胥以亡。萬民靡不承。定申伯之宅。徹申伯土田。仲山甫之德。王命仲山甫。仲山甫出祖。仲山甫徂齊。仲山甫永懷。爲韓姞相攸。以先祖受命。命程伯休父。我居圉卒荒。實靖夷我邦。曾不知其玷。昔先王受命。日辟國百里。駿奔走在廟。無射於人斯。駿惠我文王。岐有夷之行。昊天有成命。成王不敢康。繼序斯不忘。未堪家多難。以保明其身。肇允彼桃蟲。蹻蹻王之造。文王既勤止。我徂維求定。淑問如皋陶。纘太王之緒。則莫我敢承。天錫公純嘏。復周公之子。宜大夫庶士。我受命溥將。在武丁孫子。武王靡不勝。肇域彼四海。殷受命咸宜。帝立子生商。則莫我敢曷。實左右商王。以保我後生。

　　兩句類：濟盈不濡軌，雉鳴求其牡。期我乎桑中，要我乎上宫。投我以木瓜，報之以瓊琚。投我以木桃，報之以瓊瑤。投我以木李，報之以瓊玖。一之日觱發，二之日栗烈。三之日于耜，四之日舉趾。九月築場圃，十月納禾稼。風雨所漂搖，予維音曉曉。如松柏之茂，無不爾或承。唯酒食是議，無父母詒罹。誰敢執其咎，如匪行邁謀。以介我稷黍，以穀我士女。乃求千斯倉，乃求萬斯箱。彼有不穫穉，此有不斂穧。肆不殄厥愠，亦不隕厥問。帝作邦作對，自太伯王季。不大聲以色，不長夏以革。誕寘之隘巷，牛羊腓字之。民之方殿屎，則莫我敢葵。人尚乎由行，內奰于中國。昊天其子之，實右序有周。無此疆爾界，陳常于時夏。未堪家多難，予又集于蓼。俾爾熾而昌，俾爾壽而臧。俾爾昌而熾，俾爾壽而富。俾爾昌而大，俾爾耆而艾。禹敷下土方，外大國是疆。受小國是達，受大國是達。受小球大球，爲下國綴旒。受小共大共，爲下國駿厖。莫敢不來享，莫敢不來王。

　　三句類：佌佌彼有屋，蔌蔌方有穀，民今之無祿。宅殷土芒芒，古帝命武湯，正域彼四方。

　　四句類：誰謂雀無角，何以穿我屋；誰謂女無家，何以速我獄。誰謂鼠無牙，何以穿我墉；誰謂女無家，何以速我訟。匪先民是程，匪大猶是經；維邇言是聽，維邇言是爭。

　　六句類：虞芮質厥成，文王蹶厥生，予曰有疏附，予曰有先後，予曰有奔奏，予曰有禦侮。

　　十二句類：或燕燕居息，或盡瘁事國，或息偃在牀，或不已于行，或不知叫號，或慘慘劬勞，或棲遲偃仰，或王事鞅掌，或湛樂飲酒，或慘慘畏咎，或出入風議，或靡事不爲。

　　梁鍾嶸作《詩評》，其序云：“夏歌曰：‘鬱陶乎余心。’楚詞曰：‘名余曰正則。’雖詩體未全，然略是五言之濫觴。”予以爲不然。《虞書》載賡歌之辭曰：“元首叢脞哉。”至周詩《三百篇》，其五字甚多，不可悉舉。如《行露》曰“誰謂雀無角，何以穿我屋？ 誰謂女無家,何以速我獄"?《小旻》曰"匪先民是程,匪大猶是經。維邇言是聽,維邇言是爭"。至於《四月》之篇,其下三章率皆五字。又《十畝之間》,則全篇五字耳。然則始於虞,衍於周,逮漢專爲全體矣。

答傅當可論詩

某昨承不外,以佳句一帙見教,開警爲多。蓋始終皆欲追晉、宋之風,而絕不效晚唐之體,此其過於人遠矣。某素不能詩,何能知詩?但嘗得於所聞,大概以爲詩家者流,以汪洋澹泊爲高,其體有似造化之未發者,有似造化之已發者,而皆歸於自然,不知所以然而然也。所謂造化之未發者,則冲漠有際,冥會無跡,空中之音,相中之色,欲有執著曾不可得,而自有尸居而龍見、淵默而雷聲者焉。所謂造化之已發者,真景見前,生意呈露。混然天成,無補天之縫繡;物各傅物,無刻楮之痕跡。蓋自有純真而非影全是而非似者焉。故觀之雖若天下之至質而實天下之至華,雖若天下之至枯而實天下之至腴。如彭澤一派,來自天稷者,尚庶幾焉,而亦豈能全合哉!然此惟天才生知,不假作爲可以與此,其餘皆須以學而入。學則須習,恐未易遽造也。所以前輩嘗有"學詩渾似學參禪"之語。彼參禪固有頓悟,亦須有漸修始得。頓悟如初生孩子,一日而肢體已成;漸修如長養成人,歲久而志氣方立。此雖是異端語,亦有理可施之於詩也。半山云:"看似尋常最奇崛,成如容易却艱辛。"某謂尋常容易,須從事奇崛艱辛而入。又妄意以爲《損》先難而後易,《益》長裕而不設,不外是詩法;況造物氣象,須自大化混浩中沙汰陶鎔出來,方見精彩也。唐稱韋、柳有晉、宋高風,而柳實學陶者。山谷嘗寫柳詩,與學者云:"能如此,學陶乃能近似耳。"此語有味。(以上卷二)

書撫州吕通判開詩稿後

説詩者以古體爲正,近體爲變。古體尚風韻,近體尚格律,正、變不同調也。然或者於格律之中而風韻存焉,則雖曰近體而猶不失古體,特以入格律爲異爾。蓋八句之律,一則所病有各一物一事斷續破碎,而前後氣脉不相照應貫通,謂之不成章;二則所病有刻琢痕跡,止取對偶精切,反成短淺而無真意餘味,止可逐句觀,不可成篇觀。局于格律,遂乏風韻,此所以與古體異。先正有云:"維詩于文章,泰山一浮塵。又如古衣裳,組織爛成文。拾其剪裁餘,未識衮服尊。"正謂是歟?今耐軒《續槁》似獨不然。觀其八句中,語意圓活悠長,有蘊藉,有警策,氣脉貫通而無破碎斷續之病,且所寓言多真景真意,雖對偶而若非對偶,無刻琢、露痕跡之病。其所自叙,以爲自三百篇而悟入，則宜識衮服之所以尊，而與組織成文者不可同日語矣。抑予味之，所謂磨礱去圭角，浸潤著光精，非特見其用功之深，亦由其神情冲淡，趣向幽遠，有青山白雲之志，而欲超然出於塵外者。志之所至，宜詩亦至焉者。然充此以進于古體，不難矣。律昉于唐，唐高韋、柳，取其古體風韻也。由韋、柳而入陶，必優爲之，又當俟別藁出而刮目焉。（卷五）

韋居安

韋居安（生卒年不詳）號梅磵。宋吳興（今浙江湖州）人。咸淳四年（1268）進士。八年，攝教歷陽。景炎元年（1276），司糾三衢。著有《梅磵詩話》三卷，上卷多論北宋人詩，中、下卷多論南宋人詩，尤以江湖詩人爲多，蓋仿劉克莊《後村詩話》之例，引論兼及事與辭兩方面。

本書資料據中華書局 1983 年《歷代詩話續編》本《梅磵詩話》。

《梅磵詩話》（節録）

絕句括盡題意方佳。清獻趙公《八詠樓》詩云：“隱侯詩價滿東吳，《八詠》篇章意思殊。聞説當時清瘦甚，不知還爲苦吟無？”又《繡川湖》詩云：“東南山水聞之久，未省人曾説義烏。萬頃波濤驚客眼，始知中有繡川湖。”二詩括盡題意，得絕句體。

七言律詩有上三下四格，謂之折腰句。白樂天守吳門日，答客問杭州詩云：“大屋簷多裝雁齒，小航船亦畫龍頭。”歐陽公詩云：“靜愛竹時來野寺，獨尋春偶到溪橋。”盧贊元《雨》詩：“想行客過溪橋滑，免老農憂麥隴乾。”劉後村《衛生》詩云：“采下菊宜爲枕睡，碾來芎可入茶嘗。”《胡琴》詩云：“出山雲各行其志，近水梅先得我心。”皆此格也。

詩人喜用全語。東坡《戲徐君猷孟亭之皆不飲酒》詩云：“公獨未知其趣耳，臣今時復一中之。”近世王才臣詩云：“歸去來兮覺今是，不知我者謂何求。”鄉人方君遇詩云：“是有命焉非幸致，不知我者謂何求。”方秋崖《送客水月園》詩云：“翁之樂者山林也，客亦知夫水月乎？”潘倬詩云：“逝者如斯未嘗往，後之視昔亦猶今。”下語皆渾然天成，然非詩之正體。（以上卷上）

省題詩自成一家機軸，非他詩比，葛常之《韻語陽秋》蓋嘗言之。然騷人墨客雖從事于時文，至作省詩，亦不爲格律所縛。楊廷秀序訓蒙省詩，亦曰“以騷人之情性，寓舉子之刀尺”，真名言也。余觀紹定戊子科，括蒼秋試，出“賞月延秋桂”詩，舉子朱光破云："詠與桂相投，延之桂亦留。賞渠今夜月，了我此生秋。"結云："不須零碎折，和鑒抱歸休。"下語奇崛，考官爲之擊節。是年取解，次年龍飛榜擢第。（卷中）

方大琮

　　方大琮（1183—1247）字德潤，號鐵庵，又號壺山。宋莆田（今屬福建）人。開禧進士，補南劍州州學教授，改江西轉運司參議，知將樂、永福二縣。端平元年（1234），擢監六部門。三年，遷著作佐郎，除右正言，直言敢諫。遷起居舍人，兼國史院編修官、實録院檢討官。嘉熙元年（1237），兼權直舍人院。爲蔣峴所劾，主管紹興府千秋鴻禧觀，俄起知建寧府。淳祐元年（1241），知廣州。四年，兼廣東經略安撫使。六年，改知隆興府。七年卒，年六十五，謚忠惠。著有《鐵庵遺稿》，已佚。明正德八年（1513）族孫方良節等輯成《鐵庵方公文集》四十五卷，今存原刻本及清抄本、四庫全書本。又《四庫全書》所收《壺山四六》一卷，《四庫全書總目》定爲方大琮所作。其奏議疏通暢達，切中時弊，論經諸文多持平之論（《四庫全書總目》卷一六三）。尤長於四六，善於剪裁，屬對工穩。劉克莊至以"典嚴精麗"、"語妙天下"評其文（《鐵庵遺稿序》）。現存詩多應酬之作。

　　本書資料據四庫全書本《鐵庵集》。

詞賦與古詩同義賦

　　文固有異，意無不通。雖詞賦之體變，與古詩之義同。形爲瀏亮之篇，豈無所主；若較詠歌之旨，均出乎中。自詞章之響無傳，而辭藻之工迭異。求諸體製，前後百變；概以發越，古今一意。且曷名乎賦？情托此以見。辭雖不謂之詩，實與之而同義。吐鳳擒藻，凌雲逸思。賈、揚等作，分種漢志；屈、宋諸人，擅名楚詞。久矣乎正聲之後，隱然者古意之遺。作者百六家，非徒侈刻雕之麗；去之千餘載，尚足爲風雅之追。豈非名爲托諷而譏刺意存，雖曰不刊而謳吟中寓。《校獵》非盧令，並以田諷；《離騷》豈《采葛》，均之讒懼。當知此意之猶詩，毋但以文而視賦。雖辭藻之文抑末，渾若可觀；幸聲歌之理未亡，托兹以吐。大抵歷代有辭章，固隨體以迭變；人心真理義，不爲文而轉移。使删後至今，詞賦不續；是詩亡未幾，性情亦隨。《上林》一賦有古《貍首》，《西征》一篇亦今《黍離》。雖作於文人才子，可采於春官太師。無容若楚子之詞，區區效雅；但見述蘭陵之志，凛凛追詩。論者曰：比興之賦在詩意固存，麗則之賦亦詩人所作。《羔羊》詩也，賦以子產；《車舝》詩也，賦於孫婼。既是名上世之已寓，豈後代曾古人之不若？《子虛》篇末，上言曩日之騶虞；《明水》韻中，遠引昔人之鳴鶴。當知文章有異體，不可相混；詩賦同一機，特隨所施。獻太清、吟古詩，同是杜甫；感二鳥，著律詩，均乎退之。非作詩之意賦亦可用，何能賦之士詩皆可爲。所恨諸儒之作，不生三代之時。如雄遇宣王，當不遜《車攻》之作；若原出周末，必能發《巷伯》之思。乃若司馬三十篇，虛濫無歸；枚皋百餘作，俳優等語。既皆爲後學之疵玷，況可以古詩而推許？吾嘗謂藝文五種，有不經吾夫子之删，所以起壯夫之不與。（卷二六）

岳 珂

　　岳珂（1183—1240）字肅之，號亦齋、東幾，晚號倦翁。宋湯陰（今屬河南）人。岳飛孫，岳霖子。雖出身將門，而喜文事。工詩文，其詩雖時傷淺露，少詩人一唱三歎之致，而軒爽磊落，氣格可觀。其詩文集《棠湖詩稿》一卷，收宮詞一百首，皆詠北宋時事，《四庫全書總目》考證係後人僞託。另著有《桯史》十五卷，記南北宋時雜事，可補史傳不足；所録詩文遺事，亦多足以旁資考證。編有《岳鄂王行實編年》二卷、《金佗粹編》二十八卷、續編三十卷，《愧郯録》十五卷，《寶真齋法書贊》二十八卷等。

　　本書資料據四庫全書本《桯史》、咫進齋叢書本《棠湖詩稿》。

《桯史》（節録）

　　金主亮有意南牧，校獵國中，一日而獲熊三十六，廷試多士，遂以命題，蓋用唐體。（卷一）

《宮詞一百首》序

　　宮詞自唐以來有之，如王建則世託近倖，花蕊則身處宮闈，故其所述，皆耳聞目見，後之傚其體者徒想像而言，未必近似，反流於褻俚者多矣。珂幼好其詞，嘗擬采其音律，以肆於毫簡，竊謂苟匪止乎禮義，有以寓諷諫，美形容，均爲無益，而因於公，有志未遂。比因棠湖綸釣之暇，適猶子規從軍自汴歸，誦言宮殿鐘簴，儼然猶在，慨想東都盛際，文物典章之偉，觀聖君賢臣之懿範，瞭然在目，輒用其體，成一百首，以示黍離宗周之未忘。其閒事核文詳，監今陳古，固有不待美刺而足以具文見意者，輶軒下采，或者轉而上徹乙夜之觀，庶幾有補於萬一云。（《棠湖詩稿》卷首）

820

趙汝回

趙汝回(生卒年不詳)字幾道,太宗八世孫。居永嘉(今浙江温州)。宋嘉定七年(1214)進士。寶慶二年(1226)爲台州録事,官終主管進奏院。以詩名重一時,興致高邁,自成一家。著有《東閣吟稿》,已佚。《江湖後集》卷七、《兩宋名賢小集》卷二二存其詩。

本書資料據汲古閣影鈔南宋六十家小集本《雲泉詩》。

《雲泉詩》序

近世論詩有選體,有唐體。唐之晚爲崑體。本朝有江西體,江西起於變崑。崑不足道也,而江西以力勝,少涵泳之旨。獨選體近古,然無律詩,故唐詩最著。世之病唐詩者,謂其短近不過景物,無一言及理。此大不然。詩未有不托物,而理未有出於物之外。古人句在此而意在彼。今觀三百篇,大抵鳥獸草木之間,不可以是訾也。而人之於詩,其心術之邪正,志趣之高下,氣習之厚薄,隨其所作,無不呈露。如少陵之詩而得其爲忠,太白之詩而得其爲豪。郊、島之詩寒苦,而其器必隘;韋、白之詩蘊藉,而其情必遠。自然而然,初非因想而生見者。昔坡公論六家書,謂小人書字雖工,而其神情終有盱睢側媚之態。非獨作字爲然,雖文皆然也。故作詩貴識體,尤在養性。不養性則無本,不識體則無法。

永嘉自四靈爲唐詩一時,水心首見賞異。四人之體略同,而道暉、紫芝,其山林、閨閣之氣各不能捄。雲泉薛君仲止以詩名於時,本用唐體,而物與理稱,更成一家。其人蕭散之際,自有繩尺。始而色,其貌若生;久而旨,其味益洽。恬靖不求,本於天性,未易以矯揉學者。雖其詩未足以盡其人,然必有是人而後有是詩,讀者當自得於言語之外云。

淳祐己酉五月日,東閣趙汝回序。(卷首)

傅自得

傅自得(1116—1183)字安道。宋建昌軍南城(今江西南城)人。景定間猶在世。善爲文,尤擅四六及古賦,著有《燕石稿》。曾編杜甫、王安石、蘇軾、黄庭堅詩爲《四詩類苑》。

本書資料據道光《南城縣志》。

《四詩類苑》序（節録）

發於性情之真，本乎王道之正，古之詩也。

自《風》、《雅》變而騷，騷而賦。賦在西京爲盛，而詩蓋鮮，故當時文士咸以賦名，罕以詩著。然賦亦古詩之流，六義之一也。司馬相如賦《上林》，雄深博大，典麗雋偉，若萬間齊建，非不廣袤，而上堂下廡，其有次序，信矣詞賦之祖乎！揚子雲學貫天人，《太玄》、《法言》與六經相表裏。若《甘泉》諸賦，雖步趨長卿，而雄渾之氣溢出翰墨外，則子雲無之。他日自悔少心，或出於是。至若王荆公謂賦擬相如爲未工，朱文公又謂雄賦只能填上腔子，其以其文之不工、記之不傳哉，正以追遵模擬，其氣索爾。自後作者繼出，各有所長，然於組織錯綜之中，不礙縱橫奇逸之氣，則左太史之賦《三都》，視相如庶幾焉。時文士皇甫士安則爲之序，劉淵林、張孟陽則爲之注。夫文人相輕，從古而然，而一時巨擘，皆左袒歛衽，精金良玉，自有定價，豈得時改世易而後有顧君與譚不及見之恨哉！

建安以來，詩復盛行，歷宋、齊、梁、陳，其流之末，束字數十，逞艷誇妍，體狀於風月雲露之間，求工於浮聲切響之末，而詩弊矣。逮至少陵，博極書史，歷覽山川，以其閎材絕識，籠九有，獵衆智，挫萬物而發之毫端，凌厲馳驟，與長卿相上下。宋朝之詩，金陵、坡、谷三大家，或以其精，或以其博，體雖不同，而氣壯語渾，同出於杜，此則詩之正派也。昔元微之於子美詩，欲條析其文體別相附而未暇。僕妄竊此意，擷萃英華，以門分類，合爲《四詩》，一名之曰《四詩類苑》。（卷三一）

劉克莊

劉克莊（1187—1269）字潛夫，號後村。宋莆田（今屬福建）人。師事真德秀。因詠《落梅》詩得罪，閑廢十年。後官至權工部尚書兼侍讀。劉克莊文名久盛，兼擅詩、詞、文，詩論也頗具影響，被目爲當時文壇宗主。尤以詩歌影響爲大，與陸游、楊萬里並稱“渡江三大家”，有四千五百餘首詩傳世。其詩初受西崑諸子及永嘉“四靈”影響，後來轉學姚合、賈島等晚唐詩人，又特別推崇楊萬里與陸游，最後力圖在江西派與晚唐體之間自辟蹊徑。劉克莊在南宋辛派詞人中，與劉過、劉辰翁齊名，號稱“三劉”。馮煦甚至認爲“與放翁、稼軒猶鼎三足”（《宋六十一家詞選·例言》）。其詞以愛國主義思想內容與豪放的藝術風格見稱於時，刻意學辛棄疾，喜用事典，帶有散文化、議論化傾向。其散文在當時以表、制、誥、啟見稱，人以小東坡目之。

劉克莊年青時所編《南嶽稿》，刻入陳起《江湖集》。淳祐間自編文集，囑林希逸爲序，繼有後、續、新三集。咸淳六年(1270)，其季子山甫彙爲《後村先生大全集》二百卷。今存《四部叢刊》影印清賜硯齋抄一百九十六卷本、宋刻《後村居士集》五十卷本、文淵閣《四庫全書》所收五十卷本。詞集有《宋六十名家詞》本《後村別調》一卷、明抄本《後村詩餘》二卷、《彊村叢書》本《後村長短句》五卷，今人錢仲聯有《後村詞箋注》四卷。所著《後村詩話》，分爲前集二卷、後集二卷、續集四卷、新集六卷，計十四卷。前、後、續三集統論漢、魏、唐、宋詩人詩歌，以唐、宋詩爲多；新集則詳論唐人詩作，皆"採摘菁華，品題優劣"。《四庫全書總目》稱《後村詩話》"所載宋代諸詩，其集不傳於今者十之五六，亦皆賴是書以存"。郭紹虞先生《宋詩話考》認爲《後村詩話》"網羅衆作，見取材之博；評衡愜當，見學力之精"，可見此書的文獻、理論價值。

本書資料據四部叢刊初編本《後村先生大全集》、四庫全書本《後村詩話》。

自昔（節録）

自昔英豪忌苟同，此身易盡學難窮。習爲聯絶真唐體，講到玄虛有晉風。蟻子盡云參妙喜，乞兒自許議荆公。安知斯世無顔閔，到死浮沉里巷中。

自警

筆枯硯燥自傷悲。文體全關氣盛衰。倚馬縱難揮萬字，騎驢尚足課千詩。奉盤誰可推盟主，撼樹人方謗老師。疑有更深於此者，入山十載試精思。

聖賢

聖賢自牧極卑謙，後學才高膽力兼。悔賦不妨排賈誼，謗詩遂至劾陶潛。取人最忌規模狹，絶物常因議論嚴。君看國風三百首。小夫賤隸采何嫌。

自勉

海濱荒淺幼無師，前哲籓籬尚未窺。玄詠易流西晉學。苦吟不脱晚唐詩。遠僧庵就勤求記，亡友墳成累索碑。天若假余金石壽，所爲詎肯止於斯？

前　輩

前輩日以遠，斯文吁可悲。古人皆尚友，近世例無師。晚節初寮集，中年務觀詩。雖云南渡體，俗子未容窺。（以上《後村先生大全集》卷三）

書堂山柳開守清湘讀書處（節選）

子厚文章宗，仲塗豈後身？不肯作崑體，寧來牧湘濱。詠茅翠麓巔，日與書卷親。剗去五季衰，挽回六籍醇。歐尹相繼出，孤唱繇伊人。（《後村先生大全集》卷六）

贈翁卷

非止擅唐風，尤於選體工。有時千載事，祇在一聯中。世自輕前輩，天猶活此翁。江湖不相見，纔見又西東。（《後村先生大全集》卷七）

跋某人詩卷

元祐賦律古，熙寧經義新。請君忙改藝，詩好誤終身。（《後村先生大全集》卷九）

又七言

舊止四人爲律體，今通天下話頭行。誰編宗派應添譜，要續《傳燈》不記名。放子一頭嗟我老，避君三舍與之平。由來作者皆攻苦，莫信人言七步成。（《後村先生大全集》卷十六）

劉圻父詩序（節録）

余嘗病世之爲唐律者膠攣淺易，窘局才思，千篇一體，而爲派家者則又馳鶩廣遠，蕩棄幅尺，一嗅味盡。麻沙劉君圻父融液衆格，自爲一家，短章有孔鸞之麗，大篇有鯤鵬之壯，枯槁之中含腴澤，舒肆之中富摯斂，非深於詩者不能也。矧其貴山林，賤城市，視蟬冕如布衣，見朱門如蓬户，靜定之言多，躁動之意少，庶幾乎冲澹以自守、遺佚而不怨者矣。

雖然，文以氣爲主，少銳老惰，人莫不然。世謂鮑照、江淹晚節才盡，予獨以爲氣有惰而才無盡。子美夔州、介甫鍾山以後所作，豈以老而惰哉！

《陳敬叟集》序（節録）

嘗評諸人之作，圻父得之夷淡而失之槁幹，季仙得之深密而失之遲晦，惟敬叟才氣清拔，力量宏放，險夷濃淡，深淺密疏，各極其態，不主一體。至其爲人曠達如列禦寇、莊周，飲酒如阮嗣宗、李太白，筆劄如谷子雲，行草篆隸如張顛、李潮，樂府如温飛卿、韓致光。余每歎其所長，非復一事。既解銅墨，歸卧山中五六年，谿上故人獨敬叟書問不絶，其交誼又過人如此。

《瓜圃集》序（節録）

近歲詩人惟趙章泉五言有陶、阮意，趙蹈中能爲韋體，如永嘉諸人極力馳驟，纔望見賈島、姚合之藩而已。余詩亦然。十年前始自厭之，欲息唐律，專造古體。趙南塘不謂然，其説曰："言意深淺，存人胸懷，不繫體格。若氣象廣大，雖唐律不害爲黄鐘、大吕，否則手操雲和，而驚飆駭電猶隱隱絃撥間也。"余感其言而止。亡友翁應叟尤工律詩，集中古體不一二見，無乃與余同病乎？然觀其送人去國之章，有山人處士疏直之氣；傷時聞警之作，有忠臣孝子微婉之義；感知懷友之什，有俠客節士生死不相背負之意。處窮而恥勢利之合，無責而任善類之憂。其言多有益世教，凡敖慢褻狎、閨情春思之類，無一字一句及之，是豈可以律詩而概少之耶？

《退庵集》序（節録）

自先朝設詞科而文字日趨於工，譬錦工之機錦，玉人之攻玉，極天下之組麗瑰美，國家大典册必屬筆於其人焉。然雜博傷正氣，絺繪損自然，其病乃在於太工。惟番易三洪，筆力浩大，不窘於記問，不縛於體式，士之得其門者寡矣。退庵居士陳公，文安公之婿，著名淳熙中。某生晚不及識公，得其遺文十五卷讀之，歎曰：是提孤軍與三洪對壘者。夫文不能皆工，故曾子固劣於詩，温公自言不習四六。公儷語高妙，殆天畀不可學；詩簡而遠，近而深，有味外之味；古文鍛煉精粹，一字不可增損。

《野谷集》序（節録）

古人之詩大篇短章皆工，後人不能皆工，始以一聯一句擅名。頃趙紫芝諸人尤尚五言律體。紫芝之言曰："一篇幸止有四十字，更增一字，吾末如之何矣。"其精苦如此。以余所見，詩當由豐而入約，先約則不能豐矣；自廣而趨狹，先狹則不能廣矣。《鴟鴞》《七月》，詩之宗祖，皆極其節奏變態而後止，顧一切束以四十字，可乎？

明翁詩兼衆體，而又遍行吳、楚、百粵之地，眼力既高，筆力益放。卷中歌行跌宕頓挫，蚍蜉縛虎手也。及斂爲五七言，則又妥帖麗密，若唐人鍛鍊之作。訂其品，自元和、大曆于建安、黄初者也。

《王南卿集》序（節録）

公之言曰："文惡蹈襲，其妙在於能變，惟淵源者得之。豈惟文哉，議論亦然。"故公之諸文變態無窮，不主一體；論事必考古今，據義理，不祖舊說。詩高處逼陵陽、茶山，四六佳者不減汪、綦。如《王景文集序》《醉文》，雖歐公於子美、曼卿不能加矣。謂《中興頌》異於仲尼諱魯之義，謂《歸來辭》作於劉裕篡晉之先，世之同結而不敢異、譽潛而失其實者所未知也。

竹溪詩序（節録）

唐文人皆能詩，柳尤高，韓尚非本色。迨本朝則文人多，詩人少。三百年間，雖人各有集，集各有詩，詩各自爲體，或尚理致，或負材力，或逞辨博，少者千篇，多者萬首，要皆經義策論之有韻者爾，非詩也。自二三巨儒及十數大作家，俱未免此病。

趙寺丞和陶詩序

自有詩人以來，惟阮嗣宗、陶淵明自是一家，譬如景星慶雲，醴泉靈芝，雖天地間物，而天地亦不能使之常有也。然嗣宗跌蕩棄禮法，矜傲犯世患，晚爲《勸進表》以求容，志行掃地，反累其詩。淵明多引典訓，居然名教中人，終其身不踐二姓之庭，未嘗諧世而世故不能害，人物高勝，其詩遂獨步千古。

唐詩人最多，惟韋、柳得其遺意。李、杜雖大家數，使爲陶體則不近矣。本朝名公

826

或追和其作,極不過一二篇。坡公以蓋代之材,乃遍用其韻。今松軒趙侯復盡和焉。出牧吾州,袖以教余。退而讀之,見其摯斂之中有開拓,簡淡之內出奇偉,藏大巧於朴,寄大辨於訥,容止音節不辨其孰爲優孟,孰爲孫叔也,可謂善學淵明者矣。

客難余曰:"昔坡公和篇初出,潁濱獨淵明不肯束帶見督郵。子瞻既辱於世,欲以晚節自擬淵明,誰其信之? 今吾子推趙配陶,將毋與潁濱異耶? 余曰:坡公和陶于老大坎軻之餘,趙侯和陶于盛壯顯融之日。夫如是,則知貴其身而求乎內矣。貴其身者必重名節,求乎內者必輕外物,其去淵明何遠之有? 潁濱復出,不易吾言矣。

《本朝五七言絕句》序

《唐絕句詩選》成,童子復以本朝詩爲請。余曰:茲事尤難。楊、劉是一格,歐、蘇是一格,黃、陳是一格,一難也;以大家數掩羣作,以鴻筆兼衆體,又一難也……或曰:本朝理學、古文高出前代,惟詩視唐似有愧色。余曰:此謂不能言者也。其能言者,豈惟不愧于唐,蓋過之矣。

《中興五七言絕句》序

客問余曰:呂氏《文鑒》起建隆,迄宣、靖,何也? 曰:炎、紹而後,大家數尤盛於汴都,其人非朝廷之公卿即交遊之祖父,並存則不勝記誦之繁,精練則未免遺落之恨,去取之際難哉。客曰:子選本朝絕句,亦此意乎? 曰:固也。客曰:昔人有言:唐文三變,詩亦然,故有盛唐、中唐、晚唐之體。晚唐且不可廢,奈何詳汴都而略江左也? 余矍然起謝曰:君言有理。乃取中興以後諸家五七言,各選百首。內五言最難工,前選猶有未滿人意者,此編則一一精善矣。窮鄉無借書處,所見少,所取狹,可恨惟此一條爾。至於江湖諸人,約而在下,如姜夔、劉翰、趙蕃、師秀、徐照之流,自當別選。客曰:《文鑒》可併續乎? 余曰:以俟君子。(以上《後村先生大全集》卷九四)

江西詩派小序·山谷(節錄)

國初詩人如潘閬、魏野,規規晚唐格調,寸步不敢走作。楊、劉則又專爲崑體,故優人有"撏扯義山"之誚。蘇、梅二子,稍變以平淡豪俊,而和之者尚寡。至六一、坡公,巍然爲大家數,學者宗焉。然二公亦各極其天才筆力之所至而已,非必鍛鍊勤苦而成也。豫章稍後出,會萃百家句律之長,究極歷代體製之變,搜獵奇書,穿穴異聞,作爲古詩，自成一家，雖只言半字不輕出，遂爲本朝詩家宗祖，在禪學中比得達摩，不易之論也。

江西詩派小序·李商老（節録）

公擇，尚書家子弟也。東坡、山谷、文潛諸公皆與往還，頗博覽强記，然詩體拘狹，少變化。

韓隱君詩序（節録）

古人不及見後世書，而偶然比興風刺之作至列於經；後人盡讀古人書，而下語終不能髣髴風人之萬一，余竊惑焉。或古詩出於情性，發必善；今詩出於記問，博而已。自杜子美未免此病，於是張籍、王建輩稍束起書袋，棄去繁縟，趨於切近。世喜其簡便，競起效響，遂爲晚唐體，益下，去古益遠。豈非資書以爲詩失之腐，捐書以爲詩失之野歟！

《迂齋註古文》序（節録）

衆家文爲一編，蕭統以前無是也。統合先秦、二漢、三國、六朝之作爲三十卷；姚鉉專録唐文爾，乃至百卷。卷帙益多，文字益漓，《選》、《粹》之優劣即統、鉉之優劣也。本朝文治雖盛，諸老先生率崇性理，卑藝文。朱主程而抑蘇，吕氏《文鑑》去取多朱氏意，水心葉氏又謂洛學興而文字壞。二論相反，後學殆不知所適從矣。迂齋標註者一百六十有八篇，千變萬態，不主一體，有簡質者，有葩麗者，有高虛者，有切實者，有峻厲者，有微婉者。夫大匠誨規矩而不誨巧，老將傳兵法而不傳妙，自昔學者病焉。至迂齋則逐章逐句，原其意脈，發其秘藏，與天下後世共之。惟其學之博、心之平，故所采掇尊先秦而不陋漢、唐，尚歐、曾而併取伊洛，矯諸儒相反之論，萃歷代能言之作，可以掃去《粹》、《選》而與《文鑑》並行矣。

《山名别集》序（節録）

蓋《國風》、《騷》、《選》不主一體，至沈、謝始拘平仄，詩之變，詩之衰也。仲白之志，常欲歸齊、梁而返建安、黄初，蜕晚唐而追開元、大曆，於古體寓其高遠於大篇，發其精博於短章，窮其要眇。《雪夜感興》等作，咄咄逼子昂、太白，顧專取律體而使仲白之高遠者、精博者皆不行於世，所謂要眇者又多以小疵遺落。天乎，余之有罪也！乃雜取百篇爲《別集》，以志余過。

林同詩序（節錄）

余嘗患近人之作多俗間淺近之言，少事外高遠之趣，達者酣豢寵利，窮者夢想功名，情見乎詞，千人一律。（以上《後村先生大全集》卷九十六）

跋《李耕子詩卷》

唐世以賦詩設科，然去取予奪一決於詩，故唐人詩工而賦拙。湘靈鼓瑟、精衛填海之類，雖小小皆含意義，有王回、曾鞏之不能道。本朝亦以詩賦設科，然去取予奪一決於賦，故本朝賦工而詩拙。今之律賦，往往造微入神，溫飛卿、李義山之徒未必能仿佛也。（《後村先生大全集》卷九十九）

跋柯豈文詩（節錄）

觀人言語可以驗其通塞，郊、島詩極天下之工，亦極天下之窮。方其苦吟也，有先得上句，經年始足下句者；有斷數須而下一字者。做成此一種文字，其人雖欲不窮，不可得也。元白變其體，求其諧俗，茗坊酒壚往往傳誦，詩稍濫觴矣。然元至宰相，白亦侍從，余所謂通塞之驗非耶？抱甕翁蓋嘉泰間大詩人，集中奇古刻深者本色，人讀十過方解。然生有高名，沒不沾寸祿，詩雖工何爲者？豈文頗趨平夷，務使人易曉。或謂其與乃翁機軸相反。余曰：士一身之通塞，六親之休戚係焉。使人人學郊、島，則詩人之家皆當咽于陵之李，而食首陽之薇矣。孔子曰辭達而已矣，豈惟辭哉？余既哀抱甕翁之窮，又將賀豈文之達矣。

跋宋吉甫和陶詩

和陶自二蘇公始。然士之生世鮮不以榮辱得喪撓敗其天真者。淵明一生惟在彭澤八十餘日涉世故，餘皆高枕北窗之日，無榮惡乎辱，無得惡乎喪，此其所以爲絶倡而寡和也。

二蘇公則不然，方其得意也，爲執政、侍從；及其失意也，至下獄、過嶺、晚更憂患，始有和陶之作。二公雖惓惓於淵明，未知淵明果印可否？金華宋吉甫在其兄弟中天資尤近道，自少至老不出閭巷，不干公卿。有久幽不改之操，未論其詩，若其人固可以和陶矣。況讀之終卷，寄妙指於篇中，寓高情於筆下，其詩亦不可及歟。（以上《後村先生大全集》卷一〇一）

題方汝一班史贊後

太史公始人各爲傳，傳後又各係以己見，謂之贊。然不可勝贊，故有合數人而爲一贊者，視聖賢大費辭矣。班、范于贊尤不苟，班步驟《史記》而不覺相犯，范自謂“贊是吾史傑思，無一字虛設”。今觀二書於一代公卿大臣人品之賢佞，經生學士道術之純駁，仁人志士出處之精微，與夫外戚、宦官、奸雄、夷狄禍亂之顛末，傳所不能該者，必於贊發之，往往中其肺腑而得其骨髓。方君清卿讀班《贊》，若有遺恨者，又各以己見係其後，多數百言，少亦一詩。或爲史所譽而見疵，或爲史所擯而取節，或潛德久湮而深嘉屢歎，或隱慝未彰而奮筆直書，或一語之乖謬，或一行之諂曲，雖其人之骨已朽，必繩以《春秋》之法，讀之使人汗出。（《後村先生大全集》卷一〇七）

答陳卓然書（節録）

《離騷》爲詞賦宗祖固也，然自屈、宋没，後繼而爲之者如《鵩鳥》、《吊湘》、《子虛》、《大人》、《長楊》、《二京》、《三都》、《思玄》、《幽通》、《歸田》、《閒居》之類，雖名曰賦，皆騷之餘也。至韓退之恥蹈襲，比之盜竊，集中僅有《復志》、《感二鳥》二賦，不類騷體。柳子厚有《乞巧》、《罵尸蟲》、《斬曲几》等作十篇，託名曰騷，然無一字一句與騷相犯。僕嘗謂賈、馬而下，於騷皆學柳下惠者也，惟韓、柳庶幾魯男子之學柳下惠者矣。足下賦此閣，當於《列子》書中采至言妙義，以發其超出形氣、游乎物初之意，今自首至尾，字字句句不離一部騷辭，與韓、柳軸異，與近世《秋聲》、《鳴蟬》、《赤壁》、《黃樓》之作亦異，與山谷自鑄偉辭之説尤異，此僕所未喻也。（《後村先生大全集》卷一三一）

《後村詩話》（節録）

四言自曹氏父子、王仲宣、陸士衡後，惟陶公最高。《停雲》、《榮木》等篇，殆突過建安矣。

五言見於《書》、《詩》，如"萬事叢脞哉"、"胡爲乎泥中"之類，非始于蘇、李也。

謝康樂有《擬鄴中詩》八首，江文通有《擬雜體》三十首，名曰"擬古"，往往奪真。亦猶退之《琴操》，真可以絃廟瑟；子厚《天對》，真可以答《天問》。今人號爲摹擬其作，求其近似者少矣。

《焦仲卿妻》詩，六朝人所作也。《木蘭詩》，唐人所作也。樂府惟此二篇作叙事體，有始有卒，雖辭多質俚，然有古意。

唐初，王、楊、沈、宋擅名，然不脱齊、梁之體。獨陳拾遺首倡高雅冲澹之音，一掃六代之纖弱，趨于黄初、建安矣。

長慶體太易，不必學。王逢原《題樂天墓》末云："若使篇章深李杜，竹符還不到君分。"豈亦病其詩之淺耶？（以上卷一）

《西崑酬唱集》對偶字畫雖工，而佳句可録者殊少，宜爲歐公之所厭也。

元祐後，詩人迭起，一種則波瀾富而句律疎，一種則煅煉精而性情遠，要之不出蘇、黄二體而已。及簡齋出，始以老杜爲師。

蘇子美歌行雄放于聖俞，昂藏不羈，如其爲人。及蟠屈爲吳體，則極平夷妥帖。絶句云："别院深深夏簟清，石榴開遍透簾明。樹陰滿地日卓午，夢覺流鶯時一聲。"又云："春陰垂野草青青，時有幽花一樹明。晚泊孤舟古祠下，滿川風雨看潮生。"極似韋蘇州《垂虹亭觀中秋月》云："佛氏解爲銀色界，仙家多住玉華宫。"極工而世惟詠其上一聯"金餅彩虹"之句，何也？"山蟬帶響穿疏户，野蔓蟠青入破窗"，亦佳句。（以上卷二）

楊文公《談苑》云："近世錢惟演、劉均首變詩格，得其格者，蔚爲佳詠。"又云："二君麗句絶多。"且各舉數十聯。錢《詠漢武》云："立候東溟邀鶴駕，窮兵西極待龍媒。"劉《咏明皇》云："梨園法部兼胡部，玉輦長亭更短亭。"工則工矣。余按首變詩格者，文公也。自歐陽公諸老，皆謂崑體自楊、劉始，今文公乃遜與二人，若己無與者，前輩謙厚不爭名如此。（卷三）

陳拾遺、李翰林一流人，陳之言曰："漢、魏風骨，晉宋浮艷。""僕嘗暇時觀齊、梁間詩，彩麗雖繁而興寄都絶，每以永歎。"李之言曰："梁陳以來，艷薄斯極。沈休文又尚以聲律，將復古道，非我而誰！陳《感遇》三十八首，李《古風》六十六首，真可以掃齊、梁之弊而追還黄初、建安矣。昔南塘力勉余息近體而續陳、李之作，余汩世故，忽忽不經意，而老至矣。聊記其言，以誃同志。"

天台戴復古字式之，能詩，常自誦其先人詩云："惜樹不磨修月斧，愛花須築避風臺。"精麗不減崑體。（以上卷四）

姜堯章有平聲《滿江紅》，自叙云："舊詞用仄韻，多不叶律。如末句'無心撲歌'者，將'心'字融入去聲，方諧音律。"余欲以平韻爲之，久不能成，因沉巢湖，祝曰："得

一席風，當以平韻《滿江紅》爲神姥壽。言訖，風與帆俱駛，頃刻而成，末句云“聞環佩”，則協律矣。（卷五）

杜子美笑王、楊、盧、駱文體輕薄，然盧《病梨賦》未易貶駁，駱檄武氏多警策，《邊夜有懷》云：“城荒猶築怨，碣毀尚銘功”，《挽詩》云：“青烏新兆去，白馬故人來”，亦佳句也。（卷六）

余謂此篇（指杜甫《觀公孫大娘弟子舞劍器行》）與《琵琶行》，一如壯士軒昂赴敵場，一如兒女恩怨相爾汝，杜有建安、黃初氣骨，白未脫長慶體。（卷九）

徐鹿卿

徐鹿卿（1189—1252）字德夫，號泉谷樵友。宋豐城（今屬江西）人。博通經史，以文學知名於鄉里，爲後進所宗。嘉定十六年（1223）進士。謚清正。爲官廉約清正，敢於直言，凡所建白，皆忠悃激發，不少隱諱，深中當時積弊，劉克莊並以董子之醇、賈生之通許之（《四庫全書總目》卷一六三）。著有《泉谷文集》、奏議、講義、《鹽楮議政稿》、《歷官對越集》，手編《漢唐文類》、《文苑菁華》，均佚。明萬曆中裔孫徐即登輯爲《清正存稿》六卷，有明萬曆四十二年刻本、四庫全書本；《徐清正公詞》一卷，有彊村叢書本。

本書資料據四庫全書本《清正存稿》。

跋黃瀛父《適意集》

余幼讀少陵詩，知其辭而未知其義。少長，知其義而未知其味。迨今則略知其味矣。大抵義到則辭到，辭義俱到味到，而體製實矣。故有豪放焉，有奇崛焉，有平易焉，有藻麗焉，而四體之中，平易尤難工。就唐人論之，則太白得其豪，牧之得其奇，樂天得其易，晚唐得其麗。兼之者少陵，所謂集大成者也。余固樂於易，而瀛父實以易得之，是與余同味者，故書。（卷五）

趙以夫

趙以夫（1189—1256）字用父，號虛齋，自稱芝山老人、雲泉野客，宗室德鈞七世孫，居長樂（今屬福建）。嘉定十年（1217）進士。博學工書，詞以工麗見長，多仿周邦彥、姜夔。著有《詩傳》、《書傳》、《莊子解》、奏議、進故事、《易疏義》、雜著等，已佚。今存《易通》六卷、《虛齋樂府》二卷。

832

本書資料據宋元名家詞本《虛齋樂府》。

《虛齋樂府》自序

唐以詩鳴者千餘家,詞自《花間集》外,不多見,而慢詞尤不多。我朝太平盛時,柳耆卿、周美成羨爲新譜,諸家又增益之,腔調備矣。後之倚其聲者,語工則音未必諧,音譜則語未必工,斯其難也。余平時不敢强輯,友朋間相勉屬和,隨輒棄去。奚子偶於故書中得斷槁,又于黄玉泉處傳録數十闋,共爲一編。余笑曰:"文章小技耳,況長短句哉?"今老矣,不能爲也,因書其後,以志吾過。淳祐己酉中秋,芝山老人。(卷首)

張　侃

張侃(生卒年不詳)字直夫,號拙軒。宋詩人。祖籍大梁(今河南開封),徙家邗城(今江蘇揚州)。紹興末,渡江居湖州(今屬浙江)。約公元 1206 年前後在世。嘗監常州奔牛鎮酒税,遷爲上虞丞。父岩以諂媚權奸,爲世詬病。侃獨志趣蕭散,浮沉末僚,所與遊者,如趙師秀、周文璞輩,皆恬靜不爭之士。工詩,閑澹有致。其《拙軒詞話》一卷多爲考評賞析,論詩詞用語出處,亦論及詞之起源,旁采衆家之説而折衷之。著有《拙軒集》(或題《拙軒初稿》),已佚。清四庫館臣自《永樂大典》輯爲《張氏拙軒集》六卷。近人趙萬里又輯有《拙軒詞》。

本書資料據四庫全書本《張氏拙軒集》。

跋揀詞(節録)

陸務觀《自製近體樂府叙》云:"倚聲起於唐之季世。"後見周文忠《題譚該樂府》云:"世謂樂府起於漢、魏,蓋由惠帝有樂府令,武帝立樂府采詩夜誦也。"唐元稹則以仲尼《文王操》、伯牙《水仙操》、齊牧犢《雉朝飛》、衛女《思歸引》爲樂府之始。以予考之,"乃賡載歌"、"薰兮"、"解愠",在虞舜時,此體固已萌芽,豈止三代遺韻而已。二公之言盡矣。然樂府之懷,始於《玉臺》雜體。而《後庭花》等曲流入淫侈,極而變爲倚聲,則李太白、温飛卿、白樂天所作《清平樂》、《菩薩蠻》、《長相思》。我朝之士,晁補之取《漁家傲》、《御街行》、《豆葉黄》作五七字句,東萊吕伯恭編入《文鑑》,爲後人矜式。又見學舍老儒云:"《詩》三百五篇可諧律吕,李唐送舉人歌《鹿鳴》,則近體可除也。"

又,崇寧中,大樂闕徵調,議者請補之。丁仙現曰:"音久亡,非樂工所能爲,不可以妄意增。"蔡魯公使次樂工爲之,末音寄殺他調,召衆工按試尚書省庭。仙現曰:"曲甚好,只是落韻。"郭沔云:"詞中仄字,上、去二聲可用平聲,惟入聲不可用。上三聲用之,則不協律。近體如《好事近》、《醉落魄》,只許押入聲韻。"(卷五)

游 似

游似(? —1252)字景仁,號克齋,又號果山。宋果州南充(今四川南充)人。游仲鴻子。嘉定十四年(1221)進士。卒,特贈少師。嘗以古律詩一編四百七十篇、雜文三百五十一篇寄劉克莊,劉贊其《述懷八首》等詩"體大而思精,調嚴而義密"(劉克莊《與游丞相書》),今多遺佚。

本書資料據四庫全書本《春秋分記》。

《春秋分記》序

司馬子長始爲紀、傳、表、書,革左氏編年之舊,踵爲史者,咸祖述焉。近歲程君伯剛又取左書,釐而之之,一用司馬氏法。然則編年果紀、傳、表、書之不若乎?

按《詩》王政廢興,大小分載,是爲二《雅》;十五國事,各以條列,則曰《國風》。此固《紀》及《世家》之權輿也。懷襄既定,邦賦以成,厥有《禹貢》,前代時若,分職以訓,專爲《周官》。此則《八書》之端緒也。左氏身爲國史,讀夫子之《春秋》,將傳焉以翼之,遂爲席捲載籍,包舉典故,囊括萬務,併吞異聞之規摹。然事雜而志繁,義叢而詞博,非胸臆之大,或得此而遺彼;非精力之強,或舉始而忘終。析異合同,彙分區別。

君蓋善學左氏者,匪編年不紀傳若也。始君爲邛南校官,嘗過漢嘉,我先忠公實爲守,君入謁,以《春秋官制》贄焉,先公異之,俾似往丹鉛點勘,不以旅寓輟。後三十餘載,書既藏秘府,君弟季與自頌臺薇省作牧宜春,鋟而廣之,以序見屬。於是從君之子子午取全書繙閱焉,《表》之卷九,《世譜》七,《名譜》二,《書》二十有六,周天王事二,魯六,晉至吳世本之數與書等,次國、小國、四夷、附錄十有三。其餘諸書,力尤浩大。凡厥典制,宗王揭周,侯度不恭,是非自辨;封建廣狹,閏餘舛差,説多紛紜,訂使歸一。當曦之叛,棄官入山。茹涕修之,事定竟死。子午語我:"猶記遺言:'吾書始周,終蕭慎氏,金源自出,臣子可忘!'"

嗚呼! 夫子《春秋》,有事有文有義。尊王抑霸,貴夏賤夷,此所謂義,非耶? 今事與文君既殫精思矣,其於義也,不惟筆之,抑又身之。自唐以來,或欲獨究遺經,閣束三傳,不知鑿空而立己見,與比事而探聖心,所得孰多。使與君同時獲見此書,必將曰吾

改是。君名公説，籍叙宣化，故眉徙云。淳祐三年夏四月乙卯，南充游似序。（卷首）

史繩祖

史繩祖(1192—1274)字慶長，號學齋。宋眉州眉山（今屬四川）人。篤志强學，曾師從魏了翁。官至朝請大夫，直煥章閣，主管成都府玉局觀。能詩。著有《孝經注》、《池陽講書本末》，已佚。今存《學齋佔畢》四卷，《四庫全書總目》稱該書"考證經史疑……援據辨論，精確者爲多，亦孫奕《示兒編》之亞。"

本書資料據四庫全書本《學齋佔畢》。

坡詩不入律

黄魯直《次東坡韻》云："我詩如曹、鄶，淺陋不成邦。公如大國楚，吞五湖三江。"其尊坡公可謂至，而自況可謂小矣。而實不然。其深意乃自負，而諷坡詩之不入律也。曹、鄶雖小，尚有四篇之詩入《國風》；楚雖大國，而《三百篇》絕無取焉。至屈原而始以《騷》稱，爲變《風》矣。黄又嘗謂"坡公文好罵，謹不可學"；又指"坡公文章妙一世，而詩句不迨古人"，信斯證也。

五平五側體

《西清詩話》載："晏元獻守汝陰，梅聖俞往見之，置酒潁河上。晏言：'古人章句中，全用平聲，製字穩帖，如"枯桑知天風"是也，恨未見側字耳。'聖俞既引舟，遂作五側體四十字寄公，如云'月出斷岸口，影照別舸背'云云，固爲佳作。然晏只引一句，而梅賦全篇，已覺辭費。"余又嘗觀陶淵明詩"萬族各有託"，韓文公詩"此日足可惜"，杜工部詩"寂寞白獸闥"，皆傑句也。其餘諸家五平五側句甚多，至皮日休、陸龜蒙，又有五平五側倡和，在《松陵集》中。藉曰："餘子紛紛不足數，而陶、杜、韓之句可忽乎？"梅、晏俱號博洽，而俱云恨未之見，何耶？又所賦之詩，果能掩三子之作乎？余疑於是，不得不識之。（以上卷二）

一字詩不始於東坡

坡公詩集中有《和郭正輔一字詩》云："故居劍閣隔錦官，柑果姜桂交荆菅。奇孤甘掛汲古綆，儵覤敢揭鉤今竿。已歸耕稼供稿秸，公貴幹國高巾冠。改更句格各賽嘆，姑固狡獪加間關。"又有《郊居江干堅關扃》一首及四言一首，亦名嘆語詩。注家及《苕溪漁隱》俱以爲公出意以文爲戲。余嘗觀唐人姚合少監詩集中，有《洞庭蒲萄架詩》云："萄藤洞庭頭，引葉漾盈搖。皎潔鉤高掛，玲瓏影落寮。陰煙壓幽屋，濛密夢冥苗。清秋青且翠，冬到凍都凋。"則此體已具矣。坡公不過才高記博，造句傑特有來處，因前人之體而爲戲耳。若直指爲坡，則寡見可笑矣。（卷四）

孫德之

　　孫德之（1192—?）字道子。東陽（今屬浙江）人。嘉熙進士，又中宏詞科，官至秘書監丞。後絕意仕進，刻意著述，隱居太白山齋，別號太白山人。所著《續大事記》及《太白山齋遺稿》三十卷，散佚不存。明裔孫志輯爲《太白山齋遺稿》二卷，嘉靖間十一世孫學刻以傳世，今存。

　　本書資料據清道光四年孫氏刊本《太白山齋遺稿》。

《陳竹溪詩集》序

　　庚申歲，予侍先君官武康，始識龍洲。其詠水湧山出，尤善談辯，真奇男子也。開禧丁卯，其友高菊磵九萬見過，予亦獲與之接。九萬不勝爲盤空硬語，而章妥句適，姿態橫生，先君待之如待改之。近時人視詩爲冷淡生活，往往不甚刻意。吾里中陳君竹溪年甚少，才甚爽，氣甚銳，嗜詩如嗜炙，下筆自鑄偉辭，雖淹貫眾作，而於劉、高多會意處。今覽其集，則飄風急雨不足以喻其清切也，時花美女不足以喻其豔麗也，輕車駿馬不足以喻其騁馳也。君不鄙，辱徵爲序。予聞呂紫微告茶山，謂治擇工夫已勝，而波瀾尚未闊，須令規模宏放，以涵養吾氣而後可。紫微是說，蓋本之昌黎者也。昌黎曰："氣，水也；言，浮物也。水大而物之浮者小大畢浮，氣盛則言之短長、聲之高下皆宜。"君誠能充養浩然之氣，則《三百篇》可造也，劉、高乎哉！

《翁處靜文集》序

　　唐文自皇甫湜、孫樵以後，作者不復出，其弊至五季極矣。我朝大儒一出而麾之，學者始粹然復歸於正。其間名家，無慮數十，如廬陵之粹，眉山之肆，南豐之潔，半山之實，尤傑然特出者也。近世最推陳、葉，龍川以縈迂巧妙者爲到，水心以精深刻峭者爲工,可謂極文人之能事矣。然求於理,有弗概者,則或者不能無異同之論。

朋友翁處靜生長筆墨間,某夙所敬愛。今年邂逅於越,見其臨川後所作,布置周閎,培擁深厚,質而不俚,豔而不穢,多而不冗,簡而不略,其理趣油然而長,詞采燁然而光,不覺鋸然汗下,曰:"君之才,固空餘子,然亦胡能驟進如是耶?"蓋久而後得其說。昌黎謂柳子厚居永州,益自刻苦,務紀覽,爲詞章,汎益停蓄,深博無涯,不然,必不能以自力傳於後。君曩在杜清獻謫居,其動心忍性,靜閱天理,豈不能以子厚之用力於學者而自力耶?宜其進進而不已也。予老矣,杜門息影,袖手觀心,君之所作,適發予覆,因攜而刻之太白山中,與當世文人共之,豈無深知揚子雲者!

鄭持正《毛穎表》序

嘉定庚午,予侍先君子官中都,危逢吉、李公甫俱克詞章,間相過,戲草《淇國夫人竹氏進封制詞》,稱"股肱之寄",或謂其失體,與傀偏勤勞王家、出入幕府之作不類。危則裂之,李稿今猶在集中也。夫文不難於工,而難於體製,不合則雖形容之工、屬對之巧,不足尚矣。三山鄭君持正與處幾年,一日以所擬製表等作見示,大抵假託以寓其言者也。其命意深隱,其造語精到,其文體則渾然不見斧鑿,雖昭宣王度可也。予讀之,不覺汗出,以爲君之操觚染翰,其妙乃至此,蓋君子高而覽重,又嘗歷淮甸,登羅浮,收攬秀氣,寄之毫端,故其文多奇氣,模癉之作足以動世人。使其當常、揚之任,揮燕、許之筆,則人之所睹,又豈止如是哉!雖然韓昌黎傳毛穎,至復作《下邳侯傳》,則人厭之,政如善譚不以再出爲尚也。而君作之不已,至盈卷帙,此非有志爲爾也,游戲翰墨,造於三昧,則埊然四出,政不能自知爾。予以是論君,君笑而不答,書以爲序。

《王正卿詩稿》序

詩之難久矣。一書不讀,一事之不知,一理之不融,皆不能達升堂入室之妙。自唐至本朝,以大家數名家者無慮十數,政以有得於是爾。而近世始有波流風靡而趨晚唐者,彼自視其中空然,決不能追《大雅》而與之俱,曾不如腔鳴吻決,掇拾鮭□可以悦人之耳目也。噫,彼特善用其所短耳,而謂詩之爲道止於如是,可乎?

建安王君正卿,名父子也。在髫齔,六經百氏皆暗記上口。稍長,重趼繭足,求天下異書而觀之,凡九州之外,六合之内,未有不求而不讀、讀而不精者也。手自編輯,高如鉅塚,吐爲詩篇,清新平淡,豐約中度。吾友毛元白,於當代詩人少許可,愛正卿詩,口之不置,且謂傳後,有後山之髓。元白之言,而豈徒哉,蓋必有深知之矣。余聞茶山嘗以詩示吕紫微，語以洽擇工夫已到，而波瀾布置尚有欠處，欲其養浩然之氣，以極其工。紫微之言，蓋本於昌黎也。昌黎之《答李翊》有曰：“氣，水也；言，浮物也。水大而物之浮者大小畢浮，氣與言猶是也。”正卿以是大本領，豈不所養者乎哉？試以問元白亦然之否？

書劉改之詞科進卷

紹興罷詩賦，始立詞科，舉不乏人。更中興二聖，未之有改也。獨至慶元丙辰而始沮，又至嘉定辛未而大沮。夫常常而取之，則上之予也不以爲泰，下之受也不以爲過。倘齟齬，則皆有慎重愛惜之意，其勢然也。其間司文衡者，幸而得本科之彥，猶且鰓鰓然睽沮而無樂與善誘之意，況以不得意之人居之，則其不欲人之軋己也固宜。窮其所不知，掩其所不備，聚消聚毁，如詰夢幻，不使之厭冠而反不止也。然則人才之盛，常見祖宗天涵地育之時，而廢沮擯棄，獨見於權臣當國之日，其故可知也。

錢塘劉君一日相過，示予以詞科進卷稿。余讀之，不覺擊節歎駭。夫文不難於工，而難體製之備。魏文帝論文，以爲銘誄尚實，詩賦欲麗。陸機亦謂“頌優游而炳鬱，箴頓挫而清壯”，兹體製說。蓋文之有體，亦猶人之有體也。四體不備，不可以成人；衆體不備，不可以爲文。君之文不獨辭藻之工，其大概高以體要爲尚。其四六則雅馴而工，散文則雄深而清，韻語則清新而壯。持此游場屋中，日可與渡江諸賢相角逐，餘子紛紛不足，當立下風也。青衫如敗荷，謂低頭筦庫中，欲與常人而不可得。吾黨浩歎。於戲，孰能爲子産，而轉以上聞也哉？君名改之。（以上卷上）

嚴　羽

嚴羽（約1192—約1245）字儀卿，自號滄浪逋客。宋邵武（今屬福建）人。與同宗嚴仁、嚴參齊名，號“三嚴”；又與嚴肅、嚴參等八人均有詩名，號“九嚴”。嚴羽生活在南宋末年，一生未仕，大半隱居在家鄉。但在元軍入侵、國勢垂危之際，仍很關心時事，愛國思想在詩中時有流露，對朝政弊端也頗多不滿之詞。其七言歌行仿效李白，五律除學李白外，還學杜甫、韋應物，但主要傾向仍爲王（維）、孟（浩然）冲淡空靈一路。其詩多散逸，邑人李南叔輯爲《滄浪吟卷》，咸淳間黃公紹序而傳之。今存《滄浪嚴先生吟卷》（或名《滄浪吟》、《滄浪集》）三卷。其最重要的成就在於詩歌理論，著有《滄浪詩話》。《滄浪詩話》分《詩辨》、《詩體》、《詩法》、《詩評》、《考證》五章，自稱：“斷千百年公案，誠驚世絶俗之談，至當歸一之論。其間説江西詩病，真取心肝劊子手。”

（《答出繼叔臨安吳景仙書》）他以禪喻詩，强調"妙悟"、"別材"、"別趣"，提出了比較係統的詩歌理論，頗受後人重視，被譽爲古今論詩第一（《詩源辯體》卷三五）。

本書資料據中華書局 1983 年版清何文煥《歷代詩話·滄浪詩話》。

詩辨（節録）

詩之法有五：曰體製，曰格力，曰氣象，曰興趣，曰音節。

詩之品有九，曰高，曰古，曰深，曰遠，曰長，曰雄渾，曰飄逸，曰悲壯，曰淒婉。

詩　體

《風》、《雅》、《頌》既亡，一變而爲《離騷》，再變而爲西漢五言，三變而爲歌行雜體，四變而爲沈、宋律詩。五言起於李陵、蘇武，或云枚乘。七言起於漢武《柏梁》，四言起於漢楚王傅韋孟，六言起於漢司農谷永，三言起於晉夏侯湛，九言起於高貴鄉公。

以時而論，則有：建安體，漢末年號。曹子建父子及鄴中七子之詩。黃初體，魏年號。與建安相接。其體一也。正始體，魏年號。嵇、阮諸公之詩。太康體，晉年號。左思、潘岳、三張、二陸諸公之詩。元嘉體，宋年號。顏、鮑、謝諸公之詩。永明體，齊年號。齊諸公之詩。齊梁體，通兩朝而言之。南北朝體，通魏、周而言之，與齊、梁體一也。唐初體，唐初猶襲陳、隋之體。盛唐體，景雲以後，開元、天寶諸公之詩。大曆體，大曆十才子之詩。元和體，元、白諸公。晚唐體，本朝體，通前後而言之。元祐體，蘇、黃、陳諸公。江西宗派體。山谷爲之宗。

以人而論，則有：蘇、李體，李陵、蘇武。曹、劉體，子建、公幹。陶體，淵明。謝體，靈運。徐、庾體，徐陵、庾信。沈、宋體，佺期、之問。陳拾遺體，陳子昂。王、楊、盧、駱體，王勃、楊烱、盧照鄰、駱賓王。張曲江體，始興文獻公九齡。少陵體，太白體，高達夫體，高常侍適。孟浩然體，岑嘉州體，岑參。王右丞體，王維。韋蘇州體，韋應物。韓昌黎體，柳子厚體，韋、柳體，蘇州與儀曹合言之。李長吉體、李商隱體，即西崑體也。盧仝體，白樂天體，元、白體，微之、樂天，其體一也。杜牧之體，張藉、王建體，謂樂府之體同也。賈浪仙體，孟東野體，杜荀鶴體，東坡體，山谷體，後山體，後山本學杜，其語似之者但數篇，他或似而不全，又其他則本其自體耳。王荊公體，公絕句最高，其得意處高出蘇、黃、陳之上，而與唐人尚隔一關。邵康節體，陳簡齋體，陳去非與義也。亦江西之派而小異。楊誠齋體。其初學半山、後山，最後亦學絕句於唐人。已而盡棄諸家之體而別出機杼，蓋其自序如此也。

又有所謂：選體，選詩時代不同，體製隨異，今人例用五言古詩爲選體非也。柏梁體，漢武帝與羣臣共賦七言，每句用韻，後人謂此體爲"柏梁"。玉臺體，《玉臺集》，乃徐陵所序。漢、魏、六朝之詩皆有之。或者但謂纖艷者爲"玉臺體"，其實則不然。西崑體，即李商隱體，然兼溫庭筠及本朝楊、劉諸公而名之也。香奩體，韓偓之詩，皆裾裙脂粉之語。有《香奩集》。宮體，梁簡文傷於輕靡，時號"宮體"。其他體製，尚或不一，然大概不出此耳。有古詩，有近體，即律詩也。有絕句，有雜言，有三、五、七言，自三言而終以七言，隋鄭世翼有此詩："秋風清，秋月明。落葉聚還散，寒鴉棲復驚。相思相見知何日，此時此夜難爲情。"有半五、六言，晉傅休奕《鴻雁生塞北》之篇是也。有一字至七字，唐張南史《雪》、《月》、《花》、《草》等篇是也。又隋人應詔有三十字，凡三句七言，一句九言，不足爲法，故不列於此也。有三句之歌，高祖《大風歌》是也。古《華山畿》二十五首，皆三句之詞，其他古人詩多如此者。有兩句之歌，荊卿《易水歌》是也。又古詩《青驄白馬共戲樂》、《女兒子》之類。皆兩句之詞也。有一句之歌。《漢書》"枹鼓不鳴董少年"，一句之歌也。又漢童謠"千乘萬騎上北邙"，梁童謠"青絲白馬壽陽來"皆一句也。有口號，或四句，或八句。有歌行，古有鞠歌行、放歌行、長歌行、短歌行。又有單以歌名者，行名者，不可枚述。有樂府，漢成帝定郊祀，立樂府，採趙、代、秦、楚之謳以入樂府，以其音調可被於絃管也。樂府俱備衆體，兼統衆名也。有《楚詞》，屈原以下㣙《楚詞》者，皆謂之《楚詞》。有琴操，古有《水仙操》，辛德源所作。《別鶴操》，高陵牧子所作。有謠，沈烱有《獨酌謠》，王昌齡有《箜篌謠》，《穆天子傳》有《白雲謠》也。曰吟，古詞有《隴頭吟》，孔明有《梁父吟》，文君有《白頭吟》。曰詞，《選》有漢武《秋風詞》樂府有《木蘭詞》。曰引，古曲有《霹靂引》、《走馬引》、《飛龍引》。曰詠，《選》有《五君詠》，唐儲光羲有《羣鷗詠》。曰曲，古有《大堤曲》，梁簡文有《烏棲曲》。曰篇，《選》有《名都篇》、《京洛篇》、《白馬篇》。曰唱，魏武帝有《氣出唱》。曰弄。古樂府有《江南弄》。曰長調，曰短調。有四聲，有八病。四聲設於周顒，八病嚴於沈約。八病謂平頭、上尾、蜂腰、鶴膝、大韻、小韻、旁紐、正紐之辨。作詩正不必拘此，蔽法不足據也。又有以歎名者，古詞有《楚妃歎》，有《明君歎》。以愁名者，《選》有《四愁》，樂府有《獨處愁》。以哀名者，《選》有《七哀》，少陵有《八哀》。以怨名者，古詞有《寒夜怨》、《玉階怨》。以思名者，太白有《靜夜思》。以樂名者，齊武帝有《估客樂》，宋臧質有《石城樂》。以別名者，子美有《無家別》、《垂老別》、《新婚別》。有全篇雙聲疊韻者，東坡經字韻詩是也。有全篇字皆平聲者，天隨子《夏日詩》四十字，皆是平。又有一句全平，一句全仄者。有全篇字皆仄聲者，梅聖俞《酌酒與婦飲》之詩是也。有律詩上下句雙用韻者，第一句，第三、五、七句押一仄韻，第二句，第四、六、八句押一平韻。唐章碣有此體，不足爲法，謾列於此，以備其體耳。又有四句平入之體，四句仄入之體，無關詩道，今皆不取。有轆轤韻者，雙出雙入。有進有退韻者，一進一退。有古詩一韻兩用者，《文選》曹子建《美女篇》有兩"難"字，謝康樂《述祖德詩》有兩"人"字，其後多有之。有古詩一韻三用者，《文選》任彥昇《哭范僕射詩》三用"情"字也。有古詩三韻六七用者，古《焦仲卿妻詩》是也。有古詩重用二十許韻者，《焦仲卿妻詩》是也。有古詩旁取六七許韻者，韓退之"此日足可惜"篇是也。凡雜用東、冬、江、陽、庚、青六韻。歐陽公謂退之遇寬韻則故旁入他韻，非也。此乃用古韻耳，於《集韻》自見之。有古詩全不押韻者，古《採蓮曲》是也。有律詩至百五十韻者，少陵有百韻律詩，白樂天亦有之，而本朝王黃州有百五十韻五言律。有律詩止三韻者。唐人有六句五言律，如李益詩"漢家今上郡，秦塞古長城。有日雲常慘，無風沙自驚。當今天子聖，不戰四方平"是也。有律詩徹首尾對者，少陵多此體，不可概舉。有律詩徹首尾不對者，盛唐諸公有此體，如孟浩然詩："掛席東南望，青山水國遥。軸轤爭利涉，來往接風潮。問我今何適，天台訪石橋。坐看霞色晚，疑是石城標。"又"水國無邊際"之篇，又太白"牛渚西江夜"之篇，皆文從字順，音韻鏗鏘，八句皆無對偶者。有後章字接前章者，曹子建《贈白馬王彪》之詩是也。有四句通義者。如少陵"神女峰娟妙，昭君宅有無。曲留明怨惜，夢盡失歡娛"是也。有絕句折腰者，有八句折腰者，有擬古，有連句，有集句，有分題。古人分題，或各賦一物，如云送某人分題得某物也，或曰探題。有分韻，有用韻，有和韻，有借韻，如押七之韻，可借八微或十二齊韻是也。有協韻，《楚詞》及《選》詩多用協韻。有今韻，有古韻，如退之"此日足可惜"詩，用古韻也。《選》詩蓋多如此。有古律，陳子昂及盛唐諸公多此體。有今律，有頷聯，有頸聯，有發端，有落句。結句也。有十字對，劉春虛"滄浪千萬裏，日夜一孤舟"是也。有十字句，常建"一徑通幽處，禪房花木深"等是也。有十四字對，劉長卿"江客不堪頻北望，塞鴻何事又南飛"是也。有十四字句，崔顥"黃鶴一去不復返，白雲千載空悠悠"。又太白"鸚鵡西飛隴山去，芳洲之樹何青青"是也。有扇對，又謂之隔句對，如鄭都官"昔年共照松溪影，松折碑荒僧已無。今日還思錦城事，雪消花謝夢何如"是也。蓋以第一句對第三句，第二句對第四句。有借對，孟浩然"廚人具雞黍，稚子摘楊梅"。太白"水春雲母碓，風掃石楠花。"少陵"竹葉於人既無分，菊花從此不須開"是也。有就句對。又曰當句有對，如少陵"小院迴廊春寂寂，浴鳧飛鷺晚悠悠"。李嘉祐"孤雲獨鳥川光暮，萬里千山海氣秋"是也。前輩於文亦多此體，如王勃"龍光射鬥牛之墟，徐孺下陳蕃之榻"，乃就句對止也。

論雜體則有：風人，上句述其語，下句釋其義。如古《子夜歌》《續曲歌》之類，則多用此體。槁砧，古樂府"槁砧今何在，山上復安山。何當大刀頭，破鏡飛上天"。僻辭隱語也。五雜俎，見樂府。兩頭纖纖，亦見樂府。盤中，《玉臺集》有此體。蘇伯玉妻作，寫之盤中，屈曲成文也。迴文，起於竇滔之妻，織錦以寄其夫也。反覆，舉一字而誦皆成句，無不押韻，反覆成文也。李公《詩格》有此二十字詩。離合，字相析合成文。孔融"漁父屈節"之詩是也。雖不關詩之重輕，其體製亦古。建除，鮑明遠有《建除詩》，每句首冠以建、除、平、定等字。其詩雖佳，蓋鮑本工詩，非因建除之體而佳也。字謎，人名，卦名，數名，藥名，州名，如此詩只成戲謔，不足爲法也。又有六甲十屬之類，及藏頭、歇後等體。今皆削之。近世有李公《詩格》，泛而不備。惠洪《天廚禁臠》，最爲誤人。今此卷有旁參二書者，蓋其是處不可易也。

詩法（節錄）

學詩先除五俗：一曰俗體，二曰俗意，三曰俗句，四曰俗字，五曰俗韻。

耐得翁

耐得翁，宋端平時人。據余嘉錫考證，其人姓趙，名字不詳。所著《都城紀勝》一

卷,又名《古杭夢游録》。又著《清暇録》、《就日録》、《山齋愚見十書》等,均已佚。事見
《直齋書録解題》卷一一、《四庫提要辨證》卷八。端平二年正月一日,耐得翁所撰《都
城紀勝序》云:"聖朝祖宗開國,就都於汴(今河南開封),而風俗典禮,四方仰之爲師。
自高宗皇帝駐蹕於杭,而杭山水明秀,民物康阜,視京師其過十倍矣⋯⋯僕遭遇明時,
寓游京國,目睹耳聞,殆非一日,不得不爲之集録。其已於圖經志書所載者,便不重
舉。此雖不足以形容太平氣象之萬一,亦仿佛《名園記》之遺意焉。但紀其實,不擇其
語,獨此爲愧爾。時宋端平乙未元日,寓灌圃耐得翁序。"《都城紀勝》皆記杭州瑣事。
分十四門,《四庫全書·都城紀勝提要》:"謹案《都城紀勝》一卷,不著撰人名氏,但自
署曰耐得翁。其書成於端平二年(1235),皆記杭州瑣事,分十四門:曰市井,曰諸行,
曰酒肆,曰食店,曰茶坊,曰四司六局,曰瓦舍衆伎,曰社會,曰園苑,曰舟船,曰鋪席,
曰坊苑,曰閑人,曰三教外地。叙述頗詳,可以見南渡以后土俗民風之大略。"其中《瓦
舍衆伎》一門,提供了比孟元老《東京夢華録》更爲豐富的戲曲資料,叙述頗詳。

　　本書資料據四庫全書本《都城紀勝》。

瓦舍衆伎

　　瓦者,野合易散之意也,不知起於何時;但在京師時,甚爲士庶放蕩不羈之所,亦
爲子弟流連破壞之地。

　　散樂,傳學教坊十三部,惟以雜劇爲正色。舊教坊有篳篥部、大鼓部、杖鼓部、拍
板色、笛色、琵琶色、箏色、方響色、笙色、舞旋色、歌板色、雜劇色、參軍色,色有色長,
部有部頭,上有教坊使、副鈐轄、都管、掌儀範者,皆是雜流命官。其諸部分紫、緋、綠
三等寬衫,兩下各垂黄義。

　　雜劇部又戴諢裹,其餘只是帽子、襆頭。以次又有小兒隊,並女童採蓮隊。又別
有釣客班,今四孟隨在駕後,乘馬動樂者,是其故事也。紹興三十一年,省廢教坊之
後,每遇大宴,則撥差臨安府衙前樂等人充應,屬修内司教樂所掌管。教坊大使,在京
師時,有孟角球,曾撰雜劇本子;又有葛守成,撰四十大曲詞;又有丁仙現才知音。紹
興間,亦有丁漢弼、楊國祥。

　　雜劇中,末泥爲長,每四人或五人爲一場,先做尋常熟事一段,名曰豔段;次做正
雜劇,通名爲兩段。末泥色主張,引戲色分付,副淨色發喬,副末色打諢,又或添一人
裝孤。其吹曲破斷送者,謂之把色。大抵全以故事世務爲滑稽,本是鑒戒,或隱爲諫
諍也,故從便跣露,謂之無過蟲。

　　諸宮調,本京師孔三傳編撰,傳奇、靈怪、八曲、説唱。

細樂比之教坊大樂，則不用大鼓、杖鼓、羯鼓、頭管、琵琶、箏也，每以簫管、笙、稽琴、方響之類合動。

小樂器只一二人合動也，如雙韻合阮咸，稽琴合簫管，琴合葫蘆。琴單撥十四弦，吹賺動鼓板，渤海樂一拍子，至於拍番鼓子、敲水盞鑼板和鼓兒，皆是也。今街市有樂人三五爲隊，專趁春場，看潮，賞芙蓉，及酒坐祇應，與錢亦不多，謂之荒鼓板。

清樂比馬後樂，加方響、笙、笛，用小提鼓，其聲亦輕細也。淳熙間，德壽宮龍笛色，使臣四十名，每中秋或月夜，令獨奏龍笛，聲聞於人間，真清樂也。

唱叫小唱，謂執板唱慢曲、曲破，大率重起輕殺，故曰淺斟低唱，與四十大曲舞旋爲一體，今瓦市中絶無。

嘌唱，謂上鼓面唱令曲小詞，驅駕虛聲，縱弄宮調，與叫果子、唱耍曲兒爲一體，本只街市，今宅院往往有之。

叫聲，自京師起撰，因市井諸色歌吟賣物之聲，采合宮調而成也。若加以嘌唱爲引子，次用四句就入者，謂之下影帶。無影帶者，名散叫。若不上鼓面，只敲盞者，謂之打拍。唱賺在京師日，有纏令、纏達：有引子、尾聲爲"纏令"；引子後只以兩腔遞且，循環間用者，爲"纏達"。

中興後，張五牛大夫因聽動鼓板中，又有四片太平令，或賺鼓板，即今拍板大簛揚處是也。遂撰爲"賺"。賺者，誤賺之義也，令人正堪美聽，不覺已至尾聲，是不宜爲片序也。今又有"覆賺"，又且變花前月下之情及鐵騎之類。凡賺最難，以其兼慢曲、曲破、大曲、嘌唱、耍令、番曲、叫聲諸家腔譜也。

雜扮或名雜旺，又名紐元子，又名技和，乃雜劇之散段。在京師時，村人罕得入城，遂撰此端，多是借裝爲山東河北村人，以資笑。今之打和鼓、撚梢子、散耍皆是也。

百戲，在京師時，各名左右軍，並是開封府衙前樂營。

相撲爭交，謂之角抵之戲，別有使拳，自爲一家，與相僕曲折相反，而與軍頭司大士相近也。

踢弄，每大禮後宣赦時，搶金雞者用此等人，上竿、打筋頭、踏蹺、打交輥、脱索、裝神鬼、抱鑼、舞判、舞砍刀、舞蠻牌、舞劍、與馬打球、並教船上秋千、東西班野戰、諸軍馬上呈驍騎、北人乍柳。街市轉焦爲一體。

雜手藝皆有巧名：踢瓶、弄碗、踢磬、弄花鼓捶、踢墨筆、弄球子、築球、弄斗、打硬、教蟲蟻，及魚弄熊、燒煙火、放爆仗、火戲兒、水戲兒、聖花、撮藥、藏壓藥、法傀儡、壁上睡，小則劇術射穿、弩子打彈、攢壺瓶即古之投壺、手影戲、弄頭錢、變綫兒、寫沙書、改字。

弄懸絲傀儡、起于陳平六奇解圍。杖頭傀儡、水傀儡、肉傀儡。以小兒後生輩爲之。凡傀偏敷演煙粉靈怪故事、鐵騎公案之類，其話本或如雜劇，或如崖詞，大抵多虛少實，如巨靈神朱姬大仙之類是也。

影戲，凡影戲乃京師人初以素紙雕鏃，後用彩色裝皮爲之，其話本與講史書者頗同，大抵真假相半，公忠者雕以正貌，奸邪者與之醜貌，蓋亦寓褒貶於市俗之眼戲也。

説話有四家：一者小説，謂之銀字兒，如煙粉、靈怪、傳奇。説公案，皆是搏刀趕棒，乃發跡變泰之事。説鐵騎兒，謂士馬金鼓之事。説經，謂演説佛書。説參請，謂賓主參禪悟道等事。講史書，講説前代書史文傳、興廢爭戰之事。最畏小説人，蓋小説者能以一朝一代故事，頃刻間提破。合生與起令，隨令相似，各占一事。

商謎，舊用鼓板吹《賀聖朝》，聚人猜詩謎、字謎、戾謎、社謎，本是隱語。有道謎、來客念隱語説謎，又名打謎。正猜、來客索猜。下套、商者以物類相似者譏之，人名對智。貼套、貼智思索。走智、改物類以困猜者。橫下、許旁人猜。問因商者喝問句頭、調爽。假作難猜，以定其智。

林希逸

林希逸(1193—?)字肅翁，號鬳齋，又號竹溪。宋福清(今屬福建)人。端平進士。工詩善書畫。希逸以道學名世，其文集中多應酬頌美之作。著有《易講》、《春秋傳》、《鬳齋前集》六十卷，已佚。今存《考工記解》、《老子口義》、《莊子口義》、《列子口義》。《竹溪鬳齋十一稿續集》三十卷，爲其門人福清林式之所編，共十三類，有明謝氏小草齋抄本、四庫全書本。林希逸《離騷》一文闡述了《離騷》的主旨，批評宋人擬《騷》之作：首論《詩》、《騷》關係，指責本朝人好議古人；末論屈原之不遇，並舉李、杜等爲例，以説明“《詩》家之風骨蹊徑，與《騷》爲同出也”。

本書資料據四庫全書本《竹溪鬳齋十一稿續集》、《後村集》。

離　騷

聞之師曰：“不知《詩》之旨趣，無以知《騷》之風骨；不知《詩》之蹊徑，無以知《騷》之門户。《詩》者《騷》之宗，而《騷》者《詩》之異名也。”蓋乾坤之宮商，而寓以詩人之喙，其寫情寄興，多出於玄冥罔象之中，而言語血脉有不可以文字格律求者。自夫詩派不傳，文習益勝。辭尚於浮靡，而不務於真實；言出於口耳，而不根於肝鬲。流蕩於風雲月露之形，祖襲於四六紅白之體。《三百篇》之義，尚以章句訓詁求之，而況《騷》乎？故夫《天問》近誣，《九歌》似怪。宓妃娥女，非典謨所談；崑崙玄圃，非經義所載。求於筆舌，而不索於性情，無怪乎昧真而失實也。其或好名之士，以文相高，指瑕前輩，輕議古人，至又有援筆而爲《廣騷》、《反騷》、《辨騷》、《悼騷》之辭者。悲夫，原之不遇也！

原宗臣也，楚宗國也，其愛君則《鳲鳩》也，其傷讒則《巷伯》也，懷《黍離》靡靡之憂，有《柏舟》悄悄之念。遭詩人之所遭，懷詩人之所懷，放言遣辭，寫心寄意。非惟以鳴一身之憂，亦以鳴宗國之恨；非惟以鳴一身之不平，亦以鳴吾國之不幸。荃化爲茅，則惜芳草之爲此艾也；俑繩墨以改錯，則又不忍爲此態也。鷙鳥不羣，蛾眉衆嫉，余固知謇謇之爲害而不能舍也。故行吟非怨，而人以爲怨；被髮非狂，而人以爲狂。出處進退既律以聖賢之規矩，而言語文辭又不免後人之指摘。悲夫，原之不遇也！

蓋嘗以《詩》求之，"靜言思之，不能奮飛"，非變風之辭乎？原之所謂懷椒糈、召巫咸者，其萌芽於此也。夫内懷憂憤，情不自達，駕言出遊，以寫我憂，而寄情於無何有之地，此詩人之逸興也，何有於譎怪？夫遭窮遇厄，歲月易暮，懷疑蓄恨，委命於天，而欲求訊於冥漠之内，此詩人之真情也，何有於虛誕？且其驅飛廉，指望舒，興言扶桑，屬意沅浦，其興若遠矣，而終篇乃有反乎故都之懷，則其所以若譎若怪者，子虛烏有之談耳，非真有涉於神仙之跡。且其要靈氛，召太卜，屬辭拂策，駕意卜居，其事若信矣，而終篇乃有龜筴不能事之語。則其所以若虛若誕者，假辭設問之類耳，非真有涉於鬼神之事。演而伸之，觸而長之，則其所謂澆羿姚娥、驅雲役神者，皆詩人之寄興者也。反於吾心，苟有得於《詩》之遺味，則當於此一唱而三歎矣，又何暇議其曰經曰傳也哉！

三百篇之《詩》，出於小夫賤隷者不少，而皆以經目之；《繫辭》之文，古之大傳也，而概以《易經》列之。《離騷》之曰經，《九歌》而下之曰傳，又何足論也！故夫求《騷》以文者，不若求之以《詩》；求《騷》以義者，不若求之以情。以文求《騷》，則得《騷》之門户。晁補之《新序》有曰："《離騷》既作，《詩》雖亡而不亡。"此知《騷》者。而昔人之讀《騷》，至有以焚香者，以痛飲者，是豈可與淺淺者道哉！故嘗謂三閭憂憤之辭，當與杜子美論，不當與揚雄、賈誼論；二十五篇逸放之辭，當與李太白論，不當與班固、劉勰論。揚雄、賈誼憂在一身，而不在天下，其行己可考也，故指笑湘纍，以爲其度未廣，託諷鳳凰，以爲不避繒繳。若夫"一飯不忘君"者，又肯爲此談耶？班固、劉勰綴緝詞章，而不達比興，其文可考也，故露才揚己，妄致其譏，不合典雅，竊生異議。若夫"俱懷逸興壯思飛"者，又肯爲此言耶？是故"雖乏諫諍姿，恐君有遺失"，此杜拾遺之詩也，非《騷》之憂憤乎？"仰天攬明月，散髮弄扁舟"，此李翰林之詩也，非《騷》之放逸乎？由此觀之，則信乎《詩》家之風骨蹊徑，與《騷》爲同出也。千載而下，不遇詩人，使綴文之士指議《騷》之是非，未有一人如王安石謂劉向非强聒，而實其宗臣之情也。愚不敏，嘗學於《詩》矣，敢以此謝明問。（卷八）

方君節詩序（節録）

詩有近體，始於唐，非古也。今人以繩墨矩度求之，故江西長句，紫芝有詩論之譏。蓋紫芝於狹見奇，以腴求瘠，每曰：“五言字四十，七言字五十六，使益其一，吾力匱焉。”其法嚴如此。今集中古作絶少，亦尚友選家，摩括極其苦，淘滌極其瑩；雖然，渾雄之氣，視昔缺矣。前此我朝諸大家數，律之精，莫如半山，有楊、劉所不及；古之奥，莫如宛陵，有蘇、黄所不及。中興而後，放翁、誠齋兩致意焉。然楊主於興，近李；陸主於雅，近杜。吁，詩於李杜，聖矣乎！神矣乎！

李君瑞《奇正賦格》序（節録）

自退之爲詩，正易奇之論，文章家遂有以此互品題者。抑嘗思之，張説、徐堅之論文也，其曰“良金美玉，無施不可”，非正乎？其曰“孤峰絶岸，壁立萬仞，濃雲鬱興，震雷俱發”，非奇乎？不妨爲俱美也。前輩乃曰好奇自是文章一病，退之亦自謂怪怪奇奇，不施於時，只以自嬉，然則奇固不若正矣。

雖然，李長吉辭尚奇詭，而當時皆以絶去翰墨畦逕稱之。李義山受偶儷之學於令狐，及其自作乃過於楚，非以其爲文素瑰奇歟？長吉之奇見於歌行，義山之奇見於偶儷。偶儷者，即今時賦體也。使今人之賦有若玉溪之奇，又何愧於古哉？

莆陽同舍李君瑞以賦得名，屢薦於鄉，優升於學，每以奇取勝，自謂之伏兵。蓋前後見賞有司，皆以鋪叙體得之。今集賦家大小諸試，自蘭省三舍、諸郡鹿鳴，以至堂補巍綴者皆在焉。每先之以正，繼之以奇。鋪叙之外，或以韻奇，或以意奇，或以句簡古而奇，或以原頭末三韻兩韻混成構結。而謂之正者，人固知之；時出之奇，多有流輩思索所未及。譬猶孫臏之減竈削木，淮陰之背水囊沙，初不在堂堂之陣、正正之旗，自可扼敵吭而破敵膽也。以君瑞肘後之方，已效之劑，不自秘而傳之人，得之者當萬選萬中矣。（以上卷一二）

《後村集》序（節録）

夫文章非一體，能者互有短長。王粲他文不如賦，子美無韻者難讀，温公不習四六，南豐文過其詩，此皆前輩評論也。以余觀於後村，自非天禀迥殊，學力深到，何其多能哉！詩雖會衆作而自爲一宗，文不主一家而兼備衆體。摹寫之筆工妙，援據之論

精詳。其錯綜也嚴，其興寄也遠。或春容而多態，或峭拔以爲奇。融貫古今，自入爐
韝。有《穀梁》之潔，而寓《離騷》之幽；有相如之麗，而得退之之正。霜明玉瑩，虎躍龍
驤，閎肆瑰奇，超邁特立。千載而下，必與歐、梅六子並行，當爲中興一大家數也。
(《後村集》卷首)

嚴　粲

　　嚴粲(生卒年不詳)字坦叔，一字明卿，號華谷。宋邵武(今屬福建)人。嚴羽族
弟。嘉定十六年(1223)進士，有詩名。精《毛詩》，著有《詩緝》三十六卷，采衆家之説
而斷以己意，多深得詩人本意，與呂祖謙《讀詩記》並稱。另著有《華谷先生詩抄》一
卷，有清嘉慶九年刻本；《華谷集》一卷，收入《兩宋名賢小集》。其《詩緝條例》云："集
諸家之説爲《詩緝》，舊説已善者不必求異，有所未安乃參以己説，要在以意逆志，優而
柔之，以求吟詠之情性而已。字訓句義插注經文之下，以著所從。乃錯綜新舊説以爲
章指，順經文而點掇之，使詩人紆餘涵泳之趣一見可了，以便家之童習耳。"

　　本書資料據四庫全書本《詩緝》。

論大小雅之別

　　以政之小、大爲二雅之別，驗之經而不合。李氏以爲大序者，經師次輯其所傳
授之辭，不能無附益之失，其説是也。然二雅之別，先儒亦皆未有至當之説。竊謂
雅之小大，特以其體之不同耳。蓋優柔委曲，意在言外者，風之體也；明白正大，直
言其事者，雅之體也。純乎雅之體者，爲雅之大；雜乎風之體者，爲雅之小。今考小
雅，正經存者十六篇，大抵寂寥短簡，其首篇多寄興之辭，次章以下則申復詠之，以
寓不盡之意，蓋兼有風之體。大雅正經十八篇，皆春容大篇，其辭旨正大，氣象開
闊，不唯與國風夐然不同，而比之小雅，亦自不侔矣。至於變雅亦然。其變，小雅中
固有雅體多而風體少者，然終有風體。不得爲大雅也。《離騷》出於國風，其文約，
其辭微，世以風、騷並稱，謂其體之同也。太史公稱《離騷》曰："國風好色而不淫，小
雅怨誹而不亂，若《離騷》者，可謂兼之。"言《離騷》兼國風、小雅，而不言其兼大雅，
見小雅與風、騷相類，而大雅不可與風、騷並言也。詠"呦呦鹿鳴，食野之苹"，便會
得小雅興趣；誦"文王在上，於昭于天"，便識得大雅氣象。小雅、大雅之別，則昭昭
矣。(卷一)

周　弼

　　周弼(1194—?)字伯弼。宋人。祖籍汶陽(今山東汶上),寓笠澤(今江蘇太湖一帶)。與李龏同庚同里。年少博聞,侍父文璞吟詠。嘉定進士,後解官歸故里。漫游吳、楚、江、漢間。卒於寶祐五年(1257)前。周弼是後期江湖詩派的代表人物之一,其詩各體皆有成就。嘗編選《三體唐詩》六卷,元釋圓至增爲《箋注唐賢絶句三體詩法》二十卷。另有《汶陽端平詩雋》四卷。其《三體唐詩》爲當時初學作詩之人提供作詩之法而編,只選唐詩中七絶、七律、五律三體,每體之中分若干格,並細緻剖析各"格"的寫法。書中所選詩以中、晚唐爲主,詩多婉曲綿麗,而不流於輕佻靡弱;論詩法又很細膩,足以治江湖派末流粗疏油滑之病。這個選本在元明兩代十分流行,翻刻極多。

　　本書資料據四庫全書本《三體唐詩》。

《三體唐詩》選例

七言截句

　　一、實接。截句之法,大抵第三句爲主,以實事寓意,接處轉換有力,若斷而續,涵蓄不盡之趣。此法久失其傳,世鮮有知之者矣。

　　一、虛接。第三句以虛語接前兩句也,亦有語雖實而意虛者,於承接之間略加轉換,反正順逆,一呼一喚,宮商自諧。

　　一、用事。詩中用事,易于窒塞。況二十八字之間,尤難堆疊。必融事爲意,乃爲靈動。若失之輕率,則又鄰于里謠巷歌,可擊筑而謳矣。

　　一、前對。接句兼備虛、實兩體,但前句作對,接處微有不同。相去一間,特在稱停之間耳。

　　一、後對。此體唐人用者亦少,必使末句雖對,而詞足意盡,若未嘗對,方爲擅場。

　　一、拗體。此體絶高,必得奇句方見標格,所謂風流挺特,不煩繩削而自合者。神來之候,偶一爲之可耳。

　　一、側體。其説與拗體相類,發興措辭,以奇健爲工。

七言律詩

　　一、四實。其説在五律,但造句差長,微有分別。七字當爲一串,不可以五言泛加兩字。最難飽滿，易疎弱，又前後多患不相照應。自唐人中工此者亦有數，可見其難矣。

一、四虛。其説亦在五言，然比之五言少近于實，蓋句長而全虛，恐流于柔弱。要須景物之中，情思通貫，斯爲得之。

一、前虛後實。頸聯、頷聯之分，五言人多留意，至七言則自廢其説，音節諧婉者甚寡，故標此以待識者。

一、前實後虛。其法同上。景物情思互相揉絆，無跡可尋。精於此法，自爾變化不窮矣。

一、結句。詩家之妙，全在一結。遒逸婉麗，言盡而意未止，乃爲當行。

一、詠物。唐末爭尚此體。不拘所咏，別入外意而不失摹寫之巧，有足喜者。

五言律詩

一、四實。中四句全寫景物。開元、大曆多此體。華麗典重之中，有雍容寬厚之態，是以難也。後人爲之，未免堆垛少味。

一、四虛。中四句皆寫情思，自首至尾，如行雲流水，空所依傍。元和以後，流于枯瘠，不足采矣。

一、前虛後實。前聯寫情而虛，後聯寫景而實。實則氣勢雄健，虛則態度諧婉。輕前重後，劑量適均，無窒塞輕佻之患。大中以後多此體。至今宗唐詩者尚之。

一、前實後虛。前聯寫景，後聯寫情。前實後虛，易流于弱，蓋發興盡則難于繼，落句稍間以實，其庶乎！

一、一意確守格律，揣摩聲病，詩家之常。若軼出度外，縱橫恣肆，外如不整，中實應節，則非造次所能也。

一、起句。發首兩句，平穩者多，奇健者少。然發句太重，後聯難稱，必全篇停勻乃佳。

一、結句。五言結句，與七言微異。七言韻長，以醞藉爲主；五言韻短，以陡健爲工。（卷首）

羅大經

羅大經（生卒年不詳）字景綸。宋廬陵（今江西吉安）人。少時曾就讀太學，寶慶二年（1226）進士，曾任容州法曹。淳祐十一年（1251），爲撫州軍事推官。博極羣書，於先秦、兩漢、六朝、唐宋文多有品評。著有《易解》十卷，已佚。又有《鶴林玉露》十六卷，其書體例在詩話、語録之間，詳於議論而略於考證。所引多朱熹、張栻、真德秀、魏了翁、楊萬里語，而又兼推陸九淵，極賞歐陽修、蘇軾之文，大抵本文章之士而兼慕道學之名，故每持兩端，不能歸一。

本書資料據四庫全書本《鶴林玉露》。

《鶴林玉露》（節録）

楊東山嘗謂余曰："文章各有體。歐陽公所以爲一代文章冠冕者，固以其温純雅正，藹然爲仁人之言，粹然爲治世之音，然亦以其事事合體故也。如作詩，便幾及李、杜；作碑銘記序，便不減韓退之；作《五代史記》，便與司馬子長並駕；作四六，便一洗崑體，圓活有理致；作《詩本義》，便能發明毛、鄭之所未到；作奏議，便庶幾陸宣公；雖游戲作小詞，亦無愧唐人《花間集》。蓋得文章之全者也。其次莫如東坡，然其詩如武庫矛戟，已不無利鈍，且未嘗作史。藉令作史，其淵然之光，蒼然之色，亦未必能及歐公也。曾子固之古雅，蘇老泉之雄健，固亦文章之傑，然皆不能作詩。山谷詩騷妙天下，而散文頗覺瑣碎局促。渡江以來，汪、孫、洪、周四六皆工，然皆不能作詩。其碑銘等文，亦只是詞科程文手段，終乏古意。近時真景元亦然，但長於作奏疏；魏華甫奏疏亦佳，至作碑記，雖雄麗典實，大概似一篇好策耳。"又云："歐公文非特事事合體，且是和平深厚，得文章正氣。蓋讀他人好文章如噢飯，八珍雖美而易厭。至於飯，一日不可無，一生噢不厭。蓋八珍乃奇味，飯乃正味也。"（卷二）

杜少陵詩云："風含翠篠娟娟淨，雨裛紅蕖冉冉香。"上句風中有雨，下句雨中有風，謂之互體。楊誠齋詩云："緑光風動麥，白碎日翻池。"亦然。上句風中有日，下句日中有風。（卷七）

嘉定間，當國者憚真西山剛正，遂謂詞科人每挾文章科目以輕朝廷，自後詞科不取人，雖以徐子儀之文，亦以巫咸一字之誤而出之，由是無復習者。内外制唯稍能四六者即入選，殊不知制誥詔令貴於典重温雅，深厚惻怛，與尋常四六不同。今以尋常四六手爲之，往往襃稱過實，或似啓事諛詞；彫刻求工，又如賓筵樂語，失王言之體矣。（卷十四）

吴子良

吴子良（1197—1256）字明輔，號荆溪。宋台州臨海（今屬浙江）人。寶慶二年（1226）進士。先師從陳耆卿，後從學葉適。葉適稱其"文墨穎異，超越流輩"。時程朱理學已成顯學，其後學人人以聖賢自居，對其他學派頗多排斥。吳子良則主張爲學不應有門户之見，更不可見流不見源，須博取以求是。見解超允，頗切時弊。著有《荆溪林下偶談》（又名《木筆雜抄》）四卷，多論詩評文之語，《四庫全書總目》卷一九五謂“所見頗多精確”。後人又集其論詩之語爲《吳氏詩話》二卷。

本書資料據四庫全書本《荆溪林下偶談》。

退之作墓銘

曾子固云：“銘誌義近於史，而亦有與史異者。”蓋史於善惡無不書，而銘特古之人有功績、材行、志義之美者，懼後世不知，則必銘而見之，或存於廟，或置於墓，一也。吾觀退之作《王適墓銘》，載娶侯高女一事，幾二百言，此豈足示後耶？然退之作銘數十，時亦有諷有勸，諒非特虚美而已。《題歐陽詹哀辭》謂“古之道，不苟毁譽於人，則吾之爲斯文，皆有實也。”史稱劉叉者，持去退之金數斤，曰：“此諛墓中人而得之者，不如與劉君爲壽。”以退之剛直，不肯諛生人以取富貴，乃能諛墓中人而得金耶？獨其與王用作《神道碑》所得鞍馬、白玉帶，蓋表而後受。退之於此，固未能免俗。然他無所見也。又，小人，欲奪金而設辭耳。

文字序語結語

《尚書》諸序初總爲一篇，《毛詩序》亦然，《史記》有自序，《西漢書·揚雄傳》通載《法言》諸序，放此也。其曰：“作《五帝本紀第一》”、“作《夏本紀第二》”、“撰《學行》”、“撰《吾子》”之類，與“作《堯典》”、“作《舜典》”之義同，蓋序語也。韓退之《原鬼》篇末亦云：“作《原鬼》。”晦菴《考異》謂：“古書篇題多在後，荀子諸賦是也。但此篇前既有題，不應復出。”以愚觀之，此乃結語，非篇題也。其文意以爲適丁民有物怪之時，故作《原鬼》以明之。如《史記·河渠書》末云：“余從負薪塞宣房，悲《瓠子》之詩而作《河渠書》。”退之正祖此。又《送竇平序》末亦云：“昌黎韓愈嘉趙南海之能得人，壯從事之答於知己，不憚行於遠也。又樂貽周之愛其族叔父，能合文辭以寵榮之，作《送竇從事少府平序》。”後人沿襲者甚多，如李習之《高愍女碑》云：“余既悲而嘉之，於是作《高愍女碑》。”杜牧《原十六衛》云：“作《原十六衛》。”賈同《責荀》云：“故作《責荀》以示來者。”孫復《儒辱》云：“故作《儒辱》。”荆公《閔習》云：“作《閔習》。”豈皆篇題之謂哉？（以上卷一）

《離騷》名義

太史公言：“離騷者，遭憂也。”離訓遭，騷訓憂。屈原以此命名，其文則賦也。故班固《藝文志》有“屈原賦二十五篇”。梁昭明集《文選》，不併歸賦門，而別名之曰“騷”，後人沿襲，皆以“騷”稱，可謂無義。篇題名義且不知，況文乎？

《文章緣起》

梁任昉有《文章緣起》一卷，著秦、漢以來文章名目之始。按“論”之名起於秦、漢以前，《荀子·禮論》、《樂論》、《莊子·齊物論》、慎到《十二論》、呂不韋《八覽》、《六論》是也。至漢則有賈誼《過秦論》。昉乃以王褒《四子講德論》爲始，誤矣。

四六與古文同一關鍵

本朝四六以歐公爲第一，蘇、王次之。然歐公本工時文，早年所爲四六見別集，皆排比而綺靡。自爲古文後，方一洗去，遂與初作迥然不同。他日，見二蘇四六，亦謂其不減古文，蓋四六與古文同一關鍵也。然二蘇四六尚議論，有氣餤，而荆公則以辭趣典雅爲主。能兼之者，歐公耳。水心於歐公四六暗誦如流，而所作亦甚似之。顧其簡淡朴素，無一毫嫵媚之態，行於自然，無用事用句之癖，尤世俗所難識也。水心與箕窗論四六，箕窗云：“歐做得五六分，蘇四五分，王三分。”水心笑曰：“歐更與饒一兩分，可也。”水心見箕窗四六數篇，如《代謝希孟上錢相》之類，深歎賞之。蓋理趣深而光餤長，以文人之華藻，立儒者之典刑，合歐、蘇、王爲一家者也。真西山嘗謂余四六頗淡淨而有味，余謝不敢當，因言本得法於箕窗，然才短，終不能到也。（以上卷二）

王　柏

王柏（1197—1274）字會之，一字伯會。少慕諸葛亮爲人，自號長嘯。宋金華（今屬浙江）人。天資卓絶，桀驁不馴，後雖折節學問，亦敢攻孔子手定之書。詩文雖刻意收斂，然亦時露豪邁雄肆之氣。初爲科舉之學，轉而爲偶儷之文，又改從古文詩律之學。工力所到，隨習輒精。著有《長嘯醉語》。年三十三，捐去俗學，勇於求道，與其友汪開之著《論語通旨》。端平元年（1234），謂長嘯非聖門持敬之道，改號魯齋。二年，改從黄榦門人何基學,於《四書》、《通鑑綱目》標注點校尤爲精審。以教授爲業,曾受聘主麗澤、上蔡等書院,從學者衆。著述甚富,今存者有《書疑》、《詩辨説》、《研幾圖》、《天地萬物造化論》等。其詩文集《甲寅稿》已佚,六世孫王迪哀集爲《魯齋王文憲公文集》二十卷,刊於明正統八年,有《續金華叢書》本,四庫全書本名《魯齋集》。

本書資料據四庫全書本《魯齋集》。

宜晚堂序(節録)

題扁之説亦有體乎? 齋居則有儆戒之義,堂宇則有頌願之情,亭榭樓觀以寓興致,其標示景物者次也。

發遣三昧序(節録)

文章有正氣,所以載道而記事也。古人爲學本以躬行,講論義理,融會貫通,文章從胸中流出,自然典實光明。是之謂正氣。後世專務辭章,雕刻纂組,元氣漓矣。間有微見,義理因得以映帶□綴於言語之中,是之謂倒學。至於書疏尺牘亦日用之不可缺者,尤宜爾雅,筆勢欲圓而暢,筆力欲簡而嚴,非學問不足以至之。學得其本,此爲易事;學既淺陋,不得不假借而襲取之也,以是爲學抑末矣。昔姑溪李端叔善屬文,工於尺牘,東坡謂其得發遣三昧者,釋氏之妙語也。若與之,實少之也。然所以得此三昧者,亦出於博洽之餘,惜所用者小耳。(以上卷四)

雅歌序(節録)

古之詩猶今之歌曲也。但雅、頌作於公卿大夫,用於朝會燕享,用於宗廟祭祀,非庶人所敢僭。惟《周南》、《召南》通上下而用之,被之於管絃之中,以約其情性之正,以範其風俗之美,此王化之所由基,非後世之所可及也。其餘國風雜出於小夫賤隸婦人女子之口,以述其閭巷風土之情,善惡紛揉,而聖人亦存之以爲世戒,非皆取之以爲吟詠之當然。讀之者悚然知所羞惡,則聖人之功用遠矣,正不必句句紬繹而字字精研,求其美者,玩味誦詠之可也。若以爲聖人既删之後,列之經籍而皆不可廢,則又何以謂之鄭聲淫而放絶之乎……予嘗謂鄭、衛之音,《二南》之罪人也,後世之樂府又鄭衛之罪人也。凡今詞家所稱膾炙人口者,則皆導淫之罪魁耳,而可一寓之於目乎? 然《三百篇》之音調已亡,雖《鹿鳴》而下諸篇腔律具於《儀禮》集傳,又非樂工之所能通識。觀其章疊句整，氣韻和平，而淵永深穆之意乃在於一唱三嘆之表，孰能審其音以轉移其氣質，涵泳於義理哉？至於習俗之歌謠，辭俚而韻窒，又無足取。所以學士大夫尚從事於後世之詞調者，既可倚之於弘索，泛之於唇指，宛轉縈紆於喉舌之間，憂憤疏暢，思致流動，猶有可以興起人心故也。（卷五）

答劉復之求行狀書（節錄）

某嘗謂行狀之作非古也，又嘗考之，衛文叔文子卒，其子戍請謚於君曰："日月有時，將葬矣，請所以易其名者。"請謚之詞，意者今世行狀之始也。周士大夫以上葬必有謚，而勳德著見於時，人所共知，不待其子累累之言，故請謚之詞寂寥簡短，不能數語。後之大夫勳德不能盡表於當時，而人子哀痛之中，難於自述，遂屬以門生故吏，具述行事，以狀其請。自唐以來，有官不應謚，亦爲行狀者，其説以爲將求名世之士爲之誌銘，而行狀之本意始失矣夫！觀昌黎、廬陵、東坡之集，銘人之墓最多，而行狀共不過五篇，而婦人不爲也，又知婦人之不爲行狀之意亦明矣。若以行狀而求銘，猶有説也。今先夫人已有墓銘，乃攝堂之門人述其師之語，理已當矣。若又爲行狀，不亦贅乎？愚謂行狀之不必作者，此也。（卷七）

答王櫟山（節錄）

後世文章之所以不古者，止不本諸經而已。苟能於《大學》以求其用，於《論語》以求其教，於《孟子》以求其通，於《中庸》以求其原，如是則義理沛然，此文章之元氣也。此四書者固非爲文章設也，乃經天緯地之具，治世文教之書，潛心涵泳，有自然之文故也。近世之文大懷於舉業，浮而誕，鑿而誣；其次懷於駢儷，弱而鄙，麗而諛。間有厭今而嗜古者，不過求於奇詭艱澀，以揜其淺陋空虛。固亦有出入《史》、《漢》，根蔕韓、柳者，終不免墮於博而寡要，勞而無功之中。此病沈痼，莫能藥也。（卷八）

題碧霞山人王公文集後（節錄）

文以氣爲主。古有是言也。文以理爲主，近世儒者常言之。李漢曰："文者貫道之器。"以一句蔽三百年唐文之宗，而體用倒置，不知也。必如周子曰"文者所以載道也"，而後精確不可易。（卷十）

854

跋《昌黎文粹》

右韓文三十有四篇，得於考亭門人，謂朱子所選以惠後學。觀其體致氣韻、議論規橅可謂出乎其類，拔乎其萃者也。程夫子謂韓子之學華，朱子謂其做閒雜文字多，故曰華。然亦有些本領，大節目處不錯，有七八分見識，氣象正大。又曰韓文不用料段，直便説起去，至終篇却自純粹成體無破綻，又曰韓文雖千變萬化，却無心變，只是不曾踐履玩味，不見到精微細密。此學者不可不知，若以之資筆端，發越義理可也，摹做其所爲，則非朱子教人之意云。（卷十一）

毛詩辨

愚嘗求三百篇之詩矣，固非唐虞夏商之詩也，固非盡出於周公之所定也，亦非盡出於夫子之所删也。

周公之舊詩不滿百篇，先儒以爲正風、正雅是也。夫子之删，固非删周公之所已定，删周公之後龐雜之詩，存者止二百有餘篇，先儒以爲變風、變雅是也。《頌》雖無正變之分，而實有正變之體，周公、夫子合而爲三百篇而總係之於周也。然今之所爲三百篇者，皆周公、夫子之舊乎？愚不得而知也。昔成、康既没之後，至孔子時未五百年，雖經幽、厲之暴亂，而賢人君子之隱於下者未絶也，太史册府之掌藏未亡也，太師矇瞽之音調未失也，而《雅》、《頌》龐雜，已荒周公之舊制。夫子自衛反魯，然後正之。況東遷之後，周室已極衰微，夫子既没而大義已乖，樂工入河入海而聲益廢。功利攘奪，干戈相尋，視禮樂爲無用之器。至於秦政，而天下之勢大亂極壞，始與吾道爲夙怨大仇，遂舉《詩》、《書》而焚滅之，名儒生者又從而坑戮之，偶語《詩》、《書》者復屬以大禁，其禍惨裂，振古所無。

漢定之後，《詩》忽出於魯，出於齊、燕，《國風》、《雅》、《頌》之序，篇什章句之分，吾安知其果無脱簡殽亂而盡復乎周公、孔子之舊也？夫《書》授於伏生之口，止二十有八篇，參之以孔壁之藏，又二十有五篇，然其亡失終不可復見者，猶有四十有餘篇，其存者且不勝其錯亂訛舛，爲萬世之深恨。今不知《詩》之爲經藏於何所，乃如是之秘；傳於何人，乃如是之的？遭焚禁之大禍，而三百篇之目宛然如二聖人之舊，無一篇之亡、一章之失！《詩》、《書》同禍，而存亡之異遼絶乃如此，吾斯之未能信。夫天下之書合千萬人之言，如出於一人之口，吾知其傳之之的也。雖數人之言而亦不能不異者，吾知其傳之之訛也。以其傳之之的，固幸其言之無不同；以其傳之之訛，亦幸其言之有所異也。何者？與其彼此俱失而無它左驗，固不若互得互失，而可以參考也。是以漢初最善復古，而齊、韓、魯三家之《詩》並列於學官。惟毛萇者最後出，其言不行於天下，而獨行於北海。鄭康成北海之人也，故爲之箋。自是之後，學者雖不識毛萇而篤信康成，故《毛詩》假康成之重而排进三家，獨得盛行於世。毛、鄭既孤行，而三家牴牾之跡遂絕，而不得參伍錯綜，以訂其是非。凡詩家疏義等學，合十有二種，凡九十餘家，至本朝又三十餘家，無非推尊毛、鄭，崇尚小序。學者惑於同而忘其異，遂信其傳之之果的也。且萇自謂其學傳於子夏，按子夏少夫子四十一歲，至漢已三百年，烏在其爲得於子夏哉！若傳於子夏之門人，則流派相承，具有姓氏，不應晦昧埋没，詭所授受以誑後世。惟《魯詩》有原，見稱於史，至西晉而已亡。陸機雖撰毛公相傳之序上接子夏，而又與釋文無一人合，其僞可知。愚是以於《毛詩》尤不能不疑也。

風雅辨

昔者朱子破千載之惑，退黜小序，删夷纏繞，作爲《詩傳》。自《詩》之湮没，經幾何年，而一旦洗出本義，明白簡直，可謂駿功，無所遺恨。惟《風》、《雅》之別，雖有凡例，而權之篇什，猶未坦然，故其答門人之問，亦多未一，於是有腔調不同之説，有體製不同之説，有詞氣不同之説，或以地分，或以時分，或以所作之人而分。諸説皆可參考，惟腔調不傳，其説不可考也。近世儒者乃謂義理之説勝而聲歌之學日微，古人之詩用以歌，非以説義也，不能歌之，但能誦其文而説其義，可乎？究其爲説，主聲而不主義，如此則雖鄭衛之聲可薦於宗廟矣，《天作》、《清廟》可奏於宴豆之間矣，可謂捨本而逐末。凡歌聲悠揚於喉吻而感動於心思，正以其義焉耳。苟不主義，則歌者以何爲主，聽者有何可味？豈足以薰蒸變化人之氣質，鼓舞動盪人之志氣哉？善乎，朱子之答陳氏體仁也，舉《書》曰“詩言志，歌永言，聲依永，律和聲”，故曰詩出於志，樂出於詩，樂乃爲詩而作，非詩爲樂而作也。又曰古樂散亡，無復可考，而欲以聲求詩，則未知古樂之遺聲，今皆可以推而得之乎？三百篇皆可協之音律而被之絃歌已乎？既未必可得，則今之所講，得無有畫餅之譏耶？所謂腔調之説，灼知朱子晚年之所不取也。

至於《楚辭》之集註，後《詩傳》二十年，《風》、《雅》、《頌》之分，其説審矣。其言曰：“《風》則閭巷風土男女情思之詞，《雅》則燕享朝會公卿大夫之作，《頌》則鬼神宗廟祭祀歌舞之樂。”以此例推之，則所謂體製、詞氣，所謂以時、以地、以所作之人不同等説，皆有條而不紊矣。

竊謂朱子所條之凡例，正以周公所定《風》、《雅》、《頌》而別之，律以先儒所謂正風正雅者，無一不合，但於所謂變風變雅者，有不得而同。後學無以處此，遂橫生枝葉，以求合凡例，而不能按據凡例，以釐正舛訛，所以辨議起而卒不能定。故爲之言曰：先儒正其大義而不能不遺其小節，以待後之學者，此也。

王風辨

詩何自而始？於堯之時，出於老人兒童之口者，四字爲句，兩句爲韻，豈嘗學而爲哉？衝口而出，轉喉而聲，皆有自然之音節。虞舜君臣之賡歌，南風五絃之韻語，與夫五子御母述戒之章，體各不同。歷夏商以來，謳吟於下者，格調紛紛，雜出而無統。周公於功成治定之後，制作禮樂，推本文王之所以造周者，王化基於衽席，而風動於鄰國，取其聲詩義理深長、章句整齊者，定爲一體，適有合於康衢擊壤之章而重之，名之曰《風》，被之管絃，以爲家鄉邦國之用，止二十餘篇而已。及其立爲學官，取爲燕享宗廟朝會之用，亦因以放此章句，總爲一代之樂。及夫子祖述周公之意，删取後世之詩以合乎《風》、《雅》、《頌》者，亦不敢參以別體。故周七百年之詩，如出於一人之手，非作之者共此格調也，乃取之者守此格調也。

三百篇既同此格調，而又有《風》、《雅》、《頌》之名者，何也？蓋作之之意不同，而用之之節亦異。今先以《風》言之。周未有天下之時，近而宮女，遠而南國，被文王之化，形於辭者，此風也。周既有天下之後，分封諸國，列國之民感國君之化，有美有惡焉，形而爲歌詠者，亦此風也。王國之中，感後王之化，亦有美有惡焉，形而爲歌詠者，亦此風也。凡在下之作概謂之風，初不係周之盛衰。但當其盛時，風如二《南》，當其衰時，風如《黍離》，何獨於東遷之後，《雅》始降而爲《風》乎？平王之《雅》不可降而爲《風》，猶文王之《風》不可升而爲《雅》。其曰《國風》者，周爲商列國之《風》也。其曰《王風》者，周王天下以後之《風》也。《風》只此《風》也，《風》之上所繫有不同耳，安有可升可降之理哉！後世因"降"之一字，遂謂平王以前有《雅》無《風》，雖《風》亦強名曰《雅》，是皆於"降"字之義有所未明，於是《風》、《雅》之部分雜矣。況周自武成以來至平王時，且三百五十年，成、康之際，仁義漸摩，薰陶情性，教化盛矣。內而妾媵之微，外而井里之衆，環王畿千里之地，卒無能吐一詞，歌一語，與豐岐江漢之詩律呂相應，寂寥湮没，終無一章之《風》可以備聖人之删存。逮東遷之後，土地日蹙，一旦興起，播之篇詠，遽有十章之《風》，豈理也哉！至於《何彼襛矣》一詩，平王以後之詩也，合次於《王風》明矣。今乃強之尊而名於二《南》。或謂武王之詩，則又強抑之列國之類，進退無據。以此推之，它可知矣。愚敢謂二《雅》之中，不合於正《雅》之體用者，皆當歸之《王風》焉。

二雅辨

　　愚又考《小雅》之正詩,其爲體有二:一曰燕享賓客之樂,二曰勞來行役之樂。朱子所謂"歡忻和悦,以盡羣下之情"者也。《大雅》之正詩,其體一,曰會朝之樂而已。朱子所謂"恭敬齊莊,以發先王之德"者也。據二《雅》之體而正今之詩,以正《小雅》而亂入正《大雅》者有之,而正雅亦不得爲全無疵矣。至於變雅之中,有變雅之正者焉,有變雅之變者焉;有章句繁多,詞語嚴密,有似《大雅》之體者焉,又有言語鄭重,義理曲折,又皆王公大人之作者。然施之於燕享非所宜,用之於朝會又不可,無乃出於放臣逐子、出妻怨婦樽酒慰勞之所奏者乎? 此又變雅之再變者也。

　　或謂決古人之疑,只有義理、證驗兩事。今求之義理固亦可通,責以證驗絶無可考,不能不反致疑也。予應之曰:諸經悉出於煨爐之餘,苟無可驗,而漢儒臆度之説何可憑哉? 聖人於杞於宋,尚有"足徵"之歎,況求之後世乎! 有一於此,與其求之於漢儒臆度之説,孰若只求之於正雅之中? 詞氣體格,分畫施用,豈不曉然? 其爲證驗,莫切於此,尚何外求哉!

　　且夫怡怡酬勸之情與譏刺怨傷之意,其心不同也;稱述先王之盛德大業與感慨後世之昏朝亂政,其言不同也;協之以八章,和之以六律,由是美教化,厚風俗,與夫私心邪念聞之而有所懲警者,其用不同也。發之於人心者既不同,形之於言語者亦且異,施之於事者俱無所合,有是三不同,而得以同謂之《雅》,可乎? 雖聖人規模寬廣,而條例不應紊亂如此。其始出於"降風"之一言,而不知其所謂降之義,遂使後世不識二聖人禮樂之正意,誦之者冥然聽命於小序,良可悲也。愚故謂變雅之不合於正雅者,悉歸之《王風》,其説審矣。

豳風辨

　　豳何爲而有詩也? 豳之有詩,非周公之意也。以今《七月》篇考之,蓋周公推王業之原,本出於後稷播種之功,以成王尚幼,未知稼穡之艱難,故紀其天時之變遷、人事之勤勞,使瞽矇朝夕諷于成王之側,與《無逸》之書實相表裏,其忠誠懇惻之意篤厚如此。然其詩不立之學官,不播之二《雅》,毛萇忽名之曰《豳風》,則何以知其爲周公之意也邪? 夫子感周公之作,取之以爲法,於後世以凡例律之,謂宜存之於變雅也明矣。今儕之以《風》,繫之以豳,不能不啟學者之惑。故昔人嘗考之於齊、魯、韓三家,俱無所謂《七月》之章,而毛氏獨有之。謂其非周公之作固無所考,以杜毛氏之口,謂其果列於《豳風》之中，則後世之疑不一，而毛氏亦無以釋其惑也。《詩》遠無傳也久矣，且其事始於后稷，係之以邠可也，而其詩作於周公，係之以周亦可也。今不邠不周，冠以公劉太王之豳，上無以見其始，下無以見其成。曰七月，曰九月，夏正也；曰一之日，曰二之日，周正也。一章之中，二正並舉，何哉？況公劉大王商之列國也，豈有不受商之正朔，乃上稱夏正，下創周正？是不待商紂之淫亂而先有篡商之志也。愚故知其必非周公之意也。

或謂《七月》之詩恐與豳詩差互揉亂，而傳者失其真歟。歌豳之文，見於《周禮》之《籥》章，既曰豳詩，又曰《雅》《頌》，且無所謂《風》之文，安有一詩以備三體之用？歐陽公併與《周禮》遂毀之，則過矣。王氏謂豳故有詩而今亡，後世妄補之云耳，此言近之矣。是皆以部分未安，章句可疑，而生此紛紛之說也。夫《七月》而係之以豳，猶云可也，使周公東征九詩而俱係之以豳，無乃太遠乎？是故文中子謂君臣相誚，其能正乎？成王終疑周公，其風變矣。惟周公能正其變，故夫子係之以豳，其意深遠，可爲曲推其妙。長樂劉氏則謂不使成王之世變雅之聲而攝引其詩，使還周公也，其說益巧矣。不知夫子之意果如是乎？如文中子之說，《豳》本變風，以周公能復升爲正風。如劉氏之說，《豳》實《雅》也，變而爲《風》。曰《風》曰《雅》，曰正曰變，可降可升，得以意定，初無定體，不知聖人之法果如是乎？

夫"鴟鴞"之名見於《金縢》之《書》，《金縢》之篇係於《洪範》《旅獒》之後，聖人於《書》未嘗有回互委曲之意，而於《詩》乃極其斡旋扠扺之功，聖人之心光明正大，必不如是之苟率也。夫豳谷（關）西北之陲也，三監東南之壤也，地之相去也數千餘里，事之先後也數百餘載，有周公自作之詩焉，有軍士百姓之詩焉。今雜然强附，苟合於一《風》之中，孰謂夫子之聖有如是之部分哉！漢儒無識，大略如此，故愚願以《豳風》七詩以類分入於變雅焉。或者難之曰：十三《國風》其來已久，今遽缺其一，無乃太駭乎？愚曰不然。列國之有《風》，既未知其果定於十三之數乎，而十三國之名亦未知其果爲邶、鄘、衛、王、鄭、魏、唐、秦、陳、檜、曹，豳果有詩，則當列於二《南》之上。與其推本文王之化，又豈若推原后稷之功之爲深遠哉！《豳》之爲《風》，可以知其決非周公之意也。（以上卷一六）。

趙孟堅

趙孟堅（1199—約1267）字子固，號彝齋居士。宋嘉興海鹽（今屬浙江）人。南宋宗室，宋太祖十一世孫。理宗寶慶二年（1226）進士。是南宋末年兼具貴族、士大夫、文學家三重身份的著名畫家、書畫收藏家。儒雅博識，工詩文，善書法，擅水墨白描水仙、梅、蘭、竹石。其中以白描墨蘭、水仙最精，取法揚無咎，筆致細勁挺秀，花葉紛披而具條理，繁而不冗，工而不巧，頗有生意，給人以"清而不凡，秀而雅淡"之感，世皆珍之。著有《梅譜》、《書法論》，已佚。清四庫館臣自《永樂大典》中輯其集爲《彝齋文編》四卷。《彊村叢書》收錄其《彝齋詩餘》一卷。

本書資料據四庫全書本《彝齋文編》。

《凌愚谷集》序（節錄）

文章至唐而體備，其情態宛委，肌理豐澤，腴而密，婉而麗，斯亦世代至此而盛乎？故自貞元、元和而上，李、杜、韓、柳以至乎長慶元、白，皆唐文之懿也。大中以降，瑣澀滋過，固一病也。而又浸淫於以俗爲雅之流，代號作者或不免是，況浸淫於末流者乎！杜荀鶴於詩接五季之碑碣，可概觀矣。然則論唐文者，不得因其流而訾其源也。皇朝文明代興，慶曆以前，六一公歐氏未變體之際，王黃州、范文正諸公充然富贍，宛乎盛唐之製，亦其天姿之復，已脫去五季瑣俗之陋。一陽動於黃鍾，厥維有本，伯長一倡，尹、歐、仲塗和之，南豐、三蘇又和之，元祐諸君子又和之，轟然古雅，至淳、乾尚餘音韻，其風稜骨峭，擺落繁華，亦一代之體也。然夷清惠和，各隨極至，塌屋習勝，視唐疎矣。

《趙竹潭詩集》序

詩非一藝也，德之章、心之聲也。其寓之篇什，隨體賦格，亦猶水之隨地賦形。然其有淺有深，有大有小，概雖不同，要之同主忠厚，而同歸於正。自"賡歌"、《國風》、雅、頌而《離騷》，皆歸於正之詩也。杜工部詩言愛君憂國，不失其正，此所以獨步於詩家者流也。由漢蘇、李五言，建安七子，晉、宋之清虛，齊、梁之靡麗，至唐而歌行吟謠、怨歎詞曲，等此而律生焉。詩之體備，而詩亦變矣。然忠厚而歸於正者，未嘗絕響，東萊麗澤所次是已。今之律體，是特一耳，非謂詩之能事止於是。詩亦豈惟泥體，不究其義哉。其發也正，則演而春容大篇，忠厚也，束而二十餘字，亦忠厚也。砌景於一聯，誇妍於一字，無所感發，詩豈然哉？寶汝吟律精工，參之唐人可也。余望寶汝不止是，其擴充吾言，合於乃祖得全之義，則思過半矣。

《孫雪窗詩》序

詩者，英氣之發見於人者也。鄙夫猥徒定無詩，高人韻士有詩，名臣鉅公皆有詩。

感遇事物，英英氣概，形而成詩。亦猶天有英氣，景星慶雲；地有英氣，朱草紫芝是也。然何嘗體製限哉？竊怪夫今之言詩者，江西、晚唐之交相詆也。彼病此冗，此訾彼拘。胡不合杜、李、元、白、歐、王、蘇、黄諸公而並觀？諸公衆體該具，弗拘一也。可古則古，可律則律，可樂府、雜言則樂府、雜言，初未聞舉一而廢一也。今之習江西、晚唐者，謂拘一耳，究江西、晚唐亦未始拘也。鸞湖雪窗孫君志古攻吟，持編過訪，嘉其體備而不時世妝也，因與之言。雪窗其感而寓興以有韻之文，春容大篇，《北征》、《廬山高》，其行輩乎？精密簡短，《秋浦》其流麗乎？載揚古風，一洗靡習，吾其望子！（以上卷三）

方　岳

方岳（1199—1262）字巨山，號秋崖。宋祁門（今屬安徽）人。紹定進士。其詩文與四六不用古律，率意而爲，語或天出。其奏議流暢平易，尤以駢文知名，用典精切，紆徐平易，流暢通達。在江湖詩人中，詩名與劉克莊比肩。其詩初入江西派，後受楊萬里、范成大影響，風格疏朗淡遠，琢語清新，不作艱澀之辭，而喜作新巧對偶。其詞近蘇、辛一派，與詩風頗異其趣，對清代陳其年等人詞風有一定影響。著有《重修南北史》一百七十卷、《宗維訓録》十卷，不傳。《秋崖先生小稿》八十三卷，有明嘉靖五年方謙刻清遞修本，四庫館臣重編爲《秋崖集》四十卷。

本書資料據四庫全書本《秋崖集》。

答葉兄劄（節録）

詩自明良賡載降而爲《五子之歌》，又降而爲三百篇之什，又降爲《離騷》之經，至漢唐而爲五言，爲七言，爲歌行引歎辭謡之類，蓋千數百家而未已也。杜奇而法，李豪而逸，白質而醇，韓壯而深，柳淡而雅，雖各自名家，而一出於正，有所歸宿。蓋不法而奇則怪，不逸而豪則蕩，不醇而質則俚，不深而壯則觕，不雅而淡則俗，故詩雖小技而亦未易言也。（卷二七）

跋陳平仲詩

雲谷謝公使治鑄之年，過予崖而西也，手其友陳平仲詩若詞三鉅篇示余。讀且評曰：本朝詩自楊、劉爲一節，崑體也，四瑚八璉，爛然皆珍，乃不及夏鼎商盤自然高古。

後山諸人爲一節，派家也，深山雲臥，松風自寒，飄飄欲仙，芰荷衣而芙蓉裳也，而極其摯者黃山谷。詞自歐、蘇爲一節，長短句也，不絲不簧，自成音調，語意到處，律呂相忘。晏叔原諸人爲一節，樂府也，風流蘊藉，如王謝家子弟，情致宛轉，動盪人心，而極其摯者秦淮海。山谷非無詞而詩掩詞，淮海非無詩而詞掩詩。若西麓君，所謂奄有二子成三人者與？窺豹一斑，則"娥眉不及宮前柳，一度春風一度開"，唐人得意句也；"白露橫塘，一片孤山幾夕陽"，真情順下風而立矣。因筆其語集中，明當嗽白山水焚不乳盡觀之。

跋趙兄詩卷（節錄）

予非知詩人，趙公迫而與言詩，過矣。然予觀世之學晚唐者不必讀書，但彷彿其聲嗽便覺優孟似孫叔敖，掇皮皆真，予每歎恨。夫晚唐之不昌也，君其肯之，則以吾之不可學柳下惠之可。（以上卷三八）

魏慶之

魏慶之（生卒年不詳）字醇甫，號菊莊。宋建寧建安（今福建建甌）人。約宋理宗嘉熙（1237—1240）末前後在世。富有文才，不屑科第，種菊千叢，日與詩人逸士觴詠於其間。有《吟稿》，已佚。著有詩話集《詩人玉屑》二十卷，其評論的對象，上自《詩經》、《楚辭》，下迄南宋諸家。其中一至十一卷，論詩藝、體裁、格律及表現方法；十二卷以後，評論兩漢以下作家、作品。《詩人玉屑》博采兩宋諸家論詩短劄和談片，在現在不少書已難以尋覓的情況下，爲我們保留了許多重要資料。魏慶之的輯錄，並非大段大段地抄錄和摘取，而是將其"有補於詩道者"，根據他自己對詩歌理論的見解，以詩格和作法分類，排比成卷，包含了他對詩的形成、體裁、韻律及歷代詩作的看法。《四庫全書總目》卷一九五謂其"采撫既繁，菁華斯寡"。

本書資料據四庫全書本《詩人玉屑》。

詩辨第一（節錄）

詩之法有五：曰體製，曰格力，曰氣象，曰興趣，曰音節。

詩之品有九：曰高，曰古，曰深，曰遠，曰長，曰雄渾，曰飄逸，曰悲壯，曰淒婉。

夫詩有別材，非關書也；詩有別趣，非關理也。而古人未嘗不讀書，不窮理，所謂不涉理路，不落言筌者，上也。詩者，吟詠情性也。盛唐詩人，惟在興趣；羚羊掛角，無跡可求，故其妙處，瑩徹玲瓏，不可湊泊；如空中之音，相中之色，水中之月，鏡中之象，言有盡而意無窮。近代諸公作奇特解會，以文字爲詩，以議論爲詩，以才學爲詩，以是爲詩，夫豈不工，終非古人之詩也。蓋於一唱三嘆之音，有所歉焉。且其作多務使事，不問興致；用字必有來歷，押韻必有出處；讀之終篇，不知着到何在。其末流甚者，叫噪怒張，殊乖忠厚之風，殆以罵詈爲詩。詩而至此，可謂一厄也，可謂不幸也。然則近代之詩無取乎？曰：有之。吾取其合於古人者而已。國初之詩，尚沿襲唐人。王黃州學白樂天，楊文公、劉中山學李商隱，盛文肅學韋蘇州，歐陽公學韓退之古詩，梅聖俞學唐人平澹處；至東坡、山谷，始自出己法以爲詩，唐人之風變矣。山谷用工尤深刻，其後法席盛行，海內稱爲"江西宗派"。近世趙紫芝、翁靈舒輩，獨喜賈島、姚合之語，稍稍復就清苦之風，江湖詩人，多效其體，一時自謂之唐宗；不知止入聲聞、辟支之果，豈盛唐諸公大乘正法眼者哉！嗟乎，正法眼之無傳久矣！唐詩之說未唱，唐詩之道有時而明也。今既唱其體，曰唐詩矣，則學者謂唐詩，誠止於是耳。非詩道之重不幸耶！故予不自量度，輒定詩之宗旨，且借禪以爲喻，推原漢、魏以來，而截然謂當以盛唐爲法。後捨漢、魏而獨言盛唐者，謂唐律之體備也。雖獲罪於世之君子，不辭也。

詩法第二（節録）

晦庵謂胸中不可着一字世俗言語

古今之詩，凡有三變：蓋自書傳所記，虞、夏以來，下及漢、魏，自爲一等；自晉、宋間顏、謝以後，下及唐初，自爲一等；自沈、宋以後，定着律詩，下及今日，又爲一等。然自唐初以前，其爲詩者固有高下，而法猶未變；至律詩出，而後詩之與法，始皆大變；以至今日，益巧益密，而無復古人之風矣。故嘗妄欲抄取經史諸書所載韻語，下及《文選》、漢、魏古詞，以盡乎郭景純、陶淵明之所，作自爲一編，而附於《三百篇》、《楚詞》之後，以爲詩之根本準則；又於其下二等之中，擇其近於古者，各爲一編，以爲之羽翼輿衛；且以李、杜言之，則如李之《古風》五十首，杜之《秦蜀紀行》、《遣興》、《出塞》、《潼關》、《石壕》、《夏日》、《夏夜》諸篇，律詩則如王維、韋應物輩，亦自有蕭散之趣，未至如今日之細碎卑冗，无餘味也。其不合者，則悉去之，不使其接於吾耳目，而入於吾之胸次。要使方寸之中，無一字世俗言語意思，則其詩不期於高遠，而自高遠矣。

晦庵抽關啟鑰之論

來諭欲漱六藝之芳潤，以求真澹，此誠極至之論。然亦恐須先識得古今體製雅俗鄉背，仍更洗滌得盡腸胃間夙生葷血脂膏，然後此語方有所措。如其未然，竊恐穢濁爲主，芳潤入不得也。近世詩人，正緣不曾透得此關，而規規於近局，故其所就皆不滿人意，無足深論。

白石詩説（節録）

守法度曰詩，載始末曰引，體如行書曰行，放情曰歌，（缺）之曰歌行，悲如蛩螿曰吟，通乎俚俗曰謡，委曲盡情曰曲。

滄浪詩法（節録）

學詩先除五俗：一曰俗體，二曰俗意，三曰俗句，四曰俗字，五曰俗韻。

律詩難於古詩，絕句難於八句，七言律詩難於五言律詩，五言絕句難於七言絕句。（以上卷一）

詩評第三（節録）

誠齋評李杜蘇黄詩體

"問余何意棲碧山，笑而不答心自閒。桃花流水窅然去，別有天地非人間。"又"相隨遥遥訪赤城，三十六曲水回縈。一溪初入千花明，萬壑度盡松風聲。"此李太白詩體也。"麒麟圖畫鴻雁行，紫極出入黄金印。"又"白摧朽骨龍虎死，黑入太陰雷雨垂。"又"指揮能事回天地，訓練强兵動鬼神。"又"路經灔澦雙蓬鬢，天入滄浪一釣舟。"此杜子美詩體也。"明月易低人易散，歸來呼酒更重看。"又"當其下筆風雨快，筆所未到氣已吞。"又"醉中不覺度千山，夜聞梅香失醉眠。"又《李白畫像》"西望太白橫峨岷，眼高四海空無人。大兒汾陽中令君，小兒天台坐忘身。平生不識高將軍，手涴吾足乃敢嗔。"此東坡詩體也。"風光錯綜天經緯，草木文章帝杼機。"又"澗松無心古鬚鬣，天球不琢中粹温。"又"兒呼不蘇驢失脚，猶恐醒來有新作。"此山谷詩體也。

詩體上

（本書編者注：此引《滄浪詩話·詩體》，略）

詩體下

總　論

古人文章，自應律度，未嘗以音韻爲主。自沈約增崇韻學，其論文則曰：欲使宫羽相變，低昂殊節；若前有浮聲，則後須切響。一篇之内，音韻盡殊；兩句之中，輕重悉異。妙達此旨，始可言文。自後浮巧之語，體製漸多，如傍犯、蹉對、假對、雙聲、疊韻之類。詩又有正格、偏格，類例極多。故有三十四格、十九圖、四聲、八病之類。今略有數條：如徐陵云："陪游馺娑，騁纖腰於結風；長樂鴛鴦，奏新聲於度曲。"又云："厭長樂之疎鐘，勞中宫之緩箭。"雖兩"長樂"，義不同，不爲重復，此爲傍犯。如《九歌》云："蕙殽蒸兮蘭芳，奠桂酒兮椒漿。""蒸蕙殽"對"奠桂酒"，今倒用之，謂之蹉對。又"自朱耶之狼狽，致赤子之流離。"不唯"赤"對"朱"，"耶"對"子"，兼"狼狽"、"流離"，乃獸名對鳥名。又如"廚人具雞黍，稚子摘楊梅。"以"雞"對"楊"，如此之類，皆爲假對。如"幾家村草裏，吹唱隔江聞。"幾家、村草、吹唱、隔江，皆雙聲。如"月影侵簪冷，江光逼屨清。"侵簪、逼屨，皆疊韻。詩第二字側入，謂之正格，如"鳳歷軒轅紀，龍飛四十春"之類。第二字平入，謂之偏格，如"四更山吐月，殘夜水明樓"之類。唐名輩詩多用正格，如杜甫詩，用偏格者，十無二三。《筆談》

江左體

引韻便失粘，既失粘，則若不拘聲律；然其對偶特精，則謂之骨含蘇李體。"浣花流水水西頭，主人爲卜林塘幽。已知出郭少塵事，更有澄江銷客愁。無數蜻蜓齊上下，一雙鸂□對沉浮。東行萬里堪乘興，須向山陰上小舟。"杜子美《卜居》

蜂腰體

頷聯亦無對偶，然是十字叙一事，而意貫上二句，及頸聯，方對偶分明。謂之蜂腰格，言若已斷而復續也。"下第唯空囊，如何住帝鄉？杏園啼百舌，誰醉在花傍？淚落故山遠，病來春草長。知音逢豈易，孤棹負三湘。"賈島《下第》詩

隔句體

破題與頷聯便作隔句對，若施之於賦，則曰"幾思静話，對夜雨之禪床；未得重逢，照秋燈於影室"也。"幾思聞静話，夜雨對禪床。未得重相見，秋燈照影堂。孤雲終負約，薄宦轉堪傷。夢繞長松榻，遥焚一炷香。"鄭谷《弔僧》詩

偷春體

其法頷聯雖不拘對偶，疑非聲律；然破題已的對矣。謂之偷春格，言如梅花偷春色而先開也。"無家對寒食，有淚如金波。斫却月中桂，清光應更多。仳離放紅蘂，想像嚬青娥。牛女漫愁思，秋期猶渡河。"杜子美《寒食月》詩

折腰體

謂中失粘而意不斷。"渭城朝雨裛輕塵，客舍青青柳色新。勸君更盡一杯酒，西出陽關無故人。"王維《贈別》

絕絃體

其語似斷絃而意存，如絃絕而其意終在也。"燕鴻去後湖天遠，欲寄知音問水居。七歲弄竿今八十，錦鱗吞釣不吞書。"僧謙《寄遠》

五仄體

晏元獻守汝陰，梅聖俞往見之。將行，公置酒潁河上，因言："古人章句中全用平聲，製字穩帖，如'枯桑知天風'是也。恨未見側字詩。"聖俞既引舟，遂作五仄體寄公云："月出斷岸口，影照別舸背。且獨與婦飲，頗勝俗客對。月漸上我席，暝色亦稍退。豈必在秉燭，此景已可愛。"《西清詩話》

回文體

謂倒讀亦成詩也。"潮隨暗浪雪山傾，遠浦漁舟釣月明。橋對寺門松逕小，巷當泉眼石波清。迢迢遠樹江天曉，靄靄紅霞晚日晴。遙望四山雲接水，碧峰千點數鷗輕。"東坡《題金山寺》

五句法

此格即事遣興可作，如題物贈送之類，則不可用。"曲江蕭條秋氣高，菱荷枯折隨風濤，游子空嗟垂二毛。白石素沙亦相蕩，哀鴻獨叫求其曹。"杜子美"即事非今亦非古，長歌激烈梢林莽，比屋豪華固難數。吾人甘作心似灰，弟姪何傷淚如雨。"杜子美

六句法

此法但可放言遣興，不可寄贈。杜子美云："烈士惡多門，小人自同調。名利苟可

取，殺身傍權要。何當官曹清，爾輩堪一笑。”山谷云：“三公未白首，十輩擁朱輪。只有人看好，何益百年身。但願身無事，清樽對故人。”

促句法

止於兩體，三句一換韻，或平聲，或側聲皆可。“江南秋色推煩暑，夜来一枕芭蕉雨，家在江南白鷗浦。一生未歸鬢如織，傷心日暮楓葉赤，偶然得句應題壁。”“蘆花如雪洒扁舟，正是滄江蘭杜秋，忽然驚起散沙鷗。平生生計如轉蓬，一身長在百憂中，鱸魚正美負秋風。”

平頭換韻法

東坡作太白贊云：“天人幾何同一漚，謫仙非謫乃其游。揮斥八極隘九州，化爲兩鳥鳴相酬。一鳴一止三千秋，開元有道爲少留。縻之不得矧肯求！東望太白横峨岷，眼高四海空無人。大兒汾陽中令君，小兒天台坐忘身。平生不識高將軍，手涴吾足矧敢嗔。作詩一笑君應聞！”一韻七句，方換韻，又是平聲，其法不得雙殺，雙殺者不得此法也。《禁臠》

促句換韻法

魯直觀伯時畫馬詩云：“儀鸞供帳饕蝨行，翰林濕薪爆竹聲，風簾官燭淚縱横。木穿石槃未渠透，坐窗不遨令人瘦，貧馬百囓逢一豆。眼明見此玉花驄，徑思着鞭隨詩翁，城西野眺尋小紅。”此格《禁臠》謂之促句換韻。其法三句一換韻，三疊而止。此格甚新，人罕用之。余嘗以此格爲鄙句云：“青玻瓈色瑩長空，爛銀盤挂屋山東，晚凉徐度一襟風。天分風月相管領，對之技癢誰能忍，吟哦自恨詩才窘。掃寬露坐發興新，浮蛆琰琰拋青春，不妨舉醆成三人。”漁隱

拗　句

魯直換字對句法，如“只今滿坐且尊酒，後夜此堂空月明。”“清談落筆一萬字，白眼舉觴三百杯。”“田中誰問不納履，坐上適來何處蠅。”“鞦韆門巷火新改，桑柘田園春向分。”“忽乘舟去值花雨。寄得書来應麥秋。”其法於當下平字處，以仄字易之，欲其氣挺然不羣；前此未有人作此體，獨魯直變之。苕溪漁隱曰：此體本出於老杜，如“寵光蕙葉與多碧，點注桃花舒小紅。”“一雙白魚不受釣，三寸黄甘猶自青。”“外江三峽且相接，斗酒新詩終日疎。”“負鹽出井此溪女，打鼓發舡何郡郎。”“沙上草閣柳新暗，城邊野池蓮欲紅。”似此體甚多，聊舉此數聯，非獨魯直變之也。今俗謂之拗句者是也。

《禁臠》

七言變體

律詩之作，用字平側，世固有定體，衆共守之。然不若時用變體，如兵之出奇，變化無窮，以驚世駭目。如老杜詩云："竹裏行廚洗玉盤，花邊立馬簇金鞍。非關使者徵求急，自識將軍禮數寬。百年地闢柴門迥，五月江深草閣寒。看弄漁舟移白日，老農何有罄交歡。"此七言律詩之變體也。漁隱

絕句變體

韋蘇州云："南望青山滿禁闈，曉陪鸞鷺正差池。共愛朝來何處雪，蓬萊宮裏拂松枝。"老杜云："山瓶乳酒下青雲，氣味濃香幸見分。鳴鞭走送憐漁父，洗盞開嘗對馬軍。"此絕句律詩之變體也。同上

第三句失粘

七言律詩至第三句便失粘，落平側，亦別是一體。唐人用此甚多，但今人少用耳。如老杜云："搖落深知宋玉悲，風流儒雅亦吾師。悵望千秋一灑淚，蕭條異代不同時。江山故宅空文藻，雲雨荒臺豈夢思。最是楚宮俱泯滅，舟人指點到今疑。"嚴武云："漫向江頭把釣竿，懶眠沙草愛風湍。莫倚善題《鸚鵡賦》，何須不着鷂□冠。腹中書籍幽時曬，肘後醫方靜處看。興發會能馳駿馬，終須重到使君灘。"韋應物云："夾水蒼山路向東，東南山豁大河通。寒樹依微遠天外，夕陽明滅亂流中。孤村幾歲臨伊岸，一雁初晴下朔風。爲報洛橋游宦侶，扁舟不繫與心同。"此三詩起頭用側聲，故第三句亦用側聲。同上

八句仄入格

唐末，蜀川有唐求，放曠疏逸，方外人也。吟詩有所得，即將稿撚爲丸，投入瓢中。後臥病，投瓢於江，曰："茲文苟不沉没，得之者方知吾苦心耳。"瓢至新渠江，有識者曰："此唐山人詩瓢也。"接得，十纔二三。題鄭處士隱居曰："不信最清曠，及來愁已空。數點石泉雨，一溪霜葉風。業在有山處，道成無事中。酌盡一杯酒，老夫顏亦紅。"《古今詩話》

進退格

鄭谷與僧齊己、黃損等，共定今體詩格云：凡詩用韻有數格，一曰葫蘆，一曰轆轤，

一曰進退。葫蘆韻者，先二後四；轆轤韻者，雙出雙入；進退韻者，一進一退；失此則繆矣。余按《倦游録》載唐介爲臺官，廷疏宰相之失。仁廟怒，謫英州別駕，朝中士大夫以詩送行者頗衆，獨李師中待制一篇，爲人傳誦。詩曰："孤忠自許衆不與，獨立敢言人所難。去國一身輕似葉，高名千古重於山。並游英俊顔何厚，未死姦諛骨已寒。天爲吾君扶社稷，肯教夫子不生還。"此正所謂進退韻格也。按《韻略》："難"字第二十五，"山"字第二十七；"寒"字又在二十五，而"還"字又在二十七。一進一退，誠合體格，豈率爾而爲之哉。近閲《冷齋夜話》，載當時唐李對答語言，乃以此詩爲落韻詩。蓋渠伊不見鄭谷所定詩格有進退之説，而妄爲云云也。《湘素雜記》

　　子蒼於五言八句近體詩，亦用此格。其詩云："盜賊猶如此，蒼生困未蘇。今年起安石，不用哭包胥。子去朝行在，人應問老夫。髭鬚衰白盡，瘦地日攜鋤。"蓋"蘇"、"夫"在十虞字韻，"胥"、"鋤"在九魚字韻。

平側各押韻

　　唐末有章碣者，乃以八句詩平側各有一韻。如"東南路盡吳江畔，正是窮愁暮雨天。鷗鷺不嫌斜兩岸，波濤欺得送風船。偶逢島寺停帆看，深羨漁翁下釣眠。今古若論英達算，鴟夷高興固無邊。"自號變體，此尤可怪者也。《蔡寬夫詩話》

雙聲疊韻

　　《南史·謝莊傳》曰，王元謨問莊：何者爲雙聲？何者爲疊韻？答曰："互"、"護"爲雙聲，"碻"、"磝"爲疊韻。某按古人以四聲爲切韻，紐以雙聲疊韻，必以五音爲定，蓋謂東方喉聲爲木音，西方舌聲爲金音，南方齒聲爲火音，北方唇聲爲水音，中央牙聲爲土音也。雙聲者，同音而不同韻也；疊韻者，同音而又同韻也。"互"、"護"同爲唇音，而二字不同韻，故謂之雙聲；"碻"、"磝"同爲牙音，而二字又同韻，故謂之疊韻。若彷彿、熠燿、騏驥、慷慨、咿喔、霖霖，皆雙聲也；若侏儒、童蒙、崆峒、巃嵸、螳蜋、滴瀝，皆疊韻也。按李羣玉詩曰："方穿詰曲崎嶇路，又聽鈎輈格磔聲。"詰曲、崎嶇，乃雙聲也；鈎輈、格磔，乃疊韻也。《學林新編》

　　東坡作吃語詩："江干高居堅關扃，耕犍躬駕角掛經。孤航繫舸菰荄隔，笳鼓過軍雞狗驚。解襟顧景各箕踞，擊劍高歌幾舉觥。荆笋供脂愧攪耳，乾鍋更憂甘瓜羹。"《漫叟詩話》

扇對法　此與前隔句體同

　　律詩有扇對格，第一與第三句對，第二與第四句對。如杜少陵《哭台州司户蘇少監》詩云："得罪台州去,時危棄碩儒。移官蓬閣後,穀貴殀前夫。"東坡《和鬱孤臺》詩云："解后陪車馬,尋芳謝朓洲。凄凉望鄉國,得句仲宣樓。"又唐人絶句,亦用此格。如"去年花下留連飲,暖日夭桃鶯亂啼。今日江邊容易別,淡煙衰草馬頻嘶"之類是也。漁隱

蹉對法

僧惠洪《冷齋夜話》載介甫詩云："春殘葉密花枝少,睡起茶多酒盞疎。""多"字當作"親",世俗傳寫之誤。洪之意,蓋欲以"少"對"密",以"疎"對"親"。予作荆南教官,與江朝宗匯者同僚,偶論及此,江云:惠洪多妄誕,殊不曉古人詩格。此一聯以"密"字對"疎",以"多"字對"少",正交股用之,所謂蹉對法也。《藝苑雌黄》

離合體 前雖不取此特存其大略耳

藥名詩起自陳亞,非也。東漢已有離合體,至唐始著藥名之號。如張籍《答鄱陽客》詩云"江皋歲暮相逢地,黄葉霜前半夏枝。子夜吟詩向松桂,心中萬事豈君知"是也。《西清詩話》

禽言當如藥名詩,用其名字隱入詩句中,造語穩貼,無異尋常詩,乃爲造微入妙。如藥名詩云："四海無遠志,一溪甘遂心",遠志、甘遂二藥名也。禽言詩云"喚起窻全曙,催歸日未西",喚起、催歸,二禽名也。梅聖俞禽言詩如"泥滑滑,苦竹岡"之句,皆善造語者也。漁隱

人名

荆公詩有"老景春可惜,無花可留得。莫嫌柳渾青,終恨李太白"之句,以古人姓名藏句中,蓋以文爲戲。或者謂前無此體,自公始見之。余讀《權德輿集》,其一篇云："藩宣秉戎寄,衡石崇勢位。言紀信不留,弛張良自愧。樵蘇則爲愜,瓜李斯可畏。不顧榮宦尊,每陳農畝利。家林類巖巘,負郭躬歛積。忌滿寵生嫌,養蒙恬勝利。疎鐘皓月曉,晚景丹霞異。澗谷永不變,山梁冀無累。論自王符筆,學得展禽志。從此直不疑,支離疎世事。"則權德輿已嘗爲此體。乃知古今文章之變,殆無遺藴。德輿在唐不以詩名,然詞亦雅暢,此篇雖主意在別立體,然不失爲佳製也。《石林詩話》

藥名

嘗見近世作藥名詩,或未工,要當字則正用,意須假借。如"日側柏陰斜"是也。若"側身直上天門東","風月前湖夜","湖"、"東"二字即非正用。孔毅夫有詩云："鄙

性嘗山野,尤甘草舍中。鉤簾陰卷柏,障壁坐防風。客土依雲實,流泉架木通。行當歸老矣,已逼白頭翁。"又"此地龍舒國,池隍獸血餘。木香多野橘,石乳最宜魚。古瓦松杉冷,旱天麻麥疎。題詩非杜若,牋膩粉難書。"《漫叟詩話》(以上卷二)

二十四名

《詩》訖於周,《離騷》訖於楚,是後詩人,流爲二十四名:賦、頌、銘、贊、文、誄、箴、詩、行、詠、吟、題、怨、嘆、篇、章、操、引、謠、謳、歌、曲、詞、調。自操而下八名。皆是起於郊祭、軍兵、吉凶、苦樂;由詩而下九名,皆屬事而作,雖題號不同,而悉謂之詩。《元稹集》(卷五)

壓韻(節録)

古今詩用韻

謂字有通作他聲押韻者,泛引《詩》及《文選》古詩爲證。殊不知《蔡寬夫詩話》嘗云:"秦、漢以前,字書未備,既多假借,而音無反切,平側皆通用。自齊、梁後,既拘以四聲,又限以音韻,故士率以偶儷聲病爲工。然則字通作他聲押韻,於古詩則可;若於律詩,誠不當如此。"余謂裴虔餘之詩落韻,又本此耳。《學林新編》

落　韻

裴虔餘云:"滿額鵝黄金縷衣,翠翹浮動玉釵垂。從教水濺羅襦濕,疑是巫山行雨歸。"《廣韻》、《集韻》、《韻略》,"垂"與"歸"皆不同韻,此詩爲落韻矣。漁隱

不可强押韻

前史稱王筠善押强韻,固是詩家要處。然人貪於捉對,用事者往往多有趁韻之失。退之筆力雄贍,務以詞采憑陵一時,故間亦不免此患,如和席八"絳闕銀河曉,東風古掖春"詩,終篇皆叙西垣事,然其一聯云:"傍砌看紅藥,巡池詠白蘋。"事除柳惲外,別無出處。若是用此,則於前後詩意無相干,且趁"蘋"字韻而已。然則人亦有事非當用,而鑪錘驅駕,若出自然者。杜子美《收東京》詩,以櫻桃對杖杜,薦櫻桃事,初若不類,及其云:"賞因歌杕杜,歸及薦櫻桃。"則渾然天成,略不見率强之跡。如此,乃爲工耳。《蔡寬夫詩話》

古詩不拘韻

世俗相傳，古詩不必拘於用韻。余謂不然。如杜少陵《早發射洪縣南，途中作"及"字韻》詩，皆用"緝"字一韻，未嘗用外韻也。及觀東坡《與陳季常"汁"字韻》，一篇詩而用六韻，殊與老杜異。其他側韻詩多如此。以其名重當世，無敢訾議；至荆公，則無是弊矣。其《得子固書，因寄以"及"字韻》詩，其一篇中押數韻，亦止用"緝"字一韻，他皆類此，正與老杜合。苕溪漁隱曰：黃朝英之言非也。老杜側韻詩，何嘗不用外韻，如《戲呈元二十一曹長"未"字韻》，一篇詩而用五韻；《南池"谷"字韻》，一篇詩而用四韻；《客堂"蜀"字韻》，一篇詩而用三韻。此特舉其二三耳，其他如此者甚衆。今若以一篇詩偶不用外韻，遂爲定格，則老杜何以謂之能兼衆體也！黃既不細考老杜諸詩，又且輕議東坡，尤爲可笑。六一居士云：韓退之工於用韻，其得韻寬，則波瀾橫溢，泛入傍韻，乍還乍離，出入回合，殆不可拘以常格；如《此日足可惜》之類是也。得韻窄，則不復傍出，而因難以見巧，愈險愈奇，如《病中贈張十八》之類是也。譬夫善馭良馬者，通衢廣陌，縱橫馳逐，惟意所之，至於水曲蟻封，疾徐中節，而不蹉跌，乃天下之至工也。且退之於用韻，猶能如此，孰謂老杜反不能之？是又非黃所能知也。《緗素雜記》

重押韻

退之詩好押狹韻累句以示工，而不知重疊用韻之爲病也。《雙鳥》詩押兩"頭"字，《杏花》詩押兩"花"字。苕溪漁隱曰：讀皇甫湜《公安園池》詩，亦押兩"閑"字："日夜不得閑"、"君子不可閑"，蓋退之好重疊用韻，以盡己之詩意，不恤其爲病也。
《孔毅夫雜記》

杜子美《飲中八仙歌》曰："知章騎馬似乘船"，又"天子呼來不上船"；一曰"眼花落井水底眠"，又"長安市上酒家眠"；一曰"汝陽三斗始朝天"，又"舉觴白眼望青天"；一曰"皎如玉樹臨風前"，又曰"蘇晉長齋繡佛前"，又曰"脫帽露頂王公前"。此歌三十二句，而押二"船"字，二"眠"字，二"天"字，三"前"字。近時論詩者曰：此歌一首，是八段。不嫌於重用韻也。某按：子美此歌，以"飲中八仙歌"五字爲題，則是一歌也，此歌首尾於"船"字韻中押，未嘗移別韻，則非分爲八段。蓋子美古律詩重用韻者亦多，況於歌乎！如《園人送瓜詩》曰："沈浮亂水玉，愛惜如芝草。"又曰："園人非故侯，種此何草草。"一篇押二"草"字也。《上後園山脚詩》曰："蓐收困用事，元冥蔚彊梁。"又曰："登高欲有往，蕩析川無梁。"一篇押二"梁"字也。《北征》詩曰："維時遇艱虞，朝野少暇日。"又曰："老夫情懷惡，嘔泄臥數日。"一篇押二"日"字也。《夔府詠懷》詩曰："雖云隔禮數,不敢墜周旋。"又曰:"淡交隨聚散,澤國繞回旋。"一篇押二"旋"字也。《贈李八秘書》詩曰:"事殊迎代邸,喜異賞朱虛。"又曰:"風煙巫峽遠,臺榭楚宮虛。"一篇押二"虛"字也。《贈李邕》詩曰:"放逐早聯翩,低垂困炎厲。"又曰:"哀贈竟蕭條,恩波延揭厲。"一篇押二"厲"字也。《贈汝陽王》詩曰:"自多親棣蕚,誰敢問山陵。"又曰:"鴻寶全寧秘,丹梯庶可陵。"一篇押二"陵"字也。《喜薛璩岑參遷官》詩曰:"栖遲分半菽,浩蕩逐浮萍。"又曰:"仰思調玉燭,誰定握青萍。"一篇押二"萍"字也。《寄賈岳州嚴巴州兩閣老》詩曰:"討胡愁李廣,奉使待張騫。"又曰:"如公盡雄隽,志必在騰騫。"一篇押二"騫"字也。子美詩如此類甚,多雖然子美非創意爲此者,蓋有所本也。按《文選》載古詩曰:"晨風懷苦心,蟋蟀傷局促。"又曰:"音響一何悲,絃急知柱促。"一篇押二"促"字也。曹子建《美女篇》曰:"明珠交玉體,珊瑚間木難。"又曰:"佳人慕高義,求賢良獨難。"一篇押二"難"字也。謝靈運《述祖德》詩曰:"段生蕃魏國,展季救魯人。"又曰:"外物辭所賞,勵志故絕人。"一篇押二"人"字也。又《南圃》詩曰:"樵隱俱在山,由來事不同。"又曰:"賞心不可忘,妙善冀皆同。"一篇押二"同"字也。又《初去郡》詩曰:"或可優貪競,豈足稱達生。"又曰:"畢娶類尚子,薄遊似邴生。"一篇押二"生"字。陸士衡《擬古》詩曰:"此思亦何思,思君徽與音。"又曰:"驚飆褰反信,歸雲難寄音。"一篇押二"音"字。又《豫章行》曰:"汎舟清川渚,遥望高山陰。"又曰:"寄世將幾何,日昃無停陰。"一篇押二"陰"字。阮嗣宗《詠懷》詩曰:"何當行路子,磬折忘所歸。"又曰:"黃鵠游四海,中路將安歸。"一篇押二"歸"字。江淹《雜體》詩曰:"韓公淪賣藥,梅生隱市門。"又曰:"太平多懽娛,飛蓋東都門。"一篇押二"門"字。王仲宣《從軍》詩曰:"連舫踰萬艘,帶甲千萬人。"又曰:"我有素餐責,誠愧伐檀人。"一篇押二"人"字。古人詩自有體格,杜子美亦傚古人之作耳。韓退之《贈張籍》詩,一篇押二"更"字,二"陽"字;又《岳陽樓別竇司直》詩,押二"向"字;又《李花詩》,押二"花"字;又《雙鳥》詩,押二"州"字,二"頭"字,二"秋"字,二"休"字;又《和盧郎中送槃谷子》詩,押二"行"字;又《示爽》詩,押二"愁"字;又《义魚》詩,押二"銷"字;《寄孟郊》詩,押二"奧"字;《此日足可惜》詩,押二"光"字。白樂天《渭村退居》詩,押二"房"字;《夢遊春》詩,押二"行"字;《寄元微之》詩,押二"夷"字;《出守杭州路次藍溪》詩,押二"水"字;《遊悟真寺》詩,押二"槃"字。其餘詩人,如此疊用韻者甚多,不可具舉。意到即押耳,奚獨於《飲中八仙歌》而致怪耶?子瞻《送江公著》詩曰:"忽憶釣臺歸洗耳",又曰:"亦念人生行樂耳。"自注曰:二"耳"義不同,故得重用。蓋子瞻自不必注。(以上卷七)

兩漢（節録）

古詩十九首

古人渺邈，人代難詳；推其文體，固是炎劉之制，非衰周之唱。鍾嶸《詩評》

蘇　李

蘇子卿、李少卿之徒，工爲五言，雖文律各異，雅正之音亦雜，而詞意簡遠，指事言情，自非有爲而爲，則文不妄作。唐元稹撰《子美墓誌》（以上卷十三）

草堂（節録）

《墓誌銘》元稹作

余讀詩至杜子美，而知古人之才，有所總萃焉。始唐虞時，君臣以賡歌相和，是後人繼作。歷夏、商、周千餘年，仲尼緝拾選練，取其干預教化之尤者三百篇，其餘無聞焉。騷人作，而怨憤之態繁；然猶去《風》、《雅》日近，尚相比擬。秦、漢以來，采詩之官既廢，天下俗謠民謳，歌頌諷賦，曲度嬉戲之詞，亦隨時間作。至漢武帝賦《柏梁詩》，而七言之體具；蘇子卿、李少卿之徒，尤工爲五言，雖句讀、文律各異，雅鄭之音亦雜，而詞意潤遠，指事言情，自非有爲而爲，則文不妄作。建安之後，天下之士遭罹兵戰，曹氏父子鞍馬間爲文，往往橫槊賦詩，故其遒壯抑揚，怨哀悲離之作，尤極於古。晉世風概稍存；宋、齊之間，教失根本，士以簡慢矯飾相尚，文章以風容色澤、放曠精清爲高，蓋吟寫性靈，流連光景之文也，意義格力無取焉。陵遲至梁、陳，淫艷刻飾，佻巧小碎之極，又宋、齊之所不取也。唐興，學官大振，歷世之能文者互書，而又沈、宋之流，研練精切，穩順聲勢，謂之律詩。由是而後，文變之體極焉；而又好古者遺近，務華者去實，效齊、梁則不逮於晉、魏，工樂府則力屈於五言；律切則骨格不存，閒暇則纖穠莫備。至於子美，所謂上薄風雅，下該沈、宋，言奪蘇、李，氣吞曹、劉；掩顏、謝之孤高，雜徐、庾之流麗：盡得古今之體勢，而兼人人之所獨專。如使仲尼考鍜其旨要，尚不知貴其多乎哉！苟以爲能，無可不可，則詩人已來，未有如子美者。是時山東人李白，亦以奇文取，稱時人謂之李杜。余觀其壯浪縱恣，擺去拘束，模寫物象，及樂府歌詩，誠以差肩於子美；至若鋪陳終始，排比聲韻，大或千言，次猶數百，詞氣奮邁而風調清深，屬對律切而脫棄凡近，則李尚不能歷其藩翰，況堂奧乎！苕溪漁隱：宋子京作《唐史·杜甫贊》，秦少游作《進論》，皆本元稹之説，意同

而詞異耳。（卷十四）

韓文公（節録）

變詩格

書之美者，莫如顏魯公，然書法之懷，自魯公始；詩之美者，莫如韓退之，然詩格之變，自退之始。東坡

琴　操

古樂府命題皆有主意，後之人用樂府爲題者，直當代其人而措辭。如《公無渡河》，須作妻止其夫之辭。太白輩或失之，惟退之《琴操》得體。《琴操》，柳子厚不能作；子厚《皇雅》，退之亦不能作也。《唐子西語録》

聯　句

《雪浪齋日記》云：退之聯句，古無此法，自退之斬新開闢。余觀《謝宣城集》，有聯句七篇；《陶靖節集》，有聯句一篇；《杜工部集》，有聯句一篇：則諸公已先爲之。至退之亦是沿襲其舊，若言聯句自退之斬新開闢，則非也。漁隱

評退之詩

沈括存中、吕惠卿吉甫、王存正仲、李常公擇，治平中同在館下談詩。存中曰：韓退之詩乃押韻之文耳，雖健美富贍，而格不近詩。吉甫曰：詩正當如是，我謂詩人以來，未有如退之者。正仲是存中，公擇是吉甫，四人交相詰難，久而不決。公擇忽正色謂正仲曰：君子羣而不黨，公何黨存中也！正仲勃然曰：我所見如是，顧豈黨耶！以我偶同存中，遂謂之黨；然則君非吉甫之黨乎？一座大笑。《隱居詩話》（以上卷十五）

西崑體（節録）

宗李義山

楊大年、錢文僖、晏元獻、劉子儀爲詩，皆宗李義山，號西崑體。後進效之，多竊取義山詩句。嘗内宴，優人有爲義山者，衣服敗裂，告人曰：吾爲諸館職撏撦至此。聞者

大噱。然大年《詠漢武詩》云：“力通青海求龍種，死諱文成食馬肝。待詔先生齒編貝，忍令乞米向長安。”義山不能過也。《古今詩話》

<h2 style="text-align:center">佳　句</h2>

楊億、劉筠作詩務故實，而語意輕淺，一時慕之，號西崑體，識者病之。歐公云：劉子儀詩句有“雨勢宮城潤，秋聲禁樹多。”亦不可誣也。《隱居詩話》

<h3 style="text-align:center">歐公矯崑體</h3>

歐公詩，始矯崑體，專以氣格爲主，故其詩多平易疎暢，律詩意所到處，雖語有不倫，亦復不問。而學之者往往遂失於快直，傾困倒廩，無復餘地。然公詩好處，豈專在此！如《崇徽公主手痕詩》：“玉顔自昔爲身累，肉食何人與國謀。”此是兩段大議論，抑揚曲折，發見於七字之中，婉麗雄勝，字字不失相對。雖崑體之工者，亦未易此言，所會處如是，乃爲至到。《石林詩話》

<h3 style="text-align:center">荆公晚年喜稱義山</h3>

王荆公晚年亦喜稱義山詩，以爲唐人知學老杜而得其藩籬，惟義山一人而已。每誦其“雪嶺未歸天外使，松州猶駐殿前軍”，“永憶江湖歸白髮，欲回天地入扁舟”，“與池光不受，月暮氣欲沉山”，“江海三年客，乾坤百戰場”之類，雖老杜亡以過也。義山詩合處信有過人，若其用事深僻，語工而意不及，自是其短。世人反以爲奇而效之，故崑體之弊，適重其失，義山本不至是云。《蔡寬夫詩話》

詩到義山，謂之文章一厄，以其用事僻澁，時稱西崑體。然荆公晚年，亦或喜之，而字字有根蔕，如“試問火城將策探，何如雲屋聽窗知”，“未愛京師傳谷口，但知鄉里勝壺頭”，其用事琢句，前輩無相犯者。《冷齋夜話》

<h3 style="text-align:center">温公稱其佳句</h3>

自《西崑集》出，時人爭效之，詩體一變。而先生老輩，患其多用故事，語僻難曉，殊不知自是學者之弊。如楊大年《新蟬》云：“風來玉宇烏先覺，露下金莖鶴未知。”雖用故事，何害爲佳句！又如“峭帆橫渡官橋柳，疊鼓驚飛海岸鷗。”其不用故事，又豈不佳乎！蓋其雄文博學。筆力有餘。無施不可。非前世號詩人者，區區於風雪草木之類，爲許洞所困也。《歸田錄》

蘇子美（節録）

聖俞子美

　　聖俞、子美齊名於一時，而二家詩體特異。子美筆力豪俊，以超邁橫絶爲奇；聖俞覃思精微，以深遠閒淡爲意。各極其長，雖善論者不能優劣。余《山谷夜行詩》，略道其一二云：“子美氣方雄，萬竅號一噫。有時肆顛狂，醉墨灑滂霈。譬如千里馬，已發不可殺。盈前盡珠璣，一一難揀汰。梅公事清淺，石齒漱寒瀨。作詩三十年，視猶我後輩。文詞愈清新，心意雖老大。有如妖饒女，老自有餘態。近詩尤苦硬，咀嚼苦難嚘。又如食橄欖，真味久愈在。蘇豪以氣轉，舉世徒驚駭。梅窮獨我知，古貨今難賣。”語雖非工，謂粗得髣髴，然不能優劣之。《歐公詩話》

半山老人（節録）

集　句

　　荆公莫年喜爲集句，唐人號爲四體，黄魯直謂正堪一笑耳。司馬温公與武定從事，同幕私幸營妓，而於公諱之；常會僧廬，公往迏之，使妓踰垣而去，度不可隱，乃具道。公戲之曰：“年去年來來去忙，暫偷閒臥老僧床。驚回一覺游仙夢，又逐流鶯過短墻。”杭之舉子中老榜第，其子以緋裹之，客賀之曰：“應是窮通自有時，人生七十古來稀。如今始覺爲儒貴，不著荷衣更著緋。”壽之醫者老娶少婦，或嘲之曰：“倚他門户傍他牆，年去年來來去忙。採得百花成蜜後，爲他人作嫁衣裳。”真可笑也。《後山詩話》

（以上卷十七）

黄　昇

　　黄昇（生卒年不詳）字叔暘，號玉林，又號花菴詞客。宋閩縣（今福建建甌）人。不事科舉，性喜吟詠。以詩受知於游九功，與魏慶之相酬唱。能詩，工詞，著有《散花庵詞》一卷。編有《絶妙詞選》二十卷，分上、下兩部：上部爲《唐宋諸賢絶妙詞選》，十卷；下部爲《中興以來絶妙詞選》，十卷。附詞人大小傳及評語，爲宋人詞選之善本。後人統稱《花菴詞選》。《全宋詞》第四册録其詞三十九首。《全宋詩》卷三一五四録其詩一首。《全宋文》卷七七五九收有其文。

　　本書資料據四庫全書本《花菴詞選》。

《花菴詞選》序

　　長短句始於唐,盛於宋。唐詞具載《花間集》,宋詞多見於曾端伯所編。而《復雅》一集,又兼采唐、宋,迄於宣和之季,凡四千三百餘首,吁亦備矣。況中興以來,作者繼出,及乎近世,人各有詞,詞各有體,知之而未見,見之而未盡者,不勝算也。暇日裒集,得數百家,名之曰《絕妙詞選》。佳詞豈能盡錄,亦嘗鼎一臠而已。然其盛麗如游金張之堂,妖冶如攬嬙施之袪,悲壯如三閭,豪俊如五陵。花前月底,舉杯清唱,合以紫簫,節以紅牙,飄飄然作騎鶴揚州之想,信可樂也。(卷首)

李珣《巫山一段雲》

　　唐詞多緣題所賦,《臨江仙》則言仙事,《女冠子》則述道情,《河瀆神》則詠祠廟,大概不失本題之意爾。後漸變,去題遠矣,如此二詞,實唐人本來詞體如此。(卷一)

張宗瑞

　　名輯,鄱陽人,自號東澤。有詞二卷,名《東澤綺語債》。朱湛盧為序,稱其得詩法於姜堯章,世所傳《欸乃集》皆以為採石月下謫仙復作,不知其又能詞也。其詞皆以篇末之語而立新名云。(續集卷九)

陳叔方

　　陳叔方(生卒年不詳)名昉,以字行,號節齋。宋溫州平陽(今屬浙江)人。陳峴子。以父蔭補官,政績頗著。端平元年(1234),真德秀薦之於朝,與劉克莊等號為"端平八士"。歷官樞密都承旨兼權吏部侍郎、戶部侍郎兼權刑部尚書。寶祐中,歷知常州、台州、慶元府。景定中累官吏部尚書,拜端明殿學士致仕,卒諡清惠。著有《潁川語小》二卷,考究典籍異同、朝廷掌故,似洪邁《容齋隨筆》;論文多辨別經史句法,似陳騤《文則》。原書已佚,清四庫館臣自《永樂大典》中輯出,今存清抄本、四庫全書本。

　　本書資料據四庫全書本《潁川語小》。

878

《潁川語小》（節録）

　　今省部曰帖，皆公移也。惟帖俗以子稱，《文昌雜録》：上司尋常追呼下司吏屬，只以片紙書所呼叫因依，差走吏勾集。

　　史家罕載簡牘之語。《趙壹傳》有皇甫規《與壹書》，其略曰："蹉跌不面，企德懷風。虛心委質，爲日久矣。側聞仁者愍其區區，冀承清誨，以釋遥悚。"又云："儻可原察，追修前好，則何福如之！謹遣主簿奉書，下筆氣結，汗流竟趾。"壹報曰："君學成師範，搢紳歸慕。仰高希驥，歷年滋多。旋轅兼道，渴於言侍。沐浴晨興，昧旦守門。實望仁兄昭其懸遅，以貴下賤，握髮垂接。"又云："仁君忽一匹夫，於德何損。而遠辱手筆，追路相尋，誠足愧也。"其往復辭語，稍近於今，亦可見東漢時簡牘體製也。（以上卷上）

　　世以散語爲古文，四六爲今文，所以《唐書》不載詔令，以其多四六對偶，不古也。宋景文公《摘粹》云："予修唐史，未嘗得一詔一令可録，於傳唯拾對偶之文近高古者，乃可著於篇。"愚謂宋公之説固是，但唐人製作自不古耳。若謂四六非古文則不可，文辭之起，莫先於《尚書》。簡册號令，論議之宗也。自《堯典》至"咸有一德"，率用四六語。如《堯典》"平章百姓"，對以"協和萬邦"，此四字語也。"歷象日月，星辰敬授人時；湯湯洪水，方割蕩蕩懷山。襄陵浩浩滔天，下民其咨"，此四六語也。《舜典》"納於大麓，烈風雷雨弗迷；三載考績，三考黜陟幽明"，此四六語也。"敷奏以言，明試以功；剛而無虐，簡而無傲"，此四字對也。"流共工於幽州，放驩兜於崇山"，此六字對也。《大禹謨》以後，如云"罔違道以干百姓之譽，罔咈百姓以從己之欲"，"德惟善政，政在養民。水火金木土穀惟脩，正德利用厚生惟和"，"人心惟危，道心惟微"，"無稽之言勿聽，弗詢之謀弗庸。可愛非君，可畏非民"，"肆予以爾衆士，奉辭罰罪；爾尚一乃心力，其克有勳"，"日宣三德，夙夜浚明；有家日嚴，祗敬六德，亮采有邦"，"兢兢業業，一日二日萬幾；無曠庶官，天工人其代之"，"皋陶方祗，厥叙方施。象刑惟明於予，撻石拊石，百獸率舞。聖有謨訓，明徵定保；先王克謹，天戒臣人。克有常憲威克，厥愛允濟；愛克厥威允罔功，天乃錫王勇智，表正萬邦。惟皇上帝降衷於下民，若有恒性，克綏厥猷。惟后慄慄危懼，若將隕於深淵，"似此之類，皆用四六而成章者也。至如"立愛惟親，立敬惟長。奉先思孝，接下思恭。視遠惟明，聽德惟聰。無輕民事，惟難無安厥位。惟危有言，逆於汝心，必求諸道。有言遜於汝志，必求諸非。道克綏先王之禄，永底蒸民之生。七世之廟可以觀德，萬夫之長可以觀政。"則又諧協通暢，漸有今體，古之四六語至是稍坦平矣。《盤庚》一變而爲詰屈聱牙，幾不可讀，此今之所謂古文者也。韓昌黎以此作唐人之氣，柳仲塗以此傳本朝之脉。文藝家遂指四六爲應用之學，愈習愈下，蠹蝕腐爛，非惟不可復古，而又併近世之體失之。掌辭命之官，若能以典、謨爲法，豈病四六之不古哉！傳記中語，自有確對，如《尹賞傳》"虎穴"可對"龍門"，《元結傳》"哀丘"可對"京觀"。峽州郭景純"爾雅臺"可對"文選閣"。陶淵明"策扶老以流憩"，扶老，策杖名也。李長源嘗取松樛枝以隱背名，曰養和。"養和"對"扶老"，亦佳。

如上啟、啟上，古者通上下用之，而無申、覆、稟之語，蓋由與覆二字乃重。審之義，而稟者受所命也，皆非啟白之謂也。今人有所啟白乃例用申、覆、稟三字，失其本義矣。今省部曰劄，皆公移也。惟劄俗以子稱，而於劄則直書曰劄子。子字不古，乃吏文耳。今友朋交書，亦間用劄子，又寖失之。

近年簡牘好用端拜、肅拜、端冠也。端拜而議，乃冠其首而後拜，此非端人也之端。（以上卷下）

史季溫

史季溫（生卒年不詳）字子威，號植齋。宋眉山青衣（今四川眉州）人。紹定五年（1232）進士。嘉熙四年（1240），以太府丞除秘書郎。淳祐元年（1241），除著作佐郎。二年，遷著作郎，旋罷。出爲福建轉運使兼知建寧府。寶祐二年（1254），以主管佑神觀除秘書少監，兼國史院編修官、實錄院檢討官。著有《山谷精華錄》，已佚；《山谷別集注》二卷，今存。

本書資料據四庫全書本《宋名臣奏議》。

《諸臣奏議》序（節錄）

古之人臣所以告其君者，不可得而詳矣。考之於書，皋陶之矢厥《謨》，伊尹之作《伊訓》，傅說之作《說命》，周公之作《無逸》，大抵皆後之諫疏也。（卷首）

陳 鹄

陳鹄（生卒年不詳）字西塘。宋鄧州南陽（今屬河南）人。一生仕途平平，但學問上有一定造詣，曾與洪邁及陸游長兄陸淞談論詩詞。著有《耆舊續聞》十卷，多記北宋故事及南宋名人言行，於詩文宗旨具有淵源，雖雜采衆書，甚或不注出處，以至無所辨别,而可采者也不少。

本書資料據四庫全書本《耆舊續聞》。

《耆舊續聞》(節錄)

韓退之文渾大廣遠,難窺測;柳子厚文分明,見規模次第。學者當先學柳文,後熟讀韓文,則工夫自見。韓退之《答李翶書》,老蘇《上歐陽公書》最見爲文養氣妙處。西漢自王褒以下文字專事詞藻,不復簡古。而谷永等書雜引經傳,無復己見,而古學遠矣。此學者所宜深戒。

學文須熟看韓、柳、歐、蘇先,見文字體式。然後更考古人用意下句處,學詩須熟看老杜、蘇、黄,亦先見體式。然後遍考他詩,自然工夫度越過人。

學者須做有用文字,不可盡力虛言,有用文字,議論文字也。議論文字須以董仲舒、劉向爲主,《周禮》及《新序》、《説苑》之類皆當貫串熟考,則做一日便有一日工夫。

古來語文章之妙,廣備衆體,出奇無窮者,惟東坡一人。極風雅之變,盡比興之體,包括衆作,本以新意者,惟豫章一人。此二者當永以爲法。(以上卷二)

許尚書光凝君謀論本朝内制,惟王岐公《華陽集》最爲得體。蓋禹玉仕早達,所與唱和,無四品以下官,同朝名臣非歐陽公與王荆公銘其葬者,往往出禹玉手。高二王、狄武襄碑尤有史法,而貴氣粲然。君謀,岐公壻也。(卷三)

四聲分韻始于沈約,至唐以來乃以聲律取士,則今之律賦是也。凡表、啟之類,近代聲律尤嚴,或乖平仄,則謂之失粘。然文人出奇,時有不拘此格者,《緘啟新範》載李秀才賀滕學士一啟,全用側聲結句……梅聖俞嘗云:"古人造語有純用平聲琢句,天然渾成者,如'枯桑知天風'是也。有純用側聲作詩云:'月出斷岸口,影照别舸背。且獨與婦飲,頗勝俗客對。'"(卷四)

四六用經史全語,必須詞旨相貫,若徒積疊以爲剽奇,乃如集句也。楊文公居陽翟時,謝希深與之啓云:"曳鈴其空,上念無君子者;解組弗顧,公其如蒼生何!"文公書於扇曰:"此文中虎也。"蓋善其用經史語如自己出,特爲豪健。張安道爲《曹修節度使副制》云:"載其德音,有狐趙之舊勳;文定厥祥,實姜任之高姓。"王荆公知制誥,見其稿,深加嘆賞。此亦全語最親切者也。東坡自海外歸,謝表云:"七年遠謫,不意自全;萬里生還,適有天幸。"蓋亦用班史之全句而不覺。(卷五)

《國史補》云,元和之後文章學奇於韓愈,學澀於樊宗師,歌行則學矯激於孟郊,學淺於白居易,學淫靡於元稹,俱名元和體。大抵天寶之風尚黨,大曆之風尚浮,貞元之風尚蕩,元和之風尚怪也。

少游謂《醉翁亭記》亦用賦體。余謂文忠公此記之作，語意新奇，一時膾炙人口，莫不傳誦，蓋用杜牧《阿房（宮）賦》體游戲于文者也，但以記號醉翁之故耳……不然，公豈不知記體？（以上卷十）

歐陽守道

歐陽守道（1209—1273），初名歐陽巽，字公權，後改今名，字迁父，晚號巽齋。宋吉州（今江西吉安）人。少孤貧，自力於學，年未三十，爲鄉郡儒宗。淳祐元年（1241）進士。學術醇厚，文章有天趣理致，文天祥、劉辰翁皆出其門下。文天祥稱"六一之學，實傳先生"，"橫經論道，一世宗師"（文天祥《巽齋先生像贊》），可見其在宋末之影響。著有《易故》，不傳。今存《巽齋先生文集》二十七卷、《巽齋先生四六》一卷。

本書資料據四庫全書本《巽齋先生文集》。

代人謝解書（節錄）

某以舉子之文，辱在鄉貢之末，出而一謝太守，當有所謂四六文，今世之所謂啟者，以贄於下執事。舉子之文，有志者羞爲之，然而不得不爲者，舍之無以自獻，雖有聖賢之學，經濟之才，欲一日而見於用，不可得也。今之法率天下而爲時文，其孰能違之？某固有大不得已於此者矣。四六之文，今世所謂啟，某未嘗學也。文史足以自娛，藜藿足以自給，朝夕所與遊者蓬蒿之士，擇其志向之同，義理薰炙，未知世間王公貴人之門，奔走伺候當用何禮，則所謂啟者，非我之所得用，夫亦焉用學此。而又其文自叙率用厄窮卑賤無聊可憐之語，間或反是，則有高自稱道，無復退遜，以幸己知。至於揄揚主人之盛德，則當極其諛辭，無以復加，然後以蒙一眄睞。今世少特立不阿之士，亦安知非此等文體有以甚壞其良心也。故時文之下，而此文又其下下。舉而第，第而仕，持此以幸人之憐己者，當終其身其不自重，可哀也。（卷二）

《吳叔檮詩集》序

近世文慕古而詩尚今，其曰古詩，學漢魏晉宋體爾，餘皆唐，甚者專主晚唐，未有以刪前詩爲詩也。孟子直謂王跡熄而詩亡，今乃所主如此，詩與非與？予資鈍而不耐勤，視世人用工於文者十不及一，至於詩並其一之工無之。詩家不知其幾千百，予不能成誦一篇也。案間有詩集，豈不展翫？然視詩如文，視文如詩，未嘗用詩家法，尋其所謂鍛字煉句者，惟意思暇適，命兒童善抑揚音節者雜取《國風》、《雅》、《頌》歌之，間與相和。當此之時，胸襟悠然，有不可名之樂，視世所謂詩人苦思得句而後自快者予不與易也。然則予不作詩而固享有詩之至味矣。譬之金石絲簧，雅、鄭之樂皆所通用，予直簀枹土鼓，不惟無所好於鄭，乃並與雅不與知，然簀枹土鼓，豈胸中無樂者所能與哉！

吳君叔椿之詩亦予案間之所展翫也。叔椿留意此者，其得詩家法非予所能知，然喜而賦，憂而賦，凡有所爲而賦，亦各於其性情之所感，何必曰此爲漢魏晉宋體，此爲唐體耶？予識叔椿而未及深接，聞叔椿居家居鄉一二事，大抵近厚。今年有甚德其父君之賢者，爲予極口道之，叔椿之厚固有自來。夫厚，詩教也。世於詩或刻深，然亦象其爲人，人而厚，雖不爲今所謂詩，而詩之本具矣。叔椿没，其子某哀其故稿，得若干首藏之，而屬予序。夫予非評詩者也，而妄叙其意如此。嗟乎！某也其無以予言示之詩家乎哉！寶祐乙卯五月丙申朔，廬陵歐陽某序。（卷八）

陳舜功詩序

沈休文長於音韻，自謂靈均以來此秘未睹。唐李德裕非之，以爲古辭如金石琴瑟，尚於至音，今文如絲竹鞞鼓，迫於促節，大概謂韻局則句累，不若不韻之爲愈也。夫自局於韻，猶病累句，況一用他人之韻，不局且累乎？唐人於詩，和意不和韻，亦曰和詩固不必韻也。近世往往以和韻爭工，甚則有追和古作，全帙無遺，如東坡之於靖節翁者，語意天成，一出自然，不似用他人韻也。由此言之，才力有餘，雖用他人韻亦復何局之有，況自用韻而自病其局乎！德裕之論正矣，亦未可以概評也。

友人戴君吉甫示予西昌陳君舜功《雞肋別集》。舜功之作富矣，大概平易，自無艱難辛苦之態，詩之正也。今所謂《別集》則往往與其交遊親故賡酬，所萃凡若干首，蓋無非用他人韻者，而意思整暇，全無窘束，於此而求工，則可謂工矣。詩之奇也，詩固難於正而又甚難於奇，奇不失正，非胸次有縱橫出没變化之妙，豈易得此！吉甫與舜功爲詩交最久，故集中用吉甫韻爲多。吉甫屬予爲序，余謂吉甫曰：“君與舜功詩何似？”吉甫曰：“韻隱於山，詞順於水，和詩至此不亦可乎？”予以吉甫爲知言。抑予聞元、白千里相思，作詩寄贈，用韻至於不謀而同，此固非屬和之詩也。吉甫與舜功定交屬和之詩，則予既見之矣，若夫不謀而同韻，則元、白後予未之聞。二君交情甚至，予他日尚幾見之，以爲長慶後一段佳話。（卷一二）

車若水

車若水(1210—1275)字清臣,號玉峰山民。宋台州黄巖(今屬浙江)人,車似慶孫。弱冠從陳耆卿游,學爲古文,與年長十三歲之吴子良同門。王象祖盛稱其文,謂其"明而新、清而健,可追古作"(《三台文獻録》卷一四引《答車清臣書》)。其詩多感慨之作。後從杜範游,潛心理學。又從王柏、陳文蔚游,刻意講學。著有《宇宙略紀》、《玉峰冗稿》,已佚。今存《脚氣集》。

本書資料據江蘇巡撫采進本《三台文獻録》。

《南窗焦尾集》序(節録)

夫子多學一貫之語,在貫不在學乎? 不學矣,貫將焉施? 有學無貫,則恐縱萬馬於洞庭之野,而不知馭之。此貫之之説,爲多學者道也。惟文亦然。昔西崑諸公懲晚唐之空疏,負其見聞,凌躒一世,句必有本,字必有證,作意爲文,而文乃卑。至其末流,涉獵未深,目入手出,是猶宴人驟有千金之資,胸次不足以受,而百計用之,暴澤而疾殫矣。乾淳之間,義理大暢,天端地緒,整櫛歸一,蓋斯文千載之遇。而學者不思先儒用力之艱勤,幸收捷法,遽談高深,遂委記問於玩物喪志之列。重以科舉之誘,以時爲文,噤不道《太極》、《西銘》,而事事面牆,不病也。(卷七)

陳　模

陳模(生卒年不詳)字子宏,號月庭。宋廬陵(今江西吉安)人。生平事跡不詳。著有《懷古録》三卷,上卷論詩,中卷論樂府,下卷論文,多通達之論。寶祐二年(1254)自爲序,稱"風俗之汙隆,則文章與之高下。是以天下之治亂,每驗於斯;風俗之轉移,每驗於斯。"

本書資料據中華書局 1993 年鄭必俊校點本《懷古録》。

《懷古録》(節録)

樂府多有名同而意不同者也。且如《巫山高》,古作多言從軍難,後人則多以神女命意。《公無渡河》,古作多言媈止其夫徒涉,後人則間以泛舟冒險命意。如此類不一。古樂府獨陳張正見多好者，然亦不過詠題目，而比衆則有餘韻耳。惟本朝諸作者，樂府必要各出新意，如《明妃曲》之類可見。近時三山潘枋庭堅樂府，篇篇寓新意。如《金銅仙人辭漢歌》云：“茂陵弓劍松煙紫，强自驅來向何處？覇城土凹牛脚腫，司馬門高自翁仲。”《定情》詩云：“人人笑妾陋，偏得夫君憐。不爲夫君憐，縱美向誰妍。”《行路難》云：“君不見風雨孤舟老漁夫，換（魚）得錢醉踏舞。何曾上到玉堂來，口竟不識崖州路。”《青青河畔草》云：“青我者雨露，黄我者雪霜，天公實云然，委落庸何傷。”雖句語有未渾成細嫩處，然皆有所發越。故作記而必寓警拔之議論，樂府而必立高人之新意。雖若破體，然使其庸庸而無以起人意，則亦不足貴。蒼山曰：“樂府自有音調，所謂清調、側調、平調是也。李太白始信意説去，不問音調。杜工部則不作樂府，而《悲陳陶》、《悲（青）阪》則隱然樂府風味。若不曉音調，不若以工部爲法。”（卷中）

墓誌銘乃納諸壙中者，要之只是叙出處大概，使其有好處，人自知之，却不必誇大。神道碑却要筆力，發出他平生好處，張皇幽眇。蓋碑是揭諸道傍者，體製當然。東坡做《温公墓誌銘》，其神道碑極好。看其彼詳此略，叙事變處。

東坡云：“銘不似叙，銘不似詩，銘不似贊。”蓋叙已言之者，銘不必重出；詩則鋪叙，銘要高古；贊則稱頌其美而已，銘則不專讚頌。（以上卷下）

胡德方

胡德方（生卒年不詳）字季直。宋淳祐時人，進士。

影宋金元明詞本《絶妙詞選》。

《絶妙詞選》序（節録）

古樂府不作，而後長短句出焉。我朝鉅公勝士娱戲文章，亦多及此。然散在諸集，未易遍窺。玉林此選，博觀約取，發妙音於衆樂並奏之際，出至珍於萬寶畢陳之中，使人得一編則可以盡見詞家之奇，厥功不亦茂乎！（卷首）

柴　望

柴望（1212—1280）字仲山，號秋堂，又號歸田。宋衢州江山（今屬浙江）人。幼穎異，五歲能誦詩書。甫成童，博通經史，諸子百家無不研習。爲文聯珠貫玉，豪邁駿逸，流播江左。嘉熙間，爲太學上舍生。其詩近晚唐體，而黍離之悲，亡國之痛，哀婉動人。元楊仲弘序其集，謂“其詩秉於忠義，而攄於危迫。摘詞琢句，動諧音律。雄豪超越，如天馬之驟空；瀟灑清揚，如春花之映日”。詞亦蘊藉風流，多傷時之作。文效古法而出以己見。著有《道州台衣集》、《詠史詩》、《西涼鼓吹》等，已佚。後人輯爲《秋堂集》二卷，有文淵閣四庫全書本，又收入《柴氏四隱集》。

本書資料據清鮑廷博校知不足齋抄本《柴氏四隱集》。

《涼州鼓吹詩餘》自叙

涼州鼓吹，山翁詩餘稿也。詩餘以鼓吹名，取諧歌曲之律云耳。夫詩可以歌功德、被金石而垂無窮，其來尚矣。自蕢桴土鼓泄而韶濩，桑間濮上轉而鄭衛，玉樹後庭變而霓羽，於是亡國之音肆，正雅之道熄。悲夫！詞起于唐而盛于宋，宋作尤莫盛于宣靖間，美成、伯可各自堂奧，俱號稱作者。近世姜白石一洗而更之，“暗香”“疏影”等作，當別家數也。大抵詞以雋永委婉爲尚，組織塗澤次之，呼嗥叫嘯抑末也。惟白石詞登高眺遠，慨然感今悼往之趣，悠然託物寄興之思，殆與古西河《桂枝香》同風致，視青樓歌、紅窗曲萬萬矣。故余不敢望靖康家數，白石衣鉢，或髣髴焉，故以“鼓吹”名，亦以自況云爾，幸同志者諒之。宋逋臣柴望識。（卷一）

黃　震

黃震（1213—1280）字東發。宋慈溪（今屬浙江）人。寶祐四年（1256）進士。曾參與修纂寧宗、理宗兩朝《國史》、《實錄》等。爲文簡當，持論侃直。有政績。宋亡後隱居，講學著述，自稱“非聖人之書不觀，無益之詩文不作”。卒於故里，門人私謚文潔先生。學宗朱熹，兼綜葉適“功利之學”，主張經世致用，反對空談義理；主張知先行後，創東發學派。著有《春秋集解》、《禮記集解》、《黃氏日鈔》（收讀書雜記及自作詩文）、《古今紀要》等。

本書資料據四庫全書本《黃氏日鈔》。

作　文

歐公文章及三蘇文，好處只是平易說道理，初不曾使差異字換尋常字。曾南豐尚解使一二字，歐、蘇全不使一箇難字。李泰伯文自大處起議論，氣象好。陳後山文有法度，李清臣文飽滿，荆公文暗。（卷三十八）

書南軒先生文集・詞賦詩

《竹林迎神章》惟感慨而不及寇公身事，最得體。（卷三十九）

讀諸子・莊子（節録）

《莊子》以不羈之材肆跌宕之説，創爲不必有之人，設爲不必有之物，造爲天下所必無之事，用以眇末宇宙，戲薄聖賢，走弄百出，茫無定踪，固千萬世詼諧小説之祖也。（卷五十五）

讀文集・讀柳文（節録）

柳以文與韓並稱焉，韓文論事説理一一明白透徹，無可指擇者，所謂貫道之器，非歟？柳之達於上聽者皆諛辭，致於公卿大臣者皆罪謫後羞縮無聊之語，碑碣等作亦老筆，與俳語相半。間及經旨義理，則是非多謬於聖人，凡皆不根於道故也。惟紀志人物以寄其嘲罵，模寫山水以舒其抑欝，則峻潔精奇，如明珠夜光，見輒奪目。此蓋子厚放浪之久，自寫胸臆，不事諛，不求哀，不關經義，又皆晚年之作，所謂大肆其力於文章者也。故愚於韓文無擇，於柳不能無擇焉。而非徒曰並稱，然此猶以文論也。若以人品論，則歐陽子謂如夷夏之不同矣。歐陽子論文亦不屑稱韓、柳，而稱韓、李，李指李翺云。（卷六十）

讀文集・歐陽文（節録）

《内制集序》論青詞、齊文用釋老之説，祈禳秘祝近里巷之事，而制誥拘於四六，果可謂之文章歟？

唐文三變至韓文，公方能盡掃八代之衰，追配六經之作。嗚呼，亦難哉！文公没未幾，俳語之習已復如舊。天下事創之難而傳之尤不易，故治日常少而亂日常多，蓋往往而然矣。歐陽公起，十歲孤童得文公遺文六卷於李氏敝簏，酷好而疾趨之，能使古文粲然復興，今垂三百年。如公尚存時，非有卓絶之資，超絶前古，疇克至此！跡其文詞益温而自然暢達，夫豈人力之所可强？宋興百年，元氣胥會鍾之，異人固應然爾。蘇文忠公繼生，是時公實獎掖而與之俱。歐陽公之摸寫事情，使人宛然如見；蘇公之開陳治道，使人惻然動心，皆前無古人矣。然蘇公以公繼韓文公，上達孔孟，謂即孔子之所謂斯文。此則其一門之授受，所見然耳公。雖亦闢異端而不免歸尊老氏，思慕至人，辨《繫辭》非聖人之言，謂嬴秦當繼三代之統，視韓文公《原道》、《原性》等作已恐不同，況孔子之所謂斯文者，又非言語文字之云乎。故求義理者必於伊洛，言文章者必於歐、蘇，盛哉，我朝諸儒輩出，學者惟其所之焉，特不必指此爲彼爾。（以上卷六十一）

讀文集·蘇文（節録）

詩：《徑山道中詩》……跨涉四五韻不相通者，前輩只取聲韻相近，則協而易讀，不可以近世之程文用韻律之也。

表啓：《徐州賀河平》一聯：“方其決也，本吏失其防，而非天意；及其復也，蓋天助有德，而非人功。”此與散文無異，不過言理，但取其齊比易讀，蓋表啓本如此。

《賀坤成節》“放億萬之羽毛，未若消兵以全赤子；飯無數之緇褐，豈如散稟以活飢民。”此類皆説理，不求工於文。近世表啓文雖工而理缺矣。二十七卷，啓三十首，皆散文之句，語相似而便於讀耳，陸宣公奏議體也。

東坡之文如長江大河，一瀉千里，至其混浩流轉，曲折變化之妙，則無復可以名狀，蓋能文之士莫之能尚也。而尤長於指陳世事，述叙民生疾苦。方其年少氣鋭，尚欲汎掃宿弊，更張百度，有賈太傅流涕漢庭之風。及既懲創王氏，一意忠厚，思與天下休息，其言切中民隱，發越懇到，使巖廊崇高之地，如親見閭閻哀痛之情，有不能不惻然感動者，真可垂訓萬世矣。嗚呼休哉，然至義理之精微，則當求之伊洛之書。（以上卷六十二）

讀文集·曾南豐文（節録）

制誥：制誥多平易，特散文之逐句相類者耳。擬制誥則徧言新更官制之意，此爲王介甫代發明者也。

啓：平易不華，文章之正也。

南豐與荆公俱以文學名當世，最相好且相延譽。其論學皆主考古，其師尊皆主揚雄。其言治皆纖悉於制度，而主周禮。荆公更官制，南豐多爲擬制誥以發之。豈公與荆公抱負亦略相似，特遇於世者不同耶。抑聞古人有言有治人，無治法，三代之治忽各係其君之賢否，法之詳未聞焉……南豐之文多精覈，而荆公之文多澹靖；荆公之文

多佛語,而南豐之文多闢佛。此又二公之不同者。而王震序曾南豐文,乃特誇其爲制誥大手筆,真所謂知其一者耶。(以上卷六十三)

讀文集・王荆公

《詳定試卷詩》二首有云:"文章直使看無纇,勳業安能保不磨。疑有高鴻在寥廓,未應迴首顧張羅。"言科舉不足以得士也。又云:"當時賜帛倡優等,今日論才將相中。細甚客鄉因筆墨,卑於《爾雅》注魚蟲。"言詞賦非所以取士也。然皆不可。

集句諸作雖似劇戲其巧其博,皆不可及。賦銘等皆淡古。

外制召試三道,其二以散文爲之,以此知祖宗盛時制誥尚存古意。自宏詞之名立,而朝廷訓誥之文遂同場屋聲病之習矣。

啓:公之啓皆平易如散文,但逐句字數相對,以便讀耳。自宏詞之科既設,啓表遂爲程文,各以格名,無復氣象。

墓誌銘:《孔道輔銘誌》以擊蛇爲小事而附其後,得體。

文人不護細行,世有是言矣。亦孰知博學能文,其清修苦節有如荆公者乎!然公之文有論理者,必欲兼仁與智,而又通乎命;有論治者,必欲養士教士取士,然後以更天下之法度。其文率曖昧而不彰,迂弱而不振,未見其有。犁然當人心,使人心開目明,誦詠不忘者。或者辨析義理之精微,經綸治道之大要,固有待於致知之真儒耶。惟律詩出於自然,追蹤老杜,記誌極其精彩,髣髴昌黎,雖有作者,莫之能及,公其文人之護細行者乎?嗚呼,文亦何補於世,乃因細行而致大用?以其論理論治之差者而施之天下,則所傷多矣。蜀人黃制參有大,年且九十,作書撫州,求荆公集云:"人雖誤國,文則傳世。"此確論也,因附此。然公論治講理之文與題詠記偈之文如出兩手,又不當例觀也。(以上卷六十四)

謎　佑

謎佑(1213—1298)字自求,號桂舟,又號服耕子。宋建昌軍南豐(今屬江西)人。以詩文名世,與劉壎同號"南豐之彥",布衣終身,隱居萬山中,專志古學,詩名滿江湖,尤精唐律。著有《三傳朝宗》、《史漢韻紀》、《古書合轍》、《桂舟雜著》、《自知集》、《桂舟歌詠》,均佚。《隱居通議》卷八摘其詩句,稱其記序最佳,論詩入妙品。

本書資料據四庫全書本《隱居通議》。

《詩律》序

詩有律，古矣。後夔典樂，律和聲，是詩之律已見於三代之前。漢以黃鍾爲律，本協音律、作詩樂，是詩之律又見於三代之後。惜漢魏降至陳隋，亡國之音著，而詩之律已絕響，悲夫！經幾百年，而後風飄律呂，律中鬼神，始振響於浣花溪上。杜牧諸賢又復振遺響於開元、天寶之後。元和以來，詩之律始大備於唐矣。嘗謂五十六字乃一篇有韻之文，分寸節度，有一字位置不安，即不純熟。此又陰有合五音六律，自然之妙也。

《自編唐律詩》序

詩謂之律，則必如《月令》之律，氣候不差；又如牧野之六伐七伐，如楚子之左廣右廣，如養叔之射一矢，復命州綽之射兩矢夾脰，然後可謂之律。又必如淮陰之出井陘，亞夫之壁昌邑，如大將軍之翼繞匈奴，李臨淮之號令一新，風雲百倍，然後可謂之律。故曰："師出以律，否臧凶。"苟合乎律，則豈獨棘端可以扞矢，月寒並州，出塞入塞，直可以却胡騎，而律其神矣；否則街亭之戰而已耳，陳濤斜之戰而已耳。僕於五七言古，間執燧象，以奔吳師，獨於律有憾，未能入罍折馘，空負時光。於是大合工部而下凡數百家，陣觀龍蛇，勢決奇正，然後知唐世尚律，一炬可攻連營，強弩不穿魯縞，優劣可得而論矣。三箭天山，長歌漢關，律之上也；踏雪入蔡，夜縛狂吳，亦律之上。笛裏關山，兵前草木，律之上也；六矢中面，軍容若神，亦律之上。兵事易言、出銳輕搏次之；盡燒奚帳、分築漢城次之；千金馬鞍、百金刀頭次之；氣凌三軍、躍馬奪稍又次之；老將一失律，清邊生戰場，斯乃下矣。至若燒蜜調虀，蒴花挑蜨，是謂蕩人心之甚者。宜斬二美人，以肅軍隊，不然尚可謂之律耶？（以上卷六）

陳　著

陳著（1214—1297）字子微，一字謙之，號本堂。宋末鄞縣（今浙江寧波）人，寄籍奉化。寶祐進士。宋亡，隱居四明山中，自號嵩溪遺耄。能詩詞文，時人評價甚高，吳益稱其"筆可扛鼎，氣欲凌雲"（《本堂集》卷六三《謝吳益啟》附）。蔣岩亦稱其"挾其耿介之氣，發於雄深之文。歸然獨立，皓首不變"（《本堂集跋》）。今讀其集，實不稱其評，九十四卷之中，可誦者寥寥。正如《四庫全書總目》所評，"詩多沿《擊壤集》派，文亦頗雜語錄之體，不及周、樓、陸、楊之淹雅。又獎借二氏往往過當，尤不及朱子之純粹"（卷一六四）。其詞亦多祝壽應酬之作。其論詩則鄙薄四靈，有"今天下皆淫於四靈"之語。著有《歷代紀統》，已佚；《本堂集》九十四卷，今存舊抄本、四庫全書本、清光緒刻本。

本書資料據四庫全書本《本堂集》。

天台《陳方叔詩集》序（節録）

詩自五季以上，前輩評之已詳爾。後諸大賢不以詩自名，而或不能無詩，皆有爲而發。如日星之光明，河嶽之流峙，殆天地間所不可無者，至今之人則有怪而失其正，虛而失其真，纖麗破碎而失其渾然天成，滔滔也。特兒童習對偶，倡優資戲劇，奚觀爲詩《三百篇》，謂何流弊至于此！

《史景正詩集》序（節録）

嘗謂文與世變升降，而詩爲甚。三代以上，四詩一，唯真實正大而已。爾後，其深淺厚薄，隨時不同，然時也，有人焉，君子不謂時也。晉宋間如陶、謝諸人，唐如李、杜、韓、柳、劉禹錫輩，皆卓卓於風流之外。今之天下，皆淫於四靈，自謂晚唐體，浮漓極矣。（以上卷三八）

題白珽詩

詩，難言也。今之人言之易，悉以詩自娱，曰晚唐體，而四靈爲有名。錢塘白珽家西湖西，多佳趣，一日以吟稿示余。讀之，其音清以和，是有意入四靈之門，而登晚唐之堂者乎？然詩已于晚唐而已乎？珽其勉之！（卷四四）

題天台潘少白大老《續古集》

余聞少白，不識少白面，而識其子衍於小萬竹，其文氣英英焉，因其子知其父，而未知其詩。一日，胡甥幼文來，篋有少白詩，出入晉、宋、盛唐、晚唐間，森然温然也。及閱其序《續古集》，則欲以唐體爲宗。然則唐故多體，將宗誰耶？若曰晚唐，殆不足爲少白浼。余雖不能詩，不敢評，而於少白之詩，則曰少白之詩也。少白當亦撫掌。歲柔兆涒灘暢月，四明遺甿陳某書於本堂。（卷四七）

方澄孫

　　方澄孫(1214—1261)字蒙仲，號烏山。宋莆田(今屬福建)人。淳祐七年(1247)進士。歷知邵武軍，寶祐中知泉州。官至秘書丞。著有《絅錦集》、《烏山小稿》、《通鑑表微》等。

　　本書資料據四庫全書本《論學繩尺》。

莊騷太史所錄論

　　文體之工，自文法之變始，愈變而愈工，知道者於是乎有所感焉。夫文之正者無奇，無奇則難工。世之君子爭爲一家之奇言，則其法不容以不變，變益多正益遠，工亦益甚。蓋自六經而下，惟莊、騷、太史爲最工，有志於文者類喜言之。雖然，莊者理義之變也，《騷》者《風》、《雅》之變也，《史記》者《尚書》、《春秋》之變也，不變則不工矣。噫，文以變爲工，於其道奈何哉！然則尚論三家之文者，喜其工而悲其變可也。韓愈氏號爲知道者，獨不有感於此乎？莊、騷、太史所錄，請言其旨。且夫世之議三家者，吾嘗聞之矣。曰漆園之文偉，其失也誕；靈均之文深，其失也怨；司馬父子之文浩博閎肆，其失也豪。噫，亦孰知其不誕則不偉，不怨則不深，而不豪則不足以發其浩博閎肆也哉！夫太羹玄酒，味之正也；雲門、咸、韶，音之正也。三家者負其詭異傑特之才，不安乎正而必出乎變，力掃世俗之塵腐而爲千百世言語文字之宗祖，其用志亦良苦，而自成一家亦良可喜矣。然昔者吾孔氏非其無三家之才也，六經之文不敢出一毫意見於法度之外，端簡嚴重如老成人，而萬世之能言者莫加焉。然則文之工者政不必變乎正而後工也，若三家乃必欲變之，何耶？彼誠見夫理義者聖賢之正論也，文必本乎理義則淡薄無味，根據不浮，不足以搜奇而獵異矣。《風》、《雅》者《詩》之正聲也，文必類乎《風》、《雅》，則寂寥希音、簡朴無華，不足以誇多而鬭靡矣。《尚書》、《春秋》者史之正例也，文必法乎《尚書》、《春秋》，則謹嚴太過、繩尺甚苛，不足以騁才而肆志矣。今觀莊氏之文，架虛行危，凌高厲空。《逍遥》、《齊物》等篇，廣譬博喻而雜恢諧戲謔之辭，使人心廣神馳，如從至人而遊六合之外也。屈子之文孤芳獨潔，含譏隱刺。《卜居》、《漁父》等作悽切感悅，而文以忠愛惻怛之旨，使人志銷意沮，如行墟墓而聞秋蛩之鳴也。子長之文浩浩乎洋洋乎，自《本紀》至《列傳》，採擷攟摭，而駕以雄渾雅健之筆，使人氣才湧，如入太廟而觀禮樂器也，可謂工矣。然使質諸知道君子之前，則謂此變也而非正也。荒忽虛幻，理義之所譴也；嫚簡傲，風雅之所棄也；詭怪奇特，《尚書》、

《春秋》之所不取也。夫六經無文法也，今也文體之工乃出於文法之變，則是學不足以知聖人之用心，而終身自列於言語文字之流，工於文者果三家之福哉！故曰知道者於是乎有所感矣。韓愈氏固自許以知道者，《進學》之作，平生用力淺深次第歷歷可見，《盤誥》也，《詩》、《易》也，《春秋》也，皆嘗含其英而咀其華，趨向正矣，而必下逮於三家，何歟？豈因《易》而有感於莊之變，因《詩》而有感於騷之變？因《盤誥》、《春秋》而有感於史之變歟？抑方喜其體之工而忘其正之已變歟？愈之爲學，識者固嘗議其失端緒矣。觀其所作怪怪奇奇，大率《南華》之步驟，而《羅池》一碑、《毛穎》一傳，視楚江之些、序贊之筆必欲極力而模倣之，蓋其文僅足以變王、楊之陋而不足以正莊、騷、太史之變，又況子雲、相如之可喜可慕者日陳乎前，有以誘奪之歟？異時因文以見道，《原道》中數語君子許焉，然後世終不以爲得六經、孔、孟之正傳者，蓋愈之學雖正而其文終出於變，則亦秦漢而下之文雜於其心，足爲之累者多耳。噫，學至韓愈，文至莊、騷、太史，而終不足以近道，則有志聖賢之事者安得不重有感於斯。謹論。（卷七）

姚　勉

　　姚勉（1216—1262）字述之，一字成一，號雪坡。宋新昌（今屬浙江）人。少穎悟，日誦數千言。多次應試不第，寶祐元年（1253）進士第一。慷慨有大志，倜儻有義氣，憤世嫉邪，排奸指佞，磊落有奇節。方逢辰稱“其文如長江大河，一瀉千里”（《雪坡集序》），胡仲雲至以蘇軾、陳亮爲比（《雪坡舍人集》附祭文）。《四庫全書總目》卷一六四謂其受業於樂雷發，詩法頗有淵源，雖微涉粗豪，然落落有氣。文亦頗妍雅可觀，無宋末語錄之俚語。所上封事奏劄，指陳時政，侃侃不阿。亦能詞，現存詞三十二首，多祝壽、送行之作，風格亦較粗豪，成就不及其詩文。著有《雪坡集》五十卷。

　　本書資料據四庫全書本《雪坡集》。

回張生去華求詩序劄子（節錄）

　　粵從初詩，未有大序。迨聖門始聞子夏之作，至東漢則有衛宏之辭。蓋是後來之人，述所作者之意。曹、劉見夢，乃於異世以求知；蘇、杜遺編，何敢當時而作引？如自有膾人口之語，亦何資冠篇首之文。降於今時，甚矣陋習。纔能爲里巷之詠，即目曰江湖之人。以詩自名者，於道已卑；借序爲重者，其格益下。不求工於鍛鍊，第欲假於鋪張。儻無劍如千口之垂，又何袞褒一字之用。衒鼠璞爲燕玉，寧取信於荆和；譽嫫母爲西施，但可欺於師曠。一經品題，固作佳士。苟輕許可，比亦妄人。與其稱三好以誤其一生,孰若效寸長以補其尺短。伏想高明之見,必俞狂謬之言。省元學士就句如癡,好遊成癖,新章累牘,大集成編。鎔意鑄餅,欲作出月穿天之巧;飴餐枕寐,莫非批風判月之詞。借聽於聾,使削其堊。願不隨於流俗,期益進於古人。吟家稱張祐之詩,只消兩句;《文選》愛景陽之作,能用幾篇。貴乎工不貴乎多,求其傳豈求其序。別三日刮目相待,豈復阿蒙;得一顧增價遂高,終逢伯樂。僕無敢借,子有餘師。(卷二五)

秋崖毛應父詩序

劍江毛應父以詩集來教予,求序之。予曰:詩不以序傳也。三百五篇皆有序,朱夫子猶使人捨序而求詩,序不足據也,姑舍是。後世詩亦爾。杜子美、李太白、白樂天,唐詩人之冠冕者,各以其詩傳,不以元微之、李陽冰序傳也。東坡之詩,無敢序;山谷之詩,無敢序;近時誠齋之詩,無敢序。信乎詩不以序傳,而以詩傳也。詩不以詩傳,以人傳也。人可傳,詩必可傳矣。李、杜而白,蘇、黃而楊,其詩何如哉,其人何如哉。應父詩思清而句逸,生於劍川,鍾泉阿之英,其人品自異。他日所進未已,能如六君子之可傳,詩不患不傳也,又安用序? 況應父之詩,其首篇曰:"時人作詩自有體,卷頭品題必名士。儂詩無體無品題,不作東家效西子。"夫不效時人求品題於卷頭,見自高也。而今求序,爲是亦效時人矣。言未既,或啞然笑於旁曰:如子非名士何? 於是乎序。(卷三七)

《詞賦義約》序(節錄)

國初殿廷惟用賦取狀元,有至宰相者,賦功用如此也。(卷三八)

方逢辰

方逢辰(1221—1291)原名夢魁。宋末淳安(今屬浙江)人。自幼刻苦力學,諸子百家之書無所不讀,所爲文家傳人誦。淳祐十年(1250)進士第一,理宗賜改今名,因字君錫。曾創石峽書院,以授徒講學爲務,學者稱爲蛟峰先生。爲人剛直,不附時相,明商輅評其文"如秋霜烈日,類其爲人"。清方際泰謂其對策"辭嚴義正,字挾風霜",詩賦"瀟然以遠",序記"邃然以深",可與文山並傳。然其成就在傳播理學,文學成就並不高。著有《孝經解》、《易外傳》、《尚書釋傳》、《學庸注釋》,均佚;現存有《名物蒙求》及五世從孫淵所輯《蛟峰先生文集》八卷,七世孫中續輯《外集》四卷。

本書資料據四庫全書本《蛟峰文集》。

辭兼直舍人院奏（節録）

内史贊書之司，實爲文士清選之極。必有渾厚爾雅之體，然後可以潤色國典；必有激昂婉切之功，然後可以感發人心；必揮翰如飛，然後可以備緩急之辭命；必湧泉不竭，然後可以應填委之文書。夫豈庸才，可當是選？（卷一）

胡德甫《四六外編》序

世人有言，司馬君實不能四六，無損乎四朝元老，予謂不然。司馬公者，所謂梓人不能茸牀足者也。若其鋸者鋸，斧者斧，梓人豈能欠斯人哉。汪彦章作《册康王文》曰：“漢家之厄十世，宜光武之中興；獻公之子九人，惟重耳之尚在。”天下讀之，戚然起朝覲謳歌之心，曰吾君之子也。壽皇初，兩淮保障虛，張魏公以右相視師，尋以讒召，洪景伯當制曰：“棘門如兒戲耳，庸謹秋防；袞衣以公歸兮，庶聞辰告。”兒戲本指邊將，而天下謂詆魏公而不平。夫以一言而收天下之心，一言而觖天下之望，則四六可苟乎哉？胡公伯驥德甫，余鄉之老師，學問淵源，山湧泉出，而尤長於四六。近得啟事數篇觀之，交乎上者不詔，交乎下者不倨，且鋪叙旋折咳唾歷舉如散文，每篇於頌之末必有所規，規之末必有所勸，若施之制誥，當有彦章之得而無景伯之失矣。陳後山有言，韓以文爲詩，杜以詩爲文，余於胡公四六亦云。

林上舍體物賦料序

賦難於體物，而體物者莫難於工，尤莫難於化無而爲有。一日之長驅千奇萬態於筆下，其模繪造化也，大而包乎天地；其形狀禽魚草木也，細而不遺乎纖介，非工焉能。若觸而長，演而伸，杼軸發於隻字之微，比興出乎一題之表，惟工而化者能之。前輩賦《鑄鼎象物》曰：“足惟下正，詎聞公餗之欹傾；鉉既上居，足想王臣之威重。”因足鉉二象而發出經綸天下之器業。賦《金在鎔》曰：“如令分別妍媸，願爲藻鑑；若使削平偪叛，請就干將。”因“藻鑑”、“干將”四字架出擎空樓閣，“願爲”、“請就”，又隱然有金方在冶之義，識者固知其爲將相手。噫，化矣！上庠林君采長於賦，月書季考，每先諸子鳴。一日出示一編曰《體物賦料》，自天文地理至草木禽魚合二十門，凡涉體物字面收拾幾盡。閣筆寸晷者得是編，觸起春雲秋濤之思，或可以化無而爲有矣。

《邵英甫詩集》序

詩不必工,工於詩者泥也。詩所以吟詠性情,足以寄吾之情性之妙可矣,奚必工?前輩有以放而詩者,謝靈運是也;有以狂而詩者,李太白是也;有以寓而詩者,陶淵明是也;有以窮而詩者,郊、島是也;有以怨而詩者,屈平是也。以文爲詩者昌黎,以史爲詩者少陵,以俠爲詩者非今之江湖子乎?放也,狂也,寓也,窮也,怨也,文也,史也,雖其爲詩有不能皆出於情性之正者,而其所以詩,則亦各寄其情性而已,惟俠則詩之罪人焉。

邵兄英甫,吾鄉之秀也。讀書之隙,且寄意於吟詠,集而成編,來謁予序。予謂子非俠者也,豈其文乎?史乎?窮乎?怨乎?抑狂乎?其放乎?子以儒業其身,而志於詩,子姑以此寓性情可也,勿泥於工。請子識之。

誠齋《文膾集》序

人莫不飲食,鮮能知味也,知味者在飲食之外也。誠齋先生磊磊砢砢,挺挺介介,故發而爲文,則浩氣拍天,吞吐溟渤,足以推倒一世之豪傑。豈必聱牙屈曲,波譎濤詭,艱深蹇澀,思苦形枯,使人讀之不能句,然後爲工哉!雖然,大篇巨册,浩渺無涯,或傳於經,或集於文,或散於游戲之翰墨,櫽窗屹屹,猶有未能盡窺其斑者,況場屋一日之士乎?

建安李誠叟取先生片言隻字之有助於舉子者,門分條析,爲前後集。前集爲綱者四十三,後集爲綱者三十二,名曰"文膾",蓋鼎嘗一臠,皆足以炙人口而膏筆端也。千里外來徵予序。予謂先生之文,豈止於舉子之助而已乎?舉而措之,可以撐拓宇宙,彌綸國家,黼黻皇猷,袞冕古今。知味者又當於此乎求之,毋但曰膾炙而已矣。(以上卷四)

范晞文

范晞文(生卒年不詳)字景文,號藥莊。宋錢塘(今浙江杭州)人。嘗從高翥、姜夔等游。景定五年(1264)入太學,添差淮東路提點醫藥飲食。與葉李上書劾賈似道,竄瓊州。元至元間以薦授江浙儒學提舉,未赴,後流寓無錫以終。著有《藥莊廢稿》,已佚。今存《對床夜語》五卷,掇拾品評古人歌詩句語,於詩學多所發明。

本書資料據中華書局 1983 年《歷代詩話續編》本《對床夜語》。

《對床夜語》（節録）

《詩》曰："山有漆，隰有栗。子有酒食，何不日鼓瑟？且以喜樂，且以永日。宛其死矣，他人入室。"悲其君有酒食鼓瑟之不能樂，猶有國而弗治，則將爲他人之所有也。曹子建樂府云："置酒高殿上，親友從我遊。秦筝何慷慨，齊瑟和且柔。主稱千金壽，賓奉萬年酬。"又："盛時不可再，百年忽我遒。生存華堂處，零落歸山丘。"有詩人爲樂之意而無其諷。又《詩》曰："蟋蟀在堂，歲聿云暮。今我不樂，日月其除。無已太康，職思其居。好樂無荒，良士瞿瞿。"既欲其樂，又慮其荒，此詩人憂深思遠之意。陸士衡云："來日苦短，去日苦長。今我不樂，蟋蟀在房。我酒既旨，我殽既臧。短歌可詠，長夜無荒。"全是詩人之體。

子建："明月照高樓，流光正徘徊，上有愁思婦，感歎有餘哀。"結句云："願爲西南風，長逝入君懷。君懷良不開，賤妾當何依。"解韻者謂哀叶於希反，且引《毛詩》"山有蕨薇，隰有杞桋。君子作歌，維以告哀"。又謂懷叶胡威反，及引《離騷》"載雲旗兮委蛇"、"心低徊兮疲懷"等語爲證。辨則辨矣，如不通何！且子建此篇，既押徊，又押哀，乃一韻耳。及懷字之上亦有"會合何時諧"，諧、懷亦一韻也，何必强爲引證。蓋古未拘音韻，旁入他聲者，亦奚疑焉？若魏文帝"漫漫秋夜長"，皆押十陽，獨一句云"三五正縱橫"，又阮籍"登高臨四野"，皆押七歌，獨一句云："豈復歎咨嗟。"不知解者又當如何？茍謂後世亦有如此押者，則擬古者仿之耳，非古人作古之意也。

魏文帝："西北有浮雲，亭亭如車蓋。惜哉時不遇，適與飄風會。吹我東南行，行行至吳會。吳會非我鄉，安能久留滯。棄置勿復陳，客子常畏人。"又子建"轉蓬離本根，飄飄隨長風。何意迴飇舉，吹我入雲中。高高上無極，天路安可窮。類此遊客子，捐軀遠從戎。毛褐不掩形，薇藿常不充。去去莫復道，沉憂令人老。"此結句換韻之始。

"一身事關西，家族滿山東。二年從車駕，齋祭甘泉宮。三朝國慶畢，休沐還舊邦。四牡曜長路，輕蓋若飛鴻。五侯相餞送，高會集新豐。六樂陳廣坐，組帳揚春風。七盤起長袖，庭下列歌鐘。八珍盈彫俎，綺肴紛錯重。九族共瞻遲，賓友仰徽容。十載學無就，善宦一朝通。"鮑明遠《數詩》也。卦名、人名及建除等體，世多有之，獨無以此爲戲者。（以上卷一）

劉後村克莊云：唐文人皆能詩，柳尤高，韓尚非本色。迨本朝，則文人多，詩人少，三百年間，雖人各有集，集各有詩，詩各自爲體，或尚理致，或負才力，或帶辨博，要皆文之有韻者爾，非古人之詩也。

　　周伯弜云：言詩而本於唐，非固於唐也。自《河梁》之後，詩之變，至於唐而止也。謫仙號爲雄拔，而法度最爲森嚴，況餘者乎？立心不專，用意不精，而欲造其妙者，未之有也。元和蓋詩之極盛，其實體製自此始散，僻字險韻以爲富，率意放詞以爲通，皆有其漸，一變則成五代之陋矣。（以上卷二）

　　詩用古人名，前輩謂之點鬼簿，蓋惡其爲事所事也。如老杜“但見文翁能化俗，焉知李廣不封侯”、“今日朝廷須汲黯，中原將帥憶廉頗”等作，皆借古以明今，何患乎多？李商隱集中半是古人名，不過因事造對，何益於詩？至有一篇而迭用者，如《茂陵》云：“玉桃偷得憐方朔，金屋修成貯阿嬌。誰憐蘇卿老歸國，茂陵松柏雨蕭蕭。”《牡丹詩》云：“錦幃初見衛夫人，繡被猶堆越鄂君。石崇蠟燭何曾剪，荀令香爐可待熏。”不切甚矣。（卷三）

　　聯句，或二人三人，隨其數之多寡不拘也。其法則不同。有跨句者，謂連作第二第三句，《城南》等作是也；有一人一聯者，《會合遣興》等作是也。有一人四句者，《有所思》等作是也。《遣興聯句》，東野云：“我心隨月光，寫君庭中央。”退之云：“月光有時晦，我心安所忘。”詞貫意串，如同一喙。不然，則真四公子棋耳。（卷四）

王應麟《玉海》

　　王應麟（1223—1296）字伯厚，號厚齋，自號深寧老人。祖籍河南開封，後遷居鄞縣（今浙江寧波）。南宋著名學者、教育家、政治家。九歲通六經，學問該博。淳祐元年（1241）進士，從王野學。寶祐四年（1256）中博學宏辭科。應麟爲宋末大儒，著述多達六百八十九卷，今存三十餘種，其中以《困學紀聞》二十卷、《玉海》二百卷、《詩地理考》六卷、《小學紺珠》十卷、《詞學指南》四卷影響最大。詩文集有《深寧集》一百卷、《玉堂類稿》二十三卷、《掖垣類稿》二十二卷，已佚。現存輯本《四明文獻集》五卷、《深寧先生文抄》八卷，所存文多爲制詔。《四庫全書總目》卷一六五謂其“以詞科起家，其《玉海》、《詞學指南》諸書，賸馥殘膏，尚多所沾漑，故所自作，無不典雅溫麗，有承平館閣之遺”。

　　《玉海》二百卷是一部規模宏大的類書，對宋代史事大多採用“實錄”、“國史”和“日曆”資料，有較高的史料價值。卷末還附有《辭學指南》四卷，並有輯者所作《詩考》及《詩地理考》等十三種。《四庫全書·玉海》提要云：“是書分天文、律憲、地理、帝學、聖文、藝文、詔令、禮儀、車服、器用、郊祀、音樂、學校、選舉、官制、兵制、朝貢、宮室、食貨、兵捷、祥符二十一門，每門各分子目，凡二百四十餘類……其作此書，即爲詞科應

898

用而設。故臚列條目,率鉅典鴻章。其採錄故實,亦皆吉祥善事,與他類書體例迥殊。然所引自經史子集,百家傳記,無不賅具。而宋一代之掌故,率本諸實錄、國史、日曆,尤多後來史志所未詳。其貫串奧博,唐、宋諸大類書,未有能過之。"在《玉海》的各個類目當中,不僅提供了歷史文獻資料,還提供了代表這些文獻來源的圖書目錄,有別於一般的類書。王應麟之孫王厚孫《玉海跋》云:"《玉海》者,公習博學宏辭科編類之書也。是科擬題爲文專務強記,雖小而日月名數,不可遺闕。唯衰世事變,吵以命題。此書事類該廣,援據淵洽,非但施於科目而已。"可見此書是王應麟爲自己應博學宏辭科試而作,但成書之後,其內容則"非但施於科目而已",而成爲具有廣泛用途的類書。

本書資料據四庫全書本《玉海》。

詩(節錄)

《書》曰:"詩言志,歌詠言。"哀樂之心感,而歌詠之聲發,誦其言謂之詩,詠其聲謂之歌。故古有采詩之官,王者所以觀風俗,知得失,自考正也。孔子純取周詩,上采殷,下取魯,凡三百五篇。(卷三十八)

古 史

古者天子諸侯必有國史,以紀言行。後世多務,其道彌繁。夏殷已上,左史記言,右史記事。周則太史、小史、內史、外史、御史分掌其事,而諸侯之國亦置史官。

正 史

歷代國史,其流出於《春秋》。劉歆叙《七略》,王儉撰《七志》。《史記》以下,皆附《春秋》。荀勖分四部,史記舊事入丙部。阮孝緒《七錄》記傳,錄記史傳,由是經典史分。

編年、紀傳各有所長。編年所載,於一國治亂之事爲詳;紀傳所載,一人善惡之跡爲詳。編年其來最古,而人皆以紀傳便於披閱,號爲正史。(以上卷四十六)

雜 文

古者史官,其書有法。大事書之策,小事簡牘。至於風俗之舊,耆老所傳遺言逸跡，史不及書，則傳記之説或有取焉。然自六經之文，諸家異學，説或不同，況乎幽人處士，聞見各異。或詳一時之所得，或發史官之所諱，參求考質，可以備多聞焉。

史氏流別

《史通》：史氏流別，其流十焉：一曰偏記，二曰小録，三曰逸事，四曰瑣言，五曰郡書，六曰家史，七曰別傳，八曰雜記，九曰地理，十曰都邑簿。若陸賈《楚漢春秋》，樂資《山陽公載記》，王韶《晉安紀》，姚梁《後略》，此之謂偏記。戴逵《竹林名士》，王粲《漢末英雄》，蕭世誠《懷舊志》，盧子洪《知己傳》，此之謂小録。和嶠《汲冢紀年》，葛洪《西京雜記》，顧協《瑣語》一卷，謝綽《拾遺》，此之謂逸事。劉義慶《世説》十卷，裴榮期《語林》十卷，孔思尚《語録》，楊松玠《談藪》，此所謂瑣言。圈稱《陳留耆舊》，周斐《汝南先賢》，陳壽《益部耆舊》，虞預《會稽典録》，此之謂郡書。揚雄《家諜》，殷敬《世傳》，孫氏《譜記》，陸宗《係譜》，此之謂家史。劉向《列女》，梁鵠《逸民》，趙采《忠臣》，徐廣《孝子》，此之謂別傳。祖台《志怪》，干寶《搜神》，劉義慶《幽明》，劉敬叔《異苑》，此之謂雜記。盛弘之《荆州記》，常璩《華陽國志》，辛氏《三秦》，羅含《湘中》，此之謂地理。潘岳《關中》，陸機《洛陽三輔黃圖》、《建康宮殿》，此之謂都邑簿。

編 年

《穀梁傳》曰：《春秋》編年，四時具而後爲年，上尊天時，紀正人事。司馬遷爲紀、傳、表、志之體，其後史官悉用其法。晉荀悦爲《漢紀》，復編年之體。後世作者，皆正史並行。（以上卷四十七）

實 録

實録起於蕭梁，至唐而盛，雜取編年、紀傳之法而爲之，以備史官採擇。

記 注

荀悦《申鑒》：朝有二史，左史記言，右史記動。動爲《春秋》，言爲《尚書》。君舉必記，臧否成敗，無不存焉。《隋志》：周《穆天子傳》體製與今起居注正同，蓋周時内史所

記，王命之副。(以上卷四十八)

政要寶訓聖政

皇祖之訓，著于《夏書》文王之謨，述于周命。《商書》立言，陳烈祖之成德。漢弼論道，守高皇之定規。魏相稱國家舊事，可以奉行。文宗讀《貞觀要録》，有意求治。

論 史

韓愈《論史》云："後之作者，在據事跡實録，則善惡自見。"李翱謂指事載功，則賢不肖易見。(以上卷四十九)

譜 牒

鄭樵《氏族》略曰："三代之前，姓氏分而爲二。男子稱氏，婦人稱姓。氏以别貴賤，貴者有氏，賤者有名無氏；姓所以别婚姻，故有同姓、異姓、庶姓之别。三代之後，姓氏合而爲一，皆所以别婚姻，而以地望明貴賤於文。女生爲姓，故姓之字多從女，如姬、姜、嬴、姒、姚、嬀、姞、妘、婤、姶、㚣、嫪之類是也。"

《大傳正義》云："始祖爲正姓者，若炎帝姓姜，黄帝姓姬。周姓姬，本於黄；齊姓姜，本於炎；宋姓子，本於契。云高祖爲庶姓者，若魯之三桓、慶父、叔牙、季友之後，鄭之七穆、子游、子國之後，爲游氏、國氏云。若今宗室屬籍者，以漢之同宗有屬籍，則周家繫之以姓是也。"

古者聖人吹律定姓，以記其族後之命氏，其義有九，蓋號、謚、爵、國、官、字、居、事、職之謂也。自世本起于漢氏，昭穆著于晉家，錫土之制著于夏書，司商所掌，表於周典。(以上卷五十)

玉牒圖譜

周用中士奠繫世。漢、晉用九卿典屬籍。唐開成以玉名牒，與史册並驅。玉牒如帝紀，而特詳於國書，最爲嚴重。漢有玉版圖籍。

典故會要

古者，朝廷之政，發號施令，百司奉之，藏于宮府，各修其職守而弗忘。《周官》御史掌治朝之法，太史掌萬民之約契。然則百官庶府各藏其事，太史之職，又總而掌之。漢時定律令，制章程，定儀法，條流派別，制度漸廣。（以上卷五十一）

書目藏書

劉歆著《七略》，荀勖分四部，合兵書、術數、方技於諸子，自《春秋》類摘出。《史記》別爲一，六藝、諸子、詩賦皆仍歆舊。其後歷代所編，如王儉、阮孝緒之徒，咸從歆例。謝靈運、任昉之徒，咸從勖例。唐之四庫，亦祖述勖而加詳焉。歐陽公謂其始於開元，誤矣。（以上卷五十二）

諸子又見著書等類

歐陽修曰：“仲尼之業垂之六經，其道宏博，君人治物，百王之用，微是，無以爲法。故自孟軻、揚雄、荀卿之徒，又駕其説扶而本之，歷世諸子傳相祖述，自名一家。異端其言，或破碎於大道。然訂其作者之意，要之孔氏不有殊焉。”梁劉勰曰：“諸子者，述道見志之書，太上立德，其次立言。百姓之羣居苦紛雜而莫顯，君子之處世，疾名德之不章，唯英才特達則炳耀垂文，騰其姓氏懸諸日月。”（卷五十三）

總集文章

屈原作《離騷》，爲百代詞章之祖，衆士慕嚮綴文，接踵於道，各名一家之言，別而聚之，命之曰集。其原起於東京而極於有唐，至七百餘家。晉摯虞彙分之，曰《文章流別》。後世祖述爲總集，至唐亦七十五家。（卷五十四）

著書雜著別集

古之君子立言以明道，修辭以成文。文以貫道，斯不朽矣。

記　志

古之史官，必廣其所記，非獨人君之舉。後世因其事類，相繼而作者甚衆，名目轉廣，又雜以虚誕怪妄之説。推其本源，蓋亦史官之末事也。（卷五十七）

傳

《尚書》注云：傳即注也，以傳述爲義。《史記》索隱云：列傳者，叙列人臣事跡，令可傳於後世。《釋名》曰：傳者，傳也，以傳示後人也。

録

録，記也，總也。《周禮》：奠其録。注：謂定其録籍。（以上卷五十八）

詩歌

《詩大序》曰：詩者，志之所之也。在心爲志，發言爲詩。心之精微者，發而爲言；言之成文者，約而爲詩。朱子曰：以《虞書》考之，詩之作，本言志而已。方其詩也，未有歌也；及其歌也，未有樂也。以聲依永，以律和聲，則樂乃爲詩而作，非詩爲樂而作也。

賦

《文章流別論》曰：賦者，敷陳之稱。《釋名》曰：敷布其義謂之賦。

登高能賦，可以爲大夫。春秋之後，大儒孫卿及楚臣屈原離讒憂國，皆作賦以風，咸有惻隱古詩之義。其後宋玉、唐勒，漢興，枚乘、司馬相如，下及揚子雲，競爲侈麗閎衍之詞，没其風諭之義。是以揚子悔之。自孝武立樂府而采歌謡，於是有代、趙之謳，秦、楚之風，皆感於哀樂，亦可以觀風俗，知薄厚云。

箴

胡廣曰：箴諫之興，所由尚矣。聖君求之於下，忠臣納之於上。劉勰曰：箴者，所

以攻疾防患,喻鍼石也。(以上卷五十九)

銘碑又見紀功

銘,名也。觀器必也正名,審用貴乎慎德。《詩正義》曰:因其器名,書以爲戒。《釋名》曰:述其功美,使可稱名也。碑,埤也。上古封禪,樹石埤岳;宗廟有碑,樹之兩楹。事止麗牲,未勒勳績。而庸器漸闕,故後代用碑,以石代金,同乎不朽。《釋名》曰:臣子述君父之功美以書其上,後世因焉。

蔡邕《銘論》曰:昔肅慎納貢,銘之楛矢,所謂“天子令德”也。黃帝有巾几之法,孔甲有槃盂之誡,殷湯有甘誓之勒,冕鼎有丕顯之銘。武王踐阼,咨于太師,作席、几、楹、杖器械之銘,十有八章。周廟金人緘口,書背,銘之以慎言,所以勉于令德也。吕尚作周太師,封于齊,其功銘于昆吾之冶,獲寶鼎于美陽;仲甫有《補袞闕》,式(戒)百辟之功;《周禮》司勳,凡有大功,銘之太常,所謂“諸侯言時計功”也。宋正考父,三命滋益恭而莫侮其國;衞孔悝之祖莊叔,隨難漢陽,左右獻公,衞國賴之,皆銘于鼎。晉魏顆獲秦杜回于輔氏,銘功于景鍾(鐘),所謂“大夫稱伐”也。近世以來,咸銘于碑。

王簡《栖碑注》引《銘論》曰:碑在宗廟兩階之間。近代以來,咸銘于碑。

晁公武曰:蔡邕所著文章百四篇,今錄止存九十篇,而銘墓居其半,或曰碑,或曰銘,或曰神誥,或曰哀讚,其實一也。自云爲郭有道碑獨無愧辭,則其他可知也。郭林宗、陳仲弓碑,見《文選》。

頌

頌者,容也,所以美盛德而述形容也。朱文公曰:頌、容,古字通。(以上卷六十)

奏疏　策

唐虞之臣,敷奏以言。秦漢之輔,上書稱奏。奏者,進也,敷下情進于上也。(卷六十一)

論

鄭康成曰:論者,綸也,可以經綸世務。劉熙曰:論,倫也,有倫理也。劉勰曰:聖哲彝訓曰經，述經叙理曰論，陳政則與議説合契，釋經則與傳注參體，辯史則與贊評齊行，銓文則與叙引共紀。彌綸羣言，而研精一理者也。

序 贊

序，緒也，緒述其事，使相引續。贊，明也，稱人之美曰讚。（以上卷六十二）

詔 策

《聘禮》：百名以上書於策，不及百名書於方。疏曰：簡據一片，策是衆簡相連。鄭作《論語序》云：《易》、《詩》、《書》、《禮》、《春秋》，策尺二寸，《孝經》謙半之，《論語》八寸。策者三分居一，又謙焉，是策之長短。鄭注：《尚書》三十字一簡之文。服虔注：左氏云：古文篆書，一簡八字，是簡之字數。《説文》：册，符命也，諸侯進受於王也。象其札，一長一短，中有二編之形。古文曰笧。《獨斷》：制者，王者之言必爲法制也。詔，猶告也。三代無其文，秦、漢有也。秦稱皇帝，命爲制，令爲詔。（卷六十四）

律 令

《釋名》：律，累也，累人心使不得放肆也。令，領也，理領之使不得相犯也。（卷六十五）

赦 宥

古者眚災肆赦，周有三宥三赦之法。《春秋·莊二十年》：書肆大眚。范寧曰：有時而用，非經國之常制。秦孝文、莊襄元年，皆有赦。初即位肆赦，始此。秦並諸侯，曰大赦天下。由漢以來，或即位、建儲、改元、立后，皆有赦，遂爲常制。大赦者，不以罪大小皆原。其或某處有災，或車駕行幸，則曰赦某郡已下，謂之曲赦。復有遞減其罪，謂之德音者，比曲赦則恩及天下，比大赦則罪不盡除。（卷六十七）

檄 書

檄，軍書也。晉侯使呂相絶秦，檄書始於此。漢以後方有題。（卷一百八十七）

露　布

露布。《通典》後魏攻戰克捷，欲天下聞知，乃書帛建於漆竿上，名爲露布，自此始也。《後漢·鮑昱傳》：使封胡降檄。昱曰：當司徒露布。注：檄，軍書，若今之露布也。《李雲傳》：露布上書。注：謂不封也。又：蜀漢露布天下，告諭伐魏。《文章緣起》曰：漢賈洪爲馬超伐曹操作。《魏志》注：虞松從司馬宣王征遼東，及破賊，作露布。《世說》：袁宏倚馬前作露布。後魏彭城王勰曰：露布者，布於四海，露之耳目。隋文帝開皇中，詔牛弘撰宣露布禮。九年平陳，元帥晉王以馹上露布，兵部奏請依新禮，集百官四方客使等，並赴廣陽門外，内史令宣訖蹈舞者三，又拜而罷。《隋志》有雜露布十二卷，雜檄文十七卷，魏武帝露布文九卷。唐每平寇，宣露布。其日守宮量設羣官，次露布，至兵部侍郎奉以奏聞，集羣官東朝堂，中書令宣布。（卷一百八十九）

紀功碑銘附

克敵必示子孫，以無忘武功。《穆天子傳》：天子五日觀於春山之上，乃爲名疏於懸圃之上，以詔後世。注：勒石銘功德。天子升于弇山，乃紀其跡于弇山之石。曰西王母之山。《文心雕龍》：周穆紀跡于弇山之石。秦嶧山刻石。《大事記》云：刻石始於此。《後漢·郡國志》魯國注有：驧山，秦始皇刻石焉。琅邪臺刻石。曰古之帝者，地不過千里，猶刻金石以自紀。愚按：此秦以前已有刻石。之罘刻石，會稽刻石。魯林鍾銘功，晉景鐘銘勳。（卷一百九十四）

王應麟《辭學指南》

王應麟《辭學指南》，成書於南宋末年，初附於《玉海》之末，是王應麟爲博學宏詞科考試而編撰的參考書。元代至元年間首次付梓，明清迭有重修補刻。全書四卷，依循一定體例，對博學宏詞科的備考方法、考試内容、文體試格和試卷形式等都進行了較爲全面的介紹。另一方面，該書分析了作文之法、語忌和博學宏詞試格十二文體（制、誥、詔、表、檄、露布、箋、銘、記、贊、頌、序）的特點等，對研究文體學和文學批評頗有價值。《辭學指南序》指出，此書有兩大特點，一是爲博學宏詞科考試而作，故所論文體主要限於宋代特別是南宋詞科考試的諸文體；二是對所論文體的行款格式、源流演變、主要内容、語言形式都作了具體論述。如論制云："門下云云。具官某云云。於戲云云。可授某官，主者施行。"這是指制詞格式。

本書資料據四庫全書本《玉海》。

《辭學指南》序

博學宏辭，唐制也。吏部選未滿者試文三篇賦、詩、論，中者即授官，韓退之謂所試文章亦禮部之類，然名相如裴、陸，文人如劉、柳，皆由此選。制舉又有博學通議、博通墳典、學兼流略、辭擅文場、辭殫文律、辭標文苑、手筆俊拔、下筆成章、文學優贍、文辭秀逸、辭藻宏麗、文辭清麗、文辭雅麗、藻思清華、文經邦國、文藝優長、文史兼優之名。皇朝紹聖初元，取士純用經術。五月中書言，唐有辭藻宏麗、文章秀異之科，皆以衆之所難勸率學者。於是始立宏辭科。二年正月禮部立試格十條表章、賦頌、箴銘、誠諭、露布、檄書、序記，除詔誥、赦敕不試，又再立試格九條，曰章表、露布、檄書、以上用四六頌、箴、銘、誠諭、序、記以上依古今體，亦許用四六。四題分兩場，歲一試之。大觀四年五月，以立法未詳，改爲辭學兼茂科。除去檄書，增入制詔。仍以四題爲兩場，内二篇以歷代故事借擬爲題，餘以本朝故事或時事。蓋質之古，以覘記覽之博；參之今，以觀翰墨之華。宣和五年七月，職方員外郎陳磷奏，歲試不無幸中，乃有省閱、附試之詔。由是三歲一試。紹興三年，工部侍郎李擢請別立一科，七月詔以博學宏辭爲名，凡十二體，曰布、檄、箴、銘、記、讚、頌、序、詔、書、表、露布。今雜出六題，分爲三場。每場一古一今。三歲一試如舊制。先是唯有科第者許試，至是不以有無出身，皆許應詔。先以所業三卷每題二篇納禮部，上之朝廷，下中書後省，考其能者召試，其取人以三等。五年，王璧、石延慶首與選。嘉熙二年立辭學科，以今題四篇分兩場行之。景定二年，復辭學科，至四年而止。今唯存宏辭一科。蓋是科之設，紹聖專取華藻，大觀似尚淹該，爰暨中興，程式始備。科目雖襲唐舊，而所試文則異矣。朱文公謂是科習諂諛誇大之辭，競駢儷刻雕之巧。當稍更文體，以深厚簡嚴爲主。然則學者必涵泳六經之文，以培其本云。

語忌（節錄）

夏文莊曰："美辭施於頌讚，明文布於牋奏。詔誥語重而體宏，歌詠言近而音遠。"

陸士衡曰："銘博約而温潤，箴頓挫而清壯，頌優游以彬蔚。"

汪彦章謂傅自得曰："今世綴文之士雖多，往往昧於體製，獨吾子爲得之，不懈則古人可及也。"

誦書（節録）

四六當看王荆公、岐公、汪彦章、王履道，擇而誦之。夏英公、元厚之、東坡亦擇其近今體者誦之，如孫仲益、翟公巽之類當節。

當擇總類佳者誦之，不必太求備：

制滕康、曹中、陸韶之、王俊、范同、滕庾、沈介、湯思退、王曬、洪邁、周麟之、王端朝、莫濟。

詔羅畸、吳兹、晁詠之、王雲、石忞、高茂華、詹叔義。

表羅畸《高麗修貢》、林虙《都城記》、吳兹《實録成賜宴》、謝諤《老人星》、晁詠之《程畳皇子謝生日禮物》、滕康《野蠶成繭》、劉才邵《宣德樓上梁文》、俞授能《謝賜御製冬祀慶成詩》、袁植《燕山進士謝及第》、洪遵《代樞密使謝玉帶》、洪邁《代守臣謝御書〈周易〉〈尚書〉》、祝天輔《賀慶雲見》、葉謙亨《五色雀瑞麥芝草》、王端朝《慶雲瑞粟野蠶繭》、周必大《交趾進馴象》。

箴劉才邵、歐陽瑓、石延慶《宣室》、周麟之《上林清臺》。

銘羅畸《敧器》、謝諤《鏤文紅管筆》、王雲《玉磬》、滕康《漢宣德殿馬式》、詹叔義《漢輔渠》、洪遵、洪适《克敵弓》、周麟之《黄帝景鐘》、莫冲《漢瑄玉》、王端朝《漢芝車》。

記吳兹《藉田》、吳开《元豐尚書省》、丘崈《思文殿》、葛勝仲《御飛白書玉堂》、晁詠之《宗子學》、王雲《重修秘閣》、孫覿《唐學士院》、胡交修《唐洛陽宫》、陸韶之、王俊《龍德太一宫》、詹叔義《漢城長安》、洪遵《唐勤政務本樓》、湯思退《唐凝暉閣渾天儀》、莫冲《唐慶善宫》、王端朝《莫濟咸平五經圖》。

贊石延慶《御書無逸圖》、湯思退、王曬、洪邁《漢麟趾裏蹏》、王端朝、莫濟《漢寶鼎神策》。

頌劉弇《紹聖元會》、吳开《北郊慶成》、丘崈《大河復東流》、葛勝仲《端誠殿芝草》、晁詠之《程畳展事郊丘》、孫覿《黄帝封泰山》、張守《漢神魚舞河》、陸韶之、王俊《漢三雍》、洪遵、沈介周《成王蒐岐陽》、湯思退、洪邁《明道耤田》、莫冲、葉謙亨《皇祐大安樂》。

序歐陽瑓《唐開元禮》、謝諤《御書孝經》、王璧《統元歷》、周麟之《唐通典》、莫冲《漢石渠議奏》、王端朝、莫濟《漢靈臺十二門詩》。（以上卷二百一）

制（節録）

"門下"云云。"具官某"云云。"於戲"云云。可授某官，主者施行。

唐虞至周皆曰命，秦改命爲制，漢因之，下書有四，而制書次焉。其文曰制詔三公。顏師古謂爲制度之命。唐王言有七，其二曰制書，大除授用之。學士初入院，試制書批答，有三篇。又詩、賦各一道，號曰五題。後唐停詩、賦。白居易入翰林，以所試制加段祐兵部尚書領涇州。韓偓試武臣，授東川節度制。此試制之始也。舍人不試，多自學士遷。

制用四六，以便宣讀。皇朝知制誥，元豐改中書舍人。召試中書而後除，不試號爲異禮。所以試者，觀其敏也。試制詔三篇，宰相俟納卷始上馬，翌日進呈，除目方下。

制、限二百字以上成。制、限一百五十字以上成，此即誥也。詔、限二百字以上成。學士不試，率自知制誥遷。此科所試文體略同。政和辛卯始以制命題，制誥詔書依例宰執進呈，周益公所謂“試言雖附於春官，擬制實關於睿覽”。凡命宰相、三公、三少、節度使則用制麻，樞密使亦如之。后妃、東宫、親王、公主不以命題。

西山先生曰：“辭科之文謂之古則不可，要之與時文亦覆不同。蓋十二體各有規式，曰制、曰誥，是王言也，貴乎典雅温潤，用字不可深僻，造語不可尖新（略）。”

前輩制詞惟王初寮、汪龍溪、周益公最爲可法，蓋其體格與場屋之文相近故也。

倪正父曰：“文章以體製爲先，精工次之。失其體製，雖浮聲切響，抽黄對白，極其精工，不可謂之文矣。凡文皆然，而王言尤不可以不知體製。龍溪、益公號爲得體製，然其間猶有非君所以告臣，人或得以指其瑕者。”

攻媿樓公曰：“駢儷之體屢變，作者爭名，恐無以大相過，則又習爲長句，全引古語以爲奇倔，反累正氣。一聯或至數十言，識者不以爲善。惟龍溪、北海追還古作，謹四六之體。”

誥（節録）

“敕”云云，“具官某”云云，“可特授某官”。二人以上同制，則於詞前先列除官人具銜姓名，“可特授某官”，於敕下便云“具官某等”，末云“可依前件”。侍從以上用腦詞，餘官云“敕具官某”云云，“爾”云云。

誥，告也。其原起於《湯誥》。《周官》大祝六辭，三曰誥。士師五戒，二曰誥。成王封康叔、唐叔，命以《康誥》、《唐誥》。漢元狩六年立三子爲王，初作誥。唐《白居易集》翰林曰“制詔”，中書曰“制誥”，蓋内外命書之别。皇朝西掖初除試誥，而命題亦曰制。此科自紹興以後僅一命題。

西山先生曰：“詔誥近來多不甚出，然亦須理會。”

詔（節録）

“敕門下”，或云敕某等。“故兹詔示”，獎諭、誡諭、撫諭，隨題改之。“想宜知悉”。

《周官·御史》“掌贊書”，注云：“若今尚書作詔文。”秦改令爲詔，漢下書有四，三曰詔書，其文曰“告某官”。四曰誡敕。其文曰“有詔敕某官”。唐貞觀末，張昌齡召見，試《息兵詔》，此試詔之始也。其後學士試批答。皇朝西掖初除試詔，紹聖試格止曰誡諭，如近體誠諭風俗或百官之類，紹興改爲詔。唐封敖作《慰邊將詔》曰："傷居爾體，痛在朕躬。"《賜李德裕制》曰："謀皆余同，言不他惑。"李德裕草詔《賜王元逵何弘敬》曰："勿爲子孫之謀，欲存輔車之勢。"皆切中事情。本朝錢若水草《賜趙保忠詔》曰："不斬繼遷，存狡兔之三穴；潛疑光嗣，持首鼠之兩端。"汪彦章草《賜高麗詔》曰："壞晉館以納車，庶無後；悔閉漢關而謝質，非用前規。"

東萊先生曰："詔書或用散文，或用四六，皆得。唯四六者下語須渾全，不可如表，求新奇之對而失大體。但觀前人之詔自可見。"

散文當以西漢詔爲根本，次則王岐公、荆公、曾子開詔，熟觀然後約以今時格式，不然，則似今時文策題矣。

吳兹與詹叔羲詔皆得體。

西山先生曰："王言之體，當以《書》之誥、誓、命爲祖，而參以兩漢詔册。"朱文公曰："三代訓、誥、誓、命，皆根源學問，敷陳義理。"

兩漢詔令，詞氣藹然，深厚爾雅，可爲代言之法。南豐曰：漢詔令典正謹嚴，尚爲近古。唐常衮、楊炎、元稹之屬號，能爲訓辭，其文未有遠過人者。朱文公曰：國初文章皆嚴重老成，嘉祐以前文雖拙，而辭謹重，所以風俗渾厚。（以上卷二百二）

表（節録）

賀

"臣某言，或云臣某等言。恭睹守臣表云恭聞。某月日云云者"祥瑞表云："伏睹太史局奏"云云者。守臣表云"伏睹都進奏院報"云云者。云云："臣某懼抃懼抃，頓首頓首。竊以"云云。"恭惟皇帝陛下"云云。"臣"云云。"臣無任瞻天望聖，激切屏營之至，謹奉表稱賀以聞。臣某懼抃懼抃，頓首頓首，謹言。年月日，具官臣姓某上表。"

謝

"臣某言，伏蒙聖恩"云云者。謝除授云伏奉誥命授臣某官職者云云。"臣某惶懼惶懼，頓首頓首。竊以"云云。此後或云"伏念臣"云云，"兹蓋恭遇"。"皇帝陛下"云云。"臣"云云。"臣無任感天荷聖，激切屏營之至。謹奉表稱謝以聞。"進謝恩詩云"謹各齋沐，撰成謝恩詩，隨表上進以聞"。"臣某惶懼惶懼，頓首頓首，謹言。"

進書　進貢　陳請

"臣某言"云云。"臣某惶懼惶懼，頓首頓首"云云。進國史等云"恭以某宗皇帝"云云，餘用"竊以"云云。"恭惟皇帝陛下"云云。"臣"云云。"臣無任瞻天望聖，激切屏營之至。"

910

陳請表云"臣某等無任祈天俟命"云云。所有某書若干卷冊，"謹隨表上進以聞。"進詩云"恭和御製詩"之類。進貢云其某物云云。陳請表云"謹奉表陳請以聞"。"臣某惶懼惶懼，頓首頓首。謹言。"代宰臣以下陳請表，如請御正殿之類，"中謝"後或云"竊以"云云，或云"恭惟皇帝陛下"云云。末云"伏望皇帝陛下"云云。

表，明也，標也，標著事序使之明白。三王以前謂之敷奏，秦改爲表。漢羣臣書四品，三曰表。不需頭上言"臣某言"，下言"誠惶誠恐，頓首頓首"。左方下附云某官臣甲乙上。陽嘉元年，左雄言孝廉先詣公府，文吏課牋奏，又胡廣以孝廉試章奏。然則章奏試士其始此歟。唐顯慶四年，進士試《關內父老迎駕表》，開元二十六年，西京試《擬孔融薦禰衡表》，則進士亦試表。

西山先生曰："表章工夫最宜用力。先要識體製，賀、謝、進物，體各不同，累舉程文，自可概見。前輩之文惟汪龍溪集中諸表皆精緻典雅，可爲矜式，録作小冊，常常誦之。其他亦須遍閲。"

前輩表章如夏英公、宋景文、王荆公、歐陽公、曾曲阜、二蘇、王初寮、汪龍溪、綦北海、孫鴻慶諸公之文，皆須熟誦，而龍溪、北海所作尤近場屋之體，可以爲式。

進書一門，諸書體製各不同。玉牒乃紀大事之書，國史乃已成紀傳之書，實録乃編年之書，寶訓則分門，日曆則繫日，會要則會稡，各是一體。若出《進玉牒表》，須當純用玉牒事，不可以他事雜之。舉此一端，其餘皆然。若汎濫不切，可以移用，便不爲工矣。

大抵表文以簡潔精緻爲先，用事不要深僻，造語不可尖新，鋪叙不要繁冗，此表之大綱也。

表有賀，郊祀、宗祀、冊寶、建儲、立后、誕生皇子孫、肆赦、祥瑞、改元、奉安、史策禮成、兵捷之類。有謝，賜宴、賜御製、御書、賜器服茶藥等類，除授、轉官、加恩、代外國謝賜物、賜曆。經筵進讀，正說、寶訓、三朝兩朝、高宗、孝宗、仁皇訓典、高宗孝宗聖政、九朝通略、稽古録、通鑑綱目、帝學、續帝學、大學衍義、陸贄奏議、魏徵諫録、名臣奏議。進講，易、書、詩、二禮、春秋、語、孟、孝經、中庸、大學、講徹賜象簡金帶鞍馬香茶、秘書省賜宴、讀徹賜金硯匣、餘同。或賜御書御製詩及進詩。有進貢，進奉聖節、代外國貢獻之類。有進書，玉諜、國史紀志傳、實録、日曆、寶訓、政要、會要、仙源類譜、積慶圖、御集、經武要略、勅令格式、寬恤詔令。其體頗不同。

露布（節録）

"尚書兵部，晉曰尚書五兵，隋唐方曰兵部。唐龍朔二年曰中臺司戎，天寶十一載曰尚書武部，至德二載復舊。臣某言，臣聞"云云。"恭惟皇帝陛下"云云。"臣等"云云。"臣無任慶快激切屏營之至，唐露布云"不勝慶快之至"，或云"無任慶躍之至"。謹遣或云"謹差"。某官奉露布以聞。"紹聖試格，如《唐人破蕃賊露布》之類。

露布之名始於漢。按《光武紀》注："《漢制度》曰：制詔三公皆璽封，尚書令印重封，露布州郡。"《祭祀志》注引《東觀書》：有司奏孝順號，"露布奏可"。又鮑昱詣尚書，封胡降檄，曰："故事，通官文書不著姓，又當司徒露布。"李云"露布上書"，注："謂不封也。"魏改元景初，詔曰："司徒露布，咸使聞知。"蜀漢建興五年春伐魏，詔曰："丞相其露布天下。"此皆非將帥獻捷所用。《通典》云："後魏攻戰克捷，欲天下聞知，乃書帛建於漆竿上，名爲露布，自此始也。"任城王糙曰："露布者，布於四海，露之耳目。"王肅獲賊二三，皆爲露布。韓顯宗有"高曳長縑，虛張功捷"之譏。孝文稱傅修期"下馬作露布"。齊神武破芒山軍，爲露布，杜弼即書絹，不起草。唐制，下之通上，其制有六，三曰露布。兵部侍郎奉以奏聞，集羣官東朝堂，中書令宣。隋開皇中撰《宣露布禮》。張昌齡爲崑丘道記室，平龜茲，露布爲士所稱。於公異爲招討府掌書記，朱泚平，《露布》曰："臣既肅清宮禁，祗奉寢園。鐘簴不移，廟貌如故。"德宗咨歎焉。薛收爲露布，或馬上占辭。封常清於幕下潛作捷布。東晉未有露布，隆興初以"晉破苻堅"命題，似有可疑。然《文章緣起》曰："漢賈洪爲馬超伐曹操作。"而《魏志》注謂虞松從司馬宣王征遼東，及破賊，作露布。《隋志》有《魏武帝露布文》九卷。《世說》云："桓溫北征，令袁宏倚馬前作露布，手不輟筆，俄成七紙。"則魏、晉已有之，當考。《宋書》云："楊文德建露板，馳告朝廷。"《文心雕龍》曰："露布者，蓋露板不封，布諸視聽也。"宋朝王元之《擬李靖平突厥露布》，此擬題之始歟。

西山先生曰："露布貴奮發雄壯，少粗無害。不然，則與賀勝捷表無異矣。"

檄（節録）

某年某月日，某官某告某處。或曰移某郡。"蓋聞"云云。末云："檄到如章，書不盡意。"或云："茲言不欺，其聽無惑。"或云："茲言不爽，其聽無違。"故爲檄委曲，檄到其善詳所處，如律令。或云："檄到宣告，咸使聞知。"司馬長《卿喻巴蜀檄》首云："告巴蜀太守。"末云："檄到亟下縣道，使咸喻陛下意，無忽。"陳孔璋《爲袁紹檄豫州》首云："左將軍領豫州刺史郡國相守。""蓋聞"云云。"司空曹操"云云。"幕府"云云。"廣宣恩信，班揚符賞，布告天下"云云"如律令"。《檄吳將校部曲文》首云："年月朔日，子尚書令或告江東諸將校部曲及孫權宗親中外。""蓋聞"云云。"故令往募爵賞，科條如左。檄到。"詳思至言，如詔律令。鍾士季《檄蜀文》。末云："各具宣佈，咸使知聞。"宋告司兗二州末云："幸加三思，詳擇利害。"又《尚書符征南府》末云："文書千里驛行。"

檄，軍書也。祭公謀父所謂威責之令，文告之辭。東萊先生曰："晉侯使呂相絕秦，檄書始於此。"然春秋之世，鄭子家使執訊與書以告趙宣子，晉之邊吏責鄭王，使詹伯辭於晉王，子朝使告諸侯，皆未有檄之名。戰國時，張儀爲檄告楚相，其名始見。魯

912

仲連爲書約矢遺燕將。秦尉佗移檄。蒯通説范陽令曰："傳檄而千里。"韓信曰："三秦可傳檄而定。"漢有羽檄，顏師古曰："檄以木簡爲書，長尺二寸，有急加鳥羽，示速也。"《急就篇》注："檄以木爲之，長二尺。"《説文》亦云："二尺書。"李左車曰："奉咫尺之書。"自相如之後，檄書見史册者不可勝紀。揚雄曰："軍旅之際，飛書馳檄用。"枚皐謂其爲文敏速也。唐以前不用四六，周益公《擬漢河西大將軍諭隗囂》、倪正父《擬晉奮威將軍豫州刺史諭中原豪傑》皆用四六。然散文爲得體，如東萊《漢使喻莎車諸國》是也。《説文》曰："檄，激也。"《文心雕龍》曰："檄，皦也。宣布於外，皦然明白。"

劉勰《文心雕龍》曰："祭公謀父稱文告之辭，即檄之本原。戰國始稱爲檄。凡檄之大體，或述此休明，或叙彼苛虐。指天時，審人事，算彊弱，角權勢。標蓍龜於前驗，垂靈鑑於已然。譎詭以馳旨，煒曄以騰説。故樹義颺辭，務在剛健。插羽以示迅，不可使辭緩；露板以宣衆，不可使義隱。必事昭而理辯，氣盛而辭斷，此其要也。"

西山先生曰："檄、露布乃軍中文字。檄貴鋪陳利害，感動人意。""所業檄題欲出《唐大將軍河南招慰使傳州縣檄》，題出《夏侯端傳》，乃高祖創業之初，非因兵興盜起，稍覺氣象佳，但所疑者一'慰'字耳。""漢以前無檄，六朝以前未有露布。編題之初須要知此。漢檄不須四六，如司馬相如《喻蜀檄》之類，漢無四六之文故也。"晉檄亦用散文，如袁豹《伐蜀檄》之類。隋唐以來方用四六，如祖君彦、駱賓王檄，鄭畋移檄藩鎮。（以上卷二百三）

箴（節録）

序云云。箴辭用韻語。末云"敢告"云云。紹聖試格，如揚雄《百官》、《九州箴》之類。箴、銘、贊、頌並逐句空字。

箴者，諫誨之辭，若箴之療疾，故名箴。《盤庚》："無伏小人之攸箴。"《庭燎》："因以箴之。"召公曰："師箴，師曠、百工誦箴諫。"《文心雕龍》曰："《夏》、《商》二箴，餘句頗存。"《夏箴》見于《周書·文傳篇》，《商箴》見於《吕氏春秋·名類篇》。又《謹聽篇》有《周箴》。周辛甲爲大史，命百官官箴王闕，虞人掌獵爲箴。漢揚雄擬其體，爲《十二州》、《二十五官箴》，後之作者咸依倣焉。隋杜正藏舉秀才，《擬匠人箴》，擬題肇於此。唐進士亦或試箴。顯慶四年試《貢士箴》、開元十四年《考功箴》、廣德三年《轅門箴》、建中三年《學官箴》。

西山先生曰："箴銘贊頌雖均韻語，然體各不同。箴乃規諷之文，貴乎有警戒切劘之意。《詩·庭燎》、《沔水》等篇，《左氏·虞人箴》、揚子雲《百官箴》古文苑、張茂先《女史箴》、白居易《續虞人箴》、柳公綽《太醫箴》、王元之《端拱箴》，《文粹》中諸箴，可寫作一帙，時時反復熟誦，便知體式。"

箴者，下規上之辭，須有古人風諫之意。

胡廣《百官箴叙》曰："箴諫之興所由尚矣！聖君求之於下，忠臣納之于上，故《虞書》曰：'予違汝弼，汝無面從，退有後言。'墨子著書，稱《夏箴》之辭。"《文心雕龍》曰："揚雄稽古，始範《虞箴》，卿尹州牧二十五篇。及崔胡補綴，總稱《百官》。所謂追清風於前古，攀辛甲于後代。"

銘（節録）

序云云。銘詩用韻語。紹聖試格，如張孟陽《劍閣銘》、柳宗元《塗山銘》之類。政和元年試格，歷代史故事借擬爲題，如周成王《封泰山頌》、張衡《渾天儀銘》之類。

銘始於黃帝，《漢·藝文志》道家有《黃帝銘》六篇。應劭曰："《盤盂》諸書，黃帝史史孔甲所作銘也。"禹銘筍虡，湯銘於盤。銘者，名也，因其器名書，以爲戒也。武王聞丹書之言，爲銘十六。臧武仲曰："夫銘，天子令德，諸侯言時計功，大夫稱伐。"《文心雕龍》曰："夏鑄九鼎，周勒楛矢，令德之事也；吕望銘昆吾，仲山鏤庸器，計功之義也；魏顆景鐘，孔悝衛鼎，稱伐之類也。"蔡邕《銘論》曰："德非此族，不在銘典。"《詩傳》曰："作器能銘，可以爲大夫。"《考工記》："嘉量有銘。"《文選序》曰："銘則序事清潤。"陸倕《石闕》、《漏刻》二銘皆有序。張載《劍閣銘》末云："勒銘山阿，敢告梁益。"則寓儆戒之旨。隋杜正元舉秀才，擬《燕然山劍閣銘》，杜正藏擬《弓銘》。唐崔涣還調吏部侍郎，嚴挺之施特榻，試《彝尊銘》，謂曰："子清廟器，故以題相命。"建中三年，進士別頭試《欹器銘》，興元元年《朱干銘》，則以銘試士尚矣。

西山先生曰："古之爲銘，有稱述先人之德善勞烈者，衛孔悝《鼎銘》是也；有著儆戒之辭于器物者，如湯《盤銘》、武王《几》、《杖》、《楹》、《席》之銘是也。今詞科所作，雖未能全復古體，亦須略做其意可也。銘題散在經傳極多，自器物外，又有用山川、溝渠、宫室、門闕爲銘者若《劍閣》、《泗水亭銘》是也。如《唐駐蹕山銘》則所以揚人主之威武，如《劍閣銘》則所以戒殊俗之僭叛。或出此等題，又當象題立説。苟無主意，止于鋪叙，何緣文字精神？"

銘文體貴乎簡約清新，大抵以程文爲式，熟讀前代韻語，以爲命意造語之法。

《文心雕龍》曰："箴貴確切，銘貴弘潤，事必覈以辯，文必簡而深。"

朱文公曰："武王諸銘有切題者，如《鑑銘》是也，亦有不可曉者，古人只是述戒懼之意，隨所在寫以自儆；今人爲銘，要就此物上説得親切，如湯《盤銘》之類。"

記（節録）

末云："謹記。"今題云："臣謹記。"

記者，紀事之文也。西山先生曰："《禹貢》、《武成》、《金縢》、《顧命》，記之屬似之。"《文選》止有奏記而無此體。《古文苑》載後漢樊毅《修西嶽廟記》，其末有銘，亦碑文之類。至唐始盛，獨孤及《風後八陣圖記》，今之擬題倣此。若今題，則以承詔撰述者爲式。

東萊先生曰："記序有混作一段説者，有分兩節説者。如未央宫，先略説高帝，蕭何定天下作宫一段，乃説'爲之記曰'。"此下立意或説"奉若天道，建邦設都"，或説"都邑四方之極"，皆得。

凡作文字，先要知格律，次要立意，次要語贍。所謂格律，但熟考總類可也。

又須作一册編體製轉换處，不拘古文與今時程文，大略編之。如《喜雨亭記》"亭以雨名，志喜也"，柳文《宣王廟碑》"仲尼之道，與王化遠邇"，似此之類，此作記起頭體製也。歐公《真州發運園記》中間一節，此記中間鋪叙體製也。柳《萬石亭記》附零陵故事之類，此記末後體製也。

西山先生曰："記以善叙事爲主，前輩謂《禹貢》、《顧命》乃記之祖，以其叙事有法故也。後人作記，未免雜以論體。詞科所試，唯南渡前元豐《尚書省飛白堂》等記及紹興《新修太學記》猶是記體，皆可爲法，後來所不逮。"

記序以簡重嚴整爲主，而忌堆疊窒塞；以清新華潤爲工，而忌浮靡纖麗。《文心雕龍》曰："思贍者善敷，才覈者善删。善删者字去而意留，善敷者辭殊而義顯。字删而意缺則短，辭敷而意重則蕪。""綻學在博，缺事貴約。"

贊（節録）

序云云。"贊曰"云云。

贊者，贊美、贊述之辭。《文選序》曰："圖像則贊興。"《文章緣起》曰："司馬相如作《荆軻贊》，班史以論爲贊，范曄更以韻語。"《隋志》曰："後漢魯廬江有名德先賢之贊，蜀楊戲著《季漢輔臣贊》。漢明帝殿閣畫，陳思王爲贊。"夏侯湛《東方朔畫贊序》云云，乃作頌焉，其辭曰云云。袁宏《三國名臣序贊序》云云，"故復撰序所懷，以爲之贊云"云云。先序後贊，與今體相類。唐建中二年，進士以箴論表贊代詩賦，此試贊之始。《中興書目》云："顧雲《鳳策聯華》三卷，有《補十八學士寫真像贊》、《安西都護府重築碎葉城碑》，皆因舊事而作，亦擬題之類也。"

西山先生曰："贊頌皆韻語，體式類相似。"贊者，贊美之辭；頌者，形容功德。然頌比於贊，尤貴贍麗宏肆。須鋪張揚厲，以典雅豐縟爲貴。昌黎《聖德詩》、徂徠《慶曆頌》，此正格也。其用事造語，最忌塵俗，須熟讀《三百篇》，博觀司馬相如、揚雄諸賦，與夫《漢郊祀歌》、《文選》所載《二京》、《三都》、《七啓》、《七發》之類，及韓、柳文韻語文字，則筆下自然豐腴矣。

頌（節録）

序云云。“頌曰”云云。紹聖試格，如韓愈《元和聖德詩》、柳宗元《淮夷雅》之類。

《詩》有六義，六曰頌。《莊子》曰：“黄帝張《咸池》之樂，有焱氏爲頌。”《文心雕龍》曰：“帝嚳之世，咸墨爲頌，以歌《九韶》。”商周及魯皆有頌，所以游揚德業，褒讚成功。隋杜正玄舉秀才，擬《聖主得賢臣頌》，唐開元十一年進士試《黄龍頌》，十五年試《積翠宮甘露頌》，宋朝淳化三年，楊億於學士院試《舒州進甘露頌》，遂賜及第，則試頌尚矣。《宋書》曰：“鮑照爲《河清頌》，其序甚工。”頌詩有序，亦不可略也。有終篇同韻者，如《元和聖德詩》；有四句換韻者，如《平淮西碑》。箴、銘、贊倣此。

序（節録）

末云：“謹序。”今題云：“臣謹序。”紹聖試格，如顔延之、王融《曲水詩序》之類。

序者，序典籍之所以作也。《文選》始於《詩序》，而《書序》、《左傳序》次之。宋朝端拱元年，王元之試《詔臣僚和御製雪詩序》，遂爲直史館，則試序亦舊制也。

西山先生曰：“序多以典籍文書爲題，序所以作之意。此科所試，其體頗與記相類。姑當以程文爲式，而措辭立意則以古文爲法可也。”（以上卷二百四）

王應麟《困學紀聞》（節録）

《困學紀聞》二十卷，爲王應麟所撰劄記考證性質的學術專著，内容涉及傳統學術的各個方面，其中以論述經學爲重點。全書包括説經八卷，天道、地理、諸子二卷，考史六卷，評詩文三卷，雜識一卷。作者一生博洽多聞，有宋一代諸儒罕與其匹，學術淵源雖亦出自朱熹，但對朱子之舛誤却敢於辨證，並不爲師門諱。《四庫全書總目提要》稱讚是書曰：“蓋學問既深，意氣自平。故絶無黨同伐異之私。其所考覈，率切實可據，良有由也。”翁元圻注此書序稱：“《紀聞》一書，蓋晚年所著也。先生博極羣書，入元後寓居甬上，足跡不下樓者凡三十年，益沈潛先儒之説而貫通之。于漢、唐則取其核，于兩宋則取其純，不主一説，不名一家，而實集諸儒之大成。”書行以後，後世儒者均以爲重。清人閻若璩、全祖望、程瑶田、何焯、錢大昕、屠繼緒、萬希槐七人爲作箋注，世稱“七箋本”，後翁元圻更爲作詳注，稱《翁注困學紀聞》。

本書資料據四庫全書本《困學紀聞》。

《詩》六義，三經，三緯，鄭氏注《周禮》"六詩"及孔氏《正義》，其說尚矣，朱子《集傳》從之。而程子謂詩之六體，隨篇求之，有兼備者，有偏得一二者。《讀詩記》謂風非無雅，雅非無頌，蓋因《鄭箋》"豳雅"、"豳頌"之說。然朱子疑《楚茨》至《大田》四篇爲豳雅，《思文》、《臣工》、《噫嘻》、《豐年》、《載芟》、《良耜》等篇爲豳頌，亦未知是否也。

鶴林吳氏論詩曰："興之體，足以感發人之善心。毛氏自《關雎》而下總百十六篇，首繫之興，《風》七十，《小雅》四十，《大雅》四，《頌》二。"《注》曰："興也，而比、賦不稱焉。"蓋謂賦直而興微，比顯而興隱。朱氏又於其間增補十九篇，而摘其不合於興者四十八條，且曰："《關雎》，興詩也，而兼於比。《綠衣》，比詩也，而兼於興。《頍弁》一詩，而興、比、賦兼之。"則析義愈精矣。李仲蒙曰："叙物以言情謂之賦，情物盡也；索物以託情謂之比，情附物也；觸物以起情謂之興，物動情也。"

艾軒謂詩之萌芽自楚人發之，故云江漢之域，詩一變而爲楚辭，屈原爲之唱，是文章鼓吹多出於楚也。

晁景迂《詩序論》云："《序》：'《騶虞》，王道成也'，風其爲雅歟？《序》：'《魚麗》，可以告神明'，雅其爲頌歟？"

《解頤新語》云："文王之《風》終於《騶虞》，《序》以爲王道成，則近於雅矣；文武之《雅》終於《魚麗》，《序》以爲可告神明，則近於頌矣。"

歐陽公曰："霸者興，變風息焉。"然《詩》止於陳靈，在桓文之後。

《大雅》之變作於大臣，召穆公、衛武公之類是也；《小雅》之變作於羣臣，家父、孟子之類是也；《風》之變也，匹夫匹婦皆得以風刺，清議在下，而世道益降矣。

曹氏論詩云："詩之作本於人情，自生民以來則然。太始天皇之策，包羲罔罟之章，葛天之八闋，康衢之民謠。"愚按：《素問·天元紀大論》鬼臾區曰："積考太始《天元册文》曰：太虛寥廓，肇基化元。萬物資始，五運終天。布氣真靈，總統坤元。九星懸朗，七曜周旋。曰陰曰陽，曰柔曰剛。幽顯既位，寒暑弛張。生生化化，品物咸章。"蓋古詩之體始於此，然伊川謂《素問》出於戰國之末。

蔡邕《正交論》云："周德始衰，頌聲既寢。《伐木》有鳥鳴之刺，是以正雅爲刺也。"（以上卷三）

《文選注》："五言自李陵始。"《文心雕龍》云："《召南·行露》，始肇半章；孺子《滄浪》，亦有全曲；《暇豫》優歌，遠見春秋；《邪徑》童謠，近在成世。"則五言久矣。

《列女傳》："《式微》，二人之作聯句始此。"皮日休云："柏梁七言，聯句興焉。"《文心雕龍》

云：“聯句共韻，柏梁餘製。”

《左傳》有《虞殯》，《莊子》有《紼謳》，挽歌非始於田横之客。

東方朔有八言、七言。考之《風》、《雅》，“尚之以瓊華乎而”，七言也；“我不敢傚我友自逸”，八言也。

陸務觀云：“古詩有倡，有和，有雜擬、追和之類，而無和韻者，唐始有用韻，謂同用此韻。後有依韻，然不以次。最後有次韻，自元、白至皮、陸，其體乃成。”

《詩苑類格》謂“回文出於竇滔妻所作”。《文心雕龍》云：“回文所興，則道原爲始。”又傅咸有《回文反覆》，温嶠有《回文詩》，皆在竇妻前。

韓子蒼曰：“《柏梁》作而詩之體壞，《河梁》作而詩之意乖。”

詩一字至七字，張南史《花竹草》是也；一字至十字，文與可《竹石》是也。

致堂云：“古樂府者，詩之旁行也；詞曲者，古樂府之末造也。”陸務觀云：“倚聲製詞。起於唐之季世。”（以上卷十八）

何夢桂

何夢桂(1229—?)字岩叟，別號潛齋。宋淳安(今屬浙江)人。咸淳元年(1265)進士。官至大理寺卿，宋亡不仕。詩學白居易，但“酸腐庸下”(王士禎《池北偶談》)，文章典雅。著《易衍》、《中庸》、《大學説》、《致用書》，均佚。今存《潛齋集》十一卷。

本書資料據四庫全書本《潛齋集》。

《清溪吟課》序（節録）

詩始《三百篇》，其上公卿大夫，其下樵夫賤隸，其性情之所發，皆得以託於詩。古詩逸，五言始李陵，七言始沈、宋。詩非古意，去古猶近。科舉興，併與五、七言俱廢。士非阨於山林，逸於湖海，與夫失志於朝廷之上而竄逐遐荒者，不暇於詩。

文勿齋詩序（節録）

抑知夫詩之所起乎？詩之起，由人心生也。心感物而動，故形於聲，聲成文謂之詩。然其聲之嘽緩噍殺，廉柔散厲，錯出而不同者，豈人心之異哉！時之變者爲之也。變風不企乎《二南》，變雅不競乎《二雅》，故詩者，所以載民風，繫世變也。

唐心月集句序（節録）

荆公晚年好作集句，正不免黄太史一笑。余謂不然。集句雖古人糟粕，然用之如諸葛孔明學黄帝兵法，作八陣圖，必其方圓曲直、縱横離合，悉在吾胸中，而後可以應敵而不窮。不然，齟齬牽合倉卒，鮮有不敗者。（以上卷五）

晞髮道人詩序（節録）

騷，蓋古詩變風、變雅之遺也。騷深於怨，古詩怨而不傷，而騷近之怨，非詩之正聲也。商之聲直以肆，周之聲和以柔，一變而爲國風，再變而爲《黍離》，甚矣，而騷又甚焉。

《貴德詩集》序（節録）

晉魏而上詩古，律詩初盛於唐。唐以下豈少詩？詩終不競於唐耳。近世詩滿南北，當軼唐凌厲晉魏。然詩難，操觚弄墨，抽黄對白，四聲八音，人人亦能求其彷彿古人，卓成一家者不多見。余嘗漫吟擬學古人語言，卒不到，以是知詩不易言也。（以上卷六）

鄧光薦

鄧光薦（生卒年不詳）本名剡，以字行，又字中甫，號中齋。宋廬陵（今江西吉安）人。景定三年（1262）進士。宋末入文天祥幕。國亡投海，爲元兵所救，與文天祥同拘建康，後得釋。晚隱於鄉。著有《東海集》、《中齋集》；又有《文丞相督府忠義傳》一卷，今存。

本書資料據四庫全書本《吴都文粹續集》。

《翠寒集》序（節録）

詩惡乎變？《三百篇》後，變乎“攜手上河梁”，下迨建安、齊、梁，數變。至唐泊宋季之詩，大變而絶，何邪？詩關乎風化，繫乎氣數。士昔騖于時文，視詩爲長物，雖有不工，工不及唐矣。非詩之變，乃時之變也。吁，詩貴乎變，不守一律。千變萬化，變之不窮，惟子美能當之。豈惟詩，文亦然。（卷五五）

劉辰翁

劉辰翁（1232—1297）字會孟，號須溪。宋廬陵（今江西吉安）人。幼年喪父，家貧力學。景定元年（1260）至臨安，補太學生。三年廷試對策，雖忤賈似道，而理宗嘉之，置丙第。曾入文天祥江西幕府，參加抗元。宋亡不仕，隱居著述以終其生。辰翁早從王泰來（太初）學詩，尤以善評詩著稱。其所點評諸家之中，最先是李賀，以致時人競效“昌谷體”。今存所點評詩文集，有《王摩詰詩集》、《孟浩然集》、《韋蘇州集》、《批點選注杜工部詩》、《箋注評點李長吉歌詩》、《蘇東坡詩集》、《簡齋詩集》、《須溪精選陸放翁詩集》、《放翁詩選後集》等；此外還有《班馬異同》、《越絕書》、《老子道德經》、《莊子南華真經》、《列子冲虛真經》、《世說新語》、《陰符經》、《大戴禮記》、《荀子》等多種；還曾編選《湖山類稿》、《水雲集》、《亡宋舊宮人詩》等。明人曾彙刊爲《劉須溪批評九種》，可見其影響。所評多以文學論工拙，不全爲科舉應試而作。《四庫全書總目》謂其論詩評文，往往意取尖新，太傷佻巧，破碎纖仄，無裨來學。其文在當時影響頗大，時人每以鄉先輩歐陽修爲比。明張寰謂其“奇詭偉麗，變化不常”，輯其記文爲《劉須溪先生記鈔》八卷。《四庫全書總目》卷一六五謂其詩文“專以奇怪磊落爲宗，務在艱澀其詞，甚或至於不可句讀，尤不免軼於繩墨之外。特其蹊徑本自蒙莊，故惝恍迷離，亦間有意趣，不盡墮牛鬼蛇神。且于宗邦淪覆之後，睠懷麥秀，寄託遥深，忠愛之忱，往往形諸筆墨，其志亦多有可取者”。其詞也多涉時事，寄託遥深，爲辛棄疾一派之後繼者，成就較高。所作詩文，由其子將孫編爲《須溪先生集》，至明代已散佚。清四庫館臣據《永樂大典》、《天下同文集》等書所錄，輯爲《須溪集》十卷。另有《須溪先生四景詩集》四卷、補遺一卷，《須溪詞》一卷、補遺一卷。

本書資料據四庫全書本《須溪集》。

《辛稼軒詞》序（節録）

詞至東坡，傾蕩磊落，如詩如文，如天地奇觀，豈與羣兒雌聲學語較工拙？然猶未至用經用史，牽雅頌入鄭衛也，自辛稼軒前，用一語如此者，必且掩口。及稼軒，橫竪爛漫，乃如禪宗棒喝，頭頭皆是；又如悲笳萬鼓，平生不平事並盡卮酒，但覺賓主酣暢，誤不暇顧，詞至此亦足矣。

920

趙仲仁詩序（節録）

後村謂文人之詩與詩人之詩不同，味其言外，似多有所不滿。而不知其所乏適在此也。吾嘗謂詩至建安，五七言始工，而長篇反復終有所未達，則政以其不足於爲文耳。文人兼詩，詩不兼文也。杜雖詩翁，散語可見。惟韓、蘇傾竭變化，如雷震河漢，可驚可快，必無復可憾者，蓋以其文人之詩也。詩猶文也，盡如口語，豈不更勝？彼一偏一曲，自擅詩人詩，局局焉，靡靡焉，無所用其四體。而其施於文也，亦復恐泥，則亦可以暕然而憫哉。

《劉次莊考樂府》序（節録）

余嘗與祭太學，見太常樂工類市井倩人，被以朱衣。及其歌也，前者可，後者哦，羣雁而起，竟亦莫識何語，而音節又極俚，有何律度。而俗儒按之以爲曲，曰樂章。姜堯章至取編鐘朱瑟帙較而字定之，然語言無味，曾不及其自度《香》、《影》諸曲之妙。乃知柳子厚《鐃歌》，尹師魯《皇雅》，皆蔽於聲，質於貌。嗚呼！吾讀《文王》、《清廟》，何其往來反復，愈簡而愈有餘地，雖不能知其聲，而洋洋者如倡而復歎之不足也，故可歌也。故知依聲鑄字，出於述者之過，中無所見，則如市人濫吹，聞而從之者也。劉次莊考古樂府，如生其時，又與之上下，至某代爲某歌，往往推見次第，彷彿大略，不失節奏。然謂樂府起漢，非也。古詩皆弦誦，如今巷歌，樂之始也。《三侯》之章出於烏烏，沛中兒童和習之，豈必被絃歌而後爲樂府哉？解題外集古今作，或題樂府而詩近律，用見賦詩者不必本古題古意，而意之所到，亦不必求之四聲響切而暢。此於解題，又最有助。（以上卷六）

周　密

周密（1232—1298）字公謹，號草窗，又號蕭齋、蘋洲，晚年號四水潛夫、弁陽老人、弁陽嘯翁、華不注山人。祖籍濟南，先人因隨高宗南渡，流寓吳興（今浙江湖州），置業於弁山南。宋亡不仕，隱居弁山。曾與王沂孫、張炎、唐珏等十三人結社分詠龍涎香、白蓮、蟬諸物，以寄託亡國哀思。晚年，抱遺民之痛，以網羅輯録故國文獻自任。周密在詩、詞、書、畫、筆記文等方面都有極高造詣。其詩早期多惆悵之作，韻美聲諧；中期以後轉爲憂傷悽楚，多抒發思國懷鄉之情，亦有感時之作。其詞遠祖清真，近法姜夔，風格清雅秀潤，與吳文英齊名，時人並稱"二窗"，爲宋末格律詞派的代表作家。善自度曲，亦有過分追求形式的傾向。平生著述甚富：詞集有《蘋洲漁笛譜》二卷、集外詞一卷，《草窗詞》二卷、補二卷。詩集有《蠟屐集》、《弁陽詩集》，又有《草窗韻語》，今僅存《草窗韻語》六卷。編選有《絕妙好詞》七卷。又撰有筆記《武林舊事》、《齊東野語》、《癸辛雜識》、《浩然齋雅談》、《志雅堂雜鈔》等多種，在宋元筆記中堪稱巨擘，今均存。其中《武林舊事》辭語華贍，記載南宋都城雜事，最爲真確。《齊東野語》多記南宋舊事，可補史料之缺。又有《雲煙過眼錄》四卷，記載考辨書畫古器。其《浩然齋詞話》取自《浩然齋雅談》下卷，以輯録南宋佳作及佚作、軼事爲主，偶有評語。

本書資料據四庫全書本《齊東野語》、《癸辛雜識》、《浩然齋雅談》。

蜜章、密章

"密章"二字見《晉書》山濤等傳，然其義殊不能深曉。自唐以來文士多用之，近世若洪舜俞行《喬行簡贈祖母制》亦云"欲報食飴之德，可稽制蜜之章"，"蜜"字皆從"虫"。相傳謂贈典既不刻印，而以蠟爲之，蜜即蠟，所以謂之蜜章。然劉禹錫《爲杜司徒謝追贈表》云："紫書忽降於九重，密印加榮於五夜"；《李國長神道碑》云："煌煌密章，蕭蕭終言"；《王崇述神道碑》云："没代流慶，密章下賁"；宋祁《孫奭謚議》云："密章加等，昭飾下泉"；又《祭文》云："恤恩告第，蹻書密章"，"密"字乃並從"山"，莫知其義爲孰是，豈古字可通用乎，或他別有所出也。（《齊東野語》卷一）

協韻牽強

詩辭固多協韻，晦菴用吳士老補音多通，然亦有太甚者。古人但隨聲取協，方言又多不同。至沈約以來，方有四聲之拘耳，然亦正不必牽強也。《離騷》一經，惟"多艱多替"之句，最爲不協。孫莘老、蘇子容本云："古亦應協。"未必然也。晦菴以艱音巾，替音天，雖用才老之説，然恐無此理。以余觀之，若移"長太息以掩涕"一句在"哀生民之多艱"下，則涕與替正亦不勞牽強也。（《齊東野語》卷十一）

隱　語

古之所謂廋詞，即今之隱語，而俗所謂謎。《玉篇》"謎"字釋云："隱也。"人皆知其始於黃絹幼婦，而不知自漢伍舉、曼倩時已有之矣。至《鮑照集》，則有井字謎。

922

自此雜説所載，間有可喜。今擇其佳者，著數篇於此，以資酒邊雅談云。（《齊東野語》卷二十）

太學文變

南渡以來，太學文體之變，乾淳之文師淳厚，時人謂之乾淳體。人材淳古，亦如其文。至端平江萬里習《易》，自成一家，文體幾於中復。淳祐甲辰，徐霖以書學魁南省，全尚性理，時競趨之，即可以致科第功名，自此非《四書》、《東西銘》、《太極圖》、《通書》、《語録》不復道矣。至咸淳之末，江東謹思、熊瑞諸人，倡爲變體，奇詭浮艷，精神焕發，多用《莊》、《列》之語，時人謂之換字文章。對策中有"光景不露，大雅不澆"等語，以至於亡，可謂文妖矣。（《癸辛雜識》後集）

《浩然齋雅談》（節録）

涪翁云："章子厚嘗言《楚辭》蓋有所祖述，初不謂然。子厚曰：'《九歌》蓋取諸國風，《九章》蓋取諸二雅，《離騷》蓋取諸頌。'考之信然。"

東萊云："東坡《九成臺銘》，實文耳，而謂之銘，以其中皆用韻，而讀之久乃覺，是其妙也。"（以上卷上）

俞德鄰

俞德鄰（1232—1293）字宗大，自號太玉山人。宋末人。原籍永嘉平陽（今屬浙江），徙家京口（今江蘇鎮江）。景定中魁鄉薦，咸淳九年（1273）浙江轉運司解試第一。宋亡不仕，元江浙行省累薦皆不就，遁跡以終。因性剛狷，以"佩韋"名其齋。學問該博，所著《佩韋齋輯聞》四卷，考經論史，間及當代故實，皆詳核可據。又著有《佩韋齋集》十六卷。《四庫全書總目》卷一六五謂："德鄰詩恬淡夷猶，自然深遠，在宋末諸人之中特爲高雅；文亦簡潔有清氣，體格皆在方回《桐江集》上。"

本書資料據四庫全書本《佩韋齋集》。

《北村詩集》序（節録）

詩之道大矣，先帝王盛時，陳詩納言，命官職之，所以觀習氣之感而知風化之變也。夫惟觀其感知其變，和其忿厲怫鬱之氣，以導其易直子諒之心，是故化行俗美，禍亂無自而作。厥後官廢，士之詩，瞽之曲，師之箴，瞍之賦，矇之誦，工之諫，庶人之謗，皆不得以上聞，而上之人亦不得以知民之好惡。於是政乖俗謬，恬不之覺，以至於壞亂而不可救。然則詩詎可以易言哉？

奧屯提刑樂府序（節錄）

樂府，古詩之流也。麗者易失之淫，雅者易鄰於拙，求其麗以則者鮮矣。自《花間集》後，迄宋之世，作者殆數百家，雕鏤組織，牢籠萬態，恩怨爾汝，于于喁喁，佳趣政自不乏，然才有餘，德不足，识者病之。獨東坡大老以命世之才，游戲樂府，其所作者，皆雄渾奇偉，不專爲目珠睫鈎之泥，以故昌大囂庶，如協八音，聽者忘疲。渡江以來，稼軒辛公其殆庶幾者。下是，《折楊》、《皇荂》，誨淫蕩志，不過使人嗑然一笑而已。疆土既同，乃得見遺山元氏之作，爲之起敬。（以上卷一〇）

金履祥

金履祥（1232—1303）初名金祥，更名開祥，後改今名，字吉父。學者稱仁山先生。宋婺州（今浙江金華）人。師事同郡王柏，登何基之門，遂傳朱熹之學。宋亡，屏居金華山中，寄情嘯詠，以著述、教授後學爲事。嘗纂《通鑑前編》二十卷，多所發明。晚年講學於麗澤書院。金履祥學有根柢，其文醇潔有法；"其詩乃仿佛《擊壤集》，不及朱子遠甚"（《四庫全書總目》卷一六五）。著述甚多，有《大學章句疏義》二卷、《論語孟子集注考證》十七卷、《書表注》四卷、《尚書表注》、《夏小正傳注》等；文集有《仁山文集》四卷、附錄一卷。

本書資料據金華叢書本《仁山先生金文安公文集》。

《通鑑前編》序

朱子曰："古史之體可見者，《書》、《春秋》而已。《春秋》編年通紀，以見事之先後；《書》則每事別紀，以具事之始末。意者當時史官既以編年紀事，至於大事，則又采合而別記之。若二《典》所記上下百有餘年，而《武成》、《金縢》諸篇或更數月，或歷數年，其間豈無異事，蓋必已具於編年之史，而今不復見矣。"履祥按：《竹書紀年》載三代以來事跡，然詭誕不經，今亦不可盡見。《史記》年表起周共和庚申之歲，以上則無紀焉。歷世浸遠,其事往往雜見於他書,靡適折衷。邵子《皇極經世》獨紀堯以來,起甲辰,爲編年曆。胡氏《皇王大紀》亦紀甲辰以下之年,廣漢張氏因經世之年頗附之以事。顧胡過於詳,而張失之簡。今本之以史、子傳紀附之,以經翼之,以諸家之論,且考其繫年之故,解其辭事,辨其疑誤,如東萊呂氏《大事記》,而不敢盡倣其例。起帝堯元載,止周威烈王二十三年,接於《資治通鑑》,名曰《通鑑前編》。昔司馬公編輯《通鑑》,先爲《長編》,蓋《長編》不嫌於詳,而《通鑑》則取其要也。後之君子或有取於斯焉,要删之以爲《通鑑前紀》,是亦區區之所望也。景定甲子正月丁丑朔序。(卷一)

林景熙

林景熙(1242—1310)字德暘,一作德暘,號霽山。宋末温州平陽(今屬浙江)人。咸淳七年(1271),由上舍生釋褐成進士。宋亡不仕,隱居於平陽白石巷。林景熙是宋、元之際詩壇創作成績卓著、最富代表性的詩人,與謝翱齊名。其詩歌創作最工七言律體,大不同於其同鄉前輩"四靈"派詩人,而是時刻關注社會現實、關心民生疾苦,風格幽婉,沉鬱悲涼,多以自然達意的聯想,托物比興的手法,精粹簡練的語言,委婉曲折的表達方式,揭示自己心靈深處亡國隱痛的情思。亦善作文,文字精煉準確,敘述簡潔生動,意境深遠,感染力強。著有文集《白石稿》十卷、詩集《白石樵唱》六卷,元章祖程爲注,已佚。今存文集有三種版本:明呂洪編《霽山先生文集》五卷;明馮彬刊《霽山先生白石樵唱》六卷、《文集》四卷;《霽山先生集》五卷、拾遺一卷。分卷各異,但所收詩文數同。

本書資料據四庫全書本《霽山文集》。

胡汲《古樂府》序

唐人《花間集》,不過《香奩》組織之辭,詞家爭慕倣之,粉澤相高,不知其靡,謂樂府體固然也。一見鐵心石腸之士,譁然非笑,以爲是不足涉吾地。其習而爲者,亦必毀剛毀直,然後宛轉合宮商,嫵媚中繩尺,樂府反爲情性害矣。樂府,詩之變也。詩發乎情,止乎禮義,美化厚俗,胥此焉寄!豈一變爲樂府,乃遽與詩異哉?宋秦、晁、周、柳輩,各據其壘,風流醖藉,固亦一洗唐陋,而猶未也。荆公《金陵懷古》末語後庭遺曲,有詩人之諷。裕陵覽東坡月詞,至"瓊臺玉宇,高處不勝寒",謂蘇軾終是愛君。由此觀之,二公樂府,根情性而作者,初不異詩也。

嚴陵胡君汲古,以詩名,觀其樂府,詩之法度在焉。清而腴,麗而則,逸而斂,婉而莊。悲凉於殘山剩水,豪放於明月清風,酒酣耳熱,往往自爲而歌之。所謂樂而不淫,哀而不傷,一出於詩人禮義之正。然則先王遺澤,其猶寄於變風者,獨詩也哉!

《王修竹詩集》序(節録)

《三百篇》,詩之祖也。世自盛人衰,風自正入變,雅、頌息矣。風、雅、頌,經也;賦、比、興,緯也。以三緯行三經之中,六義備焉。一變爲騷,再變爲選,三變爲五、七字律。蓋自晉、宋、齊、梁而下,義日益離。李、杜手障狂瀾,離者復合。其他掇拾風煙,組緻花鳥,自謂工且麗,索其義蔑如。古者閭巷小夫,閨門賤妾,其詩往往根情性而作。後之士大夫反異焉,何也? 詩一言以蔽之,曰"思無邪"。無邪者,誠之發,當喜而喜,當怒而怒,當哀而哀,當樂而樂,《匪風》、《下泉》之思是也。《大序》言變風發乎情,止乎禮義。不變者,猶於變見之,謂非豐鎬遺澤可乎?

《馬靜山詩集》序(節録)

詩起於康衢之謡,而暢於《三百》。雅歇頌沉,王風蔓草,繫於時矣。杜少陵自天寶末年,感時觸景,花淚鳥驚,非復和聲以鳴其盛,然而猶有唐也。予讀靜山馬君詩,清厲沉鬱,扶天墜,閔人窮,意寄言外。方其破硯寒燈,蕭然四壁,人不堪之,而能發天葩於枯槁,振古響於寂寥,手提偏師,亦足抗賈、孟之壘。(以上卷五)

張　炎

張炎(1248—约1320)字叔夏,號玉田,晚號樂笑翁。宋末臨安(今浙江杭州)人。曾祖張鎡、祖父張濡、父張樞,都是著名的詞客。在詞史上,張炎和姜夔並稱"姜張",與宋末著名詞人蔣捷、王沂孫、周密並稱"宋末四大家"。張炎論詞主張"清空"、"騷雅",傾慕周邦彥、姜夔而貶抑吳文英。他的詞,多寫個人哀怨並長於詠物,也寄託了鄉國衰亡之痛,備極蒼凉;常以清空之筆,寫淪落之悲,帶有鮮明的時代印記。因他精通音律,故審音拈韻,細緻入微;遣詞造句,流麗清暢,時有精警之處。但由於他過分追求局部的詩情畫意,在整體構思上不免失之空疏,故境界開闊而又立意甚高者並不多見。他還是一位著名的詞論家,所著《詞源》二卷,分爲製曲、句法、字面、虛字、清

926

空、意趣、用事、詠物、節序、賦情、令曲、音譜、雜論等十三部分，在詞的形式研究上，給後人留下不少啟迪；在論述樂律部分，保存了有關樂府詞的豐富資料。其創作主張，強調藝術感受、藝術想象與藝術形式，有許多經驗之談，但其觀點帶有門户之見，難免有偏頗之處。另有詞集《山中白雲詞》八卷。

本書資料據唐圭璋《詞話叢編》本《詞源》。

《詞源》卷下序（節録）（擬題）

古之樂章、樂府、樂歌、樂曲，皆出於雅正。粤自隋、唐以來，聲詩間爲長短句。至唐人則有《尊前》、《花間集》。迄於崇寧，立大晟府，命周美成諸人討論古音，審定古調，淪落之後，少得存者，由此八十四調之聲稍傳。而美成諸人又復增演慢曲、引、近，或移宫换羽，爲三犯、四犯之曲，按月律爲之，其曲遂繁。美成負一代詞名，所作之詞，渾厚和雅，善於融化詞句，而於音譜，且間有未諧，可見其難矣。作詞者多效其體製，失之軟媚，而無所取。此惟美成爲然，不能學也。所可仿效之詞，豈一美成而已？舊有刊本《六十家詞》，可歌可誦者，指不多屈。中間如秦少游、高竹屋、姜白石、史邦卿、吴夢窗，此數家格調不侔，句法挺異，俱能特立清新之意，删削靡曼之詞，自成一家，各名於世。作詞者能取諸人之所長，去諸人之所短，精加玩味，象而爲之，豈不能與美成輩爭雄長哉？

音　譜

詞以協音爲先。音者何，譜是也。古人按律制譜，以詞定聲，此正"聲依永，律和聲"之遺意。有法曲，有五十四大曲，有慢曲。若曰法曲，則以倍四頭管品之，即篳篥也。其聲清越。大曲則以倍六頭管品之，其聲流美。即歌者所謂曲破，如《望瀛》，如《獻仙音》，乃法曲，其源自唐來。如《六么》，如《降黄龍》，乃大曲，唐時鮮有聞。法曲有散序、歌頭，音聲近古，大曲有所不及。若大曲亦有歌者，有譜而無曲，片數與法曲相上下。其説亦在歌者稱停緊慢，調停音節，方爲絶唱。惟慢曲引近則不同。名曰小唱，須得聲字清圓，以啞篳篥合之，其音甚正，簫則弗及也。慢曲不過百餘字，中間抑揚高下，丁、抗、掣、拽，有大頓、小頓、大住、小住、打、撧等字。真所謂上如抗，下如墜，曲如折，止如槁木，倨中矩，句中鈎，累累乎端如貫珠之語，斯爲難矣。

先人曉暢音律，有《寄閑集》，旁綴音譜，刊行於世。每作一詞，必使歌者按之，稍有不協，隨即改正。曾賦《瑞鶴仙》一詞云："捲簾人睡起。放燕子歸來，商量春事。芳菲又無幾。减風光都在，賣花聲裏，吟邊眼底。被嫩緑、移紅换紫。甚等閑、半委東風,半委小橋流水。還是苔痕湔雨,竹影留雲,做晴猶未。繁華迤邐。西湖上、多少歌吹。粉蝶兒、撲定花心不去,閑了尋香兩翅。那知人一點新愁,寸心萬里。"此詞按之歌譜,聲字皆協,惟"撲"字稍不協,遂改爲"守"字,乃協。始知雅詞協音,雖一字亦不放過,信乎協音之不易也。又作《惜花春·起早》云"鎖窗深","深"字音不協,改爲"幽"字,又不協,改爲"明"字,歌之始協。此三字皆平聲,胡爲如是? 蓋五音有脣齒喉舌鼻,所以有輕清重濁之分,故平聲字可爲上入者此也。聽者不知宛轉遷就之聲,以爲合律,不詳一定不易之譜,則曰失律。矧歌者豈特忘其律,抑且忘其聲字矣。述詞之人,若只依舊本之不可歌者,一字填一字,而不知以訛傳訛,徒費思索。當以可歌者爲工,雖有小疵,亦庶幾耳。

虛　字

詞與詩不同,詞之句語,有二字、三字、四字,至六字、七、八字者,若堆疊實字,讀且不通,況付之雪兒乎! 合用虛字呼喚,單字如正、但、任、甚之類,兩字如莫是、還又、那堪之類,三字如更能消、最無端、又却是之類,此等虛字,却要用之得其所。若使盡用虛字,句語又俗,雖不質實,恐不無掩卷之誚。

雜　論

詞之作必須合律,然律非易學,得之指授方可。若詞人方始作詞,必欲合律,恐無是理,所謂千里之程,起於足下,當漸而進可也。正如方得離俗爲僧,便要坐禪守律,未曾見道,而病已至,豈能進於道哉! 音律所當參究,詞章先宜精思,俟語句妥溜,然後正之音譜,二者得兼,則可造極玄之域。今詞人才說音律,便以爲難,正合前說,所以望望然而去之。苟以此論製曲,音亦易譜,將于然而來矣。(以上卷下)

楊守齋《作詞五要》

作詞之要有五:第一要擇腔,腔不韻則勿作。如《塞翁吟》之衰颯,《帝臺春》之不順,《隔浦蓮》之寄煞,《鬭百花》之無味是也。第二要擇律,律不應月則不美。如十一月調須用正宮,元宵詞必用仙吕爲宜也。第三要填詞按譜。自古作詞,能依句者已少,依譜用字者,百無一二。詞若歌韻不協,奚取焉! 或謂善歌者融化其字則無疵,殊不知詳製轉折,用或不當即失律,正旁偏側,凌犯他宮,非復本調矣。第四要隨律押韻。如越調《水龍吟》、商調《二郎神》，皆合用平入聲韻。古詞俱押去聲，所以轉折怪異，成不祥之音。昧律者反稱賞之，是真可解頤而啟齒也。第五要立新意。若用前人詞意爲之，則蹈襲無足奇者，須自作不經人道語。或翻前人意，便覺出奇；或只能煉字，誦纏數過，便無精神。不可不知也。更須忌三重四同，始爲具美。（附錄）

戴　埴

戴埴(生卒年不詳)字仲培。宋鄞縣(今浙江寧波)人。嘉熙二年(1238)進士。嘗持節將漕，頗究心郡國利病。著有《鼠璞》二卷，考證經史疑義及名物典故之異同，持論多精審。其曰“鼠璞”者，蓋取周人、宋人同名異物之義。

本書資料據四庫全書本《鼠璞》。

次　對

今人以唐百官入閣待制次對，以次對呼待制。然唐初京官五品以上清宮每日一兩人隨仗以備顧問，正元七年於常參日引見二人次對，訪以政事。元和間武元衡有請，合而爲一。唐之待制非若本朝之有此官，建隆詔每内殿起居，文班朝臣及翰林學士等以次輪對。淳化詔百官次對，遇起居日常參官兩人次對。皇祐詔兩制兩省臺諫，三館帶職，省府推判官次對，是次對即輪對，非待制之職也。本朝侍從本與百官輪對，元祐以王存奏罷之，復行於紹聖四年。紹興中用吕祉奏，始有召見請對之制。是則次對、輪對本無別議。

十五《國風》、二《雅》、三《頌》

《風》、《雅》之正變，以治言。自邶至曹，治固多變；鄘、衛、鄭、秦，有美有刺；太王治豳，風化所基，何皆言變風？《節南山》至《魚藻》，治固變矣；《六月》、《車攻》、《斯干》諸詩，何以言變《小雅》？《民勞》至《桑柔》，治固變矣；《崧高》、《韓奕》、《烝民》、《江漢》諸詩，何以言變《大雅》？或曰：衛、鄭與秦皆國人私美其君，不合於治之正。豳以周公遭變，宣王功業不終，悉難曰正風、正雅。然《六月·序》言《小雅》盡廢，四夷交侵，中國微矣。宣王出而周道粲然復興，變雅不始於厲王，而始於宣王，何也？若專以治言，則溢美其君，豈得爲詩？夫子安得存之？《周禮·籥章》歌豳詩、豳雅、豳頌，豳治未純於正，胡用之於樂章？況《七月》陳王業與公劉戒民事無以異，一繫正雅，一繫變風，何也？《詩》大、小《雅》以治言，則受命作。周代商，繼伐爲政之大；燕羣臣嘉賓，燕兄弟朋友，爲政之小。《嘉魚》、《山臺》、《菁莪》、《卷阿》、《棫樸》，均爲養才用才之詩，何以分政之小大？《六月》、《采芑》、《車攻》、《江漢》、《常武》，均爲宣王中興之詩，何以分政之小大？周、魯、商三《頌》，以盛德成功爲主，則《周頌》之薦宗廟、告神明，稱述祖宗功業，極其形容，自稱曰：“惟予小子”、“閔予小子”、“曾孫篤之”，皆謙冲退托。而《商頌》言“假祖之孝”曰“湯孫奏假”，言“赫赫之功”曰“於赫湯孫”，言“奉祀之誠”曰“湯孫之將”，言“天命之久”曰“在武丁孫子”，不過頌美主祭之君。《周頌》簡嚴，《商頌》敷暢，已非一體。《魯頌》稱美之辭益侈，以衰微不振之魯，奔走於霸主之號令，惴惴自保不暇，乃謂其懲荊舒、服戎狄，修復伯禽之法度，與經傳大率相戾。聖人合商、周與魯，並以頌稱，又何以？謂言天下之事，形四方之風，則豳何以有《雅》？謂美盛德、告成功，則豳何以有《頌》？予謂求《詩》於《詩》，不若求《詩》於樂。夫子自衛反魯，然後樂正，《雅》、《頌》各得其所。及言《關雎》之亂，洋洋盈耳。以樂正《詩》，則《風》、《雅》與《頌》以聲而別。古者《詩》存於樂，延陵季子觀樂於魯，使工爲之歌，乃於五聲和，八風平，節有度，守有常。《記禮》言：鄭、宋、衛、齊之音與聲淫，及商和，非武音，歌《頌》、大小《雅》以爲聲歌各有所宜。《書》：詩言志，歌永言，聲依永，律和聲。《周禮》教六詩，以六律爲之音。《左傳》：晉得楚囚，問其族，曰伶人也。與之琴，操南音。文子曰：樂操土風，不忘舊也。有娀之北音，塗山之南音，夏之東音，周之西音，專以音樂爲主，聲相形，故生變。五音，樂之正也；應鍾爲變宮，蕤賓爲變徵，樂之變也。後之言樂，有三宮、二十一變。樂有正聲，必有變聲。夫子正《詩》於樂，豈獨《風》、《雅》有正聲而無變聲哉？故《國風》，十五國之土歌。土歌之正爲正風，土歌之變爲變風，採詩者以聲別之。列國非無正音，散而不傳耳。《豳風》，王風，周之變音；《周南》、《召南》，周之正音。其雅樂之正變也亦然。瞽誦工歌，既別其聲之正變，復析爲小雅、大雅，亦不過雅音之大者爲大樂章，大燕享用之；雅音之小者爲小樂章，小燕享用之。《春秋》：穆子如晉，晉侯享之，金奏《肆夏》，歌《文王》，俱不拜，歌《鹿鳴》而後拜。韓子以捨其大，拜其細爲問，對曰：《三夏》，天子所以享元侯；《文王》，兩君相見之樂，皆不敢當。《鹿鳴》所以嘉寡君，敢不拜嘉。足見雅音小大即樂章之小大也。以言於頌，《周頌》雖簡，商、魯之頌雖繁，《周頌》雖敬懼而謙恭，商、魯之頌雖侈麗而誇大，其音苟合，何往非頌。人不以言求《詩》，而以樂求《詩》，始知風、雅之正變小大，與三頌之殊塗同歸矣。孔穎達云：“取大雅之音，歌其政事之變者，謂之變。小雅言政而參以音。”其論得之矣。蓋樂與政通，謂無關於政固不可；悉以政事解之，則有不可解者。今之樂章至不足道，猶有正調、轉調、大曲、小曲之異。風、雅、頌既欲被之絃歌，播之金石，安得不別其聲之小大正變哉！

楮券源流

券書,聽稱責以傳別,特民間私相稱責,以爲符驗,公家未嘗爲之。(以上卷上)

發人私柬

唐穆宗時,錢徽掌貢舉,段文昌、李紳以書屬所善士,不從,言於上曰:"今歲禮部不公,皆關節得之。"乃貶徽刺江州。或勸徽奏所屬書,徽曰:"苟無愧心,得喪一致,奈何奏人私書?"取而焚之。本朝皇祐元年六月,臺諫李兌等言:"比歲臣寮有繳交親往還簡尺,遂成告訐之俗。自今非情涉不順,毋得繳簡尺以聞。"從之。繳奏私書,非特士君子不爲,亦法令所禁。

封　章

俗謂章奏爲囊封本於漢。凡章奏皆啓封,至言密事,不敢宣洩,則用皂囊重封以進。若州縣之紫袋。劉向懼恭顯之傾危,上乃上封章以諫。其末云:"臣謹重封昧死上。"漢漏泄之法極重,師丹使吏書奏,丁傅得其草以告,廷尉劾治,策免。本朝於章奏,凡論治大體及有關於聖躬者,往往留中不出。太宗得田錫諫疏,悉類聚於禁中是也。今例從內降付中書,雖泛言敬天修德之類,往往批依以入報,非故事也。(以上卷下)

吴自牧

吴自牧(生卒年不詳),宋臨安(今浙江杭州)人。生平亦無考。約公元1270年前後在世。宋亡後嘗追記錢塘盛況,作《夢粱録》二十卷。該書仿效《東京夢華録》體例,記載南宋臨安的郊廟、官殿、山川、人物、市肆、物產、戶口、風俗、百工、雜戲、寺觀、學校等,爲了解南宋城市經濟活動,手工業、商業發展情況,市民的經濟文化生活,特別是都城的面貌,提供了較豐富的史料。書中妓樂、百戲伎藝、角觝、小説講經史諸節,爲宋代文藝的珍貴資料。

本書資料據四庫全書本《夢粱録》。

妓樂（節録）

散樂傳學教坊十三部，唯以雜劇爲正色……向者汴京教坊大使孟角毬曾做雜劇本子，葛守成撰四十大曲，丁仙現捷才知音。南渡以後，教坊有丁漢弼、楊國祥等。景定年間至咸淳歲，衙前樂撥充教樂所都管、部頭、色長等人員，如陸恩顯、時和、王見喜、何雁喜、王吉、趙和、金寶、范宗茂、傅昌祖、張文貴、侯端、朱堯卿、周國保、王榮顯等。且謂雜劇中末泥爲長，每一塌四人或五人。先做尋常熟事一段，名曰"艷段"。次做正雜劇，通名"兩段"。末泥色主張，引戲色分付，副淨色發喬，副末色打諢。或添一人，名曰"裝孤"。先吹曲破斷送，謂之"把名"。大抵全以故事，務在滑稽唱念，應對通遍。此本是鑒戒，又隱於諫諍，故從便跣露，謂之"無過蟲"耳。若欲駕前承應，亦無責罰，一時取聖顔笑。凡有諫諍，或諫官陳事，上不從，則此輩粧作故事，隱其情而諷之，於上顔亦無怒也。又有雜扮，或曰"雜班"，又名"經元子"，又謂之"拔和"，即雜劇之後散段也。頃在汴京時，村落野夫罕得入城，遂撰此端。多是借裝爲山東、河北、村叟，以資笑端。今士庶多以從省，筵會或社會，皆用融和坊、新街及下瓦子等處散樂家，女童裝末，加以弦索賺曲，祇應而已。

百戲伎藝（節録）

凡傀儡，敷演煙粉、靈怪、鐵騎、公案、史書歷代君臣將相故事話本，或講史，或作雜劇，或如崖詞。如懸綫傀儡者，起於陳平六奇計解圍故事也。今有金綫盧大夫、陳中喜等，弄得如真無二，兼之走綫者尤佳。更有杖頭傀儡，最是劉小僕射家數果奇。大抵弄此多虛少實，如巨靈神、姬大仙等也。其水傀儡者，有姚遇仙、賽寶哥、王吉、金時好等，弄得百憐百悼。兼之水百戲，往来出入之勢，規模舞走，魚龍變化奪真，功藝如神。更有弄影戲者，元汴京初以素紙雕簇，自後人巧工精，以羊皮雕形，用以綵色粧飾，不致損壞。杭城有賈四郎、王昇、王閏卿等，熟於擺布，立講無差。其話本與講史書者頗同，大抵真假相半，公忠者雕以正貌，姦邪者刻以醜形，蓋亦寓褒貶於其間耳。

小説講經史（節録）

説話者，謂之舌辨。雖有四家數，各有門庭。且小説名銀字兒，如煙粉、靈怪、傳奇、公案、扑刀、捍棒，發發踪泰之事：有譚淡子、翁三郎、雍燕、王保義、陳良甫、陳郎婦、棗兒、余二郎等，談論古今，如水之流。談經者，謂演説佛書。説參講者，謂賓主參禪悟道等事：有寶庵、管庵、喜然和尚等。又有説諢經者戴忻庵。講史書者，謂講説《通鑑》、漢、唐歷代史書文傳興廢爭戰之事：有戴書生、周進士、張小娘子、宋小娘子、丘機山、徐宣教。又有王六大夫，元係御前供話，爲幕士請給，講諸史俱通，於咸淳年間，敷演《復華篇》及《中興名將傳》，聽者紛紛。蓋講得字真不俗，記問淵源甚廣耳。但最畏小説人。蓋小説者，能講一朝一代故事，頃刻間捏合，與起令隨令相似，各占一事也。（以上卷二十）

陸文奎

陸文奎，宋江陰人，事跡不詳。曾爲張炎詞作序，介紹張炎生評，概述宋代詞風演變。

本書資料據四庫全書本《山中白雲詞》。

《山中白雲詞》序

“詞”與“辭”字通用，《釋文》云：“意内而言外也。”意生言，言生聲，聲生律，律生調，故曲生焉。《花間》以前無雜譜，秦、周以後無雅聲，源遠而派别也。西秦玉田張君著《詞源》上下卷，推五音之數，演六六之譜，按月紀節，賦情詠物，自稱得聲律之學於守齋楊公、南溪徐公。淳祐、景定間，王邸侯館歌舞昇平，君王處樂，不知老之將至。黎園白髮，濠宮蛾眉，餘情哀思，聽者淚落。君亦因是棄家，客遊無方，三十年矣。昔柳河東銘姜秘書閔王孫之故態，銘馬淑婦，感謳者之新聲，言外之意異世誰復知者？覽君詞卷，撫几三嘆。江陰陸文奎序。（卷首）

沈義父

沈義父（生卒年不詳）字伯時。宋震澤（今江蘇蘇州）人。嘉熙元年（1237），以賦領鄉薦，爲南康軍白鹿洞書院山長，奉行朱子學規。致仕歸，建義塾，立明教堂講學。入元，隱居不仕。學者稱時齋先生。能詩，淳祐初年（1241）即與翁元龍、吳文英相交，相與唱酬填詞，講論作詞之法。著《樂府指迷》一卷，全書雖僅二十九則，却自成一家之言，爲宋人論詞之重要著作。其論詞四標準，主張作詞要協音、字雅、字隱、意柔，旨在重協律，尚雅正含蓄，雖受吳文英影響，以周邦彦爲宗，持論却多中肯。自明陳繼儒萬曆年間刻於《花草粹編》卷前，此書漸行於世。又著有《時齋集》、《遺世頌》，今不傳。

本書資料據唐圭璋《詞話叢編》本《樂府指迷》。

《樂府指迷》（節錄）

余自幼好吟詩。壬寅秋，始識靜翁於澤濱；癸卯，識夢窗。暇日相與倡酬，率多填詞，因講論作詞之法，然後知詞之作難於詩。蓋音律欲其協，不協則成長短之詩；下字欲其雅，不雅則近乎纏令之體；用字不可太露，露則直突而無深長之味；發意不可太高，高則狂怪而失柔婉之意。思此，則知所以爲難。

押韻不必盡有出處，但不可杜撰。若只用出處押韻，却恐窒塞。

腔律豈必人人皆能按簫填譜，但看句中用去聲字最爲緊要。然後更將古知音人曲，一腔三兩隻參訂，如都用去聲，亦必用去聲。其次如平聲，却用得入聲字替。上聲字最不可用去聲字替，不可以上去入，盡道是側聲，便用得，更須調停參訂用之。古曲亦有拗者，蓋被句法中字面所拘牽，今歌者亦以爲礙。如《尾犯》之用“金玉珠珍博”，“金”字當用去聲字。如《絳園春》之用“遊人月下歸來”，“遊人”合用去聲字之類是也。

前輩好詞甚多，往往不協律腔，所以無人唱。如秦樓楚館所歌之詞，多是教坊樂工及市井做賺人所作，只緣音律不差，故多唱之。求其下語用字，全不可讀。甚至詠月却説雨，詠春却説涼，如《花心動》一詞，人目之爲一年景。又一詞之中，顛倒重復，如《曲遊春》云：“賒薄難藏淚。”過云：“哭得渾無氣力。”結又云：“滿袖啼紅。”如此甚多，乃大病也。

作詞與詩不同，縱是用花卉之類，亦須略用情意，或要入閨房之意。然多流淫艷之語，當自斟酌。如只直詠花卉，而不著些艷語，又不似詞家體例，所以爲難。又有直爲情賦曲者，尤宜宛轉回互可也。如“怎”字、“恁”字、“奈”字、“這”字、“你”字之類，雖是詞家語，亦不可多用。亦宜斟酌，不得已而用之。

近世作詞者不曉音律，乃故爲豪放不羈之語，遂借東坡、稼軒諸賢自諉。諸賢之詞固豪放矣，不放處未嘗不叶律也。如東坡之《哨遍》、楊花《水龍吟》，稼軒之《摸魚兒》之類，則知諸賢非不能也。

詞中多有句中韻，人多不曉。不惟讀之可聽，而歌時最要叶韻應拍，不可以爲閒字而不押。如《木蘭花》云：“傾城。盡尋勝去。”“城”字是韻。又如《滿庭芳》過處“年年，如社燕”，“年”字是韻。不可不察也。其他皆可類曉。又如《西江月》起頭押平聲韻，第二、第四就平聲切去，押側聲韻。如平聲押東字，側聲須押董字、凍字韻方可。有人隨意押入他韻，尤可笑。

詞腔謂之均,均即韻也,

初賦詞,且先將熟腔易唱者填了,却逐一點勘,替去生硬及平側不順之字。久久自熟,便覺拗者少,全在推敲吟嚼之功也。

林　駧

林駧(生卒年不詳)字德頌。宋寧德(今屬福建)人。博極羣書,山經地志、稗官小說、釋老之書,無所不讀;九經注釋,暗記成誦。尤習當代典故,以《易》魁鄉薦。嘗謁轉運使江萬里,江以賦試,稱賞不已。後聚徒講學,鄰邑爭迎爲師。著有《古今源流至論》。《四庫全書·古今源流至論》提要云:"《古今源流至論》前集十卷、後集十卷、續集十卷,宋林駧撰。別集十卷,宋黃履翁撰……是編於經史百家之異同,歷代制度之沿革,條列件繫,亦尚有體要。雖其書專爲科舉而設,而有宋一代之朝章國典,分門別類,序述詳明,多有諸書所不載者,實考証家所取資,未可以體例近俗廢矣。"

本書資料據四庫全書本《古今源流至論》。

離　騷

東坡以騷爲風雅再變,而讀者謂得體蘇東坡曰:《離騷》,風雅再變;溫公不以騷編入《通鑑》,而論者謂未純《聞見錄》:司馬公修《通鑑》時,謂范純父曰:"諸史有詩賦等,皆止爲文章,便可删去。"公之意正欲立於天下後世,不在空言耳。如屈原以忠廢,所著《離騷》,太史謂"與日月爭光",公皆削之,當有深識,求於《考異》無之。嗟夫!坡公所學,有得於騷,固也;而溫公所以不錄者,以其例不取詩賦,或者烏可執是而輕議哉!讀《鴟鴞》之詩,不可不知周公憂周之情;讀《災異》之疏,不可不知劉向傷漢之意;讀《離騷》之賦,不知原之拳拳爲楚,亦未爲知原者。夫楚,宗國也。原不能止懷王之西而知羋氏之將亡,不能輔襄王以復不戴天之讎,而反受子蘭之讚,故其情切,其辭悲。昔許穆夫人以既嫁之女,尚憂宗國而賦《載馳》之詩,原也,得無言乎?後之不知《騷》者,則曰《九歌》之作近於舛,《崑崙》之述近於非經,《遠遊》之作近於放,《卜居》之作近於詭,《太一》之歌繼之以《湘君》則近於靡,《惜誦》之章繼之以《懷沙》則近於矯。故賈誼以鳳凰千仞而譏平矣本傳賈誼賦有曰:鳳凰翔于千仞兮,覽德輝而下之,揚雄以湛身而笑平矣揚雄作《畔牢》以諷平,班固以露才揚已議平矣班固謂"平之《離騷》,揚才露己",不思誼之《鵩賦》不若平之以鴻鵠虯龍而喻君子見上,雄之投閣不若平之抱石江濱而馨風千古揚雄因新莽投閣幾死,固之賦《燕然》以媚悖逆之臣,不若平之獨醒而不啜其醨也班固作《燕然銘》以媚竇憲。不特此耳,《九歌》之辨,取其禹之平水土而牧養羣生,即骨雖朽而目不瞑於湘水矣。噫！安得東坡、山谷，與之讀《騷》經哉！

《文選》《文粹》《文鑑》

論漢魏以後之文，莫備於《文選》，論李唐之文莫備於《文粹》，論聖宋之文莫備於《文鑑》。噫，文之難評也尚矣。相如《上林》之賦，劉勰稱其繁類成艷，爲辭賦之英特；而李白之序《大獵》，復謂窮壯極麗，何齟齬之甚。其去取之不一如此，則《選》之所録漢賦，果安從哉？

韓昌黎《毛穎傳》，舊史鄙其譏戲，不近人情；小宋復謂《送窮文》、《毛穎傳》皆古人意思未到，可以名家；其抑揚之不一如此。則《粹》之所編唐集，果安適哉？

范文正《岳陽樓記》，後山謂其累世以爲奇，尹師魯復謂傳奇體耳，其品藻之不相入如此，則《鑑》所論本朝之文又何如哉？

雖然文章美惡自有定論，去取當否要終自見。吾平心論之則曰《選》，曰《粹》，曰《鑑》之所集有不難辨者，且蕭統盡索自古文士之作，築臺選之，始於楚騷，訖於江左，爲卷三十，名之曰《選》，且曰："章、表、記、頌、詩、賦、書、論，亦各有體。"苟失其體，雖工弗取，其用工多矣。姚鉉盡取唐人之文拔其尤者，先後三變，無不編次，爲卷一百，命之曰《粹》，且曰擷英掇華，正以古雅，俗言蔓辭率皆不取，其用心勞矣。

夫以上下數千年間，騷人墨客，雄辭傑筆，有聲翰墨，無毫髮遺。是集也，或如松林竹徑，清陰邃密，下臨清流，瑩然可愛，使人蕭然忘塵埃之意，其清如此；或如園林華發，低紅昂紫，麗服靚粧，雜遊其間，使人熙熙然神怡氣定，其和如此。然其間纂次之不公，品題之未當，尚不免前輩之議，則以《選》自名者或有可删之文，以《粹》自命者多有可疵之體，亦何取於勤且博哉？

且王右軍之序《蘭亭》，絲竹管絃，四言兩意，不免見黜，似矣。然劉向之序《戰國》，有先秦典雅之製；董子之策《賢良》，得伊周格心之學。而例黜之，可乎？屈原之作《離騷》，辭古意烈，有風雅體，特軋卷首似矣，然子雲之《美新》，名教罪人；潘元茂之《九錫》，君子羞之，而概收之，可乎？不特此也，司馬長卿賦《上林》，而引盧橘夏熟；班孟堅賦《西都》，而言玉樹青蔥，而亦取之耶？蘇、李河梁送別之詩，在長安而有江漢之語；宋玉《高唐》、《神女》之賦，以一篇分而爲序，而亦録之耶？此統之去取不能逃後世之議也。

且段文昌《平淮西碑》録之，誠善矣，韓昌黎之所作果不及乎？李德裕《忠諫論》録之誠善矣，韓愈《諍臣》之所作果不及乎？不特此耳，王摩詰《老將行》，指天幸不敗爲衛青，李長吉《雁門行》，以"黑雲壓城"而續以"甲光向日"之句，而俱取之，何也？韓、

936

柳之邃古，李、杜之風雅，元、白之雄深，而反雜以釋子蘭《飲馬長城窟》，道士吳筠《遊仙》、《步虛》，而不倫若是，何也？此鉉之編次不能揜天下之公也。

嗚呼，不有美玉，安別碔砆；不有先輩之《文鑑》，無以知《選》、《粹》之謬肆。我本朝始有《文海》，孝宗惡其蹐駁，且遺逸者衆，乃命儒臣更修其書，斷自中興以前，彙次表上。賜名曰《皇朝文鑑》。如衆星列宿爭芒於層漢也，如象齒犀角充斥於天府也。自今觀之，經學至國朝而愈明，形於言論，發六經所未盡之蘊。程伊川之序《易傳》，無非天理人極之奧；游酢之爲孫莘老序《易傳》，亦皆性命仁義之妙。其於孔安國序書，杜元凱之序《左傳》，《選》皆登載者同乎異乎？

詩體至國朝而始正，發於諷詠，有《三百篇》之意之直節勁氣，傲雪淩霜，黃魯直之風韻灑落，光風霽月，其與樂天之放蕩，愚溪之嘲怨，《粹》皆所採取者，是乎否乎？文章雜體，至我國朝而尤盛，縉紳揚厲之文如梁周翰《五鳳樓賦》，鋪陳藝祖聖德；進士科舉之文如王曾之《有物混成》，蓋有古詩風骨；名臣奏議之文如張方平之《諫用兵》，東坡之疏《買燈》，潁濱之言《條例》，尤其表裏愈偉者。彼《選》之雜賦諫書，《粹》之表頌銘贊，微夫斯之爲文也，視此不亦惡乎？雖然，國朝之文所以媲墳襲典，超漢軋唐，傑然爲一代之盛者有由也。"三百年來文不振，直從韓柳到孫丁"，此文之始倡也；"六十年來旺氣消，文章化入山川手"，此文之再變也。"曾子文章衆無有，水之江漢星之斗"，此文之愈盛也。王元之、穆伯長導其源，尹師魯、孫明復疏其流，廬陵、臨川、眉山、南豐助其瀾，鳴律和呂，嚼羽含宮，則氣骨安得不古，議論安得不正哉？愚故併論之。

雜　體

議論不本於孔氏，則厭常喜異，不足以垂後世之訓；文章不祖於六經，則誇多鬭靡，不足以該天下之理。夫自杏壇跡蕪，麟筆絶矣。詞人才子，名溢於縹囊；舒文染翰，卷盈乎緗帙。紛紛籍籍，蓋不知其幾。然論本孔氏，文祖六經，庶可登文章之籙，否則，累編連牘，特紙上之陳跡耳。蓋《詩》變爲樂府之後，則作《拘幽操》文王作，作《思歸引》衛女作，即或愛或思之詩也。《詩》變爲《離騷》之後，則作《弔湘》賈誼作《弔湘賦》，作《畔牢愁》揚雄作，即或怨或哀之詩也。《書》自《誥命》之文不傳，而爲制、爲誥、爲表者，皆書之宗孤也。《詩》自《明良》之歌不作，而爲賦、爲頌、爲箴者，皆詩之源流也。後之曰記傳、曰志贊，本《春秋》之遺策也；後之曰序、曰記，即《易》與《記》之遺體也。然則學必尊師而後天下無異說，文必尊經而後天下無異論，此古今之格言也。諸葛孔明《出師》一表，言辭激烈，對越鬼神，讀之令人雍雍然生敬心，故東坡謂其與《說命》相表裏東坡云：孔明《出師表》與《伊訓》、《說命》相表裏。杜工部平生詩集，模寫風景，拳拳愛君，讀之令人灑灑然生愛心，故山谷謂有三百篇之旨山谷：讀杜子美詩，如靈丹一粒，點鐵成金，有《三百篇》之旨。夫以文而論人。如晁錯之《賢良策》，賈生之《過秦論》，班彪之《王命論》，揚雄之《美新》，王羲之《蘭亭序》，潘元茂之《九錫》，此皆膾炙人口者，而前輩特取孔明之一表。以詩而論人，如蘇、李之高妙，陶、阮之冲澹，曹、劉之豪逸，謝、鮑之峻潔，徐、庾之華麗，此蓋有聲於詩壇者，而前輩特稱子美之詩。此無他，不以文論文，以經論文也。夫商盤周誥，特當時小民登于王庭之言，幽深簡古，如登峻阪。然後之博學君子研窮旨意，未易通究。《國風》、《雅》、《頌》，亦不過小夫賤隸之辭，渾厚醞藉，如奏黃鍾大呂。後之騷人墨客，老於文墨，練辭剪句，有不能得其一二者。噫！作文而不究六經之旨，不愧古之聖賢，寧不愧古之民乎？然嘗觀漢、晉而下，惟唐之韓、柳，文章機軸，自成一家，當於古人中求之。韓之《南溪始泛》三首，魯直嘆有詩人之句律魯直於退之最愛《南溪始泛》三首，有詩人句律之深意，蓋退之絶筆於此；韓之《淮西碑》，孫覺喜其叙與銘得詩書之體《後山詩話》云：龍圖孫學士覺喜論文，謂退之《淮西碑》叙如書，銘如詩；韓之《盤谷序》，坡老謂唐無文章，惟此篇而已東坡云：歐公言晉無文章，惟陶淵明《歸去來》一篇而已。余亦謂唐無文章，惟《送李願歸盤谷序》一篇而已；則韓之所筆，非唐之文，古之文也。柳之詩，東坡稱其在韋蘇州之上東坡晚年最喜柳子厚，稱其詩在淵明下、韋蘇州上；柳之序，前輩稱《送僧浩然》一篇，無六朝風采；柳之碑，東坡稱《曹溪》、《南嶽》諸碑妙絶古今坡公云：讀柳集《曹溪》、《南嶽》諸碑，妙絶古今；則柳之所著，非唐之文，古之文也。嗚呼！盍亦遡其源流乎？蓋《詩》葩《易》奇，《盤》、《誥》詰屈，《春秋》謹嚴，韓之所學者在是，則捕龍蛇，搏虎豹，急與之角而不敢暇者宜矣《進學解》。又柳文《嘗讀韓所著毛穎傳後題》云：有南來者言韓愈爲《毛穎傳》云云，索而讀之，若捕龍蛇，搏虎豹，急與之角而力不敢暇。上而《詩》、《易》、《春秋》，下而《左氏》、《國語》，柳之所學在是，則軋漢、周而凌晉、宋，凜然爲一王之法者宜矣《柳文集序》。噫！韓、柳遠矣。文氣彫喪，三百年來文不振，直從韓、柳到孫、丁，吾於我朝諸公見之見後。夫論制誥之文，非駢麗俳優之爲美，而以體製謹嚴之爲高。蘇公行吕惠卿之謫辭，衆口稱快東坡作《吕惠卿謫辭》曰：先皇帝求賢若不及，從善如轉圜，始以帝堯之明，姑試伯鯀終。然孔子之聖，不信宰予。尚寬兩觀之誅，薄示三危之竄。衆論愜之；錢穆父之行章子厚謫辭，切中事情章子厚元祐初簾前爭事，無禮責出，知汝州。錢穆父行詞云：怏怏非少主之臣，悻悻無大臣之節。子厚見穆父，責其太甚也；范純仁之《遺表》，辭意感切。是文也，非六經簡嚴之體歟范純仁之《遺表》，其略云：蓋嘗先天下而憂，期不負聖人之學。此先臣所以教子，而微臣資以事君。又云：萬里波濤，僅免江魚之葬；五年瘴癘，幾從山鬼之遊。惟宣仁之誣謗未明，致保祐之憂勤不顯。奏表時，蔡京用事，下有司，欲罪其子。李端叔雲代作，遂廢錮？論記述之文，非鋪陳華麗之爲巧，而以規切諷諭之爲工王元之之記待漏院，切切然憂國之心。王元之作《待漏院記》，論大臣早思憂國愛民之事。范文正之記岳陽樓，有對景自警之辭范文正作《岳陽樓記》，論事皆自警之心；張伯玉之記六經閣，得尊六經、黜百氏之意張伯玉作《太平州六經閣記》云云。經閣者，諸子百家皆在焉，不書尊經也。是文也，非六經紀實之旨歟？其奏議也，潁濱之言條例司，東坡之論買燈，張方平之諫用兵，鄭介夫之辭除授，筆勢翩翩，炳然仁義之美談，非得《伊訓》、《召誥》之意乎？其詩章也，楊公之賦朝京闕楊億童子時《送中書賦朝京闕》結句云：願秉清忠節，終身立聖朝。歐公之詠春帖歐公作《春日帖子》，皆規諷意，如"御輦經年不遊幸，上林花好莫爭開"，戒盤遊也，陽進升君子，陰消退小人，坡公之諷水利坡詩謂"閑送苕溪入太湖"，蓋譏一時水利，中存諷諭，藹然箴美之遺意，非得周《雅》商《頌》之體乎？進士之文，王曾以賦策勳而爲賢相王曾應舉作《有物混成賦》，識者知其有宰相器，張庭堅以經義進而爲名臣，則不可以科舉輕視也。序述之文，程伊川自序《易傳》、《春秋傳》，游定夫爲孫莘老序《周易傳》，則不可以序體概論也。嗚呼！宣公奏議，前輩論其有七篇仁義之談陸贄論諫百篇，皆仁義之言，論者稱其有《孟子》七篇之意；劉禹錫《三閣》四章，識者謂可以配《黍離》黃山谷謂劉禹錫《三閣經》四章，可以配《黍離》。況我朝諸公以六經爲準的，以孔、孟爲宗師，以仁義禮樂爲醞藉，以箴規諷諫爲旨要，則含商嚼羽，戛金切玉，豈非周情孔思之遺乎？嘗謂孔子之學，歷戰國而病，至孟子則復起；孟子之學，歷漢、魏而病，至韓、柳則復起；韓、柳之學，歷五代而病，至我朝諸君子則復起。得非聖經之未墜歟？斯文之未喪歟？六經簡嚴，與天地並傳，而無一日之或息歟？不然，何其抑之未久，而復伸晦之未幾而卒明也？於今便合教脩史，二子文章似六經。必有續王元之之詩，以爲諸公誦王元之詩曰：三百年來文不振，直從韓、柳到孫、丁。於今便合教脩史，二子文章似六經。（以上《前集》卷二）

策 試

窮居憂天下之事，布衣言當世之政，此正試士以策之意也。古人敷納以言之意遠矣，其所以謀及庶人，咨爾有衆者，惟設科之策耳。然策所以陳時務也，問以時政之得失，咨以生民之利病，欲其有裨國議也。名之以敢言，稱之以極諫，欲其無有隱情也。士而無志於世則已，苟有志焉則條對，洋洋皆正大剛直之言，持論鯁鯁盡激厲奮發之氣，孰肯以得失計較，恐其見黜，不肯極言時政以貽先輩之議哉？

且漢之以策對者始於晁錯，自錯而下如董，如宏，如欽、永，皆以策舉也。唐以策著者始於裴垍，自垍而下如牛，如元、白，如劉蕡，皆以策顯也。其間筆勢翩翩，言論灑灑，鏗鏘於漢唐之間，亦皆足取也。

然君子求其有關於天下之大計，有裨國家之大議，期無愧於切時之論，則仲舒、劉蕡上策也。而宏、欽、永、裴、元、白之流，特下策耳。方武帝即位之初，其時務莫切於正始也。今觀三篇之對，議論淵源，理義醞藉，勉強行道之論，正心正官之論，其有裨帝之初政也不少。彼公孫、欽、永何爲哉？且武帝中年，元成末代之際，其策賢良之意，正爲災異、權臣而發也。宏則誣水旱以獻諛，其與仲舒天心仁愛之意爲孰切？欽則援申伯以附鳳，其視仲舒正朝廷之意爲孰優？永則托后宮以市直，其與仲舒論初政之意爲孰明？嗚呼，捨心腹之疾而論皮膚之患，君子謂之不知務。

方文宗即位之初，其時務亦莫切於謹始也。今觀《方正》一篇，勁氣直節，凛凛逼人，力攻藩鎮之强，痛斥閹寺之横，其有益於唐之初政也不誣。彼僧孺、元、白何爲哉？且憲宗元和之時，其策制科之意正爲强藩强閹而發也。僧孺之言法令詔令，其與賈之攻藩臣者爲如何？積之論通經設科，其與賈之排閹寺者爲如何？白之條正觀開元禮樂，其與賈之談謹始者又如何？嗚呼，棄豺狼而問狐狸，君子尤謂之不知務。

嗟夫，士君子之平居暇日擊節伊、周，高談孔、孟，議論動人，灑然可聽。去取念重，捲舌自默，此所謂修於家而壞於天子之庭也，尚安有所學哉？

國朝之策試有二，曰制科，曰進士。國初以詩賦取士，蓋循唐制之舊，所謂策試者特施之制科耳。熙寧三年以策取士，蓋因吕公著之請，所謂制科者已罷策試耳。此其沿革之由也。然觀其名公碩望，輩出科目，議論表表，洋乎董、劉之對，蓋非欽、永、元、白望其下風。張方平《平戎十策》傑然於賢良之科，蘇子由直言君相，拔出於方正之對，此制科之得人也。范鈸當熙寧之初，直詆時政，而不恤大臣之怒；張九成當紹興之時，公言百執而不憚天子之嫌，此進士之得人也。上以直言求之，下以直言應之，雖古君臣規戒之意亦不過是也。雖然，司馬君實之司文衡則東坡之策以直對，吕惠卿之任考校，毋怪葉祖洽之不奉新法也。此先輩所謂對者之是非在考官之去取，誠至論歟！

（前集卷三）

論詩（節録）

觀詩之爲美爲箴，原於虞廷君臣之詠；觀詩之爲譏爲諷，原於夏人昆弟之歌。嗟夫，周詩三百，蓋經聖人手也。一歌一詠，尚有源流，則後之騷人墨客與盟詩壇者，其可不祖《風》、《雅》之體乎？是故"詩言志，歌永言"，後世傚之以爲歌；"一曰風，二曰賦"，後世擬之以爲賦。"吟詠情性"，轉而爲吟；"故嗟嘆之"，易而爲嘆。自詩變爲樂府之後，孔子作《龜山操》，韓文：孔子以季桓子受齊女樂，諫不從，望龜山而作操。伯奇作《履霜操》，尹吉甫子名伯奇，無罪爲後母讒而見逐，自傷，作《履霜操》。牧犢子作《雉朝飛》，齊牧犢子七十無妻，見雉雙飛，感而作《雉朝飛操》。即或憂或思之詩。自《詩》變爲《離騷》之後，賈誼之《弔湘》，賈誼在長沙作《弔湘賦》。楊雄之《畔牢愁》，即或哀或愁之詩。凡此，皆詩之體製源流也。"振振鷺",三言之所起;"關關雎鳩",四言之所起;"維以不永懷",五言之所起;"魚麗于罶魴鯉",六言之所起;"交交黃鳥止于棘",七言之所起;"我不敢傚我友自逸"(劉馮《事始》云:詩三字至八字,皆自《毛詩》,如三字,若"鼓淵淵,醉言歸"之類;四字,若"關關雎鳩,在河之洲"之類;五字,若"誰謂雀無角,何以穿我屋"之類;六字,若"俟我於庭乎而","充耳以青乎而"之類;七字,若"交交黃鳥止于棘"之類;八字,若《節南山》云"我不敢傚我友自逸"。八言之所起(注見上)。凡此,皆詩之句讀源流也。(《後集》卷九)

表志上

昔邵氏論班固表志之優劣,謂遷作歷代史表志,當著歷代;固作漢史表志,不當著歷代。嗚呼,固之不及遷者豈止是哉? 夫子長負邁世之氣,登龍門,探禹穴,採摭異聞,網羅往史,合三千年事而斷之於五十萬言之下,措辭深,寄興遠,抑揚去取,自成一家,如天馬駿足,步驟不凡,不肯少就於籠絡。彼孟堅摹規傲矩,甘寄籬下,安敢望子長之風耶? 夫表者興亡理亂之大略,而固之表則猶譜牒也;書者制度沿革之大端,而固之志則猶案牘也。且遷之諸侯年表以下,以地爲主,故年經而國緯,所以觀天下之大勢,如高帝五年韓信王楚,英布王淮南,盧綰王燕,張耳王趙,彭越王梁,韓王信王太原,吳芮王長沙,則天下之勢,異姓強而同姓未有封者也。如高帝六年,高祖弟交王楚,高祖子淝王齊,英布王淮南,盧綰王燕,張敖王趙,彭越王梁,高祖兄喜王代,吳芮王長沙,則天下之勢,異姓與同姓強弱亦略相當也。高祖功臣年表以下,以時爲主,故國經而年緯,所以觀一時之得失……固之敢於論前代之賢否,不敢論當代人物,正爲此慮,遂避忌而不直書。噫,作史而不直書,果何取於史哉?

表志下班史之志不及遷史

且《封禪之書》何爲而作也? 自武帝有求仙之惑,今日用方士,明日遣祠官,溺心於虛無之境而不自知,子長欲救其失,其首雖曰自古帝王何嘗不封禪,而其贊乃云究觀方士祠官之意,子長之意婉矣。《平準之書》何爲而作也? 自武帝有征利之慾,今日禁鹽鐵,明日置平準,留意於錐刀之利而不自知,子長欲箴其非,往往指言宏羊致利之由,子長之言深矣。其著《律書》也,不言律而言兵,不言兵之用而言兵之偃,觀其論文帝事浩漫宏,博若不相類。徐而考之,則知文帝之時偃兵息民,結和通使,民氣歡洽,陰陽協和,天地之氣亦隨以正,其知造律之本矣。

宏　詞

　　唐人嘗行是科矣，而韓昌黎謂古之豪傑必慚是選；國朝亦行是科矣，而楊龜山謂古人得已似不如此。嗟夫，設科本得士而反以累士，又果何取哉？然自鄉舉里選之法壞，士之抱寸長，挾一藝者，其肯與草木俱腐，不得不奮於科目之中，況潤色皇猷，黼黻王言，非老於文墨者誰能任之？此唐人因隋，國朝因唐於科舉之外而設是科，未可執二公之説以議詞學也。愚請先論沿革之制而後及於得人之盛，則亦無負於人國家矣。

　　夫宏詞之創於隋，盛於唐，見於志。選舉之詳固不必論，若我朝始於何時哉？蓋國初有宏詞拔萃科，有服勤詞學科，或者此其兆歟。夫是科之復，蓋起於紹聖罷詩賦之時也。於時議臣建言採唐人宏麗秀異之目，而謂詞賦既罷，求天下應用之文，故特復此科焉。其目有記、序、箴、銘，有表章、露布，有檄書、戒、頌。每歲必試，而所試特四題爾。至於大觀四年，則以紹聖爲未備，而改爲詞學兼茂。紹興之二年，則又以大觀爲未備，而改爲博學宏詞。其除去檄書而增入制誥者，大觀之法也；其再復檄書而演爲六題者，紹興之法也。雖然，此沿革之制。自唐以至今日，其人材彬彬相望，蓋爲是科之榮爾。且論諫仁義，其篇數百，搜次成敗，其種五十，規諫可尚也。策勳淮蔡，强藩屏氣，收功兩河，唐室中興，事業可嘉也。文場弄權，深摧其鋒；回紇恃功，力沮其氣，其志節高矣。典司文衡無卑弱氣，掌直制誥有典誥風，其文學純矣。噫，得人如唐之數子，亦何有於昌黎必慚是選之説哉？論事不及己之私，則有丁度；事君不發人之私，則有李熙靖、何正大也。程琳則不屈於繼明，譚世勣則不附於蔡京，何剛方也！段少連伏閣於明道，晁詠之上書於元符，何鯁介也！噫，得人如我朝之諸公，亦何有於龜山古人得己之論哉？

　　或者又曰：王涯、劉禹錫本博學宏詞也，而阿附匪人，君子羞之；秦檜本辭學兼茂也，而姦謀誤國，後世有憾焉。若是，適爲詞科之累而又何足尚者？嗟夫，"舉秀才，不知書，舉孝廉，濁如泥"，自古皆不免有此，然不可以一瑕而讓百冠也。然嘗論之，有宏詞之名者必其有宏詞之實。夫穿貫古今，網羅散失，其學如此，而後謂之博；閎中肆外，矢口成章，其詞如此，而後謂之宏。上之艱其選者，所以重其選也；下之疑其薄者，毋乃自處於薄乎？學問無窮，文章無盡，科目不可以苟得，爵禄不可以濫取，是必思若湧泉如蘇頲，氣備中和如許景先，援準古誼如解事舍人，文章顯名如燕、許手筆，然後可以展詔誥；必敷奏機辯如新豐布衣，通達國體如洛陽年少，以論議則郎顗之於災異，以薦賢則孔融之稱一鶚，然後可以爲章表；揚清激濁，褒善貶惡，莫大乎誥誡。觀夫寧慰父老之心，明諭天子之意，則得體焉。運幕府之機，奏武功之捷者莫大乎露布，觀夫馬上占辭，敏若宿成，則有法焉。條陳利害，警肅邇遐，莫大乎檄書。觀夫千里論事，若對面語，則中度焉。託當時之事實，垂銘鏤以無窮者，莫如銘。必若華山之作，高標赫世，半壁飛雨之辭可誦也。補袞職之將闕，防機微於未然，莫如箴。必若口戒之作，室本無暗，垣之有耳之言可佩也。翼乎如鴻毛遇順風，沛乎如巨魚縱大壑，斯可以言頌。襟三江而帶五湖，控蠻荆而引甌越，斯可以言記。李商隱所謂皇王之道盡識，聖賢之文盡知，然後可以爲博學宏詞。（以上別集卷五）

魏天應

　　魏天應（生卒年不詳）號梅墅。建安（今福建建甌）人。自稱鄉貢進士。生當宋元之交，受學於謝枋得。嘗編《論學繩尺》十卷，完整地展示了宋代論體文章的形態、文法、內涵，包容了南宋文章家的論學理念，體現了兩宋科場論文及應用論文的寫作時尚，對於研究古代論體文的發展、兩宋科場論體文之風貌以及後世八股文之淵源等，都是不可多得的資料。

　　本書資料據四庫全書本《論學繩尺》。

論體有七

　　一圓轉，二謹嚴，三多意而不雜，四含蓄而不露，五結上生下，其勢如貫珠；六首尾相應，其勢如擊蛇；七結一篇之意，常欲有不盡之意，如清廟三嘆有遺音。

折腰體

　　漢梁冀妻能爲折腰步，因以爲號。釋之曰：“足不在腰下，做出論體，尚且動人，想當時態度爲絶。”

　　如《武帝雄才大略論》曰：“平城、白登間七日不食，高帝病之，以干戈未寧，不能報也；以有易無之書，褻嫚之甚，呂后忍之，以瘡痍未蘇，不能事也。所謂親踞鞍馬，馳射上林，按轡徐行，式車勞士，殆有講武之虛名，而何嘗設施尺寸於他日？景帝蓋深懲於東宮往來之日，干戈之事併與絶口於平定之後焉。二君雖曰其資仁柔，不能舉也，蓋亦涵養之未至焉。嗚呼！折腰在此。天其或者將有時乎！吾聞墻之頹也以雨，不頹於浸淫之際，而頹於雨止之後；火之然也以氣，不然於吹噓之始，而然於氣息之餘。故曰：將欲取之，必故予之；將欲翕之，必故張之。不鳩漢之憤，不萃漢之靈，烏能毓武帝之資美，蓋亦又一文景焉。嗚呼！天意其有在也。向之不能報者，今干戈寧矣；向之不能事者，今瘡痍蘇矣；向之不能舉者，今涵養至矣。嗚呼，時之至者又如此，爲武帝者又將如之何？蓋嘗論之，非武帝之能雄其才、大其略，天實爲之，時實佐之。”

使不知折腰體者，纔到“蓋亦涵養之未至焉”下，必接曰“至於武帝，干戈寧矣，不可不報也；瘡痍蘇矣，不可不事也；涵養至矣，不可不舉也”。榕溪嘗謂做論不可多劫撮，如此等文，乃劫撮也。

蜂腰體

如《公儀仲舒之才如何論》題下云：“才有二：有才學之才，有才能之才。才能之才，根著於内者也；才學之才，粉飾於外者也。外者浮，内者實；浮者無用者也，實者有用者也。是故子夏以未學爲學，子路以何必讀書爲學，夫子以餘力爲學，是非有貶於學，而以學爲不可也蜂腰在此一句。有民人焉，社稷焉，吾學其爲社稷、人民之事可也；君也、父也、朋友也，吾學其爲致身竭力信言之事可也；孝弟也、謹信也、愛衆也、親仁也，吾學其爲孝弟、謹信、愛衆、親仁之事可也。是雖不學其外而學其内，不學其浮而學其實，不學其爲無用而學其爲有用焉。”

使不知蜂腰體者，於“夫子以餘力爲學”下，必須曰“夫人之於學，學之於才，猶播之於穀也，有是學然後有是才，今以不學、未學、餘力爲學，無乃怠人爲學之意，而不開之以成才之才耶？是不然。有民人焉，有社稷焉”，然後言如此，多少費力，公以一言輕道過來，又不緊，又不慢，纔使折腰體便壞了。若即於“餘力爲學”，便接曰“有民人焉”去，是謂抱脚者也，是豈不失之緊。

掉頭體

如吳行可《唐虞成周之法論》云：“且天下之大，民物之衆，生齒之繁，私心邪慝，險情姦狀，蠻詐百端，懾之以刑，威之以法，多爲之防閑，而嚴爲之備具，其弊猶不可遏，況縱而便之，其無乃非所以爲天下者，豈聖人樂於因循苟且而無政耶？抑過於寬仁而不知所謂相濟者耶？吾聞掉頭在此君民一體，不容異觀，燭理未盡，往往知愛己而不知愛民，耳目鼻口，情好嗜欲，就利而避害，好安存而惡危亡，夫豈相遠，今夫無故而拔一毛，則九骸爲之竦震；爪髮之落，似未甚切己者，而必爲之掩護愛之。嗚呼，父母遺體，誰其不靳！聖人者，亦惟揆夫人情而行其所以立法之意。”

使不得掉頭體者，於"豈聖人樂於因循苟且而無政耶？抑過於寬仁而不知所謂相濟者耶"下，必爲抱脚體接曰"聖人豈樂於因循者，豈不知以寬濟猛者，蓋亦憂民之心出於内者，至不得已而防之"，如此等接其流趨下。故陽若不顧，而掉頭説"君民一體"去，讀者正凝神欲觀其收拾，又却別頌去，使之搜尋一餉，然後得其意旨所向。蓋容易示其意，則彼以爲淺近必也；深藏固秘，邀勒艱難，彼然後不敢以爲易得。

吴行可曰：掉頭體似折腰而非折腰，似雙關而非雙關。折腰則緣上意而生語，此不緣上意而別生語，於收拾處方牽上意而入文也。雙關則平分兩脚，意要偶，語要齊，有似破義中以一脚收；此雖兩脚，意不要偶，語不要齊，不須中生一脚，但以下脚收上脚也。

單頭體

如《韓信申軍法論》云："方秦之潰，豪傑相視而起於中州者，劉、項其尤者也。羽以虐，高祖以寬；羽以詐，高祖以仁。天下雲合響應，樂從高祖者，非其臣服聽從之，以蓋一時樂其有寬仁之資。方是時，不敢以嚴繩之，恐其不樂於嚴而怨己也；不敢以詳拘之，恐其不安於詳而去己也。吾欲滅項氏、一天下，而有怨己去己之人，烏乎齊？故凡所以指揮號召者，皆待以不苟，而奔走躑躅者，亦樂於自便。迨夫項氏既滅，天下既一，不苟者易至於無畏，而自便者每至於無恥。以桀黠難制之人，而加之以無畏無恥之心，一旦見布衣草莽之人，而居天下不可及之貴，必有激於中者矣。激於中而形於外，則天下之患紛起而難平，猶昔也。帝不欲於其難平者制之，而於未發者制之；不於其言語告戒者制之，使之不爲亂，而於嚴明曲折者制之，使不敢亂。吁！此信軍法之所以申也，此高帝維持天下之大計也。"

意在高祖，便舉項羽以爲頭；意在於自便，便舉寬仁以爲頭，所謂一引一結"單頭體"也。

雙關體

如方能甫《光武以柔道理天下論》中間曰："人情不甚相遠，當其定天下，則吾用剛，何者？敵國未降，軍壘未靖，不有干戈何以平？當其治天下，則吾用剛柔相濟，何者？承祖宗積累之餘，生齒繁庶，天下無事，然人民亦不能無奸巧焉。故德教不可不加，而刑罰亦不容寢，不然則何以濟？然而使天下之果未定也，而吾固用剛也，吾又何求焉；

使天下之果已治也，吾則剛柔相濟，吾又何求焉。若夫以爲未定則猶定，以爲已治則未治，干戈不可以復施，德教則未暇及，而刑罰亦不能以遽行，其將如之何？吾聞人君出而應天下，其説有三：一曰定天下，二曰理天下，三曰治天下。而其爲天下之説亦有三：不用柔則用剛，不用剛則剛柔相濟。今也於其未定猶定、已治未治之間，君子亦可以覘其時，干戈德教刑罰之不宜用，君子又可以用其所必無，所謂以柔理天下者乎？"

先開其剛與剛柔作兩門關，取柔放其中；開其定天下、治天下作兩門關，取理天下放其中，是之謂"雙關體"。

三扇體

如黃詮《顏淵仲弓問仁論》云："且天下之所謂問，皆其未有所得而不知者也；不然，出於所得之未深。以二子爲未有所得耶？則三月不違，夫子蓋嘗稱顏子矣；仁而不佞，是亦或人問雍也於夫子焉。以二子所得爲未深耶？則爲邦南面，何等事業，而夫子輕以許人也。然則二子未有所得，固不可；謂二子所得之未深，尤不可。彼其所以問，豈亦知其有所得與？夫所得之未深將以自衒與？然而一領克己之誨，在邦在家之誨，請事斯語之語，蓋逡巡退避，各以下敏自謂，出於至誠，而無矯辭飾貌者，若以此而致疑於二子，毋乃猶不可。吾嘗再三反復而論之而得其説。天下固有不知而問者，若二子則非不知也；固有知之未深而問之者，若二子則不可以爲知之未深也；自衒於人而矜己之所得，以矯飾而發問者，天下亦不爲無此，若聖人之學，則出於誠實，況又二子焉，則可待之如是薄耶？吾聞仁道之大，蓋有不勝其重而致其遠者，夫子蓋未嘗輕以許人：果如子路，寧許以千乘之國，而不許以仁；藝如冉求，寧許以百乘之家，而不許以仁；言如公西華，寧許以束帶立朝，而不許以仁；能如子貢，聖門知二之高弟，夫子蓋嘗語以一貫之學，得聞其一而不得其全。回與雍也，蓋親於聖人之側，自當時之事，知仁之爲道，與夫子之所以許人者如此，固雖有所得，與夫深於其所得者，其敢認以爲吾有而且安焉，吾而認以爲吾有，與夫深於所得者未害也。萬一於他日之所設施，尚或愧於聖人，則雖有貽悔遺恨，將無及焉。"

設以爲未有所得，又設以爲所得未深，又設以爲自衒，是之謂"三扇體"。

征雁不成行體亦名雁斷羣體

如阮霖《馬周言天下事論》中間曰："蓋嘗稽周之傳，考周之言，而觀其所謂天下之事，大率不過昭孝道，求賢而審官，罷徭役以崇節儉，省營爲而薄賦斂，終之以抑諸王之寵而奪其權，重刺史之任而遴其選，如此而已矣。史之所以異者，豈以爲當時無能道此焉。吾觀太宗作層觀以望昭陵，而魏徵有獻陵之譏，其與周勸帝以昭孝道一也此先道人名，後道所言之事。是豈無能道此者？太宗疏君子而昵小人，而魏徵有善善而惡惡，審罰以明賞之請，其與周勸帝以求賢審官一也，是豈無能道此者？周之言曰變文：罷徭役以崇節儉，省營爲而薄賦斂，而張元素亦嘗舉章華乾陽之事，以警帝罷役；高季輔亦有願愛其才惜其力，無使單竭之請，是豈有異於周之言哉？是豈無能道者哉？抑諸王之寵而奪其權，重刺史之任而遴其選，此周之言也又變文，及封德彝諫帝王之諸子，亦曰爵命頒而力役崇，而且有以天下爲私奉之誚，得人則家安佚，失人則家勞翅，是又褚遂良以刺史民之師語帝焉此後一段又變，先道所言之事，後言人名。是豈無能道此者哉？夫言則同，諫則同，史之異周而不及數子何也？”

提起六件事，若分爲六脚即太冗，直若分爲兩脚即太長，惟是分作四脚，不長不迫。使不知此文格者，不道四個“其與周勸帝”某事一也，便道四個“是豈有異於周之言哉”，惟公高人，故分作兩脚道，段段變文不同。

鶴膝體

如陳惇修《孔子用於魯論》云：“爲聖人者，其將隱淪其所抱負，而甘與草木俱萎乎？其將坐視春秋之末，民病而不一援手乎？聖人於此，亦必有所不得已而不暇計，非屑就者。吾觀佛肸之召，不可往明矣，而聖人必欲往焉；弗擾之召，不可往又明矣，而聖人又欲往焉。甚而至於九夷之居，南子之見，使魯果不足以用聖人者，然而有民人焉，有社稷焉，況亦周公、伯禽之後，聖人之化未衰，一變至道，吾聖人嘗許易於齊矣，是以未能盡以設施堯舜禹湯文武之事，然而豈不猶愈於佛肸等乎？嗚呼，此聖人用魯意也。故嘗以爲聖人蓋憂世之心切，悼道之不行，魯何足以用聖人也。昔者嘗怪孟子去齊宿晝之事此一段是鶴膝。夫以道事君，可則就，不可則去。孟子既以齊爲不可矣，去之是也，然遲遲吾行，三宿出晝，若猶有所就者。大節果如此，其何以免景丑氏之疑，而後世之議紛紛焉？且孟子何爲而然耶？蓋嘗三復而得其解。去齊者，孟子之本心；宿晝者，孟子之有所憂也。夫出彊載質，三月無君則皇皇然，亦君子仁人之用心，而急於爲天下者每如此，非曰所有懷於爵祿也。齊宣雖不足與有爲，然而猶能信用孟子，似亦無過於此。今而既以爲不可就而去之矣，去而之他，果有能用，吾固何求焉。然而吾道之大，每每不爲時君所知，今而去齊矣，烏能必他國能如齊以用我也。此孟子所以難於去齊之意，而非有所就也。學者苟能知孟子難於去齊之意，則知夫子甘於用魯也。”

自入孟子處,乃鶴膝體。所謂鶴膝者,猶接花木者,必用鶴膝枝乃易成也。論本是孔子,乃用孟子插入來,故如接花木而用鶴膝枝也。(以上卷首《論訣》)

葉 真

葉真(生卒年不詳)字子真,號坦齋。宋池州青陽(今屬安徽)人。隱居九華山,以著書自娛。嘉定間,胡榘爲侍郎,主和議,袁燮與之廷爭,辭歸,太學生三百人作詩送行,真作《三學義舉頌》。有詩寄洪咨夔,洪作《九華葉子真有詩見寄因和酬》,又有《答葉子真書》,稱其"不作兒女子昵昵賀語","昔行見寄,崛奇警切"。魏了翁也有《次韻九華葉真見思鶴山書院詩》。後監司論薦,補迪功郎、池州簽判。著有《愛日齋叢抄》十卷、《坦齋筆衡》一卷(《千頃堂書目》卷一二),已佚。清四庫館臣自《永樂大典》中輯爲《愛日齋叢抄》五卷,《四庫全書總目》卷一一八提要稱其"書中大指主於辨析名物,稽考典故。凡前人說部,如趙德麟、王直方、蔡絛、朱翌、洪邁、葉夢得、陸游、周必大、龔頤正、何薳、趙彦衛諸家之書,無不博引繁稱,證核同異,其體例與張淏《雲谷雜記》、葉大慶《考古質疑》仿佛相近。特其文筆拖沓,頗傷冗蔓;又援引多而斷制少,往往惝怳無歸,不能盡出於精粹。然徵摭既富,中間訂訛正舛,可采者亦多。"

本書資料據四庫全書本《愛日齋叢抄》。

《愛日齋叢抄》(節錄)

詩之六言,古今獨少。洪氏云:"編《唐人絕句》,七言七千五百首,五言二千五百首,合爲萬首。而六言不滿四十,信乎其難也。"後村劉氏選唐、宋以來絕句,至續選,始入六言。其叙云:"六言尤難工,柳子厚高才,集中僅得一篇。惟王右丞、皇甫補闕所作,妙絕今古,學者所未講也。使後世崇尚六言,自予始,不亦可乎?"又云:"六言如王介甫、沈存中、黃魯直之作,流麗似唐人,而妙巧過之。後有深於詩者,必曰:翁之言然。"又云:"野處編六言,終唐三百年,止得三十餘篇。予於本朝,得七十篇,倍於唐矣。"今《後村集》中多六言,事偶尤精,近代詩家所難也。蕭氏《文選叙》有云:"自炎漢中葉,厥途漸異,退傅有《在鄒》之作,降將著《河梁》之篇。四言、五言,區以別矣。又少則三字,多則九言,各體互興,分鑣並驅。"又云:"三言八字之文。"注者謂韋孟傅楚元王孫戊,作四言詩諷王,自此始;李陵降匈奴,蘇武別河梁上,作五言,詩自此始。三字起夏侯湛,九言出高貴鄉公。三言謂漢武《秋風辭》,八字謂魏文帝樂府詩,獨不著古有六言、七言者。項平父說詩句二言至八言,以"我姑酌彼金罍"爲六

言。按《文章緣起》：“又始於漢大司農谷永。”予觀嵇叔夜有六言詩十首，視唐人體製固先矣。（卷三）

　　上梁文，吳氏《漫錄》考其所始云：“後魏温子昇有《閶闔門上梁祝文》云：‘惟王建國，配彼太微。大君有命，高門啟扉。良辰是簡，枚卜無違。雕梁乃駕，綺翼斯飛。八龍杳杳，九重巍巍。居辰納祜，就日垂衣。一人有慶，四海爰歸。’乃知上梁有祝文矣，第不若今時有詩語也。”樓大防參政又考“兒郎偉”始於方言，其說云：“上梁文必言‘兒郎偉’，或以爲‘唯諾’之‘唯’，或以爲‘奇偉’之‘偉’，皆未安。在勑局時，見元豐中獲盗推賞，刑部例皆即元案，不改俗語。有陳棘云：‘我部領你懣斯遂去深州。’邊吉云：‘我隨你懣去。’‘懣’，本音悶，俗音門，猶言輩也。獨秦州李德一案云：‘自家偉不如今夜云。’余啞然笑曰：‘得之矣。’所謂兒郎偉者，猶言兒郎懣，蓋呼而告之。此關中方言也。上梁有文尚矣。唐都長安循襲之，以語尤延之諸公，皆以爲前未聞。或有云：‘用相兒之偉者殆誤矣，樓公考證如此。’予記《吕氏春秋·月令》：‘舉大木者，前呼與謣，後亦應之。’高誘註：‘爲舉重勸力之歌聲也。’與謣註或作‘邪謣’。《淮南子》曰：‘邪許。’豈偉亦古者舉木隱和之音？”

　　予讀張平子《西京賦》云：“小說九百，本自虞初。”注者謂：“小說九百篇，虞初著。”又曰：“九百四十三篇，言九百，舉大數也。”《漢志》云：“小說家者流，蓋出於稗官，街談巷語，道聽途說者之所造也。”如淳曰：“街談巷說，其細碎之言也。”俗所云“九百”，或取喻細碎之爲者，俚語本于史錄固有矣。故謾記之。東坡作文字中，有一條以彭祖八百歲，其父哭之，以九百者尚在。李方叔問東坡曰：“俗語以憨癡騃駿爲九百，豈可筆之文字間乎？”坡曰：“子未知所据耳。張平子《西京賦》云：‘乃有秘書，小說九百。’蓋稗官小說，凡九百四十三篇，皆巫醫厭祝及里巷之所傳言，集爲是書。西漢虞初，洛陽人，以其書事漢武帝，出入騎從，衣黄衣，號黄衣使者，其說亦號九百，吾言豈無據也？”方叔後讀《文選》，見其事，具《文選》註，始嘆曰：“坡翁於世間書，何往不精通邪？”近見《雜說》載此，乃知前輩考証無所不至。（以上卷五）

王若虛

　　王若虛（1174—1243）字從之，號慵夫，自稱滹南遺老。金真定藁城（今屬河北）人。幼穎悟，擢承安二年（1197）經義進士，歷管城、門山二縣令，入爲國史院編修官、著作佐郎。正大初，遷平涼府判官。金亡不仕。王若虛是金代的重要學者，精於經、史、文學，獨步一時。其經學、史學和文學批評方面的成就，主要反映在其所著《滹南遺老集》中。此書共四十五卷，包括《五經辨惑》二卷、《論語辨惑》五卷、《孟子辨惑》一卷、《史記辨惑》十一卷、《諸史辨惑》二卷、《新唐書辨惑》三卷、《君事實辨》二卷、《臣事實辨》三卷、《議論辨惑》一卷、《著述辨惑》一卷、《雜辨》一卷、《謬誤雜辨》一卷、《文辨》四卷、《詩話》三卷、雜文及詩五卷。其學術論著部分，辯難駁疑，不落窠臼，對漢、宋儒者解經之附會迂謬以及史書、古文句法修辭之疏誤紕漏者，多有批評訂正。其論文論詩均有獨到見解，觀點集中反映在《滹南詩話》、《文辨》中。他對文體的看法是“定體則無，大體須有”，主張著文“惟史書、實錄、制誥、王言，決不可失體”，“其他皆得自由”。其詩文創作亦頗爲可觀。周昂在評論時人之文時指出：“正甫之文可敬，從之之文可愛，之純之文可畏也。”（劉祁《歸潛志》卷十）其文不事雕琢，唯求理當；其詩以白居易爲法，崇尚自然，能曲盡情致。其創作實踐和理論能保持一致。

　　本書資料四庫全書本《滹南集》。

史記辨惑（節錄）

　　遷史之例，惟世家最無謂。顏師古曰：世家者，子孫爲大官不絶也。諸侯有國稱君，降天子一等耳。雖不可同乎帝紀，亦豈可謂之世家？且既以諸侯爲世家，則孔子、陳涉、將相、宗室、外戚等復何預也？抑又有大不安者，曰紀，曰傳，曰表、書，皆篇籍之目也；世家特門第之稱，猶彊族大姓云爾，烏得與紀、傳字爲類也？然古今未有知其非者，亦可怪矣。然則列國宜何稱？曰國志、國語之類，何所不可，在識者定之而已。

　　史記諸世家往往隨年附見他國大事，至於列傳亦或有之，徒亂其文，無關義理。夫左氏編年本紀，諸國之事或先經以始事，或後經以終義，互相發明，故可也。如遷史者，各有傳記，足以自見，何必爾邪？（以上卷十一）

文辨（節錄）

　　凡作序而並言作之之故者，此乃序之序，而非本序也。若記，若詩，若志、銘，皆然，人少能免此病者。退之《原道》等篇末云作《原道》、《原性》、《原毀》，歐公《本論》云“作《本論》”，猶贅也。

　　陳後山云：“退之之記，記其事耳；今之記，乃論也。”予謂不然。唐人本短於議論，故每如此。議論雖多，何害爲記？蓋文之大體，固有不同，而其理則一。殆後山妄爲分別，正猶評東坡以詩爲詞也。且宋文視漢、唐百體皆異，其開廓橫放，自一代之變。而後山獨怪其一二，何邪？（以上卷三十五）

荆公謂王元之《竹樓記》勝歐陽《醉翁記》，魯直亦以爲然，曰：“荆公論文常先體製，而後辭之工拙。”予謂《醉翁亭記》雖涉玩易，然條達迅快，如肺肝中流出，自是好文章。《竹樓記》雖復得體，豈足置歐文之上哉？

荆公謂東坡《醉白堂記》爲韓白優劣論，蓋以擬倫之語差多，故戲云爾。而後人遂爲口實。夫文豈有定法哉？意所至則爲之，題意適然，殊無害也。（以上卷三十六）

古人或自作傳，大抵姑以託興云爾，如《五柳》、《醉吟》、《六一》之類可也。子由著《潁濱遺老傳》，歷述平生出處、言行之詳，且詆訾衆人之短以自見。始終萬數千言，可謂好名而不知體矣。既乃破之以空相之説，而以爲不必存，蓋亦自覺其失也歟。

孫覿《求退表》有云：“聽貞元供奉之曲，朝士無多；見天寶時世之妝，外人應笑。新豐翁右臂已折，杜陵叟左耳又聾。”夫臣子陳情于君父，自當以誠實懇惻爲主，而文用四六，既已非矣，而又使事如此，豈其體哉？宋自過江後，文弊甚矣。

邵氏云：楊、劉四六之體，“必謹四字六字律令，故曰四六，然其弊類俳可鄙。”歐、蘇“力挽天河以滌之，偶儷甚惡之氣一除，而四六之法則亡矣。”夫楊、劉惟謹於四六，故其弊至此。思欲反之，則必當爲歐、蘇之横放。既惡彼之類俳，而又以此爲壞四六法，非夢中顛倒語乎？且四六之法，亦何足惜也！

四六，文章之病也，而近世以來，制誥表章率皆用之。君臣上下之相告語，欲其誠意交孚，而駢儷浮辭不啻如俳優之鄙，無乃失體耶？後有明王賢大臣一禁絕之，亦千古之快也。

科舉律賦不得預文章之數，雖工，不足道也。而唐、宋諸名公集往往有之，蓋以編録者多愛不忍割，因而附入，此適足爲累而已。柳子厚《夢愈膏肓疾賦》，雖非科舉之作，亦當去之。

凡人作文字，其他皆得自由，惟史書、實録、制誥、王言决不可失體。世之秉筆者，往往不謹，馳騁雕鏤，無所不至，自以得意，而讀者亦從而歆美，識真之士何其少也！

或問：“文章有體乎？”曰：“無。”又問：“無體乎？”曰：“有。”“然則果何如？”曰：“定體則無，大體須有。”

揚雄之經，宋祁之史，江西諸子之詩，皆斯文之蠹也。散文至宋人始是真文字，詩則反是矣。（以上卷三十七）

詩話（節録）

陳後山云：“子瞻以詩爲詞，雖工非本色。今代詞手，惟秦七、黃九耳。”予謂後山以子瞻詞如詩，似矣；而以山谷爲得體，復不可曉。晁無咎云："東坡詞小不諧律吕，蓋橫放傑出，曲子中縛不住者。"其評山谷則曰："詞固高妙，然不是當行家語，乃著腔子唱如詩耳。"此言得之。

陳後山謂子瞻以詩爲詞，大是妄論，而世皆信之，獨茅荆産辨其不然，謂公詞爲古今第一。今翰林趙公亦云，此與人意暗同。蓋詩詞只是一理，不容異觀。自世之末作習爲纖豔柔脆，以投流俗之好，高人勝士，亦或以是相勝，而日趨於委靡，遂謂其體當然，而不知流弊之至此也。文伯起曰："先生慮其不幸而溺於彼，故援而止之，特立新意，寓以詩人句法。"是亦不然，公雄文大手，樂府乃其游戲，顧豈與流俗爭勝哉？蓋其天資不凡，辭氣邁往，故落筆皆絶塵耳。山谷最不愛集句，目爲百家衣，且曰正堪一笑。予謂詞人滑稽，未足深誚也。山谷知惡此等，則藥名之作，建除之體，八音列宿之類，獨不可一笑耶？（以上卷三十九）

古之詩人，雖趣尚不同，體製不一，要皆出於自得。至其辭達理順，皆足以名家，何嘗有以句法繩人者？魯直開口論句法，此便是不及古人處。而門徒親黨，以衣鉢相傳，號稱"法嗣"，豈詩之真理也哉？

朱少章論江西詩律，以爲"用崑體功夫，而造老杜渾全之地"。予謂用崑體功夫，必不能造老杜之渾全，而至老杜之地者，亦無事乎崑體功夫，蓋二者不能相兼耳。（以上卷四十）

洪咨夔

洪咨夔（1176—1236）字舜俞，號平齋。宋於潛（今浙江臨安）人。嘉泰二年（1202）進士。曾作《大治賦》，爲樓鑰所賞識。編著有《兩漢詔令》、《春秋説》、《平齋文集》三十二卷，以經筵進講及制誥之文居多，不録奏疏；詩歌、雜著僅十之三。洪咨夔以論事謇直、制詞貼切著稱；詩有江西詩派風格，常有諷刺官吏、反映民生疾苦之作；存詞四十餘首，不乏豪情壯語，但仍以淡雅見長。

本書資料據四庫全書本《兩漢詔令》。

《兩漢詔令》總論

自典謨、訓誥、誓命之書不作，兩漢之制最爲近古。一曰策書，其文曰"維某年月日"；二曰制書，其文曰"制詔三公"；三曰詔書，其文曰"告某官"、"如故事"；四曰誡敕，其文曰"有詔敕某官"。此其凡也。

　　策有制策、詔策、親策，敕有詔敕、璽敕、密敕，書有策書、璽書、手書、權書、赫蹏書，詔有制詔、親詔、密詔、特詔、優詔、中詔、清詔、手筆、下詔、遺詔，令有下令、著令、挈令及令甲、令乙、令丙，諭有口諭、風諭、譙諭。宥罪有赦，訓諸王有誥，召天下兵有羽檄，要詰有誓約，延拜有贊，以致有報有賜，有問有詰，又有手跡、手記、詔記。其曰恩澤詔書、寬大詔書、一切詔書及哀痛之詔，隨事名之。此其目也。

　　策命簡長二尺，短者半之，以篆書。罷免用尺一木兩行，以隸書。遺單于書牘以尺一寸，選舉、召拜亦書之尺一板。古今篆隸文體曰鶴頭書，與偃波書俱詔板所用，在漢則謂之尺一簡。詔書有真草，又有案。案者，寫詔之文，一紮十行，細書，以賜方國。紮，牒也。孟康曰：“漢初有三璽。”蔡邕《獨斷》曰：“天子六璽，皆白玉螭虎紐。”《輿地志》曰：“漢封詔璽用武都紫泥。”故制詔皆璽封，尚書令印重封，唯赦贖令司徒印。露布州郡詔記，綠綈方底，用御史中丞印。通官文書不著姓，司隸詣尚書封胡降檄著姓非故事。詔書皂囊，施檢報書綠囊，密詔或衣帶間。丹書藏之石室，策書藏之金匱。此其制也。

　　漢世代言未設官，王言作命，厥意猶古。而討論潤色，亦間有其人。高後令大謁者張澤報單于嫚書；淮南王安善文辭；武帝每爲報書及賜，常召司馬相如視草；光武答北匈奴檄草，司徒掾班彪所上。至永寧中，陳忠謂尚書出納帝命，爲王喉舌，諸郎鮮有雅材，每爲詔文，轉相求訪，且辭多鄙固，遂薦周興爲尚書郎。秦少府吏四人，在殿中主發書，謂之尚書。漢因之，武、昭以後稍重。張安世以善書給事尚書，囊簪筆事武帝數十年。後漢始置尚書郎三十六人，主作文書起草，月賜赤管大筆隃糜墨。此其造命之原也。詔御史大夫下相國，相國下諸侯王，御史中執法下郡守。制下御史，御史大夫下丞相，丞相下中二千石，二千石下郡太守、諸侯丞相，從事下當用者如律令。郡國長史上計丞相、御史，記室大音讀敕畢，遣以詔書。部刺史奉詔條察州，所察毋過六條，守令則承流宣化，使田里咸知上意。此其奉行之序也。君能制命爲義，臣能承命爲信；君不能以義制命，則無以使人心不應，惟命之承。故夫夜下詔書，決之亟也；甲寅書報，應之疾也；毋下所賜書，幾事密也；封還詔書，渙號不容於輕出也；更報單于書，辭令不嫌於修飾也。六月甲子詔書非赦令，皆蠲除之。雖反汗，猶愈於遂非而稔惑也。有司毋得言赦前事，所以示民信也。策書泰深痛切，君子作文爲賢者諱，所貴乎體之識也。昧死奏故事詔書二十三事，所重乎祖宗良法美意之得也。璽書封小，詔書獨下，抑不可不慮其買疑而召激也。案《尚書》大行無遺詔、詔書，獨臧嬰家及安得詔書封三子事，姦隱於倉卒詐售於危疑，尤有國者所當謹察而不可忽也。知此則知所以造命，知所以造命則知所以奉行矣。然有不敢奉詔者，有期期不奉詔者，有以死爭不奉詔者，有詔數彊予然後奉詔者，猶或許之，蓋所以養士氣也。若其奉行不虔，則有

常刑,故廉問不如吾詔者以重論。敢有議詔不如詔者皆腰斬,詐詔者當棄市。格詔者
亦當棄市。矯制者腰斬,誤宣詔者應罰金。令下腹誹者論死,誹謗聖制者當族。謂詔
書不可用者,丞相、御史劾之,無承用詔書意者,御史奏之,而奉詔不謹者皆坐以不敬。
丞相被策書則步出,司農發詔書則鳴鼓。其嚴如此,當時猶不能盡然。始而奉詔不
勤,終而遏絕詔命;始而撟虔,終而擅詔。以至詐下詔書,詐作詔板,偽作璽書,假爲
策,自書詔以授。廉級陵夷,紀綱板蕩,而國命之柄移。大抵外戚宦官之禍,閹閨稱制
實胚胎之,有天下者可不鑑哉? 按《藝文志》儒家:《高祖傳》十三篇,高帝與大臣述古
諭及詔策;《文帝傳》十一篇,文帝所稱及詔策。當時會粹,蓋有其書,遷、固必採取諸
此。先漢詔,遷多以"上曰"書,固間因之。一詔或二三出,詳略及用字亦有不同,疑不
能無刪潤。高帝未即位,遷不書詔,惟重祠敬祭詔見《封禪書》。《景帝紀》遷不書詔,
其議太宗廟樂舞制詔附見《文帝紀》。文帝於陳武等議,謂"且無議軍",見於《律書》,
當亦是詔,固不書。後漢詔有以《東觀漢記》、《漢名臣奏》等書見於注,其改詔爲制爲
誥,或謂避武后諱。世祖官王閎子詔附見《董賢傳》,曄書逸之。大氐史遷所筆皆有深
意,固文贍而意不逮,曄則文亦不逮乎固矣。

　　某假守龍陽,俗古事簡,因得縱觀三史,哀其所謂詔、制、書、策、令、敕、諭、報、誓
約之成章者,凡若干通。事著其略,每帝以臆見繫之,釐爲若干卷,總曰《兩漢詔令》,
以補續書之亡。欲觀漢治者,當有考於斯文。(卷首)

元好問

　　元好問(1190—1257)字裕之,號遺山,世稱遺山先生。山西秀容(今山西忻州)
人。金末元初文學家、歷史學家,宋金時期北方文學的主要代表,被尊爲"北方文雄"、
"一代文宗"。其作品各體皆工,以詩作成就最高,其"喪亂詩"尤爲有名;其詞爲金代
之冠,與兩宋名家媲美;其散曲傳世不多,但影響很大,有宣導之功。晚年收集金君臣
遺言佚事,多爲後人纂修《金史》所采。著有《遺山先生文集》、《續夷堅志》、《遺山先生
新樂府》等,編有《中州集》。

　　本書資料據四庫全書本《遺山集》、《中州集》。

論詩三十首(節録)

漢謠魏什久紛紜,正體無人與細論。誰是詩中疏鑿手,暫教涇渭各清渾。
曹劉坐嘯虎生風,四海無人角兩雄。可惜並州劉越石,不教橫槊建安中。

鄴下風流在晉多,壯懷猶見鐵壺歌。風雲若恨張華少,温李新聲奈爾何。

一語天然萬古新,豪華落盡見真淳。南窗白日羲皇上,未害淵明是晋人。

縱橫詩筆見高情,何物能澆磈磊平。老阮不狂誰會得,出門一笑大江橫。

心畫心聲總失真,文章仍復見爲人。高情千古《閑居賦》,爭信安仁拜路塵。

沈宋橫馳翰墨塲,風流初不廢齊梁。論功若準平吳例,合着黃金鑄子昂。

排比鋪張特一途,藩籬如此亦區區。少陵自有連城璧,爭奈微之識碔砆。

望帝春心託杜鵑,佳人錦瑟怨華年。詩家總愛西崑好,獨恨無人作鄭箋。

東野窮愁死不休,高天厚地一詩囚。江山萬古潮陽筆,合在元龍百尺樓。

奇外無奇更出奇,一波纔動萬波隨。只知詩到蘇黃盡,滄海橫流却是誰。

百年纔覺古風迴,元祐諸人次第來。諱學金陵猶有説,竟將何罪廢歐梅。

古雅難將子美親,精純全失義山真。論詩寧下涪翁拜,未作江西社裏人。(《遺山集》卷十一)

楊叔能《小亨集》引(節録)

詩與文,特言語之別稱耳。有所記述之謂文,吟咏情性之謂詩,其爲言語則一也。唐詩所以絶出於《三百篇》之後者,知本焉爾矣。何謂本? 誠是也。

《東坡詩雅》引(節録)

五言以來,六朝之謝、陶,唐之陳子昂、韋應物、柳子厚最爲近風雅,自餘多以雜體爲之,詩之亡久矣。雜體愈備,則去風雅愈遠,其理然也。

《新軒樂府》引(節録)

唐歌詞多宮體,又皆極力爲之。自東坡一出,情性之外,不知有文字,真有一洗萬古凡馬空氣象,雖時作宮體,亦豈可以宮體概之? 人有言樂府本不難作,從東坡放筆後便難作,此殆以工拙論,非知坡者。所以然者,《詩》三百所載小夫賤婦幽憂無聊賴之語,特猝爲外物感觸,滿心而發,肆口而成者爾。其初果欲被管絃,諧金石,經聖人手,以與六經並傳乎? 小夫賤婦且然,而謂東坡翰墨游戲,乃求與前人角勝負,誤矣! 自今觀之,東坡聖處,非有意於文字之爲工,不得不然之爲工也。坡以來,山谷、晁無咎、陳去非、辛幼安諸公,俱以歌詞取稱,吟咏情性,留連光景,清壯頓

挫，能起人妙思，亦有語意拙直，不自緣飾，因病成妍者，皆自坡發之。（以上《遺山集》卷三十六）

《木庵詩集》序（節録）

東坡讀参寥子詩，愛其無蔬笋氣，参寥用是得名。宣政以來無復異議，予獨謂此特坡一時語，非定論也。詩僧之詩所以自別於詩人者，正以蔬笋氣在耳。（《遺山集》卷三十七）

劉西嵓汲一十首（節録）

汲字伯深，南山翁之子。天德三年進士，釋褐慶州軍事判官，入翰林爲供奉，自號西嵓老人，有《西嵓集》傳於家。屏山爲作序云："人心不同如面，其心之聲發而爲言，言中理謂之文，文而有節謂之詩。然則詩者，文之變也，豈有定體哉！故《三百篇》什無定章，章無定句，句無定字，字無定音，大小長短，險易輕重，惟意所適，雖役夫室妾悲憤感激之語與聖賢相雜而無愧，亦各言其志已矣。何後世議論之不公耶！齊、梁以降，病以聲律，類俳優。然沈、宋而下，裁其句讀，又俚俗之甚者。自謂靈均以來，此秘未睹，此可笑者一也。李義山喜用僻事，下奇字，晚唐人多效之，號西崑體，殊無典雅渾厚之氣，反訾杜少陵爲村夫子，此可笑者二也。黃魯直天資峭拔，擺出翰墨畦逕，以俗爲雅，以故爲新，不犯正位，如参禪著末後句爲具眼，江西諸君子翕然推重，別爲一派，高者雕鑴尖刻，下者模影剽竄。公言'韓退之以文爲詩，如教坊雷大使舞'，又云'學退之不至，即一白樂天耳'，此可笑者三也。嗟乎，此説既行天下，寧復有詩耶……"（《中州集》卷二）

謝枋得

謝枋得（1226—1289）字君直，號疊山。宋弋陽（今屬江西）人。爲人豪爽，好直言，以忠義自任。寶祐四年（1256）進士。謝枋得處南宋滅亡之際，倡大義，抵權奸，提孤軍以保封疆，愛國精神彪炳史册。學問深醇，詩文雄邁奇絶，汪洋演迤，忠義之語，出自肺腑。其文推尊歐、蘇，對宋末"文體卑陋"深表不滿，作《文章軌範》，示人以學文之道。其文博大昌明，格調奇高。其詩以忠義見稱，慷慨激烈。其著述今存《詩傳注疏》三卷、《禮經講義》、《碧湖雜記》二卷、《注解章泉澗泉二先生選唐詩》五卷，編有《新

956

編武侯兵要箋注評林韜略世法》一卷、《千家詩》等，評點有《檀弓解》一卷、《陸宣公奏議》十五卷、《文章軌範》七卷，詩文集《疊山集》。

本書資料據四部叢刊續編影明嘉靖本《疊山集》。

與劉秀巖論詩

詩於道最大，與宇宙氣數相關。人之氣成聲，聲之精爲言，言已有音律。言而成文，尤其精者也。凡人一言皆有吉凶，況詩乎？詩又文之精者也。某辛未年爲陳月泉序詩云："五帝三王自立之中國，仁而已矣。理之變，氣亦隨之。近時文章似六朝，詩又在晚唐下。天地西北嚴凝之氣，其盛於東南乎？"當時朋友皆笑之，言幸而中，此說有證。先人受教章泉先生趙公，澗泉先生韓公，皆中原文獻，說詩甚有道。凡人學詩，先將《毛詩》選精潔者五十篇爲祖；次選杜工部詩，五言、選體、七言古風、五言長篇、五言八句四句、七言八句四句，各門類編成一集，只須百首；次於《文選》中選李陵、蘇武以下，至建安、晉、宋五言古詩、樂府，編類成一集；次選陶淵明、韋蘇州、陳子昂、柳子厚四家詩，各類編成一集；次選黃山谷、陳後山兩家詩，各編類成一集，此二家乃本朝詩祖。次選韓文公、蘇東坡二家詩共編成一集。如此揀選編類到二千篇，詩人大家數盡在其中。又於洪邁編晚唐五百家，荊公百家，次通選唐詩內揀七言四句唐律編類成一集，則盛唐、晚唐七言四句之妙者皆無遺矣。人能如此用工，時一吟詠，不出三年，詩道可以橫行天下，天下之言詩者無敢縱矣。某舊日選《毛詩》、陶詩、韋詩，後爲劫火所焚。今欲編類，無借書之地。江仲龍有劉果齋火前杜詩頗存，某曾爲校正，今爲阮二道士所執矣。執事若有意，謾借李、杜、陶、韋、黃、陳、《文選》詩，隨得一種，便發來，當爲揀擇，必有一得，可以備風騷壇下奔走之末。某今在書坊，借得庵宇，甚清幽，秋冬無他往，尚可來聽教。有懷如海，當與握手精談也。（卷二）

與楊石溪書（節錄）

宋朝盛時，文章家非一人，歐、蘇起遏方僻壞，以古道自任，發爲詞華，經天緯地，天下學士皆知所宗，隱然挈宋治於兩漢之上。七十年來，文體卑陋極矣。天運循環，必有作者，是不難，亦爲之而已矣。枋得頗有興起斯文之意，倡而無和，言而莫聽。近來始得張伯大與習之兄弟，能卓然自立，不從俗浮沉。豈特時文當爲天下雄，今之同志即後之同傳，枋得深有望焉。（卷四）

文天祥

文天祥(1236—1283)原名雲孫,字天祥。後以字爲名,改字履善,又字宋瑞,號文山。宋吉州廬陵(今江西吉安)人。童子時,見學官所祠鄉賢,欣然慕之。寶祐四年(1256)舉進士,理宗親擢爲第一。文天祥生當南宋滅亡之際,竭謀殫力,以圖興復,歷盡艱險,百折不撓。文如其人,所作詩文,論理叙事,寫志抒懷,吊古傷今,皆嚴峻剴切,充滿愛國之誠、恢復之志,盡忠死節之言不絶於口,讀之可增仁人志士之氣。《四庫全書總目》卷一六四云:"天祥平生大節,照耀今古,而著作亦極雄贍,如長江大河,浩瀚無際。其廷試對策及上理宗諸書,持論剴直,尤不愧肝膽如鐵石之目。"所作詩文,可一變"南渡後文體破碎,詩體卑弱"的習氣,"頓去當時之凡陋"。其詩繼承了杜甫詩歌的傳統,有"宋末詩史"之稱。代表作有《金陵驛》、《過零丁洋》、《正氣歌》、《高沙道中》、《亂離六歌》等。其散文則以《御試策》、《指南錄後序》、《文山觀大水記》爲代表。文天祥傳世詞作不多,能以風骨和境界取勝,遥接辛派,實爲宋末英雄壯詞。著有《文山先生全集》二十卷、《指南錄》四卷、《指南後錄》四卷、《文山樂府》一卷等。

本書資料據四部叢刊影印萬曆三年胡應皋刻本《文山先生全集》、四庫全書本《文信國集杜詩》。

蕭燾夫《采若集》序

《選》詩以十九首爲正體。晉宋間,詩雖通曰"選",而藻麗之習,蓋日以新。《陸士衡集》有擬十九首,是晉人已以十九首爲不可及。十九首竟不知何人作也。後江文通作三十首詩,擬晉宋諸公,則十九首邈乎其愈遠矣。予友雲屋蕭君燾夫,五年前善作李長吉體,後又學陶,自從予遊,又學《選》。今則駸駸顏、謝間,風致惟十九首,悠遠慷慨,一唱三歎,而有遺音。更數年,雲屋進又未可量也。十九首上有《風》、《雅》、《頌》四詩,俟予山居既成,俯仰温故,又將與君細評之。

《八韻關鍵》序(節録)

《八韻關鍵》者,義山朱君時叟所編賦則也。魏晉以來,詩猶近於三百五篇,至唐法始精。晚唐之後,條貫愈密,而詩愈漓矣。賦亦六藝中之一,觀《雅》、《頌》大約

958

可考。《騷辨》作而體已變，風氣愈降，賦亦愈下。由今視乾、淳以爲古，由乾、淳視《金在鎔》、《有物混成》等作又爲古。刿《長楊》、《子虚》而上，胡可復見？然國家以文取人，亦隨時爲高下，雖有甚奇傑之資，有不得不俛首於此。（以上《文山先生全集》卷九）

《文信國集杜詩》自序（節録）

予坐幽燕獄中，無所爲，誦杜詩，稍習諸所感興，因其五言，集爲絶句。久之，得二百首。凡吾意所欲言者，子美先爲代言之。日玩之不置，但覺爲吾詩，忘其爲子美詩也。乃知子美非能自爲詩，詩句自是人情性中語，煩子美道耳。子美於吾隔數百年，而其言語爲吾用，非情性同哉！昔人評杜詩爲詩史，蓋其以詠歌之辭寓紀載之實，而抑揚褒貶之意燦然於其中，雖謂之史可也。予所集杜詩，自予顛沛以來世變人事概見於此矣。是非有意於爲詩者也。後之良史，尚庶幾有考焉。（《文信國集杜詩》卷首）

趙孟奎

趙孟奎（1238—?）字宿道，太祖十一世孫。居吉州安福（今江西安福）。寶祐四年（1256）進士。編有《分門類纂唐歌詩》。

本書資料據宛委別藏本《分門類纂唐歌詩》。

《分門類纂唐歌詩》序（節録）

詩源於情性之正，其來久矣。人不能無樂，樂斯詠，詠斯陶，詩以興焉。世有升降，情性無古今，詩未嘗泯也。夫子删詩，定取三百篇以爲經。《雅》、《頌》之音鏗天地，動鬼神，一時從臣才藝，固足辦此。列國之《風》，婦人女子，小夫賤隸，片善寸美，俱所不棄。《商頌》僅五篇，以《那》爲首，正考父得於周太師，夫子汲汲存之。雖《左氏》所載逸詩，如《茅鴟》、《祈招》之類，亦太山一毫芒耳，非采星宿遺義娥也。然亦詩非夫子不敢删，删之者僭。聚流成海，聚寶成山，聚一代之詩而成集，殆取是耳。唐文爲一王法，而詩尤工。杜子美、李太白、韓退之、柳子厚，人誦其言，家有其集，不必類聚而傳也。間有一一詠，散落人寰，殘碑斷碣，異聞雜紀，何可勝計。嘗鼎一臠，固知其美，終不若過屠門大嚼之爲快。是集之編，蒐羅包括，靡所不備。凡唐人所作，上自聖製，下及俚歌，郊廟、軍旅、宴饗、道塗、感事、送行、傷時、弔古、慶賀、哀挽、遷謫、隱淪、宮怨、閨情、閒居、邊思、風月、雨雪、草木、禽魚，莫不類聚而旷分之。雖不足追"思無邪"之盛，要皆由人心以出，非盡背於情性之正者也。昔荆公嘗選唐人三百家爲一集，名曰《詩選》。姚鉉作《唐文粹序》，亦謂有《唐詩類選》、《英靈間氣》、《極玄》、《又玄》等集，皆有去取於其間，非集録之大全也。（卷首）

元

郝 經

郝經(1223—1275)字伯常。元澤州陵川(今屬山西)人。家世業儒,其祖父郝天挺是元好問之師。郝經本人則深受元好問影響。以翰林侍讀學士充國信使,入宋通好。拘之真州,至元十一年(1274)乃歸,始終不屈身辱命。累贈昭文館大學士、司徒、冀國公,諡文忠。郝經反對"華夷之辨",而推崇"四海一家"的思想,主張天下一統,結束自唐朝末年以來的分裂狀態,反對不同族羣之間的等級觀點;主張凡事不必盡師古人,提出"不必求人之法以爲法",認爲"三國六朝無名家,以先秦、二漢爲法而不敢自爲也;五季及今無名家,以唐宋爲法而不敢自爲也"。其詩前期豪邁恣肆、遒健排奡;後期沉鬱蒼凉、細膩綿邈。但在語言風格上,其前期和後期詩作都體現出反對矯揉造作、追求自然的特點。其字畫高古,取衆人所長以爲己有,筆劃俊逸遒勁,似其爲人,無傾側頗媚之態,爲當時名筆。著述甚豐,有《續後漢書》、《春秋外傳》、《周易外傳》、《太極演》、《原古録》、《玉衡真觀》、《通鑒書法》、《注三子》、《一王雅》、《行人志》、《陵川集》等。存世的有《續後漢書》與《陵川集》。

本書資料據四庫全書本《陵川集》、《續後漢書》。

《和陶詩》序

曠載以來,倡和尚矣。然而魏晉迄唐,和意而不和韻;自宋迄今,和韻而不和意,皆一時朋儔相與酬答,未有追和古人者也。獨東坡先生遷謫嶺海,盡和淵明詩。既和其意,復和其韻,追和之作自此始。

余自庚申年使宋,館留儀真,至辛未十二年矣,每讀陶詩以自釋,是歲因復和之,得百餘首。《三百篇》之後,至漢蘇、李始爲古詩。逮建安諸子,辭氣相高,潘、陸、顔、謝,鼓吹格力,復加藻澤,而古意衰矣。陶淵明當晉、宋革命之際,退歸田里,浮沈杯酒，而天資高邁，思致清逸，任真委命，與物無競，故其詩跌宕於性情之表，直與造物者遊，超然屬韻。《莊周》一篇野而不俗，澹而不枯，華而不和；《陶飾》放而不誕，優游而不迫，切委順而不怨懟，忠厚豈弟，直出屈、宋之上。庶幾顏氏子之樂，曾點之適，無意於詩，而獨得古詩之正，而古今莫及也。

顧予頑鈍鄙陋，蹢躅世網，豈能追還高風，激揚清音，亦出於無聊而爲之。去國幾年，見似之者而喜，況誦其詩，讀其書，寧無動於中乎？前者唱喁而後者和訛風非有異也，皆自然爾，又不知其孰倡孰和也。屬和既畢，復書此於其端云。（《陵川集》卷六）

經　史

古無經、史之分，孔子定六經而經之名始立，未始有史之分也。六經自有史耳，故《易》即史之理也，《書》史之辭也，《詩》史之政也，《春秋》史之斷也，《禮》、《樂》經緯於其間矣，何有於異哉？至馬遷父子爲《史記》而經、史始分矣。其後遂有經學，有史學，學者始二矣。經者萬世常行之典，非聖人莫能作。史即記人君言動之一書耳，經惡可並？

雖然，經、史而既分矣，聖人不作，不可復合也。第以昔之經而律今之史可也，以今之史而正於經可也，若乃治經而不治史，則知理而不知跡；治史而不治經，則知跡而不知理，苟能一之則無害於分也。故學經者不溺於訓詁，不流於穿鑿，不惑於議論，不泥于高遠，而知聖人之常道，則善學者也。

訓詁之學始於漢而備于唐，議論之學始于唐而備于宋，然亦不能無少過焉。而訓詁者或至於穿鑿，議論者或至於高遠，學者不可不辨也。學史者不昧於邪正，不謬於是非，不失於予奪，不眩於忠佞，而知所以廢興之由，不爲矯詐欺，不爲權利誘，不爲私嗜蔽，不以記問談説爲心，則善學者也。

古無史之完書，三變而訖於今，左氏始以傳《春秋》，錯諸國而合之；馬遷作《史記》離歷代而分之；温公作《通鑑》，復錯歷代而合之，三變而史之法盡矣。古不釋經亦三變而訖於今，訓詁於漢，疏釋于唐，議論于宋，三變而經之法盡矣，後世無以加也。但學之而不遺，辨之而不誤，要約而不繁，得其指歸而不異，而終之以力行而已矣。

嗚呼，後世學經者復務於進取科名，徇時之所尚，破碎分裂，經之法復變矣。學史者務於博，記注滋談辯，釣聲譽以愛憎好尚爲意，混淆蕪僞，而史之法復變矣。其將變而無窮耶，其亦變而止於是耶，其由變而經史之道遂亡也邪？九師興而《易》道微，三傳作而《春秋》散，昔人之議猶若是，矧於今之變乎？變而不已，其亦必亡矣。（《陵川集》卷十九）

文弊解

事虚文而棄實用，弊亦久矣。自爲書之學不明，天下之人狃於習而咎於利，是以背而馳之力，衒而爲之諜，援筆爲辭，綴辭爲書，藉藉紛紛，不過夫記誦辭章之末，卒無用於世，而謂之文人。果何文耶？俾佛老二氏蠹於其間，文武之道墜於地，而天下淪於非類也宜矣。其不幸而不觀於大庭氏之先，而不見夫文之質也；不幸而不游於孔氏之門，而不見夫文之用也；不幸而不窮夫六經之理，而不見夫文之實也。仰而觀，俯而察，天地之間，衆形之刻，鏤衆色之光，絢衆聲之呻，喔衆變之錯躁，爛乎其文而若此也，不知孰爲之而孰綴之，乃規規以爲工，切切以爲巧，斐斐以爲麗，角勝而相尚，爲文而無用，何哉？

三代之先，聖君賢臣唯實是務，至於誥誓勅戒之辭，賡和之歌，皆核於實而曄於華，和順積中而英華發外，故史臣贊曰聰明文思，孔子稱之曰焕乎其有文章。自其發見者而言，不以文爲本也。天人之道以實爲用，有實則有文，未有文而無其實者也。《易》之文實理也，《書》之文實辭也，《詩》之文實情也，《春秋》之文實政也，《禮》文實法而《樂》文實音也。故六經無虛文，三代無文人。夫惟無文人，故所以爲三代無虛文，所以爲六經，後世莫能及也。

余嘗熟讀《語》、《孟》二書，意味無窮，感化不已。師弟對問之間而文若是，豈有意於文而後言邪？聖賢之膏腴，道德之精華，發而自然耳。故所以爲孔子，所以爲孟軻，後世亦莫能及也。

孔氏之門，游夏以文學稱，未聞其執筆命題而作文也，則所謂文學者亦異矣。後世文士工於文而拙於實，衒於辭章而忘於道義，故班、馬不免於刑，范曄、陸機、謝靈運不免於誅，陳叔寶、楊廣不免於覆宗社，而柳柳州不免於小人，文何益耶？苟有其實矣，何患無文？三代則亦已矣，至於後世，，漢高帝奮起亡秦，王有天下，功並湯、武，未嘗爲文也，如《大風之歌》，聲震海嶽，而光犯日月。諸葛孔明仗義興漢，委身事蜀，道合伊、呂，而他文未見也。如《出師之表》與商、周命訓相上下、則有實者有文也必矣。方今道喪時弊，正氣湮塞，生民墜溺，志士振起之秋也，可拘於虛文，溺於淺淺哉？宜嚙六經之實，盡躬行之道，精百代之典，革虛文之弊，斷作爲之工，存心養性，磨厲以須天下之清。其行也，其達也，必不與草木並朽而無聞矣。（《陵川集》卷二十）

答友人論文法書(節録)

　　二帝三王無文人,仲尼之門雖曰文學,亦無後世篇題辭章之文,故先秦不論文。騷人作而辭賦盛,故西漢始論文,時則有揚雄之書。東漢復論文,時則有蔡邕之書。建安以來詩文益盛,語三國則有魏文帝、陳思王之論。語晉、宋則有陸機、沈約之作。折衷南北七代則有文中子之説。至李唐則韓、柳氏爲規矩大匠,如韓之《答李翊》、《上於襄陽》、《答尉遲生》、《與馮宿》,柳之《與楊京兆》、《答韋中立》、《報陳秀才》、《答韋珩》、《復杜温夫》及《與友人》等作,加之以李翱之《答王載言》、《寄從弟正辭》,皇甫湜之《答李生》、《復答李生》,下逮歐、王、蘇、黄之論議,則窮原極委,無所不至,其極無法,復可説百世有餘師矣。經何人也? 而敢復論文章之法乎?

　　顧有一焉,不敢告也。爲文則固自有法,故先儒謂作文,體製立而後文勢成。雖然,理者法之源,法者理之具,理致夫道,法工夫技,明理法之本也。吾子所謂法度利病,近世以文爲技,與求夫法,資於人而作之者也,非古之以理爲文,自爲之意也。古之爲文也,理明義熟,辭以達志爾,若源泉奮地而出,悠然而行,奔注曲折,自成態度,匯于江而注之海,不期於工而自工,無意於法而皆自爲法,故古之爲文法在文成之後,辭由理出,文自辭生。法以文著,相因而成也,非與求法而作之也。後世之爲文也則不然,先求法度,然後措辭以求理,若抱杼軸求人之絲枲而織之,經營比次,絡繹接續以求端緒,未措一辭,鈐制夭閼於胸中,惟恐其不工而無法。故後之爲文法在文成之前,以理從辭,以辭從文,以文從法,一資於人而無我,是以愈工而愈不工,愈有法而愈無法,秖爲近世之文,弗逮乎古矣。夫理,文之本也;法,文之末也。有理則有法矣,未有無理而有法者也。

　　六經理之極,文之至,法之備也。故《易》有陽陰奇耦之理,然後有卦畫爻象之法;《書》有道德仁義之理,而後有典謨訓誥之法;《詩》有性情教化之理,而後有風賦比興之法;《春秋》有是非邪正之理,而後有褒貶筆削之法;《禮》有卑高上下之理,然後有隆殺度數之法;《樂》有清濁盛衰之理,而後有律吕舒綴之法。始皆法在文中,文在理中,聖人製作裁成,然後爲大法,使天下萬世知理之所在而用之也。自孔、孟氏没,理寖廢,文寖彰,法寖多,於是左氏釋經而有傳注之法,莊、荀著書而有辨論之法,屈、宋尚辭而有騷賦之法,馬遷作史而有序事之法。自賈誼、董仲舒、劉向、揚雄、班固至韓、柳、歐、蘇氏作爲文章,而有文章之法,皆以理爲辭,而文法自具,篇篇有法,句句有法,字字有法,所以爲百世之師也。故今之爲文者不必求人之法以爲法,明夫理而已矣。精窮天下之理而造化在我,以是理,爲是辭,作是文,成是法,皆自我作。志帥行權,多多益善。標識根據，不偏不倚，中天下、準四海以爲正；輝光照耀，炳烈粲發，引日星、麗霄漢以爲明；造微入妙，探賾索隱，極九地、築底裏以爲深；包括綿長，籠罩遐外，塵天地、芥太極以爲大；龍驤虎步，瞰眺八極，登風雲、厲威震以爲雄；躋攀倚拔，窮原無上，棄形器、脱凡邇以爲高；莽蒼闊越，混涵太樸，鬱鴻荒、全渾沌以爲古。震雷霆，開昏塞，節八音，鳴萬籟，有始有卒，如律如吕以爲聲；通一元，貫四時，塞天地，鼓萬物，噴薄動盪，生成化育以爲氣；挈矩布算，搏節量度，徑圍天地，位置六合，規萬世以爲格；巍岸磊落，欲顛欲立，墮疊太華，推移日觀，屹萬仞以爲形；敷布振迅，欲斂欲溢，排闢孟門，疏鑿灩澦，決萬里以爲勢。爲門爲庭，爲堂爲殿，爲樓爲閣，以爲間架；爲甲爲乙，爲首爲尾，爲腹爲背，以爲鋪叙；爲閉爲錮，爲構爲締，爲聯爲屬，爲橐爲鑰，以爲關鍵；爲囷爲禀，爲庾爲倉，爲筐爲筥，爲裹爲囊，以爲含蓄；爲坐爲作，爲進爲退，爲折爲還，爲舒爲疾，以爲步驟；爲莊爲嶽，爲逵爲軌，爲途爲路，爲縱爲横，以爲馳騁；爲經爲緯，爲端爲緒，爲錯爲綜，爲織爲紝，以爲機杼。鍊金鎔錫以爲精，礱石磨玉以爲潔，去陳剝爛以爲新，苴漏塞釁以爲密，昭布森列以爲博，旁挼遠紹以爲邃，依違諱避以爲婉，紆餘曲折以爲態，容與平坦以爲易，遏塞險澀以爲難，澄湛靜敞以爲清，激揚蹈厲以爲節，優游不迫以爲暇，頓放妥帖以爲安，建置強崛以爲固，鼎峙山立以爲重，持綱挈要以爲簡，填委充塞以爲富，穿徹沈著以爲快，警策峻整以爲偉，恣睢徜徉以爲肆，齊莊謹肅以爲嚴，翦截裁制以爲整，超卓頓挫以爲壯，擁衛倚疊以爲厚，脱暢便利以爲通，一唱三歎以爲感，剴切訐忤以爲激，咀嚼雋永以爲味，深長奧衍以爲趣，音節中適以爲和，抑揚起伏以爲變，瑰詭譎怪以爲奇，雕鏤無跡以爲巧。成就而無作爲，順理而不生事以爲化；耳目口鼻，四體衣冠具，不瘇不痺，活而不死以爲備。不知其所以然而然，莫非自然以爲神，則法亦不可勝用，我亦古之作者，亦可爲百世師矣，豈規規孑孑求人之法而後爲之乎？

　　故先秦之文則稱《左氏》、《國語》、《戰國策》，莊、荀、屈、宋；二漢之文則稱賈誼、董仲舒、司馬遷、劉向、揚雄、班固、蔡邕；唐之文則稱韓、柳；宋之文則稱歐、蘇。中間千有餘年，不啻數千百人，皆弗稱也。騷賦之法則本屈、宋，作史之法則本馬遷，著述之法則本班、揚，金石之法則本蔡邕，古文之法則本韓、柳，論議之法則本歐、蘇，中間千有餘年，不啻數千百文，皆弗法也。何者？能自得理而立法耳，故能名家，而爲人之法，苟志於人之法而爲之，何以能名家乎？故三國、六朝無名家，以先秦、二漢爲法而不敢自爲也。五季及今無名家，以唐、宋爲法而不敢自爲也。韓文公每語人以力去陳言，當自作，但識字，言從字順，識職而已，不當蹈襲故爛，謂宏詞詞賦爲俳優，皆此意也。然則前人不足法歟？文有大法，無定法。觀前人之法而自爲之，而自立其法，彼爲綺，我爲錦，彼爲榭，我爲觀，彼爲舟，我爲車，則其法不死，文自新而法無窮矣。近世以來紛紛焉，求人之法以爲法，玩物喪志，鬭竊模寫之不暇，一失步驟則以爲狂，爲惑於是，不敢自作，不復見古之文，不復有六經之純粹至善，孔、孟之明白正大，左氏之麗縟，莊周之邁往，屈、宋之幽婉，無復賈、馬、班、揚、韓、柳、歐、蘇之雄奇高古、清新典雅、精潔恣肆豪宕之作，總爲循規蹈矩決科之程文，卑弱日下，又甚齊、梁、五季之際矣。嗚呼，文固有法，不必志於法，法當立諸己，不當尼諸人，不欲爲作者則已，欲爲作者名家而如古之人，舍是將安之乎？（《陵川集》卷二十三）

與撤彥舉論詩（節録）

昨得足下詩一卷，瑰麗奇偉，固非時輩所及，然工於句字而乏風格，故有可論者。詩，文之至精者也，所以歌詠性情以爲風雅，故攄寫襟素，託物寓懷，有言外之意，意外之味，味外之韻，凡喜怒哀樂蘊而不盡，發託於江花野草，風雲月露之中，莫非仁義禮智，喜怒哀樂之理。依違而不正言，恣睢而不迫切，若初無與於、己而讀之者感歎激發，始知己之有罪焉。故三代之際於以察安危，觀治亂知，人情之好惡，風俗之美惡，以爲王政之本焉。觀聖人之所刪定，至於今而不亡，詩之所以爲詩，所以歌詠性情者祇見《三百篇》爾。

秦漢之際，騷賦始盛，大抵怨讟煩冤，從諛侈靡之文，性情之作衰矣，至蘇、李贈答，下逮建安，後世之詩，始立根柢，簡靜高古，不事夫辭，猶有三代之遺風。

至潘、陸、顏、謝則始事夫辭，以及齊、梁，辭遂盛矣。至李、杜氏兼魏、晉以追風雅，尚辭以詠性情，則後世詩之至也。然而高古不逮夫蘇、李之初矣。

至蘇、黃氏而詩益工，其風雅又不逮夫李、杜矣。蓋後世辭勝，儘有作爲之工，而無復性情。不知風雅有沉鬱頓挫之體，有清新警策之神，有振撼縱恣之力，有噴薄雄猛之氣，有高壯廣厚之格，有叶比調適之律，有雕鏤織組之才，有縱入橫出之變，有幽麗靜深之姿，有紆餘曲折之態，有悲憂愉快之情，有微婉鬱抑之思，有駭愕觸忤之奇，有鼓舞豪宕之節。

夫言外之意，意外之味，味外之韻，知之者鮮，又孰能爲之哉？先爲辭藻，茅塞思寶擾其興，致自趨塵，近不能高古，習以成俗，昧夫風雅之原矣。嗚呼，自李、杜、蘇、黃已不能越蘇、李，追三代，矧其下乎？於是近世又儘爲辭勝之詩，莫不惜李賀之奇，喜盧全之怪，賞杜牧之警，趣元積之艷，又下焉則爲溫庭筠、李義山、許渾、王建，謂之晚唐，轟轟隱隱，啅噪喧聒，八句一絕，競自爲奇，推一字之妙，擅一聯之工，嘔啞嚼拉於齒牙之間者，祇是天地風雷，日月星斗，龍虎鸞凰，金玉珠翠，鶯燕花竹，六合四海，牛鬼虵神，劍戟綺繡，醉酒高歌，美人壯士等磨切錙銖，偶韻較律，鬭釘排比，而以爲工，驚嚇喝喊而以爲豪，莫不病風喪心，不復知有李、杜、蘇、黃矣，又焉知三代、蘇、李性情風雅之作哉？

足下之作不爲不工，不爲不奇，殆亦未免近世辭人之詩，願熟讀《三百篇》及漢、魏諸人。唐、宋以來，祇讀李、杜、蘇、黃。盡去近世辭章，數年之後，高詠吟臺之上，則必非復吳下阿蒙矣。（《陵川集》卷二十四）

《一王雅》序（節錄）

六經具述王道，而《詩》、《書》、《春秋》皆本乎史。王者之跡備乎《詩》，而廢興之端明；王者之事備乎《書》，而善惡之理著；王者之政條乎《春秋》，而褒貶之義見。聖人皆因其國史之舊而加修之，爲之刪定筆削，創法立制，而王道盡矣。孟子曰：王者之跡熄而《詩》亡，《詩》亡然後《春秋》作。嗚呼，麟出非時，而聖人没，禮樂征伐專於諸侯，移於大夫，竊於陪臣，處士橫議，異端並作，拆爲六七，並爲孤秦，焚蕩禁絶，而《春秋》復亡，懷亂極矣，王道從何而興乎？

戰國而下，逮乎漢魏，國史仍存，其見於詞章者如《離騷》之經傳，詞賦之緒餘，至於郊廟樂章，民謠歌曲，莫不渾厚高古，有三代遺音。而當世之政不備，王者之事不完，不能纂續正變、大小風雅之後。漢魏而下，曹、劉、陶、謝之詩，豪贍麗縟，壯峻冲澹，狀物態，寓興感，激音節，固亦不減前世騷人詞客，而述政治者亦鮮。齊、梁之間，日趨浮僞，又惡知所謂王道者哉？隋大業間，文中子依放六經，續爲詩書，騁驥騄而追絶軌，甚有意於先王之道，乃今墜滅而不傳。

李唐一代詩文最盛，而杜少陵、李太白、韓吏部、柳柳州、白太傅等爲之冠，如子美諸《懷古》及《北征》、《潼關》、《石濠》、《洗兵馬》等篇，發秦州，入成都，下巴峽，客湖湘，《八哀》九首，傷時詠物等作，太白之《古風》篇什，子厚之《平淮》雅，退之之《聖德》詩，樂天之《諷諫》集，皆有風人之托物，二雅之正，言中聲盛烈，止乎禮義，抉去汙剥，備述王道，馳騖於月露風雲花鳥之外，直與《三百五》篇相上下，惜乎著當世之事而及前代者略也。

中統元年，今上踐阼，詔經持節，使宋館於儀真，抑塞之極，無所攄泄，以爲由漢以來，千有餘年，聖君英主，忠臣義士，大儒名賢，猛將良吏，穢亂篡逆，憸邪姦宄，關國體，係治亂，本廢興，不爲振而鼓之，摛光揭耀，搜疵指纇，則王道從何而明？四壁之內無他文籍，乃以素所記憶者，取韓、杜諸賢義例，皆以吾言斷自漢高帝，終於陳希夷，絶筆於五季之末，自高帝至於安樂公，皆爲漢。如王莽、曹操、荀彧、管寧、孫堅、孫策等皆爲漢臣，吳太帝始爲吳，魏文帝始爲魏，相錯而書，如司馬懿及師昭等，皆爲魏臣，至武帝始爲晉。而終於桓玄,其劉石諸僭則亦如曹操等,書其姓名而雜置於晉君臣間。宋魏南北亦如吳魏,相錯而書,而高歡、宇文泰等亦同劉石,仍爲魏臣。至齊文宣、周武帝則各爲一代,隋唐五代亦各爲一代。其國初僭僞所並滅者,皆載於本國,開創帝王之下如本史云,凡以母后稱制者皆不書,得二百二十一人,共二百五十篇。小者十餘韻,大者六七十韻,名之曰《一王雅》。抑揚刺美,反復諷詠,期於大一統,明王道,補緝前賢之所未及者而已,非敢妄意於大經大法之後,而輒自振暴。(《陵川集》卷二十八)

《唐宋近體詩選》序(節錄)

事有至大,物有至多者,萬言之文不足以盡其理。詩四句,何以畢之? 所謂至簡而至精粹者也。故必平帖精當,切至清新,理不晦而語不滯,庶幾其至矣。五言難於七言,四句難於八句,何者? 言愈簡而義愈精也。譬如觀山,諸山掩映,中有奇峯一二,則諸山皆美矣。若一二奇峯,平地而立,便有峭拔秀潤氣,非樓石、劍門、少華,則不能此。絶句全篇,詩人所尤重也。今集唐、宋諸賢絶句全篇之可爲矜式者,與夫傑辭麗句之可以警動精神者,條例而次第之,爲訂愚發蒙之具,雖末學,亦窮理之一事也。學者其無忽。(《陵川集》卷三十)

述 擬

先人初命經爲決科文,迷擬宏詞數十首,仍命各歷代體製立法措辭,謂西漢格高辭約,有先秦三代遺風,後世辭章不可及已。東漢而下至晉宋六朝漸趨近體駢儷之作,李唐以來對屬切律,遂爲四六謂之官樣,或爲高古以則先漢,依放盤誥則以爲野而非制。故皆模寫陳爛,謹守程式,不遺步驟,至於作者如韓、柳、歐、蘇,亦不敢自作,强勉爲之,而世謂之畫葫蘆。行之千有餘年,弗可改已。然而點化詩書,六經雜用,先秦二漢暢如陸贄,質如吏部,富如文饒,情如封敖,雄如東坡,工如彥章,學經作句,亦足自爲。要之,典雅古贍,情實感激,得體而已。故自東漢終於李唐,爲詔赦、制冊、檄書、露布等,述其事而擬其辭,其後專爲古文,不復記錄。近在儀真館與書狀官,苟宗道論,次詩文雜著,哀集追憶,得故述擬者若干首,復依世次,別爲類云。(《陵川集》卷三十一)

《續後漢書·文章總叙》(節錄)

易部:序、論、說、評、辨、解、問、難、語、言。

968

書部：書、國書、詔、册、制、制策、赦、令、教、下記、檄、疏、表、封事、奏、議、牋、啟、狀、奏記、彈章、露布、連珠。

詩部：騒、賦、古詩、樂府、歌、行、吟、謠、篇、引、辭、曲、琴操、長句雜言。

春秋部：國史、碑、墓碑、誄、銘、符命、頌、箴、贊、記、雜文。

易（部）

昊天有四時，聖人有四經，爲天地人物無窮之用。後世辭章，皆其波流餘裔也。夫繇、彖、象、言、辭、説、序、雜，皆《易經》之固有；序、論、説、評、辨、解、問、對、難、語、言，以意言明義理，申之以辭章者，皆其餘也。

序有二義：有端序，有次序。原始首事，推本爲言，以冠諸端，則端序也；廣義列事，排比爲言，各有次第，則次序也。《書》有古今序，若《堯典》："昔在帝堯，聰明文思，光宅天下，讓于虞、舜。作《堯典》。"孔子序《書》之時所作。謹案：百篇書序，朱子已疑其僞。此謂孔子所作，亦承用前人之説。今序也，《堯典》曰："若稽古，帝堯曰：放勳欽明，文思安安。"史臣述堯之序，古序也。《詩》有大、小序。自"《關雎》，后妃之德也"，至"用之邦國焉"，則小序也。自"風，風也"，至"《關雎》之義也"，則大序也。其餘諸序，亦有古今序。若《卷耳》"后妃之本也，作詩者與采詩之官志之也"，古序也。自"后妃在父母家"至"化天下以婦道也，孔子以來諸弟子及漢世諸儒推廣之也"，今序也。此皆端序之始也。至司馬遷作《史記》，於三代六國諸表及《貨殖》、《儒林》諸傳，皆有序。劉向論次諸子百家，亦皆有序。揚雄作《法言》，每篇有序。又謂之題辭，而體製日滋矣。孔子作《序卦》曰："有天地，然後萬物生焉。盈天地之間者，惟萬物，故受之以屯。"所以序文王重卦之次第也。公羊子曰："楚屈完來盟於師，盟於召陵。"序，續也，所以序齊桓服楚之次第也。此皆次序之始也。至司馬遷作《自序》，序其家世功烈，並序諸紀、傳之次。而班固作《序傳》，亦序其家世功烈，並序一書之次，皆明其所以著作之意。自是凡所著述，莫不有二者之序，而篇題不可勝窮矣。

論。六經無論。至莊、荀騁其雄辨，始著論，如《禮》、《樂正論》、《齊物論》等皆篇第之名，未特以爲文也。漢興，賈誼初爲《過秦》一篇，始以爲題而立論。原注：應邵曰：《過秦》，賈誼書第一篇名也，言秦之過，則《過秦》者，猶曰《劇秦》云耳。於是二京、三國諸文士往往著論，大抵反覆明理而已。辭達義暢，不以文爲勝也。

説。自孔子爲《説卦》，六經初有説。以宓犧之《易》，有畫而無文，故於八卦位序，體用意象，申而爲之説。以文王之《易》，有繇衹明，其入用之位而已原注：自"帝出乎震"至"成言乎艮"是也。其餘皆説宓犧八卦，則其爲説有不得已焉者也。戰國諸子，遂騰口説而又著書名篇，如《説劍》、《説難》等，非聖人意也。後世遂爲辭章之文矣。

評。先秦、二漢所未有。桓、靈之季，宦戚專朝，學士大夫激揚清議，題拂品覈，相與爲目，如曰"天下模楷李元禮"，"不畏彊禦陳仲舉"，許劭在汝南而爲月旦評，評之名昉此。至陳壽作《三國志》，更史贊曰評，而始名篇，然特論之異名也。

辯者，別嫌疑，定猶豫，指陳是非之文也。《孟子》謂"吾豈好辯"，《荀子》謂"析辭而爲察，言物而爲辯"，《老子》謂"大辯若訥，善言者不辯"，揚雄謂"或問五經有辯乎？曰：惟五經爲辯。說天者莫辯乎《易》，說事者莫辯乎《書》，說體者莫辯乎《禮》，說志者莫辯乎《詩》，說理者莫辯乎《春秋》，舍斯，辯亦小矣"。故凡論說之文皆辯也，先秦、二漢猶未以名篇，後世始與論別而爲題矣。

解。記禮者，以其記六藝政教得失謂之經解，解之名昉此。漢以來，凡注釋經義者，皆謂之解，辯說之異名也。後世始命篇而爲文矣。

問。《禮記》、《論語》集聖賢問對之言，類以問名篇，如《憲問》、《曾子問》、《哀公問》、《問喪服》。問，皆記録之文也，未特命篇爲文。至屈平作《天問》，宋玉作《對楚王問》，始特以爲文。原注：王逸曰：屈原放逐，憂心愁悴，彷徨山澤，經歷陵陸，嗟號旻昊，仰天歎息，見楚有先王之廟及公卿祠堂，圖畫天地山川神靈，琦瑋僪佹，及古聖賢怪物行事，因書其壁，呵而問之，以渫憤懑，舒寫愁思，乃假天以爲言焉，故作《天問》。楚襄王問于宋玉，宋玉對曰云云。其後枚乘爲《七發》，曹植爲《七啓》，皆其制也。原注：《漢書》：枚乘爲吳王濞郎中，作《七發》。王逸曰：《七發》者，說七事以啓發太子也，猶《楚辭‧七諫》之流。曹子建《七啓序》曰：昔枚乘作《七發》，傅毅作《七激》，張衡作《七辯》，崔駰作《七依》，辭各美麗，余有慕焉，遂作《七啓》，並命王粲作焉。

難。六經以來，凡師弟對問之間，君臣可否之際，相與擬議詰折，無非問難之文也。難，難也，其言難合，反復相難也。故醫家有書，謂之《難經》，然未嘗特以命篇而爲文也。漢興，東方朔作《客難》，其後揚雄爲《解嘲》，班固作《賓戲》，皆其制也。原注：《漢書》：朔上書，陳農戰彊國之計，推意放蕩，終不見用，因著論，設客難已，用位卑以自慰諭。哀帝時，丁傅、董賢用事，諸附麗之者起家至二千石。時雄方革創《太玄》，有以自守，泊如也。人有嘲雄以玄之尚白，雄解之，號曰《解嘲》。班固序曰：永平中爲郎，典校秘書，專篤志于儒學，以著述爲業，或譏以無功。又感東方朔、揚雄自喻，以不遭蘇、張、范、蔡之時，曾不折之以正道，明君子之所守，故聊復應焉。

語。自《論語》外，左氏爲《春秋傳》，其餘事辭，國別爲録，謂之《國語》，以爲《春秋》外傳，特以爲書之號，未嘗命篇爲文。後世特以爲題，與問、難等矣。

言。初，孔子爲《乾》、《坤》二卦，作《文言傳》，而文始有言。後世亦特命篇爲文，而與論、説等矣。

書（部）

《書》者，言之經，後世王言之制、臣子之辭，皆本於《書》。凡制、詔、敕、令、册、檄、教、記、誥、誓、命、戒之餘也，書、疏、箋、表、奏、議、啓、狀、謨、訓、規、諫之餘也。國書、策問、彈章、露布,後世增益之耳,皆代典國程,是服是行,是信是使,非空言比,尤官樣體製之文也。

書。自孔子別爲虞、夏、商、周之《書》,未嘗特以名篇。其篇題則各自有名,于《商書·太甲》曰:"伊尹作書。"又曰:"奉嗣王歸,於亳作書。"《說命》曰:"王庸作書。"《金縢》曰:"啓鑰見書。"《召誥》曰:"周公乃朝用書。"《顧命》曰:"太史秉書。"皆以爲書而無其名。《周禮·職官》所稱賢能之書、禮書、事書、三皇五帝之書、贊書,《秋官·小行人》謂其萬民之利害爲一書,其禮俗政事教治刑禁之逆順爲一書,其悖逆暴亂作慝犯令爲一書,其劄喪凶荒厄貧爲一書,其康樂和親安平爲一書。《禮記》謂書策書、方振書、端書,與《傳記》所載載書、丹書、刑書、竹書等,亦皆以爲書而無其篇。則書者,文籍之總名也。魯成公七年,楚子重子反,殺申公巫臣之族。巫臣自晉遺二子書,特以書名篇,始見乎此。其後魏絳有書,子產有書,叔向有書。至戰國、秦、漢,不可勝載,而體製多矣。臣子之于君父,小臣之與大臣,布衣之于達官,弟子之於師長,小國之於大國,皆謂之上書。名位相埒,則謂之遺書。平交往反,則謂之復書。上之於下,則謂之諭書。告戒論列,則謂之移書。躬親裁制,則謂之手書。天子下書,則謂之賜書。用璽封題,則謂之璽書。敵國講信,則謂之國書。吉慶相賀,則謂之賀書。勝敵報多,則謂之捷書。喪師敗績,則謂之敗書。無禮相陵,則謂之嫚書。叛君指斥,則謂之反書。死喪凶訃,則謂之哀書。先秦、西漢博約高古,有三代遺風;魏、晉以還,辭氣寢弱矣。

國書。六經初無有。三代之際,天子之待夷狄、親諸侯,諸侯之邦交、事天子,皆有玉帛之使,其辭命不可考。周室之衰,晉、楚、齊、秦更霸,亟戰亟聘;魯、衛、宋、鄭、陳、蔡相與爲敵國,數會數朝,辭命益重。故《語》載鄭之爲命曰裨諶草創,世叔討論,子羽修飾,子產潤色,然亦不見其完文。漢初,高帝與匈奴約爲兄弟以和親。孝惠、高后時,冒頓爲嫚書以遺高后,高后忍辱報書,冒頓復書以謝,中國始交外夷而國書之制可考矣。單于遺漢書則曰:天所立匈奴單于敬問皇帝無恙。漢遺匈奴書則曰:皇帝敬問匈奴大單于無恙。及中行說教,單于懷約侮漢,漢遺單于書,以尺一牘,說乃令單于以尺二牘及印封,皆令廣長大倨驁,其辭曰:天地所生、日月所置,匈奴大單于敬問漢皇帝無恙。漢亦依違報之。至孝武大伐匈奴,而書問遂絕矣。原注:自漢交匈奴諸事,皆見《外夷北狄傳》。高后時,南粵王趙佗自尊號爲南粵武帝。孝文即位,賜佗書曰:皇帝謹問南粵王甚苦心勞意,朕高皇帝側室之子。佗因爲書謝,稱蠻夷大長老夫臣佗昧死再拜上書皇帝陛下。此又中國以禮服外夷之制也。原注:事見《外夷南蠻傳》。建武初,鄧禹承制,命隗囂爲西州大將軍。囂乃遣使詣闕上書,光武報以殊禮,言稱字,用敵國之儀。其後復報以手書。又使來歙奉璽書喻旨。及囂反,始絕。公孫述僭號於蜀,帝與述書署曰公孫皇帝,此又中國與僭國之制也。逮夫三國,漢、吳用敵國禮,吳于魏始上書稱臣，既受封爵，乃奉表謝。其後遂絕不復通。故敵國國書，始見於漢、吳。至晉、宋南北之際，其制滋多，皆戰和安危所繫，國脈民命之所在，王言之尤重者也。

詔。孔子定《書》于虞、夏、商、周之際，始見誥、誓、命之文，皆王言也。故《禹謨》曰：“誓於師。”《湯誥》曰：“明聽予一人誥。”《說命》曰：“王言惟作命。”至周，而王與諸侯皆曰命。王曰王命，諸侯曰公命。故《大宗伯》有典命之職，封爵則有五等之命，車服則有九等之命，原注：《周禮》典命掌諸侯之五儀，諸臣之五等之命，上公九命爲伯。其國家宮室、車旂、衣服、禮儀皆以九爲節。建官則有策命，原注：《左氏傳》：王命内史叔興父，策命晉侯爲侯伯。資予則有錫命，原注：《春秋》文公元年：天王使毛伯來錫公命。襃美則有追命，原注：《春秋》莊公元年：春王使榮叔來錫桓公命。而詔之名未有也。若《大冢宰》謂以八柄詔王馭羣臣，以八統詔王馭萬民，則詔者，告導之辭也。《禮器》謂納牲詔于庭，血毛詔于室，羹定詔于堂，三詔皆不同位，則詔者，陳設之辭也。《春秋·大祝》：“作六辭以通上下親疏遠近，曰祠，曰命，曰誥，曰會，曰禱，曰誄。”而無詔也。始皇初並天下，更號曰皇帝，命爲制，令爲詔，詔制之名昉此。漢因之，其制有四：曰册，曰制，曰詔，曰敕，而詔爲重。原注：蔡邕曰：立后妃、皇太子、諸王、三公則用册，命百官郡守則用制，有所戒諭則用敕，布告天下則用詔。凡皇太后垂簾者，亦用之。二漢制詔去古未遠，猶有先秦三代之風，雖不能如典、謨、誥、誓攄寫仁義道德、性命福禍，究竟禮樂天人之際，而其文辭溫雅質厚，誠盡要約不繁，有絲綸之大體，王言之潤色，聖人感人心致和平之意，無欺世罔民之私。隋王通曰：詔，其見王者之志乎！其恤人也周，其致用也悉。一言而天下應，一令而不可易，非仁智博達，則天明命，其孰能詔天下乎？東漢之季，漸尚辭用事。魏、晉而下，遂爲文具矣。

册者，辭命記注之總稱。古者，書於竹簡，一簡謂之簡，編簡謂之册。事小辭略，一簡可書，則曰簡而已；事大辭多，一簡不容，必編衆簡而書之，則曰册。故史官大事書之於册，小事簡牘而已。其名始見于《金縢》之書曰“史乃册祝”。其後納册、作册、祝册、册命，凡告廟命官封建皆用之。漢因周制，尊太上皇、皇太后，立皇后、皇太子，封建諸侯王，拜免三公，皆用册。郊祀天地，謁告宗廟，封禪泰山，亦用册。至於特拜郡守，述其政績，亦用册。古者尚質，惟用竹。秦、漢則泥金檢玉，號爲玉册，示其侈也。原注：蔡邕曰：册者，簡也。其制長二尺，短者半之，其次一長一短，兩編下附。許慎《說文》：册者，符命也。諸侯進受于王者也，象其札，一長一短，中有二編之形。《漢書》：武帝元狩六年廟立皇子閎爲齊王，旦爲燕王，胥爲廣陵王，初作册。其於國恤，有哀册、謚册。於是高文大册爲漢帝制，禮文盛矣。後世皆遵用之。

制。秦更命爲制。蔡邕曰：制書，帝者制度之命也。其文曰制詔、詔書、詔告。羣臣有所奏請，尚書令奏之，下有司曰制。天子答之曰可。方之于詔，尤有禮文之書也。宣佈號令沿革更定，則曰詔。諸謀臣下，報答畫可，則曰制。特有處置，告諭大臣，則曰制詔。母后臨朝，非所宜稱，則曰稱制。漢制然也。故隋王通推本高帝、文、景、武、宣、光武、明、章爲七制之主，其書曰帝制，言其法制可爲後王之則也。

制策。漢制舉，取士之制也。孝文二年，詔舉賢良方正能直言極諫者。潁陰侯騎賈山上書曰《至言》。雖詔舉賢良，未有制策也。十五年，詔諸侯王公卿郡守舉賢良能直言極諫者，上親策之。太子家令鼂錯對策，其始下制策一篇，而對者舉詔册之文，敷陳以對。至孝武世，公孫弘、董仲舒出，充推蔓衍，論列治體，指陳天人之際，極於天命情性、風俗教化，三代、先秦所未有也。

赦者，貸釋過誤之稱。故《易解傳》謂"君子以赦過宥罪"，《虞書》謂"眚災肆赦"，《吕刑》謂"五刑之疑有赦"，《周禮》司刺有三宥三赦之灋，一宥曰不識，再宥曰過失，三宥曰遺忘；一赦曰幼弱，再赦曰老耄，三赦曰蠢愚，皆以其非故怙終，其情可矜也。有罪而特縱釋，以爲一己之私而行小惠，失政刑矣。故《春秋》肆大眚則譏之。由漢以來，凡勝國克敵則赦，即位立皇后、太子則赦，郊祀天地則赦，朝享太廟則赦，慶瑞之符則赦，禬禳之私則赦。私一人則特赦，私一州則曲赦。其大赦，則並大逆不道，賊弑君親者皆爲除免。一年之間，有至再三者，皆亂制也。故吳漢臨終，勸光武無赦王符，謂賊良民之甚者，莫大於數赦。諸葛亮治蜀十二年無赦，孟光責費禕之行赦，皆知治體者也。

令。《説命》曰："王言惟作命，不言臣下罔攸稟令。"則令者，命之通稱也。《周禮·天官》："女史掌王后之内令。"則周之后命稱令也。秦、漢之初，未爲天子則稱令，既爲天子則稱詔。其後皇后、太子、諸侯王公之命皆曰令。凡將帥命於軍中，亦曰令，始別於詔命而自爲制矣。

教。蔡邕曰：諸侯之言曰教，猶天子之制詔也。凡丞相、三公、諸王、列侯開府置官屬者皆用之。

下記。漢魏以來，藩府郡守令於其屬者用之。以記事爲言，自謙之辭，然亦教令之制也。

檄者，傳佈告召之文，自丞相、尚書令、大將軍、藩府州郡皆用之，或以徵兵，或以召吏，或以命官，或以諭不庭，或以討叛逆，或以誘降附，或以誅僭僞，或以告人民，皆指陳事端罪狀，開說利害，曉以逆順，明其去就。其文峻，其辭切，必警動震竦，撼搖鼓盪，使畏威服罪，然後爲至已。其制以木簡爲之，長一尺二寸，若有急，則插以鳥羽，謂之羽檄，取其疾速也。故亦謂之羽書。初，漢高帝謂"吾以羽檄徵天下兵"，又謂"可傳檄而定"，則三代、先秦已自有之，而其文未見也。至孝武遣司馬相如責唐蒙等，始見《喻巴蜀》一篇，首曰"告巴蜀太守"，終曰"咸諭陛下意，毋忽"，蓋古制然也。原注：《漢書》：相如爲郎數歲，會唐蒙使略通夜郎僰中，徵發巴蜀吏卒千人，郡又多爲發轉漕萬餘人，用軍興法，誅其渠率，巴蜀人大恐。上聞之，乃遣相如責唐蒙等，因諭告巴蜀人以非上之意也。至三國之際，益尚事辭，其制愈備矣。

疏者，疏通其意，達之於上也。凡政有所未便，事有所未當，冤枉有所未信，壅蔽有所未達，臣下爲之論列奏上則用之，亦三代、先秦之故有。至漢高帝五年誅項羽，東城諸侯王皆上疏，請尊漢王爲皇帝，疏之名始見。其後臣下往往上疏，同夫書矣。

表者，敷陳著見之稱，有所未明，表而著之也。《書》謂"光被四表"，則自內而被於外也；"師表萬民"，則自上而形於下也。《傳》謂"言不聞於表著之位，則陳設之次也"；《禮》謂"立八尺之表"，則標準之則也。其名則同，其義各異，未特以名篇而謂之文也。司馬遷作《史記》，始爲《諸侯》、《六國》諸年表，特列序其興滅之年，亦未爲臣子之文也。其後漸見於二漢、魏、晉之際，其首曰"臣某言"，遂論列其事；其終則曰"謹奏表以聞"，義同書疏而體製異矣。原注：李善曰：表者，明也，標也，如物之標表，言標著事序，使之明白以曉主上，得盡其忠曰表。三王以前，謂之敷奏，故《尚書》謂"敷奏以言"是也。至秦並天下，改爲表，總有四品：一曰章，謝恩曰章；二曰表，陳事曰表；三曰奏，劾驗政事曰奏；四曰駮，推覆平論，有異事進之曰駮。六國及秦、漢兼謂之上書，行此五事。至漢、魏以來都曰表，進之天子稱表，進諸侯稱上疏。魏以前天子亦得上疏。

封事。漢製，表書皆啓封，其言密事則皂囊重封，謂之封事，其文亦書疏也。

奏。凡進言於君皆曰奏書，謂敷奏以言是也。漢世，凡劾驗政事，特有奏請，乃特作奏，其文亦書疏也。

議。商榷可否之文，論定而議未定，論略而議詳也。故莊周謂"六合之內，聖人論而不議"。三代以來，議事以制，政乃不迷。故《周官》有八議：議親，議故，議賢，議能，議功，議貴，議勤，議賓。原注：《周禮·小司寇》以八辟麗邦法，附刑罰：一曰議親之辟，二曰議故之辟，三曰議賢之辟，四曰議能之辟，五曰議功之辟，六曰議貴之辟，七曰議勤之辟，八曰議賓之辟。秦有丞相議，廷尉議，博士議。原注：皆特受詔奏議也。漢興，有廷議，原注：於殿廷之間議於天子前也。集議，原注：會集百官而議之也。百官雜議，原注：下百官令相雜而議也。下公卿議。原注：特下三公九卿議之也。故和親有議，原注：《漢書》武帝建元六年，匈奴來請和親，天子下其議，大行王恢議勿許，興兵擊之。韓安國議不如和親。羣臣議者，多附安國，於是上許和親。封禪有議，原注：元鼎六年，上與公卿諸生議封禪。鹽鐵有議，原注：昭帝元始六年，詔有司問郡國所舉賢良文學民所疾苦教化之要，皆對願罷鹽鐵、酒榷、均輸，官毋與天下爭利。桑弘羊以爲不可廢，於是鹽鐵之議起焉。廢立有議，原注：昌邑王既立，淫戲無度。大將軍霍光召丞相、御史、將軍、列侯、中二千石大夫、博士會議未央宮。尊號有議，原注：哀帝即位，郎中令冷褒等奏言，定陶共皇太后、共皇后皆不宜。復引藩國之名以冠大號，上下其議，羣下多順指，言母以子貴，宜立尊號以厚孝道。郊廟有議，原注：成帝時，丞相匡衡、御史大夫張譚奏言甘泉泰時河東后土之祠宜可徙置長安，合於古帝王，願與羣臣議定。奏可。大司馬、車騎將軍許嘉等八人議以爲不當徙，右將軍王商等五十人以爲當從衡等議。于是衡、譚奏于長安，定南北郊萬世基，天子從之。孔光、何武奏迭毀之次，當以時定，請與羣臣雜議。光祿勳彭宣等五十三人，皆以爲孝武皇帝親盡,宜毀。中壘校尉劉歆議曰:禮天子七廟者,其正法數可常數者也。宗不在此數中,變也。苟有功德則宗之,不可預爲設數。孝武皇帝功烈如彼,不宜毀。上從歆議。擊珠厓有議。原注:元帝時,珠厓諸縣反叛,連年不定。上謀於羣臣,欲大發軍。待詔賈捐之議,以爲不宜擊。遂從捐之議,罷擊珠厓。然而三代之議,有言而無書。二漢之議,既許其言,又各爲書以上其議,其言不易而得失可考。天子稱制決可而後下其議,公卿奉行之,天子不敢奮其私智,大臣不敢進其私言,一以公議綱紀天下,而四百年無二志,漢政之幾於三代者也。

牋,亦表類也。僚屬於皇太子、諸侯王用之,方之於表,首尾稱姓名而不稱臣。

啟,亦牋表類也。有所咨問、慶賀、干請,則上啟事于天子,則稱"臣某啟",乃入事,末則曰"謹奉啟事以聞"。非天子,則皆曰某啟而已。

狀者,敷奏情狀,列上事宜,猶表之爲標,著疏之爲條達也。自天子省府上下皆得用之。其辭質,其事詳,公文之通稱,疏之次也。

奏記。漢魏以來,凡有司言事於上官者,謂之奏記。避尊遠嫌,以記事爲言也。故省司藩府將帥置官屬者,皆有記室,掌書記之官焉。

彈章。有司舉劾奏上治罪之文也。秦、漢以來,有御史大夫、中丞侍御史之官,如周之大小司寇,糾詰姦慝,奮厲風憲。自天子大臣百官羣司,凡有過惡,皆得舉正。有所彈劾,則冠豸冠,簪白筆,對仗讀彈文。彈者,擊其罪而必中;章者,暴其惡而無隱。亦幾於三代之良法也。

露布,古之捷書也。凡聲罪致討,有所克捷,列其功狀,書之於帛,露見佈告,故謂之露布。又謂之露版,尤尚辭之文也。

連珠。孝章命班固、傅毅作,一事未已,又列一事,駢辭相連,體如貫珠,故謂之連珠,亦奏議之體也。

詩(部)

《詩經》三百篇,《雅》亡於幽、厲,《風》亡於桓、莊,歷戰國、先秦,祇有詩之名而非先王之詩矣。本然之聲音,鬱湮噴薄,變而爲雜體,爲騷賦,爲古詩,爲樂府、歌、行、吟、謠、篇、引、辭、曲、琴、操、長句、雜言,其體製不可勝窮矣。

騷。古所無有,楚屈原始爲之。司馬遷曰:楚懷王信上官大夫之讒,怒而疏屈平。屈平疾王聽之不聰也,讒諂之蔽明也,邪曲之害公也,方正之不容也,故憂愁幽思而作《離騷》。離騷者,猶離憂也。其託物引喻,愛君憂國,變風變雅之流。其辭雖怨懟激發,幾於憤悱跌宕,怪神而類夫巫覡,要之,出於忠而止於義,凡二十五首。其弟子宋玉、景差,相繼而作。及漢賈誼、莊忌等復爲之。大抵皆祖原。以其體製創於楚,謂之楚辭。以《離騷》一篇旨意深遠,可以繼《詩經》之後,特稱爲經。自《九歌》、《天問》及諸人之作,皆謂之傳云。

賦。詩有六義,二曰賦,排比鋪陳之體也。如曰"手如柔荑,膚如凝脂,領如蝤蠐,齒如瓠犀,螓首蛾眉","齊侯之子,衛侯之妻,東宮之妹,邢侯之姨"之類是也。其體雜見於風、雅、頌之間,而不特名篇。至屈原作《離騷》謂之賦,宋玉乃作《高唐》、《風賦》。荀卿、賈誼、司馬相如等相與倡和,拓大綴緝,舉然爲辭章之冠,兼詩騷之制,爲文士傑作,至魏、晉極矣。

古詩。自陳靈公訖周之亡,歷戰國、秦、漢及高、惠、文、景之世踰五百年,騷賦之外,詩遂無聞。孝武時,李陵、蘇武相與贈答,始爲五言,號稱古詩,歷漢三百餘年,絶無僅有。建安間,篇什始盛,爲漢、魏正體,然亦非三代之詩也。

樂府。周官大司樂乃其職也。六代之樂,皆有樂歌,自雅頌外不見其文。漢初,樂府令掌樂舞,有《房中》、《安世》等歌,始見其辭。原注:《漢書》:《房中祠樂》,高祖唐山夫人所作也。孝惠二年,使樂府令夏侯寬備其簫管,更名曰《安世樂》、《安世房中歌》十七章。至孝武立樂府,采詩夜誦,原注:《漢書》:武帝新定郊祀之禮,乃立樂府,采詩夜誦,有趙、代、秦、楚之謳。以李延年爲協律都尉,多舉司馬相如等數十人,造爲詩賦,略論律吕,以合八音。顏師古曰:采詩,依古逍人徇路,采取百姓誦謠,以知政教得失也。夜誦者,其言詞或秘不宜露,故於夜中歌誦。定郊祀,祠太一,作十九章之歌,章各有名,曰《練時日》、《帝臨》、《青陽》、《朱明》、《西顥》、《玄冥》、《惟泰元》、《天地》、《日出入》,又繼以諸事名章,曰《天馬》、原注:元狩三年,馬生渥洼中作。太初四年,誅宛王,獲宛馬作。《天門》、《景星》、《齋房》、原注:元鼎五年,得鼎汾陰作。元封二年,芝生甘泉齋房作。《后皇》、《華燁燁》、《五神》、《朝隴首》、原注:元狩元年,行幸雍,獲白麟作。《象載瑜》、原注:太始三年,行幸東海,獲赤雁作。《赤蛟》及《宣房》、《柏梁》等作皆有其辭,而樂府始盛。其後雜體、歌、行、吟、謠,皆爲樂府新聲別調,不可勝窮矣。

歌,與詩同,皆古有之,作爲篇章而歌之爾。故歌之爲言也,長言之也。説之故言之,言之不足故長言之,長言之不足故嗟歎之,於是有詠歌、嘯歌、悲歌、怨歌、長歌、短歌,各以其聲爲體,《詩》三百篇皆是也。及詩之亡,戰國、秦、漢之際,往往爲歌。樂府以來,篇章遂盛,與詩別而自爲制矣。

行,亦歌詩之流。三代、先秦未之見也。樂府以來,往往以行稱,又與歌並稱歌行也。歌以詠其志,行以行其志爾。其特稱行,如《飲馬長城窟行》、《苦寒行》、《善哉行》等是也。與歌並稱者,如《傷歌行》、《燕歌行》、《長歌行》、《短歌行》、《怨歌行》等是也。

吟,亦歌類也。歌者,發揚其聲而詠其辭也;吟者,掩抑其聲而昧其言也。歌淺而吟深,故曰"吟詠情性,以風其上"。三代、先秦有其名而無其文。樂府有《白頭吟》、《梁甫吟》、《東武吟》,始自爲篇題矣。

謠,亦歌類也。遠而言之,緩而不切爾。《詩》曰:"我歌且謠。"則歌切而謠緩也。

如風謠、童謠，自古有之，皆自成章而《詩經》不録。樂府以來，始自爲篇題，如《箜篌謠》等是也。

篇，古者編竹爲書，凡成章者自爲一篇，故謂之篇，特文籍次第之名，未特命題爲文也。樂府以來，始以名題，如《美女篇》、《白馬篇》、《名都篇》等是也。

引，亦歌類也。歌之爲言，長言之也。引則引而信之，又長矣。樂府以來，始有之，如《箜篌引》等是也。

辭。凡言成文謂之辭。故《易》有《繇辭》、《彖辭》、《爻辭》、《繫辭》，《書》謂之兩辭，《傳》謂之文辭，皆成文之言也。然未命題爲文。漢孝武始爲《秋風辭》，樂府有《王明君辭》，亦自名篇矣。

曲者，其音曲折也。季札觀樂，謂直而不倨，曲而不屈。師乙謂曲如折，句中鈎，皆其意也。漢立樂府，始以曲名樂章，又特以名篇爲歌曲矣。

琴操。古有雅琴、頌琴，故《詩》三百篇，孔子皆弦歌之，則古之歌詩，皆琴曲也。謂之操者，《風俗通》曰：“凡琴曲，憂愁而作，命之曰操，言困阨窮迫，猶不失其操也。”古操有十二首，拘幽，文王作；《越裳》、《岐山》，周公作；《履霜》，尹吉甫子伯奇作；《將歸》、《猗蘭》、《龜山》，孔子作；《殘形》，曾子作；《雉朝飛》，牧犢子作；《別鵠》，商陵穆子作；《水仙》、《懷陵》，伯牙作。皆有其辭，亦歌詩之體也。後世凡制琴曲，皆爲之辭矣。

長句雜言。古之爲詩也，其章句不繫短長，期於意盡辭止，音韻順適而已。故有三言者，“江有汜”是也；有四言者，“關關雎鳩”是也；有五言者，“投我以木瓜”是也；有六言者，“曷月予還歸哉”是也；有七言者，“送我乎淇之上矣”是也；有八言者，“十月蟋蟀入我牀下”是也。其爲章，則或三四相間，或五七相錯，不拘其字數章句，而其變無窮。所以爲詩之經也。漢初，專尚四言。至蘇、李，專爲五言。孝武爲《秋風》、《柏梁》等辭，則專爲七言。自張衡《四愁》而下，號七言爲長句。建安以來，號四、五言爲古詩，其餘自樂府歌謠外，三、四、六、七相雜成章者，則謂之雜言。詩之體製，至是極矣。

春秋（部）（節録）

《春秋》、《詩》、《書》，皆王者之跡，唐虞三代之史也。孔子修經，乃別辭命爲《書》，《樂歌》爲詩，政事爲《春秋》，以爲大典大法，然後爲經而非史矣。凡後世述事功，紀政績，載竹帛，刊金石，皆《春秋》之餘，無筆削之法，祇爲篇題記注之文，則自爲史而非經矣。

國史。書契以來即有史，至周而有太史、小史、内史、外史、左史、右史、太師、太祝之官，自王朝、列國皆有之。其書法大抵皆編年，大事書之於策，小事簡牘而已。至孔子作《春秋》，筆削其事而略其辭，亦皆編年，具四時以首事。晉太康中，得竹書，有《紀年》十二篇，則古法也。左氏爲《春秋》作傳，雜以事辭，亦皆編年。其餘則別爲《國語》。歷戰國訖秦，凡諸史書有《五帝德》、《帝繫》、《春秋曆》、《譜牒》、《世本》、《戰國策》、《鐸氏微》、《虞氏春秋》。而呂不韋者，上觀尚古，删拾《春秋》，集六國時事爲《八覽》、《六論》、《十二紀》爲《呂氏春秋》，始錯綜諸家，變古編年法。至司馬遷因《呂氏春秋》法，推本《詩》、《書》，據左氏《國語》，采《世本》、《戰國策》，述漢、楚春秋，上記軒轅，下訖天漢，著十二《本紀》、十《表》、八《書》、三十《世家》、七十《列傳》，謂之《史記》，有序，有論，有自序，有序傳，馳騁上下數千載，分散數十百家，其體甚大，六經以來，所未有也。其後班固因遷之制，斷自漢元，迄于王莽，作《西京書》，縝密精覈，法制益俗。遷之書始於父談而成於遷，固之書始於父彪而成於固。其事則身所聞見，其發凡起例皆出家學，於是卓然爲宗匠。後世國史之制，皆本乎是矣。

碑者，褒述功烈，誇示天下後世，自期於不朽之文也。夫史官記註謂之《實錄》，不虛美，不隱惡，功過並載。至其殊勳異烈，各當其時，書旂常，著鐘鼎，昭示後世，傳之子孫，則義存勸戒，非直爲稱美也。故聖德之帝，莫如堯、舜；功烈之王，莫如禹、湯；勳在王室，莫如伊、周；教垂萬世，莫如孔、孟。而無頌功述德之文謂之碑者……始皇並天下，丞相斯以善書能文，獻諛導侈，每巡幸，輒從東行郡縣，上鄒嶧山，立石頌功業。刻石頌功始此……漢興以來，自天子、三公、九卿、將相、郡國守相、師儒博士、太學諸生、處士烈女、義夫節婦，凡異政茂行，皆著文刻石。麗牲之碑，則漸爲宗廟、神廟、家廟等制；縣棺之碑，則漸爲神道、墓表、墓誌等制。其碑猶存古制，鑿孔其端。東漢之季，其文益盛。故漢碑多見。陽嘉、元嘉之間，崔、蔡之作。靈帝時，至書六經爲三體，刻之石碑，鍾繇、梁鵠相繼而出。曹丕之纂，大書深刻於受禪壇而豐碑數丈，漢碑至是極矣。然而先秦、二漢文辭簡質，其事則凡而不目，銘詩尤爲高古。魏、晉而下，諛臣媚子，誇吏侈孫，匿其暴露雜穢之過，揚其纖悉溢美之功。爲之文者，褒大稱推。立論序述，則體夫《詩》、《書》、《史》、《漢》之序；述其事業，則備夫《春秋》紀傳之法；其終篇銘詩，則用夫雅頌箴贊之體。或磨宏崖，或墜深淵，或配諸海嶽之靈，或並諸滔昏之鬼，矯誣之弊，蓋不可勝言矣。

墓碑。墓前之道，神遊之道也。碑於是，則謂之神道碑。古之葬者，墓而不墳，因留縣棺之石，表其墓之所在，謂不可弗識也。其後既封爲墳，仍立石爲表。王與諸侯，遂爲石闕，而楚謂之窒皇。漢以來，王公大臣亦有闕，仍立石表石儀，天禄辟邪之類，謂之墳皇。其勒文於表者，謂之墓表。表，著也，著其人之事也。勒文墓側，不當神道，制小文約，謂之墓銘。銘，名也，著其人之名也。其制又小，其文又約，謂之墓碣。碣，揭也，揭揚其行也。勒文於石，納之壙中，謂之墓誌，又謂之墓誌銘，志其人之事於墓中也，皆有序有事有詩，碑之制也。

誄者，哀死而累其行，以定謚之文也，自周有之……然不見其全文，惟《左氏傳》於孔子卒，見哀公誄一章，不累其行，特哀之之辭也。漢以來，天子有謚册，王公大臣則太常有謚議，魏晉而下始有誄文，有序有事，盛爲辭章，勒石於墓，亦與碑等矣。

銘者，名也，著於文辭，刻之金石，表見其名也。由器物則因以示戒，由義理則因以垂訓，由事業則因以昭德。揚雄謂“銘哉，銘哉，有意於慎也！”故黄帝命孔甲書《盤盂》，中以爲戒法，而禹有《讒鼎》之銘，湯有《盤銘》。至周而門、屏、階、席、冠、冕、衣、履、几、杖、弓、劍、觚、牘、盂、敦、權、衡、度、量，莫不有銘，皆警戒自修之文也。秦、漢而下，誇毗示侈，不因器以爲戒，不垂訓而昭德，墮嵯峨，伐琬琰，封泰山，勒燕然原注：《漢書》：上封泰山，禪梁父，封廣丈二尺，高九尺，其下則有《玉牒書》。《後漢書》：竇憲懼誅，自求擊匈奴，大破單于。登燕然山，令班固作銘刻石，立功紀漢威德，有序有事，有銘有詩，大或數千，次或數百，制與碑等矣。

符命之説，古不經見，皆後世迂儒俗士、賊臣纂子，獻諛逢惡，以爲纂竊之資者所作也……閎衍侈大，推美功德。以爲符命。新莽盜漢，而纖緯之術興矣。

頌者，稱美之辭。不歌而頌謂之賦，既誦而歌謂之頌。又頌者，容也，形容其美也。本《詩》之一義。故《大序》曰：“頌者，美盛德之形容，以其成功告於神明者也。”然未命篇爲文。至《離騷》、《楚辭》而有《橘頌》，漢王褒爲《聖主得賢臣頌》，揚雄爲《趙充國頌》。其後亦有序有頌，其銘詩有頌，與碑等矣。

箴者，刺譏勸戒之文也。自古有之，於魏絳對晉侯始見。《虞人箴》一篇，其文似詩而簡婉高雅。至漢成帝時，揚雄依《虞箴》作《十二州箴》、《二十五官箴》，亡失九篇。後漢崔駰、駰子瑗、瑗子寔，補其闕。及臨邑侯劉騊、太傅胡廣各有所增，凡四十八篇。廣乃署之曰《百官箴》。自是凡臣子進規於上，皆有箴矣。

贊者，叶相輔成之名。孔子作《易·大傳》而謂之贊，未特名篇以爲文也。至班固作《漢書》，於紀、傳後如司馬遷立論，而謂之贊，實則論也。其序傳則謂之“述贊”。始叶韻，如詩、銘。及范煜作《後漢書》，既立論，復特爲贊體。制始定矣。其後復加之序，有事有贊，亦與碑等矣。

記。凡志之典籍者，皆是也。故《易》，記理之書也；《書》，記辭之書也；《詩》，記聲之書也；《春秋》，記事之書也。四經，萬世之大記也，而不以記爲名。孔子没，諸弟子及秦、漢諸儒，各爲記録，如《禮記》、《樂記》、《雜記》、《學記》、《表記》、《坊記》、《秦記》、《史記》，皆記注於四經之後而以爲名，然未特命篇爲文也。魏、晉而下，自史氏記録外，凡志一事，皆特爲文。有序有事，亦有爲銘詩者，皆刻之石，亦與碑等矣。

雜文，雜於四經之間，而其體不一。如祭文、弔文、移文、紀録、傳志，即事爲文，隨物命題者皆是也。

右四類，其別五十有八，皆戰國、秦、漢以來文章體製，原於四經而滋蔓於四經之後，所以爲文章學，後世之制也。雖其義理不醇，辭氣寖衰，不逮夫古，然自今視之，又不逮漢、魏遠甚矣。故三代之文至於六經、《語》、《孟》，後世之文至於先秦、漢、魏，雖原遠末分，皆規矩準繩，大匠也。故備錄其制，推本所自與其所以弊而下者云。（以上卷六十六上上）

王博文

王博文（1223—1288）字子冕，一作子勉，號西溪。元東魯（今屬山東）人。世祖至元十八年（1281）官燕南按察史，歷禮部尚書、大名路總管，至元二十三年遷南臺中丞。其詩文罕見流傳。《天籟集原序》作於至元丁亥（1287），除論詞的風格外，還在唐代元（稹）、白（居易）外，提出了金代元（遺山）、白（樸）。

本書資料據四庫全書本元白樸《天籟集》。

《天籟集》原序（節錄）

樂府始於漢，著於唐，盛於宋，大概以情致爲主。秦、晁、賀、晏雖得其體，然哇淫靡曼之聲勝；東坡、稼軒矯之以雄辭英氣，天下之趣向始明。近時元遺山每游戲於此，掇古詩之精英，備諸家之體製，而以林下風度，消融其膏粉之氣……元、白爲中州世契，兩家子弟每舉長慶故事，以詩文相往來，太素（白樸）即寓齋仲子，於遺山爲通家侄。甫七歲，遭壬辰之難，寓齋以事遠適。明年春京城變，遺山遂挈以北渡，自是不茹葷血，人問其故，曰：俟見吾親則如初。嘗罹疫，遺山晝夜抱持凡六日，竟於臂上得汗而愈。蓋視親子弟不啻過之。既讀書，穎悟異常兒，日親炙遺山，聲欬談笑，悉能默記。數年寓齋北歸，以詩謝遺山云："顧我真成喪家狗，賴君曾護落巢兒。"居無何，父子卜築于滹陽。律賦爲專門之學，而太素有能聲，號後進之翹楚者。遺山每過之，必問爲學次第。嘗贈之詩曰："元白通家舊，諸郎獨汝賢。"（卷首）

方　回

方回（1227—1307）字萬里，號虛谷。徽州歙縣（今屬安徽）人。宋景德年間別省登第，曾知嚴州。入元，授建德路總管，不久罷官。其所爲文，一尊朱子，崇正辟邪，不遺餘力。但有一些短小精悍的作品，如《送徐君奇入燕序》，通暢奔放，欲説還休，留不盡之意，耐人尋味。方回倡江西詩派一祖三宗之説，詩亦學習黄庭堅、陳師道，而失之粗勁。晚年自謂平易，却入鄙俚。著有《璧流集》、《讀易釋疑》、《易中正考》、《皇極經世考》、《名僧詩話》等，已佚。又有《桐江集》六十五卷，已佚，今殘存八卷。其入元罷官後所作，收入《桐江續集》，原書五十卷，今殘存三十六卷。編有唐宋近體詩選《瀛奎律髓》。

《瀛奎律髓》的突出特點是只選律詩。律詩孕育於南北朝，成熟于隋唐之際，而唐宋律詩成就尤爲突出。此書專選唐宋五七言律詩，並側重宋代，共選三百八十五家，三千零一十四首（重出二十二首，實爲二千九百九十二首），而宋代達二百二十一家，一千七百六十五首，江西詩派的作家作品入選尤多。《四庫全書·瀛奎律髓》提要云："所録皆五七言近體……排西崑而主江西，倡爲一祖三宗之説。一祖者杜甫，三宗者黄庭堅、陳師道、陳與義也。"此書突出反映了方回崇尚江西詩派的詩論傾向。

本書資料據宛委別藏本《桐江集》、四庫全書本《桐江續集》、《瀛奎律髓》。

婺源黄山中吟卷序（節録）

唐詩承陳、隋流口之餘，沈、宋始概爲律體，而古體自是幾廢。然陳子昂、元次山、韋應物及李、杜、韓、柳諸公，追劉、陶、曹、謝與之伍，亦未嘗盡廢也。今之詩人，專尚晚唐，甚者至不復能爲古體。（《桐江集》卷一）

跋《仇仁近詩集》（節録）

然則詩不可不自成一家，亦个可不備衆體，老杜詩有曹、劉，有陶、謝，有顔、鮑，於沈、宋體中沿而下之，晚唐特其一端。（《桐江集》卷四）

讀張功父《南湖集》並序

詩至於老杜而集大成。陳子昂、沈佺期、宋之問律體沿而下之。麗之極莫如玉溪，以至西崑；工之極莫如唐季，以至九僧。《三百五篇》有麗者，有工者，初非有意於麗與工也，風賦比興，情緣事起云耳。而麗之極，工之極，非所以言詩也。謂如老杜七言律詩"魚吹細浪摇歌扇，燕蹴飛花落舞筵"，"自去自來堂上燕，相親相近水中鷗"，"林花着雨臙脂落，水荇牽風翠帶長"，"風含翠篠娟娟靜，雨裛紅蕖冉冉香"，學者能學此句，未足爲雄、《撲棗》詩云："不爲困窮寧有此，祇緣恐懼轉須親"，《憶梅》詩云："幸

不折來傷歲暮,若爲看去亂鄉愁",《春菜》詩云:"巫峽寒江那對眼,杜陵野老不勝悲",
《送僧》詩云:"念我能書數字至,將詩不必萬人傳",此等詩不麗不工,瘦硬枯勁,一斡
萬鈞,惟山谷、後山、簡齋得此活法。又各以其數萬卷之心胸氣力,鼓舞跳盪,初學晚
生不深於詩而驟讀之,則不見奧妙,不知雋永,乃獨喜許丁卯體。作偶儷嫵媚態,予平
生不然之,而江湖友朋未易以口舌爭也。乾淳以來稱尤、楊、范、陸,而蕭千巖東夫、姜
梅山邦傑、張南湖功父,亦相伯仲。梁溪之槁淡細潤,誠齋之飛動馳擲,石湖之典雅標
致,放翁之豪蕩豐腴,各擅一長。千巖格高而意苦,梅山律熟而語新。

南湖生於紹興癸酉,循忠烈王之曾孫,近得其前集二十五卷,三千餘首。嘉定庚
午自序,蓋所謂得活法於誠齋者。生長於富貴之門,輦轂之下,而詩不尚麗。亦不務
工。洪景盧謂功父深目而癯,予謂其詩亦猶其爲人也。"溪清花鴨聚,岸綠草蟲多",
"燕子初歸曾識面,牡丹未放已知名",不知何人以朱筆加點。專取此等句。予亦謂不
然,且如"人生守定梅花死",此句殊佳,何人輒用朱筆圈改,予竊謂朱筆之人未得所謂
正法眼藏也。功父預謀誅韓而史忌之,韓既誅即有桐川之謫。後得歸,坐前憾謫死象
臺,天下冤之。言官程松嘗論功父,謂將家子強吟小詩,此乃刻薄無忌憚之言,不足與
校。其詩活法妙處,予未能盡舉,當續書之。今且題八句以寄予心:"生長勳門富貴
中,粃糠將相以詩雄。端能活法參誠叟,更覺豪才類放翁。舉似今人誰肯信,元來妙
處不全工。鏤金組繡同時客,合向南湖立下風。"功父盡交一世名彥,詩集可考。然南
渡以來精於四六而顯者,詩輒凝滯不足觀。駢語橫於胸中,無活法故也。然則紹聖詞
科誤天下士多矣。(《桐江續集》卷八)

學詩吟十首併序(節錄)

小子何莫學夫詩,伯魚承過庭之問,退而學詩,《三百五篇》之詩也。《詩》亡然後
《春秋》,作詩有美有刺,導人爲善,而遏其惡。詩不復作,孔聖懼焉,故寓褒貶於《春
秋》以爲賢君良臣之勸,而破亂臣賊子之膽。後世之詩,自楚騷起,漢、晉、唐、宋至于
今日,得洙泗之遺意否乎?雖然天理人心一也。回近詩十首,名曰《學詩吟》,所見並
具詩中,或者亦粗得前輩心傳之一二。大德九年乙巳七月初八日,方回自序。(《桐江
續集》卷二八)

《離騷》胡澹庵一説·《離騷》之蘊十有九

奇、古、辯、怨、聞、澹、潔、雅、雄、深、枯、淡、豐、腴、勁、正、忠、直、清。"指九天以

982

爲正兮",奇也;"帝高陽之苗裔兮",古也;"就重華而陳詞",辯也;"國無人莫我知兮",怨也;"聊逍遥以相羊",閒也;"和調度以自娱兮",澹也;"朝濯髮乎洧盤",潔也;"奏九歌而舞韶兮",雅也;"飲余馬於咸池兮",雄也;"何所獨無芳草兮",深也;"登閬風而緤馬",枯也;"結幽蘭而延佇",淡也;"思九州之博大兮",豐也;"曰兩美其必合兮",腴也;"雖體解吾猶未變兮",勁也;"彼堯舜之耿介兮",正也;"阽余身而危死兮",忠也;"何桀紂之昌被兮",直也;"朝飲木蘭之墜露兮",清也。

《楚詞》之蕴十有二

險、怪、艱、窘、隱、約、褊、急、巧、譎、豪、放。"乘日月兮上征",險也;"棄雞骇於箱簏",怪也;"犯顔色而觸諫兮",艱也;"執棠谿以刜蓬兮",窘也;"筐澤瀉以豹鞹兮",隱也;"願假簧以舒憂",約也;"破荆和以繼築",褊也;"執契契而委棟",急也;"仳惟倚於彌楹",巧也;"同駑嬴與桀驪",譎也;"采撚枝於中州",豪也;"律魁放乎山間",放也。

贈邵山甫學説（節録）

古之經皆文也,皆詩也,後世下筆未易及經,則分爲兩途,文自先秦、西漢而後,始有韓昌黎,次則柳子厚,又其後有歐、曾、蘇。詩自《離騷》降爲蘇、李,而建安四子,晉、宋間至唐,參以律體。其極致莫如杜少陵,若陳子昂、李太白、韋、柳皆其尤。宋則歐、梅、黄、陳,過江則吕居仁、陳去非,至乾淳猶有數人。今之學者必也所得既飽,而後於此用力,取其文若詩傚之,初如書字,摹臨古帖,至其熟則不必摹臨而似之矣。若如近日江湖言古文止於水心,言律詩止於四靈,許渾又其實。姑以藉口藉手,未嘗深造其域者,識者所甚不取也。（以上《桐江續集》卷三十）

《仇仁近百詩》序（節録）

詩不特虞廷賡歌、《三百五篇》爲詩也,堯、舜、禹、湯、伊尹、傅説《告君》,箕子陳《洪範》,周公作《六典》,孔子讚《易》,老氏著五千言,戰國之士述吴、越《春秋》,司馬遷龜策日者,楊雄《太玄》,皆協音韻而便誦讀。協音韻而便誦讀,則筆之而不煩,口之而易於不忘,文辭之極致也。是夔典樂以詩教胄子,言志爲詩,詠言爲歌;歌之中有五聲,聲之中律,上之化以此達乎下。先王設官采詩,祭祀賓享有郊廟朝廷之作,而邦國閭里所賦之風,亦取以爲房中燕閒之樂,下之情以此達乎上。降及西都蘇、李,東都建安七子，晉、宋陶、謝，律體繼興。自盛唐、中唐、晚唐而及宋，代有作者，雖未盡合宮商鐘呂之音，不專主怨刺諷譏之事，而詩號爲能言者，往往相與筆傳口授於世而不朽，此其故何也？氣有所抑而難宣，意有所未易喻，時有所觸，物有所感，事有所不可直指，形之爲詩，則一言片語而盡之矣。故攀華爲實，鍛粗爲精，文約而義博，辭近而旨遠，惟詩爲然。

送羅壽可詩序

詩學晚唐不自四靈始。宋剗五代舊習，詩有白體、崑體、晚唐體。白體如李文正、徐常侍昆仲、王元之、王漢謀，崑體則有楊、劉《西崑集》傳世，二宋、張乖崖、錢僖公、丁崖州皆是。晚唐體則九僧最逼真，寇萊公、魯三交、林和靖、魏仲先父子、潘逍遙、趙清獻之父，凡數十家。深涵茂育，氣極勢盛。歐陽公出焉，一變爲李太白、韓昌黎之詩。蘇子美二難相爲頡頏，梅聖俞則唐體之出類者也，晚唐於是退舍。蘇長公踵歐陽公而起，王半山備衆體，精絕句，古五言或三謝。獨黃雙井專尚少陵，秦、晁莫窺其藩。張文潛自然有唐風，別成一宗。惟呂居仁克肖陳後山，棄所學，學雙井。黃致廣大，陳極精微，天下詩人北面矣。立爲江西派之説者，銓取或不盡，然胡致堂詆之。乃後陳簡齋、曾文清爲渡江之巨擘。乾淳以來，尤、范、楊、陸、蕭，其尤也。道學宗師，於書無所不通，於文無所不能，詩其餘事，而高古清勁，盡掃餘子。又有一朱文公，嘉定而降，稍厭江西。永嘉四靈復爲九僧，舊晚唐體，非始於此四人也。後生晚進，不知顛末，靡然宗之，涉其波而不究其源，日淺日下。然尚有餘杭二趙、上饒二泉，典刑未泯。今學詩者不於三千年間上泝下沿，窮探邃索，而徒追逐近世六七十年間之所偏，非區區所敢知也。

清江羅君志仁壽可，介吾師友自堂陳公書《棟詩》百篇見教，自謂改學四靈。後村且善學古人者，髣髴其意度，雋遠其滋味，不當盡用其語言事料，若腴若組，若冗若澀，若淺若俗，若粗若晦，若怒若怨，皆詩家之蔽。細讀深味，詩律未脱江西，有崑體意，崖岸骨髓，似與趙紫芝諸人及劉潛夫不同。故予詳道詩之所以然爲詩以送之，謂爲不然者，壽可還斾過東湖之上，復以參之自堂可也。（以上《桐江續集》卷三十二）

送倪耕道之官歷陽序（節錄）

變西崑體詩爲盛唐詩，自梅都官聖俞始。當是時，變五代文體者，歐陽公也。故世稱歐、梅。

恢大山《西山小稿》序（節録）

皋歌，詩之始；孔删，詩之終；屈騷，詩之變。論今之詩，五、七言古、律與絶句凡五體：五言古，漢蘇、李，魏曹、劉，晉陶、謝；七言古，漢《柏梁》，臨汾張平子《四愁》；五言律、七言律及絶句，自唐始盛。唐人杜子美、李太白兼五體，造其極；王維、岑參、賈至、高適、李泌、孟浩然、韋應物以至韓、柳、郊、島、杜牧之、張文昌，皆老杜之派也。宋蘇、梅、歐、蘇、王介甫、黄、陳、晁、張、僧道潛、覺範，以至南渡吕居仁、陳去非，而乾、淳諸人，朱文公詩第一，尤、蕭、楊、陸、范亦老杜之派也。是派至韓南澗父子、趙章泉而止。别有一派曰崑體，始於李義山，至楊、劉及陸佃絶矣。炎祚將訖，天喪斯文，嘉定中忽有祖許渾、姚合爲派者，五、七言古體並不能爲，不讀書亦作詩，曰學四靈，江湖晚生皆是也。嗚呼，痛哉！（以上《桐江續集》卷三十三）

《瀛奎律髓》序

瀛者，何？十八學士登瀛洲也。奎者，何？五星聚奎也。律者，何？五七之近體也。髓者，何？非得皮得骨之謂也。斯登也，斯聚也，而後八代五季之文蔽革也。文之精者爲詩，詩之精者爲律也。所選詩格也，所註詩話也。學者求之髓，由是可得也。方回者誰？家於歙，嘗守睦，其字萬里也。至元癸未良月旦日序。（卷首）

《瀛奎律髓》（節録）

陳拾遺子昂，唐之詩祖也。不但《感遇詩》三十八首爲古體之祖，其律詩亦近體之祖也。《白帝》、《峴山》二首極佳，已入懷古類，今揭此一詩爲諸選之冠。陳子昂、杜審言、宋之問、沈佺期俱同時而皆精於律詩，孟浩然、李白、王維、賈至、高適、岑參與杜甫同時，而律詩不出則已，出則亦足與杜甫相上下。唐詩一時之盛，有如此十一人，偉哉！（評陳子昂《度荆門望楚》）

岳陽樓，天下壯觀，孟、杜二詩盡之矣。中兩聯，前言景，後言情，乃詩之一體也。（評杜甫《登岳陽樓》）

寺在廣州。"堯時韭"、"禹日糧"之對工矣。詩忌太工，工而無味，如近人四六及小學答對則不可兼，必拘此式。又爲崑體，善爲詩者備衆體，亦不可無此也，如老杜能變化，爲善之善者。五、六一聯亦精神。（評李羣玉《登蒲澗寺後二嚴》）

予取此篇者，以人或尚晚唐詩，則盛唐且不取，亦不取宋，殊不知宋詩有數體：有九僧體，即晚唐體也；有香山體者，學白樂天；有西崑體者，祖李義山。如蘇子美、梅聖俞並出歐公之門，蘇近老杜，梅過王維，而歐公直擬昌黎，東坡暗合太白，惟山谷法老杜，後山棄其舊而學焉，遂名黃陳，號江西派，非自爲一家也。老杜，實初祖也。如君成詩，當黃、陳未出之前，自爲元和間唐詩，不可不拈出，使世人知之也。（評晁端友《甘露寺》）

此詩乃是效崔顥體，皆於五、六加工，尾句寓感歎。是時律詩猶未甚拘偶也。（評李白《鸚鵡洲》）（以上卷一）

以上二詩俱端重有體。（評韓偓《雨後月中玉堂閒坐》、《中秋禁直》）（卷二）

律詩自徐陵、庾信以來，疊疊尚工，然猶時拗平仄。唐太宗時多見，《初學記》中漸成近體，亦未脫陳、隋間氣習，至沈佺期、宋之問而律詩整整矣。陳子昂《感遇》古詩三十八首，極爲朱文公所稱，天下皆知其能爲古詩，一掃南北綺靡，殊不知律詩極精。此一篇置之老杜集中，亦恐難別，乃唐人律詩之祖。如沈、如宋、如老杜之大父審言併子昂四家，觀之可也。蓋皆未有老杜以前律詩。（評陳子昂《白帝懷古》）

三、四用一事貫串，老杜有此體，"嘉樹傳角弓"詩是也。（評李羣玉《經費拾遺所居呈封員外》）

六軍、七夕，駐馬、牽牛，巧甚，善能鬭湊，崑體也。（評李商隱《馬嵬》）

組織華麗，蓋一變晚唐詩體、香山詩體，而效李義山。自楊文公、劉子儀始，歐、梅既作，尋又一變。然歐公亦不非之，而服其工。（評楊億《南朝》）

右錢惟演詩。惟演有《擁旄集》行於世，亦首作崑體之一人，即錢思公也。（評錢惟演《南朝》）

崑體詩所以用事務爲雕蔟者，此也。一"衣帶"謂大江耳，"蘭成"謂庾信《哀江南賦》。（評劉筠《南朝》）

此崑體詩一變，亦足以革當時風花雪月、小巧呻吟之病，非才高學博未易到此。久而雕篆太甚，則又有能言之士變爲別體，以平淡勝深刻，時勢相因，亦不可一律立論也。（評錢惟演《始皇》）（以上卷三）

山谷教人作詩必學老杜，今所選亦以老杜爲主，不知老杜亦何所自乎？蓋出於其祖審言，同時諸友陳子昂、宋之問、沈佺期也。子昂以《感遇》詩名世，其實尤工律詩，與審言、之問、佺期皆唐律詩之祖。《唐史》謂魏建安後迄江左，詩律屢變，至沈約、庾信，以音韻相婉附，屬對精密；及之問、佺期，又加靡麗，拘忌聲病，約句準篇，如錦繡成文，學者宗之，號曰沈宋體。語曰："蘇、李居前，沈、宋比肩。"然則學古詩必本蘇武、李陵，學律詩必本子昂、審言輩，不可誣也。此四人者，老杜之詩所自出也。特老杜才高

氣勁，又能致廣大而盡精微耳。（評《早發始興江口至虛氏邨作宋之問》）

昌黎門人有孟郊、賈島、張籍、盧仝、李賀之徒，詩體不一，昌黎能人人效之，此蓋張籍體也。（評韓愈《送桂州嚴大夫》）

此吳體。（評范成大《人鮓甕》）

讀歐公詩，當以三法觀：五言律初學晚唐，與梅聖俞相出入，其後乃自爲散誕；七言律力變崑體，不肯一毫涉組織，自成一家，高于劉、白多矣；如五七言古體，則多近昌黎、太白，或有全類昌黎者，其人亦宋之昌黎也。出其門者，皆宋文人巨擘焉。（評歐陽修《寄梅聖俞》）（以上卷四）

第三、四韻自作隔對，亦一體也。（評白居易《罷府歸舊居》）

崑體之平淡者。五六甚佳，崑體未嘗不美。（評楊億《書懷寄劉五》）（以上卷六）

頷聯不對，唐人多此體。（評姚合《萬年縣中雨夜會宿寄皇甫佃》）（卷八）

律詩至宋之問一變而精密無隙矣。（評宋之問《奉和聖製立春日剪綵花勝應制》）

律詩初變，大率中四句言景，尾句乃以情繳之，起句爲題目。審言於少陵爲祖，至是始千變萬化云。（評杜審言《和晉陵丞早春遊望》）

凡劉、白以後詩人集中，皆有姓名詩，亦一時新體也。（評姚合《游春》）

近似白樂天體。（評丁謂《公舍春日》）

崑體。（評宋庠《閏十二月望日立春禁中作》）

亦崑體。（評晏殊《春陰》）（以上卷十）

前四句皆景，後乃言情，唐人多此體。（評張耒《夏日》）

崑體。三、四工。（評丁謂《途中盛夏》）

亦崑體。（評錢惟演《苦熱》）（以上卷十一）

聽雨徹夜，既而開門，乃是落葉如雨。此體極少而絕佳。（評僧無可《秋寄賈島》）

“相趁入寒竹”以應“鬪雀墮還飛”，“自收當晚閙”以應“懸蟲低復上”，又是一體，首尾翛然出塵，可謂着題詩也。（評梅堯臣《秋日家居》）

江西體也。（評滕甫《秋晚》）

前詩人所不及，後詩謂之吳體，惟山谷能學而肖之，餘人似難及也。（評杜甫《七月一日題終明府水樓》）

此嚴武幕府秋夜直宿時也，三四與“五更鼓角聲悲壯，三峽星河影動搖”同一聲調，詩之樣式極矣。（評杜甫《宿府幕》）

崑體。三、四怪麗。（評錢惟演《秋日小園》）（以上卷十二）

稍涉變體，新異。（評陸游《初寒獨居戲作》）

此三詩，張文潛集中多有似之者，氣象大，語句熟，雖或拗字，近吳體，然他人拘平

仄者,反不如也。(評杜甫《十二月一日三首》)

三、四古淡,五、六集句體,亦天成也。(評陸游《十二月八日步至西村》)(以上卷十三)

此所謂詩瓢唐山人者,四聯皆側入,自是一體,詩亦清潤。(評唐求《曉發》)

此詩乃吳體而遒美。(評王質《東流道中》)(以上卷十四)

盛唐律詩體渾大,格高語壯;晚唐下細工夫,作小結裹,所以異也。學者詳之。(評陳子昂《晚次樂鄉縣》)

崑體善于用事。(評宋祁《臘後晚望》)(以上卷十五)

味道,武后時人,詩律己如此健快。(評蘇味道《正月十五日》)

沈佺期、宋之問,唐律詩之祖。(評沈佺期《三月三日梨園亭侍宴》)

子固詩一掃崑體,所謂鬮飣刻畫咸無之,平實清健,自爲一家。(評曾鞏《上元》)

此乃吳體。(評梅堯臣《依韻和李舍人旅中寒食感事》)

老杜集此等詩謂之吳體。(評趙蕃《上巳》)

後四句又用吳體。(評范成大《重午》)(以上卷十六)

此亦崑體,蓋當時相尚如此。(評晏殊《賦得秋雨》)

聱牙細潤,吳體也。(評趙蕃《晚晴》)(以上卷十七)

八句皆佳,三、四崑體也。凡崑體必於一物之上入故事,人名、年代及金玉錦繡等以實之。(評李虛己《建茶呈使君學士》)(卷十八)

此吳體。三、四絕佳。(評曾幾《郡中禁私釀嚴甚戲作》)

此詩三、四不甚入律,然終篇發明紅酒之妙,前此未有,當時時玩味之。乃老杜吳體、山谷詩法也。(評曾幾《家釀紅酒美甚戲作》)(以上卷十九)

漢武帝元封三年作柏梁臺,詔羣臣有能爲七言者乃得上座,太官令曰:"枇杷橘栗桃李梅。"梁簡文帝引此事爲《梅花賦》而曰"七言表柏梁之詠",則知漢武帝時始有七言詩及梅也,亦恐不專主花。《荊州記》曰:"陸凱與范曄相善,自江南寄梅一枝詣長安與曄,併贈詩曰:'折梅逢驛使,寄與隴頭人。江南無所有,聊贈一枝春。'詩家以爲晉人,非宋文時范曄。"姑從其說,則梅花見於五言詩自晉時始也。大概梅花詩五、七言至梁、陳而大盛。(《梅花類》)

束大才於小詩之間,惟五言律爲最難。昌黎此詩賦至十韻,較元微之"春雪映早梅"多四韻,題既甚難,非少放春容不可也。柳子厚有《早梅》詩,古體仄韻,"早梅發高樹,迴映楚天碧。朔吹飄夜香,繁霜滋曉日。欲爲萬里贈,杳杳山水隔。寒英坐銷落,何用慰遠客。"單賦早梅,不爲律,易鍛鍊也。譬如《雪》詩"千山鳥飛絕,萬徑人蹤滅。孤舟簑笠翁,獨釣寒江雪。"爲古體則可極天下之奇,爲律體則不可矣。昌黎"將策

試"、"聽窗知"六字,爲荆公引用,亦是費若干思索,律體尤難,古體差易故也。(評韓愈《春雪間早梅》)

義山之詩,入宋流爲崑體。(評李商隱《十一月中旬至扶風見梅花》)

三、四極工,"春外"之"外","臘前"之"前",似乎閒而非閒字也,乃最緊、最切、最實之字,"雲葉"、"瓊枝",乃崑體常例。(評宋庠《馬上見梅花初發》)

乾淳以來,尤、楊、范、陸爲四大詩家,自是始降而爲江湖之詩。葉水心適以文爲一時宗,自不工詩,而永嘉四靈從其說,改學晚唐詩,宗賈島、姚合,凡島、合同時漸染者,皆陰掇取摘用,驟名於時,而學之者不能有所加,日益下矣,名曰厭傍江西籬落,而盛唐一步不能少進。天下皆知四靈之爲晚唐,而鉅公亦或學之。趙昌父、韓仲止、趙蹈中、趙南塘兄弟,此四人不爲晚唐而詩未嘗不佳。劉潛夫初亦學四靈,後乃少變,務爲放翁體,用近人事,組織太巧,亦傷太冗。同時有趙庚仲白,亦可出入四靈小器,此近人詩之源流本末如此。(評翁卷《道上人房老梅》)

起句、尾句類崑體。(評盧襄《和田南仲梅》)

此詩吳體也,可謂神清蕭散。(評曾幾《瓶中梅》)(以上卷二十)

老杜七言律無全篇雪詩,此首起句言"高樓對雪峰",三、四"返照""浮烟",乃雪後景也。選置於此,以表詩體。前四句專言雪後晚景,後四句專言彼此情味,自然雅潔。必若着題詩,八句黏帶,即"爲詩必此詩",而詩拙矣,所謂不可無開闔也。(杜甫《暮登四安寺鐘樓寄裴十迪》)

元祐詩人詩,既不爲楊、劉崑體,亦不爲九僧晚唐體,又不爲白樂天體,各以才力雄於詩。山谷之奇,有崑體之變而不襲其組織,其巧者如作謎。(評黄庭堅《詠雪奉呈廣平公》)

此詩第一句至第六句,皆出格破體,不拘常程,於虛字上極力安排。(評陳師道《雪後》)(以上卷二十一)

此乃仄聲律詩也。(評白居易《西樓月》)

宋初詩人惟學白體及晚唐,楊大年一變而學李義山,謂之崑體,有《西崑倡酬集》行於世,其組織故事有絕佳者,有形完而味淺者,尚以流麗對偶,豈肯如此淡淨委蛇,而無一語不近人情耶?(評梅堯臣《和永叔中秋月夜會不見月酬王舍人》)(以上卷二十二)

五、六變體,若專如三、四,則大鄙矣,不可不察此曲折也。(評賈島《孟融逸人》)

三、四好,五、六亦是晚唐,義山詩體不宜作五言律詩,不淡不爲極致,而艷而組不可也。(評李商隱《江村題壁》)

格高律熟,意奇句妥,若造化生成。爲此等詩者,非真積力,久不能到也。學詩者

以此爲準，爲吳體拗字變格，亦不可不知。(評杜甫《狂夫》)(以上卷二十三)

平仄不粘，唐人多有此體。陳子昂才高於沈佺期、宋之問，惟杜審言可相對。此四人唐律在老杜以前，所謂律體之祖也。(評陳子昂《送崔著作東征》)

刊本以"狐塞"爲"孤塞"，予爲改定。唐之方盛，律詩皆務雄渾。尾句雖拗平仄，以前六句未用意立論，只説行色形勢，末乃勉勵之。此一體也。(評陳子昂《送魏大從軍》)

三、四只言地形，五用騘馬事以指楊，六用耄參軍事以指張，尾句有托庇之欲，亦一體也。(評杜甫《送張二十參軍赴蜀州因呈楊五侍御》)

唐人詩多前六句説景物，末兩句始以精思議論結裹，亦一體也。新安江路實如所言。(評皇甫冉《送康判官往新安得江路西南尹》)(以上卷二十四)

拗字詩在老杜集七言律詩中謂之吳體。老杜七言律一百五十九首，而此體凡十九出，不止句中拗一字，往往神出鬼没，雖拗字甚多，而骨骼愈峻峭。今江湖學詩者喜許渾詩"冰聲東去市朝變，山勢北來宮殿高。湘潭雲盡暮山出，巴蜀雪消春水來"，以爲丁卯句法，殊不知始於老杜，如"負鹽出井此溪女，打鼓發船何郡郎"，"寵光蕙葉與多碧，點注桃花舒小紅"之類是也，如趙嘏"殘星幾點雁橫塞，長笛一聲人倚樓"亦是也。唐詩多此類，獨老杜吳體之所謂拗，則才小者不能爲之矣。五言律亦有拗者，止爲語句要渾成，氣勢要頓挫，則換易一兩字平仄無害也，但不如七言吳體全拗爾。(《拗字類》)

"入"字當平而仄，"留"字當仄而平，"許"、"支"二字亦然，間或出此，詩更峭健。又"入"字、"留"字乃詩句之眼，與"摇"字、"蔓"字同，如必不可依平仄，則拗用之尤佳耳。如"雲散灌壇雨，春青彭澤田"亦是。(評杜甫《已上人茅齋》)

"濟世策"三字皆仄，"尚書郎"三字皆平，乃更覺入律。"豺虎"、"鶺鴒"又是一樣拗體。"時危"一聯亦變體也。(評杜甫《暮雨題瀼西新賃草屋》)

此寺"棟宇自齊梁"至今，則所用"自"字决不可易，亦既工矣。"江山有巴蜀"，"有"字亦决不可易，則不應換平聲字，却將"巴"字作平聲，一拗如詩，應有神助。"吾得及春遊"亦是。(評杜甫《上兜率寺》)

"易"、"難"二字拗用，句意俱佳。尾句"入"、"林"字亦拗，詩人如此者多。(評賈島《酬姚校書》)

前篇"客"字、"僧"字拗對，詩家甚多。後篇收詩前句不拗，只"掃床移卧衣"拗一字，"掃"字既仄，即"移"字處合平，亦詩家通例也。(評賈島《早春題湖上友人新居》)

"腐草"之"腐"不容不拗，緣一定字不可易，如"備萬物"、"無四隅"亦然。所以選此詩者，不專爲拗字而止。"身隨腐草化"，所謂語小莫能破；"名與太山俱"，所謂語大

莫能載。"身在菰蒲中,名滿天地間","九鼎安磐石,一身轉秋蓬"皆是也。五首選一。(評黃庭堅《次韻楊明叔》)

十首摘一,以"我"對"君",雖非字之工者,亦見拗句之健。起句十字言景,中四句皆言情,豈近世四體所得拘?黃、陳詩有四十字無一字帶景者,後學能參此者幾人矣!"德人"謂東坡。(評黃庭堅《次韻答高子勉》)

"更病可無醉",所用"可"字不容不拗。(評陳師道《別負山居士》)

"帝城分不入","分"字不可不拗。(評陳師道《寄荅李方叔》)

此篇八句俱拗,而律呂鏗鏘,試以微吟,或以長歌,其實文從字順也。以下吳體皆然。"落花遊絲白日靜,鳴鳩乳燕青春深",此等句法,惟老杜多,亦惟山谷、後山多,而簡齋亦然。乃知江西詩派非江西,實皆學老杜耳。因附見於下(略)。(評杜甫《題省中院壁》)

老杜詩豈人所敢選,當晝夜著几間讀之。今欲示後生以體格,乃取吳體五首於此。他如《鄭駙馬宴洞中》、《九日至後》、《崔氏草堂》、《曉發公安》等篇,自當求之集中。(評杜甫《早秋苦熱堆案相仍》)

此學老杜所謂拗字吳體格,而編山谷詩者,置外集古詩中,非是。(評黃庭堅《題落星寺》)

此見《山谷外集》,亦吳體學老杜者。(評黃庭堅《汴岸置酒贈黃十七》)

亦近吳體。又山谷《永州題淡山巖前》詩,亦全是此體。(評黃庭堅《題胡逸老致虛菴》)

宛丘吳體二首,皆頓挫有味,窮而不怨。(評張耒《寒食》、《曉意》)

此吳體。(評謝逸《聞徐師川自京師歸豫章》)

此學山谷,亦老杜吳體。三、四尤極詩之變態。(評謝邁《飲酒示坐客》)

茶山曾公學山谷詩,有"案上黃詩屢絕編"之句,此其生逼山谷,然亦所謂老杜吳體也。此體不獨用之八句律,用爲絕句尤佳,山谷《荊江亭病起十絕》是也。茶山有一絕云:"自公退食入僧定,心與香字俱寒灰。小兒了不解人意,正用此時持事來。"深有三昧。(評曾幾《張子公召飲靈感院》)

合入時序詩中,以其爲拗字吳體,近追山谷,上擬老杜,故列諸此。(評曾幾《南山除夜》)

此效吳體。(評汪藻《次韻向君受感秋》)

效吳體。……平生所作精嚴,效吳體者甚多。(評胡銓《過三衢呈劉共父》)(以上卷二十五)

周伯敬詩體分四實、四虛、前後虛實之異,夫詩止此四體耶?然有大手筆焉,變化不同,用一句説景,用一句説情,或先後,或不測,此一聯既然矣,則彼一聯如何處置?今選於左,併取夫用字虛實輕重外若不等,而意脉體格實佳,與凡變例之一二書之。(《變體類》)

此等變格,豈小手段分二十字巧粧纖刻者能之乎?(評杜甫《上巳日徐司録林園宴集》)

日且暮春,亦且暮景也。愁不醒,醉亦不醒,情也。以輕對重,爲變體,且交互四字,如秤分星云。(評杜甫《江漲又呈竇使君》)

或問:此詩何以謂之變體?豈"秋風吹渭水,落葉滿長安"爲壯乎?曰:不然。此即唐人"春還上林苑,花滿洛陽城"也。其變處乃是"此地聚會夕,當時雷雨寒",人所不敢言者。或曰:以"雷雨"對"聚會",不偏枯乎?曰:兩輕兩重自相對,乃更有力,但謂之變體則不可常爾。(評賈島《憶江上吳處士》)

老杜此等體多於七言律詩中變,獨賈浪仙乃能於五言律詩中變,是可喜也。昧者必謂"身事"不可對"蘭花"二字,然細味之,乃殊有味。以十字一串貫意,而一情一景自然明白,下聯更用"雨"字對"病"字,甚爲不切,而意極切,真是好詩,變體之妙者也。若"往往語復默,微微雨洒松",則其變太匪異而生澀矣。(評賈島《病起》)

"日午路中客"一句似粗疎,"槐花風處蟬"一句却細密,亦變體也。(評賈島《寓北原作》)

"相思深夜後,未答去年書",初看甚淡,細看十字一串,不噢力而有味,浪仙善用此體。(評賈島《寄宋州田中丞》)

"黄裏青青出",用三箇顔色字;"愁邊稍稍瘳",却只平淡,不帶顔色字。此與"襟三江帶五湖,控蠻荆引甌越"同例。如張宛丘七言有曰"白頭青鬢有存没,落日斷霞無古今",互換錯綜,而此尤奇矣。是爲變體。

尾句謂柏葉之上"輝輝垂重露",遥見之者,如"點點綴流螢"也。試嘗於月下看樹木,皆然。老杜云"月明垂葉露",此句暗合。唐人詩"聽雨寒更盡,開門落葉深。微陽下喬木,遠燒入秋山",與此同例。是爲變體。(評陳師道《老柏》二首)

以"詩篇"對"花鳥",此爲變體。後來者又善於推廣云。(評杜甫《江上值水如海勢聊短述》)

此竹葉酒也,以對菊花,是爲真對假,亦變體。

此兩首皆當入節序類,以其爲變體之祖,故入此。白髮,人事也;黄花,天時也,亦景對情之謂。後人《九日》詩無不以"白髮"對"黄花",皆本老杜。(評杜甫《九日》二首)

此以"塵世"對"菊花",開闔抑揚,殊無斧鑿痕,又變體之俊者。後人得其法,則詩如禪家散聖矣。(評杜牧《齊山》)

此詩變體，他人殆難繼也。首唱兩句，自説榴花，下面如何着語，似乎甚難，却自想吾盧之好，而恨此身之未歸。第五、第六却又謂不是無酒，只是心事自不樂爾。至尾句，却又擺脱，而歸宿於湖上之寺，蓋謂雖未可遽歸，一出遊僧舍，亦可也。變體如此，難學，姑書之，以見蘇公大手筆之異。（評蘇軾《首夏官舍即事》）

"青春白日"、"紫燕黄鸝"，變體。（評黄庭堅《次韻蓋郎中率郭郎中休官》）

"歸鴻往燕競時節"，天時也；"宿草新墳多友生"，人事也。亦一景對一情，上面四句用菊、山、橘、蛙四物，亦不覺冗。山谷詩變體極多，"明月清風非俗物，輕裘肥馬謝兒曹"，"功名富貴兩蝸角，險阻艱難一酒杯"，"春風春雨花經眼，江北江南水拍天"，"碧嶂清江元有宅，黄魚紫蟹不論錢"，上八字各自爲對。如"洞庭歸客有佳句，庾嶺疎梅如小棠"，"公庭休更進湯餅，語燕無人窺井欄"，則變之又變，在律詩中神動鬼飛，不可測也。（評黄庭堅《和師厚郊居示里中諸君》）

"後山詩瘦鉄屈蟠，海底珊瑚枝不足"以喻其深勁。"老形已具臂膝痛"，身欲老也；"春事無多櫻笋來"，春欲盡也。前輩詩中，千百人無後山此二句，以一句情對一句景，輕重彼我，沉着深鬱中有無窮之味，是爲變體。（評陳師道《次韻春懷》）

"有家無食"、"百巧千窮"，各自爲對，變體也。如"寒氣挾霜侵敗絮，賓鴻將子度微明"，輕重互换，愈見其妙。一篇之中，四句皆用變體，如"熟路長驅聊緩步，百全一發不虛弦"，即此所評之變體。如"喬木下泉餘故國，黄鸝白鳥解人情"，"含紅破白連連好，度水吹香故故長"，"隱几忘言終不近，白頭青簡兩相催"，不以顔色對顔色，猶不以數目對數目，而各自爲對，皆變體也。（評陳師道《早起》）

以"世事"對"春陰"，以"人老"對"絮飛"，一句情，一句景，與前"客子"、"杏花"之句律令無異，但如此下兩句後面難措手，簡齋胸次却會變化斡旋，全不覺難，此變體之極也。（評陳與義《寓居劉倉廨中晚步過鄭倉臺上》）

此詩中兩聯俱用變體，各以一句説情，一句説景，奇矣。（評陳與義《對酒》）

三、四變體，又頗新異。嗚呼！古今詩人當以老杜、山谷、後山、簡齋四家爲一祖三宗，餘可預配饗者有數焉。（評陳與義《清明》）

"心情詩卷無佳句"，言情思；"時節梅花有好枝"，言景物。詩變體至此，不可加矣。（評陳與義《睡起》）（以上卷二十六）

着題詩，即六義之所謂賦而有比焉，極天下之最難。石曼卿《紅梅》詩有曰："認桃無緑葉，辨杏有青枝。"不爲東坡所取，故曰"題詩必此詩，定知非詩人。"然不切題，又落汗漫。今除梅花、雪月、晴雨爲專類外，凡雜賦體物肖形、語意精到者選諸此。（《着題類》）

楊文公億字大年，首與劉筠變國初詩格，學李義山，集爲《西崑酬唱集》，雖張乖崖

亦學其體,二宋尤於此體深入者。(評楊億《梨》)

其詩學李義山,楊文公億集爲《西崑酬唱集》,故謂之崑體云。(評宋祁《落花》)

三、四殊不減二宋,亦似崑體。(評余靖《落花》)(以上卷二十七)

詩體似李義山。(評曹鄴《題濮廟》)

亦近義山體。(評温庭筠《蘇武廟》)(以上卷二十八)

八韻十六句,無一句一字不工,唐律詩之祖也,時稱沈宋。(評沈佺期《塞北》)

王、楊、盧、駱,老杜所不敢忽,謂"輕薄爲文"者"哂"之"未休"。然輕薄之人身名俱滅,王、楊、盧、駱如江河萬古所不可廢也。斯言厥有旨哉!賓王,史不書字,武后見其檄,始咎宰相失人。詩多佳句,近似庾信,時有平仄字不協。此篇乃字字入律,工不可言。(評駱賓王《在軍中贈先還知己》)

老杜亦有"鸚鵡"、"麝香"之聯,當時人詩體亦相似。(評岑參《題金城臨河驛樓》)(以上卷三十)

此亦所謂吳體拗字。(評杜甫《釋悶》)(卷三十二)

中山劉子儀,首變詩格爲崑體者。五、六真李義山規格,奇壯。(評劉筠《淮水暴漲舟中有作》)(卷三十四)

此仄聲律詩。(評俞汝尚《題三角亭》)(卷三十五)

三、四頌楊文公所作如探珠纖錦,五、六言翰苑景物,又謂夢中親炙,承神仙丹點化之力,酷有崑體。(評李虛己《次韻和内翰楊大年見寄》)(卷四十二)

唐律詩起於之問與沈佺期。(評宋之問《初到黄梅臨江驛》)(卷四十三)

白體詩不可以陳簡齋《目疾》詩律律之,然此亦善形容,不取其格而取其味。(評白居易《眼病二首》)

蓋白樂天體也。(評王禹偁《病起思歸》)(以上卷四十四)

唐史言:宋之問詩比於沈、庾精密,又加摩麗,蓋律體之祖也。(評駱賓王《靈隱寺》)

此猶未盡脱齊、梁、陳、隋體也,庾信詩多如此。(評宋之問《稱心寺》)

此即自成唐律詩,擺脱陳隋矣。(評宋之問《登總持寺浮圖》)

唐律詩初、盛少變梁、陳,而富麗之中稍加勁健,如此者是也。(評沈佺期《遊少林寺》)

唐律詩之初,前六句叙景物,末後二句以情致繳之,周伯弓四實、四虛之説,遂窮焉。(評王勃《遊梵宇三覺寺》)

律詩中之拗字者,庾信詩愛如此。(評岑參《同崔三十侍御灌口夜宿報恩寺》)

歐公喜此詩三、四不必偶,乃自是一體,蓋亦古詩、律詩之間。全篇自然。(評常建《題破山寺》)

五六錯綜,自相爲對,此一體。(評梅堯臣《與正仲屯田遊廣教寺》)(以上卷四十七)

三、四善用事,義山體喜如此。(評李商隱《鄭州獻從叔舍人》)(卷四十八)

趙　文

趙文(1238—1315)字儀可,一字惟恭,號青山。廬陵(今江西吉安)人。南宋末前後在世。宋景定、咸淳間嘗冒宋姓,三貢於鄉,後復本姓,入學爲上舍。宋亡入閩,依文天祥。元兵破汀州,與天祥相失,逃歸故里。後爲東湖書院山長,選授南雄文學。著有《青山集》。

本書資料據四庫全書本《青山集》。

郭氏《詩話》序

古之爲詩者,率其情性之所欲言,惟先王之澤在人。斯人情性一出於正,是則古之詩已。尹吉甫自謂穆如清風,蘇公自謂作此好歌,當其意到語,適自清自好,亦不知見删於聖人,而傳於後世也。夫子之於詩删之而已,無所論説也亦間有所發明,如“爲此詩者其知道乎”,孟子又申之曰:“故有物必有則,民之秉彝也,故好是懿德。”而詩話始此矣。《三百篇》後,建安以來,稍有詩評,唐益盛,宋又盛。詩話盛而詩愈不如古,此豈詩話之罪哉? 先王之澤遠而人心之不古也。舊見胡仔《漁隱叢話》,雖其間不無利鈍,亦觀詩之一助。又有《總龜》,俗甚。黃氏《玉屑》最後出,大抵掇漁隱之緒餘而已。吾來文山,日從宋季任、郭友仁言詩,季任集諸家之説,友仁增廣而編次之,凡《漁隱》諸書之所已陳者,一語不録。二君盛年强力,使有科舉之累,亦安得餘力及此,噫!

蕭漢傑《青原樵唱》序(節録)

蕭漢傑出所爲詩號《青原樵唱》示余。或曰樵者亦能詩乎? 余曰:人人有情性,則人人有詩,何獨樵者! 彼樵者,山林草野之人,其形全,其神不傷,其歌而成聲,不煩繩削而自合,寬閑之野,寂寞之濱,清風吹衣,夕陽滿地,忽焉而過之,偶焉而聞之,往往能使人感發興起而不能已,是所以爲詩之至也。後之爲詩者,率以江湖自名。江湖者,富貴利達之求,而饑寒之務去,役役而不休者也。其形不全而神傷矣,而又拘拘於聲韻,規規於體格,雕鏤以爲工,幻怪以爲奇,詩未成而詩之天去矣。是以後世之詩人,不如中古之樵者。

陳竹性《删後贅吟》序

詩之爲教，必悠揚諷詠乃得之，非如他經，可徒以訓詁爲也。古之學詩者必先求其聲，以考其風俗，本其情性。後世學詩者不復知所謂聲矣，而訓詁日繁，去詩寖遠，漢人稱説詩解人頤，詩非癡物，説詩者必使人悠然有得於眉睫之間，乃爲善爾。

近世横渠以詩説詩，蓋得之，然不過十數章止，横渠蓋姑爲之例爾。竹性陳君取風雅語，一用横渠例，謂之《删後贅吟》，余讀之，毛、鄭以來奇書也。釋氏之徒演説大意，敷陳既竟，復五七其辭，謂之偈言，不必皆有韻也，讀之往往能使人悟入。異教自不當與吾書並論，要之教人方便，是或一道。吾欲取竹性吟，使童兒知習，即他詩傳可束閣。

竹性徵余題吟後，輒用竹性例係之以吟：觀詩妙處在吟哦，解説紛紛意轉訛。記得富陽明月夜，篷窗閑聽竹聲歌。

高敏則采詩序（節録）

宦學於靖節之鄉，而采詩猶采珠於海，采玉於山，未有不得者也，雖然，詩與珠玉異。珠，珠而已爾；玉，玉而已爾。至於詩，不可以一體求。采詩於彭澤。而曰非靖節之詩不采，是絶天下以爲無詩，而亦不必采也。人之生也與天地爲無窮，其性情亦與天地爲無窮，故無地無詩，無人無詩。

采詩與删詩異，删詩，非夫子誰敢當之？以夫子删詩，田夫野人之作宜無足以當夫子之意。吾觀於詩，而後知夫子之大也。方其觀於風也，不知其有雅也；及其觀於雅也，不知其有頌也。歌二《南》中，春風醇酎之濃郁也；歌《邶》、《鄘》，雁烟蠻雨之凄斷也；歌《王》，如故家器物，雖敝壞零落而典刑尚存，見之能使人感傷也；歌《鄭》、《衛》、《陳》，如行幽遠閒曠，采蘭拾翠，閑情動盪，而禮防終可畏也；歌《齊》、《秦》，如與山東大猾，關西壯士語，獵心劍氣，不覺飛動也；歌《唐》，如聽老人大父相與蹙額而談往事也；歌《魏》、《曹》、《鄶》，如楚舞短袖，雖欲回旋曲折而不可得也；歌《豳》，如行阡陌間，所見無非耘夫桑女，亦不知世有長安狹斜也。吾以是知夫子之大也，故采詩者眼力高而後去取嚴，心胸闊而後包括大。今之所謂采詩者，大抵以一人之目力，一人之心胸而論天下之詩，要其所得一人之詩而已矣。而況或怖於名高，或貪於小利，則私意顛倒，非詩道，直市道而已。

996

來清堂詩序（節録）

物之初，有聲而已，未名其所以聲也。於是有名其所以聲者，而後謂之言，而猶未有字也。於是有形其所以言者，而後謂之字。言與字合，而文生矣。文也者，取言之美者而字之者也；詩也者，以言之文合聲之韻而爲之者也。聲而後有言，言而後有字，字而後有文，文至於詩，極矣！彼其初何以異於蟲耶？蟲之聲也，庸知其非言也？而不能形其所以言，夫亦生且死而已矣，而焉用形其所以言哉！故曰：唯蟲能天。（以上卷一）

《高信則詩集》序（節録）

騒體起於南國，跌宕怪神，出乎《風》、《雅》、《頌》之外，而其歸於忠君愛上，則《詩》之禮義未嘗亡。

今人但知律詩有律，不知古詩歌行亦必有律，故散語中必間以屬對一二，不然，則不韻不對，漂漂何所底止！（卷二）

牟　巘

牟巘（1227—1311）字獻甫，一字獻之，學者稱陵陽先生。井研（今屬四川）人。徙居湖州（今屬浙江），牟子才子。以父蔭入仕，官至大理少卿，入元不仕，閉户三十六年。王士禎《居易録》稱其詩有坡、谷門風，雜文皆典實詳雅。著有《陵陽集》二十四卷，因世居蜀中陵山之陽，故以“陵陽”爲名，以示不忘本，集中含詩六卷，雜文十八卷。詞存九首，多壽詞，似皆入元前所作。

本書資料據四庫全書本《陵陽集》。

屬瑞甫《唐宋百衲集》序

《詩·雅》四言，漢以來遂爲五、七言。唐開元之際，又始儷偶爲律詩，論者謂詩之道至是略盡，殆不可復變。宋百餘年間，乃有集句者出，其不變之變歟？求之回文、離合、雙聲、疊韻、建除、郡邑名諸體，無與集句類者，惟聯句近之。但柏梁則君臣同時，昌黎則朋友同席，視集句遠哀古作頗異焉，實始於半山王公。半山平生崛強執拗，行新法則詆諸老爲流俗，作《字說》、《新經義》則目《春秋》爲斷爛朝報，乃甘擷拾陳言，從事集句,何耶? 然其天資殊絶,學力至到,猝然之頃,不勞思惟,立成數十韻,對偶親切,脗合自然,抑難矣。

四明厲君震廷瑞甫博學工詩,尤喜集句,合異爲同,易故爲新,大抵效半山而自有活法。前後凡若干首,題曰《唐宋百衲集》、《唐宋集古樂府》皆在焉。壬寅春,聞吳興太守東溪李侯與其友千秋李君皆有詩名,唱酬甚盛,慕而來謁。一閲其集,咨激再三,亟俾募工刻之以傳。而辱徵予序。昔李汧公以衆琴爲百衲琴,黄豫章以集句爲百家衣,直戲言耳。今廷瑞精能之至,所謂細意熨帖平滅,盡鍼綫跡,而百衲之可乎? 吾儕寠人,得一破衲須蒙頭熟睡,素無詩分,何敢言集句? 然亦能知其用力之難,非一朝夕。因爲識梗概如此,且以見君子成人之美焉。東溪名岳,千秋名昌齡。(卷十二)

劉 壎

劉壎(1240—1319)字起潛,號水雲村。南豐(今屬江西)人。宋末元初學者、詩人、評論家。入元曾爲延平路儒學教授。劉壎與陳苑、趙偕等同爲元代陸學的代表人物和主要傳人。在劉壎所處的時代,朱學大盛,陸學受排擠,而他却崇尚陸學,並竭力爲陸九淵爭取正統地位。劉壎博覽羣書,才力雄放,工詩文,尤長於四六。他對中國古代戲劇尤其是南豐儺戲有深入研究。其《水雲村稿》中《詞人吳用章傳》載“至咸淳,永嘉戲曲出,南豐澴少年化之”的文字,是至今最早記載“戲曲”一詞的史料,亦説明南豐戲曲文化之早之盛,是研究南豐戲曲文化的珍貴史料。他還是文學批評家,其《隱居通議》三十一卷,詩文批評内容占很大篇幅,有古賦二卷、詩歌七卷、文章八卷、駢儷三卷。其文學批評理論大旨在張揚江西而批評宋代科舉與理學所造成的詩弊。

本書資料據四庫全書本《隱居通議》、《水雲村稿》。

《隱居通議》(節録)

古賦總評(節録)

作器能銘,登高能賦,蓋文章家之極致。然銘固難,古賦尤難。自班孟堅賦《兩都》,左太冲賦《三都》,皆偉贍鉅麗,氣蓋一世,往往組織傷氣骨,辭華勝義,味若涉大水,其無津厓,是以浩博勝者也。六朝諸賦,又皆綺靡相勝,吾無取焉耳。至李泰伯賦《長江》,黄魯直賦《江西道院》,然後風骨蒼勁,義理深長,駕六朝,軼班、左,足以名百世矣。近代工古賦者殊少,非少也,以其難工,故少也。其有能是者,不過異其音節而已,而文意固庸庸也。獨吾旴傅幼安自得,深明《春秋》之學,而餘事尤工古賦。蓋其所習,以山谷爲宗,故不惟音節激揚,而風骨義味足追古作。愚亦素喜山谷諸賦,誦之甚習。每與此先生會,劇談至意氣傾豁處,此先生輒曰:"相與讀山谷賦,可乎?"因振袂同聲朗誦激發,覺沆瀣生齒頰間。嗚呼! 文明之世,有此真樂,今無是矣。(《隱居通議》卷四)

律　選

律詩始於唐,盛於唐,然合一代數十家而選其精純高渺、首尾無瑕者,殆不滿百首,何其難也! 劉長卿、杜牧、許渾、劉滄實爲巨擘,極工而全美者,亦自有數。入宋,則古文、古詩皆足力駕漢、唐,惟律詩視唐益寡焉。蓋必雄麗婉活,默合宮徵,始可言律,而又必以格律爲主乃善。儻止以七字成句,兩句作對,便謂之詩,而重滯擁腫,不協格調,恐於律法未合也。近歲鄉先生諶公祜妙選唐律數十首,詳加評注,以誨學者,大爲有益。(《隱居通議》卷八)

劉玉淵評論(節録)

古詩一變《騷》,再變《選》,三變爲唐人之詩,至宋則《騷》、《選》、唐錯出。山谷負修能,倡古律,事寧核毋疏,意寧苦毋俗,句寧拙毋弱,一時號江西宗派。此猶佛氏之禪,醫家之單方劑也。近年永嘉復祖唐律,貴精不求多,得意不戀事,可豔可淡,可巧可拙,衆復趨之。由是唐與江西相抵軋。楚騷,詩變也,而六義備;樂府,騷變也,而興、頌兼。後世爲騷者,比而已,他義無也;爲樂府者,風而已,興、頌無也。

韓陵陽論晚唐詩

唐末人詩,雖格到卑淺,然謂其非詩,不可。今人作詩,雖句語軒昂,止可遠聽,而其理則不可究。此陵陽韓子蒼《室中語》也,允謂深中宋詩之病。近世劉後邨亦謂宋三百年,人各有集,詩各有體,要皆經義策論之有韻者爾,非詩也,二三鉅儒、十數大作家俱未免此病,皆至論也。其後劉須谿則又云:"後邨所短,適在於此,可發一笑。"(以上《隱居通議》卷十)

古今類編

古今類編詩文,如梁之《文選》、唐之《文粹》、宋之《文鑑》,雖篇帙浩博,可以考見累朝文字之盛,然俱無統紀。至近世真文忠公編類《文章正宗》,分爲四門:曰辭命,曰議論,曰叙事,曰歌詩,去取有法,始爲全書,足以垂訓不朽。如宋初編《文苑英華》之類，尤不足採。或謂當時削平諸僭，其降臣聚朝，多懷舊者，慮其或有異志，故皆位之館閣，厚其爵祿，使編纂羣書，如《太平御覽》、《廣記》、《英華》諸書，遲以歲月，困其心志，於是諸國之臣俱老死文字閒。世以爲深得老英雄法，推爲長策。以予觀之，是惟無英雄爾。果有英雄，此何足以束縛之？彼以繙閱故紙、尋行數墨者謂之英雄，寧不足笑耶！當時如江南徐鉉，號爲辯士之雄，然猶不能使其國之不亡，孰謂既亡之後，猶能逞異志而使亡者復存邪？此好議者之過也。又如《文選》諸詩，乃昭明太子一時偶取入集，初非立體。而後世作詩者，乃創立一名曰：“此爲選體。”尤非確論。

歐公文體（節錄）

歐公文體溫潤和平，雖無豪健勁峭之氣，而於人情物理，深婉至到，其味悠然以長，則非他人所及也。

半山總評

我宋盛時，首以文章著者，楊億、劉筠，學者宗之，號“楊劉體”。然其承襲晚唐五代之染習，以雕鐫偶儷爲工，又號曰“西崑體”。歐陽公惡之，嘉祐中知貢舉，思革宿弊，故文涉浮靡者，一皆黜落，獨取深醇渾厚之作。一時士論雖譁，而文體自是一變，漸復古雅。南豐曾文定公、臨川王荊公，皆歐公門下士也，繼出而羽翼之，天下更號曰“江西體”，論遂以定。一時宋文遂與三代同風。同時劉原父亦善爲古文，其作《禮記補亡》，儼然迫真也，他作比曾、王二公則不及。因讀荊公集，愛其數篇抑揚有味，簡古而蔚，慮或亡失，因錄之。（以上《隱居通議》卷十三）

詩文工拙

世言杜子美長於詩，其無韻者輒不可讀；曾子固長於文，其有韻者輒不工；東坡詞如詩，少游詩如詞。此數公者，皆名儒大才，俱不免有偏處。予謂山谷亦然。山谷詩律精深，是其所長。故凡近於詩者無不工，如古賦與夫贊銘有韻者率入妙品，他如記序散文，則殊不及也。

平園文體

後村《跋周益公親書艾軒林公光朝神道碑後》曰：“平園晚作，益自摩厲，然散語終是洗滌詞科氣習不盡，惟艾軒誌銘極簡嚴，有古意。”然予反覆熟玩，其文平順典雅則有之，謂之簡古，則未也。因記壯歲與西園傅公共觀某人文字，其人亦試詞科，傅公曰：“此文未脫詞科體也。”予曰：“然。蓋詞科之文，自有一種體致，既用功之深，則他日雖欲變化氣質，而自不覺其暗合。猶如工舉業者，力學古文，未嘗不欲脱去舉文畦徑也。若且陶汰未淨，自然一言半語不免暗犯，故作古文而有舉子語在其中者，謂之金盤盛狗矢。"

序　書

歐陽公作《五代史》，或作序記其前。王荆公見之曰："佛頭上豈可著糞？"山谷先生歎息，以爲名言，且曰："見作序引後記，爲其無足信於世，待我而後取重耳。"此説有理，然有遺論。如何平叔序《論語》，趙臺卿序《孟子》，杜元凱序《左傳》，豈謂經傳不足取信於世，必待此數人而後取重耶？李序韓，劉序柳，蘇序歐，王舍人序曾，亦豈謂韓、柳、歐、曾有待於此數公哉？蓋序所以述作者之意，非謂作者待序而傳。使作者果不足傳，序顧足以爲重乎？涪翁之言，未爲確論，第恐當時序《五代史》者，人不足重，文不足采，故云爾。再考序《五代史序》，乃陳師錫也，神宗甚喜師錫之文，每於衆作中見之，便自認得，常以錦囊盛之。陳後爲御史，有大名。

記　體

昔人謂韓文公作記，止記其事，而後人作記，乃是作論。此語切當。（以上《隱居通議》卷十八）

駢儷總論

宋初，承唐習，文多儷偶，謂之崑體。至歐陽公出，以韓爲宗，力振古學。曾南豐、王荆公從而和之，三蘇父子又以古文振於西州，舊格遂變，風動景隨，海内皆歸焉。然朝廷制誥、縉紳表啟，猶不免作對，雖歐、曾、王、蘇數大儒，皆奮然爲之，終宋之世不廢，謂之四六，又謂之敏博之學，又謂之應用。士大夫方游場屋，即工時文。既擢科第，舍時文即工四六，不者，弗得稱文士。大則培植聲望，爲他年翰苑詞掖之儲；小則可以結知當路，受薦舉，雖宰執亦或以是取人。蓋當時以爲一重事焉。今究觀所作，雖無補國家實政，然否泰盛衰升降之運，亦可因是觀之，何者？世道休明，則辭氣盛壯，固非濁世昏俗所能及也。當時士君子，率皆殫精覃思，鑄出偉詞，誠多精妙不可泯者。要亦文明盛時，習尚然也。南渡以來，名公著作多見梓刻，海宇誦習，近世尤多。奇人俊士，妙語風猗。惜經世變，編簡淪漫，無可採覽，而又懼其久而逾忘也。追記零落不忍遺，輒附載之，身歷亂離，神志凋耗，蓋記者不一二，而遺者已什百矣。姑列於後。（《隱居通議》卷二十一）

樂府諸調之始

樂府有殷（般）涉調、雙調、水調之類，其來遠矣。雖隋鄭譯律有七音，音立一調，故成七調。然不著其名。及考唐杜。闕

挽歌之由

魯哀公十一年，吳子伐齊，將戰，齊將公孫夏命其徒歌《虞殯》。孔穎達曰："虞殯者，謂啟殯將虞之歌也。"今人言挽歌之由，止言漢高帝時齊王田橫自殺，其故吏不敢大哭，爲歌以寄哀。而後代相承，以爲挽歌，不知其起於春秋也，由來久矣。

樂　歌

六朝樂歌有《丁督護》二章，亦曰《丁都護》。宋武帝長女，妻徐逵之，爲彭城内史，被魯軌所殺。武帝使内直督護丁旿殯殮之。逵妻呼旿至閣下，自問殯送之事，每問輒歎息曰："丁都護！"其聲甚哀。後人因其聲，廣其曲焉，其辭二首，一曰："督護初征時，儂亦惡聞許。願作石尤風，四面斷行旅。"二曰："黃河流無極，洛陽數千里。坎軻戎旅間，何由見歡子。"（以上《隱居通議》卷二十七）

詞人吳用章傳（節録）

用章歿，詞盛行于時，不惟伶工歌妓以爲首唱，士大夫風流文雅者，酒酣興發輒歌之，由是與姜堯章之《暗香疎影》，李漢老之《漢宫春》，劉行簡之《夜行船》並喧競麗者，殆百十年。至咸淳、永嘉戲曲出，潑少年化之，而後淫哇盛，正音歇，然州里遺老猶歌用章詞不置也。其苦心蓋無負矣。（《水雲村稿》卷四）

禁題絶句序

有律詩而後有絶句。絶句至宋而後尚禁體，其法以不露題字爲工，以能融題意爲妙，蓋舉子業之餘習也。世之以文會友者，或用此以驗才思工拙，謂之義試詩。其爲說曰：體物精切者，詩家一藝也。於是搯幽抉秘，窮極鍛鍊。其天巧所到，精工敏妙，有令人賞好不倦者，真文人樂事也歟！舊時編萃至多，亂離之後，頗多散逸。乃日隨所有，選其佳者，時課一題，以訓吾兒。由是精思，儻能觸類而長，則通一畢萬，寧不愈於飽食終日，無所用心者邪？夫束字二十有八，而景色彰表，律吕協和，局於模擬而能

超，疲於締搆而能靈，殆亦難矣。雖然，是特兒童小技，而非詩之極致也。賡歌昉於舜廷，至《三百篇》以來，跨漢、魏，歷晉、唐，以訖於宋，以詩名家者亡慮千百。其正派單傳，上接《風》、《雅》，下逮漢、唐，宋惟涪翁集厥大成，冠冕千古，而淵深廣博，自成一家。嗚呼！至是而後可言詩之極致矣。善乎，劉玉淵之言曰："淵明詩之佛，太白詩之僊，少陵僊、佛備，山谷可僊可佛，而儼然以六經禮樂臨之。"蓋論詩之極致矣。學詩不以杜、黃爲宗，豈所謂識其大者？且懼吾兒溺於末俗之淺陋，以爲極致也。故因概舉大者使進焉。甲申夏五序。

《新編七言律詩》序（節録）

七言近體，肇基盛唐，應虞韶、協漢律不傳之妙，風韻掩映千古，花蕚夾城。漢文有道"病中送客"、"秦地山河"等篇，意旨高騫，音節遒麗。宋三百年，理學接洙、泗，文章追秦、漢，視此若不屑爲。然桃李春風，弓刀行色，猶堪並彎分鑣。近世詩宗數大家，拔出風塵，各擅體致，皆自出機軸，則工古有人，工絕句有人，而桂舟諶氏律體尤精，咸謂唐律中興焉。故知此道在天地間，未易能，亦未嘗絕。夫律，聖人制作之初，測陰陽，定清濁，應高下，和神人，一累黍不中，不曰律。詩亦如之。彼範圍五十六字爾，清麗或病格力之卑浮，沉鬱類困語言之鈎棘，亦一累黍不中，不曰律。故雖未嘗絕，亦未易能。然熟讀妙品，自有悟入。

《新編絕句》序

詩至律難矣，至絕句尤難矣，至五言絕句又大難矣。辭彌寡，意彌深，格彌嚴，味彌遠。豈比夫大篇長歌，可以浩蕩縱橫，衍之而多者？唐人翻空幻奇。首變律絕。獨步一時。廣寒霓裳，節拍餘韻，飄落人間，猶挾青冥浩邈之響。後世乃以社鼓漁榔，欲追僊韻，千古吟魂應爲之竊笑矣。詩至於唐，光岳英靈之氣爲之匯聚，發爲風雅，殆千年一瑞世。爲律，爲絕，又爲五言絕。去唐愈遠，而光景如新，歐、蘇、黃、陳諸大家，不以不古廢其篇什，品詣殆未易言。世俗士下此數百級，乃或卑之。昔人天然秀發，得獨自高。僕學詩數十年，心地汗馬，媿無一語，髫髻望唐，見其愈簡而愈難也。選絕句若干首，置几案間，日取"柴門靜掩"、"天風獨清"、"老鶴梳翎"、"晴花迎露"等篇，一諷誦之。楚冠南音，翁倡兒和，想千古吟魂，亦復爲之竊笑於地下，聞詩聲而問："子何所得者？"則將應之曰："一洲蘆荻殘風月，自作深林不語僧。"丁亥季春序。（以上《水雲村稿》卷五）

張伯淳

張伯淳（1242—1303）字師道，號養蒙。崇德（今浙江桐鄉）人。南宋咸淳七年（1271）進士。著有《養蒙齋集》。虞集序其集，以漢賈誼比之，鄧文原序亦擬以陸贄。然所稱論事數十條者，今皆不載於集中。其文源出韓愈，多謹嚴峭健，得立言之體。王士禎《居易錄》深詆其詩膚淺，顧嗣立《元詩選》亦稱其古詩少合作。

本書資料據四庫全書本《養蒙齋集》。

湖廣行省平章安南國王陳公詩序（節錄）

士君子負邁往英特之氣，往往于詩文發之。然其體或寒，或瘦，或富贍典麗，或吐不烟火食語，其所發見者蓋不一。唐韓子直以爲"和平之音淡泊，愁思之聲要妙，讙愉之辭難工，窮苦之言易好"。又謂"文章之作，每發于羈旅"，若將以所遇爲工拙者。以余觀之，體之不同，由所禀與見聞之異，豈皆緣所遇哉！杜子美稱特進汝陽王爲詞華哲匠，退之之于馬兆平，稱其變化魁傑，至于裴司空之佳句，馬僕射之天平篇什，所以贊美之者甚至，遐想當時讙愉和平之意多，未必愁思，而決非窮苦者也。（卷二）

題張兄燕石詩集

鄉舉里選，降而科目取士，其弊則專意舉子業，文未嘗弊也，而弊之者人。雖然工於舉子業者，非學焉，何以爲本？柳子謂本之《書》、《詩》、《易》、《禮》、《春秋》，參之《穀》、《梁》、《孟》、《荀》、《莊》、《老》等書，而後可以爲文。若是廣莫要之，雖舉子業亦必頗涉獵，乃可信紙行筆。今評詩而與舉子文並論，固可鄙笑。然賦、頌、文、誄等凡二十四體，皆詩之流。詩未易言也，苟無驅駕轉旋組織之素，一旦摹寫風月而以詩自名，政恐未能自信。

題謝春塘舉業（節錄）

舉業，業舉子之文也。世以科舉取士，士不得不以時文自見，時文亦豈易哉！經必通義，賦必蓄料，論必抑揚頓挫，而後可以商訂古今之事。至於策，非通達時務，稍識前言往行，則未易展布，此其概也。謂時文足以盡天下之文不可，然爲文而不於此

入門,終恐疑辭決辭不免。如柳忦所誚,世之非時文者未嘗工於時文者也。(卷五)

劉敏中

　　劉敏中(1243—1318)字端甫,號中庵。濟南章丘(今屬山東)人。元初大臣,文學家、散曲作家。自幼卓異不凡。仕世祖、成宗、武宗三朝,多爲監察官,受到皇帝嘉納。一生爲官清正,以時事爲憂,敢於對權貴横暴繩之以法,並上疏指陳時弊。今存詞一百四十餘首,大多是應酬之作,但在一些詞中,也透露出他"學古無成,於今何補"的悵惘。晚年的詩多爲抒懷遣興之作。散曲作品僅有二首傳世。著有《中庵集》二十五卷,《四庫全書總目》謂"其詩文率平正通達,無鈎章棘句之習"。

　　本書資料據四庫全書本《中庵集》。

《江湖長短句》引

　　聲本於言,言本於性情,吟詠性情莫若詩,是以《詩》三百,皆被之弦歌。沿襲歷久,而樂府之製出焉,則又詩之遺音餘韻也。逮宋而大盛,其最擅名者東坡蘇氏,辛稼軒次之,近世元遺山又次之。三家體裁各殊,然並傳而不相悖,殆猶四時之氣律不同,而其元化之所以翰旋,未始不同也。至於有得,惟能者能之。(卷九)

張之翰

　　張之翰(約 1243—1296)字周卿,號西巖老人。元邯鄲(今屬河北)人。詞人。《松江府志》説他:"文聲、政績輝輝,並著有古循吏風。"其詞在藝術上追求新意,描寫頗爲細膩,但由於他的詞在内容上没有什麽開拓,比較狹窄,因此,只是偶有新語出現;特别是長調詞,未能避免元詞直接説理、議論的缺點。著有《西巖集》二十卷。

　　本書資料據四庫全書本《西巖集》。

方虚谷以詩錢余至松江因和韻奉答

　　宋稱歐蘇及黄陳,唐尊李杜與韓柳。自餘作者非不多,殆類衆星朝北斗。憶初桐江共説詩,詩中之玄能得之。只求形似豈識畫,未斷勝負焉知棋。邇來武林論文法,同歸正派夫奚疑。風行水上本平易,偶遇湍石始出奇。作詩作文乃如此,況復大小樂府詞。留連光景足妖態，悲歌慷慨多雄姿。秦晁賀晏周柳康，氣骨漸弱孰綱維。稼翁獨發坡仙秘，聖處往往非人爲。末又談經不及史，能挽諸儒來眼底。如顏四勿曾三省，此段話言尤可紀。本期同塗入聖門，何用兩家爲敵壘。後學妄自樹彼我，不務身心專口耳。文耶道耶果二物，名雖不同實同矣。往年光嶽分南北，今日車書混文軌。先生生長紫陽鄉，嘗學紫陽子朱子。不知疏鑿伊洛源，端可貫通洙泗水。（卷三）

議科舉

自國家混一以來，凡言科舉者，聞者莫不笑其迂闊，以爲不急之務。愚獨謂不然。蓋自古忠臣烈士，名卿賢大夫，未有不由此乎出，竊見比年老師宿儒彫落殆盡，後生子弟無所見聞，稍稍聰明者，不爲貼書，必學主案……習以成風，莫之能革。豈有煌煌大元，土地如此其廣，人民如此其繁，官吏如此其衆，專取人於此，求其所謂經濟之學，治安之策，果有耶，無耶？愚所不知也。爲今之計，莫急於科舉。科舉之目曰制策，曰明經，曰賦義，曰宏詞，在議擇而行之。果人知所學。將見賢才輩出。建立太平，可爲聖朝萬世之光也。（卷十三）

貢舉堂記（節録）

聖上嗣登大寶之初，詔天下議行貢舉。南北士子無不喜。適松江郡學魁星樓基新堂成，某因以貢舉名。既書，府教授馬允中等復請記，乃志其喜而申其義。貢舉之設，蓋始於魏，盛於唐，實賓興之遺意，科目之良法。國家崇高儒術，自戊戌一試後，嘗垂意取士之科。時時梗其議而止，今天語丁寧，臣心協贊，以人材爲第一義。雖鄉舉里選未易復如明經，如宏辭，如詩賦義論策，次第舉行，特反掌然，則向之私議，又安得齟齬於其間。（卷十六）

《詩學和璞》引（節録）

夫詩之來遠矣，蓋見於唐、虞之末，著於殷、商之時，聖人集《三百篇》列之於經，取其可以告神明，薦宗廟，風君上，諭朋友故也。至於春秋列國，諸卿大夫未有不通詩者，皆以所賦卜休咎成敗，其爲用如此。降及後世，有衍而爲《離騷》，分而爲《九辨》，變而爲古調，創而爲近體，然去古漸遠，氣格稍弱。中間自成一家，得左右風雅者爲不

少。世之人必欲攀屈、宋之駕,登李、杜之壇,出乎喜怒哀樂之至情,合於仁義禮智之中道,可不知所效學,求所矜式乎?(卷十七)

題《資山集》(節録)

詩固多體,有館閣,有山林,有神仙,有英雄,蓋人之不齊,所作亦不齊。

書《懶庵别集》後

始予過江浙間,聞懶庵才名,竊意師本優婆尼,不過多讀本色書,能作本家語耳。及讀是集,見一詩一文皆從法度中來,無半點蔬筍氣,使人三復不已。可謂所見勝所聞矣。

跋《草窗詩稿》

宋渡江後詩學日衰,求其鳴世者不過如楊誠齋、陸放翁及劉後村而已。固士大夫例墮科舉、傳註之累,亦由南北分裂,元氣間斷,太音不全故也。余讀建安劉近道《草窗詩稿》,見其風骨秀整,意韻閑婉,在近世詩人中儘不失爲作家手。然中原萬里,今爲一家,君能爲我渡淮泗,瞻海岱,遊河洛,上嵩華,歷汾、晉之郊,過梁、宋之墟,吸燕、趙之氣,涵鄒、魯之風,然後歸而下筆,一掃腐熟,吾不知楊、陸諸公當避君幾舍地。但恐後日之草窗,自不識爲今日之草窗也。(以上卷十八)

戴表元

戴表元(1244—1310)字帥初,一字曾伯,晚年人稱剡源先生。慶元奉化剡源榆林(今屬浙江)人。南宋咸淳七年(1271)進士。七歲能文,早年入太學,師事王應麟等。學識淵博,力主改革宋末詩文萎蔽之氣。詩文清新雅潔,多傷時憫亂,同情民間疾苦,力變宋詩積習,風格近晚唐。今存《剡源文集》三十卷,佚詩六卷,佚文二卷。

本書資料據四庫全書本《剡源文集》。

方使君詩序

右紫陽方使君丁酉歲雜詩一卷。使君初爲名進士,時表元以兒童竊從士大夫間得其文詞，誦之沾沾然喜也。年二十六入太學，而使君適由東諸侯藩府歸爲國子師，始獲因緣扳叙，償平生之慕願焉。然當是時諸賢高談性命，其次不過馳騖於竿牘俳諧塲屋破碎之文，以隨時悦俗，無有肯以詩爲事者。惟夫山林之退士，江湖之羈客，乃僅或能攻，而館閣名成藝達者，亦往往以餘力及之。使君魁然其間，外兼山林江湖清切之能，内收館閣優游之望，於是一時好雌黄掎摭者，無所施其輕重。越二年，表元亦成進士，稍稍捐棄他學，縱意於詩，而兵事起矣。自是別去使君二十七年，然後得讀此卷。大篇清新散朗，天趣流洽，如晉宋間人醉語，雖甚褻，不及聲利。小篇沉鷙峻整，如李將軍游騎遠擊，自成部伍。蓋使君好客志氣，白首不衰，而學問播聞端平以來諸老。於書無不窺，於理無不究，故能若是之有餘也。聞篇帙浩繁。承學之士疲於傳録，惜未有好事者託之木石，以廣其傳云。（卷八）

陳晦父詩序（節録）

世多言唐人能攻詩，豈惟唐人，自劉、項、二曹父子起兵間，即皆能之，無問文士。至唐人乃設此以備科目，人不能詩，自無以行其名，故不得不攻耳。近世汴梁江浙諸公既不以名取人，詩事幾廢。人不攻詩，不害爲通儒。余猶記與陳晦父昆弟爲兒童時，持筆槖，出里門，所見名卿大夫十有八九出於塲屋科舉。其得之之道，非明經，則詞賦，固無有以詩進者。間有一二以詩進，謂之雜流，人不齒録。惟天台閔風舒東野及余數人輩而成進士，早得以閒暇習之，然亦自以不切之務，每遇情思感動，吟哦成章，即私藏箱筐，不敢以傳諸人。譬之方士燒丹鍊氣，單門秘訣雖甚珍惜，往往非人間所通愛。久之，科舉塲屋之弊俱革，詩始大出。而東野輩憔悴老死盡矣，余亦鬂髮種種。晦父在當時年最少，且復五十餘，作詩方工，天固將遲其成，使之行名以遇於世乎。

洪潛甫詩序（節録）

始時汴梁諸公言詩絶無唐風，其博瞻者謂之義山，豁達者謂之樂天而已矣。宣城梅聖俞出，一變而爲冲淡。冲淡之至者可唐，而天下之詩於是非聖俞不爲。然及其久也，人知爲聖俞而不知爲唐。豫章黄魯直出又一變，而爲雄厚。雄厚之至者尤可唐，而天下之詩於是非魯直不發。然及其久也，人又知爲魯直，而不知爲唐。非聖俞、魯直之不使人爲唐也，安於聖俞、魯直，而不自暇爲唐也。邇來百年間，聖俞、魯直之學皆厭，永嘉葉正則倡四靈之目，一變而爲清圓。清圓之至者亦可唐，而凡枵中捷口之徒，皆能託於四靈，而益不暇爲唐。唐且不暇爲，尚安得古？余自有知識以來，日夜以此自愧，見同學詩人亦頗同愧之。

珣上人刪詩序

人之於言，少繁而老簡，彼其中固有定不定也。言之至者爲文，而人之文有涉於刑名器數而作者，不必皆出於自然。惟夫詩則一由性情以生。悲喜憂樂。忽焉觸之。而材力不與能焉。此其老少之變，繁簡之異，豈得不有待而然哉？

珣上人學佛氏之道，違世避俗，與木石並居於大山長谷之中，余不敢以常情論之。顧獨喜爲詩，出所作十百篇示余，謂余曰爲吾删之，余疑而嘆焉。夫古之學佛之徒，以吾書所載如支遁、佛圖澄二人者，於其時最號能言，能使國君大臣公卿子弟人人傾聽之。然其言傳者甚少，將其所爲言與今浮圖之言不侔乎？抑固多有之，而不見於吾書耳。文教益衰。詩律濫觴。於是其徒始有棄其空空之説。而以能詩鳴于世者。蓋兵亂已極，衣冠之流，鉛槧之士，逃於其類而爲之，非佛氏之爲教或當然也。上人本三石陳氏儒家子，年未四十，氣貌嗒然，如不欲語。今又厭詩之繁，而務删之，是不待年老而能簡於言者歟。夫由佛氏之説則不無如言。由吾之説則氣識定而言。當自簡上人其幸思之。

余景游《樂府編》序（節録）

國風雅頌，古人所以被弦歌而薦郊廟，其流而不失正，猶用之《房中》焉，此樂府之所由濫觴也。余嘗得先漢以來歌詩誦之，大抵樂府而已。宋、梁之間詩同，有律體而繼之，作者遂一守而不變。聲病偶儷，歲深月盛，以至於唐人之衰，而詩始自爲家矣。其爲樂府者，又溢而陷於留連荒蕩，杯酒狎邪之辭，故學者諱而不言，以爲必有託焉。陳禮義而不煩，舒性情而不亂，其事寧出於詩。劉夢得有言，五音與政通，而文章與時高下。樂府之道，豈端使然？

同鄉友朱君景遊自絶四方之事，捐書避俗，日課樂府一二章，有所憤切，有所好悦，有所感嘆，有所諷刺，一繫之於此。編成久之，不敢以示人，而先私於余。余躍然曰：此固疇昔所悔，以爲未及盡知者也。君强記洽聞同，法度修謹，故其所作，援古多而諧今少。覽者多有以余爲知言。（以上卷九）

題陳强甫樂府

少時閲唐人樂府《花間集》等作，其體去五、七言律詩不遠，遇情愫不可直致，輒略

加檃括以通之,故亦謂之曲。然而繁聲碎句,一無有焉。近世作者,幾類散語,甚者竟不可讀。(卷十九)

王　構

王構(1245—約1307)字肯堂,號安野。元東平(今屬山東)人。預修《世祖實錄》,著有《修辭鑒衡》二卷,上卷論詩,下卷論文,多輯錄宋人詩話、文集及雜記而成。由於王構深諳文學,故其輯錄選材精審,不乏見地。論詩部分,主要選錄論述立意生境、寫情狀物的言論;論文部分,主要選錄強調以意爲上、力求創新的言論。書中輯錄的《詩文發源》、《詩憲》、《浦氏漫齋錄》等,原書都已亡佚,僅賴此而存其一二,頗足珍貴。

本書資料據四庫全書本《修辭鑒衡》。

詩

詩者,始於舜臯之賡歌。三代列國,風雅繼作,今之《三百五篇》是也。其句法自三字至八字,皆起於此。三字句,若“鼓咽咽”、“醉言歸”之類;四字句,若“關關雎鳩,在河之洲”之類;五字句,若“誰謂雀無角,何以穿我屋”之類;七字句,若“交交黃鳥止于棘”之類;八字句,若《十月之交》曰“我不敢效我友自逸”之類。漢、魏以降,述作相望;梁、陳以來,格致寖多。自唐迄于國朝,而體製大備矣。《古今總類詩話》

《筆談》云:古人文章,自應律度,未以音韻爲主。自沈約增崇韻學,其論文則欲“宮羽相變,低昂殊節,若前有浮聲,則後須切響。一篇之內,音韻盡殊;兩句之中,輕重悉異;妙達此旨,始可言文”。自後浮巧之語,體製漸多,如傍犯、蹉對、假對、雙聲、疊韻之類。又有正格、偏格,類例極多,故有三十四格、十九圖、四聲八病之類,今略舉數事。如徐陵云:“陪遊馺娑,騁纖腰於結風;長樂鴛鴦,奏新聲於度曲。”又云:“厭長樂之疏鐘,勞中宮之緩箭。”雖兩“長樂”,字義不同,不爲重復。此類爲傍犯。如《九歌》:“蕙殽蒸兮蘭藉,奠桂酒兮椒漿”,當曰“蒸蕙殽”、“奠桂酒”,今倒用之,謂之蹉對。如“自朱耶之狼狽,致赤子之流離”,不唯“朱”對“赤”、“耶”對“子”,兼“狼狽”、“流離”,乃獸名對鳥名。又有“廚人具雞黍,稚子摘楊梅”,“當時物議朱雲小,後代聲名白日長”,以“雞”對“楊”,以“朱雲”對“白日”,如此之類,又爲假對。如“幾家村草裏,吹唱隔江聞”,“幾家村草”、“吹唱隔江”皆雙聲。如“月影侵簪冷,江光逼履清”,“侵簪”、“逼履”皆疊韻。詩第二字側入,謂之正格,如“鳳歷軒轅紀,龍飛四十春”之類。第二字平入,謂之偏格,如“四更山吐月,殘夜水明樓”之類。唐名賢多用正格,如杜甫詩用

偏格者，十無二三。《古今總類詩話》

對偶切不切之失

近時論詩者謂對偶不切則失之粗，太切則失之俗，如江西詩社所作，慮失之俗也，則往往不甚對，是亦一偏之見爾。老杜《江陵》詩云：“地利西通蜀，天文北照秦。”《秦川》詩云：“水落魚龍夜，山空鳥鼠秋。叢篁低地碧，高柳半天青。查梨且綴碧，梅杏半傳黄。”如此之類，可謂對偶太切矣，又何俗乎？如“雜藥紅相對，他時錦不如。磨滅餘篇翰，平生一釣舟”之類，雖對不求太切，未嘗失格也。學詩者當審此。《韻語陽秋》

詩　體

《金針格》云：“詩以聲律爲竅，物象爲骨，意格爲髓。”又云：“鍊句不如鍊字，鍊字不如鍊意，鍊意不如鍊格。”又云：“詩第一聯謂之破題，欲如狂風捲浪，勢欲滔天。第二聯謂之頷聯，第三聯謂之頸聯，須字字對。第四聯謂之落句，欲如高山放石，一去不迴。”《古今總類詩話》

聲律末流

張文潛云：“以聲律作詩，其末流也，而唐至今謹守之。獨魯直一掃古今，出胸臆，破棄聲律，作五七言，如金石未作，鐘聲和鳴，渾然天成，出塵外意。近來作詩者頗有此體，然自吾魯直始也。”《詩文發源》

選　詩

《選》詩駢句甚多，如“宣尼悲獲麟，西狩涕孔丘”，“千憂集日夜，萬感盈朝昏”，“萬古陳往還，百代勞起伏”，“多士成文集，羣賢濟洪績”之類，恐不足爲後人法也。《韻語陽秋》

四　言

自曹氏父子、王仲宣、陸士衡後，惟陶公最高。《停雲》、《榮木》等篇，殆突過建安矣。《後村詩話》

集　句

集句自國初有之，未盛也。至石曼卿，人物開敏，以文爲戲，然後大著。至元豐間，王文公益工於此，人言自公起。非也。《古今詩話》

詩體之變

詩自河梁之後，詩之變至唐而止。元和之詩極盛。詩有盛唐、中唐、晚唐、五代，陋矣。（以上卷一）

文

余近作《示客》云：“刺美風化，緩而不迫，謂之風；采摭事物，擒華布體，謂之賦；推明政治，正言得失，謂之雅；形容盛德，揚厲休功，謂之頌；幽憂憤悱，寓之比興，謂之騷；感觸事物，託於文章，謂之辭；程事較功，考實定名，謂之銘；援古刺今，箴戒得失，謂之箴；紆徐抑揚，永言謂之歌；非鼓非鐘，徒歌謂之謠；步驟馳騁，斐然成章，謂之行；品秩先後，序而推之，謂之引；聲音雜比，高下長短，謂之曲；吁嗟慨歌，悲憂深思，謂之吟；吟詠情性，合而言志，謂之詩；蘇、李而上，高簡古澹，謂之古；沈、宋而下，法律精切，謂之律。此詩之衆體也。帝王之言，出法度以制人者，謂之制；絲綸之語，若日月之垂照者，謂之詔；制與詔同，詔亦制也；道其常而作彝憲者，謂之典；陳其謀而成嘉猷者，謂之謨；順其理而迪之者，謂之訓；屬其人而告之者，謂之誥；即師衆而申之者，謂之誓；因官使而命之者，謂之命；出於上者，謂之教；行之下者，謂之令；持而戒之者，勅也；言而諭之者，宣也；諧而揚之者，贊也；登而崇之者，冊也；言其倫而析之者，論也；度其宜而揆之者，議也；別嫌疑而明之者，辯也；正是非而著之者，說也；記者，記其事也；紀者，紀其實也；書者，纘而述焉者也；策者，條而對焉者也；傳者，傳而信者也；序者，緒而陳之也；碑者，披列事功而載之金石也；碣者，揭示操行而立之墓隧也；誄者，累其素履而質之鬼神也；誌者，識其行藏而謹其終始也；檄者，激發人心而諭之禍福也；移者，自近移遠，使之周知也；表者，布人子之心，致君父之前也；牋者，修儲后之間，伸宮閫之儀也；簡者，質言之而略也；啓者，文言之而詳也；狀者，言之公上也；牒者，用之官府也；捷書不緘，插羽而傳之者，露布也；尺牘無封，指事而陳之者，劄子也；青黃黼黻，經緯以相成者，總謂之文也。此文之異名。客有問古今體製之不一者，勞

於應答，乃著之篇以示焉。"《珊瑚鈎詩話》

草野臺閣之文

余嘗究之，文章雖各出於心術，而實有兩等：有山林草野之文，有朝廷臺閣之文。山林草野之文，其氣枯槁憔悴，乃道不得行，著書立言之所尚也；朝廷臺閣之文，其氣溫潤豐縟，乃得行其道，代言華國者之所尚也。故本朝楊大年、宋宣獻、宋莒公、胡武平所撰制詔，皆婉美淳厚，過於前世燕、許、常、楊遠甚，而其爲人亦各類其文章。王安國常語余曰："文章格調須是官樣。"豈安國所言"官樣"，亦謂有館閣氣耶？今世樂藝亦有兩般格調，若教坊格調，則婉美風流；外道格調，則粗野嘲哳。至於村歌社舞，則又甚焉。茲亦與文章相類。《皇朝類苑》

文不可拘一體

歐陽公云："作文之體，初欲奔馳，久當摶節，使簡重嚴正，或時放肆以自舒，勿爲一體，則盡善矣。"《廬陵文集》

四　六

四六之工在於剪裁，若全句對全句，亦何以見工？四六以經語對經語，史語對史語，詩語對詩語，方妥帖。《四六談麈》（以上卷二）

仇　遠

仇遠（1247—1326 後）字仁近，一字仁父。錢塘（今浙江杭州）人。因居余杭溪上之仇山，號山村、山村民，人稱山村先生。元代文學家、書法家。生性雅澹，喜歡遊歷名山大川，每每寄情於詩句之中。宋末即以詩名與當時文學家白珽並稱於兩浙，人稱"仇白"。方鳳在《仇仁近詩序》中說："仇遠作詩，近體學唐人，古體效法《文選》。"仇遠生當亂世，詩中不時流露出對國家興亡、人事變遷的感歎。其詞風大致與周邦彥、姜夔相近。著有《金淵集》六卷，皆官溧陽時所作，清人從《永樂大典》中輯出。另有《興觀集》、《山村遺集》，清項夢昶所編，殘缺不全。詞集《無弦琴譜》，多寫景詠物之作。筆記小說《稗史》一卷，文字簡潔。明代陶宗儀在《書史會要》中對仇遠的書法也有專門的論述。

本書資料據四庫全書本《山中白雲詞》。

《山中白雲詞》序

讀《山中白雲詞》,意度超玄,律呂協洽,不特可寫音檀口,亦可被歌管薦清廟,方之古人,當與白石老仙相鼓吹。世謂詞者詩之餘,然詞尤難於詩。詞失腔猶詩落韻,詩不過四五七言而止,詞乃有四聲、五音、均拍、重輕、清濁之別,若言順律舛,律協言謬,俱非本色。或一字未合,一句皆廢;一句未妥,一闋皆不光采。信戞戞乎其難。又怪陋邦腐儒,窮鄉村叟,每以詞爲易事,酒邊興豪,即引紙揮筆,動以東坡、稼軒、龍洲自況,極其至四字《沁園春》、五字《水調》、七字《鷓鴣天》《步蟾宮》,拊几擊缶,同聲附和,如梵唄,如步虛,不知宮調爲何物,令老伶俊娼,面稱好而背竊笑,是豈足與言詞哉!余幼有此癖,老頗知難,然已有三數曲流傳朋友間,山歌村謠,是豈足與叔夏詞比哉!古人有言曰:"鉛汞交鍊而丹成,情景交鍊而詞成。"指迷妙訣,吾將從叔夏北面而求之。山村居士仇遠序。(卷首)

吳 澄

吳澄(1249—1333)字幼清,晚字伯清。撫州崇仁(今江西樂安)人。元教育家、思想家、學者。自幼勤奮好學,鄉校考試每列前茅。二十二歲中鄉試,然赴省試屢試不中,遂隱居故鄉布水谷,築草廬數間,講學著述,學者稱"草廬先生",與許衡齊名,人稱"南吳北許"。一生教授達六十餘年,四方之士不憚千里,躡屩負笈來學者常不下千數百人。吳澄的哲學思想和文學思想都有獨特價值,他和會朱、陸哲學思辨,主張文道並重、自出己意的文學觀點,提倡平澹自然的詩風,對元晚期文論有開啟之功,爲文學思想的解放奠定了基礎,在中國哲學史和文學批評史上有重要的影響和地位。吳澄的詩作和散文多爲閒暇之作,在一定程度上染有其理學情趣。著有《吳文正集》一百卷、《易纂言》十卷、《禮記纂言》三十六卷、《易纂言外翼》八卷、《書纂言》四卷、《儀禮逸經傳》二卷、《春秋纂言》十二卷、《孝經定本》一卷、《道德真經注》四卷等。

本書資料據四庫全書本《吳文正集》。

四經叙録(節録)

《詩》風、雅、頌,凡三百十一篇,皆古之樂章。六篇無辭者,笙詩也。舊蓋有譜以記其音節，而今亡。其三百五篇則歌辭也。樂有八物，人聲爲貴，故樂有歌，歌有辭，鄉樂之歌曰風。其詩乃國中男女道其情思之辭，人心自然之樂也，故先王采以入樂而被之絃歌。朝廷之樂歌曰雅，宗廟之樂歌曰頌，於燕饗焉用之，於會朝焉用之，於享祀焉用之。因是樂之施於是事，故因是事而作爲是辭也。然則風因詩而爲樂，雅、頌因樂而爲詩。詩之先後於樂不同，其爲歌辭一也。

經遭秦火，樂亡而詩存。漢儒以義說詩，既不知詩之爲樂矣，而其所說之義亦豈能知詩人命辭之本意哉？由漢以來，說《三百篇》之義者，一本《詩序》。《詩序》不知始於何人，後儒從而增益之。鄭氏謂序自爲一編，毛公分以寘諸篇之首。夫其初之自爲一編也，詩自詩，序自序。序之非經本旨者，學者猶可考見。及其分以寘諸篇之首也。則未讀經文，先讀《詩序》，序乃有似詩人所命之題，而詩文反若因序以作。於是讀者必索詩於序之中，而誰復敢索詩於序之外者哉？宋儒頗有覺其非者，而莫能去也。至朱子始深斥其失而去之，然後足以一洗千載之謬。澄嘗因是舍序而讀詩，則雖不煩訓詁而意自明。又嘗爲之強詩以合序，則雖曲生巧說而義愈晦。是則序之有害於詩爲多，而朱子之有功於詩爲甚大也。今因朱子所定，去各篇之序，使不淆亂乎詩之正文，學者因得以詩求詩，而不爲序說所惑。

若夫詩篇次第，則文王之《二南》而間有平王以後之詩，成王之雅、頌而亦有康王以後之詩，變雅之中而或有類乎正雅之辭者，今既無從考據，不敢輒爲之紛更。至若變風雖入樂歌，而未必皆有所用；變雅或擬樂辭，而未必皆爲樂作。其與風、雅合編，蓋因類附載爾。商頌，商時詩也。《七月》，夏時詩也。皆異代之辭，故處頌詩風詩之末。魯頌乃其臣作，爲樂歌。樂歌以頌其君，不得謂之風，故係之頌。周公居東時，詩非擬朝廷樂歌而作，不得謂之雅，故附之《豳風》焉。（卷一）

《詩府驪珠》序（節錄）

嗚呼！言詩，頌、雅、風、騷尚矣。漢、魏、晉五言訖於陶其適也。顏、謝而下勿論，浸微浸滅。至唐陳子昂而中興，李、韋、柳因而因杜、韓，因而革律。雖始而唐，然深遠蕭散，不離於古爲得，非但句工、語工、字工而可。嗚呼，學詩者靡究源流，而編詩者亦漫迷統紀。

戴子容詩詞序（節錄）

主詩者曰詩難，主詞者曰詞難，二說皆是也。第以性情言詩，以情景言詞，而不及性，則無乃自屈於詩乎？夫詩與詞一爾，岐而二之者，非也。自其二之也，則詩猶或有風、雅、頌之遺，詞則風而已。詩猶或以好色不淫之風，詞則淫而已。雖然，此末流之失然也，其初豈其然乎？使今之詞人，真能由《香奩》、《花間》而反諸樂府，以上達於《三百篇》，可用之鄉人，可用之邦國，可歌之朝廷而薦之郊廟，則漢、魏、晉、唐以來之詩人，有不敢望者矣，尚可嘐嘐然不揣其本而齊其末哉！

皮照德詩序（節録）

詩之變不一也，虞廷之歌邈矣，勿論。予觀《三百五篇》，南自南，雅自雅，頌自頌，變風自變風，變雅亦然，各不同也。詩亡而楚騷作，騷亡而漢五言作，訖于魏晉顏謝以下，雖曰五言，而魏晉之體已變。變而極于陳隋，漢五言至是幾亡。唐陳子昂變顏謝以下，上復晉魏漢。而沈、宋之體別出，李、杜繼之，因子昂而變，柳、韓因李、杜又變。變之中有古體，有近體，體之中有五言，有七言，有雜言。詩之體不一，人之才亦不一，各以其體，各以其才，各成一家。信如造化生物，洪纖曲直，青黃赤白，均爲大巧之一巧。自《三百五篇》已不可一概齊，而況後之作者乎？宋氏王、蘇、黃三家各得杜之一體，涪翁於蘇迥不相同，蘇門諸人其初略不之許，坡翁獨深器重，以爲絶倫。眼高一世，而不必人之同乎己者如此。近年乃或清圓倜儻之爲尚，而極詆涪翁。噫，羣兒之愚爾，不會詩之全而該，夫不一之變，偏守一是，而悉非其餘，不合不公，何以異漢世專門之經師也哉？（以上卷十五）

《劉志霖文稿》序

近年齊陵劉太博以文鳴，沾丐膏馥者不少。然學之者字其字，文其文，形模聲欬，事事逼真，儼若孫叔敖之衣冠，竊意善學者不如是。志霖居與之鄰，而日親炙者也。太博之後尚有嗣其響儀，可分其光，而又有志霖焉。文之病或頗僻，或淺俗，或冗羨，或局促，或泛濫，或滯濇，或疏直，或繁碎，或浮靡，或枯槁，而志霖一無有。色炳炳，聲琅琅，勢滔滔汨汨，不太博而太博，其可謂善學矣哉，其可謂能言矣哉！雖然，文有本，非徒能言而已。若韓氏，若柳氏，若歐陽氏，若老蘇氏，縷縷自陳其所得。志霖於四家熟之復之，必知其所得之由。他日轉以告我。

《新編樂府》序（節録）

詩、騷之變，至樂府、長短句極矣，韻人才士之作不絶乎耳。

黄養源詩序（節録）

詩自風、騷以下，惟魏、晉五言爲近古。變至宋人，浸以微矣。近時學詩者頗知此，又往往漁獵太甚，聲色酷似而非自然。

譚晉明詩序（節録）

詩以道情性之真，十五國風有田夫閨婦之辭，而後世文士不能及者，何也？發乎自然，而非造作也。漢、魏逮今，詩凡幾變，其間宏才碩學之士，縱橫放肆，千彙萬狀，字以鍊而精，句以琢而巧，用事取其切，模擬取其似，功力極矣，而識者乃或舍旃。而尚陶、韋，則亦以其不鍊字，不琢句，不用事，而情性之真近於古也。今之詩人隨其能而有所尚，各是其是，孰有能知真是之歸者哉？（以上卷十七）

張仲美樂府序（節録）

風者，民俗之謠；雅者，士大夫之作。故風葩而雅正，後世詩人之詩，往往雅體在而風體亡。道人情思，使聽者悠然而感發，猶有風人遺意者，其惟樂府乎！（卷十八）

谷口樵歌序（節録）

唐初創近體詩，字必屬對偶，聲必諧平仄。由是詩分二體，謂蕭《選》所載漢、魏以來詩爲古體，而近體一名律詩。善古體者詆之曰："古體之律尤精也，近體惡得專律之名哉？"予解之曰：彼所謂律，非謂詩法也，特以其有對偶平仄之拘而謂之律爾。若以詩法爲律，則二體詩各有律，近體誠不得專其名也。（卷二十二）

題李伯時《九歌圖》後並歌詩一篇（節録）

《九歌》者何？楚巫之歌也。……三閭大夫不獲乎上，去國而南，睹淫祀之非禮，聆巫歌之不辭，憤悶中托以抒情，擬作九篇，既有以易其荒淫媟嫚之言，又借以寄吾忠愛繾綣之意。後世文人之擬琴操、擬樂府肇於此。琴操、樂府，古有其名，亦有其辭，而其辭鄙淺，初蓋出于賤工野人之口，君子不道也。韓退之作十《琴操》，李太白諸人作《樂府》諸篇，皆承襲舊名，撰造新語，猶屈原之《九歌》也。（卷五十七）

劉　因

劉因（1249—1293）字夢吉，號靜修。元雄州容城（今河北容城縣）人。其詩文較多反映移民思想，雖隱晦曲折，但情感真摯。著有《靜修集》。

本書資料據四庫全書本《靜修集》。

叙學（節錄）

學詩當以六義爲本，《三百篇》其至者也。《三百篇》之流，降而爲辭賦，《離騷》、《楚詞》其至者也。詞賦本詩之一義，秦、漢而下，賦遂專盛。至於《三都》、《兩京》極矣。然對偶屬韻，不出乎詩之律，所謂源遠而末益分者也。（《續集》卷三）

徐明善

徐明善（生卒年不詳），約公元年前後在世。字志友，號芳谷。元德興（一作鄱陽）人。與弟嘉善以理學名，時稱"二徐"。爲文平正篤實。著有《芳谷集》二卷。

本書資料據四庫全書本《芳谷集》。

齊子萃故家大雅集（節錄）

自王跡熄而南國有《騷》，正統微而江南有《選》，厥後混一爲唐、宋，然祖《騷》宗《選》，到於今不異。

齊子萃昭代殊珍集（節錄）

賦者，詩之流；詩者，賦之源。自《康衢》、《擊壤》、《虞歌》、《猗那》、《清廟》至於今不絶，豈無故哉！六律五聲八音，治則雅，忽則淫，然而不可絶也。須之久，索之遠。（以上卷下）

辛文房

辛文房(生卒年不詳)字良史。元代西域人。曾官省郎。能詩,與王執謙、楊載齊名。有《披沙詩集》,已佚。所著《唐才子傳》,書成於元大德八年(1304),是一部關於唐代詩人的傳記。全書共十卷,二百七十八篇。收集的資料極爲豐富,簡述詩人經歷,且於傳後附以短論,指出詩人利病,近於唐代詩人的評傳,對研究唐代詩人的生平和評價詩人的藝術成就極具參考價值。原書久佚,《四庫全書》據《永樂大典》輯出八卷。現行十卷本,係清代陸芝榮據日本天瀑山人刻《佚存叢書》校刻。

本書資料據四庫全書本《唐才子傳》。

沈佺期(節録)

自魏建安迄江左,詩律屢變。至沈約、鮑照、庾信、徐陵以音韻相婉附,屬對精緻。及佺期、之問,又加靡麗。迴忌聲病,約句準篇,著定格律,遂成近體,如錦繡成文,學者宗尚。語曰:“蘇、李居前,沈、宋比肩。”謂唐詩變體,始自二公,猶漢人五字詩始自蘇武、李陵也。(卷一)

李商隱(節録)

時温庭筠、段成式各以穠致相誇,號“三十六體”。

商隱文自成一格,後學者重之,謂“西崑體”也。(卷五)

潘昂霄

潘昂霄(生卒年不詳)字景梁,號蒼崖。元濟南(今屬山東)人。歷官昆山縣尹,世祖至元二十六年(1289)任南臺御史,不久升爲閩海憲僉。成宗大德六年(1302)轉任南臺都事,累官翰林侍讀學士、通奉大夫。雄文博學,爲世所重,謚“文僖”。

《金石例》(十卷)一書,爲潘昂霄之子潘詡於至正五年(1345)所初刊,是我國第一部專門研究碑版文體的著作。該書採集秦漢及唐宋諸大家金石文例,發凡起例,編纂而成。原爲講明古代金石文體,以匡正當時萎靡不振的文風,但由於取材多爲金石文制及碑碣墓銘等史料,因而成爲後世金石學家編纂考訂金石文物之書的重要參考書。

此書一卷至五卷述銘志，含碑碣之始、墓誌之始，其金石文之始包括德政碑之始、神道碑之始、先塋先德昭先等碑之始、賜碑名號之始、論銘文之始等。六卷至八卷述唐韓愈所撰碑誌。此書既以《金石例》爲名，所述宜止於碑誌，而卷九雜論文體，卷一〇爲史院凡例，似與書名不合，但却爲文體學提供了豐富的資料。卷九所論文體包括制、誥、詔、表、露布、檄、箴、銘、記、贊、頌、序、跋等。所論文體，往往既論其始，又論其式，原原本本，對研究文體很有參考價值。正如《四庫全書·金石例》提要所云："其書述叙古制頗爲典核，雖所載括例，但舉韓愈之文，未免舉一而廢百，然明以來金石之文往往不考古法，漫無程式，得是書以爲依據，亦可謂尚有典型，愈於率意妄撰者多矣。"另著有詩文集《蒼崖類稿》、《蒼崖漫稿》(已佚)；《河源記》一卷，記至元十七年(1280)朝廷遣官員都實至星宿海尋找黃河源頭之事，被視爲第一部关於黃河源頭的風土志。明初，宋濂等修《元史》，其《地理志六》中的《河源附録》，就是節録的該書原文。

本書資料據四庫全書本《金石例》。

碑碣之始

《禮記·檀弓》下"季康子之母死，公肩假曰：'公室視豐碑。註："言視者，時僭天子也。豐碑，斷大木爲之，形如石碑，於椁前後四角樹之，穿中於間爲鹿盧，下棺以繂繞。天子六繂四碑，前後各重鹿盧也。"三家視桓楹。'"註："時僭諸侯。諸侯下天子也，斷之形如大楹耳。四植謂之桓，諸侯四繂二碑，碑如桓矣。大夫二繂二碑，士二繂無碑。"疏："視，比擬之辭也。斷大木爲之形，如石碑者。禮，廟庭有碑，故蔡《義》云：'牲入麗于碑。'《儀禮》每云'當碑揖'，此云'豐碑'，故知斷大木爲碑也。云'於椁前後四角樹之'者，謂椁前後及兩旁樹之，角落相望，故云。非正當椁四角也。云'穿中於間爲鹿盧'者，謂穿去碑中之木令使空，於空間著鹿盧，兩頭各入碑木。云'下棺以繂繞'者，繂即紼也，人各背碑負紼末頭，聽鼓聲以漸却行而下之。"案《春秋》，天子有隧，以羡道下棺。所以用碑者，凡天子之葬，掘地以爲方壙。《漢書》謂之"方中"。又方中之內，先累椁於其方中南畔，爲羡道，以轞車載柩，至壙，說而載以龍輴，從羡道而入。至方中，乃屬紼於棺之緘，從上而下，棺入於椁之中，於此時用碑繂也。又云：以言"視桓楹"，不云碑，知不似碑形，故云"如大楹耳"。通而言之，亦謂之碑也。云"四植謂之桓"者，案：《説文》："桓，亭郵表也。"謂亭郵之所而立表木謂之桓，即今之橋旁表柱也。今諸侯二碑，兩柱爲一碑而施鹿盧，故云"四植謂之桓"也。《周禮》"桓圭而爲雙植"者，以一圭之上不應四柱，但瑑爲二柱，象道旁二木。又宮室兩楹，故雙植謂之桓也。大夫亦二碑，但柱形不得粗，大所以異於諸侯也。

《韻會舉要》"碑"字。註：《説文》："豎石，紀功德，從石，卑聲。"徐曰："按古宗廟立碑以繫牲耳，後人因於其上紀功德，此碑字從石，秦以來制也。七十二家封禪勒石，不言碑。"七十二家封禪之言，始于管仲，不言碑。《穆天子傳》"乃爲名跡于弇兹石上"，亦不言碑也。銘勒功德，當始于宗廟麗牲之碑也。又《祭義》"麗牲"疏：賈氏曰："官必有碑。"《士昏禮·聘禮》"入門當碑揖"，則大夫士廟內皆有碑。《鄉飲酒·鄉射》"三揖"，則庠序之內皆有碑。據祭，則諸侯廟內有碑。碑所以識日景，觀碑景邪正以知早晚，宮廟用石爲之。葬禮取懸繩縴，暫時往來運載，當用木而已。《喪大記》註："天子用大木爲碑，謂之豐碑；諸侯樹兩大木，謂之桓楹。"《檀弓》註："鄭氏曰：斲大木，形如石碑，於椁四角樹之，穿中爲鹿盧，下棺以縴繞。天子六縴四碑，諸侯四縴二碑，士二縴無碑。"又《釋名》云："碑，被也。葬時所設，臣子追述君父之功，以書其上。"徐曰："劉熙言起於懸棺之碑者，蓋今神道碑也。"《初學記》："碑，悲也，所以悲往事。今人墓隧宫室之事，通謂之碑矣"。

《事祖廣記》云："管子曰：'無懷氏封泰山，刻石記功。'秦漢以來，始謂刻石曰碑，蓋因喪禮豐碑之制也。刻石當以無懷爲始，而名碑自秦漢也。"陸龜蒙《笠澤叢書》曰："碑，悲也。古者懸而空，用木書之，以表其功德。因留之不忍去，碑之名由是而得。自秦漢以降，生有功德政事者，亦碑之，而又易之以石，失其稱矣。"此義德政有碑之起也。陸法言《廣韻》曰："碑碣，李斯造，宜始于嶧山之刻爾。"《釋名》曰："本葬時所設，臣子追述君父之功以書其上。"

《事祖廣記》云："古之葬，有豐碑以空。秦漢以來，死有功業、生有德政者皆碑之，稍改用石，因總謂之碑。晉、宋之世，始又有神道碑，天子及諸侯皆有之。"其刻文止曰"某帝或某官神道之碑"，今世尚有《宋文帝神道碑》墨本也。其初由立之于葬兆之東南，地理家言以東南爲神道，故以名碑爾。案《後漢》："中山簡王焉，詔爲之修冢塋，開神道。"註云："墓前開道，建石柱以爲標，謂之神道。"是則神道之名，在漢已有之也。晉宋之後，易以碑刻云。

墓誌、墓碑，文辭各異。如云："千歲之後，陵谷變遷，知其爲良吏之壙，其勿毀焉。"又云："兩嬪雁行，同域也而不同藏"之類，止可施于墓内，不可作碑用。如文詞有可通用，則或爲墓誌，或爲墓道之碑，亦可也。但碑上不言"誌"字，止曰"某官某人墓碑"，或云"墓碣"。

墓誌之始

《事祖廣記》云："炙轂子曰：'齊王儉云：石誌不出《禮》典，"石誌"一作"木誌"。按：齊太子穆妃將葬，議立石誌。王儉曰："石誌不出《禮》經。"起宋元嘉中顏延之爲王琳一作王彌。作石誌，以其無銘誄，故以紀行。自爾遂相祖習。'"然魏侍中繆襲改葬父母，制墓下埋文，將以陵谷遷變，欲後人有所聞知。但記姓名、歷官、祖父、姻媾而已。有德業則爲銘文。又隋代醸家於王戎墓得銘云："晉司徒安豐元公王君之銘。"有數百字，則魏晉已有其事，不起於宋也。馮鑑《續事始》云："按《西京雜記》，前漢杜子春，一作杜子夏，臨終作文，命刻石，埋于墓前。恐墓誌因此始也。"予謂昔吴季札之喪，孔子銘其墓曰："嗚呼！有吴延陵季子之墓。"《莊子》："衛靈公葬沙邱，掘得石椁，銘曰：'不馮其子，靈公奪而埋之。'"唐開元時，人有耕地得比干墓誌，刻其文以銅盤曰："右林左泉，後岡前道，萬世之寧，兹焉是保。"漢滕公夏侯嬰得定葬，石銘曰："佳城鬱鬱，三千年見。白日吁嗟，滕公居此室。"則墓之有誌，其來遠矣。（以上卷一）

金石文之始

《周禮》："王功曰勳，國功曰功，民功曰庸，事功曰勞，治功曰力，戰功曰多。凡有功者，銘書于王之太常。"

《禮記》曰："夫鼎有銘。銘者，自名也，自名以稱揚其先祖之美，而明著之後世者也。爲先祖者，莫不有美焉，莫不有惡焉。銘之義，稱美而不稱惡，此孝子孝孫之心也。唯賢者能之。銘者，論撰其先祖之有德善、功烈、勳勞、慶賞、聲名，列於天下，而酌之祭器，自成其名焉，以祀其先祖者也。顯揚先祖，所以崇孝也。身比焉，順也；明示後世，教也。夫銘者，壹稱而上下皆得焉耳矣。是故君子之觀於銘也，既美其所稱，又美其所爲。爲之者，明足以見之，仁足以與之，知足以利之，可謂賢矣。賢而勿伐，可謂恭矣。故衛孔悝之《鼎銘》曰：'六月丁亥，公假於大廟。公曰：叔舅！乃祖莊叔，左右成公，成公乃命莊叔隨難于漢陽，即宮于宗周，奔走無射，啟右獻公，獻公乃命成叔纂乃祖服。乃考文叔，興舊耆欲，作率慶士，躬恤衛國，其勤公家，夙夜不解，民咸曰休哉！公曰：叔舅！予女銘，若纂乃考服。悝拜稽首曰：對揚以辟之，勤大命，施於烝彝鼎。'此衛孔悝之《鼎銘》也。古之君子論撰其先祖之美，而明著之後世者也，以比其身，以重其國家如此。子孫之守宗廟社稷者，其先祖無美而稱之，是誣也；有善而弗知，不明也；知而弗傳，不仁也。此三者，君子之所恥也。昔者，周公旦有勳勞於天下。周公既没，成王、康王追念周公之所以勳勞者，而欲尊魯，故賜之以重祭。外祭，則郊社是也；内祭，則大嘗禘是也。夫大嘗禘，升歌《清廟》，下而管象朱幹玉戚以舞《大武》，八佾以舞《大夏》。此天子之樂也，康周公故以賜魯也，子孫纂之，至於今不廢，所以明周公之德，而又以重其國也。"

《春秋左氏傳》曰："季武子以所得於齊之兵，作林鍾，而銘魯功焉。臧武仲謂季孫曰：'非禮也。夫銘，天子令德，諸侯言時計功，大夫稱伐。今稱伐，則下等也；計功，則借人也；言時，則妨民多矣。何以爲銘？且夫大伐小，取其所得以作彝器，銘其功烈以示子孫，昭明德而懲無禮也。今將借人之力，以救其死，若之何銘之，小國幸於大國，而昭所獲焉以怒之，亡之道也。'"

《國語》曰："昔克潞之役，秦來圖敗晉功，魏顆以其身却退秦師於輔氏，親止杜回。其勳銘於景鐘。"克，勝也。魯宣十五年六月癸卯，晉荀林父將滅赤翟、潞氏。七月，秦桓公伐晉，次於輔氏。晉景公治兵以略翟土及潞，魏顆敗秦師於輔氏，獲杜回。景鐘，景公鐘。

碑　式

碑式之可法者固多，舉其一二以爲式，後皆放此，當類推之。

《衢州徐偃王廟碑》韓退之　《平淮西碑》　《曹成王碑》　《南海神廟碑》　《處州孔子廟碑》　《柳州羅池廟碑》　《黄陵廟碑》　《箕子碑》柳子厚　《道州文宣王碑》　《柳州文宣王碑》　《終南山祠堂碑》　《太白山祠堂碑》　《湘源二妃廟碑》　《饒娥碑》

《南霽雲睢陽廟碑》 《后土神祠碑》張説 《天下放生池碑》顏真卿 《禹穴碑》鄭魴 《表忠觀碑》蘇子瞻 《潮州韓文公廟碑》 《伏波將軍廟碑》 《壽域碑》王元之 《四皓廟碑》 《披雲堂碑》馬子才 《東平行臺嚴公祠堂碑》元遺山 《祭孤魂碑》杜止軒 《文子廟碑》郝伯常 《漢高祖廟碑》 《漢光武廟碑》 《處士管寧廟碑》

碑陰文式

《碑陰文》柳子厚 《碑陰記》 《大明碑陰》 《先友記》 《處州孔子廟韓文公碑陰記》杜牧之

德政碑之始

《事祖廣記》云："自秦漢以來，死有功業，生有德政者，皆記之，稍改用石，因總謂之碑。"

德政碑式

《明州王密德政碑》李舟 《易州刺史田仁琬德政碑》蘇靈芝 《高陵縣令劉君德政碑》劉禹錫

墓碑式

《清邊郡王楊燕奇碑文》韓退之 《權公墓碑》 《劉統軍碑》 《王黄華墓碑》元遺山 《寄菴先生墓碑》 《費縣令郭明府墓碑》 《宣武將軍孫君墓碑》

神道碑之始

《事祖廣記》云："晉宋之世，始又有神道碑。天子及諸侯皆有之，其刻文止曰'某帝或某官神道之碑'。今世尚有《宋文帝神道碑》墨本也。其初猶立之於葬兆之東南，地理家言以東南爲神道，若神靈出遊道之意，故以名碑爾。"唐李夷簡臨終，敕無碑神道。

神道碑式

《唐銀青光禄大夫守右散騎常侍致仕上柱國襄陽郡王平陽路公神道碑銘》韓退之

《唐故河東節度觀察使滎陽鄭公神道碑文》 《唐故中散大夫少府監胡良公墓神道碑》 《唐故江南西道觀察使贈左散騎常侍太原王公神道碑》 《司徒兼侍中中書令贈太尉許國公神道碑銘》 《潮州長城縣令崔孚神道碑》白樂天 《平章政事壽國張公神道碑》元遺山 《沁州刺史李君神道碑》 《內相文獻楊公神道碑》 《轉運使王公神道碑》 《朝散大夫胡公神道碑》 《禮部尚書趙公神道碑》 《內翰馮公神道碑》 《國子祭酒馮公神道碑銘》 《東平行臺嚴公神道碑》 《尤虎公神道碑》 《刺史馬公神道碑銘》 《康公神道碑銘》 《劉氏先塋神道碑》 《完顏公神道碑》 《畢侯神道碑銘》 《千戶趙君神道碑》

先塋、先德、昭先等碑之始

蒼崖先生曰：先塋、先德、昭先等碑，例似與神道碑、墓誌碑不同。先塋、先德、昭先等碑，創業于國朝，已前唐宋金皆無之。所書三代並妻子例，似與神道墓誌不同也。

賜碑名號之始

《退朝錄》云："唐太宗自撰《魏元成碑》，德宗亦撰《段秀實碑》，本朝太宗撰《中令趙公碑》。皇祐中，王侍郎子融守河中還，乃以唐明皇所題裴耀卿額上之，仁宗遂御篆賜沂公碑曰'旌賢'。"

賜碑名號式

《旌賢王沂公碑》 《懷忠呂許公碑》 《顯忠李忠武公碑》 《旌忠寇萊公碑》 《全德元老王太尉碑》 《教忠積慶文潞公父洎碑》 《親賢李侍郎用和碑》 《襃親齊國獻穆公主碑》 《旌功曹襄悼碑》 《崇儒丁文簡碑》 《舊覺晏元獻碑》 《舊德張鄧公碑》 《顯先積慶趙中令子鼎昭碑》 《旌忠懷德張侍中耆碑》 《儒賢高文莊碑》 《思賢李相沆碑》 《襃賢范文正公碑》 《旌忠元勳狄忠襄碑》 《襃忠陳恭公碑》 《清忠王武恭碑》 《純孝張文孝碑》 《忠規德範宋元憲碑》 《淳德守正呂文穆碑》 《大儒元老賈公碑》（以上卷二）

銘文之始

《事祖廣記》云："蔡邕曰：黃帝有金几之銘，王子年《拾遺記》曰：黃帝以神金鑄器，皆有銘題。凡所造建，皆記其年時。此銘之起也。”

《三禮圖》云：“《檀弓》曰：‘銘。明旌也，以死者爲不可別已。故以其旗識之。’註：“明旌，神明之旌也。”《士喪禮》云：‘爲銘各以其物，亡則以緇，長半幅，經末，長終幅，廣三寸，書銘於末曰某氏某之柩。註：“銘，明旌也。雜帛爲物，大夫之所建也。以死者爲不可別，故其旗識識之，愛之斯録之矣。亡，無也。無旌，不命之士也。半幅，一尺；終幅，二尺。在棺爲柩，今文銘皆爲名，末爲旆也。”竹杠長三尺，置於宇西階上。’註：“杠，銘橦也。宇，梠也。”《周禮·司常》：‘大喪則供銘旌。’”註：“王則太常。”《司常職》云：“王建太常，諸侯建旂，孤卿建旜，大夫士建物，則銘旌亦然。但尺數異耳。”《禮緯》云：“天子之旌高九仞，諸侯七仞，大夫五仞，士三仞。”其《士喪禮》：“竹杠長三尺。”則死者以尺易仞也。天子九尺，諸侯七尺，大夫五尺，士三尺，其旌旗身亦以尺易仞也。又從遣車之差，蓋以喪事略故也。若不命之士，則《士喪禮》云“以緇布半幅”，長一尺也。“槇其末，長終幅”，長二尺也。緇、槇共長三尺。“廣三寸，書銘於末曰某氏某之柩，竹杠長三尺，置于宇西堦上。”

《荀·禮論》云：“祭祀，敬事其神也。其銘、誄、繫世，敬傳其名也。”註：“銘，謂書其功于器物，若孔悝之《鼎銘》者；誄，謂誄其行狀以爲謚也；繫世，謂書其傳襲，若今之譜牒也；皆所以敬傳其名于後世。”

《禮·祭統》：“銘之義，稱美而不稱惡，此孝子孝孫之心也。銘者，論著其先祖之有德善、功烈、勳勞、慶賞、聲名於天下。”

前輩云：“銘婦人墓，當詳於家世，議論取法於韓退之。退之所作，蓋出於《碩人》之詩，觀其銘元稹妻韋夫人墓可見矣。”（卷四）

學文凡例

凡金石文例，詳見前卷。曰制，曰誥，曰詔，曰表，曰露布，曰檄，曰箋，曰銘，曰記，曰贊，曰頌，曰序，曰跋，皆文章之流也。匪著其目，則學者無所於考，用列於後云。

制　式

門下云云。具官某云云。於戲云云。可授某官主者施行。

擬制之始

唐虞至周，皆曰命。秦改命爲制。漢因之，下書有四，而制書次焉。其文曰“制詔三公”。顏師古謂爲制度之命。唐王言有七，其三曰制書，大除授用之。學士初入院，試制書、批答共三篇。白居易入翰林，以所試制加段祐兵部尚書領涇州。韓偓試《武臣受東川節度制》。

此試制之始也。舍人不試，多自學士遷。制用四六，以便宣讀。宋朝知制誥，元豐改中書舍人。召試中書而後除。不試，號爲異禮。所以試者，觀其敏也。試制、詔三篇，宰相俟納卷，始上馬。翌日進呈，除目方下。

擬制之式

制頭四句，能包盡題意爲佳。如所擬有檢校少保，又有儀同三司，又換節，又帶軍職，又作帥，四句中能包括盡此數件是也。若鋪排不盡，則當擇題中體面重者說，其餘輕者，於散語中說，亦無害。輕者，如軍職三司是也。制起，須用四六聯，不可用七字。制頭四句，四六一聯。散語四句，或六句。不須用聯。具官名，須於職官分紀，尋替換字。如尚書爲中臺，吏部爲選部，禮部爲儀曹，似此類，須每件尋兩三般。蓋臨時有聲律虛實之不同也。郎曹以下，不必記。非從官而記者，止卿監司業。制中散語，不可四句相似，如兩句用"之"字，則下兩句用"以"、"而"字可也。不然，則上兩句"之"字在第五字，下兩句"之"字在第四字，亦可。

西山先生曰："制、誥，王言也，貴乎典雅溫潤，用字不可深僻，造語不可尖新。制詞三處最要用工：一曰破題要包盡題目，而不粗露。首四句體貼。二曰叙新除處欲其精當，而忌語太繁。推原所爲設官除授之意，用古事爲一聯尤好。如《莫侍郎步軍制》"法黄帝之兵，允賴爲營之重；資漢人之技，莫如用步之强"，最妙。三曰戒辭"於戲"而下是也，用事欲其精切。"須要古事或古語爲聯，切於本題，有丁寧告戒之意。如傅景仁《少保侍讀》，用《說命》、《周官》。周子及《楊帥制》用"繫楫中流"。陳自明《宗室觀使制》用祕書仙圖。此等事，既親切而造語妥貼，是爲可法。野處洪公贊所業書曰："昔丁文簡公未遇之日，手其所爲制誥一編，贊諸王公大人之門。人見者皆非之，丁獨毅然不顧曰：'異日當有知我者。'其後，直掖垣，登玉堂，以至政地，而昔日所爲文，始盡得施用。有志者，事之竟成如此！"

倪正父曰："文章以體製爲先，精工次之。失其體製，雖浮聲切響，抽黄對白，極其精工，不可謂之文矣。凡文皆然，而王言尤不可以不知體製。龍溪益公號爲得體製，然其間猶有非君所以告臣，人或得以指其瑕者。"

朱文公曰："范淳夫作《冀王制》云：'周尊公旦，地居四輔之先；漢重王蒼，位列三公之上。及我仁祖，加禮荆王，顧惟冲人，敢後叔父！'自然平正典重，彼工於四六者，却不能及。"

李公父欲應詞科，西山指竹夫人戲曰："試爲進封制可乎？"公父末聯云："保抱攜持，朕不安丙夜之枕；輾轉反側，爾尚形四方之風。"西山稱賞。

王器之《京東淮東宣撫制戒詞》云："沿于江而達泗，朕方恢禹之九州；率彼浦以省徐,爾尚勉周之三事。"

迂齋樓公曰:"經句對經句,如'在武丁時,作召公考'、'惟汝一德,於今三年'、'天維顯思,民亦勞止'、'有能奮庸,爰立作相'、'經營四方,飲御諸友'之類,固是天造地設。若'萬人留田'對'三事就緒',雖以史句對經句,緣有氣勢,所以不覺。"

北海《督府訓詞》尤爲宏偉,有曰:"盡長江表裏之封,悉歸經略;舉宿將王侯之貴,咸聽指揮。"

李漢老曰:"張樂全高簡純粹,王禹玉温潤典裁,元厚之精麗穩密,蘇東坡雄深秀偉:皆制詞之傑然者。"

誥　式

勅:云云。具官某云云。可特授某官。二人以上同制,則於詞前先列除官人具銜姓名,可特授某官。於勅下便云:"某官某等。"末云:"可依前件。"侍從以上用聯詞,餘官云:"勅具官某云云爾"云云。

擬誥之始

誥,告也,其原起於《湯誥》。《周官·大祝》:"六辭,三曰誥。"《士師》:"五戒,二曰誥。"成王封康叔、唐叔,命以《康誥》、《唐誥》。漢元狩六年,立三子爲王,初作誥。唐《白居易集》翰林曰"翰林制誥",中書曰"中書制誥",蓋內外命書之別。宋朝西掖初除試誥,而命題亦曰制。

擬誥之式

東坡制詞有議論,荊公、南豐外制佳。王子發曰:"南豐本法意,原職守,而爲之訓勅,人人不同,咸有新趣,衍裕雅重,自成一家。"胡致堂曰:"辭貴簡嚴,體歸典重。"

周益公曰:"韓退之《崔羣户部侍郎制》初云:'地官之職。邦教是先。'末云:'選賢與能,于今惟重;擇才經賦,自古尤難。'凡命版曹,何嘗不主理財?惟退之先及邦教,而以'經賦'二字終之,深合經旨。"唐錢翊曰:"體正而有倫,詞約而居要,終始明白,所以爲誥。"

詔　式

勅門下。或云"勅某等"。故兹詔示。獎諭、誡諭、撫諭,隨題改之。想宜知悉。

擬詔之始

《周官》:"御史掌贊書。"注:"若今尚書作詔文。"秦改令爲詔。漢下書有四,三曰詔書,其文曰"告某官"。四曰誡勅。其文曰"有詔勅某官"。唐貞觀末,張昌齡召見,試《息兵詔》,此試詔之始也。其後學士試批答,宋朝西掖初除試詔。紹聖試格,止曰誡諭,如近體試論風俗,或百官之類。紹興改爲詔。唐封敖作《慰邊將詔》曰:"傷居爾體,痛在朕躬。"《賜李德裕制》曰:"謀皆予同,言不他惑。"李德裕草《詔賜王元逵何宏敬》曰:"勿爲子孫之謀,欲存輔車之勢。"皆切中事情。宋朝錢若水草《賜趙保忠詔》曰:"不斬繼遷,存狡兔之三窟;潛疑光嗣,持首鼠之兩端。"汪彥章草《賜高麗詔》曰:"壞晉館以納車,庶無後悔;閉漢關而謝質,非用前規。"

擬詔之式

東萊先生曰:"詔書或用散文,或用四六,皆得。唯四六者,下語須渾,全不可如表,求新奇之對而失大體。但觀前人詔,自可見。"

"散文當以西漢詔爲根本,次則王岐公、荊公、曾子開詔,熟觀然後約以今時格式。不然,則似今時文策題矣。兩漢詔中語,如'吏獨安取此'、'皆秉德以陪朕'之類,當勾抹出,規倣之。"李漢老曰:"兩漢詔令,溫厚雅馴,或人主自親其文。"周益公曰:"答皇子詔,用'卿'字,非是。前輩知體,則不然。其他或'汝'、或'王'、或'公',皆當有別。"

吳玆與唐叔義詔皆得體。

西山先生曰:"王言之體,當以《書》之誥、誓、命爲祖,而參以兩漢詔册。"朱文公曰:"三代詞誥誓命皆根源學問,敷陳義理。"

兩漢詔令,辭氣藹然,深厚爾雅,可爲代言之法。南豐曰:"漢詔令典正謹嚴,尚爲近古;唐常袞、楊炎、元稹之屬,號能爲訓詞,其文未有遠過人者。"朱文公曰:"國初文章皆嚴重老成,嘉祐以前文雖拙,而詞謹重,所以風俗淳厚。"

表　式

［賀］

臣某言:或云"臣某等言"。恭睹守臣表云"恭聞"。某月日云云者祥瑞表云"伏睹太史局奏云云者"。守臣表云"伏睹都進奏院報云云者"。云云。臣某懼忭懼忭、頓首頓首,竊以云云,恭惟皇帝陛下云云,臣云云。臣無任瞻天望聖、激切屏營之至,謹奉表稱賀以聞。臣某懼忭懼忭、頓首頓首,謹言。

年　月　日具官臣姓某上表。

［謝］

臣某言：伏蒙聖恩云云者謝除授云"伏奉告命，授臣某官職者"。云云。臣某惶懼惶懼、頓首頓首，竊以云云。此段或云"伏念臣云云，茲蓋恭遇"。皇帝陛下云云。臣云云。臣無任感天荷聖、激切屏營之至，謹奉表稱謝以聞。進謝恩詩云："謹恪齋沐撰成謝恩詩，隨表上進以聞。"臣某惶懼惶懼、頓首頓首，謹言。

［進書　進貢　陳請］

臣某言：云云。臣某惶懼惶懼、頓首頓首云云。進國史等云"恭以某宗皇帝"云云。餘用"竊以"云云。恭惟皇帝陛下云云。臣云云。臣無任瞻天望聖、激切屏營之至。陳請表云"臣某等無任祈天俟命"云云。所有某書若干卷冊，謹隨表上進以聞。進詩云"恭和御製詩之類"。進貢云"某某物"云云。陳請表云"謹奉表陳請以聞。"臣某惶懼惶懼、頓首頓首，謹言。代宰臣以下陳請表，如請御正殿之類，"中謝"後或云"竊以"云云，或云"恭惟皇帝陛下"云云。末云"伏望皇帝陛下"云云。

擬表之始

表，明也，標也，標著事序，使之明白。三王以前，謂之敷奏；秦改爲表；漢羣臣書四品，三曰表。不需頭上言"臣某言"，下言"誠惶誠恐、頓首頓首"。左方下附曰"某官臣甲乙上"。陽嘉元年，左雄言："孝廉先詣公府，文吏課牋奏。"又胡廣以孝廉試章奏。然則章奏試士，其始此歟？唐顯慶四年，進士試《關內父老迎駕表》。開元二十六年，西京試《擬孔融薦禰衡表》，則進士亦試表。

擬表之式

東萊先生曰："表'中謝'後當説'竊以'，各隨題意。如《代樞密使謝賜玉帶表》云：'竊以裴度視師，服章武通天之賞；衛公戡難，拜文皇于闐之珍。''視師"、"戡難"，俱見樞臣之意，非泛泛引用此。如《謝賜御書〈周易〉〈尚書〉表》云'竊以法始四營，莫辨乎《易》；文兼五典，皆聚此《書》'是也。或用事，或不用事，亦無定格。如《進實録寶訓表》，'中謝'後當説'恭以某宗皇帝'云云。頌德。不用"竊以"。羅疇老《代高麗修貢表》，全篇皆穩，其間一聯云'地瀕日出，每輸傾藿之心；天濶露零，亦被蓼蕭之澤'二事，人用之極熟；此聯稍變言語，遂爲佳句。大抵用事當如此，不然則泛濫雷同矣。其斷句云‘矢來肅慎，用昭遠慕之誠；弓掛扶桑，永荷誕敷之德’，亦好。”

大抵表文以簡潔精緻爲先，用事不要深僻，造語不可尖新，鋪叙不要繁冗，此表之大綱也。

誠齋楊公曰：“有用古人全語，而雅馴妥貼如己出者，介甫《賀册妃表》云：‘《關雎》之求淑女，無險詖私謁之心；《鷄鳴》之思賢妃，有警戒相成之道。’”

“四六有作流麗語者，須典而不浮。汪彥章《賀神降萬歲山表》云：‘恍若壺天，金成宮闕；浩如玉海，虹貫山川。’有作華潤語而重大者，最不多得。曾子固云：‘鈎陳太微，星緯咸若；崑崙渤海，波濤不驚。’”

露布式

尚書兵部晉曰尚書五兵。隋唐方曰兵部。唐龍朔二年曰中臺司戎，天寳十二載曰尚書武部，至德二載復舊。臣某言：臣聞云云。恭惟皇帝陛下云云。臣等云云。臣無任慶快激切屏營之至。唐露布云“不勝慶快之至”，或云“無任慶躍之至”。謹遣或云“謹差”某官奉露布以聞。

擬露布之始

露布之名始於漢。按《光武紀》注：《漢制》曰：“制詔三公，皆璽封，尚書令印重封，露布州郡。”《祭祀志》注引《東觀書》：“有司奏孝順，號露布。奏可。”又鮑昱詣尚書，封胡降檄，曰：“故事，通官文書，不著姓。又當司徒露布。”李云“露布上書”，注謂：“不封也。”魏改元景初，詔曰：“司徒露布，咸使聞知。”蜀漢建興五年春伐魏，“詔曰丞相某露布天下。”此皆非將帥獻捷所用。《通典》云：“後魏攻戰克捷，欲天下聞知，乃書帛建於漆竿上，名爲露布，自此始也。”彭城王勰曰：“露布者，布于四海，露之耳目。”王肅獲賊二三，皆爲露布。韓顯宗有“高曳長縑，虛張功捷”之譏。孝文稱傅修期下馬作露布。齊神武破芒山軍，爲露布。杜弼即書絹，不起草。唐制，下之通上，其制有六，三曰露布。兵部侍郎奉以奏聞，集羣官東朝堂，中書令宣佈。隋開皇中撰《宣露布禮》。張昌齡爲崑丘道記室，《平龜兹露布》，爲士所稱。于公異爲招討府掌書記，朱泚平，《露布》曰：“臣既肅清宮禁，祗奉寢園，鐘簴不移，廟貌如故。”德宗咨嘆焉。薛收爲露布，或馬上占辭。封常清于幕下潛作捷布。東晉未有露布。隆興初，以晉破苻堅命題，似有可疑。然《文章緣起》曰：“漢賈洪爲馬超伐曹操作。”而《魏志》注謂：“虞松從司馬宣王征遼東，及破賊，作露布。”《隋志》有“魏武帝《露布文》九卷”。《世說》云：“桓温北征，令袁宏倚馬前作露布，手不輟筆，俄成七紙。"則魏晉已有之，當考。《宋書》云："楊文德建露板，馳告朝廷。"《文心雕龍》曰："露布者，蓋露板不封，布諸視聽也。"宋朝王元之《擬李靖平突厥露布》，此擬題之始歟。

擬露布之式

東萊先生曰："頭四句後，再用兩句散語，須便用兩事。如蠻夷，則用前代伐蠻夷之事；盜賊則用前代伐僭亂之事。"

尚書兵部臣某等言。主帥名。臣聞說伐叛之意。恭惟尊號皇帝陛下頌德，更說四方向化，此賊獨拒命。某賊須極罵之，須說當時罪。臣某等說受成攻伐。某賊說當時拒賊次第。臣等說攻討次第，說擒賊得地。斯皆歸善之意。臣云云。末用一聯結。

西山先生曰："露布貴奮發雄壯，少粗無害；不然，則與賀勝捷表無異矣。"

翟公巽作《擒賊露布》曰："不以賊遺君父，已殄凶殘；凡克敵示子孫，毋忘勳伐。"

張燕公《平契丹露布》曰："山川積雨，盡消胡騎之塵；草木長風，咸有王師之氣。"

王元之《擬李靖露布》叙頡利求降，且復謀竄，曰："穽中餓虎，暫爲掉尾之求；韝上饑鷹，終有背人之意。"

檄　式

某年某月日，某官某告某處。或曰移某郡。蓋聞云云。末云："檄到如章，書不盡意。"或云："茲言不欺，其聽無惑！"或云："茲言不爽，其聽無違！"故爲檄委曲，檄到其善詳所處，如津令。"或云："檄到宣告，咸使聞知。"司馬長《卿喻蜀檄》首云："告巴蜀太守。"末云："檄到，亟下縣道，使咸喻陛下意，無忽。"陳孔彰《爲袁紹檄豫州》首云："左將軍領豫州刺史，郡國相守。"蓋聞云云。司空曹操云云。幕府云云。廣宣恩信，班揚符賞，布告天下。云云。如律令。《檄吳將校部曲文》首云："年月朔日，守尚書令或告江東諸將校部曲及孫權宗親中外。""蓋聞云云。故令往募爵賞科條如左，檄到詳思至言，如詔律令。"鍾士季《檄蜀文》末云："各其宣布，咸使聞知。"宋告司、兗二州末云："幸加三思，詳擇利害。"又尚書符征南府末云："文書千里驛行。"

擬檄之始

檄，軍書也。祭公謀父所謂威責之令，文告之辭。東萊先生曰："晉侯使呂相絕秦，檄書始於此。"然春秋之世，鄭子家使執訊與書以告趙宣子，晉之邊吏責鄭王使，詹伯辭于晉，王子朝使告諸侯，皆未有檄之名。戰國時張儀爲檄告楚相，其名始見。魯仲連爲書約矢遺燕將。秦尉佗移檄。蒯通說范陽令曰："傳檄而千里定。"韓信曰："三秦可傳檄而定。"漢有羽檄，顏師古曰："檄以木簡爲書，長尺二寸。有急加鳥羽示速也。"《急就篇注》："檄以木簡之，長二尺。"《説文》亦云"二尺書"。李左車曰："奉咫尺之書。"自相如之後，檄書見史策者不可勝紀。揚雄曰："軍旅之際，飛書馳檄用。"枚臯謂其爲文敏速也。唐以前不用四六，周益公《擬漢河西大將軍諭隗囂》、倪正父《擬晉奮威將軍豫州刺史諭中原豪傑》皆用四六。然散文爲得體，如東萊《漢使喻莎車諸國》是也。《釋文》曰："檄，激也。"《文心雕龍》曰："檄，曒也。宣布于外，曒然明白。"

擬檄之式

劉勰《文心雕龍》曰："祭公謀父稱'文告之辭'，即檄之本原，戰國始稱爲檄。凡檄之大體，或述此休明，或叙彼苛虐；指天時，審人事；算强弱，角權勢；標蓍龜于前代，垂鞶鑑于已然；譎詭以馳旨，煒曄以騰說。故植義颺辭，務在剛健。插羽以示迅，不可使辭緩；露板以宣衆，不可使義隱。必事昭而理辯，氣盛而辭斷。此其要也。"《册府元龜序》曰："暴揚過惡，張皇威武，使忠義奮發而邪謀沮壞。諭去就之理，陳逆順之狀，俾之改圖易轍，轉禍爲福。誕告士民，使知不獲已而用兵，非無名而黷武。"

東萊先生曰："檄書頭說'某官告某將士，蓋聞說討叛招攜之意。說一段云云。惟爾某處將士說爲賊狗脅而不能自歸，及略說賊之罪。幕府說受命討賊甲兵之盛，叙當時形勢，賊將欲滅，須自歸意。'主上'說有過人大度之意，開其自新之路。末以'歸附則有厚賞，怙終則有顯戮，自擇禍福'結之。"末云："凡所賞科，其如令甲。"周益公《擬諭隗囂檄》云："若吳芮效忠，世裂長沙之壤；田橫亡命，身貽海島之羞。顧逆順之灼分，惟智愚之審擇。"西山先生曰："檄、露布乃軍中文字。檄貴鋪陳利害，感動人心。"所業檄題欲出《唐大將軍河南招慰使傳州縣檄》，出題出《夏侯端傳》，乃高祖創業之初，非因兵興盜起，稍覺氣象佳；但所疑者一"慰"字耳。漢以前無檄，六朝以來，未有露布。編題之初，須要知此漢檄不須四六，如司馬相如《喻蜀檄》之類，漢無四六之文故也。晉檄亦用散文，如袁豹《伐蜀檄》之類。隋唐以來方用四六，如祖君彦、駱賓王檄，鄭畋移檄藩鎮。

柳子厚《伐黃賊牒》云："徵側之勇冠一方，竟就伏波之戮；呂嘉之威行五嶺，終摧下瀨之師。嗟此陋微，自貽擒滅。"

李克曰："檄不切厲，則敵心陵；言不誇壯，則軍容弱。"

箴　式

序云云。箴辭用韻語。末云"敢告"云云。如揚雄《百官》、《九州箴》之類。箴、銘、贊頌並逐

1032

句空字。

擬箴之始

箴者，諫誨之辭，若箴之療疾，故名箴。《盤庚》："無伏小人之攸箴。"《庭燎》："因以箴之。"召公曰："師箴。"師曠曰："工誦箴諫。"《文心雕龍》曰："《夏》、《商》二箴，餘句頗存。"《夏箴》見于《周書·文傳篇》，《商箴》見於《吕氏春秋·名類篇》。又《謹聽篇》有《周箴》。周辛甲爲太史，命百官官箴王闕，虞人掌獵爲箴。漢揚雄擬其體，爲十二州二十五官箴，後之作者咸依做焉。隋杜正藏舉秀才擬《匠人箴》，擬題肇於此。唐進士亦或試箴。顯慶四年試《貢士箴》，開元十四年《考功箴》，廣德二年《轅門箴》，建中三年《學官箴》。

周《虞人箴》："芒芒禹跡，畫爲九州，經啟九道。民有寢廟，獸有茂草，各有攸處，德用不擾。在帝夷羿，冒于原獸，忘其國恤，而思其麀牡。武不可重，用不恢于夏家，獸人司原，敢告僕夫。"告僕夫，不敢斥尊。

擬箴之式

東萊先生曰："凡作箴，須用'官箴王闕'之意，各以其官所掌而爲箴辭。如《司隸校尉箴》，當説司隸箴人君振紀綱，非謂使司隸振紀綱也。如《廷尉箴》，當説人君謹刑罰，非謂廷尉謹刑罰也。"

箴尾須依《虞箴》"獸人司原，敢告僕夫"之類，止是隨題目改，如《上林清臺箴》則云："史臣司天。"《宗正箴》則云："宗臣司族。"《廷尉》云："官臣司刑。"《司隸校尉》云："官臣司直。"《太常》云："禮臣司典。"其下句"敢告"，隨韻改之，大抵如"敢告瞀御"、"敢告僕夫"之類是也。

西山先生曰："箴、銘、贊、頌雖均韻語，然體各不同。箴乃規諷之文，貴乎有警戒切劘之意。《詩·庭燎》、《沔水》等篇，《左氏·虞人箴》，揚子雲《百官箴》《古文苑》，張茂先《女史箴》，白居易《續虞人箴》，柳公綽《太醫箴》，王元之《端拱箴》，《文粹》中諸箴，時時反復熟誦，便知體式。"

箴者，下規上之辭，須有古人風諫之意，惟官名可以命題，所謂"百官箴王闕"，各因其職以諷諫，如出《周保章箴》，則當以敬天爲説，其他皆然。又有非官名而出箴者，若《宣室》、《上林清臺》之類。亦當引從規諷上立説。

東萊先生《考工令箴》："監于太宗，罷露臺役，一言興邦，萬杵咸息；監于中宗，蕭然齋居，器械技巧，圭黍莫誣。"就用漢事，可以爲式。

胡廣《百官箴叙》曰："箴諫之興，所由尚矣。聖君求之于下，忠臣納之于上，故《虞書》曰：‘予違汝弼，汝無面從，退有後言。’墨子著書，稱《夏箴》之辭。”《文心雕龍》曰：“揚雄稽古，始範《虞箴》，卿尹州牧，二十五篇。及崔胡補綴，總稱《百官》。所謂追清風于前古，擧辛甲于後代。”

銘　式

序云云。銘詩用韻語。諸墓銘式，已見前卷；此所紀宮室器用等，皆有銘文，例不可略也。如張孟陽《劍閣銘》，柳宗元《塗山銘》之類。

擬銘之始

銘始於黃帝，《漢藝文志》道家有《黃帝銘》六篇。應劭曰：“盤盂諸書，黃帝史孔甲所作銘也。”禹銘笋簴，湯銘于盤，銘者，名也，因其器名，書以爲戒也。武王聞丹書之言，爲銘十六。臧武仲曰：“夫銘，天子令德，諸侯言時計功，大夫稱伐。”《文心雕龍》曰：“夏鑄九鼎，周勒楛矢，令德之事也。呂望銘昆吾，仲山鏤庸器，計功之義也。魏顆景鍾，孔悝衛鼎，稱伐之類也。”蔡邕《銘論》曰：“德非此族，不在銘典。”《詩傳》曰：“作器能銘，可以爲大夫。”《考工記》：“嘉量有銘。”《文選序》曰：“銘則序事清潤。”陸倕《石闕》、《漏刻》二銘，皆有序。張載《劍閣銘》末云：“勒銘山阿，敢告梁、益。”則寓警戒之旨。隋杜正元擧秀才，擬《燕然山》、《劍閣銘》，杜正藏擬《弓銘》。唐崔渙還調吏部侍郎，嚴挺之施特榻，試《彝尊銘》，謂曰：“子清廟器，故以題相命。”建中三年，進士別頭試《攲器銘》。興元元年《朱干銘》，則以銘試士尚矣。

擬銘之式

《文心雕龍》曰：“箴貴確切，銘貴宏潤。事必覈以辨，文必簡而深。”

朱文公曰：“武王諸銘有切題者，如《鑑銘》是也，亦有不可曉者。古人只是述戒懼之意，隨所在寫以自儆；今人爲銘，要就此物上説得親切，如湯《盤銘》之類。”

擬記之始

記者，記事之文也。西山先生曰：“《禹貢》、《武成》、《金縢》、《顧命》，記之屬似之。”《文選》止有奏記而無此體。《古文苑》載後漢樊毅《修西嶽廟記》，其末有銘，亦碑文之類。至唐始盛。獨孤及《風後八陣圖記》，後擬題做之。

擬記之式

凡作文字，先要知格律，次要立意，次要語瞻。所謂格律，但熟考總類可也。所謂立意，如學記泛説尚文，是無意也；須就題立意，方爲親切。柳子厚《柳州學記》説"仲尼之道，與王化遠邇"，此兩句便見嶺外立學，不可移于中州學校也。所謂語瞻，如韓退之《南海神廟文》"乾端坤倪，軒豁呈露"一段，老蘇《兄渙字序説》"風水"一段是也。雖欲語瞻而不可太長，謂專事言語。不可近俗，不可多用難字。熟看韓柳歐蘇，先見文字體式，然後遍考古人用意下句處。

又須作一册編體製轉換處，不拘古文與今文，大略編之。如《喜雨亭記》："亭以雨名，志喜也。"柳文《宣王廟碑》"仲尼之道，與王化遠邇。"似此之類，此作記起頭體製也。歐公《真州發運園記》中間一節，此記中間鋪叙體製也。柳《萬石亭記》附零陵故事之類，此記末後體製也。

記序以簡重嚴整爲主，而忌堆疊窒塞；以清新華潤爲工，而忌浮靡纖麗。《文心雕龍》曰："思瞻者善敷，才覈者善删。善删者字去而意留，善敷者辭殊而義顯。字删而意缺則短，辭覈而言重則蕪。綜學在博，取事貴約。"

朱文公曰："記文當考歐、曾遺法，科簡刮摩，使清明峻潔之中自有雍容俯仰之態。"又曰："歐文敷腴温潤，南豐文峻潔，坡文雄健。"水心曰："如歐公《吉州學》、《豐樂亭》，南豐《擬峴臺》、《道山亭》，荆公《信州興造》、《桂州修城記》。"

張文潛曰："文人好奇者，或爲缺句斷章，使脉理不屬；又取古人訓詁希于見聞者，衣被而説合之，反覆咀嚼，卒亦無有。此最文之陋也。"石林曰："今世文章，只是用换字减字法。"

張伯玉《吳郡六經閣記》云："六經閣，諸子百家皆在焉；不書，尊經也。"

元祐中，新作御史臺，詔曾子開爲記，其略曰："責人非難，責己爲難。云云。惟其不難于責己，則施于責人，能稱其任矣。苟異于是，得無餒于中哉！"世以爲名言。

贊式頌、説附後

序云云。贊曰云云。

擬贊之始

贊者，贊美贊述之辭。《文選序》曰："圖像則贊興。"《文章緣起》曰："司馬相如作

《荆軻贊》，班史以論爲贊，范曄更以韻語。"《隋志》曰："後漢魯廬江有《名德先賢之贊》，蜀楊戲著《季漢輔臣贊》，漢明帝殿閣畫，陳思王爲贊。"夏侯湛《東方朔畫贊》序云云。"乃作頌焉，其辭曰"云云。袁宏《三國名臣序贊》序云云。"故復撰序所懷，以爲之贊"云云。先序後贊，與今體相類。唐建中二年進士，以箴、論、表、贊代詩賦，此試贊之始。《中興書目》云：顧雲《鳳策聯華》三卷，有《補十八學士寫真像贊》、《安西都護府重築碎葉城碑》，皆因舊事而作。

擬贊之式

西山先生曰："贊頌皆韻語，體式類相似。贊者，贊美之辭；頌者，形容功德。然頌比于贊，尤貴贍麗宏肆。須鋪張揚厲，以典雅豐縟爲貴。昌黎《聖德詩》、徂徠《慶歷頌》，此正格也。其用事造語，最忌塵俗。須讀熟《三百篇》，博觀司馬相如、揚雄諸賦，與夫《漢郊祀歌》、《文選》所載《二京》、《三都》、《七啟》、《七發》之類，及韓柳文韻語文字，則筆下自然豐腴矣。"

頌　式

序云云。頌曰云云。如韓愈《元和聖德詩》、柳宗元《平淮夷雅》之類。

擬頌之始

《詩》有六義，六曰頌。《莊子》曰："黃帝張《咸池》之樂，有焱氏爲頌。"《文心雕龍》曰："帝嚳之世，咸墨爲頌，以歌《九韶》。商、周及魯皆有頌，所以遊揚德業，褒讚成功。"隋杜正元舉秀才，擬《聖主得賢臣頌》，唐開元十一年進士試《黃龍頌》，十五年試《積翠宮甘露頌》，宋朝淳化三年，楊億於學士院試《舒州進甘露頌》，遂賜及第，則試頌尚矣。《宋書》曰："鮑照爲《河清頌》，其序甚工。"頌詩有序，亦不可略也。有終篇同韻者，如《元和聖德詩》；有四句換韻者，如《平淮西碑》。箴、銘、贊倣此。

擬頌之式

《文心雕龍》曰："擬《清廟》，範《駉》、《那》。崔瑗《文學》，蔡邕《樊渠》，並致美于序，而簡約乎篇。""取鎔經意，自鑄偉辭。"又曰："賈誼、枚乘，兩句輒易；劉歆、桓譚，百句不遷：亦各有其志也。昔魏武論詩，嫌于積韻，而善于貿代。陸雲亦稱‘四句轉韻，以四句爲佳。’”《金樓子》曰：“班固碩學，尚云贊頌相似。”

序　式

末云。“故其贈行不以頌而以規。”“作送某序。”“公於是作歌詩以美之，命屬官咸作之，命某序之。於是登第而歸，將榮于其鄉也，能無説乎？”“慶復人之將蒙其休澤也，于是乎言。”“故有以贈童子。”“工乎詩者歌以係之。”“于其別申以問之。”“于其行，姑與之飲酒。”“于其行，姑以是贈之。”“書以爲荆潭唱和詩序。”“酒壺既傾，序以識别。”“於是相屬爲詩，以道其行云。”“於是咸賦詩以贈之。”“重生之還者，皆爲詩；某最故，故又爲序云。”“遂各爲歌詩六韻退，某爲之序云。”“皆相勉爲詩以推大之，而屬余爲序。”“俾余題其首。”“遂述其制作之所詣，以繫于後。”“於其序也，載之其末云。”“某直言甚文，樂君之道，作詩以言。余猶某也，故於是乎序焉。”“故爲詩以重其去，而使余爲序。”“故詩而序云。”“其道美矣，故余繼之以辭。”“遂繫之而重以序。”“于其往也，故賞以酒肉而重之以辭。”“行哉！行哉！言止是而已。”“獻之酒，賦之詩而歌之，坐者從而和之，既和而序之。”“於是編其餞詩若干篇，紀于末簡，以貺行李，遂抗手而别。”“以吾子見私於僕而又重其去，故竊言而書之，而密授焉。”“于將行而問以言，敢以變君之志。”“余用是得不繫其説以告于他好事者，”“故爲之言。”“於其辭而去也，則書以畀之。故于其去，不可以不告也。”柳子厚

擬序之始

序者，序典籍之所以作也。《文選》始於《詩序》，而《書序》、《左傳》次之。

擬序之式

東萊先生曰：“作記序若要起頭省力，且就題説起。”謂如《太宗金鑑書序》，則便説太宗皇帝，云云。説鑑治亂、賢不肖之意。如《花萼相輝樓記》，則便説唐玄宗明皇帝，云云。説兄弟友悌之意，不可泛説功德，須便入題意。

書目有異同者，如南豐《戰國策目録序》末云：“此書有高誘注者二十一篇，或云三十二篇。《崇文總目》存者八篇，今存者十篇云。”

卷數有序于首者，如《唐開元禮序》云“明皇帝之十四年云云，爲《開元禮》一百五十卷”是也。有序于末者，如《唐大衍曆序》云“其書有《曆衍》七篇，《曆議》十篇，《略例》一篇云”是也。

夫序，由《詩》、《書》、《左傳》有序，故説者謂序典籍之所以作。大抵序以善序事理爲上，如後世贈送、燕集等作，隨事以序其實，觀古人制作，其體式可概見矣。

諸　跋

跋者,隨題以贊語於後者也。或前有序引。當掇其有關大體者,立論以表章之。須要明白簡嚴,不可墮人窠臼。古人跋語不多見,至宋始盛,觀歐、蘇、曾、王諸作,則可知矣。(以上卷九)

陳仁子

陳仁子(生卒年不詳)字同俌,號古迂。茶陵(今屬湖南)人。宋亡不仕,營别墅於東山,市人呼爲東山陳氏。築東山書院,爲元代著名私家刻書者之一。著有《牧萊脞語》、《文選補遺》等。

本書資料據四庫全書本《文選補遺》、浙江鮑士恭家藏本《牧萊脞語二稿》。

詔　誥

《文中子》曰:漢制,詔册幾乎典誥矣。又曰:五帝之典,三王之誥,兩漢之制,粲然可見矣。又曰:制,其盡美於鄙人乎!

晦菴朱熹曰:三代之訓、誥、誓、命,皆根源學問,敷陳義理,粲然可爲後世法。秦漢以下詔令,何所發明?惟高帝之詔差愈,然已不純。如曰:肯從我游者,吾能尊顯之。此豈所以待天下士?○西山真德秀曰:以二帝三王律之,誠如文公之説。自後世言之,兩漢詔令猶有惻怛愛民寶意,辭氣藹然,深厚爾雅,蓋有古之風烈。

愚曰:古者詔誥,本以通彼此相與之情;後世詔誥,乃以嚴上下相臨之分。

又曰:國家詔令,最關運祚。商《盤》三篇,優游委曲,穆若清風,識者知其培六百年之基;周《誥》諸書,忠厚惻怛,沃若甘雨,識者知其兆八百年之業。史臣論孝武號令,文章粲然可述;元帝號令,溫雅有古風烈。賈山言吏布詔,山東父老扶杖願往觀。王吉言詔令每下,民欣若更生。三代而下,其庶乎!享國四百年,宜也。

又曰:漢詔多散語,唐以來詔多儷語。散語猶《盤》、《誥》遺風,儷語去古遠矣。

璽　書

《漢光武紀》註:漢制度曰:帝之下書有四,一曰策書,二曰制書,三曰詔書,四曰誡敕。策書者，編簡也，其制長二尺，短者半之，篆書起，年月日，稱皇帝，以命諸侯王。三公以罪免，亦賜策而以隸書，用尺一木兩行，惟此爲異也。制書者，帝者制度之命，其文曰制詔，三公皆璽封，尚書令印重封，露布州郡也。詔書者，詔告也，其文曰告某官云，如故事。誡敕者，謂敕刺史太守，其文曰有詔敕某官。他皆放此。（以上《文選補遺》卷三）

奏　疏

西山真德秀曰：漢自高帝以來，未有以書疏言事者，賈山實始之。豈非文帝開廣言路之故與？（《文選補遺》卷四）

封　事

漢宣帝始令羣臣得奏封事以通下情。封有正有副，領尚書者先發副封，所言不善，屏而不奏。魏相奏去副封，以防壅蔽。（《文選補遺》卷十二）

議

呂祖謙曰：漢置大夫，專掌議論。苟其事疑似而未決，則合中朝之士雜議之，自兩府大臣以下至博士議郎，皆得以信其已見，而不嫌其卑抗尊也。故罷昌陵有議，罷郡國廟有議，擊珠厓有議，賞邊功有議，入穀贖罪有議。賈誼爲博士，每詔令下，諸老先生未能言，誼盡爲之對，未嘗以公卿之言而廢誼之對也。呼韓邪單于願保塞，朝臣集議，卒用郎中侯應之策，未嘗以公卿之言而廢應之策也。朱博得罪，議其獄者五十八人，而諫大夫龔勝等敢於異將軍二千石之議也。王嘉得罪，議其獄者六十人，而少府猛等敢於抗驃騎將軍、御史之議也。不緘默以因人，不雷同以附勢，不合黨以濟姦，不託公以行私，惟盡其己之所欲言而付之人主之獨斷，此漢之集議所以有公天下之意。然至於屯田之功既成，有詔誅前言不便者；馬邑之舉既敗，獨罪首謀以謝天下。此又足以警謀議之不謹者也。故表而出之。（《文選補遺》卷十六）

對

愚曰：君有所疑則問，臣承所問則對，當婉而正，無狥而謟。世之得失成敗，係此

一言，何可輕哉！備論於此。（《文選補遺》卷十八）

策

愚曰：漢有射策，有對策。射策者，隱義難問，隨所探而釋之。對策者，直以事問而直對之也。文帝十四年九月，策賢良能直言極諫者，得晁錯。策始此，蓋有虞敷納以言之遺意。

明道程顥曰：漢策賢良，猶是人舉之，如公孫弘者，猶强起之，乃就對。至如後世賢良，乃自求舉。若果曰我心只望廷對，欲直言天下事，則亦可尚已。若志富貴，則得志便驕縱，失志便放蕩與悲愁而已。

錢文子曰：漢有賢良，始於文帝即位之明年，因災異而求直言也。當是時，未聞有應詔者，於是方除誹謗訞言之罪，以延其來。越十四年而再詔，始得晁錯一人而已。歷景至武，未遑他事，首下賢良之詔，又得董仲舒、公孫弘二人。何其艱哉！自是而後，得人益陋，雖非漢之所以設科之意，然上之所以待士，下之所以自重，尤有可取。

東萊呂祖謙曰：漢選士雖無三代受拜之禮，猶州長身勸爲之駕，雖以當時號爲諂諛如公孫弘者，猶是鄉人勸勉而來，未嘗自進。到得後來唐楊綰投牒自進，而士始甚輕。

愚曰：古者策士，本以求直言；後世策士，乃以備科目。上以利祿誘，下以利祿求，直言且變而諛矣。（《文選補遺》卷十九）

史叙論

愚曰：史有叙論，自司馬遷始，魯史以前未論也。子長以縱橫馳騁之奇才，作爲《史記》數十萬言，史法至此爲之一變。班且不能及，而況范乎？昭明略而不取，何也？今摘數篇于此，若班、范可採者，姑略。嗚呼！叙論作而《春秋》褒貶之筆微矣。（《文選補遺》卷二十六）

賦

愚按：班固曰："不歌而誦謂之賦，登高能賦可以爲大夫。古者諸侯卿大夫交接鄰國，以微言相感，揖遜之時，必稱詩以喻其志，蓋以別賢不肖而觀盛衰焉。春秋之時，周衰道微，聘問詠歌不行於列國，學詩之士逸在布衣，而賢人失志之賦作矣。大儒荀卿及楚臣屈原《離騷》憂國，皆作賦以風，咸有惻隱古詩之義。其後宋玉、唐勒、鄭興、枚乘、司馬相如下及揚子雲,競爲侈麗閎衍之詞,没其風諭之義。"故曰:賦,雖然屈、宋之賦家有人誦,獨荀卿之賦人希誦者,其體雖不如卿雲之贍麗,而楚賦之盛已萌蘖於此。(《文選補遺》卷三十一)

樂　歌

並載祀神之歌,前乎屈原《九歌》,後乎昌黎《南海廟》,柳宗元廟,東坡《韓文公廟》,皆此歌也。

愚曰:此樂歌也。自漢武立樂府,採詩謡,樂府之名立,本非直指樂歌爲樂府也。今姑以樂歌稱。(《文選補遺》卷三十四)

謡

通乎俚俗曰謡。

愚曰:未有歌,先有謡。謡始於《康衢》,歌始於《擊壤》,其實皆詩之所由始也。而後世之謡,遂成證應,爲謗議矣。

歌

放情曰歌。

愚曰:歌之可見,始於《擊壤》。古人採歌詩以被於樂,歌與詩本一也。今姑因其本謂之歌者,載於此。乃若本謂之詩者,别載焉。

操

愚曰:《風俗通》云:琴曲曰操。操者,言窮阸猶不失其操也。舜《南風歌》亦被之琴,豈謂窮阸乎? 亦歌之别名爾。(以上《文選補遺》卷三十五)

詩

愚曰:詩固有不入樂府者,惟觀昭明所選二十七、二十八卷中,明標之曰樂府,其餘則分之爲詩甲、詩乙,則可知矣。此編因其本謂之詩,故名之曰詩。若欲辨其孰爲

樂府，則宜以劉次莊、郭茂倩爲證。（《文選補遺》卷三十六）

銘

銘者，名也，所以名其所爲名也。故《説文》又曰：“銘，志也。”

愚曰：文用四言，皆始於《詩》。《商頌》、《魯頌》，頌之祖也。《庭燎》因以箴之，箴之始也。《抑》詩，衛武以自警，則銘之類。《皇矣》美周，則贊之類，其體昉於《詩》而叶以韻語。然後來如《聖主得賢臣頌》、太史公論贊及宋朝張横渠東、西《銘》、西山《夜氣箴》，率皆散語，此又體之變也。

箴

箴，戒也，通作鍼，又作針。《詩》曰：“因以箴之。”《傳》曰：“工誦箴諫。”殆如醫之針，以攻疾云。

頌

頌，即六義之頌。頌者，誦也，歌頌盛德也。頌，又音容，所以詩云：“美盛德之形容。”（以上《文選補遺》卷三十七）

贊

贊者，讚也，頌之異名。（《文選補遺》卷三十八）

誄

愚曰：古人辭簡而情真，後人辭詳而情未必真。哀公誄孔子，止十六字，悲情可掬。今數百言，而情何如焉？

祭　文

愚曰：哀辭、祭文，皆誄之流。孔門諸弟子廬墓而已，徐孺子生芻拜墓而已。情真

意篤,文可也,不文亦可也。(以上《文選補遺》卷三十九)

碑

愚曰:古廟有碑,本以繫牲。今碑有文,乃以紀事。甚者封岱鐫功,磨厓勒頌,其去古遠矣。(《文選補遺》卷四十)

劉竹閑詩序(節録)

詩有體,亦非有體。陶冲澹,韋靚深,韓富艷,諸老非不能盡兼衆長,根以天賦,肆以學力,吐葩鏤穎,各成一家。凡詩有效長吉體、玉川體、賈孟體,獨以無效杜體。蓋杜如黄收純衣,周折規矩。長吉輩如鷄毛翠幬,不可常設。(《牧萊脞語二稿》卷六)

陳 櫟

陳櫟(1252—1334)字壽翁、徽之。休寧(今屬安徽)人。晚號東阜老人,學者稱定宇先生。元代理學家、教育家。崇朱熹之學。宋亡,隱居著書。仁宗延祐初,有司强之科舉,試鄉中選,不赴禮部,教授於家,數十年不出門户。善誘學者,諄諄不倦;與人交,不以勢合,不以利遷。曾深受吴澄稱讚:"凡江東人來受業於澄者,盡遺而歸櫟。"其學以朱熹爲宗,嘗謂"有功於聖門者,莫若朱熹氏。熹没未久。而諸家之説往往亂其本真"。其詩詞鄉土氣息頗濃。著作甚豐,著有《歷代蒙求》、《尚書結纂疏》(六卷)、《歷朝通略》(四卷)、《勤有堂隨録》、《定宇集》(文十五卷,詩及詩餘一卷,合十六卷)等。

本書資料據四庫全書本《定宇集》。

《詩經句解》序(節録)

詩部分有三,曰風,曰雅,曰頌。所以作風、雅、頌之體亦有三,曰賦,曰比,曰興。詩有六義,此之謂也。風則有十五國風,雅則有大小雅,頌則三頌也。風有正有變,《周南》、《召南》正風也;《邶》、《鄘》、《衛》、《王》、《鄭》、《齊》、《魏》、《唐》、《秦》、《陳》、《檜》、《曹》、《豳》十三國之風,變風也。雅之大小,亦有正有變,自《鹿鳴》至《菁菁者莪》十六篇,正小雅也;自《六月》至"何草不黄變"三十八篇,小雅也;自《文王》至《卷阿》正大雅也；自《民勞》至《召旻》十三篇，變大雅也。三頌，周頌、魯頌、商頌也。風。風也，民俗歌謠之詩也。雅，正也，朝廷燕饗朝會樂歌之詩也。頌，美也，宗廟祭祀樂歌之詩也。直陳其事曰賦，以彼喻此曰比，託物興辭曰興，六義之略如此而已。

詩之作或出於公卿大夫，或出於小夫賤隸，或出於婦人女子，乃人聲自然之音，自古有之，《康衢》之謠是也。今見於《書》如舜皋"喜起"、"明良"之歌，即虞詩也；《五子之歌》則夏詩也；商詩多亡，今《商頌》五篇乃未盡亡者，外此，風、雅、二頌皆周詩也。二南雖國風，已有進而爲雅之漸，見周之所以盛王。《黍離》不復爲雅，乃降而儕於列國之風，見周之所以衰王。詩降爲國風而《詩》亡，《詩》亡而《春秋》作矣。

以《詩》爲教，自古已然。舜命夔教胄子曰詩言志，《周禮太師》教六詩，曰風，曰雅，曰頌，曰賦，曰比，曰興是也。至孔子删詩爲三百篇，始列於六經，而尤以爲教人之先務，視他經尤諄諄焉。曰"興於詩"，曰"誦詩三百"，曰"小子何莫學夫詩"，謂子伯魚曰"汝爲《周南》、《召南》矣乎"。他日過庭，所聞亦先問"學詩乎"。子所雅言，《詩》亦必在《書》、《禮》之先，而提綱挈領，教人以讀。詩之法則曰"詩三百，一言以蔽之，曰思無邪"，蓋以《詩》雖三百篇之多，大要不出美善刺惡二者。讀美善之詩，可以感發吾之善心；讀刺惡之詩，可以懲創吾之逸志，皆所以正吾心而使無邪思也。學者識比、興、賦之體，以讀風、雅、頌之詩，而一以無邪之思爲主焉，則詩之一經可學矣。

詩序之作，或以爲孔子，或以爲子夏，或以爲國史，皆無明文可考。惟《後漢書·儒林傳》以爲衛宏作詩序傳於世。今考小序與詩牴牾，臆度傅會，繆妄淺陋常多，有根據而得詩意者常少，其非孔子、子夏所作、而爲宏所作明矣。諸序本自合爲一編，至毛氏爲《詩訓傳》始引序入經，分置各篇之首，不爲注文，而直作經字，於是讀者轉相尊信，無敢擬議。至有不通，必爲之委曲遷就，穿鑿附合，寧使經之本文繚戾碎破，不成文理，而終不敢以小序爲出於漢儒也。獨朱文公《詩傳》始去小序，別爲一編，序說之可信者取之，其繆妄者正之，而後學者知小序之非，聞正大之旨，至矣盡矣。今述文公之傳爲句解以授幼學，又以序與詩異處，不便觀覽，乃依毛氏序，列各篇之首，但高下其行以別之，庶使序之得失，開卷了然，而詩之意義易於推尋云。

《兩都賦纂釋》序（節録）

律賦鑿之以人，惟古賦鳴其天。科目次塲有賦，以古不以律，丕休哉！《離騷》，賦之祖，降是舍漢何適矣！孟堅《兩都》，有餘刃，無窘步，漢賦舍班又何適矣！（以上卷一）

論詩歌聲音律（節録）

樂之生成純乎天，難以出於帝世者望後世也。夫樂由天作者也，所謂天者何也？樂之生，原於人心之天；而樂之成，協於造化之天也，本於性情則謂之詩，詩實出於人心之天，歌也，聲也，皆其發舒而不容己者。而稽之度數則謂之律，律爲生氣之元，造化生生不窮之天。寓焉由斯，而播於音則樂之生也斯成矣。詩出於心，聲萌動之天，而律根乎陽氣萌動之天，皆自然而然，而非人爲之使然，故曰天也。此有虞以樂，教命后夔，所爲純乎天而獨盡善也。後世亦知樂原於詩，而當協於律矣。奈之何所謂詩者已不古，而所以求之律者尤非古，其想望虞帝之樂以爲何如也。（卷四）

和詩説

詩歌有唱和，尚矣。自舜作歌，皋夔歌始，春秋時賦詩必答，然不過賦古人詩耳。孔子與人歌而善，必使反之，而後和之。和即夔也，答也。降而李陵、蘇武，詩體雖變，唱答則同。又降而至盛唐，詩體又變，唱答不變。杜、韓諸集，班班可考。然有和意不和韻，尚有古意。又降而白樂天、元微之之徒，則和韻矣，全失古意。然如“車”、“斜”、“家”、“花”，韻尚可押。愈降愈下，以至於今，波頽風靡，益可厭惡。詩非詩，韻非韻，險韻、俗韻、獨脚韻，往往而是。詩之天趣，絲毫無有，豈詩也哉！和韻詩，前輩多非之。韓陵陽不喜和人韻，楊誠齋深言和韻之蔽，見於《答徐賡書》，其言深切痛快。此等議論，後生想耳未聞，亦慮不到，率謂見人有詩即當和韻耳。近有一等無知之徒，效人爲園亭若干詠，題扁蹈襲而俗，辭語鄙俚而謬，且以和韻强人。無知者又爲之先和，而宛轉以求于人，應之者亦紛紛用其韻，一是皆不知而妄作，何等詩乎！證之先民，裴迪之於王輞川，韓昌黎之于劉虢州，蘇長公之于文洋州，楊誠齋之于向薌林，少者十餘詠，多者五十詠，只取和其題意，並無和韻之例。後生亦嘗考之乎？唱者爲轉求者，應之者率皆冥冥不知其非，以爲當，良可憫嘆。今書此示初學。（卷五）

熊　禾

熊禾（1253—1312）字去非。初名鉥，字位辛，號勿軒，又號退齋。建陽（今屬福建）人。度宗咸淳十年（1274）進士。宋亡，教授鄉里，曾主洪原、鼇峰等書院。熊禾是朱熹的三傳弟子，以畢生精力研究儒家經典，繼承和發展了朱子理學。著述甚豐，有

《三禮考異》、《春秋論考》、《經序學解》等。今存者尚有《易經訓解》、《四書章句集注標題》、《文公先生小學集注大成》等。其《勿軒先生文集》八卷,有明成化二年熊斌刻本、清抄本,四庫全書本名《勿軒集》。《彊村叢書》收有《勿軒長短句》一卷。

本書資料據四庫全書本《勿軒集》。

《翰墨全書》序(節錄)

文公嘗言,制誥是君諛其臣,表箋是臣諛其君。然則近世士大夫,以啓劄相尚,無乃交相諛者乎?書坊之書遍行天下,凡平日交際應用之書,例以啓劄名,其亦文體之變乎?省軒劉君應季爲此編,命曰《翰墨全書》,凡儒者操翰墨之文皆具,非但啓劄而已也。其所選之文,大略變俗歸雅,返澆從厚,去浮華,尚質實,多是先哲大家數,而時賢之作亦在所不遺,斯亦可謂之《全書》矣。蓋嘗因是而論之,文之體莫善于《書》、《詩》。君之於臣,誥命而已,即後世書疏之體也。紀述之體,如《堯典》、《禹貢》等作,後世紀、志、碑、記叙事之文始于此。問答之體,如微子《君奭》等篇,後世論辨往復之文始于此。若後世詩詞一類,則自虞、夏《賡歌》而下,備見于《三百篇》之風雅頌,舍是之外,亦未見有能易者。至制誥、箋表、啓劄,胥爲駢儷,而後文始盡變矣。甚者紀事實録之文亦爲四六之體,吟咏性情且尚對偶之工,至於末流,連篇累牘,雖百千萬言而辭不足,果何日而可復返于雅厚質實之歸乎?且劉君此編,自冠婚以至喪祭,近自人倫日用,遠而至于天地萬物,凡可以寓之文者,莫不畢備,其亦異乎世之所謂啓劄者矣。

題《童竹澗詩集》序

古之君子立身行世節行爲上,辭藝次之,胸中有所蘊抱,非假是不能自達,故可以見情,不可以溺志。詩其一也。古《三百篇》上自朝廷,下至里巷,情性之所發,禮義之所止,千載而下,誦其詩知其人。靈均之騷,靖節、子美之詩,痛憤憂切,皆自肺肝流出,故可傳。不然則雖嘔心冥思,極其雕鏤,泯泯何益。近代詩人格力微弱,駸駸晚唐、五季之風,雖謂之無詩可也。(以上卷一)

任士林

任士林(1253—1309)字叔實,號松鄉。奉化(今屬浙江)人。嘗講道會稽,授徒錢塘。武宗至大初，以郝天挺薦授安定書院山長。著有《松鄉集》十卷，又有《中庸論語指要》，並傳於世。《四庫全書·松鄉集》提要云："是集所錄，碑誌居多，大抵刻意摹韓愈，而其力不足以敵愈。故句格往往拗澀，乃流爲劉蛻、孫樵之體。又間雜偶句，爲例不純……然南宋季年，文章凋散。道學一派，以冗沓爲詳明；江湖一派，以纖佻爲雅雋。先民舊法，幾於蕩析無遺。士林承極壞之後，毅然欲追步於唐人，雖明而未融，要亦有振衰起廢之功，所宜過而存之者也。"

本書資料據四庫全書本《松鄉集》。

書唐人集句後

"活剝張昌齡，生吞郭正一"，昔人所譏也。自王介甫、石曼卿始集古人句爲戲，孔毅父遂刻意爲之，蘇子瞻已不恕矣。近世百家衣盛出，能不無"天吳與紫鳳，顛倒在裋褐"之失耶？某氏子新意如珊，久事游歷，使能原性情之感，知禮義之所止，儒先生當避閫閾。如搜掠未窮，鼓不足而諷席，雖李商隱之祭魚，楊文公之衲被，祇見其勞，而發亦止耳。名山大川，清氣未歇，其必有以語之者，試挾此以行。（卷七）

趙孟頫

趙孟頫（1254—1322）字子昂，號松雪、松雪道人，又號水精宮道人、鷗波。吳興（今浙江湖州）人。元代著名畫家，楷書四大家（歐陽詢、顏真卿、柳公權、趙孟頫）之一。博學多才，能詩善文，懂經濟，工書法，精繪藝，擅金石，通律呂，解鑒賞。特別是書法和繪畫成就最高，開創元代新畫風，被稱爲"元人冠冕"。亦善篆、隸、真、行、草書，尤以楷、行書著稱於世。趙孟頫傳世書跡較多，代表作有《千字文》、《洛神賦》、《汲黯傳》、《膽巴碑》、《歸去來兮辭》、《蘭亭十三跋》、《赤壁賦》、《道德經》、《仇鍔墓碑銘》等。著有《尚書注》、《松雪齋文集》。

本書資料據四庫全書本《松雪齋集》。

樂　原

樂本乎律，律始於數，正於度。度曷從而正之？曰以候氣正之。何以知其然也？古者有纍黍之法。黍之爲物也大小不齊，就取其中者，從纍纍之而然，橫纍之而否，是故不可以爲定法也。必擇土中，使善歷者候氣焉。氣應則律正，律正則度正矣。較之黍之爲,不亦善乎？律之長短,鄭氏之法不可易也,是其上下之所以相生也,所以隨時而變易也。夫音之清濁定於管之長短,凡其空圍則一而已矣,非有大小之異也。先儒制律有大小之異者,非愚之所知也。律不可以徒律,徒律不可以爲樂,必施之於音而後樂生焉。用之而天地應,鬼神格,人民和,故曰移風易俗,莫善於樂。世衰道微,流爲賤工之事,爲士者益恥之,豈特不以爲己任而已哉！然樂之所以動天地,感鬼神,移風易俗者,不可毫釐差也。《禮運》曰五音六律十二管還相爲宫,謂律之各自爲宫,而商角徵羽從之也。仲冬之月律中黄鍾,夫黄鍾爲宫,則太蔟爲商,姑洗爲角,□賓爲變徵,林鍾爲徵,南吕爲羽,應鍾爲變宫,此自然之理也,還之於律而七音備矣,被之於器而八音諧矣。大吕而下亦猶是也。今之樂以四清混於七音之中,豈不謬乎？黄鍾爲衆律之祖,宫聲爲衆音之君,皆尊而無二者也。惟其然也,是以有清聲焉,此聖人作樂之妙用也。還宫之法,黄鍾之均無清聲,謂黄鍾爲宫,則商角徵羽以漸而清,自然順序,不待用清聲也。大吕爲宫則黄鍾爲變宫,還宫之法,宫爲濁,變宫爲清,若乃大吕均以黄鍾爲變宫,則是變宫反濁於宫矣,是上陵之漸也,而可乎？於是以黄鍾之清聲代之。夫清聲者豈於十二律之外,他有所謂清聲者哉？黄鍾之爲四寸二分,寸之一是黄鍾之清聲也。豈惟黄鍾爲然,十有二律皆有之。今也不然,四清之外無有也,必欲復古則當復八清。八清不復,而欲還宫以作樂,是商角徵羽重於宫,而臣民事物上陵於君也,此大亂之道也。

《第一山人文集》序（節録）

宋以科舉取士,士之欲見用於世者不得不繇科舉進。故父之詔子,兄之教弟,自幼至長,非程文不習,凡以求合於有司而已。宋之末年,文體大壞,治經者不以背於經旨爲非,而以立説奇險爲工;作賦者不以破碎纖靡爲異,而以綴緝新巧爲得。有司以是取,士以是應,程文之變,至此盡矣。狃於科舉之習者則曰鉅公,如歐、蘇大儒,如程、朱皆以是,顯士舍此將焉學。是不然,歐、蘇、程、朱其進以是矣,其名世傳後豈在是哉？

《劉孟質文集》序

文者所以明理也,自六經以來何莫不然？其正者自正,奇者自奇,皆隨其所發而合於理,非故爲是平易險怪之别也。後世作文者不是之思,始誇詡以爲富,剽疾以爲快,詼詭以爲戲,刻畫以爲工,而於理始遠矣。故嘗謂學爲文者,皆當以六經爲師,舍六經無師矣。

江右劉君某年甚盛，氣甚充，作爲詩文數百篇，其鋒殆不可當。然竊思劉君之才過多，若有不必作而作者。夫六經之爲文也，一經之中一章不可少，一句一字不可闕，蓋其謹嚴如此，故立千萬年爲世之經也。

余老病廢學，劉君不以余爲不肖，一再下問，不敢不以誠告，劉君以余言爲然耶，則一以經爲法，一以理爲本，必不可不作者勿使無，可不作者勿使剩。如此，他日當追配古人，豈止劚屈、賈之壘，短曹、劉之牆而已哉！

《南山樵吟》序

《南山樵吟》者，吳君仲仁所爲詩也，詩在天地間，視他文最爲難工。蓋今之詩雖非古之詩，而六義則不能盡廢。由是推之，則今之詩猶古之詩也。夫鳥獸草木皆所寄興，風雲月露非止於詠物。又況由古及今，各有名家，或以清澹稱，或以雄深著，或尚古怪，或貴麗密，或春容乎大篇，或收斂於短韻，不可悉舉。而人之好惡不同，欲以一人之爲求合於衆，豈不誠難工哉。必得其才於天，又充其學於己，然後能盡其道耳。

吳君年盛資敏，不以家事廢學，故其爲詩清新華婉，有唐人之餘風。此予所以深嗟累歎，愛之不能已也。山谷道人有言曰：本之以國風、雅、頌，深之以《離騷》、《九歌》，此作詩之良法。予既序《樵吟》，復告之以是者，所以起吳君也。吳君名壽民，仲仁其字，南山其自號云。（以上卷六）

馬端臨

馬端臨（約 1254—1323）字貴與，一字貴輿，號竹洲。饒州樂平（今屬江西）人。宋元之際著名歷史學家。其父馬廷鸞爲南宋右丞相。端臨侍父家居，博極羣書。咸淳九年（1273）漕試第一，以蔭補承事郎。宋亡，隱居不仕，歷二十餘年專心著述《文獻通考》。《文獻通考》三百四十八卷，記上起三代，下終南宋寧宗嘉定五年（1212）的典章制度。唐天寶以前史實，以杜佑《通典》爲基礎作拾遺補缺；天寶以後至宋嘉定五年，加以續修。共分二十四門，其中經籍、帝系、封建、象緯、物異五門爲作者自創。所載宋制尤詳，多爲《宋史》各志所未備。《文獻通考》爲“三通”之一，具有重要的史學價值。

本書資料據四庫全書本《文獻通考》。

《文獻通考》自序（節録）

爲門二十有四，卷三百四十有八，而其每門著述之成規，考訂之新意，各以小序詳之。昔江淹有言，修史之難無出於志，誠以志者憲章之所繫，非老於典故者不能爲也。（卷首）

樂考十四·樂歌（節録）

《虞書》帝曰：夔命汝典樂，教胄子，直而温，寬而栗，剛而無虐，簡而無傲。詩言志，歌永言，聲依永，律和聲，八音克諧，無相奪倫，神人以和。禹曰：於帝念哉，德惟善政，政在養民。水火金木土穀，惟修正德，利用厚生，惟和九功，惟叙九叙，惟歌戒之用，休董之用，威勸之以《九歌》，俾勿懷。帝曰：予欲聞六律五聲八音在治，忽以出納五言。汝聽工以納言，時而颺之。帝庸作歌曰：勅天之命，惟時惟幾，乃歌曰：股肱喜哉，元首起哉，百工熙哉。皋陶拜手稽首颺言曰：念哉率作，興事慎乃憲，欽哉。屢省乃成。欽哉。乃賡載歌曰：元首明哉，股肱良哉，庶事康哉。又歌曰：元首叢脞哉，股肱惰哉，萬事墮哉。帝拜曰：俞往欽哉。

舜作五絃之琴以歌《南風》，其詩曰：南風之時兮，可以阜吾民之財兮。南風之薰兮，可以解吾民之愠兮。

夏太康失道，畋游十旬弗反，其弟五人待于洛汭，述大禹之戒，作《五子之歌》。

右是爲虞夏之詩，乃《三百五篇》以前者。蓋嘗以爲詩之體有三，曰風，曰雅，曰頌。風、雅雖有一國、天下之不同，然大概風者，閭閻之間民庶之所吟諷，所謂陳詩以觀民風是也。雅者，朝廷之上君臣之所詠歌，所謂王政所由廢興是也，其詩則施之于宴享。頌者，美盛德，告成功者也，其詩則施之于祭祀。然未有《三百五篇》之前，如《康衢》，如《擊壤》，則風之祖也。如《九歌》，如《喜起》，如《南風》，則雅之祖也。如《五子之歌》，則又變風、變雅之祖。若頌者，獨無所祖，《書》曰"八音克諧，神人以和"；又曰"搏拊琴瑟以詠，祖考来格"，則祭祀亦必有詩歌而無可考者。意者太古之時，詩之體未備，和氣所感，和聲所播，形爲詩歌，被之金石管絃，施之燕享祭祀，均此詩也，未嘗不可通用，初不必歌功頌德，極揄揚贊嘆之盛，而後謂之頌也。至周之時，風、雅、頌之別始截然。周室既東，而詩樂亦頗殘缺失次，必孔子之聖，周流四方，參互考訂，然後能知其説，所謂"吾自衛反魯，然後樂正，雅、頌各得其所"是也。然肆夏樊遏，渠本頌也，而叔孫、穆子以爲天子享元侯之詩，豈周人雅，頌亦通用邪？或叔孫、穆子之時，未經夫子釐正,故簡編失次,遂誤以頌爲雅邪?

漢高祖既定天下,過沛,與故人父老相樂,醉酒歡哀,作《風起》之詩,令沛中僮兒百二十人習而歌之。至孝惠時,以沛宮爲原廟,皆令歌兒習吹以相和,常以百二十人爲員。文景之間,禮官肄業而已。

武帝定郊祀之禮,乃立樂府,采詩夜誦,有趙、代、秦、楚之謳,以李延年爲協律都尉,多舉司馬相如等數十人造爲詩賦,略論律呂,以合八音之調,作十九章之歌,以正月上辛用事甘泉圜丘,使童男女七十人俱歌,昏祠至明。

《漢郊祀之歌》十九章:《練時日》一,《帝臨》二,《青陽》三,《朱明》四,《西顥》五,《元冥》六,《惟泰元》七,《天地》八,《日出入》九,《天馬》十,《天門》十一,《景星》十二,《齊房》十三,《后皇》十四,《華燁燁》十五,《五神》十六,《朝隴首》十七,《象載瑜》十八,《赤蛟》十九。

漢有《房中樂》,本周樂,秦改曰《壽人房中》者,婦人禱祠于房中,高祖唐山夫人所作也。高祖好楚聲,故《房中》是楚聲也。孝惠二年使樂府令夏侯寬備其簫管,更名曰《安世樂》。

《安世房中歌》十七章。《大孝備矣》、《七始華始》、《我定歷數》、《王侯秉德》、《海內有姦》、《大海蕩》、《安其所》、《豐草葽》、《雷震震》、《都荔遂芳》、《桂華》、《美芳》、《嘉薦芳矣》、《皇皇鴻明》、《浚則師德》、《孔容之常》、《承帝明德》。

漢《短簫鐃歌》,亦曰《鼓吹曲》,多叙戰陣之事,凡二十二曲:《朱鷺》、《思悲翁》、《艾如張》、《上之回》、《擁離》、《戰城南》、《巫山高》、《上陵》、《將進酒》、《有所思》亦曰《嗟佳人》、《芳樹》、《上邪》、《君馬黃》、《雉子斑》、《聖人出》、《臨高臺》、《遠遠如期》亦曰《遠期》、《石留》、《務成》、《元雲》、《黃爵行》、《釣竿篇》。

漢《韓歌舞》五曲:《關中有賢女》、《章和二年中》、《樂久長》、《四方皇》、《殿前生桂樹》。

魏武帝平荊州,獲漢雅樂郎河南杜夔,使創定雅樂。又有散騎常侍鄧靜、尹商善訓雅樂,歌師尹胡能歌宗廟郊祀之曲,舞師馮肅、服養曉知先代諸舞,夔悉總領之,遠詳經籍,近採故事,考會古樂,始議軒縣鐘磬。而黃初中,柴玉、左延年之徒復以新聲被寵,改其聲韻。魏《短簫鐃歌》十二曲:《楚之平》、《戰滎陽》、《獲呂布》、《克官渡》、《舊邦》、《定武功》、《屠柳城》、《平南荊》、《平關中》、《應定期》、《邕熙》、《太和》。魏《韓舞歌》五曲:《明明魏皇帝》、《太和有聖帝》、《魏歷長》、《天生烝民》、《爲君既不易》。

吳使韋昭做《漢鐃歌》作十二曲,以述功德:《炎精缺》、《漢之季》、《攄武師》、《烏林》、《秋風》、《克皖城》、《關背德》、《通荊州》、《章洪德》、《順歷數》、《承天命》、《元化》。

(以上卷一百四十一)

樂考十五 · 樂歌 (節録)

晉武帝受命之初,百度草創,泰始二年,詔郊祀明堂,禮樂權用魏儀,遵周室,肇稱殷禮之義,但改樂章而已。使傅元爲之詞云。

《祠天地五郊夕牲歌》、《祠天地五郊迎送神歌》、《饗天地五郊歌》、《天地郊明堂夕牲歌》、《天地郊明堂降神歌》、《天郊饗神歌》、《地郊饗神歌》、《明堂饗神歌》、《祠廟夕牲歌》、《祠廟迎送神歌》、《祠征西將軍登歌》、《祠豫章府君登歌》、《祠潁川府君登歌》、《祠京兆府君登歌》、《祠宣皇帝登歌》、《祠景皇帝登歌》、《祠文皇帝登歌》、《祠廟饗神歌》二首。

《杜夔傳》:舊雅樂四曲,一曰《鹿鳴》,二曰《騶虞》,三曰《伐檀》,四曰《文王》,皆古聲辭。及太和中,左延年改夔《騶虞》、《伐檀》、《文王》三曲,更自作聲節,其名雖存而聲實異,唯因夔《鹿鳴》全不改易,每正旦大會,太尉奉璧,羣臣行禮,東廂雅樂常作是也。後又改三篇之行禮詩,第一曰《於赫篇》,詠武帝,聲節與古《鹿鳴》同。第二曰《巍巍篇》,詠文帝,用延年所改《騶虞》聲。第三曰《洋洋篇》,詠明帝,用延年所改《文王》聲。第四曰《復》,用《鹿鳴》、《鹿鳴》之聲,重用而除古《伐檀》。及晉初食舉。亦用《鹿鳴》。至泰始五年尚書奏,使太僕傅元中、書監荀勖、黃門侍郎張華,各造正旦行禮及王公上壽《酒食舉樂歌》詩,荀勖云:魏氏行禮食舉,再取周詩《鹿鳴》以爲樂章,又《鹿鳴》以宴嘉賓,無取於朝。考之舊聞。未知所應。勖乃除《鹿鳴》舊歌,更作行禮詩四篇,先陳三朝朝宗之義,又爲正旦大會,王公上壽,歌食並食舉樂歌詩,合十三篇。又以魏氏歌詩或二言,或三言,或四言,或五言,與古詩不類以問司律中郎將陳頎。頎曰:被之金石,未必皆當。故勖造晉歌,皆爲四言,唯王公上壽酒一篇爲三言、五言焉。張華以爲魏上壽食舉詩及漢氏所施用,其文句長短不齊,未皆合古,蓋以依詠弦節,本有因循,而識樂知音,足以制聲度曲,法用率非凡近之所能改。二代三京襲而不變。雖詩章辭異。興廢隨時。至其韻逗留曲折。皆繫於舊。有由然也。是以一皆因就,不敢有所改易,此則華、勖所明異旨也。時詔又使中書侍郎成公綏亦作焉。今並採列之云。

四廂樂歌:《正旦大會行禮歌五首》、《正旦大會王公上壽酒歌》、《食舉樂東西廂歌》、《冬至初歲小會歌》、《宴會歌》、《命將出征歌》、《勞還師歌》、《中宮所歌》、《宗親會歌》。

泰始九年,命郭夏、宋識等造《正德》、《大豫》二舞,其樂章亦張華所作:《正德舞歌》、《大豫舞歌》。

永嘉之亂，四海分崩，伶官樂器皆没於劉石。至太元中，破苻堅，始獲樂工楊蜀等，閑習舊樂，於是四廂金石始備。乃使曹毗、王珣等增造宗廟歌詩，然郊祀遂不設樂云。《歌宣帝》、《歌景帝》、《歌文帝》、《歌武帝》、《歌元帝》、《歌明帝》、《歌成帝》、《歌康帝》、《歌穆帝》、《歌哀帝》、《歌簡文帝》、《歌孝武帝》、《四時祠祀》。

武帝令傅元作《短簫鐃歌曲》二十二篇，以述功德：《靈之祥》、《宣受命》、《征遼東》、《宣輔政》、《時運多艱》、《景龍飛》、《平玉衡》、《文皇統百揆》、《因時運》、《惟庸蜀》、《天序》、《大晉承運期》、《金靈運》、《於穆我皇》、《仲春振旅》、《夏苗田》、《仲秋獮田》、《順天道》、《唐堯》、《元雲》、《伯益》、《釣竿》。《晉鼙舞歌詩五篇》：《洪業篇》、《天命篇》、《景皇篇》、《天晉篇》、《明君篇》。

拂舞出自江左，舊云：吳舞檢其歌，非吳辭也。亦陳於殿庭。楊泓序云：自到江南見白符舞或言白鳧鳩舞，云有此來數十年矣。察其辭旨，乃是吳人患孫皓虐政，思屬晉也，今列於後。拂舞歌五篇：《白鳩篇》、《濟濟篇》、《獨禄篇》、《碣石篇》、《淮南王篇》。

胡角本以應胡笳之聲，後漸用之《橫吹》，有雙角，即胡樂也。張博望入西域，傳其法於西京，惟得《摩訶兜勒》一曲。李延年因胡曲更造新聲二十八解，乘輿以爲武樂。後漢以給邊，和帝時萬人將軍得之。魏晉以來。二十八解不復具存，用者有《黃鵠》、《隴頭》、《出關》、《入關》、《出塞》、《折楊柳》、《黃覃子》、《赤之楊》、《望行人》十曲。《鼓角橫吹》十五曲：《黃鵠吟》、《隴頭吟》、《望行人》、《折楊柳》、《關山月》、《洛陽道》、《長安道》、《豪俠行》、《梅花落》、《紫騮馬》、《驄馬》、《雨雪》、《劉生》、《古劍行》、《洛陽公子行》。

《相和歌》：《相和》，漢舊歌也。絲竹更相和，執節者歌。本一部，魏明帝分爲二更遞夜宿十七曲。朱生。宋識列和者復合之爲十三曲。

《吳歌雜曲》：並出江南，晉宋以來稍有增廣。凡此諸曲始皆徒歌，既而被之絃管，又有因絃管金石造歌以被之，魏世三調歌辭之类是也。

《鳳將雛》：漢代舊歌曲也，應璩《百一詩》云："爲作《陌上桑》，反言《鳳將雛》。"然則其來久矣。將由聲音訛變，以至于此矣。

《碧玉歌》：晉汝南王妾名寵好，故作歌之。

《懊憹歌》：石崇、綠珠所作"絲布澀難縫"一曲而已。東晉隆安初人閒訛謠之曲云："春草可攬結，女兒可攬纈"，齊高帝謂之《中朝歌》。

《子夜》：《子夜歌》者，有女子曰子夜，造此歌。晉武太元中，瑯琊王軻家有鬼歌《子夜》，庾僧虔家亦有鬼歌之，則子夜太元以前人也。

《長史變》：晉司徒長史王廞臨敗所製。

《阿子歌》、《歡聞歌》：晉穆帝升平初，童子輩或歌於道，歌畢輒呼“阿子汝聞否”，又呼“歡聞否”，以爲送聲。後人演其聲以爲此二曲，宋齊時用莎乙子之語，稍訛異也。

《桃葉歌》：晉王子敬妾名，緣於篤，所以作歌。

《前溪歌》：車騎將軍沈充所製。

《團扇歌》：晉中書令王珉與婢有情，爱好甚篤，婢鞭撻過苦，婢素善歌，而珉好持白團扇。故云：“團扇復團扇。持許自遮面。憔悴無復理。羞與郎相見。”

《公莫舞》：即巾舞也。蓋取高祖鴻門會飲，項伯以袖隔之，使不得害高祖。且語莊云“公莫”，古人相呼爲公莫莫害漢王也。亦謂之《公莫曲》，後之舞者用巾蓋像。項伯衣袖之遺式本即舞，後人因爲辭焉。

《白紵舞》：按舞辭有巾袍之言，紵本吳地所出，疑是吳舞也。晉《俳歌》又云：“皎皎白緒，節節爲雙。”吳音呼緒爲紵，疑白紵即白緒也。

《鐸舞歌》一篇，《幡舞歌》一篇：鼓舞，使六曲並陳於元會。宋武帝永初中，太常鄭鮮之等撰，立新歌，王韶之所撰歌辭七曲，並施於郊廟。文帝元嘉中。南郊始設登歌，詔顏延之造《郊天夕牲迎送神饗歌》詩三篇。孝武大明中，使商談造《文帝太后廟歌》，明帝又自造《昭宣二太后歌詩》，謝莊造《明堂歌》，王儉造《太廟二室及郊配辭》，其他多仍晉舊《督護歌》。彭城內史徐逵之爲魯軌所殺，宋武帝使内直督護丁旿收殯殮之。逵之妻帝長女也，呼旿至閤下，自問殯送之事。每問輒歎息曰丁督護，其聲哀切，後人因其聲廣其曲焉。歌是宋武帝所製，云“督護上征去，儂亦惡聞許。願作石尤風。四面斷行旅”。

《讀曲歌》：宋人爲彭城王義康所製，其歌云“死罪劉領軍，誤殺劉四弟”。

《烏夜啼》：宋臨川王義慶所作。元嘉十七年，徙彭城王義康於章郡，義慶時爲江州。至鎮，相見而哭，爲文帝所怪。徵還，義慶大懼，伎妾聞烏夜啼聲，叩齋閤云，明日應有赦。其年，更爲兗州刺史，因作此歌。故其和云：“籠窗窗不開，烏夜啼夜夜，憶郎來。”

《石城樂》：宋臧質所作石城在竟陵，質嘗爲竟陵太守，於城上眺矚，見羣少歌謠通暢，因此作曲云：“生長石城下，開門對城頭。樓中美年少，出入見依投。”

《莫愁樂》：出於《石城樂》。石城女子名莫愁，善歌謠，歌云：“莫愁在何處，莫愁石城西。艇子打兩槳，催送莫愁來。”

《襄陽樂》：劉道彥爲襄陽太守，有惠政，由此有《襄陽樂歌》。

《壽陽樂》：南平穆王爲荊河州作。

《栖烏夜飛》：荊州刺史沈攸之作。攸之舉兵發荊州來，未敗之前思歸京師，所以歌云“日落西山還去來”。

《三州歌》：諸商客數由巴陵三江口往還，因共作此歌。又因《三州曲》而作《採桑》。

《估客樂》：齊武帝所作。帝爲布衣時，常游樊、鄧。踐祚以後，追憶往事，作是歌，使太樂令劉瑤教習，百日無成。或啟釋寶月善音律，乃使寶月奏之，便就勅歌者重爲感憶之聲。梁改爲《商旅行》，其辭二首。

《楊叛兒》：本童謠也。齊隆昌時。女巫之子曰楊旻者。隨母入內。及長爲太后所寵愛，童謠云“楊婆兒，共戲來”，語訛轉婆爲叛也。

梁武帝即位之初，思弘古樂。帝素善鍾律，詳悉舊事，遂自製定禮樂，乃定郊禋、宗廟及三朝之樂。國樂以雅爲稱，取詩序云“言天下之事，形四方之風，謂之雅”。雅者正也，作樂歌十二，則天數也。其辭並沈約所製，凡二十曲：俊雅三曲四言，皇雅三曲五言，允雅一曲四言，寅雅一曲三言，介雅三曲五言，需雅八曲七言，雍雅三曲四言，滌雅一曲四言，牷雅一曲四言，誠雅三曲，二曲三言，一曲四言，獻雅一曲四言，禋雅一曲四言。

梁南北郊明堂宗廟之禮，加有登歌，其歌詩一十八曲：南郊皇帝初獻奏登歌二曲三言，北郊皇帝初獻奏登歌二曲四言，宗廟皇帝初獻奏登歌七曲四言，明堂徧歌五帝登歌五曲四言，太祖太夫人廟舞歌一曲四言，太祖太夫人廟登歌一曲四言，大壯舞歌一曲四言，大觀舞歌一曲四言。

相和五引角徵宮商羽，每引一首鼓吹，宋齊並用漢曲，又充庭用十六曲，梁高祖去四曲，留其十二，合四時也。更制新歌以述功德：《本紀謝》、《賢首山》、《桐柏山》、《道亡》、《忱威》、《漢東流》、《鶴樓峻》、《昏主恣淫慝》、《石首局》、《期運集》、《於穆》、《惟大梁》。

武帝崇信佛法，置佛法十曲，名爲正樂，又有法樂，童子伎、童子愛水、斷苦轉等，設無遮大會則爲之：《善哉》、《大樂》、《大歡》、《天道》、《仙道》、《神王》、《龍王》、《滅過惡》、《除愛水》、《斷苦轉》。

《襄陽蹋銅蹄》：武帝西下所作也。帝鎮雍，有童謠云“襄陽白銅蹄，反縛揚州兒”。及義師之興，實以鐵騎，揚州之士皆面縛，果如謠言。故即位之後，更造新聲，帝自爲詞三曲。又令沈約爲三曲，以被管絃。

《上聲歌》：此因上聲促柱得名。或用一調，或用無調名，如古歌詞所謂“哀思之音，不合中和”，梁武因之改辭無邪句。

《常林歡》：宋、梁間曲，宋世荊雍爲南方重鎮，皆王子爲之牧。江左詞詠莫不稱之，以爲樂土，故宋隋王誕作《襄陽之歌》，齊武帝追憶樊、鄧，梁簡文樂府歌云：“分手桃林岸，遂別峴山頭。若欲寄音信，漢水向東流。”又曰：“宜城投酒今行熟，停鞍繫馬暫棲宿。”桃林在漢水上，宜城在荊山北，荊州有長林縣，江南謂情人爲歡，常長聲相近，蓋取樂人誤長爲常。

陳並用梁樂，唯改七室舞辭：皇祖步兵府君神室奏《凱容舞辭》，皇祖正員府君神室奏《凱容舞辭》，皇祖懷安府君神室奏《凱容舞辭》，皇高祖安成府君神室奏《凱容舞辭》，皇曾祖太常府君神室奏《凱容舞辭》，皇祖景皇帝神室奏《景德凱容舞辭》，皇考高祖武皇帝神室奏《武德舞辭》。右各一曲，四言。

後主嗣位，沈荒滛佚，遣宮嬪習北方簫鼓，謂之代北，酒酣則奏之，江南遂亡。舉宗北歸，是代北之應也。《玉樹後庭花》、《黃鸝留》、《金釵兩臂垂》、《堂堂》。右四曲並陳後主時所造，恒與宮女、學士及朝臣相唱和爲詩，太樂令何胥採其尤輕艷者以爲此曲。

《桃葉》：陳之世盛歌王獻之《桃葉曲》。曰“桃葉復桃葉，渡江不用檝。但渡無所苦，我自迎接汝”。後隋晉王伐陳，始營於桃葉山下，韓擒虎渡江，陳大將任蠻奴至新林，以導北軍。

北齊文宣初禪。未遑改制。至武成之時。始定四郊宗廟三朝之樂。各有樂章。

隋高祖嘗詔李元操、盧思道等制《清廟歌辭》十二曲，令齊樂工曹妙達於太樂教習，以代周歌太廟之中迎神七言象元基曲，獻奠登歌六言象傾杯曲，送神五言象行天曲。其後牛洪等但改其聲，使合鍾律，而調經勅定，不敢易也。至仁壽初，煬帝爲皇太子，乃上言曰，清廟歌辭文多浮麗，不足以揄揚功德，請更議之。於是制詔牛洪、許善心等更詳故實，改定樂辭。其祀圜丘皇帝入至版位及降神，奏《昭夏》，升壇奏《皇夏》，受玉帛登歌奏《昭夏》，初獻奏《誠夏》，飲福奏《需夏》，反爵於坫復位及就燎位復次奏《皇夏》，有司未及施行。煬帝大業初，又令柳顧等多增開皇樂器，大益樂員，郊廟歌辭並依舊制，惟新造高祖廟歌九曲而已。繼又令祕書省定殿前工歌十四首，太常刪定樂曲一百四首。五曲宮調，黃鍾也；一曲應調，大呂也；二十五曲商調，太蔟也；十四曲角調，姑洗也；十三曲變徵調，蕤賓也；八曲徵調，林鍾也；二十五曲羽調，南呂也；十三曲變宮調，應鍾也。凡此以詩爲本，參以古調，雖欲播弦歌，被之金石，亦竟無成功焉。

唐高祖受禪，軍國多務，未遑改創，樂府尚用隋氏舊文。至武德九年，始命太常少卿祖孝孫考正雅樂，乃作大唐雅樂，以十二律各順其月，旋相爲宮，按《禮記》大樂與天地同，和詩云治世之音安以樂，其政和，故制十二和之樂，合三十一曲，八十四調。一曰豫和，二曰順和，三曰永和，四曰肅和，五曰雍和，六曰壽和，七曰太和，八曰舒和，九曰昭和，十曰休和，十一曰正和，十二曰承和。（以上卷一百四十二）

樂考十六・樂歌（節録）

宋太祖皇帝既受命，詔太常竇儼定樂，改周樂章十二順爲十二安，蓋取治世之音安以樂之義。太宗親撰郊祀昊天四曲，真宗繼撰廟饗二曲，景靈宫酌獻十一曲，又命竇儼、吕夷簡、陶穀、王随、宋綬之屬相繼爲之。（卷一百四十三）

經籍考五・詩（節録）

或曰夫子何以删詩？昔太史公曰，古詩本三千餘篇，孔子去其重復，取其可施於禮義者三百五篇。孔氏曰，案書傳所引之詩，見在者多，亡逸者少，則孔子所録不容十分去九。馬遷所言，未可信也。朱文公曰，《三百五篇》其間亦未必皆可施於禮義，但存其實，以爲鑒戒耳。之三説者何所折衷？愚曰，若如文公之説，則《詩》元未嘗删矣，今何以有諸逸詩乎？蓋文公每捨序以言詩，則變風諸篇衹見其理短而詞咗，愚於前篇已論之矣。但以經傳所引逸詩考之，則其辭明而理正，蓋未見其劣於《三百五篇》也，而何以删之？《三百五篇》之中如詆其君以碩鼠、狡童，如欲刺人之惡而自爲彼人之辭，以陷於所刺之地，殆幾不可訓矣，而何以録之？蓋嘗深味聖人之言，而得聖人所以著作之意矣。昔夫子之言曰"述而不作"，又曰"蓋有不知而作之者，我無是也"，又曰"多聞闕疑"。異時嘗舉史闕文之語而歎世道之不古，存夏五郭公之書，而不欲遽正前史之缺誤，然則聖人之意蓋可見矣。蓋詩之見録者，必其序説之明白而旨意之可考者也。其軼而不録者，必其序説之無傳，旨意之難考，而不欲臆説者也。或曰今《三百五篇》之序，世以爲衛宏、毛公所作耳，如子所言則已出於夫子之前乎？曰其説雖自毛、衛諸公，而傳其强意則自有此詩而已有之矣。《鴟鴞》之序見於《尚書》，《碩人》、《載馳》、《清人》之序見於《左傳》，所紀皆與作詩者同時，非後人之臆説也，若序説之意不出於當時作詩者之口，則鴟鴞諸章初不言成王疑周公之意，清人終篇亦不見鄭伯惡高克之迹，後人讀之，當不能曉其爲何語矣。

蓋嘗妄爲之説曰，作詩之人可考，其意可尋，則夫子録之，殆"述而不作"之意也。其人不可考，其意不可尋，則夫子删之，殆"多聞闕疑"之意也。是以於其可知者，雖比興深遠，詞旨迂晦者，亦所不廢，如《苤苢》、《鶴鳴》、《蒹葭》之類是也。於其所不可知者，雖直陳其事，文義明白者亦不果録，如"翹翹車乘，招我以弓。豈不欲往，畏我友朋"之類是也。於其可知者，雖詞意流泆，不能不類於狹邪者，亦所不删，如《桑中》、《溱洧》、《野有蔓草》、《出其東門》之類是也。於其所不可知者，雖詞意莊重，一出於義理者,亦不果録,如"周道挺挺,我心扃扃","禮義不愆,何恤於人言"之類是也。然則其所可知者何? 則《三百五篇》之序意是也。其所不可知者何? 則諸逸詩之不以序行於世者是也。歐陽公《詩譜補亡後序》曰:"後之學者因迹前世之所傳,而較其得失,或有之矣。若使徒抱焚餘殘脱之經,悢悢然於去聖千百年之後,不見先儒中間之説,而欲特立一家之論,果有能哉?"此説得之,蓋自其必以爲出於衛宏、毛公輩之口,而先以不經之臆説視之,於是以特立之己見與之較短量長於辭語工拙之間,則衹見其齟齬而不合,疎繆而無當耳。夫使序詩之意果不出於作詩之初,而皆爲後人臆度之説,則比興諷詠之詞,其所爲微婉幽深者,殆類東方朔聲,謷尻高之隱語,蔡邕黄絹幼婦之廋詞,使後人各出其智,以爲猜料之工拙,恐非聖經誨人之意也。

或曰諸小序之説,固有舛馳鄙淺而不可解者,盡信之可乎? 愚曰:序非一人之言也,或出於國史之采録,或出於講師之傳授,如《渭陽》之首尾異説,《絲衣》之兩義並存,則其舛馳固有之,擇善而從之可矣。至如其辭語之鄙淺,則序所以釋經,非作文也,祖其意足矣,辭不必瓶也。夫以夫子之聖,猶不肯雜取諸逸詩之可傳者,與《三百五篇》之有序者並行,而後之君子乃欲盡廢序以言詩,此愚所以未敢深以爲然,故復撫"述而不作","多聞闕疑"之言,以明孔子删詩之意,且見古序之尤不可廢也。(卷一百七十八)

劉將孫

劉將孫(1257—?)字尚友,號養吾。廬陵(今江西吉安)人。劉辰翁之子。劉將孫是宋末元初重要的文論家和詩文家,在江西詩壇具有舉足輕重的作用。宋末以文名第進士,嘗爲延平(今福建南平)教官、臨汀書院山長,學博而文暢,名重藝林。其詞叙事婉曲,善言情,風格與其父相近。著有《養吾齋集》。

本書資料據四庫全書本《養吾齋集》。

感遇(節録)

六經之爲文,其文汪以洋。浩然如河漢,萬古流清光。斯文一變史,理絀氣始張。奇字抉幽眇,陳説極焜煌。豈不雄千古。洪水之湯湯。耳目雖可駭。意象焉得望? 況如佔畢者,呐呐豈文章? 凄其懷古心,宇宙何微茫。

王言貴深渾,此道何久荒。斷從西漢下,偶儷爲辭章。剪截闘纖巧,何異於優倡。代言襲一律,設科號詞場。個字誇歆後,廋詞競遺忘。綴拾蟻注字,套類蜂分房。謂此臺閣體，哀哉虞夏商。我欲揭古書，使識謨洋洋。又恐倣大誥，句字摹偏旁。

文章猶小技，何况詩云云。沛然本情性，以是列之經。賡歌五字始，雅頌譜律聲。蘇、李非騷客，疇倡流中情。噫嘻建安來，雅道日以湮。晉人善語言，其言明且清。少許勝多多，飄蕭欲通靈。使其入韻語，豈但諸子鳴。安得三謝辭，遠與陶、阮並。唐風晚逾陋，宋作高入論。遂令後來者，末流騁縱横。高者倣選體，下者唐作程。（卷一）

新城饒克明集詞序（節録）

古之人未有不歌也，歌非他，有所謂辭也，詩是已。登高能賦，可以爲大夫，雖牀第之言不踰閾，廼誦之會同不爲之慚。抑揚高下，隨其長短而音節之，由是習於聲者裁之以律吕而中，而房中之樂或異於公庭。然有其調，不必皆有其辭，絲竹之所調，或不待於賦。降及《竹枝》、《金縷》，始各爲之辭，以媲樂與舞，而有能歌不能歌者矣。然猶未離乎詩也，如七言絶句止耳，未至一長一短而有譜與調也。今曲行而參差不齊，不復可以充口而發，隨聲而協矣。然猶未至於大曲也。及柳耆卿輩以音律造新聲，少游、美成以才情暢制作，而歌非朱唇皓齒，如負之矣。自是以來，體亦屢變，長篇極於《哨遍》、《大酺》、《六醜》、《蘭陵》，無不可以反復浩蕩，而豪於氣者，以爲馮陵大叫之資。風情才子，乃復宛轉作屏幃呢呢以勝之，而詞亦多術矣。（卷九）

胡以實詩詞序（節録）

文章之初惟詩耳，詩之變爲樂府。嘗笑談文者鄙詩爲文章之小技，以詞爲巷陌之風流，概不知本末至此。余謂詩入對偶，特近體不得不爾。發乎情性，淺深疏密，各自極其中之所欲言。若必兩兩而並，若"花紅"、"柳緑"，"江山"、"水石"，斤斤爲格律，此豈復有情性哉！至於詞，又特以塗歌俚下爲近情。不知詩、詞與文同一機軸，果如世俗所云，則天地間詩僅百十對，可以無作。淫哇調笑，皆可譜以爲宫商。此論未洗，詩、詞無本色。夫謂之文者，其非直致之謂也。天之文爲星斗，離離高下，未始縱横如一；水之文爲風行波，鱗鱗洶湧，浪浪不相似。聲成文謂之音，詩乃文之精者，詞又近。自吾家先生教人，始乃有悟者。然或謂好奇，或謂非規矩繩墨，惟作者證之大方而信。對以意稱者，重於字；字以精錬者，過於篇；篇以脉貫者，嚴於法。脱落蹊徑而折旋蟻封，狹袖屈伸而舞有餘地，是固未易爲不知者道。誠不意媚親中有以實詩若詞也，凡天趣語，難得以實自證自悟。故一出而高，其遠者矯首發於寥廓，近者悠然出於情愫。

意空塵俗，徑解懸合，所謂詩若詞之妙。橫中而起者，顛倒而出之者，與離而去，推而遠者，如墮如吐，如拾而得了，莫之測者，往往有焉。即此能使予駭而敬，況其年之不可幾，而學之不可既哉！故予於題其集端也，尚深望之。（卷十一）

題曾同父文後（節錄）

文字無二法，自韓退之創爲古文之名，而後之談文者，必以經、賦、論、策爲時文，碑、銘、叙、題、贊、箴、頌爲古文。不知辭達而已，時文之精即古文之理也。予嘗持一論云：能時文未有不能古文，能古文而不能時文者有矣，未有能時文，爲古文而有餘憾者也。如韓、柳、歐、蘇，皆以時文擅名。及其爲古文也，如取之固有。韓《顏子論》，蘇《刑賞論》，古文何以加之？而蘇之《進論》、《進策》，終身筆力莫汪洋奇變於此，識者可以悟矣。每見皇甫湜、樊宗師、尹師魯、穆伯長諸家之作，寧無奇字妙語，幽情苦思，所爲不得與大家作者並，時文有不及焉故也。時文起伏高下，先後變化之不知，所以宜腴而約，方暢而澁。可引而信之者，乃隱而不發；不必舒而長之者，乃推之而極。若究極而論，亦本無所謂古文，雖退之政未免時文耳。（卷二十五）

倪士毅

倪士毅（1303—1348）字仲宏。歙縣（今屬安徽）人。嘗學於陳櫟。隱居祁門山，潛心講學。學者稱道川先生。著有《作義要訣》一卷，爲論經義作法之書，又有《重訂四書輯釋》二十卷。

本書資料據四庫全書本《作義要訣》。

《作義要訣》自序（節錄）

按宋初因唐制，取士試詩賦。省題詩及八韻律賦。至神宗朝，王安石爲相，熙寧四年辛亥，議更科舉法，罷詩賦，以經義論策試士，各占治《詩》、《書》、《易》、《周禮》、《禮記》一經，此經義之始也。宋之盛時，如張公才叔自靖義，正今日作經義者所當以爲標準。至宋季，則其篇甚長，有定格律，首有破題，破題之下有接題，接題第一接或二、三句或四句下反接，亦有正説而不反説者。有小講，小講後有引入題語，有小講上段。上段畢有過段語，然後有下段。有繳結，以上謂之冒子。然後入官題。官題之下有原題，原題有起語、應語、結語，然後有正段，或又有反段，次有結繳。有大講，有上段，有過段，有下段。有餘意，亦曰從講。有原經，有結尾。篇篇按此次序，其文多拘於捉對，大抵冗長繁復可厭，宜今日又變更之。今之經義不拘格律，然亦當分冒題、原題、講題、結題四段。（卷首）

袁 桷

　　袁桷(1266—1327)字伯長，號清容居士。宋元之際鄞縣(今屬浙江)人。卒贈中奉大夫，封陳留郡公，諡文清。始從戴表元學，後師事王應麟，以能文名。在朝二十餘年，朝廷制册、勳臣碑銘，多出其手。文章博碩，詩亦俊逸，工書法，對音樂亦有造詣，著有《琴述》。另著有《易説》、《春秋説》、《清容居士集》，纂有《延祐四明志》等十餘種。其《延祐四明志》考核精審，爲宋元四明六志之一。

　　本書資料據四庫全書本《清容居士集》。

與陳無我論樂府（節録）

　　陽春白雪之唱，和者固稀；清廟朱絃之音，知之尤寡。歷觀樂府之傑出，悉爲詞林之緒餘。良由萬物變化之愈多，抑使五采章施之匪易。龍文被寶鼎，雕刻益精；天馬駕鼓車，低徊滋窘。貫珠之音空在，累黍之器莫傳。吐角含商，孰分其清濁；析宮合徵，莫辨其短長。俚歌日煩。古調幾廢。留連《桃葉》，習晉世之風流；凄切《竹枝》，傳巴人之羈旅。江南腸斷之句，誰足近之；涼州意外之聲，今無是也。風聲鳥葉，常由動植之可通；霓裳羽衣，徒託神奇而自眩。捨《陽關三疊》之清怨，變《南鄉九闋》之狹邪。樂意生香，寫天機之妙理；山光水色，換俗子之凡容。彼誇刻鵠之工，詎悟承蜩之解。精義無二，至道不煩。靖言思之，孰可繼者。

賀鄧善之修撰（節録）

　　王言之制，始分于唐；人文之精，特盛于宋。故便于宣讀者必資諧叶，而直以訓告者當務簡嚴。作者數公流爲末派，學疏而才勝，每師浩汗而失于粗疏；記瞻而思遲，必慕敷腴而拙于裁剪。鳬鶴不續，蕭蘭莫分。盖洗金以鹽，當研物理；而攻玉必石，有假朋從，歷年滋多，此道不競。藏名淵默，莫窮龍虎之變騰；處友善柔，徒欣牛馬之奔走。望風隨其臧否，疾才摭其短長。有符東晉之清談，自謂西都之舊作。昔君實不爲四六語，未嘗失朝廷之尊；而温伯輒草廿二麻，豈害爲錢穀之吏。必此爲士，其何敢言。然作新斯文。是在吾黨。復古之道，誠惟今兹。起八代之衰，昌黎固專其事；振五季之

弊,師魯亦預有功。樂在羣居,道無孤立。(以上卷三十九)

書《黃彥章詩編》後(節錄)

元祐之學鳴紹興,豫章太史詩行于天下。方是時紛立角進,漫不知統緒。謹愞者循音節,宕跌者擇險固。獨東萊呂舍人憫而憂之,定其派係,限截數百輩無以議,而宗豫章爲江西焉。豫章之詩,夫豈惟江西哉?解之者曰詩至於是蔑有能繼者矣。數十年來詩益廢,爲江西者嘗慷慨自許,掉鞅出門,卒遇虎象,空拳恣睢,復却立循避不敢近,使解者之言迄幸而中。噫,然則其果不可以復古與?桷來京師,遇黃生景章于旅次,問其譜別,于太史爲七世,而尚書公叔敖之所自出。示其詩,宮商敷宣,黯然不遇之意絶乎詞氣,吾知其充然以修,興太史氏之學者非子其誰也夫?別江西之宗者,是不至太史之堂者也。曠百載而有俟,捨其諸孫,曷有望焉?

書余國輔詩後

余嘗以爲聲詩述作之盛,四方語諺若不相似。考其音節,則未有不同焉者。何也?詩盛於周,稍變於建安、黃初。下於唐,其聲猶同也。豫章黃太史出,感比物聯事之冗,於是謂聲由心生,因聲以求,幾逐於外,清濁高下,語必先之,於聲何病焉?法立則弊生,驟相模倣,豪宕怪奇,而詩益浸滛矣。臨川王文公語規於唐,其自高者始宗師之拘焉,若不能以廣。較而論之,其病亦相似也。

余君國輔生臨川,守宗會源,其所爲詩,質者合自然,華者存至理,雍容悼歎,知時之不遇,猶先王國風之意也。《小弁》之怨爲親親,《黍離》之憫爲宗周。酌古之詩詳之矣,秉彝好德,詩之道也。在昔先正以是言之矣,桷從子瑛曩嘗獲師國輔,仰其高風,敢申以言之。

書程君貞詩後(節錄)

風、雅異義,今言詩者一之。然則曷爲風?黃初、建安得之。雅之體,漢樂府諸詩近之。蕭統之集,雅未之見也。詩近於風,情性之自然。齊、梁而降,風其熄矣。繇宋以來,有三變焉。梅、歐以紆徐寫其材,高者凌山嶽,幽者穿巖竇。而其反覆蹈厲,有不能已於言者,風之變盡矣!黃、陳取其奇以爲言,言過於奇,奇有所不通焉。蘇公以其詞超於情,笭然以爲正,頹然以爲近,後之言詩者爭慕之。音與政通,因之以復古,則必於盛明平治之時。唐之元和，宋之慶曆，斯近矣。感昔時流離兵塵之衝，言不能以宣其愁，而責之以合乎古，亦難矣。夫詩之言風，悲憤怨刺之所由始，去古未遠，則其道猶在。越千百年，日趨於近，是不知《國風》之作，出於不得已之言也。（以上卷四十八）

書鮑仲華詩後

宋太宗、真宗時，學詩者病晚唐萎薾之失，有意乎玉臺文館之盛，綿組彰施，極其麗密，而情流思蕩，奪於援據，學者病之。至仁宗朝，一二鉅公浸易其體。高深者極凌厲，摩雲決川，一息千里，物不能以逃遁。考諸國風之旨，則蔑有餘味矣。

歐陽子出，悉除其偏，而振絜之豪宕，悅愉悲慨之語，各得其職，今之言文章者，皆其門人，而於詩則不復有同焉。嘗深疑之其力不能似之與？抑其心之和平，不得與之同與？降于後宋，言詩者人人殊，而歐陽子之詩，訖未有宗之者。

滁陽鮑君庭桂仲華以詩一編介余所從游郝君時升，求余叙。語完氣平，其於景也，不刻削以爲能，順其自然以合於理之正。考其從來，有似夫歐陽子之旨矣。今滁人思公數百年猶一日也，而其篇詠見於一泉一石者，復得其遺民而宗仰之，仁聲之入人深，於是乎見。晉本乎唐，憂深思遠，有堯遺風。余於仲華，其殆近之與？至治三年十有二月某日袁桷書。

書番陽生詩（節錄）

然則詩果何自哉？唐詩之完，成於文敏，詩縣文敏興矣。詩盛於唐，終唐盛衰，其律體尤爲最精。各得所長，而音節流暢，情致深淺，不越乎律呂。後之言詩者，不能也。自次韻出而唐風益絕，豪者俚，腴者質，情性自別，皆規規然禪人韻偈爲宗，益不復有唐之遺音矣。

書括蒼周衡之《詩編》（節錄）

詩有經緯焉，詩之正也；有正變焉，後人闡益之説也。傷時之失，溢於諷刺者，果皆變乎？樂府基於漢，實本於《詩》，考其言，皆非愉悦之語，若是則均謂之變也歟？建安、黃初之作婉而平，覉而不怨，擬詩之正可乎？濫觴於唐，以文爲詩者，韓吏部始。然而春容激昂，於其近體，猶規規然守繩墨，詩之法猶在也。宋世諸儒一切直致，謂理即詩也，取乎平近者爲貴，禪人偈語似之矣。

跋吴子高詩（節録）

詩本性情，能知之矣。本於法度，知之不能詳矣。風、雅、頌體有三焉，釋雅、頌復有異焉，夫子之別明矣。黄初而降，能知風之爲風，若雅、頌則雜然不知其要領。至於盛唐，猶守其遺法而不變，而雅、頌之作得之者十無二三焉。故夫綺心者流麗而莫返，抗志者豪宕而莫拘，卒至夭其夭年，而世之年盛意滿者猶不悟，何也？楊、劉弊絶，歐、梅與焉，於六義經緯得之而有遺者也。江西大行，詩之法度，益不能振。陵夷渡南，糜爛而不可救，入於浮屠、老氏證道之言弊，孰能以救哉？（以上卷四十九）

題樂生詩卷

詩於唐三變焉，至宋復三變焉。派於江西，變之極有不可勝言者矣。劉南嶽少年以詩自名，晚歲獨尊楊廷秀，考于風、雅無是體，參於唐、宋無是體，以斷絶直致爲工，叱吒轉旋，駸駸乎江湖之靡者也。吾鄉前哲所爲詩傚韓而不能博，師蘇而不能宏，然卒無江西之弊；誦建安、黄初之作，推而至於風、雅，則亦有徑廷矣。

定海樂君之才以一編介蔣君玉度示余，且求叙引。噫，詩不能以易言也，觀平淡者合自然，孤絶者得深悟，繪物不鄰于巧琢，至境合心會，醞然百谷之泉，必達於衆流，是亦於詩非積學有源者不能是也。余終老林泉，異日相尋於寂寞空絶之地，相與酬倡，又將盡其説焉。

題閔思齊詩卷（節録）

唐詩有三變焉，至宋則變有不可勝言矣。詩以賦、比、興爲主，理固未嘗不具。今一以理言，遺其音節，失其體製，其得謂之詩與？（以上卷五十）

劉　詵

劉詵（1268—1350）字桂翁，號桂隱。廬陵（今江西吉安）人。謚曰文敏。肆力於名物、度數、訓詁、箋註之學。既十年不第，乃刻意於詩古文。其文根柢六經，躪躒諸子百家，融液今古，而不露其踔屬風發之狀。長於詩，尤長於五言古體。有《桂隱

1064

文集》。

本書資料據四庫全書本《桂隱文集》。

夏道存詩序（節録）

詩之爲體，《三百篇》之後，自李陵、蘇武送別河梁，至無名氏《十九首》、曹魏六朝、唐韋柳爲一家，稱爲古體。自漢柏梁《秋風詞》，馴至唐李、杜爲一家，稱爲歌行。古體非筆力遒勁高峭不能，歌行非才情浩蕩雄傑不能。（卷二）

劉梅南詩序梅南名志行

劉君志行詩，五言絶句、古律如衣冠士，使人起敬，雖復笑謔，不廢其雅；七言律，其靚麗者如野橋夜月，學按霓裳，聞者莫不辨；其蕭散者如空山絶磵，時見幽花，行者回首。長短古句如春風吹潮，瀲灩晴空，莫窺其所挾。此豈獨天機學問所到，亦用工然耳。至其間獨悲孤笑，危睇遐思，則可見其奮於志。長吟思慕，高歌憂患，則可見其厚於倫。橫槊賦詩，短衣射虎，則可見其通於才。

張子静詩詞

張子静樂府，柔情嫵態，芳趣婉詞，紆徐而爲妍，凄婉而餘怨，如聽昭君馬上琵琶，蔡琰塞外十八拍，不自知其能使人斷腸也。五言古體貯幽寄淡而不失散朗，崇朴反古而自是敷腴，如入宗廟而撫罍洗。七言長篇浩蕩不羈，悲壯自悼，如公孫大娘之舞劍器也，雖時有未適中，亦可謂有奇氣。他日學益充，神益完，宜有大過人者。子静少負才志，嘗航胥濤，棹洞庭，窺廬山、衡嶽，以自激發。然迄今未有遇，其尚俛首塲屋，亦以經術干時用哉。（以上卷二）

程端禮

程端禮（1271—1345）字敬叔、敬禮，號畏齋。元慶元路鄞縣（今屬浙江）人。十五歲時能記誦《六經》，曉析大義，治朱子之學。累任建平、建德縣教諭，台州路、衢州路教授等，生徒甚衆。後以將仕郎、台州路儒學教授致仕歸里，郡守王元恭禮請爲師。其文明白純實，不離正道。著有《讀書分年日程》、《春秋本義》、《畏齋集》等。《讀書分年日程》按照朱熹"明理達用"的思想,糾正"失序無本,欲速不達"之弊,詳載讀經學、習史文的程式;注意教學程式,重視功底訓練,強調經常復習、考查,成爲家塾詳細教學計劃。時國子監頒此書於郡邑學校,明代諸儒也奉此書爲讀書準繩,清代陸隴刊刻流播,對當時及其後來家塾、書院均有影響。《學作文》中所言"張庭堅體",指張庭堅之經義文體。張庭堅字才叔,廣安軍(今四川廣安)人。元祐六年(1091)進士高第,官至右正言。蔡京欲引爲己用,不肯往,京大恨,遂列諸黨籍,編管虢州、鼎州、象州。《宋史》卷三四六有傳。《古今源流至論》前集卷二云:"張庭堅以經義進而爲名臣,則不可以科舉輕視也。"

本書資料據四庫全書本《畏齋集》、《讀書分年日程》。

《孫先生詩集》序(節録)

古《詩三百》,豈皆聖賢之筆哉?庸夫匹婦之辭往往雜出乎其間。然更千百年莫有過焉者,豈非以其本乎情而得其自然之妙哉!愚嘗究其末流之弊,以爲詩一變而爲騷,再變而爲五言,五言變七言,其後又變而爲律,琢而爲詞。故詩至七言而衰,律而壞,詞而絶矣。何則?騷作於屈子,雖其憂幽憤怨有戾中和,然皆出於懇惻之誠。五言有梁昭明《選》,雖其出處不精,薰猶雜植,猶平易而近古。若七言,則或馳驟放肆,或刻巧不醇,以至乎詞則輕浮淺薄,華靡淫蕩,不惟無用,又有以鑿人之性,故曰詩之絶也。然五言之近於古者,自淵明迄於李、杜而已。以韓、歐、蘇、黄之雄才,尚不離今人語,況其餘哉!夫以文華之士所尚如此,而詩體之變壞又如此,宜其愈工而愈無詩歟!(《畏齋集》卷三)

學作文

學文之法,讀韓文法已見前。既知篇法、章法、句法、字法之正體矣,然後更看全集有謝疊山批點及選看歐陽公有陳同父選者佳、曾南豐《類稿》、王臨川三家文體,然後知展開間架之法。緣此三家,俱是步驟。韓文明暢平實,學之則文體純一,庶可望其成一大家數文字。歐、曾比韓更開闊分明,運意縝密,易學而耐尋玩。然其句法則漸不若韓之古。朱子學之,句又長矣,真西山雖亦主於明理,句法還短,不可不知。他如柳子厚文先看西山所選叙事、議論,次看全集、蘇明允文皆不可不看。其餘諸家之文,不須雜看。此是自韓學下來漸要展開之法,看此要識文體之佳耳。其短於理處極多,亦可以爲理不明,而不幸能文之戒。如欲叙事雄深雅健,可以當史筆之任,當直學《史記》、《西漢書》。先讀真西山《文章正宗》及湯東澗所選者，然後熟看班、馬全史。此乃作紀載垂世之文，不可不學。後生學文，先能展開澎沛，後欲收斂簡古甚易。若一下便學簡古，後欲展開作大篇，難矣。若未忘塲屋，欲學策，以我平日得於《四書》者爲本，更守平日所學文法，更略看漢、唐策、陸宣公奏議、朱子封事書疏、宋名臣奏議、范文正公、王臨川、蘇東坡《萬言書》、《策略》、《策別》等，學陳利害則得矣。況性理、治道、制度三者已下工夫，亦不患於無以答所問矣。雖今日時務得失，亦須詳究。欲學經問，直以《大學》、《中庸或問》爲法，平日既讀《四書註》，及讀看性理文字，又不患於無本矣。欲學經義，亦做《或問》文體，用朱子《貢舉私議》中作義法爲骨子。方今科制明經以一家之説爲主，兼用古註疏，乃是用朱子《貢舉私議》之説。按《貢舉私議》云：“令應舉人各占兩家以上”，“將來答意，則以本説爲主，而旁通他説以辯其是非，則治經者不敢妄牽己意，而必有据依矣”。又云：“使治經者必守家法，命題者必依章句，答義者必通貫經文，條舉衆説，而斷以己意。當更寫卷之式，明著問目之文，而疏其上下文，通約三十字以上；次列所治之説，而論其意；次又旁引他説，而以己意反覆辨析，以求至當之歸。但令直論聖賢本意，與其施用之實，不必如今日分段破題；對偶敷衍之體，每道只限五六百字以上。至於舊例經義，禁引史傳，乃王氏末流之弊，皆當有以正之。”此《私議》之説也。竊謂今之試中經義，既用張庭堅體，亦不得不略做之也。考試者亦不思之甚也。張庭堅體已具冒原講證結，特未如宋末所謂文妖經賊之弊耳，致使累舉所取程文，未嘗有一篇能盡依今制，明舉所主所用所兼用之説者。此皆考官不能推明設科初意，預防末流輕淺虛衍之弊，致使舉舉相承，以中爲式。今日鄉試經義，欲如初舉方希願《禮記》義者，不可得矣。科制明白，不拘格律，蓋欲學者直寫胸中所學耳，奈何陰用冒原講證結格律，死守而不變？安得士務實學，得實材爲國家用，而爲科目增重哉！因著私論於此，以待能陳於上者取焉。如自朝廷議修學校教法，以輔賓興之制，則此弊息矣。假如《書》義做張體，以蔡《傳》之説爲終篇主意如論破然，如《傳》辭已精緊而括盡題意，則就用之爲起；或略而泛，則以其意自做，次略衍開；次入題發明以結之；次原題，題下再提起前綱主意，歷提上下經文而歸重此題；次反覆敷演，或正演，或反演，或正引事證，或反引事證，繳歸主意；次結，或入講，腹提問逐節所主之説，所以釋此章之意如孔穎達疏文釋註之體，逐節發明其説，援引以證之，繳歸主意，後節如前，又總論以結之。如《易》，又旁通所主，次一家説，又發明其異者而論斷之，又援引以證之結之，次兼用註疏，論其得失而斷之證之結之。平日既熟讀經傳，又不患於無本矣，此亦姑言其大略耳，在作者自有活法，直寫平日所得經旨，無不可者。元設科條制，既云作義不拘格律，則自可依《貢舉私議》法，此則最妙。如不得已，用張庭堅體，亦須守傳註，議論確實，不鑿不浮可也。欲學古賦，讀《離騷》已見前，更看讀《楚辭後語》，並韓、柳所作句法韻度，則已得之。欲得著題命意間架，辭語縝密而有議論，爲科舉用，則當擇《文選》中漢、魏諸賦、《七發》及《晉問》熟看。大率近世文章視古漸弱，其運意則縝密於前，但於《文選》、《文粹》、《文鑑》觀之便見。欲學古體製、誥、章、表，讀《文章正宗·辭命類》及選看王臨川、曾南豐、蘇東坡、汪龍溪、周平園、《宏辭總類》等體。四六章表以王臨川、鄧潤父、曾南豐、蘇東坡、汪龍溪、周平園、陸放翁、劉後村及《宏辭總類》爲式。其四六表體，今縱未能盡見諸家全集，選鈔亦須得舊本《翰苑新書》觀之，則見諸家之體，且並得其編定事料爲用。（《讀書分年日程》卷二）

楊　載

楊載（1271—1323）字仲弘。元杭州（今屬浙江）人。有文名。年四十，以布衣召爲翰林國史院編修官，預修《武宗實錄》。後登進士第，遷寧國路總管府推官。楊載當時文名頗大，與虞集、范梈、揭傒斯齊名，爲“四大家”之一。於詩文尤有法，主張詩當取材於漢魏，而音節則以唐爲宗。其文章以氣爲主，趙孟頫等對他很推重。他的詩對現實一般是歌頌的，有時也微露不滿，每有歎老嗟卑的情緒；一些比較好的詩作含蓄而不陳腐，頗有新意。著有《詩法家數》一卷，包括“詩學正源”、“作詩準繩”、“律詩要法”、“總論”等幾部分，是談論詩法、詩格的詩話著作。另有《楊仲弘詩》八卷，文已散失。

本書資料據中華書局 1981 年《歷代詩話》本《詩法家數》。

《詩法家數》（節錄）

詩之爲體有六，曰雄渾，曰悲壯，曰平淡，曰蒼古，曰沉著痛快，曰優游不迫。

詩之六義，而實則三體。風、雅、頌者，詩之體；賦、比、興者，詩之法。故賦、比、興者，又所以製作乎風、雅、頌者也。

詩體三百篇，流爲《楚辭》，爲樂府，爲《古詩十九首》，爲蘇、李五言，爲建安、黃初，此詩之祖也。《文選》、劉琨、阮籍、潘、陸、左、郭、鮑、謝諸詩，淵明全集，此詩之宗也。老杜全集，詩之大成也。

虞　集

虞集（1272—1348）字伯生，人稱邵庵先生。祖籍仁壽（今屬四川）。宋亡後，徙臨川崇仁(今屬江西)。南宋丞相虞允文五世孫。素負文名,與揭傒斯、柳貫、黃溍並稱"元儒四家";詩與揭傒斯、范梈、楊載齊名,人稱"元詩四家"。其詩歌內容表現出較强的民族意識,還寫及民生疾苦,對元統治者推行的民族仇殺政策頗表不滿;而更多的詩則是贈答應酬、內容空泛的作品,但文字流暢宛轉。其詞作今存二十餘首,多叙個人閒愁情思,缺乏社會生活內容,景物描寫亦平平無特色。其散文多爲官場應酬文字,頌揚權貴,宣導理學,當時朝廷宗廟典册、公侯大夫碑銘多出其手;但一些書信傳記文章表現了他的思想性情、政治理想和對社會人情物理的深刻體會。其書法在當時很有名,頗得晉人韻味。

本書資料據四庫全書本《道園學古錄》、《中原音韻》、元人文集珍本叢刊本《雍虞先生道園類稿》。

本德齋送別進士周東揚赴零陵縣丞詩序(節録)

唐、宋科舉之制,先朝議論常及之,蓋周人鄉舉里選之遺也,以爲可盡得天下之士乎,固不敢必;以爲不足以得天下之士乎,則昔之大賢君子胥此焉出。其弊者尚文之過也。今爲是舉者,本之德行以觀其素,求之經學以觀其實,博之以文藝以觀其華,策之以政事以觀其用,通此其庶幾矣。而或者以爲此四者,自古之人據其一已足名世,今欲兼之,不亦難乎? 是不知本出一原,體用無二致也。(《道園學古錄》卷六)

易南甫詩序

《詩》三百篇之後,《楚辭》出焉。西都之言賦者盛矣,自魏以降,作者代出,制作之體,愈變而愈新。因唐之詩賦有聲律對偶之巧,推其前而別之曰古賦。古賦詩有樂歌,可以被之樂府,其後也轉爲新聲,豪於才者放爲歌行之肆,長於情者變爲傷淫之極則,又推其前者而別之曰古樂府。時非一時,人非一人,古近之體不一,今欲以一人之手,成一編之文,合備諸體而皆合作,各臻其妙,不亦難乎?

高安易君南甫示予以賦若詩一編,盡具詩賦諸體,不蹈流俗,有爲而作,辭不苟造,蓋聞南甫之居則康樂之故地,謝公之所封,而嘗游者也。林泉之日長,山水之興足,有得於昔人之流風餘韻,是以能然也哉。今夫江河之行,湖海之浸,或爲驚濤巨浪之壯,或爲平波漫流之閒,一窪之盈,一曲之勝,其所寓不相似而各有可觀者焉,以水之同出一源故也。善賦之君子又以其非常之才,有餘之興,隨所遇而有作焉,何患乎衆體之不皆妙也? 固哉,予昔之言詩乎。蘇子由言其兄子瞻平生無嗜好,以圖史爲苑圃，文章爲鼓吹，老亦弃去，顧獨好爲詩耳。嗟夫，予豈敢擬於古之人哉？會有耳目之疾，有園囿而無所游觀，有鼓吹而不能以自樂，而心思凋耗，亦不復能詩，徒使弟子誦昔賢今人之詩以自娛焉。南甫之所以惠我者多矣，然南甫之意，豈徒然哉？

予之少也亦嘗執筆而學焉，聞諸同志曰：性其完也，情其通也，學其資也，才其能也，氣其充也，識其決也，則將與造物者同爲變化不測於無窮焉。詩賦云乎哉，斯言也，南甫以爲有可採乎？

葉宋英自度曲譜序

《詩》三百篇皆可被之絃歌，或曰雅、頌，施之宗廟朝廷，《關雎》、《麟趾》爲房中之樂則是矣，桑間濮上之音將何所用之哉？噫，歌永言，聲依永，律和聲，蓋未有出乎六律五音七均而可以成聲者。古者子生師出，皆吹律以占之，蓋其進反之間，疏數之節，細微之辨，君子審之。是故鄭、衛之音特其發於情，措諸辭，有不善爾，聲必依律而後和則無以異也。後世雅樂黃鍾之寸，卒無定説，今之俗樂視夫以夾鍾爲律本者，其聲之哀怨淫蕩又當何如哉？近世士大夫號稱能樂府者，皆依約舊譜，做其平仄，綴緝成章，徒諧俚耳則可，乃若文章之高者，又皆率意爲之，不可叶諸律，不顧也。太常樂工知以管定譜，而撰詞實腔，又皆鄙俚，亦無足取。求如三百篇之皆可絃歌，其可得乎？

臨川葉宋英，予少年時識之，觀其所自度曲，皆有傳授，章節諧婉，而其詞華則有周邦彦、姜夔之流風餘韻，心甚愛之，蓋未及與之講也。及忝在朝列，與聞制作之事，思得宋英其人，本雅以訓俗，而去世久矣，不可復得。老歸臨川之上，因其子得見其遺書十數篇，皆有可觀者焉。俯仰疇昔，爲之增慨，序其故而歸之。（以上《道園學古錄》卷三十二）

《廬陵劉桂隱存稿》序

昔者廬陵歐陽公秉粹美之質，生熙洽之朝，涵淳茹和作爲文章，上接孟、韓，發揮一代之盛；英華醲郁，前後千百年，人與世相期，未有如此者也。蘇子瞻以不世之才起於西蜀，英邁雄偉，亦前世之所未有。南豐曾子固博考經傳，知道脩已，伊洛之學，未顯于世，而道説古今，反覆世變，已不失其正，亦孰能及之哉？然蘇氏之於歐公也，則曰我老歸休，付于斯文，雖無以報，不辱其門。子固之言曰：今未知公之難遇也，後千百世思欲見公而不可得，然後知公之難遇也。然則二君子之所以心悦誠服於公者，返而觀矣。乾、淳之間，東南之文相望而起者何啻十數，若益公之温雅，近出於廬陵；永嘉諸賢,若季宣之奇博而有得於經,正則之明麗而不失其正,彼功利之説,馳騁縱横其間者,其鋒亦未易嬰也。文運隨時而中興,概可見焉。然予竊觀之朱子繼先聖之絶學,成諸儒之遺言,固不以一藝而成名,而義精理明,德盛仁熟,出諸其口者,無所擇而無不當。本治而末修。領挈而裔委。所謂立德立言者,其此之謂乎。學者出乎其後。知所從事而有得焉,則蘇、曾二子望歐公而不可見者,豈不安然有拱足之地,超然有造極之時乎? 而宋之末年,説理者鄙薄文辭之喪志,而經學、文藝,判爲專門。士風頹弊於科舉之業,豈無豪傑之出,其能不浸淫汩没於其間,而馳騁凌屬以自表者,已爲難得而宋遂亡矣。

中州隔絶,困於戎馬,風聲氣習多有得於蘇氏之遺,其爲文亦曼衍而浩博矣。國朝廣大,曠古未有,起而乘其雄渾之氣以爲文者,則有姚文公其人,其爲言不盡同於古人,而伉健雄偉,其所存至於歐公,則闇然而無迹,淵然而有容,挹之而無盡者乎。三公之迹熄而宋亦南渡,何可及也。繼而作者,豈不瞠然其後矣乎? 當是時,南方新附,江鄉之間,逢掖縉紳之士,以其抱負之非常,幽遠而未見知,則折其奇傑之氣,以爲高深危險之語,視彼靡靡混混則有間矣。然不平之鳴,能不感憤於學者乎? 而一二十年,向之聞風而倣傚亦漸休息。延祐科舉之興,表表應時而出者,豈乏其人? 然亦循習成弊,至於驟廢驟復者,則亦有以致之者然與。於是執筆者,膚淺則無所明於理,蹇澀則無所昌其辭,徇流俗者不知去其陳腐,强自高者惟旁竊於異端。斯文斯道,所以可爲長太息者嘗在於此也。

往年集承乏禁林,陪諸公奉詔讀進士之策,於南士首得劉性粹中而奏之,嘗與論及此事。後十年遇於集雲峯下,又嘗及之,而思見乎有以相發者。又後二年。以書来告曰,我鄉先生劉桂翁氏有學有行,文章追古作者,而年亦七十有四矣。屹然山林,其書滿家,而遠方無盡知者。因以得先生之書焉,集執書而歎曰:予知之舊矣,而未獲盡與之游也。先生之言曰:弱冠時猶及接故宋之遺老,既内附猶用力於已廢不用之賦論,視儕輩無己及者。及國家以進士取人,未能忘情於斯世,乃益究乎名物度數之故,註箋訓釋之辭,以從當時之所爲,而志大言高,不爲有司識察。又十年乃爲古學,而用意於歐陽子焉。四方之求文者隨而應之,不知其沛然而無窮也。此雖先生之謙辭,要其大概不我欺也。嗟夫,以文應時者,雖有古今所取,以爲文者,古今無有異也。以高才博識,專業而肆志,求諸昔之人者,五六十年,其應於今者,合否不足論也。吾故曰:山林之日長得以極其力之所至,學問之志專則有以達其智之所及知,其背於塗轍之正者,即有所不爲,知其可以傳諸方來者,則言之而無隱。論古今成敗,無所蹈襲而出人意表,觀乎瀧岡之麓,青原之波,不亦善於達本而遡源者乎? 集故極道夫歐陽子之所未易知,而善乎先生之有以知之,而輒及於予之所欲求知於歐陽子者,而著之篇也。

先生之文凡若干卷,詩若干卷,已刻。雜著記序銘説等若干卷,方將刻焉。而先生耳聰目明,心識精敏,出其所新得以爲言者,猶未有止也。僕小於先生四歲,相望不遠,安敢以齒髮之不足而自棄於先生乎? 姑書此附諸篇末,使觀先生之文者或有取於區區之言,而有所感發也夫。(以上《道園學古録》卷三十三)

會上人詩序

古者諸臣賡歌於朝以相勸戒,頌德作樂以薦於天地宗廟,朝覲宴享之合,征伐勉勞之恩,建國設都之役,車馬田獵之盛,農畝艱難之業,閨門和樂之善,悉托於詩,而其用大矣。至於亡國失家,放臣逐子、嫠婦怨女之感,淫瀆讒刺之起,而其變極矣。於是又有隱居放言之作,市井田野之歌,謠誦讖緯之文,史傳物色之詠,神仙術數之説,鬼神幽怪之語,其類尚多有之。而最善者君子之道德,有乎其身則發諸音而成文者,足以垂世立教,以成天下之務者也。上下千百年間,人品不同,所遇異時,所發異志,所感異事,極其才之所能,其可以一概觀之也哉?

浮圖氏之入中國也,不以立言語文字爲宗,于詩乎何有? 然以其超詣特卓之見,搏節隱括以爲辭,固有浩博宏達,大過於人者,則固詩之別出者也。而浮圖氏以詩言者至唐爲盛,世傳寒山子之屬,音節清古,理致深遠,士君子多道之。乃若舍風雲月露、花竹山水、琴鶴舟筇之外,一語不措者,就令可傳,亦何足道哉?

予過吳,遇錢塘會上人以其詩數百篇示予,蓋其平生深得禪悦之味,枯槁介特,絕不與世相嬰。凡吾所云者一,未始與之接也,而獨得其一緒之清思,終日累月,唫哦諷詠於泉石幾榻之間,其運思苦,造言深矣。至其貶駁衆人,曾不少貸,雖古尊宿猶吹求其失而論之。故翰林學士承旨吳興趙公歎其詩有道味,手書十數篇施諸屏障,又因以遺之曰:"使以示諸江湖庶少,慰其苦唫之心者。"予因爲之目曰:春冰結花,塵滓都盡;秋空卓秀,一色空青,是亦可以傳矣。而又欲予爲之序,噫,予歷觀世變與作者之能事,有概於衷者多矣,上人乃欲休予於寥寥澹泊之至者乎? 故爲之序。(《道園學古録》卷四十五)

《中原音韻》原序

樂府作而聲律盛,自漢以來然矣。魏、晉、隋、唐,體製不一,音調亦異。往往於文雖上,於律則弊。宋代作者,如蘇子瞻變化不測之才,猶不免"製詞如詩"之誚;若周邦彥、姜堯章輩,自製譜曲,稍稱通律,而詞氣又不無卑弱之憾;辛幼安自北而南,元裕之在金末國初，雖詞多慷慨，而音節則爲中州之正，學者取之。我朝混一以來，朔南暨聲教，士大夫歌詠，必求正聲。凡所製作，皆足以鳴國家氣化之盛。自是北樂府出，一洗東南習俗之陋。大抵雅樂之不作，聲音之學不傳也久矣。五方言語，又復不類。吳、楚傷於輕浮，燕、冀失於重濁，秦、隴去聲爲入，梁、益平聲似去，河北、河東取韻尤遠，吳人呼"饒"爲"堯"、讀"武"爲"姥"，說"如"近"魚"，切"珍"爲"丁心"之類，正音豈不誤哉！

高安周德清工樂府，善音律，自製《中原音韻》一帙，分若干部，以爲正語之本，變雅之端。其法以聲之清濁，定字爲陰陽，如高聲從陽，低聲從陰，使用字者隨聲高下，措字爲詞，各有攸當，則清濁得宜，而無凌犯之患矣。以聲之上、下分韻爲平、仄，如入聲直促，難諧音調，成韻之入聲，悉派三聲，誌以黑白，使用韻者隨字陰陽置韻成文，各有所協，則上下中律，而無拘拗之病矣。是書既行，於樂府之士，豈無補哉！又自製樂府若干調，隨時體製，不失法度，屬律必嚴，比事必切，審律必當，擇字必精。是以和於工商，合於節奏，而無宿昔聲律之弊矣。

余昔在朝，以文字爲職。樂律之事，每與聞之。嘗恨世之儒者，薄其事而不究心，俗工執其藝而不知理，由是文、律二者不能兼美。每朝會大合樂，樂署必以其譜來翰苑請樂章，唯吳興趙公承旨時，以屬官所撰不協，自撰以進，並言其故，爲延祐天子嘉賞焉。及余俗員，亦稍爲檃括，終爲樂工所哂，不能如吳興時也。當是時，苟得德清之爲人，引之禁林，相與討論斯事，豈無一日起予之助乎！惜哉，余還山中，眊且廢矣。德清留滯江南，又無有賞其音者。方今天下治平，朝廷將必有大製作，興樂府以協律，如漢武、宣之世。然則頌清廟，歌郊祀，攄和平正大之音，以揄揚今日之盛者，其不在於諸君子乎！德清勉之。前奎章閣侍書學士虞集書。（卷首）

《新編古樂府》序（節録）

昔者，周有大司樂，以六代之樂教國子，則黃帝之《雲門》、《卷》、《咸》，舜之《韶》，夏之《夏》，商之《濩》，周之《武》也。書傳所記，則又有顓頊之《六莖》、帝嚳之《英》、帝堯之《章》，而不與者，豈已不傳於當時耶？夫子之作也，聞《韶》見《武》，於商之樂，僅得《商頌》十二篇。千載而下，欲有以盡見夫古人之製作，豈不邈哉邈乎？夫樂之爲器八，所以備六律五音者，有其聲而已；所貴乎人聲者，有其文辭焉。音聲之傳，工失其肄習，則易以亡絶。歌之有辭，則意義之通，可以兼音聲而得之。此夫子慨歎于《韶》、《武》之辨，而刪《詩》之志興矣。禽、純、噉、繹，徒見其始終於語太師之言，而其官有秦、楚河海之適，女樂之餽至，聖人亦將如之何哉？自衛而歸，《雅》、《頌》得所，言樂者庶乎可知其正也。夫子有聞于齊，後亦無傳。而齊景公君臣相説之樂，有《徵招》、《角招》，則亦《韶》之餘裔也。齊宣王見孟子，而曰"非能好先王之樂"，豈至是時，《韶》猶有在者乎？《大武》之舞，記禮者存焉，而其詞有《繁》、《遏》、《渠》之詩，則吾夫子之手定者也。王通氏曰："通於夫子，有罔極之恩。"如詩之類乎？夫《三百篇》之詩，皆可弦歌，郊社、宗廟、朝廷賓客燕饗，用之備矣。二《南》正本，始於閨門，《豳風》序先公之遺業，皆係於《國風》者，則猶列國之事云耳。桑間濮上之變，問于《葛屨》、《蟋蟀》之遺者，則猶太師陳之，以觀其治亂之跡者也。《易》所謂"先王作樂崇德，殷薦之上帝，以配祖考"，非《國風》之謂矣。是故六代之樂，成均之教廢，而學者無聞。《康衢》、《擊壤》等篇，雖泰山一毫芒，猶可追見帝王之治化，亦猶一言一辭之存耳。王通氏生乎魏、晉數百年之後，有以兒聖人之遺意，將爲續詩，而卒無傳於代者，蓋無復有二《南》、《雅》、《頌》之可録者矣。嗚呼！自黃鐘之宮，爲律六十，及正變之聲，而七均成焉。盛德大業之興，可得而用之，所謂《咸》、《英》、《韶》、《濩》之不可復聞，其故何哉？有志之士掇拾其遺辭於簡册，將以考求其音律於千載之上，則可謂有志於古者矣。（《雍虞先生道園類稿》卷一七）

跋陳君章所藏觀志能新樂府引（節録）

樂府者，上下進退協和，音調婉轉委曲，極其流麗以爲工，長於情者之能事。志氣剛直者，無流連光景之意，無憂怨呻吟之和。其爲辭也，豪宕放曠則有之，憤疾感傷則有之，良非樂府之所尚矣。前右榜進士翰林應奉觀志能，前在憲府，以剛見稱，執筆史館，以不佞爲直，豈復有沈淪幽鬱之逸志哉？吾聞《詩》三百篇，皆被弦歌，《雅》、《頌》出於大夫君子，《國風》猶先王流澤之遺者也。《楚辭》之作，忠而能怨。秦、漢之間，莫或見焉，皆可歌者，及漢中盛，樂府始立，爰及曹魏，辭益悲壯。自是而降，風流靡焉。然則作而成之，非有禮義由乎其中，性情達乎其外，孰能返《大雅》之盛乎？吾由是知歌之善者，柔不如剛之達，曲不如直之遂也。（《雍虞先生道園類稿》卷三五）

揭傒斯

揭傒斯(1274—1344)字曼碩，號貞文。元富州(今江西豐城)人。謚文安，故世稱"揭文安"。元代著名文學家、書法家、史學家。幼時家貧而讀書刻苦，大德年間出遊湘漢。延祐初年，薦授翰林國史院編修官，還應奉翰林文字，前後三入翰林。至元六年(1340)爲奎章閣供奉學士，升侍講學士，乃修遼、金、宋三史，爲總裁官。《遼史》成，得寒疾卒於史館。揭傒斯與虞集、楊載、范梈同爲"元詩四大家",又與虞集、柳貫、黄溍並稱"儒林四傑"。歐陽玄《豫章揭公墓誌銘》稱揭傒斯文章"正大簡潔,體製嚴整。作詩長於古樂府、選體、律詩長句,偉然有盛唐風"。善書法,朝廷典册、元勳銘辭多出其手。著有《文安集》十四卷。存世書跡有《千字文》、《雜書卷》等。

《詩法正宗》一卷,舊題揭傒斯撰(今人張健考證其爲僞書),認爲文法盡出於六經,而詩法《三百篇》中已經具備,並概括作詩要旨爲五,即"養性以立詩本"、"讀書以厚詩資"、"識詩體於原委正變"、"求詩味於鹽梅薑桂之表"、"運詩妙於神通游戲之境",其論確爲元中期人主張。

本書資料據四庫全書本《文安集》、格致叢書本《詩法正宗》。

進至大聖德頌表(節錄)

古者聖人之歌,莫先於詩,故聖主賢臣有大功顯行,必載之詠歌,使天下曉然,知君臣之所趨,德化之所由,見善而遷,聞義而起,去之萬里,如立其朝,後之萬世如生,其時所以事神保民,無右於此。故有虞命夔以教之,周制太師以掌之君臣,朝燕必有賦,郊廟薦享必登歌,蓋詩之爲道,誦其辭無鉤棘叢雜之繁,聆其音有往來疏數之節,玩其義有優柔沈蘊之旨。其感於人也易,其入於人也深,乖沴之氣可變而爲祥風甘雨,姦回之行可化而爲忠鯁貞良。是以聖人尚之,故雖反覆典、謨、訓、誥之文不若歌。"明良"之賡,《康衢》、《擊壤》之謠,《周南》、《召南》之什,下至農野婦豎,一關其耳,熙熙灝灝,想見其治。漢魏以來,騷人賦客時時間作。雖不能盡追古道,其抒情蓄志,可興可觀,斯義縣縣,庶幾未泯。聖明之世,尤所宜聞。(《文安集》卷六)

答胡汲仲書(節錄)

自漢以來,繼述之文多,可讀之文少。夫道有本,文有體,尊卑大小,長短疏戚,華實正偽,截乎若天地山川之不可相陵,昭乎若日月星辰之不可相踰,離乎若飛潛動植之不可相移,惟適當而已耳。(《文安集》卷七)

范先生詩序(節錄)

范先生者諱梈,字德機,臨江清江人也。少家貧力學,有文章工詩,尤好爲歌行。年三十餘,辭家北游,賣卜燕市,見者皆驚異之,相語曰此必非賣卜者。已而爲董中丞所知。召置館下。命諸子弟皆受學焉,由是名動京師。遂薦爲左衛教授,遷翰林國史院編修官,與浦城楊載仲宏、蜀郡虞集伯生齊名,而余亦與之遊。伯生嘗評之曰:楊仲宏詩如百戰健兒,范德機詩如唐臨晉帖,以余爲三日新婦,而自比漢廷老吏也。聞者皆大笑。余獨謂范德機詩以爲唐臨晉帖,終未猶真。今故改評之曰:范德機詩如秋空行雲,暗雨卷雷,縱橫變化,出入無朕;又如空山道者,辟穀學仙,疲骨峻嶒,神氣自若;又如豪鷹掠野,獨鶴叫羣,四顧無人,一碧萬里,差有可彷彿耳。(《文安集》卷八)

《詩法正宗》(節録)

韓詩太豪難學,白樂天太易不必學,晚唐體太短淺不足學,東坡詩太波瀾不可學。若宛陵之淡、山谷之奇,荆公之工,後山之苦,簡齋以李、杜之才,兼陶、柳之體,最爲後來一大宗。未若近世江湖之作,特不足觀。須是將凤生所記一聯半句,一洗而空,使吾胸中無非古人之語言意思,則下筆不期於高遠而高遠矣。

雜體,晉傅咸作《七經》詩,其《毛詩》一篇略曰:"聿修厥德,令終有淑。勉爾遁思,我言維服。盜言孔甘,其何能淑?讒人罔極,有靦面目。"此乃集句詩之始。或謂集句起於王安石,非也。

陸輔之

陸輔之(1275— 約1350)名行直,字季通,號壺天,或稱湖中居士。元嘉興(今屬浙江)人。少年時曾隨南宋詞學家張炎學詞,受張炎影響很大。後著有《詞旨》兩卷,是對張炎詞論觀點的繼承和發展。

本書資料據中華書局1986年《詞話叢編》本《詞旨》。

《詞旨》(節録)

夫詞亦難言矣,正取近雅,而又不遠俗。詞格卑於詩,以其不遠俗也。然雅正爲尚,仍詩之支流。不雅正不足言詞矣。

凡觀詞,須先識古今體製雅俗,脫出宿生塵腐氣,然後知此語咀嚼有味。(上)

周德清

周德清(1277—1365)字日湛,號挺齋。元高安(今屬江西)人。周邦彦的後代,音韻學家、戲曲作家。家境貧困，終身不仕。工樂府，長音律。泰定元年(1324)所著《中原音韻》二卷，是我國最早出現的一部曲韻著作，内容分爲兩大部分：第一部分以韻書的形式，把曲詞中常用作韻脚的五千八百多個字，按字的讀音進行分類，編成曲韻韻譜，共分爲十九韻。第二部分爲《正語作詞起例》，是關於韻譜編制體例、審音原則的說明，以及關於元代北曲體製、音律、語言以及曲詞創作方法的論述。全書以元代京城大都(今北京市)爲中心，以其語音系統爲標準，以元代著名曲作爲研究对象，對中原音韻進行了理論性總結，並由此規範和制約元曲的音韻特質，爲市井文學的發展繁榮和曲作語言的規範化作出了重要貢獻。《尋鬼簿續篇》對他的散曲創作評價很高。《全元散曲》録存其小令三十一首，套數三套。

本書資料據四庫全書本《中原音韻》。

《中原音韻》起例

青原蕭存存，博學，工於文詞，每病今之樂府有遵音調作者，有增襯字作者；有《陽春白雪集・德勝令》“花影壓重簷，沉煙裊繡簾，人去青鸞杳，春嬌酒病懨。眉尖常鎖傷春怨。忺忺，忺的來不待忺。”“綉”唱爲“羞”，與“怨”字同押者；有同集《殿前歡》“白雪窩”二段，俱八句，“白”字不能歌者；有板行逢雙不對，襯字尤多，文律俱謬，而指時賢作者；有韻脚用平上去，不一一，云“也唱得”者；有句中用入聲，不能歌者；有歌其字，音非其字者：令人無所守。泰定甲子，存存托其友張漢英以其説問作詞之法於予，予曰：“言語一科，欲作樂府，必正言語，必宗中原之音。樂府之盛，之府之盛之儉之難，莫如今時。其盛，則自搢紳及閭閻歌詠者衆。其儉，則自關、鄭、白、馬一新製作，韻共守自然之音，字能通天下之語，字暢語俊，韻促音調；觀其所述，曰忠，曰孝，有補於世。其難，則有六字三韻，‘忽聽、一聲、猛驚’是也。”諸公已矣，後學莫及！何也？蓋其不悟聲分平仄，字別陰陽。夫聲分平仄者，謂無入聲，以入聲派入平上去三聲也。作平者最爲緊切，施之句中，不可不謹。派入三聲者，廣其韻耳，有才者本韻自足矣。字別陰陽者，陰陽字平聲有之，上去俱無。上去各止一聲，平上去有三聲，有上平聲，有下平聲。上平聲非指一東至二十八山而言，下平聲非指一先至二十七咸而言。前輩爲《廣韻》，平聲多分爲上下卷，非分其音也。殊不知平聲字字俱有上平、下平之分，但有有音無字之別，非一東至山皆上平，一先至咸皆下平聲也。如東、紅二字之類，東字下平聲屬陰，紅字上平聲屬陽。陰者，即下平聲；陽者，即上平聲。試以東字調平仄，又以紅字調平仄，便可知平聲陰陽字音，又可知上去二聲各止一聲，俱無陰陽之別矣。且上去二聲，施於句中，施於韻脚，無用陰陽，惟慢詞中僅可曳其聲爾，此自然之理也。妙處在此,初學者何由知之!乃作詞之膏肓,用字之骨髓,皆不傳之妙,獨予知之,嘗屢揣其聲病於桃花扇影而得之也。吁!考其詞音者,人人能之;究其詞之平仄、陰陽者,則無有也。彼之能遵音調,而有協音俊語可與前輩頡頏,所謂"成文章曰樂府"也;不遵而增襯字,名樂府者,自名之也。《德勝令》綉字、怨字,《殿前歡》八句、白字者,若以綉字是珠字誤看,則煙字唱作去聲,爲"沉宴裊珠簾",皆非也,呵呵!"忱忱"者,何等語句? 未聞有如此平仄、如此開合韻脚。《德勝令》,亦未聞有八句,《殿前歡》,此自己字之開合、平仄,句之對偶、短長俱不知,而又妄編他人之語,奚足以知其妍媸歟? 嗚呼! 言語可不究乎? 以板行謬語,而指時賢作者,皆自爲之詞,將正其己之是,影其己之非,務取媚於市井之徒,不求知於高明之士,能不受其惑者幾人哉! 使真時賢所作,亦不足爲法。取之者之罪,非公器也。韻脚用三聲,何者爲是? 不思前輩某字、某韻必用某聲,却云"也唱得",乃文過之詞,非作者之言也。平而仄,仄而平,上、去而去、上,去、上而上、去者,諺云"鈕折嗓子"是也,其如歌姬之喉咽何? 入聲於句中不能歌者,不知入聲作平聲也;歌其字,音非其字者,合用陰而陽,陽而陰也。此皆用盡自己心,徒快一時意,不能久傳,深可哂哉! 深可憐哉! 惜無有以訓之者。予甚欲爲訂砭之文以正其語,便其作,而使成樂府,恐起爭端,刱爲人之學乎? 因重張之請,遂分平聲陰、陽及撮其三聲同音,兼以入聲流入三聲,如"碑"字次本聲後,葺成一帙,分爲十九,名之曰《中原音韻》,並《起例》以遺之,可與識者道。秋九日,高安挺齋周德清書。(卷首)

《中原音韻》(節錄)

凡作樂府,古人云:有文章者謂之樂府,如無文飾者,謂之"俚歌",不可與樂府共論也。又云:作樂府切忌有傷於音律,且如女真《風流體》等樂章,皆以女真人音聲歌之,雖字有舛訛,不傷於音律者不爲害也。大抵先要明腔,後要識譜,審其音而作之,庶無劣調之失。(卷下)

黃 溍

黃溍(1277—1357)字文晉,又字晉卿。元婺州義烏(今屬浙江)人。仁宗延祐二年(1315)進士。卒謚文獻。在朝中挺然自立,不附權貴,人稱其清風高節。平生好學,博覽羣書,議論精要,文章佈置謹嚴,援據切冶。著有《日損齋稿》、《義烏縣志》、《日損齋筆記》、《黃文獻集》等。在書法方面亦頗有造詣。

本書資料據四庫全書本《日損齋筆記》。

辯史十六則（節録）

《漢高帝紀》"吾以布衣提三尺取天下"，謂三尺劍也。《杜周傳》"三尺安出哉"，謂以三尺竹簡書法律也。王充《論衡》凡引高帝語，却皆有劍字。作文而好用歇後語以爲奇者，不可不知也。

祝　堯

祝堯（生卒年不詳）字君澤。元上饒（今屬江西）人。延祐五年（1318）進士，爲江山尹，升無錫州同知。編著《古賦辨體》八卷、《外集》二卷。其卷一、卷二以"時代之高下"首列"楚辭體"，卷九、卷十《外録》列擬騷、辭、文（指《北山移文》之類）、操、歌。這些不同稱謂都屬楚辭體或叫騷體。此書重在辨體，而不以收輯賦作爲目的，故所收賦作不多。《四庫全書·古賦辨體》提要云："其書自《楚辭》以下，凡兩漢、三國、六朝、唐、宋諸賦，每朝録取數篇，以辨其體格，凡八卷。其外集二卷，則擬騷、操、歌等篇，爲賦家流別者也，采摭頗爲完備……於正變源流，亦言之最確。"此書最突出的特點是對今人特別推崇的唐宋文賦多持批評態度。

本書資料據四庫全書本《古賦辨體》。

《古賦辯體》目録（節録）

古今之賦甚多。愚於此編，非敢有所去取，而妄謂賦之可取者止於此也，不過載常所誦者爾。其意實欲因時代之高下，而論其述作之不同；因體製之沿革，而要其指歸之當一。庶幾可以由今之體，以復古之體云。

楚辭體上（節録）

宋景文公曰："《離騷》爲詞賦祖，後人爲之，如至方不能加矩，至圓不能過規，則賦家可不祖楚《騷》乎？然《騷》者，《詩》之變也。《詩》無楚風，楚乃有《騷》，何邪？"愚按屈原爲《騷》時，江漢皆楚地。蓋自文王之化行乎南國，《漢廣》、《江有汜》諸詩已列於《二南》、《十五國風》之先，其民被先王之澤也深。《風》、《雅》既變，而楚狂"鳳兮"之歌,《滄浪》《孺子》"清兮"、"濁兮"之歌,莫不發乎情,止乎禮義,而猶有詩人之六義。故動吾夫子之聽,但其歌稍變於《詩》之本體。又以"兮"爲讀,楚聲萌蘗久矣。原最後出,本《詩》之義以爲《騷》。凡其寓情草木,託意男女,以極游觀之適者,變《風》之流也。其叙事陳情,感今懷古,不忘君臣之義者,變《雅》之類也。其語祀神歌舞之盛,則幾乎《頌》矣。至其爲賦,則如《騷經》首章之云比,則如香草惡物之類興,則託物興辭,初不取義。如《九歌》"沅芷澧蘭"以興思公子,而未敢言之屬。但世號"楚辭",初不正名曰賦。然賦之義,實居多焉。自漢以來,賦家體製大抵皆祖原意。故能賦者,要當復熟於此,以求古詩所賦之本義。則情形於辭,而其意思高遠;辭合於理,而其旨趣深長。成周先王《二南》之遺風,可以復見於今矣。

屈原名平

原與楚同姓,仕於懷王,爲三閭大夫,掌王族,昭、屈、景三族。與王圖政監下,應對諸侯。同列上官大夫及用事臣靳尚妬其能,讒之王。王疏原,原乃作《離騷》《九歌》、《九章》《遠游》等篇,陳正道以諷諫,泄其憂悲憤懣、無聊不平之思,致其繾綣惻怛、不能自已之意,以靈俏、美人喻君,以香草、善鳥、龍鳳比忠貞君子,以臭草、惡鳥、飇風、雲霓比小人,上述唐、虞,下序桀、紂,援天引聖,終不見省。不忍見宗國將遂危亡,遂自沈於汩羅之淵。

離 騷離,別也。騷,愁也。

晦翁云:"《詩》之興多而比、賦少,《騷》則興少而比、賦多,要必辨此而後辭義可尋。"然其游春宮、求宓妃之屬,又兼《風》之義;述堯舜、言桀紂之類,又兼《雅》之義。故淮南王安曰:"《國風》好色而不淫,《小雅》怨誹而不亂。若《離騷》者,可謂兼之矣。"讀者誠能體原之心,而知其情;味原之行,而知其理,則自有感動興起省悟處。孟軻氏論説《詩》曰:"不以文害辭,不以辭害意。""以意逆志,是爲得之。"凡賦人之賦與賦己之賦,皆當於此體會,則其情油然而生,粲然而見決,不爲文辭之所害矣。

九 歌

昔楚南郢,沅湘之俗信鬼而好祀,每使巫覡作樂,歌舞以娛神,俗陋詞俚。原既放而感之,故更其辭,以寓其情。因彼事神,不答而不能忘其敬愛;比吾事君,不合而不能忘其忠赤。故諸篇全體皆賦而比,而賦、比之中,又兼數義。晦翁云:"比其類,則宜爲三《頌》之屬;論其辭,則反爲《國風》再變之鄭、衞矣。"讀者詳之。

東皇太一

太一，天之貴神，祠在楚東，故曰東皇。

全篇賦而比也。言己至誠盡禮以事神，願神之欣悅安寧，以寄人臣竭力盡忠、愛君不已之情。又古者，巫以降神。神降而下託於巫，則見其貌美服好，身雖巫而心則神也。楚人名巫爲靈子，若曰神之子也。後篇凡言靈者，義倣此。

雲中君靈神也。

賦而比也。言神降而與人接，神去而人思不忘，以寄臣子慕君之情。

湘　君

堯長女，舜正妃娥皇也。舜崩於蒼梧，二妃死於江湘之間。湘旁黃陵，有廟。

賦而比也。然其中有比之比與興而比處，情意愛慕，曲折尤多。

湘夫人堯次女，舜次妃女英也。

與前篇比、賦同。至"沅有芷兮澧有蘭，思公子兮未敢言"，則又屬興矣。

大司命

《周禮·大宗伯》："祀司命。"

賦而比也。卒章乃言人生貧富貴賤各有所當，或離或合，神實司之，非人所能爲也。原於祠司命而發此意，所以順受其正者嚴矣，其又《雅》之義與？

少司命

此司命，其文昌第四星歟？

首兩章興也。中間意思纏綿處，似《風》。末段正言稱贊處，又似《雅》與《頌》。然全篇比、賦之義，固已在風、興、雅、頌之中矣。前篇司命陽神而尊，故但爲主祭者之詞。此司命陽神而少卑，故爲女巫之言以接之篇末，言神能驅除邪惡、擁護良善，宜爲下民取正，則與前篇意合。

東　君迎日之祭也。

賦也。似不兼別義，却有《頌》體。

河　伯

　　賦而比也。晦翁云：“巫與河伯既相別矣，而波猶來迎，魚猶來送，眷眷之無已也。”原豈至是而始歎君恩之薄乎？

山　鬼

　　賦而比也。前諸篇皆言人慕神，比臣忠君。此篇鬼陰而賤，不可比君，故以人況君，以鬼喻己，而爲鬼媚人之語。凡言余與我及若有人山中之類，皆託鬼自喻；言子與君及所思靈修美人公子之類，則況君也。反覆曲折，蓋言己與君始親終疏。今君雖未忘我，而卒困於讒已，終拳拳不忘君也。

九　章

　　原思君念國，隨事感觸，輒形於聲。後人輯之，得其九章，合爲一卷，非必出於一時之言也。其詞多直致無潤色，而《惜往日》、《悲回風》又其臨絕之音，尤憤懣而極悲哀，讀之使人歎息流涕而不能已。比之《離騷》，又其情哀傷之甚者也。蓋《風》、《雅》之變，至此極矣。

惜　誦

　　賦也。晦翁云：“此篇全用賦體，無他寄託。其言明切，最爲易曉。”

涉　江

　　賦而比也。

哀　郢

　　楚文王自丹陽徙江陵，謂之郢。後九世，平王城之；又後十世，爲秦所拔。而楚徙陳，謂之東郢。

　　賦也，有《風》義。原懷故都，徘徊不忍去，有《黍離》之餘悲焉。但《黍離》章末曰：“悠悠蒼天，此何人哉！”雖怨而發之和平，蓋猶有先王之澤。此章之末則曰：“信非吾罪而棄逐兮，何日夜而忘之？”雖言非我，深乃尤人。其出於憤激，固已與和平之音異矣。

抽　思

　　賦而比也。所謂少歌、倡、亂皆是樂歌音節之名。其“倡曰”一節，意味尤長，不惟兼比、賦之義，抑且有風人之旨焉。

懷　沙言懷抱沙石以自沈。

賦而比也。（以上卷一）

楚辭體下（節録）

思美人

比而賦也。其謂寄言於雲，而雲不將；致辭於鳥，而鳥難值；令薜荔爲理，而憚緣木；因芙蓉爲媒，而憚濡足。原之思何時可釋邪？《詩》曰：“心之憂矣，其誰知之？其誰知之，蓋亦勿思。”當是時也，有能思原之思者乎？

思往日

此章賦多而比少。

橘　頌

此章以頌名，雖曰頌橘之德，其實則比、賦之義。原蓋有感於踰淮爲枳之説，自比其志節，如橘之不可移。篇内意皆放此。然此一章，宜作兩節看。前一節是形容其根葉華實之紛緼，後一節是稱美其本性德行之高潔。兩節發端，皆以不遷難徙爲言。原之深情在此也。而後一節尤展轉詠歎，豈專頌橘也哉！

悲回風

此章比而賦，賦而比。蓋其臨終之作，出於瞀亂迷惑之際，詞混淆而情哀傷，無復如昔者雍容整暇矣。

遠　游

此篇雖託神仰以起興，而實非興；舉天地百神以自比，而實非比。原之作此，實以往者弗及，來者不聞爲恨。悲宗國將亡而君不悟，思欲求仙不死，以觀國事終久何如爾。故其詞皆與莊周寓言同，有非復詩人寄託之義，大抵用賦體也。後來賦家，爲闡衍鉅麗之辭者，莫不祖此。司馬相如《大人賦》尤多襲之。然原之情，非相如所可窺也。《大人賦》因不復録。

卜　居

　　賦也，中用比義。此原陽爲不知善惡之所在，假托蓍龜以決之，非果未能審於所向，而求之神也。居，謂立身所安之地，非居處之居。洪景盧云"自屈原詞賦假爲漁父、日者問答之後，後人作者悉相規倣。司馬相如《子虛》、《上林》，以子虛、烏有先生、亡是公；楊子雲《長楊賦》，以翰林主人、子墨客卿；班孟堅《兩都賦》，以西都賓、東都主人；張平子《兩京賦》，以馮虛公、子安處先生；左太冲《三都賦》，以西蜀公子、東吳王孫、魏國先生。皆改名換字，蹈襲一律，無復超然新意，稍出於規矩法度者。"愚觀此言，則知詞賦之作，莫不祖於屈原之《騷》矣。

漁　父

　　賦也，格轍與前篇同。漁父，蓋古巢由之流，荷蕢丈人之屬。或曰：亦原托之也。篇中句末用"乎"字，疑辭亦與前篇義同。其即荀卿諸賦句末"者邪"、"者歟"等字之體也。古今賦中或爲歌，固莫非以《騷》爲祖。他有"諔曰"、"重曰"之類，即是亂辭中間作歌，如《前赤壁》之類，用"倡曰"、"少歌曰"體。賦尾作歌，如齊、梁以來諸人所作，用此篇體。

宋　玉

　　玉，屈原弟子也，爲楚大夫，閔其師忠而放逐，故作《九辨》以述其志。玉賦頗多，然其精者，莫精於《九辨》。昔人以屈、宋並稱，豈非於此乎得之？太史公曰："屈原之後，楚有宋玉、唐勒、景差之徒，皆以賦見稱。"或問楊子雲曰："景差、唐勒、宋玉、枚乘之賦也，善乎？"曰："必也淫，詩人之賦麗以則，詞人之賦麗以淫。"審此，則宋賦已不如屈，而爲詞人之賦矣。宋黃山谷云："作賦須以宋玉、賈誼、相如、子雲爲之師，略依倣其步驟，乃有古風。老杜《詠吳生畫》云：'畫手看時輩，吳生遠擅場。'蓋古人於能事，不獨求誇時輩，要須前輩中擅場爾。"此言尤後學所當佩服，但其言自宋王以下而不及屈子，豈以《騷》爲不可及邪？

九　辨

　　其一：興而賦也，然兼比義。蓋遭讒放逐，感時物而興懷者，興也。而秋乃一歲之運，盛極而衰，陰氣用事，有似叔世危邦之象，則比也。
　　其二：賦兼風也。玩其優柔宛轉之辭，則得之矣。
　　其三：賦兼比、興之義，與首篇同。"余"、"吾"皆爲原之謂，他篇倣此。

其四：比而賦也。

其五：比而賦也。全篇取驥與鳳爲比，寓情曲折有味。

其六：賦而比也。其中賦多而比少。

其七：賦也，中含比義。

其八：比而賦也。首尾專言擁蔽之禍。

其九：賦也。其間亦略兼比。

右屈、宋之辭，家傳人誦尚矣。删後遺音，莫此爲古者，以兼六義焉爾。賦者，誠能隽永於斯，則知其辭所以有無窮之意味者，誠以舒憂泄思，粲然出於情。故其忠君愛國，隱然出於理。自情而辭，自辭而理，真得詩人“發乎情，止乎禮義”之妙，豈徒以辭而已哉！如但知屈、宋之辭爲古，而莫知其所以古，及其極力摹放，則又徒爲艱深之言以文其淺近之説，摘奇難之字以工其鄙陋之辭，汲汲焉以辭爲古，而意味殊索然矣，夫何古之有？能賦者，必有以辨之。

荀卿 名況

卿，趙人。少游於齊，爲稷下祭酒。後以避讒適楚，春申君以爲蘭陵令。君死，卿廢，遂家蘭陵而終。其時在屈原先，楚賦於斯已盛矣。愚今先屈後荀，固誠逆舛，但以屈子之《騷》，賦家多祖之。卿賦措辭工巧，雖有足尚，然其意味，終不能如《騷》章之淵永。若欲真之於首，恐誤後學。林少穎曰：“昔孔子之始删詩也，得周之《國風》、《雅》、《頌》，於自衛反魯之初，既列而序之，末乃得《商頌》，又從而附益之，不以世次之先後爲嫌也。”狂愚不揆，竊自附於聖人之義，覽者亦毋以世次之先後爲拘，則幸矣。

禮　賦

純用賦體，無別義。後諸篇同。卿賦五篇，一律全是隱語，描形寫影，名狀形容，盡其工巧，自是賦家一體，要不可廢。然其辭既不先本於情之所發，又不盡本於理之所存，若視《風》、《騷》所賦，則有間矣。吁！此楚騷所以爲百代詞賦之祖也歟？（以上卷二）

兩漢體上（節録）

《漢·藝文志》曰：“古者諸侯卿大夫交接隣國，揖讓之時，必稱詩以喻意，以别賢不肖而觀盛衰焉。春秋之後，聘問詠歌，不行於列國，學詩之士，逸在布衣，而賢士失志之賦作矣。大儒荀卿及楚臣屈原離讒憂國，皆作賦以風，如所云則騷即風也。咸有惻隱古詩之義。如荀卿《佹詩》、《成相》並賦也，所謂古詩之義在是。其後宋玉、唐勒、枚乘、司馬相如、揚子雲，競爲侈麗閎衍之辭，没其風喻之義。子雲悔之曰：詞人之賦麗以淫。"愚謂騷人之賦與詞人之賦雖異，然猶有古詩之義。辭雖麗而義可則，故晦翁不敢直以詞人之賦視之也。至於宋、唐以下，則是詞人之賦多没其古詩之義，辭極麗而過淫傷，已非如騷人之賦矣，而况於詩人之賦乎！何者？詩人所賦，因以吟詠情性也。騷人所賦，有古詩之義者，亦以其發乎情也。其情不自知而形於辭，其辭不自知而合於理。情形於辭故麗而可觀，辭合於理故則而可法。然其麗而可觀，雖若出於辭，而實出於情；其則而可法，雖若出於理，而實出於辭。有情有辭，則讀之者有興起之妙趣；有辭有理，則讀之者有詠歌之遺音。如或失之於情，尚辭而不尚意，則無興起之妙，而於則乎何有？後代賦家之俳體是已。又或失之於辭，尚理而不尚辭，則無詠歌之遺，而於麗乎何有？後代賦家之文體是已。是以三百五篇之《詩》，二十五篇之《騷》，莫非發乎情者。爲賦、爲比、爲興，而見於《風》、《雅》、《頌》之體，此情之形乎辭者。然其辭莫不具是理，爲《風》、爲《雅》、爲《頌》，而兼於賦、比、興之義，此辭之合乎理者。然其理本不出於情，理出於辭，辭出於情，所以其辭也麗，其理也則。而有風、比、雅、興、頌諸義也與？漢興，賦家專取《詩》中賦之一義以爲賦，又取《騷》中贍麗之辭以爲辭，所賦之賦爲辭賦，所賦之人爲辭人，一則曰辭，二則曰辭，若情若理有不暇及。故其爲麗，已異乎《風》、《騷》之麗，而則之與淫遂判矣。賈、馬、楊、班，賦家之升堂入室者，至今尚推尊之。晦翁云："自原之後，作者繼起，獨賈生以命世英傑之材，俯就騷律，非一時諸人所及。"定齋云："賦則漫衍其流，體亦叢雜。長卿長於叙事，淵、雲長於説理。"林艾軒云："揚子雲、班孟堅只填得腔子滿，張平子輩竭盡氣力，又更不及。如是，則賈生之非所及，毋論也；張平子輩之更不及，不論也。若長卿、子雲、孟堅之徒，誠有可論者。蓋其長於叙事，則於辭也長，而於情或昧；長於説理，則於理也長，而於辭或略。只填得腔子滿，則辭尚未長，而况於理？要之，皆以不發於情故爾。所以漁獵捃摭，誇多鬭靡，而每遠於性情；哀荒褻慢，希合苟容，而遂害於義理。間如《上林》、《甘泉》，極其鋪張，終歸於諷諫，而風之義未泯；《兩都》等賦極其眩曜，終折以法度，而《雅》、《頌》之義未泯；《長門》、《自悼》等賦，緣情發義，託物興辭，咸有和平從容之意，而比、興之義未泯。一代所見，其與幾何。誠以其時經焚坑之秦，故古詩之義，未免没而或多淫；近《風》、《雅》之周，故古詩之義，猶有存而或可則。古今言賦，自《騷》之外，咸以兩漢爲古，已非魏、晉以還所及心乎！古賦者，誠當祖《騷》而宗漢，去其所以淫，而取其所以則可也。今故於此備論古今之體製，而發明揚子麗則、麗淫之旨，庶不失古賦之本義云。

賈生名誼

生，通達國體，漢文帝議任以公卿之位，絳、灌之屬害之，乃以爲長沙王太傅。誼以謫去，意不自得。及過湘水時，屈原沉汨羅已百餘年矣。生追傷之，投文而吊以自喻。在長沙三年，有鵩鳥飛入生舍。鵩似鴞，不祥鳥也。生以長沙卑濕，恐壽不得長，故爲賦以自廣。晦翁云：“生有經世之才，文章蓋其餘事。”愚觀二賦，實奇偉卓絕。然《弔屈原賦》用比義，《鵩賦》全用賦體，無他義。故“同死生”、“齊物我”之辭，雖有逸氣，而其理未免涉於荒忽怪幻。若較之弔屈，於比義中發詠歌嗟歎之情，反覆抑揚，殊覺有味。

［弔屈原賦］

比也，雖曰賦而比，比義實多。《文選》因史傳有“投文弔屈”之語，故以爲《弔屈原文》。而諸家則以爲賦，要之篇中實皆比、賦之義。宜從諸家。迂齋云：“譏譏時人太分明。其才甚高，其志甚大，而量則狹矣。”

［鵩　賦］

賦也。其辭汗漫恍惚，皆遺世忘形之語。此太史公讀之，而有令人爽然自失之歎。文公云：“誼所稱皆列禦寇、莊周之常言。又爲傷悼無聊之故，而藉之以自悼者。”

司馬長卿

長卿，蜀人。少游梁，著《子虛賦》。後歸成都。久之，楊得意爲狗監，侍武帝。帝嘗讀《子虛賦》而善之，曰：“朕獨不得與此人同時哉！”得意曰：“臣邑人司馬相如，自言爲此賦。”上驚，乃召問長卿。長卿曰：“此乃諸侯之事，未足觀。請爲天子游獵之賦。”上令尚書給筆札，乃爲《上林賦》以諷諫焉。又《文選·長門賦序》云：“武帝陳后得幸頗妒，別在長門宮，聞相如工文，奉黃金百斤爲文君取酒，因求解悲愁之辭以悟主上。后復得幸。”然《漢書》陳后及長卿傳，無奉金求賦復幸事。不知序者何從實此云。

［子虛賦］

此賦雖兩篇，實則一篇。賦之問答體，其原自《卜居》、《漁父》篇來。厥後宋玉輩述之，至漢，此體遂盛。此兩賦及《兩都》、《二京》、《三都》等作皆然。蓋又別爲一體，首尾是文，中間乃賦。世傳既久，變而又變。其中間之賦，以鋪張爲靡，而專於辭者，則流爲齊、梁、唐初之俳體；其首尾之文，以議論爲駛，而專於理者，則流爲唐末及宋之文體。性情益遠，六義漸盡，賦體遂失。然此等鋪叙之賦，固將進士大夫於臺閣，發其蘊而驗其用，非徒使之賦詠景物而已。須將此兩賦及揚子雲《甘泉》、《河東》、《羽獵》、《長揚》，班孟堅《兩都》，潘安仁《藉田》，李太白《明堂》、《大獵》，宋子京《圜丘》，張文潛《大禮》、《慶成》等賦並看；又將《離騷》、《遠游》諸篇瞻麗奇偉處參看。一埽山林草野之氣習，全做冠冕佩玉之步驟，取天地百神之奇怪，使其詞誇；取風雲山川之形態，使其詞媚；取鳥獸草木之名物，使其詞贍；取金璧綵繒之容色，使其詞藻；取宮室城闕之制度，使其詞壯。則詞人之賦，吾既盡之，然後自賦之體而兼取他義。當諷刺則諷刺，而取之《風》；當援引則援引，而取諸比；當假託則假託，而取諸興；當正言則正言，而取諸《雅》；當歌咏則歌咏，而取諸《頌》。則詩人之賦，吾又兼之。吞吐溟渤，黼黻雲際，良金美玉，無施不可。漢人所謂感物造端，材知溢美，可與圖串。故可爲列大夫，有不在於斯人與？

［上林賦］

此篇之末，有風義。長卿之賦，雖多虛辭濫説，然要其歸引之於節儉，此與《詩》之諷諫何異？揚子雲乃曰："靡麗之賦，勸百而風一。猶騁鄭、衛之聲，曲終而奏雅，不已戲乎！"林艾軒又云："相如，賦之聖者。子雲、孟堅，如何得似他自然流出？"愚謂子雲以爲戲者，則以其駕辭多尚虛，而理或至於不實；艾軒以爲聖者，則以其運意猶自然，而辭未失於太過。若於此體會，則古人之賦，固未可以鋪張侈大之辭爲佳，而又不可以刻畫斧鑿之辭爲工，亦當就情與理上求之。

［長門賦］

以賦體而雜出於風、比、興之義。其情思纏綿，敢言而不敢怨者，風之義。篇中如"天飄飄而疾風"及"孤雌峙於枯楊"之類者，比之義。"上下蘭臺，遥望周步；援琴變調，視月精光"等語，興之義。蓋六藝中，惟風、興二義每發於情，最爲動人。而能發人之才思，長卿之賦甚多，而此篇最傑出者，有風、興之義也。故晦翁稱此文"古妙"。歸來子亦曰："此諷也，非《高唐》、《洛神》之比。"愚嘗以長卿之《子虛》、《上林》較之，《長門》如出二手。二賦尚辭，極其靡麗，而不本於情，終無深意遠味。《長門》尚意，感動人心，所謂"情動於中而形於言"，雖不尚辭，而辭亦在意之中。由此觀之，賦家果可徒尚辭而不尚意乎？尚意，則古之六義可兼。是所謂詩人之賦，而非後世詞人之賦矣。

班倢伃

倢伃以漢成帝時選入宮,貴幸,嘗從游後庭。帝召欲與同輦載,辭曰:"觀古圖畫,賢聖之君,皆有名臣在側。三代末主,乃有嬖女。今欲同輦,得無近似之乎?"上善其言而止。後趙飛燕娣弟自微賤興,倢伃稀復進見。飛燕遂譖倢伃祝詛主上,考問倢伃,倢伃對曰:"妾聞'死生有命,富貴在天'。修正尚未蒙福,爲邪欲以何望? 使鬼神有知,不受不臣之愬;如其無知,愬之何益? 故不爲也。"上善其對事,遂釋。倢伃恐終見危,求得共養太后長信宮,因作賦以自悼。

[自悼賦]

"重曰"以上賦也,"重曰"以下且興且風。晦翁云:"其情雖出於幽怨,而能引分以自安,援古以自慰,和平中正,終不過於哀傷。"其德性之美,學問之力,有過人者。嗚呼賢哉!

[搗素賦]

此雖賦也,而末後一段辭旨縝密,意思纏綿,真有"發乎情,止乎禮義"之風也。(以上卷三)

兩漢體下(節錄)

揚子雲名雄,西漢人。

子雲少而好賦,每慕相如,嘗作《綿竹頌》。成帝時,直郎楊莊頌此,帝曰:"此似相如之文。"莊曰:"非也。此臣邑人揚子雲。"帝召見。時帝爲趙飛燕無子,往祠甘泉泰時,子雲奏《甘泉賦》以風。帝又祠后土汾陰,追觀先代遺跡,子雲又以爲今日宜興至治,以擬帝《皇上河東賦》以勸。又帝羽獵,子雲從,以爲泰時非三驅之意,故因《校獵賦》以風。帝又將誇胡人,以多禽獸,命右扶風發民捕載,輸長楊射熊館,令胡人手搏之,自取其獲,子雲又上《長楊賦》以風。愚謂自楚騷已多用連綿字及雙字,長卿賦用之尤多。至子雲好奇字,人每載酒從問焉,故賦中全喜用奇字,十句而八九矣。厥後《靈光》、《江海》等賦,旁搜遍索,皆以用此等字爲賦體,讀者苦之。然賦之爲古,亦觀六義所發何如爾,若夫霧縠組麗,雕蟲篆刻,以從事於侈靡之辭,而不本於情,其體固已非古,況乎專尚奇難之字以爲古! 吾恐其益趨於辭之末,而益遠於辭之本也。晦翁嘗論今人好用字,如讀《漢書》,便去收拾三兩箇字。洪景盧較過人,亦然。南豐尚解使一二字，歐、蘇全不使一箇難字，而文字如此好，則作者何必要用奇難字哉！

［甘泉賦］

賦也。全是倣司馬長卿，真所謂同工異曲者與！蓋自長卿諸人就《騷》中分出侈麗之一體以爲辭賦，至于子雲，此體遂盛。不因於情，不止於理，而惟事於辭。雖曰因宮室畋獵等事以起興，然務矜誇，而非詠歌，興之義變甚矣；雖曰取天地百神等物以爲比，然涉奇狂，而非博雅，比之義變甚矣；雖曰陳古者帝王之跡以含諷，然近諛佞，而非柔婉，風之義變甚矣；雖曰稱朝廷功德等美以倣雅、頌，然多文飾，而非正大，雅、頌之義又變甚矣。但風、比、興、雅、頌之義雖變，而風、比、興、雅、頌之義終未泯。至於三國、六朝以降，辭益侈麗，六義變盡而情失，六義泯盡而理失。噫，於此可以觀世變矣！

［河東賦］

賦也。

［羽獵賦］

賦也。賦尾有風，與《甘泉》諸賦同。然子雲之所謂風，與長卿之所謂風蓋出一律，有非復《詩》、《騷》之風矣。

［長楊賦］

問答賦如《子虛》、《上林》，首尾同是文，而其中猶是賦。至子雲此賦，則自首至尾純是文，賦之體鮮矣。厥後唐末、宋時諸公，以文爲賦，豈非濫觴於此？蓋賦之爲體，固尚辭。然其於辭也，必本之於情，而達之於理。文之爲體，每尚理。然其於理也，多略乎其辭，而昧乎其情。故以賦爲賦，則自然有情、有辭而有理；以文爲賦，則有理矣，而未必有辭；有辭矣，而未必有情。此等之作，雖名曰賦，乃是有韻之文，併與賦之本義失之。噫！

班孟堅固

孟堅，漢明帝時爲蘭臺令史。時帝修洛陽宮，西京父老有怨帝不都長安之意，孟堅因作《兩都賦》以風，其《自序》云：“或曰：賦者，古詩之流也。昔成康沒而頌聲寢，王澤竭而《詩》不作。大漢初定，日不暇給。至於武宣之世，乃崇禮官，考文章，内設金馬石渠之署，外興樂府協律之事，以興廢繼絕，潤色鴻業。是以衆庶説豫，福應尤甚。《白麟》、《赤雁》、《芝房》、《寶鼎》之歌，薦於郊廟；神雀、五鳳、甘露、黃龍之瑞，以爲年紀。故言語侍從之臣，若司馬相如、吾丘壽王、東方朔、枚皋、王褒之屬，朝夕論思，日月獻納。而公卿大臣御史大夫倪寬、大常孔臧、太中大夫董仲舒、宗正劉德、太子太傅蕭望之等，時時間作。或以抒下情而通諷諭，或以宣上德而盡忠孝，雍容揄揚，著於後嗣，抑國家之遺美，亦《雅》《頌》之亞也。故孝成之世，論而錄之，蓋奏御者千有餘篇，而後大漢之文章，炳焉與三代同風。且夫道有夷隆，學有粗密，因時而建德者，不以遠近易則。故皋陶歌虞，奚斯頌魯，同見采於孔氏，列於《詩》《書》，其義一也。稽之上古則如彼，考之漢室又如此。斯事雖細，然先臣之舊式，國家之遺美，不可闕也。臣竊見海內清平，朝廷無事，京師修宮室，浚城隍，而起苑囿，以備制度。西土父老，咸懷怨思，冀上之睠顧，而盛稱長安舊制，有陋洛邑之義。故作《兩都賦》，以極眾人之所眩曜，折以今之法度。"是編諸賦之序刊而不載，實以卷帙增多，不便覽者，故皆撮其凡，附見於姓名之下。而特存此序，實欲後之學者，知詞賦之作，源委如此也。《二京》《三都》等賦大抵祖此，其賦因不復錄。

［西都賦］

此賦兩篇亦一篇也。前篇極其眩曜，賦中之賦也；後篇折以法度，賦中之雅也；篇末五詩，則又賦中之頌也。昌黎曰："詩正而葩。"子雲曰："詩人之賦麗以則。"愚謂先正而後葩，此詩之所以爲詩；先麗而後則，此賦之所以爲賦。自漢以來，賦者多知賦之當麗，而少知賦之當則。苟有善賦者，以詩中之賦而爲賦，先以情而見乎辭，則有正與則之意爲骨；後以辭而達於理，則有葩與麗之辭爲肉。庶幾葩、麗而不淫，正、則而可尚，發乎情，止乎禮義，是獨非詩人之賦歟？何詞人之賦足言也！此賦涉雅頌，猶有正與則之餘風，愚故於此意言之。

禰正平衡

正平性剛偏，恃才傲物，數侮曹操。操不能容，欲殺衡，畏爲人所議，遂送正平與荆州牧劉表。表復不能容，以江夏太守黃祖性急，故復送正平與之。祖長子射尤善正平，嘗會賓客，正平預坐。適有獻鸚者，射命正平賦之。正平援筆而成，文不加點，一座稱善。後正平竟以眾中辱祖，爲祖所害，時二十六。後人遂名其所賦之地爲鸚鵡洲云。

［鸚鵡賦］

比而賦也，其中兼含風、興之義。虛以物爲比，而寓其羈棲流落，無聊不平之情，讀之可爲哀歟。凡詠物題，當以此等賦爲法。其爲辭也，須就物理上推出人情來，直教從肺腑中流出，方有高古氣味。如但賦之以辭，則流於後代之體；以字句之巧爲用工，而不知其漠然無情；以體貼之切爲著題，而不知其渙然無理。視之雖如織錦，味之乃如嚼蠟，況望其可高古耶！此賦宜與鮑明遠《野鵝賦》並看。（以上卷四）

三國六朝體上（節録）

梁昭明《文選》序云："詩有六義，二曰賦。今之作者，異乎古詩之體，今則全取賦名。"愚按：《漢·藝文志》云："不歌而誦謂之賦。"則知辭人所賦，賦其辭爾，故不歌而誦；詩人所賦，賦其情爾，故不誦而歌。誦者，其辭；歌者，其情。此古今詩人、辭人之賦所以異也。嘗觀古之詩人，其賦古也，則於古有懷；其賦今也，則於今有感；其賦事也，則於事有觸；其賦物也，則於物有況。情之所在，索之而愈深，窮之而愈妙。彼其於辭，直寄焉而已矣。又觀後之辭人，刊陳落腐，而惟恐一語未新；搜奇摘艷，而惟恐一字未巧；抽黃對白，而惟恐一聯未偶；回聲揣病，而惟恐一韻未協。辭之所爲磬矣，而愈求妍矣而愈飾。彼其於情，直外焉而已矣。是故古人所歌，情至而辭不至，則嗟嘆而不自勝；辭盡而情不盡，則舞蹈而不自覺。《三百五篇》所賦，皆弦歌之，以此爾。後來春秋朝聘、燕享之所賦，猶取於工歌之聲；《詩》、楚《騷》、亂、倡、少歌之所賦，亦取於樂歌之音節。奈之何？漢以前之賦，出於情；漢以後之賦，出於辭。其不歌而誦，全取賦名，無怪也。蓋西漢之賦，其辭工於楚《騷》；東漢之賦，其辭又工於西漢。以至三國六朝之賦，一代工於一代。辭愈工則情愈短，情愈短則味愈淺，味愈淺則體愈下。建安七子，獨王仲宣辭賦有古風。歸來子曰："仲宣《登樓》之作，去楚《騷》遠，又不及漢，然猶過曹植、陸機、潘岳衆作。魏之賦極此矣。"誠以其《登樓》一賦不專爲辭人之辭，而猶有得於詩人之情，以爲風、比、興等義。晉初陸士衡作《文賦》有曰："立片言以居要，乃一篇之警策。"呂居仁曰："文章無警策，則不能動人。"但晉宋間人專致力於此，故失於綺靡，而無高古氣味。吁！士衡以辭爲警策爾，故曰立言居要；居仁以辭能動人爾，故曰綺靡無味。殊不知辭之所以動人者，以情之能動人也，何待以辭爲警策，然後能動人也哉？且獨不見古詩所賦乎，出於小夫婦人之手，而後世老師宿傅不能道。夫小夫婦人，亦安知有所謂辭哉！特其所賦，出於胸中一時之情不能自已，故形於辭，而爲風、比、興、雅、頌等義，其辭自深遠矣。然指此辭之深遠也，情之深遠也。至若後世老師宿傅，則未有不能辭者。及其見之於賦，反不能如古者小夫婦人之所爲，則以其徒泥於紙上之語，而不得其胸中之趣。故雖窮年矻矻，操觚弄翰，欲求一辭之及於古，亦不可得。又觀士衡輩《文賦》等作，全用俳體。蓋自楚《騷》"製芰荷以爲衣，集芙蓉以爲裳"等句，便已似俳。然猶一句中自作對。及相如"左烏號之彫弓，右夏服之勁箭"等語,始分兩句作對,其俳益甚。故呂與叔曰:"文似相如殆類俳,流至潘岳首尾絕俳",然猶可也。沈休文等出,四聲八病起,而俳體又入於律。爲俳者,則必拘於對之必的;爲律者,則必拘於音之必協。精密工巧,調和便美,率於辭上求之。《郊居賦》中嘗恐人呼雌霓作倪,不復論大體意味,乃專論一字聲律,其賦可知。徐庾繼出,又復隔句對,聯以爲駢,四儷六簇,事對偶以爲博物洽聞,有辭無情,義亡體失,此六朝之賦所以益遠於古。然其中有士衡《嘆逝》、茂先《鷦鷯》、安仁《秋興》、明遠《蕪城》、《野鵝》等篇,雖曰其辭不過後代之辭,乃若其情,則猶得古詩之餘情。愚於此,益嘆古今人情如此其不相遠,古詩賦義如此其終不泯。《詩》云:"中心藏之,何日忘之。"六義藏於人心,自有不能忘者,吾烏乎而忘吾情?

王仲宣名粲,三國魏人。

仲宣,山陽人。漢獻帝時避難荊州,依劉表,因登江陵城樓,懷歸而作賦。後從魏太祖,辟爲魏侍中。魏文帝嘗作《典論·論文》,稱仲宣"長於詞賦",如《初征》、《登樓》、《槐賦》,雖張、蔡不是過。蓋建安七子中,惟仲宣長於賦云。

[登樓賦]

賦也。末段自"步棲遲以徙倚"之下,則兼風、比、興義,故猶有古味。以此知詩人所賦之六義,其妙處皆從情上來。情之不可已也如是夫!

陸士衡名機,晉人。

士衡天才秀逸,辭藻宏麗。張華嘗稱之曰:"人之爲文,嘗恨才少,而子嘗患多。"葛洪亦稱其"妍麗弘贍,英銳飄逸,亦一代之絕筆。"二十時作《文賦》,以述先士之盛藻,論作文之利害所由,而自謂"竊有以得其心"。

[文　賦]

賦也。敘作文之變態,以爲賦也。中曰:"其爲物也多姿,其爲道也多遷,其會意也尚巧,其遣言也貴妍。"蓋當時貴尚妍巧,以爲至文,又豈知古人之文哉!至於論賦,則曰:"體物而瀏亮。"使賦在於體物瀏亮而已乎,則又何以妍巧爲?

[歎逝賦]

賦也。凡哀怨之文易以動人,六朝人尤喜作之。豈非懽愉之辭難工,而窮苦之言易好與?然此作雖未能止乎禮義,而發乎情,猶於變風之義有取焉。但古人情得其理,和平中正,故哀而不傷,怨而不怒。後人情流於欲,淫邪偏宕,故哀極而傷,怨極而怒。此賦與江文通《恨賦》同一哀傷,而此賦尤動人。吁!哀思之音,誠莊人端士之所當警者。

張茂先名華,西晉人。

茂先好文義,爲中書郎,雖棲處雲閣,慨然有感,作《鷦鷯賦》以比,鳥小而能安也。

[鷦鷯賦]小雀也。《詩》曰:"桃虫。"《方言》曰:"桑飛。"

比而賦也。凡咏物之賦,須兼比、興之義,則所賦之情不專在物,特借物以見我之情爾。蓋物雖無情,而我則有情;物不能辭,而我則能辭。要必以我之情,推物之情;以我之辭,代物之辭。因之以起興,假之以成比。雖曰"推物之情",而實言我之情;雖曰"代物之辭",而實出我之辭。本於人情,盡於物理,其詞自工,其情自切,使讀者莫不感動,然後爲佳。此賦蓋與《鸚鵡》、《野鵝》二賦同一比、興,故皆有古意。但《鸚鵡》、《野鵝》二賦尤覺情意纏綿,詞語悽惋,則其所以興情處異故也。

潘安仁

安仁總角辯慧,摛藻清艷。晉武帝藉于千畝,作《藉田賦》。又以太尉掾寓于散騎省,作《秋興賦》。

[藉田賦]

賦也。臧榮緒《晉書》以爲《藉田頌》,《文選》以爲《藉田賦》。要之篇末雖是頌,而篇中純是賦,賦多頌義少,當曰賦。馬、揚之賦終以風,班、潘之賦終以頌,非異也。田獵、禱祠涉於淫樂,故不可以不風;奠都、藉田,國家大事,則不可以不頌。所施各有攸當。凡爲臺閣之賦,又當知此。

[秋興賦]

賦也。賦雖以"興"名篇,而全體多是賦義,但其情尚覺春容,其辭未費斧鑿,蓋漢、魏流風猶有存者。夫安仁本躁者也,而篇末一段,乃强爲靜者之辭,要豈其真情也哉!篇中慕徒感節,惜老嗟卑,深情溢於辭表,所謂躁人之辭多是已。若因人之辭而觀人之情,手指目視,自有不能掩者。

成公子安名綏

子安少有俊才,辭賦壯麗。時人以其貧賤,不重其文。張華一見,甚善之,徵爲博士。歷中書郎。

[嘯　賦]

賦也。大凡人作有故實底文字，則有依傍，有模倣，夫何難哉！若作無故實底文，必須凌危駕空，將無作有，或引別事比映，或就別事團搦，全靠虛空形容詠出來，方見能手。此賦頗得此體。苟以類長，何患不能爲無故實之賦乎！洪景盧云："《嘯賦》無所賓主，必假逸羣公子乃能遣辭。"蓋問答之體，此習根著，末之或改。（以上卷五）

三國六朝體下（節録）

孫興公名綽，東晉人。

興公爲永嘉太守，聞天台山神秀，意將解印長往，以尚幽寂。因使圖其狀，遙爲之賦。賦成，以示友人范榮期。榮期曰："此賦，擲地當作金石聲。"

[天台山賦]

賦也。造悟真遣累之辭，以寓其尋幽履勝之情。其源亦出於《離騷》、《遠遊》。嘗謂世之學仙者，以離情爲宗。然雖曰離一切愛，而未免慕真，則愛未嘗離；雖曰離一切樂，而未免好靜，則樂未嘗離；雖曰離一切欲，而未免貪生，則欲未嘗離。凡人之情，與生俱生，而豈可離哉！必也無生而後情可離。爲仙者欲以長生久視，吾恐其終未免於有情也。晉人言聖人忘情其下不盡情，然則情之所鍾，正在我輩。愚於是而並有感。

顏延年名延之，宋人。

延年文章冠絶，爲秘書監時，受武帝赭白馬之賜。及文帝即位後，馬死，命羣臣賦之。延年遂有此作。

[赭白馬賦]

賦也。辭極精密。晉、宋間賦辭雖太工麗，要是賦中所有者，賦家亦不可不察乎此。若使辭出於情，情辭兩得，尤爲善美兼盡，但不可有辭而無情爾。愚故嘗謂賦之爲賦，與有辭而無情，寧有情而無辭。蓋有情而無辭，則辭雖淺而情自深，其義不失爲高古；有辭而無情，則辭雖工而情不及，其體遂流於卑弱。此賦句意皆出於漢《天馬歌》，至唐李、杜詠馬之作，則又出於此矣。

謝惠連

惠連十歲能文,族兄靈運深加知賞,爲《雪賦》,以高麗見奇。其賦假託漢時梁王、鄒枚、相如,而設爲賓主之辭,以起賦端。蓋梁王好賦,鄒陽、枚叟當孝王時,皆以善詞賦,客游於梁,故假託焉。

[雪　賦]

賦也。二歌及亂涉風、比、興義,意味近古。二歌倣《招魂》語意,亂辭別爲一體,又騷之變者。且歌者,詩人所賦之妙,實以其情,非辭能盡,故形於聲而爲歌。《雪》、《月》二賦篇末之歌,猶是發乎情本義。若《枯樹賦》,簇事爲歌,何情之可歌哉!此賦中間極精麗,後人詠雪,皆脫胎焉。蓋琢句練字,抽畫細膩,自是晉、宋間所長。其源亦自荀卿《雲》、《鷩》諸賦來。

謝希逸 名莊

希逸七歲能文,爲《月賦》,假託陳王及王仲宣,以設賓主之詞。蓋陳思王曹植與王粲仲宣及應瑒休璉、劉楨公幹並以文章馳名於魏初,時號建安體,故假託焉,與《雪賦》假梁王、鄒枚、相如同格。

[月　賦]

賦也。先叙事,次詠景,次詠題,次詠遊賞,而終之以歌。從首至尾,全用《雪賦》格,自是詠景物一體所當倣放。然荀卿詠物,但於句上求工已,自深刻。晉、宋間人又於字上求工,故精刻過之。篇末之歌,猶有詩人所賦之情,故"隔千里兮共明月"之辭,極爲當世人所稱賞。

鮑明遠 昭

明遠文辭贍逸,宋孝武時爲臨海王子瑱參軍,隨至廣陵。子瑱叛逆,昭見廣陵故城荒蕪。此城乃漢吳王濞故城,昭以爲子瑱事同於濞,遂爲《蕪城賦》以諷之。子瑱敗,明遠爲亂兵所殺。

[蕪城賦]

賦也,而亦略有風、興之義。此賦雖與《黍離》、《哀郢》同情,然《黍離》、《哀郢》情過於辭,言窮而情不可窮,故至今讀之,猶可哀痛。若此賦,則辭過於情,言窮而情亦窮矣，故辭雖哀切，終無深遠之味。《詩》云："知我者，謂我心憂；不知我者，謂我何求。"古人之情，豈可於辭上窮之邪！

［舞鶴賦］

賦也。形狀舞態極工。其"若無毛質"及"整神容以自持"等語，皆超詣。末聚舞事結束，正用《嘯賦》格。蓋六朝之賦，至顏、謝工矣。若明遠，則工之又工者也。其所以工者，盡辭之妙而惟其辭之不盡，豈知古人之賦，寧不能盡其辭而使之工哉！每留其辭，而不使之盡哉？誠欲有餘之情溢於不盡之辭，則其意味深遠，不在於辭之妙，而在於情之妙也。然以荀卿大傳所賦，猶或不察，而況於六朝間人耶！

［野鶩賦］

比而賦也。此賦雖亦尚辭，而其悽惋動人處，實以其情使之然爾。遐想明遠當時賦此，豈能無慨於其中哉！以六朝之時，而有賦若此，則知辭有古今，而情無古今。但習俗移人，雖賢者失其情而不自覺。《文選》不收此賦，前輩謂昭明識陋，固不信然。此賦從禰正平《鸚鵡賦》中來，可與並看。

江文通 名淹

文通六歲能文，愛奇尚異，爲齊豫章王記室，後爲金紫光祿大夫。

［別　賦］

賦也。賦至齊、梁，淫靡已極，其曲家《小石調》、畫家《没骨圖》與？觀此篇可見。然遣辭猶未脱顏、謝之精工，用事亦未如徐、庾之堆垛，但月露之形，風雲之狀，江左末年日甚一日，宜爲昔人所厭棄。陳後山曰："凡作文，寧拙無巧，寧朴無華，寧粗無弱。"如此等賦，豈復有拙朴粗之患邪？殊不知已流於巧，巧而華，華而弱矣。

庾子山 名信

子山與父肩吾及東海徐摛、摛子陵並仕於梁、陳，出入禁闈，文並綺豔，世號"徐庾體"。蓋自沈休文以平、上、去、入爲四聲，至子山尤以音韻爲事，後遂流於聲律焉。晉、宋間賦，雖辭勝體卑，然猶句精字選。徐庾以後，精工既不及，而卑弱則過之。就六朝之賦而言，梁、陳之於晉、宋，又天淵之隔矣。

［枯樹賦］

賦也。庾賦多爲當時所賞。今觀此賦，固有可采處，然喜成段對用故事以爲奇瞻，殊不知乃爲事所用，其間意脉多不貫串。夫詩人之多識，豈以多爲博哉？亦不過引古而證今，就事而生意，以暢吾所賦云爾。定齊論賦，以爲長卿長於叙事。所謂叙者，亦曰事得其叙，所以爲長。東萊曰："爲文之妙，在於叙事狀情。"若用事不得其叙，則泛而腐，於情既不足以發；冗而碎，於辭又不足以達；窒而澀，於理復不足以明。雖多，亦奚以爲？後山嘗謂歐公不用故事陳言，而文益高，尤學者所當察。愚故特存此篇，以辯梁、陳之體。（以上卷六）

唐體（節録）

嘗觀唐人文集及《文苑英華》所載唐賦，無慮以千計，大抵律多而古少。夫古賦之體，其變久矣。而況上之人選進士，以律賦誘之以利祿耶！蓋俳體始於兩漢，律體始於齊、梁。俳者，律之根；律者，俳之蔓。後山云："四律之作，始自徐、庾，俳體卑矣。而加以律，律體弱矣；而加以四六，此唐以來進士賦體所由始也。雕蟲道喪，頹波橫流，光鋩氣餒，埋鑣晦蝕，風俗不古，風騷不今，後生務進干名，聲律大盛。句中拘對偶以趨時好，字中揣聲病以避時忌。孰肯學古哉！"退之云："時時應事作俗語，下筆令人慚。及以示人，大慚以爲大好，小慚以爲小好，不知古文真何用於今世！"斯言也，其傷今也夫，其懷古也夫！是以唐之一代，古賦之所以不古者，律之盛而古之衰也。就有爲古賦者，率以徐、庾爲宗，亦不過少異於律爾。甚而或以五七言之詩爲古賦者，或以四六句之聯爲古賦者，不知五七言之詩、四六句之聯，果古賦之體乎！宋廣平，大雅君子也，其爲《梅花賦》，皮日休尚稱其清便富艷，得南朝徐、庾體，殊不類其爲人，他可知矣。且古賦所以可貴者，誠以本心之情，有爲而發；六義之體，隨寓而形。如雲之行空，風之行水，百態橫生，爲變不測；縱橫顛倒，不主故常，委蛇曲折，略無留礙。有不齊之齊，焉用俳；有不調之調，焉有律？及爲俳體者則不然。駢花儷葉，含宮泛商，如無鹽輩膏沐爲容，而又與西施鬪美。然天下之正色，終自有在。子美詩云："詞賦工無益。"其意殆爲俳律者發。李太白天才英卓，所作古賦，差強人意，但俳之蔓雖除，律之根故在，雖下筆有光餒，時作奇語，只是六朝賦爾。惟韓、柳諸古賦，一以騷爲宗，而超出俳律之外。韓子之學，自言其正葩之《詩》，而下逮於《騷》；柳之學，自言其本之《詩》以求其恒，參之《騷》以致其幽。要皆是學古者。唐賦之古，莫古於此。至杜牧之《阿房宮賦》，古今膾炙，但大半是論體，不復可專目爲賦矣。毋亦惡俳律之過，而特尚理以矯其失與？或疑《詩序》謂"發乎情，止乎禮義"，言情言理而不言辭。豈知古人所賦，其有理也，以其有辭；其有辭也，以其有情。其情正，則辭合於理而正；其情邪，則辭背於理而邪。所謂辭者，不過以發其情，而達其理。故始之以情，終之以禮，義雖未嘗言辭，而辭實在其中。蓋其所賦，固必假於辭，而有不專於辭者。去古日遠，人情爲利欲所汩，而失其天理之本然。情涉於邪而不正，則以遊辭而釋之；理歸於邪而不正，則以强辭而奪之。《易》係六辭，軻書四辭，固不出於理之正而亦何？莫不從心上來。吁！辭者，情之形諸外也；理者，情之有諸中也。有諸中故見其形諸外，形諸外故知其有諸中。辭不從外來，理不由他得，一本於情而已矣。若所賦專尚辭、專尚理，則亦何足見其平時素蘊之懷，他日有爲之志哉！方今崇雅黜浮，變律爲古，愚故極論律之所以爲律，古之所以爲古。賦者知此，則其形一國之風，言天下之事，當有得古人吟詠情性之妙者矣。

駱賓王

賓王幽繫，有感於夜螢出入之時，託之以寫其憂思之意，因作《螢火賦》。唐初王、楊、盧、駱，專學徐、庾穠纖妖媚，當時尚之。惟此賦猶有"發乎情"之旨，得《鸚鵡》、《野鵝》之微者。故特辨之。

［螢火賦］

比而賦也。本取螢自比，而又取他物比螢，所謂比中之比：或以比螢之明，或以比螢之化，非不精工，但先後復出，既繁且塞。體物瀏亮，恐不其然，其病源正在學齊、梁賦爾。蓋古人所賦，篇簡而不繁，何待俳事之碎；句質而不華，何待對偶之巧；字通而不怪，何待琢眼之工；韻寬而不狹，何待協律之切。賦家必知此四者，則其辭進於古矣。因就論焉。

李太白

太白小歲通《詩》、《書》，蘇頲異之，曰："是子天才英特，少益以學，可比相如。"賀知章見其文，嘆曰："子，謫仙人也。"又於江陵，見司馬子微，子微謂太白有仙風道骨，可與神遊八極之表，因著大鵬遇希有鳥賦以自廣。王荆公嘗謂太白才高而識卑，山谷又曰："好作奇語，自是文章之病"；"建安以來，好作奇語，故其氣象衰薾。"愚謂二公所言太白病處，正在許裏。

［大鵬賦］

比而賦也。太白蓋以鵬自比，而以希有鳥比司馬子微。賦家宏衍鉅麗之體，楚《騷》、《遠遊》等作已然，司馬、班、揚尤尚此。此顯出於《莊子》寓言，本自宏濶，而太白又以豪氣雄文發之，事與辭稱，俊邁飄逸，去《騷》頗近，然但得騷人賦中一體爾。若論騷人所賦全體，固當以優柔婉曲者爲有味，豈專爲閎衍鉅麗之一體哉！後人以《莊》比《騷》，實以《莊》、《騷》皆是寓言，同一比義，豈知《騷》中比兼風、興，豈《莊》所及？《莊》文是異端荒唐繆悠之說，《騷》文乃有先王盛時"發乎情，止乎禮義"之遺風。學者果學《莊》乎？學《騷》乎？

［明堂賦］

賦也。實從司馬、揚、班諸人之賦來，氣豪辭艷，疑若過之。若論體格，則不及遠甚。蓋漢賦體未甚俳，而此篇與後篇《大獵》等賦，則悅於時而俳甚矣。晦翁云："白有逸才，尤長於詩，而其賦乃不及魏、晉。"斯言信矣。

［大獵賦］

賦也。與《子虛》、《上林》、《羽獵》等賦首尾布叙、用事遣辭多相出入。

［惜餘春賦］

賦也。太白諸短賦，雕脂鏤冰，只是江文通《別賦》等篇步驟。晦翁嘗謂《離騷》興少而比、賦多，愚謂後代之賦，但咏景物而不咏情性，並此廢之，而況他義乎？欲復古者，當何如哉？

［愁陽春賦］

賦也。上句先用連綿字，以起下句之意，正是學《九辨》第一首語意。及"至若乃"以下，則又只是梁、陳體。

［悲清秋賦］

賦也。"澄湖練明，遥海上月"，與《赤壁賦》"人影在地，仰見明月"語意同，謂之倒句。若云"遥海上月，澄湖練明"，"仰見明月，人影在地"，語意雖順，意味便減。

［劍閣賦］

賦也。其前有"上則"、"旁則"等語，是擎斂《上林》、《兩都》鋪叙體格而裁入小賦，所謂"天吳與紫鳳，顛倒在短褐"者歟？故雖以小賦，亦自浩蕩而不傷儉陋。蓋太白才飄逸，其爲詩也，或離舊格而去之。其賦亦然。

韓退之

退之才高數黜，頗自傷其不遇，作《閔己賦》。其貶陽山令，與湖南支使楊儀之別，作《别知赋》。

[悯己赋]

赋也。略有比义。退之盖思古人静俟之义，自坚其志，终之以无闷云。

[别知赋]

赋也。其"中山敖敖其相轧"四句，殊觉自在，方是赋家语，有比、兴之义存焉。宋王介甫《书山石辞》有云："水冷冷而北出，山靡靡以旁围。欲穷源而不得，竟怅望以忘归。"谈者尚之，以为非今人言辞。其妙意虽在后二句，然前二句亦雅淡，正与此赋四语相似。

柳子厚

子厚在唐宪宗时，坐王叔文党贬官永、柳州，幽困历年不得还，悔其年少气锐，不识几微，不幸丧志失身以至此，遂作《闵生》、《梦归》等赋。其悔厉亦极矣。

[闵生赋]

赋也，亦用比义。盖纔有古义，便与后代体不同。

[梦归赋]

赋也，中含讽与怨意，其有得于变风之余者。中间意思，全是就《离骚》中脱出。

杜牧之

牧之为举子时，崔郾试进士。东都吴武陵谓郾曰："君方为天子求奇才，敢献所益。"因出《阿房宫赋》，辞既警拔，而武陵音吐鸿畅，坐客大惊。武陵请曰："牧方试有司，请以第一人处之。"郾谢。已得其人至第五，郾未对，武陵勃然曰："不尔，宜以赋见还。"牧果异等。

[阿房宫赋]

赋也。前半篇造句犹是赋，后半篇议论俊发，醒人心目，自是一段好文字。赋之本体，恐不如此，以至宋朝诸家之赋，大抵皆用此格。潘子真载曾南丰曰："牧之赋宏壮巨丽，驰骋上下，累数百言。至'楚人一炬，可怜焦土'，其论盛衰之变判于此。"然南丰亦只论其赋之文，而未及论其赋之体。《后山谈丛》云："曾子固短于韵语。"若韵语

是其所短，則其以文論賦，而不以賦論賦，毋怪焉。（以上卷七）

宋體（節錄）

王荆公評文章，嘗先體製。觀蘇子瞻《醉白堂記》曰：“韓、白優劣論爾。”後山云：“退之作記，記其事爾。今之記，乃論也。”少游謂《醉翁亭記》亦用賦體，范文正公《岳陽樓記》用對句説景。尹師魯曰傳奇體爾。宋時名公於文章必辯體，此誠古今的論。然宋之古賦，往往以文爲體，則未見其有辯其失者。晦翁云東漢文章，漸趨對偶。漢末以後，只做屬對文字。韓文公盡掃去，方成古文，當時信他者少亦變不盡。及歐公一向變了，亦有欲變而不能者。所以做古文自是古文，四六自是四六，却不衮雜。後山又云：“宋初士大夫，例能四六。楊文公筆力豪贍，體亦多變，而不脱唐末五代之氣。喜用方語，以切對爲工，乃進士賦體爾。歐陽少師始以文體爲對屬。”愚考唐、宋間文章，其弊有二，曰俳體，曰文體。爲方語而切對者，此俳體也。自漢至隋，文人率用之。中間變而爲雙關體，爲四六體，爲聲律體，至唐而變深，至宋而變極，進士賦體又其甚焉。源遠根深，塞之非易。晦翁又謂文章到歐陽、曾、蘇，方是暢然。所謂欲變不能者，豈特四六也哉！後山謂歐公以文體爲四六，但四六對屬之文也，可以文體爲之。至於賦，若以文體爲之，則專尚於理，而遂略於辭，昧於情矣。俳律卑淺固可去，議論俊發亦可尚。而風之優柔，比興之假託，雅頌之形容，皆不復兼矣。非特此也，賦之本義當直述其事，何嘗專以論理爲體邪？以論理爲體，則是一片之文，但押幾箇韻爾，賦於何有？今觀《秋聲》、《赤壁》等賦，以文視之，誠非古今所及。若以賦論之，恐坊雷大使舞劍，終非本色。學者當以荆公、尹公、少游等語爲法。其曰論體、賦體、傳奇體，既皆非記之體，則文體又果可爲賦體乎？本以惡俳，終以成文，舍高就下，俳固可惡，矯枉過正，文亦非宜。俳以方爲體，專求於辭之工；文以圓爲體，專求於理之當。殊不知專求辭之工，而不求於情，工則工矣，若求夫“言之不足”與“詠歌嗟嘆”等義，有乎？否也。專求理之當，而不求於辭，當則當矣，若求夫“情動於中”與“手舞足蹈”等義，有乎？否也。故欲求賦體於古者，必先求之於情，則不刊之言，自然於胸中流出，辭不求工而自工，又何假於俳？無邪之思，自然於筆下發之，理不求當而自當，又何假於文？胸中有成思，筆下無費辭。以樂而賦，則讀者躍然而喜；以怨而賦，則讀者愀然以吁；以怒而賦，則令人欲按劍而起；以哀而賦，則令人欲掩袂以泣。動盪乎天機，感發乎人心，而兼出於風、比、興、雅、頌之義焉，然後得賦之正體，而合賦之本義。苟爲不然，雖能脱於對語之俳，而不自知又入於散語之文。渡江前後，人能龍斷，聲律盛行。《賦格》、《賦範》、《賦選粹》，辯論體格，其書甚衆。至於古賦之學，既非上所好，又非下所習，人鮮爲之。就使或爲，多出於閒居暇日，以翰墨娛戲者；或惡近律之俳，則遂趨於文；或惡有韻之文，則又雜於俳。二體衮雜，迄無定向，人亦不復致辨。近年選場，以古賦取士。昔者無用，今則有用矣。嘗考春秋之時，覘國盛衰，別人賢否，每於公卿大夫士所賦知之。愚不知今之賦者，其將承累代之積弊，嚘啾咿嚶，而使天醜其行邪？抑將佟太平之極觀，和其聲而鳴國家之盛邪？則是賦也，非特足以見能者之材知，而亦有關吾國之輕重，學者可不自勉？嗟夫！"誰謂華高企其齊"，而古體高乎哉？"誰謂河廣，一葦航之"，古體遠乎哉？慎勿以"無田甫田，維莠驕驕"之心以自阻。

宋子京

［圓丘賦］

賦也。雖規規模倣，然語極工麗，猶是强追古躅者。若視當時《五鳳樓》等作，則又淺陋於此矣。蓋宋賦雖稍脱俳律，又有文體之弊，精於義理而遠於情性，絶難得近古者。

歐陽永叔

晦翁云："宋朝文明之盛，前世莫及。自歐陽文忠公、南豐曾公與眉山蘇公三人相繼迭起，以其文擅名當世，傑然自爲一代之文。獨於楚人之賦有未數數然者。"愚按此言，則宋朝古賦可知矣。

［秋聲賦］

此等賦實自《卜居》、《漁父》篇來。迨宋玉賦《風》與《大言》、《小言》等，其體遂盛，然賦之本體猶存。及子雲《長楊》，純用議論説理，遂失賦本真。歐公專以此爲宗，其賦全是文體，以掃積代俳律之弊，然於《三百五篇》吟咏情性之流風遠矣。《後山談叢》云："歐陽永叔不能賦。"其謂"不能"者，不能進士律賦爾，抑不能風所謂賦耶？迂齋云："此賦模寫工，轉折妙，悲壯頓挫，無一字塵浣，自是文中著翹者。"

蘇東坡

晦翁云："公自蜀而東，道出屈原祠下，嘗爲之賦，以詆揚雄而申原志，然亦不專用楚語，其輯之辭爲有發於原之心，而其詞氣亦若有冥會者。"晁補之云："曹操氣吞宇宙，樓船泛江，以爲遂無吳矣，而周瑜、黃蓋一炬以焚之。公謫黃岡，數遊赤壁下，蓋忘意於世矣。觀江濤涌汹，慨然懷古，猶壯瑜事而賦之云。"

[屈原廟賦]

賦也，雖不規規於楚辭之步驟。中間描寫原心，如親見之；末意更高，真能發前人所未發。

[前赤壁賦]

中間賦景物處，俊爽之甚。謝疊山云：“此賦學《莊》、《騷》文法，無一句與《莊》、《騷》相似，非超然之才、絕倫之識，不能爲也。瀟灑神奇，出塵絕俗，如垂雲御風，而立乎九霄之上。俯視六合，何物茫茫！非惟不挂之齒牙間，亦不足以入其靈臺丹府也。”

[後赤壁賦]

篇中如“人影在地，仰見明月”及“江流有聲，斷岸千尺”，“山高月小，水落石出”等句，更是賦景物妙處。

蘇子由

公嘗與兄子瞻同出屈祠而並賦。愚謂大蘇之賦，如危峯特立，有嶄然之勢；小蘇之賦，如深溟不測，有淵然之光。又子由《黃樓賦》略序云：“熙寧十年七月，河決澶淵，水及彭城下。余兄子瞻適爲守，爲水備。自戊戌至九月戊申，水及城二丈八尺。子瞻廬城上，調急夫、發禁卒以從事，以身率之，與城存亡。水既涸，子瞻曰：‘不可使徐人重被其害。’乃增築徐城，即城之東門爲大樓焉，堊以黃土，曰：‘土實勝水。’轍登斯樓，弔水之遺跡，乃作《黃樓賦》。”東坡嘗曰：“子由之文實勝僕，而世俗不知，反以爲不如。蓋子由爲人不願人知，故其文似其爲人。及作《黃樓賦》，乃稍自震屬，若欲以警憒憒者，便以爲僕代作。此殆見吾善者機也。”

[屈原廟賦]

賦而雜出於風、比、興之義，反覆優柔，沈著痛快。以古意而爲古辭，何患不古！

[黃樓賦]

賦也。雖不及他義，然無當時文體之病。嘗謂自漢以來，賦者知賦之當麗，而不知賦之當則；自宋以來，賦者雖知賦之當則，而又不知賦之當麗。故各墮於一偏，正所謂矯枉過正者也。此篇却有麗則意思。

［超然臺賦］

賦也，語亦精。其宋之近古者歟！

蘇叔黨

叔黨以文章馳名，時號小東坡。嘗隨侍東坡過嶺，作《颶風賦》。颶風者，具四方之風也。嶺南有颶風，每作時，雞犬爲之不寧。

［颶風賦］

小坡此賦，尤爲人膾炙。若夫文體之弊，乃當時所尚。然此賦前半篇猶是賦，若其《思子臺賦》，則自首至尾，有韻之論爾。文意固不害其爲精妙，而去六義之賦遠矣。

黄山谷

山谷長於詩，而尤以楚辭自喜，然不詩若者，以其大有意於奇也。晦翁云："古人文章，大率只是平説，而意自長。如《離騷》，只是平白説去，自是好。後來黄魯直恁地著氣力做，只是不好。"

［悼往賦］

賦也。起二句有比義。中間發乎情，有風義。山谷諸賦中，此篇猶有意味。他如《江西道院》、《休亭》、《煎茶》等賦，不似賦體，只是有韻之銘、贊。如此類，例不復錄。

秦少游

東坡作黄樓時，少游客彭城。樓成，因使賦之。

［黄樓賦］

賦也。子由《黄樓賦》，其漢賦之流與？少游《黄樓賦》，楚辭之流與？

［湯泉賦］

賦也。雖全是賦體，而其體猶近古，但其中衆體衮雜，故不能純乎古。

張文潛

文潛與山谷、少游、晁補之同出於蘇門，時號爲"蘇門四學士"。

［病暑賦］

賦也。全用《招魂》、《大招》意脉，鄰於騷人之賦矣。張子平《四愁詩》亦用此體。

［大禮慶成賦］

賦而雜出於雅、頌，其間多步驟相如、子雲、孟堅諸作，脱其意而異其辭，初不拘於架屋下之屋、樓上之樓者也。中間化腐爲奇處，正可學。後學知此，則"謝朝華於已披，啟夕秀於未振"，何患語言之陳腐哉！若曰傷於精刻，則荀卿諸賦已然，此何必議？

洪舜俞
［老圃賦］

賦也，雖未免簇事，然治擇精，援引工，亦得鮑、謝之祖者也。（以上卷八）

外録上（節録）

嘗觀晁氏《續騷》，以陶公《歸去來辭》爲古賦之流，疑其詩流爲賦，賦又流爲他文，何其愈流愈遠邪？又觀唐元微之曰："《詩》訖于周，《離騷》訖于楚，是後詩人流而爲二十四名：賦、頌、銘、贊、文、誄、箴、詩、行、吟、詠、題、怨、歎、章、篇、操、引、謡、謳、歌、曲、詞、調。自操以下八名，皆是起於郊祭、軍賓、吉凶等樂；由詩以下九名，皆屬事而作。雖題號不同，而悉謂之詩。"愚謂二十四名，或爲文，或爲詩，要皆是韻語。其流悉源於詩，但後代銘、贊、文、誄、箴之類，終是有韻之文，何可與詩賦例論？亦嘗反覆推之，然後知後代之賦，本取於詩之義，以爲賦名。雖曰賦，義實出於詩。故漢人以爲古詩之流。後代之文，間取於賦之義，以爲文名。雖曰文，義實出於賦。故晁氏亦以爲古賦之流。所謂流者，同源而殊流爾。如是，賦體之流固當辯其異，賦體之源又當辯其同。異、同兩辯，則其義始盡，其體始明。此古賦《外録》之辯，所以繼於《古賦辯體》之辯也歟！夫自帝王之書，有《明良之歌》、《五子之歌》，詩文雖互見，而詩體實自異。及聖人删商、周之詩爲一經，而詩體始與文體殊趣。然論詩之體，必論詩之義。詩之義六，惟風、比、興三義，真是詩之全體；至於賦、雅、頌三義，則已鄰於文體。何者？詩所以吟詠情性，如風之本義，優柔而不直致；比之本義，託物而不正言；興之本義，舒展而不刺促。得於未發之性，見於已發之情，中和之氣形於言語，其吟詠之妙，真有永歌嗟歎舞蹈之趣，此其所以爲詩，而非他文所可混。人徒見賦有鋪叙之義，則鄰於文之叙事者；雅有正大之義，則鄰於文之明理者；頌有褒揚之義，則鄰於文之贊德者。殊不知古詩之體，六義錯綜。昔人以風、雅、頌爲三經，以賦、比、興爲三緯。經，其詩之正乎！緯，其詩之葩乎！經之以正，緯之以葩，詩之全體始見。而吟咏情性之作，有非復叙事、明理、贊德之文矣。詩之所以異於文者以此。賦之源出於詩，則爲賦者，固當以詩爲體，而不當以文爲體。後代以來，人多不知經、緯之相因，正、葩之相須，吟咏無所因而發，情性無所緣而見。問其所賦，則曰"賦者，鋪也"。如以"鋪"而已矣，吾恐其賦特一鋪叙之文爾，何名曰賦？是故爲賦者，不知賦之體，而反爲文；爲文者，不拘文之體，而反爲賦。賦家高古之體，不復見於賦，而其支流軼出，賦之本義，乃有見於他文者。觀楚辭於屈、宋之後，代相祖述。《續騷》、《後語》等編中所載，如二《招》、《惜誓》以下，至王荆公《寄蔡氏女》、邢敦夫《秋風三疊》，皆本於《騷》，猶曰於賦之體無以異。他如《秋風》、《絶命》、《歸去來辭》等作，則號曰辭；弔田橫、葰弘等作，則號曰文；《易水》、《越人》、《大風》等作，則號曰歌。雖異其號，然取於賦之義則同。蓋於其同而求其異，則賦中之文誠非賦也；於其異而求其同，則文中之賦獨非賦乎？必也分賦中之文而不使雜吾賦，取文中之賦而可使助吾賦，分其所可分，吾知分非賦之義者爾。不以彼名曰賦，而遂不敢分，取其所可取，吾知取有賦之義者爾。不以彼名他文，而遂不敢取，此正魯男子學柳下惠法也。賦者，其可泥於體格之嚴，而又不知曲暢旁通之義乎？今故以歷代祖述楚語者爲本，而旁及他有賦之義者，因附益於《辯體》之後，以爲《外録》，庶幾既分非賦之義於賦之中，又取有賦之義於賦之外，嚴乎其體，通乎其義，其亦賦家之一助云爾。

後　騷

楚臣之騷，即後來之賦。愚於前已屢辨之。然愚載屈、宋之騷，而未及於後來之爲騷者，則以賦雖祖於騷，而騷未名曰賦，其義雖同，其名則異。若自首至尾以騷爲賦，混然並載，誠恐學者徒泥圖駿之間，而不索驪黃之外。騷爲賦祖，雖或信之；賦終非騷，亦或疑之矣。故先以屈、宋之騷載之，爲正賦之祖；而別以後來之騷録之，爲他文之冠。有源有委，而因委知源；有祖有述，而因述知祖。則古賦之體，或先或後，同源並祖，於此乎辨之其可也。蓋其意實與《續騷》及《楚辭後語》之意同，然不敢自並前脩。故少異其號，謂之"後騷"焉。

招　魂

《楚辭辯證》曰："屈原《離騷》謂之經，自宋玉《九辯》以下謂之傳。"晦翁蓋引晁補之本爲據而言也。愚按晁氏《續騷》、《九辯》、《招魂》、《大招》、《惜誓》、《弔屈原》、《鵩賦》、《哀時命》、《招隱士》凡八題，悉謂之傳。蓋原爲作者，玉乃述者爾。然玉之《九辯》精於《招魂》，故昔人並稱之曰“屈宋”。是以載《九辯》於《騷》篇之後，以爲賦家之祖，而以《招魂》至《招隱》錄於此。古者，人死則以其上服，升屋履危，北面而號曰皐某，復遂以其衣三招之，乃下以覆尸，以爲招魂。而楚俗乃以施之生人。玉閱原放逐，恐其魂魄離不復還，遂因國俗，託帝命，假巫語以招之。其盡愛以致禱，則猶古人之遺意，然其間全是比、賦義。

惜　誓

《史記》、《漢書》載賈生《弔屈》、《鵩鳥》二賦，而無《惜誓》一篇。晦翁據洪興祖說，謂其間數語與《弔屈》辭指略同，意爲生作無疑。又云“‘黃鵠之一舉兮，知山川之紆曲；再舉兮，睹天地之圜方’，此語超然拔出言意之表，未易以筆墨蹊徑論其高下淺深也。”愚謂此比而賦也。

漢莊忌
［哀時命］

忌，梁孝王客也。孝王好客，招致四方游士。忌與鄒、枚輩，皆以善辭賦客於梁。愚謂此篇出入比、賦兩義，亦騷體之雅似者。

［招隱士］

淮南王安好古愛士，招致賓客。客有八公之徒，分造詞賦，以類相從，或稱大山，或稱小山，如《詩》之大小雅，此乃《小山篇》中之一。愚謂興而賦也，其間用楚招意。晦翁云：“此篇視漢諸作最高古。”

漢揚子雲
［反騷］

子雲少好詞賦，怪屈原文過，相如至不容而死，以爲君子得時則大行，不得時則龍蛇，遇不遇命也，何必沈身哉？乃摭《騷》文而反之，投諸江流以弔原。晦翁云：“雄固爲屈原之罪人，此文乃《離騷》之讒賊，他尚何說！”愚謂雄之行，先賢辯之詳矣。然此文亦學者所當知，故錄於此。

唐韓退之
［訟風伯］

晁氏曰：“旱以喻時澤不下流，風以比小人實爲此厲，雲以比君子欲施而不可得。近於《詩·投畀》、《有昊》之義。”愚謂此比而賦也。

［享羅池］

柳子厚守柳州死，而柳民廟之於羅池，退之作迎享送神詩，晦翁名之曰《享羅池》。愚謂此篇賦也，其體自《九歌》中來，亦幾逼真矣。

宋王介甫安石

［寄蔡氏女］荊公女也，妻蔡卞。

晦翁云："其言平澹簡邃，翛然有出塵之趣。"愚謂此興而賦也。

宋黃魯直庭堅

［毀　璧］

山谷此篇，爲其女弟而作也。蓋歸而失愛於其姑，死而猶不免於水火，故其詞極悲哀。晦翁以爲賢於他語。愚謂此賦也。

宋邢居實

［秋風三疊寄秦少游］

居實，恕之子，少有逸才，大爲蘇、黃諸公稱許。其爲此時，未弱冠。晦翁云："味其言，神會天出，如不經意，而無一字作念人語。同時之士，號稱前輩名好古學者，皆莫及。使天壽之，則其所就，豈可量哉！"愚謂此興而賦也，而賦中亦有比義。

辭

休齋云："詩變而騷，騷變而爲辭，皆可歌也。辭則兼風、騷之聲，而尤簡邃者。"愚謂辭與賦一體也，特名異爾。故古人合而名曰辭賦。《騷》號楚辭，《漁父》篇亦號辭，是其例也。

漢武帝

［秋風辭］

《序》云："上行章河，東祠后土，顧視帝京，欣然中流。與羣臣飲燕，上歡甚，乃自作《秋風辭》。"文中子曰："《秋風辭》，其悔心之萌乎！"休齋曰："此辭一章凡易三韻，其節短，其辭哀。此辭之權輿乎？前則二句一叶，自'泛樓船'以下，五韻一叶，錯雜成章，亦楚辭之體。"愚謂此興而賦也。

漢息夫躬

［絕命辭］

躬在哀帝時，以上變告東平王雲封侯。後數上書，言事險譎，自知其危，故作《絕命辭》。後竟以罪誅死。晦翁云："躬利口作姦,死有餘責。此辭特以其高古似賈誼,故錄之。"愚謂此比而賦也。

晉陶淵明

［歸去來辭］

晦翁云："其辭義夷曠蕭散,雖托楚聲,而無其尤怨切蹙之病。"定齋云："世謂《歸去來辭》亦得漢魏賦體,予以爲不然。賦家漫衍其流,體亦叢雜。長卿長於叙事,淵、雲長於説理。張平子而下,著意爲之,其律愈切而詞愈庫。淵明蓋沛然出肺腑,如首云'歸去來',中間又云'歸去來兮',分爲二篇,而了無端緒。如莊、列言大道,縱橫飄忽,而中自有繩削,但人不得而窺蹈之耳。"愚謂此篇實用賦義,而中亦兼比。

宋黄魯直

［濂溪辭］

《序》云："春陵周子茂叔,人品甚高,胸中灑落,如光風霽月。中歲乞身,老于溢城,有水名之曰濂溪。茂叔短于取名,而鋭于求志;薄于徼福,而厚于得民;菲于奉身,而燕及牥黎;陋于希世,而尚友千古。聞茂叔之餘風,猶足以律貪,則此溪之水,配茂叔以永久。故余詩詞不及世故,猶髣髴其音塵。其略如此。"愚謂此辭全用賦義。

宋楊誠齋

［延陵懷古辭］

《序》云："予假守延陵,蓋州來季子之墟也。既而問諸故老,古今之士,或邑於斯,或寓於斯,獨三人焉。作《延陵懷古辭》。"愚謂三辭實用賦義。(以上卷九)

外錄下(節錄)

文

昔漢賈生投文,而後代以爲賦。蓋名則文,而義則賦也。是以《楚辭》載韓、柳諸文,以爲楚聲之續,豈非以諸文並古賦之流歟?今故錄歷代文中之有賦義者於此。若夫賦中有文體者,反不若此等之文,爲可入於賦體云。

六朝孔德璋 名稚圭

［北山移文］

北山者,建康蔣山是也。時周顒彦倫嘗隱此山,後應召爲海鹽令,以事赴京,欲再經此山。德璋以彥倫不能終其隱節，爲此山之羞，遂假山靈爲言，作《移文》以絶之。迂齋云："此篇當看節奏紆餘，虛字轉摺。然造語騷麗，下字新奇，所當詳味。"愚謂語麗字新，乃六朝人所長，亦所宜學，但不可專事此爾。

唐李遐叔名華

［弔古戰場文］

遐叔與蕭穎士齊名，世號"蕭李"。遐叔文辭綿麗，少宏傑氣，穎士俊爽自肆，時謂不及穎士。遐叔自疑過之，常作《弔古戰場文》，托之古人，雜以梵書之庋以示穎士，問曰："今誰可及？"穎士曰："君若精思，便可至矣。"遐叔愕然而服。愚謂此篇文體雖多，然用賦之體亦不少，分其文而取其賦，儘有以露筆端處。詳玩自見。

唐韓退之

［弔田橫文］

晁氏曰：愈有大志，不爲世知，故行經橫墓，感其義高能得士，而爲文以弔之。時唐宰相董晉爲汴州，纔奏愈從事，愈終始感遇，稱隴西公而不姓。後從裴度，亦自謂知己，然後終不引愈共天下事。故躊躇發憤太息於區區之橫，以謂夫苟如橫之好士，天下將有賢於五百人者至焉。愚謂此篇雖無他寄託，亦有賦中之風義。

唐柳子厚

［弔屈原文］

晁氏曰：宗元得罪，與昔人離讒去國者異，其弔原殆困而知悔者，其辭慚矣。愚謂此篇亦用比賦體，而雜出於風興之義。其跡原之心，亦頗得之。晦翁嘗稱揚、柳於《楚辭》逼真，必非苟言者。

［弔萇弘文］

萇弘，周靈王之賢臣，爲劉文公之屬大夫。文公與弘欲城成周，使告于晉魏。獻子涖政，悅萇弘而與之合諸侯于狄泉，衛彪傒曰："萇弘，其不歿乎！天之所懷，不可支也。"及范中行之難，周人殺萇弘。莊周云："萇弘死，藏其血三年而化爲碧。"蓋語其忠誠然也。子厚哀弘以忠死，故弔之云。愚謂此文皆用比、賦義。

［弔樂毅文］

燕昭王怨齊，迺先禮郭隗，而毅往委質焉。昭王以爲上將軍，下齊七十餘城，昭王死，田單間之，毅畏誅，遂奔趙，以書遺燕惠王曰："臣聞聖賢之君，功立而不廢，故著於

《春秋》；蚩知之士，名成而不毁，故稱於後世。”子厚傷毅有功不見知，而以讒廢，故弔之。愚謂子厚三弔古，文皆本於騷而用比、賦之義爲多，然弔屈文意最佳，弔萇弘次之，弔樂毅又次之。

［操］

《風俗通》云：“琴曲曰操。操者，言其窮阨猶不失其操也。”然舜《南風歌》亦被之琴，豈謂窮阨乎？亦歌之别名爾。晁氏曰：“孔子於《三百篇》皆弦歌之，操亦弦歌之辭也。”《離騷》本古詩之衍者，至漢而衍極。故《離騷》亡，操與詩、賦同出而異名，蓋衍復於約者，約故去古不遠。然則後之欲學《離騷》者，惟約猶近之。

尹伯奇
［履霜操］

尹吉甫子伯奇無罪，爲後母譖而見逐，自傷作。愚按：古操極多，但多是古詩。今録《履霜》、《雉飛》二操者，以其似騷而可入于賦也。

牧犢子
［雉朝飛操］

牧犢子七十無妻，見雉雙飛，有感而作。愚謂此以比、興而賦也。

韓退之
［將歸操］

孔子之趙，聞殺鳴犢作。晁氏曰：愈博學羣書，奇辭奥旨如取諸室中物，以其所涉博，故能約而爲此。其取興幽眇，怨而不言，最近《離騷》。十操取其四，以近楚辭，其删六首者，皆詩也。愚按：晁氏所取誠近騷，今從之。此篇則比而賦也。

［龜山操］

孔子以季桓子受女樂，諫不從，望龜山而作。愚謂此亦比而賦也。

［拘幽操］

文王羑里作，末云“臣罪當誅兮，天王聖明”，正與《詩》中所謂“母氏聖善，我無令人”意合，真得古人之心也夫！

［殘刑操］

曾子夢一狸，不見其首作。愚謂此雖賦，實有比義。

漢蔡文姬琰

［胡　笳］

文姬，漢中郎蔡邕女也，嫁爲衛仲道妻，遭亂，没於南匈奴左賢王十二年，爲生二子。曹操素善邕，痛其無後，以重賂贖之，歸於董祀。文姬自傷失節而不能忘二子，故作此。晦翁云：此雖不規規於楚語，而其哀怨發中，不能自已。琰失身異域不能死，義固無可言。然琰猶知愧以自訟，則與揚雄《反騷》之意又有間矣。琰母子無絶道，若雄，則反詘前哲以自文，宜不得與琰比。愚謂胡笳，胡中樂也。此辭乃其樂曲，亦古琴操之類。故以附操之後。其義則賦而兼比興者也。

［歌］

《漢藝·文志》云："不歌而誦謂之賦。"然騷中《抽思》篇有《少歌》，荀卿《賦篇》内《佹詩》有《少歌》，及《漁父》篇末又引《滄浪》、《孺子》歌，則賦家亦用歌爲辭，未可泥不歌而誦之言也。是故後代賦者，多爲歌以代亂，亦有中間爲歌者。蓋歌者，樂家之音節，與詩、賦同出而異名爾。今故載歷代本謂之歌而有六義可以助賦者。

虞舜氏

［南風歌］

舜調五絃之琴，歌《南風》之詩。愚謂此歌亦琴操，蓋比而賦也。

箕子

［麥秀歌］

箕子過故殷墟，欲哭則不可，欲泣爲近婦人，乃作歌以詠之。愚謂此歌與《詩》之《黍離》、騷之《哀郢》同感，蓋興而賦也。

伯夷

［采薇歌］

伯夷諫伐不從，采薇於首陽而歌。愚謂此賦也。

孔子

［獲麟歌］

賦也。

楚狂接輿

［鳳兮歌］

晦翁云：鳳有道則見，無道則隱，接輿以比孔子，而譏其不能隱而德衰也。蓋知尊孔子而趨不同者也。愚按此言則比而賦也。四書中惟有此歌及《滄浪》、《孺子歌》。然《滄浪歌》已見騷篇内，兹不重出。

寡陶嬰
［黄鵠歌］

嬰，魯門之女，少養母孤，無强昆弟，紡績爲産。魯人聞其義。將求焉。嬰聞之，恐不得免，作歌明己。魯人遂不復求。愚謂此比而賦也。

楚漁父
［渡伍員歌］

伍員逃楚入吳時，欲渡江，後騎追急，漁父渡之而歌。愚謂此直賦之義。

榜枻越人
［越人歌］

晦翁云：楚王弟鄂君乏舟榜枻，越人扣棹而歌於周太師，六詩之所謂興者有契焉。愚按此言則賦之中有興義。

燕荆軻
［易水歌］

燕太子丹患秦攻伐無已，使軻入秦刺秦王。將發，太子及賓客皆白衣以送之。至易水之上，既祖取道，高漸離擊筑，荆軻和而歌，爲變徵之聲，士皆垂涕。又爲羽聲忼慨，士皆瞋目，髮盡上指冠。其詞悲壯激烈，有足觀者。愚謂此雖賦也，起一句却兼比興之義。

項羽
［垓下帳中歌］

晦翁云："其詞慷慨激烈，有千載不平之餘慣。若其成敗得失，亦可爲强不義者之戒。"愚謂此賦也。

漢高祖
［大風歌］

晦翁云："此歌正楚聲也，亦名《三侯之章》。"《文中子》曰："《大風》安不忘危，其霸心之存乎！美哉乎！其言漢之所以有天下而不能三代，其以是夫！然自千載以來，人主之詞，未有若是壯麗奇偉者也。"愚謂此比而賦也。

漢武帝

［瓠子歌］

帝既封禪，乃發卒數萬人。瓠子決河，還，自臨祭。沈白馬玉璧，令羣臣從官皆負薪置決河東。東郡燒柴薪少，乃下淇園之竹，以爲揵焉，作歌詩二章，卒塞瓠子，築宮其上，名曰宣防，自此梁、楚無水災，歸來子曰：此歌乃閔然有籲神憂民惻怛之意。愚謂此賦也。

烏孫公主

［烏孫公主歌］

武帝元封中，以江都王建女細君爲公主，妻烏孫王昆莫爲右夫人。公主至其國，自治宮室居，時一再與昆莫會。昆莫年老，言語不通，公主悲愁有爲，作歌詞悲哀。愚謂此賦義也。

後漢梁鴻

［五噫歌］

鴻出京作此歌，肅宗聞而悲之，求鴻不得。愚謂此賦義也。

唐李太白

［鳴皋歌］

晦翁云："白此篇近楚辭。"歸來子以爲白才自逸蕩，故或離而去之者，亦爲知言。愚謂此賦也，其間出入六朝體，與楚辭終有徑庭。

韓退之

［盤谷歌］

此篇雖歌也，實賦也。起一段如詩，中至末一段如騷。（以上卷十）

吴師道

吴師道(1283—1344)字正傳。婺州蘭溪縣（今屬浙江）人。元英宗至治元年(1321)進士。以禮部郎中致仕，終於家。聰敏善記誦，詩文清麗。生平以道學自任，致力理學研究，晚年益精於學，剖析精嚴。曾采蘭溪歷代人物言行可爲後世取法者，撰《敬鄉録》。又采金華一郡人物言行撰《敬鄉後録》。此外，著有《戰國策校注》、《禮部集》、《易雜説》、《書雜説》、《詩雜説》、《春秋胡氏傳附辨》、《蘭溪山房類稿》等。其

《吳禮部詩話》中附詞話七則，唐圭璋摘出作爲《吳禮部詞話》一卷編入《詞話叢編》。

　　本書資料據中華書局 1986 年《詞話叢編》本《吳禮部詞話》、中華書局 1983 年《歷代詩話續編》本《吳禮部詩話》。

《吳禮部詞話》（節錄）

柳耆卿《木蘭花慢》

　　《木蘭花慢》，柳耆卿清明詞，得音調之正。蓋傾城、盈盈、歡情，於第二字中有韻。近見吳彥高《中秋詞》，亦不失此體，餘人皆不能。然《元遺山集》中凡九首，内五首兩處用韻，亦未爲全知者。今載二詞於後。

《吳禮部詩話》（節錄）

　　元微之《連昌宮詞》，多重用韻“竹”、“速”、“逐”、“録”、“屋”、“續”等。《漁隱叢話》載古人重用韻甚多，而未及此。

　　轆轤出入用韻，必有奇句乃可，如李師中《送唐介》詩是也。若句韻尋常，用此何爲？又必用韻連而聲協者，若東冬、寒山、爻豪、清青之類，今人乃間越用之，或一在上平，一在下平，皆非是。

李孝光

　　李孝光（1285—1350）字季和，號五峰。溫州樂清（今屬浙江）人。元代中後期重要文學家。少時博學，以文章負名當世。曾隱居雁蕩山五峰下，四方之士受學者衆。流傳的作品以詩爲主，與楊維楨在當時詩壇並稱“楊李”。其近體五言、樂府古體疏朗有唐調，七言出入江西詩派，俊偉之氣不可遏。今存詞二十二首，直抒胸臆，易讀易懂，但不够含蓄，多寫隱居情趣及對出處行藏、人生榮辱的看法，也表現出愛君憂民的思想。作文取法古人，不趨時尚。散文以《雁山十記》爲代表作。今存《五峰集》十卷。

　　本書資料據四庫全書本《五峰集》。

《樂府詩集》序

　　太原郭茂倩所輯《樂府詩》百卷，上采堯舜時歌謠，下迄於唐，而置次起漢郊祀，茂倩欲因以爲四詩之續耳。郊祀若《頌》、《鐃歌》，鼓吹若《雅》、《琴曲》，雜詩若《國風》。以其始漢，故題云《樂府詩》。樂府，教樂之官也。於殷曰瞽，宗周因殷，周官又有大司樂之屬，至漢乃有樂府名。茂倩雜取詩謠不可以皆被之絃歌，且後人所作弗中於古，率成於佗心，猶録而不削其意，或有屬也，歲久將弗傳。監察御史濟南彭叔儀父得其書，手自校讎，正其缺謬，及是更購求繕本吳粤之間，重爲校之，使文學童萬元刻諸學官，曰："將使世之學士皆得受業焉，上且興禮樂，此足爲之兆。"屬孝光序之。孝光曰：昔者聖人之作樂，邕天地之和，達萬物之情，其德神明矣，徒心耳之娛哉！凡樂之制，羣聖人所增更，至於周而大備。周之歌樂，盡聖人之徒之所自作，其報祀天地百神，又皆遵用黃帝、堯、舜、禹、湯之樂舞。宗廟之中，神且下，則奏九德之歌，九磬之舞。舞《招舞》也，歌《招詩》也。然則自《雲門》以下，樂皆自有歌，因可知矣。周時於黃帝、堯、舜相去二千有餘歲，而樂猶不懷，由先王世世肄業，存以遺後聖。故周公爲樂，頗遵用之。是皆羣聖人之所作，宜乎動盪天地，變化國俗，曾不崇朝而後致。或稱伏羲之立基，神農之下謀，祝融之屬續，顓頊之五莖，帝嚳之六英，以質故弗用。余曰不然。豈其制久而遂亡，不可復索？意周公不能無遺憾。向使猶有存者，則周公並用之矣。自漢高時爲武德之舞，駴用《招舞》而更曰文始，武舞而更曰五行。又因秦樂人制宗廟樂詩三侯之章，而房中樂、楚聲，至令唐山夫人爲歌。及孝武世益爲十九章，則有宛馬、產芝、白麟、赤蛟之物，以明得意。至是聖制遂泯，而黃帝以下之詩，於是始併亡矣。此非獨漢過。秦已帝秦以爲功德，上兼三五，改古制度，不師聖哲，棄先王之道勿復用。漢因而不修過，秦也，漢不得不任之。且公子完去陳，虞招猶不廢。田仲微，大夫也，負擔流離之際，不敢失墜。誠令漢訪求之，是時去古未遠，什二三倘可得也。孔子至自衛，歎曰："吾自衛反魯，然後樂正，雅頌各得其所。"乃取殷周之詩，皆絃歌之，以求夫韶舞、雅頌之音。孔子所爲歎，殆周公之意也。然則後之繼周者，盍亦思其本矣！由今論之，殷、周之詩具在。漢至於唐，若茂倩所次，又弗可考。遺其所不可知，而講其所可知，其殆庶幾乎！余嘗竊謂周、漢視六代，其微辭顯義不及者多矣。及聞叔儀父言，又深有感於不削之意，故爲具著以俟。至元六年十一月乙巳永嘉李孝光謹序。（卷一）

張　翥

　　張翥（1287—1368）字仲舉，號蛻庵。學者稱蛻庵先生。元晉寧（今山西臨汾）人。嘗拜李存爲師，並從仇遠受詩法。順帝至元初，召爲國子助教，旋退居淮東，起爲翰林國史院編修官，預修宋、遼、金三朝史書。累遷翰林學士承旨。致仕，加河南行省平章政事,給俸終身。詩文頗有特色,細膩而圓潤;詞不如詩,缺乏社會内容,但也有一些慷慨蒼涼之作。遺稿多散失,今存《蜕庵詩集》。

本書資料據四庫全書本明劉昌編《中州名賢文表》。

《圭塘小藁》序(節録)

昔人論文章,貴有館閣之氣。所謂館閣,非必掞藻於青瑣石渠之上,揮翰於高文大册之間,在於爾雅深厚、金渾玉潤,儼若聲色之不動,而薰然以和,油然以長,視夫滯澁怪僻、枯寒褊迫,至於刻畫而細,放逸而豪,以爲能事者,徑庭殊矣。故識者往往以是概觀其人之所到,有足徵焉。本朝自至元、大德以訖於今,諸公輩出,文體一變,掃除儷偶迂腐之語,不復置舌端,作者非簡古不措筆,學者非簡古不取法,讀者非簡古不屬目,此其風聲氣習,豈特起前代之衰?而國紀世教維持悠久,以化成天下者,實有係乎此也。(卷二十二)

陳　旅

陳旅(1288—1343)字衆仲,號荔溪。莆田(今屬福建)人。元代詩文名家。篤志於學。以薦爲閩海儒學官。中丞馬祖常奇之,與游京師。又爲虞集所知,延至館中。趙世延引爲國子助教。又召入爲應奉翰林文字。順帝至正元年(1341)遷國子監丞。卒於官。陳旅詩文俱佳。元末李性學列舉本朝“以文而知名者”十八家,旅爲其一。《元史》本傳云:“旅於文,自先秦以來,至唐宋諸大家,無所不究,故其文典雅峻潔,必求合於古作者。”陳旅的詩以紀遊、酬唱爲多,筆力甚健,氣追盛唐。著有《安雅堂集》十四卷,虞集爲之作序。

《元文類》是元朝詩文選集,本名《國朝文類》,蘇天爵(1294—1352)編,七十卷。蘇天爵字伯修,元真定(今河北正定)人,著有《元朝名臣事略》、《滋溪文稿》等。該書成於順帝元統二年(1334),共收窩闊台時期至元仁宗延祐時期約八十年間名家詩文八百餘篇,按文體分作四十三類,故名《元文類》。

本書資料據四庫全書本《元文類》。

《元文類》序

元氣流行乎宇宙之間,其精華之在,人有不能不著者,發而爲文章焉。然則文章者，固元氣之爲也。徒審前人製作之工拙，而不知其出於天地氣運之盛衰，豈知言者哉！蓋嘗考之，三代以降，惟漢、唐、宋之文爲特盛。就其世而論之，其特盛者，又何其不能多也！千數百年之久，天地氣運，難盛而易衰，乃若此斯人之榮悴，概可知矣。先民有言曰，三光五嶽之氣分，大音不完，必混一而後大振。美哉乎，其言之也！昔者比南斷裂之餘，非無能言之人，馳騁於一時，顧往往囿於是氣之衰。其言荒粗萎冗，無足起發人意。其中有若干不爲是氣所囿者，則振古之豪傑，非可以世論也。我國家奄有六合，自古稱混一者，未有如今日之無所不一，則天地氣運之盛，無有盛於今日者矣。建國以來，列聖繼作，以忠厚之澤，涵育萬物，鴻生僬髦出於其間，作爲文章，麗蔚光壯前世。陋靡之風，於是乎盡變矣。孰謂斯文之興，不有關於天地國家者乎？翰林待制趙郡蘇天爵伯修，慨然有志於此，以爲秦、漢、魏、晉之文則收於《文選》，唐、宋之文則載於《文粹》、《文鑑》。國家文章之盛不采而彙之，將遂散軼沈泯，赫然休光，弗耀於將來，非當務之大缺者歟？乃蒐撫國初至今名人所作，若歌、詩、賦、頌、銘、贊、序、記、奏、議、雜著、初説、議、論、銘、誌、碑、傳，皆類而聚之，積二十年，凡得若干首，爲七十卷，名曰《國朝文類》。百年文物之英，盡在是矣。然所取者，必其有繫於政治，有補於世教，或取其雅製之足以範俗，或取其論述之足以輔翼史氏，凡非此者，雖好弗取也。夫人莫不有所爲，於世顧其用心何如耳。彼爲身謀者，窮晝夜所爲，將無一事出於其私心之外。至有爲人子孫，於其先世所可傳者，漠然曾不加意，遑及它人之文與，天下之事哉！覽是編者，不惟有以見斯文之所以盛，亦足以見伯修平日之用心矣。伯修學博而識正，自爲成均諸生，以至歷官翰苑，凡前言往行，與當世之所可述者，無不筆之簡册。有各國朝名臣事，略與是編並著。廷論以文類，猶未流布於四方也。移文江浙行省鋟諸梓，伯修使旅書所以纂輯之意於編端，庶幾同志之士，尚相與博采而嗣錄之。元統二年五月五日，將仕佐郎、國子助教陳旅序。（卷首）

王　理

王理（生卒年不詳），生平不詳。其《元文類序》作於宋順帝元統二年（1334）。
本書資料據四庫全書本《元文類》。

《元文類》序

庀文統事，太史之職也。史官放失，而文學之士得以備其辭焉。古者自策書、簡牘，下及星歷、卜祝之事，屬于太史，故《三墳》、《五典》、《八索》、《九丘》在焉。《書》與

《易》皆是也,而《春秋》出焉。教於國都州里者,《詩》、《禮》、《樂》而已矣。觀民風者,采詩謠以知俗,觀禮樂以知政,亦集于太史。後之學者考《六藝》之辭,發而爲文章,是故文章稱西漢記事宗左氏、司馬子長,與世爲變其間,必有名者出焉。國初學士大夫,祖述金人,江左餘風,車書大同,風氣爲一。至元大德之間,庠序興,禮樂成,迄於延祐以來極盛矣。大凡《國朝文類》,合金人、江左以考國初之作述,至元大德以觀其成定,延祐以來以彰其盛,斯著矣。網羅放失,采拾名家,最以載事爲首,文章次之,華習又次之。表事稱辭者,則讀而知之者存焉。伯修於是亦勤矣哉,固忠厚之道也。文章之體備矣:因類物以知好尚,本敷麗以知情性,辭賦第一;備六體,兼百代,薈粹其言,樂章古今,詩第二;本誓命,紬訓誥,申重其辭以憲式天下,萬世則之,詔册制命第三;人臣告猷,日月獻納,有奏有諫,有慶有謝,奏議表牋第四;物有體,體以生義,以寓勸戒褒述,箴銘頌贊第五;聖賢之生,必有功德事業立於天下,後世法象之,古今聖碑第六;核諸實,顯諸華,合斯二者,不誕不俚,記序第七;衷蘊之發,油然恢徹,其變不動者鮮矣,書啓第八;物觸則感,感則思,思則鬱,鬱則不可遏,有裨於道,雜說題跋第九;有事,有訓,有言,有假,有類,不名一體,雜著第十;朝廷以羣造士,先生以導學者,徵諸古,策問第十一;爾雅其言,煜煜然歸其辭,其事宣焉,諸雜文第十二;累其行事,不愁遺之意,真辭愁,哀辭謚議第十三;其爲人也,没而不存矣,備述之,始終之,行狀第十四;其爲人也,没而不存矣,志其大者、遠者,將相大臣有彝鼎之銘,大夫、士庶人及婦人、女子亦得以没而不朽者,因其可褒而褒焉,以爲戒勸焉,墓誌、碑碣、表傳第十五。總七十卷,出入名家總若干人。是則史官之職,天下必有取於是也。夫自孔子删定六藝,《書》與《春秋》守在儒者。自史官不世其業,而一代之載往往散於人間。士之生有幸不幸,其學有傳不傳,日遷月化,簡劄埋没,是可欺也。伯修三爲史氏,而官守格限,遂以私力爲之。蘇君天爵,伯修其字也。世爲真定人。先世咸以儒名威,如先生尤邃歷學,著大《明歷算法篇》以稽其繆失焉。郎中府君以材顯,至伯修而益啓之。伯修博學而文,於書無所不讀,討求國朝故實及近代逸事,最詳定。著《名臣事略》若干卷,《遼金紀年》若干卷,並爲是書,非有補益于世道者不爲也。自翰林修撰爲南行臺御史,今爲監察御史。元統二年夏四月戊午朔,文林郎、江南諸道行御史臺監察御史南鄭王理序。(卷首)

楊維楨

　　楊維楨(1296—1370)字廉夫,號鐵崖、東維子。元文學家、書法家。原籍浙江諸暨。少年時,其父築樓於鐵崖山,聚書數萬卷。他終日勤讀,自號"鐵崖"。泰定三年

(1326)進士。楊維楨個性倔强，不逐時流，在詩、文、戲曲、書法等方面均有建樹，爲元代詩壇領袖。其詩清秀雋逸，別具一格，名擅一時，號"鐵崖體"，在元代文壇獨領風騷四十餘年。著有《東維子集》、《鐵崖先生古樂府》等。

本書資料據四庫全書本《東維子集》。

《趙氏詩録》序（節録）

評詩之品，無異人品也。人有面目骨骼，有情性神氣，詩之醜好高下亦然。風、雅而降爲騷，騷降爲十九首，十九首而降爲陶、杜，爲二李。其情性不野，神氣不羣，故其骨骼不庫，面目不鄙。嘻，此詩之品，在後無尚也。下是爲齊梁，爲晚唐、季宋，其面目日鄙，骨骼日庫，其情性神氣可知已。嘻，學詩於晚唐、季宋之後，而欲上下陶、杜、二李以薄乎騷、雅，亦落落乎其難哉！然詩之情性神氣，古今無間也。得古之情性神氣，則古之詩在也。然而面目未識而謂得其骨骼，妄矣；骨骼未得而謂得其情性，妄矣；情性未得而謂得其神氣，益妄矣。

《郭羲仲詩集》序（節録）

詩與聲文始，而邪正本諸情。皇世之辭無所述，間見於帝世，而備於《三百篇》，變於楚《離騷》、漢樂歌，再變於琴操、五、七言，大變於聲律，馴至末唐季宋，而其弊極矣。君子於詩可觀世變者類此。古之詩人類有道，故發諸詠歌，其聲和以平，其思深以長；不幸爲放臣、逐子、出婦、寡妻之辭，哀怨感傷，而變風、變雅作矣。后之詩人一有嬰拂，或飢寒之迫、疾病之楚，一切無聊之窘，則必大號疾呼，肆其情而後止；間有不然，則其人必有大過人者，而世變莫之能移者也。

《雲間紀遊詩》序（節録）

《詩》有爲紀行而作者乎？曰：有。"北風其凉，雨雪其雱。惠而好我，携手同行。"此民之行役，遭罹亂世，相攜而去之作也。《黍離》曰："彼黍離離，彼稷之苗。行邁靡靡，中心搖搖。"此大夫行役，過故都宮室，彷徨而不忍去之作也。後世大夫士行紀之什，則亦昉乎是。幸而出乎太平無事之時，則爲登山臨水、尋奇拾勝之詩；不幸而出於四方多事，豺虎縱橫之時，則爲傷今思古、險阻艱難之作，比《風·黍離》，代不乏已。

《蕉囱律選》序（節録）

詩至律，詩家之一厄也。東坡嘗舉杜少陵句曰："'五更鼓角聲悲壯，三峽星河影動搖。''五夜漏聲催曉箭，九重春色醉仙桃。'是後寂寥無聞，吾亦有云：'露布朝馳玉關塞，捷書夜報甘泉宫。令嚴鍾鼓三更月，野宿貔貅萬竈煙。'爲近之耳。"余嘗奇其識而韙其論，然猶以爲未也。余在凇，凡詩家來請詩法無休日，《騷》、《選》外談律者十九。余每就律舉崔顥《黃鶴》、少陵《夜歸》等篇，先作其氣，而後論其格也。崔、杜之作雖律，而有不爲律縛者，惜不與老坡參講之上。

《齊稿》序（節録）

詩之厚者，不忘本也。先民情性之正，異乎今之詩人曰某體、六朝體、杜夔州、孟襄陽、李西崑也，安識所謂推本其自者哉？

鐵雅先生拗律序（節録）

先生嘗謂律詩不古不作可也，其在錢唐時爲諸生講律體，始作二十首，多奇對。其起興如杜少陵，用事如李商隱，江湖陋體爲之一變。然於律中，又時作放體，此乃得於□然天縱，不知有四聲八病之拘。其可駭愕，如乖龍震虎，排海突嶽，萬物飛走，辟易無地。觀者當以神逸悟之，不當以雄強險阨律之也。（以上卷七）

周月湖《今樂府》序（節録）

士大夫以今樂府鳴者，奇巧莫如關漢卿、庾吉甫、楊淡齋、盧疎齋，豪爽則有如馮海粟、滕玉霄，醞藉則有如貫酸齋、馬昂父。其體裁各異，而宫商相宜，皆可被於絃竹者也。繼起者不可枚舉，往往泥文采者失音節，諧音節者虧文采，兼之者實難也。夫詞曲本古詩之流，既以樂府名編，則宜有風雅餘韻在焉。苟專逐時變，競俗趨，不自知其流於街談市彦之陋，而不見夫錦臟繡腑之爲懿也，則亦何取於今之樂府，可被於絃竹者哉！

沈氏《今樂府》序（節録）

或問：騷可以被絃乎？曰：騷，詩之流。詩可以絃，則騷其不可乎！或有曰：騷無古今，而樂府有古今，何也？曰：騷之下爲樂府，則亦騷之今矣。然樂府出於漢，可以言古。六朝而下，皆今矣，又況今之今乎！吁，樂府！曰：今則樂府之去漢也遠矣，士之操觚于是者，文墨之游耳。其以聲文綴於君臣夫婦仙釋氏之典，故以警人視聽，使癡兒女知有古今美惡成敗之勸懲，則出於關、庾氏傳奇之變。或者以爲治世之音，則辱國甚矣！吁，《關雎》、《麟趾》之化漸漬於聲樂者，固若是其班乎！故曰：今樂府者，文墨之士之游也。然而媒雅邪正、豪俊鄙野，則亦隨其人品而淂之。楊、盧、滕、李、馮、貫、馬、白，皆一代詞伯，而不能不遊於是，雖依比聲調，而其格力雄渾正大，有足傳者。邇年以來，小葉俳輩類以今樂府自鳴，往往流於街談市諺之陋，有漁樵欸乃之不如者。吾不知又十年、二十年後，其變爲何如也！

朱明優戲序（節録）

百戲有魚龍、角觝、高絚、鳳凰、都盧、尋橦、戲車、走丸、吞刀、吐火、扛鼎、象人、怪獸、含利、潑寒、蘇莫等伎，而皆不如俳優侏儒之戲，或有關於諷諫，而非徒爲一時耳目之玩也。窟儡家起於偃師獻穆王之伎，漢户牖侯祖之以解平城之圍，運機關舞埤間，闕支以爲生人，後翻爲伶者戲具。其引歌舞，亦不過借吻角呶唧聲，未有引以人音至於嬉笑怒罵，備五方之音，演爲諧諢嚘呃而成劇者也。

《優戲録》序

侏儒奇偉之戲，出於古亡國之君。春秋之世，陵轢大諸侯。後代離拆文義，至侮聖人之言爲大劇，蓋在誅絶之法。而太史公爲滑稽者作傳，取其譚言微中，則感世道者深矣。錢唐王曄集歷代之優辭有關於世道者，自楚國優孟而下，至金人玳瑁頭，凡若干條。太史公之旨，其有概于中者乎！予聞仲尼論諫之義有五，始曰譎諫，終曰諷諫。且曰："吾從者，諷乎！"蓋以諷之效，從容一言之中，而龍逢、比干不獲稱良臣者之所不及也。觀優之寓於諷者，如漆城瓦衣兩稅之類，皆一言之微，有回天倒日之力，而勿煩乎牽裾伏蒲之勃也。則優戲之伎，雖在誅絶，而優諫之功，豈可少乎？他如安金藏之刳腸，申漸高之飲酖，敬新磨之勉戮，疲今楊花飛之易亂，主於治君子之論，且有謂臺官不如伶官,至其錫教及於彌侯解愁具死也,足以愧北面二君者,則憂世君子不能不三喟於此矣。故吾於嘳之編爲叙之如此,使覽者不徒爲軒渠一噱之助,則知嘳之感太史氏之感也歟!至正六年秋七月序。(以上卷十一)

吳 萊

吳萊(1297—1340)字立夫,本名來鳳。元婺州浦江(今屬浙江)人。元朝集賢殿大學士吳直方長子。七歲能屬文。試禮部,不第。退居深山中,益力研究,專心著述。後薦署饒州路長薌書院山長,未行而卒。門人私謚淵穎先生。《四庫全書·淵穎集提要》說:"(吳)萊與黃溍、柳貫並受業於宋方鳳,再傳而爲宋濂,遂開明代文章之派。"吳萊作文講究奇正開合,縱橫變化,風格高古奇崛,無絲毫甜俗之氣;作詩不喜近體,而擅古體歌行,詩格雄渾奇肆,爲清人王漁洋所稱賞。在王所編的詩集《古詩箋》中,元代詩人僅有兩人詩作入編,吳萊爲其中之一,入編二十八首。著作頗豐,有《尚書標說》、《春秋世變圖》、《樂府類編》、《唐律刪要》等十一種,尚有《詩傳科條》、《春秋經說》、《胡氏傳考誤》等未完稿。吳萊去世後,門人宋濂選編其重要詩文成《淵穎集》十二卷,並請丞相劉伯温作序。

本書資料據四庫全書本《淵穎集》。

與黃明遠第三書論樂府雜說

昨出《古詩考録》,自漢、魏以下迄于陳、隋,上下千有餘年,正聲微茫,雅韻廢絶,未有慨然致力于古學者。但所言樂家所採者爲樂府,不爲樂家所採者爲古詩,遂合樂府、古詩爲一通,以定作詩之法,不無疑焉。竊意古者樂府之說,樂家未必專取其辭,特以其聲爲主,聲之徐者爲本,疾者爲解。解者何?樂之將徹,聲必疾,猶今所謂闋也。《漢書》云:"樂家有制,氏以雅樂,世世在大樂官,第能識其鐘鼓鏗鏘而已,不能言其義。"此則豈無其辭乎?辭者,特聲之寓耳。故雖不究其義,獨存其聲也。漢初因秦樂人以制樂,《韶》爲《文始》,《武》爲《五行》。《房中》有《壽人》,《壽人》後易名《安世》,其辭十有七章,乃出於唐山夫人之手。《文始》、《五行》有聲無辭,後世又皆變名易服,以示不相沿襲,其聲實不全殊也。及武帝定郊祀,立樂府,舉司馬相如等數十人作爲詩賦。又採秦、楚、燕、代之謳,使李延年稍協律呂,以合八音之調,如以辭而已矣,何待協哉!必其聲與樂家牴牾者多。然孝惠二年,夏侯寬已爲樂府令,則樂府之立,又未必始於武帝也。豈武帝之世,特爲新聲,不用舊樂耶?自漢世古辭號爲樂府,沈約

《樂志》、王僧虔《技録》，則具載其辭，後世已不能悉得其聲矣。漢、魏以降，大樂官一皆賤隸爲之。魏三祖所作及夫歌章古調，率在江左，雖若淫哇綺靡，猶或從容閒雅，有士君子之風，隋文聽之以爲華夏正聲。當時所有者六十四曲，及鞞、鐸、巾、拂等四舞，皆存。唐長安中工技漸缺，其能合于管絃，去吳音寖遠。議者謂宜取之吳人，使之傳習。開元以後，北方歌工，僅能歌其一曲耳。時俗所知多西涼龜茲樂，倘其辭之淪缺，未必止存一曲。豈其聲之散漫已久，不可復知耶？奈何後世擬古之作，曾不能倚其聲以造辭，而徒欲以其辭勝。齊梁之際，一切見之新辭，無復古意。至於唐世，又以古體爲今體。宮中樂《河滿子》特五言而四句耳，豈果論其聲耶？他若《朱鷺》、《雉子斑》等曲，古者以爲標題下則皆述別事，今返形容二禽之美以爲辭。果論其聲，則已不及乎漢世兒童巷陌之相和者矣，尚何以樂府爲哉？傳有之："興於詩，立於禮，成於樂。"蓋詩之與樂，固爲二事。詩以其辭言者也，樂府以其聲言者也。今則欲毀樂府而盡爲古詩，以爲既不能歌，徒與古詩均耳，殆不可令樂府從此而遂廢也。又聞學琴者言：琴操多出乎楚漢，或有聲無辭，其意趣高遠可喜，而有辭者反不逮。是則樂家未必專取其辭，而特以其聲爲主者，又明矣。嘻，今之言樂府者，得無類越人之歌而楚人之説乎！昔者鄂君子皙之泛舟新波之中也，榜枻越人歌之曰："濫兮抃草，濫予昌玄（據他本補）。澤予昌州，州饊州焉乎？秦胥胥縵予乎，昭澶秦踰，慘慥隨河。"湖鄂君子皙曰："吾不知越歌，子試爲我楚説之。"乃召越譯而楚説之曰："今夕何夕兮，搴洲中流。今日何日兮，得與王子同舟。蒙羞被好兮，不訾詬恥。心幾煩而不絶兮，得知王子。山有木兮木有枝，心説君兮君不知。"其聲則越，其辭則楚。楚、越之相去也不遠，猶不能辨，又況自今距古千有餘年，而欲究其孰非孰是，不亦難乎？昔唐史臣吳兢有《樂府解題》，近世莆田鄭樵又爲《樂府正聲遺聲》。然性愛奇，卒無所去取。兢則列叙古樂，而復引吳均輩新曲，均豈可與漢魏比倫哉？若樵，又以天時、人事、鳥獸、草木各附其類，無時世先後，而欲以當聖人所删之逸詩，是亦無異乎文中子之續詩也。今欲一定作詩之法，且以考古自名。古樂府之名，不可以不存，存之則其辭是也，擬之則其聲非也。不然，吾願以李、杜爲法。太白有樂府，又必摹擬古人已成之辭，要之或其聲之有似者，少陵則不聞有樂府矣。幸悉以教我，毋多讓焉。（卷七）

《古詩考録》後序

予嘗從黃子學詩，黃子集漢魏以来古詩凡數十百篇。詩之作尚矣！蓋古今之言詩者異焉。古之言詩，主於聲；今之言詩，主於辭。辭者，聲之寓也。昔者孔子自衛反魯，乃與魯太師言樂。樂既正矣，而後《雅》、《頌》各得其所。史遷則曰："古詩三百餘篇,聖人特取其三百而被之弦歌。"所謂洋洋盈耳者,不獨主於聲也。或因其斷章取義,而欲以導其言語之所發;或本其直指全體,而務以約其性情之無邪。是又不以其辭哉!制氏世世在大樂官,蓋頗識其鐘鼓之鏗鏘,而不能言其義。《鹿鳴》、《騶虞》、《伐檀》、《文王》四調,猶得爲漢雅樂之所肄,且混於趙、燕、楚、代之謳者無幾。自其辭言,古今義理之極致一也;自其聲言,則樂師矇瞍之任未必能勝。夫齊、魯、韓、毛四家之訓詁者也,雖然古之安樂怨怒哀思之音,蓋將因其辭之所寓者而盡見之。故當時之聞《韶》者,則從容和緩;觀武者,則發揚蹈厲。是獨非以其聲辭之俱備然哉!自漢、魏以來,誠不可以望古《三百篇》。至於上下千有餘載,作者間出。如以其聲,則沈休文之《樂志》、王僧虔之《技録》,自能辨之。苟以其辭,則今無越乎黃子之所集者。吾猶恐古之言詩不專主於聲,而今之言詩亦不專主於辭也。何則?古之言詩本無定聲,亦無定韻,聲取其諧,韻取其協,平固未始嘗爲平,仄固未始嘗爲仄,清固未始不叶爲濁,濁固未始不叶爲清。自近世王元長、沈休文之徒,始著四聲,定八病,無復古人深意。新安吳棫材老,乃用是而補音補韻。先儒亦嘗取是而叶《詩》,叶《離騷》,蓋古今之字文不同,南北之語言或異,而音韻隨之,是雖不待於叶而自能叶焉者也,故當觀其辭。然則古之言詩者辭,而言樂者則聲也。采詩之官不置,樂府之署不設,吾無以聲爲也。若夫今之言詩,既曰古、近二體,古體吾不敢知,而近體乃謂之爲律者,何也?又安得不求夫聲辭之俱備,而後爲至哉?考乎古者,考此足矣。試以是而復之黃子,序于末編。

《樂府類編》後序

初,太原郭茂倩次古今樂府,但取標題,無時世先後,紛亂厖雜,摹擬蹈襲,層見間出,厭人視聽。今姑就茂倩所次,辨其時代,且選其所可學者,使各成家。又從而論之曰:古之言樂者,必本於詩。詩者,樂之辭而播於聲者也。太史采之,太師肄之。世道之盛衰,時政之治亂,蓋必於詩之正變者得之。詩,殆難言矣乎!自秦變古詩,樂失官,至漢而始欲脩之。燕、代、荊、楚,稍協律呂;街衢巷陌,交相唱和。當世學者司馬相如之徒,徒以西蜀雕蟲篆刻之辭,而欲立漢家一代之樂府。傳及魏、晉,流風寖盛。而其所謂樂者,亦止於是。嗚呼!今之去漢則又遠矣。故今或觀樂府之詩者,一切指爲古辭。雖其浮淫鄙倍,不敢芟夷;殘訛缺漏,不能附益。顧獨何哉?誠以古辭重也。魏、晉以降,蓋惟唐人,頗以詩自名家,而樂府至雜用古今體。當其初年,江左齊、梁官闈粉黛之尚存;及其中世,代北蕃夷風沙戰伐之或作,是則古之所謂亂世之怨怒、亡國之哀思者,而唐人之辭爲盡有之。欲求其如漢、魏之古辭者,少矣。雖然,漢承百王之

1126

敝，治不及古；唐之於漢，則又不及於漢者遠甚。是故秦號列第，國忠秉政，妖淫蠱惑，養成禍亂，而天下之俗，日趨於弊。蕃戎搆難，隴右陷没，侵陵侮辱，蹴我疆場，而天下之勢，卒以日趨於危，擐甲執兵，無有休息。唐之盛時，雖若未見其喪敗亂亡之戚；及其既衰，而遂不能救。然則唐世之治，固有以致之。而唐人之辭，亦於是乎有以兆之者矣。嗚呼！世道之盛衰，時政之治亂，蓋必於詩之正變者得之，豈不然哉！然而上自朝廷，下至閭閻委巷，苟觀其詩者，則又必因其言辭之所至，聲音之所發，而悉悟其心術之所形，氣數之所至。予聞唐有宋沇者，開元宰相璟之曾孫，每太常樂工奏伎，即能揣其樂聲之休咎。遇有工善篳篥者，且曰："彼將神游墟墓。伎雖善，至尊不宜近。"已而果然，衆工大驚。夫以春秋之世，鄭之七子嘗賦古詩，而趙孟欲以觀其志之所向。然今宋沇乃能以其善樂之故，察人死生貴賤，不遺毫髮，何其神哉！嗚呼！詩本所以爲樂也，詩殆難言矣乎！今之學者，深沉之思不講，而講爲粗疎鹵莽之語；中和之節不諧，而益爲寂寥簡短之音。此其心術之所形，氣數之所至，不惟趙孟知之，是皆見諸於宋沇者也。予故論之，使後之讀是編而欲學是詩者，可不慎哉！（以上卷十二）

夏庭芝

　　夏庭芝（約 1316—？）字伯和，一作百和，號雪蓑，別作雪蓑釣隱、雪蓑漁隱。元華亭（今上海松江）人。有文才，好冶游，楊維楨曾爲其西賓。原爲雲間巨族，家中藏書極富。元末變亂，隱居泗涇。當時的戲曲家張鳴善、朱凱、邾經、鍾嗣成等都是他的同道好友。能詞曲，大多散失，僅有《青樓集》存世。該書記錄了元代幾個大城市一百餘位戲曲女演員的生活片斷，爲元代唯一專記戲曲藝人的著作。後人把此書看作與《錄鬼簿》有同等價值的有關戲曲史的重要專著。

　　本書資料據中國戲劇出版社 1959 年《中國古典戲曲論著集成》本《青樓集》。

《青樓集》（節錄）

　　唐時有"傳奇"，皆文人所編，猶野史也，但資諧笑耳。宋之"戲文"，乃有唱念，有譚。金則"院本"、"雜劇"合而爲一。至我朝乃分"院本"、"雜劇"而爲二。"院本"始作，凡五人：一曰副淨，古謂參軍；一曰副末，古謂之蒼鶻，以末可扑淨，如鶻能擊禽鳥也；一曰引戲；一曰末泥；一曰孤。又謂之"五花爨弄"。或曰，宋徽宗見爨國來朝，衣裝鞋履巾裹，傅粉墨，舉動如此，使人優之效之，以爲戲，因名曰"爨弄"。國初教坊色長魏、武、劉三人，魏長於念誦，武長於筋斗，劉長於科泛，至今行之。又有"焰段"，類

"院本"而差簡，蓋取其如火焰之易明滅也。"雜劇"則有旦、末。旦本女人爲之，名妝旦色；末本男子爲之，名末泥。其餘供觀者，悉爲之外脚。有駕頭、閨怨、鴇兒、花旦、披秉、破衫兒、綠林、公吏、神仙道化、家長里短之類。内而京師，外而郡邑，皆有所謂構欄者，辟優萃而隸樂，觀者揮金與之。"院本"大率不過謔浪調笑，"雜劇"則不然，君臣如《伊尹扶湯》、《比干剖腹》，母子如《伯瑜泣杖》、《剪髮待賓》，夫婦如《殺狗勸夫》、《磨刀諫婦》，兄弟如《田真泣樹》、《趙禮讓肥》，朋友如《管鮑分金》、《范張雞黍》，皆可以厚人倫，美風化。又非唐之"傳奇"、宋之"戲文"，金之"院本"，所可同日語矣。(《青樓集》提要引)

陳繹曾

陳繹曾(生卒年不詳)字伯敷，一作伯孚。處州(今浙江麗水)人。元代中後期文學理論家、書法理論家。官至國子助教。學識優博，精敏異常，諸經注疏，多能背誦。文詞汪洋浩博。真、草、篆、隸俱通，各得其法。尤善飛白，如塵縷遊絲，秋蟬春蝶。至正三年(1343)任國史院編修，分撰《遼史》。著有《書法本象》、《翰林要訣》、《文筌》、《古今文式》、《科舉文階》、《文説》、《詩譜》等。

其《文説》一卷乃爲延祐復行科舉而作。書中分列八條論行文之法："一養氣，二抱題，三明體，四分門，五立意，六用事，七造語，八下字。"

其《文筌》八卷，明人朱權改名爲《文章歐冶》。《文章歐冶》國内罕見，現通行本爲日本元禄元年(1688)伊藤長胤刊本，包括《古文譜》七卷、附錄《四六附説》。另又收入《楚辭譜》、《漢賦譜》、《唐賦附説》、《古文矜式》、《詩譜》五種。《文章歐冶》論及古文、駢文、辭賦、詩歌等各種文體的體裁、風格，十分周詳細密，是元代十分重要的文體學專著。日本人伊藤長胤《文章歐冶後序》評此書云："《文章歐冶》者，作文之規矩準繩也。凡爲文者不可不本於六經，而參之於此書。本於六經者，所以得之於心也；參之於此書者，所以得之於器也。窮經雖精，談理雖邃，苟不得其法焉，則不足爲文。然則欲作文者。"

其《詩譜》二卷主要評先秦漢魏六朝詩，言及魏晉南北朝詩對唐人之影響。先分類論述古體、律體、絶句與雜體，後分論詩人詩作。評語簡短，多沿襲前人之説，亦有自己發明，如談《文選》詩、集句詩等。

本書資料據四庫全書本《文説》、日本元禄元年伊藤長胤刊本《文章歐冶》、四庫全書本《説郛》卷七十九下《詩譜》。

1128

《文説》（節録）

陳文靖公問爲文之法，繹曾以所聞於先人者對曰：一養氣，二抱題，三明體，四分門，五立意，六用事，七造語，八下字。

頌宜典雅和粹。樂宜古雅諧韶。贊宜温潤典實。箴宜謹嚴切直。銘宜深長切實。碑宜雄渾典雅。碣宜質實典雅。表宜張大典實。傳宜質實而隨所傳之人變化。行狀宜質實詳備。紀宜簡實方正而隨所紀之人變化。序宜疏通圓美而隨所序之事變化。論宜圓折深遠。説宜平易明白。辨宜方折明白。議宜方直明切。書宜簡要明切。奏宜情辭懇切，意思忠厚。詔宜典重温雅，謙冲惻怛之意藹然。制誥宜峻屬典重。（《明體法》）

一、古賦有楚賦，當熟讀朱子《楚辭》中《九章》、《離騷》、《遠游》、《九歌》等篇，宋玉以下未可輕讀。有漢賦，當讀《文選》諸賦，觀此足矣。唐、宋諸賦未可輕讀，有唐古賦，當讀《文粹》諸賦，《文苑英華》中亦有絶佳者。有唐律賦，備見《文苑英華》。

一、詔，漢詔當盡取真西山《文章正宗》所選讀之，唐詔當選取《文苑英華》所有之精者讀之，宋詔當盡取吕東萊《文鑑》中所選讀之。

一、誥，漢無制誥，當取《尚書》諸誥，及漢武封三王策與漢官儀命公卿諸策書讀之。唐誥當取《文苑英華》中精者讀之。宋誥當盡取東萊《文鑑》中所選者讀之。

一、章，漢章取《文章正宗》，唐章取《文粹》，宋章取吕東萊《名臣奏議》。

一、表，漢表即章，宋表有蜀本《適用集》中所選，皆南渡以來，渾厚典雅，唐表取《文苑英華》。

一、策，書坊漢唐策亦可觀，但分開，章自章，策自策，不宜混雜。然只董仲舒三策是正格式，或買誼《治安策》是正籌策文字，以董爲體，以買爲骨，而東坡策略助波瀾，白居易諸策止可體面亦可已矣。此上只科舉所急用如此。若依朱子讀書法，則尚有評章答韓莊伯讀書説。（以上《下字法》）

《文章歐冶》附《楚辭譜》等（節録）

叙　事

叙事　依事直陳爲叙，叙貴條直平易。

記事　區分類聚爲記，記貴方整潔淨。

議　論

議　切事情之實,而議其可行者。

論　依事理之正,而論其是非者。

辨　重復辨析,以決是非之極致。

説　評説其事可否,是非自見言外。

解　解析其理明白,則已不勞論辨。

傳　傳述所聞,不敢增減。

疏　條陳其事,畫一分明。

牋　拾古人非缺之處而補正之。

講　解析其理,究研詳盡。

戒　正辭嚴色,規儆於人。

喻　和顏温辭,曉諭於人。(以上《古文譜三》)

(一) 法

四六之興,其來尚矣。自典謨誓命,已加潤色,以便宣讀。四六其語,諧協其聲,偶儷其辭,凡以取便一時,使讀者無聱牙之患,聽者無詰曲之疑耳。故爲四六之本,一曰約事,二曰分章,三曰明意,四曰屬辭,務欲辭簡意明已。此唐人四六故規,而蘇子瞻氏之所取則也。後世益以文華,加之工致,又欲新奇,於是以用事親切爲精妙,屬對巧的爲奇崛。此宋人四六之新規,而王介甫氏之所取法也。變而爲法凡二,一曰剪裁截,二曰融化。能者得之,則兼古通今,信奇法也;不能者用之,則貪用事而晦其意,務屬對而澀其辭,四六之本意失之遠矣,又何以文爲哉?

(二) 目

臺　閣

詔　誥　表　箋　露布　檄

通　用

青詞　朱表　致語　上梁文　寶瓶文

應　用

啟　疏　劄

(三) 體

唐　體

蘇頲　張説　常袞　陸贄　白居易　元稹

右唐體四六,不俱粘,段中用對偶,而段尾多以散語襯貼之,猶古意也。

宋　體

楊大年　歐陽脩　王安石　蘇軾　邵澤民　邵公濟　汪藻

右宋體，拘粘，拘對偶，格律益精，而去古益遠矣。凡唐體四六，《文苑英華》最爲詳贍；宋體四六，唯蜀本《四六適用集》，皆南渡以前精選之文。格律渾厚，辭氣雄雅，無後來雕鐫之弊，餘不足觀也。

（四）製

起　破題

承　解題

中　述德　或作人事

過　自述　或在述德之前

結　述意

右四六製大概，此其準也。其餘各具於式，變換之爲或不用解題，或不用自叙，或變自叙而叙他人，此又隨題變換者也。

（五）式

詔　多用散文，亦有用四六者。今代四六詔書、赦文，多作三段：一破題，二人事，三戒敕，或獎諭，或獎勸。

誥　多用散文，亦多用四六。今代詞命、宣命多三段，一破題，二褒獎，三戒敕，或獎諭，封贈則用慰喻。

表　諫表、論事表、請表、勸表、乞陳表、薦表，皆用散文；賀表、謝表、進表，皆用四六。賀祥瑞表四段：一破題，二解題，三頌聖，四述意。賀尅捷表亦四段：一破題，二人事，三頌聖，四述意。賀正旦表、冬至、聖節、登極、册後、建儲等表皆三段：一破題，二頌德，三述意。謝官、謝賜、雜表皆四段：一破題，二自述，三頌聖，或先頌聖後自述，四述意。進書表：一破題，二解題，或自述，三頌聖，四述意。進貢物表：一破題，二頌聖，三人事，或先人事，四述億。

箋　諫戒論事皆散文，賀箋皆三段，進書進物箋皆四段，大略如表而字樣不同，於皇太子用之。

露布　出師勝捷播告之文，一冒頭，二頌聖，三聲罪，四叙事，五宣威，六慰喻。

檄　出師喻衆之文，一冒頭，二頌聖，三頌功，四論理，五宣慰，六招喻。

青詞　方士懺過之辭，一吁天，二懺過，三祈禱。

朱表　方士告天之辭，一破題，二吁天，三述意。

致語　樂工間白，一破題，二頌德，三人事，四陳詩。

上梁文　匠人上梁之文，一破題，二頌德，三人事，四陳抛梁，東西南北上下詩各三句。

寶瓶文　圬者鏝棟脊之辭，一破題，二頌德，三入事，四陳詩。

啓　人間通問之辭。

謝啟：一破題，二自叙，三頌德，四述意。

通啟：一破題，二頌德，三自叙，四述意。

陳獻啟：一破題，二入事，三頌德，四述意。

訂婚啟：一合姓，二入事，三述意。

聘婚啟：一破題，二入事，三述意。

賀啟：一破題，二入事，三頌德，或後人事，四述意。

小賀啟：一破題，二頌德，三述意。

疏　請疏：一破題，二頌德，三述意。

勸緣疏：一破題，二入事，三述意。（以上《四六附説》）

（二）楚賦體

屈原《離騷》爲楚賦祖。只熟觀屈原諸作，自然精古。宋玉以下，體製已不復渾全，不宜遽雜亂耳。今具屈原賦十一篇目於左，變化之妙備於此矣。

《離騷經》《遠遊》《惜誦》《涉江》《哀郢》

《抽思》《懷沙》《橘頌》《思美人》《惜往日》《悲回風》（以上《楚賦譜》）

（二）漢賦體

宋玉、景差、司馬相如、枚乘、揚雄、班固之作，爲漢賦祖，見《文選》者，篇篇精粹可法，變化備矣。《文粹》、《文鑑》諸賦多雜，唐宋人新體少合古製，未宜輕覽。

大　體

《高唐》《神女》《招魂》《大招》《子虛》《上林》《七發》《長楊》《羽獵》《西都》《東都》《靈光殿》《文賦》《閑居》《藉田》《長笛》《琴》《舞》

中　體

《風》《月》《雪》《赭白馬》《鸚鵡》《長門》《登樓》《嘯》

小　體

荀卿五賦（出《荀子》）宋玉《大、小言賦》（《古文苑》）司馬相如《哀二世賦》孔臧諸賦（《孔叢子》）梁孝王諸大夫分題賦（《西京雜記》）（以上《漢賦譜》）

漢賦至齊梁而大壞，務爲輕浮華靡之辭，以剽掠爲務，以俳諧爲體，以綴緝餖飣小巧爲工，而古意掃地矣。唐人欲變其弊，而或未能反本窮源也。乃加之以氣骨，尚之以風騷，間之以班馬，下視齊梁，亦已卓然。楚漢不分，古今相雜，謂之自成一家則可，追配古人未可也。其法浮，其體漓，其制雜，其式亂，其格則有高者，難以譜定也。

唐賦體

鮑照、陳子昂、宋之問、蕭穎士爲唐古賦之祖，江淹、庾信、王勃、盧照鄰、楊炯、駱賓王爲唐俳律之祖。唐古賦見《（唐）文粹》，俳賦見《文苑英華》。（以上《唐賦附説》）

（二）式　十八名

五言章句整潔，聲音平淡；七言章句參差，音聲雄渾。

歌：清揚辭遠，音聲高暢。

吟：情抑辭鬱，音聲沉細。

行：情順辭直，音聲瀏亮。

曲：情密辭婉，音聲縟諧。

謡：情謫辭寓，音聲質俚。

風：情切辭遠，音聲古淡。

唱：與歌、行、曲通。

歎：情戚辭老，音長聲絶。

樂：情和辭直，音聲舒緩。

解：與歌、曲、歎、樂通。

引：情長辭蓄，音聲平永。

弄：情通辭麗，音聲圓莊。

調：情逸辭雅，音聲清壯。

辭：情長辭雅，音聲平亮。

舞：情通辭麗，音聲應節。

怨：情沉辭鬱，音聲淒斷。

謳：情揚辭直，音聲高放。

（三）制

五言古詩，就題寫真情，推究到極處，情狀畢現於心目間，擇其極情切處，提出一兩轉，其餘並寓事中，隱然見之。

七言古詩，就題先取景，寓情其間，不敢太洩露。

五言律詩，就真情推研到深處用之。

七言律詩，就真情激發到奇絶處用之。

五言絶句，撇情入景。

七言絶句，掉景入情。（以上《詩譜》）

《詩譜》

古 體

《周南》,不離日用間,有福天下萬世意。

《召南》,至誠諄恪,秋毫不犯。

《邶風》,君子處變,淵靜自守。

《齊風》,翩翩有俠氣。

《唐風》,憂深思遠。

《秦風》,秋聲朝氣。

《豳風》,深知民情而真體之。

《小雅》,忠厚。

宣王《小雅》,振刷精神。

《大雅》,深遠。

宣王《大雅》,鋪張事業。

《周頌》,天心布聲。

《魯頌》,謹守禮法。

《商頌》,天威大聲。

凡讀《三百篇》,要會其情不足、性有餘處。情不足,故寓之景;性有餘,故見乎情。

凡讀《騷》,要見情有餘處。

凡讀漢詩,先真實,後文華。

凡讀建安詩,於文華中取真實。

三國六朝樂府猶有真意,勝於當時文人之詩。

凡讀《文選》詩,分三節。東都以上主情,建安以下主意,三謝以下主辭。齊、梁諸家五言未成律體,七言乃多古製,韻度猶出盛唐人上一等,但理不勝情,氣不勝辭耳。

律 體

沈約　吳均　何遜　王筠　任昉　陰鏗　徐陵　薛道衡　江總

右諸家律詩之源而尤近古者,視唐律雖寬,而風度遠矣。

絕句體

古樂府,渾然有大篇氣象。

六朝諸人,語絕意不絕。

雜　體

晉傅咸作《七經詩》,其《毛詩》一篇略曰:"聿修厥德,令終有淑。勉爾遁思,我言維服。盜言孔甘,其何能淑。讒人罔極,有靦面目。"此乃集句詩之始。或謂集句起於王安石,非也。

張　衡

寄興高遠,遣辭自妙。

唐山夫人

《安世歌》,質古文雅。

蔡　琰

真情極切,自然成文。

漢郊祀歌

煆意刻酷,煉字神奇。

漢樂府

真情自然,但不能巾節爾,累度乃是好景。

《古詩十九首》

情真、景真、事真、意真,澄至清,發至情。

陳思王

劉削精潔,自然沈健。

王粲　劉楨

真實有餘,澄濾不足。

思健功圓。

嵇　康

人品胸次高，自然流出。

阮　藉

天識清虛，禮法疎短。

張　華

氣清虛，思頗率。

傅　玄

思切清古，失之太工。

潘　岳

安仁質勝於文，有古意，但澄汰未精耳。

陸　機

士衡才思有餘，但胸中書太多所擬，能痛割捨乃佳耳。

束　皙

全篇煅煉，首尾有法。

張　協

逐句煅煉，辭工製率。

郭　璞

構思險怪而造語精圓，三謝皆出於此。杜、李精奇處皆取此。本出自淮南小山。

劉琨　盧諶

忠義之氣自然形見，非有意於詩也。杜子美以此爲根本。

陶淵明

心存忠義，身處閑逸，情真、景真、事真、意真，幾於《十九首》矣，但氣差緩耳。至其工夫精密，天然無斧鑿痕跡，又有出於《十九首》之表者，盛唐諸家風韻皆出此。

謝瞻

景至清虛，甚有古文。

謝靈運

以險爲主，以自然爲工，李、杜取深處多取此。

謝惠連

酌取險怪，自然之中而句句爲之。

鮑照

六朝文氣衰緩，唯劉越石、鮑明遠有西漢氣骨，李、杜筋骨取此。

謝朓

藏險怪於意外，發自然於句中，齊、梁以下，造語皆出此。

沈約

佳處斲削清瘦可愛，自拘聲病，氣骨薾然，唐諸家聲律皆出此。

江淹

善觀古作，曲盡心手之妙，其自作乃不能爾。故君子貴自立，不可隨流俗也。（以上《説郛》卷七十九下）

左克明

左克明（生卒年不詳），豫章（今江西南昌）人。大約生活於元順帝時。元末明初詩人。《南昌縣志》載其寓居鐵柱宫，劉崧（1321—1381）有寄《左練師詩》。左克明編纂的樂府詩總集《古樂府》十卷，自序題"至正丙戌"（1346）。宋郭茂倩《樂府詩集》力求博大，未免失之於濫。《古樂府》則旨在正本溯源，注重古題古辭，對於變體、擬作去取頗慎，所收上起三代，下至陳隋，共分古歌謠、鼓吹曲、横吹曲、相和歌曲、清商曲、舞曲、琴曲、雜曲八類，每類下各有小序，其題下夾行注多采《樂府詩集》之文。此書與郭書相較,除刪去"近代曲辭"、"新樂府"二目外,還刪去"郊廟"、"燕射"二門,並以"雜歌謠辭"作爲"古歌謠"列爲第一,這樣編排與《古樂府》之題不相符合,因爲"郊廟"與"燕射"之需要正是漢代設立樂府之目的,從分類中刪除是不妥的。

本書資料據四庫全書本《古樂府》。

《古樂府》原序

漢武帝立樂府官采詩,以四方之聲,合八音之調,用之甘泉圜丘,此樂府之名所由始也。歷世相承,古樂廢缺,雖修舉不常,而日就泯没。博洽推究,師授莫明,於是凡其諸樂舞之有曲,與夫歌辭可以被之管絃者,通其前後,俱謂之樂府。上追三代,下逮六朝,作者迭興,倣效繼,出雖世降不同,而時變可考。紛紛沿襲,古意略存,或因意命題,或學古叙事,尚能原閨門袵席之遺,而達於朝廷宗廟之上。方《三百篇》之詩爲近,而下視後世詞章留連光景者有間矣。克明竊伏山林,有志兹事,見聞淺鮮,終不克成。數年以來,勉强就緒。採摭前人之餘意,探求作者之異同,按名分類,刪繁舉要。唐人祖述尚多,非敢棄置。蓋世傳者衆,弗賴於斯。是編也,謂之《古樂府》,故獨詳於古焉。《記》曰:"凡樂,樂其所自生。"愚之管見,亦欲世之作者,泝流窮原而不失其本旨云耳。其爲卷也凡十,而其爲類也八。冠以"古歌謠辭"者,貴其發乎自然也;終以"雜曲"者,著其漸流於新聲也。嗚呼!樂府之流傳也,尚矣。風化日移,繁音日滋。愚懼乎此聲之不作也,故不自量度,輒爲叙次,推本三代而上,下止陳隋,截然獨以爲宗。雖獲罪世之君子,無所逃焉。至正丙戌良月,豫章後學左克明序。(卷首)

古歌謠辭

上古帝王之世,德化下洽,民樂無事。故擊壤之老人,康衢之童子,與夫卿雲之瑞,南風之時,民莫不因之而成歌。其後風衰雅缺,而妖淫靡曼之聲起。至周衰,有秦青,復有韓娥,衛之王豹,齊之綿駒,皆稱善歌,世傳其能,然並徒歌也。《爾雅》曰:"徒歌謂之謠。"《廣雅》曰:"聲比於瑟琴曰歌。"《韓詩章句》云:"有章曲謂之歌,無章曲謂之謠。"梁元帝《纂要》云:"齊歌曰謳,吳歌曰歈,楚歌曰豔,浮歌曰哇,振旅而歌曰凱歌,堂上奏樂而歌曰登歌,亦曰升歌。"漢時有相和歌,本出於街陌謳謠。而吳歌雜曲始亦徒歌,後入於樂府。故歌有因地而作者,《易水》、《垓下》之類是也;有因人而作者,《五子》、《華元》之類是也。寧戚以困而歌,項籍以窮而歌,鄭子産、孔子、漢張堪、皇甫嵩、郭喬卿俱取其政治而歌。雖所遇不同,至於發乎情則一也。歷世已來,歌謠

雜出，今採録以繫其末云。（卷一）

鼓吹曲歌辭

　　鼓吹曲，一曰短簫鐃歌。劉瓛《定軍禮》云：“鼓吹，未知其始，或曰黃帝岐伯所作，以建威揚德，風勸敵士。”蔡邕《禮樂志》曰：“漢樂四品，其四曰短簫鐃歌，軍樂也。”建初《伎録》云：“列于殿庭者名鼓吹。”按：孫權觀魏武帝軍作鼓吹而還，此應是今之鼓吹。《晉中興書》曰：“漢武帝時，南越加置七郡，皆假鼓吹。班超拜長史，假鼓吹麾幢。”則短簫鐃歌，漢時已名鼓吹，不自、魏晉始也。《西京雜記》：“漢大駕祠甘泉、汾陰，備千乘萬騎，有黃門前後部鼓吹。”則不獨列于殿庭者名鼓吹也。《古今註》曰：“漢樂有黃門鼓吹，而短簫鐃歌，鼓吹之一章爾。”然則黃門鼓吹、短簫鐃歌與橫吹曲，得通名鼓吹，但所用異爾。漢有二十二曲列于鼓吹，謂之《鐃歌》。而存者十八篇，曰《朱鷺》、《思悲翁》、《艾如張》、《上之回》、《擁離》、《戰城南》、《巫山高》、《上陵》、《將進酒》、《君馬黃》、《芳樹》、《有所思》、《雉子班》、《聖人出》、《上邪》、《臨高臺》、《遠如期》、《石流》。而《務成》、《玄雲》、《黃雀》、《釣竿》四篇，其辭已亡。魏文帝受命，使繆襲改造十二曲，曰《楚之平》、《戰滎陽》、《獲呂布》、《克官渡》、《舊邦》、《定武功》、《屠柳城》、《平南荆》、《平關中》、《應帝期》、《邕熙》、《大和》。吳亦令韋昭改製十二曲，曰《炎精缺》、《漢之季》、《據武師》、《伐烏林》、《秋風》、《克皖城》、《關背德》、《通荆門》、《章洪德》、《從歷數》、《承天命》、《玄化》。而《君馬黃》、《雉子班》、《聖人出》、《臨高臺》、《遠如期》、《石流》、《務成》、《玄雲》、《黃雀》、《釣竿》十曲，並仍其舊名。晉武帝受禪，命傳元製二十二曲，曰《靈之祥》、《宣受命》、《征遼東》、《宣輔政》、《時運多難》、《景龍飛》、《平玉衡》、《文皇統百揆》、《因時運》、《惟庸蜀》、《天序》、《大晉承運期》、《金靈運》、《於穆我皇》、《仲春振旅》、《夏苗田》、《仲秋獮田》、《順天道》、《唐堯》、《玄雲》、《伯益》、《釣竿》，而《玄雲》、《釣竿》名不改舊。宋何承天於義熙末年秋製十五篇，皆擬漢舊名，大抵別增新意，其義與古辭不合，疑未嘗被於歌聲也。如齊王融、謝朓、梁昭明太子統、范雲、陳蘇子卿等，追擬古題，立義不同。今取其一二立于篇次，以便觀覽云。（卷二）

橫吹曲歌辭

　　橫吹曲，其始亦謂之鼓吹，馬上奏之，乃軍中之樂也。自漢已來，北狄樂總歸鼓吹署，其後分爲二部。有簫笳者爲鼓吹，用之朝會、道路；有鼓角者爲橫吹，用之軍中，馬上所奏者是也。《晉書·樂志》曰：“橫吹有鼓角，又有胡角，即胡樂也。漢張騫入西域,傳其法於西京,唯得《摩訶兜勒》一曲。李延年因胡曲更造新聲二十八解。"魏、晉以來,唯傳十曲,一曰《黃鵠》,二曰《隴頭》,三曰《出關》,四曰《入關》,五曰《出塞》,六曰《入塞》,七曰《折楊柳》,八曰《黃覃子》,九曰《赤之楊》,十曰《望行人》。後有《關山月》、《洛陽道》、《長安道》、《梅花落》、《紫騮馬》、《驄馬》、《雨雪》、《劉生》八曲,合十八曲古辭,間有存者。今取六朝諸詩列於後,以備觀覽云。(卷三)

相和曲歌辭

相和,漢舊曲也。"絲竹更相和",執節者歌,本一部,魏明帝分爲二。晉荀勖採舊辭施用於世,謂之清商三調歌詩,即沈約所謂"因絃管金石造歌以被之"者也。唐《樂志》云:"平調、清調、瑟調,皆周《房中曲》之遺聲,漢世謂之三調。"又有楚調,漢《房中樂》,也與前三調總謂之相和調。張永《元嘉技錄》云:"有吟嘆四曲,亦列於相和歌。"又有大曲十五篇,分於諸調。唯《滿歌行》一曲,諸調不載,故附見於大曲之下云。(卷四)

清商曲歌辭

清商樂,一曰清樂。清樂者,九代之遺聲,其始即相和三調是也。並漢、魏已来舊曲,其辭皆古調,晉馬南渡,其音亡散。宋武定關中,收其聲伎,南朝文物,斯爲最盛焉。後魏孝文、宣武相繼南伐,得江左所傳舊曲,及江南吳歌、荊楚西聲,總謂之清商。至於殿庭饗宴,則兼奏之。後隋平陳,文帝善其節奏,曰:"此華夏正聲也。"乃微更損益,以新定律呂,因於太常置清商署以管之,謂之清樂。隋室喪亂,日益淪缺。唐貞觀中用十部樂,清樂亦在焉。至武后長安已後,朝廷不重古曲,工伎廢弛,於吳音轉遠矣。曲之存者,僅有《子夜》、《上聲》、《歡聞》、《前溪》、《阿子》、《丁督護》、《讀曲》、《神弦》等曲,俱列於吳聲。而西曲則《石城樂》、《烏夜啼》、《烏栖曲》、《估客》、《莫愁》、《襄陽》、《江陵》、《共戲》、《壽陽》等曲,或舞曲,或倚歌,則雜出於荊、郢、樊、鄧之間。以其方俗,故謂之西曲。及梁天監中,武帝改西曲,製《江南弄》、《爲龍笛》、《採蓮》、《採菱曲》,沈約製《鳳笙》等曲,與西曲總列於清商云。(卷六)

舞曲歌辭

周有六舞,一曰帗舞,二曰羽舞,三曰皇舞,四曰旄舞,五曰干舞,六曰人舞。周官舞師掌教四舞,樂師掌教國子小舞。自漢、魏以後,樂舞寖盛,故有雅舞,有雜舞。雅舞用之郊廟朝饗,雜舞用之宴會。雜舞者,《公莫》、《巴渝》、《鐸舞》、《拂舞》、《白紵》之類是也。始皆出於方俗,後寖陳於殿庭,蓋宴會所奏,率非雅舞。宋武帝大明中,亦以雜舞施於廟庭,朝會用樂則兼奏之。而《巴渝舞》則漢高帝所作,王粲改創其辭,以述魏德,於太祖廟奏之。而《鐸舞》、《巾舞》,古辭有聲而辭不可讀。《拂舞》則有《白鳩》、《獨漉》等曲。《白紵》宜是吳舞,本吳地所出也,故列於舞曲云。(卷八)

琴曲歌辭

《唐書·樂志》曰:"琴,禁也。夏至之音,陰氣初動,禁物之淫心也。"《世本》曰:"琴,神農所造。"《廣雅》曰:"伏羲造琴用五弦。"揚雄曰:"舜彈五絃之琴而天下化。"《琴操》云:"文王、武王,加二絃以合君臣之恩。今稱二絃爲文武絃是也。"自伏羲製作之後,有瓠巴、師襄、伯牙、子期皆善鼓琴,而其曲有暢,有操,有引,有弄。其後西漢時有慶安世、劉道彊、趙飛燕,皆以琴稱。古有五曲,曰《鹿鳴》、《伐檀》、《騶虞》、《鵲巢》、《白駒》;九引,曰《烈女》、《伯妃》、《貞女》、《思歸》、《霹靂》、《走馬》、《箜篌》、《琴引》、《楚引》;十二操,曰《將歸》、《猗蘭》、《龜山》、《越裳》、《拘幽》、《岐山》、《履霜》、《朝飛》、《別鶴》、《殘形》、《水仙》、《襄陵》焉。自是以後,作者相繼,而其義與所起略可考而知,故不復備論。(卷九)

雜曲歌辭

漢魏之世,歌詠雜興,而詩之流乃有八:曰行、引、歌、謠、吟、詠、怨、嘆者,皆詩人六義之餘也。如三曹、七子,猶有古之遺風焉。自晉楚江左,下逮六朝,風化寖薄,繁音日滋,新聲熾而雅音廢矣。故齊、陳、隋之將亡也,有《伴侶》、《無愁》、《玉樹後庭花》、《泛龍舟》等曲,此則新聲之極也。自秦、漢以來,文人才士,作者非一,或情思之所感,或宴游之所發,或叙離別悲傷之懷,或言征戰行役之苦,故有名存義亡,不見所起。而有古辭可考者,則若《傷歌行》、《生別離》、《長相思》之類是也。古辭已亡,而後人繼有擬述者,則若《出自薊北門》、《結客少年場》、《齊謳》、《吳趨》之類是也。又如曹植之《惟漢苦》、《思欲遊》、《桂之樹》等行,《白馬》、《僊人》、《飛龍》等篇,陸機、鮑照之《君子有所思》、《北風》、《苦熱行》之類,其篇甚多。或因意命題,或學古叙事,其辭見後。不復備論。(卷十)

李　祁

　　李祁（生卒年不詳）字一初，別號希蘧。元茶陵（今屬湖南）人。順帝元統元年（1333）左榜進士第二名。除應奉翰林文字，改授婺源州同知。遷江浙儒學副提舉，以母憂解職。會元末天下之亂，遂隱永新山中。元亡，自稱"不二心老人"，年七十餘乃卒。李祁爲詩，冲融和平，自合節度。文章亦雅潔有法。著有《雲陽集》十卷。

　　本書資料據四庫全書本《雲陽集》。

周德清《樂府韻》序（節錄）

　　天地有自然之音，非安排布置所可爲也。以安排布置爲之者，人也，非天也。天地既判，而人與之並立焉，草木生焉，禽獸居焉。凡具形色肖貌於天地之間者，莫不有聲焉，有聲則音隨之矣。清濁高下、抑揚徐疾，何莫而非自然之音哉！聲音具而歌詠興，《虞廷》、《載賡》，《三百篇》之權輿也；商《頌》、周《雅》，漢、魏以來樂府之根柢也。當是時也，韻書未作，而作者之音調諧婉，俯仰暢達，隨其所取，自中節奏，亦何莫而非自然之音哉！韻書作而拘忌多，拘忌多而作者始不如古矣。古之詩未有律也，而律詩自唐始。精於律者固已有之，至杜工部而雄傑渾厚，掩絶今古，然以比之漢、魏諸作，則意趣風格，蓋亦有不然者矣。古之賦未有律也，而律賦自唐始，朝廷以此取士，鄉老以此訓子，兢兢焉較一字於毫忽之間，以爲進退予奪之機，組織雖工，俳偶雖切，而牽制局促，碎裂以盡人之才。故自律賦既作，迨今六七百年之間，而曾無一篇可傳於後世，曾無一字可益於世教，凡若此者皆韻書之貽患也。（卷四）

朱　倬

　　朱倬（生卒年不詳）字孟章。元順帝至正二年（1342）進士，官遂安縣尹。《元史》遺漏未載。著有《詩經疑問》七卷。

　　本書資料據四庫全書本《詩經疑問》。

王　風

《黍離》十篇，盡風體也。不列於雅，豈無謂歟？《駉》篇，非頌體也，不係於風，猶有説歟？（卷二）

風有風體，雅有雅體，詞各不同，體製亦異。

風有風體，雅有雅體，此諸詩之或爲雅，或爲風，蓋以體製論，不以其人論也。（以上卷七）

陶宗儀

陶宗儀（1316—?）字九成，號南村。黄巖（今屬浙江）人。元末舉進士不中，即棄去，累辭辟舉。洪武中乃出爲教官。陶宗儀是著名的史學家、文學家，著述甚多。其筆記《輟耕録》三十卷，記録了宋元時期政治、經濟、社會、文化等各個方面的史料，涉及掌故、典章、文物、小説、戲劇、書畫、詩詞本事等方面，對研究當時的社會狀况有一定價值。其中有關黄道婆生平及她爲發展松江棉紡織業所做的貢獻，《松江謡》、《不平詩》、《奉使來謡》等反映當時百姓生活的民間歌謡，極爲珍貴。特别是書中大量的戲曲史料，到目前爲止，仍是研究金代院本的重要資料。他編纂的《説郛》一百二十卷，爲私家編集大型叢書中較重要的一種，彙集秦漢至宋元名家作品，包括諸子百家、各種筆記、詩話、文論；内容包羅萬象，有經史傳記、百氏雜書、考古博物、山川風土、蟲魚草木、詩詞評論、古文奇字、奇聞怪事、問卜星象等。其《書史會要》九卷搜集金石碑刻、研究書法理論與歷史。另還著有《南村詩集》四卷、《四書備遺》二卷，以及《古唐類苑》、《草莽私乘》、《遊志續編》、《古刻叢鈔》、《元氏掖庭記》、《金丹密語》、《滄浪棹歌》、《國風尊經》、《淳化帖考》等。

本書資料據四庫全書本《輟耕録》、《説郛》。

文章宗旨

盧疎齋先生《文章宗旨》云：大凡作詩，須用《三百篇》與《離騷》。言不關於世教，義不存於比興，詩亦徒作。夫《詩》發乎情，止乎禮義。《關雎》樂而不淫，哀而不傷，斯得性情之正。古人於此觀風焉。賦者，古詩之流也。前極宏侈之規，後歸簡約之制。故班固《二都》之賦冠絶千古，前極鋪張鉅麗，故後必稱《典》、《謨》、《訓》、《誥》之作終焉。厥後十數作者,倣而傚之,蓋詩人之賦必麗以則也。古今文章,大家數甚不多見。六經不可尚矣。戰國之文,反覆善辨。孟軻之條暢,莊周之奇偉,屈原之清深,爲大家。西漢之文,渾厚典雅。賈誼之俊健,司馬之雄放,爲大家。三國之文,孔明之二表,建安諸子之數書而已。西晉之文,淵明《歸去來辭》、李令伯《陳情表》、王逸少《蘭亭叙》而已。唐之文,韓之雅健,柳之刻削,爲大家,夫孰不知!然古文亦有數。漢文、司馬相如、揚雄,名教罪人,其文古。唐文,韓外,元次山近古。樊宗師作爲苦澀,非古。宋文章家尤多。老歐之雅粹,老蘇之蒼勁,長蘇之神俊,而古作甚不多見。蓋清廟茅屋謂之古,朱門大廈謂之華屋可,謂之古不可;太羹玄酒謂之古,八珍謂之美味可,謂之古不可。知此者,可與言古文之妙矣。夫古文以辨而不華,質而不俚爲高,無排句,無陳言,無贅辭。夫記者,所以紀日月之遠近,工費之多寡,主佐之姓名,叙事如書史法,《尚書·顧命》是也。叙事之後,略作議論以結之,然不可多,蓋記者,以備不忘也。夫叙者,次序其語,前之說勿施於後,後之說勿施於前,其語次第,不可顛倒,故次序其語曰叙。《尚書叙》、《毛詩序》,古今作序大格樣。《書序》首言畫卦書契之始,次言皇墳帝典三代之書,及夫子定書之由;又次言秦亡漢興求書之事。《詩序》首言六義之始,次言變《風》變《雅》之作,又次言《二南》王化之自。碑文惟韓公最高,每碑行文言道,人人殊面目,首尾決不再行蹈襲。神道碑揭於外,行文稍可加詳。埋文、壙記,最宜謹嚴。銘字從金,一字不汎用,善爲文者宜如古詩《雅》、《頌》之作。行實之作,當取其人平生忠孝大節,其餘小善寸長,書法宜略。爲人立傳之法亦然。跋取古詩"狼跋其胡"之義,犯前則躐其胡。跋語不可多,多則宂。尾語宜峻峭,以其不可復加之意。說,則出自己意,橫說堅說,其文詳贍抑揚,無所不可,如韓公《師說》是也。真公編次古文,自西漢而下,他並不錄。迄唐惟尊韓公四記、柳公《遊西山六記》而已。古文之難,豈其然乎?(《輟耕錄》卷九)

檄書露布

檄書、露布,何所起乎?漢陳琳草檄,曹操見之,頓愈頭風,遂謂檄起於琳。《說文》:"檄,二尺書。"徐鍇《通釋》曰"檄,徵兵之書也。漢高祖以羽檄徵天下兵,有急,則插以羽。"《爾雅》:"木無枝爲檄。"注:"檄,擢直上也。"《文心雕龍》有張儀《檄楚書》、隗囂《檄亡新文》,《文選》有司馬相如《喻蜀檄文》,則檄非自琳始也明矣。隋《禮儀志》:"後魏,每戰尅,書帛於漆竿上,名露布。"《世說》:"桓宣武征鮮卑,喚袁虎作露布,倚馬,手不輟筆,俄成七紙。"如《隋志》、《世說》所云,則露布起於後魏,而晉因之。然《漢官儀》,凡制書皆彌封,唯赦贖令司徒印,露布州郡。又《漢書》:"賈洪爲馬超作伐曹操露布。"則漢時已然。及讀《初學記》，引《春秋》佐助期曰："武露布，文露沉。"宋均云："甘露見其國，布散者人上武，文采者則甘露沉重。"豈露布之義，當取於此與？（《輟耕録》卷十八）

院本名目（節録）

唐有傳奇，宋有戲曲、唱諢、詞説，金有院本、雜劇、諸宮調。院本、雜劇其實一也。國朝，院本、雜劇始釐而二之。院本則五人，一曰副淨，古謂之參軍；一曰副末，古謂之蒼鶻。鶻能擊禽鳥，末可打副淨，故云。一曰引戲，一曰末泥，一曰孤裝。又謂之五花爨弄。或曰：宋徽宗見爨國人來朝，衣裝鞵履巾裹，傅粉墨，舉動如此，使優人效之以爲戲。又有餕段，亦院本之意，但差簡耳，取其如火餕，易明而易滅也。其間副淨有散説，有道念，有筋斗，有科汎。教坊色長魏、武、劉三人鼎新編輯，魏長於念誦，武長於筋斗，劉長於科汎，至今樂人皆宗之。偶得院本名目，載于此，以資博識者之一覽。（《輟耕録》卷二十五）

雜劇曲名

稗官廢而傳奇作，傳奇作而戲曲繼。金季國初，樂府猶宋詞之流，傳奇猶宋戲曲之變，世傳謂之雜劇。金章宗時，董解元所編《西廂記》，世代未遠，尚罕有人能解之者，況今雜劇中曲調之冗乎？因取諸曲名，分調類編，以備後來好事稽古者之一覽云。

正宮：

端正好、衮繡毬、倘秀才、脱布衫、小梁州、朝天子、四換頭、十二月、堯民歌、收尾、叨叨令、醉太平、呆古朶、笑和尚、蠻姑兒、伴讀書、剔銀燈、道和、柳青娘、雙駕鴦攤破、滿庭芳、月照庭、塞鴻秋、白鶴子中吕出入、快活三中吕出入。

黃鍾：

願成雙、醉花陰、喜遷鶯、出隊子、刮地風、四門子、神伏兒、掛金索、水仙子、興龍引、金殿樂三台、侍香金童、降黃龍袞、塞雁兒、接接高。

南吕：

一枝花、梁州第七、賀新郎、牧羊關隔尾、紅芍藥菩薩、梁州三煞、罵玉郎、感皇恩、採茶歌、隨煞尾、鬭蝦蟆、四塊玉、哭皇天、烏夜啼、隔尾黃鍾煞、攤破採茶歌、楚天秋、隔尾隨煞。

中吕：

粉蝶兒、醉春風、迎仙客、石榴花、鬬鵪鶉、上小樓、快活三正宮出入、鮑老兒、般涉、哨遍、耍孩兒、收尾、紅繡鞵、喜春來、堯民歌、滿庭芳、鮑老來、醉高歌、十二月、普天樂、叫聲、雙駕鴦、白鶴子正宮出入、窮河西、朝天子、幹荷葉、剔銀燈、菩薩蠻、牆頭花、喬捉蛇、鶻打兔、酥棗兒、鎮江回、鵪鶉兒、駕鴦兒、風流體、賣花聲、蔓菁菜。

仙吕：

賣花時、點絳唇、油葫蘆、天下樂、那叱令、鵲踏枝、六麽序、後庭花、青哥兒、賺煞、混江龍、金盞兒、醉中天、村裏迓鼓、元和令、上馬嬌、聖葫蘆、江西後庭花、柳葉兒、寄生草、賺煞尾、攤破天下樂、醉扶歸、低過金盞兒、八聲甘州、遊四門、賺尾、憶王孫、一半兒、得勝樂、雁兒、祆神急、翠裙腰、六麽遍、大安樂、柳葉兒。

商調：

集賢賓、逍遥樂、梧葉兒、後庭花、雙雁兒、金菊香、浪來裏、醋葫蘆、青哥兒、上京馬、隨調煞、柳葉兒仙吕出入、黃鶯兒、踏莎行、垂絲釣、蓋天旗。

大石：

青杏子、好觀音、六國朝、念奴嬌、歸塞北、初問口、怨離別、擂鼓體、雁過南樓、憨郭郎、催拍子、玉翼蟬、荼蘼香、女冠子、林裏雞近、鶖山溪、喜秋風、淨瓶兒、鷓鴣天。

雙調：

新水令、駐馬聽、甜水令、折桂令、落梅風、沉醉東風、小將軍、清江引、碧玉簫、雁兒落、德勝令、喬牌兒、掛玉鈎、川撥棹、殿前歡、七弟兄、梅花酒、收江南、水仙子、滴滴金、駕鴦煞、步步嬌、攬箏琶、豆葉黃、風入松、撥不斷、慶東原、沽美酒、太平令、一錠銀、荊湘怨、阿納忽、夜行船、鎮江回中吕出入、胡十八、掛玉鈎序、伍供養、行香子、梧桐樹、離亭宴煞、駕鴦兒煞尾、太平歌、十棒鼓、小婦孩兒、掛打燈、喬木查、蝶戀花、慶宣和、棗卿調、石竹子、山石榴、山丹花、醉娘子、駙馬還朝、大拜門、雕刺鴣、不拜門、喜人心、忽都白、倘兀歹、風流體中吕出入。

燕南芝菴先生唱論

古之善唱者三人：韓秦娥、沈古之、石存符。

帝王知音者五人：唐玄宗、後唐莊宗、南唐後主、宋徽宗、金章宗。

三教所尚：道家唱情，僧家唱性，儒家唱理。

近世所謂大曲：蘇小小《蝶戀花》，鄧千江《望海潮》，蘇東坡《念奴嬌》，辛稼軒《摸魚子》，晏叔原《鷓鴣天》，柳耆卿《雨霖鈴》，吳彥高《春草碧》，朱淑真《生查子》，蔡伯堅

《石州慢》，張子野《天仙子》。

歌之格調：抑揚頓挫、頂疊垜換、縈紆牽結、敦拖嗚咽、推題九轉、搖欠遏透。

歌之節奏：停聲、待拍、偷吹、拽棒、字真、句篤、依腔、貼調。

凡歌一聲，聲有四節：起末、過度、揾簪、攧落。

凡歌一句，句有聲韻：一聲平，一聲背，一聲圓。聲要圓熟，腔要徹滿。

凡一曲中，各有其聲：變聲、敦聲、抗聲、唾聲、困聲。

三過聲：偷氣、取氣、換氣、歇氣、就氣、愛者有一口氣。

歌聲變件：三臺、破子、遍子、攧落、實催、全篇、尾聲、賺煞、隨煞、隔煞、羯煞、本調煞、拐子煞、三煞、十煞。

唱曲門户：小唱、寸唱、慢唱、壇唱、步虛、道情、撒鍊、帶煩、瓢叫。

唱曲題目：曲情、鐵騎、故事、采蓮、擊壤、叩角、結席、添壽、宮詞、采詞、花詞、湯詞、酒詞、燈詞、江景、雪景、夏景、冬景、秋景、春景、凱歌、櫂歌、漁歌、挽歌、楚歌、杵歌。

歌之所：桃花扇、竹葉尊、柳枝詞、桃葉怨、堯民鼓腹、壯士擊節、牛童馬僕、閭閻女子、天涯遊客、洞裏仙人、閨中怨女、江邊商婦、場上少年、闤闠優伶、華屋蘭堂、衣冠文會、小樓狹閣、月館風亭、雨窗雪屋、柳外花前。

凡聲音各應律吕，分六宮十一調，共十七宮調：

仙吕宮唱清新緜邈，南吕宮唱感嘆傷悲，中吕宮唱高下閃賺，黄鍾宮唱富貴纏緜，正宮唱惆悵雄壯，道宮唱飄逸清幽，大石唱風流蘊藉，小石唱旖旎嫵媚，高平唱條物滉漾，般涉唱拾掇坑塹，歇指唱急併虛歇，商角唱悲傷宛轉，雙調唱健棲激嫋，商調唱悽愴怨慕，角調唱嗚咽悠揚，宮調唱典雅沉重，越調唱陶寫泠笑。

有子母調，有姑舅兄弟，有字多聲少，有聲少字多，所謂一串驪珠也。比如仙吕點絳唇，大石青杏兒，人喚作殺唱的劊子。

有愛唱的，有學唱的，有能唱的，有會唱的，有高不揭、低不咽，有排字兒，打截兒，放指兒，唱意兒，有明捐兒，暗捐兒，長捐兒，短捐兒，碎捐兒。

有一曲入數調者，如啄木兒、女冠子、抛毬樂、鬭鵪鶉、黄鶯兒、金盞兒之類是也。

凡唱曲有地所：

東平唱《木蘭花慢》，大名《唱摸魚子》，南京唱《生查子》，彰德唱《木斛沙》，陝西唱《陽關三疊黑漆弩》。

凡唱所忌：

子弟不唱作家歌，浪子不唱及時曲，男不唱艷詞，女不唱雄曲，南人不唱，北人不歌。

凡人聲音不等,各有所長。有川嗓,有堂聲,皆合破簫管。有唱得雄壯的,失之村沙;唱得蘊拽的,失之乜斜;唱得輕巧的,失之寒賤;唱得本分的,失之老實;唱得用意的,失之穿鑿;唱得打稻的,失之本調。

凡唱節病,有困的,灰的,涎的,叫的,大的。有樂官聲,撒錢聲,拽鋸聲,貓叫聲。不入耳,不著人,不徹腔,不入調。工夫少,遍數少,步力少,官塌少。字樣訛,文理差,無叢林,無傳授。嗓拗,劣調,落架,漏氣。

凡唱聲病:

散散,焦焦,乾乾,冽冽,啞啞,□□,尖尖,低低,雌雌,雄雄,短短,憨憨,濁濁,趑趑,格嗓,囊鼻,搖頭,歪口,合眼,張口,撮唇,撇口,昂頭,咳嗽。

凡添字病:

則他,兀那,是他家,俺子道,我不見,兀的不呢,一條弓,唇撒了,一片子,團圞子,茄子了。

大忌:鄭衛之淫聲,續雅樂之後,絲不如竹,竹不如肉,以其近之也。又云:取來歌裏唱,勝向笛中吹。成文章曰樂府,有尾聲曰套數,時行小令曰葉兒。套數當有樂府氣味,樂府不可似套數。詞山曲海,千生萬熟。三千小令,四十大曲。(以上《輟耕錄》卷二十七)

《説郛》(節錄)

角抵戲

《史記》:"秦二世在甘泉宮作樂,角抵俳優之戲。"其後,漢武帝好此戲,即今之相撲也。(卷十二下引劉孝孫《事原》)

射策對策

漢時,射策、對策,其事不同。蕭望之傳註云:"射策者,謂爲難問疑義,書之於策。量其大小,署爲甲乙之科,列而置之,不使彰顯。有欲射者,隨其所取,得而釋之,以知優劣。射之言投射也。對策者,顯問以政事經義,令各對之,以觀其文辭定高下也。"《晉史》:"潘京爲州所辟,謁見問策,探得'不孝'字。刺史戲曰:'辟士爲不孝邪?'答曰:'今爲忠臣,不得爲孝子。'"亦射策遺法耳。(卷十三下引孔平仲《孔氏雜説》)

勑 字

《千字文》題云:"勑員外郎、散騎侍郎周興嗣。"《次韻》:"'勑'字乃'梁'字傳寫誤爾。"當時帝王命令尚未稱勅,至唐顯慶中,始云:"不經鳳閣鸞臺,不得稱勅。"勅之名,始定於此。(卷十六下引黃鑑《楊文公談苑》)

學士草文

學士之職,所草文辭名目浸廣:拜免公王將相妃主曰制,賜恩宥曰赦書、曰德音,處公事曰勅榜文,號令曰御札,賜五品官以上曰詔,六品以下曰敕書、批敕,羣臣表奏曰批答,賜外國曰蕃書,道曰青詞,釋門曰齋文,聞教坊宴會曰白語,土木興建曰上梁文,宣勞賜曰口宣。此外更有祝文、祭文。諸王布改榜號簿隊,曰讚佛文、疏語,復有別受詔旨作銘碑、墓誌、樂章、奏議之屬。此外章表、歌頌、應制之作,舊說唐朝宮中常於學士取眼兒歌,僞學士作桃花文,孟昶學士辛寅遜題桃符云"新年納餘慶,佳節號長春"是也。(卷十六下引黃鑑《楊文公談苑》)

唐以前人和詩,初無用同韻者,直是先後相繼作耳。頃看《類文》,見梁武同王筠《和太子懺悔詩》云,仍取筠韻,蓋同用"改"字十韻也。詩人以來始見有此體。筠後又取所餘未用者十韻,別爲一篇,所謂"聖智比三明,帝德光四表"者,比次頗新巧。古詩之工,初不在韻上,蓋欲自出奇,後遂爲格。乃知史於諸文士中,獨言筠善押强韻,以此。詩本觸物寓興,吟咏性情,但能輸寫胸中所欲言,無有不佳。而世多役於組織雕鏤,故語言雖工,而淡然無味,與人意了不相關。(卷二十上引葉夢得《玉澗雜書》)

四言自韋孟、司馬遷、相如、班固、束晳、陶潛、韓愈、柳宗元、梅堯臣、歐陽修、王安石、蘇軾,工拙略見。嘗怪五言而上,世人往往極其才之所至,而四言雖文辭巨伯,輒不能工。水心有是言矣。後付劉潛夫亦以四言尤難,《三百五篇》在前之故。韋氏云:"誰謂華高,企其齊而;誰謂德難,厲其庶而。"使經聖筆,亦不能删。余思四言如律以《三百五篇》,則韋氏爲工。世殊體異,後之銘詩,莫非四言也。安石以上諸公,未暇深論,如蘇公所撰《范蜀公誌銘》云:"君實之用,出而時施。如彼水火,寧除渴饑。公雖不用,亦相其行。如彼山川,出雲相望。"余每展卷,輒爲擊節。在儋耳作《觀棋詩》,記廬山白鶴觀,觀中人皆闔戶畫睡,獨聞棋聲,云:"五老峯前,白鶴遺址。長松蔭庭,風日清美。我時獨遊,不聞一士。誰歟棋者,戶外履二。不聞人聲,唯聞落子。"其寂寒冷落之味,可以想見。坡公四言於古近體中,句語無適無處而不高妙也。

詩無不本於性情。自詩之體隨代變更,由是性情或隱或見,若存若亡,深者過之,淺者不及也。昔坡公云:"蘇、李之天成,曹、劉之自得,陶、謝之超然,固已至矣。李、杜以英偉絕世之姿,凌跨百代,古之詩人盡廢。然魏、晉以來高風絕塵,亦少衰矣。"坡公本不以詩專門,使非上下漢、魏、晉、唐,出入蘇、李、曹、劉、陶、謝、李、杜,潛窺沉酖,實領懸悟,能自信其折衷如是之的乎?醫和之目,無復遁疚,理固然也。如天成、如自得、如超然,則夫詩之體如東坡公所評,亦宜窺覷領悟,毋忽焉可也。坡公獨以柳子厚、韋應物"發纖穠於簡古,寄至味於淡泊",蓋韋、柳皆以靖節翁爲指歸,而卒之齊足並驅也。坡公每表和陶諸篇,可以見其所趣無不及焉。雖然,漢、魏、晉曷嘗舍去性情,別出意見,而習爲高遠之言哉!當其代殊體變,性與情之隱見、存亡、淺深,雖其一時之名,能詩者亦不能自必其所至之然也。唐風既昌,一聯一句,滿聽清圓,流液雋永,首肯變踔,性情信在是矣。然詞藻勝則糟粕,律度嚴則拘窘。能不脂韋於二蔽之間而脫穎奇焉,則天成、自得、超然何得無之?至於作止雍容,聲容恌穆,視溫柔敦厚之教,庶幾無論漢魏,顧晉以下諸人,自靖節翁之外,似未論也。(以上卷二十下引方岳《深雪偶談》)

騷 篇

《楚辭》多以九爲義,屈原曰《九章》,曰《九歌》,宋玉曰《九辯》,王褒曰《九懷》,劉向曰《九嘆》是也。後人繼之者又有如曹植之《九愁》、《九詠》,陸雲之《九愍》,前後祖述,必用九者。王逸註《九辯》爲九者陽之數,道之綱紀也;五臣《文選注》亦云:"九者,陽之數極,自謂否極,取爲歌名也。"二家之說如此。余按《山海經》曰:"夏后開上,三嬪於天(闕),得《九辯》與《九歌》以下。"郭景純注引《歸藏・開筮》曰:"昔彼九宜,是爲《帝辨》;同宮之序,是爲《九歌》。"考此則《九歌》、《九辨》皆天帝樂名。夏初得之,屈原、宋玉取諸此也。況屈、宋騷辭多摘《山海經》之事,跡乎詩亡而後騷作,騷亦詩樂之餘派,樂至九而成,故《周禮・九德之歌》,簫韶之舞奏於宗廟之中,樂必九變而可成禮,所以必取於九者。黃鍾在子太元,以爲子數九,得非黃鍾爲五音之宮歟?然則屈原而下贗辭規諫寓諸樂章,將以感神之心,而感人意亦切矣。(卷二十四下引施青臣《纘古叢編》)

聯句所始

《漁隱叢話》曰:"《雪浪齋日記》云:'退之聯句,古無此法,自退之斬新開闢。'予觀謝宣城有聯句七篇,陶靖節有聯句一篇,杜工部有聯句一篇,則諸公已先爲之,退之亦是沿襲其舊,退之'斬新開闢'則非也。"今考之漁隱所言,亦未爲得。聯句實起於漢柏梁臺,非始於靖節諸人也。又何遜、李白、顏真卿皆有是作,亦不特宣城、工部而已。

檄書露布所始

《文章緣起》:"漢陳琳作《檄曹操文》。"謂檄文起於琳也。以《文心雕龍》考之,已有張儀《檄楚書》、隗囂《檄亡新文》矣。又司馬相如《喻蜀文》,《文選》作《喻蜀檄文》,則檄不始於陳琳。《隋・禮儀志》:"後魏每攻戰剋捷,欲天下知聞,乃書帛建於竿上,名爲露布。其後相因施行。"如《隋志》所言,則露布始見於後魏時。《事物紀原》引《世說》袁虎倚馬爲桓温作《北伐露布》,見於晉。二者俱未爲得。漢賈逵爲馬超作《伐曹操露布》,自後漢已有之,豈書帛揭竿,實自後魏始耶? 然露布之語,其來亦久矣。《漢官儀》:"凡制書皆璽封,唯赦贖令司徒印露布。"要即此也。

禮部韻

　　古者字未有反切,故訓釋者,但曰"讀如某字"而已。至魏孫炎始作反切,其實出於西域梵學也。自後聲韻日盛,宋周顒始作四聲切韻行於時,梁沈約又撰《四聲譜》,以爲在昔詞人,累千歲而不悟,而獨得胸襟,窮其妙旨,自謂入神之作。繼是若夏侯該《四聲韻略》之類,紛然各自名家矣。至唐孫愐,始集爲《唐韻》,諸書遂爲之廢。本朝真宗時,陳彭年與晁迥、戚綸條貢舉事,取《字林》、《韻集》、《韻略》、《字統》及《三蒼》、《爾雅》爲《禮部韻》,凡科場儀範,悉著爲格。又景祐四年,詔國子監以翰林學士丁度修《禮部韻略》頒行。初,崇政殿説書賈昌朝言舊韻略,多無訓解,又疑單聲與重叠字不訓義理,致舉人詩賦或誤用之,遂詔度等以唐諸家韻本刊定其韻窄者凡三十處,許令附近通用,疑單聲及叠出字皆於字下注解之。此蓋今所行《禮部韻》也。吳曾《漫錄》嘗論景祐修《韻略》事,既不得其始,徒屑屑於張希文、鄭天休修書先後之辨爾。予因嘆近時小學,幾至於廢絶,遂摭聲韻之本末,備論於此,庶覽者得以考云。(以上卷二十八下引許觀《東齋記事》)

《有宋佳話》(節錄)

　　陳亞,揚州人,近世滑稽之雄也。嘗著《藥名詩》百餘首行于世,若"風月前湖近,軒窗半夏凉","棋怕臘寒呵子下,衣嫌春暖宿紗裁"。殊妙。(卷三十一下引)

《玉匣記》皇甫牧(節錄)

　　子瞻常自言平生有三不如人,謂着棋、吃酒、唱曲也。然三者亦何用如人! 子瞻之詞雖工而多不入腔,蓋以不能唱曲耳。(卷三十二下引)

《可談》朱彧(節錄)

　　樂府有《菩薩蠻》,不知何物。在廣中,見呼蕃婦爲菩薩蠻,方識之。(卷三十五下引)

《聞燕常談》董弅(節錄)

　　王荆公在蔣山。一日,有傳東坡所作《表忠觀碑》。至介甫反覆讀數過,以示坐客，且曰："古有此體否？"葉致遠曰："古無之。要是奇作。"蔡元度曰："直是録奏狀耳，何名奇作？"介甫笑曰："諸公未之知爾，此司馬遷《三王世家》體。"（卷三十七引）

總　論

蕭潁士曰："六經之後有屈原、宋玉，文甚雄壯而不能經。賈誼文辭最正，近於治體。枚乘、相如亦瓌麗才士，然而不近風雅。揚雄用意頗深，班彪識理，張衡宏曠，曹植豐贍，王粲超逸，嵇康標舉，左思詩賦有雅、頌遺風，干寶著論近王化根源。此後復絕無聞焉。近日惟陳子昂文體最正。"蕭之所取此，可以知其所養矣。（卷八十引闕名《譚苑醍醐》）

《詩詞餘話》俞悼（節録）

約房之府君既卒，貧無以歸，好事者爲作一疏求賻贈，平淡簡易，截斷衆流。其起聯云："有喪未舉，行道之人忍聞？見義不爲，秉彝之天安在？"四六尤難作，宋末如方岳、李劉諸公，駢花儷葉，葉芳媲麗，至有一句累十餘字者，則失其爲四六之體矣。與其事異而句奇，孰若字平而句雅，去陳腐，取渾成，方可以言制作之妙。

《四六餘語》宋相國道（節録）

帝王之制，備載乎《書》，典、謨、訓、誥、誓、令之文，多以四字爲句，惟鮮對偶。後之制誥，間以六字，而以四字成聯者亦多。賦者，古詩之流，今之則四六矣。《詩》三百篇，其間長短之句固無幾，足以盡四字句之旨。此四者，殆四六之所從祖。徽廟以于闐玉增八寶有九（缺一字），其文云："範圍天地，幽贊神明。保合太和，萬壽無疆。"王初寮艸詔曰："太極函三，通太和于一氣；乾元用九，增（缺一字）籙于萬年。"包括璽文，無一遺者。（以上卷八十四下引）

王　禮

王禮（生卒年不詳）字子尚，後更字子讓。元廬陵（今江西吉安）人。晚年居家講授，學者稱麟原先生。至正十年（1350）江西鄉試。元末爲廣東元帥府照磨。明興，不仕，聘爲考官亦不就。工於文章，著述甚富，李祁序其集稱"藹然仁義之詞，凜然忠憤之氣，深切懇至，無不可人"。嘗選輯同時人詩爲《天地間集》。今存《麟原文集》二十四卷。

本書資料據四庫全書本《麟原文集》。

魏松壑《吟稿集》序

《詩大序》曰："在心爲志，發言爲詩。"《傳》曰："志之所至，詩亦至焉。"三代古詩，何莫非其志之所之也！五言起于蘇、李，其離別贈答，中情繾綣，藹然詞氣之表。下至晉隋，陸機之論詩則曰："緣情而綺麗。"而文中子亦云："詩者，民之情性也。"故詩無情性不得名詩，其卓然可得于後世者，皆其善言情性者也。（《前集》卷五）

李繼本

李繼本（生卒年不詳）名延興，以字行。元東安人，占籍北平（今北京）。登至正十七年（1357）進士。授太常奉禮兼翰林檢討。其代雄縣知縣所作《禱雨文》，内稱"洪武二十七年"，則其人明初尚存。其詩文俊偉疏達，能不失前人規範；長歌縱橫磊落，尤爲擅場。有《一山文集》。

本書資料據四庫全書本《一山文集》。

鄧伯言《玉笥詩集》序（節録）

大抵詩之體裁，各以其類。雅、頌有雅、頌之製，風、騷有風、騷之製，漢魏人則漢魏人語，六朝、唐人則六朝、唐人語。譬諸公輸子之成方圓，必由規矩；師曠之正聲音，必範律度；而庖丁之解牛，必中肯綮。故其詩，高者薄霄漢，深者溢河海，振之沮金石，奏之諧韶濩。由是而薦郊廟，感鬼神，廣聲教，移風俗，振古不可廢也。（卷四）

涵虚子

涵虚子《詞品》，舊本題元涵虚子撰，不詳名氏。《詞品》評論有元一代北曲，人各擬以品目，略如敖陶孫之《詩評》。臧懋循《元人百種曲》嘗列之卷首。

本書資料據四庫全書本《説郛》。

《詞品》（節録）

馬東籬如朝陽鳴鳳，張小山如瑶天笙鶴，白仁甫如鵬搏九霄，李壽卿如洞天春曉，喬夢符如神鼇鼓浪，費唐臣如三峽波濤，宮大用如西風鵰鶚，王實甫如花間美人，張鳴善如彩鳳刷羽，關漢卿如瓊筵醉客，鄭德輝如九天珠玉，白無咎如太華孤峰，以上十二人爲首等。貫酸齋如天馬脫覊，鄧玉賓如幽谷芳蘭，滕玉霄如碧漢閑雲，鮮於去矜如奎璧騰輝，商政叔如朝霞散彩，范子安如竹裏鳴泉，徐甜齋如桂林秋月，楊淡齋如碧海珊瑚，李致遠如玉匣昆吾，鄭廷玉如佩玉鳴鑾，劉廷信如摩雲老鶻，吳西逸如空穀流泉，秦竹村如孤雲野鶴，馬九皋如松陰鳴鶴，石子章如蓬萊瑤草，□西村如清風爽籟，朱廷玉如百草爭芳，庾吉甫如雲峰散綺，楊立齋如風煙花柳，楊西庵如花柳芳妍，周紫山如秋潭孤月，張雲莊如玉樹臨風，元遺山如窮島孤松，高文秀如金盤牡丹下有缺文，止庵如晴霞結綺，荊下有缺文如珠籠鸚鵡，薩天錫如天風環佩，薛昂夫如雪窗翠竹，下有缺文如雪中喬木，周德清如玉笛橫秋，博果密如閑雲出岫，杜善夫如鳳池春色，鍾繼先如騰空寶氣，王仲文如劍氣騰空，李文蔚如雪壓蒼松，楊顯之如瑤台夜月，顧仲清如鵰鶚冲霄，趙文寶如藍田美玉，趙明遠如太華晴雲，李子中如清廟朱瑟，李叔進如壯士舞劍，吳昌齡如庭草交翠，武漢臣如遠山疊翠，李宜夫如梅邊月影，馬昂夫如秋蘭獨茂，梁進之如花裏啼鶯，紀君祥如雪裏梅花，于伯淵如翠柳黃鸝，王廷秀如月印寒潭，姚守中如秋月揚輝，金志甫如西山爽氣，沈和甫如翠屏孔雀，睢景臣如鳳管秋聲，周仲彬如平原孤隼，吳仁卿如山間明月，秦簡夫如峭壁孤松，石君寶如羅浮梅雪，趙公輔如空山清嘯，孫仲章如秋風鐵笛，岳伯川如雲林樵響，趙子祥如馬嘶芳草，李好古如孤松掛月，陳存甫如湘江雪竹，鮑吉甫如老蛟泣珠，戴善甫如荷花映水，張時起如雁陣驚寒，趙天錫如秋水芙蕖，尚仲賢如山花獻笑，王伯成如紅鴛戲波，已上七十人次之。又有董解元、盧疎齋、鮮于伯幾、馮海粟、趙子昂、班彥功、王元鼎、董君瑞、查德卿、姚牧庵、高拭、史敬先、施君美、汪澤民輩，凡百五人，不著題評，抑又其次也。虞道園、張伯雨、楊鐵崖輩，俱不得與，可謂嚴矣。（卷八十四下）

燕南芝庵

　　燕南芝庵，元人。真實姓名及生平不可考。所著《唱論》是我國第一部聲樂專著，扼要論述了唱曲要領，從對聲音、唱字的要求到藝術表現，以及十七宮調的基本情調、樂曲的地方特色、審美要求等均有涉及，並有不少精闢之見，對後世戲曲聲樂藝術的發展具有深遠的影響。由於文字過於簡略，多用當時的方言和術語，後人對之尚難以作出準確的理解。

　　本書資料據中國戲劇出版社 1959 年《中國古典戲曲論著集成》本《唱論》。

《唱論》(節録)

歌之格調:抑揚頓挫,頂疊垛換,縈紆牽結,敦拖嗚咽,推題丸轉,捶欠遏透。

歌聲變件,有:慢,滚,序,引,三臺,破子,遍子,攧落,實催,全篇。尾聲,有:賺煞,隨煞,隔煞,羯煞,本調煞,拐子煞,三煞,七煞。

成文章曰"樂府",有尾聲名"套數",時行小令唤"葉兒"。套數當有樂府氣味,樂府不可似套數。街市小令,唱尖歌情意。

一曲入數調者,如:《啄木兒》、《女冠子》、《抛毬樂》、《鬪鵪鶉》、《黄鶯兒》、《金盞兒》類也。

劉玉汝

劉玉汝(生卒年不詳)字成之。廬陵(今江西吉安)人。始末未詳。嘗舉鄉貢進士。所作《石初集序》末題"洪武癸丑",則其人明初尚存。所作《詩纘緒》十八卷,大旨專以發明朱子《集傳》,故名曰《纘緒》,體例與輔廣《童子問》相近。凡《集傳》中一二字之斟酌,必求其命意所在,或存此説而遺彼説,或宗主此論而兼用彼論,無不尋繹其所以然。至論比興之例,謂有有取義之興,有無取義之興,有一句興通章,有數句興一句,有興兼比、賦兼比之類。明用韻之法,如曰隔句爲韻,連章爲韻,疊句爲韻,重韻爲韻之類。論《風》、《雅》之殊,如曰有腔調不同,有詞義不同之類。於朱子比興、叶韻之説,皆能反覆體究,縷析條分。雖未必盡合詩人之旨,而於《集傳》一家之學,則可謂有所闡明。

本書資料據四庫全書本《詩纘緒》。

《詩纘緒》(節録)

《傳》叶音於某字下云:"叶某反。"愚按:《詩》音韻反切,古今不同。宋吳氏才老始爲《叶音補韻》,其考證諸書最爲有據。朱子取而用之於《詩傳》,其間有未安者,又從而釐正之,使讀者音韻鏗鏘,聲調諧合,諷詠之間,誠深有助。然古人淳厚質實,當風氣未開之時,其言語聲音皆得天地自然之聲氣,而合於天地自然之律吕。自唐、虞至於秦、漢,凡聖賢君子民俗之言語,文章歌謠詞曲之見於經史子傳百家之書者,莫不相合。蓋古人之正音也。後來光岳氣分,而大音不全,方言里語,漸以訛謬。而爲韻書者,又不能正之,而一從俗音,其意惟欲取便一時,而不知其非古矣。今吳氏《補韻》以正音爲叶韻,則是以後來之俗音爲古人之正音,豈其然哉!今叶音之"叶"字,竊謂當以古字易之。如"友"下云:"古羽已反。"謂之古。庶幾人知音韻之正,以復先王之舊,以本天地聲氣之初以終。朱子釐正未盡之説,而未知然否?

("葛之覃兮")首章中"谷"無韻,合下章中"谷",以重韻爲韻。詩有本章重韻爲韻者,"簡兮"末章是也;有合兩章、三章重韻爲韻者,此篇與"瞻彼洛矣"是也。此古人用韻之體,後人以重韻爲嫌,非古矣。

("采采卷耳")二南詩皆三章,此獨四章。首章即見本意,次章、三章對舉申詠,末章變文,而以咏歎結之。又四"矣"字皆結詞,後來四韻律詩之體,蓋本於此矣。

("南有樛木")此篇三章一意,無淺深,無次序,惟易韻以致殷勤再三不能自已之意。蓋詩之一體,咏歌之妙者也。(以上卷一)

("殷其靁")"歸哉歸哉",本章二"哉"字重韻爲韻,又合後章重韻爲韻。凡本章無韻者,當推此例。

("何彼襛矣")首、次章首以興對舉,次、末章下以事對舉,詩體也。《湛露》詩亦有此體。(以上卷二)

("習習谷風")風、雅皆有《谷風》篇意者,曲名同而音調異用:風之曲調則爲風用,雅之曲調則爲雅。朱子謂"小雅、大雅如今之歌曲按其腔調而作"。愚謂朱子此説,乃作詩之一例耳。詩亦有先作而後被之八音者,如《周南》、《召南》周公采文王時事詩而被之管絃者,今皆可見。若按腔調而作,如《谷風》、《揚之水》、《小明》、《大明》、《小旻》、《召旻》猶可以當之,其他諸篇,不可得而盡知之矣。(卷三)

("爰采唐矣")或曰:變風諸詩,皆有音調,皆可絃歌然乎?曰:然。何以知之?以《桑中》知之。《樂記》曰:"桑間濮上之音,亡國之音也。"以《桑中》聲淫亡國,猶有音調而被之樂,則諸國變風之詩可知矣。諸國變風雖非雅樂,然詩之作,或按調而爲詩,或詩成而諸其音,或當時作以歌,或他日取以爲樂,而必有音調可知也。春秋國君大夫賦詩,歌詩累累相望,亦必各隨其詩之音節歌之,必不泛泛而歌也。如今之詞曲可歌可絃者,亦各按其腔調而絃之歌之,但其聲音各爲變音,不可以入《韶》、《武》耳。

("瞻彼淇奧")凡詩人所作,先有咏事之意,偶觸所見以興辭,故後章有所興,隨下所咏易其韻,亦有所咏因上所興而見其意者。詩有此體,可以此詩類推之。(以上卷四)

("揚之水")《詩》有《揚之水》凡三篇,其辭雖有同異,而皆以此起詞。竊意《詩》爲樂篇章,國風用其詩之篇名,亦必用其樂之音調,而乃一其篇名者,所以標其篇名音調之同,使歌是篇者,即知其爲此音調也。後來歷代樂府,其詞事不同而猶有用舊篇名,或亦用其首句者，雖或悉改，而亦必曰"即某代之某曲"也。其所以然者，欲原篇章之目，以明音調之一也。如《上之回》、《公無渡河》、《遠別離》之類，多以此而推，則詩之三《揚之水》，其篇名既同，豈非音調之亦同乎？况此三篇。用其首句者一。用首次二句者二。苟非當時有此篇章之詞、音調之譜，何爲小異大同若是邪？若二《甫田》一比一賦，二《谷風》一言夫婦，一言朋友。朋友、夫婦皆以義合，故皆取此，蓋託興以興辭，然其音調則一風一雅，相去懸異也。二《白華》雖同小雅，而一正一變，有詞無詞，亦相去懸異也。二《明》、二《旻》之有小大，在小雅者則曰《小明》、《小旻》，在大雅者則曰《大明》、《召旻》，蓋當時篇名偶同而音調各異，太師恐其無辨也，故以小、大分之，使大、小二雅之音調不至於相混。然則篇名同音調異，又同在雅，而雅有大、小，則不可以無別。篇名同音調同，又同爲風，則篇名不必易。若篇名同音調異，而在風在雅，有詞無詞，相去懸異者，則亦不必分別而自明矣。詩以樂爲主，其音調今雖不存，而有可推者，亦豈可不論哉！

（"叔于田"）二《叔于田》皆爲共叔而作，而《傳》於前篇又疑爲民間男女相悦之詞。愚意謂鄭民間舊有此詩篇名曲譜，民常歌之，至是以叔之名同，田之事又同，故遂用之。既仍其篇名，又依其音調，即項氏所云"以其篇名之同、義類之似而取其音節以爲詩"，朱子所謂"變風、變雅者，變用其腔調"，又謂"大雅、小雅，如今之宮調、商調，作歌曲者亦按其腔調而作耳"，又謂"按大雅體格作大雅，按小雅體格作小雅，非是做成詩後，旋相度其詞而爲大雅、小雅也"。以是而推之，則風、雅詩篇題之同者，亦必按其腔調爲耳。《大叔》恐二《叔于田》所咏之人不辨，故特以大而別之歟？不然，則又或者以文辭曲譜之長短爲篇異，故加大以別之歟？不然，均稱爲"叔于田"何不可，而必欲如是耶？（以上卷五）

（"有杕之杜"）此篇與前《杕杜》首章句同而篇名異，或以表篇題，或以別音節，於此尤可見。（卷七）

（"我徂東山"）章首四句，每章重言，有與下文意相關涉者，有似相關涉者，有全不相關涉者，蓋後章用前章首句以起辭，如《七月》、《伐木》之類。詩有此體也。但有用一句或二句者，此則用四句，又是一體也。（卷八）

（"宛彼鳴鳩"）詩有起詞然後入事，蓋詩體如是，自然之法也。《傳》以此章之語爲相戒之端，詩體便可見矣。（卷十）

（"悠悠昊天"）末復以一"亂"字終之，則斯人之厭亂甚矣。又詩以一字貫串，亦是一體。

（"有饛簋飧"）首章只託興以詠周道，言道路人所共由，今乃顧之而出涕，蓋含蓄輸將行役之歎而不言，至次章方説出。詩之體有如此也。（以上卷十一）

　　（"皇矣上帝"）此詩終篇皆本首章帝臨求定，增其式廓之意，于天于帝、于賢于聖循實致詠，各盡形容。又皆于中章轉入，又暗説大王顯，稱王季文王，又奄四方施孫子，既結復起。又各章中或二句連，或三句連，或一句韻，或三句韻，或連用韻，參差不齊，皆變文法，自然之體也。惟大雅爲然。（卷十四）

图书在版编目（CIP）数据

中国古代文体学.附卷1,先秦至元代文体资料集成/
曾枣庄著.—上海：上海人民出版社：上海书店出版社，
2012
ISBN 978 - 7 - 208 - 11116 - 5

Ⅰ.①中… Ⅱ.①曾… Ⅲ.①古典文学-文体论-资
料-汇编-中国-先秦时代～元代 Ⅳ.①I206.2

中国版本图书馆 CIP 数据核字（2012）第 266702 号

出版策划　王为松　许仲毅
责任编辑　孙　莺　田芳园　邹　烨
特约编审　钱玉林　罗　湘
封面设计　王小阳
技术编辑　伍贻晴

中国古代文体学
——附卷1,先秦至元代文体资料集成
曾枣庄　著
世纪出版集团
上海人民出版社
上海书店出版社出版
（200001　上海福建中路 193 号　www.ewen.cc）
世纪出版集团发行中心发行
浙江新华数码印务有限公司印刷
开本 720×1000　1/16　印张 399　插页 42　字数 6,042,000
2012 年 12 月第 1 版　2012 年 12 月第 1 次印刷
ISBN 978 - 7 - 208 - 11116 - 5/I · 1074
定价 1500.00 元
（全七册）